TARU SORMUSTEN HERRASTA

J. R. R. TOLKIEN

Suomennetut teokset:

HOBITTI ELI SINNE JA TAKAISIN
MAAMIES JA LOHIKÄÄRME
TARU SORMUSTEN HERRASTA I–III:
I SORMUKSEN RITARIT
II KAKSI TORNIA
III KUNINKAAN PALUU
TOM BOMBADILIN SEIKKAILUT
PUU JA LEHTI
SEPPÄ JA SATUMAA
KIRJEITÄ JOULUPUKILTA
SILMARILLION★
J. R. R. TOLKIENIN MAALAUKSIA JA PIIRROKSIA★
KESKENERÄISTEN TARUJEN KIRJA★
KIRJEET★
HERRA BLISS
BILBON VIIMEINEN LAULU
SATUJEN VALTAKUNTA
ROVERANDOM
HÚRININ LASTEN TARINA★
KULLERVON TARINA
GONDOLININ TUHO★
KIRJOITUKSIA KESKI-MAASTA
NÚMENORIN TUHO

★ Toimittanut Christopher Tolkien

TARU
SORMUSTEN
HERRASTA

TARKISTETTU SUOMENNOS

Tekijän kuvittama

SUOMENTANEET

Kersti Juva ja Eila Pennanen

RUNOT SUOMENTANUT

Panu Pekkanen

WERNER SÖDERSTRÖM OSAKEYHTIÖ
HELSINKI

Englanninkielinen alkuteos
THE LORD OF THE RINGS

Originally published in the English language by HarperCollins Publishers Ltd.
under the title
The Lord of the Rings
© The Tolkien Estate Limited 1954, 1955, 1966
J. R. R. Tolkienin kuvitus © The Tolkien Estate Limited 1937, 1954, 1972, 1973,
1976, 1979, 1988, 1989, 1990, 1992, 1995, 2015
Kartat »Kontu: osa» ja »Rohan, Gondor ja Mordor» piirtänyt C. R. Tolkien teokseen *Taru Sormusten herrasta*
Kartan »Keski-Maan läntiset osat kolmannen ajan lopulla» piirtänyt
C. R. Tolkien teokseen *Keskeneräisten tarujen kirja*
»J.R.R Tolkien asserts the moral right to be acknowledged as the author of this work»

TOLKIEN and are registered trademarks of The Tolkien Estate Limited.

Suomenkielinen laitos © suomentajat ja WSOY 1973–1975, 2023
Suomentajan jälkisanat © Kersti Juva 2023
Werner Söderström Osakeyhtiö
Suomennettu vuoden 1966 laitoksesta
Suomennoksen tarkistanut Kersti Juva 2023
alkuteoksen myöhempiin laitoksiin tehdyt korjaukset huomioiden
Runosuomennokset tarkistanut Alice Martin 2023
Nimiösivujen riimujen ja *tengwar*-kirjoituksen suomennos Alice Martin, kalligrafia Heikki Kalliomaa
Lainauksen sivuilla xiii–xv teoksesta
Taru Sormusten herrasta Tolkienin silmin (WSOY 2015) suomentanut Jaakko Kankaanpää
Lainaukset J. R. R. Tolkienin teoksesta *Kirjeet* (WSOY 2009) suomentanut Tero Valkonen
Suomenkielisen hakemiston koonnut, sen johdannon suomeksi toimittanut
ja J. R. R. Tolkienin selitykset suomentanut Pekka Tuomisto
Suomentajat ovat saaneet avustusta suomalaisen kirjallisuuden edistämisvaroista.
Suomentaja Kersti Juva kiittää Kontuwiki-yhteisöä avusta virheiden korjaamisessa
ja uusien nimen luomisessa sekä WSOY:n kirjallisuussäätiötä
suomennoksen tarkistustyön tukemisesta.

ISBN 978-951-0-49939-9

Painettu EU:ssa

Three rings for the Elven-kings under the sky,
Seven for the Dwarf-lords in their halls of stone,
Nine for Mortal Men doomed to die,
One for the Dark Lord on his dark throne
    In the Land of Mordor where the Shadows lie.

One Ring to rule them all, one Ring to find them,
One Ring to bring them all, and in the darkness bind them
    In the Land of Mordor where the Shadows lie.

Sormusruno

Kolme Sormusta haltiakuninkaille alla auringon,
seitsemän kääpiöruhtinaille kivisaleissaan,
yhdeksän ihmisille jotka vie tuoni armoton,
yksi Mustalle ruhtinaalle valtaistuimellaan
maassa Mordorin joka varjojen saartama on.
Yksi Sormus löytää heidät, se yksi heitä hallitsee,
se yksi heidät yöhön syöksee ja pimeyteen kahlitsee
maassa Mordorin joka varjojen saartama on.

SISÄLLYS

KUVAT

★ Piirtänyt Christopher Tolkien

KUVITUKSESTA[*]

J. R. R. Tolkien harrasti maalaamista ja piirtämistä, ja hän yhdisti usein taitonsa kynän, musteen, vesivärien ja värikynien käyttäjänä myös kirjoituksiinsa. Esimerkiksi *Hobitin* lopullisessa käsikirjoituksessa oli runsaasti kuvia ja karttoja. Alkujaan Tolkien suunnitteli sisällyttävänsä *Hobittiin* vain muutaman kartan, mutta hän muutti myöhemmin mielensä ja lähetti kustantajalleen George Allen & Unwinille valikoiman piirroksia, joiden hän arveli mahdollisesti olevan kirjalle eduksi, vaikka hänen mukaansa ne eivät »ylipäänsä ole kovin hyviä, ja lisäksi ne voivat olla teknisesti käyttökelvottomia». Vaikka Allen & Unwin ei ollut budjetoinut kirjaan kuvitusta sovittujen karttojen lisäksi, kustantamossa pidettiin Tolkienin kuvia niin viehättävinä, että ne oli saatava kirjaan mukaan (tiettyjen säästötoimien jälkeen). Kustantaja saattoi myös ymmärtää saman asian, joka on ollut selvää monille *Hobitin* lukijoille sen jälkeen, kun se ilmestyi vuonna 1937: Tolkienin kuvat täydentävät tekstiä ja monissa yksityiskohdissa myös laventavat sitä, mikä johdattaa lukijan entistä syvemmälle Tolkienin mielikuvitusmaailmaan.

Ne *Hobitin* ensimmäisen painoksen arvostelijat, jotka panivat Tolkienin kuvituksen merkille, yleensä kiittivät sitä. Vain muutamasta kriitikosta tuntui, että Tolkienin piirrosten taso ei vetänyt vertoja hänen sanallisille taidoilleen. Heistä huomattavimpana Richard Hughes kirjoitti *New Statesman and Nationissa* (4.12.1937), että »kirjailijan oma kuvitus – – ei vastaa hänen kykyjään kertojana tai mielikuvituksensa lahjoja». Kirjeessään George Allen & Unwinin johtajalle Stanley Unwinille Tolkien tunnusti olevansa »jokseenkin murtunut mies sen vuoksi, mitä Richard Hughes sanoi kuvituksesta, ja etenkin siksi, että olen täysin samaa mieltä hänen kanssaan». Tolkien saattoi suhtautua kuviinsa hyvin ankarasti ja moitti niitä usein huonoiksi tai kelvottomiksi. Suurinta osaa hänen piirroksistaan ja maalauksistaan ei ollut ollut tarkoitettu julkisuuteen samalla tavalla kuin kertomuksia, sillä ne oli tehty hänelle itselleen, hänen lapsilleen tai korkeintaan rajallisen ystäväpiirin nähtäviksi. Hänelle oli uusi ja välistä hermostuttava kokemus, että hänen kuvansa päätyivät suuren yleisön silmien eteen, vaikka kustantaja vakuuttelikin hänelle niiden olevan kyllin hyviä ja vaikka lukijat ottivat ne lämmöllä vastaan. Oli miten oli, hän jatkoi piirtämistä ja maalaamista, ja näille taidoille tuli taas käyttöä, kun hän alkoi hyvin pian kirjoittaa *Tarua Sormusten herrasta*.

---

[*] Tämä teksti perustuu lainaukseen teoksen *Taru Sormusten herrasta Tolkienin silmin* esipuheesta.

Taru Sormusten herrasta oli Tolkienille monimutkainen ja usein työläs kirjoitettava. Se ei missään nimessä virrannut valmiina hänen mielikuvituksestaan. Hän alkoi kutsua kirjoitustyötä yhtä paljon »löytämiseksi» kuin keksimiseksi: tarinan »totuus» paljastui ajan ollessa kypsä. Tarina kasvoi kertomisen myötä, kuten hän myös totesi, ja likimain jokainen sana oli tarkkaan harkittu. Mutta sanojen takana olivat kirjailijan mielikuvat, ja monet niistä löysivät ilmiasunsa kuvallisessa muodossa joko ennen kirjoitustyötä tai sen ohessa – kuvina, yleensä maisemina tai rakennuksina, mutta myös karttoina, pohjapiirroksina ja kirjoituksena. Christopher Tolkien on julkaissut osan kuvista *The History of Middle-earthissa,* joskus selkeyden vuoksi uudelleen piirrettyinä, ja kertonut, miten ne liittyvät *Tarun Sormusten herrasta* kehitykseen. Me puolestamme otimme mukaan erilaisen valikoiman *Tarun Sormusten herrasta* kuvia kirjassamme *J. R. R. Tolkien: Artist and Illustrator.* Niitä ei ollut kovin monta ja vain muutamat niistä olivat värillisiä. Kirjassa *Taru Sormusten herrasta Tolkienin silmin* yritimme esitellä Tolkienin *Tarua* varten laatimat kuvat niin kattavasti kuin olemme pystyneet ne löytämään.

Useimpia näistä kuvista ei tehty julkaistaviksi. Allen & Unwin ei ilmeisesti missään vaiheessa ehdottanut, että *Tarusta Sormusten herrasta* julkaistaisiin kuvitettu laitos. Tolkien saattoi olettaa, että sellaista odotettiin häneltä, koska hän oli kuvittanut *Hobitin* ja suostutellut kustantajan ottamaan kuvat siihen mukaan, ja sellainen ajatus joka tapauksessa tuli hänelle mieleen, vaikka hän suhtautuikin siihen empien. Ilmeisesti hän halusi tehdä asian selväksi Charles Furthille vuoden 1939 helmikuussa kirjoittamassaan kirjeessä, jossa hän arvelee (täysin epärealistisesti), että vaikka hän saattaa saada *Tarun Sormusten herrasta* käsikirjoituksen valmiiksi tulevaan kesäkuuhun mennessä, »kuvittamiseen minulla ei ole aikaa eikä tarmoa. En ole koskaan osannut piirtää, ja puolittainen halukin siihen suuntaan tuntuu häipyneen minusta tyyten. Voisin tehdä vain kartan (joka on erittäin tärkeä)». Hän oli yhä samalla kannalla vuoden 1945 tammikuussa, jolloin hän kertoi ystävilleen Leila ja Patricia Kirkelle, että vaikka hän oli kuvittanut *Hobitin* – huonosti, kuten hän itse arveli – hänellä ei olisi aikaa kuvittaa sen jatko-osaa.

Kuten on havaittu, Tolkien saattoi olla epävarma lahjoistaan taiteilijana. Hän kertoi Allen & Unwinille, että ei halunnut »teeskennellä» ammattikuvittajaa. Lopulta hän kuitenkin löysi taiteilijan, jonka tyyli ja mielikuvitus täydensivät hänen kirjoittamistaan: Pauline Baynesin. Vuoden 1949 joulukuun lopulla, kaksi kuukautta sen jälkeen, kun *Maamies ja lohikäärme* oli julkaistu Baynesin »koristuksin»*,* Tolkien kysyi, kiinnostaisiko Baynesia laatia kuvitusta tai somistuksia – vinjettejä ja pieniä marginaalikuvia – kahteen suureen myyttejä tai legendoja sisältävään kirjaan, jotka hän toivoi pian saavansa valmiiksi. Hän ei selittänyt, että kun hän oli kirjoittanut *Tarun Sormusten herrasta* käsikirjoituksen koneella puhtaaksi, hänestä oli alkanut tuntua, että se pitäisi julkaista yhdessä *Silmarillionin* kanssa, koska se oli tavallaan jatkoa *Silmarillionille. Taru Sormusten herrasta* oli kuitenkin epätavallisen pitkä, kuten oli myös (yhä keskeneräinen) *Silmarillion;* eikä niitä Tolkienin mielestä voinut jakaa, kirjoittaa uudelleen tai tiivistää. Niiden julkaiseminen yhtä aikaa ei Allen & Unwinin mielestä tullut kysymykseen, koska kirjanvalmistuksen kustannukset olivat nousseet kolminkertaisiksi sotaa edeltäneeseen aikaan verrattuna. Collinsin kustantamoa, jonka puoleen Tolkien kääntyi saadakseen tarinansa julki, vaivasivat samat ongelmat, ja se kysyi, voisiko teosta lyhentää. Vuonna 1952 Tolkien tarjosi jälleen Allen & Unwinille pelkkää *Tarua Sormusten herrasta* muutettuaan mielensä (»Parempi vähänkin kuin ei mitään!»), ja sillä kertaa – kun kustantamoa edusti Stanley Unwinin poika Rayner, jonka panos *Hobitin* julkaisemisessa oli ollut ensiarvoisen tärkeä – neuvottelut *Tarun* julkaisemisesta pääsivät toden teolla käyntiin.

Allen & Unwin suostui julkaisemaan *Tarun Sormusten herrasta* Tolkienin suurteoksena, mutta kirja oli niin pitkä, että jo sen tekstin painaminen tuotti taloudellisesti suuria vaikeuksia, joten budjettiin mahtuivat kuvista vain kaikkein välttämättömimmät: kartat, piirtokirjoitukset, kirjaintaulukot ja suojapäällyksen grafiikka. Tolkien otti ne kaikki hoitaakseen. Pauline Baynes ei tehnyt mitään, vaikka olikin aiemmin suostunut Tolkienin ehdotukseen tämän kertoessa kuvituksen tarpeesta.

Monet tässä laitoksessa julkaistavat piirrokset Tolkien laati kirjoitustyönsä tueksi selvitellessään tarinan yksityiskohtia. Muutamat niistä ovat vain pikaisia luonnoksia, jotka on piirretty lyijykynällä tai musteella hyvin pieninä joko käsikirjoitukseen tai sen marginaalin, kun taas toiset ovat viimeisteltyjä ja jopa väritettyjä. Sellaisia ovat piirrokset Helmin syvänteestä ja Ämyrilinnasta, missä käydään yksi *Tarun Sormusten herrasta* suurista taisteluista, Orthancia eli Sarumanin tornia Rautapihassa esittävä näkymä ja kuva (otsikolla »Stanburg») Minas Tirithistä, Gondorin linnoituskaupungista.

Osan kuvista Tolkien näyttää tehneen vain omaksi ilokseen, kuten Halavaukon muotokuvna Halavaisen varrelta, piirroksen Lothlórienista kevätaikaan ja näkymän Barad-dûriin Tuomiovuoren kohotessa taustalla. Näitä ei ilmeisesti ollut laadittu kirjoitustyön tueksi, vaan ne olivat spontaaneja kuvallisia ilmauksia tekstistä, jonka hän oli jo kirjoittanut tai ideoinut tai jonka hän (*Morian portin* tapauksessa) vielä kirjoittaisi. Ne ovat *Tarun Sormusten herrasta* piirroksista parhaiten tunnettuja, koska niitä on julkaistu kirjoissa ja kalentereissa, mutta ne eivät täysin vastaa kertomuksen lopullista ja painettua versiota.

Lisäksi Tolkien laati muutamia kuvia käytettäviksi *Tarussa Sormusten herrasta* karttojen lisäksi. Kuten yllä on kerrottu, kirjan ensimmäisiin painoksiin oli mahdollista ottaa mukaan hyvin vähän kuvia, koska jo pitkän tekstin painaminen kävi kalliiksi. Tähän luokkaan kuuluvat nimiösivun piirtokirjoitukset, Sormusten sormukseen kaiverretut »tulikirjaimet», Morian ovien kuviointi ja Balinin haudan riimukirjoitus sekä *tengwarin* ja *cirthin* (haltiakirjoituksen ja -riimujen) taulukot, jotka Tolkien laati liitteeseen E (Lukeminen ja kirjoittaminen).

Viimeiseen luokkaan kuuluvat lukuisat kuvat, jotka Tolkien tarkoitti julkaistaviksi, mutta jotka jäivät kokonaan kirjan ulkopuolelle tai jotka otettiin mukaan vasta myöhemmissä laitoksissa vuosien kuluttua. Tunnetuimpia niistä olivat Mazarbulin kirjan sivujen »faksimilet», joiden eteen Tolkien näki paljon vaivaa, koska piti niitä *Tarun Sormusten herrasta* kannalta olennaisen tärkeinä, vaikka niiden painaminen viimein osoittautuikin liian kalliiksi, samoin kuin eri versiot »Kuninkaan kirjeestä», joka oli tarkoitettu Tolkienin *Taruun* kirjoittamaan mutta lopulta pois jätettyyn epilogiin.

Tämä kuvitettu laitos tarjoaa lukijalle mahdollisuuden kokea uudella tavalla, sanoin ja kuvin ilmaistuna, J. R. R. Tolkienin visio Keski-Maasta kolmannen ajan lopussa, ja viimein nauttia tarinasta sellaisena kuin se asusti ainoastaan luojansa mielessä.

Wayne G. Hammond & Christina Scull

ESIPUHE

Tämä tarina kasvoi kertomisen myötä ja siitä tuli Suuren sormuksen sodan historia, johon liittyy useita välähdyksiä vielä sitä edeltävästä paljon vanhemmasta historiasta. Aloitin kirjoittamisen pian sen jälkeen kun olin saanut *Hobitin* valmiiksi, jo ennen kuin se julkaistiin vuonna 1937; mutta en jatkanut kovinkaan pitkälle, sillä halusin ensin saada valmiiksi ja järjestykseen esiaikojen mytologian ja legendat, jotka olivat muotoutuneet mielessäni jo muutamia vuosia. Tämän tahdoin tehdä omaksi ilokseni, ja minulla oli hyvin vähän toivoa siitä, että muut olisivat tästä työstä kiinnostuneita, etenkin kun innoitus oli lähinnä kielitieteellinen ja tarkoituksena laatia tarvittava historiallinen tausta haltiakielille.

Kun ne, joilta pyysin neuvoa ja mielipidettä olivat ilmoittaneet, että »ei lainkaan toivoa» oli huomattavasti täsmällisempi ilmaus kuin »vähän toivoa», palasin taas jatko-osan kirjoittamiseen. Minua rohkaisivat lukijoiden pyynnöt saada lisää tietoja hobiteista ja heidän seikkailuistaan. Mutta kertomus ajautui vääjäämättä kohti vanhaa maailmaa, niin että siitä tuli ikään kuin tarina vanhan maailman lopusta ja häviöstä, vaikka alku ja keskiosa olivat vielä kertomatta. Tämä prosessi oli alkanut jo kirjoittaessani *Hobittia*, jossa on useita viittauksia vanhempiin asioihin: Elrond, Gondolin, suurhaltiat, örkit. Joissakin olennoissa, esineissä ja paikoissa, sellaisissa kuin Durin, Moria, Gandalf, Noita, Sormus, oli välähtänyt painavampia, syvempiä tai synkempiä piirteitä kuin pinnalta olisi arvannut. Kun tajusin näiden välähdysten merkityksen ja niiden suhteen muinaishistoriaan, alkoi mielessäni hahmottua kolmas aika ja sen käännekohta Sormuksen sota.

Ne jotka olivat pyytäneet lisää tietoja hobiteista saivat sitä lopultakin, mutta he joutuivat odottamaan kauan, sillä kirjoitin *Tarua Sormusten herrasta* puuskittain vuodesta 1936 vuoteen 1949. Tuona aikana minulla oli monia velvollisuuksia, joita en lyönyt laimin, ja muita harrastuksia oppilaana ja opettajana, ja nämä veivät usein kaiken aikani. Viivytystä pidensi tietenkin myös sodan syttyminen vuonna 1939; tuolloin tarina ei ollut vielä ehtinyt ensimmäisen kirjan loppuun. Huolimatta seuraavien vuosien synkkyydestä havaitsin etten voinut enää kokonaan hylätä tarinaa, ja niin taivalsin eteenpäin, enimmäkseen öisin, kunnes seisoin Moriassa Balinin haudalla. Siihen pysähdyin pitkäksi aikaa. Kului melkein vuosi ennen kuin jatkoin, ja saavuin siten Lothlórieniin ja Suurelle virralle loppuvuodesta 1941. Seuraavana vuonna kirjoitin ensimmäisen luonnoksen nykyisestä kolmannesta kirjasta sekä viidennen kirjan ensimmäisen ja kolmannen luvun alun; ja merkkitulien roihutessa Anórienissa ja Théodenin saapuessa Hargin laaksoon minä pysähdyin. Ennakkoarviot olivat pettäneet eikä ollut aikaa ajatella.

Vuonna 1944 jätin sikseen aukkopaikat ja epäselvyydet tuossa sodassa, jota minun oli määrä johtaa tai ainakin kuvata, ja pakotin itseni selvittämään Frodon matkan Mordoriin. Nämä luvut, joista vähitellen syntyi neljäs kirja, lähetin jatkokertomuksena pojalleni Christopherille, joka noihin aikoihin oli ilmavoimien mukana Etelä-Afrikassa. Kesti kuitenkin vielä viisi vuotta ennen kuin olin saattanut tarinan nykyiseen loppuunsa; tuona aikana vaihdoin taloa, oppituolia ja collegea, ja vaikka päivät eivät olleet enää yhtä synkkiä, ne eivät suinkaan olleet joutilaampia. Kun sitten viimein olin päässyt »loppuun», minun piti korjata koko tarina ja totta puhuen osittain kirjoittaa se uudestaan takaperin. Ja se piti kirjoittaa koneella kerran ja toisenkin, ja sen työn tein minä; minulla ei ollut varaa palkata kymmensormijärjestelmällä työtään tekevää konekirjoittajaa.

Monet ovat lukeneet *Tarun Sormusten herrasta* sen jälkeen kun se kymmenen vuotta sitten ilmestyi; ja haluaisin tässä sanoa jotakin niistä tarinan motiiveja ja merkitystä koskevista mielipiteistä ja arvauksista, joita olen kuullut tai lukenut. Tärkein motiivi oli kertojan halu käydä käsiksi todella pitkään tarinaan, joka säilyttäisi lukijan mielenkiinnon, huvittaisi häntä, ilahduttaisi häntä ja kukaties myös paikoitellen jännittäisi tai syvästi liikuttaisi. Oppaana minulla oli vain oma tajuni siitä mikä on vetoavaa ja mikä liikuttavaa, ja monien osalta tuo opas on väistämättä ollut väärässä. Jotkut jotka ovat teoksen lukeneet, tai ainakin sitä arvostelleet, ovat pitäneet sitä ikävystyttävänä, absurdina tai halveksittavana; eikä minulla ole mitään syytä valittaa, sillä minulla on heidän töistään samanlaisia näkemyksiä, tai sellaisista töistä, joita he ilmeisesti pitävät parempina. Mutta myös ne jotka ovat nauttineet kertomuksestani ovat löytäneet paljon sellaista mikä ei miellyttänyt. On ehkä mahdotonta miellyttää kaikkia joka kohdassa, kun kirjoittaa pitkän tarinan, tai saada moitteita kaikilta samoissa kohdissa; olen näet havainnut saamistani kirjeistä, että ne jaksot ja luvut, jotka toisille ovat kauhistus, ovat toisten mielestä erityisen kiitettäviä. Kaikkein kriittisin lukija, minä itse, löytää nyt monia puutteita, suuria ja pieniä, mutta koska minua ei onneksi mikään pakota sen paremmin arvostelemaan kuin kirjoittamaan uudestaankaan tätä kirjaa, sivuutan ne ääneti, paitsi ehkä yhden, jonka muutkin lukijat ovat huomanneet: kirja on liian lyhyt.

Mitä tulee johonkin sisäiseen merkitykseen tai »sanomaan», sellaista ei kirjoittajalla ole. Teos ei ole allegorinen eikä ajankohtainen. Kasvaessaan tarina sai juuret (menneisyyteen) ja työnsi odottamattomia haaroja; mutta sen pääteema määräytyi jo silloin kun Sormuksesta luonnostaan tuli yhdysside tämän kirjan ja *Hobitin* välille. Ratkaiseva luku Menneisyyden varjo on tarinan vanhimpia osia. Kirjoitin sen kauan ennen kuin vuotta 1939 edeltävä varjo oli muuttunut väistämättömän tuhon uhkaksi, ja siitä eteenpäin kertomus olisi edennyt jokseenkin samoja latuja, vaikka tuo katastrofi olisi vältetty. Sen lähtökohdat olivat mielessäni jo paljon aikaisemmin ja osittain jopa paperilla, ja vain vähän jos lainkaan vaikutti siihen sota, joka alkoi vuonna 1939, tai sen jälkiselvittelyt.

Tuo todellinen sota ei muistuta tätä tarusotaa, sen kulku ja päätös olivat erilaiset. Jos se olisi ollut tarun lähtökohtana ja ohjannut sen kulkua, Sormusta olisi varmasti käytetty Sauronia vastaan; häntä ei olisi tuhottu vaan hänet olisi orjuutettu, eikä Barad-dûria olisi hävitetty vaan se olisi miehitetty. Saruman, joka ei onnistunut saamaan Sormusta haltuunsa, olisi ajan myllerryksen ja petollisuuden keskellä löytänyt Mordorista sormustiedon puuttuvat renkaat, ja ennen pitkää hän olisi tehnyt oman Suursormuksen uhmatakseen sen avulla Keski-Maan

vallan anastanutta hallitsijaa. Tuossa yhteentörmäyksessä olisivat molemmat osa-
puolet vihanneet ja halveksineet hobitteja; nämä eivät olisi selviytyneet pitkään
edes orjina.

Muunkinlaisia järjestelyjä voi suunnitella tyydyttämään niiden makua, jotka
pitävät allegorioista tai ajankohtaisista viittauksista. Minä puolestani inhoan
sydämestäni allegoriaa sen kaikissa muodoissa ja olen aina inhonnut, siitä läh-
tien kun olin tarpeeksi vanha ja tarkka vainutakseni sen. Pidän paljon enem-
män historiasta, todesta tai kuvitellusta, jota voi soveltaa monin tavoin lukijoi-
den ajatus- ja kokemusmaailmaan. Monet ilmeisesti sekoittavat 'soveltamisen'
ja 'allegorian'; mutta toinen kuuluu lukijan vapauteen, kun taas toisessa tekijä
tarkoituksellisesti johdattelee.

Kokemus ei tietenkään voi kokonaan olla vaikuttamatta kirjailijaan, mutta
tarinantaimi käyttää kokemuksen maaperää hyvin monimutkaisella tavalla, ja
tuon tapahtuman määrittely on parhaimmillaankin vain arvailua riittämättömän
ja epämääräisen todistusaineiston pohjalta. On myös väärin, vaikkakin kiehtovaa,
olettaa kirjailijan ja arvostelijan elinaikojen osuessa osittain yksiin, että molem-
pien kokemuspiiriin kuuluvat ajatussuunnat ja ajankohtaiset tapahtumat olisivat
välttämättä antaneet kaikkein voimakkaimmat vaikutteet. Ihmisen on tosiaan itse
elettävä sodan varjossa ennen kuin hän voi tuntea sen paineen; mutta kun aika
kuluu, tuntuu usein unohtuvan ettei vuosi 1914 ollut nuorelle ihmiselle miten-
kään vähemmän hirvittävä kuin vuoden 1939 ja sen jälkeisten vuosien kokemuk-
set. Vuoteen 1918 mennessä kaikki läheiset ystäväni yhtä lukuun ottamatta olivat
kuolleet. Tai jos valitaan vähemmän murheellinen esimerkki: jotkut ovat oletta-
neet että kolmannen osan luku Konnun puhdistus heijastaa tilannetta Englan-
nissa niihin aikoihin, jolloin lopettelin tarinaani. Niin ei ole. Se kuului olennai-
sesti juoneen alusta alkaen, vaikka sitä muokkasikin Sarumanin persoonallisuus,
joka oli muotoutunut tarinan aikana – kerta kaikkiaan ilman minkäänlaista
vertauskuvallista merkitystä tai viittausta senaikaiseen politiikkaan. Se perustuu
kyllä jossain määrin todellisuuteen, vaikka hatarasti (taloudellinen asetelma oli
tykkänään toinen) ja paljon vanhempaan. Maata, jossa asuin lapsena, tärveltiin
ja tuhottiin jo ennen kuin minä täytin kymmenen vuotta, silloin kun autot vielä
olivat harvinaisuuksia (minä en ollut koskaan nähnyt sellaista) ja esikaupunki-
ratoja yhä rakennettiin. Jonkin aikaa sitten näin lehdessä kuvan minulle ker-
ran niin tärkeän lammen rannalla seisovasta, aikoinaan kukoistaneesta myllystä
lopullisessa rappiotilassaan. En milloinkaan pitänyt nuoren myllärin ulkonäöstä,
mutta hänen isällään, vanhalla myllärillä, oli musta parta eikä hänen nimensä
ollut Hiesuli.

Taru Sormusten herrasta julkaistaan nyt uutena laitoksena, ja olen käyttänyt
tilaisuutta hyväkseni tehdäkseni muutoksia. Olen korjannut jokusen virheen ja
epäjohdonmukaisuuden, joita tekstissä vielä oli, ja olen myös yrittänyt antaa
lisää tietoja sellaisissa kohdissa, jotka ovat herättäneet kysymyksiä tarkkaavai-
sissa lukijoissa. Olen tutkinut kaikkia kommentteja ja tiedusteluja, ja jos jotkin
on sivuutettu, se saattaa johtua siitä, etten ole onnistunut pitämään papereitani
järjestyksessä. Mutta moniin kyselyihin ei ole mahdollista vastata muualla kuin
lisäliitteissä tai kokonaan uudessa niteessä, joka sisältäisi sitä aineistoa, jota en
liittänyt alkuperäiseen laitokseen, ennen muuta yksityiskohtaisempaa kielitieteel-
listä tietoa. Sitä odotellessa on tässä laitoksessa tämä esipuhe, lisäys prologiin,
joitakin viitteitä sekä henkilönimi- ja paikannimihakemisto. Tämä hakemisto

pyrkii täydellisyyteen hakusanoissa mutta ei viittauksissa, sillä tähän laitokseen on katsottu välttämättömäksi supistaa sitä. Täydellinen hakemisto, jossa käytettäisiin hyväksi kaikkea rouva N. Smithin keräämää aineistoa, kuuluu pikemminkin lisäniteeseen.*

SAATTEEKSI

Tässä kirjassa suomen kieli vastaa Keski-Maan yhteiskieltä eli westronia. Kaikki yhteiskieliset henkilön- ja paikannimet on suomennettu, esim. Reppuli, Klonkku, Kontu, Viimapää. Sen sijaan kaikki muut nimet on jätetty alkuperäiseen asuunsa oikeinkirjoitusta myöten, esim. haltiakieliset Elrond, Galadriel, Lórien sekä kääpiökieliset Kheled-zâram ja Khazad-dûm. Haltiakieliä taitavat henkilöt käyttävät myös joskus erityisiä monikkomuotoja, sellaisia kuin *dúnedain* ja *rohirrim*, 'samoojat' ja 'Rohanin asukkaat'.

---

* Tämän Tolkienin 1966 kirjoittaman esipuheen jälkeen *Taruun Sormusten herrasta* on laadittu uusi hakemisto, joka sisältyy nyt myös suomenkieliseen laitokseen. (Toimituksen huomautus.)

PROLOGI

I

Hobiteista

Tässä kirjassa puhutaan paljon hobiteista. Sen sivuilta lukijalle selviää yhtä ja toista heidän ominaislaadustaan ja jotakin heidän historiastaankin. Lisätietoja voi saada niistä Länsikairan Punaisen kirjan otteista, jotka on jo julkaistu nimellä *Hobitti*. Siinä kerrottu tarina perustuu Punaisen kirjan alkulukuihin, jotka on kirjoittanut ensimmäinen maailmanlaajuista kuuluisuutta saavuttanut hobitti Bilbo. Bilbo antoi kertomukselleen nimeksi *Sinne ja takaisin*, ja se kertoi hänen matkastaan itään ja kotiinpaluustaan; myöhemmin tämä seikkailu liitti kaikki hobitit niihin aikansa suuriin tapahtumiin, jotka on tässä kerrottu.

Monet halunnevat kuitenkin tietää enemmän tämän huomattavan kansan alkuvaiheista, ja toisilla taas ei ehkä ole hallussaan aikaisempaa kirjaa. Näitä lukijoita varten tähän on kerätty muutamia hobittitiedon keskeisiä seikkoja, ja samaten tässä käydään lyhyesti läpi ensimmäinen seikkailu.

Hobitit ovat vaatimaton, mutta hyvin vanha kansa, joka oli ennen suurempi kuin nykyään. He rakastavat rauhaa, hiljaisuutta ja viljeltyä maata; hyvin järjestetty ja hoidettu maaseutu oli heidän mieluisin asuinsijansa. He eivät ole koskaan ymmärtäneet sen monimutkaisempia koneita tai laitteita kuin palkeet, vesimylly tai kangaspuut, eivätkä koneet ole heitä kiinnostaneet, vaikka he ovatkin taitavia työkalujen käytössä. Jo muinoin he yleensä ujostelivat »isoja ihmisiä», kuten he meitä kutsuvat, mutta nykyisin he kauhuissaan karttavat meitä, niin että heitä alkaa olla hyvin vaikea tavata. He ovat hyväkuuloisia ja tarkkasilmäisiä, ja vaikka heillä on taipumusta lihomiseen ja he välttävät turhaa kiirettä, he ovat kuitenkin vikkeliä ja ketteriä liikkeissään. Heillä on aina ollut taito hävitä nopeasti ja äänettömästi kun isoja ihmisiä, joita he eivät halua tavata, rymistelee vastaan. Tämän taidon he ovat kehittäneet niin pitkälle että se saattaa tuntua ihmisistä taikuudelta, mutta itse asiassa hobitit eivät koskaan ole harrastaneet minkäänlaista taikuutta. Tämä välttely on pelkästään seurausta erityisestä taidosta, jonka perintötekijät ja käytäntö ja läheinen suhde maahan ovat kehittäneet sellaiseksi, etteivät suuremmat ja kömpelömmät rodut pysty sitä matkimaan.

Sillä he ovat pientä kansaa, pienempiä kuin kääpiöt; toisin sanoen he eivät ole yhtä tukevia ja tanakoita kuin kääpiöt vaikka eivät ole juurikaan lyhyempiä.

Heidän pituutensa vaihtelee meidän mittojemme mukaan yhden ja kahden kyynärän välillä. Nykyään harvat yltävät puoleentoista kyynärään, mutta heidän kerrotaan kutistuneen; ennen he olivat pitempiä. Punaisen kirjan mukaan Bandobras Tuk (Härkäräikkä), Isumbras III:n poika, oli kahden kyynärän ja viiden tuuman pituinen ja pystyi ratsastamaan hevosella. Hobittien asiakirjojen mukaan vain kaksi entisaikojen suurhobittia on ollut häntä mittavampia, mutta tästä erikoislaatuisesta asiasta tulee puhe tässä kirjassa.

Mitä tulee Konnun hobitteihin joita tämä kirja käsittelee, he olivat rauhan ja vaurauden aikana iloista joukkoa. He pukeutuivat kirkkaisiin väreihin – erityisesti he pitivät keltaisesta ja vihreästä – mutta kenkiä he käyttivät harvoin, sillä heidän jalkapohjissaan oli paksu nahka ja päältäpäin jalat olivat tukkaa muistuttavan kiharan karvan peitossa (tukka oli yleensä ruskea). Niinpä kengänteko oli ainoa käsityö jota heidän keskuudessaan ei paljon harrastettu – heillä oli näet pitkät ja näppärät sormet, joilla he osasivat valmistaa paljon muita hyödyllisiä ja kauniita esineitä. Heidän kasvonsa olivat yleensä paremminkin sävyisät kuin kauniit, leveät ja punaposkiset, ja heidän suunsa oli aina altis nauruun – ja syömiseen ja juomiseen. Ja he nauroivat, söivät ja joivat usein ja sydämensä kyllyydestä; he pilailivat yhtenään ja söivät kuusi kertaa päivässä (mikäli mahdollista). He olivat vieraanvaraisia ja rakastivat juhlia samoin kuin lahjojakin, joita he jakelivat avokätisesti ja vastaanottivat innokkaasti.

On aivan selvää, että huolimatta myöhemmästä vieraantumisesta hobitit ovat meille sukua, paljon läheisempää sukua kuin haltiat tai edes kääpiöt. He puhuivat vanhastaan omalla tavallaan ihmisten kieltä, ja heistä olivat mieluisia tai vastenmielisiä samat asiat kuin ihmisistäkin. Mutta mikä tuo suhde täsmälleen on, ei enää ole selvitettävissä. Hobittien alkuperä kätkeytyy kaukaisiin esiaikoihin, jotka ovat menneet ja unohtuneet. Ainoastaan haltioilla on enää asiakirjoja tuolta menneeltä ajalta, mutta heidän perimätietonsa keskittyy lähes kokonaan heidän omaan historiaansa, jossa ihmiset esiintyvät harvoin eikä hobitteja mainita ollenkaan. Kuitenkin on ilmeistä, että hobitit olivat itse asiassa eläneet hiljaksiin Keski-Maassa monta monituista vuotta ennen kuin muut edes huomasivat heitä. Ja kun maailma muutenkin on täynnä monenmoista kummaa otusta, tällä pikku kansalla tuntui olevan kovin vähän merkitystä. Mutta Bilbon ja hänen perijänsä Frodon aikana heistä tuli yhtäkkiä sekä tärkeitä että kuuluisia, täysin riippumatta heidän omasta tahdostaan, ja he aiheuttivat paljon päänvaivaa Suurten ja Viisasten neuvonpidoille.

Tuo aika, Keski-Maan kolmas aika, on nyt kaukana takanapäin, ja maat ovat muuttaneet muotoaan, mutta hobittien silloiset asuma-alueet olivat epäilemättä samat kuin ne, joilla heitä yhä oleilee; ne sijaitsevat Vanhan maailman luoteiskolkassa, Merestä itään. Alkukodistaan Bilbon ajan hobiteille ei ollut säilynyt mitään tietoa. Tiedonjano (muuhun kuin sukututkimukseen liittyvä) ei ollut erityisen yleistä heidän keskuudessaan, mutta jotkut vanhojen sukujen jälkeläiset sattuivat joskus tutkimaan kirjojaan ja jopa kokoamaan haltioilta, kääpiöiltä ja ihmisiltä tietoa vanhoista ajoista ja vieraista maista. Hobittien omat asiakirjat alkavat vasta Konnun asuttamisen jälkeiseltä ajalta, ja heidän vanhimmat tarunsa ulottuvat tuskin vaellusaikoja kauemmaksi. Näistä taruista ja heidän erikoisista tavoistaan ja sanoistaan käy kuitenkin selvästi ilmi, että hobitit olivat monien muiden kansojen tapaan muinoin liikkuneet länteen. Heidän varhaisimmissa taruissaan tuntuu vilahtavan aika, jolloin he asuivat Anduinin ylälaaksoissa Sumuvuorten ja Suuren vihermetsän välissä. Syytä siihen, miksi he myöhemmin ryhtyivät hankalaan ja vaaralliseen vuorien ylittämiseen päästäkseen Eriadoriin, ei enää tiedetä varmasti. Heidän omissa asiakirjoissaan sanotaan, että ihmiset lisääntyivät ja että metsän ylle lankesi varjo, joka pimensi sen ja sen uudeksi nimeksi tuli Synkmetsä.

Jo ennen kuin hobitit ylittivät vuoret, he olivat jakautuneet kolmeen toisistaan eroavaan heimoon: karvajalat, väkevät ja helokesit. Karvajalat olivat ruskeaihoisia, pieniä ja lyhyitä, he olivat parrattomia ja kulkivat kengittä, heidän kätensä ja jalkansa olivat sirot ja näppärät; mieluiten he asuivat vuoriseuduilla ja mäkimailla. Väkevät olivat vankkoja ja tanakoita, heillä oli isot kädet ja jalat ja heitä miellyttivät enemmän tasangot ja jokivarret. Helokeseillä oli vaalea iho ja tukka, he olivat pitempiä ja hoikempia kuin muut ja rakastivat puita ja metsämaita.

Karvajalat olivat muinaisina aikoina paljon tekemisissä kääpiöiden kanssa ja he asuivat kauan vuorten alarinteillä. He siirtyivät länteen aikaisin ja vaelsivat halki Eriadorin aina Viimapäälle saakka niihin aikoihin kun muut vielä asuivat Erämaassa. He olivat tavallisin ja hobittimaisin heimo ja heitä oli ylivoimaisesti eniten. He olivat muita taipuvaisempia asettumaan paikoilleen ja säilyttivät kauimmin esi-isiensä tavan asua tunneleissa ja koloissa.

Väkevät viipyivät pitkään Suuren virran, Anduinin, rannoilla eivätkä arkailleet ihmisiä yhtä paljon kuin muut. He muuttivat länteen karvajalkojen jälkeen ja seurasivat Kohuvettä etelään; monet heistä elivät siellä kauan Tharbadin ja Mustainmaan rajojen välillä ennen kuin siirtyivät takaisin pohjoiseen.

Vähälukuisimmat helokesit olivat pohjoinen heimo. Heillä oli läheisemmät suhteet haltioihin kuin muilla hobiteilla ja he olivat lahjakkaampia kielen ja laulujen alalla kuin käsitöissä. Vanhastaan he mieluummin metsästivät kuin viljelivät maata. He ylittivät vuoret Rivendellin pohjoispuolelta ja seurasivat Maitokymin juoksua. Eriadorissa he pian sekaantuivat muihin heimoihin, jotka olivat tulleet ennen heitä, mutta koska he olivat rohkeampia ja seikkailunhaluisempia, karvajalkojen ja väkevien johtajat ja päälliköt olivat usein helokeseja. Vielä Bilbon aikana saattoi huomattavimmissa suvuissa, kuten Tukeissa ja Bukinmaan herroissa havaita selviä helokesien piirteitä.

Eriadorin läntisillä mailla Sumuvuorten ja Luninvuorten välillä hobitit kohtasivat sekä ihmisiä että haltioita. Ja toden totta, siellä eli vielä joitakin Meren yli Westernessestä tulleiden ihmisten kuninkaiden jälkeläisiä, *dúnedainia*, mutta he vähenivät nopeasti ja heidän Pohjois-Valtakuntansa maat autioituivat. Tulokkaille oli tilaa ja ennen pitkää hobitit alkoivat perustaa yhdyskuntia. Useimmat aikaisemmat hobittisiirtokunnat olivat Bilbon aikana jo hävinneet ja unohtuneet, mutta yksi varhainen tärkeä siirtokunta oli säilynyt, vaikkakin pienentyneenä: se sijaitsi Briissä ja sitä ympäröivässä Aarnimetsässä noin neljänkymmenen virstan päässä Konnusta itään.

Epäilemättä juuri näinä varhaisina aikoina hobitit oppivat kirjoittamaan samalla lailla kuin *dúnedain*; nämä puolestaan olivat oppineet tämän taidon haltioilta paljon aikaisemmin. Noihin aikoihin hobitit myös unohtivat oman kielensä, millainen se sitten olikin, ja ovat siitä lähtien puhuneet yhteiskieltä, jota kutsuttiin westroniksi ja jota käytettiin kaikilla Arnorin ja Gondorin kuninkaiden mailla sekä rannikoilla Belfalasista Lunille. He säilyttivät kuitenkin muutamia omia sanoja, kuukausien ja viikonpäivien nimet sekä suuren joukon vanhoja henkilönnimiä.

Näihin aikoihin hobittien tarut muuttuvat historiaksi ja heidän ajanlaskunsa alkaa. Sillä kolmannen ajan vuonna 1601 helokesiveljekset Marcho ja Blanco lähtivät liikkeelle Briistä ja saatuaan luvan Fornostin korkealta kuninkaalta* he ylittivät ruskean Baranduinjoen mukanaan suuri joukko hobitteja. He käyttivät Paasikaarten siltaa, joka oli rakennettu Pohjois-Valtakunnan vallan aikana, ja valtasivat asuinsijoikseen kaiken maan joen ja Kaukavaarojen välillä. Heiltä ei vaadittu muuta kuin että he pitäisivät Suuren sillan sekä muutkin tiet ja sillat kunnossa, jouduttaisivat kuninkaan lähettien matkaa ja tunnustaisivat kuninkaan herruuden.

Näin sai alkunsa *konnunlasku*, sillä siitä vuodesta, jolloin Rankkivuo (jollaiseksi hobitit väänsivät nimen) ylitettiin, tuli Konnun ensimmäinen vuosi ja kaikki myöhemmät ajat laskettiin siitä.† Lännen hobitit ihastuivat uuteen maahansa heti; sinne he jäivät ja unohtuivat pian jälleen kerran ihmisten ja haltioiden historiasta. Niin kauan kuin kuningas oli olemassa, he olivat nimellisesti hänen alamaisiaan, mutta itse asiassa heitä hallitsivat heidän omat päällikkönsä eivätkä he sekaantuneet muun maailman menoon. Fornostin viimeiseen taisteluun, joka käytiin Angmarin noitaruhtinasta vastaan, he lähettivät jousimiehiä kuninkaan avuksi – niin he väittivät, vaikka siitä ei löydy mainintaa ihmisten taruista. Tuossa sodassa Pohjois-Valtakunta tuhoutui ja hobitit ottivat maan omakseen ja valitsivat päälliköittensä joukosta *thainin* käyttämään sitä valtaa, joka kuninkaalla oli ollut. Tuhanteen vuoteen eivät sodat heitä juurikaan häirinneet, ja he vaurastuivat ja lisääntyivät Mustan ruton (37 kl.) jälkeen aina Ikitalven ja sitä seuranneen nälänhädän aiheuttamaan tuhoon saakka. Tuhannet menehtyivät tuona aikana, mutta Vaivojen vuodet (1158–1160) kuuluivat tämän kertomuksen tapahtumaaikana kaukaiseen menneisyyteen ja hobitit olivat taas tottuneet yltäkylläisyyteen. Maa oli hedelmällinen ja lempeä, ja vaikka se oli ollut pitkään hylättynä ennen hobittien tuloa, sitä oli aikaisemmin viljelty hyvin ja kuninkaalla oli ollut siellä monia tiluksia, viljavainioita, viinitarhoja ja metsiä.

Kaukavaaroilta Rankkivuon sillalle oli matkaa kaksikymmentä peninkulmaa ja pohjoisen nummilta etelän soille kaksikymmentäviisi. Hobitit antoivat maalle nimeksi Kontu tarkoittaen sillä *thainsa* valtapiiriä, aluetta jossa elämä sujui hyvässä järjestyksessä, ja tässä mukavassa maailman kolkassa he elivät järjestynyttä elämäänsä ja välittivät yhä vähemmän ulkopuolisesta maailmasta, jossa synkät varjot liikkuivat, kunnes he alkoivat ajatella että rauha ja yltäkylläisyys kuuluivat Keski-Maassa asiaan ja että ne olivat kaikkien kunnon kansalaisten oikeus. He unohtivat tai olivat unohtavinaan sen vähän, mitä olivat koskaan tienneet Vartijoista ja näiden vaivoista, joiden ansiota Konnun pitkä rauhanaika oli. Heitä suojeltiin tosiasiassa koko ajan, mutta tieto siitä oli kadonnut heidän muististaan.

Mitkään hobitit eivät koskaan ole olleet sotaisia eivätkä he olleet milloinkaan taistelleet keskenään. Entisaikoina heidän oli tietenkin täytynyt taistella

---

* Kuten Gondorin historiankirjoitus kertoo, tämä oli Argeleb II, kahdeskymmenes pohjoista haaraa, joka sammui Arveduin myötä kolmesataa vuotta myöhemmin.

† Näin ollen kolmannen ajan vuosiluvut haltioiden ja *dúnedainin* laskutavan mukaan saadaan selville lisäämällä 1600 konnunlaskun vuosilukuihin.

tullakseen toimeen ankarassa maailmassa, mutta tuo kaikki oli Bilbon aikana muinaishistoriaa. Viimeinen taistelu ennen tämän kertomuksen alkua ja ainoa, joka koskaan oli taisteltu Konnun rajojen sisäpuolella, oli muistitiedon ulottumattomissa: Viherkenttien taistelu vuonna 1147 kl., jossa Bandobras Tuk löi Kontuun hyökänneet örkit. Ilmastokin oli muuttunut lauhemmaksi ja ankarina lumitalvina pohjoisesta tunkeutuneita saaliinhimoisia susia oli enää jonkun isoisän jutuissa. Vaikka Konnussa oli vielä aseita, niitä pidettiin enimmäkseen komeina koristeina takan päällä tai seinillä tai kerättynä Järin Möyremässä olevaan museoon. Museota kutsuttiin Mathomtaloksi; hobitit nimittivät *mathomiksi* kaikkea sellaista, millä ei ollut varsinaista käyttöä mutta mitä ei raaskinut heittää poiskaan. Heidän asumuksensa täyttyivät helposti mathomeista, ja niitä olivat myös monet kädestä käteen kulkevat lahjat.

Kaikesta vauraudesta ja rauhasta huolimatta tämä kansa oli kuitenkin kummallisen sitkeää. Tosipaikan tullen heitä oli vaikea lannistaa tai surmata. Kenties he olivat niin kyltymättömän ihastuneita elämän iloihin osittain siksi, että he pystyivät tarvittaessa selviämään ilman niitä. He kestivät nurisematta surujen, vihollisen tai sään kovatkin kolhimiset sellaisten ällistykseksi, jotka tunsivat heidät huonosti eivätkä nähneet heidän hyvinvoivia kasvojaan ja vatsojaan edemmäksi. Vaikka he harvoin riitelivät eivätkä tappaneet elävää olentoa huvin vuoksi, he olivat puolustautuessaan uljaita ja osasivat hädän tullen yhä käsitellä aseita. He olivat taitavia jousimiehiä, tarkkasilmäisiä ja hyviä osumaan – muutenkin kuin jousella ja nuolella. Kun hobitti kumartui poimimaan kiveä, oli viisainta pian pötkiä suojaan, tämän tiesivät hyvin kaikki liian lähelle eksyneet eläimet.

Kaikki hobitit olivat alun perin asuneet maakoloissa – niin he ainakin uskoivat, ja senkaltaisissa asumuksissa he viihtyivät edelleenkin parhaiten; mutta ajan mittaan heidän oli ollut pakko omaksua muita asumismuotoja. Yleensä vain Konnun rikkaimmat ja köyhimmät pitivät Bilbon aikana yllä vanhaa tapaa. Kaikkein köyhimmät asuivat edelleen aivan alkeellisissa koloissa, tuskin kuoppaa kummemmissa, joissa oli vain yksi ikkuna tai ei sitäkään, vauraimmat puolestaan rakennuttivat ylellisempiä muunnelmia vanhan ajan yksinkertaisista asumuksista. Mutta kaikkiin paikkoihin ei ollut hyvä kaivaa tällaisia suuria ja monihaaraisia tunneleita (tai kuten he itse niitä kutsuivat, *smialeita*). Tasangoilla ja alamailla alkoivat hobitit lisäännyttyään rakentaa maan päälle. Jopa mäkiseuduilla ja vanhoissa kylissä kuten Hobittilassa ja Tukinturussa tai Konnun pääkaupungissa Järin Möyremässä Valkovaaroilla oli jo monia kivestä, tiilestä tai puusta rakennettuja taloja. Erityisesti niitä suosivat myllärit, sepät, köydenpunojat, kärryntekijät ja sen sellaiset; vielä koloissa asuessaankin hobiteilla oli jo ollut tapana rakentaa vajoja ja verstaita.

Rankkivuon alajuoksun Nevan asukkaiden sanotaan aloittaneen maatalojen ja aittojen rakentamisen. Tuon alueen, Itäneljännyksen, asukkaat olivat melko isoja ja tukevajalkaisia ja he käyttivät kurailmalla kääpiönsaappaita. Mutta heissä virtasi tunnetusti paljon väkevien verta, mikä näkyi siitäkin että monille kasvoi untuvaa leukaan. Karvajaloilla ja helokeseillä ei ollut tietoakaan parrasta. Nevan, samoin kuin Vuon itäpuolella olevan Bukinmaan asukkaat, jotka olivat samaa juurta, olivat enimmäkseen muuttaneet Kontuun myöhemmin etelästä, ja he käyttivät edelleen monia outoja nimiä ja vieraita sanoja, joita ei tavattu muualla Konnussa.

On todennäköistä että rakennustaito, samoin kuin niin monet muut taidot, olivat *dúnedainin* perua, mutta hobitit ovat voineet oppia ne suoraan haltioilta, jotka puolestaan olivat opettaneet ihmisiä heidän nuoruudessaan. Sillä Suuren suvun haltiat eivät olleet vielä hylänneet Keski-Maata, ja heitä asui vielä tuohon aikaan Harmaissa satamissa kaukana lännessä ja kulkukelpoisen matkan päässä Konnusta. Läntisten rajamaiden takana näkyi vielä kolme ikivanhaa haltiatornia Tornikukkuloilla. Ne loistivat kaukana kuun valossa ja korkein seisoi yksinään kauimpana vihreällä kummulla. Länsineljännyksen hobitit sanoivat, että tuon tornin huipusta näkisi Meren, mutta yhdenkään hobitin ei tiedetä kiivenneen sinne. Hyvin harvat hobitit olivat koskaan nähneet Merta tai purjehtineet sen aalloilla ja vielä harvemmat olivat palanneet siitä kertomaan. Useimmat hobitit suhtautuivat jopa jokiin ja pieniin veneisiin syvän epäluuloisesti ja harvat osasivat uida. Ja kun Konnun vuodet vierivät, he puhuivat yhä vähemmän haltioiden kanssa ja alkoivat pelätä heitä ja suhtautuivat epäluuloisesti niihin, jotka olivat heidän kanssaan tekemisissä; sana Meri muuttui pelottavaksi heidän korvissaan ja siitä tuli kuoleman vertauskuva ja he käänsivät katseensa pois läntisiltä kukkuloilta.

Oli rakentamisen taito sitten kotoisin haltioilta tai ihmisiltä, hobitit käyttivät sitä omalla tyylillään. Tornit eivät olleet heidän alaansa. Hobittitalot olivat yleensä matalia, pitkiä ja mukavia. Vanhin talotyyppi oli lähinnä *smialien* maanpäällinen jäljitelmä: oljilla, kuivalla ruoholla tai turpeilla katettu ja hieman kuperaseinäinen. Tämä vaihe kuului kuitenkin Konnun varhaisaikoihin ja hobittien rakennustyyli oli jo paljon aikaisemmin muuttunut, sitä oli paranneltu kääpiöiltä opituin tai itse keksityin keinoin. Taipumus pyöreisiin ikkunoihin ja jopa oviin oli tärkein jäljelle jäänyt hobittiarkkitehtuurin erikoisuus.

Konnun hobittien talot ja kolot olivat usein isoja ja niissä asui suuria perheitä. (Bilbo ja Frodo Reppuli olivat poikamiehiä ja siksi hyvin poikkeuksellisia, kuten he olivat monissa muissakin suhteissa; he olivat esimerkiksi haltioiden ystäviä.) Joskus monta sukupolvea asui (suhteellisen) rauhassa yhdessä esi-isiltä perityssä monihaaraisessa rakennuksessa, kuten Tukit Suurissa smialeissa ja Rankkibukit Rankkihovissa. Joka tapauksessa hobitit olivat sukutietoisia ja laskivat tarkkaan sukulaisuussuhteensa. He laativat suuria ja perinpohjaisia sukupuita, joissa oli lukemattomia haaroja. Kun joutuu tekemisiin hobittien kanssa, on tärkeätä muistaa kuka on sukua kellekin ja kuinka läheistä. Tässä kirjassa olisi mahdotonta esittää sukupuuta edes tärkeimpien sukujen tärkeimmistä jäsenistä näiden kertomusten tapahtuma-aikaan. Länsikairan Punaisen kirjan lopussa olevat sukupuut muodostavat jo sinänsä pienen kirjan, ja kaikkien muiden paitsi hobittien mielestä ne olisivat varmasti erinomaisen ikävystyttäviä. Hobitteja tuollaiset asiat viehättivät sikäli kuin ne olivat tarkkoja: he pitivät siitä että kirjat olivat täynnä asioita, jotka he jo tiesivät, selvästi ja mutkattomasti esitettyinä, ilman mitään ristiriitaisuuksia.

2

Piippukessusta

Entisaikojen hobiteista on mainittava vielä yksi seikka, yllättävä tapa: he imivät tai hengittivät sisäänsä savi- tai puupiippujen läpi erään kasvin palavien lehtien savua. Kasvia he kutsuivat piippukessuksi tai pehkuksi ja se lienee *Nicotianan* alalaji. Tämän merkillisen tavan alkulähteet ovat melkoisen hämärän peitossa. Kaiken mitä sen menneisyydestä voitiin saada selville kokosi yhteen Meriadoc Rankkibuk (myöhemmin Bukinmaan herra), ja koska hänellä ja Eteläneljännyksen tupakalla on osansa seuraavassa kertomuksessa, voinemme lainata hänen huomioitaan *Konnun kasvitiedon* esipuheesta.

Hän sanoo:»Tämä on ainoa taito jota voimme varmasti väittää omaksi keksinnöksemme. Tiedossa ei ole milloin hobitit alkoivat polttaa, kaikissa taruissa ja kronikoissa sitä pidetään itsestään selvänä. Konnun asukkaat polttivat kauan kaikenlaisia kasveja, joista jotkin olivat kitkerämpiä ja jotkin makeampia. Mutta kaikki lähteet ovat yhtä mieltä siitä että Tobold Piipari Eteläneljännyksen Pitkänpohjasta ensimmäisenä kasvatti puutarhassaan oikeaa piippukessua Isengrim II:n aikana, vuoden 1070 tienoilla konnunlaskua. Paras kotona kasvatettu tulee edelleen noilta seuduilta, erityisesti ne laadut jotka nykyään tunnetaan nimillä Pitkänpohjan pehku, Vanha Tobo ja Etelän tähti.

Sitä, miten vanha Tobo löysi tämän kasvin, eivät asiakirjat tiedä kertoa, koska hän kieltäytyi kuolemaansa saakka paljastamasta sitä. Hän tiesi paljon kasveista, mutta hän ei ollut mikään matkustelija. On sanottu että hän olisi usein nuoruudessaan käynyt Briissä, mutta sen kauemmaksi Konnusta hän ei varmastikaan koskaan mennyt. Näin on hyvinkin mahdollista, että hän kuuli tästä kasvista Briissä, missä se ainakin nykyään viihtyy hyvin vuoren etelärinteillä. Briin hobitit väittävät olleensa ensimmäisiä piippukessun polttajia. He väittävät tietysti tehneensä kaiken ennen kontulaisia, joita he kutsuvat »siirtolaisiksi»; mutta tässä tapauksessa heidän väitteensä pitää minun käsitykseni mukaan paikkansa. Aivan varmaa on että aidon kessun polttaminen levisi viime vuosisatojen aikana juuri Briistä kääpiöiden keskuuteen, ja samoin sen oppivat muut matkamiehet, kuten samoojat, velhot ja vaeltajat, jotka vielä kulkivat tuon ikivanhan tienristeyksen kautta. Tämän taidon koti ja keskus on siis Briin vanha majatalo *Pomppiva poni*, jota Voivalvatin suku on pitänyt ylimuistoisista ajoista.

Oli miten oli, ne huomiot joita olen tehnyt monilla matkoillani etelään ovat vakuuttaneet minut siitä, että kasvi sinänsä ei ole meidän maankolkkamme yksityistä omaisuutta, vaan se on levinnyt pohjoiseen Anduinin alajuoksulta, jonne sen luullakseni ovat tuoneet Westernessen ihmiset Meren takaa. Sitä kasvaa Gondorissa runsaasti ja siellä kasvit ovat isompia ja komeampia kuin pohjoisessa, missä se ei kasva villinä ja viihtyy vain lämpimissä suojaisissa paikoissa kuten Pitkänpohjassa. Gondorin ihmiset kutsuvat sitä nimellä *makea galenas* ja arvostavat sitä ainoastaan sen kukkien tuoksun vuoksi. Tuosta maasta sen on täytynyt kulkeutua Vihertietä pitkin Elendilin saapumisen ja meidän päiviemme välisinä pitkinä vuosisatoina. Mutta jopa Gondorin *dúnedain* suovat meille yhden kunnian: hobitit panivat sen piippuun ennen muita. Eivät edes velhot tulleet ajatelleeksi sitä ennen meitä. Vaikka eräs tuntemani velho kyllä oppi tuon taidon aikoja sitten ja tuli siinä yhtä eteväksi kuin muissakin asioissa joihin hän ryhtyi.»

3

Miten Kontu oli järjestetty

Kontu oli jaettu neljään osaan, edellä jo mainittuihin Pohjois-, Etelä-, Itä- ja Länsineljännykseen, ja nämä oli edelleen jaettu piirikuntiin, joilla vieläkin oli samat nimet kuin eräillä johtavilla suvuilla, vaikka tämän tarinan tapahtuma-aikaan näitä sukunimiä tavattiin myös niiden omien piirikuntien ulkopuolella. Lähes kaikki Tukit asuivat edelleen Tukinmaassa, mutta näin ei ollut eräiden muiden sukujen laita, kuten Reppulien ja Boffinien. Neljännyksien ulkopuolelle jäivät itäiset ja läntiset rajamaat: Bukinmaa (s. 86) sekä Länsikaira, joka liitettiin Kontuun 1452 kl.

Tuohon aikaan Konnussa oli tuskin minkäänlaista »hallintoa». Suvut hoitivat enimmäkseen omat asiansa. Ravinnon kasvattaminen ja sen syöminen vei suurimman osan asukkaiden ajasta. Muissa asioissa he olivat yleensä suurpiirteisiä, eivät ahneita vaan kohtuullisia ja tyytyväisiä, niin että maatilat, verstaat ja pienet liikkeet pyrkivät pysymään samanlaisina sukupolvesta toiseen.

Muinainen perimätieto korkeasta kuninkaasta tietysti säilyi. Hänen piti asuman Fornostissa eli Pohjanlinnassa, kuten sitä kutsuttiin, kaukana Konnun pohjoispuolella. Mutta kuningasta ei ollut ollut lähes tuhanteen vuoteen ja kuninkaiden Pohjanlinnan rauniotkin olivat nurmettuneet. Silti hobitit yhä sanoivat villeistä kansoista ja ilkeistä otuksista (kuten peikoista), että nämä eivät olleet kuulleet kuninkaasta. He kirjasivat muinaisen kuninkaan nimiin kaikki tärkeimmät lakinsa ja yleensä noudattivat niitä vapaasta tahdostaan, koska Säännöt olivat (kuten he sanoivat) sekä ikiaikaisia että oikeita.

On totta että Tukin suku oli pitkään ollut hallitsevassa asemassa; sillä *thainin* virka oli siirtynyt (Ikäbukeilta) heille muutamia vuosisatoja aiemmin ja Tukien päämies oli siitä lähtien kantanut tuota arvonimeä. *Thain* oli Konnunpäivien johtaja ja Konnunkatselmuksen sekä hobittiväen kapteeni, mutta koska katselmus ja päivät kutsuttiin koolle vain hätätilanteissa, joita ei enää sattunut, *thainin* virka oli nyt vain nimellinen kunnia. Tukin suku sai edelleen osakseen erityistä arvonantoa, sillä se pysyi suurena ja erinomaisen varakkaana, ja siitä nousi yleensä joka sukupolvessa voimakkaita persoonallisuuksia, joilla oli omituisia tapoja ja jopa seikkailumieltä. Jälkimmäistä ominaisuutta nykyään kuitenkin pikemminkin siedettiin (vauraissa hobiteissa) kuin suvaittiin. Vanha tapa kutsua suvun päämiestä arvonimellä *tuk* säilyi ja hänen nimeensä lisättiin mikäli tarpeellista järjestysluku, esimerkiksi Isengrim II.

Tuohon aikaan Konnun ainoa varsinainen virkamies oli Järin Möyremän (tai Konnun) pormestari, joka valittiin joka seitsemäs vuosi Valkovaarojen vapaamarkkinoilla *lithin* eli keskikesän aikaan. Pormestarina hänen lähes ainoa velvollisuutensa oli toimia isäntänä päivällisillä Konnun juhlapäivinä, joita sattui melko tiheään. Mutta pormestarinvirkaan oli yhdistetty myös postimestarin ja pääkonnavahdin virat, niin että hän hoiti sekä lähettipalvelua että vartiotointa. Nämä kaksi olivat Konnun ainoat julkiset virat; lähettejä oli paljon enemmän kuin konnavahteja ja he olivat huomattavasti kiireisempiä. Kaikki hobitit eivät suinkaan olleet kirjoitustaitoisia, mutta ne, jotka olivat, kirjoittivat alinomaa ystävilleen (sekä valikoiden myös sukulaisilleen), jotka asuivat kauempana kuin yhden iltapäivän kävelymatkan päässä.

Hobitit kutsuivat poliisejaan tai niiden lähintä vastinetta konnavahdeiksi. Näillä ei tietenkään ollut univormua (sellaiset olivat täysin tuntemattomia) vaan ainoastaan sulka lakissaan. He olivat pikemminkin aitojen vartijoita kuin poliiseja ja keskittyivät enemmän eläinten kuin kansalaisten harharetkiin. Koko Konnussa teki tätä työtä kaiken kaikkiaan kaksitoista hobittia, kolme kussakin neljänneksessä. Hieman isompi joukko, joka vaihteli tarpeen mukaan, piti huolta rajoista ja katsoi etteivät minkäänmoiset ulkolaiset, isot eivätkä pienet, päässeet aiheuttamaan harmia.

Tämän tarinan alkamisen aikoihin oli rajamiehiä, kuten heitä kutsuttiin, huomattavasti lisätty. Monet olivat valittaneet, että rajan tuntumassa ja jopa sen sisäpuolella hiiviskeli kaikenkarvaisia outoja otuksia, mikä oli ensimmäinen merkki siitä, että kaikki ei ollut niin kuin piti olla ja niin kuin aina oli ollut, paitsi joskus vanhoissa taruissa ja kertomuksissa. Harvat ymmärsivät tätä ennettä, eikä edes Bilbolla ollut aavistustakaan mitä se tiesi. Kuusikymmentä vuotta oli kulunut siitä, kun hän oli lähtenyt ikimuistoiselle matkalleen, ja hän oli vanha jopa hobitiksi, joista vain noin puolet saavutti sadan vuoden iän, mutta suuri osa hänen tuomistaan rikkauksista näytti olevan jäljellä. Kuinka suuri, sitä hän ei paljastanut kenellekään, ei edes rakkaimmalle veljenpojalleen Frodolle. Ja hän piti löytämänsä sormuksen edelleen salassa.

4

Miten sormus löytyi

Kuten kirjassa *Hobitti* kerrotaan, eräänä päivänä suuri velho Gandalf Harmaa ilmestyi Bilbon ovelle ja hänen kanssaan kolmetoista kääpiötä – kukapa muu kuin itse Thorin Tammikilpi, kuninkaitten jälkeläinen, ja hänen kaksitoista maanpaossa elävää kumppaniaan. Näiden kanssa Bilbo, omaksi pysyväksi hämmästyksekseen, lähti matkaan eräänä huhtikuun aamuna Konnun vuonna 1341 etsimään suurta aarretta, kääpiöiden Vuorenalaisten kuninkaiden kalleuksia, kaukaa idästä Laakson Ereborin alta. Retki onnistui ja lohikäärme, joka aarretta vartioi, tuhottiin. Mutta vaikka ennen lopullista voittoa käytiin Viiden armeijan taistelu ja Thorin sai surmansa, asia olisi tuskin vaikuttanut myöhempiin tapahtumiin tai ansainnut muuta kuin maininnan kolmannen ajan historiassa, ellei matkalla olisi tapahtunut pientä »sattumusta». Korkealla Sumuvuorilla eräässä solassa matkalla Erämaahan seurueen kimppuun hyökkäsi lauma örkkejä, ja kävi niin, että Bilbo eksyi väksi aikaa synkkiin örkkikaivoksiin vuoren sisään. Hänen haparoidessaan turhaan pimeässä hänen kätensä osui jonkin tunnelin lattialla sormukseen. Hän pani sen taskuunsa. Se tuntui silloin pelkältä sattumalta.

Pyrkiessään ulos Bilbo ajautui yhä syvemmälle vuoren uumeniin, kunnes ei päässyt enää pitemmälle. Tunnelin päässä levittäytyi kylmä järvi, johon mikään valo ei ulottunut, ja kiviluodolla veden keskellä asui Klonkku. Se oli vastenmielinen pieni otus: se meloi pientä venettä isoilla litteillä jaloillaan ja tähyili veteen kelmein hohtavin silmin, pyydysti sokeita kaloja pitkillä sormillaan ja söi ne raakana. Se söi minkä tahansa elävän otuksen lihaa, jopa örkin, jos pystyi pyydystämään ja kuristamaan sellaisen ilman taistelua. Sillä oli salainen kalleus, jonka se oli saanut haltuunsa aikoja sitten, asuessaan vielä valossa: kultainen sormus, joka teki käyttäjänsä näkymättömäksi. Tätä yhtä se rakasti,»Aarrettaan», ja puhui sormukselle, silloinkin kun esine ei ollut mukana. Klonkku piti sormusta turvassa ja piilossa luodon kolossa paitsi milloin oli metsästämässä tai vakoilemassa örkkejä kaivoksissa.

Ehkä se olisi hyökännyt Bilbon kimppuun heti, jos sillä olisi ollut sormus mukanaan kun he tapasivat, mutta sillä ei ollut, ja hobitilla oli kädessään haltiaveitsi, joka kävi hänelle miekasta. Niinpä Klonkku voittaakseen aikaa haastoi Bilbon arvoituskilpaan: jos se onnistuisi kysymään arvoituksen, johon Bilbo ei pystyisi vastaamaan, se tappaisi ja söisi Bilbon, mutta jos Bilbo voittaisi, se noudattaisi Bilbon pyyntöä ja johtaisi tämän ulos tunneleista.

Koska Bilbo oli toivottomasti eksynyt pimeyteen eikä voinut lähteä eteeneikä taaksepäin, hän otti haasteen vastaan, ja he kysyivät toisiltaan monia arvoituksia. Lopulta Bilbo voitti, pikemmin hyvää onneaan (niin kuin näytti) kuin älykkyyttään, hän näet huudahti lopulta kysymysvuoronsa ahdistamana samalla kun hänen kätensä osui jo unohtuneeseen löytösormukseen: *Mitä minulla on taskussani?* Tähän Klonkku ei pystynyt vastaamaan, vaikka vaati kolme yritystä.

Asiantuntijat ovat tosin erimielisiä siitä, oliko viimeinen kysymys pelkkä »kysymys» eikä »arvoitus» kilvan tiukkojen sääntöjen merkityksessä, mutta he yhtyvät kaikki siihen käsitykseen, että kun Klonkku hyväksyi kysymyksen ja yritti vastata, sen sopimus sitoi sitä. Ja Bilbo painosti sitä pitämään sanansa, sillä hänen päähänsä pälkähti, että moinen liukas otus voisi hyvinkin paljastua kaksinaamaiseksi, siitä huolimatta että tällaisia lupauksia pidettiin pyhinä ja vanhastaan kaikki paitsi katalimmat pelkäsivät rikkoa niitä. Mutta yksinäisten pimeyden vuosien jälkeen Klonkun sydän oli musta ja siinä asui petollisuus. Se luikahti tiehensä ja palasi saarelleen, josta Bilbo ei tiennyt mitään ja joka oli aivan lähellä tummassa vedessä. Sieltä Klonkku uskoi löytävänsä sormuksen. Se oli nyt nälkäinen ja vihainen, ja kunhan sillä olisi »Aarteensa» se ei pelkäisi enää minkäänlaisia aseita.

Mutta sormus ei ollut luodolla; se oli kadonnut, poissa. Klonkun kirkuna sai Bilbon värisemään, vaikka hän ei vielä ymmärtänytkään mitä oli tapahtunut. Klonkku oli lopulta arvannut, mutta liian myöhään. *Mitä sillä on tassskusssaan!* se huusi. Sen silmissä paloi vihreä liekki, kun se ryntäsi takaisin murhaamaan hobittia ja ottamaan »Aarteensa» takaisin. Viime hetkellä Bilbo käsitti vaaran ja pakeni sokeasti käytävää pitkin järveltä poispäin; ja taas kerran hänen onnensa pelasti hänet. Juostessaan hän työnsi kätensä taskuun ja sormus sujahti hänen sormeensa. Niin kävi että Klonkku ohitti hänet näkemättä häntä ja lähti käytävän aukon suulle vahtimaan, ettei »varas» pääsisi pakoon. Bilbo seurasi sitä varovasti, kun se kulki eteenpäin kiroten ja puhuen itsekseen »Aarteestaan». Näistä puheista Bilbo viimein äkkäsi totuuden ja se sytytti häneen toivon pimeyden keskellä: hän oli itse löytänyt tuon ihmeellisen sormuksen ja sen myötä mahdollisuuden paeta örkkien ja Klonkun kynsistä.

Lopulta he tulivat pysähdyspaikalle ennen näkymätöntä aukkoa, joka johti kaivosten alemmalle portille vuorten itäpuolelle. Siihen Klonkku kyyristyi puolustusasemiin nuuskien ja kuulostellen. Bilbo joutui kiusaukseen surmata se miekallaan. Mutta sääli pysäytti hänet, ja vaikka hän piti sormuksen, johon hänen ainoa toivonsa perustui, hän ei halunnut käyttää sitä tappaakseen tuon heikommassa asemassa olevan kurjan olennon. Lopulta hän kokosi rohkeutensa, hyppäsi pimeässä Klonkun yli ja pakeni käytävää pitkin vihollisensa vihan- ja epätoivonhuutojen takaa-ajamana: *Varas, varass! Reppuli! Me vihataan ssitä ikuisesti!*

On varsin mielenkiintoista että tämä ei ollut se tarina, jonka Bilbo aluksi kumppaneilleen kertoi. Heille hän väitti että Klonkku oli luvannut antaa hänelle *lahjan,* jos hän voittaisi; mutta kun Klonkku meni etsimään sitä luodoltaan, se huomasi aarteensa kadonneen. Se oli ollut taikasormus, jonka Klonkku oli saanut syntymäpäivälahjaksi aikoja sitten. Bilbo arvasi löytäneensä juuri tämän sormuksen ja koska hän oli voittanut kilvan se kuului jo hänelle. Mutta hän oli tukalassa tilanteessa eikä sanonut mitään Klonkulle, vaan antoi tämän näyttää hänelle ulospääsytien ikään kuin palkaksi lahjan sijaan. Tämän kertomuksen Bilbo esittää muistelmissaan eikä hän ilmeisesti koskaan muuttanut sitä itse, ei edes Elrondin neuvonpidon jälkeen. Todennäköisesti se esiintyi sellaisena alkuperäisessä Punaisessa kirjassa, samoin kuin useissa kopioissa ja lyhennelmissä. Mutta useat kopiot kertovat myös todellisen tarinan (vaihtoehtona) ja perustuvat epäilemättä Frodon tai Samvaisin muistiinpanoihin; kumpikin heistä oli saanut kuulla totuuden, mutta he eivät näytä mielellään poistaneen mitään, mitä vanha hobitti oli itse kirjoittanut.

Gandalf ei kuitenkaan uskonut Bilbon ensimmäistä tarinaa alkuunkaan ja oli jatkuvasti hyvin utelias sormuksesta. Vähitellen hän sai todelliset tapahtumat puristetuksi Bilbosta pitkällisillä kyselyillä, jotka rasittivat jonkin aikaa heidän ystävyyttään, mutta velho tuntui pitävän totuutta tärkeänä. Vaikka hän ei sanonut sitä Bilbolle, hän piti myös tärkeänä ja huolestuttavana sitä, että tämä kunnon hobitti ei ollut heti kärkeen kertonut totuutta, mikä oli täysin vastoin hänen tapojaan. Joka tapauksessa ajatus »lahjasta» ei ollut pelkkä hobittimainen päähänpisto. Bilbo tunnusti, että hän keksi sen kuulemistaan Klonkun puheista, sillä Klonkku tosiaan kutsui sormusta »syntymäpäivälahjaksi» monta kertaa. Gandalf piti sitäkin outona ja epäilyttävänä, mutta hän ei saanut selville totuutta tästä asiasta moneen vuoteen, kuten tästä kirjasta käy ilmi.

Bilbon myöhemmistä seikkailuista ei ole tarpeen sanoa tässä paljonkaan. Sormuksen avulla hän pääsi örkkivartijoita pakoon portilla ja liittyi seuralaisiinsa. Hän käytti sormusta monta kertaa retkensä aikana, enimmäkseen auttaakseen ystäviään, mutta hän piti sen salassa heiltä niin kauan kuin mahdollista. Palattuaan kotiin hän ei puhunut siitä kenellekään paitsi Gandalfille ja Frodolle, eikä kukaan koko Konnussa tiennyt sen olemassaolosta – tai niin hän luuli. Vain Frodolle hän näytti matkaansa käsittelevää kertomusta, jota hän kirjoitti.

Miekkansa Piikin Bilbo ripusti takan yläpuolelle ja ihmeellisen panssaripaitansa, joka oli kääpiöiden lahja lohikäärmeen aarteesta, hän lainasi museolle, toisin sanoen Järin Möyremän Mathomtalolle. Mutta vanhaa viittaa ja kaapua, joita hän oli käyttänyt retkillään, hän säilytti lipastonlaatikossa Repunpäässä; ja ohuen ketjun varmistamaa sormusta hän piti yhä taskussaan.

Hän palasi kotiinsa Repunpäähän kesäkuun 22. päivänä viidenkymmenenyhden vanhana (1342 kl.), eikä Konnussa tapahtunut mitään erikoista ennen kuin herra Reppuli aloitti sadannenyhdennentoista syntymäpäivänsä juhlavalmistelut (1401 kl.). Tarinamme alkaa siitä.

HUOMAUTUS KONNUN ASIAKIRJOISTA

Hobittien osuus niissä suurissa tapahtumissa kolmannen ajan lopussa, jotka johtivat Konnun liittämiseen jälleen yhdistettyyn Valtakuntaan, viritti heissä entistä laajemman mielenkiinnon omaan historiaansa. Monet siihen asti suullisesti säilyneet tiedot kerättiin ja kirjoitettiin muistiin. Tärkeimmät suvut olivat myös kiinnostuneita koko Valtakunnan asioista ja monet niiden jäsenet tutkivat sen muinaishistoriaa ja tarustoa. Neljännen ajan ensimmäisen vuosisadan loppuun mennessä Konnussa oli jo useita kirjastoja, joissa säilytettiin monia historiallisia teoksia ja asiakirjoja.

Suurimmat näistä kokoelmista olivat varmaankin Alistorniaisissa, Suurissa smialeissa ja Rankkihovissa. Tämä kertomus kolmannen ajan lopusta perustuu enimmäkseen Länsikairan Punaiseen kirjaan. Tätä Sormusten sotaa käsittelevää tärkeintä lähdeteosta kutsutaan tällä nimellä koska sitä säilytettiin pitkään Alistorniaisissa, jossa Länsikairan vartijat Mesikersat asuivat.* Se oli alun perin Bilbon henkilökohtainen päiväkirja, jonka hän otti mukaansa Rivendelliin. Frodo toi sen ja monia irtolehtiä takaisin Kontuun ja vuosina 1420–21 kl. hän täytti sen sivut lähes kokonaan selostuksellaan käydystä sodasta. Kokonaisuuteen kuului myös kolme punaiseen nahkaan sidottua nidettä, jotka Bilbo oli antanut hänelle jäähyväislahjaksi; näitä neljää säilytettiin todennäköisesti samassa punaisessa kotelossa. Länsikairassa näihin lisättiin viides joka sisälsi kommentaareja, sukuluetteloita ja muuta Saattueen hobittiritareihin liittyvää aineistoa.

Alkuperäinen Punainen kirja ei ole säilynyt, mutta varsinkin sen ensimmäisestä osasta tehtiin useita kopioita mestari Samvaisin lasten jälkeläisten käyttöön. Kaikkein tärkeimmän kopion tarina on kuitenkin toisenlainen. Sitä säilytettiin Suurissa smialeissa, mutta se oli kirjoitettu Gondorissa, todennäköisesti Peregrinin pojanpojan pojan pyynnöstä ja se oli valmistunut 1592 kl. (172 na.). Eteläinen kirjuri liitti siihen seuraavan huomautuksen: Findegil, kuninkaan kirjuri, päätti tämän työn IV 172. Se on kaikissa yksityiskohdissaan tarkka kopio Minas Tirithin Thainin kirjasta. Tuo kirja oli kopio, joka oli tehty kuningas Elessarin pyynnöstä *periannathin* Punaisesta kirjasta ja sen toi kuninkaalle *thain* Peregrin vetäytyessään vanhuuden lepoon Gondoriin IV 64.

Thainin kirja oli siis ensimmäinen kopio, joka Punaisesta kirjasta tehtiin, ja siinä oli paljon sellaista, mikä myöhemmin jätettiin pois tai katosi. Minas Tirithissä siihen lisättiin paljon huomautuksia ja tehtiin paljon korjauksia etenkin haltiakielisiin nimiin, sanoihin ja lainauksiin; siihen lisättiin myös lyhennelmä niistä osista *Aragornin ja Arwenin tarua*, jotka jäävät sodan ulkopuolelle. Kerrotaan että Barahir, käskynhaltija Faramirin pojanpoika, kirjoitti koko tarun vähän kuninkaan poismenon jälkeen. Mutta Findegilin kopion merkitys on ennen kaikkea siinä, että ainoastaan se sisältää kokonaisuudessaan Bilbon *Käännöksiä haltiakielestä*. Osoittautui, että nämä kolme nidettä olivat erittäin oppinut taidonnäyte, jossa Bilbo oli käyttänyt hyväkseen vuosien 1403 ja 1418 välisenä aikana Rivendellistä löytämiään kirjoitettuja ja suullisia lähteitä. Mutta Frodo käytti näitä kirjoja vähän, koska ne käsittelivät enimmäkseen esiaikoja, joten niistä ei tässä sanota sen enempää.

Meriadocista ja Peregrinistä tuli suurten sukujen päämiehiä ja samalla he pitivät yllä yhteyksiään Rohaniin ja Gondoriin; tästä syystä Bukinpurin ja Tukinturun kirjastoissa oli paljon sellaista, mitä Punaisessa kirjassa ei ollut. Rankkihovissa oli monia Eriadoria ja Rohanin historiaa käsitteleviä teoksia. Jotkin näistä olivat Meriadocin itsensä kirjoittamia tai aloittamia, mutta Konnussa hänet tunnetaan parhaiten teoksistaan *Konnun kasvitieto* ja *Ajan laskeminen*, joista jälkimmäisessä hän pohtii Konnun ja Briin kalenterien suhdetta Rivendellin, Gondorin ja Rohanin kalentereihin. Hän kirjoitti myös pienen tutkimuksen *Konnun vanhat nimet ja sanat*, jossa hän kiinnitti erityistä huomiota mahdolliseen sukulaisuuteen

---

* Katso liite B, annaalit 1451, 1462, 1482, sekä huomautus liitteen C lopussa.

rohirrimin kielen ja sellaisten Konnun sanojen kuin *mathom* ja paikannimien vanhojen ainesten välillä.

Suurten smialien kirjat kiinnostivat kontulaisia vähemmän vaikka olivatkin tärkeämpiä laajemman historian kannalta. Yksikään niistä ei ollut Peregrinin kirjoittama, mutta hän ja hänen seuraajansa keräilivät Gondorin kirjurien laatimia käsikirjoituksia; enimmäkseen ne olivat Elendiliin tai hänen jälkeläisiinsä liittyvien tarujen ja kertomusten kopioita tai lyhennelmiä. Vain täältä Konnusta oli löydettävissä Númenorin historiaa ja Sauronin nousua koskeva laaja aineisto. Todennäköisesti *Vuosien kirja** laadittiin juuri Suurissa smialeissa Meriadocin keräämän aineiston tuella. Siitä huolimatta, että ennen kaikkea toisen ajan mutta muutkin vuosiluvut perustuvat usein otaksumiin, ne ansaitsevat huomiota. On todennäköistä että Meriadoc sai apua ja tietoja Rivendellistä, missä hän kävi useammin kuin kerran. Vaikka Elrond oli jo lähtenyt, hänen poikansa viipyivät siellä pitkään joidenkin suurhaltioiden kanssa. Kerrotaan että Celeborn siirtyi sinne asumaan Galadrielin lähdön jälkeen, mutta siitä päivästä, jona hän suuntasi matkansa kohti Harmaita satamia ei ole tietoa, ja hänen mukanaan poistui viimeinen muistitieto Keski-Maan esiajoista.

---

* Hyvin suppea tiivistelmä kolmannen ajan loppuun saakka liitteessä B.

SORMUKSEN RITARIT

TARU SORMUSTEN HERRASTA

Ensimmäinen osa

The Fellowship

of the

Ring

J.R.R.Tolkien

ENSIMMÄINEN KIRJA

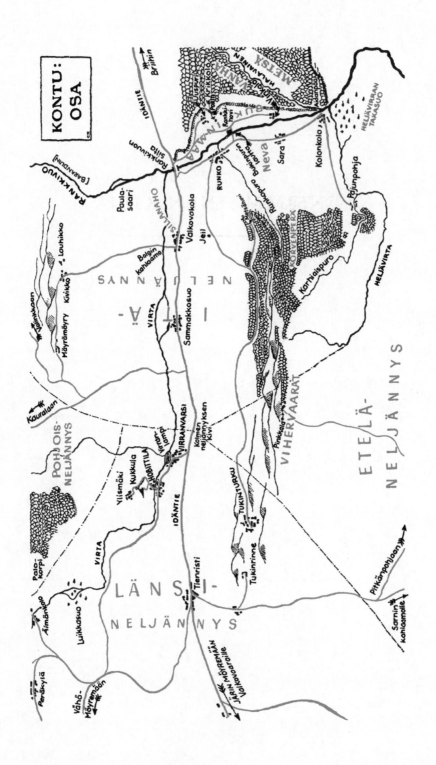

I
ODOTETTU JUHLA

Kun Repunpään herra Bilbo Reppuli ilmoitti, että hän piakkoin viettäisi yhdettätoistakymmenettäensimmäistä syntymäpäiväänsä suurin ja arvokkain juhlamenoin, alkoi Hobittilassa puhe ja kohu.

Bilbo oli hyvin rikas ja hyvin kummallinen; hän oli ollut Konnun ihmetyksen aiheena kuusikymmentä vuotta, aina merkillisestä katoamisestaan ja odottamattomasta paluustaan lähtien. Rikkaudet, jotka hän oli tuonut tullessaan, olivat muuttuneet tarunhohtoisiksi. Yleisesti uskottiin, huolimatta vanhan kansan vastaväitteistä, että Repunpään Kukkula oli täynnä käytäviä aarteita pullollaan. Ja jollei tämä riittänyt mainetta tuomaan, niin aina sopi kummastella hänen jatkuvaa vireyttään. Aika kului mutta vähän se näytti herra Reppuliin vaikuttavan. Yhdeksänkymmenen ikäisenä hän oli yhä sama kuin viisissäkymmenissä. Kun hän täytti yhdeksänkymmentäyhdeksän, alettiin häntä kutsua *hyvin säilyneeksi*, mutta *muuttumaton* olisi osunut paremmin kohdalleen. Oli niitä, jotka pudistivat päätään ja tuumivat, että tässä oli liiaksi hyvää; tuntuihan epäoikeudenmukaiselta, että jollakulla oli sekä ikuinen nuoruus (kuten näytti) että loppumattomat rikkaudet (kuten väitettiin).

»Maksu siitä on maksettava», he sanoivat. »Se ei ole luonnollista eikä siitä hyvää seuraa!»

Mutta pahaa ei ollut vielä seurannut; ja kun herra Reppuli oli avokätinenkin, useimmat olivat valmiit suomaan anteeksi hänen omituisuutensa ja hyvän onnensa. Sukulaistensa luona (paitsi tietysti Säkinheimo-Reppulien) hän edelleen vieraili kuten asiaan kuuluu, ja monet köyhiin ja vähäisiin sukuihin kuuluvat hobitit ihailivat häntä yli kaiken. Mutta läheisiä ystäviä hänellä ei ollut, ennen kuin eräät hänen nuoret sukulaisensa alkoivat varttua.

Näistä vanhin ja Bilbolle läheisin oli nuori Frodo Reppuli. Yhdeksänkymmenenyhdeksän ikäisenä Bilbo otti hänet perijäkseen ja toi asumaan Repunpäähän ja murskasi näin lopullisesti Säkinheimo-Reppulien haaveet. Bilbolla ja Frodolla sattui olemaan sama syntymäpäivä, syyskuun kahdeskymmenestoinen. »Frodoseni, sinun on parasta tulla tänne asumaan», sanoi Bilbo eräänä päivänä, »sitten voimme pitää syntymäpäiväjuhlamme mukavasti yhdessä.» Frodo oli noihin aikoihin kolmannellakymmenellään, hobittien vastuuttomassa iässä lapsuuden ja täysi-ikäisyyden välillä; täysi-ikäisiksi he tulivat kolmenneljättä iässä.

Kaksitoista vuotta kului. Joka vuosi Reppulit olivat pitäneet Repunpäässä vauhdikkaat yhteiset syntymäpäiväkutsut, mutta nyt uskottiin, että tänä syksynä oli tekeillä jotakin aivan poikkeuksellista. Bilbo täyttäisi *yksitoistakymmentäyksi*, 111, vuotta, jännittävä luku ja kunnioitettava ikä hobitille (itse Vanha Tuk ei ollut ylittänyt sataakolmeakymmentä), ja Frodo täyttäisi *kolmekymmentäkolme*, 33, mikä oli tärkeä luku sillä hän tulisi nyt täysi-ikäiseksi.

Puhetta riitti Hobittilassa ja Virranvarressa ja huhu tulevasta juhlasta kiiri yli Konnun. Herra Reppulista ja hänen menneisyydestään tuli jälleen kerran puheenaihe ja vanhempi väki sai äkkiä huomata, että heidän jutuilleen riitti taas kuulijoita.

Kellään ei ollut niin ahnetta kuulijakuntaa kuin vanhalla Ham Gamgilla, jota yleisesti Ukoksi kutsuttiin. Hän tarinoi Virranvarren tien pienessä majatalossa *Muratissa*, ja tiesi mitä puhui, kun oli hoitanut Repunpään puutarhaa neljäkymmentä vuotta ja ollut vanhan Kolon apulaisena samassa työssä sitä ennen. Nyt kun hän oli käynyt vanhaksi ja kankeaksi, hoiti työtä yleensä nuorin hänen pojistaan, Sam Gamgi. Sekä isä että poika olivat kovasti hyvissä väleissä Bilbon ja Frodon kanssa. He asuivatkin Kukkulalla, Repunreuna 3:ssa heti Repunpään alapuolella.

»Kovasti mukava ja hyväpuheinen herrashobitti se Bilbo-herra on, niin kuin minä olen aina sanonut», julisti Ukko. Ja se piti paikkansa, sillä Bilbo oli hänelle aina hyvin kohtelias ja kutsui häntä mestari Hamfastiksi ja kysyi häneltä alinomaa neuvoa vihannesten kasvattamisessa – juurikasasioissa, etenkin perunoihin liittyvissä, seudun väki (hän itse mukaan lukien) pitikin häntä parhaana asiantuntijana.

»Mutta miten on laita sen Frodon, joka asuu hänen kanssaan?» kysyi Virranvarren vanha Rutimo. »Hänen nimensä on Reppuli, mutta kertovat että hän olisi enemmän kuin puoliksi Rankkibuk. Minua kyllä ihmetyttää, että kukaan Hobittilan Reppuli lähtee vaimonhakuun Bukinmaahan, kun hobitit ovat siellä niin omituisia.»

»Eikä se mikään ihme olekaan että ovat omituisia», pisti väliin Äijä Kaksjalka (Ukon naapuri), »kun asuvat Rankkivuon väärällä puolella ihan Vanhan metsän kyljessä. Se on synkkä ja paha paikka, mikäli puoliinkaan jutuista on uskomista.»

»Totta puhut!» sanoi Ukko. »Vaikka eivät Bukinmaan Rankkibukit Vanhan metsän sisällä asu. Mutta jotenkin kummaa joukkoa ne ovat. Pelaavat veneillä sillä isolla joella – eikä semmonen ole luonnollista. Ei ihme että siitä seurasi ikävyyksiä, sen minä sanon. Mutta oli miten oli, niin Frodo se on niin mukava nuori hobitti kuin toivoa saattaa. Tulee paljon Bilbo-herraan, muutenkin kuin ulkonäöltään. Olihan hänen isänsä kuitenkin Reppuli. Herra Drogo Reppuli oli mukava kunniallinen hobitti, eikä hänestä ollut paljoa sanottavaa ennen kuin meni ja hukkui.»

»Hukkui?» kuului monesta suusta. Olivathan he toki kuulleet tämän ja hurjempiakin huhuja, mutta hobitit rakastivat sukutarinoita ja olivat valmiita kuulemaan jutun uudestaan.

»Niin sanovat», Ukko jatkoi. »Kas kun Drogo-herra nai Esikko Rankkibuk -ressukan. Tyttö oli meidän Bilbo-herran serkku äidin puolelta (tytön äiti oli nuorin Vanhan Tukin tyttäristä) ja Drogo-herra oli hänen pikkuserkkunsa. Niin että Frodo-herra on hänelle sekä serkku että pikkuserkku, sekä ylenevässä että alenevassa polvessa, niin kuin sitä sanotaan, jos pysytte perässä. Ja Drogo oli vierailemassa appensa, vanhan herra Gorbadocin, luona Rankkihovissa kuten niin usein avioliiton solmittuaan (hyvä ruoka oli Drogon heikkous eikä vanhan Gorbadocin pöydässä totisesti ollut puutetta). Hän meni *soutelemaan* Rankkivuolle, ja hän ja hänen vaimonsa hukkuivat ja Frodo-parka oli vielä aivan pieni.»

»Minä olen kuullut, että he menivät joelle kuutamolla päivällisen jälkeen », sanoi vanha Rutimo, »ja että vene upposi Drogon painosta.»

»Ja *minä* olen kuullut, että Esikko työnsi Drogon yli laidan ja Drogo veti hänet perässään syvyyteen», sanoi Hiesuli, Hobittilan mylläri.

»Sinun ei ole pakko kuunnella kaikkea mitä sinulle kerrotaan», Ukko sanoi. Hän ei erityisesti pitänyt mylläristä. »Ei ole mitään syytä ruveta puhumaan työntämisestä ja vetämisestä. Veneet on tarpeeksi konstikkaita vaikka istuisi hiljaa paikallaan eikä etsimällä etsisi hankaluuksia. Joka tapauksessa sinne se Frodo jäi orpona ja turvattomana näiden omituisten bukinmaalaisten hoiviin ja kasvoi Rankkihovissa. Kerrotaan että se se olikin melkoinen sokkelo asumukseksi. Siellä oleskeli aina vähintään parisataa vanhan herra Gorbadocin sukulaista. Ikinä ei Bilbo-herra ole tehnyt kauniimmin kuin tuodessaan pojan takaisin kunnon hobittien pariin.

Mutta noille Säkinheimo-Reppuleille se taisi olla aika paukku. Ne luulivat saavansa Repunpään silloin kun Bilbo lähti ja häntä luultiin kuolleeksi. Ja sitten hän tulee takaisin ja käskee heidän painua tiehensä, ja elää ja elää eikä näytä vanhenevan päivääkään, siunattu Bilbo-herra! Ja yhtäkkiä hän hankkii itselleen perijän ja laittaa paperitkin kuntoon. Säkinheimo-Reppulit ei taida milloinkaan nähdä Repunpäätä sisäpuolelta – tai niin ainakin sopii toivoa.»

»Sanovat että sinne on ahdettu sievoinen määrä rahaa», sanoi muukalainen, joka oli tullut liikeasioissa Länsineljännykseen Järin Möyremästä. »Koko mäen huippu on kuulemani mukaan kaivettu täyteen tunneleita, joissa on arkuittain kultaa ja hopeaa *ja jalokiviäkin.*»

»Sitten olet kuullut enemmän kuin minä», Ukko vastasi. »Minä en tiedä mitään jalokivistä. Bilbo-herra käyttää rahoja miten haluaa eikä niistä näy olevan puutetta, mutta mistään tunnelien kaivamisesta en ole kuullut. Minä näin kun Bilbo-herra tuli takaisin kuusikymmentä vuotta sitten, kun olin vielä poikanen. Olin vasta päässyt vanhan Kolon oppiin (hän oli minun isäni serkku), mutta hän otti minut Repunpäähän katsomaan, ettei kansa tallaa ja ravaa puutarhassa kun huutokauppa on käynnissä. Ja kesken kaiken tulee Bilbo-herra Kukkulaa ylös mukanaan poni ja muutama valtava pussi ja pari arkkua. Kai niissä oli enimmäkseen rikkauksia, joita hän oli hankkinut vierailla mailla, missä sanovat olevan kultaisia vuoria, mutta ei siinä niin paljon ollut. että olisi voinut tunneleita ruveta täyttämään. Mutta minun Sam-poikani tietää siitä enemmän. Hän kulkee Repunpäässä miten tahtoo. Hän on ihan hulluna kertomuksiin menneistä ajoista ja kuuntelee Bilbo-herran juttuja korvat hörössä. Bilbo-herra on opettanut hänet lukemaankin – huomatkaa, ei missään pahassa tarkoituksessa, ja minä toivon ettei siitä pahaa seuraakaan.

Haltioita ja lohikäärmeitä! minä aina sanon. *Kaalit ja perunat sopivat paremmin meikäläisille. Älä sinä mene sekaantumaan parempiesi puuhiin tai joudut vielä sen kokoisiin vaikeuksiin ettet niistä selviä*, niin minä sanon hänelle. Ja voin sanoa muillekin», hän lisäsi katsahtaen muukalaiseen ja mylläriin.

Mutta Ukko ei saanut kuulijoitaan vakuuttumaan. Taru Bilbon rikkaudesta oli juurtunut tiukkaan nuoren hobittipolven mieleen.

»Niin, mutta hän onkin varmaan myöhemmin tuonut lisää», väitti mylläri yleisen käsityksen mukaisesti. »Hän on usein poissa kotoa. Ja katsokaa vaan millaista outoa joukkoa hänen luonaan käy: kääpiöitä kulkee siellä öiseen aikaan ja sitten se vanha kuljeksiva silmänkääntäjä Gandalf ja ties ketä. Sano mitä sanot, Ukko, mutta Repunpää on outo paikka ja sen asukkaat vielä oudompia.»

»Ja *sinä* senkun sanot mitä sanot semmoisista asioista mistä et tiedä sen enempää kuin purjehtimisesta, herra Hiesuli», letkautti Ukko, joka tänään piti mylläristä vielä vähemmän kuin tavallisesti. »Jos tuommoinen on outoa, niin täälläpäin taidetaan tarvita enemmänkin outoutta. Aivan näilläkin kulmilla asuu sellaisia, jotka eivät tarjoaisi kolpakkoa ystävälle, vaikka asuisivat kultaseinäisessä kolossa. Mutta Repunpäässä asiat osataan toimittaa niin kuin pitää. Meidän Sam sanoo, että *joka iikka* kutsutaan juhliin, ja siellä on lahjoja, huomatkaa, lahjoja kaikille – ja se on kuulkaa tässä kuussa.»

Tämä kuu oli syyskuu ja niin kaunis, ettei kauniimmasta väliä. Pari päivää myöhemmin levisi huhu (jonka kaikkitietävä Sam lienee aloittanut), että juhlassa olisi ilotulitus – ja kaiken kukkuraksi ilotulitus, jollaista ei ollut nähty Konnussa lähes vuosisataan, sitten Vanhan Tukin kuoleman.

Päivät kuluivat ja suuri päivä lähestyi. Hobittilaan saapui eräänä iltana oudon näköiset kärryt, joihin oli lastattu merkillisiä pakkauksia. Kärryt kitisivät Kukkulaa ylös Repunpäähän. Jännittyneet hobitit kurkistelivat valaistuista ovenraoista. Vaunuja ajoi kummallinen porukka laulaen outoja lauluja. He olivat kääpiöitä ja kaikilla oli pitkä parta ja iso huppu. Muutama jäi Repunpäähän. Syyskuun toisen viikon lopulla tuli keskellä kirkasta päivää Virranvarren kautta Rankkivuon sillalta päin vaunut. Niitä ajoi yksin vanha mies. Hänellä oli korkea suippo sininen hattu ja pitkä harmaa kaapu sekä hopeanvärinen huivi. Hänen partansa oli pitkä ja valkoinen ja tuuheat kulmakarvat törröttivät hatunlierin alta. Vaunujen perässä juoksi pieniä hobittilapsia läpi koko Hobittilan ja Kukkulalle asti. Lastina oli raketteja, kuten he aivan oikein arvasivat. Bilbon ovella vanhus alkoi purkaa kuormaa: siinä oli kaikenkokoisia ja -näköisiä raketteja erilaisissa kääröissä, ja jokaiseen oli leimattu iso punainen G ⚷ ja haltiariimu ⚸.

Se oli tietysti Gandalfin merkki. Vanha mies oli Gandalf Velho, jonka maine Konnussa perustui enimmäkseen siihen, että hän osasi niin taitavasti käsitellä tulta, savua ja valoja. Hänen varsinaiset tehtävänsä olivat sekä vaikeampia että vaarallisempia, mutta siitä eivät kontulaiset mitään tienneet. Heille hän oli vain yksi juhlien vetonauloista. Sen vuoksi hobittilapsetkin olivat olleet niin innoissaan. »G niinkun Gandalf!» he huusivat, ja vanhus hymyili. He tunsivat hänet ulkonäöltä, vaikka hän kävikin Hobittilassa harvoin eikä hän koskaan viipynyt pitkään; mutta kukaan heistä lukuun ottamatta kaikkein iäkkäimpiä vanhuksia ei ollut nähnyt hänen ilotulitusesityksiään – ne olivat tarunhohtoista menneisyyttä.

Kun vanhus oli Bilbon ja parin kääpiön avulla purkanut kuorman, Bilbo antoi lapsille jokusen pennin, mutta katselijoiden pettymykseksi ainuttakaan paukkua tai sähikäistä ei tuntunut olevan tiedossa.

The hill : hobbiton~across~the Water

Kukkula: Hobittila Virran tuolla puolen

»Alkakaapa laputtaa!» Gandalf sanoi. »Kyllä niitä vielä riittää kun aika tulee.» Sitten hän hävisi sisään Bilbon kanssa ja ovi sulkeutui. Hobittinuoret tuijottivat ovea vähän aikaa turhaan ja lähtivät sitten varmoina, ettei juhlapäivä ikinä koittaisi.

Repunpäässä Bilbo ja Gandalf istuivat pienessä läntisessä huoneessa, jonka avonaisesta ikkunasta puutarha näkyi. Myöhäinen iltapäivä oli kuulas ja rauhaisa. Auringonkukat ja leijonankidat hehkuivat kultaisina ja punaisina ja köynnöskrassit kiemurtelivat turveseinämillä ja työntyivät sisään pyöreistä ikkunoista.

»Miten kauniilta puutarhasi näyttää!» Gandalf sanoi.

»Minä pidän siitä kovin, ja pidän vanhasta rakkaasta Konnustakin, mutta olen loman tarpeessa», Bilbo sanoi.

»Sinä aiot siis pysyä suunnitelmassasi?»

»Aion. Minä päätin sen jo kuukausia sitten enkä ole muuttanut mieltäni.»

»Hyvä on. Turha siihen on mitään sanoa. Seuraa suunnitelmaasi – koko suunnitelmaa, muista se – minä toivon että se koituu sinun ja meidän kaikkien parhaaksi.»

»Toivotaan niin. Joka tapauksessa aion pitää hauskaa torstaina ja tehdä pikku kepposeni.»

»Kukahan sille nauraa?» sanoi Gandalf pudistaen päätään.

»Sittenpähän nähdään», sanoi Bilbo.

Seuraavana päivänä Kukkulalle ajoi lisää vaunuja ja yhä useampia vaunuja. Murinaa »ulkopaikkakuntien suosimisesta» olisi voinut kuulua, jollei heti samalla viikolla Repunpäästä olisi alkanut sataa kaikenlaisten ruokatavaroiden, tarpeiden ja turhuuksien tilauksia Hobittilaan, Virranvarteen ja kaikkialle lähitienoille. Hobitit alkoivat innostua. He rupesivat tekemään merkintöjä kalentereihinsa ja tähyilemään postinkantajaa kutsun toivossa.

Ennen pitkää kutsut lähtivät: Hobittilan posti tukkeutui ja Virranvarren posti hautautui niihin. Jouduttiin hankkimaan vapaaehtoisia apulaispostinkantajia. Heitä kulki jatkuvana virtana Kukkulaa ylös laukussaan satoja kohteliaita muunnelmia sanoista *Kiitos, tulen mielelläni*.

Repunpään portille ilmaantui kilpi: PÄÄSY KIELLETTY PAITSI JUHLA-ASIOISSA. Nekään, jotka tulivat tai uskottelivat tulevansa juhla-asioissa, pääsivät harvoin sisään. Bilbolla oli kiirettä: hän kirjoitti kutsuja, piti kirjaa vastauksista, paketoi lahjoja ja toimitti eräitä aivan yksityisiä valmisteluja. Gandalfin saapumisesta lähtien hän pysytteli näkymättömissä.

Eräänä aamuna herätessään hobitit saivat huomata, että Bilbon pääoven eteläpuolella avautuva laaja kenttä oli täynnä salkoja ja köysiä telttojen sekä paviljonkien pystyttämistä varten. Penkereeseen oli tehty tielle johtava aukko ja siihen oli rakennettu leveät portaat ja suuri valkoinen portti. Repunreunan, kentän viereisen kujan, kolme hobittiperhettä olivat suunnattoman uteliaita ja kovasti kadehdittuja. Vanha Ukko Gamgi ei enää viitsinyt edes teeskennellä tekevänsä työtä puutarhassaan.

Teltat alkoivat kohota. Yksi paviljonki oli muita isompi, niin iso että kentällä kasvava puu jäi sen sisään ja seisoi mahtavana toisella laidalla, arvopöydän päässä. Sen joka oksalle ripustettiin lyhtyjä. Vielä lupaavammalta tuntui (hobittien mielestä) valtava ulkoilmakeittiö, jota pystytettiin kentän pohjoisnurkkaan.

Kaikista majataloista ja ruokahuoneista virstojen päästä saapui kokkeja täydentämään kääpiöiden ja muiden Repunpäässä asustavien kummajaisten taitoja. Jännitys nousi huippuunsa.

Sitten ilma kääntyi pilviseksi. Tämä tapahtui keskiviikkona, juhlan aattopäivänä. Huoli valtasi mielet. Vihdoin koitti torstai syyskuun kahdeskymmenestoinen. Aurinko nousi, pilvet haihtuivat, liput lehahtivat tuuleen ja ilonpito alkoi.

Bilbo Reppuli kutsui tilaisuutta *juhlaksi*, mutta se oli paremminkin erilaisten huvien sikermä. Lähes kaikki lähistöllä asuvat oli kutsuttu. Jotkut olivat vahingossa unohtuneet, mutta koska he yhtä kaikki saapuivat, sillä ei ollut väliä. Konnun muista osista oli myös kutsuttu monia, ja paikalla oli joitakin vieraita jopa Konnun rajojen ulkopuolelta. Bilbo otti vieraansa (ja kuokkijat) vastaan henkilökohtaisesti uudella valkoisella portilla. Hän antoi lahjoja jokikiselle – myös niille, jotka menivät ulos takakautta ja tulivat sitten takaisin etuportista. Hobitit antavat syntymäpäivänään lahjoja muille. Ne eivät yleensä olleet kovin kalliita eivätkä yhtä ylenpalttisia kuin tässä tilaisuudessa, mutta tapa ei ollut huono. Hobittilassa ja Virranvarressa hyvinkin vuoden jokainen päivä oli jonkun syntymäpäivä, niin että jokaisella oli mahdollisuuksia saada lahja vähintään kerran viikossa. Koskaan he eivät niihin kyllästyneet.

Tällä kertaa lahjat olivat poikkeuksellisen hienoja. Hobittilapset olivat niin innoissaan, että he hetkeksi melkein unohtivat syömisen. Sen veroisia leluja he eivät olleet milloinkaan nähneet. Ne olivat kaikki hyvin kauniita ja joissakin oli varmasti taikaa. Monet olikin tilattu jo vuotta aiemmin; ne olivat kulkeneet koko matkan Vuoresta ja Laaksosta ja olivat aitoa kääpiötekoa.

Kun kaikki vieraat oli toivotettu tervetulleeksi ja jokainen oli päässyt lopulta portin sisäpuolelle, alkoivat laulut, tanssit, soitto, pelit ja ennen kaikkea syönti ja juonti. Juhlaan kuului kolme virallista ateriaa: lounas, tee ja päivällinen (eli illallinen). Mutta lounas ja tee erottuivat lähinnä siten, että noihin aikoihin kaikki vieraat istuivat yhtaikaa syömässä. Muina aikoina vain suurin osa vieraista söi ja joi yhtäjaksoisesti kello yhdentoista välipalasta puoli seitsemään, jolloin ilotulitukset alkoivat.

Ilotulitukset hoiti Gandalf: hän ei ollut ainoastaan tuonut niitä vaan myös suunnitellut ja tehnyt ne; hän myös ampui ilmaan erikoistulitukset, muodostelmat ja raketit. Mutta myös sähikäisiä, kimalaisia, myrskytikkuja, tähdenheittimiä, soihtuja, kääpiönkynttilöitä, haltiansuihkuja, hiidenhaukkuja ja ukkospaukkuja lennätettiin runsain määrin. Ne olivat kerta kaikkiaan upeita. Gandalf tuli iän karttuessa aina vain taitavammaksi.

Jotkut raketit olivat kuin säkenöiviä suloäänisiä lintuja. Toiset olivat vihreitä puita joissa oli tumma savurunko, ja niiden lehdet avautuivat kuin silmänräpäyksellinen kevät ja niiden loistavilta oksilta leijui häkeltyneiden hobittien ylle hehkuvia kukkia, jotka hajosivat suloiseksi tuoksuksi juuri ennen kuin koskettivat heidän ylöskääntyneitä kasvojaan. Oli perhossuihkuja, jotka lensivät kimallellen puihin, oli erivärisiä tulipylväitä, jotka muuttuivat kotkiksi tai purjehtiviksi laivoiksi tai parveksi lentäviä joutsenia, oli punainen ukkosmyrsky ja keltainen sadekuuro, oli hopeisten keihäitten metsä, joka ponnahti ilmaan ulvaisten kuin taisteluvalmis armeija ja putosi Virtaan sihisten kuin sata kuumaa käärmettä. Viimeinen yllätys oli tehty Bilbon kunniaksi. Se sai hobitit säikähtämään niin kuin Gandalf oli tarkoittanutkin. Valot sammuivat. Ilmaan nousi suuri savupilvi. Se asettui vuoren muotoon ja sen laki alkoi hehkua ja syöksi sitten vihreitä ja purppuraisia liekkejä. Punankultainen lohikäärme lennähti ulos – ei elävän kokoinen mutta hurjasti elävän näköinen; suusta työntyi tulta ja silmät tähysivät alas, kuului kiljahdus ja se viuhahti kolmasti yleisön päiden yli. Kaikki kumartuivat, monet heittäytyivät kasvoilleen maahan. Lohikäärme syöksyi kuin pikajuna, teki kuperkeikan ja puhkesi Virranvarren yläpuolella korviahuumaavasti paukahtaen.

»Illallisen merkki!» Bilbo huusi. Pelko ja kauhu haihtuivat sen sileän tien ja hobitit hyppäsivät pystyyn. Kaikille oli tarjolla suurenmoinen ateria – kaikille paitsi niille, jotka oli kutsuttu erityisille sukulaisten juhlapäivällisille. Ne pidettiin siinä suuressa teltassa jonka sisään puu oli jäänyt. Kutsutut oli rajoitettu kahteentoista tusinaan (tätä lukumäärää hobitit kutsuivat myös krossiksi, joskaan sitä ei sopinut käyttää henkilöistä) ja heidät oli valittu kaikista niistä perheistä, joille Bilbo ja Frodo olivat sukua; sen lisäksi oli kutsuttu muutama ystävä, joka ei ollut sukua laisinkaan (kuten Gandalf). Mukana oli vanhempiensa luvalla monia pikkuhobitteja – hobitit eivät olleet turhan tarkkoja lastensa nukkumaanmenoajasta, varsinkaan silloin kun näille oli luvassa ilmainen ateria. Hobittilasten hoito kysyi melkoisesti ruoanpuolta.

Paikalla oli monia Reppuleita ja Boffineja sekä Tukeja ja Rankkibukeja, useita Tonkeleita (Bilbo Reppulin isoäidin sukulaisia) ja Pönkeleitä (hänen Tuksukuisen isoisänsä kautta) sekä joitakin Onkaloisia, Bolgereita, Piukkapauloja, Mäyrämajoja, Hyväkkäitä, Piipareita ja Jalojalkoja. Jotkut heistä olivat Bilbolle vain hyvin kaukaista sukua. Muutamat asuivat Konnun etäisissä kolkissa ja olivat tuskin koskaan aikaisemmin käyneet Hobittilassa. Säkinheimo-Reppuleita ei ollut unohdettu. Otho ja hänen vaimonsa Lobelia olivat paikalla. He eivät pitäneet Bilbosta ja inhosivat Frodoa, mutta kultamusteella kirjoitettu kutsukortti oli niin upea, että he eivät katsoneet voivansa kieltäytyä. Sitä paitsi heidän serkkunsa Bilbo oli jo vuosien ajan harrastanut herkuttelua ja hänen keittiönsä maine oli korkea.

Kaikki sataneljäkymmentäneljä vierasta odottivat mukavaa juhlaa, vaikka he vähän pelkäsivätkin isännän päivällispuhetta (joka oli väistämätön). Hän varmaan pitkittäisi puhetta jollakin, mitä hän kutsui runoudeksi, ja saatuaan pari lasillista hän saattaisi ruveta viittailemaan älyttömiin seikkailuihin ihmeellisillä retkillään. Vieraat eivät pettyneet. Juhla oli *hyvin* mukava, suorastaan huippuhauska, se oli runsas, yltäkylläinen, vaihteleva ja pitkä. Seuraavalla viikolla ruokatavaroiden kysyntä putosi lähes olemattomiin koko seudulla, mutta koska Bilbon hankinnat olivat tyhjentäneet useimmat kaupat, kellarit ja varastot virstojen säteellä, se ei paljoa haitannut.

Päivällisen jälkeen (kutakuinkin) tuli *puhe*. Useimmat olivat kuitenkin jo suvaitsevalla mielellä, siinä onnellisessa vaiheessa, jota he kutsuivat »kolojen tilkitsemiseksi». He maistelivat lempijuomiaan ja napsivat mieliherkkujaan ja unohtivat kokonaan pelätä. He olivat valmiit kuuntelemaan mitä vain ja hurraamaan jokaisen pisteen kohdalla.

Rakkaat ystäväni, Bilbo aloitti seisomaan nousten. »Kuulkaa! Kuulkaa!» he huusivat ja jatkoivat huutoa kuorossa vastoin omia ohjeitaan. Bilbo poistui paikaltaan ja siirtyi seisomaan tuolille valaistun puun alle. Lyhtyjen valo heijastui hänen säteilevistä kasvoistaan ja kirjaillun silkkiliivin kultaiset napit kimaltelivat. Kaikki saattoivat nähdä hänet seisomassa toinen käsi ilmassa ja toinen housuntaskussa.

Rakkaat Reppulit ja Boffinit, hän taas aloitti, *ja rakkaat Tukit ja Rankkibukit, Tonkelit, Pönkelit ja Onkaloiset, Piiparit, Bolgerit ja Piukkapaulat, Hyväkkäät, Mäyrämajat ja Jalojalkat.* »Jalojalat!» huusi eräs iäkäs hobitti teltan takaosasta. Hänen nimensä oli tietysti Jalojalka, ja ansiosta, hänen jalkansa olivat isot, erityisen karvaiset ja pöydällä kumpainenkin.

Jalojalkat, toisti Bilbo. *Sekä hyvät Säkinheimo-Reppulit, jotka toivotan vihdoin tervetulleiksi takaisin Repunpäähän. Tänään on sadasyhdestoista syntymäpäiväni: täytän tänään yksitoistakymmentäyksi!* »Eläköön! Onnea! Onnea! Paljon onnea!» he huusivat ja takoivat riemuissaan pöytää. Bilbo oli loistava. Tällaisesta he pitivät: lyhyttä ja ytimekästä.

Toivon että viihdytte yhtä hyvin kuin minä. Raivokkaita suosionosoituksia. *Kyllä* (ja *ei*) -huutoja. Trumpettien ja torvien, pillien ja huilujen ja muiden soittopelien ääntä. Paikalla oli kuten sanottu monia pikkuhobitteja. Satoja musikaalisia paukkuja oli pamautettu. Melkein kaikissa oli merkki LAAKSO, mikä ei sanonut paljoakaan useimmille hobiteille, mutta he olivat yhtä mieltä siitä että ne olivat kerrassaan loistavia paukkuja. Niissä oli sisällä soittopelejä, pieniä tosin, mutta silti täydellisiä ja kaunisäänisiä. Eräässä nurkassa joukko nuoria Tukeja ja Rankkibukeja, jotka luulivat Bilbo-sedän jo lopettaneen (hänhän oli selvästi sanonut kaiken tarpeellisen), pani jopa pystyyn improvisoidun orkesterin ja viritti iloisen tanssisävelmän. Nuori herra Everard Tuk sekä neiti Melilot Rankkibuk nousivat pöydälle ja alkoivat tanssia homppapomppaa kelloja ravistellen. Viehättävä tanssi, joskin aika vauhdikas.

Mutta Bilbo ei ollut lopettanut. Hän sieppasi eräältä lähellä istuvalta lapselta torven ja töräytti kolme kertaa niin että kuului. Melu vaimeni. *En pidättele teitä pitkään,* hän huusi. Koko joukko hurrasi. *Olen kutsunut teidät yhteen eräästä SYYSTÄ.* Jokin tavassa, jolla hän sanoi tämän, teki vaikutuksen. Syntyi melkein hiljaisuus ja jokunen Tuk höristi korviaan.

Totta puhuen, KOLMESTA SYYSTÄ! Ennen kaikkea kertoakseni teille, että pidän teistä valtavasti ja että yksitoistakymmentäyksi vuotta on aivan liian lyhyt aika elettäväksi teidänlaistenne hienojen ja kunnioitettavien hobittien parissa. Hurja hyväksymisen myrsky.

En tunne puoliakaan teistä niin hyvin kuin pitäisi enkä pidä puolistakaan niin paljon kuin ansaitsisitte. Tämä oli odottamatonta ja vähän vaikeaa. Hajataputuksia kuului sieltä täältä, mutta useimmat miettivät kuumeisesti saisiko tästä kohteliaisuuden.

Toiseksi, juhliakseni syntymäpäivääni. Taas eläköönhuutoja. *Pitäisi sanomani: MEIDÄN syntymäpäiväämme. Koska tämä on tietysti myös perijäni ja veljenpoikani Frodon syntymäpäivä. Hän tulee tänään täysi-ikäiseksi ja alkaa hallita perintöään.* Muodollisia kättentaputuksia vanhemman väen keskuudesta ja muutamia kovaäänisiä huutoja: »Hyvä Frodo! Frodo! Vanha kunnon Frodo!» nuorison taholta. Säkinheimo-Reppulit kurtistelivat kulmiaan ja miettivät mitä tarkoitti »alkaa hallita perintöään».

Yhteensä täytämme tänään sataneljäkymmentäneljä. Vieraitten luku valittiin tämän huomattavan summan mukaan: yksi krossi, jos sallitte minun käyttää tätä ilmausta. Ei suosionosoituksia. Tämä oli naurettavaa. Monet vieraista, ja ennen muuta Säkinheimo-Reppulit, olivat varmoja että heidät oli kutsuttu vain täytteeksi, jotta vaadittu määrä saataisiin kokoon, ikään kuin kauppatavarat. »Yksi krossi, tosiaan! Rahvaanomainen ilmaus.»

Tänään on myös, mikäli sallitte minun viitata historiaan, sen päivän vuosipäivä, jona saavuin tynnyrissä Pitkäjärven Esgarothiin. Tuolloin en kylläkään muistanut että oli syntymäpäiväni. Olin vasta viisikymmenyksivuotias eivätkä syntymäpäivät tuntuneet tärkeiltä. Juhlat olivat kuitenkin upeat vaikka muistankin, että minulla oli kauhea nuha, niin että pystyin sanomaan vain 'giidogsia baljod'. Toistan sen nyt kunnolla: Kiitoksia paljon siitä että saavuitte pieneen juhlaani. Sitkeä hiljaisuus. Kaikki pelkäsivät että nyt olisi tulossa laulu tai jotakin runoa. He alkoivat ikävystyä. Miksei hän voinut lopettaa puhumista ja antaa heidän juoda hänen maljaansa? Mutta Bilbo ei laulanut eikä lausunut runoa. Hän piti pienen tauon.

Kolmanneksi ja lopuksi, hän sanoi, *haluan tehdä ILMOITUKSEN.* Hän täräytti viimeisen sanan niin lujaa ja äkkiä että ne, jotka vielä kykenivät, suoristautuivat. *Minun on valittaen ilmoitettava että – vaikka kuten sanoin yksitoistakymmentäyksi vuotta on aivan liian lyhyt aika teidän kanssanne – tämä on LOPPU. Minä lähden. Minä menen NYT. HYVÄSTI!*

Hän astui maahan ja katosi. Sokaiseva valo leimahti. Hobittien silmät räpsähtivät kiinni. Kun he avasivat ne, Bilboa ei näkynyt missään. Sataneljäkymmentäneljä ällikällä lyötyä hobittia nojautui mykistyneenä taaksepäin tuolissaan. Vanha Odo Jalojalka tömäytti jalkansa pöydältä maahan. Seurasi kuolemanhiljaisuus, kunnes aivan äkkiä muutaman syvän hengenvedon jälkeen jokikinen Reppuli, Boffin, Tuk, Rankkibuk, Tonkeli, Pönkeli, Onkaloinen, Bolger, Piukkapaula, Mäyrämaja, Hyväkäs, Piipari ja Jalojalka alkoi puhua yhtaikaa.

Yleisesti oltiin sitä mieltä, että pila osoitti erittäin huonoa makua. Lisää ruokaa ja juomaa tarvittiin ennen kuin vieraat toipuivat järkytyksestä ja suuttumuksesta. »Hän on hullu. Sitä minä olen aina sanonut» oli varmaankin yleisin lausahdus. Jopa Tukit olivat sitä mieltä (paria poikkeusta lukuun ottamatta), että Bilbon käytös oli mieletöntä. Lähes jokainen piti tuolloin hänen katoamistaan ilman muuta tyhmänä kepposena.

Mutta vanha Rori Rankkibuk ei antanut pettää itseään. Eivät ikävuodet eikä jättiläispäivällinen olleet sumentaneet hänen hoksottimiaan ja hän sanoikin miniälleen Esmeraldalle: »Jotakin mätää tässä nyt on. Minä luulen, että se hullu Reppuli on taas lähtenyt. Vanha pöhkö! Mutta mitä surtaisiin? Hän ei ole vienyt muonaa mennessään.» Hän kehotti kovaäänisesti. että Frodo lähettäisi viinin taas kiertämään.

Ainoastaan Frodo oli pysynyt vaiti. Jo jonkin aikaa hän oli istunut Bilbon tyhjän tuolin vieressä vähääkään välittämättä huomautuksista ja kysymyksistä. Hän oli tietysti nauttinut pilasta, vaikka olikin tiennyt siitä etukäteen. Hänellä oli ollut vaikeuksia pidättää nauruaan, kun hän oli nähnyt vieraiden närkästyksen. Mutta silti häntä ahdisti: hän tajusi äkkiä rakastavansa kovasti tuota vanhaa hobittia. Useimmat vieraat jatkoivat syömistä ja juomista ja keskustelivat Bilbo Reppulin nykyisistä ja aikaisemmista omituisuuksista; Säkinheimo-Reppulit olivat jo lähteneet raivoissaan. Frodo ei halunnut enää olla missään tekemisissä juhlan kanssa. Hän antoi ohjeet tarjota lisää viiniä; sitten hän nousi, tyhjensi oman lasinsa hiljaisesti Bilbon terveydeksi ja livahti teltasta.

Mitä Bilbo Reppuliin tulee, hän oli jo puhetta pitäessään sormeillut taskussaan kultaista sormusta, taikasormustaan, jonka hän oli pitänyt salassa niin monet vuodet. Astuessaan maahan hän sujautti sen sormeensa, eikä yksikään hobitti enää nähnyt häntä Hobittilassa sen jälkeen.

Hän käveli reippaasti kololleen ja pysähtyi hetkeksi hymy huulillaan kuuntelemaan teltasta kuuluvaa hälyä ja ilonpidon ääniä kentän muista osista. Sitten hän meni sisään. Hän riisui juhlavaatteensa, laskosti kirjaillun silkkiliivinsä ja kääri sen silkkipaperiin ja pani sen pois. Sitten hän puki nopeasti päälleen vanhat kauhtuneet vaatteet ja vyötti itsensä kuluneella nahkavyöllä. Hän ripusti vyölle lyhyen miekan mustassa kolhiintuneessa nahkatupessa. Lukitusta laatikosta, joka tuoksui koipalloilta, hän otti vanhan kaavun ja viitan. Ne olivat olleet lukkojen takana kuin mitkäkin arvoesineet, vaikka olivatkin niin paikatut ja säänpieksemät, ettei niiden alkuperäistä väriä enää käynyt arvaaminen; lieneekö ollut tummanvihreä. Ne olivat hänelle vähän väljät. Sitten hän meni työhuoneeseensa ja otti suuresta kassakaapista vanhoihin kankaisiin käärityn nyytin sekä nahkakantisen käsikirjoituksen ja vielä isokokoisen kirjekuoren. Kirjan ja nyytin hän tunki huoneessa olevaan isoon pussiin, joka oli jo melkein täynnä. Kirjekuoreen hän sujautti kultaisen sormuksensa ja siihen kuuluvan ohuen ketjun, sitten hän sinetöi kuoren ja osoitti sen Frodolle. Ensin hän pani sen takanreunalle, mutta äkkiä hän otti sen ja työnsi taskuunsa. Samalla hetkellä ovi avautui ja Gandalf pujahti sisään.

»Terve! Tuuminkin juuri, tulisitko», Bilbo sanoi.

»Olen iloinen kun tapaan sinut näkyvänä», velho vastasi ja istuutui. »Halusin tavoittaa sinut ja vaihtaa vielä pari sanaa. Sinusta kaikki on mennyt loistavasti ja suunnitelman mukaisesti vai mitä?»

»Siltä tuntuu. Leimahdus oli vähän yllättävä. Minä taisin hiukan säikähtää, puhumattakaan muista. Oliko se sinun pikku lisäyksesi?» Bilbo sanoi.

»Olipa hyvinkin. Olet erittäin viisaasti pitänyt tuon sormuksen salassa kaikki nämä vuodet. Minusta tuntui tarpeelliselta antaa vieraillesi mahdollisuus selittää äkillinen katoamisesi muulla tavoin.»

»Ja pilata kepposeni. Sinä mokoma pistät aina nenäsi muiden asioihin», nauroi Bilbo. »Mutta kaipa sinä parhaiten tiedät – kuten yleensä.»

»Niin tiedänkin – silloin kuin tiedän. Mutta älä suhtaudu liian huolettomasti tähän juttuun. Se on nyt viimeisessä vaiheessa. Olet tehnyt kepposesi, järkyttänyt ja suututtanut useimmat sukulaisesi ja antanut koko Konnulle puhumisen aihetta yhdeksäksi päiväksi – tai yhdeksäksikymmeneksiyhdeksäksi paremminkin. Aiotko vielä jatkaa?»

»Aion. Minä tarvitsen loman, hyvin pitkän loman niin kuin olen sanonut sinulle ennenkin. Luultavasti lopullisen loman: en usko että enää palaan. Eikä se ole tarkoituksenikaan. Olen järjestänyt kaiken.

Gandalf, minä olen vanha. En näytä siltä, mutta sydämeni sopukoissa minusta on alkanut tuntua siltä. *Hyvin säilynyt*, totta tosiaan!» hän tuhahti. »Olo on jotenkin, miten sen sanoisi ohentunut, pingotettu. Niin kuin olisin voinokare joka on levitetty liian isolle leipäpalalle. Jokin ei ole kohdallaan. Minä tarvitsen vaihtelua, tarvitsen jotakin.»

Gandalf katsoi häntä merkillisesti ja tarkasti. »Niin, jokin ei ole kohdallaan», hän sanoi miettivästi. »Kyllä sinun suunnitelmasi taitaa olla paras.»

»Olen joka tapauksessa tehnyt päätökseni. Minä tahdon taas nähdä vuoria – *vuoria*, Gandalf! – ja löytää sitten paikan, jossa voin *levätä*. Kaikessa rauhassa ilman joka paikkaan tunkevia sukulaisia ja kaiken maailman vieraita roikkumassa ovikellon nyöristä. Voisin löytää paikan, jossa kirjoittaa kirjani loppuun. Olen ajatellut sille mukavan päätöksen: *ja hän eli onnellisena elämänsä loppuun saakka.*»

Gandalf nauroi. »Toivottavasti. Mutta ei kirjaa kukaan lue, loppuipa se miten tahansa.»

»Ehkä he tulevina vuosina vielä lukevatkin. Frodo on jo lukenut osan – niin pitkälle kuin sitä on kirjoitettu. Pidäthän silmällä Frodoa?»

»Pidän, kaksin silmin ja niin usein kuin voin.»

»Hän tulisi kyllä kanssani, jos pyytäisin. Hän tarjoutuikin jo kerran tulemaan, juuri ennen juhlaa. Mutta ei hän oikeastaan halua – ei vielä. Minä tahdon vielä nähdä erämaan ennen kuin kuolen, ja vuoret; mutta hän rakastaa vielä Kontua ja sen metsiä, niittyjä ja pikku jokia. Hänellä pitäisi olla hyvä täällä. Jätän hänelle tietenkin kaiken muutamaa poikkeusta lukuun ottamatta. Toivon että hän on onnellinen, sitten kun tottuu elämään yksin. Hänestä on aika tulla oma herransa.»

»Kaiken?» sanoi Gandalf. »Myös sormuksen? Sinähän suostuit. Muistatko?»

»Tuota, niin – niin kai», Bilbo änkytti.

»Missä se on?»

»Kirjekuoressa, mikäli sinua kiinnostaa», sanoi Bilbo kärsimättömästi. »Tuolla takanreunalla. No mutta! Sehän onkin täällä taskussa!» Hän epäröi. »Miten kummallista», hän mumisi itsekseen. »Jaa, miksei se oikeastaan voisi jäädäkin taskuun?»

Gandalf katsoi taas Bilboon hyvin ankarasti ja hänen silmänsä paloivat. »Bilbo», hän sanoi hiljaa, »minä luulen että sinun pitäisi jättää se tänne. Sinä et siis tahtoisi?»

»Tuota, tahdon – ja en. Nyt kun minun pitäisi, en raaski jättää sitä. Enkä ymmärrä, miksi minun pitää. Miksi sinä haluat minun jättävän sen?» hän kysyi, ja hänen äänensä muuttui merkillisesti. Se oli epäluuloinen ja ärtynyt. »Sinä ahdistelet minua aina sormuksen vuoksi, mutta muut tavarat, joita toin matkaltani, eivät ole kiinnostaneet sinua.»

»Minun oli pakko ahdistella», sanoi Gandalf. »Minun piti saada selville totuus. Se oli tärkeätä. Taikasormuksissa on – taikaa; ne ovat harvinaisia ja merkillisiä. Olin sormuksestasi kiinnostunut syistä, jotka liittyivät työhöni – ja olen vieläkin. Minä haluaisin tietää, missä se on, jos lähdet taas vaeltamaan. Sitä paitsi uskon, että se on ollut *sinulla* jo tarpeeksi kauan. Bilbo, sinä et tarvitse sitä enää, tai sitten olen erehtynyt pahan kerran.»

Bilbo punehtui ja hänen silmiinsä syttyi vihainen tuli. Hänen ystävälliset kasvonsa kovettuivat. »Kuinka niin en?» hän huusi. »Ja mitä se sinulle kuuluu, mitä minä teen omilla tavaroillani! Se on minun. Minä löysin sen. Se osui minun tielleni.»

»Aivan, aivan», sanoi Gandalf. »Mutta miksi olet noin vihainen?»

»Jos olen, se on sinun syytäsi», Bilbo sanoi. »Kuule, se on minun. Minun. Minun Aarteeni. Niin, Aarteeni.»

Velhon kasvot olivat edelleen vakavat ja tarkkaavaiset, ja vain välähdys hänen silmissään paljasti, että hän oli hätkähtänyt, suorastaan järkyttynyt. »Sitä on kutsuttu noin ennenkin. Sillä kertaa se oli eräs toinen», hän sanoi.

»Ja nyt kutsun minä. Miksi en kutsuisi? Siitä huolimatta, että Klonkku kerran teki niin. Se ei ole enää sen, se on minun. Ja minä myös pidän sen.»

Gandalf nousi. Hän puhui ankarasti. »Tyhmä olet jos sen teet. Jokainen sanasi todistaa sen yhä selvemmin. Se on saanut sinusta jo liian tiukan otteen. Päästä se! Silloin pääset itsekin, voit lähteä ja olet vapaa.»

»Teen niin kuin tahdon ja menen miten miellyttää», Bilbo intti.

»No no no, hyvä hobitti!» Gandalf sanoi. »Koko pitkän elämäsi ajan olemme olleet ystäviä ja sinä olet minulle velassa. Bilbo! Tee niin kuin lupasit: luovu siitä!»

»Jos haluat sen itsellesi, ole hyvä ja sano se!» Bilbo huusi. »Mutta sinä et saa sitä. Minä en anna Aarrettani pois, usko jo.» Hänen kätensä hamuili pienen miekan kahvaa.

Gandalfin silmät salamoivat. »Pian on minun vuoroni suuttua», hän sanoi. »Sano se uudestaan, niin suutunkin. Ja silloin saat nähdä Gandalf Harmaan kasvoista kasvoihin.» Hän astui hobittia kohti. Hän ikään kuin kasvoi suureksi ja uhkaavaksi ja hänen varjonsa täytti pienen huoneen.

Bilbo perääntyi huohottaen seinään ja käsi puristi taskua. He seisoivat hetken tuijottaen toisiaan. Tunnelma tiheni. Gandalfin silmät olivat yhä hobitissa. Hitaasti Bilbon kädet heltisivät ja hän alkoi vapista.

»En ymmärrä, mikä sinulle tuli. En ole koskaan nähnyt sinua tuollaisena», hän sanoi. »Mistä on kysymys? Minunhan se on. Minä löysin sen ja Klonkku olisi tappanut minut, jollen olisi pitänyt sitä. En ole varas, sanoi se mitä tahansa.»

»En ole koskaan väittänyt sinua varkaaksi», Gandalf vastasi. »Enkä minäkään ole varas. En yritä ryöstää sinua vaan auttaa. Kunpa luottaisit minuun niin kuin ennen.» Hän kääntyi pois ja varjo katosi. Hän tuntui kutistuvan taas vanhaksi harmaaksi mieheksi, jolla oli kumara selkä ja paljon huolia.

Bilbo pani käden silmilleen ja sanoi: »Olen pahoillani. Minusta tuntui niin kummalliselta. Ja kuitenkin olisi tavallaan helpotus, jos ei enää tarvitsisi välittää siitä. Se on viime aikoina ottanut lisää tilaa mielessäni. Joskus minusta on tuntunut, että se on kuin silmä, joka tuijottaa minuun. Ja jatkuvasti minun tekee mieleni panna se sormeen ja kadota, uskotko – ja mietin alinomaa onko se tallessa ja vedän sen esiin tarkistaakseni. Yritin lukita sen säilöön, mutta huomasin etten saanut rauhaa ellei se ollut taskussani. En tiedä miksi. En näköjään pysty tekemään päätöstä.»

»Luota siis minuun. Päätös on tehty. Mene, ja jätä se tänne. Lakkaa omistamasta. Anna se Frodolle, ja minä pidän hänestä huolta.»

Bilbo seisoi hetken jäykkänä ja epätietoisena. Sitten hän huokasi. »Hyvä on», hän sai sanotuksi. »Teen niin.» Sitten hän kohautti olkapäitään ja sanoi hymyillen alakuloisesti: »Sehän oikeastaan oli koko juhlatouhun tarkoitus. Minun piti jakaa paljon syntymäpäivälahjoja, jotta sen antaminen samalla kävisi jotenkin helpommaksi. Ei se sitten käynytkään sen helpommin, mutta olisi sääli hukata hyvät juhlat. Pila menisi jotensakin myttyyn.»

»Totisesti siinä katoaisi se ainoa järjen hiven, mitä olen nähnyt koko jutussa», Gandalf sanoi.

»Hyvä on. Se jää Frodolle kaiken muun mukana.» Bilbo veti syvään henkeä »Ja nyt minun täytyy mennä, muuten joku muukin voi tavoittaa minut. Olen sanonut hyvästit enkä kestäisi tehdä sitä uudestaan.» Hän otti pussinsa ja lähti kohti ovea.

»Sormus on edelleenkin taskussasi», velho sanoi.

»No niin onkin! Samoin kuin testamenttini ja muut paperit. Ota sinä ne ja toimita perille puolestani. Se on turvallisinta.»

»Ei, älä anna sormusta minulle. Pane se takanreunalle. Se on tarpeeksi turvassa siellä siihen asti kun Frodo tulee. Minä jään odottamaan häntä.»

Bilbo otti kuoren esiin, mutta juuri kun hän asetti sitä kellon viereen, hän nykäisi kätensä takaisin ja paketti putosi lattialle. Ennen kuin hän ehti nostaa sitä, velho kumartui, sieppasi sen ja pani paikoilleen. Viha vilahti taas hobitin kasvoilla. Äkkiä se laukesi ja Bilbo nauroi helpottuneesti.

»Se siitä», hän sanoi. »Nyt minä lähden!»

He menivät eteiseen. Bilbo otti telineestä lempikeppinsä ja vihelsi. Kolme kääpiötä tuli eri huoneista, joissa he olivat olleet työn touhussa.

»Onko kaikki valmista? Onko kaikki pakattuna ja laput paikoillaan?» Bilbo kysyi.

»Kaikki valmista», kääpiöt vastasivat.

»Lähdetään siis!» Hän astui ulos ovesta.

Yö oli kaunis ja tähtikirkas. Hän tähyili ylös ja nuuhki ilmaa. »Miten ihanaa! Ihanaa lähteä taas matkaan kääpiöiden kanssa! Tätä minä olen kaivannut vuosikaudet! Hyvästi!» hän sanoi katsellen vanhaa kotiaan ja kumarsi etuovelleen. »Hyvästi, Gandalf!»

»Hyvästi toistaiseksi. Pidä huoli itsestäsi! Olet kyllin vanha ja kenties kyllin viisaskin.»

»Pidä huoli! Eikö mitä! Älä minusta välitä! Näin hyvä minun ei ole milloinkaan ollut, eikä se ole vähän. Mutta aika on tullut. Olen vihdoinkin lähdössä matkaan», hän lisäsi ja sitten hän lauloi pimeyteen hiljaa, kuin itsekseen:

Tie vain jatkuu jatkumistaan
ovelta mistä sen alkavan näin.
Nyt se on kaukana edessäpäin
ja minun on käytävä seuraamaan
jaloin innokkain vaeltaen,
kunnes se taas tien suuremman kohtaa
paikassa johon moni polku johtaa.
Mihin sitten? Tiedä en.

Hän vaikeni ja oli hetken hiljaa. Sitten hän sanaa sanomatta käänsi selkänsä kentän ja telttojen hälylle ja valoille, kiersi puutarhan kolmen kumppaninsa seuraamana ja lähti astelemaan viettävää pitkää polkua. Alhaalla hän hyppäsi pensasaidan yli matalasta kohdasta ja suuntasi kulkunsa kohti vainioita. Hän katosi yöhön kuin tuulen kohahdus ruohikossa.

Gandalf jäi vähäksi aikaa katsomaan hänen jälkeensä pimeyteen. »Näkemiin, hyvä Bilbo, seuraavaan tapaamiseen!» hän sanoi hiljaa ja palasi taloon.

Pian tämän jälkeen tuli Frodo sisään ja tapasi Gandalfin istumasta pimeässä ajatuksiinsa vaipuneena. »Onko hän mennyt?» Frodo kysyi.

»On, hän on vihdoin mennyt», vastasi Gandalf.

»Minä odotin – tarkoitan, minä toivoin tähän iltaan saakka, että se olisi vain pilaa. Mutta sydämessäni minä tiesin, että hän tosiaan aikoi lähteä. Hän pilaili aina vakavilla asioilla. Olisinpa tullut aikaisemmin, että olisin saanut hyvästellä.»

»Minusta tuntuu, että hän lopulta mieluiten lähti vaivihkaa. Älä ole huolissasi. Hänellä ei ole mitään hätää – nyt. Hän jätti sinulle paketin. Kas tuossa.»

Frodo otti kirjekuoren takanreunalta, vilkaisi sitä, mutta ei avannut.

»Löydät siitä käsitykseni mukaan hänen testamenttinsa sekä muut paperit», velho sanoi. »Sinä olet nyt Repunpään isäntä. Ja luullakseni löydät siitä myös kultaisen sormuksen.»

»Sormuksen!» Frodo huudahti. »Onko hän jättänyt sen minulle? Minkähän vuoksi? Se voi kyllä olla hyödyllinen.»

»Voi olla mutta voipa olla olemattakin. Sinuna minä en käyttäisi sitä. Mutta pidä se tallessa, pidä se salassa! Nyt minä menen nukkumaan.»

Repunpään isäntänä Frodo katsoi tuskalliseksi velvollisuudekseen sanoa hyvää yötä vieraille. Huhut oudoista tapahtumista olivat jo levinneet kentälle, mutta Frodo sanoi vain että *epäilemättä kaikki selviää aamulla.* Puolenyön tienoilla vaunut tulivat noutamaan arvohenkilöitä. Yksitellen vaunut vierivät pois täynnä hyvinsyöneitä mutta tyytymättömiä hobitteja. Sopimuksen mukaan paikalle saapui puutarhureita, jotka kärräsivät muualle ne, jotka epähuomiossa olivat jääneet jäljelle.

Yö valkeni hitaasti. Aurinko nousi. Hobitit nousivat hieman tavallista myöhemmin. Aamu kului. Kentälle tuli hobitteja, jotka ryhtyivät (ohjeiden mukaan) viemään pois telttoja ja pöytiä ja tuoleja ja lusikoita ja veitsiä ja pulloja ja lautasia ja lyhtyjä ja laatikoissa tuotuja kukkivia pensaita ja muruja ja paukkupapereita ja unohtuneita laukkuja ja hansikkaita ja nenäliinoja ja syömättä jäänyttä ruokaa (jota oli huomattavan vähän). Sitten tuli toinen joukko (ilman ohjeita): Reppuleita, Boffineja, Bolgereita ja Tukeja ja muita vieraita, jotka asuivat tai kyläilivät lähistöllä. Puolenpäivän aikaan, jolloin laiskimmatkin olivat taas liikkeellä, tungeksi Repunpäässä melkoinen kutsumaton joskaan ei odottamaton kansanpaljous.

Frodo odotteli portailla hymyillen, mutta väsyneen näköisenä. Hän toivotti kaikki kävijät tervetulleiksi, mutta hänellä ei ollut paljon lisättävää siihen, mitä hän oli jo sanonut. Hän vastasi kaikkiin kyselyihin yksinkertaisesti näin: »Herra Reppuli on matkustanut pois – mikäli minä tiedän, lopullisesti.» Joitakin vieraita hän kehotti tulemaan sisään, koska Bilbo oli jättänyt heille »viestejä».

Eteiseen oli pinottu suuri määrä paketteja ja kääröjä sekä pieniä huonekaluja. Jokaiseen esineeseen oli kiinnitetty lappu. Useat lapuista olivat tämäntapaisia:

ADELARD TUKILLE IKIOMAKSI Bilbolta – sateenvarjossa. Adelard oli aikoinaan vienyt mennessään monia laputtomia.

DORA REPPULILLE muistoksi PITKÄSTÄ kirjeenvaihdosta rakkaudella Bilbolta – suuressa roskakorissa. Dora oli Drogon sisar ja Bilbon ja Frodon vanhin elossa oleva naispuolinen sukulainen. Hän oli yhdeksänkymmentäyhdeksänvuotias ja oli kirjoittanut riiseittäin hyviä neuvoja yli puolen vuosisadan aikana.

MILO ONKALOISELLE siinä toivossa, että käyttöä löytyy B. R:lta – kultakynässä ja mustepullossa. Milo ei koskaan vastannut kirjeisiin.

ANGELICAN käyttöön Bilbo-sedältä – pyöreässä kuperassa peilissä. Hän oli nuori Reppuli, joka piti turhan näkyvästi kasvojaan kauniina.

HUGO PIUKKAPAULAN kokoelmaa varten eräältä lahjoittajalta – (tyhjässä) kirjahyllyssä. Hugo oli innokas kirjojen lainaaja ja tavallista huonompi palauttamaan niitä.

LOBELIA SÄKINHEIMO-REPPULILLE LAHJAKSI – hopealusikkalaatikossa. Bilbo oletti, että Lobelia oli vienyt melkoisen määrän hänen lusikoitaan sillä aikaa kun hän oli edellisellä matkallaan. Lobelia tiesi tämän oikein hyvin.

Kun hän myöhemmin päivällä saapui, hän ei erehtynyt pitämään lahjaa kohteliaisuutena, mutta ei myöskään jättämään sitä Repunpäähän.

Tämä oli vain pieni näyte lahjavarastosta. Bilbon asuntoon oli kasaantunut melkoinen määrä kamaa hänen pitkän elämänsä varrella. Hobitinkoloihin kasaantui usein tavaraa – lukemattomat syntymäpäivälahjat saivat sen aikaan. Vaikka eivät hän lahjat tietenkään olleet yleensä uusia – muutama *mathom,* jonka käyttö oli ajat sitten unohtunut, oli kiertänyt koko tienoon – mutta Bilbo antoi yleensä uusia lahjoja ja piti ne jotka sai. Vanhaa koloa raivattiin nyt vähän.

Jokaisessa erolahjassa oli Bilbon itsensä kirjoittama lappu. Moniin kätkeytyi jokin piikki tai pila. Mutta useimmat lahjat oli tietysti tarkoitettu tarpeeseen. Köyhiä hobitteja, erityisesti Repunreunan asukkaita onnisti. Vanha Ukko Gamgi sai kaksi säkkiä perunoita, uuden lapion, villaliivin ja pullon linimenttiä natiseviin niveliin. Vanha Rori Rankkibuk sai vastineeksi runsaasta vieraanvaraisuudestaan kaksitoista pulloa Vanhaa viinitarhaa, vahvaa Eteläneljännyksen punaviiniä, noihin aikoihin jo varsin kypsää – Bilbon isä oli aikoinaan varastoinut sen kellariinsa. Rori antoi Bilbolle kaiken anteeksi ja julisti heti ensimmäisen pullon jälkeen, että tämä oli loistokaveri.

Frodolle jäi paljon kaikenlaista. Ja tietenkin hänen haltuunsa jäivät kaikki arvoesineet sekä kirjat, taulut ja huonekaluja yli tarpeen. Rahasta tai jalokivistä ei kuitenkaan näkynyt vilaustakaan; yhtä penninpyörylää tai lasihelmeä ei annettu pois.

Frodolle tuo iltapäivä oli koettelemus. Huhu, että koko kolon tavarat jaettaisiin ilmaiseksi, levisi kulovalkean tavoin ja ennen pitkää kolo oli täpötäynnä hobitteja, joilla ei ollut siellä mitään tekemistä mutta joita ei pystytty pitämään poissa. Lappuja irtosi ja meni sekaisin ja riitoja syttyi. Jotkut yrittivät käydä vaihtokauppaa eteisessä ja toiset pyrkivät luikkimaan tiehensä kainalossaan muille osoitettuja pikkutavaroita tai mitä tahansa, jota kukaan ei tuntunut kaipaavan tai pitävän silmällä. Kottikärryt ja käsirattaat tukkivat portille johtavan tien.

Hälinän keskelle saapuivat sitten Säkinheimo-Reppulit. Frodo oli mennyt hetkeksi lepäämään ja jättänyt ystävänsä Merri Rankkibukin pitämään tilannetta silmällä. Kun Otho vaati kovaäänisesti saada tavata Frodoa, Merri kumarsi kohteliaasti.

»Hän on huonovointinen», hän sanoi. »Hän on lepäämässä.»

»Piilossa siis», sanoi Lobelia. »Me olemme kuitenkin päättäneet tavata hänet ja me myös tapaamme hänet. Mene vain sanomaan se hänelle!»

Merri jätti heidät eteiseen pitkäksi toviksi, jonka aikana he ehtivät löytää jäähyväislahjaksi tarkoitetut lusikat. Ne eivät erityisesti parantaneet heidän tuultaan. Lopulta heidät ohjattiin työhuoneeseen. Frodo istui erään pöydän luona paperipinon takana. Hän näytti huonovointiselta – tai tuli huonovointiseksi viimeistään nähdessään Säkinheimo-Reppulit. Hän nousi seisomaan ja näpelöi jotakin taskussaan. Hän puhui täysin kohteliaasti.

Säkinheimo-Reppulit käyttäytyivät varsin hyökkäävästi. He aloittivat tarjoamalla surkeita kauppahintoja (näin ystävien kesken) erilaisista laputtomista arvoesineistä. Kun Frodo vastasi, että vain Bilbon erityisesti osoittamat tavarat jaettaisiin, he sanoivat että koko juttu oli epäilyttävä.

»Vain yksi asia on minulle täysin selvä», Otho sanoi, »nimittäin se, että sinä hyödyt tästä huomattavasti. Vaadin saada nähdä testamentin.»

Otho olisi perinyt Bilbon, ellei tämä olisi adoptoinut Frodoa. Hän luki testamentin huolellisesti ja tuhisi. Valitettavasti se oli hyvin selkeä ja virallinen (hobittien oikeuskäytännön mukaan, joka edellytti muun muassa seitsemän todistajan allekirjoitusta punaisella musteella).

»Taas tappio!» hän sanoi vaimolleen. *»Kuudenkymmenen* vuoden odotuksen jälkeen. Lusikoita! Naurettavaa!» Hän napsautti sormiaan Frodon nenän alla ja asteli tiehensä. Mutta Lobeliasta ei selvitty niin vähällä. Kohta Frodo tuli työhuoneesta katsomaan, miten asiat sujuivat, ja tapasi hänet yhä nurkkia nuuskimasta ja koputtelemasta lattioita. Hän ohjasi Lobelian päättävästi ulos otettuaan ensin haltuunsa muutamia pieniä (mutta arvokkaita) esineitä, jotka olivat tavalla tai toisella pudonneet rouvan sateenvarjoon. Ilmeestä päätellen Lobelia mietti kuumeisesti jotakin murskaavaa lähtörepliikkiä. Hän kääntyi ympäri portaalla, mutta ei keksinyt mitään sen kummempaa kuin:

»Jonakin päivänä sinä vielä kadut tätä, nuori herra! Miksi et sinäkin lähtenyt? Sinä et kuulu tänne, et ole Reppuli – sinä – sinä olet Rankkibuk!»

»Kuulitko, Merri! Tuota voi pitää loukkauksena», Frodo sanoi sulkiessaan oven Lobelian nenän edestä.

»Kohteliaisuus se oli», sanoi Merri Rankkibuk, »ja sen vuoksi tietenkin valhe.»

Sitten he tekivät kierroksen kolossa ja häätivät kolme nuorta hobittia (kaksi Boffinia ja yhden Bolgerin), jotka hakkasivat paraikaa reikiä erään kellarin seiniin. Frodo joutui myös käsikähmään nuoren Sancho Jalojalan (Odo Jalojalan pojanpojan) kanssa, kun tämä oli ryhtynyt kaivauksiin isossa ruokakomerossa, jossa hänen mielestään oli outo kaiku. Taru Bilbon kullasta herätti sekä uteliaisuutta että toivoa; sillä epämääräisesti hankittu jos ei suorastaan vääryydellä anastettu tarunhohtoinen kulta kuuluu, kuten kaikki tietävät, sille joka sen löytää – mikäli etsintää ei keskeytetä.

Selätettyään Sanchon ja työnnettyään hänet ulos talosta Frodo vajosi eteisessä olevaan tuoliin. »Sulkemisaika, Merri. Lukitse ovi, äläkä avaa enää kenellekään tänään vaikka tulisivat muurinsärkijän kanssa», hän sanoi. Sitten hän yritti piristyä teellä vaikka teeaika oli jo takana.

Hän oli tuskin istuutunut, kun ovelta kuului vaimea koputus. »Varmaankin taas Lobelia», hän ajatteli. »Hän on tietysti keksinyt jotakin tosi hävytöntä ja tulee nyt takaisin sanomaan sen. Se saa odottaa.»

Hän jatkoi teenjuontia. Oveen koputettiin taas ja paljon kovemmin, mutta hän ei ollut huomaavinaan. Äkkiä ikkunaan ilmestyi velhon pää.

»Jollet avaa ovea, räjäytän sen sisään ja saman tien kukkulan läpi toiselle puolelle», hän sanoi.

»Rakas Gandalf! Odota hetki!» Frodo huudahti ja juoksi ovelle. »Tule sisään. Tule sisään. Luulin sinua Lobeliaksi.»

»Siinä tapauksessa saat anteeksi. Mutta näin hänet jokin aika sitten ponirattaissa matkalla Virranvarteen naamallaan sellainen ilme, joka hapattaisi vastalypsetyn maidon.»

»Vähältä piti ettei hapattanut minua. Uskotko että melkein kokeilin Bilbon sormusta. Toivoin voivani kadota.»

»Älä tee sitä!» Gandalf sanoi ja istuutui. »Sinun täytyy olla varovainen tuon sormuksen kanssa! Totta puhuen tulin lähtiäisiksi puhumaan myös siitä.»

»No, mitä siitä?»

»Mitä sinä jo tiedät?»

»Vain sen, mitä Bilbo on kertonut. Olen kuullut hänen kertomuksensa siitä, miten hän löysi sen ja miten hän käytti sitä matkallaan.»

»Kummanhan version hän sinulle kertoi?» Gandalf sanoi.

»Ei – ei sitä, minkä hän kertoi kääpiöille ja kirjoitti kirjaansa», Frodo sanoi. »Hän kertoi, miten asia todella oli, pian sen jälkeen kun olin muuttanut tänne. Hän sanoi että sinä olit painostanut häntä, kunnes hän kertoi sinulle, niin että minunkin olisi hyvä tietää. 'Meidän välillämme ei ole salaisuuksia', hän sanoi, 'mutta tämän pitemmälle ne eivät saa levitä. Se on joka tapauksessa minun.'»

»Tuo on mielenkiintoista. Mitä sinä siitä kaikesta ajattelit?» Gandalf kysyi.

»Jos tarkoitat koko 'lahja'-ajatuksen keksimistä, minusta oikea tarina oli paljon uskottavampi enkä nähnyt mitään järkeä sen muuttamisessa. Se ei ollut lainkaan Bilbon tapaista ja minusta se oli vähän kummallista.»

»Niin minustakin. Mutta kummallisia asioita voi sattua niille, joilla on moisia arvoesineitä – mikäli he käyttävät niitä. Olkoon tämä varoituksena sinulle, että olisit varovainen. Siihen voi kätkeytyä muitakin voimia kuin kyky tehdä käyttäjä haluttaessa näkymättömäksi.»

»Minä en ymmärrä», Frodo sanoi.

»En minäkään», velho vastasi. »Olen vain alkanut tuumailla yhtä ja toista siitä sormuksesta, etenkin eilisillan jälkeen. Älä suotta huolehdi. Mutta minun neuvoni on että käyttäisit sitä hyvin harvoin, jos ensinkään. Ainakin pyydän sinua olemaan käyttämättä sitä sellaisella tavalla, joka aiheuttaisi puheita tai herättäisi epäluuloja. Sanon vielä kerran: pidä se tallessa, pidä se salassa!»

»Olet kovin salaperäinen! Mitä sinä pelkäät?»

»En ole varma, joten en sano enempää. Voin ehkä kertoa sinulle jotakin kun palaan. Minä lähden saman tien – nämä ovat hyvästit toistaiseksi.» Hän nousi.

»Saman tien!» Frodo huudahti. »Ja minä kun luulin että viipyisit ainakin viikon. Toivoin sinun auttavan minua.»

»Se oli aikomukseni – mutta olen joutunut muuttamaan mieleni. Saatan olla poissa kauankin, mutta tulen sinua katsomaan niin pian kuin voin. Odota minua vasta nähdessäsi minut! Minä saavun salaa. En enää monta kertaa käy Konnussa avoimesti. Huomaan että olen tullut kovasti epäsuosituksi. Sanovat että olen kiusankappale ja rauhanrikkoja. Jotkut jopa väittävät, että olen taikonut Bilbon tiehensä ja pahempaakin. Mikäli sinua kiinnostaa, sinun ja minun kerrotaan perustaneen salaliiton, jotta pääsisimme käsiksi hänen rikkauksiinsa.»

»Jotkut!» Frodo huudahti. »Tarkoitat Othoa ja Lobeliaa. Miten ällöttävää! Antaisin heille Repunpään ja kaiken muun, jos vain saisin Bilbon takaisin ja voisin lähteä vaeltamaan hänen kanssaan. Minä rakastan Kontua. Mutta jotenkin alan toivoa, että minäkin olisin lähtenyt. Näenköhän häntä enää koskaan?»

»Sitä minäkin mietin», Gandalf sanoi. »Ja mietin monia muitakin asioita. Näkemiin nyt! Pidä huoli itsestäsi! Varaudu tulooni varsinkin silloin, kun et odota minua! Näkemiin!»

Frodo saattoi hänet ovelle. Gandalf heilautti vielä kättään ja asteli pois hämmästyttävän ripeästi; mutta Frodon mielestä vanha velho näytti tavallista kumarammalta, ikään kuin hänellä olisi ollut raskas taakka kannettavanaan. Ilta oli vaihtumassa yöksi ja Gandalfin kaapuun kietoutunut hahmo katosi nopeasti hämärään. Kesti kauan ennen kuin Frodo taas näki hänet.

MENNEISYYDEN VARJO

Puheet eivät tauonneet yhdeksässä tai edes yhdeksässäkymmenessäyhdeksässä päivässä. Herra Bilbo Reppulin toista katoamista puitiin Hobittilassa ja koko Konnussa vuosi ja päivä, ja se muistettiin vielä paljon kauemmin. Siitä tuli hobittilasten iltasatu; ja vähitellen Hullusta Reppulista, joka katosi ryminän ja leimauksen saattelemana ja palasi kulta- ja jalokivireppujen kanssa, tuli tarujen lempihahmo joka eli pitkään sen jälkeen, kun kaikki todelliset tapahtumat olivat vaipuneet unhoon.

Mutta ennen sitä oli naapuriston yleinen mielipide, että Bilbo, joka oli aina ollut vähän tärähtänyt, oli vihdoin seonnut lopullisesti ja kadonnut teille tietymättömille. Hän oli epäilemättä pudonnut suonsilmään tai jokeen ja kohdannut siten järkyttävän mutta tuskin ennenaikaisen loppunsa. Syypäänä pidettiin yleensä Gandalfia.

»Jos se pahanilman velho jättäisi nuoren Frodon rauhaan, niin ehkä hän asettuisi aloilleen ja alkaisi elää hobiteiksi», he sanoivat. Ja näytti tosiaankin siltä, että velho jätti Frodon rauhaan ja että tämä asettui aloilleen, mutta kovin hobiteiksi hänen ei voinut sanoa elävän. Päinvastoin hänelle tuli pian sama omituisen maine, joka Bilbolla oli ollut. Hän kieltäytyi viettämästä suruaikaa, ja seuraavana vuonna hän piti Bilbon sadannenkahdennentoista syntymäpäivän kunniaksi juhlat, joita hän kutsui sentnerijuhliksi.* Tämä oli kyllä vähättelyä, sillä siellä oli kaksikymmentä vierasta ja useita aterioita, joilla kahlattiin ruoassa ja kylvettiin juomassa, kuten hobittien sanonta kuuluu.

Joitakuita tämä meno järkytti, mutta Frodo otti tavakseen pitää Bilbon syntymäpäiväjuhlat vuodesta toiseen, kunnes niihin totuttiin. Hän sanoi ettei uskonut Bilboa kuolleeksi. Kun häneltä kysyttiin: »Missä se sitten on?» hän vain kohautti hartioitaan.

Hän asui yksin kuten Bilbo oli asunut, mutta hänellä oli paljon ystäviä, erityisesti nuorison joukossa. Nämä olivat yleensä Vanhan Tukin jälkeläisiä, jotka olivat lapsina olleet ihastuneita Bilboon ja ravanneet Repunpäässä. Heihin

---

* Sentneri = 112 naulaa = n. 50 kg (suomentajan huomautus).

kuuluivat Folco Boffin ja Fredegar Bolger, mutta Frodon läheisimmät ystävät olivat Peregrin Tuk (jota kutsuttiin yleensä Pippiniksi) ja Merri Rankkibuk (hänen oikea nimensä oli Meriadoc, mutta sen muistivat harvat). Frodo retkeili eri puolilla Kontua heidän kanssaan, mutta useammin hän vaelteli yksikseen, ja kunnon kansalaisten kauhuksi hänen nähtiin joskus kävelevän tähtien loisteessa vaaroilla ja metsissä kaukana kotoa. Merri ja Pippin epäilivät, että hän kävi silloin tällöin tapaamassa haltioita kuten Bilbokin.

Ajan mittaan hobitit huomasivat, että myös Frodo alkoi osoittaa »säilymisen» merkkejä – ulkonaisesti hän näytti aina yhtä elinvoimaiselta ja tarmokkaalta vasta-aikuistuneelta hobitilta. »Eräitä onni potkii», he sanoivat, mutta vasta kun Frodo rupesi lähenemään viittäkymmentä, tavallista järkiintymisen ikää, asiantilaa ruvettiin pitämään kummallisena.

Ensi järkytyksestä selvittyään Frodo puolestaan huomasi, että elämä Repunpään isäntänä ja ainoana herra Reppulina ei ollut hassumpaa. Hän oli muutaman vuoden täysin tyytyväinen eikä murehtinut tulevaisuutta. Mutta puoliksi tajuamatta sitä itsekään hän alkoi yhä enemmän katua, ettei ollut lähtenyt Bilbon mukaan. Toisinaan, etenkin syksyisin, hän huomasi ajattelevansa eräseutuja, ja oudot vuoret, joita hän ei ollut koskaan nähnyt, häämöttivät hänen unissaan. Hän rupesi sanomaan itselleen: »Ehkä minä vielä itsekin joskus menen Vuon yli.» Tähän hänen toinen puolensa aina vastasi: »Ei vielä.»

Näin jatkui, kunnes hänen viides vuosikymmenensä kääntyi lopulleen ja viideskymmenes syntymäpäivä lähestyi; hän piti viittäkymmentä jotenkin merkitsevänä (tai enteellisenä) lukuna – ainakin Bilbo oli juuri tuossa iässä äkkiä tempautunut seikkailuihin. Frodo rupesi tuntemaan itsensä levottomaksi ja vanhat polut alkoivat vaikuttaa liian tarkkaan tallatuilta. Hän tutki karttoja ja mietti, mitä niiden reunojen ulkopuolelle jäi – Konnussa tehdyt kartat olivat yleensä valkoisia maan rajojen ympäriltä. Hän vaelteli yhä etäämmälle ja yhä useammin yksin. Merri ja hänen muut ystävänsä seurasivat hänen toimiaan huoli sydämessä. Hänen nähtiin kulkevan ja juttelevan outojen matkamiesten kanssa, joita noihin aikoihin alkoi ilmaantua Kontuun.

Huhut kertoivat, että ulkomaailmassa tapahtui outoja asioita, ja kun Gandalf ei moneen vuoteen ollut ilmaantunut eikä lähettänyt sanaa, Frodo keräsi niin paljon uutisia kuin pystyi. Haltioita, joita harvoin saapui Kontuun, nähtiin metsissä iltaisin, menossa länteenpäin; menossa vain, ei tulossa: he olivat matkalla pois Keski-Maasta eivätkä sen huolet enää kuuluneet heille. Mutta teillä liikkui tavallista enemmän kääpiöitä. Ikivanha Itä–länsi-tie kulki Konnun läpi päätepisteeseensä Harmaisiin satamiin, ja kääpiöt olivat aina käyttäneet sitä matkallaan Sinivuorten kaivoksiin. Heiltä hobitit saivat enimmät kaukomaita koskevat uutisensa – milloin he uutisia kaipasivat: yleensä kääpiöt eivät paljoa kertoneet eivätkä hobitit enempiä kyselleet. Mutta nykyään Frodo tapasi usein kaukaisista maista tulevia outoja kääpiöitä, jotka etsivät turvaa lännestä. Kääpiöt olivat levottomia ja jotkut kertoivat kuiskaten Vihollisesta ja Mordorin maasta.

Tuon nimen hobitit tunsivat vain menneisyyden taruista; se oli kuin varjo muistin laitamilla, mutta se oli pahaenteinen ja levottomuutta herättävä. Näytti siltä, että sen jälkeen kun Valkoinen neuvosto oli karkottanut Synkmetsän pahan voiman, se oli saanut entistä suuremman jalansijan Mordorin vanhoissa linnoituksissa. Musta torni oli taas pystytetty, niin kerrottiin. Sieltä paha voima levisi kauas ja laajalle, jossakin idässä ja etelässä sodittiin ja pelko kasvoi. Vuorilla örkit lisääntyivät jälleen. Peikkoja oli liikkeellä, ja nämä olivat ovelia, eivät enää typeriä, ja niillä oli tappavia aseita. Kuiskaten viittailtiin vielä hirveämpiin olentoihin, mutta niille ei ollut nimiä.

Hyvin vähän tästä kantautui tietenkin tavallisen hobitin korviin. Mutta kuuroinkin kotihissukka alkoi kuulla outoja tarinoita, ja ne jotka toimiensa vuoksi joutuivat käymään rajoilla, näkivät yhtä ja toista merkillistä. Virranvarren *Vihreässä lohikäärmeessä* käytiin eräänä kevätiltana sinä vuonna, jona Frodo täytti viisikymmentä, keskustelu, joka osoitti, että Konnun turvatuilla sydänmaillakin oli kuultu huhuja, olkoonkin että useimmat hobitit vielä nauroivat niille.

Sam Gamgi istui nurkassa takan vieressä ja häntä vastapäätä Ted Hiesuli, myllärin poika; muutamat muut maalaishobitit kuuntelivat heidän keskusteluaan.

»Kummia juttuja sitä nykyään vaan kuulee», sanoi Sam.

»Kuulee, jos kuuntelee», Ted sanoi. »Minä saan kuulla takkatarinoita ja lasten satuja kotonakin jos haluan.»

»Niin maar saatkin», vastasi Sam, »ja niissä taitaa joissakin olla enemmän perää kuin uskotkaan. Kuka ne tarinat muuten on keksinyt? Otetaan nyt vaikka lohikäärmeet.»

»Jos nyt ei kuitenkaan. Pienenä minä kuulin niistä juttuja, mutta ei niihin enää tarvitse uskoa. Virranvarressa ei ole kuin yksi lohikäärme ja se on vihreä», Ted sanoi ja sai palkkiokseen naurunrämäkän.

»Hyvä on», sanoi Sam ja nauroi muiden mukana. »Mutta entä sitten puumiehet, jättiläiset tai miksi niitä sanoisi? Sanovat että Pohjannummilla on nähty yksi, joka oli isompi kuin puu – eikä siitä ole kauan.»

»Jaa ketkä sanovat?»

»No vaikka minun serkkuni Hal. Hän on Ylismäessä herra Boffinin palveluksessa ja käy Pohjoisneljännyksessä metsällä. Hän tosiaan näki yhden.»

»Sanoi nähneensä. Se Hal aina väittää näkevänsä jotakin, ja voi olla että hän näkee semmoisia mitä ei ole.»

»Mutta tämä oli jalavan kokoinen ja käveli – seitsemän sylen askelin niin kuin ei mitään.»

»Ei se sitten varmaan ollutkaan mitään. Jalavan hän näki, jos näki.»

»Mutta tämä *käveli*, kuuletko – eikä Pohjannummilla kasva jalavan jalavaa.»

»Sitten ei Hal ole voinut nähdäkään jalavaa», Ted sanoi. Yleisö nauroi ja taputti ja oli ilmeisesti sitä mieltä, että Ted oli saanut pisteen.

»Oli miten oli», Sam sanoi, »et voi kieltää sitä että muutkin kuin meidän Halfast on nähneet kummaa joukkoa matkalla Konnun läpi – siis *läpi*, rajoilta käännytetään takaisin enemmänkin. Rajamiehillä ei koskaan ole ollut näin paljon työtä.

Ja minä olen kuullut, että haltiat vaeltavat länteen. Sanotaan että ne ovat matkalla satamiin Valkoisten tornien tuolle puolen.» Sam heilautti kättään epämääräisesti. Ei hän eikä kukaan muukaan tiennyt, kuinka kaukana vanhojen tornien ja Konnun länsirajan takana Meri oli. Mutta perimätieto tiesi, että siellä olivat Harmaat satamat, joista silloin tällöin lähtee haltialaivoja merelle palaamatta koskaan.

»Aallot vie, vie, vie meren yli, he menevät länteen ja jättävät meidät», Sam sanoi puoliksi laulaen ja pudisti päätään surullisen juhlallisesti. Mutta Ted nauroi.

»Tuo ei ole mitään uutta, jos uskoo vanhoihin juttuihin. Enkä käsitä mitä se sinua tai minua liikuttaa. Menkööt! Mutta sinä et kyllä takuulla ole nähnyt niiden lähtevän eikä kukaan muukaan kontulainen.»

»En olisi niinkään varma», Sam sanoi miettivästi. Hän uskoi kerran nähneensä metsässä haltian, ja hän toivoi näkevänsä enemmänkin jonakin päivänä. Kaikista tarinoista, joita hän oli kuullut varhaisvuosinaan, hobittien tallentamat muistitiedot ja tarinakatkelmat haltioista olivat aina koskettaneet häntä eniten. »Näilläkin kulmilla asuu hobitteja, jotka tuntevat Jalon kansan ja tietävät mitä heille kuuluu», hän sanoi. »Otetaan vaikka herra Reppuli, minun työnantajani. Hän kertoi, että he purjehtivat pois, ja hän tietää kyllä paljon haltioista. Ja vanha Bilbo-herra tiesi vielä enemmän, monet kerrat minä olen pikkunappulana jutellut hänen kanssaan.»

»No ne ovat kumpikin vähän tärähtäneitä», Ted sanoi. »Ainakin vanha Bilbo *oli* tärähtänyt ja Frodo tärähtää paraikaa. Jos sinä hankit tietosi heiltä, niin eivätpä tietosi paljoa paina. Kaverit, minä taidan painua kotio. Terveydeksi!» Hän tyhjensi kolpakkonsa ja poistui meluisasti.

Sam istui hiljaa eikä sanonut enää mitään. Hänellä oli paljon ajateltavaa. Ensinnäkin Repunpään puutarhassa olisi huomenna melkoisesti tekemistä mikäli ilma kirkastuisi. Ruoho kasvoi nopeasti. Mutta Samilla oli mielessä muutakin kuin puutarhanhoito. Hetken kuluttua hän huokasi, nousi ja meni ulos.

Oli aikainen huhtikuu ja taivas selkiämään päin kovan sateen jälkeen. Aurinko oli laskenut ja viileä hailakka ilta oli hiljalleen hämärtymässä yöksi. Hän käveli iltatähtien tuikkeessa Hobittilan läpi ja ylös Kukkulaa kotiin ja vihelteli hiljaa mietteissään.

Juuri näihin aikoihin Gandalf palasi oltuaan pitkään poissa. Kolmeen vuoteen juhlan jälkeen häntä ei ollut näkynyt. Sitten hän pistäytyi Frodon luona ja nähtyään, miten tämä voi, lähti taas. Seuraavien parin vuoden aikana hän kävi varsin usein: hän saapui odottamatta auringonlaskun jälkeen ja häipyi ilman varoitusta ennen aamunkoittoa. Hän ei suostunut puhumaan omista toimistaan eikä matkoistaan ja oli enimmäkseen kiinnostunut Frodon terveyttä ja puuhia koskevista pikku tiedoista.

Sitten äkkiä hänen vierailunsa lakkasivat. Oli kulunut yli yhdeksän vuotta siitä kun Frodo oli nähnyt hänet tai kuullut hänestä, ja Repunpään isäntä oli ruvennut epäilemään, ettei velho enää koskaan palaisi ja oli menettänyt kaiken mielenkiintonsa hobitteihin. Mutta sinä iltana, kun Sam asteli kotiin tummuvassa hämärässä, Frodo kuuli työhuoneen ikkunasta ennen niin tutun koputuksen.

Frodo toivotti vierasta tervetulleeksi iloisesti yllättyneenä. He katsoivat toisiaan tarkkaan.

»Kaikki hyvin?» kysyi Gandalf. »Näytät ihan samalta kuin ennenkin!»

»Niin sinäkin», Frodo sanoi, mutta sisimmässään hän oli sitä mieltä, että vanha Gandalf näytti vanhemmalta ja huolten painamalta. Hän uteli velholta kuulumisia ja suuren maailman uutisia ja pian he olivat vajonneet innokkaaseen keskusteluun. He valvoivat yösydämeen.

Seuraavana aamuna myöhäisen aamiaisen jälkeen velho ja Frodo istuivat työhuoneen avoimen ikkunan ääressä. Takassa paloi iloinen valkea, vaikka aurinko oli lämmin ja tuuli eteläinen. Kaikki näytti raikkaalta ja kevään uusi vihreä himersi pelloilla ja puitten oksankärjissä.

Gandalf ajatteli erästä kevättä melkein kahdeksankymmentä vuotta sitten, jolloin Bilbo oli lähtenyt Repunpäästä ilman nenäliinaa. Velhon tukka oli kenties valkeampi kuin silloin, ja hänen partansa ja kulmakarvansa pitemmät, ja huolen ja tiedon jättämät juonteet hänen kasvoillaan syvemmät, mutta silmät olivat yhtä kirkkaat kuin aina ennenkin ja hän poltti piippua ja puhalsi savurenkaita yhtä pontevasti ja nautiskellen.

Nyt hän poltteli äänettömänä ja Frodo istui hiljaa syvissä mietteissä. Aamun valossakin Frodo tunsi Gandalfin tuomien uutisten synkän varjon. Lopulta hän rikkoi hiljaisuuden.

»Viime yönä aloit kertoa minulle kummia sormuksestani», hän sanoi. »Ja sitten keskeytit ja sanoit, että sellaiset asiat on parasta jättää päivänvaloon. Eikö nyt olisi aika kuulla loput. Sanot että sormus on vaarallinen, paljon vaarallisempi kuin uskonkaan. Millä tavalla?»

»Monella tavalla», velho vastasi. »Se on paljon mahtavampi kuin alkuun uskalsin kuvitellakaan, niin mahtava, että se voi nujertaa täydellisesti kuolevaisen, jolla on se hallussaan. Se voi ottaa hänet omakseen.

Eregionissa taottiin kauan sitten monta haltiasormusta, taikasormusta niin kuin te sanotte, ja niitä oli tietenkin monenlaisia: toiset voimallisempia kuin toiset. Vähäisemmät sormukset olivat vain harjoitelmia, haltiasepot eivät vielä täysin hallinneet taitoaan ja pitivätkin niitä rihkamana – silti uskon että ne ovat vaarallisia kuolevaisille. Mutta Suursormukset, Mahtisormukset, olivat todella tuhoisia.

Kuolevainen, jolla on hallussaan Suursormus, ei kuole, mutta ei myöskään kasva eikä saa lisää elinvoimaa, elämä vain jatkuu kunnes lopulta joka hetki on uuvuttava. Ja jos hän käyttää Sormusta usein tullakseen näkymättömäksi, hän *hämärtyy* – lopulta hänestä tulee pysyvästi näkymätön ja hän vaeltaa hämärässä Sormuksia hallitsevan Mustan mahdin katseen alla. Ennemmin tai myöhemmin – myöhemmin, jos hän on alkuun voimakas ja hyvää tarkoittava, mutta kumpikaan ei kestä, ei voima eikä hyvä tarkoitus – ennemmin tai myöhemmin Musta mahti nielaisee hänet.»

»Miten kammottavaa!» Frodo sanoi. Taas pitkä hiljaisuus. Puutarhasta kuului, kuinka Sam Gamgi leikkasi nurmea.

»Miten kauan olet tiennyt tämän?» Frodo vihdoin kysyi. »Ja kuinka paljon Bilbo tiesi?»

»Bilbo ei tiennyt enempää kuin hän sinulle kertoi, siitä olen varma», Gandalf sanoi. »Hän ei varmasti olisi koskaan jättänyt sinulle mitään sellaista, mitä arveli vaaralliseksi, vaikka minä lupasinkin pitää sinusta huolta. Hänen mielestään sormus oli hyvin kaunis ja tarpeen tullen varsin hyödyllinen, ja mikäli jokin oli vinossa, vika oli hänessä. Hän sanoi, että se oli 'ottanut lisää tilaa hänen mielessään' ja että se vaivasi häntä jatkuvasti, mutta ei arvannut syyttää tästä kaikesta sormusta. Hän oli huomannut, että tämä esine vaati huomiota: se ei tuntunut aina saman kokoiselta, se kutistui ja laajeni oudolla tavalla ja saattoi äkkiä luiskahtaa sormesta, jossa se oli vastikään ollut aivan tiukassa.»

»Hän varoitti minua siitä kirjeessä», Frodo sanoi. »Niinpä minä olenkin aina pitänyt sormuksen ketjussaan.»

»Varsin viisasta», Gandalf sanoi. »Mutta pitkäikäisyyttään Bilbo ei koskaan yhdistänyt sormukseen. Hän piti sitä kokonaan omana ansionaan ja oli siitä

Repunpää Kukkulan alla

hyvin ylpeä. Siitä huolimatta että hänellä oli yhä levottomampi ja vaikeampi olo. *Ohentunut ja pingotettu* olivat hänen omat sanansa. Merkki siitä, että sormus oli jo alkanut saada otetta.»

»Kuinka kauan olet tiennyt tämän kaiken?» Frodo kysyi taas.

»Tiennyt? Minä tiedän paljon sellaista, mitä vain Viisaat tietävät, Frodo. Mutta jos tarkoitat: 'tiennyt *tästä* sormuksesta', niin voisi sanoa, etten minä vieläkään *tiedä*. Jäljellä on viimeinen koe. Mutta en enää epäile aavistustani.

Koska aloin aavistaa?» hän pohti ja pinnisti muistiaan. »Odota – sinä vuonna, jolloin Valkoinen neuvosto ajoi Mustan mahdin Synkmetsästä, vähän ennen Viiden armeijan taistelua, silloinhan Bilbo löysi sormuksen. Varjo lankesi sydämeeni jo silloin, vaikka en tuntenut pelkoni syytä. Mietin usein, miten Klonkku oli saanut haltuunsa Suursormuksen, sillä sellainen se oli – se ainakin oli alun alkaen varmaa. Sitten kuulin Bilbon merkillisen tarinan siitä, miten hän oli 'voittanut' sormuksen, enkä pystynyt uskomaan siihen. Kun viimein sain hänestä totuuden irti, näin heti että hän halusi varmentaa oikeutensa sormukseen. Vähän niin kuin Klonkku kertomuksellaan 'syntymäpäivälahjasta'. Valheitten samankaltaisuus ei minua erityisesti rauhoittanut. Sormuksessa täytyi olla vahingollisia voimia, jotka alkoivat työnsä sen haltijassa heti. Tämä oli minulle ensimmäinen vakava varoitus siitä, etteivät asiat olleet kohdallaan. Sanoin Bilbolle usein, että olisi parasta olla käyttämättä moisia sormuksia, mutta hän loukkaantui ja suuttuikin. Mitäpä muutakaan olisin voinut tehdä. En voinut ottaa sitä häneltä pois aiheuttamatta lisää vahinkoa, eikä minulla ollut siihen oikeuttakaan. Saatoin vain tarkkailla ja odottaa. Olisin kenties voinut kysyä neuvoa Saruman Valkoiselta, mutta jokin aina pidätteli minua.»

»Kuka hän on?» Frodo kysyi. »En ole koskaan ennen kuullut hänestä.»

»Ehkä et», Gandalf vastasi. »Hobitit eivät kiinnosta, tai eivät kiinnostaneet, häntä. Silti hän on suuri Viisaiden joukossa. Hän on veljeskuntani päämies ja Neuvoston puheenjohtaja. Hänen tietonsa ovat syvälliset, mutta hänen ylpeytensä on kasvanut niiden myötä eikä hän pidä asioihinsa sekaantumisesta. Oppi haltiasormuksista, suurista ja vähäisistä, on hänen alaansa. Hän on pitkään perehtynyt niihin ja etsinyt niiden valmistamisen kadonneita salaisuuksia. Mutta kun Sormuksia käsiteltiin Neuvostossa, kaikki, mitä hän suostui meille paljastamaan sormustiedostaan, puhui pelkojani vastaan. Niin epäilykseni hautautuivat – mutta eivät syvään. Minä olin valpas ja odotin vielä.

Bilbon suhteen kaikki tuntui olevan kunnossa. Ja vuodet kuluivat. Ne kuluivat, mutta ne eivät tuntuneet kuluttavan häntä. Hän ei osoittanut ikääntymisen merkkejä. Huoli varjosti taas sydämeni. Mutta sanoin itselleni: 'Tuleehan hän äitinsä puolelta pitkäikäisestä suvusta. Vielä on aikaa. Varro!'

Ja minä varroin. Siihen iltaan saakka, jolloin hän lähti tästä talosta. Silloin hän sanoi ja teki sellaista, mikä täytti minut pelolla, jota mitkään Sarumanin sanat eivät voineet lieventää. Tiesin vihdoin, että jokin pimeä ja kuolettava teki työtään. Ja sen jälkeen olen käyttänyt suurimman osan ajastani saadakseni selville totuuden.»

»Eihän mitään lopullista vahinkoa päässyt tapahtumaan?» kysyi Frodo huolissaan. »Hänhän toipuu tietysti aikanaan. Ja saa levätä rauhassa, saahan?»

»Hän tunsi olonsa heti paremmaksi», Gandalf sanoi. »Mutta maailmassa on vain yksi mahti, joka tuntee läpikotaisin Sormukset ja niiden vaikutukset, ja mikäli minä tiedän, maailmassa ei ole ainuttakaan mahtia, joka tuntisi hobitit.

Viisaiden joukosta yksin minä harrastan hobittitietoa. Se on vähäinen tiedonala, mutta täynnä yllätyksiä. Hobitit voivat olla pehmeitä kuin voi, ja kuitenkin toisinaan sitkeitä kuin puunjuuret. Jotkut heistä pystynevät vastustamaan Sormuksia paljon pitempään kuin useimmat Viisaista uskovat. Sinun ei luullakseni tarvitse murehtia Bilbon vuoksi.

Tosin sormus oli hänellä useita vuosia ja hän käytti sitä, niin että voi kestää kauan ennen kuin sen vaikutus hälvenee – ennen kuin hän esimerkiksi voi vaaratta nähdä sormuksen. Muuten hän saattaa elää vuosia aivan rauhassa: hän on vain pysähtynyt siihen, missä oli sormuksesta erotessaan. Sillä hän luopui siitä lopulta omasta halustaan; tämä on tärkeätä. En minä ollut enää huolissani ystävästäni Bilbosta, kun hän oli päästänyt otteensa siitä. Sinusta minä sen sijaan tunnen olevani vastuussa.

Siitä lähtien kun Bilbo meni, sinä ja nämä hömpät, liikuttavat, avuttomat hobitit olette olleet minun mielessäni. Olisi murheellinen isku maailmalle, jos Musta mahti valtaisi Konnun ja kaikista näistä ystävällisistä, iloisista, tyhmistä Boffineista, Bolgereista, Piipareista, Piukkapauloista ja muista, puhumattakaan umpihassuista Reppuleista – tulisi orjia!»

Frodo värisi. »Mutta miksi meistä tulisi? Ja mihin hän haluaa tällaisia orjia?» hän kysyi.

»Totta puhuaksesi uskon, että tähän saakka – huomaa, *tähän saakka* – hän ei ole lainkaan ottanut huomioon hobitteja. Teidän pitäisi olla kiitollisia. Mutta turvallisuuden aika on ohi. Hän ei tarvitse teitä – hänellä on monia käyttökelpoisempia palvelijoita – mutta hän ei enää unohda teitä. Ja kurjat hobittiorjat miellyttävät häntä enemmän kuin iloiset vapaat hobitit. On olemassa sellaisia asioita kuin pahuus ja kosto!»

»Kosto?» Frodo sanoi. »Mistä? En vieläkään käsitä, mitä tekemistä tällä kaikella on Bilbon ja minun ja meidän sormuksemme kanssa.»

»Sen kanssa sillä juuri onkin tekemistä», Gandalf sanoi. »Et vielä tiedä todellista vaaraa, mutta pian tiedät. En ollut vielä varma kun viimeksi kävin, mutta nyt on tullut puhumisen aika. Anna sormus minulle hetkeksi.»

Frodo otti housuntaskustaan sormuksen, joka oli pujotettu hänen vyöstään riippuvaan ketjuun. Hän irrotti sen ja ojensi hitaasti velholle. Sormus tuntui äkkiä kovin raskaalta, ikään kuin se tai Frodo itse ei olisi tahtonut velhon koskettavan sitä.

Gandalf piti sormusta koholla. Se näytti olevan puhdasta ja täyttä kultaa. »Näetkö siinä mitään merkkejä?» hän kysyi.

»En. Ei siinä ole mitään. Se on aivan sileä eikä siinä koskaan näy naarmua tai muita käytön jälkiä», sanoi Frodo.

»Hyvä, katso siis!» Frodon ihmeeksi ja kauhuksi velho heitti sormuksen äkkiä keskelle hehkuvaa takkatulta. Frodo älähti ja tavoitteli pihtejä, mutta Gandalf pidätteli häntä.

»Odota!» hän sanoi käskevällä äänellä ja katsahti Frodoon tuuheiden kulmiensa alta.

Sormuksessa ei tapahtunut mitään näkyvää muutosta. Hetken kuluttua Gandalf nousi, sulki ikkunaluukut ja veti verhot eteen. Huone oli äkkiä pimeä ja hiljainen – joskin Samin puutarhasaksien kilkatus, joka oli siirtynyt lähemmäksi ikkunaa, kuului vaimeana. Hetken velho seisoi tuijottaen tuleen, sitten hän kumartui ja siirsi sormuksen pihdeillä tulisijan reunalle ja otti sen saman tien käteensä. Frodo haukkoi henkeään.

»Se on aivan viileä», Gandalf sanoi. »Ota!» Frodon käsi värähti, kun hän otti sormuksen. Se tuntui muuttuneen paksummaksi ja painavammaksi kuin koskaan.

»Pidä sitä koholla. Ja katso tarkkaan», Gandalf sanoi.

Frodo teki työtä käskettyä. Hän näki ohuita viivoja, ohuempia kuin ohuimmat kynän piirrot; ne kiersivät sormuksen sisä- ja ulkopintaa. Tuliviirut tuntuivat muodostavan kaunokirjoitusmerkkejä. Ne loistivat läpitunkevan kirkkaasti ja kuitenkin kaukaisesti, kuin syvyydestä.

»En osaa lukea näitä tulisia kirjaimia», Frodo sanoi ääni vavisten.

»Et, mutta minä osaan», Gandalf sanoi. »Kirjaimet ovat muinaista haltiakirjoitusta, mutta kieli on Mordorin kieltä, jota en lausu ääneen täällä. Yhteiskielellä se kuuluu jotakuinkin näin:

> *Yksi Sormus löytää heidät, se yksi heitä hallitsee,*
> *se yksi heidät yöhön syöksee ja pimeyteen kahlitsee.*

Ne ovat kaksi säettä haltiain taruntiedon hyvin tuntemasta runosta:

> *Kolme Sormusta haltiakuninkaille alla auringon,*
> *seitsemän kääpiöruhtinaille kivisaleissaan,*
> *yhdeksän ihmisille jotka vie tuoni armoton,*
> *yksi Mustalle ruhtinaalle valtaistuimellaan*
> *maassa Mordorin joka varjojen saartama on.*
> *Yksi Sormus löytää heidät, se yksi heitä hallitsee,*
> *se yksi heidät yöhön syöksee ja pimeyteen kahlitsee*
> *maassa Mordorin joka varjojen saartama on.»*

Hän piti tauon ja sanoi hitaasti matalalla äänellä: »Tämä on Herrasormus, se yksi, joka heitä hallitsee. Tämä on se Sormusten sormus, jonka hän kadotti kauan sitten, ja hänen mahtinsa heikkeni suuresti. Hän himoitsee Sormusta kovin – mutta hänen *ei pidä* saada sitä.»

Frodo istui hiljaa ja liikkumatta. Pelko tuntui työntävän esiin suuren käden, kuin synkän pilven, joka kohosi idästä ja uhkasi kahmaista hänet. »Tämä sormus!» hän sammalsi. »Miten – miten ihmeessä se on joutunut minulle?»

»Se onkin pitkä tarina», sanoi Gandalf. »Se alkaa kaukaa Mustista vuosista, jotka vain taruntuntijat enää muistavat. Jos kertoisin sinulle koko tarinan, istuisimme tässä vielä kun kevät on kääntynyt talveksi.

Mutta viime yönä kerroin sinulle Sauron Suuresta, Mustasta ruhtinaasta. Huhut, joita olet kuullut, pitävät tosiaan paikkansa; hän on taas noussut, jättänyt Synkmetsän-varustuksensa ja palannut muinaisiin linnoituksiinsa Mordorin Mustaan torniin. Tuon nimen olette jopa te hobitit kuulleet, se on kuin varjo vanhojen tarujen takamailla. Aina tappion ja tauon jälkeen varjo ottaa uuden muodon ja kasvaa jälleen.»

»Kunpa se ei olisi tapahtunut minun aikanani», Frodo sanoi.

»Niin toivon minäkin», Gandalf sanoi, »Ja niin toivovat kaikki, joiden elinaikana tällaiset asiat tapahtuvat. Mutta se ei ole heidän päätettävissään. Voimme päättää vain siitä, mitä teemme sillä ajalla, joka meille annetaan. Ja jo nyt meidän aikamme alkaa näyttää mustalta. Vihollinen vahvistuu nopeasti. En usko, että hänen suunnitelmansa ovat vielä läheskään kypsät, mutta ne kypsyvät. Me olemme kovilla, kun aika tulee. Me olisimme kovilla, vaikka tätä hirveää mahdollisuutta ei olisi.

Yksi Viholliselta vielä puuttuu, se joka antaisi hänelle voiman ja tiedon, jolla hän voi nujertaa kaiken vastarinnan, lyödä viimeisen puolustuksen ja peittää kaikki maat uuteen pimeyteen. Häneltä puuttuu Sormusten sormus.

Haltiaruhtinaat kätkivät häneltä kauneimmat Kolme sormusta eikä hänen kätensä milloinkaan koskenut eikä saastuttanut niitä. Seitsemän sormusta oli kääpiökuninkaiden hallussa, mutta kolme niistä hän on saanut takaisin ja loput ovat lohikäärmeet tuhonneet. Yhdeksän hän antoi kuolevaisille ihmisille, ylpeille ja mahtaville, ja kietoi heidät siten pauloihinsa. Kauan sitten he joutuivat Sormusten sormuksen vallan alle ja heistä tuli varjoja suuren Varjon alla, hänen kauheimpia palvelijoitaan. Siitä on jo kauan. Vuosia on vierinyt siitä kun ne Yhdeksän liikkuivat ihmisten ilmoilla. Mutta kuka tietää? Kun varjo taas nousee, ne saattavat taas olla liikkeellä. Vaan ei! Moisista me emme puhu edes aamupäivällä Konnussa.

Näin on nyt: Yhdeksän hän on kerännyt itselleen, samoin Seitsemän, tai sitten ne ovat tuhoutuneet. Kolme on yhä kätkössä. Mutta se ei enää huoleta häntä. Hän tarvitsee vain Sormusten sormuksen, sillä sen hän teki itse, se on hänen, ja hän vuodatti siihen paljon entistä voimaansa, jotta hän voisi hallita kaikkia muita. Jos hän saa sen takaisin, hän hallitsee niitä kaikkia, Kolmeakin, missä ne ikinä lienevät, ja kaikki mitä niillä on tehty, mitätöityy, ja hän on mahtavampi kuin koskaan.

Ja Frodo, tämä on se kauhea mahdollisuus. Hän uskoi, että Sormusten sormus oli tuhoutunut, että haltiat olivat hävittäneet sen, niin kuin olisi pitänyt tehdä. Mutta nyt hän tietää, että se *ei ole* tuhoutunut, että se on löytynyt. Ja hän etsii ja etsii sitä, ja koko hänen mielensä on kääntynyt sitä kohti. Se on hänen suuri toivonsa ja meidän suuri pelkomme.»

»Miksi – miksi sitä ei hävitetty?» Frodo huusi. »Ja miten Vihollinen koskaan menetti sen, jos hän oli niin vahva ja Sormus hänelle niin kallis?» Hän puristi Sormusta kädessään, ikään kuin olisi jo nähnyt tummien käsien kurkottuvan sitä ryöstämään.

»Se otettiin häneltä», Gandalf sanoi. »Haltioilla oli ennen enemmän voimaa vastustaa häntä, eivätkä kaikki ihmiset olleet vieraantuneet heistä. Westernessen ihmiset tulivat heidän avukseen. Tuo muinaishistorian luku kannattaisi ehkä muistaa; sillä silloinkin oli murhetta ja pimeys tiheni, mutta oli myös suurta uljuutta ja suuria töitä, jotka eivät menneet aivan hukkaan. Ehkä jonakin päivänä kerron sinulle koko tarinan, tai saat kuulla sen kokonaisuudessaan siltä, joka tuntee sen parhaiten.

Mutta nyt, kun sinun tulee ennen kaikkea saada tietää, miten tämä esine joutui sinulle, ja siinä on tarinaa kerrakseen, kerron vain tämän: Haltiakuningas Gil-galad ja Westernessen Elendil kukistivat Sauronin, vaikka he itse samalla tuhoutuivat, ja Isildur Elendilin poika leikkasi Sormuksen Sauronin kädestä ja otti sen omakseen. Niin oli Sauron lyöty ja hänen henkensä pakeni ja piiloutui pitkiksi ajoiksi, kunnes hänen varjonsa otti muodon Synkmetsässä.

Mutta Sormus katosi. Se putosi Suureen virtaan, Anduiniin, ja hävisi. Isildur marssi pohjoiseen Virran itärantaa, ja Kurjenmiekkakenttien lähellä hänen kimppuunsa kävivät vuorten örkit ja melkein kaikki hänen joukoissaan kaatuivat. Hän hyppäsi veteen, mutta Sormus luiskahti hänen sormestaan hänen uidessaan ja silloin örkit näkivät hänet ja surmasivat hänet nuolilla.»

Gandalf piti tauon. »Ja sinne Kurjenmiekkakenttien läheisyyteen, Virran tummiin pyörteisiin Sormus katosi muistista ja taruista, ja tämänkin vähän sen tarinasta tietävät vain harvat, eikä Viisasten neuvosto saanut selville sen enempää. Mutta nyt vihdoin uskon voivani jatkaa kertomusta.»

»Paljon tämän jälkeen ja silti kauan sitten eli Suuren virran rantamilla Erämaan liepeillä näppäräsorminen ja pehmeätassuinen pikkukansa. Arvelen että he olivat hobittimaisia, sukua väkevien esi-isille, sillä he rakastivat Virtaa ja uivat siinä usein ja rakensivat ruo'oista veneitä. Heidän joukossaan oli hyvämaineinen perhe, suuri ja rikkaampi kuin useimmat muut, ja sitä hallitsi ankara isoäiti, joka oli hyvin perehtynyt niihin taruihin, joita sielläpäin tunnettiin. Tuon suvun tiedonhaluisin ja uteliain jäsen oli nimeltään Sméagol. Kaiken alku ja juuri kiinnosti häntä, hän sukelsi syviin vesiin ja hän kaivautui puiden ja kasvien alle ja ruohokumpuihin; hän lakkasi katsomasta ylös, kohti vuorten huippuja tai puiden lehvistöjä tai avautuvia kukkia: hänen päänsä ja silmänsä olivat alasluodut.

Hänellä oli ystävä nimeltään Déagol, samanlainen, teräväsilmäisempi, mutta ei yhtä vahva ja nopea. Kerran he lähtivät veneellä Kurjenmiekkakentille, missä oli paljon iiriksiä ja kukkivia kaisloja. Siellä Sméagol nousi veneestä ja meni nuuskimaan rantaa, mutta Déagol jäi veneeseen onkimaan. Äkkiä koukkuun tarttui iso kala, ja ennen kuin Déagol tajusi mitä tapahtui, hän paiskautui veneestä veteen ja joen pohjaan. Sitten hän päästi siiman, sillä hänestä tuntui että hän näki pohjamudassa jotakin kiiltävää; henkeään pidättäen hän tarttui siihen.

Hän tuli pintaan pärskien, ruohoa hiuksissaan ja kourallinen mutaa kädessään ja ui rannalle. Ja katso! kun hän huuhtoi mudan pois, hänen kämmenellään lepäsi kaunis kultainen sormus; ja se kiilsi ja välkkyi auringon valossa ja hänen sydämensä riemuitsi. Mutta Sméagol oli katsellut häntä puun takaa, ja kun Déagol tuijotti sormusta lumoutuneena, Sméagol hiipi hänen taakseen.

'Anna se meille, Déagol ystäväiseni ', Sméagol sanoi toverinsa olan yli.

'Miksi?' sanoi Déagol.

'Koska on minun syntymäpäiväni, kallis ystäväni, ja minä tahdon sen', sanoi Sméagol.

'Ei kuulu minuun', Déagol sanoi. 'Olen jo antanut sinulle lahjan, kalliimman kuin minulla oli varaa. Minä löysin tämän ja minä pidän sen.'

'Ihanko totta, kallis ystäväni?' Sméagol sanoi ja tarttui Déagolia kurkusta ja kuristi hänet, koska kulta näytti niin kirkkaalta ja kauniilta. Sitten hän pani sormuksen sormeensa.

Kukaan ei koskaan saanut selville, miten Déagolin oli käynyt; hänet murhattiin kaukana kotoa ja hänen ruumiinsa kätkettiin taitavasti. Mutta Sméagol palasi yksin ja huomasi, ettei kukaan hänen perheensä jäsen nähnyt häntä kun hän käytti sormusta. Hän oli hyvin tyytyväinen löytöönsä ja piti sen salassa; ja hän käytti sitä saadakseen selville salaisuuksia ja sovelsi tietojaan ilkeisiin ja kieroihin tarkoituksiin. Hänelle kehittyi tarkat silmät ja korvat kaikkeen pahaan. Sormus oli antanut hänelle vallan, joka sopi hänelle. Ei ole ihme, että hän joutui epäsuosioon ja että kaikki hänen sukulaisensa karttoivat häntä (silloin kun hän oli näkyvä). He potkivat häntä ja hän puri heitä koipiin. Hän alkoi varastella ja mutista itsekseen ja hänen kurkkunsa alkoi loksua. Niinpä he rupesivat kutsumaan häntä *Klonkuksi* ja kirosivat hänet ja käskivät hänen lähteä tiehensä; ja rauhan toivossa hänen isoäitinsä erotti hänet suvusta ja ajoi hänet pois kolostaan.

Hän vaelsi yksinäisyydessä ja itkeä tiraurti maailman pahuuden tähden, ja kulki Virtaa ylös, kunnes kohtasi vuorilta virtaavan sivuhaaran ja lähti seuraamaan sitä. Hän pyysi kaloja syvistä vesistä näkymättömin käsin ja söi ne raakana. Eräänä hyvin kuumana päivänä hän oli kumartunut suvannon ylle kun hän äkkiä tunsi kuinka hänen niskaansa poltti ja veden kautta heijastuva häikäisevä valo viilsi hänen vetisiä silmiään. Hän ihmetteli sitä, sillä hän oli melkein unohtanut auringon. Sitten hän katsoi ylös viimeisen kerran ja heristi nyrkkiään.

Mutta laskiessaan katseensa hän näki kaukana edessäpäin Sumuvuoret, joilta joki tuli. Ja hän sai äkkiä ajatuksen: 'Noiden vuorten alla on varjoista ja viileää. Aurinko ei voi katsella minua siellä. Noiden vuorten juuret vasta juuria ovat; siellä täytyy olla haudattuna suuria salaisuuksia, joita ei ole löydetty alun jälkeen.'

Niin hän matkasi öisin ylämaille ja löysi pienen luolan, josta virtasi tumma joki; ja hän ryömi kuin mato vuorten uumeniin eikä hänestä enää tiedetty mitään. Sormus meni hänen mukanaan pimentoon, eikä edes sen tekijä saanut siitä mitään selville, kun hänen valtansa taas alkoi kasvaa.»

»Klonkku!» Frodo huusi. »Klonkku? Tarkoitatko että hän oli sama otus, se Klonkku, jonka Bilbo tapasi. Hyi miten vastenmielistä!»

»Minusta se on murheellinen tarina», velho sanoi, »ja olisi voinut sattua muillekin, jopa eräille hobiteille, jotka olen tuntenut.»

»En voi uskoa että Klonkulla olisi mitään tekemistä hobittien kanssa, kaukaistakaan», Frodo sanoi vähän kiihtyen. »Onpa inhottava ajatus!»

»Se kuitenkin pitää paikkansa», Gandalf vastasi. »Hobittien alkuperästä minä ainakin tiedän enemmän kuin he itse. Ja jopa Bilbon tarinakin viittaa sukulaisuuteen. Heidän mielenmaisemassaan ja muistikuvissaan on paljon samanlaista. He ymmärsivät toisiaan huomattavan hyvin, paljon paremmin kuin hobitti ymmärtäisi sanotaan vaikka kääpiötä tai örkkiä tai edes haltiaa. Ota nyt esimerkiksi huomioon ne arvoitukset, jotka kumpikin tunsi.»

»Totta», sanoi Frodo. »Vaikka kyllä muutkin kuin hobitit kyselevät arvoituksia ja aika samantapaisia. Eivätkä hobitit petkuta. Klonkku ei muuta aikonutkaan kuin petkuttaa. Se vain halusi, että Bilbo-parka tulisi varomattomaksi. Ja varmasti sen ilkeyttä kutkutti, kun se aloitti leikin, joka ehkä lopuksi tuottaisi sille helpon uhrin mutta ei vahingoittaisi sitä mitenkään vaikka se häviäisikin.»

»Tuo taitaa olla liiankin totta», Gandalf sanoi. »Mutta siihen liittyi muutakin, mitä et vielä käsitä. Ei edes Klonkku ollut täydellinen raunio. Se oli osoittautunut kestävämmäksi kuin edes Viisaista kukaan olisi voinut arvata – samoin kuin ehkä hobitti olisi osoittautunut. Yksi sen sielun sopukoista kuului vielä sille itselleen, ja sieltä pilkisti valo kuin ovenraosta: menneisyyden valo. Oikeastaan siitä oli miellyttävää kuulla taas ystävällinen ääni, joka toi mieleen muistoja tuulesta ja puista ja auringon valaisemasta ruohikosta ja muista unohtuneista asioista.

Mutta sehän tietysti suututti Klonkun huonompaa minää lopulta kahta kauheammin – mikäli tätä minää ei voisi voittaa. Mikäli sitä ei voisi parantaa.» Gandalf huokasi. »Mutta ei! Klonkulla on hyvin vähän toivoa. Toivoton tapaus se ei kuitenkaan ole. Ei, vaikka Sormus oli sillä niin kauan, melkein niin kauan kuin sen muistia riittää. Sillä siitä kun se oli käyttänyt Sormusta usein oli kauan: pimeydessä sitä harvoin tarvittiin. Missään tapauksessa Klonkku ei ollut koskaan alkanut 'hämärtyä'. Se on vielä laiha ja sitkeä. Mutta tuo esine tietenkin nakersi sen sielua ja tuska oli kasvanut melkein sietämättömäksi.

Kaikki vuorenalaiset 'suuret salaisuudet' olivat paljastuneet tyhjäksi yöksi: ei ollut enää mitään selville saatavaa, ei mitään tekemisen arvoista, jäljellä oli vain inhottavaa salakähmäistä syömistä ja kaunaista muistelua. Klonkku oli kertakaikkiaan kurja. Se vihasi pimeyttä, ja valoa vielä enemmän: se vihasi kaikkea, ja ennen muuta se vihasi Sormusta.»

»Miten niin? » Frodo sanoi. »Sormushan oli sen Aarre ja ainoa, mistä se välitti. Tai jos se vihasi sitä, miksei se heittänyt sitä menemään tai lähtenyt ja jättänyt sitä?»

»Sinun pitäisi jo vähitellen alkaa ymmärtää, kaiken sen perusteella mitä olet kuullut», Gandalf sanoi. »Klonkku vihasi Sormusta ja rakasti sitä, aivan kuten se vihasi ja rakasti itseään. Se ei voinut laittautua siitä eroon. Sillä ei ollut enää omaa tahtoa tässä asiassa.

Mahtisormus pitää huolen itsestään, Frodo. *Se itse* voi kyllä luiskahtaa pois sormesta salakavalasti, mutta sen haltija ei koskaan sitä hylkää. Korkeintaan hän leikkii sillä ajatuksella, että antaa sen jonkun toisen huostaan – ja vain varhaisessa vaiheessa, jolloin Sormus vasta rupeaa saamaan otettaan. Mutta mikäli minä tiedän, Bilbo on Sormuksen historiassa ainoa, joka koskaan on tehnyt leikistä totta ja luopunut siitä. Ja hän tarvitsi kaiken avun, mitä minulla oli antaa. Eikä hän olisi koskaan noin vain jättänyt sitä tai heittänyt pois. Ei Klonkku päättänyt mitään, vaan Sormus itse. Sormus jätti Klonkun.»

»Ai juuri Bilbon tullessa?» Frodo sanoi. »Eikö joku örkki olisi käynyt paremmin?»

»Ei se ole mikään naurun asia», Gandalf sanoi. »Ainakaan sinulle. Se oli Sormuksen tähänastisen historian merkillisin tapahtuma: se että Bilbo tuli juuri silloin ja laski pimeässä sokeasti kätensä Sormukselle.

Siihen vaikutti useampi kuin yksi voima. Sormus pyrki takaisin herransa luo. Se oli luiskahtanut Isildurin kädestä ja pettänyt hänet; tilaisuuden tullen se otti Déagol-paran ja hänet murhattiin; ja sen jälkeen Klonkun, jonka se oli riuduttanut. Se ei enää voinut käyttää Klonkkua hyväkseen, otus oli liian pieni ja surkea, ja niin kauan kuin Sormus olisi sen hallussa, se ei milloinkaan jättäisi syvää lampeaan. Nyt kun Sormuksen herra oli taas kerran hereillä ja säteili mustia tuumiaan Synkmetsästä, Sormus hylkäsi Klonkun. Ja osui sitten kaikkein epätodennäköisimmän olennon poimittavaksi: Konnun Bilbon!

Siinä toimi jokin muu voima, joka oli Sormusten tekijän suunnitelmien ulkopuolella. En osaa sanoa sitä sen selvemmin kuin että Bilbon oli *tarkoitus* löytää Sormus, ja että tarkoitus *ei ollut* lähtöisin Sormuksen tekijästä. Missä tapauksessa sinunkin *oli tarkoitus* saada se. Ja tämä saattaa olla rohkaiseva ajatus.»

»Ei se ole», Frodo sanoi. »Vaikka en ole varma, ymmärränkö sinua. Mutta miten olet saanut selville tämän kaiken Sormuksesta ja Klonkusta? Tiedätkö todella tuon kaiken, vai taasko sinä vain arvaat?»

Gandalf katsoi Frodoon ja hänen silmänsä välähtivät. »Tiesin paljon ja olen saanut paljon selville», hän vastasi. »Mutta en aio tehdä selkoa kaikista tekemisistäni *sinulle*. Elendilin ja Isildurin ja Sormusten sormuksen tarinan tuntevat kaikki Viisaat. Muista todisteista riippumatta tulikirjoitus osoittaa yksinkin, että sinun sormuksesi on Sormusten sormus.»

Frodo keskeytti ja kysyi: »Ja koska sait sen selville?»

»Juuri äsken, tässä huoneessa, kuinkas muuten», velho näpäytti. »Mutta minä oletin saavani sen tuloksen. Olen tullut synkiltä ja pitkiltä etsintäretkiltä tehdäkseni tämän lopullisen kokeen. Se on viimeinen todistus, ja kaikki on nyt liiankin selvää. Klonkun osuuden selvittäminen ja sen sovittaminen historian aukkoon vaati päänvaivaa. Klonkun tarinan minä ehkä aloitin arvailemalla, mutta enää en arvaile. Minä tiedän. Olen tavannut sen.»

»Olet tavannut Klonkun?» Frodo huusi ällistyneenä.

»Olen. Sehän oli tietysti tehtävä ensimmäiseksi, mikäli mahdollista. Yritin kauan sitten; mutta nyt olen vihdoin onnistunut.»

»Mitä sitten tapahtui, kun Bilbo oli päässyt pakoon? Tiedätkö?»

»En kovin tarkkaan. Olen kertonut sinulle sen, minkä Klonkku oli suostuvainen sanomaan – vaikka se ei tietenkään kertonut sitä niin kuin minä olen selostanut. Klonkku on valehtelija ja sen sanat on seulottava. Se esimerkiksi kutsui Sormusta 'syntymäpäivälahjakseen' ja pysyi väitteessään. Se sanoi saaneensa sen isoäidiltään, jolla oli paljon samanlaisia kauniita tavaroita. Naurettava kertomus. En lainkaan epäile, etteikö Sméagolin isoäiti ollut matriarkka ja omalla tavallaan suuri persoonallisuus, mutta oli mieletöntä väittää, että hänellä olisi ollut useita haltiasormuksia; ja että hän olisi antanut jonkin niistä pois, oli valhe. Mutta valhe, johon sisältyi totuuden muru.

Déagolin murha vaivasi Klonkkua ja se oli keksinyt puolustuksen, jota se yhä uudestaan toisteli 'Aarteelleen' kalutessaan ruotoja pimeydessä, kunnes melkein itsekin uskoi siihen. Päivä *oli* sen syntymäpäivä. Déagolin olisi pitänyt antaa Sormus sille. Sormus oli ilmeisesti löytynyt juuri sopivasti lahjaksi. Se *oli kuin olikin* syntymäpäivälahja ja niin edespäin ja niin edespäin.

Minä siedin Klonkkua niin pitkään kuin kykenin, mutta totuus oli epätoivoisen tärkeä, ja lopulta minun oli oltava kovakourainen. Sain sen pelkäämään tulta ja kiristin siitä totuuden, pala palalta vetistelyn ja vinkunan ohessa. Se piti itseään väärinymmärrettynä ja väärinkäytettynä. Mutta kun se oli lopulta kertonut minulle tarinansa arvoitusleikin päättymiseen ja Bilbon pakoon asti, en saanut siitä irti enää muuta kuin hämäriä vihjeitä. Se pelkäsi jotakin vielä enemmän kuin minua. Se mutisi, että kyllä se saisi omansa takaisin. Vielä nähtäisiin, antaisiko se potkia itseään ja ajaa itsensä koloon *ryöstettäväksi*. Klonkulla oli nyt ystäviä, hyviä ystäviä ja vahvoja. Ne auttaisivat sitä. Reppuli saisi maksaa. Tämä oli sen pääajatus. Se vihasi Bilboa ja kirosi hänen nimensä. Mikä pahinta, se tiesi mistä hän oli kotoisin.»

»Mutta miten se sai sen selville?» Frodo kysyi.

»Mitä nimeen tulee, Bilbo erittäin typerästi kertoi sen sille itse, eikä sen jälkeen ollut kovin vaikeata saada selville kotimaata, kunhan Klonkku oli tullut ulos. Niin juuri, se tuli ulos. Sen halu saada Sormus takaisin osoittautui vahvemmaksi kuin örkkien tai edes valon pelko. Vuoden tai parin päästä se jätti vuoret. Katso, Sormus ei enää riuduttanut Klonkkua vaikka Sormuksen himo sitoikin sitä, ja se alkoi vähän toipua. Se tunsi itsensä vanhaksi, hirvittävän vanhaksi, mutta vähemmän araksi, ja sillä oli hirmuinen nälkä.

Valoa, auringon ja kuun valoa se edelleen pelkäsi ja vihasi, ja tulee varmaan aina vihaamaan, mutta se oli ovela. Se huomasi voivansa piiloutua päivänvalolta ja kuunloisteelta ja vaeltaa hiljaa ja nopeasti sysiyön hetkinä kelmeänkylmien silmiensä avulla ja pyydystää pieniä säikkyjä ja varomattomia otuksia. Se vahvistui uudesta ruoasta ja uudesta ilmasta. Se etsiytyi Synkmetsään kuten voi odottaakin.»

»Sieltäkö sinä sen löysit?» Frodo kysyi.

»Tapasin sen siellä», Gandalf vastasi, »mutta sitä ennen se oli kulkenut kauas Bilbon jälkiä seuraten. Siitä oli vaikea saada mitään varmaa selkoa, sillä kiroukset ja uhkaukset keskeyttivät yhtä mittaa sen puheen. 'Mitäs sillä on tasskuissaan? se sanoi. 'Se ei sano, ei sano, aarteeni. Pikku petturi. Ei reilu kysymys. Se petkutti ensin. Se rikkoi sääntöjä. Meidän olisi pitänyt nitistää se, aarre. Ja vielä me nitistetäänkin!'

Siinä näyte sen puheesta. Haluat tuskin kuulla enempää. Minä kestin sitä päiväkausia. Mutta murahdusten lomasta tippuvista vihjeistä päättelin, että se oli tassutellut lopulta Esgarothiin ja jopa Laakson kaduille asti, kuunnellut salaa ja nuuskinut. No, uutiset suurista tapahtumista tunnettiin Erämaassa pitkin ja poikin, ja monet olivat kuulleet Bilbon nimen ja tiesivät, mistä hän oli kotoisin. Paluumatkamme Bilbon kotiin länteen ei ollut mikään salaisuus. Klonkun tarkat korvat saivat pian kuulla mitä halusivatkin.»

»Mutta miksi se ei sitten seurannut Bilboa pitemmälle?» Frodo kysyi. »Miksi se ei tullut Kontuun?»

»Nyt tulemme siihen», sanoi Gandalf. »Luulen että Klonkku aikoi kyllä tulla. Se lähti liikkeelle ja kulki takaisin länteen Suurelle virralle saakka. Mutta sitten se kääntyi. Matkan pituus ei sitä pelottanut, siitä olen varma. Jokin muu veti sen pois. Niin arvelevat ystäväni, ne jotka etsivät sitä minun puolestani.

Metsähaltiat pääsivät sen jäljille ensimmäisinä, mikä oli heille helppo tehtävä, sillä jäljet olivat vielä tuoreet. Jäljet veivät heidät Synkmetsän läpi ja takaisin, vaikka he eivät koskaan tavoittaneet sitä. Metsä oli täynnä huhua Klonkusta, jopa linnut ja nelijalkaiset kertoivat siitä kauhujuttuja. Metsän ihmiset sanoivat, että maan päällä liikkui nyt joku uusi hirmu, verta juova haamu. Se kiipesi puihin pesiä löytääkseen; se ryömi koloihin poikasten perään; se puikahti ikkunoista sisään käydäkseen kehtojen kimppuun.

Mutta Synkmetsän länsireunalla jäljet kääntyivät. Ne vaelsivat kohti etelää ja hävisivät metsähaltioiden näköpiiristä ja katosivat. Ja silloin minä tein suuren virheen. Minä tein virheen, Frodo, eikä se ollut ensimmäinen; vaikka pelkään, että se osoittautuu pahimmaksi. Annoin asian olla. Päästin Klonkun menemään; sillä minulla oli paljon muuta ajateltavaa noihin aikoihin, ja minä luotin vielä Sarumanin tietoon.

Tämä tapahtui vuosia sitten. Olen maksanut siitä monilla synkillä ja vaarallisilla päivillä. Jäljet olivat jo aikoja kylmenneet, kun ryhdyin taas niitä seuraamaan, sen jälkeen kun Bilbo oli lähtenyt täältä. Ja etsintäni olisi jäänyt turhaksi ilman ystävän apua: Aragornin, tämän maailmanajan etevimmän matkamiehen ja metsästäjän. Yhdessä me etsimme Klonkkua koko Erämaan leveydeltä ilman toivoa ja ilman menestystä. Mutta lopulta, kun olin luopunut jahdista ja suunnannut kulkuni toisaalle, Klonkku löytyi. Ystäväni palasi suurista vaaroista mukanaan tuo kurja otus.

Se ei suostunut kertomaan, mitä se oli puuhaillut. Se vain itki ja syytti meitä julmiksi klonksutellen koko ajan kurkkuaan, ja kun me painostimme sitä, se vain vinkui ja mateli ja hieroi pitkiä käsiään ja nuoli sormiaan ikään kuin niihin olisi koskenut, ikään kuin se olisi muistanut jonkin menneen kidutuksen. Mutta tuskin siitä on pienintäkään epäilystä, että se oli hitaasti, askel askeleelta, virsta virstalta raahautunut etelään, ja viimein aina Mordorin maahan asti.»

Huoneessa vallitsi painostava hiljaisuus. Frodo saattoi kuulla sydämensä lyövän. Ulkonakin tuntui kaikki pysähtyneen. Samin saksien ääntä ei kuulunut.

»Aivan, Mordoriin», sanoi Gandalf. »Ah ja voi! Mordor vetää puoleensa kaikkea pahaa ja Musta mahti keskitti kaiken tahtonsa kootakseen sitä sinne. Vihollisen sormus oli myös jättänyt jälkensä, tehnyt Klonkun alttiiksi kutsuille. Ja kaikkialla kuiskailtiin etelän uudesta varjosta ja sen vihasta länttä kohtaan. Siellä olivat Klonkun hienot uudet ystävät, jotka auttaisivat sitä kostamaan!

Kurja hölmö! Tuossa maassa se sai varmaan oppia paljon, enemmän kuin halusikaan. Ja ennemmin tai myöhemmin se varmaan saatiin kiinni urkkimasta ja hiiviskelemästä rajoilla ja vietiin – tutkittavaksi. Ikävä kyllä niin nähtävästi kävi. Kun se löydettiin, se oli jo ollut Mordorissa kauan ja oli paluumatkalla. Menossa johonkin ilkityöhön. Mutta sillä ei ole enää paljoakaan väliä. Pahimpansa se oli jo tehnyt.

Niin! Sillä sen kautta Vihollinen sai tietää, että Sormusten sormus on jälleen löytynyt. Hän tietää, missä Isildur sai surmansa. Hän tietää, mistä Klonkku löysi Sormuksen. Hän tietää, että se oli Suursormus, sillä se antoi pitkän iän. Hän tietää, että se ei ole yksi Kolmesta, sillä ne eivät ole koskaan kadonneet eivätkä siedä pahuutta. Hän tietää, että se ei ole yksi Seitsemästä tai Yhdeksästä, niiden olinpaikat hän tuntee. Hän tietää, että se on Sormusten sormus. Ja hän on kaiketi vihdoin kuullut myös *hobiteista* ja *Konnusta*.

Kontu – hän ehkä etsii sitä parhaillaan, jos hän ei vielä tiedä missä se sijaitsee. Frodo, pelkään että hän saattaa jopa pitää tärkeänä ennen niin huomaamatonta nimeä *Reppuli.*»

»Mutta tämähän on kamalaa!» Frodo huusi. »Paljon pahempaa kuin osasin aavistaa sinun vihjeistäsi ja varoituksistasi. Oi Gandalf, ystävistä parhain, mitä minä teen? Sillä nyt minä pelkään todella. Mitä minä teen? Sääli ettei Bilbo pistänyt kuoliaaksi tuota viheliäistä otusta, kun hänellä oli mahdollisuus!»

»Sääli? Sääli pidätteli hänen kättään. Sääli ja armo: ei iskua ilman syytä. Ja hän sai palkkansa, Frodo. Juuri sen tähden paha vahingoitti häntä niin vähän ja hän pystyi lopulta pakenemaan, koska hänen ensimmäinen tekonsa Sormuksen hallussapitäjänä osoitti sääliä. Sääliä.»

»Anteeksi», Frodo sanoi. »Mutta minä pelkään; enkä minä tunne sääliä Klonkkua kohtaan.»

»Et ole nähnyt sitä», keskeytti Gandalf.

»En, enkä haluakaan», Frodo sanoi. »En ymmärrä sinua. Tarkoitatko sinä, että sinä ja haltiat annoitte Klonkun elää kaikkien noiden hirmutekojen jälkeen?

Viimeistään nyt se on yhtä paha kuin örkki ja pelkkä vihollinen. Se ansaitsee kuoleman.»

»Ansaitsee! Epäilemättä. Monet niistä, jotka elävät, ansaitsevat kuoleman. Ja jotkut, jotka kuolevat, ansaitsisivat elämän. Pystytkö sinä antamaan sen heille? Älä sitten ole niin innokas jakamaan kuolemantuomioita. Eivät edes kaikkein viisaimmat näe loppuun asti. En usko, että Klonkulla on paljon toiveita paranemisesta ennen kuolemaansa, mutta se mahdollisuus on olemassa. Ja Klonkku on sidottu Sormuksen kohtaloihin. Sydämeni sanoo, että sillä on vielä tehtävänsä ennen loppua, hyvä tai paha; ja kun se aika tulee, Bilbon sääli saattaa säätää monien kohtaloita – eikä vähiten sinun. Joka tapauksessa me jätimme sen henkiin: se on hyvin vanha ja hyvin surkea. Metsähaltiat pitävät sitä vankina, mutta he osoittavat sille sitä hyvyyttä, joka heidän viisaissa sydämissään asuu.»

»Oli miten oli», Frodo sanoi, »olkoon ettei Bilbo voinutkaan tappaa Klonkkua, mutta kunpa hän ei olisi pitänyt Sormusta. Kunpa hän ei olisi koskaan löytänyt sitä ja kunpa minä en olisi koskaan saanut sitä! Miksi annoit minun pitää sen? Mikset pakottanut minua heittämään sitä pois tai – tai tuhoamaan sitä?»

»Annoit? Pakottanut?» sanoi velho. »Etkö ole kuunnellut ollenkaan minun puheitani? Et ajattele mitä sanot. Mutta mitä tulee poisheittämiseen, se olisi ilman muuta väärin. Näillä Sormuksilla on taipumus löytyä. Pahoissa käsissä Sormus olisi saattanut saada aikaan paljon pahaa. Mikä vaarallisinta, se olisi saattanut joutua Vihollisen haltuun. Hänelle se varmasti joutuisikin; sillä se on Sormusten sormus, ja hän käyttää kaiken voimansa löytääkseen sen tai vetääkseen sen luokseen.

Tämä oli tietysti vaarallista sinulle, Frodo; ja se on vaivannut minua syvästi. Mutta kysymyksessä olivat niin suuret asiat, että minun oli otettava riski – vaikka silloinkin, kun minä olin kaukana, tarkat silmät vartioivat Kontua jokikinen päivä. Niin kauan kuin et lainkaan käyttänyt Sormusta, en uskonut sillä olevan sinuun pysyväistä vahingollista vaikutusta, ei ainakaan kovin pitkäaikaista. Ja sinun tulee muistaa, että käydessäni täällä viimeksi yhdeksän vuotta sitten tiesin vain vähän mitään varmaa.»

»Mutta miksi emme tuhoa sitä, kuten olisi pitänyt tehdä aikoja sitten?» Frodo taas huudahti. »Jos olisit varoittanut minua tai vain lähettänyt sanan, olisin tehnyt siitä selvää.»

»Olisitko? Miten sinä tekisit sen? Oletko milloinkaan yrittänyt?»

»En, mutta sen voisi varmaan takoa murskaksi tai sulattaa.»

»Yritä!» Gandalf sanoi. »Yritä vaikka heti!»

Frodo veti taas Sormuksen taskustaan ja katsoi sitä. Se näytti nyt sileältä ja tasaiselta, eikä siinä ollut mitään näkyviä merkkejä tai kirjoitusta. Kulta näytti hyvin kauniilta ja aidolta, ja Frodo ajatteli, miten syvä ja upea oli sen väri ja miten täydellinen sen pyöreä muoto. Se oli ihailtava esine, kertakaikkiaan todellinen aarre. Ottaessaan sen esiin hän oli aikonut singota sen valkean kuumimpaan kohtaan. Mutta nyt hän totesi, ettei kyennyt siihen, ei ainakaan ponnistelematta ankarasti. Hän punnitsi epäröiden Sormusta kädessään ja pakottautui muistamaan kaiken, mitä Gandalf oli kertonut; sitten hän terästi tahtoaan ja heilautti kättään heittääkseen sen menemään – mutta huomasikin panneensa sen takaisin taskuun.

Gandalf nauroi synkästi. »Näetkö? Sinunkin on jo vaikea luopua siitä, etkä tahdo vahingoittaa sitä. Enkä minä voisi 'pakottaa' sinua tekemään niin – paitsi väkipakolla, mikä murtaisi sinut. Mutta Sormuksen murtamiseen väkivalta ei riitä. Vaikka hakkaisit sitä raskaalla moukarilla, siihen ei jäisi kuhmuakaan. Sitä eivät sinun kätesi tee tekemättömäksi, eivätkä minun.

Sinun pikku tulesi ei tietenkään sulattaisi edes tavallista kultaa. Sormus on jo käynyt siinä vahingoittumatta tai edes kuumenematta. Mutta koko Konnussa ei ole ahjoa, joka vaikuttaisi siihen hitustakaan. Eivät edes kääpiöiden alasimet ja sulatusuunit pysty siihen. On väitetty, että lohikäärmeen tuli voisi sulattaa ja tuhota Mahtisormuksen, mutta maan päällä ei ole enää lohikäärmettä, jossa vanha tuli kytisi kyllin kuumana; eikä koskaan ole ollutkaan lohikäärmettä, joka pystyisi vahingoittamaan Sormusten sormusta, Valtasormusta, ei edes Ancalagon Musta olisi siihen pystynyt, sillä tuon Sormuksen teki Sauron itse.

On vain yksi tapa: löytää Orodruinin, Tulivuoren, syvyyksistä Tuomiorotko ja heittää Sormus sinne, mikäli todella tahtoo tuhota sen ja saattaa sen ikuisiksi ajoiksi Vihollisen ulottumattomiin.»

»Minä todella tahdon tuhota sen!» Frodo huudahti. »Tai – tuota – että joku tuhoaa sen. Vaaralliset tehtävät eivät ole minua varten. Voi, kunpa en olisi ikinä nähnyt koko Sormusta! Miksi se joutui minulle? Miksi minut on valittu?»

»Tuollaisiin kysymyksiin ei voi vastata», Gandalf sanoi. »Voit olla varma, että syynä ei ollut mikään ansio, jota muilla ei ole: ei ainakaan valta tai viisaus. Mutta sinut on valittu, ja sen tähden sinun on käytettävä sitä lujuutta, urheutta ja neuvokkuutta, joka sinulle on annettu.»

»Mutta eihän minulla ole mitään noista! Sinä olet viisas ja mahtava. Etkö ottaisi Sormusta?»

»Ei!» Gandalf huusi ja ponnahti seisomaan. »Sormuksen mahti olisi minulla liian suuri ja hirveä. Ja Sormus saisi minusta vieläkin suuremman ja kauheamman otteen.» Hänen silmänsä salamoivat ja hänen kasvonsa hehkuivat sisäisestä tulesta. »Älä kiusaa minua! Sillä minä en tahdo tulla samanlaiseksi kuin Musta ruhtinas. Niinpä Sormus houkuttelee minua sillä että minä säälin heikkoja ja haluaisin voiman tehdä hyvää. Älä kiusaa minua! En rohkene ottaa sitä, en edes säilyttääkseni sitä käyttämättömänä. Halu käyttää sitä olisi voimilleni liian suuri. Minä tarvitsisin sitä, sillä suuret vaarat odottavat minua.»

Hän meni ikkunalle ja avasi verhot ja luukut. Auringonpaiste virtaili taas huoneeseen. Sam käveli ulkona polulla ja vihelteli. »Ja nyt», velho sanoi kääntyen taas Frodon puoleen, »päätös on sinun varassasi. Mutta minä autan sinua aina.» Hän laski kätensä Frodon harteille. »Minä autan sinua kantamaan tätä taakkaa niin kauan kuin se on sinun kannettavanasi. Mutta meidän on tehtävä jotakin, ja pian. Vihollinen liikehtii.»

Syntyi pitkä hiljaisuus. Gandalf istuutui taas ja tuprutteli piippuaan kuin ajatuksiin vaipuneena. Hänen silmänsä näyttivät olevan kiinni, mutta luomien raosta hän tarkkaili Frodoa kiinteästi. Frodo tuijotti takan punaista hehkua, kunnes se täytti hänen näkökenttänsä, ja hänestä tuntui että hän katsoi syvään tulikaivoon. Hän ajatteli tarujen Tuomiorotkoa ja kammottavaa Tulista vuorta.

»No niin», Gandalf sanoi lopulta. »Mitä sinä ajattelet? Oletko päättänyt mitä tehdä?»

»En!» Frodo vastasi. Hän palasi takaisin pimeydestä ja havaitsi ihmeekseen, ettei ollutkaan pimeä, että hän saattoi nähdä ikkunasta aurinkoisen puutarhan. »Tai ehkä olenkin. Mikäli olen ymmärtänyt sen mitä olet sanonut, minun on kai pidettävä Sormus ja vartioitava sitä ainakin toistaiseksi, teki se minulle mitä tahansa.»

»Mitä se tekeekin, se on hidas; se on hidas pahassa, jos säilytät sitä tuossa tarkoituksessa», Gandalf sanoi.

»Toivottavasti», Frodo sanoi. »Mutta toivottavasti löydät pian jonkun toisen ja paremman säilyttäjän. Näyttää siltä, että sillä välin olen vaaraksi kaikille ja kaikelle ympäristössäni. En voi pitää Sormusta ja jäädä tänne. Minun pitäisi lähteä Repunpäästä, lähteä Konnusta, jättää kaikki ja lähteä.» Hän huokasi.

»Tahtoisin pelastaa Konnun, jos voisin – vaikka on ollut aikoja jolloin olen pitänyt sen asukkaita sanoinkuvaamattoman tyhminä ja tylsinä ja ajatellut, että maanjäristys tai lohikäärmelauma ei olisi heille pahitteeksi. Mutta minusta ei enää tunnu siltä. Minusta tuntuu että niin kauan kuin Kontu on taustalla, turvassa ja suojassa, kestän vaeltamisen paremmin: tiedän että jossakin on varma jalansija, vaikka omat jalkani eivät sillä pohjalla enää seisoisikaan.

Tietenkin olen joskus suunnitellut lähtöä, mutta kuvittelin lähteväni jonkinlaiselle lomalle, seikkailuihin niin kuin Bilbo, tai jotakin sinnepäin, ja löytäisin lopuksi rauhan. Mutta tämä lähtö merkitsisi maanpakoa, pakoa vaarasta toiseen: joutuisin vetämään vaaraa perässäni. Ja minun on kai lähdettävä yksin, jos aion sen tehdä ja pelastaa Konnun. Mutta minä tunnen itseni kovin pieneksi ja irtireväistyksi ja – epätoivoiseksi. Vihollinen on niin vahva ja kauhea.»

Hän ei kertonut Gandalfille, mutta kun hän puhui, hänen sydämessään syttyi voimakas halu seurata Bilboa, seurata ja kenties jopa löytää hänet. Tunne oli niin voimakas, että se voitti hänen pelkonsa: hän olisi melkein voinut rynnätä ulos sen tien ja painua tietä alas hatutta päin, aivan kuten Bilbo oli tehnyt eräänä samanlaisena aamuna kauan sitten.

»Rakas Frodo!» Gandalf huudahti. »Hobitit ovat totta tosiaan yllättäviä otuksia, niin kuin olen ennenkin sanonut. Heidän elämänmenostaan voi oppia kaiken olennaisen kuukaudessa, ja kuitenkin he vielä sadan vuoden kuluttua saattavat yllättää, kun joudutaan pinteeseen. En odottanut saavani tuollaista vastausta, en edes sinulta. Mutta Bilbo ei erehtynyt perijää valitessaan, vaikka ei aavistanutkaan kuinka tärkeäksi se osoittautuisi. Sinä olet luultavasti oikeassa. Sormusta ei enää voi piilotella Konnussa; ja niin itsesi kuin muiden takia sinun on lähdettävä ja luovuttava Reppulin nimestä. Tuota nimeä ei ole turvallista käyttää Konnun ulkopuolella tai Erämaassa. Minä annan sinulle nyt matkanimen. Kun lähdet, lähde herra Alismäkenä.

Mutta ei sinun tarvitse lähteä yksin – mikäli tunnet ketään, johon voit luottaa, ja joka olisi valmis kulkemaan rinnallasi – ja jonka sinä olisit valmis viemään tuntemattomiin vaaroihin. Mutta jos etsit seuralaista, valitse tarkoin! Ja varo puheitasi, jopa lähimpien ystäviesi seurassa! Vihollisella on monta vakoojaa ja monta tapaa kuulla.»

Äkkiä hän vaikeni kuin kuunnellakseen. Frodo tajusi, että kaikki oli hyvin hiljaista sekä ulkona että sisällä. Gandalf hiipi ikkunan toiseen pieleen. Sitten hän hyppäsi salamana ikkunalaudan eteen ja koukkasi pitkällä kädellä ikkunan alta. Kuului parkaisu, ja näkyviin nousi Sam Gamgin kihara pää korvasta roikotettuna.

»Totisesti, partani kautta!» Gandalf sanoi. »Sam Gamgiko se on? Ja mitähän tekemässä?»

»Siunatkoon herra Gandalf!» Sam sanoi. »En minä mitään tee! Niin, tai siis minä siistin juuri ruohon reunaa ikkunan alta.» Hän otti sakset esiin ja näytti niitä.

»Etpäs», sanoi Gandalf tuimasti. »Siitä on jo aikaa kun viimeksi kuulin saksiesi äänen. Kuinka kauan olet kykkinyt kuuntelemassa?»

»Kykkinyt? Minä leikkaan nurmikkoa. En ymmärrä, anteeksi vaan.»

»Älä ole typerä! Mitä olet kuullut ja miksi kuuntelit?» Gandalfin silmät salamoivat ja hänen kulmakarvansa sojottivat kuin harjakset.

»Frodo-herra!» huusi Sam vapisten. »Älkää antako hänen taikoa minua miksikään kummajaiseksi! Älkää antako hänen pahoinpidellä minua! Vanha isäukko ottaisi sen kovin raskaasti. En minä millään pahalla, kunniasanalla!»

»Ei hän sinua pahoinpitele», Frodo sanoi. Hänen oli vaikea pidätellä nauruaan, vaikka olikin hätkähtänyt ja vähän ihmeissään. »Hän tietää yhtä hyvin kuin minäkin ettet sinä pahalla. Mutta ryhdistäydy ja vastaa kiertelemättä hänen kysymyksiinsä!»

»Tuota herra», Sam sanoi tutisten vähän, »kuulin paljon sellaista, mitä en oikein ymmärtänyt, vihollisesta ja sormuksista ja Bilbo-herrasta ja lohikäärmeistä ja tulivuoresta ja – ja haltioista. Minä kuuntelin, koska en voinut olla kuuntelematta, tai miten sen sanoisi. Voi että minä rakastan noita tarinoita. Ja uskonkin niihin, sanokoon Ted mitä tahansa. Haltiat! Heitä minä tahtoisin tosiaan nähdä. Ettekö voisi ottaa minua mukaan kun menette, herra?»

Äkkiä Gandalf purskahti nauruun. »Tule sisään!» hän huudahti ja ojensi molemmat kätensä ja nosti hämmentyneen Samin saksineen ruohoineen kaikkineen suoraan ikkunasta sisään ja seisotti hänet lattialle. »Ottaa sinut mukaan haltioita katsomaan, niinkö?» hän sanoi ja silmäili Samia tiiviisti, mutta hymynkare kasvoillaan. »Sinä siis kuulit, että Frodo-herra on lähdössä?»

»Kuulin, herra. Ja siksi minä kakistelin, minkä te nähtävästi kuulitte. Yritin pidätellä sitä mutta en kyennyt: olin niin järkyttynyt.»

»Sille ei mahda mitään, Sam», Frodo sanoi surullisesti. Hän oli äkkiä tajunnut, että Konnusta pakeneminen toisi mukanaan muitakin tuskallisia jäähyväisiä kuin pelkän eron Repunpään kotoisista mukavuuksista. »Minun täytyy lähteä. Mutta» – ja tässä hän katsoi tarkkaan Samiin – »jos todella välität minusta, pidät sen visusti salassa. Käsitätkö? Jos et tee sitä, jos henkäiset sanankin siitä, mitä olet täällä kuullut, silloin toivon että Gandalf muuttaa sinut pilkulliseksi rupikonnaksi ja loihtii puutarhan vesikäärmeitä täyteen.»

Sam vajosi vavisten polvilleen. »Nouse ylös, Sam!» Gandalf sanoi. »Olen keksinyt paremman vaihtoehdon. Sellaisen, joka tukkii sinun suusi ja on sopiva rangaistus salakuuntelusta. Saat lähteä Frodo-herran mukaan!»

»Minäkö!» Sam huusi ja ponkaisi pystyyn kuin koira, jota pyydetään kävelylle. »Minä pääsen näkemään haltioita ja ties mitä! Eläköön!» hän huusi, ja sitten hän purskahti itkuun.

3

KOLME KUMPPANUSTA

»SINUN PITÄISI LÄHTEÄ, vähin äänin ja pian», sanoi Gandalf. Kaksi tai kolme viikkoa oli kulunut, eikä Frodo ollut vielä tehnyt elettäkään valmistautuakseen lähtöön.

»Tiedän. Mutta on vaikeaa tehdä molemmin päin», hän vastusteli. »Jos katoan kuten Bilbo, tieto kiirii hetkessä yli Konnun.»

»Tietenkään sinun ei pidä kadota! Se nyt ei kävisi alkuunkaan! Sanoin *pian*, en *heti*. Jos pystyt keksimään jonkin tavan häipyä Konnusta niin, että se ei tule yleisesti tiedoksi, voit vähän viivytelläkin. Mutta et saa viivytellä liian kauan.»

»Kävisikö syksy, meidän syntymäpäivä, tai heti sen jälkeen?» Frodo kysyi. »Luulen että voisin siihen mennessä tehdä joitakin järjestelyjä.»

Oikeastaan hän oli nyt tosipaikan tullen kovin vastahakoinen lähtemään. Repunpää ei ollut tuntunut näin mieluisalta asuinpaikalta vuosiin, ja hän tahtoi nauttia viimeisestä kesästään Konnussa mahdollisimman paljon. Hän tiesi, että syksyn tullen ainakin osa hänen sydäntään olisi taipuvampi matkantekoon, niin kuin aina tuohon vuodenaikaan. Hän olikin salaa päättänyt lähteä viidentenäkymmenentenä syntymäpäivänään: Bilbon sadantenakahdentenakymmenentenäkahdeksantena. Se tuntui jotenkin sopivalta päivältä lähteä seuraamaan Bilboa. Bilbon seuraamista hän enimmäkseen ajatteli, ja se yksin teki lähdön ajatuksen siedettäväksi. Hän vaivasi päätään mahdollisimman vähän Sormuksella ja sillä, mihin se saattaisi hänet johtaa. Mutta hän ei kertonut Gandalfille kaikkia ajatuksiaan. Mitä tämä arvasi, sitä oli aina yhtä vaikea tietää.

Velho katsoi Frodoa ja hymyili. »Hyvä on», hän sanoi. »Luulen että se käy – mutta yhtään myöhemmin et saa lähteä. Olen tulossa hyvin levottomaksi. Ole varovainen sitä ennen, äläkä vihjaisekaan, minne olet menossa! Ja pidä huoli, ettei Sam Gamgi puhu. Jos hän sen tekee, minä kyllä muutan hänet rupikonnaksi.»

»Mitä tulee siihen, *minne* olen menossa», Frodo sanoi, »sen paljastaminen olisi vaikeaa, sillä minulla ei vielä itsellänikään ole siitä selvää käsitystä.»

»Älä ole hölmö!» Gandalf sanoi. »Enhän minä varoita sinua jättämästä uutta osoitetta postiin! Mutta sinä lähdet pois Konnusta – ja sen tulee pysyä salassa siihen asti kunnes olet jo kaukana. Ja kun lähdet, tie vie ainakin alkuun kohti pohjoista, etelää, länttä tai itää – ja vähintään suunnan on pysyttävä salassa.»

»Hyvästit ja Repunpään jättäminen ovat vieneet kaikki ajatukseni, niin etten ole tullut edes miettineeksi suuntaa», Frodo sanoi. »Sillä mihin vie minun tieni? Ja minkä mukaan ohjaan matkani? Mikä on tehtäväni? Bilbo lähti etsimään aarretta ja palasi takaisin; mutta minä olen matkalla hävittämään aarretta enkä palaa, sikäli kuin osaan ennustaa.»

»Mutta sinä et osaa ennustaa», Gandalf sanoi. »Enkä minäkään. Tehtäväsi voi olla Tuomiorotkon löytäminen, mutta se voidaan antaa muillekin; en tiedä. Missään tapauksessa et ole vielä valmis tuolle pitkälle matkalle.»

»En totisesti!» Frodo sanoi. »Mutta mihin suuntaan minun tulee lähteä ennen sitä?»

»Kohti vaaroja; mutta ei päistikkaa eikä suoraan», velho vastasi. »Jos minä saan neuvoa, pyri Rivendelliin. Matkan sinne ei pitäisi olla liian vaarallinen, vaikka Tie ei ole niin helppo kuin ennen ja se käy loppuvuodesta yhä vaikeammaksi.»

»Rivendelliin!» Frodo sanoi. »Hyvä: menen itään, pyrin Rivendelliin. Vien Samin mukanani haltioiden luo, hän tulee olemaan innoissaan.» Frodo puhui kevyesti, mutta hänen sydämensä sykähti äkkiä halusta nähdä Elrond Puolhaltian talo ja hengittää tuon syvän laakson ilmaa, missä Jaloa kansaa vielä rauhassa asusti.

Eräänä kesäiltana *Murattiin* ja *Vihreään lohikäärmeeseen* saapui järisyttävä uutinen. Jättiläiset ja muut Konnun rajoilla liikkuvat ihmeolennot unohtuivat tärkeämpien asioiden takia: Frodo-herra aikoi myydä Repunpään, oli itse asiassa jo myynyt – Säkinheimo-Reppuleille!

»Ja sitä paitsi sievoiseen hintaan», sanoivat jotkut. »Pilkkahintaan», sanoivat toiset, »ja senhän tietääkin kun Lobelia-rouva on ostajana.» (Otho oli kuollut muutamia vuosia aiemmin sadankahden vuoden kypsässä mutta pettyneessä iässä.)

Mutta syy siihen, että Frodo-herra myi kauniin kolonsa, oli vielä suurempi kiistakysymys kuin kauppahinta. Muutamat olivat sitä mieltä – herra Reppulin nyökkäysten ja vihjailujen rohkaisemina – että Frodon rahat olivat loppumaan päin; että hän aikoi lähteä Hobittilasta ja elää kaupan tuotolla hiljaista elämää Bukinmaassa Rankkibukin puoleisten sukulaistensa luona. »Niin kaukana Säkinheimo-Reppuleista kuin ikinä», muutamat lisäsivät. Mutta niin syvään oli käsitys Repunpään Reppulien suunnattomista rikkauksista juurtunut, että useimpien oli vaikea uskoa tätä, vaikeampi kuin mitään muuta syytä tai syyn puolikasta, minkä heidän mielikuvituksensa pystyi keksimään: useimmat uumoilivat jotakin Gandalfin synkkää ja vielä tuntematonta juonta. Vaikka velho pysyttelikin aivan hissukseen eikä liikkunut päiväsaikaan, tiedettiin kyllä että hän »piileskeli Repunpäässä». Mutta sopipa muutto hänen velhoiluihinsa miten hyvin tahansa, yhdestä ei ollut epäilystäkään: Frodo Reppuli aikoi palata Bukinmaahan.

»Aivan, minä muutan tänä syksynä», hän sanoi. »Merri Rankkibuk etsiskelee minulle sievää pikku koloa, tai ehkäpä pientä taloa.»

Hän olikin jo totta puhuen Merrin avustuksella valinnut ja ostanut pienen talon Krikkolosta Bukinpurin takamailta. Kaikille paitsi Samille hän teeskenteli asettuvansa sinne pysyvästi. Päätös lähteä kohti itää oli synnyttänyt tämän ajatuksen; sillä Bukinmaa oli Konnun itärajalla, ja koska hän oli asunut siellä lapsuudessaan, paluu sinne ainakin näyttäisi uskottavalta.

Gandalf viipyi Konnussa yli kaksi kuukautta. Sitten eräänä iltana kesäkuun lopulla, pian sen jälkeen kun Frodon suunnitelma oli lopullisesti lyöty lukkoon, hän äkkiä ilmoitti lähtevänsä seuraavana aamuna. »Toivottavasti vain vähäksi aikaa», hän sanoi. »Minun on mentävä etelärajan taakse ottamaan selvää asioista, jos voin. Olen ollut toimettomana luvattoman kauan.»

Hän puhui kevyesti, mutta Frodosta hän näytti levottomalta. »Onko jotakin tapahtunut?» hän kysyi.

»Ei oikeastaan, mutta olen kuullut jotakin sellaista, joka huolettaa minua ja kaipaa selvitystä. Jos arvelen sittenkin tarpeelliseksi, että lähdet heti, tulen takaisin saman tien tai ainakin lähetän sanan. Sillä välin sinun tulee pitää kiinni suunnitelmistasi; mutta ole varovaisempi kuin koskaan, varsinkin Sormuksen suhteen. Painotan vielä kerran: *älä käytä sitä!*»

Hän lähti aamunkoiton aikaan. »Voin palata minä päivänä hyvänsä», hän sanoi. »Viimeistään tulen jäähyväisjuhliin. Minusta tuntuu, että sinä kuitenkin tarvitset Tiellä minun seuraani.»

Aluksi Frodo oli kovasti huolissaan ja mietti usein, mitä Gandalf oli mahtanut kuulla; mutta hänen levottomuutensa haihtui ja kaunis ilma sai hänet hetkeksi unohtamaan huolensa. Konnun kesä oli harvoin ollut niin lauha, sen syksy niin antelias: puut notkuivat omenien painosta, hunaja tihkui kennoista, ja vilja oli korkeaa ja tähkät täyteläisiä.

Syksy oli jo hyvässä vauhdissa, ennen kuin Frodo alkoi taas huolestua Gandalfista. Syyskuu kului eikä hänestä vieläkään kuulunut mitään. Syntymäpäivä ja muutto lähestyivät, eikä hän tullut eikä lähettänyt sanaa. Repunpäässä alkoivat kiireet. Muutamat Frodon ystävät tulivat hänen luokseen auttamaan pakkaamisessa: Fredegar Bolger ja Folco Boffin ja tietenkin hänen erityiset ystävänsä Pippin Tuk ja Merri Rankkibuk. Viisistään he käänsivät koko kolon ylösalaisin.

Kahdentenakymmenentenä syyskuuta lähtivät kahdet katetut vaunut kohti Bukinmaata Rankkivuon sillan kautta. Niihin oli lastattu ne huonekalut ja tavarat, joita Frodo ei ollut myynyt. Seuraavana päivänä Frodo alkoi tosissaan hermostua ja tähyili koko ajan näkyisikö Gandalfia. Torstai, syntymäpäivän aamu, koitti yhtä kauniina ja kirkkaana kuin Bilbon juhlien aamu kauan sitten. Vieläkään ei Gandalf ollut tullut. Illalla Frodo piti jäähyväisjuhlansa: se oli varsin pieni, illallinen hänelle ja hänen neljälle apulaiselleen; mutta hän oli levoton eikä lainkaan oikeassa vireessä. Ajatus että hänen pitäisi pian erota nuorista ystävistään painoi hänen sydäntään. Hän mietti miten paljastaisi sen heille.

Kaikki neljä nuorempaa hobittia olivat kuitenkin loistotuulella, ja illanvietto muuttui pian varsin iloiseksi huolimatta Gandalfin poissaolosta. Ruokasali oli tyhjä lukuun ottamatta pöytää ja tuoleja, mutta ruoka oli hyvää, ja viini erinomaista: Frodon viinit eivät olleet sisältyneet kauppaan Säkinheimo-Reppulien kanssa.

»Tapahtuipa lopuille tavaroilleni mitä tahansa kun S-R:t saavat ne kynsiinsä, tälle ainakin olen löytänyt hyvän kodin!» Frodo sanoi tyhjentäessään lasinsa. Siinä meni viimeinen pisara Vanhaa viinitarhaa.

Kun he olivat laulaneet monet laulut ja käyneet läpi monet yhdessä koetut tapahtumat, he kohottivat maljan Bilbon syntymäpäivän kunniaksi ja joivat sen samalla kertaa hänen ja Frodon terveydeksi kuten Frodon tapa vaati. Sitten he kävivät ulkona, haistelivat ilmaa ja silmäilivät tähtiä, ja viimein he menivät nukkumaan. Frodon juhlat olivat ohi, eikä Gandalf ollut tullut.

Seuraavan aamun he kuluttivat pakkaamalla jäljelle jääneet tavarat vielä yksiin vaunuihin. Merri otti ne huostaansa ja ajoi pois Pullan (Fredegar Bolgerin) kanssa.»Jonkun pitää mennä sinne lämmittämään taloa ennen kuin sinä tulet», Merri sanoi.»Näkemiin sitten, ylihuomiseen, mikäli et jää nukkumaan matkan varrelle!»

Folco meni kotiin lounaan jälkeen, mutta Pippin jäi kololle. Frodo oli levoton ja huolissaan ja kuulosteli turhaan merkkiä Gandalfista. Hän päätti odottaa auringonlaskuun. Jos Gandalf sen jälkeen haluaisi ehdottomasti tavata hänet, hän menisi Krikkoloon, ja saattaisi jopa ehtiä sinne ennen heitä. Frodo näet aikoi matkata jalan. Hänen suunnitelmansa oli kävellä Hobittilasta Bukinpurin lautalle turhia kiirehtimättä – yhtä hyvin huvin vuoksi ja luodakseen vielä viimeisen silmäyksen Kontuun kuin muistakin syistä.

»Saan siinä samalla vähän harjoitusta», hän sanoi ja katseli itseään pölyisestä peilistä puolityhjässä eteisessä. Hän ei ollut tehnyt rasittavia kävelyretkiä pitkään aikaan ja näytti mielestään vähän veltolta.

Lounaan jälkeen ilmaantuivat Frodon suureksi harmiksi Säkinheimo-Repulit, Lobelia ja hänen keltakutrinen poikansa Lotho.»Vihdoinkin meidän!» Lobelia sanoi astuessaan sisään. Se ei ollut kohteliasta, eikä aivan tottakaan, sillä kauppa astuisi voimaan vasta keskiyöllä. Mutta Lobelialle voidaan ehkä suoda anteeksi: hän oli joutunut odottamaan Repunpäätä noin seitsemänkymmentäseitsemän vuotta kauemmin kuin oli aikoinaan toivonut, ja oli nyt satavuotias. Hän oli tullut katsomaan ettei mitään sellaista, mistä hän oli maksanut, vietäisi pois; ja hän halusi avaimet. Kesti kauan ennen kuin hän oli tyytyväinen, sillä hän oli tuonut mukanaan täydellisen luettelon ja kävi sen läpi alusta loppuun. Viimein hän poistui Lothon kanssa mukanaan vara-avain sekä lupaus, että toinen avain jätettäisiin Gamgeille Repunreunalle. Hän tuhahti ja antoi selvästi ymmärtää, ettei hän lainkaan ihmettelisi, jos Gamgit ryöstäisivät koko kolon yön aikana. Frodo ei kutsunut häntä teelle.

Frodo nautti oman teensä Pippinin ja Sam Gamgin kanssa keittiössä. Oli ilmoitettu virallisesti, että Sam tulisi Bukinmaahan »auttamaan Frodo-herraa ja pitämään huolta hänen puutarhatilkustaan». Ukko hyväksyi järjestelyn, vaikka se ei häntä paljon lohduttanutkaan: häntä odotti tulevaisuudessa uusi naapuri – Lobelia.

»Viimeinen ateriamme Repunpäässä!» sanoi Frodo ja työnsi tuoliaan taaksepäin. He jättivät tiskit Lobelialle. Pippin ja Sam sitoivat kolme pakkausta ja pinosivat ne kuistille. Pippin meni ulos viimeiselle kierrokselle puutarhaan. Sam häipyi.

Aurinko laski. Repunpää näytti surulliselta ja synkältä ja sotkuiselta. Frodo vaelteli tutuissa huoneissa; auringon paiste valui alas seiniltä ja varjot hiipivät nurkista. Sisällä pimeni hitaasti. Hän meni ulos ja käveli polun päässä olevalle portille ja sitten vähän matkaa alas Kukkulan tietä. Hän puoliksi odotti Gandalfin astelevan hämärässä mäkeä ylös.

Taivas oli sees ja tähdet loistivat kirkkaina.»Tästä tulee kaunis yö», hän sanoi ääneen.»Se on hyvä alku. Minä olenkin kävelytuulella. En kestä enää tätä nyhjäämistä. Minä lähden ja Gandalf saa seurata minua.» Hän kääntyi mennäkseen takaisin, mutta pysähtyi sitten, sillä hän kuuli ääniä aivan nurkan takaa Repunreunan päästä. Toinen ääni oli varmasti vanhan Ukon, toinen oli tuntematon ja jotenkin vastenmielinen. Hän ei saanut selvää mitä se sanoi, mutta hän kuuli Ukon kipakat vastaukset. Vanhus kuulosti ärtyneeltä.

»Ei, herra Reppuli on lähtenyt pois. Meni tänä aamuna ja meidän Sam hänen kanssaan: ainakin tavarat menivät. Niin niin, möi kaiken ja lähti, johan minä sanoin. Miksikö? Se ei minulle kuulu, eikä teille. Mihin? Se nyt ei ole mikään salaisuus. On muuttanut jonnekin Bukinpuriin tai yleensä tuonnepäin. On, onhan sinne melkoinen matka. En ole ikinä ollut niin kaukana itse; ne on kummaa joukkoa, bukinmaalaiset. Ei, en voi välittää viestiä. Hyvää yötä vain!»

Askeleet etääntyivät Kukkulaa alas. Frodo mietti ohimennen, miksi se että ne eivät tulleet ylöspäin tuntui hänestä helpotukselta. »Olen varmaan kurkkuani myöten täynnä kysymyksiä ja tekemisiini kohdistuvaa uteliaisuutta», hän ajatteli. »Tiedonhaluista joukkoa!» Hän oli vähällä mennä kysymään Ukolta, kuka kysyjä oli; mutta tarkemmin ajateltuaan hän kääntyi ja käveli nopeasti takaisin Repunpäähän.

Pippin istui kuistilla pakkauksensa päällä. Samia ei näkynyt. Frodo astui sisään pimeästä oviaukosta. »Sam!» hän huusi. »Sam! Lähtö!»

»Tullaan, tullaan!» tuli vastaus kaukaa sisältä, ja pian tuli Sam itse suutaan pyyhkien. Hän oli ollut kellarissa jättämässä hyvästejä oluttynnyrille.

»Kaikki mukana, Sam?» Frodo sanoi.

»Kaikki on. Nyt minä pärjään vähän aikaa.»

Frodo sulki ja lukitsi pyöreän oven ja antoi avaimen Samille. »Kipaise viemään tämä kotiisi!» hän sanoi. »Juokse sitten Repunreunaa pitkin ja tule niin pian kuin mahdollista portille peltojen taakse mistä tie alkaa. Tänä yönä emme kulje kylän läpi. Liian monet korvat kuuntelevat ja silmät kurkkivat.» Sam pinkaisi tiehensä.

»Nyt vihdoinkin lähdetään!» Frodo sanoi. He nostivat pakkaukset selkäänsä ja ottivat keppinsä ja kävelivät nurkan ympäri Repunpään länsipuolelle. »Hyvästi!» Frodo sanoi ja katseli tyhjiä mustia ikkunoita. Hän heilautti kättään ja kääntyi ja kiiruhti (tietämättään samaa tietä kuin Bilbo) alas puutarhapolkua Peregrinin jäljessä. He hyppäsivät pensasaidan yli matalasta kohdasta ja suuntasivat kohti peltoja häviten pimeyteen kuin kohahdus ruohikossa.

Kukkulan juurella sen länsipuolella he tulivat portille, joka avautui kapealle kujalle. He pysähtyivät ja säätivät pakkaustensa hihnoja. Samassa Sam ilmestyi paikalle juosta hölkyttäen ja hengästyneenä; hänen raskas pakkauksensa törrötti korkealla hartioitten yläpuolella. Päähänsä hän oli pannut korkean muodottoman huopapussin, jota hän kutsui hatuksi. Pimeässä hän näytti aivan kääpiöltä.

»Te olette varmasti antaneet minulle painavimmat tavarat», Frodo sanoi. »Minun käy sääliksi etanoita ja kaikkia, jotka kantavat kotia selässään.»

»Minä voisin ottaa vielä rutkasti lisää. Minun pussini on ihan kevyt», Sam sanoi urheasti ja vastoin totuutta.

»Etkä ota!» Pippin sanoi. »Se on hänelle hyväksi. Hänellä ei ole mitään muuta kuin mitä itse käski meidän pakata. Hän on ollut veltto viime aikoina, ja pakkauksen paino kyllä vähenee, kun hän on pudottanut vähän omaakin painoaan.»

»Säälikää kurjaa vanhaa hobittia!» Frodo nauroi. »Minusta tulee takuulla laiha kuin raidanvarpu ennen kuin pääsemme Bukinmaahan. Mutta pötyähän minä puhuin. Epäilen että sinä Sam olet ominut enemmän kuin oman osuutesi, ja minä otan asiasta selvää kun seuraavan kerran pakataan.» Hän otti taas keppinsä.

»Me kaikki kävelemme mielellämme pimeässä», hän sanoi, »selvitetään siis muutama virsta ennen nukkumaanmenoa.»

He kulkivat vähän matkaa länteen seuraten polkua. Sitten he jättivät sen ja kääntyivät vasempaan ja suuntasivat taas äänettä kohti peltoja. He kulkivat jonossa pensasaitojen vieriä ja vesaikkojen varsia, ja musta yö ympäröi heidät. Tummissa kaavuissaan he olivat yhtä näkymättömiä kuin jos jokaisella olisi ollut taikasormus. Koska he olivat kaikki hobitteja ja yrittivät vielä olla hiljaa, he eivät saaneet aikaan ääntä, jonka edes hobitti olisi kuullut. Peltojen ja metsien villit eläimetkään tuskin huomasivat heidän kulkevan ohi.

Jonkin ajan kuluttua he ylittivät Virran Hobittilan länsipuolella kapeata lankkusiltaa myöten. Joki ei ollut täällä kiemurtelevaa mustaa nauhaa leveämpi ja sitä reunustivat rantalepät. Parin virstan päässä etelään he ylittivät hätäisesti Rankkivuon sillalta tulevan valtatien; nyt he olivat Tukinmaassa ja kääntyivät kohti kaakkoa ja Vihervaaroja. Alkaessaan kiivetä ensimmäisiä rinteitä he katsoivat taakseen ja näkivät Hobittilan lamppujen vilkkuvan Virran lempeässä laaksossa. Pian kylä katosi pimeän maan poimuihin ja Virranvarsi harmaan lampensa rannalla kohta sen perään. Kun viimeisen puiden välistä pilkistävän maatalon valo oli jäänyt taakse, Frodo kääntyi ja heilutti kättään hyvästiksi.

»Saankohan enää koskaan nähdä tuota laaksoa?» hän sanoi hiljaa.

Käveltyään kolmisen tuntia he lepäsivät. Yö oli kirkas ja viileä, tähdet loistivat, mutta puroista ja alaniityiltä kohoili savua muistuttavia utunauhoja rinteitä ylös. Harsomaiset koivut, jotka huojuivat heikossa tuulessa heidän päänsä yllä, muodostivat mustan verkon vaaleaa taivasta vasten. He söivät hyvin niukan illallisen (hobittien mittapuulla) ja jatkoivat sitten taas matkaansa. Pian he osuivat kapealle tielle, joka kaarteli ylös ja alas häviten pimeyteen edessäpäin: tie Metsähoviin ja Runkoon ja Bukinpurin lautalle. Se nousi erilleen päätiestä Virranlaaksossa ja kiersi Vihervaarojen laitamia kohti Korvenperää, Itäneljännyksen syrjäistä kolkkaa.

Hetken päästä he sukelsivat syvään uurtuneelle polulle korkeiden puiden väliin; kuivat lehdet kahisivat yössä. Oli hyvin pimeää. Ensin he puhelivat tai hyräilivät hiljaa jotakin, nyt kun he olivat kaukana uteliaista korvista. Sitten he marssivat eteenpäin ääneti, ja Pippin rupesi jäämään jälkeen. Lopulta, kun he alkoivat kiivetä erästä jyrkkää rinnettä, hän pysähtyi ja haukotteli.

»Olen niin uninen että kaadun kohta tielle», hän sanoi. »Aiotteko te nukkua seisaaltanne? On melkein keskiyö.»

»Luulin että sinusta oli mukavaa kävellä pimeässä», Frodo sanoi. »Mutta ei meillä ole mitään hengenhätää. Merri odottaa meidän tulevan perille joskus ylihuomenna, joten meillä on vielä melkein kaksi päivää aikaa. Pysähdymme ensimmäisessä sopivassa paikassa.»

»Tuulee lännestä», Sam sanoi. »Näiden kukkuloiden toiselta puolelta me löydetään paikka, joka on tarpeeksi suojaisa ja turvallinen. Suoraan edessäpäin on kuivaa kuusimetsää, mikäli oikein muistan.» Sam tunsi tienoot hyvin kahdenkymmenen virstan päähän Hobittilasta, mutta siihen hänen maantietonsa loppuikin.

Heti vaaran huipun takana alkoi kuusimetsäkaistale. He hylkäsivät tien, kääntyivät puiden pihkantuoksuiseen varjoon ja keräsivät risuja sekä käpyjä nuotiontekoa varten. Pian rätisi suuren kuusen juurella iloinen valkea, ja he istuivat sen ympärillä hetken ennen kuin alkoivat nuokkua. Sitten jokainen kääriytyi viittaansa ja huopaansa ja käpertyi omaan koloonsa juurien väliin. Kaikki olivat pian syvässä unessa. He eivät jättäneet ketään vartioon; ei edes Frodo pelännyt mitään vaaraa, sillä he olivat vielä Konnun sydämessä. Jokunen otus tuli heitä katsomaan, kun tuli oli sammunut. Metsän läpi kulki kettu omissa asioissaan ja pysähtyi moneksi minuutiksi nuuhkimaan.

»Hobitteja!» se ajatteli. »Mitä ihmettä? Kyllä tässä maailmassa kuuluu tapahtuvan kummia, mutta harvoin olen kuullut hobitista, joka nukkuu ulkona puun alla. Kolme kappaletta! Omituista, hyvin omituista.» Omituista tosiaan, mutta se ei saanut milloinkaan selville sen enempää.

Aamu valkeni kalvaana ja kosteana. Frodo heräsi ensimmäisenä ja totesi, että puun juuri oli jättänyt painauman hänen selkäänsä ja että hänen niskansa oli jäykkä. »Hupikävelyä, totisesti! Miksi en lähtenyt rattailla?» hän ajatteli niin kuin aina retken alussa. »Ja kaikki hienot höyhenpatjani on myyty Säkinheimo-Reppuleille! Nämä puunjuuret tekisivät heille hyvää.» Hän venytteli. »Herätys, hobitit!» hän huusi. »Aamu on kaunis!»

»Miten niin kaunis?» Pippin sanoi ja tirkisteli toisella silmällä huopansa alta. »Sam! Aamiainen puoli kymmeneksi! Onko sinulla kylpyvesi kuumana?»

Sam pomppasi pystyyn silmät tihrussa. »Ei herra. Ei ole», hän sanoi.

Frodo kiskoi huovat Pippiniltä ja kieritti hänet ympäri ja lähti sitten metsän reunaa kohti. Kaukana idässä hohti nouseva aurinko punaisena maailmaa peittävän sakean sumun läpi. Kullan ja punan hohtoiset syksyn puut näyttivät purjehtivan juurettomina varjoisella merellä. Vasemmalla vähän alempana tie laskeutui jyrkästi laaksoon ja katosi näkyvistä.

Kun Frodo palasi, Sam ja Pippin olivat saaneet aikaan hyvän tulen. »Vesi!» Pippin kiljui. »Missäs vesi on?»

»En kanna vettä taskussani», Frodo sanoi.

»Me luulimme, että sinä olit mennyt vettä hakemaan», sanoi Pippin ja asetteli ruokaa ja kuppeja esille. »Paras kun menet nyt.»

»Te voitte tulla mukaan», Frodo sanoi, »ja tuokaa kaikki vesileilit.» Mäen juurella oli puro. He täyttivät leilinsä ja pienen pakin putouksenpoikasesta, jossa vesi putosi pari kyynärää harmaalta kivikielekkeeltä. Se oli jääkylmää, ja he pärskivät ja puhisivat pestessään kasvonsa ja kätensä.

Kun aamiainen oli syöty ja pakkaukset taas koottu, kello oli yli kymmenen. Päivästä oli tulossa kuuma ja poutainen. He kävelivät rinnettä alas ja ylittivät joen paikassa, jossa se sukelsi tien alle, kävelivät ylös seuraavaa rinnettä ja taas ylös ja alas uutta mäenharjannetta ja sitten kaavut, huovat, vesi, ruoka ja muut varusteet alkoivatkin tuntua painavalta taakalta.

Päivän kävelystä tuntui tulevan kuuma ja väsyttävä. Muutaman virstan päässä tie kuitenkin lakkasi poukkimasta ylös alas; se kiipesi jyrkän rinteen huipulle mutkitellen edestakaisin ja lähti sitten alaspäin viimeisen kerran. He näkivät edessään alamaat, ja puurykelmät, jotka sulivat etäisyydessä rusehtavaan metsäsuvaan. He katselivat Korvenperän yli Rankkivuota kohti. Tie kiemurteli eteenpäin kuin narunpätkä.

»Tie vain jatkuu jatkumistaan», Pippin sanoi, »mutta minä en jaksa lepäämättä. Nyt on kyllä lounasaika.» Hän istuutui tienposkeen ja katsoi utuiseen itään. Siellä jossakin virtasi Vuo, johon rajautui se osa Kontua, missä hän oli viettänyt koko elämänsä. Sam seisoi hänen vieressään. Samin pyöreät silmät olivat selällään, sillä hän katsoi uutta taivaanrantaa yli maiden, joita ei ollut koskaan ennen nähnyt.

»Asuuko noissa metsissä haltioita?» hän kysyi.

»Ei minun tietääkseni», Pippin sanoi. Frodo oli vaiti. Hänenkin katseensa seurasi tietä itään, aivan kuin hän ei olisi nähnyt sitä koskaan ennen. Äkkiä hän puhui ääneen ikään kuin itsekseen ja sanoi hitaasti:

> *Tie vain jatkuu jatkumistaan*
> *ovelta mistä sen alkavan näin.*
> *Nyt se on kaukana edessäpäin,*
> *ja minun on käytävä seuraamaan*
> *jaloin uupunein vaeltaen,*
> *kunnes se taas tien suuremman kohtaa*
> *paikassa johon moni polku johtaa.*
> *Mihin sitten? Tiedä en.*

»Tuo kuulostaa vanhan Bilbon runoilulta», Pippin sanoi. »Vai onko se joku sinun jäljitelmäsi? Se ei kuulosta oikein rohkaisevalta.»

»En tiedä», Frodo sanoi. »Se tuli mieleeni äsken niin kuin olisin itse keksinyt sen; mutta olen saattanut kuulla sen kauan sitten. Ainakin se tuo mieleeni Bilbon hänen viimeisinä vuosinaan ennen kuin hän lähti. Hän sanoi usein, että on olemassa vain yksi tie; että se on kuin suuri joki, se saa alkunsa jokaiselta kynnykseltä ja jokainen polku on sen sivuhaara. 'On kamalan vaarallista kävellä ulos ovestaan, Frodo', hänellä oli tapana sanoa. 'Astut tielle ja jollet pidä jalkojasi kurissa, tie voi pyyhkäistä sinut kuka tietää minne. Käsitätkö, että tämä samainen polku vie Synkmetsän läpi ja jos annat sen viedä, se voi viedä sinut Yksinäiselle vuorelle tai pitemmällekin, ja vielä pahempiin paikkoihin?' Usein hän sanoi näin polulla Repunpään oven edessä, etenkin oltuaan pitkällä kävelyllä.»

»No, minua tie ei kyllä pyyhkäise mihinkään ainakaan tuntiin», sanoi Pippin ja irrotti pakkauksen selästään. Muut seurasivat hänen esimerkkiään ja asettivat pakkaukset pengertä vasten ja jalat tielle. Levättyään he söivät lounaan ja lepäsivät taas.

Aurinko oli jo matalalla ja tienoo kylpi iltapäivän valossa kun he kävelivät rinnettä alas. Siihen mennessä he eivät olleet tavanneet tiellä ristinsielua. Tätä tietä ei käytetty paljon, koska se ei oikein kelvannut ajettavaksi, ja Korvenperään oli hyvin vähän liikennettä. He olivat puurtaneet eteenpäin tunnin verran, kun Sam pysähtyi hetkeksi ikään kuin kuunnellakseen. He olivat nyt tasaisella maalla ja tie kulki, pitkään mutkiteltuaan, suorana halki niittyjen, joista kohosi sieltä täältä korkeita puita, lähestyvien metsien etuvartioita.

»Minusta kuulostaa, että takanamme tietä pitkin tulee poni tai hevonen», sanoi Sam.

He katsoivat taakseen, mutta tienmutka esti heitä näkemästä pitkälle. »Onkohan se Gandalf, joka seuraa meitä», Frodo sanoi; mutta jo sanoessaan sen hän alkoi aavistella, ettei se ollut Gandalf, ja hänet valtasi äkillinen halu piiloutua ratsastajan näkyvistä.

»Sillä ei ehkä ole paljon väliä», hän sanoi anteeksipyytävästi, »mutta soisin mielelläni, ettei *kukaan* näkisi minua matkalla. Olen kyllästynyt siihen, että toimeni huomataan ja niistä keskustellaan. Ja jos se on Gandalf», hän keksi sitten lisätä, »me voimme järjestää hänelle pikku yllätyksen rangaistukseksi siitä, että hän tulee näin myöhään. Painutaan pois näkyvistä!»

Toiset kaksi juoksivat nopeasti vasemmalle pieneen kuoppaan aika lähelle tietä. Siellä he makasivat maata vasten painautuneina. Frodo epäröi hetken: uteliaisuus tai jokin muu tunne taisteli hänen piiloutumishalunsa kanssa. Kavioiden ääni läheni. Viime hetkellä hän heittäytyi tietä varjostavan puun takana kasvavaan korkeaan heinikkoon. Sitten hän kohotti päänsä ja kurkisti varovasti suuren juuren takaa.

Mutkasta tuli musta hevonen, ei hobittiponi vaan täysikokoinen hevonen; ja sen selässä istui iso mies, joka kyyrötti satulassa kääriytyneenä suureen mustaan viittaan ja huppuun, niin että vain saappaat ja korkealle vedetyt jalustimet näkyivät; kasvot olivat varjossa ja näkymättömät.

Kun hevonen pääsi Frodon vieressä kasvavan puun kohdalle, se pysähtyi. Ratsastava hahmo istui aivan hiljaa pää kumarassa kuin kuulostellen. Hupun sisästä kuului nuuhkivaa ääntä, ikään kuin joku yrittäisi haistaa ohuen tuoksun; pää kääntyili puolelta toiselle.

Äkillinen ja järjetön paljastumisen pelko iski Frodoon ja hän ajatteli Sormustaan. Hän uskalsi tuskin hengittää ja kuitenkin halu vetää se esiin taskusta kasvoi niin voimakkaaksi, että hän alkoi hitaasti liikuttaa kättään. Hänestä tuntui, että hänen tarvitsi vain pujottaa Sormus sormeensa, niin hän olisi turvassa. Gandalfin neuvo tuntui joutavalta. Bilbo oli käyttänyt Sormusta. »Ja minähän olen vielä Konnussa», hän ajatteli, kun hänen kätensä kosketti ketjua, jossa Sormus riippui. Sillä hetkellä ratsastaja kohentautui ja ravisti ohjaksia. Hevonen lähti liikkeelle, käveli ensin hitaasti ja vaihtoi sitten nopeaan raviin.

Frodo ryömi tien reunalle ja katseli ratsastajaa, kunnes tämä pieneni kaukaisuuteen. Hän ei ollut aivan varma, mutta hänestä tuntui, että ennen kuin hevonen katosi näkyvistä, se kääntyi sivuun ja meni oikealle puiden sekaan.

»Olipa totisesti kummallista ja ahdistavaa», Frodo sanoi itsekseen kävellessään kumppaniensa luo. Pippin ja Sam olivat pysyneet matalina heinikossa eivätkä olleet nähneet mitään; Frodo kuvaili heille ratsastajan ja hänen oudon käyttäytymisensä.

»En osaa sanoa miksi, mutta olin varma että se etsi tai *haisteli* minua; ja olin myös varma etten halunnut sen löytävän minua. Minä en ole koskaan nähnyt tai tuntenut Konnussa mitään tämän tapaista aikaisemmin.»

»Mutta mitä jollakin isolla ihmisellä on tekemistä meidän kanssa?» Pippin sanoi. »Ja mitä asiaa sillä on näille kulmille?»

»Ihmisiä on liikkeellä näillä main», Frodo sanoi. »Eteläneljännyksessä on minun käsittääkseni syntynyt vaikeuksia ihmisistä. Mutta en ole koskaan kuullut mistään sellaisesta kuin tämä ratsastaja. Mistähän se mahtaa tulla.»

»Kuulkaa, anteeksi», Sam keskeytti, »minä tiedän mistä se tulee. Tämä musta ratsastaja – se tulee Hobittilasta, mikäli niitä ei ole enempää kuin yksi. Ja minä tiedän mihin se on menossa.»

»Mitä sinä tarkoitat?» tuiskautti Frodo ja katsoi häntä hämmästyneenä. »Mikset avannut suutasi ennemmin?»

»Vastahan minä muistin sen. Näin se oli: kun menin meidän kololle eilen illalla avainta viemään, niin isä sanoi: *Hei Sam! Ja sitten hän sanoi: Minä luulin että sinä jo lähdit Frodo-herran kanssa tänä aamuna. Täällä kävi joku kumma*

*hyypiö kysymässä Repunpään herra Reppulia ja se lähti ihan vastikään. Lähetin
sen Bukinpuriin. Vaikka en minä kyllä pitänyt sen puhetavasta. Näytti kovasti har-
mistuneelta kun minä sanoin että herra Reppuli oli lähtenyt kodistaan ikipäiviksi.
Sähisi ihan. Minua oikein värisytti. Minkälainen hyypiö se oli?* minä kysyin Ukolta.
En minä tiedä, hän sanoi, *mutta hobitti se ei ollut. Se oli pitkä ja mustanpuhuva
ja kumartui kun puhui minulle. Kai se oli niitä isoja ihmisiä ulkomaista. Puhui
omituisesti.*

Minä en voinut jäädä kuulemaan enempää, kun te odotitte; enkä kiinnittänyt
siihen itse sen enempää huomiota. Ukko on tulossa vanhaksi ja enempi sokeak-
sikin, ja ilta on varmasti ollut jokseenkin pimeä, kun tämä hyypiö on tullut Kuk-
kulaa ylös ja tavannut Ukon haukkaamassa ilmaa meidän Repunreunan päässä.
Toivottavasti Ukko ei ole aiheuttanut mitään harmia, enkä minä.»

»Ukkoa ei käy ainakaan syyttäminen», Frodo sanoi. »Totta puhuen kuulin
itse hänen puhuvan muukalaiselle, joka tuntui kyselevän minua, ja olin vähällä
mennä utelemaan, kuka se oli. Kunpa olisin mennytkin, tai sinä olisit kertonut
minulle aikaisemmin. Olisin voinut olla vähän varovaisempi matkalla.»

»Ei tällä ratsastajalla ja Ukon muukalaisella silti tarvitse olla mitään yhteyttä»,
Pippin sanoi. »Me lähdimme Hobittilasta aivan salaa, enkä käsitä miten se olisi
voinut seurata meitä.»

»Entä se *haistelu?*» Sam sanoi. »Ja Ukko väitti, että mies oli musta.»

»Olisinpa jäänyt odottamaan Gandalfia», Frodo mutisi. »Mutta ehkä se olisi
vain pahentanut asioita.»

»Sinä siis tiedät tai arvaat jotakin tästä ratsastajasta?» sanoi Pippin, joka sattui
kuulemaan hiljaiset sanat.

»En tiedä, ja mieluummin jätän arvaamatta», Frodo sanoi.

»Hyvä on, Frodo-serkku! Voit toistaiseksi pitää salaisuutesi, jos haluat olla
salaperäinen. Mutta mitä me teemme sillä välin? Minä haluaisin ruveta mur-
kinalle, mutta jotenkin minusta tuntuu, että meidän olisi viisainta häipyä tästä.
Teidän puheenne näkymättömillä nenillä nuuhkivista ratsastajista ovat tehneet
minut levottomaksi.»

»Aivan, me jatkamme nyt matkaa», Frodo sanoi, »mutta emme tietä myöten
– siltä varalta että ratsastaja tulee takaisin, tai että jäljessä tulee toinen. Meidän
olisi kuljettava tänään vielä aimo huippaus. Bukinmaa on virstojen päässä.»

Puiden varjot ruohikossa olivat laihat ja pitkät, kun he lähtivät taas. He pysytteli-
vät nyt kivenheiton päässä tiestä sen vasemmalla puolella ja niin näkymättömissä
kuin kykenivät. Mutta tämä viivästytti heitä, sillä ruoho oli tuuheaa ja kasvoi
tuppoina, maa muhkuraista ja puut yhä tiheämmässä.

Aurinko oli jo laskenut punaisena kukkuloiden taa heidän selkäpuolelleen
ja ilta teki tuloaan, kun he palasivat tielle pitkän tasamaan jälkeen, jolla tie oli
kulkenut muutamia virstoja luotisuoraan. Tuossa kohdassa tie kääntyi loivasti
vasempaan ja lähti Jeilin alamaille kohti Runkoa; mutta siitä haarautui oikealle
polku, joka kiemurteli ikitammien lomitse Metsähoviin. »Tuo on meidän
tiemme», sanoi Frodo.

Vähän matkan päässä tienristeyksestä seisoi iso puunrunko; se oli vielä elossa
ja työnsi lehtiä pienistä versoista, joita oli kasvanut ajat sitten pudonneiden
oksanhaarojen tyviin; mutta se oli ontto ja sen sisään pääsi suuresta halkeamasta,
joka ei näkynyt tielle. Hobitit kömpivät sisään ja istuutuivat vanhojen lehtien ja

lahonneen puun muodostamalle lattialle. He lepäsivät ja söivät kevyen aterian puhellen hiljaisesti ja vähän väliä kuulostellen.

Hämärissä he hiipivät takaisin polulle. Länsituuli huokaili oksistoissa. Lehdet kuiskivat. Pian polulla alkoi hiljalleen mutta tasaisesti hämärtyä. Heidän eteensä puiden yläpuolelle syttyi tummuvalle itäiselle taivaalle tähti. He kävelivät tasatahtiin ja rinnatusten pitääkseen mielensä reippaana. Vähän ajan päästä tähtien tihetessä ja kirkastuessa ahdistuksen tunne häipyi ja he lakkasivat kuulostelemasta kavioiden kopsetta. He alkoivat hyräillä hiljakseen niin kuin hobitit usein tekevät kävellessään, varsinkin lähestyessään kotia öiseen aikaan. Useimmat hobitit laulavat silloin ruokalauluja tai unilauluja, mutta nämä hobitit hyräilivät kävelylaulua (joka ei toki ollut vailla mainintaa ruoasta ja unesta). Bilbo Reppuli oli tehnyt sanat sävelmään, joka oli yhtä vanha kuin kukkulat, ja opettanut laulun Frodolle, kun he kävelivät Virranlaakson polkuja ja puhuivat Seikkailusta.

Liedessä hehkuu tulen puna,
katon alla on vuode sijattuna;
toki vielä ei uupumus jalkoja paina,
joka nurkan takana kohtaamme aina
yhä uudet kivet ja uudet puut
joita ei ole nähneet ketkään muut.
　　Puu, kukka, ruoho ja lehti
　　jo jäädä ehti! Jo jäädä ehti!
　　Vedet, kukkulat taivaan alla
　　ohi kiiruhtamalla! Ohi kiiruhtamalla!

Yhä nurkan takana jossain lie
jokin salainen portti tai uusi tie,
ja vaikka ne tänään jäävät taa,
voimme huomenna takaisin taivaltaa
ja kulkea piilopolkuja näin
aurinkoa ja kuuta päin.
　　Pähkinäpensaat, kuusamat, haavat
　　jo mennä saavat! Jo mennä saavat!
　　Kivet, hiekka, notkelma, suo,
　　hyvästelemme nuo! Hyvästelemme nuo!

Koti takana, maailma edessä on
ja polkuja määrä lukematon
läpi varjojen laitaan pimeän
kunnes näemme tähtien syttyvän.
Ja silloin maailma taakse jää,
kotiin, vuoteeseen matkamme ennättää.
　　Utu, hämärä, varjot syvät
　　pois hälventyvät! Pois hälventyvät!
　　Tuli, lamppu, liha ja leipä,
　　uni odota eipä! Uni odota eipä!

Laulu loppui. »Uni odota eipä! Uni odota eipä!» lauloi Pippin täyttä kurkkua.

»Hys!» sanoi Frodo. »Olen kuulevinani taas kavioiden kopinaa.»

He pysähtyivät äkkiä ja seisoivat hiljaa kuin puunvarjot kuunnellen. Jonkin matkan päästä polulta kantautui tuulen alapuolelle selvästi verkkaista kavioiden töminää. Nopeasti ja ääneti he puikahtivat polulta syrjään ja juoksivat tammien alle syvempään pimentoon.

»Ei mennä liian kauas!» Frodo sanoi. »En halua että minut nähdään, mutta tahdon itse nähdä, onko tämä toinen Musta ratsastaja.»

»Hyvä on», sanoi Pippin. »Mutta älä unohda sitä haistelemista!»

Kaviot lähenivät. Heillä ei ollut aikaa etsiä parempaa piiloa kuin puitten alle levittäytyvä pimeys; Sam ja Pippin kyyristelivät suuren puunrungon takana, mutta Frodo ryömi pari askelta lähemmäs polkua. Hämärässä polku näkyi harmaankalpeana viiruna metsän keskellä. Sen yläpuolella loistivat lukemattomat tähdet himmeällä taivaalla; kuuta ei näkynyt.

Kavioiden kopina lakkasi. Frodo näki jotakin tummaa, joka ohitti kahden puun välisen valonkajon ja pysähtyi sitten. Se näytti hevosen mustalta varjolta, jota pienempi musta varjo talutti. Varjo seisoi lähellä sitä paikkaa, jossa he olivat poikenneet polulta, ja huojui puolelta toiselle. Frodo arveli kuulevansa nuuhkimisääntä. Varjo kumartui maahan ja alkoi ryömiä häntä kohti.

Jo toisen kerran Frodon valtasi halu sujauttaa Sormus sormeensa, mutta tällä kertaa voimakkaampana. Niin voimakkaana, että ennen kuin hän edes oikein tajusi, mitä teki, hän jo kahmi taskuaan. Mutta sillä hetkellä kuului ääni, kuin laulua ja naurua sekaisin. Kirkkaat äänet nousivat ja laskivat tähtien paisteessa. Musta varjo suoristautui ja vetäytyi takaisin. Se kiipesi varjohevosen selkään ja näytti häviävän polun toiselle puolelle levittäytyvään pimeyteen. Frodo hengitti taas.

»Haltioita!» kuiskasi Sam kähisten. »Haltioita!» Hän olisi rynnännyt pois puiden takaa ja rientänyt ääniä kohden elleivät toiset olisi vetäneet häntä takaisin.

»Olet oikeassa, ne ovat haltioita», Frodo sanoi. »Heitä tapaa joskus Korvenperässä. He eivät asu Konnussa, mutta vaeltavat tänne keväisin ja syksyisin omista maistaan Tornikukkuloiden tuolta puolen. Ja hyvä on kun vaeltavat. Sinä et nähnyt sitä, mutta tuo Musta ratsastaja pysähtyi juuri tähän ja suorastaan ryömi meitä kohti kun laulu alkoi. Heti kun se kuuli äänet, se perääntyi.»

»Entä haltiat?» sanoi Sam joka oli liian innoissaan huolestuakseen ratsastajasta. »Emmekö voi mennä katsomaan heitä?»

»Kuuntele! He tulevat tätä tietä», Frodo sanoi. »Meidän tarvitsee vain odottaa.»

Laulu lähestyi. Yksi kirkas ääni kohosi nyt muiden yläpuolelle. Se lauloi kauniilla haltiakielellä, jota Frodo osasi vain vähän ja muut eivät ollenkaan. Sävelmä ja ääni tuntuivat kuitenkin muotoutuvan heidän tajunnassaan sanoiksi, jotka he vain osittain ymmärsivät. Tällaisena Frodo kuuli laulun:

Oi kuningatar, lumenvalkea niin,
* kun takaa läntisten merien*
luot hohteesi metsien katveisiin,
* olet valona meidän jokaisen!*

Gilthoniel! Oi Elbereth!
* Ovat silmäsi valonsäteiset!*

Sinä huout kirkkautta, ja me
sinun kunniaksesi laulamme.

Kun vallitsi vuosi auringoton,
hän kylvi tähtiä kahmaloin,
nyt tuuliset kedot kirkkaat on
ja peittyneet hopeakukinnoin!

Me metsien katveissa muistamme,
me asukkaat maan tämän kaukaisen,
sinun tähtivalosi, kuinka se
yli hohti läntisten merien.

Laulu loppui.

»Nämä ovat suurhaltioita! He lausuivat Elberethin nimen!» sanoi Frodo hämmästyneenä. »Harvoin ketään tuosta kaikkein jaloimmasta kansasta nähdään Konnussa. Vain muutamia on enää jäljellä Keski-Maassa, Suuren meren itäpuolella. Tämä on totisesti merkillinen sattuma.»

Hobitit istuivat varjossa tienreunalla. Kohta haltiat tulivat polkua myöten laaksoon päin. He ohittivat hobitit hitaasti ja nämä saattoivat nähdä tähtien valon väikkyvän heidän hiuksissaan ja silmissään. He eivät kuljettaneet valoja mukanaan, ja kuitenkin heidän jalkojansa näytti valaisevan hohde, kuin kukkulan takaa nousemaisillaan olevan kuun heittämä kajo. He olivat ääneti, ja kun viimeinen haltia sivuutti hobitit, hän kääntyi ja katsoi heihin ja nauroi.

»Terve Frodo», hän huudahti. »Olet myöhään liikkeellä. Vai oletko kukaties eksynyt?» Sitten hän huusi muille ja seurue pysähtyi ja kerääntyi kokoon.

»Tämä on tosiaan ihmeellistä!» he sanoivat. »Kolme hobittia yöllä metsässä! Sellaista emme ole nähneet sen jälkeen kun Bilbo lähti. Mitä se merkinnee?»

»Jalo kansa, se merkitsee yksinkertaisesti sitä, että me olemme matkalla samaan suuntaan kuin te», Frodo sanoi. »Kävelen mielelläni tähtien valossa. Mutta olisin kiitollinen seurastanne.»

»Mutta emme me tarvitse muuta seuraa, ja hobitit ovat niin värittömiä», he nauroivat. »Ja mistä sinä tiedät, että me olemme matkalla samaan suuntaan, kun sinä et tiedä mihin me olemme menossa?»

»Ja mistä te tiedätte minun nimeni?» kysyi Frodo puolestaan.

»Me tiedämme paljon», he sanoivat. »Olemme nähneet sinut usein ennenkin, Bilbon seurassa, vaikka sinä et ehkä ole nähnyt meitä.»

»Keitä olette, ja kuka on herranne?» kysyi Frodo.

»Olen Gildor», heidän johtajansa vastasi, sama haltia joka oli ensin tervehtinyt Frodoa. »Gildor Inglorion Finrodin huoneesta. Olemme Maanpakolaisia, ja useimmat suvustamme ovat jo aikaa lähteneet, ja mekin viivymme täällä enää vain hetken ennen kuin palaamme Suuren meren taa. Mutta jotkut sukulaisistamme elävät vielä rauhassa Rivendellissä. Mutta nyt Frodo, kerro mikä on toimesi. Sillä me näemme, että pelon varjo on sinun ylläsi.»

»Oi viisaat, kertokaa meille Mustista ratsastajista!» keskeytti Pippin innokkaana.

»Mustista ratsastajista?» he toistivat hiljaa. »Miksi kyselet Mustista ratsastajia?»

»Koska kaksi Mustaa ratsastajaa on saavuttanut meidät tänään, tai sama kahdesti», sanoi Pippin; »vain hetki sitten se livahti tiehensä kun te lähestyitte.»

Haltiat eivät vastanneet heti, vaan puhuivat hiljaisesti keskenään omalla kielellään. Lopulta Gildor kääntyi hobitteihin päin. »Me emme puhu tästä täällä», hän sanoi. »Meistä tuntuu, että teidän olisi parasta tulla nyt meidän kanssamme. Se ei kuulu tapoihimme, mutta tällä kertaa otamme teidät matkaamme ja te saatte yöpyä kanssamme jos tahdotte.»

»Oi Jalo kansa! Parempaa onnenpotkua ei voisi toivoa», sanoi Pippin. Sam oli sanaton. »Kiitän teitä tuhannesti, Gildor Inglorion», sanoi Frodo ja kumarsi. »*Elen sila lúmenn' omentielvo*, tähti loistaa tapaamisemme hetkellä», hän lisäsi suurhaltioiden kielellä.

»Ystävät, olkaa varovaisia!» huudahti Gildor nauraen. »Älkää puhuko salaisuuksia! Tässä meillä on oppinut, joka taitaa muinaista kieltä. Bilbo oli hyvä opettaja. Terve, Haltiamieli!» hän sanoi ja kumarsi Frodolle. »Tule siis ystävinesi ja liity seuraamme! Teidän on parasta kävellä keskellä, ettette joudu harhaan. Uuvutte kenties ennen kuin seisahdumme.»

»Miksi? Mihin olette menossa?» kysyi Frodo.

»Täksi yöksi menemme Metsähovin takaisten kukkuloiden metsiin. Matkaa on useita virstoja, mutta te saatte levätä sen jälkeen, ja huominen matkanne lyhenee.»

He jatkoivat matkaa äänettä, edeten kuin varjot ja himmeät valot, sillä haltiat pystyivät halutessaan (hobittejakin taitavammin) liikkumaan ilman risaustakaan ja kompastelematta. Pippiniä alkoi pian väsyttää ja hän horjahteli muutaman kerran, mutta aina eräs pitkä haltia ehti ojentaa kätensä ja estää häntä kaatumasta. Sam käveli Frodon rinnalla kuin unessa kasvoillaan puoliksi säikky ja puoliksi hämmentyneen autuas ilme.

Metsä kävi tiheämmäksi heidän kummallakin puolellaan; puut olivat nyt nuorempia ja tuuheampia; ja kun polku oli laskeutunut alemmaksi vaarojen väliseen notkoon, alkoi molemmin puolin kohoavilla rinteillä näkyä pähkinäpensaikkoa. Viimein haltiat kääntyivät pois polulta. Oikealle erkani melkein näkymätön vihreä polku tiheikön läpi; he seurasivat sen mutkittelevaa kulkua taas ylös metsäisiä rinteitä harjanteelle, joka työntyi alamaille ja jokilaaksoon. Äkkiä he tulivat puiden siimeksestä ulos laajalle ruohoaukealle, joka näytti yössä harmaalta. Kolmelta suunnalta sitä ympäröi metsä, mutta idässä oli jyrkkä pudotus ja alhaalla kasvavien tummien puiden latvat jäivät heidän jalkojensa juureen. Kauempana levittäytyivät alavat maat hämärinä ja tasaisina tähtien alla. Vähän lähempänä tuikki muutama valo Metsähovin kylästä.

Haltiat istuivat ruohossa ja puhelivat hiljaa keskenään; he eivät näyttäneet kiinnittävän enää mitään huomiota hobitteihin. Frodo ja hänen kumppaninsa kääriytyivät kaapuihin ja huopiin ja uupumus valtasi heidät. Yö eteni ja laakson valot sammuivat. Pippin nukahti vihreä kumpare päänalusenaan.

Korkealla kaukana idässä keinuivat Remmirath, Verkkotähdet, ja punainen Borgil kohosi hitaasti sumusta hehkuen kuin tulinen jalokivi. Sitten jokin ilmanliike veti usvan syrjään kuin verhon, ja maailmanreunan yli kiipesi pää pystyssä Taivaan miekkamies, Menelvagor, loistavine vöineen. Kaikki haltiat puhkesivat laulamaan. Äkkiä leimahti punainen tuli palamaan puiden alle.

»Tulkaa! » huusivat haltiat hobiteille. »Tulkaa! Nyt on puheen ja ilon aika!»

Pippin nousi istumaan ja hieroi silmiään. Hän värisi. »Salissa on tuli ja ruokaa nälkäisille vieraille», sanoi haltia joka seisoi hänen edessään.

Ahon etelälaidassa oli aukko. Vihreä matto jatkui metsään ja sinne syntyi laaja salia muistuttava tila, jonka kattona olivat puiden holvit. Paksut rungot kohosivat kuin pilarit joka puolelta. Keskellä roihusi kokko ja puupilarien kyljessä paloi tasaisesti soihtuja, joiden valo oli kultainen ja hopeinen. Haltiat istuivat nurmella nuotion ympärillä tai vanhoista puunrungoista sahatuilla palleilla. Jotkut kulkivat edestakaisin kantaen maljoja ja kaataen juomia, toiset toivat ruokaa kukkuraisilla lautasilla ja vadeilla.

»Antimme on huono, sillä yövymme metsän helmassa, kaukana saleistamme», he sanoivat hobiteille. »Jos joskus tulette kotiimme vieraiksi, kestitsemme teitä paremmin.»

»Minulle tämä kyllä kelpaa syntymäpäiväjuhlaksi», sanoi Frodo.

Pippin muisti jälkeenpäin huonosti mitä oli syönyt ja juonut, sillä hänen mielensä täytti haltioiden kasvoista paistava valo ja niin monenlaisten ja niin kauniiden äänten sointi, että kaikki tuntui unennäöltä. Mutta sen hän muisti, että siellä oli leipää, joka maistui paremmalta kuin valkein vehnänen nääntyvän suussa; ja yhtä makeita hedelmiä kuin metsämarjat ja puutarhahedelmiä mehukkaampia; hän tyhjensi maljan, jossa oli tuoksuvaa juomaa, viileää kuin kirkas lähdevesi, kultaista kuin kesäinen iltapäivän aurinko.

Sam ei koskaan kyennyt kuvaamaan sanoin tai luomaan itselleen selvää kuvaa siitä, mitä hän tunsi tai ajatteli tuona yönä, vaikka se säilyi hänen muistoissaan yhtenä hänen elämänsä kohokohdista. Lähemmäksi hän ei päässyt kuin: »Jaa-a, jos minä osaisin kasvattaa sellaisia omenoita, pitäisinpä itseäni puutarhurina. Mutta se laulaminen kävi sydämen päälle, tai miten minä sen sanoisin.»

Frodo istui syöden, juoden ja jutellen antaumuksella, mutta hänen mielensä kiinnittyi ennen muuta siihen mitä puhuttiin. Hän osasi vähän haltiakieltä ja kuunteli tarkkaavaisena. Silloin tällöin hän puhui niille, jotka tarjoilivat hänelle, ja kiitti heitä heidän omalla kielellään. He hymyilivät hänelle ja sanoivat nauraen: »Tässä on helmi hobittien joukossa!»

Vähän ajan päästä Pippin nukahti syvään uneen ja hänet nostettiin ylös ja kannettiin lehtimajaan puiden alle; siellä hänet asetettiin pehmeälle makuusijalle ja hän nukkui loppuyön. Sam kieltäytyi jättämästä isäntäänsä. Kun Pippin oli mennyt, hän tuli ja käpertyi Frodon jalkojen juureen, missä hän lopulta nuokahti ja sulki silmänsä. Frodo pysytteli valveilla kauan puhuen Gildorin kanssa.

He puhuivat monista asioista, vanhoista ja uusista, ja Frodo kyseli Gildorilta kaikenlaista muun maailman tapahtumista Konnun ulkopuolelta. Uutiset olivat enimmäkseen surullisia ja pahaa ennustavia: pimeys tihentyi. Ihmiset sotivat ja haltiat pakenivat. Lopulta Frodo kysyi asiaa, joka oli lähinnä hänen sydäntään: »Kertokaa minulle Gildor, oletteko nähnyt Bilboa sen jälkeen kun hän jätti meidät?»

Gildor hymyili. »Olen nähnyt», hän vastasi. »Kahdesti. Hän hyvästeli meidät juuri tällä paikalla. Mutta näin hänet vielä kerran, kaukana täältä.» Hän ei ottanut sanoakseen enempää Bilbosta, ja Frodo vaikeni.

»Et kysy minulta itseäsi koskevia asioita etkä kerro paljoa itsestäsi, Frodo», Gildor sanoi. »Mutta minä tiedän jo jotakin ja voin lukea lisää kasvoistasi ja kysymyksiisi sisältyvistä ajatuksista. Aiot jättää Konnun mutta kuitenkin epäilet, tokko koskaan löydät etsimääsi tai saavutat tarkoitustasi tai palaat milloinkaan kotiin. Eikö näin ole?»

»Niin on», Frodo sanoi; »mutta luulin että lähtöni oli salaisuus, jonka vain Gandalf ja uskollinen Samini tuntevat.» Hän katsahti Samiin joka kuorsasi hiljaa.

»Salaisuus ei tule Vihollisen tietoon meidän kauttamme», Gildor sanoi.

»Vihollisen?» Frodo toisti. »Sittenhän te tiedätte, miksi minä lähden Konnusta?»

»En tiedä, miksi Vihollinen ajaa sinua takaa», Gildor vastasi, »mutta näen että niin on – vaikka se tuntuukin totisesti oudolta. Ja minä haluan varoittaa sinua: vaara on nyt edessä ja takana ja kummallakin sivulla.»

»Tarkoitatteko Ratsastajia? Pelkäsin että he olisivat Vihollisen palvelijoita. *Mitä* Mustat ratsastajat ovat?»

»Eikö Gandalf ole kertonut sinulle mitään?»

»Ei mitään tuollaisista olennoista.»

»Sitten luulen, ettei ole minun asiani sanoa enempää – jottei kauhu estäisi sinua matkustamasta. Sillä minusta näyttää, että olet lähtenyt viime tingassa, jos et liian myöhään. Sinun tulee nyt kiiruhtaa, ei pysähtyä eikä kääntyä takaisin; sillä Kontu ei enää tarjoa sinulle suojaa.»

»Vaikea kuvitella, mikä tieto voisi hirvittää minua enemmän kuin vihjeenne ja varoituksenne», Frodo huudahti. »Tiesin, että vaara odottaa minua, tietenkin; mutta en luullut tapaavani sitä omassa Konnussamme. Eikö hobitti voi kulkea Virralta Vuolle rauhassa?»

»Mutta Kontu ei ole teidän omanne», Gildor sanoi. »Muut asuivat täällä ennen kuin hobitit tulivat; ja toiset tulevat asumaan, kun hobitteja ei enää ole. Avara maailma on kaikkialla ympärillänne: voitte aidata itsenne sisään, mutta ette voi ikuisiksi ajoiksi aidata maailmaa ulos.»

»Minä tiedän – ja kuitenkin Kontu on aina tuntunut niin tutulta ja turvalliselta. Mitä minä voin nyt tehdä? Suunnitelmani oli lähteä Konnusta salaa ja pyrkiä Rivendelliin; mutta nyt jälkiäni seurataan jo ennen kuin olen päässyt edes Bukinmaahan.»

»Minusta tuntuu, että sinun tulee edelleen pitää kiinni tuosta suunnitelmasta», Gildor sanoi. »En usko, että matka ylittää sinun uskallustasi. Mutta jos kaipaat selvempää neuvoa, sinun pitää kysyä Gandalfilta. En tunne syytä pakoosi enkä niin ollen tiedä, millä keinoin takaa-ajajasi aikovat sinua ahdistaa. Gandalfin täytyy tietää nämä seikat. Sinä kai tapaat hänet ennen kuin lähdet Konnusta?»

»Toivottavasti. Mutta tämä on toinen seikka, joka huolettaa minua. Olen odottanut Gandalfia tulevaksi jo monen päivän ajan. Hänen piti olla Hobittilassa viimeistään kaksi yötä sitten; mutta hän ei saapunutkaan. Nyt mietin, mitä on tapahtunut. Pitäisikö minun odottaa häntä?»

Gildor oli hetken vaiti. »En pidä näistä uutisista», hän sanoi lopulta. »Jos Gandalf on myöhässä, se ei tiedä hyvää. Mutta on sanottu: *Älä sekaannu velhojen asioihin, sillä he ovat herkkiä ja äkkivihaisia.* Valinta jää sinulle: lähteä vaiko odottaa.»

»On myös sanottu», Frodo vastasi: *»Älä mene haltioilta neuvoa kysymään, sillä he sanovat kyllä ja ei.»*

»Ihanko totta?» Gildor nauroi. »Haltiat antavat harvoin varomattomia neuvoja, sillä neuvo on vaarallinen lahja jopa viisaalta viisaalle, ja jokainen yritys voi raueta. Mutta mitä odotat? Et ole kertonut kaikkea mikä koskee itseäsi; ja miten minä silloin voin valita paremmin kuin sinä? Mutta jos vaadit neuvoa, minä annan sen ystävyyden nimessä. Luulen että sinun pitäisi lähteä nyt heti, viipymättä; ja jos Gandalf ei tule ennen sitä, neuvon myös näin: älä mene yksin. Ota mukaasi ystäviä, jotka ovat luotettavia ja lähtevät mielellään. Nyt sinun pitäisi olla kiitollinen, sillä en anna tätä neuvoa halukkaasti. Haltioilla on omat vaivansa ja omat surunsa, ja heitä kiinnostavat hyvin vähän hobittien, tai muidenkaan maan päällä vaeltavien toimet. Polkumme eivät kohtaa kuin hyvin harvoin, sattumalta tahi tarkoituksella. Tämä tapaaminen saattaa johtua muustakin kuin sattumasta; mutta sen tarkoitus ei ole minulle selvä ja pelkään sanovani liikaa.»

»Olen syvästi kiitollinen», Frodo sanoi; »mutta toivon että kertoisitte minulle suoraan, mitä Mustat ratsastajat ovat. Jos seuraan neuvoanne, en ehkä näe Gandalfia pitkään aikaan, ja minun pitäisi tietää mikä vaara minua ahdistaa.»

»Eikö riitä se tieto että ne ovat Vihollisen palvelijoita?» Gildor vastasi. »Pakene niitä! Älä puhu niiden kanssa! Ne ovat kuolemaksi. Älä kysy minulta enempää! Mutta sydämeni aavistaa, että ennen kuin kaikki tämä on lopussa, sinä, Frodo Drogon poika, tiedät enemmän näistä hirveistä olennoista kuin Gildor Inglorion. Elbereth suojelkoon sinua!»

»Mutta mistä saan rohkeutta?» Frodo kysyi. »Sitä minä etupäässä tarvitsen.»

»Rohkeus löytyy odottamattomista paikoista», Gildor sanoi. »Elä hyvässä toivossa! Nuku nyt! Aamulla olemme poissa; mutta me lähetämme viestejä halki maiden. Vaeltavat matkalaiset saavat tietää matkastanne, ja ne, joilla on valta tehdä hyvää, ovat valppaina. Nimeän sinut Haltiamieleksi; ja loistakoot tähdet matkasi päässä! Harvoin on meillä ollut tällaista iloa muukalaisista, ja on suloista kuulla muinaisen kielen sanoja muiden maailmanmatkaajien huulilta.»

Frodo tunsi, miten uni valtasi hänet, kun Gildor vielä puhui. »Minä nukun nyt», hän sanoi; ja haltia johti hänet lehtimajaan Pippinin viereen, ja hän heittäytyi vuoteelle ja nukkui heti unia näkemättä.

4

OIKOTIE JA SIENIÄ

AMULLA FRODO HERÄSI virkistyneenä. Hän makasi lehtimajassa, jonka seininä olivat elävän puun maahan riippuvat tiheät oksat; ruoho- ja sananjalkavuode oli syvä ja pehmeä ja oudon tuoksuva. Aurinko paistoi vipajavien lehtien läpi, jotka olivat vielä vihreitä. Hän hyppäsi pystyyn ja meni ulos.

Sam istui nurmella lähellä metsän reunaa. Pippin seisoi tutkimassa taivasta ja säätä. Haltioista ei näkynyt jälkeäkään.

»He ovat jättäneet meille hedelmiä ja leipää ja juotavaa», Pippin sanoi. »Tule syömään aamiaista. Leipä maistuu melkein yhtä hyvältä kuin viime yönä. En olisi tahtonut säästää sinulle yhtään, mutta Sam vaatimalla vaati.»

Frodo istuutui Samin viereen ja alkoi syödä. »Mitkä ovat suunnitelmat täksi päiväksi?» Pippin kysyi.

»Kävellä Bukinpuriin niin nopeasti kuin mahdollista», Frodo vastasi ja keskittyi syömiseen.

»Luuletko että näemme niitä Ratsastajia?» Pippin kysyi iloisesti. Aamuauringossa häntä ei erityisemmin pelottanut, vaikka olisi nähnyt kokonaisen plutoonan.

»Luultavasti», sanoi Frodo jota muistutus ei ilahduttanut. »Mutta toivon että pääsemme Vuon yli niiden näkemättä meitä.»

»Saitko Gildorilta selville niistä mitään?»

»En paljoakaan – vain vihjeitä ja arvoituksia», sanoi Frodo vältellen.

»Kysyitkö siitä nuuhkimisesta?»

»Siitä me emme keskustelleet», sanoi Frodo suu täynnä ruokaa.

»Teidän olisi pitänyt. Olen varma, että se on hyvin tärkeää.»

»Jos niin olisi, Gildor olisi varmasti kieltäytynyt selittämästä sitä», sanoi Frodo terävästi. »Ja nyt voisit jättää minut hetkeksi rauhaan! En halua vastata kyselyihin syödessäni. Haluan ajatella!»

»Ohhoh!» sanoi Pippin. »Aamiaisella?» Hän lähti kävelemään kohti aukion reunaa.

Kirkas aamu – Frodon mielestä petollisen kirkas – ei ollut karkottanut hänen mielestään takaa-ajon pelkoa; ja hän pohti Gildorin sanoja. Pippinin iloinen

ääni kantautui hänen korviinsa. Tämä juoksenteli laulellen vihreällä nurmella.
»Ei! En voi!» hän sanoi itselleen. »On eri asia kävelyttää nuoret ystävänsä Konnussa niin nälkäisiksi ja väsyksiin että ruoka ja uni maistuvat suloisilta, ja eri asia johdattaa heidät maanpakoon, missä nälälle ja väsymykselle ei ehkä löydy parannuskeinoa – vaikka he tulisivatkin mielellään mukaan. Perintö on yksin minun. En usko, että minun pitäisi ottaa mukaani edes Samia.» Hän vilkaisi Sam Gamgiin ja huomasi, että tämä katseli häntä.

»No Sam!» hän sanoi. »Mitäs sanot? Lähden Konnusta niin pian kuin vain pääsen – olen itse asiassa päättänyt, etten odota Krikkolossa päivääkään, jos voin sen välttää.»

»Sopii hyvin!»

»Olet siis edelleen tulossa mukaan?»

»Olen.»

»Siitä tulee hyvin vaarallista, Sam. Se on jo nyt vaarallista. Luultavasti meistä ei kumpikaan palaa.»

»Jos te ette tule takaisin, niin sitten en minäkään, se on varma», sanoi Sam. »*Älä jätä häntä!* he sanoivat minulle. *Jätä häntä!* minä sanoin. *Ei aikomustakaan. Menen hänen kanssaan vaikka hän kiipeäisi kuuhun; ja jos joku tuommoinen Musta ratsastaja yrittää pysäyttää hänet, niin joutuu tekemisiin Sam Gamgin kanssa,* sanoin minä. He nauroivat.»

»Ketkä *he*, ja mistä sinä oikein puhut?»

»Haltiat. Me vähän juteltiin viime yönä, ja he näyttivät tietävän, että te olette lähdössä, niin että en nähnyt mitään syytä kieltää sitä. Ihmeellistä kansaa nämä haltiat. Ihmeellistä!»

»Niin ovat», Frodo sanoi. »Vieläkö pidät heistä, nyt kun olet katsellut heitä vähän lähempää?»

»Tuntuvat olevan vähän niin kuin minun pitämiseni ja pitämättömyyteni yläpuolella tai miten sen nyt sanoisi», vastasi Sam hitaasti. »Sillä ei tunnu olevan väliä, mitä minä heistä ajattelen. He ovat aivan toisenlaisia kuin luulin – niin vanhoja ja nuoria ja niin kuin iloisia ja surullisia.»

Frodo katsoi Samiin yllättyneenä, odottaen miltei näkevänsä jonkin ulkoisen merkin siitä oudosta muutoksesta, joka hänessä tuntui tapahtuneen. Tuo ei kuulostanut sen entisen Sam Gamgin puheelta, jonka hän luuli tuntevansa. Mutta entinen Sam Gamgi siinä selvästi istui, paitsi että kasvot olivat poikkeuksellisen miettiväiset.

»Haluatko vielä lähteä Konnusta, nyt kun toiveesi tavata haltioita on jo toteutunut?» hän kysyi.

»Haluan. En osaa oikein selittää, mutta viime yön jälkeen minusta tuntuu toisenlaiselta. Minä ikään kuin aavistelen mitä on tulossa. Minä tiedän että olemme lähdössä pitkälle matkalle, pimeyteen; mutta tiedän myös, etten voi kääntyä takaisin. En minä enää halua vain nähdä haltioita, tai lohikäärmeitä, tai vuoria – en oikein tiedä mitä haluan; mutta minun täytyy tehdä jotakin ennen loppua ja se odottaa edessäpäin, ei Konnussa. Minun pitää hoitaa asia, ymmärtääkö herra?»

»En kokonaan. Mutta käsitän, että Gandalf valitsi minulle hyvän matkatoverin. Minulle sopii. Mennään yhdessä.»

Frodo söi aamiaisensa loppuun ääneti. Sitten hän nousi seisomaan ja katsoi edessä aukeavia maita ja huusi Pippiniä.

»Kaikki valmista lähtöä varten?» hän kysyi Pippiniltä kun tämä juoksi paikalle. »Meidän pitää lähteä heti. Nukuimme myöhään ja meillä on monta virstaa kuljettavana.»

»Tarkoitit kai että *sinä* nukuit myöhään», sanoi Pippin. »Minä olin pystyssä jo aikoja sitten; ja nyt me vain odotamme, että sinä lopettaisit syömisen ja ajattelemisen.»

»Olen nyt lopettanut kummatkin. Ja aion pyrkiä Bukinpurin lautalle niin pikaisesti kuin mahdollista. En aio poiketa suunnasta takaisin polulle, jonka jätimme viime yönä: haluan oikaista tästä suoraan poikkimaisin.»

»Siinä tapauksessa saat lentää», Pippin sanoi. »Ei näillä seuduilla oikaista jalkaisin mihinkään.»

»Pääsemme kuitenkin oikoisempaan kuin tietä pitkin», Frodo vastasi. »Lauttaranta on Metsähovista itään, mutta tie kaartaa vasempaan – voit nähdä sen mutkan tuolla pohjoisessa. Se kiertää Nevan pohjoispuolelta ja osuu sillalta tulevalle pengertielle Rungossa. Mutta se on virstojen kierros. Säästäisimme neljänneksen matkasta, jos kävelisimme suoraan lautalle tästä missä seisomme.»

»*Oikotie matkan mutkistaa*», intti Pippin. »Näillä tienoin maa on vaikeakulkuista, ja Nevassa on soita ja kaiken maailman hankaluuksia – minä tunnen näiden seutujen maaston. Ja mikäli olet huolissasi Mustista ratsastajista, en voi ymmärtää, miksi olisi kamalampaa tavata niitä tiellä kuin metsässä tai pellolla.»

»Meidät on vaikeampi löytää pelloilta tai metsistä», Frodo vastasi. »Ja jos meidän oletetaan olevan tiellä, saattaa käydä niin, että meitä etsitään juuri tieltä eikä jostakin muualta.»

»Hyvä on!» sanoi Pippin. »Seuraan sinua joka ikiseen suohon ja ojaan. Mutta kovaa se on! Olin laskenut, että kuljemme Rungon *Kultaiseen ahvenen* ohi ennen auringon laskua. Itäneljännyksen parasta olutta, oli ainakin ennen vanhaan; siitä on kauan kun olen käynyt maistamassa.»

»Asia on selvä!» Frodo sanoi. »Oikotie mutkistaa matkan, mutta majatalo katkaisee sen tykkänään. Meidän on hinnalla millä hyvänsä pidettävä sinut poissa *Kultaisesta ahvenesta*. Haluamme päästä Bukinpuriin ennen pimeää. Mitä sinä sanot, Sam?»

»Minä seuraan teitä, Frodo-herra», Sam sanoi (huolimatta omista epäilyksistään ja ankarasta pettymyksestä Itäneljännyksen parhaan oluen tähden).

»Jos me aiomme rämpiä soissa ja pusikoissa, niin lähdetään sitten heti!» sanoi Pippin.

Oli jo melkein yhtä kuuma kuin edellisenä päivänä; mutta länteen nousi pilviä. Näytti siltä, että alkaisi sataa. Hobitit kompuroivat alas jyrkkää rinnettä ja sukelsivat alhaalla kasvavaan tuuheaan metsään. Reitti oli valittu niin, että Metsähovi jäisi vasemmalle ja he oikaisisivat kukkuloiden itärinteillä kasvavien metsikköjen halki tasamaalle. Sitten he voisivat pyrkiä suoraan lautalle avointa maata myöten, jonka vain muutamat ojat ja aidat katkaisivat. Frodo arvioi matkan kahdeksaksitoista virstaksi linnuntietä.

Hän sai pian huomata, että pöheikkö oli tiheämpi ja takkuisempi kuin miltä oli näyttänyt. Aluskasvillisuudessa ei ollut polkuja, ja he etenivät hitaasti. Kun he olivat ponnistelleet rinteen juurelle, he näkivät että takana kohoavilta kukkuloilta virtasi joki; sen syvän uoman jyrkät ja liukkaat rinteet olivat piikkipensaiden vallassa. Se katkaisi suunnitellun reitin erittäin ikävästi. He eivät voineet hypätä joen poikki eivätkä he millään keinoin pääsisi toiselle puolen kastelematta, repimättä ja ryvettämättä itseään. He pysähtyivät miettimään mitä tehdä. »Ensimmäinen este!» Pippin sanoi hymyillen synkästi.

Sam Gamgi katsahti taakseen. Puiden raosta hän näki vilauksen vihreän rinteen harjanteesta, jolta he olivat juuri laskeutuneet. »Katsokaa!» hän sanoi ja tarttui Frodoa käsivarteen. He katsoivat kaikki ylös ja näkivät korkealla törmällä hevosen piirtyvän taivasta vasten. Sen vieressä seisoi kumartunut musta hahmo.

He hylkäsivät siinä silmänräpäyksessä ajatuksen takaisin kääntymisestä. Frodo edellä he syöksyivät tiheään rantapusikkoon. »Huh!» sanoi Frodo Pippinille. »Olimme kumpikin oikeassa. Oikotie on jo alkanut mutkitella; mutta pääsimme suojaan viime hetkellä. Sam, sinulla on terävät korvat: kuuletko, onko mitään tulossa?»

He seisoivat ääneti melkein henkeä pidättäen ja kuuntelivat; mutta takaa-ajon ääntä ei kuulunut. »Se tuskin yrittää ratsastaa tuota rinnettä alas», Sam sanoi. »Mutta sen se taitaa kyllä tietää, että me tultiin siitä. Meidän kannattaisi jatkaa matkaa.»

Matkan jatkaminen ei ollut aivan helppoa. Heillä oli pakkaukset kannettavinaan, ja pensaat ja ohdakkeet olivat pahasti tiellä. Taakse jäänyt rinne pidätti tuulen ja ilma oli seisova ja raskas. Kun he lopulta olivat raivanneet tiensä vähän aukeammalle, olivat he kuumissaan ja väsyneitä ja naarmuisia, eivätkä enää tienneet varmasti, mihin suuntaan olivat menossa. Joen rannat loivenivat tasamaalla, ja samalla se leveni ja madaltui virratessaan kohti Nevaa ja Vuota.

»Hei, tämähän on Runkopuro!» Pippin sanoi. »Jos aiomme pyrkiä takaisin reitillemme, meidän pitää mennä heti sen yli ja kaartaa oikealle.»

He kahlasivat toiselle puolen ja kiirehtivät puuttoman vihvilää kasvavan laajan aukean yli. Sen takana oli taas puuvyöhyke: enimmäkseen korkeita tammia ja siellä täällä muutama jalava tai saarni. Maa oli jokseenkin tasaista ja aluskasvillisuutta oli vähän, mutta puut olivat sen verran lähellä toisiaan, että ne estivät näkyvyyden. Tuulenpuuskat nostivat lehdet pystyyn, ja synkältä taivaalta tipahti muutama vesipisara. Sitten tuuli tyyntyi ja alkoi sataa kaatamalla. He kompastelivat eteenpäin niin nopeasti kuin pystyivät ruohokaistaleiden ja paksujen lehtikasojen yli; ja vettä ripisi ja valui joka puolella. He eivät puhuneet ja vilkuilivat taakseen ja sivuilleen.

Puolen tunnin kuluttua Pippin sanoi: »Toivottavasti emme ole kääntyneet liikaa etelään – silloinhan kävelemme tätä metsää pituussuuntaan! Vyöhyke ei ole kovin leveä – sanoisin enintään virsta – ja meidän pitäisi jo olla sen toisella puolella.»

»Ei kannata ruveta kulkemaan siksakkia», Frodo sanoi. »Se ei asiaa parantaisi. Jatketaan niin kuin tähänkin asti! En ole varma että haluankaan vielä tulla ulos metsästä.»

He jatkoivat vielä ehkä parisen virstaa. Aurinko paistoi taas repaleisten pilvien lomasta ja sade laantui. Puolipäivä oli jo sivuutettu ja heistä tuntui, että oli viimeinkin aterioitava. He pysähtyivät erään jalavan alle. Sen kellastuvat lehdet olivat vielä tuuheat ja maa sen juurella jokseenkin kuiva ja suojainen. Ryhtyessään valmistamaan ruokaa he huomasivat, että haltiat olivat täyttäneet heidän pullonsa kirkkaalla juomalla, joka hohti kuin vaalea kulta; siinä oli kukista tehdyn hunajan tuoksu ja se oli ihmeen virkistävää. Pian he jo nauroivat ja vähättelivät sadetta ja Mustia ratsastajia. Heistä tuntui, että viimeiset pari virstaa olisivat pian takana.

Frodo tuki päätään puunrunkoon ja sulki silmänsä. Sam ja Pippin istuivat hänen lähellään ja he alkoivat hyräillä ja sitten laulaa hiljaisesti:

> *Hohoo, käyn pulloni luo,*
> *surut huolet hukuttaa tuo.*
> *Satakoon ja tuulkoon vain,*
> *tie jatkukoon virstoittain,*
> *minä loikomaan alle puun*
> *jään pilvien tarkkailuun.*

Hohoo! he aloittivat uudestaan ja kovempaa. Laulu loppui äkkiä kuin veitsellä leikaten. Frodo ponkaisi pystyyn. Tuulen päältä kuului pitkä ulvonta, kuin jonkin pahan ja yksinäisen olennon huuto. Se nousi ja laski ja päättyi korkeaan läpitunkevaan ääneen. Heidän vielä istuessaan ja seistessään kuin jähmettyneinä siihen vastasi toinen huuto, vaimeampi ja kaukaisempi, mutta yhtä vertahyytävä. Sitten seurasi hiljaisuus, jonka rikkoi vain tuulen suhina oksistossa.

»Ja mikäs tuo sitten oli?» kysyi Pippin lopulta yrittäen puhua huolettomasti mutta vavisten vähän. »Jos se oli lintu, niin enpä ole kuullut moista ennen Konnussa.»

»Se ei ollut linnun eikä nelijalkaisen ääni», Frodo sanoi. »Se oli kutsu tai merkki – tuossa huudossa oli sanoja, vaikka en pystynyt erottamaan niitä. Mutta yhdelläkään hobitilla ei ole tuollaista ääntä.»

Asiasta ei sanottu enempää. He ajattelivat kaikki Ratsastajia, mutta kukaan ei ottanut niitä puheeksi. Heistä tuntui nyt yhtä vastenmieliseltä jäädä paikoilleen kuin jatkaa matkaa, mutta ennemmin tai myöhemmin heidän olisi ylitettävä aukeat maat päästäkseen lautalle, ja oli parasta mennä ennemmin ja päivänvalossa. Muutamassa hetkessä he olivat nostaneet pakkaukset selkäänsä ja lähteneet.

Vähän ajan kuluttua metsä äkkiä loppui. Heidän eteensä levittäytyivät laajat niityt. He huomasivat nyt todellakin kääntyneensä liikaa etelään. Etäällä tasamaan takana, Vuon toisella puolella, näkyi Bukinpurin matala kukkula, mutta se jäi heistä vasemmalle. He erkanivat varovasti metsänrajasta ja lähtivät kulkemaan aukean yli niin ripeästi kuin pystyivät.

Alkuun heitä pelotti, kun metsän suoja loppui. Kaukana heidän takanaan kohosi kukkula, jolla he olivat syöneet aamiaista. Frodo melkein odotti näkevänsä töyräällä ratsumiehen pienen kaukaisen hahmon piirtyvän tummana taivasta vasten, mutta siitä ei näkynyt merkkiäkään. Aurinko oli ilmaantunut hajoavista pilvistä laskeutuessaan kohti kukkuloita, joilta he olivat tulleet, ja paistoi taas kirkkaana. Pelko hälveni, vaikka olo oli edelleen vähän levoton. Mutta tienoo muuttui vähitellen yhä kesymmäksi ja asutummaksi. Pian he tulivat hoidetuille pelloille ja vainioille: alkoi näkyä pensasaitoja, portteja ja ojia. Kaikki oli hiljaista ja rauhallista, niin kuin missä tahansa kotoisassa Konnun kolkassa. Heidän mielialansa kohosi joka askeleella. Vuo läheni ja Mustat ratsastajat alkoivat tuntua metsien aaveilta, jotka olivat nyt jääneet kauas taakse.

He kulkivat valtavan naurispellon piennarta ja tulivat tukevalle portille. Siitä lähti matalien hyvin hoidettujen pensasaitojen reunustama ajotie kohti etäistä puurykelmää. Pippin pysähtyi.

»Minä tunnen nämä pellot ja tämän portin!» hän sanoi. »Tämä on Papuvainio, vanhan Magotin maatila. Hänen talonsa on tuolla puiden keskellä.»

»Pahaa pahan päälle!» Frodo sanoi näyttäen melkein yhtä järkyttyneeltä kuin jos Pippin olisi ilmoittanut, että tie vei lohikäärmeen luolaan. Muut katsoivat häneen äimistyneinä.

»Mikä vanhassa Magotissa on vikana?» Pippin kysyi. »Hän on kaikkien Rankkibukien hyvä ystävä. Onhan hän luvatta liikkuvien kauhu ja pitää hirveitä koiria – mutta näillä kulmillahan asutaan rajan tuntumassa ja siksi on oltava varuillaan.»

»Tiedän tiedän», Frodo sanoi. »Mutta siitä huolimatta», hän lisäsi naurahtaen häpeissään, »pelkään kuollakseni häntä ja hänen koiriaan. Olen karttanut hänen tilaansa vuosikaudet. Hän sai minut useita kertoja kiinni luvattomasta sienestyksestä, kun asuin poikasena Rankkihovissa. Viimeisellä kerralla hän antoi minulle selkään ja otti ja näytti minut sitten koirilleen. 'Tässä pojat!' hän sanoi. 'Kun tämä nuori vintiö seuraavan kerran astuu jalallaan minun mailleni, saatte syödä hänet. Nyt saattakaa hänet pois!' Ne ajoivat minua takaa koko matkan lautalle saakka. En ole ikinä toipunut säikähdyksestä – vaikka luulen kyllä, että pedot osasivat asiansa eivätkä olisi tosissaan koskeneet minuun.»

Pippin nauroi. »No, on aika, että teet sovinnon. Varsinkin jos aiot taas tulla asumaan Bukinmaahan. Vanha Magot on oikein reilu äijä, varsinkin jos hänen sienensä jättää rauhaan. Kävellään tietä myöten, niin emme liiku luvattomasti. Jos tapaamme hänet, minä hoidan puheet. Hän on Merrin ystävä ja yhteen aikaan minä kävin täällä Merrin kanssa vähän väliä.»

He seurasivat tietä, kunnes näkivät suuren talon ja ulkorakennusten olkikattojen pilkottavan puiden keskeltä. Magotit ja Rungon Murajalat ja useimmat nevalaiset asuivat taloissa; tämä oli tukevasti tiilestä rakennettu, ja sitä ympäröi korkea muuri. Leveä puuportti avautui muurista tielle.

Heidän lähestyessään alkoi yhtäkkiä kauhea haukku ja räyske ja he kuulivat kovan äänen huutavan: »Yrmy! Pyry! Susi! Hop, hop, pojat!»

Frodo ja Sam pysähtyivät kuin naulittuina, mutta Pippin astui vielä muutaman askelen. Portti aukesi ja siitä ryntäsi tielle ja matkalaisia kohti kolme hirveästi haukkuvaa valtavaa koiraa. Pippiniin ne eivät kiinnittäneet mitään huomiota, mutta Sam vajosi muuria vasten, kun kaksi sudennäköistä koiraa haisteli häntä epäluuloisena ja murisi, jos hän liikahti. Suurin ja hirvein kolmesta pysähtyi Frodon eteen murisemaan niskakarvat pystyssä.

Portista ilmestyi nyt tanakka paksunpuoleinen hobitti, jolla oli pyöreät punakat kasvot. »Hohoi! Keitäs te olette ja mitä tahdotte?» hän kysyi.

»Hyvää päivää, herra Magot!» Pippin sanoi.

Isäntä katseli häntä tarkkaan. »No eikös se olekin Pippin-herra – herra Peregrin Tuk piti sanomani!» hän huudahti, ja tuima ilme vaihtui virnistykseen. »Siitä on aikaa kun näin teidät näillä nurkilla. Olipa onni että tunsin teidät. Olin juuri päättänyt usuttaa koirani jokaisen muukalaisen kimppuun. Tänään on sattunut kaikenlaista kummaa. Kyllä täällä tietysti silloin tällöin ravaa outoa porukkaa. Liian lähellä Vuota», hän sanoi päätään pudistellen. »Mutta tämä tyyppi oli kyllä eriskummallisin, mitä minä olen nähnyt. Hän ei kulje minun maitteni läpi toista kertaa ilman lupaa, jos minä vain voin sen estää.»

»Mitä tyyppiä te tarkoitatte?» kysyi Pippin.

»Te ette siis ole nähneet häntä», isäntä sanoi. »Hän lähti kujaa pitkin pengertielle aivan vähän aikaa sitten. Kumma kaveri ja kyseli kummia. Mutta tulisitteko ehkä sisään niin voimme vaihtaa kuulumisia mukavammin. Minulla olisi tarjota tippa hyvää olutta, mikäli teitä ja ystäviänne kiinnostaa.»

Näytti selvältä, että isäntä kertoisi heille enemmän, jos hänen annettaisiin tehdä se omalla tavallaan ja omalla ajallaan, joten he kaikki hyväksyivät kutsun.

»Entä koirat?» kysyi Frodo levottomana.

Isäntä nauroi. »Ne eivät teitä vahingoita – ellen minä käske. Tänne Yrmy! Pyry! Seuraa!» hän huusi. »Susi, seuraa!» Frodon ja Samin helpotukseksi koirat lähtivät ja jättivät heidät heti rauhaan.

Pippin esitteli isännälle toiset kaksi. »Herra Frodo Reppuli», hän sanoi. »Ette ehkä muista häntä, mutta hän asui ennen Rankkihovissa.» Kuullessaan nimen Reppuli isäntä hätkähti ja katsahti Frodoa terävästi. Hetken Frodo ajatteli, että varastettujen sienien muisto oli herännyt ja että koirat usutettaisiin hänen kimppuunsa. Mutta isäntä Magot tarttui häntä käsivarresta.

»Aina vain kummallisempaa!» hän huudahti. »Herra Reppuliko? Tulkaa sisään. Meidän täytyy jutella.»

He menivät talon keittiöön ja istuutuivat ison tulisijan ääreen. Rouva Magot toi olutta valtavassa kannussa ja täytti neljä isoa mukia. Olut oli hyvää, ja Pippin tunsi saaneensa täyden korvauksen siitä, että oli jäänyt vaille *Kultaisen ahvenen* iloja. Sam maisteli oluttaan epäillen. Hänellä oli luontaisia ennakkoluuloja Konnun muiden osien asukkaita kohtaan, eikä hän myöskään ollut halukas ystävystymään noin vain kenenkään kanssa, joka oli antanut selkään hänen isännälleen, olipa siitä kuinka kauan tahansa.

Jaariteltuaan yhtä ja toista ilmoista ja vuodentulosta (jotka eivät olleet sen huonommat kuin yleensäkään) isäntä Magot laski mukinsa pöydälle ja katsoi heihin kuhunkin vuorollaan.

»No herra Peregrin», hän sanoi, »mistäs te tulette ja mihinkä olette matkalla? Tapaamaan minuako? Jos niin on, olette kulkeneet portista huomaamattani.»

»Tuota, emme», Pippin vastasi. »Totta puhuen kun kerran arvasitte, me tulimme kujalle sen toisesta päästä: me olimme tulleet peltojenne yli. Mutta se oli pelkkä erehdys. Eksyimme metsässä Metsähovin lähellä, kun yritimme oikaista lautalle.»

»Jos teillä oli kiire, teidän olisi kannattanut käyttää tietä», isäntä sanoi. »Mutta en minä sitä tarkoittanut. Teillä, herra Peregrin, on lupa kulkea maillani. Samoin teillä, herra Reppuli – vaikka taidatte yhä vielä pitää sienistä.» Hän nauroi. »Kyllä minä tunsin nimen. Muistan ajan jolloin nuori Frodo Reppuli oli yksi Bukinmaan pahimmista pikku rakkareista. Mutta en minä sieniä ajatellut. Olin juuri kuullut nimen Reppuli ennen kuin te ilmaannuitte. Mitä arvelette sen kumman kaverin minulta tiedustelleen?»

He odottivat kiihkeästi että hän jatkaisi. »Siis», isäntä sanoi lähestyen pääasiaa hitaasti ja nautiskellen. »Se ratsasti isolla mustalla hevosellaan suoraan sisään portistani, joka sattui olemaan auki, ja tuli ovelle asti. Oli itsekin ihan musta, kaapu ympärillään ja huppu päässä ikään kuin olisi halunnut pysyä tuntemattomana. 'Mitä ihmettä tuo voi haluta?' ajattelin itsekseni. Rajan tällä puolella ei näy paljon isoja ihmisiä, enkä sitä paitsi ollut ikinä kuullut mistään semmoisesta kuin tämä musta tyyppi.

'Päivää', minä sanon ja menen ulos häntä vastaan. 'Tämä kuja ei vie mihinkään, ja olittepa matkalla mihin tahansa, nopeimmin pääsette perille, kun palaatte maantielle.' En pitänyt sen ulkonäöstä; ja kun Yrmy tuli ulos, se haistoi kerran, päästi älähdyksen kuin sitä olisi pistetty ja karkasi ulisten tiehensä. Musta tyyppi istui hiljaa.

'Minä tulen tuolta', se sanoi hitaasti ja jäykästi osoittaen taakseen länteen, *minun* pelloilleni, mitä siihen tulee. 'Oletko nähnyt *Reppulia?*' se kysyi taas kummallisella äänellä ja kumartui minua kohti. En voinut nähdä ollenkaan kasvoja sillä sen huppu oli niin syvällä, ja väristyksen tapainen kävi selässäni. Ihmettelin sitä että miksi sen oli pitänyt ratsastaa maani yli niin röyhkeästi.

'Painukaa tiehenne!' minä sanoin. 'Täällä ei ole Reppuleita. Olette väärällä puolella Kontua. Olisi parasta mennä takaisin länteen Hobittilaan – mutta tällä kertaa voitte mennä tietä myöten.'

'Reppuli on lähtenyt', se vastasi kuiskaten. 'Hän on tulossa. Hän ei ole kaukana. Haluan tavata hänet. Jos hän menee tästä, kerrotko minulle? Tulen takaisin ja tuon sinulle kultaa.'

'Etkä tule', minä sanoin. 'Mene takaisin sinne minne kuulut, ja sassiin. Annan aikaa minuutin ennen kuin kutsun koirani.'

Se päästi sihisevän äänen. Se oli ehkä naurua, ehkä ei. Sitten se kannusti suuren hevosensa suoraan minuun päin, ja minä hyppäsin syrjään viime hetkellä. Kutsuin koiria, mutta se karautti tiehensä portista kujaa myöten pengertietä kohti kuin ukkosen nuoli. Mitä te arvelette tästä?»

Frodo istui hetken katsoen tuleen, mutta hänen ainoa ajatuksensa oli, miten ihmeessä he pääsisivät lautalle. »En tiedä mitä arvella», hän sanoi lopulta.

»Minäpä sanon», puhui Magot taas. »Teidän ei olisi koskaan pitänyt mennä ja ryhtyä tekemisiin Hobittilan väen kanssa, herra Frodo. Sikäläiset hobitit ovat kummallisia.» Sam liikahti tuolissaan ja mulkoili isäntää. »Mutta olette aina ollut hurja poika. Kun kuulin, että olitte jättänyt Rankkibukit ja mennyt pois sen vanhan herra Bilbon luo, niin minä sanoin, että joudutte vielä hankaluuksiin. Sanokaa minun sanoneen, tämä kaikki johtuu herra Bilbon oudoista puuhista. Hän oli saanut rahansa jollakin kummallisella tavalla ulkomaissa, sanovat. Ehkä jotkut tahtovat tietää, mitä on tapahtunut kullalle ja jalokiville, jotka hän hautasi Hobittilan kukkulaan, kuten olen kuullut.»

Frodo ei sanonut mitään: isännän päätelmät olivat hermostuttavan osuvia.

»No herra Frodo», Magot jatkoi, »olen iloinen, että teillä on ollut järkeä tulla takaisin Bukinmaahan. Minun neuvoni on: pysykää siellä! Älkääkä enää ryhtykö tekemisiin semmoisen väen kanssa. Näiltä kolkilta löydätte ystävän. Jos joku noista mustista tyypeistä tulee vielä kysymään teitä, niin minä pidän hänestä huolen. Sanon että olette kuollut, tai lähtenyt Konnusta tai mitä vain tahdotte. Ja se saattaa olla tottakin; sillä kukaties he haluavatkin tietoja vanhasta herra Bilbosta.»

»Olette ehkä oikeassa», Frodo sanoi välttäen isännän katsetta ja tuijottaen tuleen.

Magot katsoi häneen miettivästi. »Jaa, huomaan että teillä on omat käsityksenne», hän sanoi. »On selvää kuin pläkki, että te ja tuo ratsastaja ette osuneet sattumalta tänne samana iltapäivänä; eivätkä minun uutiseni ehkä loppujen lopuksi kovin kummallisia olleetkaan. En pyydä teitä kertomaan minulle mitään, minkä haluatte pitää omana tietonanne, mutta näen että olette jonkinmoisessa pulassa. Mietitte ehkä, ettei ole aivan helppoa päästä lautalle joutumatta kiinni?»

»On käynyt mielessä», Frodo sanoi. »Mutta sinne meidän täytyy yrittää; ja se ei onnistu istuen ja miettien. Joten nyt meidän kai täytyy lähteä. Kiitoksia todella kovasti ystävällisyydestänne! Olen pelännyt kuollakseni teitä ja teidän koirianne yli kolmekymmentä vuotta, isäntä Magot, vaikka te ehkä nauratte kuullessanne sen. Sääli, olen menettänyt hyvän ystävän. Ja nyt olen pahoillani, että minun on lähdettävä näin pian. Mutta tulen ehkä takaisin jonakin päivänä – jos voin.»

»Olette tervetullut tullessanne», Magot sanoi. »Mutta minulla on nyt ajatus. On jo melkein auringonlaskun aika, ja me olemme aikeissa syödä illallista, sillä me menemme yleensä nukkumaan pian auringon jälkeen. Jos te ja herra Peregrin ja koko joukko voisitte jäädä haukkaamaan kanssamme, se ilahduttaisi meitä!»

»Niin meitäkin!» Frodo sanoi. »Mutta pelkään, että meidän on lähdettävä heti paikalla. Jo nyt tulee pimeä ennen kuin pääsemme lautalle.»

»Niin mutta hetkinen! Minun piti sanoa: iltapalan jälkeen otan esiin pienet kärryt ja ajan teidät lautalle. Se säästää teiltä monta askelta ja se voi säästää teidät muunkinlaiselta vaivalta.»

Nyt Frodo hyväksyi kutsun kiitollisena, Pippinin ja Samin helpotukseksi. Aurinko oli jo läntisten kukkuloiden takana ja valo haipui. Kaksi Magotin pojista ja hänen kolme tytärtään tulivat sisään, ja suurelle pöydälle katettiin runsas illallinen. Kynttilöitä sytytettiin keittiötä valaisemaan ja tuleen lisättiin puuta. Rouva Magot pyyhälsi ulos ja sisään. Pari muuta talon väkeen kuuluvaa hobittia liittyi seuraan. Hetken päästä neljätoista henkeä istuutui syömään. Olutta oli mielin määrin ja valtava vadillinen sieniä ja siansivua, sekä paljon muuta kunnon maalaisruokaa. Koirat makasivat tulen vieressä ja jyrsivät siankamaraa ja purivat luita rikki.

Kun kaikki olivat lopettaneet, isäntä meni lyhty mukanaan ulos poikiensa kanssa panemaan kärryjä kuntoon. Pihalla oli pimeää, kun vieraat tulivat ulos. He heittivät pakkauksensa lavalle ja kiipesivät kyytiin. Isäntä istui ajajan pukilla ja läimäytti piiskallaan rotevia ponejaan saadakseen ne liikkeelle. Hänen vaimonsa seisoi avoimen oven valokeilassa.

»Pidä huoli itsestäsi, Magot!» hän huusi. »Älä ryhdy väittelemään vieraitten kanssa ja tule suoraan takaisin!»

»Tulen!» isäntä vastasi ja ajoi ulos portista. Ei tuntunut tuulen henkäystäkään, yö oli hiljainen ja äänetön ja ilmassa oli kirpeyttä. He kulkivat ilman valoja turhia kiirehtimättä. Virstan tai parin päässä kuja ylitti syvän ojan ja kiipesi lyhyen penkereen ylös korkeareunaiselle pengertielle.

Magot hyppäsi alas ja katsoi tarkkaan kumpaankin suuntaan, pohjoiseen ja etelään, mutta pimeässä ei näkynyt mitään eikä mikään ääni rikkonut hiljaisuutta. Ojien yllä leijui ohuita usvanauhoja, jotka matoivat peltojen yli.

»Sumu nousee», sanoi Magot, »mutta en sytytä lamppujani ennen kuin käännyn kotiinpäin. Tänä yönä kuuluu tiellä kaikki kauan ennen kuin näkyy.»

Magotin kujalta oli vielä viisi virstaa lautalle. Hobitit kääriytyivät vaatteisiinsa, mutta he höristelivät korviaan kuullakseen jokaisen äänen, joka erottuisi pyörien kitinästä ja ponien kavioiden hitaasta kopinasta. Frodon mielestä kärryt olivat etanaa hitaammat. Pippin nuokkui hänen vieressään nukahtamaisillaan, mutta Sam tähyili eteenpäin nousevaan sumuun.

Vihdoin he tulivat Lauttatien haaraan. Se oli merkitty kahdella korkealla valkoisella pylväällä, jotka alkoivat äkkiä häämöttää heidän oikealla puolellaan. Magot veti ponien ohjaksista ja kärryt pysähtyivät kirskahtaen. He olivat juuri kompuroimassa alas, kun he äkkiä kuulivat äänen, jota olivat koko ajan pelänneet: kavioiden kapseen tiellä. Ääni tuli heitä kohti.

Magot hyppäsi alas ja seisoi pidellen poneja päitsistä ja tuijotti pimeyteen. *Kip-kop, kip-kop* läheni ratsastaja. Kavioiden kapina kuului äänekkäänä seisovassa sumussa.

»Teidän pitäisi mennä piiloon, Frodo-herra», sanoi Sam levottomana. »Menkää sinne kärryjen pohjalle ja peitelkää itsenne huovilla, niin me lähetetään tämä ratsastaja sinne, mistä se tulikin!» Sam kiipesi ulos ja meni isännän viereen. Mustat ratsastajat saisivat ratsastaa hänen ylitseen päästäkseen lähellekään rattaita.

Kip-kop, kip-kop. Ratsastaja oli melkein heidän kohdallaan.

»Hoi siellä!» huusi isäntä Magot. Lähestyvät kaviot pysähtyivät heti. Heistä tuntui että he erottivat usvasta hämärästi tummaan kaapuun kääriytyneen hahmon noin sylen päästä.

»No niin!» sanoi isäntä, työnsi ohjat Samille ja asteli eteenpäin. »Älkää tulko askeltakaan lähemmäksi! Mitä te haluatte ja mihin olette matkalla?»

»Haen herra Reppulia. Oletteko nähnyt häntä?» sanoi vaimea ääni – mutta ääni oli Merri Rankkibukin. Pimennetystä lyhdystä poistettiin suojus ja valo osui isännän hämmästyneille kasvoille.

»Herra Merri!» hän huudahti.

»Tietysti! Keneksi minua kuvittelitte?» sanoi Merri ja tuli lähemmäksi. Kun hän tuli esiin usvasta ja heidän pelkonsa laantui, hän tuntui äkkiä kutistuvan tavallisen hobitin kokoiseksi. Hän ratsasti ponilla ja oli käärinyt huivin kaulan ja leuan ympärille pitääkseen kosteuden loitolla.

Frodo loikkasi kärryistä häntä tervehtimään. »No, siinä sinä vihdoin olet!» Merri sanoi. »Aloin epäillä, tulisitko sinä laisinkaan tänään, ja olin juuri menossa takaisin päivälliselle. Kun sumu alkoi nousta, tulin yli ja ratsastin Runkoon päin siltä varalta, että olisit pudonnut ojaan. Mutta mitä helkkarin tietä te olette tulleet? Mistä te löysitte heidät, herra Magot? Ankkalammikostako?»

»Ei, minä tapasin heidät luvatta mailtani», sanoi isäntä, »ja melkein usutin koirani heidän kimppuunsa; mutta he varmaan kertovat teille itse koko jutun. Nyt, mikäli suotte anteeksi, herra Merri ja herra Frodo ja koko joukko, minun on parasta kääntyä kotia kohti. Rouva Magot on huolissaan, kun yö käy sumuiseksi.»

Hän peruutti kärryt kujalle ja käänsi ne. »Hyvää yötä teille kaikille», hän sanoi. »Päivä on tosissaan ollut kummallinen. Mutta loppu hyvin kaikki hyvin, vaikka meidän ei ehkä pitäisi sanoa niin ennen kuin pääsemme kukin kotiovelle. Olen totta vieköön iloinen kun pääsen.» Hän sytytti lyhtynsä ja nousi. Äkkiä hän kaivoi istuimen alta suuren korin. »Olinpa unohtaa», hän sanoi. »Rouva Magot pakkasi tämän herra Reppulia varten ja lähetti terveisiä.» Hän ojensi korin alas ja lähti ajamaan kiitoksien ja hyvän yön toivotusten saattelemana.

Hobitit katselivat hänen lyhtyjään ympäröiviä kalpeita valorenkaita niiden huvetessa sumuiseen yöhön. Äkkiä Frodo nauroi: peitetystä korista, jota hän piteli kädessään, nousi sienien tuoksu.

5

SALALIITTO PALJASTUU

»Nyt on meidänkin parasta mennä kotiin», Merri sanoi. »Tässä kaikessa piilee jotakin hämärää, mutta se saa odottaa kunnes pääsemme perille.»

He kääntyivät valkaistuilla kivillä reunustetulle Lauttatielle, joka oli suora ja hyvinhoidettu. Joen rannassa noin viidenkymmenen sylen päässä oli leveä puinen laituri. Sen viereen oli kiinnitetty iso laakea lautta. Lähellä vedenpintaa hohtivat valkoiset pollarit kahden korkean pylvään päähän sytytetyn lampun valossa. Heidän takanaan alavilla pelloilla leijuva sumu oli jo kohonnut pensasaitojen tasalle ja ylikin, mutta vesi heidän edessään oli mustaa, vain kaislikossa näkyi muutama höyrymäinen usvahaituva. Toisella puolella näytti olevan vähemmän sumua.

Merri ohjasi ponin laskusiltaa myöten lautalle ja muut seurasivat. Sitten hän työnsi pitkällä seipäällä lautan hitaasti liikkeelle. Rankkivuo virtasi heidän edessään verkkaisena ja leveänä. Toisella puolen ranta oli jyrkkä ja laiturilta kiemurteli törmää ylös polku. Vastarannalla vilkkui lamppuja. Taempana häämötti Bukinmäki, ja harhailevien usvaverhojen läpi loisti monta punaista ja keltaista pyöreää ikkunaa. Ne olivat Rankkihovin, Rankkibukien ikiaikaisen kodin ikkunat.

Kauan sitten sukunsa päämies Gorhendad Ikäbuk – Ikäbukit ovat yksi Nevan ja koko Konnun vanhimpia sukuja – oli ylittänyt tuon joen, joka oli maan alkuperäinen itäraja. Hän rakensi (ja kaivoi) Rankkihovin, muutti nimensä Rankkibukiksi ja asettui hallitsemaan aluetta, joka oli käytännössä pieni itsenäinen maa. Hänen sukunsa kasvoi kasvamistaan ja jatkoi kasvuaan hänen jälkeensä kunnes Rankkihovi käsitti koko matalan kukkulan ja siinä oli kolme isoa ulkoovea, monia sivuovia ja noin sata ikkunaa. Rankkibukit ja heidän lukemattomat alustalaisensa alkoivat sitten kaivaa sekä myöhemmin rakentaa kaikkialle ympäristöön. Niin sai alkunsa Bukinmaa, tiheään asuttu kaistale Vuon ja Vanhan metsän välissä, eräänlainen Konnun siirtokunta. Sen keskuskylä oli Bukinpuri, joka oli ryhmittynyt Rankkihovin takaisille rannoille ja rinteille.

Nevan asukkaat olivat hyvissä väleissä bukinmaalaisten kanssa, ja Rungon ja Saran alueen isännät tunnustivat Hovin herran (kuten Rankkibukin suvun

Bukinmaan lautta

päämiestä kutsuttiin) määräysvallan. Mutta suurin osa vanhan Konnun asukkaista piti bukinmaalaisia omituisina, suorastaan puoliksi ulkomaalaisina. Vaikka oikeastaan he eivät olleet kovinkaan erilaisia kuin neljännysten hobitit, paitsi yhdessä suhteessa: he pitivät veneistä ja jotkut osasivat uida.

Heidän maansa oli aluksi vailla suojaa itään päin; mutta sille puolelle he olivat kasvattaneet pensasaidan, jota kutsuttiin nimellä Korkia-aita. Se oli istutettu sukupolvia aikaisemmin ja oli nyt tuuhea ja korkea, sillä sitä hoidettiin jatkuvasti. Se alkoi Rankkivuon sillalta, missä se teki ison mutkan joesta poispäin, ja jatkui aina Aidanpäähän saakka (missä Halavainen virtasi ulos metsästä ja yhtyi Rankkivuohon): reippaasti yli kaksikymmentä virstaa päästä päähän. Mutta se ei tietenkään ollut täydellinen suoja. Metsä läheni pensasaitaa monin paikoin. Bukinmaalaiset pitivät ovensa lukossa pimeän aikaan, eikä tämäkään ollut yleistä Konnussa.

Lautta liukui hitaasti joen poikki. Bukinmaan ranta läheni. Sam oli seurueen ainoa jäsen, joka ei ollut käynyt Vuon toisella puolella. Hänet valtasi outo tunne virran solistessa hitaasti ohi: hänen vanha elämänsä jäi taakse sumujen sekaan ja hämärä seikkailu odotti edessäpäin. Hän raapi päätään ja hänen mielessään käväisi toive, että Frodo-herra olisi jäänyt asumaan kaikessa rauhassa Repunpäähän.

Hobitit astuivat pois lautalta. Merri sitoi lautan kiinni ja Pippin vei jo ponia polkua ylös, kun Sam (joka oli katsellut taaksepäin kuin jättäen jäähyväisiä Konnulle) sanoi käheästi kuiskaten:

»Katsokaa tuonne, Frodo-herra! Näettekö mitään?»

Kaukaisella laiturilla lamppujen valossa he pystyivät juuri ja juuri erottamaan hahmon: se oli kuin suuri musta rantaan unohtunut mytty. Mutta heidän katsellessaan mytty alkoi huojua ja liikkua edestakaisin, ikään kuin tutkien maata. Sitten se ryömi tai eteni kyyryssä takaisin pimeyteen lamppujen taakse.

»Kautta Konnun, mikä tuo on?» huudahti Merri.

»Jokin joka seuraa meitä», Frodo sanoi. »Mutta älä kysele nyt enempää! Lähdetään täältä heti!» He kiiruhtivat polkua pitkin törmän reunalle, mutta kun he katsoivat taakse, ranta oli usvan verhoama eikä mitään näkynyt.

»Luojan kiitos te ette pidä veneitä länsirannalla!» Frodo sanoi. »Voiko hevonen ylittää joen?»

»Ne voivat mennä kymmenen virstaa pohjoiseen Rankkivuon sillalle – tai uida», Merri sanoi. »Vaikka minä en ole koskaan kuullut, että hevonen olisi uinut Rankkivuon yli. Mutta mitä hevoset tähän kuuluvat?»

»Kerron sinulle myöhemmin. Mennään Krikkoloon niin voimme puhua.»

»Hyvä on! Sinä ja Pippin osaatte sinne, joten minä ratsastan edellä kertomaan Pulla Bolgerille, että te olette tulossa. Pidämme huolen illallisesta ja sensemmoisesta.»

»Söimme varhaisillallista isäntä Magotin kanssa», Frodo sanoi, »mutta meille kelpaisi toinenkin.»

»Sen saatte! Anna minulle se kori!» Merri sanoi ja ratsasti pimeyteen.

Rankkivuolta oli hiukan matkaa Frodon uuteen kotiin Krikkolossa. He sivuuttivat Bukinmäen ja Rankkihovin oikealta ja tulivat Bukinpurin liepeillä Bukinmaan päätielle, joka kulki sillalta etelään. He kävelivät sitä puolen virstaa pohjoiseen, kunnes tulivat kujalle, joka kääntyi tieltä oikealle. Sitä he seurasivat pari virstaa sen poimuillessa mäkeä ylös ja toista alas maan sisäosiin.

Lopulta he tulivat tiheästä pensasaidasta avautuvalle kapealle portille. Talosta ei näkynyt pimeässä mitään: se seisoi kauempana kujasta keskellä laajaa nurmikkoa, jota pensasaidan sisäpuolella kasvava puuvyö ympäröi. Frodo oli valinnut tämän talon, koska se sijaitsi maan syrjäisessä kolkassa, eikä lähellä ollut muita asumuksia. Ulos ja sisään saattoi liikkua kenenkään huomaamatta. Rankkibukit olivat rakentaneet sen aimo ajat sitten vieraiden käyttöön ja niitä suvun jäseniä varten, jotka halusivat paeta Rankkihovin kuhisevaa elämää vähäksi aikaa. Se oli vanhanaikainen maalaistalo, joka muistutti hobitinkoloa niin paljon kuin mahdollista: se oli pitkä ja matala, yksikerroksinen; siinä oli turvekatto, pyöreät ikkunat ja suuri pyöreä ovi.

Kävellessään vihreää polkua portilta talolle he eivät nähneet valoja; ikkunat olivat mustat ja luukut suljetut. Frodo koputti ovelle ja Pulla Bolger avasi sen. Ulos tulvi lämmintä valoa. He puikahtivat sisään ja sulkeutuivat valoon. He seisoivat avarassa eteisessä, josta avautui ovi kummallekin sivulle; edessä kulki käytävä koko talon keskitse.

»No mitä pidät?» kysyi Merri, joka tuli heitä vastaan käytävällä. »Olemme tehneet lyhyessä ajassa parhaamme saadaksemme tämän näyttämään kodilta. Ota huomioon, että Pulla ja minä tulimme tänne vasta eilen viimeisen kärrykuorman kanssa.»

Frodo katseli ympärilleen. Paikka näytti kodilta. Monet hänen mieluisimmista tavaroistaan – tai Bilbon tavaroista (uudessa ympäristössään ne muistuttivat häntä kipeästi Bilbosta) – oli järjestetty mahdollisuuksien mukaan samalla tavalla kuin ne olivat olleet Repunpäässä. Paikka oli miellyttävä, mukava, kodikas; ja hän huomasi toivovansa, että aikoisi tosiaan asettua tänne viettämään hiljaiseloa. Tuntui epäreilulta, että hän oli pannut ystävänsä näkemään kaiken tämän vaivan. Hän mietti jälleen miten kertoisi heille, että hänen oli jätettävä heidät kovin pian, itse asiassa heti. Se olisi joka tapauksessa tehtävä tänä samaisena iltana ennen maatamenoa.

»Hyvin viehättävää», hän ponnistautui sanomaan. »Minusta tuntuu melkein siltä kuin en olisi muuttanutkaan.»

Matkalaiset ripustivat kaapunsa naulaan ja pinosivat pakkauksensa lattialle. Merri kulki edeltä pitkin käytävää ja työnsi auki erään oven aivan sen toisessa päässä. Käytävään tulvahti tulenkajo ja höyryä.

»Kylpy!» huusi Pippin. »Sinä siunattu Meriadoc!»

»Missä järjestyksessä me menemme?» Frodo sanoi. »Vanhin ensin, vai nopein ensin? Sinä olet kummassakin tapauksessa viimeinen, herra Peregrin.»

»Luottakaa minuun, olen toki järjestänyt asiat paremmin!» Merri sanoi. »Emme voi aloittaa elämää Krikkolossa riidellen kylpyvuoroista. Huoneessa on *kolme* ammetta ja säiliö täynnä kiehuvaa vettä. Siellä on myös pyyhkeitä, mattoja ja saippuaa. Sisään vain, ja pitäkää kiirettä!»

Merri ja Pulla menivät keittiöön käytävän vastakkaiselle puolelle ja ryhtyivät myöhäisen illallisen viimeisiin valmisteluihin. Kylpyhuoneesta kuului keskenään kilpailevia laulunpätkiä, jotka sekoittuivat pärskeeseen ja loiskeeseen. Äkkiä muiden yli kantautui Pippinin ääni, joka lauloi yhtä Bilbon rakkaimmista kylpylauluista.

Hei! Illalla kylpyyn kun käydä saamme,
liat, liejut pois siinä huuhdelkaamme!
Jalo kuuma vesi! Se täysi on taula
joka ei sinun ylistystäsi laula!

Sateen ropina ääni on suloinen,
puron solina rinteessä samaten,
vaan vettä kuumaa ei mikään voita,
se on parempi virtojen solinoita.

Toki vettä kylmää me kaihda emme,
sitä janoon hörppäämme iloksemme,
vaan juomaksi olut on suotavinta
ja kuumasta vedestä pitää pinta.

Vesi suihkulähteestä ryöppyävä
on näky silmälle miellyttävä,
vaan kauniimmin hivelee korviani
veden kuuman loiskina jaloissani!

Kuului hirveä loiskahdus ja Frodon *So so!* -huuto. Ilmeisesti suurin osa Pippinin kylpyvedestä oli ryöpynnyt ilmaan kuin suihkulähde.

Merri meni ovelle. »Miten maistuisi illallinen ja olut?» hän huusi. Frodo tuli ulos tukkaansa kuivaten.

»Ilmassa on niin paljon vettä, että tulen keittiöön kuivumaan», hän sanoi.

»Huhhuh!» Merri sanoi katsoessaan sisään. Kivilattia lainehti. »Sinun on luututtava tuo kaikki ennen kuin saat syötävää, Peregrin», hän sanoi. »Pidä kiirettä tai muuten emme odota sinua.»

He söivät illallisen keittiön pöydän ääressä lähellä tulisijaa. »Te kolme ette varmaan enää halua sieniä?» Fredegar sanoi, vaikka tiesikin vastauksen.

»Haluammepas!» huusi Pippin.

»Ne ovat minun!» Frodo sanoi. »Ne lahjoitti minulle rouva Magot, kuningatar emäntien joukossa. Ottakaa ahneet näppinne pois ja antakaa lautasenne.»

Sienet ovat hobittien intohimo, joka ylittää isojen ihmisten ahnaimmatkin mielihalut. Tämä selittää osittain nuoren Frodon pitkät tutkimusretket Nevan kuuluisille pelloille sekä loukatun Magotin vihan. Nyt niitä oli kaikille riittämiin, jopa hobittimittapuidenkin mukaan. Niitä seurasivat monet muut ruokalajit, ja kun he olivat lopettaneet, jopa Pulla Bolger päästi tyytyväisen huokauksen. He työnsivät pöydän syrjään ja vetivät tuolit tulen eteen.

»Siivotaan jäljet myöhemmin», Merri sanoi. »Nyt saatte kertoa minulle kaiken! Olette tietysti joutuneet seikkailuihin, mikä ei ole reilua kun minä en ollut mukana. Tahdon täydellisen selonteon, ja ennen muuta tahdon tietää, mikä vanhaa Magotia vaivasi ja miksi hän puhui minulle sillä tavalla. Hän kuulosti melkein siltä kuin olisi *pelännyt*, jos se on mahdollista.»

»Me olemme kaikki pelänneet», Pippin sanoi sitten kun Frodo oli jonkin aikaa vain tuijottanut puhumattomana tuleen. »Sinäkin olisit pelännyt, jos Mustat ratsastajat olisivat ajaneet sinua takaa kaksi päivää.»

»Ja mitä ne sitten ovat?»

»Mustia olentoja, jotka ratsastavat mustilla hevosilla», Pippin vastasi. »Jos Frodo ei puhu, kerron minä sinulle koko jutun alusta alkaen.» Hän kertoi sitten juurta jaksain heidän matkastaan siitä lähtien kun he poistuivat Hobittilasta. Sam täydensi kertomusta nyökkäyksin ja huudahduksin. Frodo pysyi hiljaa.

»Väittäisin, että olette keksineet koko jutun», Merri sanoi, »jollen olisi itse nähnyt sitä mustaa hahmoa laiturilla – ja kuullut outoa sävyä Magotin äänessä. Mitä sinä, Frodo, tästä kaikesta arvelet?»

»Frodo-serkku on ollut kovin sulkeutunut», Pippin sanoi. »Mutta nyt on hänen tullut aika avautua. Tähän mennessä emme ole saaneet muuta selitystä kuin isäntä Magotin arvelun, että sillä on jotakin tekemistä Bilbon aarteen kanssa.»

»Hän vain arvasi», Frodo sanoi kiireesti. »Magot ei *tiedä* mitään.»

»Vanha Magot on terävä veikko», sanoi Merri. »Hänen pyöreän naamansa takana liikkuu paljon sellaista, mitä hän ei puheissaan paljasta. Olen kuullut, että hänellä oli tapana käydä Vanhassa metsässä yhteen aikaan, ja hänen väitetään tietävän kaikenlaisia outoja asioita. Mutta voit ainakin kertoa meille, arvasiko hän hyvin vai huonosti.»

»Minusta se oli tavallaan hyvin arvattu», Frodo sanoi hitaasti. »Tämä kaikki tosiaan liittyy Bilbon vanhoihin seikkailuihin, ja Ratsastajat ajavat takaa, tai sanoisinko *etsivät*, häntä tai minua. Sitä paitsi pelkään pahoin, ettei tämä ole alkuunkaan leikkiä; ja että minä en ole turvassa täällä enkä missään muuallakaan.» Hänen katseensa kiersi seiniä ja ikkunoita ikään kuin peläten, että ne äkkiä antaisivat myöten. Muut katsoivat häneen ääneti ja vaihtoivat merkitseviä katseita keskenään.

»Nyt se kohta tulee», kuiskasi Pippin Merrille. Merri nyökkäsi.

»No niin!» Frodo sanoi lopulta ja suoristi selkänsä kuin päätöksen tehneenä. »En voi enää salata sitä. Minun on kerrottava teille kaikille eräs asia. Mutta en oikein tiedä miten aloittaisin.»

»Minä voin varmaan auttaa sinua», sanoi Merri hiljaa, »ja kertoa siitä osan.»

»Mitä tarkoitat?» Frodo sanoi ja katsoi häneen levottomana.

»Tätä vain, rakas vanha Frodo: sinä olet onneton, koska et tiedä, miten lausuisit hyvästit. Aioit lähteä Konnusta, selvä se. Mutta vaara on tullut tiellesi ennen kuin odotit, ja nyt päätätkin lähteä heti. Etkä tahtoisi. Me olemme kovin pahoillamme sinun puolestasi.»

Frodo avasi suunsa ja sulki sen sitten. Hänen yllättynyt ilmeensä oli niin hupaisa, että kaikki nauroivat. »Vanha kunnon Frodo!» sanoi Pippin. »Kuvittelitko todella hämänneesi meitä kaikkia? Siihen sinä et ole ollut läheskään tarpeeksi varovainen etkä tarpeeksi ovela! Olet selvästi suunnitellut lähtöä ja jättänyt jäähyväisiä mielipaikoillesi koko tämän vuoden, huhtikuusta lähtien. Olemme yhtä mittaa kuulleet sinun mutisevan: 'Saankohan enää koskaan nähdä tuota laaksoa', ja muuta sen tapaista. Teeskentelit, että rahasi olivat loppumaan päin ja myit rakkaan Repunpääsi ihan oikeasti noille Säkinheimo-Reppuleille! Ja kaikki ne tiiviit keskustelut Gandalfin kanssa.»

»Herran tähden!» Frodo sanoi. »Minä kun kuvittelin olleeni sekä varovainen että viisas. Mitähän Gandalf sanoisi? Puhuuko koko Kontu minun lähdöstäni?»

»Ei ei!» Merri sanoi. »Älä sitä pelkää! Salaisuus ei tietenkään säily kauan, mutta tällä hetkellä se on minun käsittääkseni vain meidän salaliittolaisten tiedossa. Sinun pitää muistaa, että me tunnemme sinut hyvin ja olemme usein sinun seurassasi. Me pystymme yleensä arvaamaan, mitä sinä ajattelet. Minä tunsin Bilbonkin. Totta puhuakseni olen seurannut sinua aika tarkkaan sen jälkeen kun hän lähti. Arvelin, että lähtisit hänen peräänsä ennemmin tai myöhemmin; itse asiassa oletin sinun lähtevän ennemmin, ja viime aikoina olemme olleet hyvin huolissamme. Olemme pelänneet kuollaksemme, että livahtaisit meiltä karkuun ja lähtisit yhtäkkiä, aivan yksin niin kuin hän. Keväästä asti olemme pitäneet silmämme auki, ja suunnitelleet yhtä ja toista omin päin. Et sinä niin vain pääse pakoon!»

»Mutta minun täytyy mennä», Frodo sanoi. »Sille ei mahda mitään, rakkaat ystävät. Se on kurjaa meille kaikille, mutta on turhaa yrittää estää minua. Kun kerran olette arvanneet noin paljon, auttakaa, älkää yrittäkö estää minua!»

»Nyt sinä et ymmärrä!» Pippin sanoi. »Sinun täytyy mennä ja sen tähden meidänkin täytyy. Merri ja minä tulemme sinun kanssasi. Sam on loistokaveri, ja valmis loikkaamaan lohikäärmeen kitaan pelastaakseen sinut, jos ei satu kompastumaan omiin jalkoihinsa, mutta sinä tarvitset enemmän kuin yhden toverin vaarallisella matkallasi.»

»Rakkaat hobittikullat!» Frodo sanoi syvästi liikuttuneena. »Sitä minä en voi sallia. Päätin senkin kauan sitten. Te puhutte vaarasta, mutta ette ymmärrä. Tämä ei ole mitään aarteenetsinää eikä Bilbon retki sinne ja takaisin. Minä pakenen kuolemanvaarasta toiseen.»

»Kyllä me ymmärrämme», Merri sanoi lujasti. »Siksi juuri me olemme päättäneet tulla. Me tiedämme, ettei Sormus ole mikään leikin asia, mutta teemme parhaamme tukeaksemme sinua taistelussa Vihollista vastaan.»

»Sormus!» Frodo sanoi lopullisesti ällikällä lyötynä.

»Niin niin, Sormus», Merri sanoi. »Vanha hobittikulta, sinä et tajua kuinka uteliaita ystävät ovat. Olen tiennyt Sormuksen olemassaolosta vuosia – jo ennen kuin Bilbo lähti; mutta koska hän selvästi piti sitä salaisuutena, pidin tiedon omanani siihen asti kunnes me perustimme salaliittomme. En tietenkään tuntenut Bilboa yhtä hyvin kuin sinä, olin ihan liian nuori, ja hän oli myös varovaisempi – mutta ei tarpeeksi varovainen. Jos haluat kuulla, miten minä sain ensimmäisen kerran tietää siitä, voin kertoakin.»

»Jatka!» sanoi Frodo vaimealla äänellä.

»Säkinheimo-Reppulit olivat hänen turmionsa kuten arvata saattaa. Olin eräänä päivänä vuotta ennen Juhlaa kävelemässä tiellä ja näin kauempana Bilbon. Äkkiä S-R:t tulivat näkyviin tien mutkassa ja kävelivät meitä kohti. Bilbo hidasti vauhtia ja sitten: hokkuspokkus! hän katosi. Olin niin äimänä, että töin tuskin älysin piiloutua tavallisemmin keinoin; painuin pensasaidan läpi ja jatkoin matkaa sen toisella puolella pellon piennarta. Kurkistelin aidan läpi tielle, kun S-R:t olivat kulkeneet ohi ja toljotin suoraan Bilboon, kun hän tuli näkyviin. Silmiini osui kullan välkähdys, kun hän pani jotakin taskuunsa.

Sen jälkeen minä pidin silmäni auki. Tunnustan: minä vakoilin. Mutta sinun täytyy myöntää, että tuommoinen kiihottaa uteliaisuutta, ja minä olin vasta toisella kymmenelläni. Olen varmaan sinun lisäksesi ainoa Konnun asukas, joka on koskaan nähnyt sen vanhan veikon salaisen kirjan.»

»Sinä olet siis lukenut hänen kirjansa!» Frodo huudahti. »Voi herran tähden! Eikö mikään ole turvassa?»

»Ei turhan turvassa», Merri sanoi. »Mutta olen vilkaissut sitä pikaisesti vain kerran, ja sekin oli työn takana. Hän ei koskaan jättänyt kirjaa esille.

Mihinkähän se on joutunut? Haluaisin vilkaista sitä toisen kerran. Onko se sinulla, Frodo?»

»Se ei ollut Repunpäässä. Hän on varmaan vienyt sen mukanaan.»

»Siis kuten sanoin», Merri jatkoi, »pidin tietoni ominani tähän kevääseen saakka, jolloin asiat kääntyivät vakavalle mallille. Silloin me perustimme salaliittomme; ja koska mekin olimme vakavissamme ja valmiita tositoimiin, emme olleet turhantarkkoja. Olet aika hankala pähkinä purtavaksi ja Gandalf on kahta pahempi. Mutta voin esitellä sinulle pääurkkijamme jos haluat.»

»Missä hän on?» Frodo sanoi katsellen ympärilleen aivan kuin odottaisi naamioituneen ja hurjan hahmon syöksyvän ulos kaapista.

»Astu esiin Sam!» Merri sanoi, ja Sam nousi seisomaan punaisena korvannipukoita myöten. »Tässä on tiedonhankkijamme! Ja paljon hän hankkikin, se on sanottava, ennen kuin jäi lopulta kiikkiin. Jonka jälkeen hän vetosi kunniasanaansa ja tyrehtyi tykkänään.»

»Sam!» Frodo huudahti ja hänestä tuntui, että enempää ei enää voi hämmästyä, eikä hän oikein pystynyt päättämään, oliko hän vihainen, huvittunut, helpottunut vaiko pelkästään typertynyt.

»Niin herra», sanoi Sam. »Anteeksi vaan. Mutta en tarkoittanut mitään pahaa teille, Frodo-herra, enkä herra Gandalfillekaan mitä siihen tulee. *Hänellä* on järkeä päässä, sen minä sanon, ja kun te sanoitte lähtevänne yksin, hän sanoi *ei! ota mukaasi joku johon voit luottaa.*»

»Mutta nähtävästi en voi luottaa kehenkään», Frodo sanoi.

Sam katsoi häneen onnettomana. »Se riippuu ihan siitä, mitä sinä haluat», sanoi tähän Merri. »Voit luottaa siihen, että me seisomme rinnallasi tuulessa ja tuiskussa – katkeraan loppuun saakka. Ja voit luottaa siihen, että pidämme jokaisen salaisuutesi – paremmin kuin sinä itse. Mutta et voi luottaa siihen, että me sallimme sinun kohdata vaikeudet yksin ja lähteä sanaa sanomatta. Me olemme sinun ystäviäsi, Frodo. No, oli miten oli. Me tiedämme suurimman osan siitä, mitä Gandalf on sinulle kertonut. Me tiedämme Sormuksesta aika paljon. Me pelkäämme kamalasti – mutta me tulemme sinun kanssasi; tai seuraamme sinua kuin ajokoirat.»

»Ja kyllä niin on», Sam lisäsi, »että teidän pitäisi noudattaa haltioiden neuvoa. Gildor sanoi, että teidän pitäisi ottaa mukaan ne, jotka lähtee mielellään, ette voi sitä kieltää.»

»En kiellä sitä», Frodo sanoi katsoen topakasti hymyilevää Samia. »En kiellä sitä, mutta en enää ikinä usko sinun nukkuvan, kuorsasit eli et. Tästä lähin minä potkaisen sinua lujaa varmistaakseni asian.

Te olette petollinen konnajoukkio!» hän sanoi kääntyen muiden puoleen. »Mutta siunatkoon teitä!» Hän nauroi, nousi ylös ja levitti kätensä. »Minä luovun. Noudatan Gildorin neuvoa. Jos vaara ei olisi niin synkeä, tanssisin ilosta. Nytkin minun on vaikea olla tuntematta itseäni onnelliseksi, onnellisemmaksi kuin pitkään aikaan. Olin pelännyt tätä iltaa.»

»Hyvä. Asia on sovittu. Kolminkertainen eläköön-huuto kapteeni Frodolle ja hänen joukkueelleen!» he huusivat ja tanssivat hänen ympärillään. Merri ja Pippin aloittivat laulun, joka heillä oli ilmeisesti tilaisuutta varten valmiina.

Se oli tehty sen kääpiölaulun mallin mukaan, jolla Bilbo aloitti seikkailunsa kauan sitten ja se laulettiin samalla sävelmällä:

Hyvästi hoi, koti jäädä voi!
Vaikka tuulee ja sateen ropina soi,
yli metsien, yli vuorien
nyt matkaan, ennen kuin koittaa koi.

Rivendelliin vain luo haltiain,
luo vuorien kätköissä asustavain,
halki aution maan nyt ratsastetaan,
ja sieltä minne, en tiedä lain.

Vihamies odottaa, pelko kannustaa,
ja taivasalla on vuoteena maa,
kunnes hetki lyö jolloin tehty on työ
ja matka päättyy ja levätä saa.

Nyt matkaan, hoi! Nyt matkaan, hoi!
Heti ratsaille, ennen kuin koittaa koi!

»Mainiota!» Frodo sanoi. »Mutta siinä tapauksessa meillä on monenmoista tehtävää ennen kuin menemme nukkumaan – ja katon alle ainakin täksi yöksi.»

»Se oli runollista liioittelua!» Pippin sanoi. »Aiotko tosiaan lähteä ennen kuin koittaa koi?»

»En tiedä», Frodo vastasi. »Pelkään noita Mustia ratsastajia ja olen varma, että on vaarallista viipyä samassa paikassa liian pitkään, erityisesti sellaisessa paikassa, johon minun tiedetään olleen matkalla. Myös Gildor varoitti minua odottamasta. Mutta haluaisin kovin mielelläni tavata Gandalfin. Saatoin huomata, että jopa Gildor huolestui kuullessaan, ettei Gandalf ollut saapunut. Lähtö riippuu oikeastaan kahdesta seikasta. Kuinka pian Ratsastajat voisivat päästä Bukinpuriin? Ja kuinka pian me voisimme lähteä? Meidän täytyy tehdä melko lailla valmisteluja.»

»Vastaus jälkimmäiseen kysymykseen: me voimme lähteä tunnin sisällä», sanoi Merri. »Olen hoitanut melkein kaiken valmiiksi. Peltojen takana tallissa on viisi ponia; muona ja muut varusteet on kaikki pakattu, vain joku ylimääräinen vaatekappale ja pilaantuva ruoka puuttuvat.»

»Salaliitto näyttää olleen varsin tehokas», Frodo sanoi. »Mutta entä Mustat ratsastajat? Voisimmeko turvallisesti odottaa Gandalfia yhden päivän?»

»Kaikki riippuu siitä, mitä sinä arvelet niiden tekevän sinulle, jos ne löytävät sinut täältä», vastasi Merri. »Ne *olisivat voineet* ehtiä tänne tietenkin jo nyt, jollei niitä ole pysäytetty Pohjoisportilla siinä, missä Aita ulottuu joen rantaan sillankorvassa tällä puolen. Porttivahdit eivät päästäisi niitä läpi öiseen aikaan, vaikka voisivathan ne tulla väkisin. Jopa päivänvalossa he varmaan yrittäisivät pitää Ratsastajat Bukinmaan ulkopuolella ainakin siihen asti, kunnes olisivat saaneet sanan Hovin herralle – sillä heitä ei Ratsastajien ulkomuoto miellyttäisi ja he pelkäisivät niitä. Mutta Bukinmaa ei tietenkään pysty puolustautumaan järjestelmällistä hyökkäystä vastaan kovin pitkään. Ja on mahdollista, että aamulla päästettäisiin läpi jopa Musta ratsastaja, joka ilmaantuisi paikalle ja kysyisi herra Reppulia. Aika yleisesti tiedetään, että sinä olet tulossa takaisin asumaan Krikkoloon.»

Frodo istui hetken ajatuksissaan. »Olen tehnyt päätökseni», hän sanoi lopulta. »Lähden huomenna niin pian kuin on valoisaa. Mutta en lähde tietä pitkin: olisi turvallisempaa odottaa täällä kuin kulkea tietä. Jos menen Pohjoisportin kautta, lähtöni Bukinmaasta tulee tiedoksi heti, sen sijaan että se pysyisi salassa ainakin pari päivää, mikä voisi olla mahdollista. Ja ennen kaikkea: Siltaa ja Idäntietä rajojen tuntumassa tarkkaillaan aivan varmasti, riippumatta siitä, pääseekö yksikään Ratsastaja Bukinmaahan. Emme tiedä, montako heitä on, mutta lukumäärä on ainakin kaksi ja ehkä enemmänkin. Ainoa mahdollisuus on lähteä johonkin täysin arvaamattomaan suuntaan.»

»Mutta tuo voi merkitä vain Vanhaa metsää!» sanoi Fredegar kauhuissaan. »Mieletön ajatus. Se on aivan yhtä vaarallinen kuin Mustat ratsastajat.»

»Ei aivan», Merri sanoi. »Ajatus kuulostaa epätoivoiselta, mutta Frodo lienee oikeassa. Se on ainoa tapa päästä lähtemään niin, että kukaan ei heti kerkiä kintereille. Hyvällä onnella voimme saada kunnon etumatkan.»

»Mutta Vanhassa metsässä teidän käy huonosti», Fredegar vastusteli. »Kaikkien käy siellä huonosti. Te eksytte. Hobitit eivät mene sinne.»

»Voi, kyllä menevät!» Merri sanoi. »Rankkibukit käyvät siellä joskus, kun sattuvat sille päälle. Meillä on oma sisäänkäynti. Frodokin kävi Vanhassa metsässä kerran kauan sitten. Minä olen ollut siellä useita kertoja, yleensä tietysti päiväsaikaan, jolloin puut ovat unisia ja jokseenkin rauhallisia.»

»Tehkää sitten niin kuin parhaaksi näette!» Fredegar sanoi. »Minä pelkään Vanhaa metsää enemmän kuin mitään minkä tiedän; siitä kerrotaan painajaismaisia juttuja; mutta minun ääntäni tuskin otetaan huomioon, kun en ole tulossa matkalle. Olen silti iloinen, että tänne jää joku, joka voi kertoa Gandalfille. mitä olette tehneet, kun hän saapuu, ja minä olen varma, että ennen pitkää hän saapuu.»

Vaikka Pulla Bolger pitikin Frodosta, hänellä ei ollut mitään hinkua lähteä Konnusta eikä nähdä mitä sen ulkopuolella oli. Hänen sukunsa oli kotoisin Itäneljännyksestä, Bolgin kahlaamolta Sillanahosta tarkkaan ottaen, mutta hän ei ollut koskaan ollut Rankkivuon sillan toisella puolella. Hänen tehtävänsä salaliittolaisten alkuperäisen suunnitelman mukaan oli jäädä Krikkoloon ja pitää huolta uteliaista ja käyttäytyä niin kauan kuin mahdollista ikään kuin herra Reppuli asuisi siellä edelleen. Hän oli jopa tuonut mukanaan joitakin Frodon vanhoja vaatteita avuksi osan esittämiseen. He eivät tulleet ollenkaan ajatelleeksi, kuinka vaarallista se voisi olla.

»Loistavaa!» Frodo sanoi ymmärrettyään suunnitelman. »Muuten emme olisi voineet jättää Gandalfille sanaa. Enhän minä tietenkään tiedä, osaavatko nämä Ratsastajat lukea vai eivät, mutta en olisi uskaltanut kirjoittaa viestiä siltä varalta, että ne pääsevät sisään ja tutkivat talon. Mutta jos Pulla suostuu esittämään minua, ja minä voin olla varma siitä, että Gandalf tietää mihin olen mennyt, asia on minun puolestani selvä. Lähden Vanhaan metsään ensi töikseni huomenaamulla.»

»Se on sitten sillä siisti», sanoi Pippin. »Kaiken kaikkiaan otan kyllä mieluummin meidän kuin Pullan homman – odottaa täällä kunnes Mustat ratsastajat tulevat.»

»Odottakaa vaan kunnes olette kunnolla Metsän sisässä», Fredegar sanoi. »Ennen kuin vuorokausi on kulunut, te toivotte, että olisitte täällä minun kanssani.»

»Ei tästä kannata enää kiistellä», Merri sanoi. »Meidän täytyy vielä siivota ja hoitaa pakkaaminen loppuun ennen kuin menemme sänkyyn. Minä herätän teidät kaikki ennen aamunkoittoa.»

Kun Frodo oli vihdoin päässyt nukkumaan, hän ei saanut unta vähään aikaan. Hänen jalkojaan särki. Hän oli iloinen siitä, että saisi ratsastaa huomenna. Vähitellen hän vajosi hämärään uneen, jossa hän oli katsovinaan korkealta ikkunasta mustaa ja ryteikköistä puumerta. Alhaalta puiden juurista kuului rapinaa ja nuuhkimista. Hän oli varma että nuuskijat vainuaisivat hänet ennemmin tai myöhemmin.

Sitten hän kuuli kaukaa äänen. Ensin hän luuli että se oli tuulenpuhuri, joka kahisutti lehtiä metsässä. Sitten hän tajusi, että ääni ei tullut lehdistä, se oli kaukaisen Meren kohina; sitä ääntä hän ei ollut koskaan kuullut valveilla, vaikka se oli usein vaivannut hänen uniaan. Äkkiä hän huomasi olevansa aukealla. Puita ei ollutkaan. Hän seisoi pimeällä nummella ja ilmassa oli outo suolan tuoksu. Katsoessaan ylös hän näki korkean valkoisen tornin, joka seisoi yksin jyrkällä töyräällä. Hänet valtasi suuri halu kiivetä torniin, mistä hän näkisi Meren. Hän alkoi ponnistella rinnettä ylös tornia kohden; mutta äkkiä taivaalla välähti ja kuului ukkosen jyrähdys.

6
VANHA METSÄ

FRODO HERÄSI ÄKKIÄ. Huoneessa oli yhä pimeää. Merri seisoi kynttilä toisessa kädessä ja hakkasi toisella oveen. »Hyvä on! Mitä nyt?» Frodo sanoi vieläkin järkyttyneenä ja poissa tolaltaan. »Mitäkö nyt!» Merri huusi. »On aika herätä. Kello on puoli viisi ja ilma on hyvin sumuinen. Tule nyt! Sam laittaa jo aamiaista. Pippinkin on jo jalkeilla. Olen juuri menossa satuloimaan poneja ja hakemaan kuormajuhtaa. Herätä se unikeko Pulla! Täytyy hänen nousta ainakin saattamaan meitä.»

Pian kuuden jälkeen hobitit olivat valmiita lähtöön. Pulla Bolger haukotteli edelleen. He hiipivät hissukseen ulos talosta. Merri kulki edellä taluttaen kuormattua ponia ja johti heitä pitkin polkua, joka kulki talon takana olevan metsikön läpi ja sitten useiden peltojen poikki. Puiden lehdet kiilsivät ja oksista tippui vettä; nurmi oli harmaa kylmästä kasteesta. Oli aivan hiljaista ja kaukaiset äänet kuuluivat lähellä ja kirkkaina: siipikarja äänteli jossakin pihassa, ovi kolahti etäisessä talossa.

He löysivät ponit suojastaan; ne olivat niitä juurevia pikku eläimiä, jollaisia hobitit rakastivat, hitaanlaisia, mutta verrattomia pitkässä päivätyössä. He nousivat ponien selkään ja ratsastivat pian päin usvaa, joka tuntui avautuvan heidän edessään vastahakoisesti ja sulkeutuvan heidän takanaan vihamielisesti. Ratsastettuaan tunnin verran hitaasti ja puhumatta he näkivät Aidan häämöttävän äkkiä edessä. Se oli korkea ja hopeisten hämähäkinseittien peitossa.

»Miten aiotte mennä tästä läpi?» Fredegar kysyi.

»Seuratkaa minua niin näette», sanoi Merri. Hän kääntyi vasempaan ja alkoi seurata Aitaa. Pian he tulivat kohtaan, jossa se kiersi erään kuopan ja teki mutkan sisäänpäin. Vähän matkan päähän Aidasta oli maan sisään kaivettu loivasti laskeutuva luiska. Luiskaa reunustavat ylenevät tiilimuurit yhtyivät holviksi kattamaan Aidan ali johtavaa tunnelia, joka putkahti ulos toisella puolella.

Tähän Pulla pysähtyi. »Hyvästi, Frodo!» hän sanoi. »Kunpa et olisi menossa Metsään! Voin vain toivoa, että et tarvitse pelastajaa jo ennen päivän päättymistä. Mutta onnea matkaan – tälle päivälle ja kaikille päiville!»

»Jos edessäpäin ei ole mitään pahempaa kuin Vanha metsä, olen tosiaan onnen poika», Frodo sanoi. »Käske Gandalfin kiiruhtaa Idäntietä pitkin: me olemme pian taas sillä ja pyrimme eteenpäin niin nopeasti kuin pääsemme. »Hyvästi!» he huusivat ja ratsastivat luiskaa alas ja katosivat Fredegarin näkyvistä.

Tunneli oli pimeä ja kostea. Sen toisessa päässä oli paksutankoinen rautaportti. Merri laskeutui maahan ja avasi salvan, ja kun he olivat kaikki toisella puolen, hän työnsi portin kiinni. Se sulkeutui kalahtaen ja salpa loksahti. Ääni oli pahaenteinen.

»No niin!» Merri sanoi. »Olette nyt lähteneet Konnusta ja seisotte sen ulkopuolella Vanhan metsän reunassa.»

»Ovatko ne tarinat totta, joita siitä kerrotaan?» kysyi Pippin.

»Mitähän tarinoita sinä tarkoitat», Merri vastasi. »Jos puhut niistä kummitusjutuista, joita Pullan lastenhoitaja on kertonut hänelle, hiisistä ja susista ja sensemmoisista, tuskinpa ovat. Minä ainakaan en niihin usko. Mutta Metsä on kyllä kummallinen. Kaikki on täällä paljon elävämpää ja paremmin perillä siitä, mitä tapahtuu, kuin Konnussa. Eivätkä nämä puut pidä muukalaisista. Ne tarkkailevat. Niin kauan kuin päivänvaloa riittää, ne tyytyvät tavallisesti tarkkailemaan eivätkä tee juuri mitään. Toisinaan kaikkein ilkeämielisimmät pudottavat oksan tai työntävät eteen juuren tai tarttuvat kulkijaan köynnöksellä. Mutta yöllä voi kuulemma sattua pahempaakin. Olen vain kerran pari ollut täällä pimeän aikaan ja silloinkin Aidan lähettyvillä. Minusta tuntui, että kaikki puut kuiskivat toisilleen tietoja ja salajuonia käsittämättömällä kielellä; ja oksat huojuivat ja kurottelivat vaikka oli tyyntä. Sanotaan, että puut liikkuvat ja että ne voivat saartaa muukalaisen ja piirittää hänet. Kerran ne hyökkäsivät Aitaa vastaan: ne tulivat ja juurtuivat aivan sen viereen ja kallistuivat sen yli. Mutta hobitit tulivat ja hakkasivat maahan satoja puita ja sytyttivät Metsään suuren kokon ja polttivat kaiken maan pitkältä kaistaleelta Aidan itäpuolelta. Sen jälkeen puut luopuivat hyökkäyksestä, mutta muuttuivat vihamielisiksi. Se iso raivio, jonne kokko sytytettiin, on vielä tässä lähellä.»

»Ovatko puut ainoa vaara?» Pippin kysyi.

»Kaikenlaisia kummia otuksia elää Metsän uumenissa ja sen toisella puolella», Merri sanoi, »tai ainakin kerrotaan että elää; mutta minä en ole ikinä nähnyt ainuttakaan. Mutta polut eivät synny itsestään. Tänne tullessaan löytää aina selviä polkuja, mutta ne tuntuvat merkillisesti siirtyilevän ja muuttuvan. Aika lähellä tätä tunnelia on – oli ainakin pitkään – leveän puoleinen polku, joka vie Kokkoaukiolle ja sieltä melko lailla meidän suuntaamme itäkoilliseen. Sille polulle minä pyrin.»

Hobitit lähtivät tunnelin portilta ja ratsastivat suuren kuopan poikki. Sen toisella puolen oli poluntapainen, joka johti ylös Metsään noin viidenkymmenen sylen päähän Aidasta, mutta polku katosi heti vietyään heidät puiden alle. Katsoessaan taakseen he saattoivat nähdä Aidan tumman hahmon puunrunkojen välistä, jotka ympäröivät heitä jo tiiviisti. Edessäpäin he näkivät vain määrättömän monenmuotoisia ja -kokoisia puunrunkoja: suoria ja vääriä, kieroja, vinoja, korkeita ja matalia, sileitä ja kyhmyisiä ja oksaisia, ja kaikkia runkoja peittivät vihreät tai harmaat sammalet ja limainen, takkuinen kasvillisuus.

Vain Merri näytti suhteellisen iloiselta. »On parasta, että sinä vedät joukkoa ja etsit sen polun», Frodo sanoi hänelle. »Älä päästä meitä eksymään toisistamme ja katso ettemme unohda, millä suunnalla Aita on!»

He lähtivät kulkemaan puiden välissä; ponit rämpivät eteenpäin varoen kiemuraisia ja toisiinsa kietoutuneita juuria. Aluskasvillisuutta ei ollut. Maa nousi tasaisesti ja heidän edetessään puut tuntuivat muuttuvan korkeammiksi, synkemmiksi ja tuuheammiksi. Oli täysin hiljaista paitsi milloin yksinäinen tippa luiskahti liikkumattomien lehtien läpi. Juuri nyt lehvistössä ei ollut ääntä eikä liikettä, mutta heillä kaikilla oli epämiellyttävä tunne. että heitä tarkkailtiin paheksuvasti, vähitellen jopa torjuvasti ja vihamielisesti. Tunne kasvoi koko ajan, kunnes he huomasivat vilkuilevansa ylös tai kurkistelevansa taakseen kuin odottaen nopeaa iskua.

Polusta ei vielä näkynyt merkkiäkään ja puut aivan kuin tukkivat koko ajan heidän tietään. Pippinistä tuntui äkkiä, ettei hän kestä enää, ja häneltä pääsi varoittamatta huuto. »Senkin senkin!» hän huusi. »En minä aio tehdä teille mitään. Päästäkää nyt minut läpi!»

Muut pysähtyivät hätkähtäen. Huuto sammui kuin raskaan verhon vaimentamana. Kaikua ei kuulunut eikä vastausta liioin, mutta metsä tuntui muuttuvan entistäkin tiheämmäksi ja tarkkaavammaksi.

»Sinuna minä en kiljuisi», Merri sanoi. »Siitä on enemmän haittaa kuin hyötyä.»

Frodo alkoi miettiä, oliko ylipäätään mahdollista päästä mihinkään ja oliko ollut oikein tuoda muut tähän kammottavaan korpeen. Merri pälyili puolelta toiselle ja näytti jo epävarmalta suunnasta. Pippin huomasi sen. »Sinulta ei kauan kestänyt, kun veit meidät harhaan», hän sanoi. Mutta juuri sillä hetkellä Merri vihelsi helpotuksesta ja viittasi eteenpäin.

»Niinpä niin!» hän sanoi. »Nämä puut totta vie liikkuvat. Tuolla edessämme on Kokkoaukio (tai toivottavasti on), mutta polku näyttää siirtyneen muualle!»

Valo sakeni heidän edetessään. Äkkiä he sukelsivat ulos puiden alta ja huomasivat seisovansa isolla pyöreällä aukiolla. Heidän ihmeekseen yllä avautui sininen ja kirkas taivas, sillä Metsän katoksen alla he eivät olleet nähneet aamun koittoa ja sumun hälvenemistä. Aurinko ei kuitenkaan ollut vielä niin korkealla, että se olisi paistanut raiviolle, vaikka sen valo osui jo puiden latvoihin. Lehdet olivat aukion laidoilla paksummat ja vihreämmät kuin muualla ja reunustivat sitä lähes tiiviinä seinämänä. Aukiolla ei kasvanut ainuttakaan puuta, vain karkeaa heinää ja korkeita kasveja: kuivina sojottavia myrkkykeisoja ja koiranputkia, untuvaista haituvaa pöllyävää maitohorsmaa sekä sakeana rehottavia nokkosia ja ohdakkeita. Masentava paikka, mutta se tuntui suloiselta ja iloiselta puutarhalta ahdistavan Metsän jälkeen.

Hobitit rohkaistuivat ja katselivat toiveikkaasti taivaalla leviävää päivänvaloa. Raivion toisella puolella oli puumuurissa aukko, josta lähti selvä polku. He saattoivat nähdä sen Metsän siimeksessä; se oli paikoittain leveä ja ylhäältä avonainen, mutta siellä täällä puut tunkivat lähemmäksi ja varjostivat sen tummilla oksillaan. Tätä polkua he lähtivät ratsastamaan. He etenivät edelleen loivasti ylöspäin, mutta nyt kulku kävi paljon nopeammin ja paremmalla mielellä, sillä heistä tuntui, että Metsä oli antanut myöten ja aikoi sittenkin päästää heidät suosiolla lävitseen.

Mutta vähän ajan kuluttua ilma alkoi käydä kuumaksi ja tunkkaiseksi. Puut tunkivat taas kohti kummaltakin puolelta eivätkä he enää nähneet pitkällekään eteensä. Nyt he tunsivat Metsän vihamielisyyden painavan heitä entistä raskaampana. Oli niin hiljaista, että tuntui kuin korvissa olisi jymähdellyt, kun ponien kaviot kahisuttivat kuivia lehtiä ja kompastelivat piileviin juuriin. Frodo yritti laulaa toisia rohkaistakseen, mutta hänen äänensä vaimeni muminaksi.

Oi, matkaajat varjojen maassa tässä,
epätoivo pois! Vaikka pimeässä
te käytte, on päättyvä metsien valta
ja aurinko loistaa kaikkialta:
aurinko nousta ja laskea saa,
päivän alkaa ja lopettaa.
Sillä itään tai länteen metsä päättyy...

Päättyy – jo sanaa lausuessa hänen äänensä tukahtui. Ilma tuntui raskaalta ja sanojen muodostaminen vaivalloiselta. Aivan heidän takanaan putosi vanhasta polulle kallistuneesta puusta rysähtäen suuri oksa. Puut näyttivät sulkevan heidän tiensä.

»Ne eivät pidä kaikesta tuosta loppumisesta ja päättymisestä», Merri sanoi. »Toistaiseksi jättäisin laulamiset sikseen. Odota kunnes pääsemme ulos, silloin me käännymme ja viritämme niille oikein kuorolaulun!»

Hän puhui iloisesti, ja jos häntä jokin huolestutti, hän ei näyttänyt sitä. Toiset eivät vastanneet. He olivat masentuneita. Raskas paino kasvoi Frodon sydämessä, ja joka askeleella hän katui. että hänen päähänsä oli koskaan pälkähtänyt ryhtyä uhmaamaan näitä puita. Hän olikin juuri ehdottamaisillaan, että he kääntyisivät takaisin (mikäli se olisi enää mahdollista), kun tilanne muuttui. Polku lakkasi nousemasta ja kulki vähän aikaa melkein tasaista maata. Tummat puut väistyivät ja he saattoivat nähdä tien jatkuvan lähes suorana. Vähän matkan päässä heidän edessään kohosi vihreä puuton kukkula kuin kalju pää ympäröivästä Metsästä. Polku näytti vievän suoraan sitä kohti.

Nyt he kiiruhtivat taas eteenpäin iloissaan siitä, että saisivat kiivetä hetkeksi puiden latvojen yläpuolelle. Polku sukelsi alaspäin, alkoi sitten taas nousta ja vei heidät vihdoin jyrkän rinteen juurelle. Siinä se jätti puut taakseen ja hävisi ruohikkoon. Metsä kiersi kukkulaa kuin tuuhea tukkaseppele ajeltua päälakea.

Hobitit ohjasivat ponejaan mutkitellen rinnettä ylös kunnes saapuivat huipulle. He seisahtuivat katselemaan ympärilleen. Sää oli aurinkoinen ja kirkas, mutta ilmassa oli auerta eivätkä he nähneet kovin pitkälle. Lähitienoilta sumu oli melkein kokonaan häipynyt, mutta se viipyili Metsän notkelmissa, ja syvästä, Metsän poikki ulottuvasta painanteesta kohoili vielä etelän puolella utua, kuin höyryä tai valkoisia savukiehkuroita.

»Tuo on Halavaisen uoma», sanoi Merri osoittaen painannetta kädellään. »Se tulee Keroilta ja virtaa lounaaseen Metsän läpi liittyäkseen Rankkivuohon Aidanpään alapuolella. Sinnepäin meillä ei ole mitään halua mennä! Halavaisen laakson kerrotaan olevan koko Metsän kummallisin paikka – vähän niin kuin kaiken kummallisuuden pesä ja keskus.»

Muut katsoivat Merrin osoittamaan suuntaan, mutta eivät nähneet paljon muuta kuin usvaa kostean ja syvän laakson yläpuolella; ja sen takana Metsän eteläinen osa sumeni näkymättömiin.

Aurinko alkoi nyt kuumottaa mäen päällä. Kellon täytyi olla noin yksitoista, mutta syysusva esti heitä näkemästä paljoakaan muihin suuntiin. Lännessä he eivät pystyneet erottamaan Aitaa eivätkä Rankkivuon uomaa sen takana. Pohjoisessa, jonne he tähysivät toiveikkaimmin, he eivät nähneet jälkeäkään mistään, mikä olisi voinut olla suuri Idäntie, jonne he pyrkivät. He olivat puumerestä kohoavalla saarella, ja taivaanranta oli verhon peitossa.

Kaakkoon kukkula laskeutui hyvin jyrkästi, aivan kuin rinteet olisivat jatkuneet puiden alle samalla tavalla kuin saaren rannat, jotka todellisuudessa ovat syvyyksistä kohoavien vuorten kylkiä. He istuivat vihreällä töyräällä ja katselivat alla levittäytyvien metsien yli ja söivät puolisensa. Auringon kohotessa ja ohittaessa korkeimman kohtansa he näkivät kaukana idässä Vanhan metsän tuolla puolen häämöttävien kerojen harmaanvihreät ääriviivat. Se ilahdutti heitä suuresti, sillä tuntui hyvältä nähdä jotakin, joka oli Metsän ulkopuolella – vaikka siihen suuntaan he eivät aikoneetkaan mennä, jos vain voisivat sen välttää: Hautakeroilla oli hobittien taruissa yhtä kaamea maine kuin itse Metsällä.

Viimein he päättivät lähteä jatkamaan matkaa. Polku joka oli tuonut heidät kukkulalle löytyi uudestaan pohjoisen puolelta; mutta jo vähän matkaa sitä seurattuaan he alkoivat tajuta, että se kaarsi koko ajan oikealle. Äkkiä se alkoi laskeutua jyrkästi ja he käsittivät, että se vei kohti Halavaisen laaksoa eikä lainkaan sinnepäin, mihin he halusivat. Pienen pohtimisen jälkeen he päättivät jättää tämän harhaan vievän polun ja suunnata pohjoiseen; sillä vaikka he eivät olleetkaan nähneet Tietä kukkulan huipulta, sen täytyi olla siellä päin, eikä kovin monen virstan päässä. Pohjoisessa polun vasemmalla puolella maa tuntui myös olevan kuivempaa ja metsä harvempaa. Maasto kohoili ja puut ohenivat; tammien ja saarnien sekä outojen ja nimettömien tiheämmän metsän puiden sijaan noilla rinteillä kasvoi mäntyjä ja kuusia.

Aluksi ratkaisu tuntui oikealta: he pääsivät etenemään hyvää vauhtia, vaikka aina milloin auringon pilkahdus osui heihin jollakin aukiolla, heistä näytti, että he olivat kääntyneet yllättävän paljon itään. Mutta jonkin ajan päästä puut alkoivat taas tunkea lähemmäksi juuri siinä, missä ne olivat kauempaa näyttäneet ohuemmilta ja vähemmän ryteikköisiltä. Sitten alkoi tulla vastaan omituisia syviä uomia, kuin suurten jättiläispyörien uria tai leveitä vallihautoja tai kauan käyttämättä olleita vajonneita teitä, jotka olivat kasvaneet täyteen piikkipensaita. Ne olivat yleensä poikittain heidän reitillään, ja niistä selvittiin vain rämpimällä alas uomaan ja sitten taas ylös, mikä oli ponien kanssa hankalaa ja vaivalloista. Joka kerta laskeutuessaan alas he huomasivat uoman kasvavan tiheää pensasta ja takkuista aluskasvillisuutta, joka jostakin syystä ei antanut lainkaan perään vasemmalle vaan väistyi vain heidän kääntyessään oikealle; ja heidän piti kulkea vähän matkaa uoman pohjalla, ennen kuin he löysivät polun ylös vastakkaiselle puolelle. Joka kerta, kun he kömpivät ylös, metsä tuntui tiheämmältä ja synkemmältä, pääsy vasemmalle ja ylöspäin oli yhä hankalampaa, ja heidän oli pakko kulkea oikealle ja alaspäin.

Tunnin tai parin kuluttua he olivat kadottaneet selvän käsityksen suunnasta, vaikka tiesivät kyllä, että eivät enää kulkeneet läheskään pohjoiseen. Heitä ei päästetty sinne, ja he seurasivat reittiä, joka heille valittiin – itään ja etelään, Metsän sydämeen eikä sieltä pois.

Iltapäivä oli jo lopullaan kun he kömpivät ja kompastelivat uomaan, joka oli leveämpi ja syvempi kuin mikään aikaisemmista. Se oli niin jyrkkä ja kasvillisuuden tukkima, että osoittautui mahdottomaksi kiivetä ylös kummaltakaan puolelta jättämättä poneja ja varusteita. He saattoivat ainoastaan kulkea uomaa pitkin – alaspäin. Maa muuttui pehmeäksi ja paikoitellen soiseksi, töyräille ilmestyi lähteitä, ja pian he huomasivat seuraavansa puroa, joka norui ja lirisi rehevien mättäiden välissä. Sitten maa alkoi viettää jyrkästi, äänekkääksi ja vahvaksi paisuva puro solui ja puikki vikkelästi alamäkeen. He olivat syvässä ja hämärässä rotkossa, jota puut kattoivat korkealla heidän yläpuolellaan.

Kompasteltuaan jonkin aikaa puron vartta he tulivat äkkiä ulos hämärästä. Kuin portin läpi he näkivät edessään auringon valon. Kun he tulivat ulos, he huomasivat laskeutuneensa kourussa jyrkän törmän halki. Alhaalla oli tasamaata, jossa kasvoi heinää ja ruokoa ja kaukana häämötti toinen melkein yhtä jyrkkä rinne. Myöhäisen iltapäivän kultainen aurinko hehkui lämpimänä ja unettavana väliin jäävässä kätköisessä uomassa. Sen keskellä kaarteli laiskasti ruskeavetinen tumma joki, jota ikivanhat halavat reunustivat, jonka ylle paksut halavat kaartuivat ja jonka poikki niitä oli kaatunut. Tuhannet kuihtuneet halavanlehdet täplittivät sen pintaa. Ilma oli lehtiä täynnä, niitä lenteli oksista keltaisenaan, sillä laaksossa puhalsi lämmin ja leuto tuuli, ruovikko kahisi ja halavien oksat natisivat.

»No nyt minulla on ainakin joku käsitys siitä missä olemme!» Merri sanoi. »Olemme tulleet melkein vastakkaiseen suuntaan kuin oli tarkoitus. Tämä on Halavainen! Minä lähden tutkimaan jokea.»

Hän käveli ulos aurinkoon ja hävisi korkeaan ruohoon. Hetken päästä hän palasi ja ilmoitti, että jyrkän törmän ja joen välillä oli jokseenkin kovaa maata, toisin paikoin vankka nurmipohja ulottui vesirajaan saakka. »Mikä parasta», hän sanoi, »joen tällä puolen näyttää kiemurtelevan poluntapainen. Jos käännymme vasempaan ja seuraamme sitä, meidän on pakko tulla lopulta ulos Metsän itälaidasta.»

»Niin kai!» Pippin sanoi. »Mikäli polkua riittää niin pitkälle, eikä se yksinkertaisesti vie meitä suohon ja jätä siihen. Sano ensin kuka polun on tehnyt. Ja miksi? Ei ainakaan meidän hyödyksemme. Minua alkaa epäilyttää tämä Metsä ja kaikki mitä siinä on, ja kohta rupean uskomaan siitä kerrottuihin tarinoihin. Entä onko sinulla aavistustakaan, kuinka pitkälti itään meidän on kuljettava?»

»Ei ole», Merri sanoi. »Minulla ei ole minkäänlaista käsitystä miten kaukana Halavaisen alajuoksulla me olemme, tai kuka saattaisi tulla tänne niin usein, että tekisi polun joen varteen. Mutta en näe enkä keksi mitään muutakaan tietä täältä pois.»

Kun tähän ei kellään ollut mitään lisättävää, he laskeutuivat peräkkäin alas ja Merri vei heidät löytämälleen polulle. Ruovikko ja heinikko oli kaikkialla rehevää ja korkeaa, paikoitellen heitä korkeampaa, mutta polun löydyttyä sitä oli helppo seurata, kun se kääntyili ja kiemurteli etsien tukevaa maata suomättäiden ja lammikoiden välistä. Silloin tällöin polku ylitti muita puroja, jotka virtasivat Halavaiseen ylemmiltä metsämailta syviä kouruja myöten, ja näiden poikki oli aina asetettu huolekkaasti puunrunko tai risukasa.

Olo alkoi tuntua kovin kuumalta. Kaikenmoisten kärpästen armeijat surisivat korvissa ja iltapäiväaurinko poltti selkää. Lopulta he saapuivat keveään varjoon, polun yli ulottuvien suurten harmaiden oksien alle. Jokainen askel eteenpäin kävi vastahakoisemmin kuin edellinen. Uni tuntui ryömivän maasta heidän jalkoihinsa ja putoavan pehmeästi ilmasta päähän ja silmiin.

Frodo tunsi miten hänen leukansa loksahti ja pää nyökähti. Aivan hänen edessään Pippin lysähti polvilleen. Frodo pysähtyi.»Ei auta», hän kuuli Merrin sanovan,»en jaksa astua askeltakaan lepäämättä. Täytyy ottaa nokoset. Halavien alla on viileää.Vähemmän kärpäsiä!»

Frodo ei pitänyt tästä ollenkaan.»Eteenpäin!» hän huusi.»Emme voi vielä nukkua. Meidän täytyy ensin selvitä ulos Metsästä.» Mutta muut eivät enää välittäneet mistään. Sam seisoi heidän vieressään ja haukotteli ja räpytteli silmiään pölähtäneen näköisenä.

Äkkiä Frodokin joutui uupumuksen valtaan. Hänen päässään sumeni. Ilmassa kuului nyt tuskin ääntäkään. Kärpäset eivät enää surisseet. Vain vieno ääni, jota tuskin kuuli, tuntui liikkuvan yläpuolella leviävissä oksissa, hiljainen lepatus, kuin puoliksi kuiskattu laulu. Hän nosti raskaat luomensa ja näki ylleen kallistuvan ison halavan, vanhan ja harmaan. Se näytti suunnattomalta, sen sojottavat haarat kohosivat kuin kurkottavat käsivarret ja monet pitkäsormiset kädet, sen kyhmyisessä ja vääntyneessä rungossa avautui suuria halkeamia, jotka nitisivät hiljaa oksien liikkuessa. Kirkasta taivasta vasten vipajavat lehdet sokaisivat hänet, hän vajosi maahan ja jäi makaamaan siihen mihin kaatui, ruohikkoon.

Merri ja Pippin raahautuivat eteenpäin ja panivat maata selkä halavan runkoa vasten. Heidän takanaan ammottivat suuret raot valmiina ottamaan heidät vastaan, kun puu huojui ja natisi. He katsoivat ylös harmaisiin ja keltaisiin lehtiin, jotka liikkuivat valoa vasten vienosti laulaen. He sulkivat silmänsä ja silloin he olivat kuulevinaan sanoja, viileitä sanoja, jotka kertoivat vedestä ja unesta. He antoivat periksi lumoukselle ja vaipuivat syvään uneen suuren harmaan halavan juurella.

Frodo makasi vähän aikaa taistellen unta vastaan, joka oli saamassa hänestä vallan; sitten hän vaivoin kömpi taas jaloilleen. Hän kaipasi vastustamattomasti viileää vettä.»Odota Sam!» hän sopersi.»Huuhdon vähän jalkojani.»

Puoliunessa hän hoippui halavan toiselle puolelle, missä suuret kiemuraiset juuret kasvoivat suoraan jokeen kuin kyhmyiset pikku lohikäärmeet, jotka ahnaasti kurottuvat juomaan. Hän istui hajasäärin halavan juurelle ja huljutti kuumia jalkojaan viileässä ruskeassa vedessä; ja siihen hänkin nukahti selkä puun runkoa vasten.

Sam istuutui ja raapi päätään ja haukotteli suu ammollaan kuin luolanaukko. Hän oli levoton. Iltapäivä kului ja hänestä tämä äkillinen väsymys oli salaperäistä.»Tässä on takana muutakin kuin aurinko ja lämmin ilma», hän mutisi itsekseen.»Minä en pidä tuosta jättiläispuusta. Minä en luota siihen. Miten se laulaa unesta! Tämä ei käy laatuun!»

Hän vääntäytyi jaloilleen ja hoiperteli katsomaan, miten ponien oli käynyt. Hän huomasi, että kaksi niistä oli kulkenut melkoisen matkan polkua pitkin; ja hän oli juuri ottanut ne kiinni ja tuonut ne takaisin toisten luo, kun hän kuuli kaksi ääntä, yhden kovan ja yhden hiljaisen mutta selvän. Toinen oli sellainen loiskahdus, joka syntyy, kun jotakin painavaa putoaa veteen; toinen oli kuin lukon loksahdus, kun ovi hiljaa sulkeutuu.

Hän ryntäsi takaisin rannalle. Frodo makasi vedessä lähellä rantaa ja suuri puunjuuri näytti pitelevän hänestä kiinni ja painavan häntä alas, mutta hän ei taistellut vastaan. Sam tarttui häntä takista ja raastoi hänet juuren alta ja raahasi hänet sitten työllä ja tuskalla rantaan. Frodo heräsi melkein heti ja alkoi yskiä ja pärskiä.

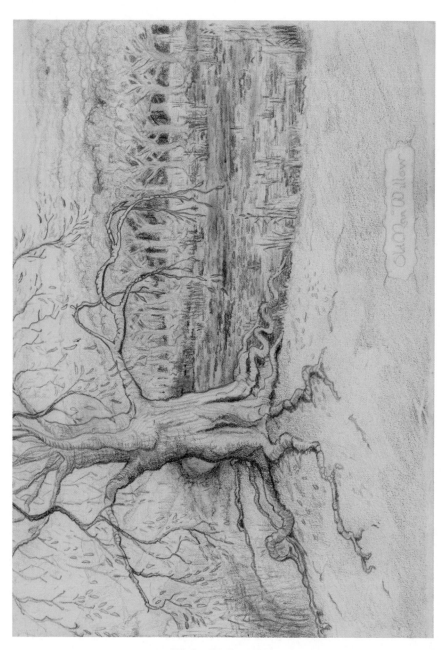

Vanha Halavaukko

»Tiedätkö, Sam», sanoi hän sitten, »tuo konnamainen puu *työnsi* minut veteen! Minä tunsin sen. Iso juuri kääntyi vain ja keikautti minut alas!»

»Te taisitte nähdä unta, Frodo-herra», Sam sanoi. »Ei pitäisi istua tuommoisissa paikoissa jos on uninen.»

»Entä muut?» Frodo kysyi. »Minkähänlaisia unia he näkevät?»

He menivät puun toiselle puolelle, ja silloin Sam ymmärsi kuulemansa loksahduksen. Pippin oli kadonnut. Halkeama, jonka viereen hän oli asettunut makaamaan, oli sulkeutunut, niin että näkyvissä ei ollut raon rakoa. Merri taas oli pinteessä: toinen halkeama oli sulkeutunut hänen vyötärönsä ympärille; hänen jalkansa olivat ulkona, mutta muu osa oli jäänyt mustaan aukkoon, jonka reunat puristivat häntä pihtien lailla.

Ensin Frodo ja Sam hakkasivat puun runkoa siitä kohdasta, missä Pippin oli maannut. Sitten he taistelivat raivokkaasti vetääkseen erilleen Merri-parkaa pitelevän halkeaman leuat. Kaikki turhaan.

»Miten kamalaa!» huusi säikkynyt Frodo. »Miksi me lainkaan tulimme tähän hirveään Metsään? Voi kunpa olisimme taas Krikkolossa!» Hän potki puuta kaikin voimin piittaamatta omista jaloistaan. Tuskin havaittava värinä kulki läpi rungon ja ylös oksiin, oksat rahisivat ja kuiskivat, mutta nyt kuin vaimeasti ja etäisesti nauraen.

»Onko meillä kirvestä mukana, Frodo-herra?» Sam kysyi.

»Otin pikkukirveen polttopuiden pilkkomiseen», Frodo sanoi. »Siitä ei taida olla paljon apua.»

»Hetki vain!» Sam sanoi. Polttopuista hän oli saanut ajatuksen. »Tulella me voidaan saada jotakin aikaan!»

»Totta kyllä», sanoi Frodo epäillen. »Voisimme kärventää Pippinin elävältä puun sisään.»

»Voidaan aluksi yrittää vahingoittaa tai pelottaa tätä puuta.» Sam oli hurjana.»Jos ei se päästä heitä irti niin minä sen kaadan vaikka jyrsimällä.» Hän juoksi ponien luo ja palasi hetken päästä mukanaan kahdet tulukset ja pikkukirves.

He keräsivät nopeasti kuivia heiniä ja lehtiä ja kaarnanpaloja ja hakkasivat kasan risuja ja lastuja. Nämä he asettelivat runkoa vasten, mutta ei sille puolelle missä vangit olivat. Kuiva heinä syttyi heti kun Sam oli iskenyt tuluksilla kipinän, ja ilmaan kohosi savua ja tulenlieska. Risut rätisivät. Pienet tulikielekkeet nuolivat vanhan puun uurteista kuorta ja kärvensivät sitä. Vavistus puistatti halavaa. Lehdet tuntuivat sähisevän heidän yläpuolellaan vihaisesti ja tuskaisesti. Merri parkaisi kovaa, ja puun sisästä he kuulivat Pippinin vaimean huudon.

»Sammuttakaa tuli! Sammuttakaa!» Merri huusi. »Se rusentaa minut kahtia jollette sammuta. Se sanoo niin!»

»Kuka? Mitä?» huusi Frodo ja ryntäsi puun toiselle puolelle.

»Sammuta tuli! Sammuta!» Merri pyysi. Halavan oksat alkoivat huojua rajusti. Kuului nousevan tuulen ääni, joka levisi ympäröivien puiden oksiin, ikään kuin he olisivat pudottaneet kiven keskelle jokilaakson hiljaista unta ja panneet liikkeelle vihan väreet kaikkialle Metsään. Sam potki pikku nuotion hajalle ja sotki kipinät sammuksiin. Mutta tietämättä tarkkaan miksi, tai mitä toivoen, Frodo lähti juoksemaan polkua pitkin huutaen *apua! apua! apua!* Hänestä tuntui, että hän tuskin kuuli omaa kimakkaa ääntään; halavamyrsky lennätti sen pois hänen luotaan ja hukutti sen lehtien kohinaan heti kun hän oli päästänyt sanat suustaan. Hänet valtasi epätoivo, avuttomuus ja neuvottomuus.

Äkkiä hän pysähtyi. Hän sai vastauksen tai ainakin luuli saavansa; mutta se tuntui tulevan vastakkaisesta suunnasta polulta – syvemmältä Metsästä. Hän kääntyi ja kuunteli, ja pian ei asiasta ollut epäilystäkään: joku lauloi; matala iloinen ääni lauloi huolettomasti ja hilpeästi, mutta sanat olivat aivan järjettömiä:

> *Hei, nöpö iloinen! Ding ja dong ja trallalaa!*
> *Hei ja hoi, hopsansaa, halavaa jo laulattaa!*
> *Tässä Tom, lysti Tom, Tom Bombadillo taivaltaa!*

Puoliksi toiveikkaana ja puoliksi jotakin uutta vaaraa peläten Frodo ja Sam seisoivat nyt aivan liikkumatta. Äkkiä pitkän hölynpölyltä kuulostavan sanatulvan keskeltä kohosi kirkas ja selvä laulu:

> *Hei, nöpö iloinen! Suloinen! Kultanen!*
> *Keveästi tuuli käy, on kevyt lento leivosen.*
> *Alla mäen aurinkoisen, rappusilla talon*
> *odottaen syttymistä kirkkaan tähtivalon*
> *soma vaimoni on siellä, tytär Jokinaisen,*
> *varsi niin kuin pajunvirpi on tuon kaunokaisen.*
> *Vanha Tom Bombadil lumpeenkukat kantaa,*
> *kotiinpäin hän hyppelee, laulun soida antaa.*
> *Hei, nöpö iloinen! Ei ilo lopu, eipä ei!*
> *Ilomieli, Kultamarja, Marjakulta, heipä hei!*
> *Halavaukko raukka vanha, vedä juuret suppuun!*
> *Tomilla on kiire, päivä peittyy illan huppuun.*
> *Tässä Tom taas kotiin käy, lumpeenkukat antaa.*
> *Hei, nöpö iloinen! Laulu kauas kantaa.*

Frodo ja Sam seisoivat kuin lumottuina. Tuuli taukosi yhteen kohahdukseen. Lehdet riippuivat taas äänettä jäykissä oksissa. Kuului uusi laulunhelähdys ja sitten äkkiä ilmestyi ruokojen yllä näkyviin polkua myöten tanssiva ja pomppiva vanha kuhmuinen suippuhattu, jonka nauhaan oli työnnetty pitkä sininen sulka. Vielä yksi hyppy ja loikka ja heidän näkyviinsä tuli ihminen tai jotakin sinnepäin. Ainakin se oli liian suuri ja painava hobitiksi, mutta ei aivan tarpeeksi pitkä kuuluakseen isoihin ihmisiin. Ääntä siitä tuli kyllä yhtä paljon kuin ihmisestä, kun se tömisti suuret keltaiset saappaat paksuissa jaloissaan ja rymisti ruohon ja ruokojen läpi kuin lehmä juomaan. Sillä oli sininen takki ja pitkä ruskea parta; sen silmät olivat siniset ja kirkkaat, ja kasvot punaiset kuin kypsä omena mutta satojen naururyppyjen poimuissa. Käsissään se kantoi valkoisia lumpeita suurella lehdellä kuin tarjottimella.

»Apua!» Frodo ja Sam huusivat juosten olentoa kohti kädet ojossa.

»Seis! Seis! Rauhoittukaa!» vanha mies huusi kohottaen kättään. Hobitit pysähtyivät heti kuin jäykistyneinä. »No pikku kaverit, mihin te olette matkalla puuskuttaen kuin palkeet? Mikä teitä täällä huolettaa? Ettekö tunne minua? Olen Tom Bombadil. Kertokaa siis huolenne! Tomilla on nyt kovin kiire. Kukkiani älkää runnelko!»

»Ystäväni ovat joutuneet halavan vangeiksi», huusi Frodo hengästyneenä.

»Merri-herra rusentuu rakoon!» Sam huusi.

»Mitä? » huusi Tom Bombadil hypähtäen ilmaan. »Vanha Halavaukko? Eikö mitään sen pahempaa? Se korjataan helposti. Tunnen sille oikean sävelen. Vanha harmaa Halavaukko! Jäädytän sen ytimen, jos se ei käyttäydy kunnolla. Laulan siltä juuret maasta. Laulan tuulen, joka puhaltaa sen oksat ja lehdet irti. Vanha ukko Halava!»

Hän asetti lumpeet varovasti ruohikkoon ja juoksi puun luo. Siellä hän näki Merrin jalkaterien sojottavan ulos – muu osa oli jo imeytynyt syvemmälle sisään. Tom pani suunsa halkeamaan ja alkoi laulaa hiljaisella äänellä. He eivät saaneet sanoista selvää mutta Merri ainakin piristyi. Hänen jalkansa alkoivat potkia. Tom loikkasi kauemmaksi, katkaisi roikkuvan oksan ja löi sillä halavan kylkeä. »Päästä heidät ulos, Vanha Halavaukko!» hän sanoi. »Mitä sinä oikein puuhailet? Nukkua sinun pitäisi. Maata syö! Syvään kaiva! Vettä juo! Uneen vaivu! Bombadil näin puhuu!» Hän tarrasi Merrin jalkoihin ja veti hänet ulos äkkiä levinneestä raosta.

Kuului ritinää ja toinen halkeama repesi auki ja siitä pomppasi ulos Pippin kuin potkaistuna. Terävästi napsahtaen molemmat halkeamat sulkeutuivat taas. Vavistus kävi koko puun läpi juurista oksankärkiin asti ja sitten oli taas aivan hiljaista.

»Kiitos!» sanoivat hobitit vuoron perään.

Tom Bombadil remahti nauramaan. »No, pikku kaverit!» hän sanoi kumartuen niin, että saattoi tuijottaa heitä kasvoihin. »Nyt te tulette kotiin kanssani! Pöytä on katettu keltakermalla ja hunajalla, voilla ja vehnäleivällä. Kultamarja odottaa. Ruokapöydässä on aikaa kysymyksille. Seuratkaa niin sukkelaan kuin pystytte!» Näin sanoen hän otti lumpeensa, viittasi kutsuvasti kädellään ja lähti hyppimään ja tanssimaan polkua itään laulaen edelleen kovaa ja käsittämättömästi.

Liian hämmentyneinä ja liian helpottuneina puhuakseen hobitit seurasivat häntä niin nopeasti kuin pystyivät. Mutta vauhti ei riittänyt. Tom katosi pian heidän näkyvistään ja hänen laulunsa ääni vaimeni yhä kauemmaksi. Äkkiä hänen äänensä ajautui takaisin heidän luokseen meluisana kutsuna:

Ylös Halavaista vie nyt matka, pikku ystävät!
Edellä käy vanha Tom jo sytyttämään kynttilät.
Länteen painuu aurinko ja hämy yllättää,
vaan kun varjot tummentuvat, ovi auki jää.
Tähystelkää keltatulta ikkunassa palavaa
pelkäämättä tummaa leppää taikka vanhaa halavaa!
Ryteiköt ei pelota, kun Tom käy edellänne.
Hei, nöpö iloinen! Rientäkää jo tänne!

Sitten eivät hobitit enää kuulleet enempää. Melkein heti aurinko tuntui laskeutuvan puiden sekaan heidän takanaan. He ajattelivat viiston iltavalon kimallusta Rankkivuolla ja Bukinpurin ikkunoita, kun ne alkoivat loistaa satojen valojen syttyessä. Heidän tielleen valahti suuria varjoja, puiden rungot ja oksat kaareutuivat tummina ja uhkaavina polun yli. Valkoista usvaa alkoi nousta kiehkuroiksi veden pinnalle ja se levisi rannoille puiden juuristoihin. Jopa maastakin heidän jalkojensa alta nousi varjomainen huuru, joka sekoittui nopeasti laskeutuvaan hämärään.

Polun seuraaminen kävi vaikeaksi, ja he olivat hyvin väsyneitä. Jalat olivat kuin lyijyä. Oudot salavihkaiset äänet kulkivat pensaissa ja ruovikossa heidän kummallakin puolellaan, ja jos he katsoivat vaalealle taivaalle, heidän silmiinsä osui outoja pahkaisia ja kyhmyisiä naamoja, jotka tuijottivat heitä mustina illan hämyä vasten ja irvistelivät heille korkealta töyräältä ja metsänrajasta. Heistä alkoi tuntua, että koko tämä seutu oli epätodellinen ja että he kompuroivat pahaenteisessä päättymättömässä unessa.

Juuri kun heidän askelensa tuntuivat hidastuvan paikoilleen, he huomasivat että maa alkoi nousta. Kuului veden kohinaa. Pimeydessä heidän silmänsä tavoittivat valkean vaahdon kajon paikassa, jossa joki muuttui pikku putoukseksi. Sitten äkkiä puut loppuivat ja usva jäi taakse. He astuivat ulos Metsästä ja näkivät edessään kumpuilevan avaran ruohoisen rinteen. Pieneksi ja vikkeläksi käynyt joki tuli hypähdellen iloisesti heitä vastaan ja kimalteli taivaalle syttyvien tähtien valossa.

Jalkojen alla ruoho oli pehmeää ja lyhyttä ikään kuin sitä olisi niitetty tai leikattu. Metsän reuna oli siistitty ja tasattu kuin pensasaita. Polku näkyi nyt selvästi heidän edessään, se oli hoidettu ja reunustettu kivillä. Se kiemurteli ylös ruohoiselle kummulle, joka häämötti harmaana kalpeassa tähtiyössä; ja siellä, toisen rinteen yläpäässä, he näkivät talon valojen vilkkuvan. Polku laskeutui ja nousi sitten taas ylös pehmeää nurmirinnettä valoa kohti. Äkkiä aukeavasta ovesta tulvi ulos leveä keltainen valokiila. Heidän edessään oli Tom Bombadilin talo kukkulan kupeessa. Sen takana kohosi harmaana terävä puuton harjanne ja sen tuolla puolen levittäytyivät Hautakerot häviten itäiseen yöhön.

Kaikki kiirehtivät eteenpäin, sekä hobitit että ponit. Puolet väsymyksestä ja kaikki pelko oli jo karissut pois. *Hei! Nöpö iloinen!* tulvehti laulu ulos ja tervehti heitä.

> *Hei! Nöpö iloinen! Pienet reippaat, loikkikaa!*
> *Hobitit! Ja ponit te! Juhlat meitä innostaa.*
> *Hauskuus alkaa saa jo nyt! Kaikki laulakaamme!*

Sitten heitä kohti kiiri hopeana helisten toinen kirkas ääni, yhtä nuori ja yhtä vanha kuin kevät, kuin iloisen veden laulu yöhön aamunraikkailta vuorilta:

> *Laulu alkaa saa jo nyt! Kaikki laulakaamme,*
> *auringosta, tähdistä ja kuusta laulaa saamme,*
> *valosta lehvien silmuilla, kasteesta untuvain,*
> *tuulesta kukkuloilla ja kukista kanervain,*
> *kaisloista luona lammikon, lumpeista veden sen,*
> *Tom Bombadilista vanhasta, joka sai Joen tyttären!*

Ja sitä laulua kuunnellen hobitit saapuivat kynnykselle ja kultainen valo ympäröi heidät.

7

TOM BOMBADILIN TALOSSA

N ELJÄ HOBITTIA ASTUIVAT leveän kivikynnyksen yli ja pysähtyivät silmiään räpytellen. He seisoivat pitkässä matalassa huoneessa, jota valaisivat katto-hirsistä roikkuvat lamput; tummalla kiillotetulla pöydällä paloi monta kirkasta, pitkää, keltaista kynttilää.

Tuolissa huoneen toisessa päässä istui nainen kasvot ulko-oveen päin. Hänellä oli olkapäille valuvat pitkät keltaiset hiukset, hänen pukunsa oli vihreä, vihreä kuin nuoret kaislat ja kuin kastehelmien hopeoima, ja hänen kultainen vyönsä oli kuin seppele miekkaliljoja, joiden joukosta lemmikkien vaaleansiniset silmät pilkahtelivat. Hänen jalkojensa juuressa uiskenteli suurissa vihreissä ja ruskeissa saviastioissa valkeita lumpeita; hän näytti istuvan valtaistuimella lammikon keskellä.

»Sisään, hyvät vieraat!» hän sanoi ja hänen puhuessaan he tiesivät, kenen he olivat kuulleet laulavan. He astuivat ujosti pari askelta sisemmä ja alkoivat kumarrella syvään. He tunsivat olonsa oudon hämmentyneeksi ja noloksi, aivan kuin olisivat koputtaneet mökin oveen vettä pyytääkseen ja oven olisikin avannut kaunis nuori haltiakuningatar eläviin kukkiin verhoutuneena. Mutta ennen kuin he saivat sanaa suustaan, hän hypähti keveästi pystyyn, loikkasi lummemaljojen yli ja juoksi nauraen heitä kohden; ja hänen juostessaan puku kahisi kuin kukkiva jokivarsi tuulessa.

»Tulkaa, ystävät!» hän sanoi ja tarttui Frodoa kädestä. »Naurakaa ja iloitkaa! Minä olen Kultamarja, Joen tytär.» Sitten hän ohitti heidät keveästi ja sulki oven ja kääntyi ja levitti valkeat kätensä oven eteen. »Sulkekaamme yöltä ovi!» hän sanoi. »Sillä kenties te pelkäätte vielä usvaa, puiden varjoja, syviä vesiä ja kesyt-tömyyttä. Älkää pelätkö! Tänä yönä te olette Tom Bombadilin katon alla!»

Hobitit katsoivat häneen ihmeissään; ja hän katsoi heihin kuhunkin ja hymyili. »Kaunis rouva Kultamarja!» sanoi Frodo lopulta tuntien sydämensä liikahtavan käsittämättömästä ilosta. Hänestä tuntui samanlaiselta kuin joskus, kun hän oli ollut haltioiden kauniiden äänten lumoissa, mutta lumous, joka nyt valtasi hänet oli toisenlainen. Ilo ei ollut yhtä kiihkeä ja ylevä, vaan syvempi ja lähempänä

kuolevaista sydäntä, ihmeellinen eikä kuitenkaan vieras. »Kaunis rouva Kulta-
marja!» hän sanoi uudestaan. »Nyt minä ymmärrän ilon, joka kuulemiimme lau-
luihin oli kätketty.

> *Oi, lähteen vettä kirkkaampi! Oi, pajun virpi norja!*
> *Oi, kaisla luona lammikon! Oi, Joen tytär sorja!*
> *Oi, kevätsää ja kesäsää ja kevät jälkeen sen!*
> *Oi, tuuli yllä putouksen ja nauru lehvien!»*

Äkkiä hän lopetti ja alkoi takellella aivan kummissaan siitä että kuuli puhuvansa
tällä tavalla. Mutta Kultamarja nauroi.

»Tervetuloa!» hän sanoi. »En ollut tiennytkään, että Konnun väki on noin kau-
nokielistä. Mutta sinä olet haltiain ystävä, Haltiamieli, sen kertoo silmiesi loiste
ja äänesi sointi. On hauskaa kohdata teidät! Istukaa, ja odottakaa talon Isäntää!
Hän ei viivy kauan. Hän hoivaa väsyneitä ratsujanne.»

Hobitit istuutuivat hyvillä mielin matalille tuoleille, joissa oli punotut istui-
met, ja Kultamarja puuhasi pöydässä, ja heidän silmänsä seurasivat häntä, sillä
hänen liikkeittensä keveä sulo täytti heidät hiljaisella ilolla. Jostakin talon takaa
kuului laulua. Silloin tällöin heidän korviinsa osuivat lukemattomien *nöpö iloinen*
ja *ding ja dong* ja *trallalaa* -huudahdusten joukosta toistuvat sanat:

> *Iloinen Tom Bombadil on hauska vanha tuttu,*
> *hänellä keltasaappaat on ja kirkkaansininen nuttu.*

»Kaunis rouva!» sanoi Frodo taas hetken päästä. »Kertokaa minulle, jos kysymyk-
seni ei tunnu tyhmältä, kuka on Tom Bombadil.»

»Hän on», Kultamarja sanoi, lopetti sulavan liikehdintänsä ja hymyili.

Frodo katsoi häneen kysyvästi. »Hän on niin kuin olette nähneet hänen ole-
van», Kultamarja sanoi vastaten katseeseen. »Hän on metsän ja mäkien ja vesien
Isäntä.»

»Silloin tämä outo maa kuuluu hänelle?»

»Ei, ei!» Kultamarja vastasi ja hymy hälveni. »Se olisi todellinen taakka», hän
lisäsi hiljaa kuin itsekseen. »Puut ja ruohot, kaikki mikä maassa kasvaa tai elää
kuuluu itselleen. Tom Bombadil on Isäntä. Kukaan ei saa kiinni vanhaa Tomia
kun hän kulkee metsässä, kahlaa joessa ja loikkii kummuilla, ei valon aikaan eikä
varjon tullen. Hän ei pelkää. Hän on Isäntä.»

Ovi avautui ja Tom Bombadil tuli sisään. Hänellä ei ollut hattua ja hänen pak-
sua ruskeaa tukkaansa koristivat syksyn lehdet. Hän nauroi, meni Kultamarjan
luo ja otti häntä kädestä.

»Tässä on minun kaunis rouvani!» hän sanoi ja kumarsi hobiteille. »Tässä on
minun Kultamarjani, hopeanvihreässä verhossaan, kukkia vyöhikössään! Onko
pöytä katettu? Näen keltakermaa, hunajaa, vehnäleipää ja voita; maitoa, juustoa,
vihreitä yrttejä, kypsiä marjoja. Riittääkö se meille? Onko ruoka valmis?»

»On on», Kultamarja sanoi, »mutta vieraat ehkä eivät.»

Tom taputti käsiään ja huusi: »Tom! Tom! vieraat ovat väsyneitä, sen sinä
melkein unohdit! Tulkaa, hyvät ystävät, Tomin kanssa, te kaipaatte virkistystä!
Peskää likaiset kädet, huuhtokaa väsyneet kasvot, heittäkää kuraiset kaavut ja
kammatkaa takkutukat!»

Hän avasi oven ja he seurasivat häntä pitkin lyhyttä käytävää joka kääntyi jyrkästi. He tulivat vinokattoiseen tilaan, talon pohjoisseinustalle tehtyyn matalaan huoneeseen. Seinät olivat paljasta kiveä, mutta niitä peittivät vihreät kudonnaiset ja keltaiset verhot. Laattakivilattialle oli levitetty tuoreita vihreitä ruokoja. Yhden seinän vieressä oli neljä paksua patjaa ja kunkin päällä valkoisia huopia. Vastakkaisella seinustalla oli penkki ja sen päällä isoja savivateja ja penkin vieressä seisoi täysinäisiä kannuja, toisissa kylmää, toisissa höyryävän kuumaa vettä. Kunkin vuoteen vieressä odotti pehmeät vihreät tossut.

Pian peseytyneet ja virkistyneet hobitit istutettiin pöytään, kaksi kummallekin puolelle, Kultamarja ja Isäntä puolestaan istuivat pöydän päissä. Ateria oli pitkä ja iloinen. Puutetta ei ollut, vaikka hobitit söivät kuten vain nääntyneet hobitit jaksavat syödä. Juoma näytti kirkkaalta kylmältä vedeltä heidän maljoissaan, mutta se valui heidän sydämiinsä kuin viini ja vapautti kielenkannat. Vieraat huomasivat äkkiä laulavansa iloisesti ikään kuin se olisi helpompaa ja luontevampaa kuin puhuminen.

Lopulta Tom ja Kultamarja nousivat ja korjasivat näppärästi ruoat pöydästä. Vieraat määrättiin istumaan hiljaa ja pantiin tuoleihin, joihin kaikkiin kuului jalkajakkara väsyneitä jalkoja varten. Isossa takassa paloi tuli tuoksuen suloisesti, ikään kuin siinä olisi poltettu omenapuuhalkoja. Kun kaikki oli kunnossa, valot sammutettiin lukuun ottamatta yhtä lamppua ja kynttiläparia takanreunuksen kummassakin päässä. Sitten Kultamarja tuli heidän luokseen kynttilä kädessä ja toivotti heille kullekin hyvää yötä ja syvää unta.

»Rauhassa aamuun saakka levätkää!» hän sanoi. »Yön ääniä älkää säikkykö! Sillä ovesta tai ikkunasta muu ei kulje kuin kuun paiste ja tähtien loiste ja tuuli vuoren laelta. Hyvää yötä!» Hän lähti huoneesta kahahduksen ja välkähdyksen saattelemana. Hänen askeltensa kaiku oli kuin viileiden kivien yli virtaavan joen solina yön hiljaisuudessa.

Tom istui hetken hiljaa heidän kanssaan ja kukin yritti kerätä rohkeutta kysyäkseen jonkin niistä monista kysymyksistä, jotka oli aikonut esittää illallisella. Uni painoi heidän silmäluomiaan. Lopulta Frodo puhui:

»Isäntä, kuulitteko minun huutavan, vai toiko pelkkä sattuma teidät meidän luoksemme juuri sillä hetkellä?»

Tom liikahti kuin herätettynä miellyttävästä unesta. »Ai mitä?» hän sanoi. »Kuulinko sinun kutsuvan? Ei, en kuullut; laulu vei huomioni. Sattuma toi minut sinne, jos tuo nyt sattumasta käy. En ollut sitä suunnitellut, silti tiesin teitä odottaa. Me kuulimme teistä, ja tiesimme vaelluksestanne. Arvasimme, että ennen pitkää tulisitte joelle: kaikki polut vievät sinne, alas Halavaiselle. Vanha Halavaukko on mahtava laulaja, ja hänen ovelia juoniaan on pikkuväen paha paeta. Mutta Tomilla oli siellä tehtävä, jota ei käynyt lykkääminen.» Tom nuokkui ikään kuin olisi taas nukahtamaisillaan, mutta jatkoi hiljaa laulaen:

> *Minulla oli tehtävä siellä: lumpeenkukkia noutaa,*
> *vihreitä lehtiä, valkeita kukkia iloksi naiselleni,*
> *syksyn viimeiset kukat, jotta talvi ei niitä veisi,*
> *kukkimaan sorjain jalkainsa juureen kunnes sulavat lumet.*
> *Joka vuosi käyn lopulla kesän noutamaan hänelle niitä*
> *syvästä kirkkaasta lammikosta varrelta Halavaisen;*

siellä ne ensiksi puhkeavat ja kestävät kauimmin syksyyn.
Sen lammikon luota kauan sitten Joen tyttären löysin,
kauniin nuoren Kultamarjan keskeltä kaislikon.
Suloisesti hän lauloi silloin ja kiivaasti sydän löi!

Hän avasi silmänsä ja katsoi heihin, ja siniset silmät välkähtivät:

Teidän onnenne se oli, sillä nyt en enää
kulje kauas vetten vartta metsän uumenissa
tämän vanhan vuoden aikaan. Enkä vaella ohi
Halavaukon talon ennen kevään saapumista,
kevään hilpeän, kun taasen Joen tytär tanssii
pitkin lehväpolkua ja menee lampeen kylpemään.

Hän vajosi taas hiljaisuuteen; mutta nyt Frodo ei voinut olla kysymättä vielä yhtä kysymystä: sitä johon hän ennen muuta halusi saada vastauksen. »Isäntä, kertokaa meille Halavaukosta», hän sanoi. »Kuka se on? En ole koskaan ennen kuullut siitä.»

»Ei, älkää!» sanoivat Merri ja Pippin yhteen ääneen äkkiä jäykistyen. »Ei nyt! Ei ennen kuin aamulla!»

»Aivan oikein!» vanha mies sanoi. »Nyt on aika levätä. Jotkin jutut ovat pelottavia öiseen aikaan kuulla. Nukkukaa aamun valoon, hyvin itsenne peittäkää! Öisten äänten pelko, Vanhan halavan kauhu mielestänne heittäkää!» Ja näin sanottuaan hän puhalsi lampun sammuksiin, otti kynttilän kumpaankin käteensä ja vei heidät nukkumaan.

Patjat ja tyynyt olivat untuvanpehmeät ja huovat valkoista villaa. Tuskin he olivat päässeet upottaviin vuoteisiinsa ja vetäneet kevyet peitot ylleen, kun he olivat jo unessa.

Yösydännä Frodo näki valotonta unta. Hän näki uuden kuun nousevan; sen heikossa valossa häämötti hänen edessään musta kallioseinämä, jonka lävisti tumma kaariaukko, kuin suuri portti. Frodosta tuntui, että hänet nostettiin ilmaan, ja portin toisella puolella hän huomasi, että kallioseinä olikin vuorien kehä, joka sulki sisäänsä laakea tasangon, ja tasangon keskellä kohosi kivinen pylväs, tornin kaltainen, mutta ei kätten tekemä. Sen huipulla seisoi miehen hahmo. Kuu näytti noustessaan pysähtyvän hetkeksi hahmon pään päälle ja kimalteli hänen valkeissa hiuksissaan, joita tuuli liehutti. Pimeältä tasangolta kuului kauheita kiljuvia ääniä ja susilauman ulvontaa. Äkkiä suurten siipien tapainen varjo kulki kuun editse. Hahmo nosti kätensä ylös ja valo leimahti hänen kädessään olevasta sauvasta. Valtava kotka kaarsi alas ja kantoi hänet pois. Äänet ulisivat ja sudet vaikersivat. Kuului kovan tuulen huminan kaltainen ääni ja sen mukana kantautui idästä kavioiden kapse – täyttä laukkaa, täyttä laukkaa. »Mustat ratsastajat!» Frodo ajatteli herätessään, kun kavioiden kapina vielä kaikui hänen korvissaan. Hän mietti, uskaltaisiko enää koskaan poistua näiden kiviseinien suojasta. Hän makasi liikkumatta yhä kuunnellen, mutta nyt oli kaikki hiljaista, ja lopulta hän kääntyi ja vaipui takaisin uneen tai vaelsi ehkä toiseen uneen, jota ei enää muistanut.

Hänen vieressään makasi Pippin mukavia unia nähden, mutta sitten ne muuttuivat ja hän kääntyi ja valitti. Äkkiä hän heräsi tai arveli heränneensä, ja silti hän kuuli pimeässä äänen, joka oli häirinnyt hänen untaan: *tip-tap, kriik,* kuin oksat olisivat vääntelehtineet tuulessa ja raapineet seiniä ja ikkunoita: *kriik, kriik, kriik.* Hän mietti, olikohan talon lähistöllä halavia; ja äkkiä häneen iski kauhea tunne, ettei hän ollut tavallisessa talossa laisinkaan, vaan halavan sisässä kuunnellen taas tuota hirveää kuivan ritisevää naurua. Hän nousi istumaan ja tunsi pehmeiden tyynyjen joustavan kätensä alla ja paneutui taas maata huojentuneena. Hän oli kuulevinaan sanojen kaikuvan korvissaan: »Älkää pelätkö! Rauhassa aamuun saakka levätkää! Yön ääniä älkää säikkykö!» Sitten hän nukahti taas.

Merri kuuli veden äänen valuvan hiljaiseen uneensa; hitaasti virtaava vesi levisi, levisi vääjäämättä talon joka puolelle rannattomaksi tummaksi altaaksi. Se lirisi seinien alle ja nousi hitaasti mutta varmasti. »Se pääsee sisään ja minä hukun.» Hän tunsi makaavansa upottavassa niljakkaassa suossa ja hyppäsi ylös ja laski jalkansa kylmälle kovalle kivilaatalle. Sitten hän muisti, missä oli, ja asettui taas nukkumaan. Hänestä tuntui, että hän kuuli tai muisti kuulevansa: »Ovista tai ikkunoista muu ei kulje kuin kuun paiste ja tähtien tuike ja tuuli vuoren laelta.» Pieni pehmeä tuulahdus heilutti verhoa. Hän henkäisi syvään ja vajosi taas uneen.

Sam, sikäli kuin pystyi muistamaan, nukkui yönsä kuin tukki, jos tukit nukkuvat syvää tyytyväistä unta.

He heräsivät kaikki neljä yhtaikaa valoisaan aamuun. Tom liikehti huoneessa vihellellen kuin kottarainen. Kun hän kuuli heidän heränneen, hän taputti käsiään ja huusi: »Hei, nöpö iloinen! Hei pienet reippaat!» Hän veti keltaiset verhot syrjään, ja hobitit näkivät, että ne olivat peittäneet huoneen kummassakin päässä olevat ikkunat, joista toinen antoi itään ja toinen länteen.

He ponkaisivat pystyyn virkistyneinä. Frodo juoksi itäiselle ikkunalle ja huomasi katselevansa kasteen hopeoimaan keittiöpuutarhaan. Hän oli puoliksi odottanut näkevänsä seiniin asti ulottuvaa, kavionjälkien täplittämää nurmea. Tosiasiassa maisemaa peitti korkea salkopapurivi, mutta sen yläpuolella kaukana piirtyi harmaan kukkulan huippu auringonnousua vasten. Aamu oli valju: idässä hohti syvä keltainen kimallus, ja sen edessä oli pilvensuikaleita, jotka muistuttivat reunoistaan punaisiksi värjäytyneitä valkoisia villoja. Taivas ennusti sadetta, mutta valo levisi nopeasti, ja papujen punaiset kukat alkoivat hehkua märkien vihreiden lehtien taustaa vasten.

Pippin katsoi ulos läntisestä ikkunasta usvajärveen. Metsä oli sumun kätkössä. Tuntui kuin olisi katsellut viettävää pilvikattoa ylhäältäpäin. Siinä näkyi poimu tai uoma, jossa sumu oli särkynyt moniksi aalloiksi ja harjanteiksi: Halavaisen laakso. Joki virtasi vasemmalla rinnettä alas ja hävisi valkoisiin varjoihin. Aivan talon vieressä oli kukkatarha ja hämähäkinverkkojen hopeoima hyvinhoidettu pensasaita, ja sen takana lyhyeksi leikattua ruohoa, joka oli vaaleanaan kastepisaroista. Missään ei näkynyt yhtäkään halavaa.

»Huomenta iloiset ystävät!» huusi Tom ja avasi itäisen ikkunan selälleen. Viileää ilmaa tulvi sisään, siinä oli sateen tuoksu. »Aurinko ei tänään taida näyttää kasvojansa. Olen loikkinut kummuilla ja kävellyt ympäri aina harmaasta aamunkoitosta asti, nuuskinut ilmaa ja tuulta, alla märkä nurmi ja yllä vetinen taivas. Kultamarjan herätin laulamalla ikkunan alla, mutta hobitteja mikään ei herätä aamuvarhaisella. Yöllä pikkuväki herää pimeään ja nukkuu valon saatuaan! Ding ja dong ja trallalaa! Herätkää nyt ystäväni iloiset! Unohtakaa öiset äänet! Ding ja dong ja trallalaa! Hei ja hoi, pienet reippaat! Pian jos tulette, on aamiainen pöydässä. Vaan jos viivytte, saatte ruohoa ja sadevettä!»

Turha sanoa – vaikkei Tomin uhkaus kovin vakavalta kuulostanut – hobitit tulivat pian ja viipyivät pöydässä myöhään ja nousivat vasta, kun se oli alkanut näyttää varsin tyhjältä. Tom, sen paremmin kuin Kultamarjakaan, ei ollut paikalla. Tom hääri talossa, kolisteli keittiössä ja ravasi portaissa ja lauloi ulkona joka puolella. Huone antoi länteen, ja avoimesta ikkunasta saattoi nähdä usvan peittämän laakson. Olkikaton räystäistä tippui vettä. Ennen kuin he olivat lopettaneet ateriansa, pilvet olivat liittyneet tiiviiksi katoksi ja harmaa sadeseinämä oli tasainen ja äänetön. Metsää ei näkynyt ollenkaan sen takaa.

Kun he katselivat ulos ikkunasta, heidän korviinsa kantautui kuin valuen sateen myötä Kultamarjan kirkas ääni, joka lauloi ylhäällä. He eivät saaneet sanoista selvää, mutta olivat varmoja, että laulu oli sadelaulu, suloinen kuin sadekuuro kuivilla vuorilla, ja kertoi joen tarinan ylämaan lähteiltä kaukaiseen mereen saakka. Hobitit kuuntelivat ilolla, ja Frodo riemuitsi sydämessään ja siunasi myötämielistä säätä, koska se viivytti heidän lähtöään. Lähdön ajatus oli painanut häntä siitä hetkestä asti kun hän heräsi, mutta nyt hän arveli, etteivät he jatkaisi matkaa sinä päivänä.

Yläilmoissa tuuli pysytteli lännessä, ja yhä paksumpia ja vetisempiä pilviä vyöryi esiin kaatamaan sadetaakkaansa kerojen paljaille laille. Talon ympärillä ei näkynyt mitään muuta kuin valuvaa vettä. Frodo seisoi avoimen oven vieressä ja katseli, miten valkoinen liitusavinen polku muuttui pieneksi maitojoeksi ja pulppusi laaksoa kohti. Tom Bombadil ravasi talon nurkan takaa heiluttaen käsiään ikään kuin olisi työntänyt sadetta syrjään – ja totta tosiaan hän näytti saappaita lukuun ottamatta aivan kuivalta hypätessään kynnyksen yli. Saappaat hän otti jalastaan ja pani ne uuninnurkkaan. Sitten hän istui suurimpaan tuoliin ja pyysi hobitteja kerääntymään ympärilleen.

»Tänään on Kultamarjan pyykkipäivä», hän sanoi, »ja syyssiivouksen aika. Liian märkää hobiteille – levätkööt kun voivat! Loistopäivä pitkille tarinoille, kyselyille, vastauksille, ja Tom siis aloittaa.»

Hän kertoi heille monta ihmeellistä tarinaa, toisinaan kuin puoli-itsekseen, toisinaan katsoen heihin äkkiä kirkkain sinisin silmin tuuheiden kulmiensa alta. Usein hänen äänensä vaihtui lauluksi ja hän nousi tuolistaan ja tanssi ympäriinsä. Hän kertoi heille mehiläisistä ja kukista, puiden tavoista ja Metsän oudoista otuksista, pahuudesta ja hyvyydestä, ystävällisyydestä ja vihamielisyydestä, julmuudesta ja lempeydestä, ja piikkipensaikkoihin kätkeytyvistä salaisuuksista.

Kuunnellessaan he alkoivat ymmärtää Metsän elämää itsestään erillisenä, ja jopa tuntea itsensä muukalaisiksi paikassa, jossa kaikki muut olivat kotonaan. Vähän väliä Tomin tarinoihin ilmaantui Vanha Halavaukko, ja Frodo sai nyt tietää tarpeekseen ja oikeastaan enemmänkin, sillä se ei ollut mukava tarina. Tomin sanat paljastivat puiden sydämet ja ajatukset, jotka olivat usein synkkiä ja outoja, täynnä vihaa niitä kohtaan, jotka kulkevat vapaina maan päällä jyrsien, purren, rikkoen, hakaten, polttaen: tuhoojia ja tunkeilijoita kohtaan. Metsää ei turhan vuoksi kutsuttu Vanhaksi metsäksi, sillä se oli tosiaan ikiaikainen, jäännös suunnattomista unohdetuista metsistä; ja siellä elivät yhä puiden isien isät vanheten yhtä hitaasti kuin vuoret ja muistaen ajan, jolloin ne hallitsivat. Lukemattomat vuodet olivat täyttäneet ne ylpeydellä ja juurista nousevalla viisaudella, mutta myös pahalla tahdolla. Eikä yksikään ollut vaarallisempi kuin Suuri halava. Sen sydän oli mätä, mutta sen voima vehreä; ja se oli ovela, ja tuulten herra; ja sen ajatus ja sen laulut liikkuivat Metsässä joen kummallakin puolella. Sen harmaa janoinen henki veti maasta voimaa ja se levittäytyi pienenpienten juurilankojen tavoin maahan ja näkymättömin oksankärjin ilmaan. kunnes sillä oli vallassaan melkein kaikki puut Aidalta Hautakeroille asti.

Äkkiä Tomin tarina jätti Metsän ja lähti loikkimaan nuoren joen yläjuoksulle, pulppuavien vesiputousten, pikkukivien ja kuluneiden kallioiden yli, kierteli pienten kukkien seassa matalassa ruohossa ja kosteissa koloissa ja vaelsi lopulta keroille. He kuulivat Suurista haudoista ja vihreistä kummuista ja kiviympyröistä vuorten laella ja laaksojen notkelmissa. Lammaskatraat määkivät. Vihreät ja valkeat muurit kohosivat. Vaaroilla oli linnoituksia. Pikku kuningaskuntien kuninkaat taistelivat keskenään ja nuori aurinko hehkui tulen lailla heidän uusien ja ahnaitten miekkojensa punaisilla terillä. Voittoja ja tappioita; tornit kaatuivat ja linnoitukset poltettiin ja liekit ulottuivat taivaaseen. Kuolleiden kuninkaiden ja kuningattarien paareille kasattiin kultaa; ja kummut peittivät ne, ja kiviset ovet suljettiin; ja ruoho kasvoi kaiken ylle. Lampaat kuljeksivat hetken ruohoa näykkien, mutta pian olivat kukkulat taas autioita. Kaukaa synkiltä seuduilta tuli varjo ja luut liikahtelivat kumpujen sisällä. Haudanhaamut kulkivat onkaloissa sormukset kilahdellen kylmissä sormissa ja kultaketjut tuulessa helisten. Kivikehät irvistivät maasta kuin hajonneet hampaat kuun valossa.

Hobitit värisivät. Jopa Konnussa tunnettiin haudanhaamujen ja Metsän takaisten Hautakerojen maine. Mutta tuota tarinaa ei kukaan hobitti halunnut kuunnella ratokseen edes kaukana mukavan takkatulen ääressä. Nämä neljä muistivat nyt äkkiä sen, minkä talon ilot olivat karkottaneet heidän mielestään: Tom Bombadilin talo kyykötti aivan noiden kammottujen kumpujen kupeessa. He kadottivat hänen tarinansa juonen ja kiemurtelivat vilkuillen toisiinsa levottomasti.

Kun he taas tavoittivat hänen sanansa, he huomasivat, että hän oli nyt siirtynyt vieraille maille hobittien muistin ja valveajatusten ulottumattomiin, aikaan jolloin maailma oli laajempi ja Meri ylti pyyhkimään lännen rantamia; ja yhä pidemmälle taaksepäin Tomin laulu kulki, kunnes muinaisessa tähtivalossa valveilla olivat vain haltiain isät. Sitten hän äkkiä lopetti, ja he näkivät hänen nuokahtavan ikään kuin hän olisi vaipumassa uneen. Hobitit istuivat hiljaa, lumoutuneina; ja tuntui kuin hänen sanojensa voimasta tuuli olisi kaikonnut, pilvet kuivuneet ja päivä vetäytynyt mailleen ja pimeys tullut idästä ja lännestä ja taivas syttynyt täyteen valkoisia tähtiä.

Frodo ei tiennyt, oliko kulunut yhden päivän aamu ja ilta vai useita päiviä. Hän ei tuntenut nälkää eikä väsymystä, hän oli vain täynnä ihmetystä. Tähdet loistivat ikkunan läpi ja taivaiden hiljaisuus tuntui ympäröivän häntä. Hän puhui lopulta ihmeissään ja pelästyen tuota hiljaisuutta:

»Kuka sinä olet, Isäntä?» hän kysyi.

»Mitä?» Tom sanoi ja nousi istumaan ja hänen silmänsä väikkyivät pimeässä. »Etkö vielä tiedä nimeäni? Se on ainut vastaus. Kerro sinä kuka olet, yksin, omana itsenäsi, vailla nimeä? Mutta sinä olet nuori ja minä olen vanha. Vanhin, minä olen vanhin. Ystäväni, huomatkaa: Tom oli täällä ennen jokea ja ennen puita, Tom muistaa ensimmäisen sadepisaran ja ensimmäisen tammenterhon. Hän teki polkuja jo ennen kuin isot ihmiset ja hän näki pikkuväen saapuvan.

Hän oli täällä ennen kuninkaita, hautoja ja haudanhaamuja. Haltioiden vael-taessa länteen Tom oli jo täällä, ennen kuin meret taipuivat toisaalle. Hän tunsi tähtitaivaan pimeyden, kun se vielä oli vailla pelkoa – kun Musta ruhtinas ei vielä ollut tullut Ulkopuolelta.»

Aivan kuin varjo olisi käynyt ikkunassa, ja hobitit pälysivät hätäisesti ruutujen läpi. Kun he kääntyivät taas, Kultamarja seisoi oven valokehyksessä. Hän piti kynttilää kädessään ja suojasi sen liekkiä vedolta ja valo kuulsi käden läpi kuin auringon hohde valkoisen simpukankuoren läpi.

»Sade on lakannut», hän sanoi, »ja uudet vedet virtaavat rinnettä pitkin tähtien alla. Naurakaamme ja iloitkaamme!»

»Ja syökäämme ja juokaamme!» Tom huudahti. »Pitkät jutut janottavat. Ja pitkä kuuntelu on nälkäistä hommaa, oli sitten aamu, päivä tai ilta!» Näin sanoen hän hyppäsi tuolistaan ja kaappasi takanreunalta kynttilän ja sytytti sen Kulta-marjan pitelemästä liekistä, sitten hän tanssi pöydän ympäri. Äkkiä hän loikkasi ulos ovesta ja häipyi.

Hän palasi pian kantaen isoa täyteen lastattua tarjotinta. Sitten Tom ja Kulta-marja kattoivat pöydän, ja hobitit istuivat puoliksi ihmeissään ja puoliksi nauraen, niin viehkeää oli Kultamarjan sulo ja niin hassua ja hullua Tomin toilailu. Jolla-kin tavalla he näyttivät kuitenkin kuvioivan samaa tanssia, kumpikaan ei estänyt toista, kun he kulkivat ovissa ja pöydän ympärillä, ja nopeassa tahdissa ruoka ja astiat ja valot oli pantu järjestykseen. Katettu pöytä säihkyi kynttilöitä, valkeita ja keltaisia. Tom kumarsi vierailleen. »Illallinen on valmis», Kultamarja sanoi; ja nyt hobitit näkivät, että hänen pukunsa oli silkkaa hopeaa ja hänen vyönsä valkea ja kengät kuin kalansuomua. Mutta Tom oli kokonaan puhtaan sinisissä, sateen huuhtomien lemmikkien värisissä, ja hänen sukkansa olivat vihreät.

Tämä illallinen oli vielä edellistäkin parempi. Hobiteilta oli kenties jäänyt väliin ateria tai useampiakin Tomin sanojen lumoissa, mutta kun ruoka nyt oli heidän edessään, heistä tuntui, että he eivät olleet syöneet ainakaan viikkoon. He eivät vähään aikaan laulaneet eivätkä edes puhuneet ja keskittyivät tiukasti asiaan. Mutta pian heidän sydämensä ja sielunsa virkistyi taas ja heidän äänensä raikui hilpeänä nauruna.

Kun he olivat syöneet, Kultamarja lauloi heille monia lauluja, lauluja, jotka alkoivat iloisesti vuorilta ja vajosivat pehmeästi hiljaisuuteen; ja hiljaisuudessa he kuvittelivat näkevänsä laajempia vesiä ja aavempia ulapoita kuin he olivat tienneet olevankaan, ja kun he katsoivat niihin, he näkivät taivaan alapuolellaan ja syvyydessä tähtiä kuin jalokiviä. Sitten Kultamarja taas toivotti kullekin vielä kerran hyvää yötä ja jätti heidät takan ääreen. Mutta nyt Tom näytti olevan täysin valveilla ja alkoi ahdistaa heitä kysymyksillä.

Kävi ilmi, että hän tiesi jo paljon heistä ja heidän suvuistaan, ja totta tosiaan hän tunsi aika lailla Konnun historiaa sellaisistakin ajoista, joita hobitit itse tus-kin enää muistivat. Tämä ei enää heitä hämmästyttänyt, mutta Tom ei jättänyt mainitsematta sitä, että viimeiset tietonsa hän oli suurelta osalta saanut isäntä Magotilta, jota hän näytti pitävän paljon tärkeämpänä henkilönä kuin he olivat kuvitelleet. »Hänen jalkojensa alla on maata ja savea hänen sormissaan, viisaus asuu hänen luissaan ja hänen molemmat silmänsä ovat auki», Tom sanoi. Oli myös ilmeistä, että Tom oli tekemisissä haltioiden kanssa, ja jollakin tavoin hän oli nähtävästi saanut Gildorilta tiedon Frodon lähdöstä.

Tom tiesi niin paljon ja hän kyseli niin taitavasti, että Frodo huomasi kertovansa hänelle enemmän Bilbosta ja omista toiveistaan ja peloistaan kuin hän oli kertonut edes Gandalfille. Tom nyökytti päätään, ja hänen silmissään välähti, kun hän kuuli Ratsastajista.

»Näytä minulle se kallis Sormus!» hän sanoi äkkiä kesken kertomuksen; ja omaksi ihmeekseen Frodo veti ketjun taskustaan, irrotti Sormuksen ja ojensi sen Tomille.

Sormus näytti kasvavan Tomin ruskealla kämmenellä. Sitten hän nosti sen silmälleen ja nauroi. Hetken hobitit näkivät hassun mutta hätkähdyttävän näyn: Tomin kirkas sininen silmä loisti kultarenkaan keskeltä. Sitten Tom työnsi Sormuksen pikkurillinsä kärkeen ja nosti sen kynttilänvaloon. Vähään aikaan hobitit eivät huomanneet tässä mitään kummallista. Sitten he haukkoivat henkeään. Tom ei osoittanut minkäänlaisia katoamisen oireita!

Tom nauroi taas ja pyöritti sitten Sormusta ilmassa – ja siinä samassa se katosi. Frodolta pääsi huuto – ja Tom kumartui ja antoi sen hänelle hymyillen takaisin.

Frodo katsoi Sormusta tarkkaan, ja melko epäluuloisesti (niin kuin olisi lainannut helyn temppujen tekijälle). Sormus oli sama tai näytti samalta ja painoi saman verran, sillä tuo Sormus oli Frodosta aina tuntunut oudon raskaalta käteen. Mutta jokin yllytti häntä varmistautumaan. Hän oli ehkä hiukkasen loukkaantunut Tomille, kun tämä näytti suhtautuvan kovin kevyesti esineeseen, jota Gandalfkin piti turmiollisen tärkeänä. Hän odotti tilaisuutta kun puhe jatkui – Tom kertoi juuri päätöntä juttua mäyristä ja niiden omalaatuisista tavoista – ja silloin hän pani Sormuksen sormeensa.

Merri kääntyi hänen puoleensa sanoakseen jotakin ja hätkähti ja pidätteli huudahdusta. Frodo oli tyytyväinen (tavallaan): Sormus oli kyllä oikea, sillä Merri tuijotti sokeana hänen tuoliinsa eikä selvästikään voinut nähdä häntä. Frodo nousi ylös ja hiipi hiljaa takan luota ulko-ovea kohti.

»Hei sinä!» huusi Tom katsoen häneen mitä näkevin katse loistavissa silmissään. »Hei! Tänne nyt, Frodo! Mihin olet matkalla? Vanha Tom Bombadil ei ole vielä aivan sokea. Ota kultasormus sormestasi! Kätesi on kauniimpi ilman. Tule takaisin! Lopeta leikki ja istu tänne minun viereeni! Meidän pitää vielä hetki jutella, ja ajatella aamua. Tomin täytyy neuvoa teille oikea tie ja estää teitä lähtemästä harharetkille.»

Frodo nauroi (muka iloisesti) ja otti Sormuksen pois ja tuli takaisin istumaan. Tom kertoi heille, että aurinko luultavasti paistaisi huomenna ja että aamu olisi iloinen ja että lähtö olisi toiveikas. Mutta heidän kannattaisi lähteä aikaisin, sillä sää oli noilla seuduilla sellainen, ettei edes Tom voinut olla siitä varma pitemmälti, ja se muuttui joskus vikkelämmin kuin hän pystyi takkia vaihtamaan. »En ole säämestari», hän sanoi, »eikä ole kaksijalkaisista yksikään.»

Hänen neuvonsa mukaan he päättivät lähteä talolta suunnilleen pohjoiseen, kerojen läntisten ja matalampien rinteiden yli: näin he saattoivat toivoa päivän matkattuaan osuvansa Idäntielle ja välttävänsä haudat. Hän kehotti heitä olemaan rohkealla mielellä – mutta hyvin varovaisia.

»Pysykää vihreällä ruoholla. Vanhoja kiviä, kylmiä haamuja karttakaa ja heidän asumuksiansa välttäkää, jos ette ole voimallista väkeä, jonka sydän ei konsanaan horju!» Hän sanoi tämän moneen kertaan, ja hän neuvoi heitä kiertämään haudat länsipuolelta, mikäli sattuisivat eksymään sellaisen lähelle. Sitten hän opetti heille runonpätkän, jonka he saisivat laulaa, jos he joutuisivat johonkin vaaraan tai vaikeuksiin seuraavana päivänä.

> *Hoi, Tom Bombadil, Bombadillo, hätä on!*
> *Kautta veden, kukkuloiden, metsän, kaislikon,*
> *kuule, kautta auringon ja kuun ja kautta maan,*
> *tule, Tom Bombadil, meitä auttamaan!*

Kun he olivat laulaneet sen yhdessä hänen kanssaan, hän läimäytti kutakin nauraen olalle, otti kynttilöitä ja vei heidät takaisin makuuhuoneeseen.

8

SUMUA HAUTAKEROILLA

SINÄ YÖNÄ MITKÄÄN äänet eivät häirinneet hobitteja. Mutta tietämättä kummasta, unessa tai unen läpi, Frodo kuuli suloista laulua: laulu tuntui tulevan kuin kalpea valo harmaan sadeharson takaa ja se kasvoi ja voimistui ja muutti verhon lasiksi ja hopeaksi; lopulta se vetäytyi pois ja Frodon eteen avautui kaukainen vihreä maisema nousevan auringon hohteessa.

Näky suli valveeseen; ja siinä oli Tom vihellellen kuin puuntäysi lintuja, ja aurinko paistoi jo rinteellä ja avoimesta ikkunasta sisään. Ulkona oli koko tienoo vihreä ja valjun kullankeltainen.

Syötyään taas aamiaista keskenään he valmistautuivat sanomaan hyvästit, niin raskain sydämin kuin sellaisena aamuna oli mahdollista: ilma oli viileä, kirkas ja puhdas, syystaivas sinihaaleaksi huuhtoutunut. Luoteesta kävi raikas tuulenhenkäys. Heidän hiljaiset poninsa olivat lähes vallattomia ja tuhisivat ja liikehtivät levottomasti. Tom tuli ulos ja heilutti hattuaan ja tanssi kynnyksellä ja kehotti hobitteja nousemaan ja lähtemään ja pitämään kiirettä.

He ratsastivat pitkin talon takaa lähtevää polkua, ja vinosti ylöspäin kohti kukkulan harjanteen pohjoispäätä, jonka suojaan talo jäi. He olivat juuri nousseet ratsailta taluttaakseen ponit viimeisestä jyrkästä kohdasta ylös, kun Frodo äkkiä pysähtyi.

»Kultamarja!» hän huudahti. »Kaunis rouva, hopeanvihreissään! Me emme ole sanoneet hänelle lainkaan hyvästejä, emme ole nähneet häntä eilisillan jälkeen!» Hän masentui niin että kääntyi takaisin, mutta juuri sillä hetkellä kuului heidän yläpuoleltaan soliseva kirkas ääni. Siellä seisoi Kultamarja harjanteella ja viittoi heille: hänen tukkansa liehui vapaana ja loisti ja välkehti auringon osuessa siihen. Hänen jalkansa liikahtelivat tanssien, ja niiden alta kimalteli valo, joka muistutti kasteisen ruohon hohdetta.

He kiiruhtivat viimeisen rinteen ylös ja seisahtuivat hengästyneinä hänen viereensä. He kumarsivat, mutta kättään heilauttaen hän kehotti heitä katsomaan ympärilleen; ja he katsoivat kukkulan laelta aamuisia maita. Ilma oli nyt yhtä kirkas ja näkyvyys yhtä hyvä kuin se oli ollut sumuinen ja huono silloin, kun he olivat seisseet Metsän keskellä olevalla mäellä. Tuo mäki näkyi nyt lännessä hämäränvihreänä tummien puiden keskeltä. Sielläpäin maa kohosi auringon paisteessa metsäisinä poimuina, vihreinä, keltaisina, ruosteenkarvaisina, ja niiden takana jossakin oli Rankkivuon laakso. Etelässä, Halavaisen uoman takana, näkyi etäinen pilkahdus, kuin vaalean lasin välähdys, siellä missä Rankkivuo teki alavilla mailla suuren mutkan ja virtasi pois hobbittien tietopiiristä. Pohjoisessa, missä kerot madaltuivat, maisema jatkui tasankoina ja kumpuina, harmaina ja vihreinä ja haalean maanvärisinä, kunnes suli hahmottomaan ja hämärään etäisyyteen. Heidän itäpuolellaan kohosivat Hautakerot samansuuntaisina harjanteina, ja katosivat näkyvistä pelkäksi aavistukseksi: aavistukseksi sinistä ja etäistä valkoista hohdetta, joka sekoittui taivaanrannan sineen, mutta vanhat tarut ja muistikuvat loihtivat heidän silmiensä eteen korkeat ja kaukaiset vuoret.

He vetivät syvään henkeä ja heistä tuntui, että pari harppausta ja muutama tarmokas askel veisi heidät minne vain. Tuntui arkajalkojen hommalta lähteä tallustelemaan vinosti kerojen matalina kohoavien liepeiden yli Tielle, kun heidän oikeastaan olisi pitänyt loikkia iloisesti kuin Tom kukkulalta toiselle suoraan vuoria kohti.

Kultamarja puhui heille ja palautti heidät maan pinnalle. »Kiiruhtakaa, rakkaat vieraani!» hän sanoi. »Pysykää lujina! Pohjoista kohti tuuli vasenta poskea pyyhkien, siunaus jalansijoissa! Pitäkää kiirettä, niin kauan kuin aurinko on vielä taivaalla!» Ja Frodolle hän sanoi: »Hyvästi, Haltiamieli, oli ilo kohdata sinut!»

Mutta Frodo ei löytänyt sanoja vastatakseen. Hän kumarsi syvään ja nousi poninsa selkään ja lähti hölkkäämään hitaasti alas kukkulan loivaa takarinnettä ja hänen toverinsa seurasivat häntä. Laakso ja Tom Bombadilin talo ja Metsä katosivat näkyvistä. Rinteiden vihreitten seinämien välissä kävi ilma kuumemmaksi ja he tunsivat nurmen tuoksun voimakkaana ja suloisena sieraimissaan. Vihreän notkon pohjalle päästyään he kääntyivät ja näkivät Kultamarjan pienenä ja hoikkana kuin auringon valaiseman kukan taivasta vasten: hän seisoi paikallaan heitä katsellen, ja hänen kätensä ojentuivat heitä kohti. Heidän katsoessaan hän huusi kerran kirkkaalla äänellä ja kohottaen kättään katosi kukkulan taakse.

Heidän tiensä kaarteli eteenpäin notkon vihreällä pohjalla ja jyrkän kukkulan ympäri avarampaan laaksoon, ja sitten uusien mäenharjojen yli ja niiden pitkiä haarakkeita alas ja taas tasaisia rinteitä ylös kohti uusia mäenharjoja ja uusia laaksoja. Puita ei näkynyt eikä veden pisaraakaan, maata peitti kimmoisa turve ja seutu oli äänetön lukuun ottamatta tuulen suhinaa kumpujen huipuilla, ja silloin tällöin kuului outojen lintujen kimakoita huutoja. Heidän matkatessaan aurinko nousi korkeammalle ja kävi kuumaksi. Jokaista töyrästä kiivetessä heistä tuntui, että viima oli heikentynyt. Nähdessään vilaukselta länteen he huomasivat, että Metsä tuntui savuavan, ikään kuin satanut vesi höyryäisi taas ylös lehdistä, juurista ja mullasta. Näköpiiriä reunusti varjo, tumma usva, jonka yläpuolella sininen taivas muistutti kuumaa ja raskasta kalottia.

Puolenpäivän aikaan he tulivat kukkulalle, jonka huippu oli laakea ja iso, kuin matala lautanen, ja sitä reunusti vihreä valli. Laella ei käynyt tuulen henkäystäkään, ja taivas tuntui olevan aivan lähellä pään yläpuolella. He ratsastivat laen poikki ja tähyilivät pohjoiseen. He ilahtuivat, sillä oli selvää että he olivat päässeet jo pitemmälle kuin olivat olettaneet. Etäisyydet olivat kylläkin käyneet sumeiksi ja pettäviksi, mutta siitä ei ollut epäilystäkään, että kerot alkoivat loppua. Heidän alapuolellaan levittäytyi pitkä pohjoiseen kääntyvä laakso, joka päättyi kahden harjanteen väliseen aukkoon. Sen takana ei näyttänyt enää olevan kukkuloita. Suoraan pohjoisessa he erottivat hämärästi pitkän tumman juovan. »Tuo on puurivi», Merri sanoi, »ja se merkitsee varmasti Tietä. Usean peninkulman matkalla Sillasta itään kasvaa Tien kummallakin puolella puita. Sanotaan, että ne on istutettu hyvin kauan sitten.»

»Loistavaa!» Frodo sanoi. »Jos matkamme joutuu yhtä hyvin iltapäivällä kuin aamulla, ovat kerot takanamme ennen auringon laskua ja me hölkkäämme hyvää vauhtia etsiskellen leiripaikkaa.» Mutta vielä puhuessaan hän käänsi katseensa itään ja huomasi, että sillä puolella kukkulat olivat isompia ; ne häämöttivät heitä korkeammalla ja jokaista kruunasi vihreä kumpu ja toisten huipulla oli kiviä, jotka sojottivat ilmaan kuin rosoiset hampaat vihreistä ikenistä.

Näky oli jotenkin ahdistava, niinpä he käänsivät sille selkänsä ja laskeutuivat koveraan ympyrään. Sen keskellä seisoi auringossa yksinäinen kivi, ja tähän aikaan sillä ei ollut varjoa. Kivi oli muodoton, mutta jotenkin merkityksellinen: kuin maamerkki tai valvova sormi, tai paremminkin varoitus. Mutta heillä oli nyt nälkä, eivätkä he pelänneet näin keskipäivällä, niinpä he asettuivat maahan nojaten selkää kiven itäkylkeä vasten. Kivi oli viileä, ikään kuin auringolla ei olisi ollut voimaa lämmittää sitä, mutta sillä hetkellä se tuntui miellyttävältä. Siinä he söivät ja joivat ja viettivät niin mukavan puolishetken avotaivaan alla kuin toivoa saattaa, sillä ruoka oli kotoisin »kukkulan kupeesta». Tom oli varustanut heidät runsailla muonavaroilla. Ponit vaeltelivat ruohikolla ilman taakkojaan.

Ratsastus kukkuloiden yli, yltäkylläinen syöminen, lämmin aurinko ja ruohon tuoksu, liian pitkä lepo jalat oikosinaan ja silmät taivaalla harhaillen: nämä seikat ehkä riittävät selittämään sen, mitä tapahtui. Miten sen laita sitten olikaan, he heräsivät äkkiä ja epämukavasti unesta, johon heidän ei ollenkaan ollut tarkoitus vaipua. Kivi oli kylmä ja sen pitkä kalpea varjo venyi itään heidän ylitseen. Haalea vetisenkeltainen aurinko hohti usvan läpi juuri ja juuri notkelman länsiseinämän yli; pohjoisessa, etelässä ja idässä levittäytyi seinämän tuolla puolen paksu, kylmä ja valkoinen sumu. Ilma oli äänetön, raskas ja hyinen. Ponit seisoivat yhdessä ryhmässä pää riipuksissa.

Hobitit ponkaisivat järkyttyneinä pystyyn ja juoksivat notkon länsireunalle. He huomasivat olevansa saarella sumun keskellä. Heidän vielä tuijottaessaan laskevaa aurinkoa kauhun valtaamina se vajosi heidän silmiensä edessä valkoiseen mereen, ja takaa idästä nousi kylmä harmaa varjo. Sumu vyöryi kohti notkelmaa ja nousi heidän yläpuolelleen ja noustessaan se kaareutui heidän päänsä päälle kuin katto: heidät oli suljettu sumuseinäiseen saliin, jonka keskellä kohosi kivinen pylväs.

Heistä tuntui, että heidän ympärilleen kiristyi ansa, mutta täysin epätoivon valtaan he eivät joutuneet. He muistivat vielä lupaavan näyn ja Tien juovan, ja he tiesivät vielä missäpäin se oli. Joka tapauksessa he inhosivat nyt tuota notkelmaa kiven ympärillä siinä määrin, että paikalleen jääminen ei tullut mieleenkään. He pakkasivat niin nopeasti kuin kohmettuneilta sormiltaan kykenivät.

Pian he taluttivat poneja jonossa reunaman yli ja kukkulan pitkää pohjoisrinnettä alas sumumereen. Heidän laskeutuessaan usva kävi kylmemmäksi ja kosteammaksi, ja tukka roikkui suorana ja vettä tippuen heidän otsallaan. Alhaalla oli jo niin kylmä, että he pysähtyivät ja ottivat esiin huput ja kaavut. Pian ne olivat täynnä harmaita pisaroita. Sitten he nousivat ponien selkään ja jatkoivat matkaa hitaasti, yrittäen päätellä suuntaa maan nousun ja laskun perusteella. He suunnistivat parhaan kykynsä mukaan kohti porttimaista aukkoa, jonka he olivat nähneet aamulla pitkän laakson pohjoispäässä. Päästyään aukon läpi heidän tarvitsisi kulkea vain jotakuinkin suoraan, niin he osuisivat ilman muuta Tielle. He eivät ajatelleet sen pitemmälle, toivoivat vain hämärästi, että kerojen toisella puolella ei ehkä olisi sumua.

Eteneminen oli hyvin hidasta. Jotta eivät olisi ajautuneet erilleen ja vaeltaneet eri suuntiin, he kulkivat jonossa, jota Frodo johti. Häntä seurasi Sam, jonka jälkeen tuli Pippin ja sitten Merri. Laakso tuntui jatkuvan loputtomiin. Äkkiä Frodo huomasi lupaavan merkin. Usvan läpi alkoi kummallakin puolella häämöttää pimeys ja hän arveli, että he viimeinkin lähestyivät kukkuloiden väliin jäävää aukkoa, Hautakerojen pohjoista porttia. Päästyään sen läpi he olisivat turvassa.

»Tulkaa! Seuratkaa!» hän huusi olkansa yli ja kiiruhti eteenpäin. Mutta hänen toivonsa muuttui pian hämmennykseksi ja kauhuksi. Tummat varjot tummenivat mutta kutistuivat samalla; ja äkkiä hän näki edessään kaksi pahaenteisinä kohoavaa kiveä, jotka kallistuivat aavistuksen verran toisiaan kohti, niin että muodostivat kamanattoman oven. Hän ei muistanut, että olisi nähnyt laaksossa mitään tällaista seistessään aamulla kukkulalla. Hän oli kulkenut kivien välistä melkein ennen kuin tajusi niin tehneensä; ja heti humahti pimeys hänen ympärilleen. Poni karkasi korskuen pystyyn ja hän putosi sen selästä. Katsoessaan taakseen hän huomasi olevansa yksin: toiset eivät olleet seuranneet häntä.

»Sam!» hän huusi. »Pippin! Merri! Tulkaa tänne! Miksi ette pysyttele mukana?»

Hän ei saanut vastausta. Pelko valtasi hänet ja hän juoksi takaisin kivien ohi huutaen vauhkona: »Sam! Sam! Merri! Pippin!» Poni syöksyi usvaan ja hävisi. Melkoisen matkan päästä, tai siltä ainakin tuntui, hän luuli kuulevansa huudon: »Hoi! Frodo! Hoi!» Se kuului idästä hänen vasemmalta puoleltaan. Hän seisoi suurten kivien luona ja ponnisteli nähdäkseen pimeyteen. Hän lähti ääntä kohti ja huomasi kulkevansa jyrkästi ylöspäin.

Kiivetessään rinnettä hän huusi taas ja huusi ja huusi yhä hurjemmin, mutta ei kuullut mitään vähään aikaan, sitten vastaus tuli vaimeana kaukaa edestäpäin ja ylhäältä. »Frodo! Hoi!» kuului heikko ääni usvan keskeltä, ja sitten huuto kuin *apua, apua!* joka toistui moneen kertaan, ja viimeinen avunhuuto jatkui pitkänä vaikerruksena kunnes äkkiä katkesi. Hän kompuroi ääniä kohti niin nopeasti kuin pystyi, mutta valo oli nyt kadonnut ja tiivis yö oli sulkenut hänet sisäänsä, niin että oli mahdotonta olla enää varma mistään suunnasta. Hän oli kulkevinaan koko ajan yhä ylemmäksi.

Vain maan uusi kulma hänen jalkojensa alla kertoi hänelle, että hän oli lopulta tullut töyrään tai kukkulan huipulle. Hän oli uupunut ja hiessä ja silti kylmissään. Oli täysin pimeää.

»Missä te olette?» hän huusi surkeana.

Ei vastausta. Hän seisoi kuunnellen. Hän tajusi äkkiä, että ilma oli käymässä hyvin kylmäksi ja että jäätävä tuuli alkoi puhaltaa täällä ylhäällä. Sää rupesi muuttumaan. Sumun repaleita ja riekaleita ajelehti hänen ohitseen. Hänen hengityksensä höyrysi ja pimeys painoi tiiviinä liki. Hän katsoi ylös ja näki hämmästyksekseen, että liitelevien pilvien ja sumun kaistaleiden väliin alkoi ilmestyä himmeitä tähtiä. Tuuli kahisi ruohikossa.

Äkkiä hän kuvitteli kuulleensa vaimean huudon ja hän kulki sitä kohti; ja hänen kulkiessaan sumu kohosi ja väistyi ja tähtinen taivas paljastui. Hän huomasi nyt katsovansa etelään pyöreältä kukkulan laelta, jolle hän ilmeisestikin oli kiivennyt pohjoisen puolelta. Hyytävä tuuli puhalsi idästä. Hänen oikealla puolellaan häämötti mustanpuhuva hahmo länsitaivaan tähtiä vasten. Se oli suuri hautakumpu.

»Missä te olette?» hän huusi taas sekä vihaisena että peloissaan.

»Täällä!» sanoi matala ja kylmä ääni, joka tuntui tulevan maan sisästä. »Minä odotan sinua!»

»Ei!» Frodo sanoi, mutta ei juossut pakoon. Hänen polvensa pettivät ja hän kaatui maahan. Mitään ei tapahtunut eikä ääntäkään kuulunut. Vavisten hän katsoi ylös ja ehti nähdä pitkän tumman varjomaisen hahmon tähtiä vasten. Se kumartui hänen ylitseen. Hän luuli nähneensä kaksi hyvin kylmää silmää, joissa kuitenkin paloi ikään kuin kaukaa tuleva kalvas valo. Sitten häneen tarttui rautaakin vahvempi ja kylmempi ote. Jäätävä kosketus vihlaisi hänen luitaan, eikä hän tajunnut enää mitään.

Kun hän tuli taas tajuihinsa, hän ei hetkeen muistanut muuta kuin pelon tunteen. Sitten hän äkkiä tiesi olevansa vanki, vailla toivoa; hän oli haudassa. Haudanhaamu oli pyydystänyt hänet ja hän oli jo varmaan haudanhaamujen hirveiden taikojen vallassa, joista kuiskaten kerrottiin. Hän ei uskaltanut liikahtaa, hän makasi niin kuin oli: selällään kylmällä kivellä, kädet rinnalla.

Mutta siitä huolimatta, että tämä suunnaton pelko tuntui olevan osa hänen ympärillään vallitsevaa pimeyttä, hän huomasi siinä maatessaan ajattelevansa Bilbo Reppulia ja hänen tarinoitaan ja heidän yhteisiä retkiään Konnun kujilla jutellen matkoista ja seikkailuista. Paksuimman ja pelokkaimmankin hobitin sydämessä asuu rohkeuden siemen (tosin usein varsin syvällä), joka odottaa jotakin epätoivoista ja lopullista tilannetta alkaakseen itää. Frodo ei ollut kovin paksu eikä kovin pelokas, itse asiassa Bilbo (ja Gandalf) olivat hänen tietämättään pitäneet häntä Konnun parhaana hobittina. Hän arveli nyt tulleensa seikkailunsa päähän ja sen hirveään loppuun, mutta ajatus vahvisti häntä. Hän huomasi jännittyvänsä kuin ennen viimeistä ponnistusta; hän ei enää tuntenut itseään voimattoman avuttomaksi uhriksi.

Maatessaan siinä ja yrittäessään päästä itsensä herraksi hän yhtäkkiä huomasi, että pimeys hellitti hitaasti: ympärille levisi vaalean vihertävää valoa. Ensin se ei paljastanut millaisessa paikassa hän makasi, sillä valo tuntui lähtevän hänestä itsestään ja lattiasta hänen vierestään eikä se ollut vielä tavoittanut kattoa eikä seiniä. Hän kääntyi, ja kylmässä hehkuvassa valossa hän näki, että hänen vieressään makasivat Sam, Pippin ja Merri. He olivat selällään ja heidän kasvonsa näyttivät kuolonkalpeilta, ja heillä oli valkoiset vaatteet. Heidän ympärillään oli paljon aarteita, kenties kultaesineitä, vaikka tuossa valossa ne näyttivät kylmiltä ja kaikkea muuta kuin haluttavilta. Hobiteilla oli päässään otsaripa, vyötäröllään kultainen ketju ja heidän sormissaan oli sormuksia. Kunkin vieressä lepäsi miekka ja jalkopäässä kilpi. Mutta kaikkien kolmen kaulalle oli asetettu pitkä paljas miekka.

Äkkiä alkoi laulu: kolkko hiljainen ääni, joka nousi ja laski. Se oli kaukainen, mittaamattoman lohduton, ja välillä se soi ilmassa kimeästi ja korkealta, välillä ikään kuin kantautui maan sisästä. Surullisten mutta kauheiden äänien muodottomasta virrasta erottui silloin tällöin sanaketjuja: synkkiä, kovia, kylmiä sanoja, sydämettömiä ja surkeita. Yö solvasi aamua, joka siltä oli riistetty, ja kylmä kirosi lämmön, jota se janosi. Laulu hyyti Frodon luut ja ytimet. Vähän ajan päästä siinä alkoi erottua sanoja, ja kauhu sydämessään hän tajusi, että se oli muuttunut loitsuksi.

> *Tyly kylmyys hyytäköön sydäntä, kättä,*
> *vilu olkoon haudassa kiven alla,*
> *jääkööt kivivuoteelle enää heräämättä*
> *kunnes kuun ja päivän valo sammuu kaikkialla.*
> *Tuuli musta tähdille koituu kuolemaksi,*
> *tänne kullan päälle he jääkööt makaamaan,*
> *kunnes Musta ruhtinas nostaa kättä kaksi*
> *yli meren kuolleen ja kuihtuneen maan.*

Hän kuuli päänsä takaa raapivaa ja ratisevaa ääntä. Hän nousi yhden käden varaan ja näki nyt kalpeassa valossa, että he olivat jonkinlaisessa käytävässä, joka kääntyi mutkaksi heidän takanaan. Mutkasta ojentui pitkä käsivarsi, joka hapuili sormillaan lähinnä makaavaa Samia ja hänen kurkullaan olevan miekan kahvaa.

Aluksi Frodosta tuntui, että loitsu oli tosiaan muuttanut hänet kiveksi. Sitten hänet valtasi raju pakenemisen halu. Hän mietti, välttäisikö hän haudanhaamun, jos panisi Sormuksen sormeensa ja voisiko hän löytää tien ulos. Hän kuvitteli juoksevansa nurmella vapaana, surren Merrin ja Samin ja Pippinin puolesta, mutta vapaana ja elossa itse. Gandalf myöntäisi, että mitään muuta ei ollut tehtävissä.

Mutta rohkeus, joka hänessä oli herännyt, oli nyt liian voimakas: hän ei niin vain jättäisikään tovereitaan. Hän epäröi ja kaiveli taskuaan, sitten hän taisteli taas itsensä kanssa; ja koko ajan käsi lähestyi. Äkkiä hän teki päätöksensä ja tarttui vierellään olevaan lyhyeen miekkaan, polvistui ja kumartui syvään toveriensa ruumiiden yli. Kaikin voimin hän löi lähestyvää kättä ranteeseen ja se katkesi, mutta samalla hetkellä miekka pirstoutui kahvaa myöten. Kuului kirkaisu ja valo hävisi. Pimeydestä kuului matalaa murinaa.

Frodo kaatui Merrin päälle, ja Merrin kasvot tuntuivat kylmiltä. Yhtäkkiä hänen mieleensä palasi muistikuva, joka oli häipynyt kun he olivat joutuneet sumuun, muistikuva talosta kukkulan kupeessa ja laulavasta Tomista. Hän muisti runon, jonka Tom oli opettanut heille. Pienellä epätoivoisella äänellä hän aloitti: *Hoi Tom Bombadil!* ja nimen myötä ääni tuntui voimistuvan; se soi täyteläisenä ja täynnä elämää ja musta holvi kaikui ikään kuin rumpujen ja torvien voimasta.

> *Hoi! Tom Bombadil, Bombadillo, hätä on!*
> *Kautta veden, kukkuloiden, metsän, kaislikon,*
> *kuule, kautta auringon ja kuun ja kautta maan,*
> *tule, Tom Bombadil, meitä auttamaan!*

Äkkiä oli niin hiljaista, että Frodo saattoi kuulla oman sydämensä lyövän. Pitkän ja vitkallisen hetken kuluttua hän kuuli selvästi, vaikka kaukaa, kuin maan tai paksujen seinien läpi äänen, joka vastasi ja lauloi:

> *Iloinen Tom Bombadil on hauska vanha tuttu,*
> *hänellä keltasaappaat on ja kirkkaansininen nuttu.*
> *Kukaan kiinni häntä ei saa, hän on herra maillaan,*
> *kukaan ei laula niin kuin hän, ei juokse hänen laillaan.*

Kuului kovaa ryminää, kuin putoilevien ja pyörivien kivien kolinaa ja äkkiä sisään virtasi valoa, oikeaa valoa, päivänvaloa. Frodon jalkopäähän kammion seinään ilmestyi oventapainen aukko ja siihen Tomin pää (hattuineen töyhtöineen päivineen), jota sen takaa punaisena nousevan auringon valo reunusti. Valo osui lattiaan ja Frodon vieressä makaavien hobittien kasvoihin. He eivät liikahtaneet, mutta sairas kelmeys oli kadonnut heidän kasvoistaan. He näyttivät nyt vain nukkuvan hyvin sikeästi.

Tom kumartui, otti hatun päästään ja astui pimeään kammioon laulaen:

> *Pois häivy, haudanhaamu, katoa auringossa!*
> *Kylmään usvaan käperry ja marroille käy maille*
> *niin kuin tuuli nyyhkivä taa vuorten kaukaisten!*
> *Älä ikinä enää lähesty! Jätä kumpusi tyhjilleen!*
> *Häviä, unohdukseen jää, pimeyttä pimeämpään,*
> *ikuisesti teljetyn portin taa, kunnes maailma parempi on.*

Samassa kuului huuto ja osa kammion vastakkaisesta päästä romahti. Sitten alkoi pitkä laahaava ulina, joka vähitellen häipyi tuntemattomaan kaukaisuuteen, sen jälkeen tuli hiljaisuus.

»Tule, Frodo-ystävä!» Tom sanoi. »Menkäämme puhtaalle nurmikolle! Sinun on autettava minua kantamaan heidät ulos.»

Yhdessä he kantoivat ulos Merrin, Pippinin ja Samin. Lähtiessään haudasta viimeisen kerran Frodo luuli nähneensä katkaisemansa käden yhä kiemurtelevan kuin haavoittunut hämähäkki romahtaneen katon jätteissä. Tom meni vielä sisään ja Frodo kuuli töminää ja jytinää. Ulos tullessaan Tomilla oli mukanaan mahtava aarretaakka: kultaisia, hopeisia, kuparisia ja pronssisia esineitä, helminauhoja ja ketjuja ja jalokivikoristeita. Hän kiipesi vihreälle hautakummulle ja asetti ne kaikki auringonpaisteeseen sen laelle.

Siinä hän seisoi hattu kädessä ja tuuli tukassa ja katsoi kolmeen hobittiin, jotka oli laskettu selälleen ruohikolle kummun länsipuolelle. Hän nosti oikean kätensä ja sanoi selvällä ja käskevällä äänellä:

> *Hereille, iloiset poikani, ja kutsuni kuulkaa nyt!*
> *Sydän lämmin olkoon ja raajat myös, kivi kylmä on särkynyt!*
> *On kuollut käsi murtunut, ovi pimeä avoimenaan.*
> *Yön alle yö on paennut ja portti on ammollaan.*

Frodon suureksi iloksi hobitit liikahtivat, kiskottelivat, hieroivat silmiään ja hypähtivät äkkiä pystyyn. He katselivat ympärilleen häkeltyneinä, ensin Frodoon ja sitten Tomiin, joka seisoi valtavan kokoisena kummulla heidän yläpuolellaan, ja sitten itseään: ohuita valkeita vaatteitaan, kultakruunujaan ja kultavöitään ja hiliseviä helyjään.

»Mitä ihmettä?» Merri aloitti koettaen kultaista ripaa, joka oli valahtanut toisen silmän päälle. Sitten hän oli hetken vaiti, hänen kasvoilleen lankesi varjo ja hän sulki silmänsä. »Niin tietysti, nyt muistan!» hän sanoi. »Carn Dûmin miehet kävivät kimppuumme yöllä ja meidät lyötiin. Voi! keihäs sydämessäni!» Hän koetti rintaansa. »Ei, ei!» hän sanoi ja avasi silmänsä. »Mitä minä puhun? Olen nähnyt unta. Mihin sinä jouduit, Frodo?»

»Luulin eksyneeni», sanoi Frodo, »mutta en halua puhua siitä. Mietitään sitä mitä nyt on tehtävä! Jatketaan matkaa!»

»Näissä hynttyissäkö?» Sam sanoi. »Missä minun vaatteeni on?» Hän paiskasi otsarivan, vyön ja sormukset maahan ja katseli ympärilleen neuvottomana, aivan kuin luulisi löytävänsä jostakin lähitienoilta kaapunsa, takkinsa ja polvihousunsa ja muut hobittivarusteensa.

»Ette näe vaatteitanne enää», Tom sanoi ja loikkasi alas kummulta ja nauroi ja tanssi heidän ympärillään auringossa. Olisi voinut luulla, että mitään kauheaa tai vaarallista ei ollut tapahtunutkaan, ja totta tosiaan pelko haihtuikin heidän sydämestään, kun he katselivat häntä ja näkivät hänen silmiensä iloisen pilkkeen.

»Mitä tarkoitat?» kysyi Pippin, joka katseli häntä puoliksi hämmästyneenä ja puoliksi huvittuneena. »Miten niin emme?»

Mutta Tom pudisti päätään ja sanoi: »Te olette päässeet ylös syvistä vesistä. Vaatteet ovat pieni menetys kun välttyy hukkumasta. Hilpeät ystäväni iloitkaa, antakaa auringon lämmittää sydäntä ja ruumista! Heittäkää pois nämä kylmät rääsyt! Juoskaa alastonna nurmella, kun Tom käy vähän metsällä!»

Hän hyppeli mäkeä alas, vihelteli ja huhuili. Frodo, joka katsoi hänen peräänsä, näki miten hän juoksi vihreässä notkossa kahden kukkulan välissä vihellellen vieläkin ja huutaen:

> Hei! Hoi! Mikä suunta on retkillänne?
> Ylös, alas, sinne, tuonne vai tänne?
> Hörökorva, Siloturpa, Häntyri, Höykky,
> Valkosukka pieni ja lihava Möykky!

Niin hän lauloi, juoksi hyvää vauhtia ja heitteli hattuaan ilmaan kunnes peittyi maan kohouman taakse, mutta kohti etelää kääntynyt tuuli toi vielä jonkin aikaa mukanaan hänen huutonsa hei! hoi!

Ilma alkoi taas käydä hyvin kuumaksi. Hobitit juoksentelivat vähän aikaa ruohikossa niin kuin Tom oli kehottanut. He loikoilivat auringossa yhtä iloisina kuin olisivat äkkiä joutuneet ankaran talven keskeltä lempeämpään ilmanalaan, tai kuin oltuaan pitkään sairaana ja vuoteenomana olisivat heränneet eräänä aamuna odottamattoman terveenä uuteen päivään, joka on jälleen täynnä toivoa.

Kun Tom palasi, he olivat jälleen voimissaan (ja nälissään). Hän ilmestyi näköpiiriin hattu edellä mäen reunan takaa ja hänen perässään tallusti kuuliaisesti *kuusi* ponia: heidän viisi poniaan sekä yksi ylimääräinen. Viimeinen oli selvästi Möykky: se oli suurempi, vahvempi, paksumpi (ja vanhempi) kuin heidän omat poninsa. Merri, jonka omaisuutta muut olivat, ei totta puhuen ollut antanut poneille tuollaisia nimiä, mutta ne vastasivat loppuikänsä niihin nimiin, jotka Tom oli niille antanut. Tom kutsui niitä yksitellen ja ne kiipesivät töyrään yli ja asettuivat riviin. Sitten Tom kumarsi hobiteille.

»Tässä ovat poninne!» hän sanoi. »Joissakin suhteissa niillä on järkeä enemmän kuin vaeltelevilla hobiteilla – niillä on parempi vainu. Ne haistavat näet etukäteen vaaran, johon te taas päätäpahkaa ryntäätte, ja jos ne juoksevatkin pakoon, ne juoksevat oikeaan suuntaan. Antakaa niille anteeksi; vaikka niillä on uskollinen sydän, ei niitä ole tehty haudanhaamujen kauhua kohtaamaan. Tässä tulevat taas kaikki, taakkoineen päivineen!»

Merri, Sam ja Pippin pukivat nyt päälleen pakkauksista löytyvät varavaatteet, ja pian heillä oli liian kuuma, sillä heidän oli pakko pukeutua lämpimiin ja paksuihin vaatteisiin, joita he olivat ottaneet mukaan lähestyvän talven varalta.

»Mistä tuo ylimääräinen vanha otus, tuo Möykky, on kotoisin?» Frodo kysyi.

»Se on minun», Tom sanoi. »Minun nelijalkainen ystäväni, vaikka harvoin minä sillä ratsastan, se vaeltelee vapaana ja usein kauas mäkimaille. Kun teidän poninne olivat minun tallissani, ne tutustuivat Möykkyyn, nyt ne vainusivat sen yöllä ja juoksivat suin päin sitä tapaamaan. Arvelin, että se lähtisi etsimään niitä ja karkottaisi viisaudessaan kaiken pelon. Mutta nyt, hyvä Möykky, vanha Tomkin aikoo ratsastaa. Hei! Tom tulee teidän kanssanne, vain saattaaksensa teidät matkaan, niinpä hän siis tarvitsee myös ponin. Sillä satulassa istuvalle hobitille on aika paha puhua, jos itse rämpii jalkapatikassa hänen rinnallaan.»

Hobitit ilahtuivat kuullessaan tämän ja kiittelivät Tomia kovasti; mutta Tom nauroi ja sanoi, että he olivat niin kovia eksymään, että hän ei saisi rauhaa, ennen kuin olisi saattanut heidät turvallisesti maansa rajojen ulkopuolelle. »Minulla on paljon tehtävää», hän sanoi, »pitää runoilla ja loilottaa, tolkuttaa ja jolkuttaa ja olla silmä tarkkana. Tom ei aina jouda ovia ja halavanrakoja avaamaan. Tomilla huoli on talostaan ja odottaa Kultamarja.»

Auringosta päätellen kello oli vielä aika vähän, suunnilleen yhdeksän ja kymmenen välillä, ja hobitit alkoivat ajatella ruokaa. Heidän edellinen ateriansa oli ollut lounas, jonka he olivat syöneet kiven luona edellisenä päivänä. He nauttivat nyt aamiaiseksi loput Tomin ruokavaroista, jotka oli tarkoitettu illalliseksi, sekä ne lisät mitä Tom oli tuonut mukaansa. Ateria ei ollut suuren suuri (hobiteille tässä tilanteessa), mutta sekin teki hyvää. Heidän syödessään Tom meni kummulle ja kävi läpi aarteet. Useimmat hän pinosi loistavaksi ja välkehtiväksi kasaksi ruohikolle. Hän käski niiden olla siinä »itse kunkin löytäjän, lintujen, nelijalkaisten, ihmisten, haltioiden, kaikkien hyvien olentojen omaksi otettavissa», sillä siten kummun lumous murtuisi ja hajoaisi eikä yksikään haudanhaamu enää tulisi siihen takaisin. Hän valitsi itselleen kasasta rintasoljen, johon oli upotettu sinisiä kiviä, erivivahteisia, kuten pellavan kukat tai sinisten perhosten siivet. Hän katseli sitä pitkään kuin jonkin muistikuvan vallassa ja pudisti sitten päätään ja sanoi vihdoin:

»Tässä kaunis lelu Tomille ja hänen rouvalleen! Kaunis oli se ken muinoin kantoi tätä olkapäällään. Nyt Kultamarja sitä pitäköön emmekä me häntä unohda!»

Kullekin hobitille hän valitsi pitkän, terävän, lehdenmuotoisen tikarin, joka oli upeaa käsityötä, punaisin ja kultaisin käärmekuvioin juovitettu. Terät hohtivat, kun hän veti ne esiin mustista tupista, jotka oli taottu jostakin tuntemattomasta kevyestä ja vahvasta metallista ja koristeltu monilla välkkyvillä kivillä. Joko näiden tuppien ansiosta tai hautakummun lumouksen voimasta aika ei ollut jättänyt teriin mitään jälkeä, ne näyttivät ruosteettomilta ja teräviltä auringossa kiiltäessään.

»Vanhat veitset käyvät hobittikansalle miekoista», Tom sanoi. »Terävät aseet ovat tarpeen, milloin Konnun väki vaeltaa itään, etelään tai kauas varjoihin ja vaaraan.» Sitten hän kertoi heille, että Westernessen ihmiset olivat takoneet nämä aseet monta pitkää vuotta sitten: he olivat Mustan ruhtinaan vihollisia mutta Carn Dûmin paha kuningas sai heistä voiton Angmarin maassa.

»Harvat heitä enää muistavat», Tom mutisi, »silti joku vielä vaeltaa, unohdettujen kuninkaiden pojat samoavat yksinänsä, ja suojelevat pahalta niitä, jotka eivät osaa itse varoa.»

Hobitit eivät ymmärtäneet hänen sanojaan, mutta hänen puhuessaan he näkivät näyn: vuodet ikään kuin aukenivat heidän takanaan suureksi varjoisaksi tasangoksi, jonka poikki vaelsi ihmishahmoja, synkkiä pitkiä miehiä kiiltävä miekka vyöllä, ja viimeisenä tuli mies, jonka otsalla loisti tähti. Sitten näky häipyi ja he olivat taas auringon valaisemassa maailmassa. Oli aika jatkaa matkaa. He pakkasivat laukkunsa ja kuormasivat poninsa ja valmistautuivat lähtöön. Uudet aseensa he ripustivat nahkavyöhön takin alle. Ne tuntuivat vierailta, ja he miettivät, olisiko niistä mitään hyötyä. Kenenkään päähän ei ollut pälkähtänyt, että heidän pakonsa voisi viedä heidät sellaiseen seikkailuun kuin taistelu.

Viimein he lähtivät. He taluttivat ponit kukkulaa alas, sitten he ratsastivat nopeaa ravia laaksossa. He katsoivat taakseen ja näkivät vanhan hautakummun kukkulan laella, ja kultakasa heijasti aurinkoa kuin korkeuksiin olisi kohonnut keltainen lieska. Sitten he kääntyivät harjanteen ympäri ja kumpu peittyi näkyvistä.

Frodo tähyili joka puolelle, mutta ei onnistunut näkemään vilaustakaan niistä kahdesta kivestä, jotka muodostivat ikään kuin portin, ja pian he tulivat pohjoissolaan ja ratsastaa viilettivät siitä läpi. Maa vietti vähä vähältä alaspäin heidän edessään. Matka oli hauska, ja Tom ravasi heidän rinnallaan tai edellään Möykyllä, joka pystyi liikkumaan paljon nopeammin kuin sen satulavyön pituudesta olisi voinut päätellä. Tom lauleli melkein koko ajan, mutta enimmäkseen merkityksettömiä loruja, tai ehkä käyttäen jotakin hobiteille tuntematonta kieltä, muinaiskieltä, jonka sanat ilmaisivat lähinnä ihmetystä ja iloa.

He etenivät tasaisesti, mutta saivat pian huomata, että Tie oli kauempana kuin he olivat kuvitelleet. Ilman sumuakin olisivat heidän eiliset päiväunensa estäneet heitä saavuttamasta tietä ennen pimeän tuloa. Tumma juova, jonka he olivat nähneet, ei ollutkaan puujono vaan pensasrivi syvän vallihaudan reunalla, jonka toisella puolella kohosi jyrkkä muuri. Tom sanoi, että se oli kerran ollut kuningaskunnan raja, mutta hyvin kauan sitten. Hän tuntui muistavan jotakin surullista, joka siihen liittyi, eikä kertonut siitä paljoakaan.

He laskeutuivat vallihautaan ja nousivat pois muurissa olevasta aukosta, ja Tom kääntyi kohti pohjoista, sillä he olivat kaartaneet jonkin verran länteen. Maa oli nyt avointa ja melko tasaista, ja he kiiruhtivat kulkuaan, mutta aurinko oli jo matalalla, kun he vihdoin näkivät edessäpäin korkean puurivin ja tiesivät tulleensa monien odottamattomien seikkailujen jälkeen takaisin Tielle. He kannustivat poninsa laukkaamaan loppumatkan ja pysähtyivät puiden pitkien varjojen alle. He seisoivat loivan rinteen huipulla ja alhaalla mutkitteli Tie, jota hämärässä tuskin näkyi. Tällä kohden se kulki lähes lounaasta koilliseen, ja oikealla se laskeutui jyrkästi leveään notkelmaan. Tie oli kuoppainen ja siitä näki selvästi, että vastikään oli satanut rankasti: kolot ja painaumat olivat täynnä vettä.

He ratsastivat rinnettä alas ja tähyilivät kumpaankin suuntaan. Mitään ei näkynyt. »Huh, tässä sitä taas ollaan!» Frodo sanoi. »Eipä kai menetetty sitten kuin kaksi päivää oikaisemalla Metsän kautta minun ehdotukseni mukaan! Mutta kenties viivytys kääntyy hyödyksi – se on saattanut eksyttää ne kannoilta.»

Muut katsoivat häneen. Mustien ratsastajien pelko varjosti heitä äkkiä taas. Siitä lähtien kun he olivat astuneet Metsään, he olivat ajatelleet ennen muuta miten pääsisivät Tielle takaisin, vasta nyt, kun he saivat Tien näkyviinsä, he muistivat heitä vainoavan vaaran, joka kaiken järjen mukaan vaani heitä nimenomaan tällä tiellä. He katsoivat levottomina taakseen, laskevaa aurinkoa kohti, mutta Tie oli ruskea ja tyhjä.

»Luuletteko», kysyi Pippin epäröiden, »luuletteko, että meitä ahdistellaan tänä yönä?»

»Tuskin tänä yönä, tai toivottavasti ei», vastasi Tom Bombadil, »ja tuskin huomennakaan. Mutta älkää minun arvauksiini luottako, sillä varmasti en voi tätä sanoa. Idässä loppuvat minulta tiedot. Tom ei ole Mustan maan ratsumiesten isäntä, ne tulevat kaukaa, hänen alueensa ulkopuolelta.»

Oli miten oli, hobitit toivoivat, että hän olisi tullut heidän kanssaan. Heistä tuntui, että hän jos kukaan tietäisi, miten suhtautua Mustiin ratsastajiin. He jatkaisivat pian matkaansa täysin tuntemattomille tienoille, jotka mainittiin vain Konnun hämärimmissä ja kaukaisimmissa taruissa, ja syttyvien tähtien alla he äkkiä kaipasivat kotiin. Syvä yksinäisyys ja menetyksen tunne painoi heitä. He seisoivat paikallaan, haluttomina lopulliseen eroon, ja tajusivat vasta vähitellen, että Tom sanoi heille hyvästejä ja kehotti heitä olemaan rohkealla mielellä ja ratsastamaan pysähtymättä pimeän tuloon saakka.

»Tom antaa teille hyvän neuvon tämän päivän päätöstä varten (sen jälkeen oma onnenne saa käydä kanssanne ja teitä johdattaa): neljän virstan päässä Tietä kulkien saavutatte kylän, Briin kylän Briivuoren kupeessa, jossa kaikki ovet avautuvat länteen. Sieltä löytänette vanhan majatalon nimeltänsä *Pomppiva poni*. Viljami Voivalvatti on sen arvollinen isäntä. Siellä voitte yöpyä, ja myöhemmin voi aikainen aamu vauhdittaa matkaanne. Olkaa rohkeita ja silti varokaa! Pitäkää yllä iloista mieltänne ja ratsastakaa onneanne kohtaamaan!»

He pyysivät häntä tulemaan edes majataloon saakka ja juomaan vielä kerran heidän kanssaan, mutta hän kieltäytyi nauraen ja sanoi:

Tomin maa jo päättyy tässä, rajan yli hän ei käy,
Tomilla huoli on talostaan ja odottaa Kultamarja.

Sitten hän kääntyi, heitti hattunsa ilmaan, loikkasi Möykyn selkään ja ratsasti rinnettä ylös ja katosi laulaen hämyyn.

Hobitit kävelivät kummulle ja seurasivat häntä katseellaan, kunnes hän häipyi näkyvistä.

»Minusta on kurjaa erota herra Bombadilista», Sam sanoi. »Tosi merkillinen tyyppi kyllä. Me saadaan varmaan kulkea aika pitkään eikä ketään parempaa ja kummallisempaa tavata. Mutta totta puhuen minua miellyttää kovasti meno sinne *Pomppivaan poniin*, josta hän puhui. Kunpa se olisi niin kuin *Vihreä lohikäärme* kotopuolessa! Minkälaista joukkoa siellä Briissä asuu?»

»Briissä on hobitteja», Merri sanoi, »samoin kuin isoja ihmisiäkin. Siellä pitäisi olla ihan kotoisaa. *Poni* on minun kuulemani mukaan hyvä majatalo. Meikäläiset ratsastavat sinne silloin tällöin.»

»Se voi tosiaan täyttää kaikki toiveemme», Frodo sanoi, »mutta se on joka tapauksessa Konnun ulkopuolella. Älkää olko liiaksi kotonanne! Ja muistakaa – joka iikka – että nimeä Reppuli EI SAA mainita. Minä olen herra Alismäki, jos nimiä tarvitaan.»

He nousivat poniensa selkään ja ratsastivat ääneti illan varjoihin. Pimeys laskeutui hitaasti heidän kapsutellessaan mäkiä ylös ja alas, kunnes he lopulta näkivät tuikkivia valoja jonkin matkan päässä.

Heidän eteensä kohosi valtavana möhkäleenä Briivuori sumuisia tähtiä vasten, ja sen länsikupeella levittäytyi suuri kylä. Sitä kohti he nyt kiiruhtivat toivomatta muuta kuin takkatulta, ja ovea itsensä ja yön väliin.

9

POMPPIVAN PONIN MAJATALOSSA

BRIIMAA OLI PIENI asuttu alue, kuin saareke autioilla seuduilla, ja sen tärkein kylä oli Brii. Muut kylät olivat Sokkeli vuoren toisella puolella, Notko syvässä laaksossa vähän idempänä ja Aarnila Aarnimetsän reunassa. Briivuoren ja kylien ympärillä oli vain muutaman virstan levyinen kaistale peltoja ja hoidettua metsää.

Briin ihmiset olivat ruskeatukkaisia, rotevia ja aika lyhyitä, iloisia ja itsenäisiä: he olivat oman itsensä herroja mutta suhtautuivat ystävällisemmin hobitteihin, kääpiöihin, haltioihin ja muihin ympärillään eläviin maan asukkaisiin kuin mitä isoilla ihmisillä oli (tai on) yleensä tapana. Omien tarujensa mukaan he olivat maan todellisia alkuasukkaita ja niiden ihmisten jälkeläisiä jotka ensimmäisinä vaelsivat keskisen maan länsiosiin. Vain harvat olivat selviytyneet esiaikojen melskeistä, mutta kun kuninkaat palasivat Suuren meren takaa, he tapasivat Briin ihmiset entisiltä asuinsijoiltaan, ja siellä he asuivat edelleenkin kun vanhojen kuninkaiden muisto oli huvennut nurmeen.

Noihin aikoihin ei muita ihmisiä ollut asettunut asumaan niin kauaksi länteen taikka viidenkymmenen peninkulman etäisyydelle Konnusta. Mutta Briin taakse levittäytyvissä erämaissa liikkui outoja kulkijoita. Briiläiset kutsuivat heitä samoojiksi, eivätkä tienneet heidän alkuperästään tuon taivaallista. Samoojat olivat tummempia ja pitempiä kuin Briin ihmiset ja heillä uskottiin olevan salaperäisiä näön ja kuulon lahjoja ja kyky ymmärtää lintujen ja muiden eläinten kieltä. He vaeltelivat mielensä mukaan etelässä ja idässä aina Sumuvuorille saakka, mutta nykyään heitä oli vähän ja heitä nähtiin harvoin. Saapuessaan he toivat uutisia kaukaa ja kertoivat merkillisiä unohdettuja tarinoita joita kuunneltiin innolla, mutta ystäviksi he eivät briiläisten kanssa tulleet.

Briimaassa asui myös monia hobittisukuja, ja he puolestaan väittivät olevansa maailman vanhin hobittiyhdyskunta, joka oli perustettu kauan ennen Rankkivuon ylittämistä ja Konnun asuttamista. He asuivat enimmäkseen Sokkelissa, mutta jotkut asuivat myös Briissä, etenkin vuoren ylärinteillä, ihmisasumusten yläpuolella. Iso väki ja pikkuväki (kuten he toisiaan kutsuivat) olivat hyvissä väleissä, hoitivat omat asiansa omalla tavallaan ja pitivät kummatkin oikeutetusti itseään tarpeellisina briikansan ainesosina. Missään muualla maailmassa ei ollut tällaista merkillistä (mutta erinomaista) järjestystä.

Briiläiset, isot ja pienet, eivät itse paljonkaan matkustelleet; neljän oman kylän asiat heitä etupäässä liikuttivat. Toisinaan joku Briin hobitti matkusti Bukinmaahan tai jopa Itäneljännykseen asti, mutta vaikka heidän pikku maansa oli vain vähän yli päivän ratsastuksen päässä Rankkivuon sillalta itään, Konnun hobitit kävivät siellä nykyään hyvin harvoin. Jokunen bukinmaalainen tai seikkailunhaluinen Tuk saattoi tulla majataloon yöksi tai kahdeksi, mutta sekin kävi yhä harvinaisemmaksi. Konnun hobitit kutsuivat briiläisiä ja kaikkia Konnun ulkopuolella asuvia hobitteja *ulkolaisiksi*, eivät olleet heistä erityisen kiinnostuneita ja pitivät heitä tylsinä ja moukkamaisina. Luultavasti läntisessä maailmassa eli noihin aikoihin siellä täällä paljon enemmän ulkolaisia kuin kontulaiset kuvittelivat. Monet eivät varmaankaan olleet kulkureita kummempia: valmiita kaivamaan kolon mihin tahansa rinteeseen ja majailemaan siinä niin kauan kuin mieli teki. Mutta ainakin Briimaassa asuvat hobitit olivat kunnollista ja vaurasta väkeä eivätkä sen moukkamaisempia kuin suurin osa Konnussa asuvista etäisistä sukulaisistaan. Vielä muistettiin sekin, että aikoinaan Konnun ja Briin välillä oli ollut paljon kanssakäymistä. Rankkibukeissa oli aivan ilmeisesti briiläistä verta.

Briin kylässä oli noin sata ison väen kivitaloa, jotka kyyhöttivät enimmäkseen rinteessä Tien yläpuolella ikkunat länteen. Sillä puolen kiersi vuorta hieman puoliympyrää laajempi syvä vallihauta, jonka sisäpuolelle oli istutettu tuuhea pensasaita. Tie ylitti sen pengertä myöten, mutta pensasaidan aukossa Tien sulki suuri portti. Kylän etelänurkassa oli samanlainen portti, jonka kautta Tie vei ulos kylästä. Portit suljettiin auringonlaskun jälkeen, mutta heti niiden sisäpuolella oli portinvartijan pieni mökki.

Siinä, missä Tie kaartui oikealle seuraamaan vuoren juurta, oli suuri majatalo. Se oli rakennettu kauan sitten, aikana jolloin teiden liikenne oli ollut paljon vilkkaampi. Sillä Brii sijaitsi ikivanhassa tienristeyksessä: toinen muinainen tie kohtasi Idäntien heti vallituksen ulkopuolella kylän länsipuolella, ja ennen vanhaan ihmiset ja monenlaiset muut kulkijat olivat käyttäneet sitä tiuhaan. *Kummaa kuin Briistä kuultu*, sanottiin vieläkin Itäneljännyksessä – perua niiltä ajoilta, jolloin tuossa majatalossa saattoi kuulla pohjoisen, etelän ja idän uutiset ja jolloin Konnun hobitit kävivät useammin niitä kuulemassa. Mutta Pohjoiset maat olivat jo kauan olleet autioita ja Pohjantietä käytettiin enää harvoin: se oli nurmettunut umpeen ja briiläiset kutsuivat sitä Vihertieksi.

Briin majatalo oli kuitenkin vielä pystyssä ja sen isäntä oli tärkeä henkilö. Hänen talossaan tapasivat neljän kylän puheliaat, uteliaat ja toimettomat, pienet ja isot asukkaat; ja siellä kävi myös joukko samoojia ja muita kulkijoita sekä niitä matkalaisia (enimmäkseen kääpiöitä), jotka vielä käyttivät Idäntietä mennen tullen matkoillaan vuorille.

Oli pimeää ja kalpeat tähdet loistivat, kun Frodo ja hänen kumppaninsa lopulta saapuivat Vihertien risteykseen ja lähestyivät kylää. He tulivat länsiportille ja havaitsivat sen suljetuksi, mutta sen takana nököttävän majan ovella istui mies. Mies loikkasi pystyyn, kävi hakemassa lyhdyn ja katseli heitä ihmeissään portin yli.

»Mitä te haluatte ja mistä tulette?» hän kysyi töykeästi.

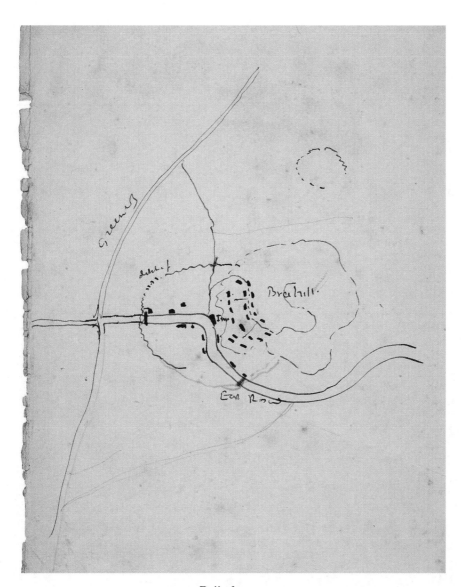

Briin kartta

»Pyrimme täkäläiseen majataloon», Frodo vastasi. »Olemme matkalla itään emmekä voi enää tänä yönä kulkea pitemmälle.»

»Hobitteja! Neljä kappaletta! Ja kaiken kukkuraksi kontulaisia puhetavasta päätellen», sanoi portinvartija hiljaa kuin itsekseen. Hän tuijotti heitä synkästi hetken ja avasi sitten hitaasti portin ja antoi heidän ratsastaa sisään.

»Ei täällä usein tapaa kontulaisia ratsastelemassa keskellä yötä», hän jatkoi, kun he pysähtyivät hetkeksi hänen ovensa eteen. »Suokaa anteeksi uteliaisuuteni, mutta minkälaiset asiat kutsuvat teitä Briin itäpuolelle? Mikähän on teidän nimenne?»

»Nimemme ja asiamme eivät kuulu kehenkään, emmekä me ainakaan tässä rupea niistä keskustelemaan», sanoi Frodo, joka ei pitänyt miehen ulkonäöstä eikä äänensävystä.

»Niinhän se tietysti on», mies sanoi, »mutta auringonlaskun jälkeen minun asiani on tehdä kysymyksiä.»

»Olemme Bukinmaan hobitteja ja meitä miellyttää matkustaa ja käydä teidän majatalossanne», puuttui puheeseen Merri. »Minä olen herra Rankkibuk. Riittääkö tämä? Briiläiset puhuivat ennen kohteliaasti matkalaisille, tai niin minulle on väitetty.»

»Hyvä on, hyvä on!» mies sanoi. »En minä tahtonut loukata. Mutta saatte kenties huomata, että muutkin kuin Portti-Harri kyselevät. Kaikkia kummia on liikkeellä. Jos menette tästä *Poniin*, näette kyllä että ette ole ainoat vieraat.»

Hän toivotti heille hyvää yötä eivätkä he puhuneet enempää, mutta Frodo pani merkille, että mies silmäili heitä edelleen uteliaasti. Hän oli iloinen kun kuuli portin kalahtavan kiinni jäljessään heidän ratsastaessaan tietä eteenpäin. Hän mietti, miksi mies oli ollut niin epäluuloinen ja oliko joku mahdollisesti kysellyt hobittiseurueesta. Olisiko tuo joku voinut olla Gandalf? Hän oli saattanut ennättää tänne sillä välin kun heidän kulkunsa viivästyi Metsässä ja keroilla. Mutta portinvartijan katse ja äänensävy saivat hänet levottomaksi.

Mies tuijotti hetken hobittien perään ja meni sitten takaisin taloonsa. Heti kun hän oli kääntänyt selkänsä, portin yli kiipesi tumma hahmo, joka kohta sulautui kylänraitin varjoihin.

Hobitit ratsastivat loivaa ylämäkeä, sivuuttivat pari yksittäistä taloa ja pysähtyivät majatalon eteen. Talot näyttivät heidän silmissään suurilta ja oudoilta. Sam tuijotti nelikerroksista ja moni-ikkunaista majataloa mieli maassa. Hän oli arvellut jossakin matkan vaiheessa kohtaavansa puita suurempia jättiläisiä ja paljon kamalampiakin olentoja, mutta juuri nyt tämä ensikosketus ihmisiin ja heidän korkeisiin taloihinsa riitti hänelle oikein hyvin, totta puhuen se oli rasittavan päivän päälle jo liikaakin. Hän oli näkevinään valmiiksi satuloituja mustia hevosia pihan varjoissa ja Mustia ratsastajia tähyämässä tummista yläikkunoista.

»Eihän me täällä nukuta, eihän?» hän huudahti. »Jos täälläpäin asuu hobitteja, niin me tietysti mennään kysymään, jos joku voisi tarjota meille yösijan. Olisi kotoisampaa.»

»Mitä vikaa majatalossa on?» Frodo sanoi. »Tom Bombadil suositteli sitä. Se on varmaan sisältä ihan kodikas.»

Ulkoakin päin talo näytti oikein mukavalta siitä, joka oli sellaisiin tottunut. Sen etuovi oli tielle päin ja takana oli kaksi siipeä, osittain vuoren rinteen alaosaan kaivettuna, niin että sillä puolen kolmannen kerroksen ikkunat olivat maan tasalla. Korkean portinkaaren alta pääsi siipirakennusten väliseen pihaan ja kaaren vasemmalta puolelta vei pari leveää porrasaskelmaa suurelle ovelle. Ovi oli auki ja siitä virtasi ulos valoa. Kaaren päällä oli lamppu ja lampun alla roikkui suuri kilpi: lihava valkoinen poni, joka oli kavahtanut takajaloilleen. Oven yläpuolelle oli maalattu valkoisin kirjaimin: POMPPIVA PONI OMISTAJA VILJAMI VOIVALVATTI. Joidenkin alakerran ikkunoiden paksujen verhojen lomasta pilkotti valoa.

Heidän epäröidessään ulkona pimeässä joku aloitti sisällä hilpeän laulun, johon monet iloiset äänet yhtyivät. He kuuntelivat tätä rohkaisevaa laulua hetken ja laskeutuivat sitten ponien selästä. Laulu loppui ja sisältä kuului naurun ja taputusten ryöppy.

He taluttivat poninsa kaaren alitse, jättivät ne pihalle ja kiipesivät portaat ylös. Frodo kulki ensimmäisenä ja melkein törmäsi kaljupäiseen ja punanaamaiseen ihmiseen, jolla oli valkoinen esiliina yllään. Mies ryntäsi juuri yhdestä ovesta ulos ja toisesta sisään kantaen tarjotinta, jolle oli lastattu täysinäisiä kolpakoita.

»Voisimmeko –» aloitti Frodo.

»Hetki vaan, jos sopii!» huusi mies olkansa yli ja katosi äänten sorinaan ja savupilveen. Hetken kuluttua hän palasi pyyhkien käsiä esiliinaansa.

»Hyvää iltaa, pikku herra!» hän sanoi ja kumartui. »Mitähän te haluaisitte?»

»Vuoteet neljälle, ja talli viidelle ponille, mikäli se on mahdollista. Oletteko te herra Voivalvatti?»

»Kyllä vaan. Voivalvatti hyvinkin. Viljami Voivalvatti – palveluksessanne! Taidatte tulla Konnusta asti?» hän sanoi ja sitten hän äkkiä läimäytti kädellä otsaansa kuin yrittäen muistaa jotakin. »Hobitteja!» hän huudahti. »Mitä minun piti siitä muistaa? Saanko kysyä nimiänne?»

»Herra Tuk ja herra Rankkibuk», Frodo sanoi. »Ja tämä on Sam Gamgi. Minun nimeni on Alismäki.»

»Ah ja voi!» sanoi herra Voivalvatti napsauttaen sormiaan. »En saa sitä mieleeni! Mutta kyllä minä sen vielä muistan, kun saan aikaa miettiä. Minulla on hirvittävä kiire, mutta katsotaan nyt. Emme usein saa vieraita Konnusta, ja minusta olisi ikävää, jos en voisi ottaa teitä vastaan. Mutta talossa on jo sellainen määrä kansaa tänään, ettei ole ollutkaan aikoihin. Liika on aina liikaa, sanotaan täällä Briissä.»

»Hoi! Nob!» hän huusi. »Missä olet senkin karvatassu kuhnuri! Nob!»

»Tullaan tullaan!» Iloisennäköinen hobitti poukkasi ovesta sisään. Nähdessään matkalaiset hän jäykistyi paikoilleen ja tuijotti heitä hyvin kiinnostuneena.

»Missä Bob on?» isäntä kysyi. »Et tiedä? Mene etsimään sitten! Ja sassiin! Minulla ei ole kuutta jalkaa eikä kuutta silmääkään! Sano Bobille, että talliin on vietävä viisi ponia, saa luvan löytää tilaa jostakin.» Nob juoksi tiehensä virnistäen ja silmää iskien.

»Jaa, mitä minun pitikään sanomani?» herra Voivalvatti sanoi naputtaen otsaansa. »Kun yhden asian muistaa, toisen unohtaa. On sellainen kiire tänään, että päässä pyörii. Yksi seurue tuli viime yönä etelästä Vihertietä – ja se jo oli poikkeuksellista. Sitten täällä on tänä iltana saapunut seurue kääpiöitä, jotka ovat matkalla länteen. Ja nyt te. Jos te ette olisi hobitteja, en usko että voisimme majoittaa teitä. Mutta meillä on pohjoissiivessä jokunen huone, jotka tehtiin erityisesti hobitteja varten silloin kun talo rakennettiin. Ne ovat pohjakerroksessa, niin kuin hobitit yleensä toivovat, ja niissä on pyöreät ikkunat ja kaikki teikäläisen maun mukaan. Toivottavasti viihdytte. Olette varmaan illallisen tarpeessa. Se tulee heti kunhan ehditään. Tätä tietä.»

Hän vei heitä vähän matkaa käytävää pitkin ja avasi erään oven. »Tässä on mukava pikku olohuone!» hän sanoi. »Toivottavasti se käy. Suokaa anteeksi. On niin kiire. Puhella ei ehdi. Mentävä on. Raskasta työtä jaloille enkä minä silti laihdu ollenkaan. Pistäydyn vielä myöhemmin. Jos kaipaatte jotakin, soittakaa kelloa niin Nob tulee. Jollei tule, soittakaa ja huutakaa!»

Lopulta hän lähti ja jätti heidät haukkomaan henkeään. Hän pystyi ilmeisesti puhumaan loputtomasti, olipa sitten kuinka kiireinen tahansa. Kumppanukset huomasivat olevansa pienessä kodikkaassa huoneessa. Iloinen pikku valkea paloi takassa, jonka edessä oli muutamia matalia ja mukavia tuoleja. Huoneessa oli myös pyöreä pöytä, jolle oli jo levitetty valkoinen liina ja sen päällä seisoi suuri kilistyskello. Mutta hobittipalvelija Nob ryntäsi sisään paljon ennen kuin he ehtivät ajatellakaan soittamista. Hän toi kynttilöitä ja tarjottimen täynnä lautasia.

»Haluatteko jotakin juotavaa?» hän kysyi. »Näytänkö teille makuuhuoneenne sillä aikaa kun illallinen valmistuu?»

He olivat peseytyneet ja tyhjensivät jo suuria olutkolpakoita, kun herra Voivalvatti ja Nob jälleen tulivat sisään. Pöytä oli hujauksessa katettu. Kuumaa soppaa, leikkeleitä, karhunvatukkapiirakkaa, tuoreita limppuja, voilevyjä ja puolikas kypsää juustoa: rehellistä kunnon ruokaa, joka pärjäsi hyvin Konnun antimille ja oli niin tuttua, että Samin viimeisetkin epäilykset haihtuivat (oluen erinomaisuus oli jo huomattavasti rauhoittanut häntä).

Isäntä viipyi heidän kanssaan vähän aikaa ja teki sitten lähtöä. »Huvittaisiko teitä liittyä seuraan, kun olette syöneet», hän sanoi ovella. »Ehkä menette mieluummin nukkumaan. Seura kuitenkin toivottaa teidät kovin tervetulleeksi, mikäli teitä haluttaa. Tänne ei usein tule ulkolaisia – piti sanomani kontulaisia, anteeksi – ja me kuulisimme mielellämme uutisia tai jonkun sellaisen tarinan tai laulun, mikä teillä sattuisi olemaan mielessä. Mutta miten vain! Soittakaa kelloa, jos kaipaatte jotakin!»

He tunsivat itsensä niin virkistyneiksi illallisen jälkeen (jota oli kestänyt kolme neljännestuntia yhtä mittaa ilman turhia puheita) että Frodo, Pippin ja Sam päättivät liittyä majatalon vieraiden seuraan. Merri sanoi, että siellä olisi liian tunkkaista. »Minä istun täällä vähän aikaa kaikessa rauhassa tulen ääressä ja menen sen jälkeen ehkä haukkaamaan raitista ilmaa. Olkaa sitten varovaisia älkääkä unohtako, että me olemme salaisella karkumatkalla ja että tämä on vielä päätien varrella ja aivan lähellä Kontua!»

»Juu juu!» sanoi Pippin. »Varo itse! Älä eksy, äläkä unohda, että neljän seinän sisällä on turvallisempaa!»

Vieraat oleilivat majatalon suuressa salissa. Seura oli suuri ja sekalainen, kuten Frodo huomasi kun hänen silmänsä tottuivat valoon. Valo tuli enimmäkseen roihuavasta takkatulesta; kolme lamppua, jotka riippuivat kattoparsista, olivat himmeät ja puoliksi savun peitossa. Viljami Voivalvatti seisoi lähellä tulta jutellen parin kääpiön ja muutaman vieraannäköisen ihmisen kanssa. Penkeillä istui kaikenkarvaista joukkoa: Briin ihmisiä, ryhmä paikallisia hobitteja (rupatellen keskenään), vielä pari kääpiötä, ja pimeissä nurkissa istuvia hämäriä hahmoja, joita tuskin saattoi erottaa.

Kun Konnun hobitit astuivat sisään, briiläiset tervehtivät heitä heti yhteen ääneen. Muukalaiset, erityisesti Vihertietä tulleet, tuijottivat heitä uteliaina. Isäntä esitteli tulijat briiläisille niin nopeasti, että vaikka heidän korviinsa osui useita nimiä, heille jäi jokseenkin epäselväksi, kelle mikin nimi kuului. Briin ihmisillä tuntui kaikilla olevan tavalla tai toisella kasviopilliset (ja kontulaisten mielestä vähän omituiset) nimet, niin kuin Selja, Omppu, Vihvilävalo, Vaivero-varvas, Ohdasvilla ja Imarre (ja tietysti Voivalvatti). Joillakin hobiteilla oli saman-tapaiset nimet. Esimerkiksi Marunoita tuntui olevan runsaasti. Mutta useim-milla oli luonnolliset nimet niin kuin Törmä, Mäyrämaja, Isokolo, Kaivuli ja Käytäväinen, joista monet olivat käytössä Konnussakin. Paikalla oli useita Alis-mäkiä Sokkelista, ja kun heidän oli mahdoton kuvitella, etteivät samannimiset hobitit olisi toisilleen sukua, he ottivat Frodon vastaan kauan tietymättömissä olleena pikkuserkkunaan.

Briin hobitit olivat tosiaankin ystävällisiä ja tiedonhaluisia, ja Frodo käsitti pian, että hänen olisi annettava jonkinlainen selonteko matkansa tarkoituk-sesta. Hän ilmoitti, että hän oli kiinnostunut historiasta ja maantiedosta (mihin kovasti nyökkäiltiin vaikka kumpaakaan sanaa ei turhan paljon käytetty Briin murteessa). Hän kertoi, että hän suunnitteli kirjan kirjoittamista (hämmentynyt hiljaisuus), ja että hän ja hänen toverinsa aikoivat kerätä tietoja Konnun ulko-puolella erityisesti itäisillä seuduilla asuvista hobiteista.

Siitä seurasi aika puheryöppy. Jos hän todella olisi halunnut kirjoittaa kirjan ja hänellä olisi ollut päässään useampia korvapareja, hän olisi saanut aineistoa monen luvun verran parissa minuutissa. Ja mikäli tämä ei riittäisi, hänelle annet-tiin myös joukko nimiä – ensimmäiseksi »tämä kunnon Viljami tässä» – joilta hän saisi lisätietoja. Vähän ajan kuluttua, kun Frodo ei ryhtynytkään kirjoittamaan kirjaa heti siinä paikassa, he palasivat kysymyksiinsä Konnun kuulumisista. Frodo osoittautui kovin niukkasanaiseksi ja jäi pian yksin nurkkaan kuuntele-maan ja katselemaan ympärilleen.

Ihmiset ja kääpiöt puhuivat enimmäkseen kaukaisista tapahtumista ja kertoi-vat uutisia, joiden sävy oli vähän liiankin tuttu. Etelässä oli levottomuuksia, ja Vihertietä tulleet miehet olivat nähtävästi lähteneet liikkeelle etsiäkseen sellaisia seutuja, joilla he voisivat elää rauhassa. Briiläiset olivat suopeita, mutta selväs-tikään eivät kovin innokkaita ottamaan suurta muukalaisjoukkoa pieneen maa-hansa. Yksi matkamiehistä, joka oli kierosilmäinen ja pahannäköinen, ennusti että pohjoiseen tulisi lähitulevaisuudessa yhä enemmän ja enemmän kansaa. »Jos heille ei löydy tilaa, he löytävät sitä kyllä itse. Heillä on sama oikeus elää kuin muillakin», hän sanoi kovaäänisesti. Paikalliset asukkaat eivät pitäneet näistä näkymistä.

Hobitit eivät kiinnittäneet tähän kaikkeen paljoakaan huomiota, eikä asia näyttänyt tällä hetkellä koskevankaan hobitteja. Isot ihmiset tuskin tulisivat pyytämään asuntoa hobitinkoloista. Hobitit olivat kiinnostuneempia Samista ja Pippinistä, jotka olivat täysin kotiutuneet ja rupattelivat iloisesti Konnun tapah-tumista. Pippin nostatti melkoisen naurun kertomuksella siitä miten Raatikolon katto romahti Järin Möyremässä: pormestari Vili Valkojalka, Länsineljännyksen paksuin hobitti, oli hautautunut kalkkiin ja noussut esiin kuin mikäkin jauho-tettu myky. Mutta jotkut kysymykset saivat Frodon hiukan levottomaksi. Eräs briiläinen, joka näytti käyneen Konnussa useita kertoja, halusi tietää missä Alis-mäet asuivat ja kenelle he olivat sukua.

Äkkiä Frodo huomasi oudon näköisen ahavoituneen ison ihmisen, miehen, joka istui seinän vierustalla varjossa ja kuunteli hänkin tarkkaan hobittien puhetta. Hänellä oli iso tinakannu edessään ja hän poltteli pitkävartista, merkillisesti koristeltua piippua. Hän oli oikaissut jalkansa niin, että pehmeästä nahasta tehdyt pitkät saappaat näkyivät; ne sopivat hänelle hyvin mutta olivat kokeneet kovia, tällä hetkellä niissä näkyi mutapaakkuja. Hänellä oli käytössä nuhrautunut, paksusta tummanvihreästä kankaasta tehty kaapu, jonka hän oli kietonut tiukasti ympärilleen, ja huoneen kuumuudesta huolimatta hänellä oli päässään huppu, joka varjosti hänen kasvonsa, mutta silmien välke näkyi hänen katsellessaan hobitteja.

»Kuka tuo on?» Frodo kysyi, kun hän sai tilaisuuden kuiskata herra Voivalvatille. »Ettehän te esitellyt häntä?»

»Ai tuo?» kuiskasi isäntä vastaan vilkaisten häntä kääntämättä päätään. »En oikein tiedä. Hän on niitä vaeltajia – samooja, niin kuin meilläpäin sanotaan. Hän puhuu harvoin, vaikka silloin kun häntä huvittaa kertoa tarina, niin sitä kyllä kelpaa kuulla. Hän saattaa kadota kuukaudeksi tai vuodeksi ja sitten hän taas ilmestyy. Keväällä hän kävi täällä usein, mutta viime aikoina en ole häntä nähnyt. En ole koskaan kuullut hänen oikeaa nimeään, mutta näillä tienoin hänet tunnetaan Konkarina. Harppoo pitkillä säärillään paikasta toiseen eikä kerro kenellekään kiireensä aihetta. Mutta itä ja länsi käyvät yli ymmärryksen, niin kuin me täällä Briissä sanomme, ja tarkoitamme samooja ja kontulaisia, anteeksi vaan. Kas kun te kysyittekin juuri hänestä.» Mutta silloin herra Voivalvattia kaivattiin taas hakemaan lisää olutta, ja hänen viimeinen lauseensa jäi vaille selitystä.

Frodo huomasi, että Konkari katseli parhaillaan häntä ikään kuin olisi kuullut tai arvannut mitä sanottiin. Sitten hän kutsui kädenheilautuksella ja nyökkäyksellä Frodon luokseen istumaan. Frodon kävellessä lähemmäksi hän huitaisi hupun syrjään ja paljasti takkuisen tumman tukan, jossa oli harmaita juovia, sekä kalpeat lujat kasvot ja tarkat harmaat silmät.

»Minua sanotaan Konkariksi», hän sanoi matalalla äänellä. »On hauska tavata teidät, herra – Alismäki, mikäli vanha Voivalvatti ymmärsi nimenne oikein.»

»Kyllä ymmärsi», sanoi Frodo. Noiden tarkkojen silmien katseen kohteena hän tunsi olonsa kaikkea muuta kuin mukavaksi.

»No niin, herra Alismäki», sanoi Konkari, »teinä minä estäisin nuoria ystäviänne puhumasta liikoja. Juoma, takkatuli ja satunnainen tuttavuus tuntuvat kyllä mukavilta, mutta täällä me kertakaikkiaan emme ole Konnussa. Kaikenlaista outoa väkeä on liikkeellä. Vaikka minä en ehkä teidän mielestänne ole paras puhumaan», hän lisäsi hymähtäen, kun näki Frodon katseen. »Ja Briin läpi on kulkenut kummempiakin matkalaisia viime aikoina», hän jatkoi tarkaten Frodon kasvoja.

Frodo vastasi hänen tuijotukseensa mutta ei sanonut mitään, eikä Konkari enää vihjaillut sen enempää. Mies oli äkkiä kiinnittänyt huomionsa Pippiniin. Kauhukseen Frodo huomasi, että tuo hölmönhölmö nuori Tuk oli innostunut Järin Möyremän lihavan pormestarin seikkailujen saamasta suosiosta ja kertoi juuri hauskaa selostusta Bilbon läksiäisjuhlista. Hän oli jo ryhtynyt matkimaan Puhetta ja lähestyi järkyttävää Katoamista.

Frodoa suututti. Tarina oli tietenkin aivan vaaraton, mitä tuli useimpiin paikallisiin hobitteihin: hassu juttu noista hassuista tyypeistä, jotka asuivat Vuon tuolla puolen, mutta eräät (kuten esimerkiksi vanha Voivalvatti) tiesivät yhtä ja toista ja olivat varmaankin aikoja sitten kuulleet huhuja Bilbon katoamisesta. Tämä palauttaisi nimen Reppuli heidän mieleensä, etenkin jos nimeä oli kyselty Briissä.

Frodo liikehti hermostuneesti tietämättä, mitä tehdä. Pippin nautti selvästi saamastaan huomiosta ja oli tykkänään unohtanut vaaran. Äkkiä Frodoon iski pelko, että Pippin saattaisi tuossa mielentilassa mainita Sormuksenkin, ja se voisi olla todella vaarallista.

»Tehkää jotakin ja pian!» kuiskasi Konkari hänen korvaansa.

Frodo pomppasi pystyyn, nousi pöydälle seisomaan ja alkoi puhua. Pippinin yleisön huomio herpaantui. Muutamat hobitit kääntyivät katsomaan Frodoon ja he nauroivat ja taputtivat arvellen, että herra Alismäki oli nauttinut olutta runsaanlaisesti.

Frodo tunsi itsensä äkkiä hyvin tyhmäksi, ja totesi sormeilevansa taskussaan olevia esineitä (kuten oli hänen tapansa puheita pitäessään). Hän tunsi Sormuksen ja sen ketjun ja jostakin käsittämättömästä syystä hänet valtasi halu työntää sormensa siihen ja kadota koko tyhmästä tilanteesta. Jotenkin hänestä tuntui, että ajatus tuli häneen ulkopuolelta, joltakin tai jostakin tästä huoneesta. Hän taisteli ankarasti kiusausta vastaan ja puristi Sormuksen käteensä ikäänkuin pitääkseen sen aloillaan, estääkseen sitä karkaamasta tai ryhtymästä pahantekoon. Ei se ainakaan antanut hänelle minkäänlaista inspiraatiota. Hän lausui »muutamia sopivia sanoja» niin kuin Konnussa olisi sanottu: *Olemme kaikki kovin kiitollisia vastaanottonne ystävällisyydestä ja rohkenen toivoa, että lyhyt vierailuni voisi auttaa uudistamaan vanhoja siteitä Konnun ja Briin välillä,* sitten hän epäröi ja yskäisi.

Kaikki huoneessaolijat katsoivat nyt häneen. »Laulu!» huusi eräs hobitti. »Laulu! Laulu!» huusivat muutkin. »Hyvä herra, laulakaa meille jotakin mitä emme ole kuulleet aikaisemmin!»

Frodo seisoi hetken suu auki. Sitten hän alkoi epätoivoissaan laulaa älytöntä laulua, josta Bilbo oli pitänyt aika lailla (ja ollut ylpeäkin, sillä hän oli tehnyt sanat itse). Se kertoi majatalosta, ja siksi se varmaan tuli Frodon mieleenkin juuri silloin. Tässä on tuo laulu kokonaisuudessaan. Nykyään siitä muistetaan yleensä vain rippeitä.

On vanha iloinen kapakka
  mäen juurella vanhan ja harmaan,
sen olueen oivaan ja ruskeaan
Kuu-ukkokin mieltyi ja maistamaan
  tuli sitä ja juopui varmaan.

Sen isännän kissa juoppo on,
  viiskielistä viulua soittaa;
ylös, alas sävelet vaihtelee,
väliin hyrisee, väliin vinkaisee,
  väliin välillä olla koittaa.

Ja isännän koira pieni se
  hyvin vitsejä ymmärtää;

kun hauskat on jutut vieraiden
niin hörössä ovat korvat sen
ja se nauraa hähhähhää.

Ja sarvekas lehmä siellä myös
kuin kuningatar saa olla;
vaan soitto kuin olut sen juovuttaa
ja tupsuhäntäänsä huiskimaan saa
ja tanssimaan nurmikolla.

Mikä määrä on hopeavateja
ja lusikoitakin!
Erityiset varalle sunnuntain, *
ja ahertaa niitä kiillottain
väki lauantai-iltaisin.

Kuu-ukko se haarikan pohjaan joi,
ja kissa mourusi kovin;
vati, lusikka kävivät tanssimaan
ja lehmä tarhassa loikkimaan,
koira häntäänsä jahtasi tovin.

Kuu-ukko haarikan uuden sai,
pian oli hän pöydän alla;
oluesta siellä uneksi hän,
kunnes nähtiin tähtien häipyvän
ja sarasti taivahalla.

Sanoi isäntä juopolle kissalleen:
»Kuun valkeat hevoset jo
ne purevat hopeakuolaimiaan
kun herransa sammui kerrassaan
ja nousee taas Aurinko!»

Kissa viulua soitti hilivii hilivii,
piti hirveää ääntä sen sello;
se vain yhä kiivaammin vingutteli,
Kuu-ukkoa isäntä ravisteli,
sanoi: »Jo yli kolmen on kello!»

Ukon mäkeä ylös he vierittivät,
hänet työnsivät Kuuhun, hei!
Hevot jäljessä laukkasi uljaasti
ja lehmä kuin peura se koikkelehti,
vati lusikan tanssiin vei.

---

* Ks. viite 2, s. 946.

Yhä tiuheni viulun ääni, tilii,
ja koira jo karjui ihan,
ja päällään seisoivat lehmä ja hevot,
ja vieraat heittivät sikseen levot
ja tanssivat ylitse pihan.

Niin viulun kielet katkesi, ping!
Kuun yli se lehmä loikki,
ja pikku koira nauroi, kun
näki vadin ja lusikan kiillotetun
vilistävän lattian poikki.

Oli täynnä Kuu, kun se mäen taa
väistyi nousevan Auringon tieltä.
Ei Aurinko yhtään käsittänyt
miksi päivän tultua kaikki nyt
vain sänkyyn kömpivät sieltä.

Frodo sai pitkät ja äänekkäät suosionosoitukset. Hänellä oli hyvä ääni ja laulu kutkutti yleisön mielikuvitusta. »Missä se vanha Viljami on?» he huusivat. »Tämä hänen pitäisi kuulla. Bobin pitäisi opettaa kissansa vinguttamaan viulua, niin me voisimme panna tanssiksi.» He vaativat lisää olutta ja alkoivat huutaa: »Laulakaa se uudestaan! Laulakaa nyt! Vielä kerran!»

He juottivat Frodolle vielä yhden oluen ja saivat hänet aloittamaan laulun alusta ja monet yhtyivät siihen, sävel kun oli tuttu ja briiläiset nopeita oppimaan sanoja. Tuli Frodon vuoro olla tyytyväinen itseensä. Hän keikkui pöydällä ja päästyään toisen kerran kohtaan *Kuun yli se lehmä loikki* hän loikkasi ilmaan. Aivan liian pontevasti, hän näet tuli alas – pläts – täysinäiselle kolpakkotarjottimelle, liukastui ja vieri alas pöydästä – ryminää, kolinaa ja tömäys! Yleisö avasi suunsa nauraakseen ja jähmettyi äänettömäksi suu ammollaan: laulaja oli kadonnut. Hän vain hävisi aivan kuin lattia olisi nielaissut hänet jälkiä jättämättä!

Paikalliset hobitit tuijottivat mykistyneinä lattiaa, sitten he hyppäsivät pystyyn ja huusivat Viljamia. Kaikki seurueen jäsenet vetäytyivät kauemmaksi Pippinistä ja Samista, niin että he jäivät yksin nurkkaan ja heitä silmäiltiin epäilevästi riittävän välimatkan päästä. Aivan ilmeisesti heitä pidettiin nyt kuljeksivan taikurin seuralaisina, ja ties mitä voimia ja aikeita tällä olikaan. Mutta eräs tummaverinen briiläinen katseli heitä naamallaan tietäväinen ja puolipilkallinen ilme, joka teki heidän olonsa erinomaisen epämukavaksi. Hän poistuikin saman tien ovesta ulos ja kierosilmäinen etelänmies seurasi häntä. Nuo kaksi olivat kuiskutelleet keskenään pitkin iltaa.

Frodo tunsi itsensä hölmöksi. Kun hän ei keksinyt mitään parempaakaan, hän ryömi pöytien alitse Konkarin pimeää nurkkaa kohti. Konkari istui liikkumatta paikallaan eikä mitenkään näyttänyt ajatuksiaan. Frodo nojasi seinään ja otti Sormuksen pois. Miten se oli hänen sormeensa joutunut, oli hänelle arvoitus. Hän saattoi vain olettaa, että hän oli pyöritellyt sitä taskussa laulaessaan ja se oli jotenkin luiskahtanut sormeen, kun hän äkkiä ojensi kätensä pysyäkseen tasapainossa. Hetken hän mietti, oliko Sormus ehkä itse tehnyt hänelle tepposet; ehkä se oli yrittänyt ilmaista itsensä vastauksena huoneessa vaikuttavalle toivomukselle tai käskylle. Hän ei pitänyt uloslähteneiden miesten ilmeistä.

»No?» Konkari sanoi kun hän ilmestyi näkyviin. »Miksi teitte sen? Sehän oli pahempaa kuin mikään, mitä toverinne olisivat saattaneet sanoa! Nyt vasta pistitte lusikkanne soppaan! Vai pitäisikö sanoa sormenne?»

»Mitä tarkoitatte? Minä en käsitä», Frodo sanoi harmissaan ja sydän hakaten.

»Kyllä käsitätte», Konkari vastasi; »mutta odotetaan kunnes meteli asettuu. Sitten, mikäli teille sopii, herra *Reppuli*, vaihtaisin mielelläni kanssanne pari sanaa.»

»Mistä asiasta?» Frodo kysyi muka huomaamatta, että mies oli käyttänyt hänen omaa nimeään.

»Asiasta joka on tärkeä – meille kummallekin», Konkari vastasi ja katsoi Frodoa silmiin. »Saatatte kuulla jotakin, josta on teille hyötyä.»

»Hyvä on», Frodo sanoi ja yritti näyttää välinpitämättömältä. »Minä puhun kanssanne myöhemmin.»

Samaan aikaan käytiin takan luona kiivasta väittelyä. Herra Voivalvatti oli porhaltanut sisään ja yritti nyt kuunnella samanaikaisesti useampia toisistaan poikkeavia kertomuksia tapahtuneesta.

»Minä näin, herra Voivalvatti», sanoi yksi hobitti, »tai toisin sanoen en nähnyt, käsitättekö? Hän vain haihtui savuna ilmaan.»

»Ihanko totta, herra Maruna?» sanoi isäntä hämmentyneen näköisenä.

»Ihan totta!» vastasi Maruna. »Minä näin! Tai siis en!»

»Tässä on nyt joku erehdys», herra Voivalvatti sanoi päätään puistaen. »Haihtui savuna ilmaan? Pulska hobitti meidän matalaan tunkkaiseen tupaan? Ei, kuulkaa, ei.»

»Jaa mutta missä hän nyt on?» kuultiin eri puolilta.

»Mistä minä tietäisin? Hän saa toki mennä minne haluaa, kun vain maksaa laskunsa aamulla. Onhan tuossa herra Tuk, hän ei ole kadonnut mihinkään.»

»Minä kyllä näin mitä näin ja näin mitä en nähnyt», sanoi herra Maruna jääräpäisesti.

»Ja minä sanon, että tässä on joku erehdys», toisti herra Voivalvatti, otti tarjottimen ja alkoi kerätä särkyneitä astioita.

»Erehdyspä hyvinkin», sanoi Frodo. »En minä ole haihtunut mihinkään. Tässähän minä olen! Olen vain vaihtanut pari sanaa Konkarin kanssa täällä nurkassa.»

Hän astui takan valopiiriin, mutta suurin osa seurueesta peräänsi entistäkin järkyttyneempänä. He eivät olleet alkuunkaan tyytyväisiä hänen selitykseensä, jonka mukaan hän oli pudottuaan nopeasti ryöminyt pöytien alitse. Useimmat hobitit ja Briin ihmiset kävelivät saman tien tuhahdellen ulos kaipaamatta enää mitään viihdytystä sinä iltana. Jokunen loi Frodoon synkän katseen ja poistui mutisten ystäviensä kanssa. Kääpiöt ja ne pari kolme muukalaisihmistä, jotka vielä olivat paikalla, nousivat ja sanoivat hyvää yötä isännälle, mutta eivät Frodolle ja hänen tovereilleen. Kohta jäljellä ei ollut muita kuin Konkari, joka istui huomaamattomana nurkassa.

Herra Voivalvatti ei näyttänyt erityisesti suuttuneen. Hän varmaan arveli, että hänen talonsa olisi taas täynnä monina tulevina iltoina, kunnes tämän illan oudot tapahtumat olisi perusteellisesti vatvottu. »Mitä te oikein olette tehnyt, herra Alismäki?» hän kysyi. »Pelottanut asiakkaani ja hajottanut astiani taitotempuillanne!»

»Olen kovasti pahoillani häiriöstä, jota olen aiheuttanut», Frodo sanoi. »Se ei ollenkaan ollut tarkoitus, uskokaa minua. Se oli hyvin valitettava vahinko.»

»Hyvä on, herra Alismäki! Mutta jos aiotte toiste poukkoilla tai tehdä silmänkääntötemppuja tai mitä se nyt sitten olikin, niin voisitte varoittaa yleisöä etukäteen – ja minua myös. Me olemme täällä vähän epäluuloisia – me emme ihastu noin vain ykskaks mistään epätavallisesta, niin sanoakseni luonnottomasta asiasta.»

»Minä en tee enää mitään sen tapaistakaan, lupaan sen. Ja nyt minä taidan mennä nukkumaan. Me lähdemme aikaisin aamulla. Pitäisittekö huolta siitä, että ponimme ovat valmiina kahdeksaan mennessä?»

»Sen teen! Mutta minä haluaisin puhua kanssanne kahden kesken ennen kuin menette. Mieleeni palasi juuri eräs seikka, joka minun on kerrottava teille. Toivottavasti ette pahastu. Hoidan ensin pari asiaa ja tulen sitten teidän huoneeseenne, mikäli se käy päinsä.»

»Kaikin mokomin!» Frodo sanoi; mutta hänen mielensä masentui. Hän mietti kuinka monta yksityistä keskustelua hänen olisi käytävä ennen kuin hän pääsisi nukkumaan, ja mitä niissä kävisi ilmi. Olivatko kaikki täällä liitossa häntä vastaan? Hän alkoi epäillä, että jopa kunnon Voivalvatin paksun naaman takana piili synkkiä suunnitelmia.

10

KONKARI

FRODO, PIPPIN JA Sam menivät takaisin olohuoneeseensa. Huoneessa ei ollut valoa. Merriä ei näkynyt ja takka oli hiipunut. Vasta kun he olivat puhaltaneet hiilloksen hehkuvaksi ja lisänneet siihen pari risukimppua, he huomasivat että Konkari oli tullut heidän mukanaan. Siinä hän istui kaikessa rauhassa ovensuussa!

»Hei!» sanoi Pippin. »Kuka te olette ja mitä haluatte?»

»Minua kutsutaan Konkariksi», hän vastasi, »ja vaikka ystävänne on sen ehkä unohtanut, hän lupasi jutella kanssani.»

»Muistaakseni te sanoitte, että voisitte kertoa jotakin, joka olisi minulle hyödyksi», Frodo sanoi.

»Paljonkin», Konkari vastasi, »mutta minulla on tietysti hintani.»

»Mitä tarkoitatte?» kysyi Frodo terävästi.

»Älkää pelästykö! Tarkoitan vain, että kerron teille, mitä tiedän ja annan teille muutaman hyvän neuvon – mutta haluan siitä palkkion.»

»Ja mitäköhän se mahtaisi olla?» Frodo kysyi. Hän epäili nyt joutuneensa tekemisiin roiston kanssa ja harmitteli hermostuneesti sitä, että oli ottanut mukaansa vain vähän rahaa. Koko summakaan tuskin riittäisi rosvolle eikä Frodolta olisi liiennyt kolikkoakaan.

»Ei enempää kuin mihin teillä on varaa», Konkari sanoi ja veti suunsa hymyyn ikään kuin olisi arvannut Frodon ajatukset. »Teidän on vain otettava minut mukaanne ja minä päätän itse koska eroan seurastanne.»

»Vai niin!» vastasi Frodo, joka oli yllättynyt mutta tuskin helpottunut. »Vaikka haluaisinkin yhden seuralaisen lisää, en suostuisi moiseen ennen kuin tietäisin teistä ja teidän asioistanne koko lailla enemmän kuin nyt.»

»Mainiota!» huudahti Konkari heittäen jalkansa ristiin ja asettuen mukavampaan asentoon tuolissaan. »Tunnutte taas tulevan järkiinne, ja se on hyvä se. Olettekin ollut tähän asti aivan liian varomaton. Hyvä! Minä kerron teille tietoni ja jätän palkkion määräämisen teille. Ehkä suotte sen minulle mielellänne, kun olette kuullut asiani.»

»Kertokaa sitten!» Frodo sanoi. »Mitä te tiedätte?»

»Liian paljon, liian monta synkkää asiaa», sanoi Konkari vakavana. »Mutta mitä teidän asioihinne tulee –» Hän nousi ylös ja meni ovelle, avasi sen äkkiä ja katsoi ulos. Sitten hän sulki sen hiljaa ja istuutui taas. »Minulla on tarkat korvat», hän jatkoi ääntään madaltaen, »ja vaikka en osaa kadota, olen jahdannut monia villejä ja arkoja otuksia ja osaan yleensä pysyä näkymättömänä jos haluan. No niin, tänään olin Tiellä Briin länsipuolella pensasaidan takana, kun neljä hobittia laskeutui Keroilta. Minun ei tarvitse toistaa kaikkea, mitä he sanoivat vanhalle Bombadilille taikka toisilleen, mutta eräs asia kiinnitti huomioni. *Muistakaa,* sanoi heistä yksi, *että nimeä Reppuli ei saa mainita. Minä olen herra Alismäki, jos nimiä tarvitaan.* Se kiinnosti minua siinä määrin, että seurasin heitä tänne. Puikahdin portin yli aivan heidän jäljessään. Kenties herra Reppulilla on kunnialliset syyt jättää nimensä kotiin, mutta jos niin on, kehottaisin häntä ja hänen tovereitaan suurempaan varovaisuuteen.»

»Minä en käsitä, mitä minun nimeni ketään briiläistä liikuttaa», sanoi Frodo vihaisena, »enkä ole vielä kuullut, miksi se kiinnostaa teitäkään. Herra Konkarilla voi olla kunnialliset syyt vakoilemiseen ja salakuunteluun, mutta jos niin on, ehdotan että hän tekee niistä selkoa.»

»Hyvin vastattu!» sanoi Konkari nauraen. »Mutta selitys on yksinkertainen: minä etsiskelin Frodo Reppuli -nimistä hobittia. Halusin löytää hänet mitä pikimmin. Olin kuullut, että hän kuljetti mukanaan Konnusta salaisuutta, ja tämä salaisuus koski minua ja ystäviäni.

Älkää käsittäkö minua väärin!» hän huusi kun Frodo nousi seisomaan ja Sam säntäsi tuimana pystyyn. »Minä vartioin salaisuuttanne kyllä valppaammin kuin te. Ja valppaana onkin oltava!» Hän nojautui eteenpäin ja katsoi heihin. »Tarkatkaa joka varjoa!» hän sanoi matalalla äänellä. »Mustia ratsumiehiä on nähty Briissä. Maanantaina tuli kertoman mukaan pohjoisesta yksi Vihertietä pitkin, ja myöhemmin saapui toinen etelän suunnasta samaa tietä.»

Huoneessa vallitsi hiljaisuus. Viimein Frodo puhui Samille ja Pippinille. »Minun olisi pitänyt arvata siitä, miten portinvartija otti meidät vastaan», hän sanoi. »Isäntäkin tuntuu kuulleen jotakin. Miksi hän halusi meidän välttämättä liittyvän seuraan? Ja miksi taivaan tähden olimme niin typeriä: meidän olisi pitänyt pysytellä täällä ihan hissukseen.»

»Niin olisi ollut parempi», sanoi Konkari. »Olisin estänyt teitä tulemasta saliin, jos olisin voinut, mutta majatalon isäntä ei päästänyt minua tapaamaan teitä eikä suostunut välittämään viestiä.»

»Luuletteko että hän –?» Frodo aloitti.

»En minä usko pahaa kunnon Voivalvatista. Hän vain ei oikein pidä minunlaisistani salaperäisistä kulkijoista.» Frodo katsahti häneen hämmentyneenä. »No, minähän olen aika lailla konnan näköinen, vai mitä?» Konkari sanoi kohottaen suupieltä ja outo kiilto silmissään. »Toivon, että me silti voisimme oppia tuntemaan toisemme paremmin. Sitten te varmaan voitte selittää minulle, mitä oikeastaan tapahtui laulunne lopussa. Tuo pikku kuje –»

»Se oli silkka erehdys!» keskeytti Frodo.

»Olisikohan», Konkari sanoi. »Erehdys – jaa-a. Se erehdys on tehnyt asemanne erittäin vaaralliseksi.»

»Tuskin sen vaarallisemmaksi kuin mitä se jo on», Frodo sanoi. »Minä tiesin näiden ratsumiesten vainoavan minua, mutta nyt ne nähtävästi ovat kadottaneet jälkeni ja lähteneet tiehensä.»

»Siihen teidän ei pidä luottaa!» Konkari sanoi tiukasti. »Ne palaavat. Ja niitä tulee lisää. Niitä on enemmän. Minä tiedän kuinka monta niitä on. Minä tunnen nämä Ratsastajat.» Hän piti tauon ja hänen silmänsä olivat kovat ja kylmät. »Eikä kaikkiin voi luottaa Briissäkään», hän jatkoi. »Otetaan vaikka Bil Imarre. Hänellä on paha maine Briimaassa ja hänen talossaan käy outoa väkeä. Te varmaan huomasitte hänet: tumma ja pilkallisennäköinen kaveri. Hän ja yksi etelän muukalaisista istuivat lähekkäin ja he livahtivat ulos heti teidän 'erehdyksenne' jälkeen. Nuo etelänmiehet eivät kaikki liiku oikeilla asioilla, ja mitä Imarteeseen tulee, niin hän myisi mitä tahansa kelle tahansa ja ryhtyisi myös ilkitöihin huvin vuoksi.»

»Mitä Imarre aikoo myydä ja mitä tekemistä minun erehdykselläni on hänen kanssaan?» sanoi Frodo kieltäytyen jääräpäisesti ymmärtämästä Konkarin vihjauksia.

»Tietoja teistä tietenkin», Konkari vastasi. »Eräitä kiinnostaa suuresti selonteko teidän tämäniltaisesta esityksestänne. Sen jälkeen heille tuskin enää tarvitsee kertoa, mikä on teidän oikea nimenne. Minusta on vähän liiankin todennäköistä, että he kuulevat tapauksesta ennen kuin tämä yö on kulunut. Riittääkö? Voitte menetellä palkkioni suhteen miten haluatte: ottakaa minut oppaaksenne tai olkaa ottamatta. Voin tosin kertoa, että minä tunnen kaikki maat Konnun ja Sumuvuorten välillä, sillä olen vaeltanut niillä monia vuosia. Olen vanhempi kuin miltä näytän. Minusta voisi olla hyötyä. Tämän illan jälkeen teidän on kartettava Tietä, sillä ratsumiehet vahtivat sitä yötä päivää. Ehkä pääsette pois Briistä ja teidän sallitaan kulkea eteenpäin, kun aurinko on vielä taivaalla, mutta pitkälle te ette pääse. Ne käyvät teidän kimppuunne erämaassa, jossakin pimeässä paikassa, missä kukaan ei auta teitä. Tahdotteko, että ne löytävät teidät? Ne ovat hirvittäviä!»

Hobitit katsoivat häneen ja näkivät ihmeekseen, että hänen kasvonsa olivat kuin tuskan vääristämät ja hänen kätensä puristivat tuolin käsinojia. Huone oli äänetön ja hiljainen ja takka tuntui himmenneen. Hetken hän istui näkemättömin silmin kuin olisi matkannut etäisissä muistoissa tai kuunnellut yön kaukaisia ääniä.

»Siinäpä se!» hän huudahti hetken päästä ja pyyhkäisi kädellä otsaansa. »Kenties minä tiedän näistä ahdistelijoista enemmän kuin te. Te pelkäätte niitä, mutta te ette vielä pelkää kylliksi. Huomenna teidän on paettava jos vain voitte. Konkari osaa viedä teidät poluille, joita harvoin tallataan. Kelpuutatteko hänet?»

Huoneeseen laskeutui painostava hiljaisuus. Frodo ei vastannut, hänen mielessään risteilivät epäilys ja pelko. Sam värisi ja katsoi isäntäänsä ja puhkesi lopulta puhumaan.

»Luvallanne Frodo-herra, minä sanoisin ei! Tämä Konkari tässä pelottelee ja käskee olemaan valppaana, ja siihen minä sanon kyllä: aloitetaanpa hänestä. Hän tulee erämaasta enkä minä ole koskaan kuullut semmoisista mitään hyvää. Hän tietää jotakin, ilman muuta, ja liikaakin minun mielestäni; mutta se ei ole mikään syy, miksi meidän pitäisi antaa hänen viedä meidät johonkin pimeään paikkaan, missä kukaan ei auta meitä, niin kuin hän sanoo.»

Pippin liikehti ja näytti levottomalta. Konkari ei vastannut Samille vaan käänsi tarkat silmänsä Frodoon. Frodo tavoitti hänen katseensa ja kääntyi pois. »Ei», hän sanoi hitaasti. »Minä en ole samaa mieltä. Minusta tuntuu – minusta tuntuu, että te ette ole sitä miltä tahdotte näyttää. Te aloitte puhua minulle niin kuin briiläiset, mutta äänenne on muuttunut. Kuitenkin Sam lienee oikeassa tässä: en ymmärrä, miksi te kehotatte meitä olemaan valppaana ja kuitenkin pyydätte, että me luottaisimme teihin. Miksi valepuku? Kuka te olette? Mitä te todella tiedätte minun – asioistani, ja mistä olette saanut tietonne?»

»Varovaisuuden läksy on opittu hyvin», Konkari sanoi hymyillen jurosti. »Mutta varovaisuus on eri asia kuin päättämättömyys. Ette ikinä selviä Rivendelliin omin neuvoin, ainoa mahdollisuutenne on luottaa minuun. Teidän täytyy päättää. Minä voin vastata joihinkin kysymyksiinne, jos se helpottaa päätöksen tekoa. Mutta miksi uskoisitte kertomukseeni, jos ette nytkään luota minuun? Kerron kuitenkin –»

Juuri sillä hetkellä oveen koputettiin. Herra Voivalvatti saapui kynttilöineen ja hänen jäljessään tuli Nob kantaen kuumavesiastioita. Konkari vetäytyi hämärään nurkkaan.

»Tulin toivottamaan teille hyvää yötä», isäntä sanoi ja asetti kynttilät pöydälle. »Nob, vie vesi huoneisiin!» Hän tuli sisään ja sulki oven.

»Asia on näin», hän aloitti, ja sitten hän epäröi ja näytti vaivautuneelta. »Jos olen aiheuttanut vahinkoa, olen tosiaan pahoillani. Mutta kun yhden muistaa toisen unohtaa, eikö totta, ja minulla on aina kiire. Mutta eräs seikka tällä viikolla ja sitten toinenkin ovat virkistäneet muistiani, niin sanoakseni, toivottavasti ei liian myöhään. Nähkääs, minua kehotettiin odottamaan kontulaisia hobitteja ja erityisesti erästä jonka nimi on Reppuli.»

»Ja mitä sillä on minun kanssani tekemistä?» Frodo kysyi.

»Jaa! sen te tiedätte itse parhaiten», sanoi isäntä tietäväisesti. »En minä anna teitä ilmi, mutta minulle kerrottiin, että tämä Reppuli käyttäisi nimeä Alismäki, ja sain kuvauksen joka sopii teihin erinomaisesti, jos saan sanoa.»

»Vai niin! Minkälaisen kuvauksen?» keskeytti Frodo epäviisaasti.

»*Tanakka ja punaposkinen pikku kaveri*», sanoi herra Voivalvatti vakavana. Pippiniä hihitytti, mutta Sam näytti närkästyneeltä. »*Tämä ei sinua, Viljami, paljon auta, se sopii useimpiin hobitteihin*, niin hän sanoi minulle», jatkoi herra Voivalvatti ja katsahti Pippiniin. »*Mutta tämä on tavallista pitempi ja poikkeuksellisen hauskannäköinen, ja hänellä on kuoppa leuassa: terhakka ja reipas veikko*. Anteeksi nyt vaan, mutta hän sen sanoi, en minä.»

»*'Hän* sanoi!' Ja kuka on tämä hän?» kysyi Frodo maltamattomana.

»Se oli Gandalf, tunnetteko ehkä? Sanovat häntä velhoksi, mutta hän on minun hyvä ystäväni, velho eli ei. Mutta nyt en kyllä tiedä, mitä hän sanoo, jos vielä tapaan hänet, varmaankin hapattaa kaiken olueni tai muuttaa minut puupökkelöksi. Hän on vähän äkkipikainen. Tehtyä ei silti saada tekemättömäksi.»

»No mitä te sitten olette tehnyt?» Frodo sanoi käyden kärsimättömäksi seuratessaan Voivalvatin verkkaista ajatuksenjuoksua.

»Mihin minä jäinkään?» sanoi isäntä, piti tauon ja napsautti sormiaan. »Niin niin, vanha Gandalf! Kolme kuukautta takaperin hän käveli minun huoneeseeni noin vain koputtamatta. *Viljami*, hän sanoi, *minä lähden aamulla. Tekisitkö minulle palveluksen? Senkun pyydät*, minä sanoin. *Minulla on kiire*, hän sanoi, *eikä minulla itselläni ole aikaa, mutta minulla on viesti toimitettavana Kontuun. Onko sinulla ketään, joka veisi sanoman ja johon voisi luottaa? Kyllä minä jonkun löydän*, minä sanoin, *huomenna ehkä tai ylihuomenna. Huomenna*, hän sanoi, ja sitten hän antoi minulle kirjeen.

Osoite on aivan selvä, ei siinä mitään», sanoi herra Voivalvatti ja kaivoi taskustaan kirjeen ja luki ääneen osoitteen hitaasti ja ylpeänä (hän piti suuressa arvossa lukutaitoisen miehen mainettaan):

HERRA FRODO REPPULI
REPUNPÄÄ
HOBITTILA
KONNUSSA

»Kirje minulle Gandalfilta!» huudahti Frodo.

»Vai niin!» sanoi herra Voivalvatti. »Sittenhän teidän oikea nimenne on Reppuli.»

»On on», Frodo sanoi, »ja nyt voitte antaa kirjeen minulle heti paikalla ja selittää, miksi ette lähettänytkään sitä. Sitä te kai tulitte minulle kertomaan, vaikka kesti kovin kauan ennen kuin pääsitte asiaan.»

Herra Voivalvatti parka näytti onnettomalta. »Olette oikeassa, hyvä herra, ja minä pyydän anteeksi. Ja pelkään kuollakseni, mitä Gandalf sanoo, jos tästä seuraa ikävyyksiä. Mutta minä en viivytellyt tahallani. Panin kirjeen säilöön. Sitten seuraavana päivänä en löytänyt ketään, joka olisi ollut halukas lähtemään Kontuun, enkä seuraavanakaan päivänä, enkä voinut lähettää ketään omasta väestäni, ja sitten muut touhut veivät sen pois mielestäni. Minulla on paljon työtä. Teen mitä voin asioiden korjaamiseksi, ja jos voin olla jotenkin avuksi, teidän tarvitsee vain pyytää.

Kirjeen toimittamisen lisäksi lupasin Gandalfille, että autan teitä. *Viljami*, hän sanoi minulle, *tämä minun kontulainen ystäväni kulkee ehkä pian tätä tietä erään toverinsa kanssa. Hän käyttää nimeä Alismäki. Huomaa tämä! Mutta sinun ei pidä kysellä mitään. Ja jos minä en ole hänen seurassaan, hän saattaa olla vaikeuksissa ja tarvita apua. Tee voitavasi hänen hyväkseen, niin olen kiitollinen*, hän sanoi. Ja tässä te olette, eivätkä vaikeudetkaan taida olla kaukana.»

»Mitä tarkoitatte?» Frodo kysyi.

»Niitä mustia miehiä», isäntä sanoi ääntään madaltaen. »Ne etsivät Reppulia, ja jos niillä on hyvät aikeet, niin minä olen hobitti. Ne kävivät maanantaina ja kaikki koirat ulisivat ja hanhet mekastivat. Luonnotonta sanon minä. Nob tuli minun luokseni ja sanoi, että ovella oli kaksi miestä, jotka kyselivät Reppulinimistä hobittia. Nobin tukka seisoi pystyssä. Minä käskin mustia tyyppejä poistumaan ja läimäytin oven kiinni niiden nenän edestä, mutta ne olivat kyselleet samaa asiaa pitkin matkaa Aarnilaan asti, niin minulle kerrottiin. Ja se samooja, se Konkari, on kysellyt myös. Hän yritti tulla tänne tapaamaan teitä ennen kuin olitte saaneet haukata muruakaan.»

»Niin yritti!» sanoi Konkari äkkiä ja tuli valopiiriin. »Ja paljon ikävyyksiä olisi vältetty, jos sinä Viljami olisit päästänyt hänet tänne.»

Isäntä säpsähti. »Te!» hän huudahti. »Joka paikkaan tekin kerkiätte. Mitä te nyt tahdotte?»

»Hän on täällä minun luvallani», Frodo sanoi. »Hän tuli tarjoamaan apua.»

»No ehkä te tiedätte mitä teette», sanoi herra Voivalvatti ja katseli Konkaria epäluuloisesti. »Mutta teidän asemassanne minä en kyllä lyöttäytyisi samoojan seuraan.»

»Kenen seuraan sinä sitten lyöttäytyisit?» Konkari kysyi. »Lihavan majatalonisännän, joka muistaa oman nimensä vain siksi, että sitä huudellaan hänelle päivät pitkät? He eivät voi viipyä *Ponissa* loputtomiin eivätkä he voi mennä kotiin. Heillä on pitkä matka edessään. Lähdetkö sinä heidän kanssaan ja pidät mustia miehiä loitolla?»

»Minä! Pitäisikö minun lähteä Briistä? Minä en lähtisi mistään hinnasta», sanoi herra Voivalvatti aivan järkyttyneenä. »Mutta miksi ette voi viipyä täällä vähän aikaa kaikessa rauhassa, herra Alismäki? Mitä nämä oudot touhut oikein ovat? Mitä nämä mustat miehet etsivät ja mistä ne tulevat, sen minä haluaisin tietää.»

»Valitettavasti en voi selittää kaikkea», Frodo vastasi. »Olen väsynyt ja hyvin levoton, ja tarina on pitkä. Mutta jos haluatte auttaa minua, minun on varoitettava teitä: niin kauan kuin minä olen teidän talossanne, te olette vaarassa. Nämä Mustat ratsastajat – en ole varma, mutta luulen, pelkään että ne ovat kotoisin –»

»Ne ovat kotoisin Mordorista», sanoi Konkari hiljaisella äänellä. »Mordorista, Viljami, mikäli se sanoo sinulle mitään.»

»Varjele!» herra Voivalvatti huudahti kalveten; nimi oli selvästi hänelle tuttu. »Tämä on kauheinta mitä on miesmuistiin Briissä kuultu.»

»Niin on», Frodo sanoi. »Vieläkö haluatte auttaa minua?»

»Haluan», sanoi herra Voivalvatti. »Sitä suuremmalla syyllä. Vaikka en tiedä, mitä minunlaiseni voivat tehdä vastustaakseen –» hän alkoi änkyttää.

»Vastustaakseen idän Varjoa», sanoi Konkari hiljaa. »Ei paljoakaan, Viljami, mutta vähäkin on avuksi. Voit antaa herra Alismäen yöpyä täällä tänä yönä herra Alismäkenä ja unohtaa nimen Reppuli siihen asti kunnes hän on kaukana.»

»Sen teen», Voivalvatti sanoi. »Mutta pahoin pelkään, että ne saavat ilman minun apuanikin selville hänen olevan täällä. Vahinko, että herra Reppuli veti sillä tavalla huomion puoleensa tänä iltana, en muuta sano. Tarina Bilbon lähdöstä on kuultu täällä Briissä aikaisemminkin. Jopa meidän Nob on tuumaillut kaikenlaista hitaassa kallossaan, ja Briissä on toisia, jotka hoksaavat vikkelämmin kuin hän.»

»Voimme vain toivoa, että Ratsastajat eivät vielä tule takaisin», sanoi Frodo.

»Toivottavasti eivät tosiaankaan», sanoi Voivalvatti. »Mutta olivatpa ne kummituksia eli eivät, *Poniin* ne eivät niin vain pääse. Olkaa rauhallisella mielellä aamuun asti. Nob ei sano halaistua sanaa. Yksikään musta mies ei kulje minun ovestani niin kauan kuin minä jaloillani seison. Minä ja minun väkeni pidämme vahtia tänä yönä, mutta teidän olisi paras yrittää vähän nukkua jos voitte.»

»Joka tapauksessa meidät on herätettävä aamunkoiton aikaan», Frodo sanoi. »Meidän täytyy lähteä niin aikaisin kuin mahdollista. Saisimmeko aamiaisen kello puoli seitsemältä?»

»Sopii! Pidän siitä huolen», sanoi isäntä. »Hyvää yötä, herra Reppuli – Alismäki piti sanomani! Hyvää yötä – mutta taivaan tähden! Missä on herra Rankkibuk?»

»En tiedä», sanoi Frodo ja huolestui äkkiä. He olivat kokonaan unohtaneet Merrin ja oli jo myöhä. »Hän taitaa olla ulkona. Hän sanoi menevänsä haukkaamaan raitista ilmaa.»

»Te kyllä totisesti kaipaatte perään katsomista, olette kuin mitäkin lomalaisia!» sanoi Voivalvatti. »Minun täytyy tuota pikaa mennä salpaamaan ovet, mutta pidän huolen siitä, että toverinne päästetään sisään, kun hän tulee. Taitaa olla paras lähettää Nob häntä etsimään. Hyvää yötä teille kaikille!» Herra Voivalvatti katsahti vielä kerran epäillen Konkariin, pudisti päätään ja meni lopulta ulos. Hänen askelensa loittonivat käytävässä.

»Entä koska olette aikonut avata tuon kirjeen?» kysyi Konkari. Frodo katsoi sinettiä tarkkaan ennen kuin mursi sen. Se näytti aidolta Gandalfin sinetiltä. Kirjeen sisään oli velhon voimakkaalla mutta kauniilla käsialalla kirjoitettu seuraava viesti:

POMPPIVA PONI, BRII
Keskivuoden päivänä
konnunvuonna 1418

Rakas Frodo,
olen saanut tänne huonoja uutisia. Minun on heti lähdettävä liikkeelle. Sinun olisi parasta lähteä Repunpäästä pian ja poistua Konnusta viimeistään ennen heinäkuun loppua. Minä palaan niin pian kuin voin: ja jos huomaan sinun jo lähteneen minä seuraan sinua. Jätä minulle sanoma tänne, jos kuljet Briin kautta. Voit luottaa isäntään (Voivalvatti). Saatat tavata Tiellä erään ystäväni: hän on iso ihminen, laiha, tumma, pitkä, ja jotkut nimittävät häntä Konkariksi. Hän tietää asiamme ja auttaa sinua. Pyri Rivendelliin. Siellä tapaamme toivon mukaan jälleen. Jos en saavu, Elrond neuvoo sinua.

Sinun kiireessä
GANDALF ᚠ

PS. Et saa enää käyttää Sitä, et missään tilanteessa! Älä kulje öisin! ᚠ

PPS. Varmistaudu siitä, että hän on oikea Konkari. Teillä liikkuu outoja kulki-joita. Hänen oikea nimensä on Aragorn. ᚠ

Ei kaikki kulta kiiltävää lie,
vaeltaja ei eksy jokainen,
ei vahvalta vanhuus voimia vie,
syviin juuriin ei ulotu pakkanen.
Tuli tuhkasta jälleen pilkahtaa,
valo varjoista syttyvä on,
terä miekan murtunut yhteen saa,
ja kruunataan kruunuton.

PPPS. Toivottavasti Voivalvatti lähettää tämän viipymättä. Kelpo mies, mutta muisti kuin romuvarasto: tarpeellinen aina alimmaisena. Jos hän unohtaa, minä hänet kyllä kärvennän.

Onni myötä! ᚤ

Frodo luki kirjeen itsekseen ja antoi sen sitten Pippinille ja Samille. »Vanha Voivalvatti on totisesti sotkenut asiat!» hän sanoi. »Sietäisi tulla kärvennetyksi. Jos olisin saanut tämän heti, me voisimme jo kaikki olla turvassa Rivendellissä. Mutta mitä Gandalfille on tapahtunut? Hänen kirjeestään saa sen kuvan, että hän on matkalla suureen vaaraan.»

»Niin hän on ollut jo monet vuodet», sanoi Konkari.

Frodo kääntyi ja katsoi häntä tarkkaan, ajatellen Gandalfin toista jälkikirjoitusta. »Miksi et heti kertonut minulle, että olet Gandalfin ystävä?» hän kysyi. »Se olisi säästänyt aikaa.»

»Olisiko? Olisiko kukaan teistä uskonut minua ennen kuin nyt?» Konkari sanoi. »En tiennyt tästä kirjeestä mitään. Tiesin vain, että minun piti saada teidät luottamaan itseeni ilman todisteita, jos halusin auttaa teitä. Missään tapauksessa en aikonut kertoa teille kaikkea itsestäni heti. Minun piti ensin tutkia *teitä* ja varmistautua teistä. Vihollinen on asettanut minulle ansoja ennenkin. Niin pian kuin olisin päässyt teistä selville, olisin ollut valmis kertomaan, mitä vain halusitte tietää. Mutta minun täytyy myöntää», hän lisäsi omituisesti naurahtaen, »että toivoin teidän mieltyvän minuun oman itseni vuoksi. Takaa-ajettu mies väsyy joskus epäluuloon ja kaipaa ystävyyttä. Mutta ei auta, ulkonäköni kai puhuu minua vastaan.»

»Niin puhuu – ensinäkemältä ainakin», nauroi Pippin, joka oli äkkiä helpottunut luettuaan Gandalfin kirjeen. »Mutta kaunis on joka kauniisti tekee, niin kuin me sanomme Konnussa, ja kaipa me näytämme jokseenkin samanlaisilta ryvettyämme päiväkaupalla pensaikoissa ja ojissa.»

»On vaellettava enemmän kuin pari päivää tai viikkoa tai vuotta erämaissa tullakseen sen näköiseksi kuin Konkari», tämä vastasi. »Ja te ehtisitte kuolla ennen sitä, mikäli ette ole vahvempaa tekoa kuin miltä näytätte.»

Pippin rauhoittui, mutta Sam ei ottanut tyyntyäkseen vaan silmäili Konkaria edelleen epäillen. »Mistä me tiedetään, että te olette se Konkari, josta Gandalf puhuu?» hän vänkäsi. »Te ette maininnut Gandalfia ennen kuin tämä kirje tuli esiin. Sikäli kuin minä ymmärrän, te voisitte olla teatteria pelaava vakooja, jonka tarkoitus on houkutella meidät mukaanne. Te olette voinut kolkata oikean Konkarin ja pukeutua hänen vaatteisiinsa. Mitä siihen sanotte?»

»Että sinä olet kova kaveri», vastasi Konkari, »mutta valitettavasti voin vastata sinulle, Sam Gamgi, vain näillä sanoilla: jos olisin tappanut oikean Konkarin, voisin tappaa myös teidät. Ja olisin jo tappanutkin tuhlaamatta aikaa puhumiseen. Jos tavoittelisin Sormusta, voisin ottaa sen – NYT!»

Hän nousi seisomaan ja näytti äkkiä kasvavan pitemmäksi. Hänen silmissään paloi kiinteä ja käskevä tuli. Hän työnsi kaapunsa sivuun ja laski kätensä kupeellaan näkymättömissä riippuneen miekan kahvalle. He eivät uskaltaneet liikahtaakaan. Sam seisoi suu auki tuijottaen häntä mykkänä.

»Mutta minä *olen* oikea Konkari, kaikeksi onneksi», hän sanoi ja katsoi heitä ja hänen kasvonsa pehmenivät äkkiä hymyyn. »Minä olen Aragorn Arathornin poika; ja jos voin pelastaa teidät, minä pelastan, elänpä sitten tai kuolen.»

He olivat pitkään hiljaa. Lopulta Frodo puhui epäröiden. »Uskoin sinut ystäväksi jo ennen kuin kirje tuli», hän sanoi, »tai ainakin toivoin. Olet pelästyttänyt minut monta kertaa tänä iltana, mutta et kertaakaan niin kuin kuvittelisin vihollisen palvelijoiden tekevän. Minusta tuntuu, että hänen vakoojansa – näyttäisi paremmalta ja tuntuisi pahemmalta, käsitätkö?»

»Käsitän», Konkari nauroi. »Minä näytän pahalta mutta tunnun paremmalta. Sitäkö tarkoitat? *Ei kaikki kulta kiiltävää lie, vaeltaja ei eksy jokainen.*»

»Sinuako se runo siis koski?» Frodo kysyi. »En keksinyt, mistä siinä oli kysymys. Mutta miten tiedät, että runo oli Gandalfin kirjeessä, jos et ole koskaan nähnyt sitä?»

»En minä tiennyt», Konkari vastasi. »Mutta minä olen Aragorn, ja säkeet liittyvät siihen nimeen.» Hän veti esiin miekkansa ja he näkivät, että terä oli tosiaan poikki kahden vaaksan päässä kahvasta. »Tästä ei ole paljon hyötyä, vai mitä Sam?» Konkari sanoi. »Mutta pian tulee aika, jolloin se taotaan uudestaan.»

Sam ei vastannut mitään.

»Hyvä», Konkari sanoi. »Samin suostumuksella pidämme asiaa sovittuna. Konkarista tulee teidän oppaanne. Ja nyt teidän olisi aika mennä vuoteeseen ja levätä mahdollisuuksien mukaan. Meillä on huomenna edessämme hankala matka. Vaikka saisimmekin estämättä lähteä Briistä, meidän lienee turha enää toivoa, että voisimme lähteä huomiotta. Mutta minä yritän päästä tietymättömiin niin pian kuin mahdollista. Tunnen pari muutakin tietä pois Briimaasta päätien lisäksi. Jos saamme karistetuksi takaa-ajajat kannoiltamme, lähden pyrkimään Viimapäälle.»

»Mikä on Viimapää?» Sam kysyi.

»Se on kukkula heti Tien pohjoispuolella noin puolimatkassa täältä Rivendelliin. Sieltä näkee kauas joka suuntaan, ja siellä me voimme luoda silmäyksen ympärillemme. Myös Gandalf pyrkii sinne, mikäli hän seuraa meitä. Viimapään jälkeen matka käy vaikeammaksi ja meidän on valittava mihin monista vaaroista antaudumme.»

»Koska näit Gandalfin viimeksi?» Frodo kysyi. »Tiedätkö missä hän on tai mitä hän tekee?»

Konkarin ilme oli vakava. »En tiedä», hän sanoi. »Tulin hänen kanssaan länteen keväällä. Viime vuosina olen usein pitänyt silmällä Konnun rajoja, kun Gandalfilla on ollut tekemisiä muualla. Hän jätti Konnun harvoin vartiotta. Tapasimme viimeksi toukokuun ensimmäisenä päivänä, Sarnin kahlaamolla Rankkivuon alajuoksulla. Hän kertoi, että sinun kanssasi asiat olivat sujuneet hyvin ja että sinä olit lähdössä Rivendelliin syyskuun viimeisellä viikolla. Koska tiesin, että hän oli rinnallasi, menin omille retkilleni. Ja se osoittautui virheeksi, sillä hän sai ilmeisesti tietää jotakin enkä minä ollut silloin paikalla tarjoamassa apuani.

Olen huolissani ensimmäistä kertaa sinä aikana, jonka olen hänet tuntenut. Meidän olisi pitänyt saada viestejä häneltä, vaikka hän ei olisikaan voinut itse saapua. Kun palasin, jo monta päivää sitten, kuulin huonon uutisen. Laajalle oli levinnyt tieto, että Gandalf oli kateissa ja että ratsumiehet oli nähty. Gildorin haltiat kertoivat minulle tämän; ja myöhemmin he kertoivat, että sinä olit lähtenyt kotoasi, mutta kukaan ei tiennyt, olitko lähtenyt Bukinmaasta. Olen tarkkaillut Idäntietä huoli sydämessä.»

»Luuletko että Mustilla ratsastajilla on jotakin tekemistä asian kanssa – siis Gandalfin katoamisen kanssa?» Frodo kysyi.

»En usko että mikään muu kuin itse Vihollinen on voinut häntä pidättää», Konkari sanoi. »Mutta älä luovu toivosta! Gandalf on mahtavampi kuin te kontulaiset tiedättekään – yleensä te näette hänestä vain temput ja lelut. Mutta tämä meidän asiamme, siitä tulee hänen suurin tehtävänsä.»

Pippin haukotteli. »Anteeksi», hän sanoi, »mutta minä olen kuolemanväsynyt. Kaikesta vaarasta ja pelosta huolimatta minun on mentävä vuoteeseen tai sitten nukahdan tähän. Missä se typerys Merri on? Jos meidän täytyy lähteä ulos pimeään häntä etsimään, se olisi kyllä viimeinen pisara.»

Sillä hetkellä he kuulivat oven paukahtavan, sitten käytävästä kuului juoksuas-keleita. Merri ryntäsi sisään ja Nob hänen perässään. Merri sulki oven nopeasti ja nojasi siihen. Hän oli hengästynyt. He tuijottivat häntä hetken pelästyneinä, ennen kuin hän sai soperretuksi:»Minä näin ne, Frodo! Minä näin ne! Mustat ratsastajat!»

»Mustat ratsastajat!» Frodo huusi. »Missä?»

»Täällä. Kylässä. Viivyin sisällä noin tunnin. Sitten, kun teitä ei kuulunut, läh-din ulos kävelylle. Olin jo tullut takaisin ja seisoskelin lampun valopiirin ulko-puolella ja katselin tähtiä. Äkkiä minua värisytti ja tuntui kuin jokin hirveä olisi hiipinyt lähelle: tien toisella puolella oli lampun valokeilan reunan tuntumassa varjoakin syvempi varjo. Se liukui heti äänettömästi pimeyteen. Hevosta ei ollut.»

»Mihin suuntaan se meni?» tivasi Konkari äkkiä. Merri hätkähti, hän huomasi vasta nyt muukalaisen. »Jatka!» Frodo sanoi. »Hän on Gandalfin ystävä. Selitän myöhemmin.»

»Se tuntui häipyvän Tietä pitkin itään päin», Merri jatkoi. »Minä yritin seurata sitä. Se katosi tietysti melkein heti, mutta minä kiersin kulman ympäri ja kävelin Tien viimeiselle talolle asti.»

Konkari katsoi Merriä ihmetellen. »Sinulla on rohkea mieli», hän sanoi, »mutta typerää se oli.»

»Enpä tiedä», Merri sanoi. »Ei se ollut sen paremmin urheaa kuin tyhmää-kään. En mahtanut sille mitään. Jokin veti minua. No, minä siis menin ja äkkiä kuulin ääniä pensasaidan luota. Yksi niistä mutisi, ja toinen kuiskasi tai sihisi. En saanut selvää yhdestäkään sanasta. Lähemmäksi en enää hiipinyt, sillä aloin vapista kauttaaltani. Sitten jouduin kauhun valtaan ja olin aikeissa sännätä takai-sin, kun jotain tuli taakseni ja minä… minä kaaduin.»

»Minä löysin hänet», puuttui Nob puheeseen. »Herra Voivalvatti lähetti minut ulos lyhdyn kanssa. Menin Länsiportille ja sitten takaisinpäin kohti Eteläport-tia. Ihan Bil Imarteen talon luona luulin näkeväni Tiellä jotakin. En menisi vannomaan, mutta näytti siltä kuin kaksi miestä olisi kumartunut nostamaan jotakin. Huusin, mutta kun tulin paikalle, miehistä ei näkynyt jälkeäkään, herra Rankkibuk vain makasi tienpenkalla. Hän näytti nukkuvan. 'Luulin pudonneeni syvään veteen', hän sanoi minulle kun ravistin häntä. Hän oli ihan omituinen, ja heti kun olin saanut hänet pystyyn, hän juoksi tänne kuin jänö.»

»Noin kai se oli», Merri sanoi, »vaikka en kyllä tiedä mitä minä sanoin. Näin rumaa unta, jota en muista. Olin ihan tolaltani. En käsitä mikä minulle tuli.»

»Minä käsitän», Konkari sanoi. »Se oli Musta hengitys. Ratsastajat ovat var-maan jättäneet hevosensa ulkopuolelle ja palanneet salaa Eteläportin kautta. He ovat nyt kuulleet kaikki uutiset, sillä he ovat käyneet Bil Imarteen luona; ja luul-tavasti se etelänmieskin oli vakooja. Jotakin voi tapahtua vielä tänä yönä ennen kuin me lähdemme Briistä.»

»Mitä voi tapahtua?» Merri kysyi. »Hyökkäävätkö ne majataloon?»

»Sitä en usko», Konkari sanoi. »Ne eivät vielä kaikki ole täällä. Eikä se ole niiden keinoja. Pimeässä ja autiossa paikassa ne ovat vahvimmillaan; ne eivät hyökkää avoimesti taloon jossa on paljon valoa ja väkeä – eivät ennen kuin viime hädässä, eivät niin kauan kuin Eriadorin pitkät peninkulmat ovat vielä edes-sämme. Mutta niiden voima perustuu kauhuun, ja jotkut täällä Briissä ovat jo niiden otteessa. Ne panevat nämä kurjat johonkin tihutyöhön: Imarteen ja jotkut muukalaiset ja ehkä myöskin portinvartijan. Ne puhuivat Harrin kanssa

Länsiportilla maanantaina. Minä tarkkailin niitä. Hän oli valkoinen ja vapisi, kun ne jättivät hänet.»

»Meillä näyttää olevan vihollisia joka puolella», Frodo sanoi. »Mitä meidän pitäisi tehdä?»

»Pysytelkää täällä, älkää menkö makuuhuoneisiinne! Niiden sijainti on jo varmasti Mustien ratsastajien tiedossa. Hobittihuoneiden ikkunat antavat pohjoiseen ja ne ovat aivan maan pinnassa. Me pysymme kaikki yhdessä ja salpaamme tämän ikkunan ja oven. Mutta ensin Nob ja minä haemme matkatavaranne.»

Sillä aikaa kun Konkari oli poissa, Frodo kertoi Merrille pikaisesti kaiken, mitä oli tapahtunut illallisen jälkeen. Merri luki ja tutki vielä Gandalfin kirjettä, kun Konkari ja Nob palasivat.

»Hyvät herrat», Nob sanoi, »minä olen pöyhinyt vuodevaatteet ja pannut kuhunkin sänkyyn keskelle ison tyynyn. Ja minä tein teille hienon pään ruskeasta villamatosta, herra Rep– Alismäki», hän lisäsi virnistäen.

Pippin nauroi. »Se on varmasti aivan näköinen!» hän sanoi. »Mutta mitä sitten tapahtuu, kun ne ovat huomanneet harhautuksen?»

»Se jää nähtäväksi», Konkari sanoi. »Toivottavasti pystymme pitämään puoliamme aamuun asti.»

»Hyvää yötä teille», sanoi Nob ja lähti suorittamaan omaa tehtäväänsä, vartioimaan ovia.

He pinosivat pussinsa ja varusteensa olohuoneen lattialle, työnsivät matalan tuolin ovea vasten ja sulkivat ikkunan. Kurkistaessaan ulos Frodo näki, että ilma oli edelleen kirkas. Sirppi* riippui kirkkaana Briivuoren yllä. Sitten hän sulki ja salpasi raskaat sisäluukut ja veti verhot yhteen. Konkari lisäsi puita tuleen ja sammutti kaikki kynttilät.

Hobitit paneutuivat nukkumaan huopiin kääriytyneenä jalat takkaan päin; mutta Konkari asettui tuoliin, joka oli työnnetty oven eteen. He juttelivat hetken, sillä Merrillä oli vielä yhtä ja toista kysyttävää.

»Kuun yli loikki», Merri hihitti kääriessään huopaa ympärilleen. »Olipa se älytöntä, Frodo! Mutta silti olisin tahtonut olla näkemässä! Briin kunnon kansalaiset puhuvat siitä sata vuotta!»

»Toivotaan niin», Konkari sanoi. Sitten he kaikki hiljenivät ja hobitit vaipuivat uneen toinen toisensa perään.

---

* Hobittien nimi Otavalle eli Isolle karhulle.

II

VEITSI YÖSSÄ

YSTÄVIEMME VALMISTAUTUESSA NUKKUMAAN Briin majatalossa lepäsi Bukinmaan yllä pimeys; notkelmissa ja joen rannassa leijaili usvaa. Krikkolon talo seisoi hiljaisena. Pulla Bolger avasi varovasti oven ja kurkisti ulos. Koko päivän oli pelko hänessä kasvanut eikä hän kyennyt lepäämään tai menemään nukkumaan, seisovassa yöilmassa oli painostavaa uhkaa. Kun hän tuijotti hämärään, puiden alla liikkui musta varjo; portti tuntui aukeavan itsestään ja sulkeutuvan sitten äänettömästi. Kauhu valtasi hänet. Hän vetäytyi takaisin ja seisoi hetken vavisten eteisessä. Sitten hän veti oven kiinni ja lukitsi sen.

Yö syveni. Kuului hevosten kavioiden vaimeaa rahinaa, kun niitä ohjattiin vaivihkaa kujaa pitkin. Hevoset pysähtyivät portin eteen ja kolme mustaa olentoa tuli siitä sisään kuin maata pitkin liukuvat yön varjot. Yksi meni ovelle, yksi talon kummallekin sivulle; siinä ne seisoivat liikahtamatta kuin kivien varjot; ja hitaasti kului yö. Talo ja hiljaiset puut odottivat kuin henkeään pidättäen.

Lehdissä kävi tuulenvire ja jossakin kaukana kiekui kukko. Oli yön kylmin vaihe ennen aamun sarastusta. Ovella seisova hahmo liikahti. Kuuttomassa ja tähdettömässä pimeydessä hohti paljastettu miekan terä aivan kuin tupesta olisi vedetty kylmää valoa. Pehmeä mutta raskas isku oveen sai sen notkumaan.

»Avatkaa, Mordorin nimeen!» sanoi ohut uhkaava ääni.

Toisella iskulla ovi antoi myöten ja kaatui sisään säleiksi reveten ja lukko murskana. Mustat hahmot astuivat nopeasti sisään.

Sillä hetkellä puhkesi läheisten puiden luona torvi soimaan. Ääni repi hiljaisuutta kuin liekinleimahdus pimeyttä.

HERÄTYS! HÄLYTYS!
HYÖKKÄYS! HERÄTYS!

Pulla Bolger ei ollut jäänyt toimettomaksi. Heti nähdessään mustien hahmojen hiipivän puutarhasta hän tiesi, että hänen olisi paettava tai hän olisi tuhon oma. Ja niin hän pakeni, takaovesta, puutarhan poikki ja peltojen yli. Päästessään ensimmäiseen taloon, joka oli yli virstan päässä, hän lyyhistyi kynnykselle. »Ei ei ei!» hän huusi. »Älkää minua! Se ei ole minulla!» Kesti vähän aikaa ennen kuin kukaan sai selvää hänen sopertelustaan. Lopulta naapurit tulivat siihen tulokseen, että Bukinmaahan oli tunkeutunut vihollisia, oli tapahtunut jokin outo hyökkäys Vanhasta metsästä. He eivät hukanneet enää hetkeäkään.

HÄLYTYS! HYÖKKÄYS! HÄLYTYS!

Rankkibukit puhalsivat Bukinmaan torvimerkkiä, jota ei ollut soitettu sataan vuoteen, ei sen jälkeen kun valkoiset sudet tulivat sinä Tuimana talvena jolloin Rankkivuo jäätyi.

HERÄTYS! HERÄTYS!

Kaukaa kuului torvien vastauksia. Hälytys levisi.

Mustat hahmot pakenivat talosta. Yksi pudotti juostessaan kynnykselle hobittikaavun. Kujalla alkoi kavion kopse, joka tiheni laukaksi ja kiisi yöhön. Kaikkialla Krikkolon ympärillä torvet soivat, kuului huutoa ja juoksua. Mutta Mustat ratsastajat kiisivät kuin myrsky Pohjoisportille. Soittakoon torviaan pikkuväki! Sauron pitäisi niistä huolen myöhemmin. Sitä ennen Ratsastajilla oli toinen tehtävä: ne tiesivät nyt, että talo oli tyhjä ja Sormus mennyt. Ne ratsastivat portinvartijat kumoon ja hävisivät Konnusta.

Aamuyöllä Frodo heräsi syvästä unesta äkkiä kuin jokin ääni tai läsnäolo olisi häirinnyt häntä. Hän näki Konkarin istuvan valppaana tuolissaan. Miehen silmät kiilsivät tulen kajossa, hän oli kohentanut sitä ja se paloi kirkkaana, mutta hän ei katsonut Frodoon eikä liikahtanut.

Frodo nukahti taas pian, mutta tuulenhumina ja laukkaavien kavioiden kapse kummittelivat edelleen hänen unissaan. Tuuli tuntui kietoutuvan talon ympärille ja ravistavan sitä; ja kaukana hän kuuli torven soivan hurjasti. Hän avasi silmänsä ja kuuli kukon kiekuvan pirteänä majatalon pihassa. Konkari oli vetänyt verhot syrjään ja työnsi nyt luukut auki niin että kolahti. Varhaisaamun harmaa valo levisi huoneeseen ja avoimesta ikkunasta tulvi kylmää ilmaa.

Herätettyään toiset Konkari vei heidät makuuhuoneisiin. Kun he näkivät ne, he olivat tyytyväisiä, että olivat noudattaneet hänen neuvoaan: ikkunat oli murrettu auki ja ne heiluivat irrallaan, verhot lepattivat; vuoteet olivat sekaisin, tyyny oli viilletty auki ja paiskottu pitkin lattiaa; ruskea matto oli revitty riekaleiksi.

Konkari meni heti hakemaan isäntää. Herra Voivalvatti -parka näytti uniselta ja pelästyneeltä. Hän oli tuskin ummistanut silmiään koko yönä (niin hän väitti), mutta ei ollut kuullut ääntäkään.

»Tällaista ei ole minun aikanani koskaan tapahtunut!» hän sanoi ja kohotti kätensä järkyttyneenä. »Vieraat eivät voi nukkua sängyissään ja hyvät tyynyt ovat pilalla ja vaikka mitä! Mihin tästä vielä joudutaan?»

»Synkkiin aikoihin», sanoi Konkari. »Mutta toistaiseksi sinä voit jäädä rauhaan, kun olet päässyt meistä eroon. Me lähdemme heti. Aamiaisesta emme välitä: haukkaamme jotakin seisaaltamme, se riittää. Pakkaamme muutamassa minuutissa.»

Herra Voivalvatti kiiruhti tiehensä huolehtimaan poneja lähtökuntoon ja hakemaan heille »haukattavaa». Mutta hän palasi hyvin pian aivan kauhuissaan.

Ponit olivat kadonneet! Tallin ovet oli avattu yöllä ja eläimet olivat tiessään, eivät ainoastaan Merrin ponit vaan kaikki hevoset ja muut elukat mitä siellä oli ollut.

Frodo masentui täysin. Miten he voivat toivoa pääsevänsä Rivendelliin jalkaisin, kun viholliset ajoivat heitä takaa ratsain? Yhtä hyvin he voivat lähteä yrittämään kuuhun. Konkari istui hetken hiljaa ja katseli hobitteja ikään kuin arvioiden heidän voimiaan ja rohkeuttaan.

»Ponit eivät paljon auta kun pakenemme ratsumiehiä», hän sanoi lopulta miettiväisesti aivan kuin olisi arvannut Frodon ajatukset. »Me emme liiku jalkaisin kovinkaan paljon hitaammin kuin poneilla, emme ainakaan niitä polkuja, joita minä aion käyttää. Minä itse aioin joka tapauksessa kävellä. Ruoka ja varusteet minua huolettavat. Meidän täytyy varautua siihen, ettemme saa Briin ja Rivendellin välillä mitään suuhumme sen lisäksi, mitä otamme mukaan; ja meidän pitäisi ottaa ylimääräistäkin, sillä joudumme ehkä viivytyksiin ja kiertoteille, kauas suoralta reitiltä. Paljonko olette valmiit kantamaan selässänne?»

»Niin paljon kuin on pakko», sanoi Pippin toivottomana, mutta yritti vaikuttaa karskimmalta kuin miltä näytti (tai miltä hänestä tuntui).

»Minä voin kantaa kahden edestä», sanoi Sam uhmakkaasti.

»Eikö mitään ole tehtävissä, herra Voivalvatti?» Frodo kysyi. »Emmekö voisi saada kylästä paria ponia tai edes yhtä, joka kantaisi tavarat? Me emme kai oikein voi vuokrata niitä, mutta voisimme ehkä ostaa», hän lisäsi epävarmasti ja mietti, mahtaisiko hänellä olla siihen varaa.

»Enpä usko», sanoi isäntä onnettomana. »Briin pari kolme ratsuponia majailivat minun tallissani ja nyt ne ovat tiessään. Muita eläimiä, vetojuhtia, hevosia tai poneja tai sen semmoisia Briissä on vain muutama eivätkä ne ole kaupan. Mutta teen voitavani. Ajan Bobin vuoteesta ja lähetän hänet kyselemään mahdollisimman pian.»

»Niin», sanoi Konkari vitkaan, »se lienee parasta. Meidän täytyy ikävä kyllä yrittää hankkia ainakin yksi poni. Mutta siihen kaatuukin sitten kaikki toivo aikaisesta lähdöstä ja häipymisestä vaivihkaa! Yhtä hyvin olisimme voineet puhaltaa torveen lähtömme merkiksi. Se kai kuului niiden suunnitelmaankin.»

»Lohdun murunen meillä kuitenkin on», sanoi Merri, »joka toivottavasti on enemmän kuin murunen: me voimme syödä aamiaista odotellessamme – oikein istuen. Etsitäänpä Nob!»

Viivytyksestä tuli yli kolmituntinen. Bob palasi ja ilmoitti, että lähitienoilta ei liiennyt ainuttakaan ponia eikä hevosta, ei rahalla eikä rakkaudella – paitsi yksi: Bil Imarteella oli poni, jonka hän saattaisi mahdollisesti myydä. »Se on kurja nälkiintynyt otus», Bob sanoi, »mutta kun Bil Imarre tietää missä asemassa te olette, hän vaatii siitä kolminkertaisen hinnan, mikäli minä yhtään häntä tunnen.»

»Bil Imarre?» Frodo sanoi. »Eikö tässä piile jokin ansa? Jos se otus vaikka säntää takaisin hänen luokseen kaikki meidän varusteemme selässään tai auttaa niitä jäljittämään meitä tai ties mitä!»

»Miten lienee», sanoi Konkari. »Minun on vaikea kuvitella, että mikään eläin juoksisi takaisin hänen luokseen, kun on kerran päässyt hänestä eroon. Ystävällismielinen herra Imarre on varmaan keksinyt tämän jälkikäteen, omia aikojaan: näin hän saa lisää voittoa jutusta. Suurin vaara on se, että tuo kurja otus on tietysti kuolemaisillaan. Mutta valinnanvaraa ei näytä olevan. Mitä hän haluaa siitä?»

Bil Imarteen hinta oli kaksitoista hopeapenniä; ja se oli Briin seudulla totisesti vähintään kolminkertainen hinta tuosta ponista. Otus osoittautui luisevaksi, aliravituksi ja murheelliseksi, mutta aivan kuolemankielissä se ei näyttänyt olevan. Herra Voivalvatti maksoi hinnan, ja tarjosi Merrille vielä kahdeksantoista penniä korvaukseksi menetetyistä eläimistä. Hän oli rehellinen mies ja varakaskin Briin mittapuiden mukaan, mutta kolmekymmentä hopeapenniä oli hänelle kipeä isku, ja sitä vaikeampi sietää, kun Bil Imarre petti kaupassa.

Itse asiassa herra Voivalvatti pääsi lopulta sittenkin voiton puolelle. Myöhemmin kävi ilmi, että vain yksi hevonen oli tosiaan varastettu. Muut oli ajettu pois tai ne olivat kauhuissaan paenneet, ja ne löytyivät vaeltelemasta eri puolilta Briimaata. Merrin ponit olivat karanneet omille teilleen ja vähitellen (järkeviä kun olivat) ne suuntasivat kulkunsa keroille etsimään Möykkyä. Niin ne joutuivat joksikin aikaa Tom Bombadilin huostaan eikä niillä ollut hätäpäivää. Mutta kun uutiset Briin tapahtumista kantautuivat Tomin korviin, hän lähetti ponit herra Voivalvatille, joka näin sai viisi hyvää eläintä erittäin kohtuulliseen hintaan. Ne joutuivat kovempaan työhön Briissä, mutta Bob kohteli niitä hyvin, niin että kaiken kaikkiaan niiden kävi aika mukavasti: ne välttivät vaikean ja vaarallisen matkan. Mutta Rivendelliin ne eivät koskaan päässeet.

Ennen tätä kaikkea herra Voivalvatti kuitenkin oletti menettäneensä rahansa lopullisesti. Ja hänellä oli muitakin huolia. Niin pian kuin muut vieraat nousivat vuoteesta ja kuulivat majatalon ryöstöstä, syntyi kova hälinä. Etelästä tulleet matkamiehet olivat menettäneet useita hevosia ja syyttelivät isäntää äänekkäästi, kunnes kävi ilmi, että yksi heistä oli myös kadonnut yön aikana, kukapa muu kuin Bil Imarteen kierosilmäinen seuralainen. Epäilykset kohdistuivat heti häneen.

»Jos lyöttäydytte yksiin hevosvarkaan kanssa ja tuotte hänet minun talooni, niin maksakaa itse vahinkonne älkääkä tulko räyhäämään minulle», sanoi Voivalvatti vihaisena. »Menkää kysymään Imarteelta, missä teidän korea ystävänne on!» Kävi kuitenkin ilmi, että hän ei ollut kenenkään ystävä eikä kukaan muistanut, milloin hän oli liittynyt seurueeseen.

Aamiaisen jälkeen hobitit joutuivat pakkaamaan tavaransa uusiksi ja hankkimaan suuremmat varastot edessä olevaa pitempää matkaa varten. Kello oli likipitäen kymmenen, kun he lopulta lähtivät. Siihen mennessä koko Brii oli jo alkanut kuhista jännityksestä. Frodon katoamistemppu, mustien ratsumiesten ilmaantuminen, tallien ryöstö, eikä vähiten se, että Konkari Samooja oli liittynyt salaperäisten hobittien seuraan – tästä kaikesta sikisi tarina, josta riittäisi puhuttavaa moneksi yksitoikkoiseksi vuodeksi. Suurin osa Briin ja Sokkelin asukkaista, ja monia myös Notkosta ja Aarnilasta, oli kerääntynyt tielle nähdäkseen matkalaisten lähdön. Majatalon muut asukkaat seisoskelivat ovilla tai kurkottelivat ikkunoista.

Konkari oli muuttanut mielensä ja päätti lähteä Briistä päätietä pitkin. Jos he yrittäisivät poiketa oikotielle heti alkuun, he vain pahentaisivat asiaa: puolet asukkaista seuraisi heitä päästäkseen perille siitä, mitä he oikein aikoivat ja pitääkseen heidät loitolla omilta mailtaan.

Lähtijät sanoivat näkemiin Nobille ja Bobille ja hyvästelivät herra Voivalvatin ja kiittivät häntä kovasti. »Toivottavasti me tapaamme vielä jonakin päivänä, jolloin asiat ovat taas iloisemmalla tolalla», sanoi Frodo. »Mikään ei olisi sen mukavampaa kuin asua majatalossanne jonkin aikaa kaikessa rauhassa.»

He astelivat pois levottomina ja masentuneina kaiken kansan töllistellessä. Kaikki kasvot eivät suinkaan olleet ystävällisiä, eivätkä kaikki sanat, joita huudeltiin. Mutta Konkari tuntui nauttivan useimpien briimaalaisten kunnioitusta, ja ne joihin hän loi katseensa sulkivat suunsa ja vetäytyivät kauemmaksi. Hän käveli kärjessä Frodon kanssa, sitten tulivat Merri ja Pippin, ja viimeisenä kulki Sam taluttaen ponia, jonka selässä oli niin paljon tavaraa kuin heillä oli ollut sydäntä sille kuormata, mutta jo nyt se näytti vähemmän lannistuneelta, aivan kuin olisi ollut tyytyväinen elämässään sattuneeseen muutokseen. Sam mutusteli miettiväisenä omenaa. Hänellä oli niitä tasku täynnä: läksiäislahja Nobilta ja Bobilta. »Omenoita kävellessä ja sauhut levätessä», hän sanoi. »Mutta saatanpa ennen pitkää olla vailla kumpaakin.»

Hobitit eivät olleet huomaavinaan uteliaita päitä, jotka kurkistelivat ovista ja putkahtelivat esiin muurien ja aitojen takaa heidän kulkiessaan ohi. Mutta heidän lähestyessään kaukaisempaa porttia Frodo huomasi paksun pensasaidan takana hoitamattoman synkän rakennuksen. Se oli kylän viimeinen talo. Ikkunassa pilkahti kelmeä naama ja viekkaat vinot silmät, mutta näky katosi heti. »Tuolla se etelänmies siis piileksii», hän ajatteli. »Hän näyttää miltei hiideltä.» Pensasaidan yli tuijotti röyhkeästi toinen mies. Hänellä oli paksut raskaat kulmakarvat ja tummat pilkalliset silmät ja hänen suuri suunsa oli vääntynyt ivalliseen hymyyn. Hän poltti lyhyttä mustaa piippua. Heidän lähetessään hän otti sen suustaan ja sylkäisi.

»Huomenta Koipeliini», hän sanoi. »Aikainen lähtö, vai? Löysit näköjään lopulta ystäviäkin.» Konkari nyökkäsi mutta ei vastannut.

»Huomenta pikku ystäväni», mies sanoi toisille. »Kyllä kai te tiedätte, kenen seuraan olette lyöttäytyneet? Kiero-Konkariksi häntä on sanottu! Vaikka minä olen kyllä kuullut muitakin nimiä ja rumempia. Pitäkää varanne ensi yönä! Ja Samu, älä sinä kohtele kaltoin minun kurjaa poniparkaani!» Hän sylkäisi taas.

Sam kääntyi äkkiä. »Ja sinä Imarre», hän sanoi, »vie se ruma naamasi pois silmistäni tai sen voi käydä huonosti.» Salamaa nopeammalla nytkähdyksellä omena lensi hänen kädestään ja osui Biliä keskelle nenää. Mies kumartui liian myöhään ja pensasaidan takaa kuului kirouksia. »Meni hyvä omena hukkaan», sanoi Sam katuvana ja jatkoi matkaansa.

Lopulta kylä jäi taakse. Saattamaan lähteneet lapset ja muut joukon jatkeet väsyivät ja kääntyivät takaisin Eteläportilla. Toverukset kulkivat sen läpi ja pysyttelivät Tiellä muutamia virstoja. Tie taipui vasempaan kiertäen Briivuoren juurta, palasi taas itäsuuntaansa ja alkoi sitten viettää nopeasti alas metsäisille maille. Vasemmalla puolellaan he näkivät vuoren loivilla kaakkoisrinteillä joitakin Sokkelin taloja ja hobitinkoloja; syvästä laaksosta Tien pohjoispuolelta kohosi savujuovia, jotka osoittivat Notkon sijainnin; Aarnila jäi kauemmaksi puiden suojaan.

Aikansa laskeuduttuaan ja jätettyään taakseen korkean ruskean Briivuoren Tie tuli paikkaan, josta erkani kapea polku kohti pohjoista. »Tässä me jätämme avoimen tien ja menemme metsän suojaan», sanoi Konkari.

»Toivottavasti se ei ole 'oikotie'», Pippin sanoi. »Kun viimeksi oikaisimme metsien poikki, meidän oli käydä köpelösti.»

»Teilläpä ei ollutkaan silloin mukananne minua», Konkari nauroi. »Minun oikotieni, lyhyet tai pitkät, eivät vie harhaan.» Hän katsoi tietä kumpaankin suuntaan. Ketään ei näkynyt, ja hän johti heidät nopeasti alas kohti metsäistä laaksoa.

Hänen suunnitelmansa, sikäli kun hobitit pystyivät sitä ymmärtämään tuntematta seutua, oli kulkea ensin kohti Aarnilaa, mutta kaartaa oikeaan ja sivuuttaa se itäpuolelta, ja suunnistaa sitten niin suoraan kuin suinkin erämaiden poikki Viimapäävuorelle. Jos kaikki menisi hyvin, he oikaisisivat siten ison tienmutkan siinä, missä se kääntyi etelään kiertääkseen Sääskivedensuot. Mutta heidän pitäisi tietysti kulkea noiden soiden yli, eikä Konkarin kuvaus niistä ollut rohkaiseva.

Sitä ennen matkanteko sujui kuitenkin oikein mukavasti. Itse asiassa ilman edellisyön ikäviä tapahtumia he olisivat nauttineet tästä matkan vaiheesta enemmän kuin mistään aikaisemmasta. Aurinko paistoi kirkkaasti mutta ei kuumasti. Laakson metsissä oli vielä lehdet puissa, värit loistivat, oli rauhallisen ja raikkaan tuntuista. Konkari johti heitä varmana monien polkujen verkostossa – ilman häntä he olisivat pian olleet neuvottomia. Hänen reittinsä oli täynnä mutkia ja silmukoita mahdollisten takaa-ajajien eksyttämiseksi.

»Bil Imarre on varmasti katsonut, missä me poikkesimme Tieltä», hän sanoi, »vaikka en usko, että hän lähtee itse meitä seuraamaan. Hän tuntee kyllä nämä maastot, mutta hän tietää myös, ettei hän vedä minulle vertoja metsässä. Olen huolissani siitä, mitä hän kenties kertoo muille. Ne eivät taida olla kaukana. Jos ne olettavat meidän lähteneen kohti Aarnilaa, sitä parempi.»

Konkarin taitojen ansiosta tai jostakin muusta syystä he eivät koko päivänä nähneet vilaustakaan tai kuulleet ääntäkään yhdestäkään elävästä luontokappaleesta; eivät kaksijalkaisista, paitsi linnuista, sen paremmin kuin nelijalkaisistakaan, lukuun ottamatta yhtä kettua ja muutamaa oravaa. Seuraavana päivänä he suuntasivat kulkunsa suoraan itään; edelleenkin oli hiljaista ja rauhallista. Kolmantena päivänä Briistä lähdön jälkeen he tulivat ulos Aarnimetsästä. Maa oli viettänyt alaspäin siitä lähtien, kun he olivat poikenneet Tieltä, ja he saapuivat nyt avaralle tasangolle, jonka poikki ei taivallettukaan aivan yhtä helposti. He olivat poluttomassa erämaassa kaukana Briimaan rajoilta ja lähestyivät Sääskivedensoita.

Maa muuttui nyt kosteaksi ja paikoin rämeiseksi, siellä täällä oli lammikoita ja pitkiä ruokoa kasvavia kaistaleita, joista kuului taukoamaton pienten piileksivien lintujen liverrys. He joutuivat pitämään tarkan vaarin kulustaan säilyäkseen kuivin jaloin ja oikeassa suunnassa. Ensin he etenivät mukavasti, mutta sitten kulku alkoi käydä hitaammaksi ja vaarallisemmaksi. Suo oli hämmentävä ja petollinen eivätkä edes samoojat tunteneet pysyvää tietä sen muuttuvien hetteikköjen keskitse. Kärpäset alkoivat piinata ja ilma oli mustanaan pieniä sääskiä, jotka ryömivät hihoista ja lahkeista sisään ja takertuivat hiuksiin.

»Ne syövät minut elävältä!» kiljui Pippin. »Sääskivesi! Täällä on enemmän sääskiä kuin vettä!»

»Millä ne elävät silloin kun niillä ei ole hobittia?» kysyi Sam raapien niskaansa.

He viettivät kurjan päivän autiolla ja lohduttomalla seudulla. Heidän leiripaikkansa oli kostea, kylmä ja epämukava, eivätkä verenhimoiset hyönteiset antaneet heidän nukkua. Ruovikossa ja ruohomättäissä asui myös inhottavia otuksia, jotka äänestä päätellen olivat sirkkojen ilkeitä sukulaisia. Niitä oli tuhansia ja ne ääntelivät joka puolella: *skiik-riik, riik-skiik*, taukoamatta läpi koko yön, kunnes hobitit olivat melkein sekapäisiä.

Seuraava päivä, neljäs, ei ollut paljon parempi, ja yö oli miltei yhtä hankala. Skikirikittäjät (niin kuin Sam niitä kutsui) olivat tosin jääneet taakse, mutta sääsket olivat yhä heidän kimpussaan.

Frodo, joka makasi uupuneena mutta silmät auki, oli näkevinään valon syttyvän kauas itäiselle taivaalle: se häilähti ja himmeni monta kertaa. Se ei ollut aamunkoitto, johon oli vielä muutamia tunteja.

»Mikä tuo valo on?» hän kysyi Konkarilta, joka oli noussut pystyyn ja seisoi tuijottaen yöhön.

»En tiedä», Konkari vastasi. »Se on liian kaukana, jotta siitä saisi selvän. Aivan kuin kukkuloiden huipulta sinkoilisi salamoita.»

Frodo paneutui taas maata, mutta hän näki vielä kauan valkeat leimahdukset ja niitä katselevan Konkarin hiljaisen ja tarkkaavan hahmon. Lopulta hän vajosi levottomaan uneen.

Viidentenä päivänä heidän ei tarvinnut kulkea kauankaan, kun viimeiset yksittäiset suonsilmät ja ruokomättäät jäivät taakse. Maa alkoi taas kohota. He saattoivat nyt nähdä kukkulajonon kaukana idässä. Korkein huippu oli jonosta hieman oikealla ja erillään muista. Se oli kartionmuotoinen ja laakealakinen.

»Tuo on Viimapää», sanoi Konkari. »Vanha tie, joka on jäänyt meistä kauas oikealle, kulkee sen eteläpuolitse, aika läheltä sen juurta. Me ehkä ehdimme sinne huomenna puoleenpäivään mennessä, jos kuljemme suoraan sitä kohti. Niin kai olisi viisainta.»

»Mitä tarkoitat?» Frodo kysyi.

»Sitä, että emme voi tietää etukäteen mitä löydämme kun pääsemme sinne. Se on lähellä Tietä.»

»Mutta mehän toivomme tapaavamme siellä Gandalfin.»

»Toivomme, mutta toivo ei ole suuren suuri. Jos hän lainkaan kulkee tätä kautta, on mahdollista, että hän ei käy Briissä eikä siis tiedä suunnitelmistamme. Ja vaikka hän kulkisikin tätä kautta, me emme tapaa toisiamme, ellemme sattumalta tule Viimapäälle jokseenkin yhtä aikaa; siellä ei ole turvallista odottaa kauan. Elleivät Ratsastajat löydä meitä Erämaasta, nekin luultavasti pyrkivät Viimapäälle. Sieltä on laaja näköala joka puolelle. Jo nyt moni lintu tai metsäneläin pystyisi näkemään sen huipulta meidät tässä seisomassa. Kaikkiin lintuihin ei ole luottamista, ja on olemassa muita ja pahempia vakoojia kuin ne.»

Hobitit tähyilivät levottomina etäisiä kukkuloita. Sam katsoi vaalealle taivaalle peläten näkevänsä haukkoja tai kotkia liitelemässä heidän yläpuolellaan ilkeät silmät kiiluen. »Totisesti, Konkari, te saatte puheillanne hobitin tuntemaan olonsa kurjaksi ja lohduttomaksi!» hän sanoi.

»Mikä on sinun neuvosi?» kysyi Frodo.

»Minusta tuntuu», Konkari vastasi hitaasti ikään kuin ei olisi ollut aivan varma, »minusta tuntuu, että olisi viisainta suunnata tästä niin suoraan itään kuin suinkin, kohti kukkuloita eikä Viimapäätä. Silloin tulemme aivan kukkuloiden juurella polulle, jonka minä tunnen; sitä myöten pääsemme Viimapäälle pohjoisesta emmekä ole niin esillä. Sitten näemme mitä näemme.»

He taivalsivat koko päivän kunnes kylmä, aikainen ilta yllätti heidät. Maa kävi kuivemmaksi ja karummaksi; mutta heidän takanaan soiden yllä leijui usvaa ja auerta. Muutama surumielinen lintu vihelsi ja valitti, kunnes punainen pyöreä aurinko vajosi hitaasti lännen varjoihin; maille laskeutui autio hiljaisuus. Hobittien mieleen muistui, miten auringonlaskun pehmeä valo hohti Repunpään kodikkaista ikkunoista siellä kaukana.

Päivän lopulla he kohtasivat joen, joka virtasi kukkuloilta ja katosi suon seisoviin vesiin. He kulkivat tämän joen rantoja ylävirtaan niin kauan kuin valoa riitti. Oli jo yö kun he lopulta pysähtyivät ja pystyttivät leirin kitukasvuisten leppien alle, joita kasvoi joen rannoilla. Illan tummaa taivasta vasten häämöttivät kukkuloiden autiot, puuttomat huiput. Sinä yönä he asettivat vartion, eikä Konkari ilmeisesti nukkunut laisinkaan. Yön varhaisia hetkiä valaisi uuden kuun kylmä harmaa valo.

Seuraavana aamuna he lähtivät taas liikkeelle pian auringon noustua. Ilmassa tuntui hallan henkäys ja taivas oli kirkkaan vaalean sininen. Hobitit tunsivat itsensä virkistyneiksi, ikään kuin olisivat nukkuneet koko yön keskeytyksettä. He alkoivat jo tottua pitkiin kävelyihin vähällä muonalla – ainakin vähemmällä kuin mitä he Konnussa olisivat arvelleet tarvitsevansa pysyäkseen edes jaloillaan. Pippin julisti, että Frodosta oli tullut kahta ehompi.

»Varsin kummallista», Frodo sanoi kiristäen vyötään, »kun ottaa huomioon, että minä olen itse asiassa aika lailla huvennut. Toivottavasti tämä oheneminen ei jatku loputtomiin tai minusta tulee pelkkä varjo.»

»Älä sano noin!» sanoi Konkari nopeasti ja yllättävän vakavasti.

Kukkulat lähestyivät. Ne muodostivat aaltoilevan harjanteen, joka paikoitellen kohosi lähes viidensadan kyynärän korkeuteen ja laskeutui siellä täällä mataliksi kuruiksi ja soliksi, jotka johtivat itään, kukkuloiden toiselle puolelle. Harjanteella hobitit olivat näkevinään nurmettuneiden muurien ja vallihautojen jäännöksiä, ja kuruissa oli vielä jäljellä vanhojen kivirakennelmien raunioita. Iltaan mennessä he olivat saapuneet länsirinteitten juurelle ja siihen he leiriytyivät. Oli lokakuun viidennen päivän ilta ja he olivat kuuden päivämatkan päässä Briistä.

Aamulla he löysivät ensimmäisen selvästi havaittavan polun sen jälkeen kun olivat lähteneet Aarnimetsästä. He kääntyivät oikealle ja seurasivat sitä etelään. Sen reitti oli ovela, tuntui kuin se olisi valittu siten, että siitä näkyi mahdollisimman vähän sekä ylhäältä kukkuloiden huipuilta että läntisiltä tasangoilta. Se sukelsi notkelmiin ja pysytteli jyrkkien rinteiden tuntumassa, ja siellä, missä se kulki tasaisen ja avoimen paikan poikki, kohosi molemmilla puolilla rivi suuria siirtolohkareita ja hakattuja järkäleitä, jotka kätkivät matkalaiset melkein kuin pensasaita.

»Kukahan tämän polun on tehnyt ja mitä varten?» sanoi Merri, kun he kulkivat yhtä tällaista kujaa, jossa kivet olivat erityisen suuria ja tiheässä. »En oikein tiedä pidänkö siitä: se näyttää jotenkin – niin kuin haudanhaamumaiselta. Onko Viimapäällä hautakumpu?»

»Ei ole. Viimapäällä ei ole hautakumpua eikä yhdelläkään näistä kukkuloista», vastasi Konkari. »Lännen ihmiset eivät asuneet täällä, vaikka myöhempinä aikoina he puolustivat näitä kukkuloita Angmarista tulevaa pahaa vastaan. Tämän polun tarkoituksena oli pitää yhteyttä linnakkeiden välillä. Mutta jo paljon aikaisemmin, Pohjois-Valtakunnan alkuaikoina, rakennettiin suuri vartiotorni Viimapäälle, jota kutsuttiin Amon Sûliksi. Torni poltettiin ja hävitettiin eikä siitä ole muuta jäljellä kuin sortunut muurin kehä, joka on kuin rosoinen kruunu vanhan kukkulan laella. Kerran se kuitenkin oli uljas ja kaunis. Kerrotaan, että Elendil seisoi siellä katsellen kuinka Gil-galad saapui lännestä Viimeisen liiton aikana.»

Hobitit tuijottivat Konkaria. Hän näytti olevan yhtä perehtynyt vanhoihin taruihin kuin eräelämään. »Kuka oli Gil-galad?» Merri kysyi, mutta Konkari ei vastannut ja näytti vajonneen ajatuksiinsa. Äkkiä alkoi hiljainen ääni mutista:

Gil-galadin, haltiakuninkaan
runoniekat muistavat lauluissaan,
oli maansa viimeinen vapaa maa
Meren rannasta aina Vuorten taa.

Oli terävä miekkansa sivallus,
näkyi kauas kypärän kimallus,
ja pinnasta kilpensä hopeisen
kuvastui taivas ja tähdet sen.

Vaan kauan sitten hän ratsasti pois,
minne – kukapa tietää vois.
Hänen tähtensä laski pimeyteen
Mordorin varjojen synkkyyteen.

Muut kääntyivät ihmeissään, sillä ääni oli Samin.

»Älä lopeta!» Merri sanoi.

»Enempää minä en osaa», sammalsi Sam punastuen. »Opin sen Bilbo-herralta kun olin vielä poikanen. Hän kertoi minulle usein tuommoisia tarinoita, hän kun tiesi, että minua aina halutti kuulla haltioista. Bilbo-herra minut opetti lukemaan ja kirjoittamaan. Rakas vanha Bilbo-herra oli hirveän oppinut. Ja hän kirjoitti *runoja.* Hän on kirjoittanut tuon, minkä minä juuri lausuin.»

»Hän ei ole sitä itse sepittänyt», Konkari sanoi. »Se on osa muinaiskielisestä laulusta, jonka nimi on *Gil-galadin tuho.* Bilbo on nähtävästi kääntänyt sen. Sitä minä en tiennyt.»

»Sitä oli vielä pitkälti», Sam sanoi, »ja Mordorista siinä puhuttiin. Minä en opetellut sitä osaa, se kammotti minua. En ikinä kuvitellut, että minä itse olisin kerran matkalla sinne!»

»Mordoriin!» huudahti Pippin. »Toivottavasti se ei sentään ole tarpeen!»

»Älä lausu sitä nimeä niin kovaa!» sanoi Konkari.

Oli jo melkein keskipäivä heidän lähestyessään polun eteläpäätä. Lokakuun kalpeankirkkaan auringon valossa he näkivät edessään vihreänharmaan luiskan, joka liittyi kukkulan pohjoisrinteeseen kuin silta. He päättivät nousta huipulle saman tien niin kauan kuin päivä oli vielä valoisa. Piileksiminen ei enää käynyt päinsä, ja he saattoivat vain toivoa, että mikään vihollinen tai vakooja ei tarkkaillut heitä. Kukkulalla ei näkynyt minkäänlaista liikettä. Jos Gandalf oli jossakin lähettyvillä, hänestä ei ainakaan näkynyt elonmerkkiä.

Viimapään länsikupeelta he löysivät suojaisen painanteen, jonka pohjalla oli maljanmuotoinen ruohoseinäinen notko. He jättivät sinne Samin ja Pippinin sekä ponin, pakkaukset ja varusteet. Muut kolme jatkoivat matkaa. Puoli tuntia kivuttuaan Konkari pääsi kukkulan huipulle, ja Frodo ja Merri seurasivat häntä väsyneinä ja hengästyneinä. Viimeinen rinne oli ollut jyrkkä ja kivinen.

Huipulla he näkivät Konkarin kuvaaman muinaislinnan laajan kehän, jonka kivet tätä nykyä olivat osittain rapautuneita ja osittain nurmettuneita. Keskelle oli koottu röykkiö kivenlohkareita, jotka olivat kuin tulen mustaamia. Niiden ympäriltä oli turve palanut juuria myöten, ja kaikkialla kehän sisässä oli ruoho kuivunut ja kärventynyt ikäänkuin liekit olisivat nuolleet kukkulan lakea; mutta yhdestäkään elävästä olennosta ei näkynyt mitään merkkiä.

Seistessään rauniokehän reunalla he näkivät laajalle ympäristöön, enimmäkseen autioita ja yksitoikkoisia maita, vain etelässä oli metsikköjä, joiden takaa pilkahteli etäisiä vesiä. Etelässä, heidän alapuolellaan, kulki myös nauhan lailla Vanha tie, joka tuli lännestä polveillen, nousten ja laskien ja katosi idässä jonkin tumman harjanteen taakse. Tiellä ei näkynyt minkäänlaista liikettä. Seuratessaan katseellaan sen kulkua itään he näkivät Vuoret: lähemmät kukkulat olivat ruskeita ja synkkiä; niiden takana kohosi korkeampia harmaita vuoria, ja niiden takana taas hohtivat valkoiset huiput pilvien lomasta.

»Tässä sitä ollaan!» Merri sanoi. »Ei näytä erityisen iloiselta eikä kutsuvalta! Ei vettä eikä suojaa. Eikä jälkeäkään Gandalfista. Mutta en kyllä yhtään ihmettele että hän ei jäänyt odottamaan – mikäli hän on täällä käynytkään.»

»Mitenkähän on», Konkari sanoi ja katseli miettivästi ympärilleen. »Vaikka hän olisi tullut Briihin päivän pari meitä myöhemmin, hän olisi saattanut ehtiä tänne ennen meitä. Hän pystyy ratsastamaan hyvin nopeasti, kun tarve vaatii.» Äkkiä Konkari kumartui tarkastelemaan röykkiön ylimmäistä kiveä; se oli muita litteämpi, ja se oli vaaleampi, aivan kuin olisi säästynyt tulelta. Hän otti sen käteensä, tutki ja käänteli sitä. »Tätä kiveä on liikuteltu aivan vastikään», hän sanoi. »Mitä arvelette näistä merkeistä?»

Kiven litteällä alapuolella Frodo näki muutamia naarmuja: $\mathsf{|}'' \mathsf{|||}$ »Siinä näyttää olevan viiva, kaksi pilkkua ja kolme viivaa», hän sanoi.

»Vasemmanpuoleinen viiva voisi olla ohuthaarainen G-riimu», Konkari sanoi. »Tämä saattaisi olla Gandalfin jättämä merkki, vaikka varmaa se ei ole. Piirrot on tehty tarkasti ja ovat epäilemättä tuoreita. Mutta merkit voivat tarkoittaa jotain aivan muutakin, eikä niillä tarvitse olla mitään tekemistä meidän kanssamme. Samoojat käyttävät riimuja, ja he käyvät täällä toisinaan.»

»Mutta mitä ne voisivat tarkoittaa, vaikka Gandalf olisi ne tehnytkin?» kysyi Merri.

»Minä sanoisin», Konkari vastasi, »että tässä lukee G3, mikä voisi merkitä, että Gandalf oli täällä lokakuun kolmantena päivänä, eli kolme päivää sitten. Se kertoo ehkä myös, että hänellä oli kiire ja että vaara oli lähellä, joten hän ei ennättänyt tai uskaltanut kirjoittaa mitään pitempää ja selvempää. Jos niin on, meidän tulee olla varuillamme.»

»Kunpa voisimme olla varmoja siitä, että merkit teki hän, mitä tahansa ne sitten tarkoittavatkin», Frodo sanoi. »Olisi suuri helpotus tietää, että hän oli matkalla, joko meidän edellämme tai jäljessämme.»

»Ehkä», Konkari sanoi. »Minä uskon, että hän oli täällä ja oli vaarassa. Liekit ovat nuolleet tätä nurmea; ja nyt tulee mieleen se valo jonka näimme itäisellä taivaalla kolme yötä sitten. Hänen kimppuunsa arvattavasti hyökättiin täällä kukkulan huipulla, mutta mikä oli taistelun tulos, sitä en tiedä. Hän ei ole täällä enää, ja meidän on nyt pidettävä huoli itsestämme ja hankkiuduttava Rivendelliin miten parhaiten taidamme.»

»Miten kaukana Rivendell on?» kysyi Merri ja tähysi ympärilleen uupuneena. Maailma näytti Viimapäältä katsoen avaralta ja ankealta.

»En tiedä onko Tietä koskaan mitattu virstoissa *Hyljätyn majatalon* tuolla puolen, ja se on päivän matkan päässä Briistä itään», Konkari vastasi. »Yhdet sanovat yhtä ja toiset toista. Tie on outo, ja kulkijat ovat iloisia saapuessaan matkansa päähän, olipa aikaa siihen kulunut paljon tai vähän. Mutta sen tiedän, kauanko minulta itseltäni menee jalan matkaten suotuisalla säällä ja ilman vastoinkäymisiä: kaksitoista päivää täältä Bruinenin kahlaamolle, jossa Tie ylittää Rivendellistä virtaavan Kohuveden. Edessämme on vähintään kahden viikon matka, sillä en usko että voimme käyttää Tietä.»

»Kaksi viikkoa!» Frodo sanoi. »Siinä ajassa voi tapahtua paljon.»

»Niin voi», sanoi Konkari.

He seisoivat hetken hiljaa kukkulan huipulla lähellä sen eteläistä reunaa. Tuossa yksinäisessä paikassa Frodo vasta käsitti ensimmäisen kerran, että hän oli sekä koditon että suuressa vaarassa. Hän toivoi katkerasti, että kohtalo olisi jättänyt hänet rauhalliseen ja rakkaaseen Kontuun. Hän tuijotti alas tuohon vihattavaan Tiehen, joka vei takaisin länteen – hänen kotiinsa. Äkkiä hän tajusi, että sitä pitkin liikkui hitaasti kaksi mustaa pistettä länttä kohti; ja katsoessaan uudestaan hän näki, että kolme muuta eteni hitaasti itään päin niitä vastaan. Hän huudahti ja tarttui Konkarin käsivarteen.

»Katso», hän sanoi ja osoitti alas.

Siinä samassa Konkari heittäytyi maahan rauniokehän taakse ja veti Frodon mukanaan. Merri hyppäsi heidän viereensä.

»Mitä nyt?» hän kuiskasi.

»En tiedä, mutta pelkään pahinta», Konkari vastasi.

Hitaasti he ryömivät taas muurin reunaan ja kurkistivat kahden terävän kiven väliin jäävästä raosta. Ei ollut enää kirkasta, sillä aamun selkeys oli kadonnut ja idästä kohoavat pilvet olivat nielleet auringon nyt kun se kääntyi laskuun. Kaikki näkivät mustat pisteet, mutta hahmot jäivät Frodolle ja Merrille epäselviksi; silti he jotenkin tiesivät, että tuolla kaukana alhaalla kerääntyi Mustia ratsastajia Tielle kukkulan juuren tuntumaan.

»Niin se on», sanoi Konkari, jonka tarkka näkö ei jättänyt epäilyksen sijaa. »Vihollinen on täällä!»

Kiireesti he hiipivät pois ja alas kukkulan pohjoisrinnettä toveriensa luo.

Sam ja Peregrin eivät olleet jääneet toimettomiksi. He olivat tutkineet pikku notkon ja sitä ympäröivät rinteet. Aivan läheltä mäenkupeesta he olivat löytäneet kirkasvetisen lähteen, ja sen ympäriltä korkeintaan päivän tai kahden takaisia jalanjälkiä. Notkossa oli tuoreet nuotion jäänteet ja muita merkkejä kiireisestä leiriytymisestä. Sen kukkulanpuoleisella reunalla oli muutamia ylhäältä vierineitä isoja kiviä. Niiden takaa Samin silmään oli osunut pieni varasto siististi pinottuja polttopuita.

»Onkohan vanha Gandalf ollut täällä», hän oli arvellut Pippinille. »Näyttää siltä että se, joka nämä tänne pani, oli aikeissa tulla takaisin, kuka sitten lieneekään.»

Konkari oli suuresti kiinnostunut näistä löydöistä. »Olisinpa malttanut tarkastaa maan täällä alhaalla itse», hän sanoi ja kiiruhti lähteelle tutkimaan jalanjälkiä.

»Juuri niin kuin pelkäsin», hän sanoi palatessaan. »Sam ja Pippin ovat tallanneet pehmeän maan ja jäljet ovat pilalla tai sekoittuneet. Täällä on ollut äskettäin samoojia. He jättivät polttopuut jälkeensä. Mutta täällä on myös monia uudempia jälkiä, joita samoojat eivät ole tehneet. Ainakin yhden askelsarjan ovat tehneet pari päivää sitten raskaat saappaat. Ainakin yhdet. En voi nyt olla varma, mutta luulen että saappaita on ollut monta paria.» Hän vaikeni ja seisoi ajatuksissaan levottoman näköisenä.

Joka hobitti näki mielessään kaapuihin kääriytyneet saapasjalkaiset Ratsastajat. Jos ratsumiehet olivat jo löytäneet notkon, mitä nopeammin Konkari veisi heidät jonnekin muualle, sen parempi. Sam silmäili notkelmaa inhoten nyt, kun hän oli kuullut vihollisten olevan Tiellä, vain muutaman virstan päässä.

»Eikö meidän olisi paras häipyä ja sukkelaan, herra Konkari?» hän kysyi kärsimättömänä. »On jo myöhä enkä tykkää yhtään tästä kolosta: se jotenkin synkistää mielen.»

»Totta, meidän on heti paikalla päätettävä mitä teemme», Konkari vastasi ja katsoi ylös punniten kellonaikaa ja säätä. »Niin Sam», hän sanoi lopulta, »en minäkään tästä notkosta pidä, mutta en tiedä parempaakaan paikkaa, jonne voisimme ehtiä ennen yön tuloa. Ainakin me olemme tällä hetkellä poissa näkyvistä, mutta jos lähtisimme liikkeelle, olisi paljon todennäköisempää, että vakoojat näkisivät meidät. Emme voisi muuta kuin lähteä tykkänään pois suunnastamme, takaisin kohti pohjoista, kukkulajonon tätä puolta, missä maasto on suunnilleen samanlaista kuin täälläkin. Tietä tarkkaillaan, mutta meidän pitäisi ylittää se, mikäli haluaisimme etsiä suojaa eteläisistä tiheiköistä. Tien pohjoispuolella kukkuloiden takana seutu on paljasta ja tasaista virstakaupalla.»

»*Näkevätkö* Ratsastajat?» Merri kysyi. »Nehän tuntuvat yleensä käyttäneen pikemminkin nenäänsä kuin silmiään, ne ovat haistelleet – jos haistella nyt on oikea sana – päivänvalossa ainakin. Mutta meidän piti heittäytyä maahan, kun sinä näit ne alhaalla; ja nyt sanot että meidät voidaan nähdä, jos lähdemme liikkeelle.»

»Olin varomaton kukkulan huipulla», Konkari vastasi. »Halusin kovasti löytää jonkin merkin Gandalfista, mutta oli virhe että kolme meistä meni ylös ja seisoi pystyssä niin kauan. Sillä mustat hevoset näkevät, ja Ratsastajat voivat käyttää ihmisiä ja muita olentoja vakoojina niin kuin saimme huomata Briissä. Ne eivät itse näe valon maailmaa samalla tavalla kuin me, mutta meidän hahmomme heittää niiden tajuntaan varjon, jonka vain keskipäivän aurinko hälventää; ja pimeydessä ne aistivat monia merkkejä ja muotoja, jotka ovat meiltä salattuja: silloin niitä tulee pelätä eniten. Ja kaikkina vuorokauden aikoina ne haistavat elävien olentojen veren, ja janoavat ja vihaavat sitä. On olemassa muitakin aisteja kuin näkö- ja hajuaisti. Me voimme tuntea niiden läsnäolon – se vaivasi sydäntämme siitä asti kun saavuimme tänne, jo ennen kuin näimme ne; ne tuntevat meidät vielä herkemmin. Sitä paitsi», hän lisäsi ja hänen äänensä vaimeni kuiskaukseksi, »Sormus vetää niitä puoleensa.»

»Onko mitään pakokeinoa olemassakaan?» kysyi Frodo ja pälyili säikkynä ympärilleen. »Jos liikun, minut nähdään ja pyydystetään! Jos pysyn paikallani, vedän ne luokseni!»

Konkari laski kätensä hänen olkapäälleen. »Meillä on vielä toivoa», hän sanoi. »Sinä et ole yksin. Pitäkäämme näitä valmiita nuotiopuita merkkinä. Paikasta ei juuri ole suojaa eikä apua puolustukseen, mutta tuli saa korvata puutteet. Sauron osaa käyttää tulta pahoihin tarkoitusperiinsä niin kuin kaikkea muutakin, mutta nämä Ratsastajat eivät rakasta tulta, ja he pelkäävät niitä, jotka sitä käyttävät. Tuli on ystävämme erämaassa.»

»Saattaa olla», mutisi Sam. »Se on myös hyvä tapa sanoa 'tervetuloa'; kas kun ei ruveta huutamaan.»

Notkon alimpaan ja suojaisimpaan nurkkaan he sytyttivät nuotion ja valmistivat aterian. Illan varjot alkoivat langeta ja ilma kylmeni. He tajusivat äkkiä, että heillä oli kova nälkä, sillä he eivät olleet syöneet aamiaisen jälkeen; mutta he eivät uskaltaneet valmistaa muuta kuin niukan illallisen. Edessä olevat seudut olivat autioita ja siellä liikkui vain lintuja ja nelijalkaisia, ne olivat ankeita alueita ja kaikkien maailman rotujen hyljeksimiä. Samoojat pistäytyivät silloin tällöin kukkuloiden tuolla puolella, mutta heitä oli vähän eivätkä he viipyneet kauan. Muut vaeltajat olivat harvassa ja olivat pahanilkistä joukkoa: silloin tällöin tänne eksyi peikkoja Sumuvuorten pohjoisista laaksoista. Vain Tiellä liikkui matkalaisia, enimmäkseen kääpiöitä, jotka kiiruhtivat eteenpäin omissa asioissaan ja joilta ei liiennyt vieraalle montakaan sanaa, vielä vähemmän apua.

»En käsitä miten saamme ruoan riittämään», sanoi Frodo. »Me olemme olleet viime päivinä jo varsin varovaisia eikä tämä illallinen ole juhla-ateria; silti olemme tuhlanneet enemmän kuin olisi pitänyt, jos meillä on vielä edessämme kaksi viikkoa ja ehkä enemmänkin.»

»Kyllä erämaassa ruokaa on», Konkari sanoi, »marjoja, juuria, yrttejä; ja minusta on tarpeen tullen myös metsästäjäksi. On turha pelätä nälkää ennen talven tuloa. Mutta ruoan kerääminen ja pyytäminen on pitkällistä ja väsyttävää työtä, ja meidän pitäisi kiiruhtaa. Kiristäkää siis vyötänne ja ajatelkaa toiveikkaasti Elrondin talon notkuvia pöytiä!»

Pimeä laskeutui, ilma kylmeni entisestään. Kurkistaessaan notkon reunan yli he eivät nähneet muuta kuin harmaan maiseman, joka nyt nopeasti pimeni. Taivas oli taas pilvetön, ja verkalleen syttyi yhä useampia tuikkivia tähtiä. Frodo ja hänen toverinsa kyyhöttivät tulen ympärillä. He olivat käärineet ylleen jokikisen vaatteen ja huovan mitä heillä oli, mutta Konkarille riitti yksi kaapu, ja hän istui vähän syrjemmällä imeksien miettiväisenä piippuaan.

Yön laskeutuessa, kun tuli alkoi loistaa kirkkaasti, hän rupesi kertomaan heille tarinoita pitääkseen pelon loitolla heidän mielestään. Hän tunsi monia taruja ja kertomuksia kaukaisista ajoista, haltioista ja ihmisistä ja esiaikojen hyvistä ja pahoista teoista. He miettivät mielessään, kuinka vanha hän oli ja missä hän oli oppinut kaiken tämän.

»Kerro meille Gil-galadista», sanoi Merri äkkiä kun Konkari piti taukoa lopetettuaan kertomuksen haltiakuningaskunnista. »Tiedätkö enempää siitä vanhasta laulusta, josta puhuit?»

»Tiedän toki», Konkari vastasi. »Ja Frodokin tietää, sillä se koskee meitä läheisesti.» Merri ja Pippin katsoivat Frodoa, joka tuijotti tuleen.

»Minä tiedän vain sen vähän, mitä Gandalf on minulle kertonut», sanoi Frodo hitaasti. »Gil-galad oli Keski-Maan suurista haltiakuninkaista viimeinen. Gil-galad merkitsee heidän kielellään *Tähdenvaloa*. Elendil Haltiamielen kanssa hän meni –»

»Seis!» keskeytti Konkari. »Tuota tarinaa ei sovi kertoa nyt kun Vihollisen palvelijat ovat lähettyvillä. Jos pääsemme Elrondin taloon, siellä voitte kuulla sen kokonaisuudessaan.»

»Kertokaa sitten meille joku muu tarina vanhoilta ajoilta», Sam pyyteli. »Kertokaa tarina haltioista ennen haipumisen aikaa. Minä tahtoisin kovin mielelläni kuulla lisää haltioista; pimeys painaa niin päälle.»

»Kerron teille Tinúvielin tarun», Konkari sanoi, »lyhyesti – sillä se on pitkä taru, jonka loppu on tuntematon; eikä enää ole muita kuin Elrond, joka muistaa sen tarkoin niin kuin se ennen kerrottiin. Se on kaunis taru, vaikka onkin surullinen, niin kuin kaikki Keski-Maan tarut ovat, ja silti se voi valaa teihin rohkeutta.» Hän oli hetken vaiti ja sitten hän alkoi puhumisen sijasta laulaa hiljaa:

Oli vehreät lehvät ja nurmivyö,
oli salskeat katkot kukassaan,
ja suolla varjoissa, kun tuli yö
valo tähtien himersi hiiluvana.
Tinúviel siellä käy tanssimaan,
näkymättömät soittimet tahtia lyö,
valo tähtien hohtaa kutreillaan
ja pukuaan peittää kiiluvana.

Beren kylmiltä vuorilta saapui hän
ja kulki, eksynyt, lehvien alla,
ja vierellä virran vierivän
hän vaelsi, alakuloinen,
kun lehvien lomitse katsomalla
näki kultakukkien peittävän
Tinúvielin vaippaa kaikkialla
ja tukka hulmusi suloinen.

Lumo voimisti Berenin uupuneen,
yli vuorien tuomitun taivaltamaan,
ripeästi hän riensi edelleen
kuunsäteitä käsiinsä etsien.
Läpi tiheikön haltiain kotiin hamaan
vei tie tytön tanssien paenneen,
ja Beren jäi yksin vaeltamaan
yhä hiljaisuudessa metsien.

Hän kuuli kun askelet häipyi pois
niin keveinä lehmuksenlehtien lailla,
kuin soitto jokin maan alta sois
sen onkaloissa humisten.
Jo kuihtuivat katkot niittymailla
ja pyökin lehdet putosi pois
kuin kuiskien, vihreyttään vailla
lomitse puiden lumisten.

Hän kulki metsiin kaukaisiin
ja etsi, ei levännyt laisinkaan,
kuun valo oli kylmä niin
ja kylmät tähdet päilyivät.
Laelle harjun hohtamaan,
töin tuskin silmänkantamiin,

hulmahti neidon vaippa vaan,
ja hopeiset usvat häilyivät.

Loi neito kevään laulullaan
kun talven jälkeen saapui hän,
toi linnut, sateen muassaan,
sulavan veden poreilun.
Ja Beren näki kun kämmekän
kukat puhkesi hänen jaloissaan
ja kanssaan tanssia tahtoi hän
yli nurmen kukkakoreilun.

Tytön jälleen pakoon rientävän
näki mies ja kiiruhti edelleen.
Tämän haltianimeä huusi hän,
ja tyttö pysähtyi pimeään,
hän kuuntelemaan jäi paikoilleen,
lumouksen tunsi yllättävän.
Tinúviel sai tuomion osakseen
kun mies hänen huusi nimeään.

Beren sulki syliinsä Tinúvielin,
näki keijukaisneitosen silmien,
jotka peittyivät hiusten varjoihin,
tähtien valoa toistavan.
Tinúviel oli sukua haltioiden,
kuolematon kuin nämäkin.
Beren ympärillänsä suloisen
hiusvaipan vain näki loistavan.

Kohtalo kauas kuljettaa
sai heidät, yöhön metsien,
saleihin mustan oven taa,
ylitse vuorten harmaiden.
Ulapat merten aavojen
tahtoivat heidät erottaa,
vaan taas he yhtyivät, haipuen
yli ketojen kukkaparmaiden.

Konkari huokasi ja oli hetken hiljaa ennen kuin alkoi taas puhua. »Tämä laulu on tehty kaavaan, jonka nimi on *ann-thennath* haltioiden kielellä, mutta sitä on vaikea kääntää yhteiskielelle, ja tässä soi vain sen etäinen kaiku. Se kertoo Beren Barahirin pojan ja Lúthien Tinúvielin kohtaamisesta. Beren oli kuolevainen ihminen, mutta Lúthienin isä oli Thingol, haltiakuningas Keski-Maassa siihen aikaan kun maailma oli vielä nuori; ja hän oli kaunein neito, joka koskaan on tämän maailman lapseksi syntynyt. Kuin tuikkivat tähdet Pohjolan sumujen yllä oli hänen ihanuutensa, ja hänen kasvonsa olivat loistavaa valoa. Noihin aikoihin Suuri vihollinen, jonka pelkkä palvelija Mordorin Sauron oli, asui pohjoisessa

Angbandissa, ja Lännen haltiat, jotka tulivat takaisin Keski-Maahan, ryhtyivät sotaan häntä vastaan saadakseen takaisin Silmarilit, jotka hän oli varastanut; ja ihmisten isät auttoivat haltioita. Mutta Vihollinen voitti ja Barahir kaatui ja Beren pakeni monien vaarojen kautta ja saapui Kammonvuorten yli Neldorethin metsään Thingolin salattuun kuningaskuntaan. Siellä hän näki Lúthienin, joka tanssi ja lauloi metsäaukiolla lumotun Esgalduinjoen rannalla; ja hän antoi Lúthienille nimen Tinúviel, se on vanhan ajan kielellä Satakieli. He kohtasivat myöhemmin monia murheita ja olivat pitkään erossa. Tinúviel pelasti Berenin Sauronin vankityrmistä ja yhdessä he joutuivat moniin vaaroihin ja syöksivät jopa Suuren vihollisen valtaistuimeltaan ja ottivat hänen rautakruunustaan yhden kolmesta Silmarilista, jotka ovat kirkkaimpia kaikista jalokivistä, morsiuslunnaiksi Lúthienista Thingolille hänen isälleen. Lopulta kuitenkin Susi, joka tuli Angbandin porteista, surmasi Berenin ja hän kuoli Tinúvielin käsivarsille. Mutta Tinúviel valitsi katoavaisuuden ja maailmasta kuolemisen voidakseen seurata häntä; ja laulussa sanotaan että he kohtasivat jälleen Erottavien merien takana, ja kuljettuaan vielä kerran hetken elävinä vihreissä metsissä he siirtyivät yhdessä kauan sitten tämän maailman rajojen tuolle puolen. Niin on, että yksin Lúthien Tinúviel haltioiden suvusta on todella kuollut ja jättänyt tämän maailman, ja niin he ovat menettäneet sen, jota eniten rakastivat. Mutta hänen kauttaan muinaisten haltiaruhtinaiden suku jatkuu ihmisten keskuudessa. Vielä elää niitä, joiden esiäiti Lúthien on, ja on sanottu, että hänen sukunsa ei koskaan sammu. Rivendellin Elrond on sitä sukua. Sillä Berenistä ja Lúthienista syntyi Dior Thingolin perijä; ja hänestä Elwing Valkoinen, jonka otti vaimokseen Eärendil,* mies joka ohjasi laivansa maailman sumuista taivaan merille Silmaril otsallaan. Ja Eärendilista syntyivät Númenorin eli Westernessen kuninkaat.»

He katselivat Konkarin oudon kiihkeitä kasvoja, joita nuotion punainen hehku heikosti valaisi, kun hän puhui. Hänen silmänsä loistivat ja hänen äänensä oli syvä ja täyteläinen. Tähtitaivas kaareutui mustana hänen yläpuolellaan. Äkkiä ilmestyi hänen taakseen, Viimapään huipun ylle kalpea valo. Kasvava kuu kiipesi hitaasti heitä varjostavan kukkulan huipulle ja tähdet himmenivät huipun ympärillä.

Taru loppui. Hobitit vaihtoivat asentoa ja venyttelivät. »Katsokaa!» Merri sanoi. »Kuu nousee, nyt on jo varmaan myöhä.»

Muut katsoivat ylös. Siinä samassa he näkivät nousevan kuun hohdetta vasten kukkulan huipulla jotakin pientä ja mustaa. Se oli ehkä vain suuri kivi tai törröttävä kieleke, jonka kalpea valo paljasti.

Sam ja Merri nousivat ja lähtivät pois tulen luota. Frodo ja Pippin jäivät istumaan hiljaa. Konkari katseli hellittämättä sinne, missä kuu valaisi kukkulaa. Kaikki tuntui hiljaiselta ja rauhalliselta, mutta Frodo tunsi kylmän kauhun hiipivän sydämeensä, kun Konkari ei enää puhunut. Hän kyyristyi lähemmäksi tulta. Juuri silloin tuli Sam juoksujalkaa takaisin notkon reunalta.

»En tiedä mitä se oli», hän sanoi, »mutta äkkiä alkoi pelottaa. Minä en kyllä hirviäsi nousta tästä notkosta pois mistään hinnasta; minä tunsin että jokin hiipi ylös rinnettä.»

»*Näitkö* sinä mitään?» kysyi Frodo sännäten jaloilleen.

---

* Nimen toinen kirjain ei ole ä vaan erokepisteillä varustettu a, joka siis kuuluu eri tavuun kuin edeltävä e. (Suomentajan huomautus.)

»En nähnyt. En mitään, mutta en kyllä jäänyt katsomaankaan.»

»Minä näin», sanoi Merri, »tai luulin nähneeni – tuolla lännessä, tasaisella maalla, kuun valossa, siinä missä kukkuloiden varjot loppuvat; minä *luulen,* että siellä oli kaksi tai kolme mustaa hahmoa. Ne näyttivät tulevan tännepäin.»

»Pysykää nuotion luona selkä tuleen päin!» Konkari huusi. »Ottakaa pari pitempää puuta valmiiksi käteenne!»

Henkeään pidätellen he seisoivat siinä hiljaisina ja valppaina selin tuleen ja tuijottaen silmä kovana ympäröiviin varjoihin. Mitään ei tapahtunut. Yössä ei liikkunut eikä kuulunut mitään. Frodo liikahti, hänestä tuntui, että hänen täytyi murtaa hiljaisuus: hän halusi huutaa ääneen.

»Shhh!» Konkari kuiskasi. »Mitä tuo on?» henkäisi Pippin samalla hetkellä.

He pikemminkin tunsivat kuin näkivät, miten notkon reunalle vuorenseinää vastapäätä kohosi varjo, yksi varjo tai useampia. He siristivät silmiään ja varjot ikään kuin kasvoivat. Pian asiasta ei ollut epäilystäkään: kolme tai neljä pitkää mustaa hahmoa seisoi tuolla rinteellä heidän yläpuolellaan. Ne olivat niin mustia, että ne näyttivät mustilta rei'iltä takanaan olevaa syvää varjoa vasten. Frodo oli kuulevinaan myrkyllisen hengityksen heikon sihinän ja kylmä väristys kävi hänen lävitseen. Sitten hahmot alkoivat lähestyä.

Kauhu valtasi Pippinin ja Merrin ja he heittäytyivät maahan. Sam painautui Frodon viereen. Frodo tuskin oli vähemmän kauhuissaan kuin toverinsa; hän vapisi kuin kylmänhorkassa, mutta kauhun voitti äkillinen kiusaus panna Sormus sormeen. Halu valtasi hänet, eikä hän kyennyt ajattelemaan mitään muuta. Hän ei ollut unohtanut Hautaa, ei Gandalfin viestiä; mutta jokin tuntui pakottavan häntä sivuuttamaan kaikki varoitukset, ja hän paloi halusta antaa periksi. Ei paon toivossa tai tehdäkseen mitään, sen paremmin hyvää kuin pahaakaan: hänestä vain tuntui että hänen oli otettava Sormus esiin ja pantava se sormeensa. Hän ei saanut sanaa suustaan. Hän tunsi miten Sam katsoi häneen, ikään kuin tietäisi, että hänen isäntänsä oli suuressa hädässä, mutta ei kyennyt kääntymään Samia kohti. Hän sulki silmänsä ja taisteli hetken; mutta vastarinta kävi ylivoimaiseksi, ja lopulta hän veti ketjun hitaasti esiin ja sujautti Sormuksen vasempaan etusormeen.

Siinä silmänräpäyksessä, vaikka kaikki muu pysyi ennallaan, epäselvänä ja pimeänä, hahmot muuttuivat hirvittävän selviksi. Frodo pystyi näkemään niiden mustien verhojen alle. Niitä oli viisi pitkää olentoa; kaksi seisoi notkon reunalla, kolme lähestyi. Niiden valkoisissa kasvoissa paloivat tarkat, armottomat silmät; niiden kaavun alla oli pitkä harmaa vaate; harmailla hiuksilla hopeinen kypärä; kunkin laihassa kädessä teräksinen miekka. Niiden katse osui häneen ja lävisti hänet, kun ne ryntäsivät häntä kohti. Epätoivoissaan hän veti esiin oman miekkansa, ja hänestä näytti, että se lepatti punaisena kuin soihtu. Kaksi hahmoista pysähtyi. Kolmas oli pitempi kuin muut: sen pitkät hiukset kiilsivät ja sen kypärä oli kruunu. Toisessa kädessä sillä oli pitkä miekka ja toisessa veitsi; sekä veitsi että sitä pitelevä käsi säteilivät kalpeaa valoa. Se loikkasi eteenpäin ja hyökkäsi Frodon kimppuun.

Silloin Frodo heittäytyi eteenpäin maahan ja kuuli huutavansa ääneen: *Oi Elbereth! Gilthoniel!* Samalla hän iski miekallaan vihollista jalkoihin. Kimeä huuto kiiri yössä, ja häntä vihlaisi kipu, ikään kuin myrkytetty jäänuoli olisi lävistänyt hänen vasemman olkansa. Vielä vajotessaan tajuttomuuteen hän näki kuin pyörteisen sumun lävitse välähdyksen Konkarista, joka loikkasi pimeydestä roihuava oksa kummassakin kädessään. Frodo pudotti miekkansa ja pujotti viimeisillä voimillaan Sormuksen sormestaan ja puristi sen tiukasti oikeaan käteensä.

PAKO KAHLAAMOLLE

Palatessaan tajuihinsa Frodo puristi edelleen kouristuksenomaisesti Sormusta. Hän makasi nuotion vieressä, tuleen oli lisätty puita ja se paloi kirkkaasti. Hänen kolme toveriaan olivat kumartuneet hänen puoleensa.

»Mitä on tapahtunut? Missä on kalpea kuningas?» hän kysyi vauhkona.

Kuullessaan hänen puhuvan he ilahtuivat niin etteivät pystyneet vastaamaan heti, eivätkä he ymmärtäneet kysymystäkään. Vähitellen Frodo sai Samilta selville, että he eivät olleet nähneet muuta kuin hämärien varjohahmojen tulevan kohti. Äkkiä oli Sam kauhukseen huomannut, että hänen isäntänsä oli hävinnyt; ja samalla hetkellä hänen ohitseen pyyhälsi musta varjo ja hän kaatui. Hän kuuli Frodon äänen, mutta kuulosti kuin se olisi tullut jostakin syvältä maan alta, ja se huusi käsittämättömiä sanoja. Sitten he eivät nähneet enää mitään, ennen kuin kompastuivat Frodoon, joka makasi miekka allaan kuin kuolleena kasvot nurmea vasten. Konkari käski heidän nostaa hänet ylös ja kantaa nuotion luo ja sitten hän häipyi. Siitä oli nyt jo aikaa.

Sam oli selvästikin alkanut taas epäillä Konkaria, mutta heidän puhuessaan tämä palasi ilmaantuen yhtäkkiä esiin varjojen seasta. He hätkähtivät ja Sam veti esiin miekkansa ja asettui Frodon eteen, mutta Konkari polvistui nopeasti hobitin viereen.

»Minä en ole Musta ratsastaja, Sam», hän sanoi hiljaa, »enkä liitossa niiden kanssa. Olen yrittänyt seurata niiden liikkeitä, mutta turhaan. En käsitä, miksi ne ovat menneet eivätkä yritä enää hyökätä. Mutta missään lähistöllä ei tunnu niiden läsnäoloa.»

Kun hän kuuli mitä Frodolla oli kerrottavana, hän kävi hyvin vakavaksi, pudisti päätään ja huokasi. Sitten hän kehotti Merriä ja Pippiniä kuumentamaan niin paljon vettä kuin heidän pieniin kattiloihinsa mahtui ja valelemaan haavaa sillä. »Pitäkää tuli palamassa ja Frodo lämpimänä!» hän sanoi. Hän nousi ja käveli poispäin ja pyysi Samin luokseen. »Luulen käsittäväni nyt paremmin», hän sanoi matalalla äänellä. »Vihollisia näyttää olleen vain viisi. En tiedä, miksi ne eivät olleet täällä kaikki; mutta ne eivät ilmeisesti olettaneet kohtaavansa vastarintaa. Ne ovat vetäytyneet syrjään toistaiseksi. Mutta pelkäänpä, että ne eivät ole kaukana. Ne tulevat taas jonakin toisena yönä, jollemme pääse pakoon. Ne vain odottavat, sillä ne luulevat että päämäärä on melkein saavutettu ja että Sormus ei voi enää paeta paljon kauemmas. Sam, minä pelkään, että ne uskovat haavoittaneensa isäntääsi kuolettavasti, niin että hän joutuu heidän valtaansa. Aika näyttää!»

Sam nyyhkytti. »Älä vaivu epätoivoon!» Konkari sanoi. »Sinun täytyy nyt luottaa minuun. Sinun Frodosi on vahvempaa ainesta kuin olin arvellut, vaikka Gandalf vihjailikin siihen suuntaan. Frodo ei ole kuollut, ja luulenpa että hän pystyy vastustamaan haavan pahaa voimaa kauemmin kuin hänen vihollisensa olettavat. Teen kaikkeni auttaakseni häntä ja parantaakseni hänet. Vartioi häntä hyvin kun olen poissa!» Hän kiiruhti tiehensä ja hävisi jälleen pimeyteen.

Frodo torkahteli huolimatta siitä, että kipu haavassa yltyi ja kuolemankylmyys levisi hartiasta käteen ja kylkeen. Hänen ystävänsä huolehtivat hänestä, pitivät häntä lämpimänä ja valelivat hänen haavaansa. Yö kului hitaasti ja tuskallisesti. Aamunkajon levitessä taivaalle, kun notko alkoi täyttyä harmaasta valosta, Konkari viimein palasi.

»Katsokaa!» hän huusi, kumartui ja nosti maasta mustan viitan, joka oli jäänyt heiltä pimeässä huomaamatta. Vajaan kyynärän päässä helmasta oli viilto. »Tästä iski Frodon miekka», hän sanoi. »Eikä se tämän pahemmin liene satuttanut hänen vihollistaan, sillä miekka on ehjä, ja kaikki terät hajoavat osuessaan tuhoon hirveään kuninkaaseen. Enemmän sitä vahingoitti Elberethin nimi.»

»Ja enemmän vahingoitti Frodoa tämä!» hän kumartui taas ja nosti maasta pitkän ohuen veitsen. Se säteili kylmää kiiltoa. Kun Konkari nosti sen ilmaan, he näkivät että terän pää oli vaurioitunut ja kärki katkennut. Mutta hänen pidellessään veistä valkenevan aamun valossa terä heidän suureksi ihmetyksekseen ikään kuin suli ja katosi kuin usva ilmaan. Vain kahva jäi Konkarin käteen. »Tämä kirottu veitsi teki häneen tuon haavan», Konkari huudahti. »Vain harvoilla on enää nykyisin taito parantaa tällaisten pahojen aseiden tekemiä haavoja. Mutta teen mitä voin.»

Hän istuutui maahan, otti tikarinkahvan ja asetti sen polvilleen ja lauloi hitaan loitsun vieraalla kielellä. Sitten hän pani veitsen syrjään, kääntyi Frodon puoleen ja lausui hiljaa sanoja, joista muut eivät saaneet selvää. Vyössään riippuvasta pussista hän veti jonkin kasvin pitkiä lehtiä.

»Näiden lehtien tähden», hän sanoi, »kävelin kauas, sillä paljailla kukkuloilla tämä yrtti ei kasva; mutta Tien eteläpuolella olevista tiheiköistä löysin sitä, sillä tunsin tuoksun pimeässä.» Hän musersi yhden lehden sormillaan ja siitä levisi makeankirpeä aromi. »Onneksi löysin, sillä tämä on rohtoyrtti, jonka Lännen ihmiset toivat Keski-Maahan. He käyttivät siitä nimeä *athelas*, ja sitä kasvaa enää hyvin vähän ja vain lähellä niitä paikkoja joissa he ennen vanhaan asuivat tai pitivät leiriä; ja pohjoisessa sen tuntevat vain jotkut Erämaan vaeltajat. Sillä on suuria ansioita, mutta tällaiseen haavaan sen voima voi olla liian heikko.»

Hän pani lehdet kiehuvaan veteen ja valeli Frodon olkapäätä. Höyryn tuoksu virkisti, ja haavoittumattomat tunsivat mielensä selkiävän ja rauhoittuvan. Yrtti vaikutti myös haavaan, sillä Frodo tunsi kivun ja kylmyyden kyljessään hellittävän; mutta käsi pysyi elottomana, eikä hän kyennyt nostamaan eikä käyttämään sitä. Hän katui katkerasti tyhmyyttään ja soimasi itseään tahdon heikkoudesta; sillä hän tajusi nyt, että pannessaan Sormuksen sormeensa hän ei ollut noudattanut omaa haluaan vaan vihollistensa käskyä. Hän mietti, jäisikö hän raajarikoksi loppuelämäkseen ja miten he pystyisivät jatkamaan matkaa. Hän oli liian heikko pysyäkseen pystyssä.

Muut keskustelivat juuri tästä asiasta. He päättivät heti, että Viimapäältä oli lähdettävä niin pian kuin mahdollista.»Minusta alkaa tuntua, että Vihollinen on tarkkaillut tätä paikkaa jo muutaman päivän», Konkari sanoi.»Mikäli Gandalf ylipäänsä on käynyt täällä, hän on joutunut pakosta ratsastamaan eteenpäin, eikä hän enää palaa. Joka tapauksessa viimeöisen hyökkäyksen jälkeen meitä odottaa täällä tuho pimeän tultua, ja voimme tuskin kohdata suurempaa vaaraa menimmepä minne tahansa.»

Heti kun päivä oli kunnolla valjennut, he söivät häthätää ja pakkasivat tavaransa. Frodo ei kyennyt kävelemään, joten toiset neljä ottivat suurimman osan varusteista kannettavakseen ja panivat Frodon ponin selkään. Muutamien viime päivien aikana eläin oli kehittynyt valtavasti; se näytti jo paksummalta ja vahvemmalta ja oli alkanut osoittaa kiintymystä uusia isäntiään ja erityisesti Samia kohtaan. Bil Imarre oli varmasti kohdellut ponia hyvin huonosti, kun erämaamatkalla oli siihen tällainen vaikutus.

He lähtivät kohti etelää. Se merkitsi sitä että heidän oli ylitettävä Tie, mutta se oli lyhin reitti metsäisemmille seuduille. Ja he tarvitsivat polttopuita, sillä Konkari sanoi, että Frodo oli pidettävä lämpimänä erityisesti öisin ja että tuli suojelisi heitä kaikkia. Hän suunnitteli myös matkan lyhentämistä siten, että he oikaisisivat toisen ison tienmutkan: Viimapään itäpuolella Tie muutti suuntaansa ja teki laajan polvekkeen pohjoiseen.

He kiersivät hitaasti ja varovaisesti kukkulan lounaisrinteitä ja saapuivat vähän ajan kuluttua Tielle. Ratsastajista ei näkynyt merkkiäkään. Mutta kiiruhtaessaan Tien poikki he kuulivat kaukaa kaksi huutoa: ensin kylmän kutsun, johon sitten toinen hyytävä ääni vastasi. Vavisten he syöksyivät eteenpäin ja suuntasivat kohti edessä leviäviä tiheikköjä. Maa vietti etelää kohti mutta tienoo oli karu ja poluton; pensaita ja kitukasvuisia puita kasvoi tiheinä metsikköinä, joiden väliin jäi laajoja paljaita alueita. Ruoho oli harvaa, karheaa ja harmaata, ja pensaiden lehdet varisivat kuivuuttaan. Seutu oli iloton ja heidän kulkunsa hidasta ja ankeaa. He eivät paljoa puhuneet tarpoessaan eteenpäin. Frodoa murehdutti, kun hän näki muiden kävelevän rinnallaan pää painuksissa ja selkä taakan taivuttamana. Konkarikin näytti väsyneeltä ja raskasmieliseltä.

Ennen kuin ensimmäisen päivän marssi oli lopussa, Frodon tuskat alkoivat taas yltyä, mutta hän ei sanonut mitään pitkään aikaan. Neljä päivää kului maaston tai maiseman paljoa muuttumatta, Viimapää vain vajosi vähitellen heidän takanaan, ja etäiset vuoret häämöttivät vähän lähempänä heidän edessään. Kaukaisen huudon jälkeen he eivät kuitenkaan olleet nähneet tai kuulleet mitään, mikä olisi viitannut siihen, että Vihollinen olisi huomannut heidän pakonsa tai ryhtynyt seuraamaan heitä. He pelkäsivät pimeän tunteja ja pitivät öisin parivartiota, ja joka hetki he odottivat näkevänsä mustien hahmojen lähestyvän harmaassa yössä, jota pilvien peittämä kuu heikosti valaisi; mutta he eivät nähneet mitään eivätkä kuulleet ääntäkään paitsi kuihtuvien lehtien ja ruohon kahinaa. Kertaakaan he eivät liioin vaistonneet läsnäolevaa pahaa, niin kuin notkossa ennen hyökkäystä. Tuntui liialliselta toivoa, että Ratsastajat olisivat taas kadottaneet heidän jälkensä. Ehkä ne väijyivät heitä jossakin kapeikossa?

Viidennen päivän lopulla maa alkoi taas kerran loivasti nousta laajasta, matalasta laaksosta, johon he olivat laskeutuneet. Konkari ohjasi heidän kulkunsa nyt jälleen koilliseen. Kuudentena päivänä he tulivat loivan rinteen huipulle ja näkivät edessään rykelmän metsäisiä kukkuloita. Alhaalla kiersi Tie kukkuloiden juuria ja heidän oikealla puolellaan hohti vaaleana laimeassa auringonvalossa harmaa joki. Jossakin kaukana pilkahti toinenkin joki usvan puoliksi peittämässä kalliolaaksossa.

»Ikävä kyllä meidän täytyy ilmeisesti palata hetkeksi takaisin Tielle», sanoi Konkari. »Olemme nyt tulleet Maitokymille, jota haltiat sanovat Mitheitheliksi. Se lähtee Jättijängiltä, Rivendellin pohjoispuolella kohoavilta peikkotuntureilta, ja yhtyy etelämpänä Kohuveteen. Yhtymäkohdan jälkeen jotkut kutsuvat sitä Harmaavirraksi. Ennen kuin se pääsee Mereen asti, siitä kasvaa suuri virta. Joen poikki ei ole ainuttakaan väylää Jättijänkien lähteiden alapuolella lukuun ottamatta yhtä, ja se on Viimeinen silta, jota myöten Tie ylittää kymin.»

»Mikä on tuo toinen joki tuolla kaukana?» kysyi Merri.

»Se on Kohuvesi, Rivendellin Bruinen», Konkari vastasi. »Tie seuraa kukkuloita monen virstan matkan Sillalta Bruinenin kahlaamolle. Mutta en ole vielä ajatellut, miten me sen veden ylitämme. Yksi joki kerrallaan! Meillä on totisesti onnea, jos Viimeinen silta ei ole vihollistemme miehittämä.»

Aikaisin seuraavan päivän aamuna he laskeutuivat jälleen Tien laitamille. Sam ja Konkari menivät edelle, mutta he eivät tavanneet mitään merkkiä muista matkalaisista tai ratsastajista. Täällä kukkuloiden varjossa oli satanut. Konkari arvioi, että sateesta oli kulunut kaksi päivää. Se oli huuhtonut pois kaikki jalanjäljet. Sen jälkeen ei hänen käsittääkseen paikalla ollut liikkunut ratsumiehiä.

He kiiruhtivat eteenpäin niin nopeasti kuin kykenivät ja pari virstaa matkattuaan he näkivät lyhyen jyrkän rinteen alla Viimeisen sillan. He pelkäsivät näkevänsä siellä mustia hahmoja odottamassa, mutta mitään ei näkynyt. Konkari kehotti heitä maastoutumaan tienvierustiheikköön ja meni itse edelle tutkimaan tilannetta.

Hän kiiruhti takaisin tuota pikaa. »Vihollisesta ei näy jälkeäkään», hän sanoi, »ja se kummastuttaa minua suuresti. Sen sijaan olen löytänyt jotakin hyvin merkillistä.»

Hänen kämmenellään oli yksi ainoa vaaleanvihreä jalokivi. »Löysin sen maasta Sillan keskeltä», hän sanoi. »Se on berylli, haltiakivi. En osaa sanoa, onko se pantu siihen vaiko pudonnut sattumalta, mutta se antaa minulle toivoa. Pidän sitä merkkinä: me voimme ylittää Sillan; mutta sen toisella puolen en uskalla jäädä Tielle, jollen saa jotakin selvempää viestiä.»

He jatkoivat heti matkaansa. He ylittivät Sillan turvallisesti kuulematta muuta ääntä kuin veden kohinan Sillan kolmea suurta kaarta vasten. Virstan päässä he tulivat kapeaan rotkoon, joka johti pohjoiseen Tien vasemmalla puolella kohoavien louhikkojen halki. Tässä Konkari kääntyi pois Tieltä ja pian he katosivat synkkään tummaan metsään kolkkojen kukkuloiden juurelle.

Hobitit olivat iloisia kun saivat jättää ankeat seudut ja vaaranalaisen Tien taakseen, mutta tämä uusi maasto tuntui uhkaavalta ja luotaantyöntävältä. Yhä korkeampia kukkuloita kohoili heidän ympärillään, kun he kulkivat eteenpäin. Siellä täällä he näkivät huipuilla ja harjanteilla vilahdukselta muinaisia kivimuureja ja tornien raunioita, jotka näyttivät pahaenteisiltä. Kun Frodo ei kävellyt itse, hänellä oli aikaa katsella ympärilleen ja ajatella. Hän muisti Bilbon kertomuksen omasta matkastaan ja Tien pohjoispuolella kohoavien kukkuloiden pelottavista torneista. Seutu oli lähellä Peikkometsää, missä Bilbo oli joutunut ensimmäiseen vakavaan seikkailuunsa. Frodo arveli, että he olivat nyt samalla alueella, ja hän mietti, kulkisivatko he sattumoisin tuon paikan läheltä.

»Keitä tässä maassa asuu?» hän kysyi. »Ja kuka on rakentanut nämä tornit? Onko tämä peikkojen maata?»

»Ei ole!» sanoi Konkari. »Peikot eivät rakenna. Tässä maassa ei asu kukaan. Täällä eli kerran ihmisiä, aikoja sitten; mutta ketään ei ole enää jäljellä. Tarut kertovat, että heistä tuli pahaa kansaa, sillä he sortuivat Angmarin varjon alle. Mutta kaikki tuhoutuivat sodassa, joka teki lopun Pohjois-Valtakunnasta. Mutta siitä on niin kauan, että kukkulat ovat jo unohtaneet heidät, vaikka maan yllä yhä lepää varjo.»

»Missä olet oppinut nuo tarut, jos koko maa on tyhjä ja kaikki unohtunut?» kysyi Peregrin. »Linnut ja metsäneläimet eivät kerro tuollaisia tarinoita.»

»Elendilin perilliset eivät unohda menneitä», Konkari sanoi, »ja enemmän kuin minä taidan kertoa, muistetaan Rivendellissä.»

»Oletko ollut Rivendellissä usein?» kysyi Frodo.

»Olen», Konkari sanoi. »Asuin siellä kerran, ja palaan yhä milloin voin. Sydämeni on siellä; mutta kohtaloni ei ole istua toimettomana, ei edes Elrondin kauniissa talossa.»

Kukkulat ympäröivät heidät vähitellen joka puolelta. Taakse jäänyt Tie jatkoi kulkuaan Bruinenjoelle, mutta kumpaakaan ei enää näkynyt. Matkalaiset tulivat pitkään laaksoon; kapeaan ja syvään, pimeään ja hiljaiseen. Kalliojyrkänteiden reunan yllä nuokkui vanhoja käppyräjuurisia puita, ja mäntymetsä jatkui yhä ylemmäksi kohoavilla rinteillä.

Hobitit alkoivat olla hyvin uupuneita. He etenivät hitaasti, sillä heidän oli kuljettava polutonta taivalta, kaatuneiden puiden ja kivenlohkareiden lomitse. He välttivät kiipeämistä niin kauan kuin suinkin Frodon tähden ja myös koska oli vaikeata löytää mitään tietä ylös kapeista laaksoista. He olivat viettäneet kaksi päivää tässä maastossa, kun sää muuttui. Tuuli alkoi puhaltaa tasaisesti lännestä ja syytää kaukaisten merien vesiä kaikenkastavana tihkuna kukkuloiden tummille huipuille. Illan tullen he olivat läpimärkiä, ja leiripaikka oli iloton, sillä he eivät saaneet tulta syttymään. Seuraavana päivänä kohosivat kukkulat heidän edessään entistäkin jyrkempinä ja korkeampina, ja heidän oli pakko kääntyä pohjoiseen, pois kurssista. Konkari näytti huolestuvan: Viimapäältä oli taivallettu melkein kymmenen päivää ja muonavarat hupenivat. Sade jatkui.

Tuon yön he viettivät kallioseinämästä ulkonevalla kielekkeellä, jossa oli luolantapainen, oikeastaan pelkkä syvennys. Frodo oli levoton. Kylmyys ja kosteus ärsyttivät hänen haavaansa, se oli kipeämpi kuin koskaan, ja särky ja vilu riistivät unen. Hän makasi heittelehtien ja kääntyillen ja kuunteli peloissaan yön pikku ääniä: tuulta kallion raoissa, tippuvaa vettä, risahdusta, irronneen kiven äkillistä ryminää. Hänestä tuntui, että mustat hahmot lähestyivät aikeissa tukehduttaa hänet; mutta kun hän nousi istumaan, hän ei nähnyt muuta kuin Konkarin selän, kun tämä istua kyyrötti vartiossa piippuaan poltellen. Frodo paneutui taas makuulle ja vajosi levottomaan uneen, jossa hän käveli kotinurmellaan

Konnussa ja lähipiiri näytti utuiselta ja hämärältä kun taas pensasaidan takana seisovat tuijottavat mustat hahmot olivat aivan terävät.

Aamulla herätessään hän huomasi, että sade oli lakannut. Pilvet olivat edelleen paksut, mutta ne rakoilivat ja niiden väliin ilmestyi vaaleansinisiä kaistaleita. Tuuli kääntyi taas. He eivät lähteneet aikaisin liikkeelle. Heti kylmän ja kolkon aamiaisen jälkeen lähti Konkari yksin ja kehotti muita pysyttelemään kallion suojassa, kunnes hän tulisi takaisin. Hän aikoi kiivetä ylös, jos pystyisi, ja katsoa miltä maisemat näyttivät.

Palatessaan hän ei ollut kovin rohkaiseva. »Me olemme tulleet liian kauas pohjoiseen», hän sanoi, »ja meidän täytyy keksiä miten voisimme kääntyä taas etelää kohti. Jos jatkamme näin, päädymme Jättilaaksoihin kauas Rivendellin pohjoispuolelle. Ne ovat peikkojen asuinseutuja ja minulle jokseenkin tuntemattomia. Voisimme ehkä löytää reitin, jota myöten kiertää Rivendelliin pohjoisesta; mutta se kestäisi liian kauan, sillä minä en tunne tietä ja muona loppuisi kesken. Niinpä meidän täytyy tavalla tai toisella päästä Bruinenin kahlaamolle.»

Loppupäivän he rämpivät kivisessä maastossa. He löysivät kahden kukkulan välistä väylän, joka vei heidät kaakkoon johtavaan laaksoon, ja kaakko oli juuri se suunta johon he pyrkivät; mutta iltapuolella he huomasivat, että tien sulki jälleen korkea harjanne; sen taivasta vasten piirtyvä tumma ääriviiva oli epätasainen kuin tylsynyt sahanterä. Heidän olisi joko käännyttävä takaisin tai kiivettävä sen yli.

He päättivät yrittää kiipeämistä, mutta se osoittautui hyvin hankalaksi. Ennen pitkää Frodon oli noustava ponin selästä ja ponnisteltava eteenpäin jalan. Silti he joutuivat usein epätoivon valtaan yrittäessään saada ponia ylös tai löytää edes polkua, josta he itse selviäisivät taakkoineen. Oli jo hämärää ja matkalaiset olivat aivan näännyksissä kun he lopulta pääsivät huipulle. He olivat nousseet kahden korkeimman kohdan väliin jäävälle kapealle satulalle, ja edessä aivan pienen matkan päässä oli taas jyrkkä lasku. Frodo heittäytyi maahan ja makasi siinä vavisten. Hänen vasen kätensä oli eloton, ja hänestä tuntui kuin jäiset pihdit olisivat puristaneet hartiaa ja kylkeä. Puut ja kalliot hänen ympärillään näyttivät utuisilta ja varjomaisilta.

»Emme voi jatkaa enää pitemmälle», sanoi Merri Konkarille. »Pahoin pelkään, että tämä on ollut liian raskasta Frodolle. Olen hänestä hirveän huolissani. Mitä meidän pitäisi tehdä? Luuletko että hänet voidaan parantaa Rivendellissä, mikäli koskaan pääsemme sinne?»

»Se selviää sitten», vastasi Konkari. »Erämaassa en voi enää tehdä mitään; ja nimenomaan hänen haavansa vuoksi minä yritän pitää yllä niin kovaa tahtia. Mutta siitä olen samaa mieltä, että emme voi enää tänä iltana kulkea pitemmälle.»

»Mikä isäntää vaivaa?» kysyi Sam hiljaa ja katsoi Konkaria vetoavasti. »Hänen haavansa oli vähäinen ja se on jo umpeutunut. Olkapäässä ei näy muuta kuin kylmä valkoinen jälki.»

»Frodoon on osunut Vihollisen ase», Konkari sanoi, »ja hänessä tekee työtään jokin myrkky tai paha voima, jota minun taidoillani ei karkoteta. Mutta älä luovu toivosta, Sam!»

Korkealla harjanteella yö oli kylmä. He sytyttivät pienen nuotion vanhan männyn kyhmyisten juurten alle matalaan onteloon, joka näytti siltä kuin siitä olisi joskus louhittu kiveä. He kyyhöttivät vieri vieressä. Solan läpi pyyhki pureva tuuli, ja he kuulivat miten puiden latvat huokailivat ja valittivat alempana. Frodo makasi puoliunessa ja kuvitteli, että hänen yllään havisi lukemattomia mustia siipiä ja että siivillä ratsastivat vainoojat, jotka hakivat häntä jokaisesta onkalosta.

Aamu koitti kirkkaana ja kauniina; ilma oli puhdas ja valo kalvakkaa, taivas sateen huuhtoma. He rohkaistuivat, mutta kaipasivat aurinkoa, joka olisi lämmittänyt heidän kylmänkankeita jäseniään. Niin pian kuin tuli valoisaa, Konkari otti Merrin mukaansa ja he lähtivät tutkimaan maastoa solan itäpuolella kohoavalta huipulta. Aurinko oli noussut ja se paistoi kirkkaana, kun he palasivat tuoden vähän lohdullisempia tietoja. He olivat nyt jokseenkin oikeassa suunnassa. Jos he jatkaisivat tästä alas harjanteen toiselle puolen, vuoret jäisivät vasemmalle. Jonkin matkan päässä Konkari oli jälleen nähnyt vilauksen Kohuvedestä, ja hän tiesi että näköpiirin ulkopuolelle jäänyt kahlaamon tie ei ollut joesta kaukana ja kulki heitä lähinnä olevaa rantaa.

»Meidän täytyy taas pyrkiä Tielle», hän sanoi. »Näiden kukkuloiden yli on turha toivoa löytävänsä polkua. Mikä vaara Tiellä väijyykin, se on ainoa reitti kahlaamolle.»

Heti syötyään he lähtivät taas liikkeelle. He laskeutuivat varovasti harjanteen etelärinnettä; mutta kulku oli huomattavasti helpompaa kuin he olivat olettaneet, sillä rinne oli tältä puolen loivempi, ja pian Frodo saattoi taas nousta ratsaille. Bil Imarteen poniparassa ilmeni odottamattomia polunlöytäjän lahjoja ja kyky säästää ratsastajaa mahdollisimman monelta töytäykseltä. Seurueen mieliala kohosi jälleen. Frodokin tunsi olonsa paremmaksi aamuauringossa, mutta silloin tällöin tuntui utu sumentavan häneltä näön ja hän pyyhkäisi käsiä silmien editse.

Pippin oli vähän muiden edellä. Äkkiä hän kääntyi ympäri ja huusi: »Täällä on polku!»

Kun he saavuttivat hänet, huomattiin että hän ei ollut erehtynyt: he näkivät aivan selvästi polun, joka kiemurrellen kiipesi ulos alhaalla levittäytyvistä metsiköistä ja katosi niiden takana kohoavan kukkulan huipulle. Se oli tätä nykyä paikoitellen umpeen kasvanut tai vierinkivien ja kaatuneitten puiden tukkima, mutta sitä oli selvästi joskus käytetty paljon. Se oli vahvojen käsien ja raskaiden jalkojen tekemä polku. Siellä täällä oli vanhoja puita kaadettu tai katkottu ja suuria kiviä lohkottu tai siirretty sivummalle, pois polulta.

He seurasivat tätä polkua vähän matkaa, sillä sitä myöten oli ilman muuta helpointa päästä alas, mutta he etenivät varovaisesti, ja heidän levottomuutensa yltyi, kun he tulivat synkkään metsään ja polku leveni ja selveni. Putkahdettuaan ulos havumetsävyöhykkeestä polku laskeutui viettävää rinnettä ja kääntyi jyrkästi vasemmalle kallionkulman ympäri. Mutkaan päästyään he katselivat ympärilleen ja huomasivat, että polku jatkui tasanteelle ja kiersi matalaa kallioseinämää, jonka yläpuolella nuokkui puita. Kiviseinässä oli vino yhden ison saranan varassa roikkuva ovi.

He pysähtyivät kaikki oven eteen. Sen takana oli luola tai kivinen huone, mutta pimeydestä ei erottunut mitään. Konkari, Sam ja Merri työnsivät kaikin voimin ja onnistuivat avaamaan ovea hiukan enemmän, ja sitten Konkari ja Merri astuivat sisään. He eivät menneet kovin pitkälle, sillä lattialla oli läjäpäin vanhoja luita eikä suuaukon lähettyvillä sitten muuta näkynytkään kuin suuria tyhjiä ruukkuja ja rikki menneitä astioita.

»Tämä on takuulla peikkoluola tai sitten niitä ei olekaan!» Pippin sanoi. »Hei te kaksi, tulkaa ulos ja lähdetään pois. Nyt me tiedämme ketkä ovat tehneet polun – ja olisi viisainta häipyä siltä nopeasti.»

»Enpä usko että tarvitsee», sanoi Konkari tullessaan ulos. »Tämä on kyllä peikkoluola, mutta näyttää siltä, että se on ajat sitten hyljätty. Tuskin meillä on syytä pelkoon. Mutta mennään alas varovasti, niin sittenpähän nähdään.»

Polku jatkui oven luota ja kääntyi jälleen oikeaan tasanteen poikki ja pujahti sitten tiheämetsäiseen rinteeseen. Pippin, joka ei halunnut Konkarin huomaavan, että hän yhä pelkäsi, meni Merrin kanssa edellä. Sam ja Konkari kulkivat heidän jäljessään, Frodon ponin kummallakin puolen, sillä polku oli nyt niin leveä että sillä olisi mahtunut kävelemään viisikin hobittia rinnan. Mutta he eivät olleet kulkeneet pitkään, kun Pippin juoksi heitä vastaan Merri kannoillaan. Molemmat näyttivät kauhistuneilta.

»Täällä on kuin onkin peikkoja!» Pippin huohotti. »Aika lähellä metsäaukiolla tuolla alhaalla. Me näimme ne puiden välistä. Ne ovat hirmu isoja!»

»Mennään katsomaan», sanoi Konkari ja otti maasta kepin. Frodo ei sanonut mitään mutta Sam näytti säikähtäneeltä.

Aurinko oli nyt korkealla, se paistoi puoliksi lehdettömien puiden lomasta aukiolle ja loi sinne kirkkaita läikkiä. He pysähtyivät äkkiä metsän reunaan ja kurkistelivat puunrunkojen välistä hengitystään pidättäen. Siinä ne seisoivat: kolme suurta peikkoa. Yksi oli kumartunut ja muut kaksi seisoivat tuijottamassa häntä.

Konkari jatkoi huolettomana kulkuaan. »Ylös siitä, kivikasa!» hän sanoi ja katkaisi keppinsä kumartuneen peikon kylkeen.

Mitään ei tapahtunut. Hobitit haukkoivat henkeään hämmästyneinä ja sitten Frodokin nauroi. »Jaaha!» hän sanoi. »Me olemme unohtaneet suvun historian! Nämä ovat tietysti juuri ne kolme peikkoa, jotka Gandalf yllätti riitelemästä siitä, miten parhaiten valmistetaan ruoaksi kolmetoista kääpiötä ja yksi hobitti.»

»En tiennyt että me olimme lähelläkään sitä paikkaa!» Pippin sanoi. Hän tunsi tarinan hyvin. Bilbo ja Frodo olivat usein kertoneet sitä, mutta hän ei ollut koskaan ottanut uskoakseen siitä puoliakaan. Nytkin vielä hän silmäili kivisiä peikkoja epäilevänä, arvaillen, voisiko jokin taika äkkiä herättää ne taas henkiin.

»Ette ole unohtaneet vain suvun historiaa vaan myös kaiken sen, mitä koskaan olette tienneet peikoista», Konkari sanoi. »Keskellä kirkasta ja aurinkoista päivää te tulette väittämään minulle, että tällä aukiolla meitä odottaa kolme ilmielävää peikkoa! Olisitte voineet huomata edes sen, että yhdellä on korvan takana hylätty linnunpesä. Aika epätavallinen koristus, jos peikko on elävä!»

Kaikki nauroivat. Frodo tunsi mielensä elpyvän: muistutus Bilbon ensimmäisestä ja onnistuneesta seikkailusta rohkaisi. Aurinko paistoi lämpimästi ja rauhoittavasti, ja utukin tuntui hiukan hälvenevän hänen silmiensä edestä. He lepäsivät jonkin aikaa aukiolla ja söivät puolisen aivan peikkojen suurten jalkojen varjossa.

»Mitä jos joku laulaisi meille nyt, kun aurinkokin on korkealla?» sanoi Merri kun he olivat syöneet. »Me emme ole laulaneet emmekä kertoneet tarinoita päiväkausiin.»

»Viimeksi Viimapäällä», Frodo sanoi. Muut katsahtivat häneen. »Älkää minusta huolehtiko!» hän lisäsi. »Minusta tuntuu paljon paremmalta, mutta en usko että

pystyn laulamaan. Ehkä Sam onnistuisi kaivelemaan jotakin muististaan.»
»No Sam!» sanoi Merri. »Sinulla on päähän säilöttynä paljon enemmän kuin annat ymmärtää.»
»Enpä tiedä», Sam sanoi. »Vaan kävisikö tämä? Se nyt ei kylläkään ole sitä mitä minä sanoisin kunnon runoksi, onpahan pätkä hölynpölyä. Mutta nämä vanhat patsaat tässä toi sen minun mieleeni.» Hän nousi seisomaan, pani kädet selän taakse kuin olisi ollut koulussa ja alkoi laulaa tutulla sävelellä.

> Kivipaadella peikko vähän nälästä heikko
> istui ja luuta järsi se veikko.
> Oli kalunnut luuta jo monta kuuta,
> sillä lihasta teki tiukkaa.
> Oli niukkaa! Ei hiukkaa!
> Asui vuorilla luolassa yksin se peikko,
> ja lihasta teki tiukkaa.

> Osui tulemaan Tom saappaissaan,
> sanoi peikolle: »Kas, mitä huomaankaan?
> Ihan näköhän sen on lapaluun Tim-enon,
> ja se kuuluu hautuumaahan.
> Juu, maahan! Luu maahan!
> Ei vuosiin lie enosta kuultukaan,
> ja luulin: hän kuuluu maahan.»

> »Toki myönnänkin: luun kähvelsin,
> vaan miksi panna luita maan koloihin?
> Jo aikaa, sen ties, oli kuollut se mies,
> kun löysin tuon lapaluunsa.
> Kapaluunsa! Rapaluunsa!
> Kai anniksi vanhalle peikollekin
> jo liikenee lapaluunsa.»

> Sanoi Tom: »Se tiedä, en tuota siedä,
> luvattomasti ei toki viedä
> noin ilman muuta sukulaiseni luuta,
> siis luovuttaa luu on paras.
> Sinä varas! Pidä varas!
> Se on vainajan oma, se tiedä,
> siis luovuttaa luu on paras!»

> »Kas», peikko huusi, »siinä paisti on uusi,
> minä syön sinut myös ja kaluan luusi.
> Ilomielin haukkaan lihanpalasen maukkaan,
> sinut hampaiden saha perii.
> Paha perii! Maha perii!
> Olen järsinyt vanhoja luita jo kuusi;
> lihas hampaiden saha nyt perii.»

Vaan kun Tom-raukkaa jo peikko haukkaa,
sen hampaat tyhjinä yhteen paukkaa.
Tom karkuun luikki, sen taakse puikki
ja potkaisi takamuksille.
Muks sille! Puks sille!
Johan oppii, Tom tuumi, kun paukkaa
sille potkun takamuksille.

Kuin kallion rinta on peikon pinta,
sen kovetti vuorilla istuksinta.
Jos potkit niin särjet saappaittes kärjet,
on tunnoton peikon sen nahka.
Kuin rahka! Kuin pahka!
Se peikosta olikin hupaisinta,
mitä tunsi tuon varpaiden nahka.

Tom onneton kotiin päässyt on,
ja rampa on jalkansa saappaaton,
vaan huoletonna tuo peikko-konna
piti luun jonka vohki se kurja.
Se nurja! Se hurja!
Ehjä nahka sen on, ja se kelvoton
piti luun jonka vohki se kurja!

»Tuohan onkin varoitus meille kaikille!» Merri nauroi. »Olipa hyvä, että käytit keppiä etkä kättä, Konkari!»

»Mistä olet oppinut tuon, Sam?» Pippin kysyi. »En ole koskaan ennen kuullut noita sanoja.»

Sam mutisi jotakin, josta ei saanut selvää. »Omasta päästään tietenkin», Frodo sanoi. »Alan oppia yhtä ja toista Sam Gamgista tällä matkalla. Ensin hän oli salaliittolainen ja nyt hän on leikari. Hänestä tulee vielä velho – tai sotaurho!»

»Toivottavasti ei», Sam sanoi. »Minä en tahtoisi olla kumpaakaan!»

Iltapäivällä he jatkoivat matkaa metsän läpi. He kulkivat varmaan juuri samaa polkua, jota Gandalf ja Bilbo ja kääpiöt olivat käyttäneet vuosia aikaisemmin. Muutaman virstan päästä he tulivat korkealle töyräälle Tien yläpuolelle. Tie oli jo jättänyt Maitokymin kauas kapeaan uomaansa ja pysytteli tiiviisti kukkuloiden tuntumassa, se kohoili ja kiemurteli itään metsien ja kanervakankaiden poikki kohti kahlaamoa ja Vuoria. Konkari osoitti isoa kiveä rinteen ruohikossa. Siinä saattoi vieläkin nähdä karkeasti kaiverrettuja ja säiden kuluttamia kääpiöriimuja ja salaisia merkkejä.

»Hei!» Merri sanoi. »Tuo on varmasti se kivi, joka oli merkkinä siinä, mihin peikkojen kulta kätkettiin. Tulipa mieleeni, Frodo, kuinka paljon Bilbon osuudesta on jäljellä?»

Frodo katsoi kiveä ja toivoi, että Bilbo ei olisi tuonut kotiin sen vaarallisempia aarteita, eikä aarteita, joista oli niin vaikea luopua. »Ei mitään», hän sanoi. »Bilbo antoi kaiken pois. Hän sanoi, että se ei kaikki koskaan tuntunut oikein omalta, kun se oli peräisin ryöväreiltä.»

Tie häämötti autiona lähestyvän illan pitkissä varjoissa. Heidän lisäkseen ei näkynyt muita matkustavaisia. Koska mitään muuta reittiä ei ollut, he laskeutuivat töyräältä, kääntyivät vasempaan ja lähtivät taivaltamaan niin nopeasti kuin suinkin. Pian kukkulaharjanne peitti näkyvistä nopeasti länteen vaipuvan auringon. Edestäpäin vuorilta puhalsi kylmä viima heitä vastaan.

He alkoivat juuri etsiä leiripaikkaa hieman kauempaa Tiestä, kun he kuulivat äänen, joka palautti äkkiä kauhun heidän sydämeensä: selkäpuolelta kantautui kavioiden kapsetta. He katsoivat taakseen, mutta Tie polveili ja mutkitteli niin että ei nähnyt kauas. Niin nopeasti kuin jaloista lähti he kompuroivat pois Tieltä ja kiipesivät sen vieressä kohoavia rinteitä, joilla kasvoi korkeaa kanervaa ja mustikkaa, kunnes pääsivät pieneen pähkinäpensastiheikköön. He kurkistivat pensaiden läpi ja näkivät alhaalla Tien harmaana ja epäselvänä himmenevässä valossa noin viidentoista kyynärän päässä. Kavioiden kapse läheni. Ääni oli nopea ja kevyt: *kipiti kipiti kap.* Sitten he olivat kuulevinaan ääntä, kuin tiukujen helinää, hyvin heikkoa, kuin tuuli olisi kuljettanut sitä heistä poispäin.

»Tuo ei kuulosta Mustan ratsastajan hevoselta!» Frodo sanoi ja kuunteli tarkkaavaisesti. Toiset hobitit myönsivät toiveikkaasti, mutta kaikki olivat edelleen hyvin epäluuloisia. He olivat pelänneet takaa-ajajia niin kauan, että mikä tahansa takaapäin kantautuva ääni tuntui pahaenteiseltä ja uhkaavalta. Mutta Konkari kumartui maata kohti käsi korvalla ja iloinen ilme kasvoillaan.

Valo väheni ja pensaiden lehdet kahisivat hiljaa. Yhä lähempänä ja yhä kirkkaammin kilisivät kulkuset, *kipiti kap* ravasivat nopeat kaviot. Äkkiä ilmestyi varjoista nopeasti juosten hohtavan valkoinen hevonen. Illan hämyssä sen päitset välkkyivät ja säihkyivät ikään kuin ne olisi koristeltu tähtinä kimmeltävillä jalokivillä. Ratsastajan viitta hulmusi valtoimenaan ja huppu oli pudonnut niskaan; hänen kultaiset hiuksensa liehuivat kimmeltäen nopeassa vauhdissa. Frodosta näytti kuin ratsastajan muodosta ja asusta olisi loistanut valkeaa valoa kuin ohuen harson läpi.

Konkari hyppäsi esiin piilosta ja säntäsi alas Tietä kohti loikkien kanervikossa ja huutaen; mutta jo ennen kuin hän oli liikahtanut tai avannut suutaan, ratsastaja oli hillinnyt hevostaan ja pysähtynyt, ja katsoi suoraan tiheikköön, jossa he olivat. Kun hän näki Konkarin, hän hyppäsi satulasta ja juoksi tätä vastaan huutaen: *Ai na vedui Dúnadan! Mae govannen!* Puhe ja äänen kirkas sointi eivät jättäneet epäilyksen sijaa heidän sydämiinsä: ratsastaja kuului haltiakansaan. Kenenkään muun maailmanasujan ääni ei soinut niin kauniina. Mutta hänen puheessaan kuului kiireen tai pelon sivuääni, ja he näkivät, että hän keskusteli paraillaan hätäisesti Konkarin kanssa.

Konkari viittasi heidät kohta luokseen, ja hobitit tulivat pensaikosta ja kiiruhtivat Tielle. »Tämä on Glorfindel, Elrondin talosta», Konkari sanoi.

»Tervetuloa, viimeinkin!» sanoi haltiaylimys Frodolle. »Minut lähetettiin Rivendellistä sinua etsimään. Pelättiin että olit vaarassa Tiellä.»

»Gandalf on siis tullut Rivendelliin?» huudahti Frodo riemuissaan.

»Ei. Ei ollut tullut silloin kun minä lähdin, mutta siitä on jo yhdeksän päivää», Glorfindel vastasi. »Elrond sai uutisia, jotka huolettivat häntä. Liikkuessaan teidän maassanne Baranduinin* tuolla puolen jotkut kansani jäsenet kuulivat, että asiat olivat huonolla tolalla, ja lähettivät viestejä niin nopeaan kuin kykenivät. He

---

* Rankkivuon.

sanoivat, että Yhdeksän on taas liikkeellä ja että te harhailitte raskaan taakan alla ilman opastusta, sillä Gandalf ei ollut palannut. Rivendellissäkin on vain harvoja, jotka voivat avoimesti käydä Yhdeksää vastaan; mutta ne harvat Elrond lähetti pohjoiseen, länteen ja etelään. Arveltiin, että te ehkä kääntyisitte kauas erämaahan karttaaksenne vainoojaa ja joutuisitte siten eksyksiin.

Minun osakseni tuli Tie, ja minä tulin Mitheithelin sillalle ja jätin sinne merkin lähes seitsemän päivää sitten. Kolme Sauronin palvelijoista oli siellä, mutta ne väistyivät ja minä ajoin niitä takaa länteen. Kohtasin myös kaksi muuta, mutta ne kääntyivät etelään. Siitä lähtien olen etsinyt teidän jälkiänne. Kaksi päivää sitten löysin ne ja seurasin niitä Sillan yli; ja tänään havaitsin missä laskeuduitte taas alas kukkuloilta. Vaan ei! Ei ole aikaa pitemmälle sananvaihdolle. Koska olette tässä, meidän on uskaltauduttava Tien vaaroihin ja lähdettävä. Takanamme on viisi, ja kun ne löytävät jälkenne Tieltä, ne ratsastavat peräämme kuin puhuri. Eivätkä ne ole siinä kaikki. Missä toiset neljä lienevät, en tiedä. Pelkään että kahlaamo voi jo olla vastustajien miehittämä.»

Glorfindelin puhuessa illan varjot syvenivät. Frodo tunsi suuren uupumuksen leviävän ruumiiseensa. Siitä lähtien kun aurinko oli alkanut laskea, silmiä hämärtävä sumu oli tummentunut, ja hänestä tuntui, että hänen ja hänen toveriensa kasvojen väliin oli tunkeutumassa varjo. Nyt kipu valtasi hänet ja häntä kylmäsi. Hän horjui ja tarttui Samin käsivarteen.

»Minun isäntäni on sairas ja haavoittunut», Sam sanoi vihaisesti. »Hän ei voi ratsastaa auringonlaskun jälkeen. Hän tarvitsee lepoa.»

Glorfindel sai Frodosta otteen, kun hän vajosi maahan, ja otti hänet hellästi käsivarsilleen silmäillen hänen kasvojaan syvästi huolissaan.

Konkari kertoi lyhyesti hyökkäyksestä heidän Viimapään-leiriinsä ja kuolettavasta veitsestä. Hän veti esiin kahvan, jonka hän oli säilyttänyt, ja ojensi sen haltialle. Glorfindel värähti ottaessaan sen käteensä, mutta katseli sitä tarkkaan.

»Tähän kahvaan on kirjoitettu pahoja sanoja», hän sanoi, »vaikka sinun silmäsi eivät ehkä näe niitä. Pidä se, Aragorn, kunnes saavumme Elrondin taloon! Mutta varo, ja käsittele sitä niin vähän kuin suinkin! Voi! tämän aseen tekemiä haavoja minun kykyni eivät riitä parantamaan. Teen mitä osaan – mutta entistä suuremmalla syyllä vaadin teitä kulkemaan nyt lepäämättä.»

Hän tunnusteli sormillaan Frodon olkapäässä olevaa haavaa ja hänen kasvonsa vakavoituivat, aivan kuin olisi kauhistunut havaitsemaansa. Mutta Frodo tunsi kylmyyden hellittävän kyljessään ja kädessään, lämpöä säteili olkapäästä käteen ja kipu helpotti. Hämärä tuntui vaalenevan hänen ympärillään, ikään kuin pilvi olisi haihtunut. Hän näki toveriensa kasvot taas selvempinä ja sai uutta toivoa ja voimaa.

»Sinä saat ratsastaa minun hevosellani», Glorfindel sanoi. »Minä lyhennän jalustimet satulavaatteeseen asti ja sinun täytyy pysytellä tiiviisti satulassa. Mutta sinun ei tarvitse pelätä: minun hevoseni ei anna ratsastajan pudota, jos minä käsken sen kantaa häntä. Sen askel on kevyt ja pehmeä; ja jos vaara tulee liian lähelle, se kiidättää sinut pois sellaista vauhtia, että Vihollisen mustat ratsutkin häviävät sille.»

»Eikä kiidätä!» Frodo sanoi. »Minä en ratsasta sillä, jos se vie minut Rivendelliin tai minne viekin, mutta toverini jäävät vaaraan.»

Glorfindel hymyili. »Epäilen olisivatko toverisi vaarassa, jos sinä et olisi heidän kanssaan!» hän sanoi. »Luulen että vainoojat seuraisivat sinua ja jättäisivät meidät rauhaan. Sinä Frodo, ja se mikä sinulla on, saattaa meidät kaikki vaaraan.»

Tähän Frodo ei pystynyt vastaamaan mitään, ja hän suostui nousemaan Glorfindelin valkoisen hevosen selkään. Ponille kuormattiin nyt suuri osa muiden kantamuksista, niin että marssi kävi kevyemmäksi, ja jonkin aikaa he etenivät hyvää vauhtia, mutta sitten hobittien alkoi olla vaikea pysytellä haltian nopeiden ja väsymättömien jalkojen tahdissa. Haltia johti heitä pimeyden syliin ja yhä eteenpäin vielä syvässä pilvisessä yössäkin. Ei näkynyt tähtiä eikä kuuta. Vasta harmaan aamun sarastaessa hän salli heidän pysähtyä. Pippin, Merri ja Sam olivat jo melkein nukahtaneet kompuroiville jaloilleen, ja Konkarikin näytti hartioiden kumaruudesta päätellen väsyneeltä. Frodo istui hevosen selässä mustaa unta nähden.

He heittäytyivät kanervikkoon parin sylen päähän Tien reunasta ja nukahtivat heti. Heistä tuntui että he olivat tuskin sulkeneet silmänsä, kun Glorfindel, joka oli pitänyt vartiota heidän nukkuessaan, herätti heidät jälleen. Aurinko oli kivunnut korkealle aamutaivaalle, ja yön pilvet ja usvat olivat haihtuneet.

»Juokaa tästä!» Glorfindel sanoi ja kaatoi kullekin vuorollaan tilkan hopealla koristellusta nahkaleilistään. Juoma oli kirkasta kuin lähdevesi ja vailla makua, eikä se tuntunut suussa sen paremmin viileältä kuin lämpimältä, mutta oli kuin kaikkiin jäseniin olisi virrannut voimaa ja tarmoa heidän juodessaan. Tuon juoman jälkeen syötynä leivänkannikat ja kuivatut hedelmät (muuta heillä ei enää ollut) tuntuivat vievän nälän paremmin kuin moni kunnon aamiainen kotona Konnussa.

Tuskin viittä tuntia levättyään he alkoivat taas taivalluksensa. Glorfindel kehotti heitä edelleen kiiruhtamaan eikä antanut heidän levätä kuin kaksi lyhyttä tuokiota päivän marssin aikana. Näin he taittoivat vajaat kaksikymmentä virstaa ennen yön tuloa ja saapuivat kohtaan, jossa Tie kääntyi oikeaan ja vei alas laakson pohjalle ja suoraan Bruinenia kohti. Toistaiseksi hobitit eivät olleet kuulleet tai nähneet mitään ajojahtiin viittaavaa; mutta milloin he jäivät jälkeen, Glorfindel pysähtyi usein kuuntelemaan hetkeksi ja hänen kasvojaan varjosti levottomuus. Pari kertaa hän puhui Konkarille haltiakielellä.

Olivatpa oppaat miten levottomia tahansa, oli selvää että hobitit eivät jaksaisi enää pitemmälle sinä yönä. He kompastelivat eteenpäin pyörtymäisillään väsymyksestä, kykenemättä ajattelemaan muuta kuin jalkojaan. Frodon kipu oli kahta kovempi, ja päivän mittaan maailma häipyi hänen ympärillään aavemaiseen harmauteen. Hän melkein iloitsi yön tulosta, sillä silloin ympäristö tuntui vähemmän tyhjältä ja kalvakalta.

Hobitit olivat yhä uuvuksissa, kun varhain seuraavana aamuna lähdettiin taas liikkeelle. Ennen kahlaamoa oli taivallettava vielä monta virstaa, ja he kompuroivat eteenpäin niin nopeasti kuin kykenivät.

»Vaara on suurin juuri ennen jokea», Glorfindel sanoi, »sillä sydämeni varoittaa, että vainooja lähestyy meitä vinhaan, ja kahlaamolla odottaa kenties toinen vaara.»

Tie vei yhä tasaisesti alaspäin, ja paikoitellen sen kummallakin puolella kasvoi rehevää ruohoa, jossa hobitit kävelivät aina tilaisuuden tullen lepuuttaakseen väsyneitä jalkojaan. Myöhään iltapäivällä he tulivat paikkaan, jossa Tie äkkiä sukelsi korkeiden mäntyjen pimentoon ja sitten syvään rotkoon, jonka jyrkät ja kosteat seinämät olivat punaista kiveä. Siellä kaikui, ja kun he kiiruhtivat eteenpäin, kuulosti siltä kuin heidän askeliaan olisivat seuranneet lukuisat muut askeleet. Aivan äkkiä kuin valoportin läpi Tie putkahti taas solan toisessa päässä aukealle maalle. Jyrkän mäen juurella heidän eteensä avautui virstan verran tasamaata, ja sen takana Rivendellin kahlaamo. Joen vastarannalla oli jyrkkä ruskea törmä, jossa näkyi kiemurtelevan polku; ja sen takana kohosivat korkeat vuoret harjanne harjanteelta ja huippu huipulta hämärtyvälle taivaalle.

Heidän takaansa solasta kuului yhä kuin heitä seuraavan askelluksen kaiku, ja kohinaa, ikään kuin nouseva tuuli olisi humissut männynoksissa. Glorfindel kääntyi ja kuunteli hetken, sitten hän syöksyi eteenpäin ja huusi kovalla äänellä.

»Pakoon!» hän huusi. »Pakoon! Vihollinen on kintereillämme!»

Valkoinen hevonen loikkasi eteenpäin. Hobitit juoksivat rinnettä alas. Glorfindel ja Konkari seurasivat jälkijoukkona. He olivat vasta tasamaan puolessavälissä, kun äkkiä kuului laukkaavien hevosten ääni. Puiden välisestä aukosta, josta he juuri olivat tulleet, ilmestyi esiin Musta ratsastaja. Se hillitsi hevostaan, pysähtyi ja huojui satulassa. Sitä seurasi toinen, ja sitten kolmas; sitten vielä kaksi.

»Eteenpäin! Ratsasta eteenpäin!» huusi Glorfindel Frodolle.

Frodo ei heti totellut, sillä hänet valtasi outo haluttomuus. Hän taltutti hevosen käyntiin ja kääntyi katsomaan taakseen. Ratsastajat istuivat suurten ratsujensa selässä kuin uhkaavat patsaat kukkulan huipulla tummina ja selvärajaisina, ja metsä ja maa tuntui häviävän niiden ympäriltä ikään kuin sumuun. Äkkiä hän tiesi sydämessään, että ne käskivät äänettömästi hänen odottaa. Pelko ja viha heräsivät hänessä heti. Hänen kätensä jätti ohjat ja tarttui miekan kahvaan ja terä leiskahti punaisena, kun hän veti sen huotrasta.

»Eteenpäin! Eteenpäin!» huusi Glorfindel ja sitten hän lausui haltiakielellä hevoselle kirkkaasti ja kaikuvasti: *noro lim, noro lim, Asfaloth!*

Valkoinen hevonen ampaisi heti liikkeelle ja viiletti tuiskuna Tien viimeistä suoraa. Samalla hetkellä mustat hevoset ponkaisivat mäkeä alas sen perässä, ja Ratsastajat päästivät hirveän kiljaisun, ja se oli sama jonka Frodo oli kuullut Itäneljännyksessä kaukana täältä, missä se oli sytyttänyt metsän kauhuun. Huutoon vastattiin; ja Frodon ja hänen toveriensa kauhuksi kiisi vasemmalta puiden ja kallioiden lomasta neljä uutta Ratsastajaa. Kaksi suuntasi kohti Frodoa; kaksi laukkasi raivoisasti kohti Kahlaamoa sulkeakseen hänen pakotiensä. Hänen silmissään ne etenivät tuulen tavoin ja suurenivat ja tummenivat koko ajan lähetessään kulkureittien risteyskohtaa.

Frodo katsahti olkansa yli. Hän ei enää nähnyt tovereitaan. Takaa-ajavat Ratsastajat olivat jäämässä jälkeen: eivät edes niiden suuret ratsut pystyneet kilpailemaan Glorfindelin valkoisen haltiahevosen kanssa. Hän katsoi taas eteensä ja toivo hupeni. Ei näyttänyt olevan mitään mahdollisuutta ehtiä kahlaamolle ennen kuin väijyksissä olleet Ratsastajat olisivat katkaisseet häneltä tien. Hän näki ne nyt aivan selvästi: ne näyttivät heittäneen syrjään huppunsa ja mustat kaapunsa ja niillä oli valkeat ja harmaat vaatteet. Kalpeissa käsissä oli paljastetut miekat, päässä kypärä. Kylmät silmät kiilsivät ja ne huusivat hänelle julmalla äänellä.

Pelko täytti nyt Frodon mielen. Hän ei enää ajatellut miekkaansa. Hän ei päästänyt ääntäkään. Hän sulki silmänsä ja tarrasi hevosen harjaan. Tuuli ujelsi hänen korvissaan ja valjaiden kulkuset kilisivät rajusti ja kimeästi. Jäätävän kylmä henkäys lävisti hänet kuin keihäs, kun haltiahevosen lentävä loppukiri kiidätti hänet valkoisena tulenlieskana etumaisen Ratsastajan kasvojen editse karkuun.

Frodo kuuli veden loisketta. Se vaahtosi hänen jaloissaan. Hän tunsi äkillisen kiskaisun ja hyrskähdyksen, kun hevonen nousi vedestä ja ponnisteli ylös kivistä polkua. Se kiipesi jyrkkää törmää ylös. Hän oli kahlaamon toisella puolella.

Mutta takaa-ajajat olivat tiiviisti kannoilla. Törmän huipulla hevonen pysähtyi ja kääntyi ympäri hirnuen hurjasti. Toisella puolen veden rajassa oli Yhdeksän ratsastajaa, ja Frodon rohkeus horjui niiden uhkaavien kasvojen edessä. Hän ei käsittänyt, miten mikään voisi estää niitä ylittämästä jokea yhtä helposti kuin hän oli ylittänyt; ja hänestä tuntui että oli turhaa yrittää paeta pitkää ja tuntematonta polkua kahlaamolta Rivendellin rajalle, jos Ratsastajat pääsisivät joen yli. Joka tapauksessa hänestä tuntui, että hänen käskettiin ankarasti pysähtyä. Viha kuohahti taas hänessä, mutta hänellä ei ollut enää voimaa kieltäytyä.

Äkkiä etumainen Ratsastaja kannusti hevostaan eteenpäin. Se hiljensi vauhtia vedenrajassa ja kavahti pystyyn. Suurin ponnistuksin Frodo ojentautui ja heilutti miekkaansa.

»Menkää takaisin!» hän huusi. »Menkää takaisin Mordorin maahan älkääkä enää seuratko minua!» Ääni kuulosti hänen omissa korvissaan ohuelta ja kimakalta. Ratsastajat pysähtyivät, mutta Frodolla ei ollut Bombadilin kykyjä. Hänen vihollisensa nauroivat hänelle raakaa ja kylmää naurua. »Tule takaisin! Tule takaisin!» ne huusivat. »Me viemme sinut Mordoriin!»

»Menkää takaisin!» hän kuiskasi.

»Sormus! Sormus!» ne huusivat kuolemankaamein äänin; ja silloin niiden johtaja pakotti hevosensa veteen ja kaksi seurasi heti hänen kintereillään.

»Elberethin ja Lúthien Kauniin kautta», sai Frodo sanotuksi viimeisillä voimillaan ja nosti miekkansa ilmaan: »te ette saa Sormusta ettekä minua!»

Silloin johtaja, joka oli nyt virran puolivälissä, kohosi uhkaavasti seisomaan jalustimissaan ja nosti kätensä ylös. Frodo mykistyi. Hän tunsi miten kieli kangistui suuhun ja sydän hakkasi. Miekka katkesi ja putosi hänen vapisevasta kädestään. Haltiahevonen karkasi pystyyn ja korskui. Etumaisen mustan hevosen jalka oli jo melkein kovalla maalla.

Sillä hetkellä alkoi joki pauhata ja ärjyä ja kivet pyörivät pärskyvässä vedessä. Hämärästi Frodo näki, miten joen vesi nousi ja yläjuoksulta vyöryi vaahtopäinen aaltoarmeija. Aivan kuin valkoiset liekit olisivat liehuneet töyhtöinä aallonharjoilla; ja Frodo oli näkevinään vedessä valkoisia ratsastajia valkoisten vaahtoharjaisten hevosten selässä. Ne kolme Ratsastajaa, jotka olivat yhä Kahlaamon keskellä, jäivät aaltojen alle, hävisivät ja hautautuivat raivoisaan kuohuun. Jälkeen jääneet vetäytyivät kauemmas kauhun vallassa.

Aistiensa jo hämärtyessä Frodo kuuli huutoja ja luuli näkevänsä hohtavan valkoisen valohahmon rannalla epäröivien Ratsastajien toisella puolen; ja valohahmon takana juoksenteli pieniä varjomaisia olentoja heiluttaen liekkejä, jotka loimusivat punaisina kaikkialle leviävässä harmaassa usvassa.

Mustat hevoset pillastuivat ja säntäsivät kauhuissaan tulvivaan virtaan vieden ratsastajansa mukanaan. Viiltävät kiljaisut hukkuivat joen ärjyntään sen viedessä Ratsastajat mennessään. Silloin Frodo tunsi putoavansa, ja pauhu ja sekasorto tuntui nousevan ja nielaisevan hänet vihollisten mukaan. Hän ei kuullut eikä nähnyt enää mitään.

TOINEN KIRJA

I

KOHTAAMISIA

F RODO HERÄSI JA havaitsi makaavansa vuoteessa. Ensin hän kuvitteli nuk-
kuneensa myöhään ja nähneensä pitkää pahaa unta, joka vielä leijui muistin
laitamilla. Tai ehkä hän oli ollut sairas? Mutta katto näytti vieraalta; se oli vaa-
kasuora ja siinä oli tummia kaiverruksin koristeltuja kattohirsiä. Hän makasi
hetken katsellen auringon läiskiä seinällä ja kuunnellen vesiputouksen ääntä.

»Missä minä olen ja mitä kello on?» hän sanoi ääneen katolle.

»Elrondin talossa, ja kello on kymmenen aamulla», hän kuuli äänen vastaavan.
»On lokakuun kahdennenkymmenennenneljännen päivän aamu, mikäli sinua
kiinnostaa.»

»Gandalf!» Frodo huudahti ja nousi istumaan. Siinä tuo vanha velho istui
tuolilla avoimen ikkunan ääressä.

»Niin», hän sanoi. »Minä olen täällä. Ja on ihme, että sinäkin olet, kun ottaa
huomioon kaikki ne päättömyydet, mitä olet tehnyt sen jälkeen kun lähdit kotoa.»

Frodo asettui taas makuulle. Hän tunsi olonsa niin mukavaksi ja rauhalliseksi,
ettei viitsinyt väittää vastaan; sitä paitsi tuntui ettei hän missään tapauksessa
olisi voittanut väittelyä. Hän oli nyt täysin hereillä ja matkan muisto alkoi palau-
tua: tuhoisa »oikotie» Vanhan metsän poikki; »erehdys» *Pomppivassa ponissa*; ja
järjetön Sormuksen käyttäminen Viimapään kupeella olevassa notkossa. Hänen
miettiessään tätä kaikkea ja yrittäessään turhaan saada muistikuvaa siitä, miten
hän oli tullut Rivendelliin, huoneessa vallitsi pitkä hiljaisuus, jonka rikkoivat vain
Gandalfin piipun hiljaiset pihahdukset, kun hän puhalsi valkoisia savurenkaita
ikkunasta ulos.

»Missä Sam on?» Frodo viimein kysyi. »Ja miten muut voivat?»

»Turvassa ja terveitä kaikki», Gandalf vastasi. »Sam oli täällä siihen asti kun
puolisen tuntia sitten lähetin hänet vähän lepäämään.»

»Mitä Kahlaamolla tapahtui?» Frodo kysyi. »Kaikki tuntui jotenkin niin
sumealta ja tuntuu vieläkin.»

»Aivan niin. Sinä aloit hämärtyä», Gandalf vastasi. »Haava oli vihdoin saa-
nut sinusta otteen. Muutamassa tunnissa olisit ollut meidän apumme ulottu-
mattomissa. Mutta rakas hobitti, sinussa on sisua! Niin kuin esimerkiksi näkyi

Hautakeroilla. Se oli tiukka paikka: ehkä kaikkein vaarallisin. Olisitpa pitänyt puolesi myös Viimapäällä.»

»Näytät tietävän jo yhtä ja toista», Frodo sanoi. »En ole puhunut muille Haudasta. Ensin se tuntui liian pelottavalta, ja sitten oli muutakin ajateltavaa. Miten sinä tiedät siitä?»

»Olet puhunut pitkään unissasi», sanoi Gandalf lempeästi, »eikä minun ole ollut vaikea lukea ajatuksiasi ja muistiasi. Älä sure! Puhuin äsken 'päättömyyksistä', mutta en tarkoittanut mitä sanoin. Minulla on sinusta hyvä käsitys – ja muista samoin. Olette tulleet tänne asti ja sellaisten vaarojen läpi, Sormus yhä mukananne. Se ei ole mikään mitätön uroteko.»

»Me emme olisi ikinä selvinneet ilman Konkaria», Frodo sanoi. »Mutta sinua olisi tarvittu. En tiennyt ollenkaan mitä tehdä, kun sinua ei ollut.»

»En päässyt tulemaan», Gandalf sanoi. »Ja se koitui melkein meidän tuhoksemme. Tai ehkä ei: oli ehkä parempi näin.»

»Kertoisit minulle mitä tapahtui!»

»Kaikki ajallaan. Sinun ei pidä puhua eikä murehtia mistään tänään – nämä ovat Elrondin ohjeet.»

»Mutta puhuminen hillitsisi miettimistä ja arvailua ja se on ihan yhtä rasittavaa», Frodo sanoi. »Olen nyt aivan hereillä, ja mieleeni palaa kysymyksiä, jotka kaipaavat selitystä. Miksi sinä viivyit? Se sinun ainakin pitäisi kertoa.»

»Saat pian kuulla kaiken mitä tahdot», Gandalf sanoi. »Me kokoonnumme neuvonpitoon, niin pian kuin sinä olet kyllin kunnossa. Nyt kerron vain sen, että minua pidettiin vankina.»

»Sinua?» Frodo huudahti.

»Minua, Gandalf Harmaata», sanoi velho vakavasti. »Maailmassa on monta voimaa, hyviä ja pahoja. Toiset ovat minua vahvempia. Joidenkin kanssa en ole vielä joutunut vastakkain. Mutta minun aikani koittaa. Morgulin herra ja hänen Mustat ratsastajansa ovat lähteneet liikkeelle. Sotaa valmistellaan!»

»Sittenhän sinä tiesit Ratsastajista jo – ennen kuin minä tapasin ne?»

»Tiesin. Minä puhuinkin niistä sinulle kerran, sillä Mustat ratsastajat ovat sormusaaveita, Sormusten herran Yhdeksän palvelijaa. Mutta en tiennyt, että ne olivat taas liikkeellä, muuten olisin paennut kanssasi heti. Kuulin niistä vasta lähdettyäni luotasi kesäkuussa, mutta se tarina saa odottaa. Nyt on Aragorn pelastanut meidät tuhosta.»

»Niin, hän meidät pelasti», Frodo sanoi. »Konkari. Kuitenkin minä pelkäsin häntä aluksi. Sam ei kai koskaan oikein luottanut häneen, ei ainakaan ennen kuin tapasimme Glorfindelin.»

Gandalf hymyili. »Olen kuullut kaiken Samista», hän sanoi. »Hänellä ei ole enää mitään epäilyksiä.»

»Olen siitä iloinen», Frodo sanoi. »Olen nimittäin oppinut pitämään Konkarista paljon. Tai *pitää* ei ole oikea sana. Tarkoitan että hän on minulle läheinen, vaikka hän onkin kummallinen ja toisinaan synkkä. Totta puhuen hän tuo usein sinut minun mieleeni. En tiennyt, että isot ihmiset voisivat olla tuollaisia. Luulin, että ne olivat niin kuin pelkästään isoja, ja aika tyhmiä: kilttejä ja tyhmiä niin kuin Voivalvatti tai tyhmiä ja ilkeitä niin kuin Bil Imarre. Mutta eihän Konnussa tosiaan paljon tiedetä ihmisistä, paitsi ehkä briiläisistä.»

»Ette tiedä paljon niistäkään, jos luulette vanhaa Voivalvattia tyhmäksi», Gandalf sanoi. »Hän on hyvinkin viisas omalla tavallaan. Hän ajattelee vähemmän kuin puhuu, ja hitaammin; silti hän näkee ajan kanssa tiiliseinänkin läpi (niin kuin Briissä sanotaan). Mutta Aragorn Arathornin pojan kaltaisia Keski-Maassa ei ole enää monia. Meren takaa saapuneiden kuninkaiden heimo on vähissä. Tämä Sormuksen sota on kukaties heidän viimeinen haasteensa.»

»Tarkoitatko todella, että Konkari on vanhojen kuninkaiden kansaa!» kysyi Frodo ihmeissään. »Luulin, että he olivat kaikki hävinneet aikoja sitten. Minä pidin häntä tavallisena samoojana.»

»Tavallisena samoojana!» Gandalf huudahti. »Rakas Frodo, sitähän samoojat juuri ovat: suuren kansan, Lännen ihmisten, viimeiset jäännökset pohjoisessa. He ovat ennenkin auttaneet minua ja tulevana aikana heidän apunsa on jälleen minulle tarpeen, sillä me olemme saapuneet Rivendelliin, mutta Sormus ei voi jäädä aloilleen.»

»Ei kai», Frodo sanoi. »Mutta tähän asti ainoa ajatukseni on ollut päästä tänne; ja toivon että minun ei tarvitse jatkaa pitemmälle. On niin mukava vain levätä. Kuukauden päivät olen viettänyt maanpaossa ja seikkailuissa ja se kyllä riittää minulle.»

Hän vaikeni ja sulki silmänsä. Hetken päästä hän puhui taas. »Olen laskeskellut», hän sanoi, »enkä saa loppusummaksi lokakuun kahdettakymmenettäneljättä. Nyt pitäisi olla kahdeskymmenesensimmäinen. Me kai tulimme kahlaamolle kahdentenakymmenentenä.»

»Olet puhunut ja laskeskellut enemmän kuin sinulle on hyväksi», Gandalf sanoi. »Miltä kylki ja olka nyt tuntuvat?»

»En tiedä», Frodo vastasi. »Ne eivät tunnu ollenkaan, ja sehän on edistystä, mutta» – hän ponnisti lihaksiaan – »voin taas vähän liikuttaa käsivartta. Se alkaa taas saada eloa. Se ei ole kylmä», hän lisäsi kosketettuaan vasenta kättään oikealla.

»Hyvä!» Gandalf sanoi. »Se paranee nopeasti. Olet pian taas kunnossa. Elrond on parantanut sinut: hän on hoitanut sinua päiväkausia, siitä asti kun sinut tuotiin.»

»Päiväkausia?» Frodo ihmetteli.

»Neljä yötä ja kolme päivää, jos ollaan tarkkoja. Haltiat toivat sinut Kahlaamolta kahdennenkymmenennen päivän iltana, ja siinä laskusi ovat menneet sekaisin. Me olemme olleet hyvin huolissamme, ja Sam on istunut vuoteesi ääressä yöt päivät ja poistunut vain viemään viestejä. Elrond on parantajamestari, mutta Vihollisen aseet ovat kuolettavia. Totta puhuen minä olin melkein luopunut toivosta, sillä arvelin että umpeutuneeseen haavaan oli jäänyt teränsiru. Mutta sitä ei löydetty ennen kuin viime yönä. Silloin Elrond poisti sirpaleen. Se oli syvässä ja tunkeutui yhä syvemmälle.»

Frodo värisi muistaessaan julman terästään taittuneen veitsen, joka oli hävinnyt Konkarin kädessä. »Älä ole levoton!» Gandalf sanoi. »Se on nyt poissa. Se on sulatettu. Ja näyttää siltä, että hobitit eivät niin vain hämärry. Olen tuntenut vahvoja sotaurhoja, isoja ihmisiä, joista sama sirpale, jota sinä kannoit seitsemäntoista päivää, olisi tehnyt nopeasti selvää.»

»Mitä ne olisivat tehneet minulle?» Frodo kysyi. »Mitä Ratsastajat aikoivat?»

»Ne yrittivät lävistää sydämesi Morgulin veitsellä, joka jää haavaan. Jos ne olisivat onnistuneet, sinusta olisi tullut samanlainen kuin ne, mutta heikompi ja niiden määräysvallan alainen. Sinusta olisi tullut Mustan ruhtinaan vallan alainen varjo; ja hän olisi kiduttanut sinua rangaistukseksi siitä, että yritit pitää hänen Sormuksensa, jos nyt mikään kidutus olisi ollut kauheampaa kuin se, että Sormus olisi ryöstetty sinulta ja olisit nähnyt sen hänen kädessään.»

»Taivaan kiitos en tajunnut vaaran vakavuutta!» Frodo sanoi heikosti. »Pelkäsin tietysti kuollakseni, mutta jos olisin tiennyt enemmän, en olisi uskaltanut liikahtaakaan. On ihme että pelastuin!»

»Onni tai kohtalo on auttanut sinua», Gandalf sanoi, »rohkeudesta puhumattakaan. Sillä sinun sydämesi säilyi koskemattomana ja veitsi osui vain olkapäähän; ja se johtui siitä, että vastustit viimeiseen saakka. Mutta läheltä se piti, totisesti. Kun Sormus oli sormessasi, olit suurimmassa vaarassa, sillä silloin olit puoliksi varjojen maailmassa itsekin ja ne olisivat voineet kaapata sinut. Sinä pystyit näkemään ne ja ne näkivät sinut.»

»Tiedän», Frodo sanoi. »Ne olivat kauheita katsella! Mutta miksi me kaikki saatoimme nähdä niiden hevoset?»

»Koska ne ovat oikeita hevosia, aivan niin kuin mustat kaavut ovat oikeita kaapuja, joita ne käyttävät antaakseen hahmon olemattomuudelleen, kun ovat tekemisissä elävien kanssa.»

»Miksi sitten ne mustat hevoset sietävät moisia ratsastajia? Kaikki muut eläimet kauhistuvat niiden lähestyessä, jopa Glorfindelin haltiahevonen. Koirat ulvovat ja hanhet kirkuvat niiden herättämästä pelosta.»

»Se johtuu siitä, että nämä hevoset ovat syntyneet Mordorissa, ja ne on kasvatettu palvelemaan Mustaa ruhtinasta. Eivät kaikki hänen palvelijansa ja orjansa ole varjoja! Niissä on örkkejä ja peikkoja, susia ja ihmissusia; on ollut ja yhä on monia ihmisiä, sotaurhoja ja kuninkaita, jotka kulkevat auringon alla elävinä ja kuitenkin hänen vallassaan. Ja niiden lukumäärä kasvaa päivä päivältä.»

»Entä Rivendell ja haltiat? Onko Rivendell turvassa?»

»On tällä hetkellä, ellei kaikki muu sorru. Haltiat voivat pelätä Mustaa ruhtinasta ja paeta häntä, mutta koskaan enää he eivät kuuntele eivätkä palvele häntä. Ja täällä Rivendellissä asuvat vielä muutamat hänen päävihollisistaan: haltioiden viisaat, *eldarin* ylimykset, jotka tulivat kaukaisimpien merten takaa. He eivät pelkää sormusaaveita, sillä ne, jotka ovat asuneet Siunatussa valtakunnassa elävät samanaikaisesti kahdessa maailmassa, ja heillä on suuri valta yli Näkyvän ja Näkymättömän.»

»Minä olin näkevinäni valkean hohtavan hahmon, joka ei himmennyt niin kuin muut. Oliko se siis Glorfindel?»

»Oli, sinä näit hänet hetken sellaisena kuin hän on toisella puolen: yhtenä mahtavista Esikoisista. Hän on haltiaylimys ja ruhtinassukua. Rivendellissä on tosiaankin voimaa vastustaa Mordorin mahtia hetken verran: ja muualla on muita voimia. Myös Konnussa on voimaa, vaikka toisenlaista. Mutta kaikki tällaiset paikat ovat pian saarroksissa ja erillään, jos tilanne kehittyy kuten tähän asti. Musta ruhtinas panee liikkeelle kaiken voimansa.

Siitä huolimatta», Gandalf sanoi ja nousi äkkiä seisomaan leuka koholla, niin että hänen partansa sojotti jäykkänä ja suorana kuin harjakset, »meidän täytyy säilyttää rohkeutemme. Sinä olet pian terve, mikäli minä en puhu sinua kuoliaaksi. Olet Rivendellissä eikä sinun tarvitse murehtia mitään juuri nyt.»

»Minulla ei ole rohkeutta, jota säilyttää», Frodo sanoi, »mutta en minä tällä hetkellä mitään murehdi. Kerro nyt vain, miten toverini voivat, ja sano vihdoinkin, mitä tapahtui Kahlaamolla, niin olen toistaiseksi tyytyväinen. Sen jälkeen taidan taas ruveta nukkumaan, mutta siitä ei tule mitään, ennen kuin kerrot minulle miten kaikki päättyi.»

Gandalf siirsi tuolin vuoteen viereen ja katsoi Frodoa pitkään. Väri oli palannut hobitin kasvoille ja hänen silmänsä olivat kirkkaat ja valppaat ja täysin hereillä. Hän hymyili ja näytti olevan aivan kunnossa. Mutta velhon silmät erottivat hänessä hienoisen muutoksen, ikään kuin läpinäkyvyyden aavistuksen, ja erityisesti sen huomasi peiton päällä lepäävästä vasemmasta kädestä.

»Se oli kuitenkin odotettavissa», Gandalf sanoi itsekseen. »Hän ei ole vielä lähimainkaan selvinnyt, eikä edes Elrond voi ennustaa, miten hänen lopulta käy. En usko, että hän joutuu pahan valtaan. Hänestä tulee ehkä kirkkaalla valolla täytetyn lasin kaltainen – niiden nähdä jotka näkevät.»

»Näytät oikein reippaalta», hän sanoi ääneen. »Uskaltaudun kertomaan lyhyen tarinan kysymättä Elrondilta. Mutta aivan lyhyen, huomaa tämä, ja sitten sinun on taas nukuttava. Näin tapahtui minun käsitykseni mukaan: Ratsastajat karauttivat suoraan sinua kohti heti kun lähdit pakoon. Ne eivät enää tarvinneet hevosia oppaikseen: sinusta oli tullut niiden silmille näkyvä, sillä olit jo niiden maailman kynnyksellä. Ja Sormus veti niitä myös puoleensa. Toverisi hyppäsivät syrjään tieltä, etteivät olisi tallautuneet jalkoihin. He tiesivät, ettei mikään voisi sinua pelastaa, ellei valkoinen hevonen siihen pystyisi. Ratsastajia ei voinut tavoittaa, ne olivat liian nopeita, eikä vastustaa, sillä niitä oli liian monta. Jalkaisin eivät edes Glorfindel ja Aragorn kyenneet pitämään puoliaan kaikkia Yhdeksää vastaan yhtaikaa.

Kun sormusaaveet olivat pyyhältäneet ohi, toverisi juoksivat niiden perään. Lähellä kahlaamoa on pieni kuoppa parin kituliaan puun suojassa. Sinne he kyhäsivät kiireesti nuotion, sillä Glorfindel tiesi, että joki alkaisi tulvia, jos Ratsastajia lähtisi pyrkimään sen yli, ja silloin hänen olisi tehtävä jotakin niille, jotka mahdollisesti olisivat jääneet joen sille puolelle. Samalla hetkellä kun tulva vyörähti liikkeelle, hän hyökkäsi esiin, ja hänen kannoillaan Aragorn ja muut, palavat soihdut käsissään. Päädyttyään veden ja tulen väliin ja nähdessään haltiaylimyksen paljastavan itsensä koko vihassaan sormusaaveet täytti kauhu ja niiden hevoset pillastuivat. Tulvan ensimmäinen hyökkäys vei mennessään kolme, loput päätyivät virtaan hevostensa kiidättäminä ja hautautuivat aaltoihin.»

»Oliko se Mustien ratsastajien loppu?» Frodo kysyi.

»Ei ollut», Gandalf sanoi. »Niiden hevoset ovat varmasti kuolleet ja ilman ratsujaan ne ovat raajarikkoja. Mutta sormusaaveita itseään ei tuhota niin helpolla. Tällä hetkellä niitä ei kuitenkaan tarvitse pelätä. Toverisi ylittivät joen, kun tulva oli laskenut; ja he löysivät sinut töyrään huipulta, missä sinä makasit kasvoillasi katkenneen miekan päällä. Hevonen seisoi ja vartioi sinua. Olit kalpea ja kylmä, ja he pelkäsivät, että olit kuollut tai jotakin vielä pahempaa. Elrondin väki tapasi heidät kantamassa sinua hitaasti kohti Rivendelliä.»

»Kuka teki tulvan?» Frodo kysyi.

»Elrond sen nostatti», Gandalf vastasi. »Tämän laakson joki on hänen vallassaan ja se nousee raivoon, milloin hänen täytyy välttämättä sulkea Kahlaamo. Samalla hetkellä kun sormusaaveiden päällikkö ratsasti veteen, tulva pääsi valloilleen. Jos saan mainita, niin minä lisäsin tulvaan pari yksityiskohtaa: et ehkä huomannut, että muutamissa aalloissa ratsasti hohtavia valkeita olentoja suurten valkeiden hevosten selässä ja virrassa pyöri ja rytisi useita kivijärkäleitä. Hetken pelkäsin, että olimme päästäneet irti liian voimallisen vihan ja että tulva ryöstäytyisi valvonnasta ja pyyhkäisisi teidät kaikki mukaansa. Sumuvuorten lumista lähtevät vedet ovat mahtavat.»

»Nyt kaikki palautuu mieleeni», Frodo sanoi. »Se hirveä ärjyntä. Minusta tuntui jo että hukun, me kaikki, minä ja toverini ja viholliseni. Mutta nyt olemme turvassa!»

Gandalf katsoi Frodoon, mutta tämä oli sulkenut silmänsä. »Totta, te olette kaikki toistaiseksi turvassa. Pian juhlitaan ja riemuitaan Bruinenin kahlaamon voittoa, ja te kaikki istutte kunniapaikoilla.»

»Loistavaa!» Frodo sanoi. »Miten hienoa, että Elrond ja Glorfindel ja tuollaiset suuret ruhtinaat, Konkarista puhumattakaan, näkevät noin paljon vaivaa ja osoittavat minulle niin paljon ystävällisyyttä.»

»No, heillä on montakin syytä siihen», Gandalf sanoi hymyillen. »Minä olen yksi hyvä syy. Sormus on toinen: Sinä olet Sormuksen viejä. Ja sinä olet Bilbon, Sormuksen löytäjän perijä.»

»Rakas Bilbo!» Frodo sanoi unisesti. »Missähän hän mahtaa olla? Olisipa hän täällä, niin että voisi kuulla kaiken. Häntä naurattaisi. Kuun yli se lehmä loikki! Ja vanha peikkoparka!» Tähän hän nukahti.

Frodo oli nyt turvassa Viimeisessä kodossa Meren itäpuolella. Tuo talo oli, niin kuin Bilbo oli kauan sitten selittänyt, »talo vailla vertaa, pitipä vieras sitten ruoasta, unesta, työstä, tarinain kertomisesta, laulamisesta tai pohdiskelusta, tai jos häntä miellyttivät nämä kaikki sopivassa suhteessa». Pelkkä siellä olo riitti parantamaan väsymyksen, pelon ja murheen.

Illemmalla Frodo heräsi uudestaan ja havaitsi, ettei hän enää ollut levon tai unen tarpeessa, vaan mieli ruokaa ja juomaa ja ehkäpä laulua ja tarinoita niiden päälle. Hän nousi vuoteesta ja huomasi, että hänen kätensä oli jo melkein yhtä käyttökelpoinen kuin ennen. Hän löysi valmiiksi esille asetettuina puhtaat vihreät vaatteet, jotka sopivat hänelle erinomaisesti. Peiliin katsoessaan hän hätkähti laihaa olemustaan: hän näytti aivan siltä Bilbon nuorelta veljenpojalta, joka oli käveleskellyt Kontua ristiin rastiin setänsä kanssa; mutta silmät katsoivat häneen miettivinä.

»Olet nähnyt yhtä ja toista sen jälkeen kun viimeksi katsoit ulos peilistä», hän sanoi peilikuvalleen. »Mutta nyt ystävät odottavat!» Hän kiskotteli ja vihelsi laulunpätkän.

Silloin oveen koputettiin ja Sam tuli sisään. Hän juoksi Frodon luo ja tarttui hänen vasempaan käteensä nolona ja ujona. Hän silitti sitä hellästi, punastui sitten ja kääntyi kiireesti pois.

»Hei Sam!» sanoi Frodo.

»Se on lämmin!» Sam sanoi. »Meinaan teidän käsi. Se on tuntunut niin kylmältä näinä pitkinä öinä. Mutta kiitos, ylistys ja torvet soimaan!» hän huusi ja pyörähti ympäri silmät loistaen ja tanssi lattialla. »On hienoa nähdä teidät taas jalkeilla ja omana itsenänne! Gandalf käski minun tulla katsomaan, oletteko te valmis tulemaan alas, ja minä luulin, että hän juksasi.»

»Olen valmis», Frodo sanoi. »Mennään ja etsitään toiset!»

»Minä voin viedä», Sam sanoi. »Tämä on vähän iso talo ja aika omituinen. Aina on jotakin löytämistä, eikä koskaan tiedä, mitä nurkan takana piilee. Ja haltiat! Haltioita joka puolella! Jotkut on ihan kuin kuninkaita, pelottavia ja mahtavia; ja jotkut on iloisia kuin lapset. Ja soitto ja laulu – vaikka ei minulla ole ollut aikaa eikä haluakaan kuunnella mitään sen jälkeen kun me tultiin tänne. Mutta minä alan oppia joitakin talon tapoja.»

»Minä tiedän miten olet aikaasi viettänyt, Sam», Frodo sanoi ja otti häntä kädestä. »Mutta tänä iltana saat olla iloinen ja kuunnella sydämesi kyllyydestä. Tule ja opasta minua!»

Sam johdatti häntä monia käytäviä pitkin ja useita portaita alas ja ulos joen jyrkällä töyräällä olevaan yläpuutarhaan. Frodo tapasi toverinsa istumasta talon itäpuolisella kuistilla. Varjot olivat jo laskeutuneet alhaalla olevaan laaksoon, mutta ylhäällä vuorten huipuilla oli vielä valoa. Ilma oli lämmin. Koko ajan kuului virran ja putouksen kohina, ja puiden ja kukkien hento tuoksu täytti ilman – ikään kuin Elrondin puutarhoissa olisi kesä yhä viipynyt.

»Huraa!» huusi Pippin ja loikkasi pystyyn. »Täällä on meidän jalo serkkumme! Tehkää tietä Frodolle, Sormuksen herralle!»

»Shhhh!» sanoi Gandalf kuistin takaosasta varjojen keskeltä. »Paha ei tule tähän laaksoon, mutta siitä huolimatta sitä ei pitäisi nimeltä mainita. Sormuksen herra ei ole Frodo vaan Mordorin Mustan tornin isäntä, jonka mahti levittäytyy jälleen maanpiirin ylle! Me istumme linnoituksessa. Sen ulkopuolella pimenee jo.»

»Gandalf on laukonut monia vastaavia hilpeitä huomautuksia», Pippin sanoi. »Hän on sitä mieltä, että minua on pidettävä kurissa. Mutta jotenkin tuntuu mahdottomalta tuntea oloaan synkäksi tai masentuneeksi tällaisessa paikassa. Minä voisin melkein laulaa, jos tietäisin tilaisuuteen sopivan laulun.»

»Minuakin laulattaa», Frodo nauroi. »Vaikka juuri nyt tekee mieli ennemminkin syödä ja juoda!»

»Se halu on pian tyydytetty», Pippin sanoi. »Olet ollut ovela tapasi mukaan: nousit ylös juuri kun käydään aterialle.»

»Joka on enemmän kuin ateria. Oikeat kestit!» Merri sanoi. »Valmistelut alkoivat heti kun Gandalf ilmoitti, että olit toipunut.» Hän oli tuskin saanut lausettaan loppuun, kun kellojen soitto kutsui heidät saliin.

Elrondin talon sali oli täynnä väkeä: enimmäkseen haltioita, vaikka oli myös muunlaista väkeä. Elrond istui tapansa mukaan suuressa tuolissa korokkeella pitkän pöydän päässä; ja hänen vieressään istui toisella puolella Glorfindel ja toisella puolella Gandalf.

Frodo katsoi heihin täynnä ihmetystä, sillä hän ei ollut koskaan nähnyt Elrondia, josta niin monet tarut kertoivat; ja istuessaan Elrondin oikealla ja vasemmalla puolella Glorfindel ja Gandalfkin, jonka hän luuli tuntevansa niin hyvin, olivat mahtavien ja arvokkaiden ruhtinaiden kaltaisia.

Gandalf oli muita kahta lyhyempi, mutta hänen pitkä valkoinen tukkansa, hänen tuuhea hopeinen partansa ja leveät hartiansa saivat hänet näyttämään muinaistarun viisaalta kuninkaalta. Hänen iäkkäistä kasvoistaan suurten lumivalkeiden kulmakarvojen alta tähysivät silmät, jotka muistuttivat kohtikään liekkiin leimahtavia hiiliä.

Glorfindel oli pitkä ja uljasryhtinen; hänen hiuksensa olivat kullanhohtoiset, hänen kasvonsa kauniit ja nuoret ja pelottomat ja tulvillaan iloa; hänen silmänsä kirkkaat ja valppaat ja hänen äänensä kuin musiikkia; ja hänen otsallaan asui viisaus ja kädessään voima.

Elrondin kasvot olivat iättömät, eivät nuoret eivätkä vanhat, vaikka niistä oli luettavissa sekä iloisia että murheellisia muistoja. Hänen hiuksensa olivat tummat kuin illan varjot, ja päässä hänellä oli hopeinen otsaripa; hänen silmänsä olivat harmaat kuin kuulas ilta ja niissä paloi tähtien loiste. Hän oli yhtä kunnianarvoisa kuin monien talvien seppelöimä kuningas ja kuitenkin vireä kuin kokenut sotaurho miehuutensa voimassa. Hän oli Rivendellin ruhtinas, ja mahtava haltioitten ja ihmisten joukossa.

Pöydän puolivälissä oli kudottujen seinävaatteiden edessä katos ja katoksen alla tuolissa istui nainen, joka oli kaunis katsella, ja niin paljon hän muistutti Elrondia naisen muodossa, että Frodo arveli hänen olevan tälle läheistä sukua. Nainen oli nuori eikä kuitenkaan nuori. Halla ei ollut koskenut hänen tummiin palmikoihinsa, hänen valkeat kätensä ja valoisat kasvonsa olivat sileät ja virheettömät, ja tähtien loiste asui hänen kirkkaissa silmissään, jotka olivat harmaat kuin pilvetön yö; ja kuitenkin hän oli kuin kuningatar ja hänen katseestaan heijastui monien vuosien mukanaan tuoma ymmärrys ja tieto. Hänen päätään peitti hopeinen pitsipäähine, johon oli kiinnitetty valkoisina kimmeltäviä jalokiviä; mutta hänen harmaassa vaatteessaan ei ollut muuta koristetta kuin hopealehdiksi taottu vyö.

Niin tapahtui että Frodo näki naisen, jonka vain harvat kuolevaiset olivat nähneet, Elrondin tyttären Arwenin, jossa Lúthienin kauneuden sanottiin palanneen takaisin maan päälle; ja hänen nimensä oli Undómiel, sillä hän oli kansansa Iltatähti. Pitkään hän oli ollut äitinsä suvun maassa, Lórienissa vuorten tuolla puolen, ja aivan vastikään hän oli saapunut takaisin Rivendelliin, isänsä taloon. Mutta hänen veljensä Elladan ja Elrohir olivat vaeltamassa: sillä he ratsastivat usein kaukaisille seuduille Pohjoisen samoojien kanssa unohtamatta koskaan, miten heidän äitiään oli kidutettu örkkien tyrmässä.

Frodo ei ollut koskaan nähnyt eikä edes mielessään kuvitellut sellaista ihanuutta elävässä olennossa; ja hän oli sekä yllättynyt että hämillään huomatessaan, että hänellä oli paikka Elrondin pöydässä kaikkien näiden korkea-arvoisten ja kauniiden olentojen joukossa. Vaikka hänellä oli sopiva tuoli ja hän istui korkealla useiden tyynyjen päällä, hän tunsi olevansa hyvin pieni ja aivan väärässä paikassa, mutta se tunne katosi nopeasti. Juhla oli iloinen ja ruoka vastasi täydellisesti hänen nälkänsä vaatimuksia. Kesti jonkin aikaa ennen kuin hän katsoi ympärilleen uudestaan tai edes kääntyi pöytänaapureidensa puoleen.

Ensin hän etsi silmillään tovereitaan. Sam oli pyytänyt, että hän saisi tarjoilla isännälleen, mutta hänelle oli sanottu, että hän oli tällä kertaa kunniavieras. Frodo näki hänet istumassa Pippinin ja Merrin kanssa erään sivupöydän yläpäässä lähellä koroketta. Konkarista hän ei nähnyt jälkeäkään.

Frodon vieressä istui tärkeän näköinen hienosti pukeutunut kääpiö. Hänen hyvin pitkä kaksihaarainen partansa oli valkoinen, melkein yhtä valkoinen kuin hänen vaatteidensa lumivalkea kangas. Hänellä oli hopeinen vyö ja hänen kaulassaan riippui hopeinen timantein koristettu ketju. Frodo keskeytti syömisensä ja katsoi häneen.

»Hyvää päivää ja terve tultuanne!» sanoi kääpiö ja kääntyi häntä kohti. Sitten hän oikein nousi tuoliltaan ja kumarsi. »Glóin, palveluksessanne», hän sanoi ja kumarsi vielä syvempään.

»Frodo Reppuli, palveluksessanne ja perheenne palveluksessa», Frodo vastasi asianmukaisesti, noustuaan yllättyneenä ja pudotettuaan kaikki tyynyt. »Arvaanko oikein, jos oletan että olette *sama* Glóin, joka oli yksi suuren Thorin Tammikilven kahdestatoista kumppanista?»

»Oikein arvaatte», vastasi kääpiö ja keräsi tyynyt lattialta ja auttoi Frodon kohteliaasti paikalleen. »Minä taas en kysy, sillä minulle on jo kerrottu, että te olette maineikkaan ystävämme Bilbon sukulainen ja adoptoitu perijä. Sallikaa minun onnitella parantumisenne johdosta.»

»Hyvin paljon kiitoksia», Frodo sanoi.

»Olen kuullut, että te olette ollut hyvin merkillisissä seikkailuissa», Glóin sanoi. »Ihmettelen suuresti, mikä saa *neljä* hobittia näin pitkälle matkalle. Mitään moisen vertaista ei ole tapahtunut sen jälkeen kun Bilbo lähti meidän mukaamme. Mutta ehkä minun ei pitäisi kysellä liikoja, kun Elrond ja Gandalf eivät tunnu kovin halukkailta keskustelemaan asiasta.»

»Ehkä emme puhu siitä, ainakaan vielä», sanoi Frodo kohteliaasti. Hän arveli, ettei Sormus ollut jokapäiväisen juttelun aihe edes Elrondin talossa, ja sitä paitsi hän halusi unohtaa huolensa hetkeksi. »Mutta minä olen aivan yhtä utelias», hän lisäsi, »saamaan selville, mikä tuo noin huomattavan kääpiön näin kauas Yksinäiseltä vuorelta.»

Glóin katsoi häneen. »Jos ette ole kuullut, niin ehkä emme puhu siitäkään vielä. Kunnianarvoisa herra Elrond kutsunee meidät ennen pitkää kokoon ja silloin saamme kuulla monia seikkoja. Mutta onhan paljon muutakin puhuttavaa.»

Aterian loppuun asti he keskustelivat, mutta Frodo kuunteli enemmän kuin puhui, sillä Konnun kuulumiset Sormusta lukuun ottamatta tuntuivat kaukaisilta ja mitättömiltä, kun Glóin puolestaan osasi kertoa laajalti Erämaan pohjoisten seutujen tapahtumista. Frodo sai kuulla, että Grimbeorn Vanha, Beornin poika, oli nykyään monen vankan miehen päällikkö ja että heidän mailleen Vuorten ja Synkmetsän väliselle alueelle ei uskaltautunut yksikään örkki eikä susi.

»Totta puhuen», Glóin sanoi, »ilman beorninkeja kulku Laaksosta Rivendelliin olisi aikoja sitten käynyt mahdottomaksi. He ovat urheita miehiä ja pitävät auki Ylä-Solaa ja Kivikallion kahlaamoa. Mutta heidän tullinsa ovat korkeat», hän lisäsi päätään pudistaen, »ja kuten Beorn ennen muinoin hekään eivät ole erityisen ihastuneita kääpiöihin. Heihin voi kuitenkin luottaa, ja se on paljon näinä aikoina. Missään ei ole ihmisiä, jotka olisivat meille yhtä ystävällisiä kuin laaksolaiset. Bardilaiset ovat kunnon väkeä. Bard Jousimiehen pojanpoika hallitsee heitä, Brand, Bain Bardinpojan poika. Hän on mahtava kuningas ja hänen valtakuntansa ulottuu nykyään pitkälle etelään ja itään Esgarothista.»

»Entä oma kansanne?» Frodo kysyi.

»On paljon kerrottavaa, hyvää ja pahaa», Glóin sanoi, »kuitenkin enimmäkseen hyvää: onni on tähän saakka ollut mukanamme, vaikka aikamme varjoa emme voi välttää. Jos todella haluatte kuulla meistä, kerron kuulumiset mielelläni. Mutta pysäyttäkää minut kun väsytte! Sanotaan, että kääpiön kieli on kerkeä puhumaan kääpiökäsien töistä.»

Ja niin Glóin intoutui pitkään selontekoon kääpiöiden kuningaskunnan toimista. Hän ilahtui saadessaan näin kohteliaan kuuntelijan, sillä Frodo ei näyttänyt minkäänlaisia väsymisen merkkejä eikä yrittänyt vaihtaa puheenaihetta, vaikka kyllä pian sotkeentui henkilöiden ja paikkojen oudoissa nimissä, joita ei ollut kuullut koskaan aikaisemmin. Häntä kiinnosti kuitenkin kuulla, että Dáin oli edelleen Vuorenalainen kuningas ja oli nykyään vanha (täytettyään kaksisataaviisikymmentä vuotta), kunnianarvoisa ja suunnattoman rikas. Niistä kymmenestä kumppanuksesta, jotka olivat jääneet eloon Viiden armeijan taistelusta, seitsemän oli vielä hänen kanssaan: Dwalin, Glóin, Dori, Nori, Bifur, Bofur ja Bombur. Bombur oli nykyään niin lihava, että hän ei kyennyt liikkumaan vuoteeltaan pöytään ja tarvitsi kuuden nuoren kääpiön nostoapua.

»Entä mitä on tapahtunut Balinille, Orille ja Óinille?» Frodo kysyi.

Varjo käväisi Glóinin kasvoilla. »Me emme tiedä», hän vastasi. »Paljolti juuri Balinin vuoksi olen tullut kysymään neuvoa niiltä, jotka asuvat Rivendellissä. Mutta puhelkaamme tänään iloisemmista asioista!»

Glóin alkoi sitten puhua kansansa työstä ja kertoi Frodolle kuinka he olivat ahkeroineet Laaksossa ja Vuoren alla. »Olemme menestyneet», hän sanoi. »Mutta metallityössä emme voi kilpailla isiemme kanssa, sillä monet heidän salaisuuksistaan ovat kadonneet. Me taomme hyviä varusteita ja teräviä miekkoja, mutta ne eivät vedä vertoja niille, jotka tehtiin ennen lohikäärmeen tuloa. Vain rakentamisessa ja vuorityössä voitamme entiset ajat. Teidän pitäisi nähdä Laakson vesiväylät, Frodo, ja suihkukaivot, ja lammikot! Teidän pitäisi nähdä moniväriset kivetyt tiet! Ja salit ja maan sisään koverretut kadut, joiden holvikaaret ovat kuin puiden oksistot, ja Vuoren rinteiden pengermät ja tornit! Silloin näkisitte, että me emme ole olleet toimettomia.»

»Tulen niitä katsomaan, jos vain koskaan voin», Frodo sanoi. »Kuinka yllättynyt Bilbo olisikaan, jos hän näkisi mitä muutoksia on tapahtunut sitten Smaugin aikojen!»

Glóin katsoi Frodoa ja hymyili. »Te taisitte pitää Bilbosta kovasti?» hän kysyi.

»Pidin», Frodo vastasi. »Näkisin mieluummin hänet kuin kaikki maailman tornit ja palatsit.»

Viimein juhla päättyi. Elrond ja Arwen nousivat ja kävelivät salin toiseen päähän ja muut seurasivat heitä asiaankuuluvassa järjestyksessä. Ovet työnnettiin auki ja he kulkivat leveän käytävän poikki ja toisista ovista sisään ja tulivat uuteen saliin. Siellä ei ollut pöytiä, mutta suuressa takassa kahden koristellun pylvään välissä loimusi kirkas tuli.

Frodo huomasi kävelevänsä Gandalfin rinnalla. »Tämä on Tulisali», velho sanoi. »Täällä saat kuulla monta laulua ja tarinaa – jos pysyt valveilla. Mutta juhlia lukuun ottamatta sali on tavallisesti hiljainen ja tyhjä ja tänne tullaan etsimään rauhaa ja mietiskelemään. Täällä palaa aina tuli ympäri vuoden, mutta mitään muuta valoa täällä ei juuri ole.»

Elrondin astuessa sisään ja kävellessä kohti häntä odottavaa istuinta haltiamusikantit alkoivat hiljaa soittaa. Sali täyttyi hitaasti ja Frodo katseli ihastuksissaan, miten monia kauniita kasvoja hänen ympärillään oli; kultainen tulen valo välkehti kasvoissa ja kimalsi hiuksissa. Äkkiä hän huomasi lähellä takan toista reunaa pienen tumman hahmon, joka istui tuolilla ja nojasi selkäänsä pylvääseen. Lattialla hänen vieressään oli juoma-astia ja vähän leipää. Frodo mietti, oliko istuja sairas (mikäli kukaan koskaan oli sairas Rivendellissä) niin ettei ollut päässyt juhlaan. Hänen päänsä näytti nuokahtaneen unessa rintaa vasten, ja tumman kaavun poimu peitti hänen kasvonsa.

Elrond astui eteenpäin ja pysähtyi hiljaisen hahmon viereen. »Herää, pikku mies!» hän sanoi hymyillen. Sitten hän kääntyi Frodoon päin ja viittasi häntä luokseen. »Nyt on vihdoin tullut hetki, jota olet toivonut», hän sanoi. »Tässä on ystävä, jota olet kauan kaivannut, Frodo.»

Tumma hahmo nosti päänsä ja paljasti kasvonsa.

Frodo tunsi hänet äkkiä ja ryntäsi häntä kohti huutaen: »Bilbo!»

»Terve, Frodo poikaseni!» Bilbo sanoi. »Pääsithän sinä viimein tänne. Sitä minä toivoinkin. Jaa-a! Sanovat, että kaikki tämä juhlinta on järjestetty sinun kunniaksesi. Toivottavasti olet viihtynyt.»

»Mikset sinä ollut siellä?» Frodo huudahti. »Ja miksi minun ei ole annettu tavata sinua aikaisemmin?»

»Koska sinä nukuit. Minä olen kyllä nähnyt sinut monta kertaa. Olen istunut luonasi Samin kanssa joka päivä. Mutta mitä juhlaan tulee: minä en enää harrasta semmoista nykyään. Ja minulla oli muuta tekemistä.»

»Mitä sinä teit?»

»Istuin vain ja ajattelin. Tämä on siihen yleensä paras paikka, enkä minä nykyään niin paljon muuta teekään. Herää! Kyllä kai!» hän sanoi ja vilkutti silmää Elrondille. Hänen silmänsä olivat kirkkaat ja kaikkea muuta kuin uniset Frodon mielestä. »Herää! Minä en nukkunut, kunnianarvoisa Elrond. Mikäli teitä kiinnostaa, tulitte juhlastanne ihan liian aikaisin ja häiritsitte minua – kesken runoilemisen. Minä olin takertunut pariin säkeeseen ja pohdin niitä paraikaa, mutta nyt en kai ikinä saa niitä valmiiksi. Kohta nuo alkavat laulaa niin, että ideat pyyhkiytyvät päästä sen sileän tien. Minun täytyy saada ystäväni Dúnadan apuun. Missä hän on?»

Elrond nauroi. »Hän löytyy kyllä», hän sanoi. »Sitten voitte te kaksi vetäytyä nurkkaan ja saattaa työnne päätökseen ja me saamme kuulla ja punnita tulokset ennen kuin ilonpitomme loppuu.» Lähetit poistuivat etsimään Bilbon ystävää, vaikka kukaan ei tiennyt, missä hän oli eikä minkä tähden hän ei ollut osallistunut juhlaan.

Sillä välin Frodo ja Bilbo istuivat vieretysten, ja pian tuli Sam ja asettui heidän lähettyvilleen. He puhuivat keskenään hiljaisella äänellä huomaamatta musiikkia ja ilonpitoa ympärillään. Bilbolla ei ollut paljon kerrottavaa itsestään. Lähdettyään Hobittilasta hän oli vaellellut vailla päämäärää Tiellä ja tienoilla sen kummallakin puolella; mutta jotenkin hän oli koko ajan suunnannut kulkunsa kohti Rivendelliä.

»Pääsin tänne sen kummemmitta seikkailuitta», hän sanoi, »ja levättyäni vähän aikaa menin kääpiöiden kanssa Laaksoon: se oli minun viimeinen matkani. Minä en enää lähde mihinkään. Vanha Balin oli poissa. Sitten tulin takaisin tänne ja täällä olen ollut. Olen tehnyt vähän sitä ja tätä. Olen kirjoittanut jatkoa kirjaani. Ja sitten minä tietenkin rustaan lauluja. Joskus nuo laulavat niitä: varmaan kuitenkin vain miellyttääkseen minua, sillä eiväthän ne tietenkään ole tarpeeksi hyviä Rivendelliin. Ja minä kuuntelen ja ajattelen. Aika ei tunnu kuluvan täällä: se vain on. Kaiken kaikkiaan erikoislaatuinen paikka.

Kaikenlaisia uutisia täällä kuulee, Vuorten takaa ja etelästä, mutta tuskin mitään Konnusta. Sormuksesta minä tietysti kuulin. Gandalf on ollut täällä usein. Vaikka ei hän ole paljoa kertonut, hän on viime vuosina käynyt entistäkin sulkeutuneemmaksi. Dúnadan on kertonut enemmän. Ajatella, että minun sormukseni saa aikaan niin paljon häiriötä! Sääli ettei Gandalf saanut selville sen enempää aikaisemmin. Minä olisin itse voinut tuoda sen tänne aikoja sitten paljon vähemmällä vaivalla. Olen monta kertaa ajatellut lähteä takaisin Hobittilaan hakemaan sitä, mutta minä olen tulossa vanhaksi, eivätkä he päästä minua, Gandalf ja Elrond nimittäin. He tuntuivat olevan sitä mieltä, että Vihollinen etsi minua joka kivenkolosta ja olisi tehnyt minusta hakkelusta, jos olisi löytänyt minut toikkaroimasta Erämaasta.

Ja Gandalf sanoi: 'Bilbo, Sormus on siirtynyt sinulta pois. Ei olisi hyväksi sinulle eikä muille, jos sekaantuisit sen vaiheisiin taas.' Oudonlainen huomautus, ihan Gandalfin tapainen. Mutta hän sanoi pitävänsä sinua silmällä, joten minä jätin jutun silleen. On hirveän hauska nähdä sinut turvassa ja kunnossa.» Hän piti tauon ja katsoi Frodoa epäröivästi.

»Onko sinulla se mukana?» hän kysyi kuiskaten. »En voi sille mitään, että olen utelias kaiken sen jälkeen, mitä olen kuullut. Minusta olisi kovin mukavaa vain vähän vilkaista sitä taas.»

»On se minulla», Frodo vastasi ja tunsi outoa vastahakoisuutta. »Se näyttää ihan samalta kuin ennenkin.»

»Minä nyt kumminkin tahtoisin vilkaista sitä, hiukkasen vain», Bilbo sanoi.

Pukeutuessaan Frodo oli huomannut, että Sormus oli hänen nukkuessaan ripustettu hänen kaulaansa uuteen ketjuun, joka oli kevyt mutta vahva. Hitaasti hän veti sen esiin. Bilbo ojensi kättään. Mutta Frodo veti Sormuksen äkkiä takaisin. Kauhukseen ja yllätyksekseen hän huomasi, ettei enää katsellutkaan Bilboa; heidän väliinsä tuntui laskeutuneen varjo ja sen läpi hän näki pienen ryppyisen otuksen, jolla oli ahneet kasvot ja laihat kähmivät kädet. Hän tunsi halua lyödä.

Soitto ja laulu tuntui vaimenevan heidän ympärillään ja tuli täysi hiljaisuus. Bilbo katsahti Frodoa kasvoihin ja pyyhkäisi käden silmien editse. »Nyt minä ymmärrän», hän sanoi. »Pane se pois! Olen pahoillani, pahoillani siitä, että tämä taakka on tullut sinun osaksesi, pahoillani kaikesta. Eikö seikkailuilla ole loppua? Ei kai. Jonkun muun täytyy aina jatkaa tarinaa. No, sille ei voi mitään. Kannattaakohan minun yrittää saada sitä kirjaa valmiiksi? Mutta ei nyt murehdita sitä – annahan tulla jotain kunnon kuulumisia! Kerro kaikki Konnusta!»

Frodo pani Sormuksen kätköön ja varjo väistyi jättäen tuskin muiston häiväkään. Rivendellin valo ja musiikki olivat taas hänen ympärillään. Bilbo hymyili ja nauroi iloisesti. Häntä kiinnosti valtavasti jokikinen uutinen Konnusta, jonka Frodo – Samin avustaessa ja silloin tällöin korjaillessa – pystyi kertomaan, mitättömimmän puun kaadosta Hobittilan pienimmän vekaran kepposiin. He olivat niin syventyneet Neljän neljännyksen asioihin, etteivät he huomanneet tummanvihreään asuun pukeutuneen ihmismiehen saapumista. Hän seisoi monta minuuttia katsellen heitä hymy huulillaan.

Äkkiä Bilbo katsahti ylös. »Ai siinä sinä viimeinkin olet, Dúnadan!» hän huudahti.

»Konkari!» Frodo sanoi. »Sinulla tuntuu olevan paljon nimiä.»

»*Konkaria* minä en ole ennen kuullutkaan», Bilbo sanoi. »Miksi sinä käytät hänestä tuollaista nimeä?»

»Minua kutsutaan Konkariksi Briissä», Konkari sanoi nauraen, »ja minut esiteltiin hänelle sillä nimellä.»

»Ja miksi sinä kutsut häntä Dúnadaniksi?» Frodo kysyi.

»Dúnadan ei ole nimi», sanoi Bilbo. »Häntä nimitetään usein siten täällä. Mutta minä luulin sinun osaavan haltiakieltä sen verran, että tuntisit sanan *dúnadan*: Lännen ihminen, númenorilainen. Mutta nyt ei ole oikea aika pitää oppitunteja!» Hän kääntyi Konkarin puoleen. »Missä olet ollut, ystäväni? Miksi et ollut juhlassa? Kunnianarvoisa neito Arwen oli siellä.»

Konkari katsoi Bilboon vakavana. »Tiedän kyllä», hän sanoi. »Mutta usein minun on jätettävä ilonpito sikseen. Elladan ja Elrohir ovat odottamatta palanneet Erämaista, ja he toivat tietoja, jotka halusin heti kuulla.»

»Kallis ystävä», Bilbo sanoi, »nyt kun olet saanut tietosi, voit varmaan suoda minulle hetken. Tarvitsen välttämättä heti apuasi. Elrond sanoo, että tämän laulun pitää olla valmis ennen illan päättymistä, ja minä en pääse siinä eteenpäin. Tule kanssani johonkin nurkkaan, niin hiotaan se valmiiksi.»

Konkari hymyili. »Mennään!» hän sanoi. »Anna kuulua!»

Frodo jäi hetkeksi omiin oloihinsa, sillä Sam oli nukahtanut. Hän oli yksin ja tunsi itsensä hyljätyksi, vaikka hänen ympärilleen oli kerääntynyt koko Rivendellin väki. Mutta ne, jotka istuivat hänen lähellään, olivat keskittyneet äänettöminä kuuntelemaan soittoa ja laulua, eivätkä kiinnittäneet huomiota mihinkään muuhun. Frodo alkoi kuunnella.

Sävelmien kauneus ja niihin kietoutuvat haltiakieliset sanat, joista hän ei paljoa ymmärtänyt, saattoivat hänet lumouksen valtaan heti kun hän alkoi kuunnella. Tuntui melkein kuin sanat olisivat saaneet muodon, ja hänen eteensä avautui kaukaisia maita ja hohtavia olentoja, joita hän ei ollut koskaan nähnyt; ja tulen valaisema sali muuttui ja oli kuin kultaista utua maailman rajoilla huokailevien vaahtoisten merien yllä. Lumous kävi yhä unenomaisemmaksi, kunnes hänestä tuntui, että jokin loputon, paisuva kultainen ja hopeainen huuhtoi hänen ylitseen, kuvioltaan liian moninainen tajuttavaksi, ja sulautui hänen ympärillään tykyttävään ilmaan, niin että hän ikään kuin hukkui ja upposi siihen. Sen hohtavan painon alla hän vaipui nopeasti unen syvään valtakuntaan.

Hän vaelsi pitkään unimusiikissa, joka vaihtui veden solinaksi ja sitten äkkiä lauluksi. Kuulosti kuin Bilbo olisi laulanut. Alkuun heikkoina ja sitten selvempinä soivat sanat:

Eärendil, kyntäjä merien
jäi suojaan Arvernienin,
toi rakentaakseen laivan hän
puut metsistä Nimbrethilin,
oli purjeet hopealangoista,
hopeaa lyhdyt laivan sen,
viirit valoa hohtavat,
keula joutsenen muotoinen.
Sotisopaan muinaiskuninkaiden
hän vyöttihe, rengaspanssariin,
salariimut kilpeen kiiltävään
torjumaan pahaa püirrettiin;
lohikäärmeensarvea jousi on,
vartena nuolten eebenpuu,
hopeaharniska sädehti,
huotrassa hohti norsunluu;
oli miekka terästä jäntevää,
ja kypäräänsä korkeaan
sai töyhdön kotkansulkaisen.
Smaragdi välkkyi rinnallaan.

Kuun, tähtien alla matkasi hän
kauas rannoilta pohjoisen,
maat kuolevaisten jätti taa
kuin valtaamana lumouksen.
Pois kääntyi hampaista ahtojään,
varjoista hyisten kukkulain,
aavikon paahteen jätti myös,
kauemmas yhä jatkoi vain;
pimeään yöhön Tyhjyyden
purtensa hänet viimein vei,
ei rantaa enää näkynyt,
valosta toivoakaan ei.
Viemänä vihan tuulten hän
yli kiiti veden vaahtoisan
lännestä itään, kotiinpäin,
armoilla meren uhkaavan.

Sai Elwing luokseen, lentävä,
ja liekki syttyi pimeyteen,
timanttiakin kirkkaampi
kimallus kaulan koristeen.
Hän valolla miehen kruunasi,
otsalle Silmarilin näin
hän sitoi, silloin uhmaten
mies keulan käänsi. Yllättäin
yössä tuonpuolen merien
mahtava myrsky vallan sai,
Tarmenelissa ulvoi se
missä ei kuolevaiset kai
käy koskaan, laivan kantoi nyt
kuin itse kuolema se ois
ylitse vesiaavikon,
vei hänet länteen kauas pois.

Ikiyön läpi takaisin
mustana hurja aaltovuo
ylitse aavain pimeiden
ja rantain uponneiden tuo
hänet nyt helmirannoille
maailman ääreen, missä hän
soitannon kuuli kumman niin,
ja aaltoin rantaan vierivän
ylitse kultahietikon.
Hän näki Vuoren hiljaisen,
on hämärässä Valinor
ja Eldamar myös luona sen,
näkyvät kauas merten taa.
Matkamies yöstä pelastui,

satamaan saapui valkeaan,
haltiain kotiin rantautui
luo Ilmarinin kukkulan,
ja Tirionin tornien
kuulaina näki toistuvan
hän kalvoon järven Varjojen.

Hän siellä viipyi retkellään
ja oppi uudet sävelmät,
vanhukset kertoi ihmeistä
ja kultaharput säihkyivät.
Haltiain vaatteet valkeat
hän sai, ja valoa seitsemän
he lähettivät edellä
kun Calacirianin kautta hän
matkasi maahan kätkettyyn
missä ei vuodet lopu lain,
sen ajattomiin saleihin
missä Esikuningas vain
iäti istuimellaan on
Ilmarinissa vuorellaan;
ja sanat joita ennen ei
lie kuultu, siellä lausutaan
suvusta ihmisten ja myös
haltioiden, ja kätketyt
näytetään näyt, jotka on
maan asukkailta kielletyt.

Sai uuden laivan siellä hän,
sen hohti laita airoton,
mithril ja lasi haltiain,
hopeinen masto purjeeton;
lyhdyksi tuli Silmaril
täys valon tulta elävää,
sen sinne nosti Elbereth
ja hänet tahtoi siivittää
siivillä kuolemattomain,
määräsi hänet iäksi
vain taivaan merta kyntämään
Kuun, Auringonkin ympäri.

Harjuilta Iki-illan hän
ylitse lähteiden hopean
valona nousi siivilleen
ja jätti vuoren harmajan.
Äärestä maailman hän pois
jo kääntyi, etsi kotiaan
varjojen läpi kulkien

kuin tähti kirkas loistossaan,
ylitse usvain kiitävä,
kuin liekki liki Auringon,
kuin sarastuksen aavistus
jossakin Pohjolassa on.

Hän kulki yli Keski-Maan
ja sieltä kuuli kiirivän
itkua naisten, neitojen,
kun heiltä poissa oli hän.
Vaan kohtaloksi miehen jäi
tähtenä kiertää radallaan
kaukana mailta ihmisten,
kunnes Kuu sammuu kokonaan;
iäti airuena vain
levotta täyttää tehtävää,
lamppua kantaa, hohteellaan
valaista yötä pimeää.

Laulu loppui. Frodo avasi silmänsä ja näki, että Bilbo istui tuolissaan kuulijoiden ympäröimänä ja nämä hymyilivät ja taputtivat.

»Jospa nyt kuulisimme sen uudestaan», sanoi eräs haltia.

Bilbo nousi ja kumarsi. »Imartelette minua, Lindir», hän sanoi. »Mutta koko jutun toistaminen olisi liian rasittavaa.»

»Ei sinulle», vastasivat haltiat nauraen. »Tiedät hyvin, ettet koskaan väsy lausumaan omia runojasi. Me emme todellakaan voi vastata kysymykseesi vain yhden kuuleman perusteella!»

»Mitä!» Bilbo huudahti. »Ette muka pysty erottamaan, mitkä osat olivat minun tekemiäni ja mitkä Dúnadanin!»

»Ei ole helppoa tehdä eroa kahden kuolevaisen välillä», haltia sanoi.

»Pötypuhetta, Lindir», Bilbo tuhahti. »Jos ette erota toisistaan ihmistä ja hobittia, arvostelukykynne on heikompi kuin luulinkaan. Nehän ovat yhtä erilaisia kuin herneet ja omenat.»

»Ehkä. Lampaiden silmin lampaat varmaan näyttävät erilaisilta», Lindir nauroi. »Tai paimenten silmin. Mutta me emme ole tutkineet kuolevaisia. Meillä on muita puuhia.»

»En väittele kanssanne», Bilbo sanoi. »Minua väsyttää kaiken tämän soiton ja laulun jälkeen. Jätän teidät arvailemaan, jos kiinnostaa.»

Hän nousi ylös ja tuli Frodoa kohti. »Nyt se on ohi», hän sanoi hiljaa. »Se sujui paremmin kuin olin odottanut. Minulta pyydetään harvoin uusintaa. Mitä pidit?»

»En rupea arvailemaan», Frodo sanoi hymyillen.

»Ei sinun tarvitsekaan», Bilbo sanoi. »Totta puhuen minä olin tehnyt kaiken. Paitsi että Aragorn käski minun lisätä siihen sen vihreän kiven. Hän näytti pitävän sitä tärkeänä. Minä en tiedä miksi. Muuten hän nähtävästi oli sitä mieltä, että koko yritys oli minulle ylivoimainen, ja hän sanoi että jos minulla on otsaa tehdä runoja Eärendilistä Elrondin talossa, niin omapa on asiani. Taisi olla oikeassa.»

»Enpä tiedä», Frodo sanoi. »Jotenkin se tuntui minusta sopivalta, vaikka en osaa selittää miten. Olin puolinukuksissa kun aloitit ja se oli kuin jatkoa johonkin, mistä näin unta. En tajunnut, että äänessä olit sinä, ennen kuin vasta loppupuolella.»

»Täällä on tosiaan vaikea pysyä hereillä ennen kuin tottuu», Bilbo sanoi. »Mutta eihän hobitti tietenkään voi koskaan saavuttaa haltioiden intohimoa musiikkiin, runoihin ja tarinoihin. He tuntuvat pitävän niistä yhtä paljon kuin ruoasta tai enemmänkin. He jatkavat tänäänkin vielä pitkään. Mitä mieltä olisit, jos hipsittäisiin tiehemme ja juteltaisiin jossakin lisää kaikessa rauhassa?»

»Käykö se päinsä?» Frodo sanoi.

»Tietysti. Tämä on ilonpitoa eikä työtä. Saa tulla ja mennä miten tahtoo, kunhan ei metelöi.»

He nousivat ja vetäytyivät hiljaa varjoihin ja suuntasivat ovia kohti. Samin he jättivät nukkumaan sikeästi, hymy huulilla. Huolimatta Bilbon seuran tuomasta ilosta Frodoa nyhjäisi katumus, kun he astuivat ulos Tulisalista. Juuri kun he ylittivät kynnyksen, alkoi yksinäinen kirkas ääni laulaa:

> *A Elbereth Gilthoniel,*
> *silivren penna míriel*
> *o menel aglar elenath!*
> *Na-chaered palan-díriel*
> *o galadhremmin ennorath,*
> *Fanuilos, le linnathon*
> *nef aear, si nef aearon!*

Frodo pysähtyi hetkeksi ja katsoi taakseen. Elrond istui tuolissaan ja tuli valaisi hänen kasvojaan kuin kesäinen aurinko puita. Hänen lähellään istui kunnianarvoisa Arwen. Ihmeekseen Frodo huomasi, että Arwenin vieressä seisoi Aragorn; tumma kaapu riippui selässä ja hänellä näytti olevan haltian sota-asu ja hänen rinnallaan loisti tähti. Aragorn ja Arwen puhuivat keskenään ja sitten Frodosta äkkiä näytti, että Arwen kääntyi häneen päin, ja Arwenin katseen valo osui häneen kaukaa ja lävisti hänen sydämensä.

Hän seisoi yhä lumoutuneena ja haltialaulun sointuvat äänet helähtelivät kuin kirkkaat sävelistä ja sanoista puristuneet jalokivet. »Se on laulu Elberethille», Bilbo sanoi. »He laulavat sen ja muita Siunatun valtakunnan lauluja vielä monta kertaa tänä iltana. Tule!»

Hän vei Frodon omaan pikku huoneeseensa. Se oli puutarhojen puolella ja sieltä oli näköala etelään Bruinenin kuilun yli. Siellä he istuivat katsellen Bilbon ikkunasta tähtiä, jotka tuikkivat jyrkästi kohoavien metsien yllä, ja puhelivat hiljaisella äänellä. He eivät enää puhuneet kaukaisen Konnun pikku kuulumisista eivätkä heitä saartavista mustista varjoista ja vaaroista, he puhuivat kaikesta kauniista, mitä he olivat yhdessä maailmassa nähneet, haltioista, tähdistä ja puista, ja kuinka vuoden hehkeys kääntyi metsissä syksyksi.

Viimein ovelle koputettiin. »Anteeksi vaan», sanoi Sam ja työnsi päänsä ovenraosta. »Ajattelin vain että tarvitsisitteko te mitään.»

»Anteeksi meidänkin puolestamme», Bilbo sanoi. »Sillä sinä tietysti tarkoitat, että isäntäsi olisi aika päästä nukkumaan.»

»Niin tuota herra, Neuvonpito on aikaisin huomenaamulla, niin ovat sanoneet, ja hän vasta tänään nousi ensimmäisen kerran ylös.»

»Totta, Sam», Bilbo nauroi. »Voit lampsia kertomaan Gandalfille, että Frodo on mennyt vuoteeseen. Hyvää yötä, Frodo! Siunatkoon, miten on ollut hyvä taas nähdä sinua! Kukaan ei loppujen lopuksi vedä vertoja hobitille kunnon keskustelussa. Minä alan olla hyvin vanha ja olen alkanut epäillä, elänkö niin kauan, että näen sinun lukujasi meidän yhteisessä tarinassamme. Hyvää yötä! Taidan lähteä puutarhaan kävelemään ja katsomaan Elberethin tähtiä. Nuku hyvin!»

Rivendell

2

ELRONDIN NEUVONPITO

S EURAAVANA PÄIVÄNÄ FRODO heräsi aikaisin ja tunsi itsensä virkeäksi ja ter-
veeksi. Hän kuljeksi penkereillä, joiden alla Bruinen pauhasi, ja katseli kuinka
viileänkalvakka aurinko nousi etäisten vuorten ylle ja paistoi viistosti ohuen
hopeisen udun läpi; kaste kimalsi keltaisilla lehdillä ja pensaissa välkehtivät
hämähäkinseitit. Sam käveli hänen vieressään mitään puhumatta, haisteli ilmaa
ja katsahti silloin tällöin ihmetys silmissään idässä kohoavia vuoria. Huipuilla
hohti lumi valkoisena.

Eräässä polunmutkassa he tapasivat Gandalfin ja Bilbon istumasta kiveen
hakatulla penkillä keskusteluun syventyneenä. »Hei! Hyvää huomenta!» Bilbo
sanoi. »Joko olet valmis Suureen neuvonpitoon?»

»Enköhän ole valmis mihin tahansa», Frodo vastasi. »Mutta tänään minä
menisin mieluiten kävelemään ja tutkimaan laaksoa. Tahtoisin päästä noi-
hin mäntymetsiin tuonne ylös.» Hän osoitti kädellään Rivendellin puoleisille
pohjoisrinteille.

»Saat siihen tilaisuuden ehkä myöhemmin», sanoi Gandalf. »Mutta emme voi
vielä tehdä suunnitelmia. Meillä on tänään paljon kuultavaa ja päätettävää.»

Äkkiä heidän puhuessaan helähti yksinäinen kello soimaan. »Tuo kello ilmoittaa
Elrondin neuvonpidosta», Gandalf huudahti. »Tulkaa mukaan! Sekä sinua että
Bilboa tarvitaan.»

Frodo ja Bilbo kiiruhtivat mutkittelevaa polkua pitkin velhon perässä takaisin
taloon; heidän takanaan kipitti kutsumattomana ja hetkeksi unohdettuna Sam.

Gandalf vei heidät kuistille, jolta Frodo oli tavannut toverinsa edellisenä
iltana. Kirkas syysaamun valo hehkui laaksossa. Pulppuavien vesien ääni kohosi
vaahtoavasta joenuomasta. Linnut lauloivat ja seudun yllä lepäsi hyvää tekevä
rauha. Vaarallinen pako ja huhut pimeyden tihentymisestä ulkopuolisessa maail-
massa alkoivat Frodosta jo tuntua pahalta unelta; mutta kasvot, jotka kääntyivät
tulijoita kohti, olivat vakavat.

Elrond oli siellä, ja hänen ympärillään istui äänettä useita muita. Frodo näki
Glorfindelin ja Glóinin, ja Konkari istui yksin eräässä nurkassa pukeutuneena

jälleen kuluneisiin matkavaatteisiinsa. Elrond veti Frodon viereensä istumaan ja esitteli hänet seurueelle sanoen:

»Tässä, ystävät, on se hobitti, Frodo Drogon poika. Harvoin on kukaan koskaan tullut tänne suurempien vaarojen läpi tahi tärkeämmässä tehtävässä.»

Sitten hän näytti ja nimesi ne, joita Frodo ei ollut ennen tavannut. Glóinin vieressä istui nuorempi kääpiö: hänen poikansa Gimli. Glorfindelin lisäksi kokoukseen oli saapunut useita muita Elrondin talonväkeen kuuluvia neuvonantajia, joiden johtaja oli Erestor; ja hänen kanssaan oli Galdor, Harmaista satamista saapunut haltia, jonka Círdan Laivanrakentaja oli lähettänyt asialleen. Siellä oli myös outo vihreisiin ja ruskeisiin pukeutunut haltia nimeltä Legolas, isänsä Thranduilin, pohjoisen Synkmetsän haltiakuninkaan sanantuoja. Vähän muista syrjässä istui pitkä ihminen, jolla oli kauniit ja jalot kasvot, tumma tukka ja harmaat silmät, ylpeä ja luja katsanto.

Hänellä oli ratsain liikkuvan kaapu ja saappaat; ja vaikka hänen asusteensa olivat kalliit ja hänen viittansa turkisreunainen, ne olivat pitkän matkan ryvettämät. Kaulassa hänellä oli hopeaketju, johon oli kiinnitetty yksi jalokivi; hiukset oli leikattu puolipitkiksi. Suuri olkavyöstä riippuva hopeapäinen torvi lepäsi hänen polvillaan. Hän katsoi Frodoa ja Bilboa äkillisen hämmästyksen vallassa.

»Tässä», Elrond sanoi kääntyen Gandalfin puoleen, »tässä on Boromir, etelän ihminen. Hän saapui harmaana aamuhetkenä ja hakee neuvoa. Olen pyytänyt häntä olemaan läsnä, sillä täällä hän saa vastaukset kysymyksiinsä.»

Kaikkea, mitä Neuvonpidossa sanottiin ja väiteltiin, ei ole syytä tässä kertoa. Ulkomaailman tapahtumista puhuttiin paljon, erityisesti etelän ja Vuorten itäpuolella leviävien laajojen alueiden asioista. Näistä Frodo oli jo kuullut monia huhuja, mutta Glóinin kertomus oli hänelle uusi ja hän kuunteli tarkkaavaisesti kääpiön puhetta. Kävi ilmi, että kättensä töiden loiston keskellä Yksinäisen vuoren kääpiöiden sydämiä kalvoi levottomuus.

»Monta vuotta sitten», Glóin sanoi, »huolen varjo laskeutui kansamme päälle. Ensin emme tajunneet mistä se tuli. Salassa alettiin kuiskia: väitettiin, että elimme ahtaasti ja että avarasta suuresta maailmasta löytyisi suurempia rikkauksia ja loistoa. Moria mainittiin: isiemme mahtava saavutus, joista meidän kielessämme käytetään nimeä Khazad-dûm; ja sanottiin että nyt me vihdoin olimme tarpeeksi vahvat ja monilukuiset palataksemme.»

Glóin huokasi. »Moria! Moria! Pohjoisen maailman ihme! Liian syvään me siellä kaivoimme ja herätimme nimettömän pelon. Kauan ovat sen suuret asumukset olleet tyhjillään, sen jälkeen kun Durinin lapset pakenivat. Mutta nyt me puhumme siitä jälleen kaivaten ja kuitenkin kauhulla, sillä moneen kuninkaankauteen ei yksikään kääpiö ole uskaltanut kulkea Khazad-dûmin ovista, paitsi Thrór, ja hän joutui tuhon omaksi. Viimein kuitenkin Balin kallisti korvansa kuiskauksille ja päätti lähteä; ja vaikka Dáin ei antanut hänelle lupaa mielellään, hän otti mukaansa Orin ja Óinin ja monia muita kansastamme ja he lähtivät etelään.

Siitä on nyt liki kolmekymmentä vuotta. Vähän aikaa saimme uutisia ja kaikki näytti menevän hyvin: lähetit kertoivat, että he olivat päässeet sisälle Moriaan ja aloittaneet siellä suuren työn. Sitten tuli hiljaisuus, eikä Moriasta ole sen perään kuulunut sanaakaan.

Sitten noin vuosi sitten tuli Dáinin puheille lähetti, mutta ei Moriasta vaan – Mordorista: öinen ratsumies, joka kutsui Dáinin portille. Hänen korkeutensa

Sauron Suuri, näin hän sanoi, toivoi meidän ystävyyttämme. Saisimme vastalahjaksi sormuksia, samanlaisia kuin hän antoi vanhoina aikoina. Ja hän kyseli kovasti *hobiteista*, millaisia ne ovat ja missä niitä asuu. 'Sillä Sauron tietää', hän sanoi, 'että te kerran tunsitte yhden.'

Tämä huoletti meitä kovasti, emmekä me vastanneet mitään. Ja sitten hän alensi hirveää ääntään ja olisi puhunut mesikielin jos olisi pystynyt. 'Vain pientä osoitusta ystävyydestänne Sauron pyytää:' hän sanoi, 'että etsitte tämän varkaan', tätä sanaa hän käytti, 'ja otatte häneltä hyvällä tai pahalla pikku sormuksen, vähäisen sormusten joukossa, jonka hän kerran varasti. Se on vain rihkamaa, johon Sauron on mieltynyt, ja etumaksu hyvän tahtonne osoitukseksi. Jos löydätte sen, saatte takaisin kolme sormusta, jotka kääpiökuninkailla oli ennen hallussaan, ja Morian valtakunta on teidän ikuisesti. Jos löydätte vain tietojakin tästä varkaasta, elääkö hän vielä ja missä elää, niin saatte suuren palkkion ja Herran kestävä ystävyys on kanssanne. Jos kieltäydytte, näkymät eivät ole yhtä valoisat. Kieltäydyttekö?'

Ja hänen hengityksensä muuttui kuin käärmeiden sihinäksi, ja kaikki lähellä seisovat värisivät, mutta Dáin sanoi: 'En sano kyllä enkä sano ei. Minun täytyy pohtia tätä viestiä ja mitä se sisältää kauniiden vaatteittensa kätkössä.'

'Pohdi tarkkaan, mutta älä liian kauan', vieras sanoi.

'Ajatteluni ajan määrään itse', Dáin vastasi.

'Toistaiseksi', vieras sanoi ja ratsasti pimeyteen.

Raskaat ovat olleet päälliköittemme sydämet tuon yön jälkeen. Ilman viestintuojan hirveää ääntäkin me tiesimme, että hänen sanansa olivat uhkaavat ja petolliset; sillä olimme jo kuulleet, että Mordoriin palannut mahti oli entisellään, ja aina se on meidät pettänyt. Kahdesti ratsastaja on palannut ja lähtenyt vastausta saamatta. Kolmas ja viimeinen kerta, kuten hän sanoo, tulee pian, ennen vuoden loppua.

Ja niin minut on viimein lähetetty varoittamaan Bilboa, että Vihollinen etsii häntä, ja ottamaan selvää, jos mahdollista, miksi Vihollinen himoitsee tätä sormusta, tätä vähäistä sormusten joukossa. Sen lisäksi me anomme neuvoa Elrondilta. Sillä Varjo kasvaa ja lähenee. Tiedämme, että myös Laakson kuningas Brandin luo on tullut lähettejä ja että hän on peloissaan. Pelkäämme, että hän antaa periksi. Sotaa jo valmistellaan hänen itäisillä rajoillaan. Jos emme vastaa, Vihollinen lähettää vallassaan olevia ihmisiä hyökkäämään kuningas Brandin kimppuun ja Dáinin myös.»

»Teit hyvin kun tulit», Elrond sanoi. »Tänään saat kuulla kaiken haluamasi, jotta ymmärtäisit Vihollisen päämäärät. Muuta ette voi kuin tehdä vastarintaa, toivoen tai toivoa vailla. Mutta te ette ole yksin. Saat kuulla, että ongelmanne on vain osa koko läntisen maailman ongelmasta. Sormus! Mitä teemme Sormukselle, vähäpätöiselle sormusten joukossa, rihkamalle, johon Sauron on mieltynyt? Siinä kohtalokas päätös, johon meidän tulee päästä.

Tästä syystä teidät on tänne kutsuttu. Sanon kutsuttu, vaikka minä en ole kutsunut teitä luokseni, muukalaiset kaukaisista maista. Te olette tulleet ja tavanneet täällä, tällä yhdennellätoista hetkellä, sattumalta kuten näyttää. Eikä kuitenkaan sattumalta. Uskokaamme mieluummin, että niin on määrätty, että me, jotka täällä tänään istumme, nimenomaisesti me, saamme nyt etsiä neuvon maailman tuhon estämiseksi.

Sen tähden puhukaamme nyt avoimesti kaikista niistä seikoista, jotka tähän päivään saakka on salattu kaikilta paitsi harvoilta. Ja ensin, niin että kaikki käsittäisivät, mikä on tuo vaara, kerrottakoon Sormuksen tarina alusta tähän hetkeen saakka. Ja minä aloitan tuon tarinan, vaikka muut saavatkin sen päättää.»

Sitten kaikki kuuntelivat Elrondia. joka sointuvalla äänellään kertoi Sauronista ja Mahtisormuksista, ja miten ne taottiin maailman toisella ajalla kauan sitten. Osan tarinasta muutamat tunsivat, mutta kukaan ei tiennyt kaikkea, ja monet silmät kääntyivät Elrondiin päin pelon ja ihmetyksen vallassa, kun hän kertoi Eregionin haltiasepoista ja heidän ystävyydestään Morian kanssa ja tiedonjanostaan, jonka avulla Sauron sai heidät pauloihinsa. Sillä tuohon aikaan hän ei vielä ollut kauhea katsella, ja hän antoi heille apuaan ja heidän taitonsa kasvoivat voimallisiksi, ja hän puolestaan sai tietää kaikki heidän salaisuutensa, ja hän petti heidät ja takoi salaa Tulisessa vuoressa Sormusten sormuksen tullakseen heidän herrakseen. Mutta Celebrimbor oli hänestä perillä ja kätki ne Kolme, jotka hän oli tehnyt; ja sota syttyi ja maa autioitui ja Morian portti suljettiin.

Sitten Elrond kävi läpi Sormuksen vaiheet vuosien saatossa, mutta koska tuo tarina on kerrottu muualla sellaisena kuin Elrond itse merkitsi sen kirjoihinsa, sitä ei tässä kerrata. Sillä se on pitkä tarina, täynnä sekä suuria että hirveitä tekoja, ja vaikka Elrond puhui lyhyesti, aurinko oli jo noussut korkealle ja aamu kulunut pitkälle ennen kuin hän lopetti.

Númenorista hän puhui, sen loistosta ja tuhosta ja siitä kuinka ihmisten kuninkaat palasivat Keski-Maahan Meren aavoilta myrskyn siivillä. Silloin Elendil Pitkästä ja hänen voimakkaista pojistaan Isildurista ja Anárionista tuli mahtavia ruhtinaita; ja Arnoriin he perustivat Pohjois-Valtakunnan ja Etelä-Valtakunnan Gondoriin Anduinin suiston yläpuolelle. Mutta Mordorin Sauron hyökkäsi heitä vastaan, ja he solmivat Haltioiden ja ihmisten viimeisen liiton ja Gil-galadin ja Elendilin joukot kokoontuivat Arnorissa.

Tässä Elrond piti tauon ja huokasi.»Muistan hyvin heidän lippujensa loiston», hän sanoi.»Ne toivat mieleeni esiaikojen kukoistuksen ja Beleriandin joukot, niin monta suurta ruhtinasta ja päällikköä oli koolla. Eikä kuitenkaan niin monta eikä niin uljasta kuin silloin, kun Thangorodrim murrettiin ja haltiat luulivat pahan ikiajoiksi kukistuneen; eikä se kukistunut.»

»Muistatte?» Frodo ajatteli ääneen hämmästyksissään.»Mutta minä luulin», hän änkytti, kun Elrond käänsi katseensa häneen,»minä luulin, että Gil-galad kukistui monta aikaa sitten.»

»Monta aikaa sitten se tapahtuikin», vastasi Elrond vakavana.»Mutta minun muistini ulottuu aina esiaikoihin saakka. Eärendil oli minun isäni, hän joka syntyi Gondolinissa ennen sen tuhoa; ja äitini oli Elwing, Diorin tytär, ja Dior oli Doriathin Lúthienin poika. Läntisessä maailmassa olen nähnyt kolme aikakautta, ja monta tappiota ja monta hyödytöntä voittoa.

Olin Gil-galadin airut ja marssin hänen joukoissaan. Olin Dagorladin taistelussa Mordorin Mustan portin edustalla, jossa me saimme voiton, sillä Gil-galadin keihästä ja Elendilin miekkaa, Aeglosia ja Narsilia, ei kukaan kyennyt vastustamaan. Näin viimeisen taistelun Orodruinin rinteillä, jossa Gil-galad sai surmansa ja Elendil kaatui ja Narsil katkesi hänen allaan; mutta Sauron itsekin kukistettiin, ja Isildur leikkasi Sormuksen hänen kädestään isänsä miekantyngällä ja otti sen omakseen.»

Tässä kohden muukalainen, Boromir, keskeytti.»Niinkö Sormuksen siis kävi!» hän huudahti.»Jos tätä tarinaa on koskaan kerrottu etelässä, se on jo aikoja unohtunut. Olen kuullut Suursormuksesta, joka on sen jonka nimeä emme mainitse; mutta me uskoimme Sormuksen kadonneen maailmasta, kun hänen ensimmäinen valtakuntansa romahti. Isildur otti sen! Olipa uutinen!»

»Otti», Elrond sanoi.»Isildur otti sen, eikä hänen olisi pitänyt. Se olisi pitänyt heittää Orodruinin tuleen, jossa se oli tehty; se oli lähellä. Mutta harvat huomasivat, mitä Isildur teki. Hän seisoi yksin isänsä vieressä tuossa viimeisessä taistelussa elämästä ja kuolemasta, ja Gil-galadin rinnalla seisoimme ainoastaan Círdan ja minä. Mutta Isildur ei kuunnellut neuvojamme.

'Tämän minä otan verirahaksi isästäni ja veljestäni', hän sanoi, ja sen tähden hän meistä välittämättä otti sen pitääkseen sitä aarteenaan. Mutta se petti hänet pian ja johti hänet kuolemaan, ja siksi sen nimi on pohjoisessa Isildurin turma. Silti kuolema kenties oli parempi kuin jokin muu kohtalo, joka hänen osaksensa olisi voinut tulla.

Tieto tästä kantautui vain pohjoiseen ja vain harvoille. Ei ole ihme, että et ole siitä kuullut, Boromir. Kurjenmiekkakenttien tappiosta, jossa Isildur kohtasi kuolemansa, palasi vain kolme miestä vuorten toiselle puolen pitkien vaellusten jälkeen.Yksi heistä oli Ohtar, Isildurin aseenkantaja, jolla yhä oli mukanaan Elendilin miekan kappaleet; ja hän toi ne Valandilille Isildurin perijälle, joka oli vasta lapsi ja oli sen tähden jäänyt tänne Rivendelliin. Mutta Narsil oli murtunut ja sen valo kaikonnut, eikä sitä ole vielä taottu uudestaan.

Kutsuinko hyödyttömäksi Viimeisen liiton voittoa? Kokonaan se ei ollut hyödytön, mutta päämääräänsä se ei silti saavuttanut. Sauron heikentyi, mutta ei tuhoutunut. Hänen Sormuksensa oli kadonnut mutta ei olemattomiin. Musta torni oli hajotettu, mutta ei perustuksia myöten; sillä ne oli pystytetty Sormuksen voiman avulla ja niin kauan kuin se on olemassa, ne kestävät. Monet haltiat ja monet mahtavat ihmiset ja monet heidän ystävänsä olivat kaatuneet sodassa. Anárion oli saanut surmansa ja Isildur oli kuollut, eikä Gil-galadia ja Elendiliä enää ollut. Koskaan ei enää synny senkaltaista haltiain ja ihmisten liittoa, sillä ihmiset lisääntyvät ja Esikoiset vähenevät, ja nämä alkuaan läheiset vieraantuvat toisistaan. Ja tuosta päivästä lähtien on Númenorin heimo huonontunut ja heidän elonaikansa lyhentynyt.

Sodan ja Kurjenmiekkakenttien verilöylyn jälkeen Westernessen ihmiset vähenivät Pohjolasta ja heidän kaupunkinsa Annúminas Hämyveden rannalla raunioitui; ja Valandilin perilliset muuttivat majaa ja asuivat Fornostissa korkeilla Pohjan ylängöillä, ja myös Fornost on nyt autio. Ihmiset kutsuvat sitä Kuolleiden kaivannoksi ja pelkäävät mennä sinne. Sillä Arnorin kansa on kuihtunut pois ja heidän vihollisensa ovat nielleet heidät ja heidän herruutensa on mennyt, jäänyt on vain vihreitä kumpuja nurmettuneille kukkuloille.

Etelässä Gondorin valtakunta kesti kauan; ja jonkin aikaa sen loisto lisääntyi, niin että se muistutti Númenorin mahtia ennen tuhoa. Tuo kansa rakensi korkeita torneja ja vahvoja varustuksia ja monien laivojen satamia, ja ihmisten kuninkaiden siipikruunua kunnioittivat monia kieliä puhuvat kansat. Heidän tärkein kaupunkinsa oli Osgiliath, Tähtilinna, jonka Virta jakoi kahtia. Ja idemmäksi he rakensivat Minas Ithilin, Nousevan kuun tornin, Varjovuorten rinteille; ja Valkoisten vuorten juurelle sieltä länteen he pystyttivät Minas Anorin, Laskevan auringon tornin. Siellä kasvoi kuninkaan linnanpihassa valkea puu, noussut sen puun siemenestä, jonka Isildur toi syvien vesien takaa, ja tuon puun siemen oli taas ennen sitä tullut Eressëasta ja sitä ennen Lännen äärestä Päivänä ennen päiviä, kun maailma oli nuori.

Mutta Keski-Maan kiitävien vuosien kuluessa Meneldilin, Anárionin pojan suku sammui, ja puu lakastui, ja númenorilaisten veri sekoittui vähäisempien vereen. Sitten väsähti vartio Mordorin muureilla, ja mustat olennot hiipivät takaisin Gorgorothiin. Ja tuli aika jolloin pahuuden palvelijat hyökkäsivät ja valtasivat Minas Ithilin ja asettuivat sinne asumaan, ja he tekivät siitä kauhun pesäpaikan, ja se sai nimen Minas Morgul, Noituuden torni. Silloin Minas Anorille annettiin uusi nimi: Minas Tirith, Vahtitorni; ja nämä kaksi kaupunkia olivat ainaisessa sodassa, mutta Osgiliath, joka oli niiden välissä, autioitui ja varjot vaelsivat sen raunioissa.

Näin on ollut monen ihmisiän ajan. Mutta Minas Tirithin valtiaat taistelevat yhä ja uhmaavat vihollisiamme ja pitävät hallussaan väylää Argonathista Merelle. Ja nyt lähestyy loppuaan se osa tarinasta, jonka minä teille kerron. Sillä Isildurin päivinä Valtasormus katosi kaikesta tietämyksestä, ja Kolme sormusta vapautuivat sen vallasta. Mutta nyt, myöhempänä aikana, vaara uhkaa niitä jälleen, sillä suruksemme on Sormusten sormus löytynyt. Muut saavat puhua sen löytymisestä, sillä siinä minulla oli hyvin vähäinen osuus.»

Hän lopetti, mutta Boromir nousi heti ja seisoi pitkänä ja ylpeänä heidän edessään. »Kunnianarvoisa Elrond, antakaa minun ensin kertoa lisää Gondorista, sillä totisesti Gondorin maasta minä olen tullut», hän sanoi. »Ja olisi hyvä kaikkien tietää, mitä siellä tapahtuu. Sillä vain harvat, niin luulen, tietävät toimistamme, ja siksi eivät arvaa omaa vaaraansa, jos me vihdoin tuhoudumme.

Älkää luulko että Gondorista on Númenorin veri kadonnut, tai että sen ylpeys ja arvokkuus on unohtunut. Meidän uljuutemme pitää vielä aloillaan idän villit kansat, ja Morgulin kauhut puolustusasemissa; ja vain näin säilyy rauha ja vapaus meidän eli Lännen linnoituksen takana olevissa maissa. Mutta miten kävisi, jos Anduinin väylä menetettäisiin?

Ja kuitenkaan se hetki ei kenties ole kaukana. Nimetön Vihollinen on jälleen noussut. Savu kohoaa taas Orodruinista, jota me kutsumme Tuomiovuoreksi. Mustan maan mahti kasvaa ja me olemme ahtaalla. Kun Vihollinen palasi, kansamme karkotettiin Ithilienistä, kauniista maastamme Virran itäpuolelta, vaikka säilytimmekin siellä jalansijan ja sotajoukkoja. Mutta tänä samana vuonna, kesäkuussa, Mordorista hyökättiin yhtäkkiä ja meidät pyyhkäistiin pois. Vihollisella oli ylivoima, sillä Mordor on liittoutunut itäläisten ja julman *haradrimin* kanssa, mutta ei heidän paljoutensa meitä voittanut. Mukana taistelussa oli voima, jota ei ole ennen tunnettu.

Jotkut sanoivat, että sen saattoi nähdä suuren mustan ratsumiehen muodossa, mustana varjona kuun alla. Minne se tuli, siellä vimma täytti vihollisemme, mutta uljaimmatkin meistä joutuivat pelon valtaan ja hevoset ja miehet antoivat myöten ja pakenivat. Vain pieni osa idänjoukoistamme palasi ja he tuhosivat viimeisen sillan, joka vielä oli paikallaan Osgiliathin raunioiden keskellä.

Olin mukana joukossa, joka puolusti siltaa kunnes se romahti meidän takanamme. Vain neljä pelastui uimalla: veljeni ja minä ja kaksi muuta. Mutta silti me yhä taistelemme ja puolustamme Anduinin koko länsirantaa, ja ne joita me suojelemme ylistävät meitä, jos koskaan kuulevat nimemme; paljon kiitosta mutta vähän apua. Vain Rohanista enää ratsastaa miehiä avuksemme, kun me kutsumme.

Tällä synkällä hetkellä olen tullut Elrondin luo monien vaarallisten peninkulmien matkat tärkeässä asiassa; satakymmenen päivää olen matkannut aivan yksin. Mutta en etsi liittolaista sotaan. Elrondin mahti ei ole aseissa vaan viisaudessa, sanotaan. Tulen pyytämään neuvoa ja selitystä vaikeisiin sanoihin. Sillä yllätyshyökkäyksen aattona veljeni näki unen rauhattomana levätessään, ja myöhemmin hän on usein nähnyt saman unen, ja kerran näin sen minä.

Tuossa unessa olin näkevinäni miten itäinen taivas tummui ja ukkonen yltyi, mutta lännessä viipyi kalpea valo, ja valosta kuulin äänen, etäisen mutta selkeän, ja se huusi:

Käy Murtunut miekka noutamaan,
se on kätkössä Imladrisin;
siellä neuvot vahvemmat laaditaan
kuin taiat Morgulin.
On merkki siitä nähtävä vaan
että tuomio lähestyy,
Isildurin turma kun havaitaan,
puolituinen ilmestyy.

Näistä sanoista me emme paljon ymmärtäneet ja puhuimme isällemme Denethorille, Minas Tirithin valtiaalle, joka tuntee hyvin Gondorin taruston. Vain tämän hän sanoi: Imladris oli vanhastaan haltioiden kaukaiselle pohjoiselle laaksolle antama nimi, ja Elrond Puolhaltia, suurin taruntuntijoista, asuu siellä. Sen tähden veljeni, joka näki miten epätoivoinen tilanne oli, halusi innolla ottaa unesta vaarin ja lähteä etsimään Imladrisia, mutta koska matka oli epävarma ja täynnä vaaroja, minä otin sen tehtäväkseni. Vastahakoisesti antoi isäni minulle luvan ja pitkään olen vaeltanut unohdettuja teitä etsien Elrondin taloa, josta monet olivat kuulleet, mutta jonka olinpaikan harvat tiesivät.»

»Ja täällä Elrondin talossa te saatte tietää lisää», sanoi Aragorn ja nousi. Hän heitti Elrondin edessä olevalle pöydälle miekkansa; sen terä oli murtunut kahtia. »Tässä on Murtunut miekka!» hän sanoi.

»Ja kuka te olette ja mitä tekemistä teillä on Minas Tirithin kanssa?» Boromir kysyi katsellen ihmeissään samoojan laihoja kasvoja ja säänpieksemää kaapua.

»Hän on Aragorn Arathornin poika», Elrond sanoi, »ja hän polveutuu monen isän kautta Minas Ithilin Isildurista, Elendilin pojasta. Hän on Pohjolan *dúnedainin* päällikkö, ja tuosta kansasta on vain harvoja jäljellä.»

»Sittenhän se kuuluu sinulle eikä ollenkaan minulle!» huudahti Frodo yllättyneenä ja ponkaisi jaloilleen, ikään kuin olisi odottanut että Sormus vaadittaisiin häneltä heti.

»Se ei kuulu meille kummallekaan», sanoi Aragorn, »mutta on säädetty, että sinä pidät sitä jonkin aikaa.»

»Ota Sormus esiin, Frodo!» sanoi Gandalf juhlallisesti. »Aika on tullut. Nosta se ylös, niin Boromir ymmärtää lopun arvoituksestaan.»

Kaikki hiljenivät ja käänsivät katseensa Frodoon. Häntä vavisti äkkiä häpeä ja pelko; hän ei olisi millään ehdolla halunnut näyttää Sormusta, häntä inhotti koskea siihen. Hän toivoi olevansa jossakin kaukana. Sormus hohti ja kiilteli hänen kohottaessaan sitä vapisevassa kädessään heidän nähtäväkseen.

»Katsokaa, Isildurin turma!» Elrond sanoi.

Boromirin silmät välähtivät, kun hän tuijotti kultaista esinettä. »Puolituinen!» hän mutisi. »Onko Minas Tirithin tuomio lähellä? Mutta miksi silloin etsisimme murtunutta miekkaa?»

»Sanat eivät olleet *Minas Tirithin tuomio*», Aragorn sanoi. »Mutta tuomio ja suuret teot ovat tosiaan lähellä. Sillä murtunut miekka on Elendilin miekka, joka katkesi hänen allaan kun hän kaatui. Hänen perillisensä ovat säilyttäneet sitä aarteenaan, kun kaikki muut perintökalleudet ovat kadonneet; sillä jo vanhastaan keskuudessamme sanottiin, että se taottaisiin uudestaan kun Sormus, Isildurin turma, olisi löytynyt. Nyt kun olet nähnyt miekan, jota olet etsinyt, mitä pyydät? Toivotko Elendilin sukukunnan palaavan Gondorin maahan?»

»Minua ei lähetetty anelemaan palveluksia, vaan etsimään arvoituksen ratkaisua», Boromir vastasi ylpeästi. »Mutta me olemme ahtaalla ja Elendilin miekka olisi apu, jota emme ole osanneet toivoa – jos sellainen esine todella voisi palata menneisyyden varjoista.» Hän katsoi jälleen Aragorniin ja hänen katseessaan viipyi epäilys.

Frodo tunsi Bilbon liikahtavan kärsimättömästi vierellään. Hän oli selvästi loukkaantunut ystävänsä puolesta. Äkkiä Bilbo nousi ja puhkesi puhumaan:

> *»Ei kaikki kulta kiiltävää lie,*
> *vaeltaja ei eksy jokainen,*
> *ei vahvalta vanhuus voimia vie,*
> *syviin juuriin ei ulotu pakkanen.*
> *Tuli tuhkasta jälleen pilkahtaa,*
> *valo varjoista syttyvä on,*
> *terä miekan murtunut yhteen saa,*
> *ja kruunataan kruunuton.*

Ei nyt ehkä varsin hyvä, mutta naulan kantaan – jos kaipaatte vielä jotakin Elrondin sanojen lisäksi. Jos tämä on sadan ja kymmenen päivän matkan arvoista kuultavaa, teidän olisi paras kuunnella sitä.» Hän istuutui tuhahtaen.

»Minä olen sepittänyt sen itse», hän kuiskasi Frodolle, »Dúnadanille kauan sitten, kun hän ensimmäisen kerran kertoi minulle itsestään. Melkein toivon, että seikkailuni eivät olisi lopussa ja että voisin lähteä hänen kanssaan kun se päivä tulee.»

Aragorn hymyili hänelle, sitten hän kääntyi taas Boromirin puoleen. »Minä osaltani annan anteeksi epäilyksenne», hän sanoi. »Minä en paljonkaan muistuta Elendilin ja Isildurin patsaita, jotka seisovat kuninkaallisessa kunniassaan Denethorin saleissa. Minä olen vain Isildurin perillinen, en itse Isildur. Elämäni on ollut ankara ja pitkä, ja tämän paikan ja Gondorin väliset peninkulmat ovat vain murto-osa matkojeni määrästä. Olen kulkenut monien vuorien ja jokien yli ja taivaltanut monilla tasangoilla, aina Rhûnin ja Haradin kaukaisiin maihin saakka, missä tähdetkin ovat toisenlaiset.

Mutta minun kotini, se koti mikä minulla on, on pohjoisessa. Sillä siellä ovat Valandilin perilliset asuneet suvun katkeamatta isästä poikaan monien polvien ajan. Päivämme ovat synkenneet ja me olemme vähenneet, mutta aina on Miekka siirtynyt uudelle haltijalle. Ja tämän vielä sanon teille, Boromir, ennen kuin lopetan. Me olemme yksinäisiä miehiä, me erämaan samoojat, metsästäjiä – mutta me metsästämme lakkaamatta Vihollisen palvelijoita, sillä heitä on monissa paikoissa, ei yksin Mordorissa.

Boromir, jos Gondor on seissyt horjumattomana tornina, on meidän tehtävämme ollut toinen. On monenlaista pahaa, jota teidän vahvat muurinne ja hohtavat miekkanne eivät pysäytä. Vähän te tiedätte maista, jotka ovat rajojenne takana. Rauha ja vapaus, niinkö te sen sanotte? Vähänpä niistä tietäisi Pohjola ilman meitä. Pelko olisi tuhonnut nuo maat. Mutta kun pimeyden oliot tulevat asumattomilta vuorilta tai hiipivät valottomista metsistä, ne pakenevat meitä. Mitä teitä uskaltaisi kukaan taivaltaa, mitä turvaa olisi hiljaisissa maissa ja yksinkertaisten ihmisten kodeissa öiseen aikaan, jos *dúnedain* nukkuisivat tai olisivat vaipuneet hautaan?

Ja kuitenkin me saamme vähemmän kiitosta kuin te. Matkalaiset mulkoilevat meitä ja maalaiset antavat meille halventavia nimiä. 'Konkariksi' minua kutsuu eräs paksu ihminen, vaikka asuu päivän marssin päässä vihollisista, jotka saisivat hänen verensä hyytymään ja voisivat tuhota hänen pikku kylänsä, jos häntä ei taukoamatta suojeltaisi. Kuitenkaan me emme pyydä muuta. Jos yksinkertaiset elävät vailla huolta ja pelkoa, he pysyvät yksinkertaisina, ja me teemme työmme salassa, jotta näin olisi. Se on ollut heimoni tehtävä vuosien pidetessä ja ruohon kasvaessa.

Mutta nyt maailma muuttuu taas. Uusi hetkemme tulee. Isildurin turma on löytynyt. Taistelu lähestyy. Miekka taotaan uudestaan. Minä tulen Minas Tirithiin.»

»Sanotte että Isildurin turma on löytynyt», Boromir sanoi. »Olen nähnyt kirkkaan sormuksen puolituisen kädessä, mutta Isildur tapasi kohtalonsa ennen tämän maailmanajan alkua, niin sanotaan. Mistä Viisaat tietävät, että tämä sormus on hänen? Ja miten se on kulkeutunut vuosien halki näin oudon lähetin tuotavaksi?»

»Sen saat kuulla», Elrond sanoi.

»Mutta ei vielä, kunnianarvoisa herra, minä pyydän!» Bilbo sanoi. »Aurinko kipuaa jo kohti puoltapäivää ja minä alan kaivata jotakin vahvistusta.»

»En ollut vielä lausunut sinun nimeäsi», sanoi Elrond hymyillen, »mutta nyt on aika. Tule, Bilbo, kerro meille tarinasi. Ja jollet ole vielä riimitellyt kertomustasi runoksi, voit lausua sen meille suorasanaisesti. Mitä lyhyemmin puhut, sen pikemmin saat syötävää.»

»Hyvä on», Bilbo sanoi. »Teen kuten pyydetään. Mutta nyt kerron tarinan niin kuin se oli, ja jos jotkut täällä ovat kuulleet minun kertovan sen toisin» – hän vilkaisi syrjäsilmällä Glóiniin – »pyydän heitä unohtamaan sen ja antamaan minulle anteeksi. Noihin aikoihin halusin ennen muuta vakuuttaa, että Sormus kuului minulle, ja päästä eroon varkaan nimikkeestä, joka minulle annettiin. Mutta ehkä nyt ymmärrän asiat paremmin. Oli miten oli, kaikki kävi näin.»

Joillekin paikallaolijoille Bilbon tarina oli täysin uusi, ja he kuuntelivat hämmästyneinä, miten vanha hobitti itse asiassa oikein hyvillään teki selkoa seikkailuistaan

Klonkun kanssa yksityiskohtia myöten. Hän ei jättänyt pois ainuttakaan arvoitusta. Hän olisi myös kertonut juhlastaan ja miten hän katosi Konnusta, jos hänen olisi annettu, mutta Elrond kohotti kätensä.

»Hyvin kerrottu, ystäväni», hän sanoi, »mutta tämä riittää tällä kertaa. Tällä hetkellä ei ole tarpeen tietää muuta kuin että Sormus siirtyi Frodolle, sinun perijällesi. Anna hänen nyt puhua!»

Sitten Frodo kertoi, haluttomammin kuin Bilbo, kaiken mitä Sormukselle oli tapahtunut siitä päivästä lähtien, jolloin se tuli hänen haltuunsa. Jokaisesta hänen matkansa askelesta Hobittilasta Bruinenin kahlaamolle kyseltiin ja keskusteltiin, ja kaikesta, mitä hän muisti Mustista ratsastajista, otettiin tarkka selko. Viimein hän istui taas.

»Ei hassumpaa», Bilbo sanoi hänelle. »Olisit saanut siitä hyvän tarinan, jos muut eivät olisi keskeytelleet. Yritin tehdä vähän muistiinpanoja, mutta meidän täytyy käydä kaikki vielä joskus yhdessä läpi, ennen kuin minä voin panna sen paperille. Siinähän on aineistoa kokonaisten lukujen verran, ennen kuin edes pääset tänne!»

»Tulihan siitä tosiaankin aika pitkä tarina», Frodo vastasi. »Mutta kertomus ei vieläkään ole minusta täydellinen. Tahdon vielä tietää yhtä ja toista, erityisesti Gandalfista.»

Satamien Galdor, joka istui aivan lähellä, kuuli hänen sanansa. »Puhut minunkin puolestani», hän huudahti ja kääntäen katseensa Elrondiin sanoi: »Viisailla on kenties hyvät syyt uskoa, että puolituisen aarre on pitkään kiistelty Suursormus, niin oudolta kuin se tuntuukin niistä, jotka vähemmän tietävät. Mutta emmekö voi kuulla todisteita? Ja tätä tahtoisin myös kysyä: entä Saruman? Hän tuntee tarkkaan sormustarustoon, ja kuitenkaan ei hän ole täällä kanssamme. Mikä on hänen neuvonsa – jos hän tietää sen minkä me olemme saaneet kuulla?»

»Esittämäsi kysymykset liittyvät yhteen, Galdor», Elrond sanoi. »Ne eivät ole jääneet minulta huomaamatta, ja niihin tullaan vastaamaan. Mutta nämä seikat kuuluvat Gandalfin osuuteen; ja minä kutsun hänet esiin viimeisenä, sillä se on kunniasija, ja kaikessa tässä hän on ollut tärkein henkilö.»

»Galdor», sanoi Gandalf, »jotkut pitäisivät Glóinin kuulumisia ja Frodon takaa-ajoa riittävinä todisteina siitä, että puolituisen aarre on Viholliselle hyvin arvokas. Se on sormus. Mikä siis? Yhdeksän on *nazgûlilla* hallussaan. Seitsemän on viety tai tuhottu.» Tässä Glóin liikahti, mutta ei sanonut mitään. »Kolmesta me tiedämme. Mikä siis on tämä, jota hän niin kovin himoitsee?

Virran ja Vuoren, katoamisen ja löytämisen väliin jää totisesti pitkä kartoittamaton aika. Mutta aukko Viisaiden tiedossa on vihdoin paikattu. Liian hitaasti kuitenkin. Sillä Vihollinen on seurannut kintereillä, lähempänä kuin minäkään osasin pelätä. Ja onni on, että nähtävästi vasta tänä vuonna, juuri tänä kesänä, hän sai selville koko totuuden.

Jotkut täällä olijat muistavat, että minä itse monta vuotta sitten uskaltauduin käymään sisään Dol Guldurin Noidan porteista ja tutkin salaa hänen toimiaan ja sain selville, että pelkomme oli aiheellinen: hän ei ollut kukaan muu kuin Sauron, vanha Vihollisemme, joka viimein taas oli ottanut muodon ja saanut valtaa. Muutamat muistavat myös sen, että Saruman kehotti meitä luopumaan kaikista avoimista toimista Sauronia vastaan ja pitkään me tyydyimme tarkkailemaan Vihollista. Viimein kuitenkin hänen varjonsa yhä kasvaessa Saruman taipui ja Neuvosto käytti voimaansa ja ajoi pahan pois Synkmetsästä – ja juuri tuona vuonna löytyi Sormus: merkillinen sattuma, mikäli se oli sattuma.

Mutta me olimme myöhässä, niin kuin Elrond ennusti. Sauron oli puolestaan tarkkaillut meitä ja oli pitkään edeltäkäsin varustautunut meidän iskuumme. Hän oli hallinnut Mordoria kaukaa Minas Morgulin kautta, jossa hänen Yhdeksän palvelijaansa asuivat, kunnes kaikki oli valmista. Silloin hän antoi periksi meille, mutta vain teeskenteli pakenevansa ja asettui pian Mustaan torniin ja ilmaisi itsensä avoimesti. Silloin kokoontui Neuvosto viimeisen kerran: sillä nyt saimme tietää, että hän etsi entistä suuremmalla innolla Sormusten sormusta. Me pelkäsimme tuolloin, että hän olisi saanut siitä selville sellaista, mitä me emme tienneet. Mutta Saruman kielsi tämän ja toisti sen minkä oli sanonut meille ennenkin: että Sormusten sormusta ei enää koskaan tavattaisi Keski-Maasta.

'Pahimmassa tapauksessa', hän sanoi, 'Vihollinen tietää, että meillä sitä ei ole ja että se on yhä kateissa. Mutta mikä on kadonnut, voidaan löytää, ajattelee hän. Älkää peljätkö! Hänen toivonsa pettää hänet. Enkö minä ole vakavasti paneutunut tähän asiaan? Se putosi Suureen Anduiniin; ja kauan sitten, Sauronin nukkuessa, se kieri Virtaa alas Mereen. Siellä maatkoon se Loppuun saakka.'»

Gandalf vaikeni ja katseli kuistilta Sumuvuorten kaukaisia huippuja, joiden alla maailman vaara oli niin kauan piileksinyt. Hän huokasi.

»Silloin minä erehdyin», hän sanoi. »Annoin Saruman Viisaan sanojen rauhoittaa mieleni; mutta minun olisi pitänyt selvittää totuus aiemmin, silloin vaaramme olisi nyt vähäisempi.»

»Me erehdyimme kaikki», Elrond sanoi, »ja ilman sinun valppauttasi Pimeys kenties jo nyt olisi voittanut. Mutta puhu!»

»Alusta alkaen sydämeni varoitti minua vastoin kaikkea mitä luulin tietäväni», Gandalf sanoi, »ja minä halusin kovin saada selville, miten Klonkku sai haltuunsa tämän esineen ja miten kauan se oli ollut sillä. Niin minä asetin vartion, sillä arvasin että se tulisi ennen pitkää ulos pimeydestään etsimään aarrettaan. Se tuli, mutta pääsi pakoon ja katosi jäljettömiin. Ja sitten minä onneton annoin asian olla, pelkästään tarkkailin ja odotin, niin kuin me olemme liian usein tehneet.

Aika kului omine huolineen, kunnes epäilykseni äkkiä muuttuivat jälleen peloksi. Mistä tuli hobitin sormus? Mitä sille pitäisi tehdä, jos pelkoni osoittautuisi aiheelliseksi? Näistä minun piti päättää. Mutta en vielä puhunut pelostani kenellekään, sillä tiedän, miten vaarallinen on ennenaikainen kuiskaus joutuessaan vääriin korviin. Kaikissa pitkissä sodissa Mustaa tornia vastaan on petos aina ollut pahin vihollisemme.

Tämä oli seitsemäntoista vuotta sitten. Pian sain selville, että monenmoisia vakoojia, jopa metsäneläimiä ja lintuja oli kerääntynyt Konnun ympäristöön, ja pelkoni kasvoi. Kutsuin apuun *dúnedain*, ja he kaksinkertaistivat vartionsa, ja avasin sydämeni Aragornille, Isildurin perilliselle.»

»Ja minä», sanoi Aragorn, »neuvoin, että meidän tulisi etsiä käsiimme Klonkku, vaikka tuntuisikin, että se oli jo myöhäistä. Ja koska oli tavallaan oikein, että Isildurin perijä näkisi vaivaa korjatakseen Isildurin virheen, minä aloin Gandalfin kanssa pitkät ja toivottomat etsinnät.»

Sitten Gandalf kertoi, miten he olivat tutkineet Erämaan koko pituudeltaan, aina Varjovuorille ja Mordorin rajoille saakka. »Siellä kuulimme huhuja

Klonkusta, ja uskomme, että se asui pitkään noilla synkillä vuorilla, mutta me emme löytäneet sitä, ja lopulta vaivuin epätoivoon. Ja epätoivoissani tulin ajatelleeksi koetta, joka saattaisi tehdä Klonkun löytämisen tarpeettomaksi. Sormus itse voisi kertoa, oliko se Sormusten sormus. Neuvostossa lausutut sanat palasivat mieleeni, Sarumanin sanat, joita tuolloin olin tuskin kuunnellut. Nyt ne kaikuivat selvinä sydämessäni.

'Yhdeksään, Seitsemään ja Kolmeen', hän sanoi, 'kuuluu kuhunkin oma kivensä. Mutta ei Sormusten sormukseen. Se oli pyöreä ja vailla koristuksia, ikään kuin se olisi ollut yksi vähäisemmistä sormuksista; mutta sen tekijä laati siihen merkkejä, jotka tiedokkaat pystyisivät kenties yhä näkemään ja lukemaan.'

Hän ei sanonut, minkälaisia nuo merkit olivat. Kuka siis tietäisi sen? Tekijä. Ja ehkä Saruman? Mutta olkoonkin suuri hänen tietämyksensä, sillä täytyy olla lähde. Kenen muun kuin Sauronin kädessä tämä sormus oli milloinkaan ollut, ennen kuin se katosi? Yksin Isildurin kädessä.

Näin ajatellen jätin ajojahdin ja matkasin nopeasti Gondoriin. Entisinä aikoina oli veljeskuntani jäsenet otettu siellä hyvin vastaan, ja ennen muita Saruman. Usein oli hän ollut pitkään Kaupungin valtiaiden vieraana. Nyt ei Denethor ottanut minua yhtä suopeasti vastaan kuin ennen aikaan, ja vastahakoisesti salli hän minun tehdä tutkimuksia kirja- ja pergamenttivarastossaan.

'Jos tosiaankin etsit, kuten sanot, vain asiakirjoja entisiltä päiviltä ja kaupungin alkuajoilta, lue mielihalulla!' hän sanoi. 'Sillä minulle se, mikä on mennyt, on valoisampaa kuin se, mikä on tulossa, ja se on se joka minua koskettaa. Mutta jos sinulla ei ole enemmän kykyjä kuin itse Sarumanilla, joka on kauan täällä tutkinut, et löydä mitään, mitä minä en tarkkaan tietäisi, sillä minä tunnen tämän kaupungin taruston.'

Niin sanoi Denethor. Ja kuitenkin hänen aarrekammiossaan on monta asiakirjaa, joita harvat tarujen tuntijoistakaan enää pystyvät lukemaan, sillä kirjoitus ja kieli on käynyt hämäräksi myöhemmälle ajalle. Ja Boromir, Minas Tirithissä on yhä pergamentti, jota minun tietääkseni eivät ole muut lukeneet kuin Saruman ja minä, sen jälkeen kun kuninkaitten suku sammui, ja se on itsensä Isildurin kirjoittama. Sillä Isildur ei marssinut suoraan pohjoiseen Mordorin sodasta, niin kuin jotkut tarinan kertovat.»

»Jotkut varmaan, jotka asuvat pohjoisessa», Boromir keskeytti. »Gondorissa tietävät kaikki, että hän meni ensin Minas Anoriin ja vietti siellä vähän aikaa veljenpoikansa Meneldilin kanssa ja antoi hänelle ohjeita, ennen kuin määräsi hänet hallitsemaan Etelä-Valtakuntaa. Tuona aikana hän istutti sinne Valkoisen puun viimeisen vesan veljensä muistoksi.»

»Mutta tuona aikana hän myös kirjoitti tämän kirjakäärön», Gandalf sanoi, »ja sitä ei nähtävästi muisteta Gondorissa. Sillä tämä käärö koskee Sormusta, ja näin kirjoitti siihen Isildur:

Suursormuksesta tulee nyt Pohjois-Valtakunnan perintökalleus, mutta jääköön siitä tieto Gondoriin, jossa myös elää Elendilin perillisiä, siltä varalta, että tulisi aika jolloin näiden suurten asiain muisto hämärtyy.

Ja näiden sanojen jälkeen Isildur kuvaili Sormuksen sellaisena kuin hän sen näki:

Se oli kuuma kun sain sen ensi kerran käteeni, kuuma kuin kekäle, ja se poltti minun kättäni niin, että epäilen lakkaako kipu enää koskaan. Mutta kirjoittaessani tätä se on jo jäähtynyt ja se tuntuu kutistuvan, mutta sen kauneus ja muoto säilyvät. Jo nyt siinä oleva kirjoitus, joka aluksi oli kirkas kuin punainen liekki, haalistuu ja sitä voi enää vaivoin lukea. Siinä on käytetty erästä Eregionin haltiakirjaimistoa, sillä Mordorissa ei ole kirjaimia moiseen hienoon työhön, mutta kieli on minulle tuntematon. Arvaan että se on Mustan maan kieltä, sillä se on rumaa ja kömpelöä. Mitä pahaa siinä sanotaan, en tiedä, mutta piirustan tähän kopion, siltä varalta että se häipyy saavuttamattomaksi. Sormus kenties kaipaa Sauronin käden kuumuutta, joka oli musta ja paloi silti tulen tavoin, ja surmasi Gil-galadin, ja jos sormus kuumennettaisiin jälleen, kirjoitus ehkä selvenisi. Mutta minä en rohkene koskea tähän esineeseen ettei se vahingoittuisi: kaikista Sauronin töistä se on ainut kaunis. Se on minulle kallis, vaikka ostan sen suurella tuskalla.

Kun luin nuo sanat, etsintäni päättyi. Sillä siihen piirretty kirjoitus oli tosiaan, kuten Isildur arvasi, Mordorin ja Tornin palvelijoiden kieltä. Ja se mitä siinä sanottiin, oli jo tiedossa. Sillä sinä päivänä kun Sauron ensi kerran pani Sormusten sormuksen sormeensa, oli Celebrimbor, Kolmen tekijä, hänestä perillä, ja kaukaa hän kuuli hänen sanovan nämä sanat, ja niin hänen pahat päämääränsä paljastuivat.

Minä lähdin heti Denethorin luota, mutta matkatessani pohjoiseen tuli Lórienista minulle viestejä, jotka kertoivat että Aragorn oli kulkenut sitä tietä ja että hän oli löytänyt olion, jota kutsutaan Klonkuksi. Sen tähden menin ensin häntä tapaamaan ja kuulemaan hänen kertomustaan. En tohtinut edes arvata, minkälaiset kuolemanvaarat hän oli yksinään kohdannut.»

»Niistä ei kannata puhua», Aragorn sanoi. »Jos miehen on vaellettava Mustan portin näköpiirissä tai tallattava Morgulin laakson kuolettavia kukkia, ei vaaraa käy välttäminen. Vaivuin lopulta minäkin epätoivoon ja lähdin kotimatkalle. Ja silloin onnekkaan sattuman kautta tapasin äkkiä sen mitä olin hakenut: pehmeiden tassujen jäljet rutaisen lammikon reunalta. Mutta nyt jäljet olivat tuoreet ja hätäiset, eivätkä ne vieneet Mordoriin vaan sieltä pois. Kalmansoiden laitamia minä niitä seurasin ja sitten sain sen kiinni. Seisovan veden äärellä se väijyi ja tuijotti lampeen synkän illan pimetessä, kun minä sen löysin, Klonkun. Se oli vihreän liejun peitossa. Se tuskin rakastanee minua milloinkaan, sillä se puri minua enkä minä osannut olla helläkätinen. Muuta en koskaan sen suusta saanut kuin ne hampaanjäljet. Se vaihe oli minusta matkani pahin, paluutie, kun vartioin sitä yötä päivää; pakotin sen kulkemaan edelläni naru kaulassa ja kapula suussa, kunnes ruoan ja juoman puute kesytti sen, ja vein sitä kohti Synkmetsää. Sain sen sinne lopulta ja annoin sen haltioille, sillä olimme sopineet, että näin tehtäisiin; ja minä olin iloinen päästessäni sen seurasta, sillä se löyhkäsi. Omasta puolestani toivon, etten enää ikinä näe sitä, mutta Gandalf tuli ja kesti pitkän keskustelun sen kanssa.»

»Pitkän ja rasittavan», Gandalf sanoi, »mutta hyötyä siitä oli. Ensinnäkin tarina, jonka se kertoi menetyksestään, piti yhtä sen kanssa, mitä Bilbo on viimein avoimesti ensi kerran kertonut, mutta se ei ollut tärkeää, sillä sen olin jo arvannut. Mutta silloin kuulin ensi kerran, että Klonkun sormus oli kotoisin Suuresta virrasta läheltä Kurjenmiekkakenttiä. Ja kuulin myös, että sillä oli ollut se hallussaan kauan. Monta oman pikku lajinsa elinaikaa. Sormuksen voima oli pidentänyt sen elinvuosien mittaa; mutta se voima on vain Suur-sormuksilla.

Ja Galdor, jos tässä ei ole todistetta kyllin, on jäljellä vielä tuo toinen koe josta puhuin. Tästä samaisesta sormuksesta, jonka olette nähneet ylös kohotettuna, tästä sileästä ja koristelemattomasta sormuksesta voi yhä lukea Isildurin kuvaaman kirjoituksen se, jolla on kyllin tahdonvoimaa heittää Sormus hetkeksi tuleen. Sen olen minä tehnyt, ja tämän olen lukenut:

> *Ash nazg durbatulûk, ash nazg gimbatul,*
> *ash nazg thrakatulûk agh burzum-ishi krimpatul.*»

Vanhan velhon ääni muuttui hämmästyttävästi. Äkkiä siitä tuli uhkaava, voimallinen, kova kuin kivi. Korkealla paistavan auringon editse tuntui käyvän varjo, ja kuisti pimeni hetkeksi. Kaikki värisivät ja haltiat tukkivat korvansa.

»Koskaan ennen ei kukaan ole rohjennut lausua tuon kielen sanoja Imladrisissa, Gandalf Harmaa», sanoi Elrond, kun varjo oli mennyt ja seurue hengitti taas vapaasti.

»Ja toivokaamme ettei kukaan enää koskaan puhu sitä täällä», Gandalf vastasi. »En kuitenkaan pyydä anteeksiantoasi, kunnianarvoisa Elrond. Sillä jos tuota kieltä ei haluta kohta kuulla lännen joka kolkassa, jättäköön jokainen syrjään epäilykset siitä, että tämä todellakin on se miksi Viisaat sitä väittivät: Vihollisen aarre, täynnä hänen pahuuttaan; ja siinä asuu suuri osa hänen vanhasta voimastaan. Mustista vuosista kantautuvat nämä sanat, jotka Eregionin sepot kuulivat, ja silloin he tiesivät tulleensa petetyiksi:

> *Yksi Sormus löytää heidät, se yksi heitä hallitsee,*
> *se yksi heidät yöhön syöksee ja pimeyteen kahlitsee.*

Ystävät, tietäkää myös, että kuulin Klonkulta vielä muutakin. Se puhui vastentahtoisesti ja sen kertomus oli epäselvä, mutta tämän verran on varmaa: se meni Mordoriin ja siellä siitä puristettiin kaikki, mitä se tiesi. Näin Vihollinen siis nyt tietää, että Sormusten sormus on löytynyt ja että se oli pitkään Konnussa; ja koska hänen palvelijansa ovat ajaneet sitä takaa melkein ovellemme asti, hän saa pian tietää, jos ei jo tiedä minun tässä puhuessani, että meillä on se täällä.»

Kaikki istuivat pitkään hiljaa, kunnes Boromir viimein puhui. »Tämä Klonkku on pieni otus, niinhän te sanotte? Pieni kooltaan mutta suuri pahantekijä. Mitä sille tapahtui? Minkä tuomion te sille langetitte?»

»Se on vankina, siinä kaikki», Aragorn sanoi. »Se oli paljon kärsinyt. Sitä on epäilemättä kidutettu, ja Sauronin pelko asuu mustana sen sydämessä. Silti minä ainakin olen iloinen, että sitä vartioivat Synkmetsän haltioiden tarkat silmät. Sen pahuus on suuri ja se antaa sille voimaa, jota ei uskoisi semmoisessa kurjassa rääpäleessä olevankaan. Se voisi tehdä vielä paljon ilkitöitä, jos olisi vapaa. En epäile, etteikö sitä päästetty Mordorista pois jossakin pahassa tarkoituksessa.»

»Mutta kuulkaa!» huudahti Legolas, ja hänen kauniilla haltiankasvoillaan näkyi suuri ahdistus. »Viesti, jota minut lähetettiin tuomaan, on nyt kerrottava.

Se ei ole iloista kuultavaa, mutta vasta täällä olen ymmärtänyt, kuinka pahalta se saattaa kuulostaa tämän seurueen korvissa. Sméagol, jota nykyään kutsutaan Klonkuksi, on paennut.»

»Paennut!» huusi Aragorn. »Siinä on todella huono uutinen. Me saamme sen kaikki vielä karvaasti tuta, niin pelkään. Mistä johtui, että Thranduilin väki laiminlöi sille uskotun tehtävän?»

»Ei tarkkaavaisuuden puutteesta», Legolas sanoi, »mutta kenties liiasta lempeydestä. Ja pahoin pelkään, että vanki sai apua ja että toimistamme tiedetään enemmän kuin haluaisimme. Me vartioimme oliota yöt päivät, niin kuin Gandalf käski, vaikka tehtävä oli meille vastenmielinen. Mutta Gandalf kehotti meitä yhä toivomaan että se paranisi, eikä meillä ollut sydäntä pitää sitä iän kaiken maanalaisissa tyrmissä, joissa se vaipui jälleen vanhoihin synkkiin ajatuksiinsa.»

»Minulle te olitte vähemmän helliä», sanoi Glóin silmät leiskahtaen, kun hänen vanhat muistonsa vankeudestaan haltiakuninkaan hovin tyrmissä heräsivät.

»No no!» Gandalf sanoi. »Älä keskeytä, hyvä Glóin. Se oli valitettava väärinkäsitys, aikaa sitten selvitetty. Jos kaikki kääpiöiden ja haltioiden väliset kaunat kaivetaan tässä esiin, me voimme saman tien luopua koko Neuvonpidosta.»

Glóin nousi ja kumarsi ja Legolas jatkoi. »Kauniilla säillä me veimme Klonkun metsään, ja siellä seisoi muista erillään yksinäinen puu, johon se mielellään kiipesi. Usein annoimme sen nousta ylimmille oksille, kunnes se tunsi vapaan tuulen, mutta puun juurelle asetimme vartion. Eräänä päivänä se kieltäytyi tulemasta alas eikä vartijoilla ollut halua kiivetä ylös sitä hakemaan: se oli oppinut tarttumaan oksiin niin jaloillaan kuin käsilläänkin, niinpä he istuivat puun luona myöhään yöhön.

Juuri tuona kuuttomana ja tähdettömänä kesäyönä kävivät örkit yllättäen kimppuumme. Me ajoimme ne pakosalle jonkin ajan kuluttua; niitä oli monta ja ne olivat hurjia, mutta ne tulivat vuorten takaa ja olivat metsään tottumattomia. Kun taistelu oli ohi, me huomasimme, että Klonkku oli poissa ja sen vartijat surmattu tai otettu vangiksi. Silloin meistä oli selvää, että hyökkäys oli tehty sen vapauttamiseksi ja että se tiesi siitä etukäteen. Miten se oli järjestetty, on meille arvoitus, mutta Klonkku on ovela ja Vihollisella on monta vakoojaa. Pimeän oliot, jotka ajettiin pois sinä vuonna, jolloin lohikäärme tuhottiin, ovat palanneet sankoin joukoin ja Synkmetsä on jälleen paha paikka paitsi siellä, missä meidän valtamme on säilynyt.

Emme ole onnistuneet saamaan Klonkkua kiinni. Me löysimme sen jäljet monien örkinjälkien seasta ja ne veivät syvälle Synkmetsään, etelään päin. Mutta lopulta taitomme eivät enää riittäneet emmekä uskaltaneet jatkaa ajojahtia, sillä me lähestyimme Dol Gulduria ja se on yhä hyvin paha paikka; sinne me emme mene.»

»Vai niin, se on siis karannut», Gandalf sanoi. »Meillä ei ole aikaa etsiä sitä enää. Tehköön mitä tekee. Mutta sillä voi vielä olla esitettävänä osa, jota ei se eikä Sauron ole osannut ennustaa.

Ja nyt vastaan Galdorin muihin kysymyksiin. Entä Saruman? Mitkä ovat hänen neuvonsa meille tässä tilanteessa? Minun on kerrottava tämä tarina kokonaisuudessaan, sillä vasta Elrond on sen kuullut, ja hänkin lyhyesti, mutta se vaikuttaa kaikkeen mitä meidän on päätettävä. Se on viimeinen luku Sormuksen tähänastisessa tarinassa.

Kesäkuun lopussa olin Konnussa, mutta huolen pilvi varjosti mieltäni, ja minä ratsastin tuon pikku maan etelärajoille, sillä aavistin ennalta jonkin vaaran, joka oli salassa mutta lähestyi. Siellä sain viestejä, jotka kertoivat sodasta ja tappiosta Gondorissa, ja kun kuulin Mustasta varjosta, sydäntäni kylmäsi. Mutta kohtasin vain pari pakolaista etelästä; kuitenkin minusta näytti, että heissä asui pelko, josta he eivät tahtoneet puhua. Käännyin sitten itään ja pohjoiseen ja matkustin pitkin Vihertietä, ja lähellä Briitä tapasin tien pientareelta istumasta matkalaisen, jonka hevonen söi ruohoa hänen vieressään. Se oli Radagast Ruskea, joka kerran asui Rhosgobelissa, lähellä Synkmetsän rajaa. Hän kuuluu veljeskuntaamme, mutta en ollut nähnyt häntä moneen vuoteen.

'Gandalf!' hän huudahti. 'Hain juuri sinua. Mutta olen muukalainen näillä tienoilla. Tiesin vain, että sinut voisi löytää korpiseudulta, jolla on kömpelö nimi Kontu.'

'Tietosi olivat oikeat', minä sanoin. 'Mutta älä sano noin, jos tapaat maan asukkaita. Olet hyvin lähellä Konnun rajoja. Ja mitä haluat minusta? Sen täytyy olla tärkeää. Sinä et ole koskaan harrastanut matkailua, jolleivät painavat syyt ole ajaneet sinua liikkeelle.'

'Asiani on kiireellinen', hän sanoi. 'Uutiseni ovat pahoja.' Sitten hän pälyili ympärilleen, ikään kuin pensasaidoilla voisi olla korvat. 'Nazgûl', hän kuiskasi. 'Yhdeksän on taas liikkeellä. Ne ovat salassa ylittäneet Virran ja etenevät länteen päin. Ne ovat ottaneet mustapukuisten ratsastajien muodon.'

Silloin tiesin, mitä olin tietämättäni pelännyt.

'Vihollisella on jokin suuri tarve tai hanke', Radagast sanoi, 'mutta mitä hän etsii näiltä kaukaisilta ja hyljätyiltä tienoilta, siitä minulla ei ole aavistustakaan.'

'Mitä tarkoitat?'

'Minulle on kerrottu, että mihin ikinä Ratsastajat menevät, ne kyselevät maata nimeltä Kontu.'

'Kontua, niin', sanoin, ja sydäntäni ahdisti. Sillä Viisaatkin saattavat aristella Yhdeksän vastustamista, milloin ne ovat kaikki yhdessä hirveän päällikkönsä johdolla. Päällikkö oli ennen suuri kuningas ja noita ja nyt hän levittää kuolettavaa pelkoa. 'Kuka sinulle kertoi, ja kuka sinut lähetti?' minä kysyin.

'Saruman Valkoinen', Radagast vastasi. 'Ja hän käski minun sanoa sinulle, että jos kaipaat apua, hän auttaa, mutta sinun on anottava sitä häneltä mitä pikimmin tai muutoin on liian myöhäistä.'

Ja tuo viesti antoi minulle toivoa. Sillä Saruman Valkoinen on veljeskuntani suurin. Radagast on toki arvollinen velho, muodonmuutosten ja värinvaihdosten tuntija ja hän tietää paljon kasveista ja metsäneläimistä, ja linnut eritoten ovat hänen ystäviään. Mutta Saruman on pitkään tutkinut itsensä Vihollisen saloja ja siten olemme me usein voineet ehtiä Vihollisen edelle. Sarumanin keinoilla me ajoimme Vihollisen Dol Guldurista. Hän oli mahdollisesti keksinyt aseita, joilla Yhdeksän voitaisiin karkottaa takaisin.

'Minä menen Sarumanin luo', sanoin.

'Sitten sinun on mentävä heti', sanoi Radagast, 'sillä olen hukannut aikaa sinua etsiskellessäni, ja päivät hupenevat. Minun oli määrä löytää sinut ennen keskikesää, ja se on nyt. Vaikka lähtisit näiltä jalansijoilta, tuskin tavoittaisit häntä, ennen kuin Yhdeksän löytää etsimänsä maan. Minä itse käännyn heti takaisin.' Ja niin sanoen hän nousi hevosen selkään ja olisi ratsastanut pois sen sileän tien.

'Malta hetki!' minä sanoin. 'Me tarvitsemme sinun apuasi ja kaikkien niiden apua, jotka ovat valmiit sitä antamaan. Toimita viestejä kaikille eläimille ja linnuille, jotka ovat ystäviäsi. Kehota niitä tuomaan kaikki tiedot, jotka tätä asiaa koskevat Sarumanille ja Gandalfille. Viestit voi viedä Orthanciin.'

'Sen teen', hän sanoi ja ratsasti tiehensä kuin kaikki Yhdeksän olisivat ajaneet häntä takaa.

En voinut lähteä hänen peräänsä saman tien. Olin jo ratsastanut pitkään sinä päivänä ja olin yhtä väsynyt kuin hevosenikin; ja minun täytyi pohtia asioita. Vietin yön Briissä ja päättelin, että minulla ei ollut aikaa palata Kontuun. Milloinkaan en ole tehnyt suurempaa virhettä!

Kirjoitin kuitenkin Frodolle viestin ja jätin ystäväni majatalonisännän huomaan sen lähettämisen. Ratsastin pois aamunkoitteessa ja viimein saavuin Sarumanin asuinsijalle. Se on kaukana etelässä Rautapihassa, Sumuvuorten eteläkärjessä, Rohanin aukon lähellä. Ja Boromir tietää kertoa teille, että Aukko on avonainen laakso Sumuvuorten ja Ered Nimraisin eli hänen kotimaansa Valkoisten vuorten pohjoisimpien kukkuloiden välissä. Mutta Rautapiha on jyrkkien muurimaisten kallioiden sisäänsä sulkema laakso ja laakson keskellä kohoaa kivinen torni nimeltään Orthanc. Saruman ei ole sitä tehnyt, vaan Númenorin ihmiset rakensivat sen kauan sitten, ja se on hyvin korkea ja sillä on monet salaisuutensa; eikä se kuitenkaan näytä ihmiskätten tekemältä. Sinne ei pääse muuten kuin Rautapihan kehän läpi ja kehässä on vain yksi portti.

Myöhään eräänä iltana tulin minä tuolle portille, joka on kuin suuri holvikaari kallionseinämässä; ja se oli vahvasti vartioitu. Mutta portilla tiedettiin minun tulostani ja minulle kerrottiin, että Saruman odotti minua. Ratsastin kaaren alitse ja portti sulkeutui takanani ääneti, ja äkkiä minä pelkäsin, vaikka en tiennyt mitään syytä siihen.

Niin minä ratsastin Orthancin juurelle ja tulin Sarumanin portaille, ja siellä me kohtasimme ja hän vei minut ylös kammioonsa. Hänellä oli sormessaan sormus.

'Olet siis tullut, Gandalf', hän sanoi minulle vakavana, mutta silmien valo oli valkoinen, ikään kuin hän olisi sydämessään nauranut koleasti.

'Olen tullut', minä sanoin. 'Olen tullut hakemaan apuasi, Saruman Valkoinen.' Ja se nimitys tuntui suututtavan häntä.

'Aivanko totta, Gandalf *Harmaa*!' hän ilkkui. 'Hakemaan apua? Harvoin on kuultu Gandalf Harmaan hakevan apua, hänen joka on niin ovela ja niin viisas, joka vaeltaa maasta toiseen ja sekaantuu joka asiaan, kuuluipa se hänelle eli ei.'

Katsoin häneen ja ihmettelin. 'Mutta mikäli en ole erehtynyt', minä sanoin, 'nyt on tekeillä jotakin, joka vaatii kaikkien voimiemme yhdistämistä.'

'Niin voi olla', hän sanoi, 'mutta myöhäänpä sinä sen keksit. Kuinkahan kauan sinä olet salannut minulta, Neuvoston päämieheltä, erään hyvin tärkeän asian? Mikä saa sinut nyt tänne väijyntäpaikaltasi Konnusta?'

'Yhdeksän on taas liikkeellä', minä vastasin. 'Ne ovat ylittäneet Virran. Niin kertoi minulle Radagast.'

'Radagast Ruskea!' Saruman nauroi eikä enää peitellyt halveksuntaansa. 'Radagast Linnunkesyttäjä! Radagast Yksinkertainen! Radagast Hölmö! Oli hänellä kuitenkin älyä sen verran, että osasi esittää osan, jonka hänelle annoin. Sillä sinä olet tullut, ja se oli viestini ainoa tarkoitus. Ja täällä sinä pysyt, Gandalf

Harmaa, ja lepäät matkojesi jälkeen. Sillä minä olen Saruman Viisas, Saruman Sormuksentekijä, Saruman Monivärinen!'

Silloin minä katsoin ja näin, että hänen kaapunsa, joka oli näyttänyt valkoiselta, ei ollut valkoinen vaan kudottu kaikista väreistä, ja kun hän liikkui, ne välkehtivät ja vaihtoivat sävyä, niin että silmissä vilisi.

'Minä pidin valkoisesta enemmän', minä sanoin.

'Valkoisesta!' hän tuhahti. 'Siitä käy aloittaminen. Valkoisen kankaan voi värjätä. Valkoisen sivun voi täyttää kirjoituksella, ja valkoisen valon voi hajottaa.'

'Ja sitten se ei enää ole valkoinen', sanoin minä. 'Ja se joka hajottaa esineen saadakseen selville, mikä se on, on hyljännyt viisauden tien.'

'Minulle sinun ei tarvitse puhua kuin niille hölmöille, joita pidät ystävinäsi', sanoi hän. 'En ole sinua tänne kutsunut saadakseni sinulta ohjeita, vaan antaakseni sinulle tilaisuuden.'

Hän suoristautui ja alkoi lausua kuin pitkään harjoiteltua puhetta. 'Esiajat ovat menneet. Keskiaika kuluu. Uusi aika on alullaan. Haltioiden aika on ohi, mutta meidän aikamme lähestyy: ihmisten aika, jota meidän tulee hallita. Mutta meillä täytyy olla valtaa, valtaa määrätä halumme mukaan kaikkia siihen hyvään, jonka vain Viisaat ymmärtävät.

Ja Gandalf, kuuntele, vanha ystäväni ja avustajani!' hän sanoi ja tuli lähelleni puhuen nyt pehmeämmällä äänellä. 'Sanon me, sillä me voimme saada vallan, jos sinä liittoudut minun kanssani. Uusi Mahti nousee. Sitä vastaan eivät auta vanhat liittolaiset eivätkä vanhat keinot. Haltioihin ja kuolevaan Númenoriin ei voi toivoa panna. Tämä siis on sinun tilaisuutesi, meidän tilaisuutemme. Me voimme yhtyä tuohon Mahtiin. Se saattaisi olla viisasta, Gandalf. Se antaisi toivoa. Tuon mahdin voitonpäivä lähestyy, ja ne, jotka sitä auttavat, palkitaan runsaasti. Ja Mahdin voimistuessa sen uskolliset ystävät voimistuvat myös, ja Viisaat, sellaiset kuin sinä ja minä, saattavat kärsivällisesti toimien päästä viimein ohjailemaan sen kulkua ja säätelemään sitä. Me voimme odottaa aikaamme, pitää ajatuksemme salassa, ehkä surren sattuvia vääryyksiä, mutta hyväksyen korkean ja lopullisen päämäärän, joka on tietämys, hallitusvalta ja järjestys; kaikki se minkä saavuttamiseksi olemme turhaan niin kauan ponnistelleet, kun heikot tai saamattomat ystävämme ovat pikemminkin estäneet kuin auttaneet meitä. Suunnitelmissamme ei tarvitse tapahtua mitään todellista muutosta, eikä niissä mitään muutosta tapahdukaan, vain menetelmissämme.'

'Saruman', minä sanoin, 'olen kuullut tämän kaltaisia puheita ennenkin, mutta vain Mordorin lähettiläiden suusta, ja heidän tarkoituksensa on pettää tietämättömiä. En voi uskoa. että olet kutsuttanut minut tänne asti näin tympeitä puheita kuuntelemaan.'

Hän katsoi minuun alta kulmain ja oli hetken vaiti ja mietti. 'Näen että tämä viisas ehdotus ei miellytä sinua', hän sanoi. 'Ei vielä? Ei, jos parempikin keino voidaan keksiä?'

Hän tuli ja pani pitkän, kapean kätensä kädelleni. 'Ja miksi ei, Gandalf', hän kuiskasi. 'Miksi ei? Valtasormus! Jos se olisi hallinnassamme, valta siirtyisikin meille. Tämä on todellinen syy, miksi kutsuin sinut tänne. Sillä minulla on palveluksessani monta silmäparia, ja uskon että sinä tiedät, missä tämä kallis esine on tällä hetkellä. Etkö tiedäkin? Vai miksi Yhdeksän kyselee Kontua, ja mitä sinä siellä teet?' Hänen näin sanoessaan hänen silmiinsä syttyi äkkiä himo, jota hän ei pystynyt salaamaan.

'Saruman', minä sanoin ja vetäydyin pois hänestä, 'vain yksi käsi kerrallaan voi hallita Sormusten sormusta, ja sen sinä tiedät hyvin, niin että älä vaivaudu sanomaan *me!* Mutta minä en antaisi sitä sinulle, en antaisi, en edes tietoja siitä, nyt kun tunnen aivoituksesi. Sinä olit Neuvoston päämies, mutta nyt olet viimein paljastanut itsesi. Vaihtoehdot tuntuvat olevan alistua joko sinun tai Sauronin valtaan. Kumpaakaan en tee. Onko sinulla muita tarjouksia?'

Hän oli nyt kylmä ja vaarallinen. 'On', hän sanoi. 'En odottanutkaan sinun käyttäytyvän viisaasti, edes oman etusi tähden, mutta annoin sinulle tilaisuuden auttaa minua vapaasta tahdostasi ja säästyä siten paljolta vaivalta ja huolelta. Kolmas vaihtoehto on pysyä täällä, loppuun saakka.'

'Mihin loppuun saakka?'

'Siihen saakka kunnes paljastat minulle, mistä saatan löytää Sormusten sormuksen. Minulla voi olla keinoja sinun pakottamiseksesi. Tai siihen saakka, kunnes se sinusta huolimatta löytyy, ja Hallitsijalla on aikaa pienempiin asioihin: kuten esimerkiksi palkan keksimiseen Gandalf Harmaalle tämän vastustelusta ja julkeudesta.'

'Se ei ehkä osoittaudu kovin pieneksi asiaksi', minä sanoin. Hän nauroi minulle, sillä sanani olivat tyhjät ja hän tiesi sen.

Minut vietiin yksin Orthancin huipulle, paikkaan, jossa Sarumanilla oli tapana katsella tähtiä. Sieltä ei ole muuta alaspääsyä kuin kapeat monen tuhannen askelman portaat, ja alhaalla levittäytyvä laakso näyttää olevan hyvin etäällä. Katsoin sitä ja näin, että tuo ennen niin kaunis ja vihreä laakso oli täynnä kaivoksia ja pajoja. Rautapihassa asui susia ja örkkejä, sillä Saruman kokosi suurta sotajoukkoa omaan laskuunsa, hän kilpaili Sauronin kanssa eikä ollut vielä hänen palveluksessaan. Kaikkien hänen pajojensa yllä leijui musta savu, joka kietoutui Orthancin seinien ympärille. Seisoin yksin saarella pilvien keskellä; olin vailla paon mahdollisuutta, ja päiväni olivat katkerat. Kylmyys kävi lävitseni ja minulla oli vain pieni ala, jolla kävelin edestakaisin miettien synkästi mielessäni Mustien ratsastajien tuloa pohjoiseen.

Olin vakuuttunut siitä, että Yhdeksän oli tosiaan palannut riippumatta Sarumanin sanoista, jotka saattoivat olla valhetta. Kauan ennen saapumistani Rautapihaan olin ohimennen kuullut uutisia, joista ei käynyt erehtyminen. Pelko kontulaisten ystävieni puolesta oli alati mielessäni; mutta minulla oli vielä toivoa. Toivoin, että Frodo oli lähtenyt liikkeelle heti, niin kuin kirjeeni oli kehottanut, ja että hän oli päässyt Rivendelliin ennen kuin takaa-ajo elämästä ja kuolemasta alkaisi. Mutta sekä pelkoni että toivoni osoittautuivat perusteettomiksi. Sillä toivoni nojautui erääseen paksuun mieheen Briissä, ja pelkoni taas Sauronin oveluuteen. Mutta paksuilla olutta myyvillä miehillä on monta vaativaa asiakasta, ja Sauronin mahti on toistaiseksi vähäisempi kuin miksi pelko sen kuvittelee. Mutta Rautapihan kehässä, yksin ja vankina, ei ollut helppo uskoa että metsästäjät, joita kaikki pakenivat henkensä kaupalla, epäröisivät kaukana Konnussa.»

»Minä näin sinut!» Frodo huudahti. »Kävelit edestakaisin ja tukkasi hohti kuutamossa.»

Gandalf piti tauon ja katsoi häneen hämmästyneenä. »Se oli vain uni», sanoi Frodo, »mutta se palautui äkkiä mieleeni. Olin ihan unohtanut sen. Näin sen aikoja sitten, muistaakseni sen jälkeen kun olin lähtenyt Konnusta.»

»Silloin uni tuli kovin myöhään», Gandalf sanoi, »kuten saat huomata. Olin pahassa pulassa. Ja ne, jotka minut tuntevat, tietävät että olen harvoin ollut niin pahassa pulassa ja että minun on vaikea sellaista sietää. Gandalf Harmaa oli tarttunut kuin kärpänen hämähäkin petolliseen verkkoon! Mutta taitavinkin hämähäkki voi jättää jonkun langan heikoksi.

Aluksi pelkäsin, kuten Saruman epäilemättä toivoi, että myös Radagast oli langennut. En kuitenkaan ollut kohdatessamme huomannut hänen äänessään tai silmissään mitään vilpin merkkiä. Jos olisin huomannut, en olisi milloinkaan mennyt Rautapihaan tai olisin mennyt sinne paljon varovaisemmin. Sen arvasi Saruman ja salasi ajatuksensa ja petti viestinviejää. Ja joka tapauksessa olisi ollut turha vaiva yrittää käännyttää rehellistä Radagastia petokseen. Hän etsi minua hyvässä uskossa, ja niinpä minä uskoin häntä.

Ja juuri siksi Sarumanin juoni epäonnistui. Sillä Radagastilla ei ollut mitään syytä jättää tekemättä mitä minä pyysin, ja hän ratsasti kohti Synkmetsää, missä hänellä oli paljon vanhoja ystäviä. Ja Vuorten kotkat lensivät kauas ja laajalle, ja ne näkivät paljon: susien kerääntymisen ja örkkien kokoontumisen, ja Yhdeksän ratsastajan retket pitkin ja poikin maita, ja ne saivat tiedon Klonkun paosta. Ja ne lähettivät viestintuojan kertomaan tämän kaiken minulle.

Niin tapahtui että kun kesä hupeni, tuli Gwaihir Tuulenruhtinas, nopein Suurista kotkista, eräänä kuutamoisena yönä odottamatta Orthanciin ja tapasi minut seisomasta tornissa. Silloin minä puhuin sille ja se kantoi minut pois, ennen kuin Saruman ehti huomata. Olin kaukana Rautapihasta ennen kuin portista ryntäsivät sudet ja örkit ja aloittivat takaa-ajon.

'Miten kauas voit minut kantaa?' minä sanoin Gwaihirille.

'Monta peninkulmaa', se vastasi, 'mutta en maailman ääriin. Minut lähetettiin tuomaan viestejä, ei kantamaan taakkoja.'

'Silloin minun on saatava maaratsu', minä sanoin, 'ja voittamattoman nopea, sillä milloinkaan ei minulla ole ollut näin kiire.'

'Siinä tapauksessa vien sinut Edorasiin, missä Rohanin ruhtinas istuu saleissaan', se sanoi; 'sillä se ei ole kovin kaukana.' Ja minä olin iloinen, sillä Rohanin Riddermarkissa asuvat *rohirrim*, ratsuruhtinaat, eikä maailmasta löydy vertaa niille ratsuille, jotka kasvatetaan tuossa suuressa laaksossa Sumuvuorten ja Valkoisten vuorten välillä.

'Luuletko että Rohanin ihmisiin voi vielä luottaa?' minä sanoin Gwaihirille, sillä Sarumanin petos oli vavisuttanut uskoani.

'He maksavat hevosveroa', se vastasi, 'ja lähettävät paljon hevosia vuosittain Mordoriin, tai niin väitetään, mutta he eivät vielä ole ikeen alla. Mutta jos Saruman on mennyt pahan puolelle, niin kuin sanot, heidän perikatonsa ei voi kauan viipyä.'

Se laski minut Rohanin maahan ennen aamunkoittoa; ja nyt olen venyttänyt tarinaani liiaksi. Loppu kerrottakoon lyhyemmin. Rohanissa sain nähdä, miten paha oli jo työssään, nimittäin Sarumanin valheet; eikä maan kuningas suostunut kuulemaan varoituksiani. Hän käski minun ottaa ratsun ja poistua, ja minä valitsin hevosen, ja valintani oli minulle mieluinen mutta ei hänelle. Otin hänen maansa parhaan ratsun enkä ole milloinkaan tavannut sen veroista.»

»Silloin sen täytyi olla todella jalo eläin», sanoi Aragorn; »ja enemmän kuin monet kenties pahemmalta kuulostavat tiedot minua surettaa se, että Sauron

kantaa hevosia veroksi. Niin ei ollut laita, kun viimeksi kävin tuossa maassa.»
»Eikä ole nytkään, vannon sen», Boromir sanoi. »Se on valhe ja Vihollisesta
lähtöisin. Minä tunnen Rohanin ihmiset, uskolliset ja urheat, he ovat liittolai-
siamme ja asuvat yhä niillä mailla, jotka me heille annoimme aikoja sitten.»
»Mordorin varjo lepää kaukaisten maiden yllä», vastasi Aragorn. »Saruman
on jäänyt sen varjon alle. Rohan on saarroksissa. Kuka tietää mitä sieltä tapaat
palatessasi, jos koskaan palaat?»
»En ainakaan sitä, että he lunastaisivat henkensä hevosillaan», Boromir sanoi.
»He rakastavat hevosiaan melkein kuin omaisiaan. Eivätkä syyttä, sillä Ridder-
markin hevoset tulevat pohjoisen kentiltä, jotka ovat kaukana Varjosta, ja niiden
sukujuuret, kuten isäntiensäkin, ovat vanhan ajan vapaissa päivissä.»
»Se on totta!» Gandalf sanoi. »Ja niiden joukossa on ratsu, joka olisi voinut
syntyä maailman aamuna. Yhdeksän hevoset eivät pysty sen kanssa kilpasille; se
on väsymätön, nopea kuin tuulenpuhuri. Hallavaharjaksi he sitä kutsuivat. Päi-
vällä sen karva kiiltelee kuin hopea; ja yöllä se on kuin hallava varjo eikä sitä voi
nähdä. Kepeä on sen kavioiden astunta! Milloinkaan ei ollut ihminen ratsastanut
sillä, mutta minä otin ja kesytin sen, ja niin nopeasti se minua kantoi, että olin
Konnussa samaan aikaan kuin Frodo oli Hautakeroilla, vaikka lähdin Rohanista
vasta silloin kun hän lähti Hobittilasta.
    Mutta matkalla pelkoni kasvoi. Pohjoisemmaksi tullessani kuulin yhä uuti-
sia Ratsastajista ja vaikka saavutin niitä päivä päivältä, olivat ne aina edelläni.
Sain kuulla, että ne olivat jakaneet voimansa: osa pysytteli itärajoilla Vihertien
lähettyvillä, ja osa tunkeutui Kontuun etelästä. Saavuin Hobittilaan, ja Frodo oli
lähtenyt, mutta puhuin vanhan Gamgin kanssa. Paljonkin, mutta vähän asiaa.
Hän puhui etupäässä Repunpään uusien asukkaiden puutteista.
    'Minä en voi sietää muutoksia', hän sanoi, 'en ikinä ole sietänyt, enkä var-
sinkaan kun ne ovat pahimpaan päin.' 'Muutoksia pahimpaan päin', tätä hän
toisteli.
    'Pahin on hirveä sana', minä sanoin, 'ja toivon, ettei sinun tarvitse sitä eläis-
säsi nähdä.' Mutta hänen puheistaan sain viimein selville, että Frodo oli lähtenyt
Hobittilasta vajaata viikkoa aikaisemmin ja että Kukkulalle oli tullut musta rat-
sumies samana iltana. Sitten jatkoin matkaani pelon vallassa. Saavuin Bukin-
maahan, kun se oli hälytystilassa kuin muurahaispesä jota on sohaistu kepillä.
Tulin Krikkolon taloon, sinne oli murtauduttu ja se oli tyhjä, mutta kynnyksellä
lojui kaapu, joka oli kuulunut Frodolle. Silloin minun toivoni hetkeksi petti enkä
jäänyt keräämään tietoja, jotka olisivat ehkä minua lohduttaneet, vaan karautin
Ratsastajien jäljille. Niitä oli vaikea seurata, sillä ne hajaantuivat, enkä tiennyt
mitä tehdä. Mutta minusta näytti, että yksi tai kaksi oli ratsastanut kohti Briitä,
ja siihen suuntaan lähdin minäkin, sillä minulla oli sananen sanottavana maja-
talon isännälle.
    'Häntä kutsutaan Voivalvatiksi', minä ajattelin. 'Ja jos tämä viivytys oli hänen
syytään, minä sulatan hänestä kaiken voin. Kärvennän sen vanhan hölmön hil-
jaisella tulella.' Muuta hän ei odottanutkaan, ja kun hän näki ilmeeni, hän heit-
täytyi maahan ja alkoi sulaa siihen paikkaan.»
    »Mitä sinä teit hänelle?» huusi Frodo hädissään. »Hän oli meille oikein kiltti ja
teki kaiken voitavansa, ihan totta.»
    Gandalf nauroi. »Älä pelkää», hän sanoi. »En purrut enkä paljon haukku-
nutkaan. Niin iloinen olin uutisista, jotka häneltä sain – kun hän viimein oli

lakannut vapisemasta – että otin ja syleilin tuota vanhaa veikkoa. En ymmärtänyt, miten kaikki oli tapahtunut, mutta kuulin, että olitte olleet Briissä edellisenä yönä ja että olitte lähteneet samana aamuna Konkarin kanssa.

'Konkarin!' minä huusin ja kiljuin ilosta.

'Niin, ikävä kyllä', sanoi Voivalvatti, joka käsitti äänenkäyttöni väärin. 'Hän sai hobitit käsiinsä enkä minä voinut sille mitään, ja he lyöttäytyivät hänen seuraansa. He käyttäytyivät kaikki koko sen ajan, jonka täällä olivat, hyvin omituisesti, voisi sanoa huimapäisesti!'

'Aasi! Pöhkö! Kolmasti kunnioitettu ja rakastettu Viljami!' minä sanoin. 'Keskikesän jälkeen en ole saanut parempia uutisia: ne ovat vähintään kultakimpaleen arvoiset. Langetkoon oluesi ylle seitsemäksi vuodeksi lumous, joka tekee siitä verrattoman hyvää!' minä sanoin. 'Nyt voin levätä kokonaisen yön, ensimmäisen ties kuinka pitkään aikaan.'

Niin minä yövyin Briissä ja mietin miten Ratsastajien oli käynyt, sillä vain kahdesta tiedettiin siellä, siltä näytti. Mutta sinä yönä kuultiin lisää. Lännestä tuli vähintään viisi, ja ne kaatoivat portit ja kiisivät Briin läpi kuin ulvova tuuli; ja briiläiset vapisevat vieläkin ja odottavat maailmanloppua. Minä nousin ylös ennen aamunkoittoa ja lähdin niiden perään.

Varma en voi olla, mutta minusta näyttää, että näin tapahtui: Päällikkö pysytteli piilossa Briin eteläpuolella, sillä aikaa kun kaksi ratsasti edellä kylän läpi ja neljä muuta tunkeutui Kontuun. Mutta kun nämä epäonnistuivat Briissä ja Krikkolossa, ne palasivat uutisineen päällikkönsä luo ja jättivät siten Tien hetkeksi vaille muita vartijoita kuin vakoojansa. Päällikkö lähetti silloin osan suoraan itään ja ratsasti itse Tietä myöten raivoisan vihan vallassa.

Minä laukkasin Viimapäälle myrskyn lailla ja saavuin sinne ennen auringon laskua toisena päivänä Briistä lähdön jälkeen – ja ne olivat siellä ennen minua. Ne vetäytyivät, sillä ne tunsivat vimmani lähestymisen eivätkä rohjenneet kohdata sitä niin kauan kuin aurinko oli ylhäällä. Mutta yöllä ne tulivat ja minä jouduin saarroksiin vuoren huipulla, Amon Sûlin vanhassa kehässä. Olin todella ahtaalla: Viimapäällä ei ole varmasti nähty moista tulta ja lieskaa entisaikojen vainovalkeiden jälkeen.

Aamun koittaessa pääsin pakoon ja ratsastin pohjoiseen. Muuta en olisi voinut tehdäkään. Oli mahdotonta löytää sinua, Frodo, erämaasta, ja se olisi ollut hullun yritys, kun kaikki Yhdeksän olivat kannoillani. Niinpä minun oli luotettava Aragorniin. Mutta toivoin, että vetäisin osan niistä pois teidän jäljiltänne ja saavuttaisin silti Rivendellin ennen teitä ja voisin lähettää apua. Neljä Ratsastajaa seurasikin minua, mutta ne kääntyivät pian takaisin ja lähtivät nähtävästi pyrkimään Kahlaamolle. Siitä oli hiukan apua, sillä niitä oli vain viisi yhdeksän sijasta, kun ne hyökkäsivät leiriinne.

Saavuin tänne lopulta pitkän ja hankalan matkan kuljettuani: ylös Maitokymivartta ja Jättijänkien poikki, niin että tulin Rivendelliin pohjoisesta. Matkaan meni melkein viisitoista päivää Viimapäältä, sillä peikkotunturien kivikoissa en voinut ratsastaa, ja minä ja Hallavaharja erosimme. Lähetin sen takaisin isäntänsä luo, mutta välillemme oli kehittynyt luja ystävyys, ja jos minä tarvitsen sitä, se tulee kun kutsun. Mutta niin kävi, että tulin Rivendelliin vain kolme päivää ennen Sormusta ja tieto sitä uhkaavasta vaarasta oli jo ehtinyt tänne – mikä osoittautui todella tärkeäksi.

Ja tämä, Frodo, on kertomukseni loppu. Suokoot Elrond ja muut anteeksi sen pituuden. Mutta ei ole ennen sattunut, että Gandalf rikkoisi sopimuksen ja jäisi saapumatta kun on luvannut. Sormuksen viejällä oli oikeus saada tällaisesta oudosta tapauksesta selonteko.

Tarina on nyt kerrottu alusta loppuun. Tässä olemme me kaikki, ja tässä on Sormus. Mutta emme ole vielä päässeet hiukkaakaan lähemmäksi päämääräämme. Mitä me teemme sille?»

Kuistilla vallitsi hiljaisuus. Viimein Elrond puhui taas.

»Uutiset Sarumanista ovat murheelliset», hän sanoi, »sillä me luotimme häneen ja hän tuntee tarkkaan tuumamme. On vaarallista perehtyä liian syvällisesti Vihollisen saloihin, olipa tarkoitus hyvä taikka paha. Mutta tällaisia lankeemuksia ja petoksia on sattunut ennenkin. Tarinoista, jotka tänään kuulimme, on Frodon kertoma minusta merkillisin. Olen tuntenut harvoja hobitteja Bilbon lisäksi, ja minusta näyttää, että hän ei ole aivan niin erikoinen ja ainutlaatuinen kuin olen luullut. Maailma on muuttunut paljon siitä, kuin viimeksi kuljin lännen teillä.

Haudanhaamuille me tiedämme monta nimeä, ja Vanhasta metsästä kerrotaan monen monta tarua: se mitä siitä nyt on jäljellä on vain vanhan pohjoisrajan uloke. Oli aika, jolloin orava saattoi kulkea puusta puuhun nykyisestä Konnusta Mustainmaahan, Rautapihan länsipuolelle. Noissa maissa minä matkasin kerran ja näin monenlaista hurjaa ja outoa. Mutta Bombadilin olin unohtanut – jos tosiaan tämä on se sama, joka vaelsi metsissä ja kummuilla kauan sitten ja oli jo silloin vanhoja vanhempi. Se ei ollut silloin hänen nimensä. Iarwain Ben-adariksi me häntä kutsuimme, vanhimmaksi ja isättömäksi. Mutta muut ovat sen jälkeen antaneet hänelle monia nimiä. Kääpiöt kutsuvat häntä Forniksi, Pohjoisen ihmiset Oraldiksi, ja muitakin nimiä hänellä on. Hän on merkillinen olento, mutta ehkä minun olisi pitänyt kutsua hänet Neuvonpitoomme.»

»Hän ei olisi tullut», Gandalf sanoi.

»Emmekö vielä voisi lähettää hänelle viestiä ja pyytää hänen apuaan?» kysyi Erestor. »Näyttää siltä, että hänellä on valtaa jopa Sormukseenkin.»

»Ei, noin en sanoisi», vastasi Gandalf. »Sanotaan paremminkin, että Sormuksella ei ole valtaa häneen. Hän on oma herransa. Mutta Sormusta itseään hän ei pysty muuttamaan, ei murtamaan sen voimaa muihin nähden. Ja nyt hän on vetäytynyt pieneen maahan, itse asettamiensa rajojen sisäpuolelle, vaikka noita rajoja ei kukaan näe; kenties hän odottaa aikojen muuttuvan – eikä hän astu noiden rajojen yli.»

»Mutta omien rajojensa sisällä ei hän tunnu pelästyvän mistään», sanoi Erestor. »Eikö hän ottaisi Sormusta pitääkseen sitä ikuisesti siellä, missä se olisi vaaraton?»

»Ei», Gandalf sanoi, »ei mielellään. Hän ehkä tekisi sen, jos kaikki maailman Mordorin vallasta vapaat kansat sitä häneltä pyytäisivät, mutta hän ei ymmärtäisi miksi. Ja jos Sormus annettaisiin hänelle, hän pian unohtaisi sen, tai todennäköisimmin heittäisi sen menemään. Moiset seikat eivät pysy hänen mielessään. Hän olisi kovin epävarma vartija, ja siinä on jo vastausta kylliksi.»

»Mutta joka tapauksessa», sanoi Glorfindel, »jos lähettäisimme Sormuksen hänelle, me ainoastaan lykkäisimme pahaa päivää. Hän on kaukana. Me emme pystyisi tällä hetkellä viemään sitä hänelle niin ettei joku vakooja arvaisi tai huomaisi. Ja vaikka voisimmekin, saisi Sormusten herra ennemmin tai myöhemmin selville sen kätköpaikan ja suuntaisi kaiken voimansa sitä kohden. Pystyisikö Bombadil yksinänsä sitä uhmaamaan? En usko. Jos kaikki muut voitetaan, kaatuu lopuksi Bombadil, Viimeisenä Ensimmäinen, ja sitten alkaa Yö.»

»Iarwainista en tiedä paljon muuta kuin nimen», Galdor sanoi, »mutta uskon että Glorfindel on oikeassa. Iarwainissa ei ole voimaa Vihollista uhmaamaan, ellei itse maassa asu sellainen voima. Ja kuitenkin me näemme, että Sauron pystyy kiduttamaan ja tuhoamaan vuoriakin. Se voima, mitä vielä on, on täällä meidän keskuudessamme, täällä Imladrisissa tai Círdanin luona Satamissa tai Lórienissa. Mutta ovatko heidän voimansa kyllin vahvat, onko meillä täällä tarpeeksi voimia vastustamaan Vihollista, estämään Sauronin tulemista sitten lopussa, kun kaikki muut on kukistettu?»

»Minun voimani eivät riitä», Elrond sanoi, »eivätkä heidänkään.»

»Jos siis Sormusta ei voida pitää ikuisesti poissa hänen ulottuviltaan väkivoimin», Glorfindel sanoi, »jää meille kaksi mahdollisuutta, joita voimme yrittää: lähettää Sormus Meren yli taikka tuhota se.»

»Mutta Gandalf on paljastanut meille, että mikään keino, mikä on meidän hallussamme täällä, ei voi sitä tuhota», sanoi Elrond. »Ja ne, jotka asuvat Meren takana, eivät ota sitä vastaan: hyvässä ja pahassa se kuuluu Keski-Maahan; meidän asiamme on pitää siitä huoli, meidän jotka täällä vielä asumme.»

»Heittäkäämme se silloin Meren syvyyksiin», Glorfindel sanoi, »ja tehkäämme Sarumanin valheista totta. Sillä nyt on selvää, että jo Neuvostossa hän kulki valheen polkuja. Hän tiesi, että Sormus ei ollut kadonnut ikiajoiksi, mutta hän toivoi meidän niin luulevan, sillä hän alkoi himoita sitä itselleen. Silti valheessa on usein totuuden siemen: Meressä se olisi turvassa.»

»Ei ikuisesti», Gandalf sanoi. »Syvissä vesissä asuu monia olioita; ja maat ja vedet saattavat muuttaa muotoaan. Ja meidän tehtävämme täällä ei ole katsoa vain hetken etua tai muutaman ihmisiän tai ohikiitävän maailmanajan etua. Meidän tulisi pyrkiä tämän uhan lopulliseen kumoamiseen, vaikka toivo olisikin olematon.»

»Ja siihen eivät johda Merelle vievät tiet», Galdor sanoi. »Jos paluuta Iarwainin luo pidetään liian vaarallisena, on pako Merelle tällä hetkellä vielä vaarallisempi. Sydämeni sanoo, että Sauron olettaa meidän lähtevän länteen, kun hän saa kuulla, mitä on tapahtunut. Pian hän sen kuuleekin. Yhdeksältä on tosin hevoset riistetty, mutta kestää vain hetken, kun ne löytävät entistä nopeammat ratsut. Vain Gondorin jo heikkenevä mahti estää häntä enää marssimasta kaikessa voimassaan rannikkoa pitkin pohjoiseen; ja jos hän tulee ja hyökkää Valkoisten tornien ja Satamien kimppuun, eivät haltiat voi kenties enää sen jälkeen välttää Keski-Maan piteneviä varjoja.»

»Vielä kauan tuota marssia viivytetään», sanoi Boromir. »Sanotte että Gondor heikkenee. Mutta Gondor pysyy pystyssä, ja vielä viimeisissä voimissaankin se on hyvin vahva.»

»Ja kuitenkaan ei sen valppaus voi enää torjua Yhdeksää», sanoi Galdor. »Ja Yhdeksän voi löytää muita teitä, joita Gondor ei vartioi.»

»Silloin», sanoi Erestor, »on meillä kaksi keinoa, kuten Glorfindel on jo sanonut: kätkeä Sormus ikiajoiksi, tai hävittää se. Mutta kumpainenkaan ei ole meidän vallassamme. Kuka ratkaisee meille tämän arvoituksen?»

»Kukaan täällä ei voi sitä tehdä», sanoi Elrond vakavasti. »Ainakaan ei kukaan voi ennustaa miten käy, jos valitsemme tämän tien eli tuon. Mutta minulle on nyt selvää, mille tielle me lähdemme. Läntinen tie näyttää helpoimmalta. Sen vuoksi on sitä kartettava. Sitä tarkkaillaan. Liian usein ovat haltiat paenneet siihen suuntaan. Nyt tämän viimeisen kerran on meidän valittava vaikea tie, ennalta arvaamaton tie. Siinä on toivomme, jos toivoa on. Kulkea kohti tuhoa – Mordoriin. Meidän on lähetettävä Sormus Tuleen.»

Kaikki hiljenivät jälleen. Jopa tuossa kauniissa talossa, katsellessaan auringon valaisemaa laaksoa, jossa kirkkaat vedet kohisivat, Frodo tunsi kylmää autiutta sydämessään. Boromir liikahti ja Frodo katsoi häneen. Hän sormeili suurta torveaan ja rypisti otsaansa. Viimein hän puhui.

»Minä en ymmärrä tätä», hän sanoi. »Saruman on petturi, mutta eikö viisaus pilkahtanut hänen sanoissaan? Miksi koko ajan puhutte kätkemisestä ja tuhoamisesta? Miksi emme ajattelisi, että Suursormus on joutunut käsiimme, jotta se palvelisi meitä tällä suuren hädän hetkellä? Käyttämällä sitä vapaiden kansojen vapaat ruhtinaat varmasti tuhoaisivat Vihollisen. Minun uskoni mukaan hän pelkää eniten juuri sitä.

Gondorin miehet ovat uljaita eivätkä he milloinkaan alistu; mutta nyt heidät kenties lyödään. Uljuus vaatii paitsi voimia myös aseen. Olkoon Sormus aseenne, jos siinä tosiaan on sellainen mahti kuin te sanotte. Ottakaa se ja kulkekaa voittoon!»

»Ei», sanoi Elrond. »Me emme valitettavasti voi käyttää Valtasormusta. Sen me tiedämme liiankin hyvin. Se kuuluu Sauronille, hän yksin on sen tehnyt ja se on läpeensä paha. Se on liian voimallinen kenen tahansa käytettäväksi, Boromir, paitsi niiden, joilla on jo omasta takaa suuri mahti. Mutta heille se on vieläkin vaarallisempi. Sen himoitseminen turmelee sydämen. Ajattele Sarumania. Jos joku Viisaista kukistaisi Sormuksen avulla Mordorin ruhtinaan, käyttäen tämän omia taitoja, hän asettaisi itsensä Sauronin valtaistuimelle ja niin ilmaantuisi uusi Musta ruhtinas. Ja se on toinen syy, miksi Sormus pitäisi tuhota: niin kauan kuin se on maailmassa, se on vaaraksi jopa Viisaille. Sillä mikään ei ole alkuaan paha. Ei edes Sauron. Minä pelkään ottaa Sormusta kätkettäväkseni. Minä kieltäydyn ottamasta sitä käytettäväkseni.»

»Samoin minä», Gandalf sanoi.

Boromir katsoi heitä epäillen, mutta kumarsi sitten. »Olkoon niin», hän sanoi. »Me luotamme siis Gondorissa niihin aseisiin, mitä meillä on. Ja ainakin niin kauan kuin Viisaat vartioivat tätä Sormusta, me jatkamme taistelua. Kukaties Murtunut miekka voi vielä tehdä tenän – jos ei sen kahvaa pitelevä käsi ole perinyt vain sukukalleutta vaan myös ihmisten kuninkaitten jäntevyyden.»

»Kuka tietää?» Aragorn sanoi. »Jonakin päivänä se pannaan koetukselle.»

»Älköön se päivä viipykö kauan», sanoi Boromir. »Sillä vaikka en pyydä apua, sitä tarvitaan. Meitä rauhoittaisi tieto, että myös muut taistelevat kaikin keinoin mitä heillä on.»

»Ole rauhassa», Elrond sanoi. »Sillä muita voimia on ja valtakuntia, joista te ette tiedä ja jotka ovat teiltä salatut. Suuri Anduin virtaa monien rantojen ohi, ennen kuin se saapuu Argonathiin ja Gondorin porteille.»

»Kuitenkin olisi ehkä kaikille hyödyksi», sanoi kääpiö Glóin, »jos kaikki nämä voimat yhtyisivät ja kunkin mahtia käytettäisiin liitossa. On ehkä olemassa muita sormuksia, vähemmän petollisia, joita voisimme käyttää hädässämme. Seitsemän on meiltä kadonnut – mikäli Balin ei ole löytänyt Thrórin sormusta, joka oli viimeinen; siitä ei ole kuultu mitään sen jälkeen kun Thrór tapasi kohtalonsa Moriassa. Voin itse asiassa paljastaa, että Balin lähti osittain juuri löytääkseen tuon sormuksen.»

»Balin ei löydä Moriasta sormusta», Gandalf sanoi. »Thrór antoi sen pojallensa Thráinille, mutta Thráin ei antanut sitä Thorinille. Se vietiin kiduttamalla Thráinilta Dol Guldurin vankityrmissä. Minä saavuin liian myöhään.»

»Oi voi!» huudahti Glóin. »Milloin koittaa kostomme hetki? Mutta Kolme on vielä jäljellä. Miten on haltioiden Kolmen sormuksen laita? Hyvin mahtaviksi niitä on sanottu. Eikö haltiaylimyksillä ole hallussaan niitä? Ja kuitenkin Musta ruhtinas teki myös ne kauan sitten. Makaavatko ne käyttämättöminä? Näen että täällä on haltiaylimyksiä. Eivätkö he tahdo puhua?»

Haltiat eivät vastanneet. »Etkö kuullut mitä sanoin, Glóin?» sanoi Elrond. »Niitä Kolmea ei tehnyt Sauron eikä hän milloinkaan ole edes koskenut niihin. Mutta niistä ei ole lupa puhua. Vain tämän voin sanoa tällä epäilyksen hetkellä: ne eivät makaa käyttämättöminä. Mutta niitä ei ole tehty sodan tahi valloituksen aseiksi: siinä ei ole niiden voima. Ne jotka tekivät nuo sormukset, eivät halanneet väkivoimaa, eivät ylivaltaa eivätkä rikkauksia, vaan ymmärtämystä, luovuutta ja parantamista säilyttääkseen kaiken tahrattomana. Keski-Maan haltiat ovat paljon tästä kaikesta saavuttaneet, vaikka samalla myös surua. Mutta kaikki se, minkä Kolmen sormuksen käyttäjät ovat tehneet, kääntyy heidän tuhokseen ja heidän mielensä ja sisimpänsä paljastuvat Sauronille, jos hän saa taas Sormusten sormuksen haltuunsa. Olisi parempi jos Kolmea ei olisi koskaan ollutkaan. Tämä on hänen tarkoituksensa.»

»Mutta mitä sitten tapahtuisi, jos Valtasormus tuhottaisiin neuvonne mukaisesti?» kysyi Glóin.

»Me emme tiedä varmasti», vastasi Elrond surullisena. »Jotkut toivovat, että Kolme sormusta, joihin Sauron ei ole kajonnut, vapautuisivat silloin ja niiden haltijat voisivat parantaa ne vahingot, jotka hän on maailmalle tuottanut. Mutta kenties Sormusten sormuksen mentyä Kolme menettävät voimansa ja paljon kaunista haipuu ja unhottuu. Niin uskon minä.»

»Kuitenkin kaikki haltiat ovat valmiit kestämään tämän mahdollisuuden», Glorfindel sanoi, »jos sen kautta Sauronin mahti voidaan murtaa ja hänen ylivaltansa pelko poistuu ikuisiksi ajoiksi.»

»Näin palaamme taas Sormuksen tuhoamiseen», Erestor sanoi, »emmekä kuitenkaan pääse sen pitemmälle. Mitä mahdollisuuksia meillä on löytää Tuli, jossa se tehtiin? Se on epätoivon tie. Hullu tie, sanoisin, jollei Elrondin ikiaikainen viisaus minua pidättelisi.»

»Epätoivo, hulluus?» Gandalf sanoi. »Ei, epätoivon tie se ei ole, sillä epätoivo on niitä varten, jotka uskovat että loppu tulee varmasti. Me emme usko. On viisasta tunnustaa se, mikä on väistämätöntä, kun kaikki muut keinot on punnittu, vaikka se saattaakin näyttää hulluudelta niistä, jotka takertuvat turhaan toivoon. Olkoon siis hulluus vaatteemme, verho Vihollisen silmäin edessä! Sillä hän on hyvin viekas ja punnitsee kaiken tarkkaan pahuutensa vaa'assa. Mutta hän tuntee vain yhden punnuksen, himon, vallanhimon; ja sillä hän mittaa kaikki sydämet. Hänen sydämeensä ei astu ajatus, että kukaan kieltäytyisi Sormuksesta, että saatuamme sen me tahtoisimme sen hävittää. Jos pyrimme siihen, saatamme hänet ymmälleen.»

»Ainakin vähäksi aikaa», sanoi Elrond. »Tie on kuljettava, mutta se on raskas taival. Ei viisaus eikä voima vie meitä pitkälle tuolla tiellä. Heikot voivat yrittää tätä tehtävää yhtäläisin toivein kuin voimakkaat. Sellaisia kuitenkin usein ovat ne teot, jotka kääntävät maailman pyöriä: pienet kädet niitä tekevät, koska ne on tehtävä, kun suurten silmät ovat toisaalla.»

»Hyvä on, hyvä on, kunnianarvoisa Elrond!» sanoi Bilbo äkkiä. »Älkää sanoko enempää. Kyllä minä ymmärrän mihin pyritte. Bilbo, se tyhmä hobitti aloitti tämän jutun ja Bilbo saa luvan tehdä siitä lopun, siitä tai itsestään. Minulla oli täällä hyvin mukava olla ja kirjani edistyi. Mikäli teitä kiinnostaa, voin kertoa, että kirjoitan siihen paraillaan loppua. Ajattelin sanoa: *ja hän eli onnellisena päiviensä päähän*. Hyvä loppu, eikä se siitä huonone, että sitä on käytetty ennenkin. Nyt minun pitää muuttaa se: se ei näytä toteutuvan; ja joka tapauksessa minun täytyy nähtävästi lisätä useita lukuja, jos jään henkiin kirjoittaakseni ne. Mikä riesa. Milloin minun pitää lähteä?»

Boromir katsoi hämmästyneenä Bilboa, mutta nauru kuoli hänen huulilleen, kun hän näki että muut silmäilivät vanhaa hobittia vakavan kunnioittavasti. Vain Glóin hymyili, mutta hänen hymynsä syynä olivat vanhat muistot.

»Tietenkin, Bilbo rakas», sanoi Gandalf. »Jos olisit todella aloittanut tämän jutun, voisimme odottaa sinun myös saattavan sen päätökseen. Mutta sinä tiedät nyt, että *aloittaminen* on kenelle tahansa liian suuri kunnia ja että suurissa teoissa ei kellään sankarilla ole ollut kuin pieni osuus. Sinun ei tarvitse kumartaa! Sillä tarkoitin mitä sanoin, emmekä me epäile, ettetkö sinä pilan varjolla tehnyt uljasta tarjousta. Mutta tarjous ylittää voimasi, Bilbo. Et voi enää ottaa tätä esinettä takaisin. Se on siirtynyt eteenpäin. Jos vielä kaipaat neuvojani, sanoisin että sinun osuutesi on lopussa paitsi muistiinmerkitsijänä. Päätä kirjasi ja jätä loppu muuttamatta! Vielä voi toivoa, että niin käy. Mutta valmistaudu kirjoittamaan jatkoa, kun he palaavat.»

Bilbo nauroi. »En koskaan ennen ole saanut sinulta mieluisia neuvoja», hän sanoi. »Kun kaikki epämieluisat neuvosi ovat olleet hyviä, niin onkohan tämä sitten huono. Vaikka niin kai se on, ettei minulla enää ole tarpeeksi voimia eikä vanhaa onneani jäljellä, että voisin ottaa Sormuksen hoitaakseni. Se on kasvanut, mutta minä en. Mutta kerro minulle: *keistä* heistä sinä puhut?»

»Niistä jotka lähetämme Sormusta viemään.»

»Aivan niin! Ja keitä he ovat? Sehän juuri tässä neuvonpidossa on päätettävä, eikä siinä muuta päätettävää olekaan. Haltiat voivat elää pelkästä puheesta, ja kääpiöt kestävät suurtakin uupumusta, mutta minä olen vain vanha hobitti ja kaipaan puolistani. Mitä jos keksittäisiin nyt niitä nimiä? Tai lykätään asiaa aterian jälkeen?»

Kukaan ei vastannut. Keskipäivän kello soi. Vieläkään ei kukaan puhunut. Frodo tarkasteli kaikkien kasvoja, mutta ne eivät olleet kääntyneet häntä kohti. Kaikki Neuvonpidon osanottajat istuivat silmät luotuina alas kuin syvissä ajatuksissa.

Hänet valtasi kauhu, ikään kuin hän olisi odottanut sellaisen tuomion julistamista, jonka hän oli kauan sitten nähnyt tulevaksi ja turhaan toivonut, ettei sitä koskaan lausuttaisi. Hänen sydämensä täytti kaiken voittava halu levätä ja jäädä rauhaan Rivendelliin Bilbon luo. Viimein hän ponnistautui puhumaan ja ihmetteli kuullessaan omat sanansa, aivan kuin jokin muu tahto olisi käyttänyt hänen pientä ääntään.

»Minä vien Sormuksen», hän sanoi, »vaikka en tunne tietä.»

Elrond kohotti silmänsä ja katsoi häneen, ja Frodo tunsi miten katseen voima äkkiä lävisti hänen sydämensä. »Jos ymmärrän oikein kaiken kuulemani», hän sanoi, »luulen että tämä tehtävä on annettu sinulle, Frodo, ja jollet sinä löydä tietä, ei sitä löydä kukaan. Tämä on Konnun kansan hetki, jolloin he nousevat hiljaisilta pelloiltaan vapisuttamaan Suurten varustuksia ja aivoituksia. Kuka Viisaista olisi kyennyt sen ennustamaan? Tai jos ovat viisaita, miksi he olettaisivat mitään tietävänsä ennen kuin hetki on lyönyt?

Mutta taakka on raskas. Niin raskas, ettei toinen voi sitä toisen harteille sälyttää. En sälytä sitä sinulle. Mutta jos otat sen vapaasta halustasi, sanon, että valintasi on oikea; ja vaikka vanhan ajan mahtavat Haltiamielet olisivat kokoontuneet yhteen, Hador, Húrin, Túrin ja itse Beren, sinun paikkasi olisi heidän joukossaan.»

»Mutta ettehän te lähetä häntä yksin, ettehän herra?» huusi Sam, joka ei enää pystynyt hillitsemään itseään ja pomppasi esiin nurkasta, jossa hän oli istunut lattialla ääneti.

»En todellakaan!» sanoi Elrond ja kääntyi hänen puoleensa hymyillen. »Sinä ainakin saat lähteä hänen kanssaan. On tuskin mahdollista erottaa sinua hänestä, silloinkaan kun hänet kutsutaan salaiseen neuvonpitoon, mutta sinua ei.»

Sam istuutui punaisena ja mutisten itsekseen. »On me vaan jouduttu aikamoiseen soppaan, Frodo-herra!» hän sanoi päätään pudistaen.

3

SORMUS VAELTAA ETELÄÄN

MYÖHEMMIN SAMANA PÄIVÄNÄ hobitit pitivät oman kokouksen Bilbon huoneessa. Merri ja Pippin närkästyivät kuullessaan, että Sam oli tunkeutunut Neuvonpitoon ja että hänet oli valittu Frodon seuralaiseksi.

»Se ei ole ollenkaan reilua», sanoi Pippin. »Sen sijaan että Elrond olisi heittänyt hänet ulos ja laitattanut kahleisiin, hän meneekin palkitsemaan moisen röyhkeyden!»

»Palkitsemaan?» Frodo sanoi. »Sehän on pahimmanlaatuinen rangaistus. Et ajattele mitä sanot: palkkioksiko sinä kutsut sitä, että on tuomittu tälle toivottomalle matkalle? Vielä eilen uneksin, että olin tehnyt tehtäväni ja että voisin levätä täällä pitkään, ehkä loppuelämäni.»

»Ei se minua ihmetytä», Merri sanoi, »ja olisi mukavaa jos voisit. Mutta me kadehdimmekin Samia emmekä sinua. Jos sinun on mentävä, ja joku meistä jätetään jälkeen, se on rangaistus, vaikka paikka olisi Rivendell. Olemme kulkeneet kanssasi pitkän matkan ja kokeneet kovia. Me tahdomme jatkaa.»

»Sitä minä tarkoitin», sanoi Pippin. »Meidän hobittien täytyy pitää yhtä ja sen me teemme. Saavat kahlita minut, jos haluavat estää minua lähtemästä. Mukana täytyy olla joku, jolla on älyä päässä.»

»Silloin sinua ei ainakaan valita, Peregrin Tuk!» sanoi Gandalf, jonka pää oli ilmestynyt matalalla olevaan ikkunaan. »Mutta te murehditte turhan vuoksi. Mitään ei ole vielä päätetty.»

»Ei mitään päätetty!» huusi Pippin. »Mitä te sitten oikein teitte? Tehän sulkeuduitte sinne tuntikausiksi.»

»Me puhuimme», Bilbo sanoi. »Oli paljon puhuttavaa ja itse kunkin silmät avautuivat. Jopa vanhan Gandalfin. Luulen että Legolasin uutiset Klonkusta olivat hänellekin yllätys, vaikka hän ei näyttänyt sitä.»

»Olet väärässä», Gandalf sanoi. »Et kuunnellut tarkkaan. Olin jo saanut nuo tiedot Gwaihirilta. Mikäli sinua kiinnostaa, ainoastaan sinä ja Frodo todella avasitte silmiä niin kuin sinä sanot, ja ainoa joka ei yllättynyt olin minä.»

»No joka tapauksessa», Bilbo sanoi, »mitään ei päätetty, paitsi että onnettomat Frodo ja Sam valittiin. Pelkäsin koko ajan, että niin voisi käydä, mikäli minut jätettäisiin laskuista. Mutta jos minulta kysytte, Elrond kyllä lähettää matkaan melkoisen saattueen, kunhan tiedustelijat palaavat. Ovatko he jo lähteneet, Gandalf?»

»Ovat», vastasi velho. »Joitakin tiedustelijoita on jo lähetetty. Huomenna lähtee lisää. Elrond panee haltioita asialle, ja he ottavat yhteyttä samoojiin ja ehkä myös Thranduilin väkeen Synkmetsään. Ja Aragorn on mennyt Elrondin poikien kanssa. Meidän täytyy haravoida ympäröivät seudut monen peninkulman etäisyydeltä ennen kuin teemme mitään. Niin että piristy, Frodo! Luultavasti viivyt täällä pitkään.»

»Joojoo», sanoi Sam synkästi. »Täällä me istutaan ja odotetaan että talvi tulee.»

»Sille ei mahda mitään», sanoi Bilbo. »Osittain se on sinun syysi, Frodoseni, kun odotit niin itsepintaisesti minun syntymäpäivääni. En voi olla tuumimatta, että se oli aika kumma tapa juhlia sitä. *Minä* en olisi päästänyt syntymäpäivänäni tiettyjä sukulaisia Repunpäähän. Mutta tässä sitä ollaan: nyt et voi odottaa kevääseen etkä myöskään voi lähteä ennen kuin tiedustelijat palaavat.

> *Kun talven viima käy vihainen*
> *ja yössä paukkuu pakkanen,*
> *kun puut ovat paljaat ja riite joissa,*
> *on vaikea vaeltaa aarnioissa.*

Mutta niin kai sinun ikävä kyllä juuri käy.»

»Niin minäkin luulen», sanoi Gandalf. »Emme voi lähteä ennen kuin tiedämme, mitä Ratsastajat tekevät.»

»Minä luulin, että ne menehtyivät kaikki tulvassa», Merri sanoi.

»Sormusaaveita ei tuhota noin vain», Gandalf sanoi. »Niiden herran ja mestarin voima asuu niissä ja ne seisovat tai kaatuvat hänen mukanaan. Sopii toivoa, että ne kaikki menettivät hevosensa ja valepukunsa ja siten ne siis ovat jonkin aikaa vaarattomampia, mutta meidän täytyy olla varmoja. Sillä välin sinun, Frodo, pitäisi yrittää unohtaa huolesi. En tiedä, voinko tehdä mitään auttaakseni sinua, mutta tämän voin kuiskata korvaasi. Joku sanoi, että seurue tarvitsee älyä. Hän oli oikeassa. Luulen että tulen sinun kanssasi.»

Niin suuresti Frodo ilahtui tästä ilmoituksesta, että Gandalf laskeutui ikkunalaudalta, jolla hän oli istunut, otti hattunsa ja kumarsi. »Sanoin vain: *luulen että tulen*. Älä ole vielä varma mistään. Tässä asiassa Elrondilla on paljon sananvaltaa ja samoin ystävälläsi Konkarilla. Siitä tulikin mieleeni: haluan tavata Elrondin. Pitää mennä.»

»Kuinka kauan minulla sinun mielestäsi on aikaa olla täällä?» kysyi Frodo Bilbolta, kun Gandalf oli mennyt.

»Voi, en minä tiedä. En pysty laskemaan päiviä Rivendellissä», Bilbo sanoi. »Mutta varmaan aika kauan. Voimme jutella kunnolla moneen kertaan. Mitä jos auttaisit minua kirjan teossa ja aloittaisit omasi. Oletko harkinnut loppua?»

»Moniakin, ja kaikki ovat synkeitä ja surullisia», Frodo sanoi.

»Mutta eihän se käy!» sanoi Bilbo. »Kirjassa pitää olla hyvä loppu. Miten tämä kävisi: *ja he kaikki asettuivat aloilleen ja elivät yhdessä elämänsä loppuun asti?*»

»Sopii mainiosti, mikäli niin koskaan käy», Frodo sanoi.

»Niin», sanoi Sam, »ja missä he sitten elävät? Sitä minä usein mietin.»

Hobitit puhuivat vielä jonkin aikaa matkasta, joka oli takana, ja vaaroista, joita oli edessä, mutta Rivendellin maassa oli sellainen ominaisuus, että se pian karkotti heidän mielestään pelon ja huolen. Tulevaisuutta, olipa se sitten hyvä tai paha, ei unohdettu, mutta sillä ei enää ollut voimaa hallita nykyisyyttä. Terveyden tunto ja toivo vahvistui heissä ja he olivat tyytyväisiä kuhunkin hyvään päivään, kun se tuli, ja nauttivat joka ateriasta ja joka sanasta ja joka laulusta.

Niin lipuivat päivät ja jokainen aamu oli kaunis ja kirkas ja jokainen ilta viileä ja kuulas. Mutta syksy kului nopeasti, hitaasti kalpeni kultainen valo vaalean hopeaiseksi ja viivyttelevätkin lehdet putosivat paljaista puista. Pureva tuuli alkoi puhaltaa Sumuvuorilta itään. Syksyinen kuu kasvoi täydeksi yötaivaalla ja karkotti kaikki vähäisemmät tähdet. Mutta alhaalla etelässä loisti punaisena yksi tähti. Yö yöltä, kun kuu taas alkoi kaveta, se hohti yhä kirkkaampana. Frodo näki ikkunastaan, miten se hehkui taivaalla kuin tarkkaava silmä, joka tuijotti heitä laaksoa reunustavien puiden yltä.

Hobitit olivat olleet Elrondin talossa lähes kaksi kuukautta ja marraskuu oli vienyt mukanaan syksyn viime rippeet ja joulukuu oli menossa, kun tiedustelijat alkoivat palata. Jotkut olivat käyneet pohjoisessa Jättijängillä Maitokymin lähteiden tuolla puolen, jotkut olivat menneet länteen, ja Aragornin ja samoojien avulla he olivat tutkineet maaston pitkälle Harmaavirran alajuoksulle aina Tharbadiin asti, missä vanha Pohjantie ylitti joen erään rauniokaupungin luona. Monet olivat matkanneet itään ja etelään, ja jotkut heistä olivat ylittäneet vuoret ja menneet Synkmetsään, kun muut puolestaan olivat kiivenneet solaan, josta Kurjenmiekkajoki saa alkunsa ja laskeutuneet Erämaahan ja vaeltaneet Kurjenmiekkakenttien yli ja saapuneet viimein Radagastin vanhaan kotiin Rhosgobeliin. Radagast ei ollut siellä, ja he olivat palanneet korkean solan kautta, jonka nimi oli Punasarven portti. Elrondin pojat Elladan ja Elrohir palasivat viimeisinä; he olivat tehneet pitkän matkan ja kulkeneet Hopeajuopaa myöten outoon maahan, mutta tehtävästään he eivät puhuneet muille kun Elrondille.

Millään seudulla eivät tunnustelijat olleet tavanneet mitään merkkejä tai tietoja Ratsastajista tai muista Vihollisen palvelijoista. Edes Sumuvuorten kotkilta he eivät olleet saaneet tuoreita tietoja. Klonkkua ei ollut näkynyt eikä kuulunut, mutta villejä susia kerääntyi yhä yhteen ja ne metsästivät taas kaukana Suuren virran yläjuoksulla. Mustista hevosista oli kolme hukkunut heti tulvivaan Kahlaamoon. Alempien koskien kivikoista löydettiin vielä viiden ruumiit sekä riekaleiksi repeytynyt pitkä musta viitta. Muita jälkiä Mustista ratsastajista ei löytynyt eikä niiden läsnäoloa ollut missään tunnettavissa. Näytti siltä, että ne olivat kaikonneet pohjoisesta.

»Meillä on nyt tietoa vähintään kahdeksasta», sanoi Gandalf. »Olisi hätiköityä olla liian varma, mutta luullakseni voimme nyt toivoa, että sormusaaveet ovat joutuneet eroon toisistaan ja että niiden on ollut pakko pyrkiä miten parhaiten taisivat Herransa luo Mordoriin tyhjinä ja vailla muotoa.

Jos niin on, kestää vähän aikaa, ennen kuin ne voivat taas aloittaa jahdin. Vihollisella on toki muitakin palvelijoita, mutta ne joutuvat kulkemaan koko matkan Rivendellin rajoille saakka ennen kuin löytävät meidän jälkemme. Ja jos me olemme varovaisia, ne eivät ole helposti löydettävissä. Mutta enää me emme saa viivytellä.»

Elrond kutsui hobitit luokseen. Hän katsoi vakavasti Frodoon. »Aika on tullut», hän sanoi. »Jos Sormuksen on määrä lähteä matkaan, sen on lähdettävä pian. Mutta niiden, jotka menevät mukana, ei tule luottaa siihen, että sota taikka voimakeinot auttaisi heitä heidän Tehtävässään. Heidän on mentävä Vihollisen valtakuntaan, avun ulottumattomiin. Vieläkö pidät kiinni sanastasi Frodo, vieläkö suostut Sormuksen viejäksi?»

»Suostun», Frodo sanoi. »Minä menen ja Sam tulee kanssani.»

»Minä en voi sinua paljon auttaa, en edes neuvoilla», Elrond sanoi. »Näen tiestänne ennakolta vain pienen osan enkä tiedä miten teidän tarkoituksenne voidaan saavuttaa. Varjo on nyt edennyt Vuorten juurelle ja tulee yhä lähemmäksi Harmaavirran partaita, ja kaikki mikä on Varjon alla on minulta salassa. Sinua vastaan tulee monia vihollisia, niin avoimesti kuin valepuvussa, ja saatat löytää ystäviä matkasi varrelta siellä, missä niitä vähiten odotat. Lähetän viestejä, minkä voin, niille jotka avarassa maailmassa tunnen, mutta niin vaaralliseksi on maailma käynyt, että osa viesteistäni saattaa hyvinkin joutua harhaan, ja osa ei ehkä ehdi perille ennen teitä.

Ja minä valitsen sinulle seuralaiset kulkemaan kanssasi, niin kauas kuin he itse haluavat tai kohtalo sallii. Lukumäärän on oltava pieni, sillä toivonne perustuu nopeuteen ja piileskelyyn. Vähänpä apua olisi vanhojen aikojen aseistetusta haltia-armeijasta, jos minulla sellainen olisi, sillä se yllyttäisi vain Mordoria näyttämään mahtinsa.

Sormuksen saattue olkoon yhdeksänhenkinen, ja Yhdeksän kulkijaa lähetetään Yhdeksää ratsastajaa vastaan, jotka ovat pahuuden palveluksessa. Sinun ja uskollisen palvelijasi mukana lähtee Gandalf, sillä tämä on hänen suuri tehtävänsä ja kenties hänen ponnistelujensa pää.

Loput edustakoot maailman muita vapaita kansoja: haltioita, kääpiöitä ja ihmisiä. Legolas tulkoon haltioiden puolesta; ja Gimli Glóinin poika kääpiöiden puolesta. He ovat halukkaita tulemaan ainakin Vuorten soliin asti, ja ehkä pitemmällekin. Ihmisistä saat mukaasi Aragornin Arathornin pojan, sillä Isildurin sormus koskee häntä läheisesti.»

»Konkarin!» Frodo huudahti.

»Aivan oikein», Aragorn sanoi hymyillen. »Pyydän vielä kerran lupaa päästä matkatoveriksesi, Frodo.»

»Olisin pyytänyt sinua mukaan», sanoi Frodo, »mutta luulin, että olit menossa Minas Tirithiin Boromirin kanssa.»

»Niin olenkin», Aragorn sanoi. »Ja Murtunut miekka taotaan uudestaan, ennen kuin lähden sotaan. Mutta sinun tiesi on sama kuin minun monen sadan virstan matkan. Sen tähden myös Boromir tulee mukaan Saattueeseen. Hän on uljas mies.»

»Kaksi on vielä löydettävä», sanoi Elrond. »Minä harkitsen niitä. Kenties katson hyväksi valita heidät taloni väestä.»

»Mutta silloin me emme mahdu mukaan!» huudahti Pippin surkeana. »Me emme halua jäädä pois. Me tahdomme lähteä Frodon mukaan.»

»Se johtuu siitä, että te ette ymmärrä ettekä osaa kuvitella mitä edessä on», Elrond sanoi.

»Ei osaa Frodokaan», sanoi Gandalf tullen yllättäen Pippinin tueksi. »Eikä kukaan meistä tiedä varmasti. On totta että jos nämä hobitit ymmärtäisivät vaaran, he eivät uskaltaisi lähteä. Mutta he pyrkisivät silti mukaan tai toivoisivat häpeissään ja onnettomina, että rohkeus riittäisi. Minusta tuntuu, Elrond, että tässä asiassa olisi oikein luottaa enemmän lujaan ystävyyteen kuin suureen viisauteen. Vaikka valitsisit meille haltiaylimyksen, sellaisen kuin Glorfindel, hän ei kaikkine voimineen pystyisi valloittamaan Mustaa tornia eikä raivaamaan tietä Tuleen.»

»Puheessasi on perää», sanoi Elrond, »mutta minua epäilyttää. Aavistan, että Kontu ei enää ole turvallinen ja olin ajatellut lähettää nämä kaksi takaisin sinne viestinviejinä tekemään mitä voivat maansa tavalla varoittaakseen kansaansa vaarasta. Joka tapauksessa olisi minun mielestäni nuoremman näistä kahdesta, Peregrin Tukin, jäätävä pois. Sydämeni vastustaa hänen lähtöään.»

»Silloin teidän, kunnianarvoisa Elrond, pitää teljetä minut vankilaan tai lähettää minut kotiin säkkiin sidottuna», Pippin sanoi. »Sillä muuten minä seuraan Saattuetta.»

»Olkoon sitten niin. Saat mennä», sanoi Elrond ja huokasi. »Nyt on luku yhdeksän täysi. Seitsemän päivän kuluttua on Saattueen lähdettävä.»

Haltiasepät takoivat uudestaan Elendilin miekan, ja sen terään kaiverrettiin tunnuskuva: seitsemän tähteä kuunsirpin ja säteilevän auringon välissä, ja niiden ympärille piirrettiin monta riimua, sillä Aragorn Arathornin poika oli lähdössä sotaan Mordorin rajoille. Kirkas oli miekka, kun se oli jälleen taottu ehjäksi, punaisena hohti siinä auringon valo ja kylmänä kuun loiste, ja sen terä oli kova ja pureva. Ja Aragorn antoi sille uuden nimen Andúril, Lännen lieska.

Aragorn ja Gandalf kävelivät toistensa kanssa tai istuivat puhuen tiestä ja vaaroista, joita he kohtaisivat, ja he pohtivat niitä kuvin ja tekstein koristettuja karttoja ja tarukirjoja, joita Elrondin talossa oli. Joskus Frodo oli heidän kanssaan, mutta hän tyytyi luottamaan heidän opastukseensa ja vietti mahdollisimman suuren osan ajastaan Bilbon kanssa.

Noina viimeisinä päivinä hobitit istuivat iltaisin yhdessä Tulisalissa, ja siellä he kuulivat monien muiden tarujen mukana kokonaisuudessaan laulun Berenistä ja Lúthienista ja Suuren jalokiven noutamisesta; mutta päiväsaikaan, kun Merri ja Pippin hyörivät siellä täällä, Frodon ja Samin saattoi tavata Bilbon seurasta tämän omasta pikku huoneesta. Silloin Bilbo luki heille katkelmia kirjastaan (joka tuntui kovin keskentekoiselta) tai pätkiä runoistaan, tai teki muistiinpanoja Frodon seikkailuista.

Viimeisen päivän aamuna Frodo oli kahden Bilbon kanssa ja vanha hobitti veti vuoteensa alta puisen laatikon. Hän nosti kannen ja kopeloi sisältöä.

»Tässä on miekkasi», hän sanoi. »Mutta se meni poikki, niin kuin tiedät. Otin sen säilytettäväkseni, mutta olen unohtanut kysyä, voisivatko sepät korjata sitä. Nyt ei ole enää aikaa. Niin minä ajattelin, että ottaisit ehkä mielelläsi tämän.»

Hän nosti laatikosta pienen miekan vanhassa kuluneessa tupessa. Sitten hän veti miekan esiin, ja sen kiillotettu ja hyvin hoidettu terä kimalteli kylmänä ja kirkkaana. »Tämä on Piikki», hän sanoi ja työnsi terän vaivatta syvään puiseen seinäpalkkiin. »Ota jos haluat. Tuskinpa minä sitä enää tarvitsen.»

Frodo vastaanotti miekan ilomielin.

»Sitten on vielä tämä!» sanoi Bilbo ja veti esiin käärön, joka näytti kokoonsa nähden painavalta. Hän kääri auki monta laskosta vanhaa kangasta ja nosti sitten esiin pienen panssaripaidan. Se oli kudottu tiuhaksi monista pikku renkaista ja oli melkein yhtä taipuisa kuin pellavakangas, kylmä kuin jää ja terästä kovempi.

Se loisti kuin hopea kuun hohteessa ja siihen oli kiinnitetty valkeita kiviä. Siihen kuului kristalli- ja helmivyö.

»Aika kaunis kapine, eikö?» sanoi Bilbo ja liikutteli sitä valossa. »Ja käytännöllinen. Se on minun kääpiöhaarniskani, jonka Thorin minulle antoi. Hain sen Järin Möyremästä ennen lähtöäni ja pakkasin mukaani. Toin kaikki matkani muistot mukanani, Sormusta lukuun ottamatta. Mutta en olettanut käyttäväni tätä enkä minä tarvitse sitä mihinkään, mitä joskus otan esiin ihaillakseni. Sen paino tuskin tuntuu kun se on päällä.»

»Minä näyttäisin – tuota, en usko että se oikein soveltuu meikäläiselle», Frodo sanoi.

»Samaa minäkin sanoin», sanoi Bilbo. »Mutta älä välitä ulkonäöstä. Voit pitää sitä vaatteitten alla. Ota pois! Jakaisit nyt tämän salaisuuden minun kanssani! Älä kerro kenellekään! Oloani helpottaisi, jos tietäisin, että sinulla on se ylläsi. Minä vähän luulen, että se pysäyttäisi jopa Mustien ratsastajien veitset», hän lisäsi matalalla äänellä.

»Hyvä on, minä otan sen», sanoi Frodo. Bilbo puki sen hänen päälleen ja kiinnitti Piikin kimaltelevaan vyöhön, ja sitten Frodo pani kaiken ylle vanhat säänpieksämät polvihousunsa, mekon ja takin.

»Näytät ihan tavalliselta hobitilta», Bilbo sanoi. »Mutta nyt sinussa on enemmän kuin mitä päältäpäin näkee. Onnea matkalle!» Hän kääntyi pois ja katseli ulos ikkunasta yrittäen hyräillä jotakin sävelmää.

»Bilbo, minä en osaa kiittää sinua niin kuin pitäisi, en tästä, enkä monista aikaisemmista ystävällisyydenosoituksistasi», Frodo sanoi.

»Älä yritäkään!» vanha hobitti sanoi ja kääntyi ympäri ja läimäytti Frodoa selkään. »Ai!» hän huusi. »Nyt olet liian kova läimäytettäväksi! Mutta niin se on: hobittien täytyy pitää yhtä, erityisesti Reppuleitten. En pyydä vastalahjaksi muuta kuin että pidät niin hyvän huolen itsestäsi kuin voit ja tuot tullessasi kaikki mahdolliset tiedot ja kaikki vanhat tarut ja laulut, joita kohdallesi osuu. Yritän parhaani mukaan saada kirjani päätökseen ennen kuin tulet takaisin. Kirjoittaisin mielelläni sen toisenkin kirjan, jos niin kauan elän.» Hän keskeytti puheensa ja kääntyi taas ikkunaan päin laulaen hiljaa.

Tulen ääressä istun ja mietin nyt
mitä nähnyt olenkaan,
kuten kesinä entisinä
kukat, perhoset niittymaan;

ja syksyinä menneinä seitteineen
puut keltalehtiset,
aamu-usvan ja auringon kilon
ja viimat vilpoiset.

Tulen ääressä istun ja mietin nyt
miten käy tämän maailman
kun en talven tultua enää
näe kevään tulevan.

Kas, vielä on kaikkea paljon niin
mikä näkemättä jää,
joka kevät jokainen metsä
eri sävyissä vihertää.

Tulen ääressä istun ja mietin nyt
kuinka jotkut jo jäivät taa,
ja toiset sen maailman näkevät,
jota minä en nähdä saa.

Koko ajan kun istun ja mietin nyt
mitä ennen oli vain,
minä askelten paluuta kuuntelen
ja ääniä oveltain.

Oli kylmä harmaa päivä joulukuun lopulla. Itätuuli puhalsi lehtipuiden paljaiden oksistojen läpi ja ravisteli kukkuloiden tummia mäntyjä. Mustia ja raskaita repaleisia pilviä kiisi taivaalla. Aikaisen illan ilottomien varjojen laskeutuessa alkoi Saattue tehdä lähtöä. Heidän oli määrä lähteä iltahämärässä, sillä Elrond neuvoi heitä matkaamaan yön turvin niin usein kuin mahdollista, kunnes he olisivat kaukana Rivendellistä.

»Sauronin palvelijoilla on monia silmiä, joita teidän tulee pelätä», hän sanoi. »Olen varma, että tieto Ratsastajien hädästä on jo saavuttanut hänet, ja hän on täynnä vihaa. Pian ovat hänen jalan ja siivin liikkuvat vakoojansa pohjoisilla seuduilla. Jopa yllämme kaareutuvaa taivasta tulee teidän varoa matkallanne.»

Saattue ei ottanut paljon sotavarusteita, sillä heidän toivonsa perustui salassa pysymiseen eikä taisteluun. Aragornilla oli Andúril mutta ei muuta asetta, ja asu hänellä oli ruosteenruskea ja vihreä erämaan samoojien tapaan. Boromirilla oli pitkä miekka, Andúrilin tapainen, mutta ei yhtä vanhaa perua, ja hänellä oli myös kilpensä ja sotatorvensa.

»Kovaa ja kirkkaasti se soi vuorten laaksoissa», hän sanoi, »ja paetkoot silloin kaikki Gondorin viholliset!» Hän nosti sen huulilleen ja puhalsi töräyksen ja kaiku vastasi joka kalliosta, ja kaikki ne, jotka kuulivat äänen Rivendellissä, hypähtivät pystyyn.

»Sinä et saisi kovin hanakasti puhaltaa tuohon torveen, Boromir», Elrond sanoi, »ennen kuin jälleen seisot oman maasi rajoilla ja hätä on suuri.»

»Kenties», sanoi Boromir. »Mutta aina olen soittanut torvea lähtiessäni matkaan, ja vaikka tämän jälkeen kulkisimmekin varjoissa, matkaa en ala kuin varas yöllä.»

Ainoastaan kääpiö Gimli oli avoimesti pukeutunut lyhyeen teräsrengaspaitaan, sillä kääpiöille ovat taakat kevyitä, ja hänen vyössään oli leveäteräinen kirves. Legolasilla oli jousi ja viini, ja hänen vyössään oli pitkä valkea veitsi. Nuoremmilla hobiteilla oli ne miekat, jotka he olivat ottaneet hautakummusta, mutta Frodo otti mukaansa vain Piikin, ja hänen sotisopansa oli piilossa niin kuin Bilbo oli toivonut. Gandalfilla oli sauvansa, mutta hänen vyöllään riippui haltiamiekka Glamdring, Orcristin pari, sen joka nyt lepäsi Thorinin rinnan päällä Yksinäisen vuoren alla.

Elrond oli varustanut kaikki paksuilla lämpimillä vaatteilla, ja heillä oli turkisvuoriset takit ja kaavut. Ruokavarasto ja varavaatteet sekä huovat ja muut tarvikkeet oli kuormattu ponin selkään, joka ei ollut mikään muu kuin sama elukkarukka, jonka he olivat tuoneet Briistä.

Rivendellissä olo oli saanut siinä ihmeitä aikaan: se oli kiiltävä ja näytti vahvalta kuin nuori eläin. Sam oli vaatimalla vaatinut, että juuri se otettaisiin mukaan, ja väittänyt, että Bil (niin kuin Sam sitä kutsui) riutuisi ikävästä, jos se ei pääsisi mukaan.

»Tuo elukka osaa melkein puhua», hän sanoi, »ja puhuisikin jos se viipyisi täällä vielä vähän kauemmin. Sen katse oli yhtä ymmärrettävä kuin Pippinherran puhe: jollet ota minua mukaan Sam, niin sitten minä tulen omia aikojani.» Niin Bilistä tehtiin kuormajuhta, ja taakasta huolimatta se oli ainoa Saattueen jäsen, joka ei vaikuttanut apealta.

Jäähyväiset oli sanottu suuressa salissa tulen ääressä, ja he odottivat nyt vain Gandalfia, joka ei ollut vielä tullut ulos. Avoimista ovista tulvi tulen kajo, ja hennot valot loistivat monissa ikkunoissa. Bilbo seisoi äänettömänä Frodon vieressä kynnyksellä tiukasti kaapuun kääriytyneenä. Aragorn istui pää polvissa; vain Elrond tajusi täysin, mitä tämä hetki merkitsi hänelle. Muut erottuivat harmaina hahmoina pimeydestä.

Sam seisoi ponin vieressä imeskellen hampaitaan ja tuijotellen myrtyneesti hämärään, missä joki kohisi kylmästi; hänen seikkailuhalunsa oli nollapisteessä. »Bil pojuseni», hän sanoi, »sinun ei olisi pitänyt lähteä meidän mukaan. Olisit voinut jäädä tänne ja syödä parasta heinää uuteenruohoon asti.» Bil huitaisi häntäänsä eikä sanonut mitään.

Sam korjasi selässään olevaa pakkausta ja kävi hermostuneesti mielessään läpi kaiken, mitä oli sinne ahtanut, miettien olisiko hän unohtanut jotakin. Oliko mukana hänen kallein aarteensa, keittovälineet; ja pieni suolarasia, jota hän aina kuljetti mukanaan ja täytti milloin voi; hyvät varastot piippukessua (mutta ei läheskään tarpeeksi, se kyllä nähdään); piikivi ja taula; villahousut; alusvaatteita; erilaisia hänen isännälleen kuuluvia pikkutavaroita, jotka Frodo oli unohtanut ja Sam pakannut mukaan ottaakseen ne esiin voitonriemuisesti kun niitä tarvittaisiin. Hän kävi läpi ne kaikki.

»Köysi», hän mutisi. »Köysi puuttuu! Ja vasta viime yönä sanoit itsellesi: 'Sam, mitenkä olisi köyden laita? Sitä tarvitaan, jollei sitä ole.' Niin, kyllä sitä vielä tarvitaan. En minä sitä nyt mistään saa.»

Juuri silloin Elrond tuli ulos Gandalfin kanssa ja kutsui Saattueen luokseen. »Nämä ovat viimeiset ohjeeni», hän sanoi hiljaa. »Sormuksen viejä lähtee kohti Tuomiovuorta täyttämään tehtävää. Vain hänelle on asetettu velvoitus: hän ei saa heittää pois Sormusta eikä antaa sitä yhdellekään Vihollisen palvelijalle, eikä liioin antaa kenenkään käsitellä sitä, paitsi Saattueen jäsenten ja Neuvonpitoon osallistuneiden, ja heidänkin vain ankarassa hädässä. Muut kulkevat hänen mukanaan vapaina seuralaisina auttaakseen häntä hänen matkallaan. Voitte jäädä jälkeen tai tulla takaisin tai kääntyä muille teille, tilanteista riippuen. Mitä pitemmälle menette, sitä vaikeampaa on irtautua; mikään vala tai sopimus ei kuitenkaan vaadi teitä kulkemaan pitemmälle kuin haluatte. Sillä vielä ette tunne sydämenne vahvuutta, ettekä voi ennustaa mitä kukin matkalla voi kohdata.»

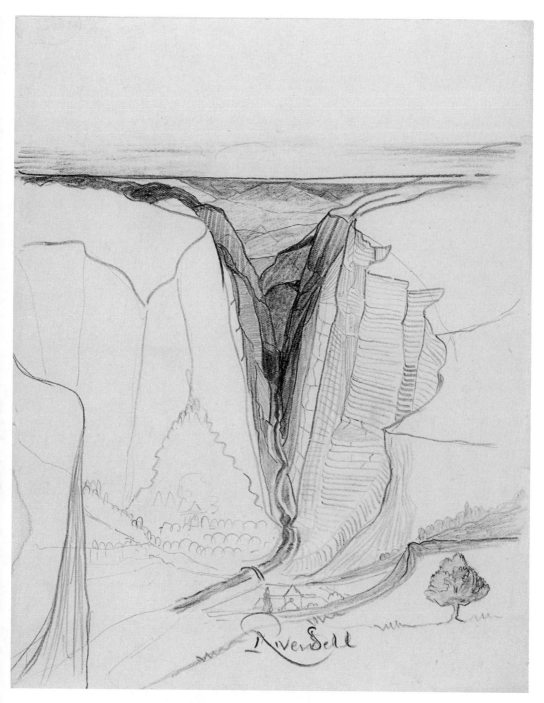

Näkymä Rivendellistä länteen

»Tie tummuu, uskoton hyvästelee», sanoi Gimli.

»Kenties», Elrond sanoi, »mutta älköön vakuuttako pimeänkestävyyttä se ken ei ole nähnyt auringon laskevan.»

»Ja kuitenkin voi vannottu vala vahvistaa horjuvaa sydäntä», Gimli sanoi.

»Tai murtaa sen», Elrond sanoi. »Älkää tähytkö liian pitkälle eteenpäin! Mutta nyt menkää rohkein sydämin! Hyvästi, seuratkoon teitä ihmisten ja haltioiden ja kaikkien vapaiden kansojen siunaus. Loistakoot tähdet kasvoillanne!»

»Onni – olkoon onni myötä!» huusi Bilbo takellellen kylmissään. »En kuvittele, että pystyt pitämään päiväkirjaa, Frodoseni, mutta odotan täydellistä selontekoa sitten kun palaat. Äläkä viivy liian kauan! Hyvästi!»

Monet muut Elrondin talonväkeen kuuluvat seisoivat varjoissa ja seurasivat heidän lähtöään ja toivottelivat hyvää matkaa hiljaisin äänin. Naurua ei kuulunut eikä laulua eikä soittoa. Viimein lähtijät kääntyivät ja hävisivät hiljaa illan hämyyn.

He ylittivät sillan ja taivalsivat hitaasti ylös jyrkkiä polkuja, jotka veivät pois Rivendellin syvästä laaksosta, ja lopulta he tulivat ylänummelle, missä tuuli suhisi kanervikossa. Sitten he katsahtivat vielä kerran Viimeisen kodon valojen tuiketta alapuolellaan ja vaelsivat syvälle yöhön.

Bruinenin kahlaamolla he jättivät Tien ja kääntyivät etelään jatkaen matkaansa pitkin kapeita polkuja, jotka johtivat poimuilevien seutujen halki. Heidän tarkoituksensa oli pysyä tässä sunnassa Vuorten länsipuolella monen virstan ja monen päivän ajan. Maasto oli paljon epätasaisempaa ja karumpaa kuin Erämaan Suuren virran vihreässä laaksossa kukkulajonon toisella puolen, ja heidän kulkunsa tulisi olemaan hidasta, mutta näin he toivoivat jäävänsä vihamielisiltä silmiltä kätköön. Sauronin vakoojia oli näihin asti nähty vain harvoin tällä autiolla seudulla, ja polkuja muut tuskin tunsivat kuin Rivendellin väki.

Gandalf käveli edellä ja hänen rinnallaan Aragorn, joka tunsi maaston pimeässäkin. Muut kulkivat jonossa heidän perässään, ja Legolas, jolla oli tarkat silmät, kulki viimeisenä. Heidän matkansa alkuosa oli rankka ja ikävä, eikä Frodo muistanut siitä paljoakaan, tuulen vain. Monen pilvisen päivän ajan puhalsi Vuorilta idästä jäinen viima, eikä mikään vaate kyennyt suojelemaan sen hyiseltä kosketukselta. Vaikka he olivatkin kunnolla pukeutuneet, heillä oli harvoin lämmin, sen paremmin liikkeessä kuin levossakaan. He nukkuivat rauhattomasti keskellä päivää jossakin maakuopassa tai takkuisten piikkipensaitten suojassa, joita kasvoi rykelminä siellä täällä. Myöhään iltapäivällä se, joka oli vartiossa, herätti heidät, ja he söivät pääateriansa: yleensä se oli kylmä ja iloton, sillä harvoin heillä oli rohkeutta tehdä tulta. Illalla he jatkoivat taas matkaa niin suoraan etelään kuin maasto salli.

Aluksi hobiteista tuntui että vaikka he kävelivät ja kompuroivat itsensä näännyksiin, he ryömivät silti eteenpäin kuin etanat eivätkä päässeet mihinkään. Joka päivä maisemat olivat jokseenkin samat kuin edellisenäkin päivänä. Vuoret lähenivät kuitenkin koko ajan. Rivendellin eteläpuolella ne kohosivat yhä korkeammiksi ja kaartuivat länteen, ja niiden pääjonon juurella levittäytyi yhä laajempi alue paljaita kukkuloita ja syviä laaksoja, joissa virtasi kuohuvia jokia. Polkuja oli vähän ja ne olivat mutkaisia ja veivät heidät usein jyrkänteiden reunalle tai petollisille soille.

He olivat olleet matkalla kaksi viikkoa, kun sää muuttui. Tuuli laantui ja pyörsi sitten etelään. Kiitävät pilvet kohosivat ja hälvenivät ja aurinko tuli esiin kalpeana ja kirkkaana. Erään pitkän vaivalloisen yöllisen marssin jälkeen seurasi kylmä seesteinen aamunsarastus. Matkalaiset saapuivat matalalle harjulle, jonka huipulla kasvoi ikivanhoja paatsamapuita; niiden harmaanvihreät rungot näyttivät suorastaan kukkuloiden kivestä veistetyiltä. Tummat lehdet kiilsivät ja marjat hohtivat punaisina nousevan auringon valossa.

Kaukana etelässä Frodo näki korkeita vuoria, jotka häämöttivät nyt aivan kuin poikittain Saattueen reitin edessä. Tämän korkean jonon vasemmalla puolella sojotti kolme huippua; korkein ja lähin oli kuin lumihuippuinen hammas, sen valtava paljas pohjoisjyrkänne oli vielä suurimmaksi osaksi varjossa, mutta siinä, missä auringon valo sattui siihen, se hehkui punaisena.

Gandalf seisoi Frodon vieressä ja tähyili käsi otsallaan. »Olemme edenneet hyvin», hän sanoi. »Olemme saapuneet sen maan rajoille, jota ihmiset kutsuvat Paatsamalaksi; paljon haltioita asui täällä onnellisempina aikoina, jolloin sen nimi oli Eregion. Olemme kulkeneet linnuntietä viisikolmatta peninkulmaa, vaikka jalkamme ovat taittaneet paljon useampia virstoja. Maasto ja ilmasto ovat tästälähin kesymmät, mutta kukaties sitä vaarallisemmat.»

»Vaarallinen tai ei, kunnon auringonnousu tuntuu hyvältä», sanoi Frodo, työnsi syrjään huppunsa ja antoi aamuvalon paistaa kasvoihinsa.

»Mutta Vuoret ovat edessämme», Pippin sanoi. »Meidän on täytynyt kääntyä yöllä itään.»

»Ei», sanoi Gandalf. »Ei, vaan kirkkaassa valossa näkee pitemmälle. Noiden huippujen takana vuoristo kääntyy lounaaseen. Elrondin talossa on monia karttoja, mutta sinulle ei kai tullut mieleen vilkaista niitä?»

»Vilkaisin minä silloin tällöin», Pippin sanoi, »mutta en minä muista niitä. Frodo on parempi sellaisessa.»

»Minä en tarvitse karttaa», sanoi Gimli, joka oli tullut Legolasin kanssa liki ja tuijotti kaukaisuuteen outo valo syvissä silmissään. »Tuolla on maa, jossa isämme ennen tekivät työtä, ja me olemme kuvanneet nuo vuoret lukemattomiin metallisiin ja kivisiin esineisiin, moniin lauluihin ja taruihin. Korkeina ne kohoavat unissamme: Baraz, Zirak, Shathûr.

Vain kerran olen valvemaailmassa kaukaa nähnyt ne, mutta minä tunnen ne ja tiedän niiden nimet, sillä niiden alla on Khazad-dûm, Kääpiökaivanto, jolla nykyään on nimi Musta kuilu, haltiakielellä Moria. Tuolla kohoaa Barazinbar, Punasarvi, julma Caradhras; ja sen takana ovat Hopeaneula ja Pilvispää: Celebdil Valkoinen ja Harmaa Fanuidhol, joita me kutsumme nimellä Zirakzigil ja Bundushathûr.

Tuolla Sumuvuoret jakaantuvat ja niiden haarojen väliin jää syvien varjojen laakso, jota emme voi unhoittaa: Azanulbizar, Hämypuron laakso, jota haltiat kutsuvat nimellä Nanduhirion.»

»Hämypuron laaksoon me pyrimme», sanoi Gandalf. »Jos kiipeämme solaan, jonka nimi on Punasarven portti ja joka on Caradhrasin huipun tuolla puolen, pääsemme Hämypuron portaasta kääpiöiden syvään laaksoon. Siellä aaltoilee Kuvastaja ja Hopeajuopa kumpuaa jääkylmistä lähteistään.»

»Tumma on Kheled-zâramin vesi», sanoi Gimli, »ja kylmät ovat Kibil-nâlan lähteet. Sydämeni värisee, kun ajattelen, että saan ehkä pian nähdä ne.»

»Tuottakoon se näky sinulle iloa, hyvä kääpiö!» sanoi Gandalf. »Mutta mitä sinä sitten teetkin, me muut emme voi viipyä tuossa laaksossa. Meidän on seurattava Hopeajuopaa salattuihin metsiin ja sitten Suurelle virralle ja sitten –»

Hän piti tauon.

»Ja minne sitten?» kysyi Merri.

»Matkamme päähän – lopulta», Gandalf sanoi. »Emme saa tähytä liian kauas eteenpäin. Iloitkaamme siitä, että ensimmäinen vaihe on turvallisesti ohi. Levätkäämme tässä, ei ainoastaan tänä päivänä vaan myös tänä yönä. Sillä Paatsamala on vailla turmelusta. Paljon pahaa on tapahduttava, ennen kuin maa kokonaan unohtaa haltiat, jos heitä on siellä kerran asunut.»

»Puhut totta», sanoi Legolas. »Mutta tämän maan haltiat olivat heimoa, jota me salon kansa emme tunne, ja puut ja ruoho eivät enää muista heitä. Kuulen vain kivien valittavan: *syvältä kaivoivat meidät, kauniiksi hakkasivat, korkealle kohottivat; mutta nyt he ovat poissa.* He ovat poissa. He hakeutuivat Satamiin kauan sitten.»

Sinä aamuna kulkijat sytyttivät nuotion syvään notkelmaan suurten paatsamatiheikköjen suojaan ja heidän illallis-aamiaisensa oli iloisempi kuin kertaakaan lähdön jälkeen. Syötyään he eivät kiirehtineet makuulle, sillä he odottivat saavansa nukkua koko yön; he eivät aikoneet jatkaa matkaa ennen kuin seuraavan päivän iltana. Vain Aragorn oli hiljainen ja levoton. Vähän ajan päästä hän jätti Saattueen ja käveli harjanteelle; siellä hän seisoi puun varjossa tähyillen länteen ja etelään ja pään asennosta päätellen kuulostellen. Sitten hän palasi syvänteen reunalle ja katseli toisia, jotka nauroivat ja juttelivat.

»Mitä nyt, Konkari?» huusi Merri. »Mitä sinä tähyilet? Kaipaatko itätuulta?»

»En totisesti», hän vastasi. »Mutta jotakin kaipaan. Olen ollut Paatsamalassa eri vuodenaikoina. Ketään ei enää asu täällä, mutta täällä elää kyllä monenmoisia otuksia, etenkin lintuja. Nyt on kuitenkin kaikki täysin hiljaista, ellei teitä oteta lukuun. Sen tuntee. Virstojen säteellä ympäristöstä ei kuulu ääntäkään, ja maa kaikuu teidän puheestanne. En käsitä sitä.»

Gandalf nosti katseensa äkkiä kiinnostuneena. »Mutta mistä luulet sen johtuvan?» hän kysyi. »Piileekö tässä muutakin kuin hämmästystä siitä, että neljä hobittia, meistä muista puhumattakaan, liikkuu tällä seudulla, missä ketään niin harvoin nähdään tai kuullaan?»

»Toivottavasti syy on se», sanoi Aragorn. »Mutta minä aistin täällä valppautta ja pelkoa, jota en ole tuntenut aiemmin.»

»Siinä tapauksessa meidän täytyy olla varovaisempia», Gandalf sanoi. »Jos ottaa mukaansa samoojan, häntä kannattaa kuunnella, etenkin jos samooja on Aragorn. Meidän täytyy lopettaa kovaääninen puhuminen, levätä hiljaa ja asettaa vartio.»

Ensimmäinen vahtivuoro kuului tuona päivänä Samille, mutta Aragorn liittyi hänen seuraansa. Muut nukahtivat. Silloin hiljaisuus tiheni, kunnes Samkin vaistosi sen. Nukkujien hengityksen kuuli selvästi. Kun poni huiski hännällään ja siirteli silloin tällöin jalkojaan, se kuulosti melulta. Sam kuuli omien niveliensä nitisevän, kun hän liikahti. Hänet ympäröi kuolemanhiljaisuus, yllä kaareutui kirkas sininen taivas ja aurinko alkoi kohota idästä. Kauas etelään ilmaantui tumma läiskä, joka kasvoi ja eteni pohjoiseen kuin savu tuulessa .

»Mikä tuo on, Konkari? Se ei näytä pilveltä», Sam kuiskasi Aragornille. Tämä ei vastannut, vaan tuijotti tarkkaavaisena taivaalle, mutta ennen pitkää Sam näki itsekin, mikä heitä lähestyi. Taivaalla kaarteli ja kierteli huimaa vauhtia lentäviä lintuparvia, ikään kuin etsien jotakin, ja ne tulivat yhä lähemmäksi.

»Maahan ja liikkumatta!» sähähti Aragorn ja veti Samin alas paatsaman suojaan, sillä pääjoukosta oli irtaantunut suuri parvi lintuja ja lensi matalalla suoraan harjannetta kohti. Sam arveli niiden olevan jonkinlaisia suurikokoisia variksia. Niiden ylittäessä heidät niin tiheässä muodostelmassa, että se heitti maahan varjon, he kuulivat yhden ruman rääkäisyn.

Vasta kun linnut olivat kaikonneet kauas pohjoiseen ja länteen ja taivas oli taas kirkas, Aragorn liikahti. Hän säntäsi jaloilleen ja meni herättämään Gandalfin.

»Laumoittain mustia variksia lentää kaikkialla Vuorten ja Harmaavirran välillä», hän sanoi, »ja ne ovat kulkeneet Paatsamalan yli. Ne eivät ole täkäläisiä: nämä ovat *crebain* Fangornista ja Mustainmaasta. En tiedä mitä ne aikovat; kenties etelässä on levottomuuksia, joita ne pakenevat; mutta minä luulen, että ne vakoilevat. Olen myös nähnyt vilaukselta monta haukkaa korkealla taivaalla. Minusta meidän pitäisi lähteä liikkeelle tänäkin iltana. Paatsamala ei enää ole tahraton: sitä tarkkaillaan.»

»Jos niin on, myös Punasarven porttia tarkkaillaan», sanoi Gandalf, »ja miten me pääsemme siitä yli kenenkään näkemättä, on minulle arvoitus. Mutta sitä me mietimme sitten kun on pakko. Mitä tulee liikkeelle lähtöön heti pimeän tullen, pelkään että olet oikeassa.»

»Onneksi nuotiomme ei savunnut paljon ja oli palanut lähes loppuun ennen kuin *crebain* tulivat», sanoi Aragorn. »Se täytyy sammuttaa eikä siihen saa enää tehdä tulta.»

»No jo on riesa ja rasitus!» sanoi Pippin. Tieto ettei tulta saanut sytyttää ja että matkaan pitäisi lähteä taas yötä vasten, oli kerrottu hänelle heti kun hän heräsi myöhään iltapäivällä. »Koko homma yhden varisparven takia! Minä kun olin odottanut saavani tänä iltana kunnon aterian: jotakin kuumaa.»

»No, voit jatkaa odottamista», Gandalf sanoi. »Sinulla voi vielä olla edessä monet yllätysjuhlat. Minä puolestani haluaisin polttaa rauhassa piipullisen ja saada jalkani lämpimiksi. Kuitenkin kaikitenkin yksi asia on varma: etelään mentäessä tulee lämpimämpää.»

»Enpä ihmettelisi vaikka tulisi liiankin kuuma», mutisi Sam Frodolle. »Mutta sitä minä olen ruvennut vähän ajattelemaan, että olisi jo aika saada näkyviin se Tulinen vuori ja hoidella hommat loppuun. Ensin minä luulin, että tämä Punasarvi, tai mikä sen nimi on, olisi se vuori, ja sitten Gimli piti sen puheensa. Tuo kääpiökieli vääntää kyllä kielen solmuun!» Kartat eivät sanoneet Samille mitään, ja kaikki etäisyydet näissä äärettömissä maissa kävivät yli hänen ymmärryksensä.

Saattue piileskeli koko sen päivän. Mustat linnut lensivät yli silloin tällöin, mutta länteen loittonevan auringon punertuessa ne katosivat etelään. Iltahämärissä Saattue lähti liikkeelle. He kääntyivät puoliksi itään ja suuntasivat kohti Caradhrasia, joka yhä hehkui kaukaisuudessa laskevan auringon viime säteiden punaamana. Tummuvalle taivaalle syttyi yksitellen valkeita tähtiä.

Aragornin johdolla he osuivat kelpo polulle. Frodosta arveli sen olevan Paatsamalasta vuorisolaan johtaneen muinaisen leveän ja hyvin maastoa myötäilevän tien jäänne. Täydeksi kasvanut kuu nousi vuorten ylle ja hohti kalpeaa valoa, jossa kivien varjot olivat mustat. Monet kivet näyttivät käsin lohkotuilta, vaikka ne nyt lojuivat kyljellään ja raunioina tässä paljaassa karussa maassa.

Oli aamun ensi kajastusta edeltävä hyinen hetki ja kuu paistoi matalalla. Frodo katsoi taivaalle. Äkkiä hän näki tai tunsi varjon pyyhkäisevän tähtien editse, ikään kuin ne olisivat hetkeksi himmenneet ja sitten taas leimahtaneet täyteen loistoon. Hän värisi.

»Näyttikö sinusta, että jokin lensi tästä yli?» hän kysyi Gandalfilta, joka kulki aivan hänen edellään.

»En nähnyt, mutta tunsin kyllä, mitä se sitten olikin», tämä vastasi. »Ehkä se ei ollut mitään, vain ohut pilvenrepale.»

»Nopeastipa se liikkui», mutisi Aragorn, »eikä edes tuulen suuntaan.»

Sinä yönä ei tapahtunut mitään muuta. Seuraava aamu valkeni edellistäkin kirkkaampana. Mutta ilma oli taas viileä; tuuli oli kääntymässä takaisin itään. He taivalsivat vielä kaksi yötä nousten kiemurtelevaa polkua tasaisesti ja yhä hitaammin sitä mukaa kun vuoret kohosivat yhä lähempänä. Kolmantena aamuna he seisoivat Caradhrasin mahtavan huipun juurella. Ylhäällä oli lunta, mutta alempana rinteet olivat jyrkät ja aivan paljaat ja punersivat verenkarvaisina.

Taivas oli mustanpuhuva ja aurinko kelmeä. Tuuli oli nyt kiertänyt koilliseen. Gandalf haisteli ilmaa ja katsoi taaksepäin.

»Takanamme on yhä talvisempaa», hän sanoi hiljaa Aragornille. »Pohjoisessa vuoret ovat valkeammat kuin aikaisemmin, alemmilla rinteillä on jo lunta. Tänä yönä lähdemme nousemaan Punasarven porttia kohti. Tarkkailijat voivat hyvinkin nähdä meidät tuolla kapealla polulla, ja jokin pahan palvelija viivyttää matkalla, mutta vaarallisemmaksi kaikkia muita vihollisia saattaa osoittautua sää. Mitä mieltä nyt olet reitistäsi, Aragorn?»

Frodo sattui kuulemaan nämä sanat ja ymmärsi, että Gandalf ja Aragorn jatkoivat jotakin keskustelua, jonka he olivat aloittaneet paljon aikaisemmin. Hän kuunteli levottomana.

»Reittimme on alusta loppuun onneton, sitä mieltä minä olen, kuten aivan hyvin tiedät, Gandalf», vastasi Aragorn. »Ja tutut sekä tuntemattomat vaarat vain lisääntyvät edetessämme. Mutta edettävä meidän on, eikä ole mitään mieltä viivyttää vuorten ylitystä. Etelämpänä ei enää ole solia ennen Rohanin aukkoa. En luota siihen reittiin sen jälkeen, mitä kerroit Sarumanista. Kuka tietää enää, kenen puolta ratsuruhtinaitten päälliköt pitävät?»

»Kukapa sen tosiaan tietää!» Gandalf sanoi. »Mutta on toinenkin tie, eikä se kulje Caradhrasin solan kautta: pimeä ja salainen tie, josta me olemme puhuneet.»

»Mutta älkäämme puhuko enää! Ei ainakaan vielä. Ethän sano mitään toisille, ellei käy ilmiselväksi, ettei muuta tietä ole.»

»Meidän täytyy päättää, ennen kuin jatkamme», vastasi Gandalf.

»Punnitkaamme siis asiaa mielessämme, sillä välin kun muut lepäävät ja nukkuvat», Aragorn sanoi.

Myöhään iltapäivällä, kun muut lopettelivat aamiaista, Gandalf ja Aragorn siirtyivät yhdessä syrjemmälle ja seisoskelivat Caradhrasia katsellen. Sen kyljet olivat nyt tummat ja kolkot ja huippu harmaan pilven sisässä. Frodo katseli heitä ja mietti, minkä päätöksen keskustelu saisi. Kun he palasivat Saattueen luo, Gandalf puhui, ja silloin Frodo sai kuulla, että oli päätetty uhmata säätä ja korkeaa solaa. Hän oli helpottunut. Hän ei osannut arvata, mikä oli tuo toinen salainen ja pimeä tie, mutta sen mainitseminenkin oli saanut Aragornin kauhistumaan, ja Frodo oli iloinen siitä että se oli hylätty.

»Merkeistä, joita olemme viime aikoina nähneet, päättelen, että Punasarven solaa tarkkaillaan», sanoi Gandalf, »ja minulla on omat epäilykseni meitä lähenevästä säästä. Saamme ehkä lunta. Meidän täytyy edetä niin nopeasti kuin mahdollista. Silti meiltä menee enemmän kuin kaksi yömarssia, ennen kuin pääsemme solan korkeimpaan kohtaan. Tänä iltana pimeä tulee aikaisin. Meidän täytyy lähteä heti kun te olette valmiit.»

»Jos sallitte, annan minäkin neuvon», sanoi Boromir. »Olen syntynyt Valkoisten vuorten varjossa ja tiedän jotakin ylängöillä liikkumisesta. Kohtaamme purevaa kylmyyttä tai pahempaakin, ennen kuin pääsemme toiselle puolen. Meitä ei paljon hyödytä, jos pysyttelemme niin salassa, että jäädymme kuoliaaksi. Lähtiessämme täältä, missä vielä kasvaa puita ja pensaita, kunkin meistä tulisi ottaa kannettavakseen risukimppu, niin iso kuin suinkin.»

»Ja Bil voi ottaa vähän isommankin, jooko kaveri?» sanoi Sam. Poni katsoi häntä murheellisesti.

»Hyvä on», Gandalf sanoi. »Mutta polttopuuta ei saa käyttää – ei ennen kuin on valittavana tuli taikka kuolema.»

Saattue lähti taas liikkeelle ja eteni aluksi hyvää vauhtia; mutta pian tie jyrkkeni ja hankaloitui. Ylöspäin vinkuroiva polku hävisi paikoitellen olemattomiin, milloin se ei ollut täynnä pudonneita järkäleitä. Paksut pilvet varjostivat yön sysipimeäksi. Jäinen viima vonkui kivien välissä. Puoliyöhön mennessä he olivat kiivenneet suurten vuorten alarinteille. Heidän kapea polkunsa kääntyi nyt vasemmalle äkkijyrkän kallioseinämän juurelle; sen yläpuolella kohosivat Caradhrasin synkät jyrkänteet yössä näkymättöminä; oikealla levittäytyi pimeyden meri siinä, missä äkkiä avautui syvä rotko.

He kipusivat vaivalloisesti jyrkkää rinnettä ylös ja pysähtyivät hetkeksi sen huipulle. Frodo tunsi jonkin pehmeän koskettavan kasvojaan. Ojentaessaan kätensä hän näki hämärästi valkoisten lumihiutaleiden laskeutuvan hihalleen.

He jatkoivat kulkuaan. Mutta vähitellen lumipyry sakeni ja täytti ilman ja kieppui Frodon silmiin. Hän saattoi töin tuskin nähdä Gandalfin ja Aragornin kumarat hahmot, vaikka he kulkivat vain pari askelta hänen edellään.

»Minä en pidä tästä yhtään», huohotti Sam aivan hänen kannoillaan. »Kauniina aamuna lumipeite on oikein soma, mutta kun pyryttää minä olen kyllä mieluummin sängyssä. Saisi tämäkin tuiskuta Hobittilaan! Voisivat vaikka riemastua siellä.» Pohjoisneljännyksen ylänummia lukuun ottamatta runsas lumentulo oli harvinaista Konnussa, ja oli mieluisa ja hauska tapahtuma. Kukaan elossa oleva hobitti (paitsi Bilbo) ei muistanut vuoden 1311 Tuimaa talvea, jolloin valkoiset sudet tunkeutuivat Kontuun yli jäätyneen Rankkivuon.

Gandalf pysähtyi. Lunta oli paksulti hänen hupullaan ja hartioillaan, maassa se ulottui jo nilkkaan.

»Tätä minä pelkäsinkin», hän sanoi. »Mitä nyt sanot, Aragorn?»

»Että minäkin pelkäsin tätä», vastasi Aragorn, »mutta vähemmän kuin jotakin muuta. Tiesin että saattaisi tulla lunta, siitä huolimatta että sitä harvoin sataa näin etelässä oikein kunnolla paitsi korkealla vuoristossa. Mutta me emme ole vielä korkealla, olemme vielä aivan alhaalla, ja täällä polut ovat yleensä auki läpi talven.»

»Jospa tämä onkin jokin Vihollisen keksintö», sanoi Boromir. »Minun maassani sanotaan, että hänen hallinnassaan ovat Varjovuorten myrskyt Mordorin rajoilla. Hänellä on outoja voimia ja monia liittolaisia.»

»Hänen kätensä ulottuu sitten tosiaan kauas», sanoi Gimli, »jos hän voi jo vetää meidän kiusaksemme lumen pohjoisesta tänne sadanviidenkymmenen peninkulman päähän.»

»Kauas ulottuu hänen kätensä», sanoi Gandalf.

Heidän pysytellessään paikoillaan tuuli vaimeni ja lumipyry hellitti ja melkein lakkasi. He rämpivät taas eteenpäin. Mutta he eivät olleet kulkeneet edes yhtä vakomittaa, kun rajuilma kävi heidän kimppuunsa uusin voimin. Tuuli ujelsi ja lumimyrsky oli sokaisevan raivokas. Pian Boromirillakin oli vaikeuksia edetä. Melkein kaksinkerroin kumartuneina hobitit ponnistelivat pitempiensä rinnalla, mutta oli selvää että he eivät kykenisi jatkamaan enää paljon kauemmaksi, jos pyry jatkuisi. Frodon jalat olivat kuin lyijyä. Pippin raahautui hänen perässään. Jopa Gimlikin, tuo vankka kääpiö, nurisi pinnistellessään eteenpäin.

Saattue pysähtyi äkkiä, ikään kuin sanattomasta sopimuksesta. Heitä ympäröivästä pimeydestä kantautui aavemaisia ääniä. Ehkäpä vain tuuli teki heille kepposen kallioseinämän halkeamissa ja rotkoissa riehuessaan, mutta äänet kuulostivat kimeiltä kiljaisuilta ja naurun rääkäisyiltä. Vuoren rinteestä alkoi putoilla kiviä, jotka sujahtivat heidän päittensä yli tai kumahtivat polulle heidän viereensä. Silloin tällöin he kuulivat vaimeaa ryminää, ikään kuin suuri lohkare olisi kierinyt alas näkymättömistä korkeuksista.

»Me emme voi jatkaa pitemmälle tänä yönä», sanoi Boromir. »Kutsukoon tuota tuuleksi kuka haluaa, mutta tuuli kantaa myös julmia ääniä, ja nämä kivet on tähdätty meihin.»

»Minä kyllä kutsun tätä tuuleksi», sanoi Aragorn. »Mutta se ei kumoa sitä mitä sanot. Maailmassa on pahoja ja vihamielisiä ilmiöitä, jotka eivät rakasta kahdella jalalla kulkevaisia, mutta eivät silti ole liitossa Sauronin kanssa, vaan toimivat omien päämääriensä hyväksi. Jotkut ovat olleet tässä maailmassa häntä kauemmin.»

»Caradhrasin lisänimi oli Julma, ja sillä oli paha maine», sanoi Gimli, »jo vuosikausia sitten, kun huhua Sauronista ei ollut vielä kuultu näillä mailla.»

»Vähän on väliä sillä, kuka on vihollinen, jos emme pysty torjumaan sen hyökkäystä», sanoi Gandalf.

»Mutta mitä me sitten voimme tehdä?» huudahti Pippin surkeana. Hän nojasi Merriin ja Frodoon ja hytisi.

»Joko pysähtyä tähän, missä olemme, tai kääntyä takaisin», sanoi Gandalf. »Jatkaa ei kannata. Mikäli oikein muistan, vain vähän ylempänä tämä polku erkanee kalliosta ja vie matalaan kouruun pitkän ja kivikkoisen rinteen alla. Siellä meitä ei suojaisi mikään lumelta eikä kiviltä – eikä miltään muultakaan.»

»Eikä kannata kääntyä takaisin, niin kauan kuin myrsky jatkuu», sanoi Aragorn. »Emme ole noustessamme ohittaneet yhtään paikkaa, joka tarjoaisi paremman suojan kuin tämä kallioseinämä, jonka alla nyt olemme.»

»Vai suoja!» mutisi Sam. »Jos tämä on suoja, niin yksi katoton seinä tekee talon.»

Saattue kerääntyi yhteen niin lähelle kalliota kuin voi. He olivat sen eteläpuolella; alaosastaan seinämä kallistui vähän ulospäin, niin että he toivoivat sen suojaavan heitä hiukan pohjoistuulelta ja putoavilta kiviltä. Mutta joka puolella kieppuivat heidän ympärillään tuulen pyörteet, ja pyry kävi yhä sankemmaksi.

He kyyhöttivät kiinni toisissaan selkä vasten kalliota. Poni Bil seisoi kärsivällisesti mutta synkkänä hobittien edessä ja suojasi heitä hiukan, mutta ennen pitkää kinokset ulottuivat sen kinnerniveliin asti ja yhä ylemmäksi. Jollei hobiteilla olisi ollut mukanaan isoja seuralaisiaan, he olisivat pian hautautuneet lumeen.

Frodo joutui ankaran väsymyksen valtaan; hän tunsi vajoavansa nopeasti lämpimään ja utuiseen uneen. Hän tunsi tulen lämmittävän varpaitaan, ja toiselta puolelta takan edestä, häilyvien varjojen keskeltä hän kuuli Bilbon äänen: *Eipä ole kovin kummallinen päiväkirja*, se sanoi. *Lumimyrsky tammikuun kahdentenatoista päivänä: ei olisi kannattanut palata sellaista kertomaan.*

Mutta minä kaipasin lepoa ja unta, Bilbo, ponnistautui Frodo vastaamaan, ja samalla hän tunsi, kuinka joku ravisti häntä, ja palasi tuskallisesti valvetilaan. Boromir oli nostanut hänet lumivuoteesta.

»Tämä koituu puolituisille kuolemaksi, Gandalf», sanoi Boromir. »On järjetöntä kököttää täällä, kunnes lumi nousee päiden yli. Jotakin on tehtävä jotta pelastumme.»

»Anna heille tästä», sanoi Gandalf kaivellen pakkaustaan ja veti esiin nahkaleilin. »Vain kulaus kullekin – meille kaikille. Hyvin kallisarvoista ainetta. Se on *miruvoria*, Imladrisin lääkettä. Elrond antoi sitä minulle erotessamme. Pane se kiertämään!»

Heti kun Frodo oli niellyt kulauksen lämmintä ja tuoksuvaa nestettä, hänen rohkeutensa palasi ja raskas uneliaisuus häipyi jäsenistä. Muutkin virkistyivät ja saivat uutta toivoa ja vetreyttä. Mutta pyry ei hellittänyt. Se pöllysi heidän ympärillään sakeampana kuin koskaan, ja tuuli oli voimistunut.

»Mitä jos sytyttäisimme tulen?» kysyi Boromir äkkiä. »Lähellä on nyt valinta tulen ja kuoleman välillä, Gandalf. Epäilemättä pysymme piilossa paha-aikeisilta silmiltä, kun lumi on haudannut meidät, mutta se ei meitä paljon auta.»

»Tee vain tuli jos pystyt», sanoi Gandalf. »Jos on katselijoita, jotka kestävät tämän myrskyn, ne näkevät meidät, oli meillä tulta eli ei.»

Mutta vaikka he olivat tuoneet mukanaan puuta ja sytykkeitä Boromirin neuvon mukaan, ei edes haltian tai kääpiön taidoilla sytytetty liekkiä, joka olisi kestänyt viuhuvassa tuulessa ja tarttunut märkiin puihin. Viimein Gandalf tarttui vastahakoisesti toimeen. Hän otti risukimpun, piti sitä koholla hetken, ja samalla kun hän lausui käskevät sanat *naur an edraith ammen!* hän tuikkasi sauvansa kärjen risuihin. Heti siitä syöksähti vihreänsininen lieskaryöppy ja puu loimusi ja rätisi.

»Jos täällä on joku näkemässä, minä ainakin olen paljastanut itseni», hän sanoi. »Olen kirjoittanut *Gandalf on täällä* merkein, joita aivan kaikki Rivendellistä Anduinin suistoon saakka osaavat lukea.»

Mutta Saattue ei enää välittänyt tarkkailijoista eikä vihamielisistä silmistä. He riemuitsivat nähdessään tulen paisteen. Puu paloi iloisesti, ja vaikka lumi pihisi kaikkialla tulen ympärillä ja heidän jalkoihinsa valui sohjoa, he lämmittelivät tyytyväisinä käsiään valkean hehkussa. Siinä he seisoivat ympyrässä pienten tanssivien ja suhisevien liekkien ääreen kumartuneina. Punainen hehku valaisi heidän väsyneitä ja levottomia kasvojaan, yö oli heidän takanaan kuin musta seinä.

Mutta puu paloi nopeasti ja lunta tuli yhä vain.

Nuotio paloi kituliaasti ja viimeinen risukimppu oli viskattu siihen.
»Yö on jo vanha», sanoi Aragorn. »Auringon nousu ei enää ole kaukana.»
»Mikäli mikään auringonnousu pystyy läpäisemään nuo pilvet», sanoi Gimli.
Boromir astui ulos kehästä ja tuijotti ylös pimeyteen. »Pyry heikkenee», hän
sanoi, »ja tuuli on vaimennut.»

Frodo tuijotti uupuneesti pimeästä yhä putoilevia hiutaleita, jotka näkyivät
hetken valkoisina sammuvan tulen loisteessa, eikä hän pitkään aikaan huomannut harvenemisen oireita. Mutta kun uni taas alkoi hiipiä häneen, hän tajusi
äkkiä, että tuuli oli tosiaan hellittänyt ja että hiutaleet kävivät suuremmiksi ja
niitä putosi harvempaan. Hyvin hitaasti alkoi haalea valo lisääntyä. Lopulta
lumisade lakkasi kokonaan.

Kun tuli valoisampaa, paljastui muodoton hiljainen maisema. Heidän turvapaikkansa alapuolella hautasivat valkoiset kummut, kupolit ja syvänteet kokonaan polun, jota he olivat kulkeneet, mutta ylhäällä suurten raskaiden pilvien
peittämät vuorenhuiput lupasivat lisää lunta.

Gimli katsoi ylös ja ravisti päätään. »Caradhras ei ole antanut meille anteeksi»,
hän sanoi. »Sillä on vielä lunta varastossa meidän yllemme singottavaksi, mikäli
jatkamme matkaa. Mitä pikemmin menemme takaisin ja alas, sitä parempi.»

Kaikki olivat yhtä mieltä tästä asiasta, mutta paluu oli nyt hankala. Se saattoi
hyvinkin osoittautua mahdottomaksi. Vain muutaman askelen päässä nuotion
tuhkasta lumipeitto oli monen kyynärän paksuinen ja hobittia korkeampi, paikoitellen oli tuuli vyöryttänyt ja kasannut suuria kinoksia kalliota vasten.

»Jos Gandalf kulkisi meidän edellämme pidellen kirkasta liekkiä, hän voisi
ehkä sulattaa teille polun», sanoi Legolas. Myrsky ei ollut häntä paljon vaivannut,
ja Saattueen jäsenistä oli yksin hän keveällä mielellä.

»Jos haltiat osaisivat lentää vuorten yli, he voisivat noutaa auringon meitä
pelastamaan», vastasi Gandalf. »Mutta minä tarvitsen jotakin tulta varten. En
voi polttaa lunta.»

»No sitten», sanoi Boromir, »täytyy ruumiin palvella kun pää on ymmällä, niin
kuin minun maassani sanotaan. Vahvin meistä raivatkoon tien. Katsokaa! Kaikki
on nyt lumen peitossa, mutta polkumme kääntyi ylös tullessamme tuon kallion
niemekkeen ympäri. Siellä alkoi lumi ensi kerran ahdistaa meitä. Jos pääsisimme
takaisin siihen paikkaan, olisi sen jälkeen kenties helpompaa. En usko sen olevan
kuin yhden vakomitan päässä.»

»Raivatkaamme siis tie sinne, sinä ja minä!» sanoi Aragorn. Aragorn oli Saattueen pisin, mutta Boromir, joka oli hieman lyhyempi varreltaan, oli sen sijaan
raskaampaa ja vankempaa tekoa. Hän kulki ensimmäisenä ja Aragorn seurasi
häntä. Hitaasti he etenivät ja joutuivat pian ponnistelemaan ankarasti. Paikoitellen lumi ulottui vielä rintaan asti, ja usein näytti siltä kuin Boromir olisi pikemminkin uinut tai kaivautunut eteenpäin suurilla käsillään kuin kävellyt.

Legolas katseli heitä vähän aikaa hymy huulillaan ja sitten hän kääntyi muiden puoleen. »Vahvin raivatkoon tien, niinkö te sanotte? Mutta minä sanon:
kyntömies kyntäköön, mutta saukko on sopivin uimaan, ja ruohon ja lehtien tai
lumen yli juoksemaan – on haltia paras.»

Näin sanottuaan hän loikkasi kepeästi hangelle, ja silloin Frodo huomasi kuin
ensi kertaa seikan, jonka hän kyllä oli kauan tiennyt: että haltialla ei ollut saappaita, vaan hänellä oli jalassaan ainoastaan kevyet kengät niin kuin aina, ja että
niistä jäi vain vähäinen jälki lumeen.

»Näkemiin!» hän sanoi Gandalfille. »Menen tästä aurinkoa noutamaan!» Sitten hän pinkaisi pois kuin juoksija kovalla hiekalla, saavutti pian ponnistelevat miehet ja ohitti heidät kättään heilauttaen. Hän etääntyi nopeasti ja katosi kallionkulman taakse.

Muut kyyhöttivät yhdessä ja seurasivat odottaessaan, miten Boromir ja Aragorn pienenivät mustiksi täpliksi suureen valkeuteen. Vähitellen hekin häipyivät näkyvistä. Aika mateli. Pilvet painautuivat alemmaksi ja nyt leijaili taas alas muutamia lumihiutaleita.

Kului ehkä tunti, vaikka aika tuntui paljon pitemmältä, ja sitten he vihdoin näkivät Legolasin palaavan. Samaan aikaan Boromir ja Aragorn ilmestyivät mutkan takaa kaukana hänen takanaan ja ponnistelivat rinnettä ylös.

»Totta puhuen», sanoi Legolas juostessaan ylös, »en ole tuonut teille aurinkoa. Se vaeltaa etelän sinisillä niityillä, eikä pikku ripaus lunta Punasarven nyppylälle lainkaan sitä huoleta. Mutta olen tuonut mukanani toivon säteen niille, jotka ovat tuomitut kulkemaan jalan. Heti mutkan takana on valtava kinos, ja siihen väkivahvat urhomme olivat hautautua. He joutuivat epätoivoon, mutta sitten minä tulin kertomaan, että kinos ei ollut paljon tavallista muuria paksumpi. Ja sen toisella puolen lumi äkkiä vähenee, niin että alempana sitä on vain niin ohuen maton verran, että se juuri ja juuri viilentää hobitinvarpaat.»

»Kuten minä sanoin», murahti Gimli. »Se ei ollut tavallinen myrsky. Se oli Caradhrasin pahan tahdon purkaus. Se ei rakasta haltioita eikä kääpiöitä, ja kinos on pantu sinne estämään meidän takaisinpääsymme.»

»Mutta onneksi sinun Caradhrasisi on unohtanut, että sinulla on ihmisiä mukanasi», sanoi Boromir, joka saapui ylös juuri sillä hetkellä. »Uljaita ihmisiä, sitä paitsi, vaikka kenties alhaisemmat lapiolla varustetut ihmiset olisivat olleet teille enemmän hyödyksi. Me olemme kuitenkin puhkaisseet teille tien kinoksen läpi, ja siitä voivat olla kiitollisia kaikki ne, jotka eivät kykene juoksemaan yhtä kepeästi kuin haltiat.»

»Mutta miten me pääsemme alas, sinne missä te raivasitte tien kinokseen?» lausui Pippin sanoiksi kaikkien hobittien ajatukset.

»Olkaa huoleti!» sanoi Boromir. »Olen väsynyt, mutta minulla on vielä vähän voimia ja Aragornillakin on. Me kannamme pikkuväen. Muut varmaan kykenevät tallomaan itselleen polun perässämme. Tule, herra Peregrin! Minä aloitan sinusta.»

Hän nosti hobitin ylös. »Pidä kiinni! Tarvitsen käsiäni», hän sanoi ja asteli eteenpäin. Aragorn tuli hänen perässään Merrin kanssa. Pippin ihmetteli Boromirin voimia nähdessään väylän, jonka mies oli jo raivannut ainoana apuvälineenään suuret jäsenensä. Nytkin, vaikka hänellä oli taakka selässään, hän työnteli kävellessään lunta sivuun ja levensi uomaa niitä varten, jotka tulivat hänen perässään.

Aikansa kuljettuaan he tulivat suurelle kinokselle. Lunta oli kasaantunut polun poikki seinämäksi, jonka harja kohosi kahden miehen korkeudella ja oli terävä kuin veitsellä vuoltu, mutta sen läpi oli puhkaistu väylä, joka nousi ja laski kuin silta. Toisella puolen Merri ja Pippin laskettiin maahan, ja siinä he odottivat Legolasin kanssa muun joukon saapumista.

Vähän ajan päästä Boromir palasi kantaen Samia. Hänen takanaan tuli kapealla mutta nyt jo hyvin tallatulla uralla Gandalf taluttaen Biliä, jonka kantamusten joukkoon Gimli oli nostettu. Viimeisenä tuli Aragorn Frodoa kantaen. He kulkivat solan läpi, mutta tuskin oli Frodo koskettanut maata, kun alas valui kumeasti jylisten kiviä ja lunta. Vyöry melkein sokaisi Saattueen heidän painautuessaan kalliota vasten, ja kun ilma selkeni taas, he näkivät, että polku oli tukossa heidän takanaan.

»Riittää, riittää jo!» huusi Gimli. »Me häivymme niin pian kuin voimme!» Ja tosiaan näytti siltä, että tuo viimeinen isku oli kuluttanut loppuun vuoren vihan, ikään kuin Caradhras olisi ollut tyytyväinen siitä, että tunkeutujat oli karkotettu ja että ne eivät uskaltaisi palata. Lumenuhka väistyi, pilvet alkoivat rakoilla ja valo vahvistui.

He saivat huomata että kuten Legolas oli kertonut, lumikerros oheni ohenemistaan mitä alemmaksi he laskeutuivat, niin että hobititkin pystyivät tarpomaan maassa. Pian he kaikki seisoivat jälleen jyrkän rinteen huipulla sillä laakealla tasanteella, missä he olivat tunteneet ensimmäiset lumihiutaleet edellisenä yönä.

Lähestyttiin jo puolta päivää. Korkealta paikaltaan he katselivat länteen alavampien maisemien yli. Kaukana vuoren juurella levittäytyvällä kumpuilevalla seudulla oli notko, josta he olivat alkaneet kiivetä solaa kohti.

Frodon jalkoja särki. Häntä paleli luihin ja ytimiin saakka ja hänen oli nälkä, ja hänen päätään heikotti ajatus pitkästä ja tuskallisesta alamäestä. Hänen silmissään ui mustia täpliä. Hän hieroi silmiään, mutta mustat täplät eivät kadonneet. Kaukana hänen alapuolellaan mutta silti korkealla alempien kukkuloiden huippujen yläpuolella pyöri ilmassa tummia pisteitä.

»Taas nuo linnut!» sanoi Aragorn osoittaen alas.

»Sille ei nyt mahda mitään», sanoi Gandalf. »Olivat ne hyviä tai pahoja, riippumatta siitä, onko niillä jotakin tekemistä meidän kanssamme, meidän on heti mentävä alas. Edes Caradhrasin alarinteillä me emme odota enää yhtään yötä tulevaksi!»

Kylmä tuuli puhalsi heidän niskaansa, kun he käänsivät selkänsä Punasarven portille ja kompuroivat uupuneina rinnettä alas. Caradhras oli vienyt heistä voiton.

4
MATKA PIMEYDESSÄ

KUN SAATTUE PYSÄHTYI yöpyäkseen, oli jo ilta, ja harmaa valo haipui taas nopeasti. He olivat hyvin väsyneitä. Syvenevä hämärä verhosi vuoret ja tuuli oli kylmä. Gandalf jakoi kullekin jälleen kulauksen Rivendellin *miruvoria*. Kun he olivat haukanneet hiukan syötävää, hän kutsui heidät neuvotteluun.

»Emme tietenkään voi jatkaa matkaa enää tänä yönä», hän sanoi. »Hyökkäys Punasarven solassa on vienyt kaikki voimamme, ja meidän täytyy levätä tässä vähän aikaa.»

»Ja mihin me sitten menemme?» kysyi Frodo.

»Matkamme ja tehtävämme ovat yhä edessämme», vastasi Gandalf. »Meillä ei ole muita mahdollisuuksia kuin jatkaa taikka palata Rivendelliin.»

Pippinin kasvot kirkastuivat silminnähden kun Rivendelliin paluusta tuli puhe; Merri ja Sam katsahtivat ylös toiveikkaina. Mutta Aragorn ja Boromir eivät värähtäneetkään. Frodo näytti huolestuneelta.

»Kuinka mielelläni olisinkaan siellä taas», hän sanoi. »Mutta miten voin palata joutumatta häpeään – ellei sitten tosiaankaan ole olemassa muuta tietä, ja meidät on jo voitettu.»

»Olet oikeassa, Frodo», sanoi Gandalf, »palaaminen merkitsisi sitä, että myönnämme tappion ja jäämme odottamaan vielä kauheampaa tappiota. Jos palaamme nyt, Sormuksen täytyy pysyä siellä: enää emme pysty sieltä lähtemään. Sitten loppujen lopuksi Rivendell piiritetään, ja lyhyen ja katkeran taistelun jälkeen se tuhotaan. Sormusaaveet ovat vaarallisia vihollisia, mutta ne ovat vain aavistus siitä voimasta ja siitä kauhusta, joka niillä olisi, jos Valtasormus joutuisi taas niiden isännän käteen.»

»Sitten meidän täytyy jatkaa matkaa, jos jokin tie on», sanoi Frodo huoaten. Sam vajosi takaisin synkkyyteen.

»On tie, jota me voimme koettaa», Gandalf sanoi. »Alun perin, silloin kun ensi kerran harkitsin tätä matkaa, arvelin että meidän pitäisi yrittää sitä tietä. Mutta se ei ole miellyttävä tie, enkä ole aikaisemmin puhunut siitä

Saattueelle. Aragorn vastusti sitä ja vaati, että solaa vuorten yli olisi ensin edes koetettava.»

»Jos on olemassa pahempi tie kuin Punasarven portti, niin sen täytyy olla tosi kauhea», sanoi Merri. »Mutta kerro meille ja paljasta pahin heti kärkeen.»

»Tie, josta puhun, vie Morian kaivoksiin», sanoi Gandalf. Vain Gimli nosti päänsä, hänen silmissään hehkui tuli. Kaikkia muita kylmäsi kauhu, kun he kuulivat tuon nimen. Hobiteissakin herätti Morian nimi epämääräistä pelkoa.

»Kenties tie vie Moriaan, mutta miten voimme toivoa, että tie vie sieltä pois?» sanoi Aragorn synkästi.

»Se on pahaenteinen nimi», sanoi Boromir. »Enkä minä näe mitään syytä mennä sinne. Jos me emme voi ylittää vuoria, kulkekaamme etelään, kunnes saavumme Rohanin aukkoon; siellä ovat ihmiset ystävällisiä minun kansaani kohtaan, ja sinne voimme mennä samaa tietä, jota minä käytin tänne tullessani. Tai me voisimme mennä pitemmällekin ja ylittää Rautkymin ja tulla Aavarannan ja Lebenninin puolelle, ja saapua siten Gondoriin rannikon suunnalta.»

»Tilanne on muuttunut sen jälkeen kun tulit pohjoiseen, Boromir», vastasi Gandalf. »Etkö kuullut. mitä kerroin teille Sarumanista? Hänelle minulla on kenties hiukan asiaa, ennen kuin kaikki on ohi. Mutta Sormus ei saa joutua lähelle Rautapihaa, jos se mitenkään voidaan välttää. Rohanin aukko on meiltä suljettu, niin kauan kuin kuljemme Sormuksen viejän kanssa.

Mitä tulee pitempään tiehen, meiltä ei liikene aikaa. Meiltä saattaisi kulua vuosi, ja meidän olisi kuljettava läpi monien maiden, jotka ovat autioita ja vailla asumuksia. Ja kuitenkaan emme olisi siellä turvassa. Sekä Sarumanin että Vihollisen silmät tarkkailisivat meitä siellä. Boromir, silloin kun sinä vaelsit pohjoiseen, olit Viholliselle vain etelästä tuleva yksittäinen kulkija ja vailla merkitystä hänelle: hänen mieltään poltti Sormuksen takaa-ajo. Mutta nyt palatessasi olet Sormuksen saattueen ritari, ja olet vaarassa niin kauan kuin pysyt meidän mukanamme. Vaara kasvaa joka peninkulmalla, jonka me kuljemme avoimen taivaan alla etelää kohti.

Sen jälkeen kun yritimme avoimesti päästä vuorisolan läpi, on ahdinkomme kyllä käynyt entistä epätoivoisemmaksi. Meillä ei liene paljon toivoa, jos emme pian katoa näkyvistä väähäksi aikaa ja peitä jälkiämme. Sen tähden on neuvoni se, että me emme mene vuorten yli emmekä ympäri vaan niiden alitse. Sitä tietä Vihollinen vähiten olettaa meidän käyttävän.»

»Me emme tiedä, mitä hän olettaa», sanoi Boromir. »Hän saattaa tarkkailla kaikkia teitä, niin todennäköisiä kuin epätodennäköisiä. Siinä tapauksessa Moriaan meneminen merkitsisi ansaan astumista. Yhtä hyvin voisimme koputtaa itsensä Mustan tornin porttiin. Morian nimi on musta.»

»Puhut sellaista mitä et tiedä, kun vertaat Moriaa Sauronin linnoitukseen», vastasi Gandalf. »Minä yksin meistä olen koskaan ollut Mustan ruhtinaan vankityrmissä ja silloinkin vain hänen vanhemmassa ja vähäisemmässä asumuksessaan Dol Guldurissa. Ne, jotka kulkevat Barad-dûrin porteista, eivät enää palaa. Mutta minä en johtaisi teitä Moriaan, jos ei olisi mitään toivoa päästä sieltä ulos. Jos siellä on örkkejä, se voi koitua meille kohtalokkaaksi, se on totta. Mutta suurin osa Sumuvuorten örkeistä ajettiin hajalle tai tuhottiin Viiden armeijan taistelussa. Kotkat kertovat, että örkkejä kerääntyy taas kaukaa, mutta voi toivoa että Moria on vielä vapaa.

On jopa olemassa mahdollisuus, että siellä on kääpiöitä ja että jossakin isiensä salissa tapaamme Balinin Fundinin pojan. Kävipä sitten kuinka kävi, itse kunkin on kuljettava tietä, jolle tarve ajaa!»

»Minä tahdon kulkea sen tien sinun kanssasi, Gandalf!» sanoi Gimli. »Minä menen katsomaan Durinin saleja, odottipa siellä mitä tahansa – jos sinä pystyt löytämään ovet, jotka ovat suljetut.»

»Hyvä, Gimli!» sanoi Gandalf. »Rohkaiset minua. Yhdessä etsimme kätketyt ovet. Ja me pääsemme läpi. Kääpiöiden valtakunnan raunioissa pystyy kääpiö paremmin säilyttämään mielenmalttinsa kuin haltia, ihminen tai hobitti. En kuitenkaan mene sinne ensimmäistä kertaa. Etsin sieltä kerran kauan Thráinia, Thrórin poikaa, kun hän oli kadonnut. Minä kuljin Morian läpi ja tulin elossa ulos!»

»Minäkin olen kerran kulkenut Hämypuron portista», sanoi Aragorn hiljaa, »mutta vaikka minäkin tulin ulos, muisto on hyvin raskas. En tahtoisi astua Moriaan toista kertaa.»

»Ja minä en tahdo astua sinne ensimmäistäkään kertaa», sanoi Pippin.

»Enkä minä», mutisi Sam.

»Ette tietenkään!» sanoi Gandalf. »Kukapa haluaisi? Mutta kysymys on tästä: kuka seuraa minua, jos johdan teidät sinne?»

»Minä», sanoi Gimli innokkaana.

»Minä», sanoi Aragorn vitkaan. »Sinä seurasit minua, kun vein meidät lumeen tuhon partaalle, etkä sinä ole lausunut syytöksen sanaa. Minä seuraan nyt sinua – mikäli tämä viimeinen varoitus ei sinuun vaikuta. En ajattele nyt Sormusta enkä ketään meistä muista, minä ajattelen sinua, Gandalf. Ja minä sanon sinulle: jos kuljet Morian porteista, niin varo, Gandalf, varo!»

»Minä en sinne mene», sanoi Boromir, »en mene, ellei koko muu joukko äänestä minua vastaan. Mitä sanoo Legolas, ja mitä pikkuväki? Sormuksen viejää on toki kuunneltava.»

»En tahtoisi mennä Moriaan», sanoi Legolas.

Hobitit eivät sanoneet mitään. Sam katsoi Frodoon. Viimein Frodo puhui. »En tahtoisi mennä sinne», hän sanoi, »mutta en myöskään tahtoisi hylätä Gandalfin neuvoa. Pyydän, että emme äänestäisi, ennen kuin olemme nukkuneet yön yli. Gandalf saa enemmän ääniä aamun valossa kuin tässä synkässä kylmyydessä. Kuinka tuuli ulvookaan!»

Näiden sanojen jälkeen kaikki vaipuivat ääneti ajatuksiinsa. He kuulivat, miten tuuli sähisi kallioiden ja puiden lomassa, ja heidän ympäriltään yön tyhjyydestä kuului ulvontaa ja ulinaa.

Äkkiä Aragorn hyökkäsi pystyyn. »Kuinka tuuli ulvookaan!» hän huusi. »Se ulvoo suden äänin. *Hukat* ovat tulleet Vuorten länsipuolelle!»

»Pitääkö meidän siis odottaa aamuun?» sanoi Gandalf. »Asia on niin kuin sanoin. Ajojahti on alkanut! Vaikka eläisimmekin aamunkoittoon asti, kuka tahtoisi yötä myöten matkata kohti etelää villit sudet kannoillaan?»

»Miten kaukana on Moria?» Boromir kysyi.

»Caradhrasin lounaispuolella oli ennen ovi, viitisentoista virstaa linnuntietä ja kenties parikymmentä virstaa sudenpolkua», vastasi Gandalf synkästi.

»Lähtekäämme siis liikkeelle huomisaamuna heti kun on valoisaa, jos voimme», sanoi Boromir. »Kauheampi on suden huuto korvissa kuin örkin pelko sydämessä.»

»Totta!» sanoi Aragorn ja koetteli, lähtikö miekka helposti tupesta. »Mutta missä hukka ulvoo, siellä örkki valvoo.»

»Olisinpa uskonut Elrondin neuvoa», Pippin mutisi Samille. »Ei minusta ole mihinkään. Minussa ei ole tarpeeksi Bandobras Härkäräikän perua: tämä ulvonta hyytää minulta veren. En muista, että olisin koskaan tuntenut oloani näin kurjaksi.»

»Minä olen jo ihan hervoton, Pippin-herra», sanoi Sam. »Mutta ei meitä vielä ole syöty, ja meillä on mukana kovaa porukkaa. Mikä sitten odottaakin vanhaa Gandalfia, niin ei se takuulla ole suden vatsa.»

Öistä puolustusta varten joukko kiipesi sen pienen kukkulan huipulle, jonka juurella he olivat piileskelleet. Ylhäällä kasvoi rykelmä vanhoja käppyräpuita, joiden ympärillä lojui hajanaisessa piirissä siirtokiviä. Näiden keskelle he sytyttivät nuotion, sillä ei ollut mitään toivoa siitä, että pimeys tai hiljaisuus estäisivät saalistajalaumaa pääsemästä heidän jäljilleen.

He istuivat nuotion ympärillä, ja ne jotka eivät olleet vartiossa, torkahtelivat rauhattomasti. Bil-poni tutisi ja hikosi seisten paikoillaan. Susien ulvonta kuului nyt joka puolelta, milloin lähempää, milloin kauempaa. Yön pimeydessä he näkivät monen silmäparin kurkistavan kukkulan reunan yli. Jokunen tuli melkein kivikehälle saakka. Kehään jäävässä aukossa erottui suden tumma hahmo, joka seisoi ja tuijotti heitä. Se päästi vavisuttavan huudon, ikään kuin se olisi ollut johtaja, joka kutsui laumansa hyökkäykseen.

Gandalf nousi ylös ja astui eteenpäin sauva ojossa. »Kuule, sinä Sauronin hurtta!» hän huusi. »Gandalf on täällä. Pakene, jos karvasi on sinulle kallis! Minä kärvennän sinut hännästä kuonoon, jos tulet tämän piirin sisäpuolelle!»

Susi murisi ja ponkaisi pitkän hypyn heitä kohti. Samalla hetkellä kuului terävä helähdys. Legolas oli käyttänyt joustaan. Susi älähti kaameasti ja hahmo tömähti maahan kesken hypyn: haltianuoli oli lävistänyt sen kurkun. Tuijottavat silmät sammuivat heti. Gandalf ja Aragorn astuivat eteenpäin, mutta kukkulalla ei ollut mitään; saalistavat laumat olivat paenneet. Pimeys hiljeni heidän ympärillään, eikä huokaava tuuli tuonut heidän korviinsa yhtäkään ulvahdusta.

Yö oli jo vanha ja vähenevä kuu laski juuri länteen; se pilkahti silloin tällöin pilvenrepaleiden lomasta. Äkkiä Frodo hätkähti hereille. Varoituksetta puhkesi ilmoille hirveä ulvonta väkevänä ja hurjana. Suuri hukkalauma oli kokoontunut kaikessa hiljaisuudessa ja hyökkäsi nyt heidän kimppuunsa joka puolelta yhtaikaisesti.

»Heittäkää puita tuleen!» huusi Gandalf hobiteille. »Vetäkää miekat esiin ja seiskää seläkkäin!»

Kun uudet puut syttyivät ja valo leimahti, Frodo näki, kuinka monta harmaata hahmoa loikkasi kiviympyrän yli. Niitä tuli yhä enemmän. Aragorn survaisi miekkansa valtavan johtajasuden kaulaan, hurjalla huitaisulla pyyhkäisi Boromir toiselta pään. Heidän vieressään seisoi Gimli tanakat jalat harallaan käytellen kääpiökirvestään. Legolasin jousi lauloi.

Lepattavassa tulen kajossa näytti kuin Gandalf olisi äkkiä kasvanut: hän nousi suurena uhkaavana hahmona, joka oli kuin kukkulalle pystytetty muinaiskuninkaan kivinen muistomerkki. Hän kumartui, otti oksan ja asteli susia kohti. Nämä perääntyivät hänen edessään. Hän heitti leimuavan oksan korkealle ilmaan. Se säkenöi äkkiä valkoisena kuin salama, ja hänen äänensä jyrisi ukkosen lailla:

»*Naur an edraith ammen! Naur dan i ngaurhoth!*» hän huusi.

Kävi jymähdys ja rätinää, ja hänen yläpuolellaan kasvava puu puhkesi kukkimaan sokaisevia liekkejä. Tuli tarttui puunlatvasta toiseen. Koko kukkulan laki loimusi häikäisevänä valokruununa. Puolustajien miekat ja veitset hohtivat ja välkehtivät. Legolasin viimeinen nuoli syttyi tuleen ilmassa ja tunkeutui palavana yhden suuren johtajasuden sydämeen. Kaikki muut pakenivat.

Hitaasti tuli laantui putoilevaksi tuhkaksi ja kipinöiksi; palaneiden puuntynkien yllä kiemurteli kitkerä savu, joka ajautui tummana pois kukkulalta, samaan aikaan kun aamun ensi valo alkoi häämöttää taivaalla. Viholliset oli ajettu pois eivätkä ne enää palanneet.

»Mitä minä sanoin, Pippin-herra!» sanoi Sam pannessaan miekkansa tuppeen. »Sudet ei häntä saa. Oli se vaan valaiseva kokemus, ihan kirjaimellisesti! Melkein kärvensi tukan päästä!»

Aamun täysin valjettua he eivät löytäneet merkkiäkään susista, ja turhaan he etsivät raatoja. Taistelusta ei ollut jäänyt muita jälkiä kuin kärventyneet puut ja Legolasin nuolet, jotka lojuivat kukkulan huipulla. Ne olivat kaikki vahingoittumattomia lukuun ottamatta yhtä, josta oli jäljellä vain kärki.

»Tätä minä pelkäsin», sanoi Gandalf. »Nämä eivät olleet tavallisia susia, jotka metsästävät ruokaa erämaasta. Syökäämme pikaisesti; meidän on lähdettävä!»

Sää muuttui jälleen tuona päivänä, ikään kuin sitä olisi säädellyt voima, jolla ei enää ollut lumelle käyttöä sen jälkeen, kun he olivat vetäytyneet solalta, voima, joka nyt tarvitsi kirkasta valoa jossa kaikki, mikä liikkui, oli helppo nähdä matkojen päähän. Tuuli oli kääntynyt yön aikana pohjoisen kautta luoteeseen ja nyt se oli tyyntynyt. Pilvet katosivat etelään ja taivas tuli näkyviin korkeana ja sinisenä. Heidän seistessään kukkulan rinteessä valmiina lähtöön hehkui vuorten huipuilla kalpea auringonpaiste .

»Meidän täytyy päästä ovelle ennen auringon laskua», sanoi Gandalf, »tai sitten voi käydä niin, ettemme pääse sille lainkaan. Se ei ole kaukana, mutta polkumme saattaa olla mutkallinen, sillä nyt ei Aragorn kykene opastamaan meitä; hän on harvoin kulkenut tässä maassa ja minäkin olen vain kerran ollut Morian länsimuurin alla, ja siitä on jo kauan.

Tuolla se on», hän sanoi ja osoitti kaakkoon, missä vuorten kyljet vajosivat jyrkkinä varjoihin. Kaukaisuudessa saattoi hämärästi erottaa jonon paljaita kallioita ja keskellä niitä korkeamman ison harmaan seinämän. »Solalta minä johdin teitä etelään, enkä takaisin lähtökohtaamme, kuten jotkut teistä ovat saattaneet huomata. Hyvä että niin tein, sillä nyt meillä on useita virstoja vähemmän kuljettavana, ja meillä on kiire. Lähtekäämme!»

»En tiedä mitä toivoisin», sanoi Boromir synkeästi, »ettäkö Gandalf löytäisi etsimänsä vai että tullessamme seinämälle saisimme huomata, että portti on kadonnut ikuisiksi ajoiksi. Kaikki vaihtoehdot näyttävät huonoilta,

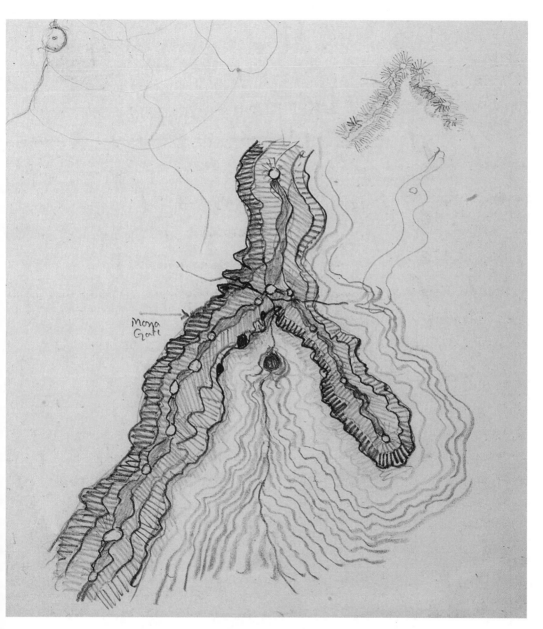

Korkeuskäyräkartta Sumuvuorista Kuvastajan tienoilla

ja todennäköisimmältä tuntuu että jäämme kiikkiin seinämän ja susien väliin. Matkaan sitten vain!»

Gimli käveli nyt velhon rinnalla, niin innokas hän oli pääsemään Moriaan. Yhdessä he johtivat Saattueen takaisin vuoria kohti. Ainoa lännestä päin Moriaan vievä tie oli vanhastaan seurannut Sirannon-nimistä jokea, joka kumpusi kallioiden juurelta, sieltä missä ovi oli sijainnut. Mutta joko Gandalf oli kulkenut harhaan tai sitten seutu oli viime vuosina muuttunut, sillä hän ei löytänyt virtaa sieltä mistä oletti, muutaman virstan päästä etelään heidän lähtöpaikastaan.

Aamu läheni puoltapäivää ja vieläkin Saattue kompasteli ja rämpi karussa punaisten kivien louhikossa. Missään he eivät nähneet veden kimallusta taikka kuulleet sen solinaa. Kaikki oli kuivaa ja kolkkoa. Heidän mielialansa painui. He eivät nähneet ainuttakaan elävää olentoa, eikä taivaalla ollut lintuakaan; mutta mitä yö toisi tullessaan, jos se yllättäisi heidät tuossa hylätyssä maassa, sitä he eivät halunneet miettiä.

Äkkiä Gimli, joka oli kiiruhtanut muiden edelle, huusi heille. Hän seisoi pikku mäennyppylällä ja osoitti kädellään oikealle. He kiiruhtivat ylös ja näkivät alhaalla kapean, syvän uoman. Se oli hiljainen ja tyhjä ja tuskin pisaraakaan vettä norui ruskeiden punalaikkuisten kivien lomassa, mutta heidän puolellaan uomaa erottui katkonainen kulkutie, jonka kiveys kiemurteli muinaisen valtatien rapautuneiden muurien välissä.

»Tässä se viimein on!» sanoi Gandalf. »Tässä virtasi joki, jota kutsuttiin nimeltä Sirannon, Porttivirta. Minulla ei ole aavistustakaan, mitä sille on tapahtunut; ennen se virtasi vuolaana ja kohisten. Tulkaa! Meidän täytyy kiiruhtaa. Olemme jo myöhässä.»

Heidän jalkojaan särki ja heitä väsytti, mutta sinnikkäästi he taivalsivat eteenpäin monta virstaa tuota mutkittelevaa ja rosoista tietä. Aurinko kallistui keskipäivästä länttä kohti. Lyhyen tauon ja hätäisen aterian jälkeen he jatkoivat matkaansa. Edessäpäin kohosivat vuoret, mutta tie jäi syvään kouruun, josta näkyivät vain yläharjanteet ja kaukaiset itäiset huiput.

Viimein he tulivat tiukkaan kaarteeseen. Siinä tie, joka oli taipunut etelää kohti uoman reunan ja jyrkän rinteen välissä, kääntyi taas takaisin itään. Kulman takana he näkivät edessään matalan, noin viiden sylen korkuisen kallion, jonka harja oli säröinen ja rosoinen. Sen yli valui pieni vesipuronen leveästä aukosta, joka näytti suuren ja mahtavan putouksen ammoin kovertamalta.

»Seutu on totisesti muuttunut!» sanoi Gandalf. »Mutta paikasta ei voi erehtyä. Tässä on kaikki, mitä on jäljellä Portaitten putouksesta. Mikäli muistan oikein, sen viereen oli hakattu kiviportaat, mutta päätie kääntyi vasemmalle ja kipusi usean mutkan jälkeen ylös tasamaalle. Putouksen tuolla puolen oli ennen matala laakso, joka vei suoraan Morian muureille, ja Sirannon virtasi sen halki ja tie kulki joen viertä. Katsokaamme, miltä nuo maisemat näyttävät nykyään!»

He löysivät kiviportaat helposti, ja Gimli loikki ne nopeasti ylös, ja häntä seurasivat Gandalf ja Frodo. Saapuessaan niiden yläpäähän he huomasivat, etteivät enää voineet jatkaa sitä tietä, ja syy Porttivirran kuivumiseen paljastui. Heidän takanaan sai laskeva aurinko viileän läntisen taivaan hehkumaan kuin kulta. Heidän edessään levittäytyi tumma tyyni järvi. Ei taivas eikä aurinko heijastunut sen kolkosta pinnasta. Sirannon oli padottu ja täyttänyt laakson. Synkän veden takana kohosi hämärtyvässä valossa valtava ankara kalliomuuri: läpipääsemätön seinä. Frodo ei erottanut kolkossa kivessä mitään merkkiä portista tai sisäänkäynnistä, ei rakoa eikä halkeamaa.

»Siinä ovat Morian muurit», sanoi Gandalf osoittaen kädellään veden yli. »Ja tuolla oli kerran Portti. Paatsamalan tie, jota me olemme kulkeneet, päättyi Haltiaoveen. Mutta tämä tie on tukossa. Tuskin kukaan Saattueesta haluaa lähteä uimaan tuohon synkkään veteen päivän päätteeksi. Siinä on jotakin vastenmielistä.»

»Meidän täytyy yrittää kiertää sen pohjoispuolitse», sanoi Gimli. »Ensin Saattueen on kiivettävä ylös pääpolkua ja tarkistettava mihin se vie. Vaikka järveä ei olisikaan, me emme saisi kuormaponiamme ylös näitä portaita.»

»Mutta emme me muutenkaan voisi viedä sitä otusparkaa mukanamme Kaivoksiin», sanoi Gandalf. »Vuortenalainen tie on pimeä tie, ja siellä on kapeikkoja ja jyrkänteitä, joita se ei pysty kulkemaan vaikka me pystyisimmekin.»

»Bil parka!» sanoi Frodo. »Sitä en tullut ajatelleeksi. Ja Sam rukka! Mitähän hän sanoo?»

»Olen pahoillani», sanoi Gandalf. »Bil parka on ollut hyödyllinen matkatoveri, ja sydämeeni koskee, kun me nyt joudumme jättämään sen. Jos olisin saanut päättää, olisin lähtenyt kevyemmin varustein ja ilman juhtaa, enkä missään nimessä olisi ottanut tätä eläintä, johon Sam on kiintynyt. Pelkäsin koko ajan, että meidän olisi pakko lähteä tälle tielle.»

Päivä läheni loppuaan ja kylmät tähdet kimaltelivat taivaalla korkealla auringonlaskun yläpuolella, kun Saattue kiipesi rinteet ylös niin nopeasti kuin kykeni ja pääsi järven rantaan. Sen leveys näytti olevan vain vajaat kolme vakomittaa leveimmilläänkin. Hämärtyvässä valossa he eivät nähneet, kuinka pitkälle etelään se ulottui, mutta sen pohjoispää ei ollut kuin puolen virstan päässä siitä, missä he nyt seisoivat, ja laaksoa saartavien kiviseinämien ja vedenrajan väliin jäi maakaistale. He kiiruhtivat eteenpäin, sillä heillä oli vielä virsta tai kaksi kuljettavana, ennen kuin he saapuisivat vastapäiselle rannalle paikkaan, johon Gandalf pyrki; ja sitten hänen olisi vielä löydettävä ovikin.

Kun he tulivat järven pohjoiskärkeen, he törmäsivät kapeaan puroon, joka katkaisi heidän tiensä. Se oli vihreä ja liikkumaton, kuin ympäröiviä kukkuloita kohti kurottuva limainen käsivarsi. Gimli tallusti eteenpäin pelotta ja havaitsi, että vesi oli matalaa, vain nilkkoihin asti. He kävelivät jonossa hänen perässään ja astelivat varovasti, sillä ruohoisissa syvänteissä oli lipeviä ja niljaisia kiviä ja jalansija epävarma. Frodo värisi inhosta, kun tumma likainen vesi kosketti hänen jalkojaan.

Kun viimeisenä kulkeva Sam oli taluttanut Bilin kuivalle maalle puron toiselle puolelle, he kuulivat heikon äänen: loiskahduksen ja sitten pulpahduksen, ikään kuin kala olisi rikkonut veden tyvenen pinnan. He käännähtivät äkkiä ja näkivät vedessä väreitä, jotka haipuvassa valossa olivat mustareunaisia; kaukaa järveltä laajeni ulospäin suuria renkaita. Kuului pulputtava ääni, sitten tuli hiljaista. Hämärä syveni ja auringon viimeiset säteet verhoutuivat pilviin.

Morian portti

Gandalf kiiruhti nyt eteenpäin tiiviissä tahdissa ja muut seurasivat häntä niin nopeasti kuin kykenivät. He tulivat kallioiden ja järven väliin jäävälle kuivalle kaistaleelle: se oli kapea, monin paikoin tuskin kuutta syltä leveä ja pudonneitten kivien ja järkäleiden tukkima; mutta he pääsivät etenemään aivan seinämän tuntumassa, pysytellen niin kaukana tummasta vedestä kuin mahdollista. Kuljettuaan virstan verran etelään he kohtasivat paatsamia. Puuntynkiä ja kuolleita oksia mätäni matalikoissa; ne näyttivät olevan jäännöksiä muinaisista tiheiköistä tai puurivistä, joka oli joskus reunustanut veden alle jääneen laakson läpi johtanutta tietä. Mutta lähellä kalliota seisoi vielä voimakkaana ja elävänä kaksi korkeaa puuta. Niin korkeita paatsamia ei Frodo ollut koskaan nähnyt tai kuvitellut olevan olemassakaan. Niiden valtavat juuret ulottuivat seinämästä veteen asti. Uhkaavannäköisten kallioiden alla ne olivat näyttäneet pelkiltä pensailta, kun he olivat katselleet niitä portaiden yläpäästä, mutta nyt ne kohosivat heidän päänsä yli jäykkinä, tummina ja hiljaisina ja loivat pitkät iltavarjot; ne seisoivat kuin vartiopilarit tien päässä.

»Tässä me viimeinkin olemme!» sanoi Gandalf. »Tähän päättyi Paatsamalan haltiatie. Siinä maassa asuneen kansan tunnus oli paatsama ja niitä istutettiin tähän valtakunnan rajan merkiksi; sillä Länsiovi tehtiin ennen muuta Paatsamalan asukkaita varten, kun he kävivät kauppaa Morian ruhtinaitten kanssa. Ne olivat onnellisempia aikoja, silloin oli vielä joskus läheistä ystävyyttä erirotuisten kansojen välillä, jopa kääpiöiden ja haltioiden välillä.»

»Ei ole kääpiöiden syy että ystävyys kuihtui», sanoi Gimli.

»En ole kuullut että se olisi ollut haltioiden syy», sanoi Legolas.

»Minä olen kuullut kummankin väitteen», sanoi Gandalf, »enkä nyt lausu asiasta mielipidettäni. Mutta pyydän, että edes te kaksi, Legolas ja Gimli, olisitte ystäviä ja auttaisitte minua. Tarvitsen kumpaistakin. Ovet ovat kiinni ja kätkössä, ja mitä pikemmin me ne löydämme, sen parempi. Yö lähestyy!»

Hän kääntyi muiden puoleen ja jatkoi: »Sillä aikaa kun minä etsin, te voitte valmistautua Kaivoksiin menoa varten. Sillä tässä meidän on heitettävä hyvästit kunnon kuormaponillemme. Teidän on jätettävä pois paljon niistä varusteista, jotka otimme mukaan kylmän sään varalta: sisällä Kaivoksissa te ette niitä tarvitse, ettekä toivoakseni sittenkään, kun olemme kulkeneet niiden läpi etelään. Sen sijaan on itsekunkin otettava osa ponin kantamuksesta, ennen muuta ruoka ja vesileilit.»

»Mutta ette te voi jättää Bil parkaa tähän autioon paikkaan, herra Gandalf!» huudahti Sam vihaisena ja hädissään. »Minä en siihen suostu, ettäs tiedätte! Kun se kerta on tullut tänne asti!»

»Olen pahoillani Sam», sanoi velho. »Mutta kun ovi avautuu, et taida kyetä vetämään Biliäsi sisään Morian pitkään pimeyteen. Sinun täytyy valita Bilin ja isäntäsi välillä.»

»Se seuraa Frodo-herraa vaikka lohikäärmeen luolaan, jos minä vien sen», pehnäsi Sam. »Murhahan se olisi laskea se irti tänne, kun täällä on niitä susiakin joka paikassa.»

»Toivon mukaan ei sentään murha», sanoi velho. Hän pani kätensä ponin kaulalle ja puhui sille hiljaa. »Mene ja ota myötäsi sanat, jotka ohjaavat ja vartioivat», hän sanoi. »Sinä olet viisas eläin ja olet oppinut paljon Rivendellissä. Pyri ruohoisille seuduille ja vähitellen Elrondin taloon tahi minne vain haluat.

No, Sam! Sillä on ihan yhtä suuret mahdollisuudet päästä susia pakoon ja kotiin kuin meilläkin!»

Sam seisoi myrtyneenä ponin vieressä eikä vastannut. Bil tuntui käsittävän, mistä oli kysymys, ja se hieroi turpaansa Samin korvaan. Sam purskahti itkuun ja haparoi hihnoja, irrotti pakkaukset ponin selästä ja viskasi ne maahan. Muut erottelivat tavarat, tekivät pinon, joka voitaisiin jättää, ja jakoivat loput keskenään.

Tämän tehtyään he kääntyivät seuraamaan Gandalfin puuhia. Velho ei näyttänyt tehneen yhtään mitään. Hän seisoi kahden puun välissä tuijottaen sileää kallioseinämää, ikään kuin voisi katseellaan porata siihen reiän. Gimli kuljeskeli ympäriinsä naputellen kirveellään kiveä sieltä täältä. Legolas oli painautunut kalliota vasten kuin kuunnellen.

»Tässä me olemme kaikin tavoin lähtövalmiina», Merri sanoi, »mutta missä on ovi? En näe siitä vilaustakaan.»

»Kääpiöovia ei ole tehty nähtäviksi, kun ne ovat kiinni», sanoi Gimli. »Ne ovat näkymättömiä, eivätkä edes niiden tekijät pysty niitä löytämään tai avaamaan, jos niiden salaisuus on unohtunut.»

»Mutta tämän oven salaisuutta ei tarkoitettu vain kääpiöiden tietoon», sanoi Gandalf, joka äkkiä sai taas eloa ja kääntyi ympäri. »Ellei kaikki ole muuttunut, silmät jotka tietävät, mitä etsivät, saattavat löytää merkit.»

Hän käveli seinämää kohti. Aivan puiden varjojen välissä oli sileä kohta ja hän liu'utti kättään sitä pitkin ja poikin ja mutisi partaansa. Sitten hän perääntyi askeleen.

»Katsokaa!» hän sanoi. »Näettekö nyt mitään?»

Kuu paistoi nyt kallion harmaaseen pintaan, mutta vähään aikaan he eivät erottaneet mitään muuta. Sitten ilmestyi hitaasti ohuita viivoja kuin hentoja hopeasuonia kiven pintaan, paikkaan jota velhon sormet olivat sivelleet. Aluksi ne olivat seitin ohuita, niin hienoja, että ne vain sieltä täältä välähtivät kun kuun valo osui niihin, mutta ne kasvoivat koko ajan leveämmiksi ja selvemmiksi, kunnes niiden muodostaman kuvion saattoi aavistaa.

Ylimpänä, niin korkealla kuin Gandalf ulottui, kiersi kaaressa yhteenkietoutuneita haltiakirjaimia. Niiden alapuolella, huolimatta siitä että kuviot olivat paikoitellen rikki tai katkenneet, saattoi erottaa vasaran ja alasimen ääriviivat ja niiden yläpuolella taas kruunun ja seitsemän tähteä. Niiden alla erottui kaksi puuta, joissa kummassakin kasvoi kuunsirppejä. Kaikkea muuta kirkkaammin hohti oven keskeltä yksinäinen tähti, josta lähti säteitä.

»Siinä on Durinin tunnukset!» huudahti Gimli.

»Ja siinä on suurhaltioiden puu!» sanoi Legolas.

»Ja Fëanorin huoneen tähti», sanoi Gandalf. »Ne on taottu *ithildinistä*, joka heijastaa vain kuun ja tähtien valoa, ja nukkuu kunnes siihen koskee joku, joka puhuu jo aikoja sitten Keski-Maassa unhoon vaipuneita sanoja. Siitä on kauan kun olen ne kuullut, ja sain miettiä ankarasti ennen kuin muistin ne.»

»Mitä tuossa sanotaan?» kysyi Frodo joka yritti tulkita kaaren kirjoitusta. »Minä luulin tuntevani haltiakirjaimet, mutta näitä en pysty lukemaan.»

»Sanat ovat läntisen Keski-Maan esiaikojen haltiakieltä», vastasi Gandalf. »Mutta niissä ei lue mitään, mikä olisi tärkeää meille. Ne sanovat vain: *Durinin, Morian ruhtinaan ovet. Puhu, ystävä, ja astu sisään.* Ja tämän alle

Tähän on kirjoitettu Feänorin kirjaimin Beleriandin tapaan: Ennyn Durin Aran Moria: pedo mellon a minno. Im Narvi hain echant: Celebrimbor o Eregion teithant i thiw hin.

on kirjoitettu heikosti ja pienin kirjaimin: *Minä, Narvi, tein ne. Paatsamalan Celebrimbor piirusti merkit.*»

»Mitä tuo *puhu, ystävä, ja astu sisään* tarkoittaa?» kysyi Merri.

»Se on ihan selvää», Gimli sanoi. »Jos olet ystävä, lausu tunnussana, niin ovet avautuvat ja sinä voit astua sisään.»

»Aivan», Gandalf sanoi, »arvatenkin näitä ovia hallitsevat sanat. Jotkut kääpiöportit aukeavat vain määräaikoina, tai tietyille henkilöille, ja toisissa on lukot ja avaimet, jotka tarvitaan vielä senkin jälkeen, kun kaikki tarpeelliset ajat ja sanat ovat tiedossa. Näihin oviin ei ole avainta. Durinin päivinä ne eivät olleet salaiset. Ne olivat yleensä auki ja tässä istui ovenvartijoita. Mutta jos ne olivat kiinni, kuka tahansa, joka tunsi avaussanan, saattoi lausua sen ja mennä sisään. Näin ainakin asiakirjat kertovat, eikö totta, Gimli?»

»Totta», sanoi kääpiö. »Mutta mikä tuo sana oli, sitä ei enää muisteta. Narvi on kadonnut maan pinnalta taitoineen ja kaikki hänen sukunsa.»

»Mutta etkö *sinä*, Gandalf, tiedä tuota sanaa?» kysyi Boromir hämmästyneenä.

»En!» sanoi velho.

Muut näyttivät kauhistuneilta: vain Aragorn, joka tunsi Gandalfin hyvin, pysyi hiljaa ja tyynenä.

»Mitä sitten hyödytti tuoda meidät tälle kirotulle paikalle?» huusi Boromir ja katsahti tummaa vettä vavahtaen. »Sanoit meille kerran kulkeneesi Kaivosten läpi. Miten se oli mahdollista, jos et tiennyt miten mennä sisään?»

»Vastaus ensimmäiseen kysymykseesi, Boromir», sanoi velho, »on se, että en tiedä sanaa vielä. Mutta kohta nähdään. Ja», hän lisäsi pilke silmissään törröttävien kulmakarvojensa alla, »sitten kun tekoni ovat osoittautuneet hyödyttömiksi, voit kysyä, mitä ne hyödyttävät. Mitä toiseen kysymykseesi tulee: epäiletkö kertomustani? Vai onko sinusta tullut tyhmä? En minä mennyt Kaivoksiin tätä kautta. Minä tulin idästä.

Jos haluat tietää, voin kertoa sinulle, että nämä ovet avautuvat ulospäin. Sisältä ne voi työntää auki käsin. Ulkoapäin niitä ei saa liikkumaan muu kuin voimakas loitsu. Niitä ei voi murtaa sisäänpäin.»

»Mitä sinä sitten aiot tehdä?» kysyi Pippin, jota velhon tuikeat kulmat eivät lannistaneet.

»Koputtaa ovia sinun pälläsi, Peregrin Tuk», sanoi Gandalf. »Mutta mikäli se ei särje niitä, ja minulle suodaan hetken rauha typeriltä kysymyksiltä, yritän keksiä avaussanat.

Kerran tunsin kaikki haltioiden, ihmisten ja örkkien kielten loitsut, joita milloinkaan on käytetty tähän tarkoitukseen. Pystyn yhä muistamaan parisataa sen kummemmin miettimättä. Muutama arvaus riittänee, eikä minun tarvitse turvautua Gimliin ja kysellä salaisen kääpiökielen sanoja, joita he eivät opeta kenellekään. Avaussanat olivat haltiakieliset, kuten kaaren kirjoitus; se lienee varmaa.»

Hän astui taas kallion eteen ja kosketti sauvallaan kevyesti kuvion keskellä alasimen merkin alla olevaa tähteä.

Annon edhellen, edro hi ammen!
Fennas nogothrim, lasto beth lammen!

hän sanoi käskevällä äänellä. Hopeaviirut kalpenivat, mutta sileä harmaa kivi ei liikkunut.

Monta kertaa hän toisti nämä sanat eri järjestyksessä tai vaihteli niitä. Sitten hän kokeili muita loitsuja yhtä toisensa perään puhuen milloin nopeasti ja kovaa, milloin hiljaa ja lempeästi. Sitten hän lausui useita yksittäisiä haltiakielen sanoja. Mitään ei tapahtunut. Kallio kohosi yöhön, lukemattomat tähdet syttyivät, kylmä tuuli puhalsi ja ovet pysyivät ummessa.

Jälleen Gandalf lähestyi muuria ja kohottaen käsivartensa puhui sille nousevan vihan voimassa ja käskevästi. *Edro, edro!* hän huusi ja iski kiveä sauvallaan. *Avaudu, avaudu!* hän pauhasi ja sen perään saman jokaisella kielellä, mitä koskaan oli puhuttu läntisessä Keski-Maassa. Sitten hän heitti sauvansa maahan ja istuutui sanaa sanomatta.

Sillä hetkellä toi tuuli kaukaa heidän herkistyneisiin korviinsa susien ulvonnan. Poni Bil liikahti peloissaan ja Sam ponkaisi sen viereen ja puhui sille rauhoittavasti.

»Älä päästä sitä karkuun!» sanoi Boromir. »Näyttää siltä, että me tarvitsemme sitä vielä, mikäli sudet eivät löydä meitä. Miten vihaankaan tätä iljettävää lampea!» Hän kumartui ja poimi maasta ison kiven ja heitti sen pitkälle tummaan veteen.

Kivi katosi kevyesti läiskähtäen, mutta samalla hetkellä kuului kohahdus ja pulpahtelua. Suuria värerenkaita muodostui putoamiskohdan ympärille ja ne lähenivät hitaasti kallion juurta.

»Miksi teit tuon, Boromir?» sanoi Frodo. »Minäkin vihaan tätä paikkaa ja minä pelkään. En tiedä mitä: en susia enkä ovien takaa alkavaa pimeyttä vaan jotakin muuta. Minä pelkään lampea. Älä häiritse sitä!»

»Päästäisiinpä täältä pois!» sanoi Merri.

»Miksei Gandalf tee jotakin ja pian?» sanoi Pippin.

Gandalf ei kiinnittänyt heihin mitään huomiota. Hän istui pää painuksissa joko epätoivoisena tai kuumeisesti miettien. Susien surumielinen ulina kuului taas. Veden väreet suurenivat ja lähenivät; jotkut loiskivat jo rantaan.

Yhtäkkiä velho säntäsi pystyyn niin vauhdikkaasti, että kaikki hätkähtivät. Hän nauroi! »Minä keksin sen!» hän huusi. »Tietysti, tottakai! Uskomattoman yksinkertaista, niin kuin useimmat arvoitukset, kun huomaa vastauksen.»

Hän nosti sauvansa maasta ja asettui seisomaan kallion eteen ja sanoi selvällä äänellä: *Mellon!*

Tähti kirkastui hetkeksi ja himmeni taas. Sitten hahmottuivat hitaasti oven ääriviivat, vaikka sitä ennen ei ollut näkynyt rakoa eikä saumaa. Hitaasti seinämä jakautui keskeltä ja aukeni ulospäin tuuma tuumalta, kunnes molemmat ovenpuoliskot seisoivat selällään kalliota vasten. Aukosta saattoi nähdä hämärien portaitten kohoavan jyrkästi ylöspäin, mutta ala-askelmien takana pimeys oli yötä syvempi. Saattue katseli tätä ihmeissään.

»Olin sittenkin väärässä», sanoi Gandalf, »samoin kuin Gimlikin. Uskokaa tai älkää, mutta Merri se oli oikeilla jäljillä. Avaussana oli koko ajan kirjoitettuna oven kamanaan! Käännöksen olisi pitänyt kuulua: *Sano 'ystävä' ja astu sisään.* Minun tarvitsi vain lausua sana *ystävä* haltiakielellä, niin ovet avautuivat. Aivan yksinkertaista. Liian yksinkertaista oppineelle tietäjälle näinä epäluuloisina aikoina. Ennen olivat ajat paremmat. Menkäämme nyt!»

Hän astui eteenpäin ja laski jalkansa alimmalle portaalle. Mutta samalla hetkellä alkoi tapahtua monenlaista. Frodo tunsi jonkin tarttuvan nilkkaansa ja kaatui parkaisten. Poni Bil korskahti vauhkona pelosta, kääntyi ympäri, ampaisi tiehensä järven rantaa pitkin ja katosi pimeyteen. Sam loikkasi sen perään, mutta kuullessaan Frodon huudon palasi takaisin itkien ja manaillen. Muut käännähtivät ja näkivät järven veden poreilevan ikään kuin käärmearmeija olisi uinut sen eteläpäästä heitä kohti.

Vedestä oli kiemurrellut ylös pitkä vääntelehtivä lonkero; se oli vaalean vihreä, hohtava ja märkä. Sen päässä oli sormet, jotka olivat kietoutuneet Frodon jalkaan, ja se kiskoi häntä veteen päin. Sam oli polvillaan ja hakkasi sitä veitsellä.

Käsi päästi otteensa Frodosta, ja Sam tuuppasi hänet pois apua huutaen. Vedestä tuli esiin aaltoja nostattaen kaksikymmentä uutta lonkeroa. Tumma vesi kiehui ja siitä levisi ällöttävä löyhkä.

»Portille! Portaita ylös! Nopeasti!» huusi Gandalf loikaten takaisin. Hän ravisteli joukon hereille kauhusta, joka oli jähmettänyt kaikki muut paitsi Samin, ja veti heitä eteenpäin.

He kerkesivät nipin napin. Sam ja Frodo olivat ehtineet vain pari askelmaa ylös, ja Gandalf oli vasta portaiden alussa, kun haparoivat lonkerot vääntelehtivät kapean rannan poikki ja koskettivat jo kallioseinämää ja ovia. Yksi luikersi sisään kynnyksen yli kimallellen tähtien valossa. Gandalf kääntyi ja pysähtyi. Jos hän mietti, mikä sana sulkisi ovet taas sisäpuolelta, siihen ei ollut tarvetta. Monet kiemurtavat lonkerokädet tarttuivat oviin kummallakin puolen ja heilauttivat niitä hirvittävällä voimalla. Tärisyttävästi kajahtaen ovet pamahtivat kiinni ja kaikki valo kaikkosi. Vankan kiven läpi kuului sameasti repivää ja rytisevää ääntä.

Sam tarttui Frodon käteen ja luhistui porrasaskelmalle pikipimeässä. »Vanha Bil-parka!» hän sanoi katkonaisesti. »Vanha Bil-parka! Susia ja käärmeitä! Mutta käärmeitä se ei enää kestänyt. Minun piti valita, Frodo-herra! Minun piti tulla teidän kanssanne.»

He kuulivat miten Gandalf meni portaita alas ja työnsi sauvallaan ovia. Kivi värähti ja portaat vapisivat, mutta ovet eivät auenneet.

»Jaaha, vai niin!» velho sanoi. »Tie takanamme on nyt ummessa ja meillä on vain yksi tie ulos – vuorten toisella puolen. Äänistä täytynee päätellä, että portin eteen on kasattu kiviä ja puut kiskottu juuriltaan ja viskattu samaan paikkaan. Murheellinen tapaus: puut olivat kauniit ja ne olivat seisseet siinä kauan.»

»Minä tunsin, että lähistöllä oli jotakin kamalaa, siitä hetkestä kun jalkani ensi kerran kosketti sitä vettä», sanoi Frodo. »Mikä se oli, vai oliko niitä monta?»

»En tiedä», vastasi Gandalf, »mutta käsiä johti yksi yhteinen tarkoitus. Jokin on ryöminyt tai ajettu esiin vuorten alla olevista mustista vesistä. Maailman syvänteissä on vanhempia ja pahempia olentoja kuin örkit.» Hän ei lausunut ääneen ajatustaan: mikä järven asujain sitten olikin, se oli ensimmäiseksi joukosta käynyt käsiksi Frodoon.

Boromir mutisi itsekseen, mutta kaikuva kivi vahvisti hänen äänensä käheäksi kuiskaukseksi, jonka kaikki kuulivat: »Maailman syvänteissä! Ja

niihin olemme me matkalla vastoin toiveitani. Kuka johtaa meitä nyt tässä hornamaisessa pimeydessä?»
»Minä», sanoi Gandalf, »ja Gimli kulkee kanssani. Seuratkaa sauvaani!»

Noustessaan joukon etunenässä ylemmäs korkeaan portaikkoon velho piteli sauvaansa ilmassa ja sen kärjestä lähti heikko säteily. Avarat portaat olivat ehjät ja vahingoittumattomat. He laskivat astuneensa kaksisataa leveää matalaa askelmaa; portaiden päästä lähti pimeyteen holvattu vaakasuora käytävä.

»Istukaamme lepäämään ja syömään jotakin tähän tasanteelle, kun ei ruokasaliakaan näytä löytyvän!» Frodo sanoi. Hän oli toipumassa kauhusta, jonka jalkaan tarttunut käsi oli aiheuttanut, ja äkkiä hänellä oli kamala nälkä.

Kaikki kannattivat ehdotusta, ja hämärät hahmot istuutuivat pimeässä yläportaille. Kun he olivat syöneet, Gandalf antoi kullekin kolmannen kulauksen Rivendellin *miruvoria*.

»Se ei riitä enää pitkälle, pahoin pelkään», hän sanoi, »mutta minusta tuntuu, että me tarvitsemme sitä portin kauhunhetkien jälkeen. Ja ellei onni erityisesti suosi meitä, tarvitsemme vielä joka pisaran, ennen kuin olemme toisella puolen! Käyttäkää varovasti myös vettä! Kaivoksissa on monia kaivoja ja jokia, mutta niihin ei pidä kajota. Meillä ei kenties ole tilaisuutta täyttää pullojamme ja leilejämme, ennen kuin saavumme Hämypuron laaksoon.»

»Kuinka kauan matka kestää?» kysyi Frodo.

»En osaa sanoa», vastasi Gandalf. »Se riippuu monista seikoista. Mutta jos kuljemme suoraan, emme kohtaa vastoinkäymisiä emmekä eksy, luulisin että meiltä menee kolme tahi neljä päivää. Länsiovelta Itäportille on tuskin vähempää kuin neljäkymmentä virstaa, ja tie saattaa mutkitella melkoisesti.»

Levättyään vain lyhyen tuokion he lähtivät taas liikkeelle. Kaikki halusivat suoriutua matkasta mahdollisimman nopeasti ja olivat suostuvaisia väsymyksestään huolimatta taivaltamaan vielä useita tunteja. Gandalf kulki edellä kuten ennenkin. Vasemmassa kädessään hän piti koholla loistavaa sauvaansa, jonka valossa nipin napin näkyi maa hänen jalkojensa edessä, oikeassa hänellä oli miekkansa Glamdring. Hänen takanaan tuli Gimli, jonka silmät välkkyivät heikossa valossa, kun hän käänteli päätään puolelta toiselle. Kääpiön jäljessä käveli Frodo, joka oli vetänyt esiin lyhyen miekkansa Piikin. Ei Piikin eikä Glamdringin terä hehkunut ja se kävi lohdutuksesta, sillä koska ne olivat esiaikojen haltiaseppojen työtä, niistä säteili kylmää valoa milloin lähistöllä oli örkkejä. Frodon perässä asteli Sam, ja tämän jäljessä Legolas, sitten nuoret hobitit ja Boromir. Viimeisenä tuli pimeydessä Aragorn synkkänä ja hiljaisena.

Käytävä kääntyili muutaman kerran ja alkoi sitten viettää alaspäin. Se laskeutui tasaisesti pitkän aikaa ennen kuin asettui taas vaakasuoraan. Ilma kävi kuumaksi ja tukahduttavaksi, mutta se ei ollut tunkkaista, ja välillä he tunsivat kasvoillaan viileämpiä ilmavirtauksia, jotka olivat peräisin seinämien puoliksi näkymättömistä aukoista. Aukkoja oli paljon. Velhon sauvan kalpeassa valokehässä Frodo näki vilahdukselta portaikkoja ja holveja, ja muita käytäviä ja tunneleita, jotka viettivät ylös tai veivät jyrkästi alas tai avautuivat pikimustina kummallakin puolella. Kaikki oli toivottoman sekavaa muistettavaksi.

Gimlistä oli Gandalfille hyvin vähän apua, paitsi hänen tuimasta rohkeudestaan. Ainakaan häntä ei, kuten muita, vaivannut pimeys sinänsä. Usein velho neuvotteli hänen kanssaan paikoissa, joissa tien valinta oli epävarma, mutta lopulta Gandalf aina lausui viimeisen sanan. Morian kaivoksien laajuus ja monimutkaisuus ylittivät Gimlin Glóinin pojan mielikuvituksen rajat, niin vuoristorodun kääpiö kuin tämä olikin. Kaukaiset muistot aikaisemmasta matkasta eivät paljon Gandalfia hyödyttäneet, mutta pimeässäkin, huolimatta kaikista tien mutkista, hän tiesi mihin päin halusi mennä, eikä hän epäröinyt, niin kauan kuin oli löydettävissä polku, joka vei hänen päämääräänsä kohti.

»Älkää pelätkö!» sanoi Aragorn. He olivat pysähtyneet tavallista pitemmäksi ajaksi, ja Gandalf ja Gimli supisivat keskenään; muut seisoivat rykelmässä heidän takanaan odotellen levottomina. »Älkää pelätkö! Olen ollut hänen mukanaan monella matkalla, joskaan en koskaan näin pimeässä, ja Rivendellissä kerrotaan suuremmistakin teoista, joita hän on tehnyt, kuin minun näkemäni. Hän ei kulje harhaan – jos polku on olemassa. Hän on tuonut meidät tänne huolimatta peloistamme, mutta hän vie meidät ulos taas, maksoi se hänelle mitä tahansa. Hän löytää säkkipimeässä yössä paremmin tiensä kotiin kuin kuningatar Berúthielin kissat.»

Oli Saattueen onni, että heillä oli moinen opas. Heillä ei ollut minkäänlaisia polttopuita tai soihduntekotarpeita; törmäillessään ovien luona he olivat unohtaneet monenmoista tavaraa ulkopuolelle. Mutta ilman minkäänlaista valoa heidän olisi pian käynyt huonosti. Oikean tien valitseminen monien joukosta ei ollut ainoa ongelma, vaan polun vieressä oli myös monin paikoin kuoppia ja kaivantoja ja pimeitä kuiluja, joissa heidän askeleensa kaikuivat. Seinämissä ja lattiassa oli halkeamia ja rotkoja, ja silloin tällöin avautui aivan heidän jalkojensa eteen halkeama. Levein oli yli kolmikyynäräinen ja kesti kauan, ennen kuin Pippin sai kerätyksi tarpeeksi rohkeutta hypätäkseen yli tuon hirveän rotkon. Kaukaa alhaalta kantautui veden jyrinää, ikään kuin syvyyksissä olisi pyörinyt valtava myllynkivi.

»Köysi!» mutisi Sam. »Tiesinhän minä että sitä tarvitaan, kun sitä ei ole!»

Näiden vaarojen tihetessä heidän matkansa hidastui. Jo nyt tuntui siltä kuin he olisivat taivaltaneet loputtomasti eteenpäin vuoren uumeniin asti. He olivat väsynyttäkin väsyneempiä eikä ajatus pysähtymisestä silti tuntunut lohdulliselta. Frodon mieliala oli hetkeksi noussut, kun hän oli selviytynyt lonkeroista ja saanut ruokaa ja annoksen vahvistavaa uutetta, mutta nyt häneen hiipi taas syvä epävarmuus, joka kasvoi kauhuksi. Vaikka hänet oli Rivendellissä parannettu veitseniskusta, tuo julma haava ei ollut mennyt jälkiä jättämättä. Hänen aistinsa olivat tarkemmat ja havaitsivat helpommin näkymättömiä. Yhden muutoksen hän oli huomannut hyvin pian: hän pystyi näkemään pimeässä enemmän kuin kukaan tovereistaan paitsi ehkä Gandalf. Ja joka tapauksessa hän oli Sormuksen viejä: se riippui ketjussaan hänen rinnallaan ja välillä se tuntui hyvin painavalta. Hän tunsi selvästi, että edessä oli jotakin pahaa ja jäljessä seurasi jotakin pahaa; mutta hän ei sanonut mitään. Hän puristi miekkansa kahvaa tiukemmin ja jatkoi päättävästi matkaa.

Hänen perässään kulkeva joukko puhui harvoin, ja silloinkin vain hätäisiä kuiskauksia. Ainoa ääni lähti heidän omista jaloistaan; Gimlin kääpiösaappaitten vaimea töminä; Boromirin raskas käynti; Legolasin kevyt astunta; hobittijalkojen tuskin kuuluva pehmeä töpinä; ja viimeisenä Aragornin pitkien askelten hidas vakaa kaiku. Pysähtyessään hetkeksi he eivät kuulleet mitään, paitsi joskus näkymättömän veden lorinaa ja tippumista. Ja kuitenkin Frodo alkoi kuulla tai kuvitella kuulevansa jotakin muuta; kuin pehmeiden paljaiden jalkojen tassutusta. Se ei koskaan kuulunut tarpeeksi äänekkäänä tai tarpeeksi läheltä, jotta hän olisi voinut olla varma, että todella kuuli sen, mutta kun se kerran oli alkanut, se ei kertaakaan katkennut Saattueen liikkuessa. Eikä se ollut kaiku, sillä kun he pysähtyivät, se tapsutti hetken yksinään ja hiljeni vasta sitten.

He olivat astuneet Kaivoksiin auringonlaskun jälkeen. He olivat taivaltaneet useita tunteja ja pysähtyneet vain lyhyiksi hetkiksi, kun Gandalf joutui ensimmäiseen tukalaan tilanteeseen. Hänen edessään kaareutui suuri pimeä holvi, josta lähti kolme käytävää: kaikki veivät suunnilleen samaan yleissuuntaan, itään; mutta vasemmanpuoleinen painui alaspäin, kun oikeanpuoleinen puolestaan kohosi ylöspäin ja keskimmäinen näytti jatkuvan suoraan eteenpäin sileänä ja tasaisena mutta hyvin kapeana.

»Minulla ei ole minkäänlaista muistikuvaa tästä paikasta!» sanoi Gandalf seistessään epävarmana holvin alla. Hän kohotti sauvaa siinä toivossa, että löytäisi joitakin merkkejä tai kirjoitusta, joka voisi helpottaa valintaa, mutta mitään sensuuntaista ei näkynyt. »Olen liian väsynyt päättämään», hän sanoi pudistaen päätään. »Ja te varmaan olette yhtä väsyneitä kuin minä, tai väsyneempiäkin. Meidän lienee parasta viipyä tässä se aika, joka yöstä on jäljellä. Tiedätte mitä tarkoitan! Täällä sisällä on ainainen pimeys, mutta ulkona vaeltaa myöhäinen kuu länteen ja keskiyö on jo ohi.»

»Vanha Bil-parka!» sanoi Sam. »Missähän se on? Etteivät ne sudet vain ole saaneet sitä!»

Suuren holvin vasemmalta puolelta he löysivät kivisen oven: se oli puoliksi kiinni, mutta avautui helposti kun sitä tönäisi kevyesti. Sen takana näytti olevan avara kiveen hakattu kammio.

»Varovasti! Varovasti!» huudahti Gandalf, kun Merri ja Pippin törmäsivät sisään iloissaan siitä, että oli löytynyt paikka, jossa he saattaisivat levätä tuntien olonsa ainakin vähän turvatummaksi kuin avoimessa käytävässä. »Varokaa! Ette vielä tiedä, mitä sisällä on. Minä menen ensimmäisenä.»

Hän meni sisään varovaisesti, ja muut tulivat jonossa hänen perässään. »Katsokaa!» hän sanoi ja osoitti sauvallaan keskelle lattiaa. Hänen jalkojensa edessä he näkivät suuren pyöreän reiän, joka muistutti kaivon suuta. Rikkinäisiä ja ruosteisia ketjuja lojui sen reunalla ja riippui reunan yli mustaan aukkoon. Lähellä oli kivensirpaleita.

»Jompikumpi teistä olisi voinut pudota tuonne ja miettiä vieläkin, koska pohja tulee vastaan», sanoi Aragorn Merrille. »Antakaa oppaan kulkea kärjessä, kun teillä opas on.»

»Tämä näyttää olleen vahtihuone, joka on tehty kolmen käytävän vahtimista varten», sanoi Gimli. »Tuo kuoppa oli ilmeisesti vartijoiden käyttöön tarkoitettu kaivo, jonka päällä on ollut kivikansi. Mutta kansi on rikkoutunut ja meidän kaikkien on oltava varovaisia pimeässä.»

Pippiniä kaivo kiehtoi kummasti. Sillä aikaa kun muut purkivat huopia pakkauksista ja sijasivat vuoteita kammion seinustoille mahdollisimman etäälle lattiassa olevasta reiästä, hän ryömi sen reunalle ja kurkisti sisään.

Näkymättömistä syvyyksistä kohoava viileä ilmavirta tuntui pyyhkäisevän hänen kasvojaan. Äkillinen mielijohde sai hänet ottamaan irtonaisen kiven ja pudottamaan sen kaivoon. Hän tunsi sydämensä lyövän monta kertaa ennen kuin kuului mitään. Sitten kantautui kaukaa alhaalta hyvin etäinen *plop*, jonka ontto kuilu vahvisti ja toisti, ikään kuin kivi olisi pudonnut syvään veteen johonkin luolamaiseen tilaan.

»Mikä se oli?» huudahti Gandalf. Hän helpottui Pippinin tunnustaessa tekonsa, mutta vihainen hän oli, ja Pippin näki miten hänen silmänsä välähtelivät. »Tukintolvana!» hän murisi. »Tämä on vakava matka eikä mikään hobittien huviretki. Seuraavalla kerralla voit heittää alas itsesi, niin päästään siitäkin harmista. Nyt hiljaa!»

Mitään muuta ei kuulunut moneen minuuttiin; mutta sitten syvyyksistä kantautui vaimeita kopauksia: *tom-tap, tap-tom*. Ne vaikenivat, ja kun kaiut olivat sammuneet, ne toistuivat: *tap-tom, tom-tap, tap-tap, tom*. Ne kuulostivat hermostuttavasti jonkinlaisilta merkeiltä, mutta vähän ajan kuluttua koputus loppui eikä sitä enää kuulunut. »Tuo oli vasaran ääni, mikäli minä mitään tiedän», sanoi Gimli.

»Niin oli», sanoi Gandalf. »Enkä minä pidä siitä. Sillä ei ehkä ole mitään tekemistä Peregrinin typerän kiven kanssa, mutta todennäköisesti jokin sellainen on häiriintynyt, joka olisi ollut parempi jättää rauhaan. Ei mitään tuontapaisia temppuja enää! Toivottavasti saamme levätyksi vähän eikä mitään ikävyyksiä tule. Sinä, Pippin, voit ottaa ensimmäisen vahtivuoron ikään kuin palkkiona», hän murisi kääriytyessään huopaan.

Pippin istui kurjana pilkkopimeässä oven vieressä, mutta hän kääntyili yhtä mittaa peläten, että jokin tuntematon olento ryömisi ulos kaivosta. Hän toivoi, että voisi peittää reiän vaikkapa vain huovalla, mutta ei uskaltanut liikahtaa eikä mennä lähemmäksi, siitä huolimatta että Gandalf tuntui olevan unessa.

Itse asiassa Gandalf oli hereillä, vaikka makasikin hiljaa paikallaan. Hän oli vaipunut syviin ajatuksiin yrittäen palauttaa mieleensä jokaisen muistikuvan aikaisemmasta matkastaan Kaivoksissa ja pohtien levottomana, minkä tien valitsisi seuraavaksi; tässä vaiheessa tehty virhe saattaisi koitua kohtalokkaaksi. Tunnin päästä hän nousi ja tuli Pippinin luo.

»Mene nurkkaan ja pane maata, poikaseni», hän sanoi ystävällisellä äänellä. »Tahdot varmaan nukkua. Minä en saa unen päästä kiinni, joten voin yhtä hyvin istua vartiossa.

Tiedän kyllä mikä minua vaivaa», hän mutisi istuutuessaan oven viereen. »Kaipaan tupakkaa! En ole vetänyt savuakaan lumimyrskyä edeltäneen aamun jälkeen.»

Viimeiseksi ennen kuin nukahti Pippin näki velhon tumman hahmon kyyryssä lattialla, kun tämä suojasi kyhmyisillä käsillään polviensa välissä hehkuvaa lastua. Lepattavassa valossa näkyi hetken hänen terävä nenänsä ja sitten savunpölähdys.

Gandalf heidät kaikki herätti unesta. Hän oli istunut ja vartioinut aivan yksin noin kuusi tuntia ja antanut muiden levätä. »Ja vartiossa olen tehnyt päätökseni», hän sanoi. »Keskitie tuntuu jotenkin vastenmieliseltä, enkä pidä vasemmanpuoleisen tien hajusta: siellä alhaalla on epäpuhdasta ilmaa tai sitten minä en ole mikään opas. Valitsen oikeanpuoleisen käytävän. Meidän on jo aika ruveta nousemaan ylöspäin.»

Kahdeksan synkkää tuntia kahta lyhyttä taukoa lukuun ottamatta he marssivat eteenpäin; vaaroja he eivät kohdanneet eivätkä kuulleet mitään eivätkä nähneet mitään muuta kuin velhon valon himmeän hehkun, joka tanssi heidän edellään kuin virvatuli. Käytävä, jonka he olivat valinneet, kaarteli tasaisesti ylöspäin. He arvelivat sen etenevän suurina kohoavina mutkina ja noustessaan se muuttui korkeammaksi ja leveämmäksi. Kummallakaan puolella ei ollut nyt muiden käytävien tai tunnelien oviaukkoja ja lattia oli tasainen ja sileä; siinä ei ollut kuoppia eikä halkeamia. He olivat selvästi joutuneet muinoin tärkeälle väylälle ja he etenivät nopeammin kuin ensimmäisellä marssijaksollaan.

Näin he kulkivat viitisentoista virstaa mitattuna suoraan itään, vaikka heidän itse asiassa oli täytynyt kävellä ainakin kaksikymmentä. Tien kivutessa ylöspäin Frodon mieliala parani vähän, mutta hän tunsi itsensä yhä ahdistuneeksi, ja hän kuuli yhä silloin tällöin, tai luuli kuulevansa, Saattueen omien askelten kopinan lisäksi kaukana takanapäin heitä seuraavien askelten äänen, joka ei ollut kaiku.

He olivat taivaltaneet niin pitkään kuin hobitit lepäämättä kykenivät, ja kaikilla oli mielessä nukkumapaikan löytäminen, kun seinät heidän oikealla ja vasemmalla puolellaan äkkiä kaikkosivat. He olivat ikään kuin astuneet holvatusta oviaukosta mustaan ja tyhjään tilaan. Takaa tuntui virtaavan lämmintä ilmaa, edessäpäin oleva pimeys tuntui kylmältä kasvoilla. He pysähtyivät ja kerääntyivät huolestuneina yhteen.

Gandalf näytti tyytyväiseltä. »Minä valitsin oikean tien», hän sanoi. »Viimeinkin olemme saapumassa asuttaviin osiin, enkä usko meidän olevan kaukana itälaidalta. Mutta me olemme kovin korkealla, paljon Hämypuron porttia ylempänä, ellen tykkänään erehdy. Ilmasta päätellen olemme avarassa salissa. Aion nyt uskaltautua sytyttämään vähän oikeaa valoa.»

Hän nosti sauvansa ilmaan ja se leimahti hetkeksi kuin salama. Suuria varjoja hyökkäsi esiin ja pakeni sitten, ja hetken aikaa he näkivät päittensä yllä valtavan katon, jota monet suuret kivestä hakatut pylväät kannattivat. Heidän edessään ja kummallakin sivulla levittäytyi mahtava tyhjä sali; sen mustat lasinsileäksi kiillotetut seinät välkkyivät ja kimalsivat. He näkivät kolme muuta sisäänkäyntiä, pimeitä mustia holveja: yhden suoraan edessä itäpuolella, ja yhden kummallakin sivulla. Sitten valo sammui.

»Enempää en rohkene juuri nyt», sanoi Gandalf. »Vuoren seinämässä oli Kaivosten ylätasanteilla aikoinaan suuria ikkunoita ja valoon johtavia kuiluja. Luulen meidän nyt saapuneen sinne, mutta ulkona on taas yö emmekä saa vastausta ennen aamua. Jos olen oikeassa, voimme huomenna todella nähdä aamun pilkistävän sisään. Mutta ennen sitä lienee viisainta olla jatkamatta matkaa, levätkäämme mikäli kykenemme. Asiat ovat toistaiseksi menneet hyvin, ja enin osa pimeästä tiestä on takanapäin. Mutta vielä emme ole toisella puolen, ja alas porteille, jotka aukeavat maailmaan, on pitkä matka.»

Saattue vietti tuon yön suuren luolasalin nurkassa yhteen käpertyneenä suojellakseen itseään vedolta: itäisestä holvista tuntui virtaavan jatkuvasti kylmää ilmaa. Kaikkialla ympärillä riippui pimeys onttona ja suunnattomana, ja kallioon hakattujen salien ja loputtomasti haarautuvien portaikkojen ja käytävien yksinäisyys ja valtavuus ahdisti heitä. Hurjimmatkin kuvitelmat, joita synkät tarinat olivat luoneet hobittien mieleen, kalpenivat Morian todellisen kammon ja ihmeellisyyden rinnalla.

»Täällä on kyllä ollut aika kasa kääpiöitä aikanaan», sanoi Sam, »ja joka iikka on möyrinyt kuin mäyrä viisisataa vuotta, että tämä kaikki on tehty, ja enimmäkseen vielä kovaan kallioon! Minkä tähden ne oikein tekivät tämän? Ei ne kai asuneet näissä pimeissä koloissa?»

»Nämä eivät ole koloja», sanoi Gimli. »Tämä on Kääpiökaivannon suuri kaupunki ja valtakunta. Eikä se ennen muinoin ollut pimeä vaan tulvillaan valoa ja loistoa niin kuin lauluissamme yhä muistetaan.»

Hän nousi ja alkoi laulaa syvällä äänellä pimeydessä seisten ja kaiut kiirivät salin katossa.

Maa nuori oli ja keväinen,
niin vihreinä hohtivat vuoret sen,
Kuu tahraton oli, peilin lailla,
kivet, virrat yhä nimeä vailla,
kun Durin heräsi, yksin kulki,
nimet mäkien, notkojen lausui julki.
Hän lähteistä puhtaista vettä joi,
alas Kuvastajaan hän katseensa loi,
ja tähtikruunun ilmestyvän
näki ylle päänsä varjon hän.

Maa kaunis oli ja vuoret jylhät
esiaikoina, ennen kuin kuninkaat ylhät
Nargothrondin ja Gondolinin
kukistuivat ja jonnekin
pois häipyivät Läntisten merten taa;
oli Durinin aikaan kaunis maa.

Hän hallitsi kivisaleissansa
alamaisinaan koko kääpiökansa.
Katot, lattiat kullalta kimalsivat,
oven riimut pahan pois karkottivat.
Siellä kristallilamput kirkkaat loisti,
valon tähtien, kuun ja auringon toisti,
ne yön ja pilvien varjostamatta
iät hohtivat siellä lakkaamatta.

Löi moukari vasten alasinta,
koki taltan ja piirtimen kiven pinta;
terä taottiin siellä ja liitettiin kahvaan,
latoi muurari kiviä seinään vahvaan.

Jalokivet, kaivosten kultahiekat
ja suomupanssarit, kirveet, miekat
ja keihäät ja kilvet ja kypärät
varastoihinsa kääpiöt kätkivät.

Oli Durinin kansa voimissaan,
ja alla vuorien laulujaan
runoniekat lauloivat, harput soivat
ja porteilla törähti torvet oivat.

Maa harmaa on, vuoret vanhoja nyt,
tuli ahjon on tuhkaksi kylmennyt;
ei helähdä harppu, ei moukari lyö,
on Durinin saleissa synkkä yö,
ja varjo musta ja suunnaton
hänen haudallaan Khazad-dûmissa on.
Vaan yhä uponneen tähden kuvan
Kuvastajaan nähdään ilmaantuvan;
ja kruunu on syvyyksissä, kuni
taas kerran on päättyvä Durinin uni.

»Tuosta minä pidän!» sanoi Sam. »Minä tahtoisin oppia sen. *Hänen haudallaan Khazad-dûmissa!* Mutta kaikkien noiden lamppujen ajatteleminen saa pimeyden kyllä tuntumaan vielä pimeämmältä. Yhäkö täällä lojuu kasoittain jalokiviä ja kultaa?»

Gimli pysyi vaiti. Laulettuaan laulunsa hän ei suostunut sanomaan enää mitään.

»Kasoittain jalokiviä?» sanoi Gandalf. »Ei loju. Örkit ovat ryöstäneet Morian moneen kertaan, yläsaleissa ei ole jäljellä enää mitään. Ja sen jälkeen kun kääpiöt pakenivat, kukaan ei uskalla tutkia syviä kuiluja ja aarrekammioita: ne ovat hautautuneet veteen – tai pelon varjon alle.»

»Miksi kääpiöt sitten haluavat tulla takaisin?» kysyi Sam.

»*Mithrilin* tähden», vastasi Gandalf. »Morian rikkaus ei ollut kullassa ja jalokivissä, kääpiöiden helyissä, ei raudassa, heidän palvelijassaan. He löysivät niitä täältä, se on totta, etenkin rautaa, mutta niitä heidän ei tarvinnut louhia: kaiken mitä he halusivat he saattoivat saada kaupalla. Sillä koko maailmasta vain täältä löytyi morianhopeaa, tai aitohopeaa niin kuin jotkut ovat sitä kutsuneet: *mithril* on sen haltiakielinen nimi. Kääpiöillä on sille nimi, jota he eivät kerro. Sen arvo oli kymmenen kertaa kultaa suurempi, ja nykyään se on mittaamattoman arvokasta, sillä maan päällä on sitä enää vähän, eivätkä edes örkit uskalla louhia sitä täältä. Suonet vievät kauas pohjoiseen kohti Caradhrasia ja alas pimeään. Kääpiöt eivät puhu, mutta niin kuin *mithril* oli heidän vaurautensa perusta, niin se myös oli heidän tuhonsa: he louhivat liian ahneesti, liian syvään ja havahduttivat sen, jota täältä pakenivat, Durinin turman. Siitä, mitä he toivat päivänvaloon, ovat örkit haalineet suurimman osan ja antaneet sen verona Sauronille, joka himoitsee sitä.

Mithril! Kaikki sitä halusivat. Sitä saattoi takoa kuin kuparia ja kiillottaa kuin lasia, ja kääpiöt osasivat tehdä siitä metallia, joka oli kevyttä ja kuitenkin karkaistua terästä kovempaa. Se oli kaunista kuin tavallinen hopea, mutta *mithrilin* kauneus ei tummunut eikä himmentynyt. Haltiat rakastivat sitä suuresti, ja käyttivät sitä moniin tarkoituksiin, muun muassa valmistivat siitä *ithildiniä*, tähtikuuta, jota näitte ovissa. Bilbolla oli *mithril*-renkaista kudottu panssari, jonka Thorin oli hänelle antanut. Mitähän sille on tapahtunut? Kaipa se kerää tomua Järin Möyremän Mathomtalossa.»

»Mitä?» huudahti Gimli hätkähtäen. »Morianhopeinen panssari? Se oli kuninkaallinen lahja!»

»Niin oli», sanoi Gandalf. »En ole sanonut sitä hänelle milloinkaan, mutta se oli arvokkaampi kuin koko Kontu ja kaikki mitä siellä on.»

Frodo ei virkkanut mitään, mutta pani kätensä mekon sisään ja kosketti sormillaan sotisopansa renkaita. Häntä hirvitti ajatella, että hän oli käveleskellyt Konnun hinta takkinsa alla. Oliko Bilbo tiennyt? Hän ei epäillyt, etteikö Bilbo olisi tiennyt sitä oikein hyvin. Lahja oli tosiaan kuninkaallinen. Mutta nyt hänen ajatuksena olivat ajautuneet kauas pimeistä Kaivoksista Rivendelliin, Bilbon luo, ja niihin Repunpään aikoihin, jolloin Bilbo vielä oli siellä. Hän toivoi koko sydämestään, että olisi siellä taas, noissa päivissä, nurmea leikkaamassa tai hoitelemassa kukkiaan, ja että ei olisi koskaan kuullutkaan Moriasta tai *mithrilistä* – tai Sormuksesta.

Tuli syvä hiljaisuus. Yksitellen vaipuivat muut uneen. Frodo oli vartiossa. Kuin henkäyksenä syvyyksistä, näkymättömien ovien läpi, kauhu valtasi hänet. Hänen kätensä olivat kylmät ja otsa nihkeä. Hän kuunteli. Koko hänen mielensä keskittyi kuuntelemiseen eikä mihinkään muuhun kahdeksi hitaaksi tunniksi, mutta hän ei kuullut ääntäkään, ei edes kuviteltua askelten kaikua.

Hänen vartiovuoronsa oli melkein ohi, kun hän oli näkevinään etäällä, jossakin niillä main, mihin hän kuvitteli läntisen oviaukon, kaksi himmeätä valopistettä, melkein kuin hohtavat silmät. Hän hätkähti. Hänen päänsä oli nuokahtanut. »Olen tainnut torkahtaa vartiossa», hän ajatteli. »Näin jo melkein unta.» Hän nousi ja hieroi silmiään, ja jäi seisomaan tuijottaen pimeyteen kunnes Legolas vapautti hänet.

Asetuttuaan makuulle hän vajosi nopeasti uneen, mutta hänestä tuntui, että äskeinen uni jatkui: hän kuuli kuiskauksia ja näki kahden himmeän valopisteen hitaasti lähestyvän. Hän heräsi ja huomasi, että muut puhelivat hiljaa hänen lähellään ja että hänen kasvoilleen virtasi valjua valoa. Korkealta itäisen oviaukon yläpuolelta, lähellä kattoa olevasta kuilusta lähti pitkä hailea valoviiru, ja salin toiselta puolelta pohjoisen oviaukon suusta hohti myös heikkoa ja etäistä valoa.

Frodo nousi istumaan. »Hyvää huomenta!» sanoi Gandalf. »Sillä aamu on viimein tullut. Olin näet oikeassa. Olemme korkealla Morian itälaidalla. Ennen päivän loppua meidän pitäisi löytää Suuret portit ja nähdä Kuvastajan vedet edessämme Hämypuron laaksossa.»

»Hyvä niin», sanoi Gimli. »Olen katsellut Moriaa, ja se on hyvin ihmeellinen, mutta siitä on tullut pimeä ja pelottava, emmekä ole tavanneet jälkeäkään heimostani. Epäilen nyt, tuliko Balin tänne lainkaan.»

Kun he olivat syöneet aamiaisen, Gandalf päätti, että he lähtisivät heti liikkeelle. »Olemme väsyneitä, mutta lepäämme paremmin ulkona», hän sanoi. »En usko, että kukaan meistä haluaa viettää vielä yhtä yötä Moriassa.»

»Totisesti ei!» sanoi Boromir. »Mihin suuntaan me lähdemme? Tuosta itäholvistako?»

»Kenties», sanoi Gandalf. »Mutta en vielä tiedä tarkalleen, missä olemme. Mikäli en ole aivan eksyksissä, oletan meidän olevan Suurten porttien ylä- ja pohjoispuolella, eikä ehkä ole helppoa löytää oikeaa tietä niille. Itäholvi varmaan osoittautuu oikeaksi, mutta ennen kuin teemme päätöksemme, meidän tulisi katsella ympärillemme. Menkäämme kohti tuota pohjoisovelta näkyvää valoa. Jos löytäisimme ikkunan, siitä olisi apua, mutta pelkäänpä, että valo tulee alas vain pitkiä kuiluja myöten.»

Häntä seuraten Saattue meni pohjoiselle holville. He havaitsivat olevansa leveässä käytävässä. Heidän edetessään hohde voimistui, ja he näkivät, että se tuli oikealla olevasta ovesta. Oviaukko oli korkea ja tasakamanainen, ja kivivi oli yhä saranoillaan puoliavoimena. Sen takana oli suuri nelikulmainen kammio. Sisällä oli hämärää, mutta heidän pimeään tottuneissa silmissään kammio oli häikäisevän kirkas, ja he räpyttelivät silmiään astuessaan sisään.

Heidän jalkansa pöllyttivät lattiaa peittävää paksua tomukerrosta ja kompastelivat ovensuussa lojuviin esineisiin, joiden hahmosta he eivät heti saaneet selkoa. Kammiota valaisi avara kuilu, joka sijaitsi korkealla itäseinämässä; se vei viistosti ylöspäin, ja kaukana yläpuolellaan he näkivät pienen nelikulmaisen täplän sinistä taivasta. Kuilun valo osui suoraan huoneen keskellä olevaan pöytään: se oli yksi ainoa pitkänomainen möhkäle, noin kyynärän korkuinen, ja sen päälle oli asetettu suuri valkoinen kivilaatta.

»Näyttää haudalta», mutisi Frodo, ja merkillisen ennakkoaavistuksen vallassa hän kumartui eteenpäin katsoakseen sitä tarkemmin. Gandalf tuli nopeasti hänen rinnalleen. Laattaan oli kaiverrettu syvät riimut:

»Nämä ovat Daeronin riimuja, joita muinoin käytettiin Moriassa», sanoi Gandalf. »Tähän on kirjoitettu ihmisten ja kääpiöitten kielillä:

BALIN FUNDININ POIKA
MORIAN RUHTINAS.»

»Hän on siis kuollut», sanoi Frodo. »Sitä minä pelkäsin.» Gimli veti hupun kasvojensa peitoksi.

Sivuja
Mazarbulin kirjasta

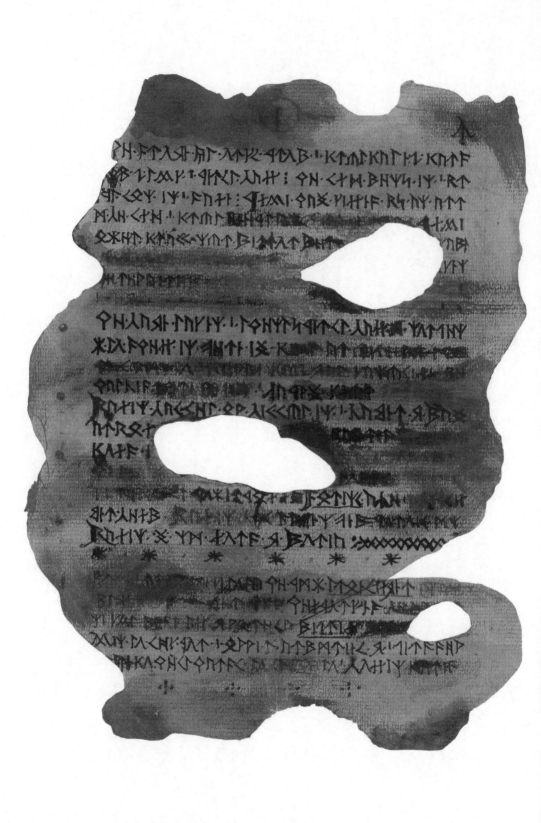

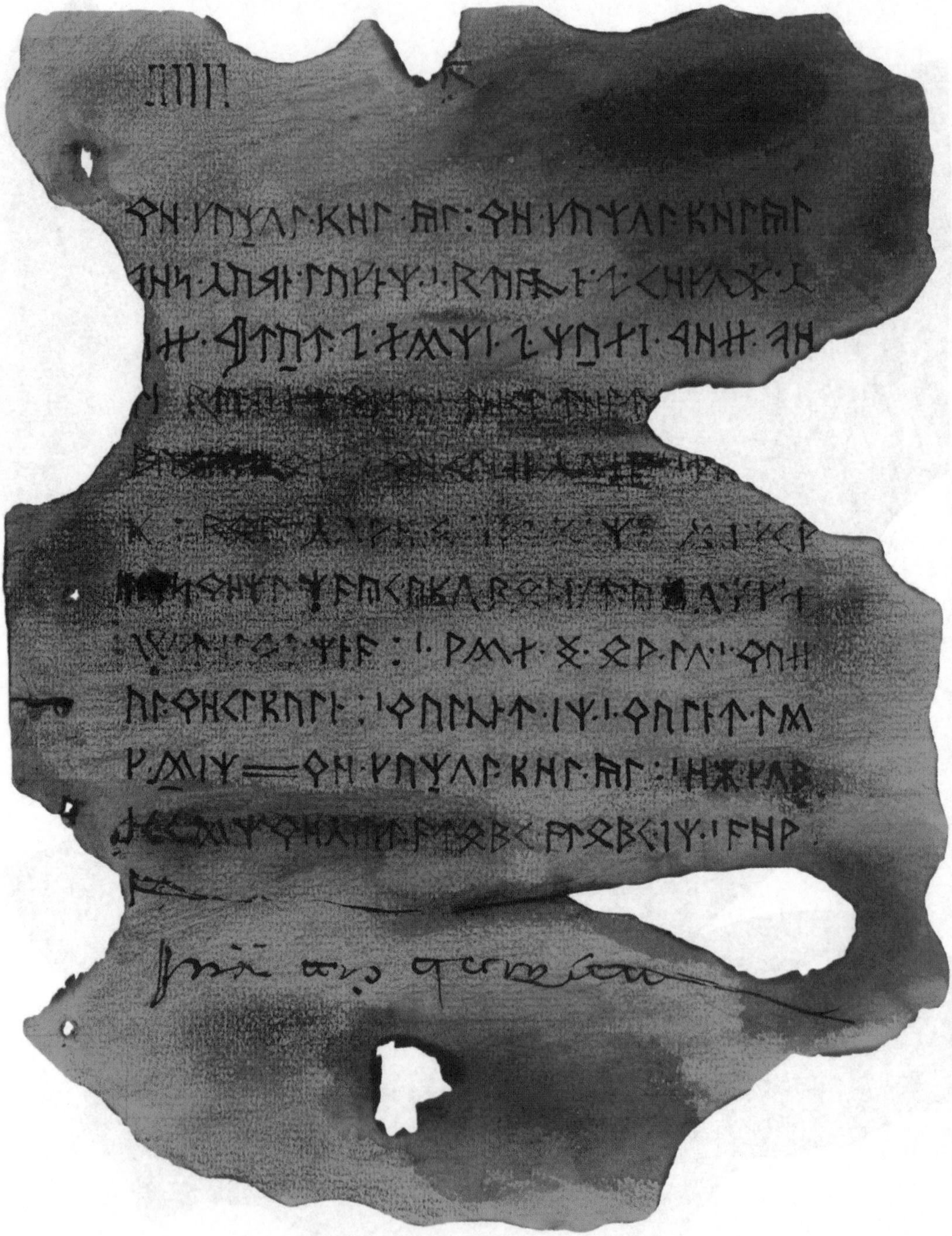

5
KHAZAD-DÛMIN SILTA

SORMUKSEN SAATTUE SEISOI ääneti Balinin haudan ääressä. Frodo ajatteli Bilboa, tämän pitkää ystävyyttä Balinin kanssa ja kääpiön käyntiä Konnussa kauan sitten. Tuossa pölyisessä kammiossa vuorten sisässä tuntui kuin se olisi tapahtunut tuhat vuotta sitten ja maailman toisella laidalla.

Viimein he liikahtivat ja kohottivat katseensa ja alkoivat etsiä jotakin, joka kertoisi heille Balinin kohtalosta tai paljastaisi, mitä hänen joukolleen oli tapahtunut. Kammion toisessa päässä oli valokuilun alla toinen pienempi ovi. Nyt he huomasivat, että kummankin oven luona oli luita ja niiden seassa miekkoja, kirveenteriä ja haljenneita kilpiä ja kypäröitä. Jotkut miekoista olivat käyriä, mustuneita örkkien sapeleita.

Kiviseiniin oli hakattu syvennyksiä, ja niissä oli suuria rautahelaisia puuarkkuja. Kaikki oli murrettu auki ja ryöstetty; mutta yhden säpäleisen arkunkannen vierestä he löysivät kirjan jäännökset. Kirjaa oli viillelty ja pistelty ja poltettukin, ja se oli niin täynnä mustia läiskiä ja vereltä vaikuttavia tummia tahroja, että sitä saattoi lukea vain sieltä täältä. Gandalf otti kirjan varovasti käsiinsä, mutta lehtiä halkeili ja repeili, kun hän asetti sen kivilaatalle. Hän tutki sitä tarkkaan jonkin aikaa sanaakaan sanomatta. Hänen käännellessään lehtiä äärimmäisen hellävaraisesti Frodo ja Gimli, jotka seisoivat hänen vieressään, saattoivat nähdä, että niihin oli kirjoitettu usealla eri käsialalla, sekä Morian että Laakson riimuilla ja paikoitellen haltiakirjaimilla.

Lopulta Gandalf nosti katseensa. »Tämä näyttää olevan Balinin väen kohtaloiden historia», hän sanoi. »Se alkaa ilmeisesti heidän saapumisestaan Hämypuron laaksoon lähes kolmekymmentä vuotta sitten: sivujen numerot tuntuvat viittaavan saapumisen jälkeisiin vuosiin. Päällimmäiseen lehteen on merkitty *yksi – kolme*, joten alusta puuttuu ainakin kaksi sivua. Kuulkaa tätä!

Karkotimme örkit suurelta portilta ja vartio – luulisin, seuraava sana on epäselvä ja kärventynyt: ilmeisesti *huoneesta – surmasimme monia Laakson kirkkaassa – luultavasti – auringossa. Flói sai surmansa nuolesta. Hän surmasi suuren.* Sitten epäselvää ja sen jälkeen *Flóin nurmen alle Kuvastajan läheisyyteen.* Seuraavia rivejä en pysty lukemaan. Sitten tulee *Olemme ottaneet asunnoksi Pohjoispään*

ensimmäisenkolmatta salin. Siellä on en saa selvää mitä. *Valokuilu* mainitaan. Sitten: *Balin pystyttänyt istuimensa Mazarbulin kammioon.*»
»Arkistokammio», sanoi Gimli. »Se on kai tämä, jossa nyt olemme.»
»Niin, sitten on pitkiä pätkiä, joista en saa selvää», sanoi Gandalf, »paitsi sanan *kulta,* ja *Durinin kirves* ja jotakin *kypärä.* Sitten *Balin on nyt Morian ruhtinas.* Se näyttää olevan luvun loppu. Parin tähden jälkeen alkaa uusi käsiala ja pystyn lukemaan sanat *löysimme aitohopeaa* ja myöhemmin sanat *hyvin taottu* ja jotakin, aivan oikein! *Mithril,* ja viimeiset kaksi riviä *Óin tutkimassa Kolmannen pohjan ylempiä asekammioita,* jotakin *menevät länteen,* epäselvää, *Paatsamalan portille.*»

Gandalf piti tauon ja käänsi muutamia lehtiä. »Sitten on monia samantapaisia sivuja, kiireessä kirjoitettuja ja pahasti vahingoittuneita», hän sanoi, »mutta saan niistä hyvin vähän selkoa tässä valossa. Sitten tästä selvästi puuttuu monta sivua, sillä niiden numero onkin nyt *viisi,* tarkoittaa nähtävästi siirtokunnan viidettä vuotta. Katsotaanpa! Ei käy, nämä ovat liian repaleisia ja tahriintuneita, en saa niistä selvää. Ehkä onnistuisimme paremmin auringon valossa. Hetkinen! Tässä on jotakin: suuri ja varma käsiala, haltiakirjoitusta.»
»Se on sitten Orin käsialaa», sanoi Gimli ja kurkisti velhon käsivarren yli. »Hän osasi kirjoittaa hyvin ja nopeasti ja käytti usein haltiakirjaimia.»
»Hänen tehtäväkseen tuli valitettavasti merkitä muistiin ikäviä asioita kauniilla käsialallaan», sanoi Gandalf. »Ensimmäinen selvä sana on *suru,* mutta rivin loppu on kadonnut. Ehkä se päättyy *ilen.* Aivan, sen täytyy olla *eilen* ja sen jälkeen tulee *marraskuun kymmenes Balin Morian ruhtinas kaatui Hämypuron laaksossa. Hän meni yksin katsomaan Kuvastajaa. örkki ampui hänet kiven takaa. surmasimme örkin mutta monta… Hopeajuopaa myöten idästä.* Sivun loppu on niin tahriintunut, että saan siitä tuskin mitään selvää, mutta luulen näkeväni *olemme salvanneet portit* ja sitten *pidätellä niitä kauan jos* ja sitten kenties *kauhea* ja *kärsiä.* Balin-raukka! Hän sai nähtävästi pitää ottamansa arvonimen vajaat viisi vuotta. Mitähän sitten tapahtui? Mutta nyt ei ole aikaa selvitellä viimeisten sivujen sanomaa. Tässä on kaikkein viimeisin.» Hän piti tauon ja huokasi.
»Tämä on synkkää luettavaa», hän sanoi. »Pelkään, että heidän loppunsa oli julma. Kuulkaa! *Me emme pääse ulos. Emme pääse ulos. Ne ovat vallanneet Sillan ja toisen salin. Frár ja Lóni ja Náli kaatuivat siellä.* Sitten seuraa neljä niin suttuista riviä, etten saa niistä selvää muuta kuin *lähtivät 5 päivää sitten.* Viimeiset rivit kuuluvat *vesi ulottuu seinään asti Länsiportilla. Veden valvoja vei Óinin. Emme pääse ulos. Loppu tulee* ja sitten *rummut, rummut syvyyksissä.* Mitähän tuo tarkoittaa? Viimeinen merkintä on vetäisty horjuvilla haltiakirjaimilla: *ne tulevat.* Ei muuta.»
Gandalf vaikeni ja seisoi ääneti ajatuksissaan.
Äkkiä Saattueen valtasi kauhu, ja kammio alkoi hirvittää heitä. »*Emme pääse ulos*», mutisi Gimli. »Oli meidän onnemme, että vesi oli vähän laskenut ja että Valvoja nukkui järven eteläpäässä.»
Gandalf nosti päänsä ja katseli ympärilleen. »He näyttävät puolustautuneen lopuksi molemmilla ovilla», hän sanoi, »mutta silloin heitä ei enää ollut monta jäljellä. Niin päättyi yritys Morian takaisin valtaamiseksi! Yritys oli uljas mutta mieletön. Aika ei ole vielä tullut. Nyt meidän on valitettavasti heitettävä hyvästit Balinille Fundinin pojalle. Levätköön hän täällä isiensä saleissa. Me otamme hänen kirjansa, Mazarbulin kirjan, ja tutkimme sitä myöhemmin tarkemmin.

Sinun Gimli on parasta ottaa se, ja viedä se takaisin Dáinille, jos saat siihen tilaisuuden. Se varmasti kiinnostaa häntä, vaikka se tekeekin hänet hyvin surulliseksi. Tulkaa, me menemme nyt! Aamu kuluu.»

»Mihin suuntaan me menemme?» kysyi Boromir.

»Takaisin saliin», vastasi Gandalf. »Mutta käyntimme tässä huoneessa ei ole mennyt hukkaan. Tiedän nyt missä olemme. Tämän täytyy olla, niin kuin Gimli sanoo, Mazarbulin kammio, ja salin pohjoispään kahdeskymmenesensimmäinen. Sen tähden meidän tulee lähteä salin itäholvista ja pyrkiä oikealle ja etelään ja mennä alaspäin. Kahdennenkymmenennenensimmäisen salin pitäisi olla seitsemännessä tasossa, se on kuusi tasoa Porttien tason yläpuolella. Tulkaa! Takaisin saliin!»

Gandalf oli tuskin lausunut nämä sanat, kun kuului mahtava ääni: vyöryvä *bum*, joka tuntui tulevan syvyyksistä kaukaa alhaalta ja vavisuttavan kiveä heidän jalkojensa alla. He ryntäsivät pelästyneinä ovea kohti. *Dum dum* kumisi taas, ikään kuin valtavat kädet olisivat käyttäneet itse Morian luolia suurena rumpuna. Sitten kajahti kaikuva töräys: salissa puhalsi joku isoon torveen ja kauempaa kuului vastaustöräyksiä, karkeita huutoja ja lukuisien jalkojen nopeaa töminää.

»Ne tulevat!» huusi Legolas.

»Me emme pääse ulos», sanoi Gimli.

»Loukussa!» sanoi Gandalf. »Miksi viivyttelin? Tässä me olemme pinteessä aivan kuten kääpiöt ennen meitä. Mutta silloin en minä ollut täällä. Katsotaan mitä –»

Dum dum kaikui rummutus, ja seinät vapisivat.

»Suljetaan ovet ja kiilataan ne!» huusi Aragorn. »Ja pidetään pakkaukset selässämme niin kauan kuin suinkin, sillä pystymme ehkä vielä raivaamaan tien ulos.»

»Ei!» sanoi Gandalf. »Emme saa jäädä tänne saarroksiin. Pitäkää itäovi raollaan! Menemme sitä tietä ulos, jos vain suinkin voimme.»

Ilmaa raastoi uusi torventöräys ja kuului kimeitä kiljahduksia. Käytävästä kantautui askelten jytinää. Helähtäen ja kalahtaen paljastuivat Saattueen miekat. Glamdring hohti kalpeaa valoa ja Piikki kiilsi reunoistaan. Boromir painoi olkansa läntistä ovea vasten.

»Odota hetki! Älä sulje sitä vielä!» sanoi Gandalf. Hän loikkasi Boromirin rinnalle ja kohottautui täyteen pituuteensa.

»Ken tulee tänne häiritsemään Balinin Morian ruhtinaan lepoa?» hän huusi kovalla äänellä.

Hän sai vastaansa käheän naurunräjähdyksen, kuin kivikuorma olisi liukunut kuiluun; metelin keskeltä kuului kumea ääni huutavan komentosanoja. *Dum bum duum* jyrisivät rummut syvyyksissä.

Vauhdikkaasti Gandalf astui kapeaan ovenrakoon ja pisti sauvansa aukosta. Häikäisevä leimahdus valaisi kammion ja ulkopuolella olevan käytävän. Hetken verran velho katsoi ulos ja hyppäsi sitten takaisin. Käytävässä vinkui ja vihelsi nuolia.

»Siellä on örkkejä, paljon örkkejä», hän sanoi. »Ja jotkut ovat isoja ja kauheita: Mordorin mustia urukkeja. Juuri nyt ne pysyttelevät taka-alalla, mutta siellä on myös jotakin muuta: suuri luolapeikko, ja luultavasti useampiakin. Ei ole mitään toivoa päästä pakoon tuota tietä.»

»Eikä toivon toivoa, jos ne tulevat toisellekin ovelle», sanoi Boromir.

»Tältä puolelta ei vielä kuulu ääntäkään», sanoi Aragorn, joka seisoi itäisen oven luona ja kuunteli. »Tämänpuoleinen käytävä painuu suoraan alas portaita: se ei selvästikään vie takaisin saliin. Ei kuitenkaan kannata paeta sokeasti tätä tietä takaa-ajajat kannoilla. Me emme voi teljetä ovea. Avain puuttuu ja lukko on rikki ja ovi aukeaa sisäänpäin. Meidän on ensin tehtävä jotakin vihollisen viivyttämiseksi. He tulevat vielä pelkäämään Mazarbulin kammiota!» hän sanoi synkästi tunnustellen miekkansa Andúrilin terää.

Käytävästä kuului raskasta töminää. Boromir heittäytyi ovea vasten ja painoi sen kiinni ja kiilasi sen katkenneilla miekan terillä ja puusäleillä. Saattue perääntyi kammion toiseen päähän. Mutta he eivät voineet vielä paeta. Oveen lyötiin niin että se vapisi, ja sitten se alkoi hitaasti vääntyä auki; kiilat antoivat myöten. Levenevästä raosta tunkeutui valtava käsivarsi ja vihreäsuomuinen olkapää. Sitten alhaalta työntyi esiin suuri, varpaaton latuskainen jalka. Ulkopuolella oli kuolemanhiljaista.

Boromir ryntäsi eteenpäin ja huitaisi miekallaan käsivartta kaikin voimin, mutta miekka helähti, luiskahti syrjään ja heltisi tärähdyksessä hänen kädestään. Terään jäi lovi.

Äkkiä ja omaksi ihmetyksekseen Frodo tunsi kuuman vihan läikähtävän sydämessään. »Kontu!» hän huusi ja loikkasi Boromirin rinnalle, kumartui ja iski Piikin hirvittävään jalkaan. Kuului mylvähdys ja jalka tempautui pois, se melkein väänsi Piikin Frodon kädestä. Terästä tippui mustia pisaroita ja jäi lattialle savuamaan. Boromir painautui taas ovea vasten ja sulki sen.

»Kunniaa Konnulle!» huusi Aragorn. »Hobitti puraisi syvään! Frodo Drogon poika, sinulla on hyvä ase!»

Ovella kävi rysähdys, ja sitten rysähteli tiuhaan tahtiin. Muurinmurtajat ja moukarit takoivat sitä. Se säröili ja aukeni vähä vähältä ja äkkiä rako levisi ammottavaksi. Sisään lensi viheltäen nuolia, mutta ne osuivat pohjoisseinään ja putosivat lattialle vahinkoa tuottamatta. Torvi törähti ja jalat tömisivät ja örkki toisensa perään syöksähti kammioon.

Niiden määrää ei Saattue pystynyt laskemaan. Hyökkäys oli kiivas, mutta örkit kauhistuivat puolustuksen hurjuutta. Legolas ampui kahta kurkkuun. Gimli niitti jalat alta yhdeltä, joka oli hypännyt Balinin haudalle. Boromir ja Aragorn surmasivat useita. Kun kolmetoista oli kaatunut, pakenivat loput kirkuen; puolustajat olivat vahingoittumattomia lukuun ottamatta Samia, jonka päänahassa oli pitkä naarmu. Nopea sukellus oli pelastanut hänet, ja hän oli kaatanut örkkinsä survaisten lujasti haudanhaamun veitsellä. Hänen ruskeissa silmissään kyti tuli, joka olisi saanut Ted Hiesulin kavahtamaan, jos olisi joutunut sen kanssa vastakkain.

»Nyt on oikea hetki!» huusi Gandalf. »Mennään, ennen kuin peikko tulee takaisin!»

Mutta jo heidän vetäytyessään ja ennen kuin Pippin ja Merri olivat päässeet ulos portaisiin asti, hyökkäsi kammioon valtaisa örkkipäällikkö, melkein ihmismiehen mittainen ja mustassa haarniskassa kiireestä kantapäähän; sen seuraajat kerääntyivät ovelle sen taakse. Sillä oli leveät ja litteät tummanpuhuvat kasvot, silmät kuin hiilet ja punainen kieli; aseena sillä oli suuri peitsi. Valtavan nahkakilpensä töytäisyllä se torjui Boromirin miekan ja tyrkkäsi häntä taaksepäin, niin että hän kaatui. Hyökkäävän käärmeen vikkelyydellä örkkipäällikkö väisti

Aragornin iskun, ryntäsi Saattueen keskitse ja survaisi suuren peitsensä suoraan Frodoa kohti. Se osui Frodon oikeaan kylkeen ja paiskasi hänet puristuksiin seinää vasten. Kiljaisten Sam iski peitsenvartta ja se katkesi. Mutta samalla hetkellä, kun örkki heitti tyngän syrjään ja vetäisi esiin sapelinsa, Andúril osui sen kypärään. Oli kuin liekki olisi leimahtanut, ja kypärä repesi rikki. Örkki kaatui pää haljenneena. Sen seuralaiset pakenivat ulvoen, kun Boromir ja Aragorn hyökkäsivät niitä kohti.

Dum dum kumisivat rummut syvyydessä. Jälleen tuo hirvittävä ääni.

»Nyt!» Gandalf huusi. »Nyt on viimeinen tilaisuus. Juoskaa henkenne edestä!»

Aragorn nosti Frodon maasta seinän viereltä ja riensi portaita kohti työntäen Merriä ja Pippiniä edellään. Muut seurasivat, mutta Legolasin oli laahattava Gimli pois: vaarasta huolimatta kääpiö viivytteli Balinin haudan luona pää painuksissa. Boromir kiskoi saranoillaan kirskuvan itäoven kiinni: siinä oli molemmin puolin suuret rautarenkaat, mutta teljetyksi sitä ei saanut.

»Minä olen ihan kunnossa», sopersi Frodo. »Voin kävellä. Laske minut alas!»

Aragorn oli pudottaa hänet hämmästyksestä. »Luulin että olit kuollut!» hän huudahti.

»Ei vielä!» sanoi Gandalf. »Mutta ei ole aikaa kummastella. Tiehenne joka sorkka ja rappuja alas! Odottakaa minua alhaalla muutama minuutti, mutta jollen heti tule, jatkakaa! Kulkekaa nopeasti ja valitkaa oikealle ja alaspäin johtavat tiet.»

»Emme voi jättää sinua yksin puolustamaan ovea!» sanoi Aragorn.

»Tee niin kuin sanon!» ärjäisi Gandalf. »Miekoista ei ole täällä enää hyötyä. Menkää!»

Käytävää ei mikään valokuilu valaissut ja se oli säkkipimeä. He laskeutuivat hapuillen alas pitkät portaat ja katsoivat sitten taakseen, mutta he eivät nähneet ylhäällä mitään muuta kuin velhon sauvan hennon hohteen. Hän näytti seisovan vartiossa suljetun oven takana. Frodo hengitti raskaasti ja nojasi Samiin, joka kietoi käsivartensa hänen ympärilleen. He seisoivat tuijottaen ylös portaiden pimentoon. Frodo oli kuulevinaan ylhäältä velhon äänen mutisevan sanoja, jotka kaikuivat viistossa katossa kuin huokaus. Hän ei saanut sanoista selkoa. Seinät tuntuivat vapisevan. Aina vähän väliä jytisivät ja jyrisivät rummut: dum dum.

Äkkiä näkyi portaitten yläpäässä valkoisen valon välähdys. Sitten kuului kumeaa rytinää ja raskas tömähdys. Rummut alkoivat hakata hurjasti: dum bum, dum bum ja lakkasivat sitten. Gandalf syöksyi alas portaita ja kaatui maahan joukon keskelle.

»Huh! Onpahan ohi!» sanoi velho ponnistellessaan jaloilleen. »Olen tehnyt mitä voin. Mutta minä olen kohdannut vertaiseni ja vähältä piti, etten joutunut tuhon omaksi. Mutta älkää seisoskelko tässä! Eteenpäin! Teidän täytyy tulla toimeen ilman valoa jonkin aikaa: olen vähän herpaantunut. Eteenpäin! Eteenpäin! Missä olet Gimli? Tule edeltä minun kanssani! Pysytelkää tiukasti kannoilla kaikki muut!»

He kompuroivat hänen perässään aprikoiden, mitä oli tapahtunut. Dum dum, alkoivat rummut taas: ne kuulostivat nyt vaimeilta ja kaukaisilta, mutta ne seurasivat heitä. Muuta takaa-ajon ääntä ei kuulunut, ei jalkojen töminää eikä huutoa.

Gandalf ei kääntynyt oikealle eikä vasemmalle, sillä käytävä tuntui vievän hänen haluamaansa suuntaan. Silloin tällöin laskeuduttiin viitisenkymmentä askelmaa ja päädyttiin alemmalle tasolle. Sillä hetkellä portaat olivatkin suurin vaara, sillä pimeässä he eivät nähneet askelmia ennen kuin tulivat kohdalle ja jalka tapasi tyhjää. Gandalf koetteli maata sauvallaan kuin sokea.

Tunnin kuluttua he olivat edenneet virstan tai kenties vähän ylikin ja laskeutuneet monta portaikkoa. Ajojahdista ei vieläkään kuulunut mitään. He rupesivat melkein uskomaan, että pääsisivät pakoon. Seitsemännen portaikon alapäässä Gandalf pysähtyi.

»Ilma käy kuumaksi!» hän huohotti. »Meidän pitäisi nyt olla vähintään Porttien tasalla. Pian meidän täytynee alkaa etsiä vasemmalle vievää käytävää, joka johtaisi meidät itään. Toivon ettei se ole kaukana. Olen lopen uuvuksissa. Minun on levättävä tässä hetki vaikka kaikki maailman örkin sikiöt olisivat kannoillamme.»

Gimli tarttui häntä kädestä ja auttoi hänet askelmalle istumaan. »Mitä siellä ylhäällä ovella tapahtui?» hän kysyi. »Kohtasitko rummunlyöjän?»

»En tiedä», vastasi Gandalf. »Huomasin äkkiä olevani vastakkain jonkin kanssa, jota en ole tavannut aikaisemmin. En pystynyt keksimään mitään muuta kuin yrittää teljetä ovi sulkuloitsulla. Tunnen montakin sellaista, mutta tuontapaisten taikojen oikein suorittaminen vaatii aikaa, ja sittenkin ovi voidaan avata väkivalloin.

Seistessäni siinä kuulin örkkien ääniä toiselta puolen: oletin niiden minä hetkenä hyvänsä sinkoavan oven auki. En kuullut mitä sanottiin, ne tuntuivat puhuvan omaa iljettävää kieltään. Sain selvää vain sanasta *ghâsh*, se on 'tuli'. Sitten kammioon tuli jotakin – tunsin sen oven läpi, ja örkitkin pelkäsivät ja vaikenivat. Se tarttui rautarenkaaseen ja sitten se tajusi minut ja loitsuni.

Minulla ei ole mitään käsitystä, mikä se oli, mutta milloinkaan en ole kokenut sellaista haastetta. Vastaloitsu oli hirveä. Se melkein murskasi minut. Hetkeksi ovi pääsi valvonnastani ja alkoi aueta! Minun oli lausuttava Käskysana. Se oli liikaa. Ovi särkyi palasiksi. Jokin, joka oli kuin musta pilvi, varjosti kaiken valon, ja minä paiskauduin portaita alas. Koko seinä ilmeisesti petti ja samoin kammion katto.

Balin on nyt hautautunut syvään, niin pelkään, ja kenties sinne on hautautunut muutakin. En osaa sanoa. Mutta ainakin taaksemme jäänyt käytävä tukkeutui kokonaan. Enpä ole koskaan ollut näin lopussa, mutta tunne hellittää jo. Entä sinä, Frodo? Minulla ei ollut aikaa sanoa mitään, mutta en ole eläissäni niin ilahtunut kuin silloin kun sinä avasit suusi. Pelkäsin Aragornin kantavan urheaa mutta kuollutta hobittia.»

»Mitä minusta?» sanoi Frodo. »Minä olen elossa ja nähtävästi ehjä. Olen ruhjoutunut ja minun koskee, mutta ei pahasti.»

»Voin vain sanoa, että hobitit on tehty niin sitkeästä aineksesta, etten ole moista ennen tavannut», sanoi Aragorn. »Jos olisin sen tiennyt, olisin puhunut kohteliaammin Briin majatalossa! Tuo peitsen työntö olisi lävistänyt villin metsäkarjunkin!»

»Eipä lävistänyt minua, kaikeksi onneksi», sanoi Frodo, »vaikka minusta tuntuukin siltä kuin olisin jäänyt vasaran ja alasimen väliin.» Hän ei sanonut enempää. Hengittäminen koski.

»Sinä tulet Bilboon», sanoi Gandalf. »Sinussa on enemmän ytyä kuin silmä näkee, niin kuin minä sanoin hänestä kauan sitten.» Frodo mietti, mahtoiko huomautuksessa piillä vihjaus.

He jatkoivat taas matkaa. Ennen pitkää Gimli avasi suunsa. Hänen silmänsä näkivät pimeässä tarkasti. »Minusta tuntuu», hän sanoi, »että edessäpäin on valoa. Mutta se ei ole päivänvaloa. Se on punaista. Mitä se voisi olla?» »*Ghâsh!*» mutisi Gandalf. »Sitäköhän ne tarkoittivat: että alemmat tasot ovat liekkien vallassa? Emme silti voi muuta kuin jatkaa.»

Pian ei valosta enää voinut erehtyä, ja sen havaitsivat kaikki. Alhaalla edessäpäin se lepatti ja hehkui käytävän seinillä. He näkivät nyt mihin astuivat: tie vietti jyrkästi alaspäin ja vähän matkan päässä oli matala holviaukko, sieltä näkyi tuo enenevä valo. Ilma kävi hyvin kuumaksi.

Kun he tulivat holviaukon luo, Gandalf meni läpi ja antoi heille merkin odottaa. Hänen päästyään aukon toiselle puolen he näkivät hänen kasvoilleen heijastuvan punaisen hehkun. Hän palasi nopeasti takaisin.

»Täällä on jotakin uutta konnuutta», hän sanoi, »joka on epäilemättä suunniteltu meidän päämme menoksi. Mutta minä tiedän nyt, missä me olemme: tämä on Ensimmäinen pohja, se taso, joka on heti Porttien alapuolella. Tämä on Vanhan Morian Toinen sali ja Portit ovat lähellä: tuolla idässä vasemmalla, vajaan neljännesvirstan päässä. Sillan yli, ylös leveitä portaita, pitkin avaraa käytävää, läpi Ensimmäisen salin ja ulos! Mutta tulkaa katsomaan!»

He kurkistivat holviaukosta ulos. Heidän edessään oli uusi luolamainen sali. Se oli korkeampi ja paljon pitempi kuin se, jossa he olivat nukkuneet. He olivat lähellä sen itäpäätä; lännessä se häipyi pimeyteen. Keskellä kohosi kaksinkertainen rivi pylväitä. Ne oli veistetty valtavien puunrunkojen muotoisiksi, joiden monihaaraiset oksat levisivät pitkin kattoa kuin viuhkat. Niiden kyljet olivat sileät ja mustat mutta niistä kuvastui tummana punainen hehku. Suoraan lattian poikitse lähelle kahden suuren pylvään tyveä oli avautunut suuri halkeama. Siitä säteili voimakas punainen valo ja silloin tällöin liekit nuoleskelivat sen reunoja ja kietoutuivat pylväiden jalustoihin. Kuumassa ilmassa leijui mustia savunhahtuvia.

»Jos olisimme tulleet yläsaleista päätietä alas, olisimme jääneet tänne loukkuun», sanoi Gandalf. »Toivokaamme, että tuli nyt erottaa takaa-ajajamme meistä. Tulkaa! Aikaa ei ole hukattavaksi.»

Hänen puhuessaan he kuulivat taas heitä seuraavan rummutuksen: *Dum dum dum.* Salin pimeän länsipään toiselta puolen kuului huutoja ja torventoitotusta. *Dum duum.* Oli kuin jyly olisi saanut pylväät vapisemaan ja liekit lepattamaan.

»Nyt viimeinen suora!» huusi Gandalf. »Jos ulkona paistaa aurinko, saatamme vielä päästä pakoon. Seuratkaa minua!»

Hän kääntyi vasempaan ja kiiruhti salin sileän lattian poikki. Matka oli pitempi kuin miltä se oli näyttänyt. Juostessaan he kuulivat takaansa nopeiden askelten töminän ja kaiun. Ilmaan kohosi kimakka kiljaisu: heidät oli nähty. Kuului teräksen helinää ja kalahtelua. Frodon pään yli vihelsi nuoli.

Boromir nauroi. »Tätä ne eivät odottaneet», hän sanoi. »Tuli on sulkenut niiltä tien. Me olemme väärällä puolella!»

»Katsokaa eteenne!» huusi Gandalf. »Silta on lähellä. Se on vaarallinen ja kapea.»

Äkkiä Frodo näki edessään mustan kuilun. Salin päässä lattia loppui ja vajosi tietymättömään syvyyteen. Ulommalle ovelle pääsi vain kapeaa kivisiltaa myöten, jossa ei ollut reunusta eikä kaidetta ja joka ylitti kuilun viidenkolmatta kyynärän mittaisena kaarena. Se oli kääpiöiden vanha puolustusrakennelma siltä varalta, että jokin vihollinen valtaisi Ensimmäisen salin ja uloimmat käytävät. He eivät pystyisi kulkemaan sitä myöten muuten kuin jonossa yksi kerrallaan. Reunalla Gandalf pysähtyi ja muut kerääntyivät hänen taakseen.

»Johda joukkoa, Gimli», hän sanoi. »Sitten Pippin ja Merri. Suoraan eteenpäin ja oven läpi ja portaita ylös!»

Heidän jalkoihinsa putosi nuolia. Yksi osui Frodoon ja kilpistyi takaisin. Toinen lävisti Gandalfin hatun ja sojotti siinä kuin musta sulka. Frodo katsoi taakseen. Tulen toisella puolen hän näki vilistäviä mustia hahmoja: örkkejä tuntui olevan sadoittain. Ne heiluttivat keihäitä ja sapeleita, jotka hehkuivat veripunaisina tulen kajossa. *Dum duum* jytisivät rummut yhä kovemmin, *dum duum.*

Legolas kääntyi ja asetti nuolen jänteelle, vaikka ampumamatka oli liian pitkä hänen pienelle jouselleen. Hän veti, mutta käsi herposi ja nuoli putosi maahan. Hän huudahti kauhusta ja pelosta. Näkyviin tuli kaksi suurta peikkoa; ne kantoivat suuria kivilaattoja ja paiskasivat ne maahan silloiksi tulen yli. Mutta eivät peikot saaneet haltiaa kauhistumaan. Örkkirivistöt olivat auenneet ja ne kerääntyivät syrjemmälle, ikään kuin olisivat itse olleet peloissaan. Niiden takaa oli tulossa jotakin. He eivät pystyneet näkemään, mikä se oli: se oli kuin suuri varjo, jonka keskellä erottui musta hahmo, kenties ihmisen muotoinen mutta isompi; ja siinä asui ja sitä ympäröi väkevä kauheus.

Se tuli tulen reunalle ja valo himmeni ikään kuin pilvi olisi kaartunut sen yli. Sitten se ylitti halkeaman yhdellä loikalla. Liekit roihusivat ylös sitä tervehtimään ja kietoutuivat sen ympärille; ja mustaa savua kiemurteli ilmassa. Sen hulmuava harja leimahti tuleen ja roihusi sen perässä. Sen oikeassa kädessä oli miekka kuin pistävä tulenkieleke, vasemmassa sillä oli monisiimainen piiska.

»Oi oi!» vaikersi Legolas. »Balrog! Täällä on balrog!»

Gimli tuijotti silmät pystyssä. »Durinin turma!» hän huusi, kirves putosi hänen kädestään ja hän peitti kasvonsa.

»Balrog», mutisi Gandalf. »Nyt minä ymmärrän.» Hän horjahti ja nojautui raskaasti sauvaansa. »Mikä onnettomuus! Ja minä olen jo muutenkin uuvuksissa.»

Tumma liekehtivä hahmo ryntäsi heitä kohti. Örkit kiljuivat ja niitä tulvi kivisiltoja myöten kuilun yli. Silloin Boromir kohotti torvensa ja puhalsi siihen. Kovana soi sen haaste ja se kaikui luolan katossa kuin lukemattomien kurkkujen huuto. Hetken örkit epäröivät ja tulihahmo pysähtyi. Sitten kaiut vaimenivat yhtä nopeasti kuin liekki, jonka tuuli puhaltaa sammuksiin, ja vihollinen jatkoi etenemistään.

»Sillan yli!» huusi Gandalf, joka keräsi voimiaan. »Paetkaa! Tämä vihollinen on teille liikaa. Minun on puolustettava kapeikkoa. Paetkaa!» Aragorn ja Boromir eivät ottaneet käskyä kuuleviin korviin vaan seisoivat rinta rinnan sillan päässä Gandalfin takana. Muut seisahtuivat aivan salin reunassa olevan oviaukon luo ja kääntyivät katsomaan kykenemättä jättämään johtajaansa kohtaamaan vihollista yksin.

Balrog saavutti sillan pään. Gandalf seisoi kaaren keskellä nojaten vasemmalla kädellä sauvaansa, mutta hänen toisessa kädessään kimalteli Glamdring kylmänä ja valkoisena. Hänen vihollisensa pysähtyi jälleen kasvotusten hänen kanssaan, ja sen ympärillä levittäytyi varjo kahden valtavan siiven tavoin. Se kohotti ruoskansa ja siimat viuhuivat ja paukkuivat. Sen sieraimista suihkusi tulta. Mutta Gandalf seisoi lujana.

»Et pääse tästä», hän sanoi. Örkit seisoivat paikoillaan ja kuolemanhiljaisuus vallitsi. »Minä olen Salaisen tulen palvelija, minulla on aseena Anorin liekki. Et pääse tästä. Musta tuli ei auta sinua, sinä Udûnin liekki. Palaja Varjoon! Et pääse tästä.»

Balrog ei vastannut. Sen tuli tuntui sammuvan, mutta pimeys kävi mustemmaksi. Se astui hitaasti sillalle ja äkkiä se kohottautui valtavaan pituuteen ja siivet levisivät seinästä seinään; mutta yhä näkyi Gandalf hohtavana pimeän keskellä; hän näytti pieneltä ja kertakaikkiaan yksinäiseltä: harmaalta ja kumaralta, kuin kuivettunut puu myrskyn alla.

Varjosta heilahti loimuten punainen miekka.

Glamdringin valkea hehku vastasi.

Kuului kalahdus ja valkea valo välähti. Balrog vetäytyi taaksepäin ja sen miekan sulaneet kappaleet lennähtivät ilmaan. Velho huojui sillalla, astui askelen taaksepäin ja seisoi sitten taas hiljaa.

»Et pääse tästä!» hän sanoi.

Yhdellä harppauksella balrog oli kokonaan sillalla. Sen piiska viuhui ja suhisi.

»Hän ei selviä yksin!» huusi Aragorn äkkiä ja juoksi takaisin siltaa pitkin. »*Elendil!*» hän huusi. »Olen kanssasi, Gandalf!»

»Gondor!» huusi Boromir ja syöksyi hänen jälkeensä.

Sillä hetkellä Gandalf kohotti sauvansa ja huutaen kovalla äänellä hän iski siltaa edessään. Sauva hajosi säpäleiksi ja putosi hänen kädestään. Ilmaan nousi sokaiseva valkea lieskaverho. Silta rusahti. Se katkesi aivan balrogin jalkojen juuresta ja kivi, jolla se seisoi, rymähti syvyyteen, mutta muu osa jäi paikoilleen kivikielekkeenä värisemään ja sojottamaan tyhjyyteen.

Hirveästi karjaisten balrog kaatui eteenpäin ja sen varjo syöksyi alas ja katosi. Mutta pudotessaan se heilautti piiskaansa ja siimat kietoutuivat velhon polvien ympärille ja tempasivat hänet sillan reunalle. Hän horjahteli ja kaatui, tarrautui turhaan kiveen ja liukui kuiluun. »Paetkaa, hullut!» hän huusi, ja sitten hän oli poissa.

Tulet sammuivat ja tuli säkkipimeää. Saattue seisoi kauhun lamaannuttamana rotkoon tuijottaen. Juuri kun Aragorn ja Boromir tulivat juosten takaisin ovelle, sillan jäännöskin murtui ja putosi. Huutaen Aragorn havahdutti heidät.

»Tulkaa! Minä johdan teitä nyt!» hän huusi. »Meidän on toteltava hänen viimeistä käskyään. Seuratkaa minua!»

He kompuroivat miten sattui ylös suuria portaita oven toisella puolen, Aragorn johdossa ja Boromir viimeisenä. Ylhäällä oli avara kaikuva käytävä. Sitä pitkin he pakenivat. Frodo kuuli Samin itkevän rinnallaan ja sitten hän huomasi itsekin itkevänsä juostessaan. *Duum duum duum* jytisivät rummut heidän takanaan, nyt alakuloisesti ja vitkaan: *duum!*

He juoksivat yhä. Valo sakeni edessäpäin, katon lävistivät suuret valokuilut. He juoksivat nopeammin. He tulivat saliin, johon tulvi päivänvaloa korkeista idänpuoleisista ikkunoista. He pyyhälsivät salin poikki. He riensivät ulos suurista rikkonaisista ovista, ja äkkiä avautuivat heidän eteensä Suuret portit, häikäisevän valon täyttämä holvikaari.

Korkeiden pihtipielten kummallakin puolella pimennossa piileskeli örkkivartio, mutta itse portit oli murrettu ja paiskattu kumolleen. Aragorn iski maahan päällikön, joka seisoi hänen tiellään, ja muut pakenivat hänen vihansa kauhistamina. Saattue ryntäsi örkkien ohi välittämättä niistä lainkaan. Ulos Portista he juoksivat ja säntäsivät alas ajan kuluttamia portaita, Morian kynnystä.

Näin he viimein saapuivat kuin ihmeen kaupalla avotaivaan alle ja tunsivat tuulen kasvoillaan.

He eivät pysähtyneet ennen kuin olivat nuolenkantaman ulkopuolella. Heidän ympärillään levittäytyi Hämypuron laakso. Sumuvuorten varjo lepäsi sen yllä, mutta idässä näkyi jo kultaista valoa. Keskipäivästä oli kulunut vain tunti. Aurinko paistoi, pilvet olivat valkeita ja korkealla.

He katsoivat taakseen. Mustana ammotti Porttien holvi vuorten varjossa. Vaimeina ja etäisinä jymisivät rummut maan alla verkkaisesti: *duum*. Ohut musta savujuova kiemurteli ulos. Mitään muuta ei näkynyt, laakso oli tyhjä. *Duum*. Suru sai viimein heidät valtaansa ja he itkivät kauan: joku seisten hiljaa paikallaan, toinen maassa maaten. *Duum, duum*. Rummut vaimenivat.

6

LOTHLÓRIEN

»TÄÄLLÄ EMME VOI kauan viipyä», sanoi Aragorn. Hän katsoi vuoriin päin ja kohotti miekkansa. »Hyvästi, Gandalf!» hän huudahti. »Enkö sinulle sanonut: *Jos kuljet Morian porteista, niin varo?* Että sanani osuivatkin niin oikeaan! Mitä toivoa on meillä ilman sinua?»

Hän kääntyi Saattueen puoleen. »Meidän täytyy tulla toimeen ilman toivoa», hän sanoi. »Ainakin me voimme vielä kostaa. Vyöttäkäämme itsemme, ja itku pois! Tulkaa! Meillä on pitkä matka ja paljon tehtävää.»

He nousivat ja katselivat ympärilleen. Pohjoisessa laakso hävisi kahden suuren vuorijonon väliseen varjoisaan kuruun, jonka ylle kohosi kolme hohtavaa huippua: Celebdil, Fanuidhol, Caradhras – Morian vuoret. Kurun suunnalla näkyi vuoripuro, joka ryöppysi valkeana pitsinä alas lukemattomia pikku putouksia kuin loputtomia tikapuita, ja vaahtosumu leijui ilmassa vuorten juurella.

»Tuolla on Hämypuron porras», sanoi Aragorn osoittaen putouksia. »Me olisimme tulleet tuolta, pitkin syvään uurtunutta polkua putousten rinnalla, jos kohtalo olisi ollut suopeampi.»

»Tai Caradhras vähemmän julma», sanoi Gimli. »Tuossa se seisoo hymyten auringossa!» Hän heristi nyrkkiä lumihuippuisista vuorista kaukaisimmalle ja kääntyi poispäin.

Idässä vuoriston haara jatkui vähän matkaa ja päättyi äkkiä, ja etäämmällä erottui hämärästi laajoja kaukaisia maita. Etelään päin Sumuvuoret jatkuivat loputtomiin niin pitkälle kuin silmä kantoi. Vajaan virstan päässä vähän heidän alapuolellaan – he olivat vielä korkealla laakson länsilaidalla – pilkotti järvi. Se oli pitkä ja soikea, muodoltaan kuin valtava keihäänkärki, syvälle pohjoiseen kuruun työntynyt, mutta sen eteläpää oli varjojen ulkopuolella, aurinkoisen taivaan alla. Silti sen vesi oli tummaa: syvänsinistä kuin kirkas iltataivas lampun valaisemasta huoneesta katsottuna. Sen pinta oli tyven ja väreetön. Sen ympärillä kasvoi sileä nurmi, joka vietti joka puolelta tasaisesti paljaaseen rikkumattomaan vesirajaan.

»Tuolla on Kuvastaja, syvä Kheled-zâram!» sanoi Gimli surullisesti. »Muistan miten hän sanoi: 'Tuottakoon se näky sinulle iloa! Mutta me emme voi viipyä siellä.' Nyt saan kulkea kauan ennen kuin voin taas iloita. Minun täältä on kiire pois ja hänen on jääminen.»

Saattue kulki nyt Porteilta alas johtavaa tietä. Se oli huono ja epätasainen ja hupeni kiemuraiseksi poluksi kivien välistä törröttävien kanervien ja piikkiherneitten lomaan. Mutta yhä saattoi huomata, että kerran oli leveä kivetty tie kaarrellut alamailta kohti kääpiöitten kuningaskuntaa. Paikoitellen polun vierellä oli kivirakennelmien raunioita ja hoikkien koivujen tai tuulessa huokaavien kuusien valtaamia vihreitä kumpuja. Itään vievä mutka johti heidät likelle Kuvastajan nurmea, ja siellä vähän matkan päässä tiestä kohosi yksinäinen katkennut pylväs.

»Tuo on Durinin kivi!» huusi Gimli. »En voi olla poikkeamatta hetkeksi ihailemaan laakson ihmettä!»

»Pidä kiirettä!» sanoi Aragorn, joka pälyili taakseen Porteille päin. »Aurinko laskee aikaisin. Örkit eivät ehkä tule ulos ennen kuin hämärissä, mutta meidän on oltava kaukana ennen yötä. Kuun sirppi on kapeimmillaan, ja tästä yöstä tulee pimeä.»

»Tule kanssani, Frodo!» huusi kääpiö hypäten tieltä. »En tahtoisi päästää sinua täältä, ennen kuin olet nähnyt Kheled-zâramin.» Hän juoksi pitkää vihreää rinnettä alas. Hitaasti Frodo seurasi häntä, kivusta ja uupumuksesta huolimatta tyyni sininen vesi houkutteli häntä, ja Sam tuli hänen jäljessään.

Kiven luona Gimli pysähtyi ja katsoi ylös. Se oli halkeillut ja sään kuluttama eikä heikkoja riimuja enää voinut lukea sen kyljestä. »Tämä kivi on merkkinä sillä paikalla, missä Durin ensi kerran katsoi Kuvastajaan», sanoi kääpiö. »Katsokaamme mekin siihen kerran, ennen kuin menemme!»

He kumartuivat tumman veden yli. Ensin he eivät nähneet mitään. Sitten alkoivat hitaasti erottua syvään sineen heijastuvien vuorien muodot valkoisine liekinkaltaisine töyhtöineen, ja kaikkein alimpana kaartui taivaan avaruus. Kuin syvyyteen uponneet jalokivet hehkuivat siellä tuikkivat tähdet, vaikka heidän yläpuolellaan taivas oli auringon valaisema. Omista kumartuneista hahmoistaan he eivät nähneet varjoakaan.

»Oi kaunis ja ihana Kheled-zâram!» sanoi Gimli. »Siellä lepää Durinin kruunu, kunnes hän herää. Hyvästi!» Hän kumarsi ja kääntyi pois ja kiiruhti vihreää nurmea pitkin takaisin tielle.

»Mitä näit?» kysyi Pippin Samilta, mutta tämä oli liian ajatuksissaan vastatakseen.

Tie kaartoi nyt etelään ja vei nopeasti alaspäin laakson laitojen välitse. Jonkin matkaa järven alapuolella he kohtasivat syvän kristallinkirkkaan lähteen, ja siitä tulvi kiviäyrään yli puro, joka valui kimaltaen ja solisten syvään jyrkkään kiviuraan.

»Tässä on lähde, josta Hopeajuopa saa alkunsa», sanoi Gimli. »Älkää juoko siitä! Se on jäätävän kylmää!»

»Siitä tulee kohta vuolas virta ja se kerää vettä monista muista vuoripuroista», sanoi Aragorn. »Tiemme kulkee sen viertä monen virstan matkan. Sillä minä vien teidät tielle, jonka Gandalf valitsi, ja ensin on toiveeni päästä metsiin, missä Hopeajuopa yhtyy Suureen virtaan – tuollapäin.» He katsoivat hänen osoittamaansa suuntaan ja näkivät puron poukkoilevan alas laakson kouruun ja jatkavan eteenpäin, pois alavammille maille kunnes se hävisi kultaiseen usvaan.

»Tuolla ovat Lothlórienin salot!» sanoi Legolas. »Se on ihanin kaikista kansani asunnoista. Sen veroisia puita kuin tuossa maassa ei ole missään. Sillä syksyllä eivät niiden lehdet putoa, vaan muuttuvat kullankarvaisiksi. Vasta kun kevät tulee ja uusi vihreä puhkeaa, ne putoavat, ja silloin ovat oksat tulvillaan keltaisia kukkia, ja metsän kamara on kullan peitossa ja sen katto on kultainen ja sen pylväät hopeiset, sillä puiden kaarna on sileä ja harmaa. Niin kertovat yhä laulumme Synkmetsässä. Sydämeni iloitsisi, jos saisin olla tuon metsän katon alla ja olisi kevät!»

»Minun sydämeni iloitsee talvellakin», sanoi Aragorn. »Mutta metsä on monien virstojen päässä. Kiiruhtakaamme!»

Jonkin aikaa Frodo ja Sam onnistuivat pysyttelemään muiden matkassa, mutta Aragorn johti heitä rivakkaa vauhtia, ja vähitellen he jäivät jälkeen. He eivät olleet syöneet mitään aamuvarhaisen jälkeen. Samin haava poltti kuin tuli ja päätä huimasi. Vaikka aurinko paistoi, tuuli tuntui kylmältä Morian lämpimän pimeyden jälkeen. Sam värisi. Frodon joka askel oli edellistä tuskallisempi ja hän hengitti katkonaisesti.

Viimein Legolas kääntyi katsomaan taakseen ja näki heidät kaukana muista jäljessä, ja sanoi siitä Aragornille. Muut pysähtyivät ja Aragorn pyysi Boromiria mukaansa ja juoksi takaisin.

»Olen pahoillani, Frodo», hän huudahti huolestuneena. »Niin paljon on tänään tapahtunut, ja niin tärkeätä on nyt kiiruhtaa, että unohdin sinun haavoittuneen, ja Saminkin. Sinun olisi pitänyt sanoa. Emme ole tehneet mitään helpottaaksemme oloasi, kuten meidän olisi pitänyt, vaikka kaikki Morian örkit olisivat kannoillamme. Kuulehan! Jonkin matkan päässä on paikka, missä voimme vähän levätä. Siellä teen mitä voin sinun hyväksesi. Tule, Boromir! Me kannamme heidät!»

Pian tämän jälkeen he tulivat toiselle joelle, joka virtasi lännestä ja yhtyi pulppuillen Hopeajuovan kiitävään juoksuun. Yhdessä ne syöksyivät vihertävään kivikkoon ja kuohuivat putouksena alas notkelmaan. Putouksen reunamilla kasvoi lyhyitä käppyräisiä havupuita, rinteet olivat jyrkät ja saniaisten ja mustikanvarpujen peitossa. Notkon pohja oli tasainen, ja joki virtasi kohisten hohtavien pikku kivien yli. Siellä he lepäsivät. Keskipäivästä oli kulunut lähes kolme tuntia ja he olivat päässeet vasta muutaman virstan päähän Porteilta. Aurinko oli jo painumassa länttä kohti.

Sillä aikaa kun Gimli ja nuoremmat hobitit sytyttivät risuista ja oksista tulen ja nostivat vettä, Aragorn hoivasi Samia ja Frodoa. Samin haava ei ollut syvä, mutta se näytti pahalta, ja Aragorn tutki sitä kasvot vakavina. Hetken päästä hän nosti katseensa helpottuneena.

»Olipa onnea, Sam!» hän sanoi. »Monet ovat saaneet pahemman palkan ensimmäisen örkkinsä surmaamisesta. Haavassa ei ole myrkkyä, kuten örkin miekan jättämissä haavoissa usein on. Sen pitäisi parantua hyvin, kunhan olen hoitanut sen. Valele sitä sitten kun Gimli on kuumentanut vettä.»

Hän avasi pussinsa ja otti esiin lakastuneita lehtiä. »Nämä ovat kuivia ja osa niiden voimasta on mennyt», hän sanoi, »mutta ne ovat vielä sitä samaa *athelasia*, jota keräsin Viimapään läheltä. Muserra yksi veteen ja pese haava puhtaaksi, niin minä sidon sen. Nyt on sinun vuorosi, Frodo!»

»Olen ihan kunnossa», sanoi Frodo, joka ei olisi antanut koskea vaatteisiinsa. »En kaipaa muuta kuin vähän ruokaa ja hiukan lepoa.»

»Ei käy!» sanoi Aragorn. »Meidän täytyy vilkaista, millaista jälkeä vasara ja alasin ovat jättäneet sinuun. Ihmettelen yhä, että olet enää lainkaan elossa.» Varovasti hän riisui Frodon vanhan takin ja kuluneen mekon ja hengähti hämmästyksestä. Sitten hän nauroi. Hopeapanssari hohti hänen silmissään kuin valon kimmellys väreilevällä merellä. Varovasti hän riisui sen ja piteli sitä ylhäällä, ja sen jalokivet loistivat kuin tähdet ja liikahtelevat renkaat helisivät kuin sadepisarat osuessaan veden pintaan.

»Katsokaa, ystävät!» hän huusi. »Tässäpä on soma hobitinnahka, johon voisi kääriä pikku haltiaprinssinkin. Jos olisi tiedossa, että hobiteilla on moisia vuotia, ratsastaisivat kaikki Keski-Maan metsästäjät kilvan Kontua kohti!»

»Ja kaikkien maailman metsästäjien kaikki nuolet menisivät hukkaan», sanoi Gimli tuijottaen sotisopaa täynnä ihmetystä. »Se on *mithril*-paita. *Mithril!* Noin kaunista paitaa en ole koskaan nähnyt enkä ole kuullut mokomasta puhuttavankaan. Onko tämä se panssaripaita, josta Gandalf puhui? Silloin hän aliarvioi sen. Olipa siinä lahja!»

»Olen usein ihmetellyt, mitä sinä ja Bilbo teitte kahdestaan hänen pikku huoneessansa», sanoi Merri. »Siunatkoon sitä ukkoa! Rakastan häntä entistä enemmän. Toivottavasti saamme tilaisuuden kertoa sen hänelle!»

Frodon rinnassa ja oikeassa kyljessä oli tumma, mustanpuhuva ruhje. Panssarin alla oli pehmeä nahkapaita, mutta yhdessä kohdassa renkaat olivat päässeet pureutumaan ihoon. Myös Frodon vasemmassa kyljessä oli jälkiä ja mustelmia niissä kohdin, jotka olivat puristuneet seinää vasten. Kun muut valmistelivat ateriaa, Aragorn valeli vammoja vedellä, jossa oli liotettu *athelasia*. Kirpeä tuoksu täytti notkon, ja kaikki jotka kumartuivat höyryävän veden ääreen, kokivat virkistyvänsä ja voimistuvansa. Pian Frodo tunsi kivun hellittävän ja hänen hengityksensä kävi helpoksi, mutta monta päivää hän oli jäykkä ja kyljet aristivat. Aragorn taitteli kangasta ja sitoi sitä pehmikkeeksi hänen kylkeensä.

»Panssari on ihmeellisen kevyt», hän sanoi. »Pane se taas päälle, jos se ei koske liikaa. Sydämeni iloitsee tiedosta, että sinulla on moinen sotisopa. Älä ota sitä pois edes nukkuessasi, ellei kohtalo toimita sinua paikkaan, missä olet hetken turvassa; ja niin ei usein käy, niin kauan kuin tehtäväsi kestää.»

Kun he olivat syöneet, Saattue valmistautui jatkamaan matkaa. He sammuttivat nuotion ja kätkivät sen jäännökset. Sitten he kiipesivät ylös notkosta ja lähtivät taas kulkemaan tietä myöten. He eivät olleet ennättäneet kauas, ennen kuin aurinko laski läntisten huippujen taakse ja suuret varjot liukuivat alas vuorten kylkiä. Hämärä verhosi heidän jalkansa ja syvänteistä nousi sumua. Idässä lepäsi iltavalo kelmeänä etäisten metsämaiden ja tasankojen hämärän maiseman yllä. Sam ja Frodo tunsivat nyt olonsa reippaammaksi ja helpommaksi ja pystyivät kävelemään melkoista vauhtia; Aragorn johtikin Saattuetta vielä lähes kolme tuntia, joiden aikana he pitivät vain yhden lyhyen lepotauon.

Oli pimeää. Nyt oli sydänyö. Taivaalla loisti monia kirkkaita tähtiä, mutta vasta myöhään tuli nopeasti vähenevä kuu näkyviin. Gimli ja Frodo olivat viimeisinä, he tassuttivat mitään puhumatta ja kuunnellen tarkasti mahdollisia takaapäin tieltä kuuluvia ääniä. Viimein Gimli rikkoi hiljaisuuden.

»Ei ääntäkään tuulen lisäksi», hän sanoi. »Lähettyvillä ei ole hiisiä tai sitten ovat korvani puusta tehdyt. Sopii toivoa, että örkeille riittää se että ne ajoivat meidät Moriasta pois. Ja kenties se olikin koko tarkoitus, eikä niillä ollut muuta tekemistä meidän kanssamme, eikä Sormuksen kanssa. Vaikka örkit kyllä usein ajavat vihollisia takaa monen peninkulman verran tasangolle, jos niillä on kostettavana kaatuneen päällikön veri.»

Frodo ei vastannut. Hän katsahti Piikkiä, ja sen terä oli himmeä. Silti hän oli kuullut jotakin, tai luuli kuulleensa. Heti kun varjot olivat laskeutuneet ja tie takana käynyt hämäräksi, hän oli kuullut taas tiuhaan hipsuttavat askelet. Hän kuuli ne nytkin. Nopeasti hän kääntyi. Takana näkyi kaksi pikkuriikkistä valonpilkahdusta tai hetken hän ainakin kuvitteli niin, mutta ne sujahtivat sivulle ja katosivat heti.

»Mitä nyt?» kysyi kääpiö.

»En tiedä», vastasi Frodo. »Olin kuulevinani askeleita ja näkevinäni valoa – kuin silmät. Olen jo kauan ollut kuulevinani, siitä asti kun tulimme Moriaan.»

Gimli pysähtyi ja kumartui maahan. »En kuule muuta kuin kasvien ja kivien öistä puhetta», hän sanoi. »Tule! Kiiruhtakaamme! Muut ovat poissa näkyvistä.»

Laaksoa ylös puhalsi pureva yötuuli heitä vastaan. Edessä häämötti laaja harmaa varjo, ja he kuulivat loputonta lehtien kahinaa; se muistutti poppelien värinää tuulessa.

»Lothlórien!» huudahti Legolas. »Lothlórien! Olemme saapuneet Kultaisen metsän laidoille. Voi että nyt on talvi!»

Puut seisoivat yössä korkeina heidän edessään ja kaartuivat sitten holveiksi heidän ylleen, kun joki ja sen viertä kulkeva tie äkkiä pujahtivat laajalle leviävien oksien alle. Tähtien himmeässä valossa niiden rungot näyttivät harmailta ja vipajavat lehdet vivahtivat kalpeaan kultaan.

»Lothlórien!» sanoi Aragorn. »Miten iloinen olenkaan kuullessani taas tuulen suhinan puissasi! Olemme vasta vajaan kolmen peninkulman päässä Porteilta, mutta pitemmälle emme voi jatkaa. Toivokaamme, että haltioiden hyvä voima suojelee meitä takaa uhkaavalta vaaralta.»

»Jos täällä vielä haltioita asuu näin maailman pimetessä», sanoi Gimli.

»On kauan siitä kun kukaan kansani jäsen on vaeltanut takaisin tähän maahan, mistä me kerran muinoin lähdimme», sanoi Legolas, »mutta kerrotaan, että Lórien ei ole vielä autio, sillä täällä asuu salainen voima, joka pitää pahan loitolla. Harvoin maan kansaa silti nähdään, ja kukaties he nyt asuvat syvällä metsässä ja kaukana pohjoisrajalta.»

»Syvällä he asuvatkin», sanoi Aragorn ja huokaisi, ikään kuin jokin muisto olisi liikahtanut hänessä. »Meidän on huolehdittava itse itsestämme tänä yönä. Etenemme vähän matkaa metsän sisään ja sitten käännymme polulta ja etsimme yösijan.»

Hän astui eteenpäin, mutta Boromir jäi seisomaan epäröivän näköisenä eikä seurannut häntä. »Eikö muuta tietä ole?» hän sanoi.

»Mikä on se parempi tie jota kaipaat?» sanoi Aragorn.

»Selvä polku, vie se sitten vaikka miekoista tehdyn aidan läpi», sanoi Boromir. »Outoja reittejä on tätä Saattuetta johdettu, ja tähän saakka huonoin tuloksin. Vastoin minun tahtoani me astuimme Morian varjoihin ja se koitui tappioksemme. Ja nyt on meidän astuttava Kultaiseen metsään, sanot sinä. Mutta Gondorissa me olemme kuulleet tuosta vaarallisesta maasta, ja sanotaan, että harvat sinne menevistä tulevat enää ulos, ja noista harvoista ei kukaan ole säilynyt vahingoittumatta.»

»Älä sano *vahingoittumatta*, mutta jos sanot *muuttumatta*, niin lausut kukaties totuuden», sanoi Aragorn. »Mutta taruntuntemus heikkenee Gondorissa, Boromir, jos tuossa entisessä viisaiden kaupungissa nyt puhutaan pahaa Lothlórienista. Usko mitä uskot, muuta tietä meillä ei ole – mikäli et tahdo mennä takaisin Morian portille, taikka kiivetä poluttomille vuorille, taikka uida yksin Suuren virran yli.»

»Mennään sitten!» sanoi Boromir. »Mutta vaara täällä uhkaa.»

»Vaara tosiaan», sanoi Aragorn, »ihmeellinen ja pelottava, mutta vain pahan tarvitsee pelätä sitä, tai niiden jotka tuovat pahaa tullessaan. Seuratkaa minua!»

He olivat edenneet vähän toista virstaa metsään, kun he saapuivat toiselle joelle. Se virtasi vuolaana metsäisiltä rinteiltä, jotka nousivat länteen vuoria kohti. He kuulivat, kuinka kaukana vasemmalla metsän varjossa kohisi putous. Tummana kiitävä virta katkaisi heidän tiensä ja yhtyi sitten Hopeajuopaan pyörteisissä lammikoissa, joita puiden juuret reunustivat.

»Tämä on Nimrodel!» sanoi Legolas. »Tästä virrasta ovat salohaltiat tehneet monia lauluja kauan sitten, ja vieläkin me pohjoisessa laulamme niitä ja muistamme sen putousten sateenkaaret ja sen vaahdossa uivat kultaiset kukat. Kaikki on nyt pimeää ja Nimrodelin silta on raunioina. Menen huuhtomaan jalkani, on sanottu että tämä vesi tekee hyvää uupuneille.» Hän meni ja kapusi alas syväänuurtunutta rantatörmää ja astui virtaan.

»Tulkaa!» hän huusi. »Vesi ei ole syvää. Kahlatkaamme tästä yli! Vastarannalla voimme levätä, ja ehkä vesiputouksen ääni tuo meille unen ja murheeseemme unohduksen.»

Yksitellen he laskeutuivat alas ja seurasivat Legolasia. Hetken Frodo seisoi vesirajassa ja antoi veden virrata väsyneitten jalkojensa yli. Se oli kylmää, mutta sen kosketus oli puhdas, ja kun hän eteni ja se kohosi polviin, hän tunsi miten matkan paine ja uupumus huuhtoutui hänen jäsenistään.

Kun koko Saattue oli kulkenut virran yli, he istuutuivat lepäämään ja söivät vähän, ja Legolas kertoi heille Lothlórienin tarinoita, joita Synkmetsän haltiat yhä säilyttivät sydämessään, kertoi auringon ja tähtien loisteesta Suuren virran niityillä, ennen kuin maailmasta tuli harmaa.

Vähitellen he hiljenivät ja kuulivat vesiputouksen soivan suloisesti varjoissa. Frodo oli melkein kuulevinaan, kuinka joku lauloi, ja ääni yhtyi veden kohinaan.

»Kuuletteko Nimrodelin äänen?» kysyi Legolas. »Minä laulan teille laulun Nimrodel-neidosta, jolla oli sama nimi kuin virralla, jonka varrella hän asui kauan sitten. Se on kaunis laulu meidän salokielellämme, ja näin se kuuluu westronin kielellä, niin kuin jotkut Rivendellissä sitä nykyään laulavat.» Melkein yhtä vienosti kuin heidän yläpuolellaan kahajavat lehdet Legolas alkoi laulaa:

> *Oli haltianeito aikoinaan*
> *kuin päivällä tähtönen,*
> *oli helmat kullalla päärmätyt*
> *ja hopeaa kengät sen.*

> *Ja tähti kulmillaan hohteli,*
> *valo loisti hiuksissaan*

kuin aurinko kultaoksilla
Lórienin kauniin maan.

Niin pitkät kutrit, niin valkeat
jäsenet: oli kaunis hän,
oli kulkunsa kepeä tuulessa
kuin lehden lentävän.

On putouksilla Nimrodelin
vesi kirkas ja kylmä niin,
siellä neidon ääni hopeinen
solui suvannon tyveniin.

Missä käy hän nyt, kukaan tiedä ei,
tietä varjon vai auringon;
näet ammoin jo katosi Nimrodel,
hän vuorille eksynyt on.

Satamassa juurella vuorien
oli laiva haltiain,
monet päivät häntä se vartosi
liki aaltojen kuohuvain.

Tuli tuuli maasta Pohjolan
ja hurjasti ulvoi se,
vei laivan haltiain rannoilta
merivirtojen poikitse.

Kun aamu koitti, ei maata lain,
vajos vuoret harmaat nuo
taa aaltojen vyöryjen pauhaavain,
ja ne peitti kuohuvuo.

Näki Amroth rantojen hävinneen
ja kirosi kannella:
tuo petturilaiva häntä vei
pois luota armaansa.

Oli haltiakuningas vanhastaan
hän herra Lothlórienin,
kun salot kauniit verhosi
kevät oksin kultaisin.

Kuin nuoli jousen jänteeltä
hän syöksyi maininkiin,
kuin tiiran siivin sukelsi
hän syvälle laineisiin.

Hiuksiaan tuuli tuiversi,
kimalsi kuohut vain,
kun joutsenen lailla ratsasti hän
yli aaltojen pauhaavain.

Vaan Amrothista sanaakaan
enää Lännestä kuultu ei,
ei haltiakansa tietää saa
mihin hänet meri vei.

Legolasin ääni katkesi ja laulu loppui. »En osaa enempää», hän sanoi. »Tämä on vain osa, sillä olen unohtanut paljon. Laulu on pitkä ja surullinen, sillä se kertoo miten murhe saapui Lothlórieniin, Kukka-Lórieniin, kun kääpiöt herättivät pahan vuorten uumenissa.»

»Mutta kääpiöt eivät pahaa luoneet», sanoi Gimli.

»Sitä en sanonutkaan; silti paha tuli», vastasi Legolas surullisena. »Silloin monet Nimrodelin sukuun kuuluvat haltiat jättivät asumuksensa ja lähtivät, ja hän katosi kaukana etelässä, Valkoisten vuorten solissa, eikä hän saapunut laivalle, missä Amroth, hänen rakastettunsa, odotti häntä. Mutta keväällä, kun tuuli käy uusissa lehdissä, saattaa hänen äänensä kaiku kuulua hänen nimeään säilyttävien putousten luona. Ja kun tuuli on eteläinen, kantautuu mereltä Amrothin ääni, sillä Nimrodel virtaa Hopeajuopaan, jota haltiat kutsuvat Celebrantiksi, ja Celebrant Suureen Anduiniin, ja Anduin laskee Belfalasin lahteen, mistä Lórienin haltiat lähtivät purjehtimaan. Mutta milloinkaan he eivät palanneet, ei Amroth eikä Nimrodel.

Kerrotaan, että hänen kotinsa oli rakennettu lähellä putouksia kasvavan puun oksille, sillä Lórienin haltioiden tapa oli asua puissa, ja on kukaties vieläkin. Sen tähden kutsuttiin heitä nimellä *galadhrim*, puitten kansa. Syvällä metsässä ovat puut hyvin suuria. Metsien kansa ei kaivautunut maahan kuten kääpiöt, eikä rakentanut vahvoja kivivarustuksia ennen Varjon tuloa.»

»Ja näinä myöhempinäkin aikoina voisi puissa asumista pitää maassa istumista turvallisempana», sanoi Gimli. Hän katsoi virran poikki tielle, joka johti takaisin Hämypuron laaksoon, ja sitten ylös tummaan oksakatokseen.

»Sanoissasi asuu hyvä neuvo, Gimli», sanoi Aragorn. »Me emme voi rakentaa taloa, mutta tänä yönä teemme kuten *galadhrim* ja etsimme turvaa puitten latvoista, mikäli kykenemme. Olemme jo istuneet tässä tien vieressä kauemmin kuin oli viisasta.»

Saattue poikkesi nyt polulta syrjään ja tunkeutui sisemmäksi metsän varjoihin seuraten vuoristovirtaa länttä kohti, poispäin Hopeajuovasta. Vähän matkan päässä Nimrodelin putouksilta tuli vastaan rykelmä puita, joiden oksat riippuivat osittain virran yllä. Niiden harmaat rungot olivat valtavan paksut, mutta korkeutta oli mahdoton arvioida.

»Minä kiipeän ylös», sanoi Legolas. »Olen kotonani puitten keskellä, sekä juurilla että latvuksessa, vaikka nämä puut ovatkin minulle tuntematonta lajia paitsi lauluissa kuultuna nimenä. Niiden nimi on *mellyrn*, ja ne ovat niitä joihin puhkeaa keltaiset kukat, mutta milloinkaan en ole sellaiseen kiivennyt. Nyt saan nähdä minkälainen on niiden muoto ja kasvu.»

Lothlórienin metsä keväällä

»Oli mikä oli», sanoi Pippin, »ne ovat kyllä ihmepuita, jos ne voivat tarjota yöksi lepopaikan muille kuin linnuille. Minä en pysty nukkumaan orrella!»

»Kaiva sitten maahan kolo», sanoi Legolas, »jos se on enemmän teikäläisten tapaista. Mutta sinun on kaivettava nopeasti ja syvään, mikäli haluat piileksiä örkkejä.» Hän hypähti kevyesti ilmaan ja tarttui oksaan, joka erkani rungosta korkealla hänen päänsä yläpuolella. Mutta hän oli heilunut siinä vain hetken, kun äkkiä puhkesi ääni puhumaan puun varjoista hänen yläpuoleltaan.

»*Daro!*» se sanoi käskevään sävyyn, ja Legolas pudottautui maahan hämmästyneenä ja pelästyneenä. Hän painautui puun runkoa vasten.

»Pysykää paikallanne!» hän kuiskasi muille. »Liikkumatta ja hiljaa!»

Heidän päänsä päältä kuului hiljaista naurua, ja sitten alkoi toinen kirkas ääni puhua haltiakielellä. Frodo ymmärsi vain vähän siitä mitä se sanoi, sillä se kieli, jota vuorten itäpuolella asuva salokansa puhui keskuudessaan oli erilainen kuin lännessä asuvien kieli. Legolas katsoi ylös ja vastasi samalla kielellä.*

»Keitä ne ovat, ja mitä ne sanovat?» kysyi Merri.

»Ne ovat haltioita», sanoi Sam. »Ettekö tunnista äänestä?»

»Totta, haltioita ovat», sanoi Legolas, »ja he sanovat, että te hengitätte niin kovaäänisesti, että he pystyisivät ampumaan teidät pimeässä.» Sam vei hätäisesti käden suulleen. »Mutta he sanovat myös, ettei teidän tarvitse pelätä. He huomasivat meidät jo kaukaa. He kuulivat minun ääneni Nimrodelin yli, ja tiesivät että kuuluin heidän pohjoisiin sukulaisiinsa, ja sen tähden he eivät estäneet meitä pääsemästä yli; ja myöhemmin he kuulivat minun lauluni. Nyt he pyytävät, että kiipeäisin ylös Frodon kanssa, sillä he näyttävät saaneen tietoja hänestä ja meidän matkastamme. Muita he pyytävät odottamaan hetken ja pitämään vartiota puun juurella, kunnes ovat päättäneet, mitä on tehtävä.»

Varjoista laskettiin alas tikkaat: ne oli tehty hopeanharmaasta nyöristä, joka kimalteli pimeässä, ja vaikka se näytti ohuelta, se osoittautui kyllin vahvaksi kantamaan monta kiipeäjää kerralla. Legolas kipusi vikkelästi ylös ja Frodo seurasi häntä hitaasti; hänen perässään tuli Sam ja yritti olla hengittämättä äänekkäästi. Mallornpuun oksat kasvoivat melkein vaakasuoraan ulos rungosta ja kääntyivät sitten ylös, mutta lähellä latvaa päärunko jakautui moneksi haaraksi ja näiden keskelle he havaitsivat rakennetun puisen lavan, tai *fletin* niin kuin niitä nimitettiin siihen aikaan; haltiat kutsuivat niitä nimellä *talan*. Sinne pääsi lavan keskellä olevasta pyöreästä reiästä, jonka läpi tikkaat kulkivat.

Kun Frodo viimein pääsi ylös fletille, hän tapasi Legolasin istumasta kolmen muun haltian seurassa. Nämä olivat pukeutuneet varjonharmaaseen eikä heitä erottanut puunrunkojen seasta, elleivät he liikahtaneet äkkiä. He nousivat seisomaan ja yksi paljasti pienen lampun, josta lähti hento hopeinen valonsäde. Hän kohotti sitä ja katsoi Frodon ja Samin kasvoja. Sitten hän peitti valon taas ja lausui heidät tervetulleiksi haltiakielellään. Frodo vastasi sanoja tapaillen.

»Tervetuloa!» sanoi haltia uudestaan yhteiskielellä puhuen hitaasti. »Harvoin käytämme muuta kieltä kuin omaamme, sillä nykyään asumme metsän sydämessä, emmekä mieliisti ole tekemisissä muitten kanssa. Jopa pohjoiset sukulaisemme ovat meistä erossa. Mutta joukossamme on vielä niitä, jotka käyvät maailmalla hankkimassa uutisia ja tarkkailemassa vihollisiamme, ja he puhuvat

---

* Ks. liite F, *Haltioista*.

muiden maiden kieliä. Minä olen yksi heistä. Haldir on nimeni. Veljeni Rúmil ja Orophin puhuvat kieltänne vain vähän.

Mutta me olemme kuulleet tulostanne huhuja, sillä Elrondin sanansaattajat kulkivat Lórienin läpi matkallaan Hämypuron portaan kautta kotiin. Emme ole kuulleet hobiteista, puolituisista, moneen pitkään vuoteen, enkä tiennyt niitä enää asuvankaan Keski-Maassa. Ette näytä pahoilta! Ja koska tulitte sukuumme lukeutuvan haltian seurassa, olemme halukkaat olemaan ystäviänne, kuten Elrond pyysi, vaikka ei ole meidän tapamme viedä muukalaisia maamme halki. Mutta teidän täytyy jäädä tänne yöksi. Montako teitä on?»

»Kahdeksan», sanoi Legolas. »Minä, neljä hobittia ja kaksi ihmistä, joista toinen, Aragorn, on Haltiamieli ja kuuluu Westernessen kansaan.»

»Aragornin Arathornin pojan nimi on tuttu Lórienissa», sanoi Haldir, »ja hänellä on valtiattaren suosio. Kaikki on siis hyvin. Mutta olet maininnut vasta seitsemän.»

»Kahdeksas on kääpiö», sanoi Legolas.

»Kääpiö!» sanoi Haldir. »Se ei ole hyvä. Meillä ei ole ollut tekemistä kääpiöiden kanssa Pimeitten päivien jälkeen. Heitä ei päästetä maahamme. En voi sallia hänen kulkevan tästä.»

»Mutta hän tulee Yksinäiseltä vuorelta ja kuuluu Dáinin luotettavaan kansaan ja on ystävällisissä väleissä Elrondin kanssa», sanoi Frodo. »Elrond itse valitsi hänet yhdeksi Saattueeseemme, ja hän on ollut rohkea ja uskollinen.»

Haltiat puhuivat keskenään hiljaa ja kuulustelivat Legolasia omalla kielellään. »Hyvä on», sanoi Haldir viimein. »Me teemme tämän, vaikka se ei meitä miellytä. Jos Aragorn ja Legolas vartioivat häntä ja vastaavat hänestä, hän saa kulkea tästä, mutta hänen on taivallettava Lothlórienin läpi silmät sidottuina.

Mutta älkäämme puhuko pitempään. Teidän joukkonne on saatava pois maanpinnalta. Me olemme pitäneet silmällä jokia siitä lähtien kun näimme suuren örkkilauman kulkevan vuorten viertä pohjoiseen Moriaa kohti monta päivää sitten. Sudet ulvovat metsän rajoilla. Jos olette tosiaan tulleet Moriasta, vaara ei voi olla kovin kaukana. Aikaisin huomenissa teidän täytyy jatkaa matkaa.

Neljä hobittia kiivetkööt tänne ylös ja jääkööt meidän luoksemme, me emme pelkää heitä! Viereisessä puussa on toinen *talan*. Sinne suojautukoot muut. Sinun, Legolas, tulee vastata heistä meille. Kutsu meitä, jos jotakin sattuu! Ja pidä silmällä sitä kääpiötä!»

Legolas laskeutui heti tikkaita alas välittääkseen Haldirin viestin, ja pian sen jälkeen Merri ja Pippin kömpivät ylös korkealle fletille. He olivat hengästyneitä ja näyttivät aika pelästyneiltä.

»Tässä ollaan», sanoi Merri huohottaen. »Kannettiin ylös teidänkin huovat omiemme lisäksi. Konkari on piilottanut loput tavaramme syvään lehtikasaan.»

»Taakkojanne ette olisi tarvinneet», sanoi Haldir. »Puiden latvuksissa on talvella kylmä, vaikka tuuli tänä yönä onkin eteläinen, mutta meillä on antaa teille ruokaa ja juomaa, joka pitää loitolla yökylmän, ja meillä on ylimääräisiä viittoja ja turkiksia.»

Hobiteille kelpasi tämä toinen (ja paljon ensimmäistä maukkaampi) illallinen mainiosti. Sitten he kääriytyivät lämpimästi, eivät ainoastaan haltioiden turkkeihin vaan myös omiin huopiinsa, ja yrittivät nukkua. Mutta niin väsyneitä kuin he olivatkin, vain Samilta se kävi helposti. Hobitit eivät pidä korkeista paikoista eivätkä nuku yläkerrassa silloinkaan, kun heillä ylipäänsä on yläkerta. Flet ei ollut heille ollenkaan mieluisa makuupaikka. Siinä ei ollut seiniä, ei edes kaidetta; vain yhdellä reunalla oli kevyt punottu kaihdin, jota saattoi siirrellä ja kiinnittää eri kohtiin tuulen mukaan.

Pippin jatkoi juttelemista. »Jos tosiaan nukahdan mokomalle linnunsijalle, toivottavasti en valahda alas», hän sanoi.

»Kun minä kerran olen saanut unen päästä kiinni», sanoi Sam, »niin minä kyllä nukun, kierähdän minä alas eli en. Ja mitä vähemmän te puhutte, sitä nopeammin meikäläinen valahtaa uneen, jos saan sanoa.»

Frodo makasi jonkin aikaa valveilla ja katseli vaalean, värisevän lehtikaton takaa tuikkivia tähtiä. Sam kuorsasi hänen vieressään kauan ennen kuin hän itse sulki silmänsä. Hän näki hämärästi kahden haltian harmaat hahmot, kun he istuivat liikkumatta kädet polvien ympärillä ja puhuivat kuiskaten. Kolmas oli sijoittunut vartiopaikalleen jollekin alaoksalle. Viimein Frodo vaipui uneen oksistossa humisevan tuulen ja Nimrodelin putousten lempeän kohinan tuudittamana, ja Legolasin laulu soi hänen mielessään.

Hän heräsi myöhään yöllä. Muut hobitit nukkuivat. Haltiat olivat poissa. Kuunsirppi hohti himmeänä lehtien lomassa. Tuuli oli tyyntynyt. Vähän matkan päästä hän kuuli käheää naurua ja monien askelten töminää. Kuului metallin kalahtelua. Äänet häipyivät vähitellen ja tuntuivat liikkuvan etelään, syvemmälle metsään.

Fletin aukkoon ilmestyi äkkiä pää. Frodo nousi salamana istumaan ja näki, että se kuului harmaahuppuiselle haltialle. Tämä katsoi hobitteihin päin.

»Mitä nyt?» kysyi Frodo.

»Yrch!» kuiskasi haltia sihahtaen ja heitti rullalle käärityt nuoratikkaat fletille.

»Örkkejä!» sanoi Frodo. »Mitä ne tekevät?» Mutta haltia oli jo mennyt.

Mitään ei enää kuulunut. Lehdet olivat hiljaa, ja putouksetkin tuntuivat vaimenneen. Frodo istui väristen vällyissään. Hän oli kiitollinen siitä, ettei heitä ollut yllätetty maassa, mutta hänestä tuntui, että puut eivät tarjonneet paljoa suojaa, pelkästään piilon. Örkit olivat tarkkavainuisia kuin koirat, niin sanottiin, mutta ne osasivat myös kiivetä. Hän veti Piikin esiin: se leimusi ja kimalteli kuin sininen liekki, sitten se hitaasti sammui ja himmeni. Miekan himmenemisestä huolimatta Frodo yhä vaistosi välittömän vaaran, se pikemminkin kasvoi kuin hellitti. Hän nousi ja ryömi aukolle ja kurkisti alas. Hän oli melkein varma, että kuuli salavihkaista liikettä kaukaa alhaalta puun juurelta.

Ei siellä ollut haltioita, sillä metsän väki liikkui ääntä päästämättä. Sitten hän kuuli heikon nuuhkimista muistuttavan äänen, ja kuulosti siltä kuin joku olisi raapinut puun rungon kaarnaa. Hän tuijotti pimeyteen hengitystään pidättäen.

Joku kiipesi hitaasti ylöspäin ja sen hengitys kulki pehmeänä sihinänä suljettujen hampaiden välistä. Sitten Frodo näki lähellä runkoa kaksi kalvakkaa silmää matkalla ylös. Ne pysähtyivät ja tuijottivat ylös rävähtämättä. Äkkiä ne kääntyivät pois, ja jokin varjomainen hahmo luikahti puun rungon ympäri ja katosi.

Heti sen jälkeen tuli Haldir vikkelästi kiiveten oksien lomitse. »Tässä puussa oli äsken jotakin, mitä en ole koskaan ennen nähnyt», hän sanoi. »Se ei ollut örkki. Se pakeni heti kun kosketin puun runkoa. Se tuntui olevan varuillaan ja se näytti osaavan liikkua puissa – muuten olisin luullut sitä yhdeksi teistä hobiteista.

En ampunut, sillä en uskaltanut nostattaa mitään huutoa: meillä ei ole varaa taisteluun. Tästä on kulkenut vahva örkkijoukko. Ne ylittivät Nimrodelin – kirotut olkoot niiden saastaiset koivet sen puhtaassa vedessä! – ja jatkoivat vanhaa joenvierustietä. Ne nähtävästi vainusivat jotakin ja tutkivat maata vähän aikaa lähellä sitä paikkaa, missä te pysähdyitte. Me kolme emme voineet uhmata sataa, niinpä menimme edeltä ja puhuimme valeäänillä ja johdatimme ne metsään.

Orophin on nyt mennyt kiireesti takaisin asumuksillemme varoittamaan kansaamme. Yksikään noista örkeistä ei enää palaa Lórienista. Ja pohjoisrajalla on väijyksissä monta haltiaa, ennen kuin uusi yö koittaa. Mutta teidän tulee lähteä etelään vievää tietä, niin pian kuin on täysin valoisaa.»

Päivä sarasti idästä kalpeana. Kun valo kirkastui, se suodattui mallornin keltaisten lehtien läpi ja hobiteista näytti siltä kuin viileän kesäaamun varhainen aurinko olisi paistanut. Vaaleansininen taivas pilkisti liikkuvien oksien lomasta. Katsoessaan ulos etelänpuoleisesta aukosta Frodo näki edessään koko Hopeajuovan laakson tuulessa lainehtivana kultaisena merenä.

Aamu oli vielä nuori ja kylmä, kun Saattue lähti taas matkaan, ja nyt sitä opastivat Haldir ja hänen veljensä Rúmil. »Hyvästi, kaunis Nimrodel!» huusi Legolas. Frodo katsoi taakse ja näki vilaukselta valkoisen vaahdon hohteen harmaiden puunrunkojen välistä. »Hyvästi», hän sanoi. Hänestä tuntui siltä, ettei hän enää koskaan kuulisi juoksevan veden ääntä, joka solisi niin ihanasti alati vaihtelevin soinnuin ja sävelin.

He palasivat polulle, joka kulki edelleen Hopeajuovan länsirantaa, ja seurasivat sitä vähän matkaa etelään. Maassa oli örkinjälkiä. Mutta pian Haldir kääntyi syrjään ja pysähtyi joen rantaan puiden varjoon.

»Tuolla virran toisella puolen on yksi meistä», hän sanoi, »vaikka te ette kukaties näe häntä.» Hän antoi merkin, joka muistutti hiljaista linnunvihellystä, ja nuorten puitten tiheiköstä astui esiin haltia, harmaa viitta yllä, huppu niskassa; hänen tukkansa kimalsi kultaisena aamuauringossa. Haldir heitti taitavasti virran yli köysivyyhden, ja toinen otti sen vastaan ja sitoi sen pään rannalla kasvavaan puuhun.

»Tässä Celebrant on jo voimallinen virta, kuten näette», sanoi Haldir, »ja se juoksee sekä syvänä että vuolaana, ja on hyvin kylmä. Me emme astu siihen näin kaukana pohjoisessa ellei ole pakko. Mutta näinä varuillaanolon aikoina me emme rakenna siltoja. Näin ylitämme joen! Seuratkaa minua!» Hän kiinnitti köyden toisenkin pään tiukasti puun ympärille ja juoksi sitten kevyesti köyttä pitkin joen yli ja taas takaisin, ikään kuin olisi kulkenut tiellä.

»Minä osaan kyllä kävellä tuollaista tietä», sanoi Legolas, »mutta muilla ei ole sitä taitoa. Pitääkö heidän uida?»

»Ei toki!» vastasi Haldir. »Meillä on vielä kaksi köyttä. Me kiinnitämme ne ensimmäisen yläpuolelle, toisen hartian tasalle ja toisen alemmaksi, puoleenväliin, ja pidellen niistä kiinni muukalaisten pitäisi voida ylittää joki, jos ovat tarkkoja.»

Kun tämä hento silta oli tehty, Saattue ylitti sen, jotkut varovaisesti ja hitaasti, toiset helpommin. Hobiteista Pippin osoittautui taitavimmaksi, sillä hänellä oli varmat jalat ja hän kulki yli nopeasti pitäen kiinni vain yhdellä kädellä, mutta katseensa hän kiinnitti vastarantaan eikä vilkaissutkaan alas. Sam hidasteli ja piteli köydestä tiukasti kiinni ja katsoi alas pyörteiseen vaaleaan veteen kuin se olisi ollut vuoren rotko.

Hän huokasi helpotuksesta päästyään turvallisesti toiselle rannalle. »Kyllä elämä opettaa, niin kuin meidän Ukolla oli tapana sanoa. Vaikka hän tarkoitti kyllä puutarhanhoitoa eikä nuoralla tanssimista tai hämähäkin kävelyn matkimista. Ei edes minun Andi-setäni ole ikinä tehnyt tämmöistä temppua!»

Kun koko Saattue viimein oli kerääntynyt Hopeajuovan itärannalle, haltiat irrottivat köydet ja käärivät niistä kokoon kaksi. Rúmil, joka oli jäänyt vastarannalle, veti takaisin viimeisen ja heilautti sen olalleen, vilkutti hyvästiksi ja lähti pois, takaisin Nimrodeljoelle vartioon.

»Nyt ystävät», sanoi Haldir, »olette saapuneet Lórienin Naithiin, eli Kiilaan niin kuin te sanoisitte, sillä se on keihäänkärjen muotoinen maa Hopeajuovan ja Suuren Anduinin yhtymäkohdassa. Me emme salli yhdenkään muukalaisen vakoilla Naithin salaisuuksia. Harvat saavat luvan edes astua jalallaan tänne. Kuten sovittiin, minä sidon kääpiö Gimlin silmät. Muut saavat kulkea vapaasti vähän matkaa, siihen asti kunnes tulemme lähemmäksi asumuksiamme, alas Egladiliin, vesien väliseen Kulmaan.»

Tämä ei lainkaan miellyttänyt Gimliä. »Sopimus on tehty minulta kysymättä», hän sanoi. »Minä en kulje sidotuin silmin kuten kerjuri tai vanki. Ja vakooja en ole. Kansani ei milloinkaan ole ollut tekemisissä yhdenkään Vihollisen palvelijan kanssa. Emmekä me myöskään ole tehneet pahaa haltioille. Minä en petä teitä sen todennäköisemmin kuin Legolas tai kuka muu tahansa seuralaisistani.»

»En epäile sinua», sanoi Haldir. »Tämä on kuitenkin lakimme. Minä en ole lain herra enkä voi jättää noudattamatta sitä. Olen tehnyt paljon jo antaessani sinun tulla yli Celebrantin.»

Gimli pysyi jääräpäisenä. Hän asetti jalkansa tanakasti haralleen ja pani kätensä kirveen varrelle. »Minä jatkan vapaana», hän sanoi, »tai sitten menen takaisin ja etsin oman maani, missä minut tiedetään sanani mittaiseksi, vaikka sitten tuhoutuisin yksin erämaassa.»

»Takaisin et voi mennä», sanoi Haldir tiukasti. »Nyt kun olet tullut näin pitkälle, sinut on vietävä valtiaan ja valtiattaren eteen. He saavat punnita sinut, pitää tai päästää, kuten haluavat. Et voi enää ylittää jokia, ja takanasi on nyt salaisia vartioita, joita et voi ohittaa. Sinut surmattaisiin ennen kuin edes näkisit niitä.»

Gimli veti kirveen vyöstään. Haldir ja hänen toverinsa jännittivät jousensa. »Paha periköön kääpiöt ja heidän härkäpäisyytensä!» sanoi Legolas.

»No, no!» sanoi Aragorn. »Jos tarkoitus on, että minä edelleen johdan tätä Saattuetta, täytyy teidän tehdä niin kuin minä määrään. Kääpiölle on raskasta tulla näin erotelluksi muista. Me kaikki kuljemme sidotuin silmin, jopa Legolas. Se on viisainta, vaikka se tekeekin matkan hitaaksi ja ikäväksi.»

Äkkiä Gimli nauroi. »Kylläpä me sitten näytämme hölmöiltä! Johtaako Haldir meitä narussa, niin kuin sokeaa kerjäläisjoukkoa koirineen? Mutta tyydyn siihen, että vain tämä Legolas jakaa sokeuteni.»

»Minä olen haltia ja sukulainen täällä», sanoi Legolas, joka nyt vuorostaan vihastui.

»Huudetaan nyt sitten: paha periköön haltiat ja heidän härkäpäisyytensä!» sanoi Aragorn. »Mutta koko seurue matkaa samalla tavoin. Sido silmämme, Haldir!»

»Vaadin täyden korvauksen joka kaatumisesta ja varpaan kolhaisusta, jollette johda meitä hyvin», sanoi Gimli, kun he sitoivat vaatteen hänen silmilleen.

»Sinulle ei tule valittamista», sanoi Haldir. »Johdan teitä hyvin, ja polut ovat sileät ja suorat.»

»Voi näiden aikojen hulluutta!» sanoi Legolas. »Kaikki täällä ovat yhden Vihollisen vihollisia, ja silti on meidän kuljettava sokkoina, vaikka aurinko paistaa iloisesti metsään kultaisten lehvien alle!»

»Hulluudelta se voi näyttää», sanoi Haldir. »Missään ei tosiaan niin selvästi näy Mustan ruhtinaan mahti kuin siinä vieraannuksessa, joka erottaa toisistaan kaikki ne, jotka häntä vielä vastustavat. Me kohtaamme kuitenkin niin vähän uskoa ja luottamusta Lothlórienin ulkopuolisessa maailmassa, paitsi ehkä Rivendellissä, että emme uskalla luottavaisuudella vaaranna maatamme. Me elämme nykyisin saarella, monien vaarojen keskellä, ja kätemme ovat useammin jousen jänteellä kuin harpun kielillä.

Joet suojasivat meitä pitkään, mutta ne eivät enää ole varma turva, sillä Varjo on levinnyt kohti pohjoista kaikkialle ympärillemme. Muutamat puhuvat lähdöstä, ja sekin näyttää olevan jo liian myöhäistä. Läntisillä vuorilla pahuus kasvaa, idässä maat ovat hyljätyt ja täynnä Sauronin olioita, ja huhutaan, että emme voi enää turvallisesti kulkea etelään Rohanin läpi, ja että Vihollinen vartioi Suuren virran suistoa. Vaikka pääsisimmekin Meren rannoille, me emme enää löytäisi sieltä suojaa. Sanotaan, että suurhaltioilla on vielä satamia, mutta ne ovat kaukana pohjoisessa ja lännessä puolituisten maan tuolla puolen. Mutta vaikka valtias ja valtiatar ehkä tietävät, missä, minä en.»

»Teidän pitäisi edes arvata, kun olette nähnyt meidät», sanoi Merri. »Länteen minun maastani Konnusta, jossa asuu hobitteja, on haltiasatamia.»

»Onnelliset hobitit, kun asuvat lähellä Meren rantoja!» sanoi Haldir. »On tosiaan kauan siitä, kun kukaan kansastani on nähnyt Meren, ja kuitenkin laulumme yhä sen muistavat. Kerro minulle näistä satamista samalla kun kävelemme.»

»En voi», sanoi Merri. »En ole koskaan nähnyt niitä. En ole koskaan ennen ollut poissa maastani. Ja jos olisin tiennyt, minkälainen maailma on sen ulkopuolella, en usko että olisin hennonnut lähteä.»

»Etkö edes nähdäksesi ihanan Lothlórienin?» sanoi Haldir. »Maailma on toden totta vaaroja täynnä, ja monta pimeää paikkaa siinä on, mutta on myös paljon kaunista, ja vaikka kaikissa maissa on nykyisin rakkaus sekoittunut suruun, se kukaties vain vahvistuu siitä.

Joukossamme on niitä, jotka laulavat, että Varjo vetäytyy takaisin, ja rauha palaa. En kuitenkaan usko, että ympäröivä maailma milloinkaan enää tulee sellaiseksi kuin se oli ennen, tai auringon valo sellaiseksi kuin entisaikoina. Pelkään, että haltiat saavat parhaassakin tapauksessa vain lepotauon, jonka aikana he voivat vaeltaa estämättä Merelle ja jättää Keski-Maan ainaiseksi. Voi rakasta Lothlórienia! Kurjaa olisi elämä maassa, missä ei kasva mallorneja. Mutta mikäli Suuren meren tuolla puolen mallorneja on, ei kukaan ole siitä kertonut.»

Näin puhellen seurue eteni jonossa metsän polkuja Haldirin johdattamana, toinen haltia kulki jäljessä. Maa tuntui heidän jalkojensa alla sileältä ja pehmeältä, ja vähän ajan päästä he kävelivät jo vapaammin pelkäämättä kaatuvansa tai loukkaavansa itseään. Kun näkö oli poissa, Frodo tunsi muitten aistiensa terävöityvän. Hän haistoi puiden ja tallatun ruohon tuoksun. Hän kuuli monia eri säveliä lehtien suhinassa yläpuolellaan, joen huminassa kaukana oikealla ja lintujen ohuissa kirkkaissa äänissä korkealla taivaalla. Hän tunsi auringon kasvoillaan ja käsivarsillaan kun he kulkivat aukion poikki.

Heti astuttuaan Hopeajuovan toiselle rannalle hän oli joutunut merkillisen tunteen valtaan, ja se syveni hänen kävellessään Naithiin. Oli kuin hän olisi astunut aikasillan yli johonkin esiaikojen kolkkaan ja kävellyt maailmassa, jota ei enää ollut. Rivendellissä eli muinaisuuden muisto, Lórienissa muinaisuus oli yhä olemassa valveen maailmassa. Pahuutta oli siellä nähty ja kuultu, surua koettu; haltiat pelkäsivät ja epäilivät ulkomaailmaa ja sudet ulvoivat metsän rajoilla; mutta Lórienin maassa ei varjoa ollut.

Koko tuon päivän Saattue marssi eteenpäin ja viimein he tunsivat viileän illan tulon ja kuulivat aikaisen yötuulen kuiskeen oksistoissa. Sitten he lepäsivät ja nukkuivat vailla pelkoa alhaalla maassa, sillä heidän oppaansa eivät sallineet heidän poistaa siteitä silmiltään eivätkä he niin ollen pystyneet kiipeämään. Aamulla he jatkoivat taas matkaa ja kävelivät kiirehtimättä. Keskipäivällä he pysähtyivät, ja Frodo tajusi, että he olivat astuneet pois auringonpaisteesta. Äkkiä hän kuuli ympäriltään monien äänien sorinaa.

Jalan liikkuva haltiaosasto oli tullut paikalle äänettömästi: se kiiruhti kohti pohjoisia rajoja puolustaakseen niitä mahdolliselta Morian hyökkäykseltä, ja se toi uutisia, joista osan Haldir kertoi. Rosvoilevat örkit oli ajettu hajalle ja tuhottu melkein kaikki, rippeet olivat paenneet länteen kohti vuoria ja niitä ajettiin takaa. Jokin outo otus oli myös nähty, se juoksi kumarassa kädet maan tuntumassa roikkuen, oli kuin eläin, mutta ei näyttänyt eläimeltä. Se oli viekkaasti välttänyt kiinnijoutumisen eivätkä haltiat olleet ampuneet sitä, kun eivät tietäneet, oliko se hyvä vai paha, ja se oli kadonnut Hopeajuovan vartta etelään.

»He tuovat myös», sanoi Haldir, »viestin *galadhrimin* valtiaalta ja valtiattarelta. Teidän tulee kaikkien kulkea vapaina, myös kääpiö Gimlin. Näyttää siltä, että valtiatar tietää, kuka ja mikä kukin Saattueenne jäsen on. Kenties Rivendellistä on tullut uusia viestejä.»

Hän poisti siteen Gimlin silmiltä. »Anteeksi anna!» hän sanoi kumartaen syvään. »Katso meitä nyt ystävällisin silmin! Katso ja iloitse, sillä sinä olet ensimmäinen kääpiö sitten Durinin päivien, joka näkee Lórienin Naithin puut!»

Kun Frodon silmiltä oli vuorollaan poistettu side, hän katsoi ylös ja hänen henkensä salpautui. He seisoivat aukealla. Vasemmalla oli suuri kumpare, jota peitti nurmi, vihreä kuin esiaikojen kevät. Siinä kasvoi kuin kaksinkertaisena kruununa kaksi puuvyötä: ulompien puiden kuori oli lumivalkea ja ne olivat lehdettömiä mutta kauniita hienomuotoisessa alastomuudessaan; sisempi kehä kasvoi valtavan suuria mallornpuita, joita yhä verhosi vaalea kulta. Ylhäällä, keskimmäisenä kasvavan korkean puun oksistossa, hohti valkea flet. Puiden juurella ja kaikkialla vihreillä rinteillä kasvoi ruohon seassa kirjavanaan pieniä kultaisia tähdenmuotoisia kukkia. Niiden joukossa nuokkui hentojen varsien nenässä toisenlaisia kukkia, valkeita ja kalpeanvihreitä: ne himersivät kuin utu ruohon voimakasta väriä vasten. Kaiken yllä kaartui sininen taivas, ja iltapäiväaurinko paistoi kukkulalle ja puut loivat pitkiä vihreitä varjoja.

»Katsokaa! Olette tulleet Cerin Amrothille», sanoi Haldir. »Sillä tämä on entisaikojen muinaisen valtakunnan sydän ja tässä on Amrothin kumpu, jolle hänen ylhä talonsa rakennettiin kerran parempina aikoina. Täällä kukkivat aina talvikukat kuihtumattomassa ruohossa: keltainen *elanor* ja kalpea *niphredil*.

Täällä me viivymme vähän aikaa, ja tulemme *galadhrimin* kaupunkiin auringon laskiessa.»

Muut heittäytyivät tuoksuvaan ruohikkoon, mutta Frodo seisoi tovin yhä ihmetyksen vallassa. Hänestä tuntui kuin hän olisi astunut ulos korkeasta ikkunasta, josta näkyi kadonnut maailma. Sen yllä lepäsi valo, jolle ei ollut nimeä hänen kielessään. Ympärillään hän näki silkkaa kauneutta, ja kaikki yksityiskohdat olivat selkeitä ja kirkkaita kuin olisivat syntyneet sillä hetkellä kun side poistettiin silmiltä, mutta samalla muinaisia, aikojen alusta olemassa olleita. Hän tunsi kaikki näkemänsä värit, kullan ja valkoisen, sinisen ja vihreän, mutta ne olivat tuoreita ja kirkkaita, ikään kuin hän olisi ensi kertaa nähnyt ne sillä hetkellä ja antanut niille uudet ja ihmeelliset nimet. Täällä ei yksikään sydän voinut talvella kaivata kesää tai kevättä. Missään, mikä maassa kasvoi, ei näkynyt vikaa, sairautta eikä epämuotoisuutta. Lórien oli tahraton.

Hän kääntyi ja näki, että Sam seisoi hänen vieressään katsellen ympärilleen hämmästynyt ilme kasvoillaan ja hieroen silmiään, ikään kuin ei olisi ollut varma siitä oliko hereillä. »Aurinko paistaa ja on täysi päivä; joo-o», hän sanoi. »Minä luulin, että haltiat tykkäävät kuusta ja tähdistä, mutta tämä on haltiamaisempaa kuin mikään, mistä olen kuullut puhuttavan. Minusta tuntuu siltä kuin olisin *laulussa*, käsitättekö?»

Haldir katsoi heihin ja hän näytti tosiaan käsittävän niin ajatuksen kuin sanatkin. Hän hymyili. »Te tunnette *galadhrimin* valtiattaren voiman», hän sanoi. »Tahtoisitteko kiivetä kanssani Cerin Amrothille?»

He seurasivat haltiaa, kun tämä astui kevyesti nurmirinnettä ylös. Vaikka Frodo käveli ja hengitti ja tunsi miten elävät lehdet ja kukat huojuivat samassa tuulessa, joka pyyhki hänen kasvojaan, hänestä kuitenkin tuntui, että hän oli ajattomassa maassa, joka ei himmennyt eikä muuttunut eikä vaipunut unohdukseen. Vielä palattuaan ulkomaailmaan kulkisi Konnun Frodo yhä ruohikossa *elanorin* ja *niphredilin* kukkien keskellä kauniissa Lothlórienissa.

He astuivat valkoisten puiden piiriin. Juuri silloin nousi etelätuuli ja puhalsi Cerin Amrothille ja huokaili oksistoissa. Frodo seisoi liikkumatta; hän kuuli kaukaisten merien kuohuvan rannoilla, jotka olivat jo aikaa huuhtoutuneet olemattomiin, ja sukupuuttoon kuolleiden, maan päältä kadonneiden merilintujen kirkuvan.

Haldir oli mennyt edellä ja kiipesi nyt korkealle fletille. Valmistautuessaan seuraamaan häntä Frodo laski kätensä puunrungolle tikkaiden viereen, eikä hän koskaan ollut kokenut puun pintaa ja kuorta ja sen alla asuvaa elämää niin yllättäen ja niin väkevästi. Puu ja miltä se tuntui herätti iloa, mutta ei niin kuin metsänhoitajassa tai puusepässä; tämä oli iloa elävästä puusta itsestään.

Kun hän viimein astui korkealle lavalle, Haldir otti häntä kädestä ja käänsi hänet etelää kohti. »Katso ensin tähän suuntaan!» hän sanoi.

Frodo katsoi ja näki jonkin matkan päässä valtavia puita kasvavan kukkulan, vaiko sittenkin kaupungin vihreine torneineen; hän ei osannut sanoa. Hänestä tuntui, että nimenomaan sieltä lähti valo ja voima, joka piti koko maata vallassaan. Äkkiä hän olisi tahtonut lentää kuin lintu tuohon vihreään kaupunkiin lepäämään. Sitten hän katsoi itään ja näki koko Lórienin maan, joka jatkui ja loittoni kohti Suuren virran, Anduinin, kalpeaa hohdetta. Hän nosti silmänsä ja katsoi joen yli, ja valo sammui ja hän palasi taas tuntemaansa maailmaan. Joen toisella puolen maasto näytti tasaiselta ja autiolta, hahmottomalta ja epämääräiseltä, aina sinne saakka, missä se kohosi taas kuin seinä, tummana ja tympeänä. Lothlórieniin paistoi aurinko, mutta sillä ei ollut voimaa kirkastaa tuon kaukaisen ylämaan varjoa.

»Tuolla on eteläisen Synkmetsän linnoitus», sanoi Haldir. »Se on verhoutunut tummaan havumetsään, jossa puut taistelevat toisiaan vastaan ja niiden oksat mätänevät ja kuihtuvat. Sen keskellä kivisellä kukkulalla seisoo Dol Guldur, missä piileskelevällä Vihollisella oli pitkään asuntonsa. Me pelkäämme, että siellä on taas asukkaita ja seitsenkertainen voima. Sen päällä on viime aikoina ollut usein musta pilvi. Täältä korkealta voit nähdä ne kaksi voimaa, jotka ovat vastatusten; ja kaiken aikaa ne kamppailevat hengessä, mutta vaikka valo tuntee pimeyden ytimen, sen oma salaisuus ei ole paljastunut. Ei vielä.» Hän kääntyi ja kiipesi nopeasti alas, ja he seurasivat häntä.

Kukkulan juurella Frodo tapasi Aragornin, joka seisoi hiljaa ja liikkumatta kuin puu, mutta hänen kädessään oli pieni kultainen *elanorin* kukinto ja hänen silmissään loisti valo. Hän oli jonkin kauniin muiston vallassa, ja Frodo tiesi katsoessaan häntä, että hän näki jotakin, joka kerran oli tapahtunut tällä samalla paikalla. Sillä julmat vuodet pyyhkiytyivät Aragornin kasvoista ja näytti siltä kuin hän olisi ollut valkeissa vaatteissa, nuori ja komea ruhtinas; ja hän lausui sanoja haltiakielellä jollekulle, jota Frodo ei nähnyt. *Arwen vanimelda, namárië!* hän sanoi, ja sitten hän henkäisi syvään ja palasi ajatuksistaan, katsoi Frodoon ja hymyili.

»Täällä on haltiavallan maanpäällinen sydän», hän sanoi, »ja täällä asuu minun sydämeni aina, paitsi jos meitä sittenkin odottaa valo niiden synkkien teiden päässä, jotka meidän, sinun ja minun, on vielä taivallettava. Tule kanssani!» Ja hän otti Frodon käden omaansa ja lähti Cerin Amrothin kukkulalta eikä milloinkaan enää elävänä palannut sinne.

7

GALADRIELIN PEILI

AURINKO OLI LASKEMASSA vuorten taa ja metsän varjot syvenivät kun Saattue lähti taas jatkamaan matkaa. Heidän polkunsa vei nyt tiheikköihin, joihin hämärä jo oli ehtinyt. Yö saapui puitten alle heidän kävellessään ja haltiat paljastivat hopealamppunsa.

Äkkiä he tulivat taas aukealle ja näkivät vaalean iltataivaan, jossa loisti muutama tähti. Heidän edessään aukeni leveä ja puuton kehä, joka kaartui ulos molemmin puolin. Sitä reunusti syvä varjoon jäävä vallihauta, jonka reunoilla ruoho hohti silti vihreänä kuin muistaen jo kadonneen auringon hehkun. Heitä vastapäätä kohosi korkeuksiin vihreä muuri, joka kiersi mallornpuita tiheässä kasvavaa kukkulaa. Niin isoja puita he eivät olleet aikaisemmin nähneet koko maassa. Niiden korkeutta ei pystynyt arvioimaan; ne kohosivat iltahämärässä kuin elävät pylväät. Monessa kerroksessa haarautuvien oksien ja lehtien lomasta loisti lukemattomia valoja: vihreitä, kultaisia ja hopeaisia. Haldir kääntyi Saattueen puoleen.

»Tervetuloa Caras Galadhoniin!» hän sanoi. »Tämä on *galadhrimin* kaupunki, jossa Lórienin valtias Celeborn ja valtiatar Galadriel asuvat. Mutta tästä suunnasta emme sinne pääse, sillä pohjoisen puolella ei ole portteja. Meidän on kierrettävä eteläpuolelle, eikä matka ole lyhyt, sillä kaupunki on suuri.»

Vallihaudan ulkoreunaa kulki valkeilla kivillä päällystetty tie. Tätä pitkin he lähtivät länttä kohti, ja kaupunki kohosi kohoamistaan vihreän pilven tavoin heidän vasemmalla puolellaan; ja illan syvetessä syttyi yhä useampia valoja, kunnes koko kukkula tuntui leimahtaneen täyteen tähtiä. Viimein he saapuivat valkoiselle sillalle, jonka ylitettyään he tulivat kaupungin suurille porteille: ne antoivat lounaaseen ja ne oli sijoitettu ympärysmuurin kahden pään väliin, jotka tässä olivat limittäin; korkeisiin vankkoihin portteihin oli ripustettu runsaasti lamppuja.

Haldir kolkutti ja sanoi jotakin, ja portit avautuivat äänettömästi, mutta vartijoista Frodo ei nähnyt jälkeäkään. Matkalaiset astuivat sisään ja portit sulkeutuivat heidän takanaan. He joutuivat pitkään ympärysmuurin päiden väliseen kujaan, ja kuljettuaan nopeasti sen päähän he saapuivat Puiden kaupunkiin.

He eivät nähneet ketään eivätkä kuulleet askeleita poluilta, mutta ympärillä ja ylhäällä ilmassa erottui puhetta. Kaukaa kukkulalta he kuulivat laulua, joka laskeutui alas kuin leuto sade lehdille.

He kulkivat monia polkuja ja nousivat monia portaita, kunnes tulivat aivan ylös ja näkivät edessään avaran nurmikentän ja sen keskellä hohtavan suihkulähteen. Lähdettä valaisivat hopeiset lamput, joita riippui puitten oksista, ja vesi suihkusi hopeiseen altaaseen, jonka reunan yli se valui valkeana virtana. Nurmikon etelälaidalla seisoi kaikista puista mahtavin; sen valtava sileä runko kiilsi kuin harmaa silkki, ja se kohosi korkeuksiin kunnes ensimmäiset oksat levittivät lehtien varjoisten pilvien alla komeat vartensa. Puun vieressä oli leveät valkoiset tikkaat ja niiden juurella istui kolme haltiaa. Kun matkalaiset lähenivät, he nousivat seisomaan, ja Frodo näki, että he olivat hyvin pitkiä ja heillä oli yllään harmaa sotisopa ja hartioilta laskeutui pitkä valkea viitta.

»Tässä asuvat Celeborn ja Galadriel», sanoi Haldir. »Heidän toiveensa on, että te nousette ylös ja puhutte heidän kanssaan.»

Yksi haltiavartijoista puhalsi sitten heleän sävelen pienestä torvesta, ja siihen vastattiin korkealta ylhäältä kolmasti. »Minä menen ensimmäisenä», sanoi Haldir. »Tulkoon Frodo toisena ja hänen kanssaan Legolas. Muut saavat seurata miten tahtovat. Nousu on pitkä tällaisiin portaisiin tottumattomalle, mutta voitte levätä matkan varrella.»

Frodo ohitti useita fletejä kiivetessään hitaasti ylöspäin: niitä oli molemmin puolin ja myös puun rungon ympärillä, niin että tikkaat kulkivat niiden läpi. Hyvin korkealla maan yläpuolella hän tuli suurelle *talanille*, joka oli kuin ison laivan kansi. Sen päälle oli rakennettu talo, niin suuri, että se olisi melkein käynyt ihmisten salista maan kamaralla. Hän astui sisään Haldirin jäljessä ja näki olevansa soikeassa huoneessa, jonka keskellä mallornin runko kasvoi, ja vaikka se oheni jo latvaa kohti, se oli kuitenkin yhä hyvin paksu pylväs.

Pehmeä valo täytti huoneen; sen seinät olivat vihreät ja hopeanväriset ja sen katto kultainen. Huoneessa istui monia haltioita. Kahdella tuolilla puun rungon kupeessa, elävä oksa katoksenaan, istuivat rinnakkain Celeborn ja Galadriel. He nousivat tervehtimään vieraitaan niin kuin haltioilla oli tapana, niilläkin joita pidettiin mahtavina kuninkaina. Pitkiä he olivat, eikä valtiatar ollut valtiasta lyhyempi; ja vakavia ja kauniita. Heillä oli kokonaan valkoiset vaatteet, ja valtiattaren tukka hohti syvää kultaa ja valtias Celebornin hiukset olivat pitkät ja kirkkaan hopeiset, mutta iän merkkiä heissä ei ollut, ellei se asunut heidän silmiensä syvyydessä; sillä tähtien loisteessa ne olivat tarkat ja terävät kuin peitset ja kuitenkin upottavat kuin muistojen syvyyksiin vajoavat kaivot.

Haldir johdatti Frodon heidän eteensä ja valtias toivotti hänet tervetulleeksi omalla kielellään. Valtiatar Galadriel ei sanonut mitään, mutta katsoi häntä pitkään kasvoihin.

»Istuos tuolini viereen, Frodo kontulainen!» sanoi Celeborn. »Kun kaikki ovat tulleet, me puhumme toistemme kanssa.»

Kutakin Saattueen jäsentä hän tervehti vuorollaan kohteliaasti nimeltä. »Tervetuloa, Aragorn Arathornin poika», hän sanoi. »Kahdeksanneljättä vuotta ulkomaailman ajanlaskua on siitä kun tulit tähän maahan, ja nuo vuodet lepäävät raskaina pälläsi. Mutta loppu lähenee, tuopa se hyvää tai pahaa. Heitä täällä taakkasi hetkeksi syrjään!

Tervetuloa, Thranduilin poika! Liian harvoin matkaa heimoani tänne pohjoisesta.

Tervetuloa, Gimli Glóinin poika! On totisesti aikaa siitä, kun Caras Galadhonissa on nähty Durinin kansaa. Mutta tänään olemme rikkoneet vanhan lakimme. Olkoon se merkki siitä, että vaikka maailma nyt on pimeä, paremmat ajat ovat alkamassa ja että ystävyys kansojemme välillä solmitaan uudestaan.» Gimli kumarsi syvään.

Kun kaikki vieraat olivat istuutuneet valtiaan tuolin eteen, hän katsoi heihin jälleen. »Teitä on kahdeksan», hän sanoi. »Yhdeksän oli määrä lähettää, niin kertoivat viestit. Mutta kukaties on päätöstä muutettu niin, että emme ole sitä kuulleet. Elrond on kaukana, ja pimeys kerääntyy välillemme, ja koko tämän vuoden ovat varjot pidenneet.»

»Ei, päätöstä ei muutettu», sanoi valtiatar Galadriel, joka nyt puhui ensimmäisen kerran. Hänen äänensä oli kirkas ja sointuva, mutta matalampi kuin yleensä naisilla. »Gandalf Harmaa lähti matkaan Saattueen kanssa, mutta hän ei ole astunut tämän maan rajojen sisäpuolelle. Kertokaa meille nyt, missä hän on, sillä suuri oli haluni puhua jälleen hänen kanssaan. Mutta en näe häntä kaukaa, en, ellei hän tule Lothlórienin aitojen sisään: häntä ympäröi harmaa usva ja hänen jalkainsa tiet ja mielensä liikkeet ovat minulta salatut.»

»Voi murhetta!» sanoi Aragorn. »Gandalf Harmaa vaipui varjon alle. Hän jäi Moriaan eikä päässyt pakoon.»

Nämä sanat kuullessaan kaikki salissa olevat haltiat huudahtivat ääneen surusta ja hämmennyksestä. »Tämä on huono uutinen», sanoi Celeborn, »pahin mitä on kerrottu täällä moneen pitkään vuoteen, jotka ovat olleet täynnään murheellisia tekoja.» Hän kääntyi Haldirin puoleen. »Miksi ei minulle ole kerrottu tästä mitään aikaisemmin?» hän kysyi haltiakielellä.

»Me emme ole puhuneet Haldirille toimistamme tai tarkoituksestamme», sanoi Legolas. »Aluksi olimme uuvuksissa ja vaara liian lähellä kintereillämme, ja sitten me melkein unohdimme surumme hetkeksi, kun vaelsimme Lórienin suloisten polkujen ilossa.»

»Kuitenkin on surumme suuri eikä menetystämme voi korvata», sanoi Frodo. »Gandalf oli oppaamme ja hän johti meidät Morian läpi, ja kun pakomme näytti toivottomalta, hän pelasti meidät, mutta itse hän jäi sinne.»

»Kertokaa nyt meille kaikki!» sanoi Celeborn.

Silloin Aragorn selosti kaiken, mitä oli tapahtunut Caradhrasin solassa ja sitä seuraavina päivinä, ja hän kertoi Balinista ja hänen kirjastaan ja taistelusta Mazarbulin kammiossa ja tulesta ja kapeasta sillasta, ja Kauhun saapumisesta. »Joltakin Muinaisen maailman hirviöltä se näytti, enkä ole milloinkaan ennen nähnyt sellaista», Aragorn sanoi. »Se oli sekä varjoa että liekkiä, vahva ja kauhea.»

»Se oli Morgothin balrog», sanoi Legolas, »kaikista haltioiden tuhoojista kammottavin, paitsi Yhtä joka istuu Mustassa tornissa.»

»Minä näin sillalla sen, joka vaivaa pimeimpiä uniamme, näin Durinin turman», sanoi Gimli vaimealla äänellä ja kauhu oli hänen silmissään.

»Onnetonta!» sanoi Celeborn. »Kauan olemme pelänneet, että Caradhrasin alla nukkui hirveys. Mutta jos olisin tiennyt, että kääpiöt olivat jälleen saattaneet hereille Moriassa tämän pahan, olisin minä kieltänyt sinua kulkemasta pohjoisten rajojen yli, sinua ja niitä, jotka kulkivat kanssasi. Ja jos se kävisi päinsä, voisi

sanoa, että viimein Gandalf vajosi viisaudesta hulluuteen, kun meni tarpeetto-
masti Morian verkkoon.»

»Ajattelematonta olisi totisesti niin väittää», sanoi Galadriel vakavasti. »Tar-
peeton ei ollut yksikään Gandalfin teko hänen eläessään. Ne, jotka seurasivat
häntä, eivät tunteneet hänen aivoituksiaan eivätkä voi tietää kaikkia hänen pää-
määriään. Mutta miten onkin oppaan laita, seuraajat ovat syyttömät. Älä kadu
sitä, että toivotit kääpiön tervetulleeksi. Jos meidän kansamme olisi elänyt maan-
paossa kauan ja kaukana Lothlórienista, kuka *galadhrimista*, vaikka olisi Cele-
born Viisas, ei kulkiessaan sen läheltä tahtoisi katsoa muinaista kotiaan, vaikka
siitä olisi tullut lohikäärmeitten pesäpaikka?

Tumma on Kheled-zâramin vesi ja kylmät ovat Kibil-nâlan lähteet ja ihanat
olivat Khazad-dûmin monipylväikköiset salit esiaikoina, ennen kuin mahtavat
kivenalaiset kuninkaat kukistuivat.» Hän katsoi Gimliin, joka istui kyräillen ja
onnettomana, ja hän hymyili. Ja kuullessaan noiden paikkojen nimet omalla
muinaisella kielellään kääpiö nosti katseensa ja kohtasi hänen katseensa, ja
hänestä tuntui että hän äkkiä katsoi vihollisen sydämeen ja siellä asuikin rak-
kaus ja ymmärtämys. Ihmetys kohosi hänen kasvoilleen ja sitten hän hymyili
vastaukseksi.

Hän nousi kömpelösti ja kumarsi kääpiöiden tapaan ja sanoi:»Kauniimpi
vielä on Lórienin elävä maa, ja valtiatar Galadriel on kaikkia maan alla olevia
jalokiviä ihmeellisempi!»

Saliin tuli hiljaisuus. Viimein Celeborn puhui taas. »En tiennyt että ahdinkonne
oli niin suuri», hän sanoi. »Unohtakoon Gimli ajattelemattomat sanani: puhuin
sydämeni vaivan tähden. Teen mitä voin auttaakseni teitä, kutakin toiveensa ja
tarpeensa mukaan, mutta ennen muita sitä pikkukansan jäsentä, joka kantaa
taakkaa.»

»Tehtäväsi on meille tuttu», sanoi Galadriel katsoen Frodoon. »Mutta tässä
emme puhu siitä avoimemmin. Kuitenkaan et ehkä tullut turhaan tähän maa-
han apua hakemaan. Itse Gandalf selvästi aikoi tänne. Sillä *galadhrimin* valtiasta
pidetään Keski-Maan haltioista viisaimpana, ja hän voi antaa lahjoja, joita eivät
voi kuninkaatkaan antaa. Hän on asunut lännessä aamunkoiton ajoista, ja minä
olen asunut hänen kanssaan lukemattomat vuodet, sillä ennen Gondolinin ja
Nargothrondin tuhoa minä kuljin vuorten yli, maailman aikojen halki olemme
yhdessä taistelleet hidasta tappiota vastaan.

Valkoisen neuvoston kutsuin minä ensi kerran koolle. Ja jos eivät suunnitel-
mani olisi rauenneet, olisi sitä hallinnut Gandalf Harmaa, ja silloin kukaties olisi
käynyt toisin. Mutta näinkin ollen on toivoa jäljellä. En anna teille neuvoja, en
sano: tehkää näin tai tehkää noin. Sillä en voi auttaa tekemisessä tai suunnittele-
misessa, en tämän tahi tuon suunnan valitsemisessa, vaan ainoastaan siinä, että
tiedän, mitä on ollut ja mitä on ja osan tulevastakin. Mutta tämän minä sanon
teille: Tehtävänne lepää veitsen terällä. Vähän vain tarvitsee teidän joutua har-
haan kun se epäonnistuu, kaikille tuhoksi. Kuitenkin on toivoa niin kauan kuin
koko Saattue on vailla vilppiä.»

Ja tuon sanan sanoessaan hän vangitsi heidät katseellaan ja tutki heidät kun-
kin vuorollaan hiljaisuuden vallitessa. Kukaan Aragornin ja Legolasin lisäksi
ei pystynyt kauan kestämään hänen katsettaan. Sam punastui pian ja painoi
päänsä.

Lopulta valtiatar Galadriel päästi heidät katseensa pihdeistä ja hymyili. »Älkööt sydämenne olko levottomat», hän sanoi. »Tänä yönä saatte nukkua rauhassa.» Silloin he huokasivat ja tunsivat itsensä äkkiä väsyneiksi, niin kuin heitä olisi kuulusteltu pitkään ja tarkasti, vaikka yhtään sanaa ei ollut sanottu julki. »Menkää nyt!» sanoi Celeborn. »Vaiva ja murhe ovat uuvuttaneet teidät. Vaikka Tehtävänne ei koskisikaan läheisesti meitä, tulisi teidän saada turvapaikka tämän kaupungin sisältä kunnes olette toipuneet ja virkistyneet. Nyt levätkää, me emme puhu tienne jatkosta vähään aikaan.»

Tuona yönä Saattue nukkui hobittien suureksi iloksi maassa. Haltiat pystyttivät heitä varten puiden keskelle lähelle suihkulähdettä teltan, ja sen sisään he valmistivat pehmeät vuoteet, sitten he jättivät heidät lausuen rauhan sanoja kauniilla haltiaäänellä. Vähän aikaa matkalaiset keskustelivat edellisestä yöstään puiden latvoissa, ja päivän matkasta, ja valtiaasta ja valtiattaresta; kauemmaksi taaksepäin heillä ei ollut vielä voimia palata.

»Miksi sinä punastuit, Sam?» kysyi Pippin. »Sinä murruit heti. Ihan olisi voinut kuvitella, että sinulla oli paha omatunto. Toivottavasti se ei ollut sen pahempaa kuin hävytön juoni yhden minun huopani pihistämiseksi.»

»Semmoista minä en ole ikinä suunnitellut», vastasi Sam, joka ei ollut leikkituulella. »Mikäli tahdotte tietää, minusta tuntui siltä kuin minulla ei olisi ollut mitään päällä, eikä se tuntunut mukavalta. Hän ikään kuin katsoi minun sisääni ja kysyi, mitä minä tekisin, jos hän antaisi minulle mahdollisuuden paeta takaisin kotiin Kontuun pieneen koloon, jonka ympärillä olisi – olisi oma puutarhapläntti.»

»Hassu juttu», sanoi Merri. »Minä tunsin melkein samoin, paitsi, paitsi että – tuota – en taida sanoa enempää», hän lopetti epämääräisesti.

Näytti siltä että he kaikki olivat kokeneet samaa, kukin oli tuntenut, että hänelle tarjottiin mahdollisuus vapaasti valita edessäpäin odottavan kammottavan varjon ja jonkin suuresti haluamansa asian välillä: kukin oli nähnyt toiveensa kohteen kirkkaana edessään, eikä olisi tarvinnut muuta kuin kääntyä pois tieltä ja jättää Tehtävä ja sota Sauronia vastaan muiden työksi.

»Ja minulla oli myös sellainen tunne, että valinta jäisi salaiseksi ja omaksi tiedokseni», sanoi Gimli.

»Minusta se tuntui hyvin kummalliselta», sanoi Boromir. »Ehkä se oli koetus ja hän ajatteli lukevansa meidän ajatuksemme hyviä tarkoituksiaan varten, mutta sanoisin melkein, että hän saattoi meidät kiusaukseen ja tarjosi meille sellaista, mitä teeskenteli pystyvänsä meille antamaan. Turha sanoa, että kieltäydyin kuuntelemasta. Minas Tirithin miehet pysyvät sanassaan.» Mutta mitä Boromir kuvitteli valtiattaren hänelle tarjonneen, sitä hän ei kertonut.

Ja mitä Frodoon tulee, hän ei puhunut, vaikka Boromir ahdisteli häntä kysymyksillä. »Hän piti sinua kauan katseensa vankina, Sormuksen viejä», hän sanoi.

»Niin piti», sanoi Frodo, »mutta mitä mieleeni silloin tulikin, myös pysyy siellä.».

»Jaa-a, pidä varasi!» sanoi Boromir. »En ole kovin varma tästä haltiavaltiattaresta ja hänen tarkoitusperistään.»

»Älä sano pahaa sanaa valtiatar Galadrielista!» sanoi Aragorn tiukasti. »Et tiedä mitä puhut. Ei hänessä eikä tässä maassa ole pahuutta, ellei sitä joku itse tuo. Silloin varokoon! Mutta tänä yönä minä nukun ilman pelkoa ensimmäisen kerran sen jälkeen kun lähdin Rivendellistä. Kunpa nukkuisin hyvin ja unohtaisin hetkeksi murheeni! Niin ruumis kuin sielu ovat lopussa.» Hän heittäytyi vuoteelleen ja vajosi heti pitkään uneen. Muut tekivät pian samoin, eivätkä heidän lepoaan häirinneet äänet eivätkä unet. Herätessään he huomasivat, että päivänvalo säkenöi jo nurmella teltan ulkopuolella, ja suihkulähteen vesi nousi ja laski kimallellen auringossa.

He viipyivät Lothlórienissa muutamia päiviä, sikäli kuin pystyivät laskemaan tai muistamaan. Koko sen ajan, jonka he siellä viettivät, aurinko loisti kirkkaana, paitsi milloin lempeä sade joskus tuli ja meni jättäen kaiken tuoreeksi ja puhtaaksi. Ilma oli viileä ja leuto ikään kuin olisi ollut alkukevät, ja kuitenkin he aistivat ympärillään talven syvän ja miettiväisen hiljaisuuden. Heistä tuntui, että he eivät paljon muuta tehneet kuin söivät ja joivat ja lepäsivät ja kävelivät puiden alla, ja se oli kyllin.

He eivät olleet enää toistamiseen tavanneet valtiasta ja valtiatarta ja olivat puhuneet hyvin vähän haltiakansan kanssa, sillä vain harvat heistä osasivat tai suostuivat käyttämään westronin kieltä. Haldir oli jättänyt heille jäähyväiset ja palannut takaisin pohjoisille rajoille, missä pidettiin nyt tiukkaa vartiota Saattueen tuomien Morian-uutisten vuoksi. Legolas oli paljon poissa *galadhrimin* joukossa eikä ensimmäisen yön jälkeen nukkunut muiden matkalaisten seurassa, vaikka tulikin syömään ja juttelemaan heidän kanssaan. Usein hän otti Gimlin mukaan matkoilleen, ja muut ihmettelivät tätä muutosta.

Istuessaan tai kävellessään yhdessä Saattueen jäsenet puhuivat nyt Gandalfista, ja se miten kukin oli hänet nähnyt ja tuntenut oli nyt kirkkaana heidän mielessään. Kun he toipuivat ruumiin kivusta ja väsymyksestä, murheen ja menetyksen tunne voimistui. Usein he kuulivat haltiaäänten laulavan lähettyvillä ja he tiesivät näiden sepittävän valituslauluja hänen tuhostaan, sillä Gandalfin nimi osui heidän korviinsa muuten käsittämättömien suloisten ja surullisten sanojen joukosta.

Mithrandir, Mithrandir lauloivat haltiat, *Oi Vaeltaja harmaa!* Sillä niin he halusivat häntä kutsua. Mutta jos Legolas oli matkalaisten seurassa, hän ei suostunut kääntämään lauluja heille, hän sanoi ettei hänellä ollut sitä taitoa, ja että murhe oli häntä yhä liian lähellä; kyyneliin, ei lauluun kirvoittava murhe.

Frodo oli ensimmäinen, joka muutti osan murheestaan tapaileviksi sanoiksi. Hän oli harvoin vaivautunut tekemään runoja tai riimejä, Rivendellissäkin hän oli kuunnellut eikä ollut itse laulanut, vaikka hänen muistinsa varastoissa oli paljon lauluja, joita muut olivat tehneet ennen häntä. Mutta nyt, kun hän istui Lórienissa suihkulähteen luona ja kuuli ympärillään haltioiden äänet, hänen ajatuksensa sai laulun muodon, joka tuntui hänestä kauniilta, kuitenkin kun hän yritti toistaa sen Samille, siitä oli jäljellä vain pätkiä, kalvenneita kuin kourallinen kuivia lehtiä.

> *Kun ilta peitti Konnun hämäriin,*
> *hän kulki Kukkulalle yli maan:*
> *ennen kuin aamu sarastikaan, niin*
> *hän lähti sanomatta sanaakaan.*

Erämaan kautta rantaan läntiseen,
pohjoisen yöstä päivään etelän,
salatun oven läpi matkoilleen,
pimeäin metsäin halki kulki hän.

Hän kanssa kääpiöiden, haltioiden
ja kanssa hobittien, ihmisten
puhua taisi omaa kieltä noiden,
ja niin myös kanssa metsän eläinten.

Tappava miekka, käsi parantava,
ja selkä joka taipui taakan alla,
kaikuva ääni, soihtu loimuava,
väsynyt vaeltaja maailmalla.

Viisaus oli hänet kruunannut,
hän herkkään nauroi, pian vihastui:
hän, vanhus päässään hattu kulunut,
okaiseen ryhmysauvaan nojautui.

Hän sillalle jäi yksin seisomaan,
päin häntä iski Varjon tulinuoli;
sauvansa murtui kiveen kalseaan,
viisautensa Khazad-dûmiin kuoli.

»Hei, kohtahan te hakkaatte itse Bilbo-herran!» sanoi Sam.

»Enpä usko», sanoi Frodo. »Mutta tämän parempaan en vielä pysty.»

»Jos joskus jatkatte, Frodo-herra, niin minä toivoisin, että te lisäisitte siihen jotakin hänen ilotulituksistaan», Sam sanoi. »Tähän tapaan:

Raketit kaikkein upeimmat
sinivihreiksi tähdiksi purskahtavat,
tai paukkeen jälkeen ryöppyää kulta
kuin taivaalta sataisi kukkatulta.

Vaikka tuo ei kyllä tee läheskään oikeutta niille.»

»Ei, sen jätän sinulle, Sam. Tai ehkä Bilbolle. Mutta – ei, en pysty enää puhumaan siitä. Enkä kestä ajatella, että minun täytyy kertoa uutiset Bilbolle.»

Eräänä iltana Frodo ja Sam kävelivät yhdessä viileässä illan hämyssä. Molemmat tunsivat olonsa taas rauhattomaksi. Frodon päälle oli äkkiä langennut eron varjo: jotenkin hän tiesi että Lothlórienista lähdön aika oli hyvin lähellä.

»Mitä sinä nyt tuumit haltioista, Sam?» hän sanoi. »Olen kysynyt sinulta saman kysymyksen kerran ennenkin – siitä tuntuu olevan hyvin kauan, mutta sen jälkeen olet nähnyt heitä enemmän.»

»Niin olen, totta vie!» sanoi Sam. »Ja minusta tuntuu, että on haltioita ja haltioita. Ne ovat kaikki ihan haltioita, ei siinä mitään, mutta ne eivät ole kaikki samanlaisia. Nämä täällä eivät ole vaeltajia eivätkä kodittomia, ja tuntuvat olevan enempi meidän tapaisia: ne tuntuvat kuuluvan tänne, vielä paremmin kuin hobitit Kontuun. On paha mennä sanomaan, ovatko ne tehneet maan vai maa ne, jos käsitätte. Täällä on ihmeellisen hiljaista. Niin kuin mitään ei tapahtuisi eikä kukaan tahtoisi mitään tapahtuvankaan. Jos täällä on jotakin taikaa, niin se on kovasti syvällä, niin että minä en pääse siihen käsiksi, tai miten sen nyt sanoisi.»

»Sen voi nähdä ja tuntea kaikkialla», sanoi Frodo.

»Niin», sanoi Sam, »mutta ketään ei voi nähdä taikoja tekemässä. Ei mitään ilotulituksia, semmoisia kuin onneton Gandalf ennen järjesti. Mitähän varten valtiasta ja valtiatarta ei ole ollenkaan näkynyt näinä päivinä? Minä vähän luulen, että valtiatar osaisi tehdä ihmeellisiä juttuja, jos häntä huvittaisi. Minun tekisi mieleni nähdä vähän haltiataikoja.»

»Minun ei», sanoi Frodo. »Minä olen tyytyväinen. Enkä minä kaipaa Gandalfin ilotulituksia vaan hänen tuuheita kulmakarvojaan ja ääntään ja äkkipikaisuuttaan.»

»Olette ihan oikeassa», Sam sanoi. »Älkää kuvitelko, että minulla olisi mitään valittamista. Olen usein halunnut nähdä sellaisia taikoja, joista vanhoissa tarinoissa kerrotaan, mutta koskaan en ole kuullut paremmasta maasta kuin tämä. Ihan kuin olisi kotona ja lomalla yhtaikaa, tai jotenkin. En tahtoisi lähteä pois. Mutta oli miten oli, minusta on alkanut tuntua, että jos meidän täytyy jatkaa matkaa, niin se on paras tehdä nyt eikä kohta.

Aloittamaton työ se kauimmin kestää, niin kuin meidän Ukolla oli tapana sanoa. Enkä minä oikein usko, että nämä täällä voivat enää olla meille varsinaisesti avuksi, taikuudella tai muuten. Sitä minä vaan ajattelen, että me kaivataan Gandalfia eniten silloin, kun me ollaan lähdetty tästä maasta.»

»Se taitaa olla liiankin totta, Sam», sanoi Frodo. »Minä kuitenkin toivon hartaasti, että me tapaamme haltioiden valtiattaren ennen kuin lähdemme.»

Hänen puhuessaan he näkivät valtiatar Galadrielin tulevan heitä kohti kuin vastauksena heidän sanoihinsa. Pitkänä, valkeana, kauniina hän asteli puiden alla. Hän ei sanonut sanaakaan vaan viittasi heille.

Hän kääntyi sivuun ja johdatti heidät kohti Caras Galadhonin kukkulan etelärinteitä. Kuljettuaan korkean vihreän pensasaidan läpi he tulivat suljettuun puutarhaan. Siellä ei kasvanut puita, se lepäsi avoimena taivaan alla. Iltatähti oli noussut ja säihkyi valkoista tultaan läntisten metsien yllä. Valtiatar käveli alas pitkät portaat syvään vihreään notkoon, jonka läpi virtasi solisten kukkulalla olevasta suihkulähteestä kumpuava hopeinen puro. Alhaalla seisoi haarautuvan puunrungon muotoon veistetty matala pylväs ja sen päällä oli iso laakea hopeaastia, ja sen vieressä hopeakannu.

Galadriel täytti astian piripintaan puron vedellä, ja henkäisi siihen, ja kun vesi taas oli tyyni, hän puhui. »Tämä on Galadrielin peili», hän sanoi. »Olen tuonut teidät tänne, jotta voisitte katsoa siihen, jos niin mielitte.»

Ilma oli aivan tyyni ja notko oli pimeä ja haltianainen Frodon vierellä pitkä ja kalpea. »Mitä on odotettavissa, mitä saamme nähdä?» kysyi Frodo kunnioittavasti.

»Voin käskeä Peilin paljastamaan monen monituista seikkaa», haltianainen vastasi, »ja joillekin voin näyttää sen, mitä he toivovat näkevänsä. Mutta Peili näyttää myös pyytämättömiä asioita ja ne ovat usein kummallisempia ja hyödyllisempiä kuin ne, joita halutaan nähdä. En tiedä, mitä näet. jos annat Peilin toimia vapaasti. Sillä se näyttää menneitä asioita, asioita jotka ovat, ja asioita jotka kenties tulevat. Mutta viisainkaan ei aina tiedä, mitä hänen näkemänsä on. Tahdotteko katsoa?»

Frodo ei vastannut.

»Entä sinä?» hän sanoi kääntyen Samin puoleen. »Sillä uskoisin, että tämä on sitä, mitä teidän keskuudessanne sanotaan taikuudeksi, vaikka en oikein ymmärräkään, mitä sillä tarkoitatte; ja te nähtävästi käytätte samaa sanaa Vihollisen petoksista. Mutta tämä on, jos niin tahdot, Galadrielin taikuutta. Etkö sanonut haluavasi nähdä haltiataikoja?»

»Sanoin minä», vastasi Sam, joka horjui pelon ja uteliaisuuden välillä. »Minä kyllä kurkistaisin sinne, jos se sopii teille, valtiatar.

Enkä minä panisi vastaan, jos vaikka näkisin jotakin kotopuolesta», hän sanoi syrjään Frodolle. »Tuntuu kuin olisi ollut poissa kamalan kauan. Mutta minä näen tietysti vaan tähdet tai jotakin, mitä en ollenkaan ymmärrä.»

»Voi olla», nauroi valtiatar lempeästi. »Mutta tule ja katso, näetpä mitä näet. Älä kajoa veteen!»

Sam kiipesi pylvään jalustalle ja kumartui astian yli. Vesi näytti kovalta ja tummalta. Siihen heijastui tähtiä.

»Tässä on vain tähtiä ihan niin kuin arvelinkin», hän sanoi. Sitten hän henkäisi, sillä tähdet katosivat. Ikään kuin tumma verho olisi vedetty pois – Peili kävi vähitellen harmaaksi ja kirkastui sitten. Aurinko paistoi, ja puiden oksat heiluivat ja huojuivat tuulessa. Mutta ennen kuin Sam ehti käsittää näkemäänsä, valo sammui: ja nyt hän oli näkevinään Frodon makaavan kalpeana syvässä unessa suuren tumman kallion alla. Sitten hän näki itsensä kävelemässä hämärää käytävää ja nousemassa loputtomia kierreportaita. Hän tajusi äkkiä etsivänsä kuumeisesti jotakin, mutta ei tiennyt mitä. Unenomaisesti maisema häipyi ja kutistui ja hän näki puut taas. Mutta tällä kertaa ne eivät olleet yhtä lähellä, ja hän näki mitä oli tekeillä: ne eivät huojuneet tuulessa, vaan ne kaatuivat ja rysähtivät maahan.

»Hei!» Sam huusi vihaisena. »Tuolla kaataa Ted Hiesuli puita luvattomasti. Niitä ei saisi ollenkaan hakata, tuo on Myllyn takana oleva puistokuja, joka varjostaa Virranvarren tietä. Pääsisinpä Tedin kimppuun, niin minä kyllä hakkaisin *hänet!*»

Mutta nyt Sam huomasi Vanhan myllyn kadonneen, sen paikalle rakennettiin suurta punatiilistä rakennusta. Työssä touhusi paljon kansaa. Lähellä kohosi korkea punainen savupiippu. Musta savu näytti peittävän Peilin pinnan.

»Konnussa on tekeillä jotakin konnuutta», hän sanoi. »Elrond tiesi, mitä aikoi silloin kun hän halusi lähettää Merri-herran takaisin.» Sitten Sam äkkiä huudahti ja hypähti syrjään. »En voi jäädä tänne», hän sanoi vauhkona. »Minun pitää mennä kotiin. Ne ovat myllänneet Repunreunan ja tuolla kävelee minun ukkoparkani Kukkulaa alas ja työntää vähiä tavaroitaan kärryissä. Minun pitää mennä kotiin!»

»Et voi mennä kotiin yksin», sanoi valtiatar. »Sinä et halunnut lähteä kotiin ilman isäntääsi, ennen kuin katsoit Peiliin, ja kuitenkin tiesit, että Konnussa saattaa hyvinkin tapahtua jotakin kauheaa. Muista, että Peili näyttää monia asioita, eivätkä kaikki niistä ole vielä käyneet toteen. Jotkut eivät toteudu milloinkaan, elleivät ne, jotka katsovat Peilin kuvia, käänny omalta tieltään niitä estämään. Tekojen oppaana Peili on vaarallinen.»

Sam istuutui maahan ja painoi pään käsiin. »Voi, kunpa en olisi koskaan tullut tänne. En tahdo enää nähdä taikoja», hän sanoi ja vajosi äänettömyyteen.

Vähän ajan päästä hän sanoi taas tukahtuneesti, ikään kuin olisi taistellut kyyneliä vastaan. »Ei. Minä menen kotiin kiertotietä Frodo-herran kanssa, tai sitten en ollenkaan», hän sanoi. »Mutta toivon, että pääsen kotiin joskus. Jos se mitä olen nähnyt, onkin totta, jonkun käy vielä kalpaten!»

»Tahdotko sinä nyt katsoa, Frodo?» sanoi valtiatar Galadriel. »Et toivonut näkeväsi haltiataikoja ja olit tyytyväinen.»

»Neuvotteko minua katsomaan?» kysyi Frodo.

»En», valtiatar sanoi. »En neuvo sitä enkä tätä. En ole neuvonantaja. Voit saada selville jotakin, ja olipa näkemäsi hyvää taikka pahaa, se voi olla hyödyksi, eikä kuitenkaan aina ole. Näkeminen on sekä hyväksi että pahaksi. Kuitenkin minusta tuntuu, Frodo, että sinussa on kylliksi rohkeutta ja viisautta, sinun kannattaa yrittää, muuten en olisi sinua tänne tuonut. Tee kuten tahdot!»

»Minä katson», sanoi Frodo ja kiipesi jalustalle ja kumartui tumman veden puoleen. Peili kirkastui heti, ja hän näki iltahämyisen seudun. Kalpeaa taivasta vasten kohosi etäisyydessä tummia vuoria. Pitkä harmaa tie kiemurteli pois näkyvistä. Kaukana kulki tietä pitkin hitaasti hahmo, joka alkuun oli epäselvä ja pieni mutta kasvoi lähetessään selvemmäksi ja suuremmaksi. Äkkiä Frodo oivalsi, että se muistutti Gandalfia. Hän oli huutamaisillaan ääneen velhon nimen, ja silloin hän näki, että velho ei ollutkaan harmaissa vaatteissa vaan valkoisissa, ja valkoiset vaatteet loistivat himmeästi hämärässä, kädessä oli valkoinen sauva. Pää oli niin painuksissa, ettei hän voinut nähdä kasvoja, ja samalla hahmo kääntyi tien mutkasta ja joutui Peilin ulkopuolelle. Epäilys nousi Frodon mieleen: oliko tässä näyssä Gandalf jollakin monista yksinäisistä matkoistaan kauan sitten, vai oliko se Saruman?

Näky muuttui. Vilaukselta ja pienenä mutta hyvin selvästi hän näki välähdyksen Bilbosta, joka käveli levottomana huoneessaan. Pöydällä oli kasoittain papereita, sade pieksi ikkunoita.

Sitten tuli tauko, ja sen jälkeen monta pikaista näkymää joiden Frodo jotenkin tiesi olevan osia siitä tapahtumien ketjusta, johon hän oli nyt sekaantunut. Usva hälveni, ja hän näki näyn, jota ei ollut koskaan nähnyt, mutta jonka hän tunsi heti: Meren. Pimeys laskeutui. Meri nousi ja raivosi kovan myrskyn kourissa. Sitten hän näki pilvimassoihin veripunaisena laskeutuvaa aurinkoa vasten korkean laivan mustat ääriviivat; se purjehti riekaleisin purjein lännestä päin. Sitten leveä joki, joka virtasi suuren kaupungin halki. Sitten valkoinen linnake, jossa oli seitsemän tornia. Ja sitten jälleen mustapurjeinen laiva, mutta nyt oli taas aamu, ja vesi karehti valossa, ja auringossa hohti lippu, jossa oli tunnuskuvana valkoinen puu. Ilmaan nousi savua kuin tulesta ja taistelusta, ja jälleen aurinko laski hehkuvan punaisena, ja puna haipui harmaaseen sumuun, ja siihen sumuun katosi pieni laiva valot tuikkien. Se hävisi, ja Frodo huokasi ja valmistautui vetäytymään pois.

Mutta äkkiä Peili muuttui kokonaan mustaksi, kuin näkemisen maailmaan olisi auennut reikä, ja Frodo katsoi tyhjyyteen. Mustaan kuiluun ilmaantui yksinäinen silmä, joka hitaasti kasvoi, kunnes se täytti melkein koko Peilin. Niin kauhea se oli, että Frodo jäykistyi paikoilleen kykenemättä äännähtämään tai kääntämään katsettaan. Silmää reunusti tuli, mutta se itse oli kiiltävä, keltainen kuin kissan silmä, tarkkaavainen ja kiinteä, ja sen pupillin musta viiru aukeni kuiluksi, ikkunaksi tyhjyyteen.

Sitten Silmä alkoi liikkua, haki jotakin sieltä ja täältä, ja Frodo tiesi varmasti ja kauhuissaan olevansa itse yksi sen etsinnän kohteista. Mutta hän tiesi myös, ettei se voinut nähdä häntä, ei vielä, ei hänen tahtomattaan. Sormus, joka riippui ketjussa hänen kaulassaan, kävi raskaaksi, suurta kiveä raskaammaksi, ja hänen päänsä painui yhä alemmaksi. Peili tuntui muuttuvan kuumaksi ja vedestä nousi höyrykiehkuroita. Hän nojautui eteenpäin.

»Älä kajoa veteen!» sanoi valtiatar Galadriel lempeästi. Näky hälveni, ja Frodo huomasi katsovansa viileiden tähtien tuiketta hopea-astiassa. Hän astui taaksepäin vavisten kauttaaltaan ja katsoi valtiatarta.

»Tiedän, mitä näit viimeksi», haltia sanoi, »sillä se on minunkin mielessäni. Älä pelkää! Äläkä luule, että tätä Lothlórienin maata säilytetään ja puolustetaan Vihollista vastaan vain laulaen puiden alla, tai haltiajousien ohuilla nuolilla. Sanon sinulle Frodo, että tässä ja nyt sinulle puhuessani minä näen Mustan ruhtinaan ja tunnen hänen aivoituksensa, tai ainakin ne, jotka koskevat haltioita. Ja hän tavoittelee ja haparoi kaiken aikaa nähdäkseen minut ja minun ajatukseni. Mutta vielä on ovi lukossa!»

Hän kohotti valkeat kätensä ja levitti ne itää kohti torjuvasti ja eväten. Eärendil, Iltatähti, haltioiden rakkain tähti, loisti kirkkaana taivaalla. Niin kirkas se oli, että haltianaisen hahmo heitti maahan heikon varjon. Sen säteet kimalsivat sormuksessa, joka oli hänen sormessaan; sormus loisti kuin kiillotettu kulta, johon hopeainen valo osui, ja siinä välkkyi valkoinen kivi, ikään kuin Iltatähti olisi tullut alas ja asettunut hänen kädelleen. Frodo katsoi sormusta kunnioittavasti, sillä hänestä tuntui että hän käsitti.

»Niin», haltia sanoi aavistaen hänen ajatuksensa, »siitä ei ole lupa puhua, eikä Elrond voinut sitä tehdä. Mutta Sormuksen viejältä sitä ei voida salata, eikä siltä, joka on nähnyt Silmän. Totisesti on Lórienin maassa Galadrielin sormessa yksi Kolmesta. Tämä on Nenya, Timanttisormus, ja minä olen sen haltija.

Hän epäilee, mutta ei tiedä – ei vielä. Näetkö nyt, miksi tulosi on tuomion alkusoitto? Sillä jos sinä epäonnistut, me olemme suojattomina Vihollisen edessä. Jos taas onnistut, voimamme vähenee, ja Lothlórien kuihtuu ja ajan vuorovedet pyyhkäisevät sen pois. Meidän täytyy lähteä Länteen tai taantua yksinkertaiseksi laaksojen ja luolien kansaksi, unohtaa ja unohtua vähitellen.»

Frodo taivutti päätään. »Ja mitä te toivotte?» hän viimein sanoi.

»Että tapahtuu se, minkä tulee tapahtua», haltianainen vastasi. »Haltioiden rakkaus maahansa ja aikaansaannoksiinsa on syvempi kuin Meren syvyydet, ja heidän menetyksen tunteensa on kuolematon eikä sitä koskaan voida kokonaan lievittää. Kuitenkin he mieluummin heittävät pois kaiken kuin alistuvat Sauronin alle: sillä he tuntevat hänet nyt. Lothlórienin kohtalosta sinä et ole vastuussa, vaan ainoastaan oman tehtäväsi suorittamisesta. Kuitenkin toivoisin, jos se jotakin hyödyttäisi, ettei Sormusten sormusta olisi koskaan taottu tai että se olisi ikuisesti jäänyt kadoksiin.»

»Olette viisas ja peloton ja kaunis, valtiatar Galadriel», sanoi Frodo. »Minä annan teille Sormusten sormuksen, jos te sitä pyydätte. Se on minulle liikaa.»

Galadriel nauroi äkkiä helisevää naurua. »Olkoon valtiatar Galadriel viisas», hän sanoi, »mutta jalomielisyydessä hän on vertaisensa tavannut. Lempeästi sinä kostat sen, että koettelin sydäntäsi ensikohtaamisellamme. Sinun silmäsi käyvät tarkoiksi. Minä en kiellä sitä, että sydämeni on suuresti himoinnut pyytää sitä, mitä sinä tarjoat. Monta pitkää vuotta olen pohtinut, mitä tekisin jos

Suursormus joutuisi käsiini, ja katso! se on tullut minun ulottuvilleni. Paha, joka pantiin alulle kauan sitten, tekee työtään monella tavalla, kaatuupa Sauron itse tai ei. Eikö olisi ollut uljas työ kirjattavaksi hänen Sormuksensa ansioihin, jos minä olisin ottanut sen väkivalloin tai uhaten vieraaltani? Ja tässä nyt viimein ollaan! Sinä annat minulle Sormuksen omasta halustasi! Mustan ruhtinaan tilalle sinä asetat kuningattaren. Enkä minä tule olemaan musta, vaan kaunis ja kauhea kuin Aamu ja Yö! Ihana kuin Meri ja Aurinko ja Vuoriston Lumi! Hirveä kuin Myrsky ja Salama. Vahvempi maan perustuksia. Kaikki rakastavat minua ja joutuvat epätoivoon minun tähteni!»

Hän nosti kätensä ilmaan, ja sormuksesta, joka siinä oli, lähti suuri valo, joka valaisi vain hänet ja jätti kaiken muun pimeäksi. Hän seisoi Frodon edessä ja näytti nyt mittaamattoman suurelta ja sietämättömän kauniilta, hirveältä ja palvottavalta. Sitten hän laski kätensä alas, ja valo himmeni, ja äkkiä hän nauroi taas, ja katso! hän oli jälleen hento haltianainen, yksinkertainen valkea vaate yllään, ja hänen lempeä äänensä oli hiljainen ja surullinen.

»Minä selviydyn koetuksesta», hän sanoi. »Minä vähenen, minä menen Länteen ja jään Galadrieliksi.»

He seisoivat pitkään vaiti. Viimein valtiatar puhui taas. »Palatkaamme!» hän sanoi. »Aamulla teidän on lähdettävä, sillä nyt olemme tehneet päätöksen, ja kohtalon vuorovedet liikkuvat.»

»Kysyisin teiltä yhtä asiaa ennen kuin menemme», sanoi Frodo, »sellaista mitä usein teki mieleni kysyä Gandalfilta Rivendellissä. Minun on sallittu pitää Sormusten sormusta: miksi minä en voi nähdä kaikkia muita sormuksia ja tietää niiden ajatuksia, joilla ne on hallussaan?»

»Et ole yrittänyt», nainen sanoi. »Vain kolmasti olet pannut Sormuksen sormeesi sen jälkeen, kun sait tietää, mitä omistit. Älä yritäkään! Se tuhoaisi sinut. Eikö Gandalf kertonut, että sormukset antavat valtaa kunkin haltijan mittojen mukaan? Ennen kuin voisit käyttää tuota valtaa, sinun olisi oltava paljon voimakkaampi, ja harjoitettava mieltäsi muiden alistamiseen. Mutta vaikka näin on, sinä olet Sormuksen viejä ja olet pitänyt sitä kädessäsi ja nähnyt sen mikä salattu on, ja siksi on näkösi terästynyt. Olet oivaltanut ajatukseni paremmin kuin monet, joita pidetään viisaina. Sinä näit sen olennon silmän, joka pitää hallussaan Seitsemää ja Yhdeksää. Ja etkö nähnyt ja tuntenut sormusta, joka on sormessani? Näitkö sinä kädessäni sormuksen?» hän kysyi kääntyen taas Samin puoleen.

»En nähnyt, valtiatar», Sam vastasi. »Totta puhuakseni ihmettelin, mistä te puhuitte. Näin tähden sormienne lomitse. Mutta jos suotte anteeksi että puhun suoraan, minusta tuntuu että isäntä oli oikeassa. Ottaisitte hänen Sormuksensa! Te panisitte asiat kohdalleen. Te estäisitte niitä ajamasta Ukkoa maantielle. Panisitte eräät maksamaan likaisista hommistaan.»

»Panisin kyllä», valtiatar sanoi. »Niin se alkaisi. Mutta siihen se ei päättyisi, ei! Me emme puhu tästä enää. Menkäämme!»

8

JÄÄHYVÄISET LÓRIENILLE

Tuona iltana Saattue oli jälleen kutsuttu Celebornin huoneeseen, ja siellä valtias ja valtiatar tervehtivät heitä kauniilla sanoilla. Viimein Celeborn puhui heidän lähdöstään.

»Nyt on aika», hän sanoi, »niiden, jotka haluavat jatkaa Tehtävää, kovettaa sydämensä ja jättää tämä maa. Ne, jotka eivät enää halua kulkea eteenpäin, voivat jäädä tänne – vähäksi aikaa. Mutta jäävätpä he tai lähtevät, rauhaa ei voi kukaan taata. Sillä olemme nyt tulleet tuomion aattoon. Täällä ne, jotka tahtovat, voivat odottaa sen päivän tuloa, jolloin joko maailman tiet ovat taas auki tai kutsu käy puolustamaan Lórienia sen viimeisessä ahdingossa. Sitten he voivat palata omaan maahansa tai lähteä siihen kotiin, joka odottaa taistelussa kaatuneita.»

Huoneessa vallitsi hiljaisuus. »Kaikki ovat päättäneet kulkea eteenpäin», sanoi Galadriel katsoen heitä silmiin.

»Mitä minuun tulee», sanoi Boromir, »kotini on edessä, ei takanapäin.»

»Se on totta», sanoi Celeborn, »mutta tuleeko koko tämä Saattue kanssasi Minas Tirithiin?»

»Reittiä ei ole päätetty», sanoi Aragorn. »En tiedä, minne Gandalf aikoi lähteä Lothlórienista. En oikein usko, että häneläkään oli selvää suunnitelmaa.»

»Ehkä ei», sanoi Celeborn, »mutta kun jätätte tämän maan, ette enää voi olla ottamatta huomioon Suurta virtaa. Kuten jotkut teistä erinomaisen hyvin tietävät, sitä ei voi kantamusten kanssa ylittää Lórienin ja Gondorin välillä muuten kuin veneellä. Ja eikö ole niin, että Osgiliathin sillat ovat murskana ja kaikki maihinnousupaikat Vihollisen hallussa?

Kummalla puolen aiotte matkata? Tie Minas Tirithiin on tällä puolella, läntisellä, mutta suora tie Tehtävän täyttämiseksi on Virran itäpuolella, sen synkemmällä rannalla. Kumman rannan te valitsette nyt?»

»Jos minun neuvostani otetaan vaarin, valitsemme läntisen rannan, ja tien Minas Tirithiin», vastasi Boromir. »Mutta minä en ole Saattueen johtaja.» Muut eivät sanoneet mitään ja Aragorn näytti epävarmalta ja huolestuneelta.

»Minä näen, että te ette vielä tiedä mitä tehdä», sanoi Celeborn. »Osani ei ole valita puolestanne, mutta autan sen mukaan kuin voin. Joukossanne on joitakin, jotka pystyvät liikkumaan vesillä: Legolas, jonka kansa tuntee vuolaan Metsävirran, ja Gondorin Boromir, ja Aragorn matkamies.»

»Ja yksi hobitti!» huudahti Merri. »Emme me kaikki suhtaudu veneeseen kuin villihevoseen. Heimoni asuu Rankkivuon rannoilla.»

»Se on hyvä», sanoi Celeborn. »Niinpä varustan Saattueenne venein. Niiden tulee olla pieniä ja kevyitä, sillä jos kuljette vesitse pitkään, joudutte paikoitellen kantamaan niitä. Tulette Sarn Gebirin koskeen, ja ehkä viimein Raurosin suurille putouksille, sinne missä Virta syöksyy jylisten alas Nen Hithoelilta, ja on muitakin vaaroja. Veneet voivat vähentää matkanne rasitusta jonkin aikaa. Neuvoa ne eivät silti teille anna: loppujen lopuksi on teidän jätettävä ne ja Virta, ja käännyttävä länteen – tahi itään.»

Aragorn kiitti Celebornia moneen kertaan. Venelahja rauhoitti häntä melkoisesti, eikä vähiten siksi, että nyt ei tarvitsisi tehdä päätöstä matkan suunnasta muutamaan päivään. Muutkin näyttivät toiveikkaammilta. Millaiset vaarat heitä odottivatkin, tuntui mukavammalta lipua niitä kohtaamaan Anduinin leveässä vuossa kuin rämpien eteenpäin selkä köyryssä. Vain Samia epäilytti: hän ainakin piti veneitä edelleen yhtä hirveinä kuin villejä hevosia, eivätkä mitkään vaarat, joista hän oli jo selviytynyt, olleet muuttaneet hänen käsitystään.

»Kaikki on valmiina teitä varten satamassa huomenna puolenpäivän aikaan», sanoi Celeborn. »Aamulla lähetän väkeäni auttamaan teitä matkan valmisteluissa. Nyt toivotamme teille kaikille kaunista yötä ja rauhallista unta.»

»Hyvää yötä, ystäväni!» sanoi Galadriel. »Älkää liiaksi vaivatko mieltänne ajattelemalla matkaa tänä yönä. Kukaties itse kunkin tulevat polut on jo valmistettu hänen jalkainsa eteen, vaikka hän ei niitä näe. Hyvää yötä.»

Saattue poistui ja palasi telttaansa. Legolas tuli heidän mukanaan, sillä tämä oli heidän viimeinen yönsä Lothlórienissa, ja Galadrielin sanoista huolimatta he halusivat neuvotella yhdessä.

He pohtivat pitkään sitä, mitä pitäisi tehdä ja miten olisi parasta pyrkiä täyttämään Sormukseen liittyvää tehtävää, mutta he eivät päässeet mihinkään tulokseen. Oli selvää, että useimmat heistä halusivat mennä ensin Minas Tirithiin ja vältellä ainakin hetken kauheaa Vihollista. He olisivat kyllä suostuneet seuraamaan johtajaa Virran yli ja Mordorin varjoon, mutta Frodo pysyi vaiti ja Aragornin mieli oli vielä ristiriitainen.

Silloin kun Gandalf vielä oli heidän mukanaan, hänen oma suunnitelmansa oli ollut mennä Boromirin kanssa ja auttaa miekallaan vapauttamaan Gondoria. Sillä hän uskoi, että unien viesti oli haaste ja että oli viimein tullut hetki jolloin Elendilin perillinen astuisi esiin ja kamppailisi Sauronin kanssa herruudesta. Mutta Moriassa Gandalfin taakka oli pantu hänen kannettavakseen, ja hän tiesi, ettei hän voisi hylätä Sormusta, jos Frodo lopulta kieltäytyisi lähtemästä Boromirin mukaan. Silti mitä apua hän itse tai kukaan Saattueen ritareista voisi antaa Frodolle, paitsi kulkea kyselemättä hänen kanssaan pimeyteen?

»Minä menen Minas Tirithiin, vaikka yksin, jos tarve vaatii, sillä se on minun velvollisuuteni», sanoi Boromir, ja sen jälkeen hän oli hetken hiljaa ja istui katse kiinnitettynä Frodoon ikään kuin olisi yrittänyt lukea puolituisen ajatuksia. Viimein hän taas puhui hiljaa, kuin väitellen itsensä kanssa. »Jos tahdot pelkästään tuhota Sormuksen», hän sanoi, »silloin on sodalla ja aseilla vain vähän virkaa, eivätkä Minas Tirithin miehet voi sinua auttaa. Mutta jos tahdot tuhota Mustan ruhtinaan aseellisen mahdin, silloin on hulluutta mennä hänen valtakuntaansa ilman väkivoimaa, hulluutta heittää hukkaan –» Hän vaikeni äkkiä ikään kuin olisi tajunnut, että puhui ääneen ajatuksiaan. »Tarkoitan, että olisi hulluutta heittää suotta hukkaan henkeään», hän lopetti. »On valittava: voi joko puolustaa vahvaa asemaa tai kävellä avoimesti kuoleman kitaan. Niin minä sen ainakin käsitän.»

Frodo tavoitti Boromirin katseessa jotakin uutta ja outoa ja katsoi häntä tiukasti. Boromirin ajatus oli selvästi ollut jotakin muuta kuin se, miten hän lauseensa päätti. Olisi hulluutta heittää hukkaan: mitä? Mahtisormusko? Boromir oli sanonut jotakin sen tapaista Neuvonpidossa, mutta sitten hän oli hyväksynyt Elrondin oikaisun. Frodo katsoi Aragorniin, mutta tämä näytti olevan syvissä ajatuksissa eikä osoittanut mitenkään kiinnittäneensä huomiota Boromirin sanoihin. Ja niin väittely päättyi. Merri ja Pippin olivat jo unessa, ja Sam nuokahteli. Yö vanheni jo.

Aamulla, kun he alkoivat pakata vähiä varusteitaan, tuli heidän luokseen haltioita, jotka puhuivat heidän kieltään ja toivat heille lahjaksi ruokaa ja vaatteita matkan varalle. Ruoka oli enimmäkseen jauhosta leivottuja hyvin ohuita kakkuja, jotka oli paistettu pinnalta vaaleanruskeaksi ja joiden sisus oli kermanvärinen. Gimli otti käteensä yhden kakun ja katsoi sitä epäilevästi.

»Cramia», hän mutisi ja mursi palan rapeaa reunaa ja maistoi siitä. Pian hänen ilmeensä muuttui ja hän söi koko kakun hyvällä ruokahalulla.

»Riittää, riittää!» huusivat haltiat ja nauroivat. »Olet jo syönyt pitkän päivämarssin edestä.»

»Luulin sitä vain jonkinlaiseksi cramiksi, jota Laakson ihmiset leipovat erämaamatkoja varten», sanoi kääpiö.

»Niin se onkin», he vastasivat. »Mutta me kutsumme sitä nimellä lembas eli matkaleipä, ja se vahvistaa paremmin kuin mikään ihmisten leipoma leipä ja on tiettävästi parempaa kuin cram.»

»Niin se kyllä onkin», sanoi Gimli. »Sehän on parempaa kuin beorninkien hunajakakut ja se on paljon sanottu, sillä beorningit ovat parhaita leipureita mitä minä tiedän, mutta he eivät enää nykyään turhan mielellään jaa kakkujaan matkalaisille. Te olette ylen ystävällisiä isäntiä!»

»Miten onkin, kehotamme teitä säästämään ruokaa», he sanoivat. »Syökää vähän kerrallaan ja vain tarpeen tullen. Sillä nämä annetaan teille sen hetken varalle, jolloin kaikki muu pettää. Kakut pysyvät maukkaina viikkokausia, jos ne saavat olla ehjinä lehtikääreissään, niin kuin me olemme ne tuoneet. Yksi lembas pitää matkalaisen pystyssä pitkän päivätyön ajan, jopa Minas Tirithin pitkän ihmismiehen.»

Seuraavaksi haltiat ottivat esiin vaatteet, jotka he olivat tuoneet, ja antoivat ne Saattueen jäsenille. Jokaiselle he olivat tuoneet galadhrimin kutomasta silkkikankaasta mittojen mukaan tehdyn kevyen mutta lämpimän huppuviitan. Oli vaikea sanoa minkä värisiä ne olivat: ne näyttivät harmailta kuin iltahämärä puiden alla, mutta liikkeessä tai muussa valossa ne olivat vihreät kuin varjoiset lehdet tai ruskeat kuin kellertävät öiset niityt, tai hämäränhopeiset kuin vesi tähtien alla. Viitta kiinnitettiin kaulasta vihreällä lehdenmuotoisella neulalla, jossa oli hopeiset suonet.

»Ovatko nämä taikaviittoja?» kysyi Pippin katsellen niitä ihmeissään.

»En tiedä mitä tarkoitat», vastasi haltioiden johtaja. »Ne ovat kauniita vaatteita, ja hyvästi kudottuja, sillä ne on tehty tässä maassa. Ne ovat haltiaviittoja, tottakai, jos sitä tarkoitat. Lehdet ja oksat, vesi ja kivet: näiden kaikkien sävyjä ja kauneutta niissä on, niin kuin ne näkyvät rakkaan Lórienin iltahämärässä, sillä kaikkeen, mitä me teemme, me liitämme ajatuksen siitä, mitä rakastamme. Kuitenkin ne ovat vaatteita, eivät sotavarusteita, eivätkä ne pysäytä vasamaa taikka miekanterää. Mutta niiden pitäisi olla teille avuksi: ne ovat kevyet päällä ja tarpeen tullen kyllin lämpimät tahi vilpoiset. Ja tulette huomaamaan, että niistä on paljon apua, kun yritätte pysyä näkymättömissä pahansuovilta silmiltä, kävelittepä kivikossa taikka puitten keskellä. Olette totisesti valtiattaren suuressa suosiossa! Sillä hän itse ja hänen neitonsa kutoivat tämän kankaan, emmekä me milloinkaan aikaisemmin ole pukeneet vieraita oman kansamme vaatteisiin.»

Aamuaterian jälkeen Saattue sanoi hyvästit nurmikolla suihkulähteen vieressä. Heidän sydämensä oli raskas, sillä paikka oli kaunis ja siitä oli tullut heille kuin koti, vaikka he eivät kyenneet laskemaan päiviä ja öitä, jotka he olivat siellä viettäneet. Kun he seisoivat hetken katsellen valkoista vettä auringon hohteessa, Haldir tuli kävellen heitä kohti yli vihreän ruohoaukean. Frodo tervehti häntä ilahtuneena.

»Olen palannut pohjoisilta rajoilta», sanoi haltia, »ja minut on taas lähetetty teidän oppaaksenne. Hämypuron laakso on täynnä höyryä ja savupilviä ja vuoret ovat levottomat. Maan syvyyksistä kuuluu ääniä. Jos joku teistä olisi ajatellut palata kotiin pohjoiseen, hän ei olisi päässyt mihinkään sitä tietä. Mutta tulkaa! Tienne vie nyt etelään.»

Heidän kävellessään Caras Galadhonin läpi olivat vihreät tiet autiot, mutta ylhäältä puista kuului monien äänten sorinaa ja laulua. He itse kulkivat vaiti. Viimein Haldir vei heidät alas kukkulan etelärinteitä ja he saapuivat taas suurelle portille, jossa riippui lamppuja, ja valkoiselle sillalle; ja niin he poistuivat ja jättivät haltioiden kaupungin. Sitten he kääntyivät syrjään kivetyltä tieltä ja lähtivät polulle, joka vei syvään mallorntiheikköön ja jatkoi eteenpäin mutkitellen kumpuilevien metsämaiden läpi hopeaisissa varjoissa ja johti heidät yhä pitemmälle etelään ja itään, kohti Virran rantoja.

He olivat kulkeneet kymmenisen virstaa ja päivä oli kohta puolessa, kun edessä kohosi korkea vihreä seinämä. He kulkivat siinä olevasta aukosta ja putkahtivat pois puitten alta. Heidän edessään levisi pitkänomainen hohtava ruohokenttä, ja siellä täällä kimalsivat *elanorit* auringon valossa. Nurmi jatkui kapeaksi kielekkeeksi kahden kimmellyksen väliin: oikealla lännessä solui välkehtivä Hopeajuopa; vasemmalla idässä virtasivat Suuren virran mahtavat vedet syvinä ja tummina. Vastarannoilla jatkuivat metsät etelään niin kauas kuin silmä kantoi, mutta itse rannat olivat karut ja paljaat. Yksikään mallorn ei kohottanut kultaa kantavia oksiaan Lórienin maan ulkopuolella.

Hopeajuovan rannalla, vähän matkan päässä jokien yhtymäkohdasta, oli valkoisista kivistä ja puusta rakennettu valkama. Siellä oli monia veneitä ja pursia kiinnitysköysissään. Jotkut oli maalattu kirkkaan värisiksi ja ne hohtivat hopean ja kullan ja vihreän sävyissä, mutta suurin osa oli joko valkoisia tai harmaita. Kolme pientä harmaata venettä oli kunnostettu matkalaisia varten ja näihin haltiat järjestivät heidän tavaransa. He panivat kuhunkin veneeseen myös kolme köysivyyhteä. Köydet näyttivät ohuilta mutta vahvoilta, ne tuntuivat silkinpehmeiltä käteen ja olivat harmaita kuten haltiaviitat.

»Mitä nämä on?» kysyi Sam ja hypisteli yhtä joka lojui nurmikolla.

»Köysiä hyvinkin!» vastasi eräs haltia veneestä. »Älä milloinkaan lähde pitkälle matkalle ilman köyttä! Köyttä, joka on pitkä ja sitkeä ja kevyt. Kuten ovat nämä. Ne saattavat olla avuksi monessa hädässä.»

»Sitä teidän ei tarvitse kertoa minulle!» sanoi Sam. »Minä lähdin ilman köyttä, ja olen ollut siitä lähtien huolissani. Mutta sitä minä mietin, mistä nämä on tehty, kun tiedän sentään jotakin köydenpunomisesta: se kulkee suvussa, voisi sanoa.»

»Ne on tehty *hithlainista*», sanoi haltia, »mutta nyt ei ole aikaa opastaa sinua haltiaköyden punomisen taidossa. Jos olisimme tienneet, että tämä käsityö kiinnostaa sinua, olisimme voineet opettaa sinulle paljon. Mutta ei! Ellet jonakin päivänä tänne palaa, sinun on tyydyttävä lahjaamme. Olkoon se sinulle hyödyllinen!»

»Tulkaa!» sanoi Haldir. »Kaikki on nyt valmista teitä varten. Astukaa veneisiin! Mutta olkaa alkuun varovaisia!»

»Ottakaa sanoista vaarin!» sanoivat muut haltiat. »Nuo veneet ovat kevytrakenteisia ja käteviä, mutta erilaisia kuin muiden kansojen veneet. Ne eivät uppoa, miten niitä kuormitattekin, mutta ne ovat oikullisia jos niitä käsitellään väärin. Teidän olisi viisasta opetella astumaan veneeseen ja maihin tässä missä on laituri, ennen kuin lähdette myötävirtaan.»

Saattue järjestäytyi näin: Aragorn, Frodo ja Sam yhteen veneeseen; Boromir, Merri ja Pippin toiseen; ja kolmannessa olivat Legolas ja Gimli, joista oli nyt tullut ylimmät ystävät. Tähän viimeiseen veneeseen oli sijoitettu suurin osa varusteista ja pakkauksista. Veneitä liikuteltiin ja ohjattiin lyhytvartisilla meloilla, joissa oli leveät lehdenmuotoiset lavat. Kun kaikki oli valmista, Aragorn vei heidät koeajolle Hopeajuopaa ylös. Virta oli voimakas ja he etenivät hitaasti. Sam istui keulassa laitoja puristaen ja katseli kaihoisasti takaisin rantaan. Veden pinnassa kimalteleva auringon valo sokaisi hänen silmänsä. Kun he olivat päässeet Kielekkeen vihreän niityn ohi, puita kasvoi aivan rannassa. Siellä täällä putosi kultainen lehti ja jäi kellumaan väreilevään virtaan. Ilma oli kirkas ja tyyni, ja hiljaisuuden rikkoi vain leivojen etäinen laulu korkealla taivaalla.

He kääntyivät jyrkkään joenmutkaan, ja silloin heitä kohti purjehti ylväästi myötävirtaan valtavan suuri joutsen. Vesi kohisi sen kaartuvan kaulan alla valkean rinnan kummallakin puolen. Sen nokka hohti kuin kiillotettu kulta ja sen silmät loistivat kuin keltaisiin kiviin kiinnitetyt gagaatit; sen suunnattomat valkeat siivet olivat puoliksi levällään. Se lähestyi ja jokea alas alkoi kantautua musiikkia, ja äkkiä he tajusivat, että se oli laiva, joka oli veistetty haltioiden taidolla linnun kaltaiseksi. Kaksi valkoisiin pukeutunutta haltiaa ohjasi sitä mustilla meloilla. Aluksen keskellä istui Celeborn ja hänen takanaan seisoi Galadriel pitkänä, valkeana; hänen hiuksillaan oli kultakukkaseppel ja kädessään hänellä oli harppu, ja hän lauloi. Surullinen ja suloinen oli hänen äänensä viileänkirkkaassa ilmassa:

Minä lehdistä lauloin, kultaisista, puut kultalehtiin puhkesivat,
minä tuulesta lauloin, ja tuuli nousi, ja lehvät kahisivat.
Tuolla puolen Kuun ja Auringon meri kuohui vaahdossaan,

ja rannoilla Ilmarinin puu kävi kultainen kasvamaan.
Iki-illassa Eldamarin se loisti valossa tähtien,
Eldamarissa juurella Tirionin haltiamuurien.
Siellä kauan on kasvaneet kultalehdet vuosiin haarautuviin,
vaan Erottavain merten takana täällä jää haltiat kyyneliin.
Oi Lórien! Jo talvi saa, saa aika tuo lehdetön,
jokeen putoavat lehdet puun, joki virtaa pois, kiireetön.
Oi Lórien! Niin kauan jo tällä rannalla asustin
ja solmin kruunuksi häipyväksi kukat kultaisen elanorin.
Vaan vaikka laivoista laulaisin, mikä laiva milloinkaan,
mikä laiva näin aavan meren takaa minut tulisi noutamaan?

Aragorn pysäytti veneen, kun joutsenlaiva tuli kohdalle. Valtiatar lopetti laulunsa ja tervehti heitä. »Olemme tulleet jättämään viimeiset jäähyväiset», hän sanoi, »ja saattamaan teidät siunausten myötä matkaan pois maastamme.»

»Vaikka olette olleet vieraitamme», sanoi Celeborn, »ette ole vielä aterioineet kanssamme, ja me pyydämme teitä sen tähden jäähyväisjuhlaan tänne niiden virtaavien vesien väliin, jotka pian kiidättävät teidät pois Lórienista.»

Joutsen liukui nopeasti valkamaan ja he käänsivät veneensä ja seurasivat sitä. Tuolla Egladilin niemen nenässä vihreällä nurmella pidettiin jäähyväisjuhla, mutta Frodo söi ja joi hyvin vähän, hän näki ainoastaan valtiattaren kauneuden ja kuuli vain hänen äänensä. Galadriel ei enää tuntunut vaaralliselta tai kauhealta, ei siltä kuin olisi täynnä salattua voimaa. Hän oli Frodon silmissä jo sellainen jollaisena myöhempien aikojen ihmiset yhä joskus näkevät haltiat: läsnäoleva ja kuitenkin kaukainen, elävä näky jostakin, jonka ajan virrat olivat jo jättäneet kauas taakseen.

Kun he olivat syöneet ja juoneet ruohikolla, Celeborn puhui heille taas heidän matkastaan ja nosti kätensä ja osoitti Kielekkeen takana olevia eteläisiä metsiä.

»Kun kuljette Virtaa alas», hän sanoi, »tulette huomaamaan, että puut loppuvat ja saavutte karulle seudulle. Siellä Virta kulkee kivisissä laaksoissa ja korkeiden nummien välissä, kunnes se viimein monen peninkulman jälkeen tulee Vaarnavuoren korkealle saarelle, jota me kutsumme nimellä Tol Brandir. Siellä joki kietoo saaren jyrkkiä rantoja ja putoaa sitten ärjyen Raurosin putouksiin ja Nindalfiin, Litiluhtaan, niin kuin nimi teidän kielellänne sanotaan. Se on laaja yksitoikkoinen rämeseutu, jossa joki alkaa kiemurrella ja jakaantuu moniaalle. Siellä virtaa Entinoja useita suita myöten läntisestä Fangornin metsästä Anduiniin. Tuon joen ympärillä, Suuren virran tällä puolen, sijaitsee Rohan. Toisella puolen ovat Emyn Muilin paljaat kukkulat. Idästä puhaltaa niille tuuli, sillä ne katsovat Kalmansoiden ja Ei-kenenkään maan ylitse Cirith Gorgoriin ja Mordorin mustille porteille.

Boromir, ja jokainen, joka menee hänen kanssaan ja pyrkii Minas Tirithiin, tekee viisaasti, jos lähtee Virralta Raurosin yläpuolella ja ylittää Entinojan ennen kuin se ehtii rämeille. Kuitenkaan heidän ei pidä kulkea liian ylös tuota virtaa eikä antautua Fangornin vaaroille alttiiksi. Se maa on outo, ja vähän sitä nykyään tunnetaan. Mutta Boromir ja Aragorn eivät varmaan tätä varoitusta tarvitse.»

»Minas Tirithissä olemme toden totta kuulleet Fangornista», sanoi Boromir. »Mutta se, mitä olen kuullut, on minusta lähinnä vanhojen ämmien juttuja, joita sopii kertoa lapsille. Kaikki, mikä on Rohanista pohjoiseen, on meille nykyisin niin kaukaista, että mielikuvitus voi siellä vaellella vapaasti. Ennen vanhaan sijaitsi Fangorn valtakuntamme rajalla, mutta nyt on kulunut monta miehen ikää siitä kun kukaan on siellä käynyt voidakseen todistaa tosiksi taikka vääriksi kaukaisilta vuosilta periytyvät tarut.

Minä itse olen silloin tällöin käynyt Rohanissa, mutta en milloinkaan ole ylittänyt sitä pohjoissuunnassa. Kun minut lähetettiin sananviejäksi, kuljin läpi Aukon, joka on Valkoisten vuorten liepeillä, ja ylitin Rautkymin ja Harmaavirran päästäkseni Pohjolaan. Pitkä ja vaivalloinen matka. Kahdeksisadaksi peninkulmaksi minä sen laskin, ja se kesti monta kuukautta, sillä menetin hevoseni Tharbadissa Harmaavirran kahluupaikalla. Tuon matkan jälkeen, ja sen tien käytyäni, jota tämä Saattue on kulkenut, en varsin epäile, ettenkö löytäisi tietä Rohanin poikki, ja Fangorninkin, mikäli tarve vaatii.»

»Sitten minun ei tarvitse sanoa enempää», sanoi Celeborn. »Mutta älkää vähätelkö taruja, jotka periytyvät vuosien takaa; sillä usein saattaa tapahtua, että vanhat vaimot pitävät muistoissa sanat, jotka ennen oli Viisaiden tarpeen tuntea.»

Nyt Galadriel nousi nurmikolta ja otti eräältä neidoltaan maljan, täytti sen valkealla simalla ja antoi sen Celebornille.

»Nyt on aika juoda jäähyväismalja», hän sanoi. »Juo, *galadhrimin* valtias! Älköönkä sydämesi olko surullinen, vaikka yön on seurattava päivää ja iltamme jo lähenee.»

Sitten hän toi maljan vuoron perään jokaiselle Saattueen jäsenelle ja kehotti heitä juomaan ja toivotti hyvästit. Mutta kun he olivat juoneet, hän käski heidän istuutua vielä ruohikolle, ja häntä ja Celebornia varten tuotiin tuolit. Hänen palvelusneitonsa seisoivat hiljaa hänen ympärillään ja hän katseli vieraitaan hetken. Viimein hän taas puhui.

»Olemme juoneet eromaljan», hän sanoi, »ja varjot laskeutuvat välillemme. Mutta ennen lähtöänne: olen tuonut laivassani lahjoja, jotka valtias ja valtiatar nyt antavat teille muistoksi Lothlórienista.» Sitten hän kutsui kutakin vuorollaan.

»Tässä on lahja Celebornilta ja Galadrielilta Saattueenne johtajalle», hän sanoi Aragornille, ja hän antoi hänelle huotran, joka oli tehty hänen miekkansa mittojen mukaan. Se oli koristeltu kullasta ja hopeasta taotuin kukin ja lehdin ja siihen oli kirjailtu jalokivin haltiariimuja: nimi Andúril ja miekan perimys.

»Miekka, joka tästä huotrasta vedetään, ei tahriinnu eikä murru tappiossakaan», hän sanoi. »Mutta toivotko mitään muuta minulta eromme hetkellä? Sillä pimeys virtaa välillemme, emmekä ehkä enää näe ellemme kukaties kaukana täältä tiellä, jolta ei ole paluuta.»

Ja Aragorn vastasi: »Valtiatar, te tiedätte kaikki haluni ja pitkään säilytitte sitä ainoaa aarretta, jota etsin. Eikä aarre kuitenkaan ole teidän annettavissanne, vaikka niin tahtoisittekin; ja vain pimeään käymällä minä voin sen saavuttaa.»

»Kuitenkin voi tämä lahja keventää sydäntäsi», sanoi Galadriel, »sillä se annettiin minun haltuuni annettavaksi sinulle, jos joskus kulkisit tämän maan kautta.» Sitten hän otti helmastaan suuren kirkkaanvihreän kiven, joka oli kiinnitetty siipensä levittäneen linnun muotoiseksi taottuun hopeaneulaan, ja kun hän piteli jalokiveä ilmassa, se kimalteli kuin aurinko keväisten lehtien läpi. »Tämän kiven minä annoin tyttärelleni Celebríanille ja hän antoi sen omalle tyttärelleen, ja nyt se tulee sinulle toivon merkkinä. Ota nyt kantaaksesi nimi, joka ennustettiin, Elessar, Elendilin huoneen Haltiakivi!»

Silloin Aragorn otti kiven ja kiinnitti neulan rintaansa, ja ne, jotka näkivät hänet, ihmettelivät, sillä he eivät olleet ennen huomanneet, kuinka pitkä hän oli ja kuinka kuninkaallinen hänen ryhtinsä, ja heistä näytti kuin monta vuotta olisi pudonnut hänen harteiltaan.»Minä kiitän teitä antamistanne lahjoista», hän sanoi, »oi Lórienin valtiatar, josta ovat lähteneet Celebrían ja Arwen Iltatähti. Voisinko sen korkeampaa kiitosta lausua?»

Valtiatar kumarsi ja sitten hän kääntyi Boromirin puoleen, ja hänelle hän antoi kultaisen vyön, ja Merrille ja Pippinille hän antoi pienet hopeavyöt, joissa kussakin oli kultaisen kukan muotoon taottu solki. Legolasille hän antoi jousen, sellaisen jota *galadhrim* käyttivät, pitemmän ja vankemman kuin Synkmetsän jouset, ja siinä oli haltianhiuksista punottu jänne. Siihen kuului viini ja nuolia.

»Sinulle, pikku puutarhuri ja puiden ystävä», hän sanoi Samille, »minulla on vain pieni lahja.» Hän pani hänen käteensä pienen yksinkertaisen harmaan puurasian, jossa ei ollut muita koristuksia kuin yksi ainoa hopeinen riimu kannessa. »Tämä V tarkoittaa valtiatarta», hän sanoi, »mutta se voi myös merkitä vihreää sinun kielessäsi. Rasiassa on maata minun hedelmätarhastani, ja sen päällä on Galadrielin siunaus. Se ei pidä sinua tiellä, ei suojele sinua yhtäkään vaaraa vastaan, mutta jos säilytät sen ja viimein saavut takaisin kotiisi, se voi kenties palkita sinut. Vaikka kaikki olisi saapuessasi kuollutta ja autiota, sinun puutarhasi kukoistaa kerran ihanammin kuin monikaan Keski-Maan puutarha, jos sirottelet tämän mullan sinne. Silloin voit muistaa Galadrielin ja tavoittaa väläyksen Lórienista, jonka olet nähnyt vain talvella. Sillä meidän keväämme ja meidän kesämme on ohi eikä niitä enää nähdä maan päällä muualla kuin muistoissa.»

Sam punastui korvia myöten ja mutisi jotakin epäselvää samalla kun puristi rasian käteensä ja kumarsi niin hienosti kuin osasi.

»Ja minkälaista lahjaa pyytäisi kääpiö haltioilta?» sanoi Galadriel ja kääntyi Gimlin puoleen.

»Valtiatar, ei mitään», vastasi Gimli. »Minulle on kyllin, kun olen saanut nähdä *galadhrimin* valtiattaren ja kuullut hänen lempeitä sanojaan.»

»Kuulkaa kaikki haltiat!» valtiatar huudahti lähellä seisoville. »Älköön kukaan enää sanoko, että kääpiöt ovat ahneita ja moukkamaisia! Varmasti sinä, Gimli Glóinin poika, toivot kuitenkin jotakin, mitä minä voin antaa. Sano se, pyydän! Et saa jäädä ainoaksi vieraaksi ilman lahjaa.»

»Valtiatar Galadriel, ei mitään», sanoi Gimli änkyttäen ja kumarsi syvään. »Ei mitään, ellei sitten – ellei ole luvatonta pyytää, ei, vaan mainita yhtä ainokaista suortuvaa hiuksistanne, jotka voittavat maisen kullan niin kuin taivaan tähdet voittavat kaivosten jalokivet. En ano moista lahjaa. Mutta te pyysitte minua mainitsemaan toiveeni.»

Haltiat liikehtivät ja supisivat hämmästyneinä, ja Celeborn katseli kääpiötä ihmetellen, mutta valtiatar hymyili. »On sanottu, että kääpiöiden taito on pikemmin kädessä kuin kielessä», hän sanoi, »mutta Gimlin suhteen se ei ole totta. Sillä koskaan ei ole minulle esitetty yhtä uskaliasta ja kohteliasta pyyntöä. Ja miten voisin kieltäytyä, kun itse kehotin häntä puhumaan? Mutta kerro: mitä tekisit sellaisella lahjalla?»

»Pitäisin sen aarteenani, valtiatar», hän vastasi, »muistona sanoista, jotka sanoitte minulle ensi kerran kohdatessamme. Ja jos milloinkaan palaan kotini pajoihin, sille valmistetaan sija häviämättömästä kristallista, ja siitä tulee huoneeni perintökalleus ja hyvän tahdon vakuus Vuoren ja Metsän välille aikojen loppuun saakka.»

Silloin valtiatar aukaisi yhden pitkistä palmikoistaan ja leikkasi irti kolme kultaista hiusta ja pani ne Gimlin käteen. »Nämä sanat kulkekoot lahjan kanssa», hän sanoi. »En ennusta, ja ennustaminen on nyt turhaa: toisella puolen on pimeys ja toisella vain toivo. Mutta jos toivo ei joudu pettymään, silloin sanon sinulle, Gimli Glóinin poika: kätesi tulevat uimaan kullassa eikä kullalla kuitenkaan ole sinuun valtaa.

Ja sinä, Sormuksen viejä», hän sanoi Frodolle. »Vuorosi on viimeisenä, vaikka et suinkaan ole viimeisenä ajatuksissani. Sinulle olen valmistanut tämän.» Hän nosti esiin pienen kristallipullon: se kimalsi, kun hän liikutti sitä, ja valkoisia valonsäteitä säihkyi hänen kädestään. »Tähän pulloon», hän sanoi, »on talletettu Eärendilin tähden valo sekoitettuna suihkulähteeni veteen. Se loistaa vielä kirkkaammin, kun ympärilläsi on yö. Olkoon se valona sinulle pimeissä paikoissa, kun kaikki muu valo on kaikonnut. Muista Galadrielia ja hänen Peiliään!»

Frodo otti pullon, ja sen hetken, kun se loisti heidän välissään, Frodo näki hänet taas kuningattarena, mahtavana ja kauniina, mutta ei enää pelottavana. Hän kumarsi mutta ei löytänyt sanoja.

Nyt valtiatar nousi ja Celeborn johti heidät takaisin valkaman luo. Kielekkeen vihreyden yllä levisi keltainen keskipäivä, ja vesi kimalteli hopeaisena. Viimein kaikki valmistettiin lähtöä varten. Saattueen jäsenet asettuivat veneisiin samoin kuin äsken. Hyvästejä huudellen työnsivät Lórienin haltiat heidät virtaan pitkillä harmailla seipäillä, ja veden aallot kuljettivat heidät hitaasti pois. Matkalaiset istuivat hiljaa puhumatta tai liikkumatta. Vihreällä rannalla aivan Kielekkeen kärjen luona seisoi valtiatar Galadriel yksin ja hiljaa. Ohittaessaan hänet he kääntyivät ja seurasivat katseellaan, miten hän hitaasti lipui heistä poispäin. Sillä siltä heistä näytti: Lórien liukui taaksepäin kuin hohtava laiva, jossa kasvoi lumottuja puita, ja se purjehti kohti unohdettuja rantoja, kun he taas istuivat avuttomina harmaan ja lehdettömän maailman reunalla.

Heidän yhä katsoessaan yhtyi Hopeajuopa Suuren virran väylään ja heidän veneensä kääntyivät ja alkoivat kiitää etelää kohti. Pian oli valtiattaren valkoinen hahmo jäänyt pieneksi ja etäiseksi. Hän hohti kuin lasinen ikkuna etäisellä kukkulalla länttä lähenevän auringon hohteessa, tai kaukajärvi vuorelta katsottuna: kuin maan syliin pudonnut kristallikide. Sitten Frodosta näytti, että hän kohotti kätensä viimeiseen tervehdykseen ja kaukaisena mutta läpitunkevan kirkkaana kantautui hänen laulunsa. Mutta nyt hän lauloi merentakaisten haltioiden muinaisella kielellä eikä Frodo ymmärtänyt sanoja: kaunis oli tuo sävel, mutta se ei lohduttanut häntä.

Niin kuin haltiasanat aina, ne kuitenkin kaivertuivat hänen muistiinsa ja paljon myöhemmin hän käänsi ne niin hyvin kuin taisi: kieli oli haltialaulun kieltä, ja se kertoi asioista, joista vähän tiedetään Keski-Maassa.

> *Ai! laurië lantar lassi súrinen,*
> *yéni únótimë ve rámar aldaron!*
> *Yéni ve lintë yuldar avánier*
> *mi oromardi lisse-miruvóreva*
> *Andúnë pella,Vardo tellumar*

nu luini yassen tintilar i eleni
ómaryo airetári-lírinen.

Sí man i yulma nin enquantuva?

An si Tintallë Varda Oiolossëo
ve fanyar máryat Elentári ortanë,
ar ilyë tier undulávë lumbulë;
ar sindanóriello caita mornië
i falmalinnar imbë met, ar hísië
untúpa Calaciryo míri oialë.
Sí vanwa ná, Rómello vanwa,Valimar!

Namárië! Nai hiruvalyë Valimar.
Nai elyë hiruva. Namárië!

»Ah! kultana putoavat lehdet tuuleen, pitkät vuodet lukemattomat kuin puiden siivet! Vuodet ovat menneet kuin kulaukset makeaa simaa korkeissa saleissa lännen tuolla puolen, Vardan sinisten holvien alla missä tähdet vapisevat hänen pyhän kuningataräänensä soidessa. Kuka nyt täyttää maljani? Sillä nyt on Sytyttäjä, Varda, Tähtien kuningatar, Ikivalkealta vuorelta nostanut kätensä kuin pilvet, ja kaikki väylät ovat hukkuneet syvälle varjoon, ja harmaasta maasta ulottuu väliimme pimeys kuohuvien aaltojen yllä, ja ikuisesti peittää sumu Calaciryan jalokivet. Mennyt, mennyt ja poissa on Valimar Idän kansoilta! Hyvästi! Kenties sinä löydät Valimarin. Kenties sinä löydät sen. Hyvästi!» Varda on sen valtiattaren nimi, jota haltiat täällä maanpaossa kutsuvat Elberethiksi.

Äkkiä joki kaarsi mutkan ympäri ja kummallakin puolella rannat kohosivat ja Lórienin valo jäi kätköön. Tuohon kauniiseen maahan ei Frodo palannut milloinkaan.

Matkalaiset käänsivät nyt kasvonsa menosuuntaan; aurinko paistoi edestäpäin ja heidän silmänsä häikäistyivät, sillä ne tulivat täyteen kyyneliä. Gimli itki avoimesti.

»Olen viimeisen kerran nähnyt kaikkein kauneimman», hän sanoi Legolasille, seuralaiselleen. »Tästälähin en kutsu kauniiksi mitään, ellen sitten hänen lahjaansa.» Hän pani käden rinnalleen.

»Kerro minulle Legolas, miksi tulin mukaan tätä tehtävää täyttämään? Ei minulla ollut aavistustakaan siitä, missä suurin vaara piili! Totta puhui Elrond sanoessaan, että emme voi tietää, mikä meitä matkallamme odottaa. Kidutusta pimeässä minä pelkäsin, eikä se pidätellyt minua. Mutta en olisi lähtenyt, jos olisin tiennyt valon ja ilon vaarat. Nyt olen tässä erossa saanut pahimman haavani, vaikka minun olisi tänä yönä mentävä suoraan Mustan ruhtinaan luo. Voi Gimliä Glóinin poikaa!»

»Ei!» sanoi Legolas. »Voi meitä kaikkia! Ja kaikkia niitä, jotka vaeltavat maailmassa näinä myöhäisinä päivinä. Sillä maailman meno on tämä: ensin löytää, sitten menettää, kuin ranta sen silmissä, joka kiitää veneessä virran mukana. Mutta minusta sinä olet autuas, Gimli Glóinin poika, sillä menetyksesi sinä kärsit omasta vapaasta tahdostasi, ja olisit voinut valita toisin. Mutta et ole hyljännyt tovereitasi, ja vähäisin palkkiosi on oleva se, että Lothlórienin muisto säilyy aina kirkkaana ja tahrattomana sydämessäsi milloinkaan himmenemättä tai kulumatta.»

»Ehkä on niin», sanoi Gimli, »ja minä kiitän sinua sanoistasi. Vilpittömiä sanoja epäilemättä; kuitenkin on kaikki moinen lohdutus kylmää. Muistoa ei sydän kaipaa. Se on vain peili, vaikka olisi yhtä kirkas kuin Kheled-zâram. Niin ainakin sanoo kääpiö Gimlin sydän. Haltiat kenties kokevat sen toisin. Ja olenkin kuullut, että heille muisto on enemmän valvemaailman kaltainen kuin unen. Näin ei ole kääpiöiden laita.

Mutta älkäämme puhuko siitä enää. Katso venettä. Se ui liian syvässä paljon tavaran vuoksi, ja Suuri virta on vuolas. En halua hukuttaa suruani kylmään veteen.» Hän otti melan ja ohjasi länsirantaa päin seuraten edellä kulkevaa Aragornin venettä, joka oli jo siirtynyt pois keskivirrasta.

Niin Saattue lähti jatkamaan pitkää matkaansa, ja alas leveää uomaa veivät nopeat vedet heitä etelää kohti. Kummallakin puolen kohosivat karut metsät, eivätkä he nähneet vilaustakaan niiden taakse jäävistä maista. Tuuli tyyntyi ja joki virtasi ääneti. Yksikään linnunääni ei rikkonut hiljaisuutta. Aurinko kävi utuiseksi päivän vanhetessa, ja lopulta se hohti kalpean taivaan korkeudessa kuin valkea helmi. Sitten se haipui länteen, hämärä laskeutui aikaisin ja seurasi harmaa tähdetön yö. Tuntikausia Virta vei heitä pimeässä yön hiljaisuudessa. He pitivät huolen, että veneet pysyivät länsirannan metsien varjossa. Suuria puita liukui ohi kuin valtavia haamuja, ja ne työnsivät kiemuraisia janoisia juuriaan usvan läpi veteen. Oli kylmää ja kolkkoa. Frodo istui kuunnellen Virran vaimeaa loisketta ja lorinaa, kun se kalvoi puunjuuria ja ajopuita rannan tuntumassa, kunnes hänen päänsä nuokahti ja hän vajosi levottomaan uneen.

9

SUURI VIRTA

Frodo havahtui Samin herättelyyn. Hän havaitsi makaavansa hyvin peitellynä korkeiden harmaakaarnaisten puiden alla jossakin hiljaisessa metsän kolkassa Suuren virran, Anduinin, länsipuolella. Hän oli nukkunut koko yön, ja aamun harmaus pilkotti hämäränä paljaissa oksistoissa. Gimli puuhaili pienen nuotion kimpussa aivan lähellä.

He lähtivät jälleen ennen kuin aamu oli kunnolla valjennut. Ei niin, että monikaan Saattueesta olisi ollut erityisen innokas kiiruhtamaan etelää kohti: he olivat hyvillään siitä että päätös, joka heidän olisi tehtävä viimeistään saapuessaan Raurosille ja Vaarnavuoren saarelle, oli vielä monen päivän päässä, ja he antoivat Virran viedä heitä omaa vauhtiaan, sillä heillä ei ollut halua kiiruhtaa tulevia vaaroja kohti, minkä suunnan he sitten lopulta valitsisivatkin. Aragorn antoi heidän mielensä mukaan ajautua myötävirtaan säästääkseen heidän voimiaan tulevan väsymisen varalta. Mutta hän vaati kuitenkin, että heidän olisi ainakin lähdettävä liikkeelle varhain joka aamu ja matkattava myöhään iltaan, sillä hän tunsi sydämessään, että aikaa oli vähän, ja hän pelkäsi, että Musta ruhtinas ei ollut suinkaan ollut toimeton sinä aikana, jonka he olivat viipyneet Lórienissa.

He eivät kuitenkaan nähneet jälkeäkään vihollisesta tuona päivänä tai sitä seuraavana. Ikävät harmaat tunnit kuluivat eikä mitään tapahtunut. Kolmannen matkapäivän kuluessa seudut hitaasti muuttuivat: puut harvenivat ja loppuivat sitten tykkänään. Vasemmalla, itärannalla, he näkivät muodottomia rinteitä, jotka kohosivat loivina taivasta kohti; ne näyttivät ruskeilta ja kuivettuneilta, aivan kuin niiden yli olisi käynyt kulo jättämättä yhden yhtä elävää vihreää lehteä: luotaantyöntävä autiomaa, jonka tyhjyyttä ei edes katkennut puu tai iso kivenjärkäle rikkonut. He olivat tulleet Ruskeille maille, jotka levisivät laajoina ja autioina eteläisen Synkmetsän ja Emyn Muilin kukkuloiden välillä. Mikä kulkutauti, sota tai Vihollisen paha työ oli noin hävittänyt tuon seudun, sitä ei Aragornkaan tiennyt kertoa.

Lännessä, heidän oikealla puolellaan, oli maasto myös puutonta, mutta se oli tasaista ja monin paikoin rannoilla vihersi suuria ruohoalueita. Virran sillä puolen he sivuuttivat suuria ruokometsiä, niin korkeita, että pienten veneiden rahistessa niitä vasten ne peittivät kokonaan näkymät länteen. Tummat kuivuneet töyhdöt taipuivat ja huojuivat heikoissa viileissä ilmavirroissa ja suhisivat hiljaa, surullisesti. Siellä täällä Frodo näki aukkopaikkojen läpi vilahdukselta kumpuilevia niittyjä ja niiden takana auringon laskussa kylpeviä kukkuloita, ja kaukana näköpiirin rajalla mustan nauhan siellä, missä kohosivat Sumuvuorten eteläisimmät huiput.

Elävistä liikkuvista olennoista ei näkynyt merkkiäkään – lintuja lukuun ottamatta. Näitä oli monenlaisia; ruovikossa viheltäviä ja piipittäviä pikkulintuja, mutta ne tulivat harvoin näkyviin. Kerran pari matkalaiset kuulivat joutsenen siipien läpsytyksen ja viuhkeen, ja kun he katsoivat ylös, he näkivät suuren auran liitävän taivaalla.

»Joutsenia!» huusi Sam. »Ja isoja!»

»Niin, joutsenia», sanoi Aragorn, »ja mustia.»

»Miten laajalta ja tyhjältä ja murheelliselta täällä näyttääkään!» Frodo sanoi. »Olen aina kuvitellut, että sitä mukaa, kun tulee etelään, kaikki käy lämpimämmäksi ja hauskemmaksi, kunnes talvi jää taa ikiajoiksi.»

»Mutta me emme ole vielä tulleet pitkälle etelään», vastasi Aragorn. »On vielä talvi, ja me olemme kaukana merestä. Täällä on kylmää aina äkkiä koittavaan kevääseen saakka, ja me voimme joutua vielä lumisateeseenkin. Kaukana Belfalasin lahdessa, johon Anduin laskee, on kukaties lämmintä ja hauskaa, tai voisi olla, jos Vihollista ei olisi. Mutta nyt lienemme vasta kolmisenkymmentä peninkulmaa etelämpänä kuin Eteläneljännys teidän kaukaisessa Konnussanne, vaikka se on satojen virstojen päässä. Katsotte nyt lounaaseen, Riddermarkin, ratsuruhtinaitten maan Rohanin pohjoisten tasankojen yli. Ennen pitkää saavumme Liminvuon suulle; se virtaa alas Fangornista ja yhtyy Suureen virtaan. Se on Rohanin pohjoisraja, ja vanhastaan kaikki, mikä jää Liminvuon ja Valkoisten vuorten väliin kuului *rohirrimille*. Se on vauras ja hyvä maa eikä sen ruoholle ole vertaa, mutta näinä pahoina aikoina kukaan ei asu lähellä Virtaa eikä ratsasta usein sen rannoille. Anduin on leveä, mutta silti voivat örkit ampua nuolensa kauas sen yli, ja viime aikoina kerrotaan niiden uskaltautuneen ylittämään veden ja ryöstelemään Rohanin laumoista hevosia.»

Sam vilkuili rannalta toiselle levottomana. Puut olivat vielä äsken tuntuneet vihamielisiltä, ikään kuin ne olisivat piilotelleet salaisia silmiä ja vaanivia vaaroja, nyt hän toivoi, että rannalla olisi yhä puita. Hänestä tuntui, että Saattue oli liian alaston ajelehtiessaan avoimissa pikku veneissä suojattomien maitten välissä, joella joka erotti sotaakäyviä maita.

Parina seuraavana päivänä virran viedessä heitä vääjäämättä etelää kohti sama turvattomuuden tunne voimistui koko Saattueessa. Kokonaisen päivän he meloivat veneitään kiiruhtaakseen eteenpäin. Rannat lipuivat ohi. Pian Virta leveni ja madaltui; itäpuolella oli pitkiä kivikkorantoja ja vedessä oli soramatalikkoja, jotka vaativat taitavaa ohjausta. Ruskeat maat kohosivat kolkoiksi nummiksi, joiden yli puhalsi idästä kylmä viima. Toisella puolen olivat niityt vaihtuneet kumpuileviin nummiin, joilla kasvoi kuivunutta ruohoa hetteiköiden ja lettojen lomassa. Frodo värisi ja ajatteli Lothlórienin nurmikoita ja suihkulähteitä, kirkasta taivasta ja lempeitä sateita. Veneissä tuskin puhuttiin, eikä yhdessäkään naurettu. Jokainen Saattueen jäsen oli omissa ajatuksissaan.

Legolasin sydän kirmaili kesäyön tähtien alla jonkin pohjoisen pyökkimetsän aukealla; Gimli sormeili mielikuvituksessaan kultapalaa miettien, olisiko siinä ainesta valtiattaren lahjan säilytyspaikaksi. Keskimmäisessä veneessä istuvien Merrin ja Pippinin olo oli epämukava, sillä Boromir mutisi itsekseen ja pureskeli kynsiään, ikään kuin jokin epävarmuus tai levottomuus olisi kalvanut häntä, ja tarttui välillä melaan ja ajoi veneen aivan Aragornin veneen perään. Silloin Pippin, joka istui kokassa katsoen tulosuuntaan, huomasi hänen katseessaan oudon kiillon, kun hän tuijotti Frodoa. Sam oli jo aikoja sitten tullut siihen tulokseen, että vaikka veneet eivät ehkä olleet aivan niin vaarallisia kuin hänet oli kasvatettu uskomaan, ne olivat huomattavasti epämukavampia kuin hän oli osannut edes kuvitella. Hän istui kurjana mykkyrässä vailla muuta tekemistä kuin tuijottaa ohi matelevia talvisia maita ja harmaata vettä kummallakin puolella. Silloinkaan kun meloja käytettiin, Samille ei sellaista uskottu.

Illan pimetessä neljäntenä päivänä hän katseli taaksepäin Frodon ja Aragornin kumaraisten päitten ja muiden veneiden yli; hän oli unenpöpperössä ja odotti vain leiriytymistä ja kovaa maata jalkojensa alle. Äkkiä hänen silmiinsä osui jotakin: ensin hän tuijotti sitä raukeasti, sitten hän nousi ja hieroi silmiään, mutta katsoessaan tarkemmin hän ei enää nähnyt mitään.

Tuona yönä he leiriytyivät pikkuruiseen saareen lähelle länsirantaa. Sam makasi Frodon vieressä huopiin kääriytyneenä. »Näin hassua unta tuntia ennen kuin pysähdyttiin, Frodo-herra», hän sanoi. »Tai ehkä se ei ollutkaan uni. Hassua se kumminkin oli.»

»No mitä se sitten oli?» sanoi Frodo, joka tiesi ettei Sam rauhoittuisi ennen kuin olisi kertonut kerrottavansa, mitä se sitten olikin. »En ole nähnyt enkä ajatellut mitään, mikä saisi minut hymyilemään sen jälkeen kun lähdimme Lothlórienista.»

»Se ei ollut sillä tavalla hassua, Frodo-herra. Se oli omituista. Ihan ihmeellistä, mikäli se ei ollut unta. Ja teidän on hyvä kuulla se. Näin se oli: minä näin tukin jolla oli silmät!»

»Tukki sopii kyllä», Frodo sanoi. »Tukkeja on joessa paljon. Mutta silmät ovat liikaa!»

»Mutta kun sillä oli kuin olikin silmät», sanoi Sam. »Ne silmät ne minut saivat hereille niin sanoakseni. Minä näin jotakin, mitä luulin tukiksi, ja se ajelehti puolihämärässä Gimlin veneen takana, mutta en kiinnittänyt siihen sen kummempaa huomiota. Sitten näytti siltä kuin tukki olisi hiljalleen saavuttanut meitä. Ja voisi väittää, että se oli merkillistä, kun me kerta yhdessä ajelehdittiin virtaa alas. Juuri silloin minä näin ne silmät: kaksi kalpeaa niin kuin pistettä, semmoista kiiltävää, pahkurassa tukin tässä päässä. Ja mikä hulluinta, se ei ollutkaan tukki, sillä sillä oli räpyläjalat vähän niin kuin joutsenella, vaikka isommat, ja ne nousivat ja laskivat molemmin puolin.

Silloin minä nousin kunnolla istumaan ja hieroin silmiäni ja meinasin huutaa, mikäli se olisi siinä vielä kun olin hieronut pöpperön pois silmistäni. Sillä oli mikä oli, se oli kovaa vauhtia saavuttamassa Gimliä. Mutta huomasikohan ne kaksi lamppua minun liikkuvan ja tuijottavan vai tulinko minä järkiini, sitä en tiedä. Kun katsoin uudestaan, sitä ei enää näkynytkään. Ja kuitenkin minusta tuntuu, että näin silmänurkastani vilauksen ikään kuin jostakin tummasta, joka häämötti rannan varjossa. Mutta silmiä minä en kyllä enää nähnyt.

Minä sanoin itselleni: 'Näet taas unta, Sam Gamgi', niin minä sanoin, enkä muuta sitten enää sanonutkaan. Mutta sen jälkeen minä olen vähän ajatellut, enkä minä nyt enää olekaan niin varma siitä. Mitä tästä tuumitte, Frodo-herra?»

»En tuumisi muuta kuin että näit hämärässä ja unenpöpperössä tukin», Frodo sanoi, »jos tämä olisi ensimmäinen kerta, kun nuo silmät on nähty. Mutta se ei ole. Minä näin ne kaukana pohjoisessa, ennen kuin saavuimme Lórieniin. Ja näin oudon otuksen, jolle ne silmät kuuluivat, kiipeävän fletille sinä yönä. Haldir näki sen myös. Ja muistatko, mitä ne haltiat kertoivat, jotka olivat lähteneet örkkijoukon perään?»

»Muistan», sanoi Sam, »ja muistan muutakin. Se on ikävä ajatus, mutta kun ajattelen yhtä ja toista ja Bilbo-herrankin tarinoita, niin minä luulen, että voisin antaa otukselle nimenkin, noin arvuukaupalla. Inhottavan nimen. Niin kuin Klonkku?»

»Aivan, sitä olen pelännyt jo jonkin aikaa», Frodo sanoi. »Aina siitä fletillä vietetystä yöstä lähtien. Minä luulen, että se hiiviskeli Moriassa ja pääsi siellä jäljillemme, mutta toivoin, että Lórienissa vietetty aika olisi karistanut sen taas kannoilta. Sen kurjan otuksen on täytynyt piileksiä Hopeajuovan varrella kasvavissa metsissä ja seurata lähtöämme!»

»Jotenkin niin», sanoi Sam. »Ja meidän kannattaa olla itse vähän enempi varovaisia tai jonakin yönä me herätään siihen, että eräät iljettävät sormet kuristaa meitä kurkusta, jos ylipäätään herätään. Ja siihen minä olin tulossa. Ei kannata vaivata Konkaria tai muita tänä yönä. Minä pidän vahtia. Voin nukkua huomenna, kun en kuitenkaan ole veneessä paljon kuormaa kummempi.»

»Niin», vastasi Frodo, »aika tarkkanäköistä kuormaa. Pidä vahtia, mutta sillä ehdolla, että lupaat herättää minut, kun puoli yötä on kulunut, jollei mitään satu ennen sitä.»

Sysiyön hetkinä Frodo heräsi syvästä pimeästä unesta siihen, että Sam ravisteli häntä. »On synti herättää teitä», Sam kuiskasi, »mutta niin te käskitte. Ei ole mitään kerrottavaa, tai ei ainakaan paljoa. Olin kuulevinani hiljaista roisketta ja nuuhkimista vähän aikaa sitten, mutta sitä kuulee kaikenlaista kummaa joella öiseen aikaan.»

Hän pani maata, ja Frodo nousi istumaan huopiinsa kääriytyneenä ja karisti unen silmistään. Minuutit ja tunnit kuluivat hitaasti eikä mitään tapahtunut. Frodo oli juuri antamassa periksi kiusaukselle asettua taas pitkäkseen, kun yhden rantaan kiinnitetyn veneen luo uiskenteli tumma, tuskin näkyvä hahmo. Hämärästi hän erotti pitkän valkean käden, joka työntyi esiin ja tarttui veneen laitaan; kaksi kalpeaa lampuntapaista silmää loisti kylmästi kurkistaessaan veneeseen, ja sitten ne kohosivat ja tuijottivat saarelle Frodoon. Ne eivät olleet kuin runsaan sylen päässä, ja Frodo kuuli sisäänhengityksen vaimean sihinän. Hän nousi pystyyn ja veti Piikin esiin huotrastaan ja katsoi suoraan silmiä kohti. Valo sammui heti. Kuului vielä yksi sihahdus, loiskahdus, ja tumma tukinhahmo viiletti pois myötävirtaan yön pimeyteen. Aragorn liikahti unissaan, kääntyi ja nousi istumaan.

»Mitä nyt?» hän kuiskasi hypäten pystyyn ja tuli Frodon luo. »Vaistosin jotakin unen läpi. Miksi olet paljastanut miekkasi?»

»Klonkku», vastasi Frodo. »Tai niin ainakin luulen.»

»Vai niin!» sanoi Aragorn. »Sinä siis tiedät pikku lurjuksesta. Se hiippaili meidän perässämme halki koko Morian ja Nimrodelille saakka. Sitten kun me aloimme liikkua vesitse, se on maannut tukilla ja melonut käsillä ja jaloilla. Olen kerran kaksi yrittänyt yöllä pyydystää sitä, mutta se on kettua ovelampi ja liukas kuin kala. Toivoin, että jokimatka olisi sille liikaa, mutta se on liian näppärä vesielävänä.

Meidän täytyy yrittää edetä nopeammin huomenna. Rupea sinä nyt nukkumaan, niin minä pidän vartiota tämän yön loppuun. Saisinpa käsiini sen kurjimuksen. Meillä voisi olla sille käyttöä. Mutta jos se ei onnistu, meidän pitää yrittää eksyttää se. Se on vaarallinen. Paitsi että se voi tehdä yöllä murhia omaan tiliinsä, se voi usuttaa jäljillemme minkä hyvänsä lähistöllä olevan vihollisen.»

Yö kului eikä Klonkusta näkynyt varjoakaan. Tämän jälkeen Saattue piti silmät visusti auki, mutta Klonkusta ei enää näkynyt vilaustakaan vesimatkan aikana. Jos se yhä seurasi heitä, se oli perin varuillaan ja ovela. Aragornin kehotuksesta he meloivat nyt pitkiä jaksoja yhteen menoon, ja rannat lipuivat ohi nopeasti. Mutta he näkivät maisemista vain vähän, sillä he matkasivat enimmäkseen öisin ja hämärän aikaan ja lepäsivät päivisin maaten niin piilossa kuin maasto salli. Näin kului aika, eikä mitään tapahtunut ennen kuin seitsemäntenä päivänä.

Ilma oli yhä harmaa ja pilvinen ja tuuli itäinen, mutta illan kääntyessä yöksi läntinen taivas kirkastui ja harmaiden pilvien väliin levisi himmeitä keltaisia ja haaleanvihreitä läiskiä. Siellä hohti uuden kuun valkea sirppi. Sam katsoi sitä ja rypisti kulmiaan.

Seuraavana päivänä maasto alkoi nopeasti muuttua kummallakin puolella. Rannat kävivät jyrkemmiksi ja kivikkoisiksi. Pian he lipuivat kivisen mäkimaan keskellä ja molemmilla puolilla kohosivat jyrkät rinteet täynnään orapihlaja- ja oratuomitiheikköjä, takkuisia piikkipensaita ja köynnöksiä. Niiden takana näkyi matalia rapautuneita kallioita, joiden pystysuorat halkeamat olivat kauttaaltaan tumman muratin peitossa, ja vielä kauempana nousi korkeita harjuja, joita käppyräkuuset peittivät. He lähestyivät Emyn Muilin harmaata mäkimaata, Erämaan eteläreunaa.

Kallioiden ja halkeamien tienoilla lenteli paljon lintuja, ja koko päivän oli ilmassa kaarrellut lintuparvia mustina vaaleaa taivasta vasten. Kun he sinä päivänä makasivat leirissään, Aragorn katseli niiden lentoa epäillen ja mietti oliko Klonkku ollut ilkitöissä, niin että tieto heidän matkastaan levisi nyt Erämaassa. Myöhemmin, kun aurinko oli jo laskussa ja Saattue liikehti ja valmistautui jälleen lähtöön, hän havaitsi himmenevää valoa vasten kaukana ja korkealla tumman täplän: se oli suuri lintu, joka väliin kaarteli, väliin lensi hitaasti etelää kohti.

»Mikä tuo on, Legolas?» hän kysyi osoittaen pohjoiselle taivaalle. »Kotkako? Olenko oikeassa?»

»Olet», sanoi Legolas. »Kotka se on, saalistava kotka. Mitähän se tietää. Se on kaukana vuorilta.»

»Emme lähde, ennen kuin on kunnolla pimeää», sanoi Aragorn.

Tuli heidän matkansa kahdeksas yö. Oli hiljaista ja tyyntä, hailea itätuuli oli poissa. Kuun kapea sirppi oli vajonnut aikaisin kalvakkaan auringonlaskuun, mutta taivas oli kirkas, ja vaikka kaukana etelässä hehkuivat pilvikerrokset vielä himmeästi, lännessä tähdet tuikkivat kirkkaina.

»Tulkaa!» Aragorn sanoi. »Uskaltaudumme vielä kerran matkaamaan yöllä. Nyt on edessä sellainen Virran osuus, jota en tunne kunnolla, sillä en ole milloinkaan liikkunut vesitse näillä main, tämän paikan ja Sarn Gebirin kosken välillä. Mutta jos laskelmani pitävät paikkansa, koski on yhä virstojen päässä.

Kuitenkin jo ennen sitä joudumme vaarallisiin paikkoihin: joessa on kareja ja kivikkoisia luotoja. Meidän täytyy pitää tarkasti vahtia ja varoa melomasta liian nopeasti.»

Ensimmäisessä veneessä istuvalle Samille annettiin tähystäjän työ. Hän nojasi kokkaan ja tuijotti pimeyteen. Yö tummui, mutta tähdet olivat oudon kirkkaat ja Virran pinta kimalsi. Lähellä keskiyötä, kun he olivat jo jonkin aikaa ajelehtineet käyttämättä meloja nimeksikään, Sam äkkiä huudahti. Vain parin sylen päässä virrassa häämötti jotakin tummaa, ja hän kuuli kiivaasti juoksevan veden kohinaa. Nopea virtaus kaarsi vasempaan kohti itärantaa, missä väylä oli selvä. Se tempasi heidät sivuun ja he näkivät nyt aivan läheltä kalpean vaahdon kuohuvan terävien kivien liepeillä, jotka kohosivat kuin hammasrivinä vedestä keskellä Virtaa. Veneet pakkautuivat yhteen.

»Hei, Aragorn!» huusi Boromir, kun veneet törmäsivät toisiinsa. »Tämä on hulluutta! Emme voi laskea koskia yöllä! Eikä mikään vene selviä Sarn Gebiristä, oli sitten päivä taikka yö!»

»Takaisin! Takaisin!» Aragorn huusi. »Kääntykää! Kääntykää jos voitte!» Hän työnsi melansa veteen ja yritti pidätellä ja kääntää venettä.

»Laskuni ovat sekaisin», hän sanoi Frodolle. »En tiennyt, että olimme tulleet jo näin pitkälle: Anduin virtaa nopeammin kuin luulin. Sarn Gebirin täytyy olla jo lähettyvillä.»

Suurin ponnistuksin he saivat veneet hallintaansa ja hitaasti kääntymään, mutta aluksi he onnistuivat pääsemään vain vähän matkaa vastavirtaan, ja he ajautuivat koko ajan yhä lähemmäksi itäistä rantaa. Se häämötti nyt yössä synkkänä ja pahaenteisenä.

»Samaan tahtiin, kaikki, melokaa!» huusi Boromir. »Melokaa! Muuten ajaudumme karikkoon!» Hänen puhuessaan Frodo jo tunsi, miten veneen emäpuu raapiutui kiveen.

Samalla hetkellä kuului jousenjänteiden helähdys: useita nuolia viuhahti heidän ylitseen ja muutamia putosi veneisiin. Yksi osui Frodoa hartioiden väliin, hän horjahti ja älähti, mela pääsi hänen kädestään, mutta nuoli kilpistyi piilossa olevaan panssariin. Toinen lävisti Aragornin hupun ja kolmas törrötti tiukasti toisen veneen laidassa lähellä Merrin kättä. Sam oli näkevinään tummien hahmojen juoksentelevan itärannan sorassa. Ne näyttivät olevan hyvin lähellä.

»Yrch!» Legolas lipsahti omaan kieleensä.

»Örkkejä!» huusi Gimli.

»Takuulla Klonkun tekosia», sanoi Sam Frodolle. »Ja sopivassa paikassakin. Ikään kuin Virta tahtoisi väen väkisin viedä meidät suoraan niitten kynsiin!»

Kaikki kumartuivat ponnistelemaan meloineen, Samkin. He odottivat joka hetki tuntevansa mustasulkaisen nuolen piston. Niitä viuhui pään yli ja jotkut putosivat lähelle veteen, mutta osumia ei enää tullut. Oli pimeää, mutta ei liian pimeää örkkien yösilmille, ja tähtien kajossa heihin luulisi olleen helppo tähdätä, elleivät sitten Lórienin harmaat viitat ja haltiatekoisten veneitten harmaa puu vieneet voittoa Mordorin jousimiesten pahasta tahdosta.

Veto vedolta he ponnistelivat eteenpäin. Pimeydessä oli vaikea huomata että he ylipäänsä liikkuivat, mutta vähitellen veden imu hellitti ja itärannan varjo hävisi taas yöhön. He olivat oman käsityksensä mukaan viimein päässeet taas keskelle Virtaa jonkin matkan etäisyydelle törröttävistä kivistä. Käännettyään veneet puoliksi he kamppailivat kaikin voimin länsirantaa kohti. Veden ylle kurkottuvien pensaiden varjossa he pysähtyivät ja vetivät henkeä.

Legolas pani melansa syrjään ja otti jousen, jonka hän oli tuonut Lórienista. Sitten hän loikkasi maihin ja kiipesi pari askelta töyrästä ylös. Hän kiinnitti jousen jänteen ja asetti siihen nuolen ja kääntyi; hän tuijotti takaisin Virran yli pimeyteen. Veden toiselta puolelta kuului kimeitä huutoja, mutta mitään ei näkynyt.

Frodo katsoi haltiaa, joka seisoi pitkänä hänen yläpuolellaan ja katseli yöhön etsien maalia, johon ampua. Hänen tummaa päätään kruunasivat takana taivaan mustissa lammikoissa kimaltelevat tähdet. Mutta nyt nousi etelästä suuria pilviä. Ne purjehtivat heitä kohti ja lähettivät mustia etujoukkojaan tähtitarhoihin. Äkkiä kauhu valtasi Saattueen.

»*Elbereth Gilthoniel!*» huokasi Legolas katsoessaan ylös. Silloin erkani etelän mustuudesta suuri pilven tapainen musta hahmo, joka ei ollut pilvi, sillä se liikkui pilveä paljon nopeammin; se kiiruhti Saattuetta kohti ja peitti näkyvistä kaiken valon lähestyessään. Pian sen erotti suureksi siivekkääksi olennoksi, yön kuiluja mustemmaksi. Veden toiselta puolen kohosi hurjia huutoja sitä tervehtimään. Frodo tunsi väristyksen kulkevan äkkiä lävitseen ja kuristavan sydäntään, hartiaa jäyti kalmankylmyys, kuin vanhan haavan muisto. Hän käpertyi kokoon kuin piiloutuakseen.

Äkkiä Lórienin suuri jousi lauloi. Viuhuen lensi nuoli haltiajänteestä. Frodo katsoi ylös. Tumman hahmon lento katkesi melkein hänen yläpuolellaan. Kuului karkea rääkäisy, kun se putosi ilmasta ja katosi itärannan pimeyteen. Taivas oli taas sees. Kaukaa kuului monien äänien melske, kirouksia ja valitusta pimeydessä, ja sitten tuli hiljaisuus. Idästä ei sinä yönä tullut enää nuolia eikä huutoja.

Jonkin ajan kuluttua Aragorn johti veneet takaisin vastavirtaan. He tunnustelivat rantaa vesirajassa vähän matkaa kunnes löysivät pienen matalan poukaman. Siellä kasvoi muutama matala puu veden ääressä ja niiden takaa kohosi kivinen törmä. Täällä Saattue päätti viipyä ja odottaa aamunkoittoa: oli toivotonta yrittää edetä pitemmälle öiseen aikaan. He eivät tehneet leiriä eivätkä sytyttäneet nuotiota, he makasivat mykkyrässä veneissä, jotka oli kiinnitetty tiiviisti toisiinsa.

»Ylistetty olkoon Galadrielin jousi ja Legolasin käsi ja silmä!» sanoi Gimli mutustellen *lembas*-levyä. »Aikamoinen laukaus pimeässä ammutuksi!»

»Vaan kuka tietää mihin se osui?» sanoi Legolas.

»Minä en», sanoi Gimli. »Mutta olen iloinen, ettei varjo tullut lähemmäksi. En pitänyt siitä alkuunkaan. Se toi liiaksi mieleen Morian varjon – balrogin varjon», hän lopetti kuiskaten.

»Balrog se ei ollut», sanoi Frodo, jota yhä kylmäsi väristys joka oli käynyt hänen lävitseen. »Se oli jotakin kylmempää. Minä luulen että se oli –» Hän vaikeni.

»Mitä sinä luulet?» kysyi Boromir kiinnostuneena ja kurottautui veneestään, ikään kuin olisi yrittänyt nähdä vilauksen Frodon kasvoista.

»Minä luulen – ei, en sano», vastasi Frodo. »Oli mitä oli, sen kohtalo on saattanut Vihollisemme kauhun valtaan.»

»Siltä näyttää», sanoi Aragorn. »Silti emme tiedä, missä ja kuinka lukuisat ne ovat ja mihin ne seuraavaksi ryhtyvät. Tänä yönä ei saa nukkua yksikään! Pimeys kätkee meidät nyt. Mutta kuka tietää, mitä päivä meille näyttää? Pitäkää aseenne käsillä!»

Sam istui naputellen miekkansa kahvaa, ikään kuin olisi laskenut sormillaan, ja katseli taivaalle. »Kummallista», hän mutisi. »Kuu on sama Konnussa ja Erämaassa, tai sen pitäisi olla. Mutta joko se on seonnut kierrossaan tai minä olen sotkeentunut laskuissani. Muistattehan, Frodo-herra, että oli alakuu kun maattiin sillä fletillä siinä puussa, viikon päässä täydestä, sanoisin. Ja viime yönä tultiin olleeksi viikko matkalla, ja nyt pomppaa taivaalle yläkuu ohuena kuin kynnenlastu, niin kuin ei olisi ikinä oltukaan haltiamaassa.

Minä muistan kolme yötä ihan varmasti ja taidan muistaa useampiakin, mutta voisin vaikka vannoa, että me ei oltu siellä kokonaista kuukautta. Voisi luulla, että aikaa ei siellä olekaan!»

»Ja ehkä niin oli», sanoi Frodo. »Siinä maassa me olimme ehkä ajassa, joka muualla on jo mennyt. Minusta tuntuu, että vasta kun Hopeajuopa oli kuljettanut meidät takaisin Anduiniin, me palasimme aikaan, joka virtaa kuolevaisten maiden läpi Suureen mereen. Enkä minä muista kuuta ollenkaan Caras Galadhonista, en ylä- enkä alakuuta: vain öiset tähdet ja päivien auringon.»

Legolas liikahti veneessään. »Ei, milloinkaan ei aika hidastu», hän sanoi, »mutta muuttuminen ja kasvu ei ole kaikessa ja kaikkialla samanlainen. Haltioiden maailma liikkuu, ja se liikkuu sekä hyvin nopeasti että hyvin hitaasti. Nopeasti, sillä he itse muuttuvat vain vähän, kun taas kaikki muu kiitää heidän ohitseen: se on heidän murheensa. Hitaasti, koska heidän ei tarvitse laskea vuosien virtaa, ei omasta puolestaan. Ohikiitävät vuodenajat ovat kuin aina toistuvia väreitä pitkän pitkässä joessa. Auringon alla täytyy kaiken kuitenkin viimein kulua loppuun.»

»Mutta kuluminen on Lórienissa hidasta», sanoi Frodo. »Valtiattaren voima vaikuttaa siellä. Täysi on jokainen hetki, vaikka lyhyen tuntuinen, Caras Galadhonissa, missä Galadriel kantaa haltiasormusta.»

»Tuota ei olisi pitänyt sanoa Lórienin ulkopuolella, ei edes minulle», sanoi Aragorn. »Älä enää puhu siitä! Mutta niin on, Sam, sinä sekosit laskuissasi tuossa maassa. Aika kiisi nopeasti ohitsemme siellä niin kuin se kiitää haltioidenkin ohi. Kuu väheni ja vaihtui ja kasvoi taas ja väheni ulkopuolisessa maailmassa, meidän siellä viipyessämme. Ja viime yönä oli taas yläkuu. Talvi on melkein ohi. Aika virtaa kevääseen, jossa ei paljon ole toivoa.»

Yö kului hiljaisesti. Veden toiselta puolelta ei kuulunut enää ääniä eikä huutoja. Veneisiin sykertyneet matkalaiset tunsivat, miten sää muuttui. Ilma kävi lämpimäksi ja seisovaksi kosteiden suurten pilvien alla, joita oli noussut etelästä ja kaukaiselta mereltä. Virran kohina kosken kivissä tuntui kuuluvan kovempaa ja lähempää. Puitten oksista alkoi tippua pisaroita heidän päälleen.

Päivän koittaessa oli maisemasta tullut jotenkin pehmeä ja murheellinen. Hitaasti aamu sarasti, ja epämääräinen ja varjoton kalpea valo täytti maan. Joella oli sumua, ja valkea usva peitteli rannan; vastarantaa ei näkynyt.

»En voi väittää pitäväni sumusta», Sam sanoi. »Mutta tämä tuntuu tulleen oikeaan aikaan. Nyt me voidaan ehkä päästä tiehemme, ilman että ne hiivatin hiidet näkee meidät.»

»Kukaties», sanoi Aragorn. »Mutta polun löytäminen voi olla hankalaa, ellei sumu vähän kohoa kohtapuoliin. Ja polku meidän on löydettävä, jos aiomme ohittaa Sarn Gebirin ja päästä Emyn Muilille.»

»Minä en käsitä, miksi meidän pitäisi sivuuttaa koski tai seurata Virtaa enää pitemmälle», sanoi Boromir. »Jos Emyn Muil on edessämme, voimme hylätä

nämä näkinkenkävenhot, ottaa suunnan lounaaseen kunnes tulemme Entin-
ojalle, ylittää sen ja saapua minun maahani.»

»Kyllä vain, jos olemme matkalla Minas Tirithiin», sanoi Aragorn, »mutta
siitä ei ole vielä sovittu. Ja se suunta voi olla vaarallisempi kuin miltä kuulostaa.
Entinojan laakso on laakea ja rämeinen ja sumu tietää siellä kuolemaa raskain
kantamuksin varustetuille jalkamiehille. En hylkäisi veneitämme ennen kuin on
pakko. Virta on ainakin polku, josta ei voi erehtyä.»

»Mutta Vihollinen pitää hallussaan itärantaa», vastusti Boromir. »Ja vaikka
pääsisitkin Argonathin porteista ja saapuisit estämättä Vaarnavuorelle, mitä sit-
ten tekisit? Hyppäisit putouksista alas ja päätyisit soille, vai?»

»Ei!» vastasi Aragorn. »Sano ennemmin, että kannamme veneemme muinaista
tietä Raurosin juurelle ja laskemme ne siellä taas vesille. Boromir, etkö ole kuul-
lut Pohjoisportaista ja Amon Henin korkeasta istuimesta, joka tehtiin suurten
kuninkaitten aikaan, vai tahdotko unohtaa ne? Minua ainakin haluttaisi seistä
vielä kerran tuolla korkealla paikalla, ennen kuin päätän tulevasta suunnastani.
Siellä näemme kenties jonkin merkin, joka opastaa meitä.»

Boromir vastusti pitkään tätä ratkaisua, mutta kun kävi selväksi, että Frodo
seuraisi Aragornia minne tämä menisikin, hän luovutti. »Ei ole Minas Tirithin
miesten tapa jättää ystäviänsä hädässä», hän sanoi, »ja te tarvitsette minun voi-
miani, jos aiotte joskus päästä Vaarnavuorelle. Tuon korkean saaren luo minä
tulen, mutta en sen edemmäksi. Siitä käännyn minä kotiani kohti, yksin, mikäli
avullani en ole ansainnut itselleni seuralaista.»

Päivä oli valjennut ja sumu kohosi hiukan. Päätettiin, että Aragorn ja Legolas
lähtisivät heti etenemään rantaa pitkin ja muut jäisivät veneiden luo. Aragorn
toivoi löytävänsä jonkin tien, jota pitkin he voisivat kantaa sekä veneensä että
varusteensa säyseämmille vesille koskien tuolle puolen.

»Haltioiden veneet eivät ehkä uppoa», hän sanoi, »mutta se ei merkitse sitä,
että me pääsisimme Sarn Gebiristä läpi elävinä. Kukaan ei ole siinä vielä onnis-
tunut. Gondorin ihmiset eivät ole tehneet tälle seudulle tietä, sillä heidän val-
takuntansa ei edes suuruutensa aikoina ulottunut Anduinia ylös Emyn Muilia
kauemmas, mutta jossakin länsirannalla on veneenkantotaival, jos vain löydän
sen. Se ei ole voinut vielä kadota jäljettömiin, sillä ennen vanhaan tuli usein
kevyitä veneitä Erämaasta Osgiliathiin; tuli vielä muutamia vuosia sitten, kunnes
Mordorin örkit alkoivat lisääntyä.»

»Harvoin on minun elinaikanani tullut pohjoisesta veneitä, ja itäisellä rannalla
liikuskelee örkkejä», sanoi Boromir. »Jos jatkatte eteenpäin, kasvaa vaara joka
virstalla, vaikka löytäisittekin polun.»

»Vaara odottaa meitä jokaisella etelään vievällä tiellä», vastasi Aragorn. »Odot-
takaa meitä yksi päivä. Jos emme siinä ajassa palaa, tiedätte, että meidän on
tosiaan käynyt huonosti. Silloin täytyy teidän ottaa uusi johtaja ja seurata häntä
miten parhaiten taidatte.»

Raskain sydämin Frodo katsoi miten Aragorn ja Legolas kiipesivät jyrkkää
törmää ylös ja katosivat usvaan, mutta hänen pelkonsa osoittautui aiheettomaksi.
Vain kaksi tai kolme tuntia oli kulunut ja oli tuskin puolipäivä, kun tiedustelijoi-
den tummat hahmot tulivat taas näkyviin.

»Kaikki hyvin», sanoi Aragorn kavutessaan rinnettä alas. »Polku on olemassa
ja se johtaa hyvään maihinnousupaikkaan, joka on edelleen käyttökelpoinen.

Matka ei ole pitkä: kosket alkavat vain puolen virstan päässä alapuolellamme ja niitä riittää toista virstaa. Pian niiden jälkeen joki käy taas rauhalliseksi ja kulkukelpoiseksi, vaikka virtaakin nopeasti. Hankalin työ on saada veneet ja tavarat vanhalle venetaipaleelle. Me olemme löytäneet sen, mutta se on jonkin matkaa sisämaassa tällä kohtaa, kallioseinämän suojassa, runsaan vakomitan päässä rannasta. Me emme löytäneet pohjoista maihinnousupaikkaa. Jos se on vielä olemassa, meidän on täytynyt sivuuttaa se viime yönä. Vaikka lähtisimmekin ponnistelemaan vastavirtaan, saattaisi se silti jäädä meiltä sumussa huomaamatta. Meidän täytynee jättää joki tässä ja pyrkiä venetaipaleelle parhaan kykymme mukaan.»

»Se ei olisi helppoa, vaikka olisimme ihmisiä kaikki», sanoi Boromir.

»Kuitenkin aiomme yrittää sellaisina kuin olemme», sanoi Aragorn.

»Me yritämme», sanoi Gimli. »Ihmisen jalka uupuu raskaalla taipaleella, kun kääpiö vielä jatkaa, oli hänellä selässä vaikka kaksinverroin oma painonsa, herra Boromir!»

Tehtävä osoittautui todella hankalaksi, viimein se kuitenkin oli ohi. Varusteet otettiin veneistä ja kannettiin törmälle, missä oli tasainen paikka. Sitten veneet vedettiin maihin ja kannettiin ylös. Ne olivat paljon kevyemmät kuin he olivat olettaneet. Ei edes Legolas tiennyt, mistä haltiamaassa kasvavasta puusta ne oli tehty, mutta kestävää se oli ja kuitenkin oudon kevyttä. Merri ja Pippin pystyivät helposti kantamaan omaansa tasamaalla. Mukana olevien kahden miehen voimat tarvittiin kuitenkin nostamaan ja raahaamaan niitä siinä maastossa, joka Saattueen nyt oli ylitettävä. Virrasta ylös viettävä harmaiden kalkkikivilohkareiden rikkoma rinne oli täynnä kätkettyjä kuoppia, joita peittivät ruohot ja pensaat, siellä oli piikkipensasryteikköä ja äkkijyrkkiä syvänteitä, paikoitellen myös rämeikköisiä lammikoita, joihin vesi valui sisämaan ylätasanteilta.

Yhden kerrallaan kantoivat Boromir ja Aragorn veneet, ja muut rehkivät ja rämpivät heidän perässään tavaroita raahaten. Lopulta kaikki oli siirretty venetaipaleelle. Sitten he lähtivät kulkemaan eteenpäin kaikki yhdessä eivätkä kohdanneet juuri muuta estettä kuin orjantappuraryteikköjä ja kivilohkareita. Sumuverhoja riippui yhä rapautuvan kallioseinämän yllä, ja vasemmalla peitti usva Virran: he kuulivat sen kohisevan ja pärskyvän Sarn Gebirin jyrkkien putousten ja kivihampaitten yli, mutta eivät nähneet sitä. He tekivät matkan kahdesti, ja sitten oli kaikki tuotu turvallisesti eteläiselle maihinnousupaikalle.

Venetaival kääntyi takaisin joelle ja vietti loivasti pienen lahdelman matalaan rantaan. Näytti siltä että se oli koverrettu virran äyrääseen, mutta ei käsin; vesi sen oli tehnyt, Sarn Gebiristä viilettävä pyörteinen virta, joka tässä osui esiintyöntyvään matalaan kallioniemekkeeseen. Niemekkeen takana ranta kohosi jyrkäksi harmaaksi kallioksi eikä jalan liikkuva enää päässyt eteenpäin.

Lyhyt iltapäivä oli jo ohi, ja hämärä pilvinen ilta teki tuloaan. He istuivat veden ääressä kuunnellen sumun peittämien koskien myllerrystä ja pauhua; he olivat väsyneitä ja unisia ja heidän sydämensä oli yhtä synkkä kuin päättyvä päivä.

»Tässä olemme, ja tässä meidän täytyy viettää taas yksi yö», sanoi Boromir. »Me tarvitsemme lepoa, ja vaikka Aragornilla olisi mielessä kulkea Argonathin porteista yöllä, olemme siihen liian uupuneita – paitsi ei tietenkään meidän vankka kääpiömme!»

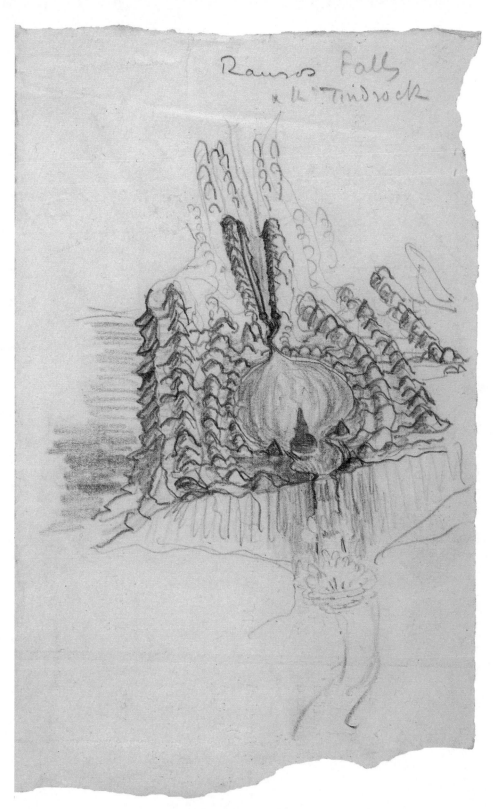

Raurosin putoukset & Vaarnavuori

Gimli ei vastannut: hän nuokahteli istuessaan.

»Levätkäämme nyt niin hyvin kuin voimme», sanoi Aragorn. »Huomenna meidän on taas matkattava päiväsaikaan. Mikäli sää ei vielä kerran muutu ja petä meitä, meillä on hyvät mahdollisuudet selvitä, niin ettei kukaan näe meitä itäiseltä rannalta. Mutta tänä yönä meidän on pidettävä vahtia vuorotellen kaksi kerrallaan: kolme tuntia levossa ja yksi vartiossa.»

Yöllä ei sattunut mitään sen pahempaa kuin lyhyt sadekuuro tuntia ennen aamun sarastusta. Heti kun oli täysin valoisaa, he lähtivät liikkeelle. Sumu oheni jo. He pysyttelivät mahdollisimman lähellä länsirantaa. Matalina häämöttäneet kalliot muuttuivat yhä korkeammiksi kiitävästä vedestä kohoaviksi tummiksi seinämiksi. Aamun taitteessa pilvet vetäytyivät alemmaksi ja alkoi sataa rankasti. He vetivät nahkapeitteet veneitten suojaksi estääkseen niitä täyttymästä vedellä ja ajelehtivat eteenpäin; harmaiden vesiverhojen läpi erottui tuskin mitään.

Sadetta ei kuitenkaan kestänyt kauan. Hitaasti taivas alkoi vaaleta, ja sitten pilvet äkkiä hajosivat ja niiden riekaleet laahautuivat pohjoiseen Virran yläjuoksulle. Sumu ja usva kaikkosivat. Matkalaisten edessä oli nyt leveä rotko, jonka korkeitten kallioseinämien tasanteilla ja kapeissa raoissa kasvoi muutamia käppyräisiä puita. Väylä kapeni ja virtaus kävi nopeammaksi. He kiisivät nyt eteenpäin, ja heidän oli jokseenkin toivotonta yrittää pysähtyä tai kääntyä, kohtasivatpa he mitä tahansa. Heidän yllään oli vaaleansininen kaistale taivasta ja ympärillä tumma varjoinen Virta, edessä kätkivät auringon taakseen Emyn Muilin mustat kukkulat, joissa ei näkynyt minkäänlaista aukkoa.

Frodo tähysti eteenpäin ja näki, että etäältä lähestyi kaksi kalliota: ne näyttivät valtavilta kivitorneilta tai pylväiltä. Korkeina, jyrkkinä, pahaenteisinä ne kohosivat Virran kummankin puolen. Niiden väliin ilmaantui kapea aukko ja Virta kiidätti veneitä sitä kohti.

»Katsokaa, Argonath, Kuninkaitten pylväät!» huusi Aragorn. »Me sivuutamme ne pian. Pitäkää veneet jonossa ja niin kaukana toisistaan kuin voitte! Pysytelkää keskivirrassa!»

Kun Frodo ajautui lähemmäksi, nousivat suuret pylväät tornien tavoin häntä tervehtimään. Nämä valtavat hiljaiset mutta uhkaavat hahmot näyttivät hänestä jättiläisiltä. Sitten hän näki, että niitä oli tosiaan muovattu ja muotoiltu: entisaikojen voima ja taito oli tehnyt työtä, ja läpi unohdettujen vuosien aurinkojen ja sateitten oli kivessä säilynyt niiden näköä, joiden mahtaviksi kuviksi ne oli hakattu. Valtavilla syvästä vedestä nousevilla jalustoilla seisoi kaksi suurta kivikuningasta; sumennein silmin kuluneiden kulmainsa alta ne yhä katsoivat tuimasti pohjoiseen. Kummankin vasen käsi oli varoittavasti koholla kämmen ulospäin; kummankin oikeassa kädessä oli kirves; kummassakin päässä oli rapautunut kypärä ja kruunu. Suuri mahti ja majesteettisuus asui yhä näissä kauan sitten kadonneen kuningaskunnan vartijoissa. Kunnioitus ja pelko valtasivat Frodon, ja hän kyyristyi ja sulki silmänsä eikä uskaltanut katsoa ylös, kun veneet lähestyivät niitä. Jopa Boromirkin painoi päänsä, kun veneet viilettivät ohi hauraina ja hentoina kuin lehdet Númenorin vartiomiesten vankan varjon alla. Niin he tulivat Porttien tummaan rotkoon.

Kammottavat kalliot kohosivat jyrkkinä tietymättömiin korkeuksiin kummallakin puolella. Kaukana näkyi hämärä taivas. Tummat vedet pauhasivat ja kaikuivat, ja tuuli ulvoi heidän yläpuolellaan. Frodo, joka oli kyyryssä polvillaan, kuuli

Samin mutisevan ja valittavan kokassa: »Mikä paikka! Mikä kamala paikka! Jos vain pääsen tästä veneestä elävänä, en enää ikinä kastele jalkojani lätäkössäkään, saatikka sitten joessa!»

»Älkää pelätkö!» sanoi outo ääni hänen takaansa. Frodo kääntyi ja näki Konkarin eikä kuitenkaan Konkaria, sillä säänpieksemää samoojaa ei enää ollut. Veneen perässä istui Aragorn Arathornin poika ylpeänä ja suorana ohjaten venettä taitavin vedoin; huppu oli valahtanut niskaan ja hänen tumma tukkansa hulmusi tuulessa ja hänen silmänsä hohtivat: siinä oli kuningas, joka palasi maanpaosta omaan maahansa.

»Älkää pelätkö!» hän sanoi. »Kauan olen halannut nähdä muinaisten esi-isieni Isildurin ja Anárionin muotokuvat. Heidän varjossaan ei Elessar Haltiakivi, Arathornin poika, Valandilin Isildurin pojan huonetta, Elendilin perijä, pelkää mitään!»

Sitten valo sammui hänen katseestaan ja hän puhui itsekseen: »Voi kunpa Gandalf olisi täällä! Miten sydämeni ikävöikään Minas Anoria ja oman kaupunkini muureja! Mutta minne menen minä nyt?»

Rotko oli pitkä ja pimeä ja sen täyttivät tuulen ja ärjyvän veden ja kaikuvan kiven äänet. Joki taipui aavistuksen verran länttä kohti, niin että edessäpäin oli kaikki aluksi pimeää, mutta pian Frodo näki edessään korkean valoisan raon, joka kasvoi koko ajan. Se läheni nopeasti, ja yhtäkkiä veneet putkahtivat avaraan kirkkaaseen valoon.

Aurinko oli jo aikaa jättänyt puolipäivän ja paistoi tuulisella taivaalla. Ahtaalle ajetut vedet levisivät nyt pitkäksi soikeaksi järveksi, kalpeaksi Nen Hithoeliksi, jota reunustivat jyrkät harmaat vuoret; niiden rinteet olivat metsän peitossa mutta laet paljaat, ja ne hohtivat kylminä auringon loisteessa. Kaukana järven eteläpäässä kohosi kolme huippua. Keskimmäinen oli muita hiukan lähempänä ja niistä erillään, saarena vesien keskellä, ja vuolas Virta kiersi kimmeltävät haaransa sen ympäritse kummaltakin puolelta. Kaukaisena mutta kumeana kantautui tuulen mukana etäisen ukkosen jyrinää muistuttava ärjyntä.

»Katsokaa, Tol Brandir!» sanoi Aragorn osoittaen korkeata huippua. »Sen vasemmalla puolen kohoaa Amon Lhaw ja oikealla on Amon Hen. Kuulon ja Näön vaarat. Suurten kuninkaitten aikaan niillä oli korkeat istuimet, ja siellä pidettiin myös vartiota. Mutta sanotaan, ettei yhdenkään ihmisen eikä eläimen jalka ole astunut Tol Brandirin kamaralle. Ennen kuin illan varjo laskeutuu, me tulemme niiden luo. Kuulen Raurosin ikuisen äänen kutsuvan.»

Saattue lepäsi nyt hetken ja ajelehti järven keskitse vievän virtauksen mukana etelään. He söivät vähän ja tarttuivat sitten meloihin jouduttaakseen matkaa. Läntisten vaarojen rinteet jäivät varjoon, aurinko kävi pyöreäksi ja punaiseksi. Siellä täällä syttyi sumuinen tähti. Kolme huippua häämöttivät heidän edessään tummentuen iltahämyssä. Rauros pauhasi suurella äänellä. Virtaavien vesien yllä oli jo yö, kun matkalaiset viimein saapuivat vaarojen varjoon.

Matkan kymmenes päivä oli mennyt. Erämaa oli takanapäin. He eivät voineet enää jatkaa eteenpäin valitsematta itäisen tien ja läntisen tien välillä. Edessä oli Tehtävän viimeinen vaihe.

10

SAATTUE HAJOAA

A RAGORN OHJASI MATKALAISET Virran oikeaan haaraan. Täällä joen län-sipuolella Tol Brandirin varjossa laskeutui veteen vihreä nurmikko Amon Henin juurelta. Sen takana kohosivat metsäisen vaaran loivat alarinteet, puiden rivistöt jatkuivat länteen järven kaartuvaa rantaa myötäillen. Rinnettä alas puikki pikkuinen puro, joka piti nurmikon kosteana.

»Lepäämme tässä tämän yön», sanoi Aragorn. »Tämä on Parth Galenin nurmi, entisaikojen kesäpäivinä se oli ihana paikka. Toivokaamme, että tänne ei vielä ole mikään paha ehtinyt.»

He vetivät veneet ylös vihreälle rannalle ja niiden viereen he tekivät leirin. He asettivat vartion, mutta vihollista ei näkynyt, ei kuulunut. Jos Klonkku oli päättänyt seurata heitä, se pysytteli näkymättömissä ja kuulumattomissa. Yön edetessä Aragorn tuli kuitenkin levottomaksi, heittelehti unissaan ja heräili. Aamutunneilla hän nousi ylös ja tuli vahtivuorossa olevan Frodon luo.

»Miksi olet hereillä?» kysyi Frodo. »Ei ole sinun vahtivuorosi.»

»En tiedä», Aragorn vastasi, »uhkaava varjo on lähestynyt nukkuessani. Olisi hyvä jos vetäisit miekkasi esiin.»

»Miksi?» Frodo sanoi. »Onko lähistöllä vihollisia?»

»Katsokaamme mitä Piikki sanoo», vastasi Aragorn.

Frodo veti haltiamiekan huotrastaan. Hänen kauhukseen sen reunat hehkuivat yössä himmeästi. »Örkkejä!» hän sanoi. »Ei kovin lähellä mutta nähtävästi kuitenkin liian lähellä.»

»Sitä pelkäsinkin», sanoi Aragorn. »Mutta ehkä ne eivät ole tällä puolella jokea. Piikin hehku on himmeä, eikä se välttämättä viittaa sen kummempaan kuin Amon Lhawin rinteillä liikuksiviin Mordorin vakoojiin. En ole koskaan ennen kuullut, että Amon Henillä olisi ollut örkkejä. Mutta kuka tietää, mitä näinä pahoina aikoina voi tapahtua, nyt kun Minas Tirith ei enää turvaa Anduinin väyliä. Meidän on kuljettava varoen huomenna.»

Aamunkoitto muistutti savuavaa paloa. Matalalla idässä näkyi mustia pilven-kaistaleita kuin suuren kulon merkkeinä. Nouseva aurinko maalasi ne alhaalta tummanpunaisiksi, mutta pian se kiipesi kirkkaalle taivaalle niiden yläpuolelle. Tol Brandirin huipussa hohti kulta. Frodo katsoi itään ja tuijotti korkeaa saarta. Sen kyljet kohosivat pystysuorina vuolaasta virrasta. Kaukana ylhäällä kallioiden päällä oli jyrkkiä rinteitä, joilla kasvoi puita latva latvalta korkeammalla, ja niiden yläpuolella oli taas luoksepääsemätöntä harmaata kalliota, jonka kruunasi mahtava, terävä huippu. Sen ympärillä lenteli lintuja, mutta mistään muusta elollisesta olennosta ei näkynyt merkkiäkään.

Kun he olivat syöneet, Aragorn kutsui Saattueen kokoon. »On vihdoin tullut se päivä», hän sanoi, »ratkaisun päivä, jota olemme pitkään lykänneet. Miten nyt käy Saattueemme, joka on taivaltanut niin pitkään hyvässä kumppanuudessa? Käännymmekö länteen Boromirin kanssa ja menemme Gondorin sotiin, käännymmekö itään Pelkoa ja Varjoa kohti, vai hajotammeko veljeskuntamme ja menemme eri teitä kukin valintansa mukaan? Mitä ikinä teemmekin, se on tehtävä pian. Täällä emme voi viipyä. Itärannalla on vihollinen, sen tiedämme, mutta pelkään, että örkkejä on jo veden tälläkin puolen.»

Kului pitkä tovi, jonka aikana kukaan ei puhunut eikä liikahtanut.

»No, Frodo», sanoi Aragorn viimein. »Pahoin pelkään, että taakka on sinun harteillasi. Sinä olet Neuvonpidon nimittämä Viejä. Oman tiesi voit valita vain itse. Tässä asiassa en voi sinua neuvoa. En ole Gandalf, ja vaikka olen yrittänyt täyttää hänen paikkansa, en tiedä minkälaisia suunnitelmia, mitä toiveita hänellä oli tämän hetken varalta, jos mitään. Luultavampaa on, että vaikka hän olisi täällä nyt, ratkaisu olisi silti sinun käsissäsi. Se on sinun kohtalosi.»

Frodo ei vastannut heti. Sitten hän puhui hitaasti. »Tiedän että on kiire, enkä kuitenkaan osaa päättää. Taakka on raskas. Antakaa minulle vielä yksi tunti, niin sitten minä sanon. Jättäkää minut yksin!»

Aragorn katsoi häneen lempeän osaaottavasti. »Hyvä on, Frodo Drogon poika», hän sanoi. »Saat tunnin ja saat olla yksin. Me pysymme tässä hetken aikaa. Mutta älä vaella kauas äläkä äänenkantaman ulkopuolelle.»

Frodo istui hetken pää painuksissa. Sam, joka oli katsellut isäntäänsä huolissaan, pudisti päätään ja mutisi: »Asia on selvä kuin pläkki, mutta Sam Gamgin ei pyhitä juuri nyt aukoa päätään.»

Silloin Frodo nousi ja käveli pois, ja Sam näki, että muut hillitsivät itsensä eivätkä tuijottaneet Frodoa, mutta Boromirin silmät seurasivat häntä kiinteästi, kunnes hän katosi näkyvistä Amon Henin juurella kasvavaan metsikköön.

Ensin Frodo vaelteli metsässä umpimähkään, mutta pian hän huomasi jalkojensa vievän kohti vaaran rinteitä. Hän löysi polun, häviävät rippeet muinaisesta tiestä. Jyrkänteisiin oli hakattu kiviportaita, mutta ne olivat halkeilleet ja kuluneet, ja puiden juurien murentamat. Hän kiipesi jonkin aikaa välittämättä, mihin oli menossa, kunnes hän tuli ruohoiselle aukiolle. Sen ympärillä kasvoi pihlajia ja keskellä oli iso laakea kivi. Pikku vuoriniitty antoi itään, ja varhaisaamun aurinko valaisi sen. Frodo pysähtyi ja katsoi Virran yli, kauas alapuolelleen, silmäili Tol Brandiria ja lintuja, jotka kieppuivat hänen ja koskemattoman saaren väliin jäävässä ilmatilassa. Raurosin ääni kuului mahtavana pauhuna, johon sekoittui syvä jyskyttävä kumina.

Hän istuutui kivelle ja laski päänsä käsien varaan ja tuijotti itään jokseenkin mitäännäkemättömin silmin. Hän kävi läpi kaiken, mitä oli tapahtunut sen jälkeen, kun Bilbo oli lähtenyt Konnusta, ja hän palautti mieleensä ja mietti kaikkea, mitä saattoi muistaa Gandalfin sanoista. Aika kului, eikä hän vieläkään ollut lähempänä ratkaisua.

Äkkiä hän havahtui ajatuksistaan: hänet valtasi outo tunne, että hänen takanaan oli jotakin, että vihamieliset silmät katselivat häntä. Hän säntäsi pystyyn ja kääntyi, mutta yllätyksekseen hän ei nähnyt muuta kuin Boromirin, jonka kasvot olivat hymyilevät ja ystävälliset.

»Olin levoton sinusta, Frodo», hän sanoi ja tuli lähemmäksi. »Jos Aragorn on oikeassa ja lähistöllä on örkkejä, kenenkään ei pitäisi vaeltaa yksinään, ja vähiten sinun: niin paljon riippuu sinusta. Ja minunkin sydämeni on raskas. Voinko jäädä puhelemaan hetkeksi, nyt kun kerran olen löytänyt sinut? Se rauhoittaisi mieltäni. Siellä missä on monta puhumassa, tulee kaikesta loputonta väittelyä. Mutta kun on kaksi yhdessä, löytyy kukaties viisaus.»

»Kaunis ajatus», Frodo vastasi. »Mutta en usko, että mikään puhe minua auttaa. Sillä minä tiedän, mitä minun olisi tehtävä, mutta pelkään tehdä sitä, Boromir; minä pelkään.»

Boromir seisoi vaiti. Rauros pauhasi ikuista pauhuaan. Tuuli humisi puiden oksissa. Frodo värisi.

Äkkiä Boromir tuli istumaan hänen viereensä. »Oletko varma, että et kärsi turhan tähden?» hän sanoi. »Haluan auttaa sinua. Tarvitset neuvoa vaikeassa ratkaisussasi. Etkö huolisi minun neuvoani?»

»Luulen jo tietäväni, minkä neuvon sinä minulle annat», sanoi Frodo. »Ja se tuntuisi viisaudelta, ellei sydämeni varoittaisi minua.»

»Varoittaisi? Varoittaisi mistä?» kysyi Boromir terävästi.

»Varoittaisi viivytyksestä. Varoittaisi siitä tiestä, joka tuntuu helpoimmalta. Varoittaisi torjumasta taakkaa, joka minulle on sälytetty. Varoittaisi – no, jos on pakko sanoa – varoittaisi luottamasta ihmisten voimaan ja vilpittömyyteen.»

»Ja kuitenkin on sama voima kauan suojellut sinua kaukaisessa pikku maassasi, vaikka et ole tiennyt.»

»En epäile kansasi uljuutta. Mutta maailma muuttuu. Minas Tirithin muurit ovat kukaties vahvat, mutta eivät tarpeeksi vahvat. Jos ne pettävät, mitä sitten?»

»Me kaadumme urheina taistelussa. Mutta vielä on toivoa, että ne eivät petä.»

»Ei ole toivoa, niin kauan kuin Sormus on olemassa», sanoi Frodo.

»Ah! Sormus!» sanoi Boromir ja hänen silmänsä syttyivät. »Sormus! Eikö ole merkillinen kohtalo, että meidän on kärsittävä niin suurta pelkoa ja epävarmuutta moisen pienen esineen tähden? Niin pienen esineen! Ja minä olen nähnyt sen vain silmänräpäyksen ajan Elrondin talossa. Enkö saisi nähdä sitä uudestaan?»

Frodo katsoi ylös. Äkkiä hänen sydäntään kylmäsi. Hän näki Boromirin katseessa oudon kiillon, ja kuitenkin miehen kasvot olivat yhä lämpimät ja ystävälliset. »On parempi, että se pysyy kätkettynä», hän sanoi.

»Miten tahdot, sama se», sanoi Boromir. »Enkö kuitenkin saa edes puhua siitä? Sillä te tunnutte aina ajattelevan sen voimaa vain Vihollisen käsissä: sen pahaa käyttöä eikä hyvää. Maailma muuttuu, sanot sinä. Minas Tirith kaatuu, jos Sormus saa olla. Mutta miksi? Varmasti kaatuukin, jos Sormus on Vihollisella. Mutta miksi kaatuisi, jos se olisi meillä?»

»Etkö ollut Neuvonpidossa?» vastasi Frodo. »Koska me emme voi käyttää sitä, ja mitä hyvänsä sen avulla tehdään, kääntyy pahaksi.»

Boromir nousi ja käveli edestakaisin kärsimättömästi. »Sitä te jankutatte», hän huudahti. »Gandalf, Elrond – koko joukko on opettanut sinut uskomaan noin.

He voivat olla oikeassa, mitä heihin itseensä tulee. Nämä haltiat ja puolhaltiat ja velhot, he saattaisivatkin joutua perikatoon. Kuitenkin epäilen usein, ovatko he viisaita vai pelkästään arkoja. Mutta kukin laatunsa mukaan. Puhdassydämiset ihmismiehet eivät ole turmelukselle alttiita. Minas Tirithissä me olemme seisseet lujina pitkät koettelemuksen vuodet. Me emme himoitse velhoruhtinaitten valtaa, vain voimaa puolustaa itseämme, voimaa oikealle asialle. Ja katso! hädässämme tuo kohtalo ilmoille Mahtisormuksen. Se on lahja, sanon minä, lahja Mordorin vihollisille. On hulluutta olla käyttämättä sitä, käyttämättä Vihollisen voimaa häntä itseään vastaan. Vain pelottomat, häikäilemättömät voivat saavuttaa voiton. Mitä ei voisi sotaurho tehdä tällä hetkellä, tai suuri johtaja? Mitä ei voisi Aragorn tehdä? Tai jos hän kieltäytyy, miksi ei Boromir? Sormus antaisi minulle johtovallan. Miten minä karkottaisinkaan Mordorin joukot, miten kaikki miehet kokoontuisivat lippuni luo!»

Boromir harppoi edestakaisin ja puhui yhä kovemmalla äänellä. Hän näytti melkein unohtaneen Frodon, puheen täyttivät nyt muurit ja aseet ja miesten kokoaminen, suunnitelmat tulevista suurista liitoista ja loistavista voitoista, ja kuinka hän kukistaa Mordorin ja hänestä itsestään tulee mahtava kuningas, hyvä ja viisas. Äkkiä hän pysähtyi ja heilautti käsiään.

»Ja he käskevät meitä heittämään sen menemään!» hän huusi. »En sano *tuhoamaan*. Se voisikin olla oikein, jos järki antaisi mitään toivoa yrityksen onnistumisesta. Mutta se ei anna. Ainoa suunnitelma jota meille tarjotaan on se, että puolituinen kävelee sokeasti Mordoriin ja antaa Viholliselle loistavan tilaisuuden kaapata Sormus takaisin itselleen. Hulluutta!

Käsitäthän sinä sen, ystäväni?» hän sanoi ja kääntyi äkkiä taas Frodon puoleen. »Sinä sanot pelkääväsi. Jos niin on, rohkeinkin soisi sen sinulle anteeksi. Mutta eikö oikeastaan kapinaan ole noussut sinun terve järkesi?»

»Ei, minä pelkään», Frodo sanoi. »Pelkään ja siinä kaikki. Mutta oli hyvä kuulla sinun puhuvan noin pitkään. Mieleni on nyt selkeämpi.»

»Sinä siis tulet Minas Tirithiin?» huudahti Boromir. Hänen silmänsä loistivat ja kasvot hehkuivat intoa.

»Käsität minut väärin», Frodo sanoi.

»Mutta tulethan sinä, ainakin vähäksi aikaa?» intti Boromir. »Kaupunkini ei ole enää kaukana, ja sieltä on vain vähän pitempi matka Mordoriin kuin täältä. Me olemme olleet kauan Erämaassa ja sinä tarvitset tietoja Vihollisen viimeaikaisista puuhista ennen kuin teet mitään. Tule minun kanssani, Frodo», hän sanoi. »Tarvitset lepoa ennen yritystäsi, jos sinun todella on mentävä.» Boromir laski kätensä hobitin olalle ystävällisesti, mutta Frodo tunsi miten käsi vapisi tukahdutetusta kiihtymyksestä. Frodo astui nopeasti syrjään ja silmäili levottomana isoa miestä, joka oli lähes kaksi kertaa häntä pitempi ja monin verroin vahvempi voimiltaan.

»Miksi olet noin tyly?» kysyi Boromir. »Olen vilpitön mies, en ole varas enkä vaaniskelija. Minä tarvitsen sinun Sormustasi: sen sinä nyt tiedät, mutta annan sanani, etten halua sitä pitääkseni sen. Etkö antaisi minun edes kokeilla suunnitelmaani? Lainaa Sormus minulle!»

»En! En!» huusi Frodo. »Neuvonpidossa se määrättiin minun vietäväkseni.»

»Oman hulluutemme tähden Vihollinen voittaa meidät», huusi Boromir. »Miten se minua raivostuttaa! Hölmö! Itsepäinen hölmö! Juosta nyt väen vängällä kuolemaan ja tuhota asiamme. Jos keillään kuolevaisilla on oikeus Sormukseen, se on Númenorin ihmisillä, ei puolituisilla. Sinun se on vain onnettoman sattuman kautta. Se olisi voinut olla minun. Sen pitäisi olla minun. Anna se minulle!» Frodo ei vastannut vaan perääntyi, kunnes suuri laakea kivi jäi heidän väliinsä. »Kuulehan, ystäväiseni!» sanoi Boromir lempeämmällä äänellä. »Mikset antaisi sitä pois? Pääsisit eroon epäilyksistä ja pelosta. Voit panna syyn minun niskoilleni, jos tahdot. Voit sanoa, että olin liian vahva ja vein sen väkisin. Sillä minä *olen* sinulle liian vahva, puolituinen», hän huusi, ja äkkiä hän hyppäsi kiven yli ja loikkasi Frodoa kohti. Hänen kauniit ja miellyttävät kasvonsa muuttuivat hirveällä tavalla, villi tuli paloi hänen silmissään.

Frodo hypähti syrjään ja kivi jäi taas heidän väliinsä. Oli vain yksi mahdollisuus: vapisten Frodo veti esiin ketjussaan riippuvan Sormuksen ja sujautti sen nopeasti sormeensa samalla hetkellä kun Boromir taas loikkasi häntä kohti. Ihmismies haukkoi henkeään, tuijotti hetken äimistyneenä ja alkoi sitten juosta vauhkona ympäriinsä etsiskellen sieltä täältä kivien ja puiden lomasta.

»Kurja huijari!» hän huusi. »Odota kun saan sinut käsiini! Nyt ymmärrän aivoituksesi. Sinä viet Sormuksen Sauronille ja myyt meidät kaikki. Olet vain odottanut tilaisuutta jättää meidät oman onnemme nojaan. Kuolemaan ja pimeyteen minä kiroan sinut ja kaikki puolituiset!» Sitten hänen jalkansa osui kiveen ja hän kaatui pitkin pituuttaan maahan. Vähän aikaa hän makasi hiljaa kuin hänen oma kirouksensa olisi kaatanut hänet, sitten hän äkkiä itki.

Hän nousi ja pyyhkäisi silmistään kyyneleet. »Mitä minä olen sanonut?» hän huusi. »Mitä minä olen tehnyt? Frodo, Frodo!» hän huusi. »Tule takaisin. Hulluus sai minut valtaansa, mutta nyt se on poissa. Tule takaisin!»

Vastausta ei kuulunut. Frodo ei edes kuullut hänen huutojaan. Hän oli jo kaukana ja ravasi sokeasti vaaran huipulle vievää polkua ylös. Kauhu ja suru vavisuttivat häntä, kun hän näki mielessään Boromirin hullunhurjat kasvot ja palavat silmät.

Pian hän saapui yksin Amon Henin huipulle. Hän pysähtyi ja veti henkeä. Hän näki kuin sumun läpi suuren, valtavilla laatoilla kivetyn laakean ympyrän, jota kiersi mureneva varustus; sen keskellä oli neljän veistetyn pilarin päällä korkea istuin, jonne pääsi moniaskelmaista portaikkoa myöten. Hän kiipesi ylös ja istuutui muinaisajan tuoliin, ja hän tunsi itsensä eksyneeksi lapseksi, joka oli kavunnut vuorenkuninkaan valtaistuimelle.

Aluksi hän ei nähnyt paljon mitään. Hän oli ikään kuin usvamaailmassa, jossa oli vain varjoja: Sormus vaikutti hänessä. Sitten usva hälveni siellä täällä ja hän näki monia näkyjä: pieninä ja kirkkaina kuin pöydällä aivan silmien alla ja kuitenkin kaukaisina. Hän ei kuullut ääniä, näki vain kirkkaita eläviä kuvia. Maailma tuntui kutistuneen ja vaienneen. Hän istui Näkemisen istuimella Amon Henillä, Númenorin ihmisten Silmän vuorella. Hän katsoi itään ja näki laajoja kartoittamattomia alueita, nimettömiä tasankoja ja tutkimattomia metsiä. Hän katsoi pohjoiseen ja näki Suuren virran nauhana alapuolellaan ja Sumuvuoret pieninä ja kovina kuin rikkoutuneet hampaat. Hän katsoi länteen ja näki Rohanin laajat laitumet ja Orthancin, Rautapihan tornin, joka oli kuin musta piikki. Hän katsoi etelään ja aivan hänen jalkojensa alla taipui Suuri virta kuin murtuva aalto ja vyöryi Raurosin niskan yli vaahtoavaan syvänteeseen; ja usvassa, kuohun yllä, kimalsi sateenkaari. Ja hän näki Ethir Anduinin, Virran mahtavan suiston, ja lukemattomat merilinnut kaartelemassa auringossa kuin vaalea tomupilvi ja niiden alla vihreän ja hopeisen meren, jossa loputtomat aallot seurasivat toisiaan. Mutta kaikkialla, minne hän katsoi, hän näki sodan merkkejä. Sumuvuoret kuhisivat kuin muurahaispesät: örkkejä tulvi tuhansista koloista. Synkmetsän oksien alla kävivät haltiat ja ihmiset taistelua elämästä ja kuolemasta hirveiden petojen kanssa. Beorninkien maa oli liekeissä, Morian yllä lepäsi pilvi, savua kohosi Lórienin rajoilta.

Rohanin ruohikolla laukkasi ratsukkoja, susia tulvi Rautapihasta. Haradin satamista lähti merille sotalaivoja, idästä tuli ihmismiehiä solkenaan: miekkamiehiä, keihäsmiehiä, jousimiehiä ratsailla, päälliköiden vaunuja ja kuormavankkureita. Kaikki Mustan ruhtinaan voimat olivat liikkeellä. Sitten hän kääntyi taas etelään ja näki Minas Tirithin. Se näytti kaukaiselta ja kauniilta: siinä oli valkeat muurit ja lukemattomia torneja ja se oli ylpeä ja ihana vuorijalustallaan; sen varustukset hohtivat terästä ja sen tornit olivat kirjavanaan lippuja. Toivo läikähti hänen sydämessään. Mutta Minas Tirithiä vastassa seisoi toinen linnoitus, suurempi ja vahvempi. Sinne itään hän siirsi vastentahtoisesti katseensa. Katse sivuutti Osgiliathin rauniosillat, Minas Morgulin irvistävät portit ja kirotut vuoret ja näki Gorgorothin, kauhun laakson Mordorin maassa. Auringon alla oli siellä pimeys. Tuli hehkui savun keskellä. Tuomiovuori leimusi ja siitä kohosi suuri katku. Sitten hänen katseensa viimein pysähtyi: muuri muurin päällä, varustus varustuksen päällä, mustana, mittaamattoman vahvana hän näki rautaisen vuoren, teräksisen portin, järkkymättömän tornin: se oli Barad-dûr, Sauronin linnoitus. Kaikki toivo kaikkosi hänestä.

Ja äkkiä hän tunsi Silmän. Mustassa tornissa oli silmä, joka valvoi. Hän tajusi, että se oli tullut tietoiseksi hänen katseestaan. Sillä oli julma, kiihkeä tahto. Se ojentui häntä kohti, hän tunsi miten se etsi häntä kuin sormi. Pian se osuisi häneen, tietäisi täsmälleen, missä hän oli. Se kosketti Amon Lhawia. Se pyyhki Tol Brandiria – hän heittäytyi pois istuimelta, kyyristyi, suojasi päänsä harmaalla hupullaan.

Hän kuuli oman äänensä huutavan: *Ei! Ei milloinkaan!* Vai huusiko hän: *Totisesti minä tulen, tulen luoksesi?* Hän ei tiennyt. Sitten kuin välähdyksenä jostakin toisesta voiman keskuksesta hänen mieleensä tunkeutui toinen ajatus: *Ota se pois! Ota se pois! Hullu, ota se pois! Ota Sormus pois!*

Nuo kaksi voimaa taistelivat hänessä. Hetken hän vääntelehti tuskissaan kahden tasavahvan viiltävän voiman puristuksessa. Äkkiä hän tuli taas tietoiseksi itsestään. Frodo – ei Ääni eikä Silmä – oli vapaa valitsemaan ja oli vain hetki aikaa. Hän otti Sormuksen sormestaan. Hän oli polvillaan kirkkaassa auringonpaisteessa korkean istuimen edessä. Musta varjo tuntui kulkevan hänen ylitseen kuin käsivarsi; se ei pysähtynyt Amon Heniin vaan kurkotti länteen päin ja häipyi. Sitten oli koko taivas kirkas ja sininen, ja kaikissa puissa lauloivat linnut.

Frodo nousi jaloilleen. Suuri uupumus painoi häntä, mutta hänen tahtonsa oli vakaa ja sydämensä kevyempi. Hän puhui ääneen itsekseen. »Teen nyt sen, mitä minun on tehtävä», hän sanoi. »Tämä ainakin on selvää: Sormuksen pahuus tekee työtään jo Saattueessakin ja Sormuksen on lähdettävä ennen kuin se saa aikaan lisää vahinkoa. Minä menen yksin. Joihinkin en luota, ja ne joihin luotan, ovat minulle liian kalliita: Sam rukka, ja Merri ja Pippin. Ja myös Konkari: hänen sydämensä halajaa Minas Tirithiin ja häntä tarvitaan siellä, nyt kun Boromir on langennut pahuuteen. Minä menen yksin. Heti.»

Hän käveli nopeasti takaisin polkua alas ja tuli takaisin ruohikolle, josta Boromir oli löytänyt hänet. Sitten hän pysähtyi kuulostelemaan. Hän oli kuulevinaan huutoja ja kutsuja alhaalta metsästä läheltä rantaa.

»He etsivät minua», hän sanoi. »Kuinkahan kauan minä olen ollut poissa? Tuntikausia varmaankin.» Hän epäröi. »Mitä minä voin tehdä?» hän mutisi. »Minun täytyy lähteä nyt tai en lähde koskaan. En saa toista tilaisuutta. On kamalaa jättää heidät, ja näin, selittämättä mitään. Mutta he ymmärtävät varmasti. Sam ymmärtää. Ja mitä muuta minä voin tehdä?»

Hitaasti hän veti Sormuksen esiin ja pani sen vielä kerran sormeensa. Hän katosi ja kulki alas mäkeä huomaamattomammin kuin tuulen kahahdus.

Muut pysyivät pitkään joen rannalla. He olivat jonkin aikaa olleet vaiti ja liikuskelleet levottomina, mutta nyt he istuivat ympyrässä ja puhuivat. Yhtenään he yrittivät puhua jostakin muusta, pitkästä matkastaan ja monista seikkailuistaan; he kyselivät Aragornilta Gondorin valtakunnasta ja sen muinaishistoriasta ja sen suurten rakennustöiden jäännöksistä, joita saattoi vielä nähdä tässä Emyn Muilin oudossa rajamaassa: kivikuninkaista ja Lhawin ja Henin istuimista ja suurista portaista Raurosin putousten vieressä. Mutta aina vaelsivat ajatukset ja sanat takaisin Frodoon ja Sormukseen. Mitä Frodo päättäisi tehdä? Miksi hän epäröi?

»Hän pohdiskelee kai, mikä tie on epätoivoisin», sanoi Aragorn. »Ja sitä sopii kyllä pohtia. Nyt on Saattueen toivottomampaa kuin koskaan lähteä itään, koska Klonkku on löytänyt meidän jälkemme ja meidän on pelättävä, että matkamme salaisuus on paljastettu. Mutta Minas Tirith ei ole sen lähempänä Tulta ja Taakan tuhoamista.

Voimme viipyä siellä jonkin aikaa ja puolustautua uljaasti, mutta ruhtinas Denethorin ja kaikkien hänen miestensä on turha kuvitella pystyvänsä sellaiseen, minkä Elrondkin katsoi ylivoimaiseksi itselleen, joko pitää Taakka salassa tai torjua Vihollisen koko mahti, kun hän tulee sitä ottamaan. Minkä tien meistä kukin valitsisi Frodon asemassa? En tiedä. Nyt me totisesti kaipaamme kipeimmin Gandalfia.»

»Raskas on menetyksemme», sanoi Legolas. »Meidän on nyt kuitenkin tehtävä päätöksemme ilman hänen apuaan. Miksi emme voi tehdä niin ja siten auttaa Frodoa? Kutsukaamme hänet takaisin ja äänestäkäämme sitten. Minä äänestäisin Minas Tirithin puolesta.»

»Samoin minä», sanoi Gimli. »Meidät tietenkin lähetettiin vain auttamaan Sormuksen viejää hänen matkallaan, eikä meidän tarvitse mennä pitemmälle kuin haluamme, eikä mikään käsky tai vala velvoita ketään meistä pyrkimään Tuomiovuorelle. Vaikea oli lähtöni Lothlórienista. Näin pitkälle olen kuitenkin tullut, ja nyt sanon: me olemme viimeisen valinnan edessä, ja minä tiedän, että en voi jättää Frodoa. Valitsisin Minas Tirithin, mutta jos hän ei valitse sitä, silloin minä seuraan häntä.»

»Minä seuraan häntä myös», sanoi Legolas. »Uskottomuutta olisi heittää nyt hyvästit.»

»Petos tosiaan olisi jos me kaikki hylkäisimme hänet nyt», sanoi Aragorn. »Mutta jos hän menee itään, silloin ei kaikkien tarvitse mennä hänen kanssaan; enkä usko että kaikkien pitäisikään mennä. Yritys on epätoivoinen: yhtä hyvin kahdeksalle tai kolmelle tai kahdelle tai yhdelle yksinään. Jos antaisitte

minun valita, valitsisin kolme seuralaista: Samin, joka ei kestäisi muuta vaih-
toehtoa, ja Gimlin ja itseni. Boromir palaa omaan kaupunkiinsa, jossa hänen
isänsä ja kansansa tarvitsee häntä, ja hänen kanssaan pitäisi mennä muiden,
tai ainakin Meriadocin ja Peregrinin, jos Legolas ei ole suostuvainen jättämään
meitä.»

»Se ei käy alkuunkaan!» huudahti Merri. »Me emme voi jättää Frodoa! Pippin
ja minä olemme alun alkaen aikoneet seurata Frodoa, minne hän ikinä menee, ja
aiomme vieläkin. Mutta me emme ymmärtäneet, mitä se tarkoittaa. Asia näytti
erilaiselta siellä kaukana, Konnussa tai Rivendellissä. Olisi hullua ja julmaa pääs-
tää Frodo Mordoriin. Miksi emme voi estää häntä?»

»Meidän on se estettävä», sanoi Pippin. »Ja siitä hän onkin ihan varmasti huo-
lissaan. Hän tietää, että me emme suostu siihen että hän lähtee itään. Eikä hän
mielellään pyydä mukaansa ketään, kaveriparka. Kuvitelkaa nyt: lähteä Mor-
doriin yksin!» Pippin värisi. »Mutta sen vanhan rakkaan hobittihölmön pitäisi
tietää, ettei hänen tarvitse pyytää. Hänen pitäisi tietää, että jollemme voi estää
häntä, me emme häntä jätä.»

»Anteeksi vaan», sanoi Sam. » Te ette taida nyt ollenkaan ymmärtää minun
isäntääni. Hän ei epäröi kumpaan suuntaan lähtisi. Ei tietenkään! Mitä hyötyä
Minas Tirithistä olisi? Hänelle meinaan, anteeksi vaan, herra Boromir», hän lisäsi
ja kääntyi. Ja silloin he huomasivat, että Boromir, joka aluksi oli istunut hiljaa
piirin ulkopuolella, ei enää ollutkaan siinä.

»Ja mihinkäs hän nyt on mennyt?» huudahti Sam ja näytti huolestuvan. »Hän
on ollut vähän omituinen viime aikoina, ainakin minun mielestäni. Mutta tämä
asia ei oikeastaan kuulukaan hänelle. Hän on matkalla kotiinsa, niin kuin hän on
sanonut alusta pitäen, eikä häntä voi siitä syyttää. Frodo-herra sen sijaan tietää,
että hänen on löydettävä Tuomiorotko, jos vain voi. Mutta hän *pelkää*. Nyt kun
on tultu tähän, hän on kauhuissaan, siinä koko juttu. Sitä hän pohtii. Onhan
hän tietysti saanut vähän totutusta, niin sanoakseni – me kaikki on saatu – sen
jälkeen kun lähdettiin kotoa, muuten hän olisikin niin kauhuissaan, että paiskaisi
Sormuksen Virtaan ja livistäisi. Mutta hän on yhä liian peloissaan lähteäkseen
liikkeelle. Eikä hän ole meistä huolissaan: siitä että tullaanko me mukaan vai ei.
Hän tietää kyllä että me aiotaan tulla. Se on toinen juttu, joka vaivaa häntä. Jos
hän saa itsensä kasaan ja päättää lähteä, hän tahtoo mennä yksin. Uskokaa pois!
Me joudutaan vaikeuksiin, kun hän tulee takaisin. Sillä hän saa kyllä itsensä
kasaan, niin totta kuin hänen nimensä on Reppuli.»

»Sam, sinä taidat puhua viisaammin kuin meistä kukaan», sanoi Aragorn. »Ja
mitä me teemme, jos sinä olet oikeassa?»

»Pysäytämme hänet! Ei päästetä häntä!» huusi Pippin.

»Mitenkähän on», sanoi Aragorn. »Hän on Sormuksen viejä, ja Taakan kohtalo
on hänen varassaan. En usko, että meidän tehtävämme on painostaa häntä suun-
taan tahi toiseen. Enkä usko että onnistuisimmekaan, jos yrittäisimme. Muut ja
paljon mahtavammat voimat tekevät työtään.»

»Voi, saisipa Frodo 'itsensä kasaan' ja tulisi takaisin ja päästäisi meidät tästä»,
sanoi Pippin. »Odottaminen on kamalaa! Aikahan on jo takuulla lopussa.»

»On», sanoi Aragorn. »Tunti on mennyt jo aikaa sitten. Aamu kuluu. Meidän
täytyy kutsua häntä.»

Sillä hetkellä Boromir palasi. Hän tuli puiden keskeltä ja käveli heitä kohti sanomatta mitään. Hänen kasvonsa näyttivät synkiltä ja surullisilta. Hän pysähtyi kuin laskeakseen paikallaolijat ja sitten hän istuutui loitolle silmät maahan luotuina.

»Missä olet ollut, Boromir?» kysyi Aragorn. »Oletko nähnyt Frodoa?»

Boromir epäröi hetken. »Kyllä ja ei», hän vastasi hitaasti. »Kyllä: löysin hänet mäestä, vähän matkan päästä ja puhuin hänen kanssaan. Vaadin että hän tulisi Minas Tirithiin eikä menisi itään. Suutuin ja hän lähti luotani. Hän hävisi. En ole koskaan nähnyt sellaista aikaisemmin, vaikka olenkin kuullut siitä taruissa. Hänen on täytynyt panna Sormus sormeensa. En enää löytänyt häntä. Luulin, että hän palaisi teidän luoksenne.»

»Onko siinä kaikki, mitä sinulla on sanottavana?» kysyi Aragorn ja katsoi Boromiriin ankarasti eikä kovin ystävällisesti.

»On», sanoi Boromir. »En sano vielä enempää.»

»Paha, paha juttu!» huusi Sam sännäten pystyyn. »Mitä tämä ihminen on oikein touhunnut? Miksi Frodo-herra olisi pannut sen sormeensa? Mikä hänet siihen olisi pakottanut; ja jos hän on sen tehnyt, taivas tietää mitä on voinut tapahtua!»

»Mutta ei hän pitäisi sitä sormessaan», sanoi Merri. »Ei enää sitten kun hän olisi välttänyt kutsumattoman vieraan, niin kuin Bilbo aina teki.»

»Mutta minne hän on mennyt? Missä hän on?» huusi Pippin. »Hän on ollut poissa ikuisuuden!»

»Kuinka kauan on siitä kun näit Frodon viimeksi, Boromir?» kysyi Aragorn.

»Ehkä puolisen tuntia», hän vastasi. »Tai ehkä siitä on tunti. Olen vaellellut jonkin aikaa sen jälkeen. En tiedä! En tiedä!» Hän pani pään käsiinsä ja istui kuin surun painamana.

»Tunti siitä kun hän katosi!» huusi Sam. »Meidän pitää heti lähteä etsimään häntä. Mennään!»

»Hetki vain!» huusi Aragorn. »Meidän täytyy jakaantua pareittain ja järjestää – hei, seis! Odottakaa!»

Se ei auttanut. He eivät kiinnittäneet häneen mitään huomiota. Sam oli ampaissut tiehensä ensimmäisenä. Merri ja Pippin olivat seuranneet esimerkkiä ja katosivat jo länteen, rantametsikköön huutaen: *Frodo! Frodo!* kirkkailla korkeilla hobitinäänillään. Legolas ja Gimli etääntyivät juoksujalkaa. Hulluus tai paniikki tuntui äkkiä vallanneen Saattueen.

»Me joudumme kaikki erillemme ja eksyksiin», valitti Aragorn. »Boromir! En tiedä, mikä on osuutesi tässä onnettomuudessa, mutta auta meitä nyt! Mene noiden kahden nuoren hobitin perään ja suojele edes heitä, vaikka ette löytäisikään Frodoa. Tulkaa takaisin tälle paikalle, jos löydätte hänet tai mitään merkkejä hänestä. Palaan pian.»

Aragorn riensi pois ja lähti Samin perään. Ruohikolla pihlajien keskellä Aragorn saavutti Samin, joka ponnisteli rinteessä huohottaen ja huutaen: *Frodo!*

»Tule minun kanssani, Sam!» hän sanoi. »Yhdenkään meistä ei pitäisi olla yksin. Täällä on jotakin pahaa tekeillä. Minä tunnen sen. Minä menen huipulle, Amon Henin istuimelle, ja katson mitä näkyy. Aivan oikein! On niin kuin sydämeni arvasi, Frodo meni tätä tietä. Seuraa minua ja pidä silmäsi auki!» Hän kiiruhti rinnettä ylös.

Sam teki parhaansa, mutta hän ei jaksanut pysytellä Konkari Samoojan vauhdissa ja jäi pian jälkeen. Hän ei ollut ehtinyt pitkälle kun Aragorn jo katosi näkyvistä. Sam pysähtyi läähättäen. Äkkiä hän löi kädellä otsaansa. »Huhhuh, Sam Gamgi!» hän sanoi ääneen. »Jalkasi ovat liian lyhyet, joten käytä päätäsi. Katsotaanpa! Boromir ei valehtele, se ei ole hänen tapaistaan, mutta hän ei kertonut kaikkea. Jokin pelästytti Frodo-herran pahanpäiväisesti. Hän sai itsensä kasaan, siinä silmänräpäyksessä. Hän teki viimeinkin päätöksensä – hän lähtee. Minne? Itään. Ei kai ilman Samia? Kyllä kyllä, ilman omaa Samiaankin. Se on kovaa, julmaa ja kovaa!»

Sam pyyhkäisi kädellä silmiään ja sipaisi kyynelet pois. »Rauhallisesti, Gamgi!» hän sanoi. »Ajattele, jos osaat! Hän ei voi lentää jokien yli eikä hän pysty hyppäämään vesiputouksista alas. Hänellä ei ole varusteita. Hänen on siis mentävä takaisin veneille. Takaisin veneille! Takaisin veneille, Sam, kuin salama!»

Sam kääntyi ja säntäsi takaisin polkua alas. Hän kaatui ja sai naarmuja polviin. Pystyyn ja eteenpäin! Hän tuli Parth Galenin rantanurmelle, jonne veneet oli vedetty maihin. Paikalla ei ollut ketään. Takaapäin metsästä kuului ehkä huutoja, mutta hän ei kiinnittänyt niihin huomiota. Hän seisoi hetken silmät selällään liikahtamatta ja henkeän haukkoen. Yksi vene liukui rinnettä alas omia aikojaan. Kiljaisten Sam pinkaisi nurmen poikki. Vene lipui veteen.

»Tulossa ollaan, Frodo-herra! Tulossa ollaan!» huusi Sam ja heittäytyi äyräältä alas tavoittaen rannasta erkanevaa venettä. Puoli syltä jäi uupumaan. Hän huudahti, vesi loiskahti ja hän putosi pää edellä vuolaaseen syvään jokeen. Vesi pulpahteli ja hän vajosi pinnan alle, ja Virta umpeutui taas hänen kiharan päänsä päällä.

Tyhjästä veneestä kuului säikähtynyt huudahdus. Mela pyörähti ja vene kääntyi. Frodo ehti juuri ja juuri tarttua Samia tukasta, kun tämä nousi pintaan pärskien ja huitoen. Hänen pyöreistä ruskeista silmistään tuijotti pelko.

»Ylös nyt, Sam-poika!» sanoi Frodo. »Ota kädestä kiinni!»

»Pelastakaa minut, Frodo-herra!» huohotti Sam. »Minä hukun. En näe teidän kättä!»

»Se on tässä. Älä nipistä! En minä sinua päästä. Polje vettä äläkä hosu tai kaadat veneen. No nyt, ota laidasta kiinni ja anna minun käytellä melaa!»

Muutamalla vedolla Frodo sai veneen takaisin rantaan ja Sam rämpi ylös vedestä märkänä kuin vesirotta. Frodo otti Sormuksen sormestaan ja astui taas maihin.

»Kaikista kirotuista kiusankappaleista sinä Sam olet kyllä pahin!» hän sanoi.

»Voi Frodo-herra, se on kovaa!» sanoi Sam vapisten. »Se on kovaa, että te meinaatte lähteä ilman minua. Jollen olisi arvannut oikein, missä te nyt olisittekaan?»

»Turvallisesti matkalla.»

»Turvallisesti!» sanoi Sam. »Ihan yksin ja ilman minua auttamassa. Minä en olisi kestänyt sitä, se olisi ollut minun loppuni!»

»Sinun loppusi olisi se, jos olisit tullut minun kanssani, Sam», sanoi Frodo, »ja minä en olisi kestänyt sitä.»

»Ei yhtä varma loppu kuin se että jätetään», sanoi Sam.

»Mutta minä menen Mordoriin.»

»Kyllä minä sen tiedän, Frodo-herra. Tietysti te menette. Ja minä tulen mukaan.»

»Sam, Sam», sanoi Frodo, »älä yritä estää minua! Toiset palaavat minä hetkenä tahansa. Jos he tapaavat minut täältä, minun täytyy väitellä ja selvitellä, eikä minulla enää ikinä ole voimaa eikä tilaisuutta lähteä. Mutta minun täytyy lähteä heti. Se on ainoa keino.»

»Tietysti on», vastasi Sam. »Mutta ei yksin. Minä tulen myös, tai sitten meistä ei lähde kumpikaan. Hakkaan reikiä veneisiin ensi töikseni.»

Frodo nauroi, todella nauroi. Äkillinen lämpöinen ilo kosketti hänen sydäntään. »Jätä yksi!» hän sanoi. »Me tarvitsemme sitä. Mutta et voi tulla tuolla tavoin ilman varusteita ja ruokaa ja kaikkea.»

»Odottakaa vain hetki, niin minä haen kamani!» huudahti Sam innokkaana. »Ne ovat kaikki valmiina. Minä arvelinkin, että me lähdettäisiin tänään.» Hän ryntäsi leiripaikalle, kaivoi pakkauksensa pinosta, johon Frodo oli sen pannut tyhjentäessään veneen tovereittensa tavaroista, kaappasi kainaloonsa varahuovan ja joitakin ylimääräisiä ruokapaketteja ja juoksi takaisin.

»Koko suunnitelmani on siis pilalla!» Frodo sanoi. »Sinua ei pääse karkuun. Mutta Sam, olen iloinen. En pysty sanomaan, miten iloinen. Tule! On selvää, että meidän oli tarkoitus mennä yhdessä. Me menemme, ja löytäkööt muut turvallisen tien! Konkari pitää heistä huolen. Tokko me heitä enää näemme.»

»Ehkä näemmekin, Frodo-herra. Ehkä», sanoi Sam.

Niin Sam ja Frodo lähtivät täyttämään Tehtävän viimeistä vaihetta yhdessä. Frodo meloi veneen rannasta ja Virta kiidätti heidät nopeasti pois länsihaaraa alas ja Tol Brandirin uhkaavien kallioiden ohi. Suurten putousten pauhu tuli lähemmäksi. Vaikka Samkin yritti auttaa, oli raskasta meloa virtauspaikan poikki saaren eteläpäässä ja ohjata vene itään kohti vastarantaa

Viimein he laskivat maihin Amon Lhawin eteläisille rinteille. Sieltä he löysivät loivan rannan ja vetivät veneen ylös, korkealle vesirajan yläpuolelle, ja kätkivät sen niin hyvin kuin taisivat suuren kivilohkareen taakse. Sitten he nostivat taakat harteilleen ja lähtivät etsimään polkua, joka veisi heidät Emyn Muilin harmaitten kukkuloiden yli ja alas Varjon maahan.

KAKSI TORNIA

TARU SORMUSTEN HERRASTA

Toinen osa

KOLMAS KIRJA

I

BOROMIRIN LÄHTÖ

Aragorn kiiruhti mäkeä ylös. Silloin tällöin hän kumartui. Hobittien askel on kevyt, ja heidän jalanjälkiään on vaikea samoojienkaan lukea, mutta lähellä huippua polun poikki virtasi puro, ja märässä maassa hän näki etsimänsä. »Tulkitsin jälkiä oikein», hän sanoi itsekseen. »Frodo on juossut vaaran huipulle. Mitähän hän mahtoi nähdä? Mutta hän on palannut samaa tietä ja laskeutunut rinnettä alas.»

Aragorn epäröi. Hänen mielensä teki mennä itse korkealle istuimelle, hän toivoi näkevänsä siellä jotakin, joka opastaisi häntä hänen epätietoisuudessaan, mutta aikaa oli vähän. Äkkiä hän lähti juoksemaan ja harppoi huipulle, suurten kivilaattojen poikki ja portaat ylös. Hän istuutui korkealle istuimelle ja katsoi. Mutta aurinko näytti pimentyneen ja maailma vaikutti hämärältä ja etäiseltä. Hän kääntyi ympäri, pohjoisesta taas takaisin pohjoiseen, ja näki vain etäisiä kukkuloita, mutta kaukaisuudessa hän oli erottavinaan jälleen korkealla ilmassa suuren, kotkan kaltaisen linnun, joka laskeutui hitaasti laajoissa kaarissa maata kohti.

Kun hän vielä katseli ympärilleen, hänen valppaat korvansa kuulivat ääniä alhaalta metsästä Virran länsipuolelta. Hän jäykistyi. Hän kuuli huutoja ja niiden joukosta hän erotti kauhukseen örkkien karkeita kiljaisuja. Sitten kajahti syvällä äänellä suuri torvi, toitotus vavisutti kukkuloita ja kaikui notkoissa ja kohosi mahtavaksi jylinäksi, joka voitti vesiputousten pauhun.

»Boromirin torvi!» hän huusi. »Boromir on hädässä!» Hän loikki portaat alas ja lähti juoksemaan polkua pitkin. »Voi! Huono onni on tänä päivänä päälläni, ja kaikki mitä teen, epäonnistuu. Missä on Sam?»

Hänen juostessaan huudot voimistuivat, mutta torvi soi nyt vaimeampana, epätoivoisena. Örkkien kiljunta kuului hurjana ja läpitunkevana ja äkkiä torventöräykset vaikenivat. Aragorn kiisi viimeisen rinteen alas, mutta kun hän ehti kukkulan juurelle, äänet hiljenivät; kun hän kääntyi vasemmalle ja juoksi niitä kohti, ne etääntyivät, kunnes hän ei enää kuullut niitä. Hän veti esiin loistavan miekkansa ja huusi *Elendil! Elendil!* ja ryntäsi puiden lomitse.

Ehkä virstan päässä Parth Galenista, pieneltä aukiolta läheltä järven rantaa hän löysi Boromirin. Mies istui selkä suurta puuta vasten kuin leväten. Mutta Aragorn näki, että monet mustasulkaiset nuolet olivat lävistäneet hänet; miekka oli yhä hänen kädessään, mutta se oli katkennut läheltä kahvaa; hänen kahtia haljennut torvensa oli hänen vieressään. Monta örkkiä makasi kuolleena hänen ympärillään ja hänen jaloissaan.

Aragorn polvistui hänen viereensä. Boromir avasi silmänsä ja yritti puhua. Viimein hän sai hitaasti lausutuksi joitakin sanoja. »Yritin ottaa Sormuksen Frodolta», hän sanoi. »Olen pahoillani. Olen maksanut.» Hänen katseensa lipui kaatuneisiin vihollisiin, niitä oli ainakin kaksikymmentä. »He ovat poissa, puolituiset: örkit veivät heidät. Luulen, että he olivat hengissä. Heidät sidottiin.» Hän piti tauon ja hänen silmänsä sulkeutuivat väsyneesti. Hetken kuluttua hän puhui taas.

»Hyvästi, Aragorn! Mene Minas Tirithiin ja pelasta kansani! Minä olen epäonnistunut.»

»Ei!» sanoi Aragorn, tarttui hänen käteensä ja suuteli häntä otsalle. »Sinä olet voittaja. Harvat ovat saavuttaneet sellaista voittoa. Jää rauhaan! Minas Tirith ei kukistu!»

Boromir hymyili.

»Mihin suuntaan he menivät? Oliko Frodo mukana?» kysyi Aragorn.

Mutta Boromir ei enää puhunut.

»Voi!» sanoi Aragorn. »Näin lähtee Denethorin, Vahtitornin valtiaan perillinen! Tämä on katkera loppu. Saattue on nyt aivan hajalla. Minä tässä olen epäonnistunut. Turhaan luotti Gandalf minuun. Mihin menen minä nyt? Boromir on jättänyt tehtäväkseni lähteä Minas Tirithiin ja sydämeni halajaa sinne, mutta missä ovat Sormus ja sen Viejä? Miten löydän heidät ja estän Tehtävää päättymästä tuhoon?»

Hän viipyi vielä vähän aikaa polvillaan itkun kumaraan painamana, puristaen yhä Boromirin kättä. Siitä hänet löysivät Legolas ja Gimli. He tulivat kukkulan länsirinteiltä hiipien hiljaa puiden lomitse kuin metsällä. Gimlillä oli kirveensä kädessään ja Legolasilla pitkä veitsensä; hän oli käyttänyt kaikki nuolensa. Tullessaan aukiolle he pysähtyivät hämmästyneinä, ja sitten he seisoivat hetken pää painuksissa surusta, sillä he käsittivät, mitä oli tapahtunut.

»Voi!» sanoi Legolas ja tuli Aragornin viereen. »Me olemme jahdanneet ja surmanneet monia örkkejä metsässä, mutta meistä olisi ollut enemmän hyötyä täällä. Me tulimme kuultuamme torven – mutta liian myöhään näemmä. Oletteko haavoittuneet pahasti?»

»Boromir on kuollut», sanoi Aragorn. »Minussa ei ole naarmuakaan, sillä en ollut täällä hänen kanssaan. Hän kaatui puolustaessaan hobitteja, kun minä olin vaaralla.»

»Hobitteja!» huudahti Gimli. »Missä he sitten ovat? Missä on Frodo?»

»En tiedä», vastasi Aragorn uupuneesti. »Ennen kuolemaansa Boromir kertoi minulle, että örkit olivat sitoneet heidät, hän uskoi heidän olevan hengissä. Olin lähettänyt hänet seuraamaan Merriä ja Pippiniä, mutta en kysynyt olivatko Frodo ja Sam hänen kanssaan: en ennen kuin se oli liian myöhäistä. Kaikki mihin olen tänään ryhtynyt on epäonnistunut. Mitä on nyt tehtävä?»

»Ensin meidän on huolehdittava kaatuneesta», sanoi Legolas. »Me emme voi jättää häntä makaamaan kuin raato näiden iljettävien örkkien keskelle!»

»Mutta meidän on toimittava nopeasti», sanoi Gimli. »Hän ei toivoisi meidän viivyttelevän. Meidän täytyy seurata örkkejä, jos on toivoa, että joku Saattueemme vangittu jäsen on vielä hengissä.»

»Mutta me emme tiedä, onko Sormuksen viejä heidän kanssaan vai ei», sanoi Aragorn. »Onko meidän hyljättävä hänet? Eikö meidän pidä ensin etsiä häntä? Edessämme on nyt tuskallinen ratkaisu!»

»Tehkäämme siis ensin se, mikä on tehtävä», sanoi Legolas. »Meillä ei ole aikaa eikä välineitä haudata toveriamme kunnolla tai luoda kumpua hänen ylleen. Kiviröykkiön me ehkä voisimme rakentaa.»

»Työ olisi raskas ja aikaa vievä, rantaa lähempänä ei ole sopivia kiviä», sanoi Gimli.

»Pankaamme hänet siis veneeseen aseittensa ja voitettujen vihollistensa aseitten kanssa», sanoi Aragorn. »Lähetämme hänet Raurosin putouksiin ja annamme hänet Anduinille. Gondorin virta pitää ainakin huolen siitä, ettei mikään ilkimys häpäise hänen luitaan.»

He tutkivat nopeasti kaatuneitten örkkien ruumiit ja keräsivät niiden miekat ja haljenneet kypärät ja kilvet pinoon. »Katsokaa!» huusi Aragorn. »Täällä on meille merkkejä!» Hän otti julmien aseiden pinosta erilleen kaksi lehtilapaista veistä, joissa oli punaisia ja kultaisia kuvioita; etsittyään tarkemmin hän löysi myös mustat pienin punaisin jalokivin koristetut tupet. »Eivät ole örkinkaluja nämä!» hän sanoi. »Hobitit näitä kantoivat. Örkit epäilemättä riistivät heiltä kaiken, mutta eivät uskaltaneet pitää veitsiä koska tiesivät mitä ne ovat, Westernessen työtä, ja että niihin oli luettu taikoja Mordorin tuhoksi. No niin, jos ystävämme vielä elävät, he ovat nyt aseettomia. Otan nämä talteen toivoen toivottakin, että saan antaa ne heille takaisin.»

»Ja minä», sanoi Legolas, »otan kaikki nuolet mitä löydän, sillä viineni on tyhjä.» Hän etsi ruumisläjästä ja maasta sen ympäriltä ja löysikin aika monta, jotka olivat vahingoittumattomia ja pitkävartisempia kuin örkkien yleensä käyttämät nuolet. Hän tutki niitä tarkasti.

Ja Aragorn katsoi surmattuja ja sanoi: »Tässä makaa monia örkkejä, jotka eivät ole Mordorin joukkoa. Jotkut ovat pohjoisesta, Sumuvuorilta, mikäli minä tiedän mitään örkeistä ja niiden lajeista. Ja täällä on joitakin, jotka ovat minulle outoja. Niiden varusteet eivät ole ollenkaan örkkien mallia!»

Kuolleiden joukossa oli neljä suurikokoista, tummaa, viirusilmäistä hiisisoturia, joilla oli paksut sääret ja suuret kädet. Aseinaan niillä oli lyhyet leveäteräiset miekat, ei örkkien tavallisesti käyttämiä käyräsapeleita; ja niillä oli marjakuusijouset, jotka pituudeltaan ja muodoltaan muistuttivat ihmisten jousia. Kilvissään niillä oli outo tunnus: pieni valkoinen käsi mustan kentän keskellä ja niiden rautakypärien silmikkoon oli kiinnitetty jostakin valkeasta metallista taottu S-riimu.

»Noita merkkejä en ole nähnyt ennen», sanoi Aragorn. »Mitä ne tarkoittavat?»

»S tarkoittaa Sauronia», sanoi Gimli. »Se on helppo tulkita.»

»Ei!» sanoi Legolas. »Sauron ei käytä haltiariimuja.»

»Eikä hän myöskään käytä oikeaa nimeään, eikä salli sitä kirjoitettavan tai sanottavan ääneen», sanoi Aragorn. »Eikä hän käytä valkoista. Barad-dûrin palveluksessa olevat örkit käyttävät Punaisen silmän merkkiä.» Hän seisoi hetken ajatuksissaan. »S tarkoittanee Sarumania», hän sanoi viimein. »Rautapihassa tekee pahuus työtä, eikä länsi enää ole turvassa. Gandalfin pelko osui oikeaan: jollakin keinoin on luopio Saruman saanut tietoja meidän matkastamme. Hän tietää varmaan myös Gandalfin kohtalosta. Moriasta lähteneistä takaa-ajajista ovat jotkut voineet välttää Lórienin vartijat, tai ne ovat ehkä kiertäneet tuon maan ja menneet Rautapihaan muita teitä. Örkit taivaltavat nopeasti. Mutta Sarumanilla on monta keinoa hankkia uutisia. Muistatteko linnut?»

»Oli miten oli, meillä ei ole aikaa pohtia arvoituksia», sanoi Gimli. »Kantakaamme Boromir pois!»

»Mutta sen jälkeen meidän on ratkaistava arvoitukset, jos tahdomme valita tiemme oikein», vastasi Aragorn.

»Kukaties oikeata tietä ei olekaan», sanoi Gimli.

Kirvestään käyttäen kääpiö katkaisi muutamia oksia. Nämä he sitoivat yhteen jousenjänteillä ja pingottivat kaapunsa niiden kehikkoon. Näillä karkeilla paareilla he kantoivat toverinsa ruumiin rannalle mukanaan ne hänen viimeisen taistelunsa voitonmerkit, jotka he halusivat panna hänen mukaansa. Matka oli aivan lyhyt, mutta he saivat huomata, ettei tehtävä ollut helppo, sillä Boromir oli ollut pitkä ja vahva mies.

Aragorn jäi rantaan vartioimaan paareja, sillä aikaa kun Legolas ja Gimli kiiruhtivat jalan takaisin Parth Galeniin. Matkaa oli vähän toista virstaa, ja kesti aikansa ennen kuin he palasivat meloen kahta venettä nopeasti rantaa myötäillen.

»Meillä on kummia kerrottavana!» sanoi Legolas. »Joenäyräällä on vain kaksi venettä. Emme löytäneet jälkeäkään kolmannesta.»

»Onko siellä ollut örkkejä?» kysyi Aragorn.

»Emme nähneet niistä mitään merkkejä», Gimli vastasi. »Ja örkit olisivat ottaneet tai tuhonneet kaikki veneet ja matkatavaratkin.»

»Tutkin maaston kun tulemme sinne», sanoi Aragorn.

He asettivat Boromirin keskelle venettä, jonka oli määrä kuljettaa hänet pois. Harmaan hupun ja haltiaviitan he laskostivat ja panivat hänen päänsä alle. He kampasivat hänen pitkät tummat hiuksensa ja järjestivät ne hänen hartioilleen. Lórienin kultainen vyö hohti hänen vyötäisillään. Kypärän he asettivat hänen viereensä, ja hänen syliinsä he panivat haljenneen torven sekä miekan kädensijan ja terän sirpaleet, hänen jalkoihinsa he latoivat hänen vihollistensa miekat. Sitten he kiinnittivät veneen kokan toisen veneen perään ja hinasivat sen vesille. Alakuloisina he sitten soutivat rannan tuntumassa, ohittivat Parth Galenin vihreän nurmen ja kääntyivät virran vuolteeseen. Tol Brandirin jyrkänteet hehkuivat: iltapäivä oli puolessa. Etelän puolella he näkivät Raurosin höyryn kohoavan edessään väreilevänä kultaisena utuna. Putoukset pauhasivat ja jylisivät tyynessä ilmassa.

Murhemielin he laskivat irti hautaveneen; siinä makasi Boromir levollisena ja rauhallisena ja lipui eteenpäin virran povella. Virta otti hänet ja he pitivät omaa venettään paikallaan melojen avulla. Hän ajelehti heidän ohitseen ja hitaasti hänen veneensä erkani heistä ja kutistui tummaksi pisteeksi kultaista valoa vasten ja sitten se äkkiä katosi. Rauros ärjyi kuten ennenkin. Virta oli ottanut Boromirin Denethorin pojan, eikä häntä enää nähty Minas Tirithin Valkoisessa tornissa, missä hän ennen aina seisoi aamuisin. Mutta myöhempinä aikoina kerrottiin

Gondorissa pitkään, että haltiavene laski putoukset ja ajautui vaahtoavan suvannon poikki ja kuljetti Boromirin Osgiliathin läpi ja Anduinin suiston kautta Suurelle merelle öiseen aikaan tähtien loisteessa.

Jonkin aikaa kaikki kolme ystävystä pysyivät vaiti ja tuijottivat hänen jälkeensä. Sitten Aragorn puhui. »Valkoisessa tornissa häntä kaivataan», hän sanoi, »mutta hän ei palaa, ei vuorilta eikä mereltä.» Sitten hän alkoi laulaa:

> *Läpi Rohanin, yli niittyjen missä ruoho on korkeaa*
> *tulee Länsituuli jalkaisin, käy muurien vierustaa.*
> *»Mitä tietoja Lännestä sinulla, vaeltava tuuli, on?*
> *Boromiria ylvästä näitkö öin sinä valossa kuutamon?»*
> *»Yli seitsemän virran ratsasti hän, yli vesien harmaiden;*
> *hän kulki kautta aution maan ja varjoihin Pohjoisen*
> *hän katosi, tietymättömiin. Pohjatuulelta kysyä voi*
> *se kuuliko, kuinka Denethorin pojan torvi soi.»*
> *»Oi Boromir! Loitolle Länteen päin jäin muureilta katsomaan;*
> *et saapunut sinä suunnalta tyhjän, asukkaattoman maan.»*

Sitten lauloi Legolas:

> *Meren suulta, hiekalta, lentäen tulee tuuli Etelän;*
> *se lokkien huutoa tuo ja sen kuulen portilla itkevän.*
> *»Mitä tietoja Etelästä, oi, sinä huokaava tuuli tuot?*
> *Mihin jäänyt on kaunis Boromir? Suru silmiin saa kyynelvuot.»*
> *»Sitä turhaan minulta tiedustat – monet luut ovat jääneet ne*
> *meren myrskyisän pimeille rannoille ja rannoille valkeille;*
> *monet Anduinia ovat laskeneet päin merta hyökyvää.*
> *Kysy Pohjatuulelta niistä jotka se minulle lähettää!»*
> *»Oi Boromir! Taitse portin tuon tie johtaa Etelään;*
> *et saapunut meren ääreltä lokinhuutojen myötäkään.»*

Sitten lauloi taas Aragorn:

> *Kuninkaiden portilta ratsastaa Pohjatuuli sivu koskien,*
> *ja tornin vaiheilla kuullaan taas tyly toitotus torven sen.*
> *»Mitä tietoja Pohjoisesta, oi, sinä mahtava tuuli sait?*
> *Mitä Boromirista urheasta? Hän kaukana on yhä kait?»*
> *»Amon Henin juurella huusi hän, kun sortui vihollisiin,*
> *hänen kilpensä, murtunut miekkansa veden helmaan laskettiin.*
> *Tuo ylpeä pää ja kauniit kasvot jo lepoon vaipuivat*
> *ja Raurosin kosket kultaiset häntä povellaan kantoivat.»*
> *»Oi Boromir! Vartiotorni vain iät Pohjoiseen tuijottaa*
> *päin Raurosin kultakoskia, kunnes päivien loppu saa.»*

Niin he lopettivat. Sitten he käänsivät veneensä ja kuljettivat sen niin nopeasti kuin mahdollista vastavirtaan takaisin Parth Galeniin.

»Jätitte minulle itätuulen», sanoi Gimli, »mutta minä en sano siitä mitään.»

»Se on oikein», sanoi Aragorn. »Minas Tirithissä siedetään itätuulta, mutta uutisia ei siltä udella. Mutta nyt on Boromir lähtenyt omalle tielleen, ja meidän on pikaisesti valittava omamme.»

Hän tarkasti vihreän ruohikon nopeasti mutta perusteellisesti, usein maahan asti kumartuen. »Täällä ei ole ollut örkkejä», hän sanoi. »Mitään muuta varmaa ei voi saada selville. Tässä kulkevat kaikki meidän jalanjälkemme ristiin rastiin. On mahdotonta sanoa, tuliko joku hobiteista takaisin sen jälkeen kun Frodoa alettiin etsiä.» Hän palasi rantaan, lähelle paikkaa missä lähteen puro lirisi Virtaan. »Täällä on selviä jälkiä», hän sanoi. »Yksi hobitti on kahlannut veteen ja takaisin rantaan, mutta en osaa sanoa kuinka kauan siitä on.»

»Miten siis ratkaiset tämän arvoituksen?» kysyi Gimli.

Aragorn ei vastannut heti, vaan palasi leiripaikalle ja tutki matkatavaroita. »Kaksi pakkausta puuttuu», hän sanoi, »ja toinen niistä on varmasti Samin: se oli aika iso ja painava. Vastaus on siis tämä: Frodo on lähtenyt veneellä ja hänen palvelijansa on ollut hänen kanssaan. Frodon on täytynyt tulla takaisin tänne silloin kun me kaikki olimme poissa. Kohtasin Samin rinteessä ja kehotin häntä seuraamaan minua, mutta hän ei ilmeisesti seurannut. Hän arvasi, mitä hänen isännällään oli mielessä ja palasi tänne, ennen kuin tämä ehti lähteä. Frodo ei niin vain päässytkään lähtemään ilman Samia!»

»Mutta miksi hän jätti meidät, ja sanaa sanomatta?» kysyi Gimli. »Se oli oudosti tehty.»

»Ja uljaasti tehty», sanoi Aragorn. »Sam taisi olla oikeassa. Frodo ei olisi tahtonut viedä ketään ystäväänsä mukanaan kuolemaan Mordoriin. Mutta hän tiesi, että hänen oli mentävä itse. Sen jälkeen kun hän erosi meistä, hänelle tapahtui jotakin, joka voitti hänen pelkonsa ja epäilyksensä.»

»Ehkäpä hänen kimppuunsa kävi örkkejä, ja hän pakeni», sanoi Legolas.

»Hän pakeni, se on varmaa», sanoi Aragorn, »mutta en usko, että hän pakeni örkkejä.» Aragorn ei kertonut, mitä hän piti Frodon äkillisen päätöksen ja paon syynä. Boromirin viimeiset sanat hän salasi kauan.

»Näin paljon on nyt ainakin selvää», sanoi Legolas: »Frodo ei enää ole Virran tällä puolella, vain hän on voinut ottaa veneen. Ja Sam on hänen mukanaan, vain Sam olisi ottanut Samin pakkauksen.»

»Mahdollisuutemme ovat siis», sanoi Gimli, »joko lähteä seuraamaan Frodoa jäljelle jääneellä veneellä tai örkkejä jalan. Kumpikin vaihtoehto tarjoaa vain vähän toivoa. Olemme jo menettäneet monta kallista tuntia.»

»Antakaa kun ajattelen!» sanoi Aragorn. »Ja olkoon valintani nyt oikea ja kääntäköön tämän katalan päivän huonon onnen!» Hän seisoi hetken hiljaa. »Minä seuraan örkkejä», hän viimein sanoi. »Olisin opastanut Frodon Mordoriin ja mennyt hänen mukanaan loppuun asti, mutta jos nyt lähden etsimään häntä erämaasta, joudun jättämään vangit kidutukselle ja kuolemalle alttiiksi. Viimeinkin puhuu sydämeni selvää kieltä: Viejän kohtalo ei enää ole minun käsissäni. Saattue on tehnyt tehtävänsä. Me, jotka vielä olemme jäljellä, emme kuitenkaan voi hylätä tovereitamme, kun meillä vielä on voimia jäljellä. Tulkaa! Me menemme nyt. Jättäkää tänne kaikki minkä voitte! Me kiiruhdamme nyt yötä päivää!»

He vetivät ylös viimeisen veneen ja kantoivat sen puitten luo. Sen alle he asettivat tavaroistaan ne, joita eivät tarvinneet eivätkä voineet kantaa mukanaan. Sitten he lähtivät Parth Galenista. Iltapäivän hämärtyessä he saapuivat aukiolle, jolla

Boromir oli saanut surmansa. Sieltä he etsivät örkkien jäljet. Niiden löytäminen ei vaatinut erityistä taitoa.

»Mikään muu kansa ei tallo tällä tavalla», sanoi Legolas. »Niistä tuntuu olevan ilo runnoa ja ruhjoa sellaisetkin kasvit, jotka eivät edes ole niiden tiellä.»

»Mutta ne etenevät kovaa vauhtia siitä huolimatta», sanoi Aragorn, »eivätkä ne väsy. Ja myöhemmin me saamme etsiä tiemme paljailla seuduilla, joilla maa on kovaa.»

»Siis – perään vain!» sanoi Gimli. »Myös kääpiöt osaavat kulkea nopeasti ja ovat yhtä väsymättömiä kuin örkit. Mutta takaa-ajosta tulee pitkä: niillä on pitkä etumatka.»

»Niin on», sanoi Aragorn, »me kaikki tarvitsemme kääpiöiden kestävyyttä. Mutta tulkaa! Olipa toivoa tai ei, me seuraamme vihollistemme jälkiä. Ja voi niitä, jos käy ilmi, että me olemme nopeampia! Ryhdymme takaa-ajoon, josta vielä kerrotaan ihmeenä Kolmen sukukunnan keskuudessa: haltioiden, kääpiöiden ja ihmisten. Matkaan, Kolme ajomiestä!»

Hän viiletti kuin kauris. Hän kiiruhti puiden lomitse. Hän johti heitä eteenpäin, eteenpäin, nopeasti ja väsymättä, nyt kun hän vihdoin oli tehnyt päätöksensä. He jättivät taakseen järveä ympäröivät metsät. He kiipesivät pitkiä rinteitä, joiden terävät harjanteet kuvastuivat synkkinä laskevan auringon punaa vasten. Tuli hämärää. Harmaina varjoina he katosivat kivikkoiseen maastoon.

2

ROHANIN RATSASTAJAT

HÄMÄRÄ TIHENI. TOVERUSTEN takana alhaalla puiden välissä leijui usvaa, joka peitti alleen myös Anduinin rantamat, mutta taivas oli kirkas. Tähdet syttyivät. Kasvava kuu liikkui länttä kohti, ja kivenlohkareiden varjot olivat mustia. He olivat saapuneet kivikkoisten kukkuloiden juurelle ja matka joutui hitaammin, sillä jälkiä ei ollut enää helppo seurata. Emyn Muilin ylängöt levittäytyivät pohjoisesta etelään kahtena pitkänä katkonaisena jonona. Kummankin länsirinteet olivat jyrkkiä ja hankalia, mutta itäiset rinteet olivat loivempia, monien kourujen ja kapeiden kuilujen uurtamia. Koko yön toverukset kompuroivat tässä paljaassa maastossa, kiipesivät ensin lähemmän ja korkeamman kukkulajonon huipulle, sitten taas alas syvään, kiemurtelevaan laaksoon sen toisella puolella.

Siellä he lepäsivät aamunkoittoa edeltävän hiljaisen viileän hetken. Kuu oli jo aikaa mennyt mailleen, tähdet tuikkivat heidän yllään, päivä ei vielä kajastanut heidän takanaan kohoavien synkkien kukkuloiden yli. Aragorn oli neuvoton: örkkien jäljet olivat laskeutuneet laaksoon mutta kadonneet sitten.

»Minne luulisit niiden kääntyvän?» sanoi Legolas. »Pohjoiseenko, suorinta tietä Rautapihaan tai Fangorniin, mikäli se on heidän päämääränsä niin kuin sinä oletat. Vaiko etelään Entinojalle?»

»Joelle ne eivät pyri, olivatpa ne menossa minne tahansa», sanoi Aragorn. »Ja elleivät asiat ole aivan hullusti Rohanissa ja Sarumanin valta suuresti kasvanut, ne valitsevat lyhimmän mahdollisen tien *rohirrimin* niittyjen poikki. Etsikäämme niitä pohjoisesta!»

Laakso oli kuin kivinen kaukalo harjanteiden välissä, ja sen pohjalla solisi kivenlohkareiden keskitse puro. Oikealla kohosi uhkaava kallio, vasemmalla nousivat rinteet hämärinä ja varjoisina myöhäisessä yössä. He etenivät virstan verran pohjoiseen päin. Aragorn etsi selkä kumarassa jälkiä länsiharjanteelle johtavista poimuista ja rotkoista. Legolas oli vähän muiden edellä. Äkkiä haltia huudahti ja muut kiiruhtivat juoksujalkaa hänen luokseen.

»Me olemme jo saavuttaneet osan takaa-ajettavistamme», hän sanoi. »Katsokaa!» Hän osoitti maahan rinteen alle, ja siinä missä he olivat luulleet näkevänsä kallionlohkareita, olikin kasa ruumiita. Maassa makasi viisi kuollutta örkkiä. Ne olivat saaneet monia julmia iskuja, ja kahden pää oli katkaistu. Maa oli niiden tummasta verestä märkä.

»Tässä on taas arvoitus!» sanoi Gimli. »Mutta se kaipaa päivänvaloa, eikä meillä ole aikaa odottaa.»

»Miten sitä tulkitsemmekin, se ei näytä epäsuotuisalta», sanoi Legolas. »Örkkien viholliset ovat yleensä meidän ystäviämme. Asuuko näillä kukkuloilla ketään?»

»Ei asu», sanoi Aragorn. »*Rohirrim* tulevat tänne harvoin, ja Minas Tirithiin on pitkä matka. Kukaties joku ihmisjoukko metsästeli täällä syistä, joita emme tiedä. Mutta en usko sitä.»

»Mitä sitten uskot?» Gimli kysyi.

»Minusta näyttää, että vihollinen toi oman vihollisensa mukanaan», Aragorn vastasi. »Nämä ovat pohjoisörkkejä, jotka ovat kotoisin kaukaa. Tapettujen joukossa ei ole niitä isoja örkkejä, joilla oli outo merkki. Veikkaan, että örkit joutuivat riitaan keskenään: se ei ole mitenkään epätavallista näiden iljettävien olentojen keskuudessa. Ehkä niillä oli erimielisyyksiä suunnasta.»

»Tai vangeista», sanoi Gimli. »Toivokaamme, etteivät hekin menettäneet täällä henkeään.»

Aragorn tutki maaston laajalla säteellä, mutta muita merkkejä taistelusta ei löytynyt. He jatkoivat matkaa. Itäinen taivas alkoi jo vaaleta; tähdet himmenivät ja harmaa valo vaaleni vähitellen. Vähän matkan päässä he tulivat kuruun, jonne pieni puro oli putouksissaan ja mutkissaan kovertanut alas laaksoon vievän kivikkoisen polun. Siinä kasvoi muutamia pensaita ja sen reunamilla vihersi joitakin ruoholäiskiä.

»Viimeinkin!» sanoi Aragorn. »Tässä ovat kaipaamamme jäljet! Ylös tätä uomaa: tätä tietä örkit lähtivät kiistansa jälkeen.»

Takaa-ajajat kääntyivät nyt nopeasti seuraamaan uutta polkua. Virkeinä kuin yön levättyään he loikkivat kiveltä toiselle. Viimein he tulivat harmaan kukkulan harjalle, ja äkkiä tuiversi tuuli hiuksissa ja kaavuissa; aamun hyinen viima.

He kääntyivät katsomaan taakseen ja näkivät, kuinka kaukaisten kukkuloiden harjat syttyivät hehkuun Virran toisella puolella. Päivä ponkaisi taivaalle. Auringon punainen reuna kohosi tumman maan hartioille. Lännessä heidän edessään lepäsi maailma hiljaisena, muodottomana ja harmaana, mutta vielä heidän katsellessaan sulivat yön varjot ja päivän värit palasivat: Rohanin laajojen laidunten yli levisi vihreys, jokilaaksoissa hohtivat valkeat usvanauhat, ja kaukana vasemmalla viitisentoista peninkulman päässä kohosivat sinisinä ja purppuranpunaisina Valkoiset vuoret lumipeitteisine gagaattihuippuineen, jotka aamunkoitto punasi.

»Gondor! Gondor!» huudahti Aragorn. »Voi että saisin katsella sinua onnellisemmalla hetkellä! Vielä ei kulje tieni etelään sinun kirkkaille virroillesi.

Gondor! Gondor, välillä olet meren, vuorien!
Siellä soi Länsituuli, valo puun hopeisen
muinaiskuninkaiden tarhaan kirkkaana pisaroi.
Valkotornit! Siipikruunu ja kultaa valtaistuin, oi!
Gondor, Gondor! Taas näkeekö kansa puun hopeisen,
ja soiko Länsituuli jälleen välillä meren, vuorien?

Menkäämme nyt!» hän sanoi ja siirsi katseensa pois etelästä pohjoiseen ja länteen, jonne hänen nyt oli matkattava.

Harjanne, jolla toverukset seisoivat, vietti jyrkästi alas heidän edessään. Noin kaksikymmentä syltä alempana oli leveä ja kulunut tasanne, joka päättyi äkkijyrkkään kallioon. Tämä oli Rohanin Itämuuri. He olivat Emyn Muilin reunalla, ja *rohirrimin* vihreät tasangot levittäytyivät silmänkantamattomiin heidän eteensä.

»Katsokaa!» Legolas huudahti ja osoitti vaalealle taivaalle. »Tuolla on taas kotka! Se on hyvin korkealla. Se näyttää lentävän pois tästä maasta kohti pohjoista. Se lentää hyvin nopeasti. Katsokaa!»

»Ei, hyvä Legolas, eivät edes minun silmäni näe sitä», sanoi Aragorn. »Sen täytyy olla todella korkealla. Millähän asialla se liikkuu, jos se on sama lintu, jonka olen nähnyt ennenkin? Mutta katsokaa! Näen lähempänä jotakin, joka on nyt tärkeämpää: joku liikkuu tasangon poikki!»

»Jotkut liikkuvat», sanoi Legolas. »Se on iso jalan liikkuva ryhmä, mutta enempää en pysty sanomaan, enkä erota mitä väkeä ne ovat. Ne ovat monen peninkulman päässä, kuuden ehkä, mutta laakealla tasangolla on vaikea arvioida.»

»Luulen kuitenkin, ettemme enää tarvitse jälkiä tietääksemme, mihin suuntaan mennä», sanoi Gimli. »Etsitään nyt polku, jota pitkin pääsemme nopeasti alas laitumille.»

»Tuskin löydät nopeampaa polkua kuin tämä, jonka örkit valitsivat», sanoi Aragorn.

He seurasivat nyt vihollisiaan kirkkaassa päivänvalossa. Ilmeisesti örkit olivat kiiruhtaneet niin nopeasti kuin vain kykenivät. Vähän väliä takaa-ajajat löysivät pudonneita tai poisheitettyjä tavaroita: ruokapusseja, kovan harmaan leivän kuoria ja kannikoita, mustan repeytyneen kaavun, raskaan naulakengän, joka oli hajonnut kivikossa. Jäljet veivät pohjoiseen jyrkännettä myöten. Viimein he saapuivat syvälle halkeamalle, jonka äänekkäästi kohiseva puro oli kovertanut kallioon. Kapeassa rotkossa laskeutui vaikeakulkuinen polku jyrkkänä portaikkona tasangolle.

Alas päästyään he olivatkin oudon äkkiä Rohanin ruohoaavikolla. Kuin vihreä meri se ulottui aivan Emyn Muilin juurelle. Alas syöksyvä puro katosi korkeaan krassi- ja vesikasvitiheikköön, ja he kuulivat sen lirisevän poispäin vihreissä tunneleissa pitkiä loivia rinteitä alas kohti Entinojan laakson lettoja. Heistä tuntui, että talvi oli juuttunut kukkuloille heidän taakseen. Täällä oli ilma lauhempaa, lämpimämpää, ja tuoksui aavistuksen verran, ikään kuin kevät olisi ollut jo heräämässä ja mahla virrannut taas kaikessa kasvavassa. Legolas hengitti syvään, samalla tavoin kuin kulkija horii vettä taivallettuaan pitkään janoisena karuilla mailla.

»Ah! Tätä vihreää tuoksua!» hän sanoi. »Se on yöuntakin virkistävämpi. Juoskaamme!»

»Kevyet jalat juoksevat ehkä vikkelästi täällä», sanoi Aragorn. »Vikkelämmin kukaties kuin rautakenkäiset örkit. Nyt meillä on tilaisuus lyhentää heidän etumatkaansa!»

He juoksivat jonossa kuin ajokoirat tuoreilla jäljillä ja heidän silmissään paloi innokas tuli. Melkein täsmälleen länttä kohti kulki örkkien tallaama ruma luoko;

Rohanin ihana nurmi oli mustunut ja murjoutunut siitä, mistä ne olivat menneet. Äkkiä Aragorn huudahti ja kääntyi syrjään.

»Seis!» hän huusi. »Älkää seuratko minua vielä!» Hän juoksi nopeasti oikealle, sivuun pääjäljiltä, sillä hän oli nähnyt, että sinne johti muista haarautuvat jäljet, pienten kengättömien jalkojen jäljet. Ne eivät kuitenkaan vieneet pitkälle, ennen kuin niiden poikki kulki örkinjälkiä, jotka myös olivat haarautuneet pääuralta edestä ja takaa. Sitten ne kääntyivät jyrkästi takaisin ja katosivat muiden jälkien sekaan. Aragorn kumartui ja poimi ruohosta jotakin, sitten hän juoksi takaisin.

»Asia on selvä», hän sanoi. »Nämä ovat hobitinjäljet. Arvattavasti Pippinin. Hän on muita pienempi. Ja katsokaa tätä!» Hän näytti esinettä, joka kimalsi auringossa. Se oli kuin pyökin vastapuhjennut lehti, kaunis ja vieras tuolla puuttomalla tasangolla.

»Haltiaviitan solki!» huudahtivat Legolas ja Gimli yhtaikaa.

»Turhaan eivät putoa Lórienin lehdet», Aragorn sanoi. »Tämä ei pudonnut sattumalta: se pudotettiin merkiksi niille, jotka ehkä seuraisivat. Arvattavasti Pippin juoksi sivuun juuri sen tähden.»

»Sitten ainakin hän oli elossa», sanoi Gimli. »Ja pystyy käyttämään sekä järkeään että jalkojaan. Se rohkaisee. Emme aja turhaan.»

»Toivokaamme, ettei hän maksanut liian kalliisti rohkeudestaan», Legolas sanoi. »Tulkaa! Jatketaan. Ajatus, että noita hilpeitä pikku veikkoja ajetaan kuin karjaa, korventaa sydäntäni.»

Aurinko kiipesi keskipäivään ja alkoi sitten hitaasti liukua alaspäin taivaanlaelta. Kaukaisesta etelästä, mereltä, nousi kevyitä pilviä, jotka tuuli sitten kiidätti pois. Aurinko vajosi. Takaa nousivat varjot ja kurottivat idästä pitkiä käsivarsiaan. Yhä jatkoivat ajomiehet. Yksi päivä oli kulunut Boromirin kaatumisesta, ja örkit olivat vielä kaukana. Niistä ei enää näkynyt tasangoilla vilaustakaan.

Yön varjojen tihentyessä Aragorn pysähtyi. Vain kahdesti he olivat hetken levänneet päivämarssin aikana. Aamunkoitteessa he olivat seisseet Itämuurilla, ja nyt he olivat siitä kuuden peninkulman päässä.

»Edessämme on vihdoin vaikea ratkaisu», hän sanoi. »Lepäämmekö yön vai jatkammeko niin kauan kuin tahtoa ja voimia riittää?»

»Mikäli vihollisemme eivät lepää nekin, ne jättävät meidät kauas jälkeensä, jos me pysähdymme nukkumaan», sanoi Legolas.

»Täytyyhän örkinkin pitää marssitaukoja, vai eikö?» kysyi Gimli.

»Harvoin vaeltavat örkit näkösällä kun aurinko paistaa, mutta nämä ovat tehneet niin», sanoi Legolas. »Varmaa on, etteivät ne lepää yöllä.»

»Mutta yöllä kävellessä emme voi seurata jälkiä», sanoi Gimli.

»Jäljet kulkevat suoraan, niin pitkälle kuin silmäni kantavat, kääntymättä oikeaan tai vasempaan», sanoi Legolas.

»Voisin ehkä johtaa teitä arvuukaupalla pimeydessä ja pysyä suorassa suunnassa», sanoi Aragorn, »mutta jos me eksyisimme suunnasta tai örkit kääntyisivät sivuun, aikaa voisi mennä paljon hukkaan ennen kuin löytäisimme jäljet taas päivän valjettua.»

»Ja sekin kannattaa muistaa», sanoi Gimli, »että vain päivällä voimme nähdä, erkaneeko urasta sivujälkiä. Mikäli vanki yrittäisi karata tai kannettaisiin pois, esimerkiksi itään Suurelle virralle ja Mordoria kohti, me saattaisimme ohittaa jäljet huomaamattamme.»

»Totta», sanoi Aragorn. »Mutta jos tulkitsin nuo äskeiset merkit oikein, Valkoisen käden örkit pääsivät voitolle, ja koko joukko pyrkii nyt kohti Rautapihaa. Niiden tämänhetkinen suunta tukee käsitystäni.»

»Olisi kuitenkin hätiköityä uskoa tietävänsä, mitä ne aikovat», sanoi Gimli. »Ja entä pako? Pimeässä olisimme ohittaneet jäljet, jotka johtivat sinut soljen luo.»

»Örkit ovat kaksin verroin varuillaan sen jälkeen ja vangit ovat väsyneempiä», Legolas sanoi. »Hobitit eivät enää pakene, ellemme me järjestä sitä. Miten sen teemme, on vielä arvoitus, mutta ensin meidän on saavutettava örkit.»

»Enkä kuitenkaan edes minä, monet matkat käynyt kääpiö, kaikkea muuta kuin vähävoimainen omieni joukossa, pysty juoksemaan koko matkaa Rautapihaan ilman minkäänlaista taukoa», sanoi Gimli. »Minunkin sydäntäni korventaa, ja olisinkin mieluusti lähtenyt aikaisemmin liikkeelle, mutta nyt minun on levättävä vähän voidakseni juosta sitäkin paremmin. Ja jos lepäämme, yön pimeät hetket ovat oikea levon aika.»

»Sanoin että ratkaisu on vaikea», Aragorn sanoi. »Miten ratkaisemme kiistan?»

»Sinä olet oppaamme», sanoi Gimli, »ja jahtiin tottunut. Sinä saat päättää.»

»Sydämeni käskee minua jatkamaan», Legolas sanoi. »Mutta meidän on pysyttävä yhdessä. Seuraan neuvoasi.»

»Annoitte vallan huonolle ratkaisijalle», sanoi Aragorn. »Siitä asti kun tulimme läpi Argonathin portista, ovat ratkaisuni menneet vikaan.» Hän hiljeni ja tuijotti pitkän tovin pohjoiseen ja länteen, kohti tihentyvää pimeyttä.

»Pimeässä emme kulje», hän sanoi viimein. »Se vaara, että eksymme jäljiltä tai jätämme huomaamatta joitain muita merkkejä, on minusta suurempi. Jos kuu antaisi tarpeeksi valoa, me voisimme käyttää sitä hyväksemme, mutta ah ja voi! se laskee aikaisin ja on vielä nuori ja kalvas.»

»Ja tänä yönä se on piilossa joka tapauksessa», mutisi Gimli. »Olisipa Valtiatar antanut meille valon, sellaisen lahjan kuin hän antoi Frodolle!»

»Se on parempaan tarpeeseen sillä, jolle se on annettu», sanoi Aragorn. »Hänen harteillaan on varsinainen Tehtävä. Meidän tehtävämme on vain pikkujuttu tämän ajan suurten tekojen rinnalla. Ehkä alun alkaen toivoton takaa-ajo, jota mikään minun ratkaisuni ei kaada eikä korjaa. Minä olen valinnut. Käyttäkäämme siis tämä aika niin kuin parhaiten taidamme!»

Hän heittäytyi maahan ja vajosi heti uneen, sillä hän ei ollut nukkunut Tol Brandirin varjossa vietetyn yön jälkeen. Ennen aamun sarastusta hän heräsi ja nousi. Gimli uinui vielä syvässä unessa, mutta Legolas oli jalkeilla, seisoi ja tuijotti pohjoiseen, pimeyteen, mietteissään ja hiljaa kuin nuori puu tyynessä yössä.

»Ne ovat kaukana», hän sanoi surullisesti Aragorniin kääntyen. »Sydämeni sanoo, etteivät ne ole levänneet tänä yönä. Vain kotka voisi enää saavuttaa ne.»

»Silti me yhä seuraamme niitä parhaan kykymme mukaan», Aragorn sanoi. Hän kumartui ja herätti kääpiön. »Tule! Meidän on mentävä», hän sanoi. »Jäljet kylmenevät.»

»Mutta nythän on vielä pimeää», sanoi Gimli. »Ei edes vuorella seisova Legolas näkisi niitä, ennen kuin aurinko on taivaalla.»

»Pelkään, että ne ovat jo liian kaukana, enkä minä niitä näe, en vuorelta enkä vuoren alta, en kuutamossa enkä auringossa», sanoi Legolas.

»Missä näkö pettää, saa maa kertoa tietämänsä», sanoi Aragorn. »Maa varmasti valittaa niiden vihattujen jalkojen alla.» Hän painautui maahan korva nurmea vasten. Hän makasi siinä liikkumatta niin kauan, että Gimli ehti epäillä hänen pyörtyneen tai nukahtaneen uudestaan. Aamu koitti, ja vähitellen harmaa valo kirkastui heidän ympärillään. Viimein Aragorn nousi, ja nyt hänen ystävänsä saattoivat nähdä hänen kasvonsa: ne olivat kalpeat ja jännittyneet, ja hänen katseestaan kuvastui huoli.

»Maan sanoma on hämärä ja sekava», hän sanoi. »Sen päällä ei kävele kukaan monen virstan matkalla tältä paikalta. Vaimeat ja etäiset ovat vihollistemme askelet. Mutta hevosten kaviot kuuluvat kovina. Muistan nyt, että kuulin ne jo maassa nukkuessani ja ne vaivasivat uniani: laukkaavat hevoset lännen puolella. Mutta nyt ne etääntyvät yhä kauemmaksi meistä, ne matkaavat pohjoiseen. Mitähän tässä maassa tapahtuu?»

»Lähdetään!» sanoi Legolas.

Niin alkoi heidän takaa-ajonsa kolmas päivä. He tuskin pysähtyivät pitkien pilvisten tuntien aikana, jolloin aurinko näyttäytyi vain hetkittäin; välillä he harppoivat ja välillä juoksivat ikään kuin mikään väsymys ei voisi tyynnyttää paloa, joka heitä korvensi. He puhuivat harvoin. He taivalsivat halki laajan aution maan ja heidän haltiaviittansa sulautuivat laitumien harmaankeltaiseen taustaan; keskipäivän viileässä auringonvalossakaan eivät heitä olisi juuri erottaneet muut kuin haltiasilmät ennen kuin aivan läheltä. Usein he kiittivät sydämessään Lórienin valtiatarta *lembasista*, jota hän oli lahjoittanut heille, sillä he saattoivat juostessaankin syödä sitä ja saada uutta voimaa.

Koko päivän veivät vihollisten jäljet suoraan eteenpäin, luoteeseen, katkeamatta ja kääntymättä. Kun päivä oli taas kerran kulunut iltaan, he saapuivat pitkille puuttomille rinteille; maa nousi ja muotoutui vähitellen matalaksi jonoksi kyttyrämäisiä kukkuloita. Örkkien jättämä ura kävi heikommaksi kaartuessaan pohjoiseen niitä kohti, sillä maa koveni ja ruoho lyheni. Kaukana vasemmalla kiemurteli Entinoja hopeaisena juovana vihreällä pohjalla. Mitään liikkuvaa ei näkynyt. Aragornia ihmetytti vähän väliä, etteivät he nähneet merkkiäkään eläimistä eivätkä ihmisistä. *Rohirrimin* asuinsijat olivat enimmäkseen monien peninkulmien päässä etelässä, Valkoisten vuorten metsäisillä liepeillä; sumu ja pilvet peittivät ne nyt näkyvistä. Mutta ennen olivat ratsuruhtinaat pitäneet paljon laumoja ja oriita Itäemnetissä, tässä valtakuntansa itäisessä osassa, ja siellä olivat hevospaimenet kuljeksineet asuen leireissä ja telttoissa talvellakin. Mutta nyt oli koko maa autio, ja siellä vallitsi äänettömyys, joka ei tuntunut rauhan hiljaisuudelta.

Iltahämärissä he pysähtyivät jälleen. He olivat nyt taivaltaneet kaksi kertaa kuusi peninkulmaa Rohanin tasangon poikki ja Emyn Muilin muuri oli kadonnut idän varjoihin. Nuori kuu häämötti sumuisella taivaalla, mutta se valaisi vain heikosti, ja tähdet olivat pilvien peitossa.

»Nyt vastustan lepohetkeä tai minkäänmoista pysähdystä enemmän kuin koskaan tämän ajojahtimme aikana», sanoi Legolas. »Örkit ovat juosseet edellämme kuin itse Sauronin piiskat viuhuisivat niiden selässä. Pelkään, että ne ovat jo ehtineet metsään ja tummille vuorille ja katoavat paraikaa puiden varjoihin.»

Gimli kiristeli hampaitaan. »Tämä on katkera päätös toivollemme ja kaikille ponnistuksillemme!» hän sanoi.

»Toivolle ehkä, mutta ei ponnistuksille», Aragorn sanoi. »Me emme käänny tässä takaisin. Mutta minä olen väsynyt.» Hän tuijotti tulosuuntaan, pimeään joka synkkeni idästä.»Tässä maassa on tekeillä jotakin kummallista. En luota hiljaisuuteen. En luota edes kalpeaan kuuhun. Tähdet ovat himmeät, ja minä olen ennenkokemattoman väsynyt, väsyneempi kuin samoojan tulisi olla, kun hänellä on tuoreet jäljet seurattavanaan. Jokin tahto antaa nopeutta vihollisillemme ja asettaa eteemme näkymättömän esteen: väsymyksen, joka pesiytyy sydämeen, ei raajoihin.»

»Totta!» sanoi Legolas.»Tuon olen tiennyt siitä alkaen kun laskeuduimme Emyn Muililta. Sillä tahto ei ole takanamme vaan edessämme.» Hän osoitti Rohanin maan yli länteen, missä pimeys tiheni kuunsirpin alla.

»Saruman!» Aragorn mutisi.»Mutta hän ei meitä käännytä! Meidän on vielä kerran pysähdyttävä, sillä katsokaa! kuukin katoaa tiivistyvien pilvien taakse. Mutta tiemme vie pohjoiseen, kummuille ja soille, kunhan päivä palaa.»

Kuten ennenkin Legolas oli jalkeilla ensimmäisenä, jos hän oli nukkunutkaan. »Herätkää! Herätkää!» hän huudahti.»Aamunkoitto on punainen. Jotakin merkillistä odottaa meitä metsän laidassa. Hyvääkö vai pahaa, en tiedä, mutta sinne meidän on mentävä. Herätkää!»

Toiset hyppäsivät pystyyn, ja melkein heti he lähtivät taas liikkeelle. Kummut lähenivät hitaasti. Puolipäivään oli vielä tunti, kun he saavuttivat ne; vihreät rinteet kohosivat paljaiksi harjanteiksi, jotka jatkuivat jonona suoraan pohjoiseen. Maa oli kuivaa ja ruoho lyhyttä, mutta heidän ja syvällä hämärissä ruokotiheiköissä virtaavan joen väliin jäi noin kymmenen virstan levyinen pitkä kaistale alamaata. Heti eteläisimmän rinteen länsipuolella oli suuri ympyränmuotoinen ala monien jalkojen tallaamaa, repimää ja runtelemaa nurmea. Örkinjäljet lähtivät siitä taas eteenpäin ja kääntyivät pohjoiseen kukkuloiden kuivia reunoja seuraten. Aragorn pysähtyi ja tutki jälkiä tarkasti.

»Ne lepäsivät tässä hetken», hän sanoi,»mutta poistuvatkin jäljet ovat jo vanhat. Pelkään sydämesi olleen oikeassa, Legolas: kolmasti kaksitoista tuntia on arvioni mukaan kulunut siitä, kun örkit seisoivat tässä, missä me nyt seisomme. Jos ne jatkoivat samaa vauhtia, ne saapuivat Fangornin rajoille eilen auringonlaskun aikaan.»

»En näe pohjoisessa tai lännessä muuta kuin utuun katoavaa ruohoa», sanoi Gimli.»Näkisimmekö me metsän, jos kiipeäisimme kukkuloille?»

»Se on yhä kaukana», sanoi Aragorn.»Jos muistan oikein, nämä kummut jatkuvat nelisen peninkulmaa pohjoiseen, ja sitten leviää luoteessa aukea tasanko, ja sinne, missä Entinoja virtaa ulos metsästä, on vielä kutakuinkin seitsemän peninkulmaa.»

»Jatkakaamme siis», Gimli sanoi.»Jalkojeni on unohdettava virstat. Ne olisivat halullisemmat, jos sydämeni ei olisi niin raskas.»

Aurinko laski jo, kun he viimein alkoivat lähestyä kumpujonon toista päätä. He olivat marssineet tuntikausia lepäämättä. He kulkivat nyt hitaasti, ja Gimlin selkä oli kumarassa. Kivikovia ovat kääpiöt työssä tai matkanteossa, mutta tämä loputon ajojahti alkoi näkyä hänestä, kun kaikki toivo hänen sydämessään petti. Aragorn käveli hänen perässään synkkänä ja vaiti, ja kumartui silloin tällöin maahan tutkimaan jotakin jälkeä tai merkkiä. Vain Legolas kulki yhtä kevyesti kuin ennenkin, hänen jalkansa näyttivät tuskin koskettavan ruohoa, eikä niistä jäänyt jälkiä; haltioiden matkaleivästä hän sai kaiken tarvitsemansa ravinnon, ja hän pystyi nukkumaan, mikäli ihminen voi sitä uneksi kutsua, lepuuttaen mieltään haltiaunien oudoilla poluilla, samalla kun käveli silmät auki tämän maailman valossa.

»Noustaan tämän vihreän kukkulan huipulle!» hän sanoi. Uupuneina he seurasivat häntä, kiiveten pitkää rinnettä kunnes pääsivät huipulle. Kukkula oli pyöreä ja tasainen ja paljas, se seisoi muista kummuista erillään, pohjoisimpana. Aurinko vajosi ja illan varjot laskeutuivat verhon lailla. He olivat yksin harmaassa muodottomassa maailmassa, ilman mittaa, ilman määrää. Vain kaukana luoteessa erottui haipuvaa valoa vasten syvempi pimeys: Sumun vuoret ja metsä niiden juurella.

»Emme näe täältä mitään, mikä opastaisi meitä», Gimli sanoi. »No, nyt meidän on jälleen pysähdyttävä ja vietettävä yö tässä. Ilma kylmenee!»

»Tuuli puhaltaa pohjoisilta jäätiköiltä», sanoi Aragorn.

»Ja ennen aamua se kääntyy itäiseksi», sanoi Legolas. »Mutta levätkää, jos teidän on levättävä! Älkää kuitenkaan heittäkö pois kaikkea toivoa. Huominen on tuntematon. Aurinko tuo usein neuvot tullessaan.»

»Jo kolme aurinkoa on noussut ajomme aikana neuvoja tuomatta», sanoi Gimli.

Yö kylmeni yhä. Aragorn ja Gimli nukkuivat rauhattomasti, ja herätessään he näkivät aina Legolasin seisovan tai kävelevän lähellä edestakaisin ja laulavan hiljaa itsekseen omalla kielellään, ja kun hän lauloi, aukesi kovaan mustaan kupuun heidän yllään valkeita tähtiä. Niin kului yö. He katselivat yhdessä, miten sarastus levisi hitaasti taivaalla, joka nyt oli pilvetön ja sees, kunnes aurinko viimein nousi. Se oli kalpea ja kirkas. Tuuli oli itäinen ja kaikki utu oli haihtunut; avarat maat lepäsivät ankeina heidän edessään aamun purevassa valossa.

Idässä ja edessäpäin olivat Rohanin tuuliset ylängöt, joista he olivat nähneet vilahduksen jo Suurelta virralta monta päivää aikaisemmin. Luoteessa levisi Fangornin tumma metsä; sen varjoisat reunamat olivat vielä viiden peninkulman päässä ja sen etäisemmät rinteet katosivat kaukaisuuden sineen. Sen takana häämötti kuin harmaalla pilvellä ratsastaen korkean Methedrasin valkea kärki, Sumuvuorten viimeinen huippu. Metsästä virtasi Entinoja heitä vastaan, tässä kohdin vuolaana ja kapeana, korkeitten äyräitten reunustamana. Örkkien jäljet kääntyivät kummuilta sitä kohti.

Seuratessaan tarkoilla silmillään jälkiä joelle ja sitten jokea metsää kohti Aragorn näki etäisessä vihreydessä varjon, tumman nopeasti liikkuvan läiskän. Hän heittäytyi maahan ja kuunteli taas tarkkaavaisesti. Mutta Legolas seisoi hänen vieressään varjostaen kirkkaita haltiasilmiään hoikalla kädellään, eikä hän nähnyt varjoa eikä läiskää, vaan ratsumiehiä, monien ratsumiesten pieniä hahmoja, ja aamun kimallus heidän keihäittensä kärjissä oli kuin kuolevaisille silmille näkymättömien pienenpienien tähtien tuiketta. Kaukana heidän takanaan kohosi tumma sauhu ohuina kiharoina.

Tyhjillä laitumilla oli niin hiljaista, että Gimli kuuli ilman liikuttelevan ruohoa.

»Ratsastajia!» huudahti Aragorn hypähtäen jaloilleen. »Joukko ratsastajia on tulossa meitä kohti nopeilla ratsuilla!»

»Niin on», sanoi Legolas, »niitä on sataviisi. Keltaiset ovat heidän hiuksensa ja kirkkaat heidän keihäänsä. Heidän johtajansa on hyvin pitkä.»

Aragorn hymyili. »Tarkat ovat haltioitten silmät», hän sanoi.

»Ehei! Ratsumiehet ovat tuskin kolmenkaan peninkulman päässä», sanoi Legolas.

»Kolmen tai yhden», sanoi Gimli. »Me emme pääse niitä pakoon tässä aukeassa maastossa. Odotammeko niitä tässä vai jatkammeko matkaamme?»

»Me odotamme», Aragorn sanoi. »Olen väsynyt eikä ajojahtimme ole tuottanut tulosta. Tai pikemminkin toiset ovat ehtineet ennen meitä, sillä nämä ratsumiehet seuraavat örkkien uraa takaisin meitä kohti. Saamme heiltä ehkä uutisia.»

»Tai keihäästä», sanoi Gimli.

»Kolme satulaa on tyhjänä, mutta hobitteja en näe», sanoi Legolas.

»En väittänyt, että saisimme hyviä uutisia», sanoi Aragorn. »Mutta hyviä tai pahoja, odotamme niitä tässä.»

Toverukset lähtivät nyt pois mäenharjalta, missä he saattaisivat olla helppo maali vaaleaa taivasta vasten, ja kävelivät hitaasti alas pohjoista rinnettä. Rinteen liepeellä he pysähtyivät, kietoivat viitat ympärilleen ja istuutuivat lähekkäin lakastuneeseen ruohoon. Aika kului hitaasti ja painostavana. Tuuli oli kirpeä ja läpitunkeva. Gimli oli rauhaton.

»Mitä tiedät näistä ratsumiehistä, Aragorn?» hän kysyi. »Istummeko tässä odottamassa äkkikuolemaa?»

»Olen ollut heidän keskuudessaan», Aragorn vastasi. »He ovat ylpeitä ja itsepäisiä, mutta samalla vilpittömiä, jaloja ajatuksissa ja teoissa, uljaita mutta eivät julmia, viisaita mutta oppimattomia; he eivät kirjoita kirjoja vaan laulavat lauluja, niin kuin lauloivat ihmisten lapset ennen Mustia vuosia. Mutta minä en tiedä, mitä täällä on tapahtunut viime aikoina, enkä mitä *rohirrim* nyt ajattelevat luopio Sarumanista ja Sauronin uhkasta. He ovat kauan olleet Gondorin kansan ystäviä, vaikka eivät ole samaa sukua. Unohdettuina aikoina kauan sitten Eorl Nuori toi heidät pohjoisesta, ja he ovat sukua pikemminkin Laakson bardilaisille ja Metsän beorningeille, joiden joukossa voi yhä tavata pitkiä ja vaaleita ihmisiä, sellaisia kuin Rohanin ratsastajat. Ainakaan he eivät rakasta örkkejä.»

»Mutta Gandalf oli kuullut huhun, että he maksaisivat veroa Mordoriin», sanoi Gimli.

»Minä en sitä usko, niin kuin ei Boromirkaan uskonut», Aragorn sanoi.

»Pian saatte selville totuuden», Legolas sanoi. »Ne lähestyvät jo.»

Viimein saattoi Gimlikin kuulla laukkaavien kavioitten etäisen töminän. Uraa seuraten ratsumiehet olivat kääntyneet pois joelta ja lähestyivät kumpuja. He ratsastivat tuulen lailla.

Nyt kajahtivat kirkkaat voimakkaat huudot yli niittyjen. Äkkiä ratsastajat ilmestyivät näkyviin ja kumu paisui ukkosen kaltaiseksi. Etumainen ratsumies kääntyi jyrkästi ja kiertäen kukkulan johti joukkoa takaisin etelään pitkin kumpujen länsiliepeitä. Ratsastajat seurasivat häntä: pitkä jono sota-asuisia ihmismiehiä, nopeita, kimaltavia, hurjia ja kauniita katsella.

Heidän hevosensa olivat suurikokoisia, vahvoja ja sopusuhtaisia; niiden harmaa karva kiilsi, pitkä häntä liehui tuulessa ja harja oli palmikoitu ylpeälle kaulalle. Ratsastajat eivät jääneet huonommiksi: he olivat kookkaita ja pitkäjäsenisiä; pellavankeltainen tukka erottui kevyen kypärän alta ja liehui pitkinä palmikkoina; heidän kasvonsa olivat lujat ja vakaat. Kädessään heillä oli saarnipuinen keihäs, maalattu kilpi oli heilautettu selkäpuolelle, vyössä riippui pitkä miekka, kiillotettu panssaripaita ulottui polviin saakka.

He ratsastivat ohi pareittain, ja vaikka vähän väliä joku nousi jalustimissaan ja tähyili eteen ja sivuille, he eivät näyttäneet huomaavan kolmea muukalaista, jotka istuivat hiljaa heitä katsellen. Joukko oli jo melkein ohittanut heidät, kun Aragorn nousi äkkiä ja huusi kovalla äänellä:
»Mitä uutta pohjoisesta, Rohanin ratsastajat?»

Ällistyttävän nopeasti ja taitavasti he hillitsivät ratsunsa, kääntyivät ja laukkasivat takaisin. Pian saivat toverukset huomata olevansa keskellä ratsumiesten muodostamaa piiriä, joka kiersi rinteessä heidän ylä- ja alapuolellaan, kiersi ja kiersi ja läheni koko ajan. Aragorn seisoi hiljaa ja muut kaksi istuivat liikkumatta aprikoiden, miten tässä kävisi.

Ilman huutoa tai käskysanaa Ratsastajat pysähtyivät äkkiä. Keihästiheikkö laskeutui ja tähtäsi muukalaisia, ja joillakin ratsumiehillä oli jousi kädessä, nuoli valmiina jänteellä. Sitten yksi heistä ratsasti esiin, pitkä, muita pitempi mies; hänen kypärästään hulmusi töyhtönä valkea hevosenhäntä. Hän tuli niin lähelle, että hänen keihäänsä kärki jäi vain kyynärän päähän Aragornin rinnasta. Aragorn ei liikahtanut.

»Kuka olette, ja mitä teette tässä maassa?» Ratsastaja sanoi lännen yhteiskielellä, jota hän painotti ja korosti samalla tavoin kuin Boromir, Gondorin mies.

»Minua kutsutaan Konkariksi», vastasi Aragorn. »Tulin pohjoisesta. Minä jahtaan örkkejä.»

Ratsastaja hypähti alas hevosensa selästä. Hän antoi keihäänsä toiselle miehelle, joka oli ratsastanut esiin ja laskeutunut satulasta hänen viereensä. Sitten hän veti esiin miekkansa ja seisoi kasvotusten Aragornin kanssa tutkien häntä tarkasti ja ihmetellen. Viimein hän puhui taas.

»Ensi alkuun luulin, että te itse olitte örkkejä», hän sanoi, »mutta nyt näen että te ette ole. Te tiedätte tosiaan kovin vähän örkeistä, jos jahtaatte niitä näin. Ne olivat nopeita ja hyvin aseistettuja ja niitä oli paljon. Te olisitte muuttuneet metsästäjistä metsästettäviksi, jos olisitte saaneet ne kiinni. Mutta teissä, Konkari, on jotakin outoa.» Hän käänsi taas kirkkaat silmänsä samoojaan. »Nimi, jonka mainitsette, ei ole ihmisen nimi. Ja outo on asunnekin. Putkahditteko esiin ruohosta? Miten vältitte katseemme? Oletteko haltiakansaa?»

»Minä en ole», Aragorn sanoi. »Vain yksi meistä on haltia, Legolas Metsämaan valtakunnasta, kaukaisesta Synkmetsästä. Mutta me olemme matkanneet Lothlórienin kautta, ja valtiattaren lahjat ja suosio kulkevat kanssamme.»

Ratsastaja katsoi heitä uudestaan hämmästyen, mutta hänen katseensa koveni. »Siis Kultaisessa metsässä on valtiatar, niin kuin vanhat tarut kertovat!» hän sanoi. »Harvat pääsevät pakoon hänen verkkojaan, niin sanotaan. Ajat ovat merkilliset! Mutta jos teillä on hänen suosionsa, silloin tekin lienette verkonkutojia ja taikureita.» Hän loi äkkiä kylmän katseen Legolasiin ja Gimliin. »Miksi ette puhu, te hiljaiset?» hän sanoi vaativasti.

Gimli nousi ja asetti jalkansa vakaasti tanaan: käsi tarttui kirveen varteen ja mustat silmät salamoivat. »Sanokaa nimenne, hevosherra, niin minä sanon omani ja annan kuulua muutakin», hän sanoi.

»Mitä siihen tulee», Ratsastaja sanoi katsoen alas kääpiöön, »muukalaisen tulisi selittää ensin, kuka on. Minun nimeni on kuitenkin Éomer Éomundin poika ja olen Riddermarkin kolmas marsalkka.»

»Éomer Éomundin poika, Riddermarkin kolmas marsalkka, antakaa kääpiö

Gimlin Glóinin pojan varoittaa teitä harkitsemattomista sanoista. Puhutte pahaa olennosta, jonka ihanuus ylittää ajatuskykynne, ja vain jos syynä on älyn puute, sen voi antaa teille anteeksi.»

Éomerin silmät leimusivat, ja Rohanin miehet murisivat vihaisesti ja kävivät lähemmäksi keihäineen. »Minä katkaisisin teiltä pään partoineen päivineen, herra kääpiö, jos se kohoaisi vähänkin korkeammalle maan pinnasta», sanoi Éomer.

»Hän ei ole yksin», sanoi Legolas, taivutti jousensa ja asetti nuolen jänteelle nopeammin kuin silmä ehti havaita. »Kuolisitte ennen kuin iskunne olisi lyöty.»

Éomer kohotti miekkansa ja olisi voinut käydä hullusti, jollei Aragorn olisi hypähtänyt heidän väliinsä ja kohottanut kättään. »Suokaa anteeksi, Éomer!» hän huudahti. »Kun tiedätte enemmän, ymmärrätte, miksi olette vihastuttanut toverini. Emme tarkoita pahaa Rohanille, emme sen kansalle, ei ihmiselle, ei hevoselle. Ettekö kuuntelisi kertomustamme ennen kuin lyötte?»

»Kuuntelen», sanoi Éomer ja laski aseensa. »Mutta Riddermarkissa vaeltavaisten olisi viisainta hillitä ylimielisyyttään näinä epäilyksen aikoina. Kertokaa minulle nyt ensin oikea nimenne.»

»Kertokaa minulle ensin ketä te palvelette», sanoi Aragorn. »Oletteko Sauronin, Mordorin Mustan ruhtinaan ystäviä vai vihollisia?»

»Palvelen vain Markin herraa, kuningas Théodenia Thengelin poikaa», Éomer vastasi. »Me emme palvele kaukaisen Mustan maan mahtia, mutta emme ole myöskään vielä avoimessa sodassa hänen kanssaan; ja jos te pakenette häntä, teidän olisi parasta poistua tästä maasta. Kaikilla rajoillamme on levotonta, ja meitä uhataan, mutta me tahdomme vain olla vapaita ja elää niin kuin olemme tähän asti eläneet, pitäen kiinni omastamme, palvelematta ketään vierasta herraa, hyvää tai pahaa. Parempina aikoina toivotimme vieraat ystävällisesti tervetulleiksi, mutta nykyisin kutsumaton muukalainen saa havaita otteemme nopeiksi ja koviksi. Joutukaa! Keitä te olette? Ketä *te* palvelette? Kenen käskystä ajatte takaa örkkejä meidän maassamme?»

»En palvele ketään ihmistä», sanoi Aragorn, »mutta Sauronin palvelijoita ajan takaa, menivätpä ne mihin maahan tahansa. Kuolevaisten ihmisten joukossa vain harva tietää enemmän örkeistä, enkä ole itse valinnut tapaa jolla niitä nyt jahtaan. Takaa-ajamamme örkit ottivat vangiksi kaksi ystävääni. Kun hätä on tällainen, hevoseton mies kulkee jalan, eikä hän kysy lupaa saada seurata jälkiä. Eikä hän myöskään laske vihollisen päälukua muuten kuin miekallaan. En ole aseeton.»

Aragorn työnsi kaapunsa syrjään. Haltiahuotra välkähti kun hän tarttui siihen, ja Andúrilin terä leimahti liekin lailla kun hän vetäisi sen esiin. »Elendil!» hän huudahti. »Minä olen Aragorn Arathornin poika, ja minua kutsutaan nimellä Elessar, Haltiakivi, Dúnadan, olen Gondorin Isildur Elendilin pojan perijä. Tässä on Murtunut miekka, se on taottu ehjäksi taas. Autatteko minua vai estättekö? Valitkaa nopeasti!»

Gimli ja Legolas katsoivat toveriaan ihmeissään, sillä he eivät olleet ennen nähneet häntä tässä mielialassa. Hän näytti kasvaneen kooltaan, kun Éomer taas oli kutistunut, ja hänen hehkuvilla kasvoillaan he näkivät välähdyksen kivikuninkaiden voimasta ja majesteettisuudesta. Hetken olivat Legolasin silmät näkevinään valkoisen valon lepattavan Aragornin kulmilla hohtavan kruunun tavoin.

Éomer peräntyi ja hänen kasvoillaan oli kunnioittavaa pelkoa. Hän loi maahan ylpeät silmänsä. »Oudot ovat ajat, totisesti», hän mutisi. »Unet ja tarut puhkeavat ruohosta eloon.

Kertokaa minulle, herra», hän jatkoi, »mikä tuo teidät tänne? Ja mitä merkitsivät hämärät sanat? Kauan on Boromir Denethorin poika ollut poissa etsimässä vastausta, ja hevonen jonka hänelle lainasimme tuli takaisin ilman ratsastajaa. Minkä tuomion te tuotte pohjoisesta?»

»Valitsemisen tuomion», Aragorn sanoi. »Tämän voitte sanoa Théodenille Thengelin pojalle: avoin sota on hänen edessään, Sauronin puolella tai tätä vastaan. Kukaan ei enää voi elää niin kuin on ennen elänyt, ja harva saa pitää kiinni siitä, mitä omakseen kutsuu. Mutta näistä isoista asioista me puhumme myöhemmin. Jos mahdollista, tulen itse kuninkaan luo. Nyt olen suuressa pulassa ja pyydän apua, tai ainakin tietoja. Kuulitte meidän ajavan takaa örkkijoukkoa, joka ryösti ystävämme. Mitä voitte kertoa meille?»

»Että teidän ei enää tarvitse ajaa niitä takaa», Éomer sanoi. »Örkit on tuhottu.»

»Entä ystävämme?»

»Löysimme ainoastaan örkkejä.»

»Mutta onpa outoa, totisesti», Aragorn sanoi. »Tutkitteko kaatuneet? Eikö niiden joukossa ollut muita kuin örkinrotuisia? Nämä ovat pieniä, teidän silmissänne vain lapsia, kengättömiä ja harmaissa vaatteissa.»

»Siellä ei ollut kääpiöitä eikä lapsia», Éomer sanoi. »Laskimme kaikki kaatuneet ja otimme niiden aseet, sitten pinosimme raadot kasaan ja poltimme ne niin kuin tapamme on. Tuhka savuaa vieläkin.»

»Me emme puhu kääpiöistä emmekä lapsista», sanoi Gimli. »Ystävämme olivat hobitteja.»

»Hobitteja?» Éomer sanoi. »Mitä ne ovat? Kummallinen nimi.»

»Kummallinen nimi kummalliselle kansalle», Gimli sanoi. »Mutta nämä olivat meille hyvin rakkaita. Näytätte kuulleen Rohanissa sanoista jotka huolestuttivat Minas Tirithiä. Niissä puhuttiin puolituisista. Nämä hobitit ovat puolituisia.»

»Puolituisia!» nauroi Éomerin vierellä seisova Ratsastaja. »Puolituisia! Mutta nehän ovat vain Pohjolan vanhojen laulujen ja lastensatujen pieni kansa. Kuljemmeko taruissa vaiko vihreän maan pinnalla päivänvalossa?»

»Ihminen voi kulkea kummassakin», sanoi Aragorn. »Sillä emme me vaan ne, jotka tulevat meidän jälkeemme, tekevät tarut meidän ajastamme. Puhut vihreästä maasta. Sekin elää taruissa, ja kuitenkin sinä kuljet sen pinnalla täällä auringon alla!»

»Aika rientää», sanoi Ratsastaja kiinnittämättä huomiota Aragornin sanoihin. »Meidän on kiiruhdettava kohti etelää, herra. Jätetään nämä villit kuvitelmiensa pariin. Tai sidotaan heidät ja viedään kuninkaan luo.»

»Vaiti, Éothain!» Éomer sanoi omalla kielellään. »Jätä minut hetkeksi. Sano, että *éored* järjestäytyvät polulle ja valmistautuvat ratsastamaan Entinmatalaan.»

Mutisten Éothain meni puhumaan toisille. He lähtivät kohta ja jättivät Éomerin yksin kolmen toveruksen seuraan.

»Se mitä sanotte, Aragorn, on outoa», hän sanoi. »Kuitenkin puhutte ilmeisesti totta: Markin miehet eivät valehtele ja siksi heitä ei ole helppo pettää. Mutta ette ole kertonut kaikkea. Ettekö nyt puhuisi tarkemmin aikeistanne, jotta voisin päättää mitä tehdä?»

»Lähdin monta viikkoa sitten Imladrisista, kuten sitä runossa kutsutaan», Aragorn vastasi. »Mukanani lähti Minas Tirithin Boromir. Aikomukseni oli mennä tuohon kaupunkiin Denethorin pojan kanssa auttaakseni hänen kansaansa

Sauronia vastaan käytävässä sodassa. Mutta Saattueella, jonka mukana kuljin, oli toinen tehtävä. Siitä en voi nyt puhua. Gandalf Harmaa oli johtajamme.»

»Gandalf!» Éomer huudahti. »Gandalf Harmaahursti tunnetaan Markissa, mutta varoitan teitä, hänen nimensä ei enää ole tunnussana, joka hankkii kuninkaan suosion. Gandalf on ollut maassa vieraana monta kertaa miesmuistin aikana, tullut mielensä mukaan vuodenajan vaihduttua tai monien vuosien kuluttua. Hän on outojen tapahtumien sanansaattaja: pahan saattomieheksi sanovat jotkut häntä nykyään.

Ja totisesti on kaikki mennyt vikaan siitä lähtien, kun hän viimeksi kesällä kävi. Noihin aikoihin alkoivat vaikeudet Sarumanin kanssa. Siihen asti olimme pitäneet Sarumania ystävänä, mutta sitten tuli Gandalf, varoitti meitä ja sanoi, että Rautapihassa valmisteltiin yllätyssotaa. Hän sanoi itse olleensa vankina Orthancissa ja päässeensä töin tuskin pakoon, ja hän pyysi apua. Mutta Théoden ei tahtonut kuunnella häntä ja hän meni pois. Älkää mainitko Gandalfin nimeä Théodenin kuullen! Hän on vihastunut. Sillä Gandalf otti hevosen, jonka nimi on Hallavaharja, kuninkaan ratsuista kalleimman, *mearasin* johtajan, ja niillä saa ratsastaa vain Markin herra. Sillä niiden kantaisä oli Eorlin suuri hevonen, joka osasi ihmisten kieltä. Seitsemän yötä sitten Hallavaharja palasi, mutta kuninkaan viha ei ole laantunut, sillä hevonen on nyt villi eikä alistu kenenkään käsiteltäväksi.»

»Siinä tapauksessa Hallavaharja on löytänyt tänne kaukaa pohjoisesta», Aragorn sanoi; »sillä siellä erosivat Gandalf ja hänen ratsunsa. Mutta voi! Gandalf ei enää nouse hevosen selkään. Hän vajosi pimeyteen Morian kaivoksissa eikä enää tule takaisin.»

»Raskaita uutisia», sanoi Éomer. »Minulle ainakin, ja monille, vaikkakaan ei kaikille, kuten saatte huomata, jos tulette kuninkaan tykö.»

»Uutiset ovat murheellisemmat kuin tämän maan asukkaat voivat ymmärtää, vaikka ne kukaties koskettavat heitä kipeästi ennen kuin tämä vuosi on varsin vanhennut», Aragorn sanoi. »Mutta kun suuret kaatuvat, joutuvat vähäisemmät johtoon. Osani on ollut opastaa Saattuetta pitkällä matkalla Moriasta. Tulimme läpi Lórienin – josta teidän olisi parasta kuulla totuus ennen kuin puhutte siitä uudestaan – ja sieltä Suurta virtaa alas monet pitkät peninkulmat Raurosin putouksille. Siellä surmasivat Boromirin samat örkit, jotka olette tuhonneet.»

»Uutisenne tuovat pelkkää murhetta!» huudahti Éomer kauhuissaan. »Suurta vahinkoa tietää tämä kuolema Minas Tirithille ja meille kaikille. Siinä oli oivallinen mies! Kaikki ylistivät häntä. Hän tuli harvoin Markiin, sillä hän oli aina sotimassa itärajalla, mutta olen nähnyt hänet. Minun silmissäni hän muistutti enemmän Eorlin nopeita poikia kuin Gondorin vakaita miehiä, ja hänestä olisi tullut aikanaan suuri kansansa päämies. Milloin hän kaatui?»

»Nyt on neljäs päivä menossa hänen kuolemastaan», Aragorn vastasi, »ja sen päivän illasta asti olemme matkanneet poispäin Tol Brandirin varjosta.»

»Jalanko?» huudahti Éomer.

»Jalan, niine hyvinemme kuin nyt näette.»

Suuri ihmetys nousi Éomerin silmiin. »Konkari on liian jähmeä nimi noin vikkelälle miehelle, Arathornin poika», hän sanoi. »Minäpä kutsunkin teitä nimellä Vihuri. Tästä kolmen ystävyksen työstä tulisi laulaa juhlapidoissa. Kaksikolmatta peninkulmaa olette jättäneet taaksenne vajaassa neljässä päivässä! Sitkeätä on Elendilin heimo!

Entä nyt, mitä tahtoisitte minun tekevän? Minun on kiireesti palattava Théodenin luo. Puhuin varoen miesteni kuullen. On totta, että me emme ole vielä ilmisodassa Mustan maan kanssa, ja lähellä kuninkaan korvia kuiskutellaan raukkamaisia neuvoja, mutta sota tekee tuloaan. Me emme hylkää vanhaa liittoamme Gondorin kanssa, ja niin kauan kuin he taistelevat, me autamme heitä: niin sanon minä ja kaikki, jotka pysyvät minussa. Itämark on minun komennossani, se on kolmannen marsalkan aluetta. Olen siirtänyt pois kaikki laumat ja paimenet ja sijoittanut ne Entinojan toiselle puolelle, tänne olen jättänyt vain vartijoita ja nopeita tiedustelijoita.»

»Te ette siis maksa veroa Sauronille?» sanoi Gimli.

»Sitä emme tee emmekä ole koskaan tehneet», sanoi Éomer silmät salamoiden, »vaikka korviini on tullut, että moista valhetta on levitetty. Joitakin vuosia sitten Mustan maan ruhtinas halusi ostaa meiltä hevosia korkeaan hintaan, mutta me kieltäydyimme, sillä hän käyttää eläimiä pahoihin tarkoituksiin. Sitten hän lähetti örkkejä ryöstöretkille, ja ne vievät mennessään, mitä viedyksi saavat, ja valitsevat aina mustat hevoset: niitä on enää vain muutama jäljellä. Sen tähden me vihaamme örkkejä katkerasti.

Mutta tällä hetkellä on suurin huolenaiheemme Saruman. Hän on julistautunut kaiken tämän maan herraksi, ja välillämme on riehunut sota monen kuukauden ajan. Hän on ottanut örkkejä palvelukseensa ja sudenratsastajia ja pahoja ihmisiä, ja hän on sulkenut meiltä Rohanin aukon niin että saatamme jäädä piiritykseen sekä idän että lännen puolelta.

On paha olla tekemisissä hänenlaisensa vihollisen kanssa: hän on ovela ja salatieteisiin perehtynyt velho, ja hänellä on monta valepukua. Hän liikkuu siellä täällä, niin sanotaan, vanhan miehen hahmossa kaapu yllä ja huppu päässä, kovasti Gandalfin näköisenä, kuten moni nyt muistaa. Hänen vakoojansa pujahtavat kaikista verkoista ja hänen pahanilmanlintunsa lentelevät taivaalla. En tiedä, miten kaikki päättyy, ja minua on alkanut epäilyttää, sillä näyttää siltä, että kaikki hänen ystävänsä eivät asu Rautapihassa. Mutta jos tulette kuninkaan kartanoon, näette kaiken itse. Tuletteko? Toivonko turhaan, että teidät on lähetetty minun tyköni avuksi epäilyksen ja hädän hetkellä?»

»Tulen kun voin», Aragorn sanoi.

»Tulkaa nyt!» Éomer sanoi. »Elendilin perijä voimistaisi toden totta Eorlin poikia tänä pahana aikana. Tälläkin hetkellä taistellaan Länsiemnetissä, ja pelkään, että meidän käy huonosti.

Itse asiassa lähdin ratsastamaan tänne pohjoiseen ilman kuninkaan lupaa, sillä kun minä olen poissa, jää hänen talonsa vähille vartijoille. Mutta tiedustelijat varoittivat minua örkkijoukosta, joka tuli Itämuurin yli kolme yötä sitten, ja he kertoivat, että joillakin niistä oli Sarumanin valkoiset tunnukset. Koska epäilin pahinta, liittoa Orthancin ja Mustan tornin välillä, johdin tänne *éoredini*, jotka kuuluvat oman taloni väkeen; ja me saavutimme örkit illansuussa kaksi päivää sitten, lähellä Entsalon reunaa. Siellä saarsimme ne ja kävimme taistelun eilen aamun sarastaessa. Menetin viisitoista miestä ja kaksitoista hevosta! Sillä örkkejä oli enemmän kuin laskimme. Ne saivat apujoukkoja idästä Suuren virran toiselta puolelta: näiden jäljet voi selvästi havaita vähän matkaa pohjoiseen tältä paikalta. Ja metsästä tuli lisää. Suuria örkkejä, joilla myös oli Rautapihan Valkoinen käsi: tuo laji on vahvempi ja kamalampi kuin kaikki muut.

Mutta me teimme niistä selvää. Nyt olemme kuitenkin olleet poissa liian kauan. Meitä tarvitaan etelässä ja idässä. Ettekö te tulisi mukaan? Meillä on ylimääräisiä hevosia, kuten voitte nähdä. Olisi työtä Miekallekin. Niin, ja me löytäisimme käyttöä myös Gimlin kirveelle ja Legolasin jouselle, mikäli he suovat anteeksi hätiköidyt sanani Metsän valtiattaresta. Puhuin niin kuin puhuvat kaikki kansani miehet, ja mielelläni minä oppisin lisää.»

»Kiitän teitä kauniista sanoistanne», Aragorn sanoi, »ja sydämeni halajaa tulla kanssanne, mutta en voi jättää ystäviäni niin kauan kuin on toivoa.»

»Toivoa ei ole», Éomer sanoi. »Ette löydä ystäviänne pohjoisilta rajoilta.»

»Ystäväni eivät kuitenkaan ole takanamme. Löysimme läheltä Itämuuria selvän merkin siitä, että ainakin toinen heistä eli vielä. Mutta muurin ja kumpujen väliltä emme ole löytäneet mitään muuta merkkiä heistä, eivätkä yhdetkään jäljet ole kääntyneet sivuun, mikäli en ole tykkänään kadottanut taitojani.»

»Mitä heille sitten on teidän mielestänne tapahtunut?»

»En tiedä. Heidät on saatettu tappaa ja polttaa örkkien mukana, mutta te sanotte, että se ei ole mahdollista, enkä siis pelkää niin käyneen. Voin vain olettaa, että heidät vietiin metsään ennen taistelua, ehkä jo ennen kuin te saarsitte vihollisenne. Voitteko vannoa, että yksikään ei paennut verkostanne sillä tavalla?»

»Olen valmis vannomaan, että yksikään örkki ei paennut sen jälkeen kun saimme ne näkyviimme», Éomer sanoi. »Ennätimme metsän reunaan ennen niitä, ja jos joku elävä olento sen jälkeen pääsi renkaamme läpi, se ei ollut örkki ja sillä oli jokin haltioiden kyky.»

»Ystävillämme oli samanlaiset asut kuin meillä», Aragorn sanoi, »ja te sivuutitte meidät kirkkaassa auringonpaisteessa.»

»Sen olin unohtanut», Éomer sanoi. »On vaikea olla varma mistään näin monien ihmeitten keskellä. Koko maailma on käynyt kummalliseksi. Haltia kulkee yksissä kääpiön kanssa omilla niityillämme, joku on puhunut Metsän valtiattaren kanssa ja elää yhä, ja Miekka, joka murtui ennen kuin isiemme isät ratsastivat Markiin, tulee takaisin sotakentille! Miten voi mies tietää, mitä tehdä tällaisina aikoina?»

»Sen tietää niin kuin aina ennenkin», Aragorn sanoi. »Hyvä ja paha eivät ole menneen vuoden myötä muuttuneet, eivätkä ne myöskään ole haltioille ja kääpiöille yhtä ja ihmisille toista. Ihmisen osa on erottaa ne toisistaan, yhtä hyvin Kultaisessa metsässä kuin omassa huoneessaan.»

»Totta puhutte», Éomer sanoi. »En epäile teitä enkä sydämeni ääntä. Mutta minä en ole vapaa toimimaan haluni jälkeen. On lakiemme vastaista antaa muukalaisten vaeltaa mielensä mukaan maassamme, ellei kuningas itse anna heille lupaa, ja näinä vaarallisina aikoina on määräys entistäkin tiukempi! Olen pyytänyt teitä tulemaan vapaaehtoisesti kanssani, ettekä te tule. Hyvin vastahakoisesti ryhdyn taisteluun, jossa on sata kolmea vastaan.»

»Lakianne ei liene tarkoitettu tällaista tapausta varten», Aragorn sanoi. »Enkä minä sitä paitsi ole muukalainen, sillä olen ollut tässä maassa ennenkin ja ratsastanut *rohirrimin* sotajoukossa, vaikka toisella nimellä ja toisessa hahmossa. Teitä en ole ennen nähnyt, sillä te olette nuori, mutta olen puhunut isänne Éomundin kanssa ja Théoden Thengelin pojan kanssa. Entisinä aikoina ei yksikään tämän maan ylhäinen ruhtinas olisi pakottanut miestä jättämään sellaista tehtävää, joka minulla nyt on. Ainakin velvollisuuteni on selvä, jatkaa. No niin, Éomundin poika, valinta on viimein tehtävä. Auttakaa meitä, tai päästäkää meidät ainakin vapaiksi. Tai yrittäkää panna lakianne täytäntöön. Jos sen teette, palaa teitä harvalukuisempi joukko sotaanne tai kuninkaanne luo.»

Éomer oli hetken hiljaa, sitten hän puhui. »Meillä kummallakin on kiire», hän sanoi. »Joukkoni odottaa malttamattomasti lähtöä, ja joka hetki huventaa teidän toivoanne. Tämä on valintani. Te saatte mennä, ja sen lisäksi lainaan teille hevoset. Pyydän vain tätä: kun olette täyttäneet tehtävänne tai se on osoittautunut mahdottomaksi, palatkaa hevosten kanssa Entinmatalan yli Meduseldiin, Edorasin ylhäiseen kartanoon, missä Théoden nykyään istuu. Niin todistatte hänelle, että arvioni ei ollut väärä. Näin asetan itseni ja ehkä henkenikin teidän hyvän tahtonne varaan. Älkää pettäkö.»

»Minä en petä», sanoi Aragorn.

Ratsumiehet ihmettelivät suuresti ja loivat heihin synkkiä, epäileviä katseita, kun Éomer antoi käskyn, että ylimääräiset hevoset oli lainattava muukalaisille, mutta vain Éothain uskaltautui puhumaan avoimesti.

»Voihan hevosen antaa tälle ylimykselle, joka väittää kuuluvansa Gondorin heimoon», hän sanoi, »mutta onko koskaan kuultu että Markin hevonen olisi annettu kääpiölle?»

»Ei ole kuultu», sanoi Gimli. »Mutta älkää huolehtiko: ei tulla koskaan kuulemaankaan. Kävelen ennemmin kuin istun tuon kokoisen eläimen selkään, tarjottiinpa sitä minulle auliisti tai karsaasti.»

»Mutta nyt sinun on ratsastettava, tai hidastat matkaamme», Aragorn sanoi.

»Saat istua minun takanani, Gimli-ystäväni», sanoi Legolas. »Silloin on kaikki hyvin, eikä sinun tarvitse lainata hevosta eikä antaa sen asian ahdistaa.»

Aragornille tuotiin suuri tummanharmaa hevonen ja hän nousi sen selkään. »Sen nimi on Hasufel», Éomer sanoi. »Kantakoon se teitä hyvin, ja olkoon teillä parempi onni kuin sen entisellä isännällä Gárulfilla!»

Legolasille tuotiin pienempi ja kevyempi hevonen, mutta rauhaton ja hurja. Sen nimi oli Arod. Mutta Legolas pyysi heitä ottamaan pois satulan ja ohjakset. »En tarvitse niitä», hän sanoi ja hypähti kevyesti Arodin selkään, ja heidän ihmeekseen se oli kesy ja tottelevainen hänelle ja liikkui sinne tänne pelkästä sanasta: niin käsittelivät haltiat kaikkia hyviä eläimiä. Gimli nostettiin ystävänsä taakse ja hän tarrautui Legolasiin ja näytti yhtä levottomalta kuin Sam Gamgi veneessä.

»Hyvästi, ja toivottavasti löydätte etsimänne!» Éomer huusi. »Palatkaa niin pian kuin voitte, ja välkkykööt miekkamme tästä lähin yhdessä!»

»Minä tulen», Aragorn sanoi.

»Ja minäkin tulen», sanoi Gimli. »Valtiatar Galadrielin asia on yhä välillämme. Minun on vielä opetettava teille sivistynyttä kieltä.»

»Aika näyttää», Éomer sanoi. »Niin monia outoja asioita on tapahtunut, että ei tunnu lainkaan ihmeelliseltä oppia ylistämään kaunista naista kääpiön hellien kirveeniskujen voimalla. Hyvästi!»

Näin sanoen he erosivat. Nopeita olivat Rohanin ratsut. Kun Gimli vähän ajan päästä katsoi taakseen, Éomerin joukko oli jo pieni ja kaukana. Aragorn ei katsonut taakse: heidän kiitäessään eteenpäin hän tuijotti jälkiä pää kumarassa Hasufelin kaulalla. Pian he saapuivat Entinojan reunoille ja siellä he kohtasivat toiset jäljet, joista Éomer oli puhunut ja jotka tulivat idästä, Rohanin ylängöiltä.

Aragorn laskeutui ja tutki maata, hyppäsi sitten takaisin satulaan ja ratsasti vähän matkaa itään pysytellen samalla puolella jälkiä ja varoen huolellisesti sotkemasta niitä. Sitten hän taas laskeutui hevosen selästä ja tutki maata käyskellen edestakaisin.

»Vähänlaisesti nähtävää», hän sanoi palattuaan. »Pääuran ovat ratsumiehet sekoittaneet täysin palatessaan; mennessään he ovat varmaankin ratsastaneet lähempänä jokea. Mutta tämä idästä tullut jälki on tuore ja selvä. Merkkiäkään ei voi havaita siitä, että joku olisi mennyt vastakkaiseen suuntaan takaisin Anduinia kohti. Meidän on nyt ratsastettava hitaammin ja varmistauduttava, että yhdetkään jalanjäljet eivät haaraudu kummallekaan puolelle. Örkit ovat varmasti tästä eteenpäin tienneet, että niitä ajettiin takaa; ne ovat ehkä yrittäneet jotenkin viedä vankinsa pois, ennen kuin ne saavutettaisiin.»

Heidän ratsastaessaan eteenpäin päivä muuttui pilviseksi. Ylängöiltä nousi matalia harmaita pilviä. Utu peitti auringon. Yhä lähempänä häämöttivät Fangornin metsäiset rinteet, jotka hitaasti tummuivat sitä mukaa kuin aurinko laski länteen. He eivät nähneet mitään merkkejä oikeaan tai vasempaan haarautuvista jäljistä, mutta silloin tällöin he ohittivat yksittäisiä örkkejä, jotka olivat kaatuneet kesken juoksunsa, ja niiden kurkussa tai selässä törrötti harmaasulkainen nuoli.

Viimein iltapäivän taitteessa he saapuivat metsän laitamille. Ensimmäisten puiden väliin jäävällä aukiolla oli poltettu suuri rovio: tuhka oli yhä kuumaa ja savusi. Sen vieressä oli suuri röykkiö kypäröitä, haarniskoita, haljenneita kilpiä ja katkenneita miekkoja, jousia, keihäitä ja muita sotavarusteita. Sen keskelle oli seipään nenään pistetty suuri hiiden pää; sen murtuneessa kypärässä saattoi vielä nähdä valkoisen tunnuksen. Kauempana lähellä sitä paikkaa, missä joki virtasi vuolaana metsän uumenista, kohosi kumpu. Se oli vasta tehty, irtomaata peittivät tuoreet turpeet. Sen ympärille oli pantu viisitoista keihästä pystyyn.

Aragorn ja hänen ystävänsä etsiskelivät pitkälti ja laajalti taistelukentän ympäristöstä, mutta valo haipui ja kohta oli hämärä, sumuinen ilta. Yön tullenkaan he eivät olleet löytäneet merkkiäkään Merristä ja Pippinistä.

»Enempää emme voi tehdä», sanoi Gimli murheissaan. »Olemme saaneet ratkaistavaksemme monia arvoituksia sen jälkeen kun tulimme Tol Brandirille, mutta tämä on kaikista vaikein. Minä veikkaisin, että hobittien palaneet luut ovat nyt hajallaan örkkien luiden joukossa. Nämä uutiset ovat raskaat Frodolle, jos hän elää niitä kuullakseen, ja raskaat ne ovat myös vanhalle hobitille, joka odottaa Rivendellissä. Elrond vastusti heidän lähtöään.»

»Mutta Gandalf ei vastustanut», sanoi Legolas.

»Mutta Gandalf päätti itse tulla mukaan, ja hänen kävi huonosti ensimmäisenä», Gimli vastasi. »Hän ei aavistanut sitä edeltä.»

»Gandalfin päätökset eivät perustuneet ennakkotietoihin turvallisuudesta, ei omasta eikä toisten», sanoi Aragorn. »On yrityksiä, joihin on parempi ryhtyä kuin olla ryhtymättä, vaikka loppu olisikin tietymättömissä. Mutta minä en vielä lähde tältä paikalta. Meidän on kuitenkin odotettava täällä aamun valoa.»

He tekivät leirin vähän matkan päähän taistelukentästä hajaoksaisen puun alle: se näytti kastanjalta, ja kuitenkin siinä oli paljon edellisvuotisia leveitä ruskeita lehtiä, kuin vinoja pitkiä harittavia sormia kuivissa käsissä; ne rahisivat alakuloisesti yötuulessa.

Gimli värisi. He olivat ottaneet mukaansa vain yhden huovan henkeä kohti. »Sytytetään nuotio», hän sanoi. »En välitä enää vaarasta. Tulkoot örkit vaikka parvittain kuin yöperhoset kynttilän luo!»

»Jos nuo onnettomat hobitit ovat metsässä eksyksissä, tuli saattaisi ohjata heidät tänne», Legolas sanoi.

»Se saattaisi ohjata tänne muitakin kuin örkkejä tai hobitteja», sanoi Aragorn. »Me olemme lähellä luopio Sarumanin vuoristoisia rajaseutuja. Me olemme myös aivan Fangornin reunassa, ja tuon metsän puihin on vaarallista kajota, niin kerrotaan.»

»Mutta *rohirrim* sytyttivät täällä suuren tulen eilen», Gimli sanoi, »ja he kaatoivat puita sitä varten kuten näkyy. Silti he viettivät täällä turvallisesti yönsä, sen jälkeen kun he olivat saattaneet työnsä loppuun.»

»Heitä oli paljon», Aragorn sanoi, »eivätkä he välitä Fangornin vihasta, sillä he tulevat tänne harvoin eivätkä he mene metsään sisälle. Mutta meidän polkumme saattaa hyvinkin viedä meidät itse metsään. Siis varokaa! Älkää katkaisko elävää oksaa!»

»Ei ole tarviskaan», Gimli sanoi. »Ratsastajat ovat jättäneet tarpeeksi lastuja ja oksia, ja kuollutta puuta on täällä mielin määrin.»

Hän meni keräämään polttopuuta ja rakenteli ja sytytteli nuotiota, mutta Aragorn istui hiljaa nojaten mietteissään suureen puuhun, ja Legolas seisoi yksin aukiolla ja katseli metsän syvää varjoa etunojassa kuin kuunnellen etäisiä kutsuvia ääniä.

Kun kääpiö oli saanut pienen kirkkaan tulen palamaan, toverukset vetäytyivät sen ääreen istumaan ja liekit jäivät piiloon huppupäisten hahmojen väliin. Legolas katsoi heidän yläpuolellaan levittäytyviin puunoksiin.

»Katsokaa!» hän sanoi. »Puu pitää tulesta!»

Kenties tanssivat varjot pettivät heidän silmänsä, mutta varmaa on, että kukin tovereista oli näkevinään, miten oksat kääntyilivät sinne tänne kuin ulottuakseen liekkien ylle ja yläoksat taipuivat alas; ruskeat lehdet sojottivat nyt jäykkinä ja hankasivat toisiaan, kuin kylmät halkeilleet kädet olisivat lämmitelleet.

Syntyi hiljaisuus, sillä äkkiä tumman ja tuntemattoman metsän läheisyys alkoi tuntua ahdistavana, kuin se olisi ollut täynnä salaisia aikeita. Viimein Legolas puhui taas.

»Celeborn varoitti menemästä syvälle Fangorniin», hän sanoi. »Tiedätkö sinä syytä siihen, Aragorn? Mitä olivat ne tarinat, joita Boromir oli kuullut tästä metsästä?»

»Olen kuullut monia taruja Gondorissa ja muuallakin», Aragorn sanoi, »mutta jollen olisi kuullut Celebornin sanoja, pitäisin niitä vain ihmisten tositiedon puutteessa keksiminä satuina. Olin ajatellut kysyä sinulta, miten tämän asian laita on. Ja jollei metsähaltia tiedä, miten voi ihminen vastata?»

»Olet matkannut laajemmin kuin minä», Legolas sanoi. »Omassa maassani en ole kuullut tästä metsästä muuta kuin lauluja, joissa kerrotaan miten *onodrim*, joita ihmiset kutsuvat enteiksi, asuivat täällä kauan sitten; sillä Fangorn on vanha, vanha haltiainkin mittapuulla.»

»Vanha se on», Aragorn sanoi, »yhtä vanha kuin Hautakerojen kupeessa kasvava metsä, ja paljon suurempi. Elrond sanoo, että nämä kaksi ovat sukua toisilleen, viimeiset jäljellä olevat saarekkeet esiaikojen mahtavista metsistä, joissa Esikoiset vaelsivat silloin, kun ihmiset vielä nukkuivat. Mutta Fangornilla on jokin oma salaisuus. Mikä se on, en tiedä.»

»Minä en haluakaan tietää», Gimli sanoi. »Älköön mikään Fangornin asujain huolestuko minun takiani!»

Sitten he vetivät arpaa vahtivuoroista ja ensimmäinen vuoro osui Gimlille. Muut asettuivat pitkäkseen. He vajosivat uneen melkein heti. »Gimli», mutisi Aragorn unenpöpperössä. »Muista, että Fangornissa on vaarallista katkaista oksaa tai haaraa elävästä puusta. Mutta älä mene kauas etsimään kuollutta puuta. Anna ennen tulen sammua! Huuda minua jos tarvitset!»

Näin sanoen hän nukahti. Legolas makasi jo haltioiden tapaan liikkumatta kauniit kädet rinnalla, silmät auki, niin että valveyö ja syväuni sekoittuivat. Gimli istui kyyryssä nuotion ääressä koetellen peukalollaan miettiväisesti kirveensä terää. Puu suhisi. Muuta ääntä ei kuulunut.

Äkkiä Gimli katsahti ylös, ja aivan nuotion valopiirin laidalla seisoi vanha kumara harmaaseen kaapuun pukeutunut mies sauvaan nojaten; hänen leveälierinen hattunsa oli silmillä. Gimli pomppasi seisaalleen niin ällistyksissään, ettei edes huomannut huutaa, vaikka hänen mielessään välähti heti ajatus, että Saruman oli tavoittanut heidät. Sekä Aragorn että Legolas olivat heränneet äkilliseen liikkeeseen, he nousivat istumaan ja tuijottivat. Vanha mies ei puhunut eikä tehnyt mitään elettä.

»Mitä voimme tehdä hyväksenne, isä?» sanoi Aragorn ja hyppäsi seisomaan. »Tulkaa lämmittelemään jos teidän on kylmä!» Hän asteli eteenpäin, mutta vanha mies oli poissa. Lähistöllä ei löytynyt hänestä jälkeäkään, eivätkä he uskaltaneet mennä kovin kauas. Kuu oli laskenut ja yö oli hyvin pimeä.

Äkkiä Legolas huudahti. »Hevoset! Hevoset!»

Hevoset olivat poissa. Ne olivat kiskaisseet paalunsa irti ja kadonneet. Hetken aikaa toverukset seisoivat hiljaa ja vaiti järkyttyneinä tästä uudesta kovan onnen iskusta. He olivat Fangornin liepeillä, ja loputtomat peninkulmat erottivat heidät rohanilaisista, jotka olivat heidän ainoat ystävänsä tässä laajassa vaarallisessa maassa. Siinä seistessään he olivat kuulevinaan kaukaa yöstä hevosten hirnuntaa. Sitten kaikki oli taas hiljaista, vain yön kylmä tuuli havisi.

»No, ne ovat poissa», sanoi Aragorn viimein. »Emme löydä niitä emmekä saa niitä kiinni; jos ne eivät palaa omasta vapaasta tahdostaan, meidän on tultava toimeen ilman niitä. Me aloimme taivalluksemme jalan, jalat ovat yhä tallella.»

»Jalat!» Gimli sanoi. »Mutta me emme voi syödä niitä, niin kuin voimme niillä kävellä.» Hän heitti puuta tuleen ja lysähti sen viereen.

»Vain muutama tunti sitten olit haluton istumaan Rohanin hevosen selässä», nauroi Legolas. »Sinusta tulee vielä ratsastaja.»

»Ei näytä siltä, että saisin siihen tilaisuuden», Gimli sanoi.

»Jos tahdotte tietää, mitä minä ajattelen», hän alkoi taas vähän ajan päästä, »niin minä luulen, että se oli Saruman. Kuka muukaan? Muistattehan Éomerin sanat: *hän liikkuu vanhan miehen hahmossa kaapu yllä ja huppu päässä*. Niin hän sanoi. Hän on vienyt meidän hevosemme tai pelottanut ne pakosalle, ja tässä me nyt olemme. Me saamme vielä lisää vaikeuksia, muistakaa minun sanoneen!»

»Minä muistan», Aragorn sanoi. »Mutta muistan myös, että tällä vanhalla miehellä ei ollut huppua vaan hattu. Silti en epäile, etteikö arvauksesi osuisi oikeaan; me olemme täällä vaarassa niin yöllä kuin päivälläkin. Juuri nyt emme voi tehdä muuta kuin levätä – kun vielä voimme. Minä pidän nyt vähän aikaa vartiota. Olen enemmän ajattelemisen kuin nukkumisen tarpeessa.»

Yö eteni hitaasti. Legolas otti vuoron Aragornin jälkeen ja Gimli Legolasin jälkeen ja vahtivuorot kuluivat umpeen. Mutta mitään ei tapahtunut. Vanha mies ei enää ilmestynyt, eivätkä hevoset palanneet.

3

URUK-HAI

PIPPIN NUKKUI JA näki synkkää ja pahaa unta: hänestä tuntui, että hän kuuli oman pienen äänensä kaikuvan mustissa tunneleissa, ja se huusi *Frodo, Frodo!* Mutta Frodon sijasta sadat iljettävät örkinnaamat irvistivät hänelle varjoista, sadat iljettävät kädet tarttuivat häneen joka puolelta. Missä oli Merri? Hän heräsi. Kylmä viima puhalsi hänen kasvoilleen. Hän makasi selällään. Ilta teki tuloaan ja taivas hämärtyi. Hän kääntyi ja sai huomata, että todellisuus ei ollut paljon unta parempi. Hänen nilkkansa, säärensä ja ranteensa oli sidottu narulla. Merri makasi hänen vieressään kasvot valkeina likainen rätti kulmillaan. Kaikkialla ympärillä istui tai seisoskeli örkkejä.

Vähitellen muistin sirpaleet asettuivat järjestykseen ja erottuivat univarjoista Pippinin jyskyttävässä päässä. Tietysti: hän ja Merri olivat rynnänneet metsään. Mikä heihin oli mennyt? Minkä tähden he olivat juosseet tiehensä sillä tavalla välittämättä kunnon Konkarista? He olivat juosseet pitkän matkaa huutaen – hän ei muistanut kuinka kauas tai kuinka kauan, ja sitten he olivat äkkiä törmänneet suoraan örkkijoukkoon: ne seisoivat kuulostelemassa eivätkä ilmeisesti huomanneet Merriä ja Pippiniä, ennen kuin he olivat käytännöllisesti katsoen niiden sylissä. Sitten ne alkoivat kiljua, ja puitten välistä oli rynnännyt tusinoittain lisää hiisiä. Hän ja Merri olivat vetäneet miekat esiin, mutta örkit eivät halunneet taistella, ja senkin jälkeen kun Merri oli hakannut poikki useita käsiä ja jalkoja (vanha kunnon Merri!), ne halusivat vain ottaa heidät kiinni.

Sitten oli Boromir syöksynyt esiin puitten takaa. Hän oli pakottanut örkit taisteluun. Hän oli surmannut monta ja loput olivat paenneet. Mutta he eivät olleet päässeet palaamaan kovin pitkälle, kun heidän kimppuunsa hyökättiin uudestaan, ja tällä kertaa niitä oli ainakin sata ja jotkut olivat hyvin suuria. Niiden nuolet olivat lentäneet tiheästi, ja aina Boromiria kohti. Boromir oli puhaltanut suureen torveensa, niin että metsä raikui, ja ensin örkit olivat kauhistuneet ja vetäytyneet, mutta kun vain kaiku oli vastannut, ne olivat hyökänneet entistäkin hurjemmin. Pippin ei muistanut paljon muuta. Hänen viimeinen muistikuvansa oli puuhun nojaava Boromir nykäisemässä irti nuolta, sitten äkkiä tuli pimeä.

»Minua varmaan lyötiin päähän», hän sanoi itsekseen. »Onkohan Merri parka pahasti loukkaantunut? Mitä Boromirille on tapahtunut? Miksi örkit eivät tappaneet meitä? Missä me olemme, ja minne matkalla?»
Hän ei osannut vastata kysymyksiinsä. Hänen oli kylmä ja paha olla. »Kunpa Gandalf ei olisi ikinä suostutellut Elrondia päästämään meitä mukaan», hän ajatteli. »Mitä hyötyä minusta on ollut? Pelkkää harmia: olen ollut kyytiläinen, osa kuormaa. Ja nyt minut on ryöstetty ja olen osa kuormaa örkeille. Tulisipa Konkari tai joku vaatimaan meitä takaisin! Mutta onko minulla lupa toivoa sitä? Eikö se sotkisi kaikkia suunnitelmia? Pääsisinpä vapaaksi!»

Hän ponnisteli vapautuakseen, aivan turhaan. Yksi lähellä istuva örkki nauroi ja sanoi jotakin toverilleen vastenmielisellä kielellään. »Lepää kun kerta voit, pikku hoopo!» se sanoi sitten Pippinille yhteiskielellä, jonka se sai kuulostamaan melkein yhtä iljettävältä kuin omansa. »Lepää kun kerta voit! Kohta löytyy sinun jaloille käyttöä. Vielä sinä toivot, ettei sinulla jalkoja oliskaan, ennen kuin me päästään kotiin.»
»Jos minä saisin tehdä oman pääni mukaan, toivoisit olevasi raato», sanoi toinen. »Panisin sinut kirkumaan, kurja rotta.» Se kumartui Pippinin ylle keltaiset hampaat lähellä hänen kasvojaan. Sillä oli pitkä musta nirhateräinen veitsi kädessään. »Makaa hiljaa tai minä kutittelen sinua tällä», se sähisi. »Älä yritä herättää huomiota tai minä saatan unohtaa määräykseni. Kirotut rautapihalaiset! *Uglúk u bagronk sha pushdug Saruman-glob búbhosh skai»* – se puhkesi omalla kielellään pitkään vihaiseen vuodatukseen, joka vähitellen vaimeni mutinaksi ja ärinäksi.
Kauhistunut Pippin makasi hiljaa, vaikka kipu ranteissa ja nilkoissa yltyi ja maassa olevat kivet porautuivat selkään. Pitääkseen ajatuksensa poissa itsestään hän kuunteli tarkkaavaisesti kaikkea mitä saattoi kuulla. Hänen ympäriltään kuului monia ääniä, ja vaikka örkkien puhe oli aina yhtä vihaa ja raivoa, nyt oli aivan ilmeisesti syttynyt riita, joka kiihtyi koko ajan.
Ihmeekseen Pippin huomasi, että hän saattoi käsittää suuren osan puheesta; monet örkit käyttivät tavallista kieltä. Ilmeisesti paikalla oli kahden tai kolmen aivan eri heimon edustajia, jotka eivät ymmärtäneet toistensa örkkikieltä. Käynnissä oli myrskyisä väittely siitä, miten nyt pitäisi toimia: mihin suuntaan mennä ja mitä tehdä vangeille.
»Ei ole aikaa ryhtyä kunnon tappohommiin», yksi sanoi. »Ei ole aikaa leikkiä tällä matkalla.»
»Sille ei mahda mitään», sanoi toinen. »Miksi ei tapeta niitä nopeasti, nyt heti? Niistä on kirottu riesa, ja meillä on kiire. Ilta tulee ja meidän pitäs jatkaa matkaa.»
»Käskyt», sanoi kolmas ääni muristen. »*Tappakaa kaikki mutta* ei *puolituisia, ne täytyy tuoda tänne* elossa *niin nopeasti kuin mahdollista*. Nämä on minun ohjeet.»
»Mihin noita tarvitaan?» kysyivät useat äänet. »Miksi elossa? Onks niistä jotain huvia?»
»Ei! Minä kuulin. että yhdellä on jotain, jotain mitä tarvitaan sodassa, joku haltiajuoni tai joku. Joka tapauksessa niitä molempia halutaan kuulustella.»
»Siinäkö kaikki mitä tiedät? Mitä jos tarkastettas ne ja otettas selvää? Jos me löydettäs jotain, jota me voitas käyttää itse.»
»Olipa mielenkiintoinen huomautus», vastasi yksi ääni, joka oli muita pehmeämpi mutta ilkeämpi. »Minun pitää ehkä tehdä ilmoitus. Vankeja ei saa tarkastaa eikä kääntää: nämä ovat *minun* ohjeet.»

»Niin minunkin», sanoi äskeinen matala ääni. »*Elossa ja samanlaisina kuin vangittaessa, ei saa rosvota.* Nämä on minun määräykset.»
»Ei meidän!» sanoi yksi aikaisemmista äänistä. »Me on tultu Kaivoksista saakka tappamaan ja kostamaan omien puolesta. Meikä tahtoo tappaa ja palata pohjoiseen.»
»Tahdo vaan, mutta ei onnistu», muriseva ääni sanoi. »Minä olen Uglúk. Minä käsken. Minä palaan Rautapihaan lyhintä tietä.»
»Onko Saruman herra, vai Suuri silmä?» ilkeä ääni sanoi. »Meidän pitäisi heti palata Lugbúrziin.»
»Jos me voitas ylittää Suuri virta, sitten ehkä», sanoi toinen ääni. »Mutta meitä ei ole tarpeeks monta, että me uskallettas silloille.»
»Minä tulin joen poikki», sanoi ilkeä ääni. »Siivekäs nazgûl odottaa meitä itärannalla pohjoisessa.»
»Ehkäpä, ehkäpä! Sitten sinä lennät tiehesi meidän vankien kanssa ja saat Lugbúrzissa rahat ja kunnian ja me saadaan talsia jalan ilman mitään apua Hevosmaan poikki. Ei, meidän pitää pysyä yhdessä. Nämä maat on vaarallisia: täynnä inhottavia kapinallisia ja rosvoja.»
»Totta, meidän täytyy pysyä yhdessä», örisi Uglúk. »Minä en luota teihin, senkin pienet siat. Teiltä loppuu sisu heti kun jouduttua lätistä ulos. Ilman meitä te olisitte juosseet tiehenne koko lauma. Me ollaan *uruk-hai* ja me tapellaan! Me surmattiin se suuri sotaurho. Me otettiin vangit. Me palvellaan Saruman Viisasta, Valkoista kättä: sitä Kättä, joka antaa meille ihmislihaa syötäväks. Me tultiin Rautapihasta ja tuotiin teidät tänne, ja me viedään teidät takasin mitä tietä itse päätetään. Minä olen Uglúk. Olen puhunut.»
»Olet puhunut enemmän kuin tarpeeksi, Uglúk», kähisi ilkeä ääni. »Mitenkähän Lugbúrzissa suhtauduttaisiin tuohon. Siellä ehkä ajateltaisiin, että Uglúkin hartiat olisi paras vapauttaa paisuneen pään painosta. Siellä ehkä kysyttäisiin, mistä hänen kummalliset ajatuksensa on kotoisin. Sarumanilta, kukaties? Kuka *hän* luulee olevansa, kun ryhtyy kaiken maailman puuhiin törkeiden valkoisten merkkiensä kanssa? Lugbúrzissa ehkä oltais samaa mieltä minun kanssani, Grishnákhin, luotetun sanansaattajan kanssa; ja tämän sanon minä Grishnákh: Saruman on typerys, siivoton petollinen typerys. Mutta Suuri silmä näkee hänet.
Vai *siat?* Mitä siitä pidätte että törkeän pikku velhon roskakuskit kutsuvat teitä *sioiksi?* Örkinlihaa ne syövät, uskokaa pois.»
Monet kovaääniset örkinkieliset huudot vastasivat sille, sitten kuului kalinaa kun aseita paljastettiin. Varovasti Pippin pyörähti ympäri siinä toivossa, että näkisi, mitä tuleman piti. Hänen vartijansa olivat menneet mukaan rähäkkään. Hämärässä hän näki suuren mustan örkin, joka varmaankin oli Uglúk, seisovan vastatusten Grishnákhin kanssa. Grishnákh oli lyhyenläntä vääräsäärinen otus, hyvin tanakka, ja sillä oli pitkät kädet, jotka ulottuivat melkein maahan asti. Noiden kahden ympärillä oli paljon pienempiä hiisiä. Pippin arveli pienempien tulleen pohjoisesta. Ne olivat paljastaneet veitsensä ja miekkansa, mutta epäröivät käydä Uglúkin kimppuun.
Uglúk huusi, ja paikalle juoksi joukko muita örkkejä, melkein yhtä isoja kuin se. Sitten äkkiä, varoittamatta, Uglúk loikkasi eteenpäin ja parilla nopealla iskulla se huitaisi pään pois kahdelta vastustajaltaan. Grishnákh hypähti syrjään ja katosi varjoihin. Muut antoivat tietä, yksi astui taaksepäin ja kompastui

maassa makaavaan Merriin ja kirosi karkeasti. Se luultavasti kuitenkin pelasti sen hengen, sillä Uglúkin seuralaiset hyppäsivät sen ylitse ja kaatoivat leveäteräisillä miekoillaan maahan erään toisen. Uhri oli keltahampainen vartija. Sen ruumis kaatui suoraan Pippinin päälle puristaen yhä pitkää sahateräistä veistä kädessään.

»Aseet pois!» huusi Uglúk. »Eikä sitten enää mitään ryppyilyä! Me mennään tästä suoraan länteen, ja portaita alas. Sieltä suoraan kukkuloille, sitten jokivartta metsään. Ja marssitaan yötä päivää. Onko selvä?»

»Nyt», ajatteli Pippin, »jos tuolta rumalta hyypiöltä menee vielä vähän aikaa, ennen kuin se saa joukkonsa järjestykseen, minulla on mahdollisuus.» Toivo pilkahti hänessä. Mustan veitsen terä oli raapaissut hänen käsivarttaan ja sitten se oli liukunut alas ranteelle. Hän tunsi kämmenessä verinoron, mutta myös teräksen kylmän kosketuksen ihoa vasten.

Örkit valmistautuivat taas lähtemään, mutta jotkut pohjoisesta tulleet olivat yhä haluttomia, ja rautapihalaiset surmasivat vielä kaksi, ennen kuin loputkin oli palautettu kuriin ja järjestykseen. Siinä ärjyttiin ja juoksenneltiin. Pippin jäi hetkeksi vartiotta. Hänen jalkansa olivat tiukassa, mutta kädet oli sidottu vain ranteista vatsan päälle. Hän pystyi liikuttamaan niitä yhdessä, vaikka siteet olivatkin tuskallisen kireät. Hän työnsi kuolleen örkin kyljelleen, ja sitten uskaltaen tuskin hengittää hän alkoi nykiä ranteen nuoran solmua edestakaisin veitsen terää vasten. Veitsi oli terävä ja kuolleen käsi piteli sitä tiukasti. Nuora katkesi! Nopeasti Pippin otti sen sormiinsa ja solmi sen uudestaan kahdeksi löysäksi lenkiksi ranteittensa ympäri. Sitten hän jäi makaamaan aivan hiljaa.

»Nostakaa vangit ylös!» huusi Uglúk. »Älkää pelleilkö niiden kanssa! Jos ne ei ole elossa kun me palataan, niin joku muukin kuolee.»

Yksi örkki tarttui Pippiniin kuin säkkiin, työnsi päänsä hänen sidottujen käsiensä väliin, otti kiinni käsivarsista ja raastoi niitä alas kunnes Pippinin pää puristui sen niskaa vasten, sitten se lähti matkaan Pippin selässään. Toinen örkki teki Merrille saman tempun. Örkin pihtimäiset kourat puristivat rautaisella otteella Pippinin käsivarsia; kynnet pistivät. Hän sulki silmänsä ja vajosi takaisin pahoihin uniin.

Äkkiä hänet heitettiin taas kiviseen maahan. Oli alkuyö, mutta kapea kuu vaipui jo länttä kohti. He olivat kallion reunalla, ja edessä näytti leviävän vaalea usvameri. Läheltä kuului putoavan veden loiske.

»Tiedustelijat on lopulta palanneet», sanoi eräs lähellä oleva örkki.

»No, mitä näitte?» murisi Uglúkin ääni.

»Vain yhden ratsumiehen, ja se meni pois länteen päin. Tie on nyt selvä.»

»Niin, nyt. Mutta kuinka kauan? Senkin torvet! Teidän olisi pitänyt ampua se. Se tekee hälytyksen. Ne kirotut hevosenkasvattajat kuulee meistä kyllä aamuun mennessä. Nyt meidän täytyy talsia kahta vauhdikkaammin.»

Pippinin ylle kumartui varjo. Se oli Uglúk. »Nouse istumaan!» örkki sanoi. »Pojat on kyllästyneet kanniskelemaan sinua. Meidän pitää laskeutua alas ja sinun täytyy käyttää koipiasi. Ole nyt avuksi. Ei mitään kiljumista, ei pakoyrityksiä. Meillä on omat tapamme maksaa temppuilusta eikä ne sinua miellytä, vaikka ne ei estäkään sinua olemasta hyödyksi Herralle.»

Se katkaisi siteet Pippinin nilkoista ja sääristä ja nosti hänet tukasta seisaalleen. Pippin kaatui maahan ja Uglúk raastoi hänet uudestaan pystyyn. Monet örkit nauroivat. Uglúk tyrkkäsi leilin hänen hampaittensa väliin ja kaatoi jotain polttavaa nestettä hänen kurkkuunsa: hän tunsi miten tulisen kuuma hehku virtasi hänen lävitseen. Kipu katosi jaloista ja nilkoista. Hän pystyi taas seisomaan. »Nyt toinen!» Uglúk sanoi. Pippin näki sen menevän lähellä makaavan Merrin luo ja potkaisevan häntä. Merri valitti. Uglúk tarttui häneen karkeasti, tempaisi hänet istuvaan asentoon ja repi siteen hänen päästään. Sitten se voiteli haavaa jollakin tummalla sotkulla, jota sillä oli pienessä puurasiassa. Merri huusi ääneen ja rimpuili rajusti.

Örkit taputtivat käsiään ja rääkyivät.»Ei tahdo ottaa lääkettään», ne ilkkuivat. »Ei tiedä, mikä on sille hyväksi. Ho-hoo! Meille tulee vielä hauskaa.»

Mutta tällä hetkellä Uglúkia ei huvi kiinnostanut. Sillä oli kiire ja sen täytyi pitää kurissa haluttomia seuralaisia. Se paransi Merriä örkkien tapaan, ja hoito tuotti nopeasti tuloksia. Kun se oli kaatanut hobitin kurkkuun väkisin vähän juomaa leilistään, katkaissut hänen jalkasiteensä ja raastanut hänet pystyyn, Merri seisoi siinä kalpeana mutta julmistuneena ja uhmaavana, ja kovasti elossa. Otsassa oleva viilto ei enää haitannut, mutta siihen jäi ruskea arpi koko hänen loppuelämäkseen.

»Terve, Pippin!» hän sanoi. »Ai sinäkin olet tullut mukaan tälle pikku tutkimusmatkalle? Koska pääsemme majataloon?»

»So so!» Uglúk sanoi. »Tuo ei käy. Turpa tukkoon. Ei mitään juttuja kaverin kanssa. Kaikki vastahanka ilmoitetaan matkan päässä, ja Hän tietää kyllä miten maksaa teille. Majatalo on vielä kaukana eikä ehkä vastaa ihan odotuksia.»

Örkkijoukko alkoi laskeutua kapeaa kuilua myöten, joka johti alas utuiselle tasangolle. Merri ja Pippin, joiden välissä kulki tusinan verran örkkejä, laskeutuivat heidän joukossaan. Alhaalla oli askelen alla ruohoa, ja hobitit tulivat paremmalle mielelle.

»Nyt suoraan eteenpäin!» huusi Uglúk. »Länteen ja vähän pohjoiseen. Seuratkaa Lugdushia.»

»Mutta mitä me tehdään kun aurinko nousee?» kysyi yksi pohjoisesta tulleista.

»Jatketaan juoksemista», sanoi Uglúk. »Mitä te luulitte? Istutaan ruohikossa ja odotetaan että valkonaamat tulee mukaan huviretkelle, vai?»

»Mutta ei me voida juosta päivänvalossa.»

»Minä juoksen teidän takana ja te juoksette myös», sanoi Uglúk. »Juoksette! Tai muuten ette enää ikinä näe rakkaita kolojanne. Valkoisen käden kautta! Mitä hyötyä on lähettää matkaan vuorimatoja, ja huonosti koulutettuja kaiken kukkuraksi. Juoskaa, senkin retkut! Juoskaa niin kauan kuin yötä riittää!»

Silloin alkoi koko joukko juosta pitkin tasaisin harppauksin, niin kuin örkeillä on tapana. Ne juoksivat epäjärjestyksessä, tönien, tyrkkien ja sadatellen, mutta niiden vauhti oli silti kova. Kummallakin hobitilla oli kolmimiehinen vartiojoukko. Pippin oli aivan jonon hännillä. Hän mietti, kauanko hän jaksaisi tätä menoa: hän ei ollut saanut ruokaa aamun jälkeen. Yhdellä hänen vartijoistaan oli piiska. Mutta toistaiseksi polttava örkkijuoma vielä vaikutti. Hänen järkensä oli myös täydessä terässä.

Aina silloin tällöin hänen mieleensä ilmaantui kuva Konkarista, joka kumartui silmä kovana tumman uran ylle ja juoksi juoksemistaan heidän perässään. Mutta mitä muuta samooja näkisi kuin sotkuisen uran örkinjälkiä? Pippinin omat pienet jäljet ja Merrin jäljet hukkuivat raudoitettujen kenkien painumiin

– örkkejä kulki heidän edellään ja jäljessään ja joka puolella heidän ympärillään.

He olivat kulkeneet vasta virstan verran kalliolta, kun maa alkoi viettää kohti matalaa laajaa syvännettä, jossa maasto oli pehmeää ja kosteaa. Siellä leijui sumua, joka väreili vaaleana kuunsirpin viimeisten säteitten valossa. Edessä kulkevien örkkien tummat hahmot kävivät epäselviksi ja sitten sumu nielaisi ne.

»Hoi! Rauhallisesti!» huusi Uglúk perästä.

Äkkiä Pippinin päähän pälkähti ajatus, ja hän toimi heti sen mukaisesti. Hän kaarsi syrjään oikealle ja sukelsi sumuun päätä pahkaa, pakoon vartijaa, joka yritti tarttua häneen, ja lensi rähmälleen ruohikkoon.

»Seis!» karjaisi Uglúk.

Syntyi hetken hämminki ja sekasorto. Pippin ponkaisi pystyyn ja juoksi. Mutta örkit olivat hänen perässään. Äkkiä niitä häämötti suoraan edessäkin.

»Ei mitään toivoa päästä pakoon!» Pippin ajatteli. »Mutta toivottavasti olen jättänyt joitakin omia jälkiä, jotka säilyvät märässä maassa.» Hän haparoi sidotuilla käsillään kaulaansa ja irrotti kaavun kiinnitysneulan. Samalla hetkellä kun pitkät käsivarret ja kovat kourat tarttuivat häneen, hän päästi sen putoamaan. »Siinä se varmaan lojuu aikojen loppuun asti», hän ajatteli. »Miksihän minä sen tein? Jos muut ovat päässeet pakoon, he ovat luultavasti menneet Frodon mukana.»

Piiskansiima kietoutui hänen jalkojensa ympärille ja hän tukahdutti parkaisun.

»Riittää!» huusi Uglúk juosten paikalle. »Sillä on vielä pitkä matka juostavana. Pankaa molempiin vauhtia! Käyttäkää piiskaa vain muistutukseksi.»

»Mutta ei tämä tähän pääty», se murisi kääntyen Pippiniin päin. »Minä en unohda. Maksua vain siirretään. Liikettä kinttuihin!»

Pippin sen paremmin kuin Merrikään ei muistanut paljoa matkan loppupuolesta. Painajaisunet ja painajaisvalve sekoittuivat pitkäksi surkeuden käytäväksi, jonka toisessa päässä toivo himmeni himmenemistään. He juoksivat ja juoksivat ja ponnistelivat pysyäkseen örkkien määräämässä tahdissa, ja silloin tällöin kirpaisi taitavasti käytetty julma piiska. Jos he pysähtyivät tai kompastuivat, heihin tartuttiin ja heitä raahattiin vähän matkaa.

Örkkijuoman lämpö oli kaikonnut. Pippinille tuli taas kylmä ja paha olo. Äkkiä hän kaatui kasvoilleen nurmikkoon. Kovat kädet ja raastavat kynnet tarttuivat häneen ja nostivat hänet ilmaan. Häntä kannettiin taas kuin säkkiä ja pimeys tiheni hänen ympärillään: hän ei tiennyt oliko se uuden yön pimeyttä vai silmien sokeutta.

Hämärästi hän alkoi tajuta, että ympäriltä kuului nurisevia ääniä: näytti siltä, että monet örkit vaativat pysähdystä. Uglúk ärjyi. Pippin tunsi miten hänet heitettiin maahan, ja hän jäi makaamaan paikoilleen kunnes mustat unet saivat hänet valtaansa. Mutta pitkäksi aikaa hän ei päässyt pakoon kipuja; pian armottomien käsien rautainen ote taas puristi häntä. Pitkän aikaa häntä pyöriteltiin ja retuutettiin, ja vähitellen pimeä väistyi ja hän palasi valvemaailmaan ja havaitsi että oli aamu. Käskyjä huudeltiin ja hänet viskattiin raa'asti ruohikkoon.

Jonkin aikaa hän makasi siinä taistellen epätoivoa vastaan. Päässä heitti, mutta kuumottava olo kertoi, että hän oli saanut toisen kulauksen örkkijuomaa. Joku örkki kumartui hänen ylitseen ja viskasi hänelle leipää ja suikaleen raakaa kuivattua lihaa. Hän söi harmaan leivänkannikan ahneesti, mutta ei koskenut lihaan. Hän oli nälkiintynyt, mutta ei vielä niin nälkiintynyt, että olisi syönyt örkin viskaamaa palaa. Hän ei uskaltanut edes arvata minkä otuksen lihaa se oli.

Hän nousi istumaan ja katseli ympärilleen. Merri ei ollut kaukana. He olivat vuolaan ja kapean virran rannalla. Edessäpäin häämötti vuoria: auringon ensi säteet sattuivat korkeaan huippuun. Tummanpuhuva metsä peitti heidän edessään kohoavia alarinteitä.

Örkit huusivat ja väittelivät keskenään; pohjoisesta tulleiden ja rautapihalaisten välillä näytti taas olevan puhkeamaisillaan riita. Jotkut osoittivat takaisin etelään ja jotkut osoittivat itään.

»Hyvä on», Uglúk sanoi. »Jättäkää homma sitten minulle! Tappamaan ei ruveta, niin kuin minä olen jo sanonut, mutta jos teitä huvittaa heittää menemään se, minkä tähden me ollaan kuljettu koko tämä matka, senkun heitätte! Kyllä minä saaliista huolen pidän. Tehkööt taistelevat *uruk-hai* taas työn kuten tavallisestikin. Jos kerta pelkäätte valkonaamoja, niin juoskaa! Juoskaa! Metsä on tuolla», hän huusi ja osoitti eteenpäin. »Menkää sinne! Se on teidän paras toivonne. Alkakaa painua! Ja nopeasti, ennen kuin hakkaan vielä pari päätä irti ajaakseni järkeä jäljelle jääviin.»

Kuului sadattelua ja käsirysyn ääniä ja sitten suurin osa pohjoisen örkeistä erosi joukosta ja säntäsi tiehensä. Niitä oli yli sata ja ne juoksivat minkä jaloista pääsivät joen vartta kohti kukkuloita. Hobitit jäivät rautapihalaisille, synkälle julmalle joukolle, jossa oli vähintään kahdeksankymmentä isoa, mustaa, viirusilmäistä örkkiä ja näillä suuret jouset ja lyhyet leveäteräiset miekat. Muutama isompi ja rohkeampi pohjoisen örkki jäi niiden mukaan.

»Hoitelemme nyt Grishnákhin», Uglúk sanoi, mutta jotkut sen omistakin seuralaisista katsoivat levottomasti etelään.

»Tiedän tiedän», murisi örkki. »Kirotut hevospaimenet on saaneet meistä vihiä. Mutta se on kokonaan sinun syytä, Snaga. Sinulta ja toisilta tiedustelijoilta pitäisi leikata korvat. Mutta me ollaan taistelijoita. Me juhlitaan vielä hevosenlihalla, tai jollakin vielä paremmalla.»

Silloin Pippin näki, miksi osa joukosta oli osoitellut itään. Siellä kuului nyt karkeita huutoja, ja siinä oli Grishnákh jälleen ja perässään sillä oli neljäkymmentä muuta samanlaista pitkäkätistä ja vääräsääristä örkkiä. Kilpiin oli maalattu punainen silmä. Uglúk astui eteenpäin niitä kohtaamaan.

»Jaaha, sinä tulit takaisin?» hän sanoi. »Tulit toisiin tuumiin?»

»Palasin katsomaan, että käskyjä noudatetaan ja että vangit on turvassa», Grishnákh vastasi.

»Tosiaanko!» Uglúk sanoi. »Turha vaiva. Minä pidän huolta siitä, että käskyt täytetään minun joukossani. Ja mitä muuta varten sinä tulit takaisin? Läksit kiireessä. Jäikö sinulta jotakin?»

»Jäi, yksi hullu», murisi Grishnákh. »Mutta hänen seurassaan oli joitakin reippaita karjuja, joita ei raaski hukata. Tiesin, että sinä veisit ne pahaan paikkaan. Tulin pojille avuksi.»

»Loistavaa!» nauroi Uglúk. »Mutta mikäli sinulla ei ole sisua taisteluun, olet tullut väärään paikkaan. Lugbúrziinhan sinun piti mennä. Valkonaamat on tulossa. Mitä sinun kalliille nazgûlille on tapahtunut? Onko siltä taas ammuttu ratsu alta? Jos olisitkin tuonut sen tullessas, siitä olis voinut olla hyötyä – jos nämä *nazgûl* ovat sitä mitä ovat olevinaan.»

»*Nazgûl, nazgûl!*» sanoi Grishnákh väristen ja huuliaan nuoleksien, ikään kuin sanoilla olisi ollut paha maku, joka poltti suussa. »Puhut sellaisesta mihin sinun sekavat houreesi eivät yllä, Uglúk», se sanoi. »*Nazgûl!* Ovat mitä ovat olevinaan!

Jonakin päivänä toivot, että olisi jättänyt sen sanomatta. Apina!» se örähti vihaisesti. »Sinun pitäisi tietää, että ne ovat Suuren silmän silmäterä. Mutta *nazgûl* siivillä, ei vielä, ei vielä. Hän ei anna niiden näyttäytyä vielä Suuren virran toisella puolella, ei ennen aikojaan. Ne ovat Sotaa varten – ja muita tarkoituksia.» »Näytät tietävän paljon», Uglúk sanoi. »Enemmän kuin on sinulle hyväksi, luulen mä. Ehkäpä Lugbúrzissa ihmeteltäs, miten ja miksi. Mutta sillä välin voi Rautapihan *uruk-hai* tehdä likaisen työn kuten tavallisesti. Älä seiso siinä kuolaamassa! Kokoa roikkasi! Muut siat pötkivät jo metsää kohti. Sinuna seuraisin niitä. Et sinä pääsis takaisin Suurelle virralle elossa. Ala painua! Heti! Minä olen kannoillas.»

Rautapihalaiset tarttuivat taas Merriin ja Pippiniin ja heittivät heidät selkäänsä. Sitten joukko lähti matkaan. Tunnin toisensa perään ne juoksivat ja pysähtyivät vain jokusen kerran heittämään hobitit vereksille kantajille. Joko siksi, että olivat nopeampia ja vankempia tai jonkin Grishnákhin juonen tähden, rautapihalaiset ohittivat vähitellen Mordorin örkit ja Grishnákhin joukko jäi jälkeen. Pian ne alkoivat saavuttaa myös edellä juoksevia pohjoisen örkkejä. Metsä läheni.

Pippin oli mustelmilla ja naarmuilla ja hänen särkevä päänsä hankautui häntä kantavan örkin törkyistä kaulaa ja karvaista korvaa vasten. Aivan hänen edessään liikkui kumara selkiä ja vahvoja paksuja jalkoja ylös alas, ylös alas, lepäämättä, ikään kuin ne olisi tehty raudasta ja sarvesta; ylös alas, ne takoivat loputtomia painajaissekunteja.

Iltapäivällä Uglúkin joukko saavutti pohjoisen örkit. Ne voivat huonosti auringossa, vaikka se olikin vain kylmältä kalpealta taivaalta paistava talviaurinko; niiden pää oli riipuksissa ja kieli roikkui suusta.

»Madot!» ilkkuivat rautapihalaiset. »Siinähän paistutte! Valkonaamat saa teidät kiinni ja syö. Ne tulee!»

Silloin Grishnákhin suusta kuultu huuto osoitti, että tämä ei ollut pelkkää pilaa. Nopeasti kiitäviä ratsumiehiä oli todellakin nähty: ne olivat vielä kaukana takana, mutta ne saavuttivat örkkejä, saavuttivat kuin nousuvesi alavalla rannalla lentohiekassa rämpivää.

Rautapihalaiset alkoivat Pippinin hämmästykseksi juosta kahta nopeampaan tahtiin, se oli kuin kilpailun hurja loppukiri. Sitten hän näki, että aurinko teki laskua ja vajosi Sumuvuorten taa, varjot alkoivat venyä. Mordorin sotilaat nostivat päänsä ja alkoivat nekin lisätä vauhtia. Metsä oli pimeä ja lähellä. He olivat jo ohittaneet muutaman yksittäisen puun. Maa alkoi viettää ylöspäin yhä jyrkemmin, mutta örkit eivät pysähtyneet. Sekä Uglúk että Grishnákh huusivat ja kannustivat niitä viimeiseen ponnistukseen.

»Ne onnistuvat. Ne pääsevät pakoon», ajatteli Pippin. Ja sitten hänen onnistui kääntää päätään, niin että saattoi toisella silmällä vilkaista taakseen olkansa yli. Hän näki, että kaukana idässä ratsastajat olivat jo tasoissa örkkien kanssa ja laukkasivat tasangon poikki. Auringonlasku kultasi keihäät ja kypärät ja hohti heidän vaaleissa liehuvissa hiuksissaan. Ratsumiehet saartoivat örkkejä, estivät niitä hajaantumasta ja ajoivat niitä joen varteen.

Hän aprikoi, minkälaista kansaa he olivat. Hän toivoi nyt, että olisi oppinut enemmän Rivendellissä ja tutkinut tarkemmin karttoja ja sen semmoisia; mutta noihin aikoihin matkasuunnitelmat tuntuivat olevan pätevämmissä käsissä, eikä hän ollut milloinkaan ottanut huomioon mahdollisuutta, että hänet erotettaisiin Gandalfista tai Konkarista ja jopa Frodostakin. Hän muisti nyt Rohanista ainoastaan sen, että Gandalfin hevonen Hallavaharja oli kotoisin tuosta maasta. Se kuulosti tavallaan lohdulliselta.

»Mutta mistä he tietävät, että me emme ole örkkejä?» hän mietti. »Enpä usko, että näillä main on kuultu hobiteista mitään. Minun pitäisi varmaan olla iloinen, kun näyttää siltä, että nämä kamalat örkit tuhotaan, mutta minä kyllä mielelläni pelastuisin itse.» Hyvässä lykyssä hänet ja Merri tapettaisiin yhdessä vangitsijoittensa kanssa ennen kuin Rohanin miehet edes huomaisivat heitä.

Osa ratsastajista oli ilmeisesti jousimiehiä, jotka olivat harjaantuneet ampumaan laukkaavan hevosen selästä. He ratsastivat nopeasti kantomatkan päähän ja ampuivat nuolia jälkijoukkona kompastelevia örkkejä kohti, ja monet niistä kaatuivat; sitten ratsastajat kaarsivat pois vastaukseksi jännitettyjen jousien kantomatkalta. Örkit ampuivat umpimähkään, uskaltamatta pysähtyä. Tämä toistui monta kertaa, ja kerran osui nuolia rautapihalaisten keskuuteen. Eräs aivan Pippinin edellä kulkeva örkki kaatui eikä enää noussut.

Yö laskeutui, eivätkä Ratsastajat järjestyneet lähitaisteluun. Monta örkkiä oli kuollut, mutta täydet kaksisataa oli vielä jäljellä. Aamuhämärässä örkit tulivat pienelle kumpareelle. Metsän reuna oli hyvin lähellä, tuskin kolmen vakomitan päässä, mutta nyt oli tie poikki. Ratsumiehet olivat saartaneet örkit. Pieni joukko kieltäytyi tottelemasta Uglúkin käskyä ja juoksi metsää kohti; vain kolme palasi.

»Tässä sitä ollaan», pilkkasi Grishnákh. »Hienosti johdettu! Toivottavasti suuri Uglúk johtaa meidät uloskin.»

»Pankaa ne puolituiset maahan!» komensi Uglúk kiinnittämättä mitään huomiota Grishnákhiin. »Ota sinä, Lugdush, avukses kaksi muuta ja vartioi niitä! Niitä ei saa tappaa, ellei saastaiset valkonaamat murtaudu läpi. Onko selvä? Niin kauan kuin itse olen elossa, ne on minun. Mutta niiden ei saa antaa huutaa eikä niitä saa päästää pelastumaan. Sitokaa niiden jalat!»

Käskyn viimeinen osa toteutettiin armotta. Mutta Pippin huomasi olevansa ensimmäisen kerran lähellä Merriä. Örkit metelöivät melkoisesti, huusivat ja kalistelivat aseitaan ja hobitit onnistuivat kuiskailemaan vähän aikaa keskenään.

»Ei tästä taida mitään tulla», sanoi Merri. »Minä olen jo melkein lopussa. En varmaan pystyisi ryömimään pois, vaikka olisin vapaakin.»

»*Lembas!*» kuiskasi Pippin. »*Lembas* – minulla on sitä vähän. Onko sinulla? Ne eivät ole tainneet viedä muuta kuin miekkamme.»

»On, minulla on taskussani käärö», Merri vastasi, »mutta se on varmasti murentunut. Eivätkä huulet sitä paitsi yllä taskuun!»

»Ei tarvitsekaan. Minä olen –» mutta juuri silloin raakalaismainen potku varoitti Pippiniä, että melu oli vaimennut ja vartijat olivat varuillaan.

Yö oli kylmä ja rauhallinen. Kaikkialla sen kukkulan ympärillä, jolle örkit olivat kerääntyneet, leimusi pieniä vartiotulia kullanpunaisina pimeän keskellä – täydellisenä saartorenkaana. Tulet olivat juuri ja juuri nuolenkantaman sisäpuolella, mutta ratsastajat eivät näyttäytyneet valoa vasten, ja örkit tuhlasivat paljon nuolia ampuessaan nuotioita, kunnes Uglúk teki siitä lopun. Ratsastajista ei kuulunut risahdustakaan. Myöhemmin yöllä, kun kuu tuli esiin usvasta, saattoi silloin tällöin nähdä varjomaisen hahmon väkähtävän valkeassa valossa todisteena katkeamattomasta vartiosta.

»Ne odottavat aurinkoa, kirotut!» ärisi yksi vartijoista. »Miksi me ei keräännytä yhteen ja yritetä rynnäköllä läpi? Mitä vanha Uglúk ajattelee tekevänsä? Minusta olisi mukava tietää.»

»Niin varmaan olisi», murisi Uglúk, joka astui esiin takaapäin. »Meinaat, että minä en ajattele alkuunkaan, niinkö? Kirottu! Olet samanlainen kuin koko muukin porukka: madot ja Lugbúrzin apinat. Ei niiden kanssa kannata lähteä rynnäkköön. Ne vaan uikuttaa ja vauhkoilee, ja noita saastaisia hevospoikia on niin paljon, että ne pystyy tasamaalla tekemään meistä hakkelusta.

Vaan yhden homman ne madot osaa: ne näkee pimeässä kuin mitkäkin. Mutta näillä valkonaamoilla on kuulemma paremmat yösilmät kuin yleensä ihmisillä, älkääkä unohtako niiden hevosia! Ne pystyy näkemään vaikka yötuulen, tai niin sanotaan. Mutta on yksi juttu, mitä nämä oivat veikot ei tiedä: Mauhúr on poikineen metsässä, ja hänen pitäis ilmaantua koska tahansa.»

Uglúkin sanat riittivät selvästikin tyydyttämään rautapihalaiset, mutta muut örkit olivat sekä lannistuneita että kapinallisia. Ne asettivat joitakin vartioita, mutta suurin osa paneutui maahan ja lepäsi miellyttävässä pimeydessä. Tuli tosiaankin taas aivan pimeää, sillä kuu laski lännessä paksuun pilveen, eikä Pippin nähnyt enää paria kyynärää kauemmaksi. Nuotiot eivät valaisseet kumparetta ollenkaan. Ratsastajat eivät kuitenkaan tyytyneet siihen, että olisivat vain odottaneet aamunkoittoa ja antaneet vihollistensa levätä. Äkillinen kiljaisu kumpareen itärinteeltä kertoi, että jokin oli vinossa. Jotkut ihmiset olivat ilmeisesti ratsastaneet lähemmäksi, pudottautuneet hevosen selästä, ryömineet leirin laitaan ja tappaneet useita örkkejä ja kadonneet sitten taas. Uglúk ryntäsi paikalle estämään sekasortoa.

Pippin ja Merri nousivat istumaan. Heidän rautapihalaiset vartijansa olivat menneet Uglúkin mukaan. Mutta mikäli hobitit elättelivät paon toiveita, ne murskautuivat nopeasti. Pitkä karvainen käsi tarttui kumpaakin niskasta ja veti heidät lähelle toisiaan. Hämärästi he tajusivat Grishnákhin suuren pään ja iljettävän naaman välissään; sen pahanhajuinen hengitys osui heidän kasvoihinsa. Se alkoi kopeloida ja tunnustella heitä. Pippin värisi, kun kovat kylmät sormet kourivat pitkin hänen selkäänsä.

»No niin, pikkuiseni!» Grishnákh sanoi pehmeästi kuiskaten. »Onko mukavaa levätä? Vai eikö? Vähän ikävä paikka ehkä: miekkoja ja piiskoja toisella ja ilkeitä keihäitä toisella puolella! Pikkuväen ei pitäisi sekaantua asioihin, jotka ovat niille liian suuria.» Sen sormet tunnustelivat edelleen. Sen silmissä kiilui kuin kalpean mutta kuuman tulen kajo.

Sitten äkkiä Pippinin päässä välähti ajatus, joka tuntui heijastuneen suoraan vihollisen kiihkeästä tuumasta: »Grishnákh tietää Sormuksesta! Se etsii sitä, sillä aikaa kun Uglúkilla on muuta tekemistä: se tahtoo sen luultavasti itselleen.» Kylmä pelko kuristi Pippinin sydäntä, mutta samalla hän mietti, miten voisi käyttää hyväkseen Grishnákhin himoa.

»Et taida löytää sitä tuolla tavalla», hän kuiskasi. »Sitä ei ole helppo löytää.»

»*Löytää sitä?*» Grishnákh sanoi; sen sormet lopettivat kaivelun ja tarttuivat Pippinin olkapäähän. »Löytää mitä? Mistä sinä puhut, pikkuinen?»

Pippin oli hetken vaiti. Sitten hän teki äkkiä pimeydessä kurkullaan äänen: *klunk, klunk.* »Ei mitään, aarre», hän lisäsi.

Hobitit tunsivat Grishnákhin sormien vavahtavan. »Ohhoh!» kähisi örkki hiljaa. »Vai sitä se tarkoittaa? Ohhoh! Errittäin vaarallista, pikkuiseni.»

»Voi olla», Merri sanoi valppaana ja tajuten, mitä Pippin oli arvannut. »Voi olla, eikä vain meille. Mutta itsehän tiedät parhaiten omat asiasi. Tahdotko sen, vai etkö tahdo? Ja mitä sinä antaisit siitä?»

»Tahdonko sen? Tahdonko sen?» Grishnákh sanoi kuin hämmentyneenä, mutta sen käsivarret tutisivat. »Mitä minä antaisin siitä? Mitä te tarkoitatte?»

»Me tarkoitamme», sanoi Pippin valiten sanansa huolella, »että ei kannata kähmiä pimeässä. Me voisimme säästää sinulta aikaa ja vaivaa. Mutta sinun täytyy ensin irrottaa köydet jaloistamme, tai me emme tee mitään emmekä sano mitään.»

»Voi te pikku typerykset», kähisi Grishnákh, »kaikki se, mitä teillä on ja kaikki, mitä te tiedätte saadaan teistä kyllä irti ajallaan, kaikki! Toivotte vielä, että voisitte kertoa enemmän Kuulustelijan tyydyttämiseksi, toivotte totisesti, ja pian. Eikä me pidetä kiirettä kuulustelun kanssa. Ehei! Miksi luulette, että teitä on pidetty elossa? Ystävät rakkaat, uskokaa minua, kun sanon, että se ei johtunut hentomielisyydestä: sitä vikaa ei ole edes Uglúkissa.»

»Uskon toki», Merri sanoi. »Mutta saalis ei ole vielä teillä. Eikä näytä olevan matkallakaan teillepäin, kävi miten kävi. Jos joudumme Rautapihaan, suuri Grishnákh ei siitä hyödy: Saruman ottaa kaiken, mitä löytää. Jos haluat jotakin itsellesi, nyt on aika tehdä kauppoja.»

Grishnákh alkoi menettää malttiaan. Sarumanin nimi tuntui erityisesti raivostuttavan sitä. Aika kului ja häiriö vaimeni. Uglúk tai rautapihalaiset saattaisivat palata minä hetkenä hyvänsä. »Onko teillä se – jommallakummalla?» se murisi uhkaavasti.

»*Klunk, klunk!*» sanoi Pippin.

»Irrota siteet jaloistamme!» sanoi Merri.

He tunsivat miten örkin kädet vapisivat rajusti. »Haista! senkin saastainen pikku syöpäläinen!» se sähisi. »Irrota siteet? Minä irrotan jokaisen rihmankin teidän ruumiistanne. Luuletteko te, että minä en osaa tarkastaa teitä luita myöten? Tarkastaa niin! Minä silvon teidät kummankin suikaleiksi. En minä tarvitse teidän jalkojanne saadakseni teidät pois täältä – ja kokonaan haltuuni!»

Äkkiä se tarttui heihin. Sen käsivarsien ja hartioitten voima oli kauhistava. Se tuuppasi yhden kumpaankin kainaloonsa ja rutisti heitä julmasti kylkiään vasten, suuri tukehduttava käsi puristui kummankin suun eteen. Sitten se juoksi eteenpäin syvään kumartuneena. Se liikkui nopeasti ja äänettömästi, kunnes saapui kumpareen reunalle. Siellä se etsi vartijoiden väliin jäävän raon ja liukui ilkeän varjon lailla yöhön, rinnettä alas ja poispäin kohti länttä ja jokea, joka virtasi ulos metsästä. Siinä suunnassa oli laaja aukio, jossa paloi vain yksi nuotio.

Kuljettuaan kuutisen syltä se pysähtyi, tähyili ja kuunteli. Mitään ei näkynyt eikä kuulunut. Se hiipi hitaasti eteenpäin melkein kaksinkerroin kumartuneena. Sitten se kyyristyi ja kuunteli taas. Kohta se nousi seisomaan kuin uskaltautuakseen syöksyyn. Juuri sillä hetkellä kohosi ratsastajan tumma hahmo aivan sen eteen. Hevonen korskahti ja nousi takajaloilleen. Kuului miehen huuto.

Grishnákh heittäytyi maahan vatsalleen ja veti hobitit alleen, sitten se paljasti miekkansa. Epäilemättä se aikoi tappaa vankinsa ennemmin kuin päästää heidät pakoon tai turvaan, mutta aie koitui sen tuhoksi. Miekka kalahti heikosti ja välähti vasemmalla palavan nuotion kajossa. Pimeydestä lensi viheltäen nuoli; se oli taidolla tähdätty, tai kohtalon ohjaama; se lävisti örkin oikean käden. Örkki pudotti miekan ja kiljaisi. Kuului nopeita kavion iskuja ja juuri, kun Grishnákh syöksähti pystyyn ja juoksuun, se ratsastettiin kumoon ja keihäs lävisti sen. Se päästi kauhean värisevän huudon ja jäi makaamaan paikoilleen.

Hobitit makasivat maassa siinä mihin Grishnákh oli heidät jättänyt. Toinen ratsumies ratsasti nopeasti toverinsa avuksi. Aivan erityisen tarkan näön tai jonkin muun aistin ansiosta hevonen nousi ja hyppäsi kevyesti heidän ylitseen, mutta sen ratsastaja ei heitä huomannut. He makasivat haltiaviittojen peitossa liian runneltuina ja liian peloissaan uskaltaakseen liikahtaa.

Viimein Merri liikahti ja kuiskasi hiljaa: »Ei hassumpaa, mutta miten *me* vältämme keihästyksen?»

He saivat vastauksen melkein heti. Grishnákhin huudot olivat nostattaneet örkit. Kukkulalta kuuluvasta huudosta ja kirkumisesta hobitit päättelivät, että heidän katoamisensa oli huomattu: Uglúk hakkasi varmaan parhaillaan lisää päitä irti. Sitten äkkiä kuului örkinääniä myös oikealta, vartiotulien ulkopuolelta, metsän ja vuorten suunnalta. Ilmeisesti Mauhúr oli saapunut ja kävi paraillaan piirittäjien kimppuun. Kuului kuinka hevoset laukkasivat. Ratsastajat tiukensivat saartorengasta lähemmäksi kumparetta örkinnuolien uhallakin estääkseen kaikki pakoyritykset, ja yksi joukko ratsasti vastaanottamaan tulijoita. Äkkiä Merri ja Pippin tajusivat, että liikkumatta mihinkään he olivat joutuneet kehän ulkopuolelle: mikään ei enää erottanut heitä vapaudesta.

»Nyt», Merri sanoi, »jos kätemme ja jalkamme vain olisivat vapaat, me saattaisimme päästä pakoon. Mutta minä en yletä solmuihin enkä voi purra niitä.»

»Ei tarvitse yrittääkään», Pippin sanoi. »Minun piti juuri kertoa sinulle, että olen saanut käteni irti. Nämä lenkit ovat tässä vain näön vuoksi. Sinun on paras ensin syödä vähän *lembasia*.»

Hän pujotti narut ranteistaan ja onki esiin pakkauksen. Kakut olivat rikkoutuneita mutta muuten kunnossa, yhä lehtikääreissään. Hobitit söivät pari palaa. Maku palautti heidän mieleensä muiston kauniista kasvoista ja naurusta ja hyvästä ruoasta, rauhallisista päivistä, jotka nyt olivat kaukana. Hetken he mutustelivat mietteliäinä pimeässä istuen välittämättä läheisen taistelun huudoista ja metelistä. Pippin palasi ensimmäisenä nykyhetkeen.

»Meidän täytyy lähteä», hän sanoi. »Hetkinen!» Grishnákhin miekka lojui aivan lähellä, mutta se oli hänelle liian kömpelö ja painava, niinpä hän ryömi eteenpäin ja löydettyään toisen hiiden ruumiin veti tupesta pitkän terävän veitsen. Sillä hän katkaisi nopeasti heidän siteensä.

»No niin!» hän sanoi. »Kun olemme vähän lämmenneet, niin pysymme ehkä taas pystyssä ja kykenemme kävelemään. Mutta joka tapauksessa on parasta aloittaa ryömimällä.»

He ryömivät. Menoa helpotti se, että ruoho oli syvää ja antoi myöten, mutta silti kulku tuntui pitkälliseltä ja hitaalta. He kiersivät vartiotulen kaukaa ja kiemurtelivat eteenpäin kyynärä kyynärältä, kunnes pääsivät joen rantaan. Se solisi mustissa varjoissa syvien äyräittensä välissä. He katsoivat taakseen.

Meteli oli laantunut. Ilmeisesti Mauhúr ja sen joukkio oli ajettu pakosalle tai tapettu. Ratsastajat olivat palanneet jatkamaan äänetöntä uhkaavaa yövartiotaan. Sitä ei kestäisi enää kauan. Yö oli jo vanha. Itäinen taivaanranta oli pysynyt pilvettömänä ja siellä alkoi vaaleta.

»Meidän täytyy päästä suojaan», sanoi Pippin, »tai meidät nähdään. Meitä ei paljon lohduta, jos nämä ratsastajat meidät tapettuaan huomaavat, että me emme olekaan örkkejä.» Hän nousi ja polki jaloillaan maata. »Köydet olivat syöpyneet ihoon kuin rautalangat, mutta lämpö alkaa taas tuntua jaloissa. Nyt voisin hoiperrella eteenpäin. Entä sinä?»

Merri nousi. »Joo», hän sanoi, »kyllä minä pärjään. *Lembas* tekee terää! Ja se tuntuu jotenkin terveellisemmältä kuin polttava örkkijuoma. Mistähän se oli tehty? Varmaan on paras, ettei tiedä. Mennään juomaan vettä ja huuhtomaan pois sen muistokin.»

»Ei tässä, rannat ovat liian jyrkät», Pippin sanoi »Eteenpäin!»

He kääntyivät ja kävelivät hitaasti rinnakkain joen vartta. Takana idässä valkeni yhä. Kävellessään he vertailivat kokemuksiaan puhuen keveästi, niin kuin hobiteilla on tapana, siitä mitä oli tapahtunut heidän vangitsemisensa jälkeen. Kuulija ei olisi voinut arvata heidän puheistaan, että he olivat kokeneet kovia ja olleet suuressa vaarassa, matkalla kohti varmaa kidutusta ja kuolemaa, tai että nytkään, kuten he hyvin tiesivät, heillä tuskin oli mahdollisuutta löytää enää turvaa tai ystävää.

»Onnittelut, herra Tuk», sanoi Merri. »Saat varmaan melkein kokonaisen luvun vanhan Bilbon kirjasta, jos milloinkaan saan tilaisuuden antaa hänelle selontekoni. Hyvää työtä: ennen muuta se, että arvasit sen karvaisen roiston pikku pelin ja menit leikkiin mukaan. Mutta mahtaakohan kukaan huomata jälkiäsi ja löytää sitä solkea. En tahtoisi kadottaa omaani, mutta luulen, että sinun on mennyttä.

Minun täytyy saada vauhtia varpaisiin, jos haluan päästä tasoihin sinun kanssasi. Ja Rankkibuk-serkku käykin nyt johtoon. Nyt on hänen vuoronsa. Sinulla ei varmaan ole mitään käsitystä siitä, missä me olemme, mutta minä käytin aikani Rivendellissä vähän paremmin. Me kävelemme paraikaa länteen Entinojan vartta. Tuossa on Sumuvuorten häntä ja Fangornin metsä.»

Hänen puhuessaan metsän tumma reuna alkoi häämöttää aivan heidän edessään. Yö näytti etsineen suojaa sen suurten puiden alta hiipiessään pakoon koittavaa aamua.

»Johda eteenpäin, herra Rankkibuk!» Pippin sanoi. »Tai taaksepäin. Meitä on varoitettu Fangornista. Mutta eihän noin tietäväinen opas ole sitä unohtanut.»

»En olekaan», Merri vastasi, »mutta metsä tuntuu minusta kuitenkin paremmalta kuin paluu taistelun tiimellykseen.»

Hän johti heidät puiden valtavien oksien alle. Vanhoilta ne näyttivät, niin vanhoilta, ettei niiden ikää kannattanut edes arvata. Niistä retkotti pitkiä naavapartoja, jotka heiluivat ja lepattivat tuulessa. Hobitit kurkistivat varjoista ja katsoivat taakseen alas rinnettä, ja heidän pienet salavihkaiset hahmonsa olivat hämärässä valossa aivan kuin haltialapsia, jotka aikojen alkuhämärissä katselivat ihmeissään kesyttömästä metsästä ensimmäistä aamunkoittoaan.

Kaukaa Suuren virran tuolta puolen, Ruskeitten maitten lukemattomien yksitoikkoisten peninkulmien takaa koitti aamu punaisena kuin liekki. Metsästystorvet kajahtivat äänekkäästi sen kunniaksi. Rohanin ratsastajiin tuli äkkiä eloa. Torvi vastasi torveen.

Kylmässä ilmassa Merri ja Pippin kuulivat selvästi sotaratsujen korskeen ja ihmismiesten äkkiä aloittaman laulun. Auringon kehrä oli noussut tulisena kaarena maailman reunan ylle. Silloin hyökkäsivät Ratsastajat idästä rajusti huutaen ja punainen valo kimalsi haarniskoilla ja keihäillä. Örkit kiljuivat ja ampuivat kaikki jäljelle jääneet nuolensa heitä kohti. Hobitit näkivät monen ratsumiehen putoavan, mutta heidän rintamansa piti heidän pyyhältäessään kukkulaa ylös ja sen yli ja kääntyessään ympäri ja hyökätessään taas. Useimmat eloonjääneet rosvot murtuivat nyt ja juoksivat pakoon sinne tänne, ja ne tavoitettiin ja surmattiin yksitellen. Mutta yksi joukko pysytteli tiiviisti mustassa kiilamuodostelmassa ja eteni päättäväisesti metsän suuntaan. Ne hyökkäsivät suoraan ylämäkeen katsojia kohti. Nyt ne lähestyivät, ja näytti varmalta, että ne pääsisivät pakoon: ne olivat jo hakanneet maahan kolme Ratsastajaa, jotka olivat asettuneet niiden tielle.

»Me olemme katselleet liian kauan», Merri sanoi. »Tuolla on Uglúk! En halua tavata sitä enää.» Hobitit kääntyivät ja pakenivat syvälle metsän varjoihin.

Niin kävi, että he eivät nähneet viimeistä ottelua: Uglúk saatiin kiinni ja pysäytettiin aivan Fangornin reunassa. Siellä sen viimein surmasi Éomer, Markin kolmas marsalkka; hän laskeutui hevosen selästä ja kävi miekoin sen kanssa kaksintaistelun. Ja eri puolilla laajoja laitumia ottivat tarkkasilmäiset Ratsastajat kiinni ne muutamat örkit, jotka olivat paenneet ja jaksoivat vielä juosta.

Sitten kun he olivat laskeneet kaatuneet toverinsa hautaan ja laulaneet heidän ylistyksekseen, he sytyttivät suuren tulen ja hajottivat vihollistensa tuhkan. Niin päättyi örkkien ryöstöretki, eikä siitä milloinkaan tullut tietoa Mordoriin eikä Rautapihaan; mutta rovion savu nousi korkealle taivaalle ja monet valppaat silmät näkivät sen.

4

PUUPARTA

HOBITIT KIIRUHTIVAT JO parhaansa mukaan pimeässä ja ryteikköisessä metsässä joen juoksua seuraten ylös länteen, kohti vuorien rinteitä, yhä syvemmälle Fangorniin. Vähitellen örkkien pelko laantui ja vauhti tasaantui. Heille tuli outo tukahduttava olo, ikään kuin ilma olisi ollut liian ohutta tai sitä olisi ollut liian vähän.

Viimein Merri pysähtyi. »Emme voi jatkaa tällä tavalla», hän huohotti. »Minä tarvitsen ilmaa.»

»Juodaan edes», Pippin sanoi. »Minä läkähdyn.» Hän kapusi paksulle puunjuurelle, joka kiemurteli alas virtaan, ja kumartui kauhomaan vettä käsiinsä. Se oli kirkasta ja kylmää ja hän ryysti sitä moneen kertaan. Merri teki samoin. Vesi virkisti ja ikään kuin kevensi sydäntä; he istuivat vähän aikaa rannassa, huljuttivat kipeitä jalkojaan ja sääriään, antoivat katseen kiertää puissa, jotka ympäröivät heitä joka puolelta loputtomina hiljaisina kehinä ja katosivat viimein harmaaseen aamuhämärään.

»Et kai ole vienyt meitä jo eksyksiin?» Pippin sanoi ja nojasi suureen puunrunkoon. »No, ainakin me voimme seurata tämän virran juoksua, Entinojan tai mikä lieneekään, ja tulla pois samaa tietä.»

»Niin kai, mikäli jalat tottelisivat», Merri sanoi, »ja jos voisimme kunnolla hengittää.»

»Totta, täällä on kamalan pimeää ja tunkkaista», Pippin sanoi. »Minulle tulee jotenkin mieleen Tukien iso sali kotona Tukinturun smialeissa: se on valtava huone, jossa ei ole siirretty huonekaluja moneen sukupolveen. Sanotaan, että Vanha Tuk asui siellä vuosikausia, ja hän ja huone vanhenivat ja nuhjaantuivat yhdessä – eikä siihen ole koskettu sen jälkeen kun hän kuoli sata vuotta sitten. Ja Vanha Gerontius oli minun isoisäni isoisä, siis melko vanha tapaus. Mutta se ei ole mitään verrattuna siihen vanhuuteen, joka tuntuu tässä metsässä. Katso noita riippuvia ja roikkuvia naavapartoja ja -viiksiä! Ja useimmissa puissa näyttää olevan runsaasti repaleisia kuivia lehtiä. Hoitamaton paikka. En osaa ollenkaan kuvitella, miltä kevät näyttää täällä, jos sitä koskaan tulee, ja vielä vähemmän kevätsiivousta.»

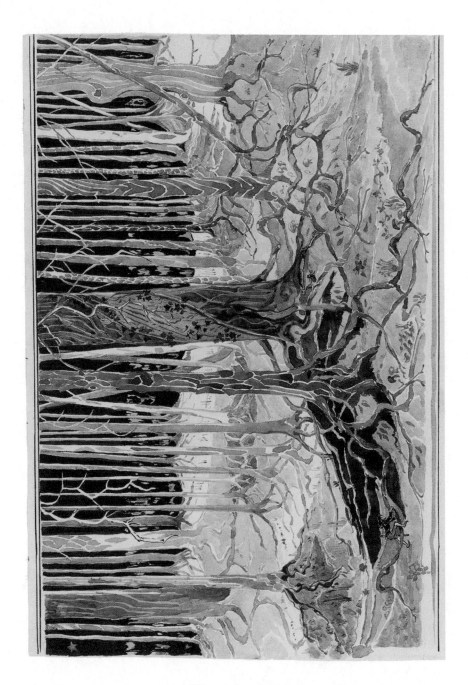

Fangornin metsä

»Mutta auringon ainakin täytyy joskus pilkistää tänne», Merri sanoi. »Tämä ei näytä eikä tunnu ollenkaan sellaiselta kuin Bilbon kuvaus Synkmetsästä. Se oli kokonaan pimeä ja musta, ja pimeiden mustien olioiden pesäpaikka. Täällä on vain hämärää, ja kamalan puumaista. Ei voi kuvitella, että täällä asuisi tai edes oleskelisi mitään *eläimiä.*»

»Eikä hobittejakaan», Pippin sanoi. »Eikä minua myöskään erityisesti innosta ajatus tunkeutumisesta metsän läpi. Ei varmasti mitään syötävää satojen virstojen matkalla. Minkälaiset ruokavarat meillä on?»

»Pienet», Merri sanoi. »Me säntäsimme tiehemme mukanamme vain pari laihaa *lembas*-kääröä, kaikki muu jäi.» He katsoivat, mitä haltiakakuista oli jäljellä: murtuneita paloja noin viideksi niukaksi päiväksi, siinä kaikki. »Eikä mitään huopaa tai peitonpuolta», Merri sanoi. »Tänä yönä palellaan, mentiinpä mihin suuntaan tahansa.»

»Viisainta päättää suunnasta saman tien», Pippin sanoi. »Aamukin on jo varmaan kulunut pitkälle.»

Juuri silloin he huomasivat, että syvemmällä metsässä näkyi nyt keltaista valoa: auringonsäteet näyttivät äkkiä läpäisseen metsän katon.

»Hohoo!» Merri sanoi. »Aurinko oli nähtävästi mennyt pilveen sillä aikaa kun me olemme olleet näiden puiden alla, ja nyt se on tullut taas esiin, tai sitten se on nyt noussut niin korkealle, että se pääsee paistamaan jostakin aukosta. Tuonne ei ole pitkälti matkaa – mennään tutkimaan!»

He saivat huomata, että matkaa oli pitemmälti kuin he olivat luulleet. Maasto kohosi yhä jyrkästi, ja se kävi yhä kivisemmäksi. Valo kirkastui heidän edetessään, ja pian he näkivät edessään kallioseinämän: joko se oli jyrkän mäen rinne tai etäisten vuorien uloke. Siinä ei kasvanut puita, ja aurinko paistoi kallioon esteettä. Jyrkänteen alla kasvavien puiden oksat sojottivat jäykkinä ja liikkumattomina kuin kurottautuen lämpöön. Metsä, joka oli äsken näyttänyt niin harmaalta ja nuhruiselta, leimahti nyt loistamaan syviä ruskeita ja pehmeän mustanharmaita värisävyjä. Puiden kaarna oli kuin kiillotettua nahkaa ja rungot hohtivat pehmeän vihreinä kuin tuore ruoho: heidän ympärillään kukoisti varhainen kevät tai sen katoava kangastus.

Kivisen seinämän pinnassa oli ikään kuin portaat, kenties luonnostaan syntyneet kiven rapautuessa ja halkeillessa, sillä ne olivat karkeat ja epätasaiset. Ylhäällä melkein puunlatvojen tasalla oli kallion kieleke. Siinä ei kasvanut muuta kuin vähän ruohoja ja heinänkorsia ja yksi vanha puuntynkä, jossa oli enää vain kaksi käyrää oksaa: se näytti ikään kuin ryhmyiseltä ukolta, joka seisoi siinä aamuvalon häikäisemänä.

»Ylös vaan!» sanoi Merri iloisesti. »Hengittämään ja katselemaan maisemia!»

He kapusivat ja kompuroivat kalliota ylös. Jos portaat oli tehty, ne oli tehty isommille jaloille ja pitemmille säärille. He olivat niin innoissaan, etteivät huomanneet lainkaan hämmästellä, miten ihmeellisesti vankeusajan haavat ja kivut olivat parantuneet ja heidän voimansa palanneet. Aikansa kiivettyään he tulivat kielekkeen reunalle melkein vanhan puuntyngän juurien kohdalla; he ponnistautuivat ylös ja asettuivat huohottaen katselemaan itään selkä kalliota vasten. He havaitsivat edenneensä vain kolme neljä virstaa metsän sisään; puiden latvojen rivistöt alenivat tasangolle viettävillä rinteillä. Ja siellä, aivan lähellä metsän reunaa, kohosi korkeita kiemuraisia savupatsaita, jotka ajautuivat heitä kohti.

»Tuuli kääntyy», Merri sanoi. »Se puhaltaa taas idästä. Täällä ylhäällä tuntuu vilpoiselta.»

»Niin tuntuu», Pippin sanoi. »Tämä taitaa ikävä kyllä olla vain väliaikainen valon pilkahdus, jonka jälkeen kaikki muuttuu taas harmaaksi. Sääli! Tämä takkuinen vanha metsä näytti ihan erilaiselta auringonvalossa. Minusta tuntui kuin olisin melkein pitänyt siitä.»

»Vai tuntui kuin olisit melkein pitänyt Metsästä! Hyvä! Kovasti kauniisti sanottu», sanoi merkillinen ääni. »Kääntykääpäs ympäri, että saan silmäillä kasvojanne. Minusta tuntuu kuin melkein inhoaisin teitä kumpaakin, mutta eipä hätiköidä. Kääntykää ympäri!» Molempien olkapäälle laskeutui suuri myhkyrärystyinen käsi, ja heidät käännettiin ympäri lempeästi mutta vastustamattomasti, sitten kaksi pitkää käsivartta nosti heidät ilmaan.

He huomasivat tuijottavansa mitä merkillisintä naamataulua. Se kuului suurelle ihmisentapaiselle, melkein peikkomaiselle hahmolle, joka oli vähintään seitsemän kyynärää pitkä ja hyvin roteva, isopäinen ja melkein kaulaton. Oli vaikea sanoa, oliko sillä yllään vihreää ja harmaata puunkuorta muistuttava vaate vai oliko se sen nahka. Ainakin kädet olivat heti vähän matkan päästä rungosta vailla rosoja ja ruskean pehmeän ihon peitossa. Suurissa jaloissa oli kumpaisessakin seitsemän varvasta. Pitkien kasvojen alaosaa peitti harmaa liuhuva parta, joka oli juuresta tiheä ja tikkumainen ja latvoista ohut ja sammaleinen. Mutta sillä hetkellä hobitit tajusivat tuskin muuta kuin silmät. Nämä syvät silmät tarkastelivat heitä paraikaa vitkaan ja vakavina mutta läpitunkevasti. Ne olivat ruskeat ja niissä hehkui vihreä valo. Pippin yritti usein myöhemmin kuvata ensivaikutelmaansa näistä silmistä.

»Tuntui siltä kuin niiden takana olisi ollut suunnaton kaivo, täynnä ikiaikaisia muistoja ja loputonta pohdintaa, mutta niiden pinta kipinöi nykyhetkeä. Niin kuin aurinko kimmeltää valtavan puun uloimmissa lehdissä tai syvän järven pinnan väreissä. En osaa selittää, mutta tuntui kuin jokin maassa kasvava – jokin joka on unessa, tai jotain sinnepäin, tai on olemassa jossakin juurenkärjen ja oksankärjen välissä, maan uumenien ja taivaan välissä – olisi äkkiä herännyt ja alkanut tarkastella minua yhtä hitaan huolellisesti kuin se oli tutkistellut omia sisäisiä asioitaan loputtomien vuosien ajan.»

»*Hrrm, hmm*», mutisi ääni, syvä ääni, joka muistutti hyvin matalaa puupuhallinta. »Kummallista tosiaan! Ei saa hätiköidä, se on minun tunnuslauseeni. Mutta jos olisin nähnyt teidät ennen kuin kuulin äänenne – minä näet pidin niistä: mukavat pikku äänet; muistuttivat minua jostakin, jota en nyt jaksa muistaa – jos olisin nähnyt teidät ennen kuin kuulin, olisin vain astunut päälle ja kuvitellut teitä pieniksi örkeiksi, ja huomannut erehdykseni vasta jälkikäteen. Olettepa te tosiaan merkillisiä. Kautta juuren ja haaran, perin merkillisiä!»

Vaikka Pippin olikin yhä ällistynyt, ei hän enää pelännyt. Noiden silmien alla hän tunsi uteliasta epävarmuutta, mutta ei pelkoa. »Kertokaa», hän sanoi, »olkaa hyvä ja kertokaa, kuka te olette. Ja mikä te olette?»

Vanhoihin silmiin tuli outo ilme, jonkinlainen valppaus, syvät kaivot peittyivät. »*Hrrm, jaa*», vastasi ääni, »tuota, minä olen entti, tai siksi ne minua sanovat. Aivan, entti on se sana. Voisi sanoa, että minä olen itse Entti, jos puhuu niin kuin te. *Fangorniksi* minua toiset kutsuvat, toiset sanovat *Puuparraksi*. *Puuparta* sopii.»

»*Entti?*» Merri sanoi. »Mikä se on? Mutta miksi itse kutsutte itseänne? Mikä on teidän oikea nimenne?»

»Hoo hoo!» vastasi Puuparta. »Hoo! Sitäpä en kerrokaan! Ei niin hätäisesti. Ja *minä* tässä kyselen. Te olette *minun* maassani. Mitähän *te* oikeastaan olette? En osaa sijoittaa teitä. Teitä ei taida löytyä niistä vanhoista luetteloista, jotka opin nuorena ollessani. Mutta se oli kauan, kauan sitten, ja ovat saattaneet laatia uusia luetteloita. Tuota, tuota! Miten se kuului?

> *Tämä on Elollisista tiedettävä!*
> *Ensin ovat neljä vapaata kansaa:*
> *vanhin kaikista, heimo haltiain,*
> *kaivajakääpiöt pimeissä majoissaan,*
> *maasyntyinen entti, vuorien ikäinen,*
> *ihminen kuolevainen, hevosten herra.*

Hm, hm, hm.

> *Majava rakentaa, kauris loikkaa,*
> *mettä syö karhu, tappelee karju,*
> *koira on nälissään, jänis on peloissaan...*

Hm, hm.

> *Kotka vuoripesässään, härkä laitumella,*
> *hirvi sarvikruunuinen, siipiniekka haukka,*
> *joutsen on valkein, käärme on kalsein...*

Hum, hm; hum, hm, miten se meni? Rum tam, rum tam, rumppati tum tam. Se oli pitkä luettelo. Mutta oli miten oli, te ette tunnu sopivan mihinkään!»

»Meidät kai aina unohdetaan vanhoissa luetteloissa ja vanhoissa tarinoissa», Merri sanoi. »Meitä on kyllä ollut olemassa jo aika kauan. Me olemme hobitteja.»

»Tehdäänpä uusi säe», Pippin sanoi.

> »*Puolikasvuiset hobitit, asujat kolojen.*

Pankaa meidät niiden neljän joukkoon, ihmisten (ison kansan) jälkeen, niin asia on sillä hoidettu.»

»Hm! Ei hassumpaa, ei hassumpaa», Puuparta sanoi. »Sopii kyllä. Jaaha, te asutte siis koloissa? Kuulostaa oikein hyvältä ja kunnolliselta. Kuka teitä sitten kutsuu *hobiteiksi?* Se ei minusta soinnahda haltiakieleltä. Haltiat ovat keksineet kaikki vanhat sanat: he aloittivat.»

»Ei meitä kukaan muu kutsu hobiteiksi, me kutsumme itse itseämme sillä nimellä», Pippin sanoi.

»Hum, hmm! Oi ja voi! Eipä hätiköidä! Kutsutte *itseänne* hobiteiksi? Mutta ettehän te saisi kulkea ympäriinsä kertomassa sitä kenelle tahansa. Pian teiltä lipsahtaa omat oikeat nimenne, jos ette ole varovaisia.»

»Emme me sitä varo», Merri sanoi. »Totta puhuen minä olen Rankkibuk, Meriadoc Rankkibuk, vaikka useimmat kutsuvat minua vain Merriksi.»

»Ja minä olen Tuk, Peregrin Tuk, mutta yleensä minua kutsutaan Pippiniksi tai jopa Pipiksi.»

»Hm, olettepa te hätäistä joukkoa, totisesti», Puuparta sanoi. »Minä pidän kunniana luottamuksen osoitustanne, mutta teidän ei pitäisi olla liian avomielisiä noin äkkipäätä. On näet olemassa enttejä ja enttejä, tai on olemassa enttejä ja sitten sellaisia, jotka näyttävät enteiltä mutta eivät olekaan, niin voisi sanoa. Minä kutsun teitä Merriksi ja Pippiniksi, jos sopii – mukavia nimiä. Minä en tosin aio kertoa teille omaa nimeäni, en ainakaan vielä.» Hänen silmiinsä tuli outo, puoliksi tietäväinen, puoliksi huvittunut ilme ja vihreä pilke. »Ensinnäkin se kestäisi kauan: minun nimeni kasvaa koko ajan ja olen elänyt hyvin kauan, niin että *minun* nimeni on kuin tarina. Oikeat nimet kertovat sen olion tarinan, jolle ne kuuluvat – minun kielessäni, jota kutsutaan vanhaentiksi. Ihana kieli, mutta vie pitkän aikaa, ennen kuin sillä kielellä saa mitään sanotuksi, koska me emme sano mitään, ellei sitä kannata sanoa kauan ja kuunnella pitkään.

Mutta, mutta.» Silmät olivat äkkiä hyvin kirkkaat ja läsnäolevat, pienemmät ja tarkemmat. »Mitä on tekeillä? Miten te siihen kaikkeen liitytte? Voin nähdä ja kuulla (ja haistaa, ja tuntea) yhtä ja toista täältä, täältä, tältä *a-lalla-lalla-rumba-kamanda-lind-or-burúmëlta.* Anteeksi: tämä oli osa siitä nimestä, jolla minä sitä kutsun, en tiedä mikä sen nimi on ulkopuolisissa kielissä: kyllä te tiedätte, tämä minkä päällä me olemme, jolla minä seison ja tähyilen kauniina aamuina ja ajattelen aurinkoa ja ruohoa metsän takana ja hevosia ja pilviä ja maailman kehkeytymistä. Mitä on tekeillä? Mitä Gandalf aikoo? Ja nämä – *burárum»*, hän päästi matalan jylisevän äänen kuin riitasoinnun suurista uruista – »nämä örkit ja nuori Saruman Rautapihan puolessa? Minä pidän uutisista. Mutta ei sitten liian nopeasti.»

»Tekeillä on aika paljon kaikenlaista», Merri sanoi, »ja vaikka yrittäisimmekin olla nopeita, kertomiseen kuluisi kauan aikaa. Mutta te kielsitte meitä hätäilemästä. Pitäisikö meidän kertoa teille mitään näin pian? Pitäisittekö meitä epäkohteliaina, jos me kysyisimme, mitä te aiotte tehdä meille ja millä puolella te olette? Ja tunsitteko Gandalfin?»

»Tunnen, tunnen kyllä hänet: ainoa velho, joka todella välittää puista», Puuparta sanoi. »Tunnetteko te hänet?»

»Tunsimme», sanoi Pippin surullisena. »Hän oli hyvä ystävä ja meidän oppaamme.»

»Sitten voin vastata toisiin kysymyksiinne», Puuparta sanoi. »En aio tehdä mitään *teille,* jos tarkoitatte sillä sitä, että tekisin teille jotakin ilman teidän lupaanne. Saatamme kyllä tehdä jotakin yhdessä. *Puolesta* en tiedä. Minä kuljen omaa tietäni, mutta teidän tienne voi kulkea minun tieni vieressä vähän aikaa. Mutta te puhutte mestari Gandalfista kuin hän kuuluisi tarinaan, joka on päättynyt.»

»Niin puhumme», sanoi Pippin surullisena. »Tarina näyttää jatkuvan, mutta ikäväksemme Gandalf on jäänyt siitä pois.»

»Hoo, älkäähän nyt», sanoi Puuparta. »Hum, hm, jaa, tuota.» Hän piti tauon ja katsoi hobitteja pitkään. »Hum, jaa, tuota, en tiedä mitä sanoa. Jatkakaa!»

»Jos tahdotte kuulla enemmän», sanoi Merri, »me kerromme kyllä. Mutta se kestää jonkin aikaa. Ettekö laskisi meitä maahan? Emmekö voisi istua yhdessä ja paistattaa päivää niin kauan kuin sitä riittää? Eikö teitä väsytä pidellä meitä ylhäällä?»

»Hm, *väsytä?* Ei, ei väsytä. En väsy helposti. Enkä minä istu ollenkaan. En ole kovin, hm, taipuisa. Mutta tuota, aurinko on tosiaan menossa pilveen. Lähtekäämme tältä – joko sanoitte, miksi te sitä kutsutte?»

»Miten olisi mäki?» Pippin ehdotti. »Tasanne? Porras?» ehdotti Merri.

Puuparta toisteli sanoja miettiväisenä. »*Mäki.* Niin, se se oli. Mutta se on hätäinen nimi tälle, joka on ollut paikoillaan aina siitä lähtien kun tämä maailman laita tehtiin. Olkoon. Lähdetään siltä pois ja mennään.»

»Mihin me menemme?» kysyi Merri.

»Minun kotiini, tai yhteen niistä», vastasi Puuparta.

»Onko se kaukana?»

»En tiedä. Ehkä te sanoisitte, että se on kaukana. Mutta mitä sillä on väliä?»

»Katsokaas, me olemme kadottaneet kaikki tavaramme», Merri sanoi. »Meillä on vain vähän syötävää.»

»Aa! Hm! Siitä teidän ei tarvitse huolehtia», Puuparta sanoi. »Minä voin antaa teille juomaa, joka pitää teidät vehreinä ja kasvavina aimo ajan. Ja jos päätämme erota toisistamme, voin laskea teidät maahan rajojeni ulkopuolelle, mihin vain tahdotte. Menkäämme!»

Puuparta piteli hobitteja hellästi mutta lujasti kummassakin käsikoukussa ja nosti maasta ensin toisen ja sitten toisen jalkansa ja siirteli niitä kohti tasanteen reunaa. Juurimaiset varpaat tarttuivat kiviin. Sitten hän asteli varovasti ja vakaasti askelmalta toiselle ja seisoi viimein metsän kamaralla.

Saman tien hän lähti kulkemaan pitkin harkituin askelin puitten lomitse, yhä syvemmälle metsään, ja etääntymättä kertaakaan kovin kauas virrasta hän kiipesi tasaisesti ylöspäin kohti vuorten rinteitä. Monet puut näyttivät nukkuvan tai eivät olleet tietoisia hänestä sen paremmin kuin jostakin ohikulkevasta metsänelävästä, mutta muutamat värisivät ja jotkut nostivat oksansa hänen päänsä päälle hänen lähestyessään. Koko ajan kävellessään hän puhui itsekseen ja hänen suustaan tulvi solkenaan sointuvia äänteitä.

Hobitit pysyttelivät jonkin aikaa vaiti. He tunsivat olonsa kumma kyllä turvalliseksi ja mukavaksi, ja heillä oli paljon miettimistä ja ihmettelemistä. Viimein Pippin uskaltautui taas puhumaan.

»Kiltti Puuparta», hän sanoi, »saanko kysyä teiltä yhtä asiaa? Miksi Celeborn varoitti meitä teidän metsästänne? Hän varoitti meitä joutumasta sen pauloihin.»

»Hmm, niinkö hän sanoi?» jylisi Puuparta. »Minä olisin saattanut sanoa samat sanat, jos te olisitte olleet menossa sinnepäin. Varokaa joutumasta *Laurelindórenanin* metsän pauloihin! Haltiat käyttivät siitä ennen sitä nimeä, mutta nyt he lyhentävät sen ja kutsuvat sitä Lothlórieniksi. Ehkä he ovat oikeassa: voi olla että se vähenee eikä kasva. Laulavan kullan laakson maa se kerran oli. Nyt se on Unenkukka. Jaa-a! Mutta se on kummallinen paikka, eikä sinne sovi kenen tahansa uskaltautua. Minua ihmetyttää, että te olette päässeet sieltä ulos, mutta vielä enemmän, että te ylipäänsä pääsitte sisään: moneen monituiseen vuoteen eivät muukalaiset ole sinne päässeet. Se on outo maa.

Ja niin on tämäkin. Monen on käynyt täällä huonosti. Aivan oikein, huonosti. *Laurelindórenan lindelorendor malinornélion ornemalin*», hän hyräili itsekseen. »He taitavat jäädä siellä maailmasta jälkeen», hän sanoi. »Ei tämä maa eikä mikään muukaan Kultaisen metsän ulkopuolella ole sitä, mitä ne olivat kun Celeborn oli nuori. Silti heillä oli tapana sanoa:

Taurelilómëa-tumbalemorna Tumbaletaurëa Lómëanor.*

Paljon on muuttunut, mutta joissakin paikoissa asiat ovat yhä ennallaan.»
»Mitä tarkoitatte?» Pippin sanoi. »Mikä on ennallaan?»
»Puut ja entit», Puuparta sanoi. »Kun en ymmärrä itsekään kaikkea sitä mitä
tapahtuu, en voi selittää sitä teille. Jotkut meistä ovat vielä aitoja enttejä ja mei-
käläisittäin reippaita, mutta monet käyvät uneliaiksi, sanoisinko puumaisiksi.
Useimmat puut ovat tietenkin pelkkiä puita; mutta monet ovat puoliksi valveilla.
Jotkut ovat aivan hereillä ja jotkut ovat, niin, siis – niin, tulossa *enttimäisiksi*. Sitä
tapahtuu koko ajan.

Kun puille tapahtuu sellaista, käy ilmi, että joillakin on *mätä* ydin. Tällä ei ole
mitään tekemistä puuaineksen kanssa, en tarkoita sitä. Totisesti, olen tuntenut
joitakin hyviä vanhoja halavia Entinojan alajuoksulla, jotka ovat menneet pois
kauan sitten, ah ja voi! Ne olivat aivan onttoja, totta puhuen hajoamaisillaan,
mutta hiljaisia ja lempeitä kuin nuoret lehdet. Ja sitten on vuorten juurilla laak-
soissa puita, jotka ovat elämänsä kunnossa ja läpikotaisin mätiä. Moinen tuntuu
enenevän. Tässä maassa oli ennen hyvin vaarallisia osia. Täällä on vieläkin joita-
kin hyvin mustia alueita.»

»Niin kuin Vanha metsä pohjoisessa?» Merri kysyi.

»Niin, niin, jotakin sen tapaista, mutta paljon pahempaa. Epäilemättä siellä
pohjoisessa viipyy vielä Suuren pimeyden varjoja, ja pahat muistot kulkevat
perintönä. Mutta tässä maassa on syviä laaksoja, joista Pimeys ei ole koskaan häl-
vennyt, ja puut ovat vanhempia kuin minä. Teemme silti voitavamme. Pidämme
loitolla muukalaiset ja tyhmänrohkeat, ja me kehitämme ja kasvatamme, me kul-
jemme ja kitkemme.

Me olemme puupaimenia, me vanhat entit. Meitä on enää harvoja jäljellä.
Sanotaan, että lampaat alkavat muistuttaa paimenia ja paimenet lampaita. mutta
hitaasti, eivätkä kummatkaan viivy pitkään maailmassa. Puissa ja enteissä sama
tapahtuu nopeammin ja kiinteämmin, ja ne vaeltavat yhdessä ajasta aikaan. Sillä
entit ovat enemmän haltioiden kaltaisia: vähemmän kiinnostuneita itsestään
kuin ihmiset, ja asettuvat helpommin toisten olentojen asemaan. Mutta toisaalta
entit taas muistuttavat enemmän ihmisiä, he ovat muuttuvaisempia kuin hal-
tiat ja omaksuvat nopeammin ympäristön värin, voisi sanoa. Tai he ovat parem-
pia kuin sekä haltiat että ihmiset, sillä he ovat vakaampia ja keskittyvät asioihin
pitemmäksi aikaa.

Eräät heimoni jäsenet näyttävät nykyään aivan puilta ja tarvitsevat suuria
mullistuksia herätäkseen, he puhuvatkin vain kuiskaten. Kun taas jotkut puistani
ovat notkeahaaraisia, ja monet osaavat puhua kanssani. Haltiathan sen aloit-
tivat, herättelivät puita ja opettivat niitä puhumaan ja opettelivat niiden puu-
kieltä. Vanhat haltiat ovat aina halunneet puhua kaikkien kanssa. Mutta sitten
tuli Suuri pimeys ja he menivät Meren taa tai pakenivat kaukaisiin laaksoihin
ja piiloutuivat ja sepittivät lauluja ajoista, jotka eivät enää palaisi. Eivät enää
koskaan. Oi, kerran oli yksi metsä, joka ulottui täältä Luninvuorille, ja tämä oli
vain sen Itäkolkka.

Ne olivat uhkeita päiviä! Oli aika jolloin saatoin kulkea ja laulaa aamusta
iltaan kuulematta muuta kuin oman ääneni kaiun vuorten rotkoista. Metsät

---

*   Ks. liite F, Entit.

olivat samanlaisia kuin Lothlórienissa, mutta tiheämpiä, vahvempia, nuorempia. Ja ilman tuoksu! Saatoin viettää viikon vain hengittäen.»

Puuparta vaikeni ja käveli eteenpäin, eivätkä hänen suuret jalkansa synnyttäneet juuri minkäänlaista ääntä. Sitten hän alkoi taas hyräillä ja hyräily muuttui hymiseväksi lauluksi. Vähitellen hobitit tajusivat että hän lauloi heille:

> Pajukedoilla Tasarinanin minä kuljin kevätaikaan.
> Ah! mikä näky ja tuoksu keväällä on Nan-tasarionissa!
> Ja sen hyväksi sanoin.
> Kesällä vaelsin jalavametsissä Ossiriandin.
> Ah! mikä valo ja soitto kesässä Ossirin seitsemän joen luona!
> Ja sen parhaaksi uskoin.
> Luo Neldorethin pyökkien syksyllä saavuin.
> Ah! mikä kulta ja puna ja lehtien huokailu syksyllä Taur-na-neldorissa!
> Yli toiveitteni se kävi.
> Dorthonionin ylämaan männikköön minä talvella nousin.
> Ah! mikä tuuli ja valkeus ja talviset mustat oksat Orod-na-Thônilla!
> Ääneni nousi taivaalle ja lauloi.
> Ja nyt nuo kaikki maat ovat aaltojen alla,
> ja minä kuljen Ambarónassa, Tauremornassa, Aldalómessa,
> omassa maassani, Fangornin maassa,
> missä juuret ovat pitkät
> ja vuodet kerrostuneet paksummalti
> kuin lehdet Tauremornalómessa.

Hän lopetti ja asteli eteenpäin ääneti, eikä koko metsästä, korvankantamalta kuulunut risaustakaan.

Päivä tummui ja hämärä kietoutui puunrunkojen ympärille. Viimein hobitit näkivät edessäpäin häämöttävän jotakin jyrkkää ja tummaa: he olivat saapuneet vuorten juurelle ja korkean Methedrasin vihreään etumaastoon. Lähteistään kumpuava nuori Entinoja virtasi kohisten tasanteelta toiselle heitä vastaan. Virran oikealla rannalla levittäytyi pitkä ruohoa kasvava rinne, joka hämärässä näytti harmaalta. Sitä eivät varjostaneet puut vaan avotaivas kohosi sen yllä; tähdet jo tuikkivat taivaan lammikoissa pilvien välissä.

Puuparta asteli rinnettä ylös hiljentäen tahtia tuskin ollenkaan. Äkkiä hobitit näkivät edessään leveän aukon. Sen kummallakin puolella kasvoi suuri puu elävänä portinpylväänä, mutta muuta porttia ei ollut kuin puiden ristikkäiset ja toisiinsa kietoutuneet oksat. Vanhan entin lähestyessä puut kohottivat oksiaan ja kaikki lehdet värisivät ja kahisivat. Sillä ne olivat ikivihreitä puita ja niiden lehdet olivat tummia ja kiiltäviä ja hohtivat illan hämyssä. Niiden takana oli laaja tasainen alue, kuin kukkulan rinteeseen olisi pengerretty suuren salin lattia. Molemmin puolin nousivat seinämät yhä ylemmäksi, aina kymmenen sylen korkeuteen, ja kumpaakin seinämää reunusti puujono, joka myös kävi korkeammaksi sisemmälle mentäessä.

Perällä oli pystysuora kallio, mutta sen alaosaan oli koverrettu matala holvikattoinen syvennys: salin muissa osissa ei muuta kattoa ollutkaan kuin puiden oksat, jotka sisempänä varjostivat maan kokonaan ja jättivät vain leveän avoimen polun tilan keskelle. Ylhäältä lähteistä virtasi pieni puro, joka pääuomasta eroten solisi jyrkkää seinämää alas ja pärskyi ohuena hopeapisaroiden verhona holvisyvennyksen edessä. Vesi kerääntyi kivialtaaseen alas puiden väliin, valui sitten reunan yli ja virtasi avopolun viertä ulos liittyäkseen Entinojan matkaan metsän halki.

»Hm! Tässä ollaan!» sanoi Puuparta vaiettuaan pitkään. »Olen kantanut teitä noin seitsemänkymmentätuhatta entinaskelta, mutta mitä se tekee teidän mitoissanne, siitä minulla ei kyllä ole aavistustakaan. Olemme joka tapauksessa lähellä Viimeisen vuoren juurta. Osa tämän paikan nimestä voisi olla Lähteensali, jos se käännettäisiin teidän kielellenne. Paikka on minulle mieluisa. Me vietämme yön täällä.» Hän laski heidät maahan ruoholle puujonojen väliin, ja he seurasivat häntä suurelle holville. Hobitit huomasivat nyt, että hänen polvensa tuskin taipuivat hänen kävellessään, mutta jäykkien jalkojen askel oli pitkä. Hän laski aina isot varpaansa (ja ne olivat totisesti isot, ja hyvin leveät) maahan ennen muita jalan osia.

Hetken Puuparta seisoi putouksen sateessa ja henkäisi syvään, sitten hän nauroi ja meni sisään. Siellä oli suuri kivinen pöytä mutta ei tuoleja. Syvennyksen takaosassa oli jo jokseenkin pimeää. Puuparta nosti kaksi suurta astiaa ja asetti ne pöydälle. Näytti kuin ne olisivat olleet täynnä vettä, mutta kun hän piti käsiään niiden yläpuolella, niistä alkoi kajastaa valoa, toisesta kultaista ja toisesta syvän vihreää, ja kahden valon sekoitus valaisi luolan ikään kuin kesäaurinko olisi loistanut tuoreen lehtikaton läpi. Hobitit katsoivat taakseen ja huomasivat, että pihasalin puut olivat myös alkaneet hehkua, aluksi himmeästi mutta sitten yhä kirkkaammin, kunnes joka lehteä reunusti valo: joitakin vihreä, joitakin kultainen, joitakin kuparinpunainen, ja puiden rungot näyttivät kuultavasta kivestä veistetyiltä pilareilta.

»Jaa, jaa, nyt voimme taas puhua», sanoi Puuparta. »Teillä on varmaan jano. Olette ehkä väsyneitäkin. Juokaa tästä!» Hän meni luolan perälle, ja silloin he näkivät, että siellä oli useita korkeita kiviruukkuja, joita peitti raskas kansi. Hän nosti yhden kannen, upotti ruukkuun suuren kauhan ja täytti kolme maljaa, yhden varsin ison ja kaksi pienempää.

»Tämä on ent'asumus», hän sanoi, »eikä täällä ikävä kyllä ole istuimia. Mutta te voitte istua pöydällä.» Hän nosti hobitit maasta ja asetti heidät suurelle kivipaadelle, sylen korkeudelle maasta, ja siinä he istuivat heilutellen jalkojaan ja maistellen juomaansa.

Juoma oli veden kaltaista, ja se oli tosiaan maultaan hyvin samanlaista kuin ne siemaukset, jotka he olivat juoneet Entinojasta lähellä metsän reunaa, ja kuitenkin siinä oli jokin tuoksu tai maku, jota he eivät osanneet kuvata; se oli heikko, mutta heille tuli mieleen yötuulen tuoma kaukaisen metsän tuoksu. Juoman vaikutus alkoi varpaista ja se nousi vähitellen jokaisen jäsenen läpi, ja valoi virkistystä ja voimaa matkallaan ylöspäin aina hiusten latvoihin saakka. Totta puhuen hobiteista tuntui kuin tukka olisi seissyt päässä aaltoillen, kihartuen ja kasvaen. Puuparta puolestaan pesi ensin jalkansa holvin ulkopuolella olevassa altaassa ja tyhjensi sitten oman maljansa yhdellä hitaalla pitkällä siemauksella. Hobiteista tuntui, ettei hän lopettaisi koskaan.

Viimein hän laski maljan. »Aah-hah», hän huokaisi. »Hm, hum, nyt voimme puhua mukavammin. Te voitte istua lattialla, minä asetun makuulle, niin juoma ei nouse päähän enkä minä vaivu uneen.»

Luolan oikealla sivulla oli suuri matalajalkainen vuode, tuskin kyynärän korkuinen, ja sen päällä oli runsaasti kuivaa heinää ja sananjalkaa. Puuparta laskeutui hitaasti vuoteelle (hän näytti vain aivan pikkuisen taipuvan keskeltä), kunnes makasi pitkällään kädet pään alla ja katseli kattoon, jossa valot lepattivat kuin aurinko lehvistössä. Merri ja Pippin istuivat hänen viereensä ruohotyynyille.

»Kertokaa nyt minulle tarinanne, älkääkä pitäkö kiirettä!» sanoi Puuparta.

Hobitit alkoivat kuvata hänelle seikkailujensa kulkua siitä hetkestä kun he poistuivat Hobittilasta. He eivät noudattaneet mitään erityisen selvää järjestystä, sillä he keskeyttivät toinen toisensa yhtä mittaa, ja Puuparta pysäytti usein puhujan ja palasi johonkin aikaisempaan kohtaan tai hyppäsi eteenpäin ja kyseli myöhemmistä tapahtumista. He eivät sanoneet Sormuksesta halaistua sanaa eivätkä kertoneet, miksi he olivat lähteneet tai mihin he olivat menossa, eikä Puuparta kysellyt syitä.

Kaikki kiinnosti häntä valtavasti: Mustat ratsastajat, Elrond ja Rivendell, Vanha metsä ja Tom Bombadil, Morian kaivokset, Lothlórien ja Galadriel. Hän pani heidät kuvailemaan Kontua ja koko seutua yhä uudestaan. Tässä kohden hän sanoi jotakin kummallista. »Näkyykö niillä kulmilla koskaan, hm, tuota – enttejä?» hän kysyi. »Tai tuota, ei enttejä, vaan piti sanomani *entvaimoja.*»

»*Entvaimoja?*» Pippin sanoi. »Ovatko ne yhtään samanlaisia kuin te?»

»Ovat – tuota, jaa – eivät, en oikein tiedä», Puuparta sanoi mietteliäästi. »Mutta he pitäisivät teidän maastanne, niin että tulin vain ajatelleeksi.»

Erityisesti Puupartaa kiinnosti kuitenkin kaikki, mikä koski Gandalfia, ja eniten Sarumanin toimet. Hobitit olivat kovasti pahoillaan, kun he tiesivät niistä niin vähän: vain Samin epämääräisen selonteon siitä, mitä Gandalf oli kertonut Neuvonpidossa. Mutta he olivat joka tapauksessa varmoja siitä, että Uglúk joukkoineen oli tullut Rautapihasta ja että ne puhuivat Sarumanista herranaan.

»Hm, hum!» Puuparta sanoi, kun heidän kertomuksensa viimein oli päätynyt monien mutkien kautta örkkien ja Rohanin ratsastajien väliseen taisteluun. »Jaa, jaa! Siinäpä on uutisia, totta tosiaan. Ette ole kertoneet minulle kaikkea, ette alkuunkaan, ehei. Mutta te teette varmasti niin kuin Gandalf toivoisi teidän tekevän. Jotakin hyvin suurta on tekeillä, sen käsitän, ja saan ehkä hyvissä ajoin tietää, mitä se on, tai ainakin pahoissa ajoin. Kautta juuren ja haaran, onpa outoa menoa: ilmoille putkahtaa pikkuväkeä, jota ei ole vanhoissa luetteloissa, ja katso! Yhdeksän unohdettua Ratsastajaa palaa heitä jahtaamaan ja Gandalf vie heidät pitkälle matkalle, Galadriel tarjoaa heille suojan Caras Galadhonissa ja örkit ajavat heitä takaa peninkulmakaupalla pitkin Erämaata; he näyttävät totisesti joutuneen melkomoiseen myrskyyn. Toivottavasti he kestävät sen!»

»Entä te itse?» Merri kysyi.

»Hum, hm, en ole piitannut Suurista sodista», sanoi Puuparta. »Ne koskevat yleensä haltioita ja ihmisiä. Ne ovat velhojen asia: velhot ovat aina huolissaan tulevaisuudesta. Minä en mielelläni murehdi tulevia. En ole kokonaan kenenkään *puolella*, sillä kukaan ei ole kokonaan *minun puolellani*, käsitättehän: kukaan ei välitä metsistä niin kuin minä niistä välitän, nykyään eivät edes haltiat. Minä suhtaudun silti ystävällisemmin haltioihin kuin muihin: haltiat paransivat meidän mykkyytemme kauan sitten ja se oli suuri lahja, jota ei voi unohtaa, vaikka tiemme ovatkin sitten eronneet. Ja on tietysti sellaisia, joiden puolella minä *en* kerta kaikkiaan ole: nämä *burárum*» (hän murisi taas matalalla äänellä ja inhoten) »– nämä örkit ja niiden herrat.

Olin levoton, kun varjo asettui Synkmetsään, mutta kun se siirtyi Mordoriin, en välittänyt siitä vähään aikaan: Mordor on pitkän matkan päässä. Mutta tuuli näyttää kääntyvän itäiseksi ja aika, jolloin kaikki metsät kuihtuvat, voi olla lähellä. Tuon myrskyn pidättelemiseksi ei vanha entti voi tehdä mitään: hän kestää sen tai taittuu.

Mutta Saruman! Saruman on naapuri, hänestä en voi olla välittämättä. Minun täytyy varmaan tehdä jotakin. Olen usein viime aikoina miettinyt, mitä minun pitäisi tehdä Sarumanin suhteen.»

»Kuka Saruman on?» kysyi Pippin. »Tiedättekö mitään hänen menneisyydestään?»

»Saruman on velho», Puuparta vastasi. »Enempää en osaa sanoa. En tunne velhojen historiaa. Heitä alkoi näkyä sen jälkeen kun Suuret laivat olivat tulleet Meren yli, mutta en osaa sanoa, tulivatko he laivojen mukana. Sarumania pidettiin suurena heidän joukossaan, luulen niin. Hän lakkasi vaeltelemasta ja huolehtimasta ihmisten ja haltioiden asioista jokin aika sitten – te sanoisitte hyvin kauan sitten, ja asettui Angrenostiin eli Rautapihaan, joksi Rohanin ihmiset sitä kutsuvat. Hän oli aluksi hyvin hiljaksiin, mutta sitten hänen maineensa alkoi levitä. Sanotaan, että hänet valittiin Valkoisen neuvoston puheenjohtajaksi, mutta se ei oikein sujunut. Nykyään tuumin, oliko Saruman mahdollisesti jo tuolloin huonoilla teillä. Mutta ainakaan hänestä ei ollut harmia naapureilleen. Minä puhelin usein hänen kanssaan. Oli aika, jolloin hän käveli yhtenään metsissäni. Noihin aikoihin hän oli kohtelias, kysyi aina minulta luvan (ainakin silloin kun tapasi minut) ja kuunteli aina halukkaasti. Kerroin hänelle paljon sellaista, mitä hän ei olisi ikinä saanut selville omin päin, mutta hän ei koskaan antanut mitään vastineeksi. En muista, että hän olisi koskaan kertonut minulle mitään. Ja hän tuli koko ajan yhä etäisemmäksi, hänen kasvonsa, sellaisina kuin minä ne muistan – en ole nähnyt niitä moneen aikaan – alkoivat yhä enemmän muistuttaa kivimuurissa olevia ikkunoita, joissa on sisäpuolella luukut.

Minä luulen nyt ymmärtäväni, mitä hän aikoo. Hän punoo juonia päästäkseen Mahdiksi. Hänen päänsä on täynnä metallia ja rattaita, eikä hän välitä kasvavista olennoista, paitsi milloin ne palvelevat hänen hetkellistä tarvettaan. Nyt on selvää, että hän on musta luopio. Hän on ryhtynyt tekemisiin pahan kansan, örkkien kanssa. Brrm, hum! Ja pahempaakin: hän on tehnyt niille jotakin, jotakin vaarallista. Sillä nämä rautapihalaiset muistuttavat ilkeitä ihmisiä. Niissä pahoissa olennoissa, jotka Suuri pimeys toi tullessaan, on yhteinen merkki: ne eivät siedä auringon valoa – mutta Sarumanin örkit sietävät vaikka vihaavatkin sitä. Mitä hän on tehnyt? Ovatko ne ihmisiä, jotka hän on turmellut, vai onko hän sekoittanut ihmisten ja örkkien suvut? Se olisi mustaakin mustempaa pahuutta!»

Puuparta jyrisi vähän aikaa ikään kuin olisi lausunut jotakin syvää, maanalaista enttikirousta. »Jonkin aikaa sitten aloin ihmetellä, miten örkit uskalsivat muitta mutkitta kulkea metsäni halki», hän jatkoi. »Vasta viime aikoina olen arvannut, että Saruman on siihen syypää, ja käsittänyt, että hän oli kauan sitten urkkinut kaikki polut ja saanut selville minun salaisuuteni. Nyt ovat hän ja hänen joukkonsa pahan teossa. Rajoilla ne kaatavat puita – hyviä puita. Toiset ne vain kaatavat ja jättävät mätänemään – varsinaista örkinilkeyttä, mutta useimmat ne pätkivät ja vievät pois Orthancin pätsien ruoaksi. Rautapihasta nousee nykyään aina savu.

Olkoon kirottu, kautta juuren ja haaran! Monet niistä puista olivat ystäviäni, olin tuntenut ne pähkinästä ja terhosta asti, monilla oli oma ääni, joka on nyt kadonnut ikuisiksi ajoiksi. Siellä missä ennen kasvoi humisevia lehtoja, on enää kantoja ja orjantappuraa. Olen ollut toimeton. Olen päästänyt asiat käsistäni. Siitä täytyy tulla loppu!»

Puuparta kohottautui vuoteeltaan yhdellä nykäyksellä, nousi seisomaan ja jyskytti kättään pöytään. Valoastiat tärisivät ja niistä lennähti kaksi lieskaa. Hänen silmissään välkkyi vihreä tuli ja hänen partansa sojotti pystyssä kuin suuri luuta.

»Minä teen siitä lopun!» hän jylisi. »Ja te tulette minun kanssani! Te ehkä pystytte auttamaan minua. Niin autatte omiakin ystäviänne, sillä jos Sarumania ei pysäytetä, Rohanilla ja Gondorilla on vihollinen sekä takana että edessä. Tiemme käyvät yhteen: kohti Rautapihaa!»

»Me tulemme teidän kanssanne!» Merri sanoi. »Teemme mitä voimme.»

»Niin teemme!» Pippin sanoi. »Valkoinen käsi sietäisi kukistaa. Olisin mielelläni mukana, vaikka minusta ei olisikaan hyötyä. En koskaan unohda Uglúkia enkä retkeä Rohanin läpi.»

»Hyvä! Hyvä!» sanoi Puuparta. »Mutta minä puhuin hätäisesti. Emme saa hätäillä. Olen kuumennut liikaa. Minun täytyy vähän viilentyä ja ajatella, sillä on helpompi huutaa *loppu!* kuin tehdä se.»

Hän asteli holvikaaren alle ja seisoi vähän aikaa lähteestä virtaavan veden alla. Sitten hän nauroi ja ravisteli itseään, ja aina kun kimaltelevat pisarat putosivat hänestä maahan, ne välähtivät kuin vihreät ja punaiset kipinät. Hän tuli takaisin ja asettui taas vuoteelle ja oli vaiti.

Jonkin ajan kuluttua hobitit kuulivat hänen taas murisevan. Hän näytti laskevan sormillaan. »Fangorn, Finglas, Fladrif, niin niin», hän huokasi. »Vika on siinä, että meitä on jäljellä liian vähän», hän sanoi kääntyen taas hobitteihin päin. »Ensimmäisistä enteistä, jotka vaelsivat metsissä ennen Pimeyttä, on vain kolme jäljellä: vain minä, Fangorn, sekä Finglas ja Fladrif – haltiakielisiltä nimiltään, te voitte kutsua heitä Lehvähapseksi ja Karppunahkaksi, jos pidätte enemmän näistä nimistä. Ja kahdesta, Lehvähapsesta tai Karppunahkasta, ei ole tähän hommaan. Lehvähapsi on käynyt uneliaaksi, melkein puumaiseksi, voisi sanoa: hän on tullut sellaiseksi että hän seisoskelee puoliunessa kaiket kesät polviaan myöten niittyjen ruohossa. Hän on lehtevän turkin peitossa. Ennen hän heräsi talveksi, mutta nykyään hän on liian nukuksissa kävelläkseen edes talvella. Karppunahka asui vuorten rinteillä Rautapihan länsipuolella. Siellä juuri on ollut eniten vaikeuksia. Örkit ovat haavoittaneet häntä, ja hänen puulaumansa ja paimenensa on tuhottu. Hän on mennyt korkealle vuoristoon koivujen luo, joita hän eniten rakastaa, eikä hän enää halua tulla alas. Minä voisin kuitenkin saada kokoon sievoisen joukon nuoremmista – jos saisin heidät käsittämään hädän, jos saisin heidät suuttumaan. Me emme ole hätäistä väkeä. Voi, että meitä on niin vähän!»

»Miksi teitä sitten on niin vähän, vaikka olette asuneet tässä maassa niin kauan?» Pippin kysyi. »Ovatko kovin monet kuolleet?»

»Ei suinkaan!» Puuparta sanoi. »Kukaan ei ole kuollut sisäiseen vaivaan, niin kuin te ehkä sanoisitte. Jotkut ovat tietysti kaatuneet pitkien vuosien kohtaloissa, ja monet ovat muuttuneet puumaisiksi. Mutta meitä ei koskaan ole ollut paljon, emmekä me ole lisääntyneet. Hirvittävän moneen vuoteen ei ole ollut ollenkaan enttisiä – ei yhtään lasta, niin kuin te sanoisitte. Me näet menetimme entvaimot.»

»Miten surullista!» Pippin sanoi. »Miten he kaikki sillä tavalla kuolivat?» »Eivät he *kuolleet!*» Puuparta sanoi. »En minä sanonut *kuolivat. Sanoin, että menetimme heidät.* He katosivat emmekä enää löydä heitä.» Hän huokasi. »Luulin, että melkein kaikki tietäisivät sen. Synkmetsästä Gondoriin laulavat haltiat ja ihmiset siitä, miten entit etsivät entvaimoja. Nuo laulut eivät ole voineet kokonaan unohtua.»

»Näyttää siltä, että laulut eivät ole kulkeutuneet länteen Vuorten yli Kontuun asti», Merri sanoi. »Ettekö kertoisi meille lisää, tai laulaisi meille yhtä niistä lauluista?»

»Voinpa kertoakin», sanoi Puuparta silminnähtävän ilahtuneena pyynnöstä. »Mutta en voi kertoa teille kunnolla, vain lyhyesti, ja sitten meidän täytyy lopettaa keskustelumme: huomenna on kutsuttava kokoon neuvottelukokouksia, tehtävä eräitä töitä ja kukaties aloitettava matka.»

»Tarina on aika outo ja surullinen», hän jatkoi oltuaan hetken vaiti. »Kun maailma oli nuori ja metsät laajat ja kesyttömät, entit ja entvaimot – ja siihen aikaan oli entneitoja: voi! Fimbrethilin, Virpijalan, jäsenten kepeää suloa nuoruutemme päivinä! – entit ja entvaimot vaelsivat yhdessä ja asuivat yhdessä. Mutta meidän sydämemme eivät kasvaneet samaan suuntaan: entit antoivat rakkautensa kaikelle sille, mikä heitä maailmassa tuli vastaan, ja entvaimot taas ajattelivat muita asioita. Entit rakastivat suuria puita ja erämetsiä ja korkeitten vuorien rinteitä, ja he joivat vuoripuroista ja söivät vain niitä hedelmiä, joita puut pudottelivat heidän polulleen, ja he oppivat haltioilta, miten puiden kanssa puhutaan. Mutta entvaimot rakastivat vähäisempiä puita ja auringon paisteessa kylpeviä ketoja metsien reunoilla, ja he näkivät oratuomenmarjat tiheikössä ja villiomenapuun ja kirsikan keväisen kukinnan ja kosteikkojen vihreät yrtit kesäaikaan ja siementävät heinät syksyisillä niityillä. He eivät tahtoneet puhua niiden kanssa, he halusivat vain niiden kuulevan, mitä he sanoivat, ja tottelevan heitä. Entvaimot panivat ne kasvamaan tahtonsa mukaan ja kasvattamaan lehtiä ja hedelmiä, joista he pitivät, sillä entvaimot kaipasivat järjestystä ja yltäkylläisyyttä ja rauhaa (millä he tarkoittivat sitä, että kaikki pysyi sillä paikalla, mihin he olivat sen asettaneet). Ja niin entvaimot tekivät puutarhoja ja asuivat niissä. Mutta me entit jatkoimme vaeltamistamme ja tulimme puutarhoihin vain silloin tällöin. Silloin kun Pimeys tuli pohjoiseen, entvaimot ylittivät Suuren virran ja perustivat uusia puutarhoja ja muokkasivat uusia peltoja ja me tapasimme heitä harvemmin. Kun Pimeys oli kukistettu, entvaimojen maa kukoisti ja heidän peltonsa lainehtivat viljaa. Monet ihmiset oppivat entvaimojen taidot ja kunnioittivat heitä suuresti, mutta me olimme heille vain taru, salaisuus metsän sydämessä. Mutta me olemme täällä yhä, kun taas kaikki entvaimojen puutarhat ovat autioituneet, ihmiset kutsuvat niitä nykyään Ruskeiksi maiksi.

Muistan, että kauan sitten – kun Sauron ja Meren ihmiset kävivät sotaa – minut valtasi taas halu nähdä Fimbrethil. Hyvin kaunis hän oli silmissäni, kun hänet olin nähnyt viimeksi, vaikka vain vähän muinaisen entneidon kaltainen. Sillä työ oli taivuttanut ja tummentanut entvaimot; heidän hiuksensa oli aurinko polttanut kypsän viljan värisiksi ja posket omenanpunaisiksi. Mutta heidän silmänsä olivat yhä meidän oman kansamme silmät. Me ylitimme Anduinin ja tulimme heidän maahansa, mutta me löysimme aution seudun: kaikki oli poltettu ja hävitetty, sillä maa oli jäänyt sodan jalkoihin. Eivätkä entvaimot olleet siellä. Kauan me kutsuimme, kauan etsimme, me kysyimme kaikilta, jotka kohtasimme, minne olivat entvaimot menneet. Jotkut sanoivat, etteivät olleet heitä koskaan nähneetkään, ja jotkut sanoivat nähneensä heidän kulkevan länteen päin ja jotkut itään ja muutamat etelään päin. Mutta mistään, minne me menimme, me emme heitä löytäneet. Surumme oli suuri. Mutta kesytön metsä kutsui ja me palasimme sinne. Monena vuonna meillä oli sitten tapana silloin tällöin lähteä entvaimoja etsimään ja me kuljimme kauas ja moneen suuntaan ja kutsuimme heitä heidän kauniilla nimillään. Mutta kun aika kului, me lähdimme harvemmin emmekä enää niin kauas. Ja nykyään ovat entvaimot meille vain muisto ja partamme on pitkä ja harmaa. Haltiat ovat tehneet paljon lauluja Enttien etsinnästä, ja jotkut niistä ovat kulkeutuneet myös ihmisten suuhun. Mutta me emme tehneet siitä lauluja, meille riittää kun hyräilemme entvaimojen kauniita nimiä ajatellessamme heitä. Me uskomme tapaavamme heidät vielä, tulevina aikoina, ja kukaties me jostakin löydämme maan, jossa voimme elää yhdessä ja olla molemmat tyytyväisiä. Mutta ennustettu on, että se voi tapahtua vasta sitten, kun olemme molemmat menettäneet kaiken, mitä meillä nyt on. Ja voi olla, että tuo aika vihdoin lähestyy. Sillä jos entisaikojen Sauron hävitti puutarhat, tämän päivän Vihollinen näyttää olevan aikeissa tuhota kaikki metsät.

Oli olemassa haltialaulu, jossa tästä puhuttiin, tai niin minä sen ainakin ymmärrän. Sitä laulettiin ennen Suuren virran ylä- ja alajuoksulla. Se ei ole koskaan ollut enttilaulu, huomatkaa: se olisi ollut entinkielellä hyvin pitkä laulu! Mutta me osaamme sen ulkoa, ja hyräilemme sitä silloin tällöin. Näin se kuuluu teidän kielellänne:

ENTTI. *Kun kevät saa pyökin lehtimään ja virtaa mahla sen,*
kun virralla valo kimmeltää ja tuuli on luoteinen,
kun kevyt on askel ja hengitys, ja sää vuorilla viileää;
palaa luokseni, palaa luokseni, sano: kaunis on maani tää!

ENTVAIMO. *Kun kevät saa niityille, kedoille, ja vilja jo orastaa,*
kun yrttitarhojen kukkapuut ovat lunta hohtavaa,
kun sade ja aurinko ylle maan sulotuoksua levittää,
minä tänne jään, en lähde pois, sillä kaunis on maani tää.

ENTTI. *Kun kesä jo valtaa maailman ja viheriöi joka puu,*
kun lehväkatoksi puhjeten uni oksien toteutuu,
kun metsän saleihin vehreisiin tuuli Lännestä puhaltaa,
palaa luokseni, palaa luokseni, sano: maata ei parempaa!

ENTVAIMO. *Kun kesä kypsyttää hedelmät, saa marjat punertumaan,*
kun olki ja tähkä kultautuu ja satoa korjataan,
kun hunaja tiukkuu ja omena paisuu, vaikka Lännestä puhaltaa,
jään tänne, aurinkoon, koska ei ole maata parempaa!

ENTTI. *Kun talvi jo saapuu tappava, puut metsän maahan lyö,*
kun auringottoman päivän taas yö musta tähdetön syö;
kun kuoleman tuuli idästä tuo sateen viiltävän,
minä sinua etsin ja kutsun ja taas sinun luoksesi kiirehdän!

ENTVAIMO. *Kun talvi saapuu ja laulu taukoo ja pimeys peittää maan,*
kun murtuu paljas oksa puun ja työ tehty on kokonaan,
minä sinua etsin ja odotan; taas tapaamme uudelleen
ja yhdessä matkaan lähdemme me viiltävään sateeseen!

MOLEMMAT.   *Me yhdessä matkaan lähdemme, tie Länteen vie yhä vain,*
siellä jossain on maa missä levon saa sydän meidän molempain.

Puuparta lopetti laulunsa. »Noin se menee», hän sanoi. »Se on tietenkin haltia-
laulu: kepeämielinen, sukkelasanainen ja pian laulettu. Mutta onhan se kaunis.
Entit voisivat kuitenkin sanoa enemmän omalta osaltaan, jos heillä olisi aikaa!
Mutta nyt minä aion nousta ylös ja nukkua vähän. Missä te tahdotte seistä?»
»Me asetumme yleensä makuulle, kun haluamme nukkua», Merri sanoi. »Me
pärjäämme tässä mainiosti.»
»Asetutte makuulle!» Puuparta sanoi. »Niinpä tietysti! Hm, hum: minä olin
unohtaa. Kun lauloin tuota laulua, vanhat ajat palasivat mieleeni, luulin melkein
puhuvani nuorille enttisille, luulinpa hyvinkin. Te voitte maata vuoteella. Minä
menen seisomaan sateeseen. Hyvää yötä!»
Merri ja Pippin kipusivat vuoteelle ja käpertyivät pehmeään heinään ja sanan-
jalkoihin. Ne olivat tuoreita, hyväntuoksuisia ja lämpimiä. Valot sammuivat ja
hehku puissa himmeni, mutta kaaren alla luolan ulkopuolella he näkivät Puu-
parran seisovan liikkumattomana kädet kohotettuina pään yläpuolelle. Taivaalla
tuikkivat kirkkaat tähdet ja valaisivat putoavan veden sen valuessa hänen sor-
miinsa ja päähänsä, vettä putoili ja tippui satoina hopeapisaroina hänen jaloil-
leen. Pisaroiden tipahtelua kuunnellen hobitit nukahtivat.

Heidän herätessään viileä aurinko paistoi suurelle pihalle ja luolan lattialle.
Ylhäällä näkyi pilvenrepaleita, joita voimakas itätuuli kiidätti. Puupartaa ei näky-
nyt, mutta kylpiessään holvikaaren vieressä olevassa altaassa Merri ja Pippin
kuulivat hänen hyminänsä ja laulunsa ja sitten hän tuli puukujaa pitkin.
»Hoo-hoo! Hyvää huomenta, Merri ja Pippin!» hän jylisi nähdessään heidät.
»Nukutte pitkään. Minä olen jo ollut satojen askelten päässä tänään. Nyt me
juomme vähän ja sitten menemme Entkäräjille.»
Hän kaatoi heille kaksi täyttä maljaa, mutta tällä kertaa toisesta kiviruukusta.
Maku ei ollut sama kuin edellisenä iltana, tämä juoma oli todellisempaa ja täy-
teläisempää, ikään kuin täyttävämpää ja ravitsevampaa. Sillä välin kun hobi-
tit istuivat vuoteen reunalla juoden ja mutustellen pieniä haltiakakun palasia
(enemmänkin sen vuoksi, että heistä syöminen kuului olennaisesti aamiaiseen
kuin siksi, että heillä olisi ollut nälkä), Puuparta seisoskeli hyräillen haltiakielellä
tai entinkielellä tai jollakin tuntemattomalla kielellä ja katseli taivasta.
»Missäpäin Entkäräjät on?» uskaltautui Pippin kysymään.
»Hm, mitä? Entkäräjätkö?» Puuparta sanoi ja kääntyi. »Ei se ole paikka, se on
enttien kokous – jota ei nykyisin usein pidetä. Mutta olen saanut monet lupaa-
maan, että he tulevat. Me tapaamme paikassa, jossa olemme aina tavanneet:
ihmiset kutsuvat sitä Oudanuumeneksi. Se sijaitsee täältä etelään. Meidän täytyy
olla siellä ennen puoltapäivää.»
Pian he lähtivät liikkeelle. Puuparta kantoi hobitteja kainalossaan kuten edel-
lisenäkin päivänä. Pihan portilta hän kääntyi oikeaan, astui puron yli ja harp-
poi etelää kohti pitkin avaria kivikkoisia rinteitä, joilla kasvoi puita harvassa.
Ylempänä hobitit näkivät pihlajatiheikköjä ja koivikkoja ja niiden takana kohosi
tummia mäntymetsiä. Pian Puuparta kääntyi pois kukkuloilta ja työntyi syviin
notkelmiin, joissa kasvoi suurempia ja paksumpia puita kuin hobitit olivat mil-
loinkaan nähneet. Hetken ajan olo oli tukala samalla tavalla kuin silloin, kun

he ensi kertaa uskaltautuivat Fangorniin, mutta tunne hävisi pian. Puuparta ei puhunut heille. Hän hyräili itsekseen syvissä mietteissä, mutta Merri ja Pippin eivät kuulleet mitään kunnon sanoja, kuulosti kuin hän olisi laulanut *bum, bum, rumbum, buurar, bum bum, daarar bum bum, daarar bum* ja niin edelleen muutellen yhtenään säveltä ja rytmiä. Silloin tällöin he olivat kuulevinaan vastauksen, hyminää tai äänen värinää, ja se tuntui tulevan maasta, tai ylhäältä puiden oksista tai kukaties niiden rungoista, mutta Puuparta ei pysähtynyt eikä kääntänyt päätään kummallekaan puolelle.

He olivat kulkeneet hyvän matkaa – Pippin oli yrittänyt pitää lukua »entinaskelista» mutta sekaantunut kolmentuhannen paikkeilla – kun Puuparta alkoi hidastaa tahtia. Hän pysähtyi äkkiä, laski hobitit maahan ja nosti kiemuraiset kätensä suulleen ontoksi torveksi, sitten hän puhalsi tai huusi niiden läpi. Metsässä kaikui syvä *huum hom* kuin pitkäsuisen torven ääni ja se ikään kuin kaikui puista. Kaukaa kuului samanlaisia *huum hom huum* -ääniä eri suunnista, eivätkä ne olleet kaikuja vaan vastauksia.

Puuparta nosti nyt Merrin ja Pippinin harteilleen ja jatkoi kulkuaan, töräytellen silloin tällöin torveaan, ja kerta kerralta vastaukset kuuluivat kovempina ja lähempää. Näin he viimein saapuivat paikkaan, jossa oli kuin läpipääsemättömistä ikivihreistä puista muodostunut muuri. Sellaisia eivät hobitit olleet milloinkaan nähneet: ne alkoivat haarautua heti juuresta, niitä verhosivat tiheästi tumman kiiltävät, piikitöntä paatsamaa muistuttavat lehdet ja niistä työntyi jäykkiä pystyjä kukkaperiä, joissa oli suuria loistavia oliivinvärisiä nuppuja.

Käännyttyään vasemmalle ja seurattuaan muutaman askelen verran tätä valtavaa pensasaitaa Puuparta tuli kapealle aukolle. Sen läpi kulki tallattu polku, joka sukelsi äkkiä alas pitkää jyrkkää rinnettä. Hobitit näkivät, että he olivat matkalla suureen notkoon, joka oli melkein maljamaisen pyöreä, hyvin laaja ja syvä, ja korkea ikivihreä pensasaita kruunasi sen reunoja. Notko oli sileä ja ruohon peitossa eikä siellä kasvanut muita puita kuin kolme hyvin korkeaa ja kaunista koivua aivan maljan pohjalla. Notkoon toi kaksi muutakin polkua, toinen lännestä, toinen idästä.

Useita enttejä oli jo saapunut. Polkuja pitkin tuli koko ajan lisää, ja monta tuli Puuparran perässä. Hobitit tuijottivat lähestyviä enttejä. He olivat odottaneet näkevänsä joukon olentoja, jotka muistuttaisivat Puupartaa yhtä paljon kuin hobitti muistuttaa toista (ainakin vieraan silmään), ja he hämmästyivät kovasti, kun niin ei ollutkaan asianlaita. Entit erosivat toisistaan yhtä paljon kuin puut: jotkut erosivat toisistaan niin kuin kaksi puuta, joilla on sama nimi mutta erilainen kasvuhistoria, ja jotkut niin kuin kaksi puulajia, niin kuin koivu ja pyökki, niin kuin tammi ja kuusi. Joukossa oli joitakin vanhoja enttejä, partaisia ja kyhmyisiä kuin terveet mutta ikivanhat puut (vaikka yksikään ei näyttänyt yhtä vanhalta kuin Puuparta), ja siellä oli pitkiä vahvoja enttejä, sopusuhtaisia ja sileäpintaisia kuin metsän puut parhaissa voimissaan; mutta nuoria enttejä ei ollut, ei taimia. Notkon laajalla ruoholattialla niitä seisoi kaiken kaikkiaan kaksi tusinaa ja niitä tuli lisää koko ajan.

Aluksi Merriä ja Pippiniä hämmästytti ennen muuta tämä erilaisuus heidän ympärillään: monet muodot ja värit, paksuuden ja korkeuden vaihtelut, jalkojen ja käsien pituuserot, varpaitten ja sormien lukumäärät (jotka vaihtelivat kolmen ja yhdeksän välillä). Muutamat näyttivät olevan sukua Puuparralle ja toivat heidän mieleensä pyökin tai tammen. Mutta heitä oli muunkinlaisia. Jotkut toivat mieleen kastanjan: he olivat ruskeanahkaisia enttejä, joilla oli harittavat sormet ja paksut lyhyet jalat. Jotkut muistuttivat saarnea: suuret ja suorat harmaat entit, joilla oli monisormiset kädet ja pitkät jalat, jotkut kuusta (pisimmät entit), toiset koivua, pihlajaa tai lehmusta. Mutta kun kaikki entit kokoontuivat Puuparran ympärille ja kumarsivat hiukan ja mutisivat matalilla soinnukkailla äänillään ja katsoivat muukalaisia pitkään ja tarkkaavaisesti, silloin hobitit näkivät, että he kaikki kuuluivat samaan rotuun ja kaikilla oli samat silmät: kaikkien silmät eivät olleet yhtä vanhat tai yhtä syvät kuin Puuparralla, mutta kaikissa niissä oli sama hidas, rauhallinen, vakaa, miettivä ilme ja sama vihreä välke.

Kun kaikki olivat koolla ja seisoivat laajassa kehässä Puuparran ympärillä, alkoi kummallinen ja käsittämätön keskustelu. Entit alkoivat mutista hitaasti: ensin mutinaan liittyi yksi ja sitten toinen, kunnes kaikki hymisivät hitaassa rytmissä nousevaa ja laskevaa laulua, joka välillä vahvistui kehän toisella laidalla, välillä hiljeni sillä puolen ja paisui mahtavaksi jylinäksi vastapuolella. Vaikka Pippin ei erottanut eikä ymmärtänyt ainuttakaan sanaa – hän oletti että se oli entinkieltä – hänestä sitä oli aluksi oikein mukavaa kuunnella, mutta vähitellen hänen tarkkaavaisuutensa herpaantui. Pitkän ajan kuluttua (eikä hyminä osoittanut mitään vaimenemisen merkkejä) hän tuli tuumineeksi, olivatko entit päässeet *hyvää huomenta* pitemmälle, heidän kielensä kun oli niin »hätäilemätöntä», ja jos Puuparta aikoi pitää nimenhuudon, niin kuinka monta päivää kestäisi, ennen kuin kaikki nimet olisi laulettu. »Mitähän on kyllä tai ei entinkielellä?» hän mietti. Hän haukotteli.

Puuparta kiinnitti häneen heti huomiota. »*Hm, haa, hei*, Pippin!» hän sanoi, ja kaikki muut entit lopettivat hyminänsä. »Te olette hätäistä kansaa, minä aivan unohdin, ja joka tapauksessa on väsyttävää kuunnella puhetta, jota ei ymmärrä. Voitte tulla nyt alas. Olen kertonut Entkäräjille teidän nimenne ja teidät on nähty ja todettu, että te ette ole örkkejä ja että vanhoihin luetteloihin on lisättävä uusi rivi. Me emme ole päässeet sen pitemmälle, mutta Entkäräjiksi se on vallan vauhdikasta. Sinä ja Merri voitte käveleskellä notkossa, jos tahdotte. Täällä on lähde jossa on hyvää vettä, mikäli kaipaatte virkistystä, se on tuolla pohjoisrinteessä. Meidän täytyy vielä puhua jokunen sana, ennen kuin käräjät voivat todella alkaa. Minä tulen teitä katsomaan ja kerron miten edistymme.»

Hän laski hobitit maahan. Ennen kuin he astelivat tiehensä, he kumarsivat syvään. Tämä taidonnäyte tuntui huvittavan enttejä kovasti päätellen muminan sävystä ja silmien pilkkeestä, mutta pian he keskittyivät taas omiin asioihinsa. Merri ja Pippin kävelivät ylös lännestä tulevaa polkua ja kurkistivat suuressa pensasaidassa olevasta aukosta. Notkon reunamalta kohosi puiden peittämiä rinteitä ja kauimmaisen kuusiharjanteen takana kohosi terävänä ja valkoisena korkean vuoren huippu. Vasemmalla puolellaan etelässä he näkivät metsän katoavan harmaaseen etäisyyteen. Jossakin kaukana hohti vaalea viherrys, ja Merri arveli Rohanin tasankojen pilkottavan siellä.

»Missähän Rautapiha on?» Pippin sanoi.

»En tiedä ihan tarkkaan, missä me olemme», Merri sanoi, »mutta tuo huippu on varmaankin Methedras, ja mikäli muistan oikein, Rautapihan kehä sijaitsee vuoriston päässä olevassa haarukassa tai syvässä rotkossa. Se on todennäköisesti tämän suuren harjanteen takana. Tuolla huipun vasemmalla puolella näyttää olevan savua tai utua.»

»Minkälainen paikka Rautapiha on?» Pippin sanoi. »Mitähän entit sille oikeastaan voivat tehdä?»

»Sitä minäkin ihmettelen», Merri sanoi. »Rautapiha on minun käsittääkseni jonkinlainen kukkuloiden tai kallioiden kehä, jonka sisällä on tasamaata ja iso kapea kalliopylväs nimeltään Orthanc. Sarumanin torni on sen päällä. Ympäröivässä muurissa on portti tai useampiakin ja pihan läpi kulkee kai virta, joka tulee vuorilta ja jatkaa kulkuaan Rohanin aukon kautta. Ei vaikuta paikalta, jonka kimppuun entit voisivat käydä. Mutta minulla on omat aavistukseni näistä enteistä: jotenkin minä epäilen, etteivät he taida olla yhtä vaarattomia ja sanotaanko hassuja kuin miltä he näyttävät. He näyttävät hitailta ja omituisilta ja kärsivällisiltä, jopa surullisilta, mutta silti minusta tuntuu, että he *saattaisivat kiihtyä*. Jos niin kävisi, en olisi kovin mielelläni vastapuolella.»

»Totta!» sanoi Pippin. »Tiedän mitä tarkoitat. Vanha rauhassa märehtivä lehmä on yksi asia ja hyökkäävä härkä vallan toinen, mutta muutos voi olla äkillinen. Saakohan Puuparta heidät kiihtymään? Ainakin hän yrittää. Mutta he eivät pidä siitä, että heitä yritetään saada kiihdyksiin. Puuparta kiihtyi itse viime yönä, mutta sitten hän hillitsi itsensä.»

Hobitit kääntyivät takaisin. Enttien äänet nousivat ja laskivat yhä ja neuvonpito jatkui. Aurinko oli nyt noussut niin korkealle, että se paistoi korkean pensasaidan yli: se hohti koivujen latvoissa ja heitti notkon pohjoisreunalle viileänkeltaista valoa. Siellä oli pieni kimmeltäen pulppuava lähde. He kävelivät suuren syvänteen reunaa pitkin ikivihreiden puiden juurella – oli mukavaa tuntea taas viileä ruoho varpaitten alla ja kävellä kiireettä – ja laskeutuivat sitten lähteelle. He joivat vähän, puhtaan, kylmän, kirpeän siemauksen, ja istuutuivat sammaleiselle kivelle. He katselivat auringon läiskiä ruohossa ja ylikiitävien pilvien varjoja notkon pohjalla. Enttien hyminä jatkui. Paikka tuntui hyvin kummalliselta ja etäiseltä, kuin se olisi ollut maailman ulkopuolella ja kaukana kaikesta, mitä heille koskaan oli tapahtunut. Heidät valtasi suuri kaipuu ja he ikävöivät tovereitaan, ennen muuta Frodoa, Samia ja Konkaria.

Viimein entinäänet taukosivat, ja katsoessaan sinnepäin he näkivät, että Puuparta oli tulossa heitä kohti mukanaan toinen entti.

»Hm, hum, tässä minä taas olen», Puuparta sanoi. »Väsyttääkö teitä, tai käyttekö kärsimättömiksi? Hmmmm. Tuota, se ei oikeastaan sovi vielä, ikävä kyllä. Me olemme nyt päättäneet ensimmäisen vaiheen, mutta minun täytyy vielä selittää asiat uudelleen niille, jotka asuvat kovin kaukana, etäällä Rautapihasta, ja niille, joiden luo en ehtinyt ennen käräjiä, ja sen jälkeen me päätämme, mitä teemme. Entit eivät kuitenkaan tarvitse yhtä kauan aikaa sen päättämiseen, mitä tekevät, kuin kaikkien niiden tosiseikkojen ja tapahtumien läpikäymiseen, joiden suhteen jotakin tulee päättää. Mutta ei käy kieltäminen, me olemme täällä vielä kauan; varmaankin pari päivää. Niinpä olen tuonut teille seuraa. Hänellä on tässä lähellä ent'asumus. Bregalad on hänen haltianimensä. Hän sanoo, että on jo tehnyt päätöksensä eikä hänen tarvitse enää jäädä käräjille. Hm, hm, ei paljon puutu, ettei häntä voisi sanoa hätäiseksi entiksi. Te tulette varmaan mainiosti toimeen. Näkemiin!» Puuparta kääntyi ja lähti.

Bregalad seisoi jonkin aikaa silmäillen hobitteja juhlallisesti, ja he katsoivat häntä ja miettivät, koska hän osoittaisi joitakin »hätäisyyden» merkkejä. Hän oli pitkä ja näytti kuuluvan nuorempiin entteihin; käsien ja jalkojen nahka oli sileä ja kiiltävä, huulet punaiset ja tukka vihreänharmaa. Hän taipui ja huojui kuin hento puu tuulessa.

Viimein hän puhui, ja vaikka hänen äänensä olikin kaikuva, se oli korkeampi ja kirkkaampi kuin Puuparralla.

»Höö, hmm, ystäväiseni, mennään kävelylle!» hän sanoi. »Minä olen Bregalad, se on yhtä kuin Äkkipää teidän kielellänne. Mutta se on tietysti vain lempinimi. Minua on kutsuttu sillä nimellä siitä lähtien, kun sanoin *kyllä* eräälle vanhemmalle entille ennen kuin hän oli saanut kysymystään loppuun. Minä myöskin juon nopeasti ja lähden silloin kun toiset vasta kastelevat partaansa. Tulkaa mukaan!»

Hän kurotti kaunismuotoisia käsivarsiaan ja ojensi pitkät sormensa kummallekin hobitille. Koko päivän he kävelivät metsissä hänen kanssaan laulaen ja nauraen, sillä Äkkipää nauroi usein. Hän nauroi, kun aurinko tuli esiin pilven takaa, hän nauroi, kun he kohtasivat puron tai lähteen, ja sitten hän kumartui ja roiskutti vettä jaloilleen ja päälleen, ja joskus hän nauroi jotakin ääntä tai kuisketta puissa. Aina kun hän näki pihlajan, hän pysähtyi vähäksi aikaa kädet levällään ja lauloi ja huojui laulaessaan.

Auringonlaskun aikaan hän toi heidät ent'asumukselleen, joka ei ollut muuta kuin turpeilla lepäävä sammaleinen kivi vihreän törmän varjossa. Sen ympärillä kasvoi pihlajia kehässä, ja siellä virtasi vesi (kuten kaikissa ent'asumuksissa), töyräästä pulppuava lähde. He keskustelivat vähän aikaa pimeyden laskeutuessa metsään. Entkäräjien äänet kuuluivat yhä varsin läheltä, ne jatkuivat yhä, ja aina silloin tällöin kohosi korkea sointuva ääni kiihtyvässä tahdissa samalla kun muut vaimenivat. Mutta heidän vieressään puhui Bregalad lempeästi heidän omaa kieltään melkein kuiskaten, ja he saivat tietää, että hän kuului Karppunahkan sukuun ja että seutu, jossa he olivat asuneet, oli hävitetty. Se riitti hobittien mielestä selittämään hänen hätäisyytensä, ainakin mitä örkkeihin tuli.

»Kotonani oli pihlajia», Bregalad sanoi hiljaa ja surullisesti, »pihlajia jotka juurtuivat silloin kun minä olin enttinen, monta monta vuotta sitten maailman hiljaisuudessa. Vanhimmat niistä olivat entit istuttaneet entvaimoja miellyttääkseen, mutta nämä katsoivat niitä ja hymyilivät ja sanoivat tietävänsä, missä kasvoi valkeampia kukkia ja runsaampia hedelmiä. Mutta koko tuossa suvussa, Ruusun heimossa, ei ole yhtäkään puuta, joka olisi minun silmissäni yhtä kaunis. Ja nämä puut kasvoivat kasvamistaan kunnes jokaisen varjo oli kuin vihreä sali ja niiden punaiset marjat syksyllä raskas taakka ja kaunistus ja ihme. Linnuilla oli tapana kerääntyä niihin. Minä pidän linnuista, silloinkin kun ne lörpöttelevät, ja pihlajassa riittää marjoja. Mutta linnut kävivät ilkeiksi ja ahneiksi ja repivät puita ja viskasivat marjat maahan eivätkä syöneet niitä. Sitten tuli örkkejä kirveineen ja ne kaatoivat minun puuni. Minä tulin ja kutsuin puitani niiden pitkillä nimillä, mutta ne eivät värähtäneetkään, ne eivät kuulleet eivätkä vastanneet: ne olivat kuolleet.

Oi Orofarnë, Lassemista, Carnimírië!
Pihlaja, kaunis niin, kukkiin valkeisiin pääsi kun verhoutui!
Pihlaja, sinut näin, kun kesäpäivää päin loistosi avautui!
Oksasi heleät, lehväsi keveät, äänesi hiljaa soi,
liekin kaltaisen, kullanpunaisen hehkun kruunusi loi!
Pihlaja, kuollut nyt, tukkasi himmennyt, harmaja, eloton;
kruunusi kirvonnut, äänesi vaiennut aikojen loppuun on.
Oi Orofarnë, Lassemista, Carnimírië!

Hobitit nukahtivat Bregaladin hiljaiseen lauluun, joka tuntui valittavan monella kielellä hänen rakastamiensa puiden kuolemaa.

Hän vietti seuraavankin päivän heidän kanssaan, mutta he eivät menneet kauas hänen kotoaan. Enimmäkseen he istuivat hiljaa töyrään suojassa, sillä tuuli oli kylmempi ja pilvet lähempänä ja harmaita; aurinko vain pilkahti, ja etäällä nousivat ja laskivat entinäänet käräjillään edelleenkin, väliin kovina ja voimakkaina, väliin hiljaisina ja surullisina, joskus kiihtyen, joskus hitaasti ja juhlallisesti kuin itkuvirsi. Tuli toinen yö ja yhä pitivät entit kokousta kiitävien pilvien ja silloin tällöin tuikahtelevien tähtien alla.

Kolmas päivä sarasti ankeana ja tuulisena. Auringon noustessa enttien äänet kohosivat suureen huutoon ja sitten taas vaimenivat. Aamun kuluessa tuuli laantui ja ilma kävi raskaaksi odotuksesta. Hobitit huomasivat, että Bregalad kuunteli nyt tarkkaavasti, vaikka käräjien ääni kuulosti ainakin hobittien korvissa heikolta täällä hänen ent'asumuksessaan.

Tuli iltapäivä, ja länteen vuoria kohti kallistuva aurinko paistoi pilvien raoista ja repeämistä pitkin keltaisin sätein. Äkkiä he tajusivat, että oli hyvin hiljaista, koko metsä oli hiljentynyt kuuntelemaan. Aivan oikein – entinäänet olivat lakanneet. Mitä se tiesi? Bregalad seisoi pystyssä ja jännittyneenä ja katseli taaksepäin Oudanuumenta kohti.

Sitten kuului rysäys ja suuri kaikuva huuto: *ra-hum-ra!* Puut värisivät ja taipuivat kuin tuulenpuuskan alla. Sitten tuli taas tauko ja sen jälkeen alkoi marssilaulu ja juhlarummutus ja jyrisevien lyöntien ja pamausten ylle kohosivat korkeasti ja lujaa laulavat äänet.

> *Me tulemme, me tulemme, me rummun tahtiin astumme:*
> *ta-rampa rampa rampa ram!*

Entit olivat tulossa, yhä lähempää, yhä kovempaa kuului heidän laulunsa:

> *Me tulemme, me tulemme, torven, rummun tahtiin me:*
> *ta-tuuta tuuta tuuta tam!*

Bregalad otti hobitit ja lähti pois asumukseltaan.

Kohta he näkivät lähestyvän marssirivistön: entit keinuivat heitä vastaan pitkin askelin rinnettä alas. Puuparta johti heitä ja häntä seurasi viitisenkymmentä enttiä kaksi rinnan astellen yhtä jalkaa ja hakaten käsillä tahtia kylkiinsä. Kun he tulivat lähelle, heidän silmiensä leimun ja loisteen saattoi nähdä.

»Hum, hum! Me tulemme, bum, me tulemme vihdoinkin!» huusi Puuparta nähdessään Bregaladin ja hobitit. »Tulkaa, liittykää käräjäväkeen! Me lähdemme. Me lähdemme Rautapihaan!»

»Rautapihaan!» huusivat monet entinäänet.

»Rautapihaan!»

> *Rautapihaan! Sinne, vaikka se on paikka missä teljet*
> *tiemme salpaa, muurit kestää, portit estää, sinne, veljet!*
> *Sotaan! Vihaan! Käsi kalpaa nostaa, uhkaa, sotaan, sotaan,*

lieskat lyövät, puita syövät, jää vain tuhkaa, tuomiotaan
Rautapiha odottakoon, muurit lakoon, kostaa saamme,
hetki on nyt tuomion, siis rummun tahtiin astukaamme!
Tuomion nyt tuomme me, me tulemme, me tulemme!
Me tuomme sille tuomion,
me tuomme, tuomme tuomion!

Näin he lauloivat marssiessaan etelään.

Bregalad heilahti rivistöön Puuparran rinnalle silmät loistaen. Vanha entti otti nyt hobitit takaisin ja asetti heidät taas harteilleen ja niin he ratsastivat ylpeinä laulavan joukon etunenässä sydän pamppaillen ja pää pystyssä. Vaikka he olivatkin odottaneet, että jotakin ennen pitkää tapahtuisi, heitä hämmästytti enteissä tapahtunut muutos. Se tuntui heistä yhtä äkilliseltä kuin pitkään padotun veden purkautuminen.

»Entit tekivät päätöksensä loppujen lopuksi aika nopeasti, vai mitä?» uskaltautui Pippin sanomaan jonkin ajan kuluttua, kun laulu oli hetkeksi lakannut ja vain käsien ja jalkojen pauke kuului.

»Sanoitko nopeasti?» Puuparta sanoi. »Hum! Nopeasti tosiaan. Nopeammin kuin olin odottanut. En ole todellakaan nähnyt heidän näin syttyvän moneen aikaan. Me entit emme pidä siitä, että meidät suututetaan, emmekä me milloinkaan syty, ellei ole ilmeistä, että puumme ja henkemme ovat suuressa vaarassa. Sitä ei ole metsässä tapahtunut sen jälkeen kun Sauron ja Meren ihmiset kävivät sotia. Örkkien puuhat, turhat hakkuut – *rárum* – joilla ei ole sitäkään heikkoa puolustusta, että olisi tarvittu polttopuuta, ovat näin suututtaneet meidät, ja petollinen naapuri, jonka olisi pitänyt auttaa meitä. Velhojen pitäisi tietää, ja he tietävät. Ei entinkielessä eikä haltiakielessä eikä ihmisten kielissä ole tarpeeksi kamalaa kirousta sellaisesta petoksesta. Alas Saruman!»

»Aiotteko todella murskata Rautapihan portit?» Merri kysyi.

»Hoo, hm, tuota, me kyllä voisimme sen tehdä, kuulkaas! Tai ehkä ette tiedäkään kuinka vahvoja me olemme. Olette varmaan kuulleet peikoista? Ne ovat hirmuisen vahvoja. Mutta peikot ovat vain jäljitelmiä, jotka Vihollinen teki Suuressa pimeydessä enttien irvikuviksi kuten örkit tehtiin haltioiden pilkaksi. Me olemme vahvempia kuin peikot. Meidät on tehty maan luista. Me pystymme murskaamaan kiven niin kuin puunjuuret pystyvät, mutta nopeammin, paljon nopeammin – jos suutumme! Jos meitä ei hakata maahan tai tuhota tulella tai myrskyllä tai taikuudella, me voimme murskata Rautapihan säpäleiksi ja survoa sen muurit sepeliksi.»

»Mutta eikö Saruman yritä estää teitä?»

»Hm, jaa, niin, kyllä vain. En ole unohtanut sitä. Olen totta puhuakseni ajatellut sitä paljonkin. Mutta monet entit ovatkin minua nuorempia, monen puuniän verran. He ovat nyt syttyneet ja heillä on mielessä vain yksi asia: Rautapihan murskaaminen. Mutta ennen pitkää he alkavat taas ajatella, kun on iltajuoman aika he rauhoittuvat vähän. Ja mikä jano meillä silloin onkaan! Mutta antaa heidän nyt marssia ja laulaa! Meillä on pitkä matka kuljettavana, ja vielä tulee aika ajattelullekin. Hyvähän se on, että asia on saatu alkuun.»

Puuparta marssi eteenpäin ja lauloi vähän aikaa muitten mukana. Mutta jonkin ajan kuluttua hänen äänensä vaimeni muminaksi ja hän vaikeni taas. Pippin näki. että hänen vanhat kulmansa olivat kurtussa ja kyhmyillä. Viimein hän katsoi ylös ja Pippin näki hänen silmissään surullisen katseen, surullisen mutta ei onnettoman. Niissä paloi himmeä valo, ikään kuin vihreä liekki olisi vajonnut syvemmälle hänen mietteittensä kaivoihin.

»Tietenkin on aivan mahdollista, pikku ystäväni», hän sanoi hitaasti, »on aivan mahdollista, että me kuljemme kohti *omaa* tuhoamme ja että tämä on enttien viimeinen marssi. Mutta jos pysyttelisimme toimettomina ja kotosalla, tuho löytäisi meidät kuitenkin ennemmin tai myöhemmin. Se ajatus on kauan kasvanut sydämissämme, ja sen tähden me marssimme tänään. Päätös ei ollut hätäinen. Näin on enttien viimeinen marssi ainakin laulun arvoinen. Oi», hän huokasi, »me voimme auttaa muita kansoja ennen kuin menemme pois. Olisin kuitenkin mielelläni nähnyt, miten laulut entvaimoista käyvät toteen. Olisin kovasti tahtonut nähdä Fimbrethilin vielä kerran. Mutta niin on, ystäväiseni, että laulut ovat kuin puita, jotka kantavat hedelmää omalla ajallaan ja omalla tavallaan, ja joskus ne kuihtuvat ennen aikojaan.»

Entit astelivat eteenpäin kiivaassa tahdissa. He olivat laskeutuneet pitkään maapoimuun, joka vietti etelään, nyt he alkoivat kiivetä ylös ja yhä ylemmä korkealle lännenpuoliselle harjanteelle. Metsät jäivät taakse ja he saapuivat harvakseen kasvavien koivujen luo ja niiden jälkeen paljaille rinteille, joilla kasvoi vain jokunen käppyrämänty. Aurinko painui edessä olevan tumman harjanteen taakse. Harmaa hämärä laskeutui.

Pippin katsoi taaksepäin. Enttien lukumäärä oli kasvanut – vai mitä oikeastaan tapahtui? Heidän vastikään ylittämillään paljailla rinteillä hän olikin näkevinään metsikköjä. Mutta ne liikkuivat! Olisiko mahdollista. että Fangornin puut olivat hereillä ja että metsä nousi ja marssi sotaan kukkuloiden yli? Hän hieroi silmiään ja mietti, olisivatko uni ja varjot tehneet hänelle tepposet, mutta suuret harmaat hahmot marssivat tasaisesti eteenpäin. Kuului ääni kuin tuulen kohina lukemattomissa oksistoissa. Entit lähestyivät nyt harjan taitetta ja laulu oli lakannut. Yö laskeutui, ja tuli hiljaisuus: mitään muuta ei kuulunut kuin maan vaimea tärinä enttien askelten alla ja vähäinen kuiskaava kahina, ikään kuin lehtiä olisi lennellyt ilmassa. Viimein he seisoivat harjan laella ja katsoivat mustaan kuiluun: suureen rotkoon vuorten päässä, Nan Curuníriin, Sarumanin laaksoon.

»Rautapihan yllä on yö», Puuparta sanoi.

5

VALKOINEN RATSASTAJA

»M INÄ OLEN YTIMIÄ myöten jäässä», sanoi Gimli heilutellen käsiään ja tömistellen jalkojaan. Päivä oli viimein tullut. Aamunkoitteessa toverukset olivat syöneet vaatimattoman aamiaisen; päivän valjetessa he valmistautuivat tutkimaan maan uudestaan löytääkseen merkkejä hobiteista.

»Älkääkä unohtako sitä vanhusta!» Gimli sanoi. »Olisinpa iloinen, jos näkisin saappaanjäljen.»

»Miksi se sinua ilahduttaisi?» Legolas sanoi.

»Koska mies, jonka jalat jättävät jälkiä, ei ehkä ole sen kummempi kuin miltä näyttää», vastasi kääpiö.

»Voi olla», haltia sanoi. »Mutta raskaskin saapas voi ehkä kulkea tästä jälkiä jättämättä, ruoho on syvää ja kimmoisaa.»

»Se tuskin haittaa samoojaa», Gimli sanoi. »Aragornille riittää taipunut heinänkorsi. Mutta en usko, että hän löytää mitään jälkiä. Me näimme viime yönä Sarumanin ilkeän haamun. Olen siitä varma, aamun valossakin. Ehkä hänen silmänsä katselevat meitä paraikaa Fangornista.»

»Se on hyvin mahdollista», Aragorn sanoi, »mutta en ole sittenkään aivan varma. Hevosten käyttäytyminen vaivaa minua. Viime yönä sinä sanoit, Gimli, että ne pelästytettiin tiehensä. Mutta minä en usko sitä. Kuulitko niiden ääntä, Legolas? Kuulostiko se sinusta siltä kuin ne olisivat olleet kauhuissaan?»

»Ei kuulostanut», Legolas sanoi. »Kuulin äänet selvästi. Jos ei olisi ollut pimeää ja jos me olisimme olleet vähemmän peloissamme, olisin luullut, että ne olivat villejä ilosta. Ne ääntelivät niin kuin hevoset tekevät tavatessaan ystävän, jota ovat kauan kaivanneet.»

»Sitä minäkin ajattelin», Aragorn sanoi, »mutta en ymmärrä arvoitusta, elleivät ne tule takaisin. Tulkaa! Koko ajan valkenee. Tutkitaan ensin ja arvaillaan vasta sitten! Aloitamme etsinnän tästä leirin läheltä, tutkimme huolellisesti koko ympäristön ja etenemme metsään vievää rinnettä. Meidän tehtävämme on löytää hobitit, tuumimmepa mitä hyvänsä yöllisestä vieraastamme. Jos he jonkin sattuman kautta pelastuivat, heidän on täytynyt piileksiä puitten lomassa, muuten heidät olisi nähty. Jos tämän paikan ja metsän reunan välistä ei löydy mitään, menemme etsimään viimeisen kerran taistelukentältä ja tuhkan seasta. Mutta siellä ei ole paljon toivoa: Rohanin ratsumiehet tekivät työnsä liiankin hyvin.»

Jonkin aikaa toverukset kulkivat ruohossa kumarassa ja tunnustelivat maata. Puu seisoi murheellisena heidän yllään, sen kuivat lehdet riippuivat nyt hervottomina ja rahisivat hyisessä itätuulessa. Aragorn eteni hitaasti kauemmaksi. Hän löysi läheltä joen rantaa vartiotulen tuhkat ja alkoi sitten seurata maassa olevia jälkiä takaisin kumpareelle, jolla taistelu oli käyty. Äkkiä hän kumartui ja työnsi päänsä melkein ruohon sisään. Sitten hän huusi muille. He juoksivat paikalle.

»Tässä on meille viimeinkin tietoja!» Aragorn sanoi. Hän nosti heidän nähtäväkseen suuren rikkinäisen lehden, vaalean kullanvärisen lehden, joka alkoi jo haalistua ja tulla ruskeaksi. »Tämä on mallornin lehti Lórienista ja siinä on pieniä muruja, niitä on ruohikossa lisää. Ja katsokaa! lähellä lojuu katkottuja nuoranpätkiä!»

»Ja tässä on veitsi, jolla ne on katkottu!» Gimli sanoi. Hän kumartui ja veti lyhyen katkenneen terän esiin mättäästä, johon jokin raskas jalka oli sen painanut. Sen vierestä löytyi toinen puolikas, josta se oli lohjennut. »Tämä on ollut örkin ase», hän sanoi pidellen sitä varovasti ja katsellen inhoten sen veistettyä kädensijaa: se muistutti vastenmielistä päätä, jossa oli kierot silmät ja irvistävä suu.

»Tämä on kyllä käsittämättömin arvoitus, mitä tähän asti olemme kohdanneet», huudahti Legolas. »Sidottu vanki pääsee pakoon sekä örkeiltä että niitä saartavilta ratsumiehiltä. Sitten hän pysähtyy kaikkien näkyvissä ja katkaisee siteensä örkkiveitsellä. Mutta miten ja miksi? Sillä jos hänen jalkansa olivat sidotut, miten hän käveli? Ja jos hänen kätensä olivat sidotut, miten hän käytti veistä? Ja jolleivät kummatkaan olleet sidotut, miksi hän katkoi köydet? Tyytyväisenä taitoihinsa hän sen jälkeen istuutui ja söi vähän matkaleipää! Se jo todistaa, että hän oli hobitti, vaikka mallornin lehteä ei olisikaan. Sen jälkeen hänen kätensä kai muuttuivat siiviksi ja hän lensi laulellen puun oksalle istumaan. Nyt hänet on aivan helppo löytää: tarvitsemme vain itse siivet!»

»Taikaa tässä on ollut», Gimli sanoi. »Mitä se vanhus täällä teki? Aragorn, mitä mieltä sinä olet Legolasin tulkinnasta? Pystytkö parempaan?»

»Ehkä pystynkin», sanoi Aragorn hymyillen. »Tässä on lähellä muita merkkejä, joita te ette ole ottaneet huomioon. Olen samaa mieltä: vanki oli hobitti ja joko hänen kätensä tai jalkansa olivat vapaat ennen hänen tuloaan tänne. Luulisin että kädet, koska siten arvoitus käy helpommaksi, ja myös sen tähden, että hänet *kantoi* tähän paikkaan joku örkki. Tässä muutaman askelen päässä on vuodatettu verta, örkinverta. Paikan ympärillä on syviä kavionjälkiä ja merkkejä siitä, että jotakin painavaa on raahattu pois. Ratsumiehet surmasivat örkin ja myöhemmin sen ruumis laahattiin rovioon. Mutta hobittia ei huomattu, hän ei ollut 'kaikkien näkyvissä', sillä oli yö ja hänellä oli yhä haltiaviittansa. Hän oli näännyksissä ja nälissään, eikä ole mikään ihme, että katkaistuaan siteensä kaatuneen vihamiehensä veitsellä hän lepäsi hetken ja söi vähän, ennen kuin ryömi tiehensä. Mutta on lohdullista tietää, että hänellä oli *lembasia* taskussaan, vaikka hän olikin juossut pois ilman varusteita ja pakkausta, se puolestaan lienee hobitille tyypillistä. Sanon *hän*, vaikka tietenkin toivon, että Merri ja Pippin olivat täällä yhdessä. Mikään ei kuitenkaan todista, että niin olisi ollut.»

»Miten sitten oletat jommankumman ystävämme saaneen kätensä vapaiksi?» Gimli kysyi.

»En tiedä, miten se on tapahtunut», Aragorn vastasi. »Enkä myöskään tiedä, miksi joku örkki kantoi heitä pois. Ei ainakaan auttaakseen heitä pakoon, siitä voimme olla varmat. Ei, pikemminkin minusta tuntuu, että eräs seikka, joka on vaivannut minua alusta asti, alkaa valjeta: miksi örkit tyytyivät Boromirin kuoltua ryöstämään mukaansa Merrin ja Pippinin? Ne eivät etsineet meitä muita eivätkä hyökänneet leiriimme, sen sijaan ne lähtivät kiireesti kohti Rautapihaa. Olettivatko ne saaneensa vangikseen Sormuksen viejän ja hänen uskollisen palvelijansa? En usko. Örkkien herrat eivät olisi uskaltaneet antaa niin selviä ohjeita, jos vaikka olisivat itse tienneetkin sen verran; he eivät olisi puhuneet Sormuksesta niille avoimesti – örkit eivät ole luotettavia palvelijoita. Mutta örkit oli varmaankin komennettu pyydystämään *hobitteja*, ja eläviä hobitteja, mihin hintaan hyvänsä. Joku yritti livahtaa tiehensä kallisarvoisten vankien kanssa ennen taistelua. Ehkä tekeillä oli petos, sitähän niiltä sopii odottaa. Joku iso ja rohkea örkki on saattanut aivan omasta päästään yrittää livistää ja viedä saaliin mukanaan. Siinä minun tarinani. Muihinkin tuloksiin voi tulla. Mutta yhdestä voimme kaiken kaikkiaan olla varmat: ainakin toinen ystävistämme on päässyt pakoon. Tehtävämme on löytää hänet ja auttaa häntä, ennen kuin palaamme Rohaniin. Me emme saa antaa Fangornin lannistaa itseämme, sillä hätä on ajanut hänet tuohon synkkään paikkaan.»

»En tiedä kumpi minua enemmän pelottaa: Fangornko, vai ajatus pitkästä matkasta Rohaniin jalkaisin», Gimli sanoi.

»Mennään siis metsään», Aragorn sanoi.

Ei kestänyt kauan kun Aragorn löysi vereksiä jälkiä. Lähellä Entinojan äyrästä hän tapasi jalkojen painumia, hobitinjälkiä, mutta ne olivat niin hentoja, ettei niistä voinut päätellä paljoakaan. Erään suuren puunrungon takaa aivan metsän reunasta löytyi lisää jälkiä. Maa oli paljasta ja kuivaa, eikä niistäkään saanut kunnolla selkoa.

»Ainakin yksi hobitti on seissyt tässä jonkin aikaa ja katsellut taakseen, sitten hän on lähtenyt metsään», Aragorn sanoi.

»Meidänkin täytyy siis mennä sinne», Gimli sanoi. »Minä vain en pidä tämän Fangornin näöstä, ja meitä on varoitettukin siitä. Olisipa ajojahti vienyt minne tahansa muualle!»

»Minusta metsä ei tunnu pahalta, kertokoot tarinat mitä tahansa», Legolas sanoi. Hän seisoi metsän reunassa, nojautui eteenpäin kuin kuulostellen ja katseli varjoihin suurin silmin. »Ei, se ei ole paha, tai se mikä siinä on pahaa, on kaukana. Kuulen vain vaimeita kaikuja pimeistä paikoista, joissa puilla on musta sydän. Lähellämme ei ole pahuutta, mutta valppautta on, ja vihaa.»

»No, ei metsällä ole mitään syytä olla minulle vihainen», Gimli sanoi. »En ole tehnyt sille mitään pahaa.»

»Ehkä et», Legolas sanoi. »Mutta sille on joka tapauksessa tehty vääryyttä. Sen sisässä tapahtuu jotakin, tai on tapahtumaisillaan. Ettekö tunne tätä jännitystä? Se ahdistaa henkeäni.»

»Tunnen, että ilma on tukahduttavaa», kääpiö sanoi. »Tämä metsä on valoisampi kuin Synkmetsä, mutta ummehtunut ja huonokuntoinen.»

»Se on vanha, hyvin vanha», haltia sanoi. »Niin vanha, että minä melkein tunnen itseni taas nuoreksi, eikä minusta ole tuntunut siltä sen jälkeen, kun matkani teidän lasten kanssa alkoi. Se on vanha ja täynnä muistoa. Täällä olisin voinut olla onnellinen, jos olisin saapunut rauhan aikaan.»

»Epäilemättä», tuhisi Gimli. »Sinähän olet metsähaltia, vaikka kaikkikin haltiat ovat outoa joukkoa. Puheesi kuitenkin lohduttaa minua. Minne sinä menet, sinne minäkin. Mutta pidä jousesi käsillä, niin minä pidän kirveeni löysästi vyössä. En puita varten», hän lisäsi katsahtaen puuhun, jonka alla he seisoivat. »En vain tahtoisi tavata sitä vanhusta yllättäen, ilman että minulla on vastaväite valmiina, siinä kaikki. Mennään!»

Niine hyvineen kolme takaa-ajajaa sukelsivat Fangornin metsään. Legolas ja Gimli jättivät jäljittämisen Aragornin huoleksi. Paljonkaan ei ollut nähtävissä. Metsän kamara oli kova ja lehtikerrostuman peitossa, mutta koska Aragorn arveli, että pakolaiset pysyttelisivät veden lähettyvillä, hän palasi vähän väliä virran rantaan. Niin hän tuli sille paikalle, jossa Merri ja Pippin olivat juoneet vettä ja huljuttaneet jalkojaan. Siinä saattoi kuka tahansa nähdä selvästi kahden hobitin jalanjäljet, joista toiset olivat vähän pienemmät kuin toiset.

»Tämä on hyvä uutinen», Aragorn sanoi. »Mutta jäljet ovat kaksi päivää vanhat. Ja näyttää siltä, että tässä kohdassa hobitit poistuivat joen rannasta.»

»Mitä me nyt teemme?» Gimli sanoi. »Emme me voi ajaa heitä takaa läpi koko Fangornin vahvuuden. Olemme huonosti varustettuja. Jollemme löydä heitä pian, meistä ei ole heille muuta iloa kuin että voimme istahtaa heidän viereensä ja osoittaa ystävyyttämme nääntymällä yhdessä nälkään.»

»Jos emme todellakaan voi tehdä muuta, tehdään sitten niin», Aragorn sanoi. »Eteenpäin!»

Aikansa käveltyään he tulivat Puuparran kukkulan jyrkälle seinämälle ja katsoivat kalliota ja korkealle kielekkeelle johtavia portaita. Kiitävien pilvien lomasta pilkahteli auringonsäteitä, eikä metsä näyttänyt yhtä harmaalta ja ikävältä.

»Mennään ylös ja katsellaan ympärillemme!» Legolas sanoi. »Henkeäni ahdistaa vieläkin. Maistelisin mielelläni väljempää ilmaa vähän aikaa.»

Toverukset kiipesivät ylös. Aragorn eteni hitaasti viimeisenä. Hän tutki tarkasti portaita ja tasanteita.

»Minusta näyttää varmalta, että hobitit ovat olleet täällä ylhäällä», hän sanoi. »Mutta täällä on muita ja hyvin kummallisia jälkiä, joita en ymmärrä. Voisikohan tältä tasanteelta nähdä jotakin, joka auttaisi meitä arvaamaan mihin suuntaan he sitten menivät?»

Hän nousi seisomaan ja katseli ympärilleen, mutta ei nähnyt mitään, mikä olisi ollut avuksi. Tasanne antoi etelään ja itään, mutta vain idässä oli näköalaa. Siellä hän näki alenevat puurivit, jotka viettivät kohti taakse jäänyttä tasankoa.

»Olemme kiertäneet laajan kehän», Legolas sanoi. »Olisimme voineet tulla turvallisesti tänne kaikki yhdessä, jos olisimme lähteneet Suurelta virralta toisena tai kolmantena päivänä ja kääntyneet länteen. Harva näkee minne tie vie, ennen kuin saapuu sen päähän.»

»Mutta meillä ei ollut aikomusta tulla Fangorniin», Gimli sanoi.

»Täällä me kuitenkin olemme – siististi verkossa», Legolas sanoi. »Katsokaa!»

»Mitä pitää katsoa?» Gimli sanoi.

»Tuota tuolla puitten välissä.»

»Missä? Ei minulla ole haltiasilmiä.»

»Shhh! Puhu hiljempää! Katso!» sanoi Legolas ja osoitti kädellään. »Tuolla alhaalla metsässä, mistä me juuri tulimme. Se on hän. Etkö näe miten hän kulkee puulta puulle?»

»Näen, näenpä hyvinkin!» kähisi Gimli. »Katso, Aragorn! Enkö minä varoittanut teitä? Siinä on nyt se vanhus. Harmaissa rääsyissä, sen takia minä en heti nähnyt häntä.»

Aragorn katsoi ja näki kumaran hitaasti liikkuvan hahmon. Se ei ollut kaukana. Se näytti vaivalloisesti kävelevältä kerjäläiseltä ja nojasi karkeatekoiseen sauvaan. Pää oli kumarassa eikä kulkija katsonut heitä kohti. Muilla mailla he olisivat tervehtineet ystävällisin sanoin, mutta nyt he seisoivat hiljaa, oudon odotuksen vallassa: heitä lähestyi jokin, joka säteili piilevää mahtia – tai uhkaa.

Gimli seurasi silmät selällään, kun hahmo askel askeleelta lähestyi. Sitten hän äkkiä huudahti, kykenemättä enää hillitsemään itseään: »Jousesi, Legolas! Jännitä se! Ole valmiina! Se on Saruman. Älä anna hänen puhua tai loihtia meitä! Ammu ensin!»

Legolas otti jousensa, mutta taivutti sitä hitaasti, ikään kuin jokin toinen voima olisi hillinnyt häntä. Hän piteli nuolta löysästi kädessään, mutta ei asettanut sitä jänteelle. Aragorn seisoi hiljaa kasvot tarkkaavina ja varuillaan.

»Miksi odotat? Mikä sinua vaivaa?» sähisi Gimli.

»Legolas on oikeassa», Aragorn sanoi hiljaa. »Me emme voi ampua vanhaa miestä näin varoittamatta, otteluun vaatimatta, vaivasipa meitä mikä tahansa pelko tai epäilys. Katsotaan, odotetaan!»

Samalla hetkellä vanhus kiirehti askeleitaan ja tuli hämmästyttävän nopeasti kallioseinämän juurelle. Sitten hän katsoi äkkiä ylös. He seisoivat liikkumatta ja tuijottivat alas. Ei kuulunut risaustakaan.

He eivät nähneet kulkijan kasvoja: hänellä oli huppu päässä ja hupun päällä leveälierinen hattu, joka varjosti hänen piirteensä nenänkärkeä ja harmaata partaa lukuun ottamatta. Mutta Aragorn kuvitteli nähneensä, että hupun peittämien kulmien varjosta pilkahtivat tarkat ja kirkkaat silmät.

Viimein vanhus rikkoi hiljaisuuden. »Terve tavattuamme, ystäväni», hän sanoi pehmeällä äänellä. »Haluan puhua kanssanne. Tuletteko te alas vai tulenko minä ylös?» Vastausta odottamatta hän alkoi kiivetä.

»Nyt!» Gimli huudahti. »Pysäytä hänet, Legolas!»

»Enkö sanonut, että halusin puhua kanssanne?» vanhus sanoi. »Pankaa tuo jousi pois, herra haltia!»

Jousi ja nuoli putosivat Legolasilta ja hänen kätensä jäivät riippumaan rentoina.

»Ja te, herra kääpiö, ottakaa ystävällisesti käsi pois kirveen kahvalta, kunnes olen päässyt ylös! Ette tarvitse sellaisia vastaväitteitä.»

Gimli hätkähti ja seisoi sitten jäykkänä kuin kivi ja tuijotti, sillä aikaa kun vanhus loikki epätasaiset portaat ylös ketterästi kuin vuohi. Kaikki väsymys näytti kaikonneen hänestä. Hänen astuessaan tasanteelle he olivat näkevinään pilkahduksen – niin lyhyen, ettei siitä voinut olla varma – nopean valkoisen välkähdyksen, ikään kuin jokin harmaitten rääsyjen peittämä vaate olisi hetkeksi paljastunut. Gimlin henkäisy kuului hiljaisuudessa äänekkäänä sihauksena.

»Terve tavattuamme, toistamiseen!» sanoi vanhus ja tuli heitä kohti. Parin kyynärän päässä hän pysähtyi seisomaan keppiinsä nojaten ja pää ojossa ja tuijotti heitä huppunsa alta. »Ja mikä tuo teidät näille kolkille? Haltia, ihminen ja kääpiö, kaikki haltia-asuissa. Tämän takana on epäilemättä kuulemisen arvoinen tarina. Moista ei täällä usein näe.»

»Puhutte kuin tuntisitte Fangornin hyvin», Aragorn sanoi. »Pitääkö se paikkansa?»

»En hyvin», vanhus sanoi, »se veisi monen elämän työn. Mutta minä käyn täällä silloin tällöin.»

»Saisimmeko kuulla nimenne, ja mitä teillä on meille asiaa?» Aragorn sanoi. »Aamu kuluu, ja meillä on tehtävä joka ei odota.»

»Mitä asiaani tulee, olen sen jo sanonut: mikä tuo teidät tänne ja minkä tarinan voitte itsestänne kertoa? Ja nimeni!» hän keskeytti ja nauroi pitkään hiljaista naurua. Kuullessaan äänen Aragorn tunsi väristyksen käyvän lävitsensä, oudon kylmän väreen, eikä tuo tunne kuitenkaan ollut pelkoa eikä kauhua: se oli pikemminkin kuin raikas tuulahdus, tai kylmän sateen ropsahdus, joka herättää levottoman nukkujan.

»Minun nimeni!» vanhus toisti. »Ettekö ole vielä arvanneet sitä? Lienette kuulleet sen aikaisemmin. Kyllä, olette kuulleet sen aikaisemmin. Mutta kertokaapa nyt tarinanne.»

Toverukset seisoivat vaiti eivätkä vastanneet.

»Jotkut saattaisivat ruveta epäilemään, että tehtävänne ei olekaan sovelias kerrottavaksi», vanhus sanoi. »Onneksi satun tietämään siitä jotakin. Seuraatte kai kahden nuoren hobitin jälkiä. Aivan, hobitin. Älkää toljottako, ikään kuin ette olisi ennen kuulleet tuota outoa nimeä. Olette kyllä kuulleet, ja niin olen minäkin. He kiipesivät tänne toissapäivänä, ja he tapasivat erään, jota eivät odottaneet. Rauhoittaako tämä teitä? Ja nyt te tahtoisitte tietää, minne heidät vietiin. Jaa, jaa, ehkäpä minä voisin kertoa teille jotakin siitä asiasta. Mutta miksi seisomme? Tehtävänne ei nähkääs ole enää niin kiireinen kuin luulitte. Istuutukaamme ja tehkäämme olomme mukavaksi.»

Vanhus kääntyi pois ja käveli kohti vierinkivi- ja järkäleröykkiötä heidän takanaan kohoavan kallion juurella. Kuin taika olisi lauennut, muut rentoutuivat ja liikahtivat. Gimlin käsi löysi heti tiensä kirveen varteen. Aragorn paljasti miekkansa. Legolas otti maasta jousensa.

Vanhus ei ollut huomaavinaan mitään vaan kyyristihen ja istuutui matalalle tasaiselle kivelle. Silloin hänen harmaa kaapunsa avautui ja he näkivät selvästi, että sen alla hänellä oli kokonaan valkoinen asu.

»Saruman!» huudahti Gimli ja ryntäsi häntä kohti kirves koholla. »Puhukaa! Kertokaa mihin olette piilottanut ystävämme! Mitä olette tehnyt heille? Puhukaa, tai isken hattuunne sellaisen kuhmun, että velhollakin on siinä selviämistä!»

Vanhus oli kääpiötä nopeampi. Hän ponnahti pystyyn ja hypähti suuren kiven päälle. Siinä hän seisoi yhtäkkiä valtavan suurena ja mahtavana heidän yläpuolellaan. Hän viskasi hupun ja harmaat rääsynsä pois. Valkoiset vaatteet hohtivat. Hän nosti sauvansa ilmaan. Gimlin kirves lennähti kädestä ja putosi kolahtaen maahan. Aragornin käsi jäykistyi liikkumattomaksi ja miekka säihkyi äkkiä tulta. Legolas huusi kovalla äänellä ja ampui korkealle ilmaan nuolen: se katosi liekin leimaukseen.

»Mithrandir!» hän huusi. »Mithrandir!»

»Terve tavattuamme, toistan vielä, Legolas!» sanoi vanhus.

He kaikki tuijottivat häntä. Hänen hiuksensa olivat valkeat kuin lumi aurinkoisena päivänä, ja hohtavan valkoinen oli hänen pukunsa, syvien kulmien alla loistivat kirkkaat silmät, läpitunkevat kuin auringon säteet, voima asui hänen kädessään. He seisoivat horjuen ihmetyksen, ilon ja pelon välillä, eivätkä tienneet mitä sanoa.

Viimein Aragorn liikahti. »Gandalf!» hän sanoi. »Kaiken toivon tuolta puolen sinä palaat luoksemme hädän hetkellä! Mikä verhosi näköni? Gandalf!» Gimli ei sanonut mitään vaan vajosi polvilleen peittäen silmänsä.

»Gandalf!» toisti vanhus, kuin etsien muistista kauan käyttämättä ollutta sanaa. »Aivan, se oli nimeni. Olin Gandalf.»

Hän astui alas kiveltä, otti harmaan kaapunsa ja kietoi sen ympärilleen: oli kuin aurinko olisi ensin paistanut ja sitten mennyt pilveen. »Kyllä te voitte yhä kutsua minua Gandalfiksi», hän sanoi ja ääni oli heidän ystävänsä ja oppaansa ääni. »Nouse ylös, Gimli hyvä! Ei moitteen sanaa sinulle eikä minulle koitunut vahinkoa. Sillä teillä, ystäväni, ei totisesti yhdelläkään ole asetta, joka voisi minua vahingoittaa. Olkaa iloiset! Me olemme taas tavanneet. Vuoroveden vaihtuessa. Suuri myrsky tekee tuloaan, mutta vuorovesi on vaihtanut suuntaa.»

Hän laski kätensä Gimlin pään päälle ja kääpiö katsoi ylös ja nauroi äkkiä. »Gandalf!» hän sanoi. »Mutta sinun pukusi on kokonaan valkoinen.»

»Minä olen nyt valkoinen», Gandalf sanoi. »Minä olen todellakin Saruman, niin voisi sanoa, Saruman sellaisena kuin hänen olisi pitänyt olla. Mutta ystäväni, kertokaa nyt itsestänne! Olen kulkenut läpi tulen ja syvän veden sen jälkeen kun erosimme. Olen unohtanut paljon sellaista, mitä luulin tietäväni, ja oppinut uudestaan sellaista, mitä olin unohtanut. Voin nähdä monta etäistä asiaa, mutta monet niistä, jotka ovat lähellä, jäävät minulta näkemättä. Kertokaa minulle itsestänne!»

»Mitä haluat tietää?» Aragorn sanoi. »Kaikesta siitä, mitä on tapahtunut sen jälkeen kun erosimme sillalla, tulisi pitkä kertomus. Mitä jos sinä ensin kertoisit meille hobiteista? Oletko löytänyt heidät, ovatko he turvassa?»

»Ei, minä en löytänyt heitä», Gandalf sanoi. »Emyn Muilin laaksojen yllä oli pimeys enkä kuullut heidän vangitsemisestaan, ennen kuin kotka tiesi kertoa minulle.»

»Kotka!» Legolas sanoi. »Olen nähnyt kotkan kaukana ja korkealla: viimeksi kolme päivää sitten Emyn Muilin yläpuolella.»

»Aivan», sanoi Gandalf, »se oli Gwaihir Tuulenruhtinas, joka pelasti minut Orthancista. Lähetin sen edeltäni tarkkailemaan Virtaa ja keräämään uutisia. Sen näkö on tarkka, mutta se ei voi nähdä kaikkea, mikä liikkuu puiden ja alla ja maan kätköissä. Se on nähnyt yhtä ja toista, ja jotakin olen itse nähnyt. Sormus on nyt siirtynyt apuni ulkopuolelle, eivätkä nekään, jotka lähetettiin Rivendellistä sen Saattueeksi, voi sitä enää tavoittaa. Se oli aivan vähällä paljastua Viholliselle, mutta vaara vältettiin. Minulla oli siihen vähän osuutta, sillä minä istuin korkealla paikalla ja mittelin voimiani Mustan tornin kanssa, ja Varjo väistyi. Sen jälkeen olin uupunut, uupunut loppuun saakka, ja vaelsin kauan synkissä aatoksissa.»

»Sinä siis tiedät jotakin Frodosta!» Gimli sanoi. »Mitä hänelle kuuluu?»

»En osaa sanoa. Hän pelastui suuresta vaarasta, mutta monta on vielä hänen edessään. Hän päätti mennä yksin Mordoriin, ja hän lähti, siinä kaikki mitä tiedän.»

»Ei yksin», Legolas sanoi. »Me arvelemme, että Sam meni hänen kanssaan.»

»Menikö?» Gandalf sanoi ja hänen silmissään pilkahti ja hän hymyili. »Ihanko totta? Tämä oli hyvä uutinen, vaikka ei se minua ihmetytä. Hyvä! Erinomaista!

Kevennätte sydäntäni. Kertokaa enemmän. Istukaa kanssani ja kertokaa matkanne tarina.»

Toverukset istuutuivat maahan hänen jalkojensa juureen, ja Aragorn ryhtyi kertomaan. Gandalf ei sanonut mitään pitkään aikaan eikä hän kysynyt mitään. Hän oli laskenut kätensä polvilleen, ja hänen silmänsä olivat kiinni. Kun Aragorn viimein puhui Boromirin kuolemasta ja hänen viimeisestä matkastaan Suurta virtaa alas, vanhus huokasi.

»Aragorn ystäväni, et ole sanonut kaikkea, mitä tiedät tai arvaat», hän sanoi hiljaa. »Boromir-parka! En ymmärtänyt, mitä hänelle tapahtui. Koetus oli katkera hänenlaiselleen miehelle, sotaurholle ja ylimykselle. Galadriel kertoi minulle, että hän oli vaarassa. Mutta lopussa hän vältti sen. Siitä olen iloinen. Nuoret hobitit eivät tulleet turhaan mukaamme, jo Boromirinkin tähden. Mutta se ei ole ainoa osa, joka heidän esitettäväkseen jää. Heidät tuotiin Fangorniin ja heistä tuli ikään kuin pieniä kiviä, jotka panevat alulle lumivyöryn vuorilla. Kun me tässä istumme, kuulen jo ensimmäiset jyräykset. Sarumanin ei ole turvallista olla poissa kotoa, kun pato murtuu!»

»Yhdessä suhteessa et ole muuttunut, rakas ystävä», sanoi Aragorn, »puhut yhä arvoituksin.»

»Mitä? Arvoituksinko?» Gandalf sanoi. »En suinkaan. Minä puhuin ääneen itsekseni. Vanhojen tapa: he valitsevat keskustelukumppanikseen seurueen viisaimman, nuorten vaatimat pitkät selitykset uuvuttavat.» Hän nauroi, mutta ääni kuulosti nyt lämpimältä ja ystävälliseltä kuin päivän paiste.

»Minä en ole enää nuori edes Ikisukujen ihmisten mittapuulla», Aragorn sanoi. »Etkö paljastaisi ajatuksiasi minulle vähän selvemmin?»

»Mitä siis sanoisin?» Gandalf sanoi ja syventyi hetkeksi ajatuksiinsa. »Lyhyesti sanoen minusta tilanne näyttää tällaiselta, jos kaipaatte mahdollisimman yksinkertaista yhteenvetoa ajatuksistani. Vihollinen on toki kauan tiennyt, että Sormus on liikkeellä, ja että se on hobitin hallussa. Vihollinen tietää nyt meidän Rivendellistä lähteneen Saattueemme jäsenten määrän ja mihin kansaan kukin kuuluu. Mutta hän ei vielä käsitä selvästi tarkoitustamme. Hän olettaa, että me olimme kaikki matkalla Minas Tirithiin, sillä niin hän olisi itse tehnyt meidän asemassamme. Ja hänen viisautensa mukaan se olisi kova isku hänen valtaansa vastaan. Totisesti hän on levoton ja pelkää suuresti, että jostakin ilmestyy Sormusta käyttävä mahti, joka ryhtyy sotaan häntä vastaan, yrittää syöstä hänet vallasta ja ottaa hänen paikkansa. Se että pyrkisimme syöksemään hänet vallasta vaikka meillä *ei olisi ketään* hänen tilalleen, ei pälkähdä hänen päähänsä. Ajatus, että me aikoisimme tuhota itse Sormuksen, ei ole vielä käväissyt hänen synkimmissä unissaankaan. Ja tehän tajuatte varmaan, että tästä kumpuaa meidän hyvä onnemme ja toivomme. Sotaa uumoillessaan hän on päästänyt sodan valloilleen luullen, ettei hänellä ole aikaa hukattavana, sillä se joka iskee ensimmäisen iskun ja iskee sen tarpeeksi voimallisesti, ei ehkä tarvitse toista iskua. Niin hän nyt, aikaisemmin kuin oli ajatellut, panee liikkeelle sotavoimat, joita hän on kauan varustanut. Viisas houkka. Sillä jos hän olisi käyttänyt kaiken voimansa Mordorin vartioimiseen, niin ettei kukaan pääsisi sinne sisään, ja suunnannut kaiken viekkautensa Sormuksen etsimiseen, silloin olisi meiltä totisesti toivo lakastunut: Sormus sen paremmin kuin sen Viejäkään eivät olisi kauan häntä välttäneet. Mutta nyt hänen silmänsä tähyävät kaukomaille eivätkä lähitienoille, ja enimmäkseen hän katsoo kohti Minas Tirithiä. Kohta hänen koko voimansa kohdistuu siihen myrskyn lailla.

Sillä hän tietää jo, että sanansaattajat, jotka hän lähetti estämään Saattueen kulkua, ovat jälleen epäonnistuneet. Ne eivät ole löytäneet Sormusta. Ne eivät ole tuoneet mukanaan yhtäkään hobittia panttivangiksi. Jo sekin olisi ollut meille raskas isku, joka olisi saattanut käydä kohtalokkaaksi. Mutta älkäämme synkistäkö sydäntämme kuvittelemalla, mille koetukselle heidän lämmin uskollisuutensa olisi joutunut Mustassa tornissa. Sillä Vihollinen on epäonnistunut – toistaiseksi. Kiitos Sarumanin.»

»Eikö Saruman siis olekaan luopio?» Gimli kysyi.

»Varmasti on», Gandalf sanoi. »Kaksinkertainen. Eikö olekin merkillistä? Mikään viimeaikaisista koettelemuksistamme ei ole näyttänyt niin raskaalta kuin Rautapihan petturuus. Ylimykseksi ja päälliköksikin Saruman on hyvin voimallinen. Hän uhkaa Rohanin ihmisiä ja pidättelee heitä antamasta apua Minas Tirithille juuri kun pääisku lähestyy idästä. Mutta petollinen ase on aina vaaraksi kädelle, joka sitä kantaa. Myös Sarumanilla oli halu kaapata Sormus itselleen, tai ainakin saada pari hobittia pauloihinsa voidakseen käyttää heitä pahoihin tarkoituksiinsa. Ja kuinka ollakaan, vihollisemme ovat yhteistuumin onnistuneet ainoastaan tuomaan Merrin ja Pippinin hämmästyttävän nopeasti ja juuri yhdennellätoista hetkellä Fangorniin, jonne he eivät muuten olisi milloinkaan joutuneet!

Vihollisemme ovat myös täynnä uusia epäilyksiä, jotka sotkevat heidän suunnitelmiaan. Rohanin ratsumiesten ansiosta ei vastikään käydystä taistelusta tule saapumaan tietoja Mordoriin, mutta Musta ruhtinas tietää, että Emyn Muililla vangittiin kaksi hobittia ja että niitä lähdettiin viemään Rautapihaa kohti vastoin hänen omien palvelijoittensa tahtoa. Hänen tulee nyt pelätä Rautapihaa Minas Tirithin lisäksi. Jos Minas Tirith sortuu, käy Sarumanin huonosti.»

»Vahinko että ystävämme jäävät väliin», sanoi Gimli. »Jos Rautapihaa ja Mordoria ei mikään maa erottaisi toisistaan, ne voisivat taistella keskenään meidän seuratessamme sivusta.»

»Sen taistelun voittaja olisi voimakkaampi kuin heistä kumpikaan, varma ja vailla epäilyksiä», Gandalf sanoi. »Mutta Rautapiha ei voi taistella Mordoria vastaan, ellei Saruman ensin hanki itselleen Sormusta. Hän ei sitä enää saa. Hän ei tiedä vielä, mikä vaara häntä uhkaa. On paljon sellaista, mitä hän ei tiedä. Hän oli niin innokas sieppaamaan saaliinsa, ettei pystynyt odottamaan kotona vaan lähti liikkeelle vakoilemaan juoksupoikiaan. Mutta hän tuli kerrankin liian myöhään ja taistelu oli ohi eikä hän voinut enää tehdä mitään saavuttuaan näille seuduille. Hän ei viipynyt täällä kauan. Minä luen hänen ajatuksensa ja näen hänen epäilyksensä. Hänellä ei ole erämiehen taitoja. Hän olettaa ratsumiesten surmanneen ja polttaneen kaikki taistelussa olleet, mutta hän ei tiedä, oliko örkeillä mukanaan vankeja vai ei. Eikä hän tiedä omien palvelijoittensa ja Mordorin örkkien välisestä riidasta, eikä hän tiedä Siivekkäästä sanansaattajasta.»

»Siivekkäästä sanansaattajasta!» Legolas huudahti. »Ammuin sitä Galadrielin jousella Sarn Gebirin yläpuolella ja pudotin sen taivaalta. Se sai meidät kaikki pelon valtaan. Mikä uusi kauhu se on?»

»Sellainen, jota ei voi tappaa nuolilla», Gandalf sanoi. »Sinä surmasit vain sen ratsun. Hyvin tehty, mutta Ratsastaja sai pian uuden. Sillä se oli nazgûl, yksi Yhdeksästä, jotka ratsastavat nykyisin siivekkäillä ratsuilla. Pian varjostaa niiden kauhu ystäviemme viimeiset armeijat ja peittää auringon näkyvistä. Mutta niiden ei ole vielä sallittu ylittää Virtaa, eikä Saruman tiedä tästä uudesta asusta, johon sormusaaveet ovat verhoutuneet. Hän ajattelee alituiseen vain Sormusta. Oliko se mukana taistelussa? Löydettiinkö se? Mitä jos se joutuisi Théodenin, Markin herran käsiin ja hän saisi tietää sen voiman? Tämä vaara Sarumanilla on mielessä, ja hän on rientänyt takaisin Rautapihaan kaksinkertaistaakseen, kolminkertaistaakseen hyökkäyksensä Rohania vastaan. Ja koko ajan häntä uhkaa vaara aivan läheltä, mutta sitä hän ei näe kiihkeissä mietteissään. Hän on unohtanut Puuparran.»

»Nyt puhut taas itseksesi», Aragorn sanoi hymyillen. »En tunne Puupartaa. Olen arvannut osan Sarumanin kaksinkertaisesta petoksesta, mutta en ymmärrä mitä tarkoitusta on ollut sillä, että kaksi hobittia on tullut Fangorniin, paitsi että me olemme näännyttäneet itsemme pitkällä ja hyödyttömällä takaa-ajolla.»

»Hetki vielä!» huudahti Gimli. »Haluaisin tietää yhden asian ennen sitä. Näimmekö me sinut vai Sarumanin viime yönä?»

»Ette varmasti nähneet minua», Gandalf vastasi, »joten te todennäköisesti näitte Sarumanin. Me näytämme kai niin samanlaisilta, että sinun halusi iskeä hattuuni lähtemätön kuhmu täytyy antaa anteeksi.»

»Hyvä!» Gimli sanoi. »Olen iloinen, että se et ollut sinä.»

Gandalf nauroi taas. »Niin, niin, kunnon kääpiö», hän sanoi, »on lohdullista, jos ei ole erehtynyt joka kohdassa. Minäkö en tietäisi sitä liiankin hyvin! Mutta tietenkään en syytä teitä tavasta, jolla otitte minut vastaan. Miten voisinkaan, minä joka olen niin usein kehottanut ystäviäni epäilemään omia käsiäänkin milloin ovat tekemisissä Vihollisen kanssa. Ole siunattu Gimli Glóinin poika! Ehkä saat jonakin päivänä nähdä meidät molemmat yhtaikaa ja verrata meitä!»

»Mutta entä hobitit!» keskeytti Legolas. »Olemme kulkeneet pitkän matkan heidän takiaan ja sinä näyt tietävän missä he ovat. Missä he siis ovat?»

»Puuparran ja enttien luona», Gandalf sanoi.

»Enttien!» Aragorn huudahti. »On siis perää vanhoissa taruissa, jotka kertovat ikimetsän asukkaista ja puiden jättimäisistä paimenista. Onko maailmassa yhä enttejä? Luulin, että ne olivat vain muisto menneiltä ajoilta, jos olivat koskaan muuta olleetkaan kuin rohanilainen taru.»

»Vai rohanilainen taru!» Legolas huudahti. »Ei ei, jokainen Erämaan haltia on laulanut lauluja vanhoista *onodrimista* ja heidän pitkästä murheestaan. Mutta meidänkin keskuudessamme he ovat enää vain muisto. Jos tapaisin entin, joka vielä nykymaailmassa eläisi, tuntisin itseni totisesti taas nuoreksi! Mutta nimi Puupartahan on pelkkä väännös Fangornista yhteiskielelle, ja kuitenkin sinä puhut ikään kuin henkilöstä. Kuka on tämä Puuparta?»

»Oioi! nyt kysyt liikoja», Gandalf sanoi. »Sen vähän kertominen, mitä tiedän hänen pitkästä hitaasta tarinastaan, kestäisi liian kauan, eikä meillä ole aikaa. Puuparta on Fangorn, metsän vartija, hän on vanhin enteistä, vanhin elävä olento, joka vielä liikkuu tämän Keskisen maan auringon alla. Toivon tosiaan, että tapaat hänet vielä, Legolas. Merrillä ja Pippinillä oli onnea: he tapasivat hänet tässä, juuri tässä missä me istumme. Sillä hän tuli tänne kaksi päivää sitten ja vei heidät mukanaan asuntoonsa kauas vuorten juurelle. Hän tulee tänne usein, erityisesti milloin hänen mielensä on levoton ja ulkopuolisen maailman huhut vaivaavat häntä. Näin hänen astelevan puiden keskellä neljä päivää sitten, ja hänkin luultavasti näki minut, sillä hän seisahtui, mutta en puhunut mitään, sillä ajatukset painoivat minua ja olin uupunut kamppailtuani Mordorin silmän kanssa, eikä hänkään puhunut eikä lausunut nimeäni.»

»Ehkä hänkin luuli sinua Sarumaniksi», Gimli sanoi. »Mutta puhut hänestä kuin ystävästä. Luulin että Fangorn on vaarallinen.»

»Vaarallinen!» Gandalf huudahti. »Vaarallinen olen minäkin, hirveän vaarallinen, vaarallisempi kuin mikään, mitä koskaan joudut kohtaamaan, ellei sinua viedä elävänä Mustan ruhtinaan istuimen eteen. Ja Aragorn on vaarallinen ja Legolas on vaarallinen. Olet vaarojen keskellä, Gimli Glóinin poika, sillä olet itsekin vaarallinen omalla tavallasi. Fangornin metsä on totisesti pelottava – eikä vähiten turhan innokkaille kirveen käyttelijöille, ja Fangorn itsekin on pelottava, ja kuitenkin hän on viisas ja ystävällinen. Mutta nyt hänen pitkä hidas vihansa kuohuu yli ja koko metsä on sitä täynnä. Hobittien saapuminen ja heidän tuomansa uutiset ovat saaneet mitan täyteen: pian se tulvii, mutta sen vyöry suuntautuu Sarumania ja Rautapihan kirveitä vastaan. On tekeillä sellaista, mitä ei ole tapahtunut esiaikojen jälkeen: entit heräävät ja tuntevat voimansa.»

»Mitä he sitten tekevät?» kysyi Legolas tyrmistyneenä.

»En tiedä», Gandalf sanoi. »He eivät ehkä tiedä itsekään. Mitenkähän on?» Hän vaikeni ja painoi päänsä mietteissään.

Muut katsoivat häneen. Auringonsäde pisti esiin ajelehtivista pilvistä ja osui hänen käsiinsä, jotka lepäsivät kämmenet ylöspäin hänen sylissään: näytti siltä kuin ne olisivat olleet täynnä valoa kuin vesimaljat. Viimein hän nosti silmänsä ja katsoi suoraan aurinkoon.

»Aamu kuluu», hän sanoi. »Pian meidän on mentävä.»

»Menemmekö etsimään ystäviämme ja tapaamaan Puupartaa?» Aragorn kysyi.

»Ette», sanoi Gandalf. »Se ei ole teidän tienne. Olen puhunut toivon sanoja. Mutta vain toivon. Toivo ei ole voitto. Sota on edessämme ja kaikkien ystäviemme edessä, sota, jossa varman voiton meille antaisi vain Sormuksen käyttäminen. Suuri suru ja suuri pelko täyttää mieleni, kun ajattelen sitä, sillä paljon tuhotaan ja paljon ehkä menetetään. Minä olen Gandalf, Gandalf Valkoinen, mutta Musta on yhä mahtavampi.»

Hän nousi ja tuijotti itään varjostaen silmiään, ikään kuin olisi nähnyt jotakin kaukaista, jota kukaan heistä ei nähnyt. Sitten hän pudisti päätään. »Ei», hän sanoi pehmeällä äänellä, »se on mennyt pois meidän ulottuviltamme. Iloitkaamme edes siitä. Me emme enää voi joutua kiusaukseen käyttää Sormusta. Meidän on mentävä kohtaamaan vaaraa, joka ei juuri toivoa anna, mutta se kauhea vaara on vältetty.»

Hän kääntyi. »Tule, Aragorn Arathornin poika!» hän sanoi. »Älä kadu valintaa, jonka teit Emyn Muilin laaksossa, äläkä kutsu ajojahtianne turhaksi. Epäilysten keskellä valitsit tien, joka näytti oikealta: ratkaisu oli oikea ja se on palkittu. Sillä me olemme kohdanneet ajoissa, me jotka muutoin olisimme voineet kohdata liian myöhään. Mutta tovereitasi sinun ei tarvitse enää etsiä. Seuraavan matkasi määrää lupaus, jonka olet antanut. Sinun on mentävä Edorasiin ja tavattava Théoden hänen salissaan. Siellä sinua tarvitaan. Andúrilin valo paljastettakoon taistelussa, johon sitä on kauan odotettu. Rohanissa on sota ja pahempaakin: Théodenin laita on huonosti.»

»Emme siis enää saa nähdä hilpeitä pikku hobitteja», Legolas sanoi.

»En minä niin sanonut», Gandalf sanoi. »Kukapa tietää? Kärsivällisyyttä. Menkää sinne, mihin teidän tulee mennä, ja toivokaa! Edorasiin! Sinne minäkin menen.»

»Matka on pitkä miehen kävellä, nuoren tai vanhan», Aragorn sanoi. »Pelkään, että taistelu onkin ohitse ennen kuin ehdin sinne.»

»Saamme nähdä, saamme nähdä», Gandalf sanoi. »Tuletteko nyt kanssani?»

»Tulemme. Me lähdemme yhdessä», Aragorn sanoi. »Mutta epäilemättä pääset perille ennen meitä, jos tahdot.» Hän nousi ja katsoi Gandalfia pitkään. Muut tuijottivat heitä ääneti, kun he seisoivat siinä vastatusten. Aragornin Arathornin pojan harmaa hahmo oli pitkä ja kivenkova ja hänen kätensä oli miekan kahvalla, hän näytti kuninkaalta, joka on astunut meren sumuista vähäisempien ihmisten rannoille. Hänen edessään seisoi vanhus valkeana ja hohtaen kuin jonkin sisäisen valon hehkuttamana, kumarassa, vuosien taakka harteillaan, mutta valliten voimaa, joka voittaa kuninkaitten mahdin.

»Eikö näin ole, Gandalf», Aragorn sanoi viimein, »sinä voit mennä minne ikänä tahdot nopeammin kuin minä. Ja sanon myös tämän: sinä olet päällikkömme ja lippumme. Mustalla ruhtinaalla on Yhdeksän. Mutta meillä on Yksi, mahtavampi kuin ne: Valkoinen ratsastaja. Hän on kulkenut läpi tulen ja tyhjyyden, ja ne saavat pelätä häntä. Me menemme sinne minne hän meidät johtaa.»

»Me seuraamme sinua yhdessä, sen teemme», Legolas sanoi. »Mutta sitä ennen sydäntäni keventäisi tieto siitä, mitä sinulle tapahtui Moriassa. Etkö kertoisi meille? Etkö voi viipyä sen vertaa, että kertoisit ystävillesi kuinka pelastuit?»

»Olen jo viipynyt liian kauan», Gandalf vastasi. »Aika on vähissä. Mutta vaikka aikaa olisi vuosi, en kertoisi teille kaikkea.»

»Kerro siis meille, mitä tahdot, kyllä aikaa riittää!» Gimli sanoi. »Kerro meille, Gandalf, miten selvisit balrogista!»

»Älä mainitse sitä nimeä!» Gandalf sanoi, ja hetken näytti kuin tuskan varjo olisi häivähtänyt hänen kasvoillaan, ja hän istui hiljaa ja näytti vanhalta kuin kuolema. »Minä putosin kauan», hän sanoi viimein hitaasti kuin hänen olisi ollut vaikea ajatella sitä. »Kauan minä putosin ja se putosi minun kanssani. Sen tuli oli minun ympärilläni. Minä paloin. Sitten me vajosimme syvään veteen ja kaikki pimeni. Se oli kylmä kuin kuoleman vuorovesi: sydämeni oli jäätyä.»

»Syvä on kuilu, jonka yli Durinin silta käy, eikä kukaan ole siitä mittaa ottanut», Gimli sanoi.

»Mutta sillä on pohja, jonne ei valo eikä tietämys yllä», Gandalf sanoi. »Sinne tulin minä viimein, kallion viimeisille perustuksille. Se oli yhä kanssani. Sen tuli tukahtui, mutta nyt se oli limainen ja kuristajakäärmettä voimakkaampi.

Me taistelimme kauan elävän maan alla, missä aikaa ei lasketa. Yhä se piteli minua pihdeissään, yhä minä hakkasin sitä, kunnes viimein se pakeni mustiin tunneleihin. Niitä ei ollut Durinin kansa tehnyt, Gimli Glóinin poika. Kaukana, kaukana kääpiöiden syvimpien kaivantojen alla kovertavat maata nimettömät olennot. Ei edes Sauron niitä tunne. Ne ovat häntäkin vanhempia. Ja minä olen kulkenut siellä, mutta en kerro tarinaani, ettei päivän valo pimentyisi. Siinä ahdingossa oli vihollinen ainoa toivoni, ja minä ajoin sitä takaa ja pysyttelin sen kintereillä. Niin se toi minut viimein takaisin Khazad-dûmin salaisille väylille: se tunsi ne kaikki liiankin hyvin. Me kuljimme yhä ylöspäin, kunnes tulimme Päättymättömille portaille.»

»Kauan ne ovat olleet kateissa», Gimli sanoi. »Monet ovat väittäneet, ettei niitä ole tehtykään kuin tarussa, mutta toiset sanovat, että ne on tuhottu.»

»Ne on tehty eikä niitä ole tuhottu», Gandalf sanoi. »Ne kohosivat alimmasta onkalosta korkeimpaan huippuun, monta tuhatta askelmaa keskeytymättömänä kierteenä, kunnes ne viimein päätyivät Durinin torniin, joka on koverrettu sydänkallioon Zirakzigiliin, Hopeaneulan ylimpään huippuun.

Siellä ylhäällä Celebdilillä oli lumessa yksinäinen ikkuna ja sen edessä kapea ala, petolinnun pesä huimaavan korkealla maailman sumujen yläpuolella. Aurinko paistoi siellä rajusti, mutta sen alla oli kaikki pilvien peitossa. Ulos aukosta hyppäsi viholliseni, ja samalla hetkellä kun minä tulin sen perässä, se leimahti uuteen liekkiin. Kukaan ei ollut meitä näkemässä, muuten ehkä tulevina aikoina laulettaisiin laulua Ylhäisestä taistelusta.» Äkkiä Gandalf nauroi. »Mutta mitä laulussa sanottaisiin? Ne jotka katselivat kaukaa, arvelivat myrskyn myllertävän vuorella. He kuulivat ukkosen äänen, ja he sanoivat, että salama iski Celebdiliin ja lennähti siitä takaisin tulikieliksi hajonneena. Eikö se riitä? Ympäriltämme nousi suuri sauhu, syntyi usvaa ja höyryä. Jäätä satoi kuin vettä. Minä työnsin viholliseni alas ja se putosi jyrkänteeltä, ja vuorenseinämä luhistui siinä, mihin se tuhoutuessaan rysähti. Sitten minä jouduin pimeyteen ja harhailin pois ajasta ja ajatuksista ja vaelsin kauas teillä, joista en puhu.

Alastonna minut lähetettiin takaisin – lyhyeksi hetkeksi suorittamaan tehtäväni. Ja alastonna minä makasin vuoren huipulla. Takana oleva torni oli murentunut pölyksi, ikkuna poissa, palaneet ja sortuneet kivet tukkivat portaitten rauniot. Lojuin yksin ja unohdettuna, vailla paon mahdollisuutta, maailman kovan sarven kärjellä. Siellä minä makasin ja katsoin, miten tähdet pyörivät ylitseni, ja jokainen päivä oli yhtä pitkä kuin elinaika maan päällä. Vaimeana kantautui korviini koko maailman kohina, nousu ja tuho, laulu ja itku, ja raskautetun kiven hidas ikuinen voihke. Ja niin viimein löysi minut Gwaihir Tuulenruhtinas jälleen kerran, ja hän otti minut ja kantoi minut pois.

'Kohtaloni on aina vain olla sinun taakkanasi, ystävä hädässä', minä sanoin.

'Olet ollut taakka', se vastasi, 'mutta nyt et ole. Nyt olet kynsissäni kevyt kuin joutsenen sulka. Aurinko paistaa lävitsesi. Nyt et enää oikeastaan tarvitse minua, jos päästäisin sinut, leijuisit tuulen mukana.'

'Älä päästä minua!' henkäisin minä, sillä tunsin taas elämän itsessäni. 'Kanna minut Lothlórieniin.'

'Niin käski myös valtiatar Galadriel, joka lähetti minut sinua noutamaan', se vastasi.

Niin minä tulin Caras Galadhoniin ja sain kuulla teidän vasta lähteneen. Viivyin tuon maan ajattomassa ajassa, jossa päivät eivät kuluta vaan parantavat. Minä löysin parannuksen ja sain valkoiset vaatteet. Annoin neuvoja ja sain neuvoja. Sieltä olen tullut outoja teitä ja minulla on mukanani viesti muutamille teistä. Aragornille minua pyydettiin sanomaan tämä:

Missä nyt ovat dúnedain, Elessar, missä?
Miksi on kansasi eksyksissä?
On lähellä Kadonneiden paluun hetki,
ja Pohjoisesta käy Harmaan komppanian retki.
Vaan, Elessar, edessäsi polut pimeät vartovat,
sillä Merelle vievää tietä valvovat vainajat.

Legolasille hän lähetti tämän sanan:

Legolas Viherlehti, kauan elänyt
olet ilossa puiden alla. Varo Merta nyt!
Jos lokkien huuto korviisi kajahtaa,
sydämesi ei metsässä enää rauhaa saa.»

Gandalf vaikeni ja sulki silmänsä.

»Hän ei siis lähettänyt minulle mitään viestiä», sanoi Gimli ja painoi päänsä.

»Hämärät ovat hänen sanansa», Legolas sanoi, »ja vähän ne merkitsevät vastaanottajilleen.»

»Se ei ole mikään lohtu», Gimli sanoi.

»Mikä sitten on?» Legolas sanoi. »Tahtoisitko hänen puhuvan sinulle avoimesti kuolemastasi?»

»Tahtoisin, jos hänellä ei olisi muuta sanottavaa.»

»Mitä nyt?» Gandalf sanoi ja avasi silmänsä. »Luulen kyllä arvaavani, mitä hänen sanansa mahdollisesti tarkoittavat. Suo anteeksi, Gimli! Pohdin taas kerran sanomia. Mutta hän lähetti todellakin sanoja myös sinulle, eivätkä ne ole hämäriä eivätkä surullisia.

'Gimlille Glóinin pojalle', hän sanoi, 'vie hänen valtiattarensa tervehdys. Minne menetkin Hivustenhaltija, olen kanssasi ainiaan. Vaan pidä huoli, että kirveesi osuu puuhun oikeaan.»

»Hyvällä hetkellä olet saapunut luoksemme, Gandalf!» huudahti kääpiö ja alkoi loikkia innoissaan ja laulaa kovaa oudolla kääpiökielellään. »Matkaan! Matkaan!» hän kiljui kirvestään heilutellen. »Kun Gandalfin pää kerran on julistettu pyhäksi, etsikäämme sellainen, jonka saa halkaista!»

»Sitä ei tarvitse hakea kaukaa», Gandalf sanoi ja nousi istumapaikaltaan. »Tulkaa! Me olemme käyttäneet kaiken ajan, joka sopii kuluttaa eronneitten ystävien jälleennäkemiseen. Nyt meidän on kiiruhdettava.»

Hän kietoutui taas vanhaan repaleiseen kaapuunsa ja näytti tietä. He seurasivat häntä ja laskeutuivat nopeasti korkealta tasanteelta ja lähtivät kulkemaan metsän läpi takaisin, alas Entinojan vartta. He eivät enää puhuneet, ennen kuin seisoivat taas niityllä Fangornin rajojen ulkopuolella. Heidän hevosistaan ei näkynyt jälkeäkään.

»Ne eivät ole palanneet», Legolas sanoi. »Kävelystä tulee uuvuttava!»

»Minä en kävele. Aika rientää», Gandalf sanoi. Sitten hän kohotti päänsä ja vihelsi pitkään. Ääni oli niin kirkas ja läpitunkeva, että muut tuijottivat hämmästyneinä: miten noilta vanhoilta partaisilta huulilta saattoi lähteä moinen ääni. Hän vihelsi kolmasti, sitten he olivat kuulevinaan itätuulen tuovan kaukaa tasangoilta hevosen hirnuntaa. He odottivat ihmeissään. Ennen pitkää alkoi kuulua kavioitten ääntä, aluksi tuskin muuta kuin maan tärinää, jonka vain ruohikossa makaava Aragorn erotti, mutta se kävi koko ajan kovemmaksi ja selvemmäksi ja oli viimein nopeaa kapsetta.

»Hevosia on tulossa enemmän kuin yksi», Aragorn sanoi.

»Tietenkin», sanoi Gandalf. »Me olemme liian raskas taakka yhdelle.»

»Niitä on kolme», Legolas sanoi ja tuijotti tasangon poikki. »Miten ne juoksevat! Tuolla tulee Hasufel ja sen rinnalla ystäväni Arod! Mutta niiden edellä

pyyhältää vielä kolmas: hyvin iso hevonen. Sen kaltaista en ole nähnyt ennen.»
»Etkä tule koskaan näkemäänkään», Gandalf sanoi. »Se on Hallavaharja. Se on
mearasin, hevosten ylimysten johtaja, eikä edes Théoden, Rohanin kuningas, ole
nähnyt sen veroista. Miten se hohtaa kuin hopea ja juoksee tasaisesti kuin vuolas
virta! Se on tullut minun luokseni, Valkoisen ratsastajan hevonen. Me menemme
yhdessä taisteluun.»
Kun vanha velho vielä puhui, tuli iso hevonen pitkin askelin rinnettä ylös
heitä kohti, sen karva kiilteli ja harja liehui vauhdin ilmavirrassa. Muut kaksi
seurasivat sitä, nyt jo kaukana jäljessä. Heti kun Hallavaharja näki Gandalfin, se
hiljensi juoksuaan ja hirnui kovalla äänellä, sitten se ravasi sulavasti eteenpäin ja
taivutti ylpeän päänsä ja hieroi suuria sieraimiaan vanhan miehen kaulaan.
Gandalf taputti sitä. »Rivendellistä on pitkä matka, ystäväni», hän sanoi,
»mutta sinä olet viisas ja nopea ja tulet kun tarvitaan. Nyt ratsastakaamme
yhdessä kauas; älkäämme enää erotko tässä maailmassa!»
Pian tulivat muutkin hevoset paikalle ja seisoivat hiljaa heidän vieressään kuin
odotellen käskyjä. »Me menemme saman tien Meduseldiin, isäntänne Théo-
denin hoviin», Gandalf sanoi puhellen niille vakavasti. Ne painoivat päänsä.
»Aika rientää, niin että luvallanne, ystävät, me ratsastamme. Pyydämme teitä
kulkemaan niin nopeasti kuin pystytte. Hasufel kantakoon Aragornia ja Arod
Legolasia. Minä otan Gimlin eteeni, ja Hallavaharjan luvalla me ratsastamme
sillä molemmat. Odotamme vain sen verran, että ehditte vähän juoda.»
»Nyt käsitän osan eilisestä arvoituksesta», Legolas sanoi hypähtäessään
kevyesti Arodin selkään. »En tiedä, oliko pelko paon alkusyy, mutta hevosemme
tapasivat Hallavaharjan, päällikkönsä, ja tervehtivät sitä ilolla. Tiesitkö sen ole-
van lähellä, Gandalf?»
»Tiesin kyllä», velho sanoi. »Käänsin ajatukseni sitä kohti ja kehotin sitä kii-
ruhtamaan, sillä eilen se oli kaukana tämän maan eteläosissa. Kantakoon se
minut nopeasti taas takaisin!»

Gandalf puhui nyt Hallavaharjalle, ja hevonen lähti liikkeelle hyvää vauhtia,
mutta ei niin nopeasti, että se olisi ollut ylivoimaista muille. Jonkin ajan kuluttua
se kääntyi äkkiä, valitsi kohdan, jossa törmät olivat matalammat ja kahlasi joen
yli ja johti heidät sitten kohti etelää puuttomalle ja aavalle tasamaalle. Tuuli liik-
kui harmaina aaltoina ruohossa, jota jatkui loputtomiin virstakaupalla. He eivät
nähneet mitään tietä tai uraa, mutta Hallavaharja ei seisahtunut eikä epäröinyt.
»Se suuntaa nyt suorinta tietä kohti Théodenin kartanoa Valkoisten vuorten
kainaloon», Gandalf sanoi. »Niin käy matka nopeimmin. Itäemnetissä maa on
kovempaa ja siellä joen toisella puolen kulkee pohjoiseen vievä pääväylä, mutta
Hallavaharja tuntee tien jokikisen hetteikön ja notkon poikki.»
He ratsastivat monta tuntia läpi niittyjen ja jokimaiden. Ruoho oli usein niin
korkeaa, että se ulottui ratsastajia yli polvien, ja silloin näytti kuin ratsut olisivat
uineet harmaanvihreässä meressä. He joutuivat monelle salalammikolle ja laa-
joille kosteikoille, joissa sarat huojuivat vetisten ja petollisten suonsilmien yllä,
mutta Hallavaharja löysi tien ja muut hevoset seurasivat sen jäljissä. Hitaasti
aurinko vajosi taivaalla länteen. Ratsastajien tähytessä suuren tasangon yli se
erottui hetken verenkarvaisena ruohoaavikkoon vajoavana loimuna. Matalalla
näköpiirin rajalla hehkui molemmin puolin punaisena vuorten harja. Näytti kuin
sieltä olisi kohonnut savu, joka tummensi auringon kiekon verenkarvaiseksi,

ikään kuin se olisi sytyttänyt ruohon tuleen vajotessaan maailmanreunan taakse.
»Tuolla on Rohanin aukko», Gandalf sanoi. »Se on nyt melkein suoraan lännessä. Tuossa suunnassa on Rautapiha.»
»Näen suuren savun», Legolas sanoi. »Mitä se merkinnee?»
»Taistelua ja sotaa!» Gandalf sanoi. »Karauttakaa eteenpäin!»

6

KULTAISEN KARTANON KUNINGAS

AURINKO LASKI, HÄMÄRÄ hiipi hitaasti maille ja yö teki tuloaan. Kun ratsastajat viimein pysähtyivät ja laskeutuivat hevosen selästä, oli Aragornkin kangistunut ja uuvuksissa. Gandalf salli heidän levätä vain muutaman tunnin. Legolas ja Gimli nukkuivat ja Aragorn makasi maassa selällään, mutta Gandalf seisoi sauvaansa nojaten ja tuijotti pimeyteen, itään ja länteen. Kaikki oli hiljaista eikä mitään elonmerkkiä voinut havaita. Kun he taas nousivat, purjehti yössä hyisen viiman kuljettamana pitkiä pilvirantuja. He jatkoivat matkaa kylmän kuun loisteessa samaa vauhtia kuin päivänvalossa.

Tunnit kuluivat mutta yhä he ratsastivat. Gimli nuokkui ja olisi pudonnut satulasta, ellei Gandalf olisi tarttunut häneen ja ravistellut. Hasufel ja Arod seurasivat uuvuksissa mutta ylpeästi väsymätöntä johtajaansa, edellä kulkevaa tuskin näkyvää harmaata varjoa. Virstat vierivät. Kasvava kuu vajosi pilviseen länteen.

Ilma kävi purevan viileäksi. Idässä haaleni pimeys hitaasti kylmäksi harmaudeksi. Kaukana heidän vasemmalla puolellaan leimahti taivaalle Emyn Muilin mustien muurien takaa punaisia valonsäteitä. Aamu koitti kirkkaana ja pilvettömänä, tuuli puhalsi polun poikki kahisuttaen taipuneita ruohonkorsia. Äkkiä Hallavaharja seisahtui ja hirnui. Gandalf osoitti eteenpäin.

»Katsokaa!» hän huudahti ja he kohottivat väsyneet katseensa. Edessä kohosivat etelän tummajuovaisten vuorten valkeat huiput. Ruohoaavikko kumpuili vuorten juurella kyyhöttäviä kukkuloita kohti ja levittäytyi laaksoihin, jotka vielä vailla sarastuksen valoa olivat tummia ja pimeitä. Niitä myöten niityt kiemurtelivat korkeiden vuorten syliin. Aivan matkalaisten edessä avautui levein näistä kuruista kuin pitkä lahti kukkuloiden väliin. Kaukana pilkotti vuoristo, josta kohosi yksi korkea huippu; laakson suuta vartioi yksinäinen kukkula. Sen alla virtasi laaksosta joki kuin hopeisena lankana, ja ylhäällä harjalla, vielä kaukana, heidän silmiinsä sattui nousevassa auringossa välke, kullan kimallus.

»No niin, Legolas!» Gandalf sanoi. »Kerro, mitä näet edessämme!»

Legolas tähyili eteenpäin varjostaen silmiään vastanousseen auringon vaakasuorilta säteiltä. »Näen lumihuipuilta lähtevän valkoisen virran», hän sanoi. »Siinä, missä se tulee näkyviin laakson varjosta, kohoaa sen itärannalla vihreä kukkula. Sitä kiertää vallihauta, muuri ja piikikäs este. Niiden takaa kohoaa talojen kattoja; ja keskellä, vihreällä penkereellä, nousee korkealle suuri ihmisten rakennus. Ja silmäni väittävät, että se on katettu kullalla. Sen valo loistaa kauas maan yli. Kultaiset ovat myös sen ovenpielet. Ovilla seisoo miehiä kirkkaassa sotisovassa; mutta muuten siellä ollaan unessa.»

»Edoras on sen paikan nimi», Gandalf sanoi, »ja tuo kultainen kartano on Meduseld. Siellä asuu Théoden Thengelin poika, Rohanin Markin kuningas. Me olemme tulleet auringon nousun myötä. Nyt erottuu tie edessämme selvänä. Mutta meidän on ratsastettava varovaisemmin, sillä sota on lähellä, eivätkä *rohirrim*, ratsuruhtinaat, nuku vaikka kaukaa siltä näyttäisikin. Älkää vetäkö asetta esiin, älkää lausuko ylimielistä sanaa ennen kuin seisomme Théodenin istuimen edessä, sen neuvon annan teille kaikille.»

Aamu valkeni ympärillä seesteisenä ja kirkkaana ja linnut lauloivat heidän saapuessaan joelle. Se virtasi vuolaana tasangolle ja kääntyi kukkulat jätettyään heidän polkunsa poikki suuressa mutkassa ja jatkoi sitten itään liittyäkseen kaisloittuneeseen Entinojaan. Maa oli vihreä: kosteilla niityillä ja joen ruohoisilla äyräillä kasvoi halavia. Tässä eteläisessä maassa niiden oksankärjet punersivat jo, ne tunsivat kevään lähestyvän. Virran poikki vei kahlaamo; matalat rannat olivat molemmilta puolilta kokonaan hevosten tallomat. Matkalaiset ylittivät joen ja tulivat leveälle syvään uurtunelle ylös vievälle polulle.

Muurin ympäröimän kukkulan juurella tie vei korkeiden, vihreiden kumpareiden varjoon. Niiden läntisillä rinteillä ruoho oli valkoista, aivan kuin lumen peitossa: nurmesta nousi pieniä kukkia kuin taivaan tähtiä.

»Katsokaa!» Gandalf sanoi. »Kuinka kauniit ovatkaan nurmen kirkkaat silmät! Niiden nimi tässä ihmisten maassa on ikimuisto, *simbelmynë*, sillä ne kukkivat kaikkina vuodenaikoina ja kasvavat siellä missä kuolleet lepäävät. Katsokaa! me olemme tulleet suurille hautakummuille, joissa Théodenin esi-isät lepäävät.»

»Seitsemän kumpua vasemmalla ja yhdeksän oikealla puolella», Aragorn sanoi. »Monta pitkää ihmisen ikää on siitä kun tuo kultainen kartano rakennettiin.»

»Viisisataa kertaa ovat punaiset lehdet pudonneet kotonani Synkmetsässä sen jälkeen», Legolas sanoi, »ja meistä se tuntuu vain häviävältä hetkeltä.»

»Mutta Markin ratsastajista se tuntuu niin pitkältä ajalta», Aragorn sanoi, »että tämän kartanon rakennustyö on vain lauluissa säilynyt muisto ja sitä edeltäneet vuodet hukkuvat ajan sumuihin. He kutsuvat tätä maata nyt kodikseen, omakseen, ja heidän puheenpartensa eroaa heidän pohjoisten sukulaistensa puheesta.» Sitten hän alkoi laulaa hiljaa verkkaisella kielellä, jota haltia ja kääpiö eivät tunteneet; mutta he kuuntelivat sitä, sillä siinä oli väkevä sointi.

»Tuo on varmaankin *rohirrimin* kieltä», Legolas sanoi, »sillä se on kuin tämä maa itse, paikoitellen rehevä ja aaltoileva, muualta kova ja ankara kuin itse vuoret. Mutta mitä laulu tarkoittaa, en osaa sanoa, paitsi että se on täynnään kuolevaisten ihmisten murhetta.»

»Se kuuluu yhteiskielellä näin», Aragorn sanoi, »niin liki kuin pystyn sen kääntämään:

Missä on ratsu ja ratsumies? Missä torvi toitottava?
Missä on kypärä, panssaripaita ja tukka hulmahtava?
Missä on harpun kieliltä käsi ja takan hehkuva hiillos?
Missä on laiho ja sadonkorjuu ja kevät ja auran viillos?
Kuin vuorelta sade ja niityltä tuuli ne pois jo haipuivat;
päivät painuivat länteen, kukkulain varjoon vaipuivat.
Kuka voi kerätä savun, kun palaa kuollut puu,
tai nähdä kun vuosien virta Mereltä palautuu?

Näin puhui unohdettu runoilija Rohanissa kauan sitten palauttaen mieliin kauniin ja pitkän Eorl Nuoren, joka ratsasti pohjoisesta; ja siivekkäät olivat hänen hevosensa Felarófin jalat, hevosten isän. Sitä laulavat miehet yhä iltaisin.»

Näin puhuen matkalaiset sivuuttivat hiljaiset kummut. He ratsastivat mutkittelevaa tietä ylös vihreitä harjanteita ja saapuivat viimein Edorasin säänpieksämien muurien ja porttien luo.

Siellä istui paljon miehiä kirkkaassa sotisovassa; he hypähtivät heti pystyyn ja sulkivat heidän tiensä keihäillä.»Seisahtukaa, muukalaiset ja vieraat!» he huusivat Riddermarkin kielellä ja tiukkasivat vieraiden nimiä ja asiaa. Ihmetystä heidän silmissään oli, mutta vähänlaisesti hyvää tahtoa, ja Gandalfia he katselivat alta kulmain.

»Hyvin ymmärrän minä kieltänne», Gandalf vastasi samalla kielellä, »mutta harvat muukalaiset ymmärtävät. Miksi siis ette puhu yhteiskieltä, niin kuin lännessä on tapana, jos haluatte vastauksen?»

»Kuningas Théodenin tahto on, ettei näistä porteista saa käydä kenkään paitsi se, joka osaa kieltämme ja on ystävämme», vastasi yksi vartijoista. »Sodan aikana ei kukaan muu ole tervetullut kuin kansamme jäsen ja ne, jotka tulevat Turvalinnasta Gondorin maasta. Keitä olette te, jotka tulette huolettomasti tasangon yli oudoissa asuissa ja ratsastaen hevosilla, jotka muistuttavat omiamme? Me olemme jo pitkään pitäneet tässä vartiota ja katselleet teidän tuloanne kaukaa. Milloinkaan emme ole nähneet oudompia ratsastajia, emmekä ylväämpää hevosta kuin yksi näistä, jotka teitä kantavat. Se kuuluu *mearasiin*, ellei silmiämme jokin lumous käännä. Ettekö liekin velho, joku Sarumanin vakooja tai hänen loitsimansa haamu? Puhukaa vitkastelematta!»

»Me emme ole haamuja», Aragorn sanoi, »eivätkä silmänne petä teitä. Sillä me ratsastamme todellakin teidän omilla hevosillanne, minkä luulen teidän hyvin tietäneen jo ennen kuin kysyitte. Mutta harvoin ratsastaa varas talliin takaisin. Tässä ovat Hasufel ja Arod, jotka Éomer, Markin kolmas marsalkka, meille lainasi vain kaksi päivää sitten. Me tuomme ne nyt takaisin, aivan kuten me hänelle lupasimme. Eikö Éomer ole palannut ja varoittanut meidän saapumisestamme?»

Vartijan silmiin tuli levoton ilme. »Éomerista minulla ei ole mitään sanottavaa», hän vastasi. »Jos se mitä sanotte on totta, Théoden on silloin varmasti kuullut siitä. Kukaties saapumisenne ei ollut aivan täydellinen yllätys. Vasta kaksi yötä sitten tuli Kärmekieli luoksemme ja sanoi, että Théodenin tahdosta ei yhtäkään muukalaista saa päästää näistä porteista sisään.»

»Kärmekieli?» Gandalf sanoi ja katsoi terävästi vartijaan. »Vai niin! Minulla ei ole asiaa Kärmekielelle vaan Markin herralle itselleen. Minulla on kiire. Mene kertomaan tai lähetä sana, että olemme saapuneet.» Hänen silmänsä paloivat syvien kulmien alla, kun hän kohdisti katseensa mieheen.

»Minä menen», mies vastasi hitaasti. »Mutta mitkä nimet annan? Ja mitä sanon teistä? Nyt näytätte vanhalta ja väsyneeltä, mutta pohjimmiltanne olette varmasti sekä armoton että ankara.»

»Hyvin näet ja hyvin puhut», velho sanoi. »Sillä minä olen Gandalf. Minä olen tullut takaisin. Ja katso! Minäkin tuon takaisin hevosen. Tässä on Hallavaharja Suuri, jota toisten kädet eivät pysty kesyttämään. Ja tässä vieressäni on Aragorn Arathornin poika, kuninkaitten perillinen, ja hän on matkalla Turvalinnaan. Tässä ovat myös haltia Legolas ja kääpiö Gimli, meidän toverimme. Mene nyt ja sano herrallesi, että me olemme hänen porteillaan ja että me haluaisimme puhua hänen kanssaan, jos hän sallisi meidän tulla taloonsa.»

»Oudot nimet annattekin. Mutta ilmoitan ne niin kuin te pyysitte ja kuuntelen, mitä mieltä herrani on», vartija sanoi. »Odottakaa täällä jonkin aikaa, niin minä tuon teille sellaisen vastauksen kuin hän katsoo hyväksi. Älkää toivoko liikoja! Nämä ovat synkkiä aikoja.» Hän lähti saman tien ja jätti muukalaiset toveriensa tarkkailtavaksi.

Jonkin ajan kuluttua hän palasi. »Seuratkaa minua!» hän sanoi. »Théoden sallii teidän tulla sisään, mutta kaikki aseenne, sauvoja myöten, teidän on jätettävä kynnykselle. Ovenvartijat ottavat ne haltuunsa.»

Tummat portit avattiin. Matkalaiset astuivat sisään ja astelivat jonossa oppaansa jäljessä. He tulivat nupukivillä päällystetylle leveälle ylös vievälle mutkittelevalle väylälle, johon oli sinne tänne rakennettu portaita. He sivuuttivat useita puutaloja ja pimeitä oviaukkoja. Tien vieressä virtasi kirkasvetinen puro kivisessä uomassa kimallellen ja solisten. Viimein he tulivat mäen päälle. Vihreästä penkereestä kohosi terassi, jonka juurella suihkusi vettä kivisestä hevosenpäästä; sen alla olla iso allas, josta vesi valui sen laidan yli puroon. Vihreälle terassille johti korkeat ja leveät kiviportaat; ylimmän askelman molemmin puolin oli kiveen hakattu istuin. Kummallakin istui vartija paljastettu miekka polvien päällä. Olkapäille ulottuvat kultaiset hiukset oli palmikoitu, vihreitä kilpiä koristi aurinko, pitkät haarniskat oli kiillotettu kirkkaiksi, ja kun he nousivat, näyttivät he kuolevaisia ihmisiä pitemmiltä.

»Ovet ovat edessänne», opas sanoi. »Minun täytyy nyt palata vartiopaikalleni portille. Hyvästi! Ja olkoon Markin herra teille suosiollinen!»

Hän kääntyi ja laskeutui nopeasti polkua alas. Toiset kiipesivät pitkät portaat ylös kookkaitten vartiomiesten silmien alla. Nämä seisoivat hiljaa heidän yläpuolellaan eivätkä sanoneet sanaakaan, ennen kuin Gandalf astui kivetylle terassille portaikon yläpäässä. Silloin he äkkiä lausuivat kaikuvalla äänellä kohteliaan tervehdyksen omalla kielellään.

»Terve, kaukaatulijat!» he sanoivat ja käänsivät miekankahvansa matkalaisia kohti rauhan merkiksi. Vihreät jalokivet säihkyivät auringossa. Sitten toinen vartijoista astui eteenpäin ja puhui yhteiskielellä.

»Olen Théodenin ovenvartija», hän sanoi. »Háma on nimeni. Tähän minun on pyydettävä teitä laskemaan aseenne, ennen kuin menette sisään.»

Legolas antoi hänen käteensä hopeakahvaisen veitsensä, viinensä ja jousensa. »Pitäkää näitä hyvin», hän sanoi, »sillä ne ovat kotoisin Kultaisesta metsästä ja Lothlórienin valtiatar antoi ne minulle.»

Ihmetys kohosi miehen kasvoille, ja hän asetti aseet kiireesti seinää vasten, ikään kuin olisi pelännyt käsitellä niitä. »Kukaan ei niihin koske, lupaan sen», hän sanoi.

Aragorn seisoi ja epäröi. »Ei ole tahtoni mukaista», hän sanoi, »luopua miekastani tai antaa Andúrilia kenenkään toisen ihmisen käteen.»

»Se on Théodenin tahto», Háma sanoi.

»Minulle ei ole aivan selvää, että Théodenin Thengelin pojan tahto kävisi Aragornin Arathornin pojan, Gondorin Elendilin perillisen tahdon ylitse, vaikka Théoden olisikin Markin herra.»

»Tämä on Théodenin kartano, ei Aragornin, vaikka hän olisikin Gondorin kuningas ja istuisi Denethorin istuimella», Háma sanoi ja astui nopeasti ovien eteen ja sulki tien. Hänen miekkansa oli nyt hänen kädessään ja sen kärki muukalaisia kohti.

»Tämä on turhaa puhetta», Gandalf sanoi. »Tarpeeton on Théodenin käsky, mutta hyödytöntä on niskurointikin. Kuningas määrätköön omassa huoneessaan, oli se sitten hulluutta tai viisautta.»

»Totta», Aragorn sanoi. »Ja minä noudattaisin talon herran pyyntöä puunhakkaajan majassakin, jos minulla olisi mikä tahansa muu miekka kuin Andúril.»

»Oli sen nimi mikä oli», Háma sanoi, »tähän te sen jätätte, ellette tahdo taistella yksin Edorasin koko miesvahvuutta vastaan.»

»Ei yksin!» Gimli sanoi kirveensä terää sormeillen ja katsellen synkästi vartijaa, ikään kuin tämä olisi nuori puu, joka hänen teki mieli kaataa. »Ei yksin!»

»So so!» Gandalf sanoi. »Me olemme kaikki ystäviä täällä. Tai meidän tulisi olla, sillä Mordorin nauru on ainoa palkkamme, jos riitelemme. Asiani on kiireellinen. Tässä on ainakin *minun* miekkani. Säilyttäkää sitä hyvin. Glamdring on sen nimi, sillä haltiat takoivat sen kauan sitten. Päästäkää minut nyt sisään. Tule, Aragorn!»

Hitaasti Aragorn avasi vyönsä ja asetti miekkansa itse pystyyn seinää vasten. »Panen sen tähän», hän sanoi, »mutta kiellän teitä koskemasta siihen tai sallimasta kenenkään muun kajota siihen. Tässä haltiahuotrassa lepää Murtunut miekka, joka on taottu uudestaan. Sen teki alun perin Telchar ajan aamunkoitossa. Kuolema odottaa jokaista, joka vetää esiin Elendilin miekan, ellei hän ole Elendilin perillinen.»

Vartija otti askelen taaksepäin ja katsoi Aragornia silmät selällään. »On kuin olisitte tullut laulun siivin unohdetusta ajasta», hän sanoi. »Olkoon niin, herra, kuten käskette.»

»Hyvä on», Gimli sanoi, »jos Andúril pitää kirveelleni seuraa, se voi myös häpeättä jäädä», ja hän laski sen maahan. »Nyt kun kaikki siis on kuten halusitte, menkäämme puhumaan herranne kanssa.»

Vartija epäröi yhä. »Sauvanne», hän sanoi Gandalfille. »Suokaa anteeksi, mutta myös se on jätettävä oven luo.»

»Typeryyksiä!» Gandalf sanoi. »Varovaisuus on varovaisuutta, mutta epäkohteliaisuus on asia erikseen. Olen vanha. Jos en saa nojata sauvaan kävellessäni, jään istumaan tänne ulos, kunnes Théoden suvaitsee nilkuttaa tänne itse puhumaan kanssani.»

Aragorn nauroi. »Jokaisella on jotakin liian kallista luovutettavaksi toiselle. Mutta miksi riistäisitte vanhukselta hänen tukensa? Kuulkaa, ettekö te tahdo päästää meitä sisään?»

»Sauva velhon kädessä voi olla muutakin kuin korkean iän tuki», Háma sanoi. Hän katseli tiukasti saarnisauvaa, johon Gandalf nojasi. »Mutta epäilyksen hetkellä luottaa mies omaan harkintaansa. Minä uskon teidät ystäviksi ja kunnianarvoiseksi väeksi, jolla ei ole pahoja aikeita. Saatte mennä sisään.»

Vartijat nostivat nyt raskaat salvat ja työnsivät hitaasti sisään suurilla saranoillaan valittavat ovet. Matkalaiset astuivat kynnyksen yli. Sisällä oli lämmintä ja pimeää mäenharjan kirpeän kirkkauden jälkeen. Sali oli pitkä ja avara, hämärä ja varjoisa; valtavat pylväät kannattivat sen korkeaa kattoa. Mutta siellä täällä tunkeutui itäikkunoista korkealta katonrajasta hämärään auringonpaistetta kirkkaina valokiiloina. Kattoaukosta leijailevien ohuiden savuhahtuvien yllä näkyi taivas vaaleana ja sinisenä. Kun matkalaisten silmät olivat tottuneet hämärään, he näkivät, että lattia oli päällystetty erivärisillä kivillä; haarautuvat riimut ja oudot tunnuskuvat kietoutuivat toisiinsa heidän jalkojensa alla. He näkivät että pylväät oli koristeltu leikkauksin ja erottivat kullan kimallusta ja epämääräisiä värejä. Seinillä riippui kudoksia, ja niiden laajoilla pinnoilla marssivat muinaisten tarujen sankarit, jotkut vuosien haalistamina, toiset pimeyden tummentamina. Mutta yhteen kuvaan osui aurinko: se oli nuori mies valkean ratsun selässä. Mies puhalsi suureen torveen ja keltainen tukka hulmusi tuulessa. Hevonen piti päätään pystyssä ja sen sieraimet olivat suuret ja punaiset aivan kuin se olisi korskunut vainuten kaukaista taistelua. Vihreänä ja valkoisena vaahtoava vesi ryöppysi ja pyörteili sen polvissa.

»Katsokaa, Eorl Nuori!» Aragorn sanoi. »Noin hän ratsasti pohjoisesta Celebrantin kentän taisteluun.»

Toverukset jatkoivat kulkuaan ja sivuuttivat kirkkaan valkean, joka paloi pitkässä tulisijassa salin keskellä. Sitten he pysähtyivät. Salin perällä tulisijan takana oli kolmiaskelmainen koroke, ja korokkeen keskellä suuri kullattu tuoli. Tuolilla, kasvot pohjoiseen ja oveen päin istui mies, jonka ikä oli painanut niin kumaraan, että hän näytti melkein kääpiöltä; mutta hänen valkeat hiuksensa olivat paksut ja pitkät ja ne valuivat vahvoina palmikkoina otsaa kiertävän ohuen kultavanteen alta. Miehen otsalla hohti vanteessa yksi valkoinen timantti. Parta lepäsi hänen polvillaan kuin lumi, mutta silmät paloivat yhä kirkkaasti ja ne välähtelivät, kun hän tuijotti muukalaisia. Hänen tuolinsa takana seisoi valkoisiin pukeutunut nainen. Askelmilla miehen jalkojen juuressa istui miehenkäppyrä, jolla oli kalpeat viisaat kasvot ja raskaat silmäluomet.

Oli aivan hiljaista. Vanhus ei liikahtanut tuolissaan. Viimein Gandalf puhui. »Terve Théoden Thengelin poika! Olen palannut. Sillä katso! myrsky tulee ja kaikkien ystävien tulisi nyt liittyä yhteen, jotta heitä ei tuhottaisi kutakin erikseen.»

Hitaasti vanha mies kohottautui jaloilleen nojaten raskaasti lyhyeen mustaan keppiin, jossa oli valkea luinen kädensija, ja nyt muukalaiset näkivät, että vaikka hän oli kumara, hän oli yhä pitkä; nuoruudessaan hän oli totisesti ollut ylväs ja komea.

»Tervehdin teitä», hän sanoi, »ja kukaties odotatte minun toivottavan teidät tervetulleiksi. Mutta jos totta puhun, ei ole varmaa, että olet tänne tervetullut, mestari Gandalf. Olet aina ollut murheiden sanansaattaja. Harmit seuraavat sinua kuin varikset, ja joka kerta yhä pahemmat. En teeskentele: kun kuulin, että Hallavaharja oli palannut kotiin ilman ratsastajaa, iloitsin hevosen paluusta, mutta vielä enemmän ratsastajan puuttumisesta; ja kun Éomer toi tiedon, että olit viimein mennyt kaukaiseen kotiisi, en surrut. Mutta etäältä kantautuneet uutiset pitävät harvoin paikkansa. Siinä sinä taas tulet! Ja kanssasi tulee entistäkin pahempia huolia, kuten odottaa sopi. Miksi toivottaisin sinut tervetulleeksi, Gandalf Pahanilmanlintu? Kerropa se!» Hitaasti hän istuutui takaisin tuoliinsa.

»Oikein puhutte, korkea herra», sanoi korokkeen portailla istuva kalpea mies. »On kulunut vain viisi päivää siitä, kun saapui katkera tieto poikanne Théodredin kaatumisesta Länsilaidalla, ja hän oli oikea kätenne, Markin toinen marsalkka. Éomeriin ei käy luottaminen. Vähänpä olisi jätetty miehiä vartioimaan muure-janne, jos hänen olisi annettu hallita. Ja nyt saamme vielä kuulla Gondorista, että Musta ruhtinas liikehtii idässä. Tällaisella hetkellä katsoo tämä vaeltaja hyväksi saapua. Miksi todellakaan toivottaisimme teidät tervetulleeksi, mestari Pahan-ilmanlintu? Minä annan teille nimen *Láthspell*, Pahatieto, sanotaanhan, että pahat tiedot tuo paha vieras.» Hän nauroi kolkosti ja nosti hetkeksi raskaat luomensa ja katseli muukalaisia synkin silmin.

»Teitä pidetään viisaana, ystäväni Kärmekieli, ja te olette epäilemättä suureksi avuksi isännällenne», Gandalf vastasi pehmeällä äänellä. »Mutta huonot uutiset voi tuoda kahdella tavalla. Tuoja voi olla huonoilla asioilla, tai sitten hän voi antaa uutisen puhua puolestaan ja tulee tuomaan apua hädän hetkellä.»

»Totta puhutte», Kärmekieli sanoi, »mutta on kolmaskin laji: luiden nokkijat, toisten murheisiin sotkeutujat, haaskalinnut, jotka lihovat sodan aikana. Milloin olette tuonut apua, Pahanilmanlintu? Mitä apua tuotte nyt? Viimeksi täällä olles-sanne te haitte apua meiltä. Silloin herrani käski teidän valita minkä hevosen halu-sitte, ja hävitä tiehenne, ja kaikkien ihmetykseksi teillä oli röyhkeyttä ottaa Hallava-harja. Herrani suru oli karvas, mutta oli niitäkin, joiden mielestä hinta siitä, että teidät saatiin nopeammin maasta pois, ei ollut liian suuri. Arvattavasti niin käy taas kerran: te pyydätte apua pikemminkin kuin tarjoatte sitä. Toitteko mukananne mie-hiä? Toitteko hevosia, miekkoja, keihäitä? Niistä olisikin apua, niitä me nyt tarvit-semme. Mutta mitä ovat nämä vanavedessänne seuraavat kulkijat? Kolme ryysyistä harmaata vaeltajaa, ja itse muistutatte koko joukosta eniten kerjäläistä!»

»Hovinne ei ole enää aivan yhtä kohtelias paikka kuin ennen, Théoden Then-gelin poika», Gandalf sanoi. »Eikö portilta tullut lähetti kertonut tovereitteni nimiä? Harvoin on kukaan Rohanin hallitsija vastaanottanut kolmea saman-moista vierasta. He ovat jättäneet ovellenne aseet, joita kadehtisivat monet kuo-levaiset ihmiset, mahtavimmatkin. Harmaa on heidän vaatteensa, sillä haltiat ovat heidät pukeneet, ja tällaisina he ovat kulkeneet suurten vaarojen kautta teidän hoviinne.»

»Sitten asian laita on niin kuin Éomer ilmoitti: te olette liitossa Kultaisen met-sän Naisnoidan kanssa», Kärmekieli sanoi. »Sitä ei sovi ihmetellä: Dwimorde-nessa on aina kudottu petoksen verkkoja.»

Gimli astui askelen eteenpäin, mutta tunsi äkkiä Gandalfin tarttuvan häntä olkapäästä ja pysähtyi jähmettyen liikkumattomaksi kuin kivi.

Lórienissa, maassa Dwimordenen
on harvoin nähty kulkevan ihmisten,
valon joka siellä kirkkaana iäti palaa
vain harva kuolevainen on nähnyt salaa.
Galadriel! On vesi lähteessäsi
kuultavaa, ja valkea on käsi
jossa tähti valkea kimaltaa,
puhdas ja tahraton on metsä, maa
Lórienissa, maassa Dwimordenen,
joka kauniimpi on ajatuksia ihmisten.

Näin lauloi Gandalf hiljaa ja sitten hän äkkiä muuttui kokonaan. Hän heitti nuhruisen kaapunsa syrjään ja nousi pystyyn, eikä enää nojannut sauvaansa, ja hän puhui kirkkaalla ja kylmällä äänellä.

»Viisaat puhuvat vain siitä, minkä tietävät, Gríma Gálmódin poika. Teistä on tullut älytön käärme. Olkaa siis vaiti ja pitäkää haarakas kielenne hampaitten takana. En ole kulkenut tulen ja kuoleman kautta vaihtaakseni kieroja sanoja palvelijan kanssa aina siihen saakka kunnes salama iskee!»

Hän kohotti sauvansa. Ukkonen jyrähti. Aurinko katosi itäikkunoista, koko sali kävi äkkiä synkäksi kuin yö. Tuli hiipui tummiksi kekäleiksi. Vain Gandalf erottui pimeydestä mustenneen tulisijan edessä valkoisena ja pitkänä.

Pimeässä he kuulivat Kärmekielen sähisevän äänen: »Enkö neuvonut teitä, korkea herra, kieltämään häneltä sauvan? Se ääliö Háma on pettänyt meidät!» Sitten leimahti, ikään kuin salama olisi halkaissut katon. Kaikki hiljeni. Kärmekieli makasi kasvoillaan maassa.

»Nyt, Théoden Thengelin poika, kallistatteko korvanne puheelleni?» Gandalf sanoi. »Pyydättekö apua?» Hän nosti sauvansa ja osoitti korkealla olevaa ikkunaa. Pimeys tuntui siellä väistyvän ja aukosta saattoi nähdä korkealla ja kaukana palan hohtavaa taivasta. »Kaikki ei ole pimeyden vallassa. Rohkeutta, Markin herra, parempaa apua ette voi löytää. Minä en voi antaa neuvoja niille, jotka vaipuvat epätoivoon. Mutta minulla on neuvoja annettavana, sanoja sanottavana teille. Tahdotteko te kuulla? Neuvoja ei ole tarkoitettu kaikkien korville. Tulkaa ulos ovenne eteen ja katsokaa maiden yli. Liian kauan olette istunut varjoissa ja luottanut kieroihin tarinoihin ja valheellisiin kuiskauksiin.»

Hitaasti Théoden nousi tuolistaan. Heikko valo kasvoi taas salissa. Nainen kiiruhti kuninkaan rinnalle, tarttui hänen käsivarteensa ja haparoivin askelin laskeutui vanhus korokkeelta ja asteli hiljaa salin läpi. Kärmekieli makasi edelleen lattialla. He tulivat ovelle ja Gandalf koputti.

»Avatkaa!» hän huusi. »Markin herra tulee ulos!»

Ovet vääntyivät auki ja sisään tulvahti raikasta ilmaa. Mäen harjalla puhalsi tuuli.

»Lähettäkää vartijanne portaitten juurelle», Gandalf sanoi. »Ja kunnianarvoisa neito, jättäkää hänet hetkeksi minun seuraani. Pidän hänestä huolen.»

»Mene, Éowyn, sisareni tytär!» vanha kuningas sanoi. »Pelon aika on ohitse.»

Nainen kääntyi ja meni hitaasti rakennukseen. Kulkiessaan ovesta hän kääntyi ja katsoi taakseen. Hänen silmäyksensä oli vakava ja mietteliäs, kun hän katsoi kuningasta viileä sääli silmissään. Kauniit, hyvin kauniit olivat hänen kasvonsa, ja hänen pitkät hiuksensa olivat kuin kultainen virta. Hän oli hoikka ja pitkä hopealla vyötetyssä valkeassa puvussaan, mutta hän näytti voimakkaalta ja lujalta kuin teräs, kuninkaitten tyttäreltä. Niin näki Aragorn ensi kerran Éowynin, Rohanin neidon, päivän kirkkaassa valossa, ja näki hänet kauniina, kauniina ja kylmänä kuin kalvas kevään aamu, joka ei ole vielä puhjennut päiväksi. Ja neitokin havahtui äkkiä huomaamaan Aragornin, kuninkaitten salskean perillisen, harmaaseen kaapuun kietoutuneen, monet talvet kokeneen miehen, jonka kätketyn voiman hän kuitenkin vaistosi. Hetken Éowyn seisoi liikkumatta kuin kivi, sitten hän kääntyi nopeasti ja meni.

»Herra», Gandalf sanoi, »katsokaa nyt maatanne! Hengittäkää taas vapaata ilmaa!»

Korkealta pengermältä, ulkoportaikolta he näkivät Rohanin vihreiden laitumien etääntyvän kaukaiseen harmauteen joen takana. Sade huuhtoi maata viistoina verhoina. Yläpuolella ja lännessä taivas oli yhä ukkosenmusta, ja kaukana välähteli salama näkymättömien kukkuloiden huipulla. Mutta tuuli oli kääntynyt pohjoiseen, ja idästä noussut myrsky vetäytyi jo kauemmaksi ja vyöryi etelään merelle päin. Äkkiä tunkeutui auringon keila maahan eräästä pilven raosta. Vesisade kimalteli hopean lailla ja kaukana hohti joki kuin säihkyvä lasi.

»Täällä ei olekaan pimeää», Théoden sanoi.

»Ei ole», Gandalf sanoi. »Eikä ikä myöskään paina hartioitanne, niin kuin eräät toivovat teidän luulevan. Heittäkää pois keppinne!»

Musta sauva putosi kolahtaen kuninkaan kädestä kiveykselle. Hän suoristautui hitaasti kuin mies, joka on jäykistynyt oltuaan pitkään kumarassa ikävää työtä tehden. Nyt hän seisoi kookkaana ja suorana, ja hänen silmänsä olivat siniset, kun hän katsoi seestyvää taivasta.

»Synkät ovat olleet uneni viime aikoina», hän sanoi, »mutta nyt minä tunnen olevani vasta herännyt. Nyt toivon, että olisit tullut aikaisemmin, Gandalf. Sillä pelkään, että olet tullut liian myöhään, ja että näet vain huoneeni viimeiset päivät. Kauan ei enää seiso korkea sali, jonka Brego Eorlin poika rakensi. Tuli nielaisee korkean istuimen. Mitä me voimme tehdä?»

»Paljonkin», Gandalf sanoi. »Mutta haettakaa ensin Éomer. Arvaanko oikein: hänet on vangittu Gríman neuvojen mukaisesti, sen jota kaikki teitä lukuun ottamatta kutsuvat Kärmekieleksi?»

»Niin on», Théoden sanoi. »Hän oli kapinoinut käskyjäni vastaan ja uhannut Grímaa kuolemalla minun omassa salissani.»

»Mies voi rakastaa teitä rakastamatta Kärmekieltä ja hänen neuvojaan», Gandalf sanoi.

»Ehkä niin. Teen kuten sanot. Kutsukaa Háma luokseni. Koska hän osoittautui epäluotettavaksi ovenvartijaksi, ryhtyköön sananviejäksi. Syyllinen tuokoon syyllisen tuomiolle», Théoden sanoi ja hänen äänensä oli synkkä, mutta hän katsoi Gandalfiin ja hymyili, ja hänen hymyillessään tuntui kuin monet huolten uurteet olisivat silinneet palaamatta enää.

Kun Háma oli kutsuttu ja mennyt, Gandalf vei Théodenin kivi-istuimelle ja istuutui itse kuninkaan eteen ylimmälle askelmalle. Aragorn seisoskeli tovereineen lähettyvillä.

»Ei ole aikaa kertoa kaikkea, mikä teidän pitäisi kuulla», Gandalf sanoi. »Mutta jollei toivo petä, tulee pian hetki, jolloin voin puhua yksityiskohtaisemmin. Katsokaa! olette joutunut pahempaan vaaraan kuin ne, joita Kärmekieli nokkeluudessaan pystyi uniinne kutomaan. Mutta kuulkaa minua: te ette enää näe unta. Te olette elossa. Gondor ja Rohan eivät ole yksin. Vihollinen on käsittämättömän voimakas, mutta meillä on toivo, jota hän ei ole osannut arvata.»

Gandalf puhui nyt nopeasti. Hänen äänensä oli matala ja salavihkainen, eikä kukaan muu kuin kuningas kuullut, mitä hän sanoi. Mutta hänen puhuessaan alkoi valo loistaa yhä kirkkaammin Théodenin silmissä, ja viimein kuningas nousi istuimeltaan täyteen mittaansa, ja Gandalf seisoi hänen vieressään, ja yhdessä he katselivat itään tuolta korkealta paikalta.

»Totisesti», Gandalf sanoi nyt kovalla äänellä, selvällä ja kirkkaalla, »siellä asuu meidän toivomme, missä pesii suurin pelkommekin. Tuho on yhä hiuskarvan varassa. Silti on vielä toivoa, jos vain voimme hetken pitää puoliamme.»

Myös muut kolme käänsivät silmänsä itää kohti. He tuijottivat yli erottavien peninkulmien ja katsoivat kauas näköpiirin rajalle, ja toivo ja pelko veivät heidän ajatuksensa vieläkin kauemmaksi, yli tummien vuorten Varjon maahan. Missä oli Sormuksen viejä tällä hetkellä? Kuinka ohut olikaan se lanka, jonka varassa kaiken kohtalo yhä riippui! Kun Legolas siristi kauasnäkeviä silmiään, hän oli näkevinään vilauksen valkoista: kukaties aurinko heijastui jostakin Vahtitornin pinaakkelista. Ja vielä kauempana, loputtoman etäällä ja kuitenkin läsnäolevana uhkana, hän erotti pienenpienen tulenliekin.

Hitain liikkein Théoden istuutui taas, ikään kuin uupumus yhä olisi yrittänyt hallita häntä vastoin Gandalfin tahtoa. Hän kääntyi ja katsoi suurta kartanoaan. »Ah ja voi!» hän sanoi, »että nämä pahat ajat minulle osuivat, ja että ne tulivat vanhoilla päivilläni sen rauhan sijaan, jonka olisin ansainnut. Voi Boromir rohkeaa! Nuoret tuhoutuvat ja vanhat jäävät kuihtumaan.» Hän puristi polviaan ryppyisillä käsillään.

»Sormesi muistaisivat oman voimansa paremmin, jos ne tarttuisivat miekan kahvaan», Gandalf sanoi.

Théoden nousi ja haparoi sivuaan, mutta hänen vyössään ei ollut miekkaa. »Mihin Gríma on sen piilottanut?» hän mutisi.

»Ottakaa tämä, rakas herrani!» sanoi kirkas ääni. »Alati teidän palveluksessanne!» Kaksi miestä oli noussut hiljaa portaita, ja he seisoivat nyt muutaman askelman päässä tasanteesta. Siinä oli Éomer. Hänellä ei ollut kypärää päässään, ei haarniskaa rintaansa peittämässä, mutta kädessään hänellä oli paljastettu miekka, ja hän polvistui ja ojensi sen kahvan herralleen.

»Mitä tämä merkitsee?» Théoden sanoi ankarasti. Hän kääntyi Éomerin puoleen, ja miehet katselivat häntä ihmeissään, kun hän seisoi taas ylpeänä ja suorana. Missä oli vanhus, jonka he olivat nähneet kumarana tuolissaan tai keppiinsä nojaamassa?

»Syy on minun, herra», Háma sanoi vapisten. »Käsitin että Éomer piti vapauttaa. Ilo sydämessäni oli niin suuri, että kukaties erehdyin. Mutta kun hän oli taas vapaa ja kun hän on Markin kolmas marsalkka, toin hänelle hänen miekkansa, kun hän pyysi.»

»Jotta voisin laskea sen teidän jalkoihinne, korkea herra», Éomer sanoi.

Hiljaisen hetken ajan Théoden seisoi ja katseli alas Éomeriin, joka yhä oli polvillaan hänen edessään. Kumpikaan ei liikkunut.

»Ettekö ota miekkaa?» Gandalf sanoi.

Hitaasti Théoden ojensi kätensä. Kun hänen sormensa kiertyivät kahvan ympärille, katsojista näytti kuin lujuus ja voima olisivat palanneet hänen ohueen käsivarteensa. Äkkiä hän nosti miekan ja heilutti sitä, se hohti ja viuhui ilmassa. Sitten hän huusi suurella äänellä. Hänen äänensä kaikui kirkkaana kun hän Rohanin kielellä lauloi kutsun aseisiin.

Nouskaa, nouskaa, Théodenin ratsastajat!
Hirmutöitä tekeillä, pimeä on itä.
Ratsut suitsiin ja torvet soimaan!
Eespäin, Eorlin pojat!

Vartijat, jotka luulivat, että heitä kutsuttiin, säntäsivät portaita ylös. He katsoivat herraansa hämmästyneinä ja sitten he paljastivat miekkansa yhtenä miehenä ja laskivat ne hänen jalkoihinsa. »Käskekää!» he sanoivat.

»*Westu Théoden hál!*» Éomer huudahti. »On ilo nähdä teidän palaavan entisellenne. Koskaan enää älköön sanottako, että Gandalf tuo tullessaan vain murhetta!»

»Ota miekkasi takaisin, Éomer sisareni poika!» kuningas sanoi. »Mene, Háma, ja etsi oma miekkani! Grímalla on se hoteissaan. Tuo myös hänet eteeni. Gandalf, sanoit voivasi antaa neuvoja, jos tahtoisin niitä kuulla. Mitkä ovat neuvosi?»

»Olette jo noudattanut niitä», Gandalf vastasi. »Että luottaisitte Éomeriin mieluummin kuin mieheen, joka on kiero. Että heittäisitte huolen ja pelon. Että tekisitte, mitä tehtävä on. Jokainen ratsukuntoinen mies on heti lähetettävä länteen, kuten Éomer ehdotti: meidän on ensin vapauduttava Sarumanin uhkasta, niin kauan kuin on aikaa. Jos epäonnistumme, joudumme tuhon omiksi. Jos onnistumme – valmistaudumme seuraavaan tehtävään. Sillä välin tänne jäävien kansanne jäsenten, naisten, lasten ja vanhusten, tulisi paeta piilopaikkoihinne vuorille. Eikö niitä rakennettu juuri tällaisen pahan päivän varalta? Ottakoot muonavaroja, mutta älkööt viivytelkö, älkööt raahatko aarteita mukanaan, ei suuria eikä pieniä. Heidän henkensä on kysymyksessä.»

»Nyt kuulostaa tämä neuvo minusta hyvältä», Théoden sanoi. »On aika kaikkien täällä valmistautua! Mutta te, vieraani – totta puhuit Gandalf, kun sanoit, ettei hovini kohteliaisuus ole entisen veroinen. Olette ratsastaneet läpi yön ja aamu kuluu. Olette yhä vailla lepoa ja ravintoa. Vierasmaja valmistettakoon teille: siellä saatte nukkua aterioituanne.»

»Ei, korkea herra», Aragorn sanoi. »Vielä ei väsynyt saa levätä. Rohanin miesten on lähdettävä tänään, ja kirves, miekka ja jousi ratsastavat heidän mukanaan. Me emme tuoneet niitä lepäämään seinustallenne, Markin herra. Ja minä lupasin Éomerille, että meidän miekkamme singahtavat tupesta yhtä aikaa.»

»Nyt voimme tosiaan toivoa voittoa!» Éomer sanoi.

»Toivoa on», Gandalf sanoi. »Mutta Rautapiha on luja. Ja toiset vaarat lähestyvät kaiken aikaa. Älkää viivytelkö, Théoden, kun olemme menneet. Johtakaa kansanne nopeasti vuorille Dunhargin linnakkeeseen.»

»Ei, Gandalf!» kuningas sanoi. »Et tunne omia parantajanlahjojasi. Niin ei tapahdu. Minä lähden itse sotaan, ja minä kaadun taistelurintaman eturivissä, jos niin on oltava. Niin minä nukun paremmin.»

»Silloin ylistävät laulut Rohanin tuhoakin», Aragorn sanoi. Lähellä seisovat aseistetut miehet kalistelivat aseitaan ja huusivat: »Markin herra ratsastaa sotaan! Eteenpäin Eorlin pojat!»

»Mutta kansanne ei voi jäädä vaille sekä aseita että paimenta», Gandalf sanoi. »Kuka opastaa heitä ja hallitsee heitä teidän sijastanne?»

»Mietin sitä ennen kuin lähden», Théoden vastasi. »Tässä tulee neuvonantajani.»

Silloin palasi Háma salista. Hänen takanaan käveli kahden muun miehen välissä luimistellen Kärmekieli Gríma. Hänen kasvonsa olivat aivan valkoiset. Hän räpsytti silmiään auringon valossa. Háma polvistui ja ojensi Théodenille pitkän miekan kullalla ja vihreillä jalokivillä koristetussa huotrassa.

»Tässä, korkea herra, on Herugrim, ikivanha miekkanne», hän sanoi. »Se löytyi hänen arkustaan. Vastentahtoisesti hän luovutti meille avaimet. Siellä on myös paljon muita tavaroita, joita on kaivattu.»

»Valehtelet», Kärmekieli sanoi. »Ja tämän miekan antoi herrasi itse minun haltuuni.»

»Ja nyt hän tahtoo sen sinulta taas takaisin», Théoden sanoi. »Eikö se miellytä sinua?»

»En mitenkään puutu siihen, korkea herra», Kärmekieli sanoi. »Pidän huolta teistä ja omaisuudestanne parhaan kykyni mukaan. Mutta älkää väsyttäkö itseänne, älkääkä verottako liian raskaasti voimianne. Antakaa toisten huolehtia näistä kiusallisista vieraista. Ateriaanne jo katetaan. Ettekö käy pöytään?»

»Käyn», Théoden sanoi. »Ja pantakoon vierelleni pöytään ruokaa vieraitani varten. Armeija nousee tänään ratsaille. Lähettäkää airuet matkaan! Kutsukoot kaikki ne, jotka asuvat lähellä. Kaikki miehet ja vahvat nuorukaiset, jotka kykenevät kantamaan asetta, kaikki, joilla on hevosia, olkoot valmiina satulassa portilla, ennen kuin toinen tunti keskipäivästä on kulunut!»

»Kallis herra!» huusi Kärmekieli. »On käynyt kuten pelkäsin. Tämä velho on loihtinut teidät. Eikö kukaan jää puolustamaan isienne Kultaista salia ja kaikkia aarteitanne? Eikö kukaan jää puolustamaan Markin herraa?»

»Jos tämä on taikuutta», Théoden sanoi, »se tuntuu minusta tervehdyttävämmältä kuin sinun kuiskailusi. Sinun hoitokonsteillasi olisin ennen pitkää kävellyt neljällä jalalla elukan lailla. Ei, kukaan ei jää, ei edes Gríma. Gríma lähtee myös. Mene! Sinulla on vielä aikaa raapia ruoste miekastasi.»

»Armoa, korkea herra!» vikisi Kärmekieli maassa madellen. »Säälikää miestä, joka palvellut teitä uuvuksiin asti. Älkää lähettäkö minua pois rinnaltanne! Minä ainakin pysyn luonanne, kun kaikki muut ovat menneet. Älkää lähettäkö uskollista Grímaa pois!»

»Minä säälin sinua», Théoden sanoi. »En lähetä sinua pois rinnaltani. Lähden itse sotaan miesteni kanssa. Käsken sinua tulemaan mukaan ja todistamaan uskollisuutesi.»

Kärmekieli katsoi miehestä toiseen. Hänen silmissään oli takaa-ajetun pedon katse, kun se etsii aukkoa vihollisten saartorenkaasta. Hän nuoli huuliaan pitkällä vaalealla kielellä. »Sellaista päätöstä saattoi odottaa Eorlin huoneen herralta, iäkkäältäkin», hän sanoi. »Mutta ne jotka sydämestään rakastavat häntä, haluaisivat säästää häntä hänen vähenevinä vuosinaan. Mutta minä näen, että tulen liian myöhään. Muut, sellaiset, joita herrani kuolema ei kukaties niinkään surettaisi, ovat jo taivuttaneet hänet tähän päätökseen. Jos en pysty tekemään tyhjäksi heidän työtään, kuulkaa kuitenkin minun huuliltani tämä, oi herra! Yksi sellainen mies, joka tuntee teidän tahtonne ja kunnioittaa käskyjänne, olisi jätettävä Edorasiin. Nimittäkää uskollinen käskynhaltija. Antakaa neuvonantajanne Grímanin pitää huolta kaikesta kunnes palaatte – ja rukoilen, että niin käy, vaikka yksikään viisas ei olisi kovin toiveikas.»

Éomer nauroi. »Ja jos tämä pyyntö ei vapauta teitä sodasta, arvoisa herra Kärmekieli», hän sanoi, »minkä vähäpätöisemmän viran olisitte valmis vastaanottamaan? Kantaisitteko yhden jauhosäkin vuorille – mikäli kukaan uskoisi teille sellaisen?»

»Ei, Éomer, te ette täysin ymmärrä mestari Kärmekielen ajatuksenjuoksua», sanoi Gandalf ja käänsi häneen läpitunkevan katseensa. »Hän on rohkea ja ovela.

Nytkin hän pelaa vaarallista peliä ja voittaa itselleen uuden heiton. Hän on jo tuhlannut tuntikaupalla kallista aikaani. Maahan, mato!» hän sanoi äkkiä kauhealla äänellä. »Maahan vatsallesi! Kuinka kauan siitä on, kun Saruman sinut osti? Paljonko hän lupasi? Kun kaikki miehet olisivat vainajia, sinun oli määrä ottaa oma osasi aarteesta ja se nainen jota himoitset, niinkö? Liian kauan olet katsellut häntä silmäluomiesi alta ja seurannut hänen askeleitaan.»

Éomer tarttui miekkaansa. »Tuon minä jo tiesin», hän mutisi. »Sen vuoksi olisin jo tappanut hänet aikaisemmin unohtaen kuninkaan hovin lain. Mutta muitakin syitä on.» Hän astui eteenpäin, mutta Gandalf pysäytti hänet kädellään.

»Éowyn on nyt turvassa», hän sanoi. »Mutta sinä, Kärmekieli, sinä olet tehnyt parhaasi todellisen herrasi edestä. Olet viimein ansainnut jonkinlaisen palkkion. Saruman on kuitenkin taipuvainen unohtamaan sopimuksensa. Neuvoisin, että lähtisit mitä pikimmin muistuttamaan häntä, ettei hän vain unohtaisi uskollista palvelustasi.»

»Valehtelet», Kärmekieli sanoi.

»Tuo sana putoaa huuliltasi liian usein ja helposti», Gandalf sanoi. »Minä en valehtele. Katsokaa, Théoden, tässä on oikea käärme! Ei ole turvallista ottaa sitä mukaan, eikä sitä myöskään voi jättää tänne. Oikeudenmukaista olisi tappaa se. Mutta ei se aina ole ollut sellainen kuin nyt. Kerran se oli mies ja palveli teitä omalla tavallaan. Antakaa Kärmekielelle hevonen ja päästäkää hänet lähtemään heti, minne tahansa hän päättääkin lähteä. Hänen valintansa mukaan voitte hänet tuomita.»

»Kuuletko tämän, Kärmekieli?» Théoden sanoi. »Saat valita: ratsasta kanssani sotaan ja katsokaamme taistelussa, oletko sinä vilpitön, tai mene nyt minne mielesi halajaa. Mutta jos sitten tapaamme toisemme, en anna armoa.»

Hitaasti Kärmekieli nousi. Hän katseli heitä puoliavoimin silmin. Viimeiseksi hän tarkasteli Théodenin kasvoja ja aukaisi suunsa kuin puhuakseen. Sitten hän äkkiä suoristautui. Hänen kätensä liikahtelivat. Hänen silmänsä kiilsivät. Niistä uhosi sellainen pahuus, että miehet astuivat poispäin. Hän paljasti hampaansa, ja sitten hän sähähtäen sylkäisi kuninkaan jalkojen eteen, syöksähti sivuun ja pakeni alas portaita.

»Seuratkaa häntä!» Théoden sanoi. »Katsokaa, ettei hän tee pahaa kenellekään, mutta älkää vahingoittako tai estäkö häntä. Antakaa hänelle hevonen jos hän tahtoo.»

»Ja jos hevonen suostuu häntä kantamaan», Éomer sanoi.

Yksi vartijoista juoksi portaita alas. Toinen meni penkereen juurella olevalle lähteelle ja nosti vettä kypärässään. Sillä hän pesi puhtaaksi kivet, jotka Kärmekieli oli häpäissyt.

»Vieraani, tulkaa!» Théoden sanoi. »Tulkaa ja syökää sen verran kuin kiire sallii.»

He palasivat takaisin suureen kuninkaan saliin. Alhaalta he kuulivat airuiden huudot ja sotatorvien töräykset. Sillä kuningas ratsastaisi sotaan niin pian kuin kaupungin ja lähiseudun miehet pystyisivät aseistautumaan ja kokoontumaan.

Kuninkaan pöydässä istuivat Éomer ja neljä vierasta, ja siellä oli myös Éowynneito, joka palveli kuningasta. He söivät ja joivat joutuisasti. Muut pysyttelivät hiljaa sillä aikaa kun Théoden kyseli Gandalfilta Sarumanista.

»Kuka tietää, miten kauas menneisyyteen hänen petoksensa ulottuu?» Gandalf sanoi. »Hän ei ole aina ollut paha. Aikanaan hän varmasti oli Rohanin ystävä, ja vaikka hänen sydämensä kylmenikin, hän havaitsi teidät vielä hyödyllisiksi. Mutta nyt hän on jo kauan suunnitellut teidän tuhoanne käyttäen ystävyyden naamiota, kunnes oikea hetki tulisi. Noina vuosina Kärmekielen tehtävä oli helppo, ja kaikki mitä te teitte, tiedettiin pian Rautapihassa, sillä maanne oli avoin ja muukalaiset tulivat ja menivät. Ja kaiken aikaa kuiski Kärmekieli korvaanne, myrkytti ajatuksenne, jäädytti sydämenne, heikensi jäsenenne, ja muut katsoivat eivätkä voineet mitään, sillä teidän tahtonne oli hänen hallussaan.

Mutta kun minä pakenin ja varoitin teitä, silloin naamio repäistiin ja ne, joilla oli kyky nähdä, näkivät. Sen jälkeen on Kärmekielen peli ollut vaarallista, kaiken aikaa hän on yrittänyt viivyttää teitä, estää teitä kokoamasta voimianne. Hän oli taitava: hän turrutti valppauden tai kiihotti pelkoa, sen mukaan, mikä kulloinkin parhaiten sopi. Muistanette, miten hän vaati, että kaikkien oli tultava mukaan pohjoiseen turhaan ajojahtiin, kun välitön vaara uhkasi lännestä? Hän painosti teitä että kieltäisitte Éomeria lähtemästä ryöstelevien örkkien takaa-ajoon. Jollei Éomer olisi uhmannut sanoja, joita Kärmekieli puhui teidän suunne kautta, olisivat nuo örkit nyt Rautapihassa arvokkaine saaliineen. Saalis ei toki ollut se, jota Saruman yli kaiken himoitsee, mutta ei sen vähempää kuin kaksi Saattueemme jäsentä, jotka jakavat kanssamme salaisen toivon. Siitä en voi puhua avoimesti edes teille, korkea herra. Uskallatteko kuvitella, mitä heidän olisi paraikaa kestettävä tai mitä Saruman olisi saattanut saada selville meidän turmioksemme?»

»Olen paljossa velkaa Éomerille», Théoden sanoi. »Uskollinen sydän ja tottelematon kieli saattavat yhtyä.»

»Sanokaa myös», Gandalf sanoi, »että kierot silmät näkevät totuuden kasvot vääristyneinä.»

»Minun silmäni olivat totisesti lähes sokeat», Théoden sanoi. »Eniten olen velassa sinulle, vieraani. Olet taas kerran tullut juuri oikealla hetkellä. Tahtoisin antaa sinulle lahjan ennen kuin menemme, sellaisen kuin itse valitset. Mainitse vain mitä tahansa, mikä minun on. Ainoastaan miekkani vaadin saada pitää!»

»Jää vielä nähtäväksi, tulinko oikeaan aikaan vai en», Gandalf sanoi. »Mutta mitä tulee lahjaanne, korkea herra, valitsen tarpeellisen, nopean ja varman. Antakaa minulle Hallavaharja! Se oli minulla aikaisemmin vain lainassa, jos sitä käy lainaamiseksi kutsuminen. Mutta nyt ratsastan suuriin vaaroihin; hopea nousee mustaa vastaan; en tahdo vaarantaa mitään, mikä ei ole minun. Ja välillämme on jo rakkauden side.»

»Hyvin valitsit», Théoden sanoi, »ja mielelläni minä sen nyt annan. Mutta suuri lahja se on. Ei ole toista Hallavaharjan kaltaista. Sen hahmossa ovat entisaikojen mahtavat ratsut palanneet. Toista sellaista ei enää tule. Ja teille muille vierailleni minä tarjoan sellaisia lahjoja kuin asevarastostani löytyy. Miekkoja ette tarvitse, mutta siellä on taitavasti taottuja haarniskoita, ja kypäröitä, lahjoja isilleni Gondorista. Valitkaa niistä ennen kuin lähdemme, ja palvelkoot ne teitä hyvin!»

Nyt saapui miehiä, jotka kantoivat sotavarusteita kuninkaan aarrekammiosta, ja he pukivat Aragornin ja Legolasin hohtaviin haarniskoihin. He valitsivat myös kypärät ja pyöreät kilvet: niiden kuvut oli päällystetty kullalla ja niihin oli upotettu vihreitä, punaisia ja valkoisia jalokiviä. Gandalf ei ottanut varustuksia, eikä Gimli tarvinnut haarniskaa, vaikka olisi löydettykin hänelle sopiva, sillä Edorasin kammioista ei löytynyt parempaa rautapaitaa kuin hänen lyhyt sopansa, joka oli taottu pohjoisessa Vuoren alla. Mutta hän otti nahasta ja raudasta tehdyn lakin, joka sopi mainiosti hänen pyöreään päähänsä, ja hän otti myös pienen kilven. Siinä oli Eorlin huoneen tunnuskuva, valkoinen juokseva hevonen vihreällä pohjalla.

»Suojatkoon se sinua hyvin!» Théoden sanoi. »Se tehtiin minua varten Thengelin aikana, kun olin vielä poikanen.»

Gimli kumarsi. »Markin herra, olen ylpeä teidän vaakunamerkistänne», hän sanoi. »Mieluummin minä kannan hevosta kuin annan hevosen kantaa itseäni. Annan suuremman arvon omille jaloilleni. Mutta pääsen varmaan vielä paikkaan, jossa voin taistella seisten.»

»Saatat päästäkin», Théoden sanoi.

Nyt kuningas nousi ja heti Éowyn tuli hänen luokseen viinimalja kädessään. »*Ferthu Théoden hál!*» hän sanoi. »Ottakaa tämä malja ja juokaa tänä onnellisena hetkenä. Pysykää terveenä mennessänne ja tullessanne!»

Théoden joi maljasta, ja sen jälkeen neito tarjosi siitä vieraille. Seisoessaan Aragornin edessä hän pysähtyi äkkiä ja katsoi häneen ja hänen silmänsä loistivat. Ja Aragorn katsoi hänen kauniisiin kasvoihinsa ja hymyili, mutta kun hän otti maljan, heidän kätensä kohtasivat, ja mies tunsi, että neito värähti kosketuksesta. »Terve, Aragorn Arathornin poika!» neito sanoi. »Terve, Rohanin neito!» mies vastasi, mutta hänen kasvonsa olivat synkistyneet eikä hän hymyillyt.

Kun he olivat kaikki juoneet, meni kuningas salin toiseen päähän. Siellä ovien luona vartijat odottivat häntä ja airuet seisoivat siellä, ja kaikki Edorasissa ja lähiseudulla asuvat ylimykset ja päälliköt olivat kokoontuneet sinne.

»Katsokaa! minä lähden, ja lähtöni lienee viimeinen», Théoden sanoi. »Minulla ei ole lasta. Poikani Théodred on kaatunut. Nimeän perijäkseni Éomerin, sisareni pojan. Jos kumpikaan meistä ei palaa, valitkaa uusi herra mielenne mukaan. Mutta minun on nyt uskottava kansastani ne, jotka jäävät tänne, jonkun haltuun, että hän hallitsisi heitä minun sijastani. Kuka teistä jää?»

Kukaan ei puhunut.

»Ettekö pysty nimeämään ketään? Kehen kansani luottaa?»

»Eorlin huoneeseen», Háma vastasi.

»Mutta Éomeria en voi jättää, eikä hän jäisikään», kuningas sanoi, »ja hän on tuon huoneen viimeinen.»

»En puhunut Éomerista», vastasi Háma. »Eikä hän ole viimeinen. On vielä Éowyn Éomundin tytär, hänen sisarensa. Jättäkää hänet Eorlin lapsien herraksi siksi aikaa kun me olemme poissa.»

»Olkoon niin», Théoden sanoi. »Ilmoittakoot airuet kansalle, että neito Éowyn johtaa heitä!»

Sitten kuningas istuutui ovensa eteen istuimelle, ja Éowyn polvistui hänen eteensä ja sai häneltä miekan ja kauniin rautapaidan. »Hyvästi sisareni tytär!» Théoden sanoi. »Synkkä on tämä hetki, mutta ehkä me kaikesta huolimatta palaamme Kultaiseen saliin. Mutta Dunhargissa voi kansa kauan puolustautua, ja jos taistelu päättyy huonosti, sinne tulevat kaikki ne jotka pääsevät pakoon.»

»Älkää puhuko noin!» neito vastasi. »Vuoden pituinen on jokainen päivä, joka kuluu ennen teidän paluutanne.» Mutta puhuessaan hän antoi katseensa liukua Aragorniin, joka seisoi lähellä.

»Kuningas palaa kyllä», Aragorn sanoi. »Älkää pelätkö! Ei lännessä vaan idässä odottaa meitä tuho.»

Kuningas laskeutui portaat ja Gandalf kulki hänen rinnallaan. Muut seurasivat heitä. Aragorn katsoi taakseen, kun he kulkivat porttia kohti. Yksin seisoi Éowyn kartanon oven edessä portaitten päässä; miekkaa hän piteli edessään ja hänen kätensä lepäsivät sen kahvalla. Hänellä oli nyt rautapaita yllään ja hän loisti auringossa hopean lailla.

Gimli käveli Legolasin rinnalla kirves olalla. »Viimeinkin me lähdemme!» hän sanoi. »Ihmiset tarvitsevat niin paljon sanoja ennen tekoja. Kirves on levoton käsissäni. En tosin epäile, etteivät nämä *rohirrim* osaisi iskeä kun tarve vaati. Tämä ei kuitenkaan ole senlaatuista sodankäyntiä, joka sopii minulle. Miten minä matkaan taisteluun? Saisinpa kävellä, ettei tarvitsisi pomppia kuin säkki Gandalfin satulan kaaressa.»

»Se lienee turvallisempi kuin monet istuimet», Legolas sanoi. »Varmasti Gandalf kuitenkin ilomielin pudottaa sinut maahan kun taistelu alkaa, tai itse Hallavaharja. Kirves ei ole ratsumiehen ase.»

»Eikä kääpiö ole mikään ratsumies. Mieleni palaa halkomaan örkkien kalloja, ei ajelemaan ihmisten päänahkoja», Gimli sanoi ja taputti kirveensä vartta.

Portilla oli suuri sotajoukko, nuoria ja vanhoja miehiä, kaikki valmiina satulassa. Sinne oli kokoontunut yli tuhat sotilasta. Heidän keihäänsä kohosivat ilmaan kuin metsä. Raikuvasti ja iloisesti he huusivat, kun Théoden saapui. Jotkut pitelivät kuninkaan hevosta Lumiharjaa valmiina ja toiset Aragornin ja Legolasin hevosia. Gimli seisoskeli levottomana ja kurtisteli kulmiaan, mutta Éomer tuli hänen luokseen hevostaan taluttaen.

»Terve, Gimli Glóinin poika!» hän huudahti. »Minulla ei ole ollut aikaa oppia sivistynyttä kieltä lupaamallanne raippakuurilla. Miten olisi jos kuitenkin heittäisimme syrjään riitamme? Ainakaan en puhu enää pahaa sanaa Metsän valtiattaresta.»

»Unohdan vihani hetkeksi, Éomer Éomundin poika», Gimli sanoi, »mutta jos milloinkaan saatte tilaisuuden nähdä valtiatar Galadrielin omin silmin, silloin tunnustatte, että hän on naisista ihanin, tai meidän ystävyytemme päättyy.»

»Olkoon niin!» Éomer sanoi. »Mutta siihen asti antakaa minulle anteeksi, ja anteeksiannon merkkinä pyydän teitä ratsastamaan kanssani. Gandalf ratsastaa kärjessä Markin herran rinnalla, mutta hevoseni Tulijalka voi kantaa meidät molemmat jos suostutte.»

»Kiitän teitä todella», Gimli sanoi hyvillään. »Tulen mielelläni kanssanne, jos toverini Legolas saa ratsastaa rinnallamme.»

»Niin olkoon», Éomer sanoi. »Legolas ratsastaa vasemmalla puolellani ja Aragorn oikealla, eikä kukaan uskalla asettua tiellemme!»

»Missä on Hallavaharja?» Gandalf kysyi.

»Se juoksee villinä laitumella», he vastasivat. »Se ei salli kenenkään koskea itseensä. Tuolla se menee, kaukana kahlaamon luona, kuin varjo halavien alla.»

Gandalf vihelsi ja huhuili ääneen hevosen nimeä, ja se viskoi päätään ja hirnui, kääntyi ja kiisi nuolen lailla sotajoukkoa kohti.

»Jos länsituulen henkäys ottaisi näkyvän hahmon, juuri tuolta se silloin näyttäisi», Éomer sanoi, kun suuri hevonen juoksi paikalle ja seisahtui velhon eteen.

»Lahja näkyy jo annetun», sanoi Théoden. »Mutta kuulkaa kaikki! Tässä ja nyt nimeän vieraani, Gandalf Harmaahurstin, neuvonantajista viisaimman, vaeltajista tervetulleimman, Markin ylimykseksi, Eorlin poikien päälliköksi kunnes sukumme sammuu, ja annan hänelle Hallavaharjan, ruhtinaan hevosten joukossa.»

»Minä kiitän, kuningas Théoden», Gandalf sanoi. Sitten hän äkkiä veti syrjään harmaan kaapunsa ja heitti pois hattunsa ja hypähti hevosen selkään. Hänellä ei ollut kypärää eikä rautapaitaa, hänen lumivalkoiset hiuksensa liehuivat valtoimenaan tuulessa, hänen valkeat vaatteensa hohtivat häikäisevinä auringossa. »Katsokaa, Valkoinen ratsastaja!» Aragorn huusi ja kaikki tarttuivat hänen sanoihinsa.

»Kuninkaamme ja Valkoinen ratsastaja!» he huusivat. »Eteenpäin Eorlin pojat!» Torvet soivat. Hevoset nousivat takajaloilleen ja hirnuivat. Keihäät kalisivat kilpiin. Kuningas kohotti kätensä, ja kohahtaen kuin suuren tuulen vinha purkaus Rohanin viimeinen sotajoukko syöksähti jymisten länteen.

Kaukana tasangolla näki Éowyn heidän keihäittensä kimalluksen seisoessaan paikallaan yksin hiljaisen kartanon ovella.

7

HELMIN SYVÄNNE

AURINKO LÄHESTYI JO länttä kun armeija lähti Edorasista, se paistoi heitä silmiin ja muutti Rohanin aaltoilevat niityt kultaiseksi uduksi. Valkoisten vuorten alimpia kukkuloita myötäili kulunut tie, ja sitä he seurasivat, ratsastivat ylös alas tätä vihreää maata ja ylittivät vuolaita pikku jokia kahlaamojen kohdalta. Kaukana edessä oikealla häämöttivät Sumuvuoret, sitä tummempina ja korkeampina mitä useampi virsta taittui. Aurinko laski hitaasti heidän edessään. Ilta seurasi heidän kannoillaan.

Sotajoukko jatkoi ratsastustaan. Hätä ajoi heitä. He pelkäsivät tulevansa liian myöhään ja ratsastivat niin nopeasti kuin saattoivat ja pysähtyivät harvoin. Nopeita ja kestäviä olivat nämä Rohanin ratsut, mutta matkaa oli monta peninkulmaa. Edorasista Rautkymin kahlaamoille oli linnuntietä kaksikymmentä peninkulmaa ja ylikin. Siellä he toivoivat tapaavansa kuninkaan miehet, jotka kävivät torjuntataistelua Sarumanin joukkoja vastaan.

Yö ympäröi heidät. Viimein he pysähtyivät leiriytyäkseen. He olivat ratsastaneet viitisen tuntia ja olivat kaukana läntisellä tasangolla, mutta yhä oli yli puolet matkasta edessäpäin. Tähtitaivaan ja kasvavan kuun alle he laativat leirinsä suureen ympyrään. He eivät sytyttäneet nuotioita, sillä he eivät tienneet mitä odottaa, mutta he asettivat ympärilleen piirin ratsukkoja vartioon, ja tiedustelijat kiertelivät kauempana edessäpäin vilahtaen varjojen tavoin laaksoissa. Hidas yö kului ilman uutisia tai hälytystä. Aamunkoitteessa törähtivät torvet ja tunnin kuluttua he olivat taas tien päällä.

Taivaalla ei vielä ollut pilviä, mutta ilma oli painostava, vuodenaikaan nähden oli kuuma. Nousevaa aurinkoa peitti utu ja sen takana musteni taivas hitaasti, kuin idästä olisi uhannut kova myrsky. Ja kaukana luoteessa näytti Sumuvuorten juurella leijuvan toinen pimeys, Velhon kattilasta hitaasti leviävä varjo.

Gandalf jättäytyi Éomerin vieressä ratsastavan Legolasin rinnalle. »Sinulla on jalon kansasi tarkat silmät, Legolas», hän sanoi, »ja ne erottavat varpusen peiposta puolen peninkulman päästä. Kerro minulle, näetkö mitään tuolla Rautapihan suunnassa?»

»Väliin jää monta virstaa», Legolas sanoi ja tähyili sinnepäin varjostaen silmiään hoikalla kädellään. »Näen pimeyden. Siinä liikkuu jotakin, suuria hahmoja joen rannoilla, mutta en osaa sanoa, mitä lienevät. Näköäni ei häiritse usva eikä pilvi, mutta maata peittää verho, jota jokin voima sinne levittää, ja se etenee hitaasti myötävirtaan. Ikään kuin loputtomien puiden alinen hämy virtaisi alas kukkuloiden rinteitä.»

»Ja takanamme tekee tuloaan itse Mordorin myrsky», Gandalf sanoi. »Yöstä tulee musta.»

Toisen ratsastuspäivän kuluessa ilma kävi entistä raskaammaksi. Iltapäivällä tummat pilvet alkoivat saavuttaa heitä: synkkä katos, jonka aaltoilevia reunoja täplitti häikäisevä valo. Verenpunainen aurinko laski savuavaan usvaan. Ratsastajien keihäänkärjissä välähteli tuli, kun päivän viimeiset säteet valaisivat Kolmisarven huippujen jyrkät rinteet; he seisoivat nyt hyvin lähellä Valkoisten vuorten pohjoisinta uloketta, kolmea teräväpiirteistä sarvea. Auringonlaskun viimeisessä hehkussa etujoukon miehet näkivät mustan läiskän, ratsumiehen, joka oli matkalla heitä kohti. He pysähtyivät odottamaan häntä.

Mies tuli, väsyneenä, kuhmu kypärässä, kilpi haljenneena. Hitaasti hän laskeutui hevosen selästä ja seisoi siinä huohottaen. Viimein hän puhui. »Onko Éomer täällä?» hän sanoi. »Te tulette vihdoin, mutta liian myöhään ja liian pienellä joukolla. Huonosti on mennyt kaikki sen jälkeen kun Théodred kaatui. Meidät ajettiin eilen Rautkymin yli suurin menetyksin, monet saivat surmansa ylityksessä. Yöllä hyökkäsi sitten joen yli uusia joukkoja leiriämme piirittämään. Koko Rautapihan täytyy olla tyhjä, Sarumanin on aseistanut jokientakaisen Mustainmaan villit vuoristolaiset ja paimentolaiskansan, ja nämäkin hän on päästänyt meidän kimppuumme. Meidät lannistettiin. Suojamuuri murrettiin. Länsimannun Erkenbrand onnistui keräämään osan miehistä ja lähti johtamaan heitä linnoitustaan Helmin syvännettä kohti. Loput ovat hajallaan.

Missä on Éomer? Kertokaa hänelle, että toivoa ei ole. Hänen tulisi palata Edorasiin ennen kuin Rautapihan sudet ennättävät sinne.»

Théoden oli istunut hiljaa vartijoittensa takana eikä mies nähnyt häntä, nyt kuningas kannusti hevostaan eteenpäin. »Tule, seiso edessäni, Ceorl!» hän sanoi. »Minä olen täällä. Eorlin poikien viimeinen armeija on lähtenyt sotaan. Se ei palaa taistelutta.»

Miehen kasvoille kohosi ilo ja ihmetys. Hän suoristautui. Sitten hän polvistui ja ojensi kuninkaalle kolhiintuneen miekkansa. »Käskekää, kuningas!» hän huudahti. »Ja antakaa anteeksi! Minä luulin –»

»Luulit, että olin jäänyt Meduseldiin kuin vanha taittunut puu talven lumen alle. Niin oli, kun sinä lähdit sotaan. Mutta länsituuli on ravistellut oksia», Théoden sanoi. »Antakaa tälle miehelle veres hevonen! Ratsastakaamme Erkenbrandin avuksi!»

Théodenin puhuessa Gandalf ratsasti pienen matkaa eteenpäin, ja siellä hän istui yksin hevosensa selässä tuijottaen pohjoiseen, Rautapihaan päin, ja länteen kohti laskevaa aurinkoa. Nyt hän tuli takaisin.

»Ratsastakaa, Théoden!» hän sanoi. »Ratsastakaa Helmin syvänteeseen! Älkää menkö Rautkymin kahlaamoille älkääkä viivytelkö tasangolla! Minun täytyy jättää teidät vähäksi aikaa. Hallavaharja saa nyt kiidättää minut kiireelliselle asialle.»

Hän kääntyi Aragornin ja Éomerin ja kuninkaan miesten puoleen ja huusi: »Huolehtikaa hyvästi Markin herrasta, kunnes minä palaan. Odottakaa minua Helmin portilla! Näkemiin!»

Hän sanoi jotakin Hallavaharjalle ja suuri hevonen ampaisi laukkaan kuin nuoli jousesta. Heidän silmiensä edessä se katosi: hopean välkähdys auringonlaskussa, tuulen kahahdus ruohikossa, pakeneva varjo, joka hävisi näkyvistä. Lumiharja korskui ja nousi pystyyn, se tahtoi seurata, mutta vain nopea siivekäs lintu olisi voinut saavuttaa harmajan ratsun.

»Mitä tuo tarkoittaa?» sanoi yksi vartijoista Hámalle.

»Että Gandalf Harmaahurstilla on kiire», Háma vastasi. »Aina hän lähtee ja palaa odottamatta.»

»Kärmekieli, jos olisi täällä, löytäisi helposti selityksen», sanoi toinen.

»Totta kyllä», Háma sanoi, »mutta omasta puolestani minä odotan, kunnes taas näen Gandalfin.»

»Saat ehkä odottaa kauan», sanoi toinen.

Sotajoukko kääntyi nyt pois Rautkymin kahlaamoille vievältä tieltä ja kaarsi etelään. Yö laskeutui ja yhä he ratsastivat. Kukkulat lähenivät, mutta Kolmisarven korkeat huiput näkyivät enää hämärästi tummenevaa taivasta vasten. Vielä oli muutamia virstoja Länsimannun laakson kaukaisempaan päähän, missä oli vihreä sola, avara painanne vuorten keskellä, josta avautui kukkuloiden väliin kapea kuru. Seudun asukkaat kutsuivat sitä Helmin syvänteeksi muinaissotien Helm-sankarin mukaan, joka oli piileksinyt siellä. Se kiemurteli jyrkentyen ja kaveten pohjoisesta sisäänpäin Kolmisarven varjossa kunnes mahtavat kalliot, varisten pesäpaikat, kohosivat kummankin puolen kuin muurit ja pimensivät valon.

Helmin portilla, ennen Syvänteen suuta, työntyi pohjoisenpuoleisesta kalliosta esiin jyrkkä uloke. Sen harjalla kohosivat muinaiset kivimuurit ja niiden kehästä nousi korkea torni. Ihmiset kertoivat, että Gondorin kaukaisen kukoistuksen aikaan olivat merikuninkaat rakennuttaneet tänne linnoituksen jättiläisten avulla. Sitä kutsuttiin Ämyrilinnaksi, sillä milloin tornissa soitettiin torvea, kaikui ääni takana olevassa Syvänteessä ikään kuin aikaa unohdetut armeijat olisivat nousseet sotaan vuortenalaisista luolista. Muinaisaikojen miehet olivat rakentaneet myös muurin Ämyrilinnasta etelänpuoleiseen kallioon ja sulkeneet siten pääsyn kuruun. Muurin alitse virtasi leveästä holviaukosta Syvänteenvirta. Ämyrikallion kierrettyään se juoksi syvässä uomassa leveän vihreän kiilan halki, joka vietti loivasti Helmin portilta Helmin vallille. Siitä se laskeutui Syvänteensolaan ja ulos Länsimannun laaksoon. Tuolla Helmin portin Ämyrilinnassa piti majaa Erkenbrand, Rohanin rajaseudun Länsimannun herra. Kun sodan varjo synkensi päivät, oli hän viisaana miehenä korjannut muurin ja vahvistanut linnoituksen.

Ratsastajat olivat vielä solan suulla matalassa laaksossa, kun edellä kulkevien tiedustelijoiden torventöräyksiä ja huutoja kantautui heidän korviinsa. Pimeydestä viuhui nuolia. Täyttä laukkaa ratsasti yksi tiedustelija takaisin ja kertoi, että laaksossa piileskeli sudenratsastajia ja että Rautkymin kahlaamoilta ryntäsi paraikaa etelään örkkejä ja villi-ihmisiä, päämääränään nähtävästi Helmin syvänne.

»Olemme löytäneet monia meikäläisiä, jotka ovat kaatuneet yrittäessään paeta sinne», tiedustelija sanoi. »Ja olemme tavanneet myös harhailevia joukko-osastoja vailla johtajiaan. Kukaan ei näy tietävän, miten Erkenbrandin on käynyt. Todennäköisesti hänet saadaan kiinni ennen kuin hän ehtii Helmin portille, ellei hän ole jo joutunut tuhon omaksi.»

»Onko Gandalfin liikkeistä mitään tietoa?» Théoden kysyi.

»On, korkea herra. Monet ovat nähneet valkopukuisen vanhan miehen ratsastavan siellä täällä tasangoilla kuin vihuri ruohikossa. Jotkut luulivat sitä Sarumaniksi. Sanotaan, että hänen nähtiin ennen päivänlaskua menevän poispäin Rautapihaa kohden. Jotkut sanovat myös, että jo aikaisemmin nähtiin Kärmekieli menossa pohjoiseen örkkijoukon matkassa.»

»Kärmekielen käy huonosti, jos Gandalf kohtaa hänet», Théoden sanoi. »Vaan nyt kaipaan kumpaakin neuvonantajaani, niin vanhaa kuin uuttakin. Mutta tässä hädässä meillä ei ole muuta vaihtoehtoa kuin jatkaa, kuten Gandalf kehotti, Helmin portille, oli Erkenbrand siellä tai ei. Onko tietoa pohjoisesta tulevan sotajoukon suuruudesta?»

»Se on hyvin suuri», tiedustelija sanoi. »Pakeneva laskee joka vihollisen kahdeksi, mutta olen puhunut uljaiden miesten kanssa, ja minusta näyttää varmalta, että vihollisen pääjoukko on monin verroin suurempi kuin meidän vahvuutemme täällä.»

»Meidän on siis oltava nopeita», Éomer sanoi. »Murtautukaamme niiden vihollisjoukkojen läpi, jotka ovat jo päässeet linnoituksen ja meidän väliin. Helmin syvänteessä on luolia, joissa sadat voivat piileskellä, ja sieltä johtaa kukkuloille salaisia teitä.»

»Älä luota salateihin», kuningas sanoi. »Saruman on kauan sitten vakoillut tietoonsa tämän maan salaisuudet. Silti voi puolustuksemme kestää pitkään tuossa linnoituksessa. Menkäämme!»

Aragorn ja Legolas kulkivat nyt kärjessä Éomerin kanssa. He ratsastivat eteenpäin läpi pimeän yön; heidän vauhtinsa hidastui sitä mukaa kuin pimeys syveni, ja he nousivat etelään mentäessä yhä korkeammalle vuorten juuria ympäröiviin hämäriin poimuihin. Vihollisia he kohtasivat vain vähän. Siellä täällä he tapasivat harhailevia örkkijoukkoja, mutta ne pakenivat ennen kuin Ratsastajat saivat niitä kiinni tai surmatuksi.

»Pelkään, että ei kestä kauan, ennen kuin vihollistemme johtaja Saruman tai hänen lähettämänsä päällikkö, kuka lieneekään, tietää kuninkaan joukkojen tulosta», Éomer sanoi.

Sodan melskettä alkoi kuulua heidän takaansa. He saattoivat nyt erottaa pimeyden läpi karkeata laulua. He olivat nousseet pitkälle Syvänteensolaan ja katsoivat taakseen. Silloin he näkivät soihtuja, lukemattomia tulisia valopisteitä takana aukeavassa pimeydessä; ne olivat hajallaan kuin punaiset kukat tai kiemursivat ylöspäin pitkinä vipattavina jonoina. Siellä täällä leimahti isompi lieska.

»Sotajoukko on suuri ja se seuraa tiukasti kannoillamme», Aragorn sanoi.

»Niillä on tulta mukanaan», Théoden sanoi, »ja ne polttavat tullessaan kaiken, mökit, suovat, puut. Tämä oli hedelmällinen laakso, jossa oli monia maataloja. Voi minun kansaani!»

»Olisipa päivä, että voisimme ratsastaa niiden kimppuun kuin myrskytuuli vuorilta!» Aragorn sanoi. »Minua surettaa, kun meidän on paettava niitä.»

»Meidän ei tarvitse paeta enää paljon kauemmaksi», Éomer sanoi. »Helmin valli ei enää ole kaukana. Se on ikivanha vallihauta ja varustus, joka katkaisee solan kahden vakomitan päässä Helmin portista. Siellä me voimme kääntyä ja antautua taisteluun.»

»Olemme liian vähälukuiset puolustamaan Vallia», Théoden sanoi. »Se on virstan pituinen tai ylikin, ja siinä on leveä aukko.»

»Jälkijoukon on seistävä aukossa, jos me joudumme lujille», Éomer sanoi.

Taivaalla ei ollut tähtiä, ei kuuta, kun ratsastajat saapuivat Vallin aukolle, josta ylhäältä tuleva joki virtasi ulos; virran viertä kulki tie alas Ämyrilinnasta. Varustus häämötti äkkiä heidän edessään korkeana varjona pimeän haudan takana. Kun he karauttivat eteenpäin, he kulivat vartiomiehen kysyvän heidän asiaansa.

»Markin herra ratsastaa Helmin portille», Éomer vastasi. »Minä olen Éomer Éomundin poika.»

»Näin hyviä uutisia emme ole osanneet toivoa», vartiomies sanoi. »Kiiruhtakaa! Vihollinen on kannoillanne.»

Sotajoukko kulki aukon läpi ja pysähtyi ylempänä viettävälle nurmikolle. He kuulivat nyt ilokseen että Erkenbrand oli jättänyt paljon miehiä puolustamaan Helmin porttia ja että sinne oli sen jälkeen päässyt pakoon vielä lisää.

»Meillä lienee tuhat taistelukykyistä jalkamiestä», sanoi Gamling, vanha mies, Vallia vartioivien miesten päällikkö. »Mutta useimmat heistä ovat nähneet liian monta talvea kuten minä, tahi liian harvoja kuten tämä pojanpoikani. Mitä uutisia tuotte Erkenbrandista? Eilen tuli sana, että hän oli vetäytymässä tänne, mukanaan kaikki henkiin jääneet Länsimannun parhaista Ratsastajista. Mutta hän ei ole tullut.»

»Hän ei ehkä tulekaan enää», Éomer sanoi. »Tiedustelijamme eivät ole kuulleet hänestä mitään, ja vihollinen täyttää koko laakson takanamme.»

»Olisin suonut hänen pelastuvan», Théoden sanoi. »Hän oli mahtava mies. Hänessä sai Helm Vasarakouran uljuus uuden elämän. Mutta me emme voi odottaa häntä täällä. Meidän on vedettävä nyt kaikki joukkomme muurien sisäpuolelle. Onko teillä hyvät varastot? Meillä on vain vähän muonavaroja, sillä valmistauduimme avoimeen taisteluun, emme piiritykseen.»

»Takanamme Syvänteen luolissa on kolme nejännestä Länsimannun asukkaista, nuoria ja vanhoja, naisia ja lapsia», Gamling sanoi. »Mutta sinne on myös kootu suuret varastot ruokaa ja paljon eläimiä ja eläinten rehua.»

»Hyvä», Éomer sanoi. »Nuo hävittävät ja polttavat kaiken mitä laaksoon on jätetty.»

»Jos ne tulevat hieromaan kauppaa tavaroistamme Helmin portille, ne saavat maksaa korkean hinnan», Gamling sanoi.

Kuningas lähti liikkeelle Ratsastajineen. Ennen virran ylittävää pengertä he laskeutuivat hevosen selästä. He taluttivat hevosensa pitkässä jonossa ajotietä ylös ja tulivat Ämyrilinnan porttien sisäpuolelle. Siellä heidät otettiin jälleen vastaan ilolla ja uudella toivolla; sillä nyt oli miehiä tarpeeksi sekä linnan että suojamuurin miehittämiseen.

Nopeasti Éomer järjesti joukkonsa. Kuningas ja hänen miehensä asettuivat Ämyrilinnaan ja mukana oli myös paljon Länsimannun miehiä. Mutta Syvänteenmuurille ja sen torniin ja taakse keskitti Éomer suurimman osan vahvuudestaan, sillä noissa paikoissa näytti puolustus epävarmimmalta, mikäli hyökkäys olisi päättäväinen ja lukumäärältään suuri. Hevoset talutettiin korkealle Syvänteeseen niin monen vartijan voimin kuin mahdollista oli.

Syvänteenmuuri oli kolme syltä korkea ja niin paksu, että neljä miestä saattoi kulkea rinnan sen harjalla korkean rintavarustuksen suojassa, jonka yli vain pitkä mies pystyi katsomaan. Kivessä oli siellä täällä rakoja, joista saattoi ampua. Tälle varustukselle pääsi pitkin portaita, jotka laskeutuivat Ämyrilinnan ulkopihan ovelta; takana olevasta Syvänteestä nousi myös kolme porrasjaksoa ylös muurille; mutta etupuolelta se oli sileä, ja sen suuret kivet oli muurattu niin taitavasti, ettei niiden liitoksissa ollut yhtäkään jalansijaa, ja ylhäältä ne kallistuivat ulospäin kuin meren kovertamat kalliot.

Gimli seisoi nojaten muurin rintavarustukseen. Legolas istui muurilla sormeillen joustaan ja tähyillen ulos pimeyteen.

»Tämä sopii minulle paremmin», kääpiö sanoi ja jyskytti jalallaan kiveä. »Sydämeni ylenee aina kun lähestymme vuoria. Täällä on hyvää kiveä. Tässä maassa on lujat luut. Tunsin ne jaloissani, kun tulimme Vallilta. Antakaa vuosi aikaa ja sata heimoni jäsentä, niin tekisin tästä varustuksen, johon armeijat murtuisivat kuin aallot.»

»Sitä en epäile», Legolas sanoi. »Mutta sinä olet kääpiö, ja kääpiöt ovat kummallisia. Minä en pidä tästä paikasta, enkä tule pitämään siitä yhtään enempää päivänkään valossa. Mutta sanasi lohduttavat minua, Gimli, ja olen iloinen siitä, että sinä ja sinun tanakat jalkasi ja kova kirveesi olette lähelläni. Kunpa joukossamme olisi useampia sinun suvustasi. Mutta vielä enemmän antaisin sadasta hyvästä Synkmetsän jousimiehestä. Heitä täällä vielä tarvitaan. *Rohirrimilla* on omalla tavallaan hyviä jousimiehiä, mutta liian vähän, aivan liian vähän.»

»Näin pimeässä ei jousta voi käyttää», sanoi Gimli. »Nukkuahan nyt pitäisi. Nukkua! En ole koskaan uskonut, että kääpiö voisi tuntea tällaista unen tarvetta. Ratsastus on väsyttävää työtä. Silti on kirves kädessäni rauhaton. Saisinpa rivin örkinkauloja ja huoneen, jossa mellastaa, niin kaikkoaisi minusta uupumus!»

Aika kului hitaasti. Kaukana laaksossa paloi yhä hajanaisia tulia. Rautapihan sotajoukot lähenivät nyt ääneti. Saattoi nähdä, miten niiden soihdut kiemursivat jonoina solaa ylös.

Äkkiä kuultiin Vallin luota karjuntaa ja kiljuntaa sekä hurjia ihmisten sotahuutoja. Partaan yli ilmestyi roihuavia soihtuja, joita tungeksi pian aukossa. Sitten ne hajaantuivat ja hävisivät. Miehiä tuli täyttä laukkaa niityn yli ja luiskaa ylös Ämyrilinnan portille. Länsimannun jälkijoukko oli pakotettu aukosta sisään.

»Vihollinen on kimpussamme!» he sanoivat. »Me ammuimme jokikisen nuolemme ja vallihauta täyttyi örkeistä. Mutta se ei niitä kauan pidättele. Ne kapuavat jo Vallille monessa kohdin sankkana laumana kuin muurahaiset. Mutta me olemme antaneet niille opetuksen: soihtuja ei pidä käyttää.»

Keskiyö oli jo ohi. Taivas oli täysin pimeä ja liikkumaton raskas ilma ennusti myrskyä. Äkkiä pilvissä leimahti sokaiseva välähdys. Haarainen salama iski itäisille kukkuloille. Häikäisevän hetken ajan muurilla seisojat näkivät kaiken maan itsensä ja Vallin välillä valkeassa valossa: se kiehui ja kuhisi mustia hyökkääjiä, joista osa oli vantteratekoisia, osa pitkiä ja uhkaavia otuksia, joilla oli korkeat

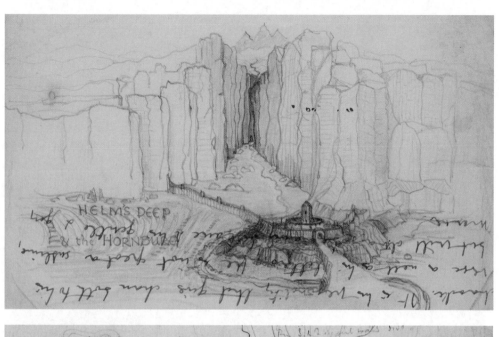

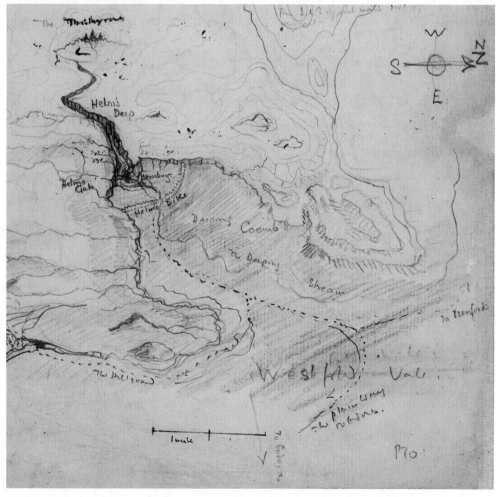

Helmin syvänne & Ämyrilinna sekä *Helmin syvänne ja ympäröivät maat*

kypärät ja mustat kilvet. Niitä tulvi sadoittain yli Vallin ja aukosta sisään. Mustana nousuvetenä ne virtasivat muureja kohti kivi kiveltä. Ukkonen jyrisi alhaalla. Sade pieksi laaksoa.

Varustusten yli viuhui nuolia kuuroina ja putosi kiville kilahdellen ja poukahdellen. Jotkut osuivat maaliin. Hyökkäys Helmin syvänteeseen oli alkanut, mutta sisältä ei kuulunut ääntäkään vastaukseksi, eikä muurien takaa lentänyt yhtäkään nuolta.

Kiven ja kallion äänetön uhka pysäytti ryntäävät joukot. Yhä uudestaan repi salama pimeyttä. Sitten örkit alkoivat kiljua, ne heiluttivat keihäitä ja miekkoja ja ampuivat nuolipilven jokaista kohti, joka tuli näkyviin muurinharjalla; ja Markin miehet katsoivat hämmästyneinä kuin sodan hirmumyrskyn riepottamaan mustaa viljaa kasvavaan peltoon, jonka jokainen piikikäs tähkä kimalteli yössä, siltä se näytti.

Vaskitorvet soivat. Vihollinen vyörähti eteenpäin, osa Syvänteenmuuria vasten, osa kohti pengertietä ja luiskaa, jotka johtivat ylös Ämyrilinnan porteille. Sinne kerääntyivät valtavimmat örkit ja Mustainmaan tuntureiden villi-ihmiset. Hetken ne epäröivät ja sitten ne kävivät hyökkäykseen. Salaman välähtäessä jokaisen kypärässä ja kilvessä saattoi nähdä tunnuksen: Rautapihan kammottavan käden. Ne pääsivät kallion huipulle, ne lähenivät portteja.

Silloin vihdoin joukoille vastattiin nuolisateella ja kivikuurolla. Ne horjuivat, lannistuivat ja pakenivat takaisin; sitten ne hyökkäsivät uudestaan, peräänyivät ja hyökkäsivät; ja joka kerta ne etenivät vähän ylemmäksi niin kuin nouseva meri. Taas kajahtivat torvet, ja ärjyvä joukko villi-ihmisiä juoksi esiin. He pitivät suuria kilpiä kattona päänsä päällä ja keskellään he kantoivat kahta valtavaa puunrunkoa. Jousiörkit tungeksivat heidän takanaan ja lennättivät nuolia muureilla seisovia kaarenkäyttäjiä kohti. Ne pääsivät portille. Vahvojen käsivarsien käyttelemät tukit iskivät ryskyen ovien lankkuihin. Jos joku kaatui ylhäältä singotun kiven osumaan, kaksi muuta kiiruhti täyttämään hänen paikkansa. Yhä uudestaan heilahtivat suuret muurinmurtajat ja rysähtivät porttiin.

Éomer ja Aragorn seisoivat rinnatusten Syvänteenmuurilla. He kuulivat ääntén ärjynnän ja muurinmurtajien jytinän, ja sitten valon äkkiä välähtäessä he tajusivat portteja uhkaavan vaaran.

»Tule!» Aragorn sanoi. »Nyt on tullut hetki jolloin paljastamme yhdessä miekkamme!»

Edeten nopeasti kuin tulenlieska he kiiruhtivat muuria pitkin, ylös portaita, ja tulivat ulkopihalle kalliolinnaan. Juostessaan he kokosivat kourallisen vankkoja miekkamiehiä. Linnamuurin läntiseen kulmaukseen avautui salaovi, jonka eteen kallio kurkottui alhaalta. Sillä puolella kiersi kapea polku kohti suurta porttia, muurin ja kohtisuoran kalliojyrkänteen välissä. Yhdessä Aragorn ja Éomer juoksivat ovesta miehet kannoillaan. Kaksi miekkaa välähti huotrastaan kuin yksi.

»Gúthwinë!» huusi Éomer. »Gúthwinë Markin puolesta!»

»Andúril!» huusi Aragorn. »Andúril *dúnedainin* puolesta!»

Hyökäten sivusta he kävivät villi-ihmisten kimppuun. Andúril nousi ja laski ja säkenöi valkoista valoa. Huuto kohosi muurilta ja tornista: »Andúril! Andúril taistelee! Murtunut miekka loistaa jälleen!»

Yllätettyinä jättivät muurinmurtajat runkonsa ja kääntyivät taistelemaan, mutta kilpisuojus hajosi kuin salaman iskusta ja heidät pyyhkäistiin pois, hakattiin maahan tai heitettiin kalliojyrkänteeltä alas kiviseen jokeen. Jousiörkit ampuivat hurjasti ja pakenivat sitten.

Hetkeksi Aragorn ja Éomer jäivät porttien edustalle. Ukkonen jylisi nyt taempana. Salamat välähtelivät yhä kaukana etelän vuorilla. Pohjoisesta puhalsi taas pureva tuuli. Pilvet repeilivät ja alkoivat ajelehtia, ja tähtiä tuikahti näkyviin, ja Solan puoleisten kukkuloiden yllä purjehti länttä lähenevä kuu säteillen keltaista valoa hävityksen kauhistuksen keskellä.

»Liian aikaisin me emme tulleet», Aragorn sanoi portteja katsellen. Niiden suuret saranat ja rautasalvat olivat vääntyneet ja taipuneet, monta palkkia oli murtunut. »Ovet eivät kestä toista samanlaista rynnistystä.»

»Mutta me emme voi jäädä tänne muurien ulkopuolelle niitä puolustamaan», Éomer sanoi. »Katso!» Hän osoitti kädellään pengertietä. Suuri komppania örkkejä ja ihmisiä oli jo kerääntymässä virran taakse. Nuolet viuhuivat ja kimmahtelivat heidän ympärillään olevista kivistä. »Tule! Meidän on mentävä takaisin ja katsottava, voidaanko sisäpuolelle kasata kiviä ja hirsiä porttien tueksi. Tule, nyt!»

He kääntyivät ja juoksivat. Sillä hetkellä kymmenisen örkkiä, jotka olivat maanneet liikahtamatta surmattujen joukossa, hyppäsi pystyyn ja seurasi heitä äänettä ja nopeasti. Kaksi heittäytyi maahan Éomerin kannoille, kamppasi hänet ja hetkessä ne olivat hänen päällään. Mutta varjoista hyökkäsi esiin pieni musta hahmo, jota kukaan ei ollut huomannut, ja päästi karhean huudon: *Baruk Khazâd! Khazâd ai-mênu!* Kirves heilahti ja kohosi taas. Kaksi örkkiä kaatui vailla päätä. Muut pakenivat. Éomer kompuroi jaloilleen, juuri kun Aragorn juoksi apuun.

Salaovi suljettiin taas, rautainen portti salvattiin ja sen sisäpuolelle kasattiin kiviä. Kun kaikki olivat turvallisesti muurien sisällä, Éomer kääntyi: »Kiitän teitä, Gimli Glóinin poika!» hän sanoi. »En tiennyt, että olitte mukanamme uloshyökkäyksessä. Mutta usein osoittautuu seuran kutsumaton vieras sen parhaaksi jäseneksi. Miten te siihen tupsahditte?»

»Seurasin teitä karistaakseni unen silmistäni», Gimli sanoi, »mutta kun katsoin vuoristolaisia, he näyttivät minulle liian isoilta, joten istuuduin kivelle katselemaan miekanmittelyänne.»

»Ei ole helppoa korvata tätä teille», Éomer sanoi.

»Ennen kuin yö on kulunut, voi tilaisuuksia tulla monta», nauroi kääpiö. »Mutta minä olen tyytyväinen. Moriasta lähdettyäni en ollut tähän mennessä iskenyt mitään puuta kovempaa.»

»Kaksi!» sanoi Gimli ja taputti kirvestään. Hän oli palannut paikalleen muurille.

»Sanoitko kaksi?» Legolas kysyi. »Olen tehnyt parempaa työtä, vaikka nyt minun täytyy ruveta etsiskelemään käytettyjä nuolia, omani ovat lopussa. Saan luvukseni kuitenkin vähintään kaksikymmentä. Mutta ne ovat vain pari lehteä metsässä.»

Taivas seestyi nopeasti ja laskeva kuu loisti kirkkaana. Mutta valo toi hyvin vähän toivoa Markin ratsastajille. Vihollinen tuntui ennemminkin lisääntyneen kuin vähentyneen, ja lisää tuli koko ajan laaksosta aukon läpi. Rynnäkkö Kalliolla antoi vain hetken hengähdystauon. Hyökkäys portteja vastaan kiihtyi.

Rautapihan joukot myrskysivät Syvänteenmuuria vasten kuin meri. Örkkejä ja vuoristolaisia parveili sen juurella päästä päähän. Koukuilla varustettuja köysiä sinkosi suojamuurin yli nopeammin kuin niitä pystyttiin katkomaan tai heittämään takaisin. Satoja pitkiä tikkaita nousi muuria vasten. Monet viskattiin säpäleinä alas, mutta niiden tilalle nousi yhä useampia, ja örkit viilettivät niitä ylös kuin apinat etelän synkissä metsissä. Muurin juurelle kasautui kuolleita ja haavoittuneita kuin kattopaanuja myrskyssä; yhä korkeammiksi kohosivat kammottavat kummut, ja vihollinen vain jatkoi hyökkäystään.

Rohanin miehet alkoivat väsyä. Kaikki nuolet oli käytetty, jokainen keihäs singottu, heidän miekkansa olivat kolhuilla ja kilpensä haljenneita. Kolme kertaa Aragorn ja Éomer kokosivat heidät hyökkäykseen, ja kolme kertaa leiskahti Andúril hurjapäisen hyökkäyksen merkiksi ja ajoi vihollisen muureilta.

Sitten nousi meteli takana olevassa Syvänteessä. Rottien tavoin oli osa örkeistä ryöminyt sisään aukosta, josta joki virtasi ulos. Ne olivat kerääntyneet kallioiden varjoon odottamaan, kunnes hyökkäys oli ylhäällä kuumimmillaan ja melkein kaikki puolustajat rynnänneet muurille. Sitten ne säntäsivät esiin. Jotkut olivat jo ehtineet Syvänteen suuhun hevosten luo ja taistelivat vartijoiden kanssa.

Alas muurilta loikkasi Gimli huutaen hirveästi, niin että kalliot raikuivat. »Khazâd! Khazâd!» Pian hänellä oli töitä mielin määrin.

»Aii-oi!» hän huusi. »Örkit ovat muurin tällä puolella. Aii-oi! Tule Legolas! Niitä riittää meille kummallekin. Khazâd ai-mênu!»

Gamling Vanha katsoi alas Ämyrilinnasta kuullessaan kääpiön suuren äänen kaiken myllerryksen yli. »Örkit ovat Syvänteessä!» hän huusi. »Helm! Helm! Eteenpäin Helmin pojat!» hän huusi juostessaan portaita alas Kalliolta monta Länsimannun miestä jäljessään.

He kävivät päälle rajusti ja yllättäen, ja örkit peräntyivät heidän edestään. Ennen pitkää örkit saarrettiin rotkon yläkapeikkoihin ja kaikki surmattiin tai ahdistettiin Syvänteen kuiluihin, ja ne putosivat rääkyen piiloluolien vartijoiden nenän eteen.

»Kaksikymmentäyksi!» huusi Gimli. Hän heilautti iskun kaksin käsin ja kaatoi viimeisen örkin jalkoihinsa. »Nyt minun lukuni voittaa taas mestari Legolasin.»

»Meidän täytyy tukkia tämä rotankolo», Gamling sanoi. »Sanotaan, että kääpiöt ovat taitavaa väkeä kiven käsittelyssä. Antakaa meille apuanne, herra!»

»Me emme muotoile kiveä taistelukirveillä emmekä kynsillä», Gimli sanoi. »Mutta minä autan kykyni mukaan.»

He keräsivät käsille sattuvia pieniä lohkareita ja kivenjärkäleitä ja Gimlin johdolla Länsimannun miehet tukkivat holviaukon sisäsuun, niin että vedelle jäi vain kapea kulkutie. Sateen paisuttama Syvänteenvirta vaahtosi ja pyörteili tukkeutuneessa uomassaan ja levisi hitaasti kylminä lammikkoina kiveltä toiselle.

»Ylempänä on kuivempaa», Gimli sanoi. »Tulkaa, Gamling, katsokaamme miten muurilla voidaan!»

Hän kiipesi ylös ja tapasi Legolasin, Aragornin ja Éomerin siellä. Haltia hioi pitkää veistään. Taisteluun oli tullut tauko, kun yritys murtautua sisään holviaukon kautta oli torjuttu.

»Kaksikymmentäyksi!» Gimli sanoi.

»Hyvä!» sanoi Legolas. »Mutta minun lukuni on nyt kaksi tusinaa. Täällä ylhäällä käytellään veistä.»

Éomer ja Aragorn nojasivat väsyneinä miekkoihinsa. Vasemmalta alkoi taas kuulua melske ja metakka, kun Kalliolla taisteltiin. Mutta Ämyrilinna pysyi yhä lujana kuin saari meressä. Sen portit olivat pirstaleina; mutta hirsistä ja kivistä rakennetun barrikadin yli ei yksikään vihollinen ollut vielä päässyt.

Aragorn katsoi kalpeita tähtiä ja kuuta, joka vajosi paraillaan laaksoa reunustavien läntisten kukkuloiden taakse. »Tämä yö on pitkä kuin vuosien saatto», hän sanoi. »Kuinka kauan päivä vielä viipyy?»

»Sarastukseen ei kestä kauan», sanoi Gamling, joka oli kiivennyt hänen viereensä. »Mutta ei taida aamu meitä auttaa.»

»Aamu on aina ollut ihmisten toivo», Aragorn sanoi.

»Mutta nämä Rautapihan olennot, nämä puoliörkit ja hiisi-ihmiset, joita Sarumanin inha taito on tuottanut, eivät kavahda aurinkoa», Gamling sanoi. »Eivät myöskään vuoriston villit ihmiset. Ettekö kuule niiden ääniä?»

»Kuulen», Éomer sanoi, »mutta ne ovat vain lintujen kirkaisuja ja petojen ärjyntää minun korvissani.»

»Mutta monet niistä huutavat Mustainmaan kielellä», Gamling sanoi. »Minä tunnen sen kielen. Se on ihmisten muinaista puheenpartta ja sitä puhuttiin aikanaan monissa Markin länsilaaksoissa. Kuulkaa! He vihaavat meitä ja he ovat iloissaan, sillä tuhomme näyttää heistä varmalta. 'Kuningas, kuningas!' he huutavat. 'Me otamme heidän kuninkaansa. Kuolema *forgoilille*! Kuolema olkipäille! Kuolema pohjoisen ryöväreille!' Sellaisin nimin he meitä kutsuvat. Puolessa tuhannessa vuodessa he eivät ole unohtaneet kaunaansa sen johdosta. että Gondorin ruhtinaat antoivat Markin Eorl Nuorelle ja tekivät liiton hänen kanssaan. Tuon vanhan vihan on Saruman puhaltanut ilmiliekkiin. He ovat hurjaa kansaa, kun ovat ärsyyntyneet. Nyt he eivät anna periksi, olipa aamu tai ilta, ennen kuin Théoden on heidän tai heidät on voitettu.»

»Siitä huolimatta tuo päivä toivon minulle», Aragorn sanoi. »Eikö ole sanottu, ettei vihollinen ole milloinkaan vallannut Ämyrilinnaa, silloin kun sitä on puolustettu?»

»Niin sanovat laulajat», Éomer sanoi.

»Puolustakaamme sitä siis, ja toivokaamme!» Aragorn sanoi.

Heidän puhuessaan kajahtivat torvet soimaan. Sitten kuului rysäys, liekki leimahti ja savua nousi. Syvänteenvirran vedet tulvivat ulos kohisten ja vaahdoten: niitä ei mikään enää pidätellyt, muuriin oli räjäytetty ammottava reikä. Mustien olentojen armeija tulvi sisään.

»Sarumanin noituuksia!» Aragorn huusi. »Ne ovat ryömineet uudestaan holviaukkoon meidän puhuessamme ja sytyttäneet jalkojemme alle Orthancin tulen. *Elendil! Elendil!*» hän huusi hyökätessään alas aukolle, mutta samaan aikaan nousivat jo sadat tikkaat varustuksia vasten. Muurin ylitse ja alitse vyöryi viimeinen rynnäkkö kuin hiekkakumparetta nuoleva musta aalto. Puolustus murrettiin. Osa Ratsastajista pakotettiin peräntymään yhä kauemmas Syvänteeseen, moni kaatui taistellen, kun he antoivat myöten ja askel askeleelta lähestyivät luolia. Osa raivasi itselleen tien takaisin linnoitukseen.

Syvänteestä johti leveä portaikko Kalliolle ja Ämyrilinnan takaportille. Lähellä sen alkupäätä seisoi Aragorn. Yhä hohti hänen kädessään Andúril, ja miekan kauhistavuus pidätteli hetken vihollista, samalla kun kaikki ne, jotka onnistuivat pääsemään portaille, nousivat yksitellen porttia kohti. Yläaskelmilla oli Legolas polvillaan. Hänen jousensa oli jännitetty, mutta hänellä ei ollut jäljellä kuin yksi maasta poimittu nuoli ja hän vartioi nyt valmiina ampumaan ensimmäisen örkin, joka uskaltaisi lähestyä portaita.

»Kaikki, joille se on mahdollista, ovat nyt sisällä turvassa, Aragorn», hän huusi. »Tule tänne!»

Aragorn kääntyi ja kiiruhti portaita ylös, mutta juostessaan hän kompastui väsymystään. Siinä silmänräpäyksessä ryntäsivät hänen vihollisensa eteenpäin. Ärjyviä örkkejä juoksi ylös ja pitkät kädet ojentuivat häntä kohti. Etumainen kaatui Legolasin viimeinen nuoli kurkussaan, mutta muut juoksivat Aragornin jäljessä. Silloin rysähti portaille ylhäältä ulkomuurilta pudotettu lohkare ja lennätti örkit takaisin Syänteeseen. Aragorn pääsi ovelle ja nopeasti se kalahti kiinni hänen takanaan.

»Pahalta näyttää, ystävät», hän sanoi ja pyyhki hikeä otsalta käsivarrellaan.

»Niin näyttää», Legolas sanoi, »mutta ei vielä toivottomalta, niin kauan kuin sinä olet kanssamme. Missä on Gimli?»

»En tiedä», Aragorn sanoi. »Viimeksi näin hänen taistelevan maassa muurin takana, mutta vihollinen erotti meidät toisistamme.»

»Ah ja voi! Huonoja uutisia», Legolas sanoi.

»Hän on vahva ja vanttera», Aragorn sanoi. »Toivokaamme, että hän pääsee pakenemaan luoliin. Siellä hän olisi jonkin aikaa turvassa. Paremmassa kuin me. Senkaltainen pakopaikka olisi kääpiölle mieleen.»

»Olkoon se toivoni», Legolas sanoi. »Mutta olisipa hän tullut tänne. Halusin kertoa mestari Gimlille, että lukuni on nyt kolmekymmentäyhdeksän.»

»Jos hän joutuu raivaamaan tiensä luolille, hän ylittää jälleen sinun laskusi», Aragorn nauroi. »Koskaan en ole nähnyt kirvestä käytettävän sillä tavoin.»

»Minun täytyy mennä etsimään nuolia», Legolas sanoi. »Loppuisi tämä yö, että näkisi paremmin ampua.»

Aragorn meni linnoitukseen. Siellä hän sai kauhukseen kuulla, että Éomer ei ollut päässyt Ämyrilinnaan.

»Ei, hän ei tullut Kalliolle», sanoi eräs Länsimannun miehistä. »Kun näin hänet viimeksi, hän kokosi miehiä ja taisteli Syvänteen suulla. Gamling oli hänen kanssaan, samoin kääpiö, mutta en päässyt heidän luokseen.»

Aragorn harppoi eteenpäin sisäpihan poikki ja nousi erääseen huoneeseen, joka oli korkealla tornissa. Siellä seisoi kuningas tummana hahmona ikkunaa vasten ja katseli laaksoon.

»Mitä uutisia tuot, Aragorn?» hän sanoi.

»Syvänteenmuuri on vallattu, korkea herra, ja puolustajat karkotettu pois, mutta monet ovat paenneet tänne Kalliolle.»

»Onko Éomer täällä?»

»Ei ole, korkea herra. Mutta paljon miehiänne vetäytyi Syvänteeseen, ja jotkut sanovat, että Éomer oli heidän joukossaan. Kapeikoissa he saattavat viivyttää vihollista ja päästä luoliin. Mitä toivoa heillä sitten on, en tiedä.»

»Enemmän kuin meillä. Sanotaan, että siellä on hyvät varastot. Ja ilma on raikasta ylhäältä aukeavien kallionhalkeamien ansiosta. Kukaan ei voi rynnätä sisään väkipakolla, jos miehet puolustautuvat päättävästi. He saattavat kestää kauan.»

»Mutta örkit ovat tuoneet mukanaan Orthancin pirunkeksinnön», Aragorn sanoi. »Niillä on räiskähtävä tuli, ja sen avulla ne saivat muurin haltuunsa. Jos ne eivät pääse luoliin, ne kykenevät ehkä telkeämään sisälläolijat sinne. Mutta nyt meidän on alettava pohtia omaa puolustustamme.»

»Hermot eivät kestä tässä vankilassa», Théoden sanoi. »Voi jos olisin voinut laskea keihään tanaan ja ratsastaa miesteni etunenässä kentällä, kukaties olisin tuntenut taas taistelun ilon ja tavannut siten loppuni. Mutta täällä minulla ei ole mitään virkaa.»

»Täällä teitä kuitenkin suojelee Markin vahvin varustus», Aragorn sanoi. »Enemmän toivoa meillä on puolustaessamme teitä Ämyrilinnassa kuin olisi ollut Edorasissa, tai edes Dunhargissa vuorilla.»

»Sanotaan, ettei Ämyrilinnaa ole milloinkaan vallattu hyökkäyksellä», Théoden sanoi, »mutta nyt sydämeni epäilee. Maailma muuttuu, ja kaikki, mikä ennen oli vahvaa, osoittautuu nyt horjuvaksi. Kuinka pystyy mikään torni vastustamaan moista lukumäärää ja moista tolkutonta vihaa? Jos olisin tiennyt Rautapihan voiman kasvaneen näin suureksi, en ehkä olisi niin äkkipäätä rynnännyt sitä vastaan, kaikista Gandalfin taidoista huolimatta. Hänen neuvonsa ei tunnu nyt yhtä hyvältä kuin se tuntui aamuauringon paisteessa.»

»Älkää tuomitko Gandalfin neuvoa, ennen kuin kaikki on ohitse, korkea herra», sanoi Aragorn.

»Loppu ei ole kaukana», kuningas sanoi. »Mutta minä en odota loppuani täällä kuin vanha mäyrä ansassa. Lumiharja ja Hasufel ja vartiokaartini hevoset ovat sisäpihalla. Kun päivä koittaa, panen miehet soittamaan Helmin torvea ja ratsastan taisteluun. Ratsastatko silloin kanssani, Aragorn Arathornin poika? Kukaties saamme tien puhkaistuksi, tai osaksemme tulee loppu, joka on laulun arvoinen – jos kukaan tämän jälkeen jää meistä laulamaan.»

»Minä ratsastan kanssanne», Aragorn sanoi.

Hän poistui ja palasi muureille ja kiersi ne kokonaan, rohkaisi miehiä ja auttoi aina siellä missä hyökkäys oli kuumin. Legolas kulki hänen kanssaan. Alhaalta syöksähteli tulen räiskeitä, jotka vavisuttivat kiviä. Iskuhakoja heitettiin ja tikkaita nostettiin. Yhä uudestaan örkit pääsivät ulkomuurin harjalle, ja kerran toisensa jälkeen puolustajat survoivat heidät alas.

Viimein Aragorn jäi seisomaan suurten porttien yläpuolelle välittämättä vihollisen nuolista. Hän katsoi kauas ja näki itäisen taivaan vaalenevan. Sitten hän nosti tyhjän käden kämmen ulospäin keskustelun merkiksi.

Örkit kiljuivat ja ilkkuivat. »Tule alas! Tule alas!» ne huusivat. »Jos tahdot puhua meidän kanssa, niin tule alas! Tuo kunkkusi ulos! Täällä on suuret taistelijat *uruk-hai*! Me tongitaan se esiin kolostaan, jollei se tule. Tuo ulos piileskelevä kunkkusi!»

»Kuningas tulee tai on tulematta oman mielensä mukaan», Aragorn sanoi.

»Mitä sinä sitten täällä teet?» ne vastasivat. »Miksi töllötät ulos? Tahdotko nähdä, kuinka iso armeija meillä on? Täällä on taistelevat *uruk-hai*.»

»Katsoin nähdäkseni aamunkoiton», Aragorn sanoi.

»Mitä aamunkoitosta?» ne pilkkasivat. »Täällä on *uruk-hai*: me ei lopeteta tappelua yön eikä päivän ajaksi, myrskyn eikä kauniin ilman ajaksi. Me tullaan ja tapetaan, paistoi sitten kuu tai aurinko. Mitä sinä aamunkoitosta?»

»Kukaan ei tiedä, mitä tämä päivä tuo tullessaan», Aragorn sanoi. »Häipykää täältä, sillä teille se voi tuoda turmion.»

»Mene alas, tai me ammutaan sinut sieltä muurilta», ne huusivat. »Ei tämä ole mikään neuvottelu. Sinulla ei ole mitään sanottavaa.»

»On minulla sanottavana vielä tämä», Aragorn vastasi. »Vihollinen ei ole vielä milloinkaan vallannut Ämyrilinnaa. Menkää, tai yksikään teistä ei jää henkiin. Yksikään ei palaa viemään tietoja takaisin pohjoiseen. Te ette tunne vaaraa, joka teitä uhkaa.»

Aragorn uhosi niin suurta voimaa ja kuninkaallisuutta seistessään siinä murskattujen porttien päällä yksin vihollistensa edessä, että monet villi-ihmiset pysähtyivät ja katsoivat olkansa yli laaksoon ja jotkut katsahtivat epäilevästi taivaalle. Mutta örkit nauroivat kovaäänisesti, nuoli- ja keihässade viuhui muurin yli, samalla kun Aragorn hyppäsi alas.

Kuului jyrähdys ja tuli räiskähti. Portin kaari, jolla hän oli juuri seissyt, hajosi ja romahti savuun ja pölyyn. Varustus lensi ilmaan kuin salamaniskusta. Aragorn juoksi kuninkaan torniin.

Mutta samalla kun portti romahti ja örkit sen ympärillä kiljuen valmistautuivat hyökkäykseen, nousi heidän takaansa kohina, kuin kaukainen tuuli; se kasvoi monien äänien pauhuksi, joka huusi aamunkoitossa outoja uutisia. Kalliolle kerääntyneet örkit kuulivat hämmentyneen hälinän, epäröivät ja katsoivat taakseen. Ja silloin kajahti Helmin suuri torvi soimaan ylhäällä tornissa äkkiä ja hirveänä.

Kaikki ne, jotka kuulivat tuon äänen, vapisivat. Monet örkit heittäytyivät kasvoilleen ja peittivät korvansa kourillaan. Takaa Syvänteestä vastasivat kaiut, toitotus toisensa perään, ikään kuin jokaisella kalliolla ja kukkulalla olisi seissyt mahtava airut. Mutta muureilla miehet katsoivat ylös ja kuuntelivat ihmeissään, sillä kaiut eivät vaimenneet. Yhä vain kiersivät torven töräykset kukkuloita, yhä lähempää ja lujempaa ne vastasivat toisilleen soiden voimallisesti ja vapaasti.

»Helm! Helm!» huusivat Ratsastajat. »Helm on noussut ja tulee sotimaan kanssamme. Helm kuninkaamme Théodenin puolesta!»

Ja juuri kun he huusivat sitä, kuningas tuli. Hänen hevosensa oli lumivalkoinen, kultainen oli hänen kilpensä ja pitkä oli hänen keihäänsä. Hänen oikealla puolellaan oli Aragorn, Elendilin perillinen, hänen jäljessään ratsastivat Eorl Nuoren huoneen ylimykset. Valo läimähti taivaalle. Yö pakeni.

»Eteenpäin Eorlin pojat!» Huuto ja kalske säestivät heidän hyökkäystään. He jyrisivät alas porteilta, yli pengertien he kiisivät ja ratsastivat Rautapihan sotajoukkojen läpi kuin tuuli ruohikossa. Heidän takaansa Syvänteestä kuului luolista purkautuvien miesten ankaria huutoja, kun he ajoivat vihollista edellään. Kaikki Kalliolle jääneet miehet tulvivat ulos. Ja yhä kaikui torvien ääni kukkuloilla.

He ratsastivat eteenpäin, kuningas ja hänen joukkonsa. Niin päälliköt kuin soturit kaatuivat tai pakenivat heidän edellään. Yksikään ihminen tai örkki ei kestänyt. Selät kääntyivät Ratsastajien miekkoja ja keihäitä päin ja kasvot kohti laaksoa. Ne huusivat ja valittivat, sillä päivän noustessa oli pelko ja suuri ihmetys vallannut vihollisen.

Niin ratsasti kuningas Théoden Helmin portilta ja aukaisi tien suurelle Vallille. Siellä osasto pysähtyi. Valo kävi kirkkaaksi heidän ympärillään. Auringon säteet hohtivat itäisten kukkuloiden yllä ja välkkyivät heidän keihäillään. Mutta he istuivat hiljaa hevostensa selässä ja tuijottivat alas Syvänteensolaan.

Maa oli muuttunut. Siinä missä ennen oli ollut vihreä laakso, jonka ruohoiset rinteet peittivät nousevia kukkuloita, häämötti nyt metsä. Rivistöinä seisoi rinteillä oksat oksien lomassa suuria harmaalatvaisia puita paljaina ja ääneti; niiden kiemuraiset juuret olivat pureutuneet pitkään vihreään ruohoon. Vallin ja nimettömän metsän reunan väliin jäi vain kaksi vakomittaa. Siinä kyyristelivät nyt Sarumanin ylpeät sotajoukot peläten yhtä lailla kuningasta ja puita. Niitä valui ulos Helmin portista kunnes yhtäkään ei enää ollut Vallin yläpuolella ja kaikki pakkautuivat sen alapuolelle kuin kärpäsparvi. Turhaan ne kiipesivät ja kapusivat solan seinämiä pyrkien pakoon. Idässä olivat kalliot liian kiviset ja jyrkät, vasemmalta, lännestä lähestyi lopullinen tuho.

Sieltä ilmaantui äkkiä harjanteelle valkoisiin pukeutunut ratsumies nousevan auringon valoon. Matalien kukkuloiden yli kaikui torvien ääni. Hänen takanaan kiiruhti pitkiä rinteitä alas tuhat jalkamiestä miekka kädessä. Heidän keskellään harppoi pitkä ja voimakas ihmismies. Hänen kilpensä oli punainen. Päästessään laakson reunalle hän nosti huulilleen suuren mustan torven ja puhalsi niin että kukkulat raikuivat.

»Erkenbrand!» huusivat Ratsastajat. »Erkenbrand!»

»Katsokaa! Valkoinen ratsastaja!» Aragorn huusi. »Gandalf on taas tullut!»

»Mithrandir, Mithrandir!» sanoi Legolas. »Velhontyötä, totisesti! Tulkaa! Tahtoisin katsoa tätä metsää ennen kuin lumous haihtuu.»

Rautapihan sotajoukot kiljuivat ja horjuivat suuntaan ja toiseen, kahden kauhun välissä. Taas kajahti torvi tornista. Alas Vallin aukosta hyökkäsi kuninkaan seurue. Alas mäeltä syöksyi Erkenbrand, Länsimannun ruhtinas. Alas loikki Hallavaharja, kuin varmajalkainen peura vuoristossa. Valkoinen ratsastaja lähestyi ja hänen tulonsa sytyttämä kauhu ajoi vihollisen hulluuteen. Villi-ihmiset heittäytyivät kasvoilleen hänen eteensä. Örkit hoipertelivat ja ulvoivat ja heittivät pois miekkansa ja keihäänsä. Kuin nousevan tuulen ajama musta savupilvi ne pakenivat. Uikuttaen ne sukelsivat puiden odottavaan varjoon, eikä siitä varjosta yksikään palannut.

8

TIE RAUTAPIHAAN

NIIN TAPAHTUI ETTÄ kirkkaan aamun valossa tapasivat toisensa jälleen kuningas Théoden ja Gandalf, Valkoinen ratsastaja, Syvänteenvirran vihreällä nurmiäyräällä. Siellä olivat myös Aragorn Arathornin poika ja haltia Legolas ja Länsimannun Erkenbrand ja Kultaisen kartanon ylimykset. Heidän ympärilleen olivat kerääntyneet *rohirrim*, Markin ratsastajat, ihmetys ylitti voiton aiheuttaman riemun ja heidän silmänsä tähyilivät metsää kohti.

Äkkiä kuului suuri huuto ja Vallilta alas saapuivat ne, jotka oli pakotettu perääntymään Syvänteeseen. Tulivat Gamling Vanha ja Éomer Éomundin poika ja heidän rinnallaan käveli kääpiö Gimli. Hänellä ei ollut kypärää ja hänen päänsä ympärillä oli veren tahrima liinainen side, mutta hänen äänensä oli luja ja voimakas.

»Neljäkymmentäkaksi, mestari Legolas!» hän huusi. »Mutta voi! Kirveeni sai loven: kahdennellaviidettä oli rautakaulus. Miten sinun laitasi on?»

»Olet ohittanut minut yhdellä», Legolas vastasi. »Mutta en kanna kaunaa häviöstäni, niin iloinen olen nähdessäni sinut kunnossa!»

»Terve tultuasi, Éomer sisareni poika!» Théoden sanoi. »Olen totisesti iloinen, kun näen, että olet ehjänä.»

»Terve, Markin herra!» Éomer sanoi. »Musta yö on väistynyt ja päivä koittanut jälleen. Mutta päivä on tuonut oudot uutiset muassaan.» Hän kääntyi ja katsoi ihmeissään ensin metsää ja sitten Gandalfia. »Jälleen kerran tulet hädän hetkellä, odottamatta», hän sanoi.

»Odottamatta?» Gandalf sanoi. »Sanoinhan palaavani ja tapaavani teidät täällä.»

»Mutta et maininnut hetkeä, etkä kertonut etukäteen millainen se olisi. Oudon avun tuot tullessasi. Olet mahtava velho, Gandalf Valkoinen!»

»Voin ollakin. Mutta jos olen, en ole sitä vielä todistanut. Olen ainoastaan antanut neuvoja vaaran hetkellä ja käyttänyt hyväkseni Hallavaharjan nopeutta. Oma uljuutenne on saanut aikaan enemmän, ja vahvajalkaiset Länsimannun miehet, jotka ovat marssineet koko yön.»

Silloin he tuijottivat kaikki Gandalfia entistäkin kummastuneempina. Muutamat katsoivat metsää alta kulmain ja hieraisivat kädellä silmiään kuin tarkistaakseen, etteivät he nähneet niillä jotakin muuta kuin Gandalf omillaan.

Gandalf nauroi pitkään ja sydämellisesti. »Niin, puut», hän sanoi. »Ei, näen kyllä metsän yhtä selvästi kuin te. Mutta se ei ole minun työtäni. Se on ilmiö, johon eivät viisaiden neuvot vaikuta. Suunnitelmiani paremmaksi ja jopa toiveitani oivallisemmaksi on tämä tapaus osoittautunut.»

»Jos velhontyö ei ole sinun, kuka sen on matkaansaattanut?» Théoden sanoi. »Ei Saruman, sen käsitämme. Onko olemassa joku suurempi tietäjä, josta me emme vielä ole kuulleet?»

»Se ei ole velhontyötä, vaan paljon vanhemman mahdin», Gandalf sanoi, »mahdin, joka liikkui maan päällä ennen kuin haltiat lauloivat tai vasarat paukkuivat.

Ennen löytöä raudan ja kaatoa puun,
kun vuori nousi nuorena alla Kuun,
ennen syntyä sormuksen, surujen,
muinoin vaelsi se halki metsien.»

»Ja mikä lienee arvoituksen ratkaisu?» Théoden sanoi.

»Jos mielenne tekee saada se selville, on teidän tultava kanssani Rautapihaan», Gandalf vastasi.

»Rautapihaan?» he huudahtivat.

»Niin juuri», Gandalf sanoi. »Minä palaan Rautapihaan, ja ne jotka haluavat, voivat tulla kanssani. Siellä saatamme nähdä kummia.»

»Mutta Markissa ei ole kylliksi miehiä hyökkäykseen Sarumanin linnoitusta vastaan, ei vaikka heidät kaikki koottaisiin yhteen ja heidän haavansa yhtäkkiä paranisivat, ja he toipuisivat väsymyksestään», Théoden sanoi.

»Silti menen Rautapihaan», Gandalf sanoi. »En viivy siellä kauan. Tieni vie nyt itään. Odottakaa minua Edorasissa, ennen kuin kuu taas alkaa vähetä!»

»Ei!» sanoi Théoden. »Pimeänä hetkenä ennen aamun sarastusta minä epäröin, mutta nyt emme eroa. Minä tulen kanssasi, jos annat sen neuvon.»

»Haluan puhua Sarumanin kanssa, niin pian kuin mahdollista», Gandalf sanoi, »ja koska hän on tehnyt teille suurta vahinkoa, olisi sopivaa jos olisitte siellä. Mutta miten pian ja kuinka joutuisasti pystytte ratsastamaan?»

»Mieheni on taistelu uuvuttanut», kuningas sanoi; »ja uupunut olen minäkin. Sillä minä olen ratsastanut pitkään ja levännyt vähän. Oi! Korkea ikäni ei ole petosta eikä pelkästään Kärmekielen kuiskausten seuraamus. Se on vaiva, jota yksikään lääkäri ei kykene kokonaan parantamaan, ei edes Gandalf.»

»Antakaa siis kaikkien niiden nyt levätä, joiden on määrä ratsastaa kanssani», Gandalf sanoi. »Me matkaamme illan varjossa. Se sopii yhtä lailla, sillä neuvoni on, että kaikki tulemisemme ja menemisemme olisivat tästä lähin mahdollisimman salaisia. Mutta älkää ottako kovin paljon miehiä mukaanne, Théoden, sillä me menemme neuvottelemaan, emme taistelemaan.»

Kuningas valitsi vahingoittumattomia miehiä, joilla oli nopea hevonen, ja hän lähetti heidät viemään uutista voitosta Markin jokaiseen laaksoon, ja he veivät myös hänen käskynsä, joka kehotti kaikkia miehiä, niin nuoria kuin vanhoja, saapumaan kiireesti Edorasiin. Siellä, kolmantena päivänä täydenkuun jälkeen Markin herra keräisi kokoon kaikki ne, jotka kykenivät asetta kantamaan.

Mukaansa Rautapihan retkelle kuningas valitsi Éomerin ja kaksikymmentä hänen väkeensä kuuluvaa miestä. Gandalfin kanssa lähtisivät myös Aragorn ja Legolas ja Gimli. Haavastaan huolimatta kääpiö ei suostunut jäämään.

»Se oli aivan voimaton isku, ja päähine torjui sen», hän sanoi. »Tarvitaan enemmän kuin yksi pikkuinen örkinnaarmu pidättelemään minua.»

»Katson sitä sillä aikaa kun lepäät», Aragorn sanoi.

Kuningas palasi Ämyrilinnaan ja nukkui rauhallisemmin kuin moniin vuosiin, ja hänen seurueeseensa valitut miehet lepäsivät myös. Mutta muut, kaikki ne, jotka eivät olleet loukkaantuneet tai haavoittuneet, alkoivat raskaan työn; sillä monet olivat kaatuneet taistelussa ja makasivat kuolleena kentällä tai Syvänteessä.

Yksikään örkki ei ollut jäänyt eloon, niiden ruumiiden määrää ei kukaan pystynyt laskemaan. Mutta monet vuoristolaiset olivat antautuneet, he olivat peloissaan ja ruikuttivat armoa.

Markin miehet ottivat heidän aseensa ja panivat heidät työhön.

»Auttakaa nyt korjaamaan vahinkoa, jota olette olleet tuottamassa», sanoi Erkenbrand, »ja sitten saatte vannoa valan, että ette milloinkaan ylitä Rautkymin kahlaamoja aseissa ettekä marssi ihmisten vihollisten joukoissa, sen jälkeen voitte palata vapaasti omaan maahanne. Sillä Saruman on pettänyt teitä. Moni teistä on saanut kuoleman palkakseen luotettuaan häneen, mutta jos olisitte voittaneet, olisi palkkanne tuskin ollut paljon parempi.»

Mustainmaan miehet hämmästyivät, sillä Saruman oli kertonut heille, että Rohanin miehet olivat julmia ja polttivat vankinsa elävältä.

Kentän keskelle Ämyrilinnan edustalle kohosi kaksi kumpua, ja niiden alle oli haudattu kaikki Markin ratsastajat, jotka olivat kaatuneet linnaa puolustaessaan, Itälaaksojen miehet toiselle ja Länsimannun miehet toiselle puolelle. Mutta Mustainmaan miehet haudattiin erilliseen kumpuun Vallin alle. Ämyrilinnan varjossa lepäsi yksin haudassaan Háma, kuninkaan vartioston päällikkö. Hän oli kaatunut Portin edustalla.

Örkit ladottiin suuriin kasoihin, lähelle metsän reunaa kauas ihmisten kummuista. Ja ihmiset miettivät mitä tehdä, sillä raatoröykkiöt olivat liian suuret haudattaviksi tai poltettaviksi. Heillä oli hyvin vähän polttopuuta, eikä kukaan olisi uskaltanut mennä kirves kädessä outoon metsään, vaikka Gandalf ei olisikaan varoittanut heitä kajoamasta yhdenkään puun yhteenkään oksaan hirvittävän vaaran uhalla.

»Maatkoot örkit siinä», Gandalf sanoi. »Ehkä aamu tuo tullessaan uudet neuvot.»

Iltapäivällä kuninkaan joukko valmistautui lähtöön. Hautaustyö oli silloin vasta alussaan; Théoden suri päällikkönsä Háman menetystä, ja heitti ensimmäiset mullat hänen leposijalleen. »Suuren vahingon on Saruman totisesti tehnyt minulle ja koko tälle maalle», hän sanoi, »ja minä muistan sen, kun me tapaamme.»

Aurinko läheni jo Solan lännenpuoleisia kukkuloita, kun Théoden ja Gandalf ja heidän seuralaisensa viimein ratsastivat Vallin yli. Heidän taakseen oli kokoontunut suuri kansanpaljous: Ratsastajia ja Länsimannun asukkaita, nuoria ja vanhoja, naisia ja lapsia, jotka olivat tulleet ulos luolista. He lauloivat voitonlaulua kirkkaalla äänellä, ja sitten he vaikenivat ja ihmettelivät, mitä tapahtuisi, sillä he katselivat puita ja pelkäsivät niitä.

Ratsastajat saapuivat metsän luo ja pysähtyivät; niin hevoset kuin miehetkin olivat haluttomia tunkeutumaan sen sisään. Puut olivat harmaita ja uhkaavia, ja niiden ympärillä leijui usvavarjo. Niiden pitkälle kaartuvien oksien päät riippuivat kuin etsiskelevät sormet, niiden juuret ojentuivat maasta kuin outojen hirviöiden ruumiinjäsenet ja niiden alla avautui pimeitä onkaloita. Mutta Gandalf meni eteenpäin ja johti joukkoa, ja siinä missä Ämyrilinnan tie kohtasi puut, he näkivät nyt aukon, joka muistutti valtavien oksien muodostamaa kaariporttia, ja siitä Gandalf ratsasti sisään ja he seurasivat häntä. Ihmeekseen he havaitsivat, että tie jatkui ja sen viertä kulki Syvänteenvirta; ja yllä levittäytyi avotaivas, joka loimusi kultaista valoa. Mutta kummallakin puolen metsän syvät käytävät olivat jo iltahämärän peitossa, ne etääntyivät kauas läpipääsemättömiin varjoihin, ja sieltä he kuulivat oksien narsketta ja kitinää ja etäisiä huutoja ja sanattomien äänien vihaista murinaa. Yhtäkään örkkiä tai muuta elävää olentoa ei näkynyt.

Legolas ja Gimli ratsastivat yhdessä samalla hevosella, ja he pysyttelivät Gandalfin tuntumassa, sillä Gimli pelkäsi metsää.

»Täällä on kuuma», Legolas sanoi Gandalfille. »Vaistoan suurta vihaa ympäriltämme. Etkö sinä tunne, miten ilma jyskyttää korvissa?»

»Tunnen», sanoi Gandalf.

»Miten niiden kurjien örkkien on käynyt?» Legolas sanoi.

»Sitä ei varmaan saa kukaan koskaan tietää», sanoi Gandalf.

He ratsastivat jonkin aikaa ääneti, mutta Legolas pälyili yhtä mittaa puolelta toiselle ja olisi monesti pysähtynyt kuuntelemaan metsän ääniä, jos Gimli olisi sallinut.

»Nämä ovat kummallisimmat kaikista näkemistäni puista», hän sanoi, »ja minä olen nähnyt monen tammen kasvavan terhosta lahoamisikään. Voi, jos nyt olisi aikaa kävellä niiden keskellä; niillä on ääni, ja aikani kuunneltuani voisin oppia ymmärtämään niiden ajatuksia.»

»Ei, ei!» sanoi Gimli. »Jätetään ne! Arvaan jo niiden ajatukset: vihan kaikkia kaksijalkaisia kohtaan; ja niiden puhe on rusentamista ja kuristamista.»

»Ei kaikkia kaksijalkaisia kohtaan», Legolas sanoi. »Siinä sinä luultavasti erehdyt. Örkkejä ne vihaavat. Sillä nämä puut eivät kuulu tänne ja tietävät vain vähän haltioista ja ihmisistä. Kaukana ovat ne laaksot, joissa ne ovat versoneet. Fangornin syvistä notkoista, Gimli, sieltä ne varmaan ovat tulleet.»

»Silloin se on Keski-Maan vaarallisin metsä», Gimli sanoi. »Minun pitäisi olla kiitollinen siitä, mitä ne tekivät, mutta en minä niitä rakasta. Saatat pitää niitä ihmeellisinä, mutta minä olen nähnyt tässä maassa suuremman ihmeen, kauniimman kuin yksikään kosteikko tai kukkula; sydämeni on yhä täynnä sitä.

Kummallisia ovat ihmisten tavat, Legolas! Heillä on täällä yksi pohjoisen maailman ihmeistä – ja miksi he sitä nimittävät? Luoliksi! Luoliksi! Pitävät niitä loukkoina, joihin sopii paeta sota-aikana, joihin voi varastoida rehua! Hyvä Legolas, tiedätkö, että Helmin syvänteen salit ovat mahtavat ja kauniit? Tänne virtaisi loputon pyhiinvaellussaattue kääpiöitä vain tuijottamaan niitä, jos niiden olemassaolo tiedettäisiin. Totta tosiaan, he maksaisivat puhtaassa kullassa pelkästä vilkaisusta!»

»Ja minä antaisin kultaa päästäkseni sinne menemästä», Legolas sanoi, »ja kaksin verroin päästäkseni ulos, jos sattuisin harhautumaan sisälle!»

»Et ole nähnyt niitä, joten annan anteeksi veistelysi», Gimli sanoi. »Mutta puhut kuin hupsu. Pidätkö kauniina niitä saleja, joissa kuninkaasi asuu Synkmetsän vuoren alla – joiden rakentamisessa kääpiöt auttoivat kauan sitten? Ne ovat pelkkiä murjuja verrattuna saleihin, jotka olen nähnyt täällä: mittaamattomia huoneita, jotka tipahteleva vesi täyttää ikuisella musiikilla, lampia, jotka väikkyvät kuin Kheled-zâram tähtien valossa.

Ja Legolas, kun soihdut sytytetään ja miehet astelevat hiekkalattioilla kaikuvien kupolien alla, ah! silloin, Legolas, välkkyvät jalokivet, kristallit ja arvokkaat kultasuonet hiotuissa seinissä; ja valo hohtaa läpi marmoripoimujen, jotka ovat kuin simpukankuoria, läpikuultavia kuin valtiatar Galadrielin kädet. Legolas, siellä on valkoisia ja sahraminkeltaisia ja aamuruskonpunaisia pylväitä, jotka ovat kovertuneet ja taipuneet unenomaisiin muotoihin ja kohoavat monivärisistä lattioista kohtaamaan kattojen kimmeltävät riipukset: on siipiä, köysiä, verhoja, ohuita kuin jäätyneet pilvet, keihäitä, viirejä, riippuvien palatsien torneja! Ne kaikki kuvastuvat tyynistä järvistä: kirkkaan lasin peittämistä tummista lammikoista katsoo ylös kimalteleva maailma; kaupungit, joita Durin olisi tuskin pystynyt unissaan kuvittelemaan, levittäytyvät käytävien ja pylväspihojen läpi, aina pimeisiin onkaloihin asti, joihin ei mikään valo pääse. Ja plink! putoaa hopeapisara, ja lasipintojen pyöreät poimut saavat kaikki tornit taipumaan ja häilähtelemään kuin kasvit ja korallit meriluolassa. Sitten tulee ilta: ne hämärtyvät ja sammuvat; soihdut kulkevat uuteen kammioon ja uuteen uneen. Legolas, siellä on kammio kammion takana, sali salin takana, kupoli kupolin jälkeen, portaat portaiden jälkeen; ja yhä kiemurtelevat tiet eteenpäin kohti vuorten sydäntä. Vai luolia! Helmin syvänteen salit! Onnellinen oli sattuma, joka saattoi minut sinne! Itken, kun minun on jätettävä ne.»

»Sitten toivon sellaista kohtaloa lohdutukseksi sinulle, Gimli», sanoi haltia, »että voit palata ehjänä sodasta ja nähdä ne uuden kerran. Mutta älä kerro koko kansallesi! Heille ei ole jäänyt paljonkaan tehtävää sinun kertomuksesi mukaan. Kukaties tämän maan ihmiset ovat viisaita, kun sanovat niin vähän: yksi touhukas kääpiöklaani saattaisi vasaroineen ja taltoineen turmella enemmän kuin saisi aikaan.»

»Ei, sinä et ymmärrä», Gimli sanoi. »Yhtäkään kääpiötä ei voisi olla koskettamatta moinen ihanuus. Kukaan Durinin suvusta ei louhisi noista luolista malmikiviä, ei vaikka sieltä saataisiin timantteja ja kultaa. Hakkaatteko te keväällä kukkivia lehtoja polttopuuksi? Me hoivaisimme näitä kukkivan kiven aukioita, emme louhisi niitä. Varovaisella taidolla, napaus napaukselta, niin me saattaisimme työskennellä – kukaties vain pienen kivensirun verran kokonaisen päivän aherrusta kohti – ja vuosien vieriessä me avaisimme uusia väyliä ja paljastaisimme uusia kaukaisia kammioita, jotka ovat vielä pimeitä ja näkyvät vain tyhjyytenä kallionhalkeamien takana. Ja valot, Legolas! Me tekisimme valot, sellaiset lamput, jotka kerran loistivat Khazad-dûmissa; ja milloin mielemme tekisi, voisimme karkottaa yön, joka on asunut siellä siitä lähtien kun vuoret tehtiin; ja kun me kaipaisimme lepoa, me sallisimme yön palata.»

»Puheesi liikuttaa minua, Gimli», Legolas sanoi. »En ole milloinkaan ennen kuullut sinun puhuvan näin. Saat minut melkein katumaan, että en ole nähnyt näitä luolia. Kuule! Tehkäämme sopimus – jos me kumpikin palaamme turvallisesti vaaroista, jotka meitä odottavat, matkustelemme jonkin aikaa yhdessä. Sinä tulet minun kanssani Fangorniin, ja sitten minä tulen sinun kanssasi katsomaan Helmin syvännettä.»

»En itse valitsisi moista paluureittiä», Gimli sanoi. »Mutta kestän Fangornin, jos saan sinulta lupauksen, että tulet takaisin katsomaan luolia ja jaat niiden ihanuuden kanssani.»

»Annan sanani», Legolas sanoi. »Mutta oi! Nyt meidän on jätettävä taaksemme sekä luolat että metsät joksikin aikaa. Katso! Tulemme puiden toiselle puolelle. Kuinka pitkä matka on Rautapihaan, Gandalf?»

»Seitsemisen peninkulmaa Sarumanin lintujen tietä», Gandalf sanoi, »vähän kolmatta Syvänteensolan suulta kahlaamoille, ja sieltä vielä viisi Rautapihan porteille. Mutta me emme ratsasta koko matkaa tänä yönä.»

»Ja kun me saavumme sinne, mitä me kohtaamme?» Gimli kysyi. »Sinä ehkä tiedät, minulla ei ole aavistustakaan.»

»En tiedä itsekään varmasti», vastasi velho. »Olin siellä eilen auringonlaskun aikaan, mutta sen jälkeen on voinut tapahtua paljon. En kuitenkaan usko, että pidät matkaa turhana – vaikka Aglarondin Kimaltelevat luolatkin jäisivät taakse.»

Viimein seurue tuli ulos metsästä. He huomasivat tulleensa Syvänteensolan alapäähän, missä Helmin syvänteeltä johtava tie haarautui toisaalta itään Edorasiin ja toisaalta pohjoiseen Rautkymin kahlaamoille. Heidän ratsastaessaan ulos metsän suojasta Legolas pysähtyi ja katsoi taakseen haikeasti. Sitten hän äkkiä huudahti.

»Siellä on silmiä!» hän sanoi. »Oksien varjoissa näkyy silmiä! En ole milloinkaan nähnyt tuollaisia silmiä.»

Muut pysähtyivät ja kääntyivät hänen huutonsa yllättäminä, mutta Legolas lähti ratsastamaan takaisin.

»Ei, ei!» Gimli huusi. »Tee hulluuksissasi mitä tahdot, mutta päästä minut ensin maahan tämän hevosen selästä! Minä en tahdo nähdä mitään silmiä!»

»Seis, Legolas Viherlehti!» Gandalf sanoi. »Älä mene takaisin metsään, älä vielä! Nyt ei ole sinun hetkesi.»

Kun hän vielä puhui, tuli metsästä esiin kolme outoa hahmoa. Peikon korkuisia ne olivat, ainakin kahden sylen mittaisia; niiden vahvaa vartaloa, lujatekoista kuin nuori puu, näytti verhoavan hyvin istuva harmaanruskea vaate tai nahka. Niillä oli pitkät jäsenet ja monisormiset kädet, tukka oli jäykkä ja parta harmaanvihreä kuin sammal. Ne katsoivat vakavin silmin, mutta ne eivät katsoneet ratsastajia: niiden silmät tähystivät pohjoiseen. Äkkiä ne kohottivat pitkät kätensä suulleen ja kajauttivat huutoja, yhtä kirkkaita kuin torven toitotukset, mutta sointuisampia ja vaihtelevampia. Huutoihin vastattiin, ja kun ratsastajat kääntyivät taas, he näkivät toisten samanlaisten olentojen lähestyvän ruohikon poikki astellen. Ne tulivat pohjoisesta joutuisasti, kävellen kuin kahlaavat haikarat, mutta aivan toiseen tahtiin, sillä niiden jalat liikkuivat pitkillä askelillaan nopeammin kuin haikaran siivet. Ratsastajat huudahtivat ihmetyksestä ääneen, ja jotkut laskivat kätensä miekan kahvalle.

»Ette tarvitse aseita», sanoi Gandalf. »Nämä ovat vain paimenia. He eivät ole vihollisia, totta puhuen me emme kiinnosta heitä laisinkaan.»

Niin näytti olevan laita, sillä hänen puhuessaan pitkät olennot astelivat metsään ja katosivat, eivätkä vilkaisseetkaan ratsastajiin.

»Paimenia?» Théoden sanoi. »Missä ovat niiden laumat? Mitä ne ovat, Gandalf? Sillä ainakaan sinulle ne eivät selvästikään ole outoja.»

»He ovat puitten paimenia», Gandalf vastasi. »Niinkö kauan on siitä, kun kuuntelitte tarinoita takkavalkealla? Maassanne on lapsia, jotka pystyisivät satujen säikeistä löytämään vastauksen kysymykseenne. Oi kuningas, olette nähnyt enttejä, Fangornin metsän enttejä, tehän kutsutte metsääkin omalla kielellänne Entsaloksi. Luulitteko nimen johtuvan vain tyhjänpäiväisestä mielijohteesta? Ei, Théoden, toisin on laita: heille te olette vain ohikiitävä taru, vuodet Eorl Nuoresta Théoden Vanhaan merkitsevät heille hyvin vähän, ja kaikki huoneenne uroteot ovat heille vain pikkuseikka.»

Kuningas oli ääneti. »Enttejä!» hän viimein sanoi. »Tarun hämärästä nousee mieleeni puiden ihme, taidan vähitellen alkaa ymmärtää. Merkillisiä aikoja saan elää. Kauan olemme hoitaneet eläimiämme ja peltojamme, rakentaneet talojamme, valmistaneet työkalujamme, tai ratsastaneet avuksi Minas Tirithin sotiin. Ja sitä me kutsuimme ihmiselämäksi, maailman menoksi. Vähän välitimme siitä, mitä oli oman maamme rajojen ulkopuolella. Meillä on lauluja, jotka kertovat näistä olennoista, mutta laulut ovat unohtumassa ja me opetamme niitä vain ohimennen lapsille pelkästä tottumuksesta. Ja nyt ovat laulut tulleet meidän keskellemme tuntemattomista paikoista ja kulkevat näkyvinä auringon alla.»

»Teidän tulisi iloita, kuningas Théoden», Gandalf sanoi. »Sillä nyt ei ole vaarassa vain ihmisten pikku elämä, vaan myös niiden elämä, joiden uskoitte kuuluvan vain satuun. Ette ole vailla liittolaisia, vaikka ette heitä tunne.»

»Ja silti minulla on syytä suruun», Théoden sanoi. »Sillä millaiseksi sotaonni kääntyykin, eikö liene niin, että sodan lopputuloksena paljon kaunista ja ihanaa katoaa ikuisiksi ajoiksi Keski-Maasta?»

»Niin saattaa käydä», Gandalf sanoi. »Sauronin tekemää pahaa ei voi kokonaan korjata eikä tehdä tekemättömäksi. Mutta nämä ajat ovat kohtalomme. Jatkakaamme nyt matkaa, jonka olemme aloittaneet!»

Seurue kääntyi pois solasta ja metsästä ja lähti seuraamaan Kahlaamoille vievää tietä. Legolas seurasi mukana vastahakoisesti. Aurinko oli laskenut, se oli jo vajonnut maailmanreunan taakse, mutta kun he ratsastivat kukkuloiden varjosta ja katsoivat länteen Rohanin aukkoon päin, taivas oli yhä punainen ja ajelehtivien pilvien alla loimotti valo. Tummina tuota valoa vasten kaarteli ja lensi mustasiipisiä lintuja. Jotkut lensivät heidän ylitseen ja huusivat surumielisesti palatessaan koteihinsa kallioille.

»Haaskalinnuilla on ollut täysi työ taistelukentällä», Éomer sanoi.

He ratsastivat nyt rauhallista vauhtia ja pimeä laskeutui tasangolle heidän ympärillään. Kasvava kuu nousi verkalleen taivaalle, ja kumpuilevat niittymaat nousivat ja laskivat sen kylmässä hopeisessa valossa kuin harmaan meren mainingit. He olivat ratsastaneet tienhaarasta nelisen tuntia ja alkoivat lähestyä Kahlaamoita. Pitkät rinteet viettivät jyrkästi laaksoon, jossa joki virtasi matalana kivikossa korkeitten ruohopengermien välissä. Tuuli kantoi heidän korviinsa susien ulvontaa. Heidän sydämensä oli raskas, sillä he muistivat ne monet miehet, jotka olivat kaatuneet taistelussa tällä paikalla.

Tie sukelsi kohoavien ruohorinteiden väliin, koversi uran joenäyrään pengermien läpi ja nousi taas ylös toisella puolella. Joen yli johti kolme riviä astinkiviä ja niiden välissä oli hevosten kahlaamot, jotka johtivat kummaltakin reunalta keskivirrassa kohoavalle paljaalle saarelle. Ratsastajat katselivat ylityspaikkaa ja se näytti heistä vieraalta, sillä Kahlaamoilla oli aina kuulunut veden pauhu ja solina kivikossa, mutta nyt paikka oli äänetön. Virran uomat olivat lähes kuivat, jäljellä oli vain harmaata hiekkaa ja somerikkoa.

»Tästä on tullut synkeä paikka», sanoi Éomer. »Mikä tauti jokea vaivaa? Saruman on turmellut monta kaunista paikkaa: onko hän tuhonnut myös Rautkymin lähteet?»

»Siltä näyttää», Gandalf sanoi.

»Ah ja voi!» sanoi Théoden. »Täytyykö meidän kulkea tästä, missä haaskaeläimet raatelevat Markin urhoollisia ratsastajia?»

»Tästä kulkee tiemme», Gandalf sanoi. »Murheellinen on miestenne menetys, mutta saatte nähdä, että ainakaan vuorten sudet eivät heitä ahmi. Ne pitävät juhlaa ystäviensä örkkien kustannuksella: sellaista on tuon lajin ystävyys. Tulkaa!»

He ratsastivat joen partaalle ja heidät huomatessaan sudet lakkasivat ulvomasta ja luikkivat kauemmaksi. Pelko täytti ne, kun ne näkivät kuutamossa Gandalfin ja hänen hevosensa Hallavaharjan, joka loisti kuin hopea. Ratsastajat kahlasivat saarekkeelle ja ilkeät kiiluvat silmät seurasivat heitä äyräitten varjoista.

»Katsokaa!» Gandalf sanoi. »Ystävät ovat olleet asialla täällä.»

Ja he näkivät, että saarekkeen keskelle oli kasattu kivillä reunustettu kumpu, johon oli pistetty keihäitä pystyyn.

»Tähän on haudattu kaikki Markin miehet, jotka kaatuivat täällä», Gandalf sanoi.

»Levätkööt he tässä!» Éomer sanoi. »Ja kun keihäät ovat lahonneet ja ruostuneet, pysyköön kauan heidän kumpunsa ja vartioikoon Rautkymin kahlaamoja!»

»Onko tämäkin sinun työtäsi, ystäväni Gandalf?» Théoden sanoi. »Sait paljon aikaan yhdessä illassa ja yössä!»

»Hallavaharjan avulla – ja muidenkin», Gandalf sanoi. »Ratsastin nopeasti ja kauas. Mutta tässä kummun vierellä sanon teidän lohdutukseksenne: monet kaatuivat Kahlaamojen taistelussa, mutta vähäisempi oli heidän lukunsa kuin huhu väitti. Enemmän joutui hajalleen kuin kaatui; minä kokosin yhteen kaikki, jotka löysin. Osan lähetin Länsimannun Grimboldin mukana liittymään Erkenbrandiin. Osan panin tämän hautauksen tekoon. He ovat nyt seuranneet teidän marsalkkaanne Elfhelmiä. Lähetin hänet Edorasiin useiden Ratsastajien kanssa. Tiesin Sarumanin lähettäneen kaikki voimansa teitä vastaan, hänen palvelijansa olivat heittäneet muut tehtävänsä ja marssineet Helmin syvänteelle: seudulla ei tuntunut olevan lainkaan vihollisia, mutta pelkäsin, että sudenratsastajia ja ryöväreitä saattaisi kaikesta huolimatta hyökätä Meduseldiin, kun se oli ilman puolustusta. Mutta nyt teidän tuskin tarvitsee pelätä: kartanonne ottaa teidät hyvin vastaan palatessanne.»

»Ja minä olen iloinen, kun taas saan sen nähdä», Théoden sanoi, »vaikka lyhyeksi jää, sen toki tiedän, oleskeluni siellä.»

Niin seurue sanoi hyvästit saarelle ja kummulle, ylitti joen ja kiipesi vastarannalle. He jatkoivat ratsastustaan iloiten siitä, että murheelliset Kahlaamot olivat jääneet taakse. Heidän etääntyessään puhkesivat sudet taas ulvomaan.

Rautapihasta ylityspaikalle toi muinainen valtatie. Jonkin matkaa se vei virran vartta ja kääntyi sen mukana ensin itään ja sitten pohjoiseen, mutta viimein se erkani joesta ja suuntasi kulkunsa suoraan Rautapihan portteja kohti; nämä olivat vuoren kupeessa laakson länsilaidalla, kuudentoista tai vähän useamman virstan päässä sen suulta. He seurasivat tätä tietä, mutta eivät ratsastaneet sitä pitkin, sillä sen vieressä oli kovaa ja tasaista maata, jota peitti monen virstan matkalla lyhyt kimmoisa nurmi. He ratsastivat nyt nopeammin, ja keskiyöllä kahlaamot olivat jo jääneet vajaan kolmen peninkulman päähän. Sitten he pysähtyivät ja päättivät öisen ratsastuksensa, sillä kuningas oli väsynyt. He olivat tulleet Sumuvuorten juurelle, ja Nan Curunírin pitkät käsivarret kurkottuivat heitä vastaan. Tummana lepäsi laakso heidän edessään, kuu oli vajonnut länteen ja sen valo jäi kukkuloiden taakse. Mutta laakson syvästä varjosta nousi valtava savu- ja höyrypatsas; kohotessaan se tavoitti laskevan kuun säteet ja levittäytyi mustan ja hopean hohtoisina aaltoina tähtitaivaan poikki.

»Mitä tuosta arvelet», Gandalf?» Aragorn kysyi. »Voisi luulla, että koko Velhon kattila on liekeissä.»

»Tuon laakson yllä on näinä aikoina aina katkua», Éomer sanoi, »mutta tämänkaltaista en ole aikaisemmin nähnyt. Se näyttää enemmän höyryltä kuin savulta. Saruman keittelee jotakin pirunseoksia tervetuliaisiksi meille. Kukaties hän on saattanut kaikki Rautkymin vedet kiehumaan ja joki on sen tähden kuiva.»

»Kukapa tietää?», Gandalf sanoi. »Huomenna saamme nähdä, mitä hän puuhailee. Levätkäämme nyt hetki, jos voimme.»

He leiriytyivät Rautkymin rannan tuntumaan; joki oli yhä äänetön ja tyhjä. Jotkut nukkuivat vähän. Mutta myöhään yöllä huusivat vartiomiehet, ja kaikki heräsivät. Kuu oli laskenut. Taivaalla loistivat tähdet, mutta maan yli hiipi pimeys, joka oli yötäkin mustempi. Se vyöryi heitä kohti joen kumpaakin puolta ja liikkui pohjoiseen.

»Pysykää paikoillanne!» Gandalf sanoi. »Miekat tuppeen! Odottakaa! Se menee ohitse!»

Heidän ympärilleen kerääntyi usvaa. Ylhäällä tähdet hohtivat yhä himmeästi, mutta molemmin puolin kohosivat läpipääsemättömän pimeyden muurit; he olivat kapeassa kujassa kahden liikkuvan varjoseinämän välissä. He kuulivat ääniä, kuisketta ja vaikerrusta ja loputtoman laahaavan huokauksen; maa vapisi heidän allaan. Heistä tuntui, että he istuivat pitkään peloissaan, mutta viimein pimeys ja häly etääntyivät ja katosivat vuorten haarakkeiden väliin.

Kaukana etelässä Ämyrilinnassa miehet kuulivat keskellä yötä suuren metelin, kuin laaksossa olisi tuivertanut ankara tuuli, ja maa tärisi; ja kaikki pelkäsivät eikä kukaan uskaltanut mennä katsomaan. Mutta aamulla he menivät ulos ja hämmästyivät, sillä surmatut örkit olivat poissa ja poissa olivat myös puut. Pitkälle Syvänteenlaaksoon oli ruoho tallautunut ja survoutunut ruskeaksi, ikään kuin jättimäiset paimenet olisivat laiduntaneet siellä suuria karjalaumoja, mutta virstan päähän Vallista oli kaivettu maahan valtava kuoppa ja sen päälle oli kasattu kiviä korkeaksi kummuksi. Ihmiset uskoivat, että heidän surmaamansa örkit oli haudattu sinne, mutta kukaan ei kyennyt sanomaan, olivatko metsään paenneet niiden joukossa, sillä yksikään ihminen ei astunut jalallaan tuolle röykkiölle. Sille annettiin myöhemmin nimi Kuollut kumpu, eikä sen päälle kasvanut ruohoa. Mutta outoja puita ei enää koskaan nähty Syvänteensolassa; ne olivat menneet yöllä takaisin ja palanneet kauas Fangornin tummiin laaksoihin. Tämä oli niiden kosto örkeille.

Kuningas seurueineen ei nukkunut tuona yönä enempää, mutta he eivät enää nähneet eivätkä kuulleet mitään outoa, ennen kuin heidän vieressään joen ääni äkkiä heräsi. Kuului veden kohinaa sen kiitäessä kivien yli, ja kun se oli kulkenut heidän ohitseen, virtasi ja vaahtosi Rautkymi taas uomassaan kuten aina ennenkin. Aamun koittaessa he valmistautuivat lähtöön. Päivä valkeni harmaana ja haaleana eivätkä he nähneet auringon nousua. Ilma oli kosteudesta raskas ja maan yllä leijui sameaa sauhua. He ratsastivat nyt valtatietä pitkin ja etenivät hitaasti. Tie oli hyvin hoidettu, leveä ja kova. He saattoivat erottaa hämärästi huurun läpi pitkän vuorijonon, joka kohosi heidän vasemmalla puolellaan. He olivat tulleet Nan Curuníriin, Velhon kattilaan. Se oli suojaisa laakso, joka avautui ainoastaan etelään. Kerran se oli ollut kaunis ja vihreä, ja sen läpi virtasi Rautkymi, joka oli syvä ja voimakas jo ennen kuin ehti tasangoille, sillä sitä ruokkivat monet lähteet ja sateisilta kukkuloilta virtaavat vähäisemmät joet; ja kaikkialla sen ympärillä oli kerran levinnyt lempeitä hedelmällisiä maita.

Toisin oli nyt. Rautapihan muurien alla oli yhä joitakin tynnyrinaloja, joita Sarumanin orjat viljelivät, mutta suurin osa laaksosta oli muuttunut rikkaruohojen ja ohdakkeiden peittämäksi joutomaaksi. Piikikkäät tappurat peittivät maata ja kiipesivät töyräille ja pöheikköjen päälle muodostaen piilopaikkoja pikkupedoille. Puita siellä ei kasvanut, mutta rehottavassa ruohossa näkyi vielä muinaisten lehtojen kohdalla poltettuja, kirveen katkomia kantoja. Se oli murheellinen maa, ja nyt se oli hiljainen lukuun ottamatta vuolaiden vesien kohinaa kiviä vasten. Savua ja höyryä ajelehti uhkaavina pilvinä ja viipyi painanteissa. Miehet ratsastivat vaiti. Moni epäili sydämessään ja mietti, mitä synkkää loppua kohti heidän matkansa vei.

Kun he olivat ratsastaneet muutamia virstoja, valtatie muuttui leveäksi kaduksi, joka oli päällystetty suurilla litteillä, taitavasti asetetuilla nelikulmaisilla kivillä; yksikään ruohonkorsi ei pistänyt esiin saumakohdista. Molemmilla puolilla lirisi vettä syvässä ojassa. Äkkiä heidän edessään häämötti korkea pylväs. Se oli musta, ja sen päässä oli suuri kivi, joka oli veistetty ja maalattu valkoisen käden kaltaiseksi. Sen sormi osoitti pohjoiseen. He tiesivät nyt, etteivät Rautapihan portit voineet olla kaukana, ja heidän sydämensä oli raskas, mutta heidän katseensa ei pystynyt lävistämään edessä leviävää sumua.

Vuorenhaarakkeen juurella Velhon kattilassa oli lukemattomat vuodet seissyt muinainen rakennelma, jota ihmiset kutsuvat Rautapihaksi. Osittain se oli muodostunut jo vuorten syntyessä, mutta Westernessen ihmiset olivat muinoin tehneet siellä mahtavia tekoja, ja Saruman oli asunut siellä kauan eikä hän ollut pysynyt toimettomana.

Tällainen se oli Sarumanin suuruuden aikaan, jolloin monet pitivät häntä velhoista mahtavimpana. Vuoren suojasta erkani korkea kalliomuuri, jyrkkä kiviseinämä, ja se kiersi ympyrän palaten takaisin vuoren kylkeen. Siihen oli tehty vain yksi ainoa sisäänkäynti: etelämuuriin louhittu suuri aukko. Sen taakse oli hakattu mustaan kallioon pitkä tunneli, jonka molemmat päät sulki mahtava rautaovi. Ne oli niin tehty ja asetettu valtaville saranoilleen, itse kallioon upotetuille terästangoille, että ne telkeämättöminä saattoi avata äänettömästi kevyellä kädenliikkeellä. Käytyään sisään ja kuljettuaan läpi pitkän kaikuvan tunnelin vieras näki edessään ison tasaisen pyöreän pihan, joka oli jonkin verran kovera kuin valtava matala astia; sen reunat olivat virstan päässä toisistaan. Kerran se oli ollut vihreä ja puistokäytäviä täynnä, ja siellä oli ollut hedelmäpuulehtoja, joita vuorilta Rautapihan järveen virtaavat purot kastelivat. Mutta Sarumanin myöhempinä aikoina siellä ei kasvanut mitään vihreää. Tiet oli katettu mustilla ja kovilla kivilaatoilla ja niiden reunoilla kohosi puiden sijasta pitkiä pylväsjonoja; toiset pylväät olivat marmoria, toiset kuparia ja rautaa, ja niitä yhdistivät raskaat ketjut.

Runsaasti asumuksia, kammioita, saleja ja käytäviä oli hakattu ja kaivettu muurin sisäpuoleen, niin että lukemattomat ikkunat ja mustat oviaukot tarkkailivat avointa pihaa. Sinne mahtui asumaan tuhansia: työläisiä, palvelijoita, orjia ja sotureita, joilla oli valtavat asevarastot, ja alhaalla syvissä tyrmissä pidettiin susia. Myös tasannetta oli kaivettu ja koverrettu. Syvälle maahan oli porattu kuiluja; niiden suut oli peitetty matalilla kivisillä kummuilla ja kupoleilla, niin että kuun valossa Rautapihan piiri näytti rauhattomien vainajien hautuumaalta. Sillä maa vavahteli. Kuilut johtivat monia luiskia ja kierreportaita pitkin syvällä alhaalla oleviin luoliin, joissa Sarumanilla oli aarrekammioita, varastoja, asekätköjä, valtavia ahjoja ja pajoja. Rautapyörät pyörivät siellä lakkaamatta ja vasarat paukkuivat. Öisin purkautui hormeista esiin höyrypilviä, joita alhaalta valaisi punainen, sininen tai myrkyllisen vihreä valo.

Kaikki tiet veivät keskusta kohti ketjujen välissä. Siellä kohosi ihmeellisen muotoinen torni. Sen olivat laatineet vanhan ajan rakentajat, jotka aikoinaan tasoittivat Rautapihan piirin; silti se ei näyttänyt ihmiskäden työltä, vaan vaikutti siltä kuin se olisi repeytynyt maan ytimestä vuorten kärvistellessä syntytuskissaan. Se oli kalliota ja kiveä, musta ja kiiltävänkova: neljä mahtavaa monisärmäistä yhteen kiinnittynyttä pylvästä. Vähän ennen huippua pylväät avautuivat törröttäviksi sarviksi, joiden kärjet olivat terävät kuin keihäät ja reunoiltaan hiotut kuin veitset. Niiden väliin jäi kapea tila ja sen päällä, kiillotetulla kivitasanteella, johon oli piirretty outoja merkkejä, saattoi mies seistä kahdeksankymmentä syltä maan yläpuolella. Se oli Orthanc, Sarumanin linna, jonka nimellä (tarkoituksella tai vahingossa) oli kaksinainen merkitys, sillä haltiakielessä *orthanc* tarkoittaa Torahammasvuorta, mutta Markin vanhassa kielessä viekasta mieltä.

Vahva ja ihmeellinen paikka oli Rautapiha, ja kauan se oli ollut kaunis; ja siellä oli asunut suuria ruhtinaita, Gondorin länsirajan vartijoita ja viisaita miehiä, jotka tarkkailivat tähtiä. Mutta Saruman oli hitaasti muovannut sen omiin muuttuviin tarkoituksiinsa sopivaksi ja parannellut sitä, kuten hän itse sokeudessaan luuli – sillä kaikki ne tiedot ja viekkaat keksinnöt, joiden takia hän hylkäsi aikaisemman viisautensa ja joita hän innoissaan kuvitteli omikseen, tulivat Mordorista ja vain Mordorista. Ja niin se, mitä hän sai aikaan, ei ollut muuta kuin lapsen tai mielistelevän orjan tekemä kurja kopio ja jäljitelmä, jonka esikuva oli Barad-dûr, Musta torni, väkevä linnoitus, asevarasto, vankila ja ahjo, joka ei kilpailijaa sietänyt ja halveksui mielistelyä ja vain odotti aikaansa turvattuna ylpeydessään ja mittaamattomassa voimassaan.

Sellaisen kerrottiin Sarumanin linnoituksen olevan – mutta miesmuistiin eivät Rohanin ihmiset olleet kulkeneet sen porteista, lukuun ottamatta kukaties muutamia Kärmekielen kaltaisia, jotka tulivat salaa eivätkä kertoneet kenellekään näkemäänsä.

Nyt Gandalf ratsasti kättä kannattelevalle suurelle pylväälle ja sivuutti sen, ja samassa ratsastajat huomasivat ihmeekseen, että käsi ei enää näyttänyt valkoiselta. Siinä oli tahroja, kuin kuivunutta verta, ja lähempää katsoen he havaitsivat, että käden kynnet olivat punaiset. Kiinnittämättä käteen mitään huomiota

Gandalf ratsasti sumuun, ja muut seurasivat häntä vastahakoisesti. Kaikkialla heidän ympärillään näkyi tien vierellä suuria lätäköitä ikään kuin äkillisen tulvan jäljiltä; vesi täytti painanteet ja kivien välissä lirisi pikku puroja.

Viimein Gandalf pysähtyi ja viittasi heille, ja he tulivat ja näkivät, että hänen edessään sumu oli hälvennyt ja kalvas aurinko paistoi. Keskipäivä oli jo ohi. He olivat saapuneet Rautapihan porteille.

Mutta portit oli paiskattu maahan. Siinä ne retkottivat vääntyneinä, ja kaikkialla lojui yksittäin tai kasoissa kiviä, jotka olivat haljenneet ja murtuneet lukemattomiksi teräväsärmäisiksi säpäleiksi. Oven kaariaukko oli yhä paikallaan, mutta se avautui nyt katottomaan kuiluun; tunneli oli revitty auki ja sen kallioseinät olivat täynnä aukkoja ja halkeamia; tornit oli hajotettu tomuksi. Vaikka itse Suuri meri olisi noussut vihassaan ja hyökännyt rajumyrskynä vasten vuoria, se ei olisi saanut aikaan kamalampaa tuhoa.

Muurin sisäinen piha oli täynnä höyryävää vettä: se oli kuin pulppuileva pata, jossa ajelehti pirstaleita, parruja, tankoja, arkkuja, tynnyreitä, särkyneitä varusteita. Vääntyneiden ja kallistuneiden pylväiden säröytyneet päät ulottuivat veden pinnan yläpuolelle, mutta kaikki tiet olivat veden alla. Näytti siltä kuin etäällä olisi häämöttänyt pilvien puolittain kietomana Rautapihan kallio. Tummana ja korkeana seisoi yhä Orthancin torni, jota myrsky ei ollut murtanut. Kelmeät vedet loiskivat sen juurella.

Kuningas ja hänen seurueensa istuivat ääneti hevostensa selässä ja ihmettelivät; he käsittivät että Sarumanin valta oli murskattu, mutta eivät kyenneet kuvittelemaan miten. Ja nyt he käänsivät katseensa kaariaukkoon ja tuhoutuneeseen porttiin päin. Aivan niiden lähellä he näkivät suuren kivikasan, ja äkkiä he tajusivat, että kasan päällä loikoi mukavasti kaksi pientä harmaa-asuista hahmoa, jotka tuskin erottuivat kivistä. Heillä oli vierellään pulloja, kulhoja ja lautasia, aivan kuin he olisivat vasta päättäneet hyvän aterian ja lepäisivät nyt työstään. Toinen näytti nukkuvan, toinen nojasi haljenneeseen järkäleeseen jalat ristissä ja kädet pään alla ja puhalteli suustaan ohuita sinisiä savuhaituvia ja pieniä savurenkaita.

Hetken Théoden ja Éomer ja kaikki hänen miehensä tuijottivat heitä ihmeissään. Rautapihan raunioiden keskellä tämä näky oli heistä kaikkein merkillisin. Mutta ennen kuin kuningas ehti puhua, pieni savuahengittävä olento huomasi äkkiä heidät istumassa hiljaa ratsujensa selässä sumun laidalla. Hän hypähti pystyyn. Hän näytti nuorelta mieheltä, vaikka oli varreltaan tuskin puolen miehen mittainen; hänellä oli ruskea kihara tukka, ei päähinettä, mutta yllään hänellä oli samanvärinen ja samankuosinen säänpieksemä kaapu kuin Gandalfin tovereilla oli ollut heidän ratsastaessaan Edorasiin. Hän kumarsi syvään ja painoi käden rinnalleen. Sitten hän kääntyi Éomerin ja kuninkaan puoleen, ikään kuin ei olisi huomannutkaan velhoa ja hänen ystäviään.

»Tervetuloa Rautapihaan, arvon ylimykset!» hän sanoi. »Me olemme ovenvartijoita. Meriadoc Saradocin poika on nimeni, ja toverini joka – suokaa anteeksi – on joutunut uupumuksen valtaan (hän nykäisi toveriaan jalalla) on nimeltään Peregrin Paladinin poika, Tukin huonetta. Kotimme on kaukana pohjoisessa. Hänen korkeutensa herra Saruman ottaa vastaan, mutta juuri tällä hetkellä hän on vetäytynyt keskustelemaan erään Kärmekielen kanssa, muussa tapauksessa hän epäilemättä olisi täällä toivottamassa teidänlaisianne kunnianarvoisia vieraita tervetulleiksi.»

Orthanc

»Epäilemättä», nauroi Gandalf. »Ja Sarumanko teidät määräsi vartioimaan vaurioituneita porttejaan ja tähyämään vieraita, milloin pullon ja lautasen äärestä satutte joutamaan?»

»No ei, hyvä herra, hän ei tullut sitä tehneeksi», vastasi Merri vakavasti. »Hänellä on ollut paljon ajateltavaa. Olemme saaneet käskymme Puuparralta, joka on ottanut Rautapihan hallintaansa. Hän määräsi minut toivottamaan Rohanin herran sopivin sanoin tervetulleeksi. Olen tehnyt parhaani.»

»Entä toverisi? Entä Legolas ja minä?» huudahti Gimli, joka ei enää kyennyt pidättelemään itseään. »Senkin lurjukset, karvajalkaiset, karvakalloiset pinnarit! Komeasti olette meitä juoksuttaneet! Sata peninkulmaa kautta korven ja kairan, kautta taistelujen ja kuoleman olemme kulkeneet pelastaaksemme teidät! Ja täältä me tapaamme teidät juhlimassa ja laiskottelemassa – ja polttamassa piippua! Polttamassa! Mistä olette saaneet käsiinne kessua, ryökäleet? Kautta vasaran ja pihtien! Raivo ja ilo repivät minua, niin että on jo ihme jos en ratkea!»

»Viet sanat suustani», Legolas sanoi. »Vaikka minua kiinnostaa enemmänkin, mistä he löysivät viiniä.»

»Parempia hoksottimia te ette näemmä ole ajonne aikana ainakaan saaneet», Pippin sanoi ja raotti toista silmää. »Te tapaatte meidät kunnian kentältä, sotajoukkojen ryöstösaaliin keskeltä, ja te ihmettelette, miten olemme saaneet käsiimme joitakin hyvin ansaittuja nautintoja!»

»Vai ansaittuja?» Gimli sanoi. »Sitä minä en usko!»

Ratsastajat nauroivat. »Epäilemättä me todistamme nyt rakkaiden ystävien jälleennäkemistä», Théoden sanoi. »Tässäkö ovat seurueesi kadonneet jäsenet, Gandalf? Nämä päivät ovat ihmeitä tulvillaan. Olen jo nähnyt monta sen jälkeen kun kotoani lähdin, ja nyt seisoo edessäni uusia tarujen hahmoja. Eivätkö nämä ole puolituisia, joita jotkut meistä kutsuvat nimellä *holbytlan*?»

»Hobitteja, jos sallitte, korkea herra», Pippin sanoi.

»Hobitteja?» Théoden sanoi. »Kielenne on kummasti muuttunut, mutta nimi ei kuulosta huonolta tuossa muodossa. Hobitteja! Mikään kuvaus kuulemistani ei tee oikeutta todellisuudelle.»

Merri kumarsi ja Pippin nousi ja kumarsi syvään. »Korkea herra, olette armollinen, tai toivon että saan ymmärtää sananne siten», hän sanoi. »Ihmeitä riittää! Olen vaeltanut monissa maissa sen jälkeen, kun lähdin kotoani, enkä ole vielä tavannut kansaa, joka tuntisi yhtäkään hobiteista kertovaa tarinaa.»

»Kansani on tullut pohjoisesta kauan sitten», Théoden sanoi. »Mutta en tahdo teeskennellä: emme tunne tarinoita hobiteista. Keskuudessamme kerrotaan vain, että kaukana monien vuorien ja jokien takana elää puolituiskansa, joka asustaa hiekkatörmiin kaivamissaan koloissa. Mutta yhtään tarinaa heidän teoistaan emme tunne, sillä sanotaan, että he eivät tee paljon mitään, välttävät ihmisten katsetta ja kykenevät katoamaan silmänräpäyksessä; ja he osaavat muuttaa äänensä lintujen piipitystä muistuttavaksi. Mutta näyttää siltä, että enemmänkin voisi sanoa.»

»Voisi todellakin, korkea herra», Merri sanoi.

»Ensinnäkin», Théoden sanoi, »en ollut kuullut, että he puhaltavat savua suustaan.»

»Siinä ei ole mitään ihmettelemistä», Merri vastasi, »sillä tuota taitoa me olemme harjoittaneet vasta muutaman sukupolven ajan. Nimittäin Pitkänpohjan Tobold Piipari Eteläneljännyksestä kasvatti ensimmäisenä oikeaa piippukessua puutarhassaan vuoden 1070 tienoilla meidän ajanlaskumme mukaan. Siitä, miten vanha Tobold tuli löytäneeksi kasvin...»

»Ette tiedä mikä teitä uhkaa, Théoden», keskeytti Gandalf. »Nämä hobitit istuvat kaikessa rauhassa hävityksen keskellä ja keskustelevat pöydän iloista tai isiensä tai isoisiensä tai isoisiensä isien ja kaukaisten yhdeksännen asteen serkkujensa pikku tekemisistä, mikäli rohkaisette heitä aiheettomalla kärsivällisyydellä. Joku muu hetki sopinee paremmin kessun historian selvittelylle. Merri, missä on Puuparta?»

»Tuolla pohjoislaidalla minun käsittääkseni. Hän meni hakemaan juotavaa – puhdasta vettä. Useimmat entit ovat hänen kanssaan ja jatkavat yhä työtään – tuollapäin.» Merri heilautti kättään kohti höyryävää järveä, ja katsoessaan sinne he kuulivat kaukaista ryminää ja räiskettä, ikään kuin vuoren rinnettä alas syöksyvän vyöryn ääntä. Kaukaa kantautui kuin voitontorvien toitotusta: *huum-hum*.

»Onko Orthanc siis jätetty vartijatta?» Gandalf kysyi.

»Onhan tuo vesi tuossa», Merri sanoi. »Mutta Äkkipää vartioi sitä ja jotkut muut myös. Kaikki pylväät ja paalut tuolla kentällä eivät ole Sarumanin pystyttämiä. Äkkipää seisoo luullakseni tuolla kallion vieressä lähellä portaitten alapäätä.»

»Siellä on tosiaan pitkä harmaa entti», Legolas sanoi, »mutta hän pitää käsiä sivuillaan ja seisoo hiljaa paikallaan kuin portinpylväs.»

»Keskipäivä on jo ohi», Gandalf sanoi, »ja ainakaan me emme ole syöneet mitään varhaisen aamun jälkeen. Toivoisin kuitenkin tapaavani Puuparran niin pian kuin mahdollista. Eikö hän jättänyt minulle mitään viestiä, vai ovatko lautaset ja pullo karkottaneet sen mielestänne?»

»Hän jätti viestin», Merri sanoi, »ja olin juuri tulossa siihen, mutta tässä on ollut kaikenlaisia muita kysymyksiä. Minun oli määrä sanoa, että mikäli Markin herra ja Gandalf ratsastavat pohjoismuurille, he löytävät sieltä Puuparran, ja hän toivottaa heidät tervetulleeksi. Omasta puolestani voin lisätä, että siellä on myös ensiluokkainen tarjoilu, jonka haalivat kokoon ja valitsivat nöyrimmät palvelijanne.» Hän kumarsi.

Gandalf nauroi. »Noin sitä pitää!» hän sanoi. »Théoden, ratsastatteko kanssani tapaamaan Puupartaa? Meidän on kierrettävä, mutta paikka ei ole kaukana. Kun tapaatte Puuparran, moni seikka selviää. Sillä Puuparta on Fangorn, vanhin enteistä ja heidän johtajansa, ja kun puhutte hänen kanssaan, saatte kuulla vanhimman kaikista elävistä olennoista puhuvan.»

»Minä tulen kanssasi», Théoden sanoi. »Hyvästi, hobittini! Toivottavasti tapaamme vielä minun kartanossani! Siellä saatte istua rinnallani ja kertoa kaiken mitä haluatte: esi-isienne teot niin pitkälle kuin ne tunnette, ja me keskustelemme myös Vanhasta Toboldista ja hänen kasvitiedostaan. Hyvästi!»

Hobitit kumarsivat syvään. »Tuo siis oli Rohanin kuningas!» Pippin mutisi. »Hieno vanha kaveri. Kohtelias kuin mikä.»

9

HYLKYTAVARAA

GANDALF JA KUNINKAAN seurue ratsastivat pois ja kääntyivät itään kiertääkseen Rautapihan muurien rauniot. Mutta Aragorn, Gimli ja Legolas eivät menneet mukaan. He jättivät Arodin ja Hasufelin etsimään ruohoa omin päin ja tulivat istumaan hobittien viereen.

»Jaa-a! Takaa-ajo on ohitse ja me tapaamme jälleen paikassa, johon kukaan meistä ei kuvitellut tulevansa», Aragorn sanoi.

»Ja kun suuret ovat nyt menneet puhumaan suurista asioista», Legolas sanoi, »voivat takaa-ajajat saada vastaukset omiin pikku arvoituksiinsa. Me seurasimme teidän jälkiänne aina metsään saakka, mutta on vielä monta seikkaa, joista haluaisin saada selvyyden.»

»Ja on myös paljon sellaista, mitä me tahdomme tietää teistä», sanoi Merri. »Olemme kuulleet yhtä ja toista Puuparralta, vanhalta entiltä, mutta se ei riitä alkuunkaan.»

»Kaikki aikanaan», Legolas sanoi. »Me ajoimme takaa teitä, joten teidän täytyy ensiksi tehdä meille selkoa toimistanne.»

»Tai toiseksi», Gimli sanoi. »Juttu luistaisi paremmin aterian jälkeen. Minulla on haava päässä ja keskipäivä on jo aikaa ohitse. Te lurjukset voisitte parantaa asiaa toimittamalla meillekin vähän siitä ryöstösaaliista, josta puhuitte. Ruoka ja juoma saattaisivat vähän tasoittaa tilejämme.»

»Saamasi pitää», Pippin sanoi. »Syötkö täällä vai asetummeko mukavammin Sarumanin vartiotuvan jäännöksiin – tuonne kaaren alle? Meidän oli pakko nauttia kenttälounas täällä ulkona, jotta voisimme pitää silmällä tietä.»

»Se silmä oli kyllä puoliksi ummessa!» Gimli sanoi. »Mutta minä en mene mihinkään örkkien taloon enkä koske örkkien muonaan enkä mihinkään, mitä ne ovat käpälöineet.»

»Sitä emme sinulta pyytäisikään», Merri sanoi. »Me olemme itse saaneet örkeistä tarpeeksemme eliniäksi. Mutta Rautapihassa oli monenlaista muutakin väkeä. Sarumanilla oli älliä olla luottamatta örkkeihinsä. Ihmiset hänen porttejaan vartioivat, varmaan hänen uskollisimmat palvelijansa. Ainakin he olivat suosiossa ja saivat erinomaista muonaa.»

»Ja piippukessuakin?» Gimli kysyi.

»Ei minun käsittääkseni», nauroi Merri. »Mutta se on toinen tarina, joka voi odottaa lounaan yli.»

»Hyvä, käydään siis käsiksi lounaaseen!» sanoi kääpiö.

Hobitit näyttivät tietä; ja he menivät kaaren alitse ja tulivat leveälle ovelle, joka sijaitsi vasemmalla puolella portaikon yläpäässä. Se avautui suoraan suureen kammioon, jonka perällä oli pienempiä ovia ja toisella seinustalla tulisija ja savupiippu. Kammio oli hakattu kiveen ja se oli ilmeisesti ollut pimeä, sillä siitä avautui ikkunoita vain tunneliin. Mutta nyt sinne tuli valoa rikkoutuneesta katosta. Takassa paloi tuli.

»Sytytin pienen valkean», Pippin sanoi. »Se piristi meitä sumun keskellä. Täällä oli muutamia risukimppuja, melkein kaikki puu mitä löysimme oli märkää. Mutta savupiippu vetää hyvin: se kai kiemurtelee ylös kallion läpi eikä se onneksi ole tukkeutunut. Tuli on kätevä. Voin tehdä teille paahtoleipää. Leipä taitaa ikävä kyllä olla kolme neljä päivää vanhaa.»

Aragorn ja hänen toverinsa istuutuivat huoneessa olevan pitkän pöydän toiseen päähän, ja hobitit katosivat eräästä sisäovesta.

»Täällä on varastohuone, joka onneksi jäi tulvan yläpuolelle», Pippin sanoi heidän palatessaan syli täynnä vateja, kulhoja, pikareita, veitsiä ja monenmoista ruokatavaraa.

»Eikä sinun, mestari Gimli, tarvitse nyrpistää nenääsi tarjoilulle», sanoi Merri. »Tämä ei ole örkkisotkua vaan ihmisenruokaa, niin kuin Puuparta sitä kutsuu. Saako olla viiniä vai olutta? Tuolla sisällä on tynnyri – varsin laadukasta. Ja tässä on ensiluokkaista suolattua porsasta. Vai haluatteko, että leikkaan teille pari viipaletta siansivua ja paahdan ne? Valitettavasti meillä ei ole mitään vihanneksia: jakelu on häiriintynyt melkoisesti viime päivien aikana. Jälkiruoaksi en voi tarjota muuta kuin voita ja hunajaa leivän päälle. Kelpaako?»

»Kelpaa totisesti», Gimli sanoi. »Tilit ovat tasaantuneet huomattavasti.»

Kolmikko paneutui pian innokkaasti ateriaansa; ja hobititkin aloittivat ujostelematta uudestaan. »Meidän täytyy pitää seuraa vieraillemme», he sanoivat.

»Olette tänä aamuna pelkkää kohteliaisuutta», Legolas nauroi. »Mutta jos me emme olisi saapuneet, te taitaisitte jo pitää seuraa toinen toisellenne.»

»Ehkä niin, ja miksei?» Pippin sanoi. »Ruoka oli kamalaa örkkien matkassa emmekä saaneet tarpeeksemme sitä edeltävinäkään päivinä. Siitä tuntuu olevan kauan, kun olemme saaneet syödä todella sydämemme halusta.»

»Eipä tuo aika tunnu jättäneen mitään jälkiä», Aragorn sanoi. »Näytätte totta puhuen terveiltä kuin pukit.»

»Niin totisesti näytätte», Gimli sanoi ja silmäili heitä kiireestä kantapäähän pikarinsa reunan yli. »Hiukset ovat kaksi kertaa paksummat ja kiharammat kuin erotessamme, ja voisin vaikka vannoa, että» olette molemmat kasvaneet pituutta, mikäli se on mahdollista teidänikäisillenne hobiteille. Tämä Puuparta ei ainakaan ole pitänyt teitä nälässä.»

»Eipä kylläkään», Merri sanoi. »Mutta entit ainoastaan juovat, eikä pelkkä juominen tuo tyydytystä. Puuparran juomat saattavat olla ravitsevia, mutta hobitti kaipaa jotakin kiinteää. Eikä edes *lembas* ole niin hyvää, että ei kaipaisi vaihtelua.»

»Te olette siis juoneet enttien vesiä, onko näin?» Legolas sanoi. »Silloin on aivan mahdollista, että Gimlin silmät eivät petä. Fangornin nesteistä on laulettu kummia lauluja.»

»Monia kummia tarinoita kerrotaan tuosta maasta», Aragorn sanoi. »En ole koskaan ollut siellä. Kertokaa minulle siitä lisää ja enteistä myös!»

»Entit», Pippin sanoi, »entit ovat – tuota, entit ovat ensinnäkin kaikki erilaisia. Mutta silmät, tuota, niiden silmät ovat hyvin merkilliset.» Hän yritti kuvailla niitä haparoivin sanoin, mutta vaikeni sitten. »No jaa», hän jatkoi, »te olette jo nähneet joitakin enttejä matkan päästä – ainakin he näkivät teidät ja kertoivat, että te olitte tulossa – ja varmaan te näette monia muitakin ennen kuin lähdette täältä. Teidän pitää itse muodostaa käsityksenne.»

»Seis, seis!» Gimli sanoi. »Aloitamme tarinan keskeltä. Tahtoisin kuulla kertomuksen oikeassa järjestyksessä alkaen siitä merkillisestä päivästä, jolloin Saattueemme hajosi.»

»Saat kuulla kaiken, jos aika vain riittää», Merri sanoi. »Mutta sitä ennen – mikäli olette lopettaneet syömisen – voitte täyttää piippunne ja sytyttää ne. Ja sitten saatamme vähän aikaa kuvitella, että olemme kaikki taas turvassa Briissä tai Rivendellissä.»

Hän veti esiin pienen nahkapussin, joka oli täynnä tupakkaa. »Meillä on tätä kasoittain», hän sanoi, »te voitte kaikki pakata mukaanne niin paljon kuin tahdotte, kun lähdemme. Me pelastimme yhtä ja toista Pippinin kanssa tänä aamuna. Täällä ajelehtii kaikenlaista. Pippin se löysi kaksi pientä tynnyriä, jotka olivat ilmeisesti huuhtoutuneet ulos jostakin kellarista tai varastosta. Me avasimme ne ja huomasimme, että ne olivat täynnä niin hienoa piippukessua kuin olla voi ja täysin turmeltumatonta.»

Gimli otti kessua käteensä, hieroi kämmeniensä välissä ja nuuhkaisi. »Tuntuu hyvältä ja tuoksuu hyvältä», hän sanoi.

»Se on hyvää!» sanoi Merri. »Kallis Gimli, se on Pitkänpohjan pehkua! Tynnyreissä oli selväänkin selvemmät Piiparien laatumerkinnät. En käsitä ollenkaan miten se on tänne tullut. Varmaan se on tarkoitettu Sarumanin yksityiseen käyttöön. Minulla ei ollut aavistustakaan, että sitä vietiin näin kauas. Mutta nyt se tulee tarpeeseen.»

»Tulisi kyllä», sanoi Gimli, »jos minulla olisi piippu, mihin sitä panna. Mutta voi, kadotin omani Moriassa tai jo ennemmin. Eikö saaliissanne ole ainuttakaan piippua?»

»Ei taida olla, ikävä kyllä», Merri sanoi. »Emme ole löytäneet ainuttakaan, emme edes näistä vartiotuvista. Näyttää siltä, että Saruman on pidättänyt tämän ylellisyyden itsellään. Enkä oikein usko, että kannattaa mennä koputtelemaan Orthancin ovia ja pyytämään häneltä piippua! Meidän täytyy jakaa piippumme, kuten ystävien tulee hädän hetkellä.»

»Hetki vain!» sanoi Pippin. Hän työnsi käden takkinsa poveen ja veti esiin pienen pehmeän naruun kiinnitetyn pussin. »Säilytän povellani paria aarretta, jotka ovat minulle yhtä kalliita kuin Sormukset. Tässä on niistä yksi: vanha puupiippuni. Ja tässä toinen: käyttämätön piippu. Olen kantanut sitä pitkän matkan, vaikka en oikein tiedä minkä tähden. En minä tosissani kuvitellut löytäväni tällä matkalla piippukessua, sen jälkeen kun oma loppui. Mutta nyt piippu osoittautuu sittenkin tarpeelliseksi.» Hän nosti esiin pienen piipun, jossa oli leveä matala koppa, ja ojensi sen Gimlille. »Tasoittaako tämä tilit väliltämme?» hän sanoi.

»Tasoittaako!» Gimli huudahti. »Jalo hobitti, nyt olen korviani myöten velassa sinulle.»

»No niin, nyt minä lähden takaisin ulos katsastamaan tuulen ja taivaan tilaa!» Legolas sanoi.

»Me tulemme mukaan», Aragorn sanoi.

He menivät ulos ja istuutuivat kivikasalle portin viereen. He näkivät nyt kauas laaksoon, sumu kohosi ja ajautui pois tuulen viemänä.

»Viettäkäämme nyt hetki aivan rauhassa!» Aragorn sanoi. »Istumme hävityksen keskellä ja keskustelemme, niin kuin Gandalf sanoi, sillä aikaa kun häntä tarvitaan muualla. Tunnen väsymystä, jonka kaltaista olen harvoin kokenut.» Hän kietoi harmaan kaapunsa ympärilleen ja peitti rengaspaitansa, sitten hän oikaisi pitkät jalkansa. Viimein hän asettui pitkäkseen ja puhalsi huuliensa välistä pitkän ohuen savujuovan.

»Katsokaa!» Pippin sanoi. »Konkari Samooja on palannut!»

»Ei hän ole koskaan ollut poissa», Aragorn sanoi. »Olen sekä Konkari että Dúnadan ja kuulun sekä Gondoriin että Pohjoiseen.»

He polttelivat hetken ääneti ja aurinko paistoi heihin vaipuessaan laaksoa kohti korkealla lännessä leijuvien valkeiden pilvien alle. Legolas makasi paikallaan ja katseli kiinteästi aurinkoa ja taivasta ja lauloi hiljaa itsekseen. Viimein hän nousi seisomaan. »Toimintaa!» hän sanoi. »Aika kuluu ja usva liitää pois, tai liitäisi, jollette te omituiset olennot ympäröisi itseänne savulla. Eikö nyt olisi tarinan aika?»

»Hyvä on. Tarinani alkaa siitä kun heräsin pimeässä ja totesin makaavani mytyksi köytettynä örkkien leirissä», Pippin sanoi. »Katsotaan – mikä päivä tänään on?»

»Maaliskuun viides konnunlaskua», Aragorn sanoi. Pippin laski sormillaan. »Vain yhdeksän päivää sitten!» hän sanoi.* »Tuntuu kuin olisi kulunut vuosi siitä kun meidät kaapattiin. Vaikka puolet ajasta oli kuin pahaa unta, ymmärtääkseni matkaan meni kolme hirveää päivää. Merri saa korjata, jos unohdan jotakin tärkeää, en aio kuvailla yksityiskohtia: piiskoja ja saastaa ja löyhkää ja sen sellaista, sitä ei oikein kestä muistella.» Niin hän ryhtyi kertomaan Boromirin viimeisestä taistelusta ja örkkien marssista Emyn Muililta Metsään. Muut nyökkäilivät niissä kohdissa, jotka pitivät yhtä heidän arvelujensa kanssa.

»Tässä on kaksi arvoesinettä, jotka te pudotitte», Aragorn sanoi. »Otatte ne varmaan ilomielin takaisin.» Hän hellitti vyötään kaapunsa alta ja otti siitä kaksi tupellista veistä.

»Johan on jotakin!» Merri sanoi. »En uskonut enää näkeväni noita! Merkitsin omallani pari örkkiä, mutta Uglúk otti veitset meiltä pois. Miten se mulkoili meitä! Ensin luulin, että se aikoo pistää minut kuoliaaksi, mutta sitten se heitti ne pois, ikään kuin ne olisivat polttaneet.»

»Ja tässä on myös sinun solkesi, Pippin», Aragorn sanoi. »Olen säilyttänyt sitä huolella, sillä se on hyvin kallisarvoinen.»

»Tiedän sen», Pippin sanoi. »Siitä oli tuskallista erota, mutta mitä muutakaan olisin voinut tehdä?»

»Et mitään», Aragorn vastasi. »Se, joka ei voi heittää pois aarretta hädän hetkellä, on kahleissa. Teit oikein.»

---

* Konnun kalenterissa on joka kuussa 30 päivää.

»Oli nokkela temppu katkoa siteet ranteista!» Gimli sanoi. »Onni auttoi, mutta tartuit tilaisuuteen sananmukaisesti kaksin käsin.»

»Ja järjestit meille melkoisen arvoituksen», Legolas sanoi. »Minä jo mietin, olitko kasvattanut siivet.»

»Valitettavasti en», Pippin sanoi. »Mutta te ette tienneet mitään Grishnákhista.» Hän värisi eikä puhunut enää, vaan antoi Merrin kertoa viimeisistä kauheista hetkistä: kopeloivista käsistä, kuumasta hengityksestä ja Grishnákhin karvaisten käsien kammottavasta voimasta.

»Minua huolestuttaa tuo, mitä kerrotte Barad-dûrin tai Lugbúrzin örkeistä, niin kuin ne itse sanovat», Aragorn sanoi. »Musta ruhtinas tiesi jo liikaa, samoin hänen palvelijansa, ja on selvää, että Grishnákh lähetti erimielisyyden jälkeen sanan Virran toiselle puolelle. Punainen silmä tähyilee kohti Rautapihaa. Mutta joka tapauksessa Saruman on toivottomassa tilanteessa ihan omaa syytään.»

»Totta. Kumpi puoli tahansa voittaakin, hänelle näkymät eivät ole hyvät», Merri sanoi. »Kaikki hänen aikeensa alkoivat mennä myttyyn siitä hetkestä, kun hänen örkkinsä astuivat Rohaniin.»

»Me näimme vilauksen siitä vanhasta konnasta, tai niin Gandalf ainakin vihjailee», Gimli sanoi. »Metsän laidassa.»

»Milloin?» Pippin kysyi.

»Viisi yötä sitten», Aragorn sanoi.

»Katsotaan», Merri sanoi, »viisi yötä sitten – nyt tulemme siihen tarinan vaiheeseen, josta te ette tiedä mitään. Me tapasimme sinä päivänä taistelun jälkeen Puuparran, ja sen yön me vietimme Lähteensalissa, yhdessä hänen ent'asumuksistaan. Seuraavana aamuna menimme Entkäräjille, nimittäin enttien kokoukseen, ja se olikin merkillisintä, mitä olen eläissäni nähnyt. Se kesti koko sen päivän ja seuraavan, ja me vietimme yömme erään Äkkipää-nimisen entin kanssa. Ja sitten myöhään kolmannen käräjäpäivänsä iltapuolella entit yhtäkkiä ratkesivat. Se oli uskomatonta. Metsä oli tuntunut siltä kuin sen sisällä olisi hautunut ukkosmyrsky: sitten yhtäkkiä se puhkesi. Olisittepa kuulleet heidän laulunsa kun he marssivat.»

»Jos Saruman olisi kuullut sen, hän olisi jo sadan virstan päässä, vaikka hänen olisi pitänyt juosta omin jaloin», Pippin sanoi.

> »Rautapihaan! Sinne, vaikka se on paikka missä teljet
> tiemme salpaa, muurit kestää, portit estää, sinne, veljet!
> Sotaan! Vihaan! Käsi kalpaa nostaa, uhkaa, sotaan, sotaan!

Se oli paljon pitempi. Suuri osa laulusta oli vailla sanoja, ja se oli niin kuin torvi- ja rumpumusiikkia. Se oli hyvin jännittävää. Minä luulin, ettei se tarkoittanut sen kummempaa, että se oli pelkkä marssilaulu – kunnes me pääsimme tänne. Nyt tiedän paremmin.»

»Me ylitimme viimeisen harjanteen ja saavuimme Nan Curuníriin, kun pimeä oli laskeutunut», jatkoi Merri. »Silloin minusta tuntui ensimmäisen kerran, että itse Metsä liikkui meidän jäljessämme. Luulin näkeväni enttiunta, mutta Pippinkin oli huomannut sen. Me pelkäsimme molemmat, mutta emme saaneet selville enempää ennen kuin myöhemmin.

Ne olivat huorneja, niin kuin entit niitä kutsuvat 'lyhyellä kielellä'. Puuparta ei suostu sanomaan niistä paljoakaan, mutta luulen, että ne ovat enttejä, jotka ovat muuttuneet melkein puiksi, ainakin näöltään. Niitä seisoo hiljaa siellä täällä metsässä tai sen reunoilla, ja ne tuijottavat tuijottamistaan puitten latvojen yli, mutta luulen että syvällä pimeimmissä laaksoissa niitä on sadoittain.

Niiden voima on suuri, ja näyttää siltä kuin ne osaisivat kääriytyä varjoon: on vaikea huomata että ne liikkuvat. Mutta kyllä ne liikkuvat. Ne voivat liikkua nopeastikin, jos suuttuvat. Sitä seisoo vaikka tarkkailemassa säätä tai kuuntelemassa tuulen kahinaa, ja sitten yhtäkkiä huomaakin olevansa keskellä metsää, ja suuria kurottelevia puita on joka puolella. Niillä on vielä ääni, ja ne pystyvät puhumaan enttien kanssa – sen takia niitä sanotaan huorneiksi, Puuparta selitti – mutta ne ovat käyneet omituisiksi ja villeiksi. Vaarallisiksi. Minusta olisi pelottavaa tavata niitä, jos lähistöllä ei olisi tosienttejä katsomassa niiden perään.

Alkuyöstä me hiivimme alas pitkää kurua Velhon kattilan yläpäähän, ensin entit ja heidän perässään kaikki kahisevat huornit. Me emme tietenkään nähneet niitä, mutta ilma oli täynnä natinaa. Yö oli pimeä ja pilvinen. Ne etenivät nopeasti jätettyään kukkulat taakseen ja niistä lähti tuulen suhinaa muistuttava ääni. Kuu ei tullut näkyviin pilvien takaa, ja pian keskiyön jälkeen kohosi kaikkialla Rautapihan pohjoispuolella korkea metsä. Vihollisesta tai mistään vastarinnasta ei voinut havaita merkkiäkään. Yhdestä ikkunasta korkealta tornista loisti valo, ei muuta.

Puuparta ja pari muuta enttiä jatkoivat hiipimistään niin pitkälle, että saivat näkyviinsä suuret portit. Pippin ja minä olimme hänen mukanaan. Me istuimme Puuparran olkapäillä ja minä tunsin, kuinka hän värisi jännityksestä. Mutta vimmoissaankin entit osaavat olla hyvin varovaisia ja kärsivällisiä. He seisoivat paikallaan kuin hakatut kivet, hengittäen ja kuulostellen.

Sitten aivan yhtäkkiä alkoi hirveä hälinä. Torvia soitettiin ja Rautapihan muurit raikuivat. Me luulimme, että meidät oli keksitty ja että taistelu alkaisi. Mutta ei sinne päinkään. Koko Sarumanin väki marssi tiehensä. Minä en tiedä tästä sodasta paljoakaan, enkä Rohanin hevosmiehistä, mutta Saruman nähtävästi aikoi tehdä kertakaikkiaan selvää kuninkaasta ja hänen miehistään yhdellä iskulla. Hän tyhjensi Rautapihan. Minä näin kun vihollinen lähti, näin loputtomat jonot örkkien marssirivistöjä, ja osa niistä ratsasti suurilla susilla. Ja monta pataljoonaa oli ihmisiäkin. Monilla oli soihdut ja niiden valossa erottuivat kasvot. Suurin osa oli tavallisia ihmisiä, aika pitkiä ja tummatukkaisia, rajun mutta ei erityisen pahan näköisiä. Mutta joukossa oli joitakin aivan kauheita: ihmisenmittaisia mutta hiidenkasvoisia, kelmeitä, irvinaamaisia, viirusilmäisiä. Jotenkin ne toivat minulle heti mieleen sen Briin etelänmiehen, paitsi että hän ei ollut ollenkaan niin selvästi örkkimäinen kuin useimmat näistä.»

»Minäkin tulin ajatelleeksi häntä», Aragorn sanoi. »Me jouduimme tekemisiin monen tällaisen puoliörkin kanssa Helmin syvänteellä. Nyt tuntuu varmalta, että etelänmies oli Sarumanin vakooja, mutta en tiedä, oliko hän yhteistyössä Mustien ratsastajien kanssa vai palveliko hän yksin Sarumania. Näistä pahoista olennoista on aina vaikea sanoa, milloin he ovat liitossa keskenään ja milloin petkuttavat toinen toistaan.»

»No niin, yhteenlaskettuna eri porukoita oli varmasti vähintään kymmenentuhatta», Merri sanoi. »Kesti tunnin ennen kuin kaikki olivat kulkeneet porttien läpi. Jotkut marssivat Kahlaamoille vievää valtatietä ja jotkut taas kääntyivät ja menivät itään. Sinne on rakennettu silta joen yli paikkaan, jossa uoma on hyvin syvä. Te voisitte nähdä sen tästä, jos nousisitte seisomaan. Ne lauloivat kaikki karkealla äänellä ja nauroivat ja pitivät kamalaa ääntä. Ajattelin että Rohanin asiat olivat nyt hullusti. Mutta Puuparta ei liikahtanut. Hän sanoi: 'Tänään minun työnäni ovat Rautapihan kivet ja kalliot.'

Vaikka en nähnytkään, mitä pimeässä tapahtui, oletan, että huornit lähtivät kohti etelää heti kun portit oli taas suljettu. Niiden työnä olivat kai sitten örkit. Ne olivat aamulla kaukana laaksossa, tai ainakin siellä oli varjo, jonka läpi ei näkynyt.

Niin pian kuin Saruman oli lähettänyt matkaan koko armeijansa, tuli meidän vuoromme. Puuparta laski meidät maahan ja meni porteille ja alkoi nuijia ovia ja huutaa Sarumania. Vastaukseksi hän sai vain nuolia ja kiviä muureilta. Mutta nuolista ei ole enttejä vastaan. Ne satuttavat heitä tietenkin ja saattavat heidät raivoihinsa – niin kuin pistävät hyttyset. Mutta entti voi olla täynnä örkinnuolia kuin neulatyyny vahingoittumatta vakavasti. Ensinnäkään heitä ei voi myrkyttää, ja heidän nahkansa tuntuu olevan hyvin paksu ja kaarnaakin sitkeämpi. Haavoittaakseen enttiä vakavasti täytyy iskeä kirveellä ja kunnolla. He eivät pidä kirveistä. Mutta yhtä enttiä kohti pitäisi olla aika liuta kirveenkäyttäjiä: mies joka on iskenyt enttiä kerran ei saa toista tilaisuutta. Entinnyrkin pamaus rypistää raudan kuin se olisi ohutta tinaa.

Kun Puupartaan oli osunut muutamia nuolia, hän alkoi lämmetä ja muuttua toden teolla 'hätäiseksi' niin kuin hän itse sanoisi. Hän päästi kovan *huum-hum*-äänen ja kymmenkunta enttiä harppoi paikalle. Vihainen entti on kauhistava. Heidän sormensa ja varpaansa pureutuvat kallioon, ja ne raastavat sitä kuin leivänkuorta. Oli kuin olisi katsellut puun juurien työtä, kun sadan vuoden aika on tiivistetty muutamaan hetkeen.

He työnsivät, vetivät, repivät ja ravistelivat ja hakkasivat; *kling, klang, ryskis* ja *pang* – viidessä minuutissa he olivat paiskanneet nämä valtavat portit tuusannuuskaksi, ja jotkut kaivautuivat jo muuriin kuin kaniinit hiekkakuopan reunaan. En tiedä, mitä Saruman kuvitteli tapahtuvan, mutta ainakaan hän ei tiennyt mitä tehdä. Voi tietysti olla että hänen velhonlahjansa ovat rapistuneet viime aikoina, mutta minä luulen, että häneltä puuttuu sisua, rehellistä rohkeutta, kun hän jää vaikeassa tilanteessa yksin ja ilman kaiken maailman koneitaan ja orjalaumojaan. Hän on ihan toisenlainen kuin vanha Gandalf. Ettei vain hänen maineensa perustunut alun alkuaankin etupäässä siihen, että hän keksi asettua Rautapihaan.»

»Ei perustunut», sanoi Aragorn. »Kerran hän oli yhtä suuri kuin maineensa. Hänen tietonsa olivat syvät, ajatuksensa läpitunkevat ja kätensä ihmeellisen taitavat, ja hän pystyi vaikuttamaan toisten ajatuksiin. Viisaat hän osasi vakuuttaa ja vähäisemmän väen pelottaa. Tuo kyky hänellä varmasti on vieläkin. Ei ole Keski-Maassa monta, jotka olisivat turvassa keskustellessaan hänen kanssaan kahden, ei nytkään kun hän on kärsinyt tappion. Ehkä Gandalf, Elrond ja Galadriel – nyt kun hänen pahuutensa on kaikkien nähtävissä, mutta hyvin harvat muut.»

»Entit ovat turvassa», Pippin sanoi. »Hän näyttää kerran saaneen heidät ansaan, mutta toista kertaa hän ei onnistu. Eikä hän sitä paitsi ymmärtänyt heitä, ja hän teki suuren virheen jättäessään heidät pois laskelmistaan. Hänellä ei ollut suunnitelmaa heidän varalleen, eikä aikaa laatia sellaista sitten kun he olivat alkaneet työnsä. Heti kun hyökkäyksemme alkoi, rupesivat Rautapihan viimeiset rotat ryntäilemään ulos enttien tekemistä aukoista. Entit päästivät ihmiset menemään kuulusteltuaan heitä, heitä oli tällä puolella vain pari kolme tusinaa.

Örkkejä tuskin pääsi pakoon, ei isoja eikä pieniä. Ei ainakaan huorneilta: niitä oli silloin kokonainen metsä joka puolella Rautapihan ympärillä, ja sitten vielä ne, jotka olivat menneet laaksoon.

Kun entit olivat murentaneet suurimman osan etelämuuria tohjoksi, ja Sarumanin luo jääneet olivat karanneet tiehensä ja jättäneet hänet yksin, hän pakeni kauhun vallassa. Ilmeisesti hän oli porteilla kun me saavuimme, hän kai tuli katsomaan loistavan armeijansa ulosmarssia. Mutta kun entit murtautuivat sisään, hän poistui kiireesti. Ensin he eivät keksineet häntä. Mutta yö oli kirkastunut ja tähdet valaisivat sen verran, että entit pystyivät näkemään, ja sitten Äkkipää huusi: 'Puunsurmaaja, puunsurmaaja!' Äkkipää on lempeä olento, mutta sen vuoksi hän vihaa Sarumania sitäkin kiihkeämmin: örkkien kirveet aiheuttivat suuria kärsimyksiä hänen suvulleen. Hän juoksi alas polkua sisäportilta, ja hän pystyy liikkumaan tuulen lailla, kun hän suuttuu. Vaalea hahmo viiletti pylväiden välissä varjosta varjoon ja oli jo ehtinyt melkein tornin ovelle. Mutta vähältä se piti. Äkkipää oli niin tiiviisti Sarumanin kannoilla, että velho oli vain muutaman askelen päässä kuristuskuolemasta livahtaessaan ovesta sisään.

Kun Saruman oli päässyt takaisin Orthancin turviin, hän ryhtyi pian käyttelemään kalliita kojeitaan. Siihen mennessä oli Rautapihaan tunkeutunut jo paljon enttejä, jotkut olivat seuranneet Äkkipäätä, toiset olivat murtautuneet sisään idästä ja pohjoisesta; he liikuksivat ympäriinsä ja tekivät kamalaa jälkeä. Äkkiä nousi ilmaan tulta ja pahanhajuisia höyryjä, kuilut ja aukot alkoivat joka puolella pihaa suihkuta ja purkautua. Useat entit kärähtivät ja saivat palovammoja. Yksi jonka nimi oli luullakseni Pyökkiluu, pitkä ja komea entti, syttyi tuleen jostakin nestemäisestä tulisuihkusta ja paloi kuin soihtu, se oli kamala näky.

Siitä he tulivat aivan vauhkoiksi. Olin kuvitellut, että he olivat jo vimmoissaan, mutta erehdyin. Viimeinkin näin, millaista se voi olla. He ärjyivät ja jylisivät ja toitottivat, kunnes kivet alkoivat halkeilla ja putoilla jo pelkän äänen voimasta. Merri ja minä makasimme maassa ja käärimme kaavut korvillemme. Entit kiersivät kiertämistään Orthancin ympäri riehuen kuin rajumyrsky; he rikkoivat pylväitä, paiskasivat kivivyöryjä kuiluihin, heittelivät kivilaattoja kuin lehtiä. Torni jäi keskelle viuhuvaa pyörrettä. Näin miten rautaiset pylväät ja kivimuurin kappaleet lensivät satojen kyynäröiden korkeuteen ja paiskautuivat Orthancin ikkunoita vasten. Mutta Puuparta piti päänsä kylmänä. Hän ei onneksi ollut saanut palovammoja. Hän ei halunnut että hänen kansansa vahingoittaisi itseään raivossaan eikä hän halunnut Sarumanin karkaavan jostakin raosta sekasorron keskellä. Monet entit heittäytyivät jo vasten Orthancin kalliota, mutta se oli heille liikaa. Se on hyvin sileä ja kova. Siinä piilee ehkä jokin taika, kukaties Sarumania vahvempi ja vanhempi. Oli miten oli, he eivät saaneet siitä otetta eivätkä onnistuneet tekemään siihen rakoa ja he ruhjoutuivat ja haavoittuivat itse.

Silloin Puuparta meni pihan keskelle ja alkoi huutaa. Hänen valtava äänensä kohosi kaiken metelin ylitse. Äkkiä tuli kuolemanhiljaista. Sen keskellä me kuulimme kimeän naurun ikkunasta korkealta tornista. Se vaikutti entteihin merkillisellä tavalla. He olivat kiehuneet yli äyräitten, nyt he kävivät kylmiksi, jäätä hyytävämmiksi ja hiljaisiksi. He lähtivät pihalta, kokoontuivat Puuparran ympärille ja jäivät seisomaan paikoilleen. Hän puhui heille vähän aikaa heidän omalla kielellään, luulen että hän kertoi suunnitelman, joka oli syntynyt hänen vanhassa päässään kauan sitten. Sitten he vain liukenivat ääneti harmauteen. Päivä oli alkanut sarastaa.

Käsittääkseni he jättivät vartion pitämään silmällä tornia, mutta vartijat olivat kätkeytyneet niin hyvin varjoihin ja pysyttelevät niin hiljaa, että minä en nähnyt heitä. Muut menivät pohjoiseen. Kaiken päivää he puuhasivat jotakin ja pysyivät poissa näkyvistä. Me olimme enimmäkseen yksin. Se oli tylsä päivä ja me kuljeskelimme vähän, mutta pysyttelimme poissa Orthancin ikkunoiden näköpiiristä – ne tuijottivat meitä uhkaavasti. Melko tavalla aikaa me käytimme etsiessämme jotakin syötävää. Ja me istuimme myös ja juttelimme ja mietimme, mitä kaukana Rohanissa oli tapahtunut ja miten muun Saattueen oli mahtanut käydä. Vähän väliä me kuulimme kaukaa kivien ryminää ja kolinaa, ja tömähdykset kajahtelivat vuorista.

Iltapäivällä me kiersimme katsomaan, mitä oli tekeillä. Laakson päässä oli suuri varjoisa huornimetsä ja pohjoisen muurin luona oli toinen. Metsiin emme uskaltaneet mennä. Mutta kuulimme raastavaa ja repivää työskentelyn ääntä. Entit ja huornit kaivoivat suuria kuoppia ja hautoja ja rakensivat suuria altaita ja patoja ja kokosivat kaikki Rautkymin vedet ja kaikkien muiden löytämiensä lähteiden ja purojen vedet. Me jätimme ne siihen työhön.

Auringon laskiessa Puuparta tuli takaisin portille. Hän hyräili ja hyrisi itsekseen ja vaikutti tyytyväiseltä. Hän seisoi pitkiä käsivarsiaan ja jalkojaan venytellen ja hengitti syvään. Kysyin häneltä, oliko hän väsynyt.

'Väsynytkö?' hän sanoi. 'Väsynyt? Ei, en ole väsynyt, olen vain jäykkä. Kaipaan kunnon kulausta Entinojasta. Me olemme tehneet kovasti töitä, me olemme tänään murtaneet kiveä ja jyrsineet maata enemmän kuin monena pitkänä vuonna yhteensä. Mutta työ on melkein tehty. Kun yö tulee, älkää norkoilko lähellä tätä porttia tai vanhaa tunnelia! Sieltä voi tulla vettä – ja jonkin aikaa se on likaista, kunnes kaikki Sarumanin saasta on huuhdottu pois. Sitten saa Rautkymi virrata taas puhtaana.' Hän alkoi hajottaa lisää muuria ikään kuin muina miehinä, vain omaksi huvikseen.

Me mietimme juuri, mihin olisi turvallista asettua makuulle ja nukkua vähän, kun tapahtui jotakin aivan ällistyttävää. Kuulimme tieltä saapuvan hevosen kavioiden nopean kapseen. Merri ja minä makasimme ääneti, ja Puuparta piilottautui kaariaukon varjoihin. Äkkiä asteli näkyviin suuri hevonen välkähtäen kuin hopea. Oli jo pimeää, mutta minä näin ratsastajan kasvot selvästi: ne näyttivät loistavan ja kaikki hänen vaatteensa olivat valkoiset. Minä en osannut muuta kuin nousta istumaan ja tuijottaa suu auki. Yritin huutaa, mutta en kyennyt.

Ei huutoa tarvittukaan. Ratsastaja pysähtyi aivan meidän kohdallemme ja katsoi alas meihin. 'Gandalf!' sain viimein sanotuksi, mutta se oli pelkkä kuiskaus. Sanoiko hän: 'Hei, Pippin! Tämäpä iloinen yllätys!' Ei sinne päinkään! Hän sanoi: 'Ylös siitä, Tukintolvana! Missä ihmeessä kaiken tämän hävityksen keskellä on Puuparta? Minulla on hänelle asiaa. Liikettä!'

Puuparta kuuli hänen äänensä ja tuli heti esiin varjoista, ja se oli outo kohtaus. Olin ihmeissäni, kun kumpikaan ei näyttänyt yhtään yllättyneeltä. Gandalf oletti selvästi tapaavansa Puuparran täältä, ja Puuparran olisi melkein voinut luulla luuhaavan porteilla tavatakseen hänet. Ja me olimme kuitenkin kertoneet vanhalle entille, mitä Moriassa oli tapahtunut. Mutta sitten muistin hänen omituisen katseensa, kun me kerroimme siitä. Voin vain olettaa, että hän oli nähnyt Gandalfin tai saanut hänestä jotakin tietoja, mutta ei katsonut asiakseen sanoa meille mitään heti paikalla. 'Ei saa hätiköidä' on hänen tunnuksensa, eikä kukaan puhu paljon mitään Gandalfin liikkeistä, eivät edes haltiat, milloin hän ei ole paikalla.

'Huum! Gandalf!' Puuparta sanoi. 'Olen iloinen että olet tullut. Osaan kyllä hoidella puun ja veden, kiven ja kannon, mutta täällä pitäisi selvitä vielä velhostakin.'

'Puuparta', Gandalf sanoi. 'Minä tarvitsen sinun apuasi. Olet tehnyt paljon, mutta enemmän tarvitaan. Minun pitäisi hoidella kymmenentuhatta örkkiä.'

Sitten ne kaksi menivät pois ja pitivät jossakin neuvottelun. Kaikki oli Puuparrasta varmasti kamalan hätäistä, sillä Gandalfilla oli tuli hännän alla ja hän puhui jo vuolaasti ennen kuin he ehtivät kuulomatkan päähän. He olivat poissa vain vähän aikaa, ehkä neljännestunnin. Sitten Gandalf tuli takaisin meidän luoksemme ja hän näytti huojentuneelta, lähestulkoon iloiselta. Sitten hän sanoi senkin, että hänestä oli hauska taas nähdä meidät.

'Mutta Gandalf', minä huudahdin, 'missä sinä olet ollut? Ja oletko nähnyt muita?'

'Olin missä olin, nyt olen palannut', hän vastasi aitogandalfmaiseen tapaan. 'Olen kyllä tavannut muutamia Saattueemme jäseniä. Mutta uutisten täytyy nyt jäädä. Tämä yö on vaaroja täynnä, ja minun on ratsastettava joutuisasti. Mutta aamunkoitto voi sitten olla valoisampi, ja jos niin on, me tapaamme jälleen. Pitäkää huoli itsestänne ja pysytelkää kaukana Orthancista! Näkemiin!'

Puuparta oli hyvin mietteliäs Gandalfin lähdettyä. Hän oli selvästi saanut kuulla paljon lyhyessä ajassa ja sulatteli sitä nyt. Hän katsoi meitä ja sanoi: 'Hm, tuota, hm, ette te taidakaan olla niin hätäistä joukkoa kuin luulin. Sanotte paljon vähemmän kuin voisitte sanoa, ettekä puhu enempää kuin sopii. Hm, olipa totisesti melkoinen määrä uutisia! Tuota, nyt Puuparran täytyy taas ryhtyä työhön.'

Ennen kuin hän lähti, me saimme hänestä irti vähän tietoja, eivätkä ne piristäneet meitä alkuunkaan. Mutta sillä hetkellä me ajattelimme enemmän teitä kolmea kuin Frodoa ja Samia, tai onnetonta Boromiria. Päättelimme, että käynnissä oli tai pian käytäisiin suuri taistelu ja että te olitte siinä mukana ja että te ette ehkä selviäisi siitä.

'Huornit auttavat', Puuparta sanoi. Sitten hän meni pois, enkä nähnyt häntä ennen kuin tänä aamuna.

Yö oli läpitunkematon. Me lepäsimme erään kivikasan päällä emmekä nähneet ollenkaan ympärillemme. Usva tai varjot sumensivat kaiken kuin olisimme olleet suuren huovan sisässä. Ilma tuntui kuumalta ja raskaalta ja se oli täynnä kahinaa, natinaa ja mutinaa, kuin ohitsemme olisi yhtä mittaa kuljettu. Varmaan lisää huorneja, sadoittain, oli menossa taistelijoiden avuksi. Myöhemmin etelästä kuului kovaa ukkosen jyrinää ja kaukaa Rohanista näkyi salaman leimauksia. Silloin tällöin välähtelivät vuorten huiput näkyviin mustavalkoisina virstojen päässä ja katosivat taas. Ja takaamme kuului ääntä, joka oli kuin ukkosen ryminää kukkuloilla, mutta oli jotakin muuta. Välillä koko laakso kaikui.

Joskus keskiyön aikaan entit sitten mursivat padot ja ohjasivat kaiken veden pohjoismuurissa olevasta aukosta alas Rautapihaan. Huornhämy oli kulkenut ohitsemme ja ukkonen jymissyt pois. Kuu oli laskeutumassa läntisten vuorten taakse.

Mustat purot ja lammikot alkoivat pikkuhiljaa täyttää Rautapihaa. Ne kimalsivat kuun viime valossa levittäytyessään pihan yli. Silloin tällöin osui vesi johonkin kuiluun tai putken aukkoon. Sieltä sihahti ulos korkeita valkoisia höyrypatsaita. Savu nousi aaltoina. Kuului räjähdyksiä. Tuli leimahteli. Paksu usvasilmukka alkoi kiertyä Orthancin ympärille, kunnes torni lopulta oli kuin pilven peittämä vuorenhuippu, alta tulen, ylhäältä kuun valaisema. Ja yhä tulvi sisään vettä, kunnes Rautapiha oli lopulta kuin valtava matala kattila, joka höyrysi ja kupli kauttaaltaan.»

»Me näimme viime yönä etelästä savua ja höyryä tullessamme Nan Curunírin suulle», Aragorn sanoi. »Pelkäsimme, että Saruman hautoi joitakin uusia konnuuksia meidän päämme menoksi.»

»Ehei!» Pippin sanoi. »Siinä vaiheessa Saruman varmaankin jo kakisteli eikä enää nauranut. Aamuun mennessä, eilisaamuun mennessä, vesi oli valunut kaikkiin aukkoihin ja täällä oli sakea sumu. Me pakenimme tuonne vartiotupaan ja pelästyimme pahan kerran. Järvi alkoi tulvia ja purkautua ulos entisestä tunnelista ja vesi nousi nopeasti portaissa. Me kuvittelimme jäävämme kiikkiin kuin örkit koloonsa, mutta me löysimme varastohuoneen perältä kierreportaat, joita myöten pääsimme aukon kaaren päälle. Saimme kiemurrella aika lailla ennen kuin pääsimme ulos, sillä ylempänä olivat halkeilleet ja pudonneet kivet tukkineet portaat. Siellä me istuimme korkealla tulvan yläpuolella ja katselimme, miten Rautapiha hautautui veteen. Entit syytivät sinne yhä enemmän vettä, kunnes jokainen luola oli täytetty ja jokainen tuli tukahdutettu. Höyryt kääntyivät vähitellen yhteen ja levisivät ylhäällä ehkä virstan korkeudessa valtavaksi pilvikatokseksi. Illalla oli itäisten kukkuloitten yllä korkea sateenkaari ja vuorten rinteillä satoi rankasti, niin ettei auringonlaskuakaan näkynyt. Kaikki kävi hyvin äänettömästi. Pari sutta ulvoi murheellisesti jossakin kaukana. Yöllä entit pysäyttivät vesivirrat ja laskivat Rautkymin takaisin vanhaan uomaansa. Ja se oli sen lorun loppu.

Siitä lähtien vesi on koko ajan laskenut. Luolissa on kai uloskäytäviä. Jos Saruman kurkistaa ulos jostakin ikkunasta, ympärillä aukeaa kamala siivo ja sotku. Me tunsimme itsemme kovin yksinäisiksi. Missään ei ollut näkyvissä yhtäkään enttiä, jonka kanssa olisi voinut jutella hävityksen keskellä emmekä me saaneet uutisia mistään. Me vietimme yömme kaaren päällä, ja siellä oli kylmää ja kosteaa emmekä me saaneet unta. Meillä oli sellainen tunne, että mitä tahansa voisi tapahtua koska tahansa. Saruman on yhä tornissaan. Yössä kuului ääni, kuin laaksosta nouseva tuuli. Luulen, että entit ja huornit, jotka olivat olleet poissa, palasivat silloin, mutta sitä minä en tiedä minne ne kaikki nyt ovat menneet. Aamu oli utuinen ja nihkeä ja me kapusimme alas ja katselimme ympärillemme, eikä lähettyvillä ollut ketään. Ja siinä kaikki, mitä meillä on kerrottavana. Nyt tuntuu melkein rauhalliselta kaiken sen sekasorron jälkeen. Ja turvallisemmaltakin jollakin tavalla, nyt kun Gandalf on tullut takaisin. Voisin vaikka ottaa torkut!»

Kaikki olivat vähän aikaa hiljaa. Gimli täytti piippunsa. »Yhtä asiaa minä mietin», hän sanoi sytyttäessään sen tuluksillaan. »Kärmekieltä. Sanoitte Théodenille, että hän oli Sarumanin luona. Miten hän pääsi sinne?»

»Totta tosiaan, minä unohdin hänet», Pippin sanoi. »Hän meni sinne vasta tänä aamuna. Me olimme juuri sytyttäneet tulen ja syöneet vähän aamiaista, kun Puuparta ilmestyi taas. Me kuulimme hänen huhuavan ja huutelevan nimiämme ulkona.

'Tulin vain katsomaan. miten te pärjäätte, poikaseni', hän sanoi, 'ja kertoakseni uutisia. Huornit ovat tulleet takaisin. Kaikki on hyvin, ai ai, hyvin totta vie!'

hän nauroi ja hakkasi reisiään. 'Rautapihassa ei enää ole örkkejä, ei kirveitä! Ja etelästä tulee vieraita ennen kuin päivä vanhenee, ja kukaties te riemastutte kun tapaatte eräät heistä.'

Tuskin hän oli sen sanonut, kun kuulimme kavioiden kopinaa tieltä. Me ryntäsimme ulos porteista, ja minä seisoin ja tuijotin ja puolittain odotin näkeväni Konkarin ja Gandalfin ratsastavan esiin armeijan etunenässä. Mutta sumusta tulikin esiin ihminen vanhalla väsyneellä konilla, ja hän näytti itsekin kummalliselta ja oudonsorttiselta otukselta. Ketään muita ei tullut. Kun hän ilmestyi usvasta ja näki äkkiä kaiken hävityksen ja tuhon edessään, hän istui siinä suu ammollaan ja hänen naamansa muuttui melkein vihreäksi. Hän oli niin poissa tolaltaan, että hän ei ensin näyttänyt huomaavan meitä. Kun hän huomasi, hän kiljaisi ja yritti kääntää hevosensa ja ratsastaa tiehensä. Mutta Puuparta otti kolme askelta, ojensi pitkän kätensä ja nosti hänet alas satulasta. Hänen hevosensa pillastui ja karkasi, ja hän mateli maassa. Hän sanoi olevansa Gríma, kuninkaan ystävä ja neuvonantaja ja että hänet oli lähetetty tuomaan tärkeää sanomaa Théodenilta Sarumanille.

'Kukaan muu ei olisi uskaltanut ratsastaa avoimen maan poikki, kun siellä oli niin paljon iljettäviä örkkejä', hän sanoi, 'ja siksi hän lähetti minut. Olen tehnyt vaarallisen matkan ja olen nälkäinen ja väsynyt. Minun täytyi poiketa kauas pohjoiseen reitiltäni, kun sudet ajoivat minua takaa.'

Näin miten hän vilkuili Puupartaa ja minä sanoin itsekseni: 'valehtelija'. Puuparta katseli häntä verkkaiseen tapaansa useita minuutteja, kunnes kurja mies kiemurteli maassa. Sitten hän viimein sanoi: 'Haa, hm, minä odotinkin teitä saapuvaksi, mestari Kärmekieli.' Mies värähti kuullessaan nimen. 'Gandalf ehti ennen teitä. Niin että tiedän teistä sen mikä on tarpeen, ja tiedän mitä tehdä teille. Pane kaikki rotat samaan loukkuun, sanoi Gandalf; ja sen teenkin. Minä olen nyt Rautapihan valtias, mutta Saruman on teljetty torniinsa; ja te voitte mennä sinne ja viedä hänelle kaikki sanomat mitä vain pystytte keksimään.'

'Päästäkää minut, päästäkää!' Kärmekieli sanoi. 'Tunnen tien.'

'Varmaan tunsitte', Puuparta sanoi. 'Mutta paikat ovat täällä hiukan muuttuneet. Menkää katsomaan!'

Hän päästi Kärmekielen menemään, ja tämä linkutti pois kaaren alitse ja me hänen kannoillaan, kunnes hän tuli sisäpuolelle ja näki vedenpaljouden, joka erotti hänet Orthancista. Silloin hän kääntyi meidän puoleemme.

'Antakaa minun mennä pois!' hän uikutti. 'Antakaa minun mennä! Sanomillani ei ole enää väliä.'

'Eipä todellakaan ole', Puuparta sanoi. 'Mutta teillä on vain kaksi mahdollisuutta: odottaa minun kanssani Gandalfin ja herranne saapumista, tai ylittää vesi. Kumman valitsette?'

Mies värisi, kun hänen herransa mainittiin, ja pani toisen jalkansa veteen, mutta sitten hän perääntyi. 'En osaa uida', hän sanoi.

'Vesi ei ole syvää', sanoi Puuparta. 'Se on likaista, mutta ei se teitä turmele, mestari Kärmekieli. Veteen vaan!'

Sen kuultuaan lähti miesraiska räpistelemään veden poikki. Vesi kohosi melkein hänen kaulaansa asti, ennen kuin hän pääsi niin kauas, etten enää nähnyt häntä. Viimeksi näin hänen tarrautuvan johonkin vanhaan tynnyriin tai puunkappaleeseen. Mutta Puuparta kahlasi hänen peräänsä ja tarkkaili hänen etenemistään.

'No niin, hän on mennyt sisään', Puuparta sanoi palattuaan. 'Näin hänen rämpivän portaita ylös kuin uitettu rotta. Tornissa on yhä joku: sieltä tuli esiin käsi, joka veti hänet sisään. Niin että siellä hän nyt on, ja toivottavasti vastaanotto miellyttää. Nyt minun täytyy mennä pesemään itseni puhtaaksi liejusta. Olen pohjoisreunalla, jos joku tahtoo tavata minut. Tällä puolella ei ole puhdasta vettä, jota entti voisi juoda tai jossa voisi kylpeä. Minun täytyy siis pyytää teitä kahta pitämään vahtia portilla ja odottamaan vieraita, joita on tulossa. Rohanin laidunten herra on heidän joukossaan, ettäs tiedätte! Teidän pitää toivottaa hänet tervetulleeksi niin hyvin kuin osaatte: hänen miehensä ovat taistelleet uljaasti örkkejä vastaan. Ehkä te tiedätte, miten ihmisten tapaan sellaista herraa puhutellaan, paremmin kuin entit. Vihreillä laitumilla on minun aikanani ollut monta herraa, enkä ole koskaan oppinut heidän puheenparttaan enkä nimiään. He kaipaavat varmasti ihmisenruokaa, ja te arvatenkin tiedätte kaiken siitä. Yrittäkää siis löytää jotakin kuninkaalle sopivaa syötävää.' Ja siihen tarina loppuu. Vaikka minä kyllä tahtoisin tietää, kuka tämä Kärmekieli on. Onko hän todella ollut kuninkaan neuvonantaja?»

»On», Aragorn sanoi, »ja lisäksi Sarumanin vakooja ja palvelija Rohanissa. Kohtalo ei ole ollut hänelle suopeampi kuin hän ansaitsee. Hänelle olisi ollut varmaan lähimain tarpeeksi rangaistusta kun hän näki raunioina kaiken sen, mitä oli kuvitellut vahvaksi ja suureksi. Mutta hänelle lienee tiedossa pahempaakin.»

»Niin kai. Tuskin Puuparta lähetti häntä Orthanciin sulaa ystävällisyyttään», Merri sanoi. »Vanha entti tuntui nauttivan jollakin kolkolla tavalla koko hommasta ja nauroi itsekseen mennessään kylpemään ja juomaan. Sen jälkeen meillä riitti puuhaa, kun etsimme hylkytavaraa ja tutkimme paikkoja. Löysimme eri puolilta pari kolme varastoa, jotka olivat vedenpinnan yläpuolella. Mutta Puuparta lähetti tänne muutamia enttejä ja he kantoivat pois suurimman osan tavaroista.

'Tarvitsemme ihmisenruokaa kahdellekymmenelleviidelle', sanoivat entit, huomaatte siis että joku oli laskenut teidät tarkkaan ennen kuin saavuitte. Teidän kolmen oli ilmeisesti tarkoitus mennä isoisten joukkoon. Mutta ei teitä olisi luonnistanut sen paremmin. Me pidimme yhtä laadukasta tavaraa kuin annoimme pois, sen vannon. Parempaakin, koska emme luovuttaneet mitään juotavaa.

'Entä juomat?' minä kysyin enteiltä.

'Rautkymissä virtaa vettä', he sanoivat, 'ja se on kyllin hyvää enteille ja ihmisille.' Mutta toivon että entit ovat ehtineet valmistaa myös omia juomiaan vuorilähteiden vedestä, niin että saamme nähdä Gandalfin parran kiharassa kun hän tulee. Kun entit olivat menneet, me tunsimme itsemme hyvin väsyneiksi – ja nälkäisiksi. Mutta me emme valittaneet – vaivamme palkittiin. Etsiessämme ihmisten ruokaa Pippin löysi hylkytavaroista parhaimman, nuo Piipari-tynnyrit. 'Piippukessu maistuu paremmalta ruoan jälkeen', Pippin sanoi; ja niin siinä sitten kävi.»

»Kaikki on nyt selvää», Gimli sanoi.

»Kaikki paitsi yksi seikka», Aragorn sanoi, »se että Rautapihassa on Eteläneljännyksen pehkua. Mitä enemmän sitä mietin, sen kummallisemmalta se minusta tuntuu. En ole koskaan ollut Rautapihassa, mutta olen matkustellut tässä maassa, ja tunnen hyvin asumattomat seudut, jotka leviävät Rohanin ja Konnun välissä. Sitä tietä ei ole kulkenut tavaraa eikä matkustavaisia moneen pitkään vuoteen, ei ainakaan avoimesti. Sarumanilla on kai sitten ollut salaisia yhteyksiä johonkin kontulaiseen. Muidenkin kuin Théodenin huoneessa saattaa asua Kärmekieliä. Oliko tynnyreissä päiväystä?»

»Oli», Pippin sanoi. »Ne olivat vuoden 1417 satoa, eli viime vuoden, ei, vaan toissavuoden tietenkin: se oli hyvä vuosi.»

»Jaa jaa, mikä konnankoukku onkin ollut vireillä, siitä on nyt toivottavasti tullut loppu; tällä hetkellä emme ainakaan voi siihen puuttua», Aragorn sanoi. »Taidanpa kuitenkin mainita siitä Gandalfille, vaikka se saattaakin tuntua vähäpätöiseltä hänen suurten tehtäviensä rinnalla.»

»Mitähän hän puuhailee?» Merri sanoi. »Iltapäivä kuluu. Mennään katsomaan, miltä täällä näyttää! Nyt voit mennä Rautapihaan, Konkari, jos tahdot. Mutta näky ei ole mitenkään mieltäylentävä.»

10

SARUMANIN ÄÄNI

TOVERUKSET KULKIVAT RAUNIOITUNEEN tunnelin läpi, seisahtuivat suurelle kivikasalle ja katselivat Orthancin mustaa kiveä ja sen monia ikkunoita: se näytti yhä uhkaavalta ympäröivän hävityksen keskelläkin. Melkein kaikki vesi oli valunut pois. Sinne tänne oli jäänyt mustanpuhuvia kettoisia lätäköitä, joissa kellui sekalaista sälää, mutta suurin osa laajasta pihasta oli jälleen paljaana: se oli nyt muta- ja kivierämaa, jossa oli mustuneita aukkoja ja pylväitä ja salkoja, jotka kallistelivat sinne tänne kuin juovuspäissään. Pihaa reunustivat ikään kuin myrskyn irrottamien kattolaattojen kasat ja röykkiöt, ja niiden takana jatkui vihreä ja kaarteleva laakso pitkänä solana vuorten tummien haarojen väliin. Hävitetyn alueen poikki oli tulossa ratsastajia, ne tulivat pohjoispuolelta ja lähestyivät jo Orthancia.

»Tuolla ovat Gandalf ja Théoden ja hänen miehensä!» Legolas sanoi. »Mennään heitä vastaan!»

»Kävelkää varovasti!» Merri sanoi. »Jotkut laatat ovat irrallaan, ne voivat pettää ja syöstä teidät syvyyteen, jollette pidä varaanne.»

He seurasivat Orthancin portilta johtavan tien jäännöksiä. Kulku kävi hitaasti, sillä kivilaatat olivat liukkaita ja halkeilleita. Ratsastajat näkivät heidän tulonsa ja pysähtyivät kallion varjoon odottamaan. Gandalf ratsasti heitä kohti.

»Puuparta ja minä olemme käyneet erittäin mielenkiintoisia keskusteluja ja laatineet uusia suunnitelmia», hän sanoi, »ja me kaikki olemme saaneet nauttia hyvinansaittua lepoa. Nyt meidän täytyy taas jatkaa. Toivottavasti myös te olette levänneet ja virkistyneet.»

»Kiitos kysymästä», Merri sanoi. »Mutta keskustelumme päätyivät savuna ilmaan. Oli miten oli, emme suhtaudu Sarumaniin yhtä nurjamielisesti kuin aikaisemmin.»

»Vai niin», Gandalf sanoi. »Minä suhtaudun. Minulla on nyt viimeinen tehtävä edessäni: minun on käytävä Sarumanin luona jättämässä jäähyväiset. Se on vaarallista ja luultavasti tuloksetonta, mutta sitä ei voi välttää. Ne jotka tahtovat, voivat tulla kanssani – mutta varokoot! Eikä mitään pilailua. Nyt ei ole pilailun hetki.»

»Minä tulen», Gimli sanoi. »Haluan nähdä hänet jotta saisin selville, onko hän tosiaan sinun näköisesi.»

»Ja miten sinä sen aiot saada selville, hyvä herra kääpiö?» Gandalf sanoi. »Saruman voi näyttää silmissäsi minun näköiseltäni, jos se sopii hänen tarkoituksiinsa sinun kohdallasi. Ja riittääkö sinulla vielä viisautta, että huomaat hänen valhekaapunsa? No, sen saamme kukaties nähdä. Ehkä hän ei halua näyttäytyä monille eri silmille samanaikaisesti. Mutta minä olen antanut enteille ohjeet siirtyä pois näkyvistä, niin että voimme ehkä houkutella hänet tulemaan ulos.»

»Mikä siinä on vaarallista?» Pippin kysyi. »Ampuuko hän meitä vai kaataako tulta ikkunoista, vai osaako hän pitkänmatkanloihdintaa?»

»Viimeksi mainittu lienee suurin vaara sille, joka ratsastaa hänen ovelleen kevein sydämin», Gandalf sanoi. »Mutta mahdotonta on tietää, mitä hän saattaa tehdä tai ainakin yrittää. Nurkkaan ajettua petoa ei ole turvallista lähestyä. Ja Saruman hallitsee sellaisia voimia, joista sinulla ei ole aavistustakaan. Varo hänen ääntään!»

He saapuivat Orthancin juurelle. Torni oli musta, ja kivi kiilsi kuin se olisi ollut kostea. Kalliopinnat olivat teräväsärmäisiä, ikään kuin ne olisi vasta hakattu. Enttien raivo ei ollut jättänyt seinään muuta jälkeä kuin pari naarmua ja pientä liusketta aivan sen juurelle.

Itäpuolella, kahden sarvipilarin kulmassa oli suuri ovi korkealla maanpinnan yläpuolella, ja sen yllä oli rautakaiteiselle parvekkeelle avautuva ikkuna, jonka luukut olivat kiinni. Kynnykselle vei portaikko, jossa oli kaksikymmentäseitsemän leveää porrasta; ne oli jollakin tuntemattomalla menetelmällä hakattu samaan mustaan kiveen. Muuta pääsytietä torniin ei ollut, mutta ylös kohoaviin muureihin oli tehty paljon ikkunoita: syvennyksistään sarvien pystysuorista pinnoista ne kurkistivat kuin silmät.

Portaitten juurella Gandalf ja kuningas laskeutuivat hevosen selästä. »Minä menen tuonne ylös», Gandalf sanoi. »Olen ollut Orthancissa ja tunnen vaaran, joka minua uhkaa.»

»Minäkin menen sinne», sanoi kuningas. »Olen vanha, en enää pelkää mitään vaaraa. Tahdon puhua vihollisen kanssa, joka on rikkonut niin paljon minua vastaan. Éomer tulee kanssani ja huolehtii, etteivät vanhat jalkani petä.»

»Kuten tahdotte», Gandalf sanoi. »Aragorn tulee minun kanssani. Muut saavat odottaa portaitten juurella. He näkevät ja kuulevat, jos jotakin nähtävää tai kuultavaa on.»

»Ei käy», sanoi Gimli. »Legolas ja minä tahdomme seurata tapahtumia lähempää. Me edustamme täällä yksin kansojamme. Myös me tulemme mukananne.»

»Tulkaa sitten!» Gandalf sanoi ja lähti siinä samassa nousemaan portaita, ja Théoden kulki hänen rinnallaan.

Rohanin ratsastajat istuivat levottomina satulassa portaitten kummankin puolen, katselivat alta kulmain suurta tornia ja miettivät, mitä heidän herralleen saattaisi tapahtua. Merri ja Pippin istuivat alimmalla askelmalla tuntien itsensä sekä tarpeettomiksi että turvattomiksi.

»Täältä portille on puoli limaista virstaa!» Pippin mutisi. »Kunpa voisi livahtaa huomaamatta takaisin vartiotupaan! Mitä me tänne tulimme? Ei meitä tarvita.»

Gandalf seisoi Orthancin oven edessä ja löi sitä sauvallaan. Siitä lähti kumea kaiku. »Saruman, Saruman!» hän huusi kovalla ja käskevällä äänellä. »Saruman, tule esiin!»

Kului vähän aikaa, ei vastausta. Viimein oven yläpuolella oleva ikkuna avattiin salvasta, mutta tummassa aukossa ei näkynyt ketään.

»Kuka siellä?» sanoi ääni. »Mitä tahdotte?»

Théoden hätkähti. »Tunnen tuon äänen», hän sanoi. »Ja kiroan päivän, jona ensi kerran kallistin korvani sille.»

»Mene ja hae Saruman, kun sinusta näemmä on tullut hänen lakeijansa, Gríma Kärmekieli!» Gandalf sanoi. »Äläkä haaskaa aikaamme!»

Ikkuna sulkeutui. He odottivat. Äkkiä alkoi toinen ääni puhua, se oli matala ja sointuisa ja täynnä tenhovoimaa. Se, joka kuunteli tuota ääntä huolettomasti, pystyi harvoin kertomaan jälkeenpäin mitä se oli sanonut, ja se joka pystyi, ihmetteli, sillä sanoissa itsessään ei ollut voimaa. Useimmat kuulijat muistivat vain sen, että oli ilo kuulla äänen puhuvan, kaikki mitä se sanoi tuntui viisaalta ja järkevältä, ja kuulijassa heräsi halu vaikuttaa itsekin viisaalta hyväksymällä joutuin, mitä ääni sanoi. Kun muut puhuivat, heidän puheensa kuulosti äänen rinnalla karkealta ja kömpelöltä, ja jos he vastustivat ääntä, lumouksessa olevan sydämeen syttyi suuttumus. Joku oli lumouksen pauloissa vain sen ajan kun ääni puhui hänelle, ja kun se puhui muille, hän hymyili niin kuin hymyilee se, joka oivaltaa jonglöörin tempun muiden tuijottaessa suu ammollaan. Joitakin piti vallassaan vain äänen kuuleminen, mutta ne, jotka ääni voitti, olivat lumouksessa vielä kaukanakin ja kuulivat alinomaa hiljaisen äänen kuiskivan korvaansa kehotuksia. Mutta ei ollut ketään, johon se ei olisi vaikuttanut, yksikään ei voinut torjua sen pyyntöjä ja käskyjä ilman suuria älyn ja tahdon ponnistuksia, niin kauan kuin ne vielä olivat omistajansa hallinnassa.

»Mitä nyt?» kysyi tuo ääni lempeästi. »Mikä saa teidät häiritsemään lepoani? Ettekö aio antaa minulle mitään rauhaa yöllä ettekä päivällä?» Oli kuin ansaitsemattomien vääryyksien murehduttama ystävällinen sydän olisi puhunut.

He katsoivat ylös hämmästyneinä, sillä rasahduskaan ei ollut kertonut hänen tulostaan, ja he näkivät kaiteen luona seisovan hahmon, joka katsoi alas heidän puoleensa: seisoja oli vanha mies, kääriytynyt väljään kaapuun, jonka väriä oli vaikea tajuta, sillä se vaihtui, jos hän liikahti tai jos katsoja siirsi katsettaan. Hänellä oli kapeat kasvot ja korkea otsa, syvät hämärät silmät, joista oli vaikea päästä perille, vaikka niiden katse juuri nyt kertoi vakavuudesta ja ystävällisyydestä ja aavistuksen verran väsymyksestäkin. Hänen hiuksensa ja partansa olivat valkoiset, mutta huulien ja korvien tienoilla näkyi vielä mustia raitoja.

»Samannäköinen, eikä kuitenkaan samannäköinen», Gimli mutisi.

»Jatkakaamme», sanoi pehmeä ääni. »Ainakin kaksi teistä tunnen nimeltä. Gandalfin tunnen liian hyvin, että erehtyisin toivomaan hänen tulleen etsimään apua tai neuvoa. Mutta teidät, Théoden Rohanin Markin herra, paljastavat jalot tunnuksenne ja ennen muuta Eorlin huoneen kaunis ulkomuoto. Oi Thengel Kolmasti kuulun uljas poika! Miksi ette ole tullut varhemmin, tullut ystävänä? Kauan olen kaivannut nähdä teitä, läntisten maiden mahtavinta kuningasta, ja erityisesti näinä viime vuosina olen halunnut pelastaa teidät epäviisaiden ja pahojen neuvojen pauloista! Onko jo liian myöhäistä? Huolimatta vääryyksistä, joita minulle on tehty – ja voi että niissä on Rohaninkin miehillä ollut osuutta! – huolimatta vääryyksistä olen yhä valmis pelastamaan teidät ja päästämään teidät tuhosta, joka väistämättä odottaa teitä, jos jatkatte tällä aloittamallanne tiellä. Totisesti, yksin minä voin teitä nyt auttaa.»

Théoden avasi suunsa puhuakseen, mutta ei sanonut mitään. Hän katsoi ylös Sarumanin kasvoihin, jotka olivat kumartuneet hänen puoleensa, ja velhon vakaviin tummiin silmiin, ja hän katsoi vierellään seisovaa Gandalfia, ja hän näytti epäröivän. Gandalf ei tehnyt elettäkään, vaan seisoi paikallaan kuin kivi, kuin odottaen jotakin kutsua, jota ei ole vielä kuulunut. Ratsastajat liikahtivat ensin ja mumisivat hyväksyvästi Sarumanin sanoille, ja sitten hekin olivat vaiti, kuin lumotut. Heistä tuntui, että Gandalf ei ollut milloinkaan puhunut heidän herralleen niin kauniisti ja soveliaasti. Gandalfin asenne Théodenia kohtaan tuntui nyt kaikenkaikkiaan karkealta ja kopealta. Ja heidän sydämeensä heittyi varjo, suuren vaaran pelko: koko Mark hukkuisi pimeyteen, johon Gandalf heitä ajoi, kun Saruman puolestaan piti raollaan ovea, josta pilkahti valonsäde. Hiljaisuus oli painostava.

Äkkiä kääpiö Gimli puhkesi puhumaan.»Tämän velhon sanat seisovat päälaellaan», hän murahti ja tarttui kirveensä varteen.»Orthancin kielessä apu merkitsee tuhoa ja pelastaminen surmaamista, sehän on selvä. Mutta me emme ole tulleet tänne pyytämään mitään.»

»Seis!» Saruman sanoi, ja katoavan hetken ajan hänen kasvonsa eivät olleet lainkaan yhtä miellyttävät ja hänen silmissään välähti tuli, joka katosi heti.»En puhu vielä teille, Gimli Glóinin poika», hän sanoi.»Kotinne on kaukana, ja vähän teitä liikuttavat tämän maan huolet. Mutta ette te omasta tahdostanne joutunut niihin kiedotuksi, enkä niin ollen syytä teitä osuudestanne, joka epäilemättä oli uljas. Mutta pyydän, antakaa minun ensin puhua Rohanin kuninkaan, naapurini kanssa, joka kerran oli ystäväni.

Mitä sanotte, kuningas Théoden? Teettekö kanssani rauhan ja otatteko vastaan kaiken sen avun, jonka monina pitkinä vuosina hankittu tietoni voi tarjota? Mietimmekö yhdessä neuvot pahojen päivien varalle ja korjaamme vahinkomme, niin että kumpaisenkin maa kohoaa kauniimpaan kukoistukseen kuin milloinkaan ennen?»

Vieläkään ei Théoden vastannut. Oli mahdoton sanoa, pidättelikö häntä viha vaiko epäilys. Éomer puhui.

»Herra, kuunnelkaa minua!» hän sanoi.»Nyt olemme siinä vaarassa, josta meitä varoitettiin. Olemmeko saavuttaneet voiton vain seistäksemme hämmentyneinä vanhan valehtelijan edessä, jonka haarainen kieli tiukkuu hunajaa? Noin puhuisi susi loukussa koirille, jos osaisi. Mitä apua hän muka voi meille antaa? Hän ei pyri muuhun kuin pois pinteestään. Mutta neuvotteletteko te tämän petturin ja murhamiehen kanssa? Muistakaa Kahlaamoita ja Théodredia, muistakaa Háman hautaa Helmin syvänteessä!»

»Mikäli alamme keskustella myrkytetyistä kielistä, mitä on sanottava teidän kielestänne, nuori nilviäinen?» Saruman sanoi ja hänen vihansa leimahduksen huomasivat kaikki.»Mutta kuulkaa, Éomer Éomundin poika!» hän jatkoi taas pehmeällä äänellään.»Kullekin oma osansa. Asekunto on teidän osanne, ja siitä saatte korkean kunnian. Surmatkaa ne, jotka herranne nimeää vihollisiksi ja tyytykää siihen. Älkää sekaantuko asioihin, joita ette ymmärrä. Mutta kukaties, jos teistä tulee kuningas, te opitte, että kuninkaan on valittava ystävänsä huolella. Sarumanin ystävyyttä ja Orthancin voimaa ei voi kevyesti hyljätä, vaikka takana olisikin valituksen aiheita, todellisia taikka kuviteltuja. Olette voittanut taistelun, ette sotaa – ja senkin käyttäen apua, jota ei kannata toivoa toiste. Seuraavalla kerralla saatatte tavata Metsän varjon omalta oveltanne: se on arvaamaton ja vailla järkeä, eikä se rakasta ihmistä.

Mutta Rohanin herra, onko minua syytä kutsua murhamieheksi sen tähden, että urhoollisia miehiä on kaatunut taistelussa? Jos lähdette sotaan ja syyttä – sillä minä en tahtonut sotaa – silloin miehiä kaatuu. Mutta jos minua tuolla perusteella sanotaan murhaajaksi, silloin on koko Eorlin huone murhien tahraama, sillä se on sotinut monta sotaa ja hyökännyt monen sitä uhmanneen vastustajan kimppuun. Joidenkin kanssa se on silti jälkeenpäin solminut rauhan, eikä rauhaa rumenna vaikka se solmitaan järkisyistä. Kuningas Théoden, sanon teille: emmekö solmisi rauhaa ja ystävyyttä välillemme, te ja minä. Se on teidän päätettävissänne.»

»Me solmimme rauhan», Théoden sanoi viimein paksulla äänellä ja vaivalloisesti. Useat Ratsastajat huudahtivat ilosta. Théoden kohotti kätensä. »Niin, me solmimme rauhan», hän sanoi ja nyt hänen äänensä oli kirkas, »me solmimme rauhan, kun sinä ja kaikki sinun tekosi ovat hävinneet – ja mustan mestarisi teot, sen jolle meidät halusit luovuttaa. Saruman, sinä olet valehtelija ja turmelet miesten sydämet. Ojennat kätesi minulle, mutta minä näen vain sormen Mordorin kourasta. Ja se on julma ja kylmä! Vaikka sotasi minua vastaan olisi ollut oikeutettu – mitä se ei ollut, sillä vaikka olisit minua kymmenen kertaa viisaampi, ei sinulla olisi oikeutta hallita minua ja kansaani omaksi eduksesi kuten halusit – ja vaikka olisi ollut, mitä sanot Länsimannussa polttamistasi taloista ja lapsista, jotka siellä makaavat kuolleina? Ja Háman ruumiin ne hakkasivat kappaleiksi Ämyrilinnan porttien edessä, kun hän oli jo kuollut. Sinä päivänä, jona sinä riiput hirsipuussa ikkunastasi omien varistesi iloksi, sinä päivänä minä solmin rauhan sinun ja Orthancin kanssa. Tämä Eorlin huoneen puolesta. Olen suurten esi-isien vähäinen poika, mutta minun ei tarvitse nuolla sinun sormiasi. Käänny toisaalle. Vai lieneekö äänesi menettänyt lumousvoimansa?»

Ratsastajat katsoivat Théodeniin kuin vasta hereille hätkähtäneinä. Heidän herransa ääni kuulosti karkealta kuin vanhan korpin raakkuminen Sarumanin sointuisan puheen jälkeen. Mutta Saruman oli hetken poissa tolaltaan vihasta. Hän kumartui kaiteen yli, ikään kuin olisi aikonut iskeä Théodenia sauvallaan. Äkkiä jotkut olivat näkevinään käärmeen, joka valmistautui hyökkäykseen.

»Hirsipuita ja variksia!» hän sähisi, ja he värähtivät hänessä tapahtuneen hirvittävän muutoksen vuoksi. »Vanha hölmö! Mitä muuta on Eorlin huone kuin olkikattoinen lato, jossa rosvot juopottelevat löyhkän keskellä ja heidän kakaransa pyörivät lattioilla koirien joukossa? Ovat itse välttäneet hirsipuun turhan kauan. Mutta silmukka vartoo; se kiristyy hitaasti, vaan se on lopulta tiukka ja kova. Riippukaa siinä, jos tahdotte!» Sitten hänen äänensä muuttui, sitä mukaa kun hän vähitellen taas hallitsi itsensä. »En käsitä, miten minulla on kärsivällisyyttä keskustella kanssanne. Sillä minä en tarvitse teitä, enkä teidän pientä joukkoanne, joka ratsuillaan pakenee yhtä nopeasti kuin etenee, Théoden Hevosherra. Kauan sitten tarjosin teille asemaa, joka huomattavasti ylitti ansionne ja kykynne. Olen tarjonnut sitä uudestaan, jotta ne, jotka te johdatte harhaan, näkisivät selvästi teidän risteyksen. Te kerskutte ja herjaatte. Olkoon niin. Palatkaa tönöihinne!

Mutta sinä, Gandalf! Sinun tähtesi ainakin olen surullinen sillä käsitän häpeäsi. Miten on mahdollista, että sinä siedät moista seuraa? Sillä sinä, Gandalf, olet ylpeä – etkä syyttä, sillä sinulla on ylväs mieli ja silmät, jotka näkevät kauas ja syvälle. Etkö nytkään kuuntele neuvojani?»

Gandalf liikahti ja katsoi ylös. »Mitä sellaista sanottavaa sinulla on, mitä et sanonut kun viimeksi tapasimme?» hän kysyi. »Tai ehkä tahtoisit perua jotakin?» Saruman piti tauon. »Perua?» hän mietti kuin hämmentyneenä. »Perua? Yritin neuvoa sinua oman etusi tähden, mutta sinä tuskin kuuntelit. Olet ylpeä etkä pidä neuvoista, koska sinulla todella onkin oma viisautesi. Mutta tuolloin sinä käsitykseni mukaan erehdyit tulkitsemaan tieten tahtoen tarkoitukseni väärin. Pelkään, että innossani suostutella sinua menetin malttini. Ja sitä tosiaan kadun. Sillä sydämessäni ei ollut kaunaa sinua kohtaan; eikä ole nytkään, vaikka palaat luokseni raakalaisten ja oppimattomien seurassa. Miten voisikaan olla? Emmekö ole kumpikin korkean ja vanhan veljeskunnan jäseniä, Keski-Maan arvokkaimman? Ystävyytemme hyödyttäisi meitä kumpaakin. Yhdessä voisimme saavuttaa vielä paljon, ja parantaa maailman sairaudet. Ymmärtäkäämme toinen toistamme, ja jättäkäämme mielestämme tämä vähäarvoisempi väki! Odottakoot he meidän päätöksiämme! Yhteisen hyvän tähden olen valmis hyvittämään menneet ja ottamaan sinut vastaan. Etkö neuvottelisi kanssani? Etkö tulisi tänne ylös?»

Niin suuri oli voima, jonka Saruman pani tähän viimeiseen yritykseensä, ettei yksikään, joka sen kuuli, säästynyt sen vaikutuksesta. Mutta lumous oli nyt aivan toisenlainen. He kuulivat nyt miten lempeä kuningas nuhteli hellävaroen erehtyväistä, mutta rakasta käskynhaltijaa. Mutta heidät itsensä oli suljettu ulkopuolelle ja he kuuntelivat kuin oven takana sanoja, joita ei tarkoitettu heille; kuin pahatapaiset lapset tai tyhmät palvelijat, jotka kuulevat vanhempien hämärää keskustelua ja miettivät, miten se vaikuttaa heidän elämäänsä. Ylhäisempää tekoa olivat nämä kaksi: ylen arvokasta ja viisasta. Väistämättä he tekisivät liiton. Gandalf nousisi torniin puhuakseen Orthancin korkeissa kammioissa syvällisistä asioista, jotka olivat heidän ymmärryksensä yläpuolella. Ovi suljettaisiin ja heidät jätettäisiin ulos, lähetettäisiin odottamaan heille säädettävää tehtävää tai rangaistusta. Jopa Théodenin mielessä muotoutui ajatus, kuin epäilyksen varjo: »Hän pettää meidät; hän menee – olemme hukassa.»

Sitten Gandalf nauroi. Kuvitelma katosi kuin savupilvi.

»Saruman, Saruman!» sanoi Gandalf ja nauroi yhä. »Saruman, ikioma urasi on sinulta jäänyt löytämättä. Sinusta olisi pitänyt tulla kuninkaan ilveilijä, olisit ansainnut leipäsi ja raippasi matkimalla hänen neuvonantajiaan. Oi oi!» Hän piti tauon ja voitti hilpeytensä. »Että me muka ymmärtäisimme toinen toistamme! Sinä et voi minua käsittää, ikävä kyllä. Mutta sinua, Saruman, minä ymmärrän liiankin hyvin. Puheesi ja tekosi ovat minulla paremmassa muistissa kuin luulet. Kun viimeksi kävin luonasi, olit Mordorin vanginvartija ja sinne piti minut lähetettämän. Ei, katon kautta paennut vieras miettii kahdesti, ennen kuin astuu uudestaan sisään ovesta. Ei, enpä taida tulla sinne ylös. Mutta kuuntele, Saruman, viimeisen kerran! Etkö sinä tulisi alas? Rautapiha on osoittautunut heikommaksi kuin sinä toiveissasi ja kuvitelmissasi luulit. Niin voi käydä muillekin, joihin yhä edelleen luotat. Eikö sinun olisi parempi lähteä tornistasi vähäksi aikaa? Tarttua kenties uusiin tehtäviin? Punnitse tarkoin, Saruman! Etkö tulisi alas?»

Varjo käväisi Sarumanin kasvoilla, sitten ne muuttuivat kuolonkalpeiksi. Ennen kuin hän ehti peittää tunteitaan, he ehtivät nähdä naamion läpi epäilyksen tuskan; yhtään ei tehnyt mieli jäädä mutta samalla pelotti lähteä turvapaikasta.

Hetken hän epäröi ja kaikki pidättivät hengitystään. Sitten hän puhui, ja hänen äänensä oli julma ja kylmä. Ylpeys ja viha valtasivat hänet.

»Vai alas?» hän ilkkui. »Milloin on aseeton mies tullut ulos keskustelemaan ryövärien kanssa? Kuulen tänne oikein hyvin. En ole tyhmä, enkä luota sinuun, Gandalf. Ne eivät seiso ovellani näkyvissä, mutta tiedän missä villit metsädemonit väijyvät sinun käskyjäsi odottaen.»

»Petolliset eivät milloinkaan osaa luottaa», vastasi Gandalf väsyneesti. »Mutta ei sinun tarvitse pelätä henkesi puolesta. Minä en tahdo sinua tappaa enkä vahingoittaa, minkä sinä tietäisit, jos todella ymmärtäisit minua. Ja minulla on valta suojella sinua. Annan sinulle viimeisen mahdollisuuden. Voit lähteä Orthancista vapaana – jos niin tahdot.»

»Kuulostaa kyllä kauniilta», tiuskaisi Saruman. »Aivan Gandalf Harmaan tapaista, niin suvaitsevaista ja ystävällistä. Orthanc olisi sinusta epäilemättä varsin mukava asumus ja poistumiseni tervetullut tapahtuma. Mutta miksi minä tahtoisin lähteä? Ja mitä tarkoitat 'vapaalla'? Siihen liittyy varmaankin ehtoja?»

»Lähtemisen syyt voit nähdä ikkunoistasi», Gandalf vastasi. »Mieleesi voi muistua muitakin. Palvelijasi on tuhottu ja hajotettu, naapureistasi olet tehnyt vihollisiasi, ja uutta isäntääsi olet pettänyt tai yrittänyt pettää. Kun hänen silmänsä kääntyy tänne, on se vihan punainen silmä. Mutta kun sanon 'vapaa', minä tarkoitan 'vapaa': vapaa siteistä, kahleista tai käskyistä: vapaa menemään minne tahdot, jopa – jopa Mordoriin, Saruman, jos niin tahdot. Mutta ennen sitä luovutat minulle Orthancin avaimen ja sauvasi. Ne olkoot vakuutena käytöksestäsi, ja ne palautetaan myöhemmin, mikäli ansaitset ne.»

Sarumanin kasvot valahtivat harmaiksi ja vääntyivät raivosta ja hänen silmiinsä syttyi punainen tuli. Hän hekotti vauhkosti. »Myöhemmin!» hän huusi ja hänen äänensä kohosi kirkumiseksi. »Myöhemmin! Aivan, sitten kai kun sinulla on myös itse Barad-dûrin avaimet, ja seitsemän kuninkaan kruunut ja viiden velhon sauvat – kun sinä olet hankkinut monta kokoa suuremmat saappaat kuin ne, joita nyt käytät. Vaatimaton suunnitelma. Tuskinpa siihen minun apuani tarvitaan! Minulla on muuta tekemistä. Älä ole typerä. Jos haluat neuvotella kanssani niin kauan kuin sinulla on siihen mahdollisuus, mene pois ja palaa selväjärkisenä! Äläkä ota mukaan noita kurkunleikkaajia ja pikku hippusia jotka riippuvat liepeissäsi. Hyvästi!» Hän kääntyi ja poistui parvekkeelta.

»Takaisin, Saruman!» sanoi Gandalf käskevästi. Muiden hämmästykseksi Saruman kääntyi ja kuin vasten tahtoaan raahattuna hän käveli hitaasti takaisin rautakaiteen ääreen, nojasi siihen ja hengitti vaivalloisesti. Hänen kasvonsa olivat ryppyiset ja kuihtuneet. Hänen kätensä puristi raskasta mustaa sauvaa kuin pihti.

»En antanut sinulle lupaa poistua», Gandalf sanoi ankarasti. »En ole lopettanut. Sinusta on tullut typerys, Saruman, ja silti olet säälittävä. Olisit vieläkin voinut kääntyä pois hulluudestasi ja pahuudestasi ja olla hyödyksi. Mutta sinä jäät mieluummin nakertamaan vanhojen juoniesi jätteitä. Jää sitten! Mutta minä varoitan sinua: et enää helposti pääse ulos. Et elleivät idän mustat kädet kurkotu sinua ottamaan. Saruman!» hän huusi ja hänen äänensä voimistui ja kävi mahtavaksi. »Katso, minä en ole Gandalf Harmaa, jonka sinä petit. Minä olen Gandalf Valkoinen, joka on palannut kuoleman kautta. Sinulla ei ole nyt väriä, ja minä erotan sinut veljeskunnasta ja Neuvostosta.»

Hän kohotti kätensä ja puhui hitaasti kirkkaalla kylmällä äänellä. »Saruman, sauvasi on poikki.» Kuului rusahdus ja sauva särkyi kappaleiksi Sarumanin

kädessä ja sen pää putosi Gandalfin jalkoihin. »Mene!» Gandalf sanoi. Kiljais-
ten Saruman horjahti taaksepäin ja hoiperteli pois. Samalla hetkellä sinkoutui
ylhäältä ilman halki raskas kiiltävä esine. Se hipaisi rautakaidetta juuri kun Saru-
man oli mennyt, ohitti aivan läheltä Gandalfin pään ja iskeytyi portaalle, jolla
hän seisoi. Kaide kalahti ja katkesi. Askelma halkesi ja pirstoutui, niin että kipu-
nat sinkoilivat. Mutta esine jäi vahingoittumattomaksi: se vieri portaita alas. Se
oli tumma kristallipallo, mutta siinä hehkui tulinen sydän. Kun se kieri kohti
läheistä lätäkköä, Pippin juoksi sen perään ja nosti sen maasta.

»Se murhanhimoinen roisto!» huudahti Éomer. Mutta Gandalf ei ollut millän-
säkään. »Saruman ei sitä heittänyt», hän sanoi, »enkä usko että sitä heitettiin edes
hänen käskystään. Se tuli paljon ylemmästä ikkunasta. Jäähyväislaukaus mestari
Kärmekieleltä, luulen ma, mutta huonosti tähdätty.»

»Tähtäys epäonnistui kukaties sen tähden, ettei hän pystynyt päättämään,
kumpaa hän vihaa enemmän, sinua vai Sarumania», Aragorn sanoi.

»Ehkäpä», Gandalf sanoi. »Vähän lohtua on noilla kahdella toistensa seu-
rasta: he kalvavat toisiaan sanoin. Mutta rangaistus on oikeudenmukainen. Jos
Kärmekieli joskus pääsee hengissä ulos Orthancista, on se enemmän kuin hän
ansaitsee.

Hei poikaseni, minä otan sen! En pyytänyt sinua koskemaan siihen», hän huu-
dahti ja käännähti nähdessään Pippinin tulevan ylös portaita hitaasti, ikään kuin
kantaen hyvin raskasta esinettä. Gandalf meni alas hobittia vastaan, otti häneltä
kiireesti mustan pallon ja kääri sen kaapunsa laskoksiin. »Minä pidän tästä huo-
len», hän sanoi. »Tätä kapinetta ei Saruman varmasti olisi halunnut heittää pois.»

»Mutta hänellä voi olla muuta heiteltävää», Gimli sanoi. »Jos väittely on päät-
tynyt, ehdotan että menemme ainakin kivenkantaman päähän!»

»Väittely on päättynyt», Gandalf sanoi. »Menkäämme.»

He käänsivät selkänsä Orthancin ovelle ja menivät alas. Ratsastajat hurrasivat
kuninkaalle ilolla ja tervehtivät Gandalfia. Sarumanin lumous oli murtunut: he
olivat nähneet hänen noudattavan kutsua, ja luikkivan pois kun häntä ei enää
tarvittu.

»Tehty nyt sekin», Gandalf sanoi. »Minun täytyy saada Puuparta käsiini ja
kertoa hänelle, miten kävi.»

»Hän on varmasti arvannut, eikö vaan?» Merri sanoi. »Tuskin olisi voinut
käydä toisin.»

»Tuskin», Gandalf vastasi, »vaikka hiuskarvan varassa se oli. Mutta minulla oli
omat syyni yrittää, armosta ja muutenkin. Ensinnäkin Saruman sai nähdä, että
hänen äänensä tenho heikkenee. Hän ei voi olla yhtä aikaa tyranni ja neuvonan-
taja. Kun juoni on kypsä, se ei enää pysy salassa. Mutta hän meni ansaan ja yritti
käsitellä uhrinsa yhden kerrallaan muiden kuunnellessa. Sitten annoin hänelle
viimeisen mahdollisuuden ja se oli jalomielinen: hänen olisi pitänyt hyljätä Mor-
dor ja omat yksityiset juonensa ja hyvittää tekonsa auttamalla meitä ahdingos-
samme. Hän tuntee meidän ahdinkomme, hän jos kuka. Hän olisi voinut tehdä
meille suuria palveluksia. Mutta hän on päättänyt kieltäytyä ja pitää hallussaan
Orthancin. Hän ei suostu palvelemaan, vain käskemään. Hän elää nyt peläten
Mordorin varjoa, ja silti hän yhä uneksii selviävänsä myrskystä. Kurja houkka!
Jos idän mahti kurottaa kätensä Rautapihaan, se kahmaisee hänet. Me emme voi
tuhota Orthancia ulkoapäin, mutta kuka tietää mitä Sauron voi tehdä?»

»Ja entä jos Sauron ei voita? Mitä silloin teet hänelle?» Pippin kysyi.
»Minäkö? En mitään!» Gandalf sanoi. »Minä en tee hänelle mitään. En etsi her-
ruutta. Miten hänen käy? En tiedä. Olen pahoillani kun niin paljon sellaista, mikä
oli ennen hyvää, pilaantuu nyt tornissa. Meidän kannaltamme tilanne ei kuiten-
kaan ole huono. Oudot ovat kohtalon käänteet! Usein viha vahingoittaa itseään!
Luulenpa, että vaikka olisimme menneet sisään, olisimme tuskin löytäneet mitään
arvokkaampaa kuin se esine, jonka Kärmekieli heitti meidän päällemme.»

Korkealla ylhäällä avautuvasta ikkunasta kuului kimeä kiljaisu, joka äkkiä
katkesi.

»Saruman näyttää olevan samaa mieltä», Gandalf sanoi. »Jättäkäämme heidät!»

He palasivat portin raunioille. He olivat tuskin päässeet kaaren alitse, kun kivika-
sojen varjoista, missä he olivat piileskelleet, astui esiin Puuparta ja kymmenkunta
muuta enttiä. Aragorn, Gimli ja Legolas katselivat heitä ihmeissään.

»Tässä on tovereistani kolme, Puuparta», Gandalf sanoi. »Olen puhunut
heistä, mutta et ole vielä nähnyt heitä.» Hän sanoi kunkin nimen.

Vanha entti katsoi heitä kauan ja tutkivasti ja puhui kullekin vuorollaan. Vii-
mein hän kääntyi Legolasin puoleen. »Ja sinä, hyvä haltia, olet siis tullut koko
matkan Synkmetsästä asti? Se oli ennen mahtava salo!»

»Ja on vieläkin», Legolas sanoi. »Mutta ei niin suuri, että me, jotka siellä
asumme, milloinkaan kyllästyisimme tapaamaan uusia puita. Haluaisin hartaasti
kulkea Fangornin metsässä. Pääsin juuri ja juuri sen laitaan, enkä olisi halunnut
kääntyä takaisin.»

Puuparran silmistä loisti mielihyvä. »Toivon että toiveesi täyttyy, ennen kuin
kukkulat ehtivät paljonkaan vanheta», hän sanoi.

»Tulen, jos kohtalo suo», Legolas sanoi. »Olen tehnyt ystäväni kanssa sopi-
muksen, että mikäli kaikki käy hyvin, me käymme Fangornissa yhdessä – sinun
luvallasi.»

»Jokainen kanssasi saapuva haltia on tervetullut», Puuparta sanoi.

»Ystävä josta puhun ei ole haltia», Legolas sanoi, »tarkoitan tätä Gimliä
Glóinin poikaa.» Gimli kumarsi syvään ja kirves luiskahti hänen vyöstään ja
kolahti maahan.

»Huum, hm! Jaa-a», sanoi Puuparta ja katsoi häntä synkin silmin. »Kääpiö
ja kirveenkantaja! Huum! Minä olen hyväntahtoinen haltioita kohtaan, mutta
pyydät paljon. Onpa outo ystävyys!»

»Oudolta se ehkä näyttää», Legolas sanoi, »mutta niin kauan kuin Gimli elää,
en tule Fangorniin yksin. Hän ei kanna kirvestä puita varten vaan örkinkauloja
katkoakseen, oi Fangorn, Fangornin metsän herra. Neljäkymmentäkaksi hän
hakkasi taistelussa.»

»Hoo! Olipa se!» Puuparta sanoi. »Tuo kuulostaa paremmalta! Jaa, jaa, kaikki
tapahtuu niin kuin tapahtuu, eikä ole mitään syytä kiirehtiä tapahtumista. Mutta
meidän on erottava joksikin aikaa. Päivä kallistuu lopulleen, mutta Gandalf
sanoo, että teidän on lähdettävä ennen yön tuloa, ja Markin herra kaipaa päästä
kartanoonsa.»

»Totta, lähdettävä on, ja heti», Gandalf sanoi. »Ikävä kyllä minun on vietävä
sinun portinvartijasi. Mutta sinä pärjäät kyllä mainiosti ilman heitä.»

»Saatan pärjätä», Puuparta sanoi. »Mutta minun tulee heitä ikävä. Meistä on
tullut ystävät niin lyhyessä ajassa, että alan epäillä käyneeni hätäiseksi – ehkä

kasvan takaperin nuoruutta kohti. Mutta toisaalta, he ovat ensimmäinen uusi asia auringon tai kuun alla, mitä olen kohdannut moneen moneen pitkään päivään. En unohda heitä. Olen liittänyt heidän nimensä Laajaan luetteloon. Entit painavat sen mieleensä.

Maasyntyiset entit, vuorien ikäiset,
laajalti vaeltavat, vettä juovat,
ja nälkäiset ahmatit, hobittilapset,
naurava kansa, pikkuväki,

ovat ystävät keskenään niin kauan kuin uusia lehtiä puhkeaa. Hyvää matkaa! Mutta jos kuulette jotakin kaukana mukavassa maassanne, Konnussa, lähettäkää minulle sana. Tiedätte kyllä: jos näette tai kuulette jotakin entvaimoista. Tulkaa itse jos voitte!»

»Tulemme!» sanoivat Merri ja Pippin yhdestä suusta ja kääntyivät nopeasti. Puuparta katsoi heitä ja oli hetken hiljaa ja pudisteli päätään mietteliäästi. Sitten hän kääntyi Gandalfin puoleen.

»Saruman ei siis tahtonut lähteä?» hän sanoi. »Sitä en uskonutkaan. Hänen sydämensä on mätä kuin mustan huornin. Toisaalta, jos minut voitettaisiin ja kaikki puuni tuhottaisiin, minäkään en lähtisi niin kauan kuin minulla olisi yksikin pimeä kolo jossa piileksiä.»

»Et», Gandalf sanoi. »Mutta sinä et ole punonut juonia peittääksesi koko maailman puillasi ja tukahduttaaksesi kaikki muut elolliset olennot. Mutta minkäs teet, Saruman jää hellimään vihaansa ja kutomaan verkkoja parhaansa mukaan. Hänellä on Orthancin avain. Mutta häntä ei saa päästää pakoon.»

»Ei todellakaan! Entit pitävät siitä huolen», Puuparta sanoi. »Saruman ei astu jalallaan kivensä ulkopuolelle ilman minun lupaani. Entit vartioivat häntä.»

»Hyvä!» Gandalf sanoi. »Sitä toivoinkin. Nyt voin mennä ja ryhtyä muihin toimiin mielessäni yksi huoli vähemmän. Mutta teidän tulee olla varuillanne. Vedet ovat laskeneet. Ikävä kyllä ei luultavasti riitä se, että asetetaan vartijat tornin ympärille. Orthancin alle on varmasti kaivettu syviä käytäviä ja Saruman toivoo voivansa ennen pitkää mennä ja tulla kenenkään huomaamatta. Jos suostutte näkemään taas sen vaivan, että johdatte veden sisään, pyydän että teette sen, kunnes Rautapihasta tulee pysyvä allas tai te löydätte nuo ulostiet. Kun kaikki maanalaiset kammiot ovat veden vallassa ja kaikki ulostiet tukossa, silloin Saruman saa pysyä yläkerrassa ja katsella ulos ikkunoistaan.»

»Jätä se enttien huoleksi!» Puuparta sanoi. »Me tutkimme laakson alusta loppuun ja katsomme joka kiven alle. Tänne tulee taas asumaan puita, vanhoja, villejä puita. Me annamme paikalle nimeksi Vartiometsä. Täällä ei liiku oravaakaan minun tietämättäni. Jätä se enttien huoleksi! Ennen kuin ne vuodet, jotka hän meitä kiusasi, ovat kuluneet seitsenkertaisesti, me emme väsy häntä vartiomaan.»

11

PALANTÍR

AURINKO TEKI JO laskua vuorten pitkien länsiliepeiden taakse kun Gandalf, hänen toverinsa, kuningas ja Rohanin ratsastajat lähtivät Rautapihasta. Gandalf nosti Merrin taakseen ja Aragorn otti Pippinin. Kaksi kuninkaan miestä pyyhälsi edelle nopeaa laukkaa, ja katosi pian näkyvistä laaksoon. Muut seurasivat rauhallisessa tahdissa.

Portin luona seisoi enttejä juhlallisessa jonossa kuin patsaat, pitkät kädet olivat koholla, mutta ääntäkään ei kuulunut. Kun oli kuljettu mutkittelevaa tietä jonkin matkaa, Merri ja Pippin katsoivat taakseen. Auringon valo hehkui vielä taivaalla, mutta Rautapihan ylle heittyivät pitkät varjot ja harmaat rauniot vajosivat pimeyteen. Puuparta seisoi siellä nyt yksin, kuin kaukainen vanhan puun tynkä, ja hobitit ajattelivat heidän ensimmäistä kohtaamistaan aurinkoisella kallionkielekkeellä kaukana Fangornin rajoilla.

He saapuivat Valkoisen käden pylväälle. Jalusta oli yhä pystyssä, mutta kivestä hakattu käsi oli viskattu maahan ja pirstottu säpäleiksi. Sen pitkä etusormi lojui aivan tien keskellä valkoisena pimentyvässä illassa ja sen punainen kynsi tummui yhä mustemmaksi.

»Entit pitävät huolen jokaisesta yksityiskohdasta!» Gandalf sanoi.

He ratsastivat eteenpäin. Ilta syveni laaksossa.

»Onko meillä pitkä matka ratsastettavana tänä iltana, Gandalf?» Merri kysyi jonkin ajan kuluttua. »En tiedä mitä ajattelet liepeissäsi riippuvista pikku hippusista, mutta tätä hippusta väsyttää ja se jättäisi mielellään roikkumisen vähäksi aikaa päästäkseen makuulle.»

»Sinä siis kuulit sen?» Gandalf sanoi. »Älä anna sen kaivella mieltäsi! Ole iloinen, ettei sinulle osoitettu pitempiä puheita. Hän ei ollut koskaan kohdannut hobittia eikä tiennyt mitä sanoa sinulle. Hän katseli sinua silmä kovana. Mikäli ylpeyttäsi yhtään lohduttaa, voin kertoa, että tällä hetkellä sinä ja Pippin askarruttatte hänen mieltään enemmän kuin me muut yhteensä. Keitä te olette, miten olitte joutuneet sinne ja miksi, mitä te tiedätte, vangitsinko teidät ja mikäli vangittiin, miten pääsitte pakoon, kun kaikki örkit joutuivat tuhon omiksi – näiden

pienten arvoitusten parissa askaroitsee nyt Sarumanin suuri sielu. Halveksunta on kohteliaisuus, Meriadoc, mikäli katsot hänen kiinnostuksensa kunniaksi.»
»Kiitos!» Merri sanoi. »Mutta minusta on suurempi kunnia riippua sinun liepeissäsi, Gandalf. Ensinnäkin silloin on mahdollisuus kysyä sama kysymys toistamiseen. Onko meillä pitkä matka ratsastettavana tänä iltana?»
Gandalf nauroi. »Lannistumaton hobitti! Kaikilla velhoilla pitäisi olla pari hobittia hoivissaan – opettamassa heille, mitä huolenpito on ja oikaisemassa heitä. Pyydän anteeksi. Mutta minä olen vaivannut päätäni myös näillä pikkuasioilla. Ratsastelemme leppoisasti pari tuntia, kunnes saavumme laakson päähän. Huomenna meidän on edettävä joutuisammin.

Tullessamme oli aikomuksemme palata Rautapihasta kuninkaan kartanoon Edorasiin suoraan tasankojen yli, mikä on muutaman päivän ratsastus. Mutta me olemme miettineet asiaa ja muuttaneet suunnitelmaa. Helmin syvänteeseen on mennyt edeltä sananviejiä varoittamaan, että kuningas saapuu huomenna. Hän ratsastaa sieltä suuren miesjoukon kanssa Dunhargiin vuoripolkuja myöten. Tästä lähtien ei kahta tai kolmea isompi joukko saisi kulkea maan poikki avoimesti, ei päivällä eikä yöllä, milloin se on vältettävissä.»
»Joko ei mitään tai sitten tupla-annos – ihan sinun tapaistasi!» Merri sanoi. »Minä en kyllä tarkoittanut muuta kuin tämän illan yösijaa. Missä ja mikä on Helmin syvänne ja muu mistä puhuit? Minä en tunne tätä maata ollenkaan.»
»Siinä tapauksessa sinun kannattaisi kyllä opetella vähän tuntemaan, mikäli haluat ymmärtää mitä tapahtuu. Mutta ei juuri nyt, eikä minulta: minulla on liian paljon muuta ja tärkeämpää ajateltavaa.»
»Hyvä on, käyn Konkarin kimppuun iltanuotiolla – hän ei ole yhtä penseä. Mutta miksi tämä salaperäisyys? Minä luulin, että me olemme voittaneet taistelun!»
»Olemme voittaneet, mutta vasta ensimmäisen voittomme, ja se itsessään lisää jo vaaraa. Rautapihan ja Mordorin välillä oli jokin yhteys, joka ei ole minulle vielä valjennut. En ole varma tavasta, jolla tieto kulki niiden välillä, mutta se kulki varmasti. Barad-dûrin Silmä tähynnee kärsimättömästi Velhon kattilaa, ja Rohania. Mitä vähemmän se näkee, sen parempi.»

Laaksossa kiemurteleva tie jäi hitaasti taakse. Kivisessä uomassaan virtasi Rautkymi välillä aivan vieressä ja välillä kauempana. Vuorilta laskeutui yö. Kaikki sumu oli poissa. Kylmä vihuri puhalsi. Pyöreäksi kasvava kuu täytti itäisen taivaan kalpean kylmällä loisteella. Heidän oikealla puolellaan vuorten juurella kohoili paljaita kukkuloita. Laajat tasangot avautuivat harmaina heidän edessään.

Viimein he pysähtyivät. Sitten he kääntyivät, jättivät valtatien ja alkoivat matkata ylänköjen miellyttävällä nurmella. Kuljettuaan virstan verran länteen he tulivat laaksoon, joka avautui Dol Baranin rinteiltä kohti etelää. Pyöreä Dol Baran oli pohjoisten jonojen viimeinen kukkula, alempaa vihreä, huipulta kanervapeitteinen. Laakson rinteillä törrötti edellisvuotinen sananjalkatiheikkö, jonka juurilla olivat kevään tiukkaan kiertyneet versokiekot juuri puhkaisseet tuoksuvan maan. Alempana kasvoi tiuhassa piikkipensaita, joiden suojaan he tekivät leirin pari tuntia ennen keskiyötä. He sytyttivät nuotion pieneen painanteeseen puunkorkuisen ja leveäoksaisen orapihlajan juurien väliin. Se oli iän koukistama, mutta sen joka haara uhkui elämää. Jokaisen oksan kärjessä pullotti silmu.

Asetettiin vartijat, kaksi kullekin vuorolle. Aterioituaan muut kääriytyivät kaapuihin ja huopiin ja kävivät nukkumaan. Hobitit makasivat kahden omassa sopessaan kuivuneen sananjalkakasan päällä. Merriä nukutti, mutta Pippin vaikutti oudon rauhattomalta. Sanajalat ritisivät ja rahisivat hänen kääntyillessään ja vääntyillessään.

»Mikä hätänä?» Merri kysyi. »Muurahaiskeossako sinä makaat?»

»En», Pippin sanoi, »mutta en osaa asettua. Kuinkahan kauan siitä on, kun viimeksi nukuin sängyssä?»

Merri haukotteli. »Laske sormillasi!» hän sanoi. »Mutta kyllähän sinä tiedät, kuinka kauan siitä on kun me lähdimme Lórienista.»

»Ai niin, siellä!» Pippin sanoi. »Minä tarkoitin oikeaa sänkykamarisänkyä.»

»Rivendellissä sitten», Merri sanoi. »Mutta minä saisin tänä yönä unta ihan missä vaan.»

»Sinua onnisti, Merri», Pippin sanoi hiljaa oltuaan hetken ääneti. »Sait ratsastaa Gandalfin kanssa.»

»Kuinka niin?»

»Kuulitko uutisia, kertoiko hän mitään?»

»Kertoi yhtä ja toista. Enemmän kuin tavallisesti. Sinähän kuulit siitä suurimman osan kun olit niin lähellä, emme me puhuneet salaisuuksia. Mutta sinä voit mennä hänen kanssaan huomenna, jos luulet saavasi hänestä enemmän irti – ja jos hän suostuu ottamaan sinut.»

»Voinko? Hyvä! Hänhän on vaitelias, eikö olekin? Ei yhtään muuttunut?»

»On, on hän muuttunut!» Merri sanoi. Hän piristyi vähän ja alkoi ihmetellä, mikä hänen toveriaan vaivasi. »Hän on kasvanut tai jotakin sinnepäin. Välillä hän on kiltimpi mutta joskus myös pelottavampi, hilpeämpi ja kuitenkin vakavampi kuin ennen. Hän on muuttunut, mutta meillä ei ole vielä ollut tilaisuutta nähdä kuinka paljon. Mutta ajattele sitä Sarumanin jutun loppua! Muista että Saruman oli ennen häntä ylempänä: Neuvoston päämies, merkitseepä se tarkalleen sanoen mitä tahansa. Hän oli Saruman Valkoinen. Gandalf on nyt Valkoinen. Saruman tuli kun kutsuttiin, ja hänen sauvansa otettiin pois, ja sitten hänen vain käskettiin mennä ja hän meni!»

»No, jos Gandalf on yhtään muuttunut, niin hän on varmasti entistäkin vaiteliaampi, sitä minä vaan», puolustautui Pippin. »Mutta se – se lasipallo. Hän näytti olevan siihen hurjan tyytyväinen. Hän tietää siitä jotakin, tai arvaa. Mutta kertooko hän meille mitään? Ei sanaakaan. Minä sen kuitenkin nostin ja pelastin vierimästä lammikkoon. *Hei, poikaseni, minä otan sen* – siinä kaikki. Mikähän se oikein on? Se tuntui kamalan painavalta.» Pippinin ääni madaltui aivan kuin hän olisi puhunut itsekseen.

»Jaaha!» Merri sanoi. »Sekö sinua riivaa? Pippin poikaseni, älä unohda sitä Gildorin sanontaa, jota Samilla oli tapana toistella: *Älä sekaannu velhojen asioihin, sillä he ovat herkkiä ja äkkivihaisia.*»

»Mitä muuta elämämme on ollut kuukausien ajan kuin yhtä sekaantumista velhojen asioihin», Pippin sanoi. »Olisi kiva tietääkin jotakin, kun elää alituisessa vaarassa. Tekisi mieleni vilkaista sitä palloa.»

»Ala nukkua!» Merri sanoi. »Saat kyllä tietää ihan tarpeeksi ennemmin tai myöhemmin. Rakas Pippin, yksikään Tuk ei ole ikinä hakannut Rankkibukia uteliaisuudessa, mutta onko nyt sopiva aika, kysyn vaan?»

»Hyvä on! Mitä pahaa siinä on että minä kerron sinulle, mitä minun tekisi

mieli tehdä: vilkaista yhtä kiveä! Tiedän kyllä, että en voi, kun vanha Gandalf istuu sen päällä kuin mikäkin hautova kanaemo. Mutta ei se paljon auta, kun sinä sanot vain *kun-et-voi-niin-et-voi!* ja käsket nukkua!»
»Mitä muuta minä sitten voisin sanoa?» Merri sanoi. »Olen pahoillani Pippin, sinun täytyy kyllä odottaa aamuun. Aamiaisen jälkeen olen niin utelias kuin ikinä tahdot ja autan kaikin tavoin velhonvikittelyssä. Mutta minä en enää pysy hereillä. Jos vielä haukottelen niin naama ratkeaa korvia myöten. Hyvää yötä!»

Pippin ei puhunut enää. Hän makasi hiljaa, mutta uni ei ottanut tullakseen, eikä sen tuloa rohkaissut Merrin tasainen hengitys tämän nukahdettua heti hyvänyön jälkeen. Mustan pallon jättämä mielikuva tuntui vahvistuvan sitä mukaa kuin ympärillä hiljeni. Pippin tunsi taas sen painon käsissään, ja näki taas salaperäiset punaiset syvyydet, joihin hän oli hetken katsonut. Hän kääntyili ja heittelehti ja yritti ajatella jotakin muuta.

Lopulta hän ei enää kestänyt. Hän nousi ja katseli ympärilleen. Oli kylmä ja hän kietoi viitan ympärilleen. Kuu paistoi notkelmaan haaleana ja valkoisena ja pensaitten varjot olivat mustat. Joka puolella makasi nukkuvia hahmoja. Kumpikaan vartija ei ollut näkyvissä; he olivat ehkä ylempänä rinteessä tai sananjalkojen kätkössä. Päähänpisto, jota Pippin ei itsekään käsittänyt, sai hänet hiipimään hiljaa Gandalfin viereen. Hän katsoi velhoa. Tämä näytti nukkuvan, mutta hänen luomensa eivät olleet täysin ummessa, pitkien ripsien alla pilkahti valo. Pippin astui hätäisesti taaksepäin. Mutta Gandalf ei liikahtanutkaan ja hobitti hiipi taas eteenpäin puoliksi vastoin omaa tahtoaan ja lähestyi velhoa pääpuolesta. Velho oli kietoutunut huopaan ja sen päälle hän oli levittänyt kaapunsa, ja aivan hänen vieressään, oikean kyljen ja koukistuneen käsivarren välissä oli myhky, tummaan vaatteeseen kääritty pyöreä esine; hänen kätensä oli nähtävästi juuri hellittänyt siitä otteensa ja se oli lipunut maahan.

Pippin hiipi askel kerrallaan lähemmäksi, tuskin hengittäen. Sitten hän laskeutui polvilleen. Hän kurotti vaivihkaa käsiään ja nosti möykyn hitaasti ilmaan: se ei tuntunut aivan niin raskaalta kuin hän oli olettanut. »Nyytillinen pikkutavaroita vain», hän tuumi tuntien outoa helpotusta, mutta hän ei laskenut nyyttiä takaisin. Hän seisoi hetken ja puristi sitä. Sitten hänen päähänsä pälkähti ajatus. Hän hipsi varpaisillaan tiehensä, etsi ison kivenmurikan ja palasi takaisin.

Nopeasti hän nyt avasi vaatteen ja kietoi kiven siihen, polvistui ja pani sen takaisin velhon käteen. Vasta sen jälkeen hän katsoi esinettä, jonka oli ottanut esille. Siinä se oli: sileä kristallipallo, joka nyt oli tumma ja kuollut, maassa paljaana hänen polviensa edessä. Pippin nosti sen, peitti sukkelasti omalla kaavullaan ja kääntyi puoliksi mennäkseen vuoteeseensa. Samalla hetkellä Gandalf liikahti unissaan ja mutisi jotakin – se kuulosti vieraalta kieleltä – hänen kätensä kurotti ja puristui kankaaseen käärityn kiven ympärille, sitten hän huokasi eikä enää liikkunut.

»Älytön töppö!» Pippin mutisi itsekseen. »Saatat itsesi hirveisiin hankaluuksiin. Pane se takaisin ja heti!» Mutta hän huomasi polviensa tutisevan eikä hän uskaltanut mennä niin lähelle velhoa, että olisi ylettynyt nyyttiin. »En enää voi panna sitä takaisin herättämättä häntä», hän ajatteli, »ennen kuin vähän rauhoitun. Niin että voin ihan yhtä hyvin vilkaista sitä ensin. Mutta en kyllä aivan tässä!» Hän puikahti tiehensä ja istuutui vihreälle mättäälle vuoteensa lähettyville. Kuu pilkisti painanteen reunan yli.

Pippin istui polvet koukussa, ja pallo oli niiden välissä. Hän kumartui syvään sen ylle, kuin ahne lapsi ruokakupin ylle nurkassa kaukana muista. Hän veti kaavun sivuun ja tuijotti palloa. Itse ilma hänen ympärillään tuntui jännittyvän ja pysähtyvän. Aluksi pallo oli tumma, musta kuin gagaatti, ja kuun valo kiilsi sen pinnassa. Sitten sen sydämessä liikahti, ja siihen syttyi heikko hehku, ja se vangitsi hänen silmänsä niin että hän ei voinut katsoa pois. Pian näytti kuin koko sisus olisi palanut; pallo pyöri tai valot kiersivät sen sisällä. Äkkiä valot katosivat. Hän hengähti ja taisteli vastaan, mutta hän jäi kumarruksiin ja puristi palloa molemmin käsin. Hän painui yhä lähemmäksi ja äkkiä hän jäykistyi; hetken hänen huulensa liikkuivat ääntä päästämättä. Sitten häneltä pääsi kiljaisu, hän kaatui ja jäi makaamaan paikoilleen.

Huuto oli läpitunkeva. Vartijat loikkasivat alas pengermiltä. Pian oli koko leiri jaloillaan.

»Tässä siis on varkaamme!» Gandalf sanoi. Nopeasti hän heitti kaapunsa maassa lojuvan pallon päälle. »Voi sinua, Pippin! Tämä oli ikävä käänne!» Hän polvistui Pippinin ylle: hobitti makasi jäykkänä selällään ja tuijotti taivasta mitäännäkemättömin silmin. »Voi kataluutta! Mitähän pahaa hän on tehnyt – itselleen ja meille kaikille?» Velhon kasvot olivat jännittyneet ja kalpeat.

Hän otti Pippinin käden omaansa, kumartui hänen puoleensa ja kuunteli hengitystä, sitten hän pani kätensä hobitin otsalle. Pippin värähti. Hänen silmänsä sulkeutuivat. Hän huusi ja nousi sitten istumaan ja tuijotti kauhuissaan kuutamon kalventamia kasvoja ympärillään.

»Se ei ole sinua varten, Saruman!» hän huusi kimakalla ja soinnittomalla äänellä ja vetäytyi kauemmaksi Gandalfista. »Lähetän heti hakemaan sitä. Käsitätkö? Sano juuri näin!» Sitten hän ponnisteli päästäkseen irti ja pakoon, mutta Gandalf piteli häntä lempeästi mutta lujasti.

»Peregrin Tuk!» hän sanoi. »Tule takaisin!»

Hobitin ruumis rentoutui ja hän kaatui taaksepäin ja tarttui velhon käteen. »Gandalf!» hän huusi. »Gandalf! Anna anteeksi!»

»Anteeksi?» velho sanoi. »Kerro ensin, mitä olet tehnyt!»

»Minä o-otin pallon ja katsoin siihen», takelteli Pippin, »ja minä näin sellaista, mikä kauhistutti minua. Ja minä halusin mennä pois, mutta en voinut. Ja sitten hän tuli ja kuulusteli minua, ja hän katsoi minuun ja, ja, sitten en enää muista.»

»Ei riitä», Gandalf sanoi ankarasti. »Mitä sinä näit ja mitä sanoit?»

Pippin sulki silmänsä ja värisi, mutta ei sanonut mitään. Kaikki katsoivat häntä ääneti, paitsi Merri, joka käänsi katseensa pois. Mutta Gandalfin kasvot olivat yhä kovat. »Puhu!» hän sanoi.

Pippin alkoi taas puhua, matalalla ja epäröivällä äänellä, ja hitaasti hänen sanansa kävivät varmemmiksi ja selvemmiksi. »Näin mustan taivaan ja korkeat varustukset», hän sanoi. »Ja pieniä tähtiä. Oli niin kuin se kaikki olisi ollut hyvin kaukana ja hyvin kauan sitten, ja samalla kuitenkin lujaa ja selväpiirteistä. Sitten tähdet vuoroon syttyivät ja sammuivat – siivekkäät olennot peittivät ne näkyvistä. Ne olivat kai oikeastaan hyvin suuria, mutta lasissa ne näyttivät lepakoilta, jotka kaartelivat tornin ympärillä. Niitä taisi olla yhdeksän. Yksi lähti lentämään suoraan minua kohti ja suureni suurenemistaan. Sillä oli hirveä – ei, ei! En voi sanoa.

Yritin päästä pois, sillä luulin, että se lentäisi ulos; mutta kun se oli peittänyt koko pallon, se katosi. Sitten *hän* tuli. Hän ei puhunut kuultavia sanoja. Hän vain katsoi, ja minä ymmärsin.

'Olet siis siinä taas. Miksi olet laiminlyönyt ilmoitukset näin pitkään?' En vastannut. Hän sanoi: 'Kuka olet?' En vieläkään vastannut, mutta se koski minuun hirveästi, ja hän painosti minua ja minä sanoin: 'Hobitti.'

Sitten hän tuntui äkkiä näkevän minut ja hän nauroi minulle. Se oli julmaa. Kuin olisi pistetty veitsillä. Minä taistelin vastaan. Mutta hän sanoi: 'Odota hetki! Me tapaamme pian. Kerro Sarumanille, että tämä herkkupala ei ole häntä varten. Lähetän heti hakemaan sitä. Käsitätkö? Sano juuri näin!'

Sitten hän ahmi minua katseellaan. Minusta tuntui kuin olisin hajonnut kappaleiksi. Ei, ei! En voi sanoa enempää. En muista enempää.»

»Katso minuun!» Gandalf sanoi.

Pippin katsoi häntä suoraan silmiin. Velho vangitsi hetkeksi hänen katseensa. Oli aivan hiljaista. Sitten hänen piirteensä pehmenivät, ja niihin ilmestyi hymyn häivä. Hän pani kätensä hellästi Pippinin pään päälle.

»Hyvä on!» hän sanoi. »Älä sano enempää. Et ole vahingoittunut. Silmissäsi ei ole valhetta, kuten pelkäsin. Mutta hän ei puhunutkaan kanssasi pitkään. Typerys sinä olet, mutta rehellinen typerys, Peregrin Tuk, ja sellaiseksi jäät! Viisaampi olisi kukaties selvinnyt huonommin tuosta koitoksesta. Mutta muista tämä! Sinä olet pelastunut, ja niin ovat kaikki ystäväsikin, enimmäkseen hyvän onnen ansiosta, kuten sitä on tapana kutsua. Toisella kertaa et voi luottaa siihen. Jos hän olisi kuulustellut sinua siinä ja silloin, olisit melko varmasti kertonut kaiken mitä tiedät – meidän kaikkien turmioksi. Mutta hän oli liian innokas. Hän ei tahtonut pelkästään tietoja: hän tahtoi sinut, heti paikalla, jotta voisi käsitellä sinua hitaasti Mustassa tornissa. Älä värähdä! Jos tahdot sotkeutua velhojen asioihin, sinun on kyettävä ajattelemaan sellaistakin. Mutta älä huoli! Minä annan sinulle anteeksi. Rauhoitu! Tilanne ei ole kääntynyt niin pahaksi kuin olisi voinut.»

Hän nosti Pippinin kevyesti maasta ja kantoi hänet takaisin makuusijalleen. Merri tuli hänen perässään ja istuutui hänen viereensä. »Makaa siinä ja lepää, jos vain voit, Pippin!» Gandalf sanoi. »Luota minuun. Jos kyntesi alkavat taas syhyä, kerro minulle! Sellaiset vaivat voidaan parantaa. Mutta oli miten oli, rakas hobitti, älä pane toista kertaa kivenmuhkuraa kyynärpääni alle! Nyt jätän teidät vähäksi aikaa toistenne seuraan.»

Sen sanottuaan Gandalf palasi muiden luo. Nämä seisoivat yhä Orthancin kiven ympärillä vakavissa mietteissä. »Vaara saapuu yöllä, kun sitä vähiten odottaa», hän sanoi. »Selvisimme nipin napin!»

»Miten voi hobittimme Pippin?» Aragorn kysyi.

»Eiköhän tuo siitä tokene», Gandalf vastasi. »Hän ei ollut pitkään Vihollisen vallassa, ja hobiteilla on ällistyttävä toipumiskyky. Muisto tai sen aiheuttama kauhu katoavat luultavasti pian. Ehkä liiankin pian. Tahtoisitko sinä, Aragorn, ottaa Orthancin kiven ja vartioida sitä? Se on vaarallinen tehtävä.»

»Vaarallinen kyllä, mutta ei kaikille», Aragorn sanoi. »On yksi, jolla on oikeus vaatia sitä omakseen. Sillä tämä on epäilemättä Orthancin *palantír*, joka on peräisin Elendilin aarrekammiosta ja jonka Gondorin kuninkaat ovat tänne asettaneet. Hetkeni lähenee. Minä otan sen.»

Gandalf katsoi Aragorniin ja sitten hän muiden hämmästykseksi nosti peitetyn Kiven maasta ja kumarsi Aragornille ojentaessaan sen hänelle.

»Ota se omaksesi, valtias!» hän sanoi, »etumaksuna kaikesta siitä, mitä annetaan takaisin. Mutta jos sallit minun antaa neuvon, joka koskee sitä mikä on sinun: älä käytä sitä – älä vielä! Ole varovainen!»

»Milloin olen hätiköinyt tai ollut varomaton, minä joka olen odottanut ja valmistautunut niin monta pitkää vuotta?» Aragorn sanoi.

»Et vielä milloinkaan. Älä siis kompastu tien lopussakaan», Gandalf vastasi. »Mutta vähintäänkin pidä tämä esine salassa. Sinä, ja te kaikki jotka seisotte tässä! Ainakaan hobitti Peregrin ei saa tietää, missä se on. Paha voi saada hänessä taas vallan. Sillä voi! Hän on käsitellyt sitä ja katsonut siihen; niin ei olisi milloinkaan pitänyt tapahtua. Hänen ei olisi pitänyt koskea siihen Rautapihassa, siellä olisi minun pitänyt olla nopeampi. Mutta ajatukseni olivat Sarumanissa, enkä heti arvannut, mikä tämä Kivi oli. Sitten olin väsynyt ja mietiskellessäni asiaa minä nukahdin. Nyt minä tiedän!»

»Asiasta ei ole epäilystäkään», Aragorn sanoi. »Tiedämme viimein, miten yhteyttä Rautapihan ja Mordorin välillä pidettiin ja miten se toimi. Se selittää paljon.»

»Vihollisillamme on hallussaan outoja voimia, ja oudot ovat heidän heikkoutensa!» Théoden sanoi. »Mutta kauan on sanottu: *paha pahan pilaa.*»

»Se on monasti nähty», Gandalf sanoi. »Mutta tällä kertaa meillä on ollut harvinainen onni. Olen kukaties välttänyt vakavamman vahingon tämän hobitin ansiosta. Olin miettinyt, pitäisikö minun tutkia tämä Kivi itse päästäkseni perille sen käytöstä. Jos olisin tehnyt sen, olisin paljastanut itseni hänelle. En ole valmis sellaiseen koitokseen, jos milloinkaan olen. Mutta vaikka minulla olisikin voimaa irtautua, olisi turmiollista, jos hän jo nyt näkisi minut – ennen kuin tulee hetki, jolloin ei enää auta piileskellä.»

»Minä sanon: tuo hetki on nyt tullut», Aragorn sanoi.

»Ei vielä», sanoi Gandalf. »Meillä on käytettävissämme lyhyt epävarmuuden hetki. Vihollinen selvästi luuli, että Kivi oli Orthancissa – miksi ei olisi luullut? Ja että hobitti oli siellä vankina ja Saruman oli häntä kiduttaakseen pannut hänet katsomaan palloon. Tuon mustan mielen täyttää nyt hobitin ääni ja kasvot, ja odotus: voi kestää jonkin aikaa ennen kuin hän oivaltaa erehdyksensä. Meidän täytyy käyttää hyväksemme tuota aikaa. Me olemme liikaa vitkastelleet. Meidän on lähdettävä liikkeelle. Rautapihan läheisyydessä ei nyt sovi viivytellä. Minä ratsastan heti edeltä Peregrin Tukin kanssa. Se on hänelle parempi kuin valvoa pimeässä muiden nukkuessa.»

»Minä pidän Éomerin ja kymmenen Ratsastajaa», kuningas sanoi. »He lähtevät kanssani varhain aamulla. Muut menkööt Aragornin mukaan ja ratsastakoot niin pian kuin heille sopii.»

»Kuten tahdotte», Gandalf sanoi. »Mutta pyrkikää niin joutuin kuin mahdollista kukkuloiden suojaan, Helmin syvänteeseen!»

Sillä hetkellä heittyi heidän ylleen varjo. Kirkas kuun valo tuntui äkkiä pimentyvän. Moni Ratsastaja huudahti ja vajosi maahan kädet pään päällä, ikään kuin suojautuakseen ylhäältä tulevalta iskulta; sokea pelko ja kuolemankylmyys valtasi heidät. Kyyristellen he katsoivat ylös. Valtava siivekäs hahmo kulki kuun editse kuin musta pilvi. Se kaarsi pohjoiseen ja kiisi nopeammin kuin yksikään Keski-Maan tuuli. Tähdet kalpenivat sen edellä. Sitten se oli poissa.

He nousivat seisomaan jäykkinä kuin kivet. Gandalf tähyili ylös jännittyneet käsivarret ojentuneina alaviistoon ja sormet nyrkissä.

»Nazgûl!» hän huudahti. »Mordorin sanansaattaja! Myrsky nousee. *Nazgûl* ovat ylittäneet Virran! Ratsaille, ratsaille! Älkää odottako aamua! Älkööt nopeat odottako hitaita! Ratsaille!»

Hän juoksi pois ja kutsui mennessään Hallavaharjaa. Aragorn seurasi häntä. Pippinin Gandalf kaappasi mukaansa. »Sinä tulet tällä kertaa minun kanssani», hän sanoi. »Hallavaharja näyttää sinulle mihin se pystyy.» Sitten hän juoksi omalle makuusijalleen. Hallavaharja seisoi jo siellä. Gandalf heilautti olalleen pienen pussin, jossa olivat kaikki hänen tavaransa, ja hypähti hevosen selkään. Aragorn nosti kaapuun ja huopaan käärityn Pippinin maasta ja antoi hänet Gandalfin käsiin.

»Hyvästi! Seuratkaa joutuin perässä!» Gandalf huusi. »Matkaan, Hallavaharja!»

Suuri hevonen heilautti päätään. Sen hulmuava häntä välkkyi kuun valossa. Sitten se hypähti eteenpäin, tömisti maata ja katosi kuin vuoriston pohjoistuuli.

»Mikä kaunis ja rauhaisa yö!» Merri sanoi Aragornille. »Toisilla on satumainen tuuri. Hän ei halunnut nukkua ja hän tahtoi ratsastaa Gandalfin kanssa – ja siinä hän menee! Sen sijaan että hänet olisi muutettu kiveksi seisomaan tässä ikuisena varoituksena.»

»Jos sinä olisit ensimmäisenä koskenut Orthancin kiveen, eikä hän, miten mahtaisi asia nyt olla?» Aragorn sanoi. »Olisit saattanut selvitä huonommin. Kuka tietää? Mutta tuuri eli ei, nyt sinä ilmeisesti tulet minun kyytiini. Ja heti. Mene panemaan itsesi kuntoon ja ota mukaasi kaikki Pippiniltä jääneet tavarat. Vauhtia!»

Usuttamatta ja opastamatta Hallavaharja kiiti yli tasankojen. Oli kulunut vajaa tunti, he olivat ratsastaneet Rautkymin kahlaamoille ja ylittäneet ne. Kaatuneiden Ratsastajien kumpu ja sen kylmät keihäät jäivät harmaina heidän jälkeensä.

Pippin toipui jo. Hänellä oli lämmin, mutta hänen kasvojaan pyyhki viileä ja virkistävä tuuli. Hän oli Gandalfin kanssa. Kiven aiheuttama kauhu ja kuun peittänyt hirveä varjo alkoivat hellittää, ne jäivät vuorten sumuihin tai katoavaan uneen. Hän henkäisi syvään.

»En tiennyt, että ratsastat ilman satulaa, Gandalf», hän sanoi. »Ilman satulaa ja suitsia!»

»En ratsasta haltiatyyliin muilla hevosilla kuin Hallavaharjalla», Gandalf sanoi. »Mutta Hallavaharja ei suostu valjaisiin. Hallavaharjalla ei voi ratsastaa: se vain kantaa – tai on kantamatta. Jos se kantaa, muuta ei tarvita. Silloin on sen asia huolehtia, että ratsastaja pysyy selässä ellei suorastaan hyppää ilmaan.»

»Kuinka nopeasti se kulkee?» Pippin kysyi. »Tuulesta päätellen hyvin nopeasti mutta tasaisesti. Ja miten kevyt askel sillä on!»

»Se ravaa nyt yhtä nopeasti kuin nopein hevonen laukkaa», Gandalf vastasi, »mutta sille tämä ei ole vauhti eikä mikään. Maa kohoaa vähän ja on epätasaisempaa kuin joen toisella puolen. Mutta katso miten Valkoiset vuoret lähenevät tähtien alla! Tuolla seisovat Kolmisarven huiput kuin mustat keihäät. Ei kestä kauan kun tulemme tienhaaraan ja Syvänteensolaan, jossa taistelu käytiin kaksi yötä sitten.»

Pippin oli taas vähän aikaa hiljaa. Hän kuuli Gandalfin laulavan hiljaa itsekseen ja mutisevan lyhyitä runonpätkiä monilla kielillä virstojen vieriessä heidän altaan. Viimein velho alkoi laulun, jonka sanoista hobitti sai selvän: muutamat säkeet osuivat hänen korviinsa tuulen suhinan läpi:

> *Kuninkaat ylväine laivoineen,*
> *kolme kolmea luvultaan,*
> *mitä toivat ne maasta uponneesta*
> *yli aaltojen mukanaan?*
> *Seitsemän tähteä, seitsemän kiveä,*
> *puun yhden valkean vaan.*

»Mitä tuo oli, Gandalf?» Pippin kysyi.

»Kävin vain mielessäni läpi joitakin Tiedon säkeitä», velho vastasi. »Ne ovat ehkä unohtuneet hobiteilta, nekin, jotka he joskus ovat tunteneet.»

»Eivät kaikki», Pippin sanoi. »Ja meillä on paljon ikiomia säkeitä, jotka eivät ehkä kiinnostaisi sinua. Mutta tätä en ole kuullut koskaan. Mistä se kertoo – mitä ovat seitsemän tähteä ja seitsemän kiveä?»

»Entisaikojen kuninkaiden *palantíri*», Gandalf sanoi.

»Mitä ne ovat?»

»Nimi tarkoittaa *se joka katsoo kauas*. Orthancin kivi oli yksi niistä.»

»Sitten sitä ei ole tehnyt, tehnyt» – Pippin epäröi – »Vihollinen?»

»Ei ole», Gandalf sanoi. »Eikä Saruman. Se käy yli hänen kykyjensä ja Sauroninkin. *Palantíri* tulevat Westernessen tuolta puolen, Eldamarista. *Noldor* ovat ne laatineet. Kukaties Fëanor itse teki ne niin kaukaisina aikoina, ettei niitä voida mitata vuosissa. Mutta maailmassa ei ole mitään, mitä Sauron ei pystyisi käyttämään pahoihin tarkoituksiin. Voi Sarumania! Se oli hänen tuhonsa, nyt minä sen käsitän. Vaaraksi ovat meille itse kullekin omaa kykyämme syvemmän taidon välineet. Mutta hän kantaa silti syyn. Houkka! Piti sen salassa, omaksi hyödykseen. Sanaakaan hän ei puhunut siitä kenellekään Neuvostossa. Me emme vielä olleet pohtineet Gondorin *palantírin* kohtaloita tuhoisten sotien melskeissä. Ihmiset olivat ne melkein unohtaneet. Gondorissakin niiden salaisuus oli vain harvojen tiedossa, Arnorissa vain *dúnedainin* keskuudessa säilyvässä runossa ne muistetaan.»

»Mihin entisaikojen ihmiset niitä käyttivät?» Pippin kysyi ilahtuneena ja yllättyneenä siitä, että sai vastauksen niin moneen kysymykseen, ja mietti kauanko tätä kestäisi.

»Nähdäkseen kauas ja vaihtaakseen ajatuksia toistensa kanssa», Gandalf sanoi. »Siten he kauan vartioivat Gondoria ja pitivät valtakunnan yhtenäisenä. He sijoittivat yhden Kiven Minas Anoriin ja yhden Minas Ithiliin ja yhden Orthanciin, Rautapihan piiriin. Kivistä tärkein ja mahtavin sijaitsi Tähtikupolin alla Osgiliathissa ennen sen tuhoutumista. Muut kolme olivat kaukana pohjoisessa. Elrondin talossa kerrotaan, että ne olivat Annúminasissa ja Amon Sûlissa, ja Elendilin kivi oli Tornikukkuloilla, joilta näkyy Lunin lahdelle Mithlondiin, missä harmaat laivat ankkuroivat.

Jokainen *palantír* vastasi jokaiselle, mutta kaikki ne, jotka olivat Gondorissa, pysyivät alati Osgiliathin näköpiirissä. Nyt näyttää siltä, että ajan myrskyjä uhmanneen Orthancin kallion tavoin myös tuon tornin *palantír* on säilynyt.

Mutta yksinään siitä ei ollut muuhun kuin katsomiseen kauas ajassa ja etäälle paikassa. Sekin oli toki hyvin hyödyllistä Sarumanille, mutta nyt näyttää että hän ei tyytynyt siihen. Yhä kauemmaksi hän tähyili, kunnes käänsi katseensa Barad-dûriin. Silloin hän jäi kiinni!

Kuka tietää, missä Arnorin ja Gondorin kadotetut Kivet nyt ovat, maan sisässä vaiko meren pohjassa? Mutta ainakin yhden on siis Sauron saanut haltuunsa ja alistanut tarkoitusperiinsä. Se lienee Ithilin kivi, sillä hän valtasi Minas Ithilin kauan sitten ja muutti sen pahan tyyssijaksi; siitä tuli Minas Morgul.

Nyt on helppo arvata, miten pian Sarumanin harhaava katse joutui ansaan ja vangiksi, ja kuinka häntä on siitä lähtien kaukaa painostettu, ja peloteltu silloin kun painostus ei ole auttanut. Kalvajaa kalvettiin, haukka jäi kotkan kynsiin, hämähäkki teräsverkkoon! Kuinkahan kauan hänen on ollut pakko alinomaa mennä lasipallonsa luo tutkittavaksi ja käskettäväksi, kuinka kauan on Orthancin kivi ollut suunnattu niin, että jokainen, joka siihen katsoo, paitsi se jolla on timantinkova tahto, kiidättää ajatuksensa ja hahmonsa nopeasti Barad-dûriin? Ja miten se vetää itse kutakin puoleensa! Enkö muka ole sitä kokenut? Tälläkin hetkellä tahtoni halaa koetella voimia sen kanssa, nähdäkseni kykenisinkö vääntämään sen häneltä ja kääntämään minne tahdon – katsoakseni aavojen merten yli ja aikojen taakse Kaunista Tirionia kohti ja nähdäkseni Fëanorin aatoksen ja käden työssä, aikana jolloin Valkoinen puu, ja Kultainenkin, olivat kukassa!» Hän huokasi ja vaikeni.

»Olisinpa tiennyt tämän kaiken aikaisemmin», Pippin sanoi. »Minulla ei ollut aavistustakaan, mitä oikeastaan tein.»

»Oli kyllä», Gandalf sanoi. »Tiesit tekeväsi väärin ja typerästi, ja sanoitkin sen itsellesi, mutta et kuunnellut. En kertonut tätä kaikkea sinulle aikaisemmin, koska vasta pohdittuani kaikkea sitä, mikä on tapahtunut, olen viimein käsittänyt asian, tässä yhteisen ratsastuksemme aikana. Mutta jos olisin puhunut aikaisemmin, se ei olisi vähentänyt sinun haluasi tai tehnyt sitä helpommin vastustettavaksi. Päinvastoin! Kärähtänyt käsi on paras opettaja. Sen jälkeen tulta koskevat neuvot menevät sydämeen.»

»Totta», Pippin sanoi. »Jos kaikki seitsemän Kiveä asetettaisiin minun eteeni nyt, sulkisin silmäni ja panisin kädet taskuun.»

»Hyvä!» Gandalf sanoi. »Sitä minä toivoin.»

»Mutta tahtoisin tietää –» Pippin aloitti.

»Armoa!» Gandalf huudahti. »Jos uteliaisuutesi pitäisi tyydyttää tiedolla, saisin viettää loppuelämäni vastaamalla kysymyksiisi. Mitä sinä vielä tahdot tietää?»

»Kaikkien tähtien nimet ja kaikkien elollisten nimet ja koko Keski-Maan, Ylisen taivaan ja Erottavien merten historian», Pippin nauroi. »Tottakai! Mitä muutakaan? Mutta minulla ei ole kiirettä tänä yönä. Tällä hetkellä mietin vain sitä mustaa varjoa. Kuulin sinun huutavan: 'Mordorin sanansaattaja.' Mikä se oli? Mitä se voisi saada aikaan Rautapihassa?»

»Se oli siivitetty Musta ratsastaja, se oli nazgûl», Gandalf sanoi. »Se olisi voinut viedä sinut Mustaan torniin.»

»Mutta se ei ollut matkalla hakemaan minua, eihän?» Pippin änkytti. »Sehän ei tiennyt, että minä...»

»Ei tietenkään», Gandalf sanoi. »Orthancista Barad-dûriin on linnuntietä sata peninkulmaa, ja nazgûliltakin menee muutama tunti tuon matkan lentämiseen. Mutta Saruman on varmasti katsonut Kiveen örkkien ryöstöretken jälkeen, ja olen varma siitä, että hänen salaisista ajatuksistaan on luettu enemmän kuin hän olisi suonut. Hänen tekemisiään tarkkailemaan on lähetetty sanansaattaja. Ja tämäniltaisen jälkeen tullee toinen ja nopeasti. Niin Saruman on nyt joutunut sen pahan pihteihin, jolle hän antoi pikkusormensa. Hänellä ei ole vankia, jonka lähettäisi. Hänellä ei ole Kiveä, jolla näkisi, eikä hän pysty vastaamaan sanomiin. Sauron ei voi muuta kuin kuvitella, että hän piilottaa vankia ja kieltäytyy käyttämästä Kiveä. Sarumania ei auta vaikka hän kertoisi sanansaattajalle totuuden. Jos Rautapiha onkin raunioina, hän on yhä turvallisesti Orthancissa. Joten halusi hän tai ei, hän vaikuttaa kapinalliselta. Ja kuitenkin hän hylkäsi tarjouksemme välttääkseen juuri sen! En osaa kuvitella, mitä hän tekee pinteessään. Niin kauan kuin hän on Orthancissa, hänen voimansa riittänee vastustamaan Yhdeksää ratsastajaa. Hän saattaa yrittää sitä. Hän koettaa kukaties pyydystää nazgûlin tai ainakin surmata olennon, joka sitä nyt kiidättää ilman halki. Siinä tapauksessa sopii Rohanin pitää silmällä ratsujaan!

Mutta en osaa sanoa miten siinä käy meidän kannaltamme. Saattaa käydä niin, että Vihollisen aikeet menevät sekaisin tai estyvät sen vihan vuoksi, jonka hän kohdistaa Sarumaniin. Hän saa ehkä selville, että minä olin siellä ja seisoin Orthancin portailla, vieläpä hobitteja kannoillani. Tai että Elendilin perillinen elää ja oli rinnallani. Mikäli Rohanin asepuku ei pettänyt Kärmekieltä, hän muistaa Aragornin ja arvonimen, jonka tämä ilmoitti omakseen. Sitä minä pelkään. Ja niin me nyt pakenemme – emme vaaraa välttääksemme vaan suurempaa vaaraa uhmataksemme. Peregrin Tuk, jokainen Hallavaharjan askel kuljettaa sinua lähemmäksi Varjon maata.»

Pippin ei vastannut, vaan veti kaapuaan tiukemmalle, ikään kuin viima olisi äkkiä tunkeutunut hänen lävitseen. Harmaa maa vilisi heidän allaan.

»Katso!» Gandalf sanoi. »Länsimannun laaksot avautuvat edessämme. Tässä yhytämme taas itään vievän tien. Tuo tumma varjo on Syvänteensolan suu. Sielläpäin ovat Aglarond ja Kimaltelevat luolat. Älä kysy niistä minulta. Kysy Gimliltä, jos vielä kohtaatte, niin saat ehkä ensimmäisen kerran pitemmän vastauksen kuin olit toivonut. Itse et näe luolia, et tällä matkalla. Ne jäävät pian taakse.»

»Luulin, että aioit pysähtyä Helmin syvänteessä!» Pippin sanoi. »Minne sitten olet menossa?»

»Minas Tirithiin, ennen kuin sodan meret saartavat sen.»

»Ai? Miten kaukana se on?»

»Peninkulmien päässä», Gandalf vastasi. »Kolmasti niin kaukana kuin kuningas Théodenin asumukset, ja ne ovat yli sadan virstan päässä täältä itään Mordorin sanasaattajien siivillä. Hallavaharjan on kuljettava pitempää reittiä. Kumpi osoittautunee nopeammaksi?

Me ratsastamme nyt aamun koittoon asti ja siihen on vielä muutama tunti. Sitten on Hallavaharjankin levättävä, ja se tapahtuu jossakin kukkuloiden kurussa, toivoni mukaan Edorasissa. Nuku, jos voit! Saat ehkä nähdä päivän ensi kajastuksen Eorlin kartanon kultaisella katolla. Ja kolme päivää sen jälkeen saat nähdä Mindolluinin vuoren sinipunaisen varjon ja Denethorin tornin muurit valkeina aamun valossa.

Matkaan, Hallavaharja! Juokse suurisydäminen, juokse kuin et ole milloinkaan juossut! Nyt olemme tulleet synnyinseuduillesi ja sinä tunnet jokikisen kiven. Juokse! Toivomme nojaa nopeuteen!»

Hallavaharja heilautti päätään ja korskui, ikään kuin sotatorvi olisi kutsunut sitä taisteluun. Sitten se syöksyi eteenpäin. Tuli kipinöi sen kavioista, yö kohisi yli.

Vajotessaan vähitellen uneen Pippinillä oli outo tunne: Hän ja Gandalf olivat jähmettyneet paikalleen kuin kivi ja istuivat juoksevaa hevosta esittävän patsaan selässä maailman kiitäessä suhisten sen jalkojen alitse.

NELJÄS KIRJA

I

SMÉAGOL KESYTETÄÄN

»Pulassa ollaan, herra, totta vie!» sanoi Sam Gamgi. Hän seisoi surkeana hartiat lysyssä Frodon vieressä ja tähyili hämärään kulmat kurtussa.

Kolmas päivä sen jälkeen kun he olivat karanneet Saattueesta oli illassa, mikäli he olivat laskeneet oikein – he olivat lähestulkoon kadottaneet ajan tajun kiivetessään ja kompastellessaan pitkin Emyn Muilin paljaita rinteitä ja kivikkoja. Välillä he olivat palanneet omia jälkiään taaksepäin, kun eivät olleet pystyneet kulkemaan eteenpäin, välillä havainneet vaeltaneensa kehässä takaisin samaan paikkaan, jossa olivat olleet tuntikausia aiemmin. Kaiken aikaa he olivat kuitenkin edenneet itää kohti pysytellen niin lähellä tämän oudon kivikkoisen kukkuloiden kimpun reunaa kuin maasto salli. Mutta he saivat havaita, että reunimmaiset rinteet kohosivat aina vain jyrkkinä, korkeina ja kulkukelvottomina heidän alapuolellaan leviävästä tasamaasta ja jyrkänteiden alta alkoivat kelmeät mätänevät suot, joilla ei näkynyt minkäänlaista liikettä, ei edes lintuja.

Hobitit seisoivat nyt paljaan ja karun korkean kallion reunalla; sen juurella oli sumua ja takana kohosivat rikkonaiset ylängöt, joita ajelehtivat pilvet peittivät. Idästä puhalsi kylmä viima. Yö teki tuloaan edessä levittäytyvien hahmottomien seutujen yli; niiden sairas viherrys haalistui synkäksi ruskeaksi. Kaukana oikealla oli Anduin välkähdellyt päivän aurinkoisina hetkinä, nyt se oli varjojen peitossa. Mutta heidän silmänsä eivät tähynneet takaisin Virran yli, Gondoriin, kohti ystäviä ja ihmisten maita. He tuijottivat etelään ja itään, jossa saapuvan yön rajalla erottui tumma juova, kuin vuorijonoksi pysähtynyt savu. Silloin tällöin lepatti maan ja taivaan rajalla pieni pieni punainen hehku.

»Pahemmassa kuin pulassa!» Sam sanoi. »Kaikista maailman paikoista, joista on joskus kuultu, tuo on se, jota ei tee mieli vilkaista yhtään tämän tarkemmin; ja eikö me olla menossa juuri sinne! Ja eikö sinne ole kaiken kukkuraksi ihan mahdoton päästä millään pelillä. Me ollaan näemmä tultu ihan väärää tietä. Me ei päästä alas, ja jos päästäisiin, saataisiin varmasti huomata, että tuo vihreä maa on iljettävää rämettä, ei epäilystäkään. Hyh! Haistatteko?» Hän nuuhki tuulta.

»Haistan kyllä», Frodo sanoi, mutta ei liikahtanut mihinkään, tuijotti vain kivetty-nein silmin tummaa juovaa ja lepattavaa liekkiä. »Mordor!» hän mutisi hiljaa. »Jos mi-nun on mentävä sinne, toivoisin että pääsisin perille nopeasti, ja tälle tulisi loppu!» Hän värisi. Viima oli kylmä, mutta se toi tullessaan hitaan mätänemisen raskaan le-mun. »No niin», hän sanoi ja lakkasi viimein tuijottamasta taivaanrantaa, »me em-me voi viipyä tässä koko yötä, olimmepa pulassa tai emme. Meidän täytyy löytää suojaisempi paikka ja leiriytyä taas kerran, ja ehkä uusi päivä näyttää meille tien.»

»Tai seuraava tai sitäseuraava tai sitäseuraava», Sam mutisi. »Tai ei mikään päivä. Me on tultu väärää tietä.»

»Olisikohan», Frodo sanoi. »Minun kohtaloni on mennä tuohon Varjon maa-han; tie siis löytyy. Mutta hyväkö vai paha näyttää tien? Kaikki toivo, mitä meillä oli, perustui nopeuteen. Viivytys auttaa Vihollista – ja tässä minä olen, viivytysten uhri. Ohjaako meitä Mustan tornin tahto? Kaikki valintani ovat osoittautuneet huonoiksi. Minun olisi pitänyt jättää Saattue ajat sitten ja tulla etelään pohjoi-sesta, Virran ja Emyn Muilin itäpuolelta; siten olisimme päässeet kuivin jaloin Taistelukentän yli Mordorin solille. Mutta nyt sinä ja minä emme enää yksin löydä tietä takaisin, ja itäranta kuhisee örkkejä. Jokainen kulunut päivä on liian kallis menetettäväksi. Sam, minä olen väsynyt. En ymmärrä, mitä pitäisi tehdä. Mitä ruokaa meillä on jäljellä?»

»Vain niitä, mikä niiden nimi nyt onkaan, *lembaseja*. Niitä kyllä on. Ja onhan siinä reippaasti enemmän kuin ei mitään. Kun iskin niihin hampaani ensimmäi-sen kerran, en kyllä olisi uskonut, että joskus kaipaisin vaihtelua. Mutta nyt kai-paan: pala kunnon leipää ja kolpakko olutta – tai edes puoli kolpakkoa – menisi kyllä alas. Olen raahannut keittovehkeitäni koko matkan edellisestä leiristä, ja mitä hyötyä niistä on ollut? Ensinnäkään ei ole millä sytyttää nuotiota, eikä myöskään mitä keittää, ei edes ruohoa!»

He kääntyvät ja laskeutuivat kivikkoiseen notkoon. Länttä lähenevä aurinko jäi pilvien taakse ja yö saapui nopeasti. He nukkuivat niin hyvin kuin kylmältä kyke-nivät, vuorotellen, suurien rosoisten ja rapautuneiden kivijärkäleiden välisessä onkalossa; itätuulelta he ainakin olivat suojassa.

»Oletteko nähnyt niitä uudestaan, Frodo-herra?» Sam kysyi heidän istues-saan jäykkinä ja kylmissään mutustellen *lembas*-levyjä varhaisen aamun hyisessä harmaudessa.

»En», Frodo sanoi. »En ole kuullut enkä nähnyt mitään kahteen yöhön.»

»En minäkään», Sam sanoi. »Huh! Sain aika sätkyn niistä silmistä! Mutta ehkä me on lopulta karistettu kannoilta se kurja kyttääjä. Klonkku, tosiaan! Saa klonksutella kurkkuaan, jos minä joskus pääsen sen niskaan kiinni.»

»Toivottavasti sinun ei tarvitse», Frodo sanoi. »En tiedä miten se seurasi meitä, mutta voi olla, että se on taas eksynyt meidän jäljiltämme, niin kuin sanot. Tässä karussa ja paljaassa maassa meistä ei voi jäädä paljon jalanjälkiä eikä hajuakaan sen nuuskivalle kuonolle.»

»Toivottavasti», Sam sanoi. »Kun päästäisiin siitä kokonaan!»

»Sitä minäkin toivon», Frodo sanoi, »mutta se ei ole minun suurin ongelmani. Pääsisimmepä pois näiltä kallioilta! Minä vihaan niitä. Tunnen että olemme idän puolelta aivan alastomat, kokonaan näkyvissä, minun ja tuon Varjon välillä ei ole muuta kuin kuolleet tasangot. Siellä on Silmä. Meidän täytyy päästä tänään alas tavalla tai toisella.»

Mutta päivä kului ja iltapäivän tummuessa illaksi he kompuroivat yhä törmän reunalla löytämättä minkäänlaista pääsytietä alas.

Joskus he kuvittelivat kuulleensa aution maan hiljaisuudessa takaansa heikkoja ääniä: kiven putoamisen, tai kuvitellun jalanläpsähdyksen kalliolla. Mutta jos he pysähtyivät ja hiljenivät kuuntelemaan, ei kuulunut enää mitään muuta kuin tuulen suhinaa kivikossa – mutta sekin muistutti heistä hengitystä, joka sihisee hiljaa terävien hampaiden lomitse.

Heidän ponnistellessaan oli Emyn Muilin ulkotörmä kaartunut kaiken päivää vähitellen pohjoista kohti. Törmän reunana oli nyt laakea rapautunut kivipelto, jonka siellä täällä halkaisivat jyrkät alas aukeavat rotkot. Kiertäessään näitä toinen toistaan syvempiä halkeamia, joita oli yhä tiheammässä, Sam ja Frodo ajautuivat yhä enemmän vasemmalle, kauemmaksi vuorenjyrkänteestä, eivätkä panneet merkille laskeutuneensa useamman virstan matkalla hitaasti mutta varmasti alaspäin: kallion laki aleni tasankoa kohti.

Viimein heidän oli pakko pysähtyä. Törmä kääntyi jyrkästi pohjoiseen ja etenemisen katkaisi entistä syvempi kuru. Kurun toisella puolen ylängön reuna kohosi taas ylemmäksi, monta syltä yhdellä kertaa, ja edessä häämötti suuri harmaa kallio, pystysuora ja sileä kuin veitsellä leikattu. He eivät päässeet enää eteenpäin, heidän oli nyt käännyttävä joko itään tai länteen. Mutta länsi lupasi vain lisää hankaluuksia ja viivytystä, kiipeämistä takaisin kukkuloiden sydämeen; itäinen suunta veisi heidät ulkojyrkänteelle.

»Meillä ei ole muuta mahdollisuutta kuin ponnistella kurua alas, Sam», Frodo sanoi. »Katsokaamme mitä toisessa päässä on!»

»Ilkeä pudotus, veikkaan minä», Sam sanoi.

Kuru oli pitempi ja syvempi kuin näytti. Alhaalla vähän matkan päässä he tapasivat muutamia kyhmyisiä ja kituliaita puita, ensimmäiset moneen päivään: käppyräisiä koivuja joiden joukkoon oli eksynyt jokunen kuusi. Monet olivat riutuneita ja kuolleita, itätuuli oli pureutunut niiden ytimiin asti. Leudompina aikoina halkeamassa oli nähtävästi kasvanut kaunis tiheikkö, mutta nyt puut loppuivat seitsemän-kahdeksankymmenen kyynärän päässä, vaikka miltei kallion reunalle asti riitti vanhoja katkenneita tynkiä. Kurun pohja seurasi kalliosiirrosta, sitä peittivät rikkonaiset kivet ja se vietti jyrkästi alaspäin. Kun he viimein saapuivat sen päähän, Frodo kumartui kurkistamaan ulos.

»Katso!» hän sanoi. »Me olemme varmaan tulleet pitkän matkaa alemmaksi, tai sitten kallio on madaltunut. Se on tässä paljon alempana kuin aikaisemmin ja näyttää myös helppokulkuisemmalta.»

Sam laskeutui polvilleen hänen viereensä ja kurkisti vastahakoisesti reunan yli. Sitten hän vilkaisi suurta kalliota, joka kohosi heidän vasemmalla puolellaan. »Helppokulkuisempi, kyllä kai!» hän murisi. »Onhan sitä aina helpompi mennä alas kuin ylös. Net kun ei osaa lentää, voi hypätä!»

»Siitä tulisi silti aikamoinen hyppy», Frodo sanoi. »Osapuilleen» – hän seisoi hetken arvioiden matkaa silmillään – »osapuilleen kahdeksantoista syltä, sanoisin. Ei sen enempää.»

»Ihan tarpeeksi!» Sam sanoi. »Huh! Minä inhoan katsella alas korkeilta paikoilta! Mutta katsominen käy kyllä paremmin kuin kapuaminen.»

»Siitä huolimatta», Frodo sanoi, »me voimme luultavasti kavuta tästä alas, ja meidän lienee pakko yrittää. Katso – kallio on aivan erilaista kuin parin virstan päässä. Se on siirtyillyt ja halkeillut.»

Ulkojyrkänne ei tosiaan ollut enää äkkijyrkkä, se vietti vähän ulospäin. Se oli kuin suuri valli tai aallonmurtaja, jonka perustukset ovat lähteneet liikkeelle. Kivikerrokset olivat vinossa ja epäjärjestyksessä, ja väliin oli jäänyt suuria rakoja ja pitkiä viistoja reunamia, melkein kuin kuin portaita.

»Ja jos me aiomme yrittää tästä alas, meidän on parasta yrittää heti. Pimeä tulee varhain. Näyttää siltä kuin tulisi myrsky.»

Sumeat itäiset vuoret katosivat syvempään mustuuteen, joka jo kurotti pitkiä käsivarsiaan länttä kohden. Nouseva tuuli toi tullessaan etäistä ukkosen kuminaa. Frodo haisteli ilmaa ja katseli taivaalle epäröivän näköisenä. Hän sitoi vyön viittansa päälle ja kiristi sitä ja nosti kevyen pakkauksensa selkään, sitten hän astui lähemmäksi reunaa. »Minä aion yrittää», hän sanoi.

»Hyvä on!» sanoi Sam synkkänä. »Mutta minä menen ensin.»

»Sinäkö?» Frodo sanoi. »Mikä on saanut sinut muuttamaan mielesi kapuamisesta?»

»En ole muuttanut mieltäni. Tämä on järkijuttu: alimmaksi se, joka varmimmin lipeää. Minulla ei ole mitään halua pudota teidän niskaan ja tönätä teitä alas – ei ole mitään järkeä tappaa kahta yhden pudotessa.»

Ennen kuin Frodo pystyi häntä estämään, hän istuutui, heilautti jalkansa reunan yli, kääntyi ympäri ja tavoitteli varpaillaan jalansijaa. Sopii epäillä, oliko hän koskaan tehnyt kylmin päin mitään yhtä rohkeaa tai epäviisasta.

»Seis, seis, Sam, senkin aasi!» Frodo sanoi. »Sinä tapat itsesi takuulla, jos menet törmän reunan yli noin vain, katsomatta edes minne olet pyrkimässä. Tule ylös!» Hän tarttui Samia kainaloista ja kiskoi hänet takaisin. »Odota hetki ja malta vähän aikaa!» hän sanoi. Sitten hän asettui vatsalleen maahan ja katsoi alas; mutta valo tuntui katoavan nopeasti, vaikka aurinko ei ollut vielä laskenut. »Me taidamme selvitä tästä», hän sitten sanoi. »Minä ainakin, ja kyllä sinäkin jos pysyttelet rauhallisena ja seuraat minua tarkasti.»

»Minä en käsitä, miten te voitte olla niin varma», Sam sanoi. »En käsitä! Ettehän te näe alas asti tässä valossa. Mitä sitten, jos tulee sellainen paikka, ettei ole minne panna käsiä tai jalkoja?»

»Kiivetään kai takaisin ylös», Frodo sanoi.

»Helposti sanottu», vastusteli Sam. »Olisi parempi odottaa aamua ja kunnon valoa.»

»Ei! Ei, jos sen mitenkään voi välttää», Frodo sanoi äkkiä oudon kiihkeästi. »Jokikinen menetetty tunti, jopa minuutti on liikaa. Minä kiipeän kokeeksi alas. Älä seuraa minua ennen kuin tulen takaisin tai kutsun sinua!»

Hän puristi kivistä reunaa sormillaan ja laski itsensä varovasti alas kunnes kädet olivat melkein ojossa, ja silloin hän löysi varpaillaan ulkoneman. »Yhtä pykälää alempana!» hän sanoi. »Ja tämä uloke levenee oikealle. Pystyisin seisomaan sillä ilman kädensijaa. Nyt –» hänen puheensa katkesi äkkiä.

Idästä kiihtyen nouseva pimeys ryöstäytyi valloilleen ja nielaisi taivaan. Aivan pään päältä kuului lyhyt räjähtävä ukkosen jyrähdys. Tulinen salama iski kallioille. Sitten kohahti raivoisa tuulenpuuska ja sen mukana, sen ärjyntään sekoittuneena, kantautui kimeä repivä kiljaisu. Hobitit olivat kuulleet samanlaisen huudon kaukana Nevassa Hobittilasta paetessaan, ja siellä Konnun metsissäkin se oli hyytänyt heidän verensä. Täällä autiomaassa sen herättämä pelontunne oli paljon suurempi. Ääni lävisti heidät epätoivon ja kauhun kylmin terin, salpasi hengityksen ja pysäytti sydämen. Sam heittäytyi kasvoilleen. Vastoin tahtoaan Frodo hellitti otteensa ja suojasi käsillään päätään ja korviaan. Hän horjahti, lipesi ja liukui alas valittavasti huutaen.

Sam kuuli ja ponnistautui törmän reunalle. »Herra, herra!» hän huusi. »Herra!» Ei vastausta. Hän huomasi vapisevansa kauttaaltaan, mutta veti henkeä ja huusi vielä kerran: »Herra!» Tuuli tuntui puhaltavan äänen takaisin kurkkuun, mutta kun puuska oli mennyt ärjyen halkeamaa ylös ja kallioiden yli, hänen korviinsa kantautui heikko vastaus:

»Täällä, täällä! Olen täällä. Mutta en näe mitään.»

Frodo huusi heikolla äänellä. Hän ei itse asiassa ollut kovin kaukana. Hän ei ollut pudonnut vaan liukunut ja töksähtänyt jaloilleen leveämmälle ulkonemalle vain muutaman kyynärän päähän. Onneksi kallion pinta oli tällä kohden loivempi; ja tuuli oli painanut häntä kiveä vasten, niin että hän ei ollut menettänyt tasapainoaan. Hän asettui parempaan asentoon ja nojasi kasvojaan kylmään kiveen; hän tunsi sydämensä jyskyttävän. Mutta joko pimeys oli muuttunut täydelliseksi tai sitten hänen silmiensä näkö oli mennyt. Kaikki oli mustaa. Hän mietti, oliko hän tullut sokeaksi. Hän henkäisi syvään.

»Tulkaa ylös! Tulkaa ylös!» Hän kuuli Samin äänen ylhäältä pimeydestä.

»En pääse», hän sanoi. »En näe mitään. En löydä otetta mistään. En pysty vielä liikkumaan.»

»Mitä minä voin tehdä, Frodo-herra? Mitä minä teen?» huusi Sam nojautuen vaarallisen pitkälle. Miksi hänen isäntänsä ei nähnyt mitään? Oli tosin hämärää, mutta ei mitenkään sysipimeää. Hän näki Frodon alapuolellaan, harmaan yksinäisen hahmon painautuneena kalliota vasten. Mutta Frodo oli aivan liian kaukana, että häntä olisi voinut auttaa.

Kuului taas ukkosen jyrähdys, sitten tuli sade. Sokaisevana rakeidensekaisena verhona se törmäsi kallioon ja tuntui jääkylmältä.

»Minä tulen sinne alas», Sam huusi, vaikka hänellä ei ollut aavistustakaan, miten hän kuvitteli olevansa avuksi.

»Ei, älä! Malta!» huusi Frodo ja nyt jo vähän kovempaa. »Voin kohta paremmin. Olen jo nyt vähän toipunut. Malta! Et voi tehdä mitään ilman köyttä.»

»Köyttä!» Sam huusi ja alkoi pälpättää kiihkeästi itsekseen pursuen intoa ja helpotusta. »Minulle olisi nyt kyllä ihan oikein, jos minut hirtettäisiin varoitukseksi kaikille pölkkypäille! Sinä olet täysi pässi, Sam Gamgi – sitä Ukkokin minulle aina sanoi, sitä sanaa hän käytti. Köyttä, totta tosiaan!»

»Lopeta höpötys!» Frodo huusi. Hän oli jo toipunut siinä määrin, että pystyi sekä huvittumaan että harmistumaan. »Anna Ukon olla! Yritätkö sanoa itsellesi, että sinulla on köysi takataskussa? Jos on, ota se esiin ja sukkelaan!»

»On, on, Frodo-herra, huolellisesti pakattuna. Olen kantanut sitä satoja virstoja ja unohtanut tykkänään!»

»Pidä sitten kiirettä ja heitä sen toinen pää tänne!»

Sam otti pakkauksen nopeasti selästään ja penkoi sitä. Sen pohjalla oli kuin olikin Lórienin kansan tekemä silkinharmaa köysivyyhti. Hän heitti toisen pään isännälleen. Pimeys tuntui haihtuvan Frodon silmistä tai sitten hänen näkönsä alkoi palata. Hän näki, miten harmaa lanka heilahteli alemmaksi, ja oli näkevinään siinä heikkoa hopean hohdetta. Nyt kun pimeydessä oli kiinnekohta silmille, häntä huimasi vähemmän. Hän nojautui eteenpäin ja sitoi köyden pään tiukasti ympärilleen, sitten hän tarttui siihen molemmin käsin.

Sam astui askelen taakse ja tuki jalkansa vasten kantoa, joka törrötti parin kyynärän päässä reunasta. Puoliksi vedettynä ja puoliksi itse kömpien Frodo tuli ylös ja kellahti maahan.

Ukkonen jylisi ja kumisi kaukaisuudessa ja sade oli edelleen rankka. Hobitit ryömivät takaisin kuruun, mutta sieltä ei paljon suojaa saanut. Sinne alkoi virrata vesipuroja; pian ne paisuivat tulvaksi, joka loiskui ja läiskyi kivikossa ja purkautui kallion reunan yli kuin valtavan katon vesikourusta.

»Olisin puoliksi hukkunut tuolla alhaalla, tai vesi olisi pyyhkäissyt minut mennessään», Frodo sanoi. »Olipa onni, että sinulla oli tuo köysi!»

»Vielä parempi onni olisi ollut, jos olisin keksinyt sen vähän aikaisemmin», Sam sanoi. »Te varmaan muistatte, miten ne köydet laitettiin veneisiin silloin kun me tehtiin lähtöä haltiamaasta. Minä iki-ihastuin niihin ja panin yhden vyyhden omaan pakkaukseeni. Tuntuu kuin siitä olisi vuosia. Se saattaa olla avuksi monessa hädässä, hän sanoi, Haldir nimittäin tai joku heistä. Ja totta puhui.»

»Sääli että minä en huomannut ottaa toista köyttä», Frodo sanoi, »mutta Saattueesta lähtö oli sellaista hoppua ja hämminkiä. Jos meillä vain olisi tarpeeksi köyttä, me pääsisimme sen avulla alas! Mitenkähän pitkä sinun köytesi on?»

Sam purki köyden hitaasti ja mittasi käsivarsillaan: »Viisi, kymmenen, kaksikymmentä syltä, kutakuinkin», hän sanoi.

»Kuka olisi uskonut!» Frodo huudahti.

»Kuka tosiaan», Sam sanoi. »Haltiat on ihmeellistä kansaa. Köysi näyttää ohuenlaiselta, mutta se on vahvaa ja maidonpehmeää kädessä. Se menee sitä paitsi pieneen tilaan eikä paina paljon mitään. Ihmeellistä kansaa kerta kaikkiaan!»

»Kaksikymmentä syltä», Frodo toisti miettiväisenä. »Se taitaa olla tarpeeksi. Jos myrsky laantuu ennen yötä, minä kokeilen.»

»Sade on jo melkein lakannut», Sam sanoi, »mutta älkää menkö taas temppuilemaan tuonne pimeään, Frodo-herra! Enkä minä ole oikein vielä toipunut siitä tuulen tuomasta kiljaisusta, vaikka te olisittekin. Se kuulosti Mustalta ratsastajalta – mutta tämä tuntui lentävän ilmassa. Osaavatko ne lentää? Minä vähän luulen, että meidän olisi parasta maata tässä kurussa kunnes yö on ohi.»

»Ja minusta taas tuntuu, että en vietä tällä jyrkänteellä hetkeäkään kauemmin kuin on pakko Mustan maan silmien katsoessa tänne soitten yli», Frodo sanoi.

Sen sanottuaan hän nousi ja meni taas kurun päähän. Hän katsoi ulos. Taivas alkoi jälleen kirkastua idässä. Myrskyn kosteat repaleiset helmat alkoivat kohota, pahin pauke oli ohi ja pimeän siivet levittäytyivät Emyn Muilin ylle, kun Sauronin musta huomio viipyi siinä hetken verran. Sieltä myrsky otti uuden suunnan, syöksi rakeita ja salamoita Anduinin laaksoon ja heitti sotaa enteilevän varjon Minas Tirithin ylle. Sitten se laskeutui alemmaksi vuoriston kohdalla, kokosi mahtavat pyörteensä ja vyöryi hitaasti Gondorin yli ja Rohanin rajoille asti, ja kaukana tasangolla länteen liikkuvat ratsastajat näkivät sen mustat patsaat auringon takana. Mutta tämän aution löyhkäävien rämeitten maan yllä levittäytyi taas syvän sininen iltataivas ja muutamat kalvaat tähdet näyttivät pieniltä valkoisilta rei'iltä kuunsirpin yllä kaareutuvassa kupolissa.

»On mukava taas nähdä», Frodo sanoi ja hengitti syvään. »Tiedätkö, minä todella vähän aikaa kuvittelin, että olin menettänyt näköni. Salaman iskusta tai jostakin muusta, pahemmasta syystä. En nähnyt mitään, en niin mitään, ennen kuin harmaa köysi tuli alas. Tuntui kuin se olisi loistanut.»

»Siinä on pimeässä semmoinen hopeinen hohde», Sam sanoi. »En minä ole ennen sitä huomannut, vaikka en kyllä muista olenko ottanut köyttä kertaakaan esiin sen jälkeen kun tungin sen pakkaukseeni. Mutta jos te nyt olette noin kovasti menossa alas, niin miten te meinaatte käyttää sitä, Frodo-herra? Kaksikymmentä tai sanotaan kahdeksantoista syltä – se on vain teidän arvio jyrkänteen korkeudesta.»

Frodo mietti hetken. »Kiinnitä se tiukasti tuohon puuntynkään!» hän sanoi. »Ja tällä kertaa voit saada tahtosi läpi ja mennä ensiksi. Minä lasken sinut, eikä sinun tarvitse muuta kuin käytellä käsiä ja jalkoja niin että pysyt irti kalliosta. Voit laskea painosi välillä jollekin ulkonemalle, että saan vähän levätä, siitä olisi apua. Kun olet päässyt alas, minä tulen perässä. Olen taas ihan oma itseni.»

»Hyvä on», sanoi Sam raskaasti. »Jos niin kerta täytyy tehdä, pannaan sitten toimeksi!» Hän otti köyden ja kiinnitti sen lähinnä jyrkännettä törröttävään kantoon, toisen pään hän sitoi vyötäisilleen. Vastahakoisesti hän kääntyi ja valmistautui menemään toisen kerran jyrkänteen reunan yli.

Tehtävä ei loppujen lopuksi ollutkaan niin kamala kuin Sam oli olettanut. Köysi tuntui antavan hänelle itseluottamusta, vaikka hän sulki kyllä silmänsä pari kertaa katsoessaan alas jalkojensa välistä. Kerran hän joutui tukalaan paikkaan: kalliossa ei ollut ulkonemia ja seinämä oli vähän matkaa aivan äkkijyrkkä, suorastaan kovera, ja siinä hän luiskahti ja heilahti hopeaköyden varaan. Mutta Frodo laski häntä hitaasti ja tasaisesti, ja viimein kaikki oli ohi. Eniten Sam oli pelännyt sitä että köysi loppuisi kesken, kun hän vielä killuisi korkealla, mutta Frodon käsiin jäi vielä pitkä pätkä, kun Sam tapasi maan ja huusi: »Alhaalla ollaan!» Ääni kantautui ylös selvänä, mutta Frodo ei nähnyt häntä; harmaa haltiaviitta oli sulautunut iltahämärään.

Frodolta kului jonkin verran enemmän aikaa kun hän laskeutui alas Samin jälkeen. Köyden toinen pää oli hänen vyötäisillään, toinen oli sidottu tiukasti ylös; hän oli lyhentänyt köyttä niin että se pysäyttäisi hänet ennen kuin hän pääsisi maahan; siitä huolimatta hän yritti olla putoamatta, eikä hän myöskään luottanut ohueen köyteen aivan yhtä paljon kuin Sam. Kahdessa paikassa hänen oli kuitenkin pakko heittäytyä kokonaan sen varaan; kallion pinta oli sileä eikä siitä saanut otetta edes vahvoilla hobittisormilla ja ulkonemat jäivät kauas toisistaan. Mutta viimein hänkin oli alhaalla.

»Huh huh!» hän huudahti. »Me selvisimme! Olemme kuin olemmekin päässeet pois Emyn Muililta! Ja mitähän seuraa nyt? Ehkä me piankin haikailemme lujaa ja kovaa kalliota jalkojemme alle.»

Mutta Sam ei vastannut: hän tuijotti kallionseinämää ylös. »Pölkkypäät!» hän sanoi. »Ääliöt! Minun kaunis köyteni! Sidottu kantoon – ja me ollaan täällä toisessa päässä. Sille hiiviskelevälle Klonkulle ei voisi jättää tuon mukavampaa liukurataa. Pannaan vielä kaiken varalta tienviitta kertomaan, mihin suuntaan me on menty! Sitä minäkin: homma näytti turhan helpolta.»

»Jos tiedät jonkun tavan, jolla olisimme voineet sekä käyttää köyttä että tuoda sen mukanamme alas, saat siirtää minun nimiini 'pölkkypään' ja minkä tahansa haukkumasanan, joita Ukko sinusta käytti», Frodo sanoi. »Kiipeä ylös, irrota köysi ja tule alas, jos mielesi tekee!»

Sam raapi päätään. »Ei, en kyllä käsitä miten, jos saan sanoa, herra», hän sanoi. »Mutta minusta ei ole mukava jättää sitä, siinä kaikki.» Hän silitti köyden päätä ja heilutti sitä hellästi. »On kovaa erota mistään, minkä on tuonut mukanaan Haltiamaasta. Saattaa olla itsensä Galadrielin tekemä, kuka sitä tietää», hän mutisi ja nyökki murheellisesti. Katsahtaen ylös hän vetäisi köyttä viimeisen kerran kuin hyvästiksi.

Hobittien täydelliseksi yllätykseksi se irtosi. Sam lensi nurinniskoin ja pitkät harmaat köysikiemurat laskeutuivat hiljaa hänen päälleen. Frodo nauroi. »Kuka köyden sitoi?» hän sanoi. »Olipa hyvä että se piti niin kauan kuin piti. Ajatella että minä luotin koko painoni sinun solmusi varaan!»

Samia ei naurattanut. »Minä en ehkä ole haka kiipeämisessä, Frodo-herra», hän ilmoitti loukkaantuneesti, »mutta minä tiedän yhtä ja toista köysistä ja solmuista. Se kulkee suvussa, voisi sanoa. Minun isoisälläni, uskokaa tai älkää, ja sittemmin Andi-sedällä, joka oli Ukon vanhin veli, oli Rossikentällä köydenpunojanrata monta vuotta. Minä sidoin sen köyden kantoon niin hyvällä solmulla että yrittäköön kuka tahansa tehdä paremman, Konnussa tai Konnun ulkopuolella.»

»Siinä tapauksessa köysi on kai katkennut – hiertynyt varmaan kallionreunaa vasten», Frodo sanoi.

»Sitä minä en usko!» Sam sanoi entistäkin loukatumpana. Hän kumartui tutkimaan köyden päitä. »Eikä muuten ole hiertynyt. Ei yksikään säie!»

»Sitten vika on valitettavasti ollut solmussa», Frodo sanoi.

Sam ravisti päätään eikä vastannut. Hän liu'utti köyttä miettiväisenä sormiensa lomitse. »Kuvitelkaa mitä tahdotte», hän sanoi viimein, »mutta minä uskon, että köysi irtosi itse – kun minä kutsuin.» Hän kääri köyden vyyhteen ja pakkasi sen hellästi pussiinsa.

»Joka tapauksessa se irtosi», Frodo sanoi, »ja se on pääasia. Mutta nyt meidän täytyy miettiä, mitä teemme seuraavaksi. Yö yllättää meidät ihan kohta. Miten kauniita tähdet ovatkaan, ja kuu!»

»Ihan totta, ne ilahduttaa sydäntä», Sam sanoi ja katseli ylös. »Ne on jotenkin haltiamaisia. Ja kuu kasvaa. Me ei olla nähty sitä pariin yöhön, kun on ollut pilvistä. Se alkaa jo valaista aika lailla.»

»Totta», Frodo sanoi, »mutta täysi se ei ole vielä muutamaan päivään. Tuskin meidän kannattaa lähteä yrittämään soille puolikuun valossa.»

Yön ensimmäisissä varjoissa he aloittivat matkansa seuraavan vaiheen. Jonkin ajan kuluttua Sam kääntyi ja katsoi taaksensa tulosuuntaan. Kurun suu näkyi mustana lovena hämärässä kalliossa. »Tosi hyvä juttu, että meillä oli se köysi», hän sanoi. »Ainakin se hipsuttava ryöväri sai vähän miettimistä. Sopii tukea iljettäviä läpsyjalkojaan noihin ulkonemiin!»

He sovittelivat askeleitaan poispäin kallion liepeiltä, missä oli isoja kivenjärkäleitä ja epätasaista rakkaa, märkää ja liukasta sateen jäljiltä. Maa vietti edelleen melko jyrkästi. He eivät olleet päässeet kovinkaan pitkälle, kun heidän jalkojensa juuressa äkkiä irvisti suuri musta halkeama. Se ei ollut leveä, mutta siksi leveä kuitenkin, ettei sen yli käynyt hyppääminen hämärässä. He olivat kuulevinaan sen syvyyksistä veden lorinaa. Rotko kaarsi vasemmalla pohjoiseen, takaisin kukkuloille, ja esti siten etenemisen oikeaan suuntaan, ainakin siksi aikaa kun pimeyttä kesti.

»Olisi ehkä paras yrittää vähän matkaa takaisin etelään kallion viertä», Sam sanoi. »Sieltä voisi löytyä joku kolo tai vaikka luola.»

»Niin kai», Frodo sanoi. »Minua väsyttää, en taida pystyä rämpimään enää kauan kivikossa tänä yönä – vaikka viivytys harmittaa. Olisipa edessämme selvä tie: silloin jatkaisin kunnes jalat pettävät.»

Alhaalla Emyn Muilin rikkonaisilla reunoilla kulku ei yhtään helpottunut. Sam ei myöskään löytänyt minkäänlaista koloa tai kuoppaa, joka olisi tarjonnut suojaa, vain paljaita kivikkoisia rinteitä; ja niitä varjosti kallio, joka nyt kun he palasivat takaisinpäin kohosi taas entistä jyrkempänä. Viimein he tyytyivät lopen uupuneina heittäytymään maahan vain vähän matkan päähän jyrkänteestä ison kivilohkareen suojaan. Siinä he istuivat jonkin aikaa surkeina, toisiinsa nojaten kylmässä kivisessä yössä, ja uni painoi luomia, vaikka he kuinka yrittivät karistaa sitä pois. Kuu oli korkealla ja kirkas. Sen ohut valkea hohde valaisi kivien kyljet ja sai kallion uhkaavan seinämän hohtamaan; laaja vaaniva pimeys muuttui kylmäksi ja kalpeaksi harmaudeksi, jossa mustat varjot risteilivät.

Frodo nousi ja kääri kaavun tiukemmin ympärilleen. »Nuku sinä, Sam, vähän, ota minun huopani. Minä kävelen edestakaisin vartiossa vähän aikaa.» Äkkiä hän jäykistyi, kumartui ja tarttui Samia käsivarteen. »Mikä tuo on?» hän kuiskasi. »Katso tuolla, kalliolla!»

Sam katsoi ja sihahti terävästi hampaittensa raosta. »Ssss!» hän sanoi. »Se se on. Klonkku! Voi konnat ja käärmeet! Ja minä kun kuvittelin, että meidän kiipeilymme hämäisi sitä! Katsokaa nyt! Se ryömii seinällä kuin mikäkin hämähäkki.»

Jyrkänteen suoralla seinämällä, joka kuunvalossa näytti sileältä, liikkui pieni musta hahmo raajat levällään. Kukaties se onnistui pehmeillä käsillään ja varpaillaan tarttumaan rakoihin ja ulokkeisiin, joita hobitti ei pystynyt näkemään eikä käyttämään, mutta pikemminkin näytti siltä että se ryömi alas muina miehinä jonkinlaisten tahma-anturoiden varassa kuin jokin suuri hyönteisentapainen saalistaja. Se tuli alas pää edellä kuin haistellen suuntaa. Silloin tällöin se nosti hitaasti päätään ja käänsi sen kokonaan ympäri laihan kaulan varassa, ja hobitit näkivät väläykseltä parin haaleita hohtavia täpliä: sen silmät räpyttelivät kuun valossa hetken ja sulkeutuivat taas nopeasti.

»Luuletteko, että se näkee meidät?» Sam sanoi.

»Paha sanoa», vastasi Frodo hiljaa, »mutta en usko. Tutunkin on vaikea nähdä näitä haltiakaapuja; vain muutaman askeleen päästä en enää näe sinua, jos olet varjossa. Ja tietääkseni se ei pidä auringosta eikä kuusta.»

»Miksi se sitten tulee alas juuri tällä kohdalla?» Sam kysyi.

»Hiljaa!» Frodo sanoi. »Ehkä se haistaa meidät. Ja sillä on luultavasti kuulo kuin haltioilla. Nyt se on tainnut kuulla jotakin, varmaan meidän äänemme. Me huutelimme aika tavalla tuolla kauempana ja puhuimme aivan liian kovaa vielä äsken.»

»Ah, minä olen kyllästynyt tuohon hiippariin», Sam sanoi. »Se on ilmaantunut vähän liian usein – nyt minä vaihdan sen kanssa pari valittua sanaa, mikäli se käy päinsä. Tuskin me kuitenkaan päästäisiin enää livahtamaan.» Hän veti harmaan hupun huolellisesti kasvoilleen ja hiipi hiirenhiljaa kalliota kohti.

»Ole varovainen!» kuiskasi Frodo, joka tuli hänen perässään. »Älä säikytä sitä! Se on paljon vaarallisempi kuin miltä näyttää.»

Musta hahmo oli ryöminyt kolme neljännestä matkasta ja oli ehkä vajaan yhdeksän sylen korkeudella maasta. Hobitit kyyhöttivät liikkumatta kuin kivet suuren lohkareen takana ja katselivat sitä. Se näytti joutuneen hankalaan paikkaan tai sitten jokin vaivasi sitä. He kuulivat sen nuuhkivan ja sitten kuului karhea hengityksen sihahdus, kuin kirous. Se nosti päänsä ja he olivat kuulevinaan sen sylkäisevän. Sitten se jatkoi taas etenemistään. Heidän korviinsa kantautui nyt sen nariseva ja viheltävä ääni.

»Ahh, sss! Varovasti, aarteeni! Hätiköitssijä viivästyy. Eihän nisskoja kantssi taittaa, eihän aarre? Ei, aarre – *klunk!*» Se nosti taas päänsä, räpytti silmiään kuun valossa ja sulki ne nopeasti. »Me vihataan sssitä», se sihisi. »Inha, inha, värissevä valo – se on – sss – se tarkkailee meitä, niin aarre – ssatuttaa ssilmiä.»

Se oli jo aika alhaalla ja sihaukset kävivät terävämmiksi ja selvemmiksi. »Missä sse on, missä sse on: sse Aarre, minun Aarre? Se on meidän, tahtoo ssen. Varkaat, roissstot, saasstaset pikku varkaat. Missä ne on minun Aarteen kansssa? Kirotut! Me vihataan niitä.»

»Ei kuulosta siltä, että se tietäisi että me ollaan tässä», Sam kuiskasi. »Ja mikä se sen Aarre on? Tarkoittaako se –»

»Hss!» henkäsi Frodo. »Se lähestyy jo, kohta se voi kuulla kuiskauksenkin.»

Klonkku oli todellakin taas pysähtynyt ja heiveröisen kaulan päässä sen suuri pää vaappui puolelta toiselle ikään kuin kuulostellen. Sen haileat silmät olivat puoliksi kiinni. Sam hillitsi itsensä vaikka hänen sormensa nykivät. Täynnä vihaa ja inhoa hänen katseensa kiinnittyi kurjaan otukseen, joka alkoi taas liikkua kuiskaillen ja sihisten yhä itsekseen.

Lopulta se oli vain kahden sylen päässä suoraan heidän yläpuolellaan. Siinä kohtaa oli jyrkkä pudotus, sillä kallio oli aavistuksen verran kovera eikä edes Klonkku pystynyt saamaan siitä minkäänlaista otetta. Se yritti nähtävästi juuri vääntäytyä ympäri jatkaakseen jalat edellä, kun se putosi vihlovasti kiljaisten. Pudotessaan se kietoi kädet ja jalat ruumiinsa ympärille kuten hämähäkki kannatusrihman katketessa.

Sam syöksähti hetkessä esiin piilostaan ja loikkasi parilla askelella kallion juurelle. Ennen kuin Klonkku pääsi pystyyn, Sam oli sen kimpussa. Mutta Sam sai huomata, että Klonkku oli kovempi pala kuin hän oli laskenut, vaikka se ei osannutkaan varoa juuri pudottuaan. Ennen kuin Sam sai kunnon otetta, pitkät raajat puristuivat hänen ympärilleen vangiten hänen kätensä, ja niiden pehmeä mutta vastaanpanemattoman voimakas ote rutisti häntä kuin kiristyvä köysi, nihkeät kädet haparoivat kohti hänen kurkkuaan. Sitten terävät hampaat pureutuivat hänen olkapäähänsä. Ainoa mitä hän saattoi tehdä oli puskea kovalla pyöreällä päällään sivuttain otuksen naamaan. Klonkku sähisi ja syljeskeli, mutta ei päästänyt irti.

Samin olisi käynyt huonosti, jos hän olisi ollut yksin. Mutta Frodo ryntäsi esiin ja veti Piikin huotrasta. Vasemmalla kädellään hän tarttui Klonkun harvaan tukkaan, kiskaisi sen pään taakse, venytti esiin sen pitkän kaulan ja pakotti sen haileat myrkylliset silmät katsomaan taivaalle.

»Päästä irti, Klonkku!» hän sanoi. »Tämä on Piikki. Olet nähnyt sen kerran ennenkin. Päästä, tai saat tällä kertaa tuta sitä! Katkaisen kaulasi.»

Klonkku lysähti ja kävi veteläksi kuin märkä naru. Sam nousi ja koetteli olkapäätään. Hänen silmänsä hehkuivat vihaa, mutta hän ei voinut kostaa: hänen kurja vihollisensa uikutti madellen kivikossa.

»Älä tee meille pahaa! Älä anna niiden tehdä pahaa, aarre, älä! Eihän ne tee meille pahaa, eihän, kiltit pikku hobitit? Meillä ei ollut mitään pahaa mielessä, mutta ne käy kimppuun niin kuin kissat hiiriparkojen niskaan, niin ne teki, aarre. Ja *klunk* – me ollaan niin yksin. Me ollaan niille kilttejä, kilttejä ollaan, jos ne on kilttejä meille, niin ollaan, sssanomattoman kilttejä.»

»No, mitä sen kanssa tehdään?» Sam sanoi. »Sidotaan se, niin että se ei enää pääse hiiviskelemään meidän kannoilla.»

»Mutta sitten me kuoltais, kuoltaiss», uikutti Klonkku. »Julmat pikku hobitit. Sitoo meidät ja maa on karu ja kylmä, ja jättää meidät, *klunk, klunk.*» Sen korisevasta kurkusta kohosi nyyhkytyksiä.

»Ei käy», Frodo sanoi. »Jos me tapamme sen, se on tehtävä oikopäätä. Ja sitä emme tässä tilanteessa voi tehdä. Kurja raukka! Se ei ole tehnyt meille mitään pahaa.»

»Vai ei ole!» sanoi Sam olkaansa hieroen. »Aikoi kuitenkin, ja *aikoo*, sen takaan. Kuristaa meidät vielä kun me nukutaan, sitä se suunnittelee.»

»Ehkä», Frodo sanoi. »Mutta sen aikomukset ovat asia erikseen.» Hän vaikeni ja mietti vähän aikaa. Klonkku makasi yhä maassa mutta lopetti uikutuksen. Sam seisoi sen vieressä ja mulkoili sitä.

Silloin Frodo oli kuulevinaan kaukaa mutta selvästi menneisyyden äänet:

Sääli ettei Bilbo pistänyt kuoliaaksi tuota viheliästä otusta kun hänellä oli mahdollisuus!

Sääli? Sääli pidätteli hänen kättään. Sääli ja armo: ei iskua ilman syytä.

En minä tunne sääliä Klonkkua kohtaan. Se ansaitsee kuoleman.

Ansaitsee! Epäilemättä. Monet niistä, jotka elävät, ansaitsevat kuoleman. Ja jotkut, jotka kuolevat, ansaitsisivat elämän. Pystytkö sinä antamaan sen heille? Älä sitten ole niin innokas jakamaan kuolemantuomioita oikeuden nimessä, kun pelkäät oman turvallisuutesi tähden. Eivät edes kaikkein viisaimmat näe loppuun asti.

»Olkoon», hän vastasi ääneen ja laski miekkansa. »Mutta minä pelkään yhä. Enkä kuitenkaan koske tähän otukseen, kuten näet. Sillä nyt kun minä tapaan sen, minä tosiaan säälin sitä.»

Sam tuijotti isäntäänsä, tämä näytti puhuvan jollekulle, joka ei ollut paikalla. Klonkku nosti päätään.

»Niin niin, sssurkeita ollaan, aarre», se vikisi. »Kurjuutta, kurjuutta vain! Hobitit ei tapa meitä, kiltit hobitit.»

»Emme tapa», Frodo sanoi. »Mutta emme myöskään päästä sinua menemään. Klonkku, sinä olet täynnä juonia ja ilkeyttä. Sinun täytyy tulla meidän kanssamme, siinä kaikki, niin että voimme pitää sinua silmällä. Mutta sinun on autettava meitä milloin voit. Hyvä teko vaatii vastapalveluksen.»

»Niin, niin, tossiaan», sanoi Klonkku ja nousi istumaan. »Kilttejä hobitteja! Me tullaan niiden kanssa. Löydetään niille pimeässä turvalliset polut, me löydetään. Mihin ne menevät karussa kylmässä maassa, sitä me mietiskeletään, että mihin ne on matkalla, niin.» Se katsoi heihin ja sekunnin verran sen haileissa räpyttelevissä silmissä pilkahti ovela ja innokas kiilto.

Sam mulkaisi sitä ja maiskautti suutaan, mutta hän näytti vaistoavan isäntänsä poikkeuksellisen mielentilan ja että asia oli loppuun käsitelty. Silti Frodon vastaus hämmästytti häntä.

Frodo katsoi suoraan Klonkun silmiin, ne värähtivät ja kääntyivät pois. »Sinä tiedät sen, Sméagol, tai olet arvannut», hän sanoi hiljaa ja vakavasti. »Me olemme tietenkin matkalla Mordoriin. Ja sinä varmaan tunnet sinne tien.»

»Ahhh! Ssss!» Klonkku sanoi ja peitti korvansa käsillään ikään kuin tällainen suorasukaisuus ja nimien avoin käyttö olisi tehnyt suorastaan kipeää. »Arvattiin, arvattiin, tietysti kyllä vaan», hän kuiskasi, »eikä me tahdottu, että ne menee, eihän? Ehei, aarre, ei kiltit hobitit sinne. Tuhkaa, tuhkaa ja tomua ja janoa siellä on, ja kuiluja, kuiluja ja örkkejä, ssatoja, ssatoja örkkejä. Ei kiltit hobitit sssaa mennä semmoisiin paikkoihin.»

»Sinä olet siis ollut siellä?» tiukkasi Frodo. »Ja Mordor vetää sinua takaisin, niinkö?»

»Niin. Niin sse on. Ei!» kiljui Klonkku. »Kerran oltiin, vahingosssa oltiin, eiksniin, aarre. Vahingossa niin. Mutta takaisssin ei mennä, ei, ei!» Sitten sen ääni ja kieli äkkiä muuttui ja se nikotteli ja puhui, mutta ei heille. »Anna olla, *klunk!* Sattuu. Voi minun käsiä, *klunk!* Minä en me ei, ei takaisin, minä ei en tahdo. Minä en en löydä sitä. Minä olen väsynyt. Minä, me, minä en löydä sitä, *klunk, klunk*, ei löydy, ei mistään. Ne on aina valveilla. Kääpiöt, ihmiset ja haltiat, haltioitten kauheat kirkkaat silmät. Minä en löydä sitä. Ahh!» Se nousi ja puristi pitkäsormisen kätensä luiseksi lihattomaksi nyrkiksi ja heristi sitä itään päin. »Ei me suostuta!» se huusi. »Ei sinulle.» Sitten se lyyhistyi taas. »*Klunk, klunk*», se inisi naama maassa. »Älä katso meitä! Mene pois! Nukkumaan siitä!»

»Hän ei mene pois eikä nukkumaan sinun käskystäsi, Sméagol», Frodo sanoi. »Mutta jos todella tahdot vapautua hänestä, silloin sinun on autettava minua. Ja se merkitsee ikävä kyllä sitä, että sinun pitää näyttää tie ja suunta hänen maahansa. Mutta sinun ei tarvitse tulla koko matkaa, ei hänen maansa porttien sisäpuolelle.»

Klonkku nousi taas istumaan ja katseli häntä silmäluomiensa alta. »Siellä Hän on», se pälpätti. »Aina vaan. Örkit vie teidät, örkit vie koko matkan. Örkkejä kyllä löytää Virran itäpuolelta. Älkää pyytäkö Sméagolia. Kurja Sméagol raukka, meni pois kauan sitten. Ottivat häneltä Aarteen ja nyt hän on kadoksissa.»

»Ehkä me löydämme hänet, jos tulet kanssamme», Frodo sanoi.

»Ei, ei, ei koskaan. Hän on kadottanut Aarteensa», Klonkku sanoi.

»Nouse ylös!» sanoi Frodo.

Klonkku nousi seisomaan ja peräntyi kalliota kohti.

»No niin!» Frodo sanoi. »Onko sinun helpompi löytää polku päivällä vai yöllä? Me olemme väsyneitä, mutta jos valitset yön, me lähdemme tänä iltana.»

»Isot valot sattuu silmiin, sattuu», Klonkku vinkui. »Ei Valkoisen naaman alla, ei vielä. Pian se menee mäkien taakse, sen tekee. Ensin kiltit hobitit lepää vähän!»

»Istu sitten», Frodo sanoi, »äläkä liiku!»

Hobitit istuutuivat Klonkun viereen, kahden puolen, selkä kiviseinämää vasten niin että jalkoja saattoi lepuuttaa. Ei tarvittu suullista sopimusta: he tiesivät etteivät saisi nukkua silmällistäkään. Hitaasti kuu kulki ohi. Kukkuloilta valui varjoja ja tienoo pimeni heidän ympärillään. Tähdet tihenivät ja kirkastuivat taivaalla. Kukaan ei liikahtanutkaan. Klonkku istui jalat koukussa polvet leuan alla litteät kämmenet ja jalkaterät levällään maassa ja silmät kiinni, mutta ilmeisen jännittyneenä, kuin olisi pohtinut tai kuulostellut jotakin.

Frodo katsoi Samiin. Heidän silmänsä kohtasivat ja he ymmärsivät toisiaan. He rentoutuivat, nojasivat päätä seinään ja sulkivat tai olivat sulkevinaan silmänsä. Pian alkoi heidän hiljainen hengityksensä kuulua. Klonkun kädet nytkähtivät. Tuskin huomattavasti sen pää kääntyi oikealle ja vasemmalle, silmistä avautui viiruksi ensin toinen ja sitten toinen. Hobitit eivät tehneet elettäkään.

Äkkiä ja hämmästyttävän ketterästi ja nopeasti hyppäsi Klonkku pimeyteen kuin heinäsirkka tai sammakko. Mutta juuri sitä olivat Frodo ja Sam odottaneet. Sam oli sen kimpussa ennen kuin se oli ennättänyt ottaa kahta askelta hypyn jälkeen. Frodo tuli hänen jäljessään, tarttui Klonkkua jalasta ja heitti sen maahan. »Sam, sinun köydestäsi saattaa taas olla hyötyä», hän sanoi.

Sam otti köyden esiin. »Ja mihin sitä oltiin matkalla, herra Klonkku, tässä karussa kylmässä maassa?» hän murisi. »Sitä me mietiskeletään, juu. Etsimään omia örkkiystäviä, veikkaan minä. Kaksinaamainen nilviäinen! Sinun kaulaasi tämä köysi kuuluisi, ja silmukka tiukkaan.»

Klonkku makasi hiljaa eikä enää yrittänyt mitään. Se ei vastannut Samille, mutta katsahti häntä murhaavasti.

»Meidän pitäisi vain jotenkin saada se pysymään aloillaan», Frodo sanoi. »Sen pitäisi kävellä, joten sen jalkoja ei kannata sitoa – eikä käsiäkään, se näyttää käyttävän niitä melkein yhtä lailla. Sido toinen pää sen nilkkaan ja pidä tiukasti kiinni toisesta päästä.»

Hän vartioi Klonkkua sillä aikaa kun Sam sitoi solmun. Tulos hämmästytti kumpaakin. Klonkku alkoi ulista ohuella läpitunkevalla äänellä, jota oli kauhea kuunnella. Se vääntelehti ja yritti ylettyä hampailla nilkkaan purrakseen köyden poikki. Se ulisi yhtä mittaa.

Viimein Frodo vakuuttui siitä, että sillä todella oli tuskia, mutta syy ei voinut olla solmussa. Hän tutki sitä ja totesi, että se ei suinkaan ollut liian kireä, pikemminkin löysä. Sam oli puheiltaan hellämielisempi. »Mikä sinun on?» hän kysyi. »Jos kerran yrität lähteä pakoon, meidän täytyy sitoa sinut, mutta ei ole tarkoitus satuttaa sinua.»

»Se sattuu, se sattuu», sihisi Klonkku. »Se hyytää, se puree! Haltiat on sen punoneet, kirotut! Ilkeät julmat hobitit! Siksi me yritetään pakoon, siksi juuri, aarre! Me arvattiin, ne on julmia hobitteja. Ne tapaa haltioita, haltiat on hurjia, niillä on kirkkaat silmät. Ottakaa se pois! Se sattuu.»

»En ota sitä pois», Frodo sanoi, »en ota, ellet» – hän vaikeni ja mietti hetken – »ellet voi antaa sellaista lupausta, johon minä voin luottaa.»

»Me vannotaan, me tehdään mitä hän haluaa, sse tehdään», Klonkku sanoi ja kiemurteli yhä tavoitellen nilkkaansa. »Se sattuu.»

»Vannotko?» Frodo sanoi.

»Sméagol», sanoi Klonkku äkkiä ja selvästi, ja avasi silmänsä selälleen ja katsoi Frodoa merkillisesti. »Sméagol vannoo sormet Aarteen päällä.»

Frodo suoristautui ja jälleen Sam ihmetteli hänen sanojaan ja lujaa ääntään. »Aarteen päällä! Miten sinä uskallat?» hän sanoi. »Ajattele!

Yksi Sormus löytää heidät, se yksi heitä hallitsee,
se yksi heidät yöhön syöksee ja pimeyteen kahlitsee.

Sidotko lupauksesi siihen, Sméagol? Se pitää sinut otteessaan. Mutta se on petollisempi kuin sinä. Se saattaa vääristää sinun sanasi. Varo!»

Klonkku luimisteli. »Sormet Aarteen päällä, Aarteen päällä!» se toisti.

»Ja mitä sinä vannot?»

»Että olen oikein kiltti», Klonkku sanoi. Sitten se ryömi Frodon jalkoihin, ryömi hänen edessään ja kuiskasi käheästi; se nytkähteli ikään kuin sanojen synnyttämä pelko olisi järkyttänyt sitä luita ja ytimiä myöten. »Sméagol vannoo, että

Hän ei koskaan, koskaan saa sitä. Ei koskaan! Sméagol pelastaa sen. Mutta pitää vannoa sormet Aarteen päällä.»

»Ei! Ei sen päällä», Frodo sanoi ja katsoi häntä lujan säälivästi. »Sinä tahdot vain nähdä sen ja koskea siihen, jos ikinä mahdollista, vaikka tiedät, että se tekisi sinut hulluksi. Ei sen päällä. Vanno sen kautta, jos tahdot. Sillä sinä tiedät, missä se on. Sinä tiedät kyllä, Sméagol. Se on edessäsi.»

Hetken Samista näytti kuin hänen isäntänsä olisi kasvanut ja Klonkku kutistunut: hän näki pitkän ankaran varjon, mahtavan ruhtinaan, joka oli kätkenyt kirkkautensa harmaaseen pilveen, ja hänen jaloissaan oli pieni vikisevä koira. Kuitenkin nuo kaksi olivat jotenkin toistensa kaltaiset eivätkä vieraat toisilleen; he kykenivät tavoittamaan toistensa ajatukset. Klonkku kohottautui ja alkoi liehakoida ja käpälöidä Frodon polvia.

»Maahan! Maahan!» Frodo sanoi. »Lausu nyt lupauksesi!»

»Me luvataan, siis minä lupaan!» Klonkku sanoi. »Palvelen Aarteen herraa. Hyvä isäntä, hyvä Sméagol, *klunk, klunk!*» Äkkiä se alkoi itkeä ja purra taas nilkkaansa.

»Sam, irrota köysi!» Frodo sanoi.

Sam totteli vastahakoisesti. Klonkku nousi heti ja alkoi hypähdellä kuin piesty piski, kun isäntä on taputtanut sitä. Tuosta hetkestä siinä tapahtui muutos, jonka vaikutus kesti jonkin aikaa. Puhuessaan se sihisi ja vikisi vähemmän ja osoitti sanansa suoraan läsnäoleville eikä aarreminälleen. Se kyllä käpertyi kokoon ja säikkyi, jos he tulivat sen lähelle tai tekivät äkkinäisiä liikkeitä, ja se vältti heidän haltiaviittojensa kosketusta, mutta se oli ystävällinen ja oikeastaan liikuttavan miellyttämisenhaluinen. Se korahteli naurusta ja hyppeli, jos joku pilaili tai jos Frodo puhui sille ystävällisesti, ja se itki kun Frodo moitti sitä. Sam puhui sille kaiken kaikkiaan hyvin vähän. Hän epäili sitä enemmän kuin koskaan ja piti mikäli mahdollista tästä uudesta Klonkusta, Sméagolista, vielä vähemmän kuin entisestä.

»No niin, Klonkku, tai miksi meidän nyt sitten pitäisi sinua kutsua», hän sanoi, »nyt työhön! Kuu on poissa ja yö kuluu. Meidän pitäisi lähteä.»

»Pitäisi, pitäisi», myönsi Klonkku ja törmäili sinne tänne. »Nyt lähdettiin! Etelälaidan ja Pohjoislaidan välissä on vain yksi tie. Minä löysin sen, löysin. Örkit ei käytä sitä, örkit ei tiedä sitä. Örkit ei mene suon yli, ne kiertää monta virstaa. Oli onni, että te tulitte tätä tietä. Oli onni, että te löysitte Sméagolin, onni niin. Seuratkaa Sméagolia!»

Se astui muutaman askelen poispäin ja katsoi heitä kysyvästi kuin koira, joka pyytää kävelylle. »Odota vähän, Klonkku!» Sam huusi. »Älä mene liian kauas edelle! Minä aion pysytellä sinun kannoillasi ja köysi on minulla heti käsillä.»

»Ei, ei!» Klonkku sanoi. »Sméagol lupasi.»

Yön pimeydessä kylmien kirkkaitten tähtien alla he lähtivät matkaan. Klonkku johti heitä vähän aikaa takaisin pohjoiseen samaa tietä, jota he olivat tulleet, sitten se kääntyi oikealle, poispäin Emyn Muilin jyrkänteestä, alas rikkonaisia kivikkorinteitä kohti alhaalla levittäytyviä valtavia rämeitä. Vaivihkaa he katosivat pimeyteen. Mordorin porttien edessä peninkulmaisten autiomaiden yllä lepäsi musta hiljaisuus.

2

TIE SOITTEN POIKKI

KLONKKU LIIKKUI NOPEASTI pää ja kaula ojossa ja käytti usein käsiään jalkojen apuna. Frodolla ja Samilla oli tekemistä pysytellä mukana sen vauhdissa, mutta se ei näyttänyt enää hautovan pakoajatuksia; jos he jäivät jälkeen, se kääntyi ja odotti heitä. Jonkin ajan kuluttua se toi heidät samalle kapealle kurulle, jolle he olivat osuneet jo kerran, mutta nyt he olivat etäämmällä kallioista.

»Tässä se on!» se huudahti. »Tuolla pohjalla tie alas on, on. Nyt me mennään sitä pitkin – tuonne mennään, tuonne kauas.» Se viittasi etelään ja itään soille päin. Niiden löyhkä kävi heidän sieraimiinsa, se tuntui pahalta ja raskaalta vilpoisessa yöilmassakin.

Klonkku etsiskeli kurun reunalla ja huusi viimein heille. »Tässä! Tästä päästään sinne. Sméagol meni tästä kerran, minä menin tästä piiloon örkkejä.»

Se näytti tietä, ja hobitit kipusivat sen perässä alas pimeään. Kulku ei ollut hankalaa, sillä tässä kohden kuru oli vain kahden ja puolen sylen syvyinen ja kaksi syltä leveä. Pohjalla oli juoksevaa vettä: se oli itse asiassa kallioilta virtaavan puron uoma, yksi niistä, jotka ylläpitivät suon seisovia lammikoita ja rämeikköjä. Klonkku kääntyi oikealle, suunnilleen etelään, ja kävellä läiskytti matalassa kivisessä joessa. Se näytti nauttivan suuresti tuntiessaan veden jaloissaan, nikotti itsekseen ja raakkui jopa välillä lauluntapaista.

> *Kova kylmä maa*
> *kättä kaluaa,*
>   *jalkaa puree, vihaa.*
> *Kivet kolut kovat*
> *kuin luut vanhat ovat*
>   *ihan vailla lihaa.*
> *On märkä virta, lampi*
> *paljon mieluisampi,*
>   *se ei jalkaa vihaa!*
> *Nyt meidän mieli palaa –*

»Haa haa! Mihkä mieli palaa?» se sanoi ja katsoi syrjäsilmin hobitteja. »Me kerrotaan», se raakkui. »Se arvasi kauan sitten, Reppuli arvasi.» Klonkun silmät alkoivat kiilua ja Sam, joka huomasi tuon kiillon pimeydessä, piti sitä kaikkea muuta kuin mukavana.

> *Hengissä hengittämättä,*
> *kylmempi kalman kättä,*
> *janotta juo se aina,*
> *panssaripuku ei paina.*
> *Kuiva maa hukuttaa sen,*
> *saari saa sen*
> *itseään luulemaan*
> *vuoreksi, puhallus vaan*
> *suihkulähde on tälle*
> *niin sileälle!*
> *Se miellyttää!*
> *Nyt mieli palaa*
> *pyytämään kalaa*
> *niin mehevää!*

Nämä sanat vain vahvistivat huolta, joka oli pyörinyt Samin päässä siitä lähtien kun hän käsitti, että hänen isäntänsä aikoi ottaa Klonkun oppaakseen: ruokahuolta. Hänen mielessään ei käväissytkään mahdollisuus, että hänen isäntänsä olisi myös miettinyt asiaa, mutta hän arveli, että Klonkku kyllä oli. Miten Klonkku oikeastaan oli elättänyt itsensä pitkien yksinäisten vaellustensa ajan? »Ei turhan hyvin», Sam arveli. »Se näyttää nälkiintyneeltä. Ja tuskin se on niin kranttu, ettei olisi valmis kokeilemaan, miltä hobitti maistuu, jos kalaa ei satu olemaan – kunhan vain pääsee yllättämään meidät torkuksissa. No, eipä yllätä, ei ainakaan Samia.»

He kompastelivat pimeässä kiemurtelevassa kurussa pitkän aikaa, ainakin se siltä tuntui Frodon ja Samin väsyneisiin jalkoihin. Kuru kääntyi itään ja vähitellen se leveni ja madaltui. Viimein alkoi taivas vaaleta aamun ensi kajosta. Klonkku ei ollut osoittanut mitään väsymisen merkkejä, mutta nyt se katsoi ylös ja pysähtyi. »Päivä on lähellä», se kuiskasi, ikään kuin Päivä olisi ollut joku, joka saattaisi kuulla, mitä se sanoi, ja käydä kimppuun. »Sméagol jää tähän, minä jään tähän, Keltainen kasvo ei näe.»

»Meistä olisi mukavaa nähdä aurinko», Frodo sanoi, »mutta me jäämme tähän: olemme liian väsyneitä jatkamaan enää yhtään pitemmälle.»

»Viisas ei sano: Keltainen kasvo on mukava», Klonkku sanoi. »Se paljastaa. Kiltit järkevät hobitit jää Sméagolin luo. Örkkejä ja ilkiöitä on liikkeellä. Ne näkee kauas. Jääkää ja piiloutukaa minun kanssa!»

Kaikki kolme asettuivat lepäämään kurun kallioseinämän alle. Se ei ollut enää pitkän ihmismiehen mittaa korkeampi ja sen juurella oli laakeita ja kuivia kivitasanteita; vesi virtasi uomassaan toisella reunalla. Frodo ja Sam istuivat yhdellä tasanteella ja lepuuttivat selkäänsä. Klonkku kahlaili ja läiskytteli virrassa.

»Meidän täytyy syödä vähän», Frodo sanoi. »Sméagol, oletko nälkäinen? Meillä on vain vähän mitä jakaa, mutta me säästämme sinulle mitä voimme.»

Kun Klonkku kuuli sanan *nälkäinen*, sen haileisiin silmiin syttyi vihertävä kiilto ja ne tuntuivat työntyvän entistä enemmän esiin sen kurjasta laihasta naamasta. Hetkeksi se vajosi vanhaan Klonkku-tyyliinsä. »Nälässsä, nälässä ollaan, aarre», se sanoi. »Mitä ne ssyö? Olissko niillä hyvejä fisuja?» Sen kieli roikkui ulkona terävien keltaisten hampaitten välissä ja lipoi värittömiä huulia.

»Ei, meillä ei ole kalaa», Frodo sanoi. »Meillä on vain tätä» – hän nosti esiin *lembas*-levyn – »ja vettä, mikäli tämän puron vesi on juomakelpoista.»

»On sse, sse on hyvä vesi», Klonkku sanoi. »Juokaa, juokaa kun vielä voi! Mutta mitä niillä on, aarre? Olisiko mureata? Olisiko maukasta?»

Frodo lohkaisi osan yhdestä levystä ja ojensi sen Klonkulle lehtikääreessään. Klonkku nuuhki lehteä ja sen naama muuttui: näkyi inhon värähdys ja vilaus sen vanhasta pahuudesta. »Sméagol haistaa!» se sanoi. »Haltiamaan lehtiä, yäk! Ne löyhkää. Kiipesi siihen puuhun eikä saanut hajua pois käsistään, minun somista käsistä.» Se pudotti lehden, otti palan *lembasin* nurkasta ja mutusteli sitä. Se sylkäisi ja sai yskänkohtauksen.

»Ahh! Ei!» se pärski. » Tukehduttaako meinaatte Sméagol-paran? Ei Sméagol voi syödä tomua ja tuhkaa. Kuolee nälkään. Mutta Sméagol ei välitä. Kiltit hobitit! Sméagol lupasi. Kuolee nälkään. Ei voi syödä hobittien ruokaa. Nääntyy. Voi Sméagol-ruipelorukkaa!»

»Olen pahoillani», Frodo sanoi, »mutta en pysty auttamaan sinua. Tämä ruoka olisi sinulle varmaan hyväksi, jos yrittäisit syödä sitä. Mutta ehkä sinä et voi edes yrittää, ainakaan vielä.»

Hobitit mutustivat *lembasiaan* hiljaisuuden vallitessa. Samista tuntui, että se maistui paremmalta kuin pitkään aikaan: Klonkun käytös sai hänet kiinnittämään taas huomiota sen makuun. Mutta hän ei pystynyt syömään rauhassa. Klonkku seurasi jokaista palaa kädestä suuhun kuin odottava koira tuolin vieressä. Vasta kun he olivat lopettaneet ja valmistautuivat lepäämään, se näytti vakuuttuvan siitä, ettei heillä ollut kätkettyjä herkkupaloja, jotka maistuisivat sillekin. Silloin se meni istumaan yksikseen vähän matkan päähän ja uikutti hiukan.

»Kuulkaa nyt», Sam kuiskasi Frodolle eikä turhan hiljaa: hän ei tosissaan välittänyt siitä kuuliko Klonkku vai ei. »Meidän täytyy nukkua, mutta ei yhtaikaa niin kauan kuin tuo nälkäinen lurjus on lähettyvillä, lupasi se mitä tahansa. Oli se sitten Sméagol tai Klonkku, ei se muuta tapojaan käden käänteessä, ei takuulla. Nukkukaa te Frodo-herra, ja minä sanon sitten kun en enää saa silmäluomia pysymään auki. Vuorotellen, niin kuin ennenkin, niin kauan kuin tuo on vapaalla jalalla.»

»Olet kai oikeassa, Sam», sanoi Frodo ja puhui aivan avoimesti. »Siinä *on* tapahtunut muutos, mutta en vielä varmasti tiedä, minkälainen ja kuinka syvä. En kuitenkaan usko, että meidän tarvitsee vakavissamme pelätä – tällä hetkellä. Vahdi silti vaan, jos tahdot. Anna minulle noin kaksi tuntia, ei enempää, ja herätä sitten.»

Niin väsynyt Frodo oli, että melkein heti kun hän oli saanut lauseen loppuun hänen päänsä nuokahti rinnalle ja hän vaipui uneen. Klonkku ei näyttänyt enää olevan peloissaan. Se käpertyi kokoon ja nukahti heti ympäristöstä piittaamatta. Pian sen hengitys sihisi hiljaa yhteenpuristuneiden hampaiden välistä ja se makasi liikkumatta kuin kivi. Vähän ajan päästä Sam nousi, koska pelkäsi nukahtavansa itsekin, mikäli istuisi maassa kuunnellen matkatovereittensa hengitystä, ja tyrkkäsi Klonkkua varovasti. Sen kädet avautuivat nyrkistä ja nyt-kähtivät, mutta muuten se ei liikahtanutkaan. Sam kumartui ja kuiskasi sanan *fisssu* sen korvaan, mutta mitään ei tapahtunut, Klonkun hengitys ei katkennut hetkeksikään.

Sam raapi päätään. »Taitaa tosiaan olla unessa», hän mutisi. »Ja jos minä olisin samaa maata kuin Klonkku, niin eipä enää heräsikään.» Hän hillitsi miekkaan ja köyteen liittyvät tuumat, jotka tunkeutuivat hänen ajatuksiinsa, ja istuutui isäntänsä viereen.

Kun Sam heräsi, oli taivas hämärä, ei valoisampi vaan tummempi kuin heidän syödessään aamiaista. Hän säntäsi jaloilleen. Pirteys ja näläntunne auttoivat häntä äkkiä oivaltamaan, että hän oli nukkunut päivän valoisan ajan, vähintään yhdeksän tuntia. Frodo oli yhä sikeässä unessa ja makasi oikosenaan hänen vie-ressään. Klonkkua ei näkynyt. Samin mielessä pyöri koko joukko haukkuma-nimiä, jotka olivat peräisin Ukon isällisestä sanalaarista, sitten hänen päähänsä pälkähti myös se, että hänen isäntänsä oli ollut oikeassa: toistaiseksi ei ollut ollut mitään vahtimisen aihetta. Ainakin he olivat kumpikin elossa eikä heitä ollut kuristettu.

»Kurja raukka!» hän sanoi melkein katuvasti. »Mihinkähän se on joutunut?»

»Ei kauas, ei kauas!» sanoi ääni hänen yläpuolellaan. Hän katsoi ylös ja näki Klonkun suuren pään ja korvat iltataivasta vasten.

»Hei, mitä sinä teet?» Sam huusi ja hänen epäluulonsa heräsivät heti.

»Sméagolin on nälkä», Klonkku sanoi. »Tulee pian.»

»Tulet heti paikalla!» Sam huusi. »Hei, tule takaisin!» Mutta Klonkku oli kadonnut.

Frodo heräsi Samin huutoon ja nousi istumaan silmiään hieroen.

»Terve!» hän sanoi. »Onko jokin vinossa? Mitä kello on?»

»En tiedä», Sam sanoi. »Aurinko on näemmä laskenut. Ja se otus on häipynyt. Sanoo olevansa nälkäinen.»

»Älä sure!» Frodo sanoi. »Sille ei voi mitään. Mutta se tulee takaisin, usko pois. Lupaus pitää vielä jonkin aikaa. Eikä se sitä paitsi jätä Aarrettaan.»

Frodo suhtautui varsin kevyesti uutiseen, että he olivat nukkuneet kuin tukit tuntikausia Klonkku vapaana vierellään – ja hyvin nälkäinen Klonkku kaiken kukkuraksi. »Älä muistele Ukkosi antamia kovia nimityksiä», hän sanoi. »Olit lopen uupunut ja kaikki on hyvin: me olemme kumpikin saaneet levätä. Ja meillä on raskas taival edessämme, pahin kaikista.»

»Ruoasta vielä», Sam sanoi. »Kuinka kauan tämän homman hoitaminen kes-tää? Ja kun se on hoidettu, mitä me sitten tehdään? Tämä matkaleipä pitää kyllä meikäläisen jaloillaan ihan kummasti, vaikka se ei oikein tyydytä sisuskaluja, sano, ei minun mielestäni ainakaan, vaikka en tahdokaan yhtään loukata leivän leipojia. Mutta sitä pitää syödä joka päivä eikä se enene. Minä arvioin, että meillä on sitä sen verran että se riittää sanotaan kolmeksi viikoksi tai sinnepäin, ja sekin nälkävyötä kiristämällä ja hammasta purren. Me on popsittu sitä vähän liian vapaasti tähän asti.»

»En tiedä kuinka kauan vie, ennen kuin olemme – päämäärässä», Frodo sanoi. »Viivyttelimme pahan kerran liian kauan noilla kallioilla. Mutta Samvais Gamgi, rakas hobitti – toden totta Sam, rakkahin hobitti, ystävien ystävä – meidän tus-kin tarvitsee miettiä, mitä tapahtuu sen jälkeen. Sinä sanot, että me *hoidamme homman* – onko oikeastaan toivoa, että se ikinä onnistuu? Ja jos onnistuu, kuka tietää mitä siitä seuraa? Jos Sormusten sormus hukkuu Tuleen ja me olemme paikalla? Minä kysyn sinulta Sam, onko todennäköistä, että me sitten enää koskaan tarvitsemme leipää? Enpä usko. Jos saamme raajamme raahatuksi ehjinä Tuomiovuorelle, siinä se on. Ja sekin on ehkä liikaa minulle, siltä alkaa tuntua.»

Sam nyökkäsi hiljaa. Hän otti isäntänsä käden ja kumartui. Ei hän suudellut sitä, mutta kyyneleet putoilivat kämmenselälle. Sitten hän kääntyi pois, pyyhkäisi hihalla nenäänsä ja nousi ja talloi sinne tänne muka vihellellen ja sanoi vihellys-yritysten välillä: »Missä se vihoviimeinen otus on?»

Ei kestänyt kauankaan kun Klonkku palasi, mutta se tuli niin äänettömästi, että he eivät kuulleet risaustakaan, ennen kuin se seisoi heidän edessään. Sen sormet ja naama olivat mustan mudan tuhrimat. Suu jauhoi ja kuola valui. He eivät kysyneet eivätkä tahtoneet kuvitellakaan mitä se pureskeli.

»Lieroja tai kovakuoriaisia tai jotain limaisia koloeläimiä», Sam ajatteli. »Huh! Iljettävä otus, kurja raukka!»

Klonkku ei sanonut mitään ennen kuin oli juonut pitkään ja pessyt itsensä purossa. Sitten se tuli heidän luokseen huuliaan nuoleksien. »Nyt parempi», se sanoi. »Ollaanko nyt levätty? Valmiit lähtemään? Kiltit hobitit nukkuu kauniisti. Luottaako nyt Sméagoliin? Oikein oikein hyvä.»

Matkan seuraava vaihe ei paljon edellisestä poikennut. Heidän edetessään kuru kävi yhä matalammaksi ja vietti yhä loivemmin. Sen pohjalla oli vähemmän kiviä ja enemmän maata, ja vähitellen sen seinämät kutistuivat pelkiksi rantaäyräiksi. Se alkoi mutkitella ja kaarrella. Yö läheni loppuaan, mutta pilvet peittivät kuun ja tähdet, ja he tajusivat päivän tulon vain ohuen harmaan valon lisääntymisestä.

Kylmänä yön hetkenä he saapuivat vesiuoman päähän. Joen äyräät muuttuivat sammaleisiksi kumpareiksi. Viimeiseltä murenevalta kivitasanteelta vesivirta lorisi ruskeaan rämeikköön ja katosi. Kuivat ruo'ot rahisivat ja ratisivat vaikka tuulta ei tuntunut.

Molemmin puolin ja edessä levittäytyi nyt suota ja hetteikköä, joka jatkui etelään ja itään hämärässä puolivalossa. Usvaa kohosi kiemuroiksi tummista ja haisevista lammikoista. Niiden lemu tuntui seisovassa ilmassa tukahduttavalta. Kaukana, nyt melkein suoraan etelässä, häämöttivät Mordorin vuorimuurit kuin musta repaleinen pilviseinämä sumun syleilemän oikukkaan meren yllä.

Hobitit olivat nyt kokonaan Klonkun käsissä. He eivät tienneet eivätkä pystyneet tuossa sumuisessa valossa arvaamaankaan, että he olivat vasta rämeitten pohjoisreunalla ja että ne levittäytyivät pääasiassa etelään. Jos he olisivat tunteneet seudut, he olisivat voineet palata vähän matkaa takaisin ja käyttää matkaan hiukan enemmän aikaa; kääntymällä sitten itään he olisivat päässeet tallottuja teitä myöten Dagorladin paljaalle tasangolle, Mordorin porttien edustalla käydyn muinaisen taistelun paikalle. Ei niin, että tuo reitti olisi enteillyt kovin hyvää. Tuolla kivisellä tasangolla ei ollut minkäänlaista suojaa, ja sen poikki kulkivat örkkien ja Vihollisen sotilaitten valtatiet. Eivät edes Lórienin kaavut olisi kätkeneet heitä siellä.

»Miten nyt suuntaamme kulkumme, Sméagol?» Frodo kysyi. »Pitääkö meidän ylittää nämä pahanhajuiset suot?»

»Ei pakko, ei mikään pakko», Klonkku sanoi. »Ei olleskaan pakko, jos hobitit tahtoo päästä synkille vuorille ja tavata Hänet oikein pian. Vähän taaksepäin ja vähän kiertäen» – sen ruipeloinen käsi huitoi pohjoiseen ja itään – »pääsee tallatuille kylmille teille ja suoraan Hänen maan porteille. Siellä on kamalasti Hänen joukkoa ja ne tähyilee vieraita ja vie ilomielin niitä Hänen luo, oikein ilomielin. Hänen Silmä katsoo koko ajan sitä tietä. Löysi sieltä Sméagolin kauan sitten.» Klonkku värisi. »Mutta sen jälkeen Sméagol on käyttänyt silmiä, käyttänyt silmiä niin, minä olen käyttänyt silmiä ja jalkoja ja nenää siitä lähtien. Tiedän muita teitä. Hankalampia, ei niin nopeita, mutta parempia, jos ei tahdo että Hän näkee. Seuratkaa Sméagolia! Sméagol vie teidät rämeiden läpi, sumujen läpi, mainion sakean sumun läpi. Seuratkaa Sméagolia tarkkana, voitte päästä pitkän matkan, aika pitkän matkan, ennen kuin Hän saa teidät kiinni, ehkä voitte, ehkä niin.»

Oli jo päivä, tuuleton ja kalsea aamu, ja suousvaa leijui raskaina pilvinä. Aurinko ei läpäissyt pilviverhoa ja Klonkku oli kovin innokas jatkamaan matkaa heti paikalla. Niin he lähtivät pienen tauon jälkeen taas liikkeelle ja katosivat pian varjoisaan äänettömään maailmaan, josta ei näkynyt mihinkään suuntaan, ei kallioille, joilta he olivat tulleet, eikä vuorille, joille he pyrkivät. He etenivät hitaasti jonossa: Klonkku, Sam, Frodo.

Frodo vaikutti heistä kolmesta uupuneimmalta, ja vaikka he etenivät hitaasti, hän jäi usein jälkeen. Hobitit havaitsivat pian, että yhtenäiseltä valtavalta rämeeltä näyttävä alue oli todellisuudessa loputon verkosto lammikoita ja upottavia liejukkoja ja kiemurtelevia puoliksi tukkeutuneita puroja. Näiden välistä saattoi ovela silmä ja taitava jalka löytää mutkittelevan polun. Klonkulla tuota oveluutta selvästikin oli ja se tarvitsi sen kaiken. Pitkän kaulansa varassa sen pää kääntyili kaiken aikaa puoleen ja toiseen, ja yhtä mittaa se nuuhki ja mutisi itsekseen. Välillä se nosti kätensä ilmaan pysähtymisen merkiksi ja meni itse vähän matkaa eteenpäin, kyyristyi ja koetteli maata sormilla tai varpailla tai vain kuunteli toinen korva painettuna maahan.

Matka oli ikävä ja uuvuttava. Kylmännihkeä talvi piti yhä hallussaan tätä hylättyä seutua. Muuta vihreää ei soilla ollut kuin synkkien vesien niljakkailla pinnoilla uiskenteleva kelmeä kasvillisuus. Kuollut ruoho ja mätänevät korret häämöttivät sumussa kuin aikaa unohtuneiden kesien resuiset haamut.

Aamun mittaan päivä valkeni vähän, usva kohosi ja ohentui ja näkyvyys parani. Kaukana maailman mädän ja huurun yllä kulki aurinko kultaisena ja korkealla seesteisessä valtakunnassaan, jonka lattiana oli häikäisevää vaahtoa, mutta he näkivät siitä alhaalla vain samean ja hailean ohilipuvan aavistuksen, joka ei antanut väriä eikä lämpöä. Mutta tämäkin etäinen muistutus auringon läsnäolosta sai Klonkun vääntelemään naamaansa ja värisemään. Se pysäytti matkanteon ja he lepäsivät maassa kyyhöttäen suuren ruskean ruovikon reunamalla kuin pienet takaa-ajetut elukat. Hiljaisuus oli syvä, sen töin tuskin rikkoi tyhjien siemenröyhyjen havina ja katkenneiden ruohonlehtien kahina heikoissa ilmavirroissa, joita he eivät muuten havainneet.

»Ei yhtäkään lintua!» sanoi Sam murhemielellä.

»Ei, ei lintuja», Klonkku sanoi. »Linnut hyvejä!» Se nuoli hampaitaan. »Täällä ei lintuja. Täällä käärmeitä, matoja, vesiolioita. Kaikenlaisia otuksia, inhoja otuksia. Ei lintuja», se lopetti surullisena. Sam katsoi sitä inhoten.

Niin kului kolmas matkapäivä Klonkun kanssa. Ennen kuin illan varjot ehtivät pidetä iloisemmilla mailla, he jatkoivat jo matkaa, aina vain eteenpäin, ja pitivät vain lyhyitä taukoja. Näitä ei pidetty niinkään levon vuoksi kuin Klonkun työn helpottamiseksi, sillä senkin oli nyt edettävä erittäin varovasti, ja toisinaan se oli jonkin aikaa ymmällä. He olivat tulleet Kalmansoiden sydämeen, ja oli pimeää.

Hobitit kävelivät hitaasti, kumarassa, peräkkäin ja lähekkäin ja seurasivat tarkkaavaisina Klonkun jokaista liikettä. Räme kävi vetisemmäksi ja avautui laajoiksi seisoviksi lammiksi, ja niiden välistä oli yhä vaikeampi löytää vakaata jalansijaa, johon voisi astua vajoamatta pulppuilevaan mutaan. Matkalaiset olivat kevyitä, muuten ei kenties kukaan heistä olisi päässyt soiden yli.

Täysi pimeys teki tuloaan: ilmakin näytti mustalta ja sitä oli raskas hengittää. Kun siihen syttyi valoja, Sam hieraisi silmiään, hän luuli päänsä pehmenevän. Hän näki ensin yhden vasemmassa silmänurkassaan, kiehkuran haaleata hehkua, joka himmeni heti; mutta pian sen jälkeen ilmaantui useampia. Jotkut olivat kuin hämärästi loistavaa savua, toiset utuisia liekkejä, jotka lepattivat hiljaa näkymättömien kynttilöiden yläpuolella; siellä täällä ne kieppuivat kuin kätkettyjen käsien leyhyttämät aavemaiset lakanat. Mutta kumpikaan hänen matkatovereistaan ei sanonut mitään.

Viimein Sam ei enää kestänyt. »Klonkku, mitä tämä on?» hän kuiskasi. »Nämä valot, meinaan. Niitä on nyt joka puolella. Ollaanko me ansassa? Mitä ne ovat?»

Klonkku katsoi ylös. Sen edessä oli tumma lampi, ja se ryömi maassa sinne tänne epätietoisena suunnasta. »Niin ne on, joka puolella», se kuiskasi. »Viekkaat valot. Ruumiskynttilät niin, niin. Älä välitä niistä! Älä katso! Älä seuraa! Missä isäntä on?»

Sam katsoi taakseen ja huomasi, että Frodo oli taas jäänyt jälkeen. Häntä ei näkynyt. Sam käveli pimeässä pari askelta taaksepäin, mutta ei uskaltanut mennä kauas eikä huhuilla kuin käheästi kuiskaamalla. Äkkiä hän törmäsi Frodoon, joka seisoi ajatuksiinsa vaipuneena tuijottaen kalvaita valoja. Hänen kätensä riippuivat jäykkinä sivulla, niistä tippui vettä ja mutaa.

»Tulkaa, Frodo-herra!» Sam sanoi. »Älkää katsoko niitä! Klonkku sanoo, että ei saa. Pysytään sen perässä, niin että päästään pois tästä kirotusta paikasta niin nopeasti kuin voidaan – jos voidaan!»

»Hyvä on», Frodo sanoi kuin havahtuen unesta. »Minä tulen. Jatka vaan!»

Kiiruhtaessaan taas eteenpäin Sam kompastui, hänen jalkansa takertui johonkin vanhaan juureen tai tuppaaseen. Hän kaatui rähmälleen käsiensä varaan, jotka vajosivat syvälle tahmeaan lietteeseen, niin että hänen kasvonsa tulivat lähelle tumman lammen pintaa. Kuului heikkoa sihinää ja ilmaan kohosi ällöttävä haju, valot lepattivat, tanssivat ja huojuivat. Hetken näytti vesi hänen edessään saastaisen lasin peittämältä ikkunalta, jonka läpi hän katseli. Kiskaisten kätensä pois mudasta hän hypähti huudahtaen taaksepäin. »Vedessä on kuolleita olentoja, kuolleita kasvoja», hän sanoi kauhuissaan. »Kuolleita kasvoja!»

Klonkku nauroi. »Kalmansuot, sepä se on niiden nimi», se räkätti. »Ei pitäisi katsoa, kun kynttilät palaa.»

»Keitä ne ovat? Mitä ne ovat?» Sam kysyi väristen ja kääntyi Frodoon päin, joka nyt oli hänen takanaan.

»En tiedä», Frodo sanoi unenomaisella äänellä. »Mutta minäkin olen nähnyt ne. Lammikoissa kun kynttilät syttyivät. Niitä makaa kaikissa lammikoissa, kalpeita kasvoja, syvällä syvällä tumman veden alla. Minä näin ne: synkät ja pahat kasvot ja jalot ja surulliset kasvot. Monia ylpeitä ja kauniita kasvoja, vesikasveja hopeahiuksissaan. Mutta kaikki hirveitä, mätäneviä, kuolleita. Ja tuo kauhea valo.» Frodo kätki kasvonsa käsiin.»En tiedä keitä he ovat, mutta olin näkevinäni ihmisiä ja haltioita, ja örkkejä niiden vierellä.»

»Niin niin», Klonkku sanoi.»Kaikki kuolluita, kaikki mätiä. Haltioita ja ihmisiä ja örkkejä. Kalmansuot. Täällä oli suuri taistelu kauan sitten, suuri taistelu, niin kerrottiin Sméagolille, kun hän oli nuori, kun minä olin nuori ennen kuin Aarre tuli. Se oli suuri taistelu. Isoja miehiä ja pitkät miekat ja hirveitä haltioita ja kiljuvia örkkejä. Ne taisteli tasangolla päiviä ja kuukausia Mustan portin edustalla. Mutta suot on sen jälkeen kasvaneet ja nielleet haudat; ne leviää, ne leviää.»

»Mutta siitä on kyllä aikaa», Sam sanoi.»Kuolleet eivät voi olla tuolla oikeasti! Onko tämä jotain Mustan maan aikaansaamaa noituutta?»

»Kuka tietää? Sméagol ei tiedä», Klonkku vastasi.»Niihin ei ulotu, ei voi koskea. Me yritettiin kerta, se tehtiin, aarre. Minä yritin kerran, mutta niihin ei ulotu. Hahmot näkee, mutta koskea ei voi. Ei, aarre! Kaikki kuolluita.»

Sam muljautti häneen päin ja värähti taas, sillä hän luuli arvanneensa, miksi Sméagol oli yrittänyt koskea niihin.»Mutta minä en tahdo nähdä niitä. En enää koskaan!» hän sanoi.»Eikö me voida lähteä pois?»

»Voidaan voidaan», Klonkku sanoi.»Mutta hitaasti, oikein hitaasti. Oikein varovasti! Tai hobitit menee alas kuolluiden joukkoon ja sytyttää pikku kynttilät. Seuratkaa Sméagolia! Ei saa katsoa valoja!»

Se ryömi oikealle etsien polkua lammen ympäri. He seurasivat sitä tiiviisti, kumarassa ja käyttäen usein käsiään niin kuin se.»Kohta täällä taapertaa kolme pientä Klonkkua aarteineen kaikkineen sievässä jonossa, jos tätä menoa jatkuu», Sam ajatteli.

Viimein he tulivat mustan lammen päähän ja ylittivät rämeen vaarasta välittämättä, rämpivät ja loikkivat petolliselta mätässaarelta toiselle. Usein he kompastuivat tai lensivät kädet edellä päistikkaa lätäköihin, jotka haisivat kuin likakaivo, ja lopulta he olivat limassa ja saastassa melkein kaulaan asti ja levittivät hajua toistensa sieraimiin.

Myöhään yöllä he viimein pääsivät lujemmalle maalle. Klonkku sihisi ja sopotti itsekseen mutta oli selvästi tyytyväinen: jollakin salaperäisellä tavalla, tunnon, hajuaistin ja yliluonnollisen muistin merkillisen yhdistelmän avulla se tunnisti hämärän maiseman ja näytti tietävän täsmälleen, missä oli ja miten pitäisi jatkaa.

»Jatketaan!» se sanoi.»Kiltit hobitit! Rohkeat hobitit! Väsynyt, väsyneitä, oikein väsyneitä ollaan, aarre, kaikki väsyneitä. Mutta pitää viedä isäntä pois pahoista valoista, tietysti, niin, meidän pitää.» Näin sanoen se lähti taas liikkeelle melkein juoksujalkaa alas korkeiden ruokojen väliin jäävää kujantapaista, ja hobitit kompuroivat sen perässä minkä kerkisivät. Mutta pian se pysähtyi äkkiä ja haisteli ilmaa epäillen, ja sihisi ikään kuin olisi taas ollut huolissaan tai tyytymätön.

»Mitä nyt», valitti Sam, joka tulkitsi merkit väärin.»Mitä varten sinä haistelet? Tämä löyhkä pyörryttää minut vaikka pitelen nenästä kiinni. Sinä haiset ja isäntä haisee ja koko paikka haisee.»

»Haisee, ja Samkin haisee!» Klonkku vastasi.»Sméagol rukka haistaa sen, mutta hyvä Sméagol kestää. Auttaa kilttiä isäntää. Mutta ei se mitään. Ilma liikkuu, pian tapahtuu. Sméagol ihmettelee, ei ole iloinen.»

Se jatkoi taas eteenpäin, mutta sen levottomuus kasvoi, ja vähän väliä se nousi täyteen pituuteensa ja kurkotti kaulaansa itää ja etelää kohti. Vähään aikaan hobitit eivät kuulleet eivätkä tajunneet, mikä sitä huolestutti. Sitten äkkiä kaikki kolme seisahtuivat ja jäykistyivät kuulostelemaan. Frodo ja Sam olivat kuulevinaan kaukaa pitkän valittavan ulvonnan, korkean, ohuen ja raa'an. He värisivät. Samalla hetkellä he tajusivat myös ilman liikkeen, tuli hyvin kylmä. Seistessään siinä korviaan höristäen he kuulivat äänen, joka oli kuin kaukaa lähestyvä tuuli. Usvaiset valot huojuivat, himmenivät ja sammuivat.

Klonkku ei suostunut liikkumaan. Se seisoi vavisten ja sokellellen itsekseen, kunnes tuuli kahahtaen tavoitti heidät, suhisi ja ärjyi soitten yllä. Yön pimeys haaleni, päivä valkeni sen verran, että he olivat näkevinään muodottomien sumupilvien leijuvan ylitseen kääntyillen ja vääntyillen. He katsoivat ylös ja näkivät, että pilvet repeilivät ja hajosivat, ja sitten pilkahti esiin kuu korkealla etelässä kiitävien pilvenrepaleiden lomassa.

Hetken tuo näky ilahdutti hobittien sydäntä; Klonkku taas käpertyi maahan ja mutisi kirouksia Valkealle naamalle. Mutta kun Frodo ja Sam katselivat taivaalle ja hengittivät syvään raikkaampaa ilmaa, he näkivät sen tulevan: kirotuilta kukkuloilta lensi pieni pilvi, Mordorista irtaantui musta varjo, valtava siivekäs ja kammottava hahmo. Se liiti kuun poikki ja etääntyi länttä kohti ja huusi karmivasti ja sen kauhea vauhti oli tuulta nopeampi.

He heittäytyivät kasvoilleen ja makasivat mistään välittämättä kylmällä maalla. Mutta kauhun varjo teki käännöksen ja palasi, nyt se ylitti heidät matalammalta ja suoraan yläpuolelta ja pyyhkäisi suousvaa kaameilla siivillään. Ja sitten se oli poissa ja lensi takaisin Mordoriin Sauronin vihan vauhdilla, ja sen perässä ärjyi tuuli tiehensä ja jätti Kalmansuot paljaiksi ja synkiksi. Alastonta autiota maata täplitti lepattava kuunvalo niin pitkälle kuin silmä kantoi, aina vuorten kaukaiseen uhkaan saakka.

Frodo ja Sam nousivat, hieroivat silmiään kuin lapset, jotka herättyään pahasta unesta huomaavat tutun yön yhä lepäävän maailman yllä. Mutta Klonkku makasi maassa kuin taintunut. He saivat sen vaivalloisesti tolkkuihinsa, ja vähään aikaan se ei suostunut kohottamaan naamaansa vaan polvistui kyynärpäiden varaan ja peitti päänsä suurilla litteillä käsillään.

»Aaveet!» se valitti. »Aaveet siivillä! Aarre on niiden herra. Ne näkee kaiken, kaiken. Mikään ei pääse piiloon. Kirottu Valkea naama. Ja ne kertoo Hänelle kaiken. Hän näkee, Hän tietää. Ahh, *klunk, klunk, klunk!*» Vasta kun kuu oli laskenut länteen kauas Tol Brandirin taakse, se nousi ylös ja lähti liikkeelle.

Siitä alkaen Sam oli vaistoavinaan Klonkussa uuden muutoksen. Se liehitteli entistä innokkaammin, ja oli olevinaan ystävä, mutta Sam yllätti sen silmistä muutaman kerran merkillisen katseen, erityisesti milloin ne olivat kääntyneet Frodoa kohti, ja sen puhetapa alkoi yhä enemmän muistuttaa entistä. Samilla oli toinenkin kasvava huolenaihe. Frodo näytti väsyneeltä, väsyneeltä näännyksiin saakka. Hän ei sanonut mitään, itse asiassa hän harvoin ylipäätään puhui, eikä hän valittanut, mutta hän käveli kuin kantaen raskasta taakkaa, jonka paino kasvaa kasvamistaan, ja hän raahautui eteenpäin yhä hitaammin, niin että Samin oli usein pyydettävä Klonkkua odottamaan, jotta isäntä ei jäisi jälkeen.

Niin asia olikin, että jokainen askel kohti Mordorin portteja sai Frodon tuntemaan kaulaketjussa riippuvan Sormuksen yhä painavammaksi. Hän alkoi tuntea, miten juuri sen paino veti häntä itää kohti. Mutta vielä enemmän häntä vaivasi Silmä, niin hän sitä mielessään nimitti. Juuri se pikemminkin kuin Sormus painoi hänet lysyyn ja kumaraan hänen kävellessään. Silmä oli hirveää kasvavaa tietoisuutta vihamielisestä tahdosta, joka ponnisti suurella voimalla läpäistäkseen kaikki varjot ja pilvet, maan ja sen asujaimet, nähdäkseen hänet: litistääkseen hänet kuolettavalla katseellaan alastomaksi, liikkumattomaksi. Niin ohuiksi, niin hennoiksi ja ohuiksi olivat käyneet verhot, jotka vielä pitivät sen poissa. Frodo tiesi täsmälleen, missä tuon tahdon tämänhetkinen olinpaikka ja sydän oli, yhtä varmasti kuin voi silmät ummessa tietää, missä suunnassa aurinko on. Hänen kasvonsa olivat kääntyneet sitä kohti ja sen mahti löi vasten otsaa.

Klonkku tunsi varmaankin jotakin samankaltaista. Mutta hobittien oli mahdoton arvata, mitä sen kurjassa sydämessä liikkui tässä ristipaineessa Silmän alla, kun se toisaalta himoitsi käden ulottuvilla olevaa Sormusta, ja toisaalta sitä sitoi puoliksi kylmän raudan pelosta tehty nöyrä lupaus. Frodo ei asiaa tuuminut. Samin huomio oli ennen muuta kiintynyt isäntään, jopa niin että hän tuskin huomasi mustaa varjoa, joka oli heittynyt hänen omaan sydämeensä. Hän pani Frodon kulkemaan edellään ja seurasi tarkalla silmällä hänen jokaista liikettään, tuki häntä kun hän kompasteli ja yritti rohkaista häntä kömpelöin sanoin.

Kun päivä vihdoin koitti, hobitit yllättyivät nähdessään kuinka paljon lähempänä pahaenteiset vuoret jo olivat. Ilma oli nyt kirkkaampi ja viileämpi, ja vaikka Mordorin muurit olivat yhä kaukana, ne eivät enää olleet pelkkä sumea uhka näköpiirin rajalla, vaan synkkinä torneina ne tuijottivat yli ilottoman autiomaan. Suot olivat päättyneet, ne kuivuivat kuolleisiin turvemättäisiin ja laajoihin halkeilleisiin savitasanteisiin. Edessä maasto kohoili pitkinä matalina rinteinä, karuna ja säälimättömänä kohti Sauronin porttien edessä levittäytyvää autiomaata.

Niin kauan kuin harmaata valoa riitti, he kyyhöttivät mustan kiven alla kuin madot mahdollisimman pieninä, siltä varalta että siivekäs kauhu lentäisi yli ja näkisi heidät julmilla silmillään. Loppumatka oli pelkkää kasvavan pelon varjoa, josta muisti ei saanut mitään otetta. Vielä kaksi yötä he ponnistelivat eteenpäin uuvuttavaa polutonta maastoa. Ilma tuntui heistä käyvän raa'aksi ja sen täytti kitkerä haju, joka kävi henkeen ja kuivatti suun.

Viidentenä aamuna sen jälkeen, kun he alkoivat kulkea Klonkun kanssa, he viimein taas pysähtyivät. Sarastuksen valossa tummat vuoret kohosivat heidän edessään viistäen savusta ja pilvestä muodostuvaa kattoa. Niiden juurilta nousi valtavia ulokkeita ja louhikkoisia kukkuloita, jotka olivat lähimmillään tuskin kahdentoista virstan päässä. Frodo katseli ympärilleen kauhun vallassa. Kauheat olivat olleet Kalmansuot ja Ei-kenenkään maan kuivat nummet, mutta paljon kauheampi oli maa, jonka hitaasti valkeneva päivä vähitellen paljasti hänen väsyneiden silmiensä eteen. Jopa Kuolleitten kasvojen lampeen ilmestyisi aikanaan jonkinlainen riutunut kevään vihreän haamu, mutta tänne ei enää milloinkaan saapuisi kevät eikä kesä. Täällä ei elänyt mikään, eivät edes lahoavassa aineessa viihtyvät saastaiset kasvustot. Hupenevat lammikot olivat tukehtuneet tuhkaan ja peittyneet sairaan kelmeään ja harmaaseen saveen, ikään kuin vuoret olisivat oksentaneet sisälmystensä ryönän ympäröivään maastoon. Jauhautunutta ja murskaantunutta kiveä oli kasaantunut röykkiöiksi, kuin hautausmaan irvikuva jatkuivat nämä myrkyttyneestä ja palaneesta maasta kohoavat kartiot loputtomina jonoina, jotka vastahakoinen valo vähitellen paljasti.

He olivat tulleet Mordorin edustalla levittäytyvään autiomaahan: se oli julman orjatyön kestävä muistomerkki, joka jäisi jäljelle senkin jälkeen kun kaikki heidän aikeensa olisi tehty tyhjiksi; se oli sairas ja saastunut maa, jota ei enää mikään tervehdyttäisi – ellei Suuri meri nousisi huuhtomaan sen unohduksiin. »Minä voin pahoin», Sam sanoi. Frodo pysyi vaiti.

Hetken he seisoivat siinä kuin painajaisena väijyvän unen rajamailla, jota yrittää torjua vaikka tietää, että tie aamuun kulkee vain sen pimeyden läpi. Valo kirkastui ja koveni. Ammottavat montut ja myrkylliset kuonakummut alkoivat näkyä kammottavan selvästi. Aurinko oli noussut ja kulki pilvien ja pitkien savutöyhtöjen joukossa, mutta auringon valokin oli saastunut. Hobitit eivät valosta ilahtuneet: se ei tuntunut ystävälliseltä paljastaessaan heidät ja kaiken heidän avuttomuutensa – nämä pienet inisevät aaveet, jotka vaelsivat Mustan ruhtinaan tuhkakasojen lomassa.

Koska he olivat liian väsyneitä jatkaakseen matkaa, he etsivät paikan jossa levätä. Hetken he istuivat puhumattomina kuonakasan varjossa, mutta siitä huokui myrkyllisiä höyryjä, jotka takertuivat kurkkuun ja ahdistivat henkeä. Klonkku nousi ensimmäisenä. Se kohottautui pystyyn pärskien ja sadatellen, ja sanomatta sanaakaan tai vilkaisemattakaan hobitteihin se ryömi pois nelinkontin. Frodo ja Sam ryömivät jäljessä, kunnes he saapuivat laajaan, melkein pyöreään monttuun, jota länsipuolelta suojasi korkea valli. Se oli kylmä ja kuollut ja sen pohjalla oli moniväristä ja iljettävää öljyistä liejua. Tässä kurjassa kuopassa he kyyristelivät ja toivoivat sen varjossa välttävänsä Silmän huomion.

Päivä kului hitaasti. Heitä vaivasi kova jano, mutta he joivat leileistään vain muutaman kulauksen – ne oli viimeksi täytetty kalliokurussa, joka näin jälkeenpäin ajatellen tuntui rauhan ja kauneuden tyyssijalta. Hobitit vartioivat vuorotellen. Ensin ei kumpikaan väsymyksestä huolimatta saanut unta, mutta kaukaisen auringon laskeutuessa hitaasti matavan pilven taakse Sam torkahti. Oli Frodon vahtivuoro. Hän nojasi selkäänsä kuopan seinämään, mutta se ei helpottanut taakkaa, joka häntä painoi. Hän katsoi savuraitaista taivasta ja näki outoja haamuja, tummia ratsastavia hahmoja ja menneisyyden kasvoja. Hän menetti ajan tajun ja horjui unen ja valveen välimailla, kunnes unohdus sai hänet valtaansa.

Äkkiä Sam heräsi siihen, että kuvitteli kuulleensa isäntänsä huutavan. Oli ilta. Frodo ei ollut voinut huutaa, sillä hän oli vajonnut uneen ja valunut melkein kuopan pohjalle. Klonkku oli hänen vieressään. Hetken Sam kuvitteli, että se yritti herättää Frodoa; sitten hän näki, että niin ei ollut laita. Klonkku puheli itsekseen. Sméagol väitteli jonkin toisen kanssa, joka käytti samaa ääntä kuin se mutta vinkui ja sihisi puhuessaan. Hailea ja vihreä valo vuorottelivat sen silmissä kun se puhui.

»Sméagol lupasi», sanoi ensimmäinen.

»Tietysti, aarre», kuului vastaus, »me luvattiin kyllä: mutta meidän Aarteen pelassstamiseksksi, ettei Hän saisi ssitä – ei kosskaan. Mutta se menee Häneen päin se menee, joka assskel vie lähemmäkssi. Mitä hobitti aikoo tehdä sen kanssa, sitä me mietiskeletään, ssitä me mietiskeletään.»

»En tiedä. En voi mitään. Se on isännällä. Sméagol lupasi auttaa isäntää.»

»Hän lupasssi auttaa isäntää: Aarteen isäntää. Mutta jos me oltaisssiin isssäntä, voitaisssiin auttaa itseä ja pidettäisssiin silti lupaukset.»

»Mutta Sméagol sanoi: hän on oikein oikein hyvä. Kiltti hobitti! Otti Julman köyden Sméagolin jalasta. Puhuu minulle kauniisti.»

»Oikein oikein hyvä, sillä lailla, aarre! Ollaan kiltisti ja siivosti, mutta meille itselle ssiivosti. Ei pahaa kiltille hobitille, ei tietesskään, ei ollesskaan.»

»Mutta lupaus on sidottu Aarteeseen», vastusteli Sméagolin ääni.

»Otetaan se sitten», sanoi toinen, »ja pidetään ssitä itsse! Sitten me ollaan isäntä, *klunk!* Pannaan toinen hobitti, inhottava, epäluulevainen hobitti, pannaan sse ryömimään, sse tehdään, *klunk!*»

»Mutta ei kilttiä hobittia?»

»Ei, ei. Joss ei se huvita meitä. Ssilti tämä on Reppuli, aarre, niin, Reppuli. Yksi Reppuli varassti ssen. Löysi ssen, eikä sanonut mitään. Ei mitään. Me vihataan Reppuleita.»

»Ei tätä Reppulia.»

»Kaikkia Reppuleita, jokikisstä. Kaikkia niitä kun pitää Aarretta. Meidän täytyy ssaada se!»

»Mutta Hän näkee, Hän saa tietää. Hän ottaa sen meiltä pois!»

»Hän näkee. Hän tietää. Hän kuuli kun me tehtiin tyhmiä lupaukssia – vasstoin Hänen ohjeita. Se pitää ottaa. Aaveet etsssii. Se pitää ottaa.»

»Mutta ei Hänelle!»

»Ei, rakkaani. Katsso, aarre: joss meillä on se, me päässtään pakoon, Häntäkin pakoon, siinä sse! Ehkä meistä tulee hirmu vahvoja, vahvempia kuin Aaveet. Herra Sméagol? Klonkku Suuri? Klonkkujen Klonkku! Syödään fisua joka päivä, kolme kertaa päivässä, tuoretta suoraan merestä. Aarre-Klonkku! Klonkun pitää pitää saada se. Tahtoo, tahtoo, tahtoo!»

»Mutta niitä on kaksi. Ne herää salamana ja tappaa», vikisi Sméagol viimeisillä voimillaan. »Ei nyt. Ei vielä.»

»Tahtoo sen! Mutta» – ja sitten tuli pitkä tauko, ikään kuin uusi ajatus olisi herännyt. »Eikö vielä, vai? Ehkä ei. Eräs auttaa ehkä. Ehkä Eräs auttaa.»

»Ei ei. Ei sitä kautta!» valitti Sméagol.

»Just niin! Tahtoo sen! Tahtoo!»

Aina milloin jälkimmäinen olento puhui, Klonkun pitkät sormet ojentuivat hitaasti esiin ja kurottivat Frodoa kohti, ja kun Sméagol taas puhui, Klonkku nykäisi näppinsä pois. Viimein molemmat kädet kourivat Frodon kurkkua kohti pitkät sormet koukistuneina ja nytkähdellen.

Sam oli maannut hiljaa tämän väittelyn lumoissa mutta tarkkaillen Klonkun jokaista liikettä puoliavoimien silmäluomiensa alta. Yksinkertaisuudessaan hän oli kuvitellut Klonkun suhteen suurimmaksi vaaraksi tavallisen nälän, halun syödä hobitteja. Nyt hän käsitti, että näin ei ollut laita: Klonkku tunsi Sormuksen kauhean kutsun. Musta ruhtinas oli *Hän*, se oli selvää, mutta Sam pohti kuka mahtoi olla Eräs. Joku Klonkun iljettävistä ystävistä, joihin tuo pikku lurjus oli tutustunut matkoillaan, hän arveli. Sitten hän jätti pohdiskelut sikseen, sillä tilanne oli selvästi kehittynyt liian pitkälle ja oli muuttumassa vaaralliseksi. Hänen koko ruumiinsa tuntui raskaalta, mutta hän ponnistautui valppaaksi ja nousi istumaan. Jokin varoitti häntä visusti paljastamasta, että hän oli kuullut väittelyn. Hän päästi kovaäänisen huokauksen ja haukotteli hartaasti.

»Mitä kello on?» hän sanoi unisesti.

Klonkku päästi pitkän sihinän hampaittensa raosta. Se nousi hetkeksi seisomaan jännittyneenä ja uhkaavana, ja sitten se lysähti ja putosi neljälle jalalle ja ryömi kuopan reunalle. »Kiltit hobitit. Kiltti Sam!» se sanoi. »Unikeot, unikeot! Jättää hyvä Sméagol vartioimaan! Mutta nyt on ilta. Hämärä hiipii. Aika lähteä.» »Korkea aika», tuumi Sam. »Ja aika erota!» Hänen mielessään kävi kuitenkin ajatus, että Klonkku saattaisi olla irrallaan vielä vaarallisempi kuin heidän seurassaan. »Kirottu otus! Saisi tukehtua!» hän mutisi. Hän kompasteli alas kuopan pohjalle ja herätti isäntänsä.

Ihmeekseen Frodo huomasi virkistyneensä. Hän oli nähnyt unta. Musta varjo oli väistynyt ja kaunis näky oli tullut hänen luokseen tässä sairaassa maassa. Siitä ei ollut jäänyt mitään muistiin, mutta silti hän tunsi sen ansiosta itsensä iloiseksi ja hänen sydämensä oli keveämpi. Hänen taakkansa painoi vähemmän. Klonkku tervehti häntä koiramaisella ilolla. Se sokelsi ja hekotti, naksutti pitkiä sormiaan ja käpälöi Frodon polvia. Frodo hymyili sille.

»Kuulehan!» hän sanoi. »Olet opastanut meitä hyvin ja uskollisesti. Tämä on viimeinen taival. Vie meidät Portille, niin en enää pyydä sinua tulemaan pitemmälle. Vie meidät Portille, sitten voit mennä minne haluat – kunhan et mene vihollistemme luo.»

»Portilleko?» Klonkku vinkui ja näytti yllättyneeltä ja pelästyneeltä. »Portille, sanoo isäntä! Niin sanoo. Ja hyvä Sméagol tekee mitä hän pyytää, tekee kyllä. Mutta kun päästään lähemmäksi, niin sitten ehkä nähdään, ehkä nähdään, niin. Ei näytä mukavalta, ei olleskaan. Eihei, ei ei!»

»Ala mennä!» Sam sanoi. »Lähdetään!»

Hämärtyvässä illassa he kompuroivat ylös kuopasta ja taittoivat hitaasti taivalta kuolleen maan halki. He eivät olleet pitkälle ehtineet, kun he alkoivat taas tuntea samaa pelkoa, joka oli vallannut heidät, kun siivekäs olento oli kiitänyt soiden yli. He pysähtyivät ja kyykistyivät pahalta haisevaan maahan, mutta he eivät nähneet mitään yllä kaareutuvalla synkällä iltataivaalla, ja pian uhka meni ohi jossain ylhäällä; ehkä se oli toimittamassa joutuin jotakin Barad-dûrin tehtävää. Jonkin ajan kuluttua Klonkku nousi ylös ja ryömi taas eteenpäin mutisten ja tutisten.

Noin tunti keskiyön jälkeen pelko iski heihin kolmannen kerran, mutta nyt se tuntui etäisemmältä, ikään kuin se olisi ylittänyt heidät hyvin korkealta pilvien yläpuolelta kiitäen vimmattua vauhtia kohti länttä. Klonkku oli kuitenkin kauhun lamaannuttama ja varma siitä, että heitä ajettiin takaa, että heidän lähestymisensä tiedettiin.

»Kolme kertaa!» se vikisi. »Kolme kertaa on uhkaus. Ne tuntee, että me ollaan täällä, ne tuntee Aarteen. Aarre on niiden herra. Me ei voida enää mennä tätä tietä, ei voida. Ei kannata, ei kannata!»

Suostuttelu ja kauniit sanat eivät enää auttaneet. Vasta kun Frodo komensi vihaisesti ja laski kätensä miekan kahvalle, Klonkku suostui taas nousemaan. Sitten se viimein kohottautui ärähtäen ja kulki heidän edellään kuin hakattu rakki.

Niin he kompastelivat eteenpäin uuvuttavan loppuyön, ja uuden pelontäyteisen päivän sarastukseen saakka he kävelivät ääneti pää kumarassa, näkemättä mitään, kuulematta mitään muuta kuin tuulen suhinan korvissaan.

3

MUSTA PORTTI ON KIINNI

ENNEN SEURAAVAN PÄIVÄN nousua oli matka Mordoriin kuljettu. Suot ja autiomaa olivat takana. Edessä kohosivat uhkaavat vuorenhuiput mustina kalpeaa taivasta vasten.

Mordoria rajoitti länsipuolelta Ephel Dúathin synkkä jono, Varjovuoret, ja pohjoispuolelta Ered Lithuin karut huiput, harmaat kuin tuhka. Mutta siinä, missä nämä vuorijonot, jotka sulkivat sisäänsä Lithladin ja Gorgorothin ankeat tasangot sekä Núrnenin murheellisen järven, lähenivät toisiaan, erkani niistä pohjoiseen kaksi pitkää haaraketta, joiden kärkien väliin jäi syvä kapeikko. Se oli Cirith Gorgor, Kauhun sola, Vihollisen maan sisäänkäynti. Molemmin puolin kohosivat korkeat kalliot ja aukon suulla työntyi esiin kaksi jyrkkää kukkulaa, mustakivistä ja paljasta. Niiden laella kohosivat Mordorin hampaat, kaksi vahvaa ja korkeaa tornia. Kaukaisina aikoina olivat Gondorin miehet voimassaan ja kunniassaan rakentaneet ne, kun Sauron oli voitettu ja paennut, siltä varalta että hän yrittäisi palata vanhaan valtakuntaansa. Mutta Gondorin voima petti ja valppaus herpaantui, ja monta monituista vuotta seisoivat tornit tyhjinä. Sitten Sauron palasi. Nyt raunioituneet vartiotornit oli korjattu ja täytetty aseilla ja niihin oli sijoitettu jatkuvasti valpas varusväki. Kiviseinämistä tuijottivat niiden pimeät ikkuna-aukot pohjoiseen ja itään ja länteen, ja jokaisessa ikkunassa oli liuta valvovia silmiä.

Kapeikon poikki oli Musta ruhtinas rakentanut kahden kallion väliin kivisen varustuksen. Siinä oli yksi ainoa rautainen portti, ja sen harjalla kävelivät vartiomiehet taukoamatta. Kapeikkoa reunustavat kukkulat oli molemmin puolin koverrettu kuin madonsyömiksi, täyteen luolia ja onkaloita; niissä vaani armeija örkkejä valmiina merkin saatuaan hyökkäämään esiin kuin mustat sotamuurahaiset. Kukaan ei voinut kulkea Mordorin hampaitten välistä tuntematta niiden puraisua, ellei ollut Sauronin kutsuma tai tuntenut salaisia tunnussanoja, joilla Morannon, hänen maansa musta portti aukesi.

Hobitit tuijottivat torneja ja muuria epätoivon vallassa. Kaukaakin saattoi hämärässä valossa erottaa mustien vartijoiden liikehtimisen muurilla ja vartiot portin edustalla. He makasivat kivisessä painanteessa Ephel Dúathin pohjoisimman huipun venähtäneessä varjossa ja kurkistivat sen reunan yli. Linnuntietä oli vain vakomitta heidän piilopaikastaan lähemmän tornin mustaan huippuun. Tornin yläpuolella kiemurteli hento savujuova, ikään kuin kummussa sen alla olisi kytenyt tuli.

Päivä koitti ja ruskeankeltainen aurinko pilkisti Ered Lithuin elottomien harjanteiden yli. Sitten äkkiä kuului vaskitorvien toitotus; se kuului vartiotorneista, ja kaukaa kukkuloiden salaisista tukikohdista ja etuvartioasemista kantautui vastaustöräyksiä; ja vielä etäämpää, mutta syvinä ja pahaenteisinä, kaikuivat vuorten tuolta puolen Barad-dûrin kumeat torvet ja rummut. Taas oli yksi kauhea raadannan ja pelon päivä koittanut Mordoriin; ja yövartijat kutsuttiin kammioihinsa ja alas saleihinsa ja julmat päivävartijat ilkeine silmineen marssivat paikoilleen. Teräs hohti himmeästi varustuksilla.

»No, tässä ollaan!» Sam sanoi. »Tässä on se Portti, ja minusta näyttää vähän siltä, että tähän me jäätiinkin. Sanokaa minun sanoneen, Ukko ei jäisi sanattomaksi, jos näkisi minut nyt! Julisti alinomaa että saisin surkean lopun, jollen pitäisi varaani, sano. Mutta en kai minä enää ikinä näe äijää. Häneltä menee hukkaan hyvä tilaisuus sanoa *mitä minä sanoin, Sam.* Harmin paikka. Saisi kyllä jankuttaa sitä minulle niin kauan kuin henki pihisee, jos vain saisin vielä nähdä sen vanhan naaman. Mutta minun pitäisi käydä pesulla sitä ennen, muuten hän ei tuntisi minua ollenkaan.

Ei kai kannata kysyä 'mistä nyt mennään?' Me ei päästä enää edemmäksi – ellei me pyydetä kyytiä örkeiltä.»

»Ei ei!» Klonkku sanoi. »Ei kannata. Ei päästä pitemmälle. Sméagol sanoi jo. Hän sanoi: mennään Portille niin sitten nähdään. Ja nyt nähdään. Niin niin, aarre, nyt nähdään. Sméagol tiesi, ei hobitit voi mennä tätä tietä. Totta totta, Sméagol tiesi.»

»Mitä ruttoa sinä sitten toit meidät tänne?» sanoi Sam, jota ei ollenkaan huvittanut olla oikeudenmukainen tai järkevä.

»Isäntä käski. Isäntä sanoo: Vie meidät Portille. Niin hyvä Sméagol vie. Isäntä käskee, isäntä on viisas.»

»Niin tein», Frodo sanoi. Hänen kasvonsa olivat synkät ja jäyhät mutta päättäväiset. Hän oli likainen, riutunut ja rasittunut, mutta hän ei enää ollut kumarassa ja hänen silmänsä olivat kirkkaat. »Sanoin niin, koska aion mennä Mordoriin enkä tiedä muuta tietä. Siksi menen tätä tietä. En pyydä ketään tulemaan mukaani.»

»Ei ei, isäntä!» ulisi Klonkku, käpälöi häntä ja näytti kauhistuneelta. »Ei sitä tietä! Ei sitä! Ei saa viedä Aarretta Hänelle! Hän syö meidät kaikki, jos Hän saa sen, Hän syö koko maailman. Pidä se, kiltti isäntä, ja ole kiltti Sméagolille. Älä anna Hänen saada sitä. Tai mene pois, johki mieluisaan paikkaan, ja anna se takaisin pikku Sméagolille. Niin niin, isäntä, anna se takaisin, joohan? Sméagol pitää sen turvassa, hän tekee paljon hyvää, paljon hyvää ja eteskin kilteille hobiteille. Hobitit menee kotiin. Älä mene Portille!»

»Minut on määrätty menemään Mordorin maahan ja sen tähden minä menen», Frodo sanoi. »Jos on olemassa vain yksi tie, silloin minun on käytettävä sitä. Mitä sen jälkeen tulee, sen on tultava.»

Sam oli vaiti. Frodon kasvojenilme riitti; hän tiesi että hänen sanansa eivät hyödyttäisi mitään. Eikä hän ollut alun alkaenkaan pannut paljon toivoa koko suunnitelmaan, mutta koska hän oli iloluontoinen hobitti, hän ei toivoa tarvinnut, niin kauan kuin epätoivo voitiin lykätä toistaiseksi. Nyt he olivat tulleet katkeraan loppuun. Mutta hän oli seurannut uskollisesti isäntäänsä koko matkan; sen vuoksi hän oli tullut mukaan, ja hän seuraisi Frodoa edelleenkin. Hänen isäntänsä ei menisi Mordoriin yksin. Sam menisi hänen kanssaan – ja ainakin he pääsisivät eroon Klonkusta.

Klonkku oli kuitenkin päättänyt, ettei siitä vielä päästäisi eroon. Se polvistui Frodon eteen, väänteli käsiään ja inisi. »Ei tätä tietä, isäntä!» se mankui. »On toinen tie. Niin on, on toinen tie. Toinen tie, pimeämpi, vaikeampi löytää, salaisempi. Mutta Sméagol tietää sen. Anna Sméagol näyttää!»

»Toinen tie!» Frodo sanoi epäillen ja katsoi Klonkkua tutkivasti.

»Sse on tosi, tosssi on! Oli toinen tie. Sméagol löysi. Mennään ja katsotaan onko se viellä siellä!»

»Et ole puhunut tästä aikaisemmin.»

»Ei. Isäntä ei kysynyt. Isäntä ei sanonut, mitä aikoi. Hän ei kerro kurjalle Sméagolille. Hän sanoo: Sméagol, vie minut Portille – ja sitten hyvästi! Sméagol saa juosta pois ja olla kiltisti. Mutta nyt hän sanoo: Aion mennä Mordoriin tätä tietä. Sméagol alkaa pelätä kamalasti. Ei halua menettää kilttiä isäntää. Ja hän lupasi pelastaa Aarteen, isäntä pani lupaamaan. Mutta isäntä vie sen Hänelle, suoraan Mustaan käteen, jos isäntä menee tätä kautta. Niin Sméagolin täytyy pelastaa molemmat ja mieleen palaa toinen tie, joka kerran oli. Kiltti isäntä. Sméagol hyvä, auttaa aina.»

Sam kurtisteli kulmiaan. Jos hän olisi pystynyt poraamaan silmillään reikiä Klonkkuun, hän olisi sen tehnyt. Hänen mielensä oli tulvillaan epäilyksiä. Näytti kyllä siltä, että Klonkku oli aidosti huolissaan ja halukas auttamaan Frodoa. Mutta Sam muisti kuulemansa väittelyn ja hänen oli vaikeaa uskoa, että pitkiksi ajoiksi tukahdutettu Sméagol olisi selviytynyt voittajana: sen ääni ei ainakaan ollut saanut viimeistä sanaa väittelyssä. Sam arveli, että Sméagol- ja Klonkku-puoliskot (tai niin kuin hän niitä mielessään kutsui: Liehu ja Luihu) olivat tehneet välirauhan ja väliaikaisen liiton: kumpikaan ei halunnut Vihollisen saavan Sormusta, kumpikin toivoi voivansa estää Frodoa joutumasta vangiksi ja pitää häntä silmällä niin kauan kuin mahdollista – ainakin siihen asti, kunnes Luihulla olisi tilaisuus käydä käsiksi »Aarteeseensa». Sam epäili mahtoiko Mordoriin todella olla toista tietä.

»Ja kummallekin vanhan lurjuksen puoliskolle on parempi, ettei ne tiedä mitä isäntä meinaa tehdä», hän ajatteli. »Jos se tietäisi, että Frodo-herra yrittää tehdä lopun sen Aarteesta ikuisiksi ajoiksi, saataisiin vaikeuksia ja pian, veikkaan minä. Joka tapauksessa Luihu pelkää niin kamalasti Vihollista – ja se on tai on ollut jotenkin Hänen käskyvaltansa alla – että se pettäisi meidät ennemmin kuin jäisi kiinni meitä auttamasta, ja ennemmin kuin antaisi sulattaa Aarteensa. Niin minä ainakin luulen. Ja toivotaan että isäntä tuumii tarkkaan tämän asian. Hän on viisas kuin mikä, mutta pehmeäluontoinen hän on, auttamatta. Kukaan Gamgi ei voi kyllä arvata, mitä hän seuraavaksi tekee.»

Frodo ei vastannut Klonkulle heti. Sen ajan jonka nämä epäilykset liikkuivat Samin hitaassa mutta ovelassa mielessä, Frodo seisoi tuijottaen Cirith Gorgorin tummaa kalliota. Heidän turvapaikakseen ottamansa painanne oli kovertunut matalan kukkulan kylkeen, vähän pitkää hautamaista laaksoa korkeammalle, joka jäi sen ja vuorten uloimpien huippujen väliin. Laakson keskellä kohosivat läntisen vartiotornin mustat perustukset. Mordorin portilla yhtyvät tiet näkyivät selvästi aamuvalossa vaaleina ja tomuisina; yksi kiemurteli takaisin pohjoiseen, toinen häipyi itään Ered Lithuin juurella viipyvään usvaan, kolmas kulki heitä kohti. Se kaarsi jyrkästi tornin ympäri, pujahti kapeaan laaksoon ja vei heidän ohitseen varsin läheltä painannetta, jossa he seisoivat. Se kääntyi oikealle, länteen, myötäili vuorten reunamia ja katosi sitten etelään Ephel Dúathin länsirinteiden syviin varjoihin; Frodon näköpiirin ulkopuolella se vei Suuren virran ja vuorten väliseen kapeaan kaistaleeseen.

Tuijottaessaan Frodo alkoi tajuta, että tasangolla kävi kova vilske ja kuhina. Näytti kuin siellä olisi marssinut kokonaisia armeijoita, vaikka takana olevilta soilta ja autiomailta ajatutuva huuru ja katku peitti paljon näkyvistä. Mutta siellä täällä hänen silmiinsä sattui keihäitten ja kypäröiden välke; tasamaalla teiden vierustoilla saattoi nähdä ratsumiehiä suurin joukoin. Hän muisti kaukana Amon Henillä näkemänsä näyn; siitä oli vain muutama päivä, vaikka vuosia tuntui kuluneen sen jälkeen. Sitten hän tajusi, että hänen sydämessään hurjan hetken ailahtanut toivo oli turha. Torvet eivät olleet soineet taistelukutsun vaan tervehdyksen merkiksi. Nämä eivät olleet Gondorin miehiä, jotka kuin aikaa kadonneen uljuuden haudoista nousseina koston haamuina kävivät nyt hyökkäykseen Mustaa ruhtinasta vastaan. Nämä miehet olivat toista rotua, kotoisin laajoista Itämaista, kokoontuneet Ylipäällikkönsä kutsusta; armeijoita jotka olivat leiriytyneet yöksi hänen Porttinsa edustalle ja marssivat nyt sisään paisuttamaan hänen kasvavaa mahtiaan. Ikään kuin olisi äkkiä tajunnut, miten uhkaava heidän tilanteensa oli ja miten yksin he olivat, aamun kasvavassa valossa näin lähellä tätä valtavaa vaaraa, Frodo veti äkkiä ohuen harmaan hupun tiukasti päähänsä ja astui takaisin notkelmaan. Sitten hän kääntyi Klonkun puoleen.

»Sméagol», hän sanoi, »minä luotan sinuun vielä kerran. Näyttää tosiaan siltä, että minun on pakko luottaa ja että kohtaloni on saada apua sinulta, jolta sitä vähiten odotin, ja sinun kohtalosi auttaa minua, jota kauan ajoit takaa pahoin aikein. Tähän asti olet ansainnut minulta pelkkää kiitosta ja pitänyt lupauksesi vilpittömästi. Sanon vilpittömästi ja tarkoitan sitä», hän lisäsi vilkaisten Samiin, »sillä kahdesti olemme olleet vallassasi etkä ole tehnyt meille pahaa. Et ole myöskään yrittänyt ottaa minulta sitä mitä kerran etsit. Kolmas kerta toden sanokoon! Mutta varoitan sinua, Sméagol, sinä olet vaarassa.»

»Niin niin, isäntä!» Klonkku sanoi. »Kamalassa vaarassa! Sméagolin luut tutisee, kun sitä ajattelee, mutta hän ei juokse pakoon. Täytyy auttaa kilttiä isäntää.»

»En tarkoita vaaraa, jossa olemme yhdessä», Frodo sanoi. »Tarkoitan vaaraa, joka koskee yksin sinua. Vannoit valan sen kautta, mitä kutsut Aarteeksi. Muista se! Aarre sitoo sinut valaasi, mutta se etsii keinoa kääntääkseen valan sinua itseäsi vastaan. Sillä on sinusta jo ote. Paljastit äsken typerästi itsesi minulle. Sanoit *anna se takaisin Sméagolille*. Älä sano sitä enää toiste! Älä anna tuon ajatuksen kasvaa mielessäsi. Et saa sitä milloinkaan takaisin. Mutta sen himoitseminen voi johtaa sinut salakavalasti katkeraan loppuun. Et saa sitä milloinkaan takaisin. Äärimmäisessä hädässä minä käyttäisin Aarretta, ja kauan sitten Aarre hallitsi sinua. Jos minä käskisin sinua sen voimalla, sinä tottelisit, vaikka sinun olisi hypättävä jyrkänteeltä tai heittäydyttävä tuleen. Ja niin minä käskisin. Varo siis, Sméagol!»

Sam katsoi isäntäänsä hyväksyvästi mutta myös hämmästyneenä: Frodon kasvoilla oli ilme ja äänessä sävy, jota hän ei ollut ennen niissä havainnut. Hän oli aina ollut sitä mieltä, että rakkaan Frodo-herran hyväntahtoisuus oli sitä luokkaa, ettei se voinut perustua muuhun kuin vähintäänkin lievään arvostelukyvyttömyyteen. Hän oli tietenkin toisaalta myös täysin vakuuttunut, että Frodo-herra oli maailman viisain olento (mahdollisesti vanhaa Bilbo-herraa ja Gandalfia lukuun ottamatta). Klonkkukin oli saattanut omalla tavallaan ja paljon suuremmalla syyllä, se kun oli tuntenut Frodon vain hyvin vähän aikaa, tehdä saman erehdyksen ja sekoittaa hyväntahtoisuuden arvostelukyvyttömyyteen. Joka tapauksessa Frodon puhe hämmensi ja kauhistutti sitä. Se räpiköi maassa eikä sen puheista saanut muuta selvää kuin *kiltti isäntä*.

Frodo odotti kärsivällisesti hetken, sitten hän puhui taas, mutta ei enää yhtä ankarasti. »Rauhoitu nyt, Klonkku, tai Sméagol, jos niin tahdot, ja kerro minulle tästä toisesta tiestä, ja osoita jos voit, miten paljon toiveita tähän suunnitelmaan voidaan asettaa ja riittävätkö ne syyksi kääntyä tunnetulta tieltä. Minulla on kiire.»

Mutta Klonkku oli aivan säälittävässä tilassa ja Frodon uhkaus oli saanut sen pois tolaltaan. Oli kovin hankala saada mitään selvää, kun se mumisi ja kitisi ja keskeytti yhtä mittaa, ryömi maassa ja pyysi kumpaakin olemaan kiltti »pikku Sméagol-raukalle». Jonkin ajan kuluttua se tasaantui vähän ja Frodo sai pala palalta selville, että kulkija, joka seuraisi Ephel Dúathin länsipuolelle kääntyvää tietä, tulisi aikanaan tummien puiden ympäröimään risteykseen. Oikealle veisi tie Osgiliathiin ja Anduinin silloille, keskitie jatkuisi etelään.

»Jatkuu ja jatkuu», Klonkku sanoi. »Me ei koskaan menty mutta on kuultu, että se jatkuu viiskymmentä peninkulmaa niin pitkälle, että voi nähdä Suuren veden, joka ei asetu koskaan. Siellä on paljon fisuja ja isot linnut syö siellä fisuja, ne on hyvejä lintuja, mutta me ei koskaan menty sinne, oi ei! me ei päästy. Ja kauempana on vielä lisää maita, on kuultu, mutta siellä Keltainen kasvo on hirmu kuuma ja siellä on pilvet harvassa ja ihmiset villejä ja niillä on tumma naama. Me ei tahdota nähdä sitä maata.»

»Ei!» Frodo sanoi. »Mutta älä eksy tieltäsi. Entä tien kolmas haara?»

»Sepä se, sepä se, on kolmas haara», Klonkku sanoi. »Vasen haara. Se alkaa heti nousta ylös ja ylös ja mutkittelee takaisin pitkiin varjoihin. Ja kun tie kiertää mustan kallion niin silloin sen näkee, äkkiä sen näkee ylhäällä ja heti tahtoo mennä piiloon.»

»Näkee sen? Näkee minkä?»

»Vanhan linnakkeen, oikein vanhan, pelottavan. Meille kerrottiin taruja etelästä, kun Sméagol oli nuori, kauan sitten. Niin niin, kerrottiin paljon taruja iltasella, istuttiin Suuren virran rannoilla, halavamailla, ja Virtakin oli nuorempi, *klunk, klunk.*» Se alkoi itkeä ja mutista. Hobitit odottivat kärsivällisesti.

»Taruja etelästä», Klonkku jatkoi, »pitkistä ihmisistä ja niillä oli loistavat silmät ja talot kuin kiviset mäet ja kuninkaalla hopeakruunu ja Valkoinen puu, ihmeellisiä taruja. Ihmiset rakensi korkeita torneja ja yksi, minkä ne pystytti, oli hopeanvalkoinen ja siinä oli kiveä, joka oli kuin kuuainetta ja sen ympärillä oli suuret valkoiset muurit. Oli oli, monia taruja oli Kuun tornista.»

»Sen täytyy olla Minas Ithil, jonka Isildur Elendilin poika rakensi», Frodo sanoi. »Isildur oli se, joka katkaisi Vihollisen sormen.»

»Tosi on, Hänellä on vain neljä sormea Mustassa kädessä, mutta ne riittää», Klonkku sanoi ja värisi. »Ja Hän vihasi Isildurin kaupunkia.»

»Mitäpä hän ei vihaisi?» Frodo sanoi. »Mutta mitä tekemistä Kuun tornilla on meidän kanssamme?»

»Kas, se oli ja se on siellä, korkea torni ja valkoiset talot ja muuri, mutta se ei ole mieluisa nyt, ei kaunis. Hän valloitti sen kauan sitten. Se on kauhea paikka nyt. Matkustavaiset värisee kun näkee sen, hiipii pois näkyvistä, karttaa sen varjoa. Mutta isännän täytyy mennä sitä tietä. On tämä tie ja se tie, ei muita. Vuoret on siellä matalampia ja vanha tie vie ylös ja ylös, ja sitten se tulee huipulle pimeään solaan ja sitten se vie alas ja alas taas – Gorgorothiin.» Sen ääni hiljeni kuiskaukseksi ja se hytisi.

»Mutta miten se meitä auttaa?» Sam kysyi. »Tokihan Vihollinen tuntee omien vuoriensa kaikki kolkat ja tuota tietä vartioidaan yhtä hyvin kuin tätäkin? Eihän se torni ole tyhjä, eihän?»

»Ei, ei tyhjä!» Klonkku kuiskasi. »Näyttää tyhjältä mutta ei ole, ehei! Siellä asuu hyvin kamalia olentoja. Örkkejä, ainahan örkkejä, mutta kamalampia, kamalampiakin otuksia siellä asuu. Tie nousee ihan muurin varjossa ja kulkee portin ohi. Tiellä ei liiku mitään niin että ne ei tiedä. Ne mitkä on sisällä, ne tietää, Äänettömät vartijat.»

»Ai, näin sinä sitten meitä neuvot», Sam sanoi. »Ensin me trampataan taas iät ajat kohti etelää ja sitten me ollaan ihan samanlaisessa tai pahemmassa pulassa kun päästään perille, jos me sinne ikinä päästäänkään.»

»Ei, ei olleskaan», Klonkku sanoi. »Hobittien täytyy käsittää, pitää yrittää ymmärtää. Sitä kautta Hän ei odota hyökkäystä. Hänen Silmä on kaikkialla, mutta yhdessä paikassa tarkempi kuin toisessa. Hän ei näe vielä kaikkea yhtaikaa, ei vielä. Hän on vallannut kaikki maat Varjoisten vuorten länsipuolelta Virralle asti ja sillatkin on nyt Hänellä. Hän luulee, että kukaan ei voi tulla Kuun torniin taistelematta kamalasti silloilla tai ottamatta mukaansa monia veneitä ja kun niitä ei voi piilottaa Hän saa niistä heti tiedon.»

»Näyt tietävän kovin paljon Hänen hommistaan ja tuumistaan», Sam sanoi. »Oletko viime aikoina jutustellut Hänen kanssaan? Vaiko vain veljeillyt örkkien kanssa?»

»Hobitti ei ole kiltti ja puhuu tyhmästi», Klonkku sanoi ja muljautti Samia vihaisesti ja kääntyi Frodon puoleen. »Sméagol on puhunut örkkien kanssa, tietysti, ennen kuin tapasi isännän, ja monien muiden kanssa: Sméagol on kulkenut pitkän matkan. Ja se mitä Sméagol nyt sanoo, sitä sanotaan monessa paikassa nykyään. Täällä pohjoisessa Häntä uhkaa suurin vaara ja meitä myös. Hän tulee ulos Mustasta portista jonakin päivänä, jonakin päivänä ja pian. Hänen armeijat ei voi kulkea muuta kautta. Mutta kauempaa lännestä Hän ei pelkää mitään ja siellä on Äänettömät vartijat.»

»Sanos muuta!» Sam vastasi lannistumatta. »Ja me siis mennään suoraan sinne ja koputetaan niiden portille ja kysytään, mikä tie vie Mordoriin. Vai onko ne niin äänettömiä, että ne ei vastaa? Ei tuossa ole mitään järkeä. Voidaan tehdä se yhtä hyvin tässä ja selvitä vähemmällä ravaamisella.»

»Älä sinä laske leikkiä», sihisi Klonkku. »Ei yhtään tämä ole hassua, ei olleskaan! Ei naurata. Ei siinä olekaan mitään järkeä, että yrittää Mordoriin. Mutta jos isäntä sanoo *minun täytyy mennä* tai *minä menen*, silloin hänen täytyy yrittää mennä jotakin kautta. Mutta isäntä ei saa mennä hirveään kaupunkiin, ei, eipä tietenkään ei saa. Siinä Sméagol auttaa, kiltti Sméagol, vaikka kukaan ei kerro, mistä on kysymys. Sméagol auttaa taas. Hän sen löysi. Hän tietää.»

»Mitä sinä löysit?» Frodo kysyi.

Klonkku kyyristyi taas maahan ja sen ääni hiljeni kuiskaukseksi.

»Pienen polun, joka vie ylös vuorille, ja portaat, kapeat portaat, oi oi, kapeat ja pitkät. Ja sitten lisää portaita. Ja sitten» – sen ääni hiljeni vielä entisestään – »tunneli, pimeä tunneli, ja sitten lopulta pieni halkeama ja polku, korkealla pääsolan yläpuolella. Sitä tietä Sméagol pääsi pakoon pimeydestä. Mutta siitä on monta vuotta. Polku on voinut kadota, mutta ehkä ei, ehkä ei.»

»Minusta tuo ei kuulosta ollenkaan hyvältä», Sam sanoi. »Se tuntuu vähän liian helpolta ainakin kerrottuna. Jos se polku on siellä vielä, sitä myös vartioidaan. Eikö sitä vartioitu, Klonkku?» Sanoessaan tämän hän oli tavoittavinaan Klonkun silmissä vihreän kiillon. Klonkku mutisi mutta ei vastannut.

»Eikö sitä vartioida?» kysyi Frodo ankarasti. »Ja *pääsitkö* sinä pakoon pimeydestä, Sméagol? Eikö sinua ennemmin päästetty pois, koska sinulle oli tehtävä? Niin ainakin arveli Aragorn, joka löysi sinut Kalmansoilta muutamia vuosia sitten.»

»Se on vale!» sähähti Klonkku ja sen silmiin syttyi ilkeä kiilto, kun Aragorn mainittiin. »Se kertoi minusta valheita, valheita kertoi. Pääsin pakoon, ihan omin voimin, kurja raukka. Minun kyllä käskettiin etsiä Aarretta ja olen etsinyt ja etsinyt, tietysti olen etsinyt. Mutta en Mustaa olentoa varten. Aarre oli meidän, se oli minun, sanon minä. Minä pääsin pakoon.»

Frodon valtasi outo varmuus siitä, että tässä asiassa Klonkku kerrankin oli lähempänä totuutta kuin saattaisi olettaa; että se oli jotenkin tullut löytäneeksi tien ulos Mordorista ja ainakin uskoi itse sen oman oveluutensa ansioksi. Hän huomasi muun muassa, että Klonkku käytti *minä*-muotoa, ja niin harvinaista kuin se oli, se tuntui olevan merkki siitä, että jonkinmoiset totuuden ja vilpittömyyden jäänteet olivat Klonkussa voitolla. Mutta vaikka Klonkkuun olisikin luottaminen tässä asiassa, Frodo ei unohtanut Vihollisen juonia. »Pako» oli saatettu sallia ja järjestää niin, että siitä oltiin vallan mainiosti perillä Mustassa tornissa. Eikä Klonkku missään tapauksessa kertonut läheskään kaikkea.

»Minä kysyn sinulta vielä kerran», hän sanoi, »eikö tätä salaista tietä vartioida?»

Mutta Aragornin nimen mainitseminen oli saattanut Klonkun yrmeälle tuulelle. Se käyttäytyi kuin valehtelijaksi epäilty, joka on kerrankin kertonut totuuden tai osan siitä. Se ei vastannut.

»Eikö sitä vartioida?» Frodo toisti.

»Ehkä, ehkä vartioidaankin. Ei ole turvallisia paikkoja tässä maassa», sanoi Klonkku loukkaantuneesti. »Ei yhtään turvallista paikkaa. Mutta isännän pitää yrittää tai mennä kotiin. Ei ole muuta tietä.» He eivät saaneet siitä enempää irti. Vaarallisen paikan ja korkean solan nimeä se ei tiennyt tai ei halunnut kertoa.

Sen nimi oli Cirith Ungol ja tuolla nimellä oli hirvittävä maine. Aragorn olisi ehkä kyennyt kertomaan heille tuon nimen ja sen merkityksen, Gandalf olisi varoittanut heitä. Mutta he olivat yksin ja Aragorn oli kaukana, ja petoksen pidättelemänä seisoi Gandalf Rautapihan raunioiden keskellä ja mitteli voimiaan Sarumanin kanssa. Mutta lausuessaan Sarumanille viimeisiä sanoja ja *palantírin* pudotessa tulta iskien Orthancin portaille Gandalf muisti kuitenkin kaiken aikaa Frodoa ja Samvaisia ja hänen aatoksensa liitivät yli pitkien peninkulmien täynnä toivoa ja myötätuntoa heitä etsien.

Kukaties Frodo tietämättään tunsi sen, niin kuin hän oli tuntenut Amon Henillä, vaikka luulikin Gandalfin menneen, menneen iäksi Morian varjoon. Hän istui kauan maassa vaiti, pää kumarassa ja ponnisteli muistaakseen kaiken, mitä Gandalf oli hänelle sanonut. Mutta tähän valintatilanteeseen hän ei muistanut neuvoa. Gandalfin tuki oli otettu heiltä pois aivan liian aikaisin, kun Musta maa oli vielä kaukana. Miten heidän piti lopulta mennä tuohon maahan, sitä ei Gandalf ollut sanonut. Ehkä hän ei sitä pystynytkään sanomaan. Vihollisen pohjoiseen varustukseen Dol Gulduriin hän oli kerran uskaltautunut. Mutta oliko hän milloinkaan matkannut Mordoriin, Tuliselle vuorelle ja Barad-dûriin, sen jälkeen kun Musta ruhtinas oli taas tullut mahtavaksi? Frodon käsityksen mukaan ei. Ja tässä hän oli, pieni puolituinen Konnusta, yksinkertainen hobitti hiljaiselta maaseudulta, ja hänen odotettiin löytävän tien paikkaan, johon maan mahtavat eivät voineet tai eivät uskaltaneet mennä. Kohtalo oli kova. Mutta hän oli ottanut sen itse kantaakseen omassa olohuoneessaan menneenä keväänä kauan sitten, niin kauan, että se nyt tuntui tarinalta maailman nuoruuden ajoilta, jolloin kulta- ja hopeapuu olivat vielä kukassa. Valintaa oli kauhea tehdä. Mille tielle hän lähtisi? Ja jos kumpikin vei kauhuun ja kuolemaan, mitä väliä oli valinnalla?

Päivä kului. Pieneen harmaaseen painanteeseen, jossa he makasivat niin liki pelon maata, laskeutui syvä hiljaisuus, hiljaisuus, jonka saattoi tuntea, se oli kuin paksu verho, joka erotti heidät koko ympäröivästä maailmasta. Heidän yllään kaareutui vaalea taivaan kupu, jossa leijaili savujuovia, mutta se tuntui olevan korkealla, kaukana, näyttäytyvän vasta raskaiden ajatusten täyttämien paksujen ilmakerrosten takana.

Ei edes aurinkoa vasten liitelevä kotka olisi huomannut maassa kyyhöttäviä hobitteja, jotka kohtalon painon alla istuivat niin ääneti ja liikkumatta ohuiden harmaitten kaapujensa suojassa. Hetkeksi se olisi saattanut pysähtyä tarkastelemaan Klonkkua, pienenpientä raajat levällään retkottavaa hahmoa. Kukaties siinä lepäsi jonkun nälkään kuolleen ihmisten lapsen luuranko repaleiset vaatteet vielä peittonaan, pitkät valkoiset kädet ja jalat melkein luunvalkoisina ja luunohuina: lihaa ei nokkaisunkaan edestä.

Frodo oli taivuttanut päänsä polviin, mutta Sam nojasi taaksepäin kädet pään takana ja tuijotti hupun raosta tyhjälle taivaalle. Pitkään se olikin tyhjä. Sitten Sam oli näkevinään tumman linnuntapaisen hahmon kaartavan näköpiiriin. Se liiteli aikansa ja kaartoi sitten pois. Sitä seurasi kaksi muuta ja vielä neljäskin. Ne näyttivät hyvin pieniltä, mutta jostakin syystä hän oli varma, että ne olivat valtavia ja niiden siipien väli suuri ja ne lensivät hyvin korkealla. Hän peitti silmänsä ja kumartui eteenpäin hartiat kyyryssä. Häntä ahdisti sama varoittava pelko kuin Mustien ratsastajien läheisyydessä, sama avuton kauhu, jonka tuulen kuljettama huuto ja kuun poikki käynyt varjo olivat herättäneet, mutta nyt kauhu ei ollut murskaava eikä ylipääsemätön: uhka oli kaukaisempi. Mutta uhka se oli yhtä kaikki. Frodokin tunsi sen. Hänen ajatuksensa katkesi. Hän liikahti ja värähti, mutta ei katsonut ylös. Klonkku käpertyi mykkyrään kuin ahdistettu hämähäkki. Siivekkäät olennot kaarsivat, kääntyivät nopeasti laskuun ja kiitivät taas kohti Mordoria.

Sam vetäisi syvään henkeä. »Ratsastajat on taas liikkeellä, ilmassa nimittäin», hän kuiskasi käheästi. »Minä näin ne. Luuletteko te, että ne näki meidät? Ne oli hurjan korkealla. Ja jos ne on niitä samoja Mustia ratsastajia kuin ennenkin, ne ei näe päivänvalossa paljon mitään, eihän?»

»Eivät kai», Frodo sanoi. »Mutta niiden ratsut näkivät. Ja nämä siivekkäät olennot, joilla ne nyt ratsastavat, näkevät varmaan enemmän kuin mikään muu elävä. Ne ovat kuin suuria haaskalintuja. Ne etsivät jotakin: Vihollinen on varuillaan, pahoin pelkään.»

Kauhuntunne katosi, mutta heitä ympäröivä hiljaisuus särkyi. Jonkin aikaa he olivat olleet maailmasta erillään kuin näkymättömällä saarella, nyt he olivat taas alttiina, vaara oli palannut. Mutta vieläkään Frodo ei puhunut Klonkulle eikä tehnyt valintaansa. Hänen silmänsä olivat kiinni, ikään kuin hän olisi nähnyt unta tai katsonut sisäänpäin sydämeensä ja muistoihinsa. Viimein hän liikahti ja nousi, ja näytti siltä kuin hän aikoisi puhua ja päättää. »Hei», hän sanoikin. »Mitä tuo on?»

He joutuivat uuden pelon valtaan. Kuului laulua ja karkeaa huutelua. Ensin se tuntui tulevan kaukaa mutta se lähestyi: se tuli heitä kohti. Kaikkien mielessä kävi ajatus, että Mustat siivet olivat huomanneet heidät ja lähettäneet aseistettuja sotilaita kaappaamaan heidät: mikään nopeus ei tuntunut olevan liikaa näille Sauronin hirveille palvelijoille. He kyyhöttivät kuulostellen. Huudot, aseitten ja varusteiden kalina olivat nyt hyvin lähellä. Frodo ja Sam höllensivät pientä miekkaansa tupesta. Pakotietä ei ollut.

Klonkku nousi hitaasti ja ryömi hyönteisen lailla kuopan reunalle. Äärimmäisen varovasti se kohottautui tuuma tuumalta, kunnes se saattoi kurkistaa kahden rikkonaisen kiven välistä. Se makasi siinä liikkumatta jonkin aikaa ja oli hiiren hiljaa. Sitten äänet alkoivat taas etääntyä ja häipyivät vähitellen. Kaukana Morannonin varustuksilla kajahti torvi. Sitten Klonkku vetäytyi äänettömästi takaisin ja luikahti kuoppaan.

»Lisää miehiä menee Mordoriin», se sanoi matalalla äänellä. »Tummia naamasta. Me ei ole nähty ennen sen näköisiä ihmisiä, ei Sméagol ei ole nähnyt. Hurjia. Niillä on mustat silmät ja pitkä musta tukka ja kultarenkaat korvissa, on on, paljo kaunista kultaa. Ja toisilla on punaista maalia poskilla ja punaiset kaavut; ja liput on punaisia ja keihäitten kärjet; ja niillä on pyöreät kilvet, keltaiset ja mustat ja iso piikki keskellä. Ei näytä kilteiltä, näyttää hyvin julmilta ja ilkeiltä. Melkein yhtä pahoja kuin örkit ja isompia. Sméagol luulee, että ne on tulleet etelästä Suuren virran alajuoksun takaa, ne tuli sitä tietä. Ne on menneet Mustasta portista sisään, mutta niitä voi tulla lisää. Aina vaan lisää väkeä tulee Mordoriin. Lopulta kaikki väet on siellä sisällä.»

»Oliko siellä yhtään olifantteja?» kysyi Sam ja unohti kokonaan pelkonsa innossaan saada tietoja vieraista maista.

»Ei, ei olifantteja. Mitä on olifantit?» Klonkku sanoi.

Sam nousi seisomaan, pani kädet selän taakse (niin kuin aina kun hän »veti runoja») ja aloitti.

Olen harmaa niin kuin hiiri,
iso kuin pihapiiri,
kärsäni käärmeenä kärkkyy,
kun kuljen, maa ihan järkkyy,
puut kaatua saa,
ruoho lakoaa.

Suussani sarvia kannan,
korvien liehua annan,
kun käyn etelän mailla,
vuosia lukua vailla
kiertelen, vaellan aina,
edes kuolema maahan ei paina.
Olifantti olen, ja
olen suurin kaikista.
Joka minut kohdata saa,
ei voi sitä unohtaa;
jos kohtaamatta jään,
epäilet elänkökään;
vaan olifantilta
et kuule valhetta.

»Tämä on», Sam sanoi lopetettuaan lausunnan, »tämä on kontulainen loru. Saattaa olla hölynpölyä ja saattaa olla olematta. Mutta meillä on omat tarumme ja tietomme etelästä, ettäs tiedät. Ennen vanhaan hobitit matkustelivat sentään. Vaikka harvathan ne palasivat eikä heidän juttujaan kaikkia uskottu: Briistä kuultua, sanottiin, ei se ollut *kunnon konnunpuhetta*. Mutta minä olen kuullut tarinoita isoista ihmisistä, jotka asuvat kaukana Aurinkomaissa. Meidän tarinoissamme niitä kutsutaan tummajaisiksi; ja taistellessaan he ratsastavat olifanteilla kuulemma. He rakentavat lavoja ja telineitä ja vaikka mitä olifanttien selkään ja olifantit viskoo kiviä ja puita toistensa päälle. Kun sinä siis sanoit näkeväsi 'etelän ihmisiä punaisessa ja kullassa' niin minä kysyin 'oliko siellä olifantteja?' Sillä jos olisi ollut, minä olisin kyllä vilkaissut vaarasta piittaamatta. Mutta varmaan en sitten ikinä näe olifanttia. Ehkä semmoista petoa ei olekaan.» Hän huokasi.

»Ei, ei olifantteja», Klonkku toisti. »Sméagol ei ole kuullut niistä. Hän ei tahdo nähdä niitä. Hän ei tahdo että niitä on. Sméagol tahtoo mennä täältä pois ja löytää turvallisemman piilon. Sméagol tahtoo, että isäntä lähtee nyt. Kiltti isäntä, tule Sméagolin kanssa!»

Frodo nousi. Hän oli saanut nauraa kaikkien huoliensa keskellä, kun Sam oli pyöräyttänyt esiin vanhan lastenlorun olifantista, ja nauru oli tehnyt lopun epäröinnistä. »Olisipa meillä tuhat olifanttia ja Gandalf etunenässä valkoisella olifantilla ratsastaen», hän sanoi. »Silloin me voisimme ehkä raivata itsellemme tien tuohon pahaan maahan. Mutta kun ei ole, meillä on vain omat väsyneet jalkamme, ei muuta. Hyvä on, Sméagol, kolmas kerta toden sanoo, kuka tietää. Minä tulen sinun kanssasi.»

»Hyvä isäntä, viisas isäntä, kiltti isäntä!» hihkui Klonkku riemuissaan ja taputteli Frodon polvia. »Hyvä isäntä! Kiltit hobitit lepää nyt kivien varjossa tiiviisti kivien alla! Lepää ja makaa hiljaa kunnes Keltainen kasvo häipyy. Sitten me voidaan mennä nopsasti. Meidän pitää olla hiljaa, ja nopeita kuin varjot!»

4

YRTTEJÄ JA KANIPATAA

JÄLJELLÄ OLEVAN VALOISAN ajan hobitit ja Klonkku lepäsivät siirtyen aina auringon liikkuessa varjoon, kunnes notkelman länsirinteen varjo piteni, niin että pimeys peitti koko painanteen. Silloin he söivät hiukan ja joivat säästeliäästi. Klonkku ei syönyt mitään mutta otti veden mielellään vastaan.

»Pian saadaan lisää», se sanoi ja nuoli huuliaan. »Hyvää vettä valuu Suureen virtaan puroissa siellä mihin me mennään, siellä on maittavaa vettä. Ehkä siellä Sméagol saa myös ruokaa. Hänellä on kova nälkä, kova nälkä, *klunk!*» Se pani suuret lätyskäiset kätensä kutistuneen mahansa päälle ja sen silmiin syttyi haaleanvihreä kiilto.

Oli jo melkein pimeää, kun he viimein lähtivät liikkeelle, kiipesivät painanteen länsireunan yli ja katosivat kuin haamut tietä reunustavaan maastoon. Kuu oli kolme yötä vaille täyden, mutta se kohosi vuorten yläpuolelle vasta vähän ennen keskiyötä. Alkuyö oli hyvin musta. Ylhäällä Hammastorneissa paloi yksinäinen punainen valo, mutta muuten ei Morannonin taukoamattomasta vartioinnista näkynyt eikä kuulunut merkkiäkään.

Monen virstan matkalla tuntui tuo punainen silmä tuijottavan heitä, kun he kompastellen pakenivat karun kivikkoisen maan poikki. He eivät uskaltautuneet tielle vaan pysyttelivät vähän matkan päässä sen vasemmalla puolella ja seurasivat sen kulkua niin hyvin kuin taisivat. Viimein yön jo vanhetessa, kun he olivat jo hyvin väsyneitä levähdettyään vain kerran lyhyesti, silmä pieneni tuliseksi pisteeksi ja katosi sitten: he olivat kiertäneet matalampien vuorien tumman pohjoiskärjen ja kulkivat etelään.

He lepäsivät nyt uudestaan sydän oudosti keventyneenä, mutta eivät pitkään. Matka ei sujunut Klonkun mielestä tarpeeksi nopeasti. Sen laskelmien mukaan Morannonista olisi lähes viisitoista peninkulmaa Osgiliathin tienristeykseen, ja se toivoi selviävänsä tuosta matkasta neljällä rupeamalla. Niin he ponnistelivat taas pian eteenpäin, kunnes sarastus alkoi levitä hitaasti laajan harmaan autiuden ylle. He olivat silloin kävelleet jo lähemmä neljä peninkulmaa, eivätkä hobitit olisi kyenneet astumaan enää askeltakaan vaikka olisivat uskaltaneetkin.

Kasvava valo paljasti heidän eteensä maan, joka oli jo vähemmän ankea ja saastunut. Vuoret häämöttivät yhä pahaenteisinä vasemmalla, mutta varsin lähellä he näkivät etelään vievän tien, joka etääntyi kukkuloiden mustista juurista ja kaarsi länteen. Sen toisella puolella rinteitä peittivät synkät puut kuin tummat pilvet, mutta kaikkialla muualla levisi louhikkoista nummea, joka kasvoi kanervaa ja kultavihmaa ja kanukkaa ja muita, tuntemattomia pensaita. Siellä täällä näkyi korkeita männiköitä. Hobittien mieliala kohosi taas väsymyksestä huolimatta: ilma oli raikas ja tuoksuva ja toi heidän mieleensä kaukaisen Pohjoisneljännyksen ylämaat. Tämä lykkäys tuntui hyvältä, oli mukavaa kävellä seudulla, joka oli ollut vasta muutaman vuoden Mustan ruhtinaan herruudessa eikä ollut vielä kokonaan turmeltunut. Mutta he eivät unohtaneet vaaraa, eivätkä sitä, että Musta portti oli yhä aivan liian lähellä, vaikka se jäikin näkymättömiin synkkien huippujen taakse. He etsivät piilopaikan, johon saattoivat kätkeytyä pahoilta silmiltä siksi aikaa kun päivänvaloa riitti.

Päivä kului levottomasti. He makasivat kanervikkoon painautuneina ja laskivat hitaita tunteja, jotka tuskin erosivat toisistaan, sillä he olivat yhä Ephel Dúathin varjojen alla ja auringon edessä oli verho. Frodo nukkui välillä syvää ja rauhallista unta – joko hän luotti Klonkkuun tai sitten hän oli liian väsynyt välittääkseen, mutta Sam ei oikein osannut muuta kuin torkahdella, silloinkaan kun Klonkku selvästi nukkui sikeästi ja tuhisi ja nytkähteli salaisissa unissaan. Kukaties häntä piti hereillä pikemminkin nälkä kuin epäluulo: hän oli alkanut kaivata oikeaa kotoista ateriaa, »kunnon kuumaa pataruokaa».

Kun seutu jälleen hämärtyi yötä enteileväksi muodottomaksi harmaudeksi, he lähtivät taas. Pian Klonkku vei heidät alas Eteläntielle; sen jälkeen he etenivät joutuisammin, vaikka vaara kävikin suuremmaksi. Korvat hörössä he kuuntelivat, kantautuisiko tieltä kavionkapsetta tai askelten ääniä edestä tai takaa, mutta yö kului eivätkä he kuulleet risaustakaan kulkijasta tai ratsastajasta.

Tie oli tehty aikaa menneinä päivinä; kolmisenkymmenen virstan matkalta Morannonista eteenpäin sitä oli vastikään korjattu, mutta etelämpänä luonto oli saanut siitä otteen. Muinaisten ihmisten käsien jälki näkyi yhä: tie eteni suorana ja varmana ja tasaisena, silloin tällöin se leikkasi väylän mäen rinteen läpi tai ylitti puron aikaa uhmaavaa kaunista kaarisiltaa myöten, mutta lopulta katosivat kaikki kivityön merkit lukuun ottamatta pensaikosta siellä täällä kohoavia pylväitä tai rikkaruohon ja sammalen keskeltä pilkahtavia vanhoja päällyskiviä. Tienpenkerellä kasvoi kanervaa ja puita ja saniaisia, joita kurottui tiellekin. Viimein se hupeni harvoin käytetyksi maalaiskärrytieksi, mutta se ei mutkitellut vaan piti varman suuntansa ja johti heitä eteenpäin nopeinta reittiä.

Niin he saapuivat sen maan pohjoisille rajoille, jota ihmiset kerran kutsuivat Ithilieniksi, kauniille seuduille täynnä kumpuilevia metsiä ja vuolaita puroja. Tuli tähtikirkas yö, kuu paistoi pyöreänä, ja hobiteista tuntui, että ilma muuttui yhä tuoksuvammaksi heidän kulkiessaan. Klonkun pärskimisestä ja mutinasta saattoi päätellä, että sekin huomasi ilmiön eikä pitänyt siitä. Aamun ensi kajossa he pysähtyivät taas. He olivat tulleet syvälle ja keskeltä jyrkkäreunaiselle leikkaukselle, jota myöten tie halkaisi väylän kivisen harjanteen läpi. He kiipesivät sen läntiselle reunalle ja katselivat ympärilleen.

Päivä sarasti taivaalla ja he näkivät, että vuoret olivat nyt huomattavasti kauempana ja etääntyivät itään pitkänä kaukaisuuteen katoavana kaarena. Kun he kääntyivät länteen, laskeutui heidän edessään loivia rinteitä alas hämärään usvaan. Kaikkialla kasvoi pihkaisia puita, kuusia, setripuita, sypressejä ja muita, joita ei Konnussa tunnettu, ja niiden välissä oli laajoja aukioita; ja kaikkialla tuntui yrttien ja pensaitten makea, täyteläinen tuoksu. Pitkä tie Rivendellistä oli tuonut heidät kauas etelään omasta maastaan, mutta vasta tällä suojaisella seudulla hobitit tunsivat ilmaston vaihtuneen. Täällä kevät oli jo täydessä vauhdissa: sananjalanversot työntyivät sammalen ja mullan läpi, lehtikuuset vihersivät, pienet kukat aukesivat nurmikossa, linnut lauloivat. Ithilien, Gondorin puutarha, oli nyt asumaton, mutta yhä ihana ja kaunis.

Etelässä ja lännessä se avautui Anduinin alajuoksun leutoihin laaksoihin, idästä sitä suojasi Ephel Dúath heittämättä kuitenkaan varjoaan sen ylle, pohjoisen turvasi Emyn Muil; kaukaiselta Mereltä pääsivät eteläiset tuulet ja kosteat ilmavirrat vapaasti puhaltamaan. Siellä kasvoi suuria kauan sitten istutettuja hoitamattomia puuvanhuksia keskellä huolettomien jälkeläistensä sekamelskaa. Siellä kasvoi tamariskeja ja kirpeää pistaasipensasta, oliivipuita ja laakeripensaita lehtoina ja tiheikköinä, siellä kasvoi katajoita ja myrttejä, ajuruoho pensasti tai peitti piilossa olevat kivet paksuina mattoina matavilla varsillaan. Monenlaiset salviat aukaisivat sinisiä kukkiaan, tai punaisia, tai kalpean vihreitä, oli meiramia ja kirvelinversoja, monenmuotoisia ja -tuoksuisia yrttejä, joita puutarhuri Sam ei tuntenut. Kivirikot ja maksaruohot tähdittivät jo kallioseinämiä ja onkaloita. Esikot ja vuokot olivat heränneet pähkinäpensastiheiköissä, ja hietaliljat ja monet muut liljat riippuivat puoliksi auenneita nuppujaan, syvän vihreä ruoho rehotti lampien rannoilla, missä purot pysähtyivät viileisiin syvänteisiin matkallaan alas Anduiniin.

Matkalaiset jättivät tien ja lähtivät kävelemään myötälettä. Heidän työntyessään tiheikköjen läpi suloiset tuoksut levisivät pensaista ja yrteistä. Klonkku yski ja yökki, mutta hobitit hengittivät syvään, ja äkkiä Sam nauroi, ei millekään pilalle vaan sydämensä kepeyden tähden. He seurasivat edelleen loikkivaa puroa. Pian se toi heidät matalaan notkoon pienelle kirkkaalle järvelle, joka lepäsi muinaisen kivialtaan murenevissa raunioissa. Altaan kaiverruksin koristeltu reuna jäi melkein kokonaan sammalen ja ruusupensaitten peittoon, kurjenmiekkoja kasvoi riveissä lammen ympärillä ja sen tummalla väreilevällä pinnalla uiskenteli lumpeenlehtiä, mutta se oli syvä ja puhdasvetinen ja toisesta päästä valui vesi hiljaa kivireunan yli.

He peseytyivät ja joivat kylläkseen lampeen laskevasta purosta. Sitten he etsivät itselleen lepo- ja piilopaikan, sillä vaikka tämä maa näytti vielä kauniilta, se oli silti Vihollisen aluetta. He eivät olleet kovinkaan kaukana tieltä, mutta jo näin lyhyellä matkalla he olivat nähneet menneiden sotien arpia ja tuoreempia haavoja örkkien sekä muiden Mustan ruhtinaan palvelijoiden jäljiltä: oli peittämätön lika- ja jätekuoppa, mielivaltaisesti kaadettuja ja kuolemaan jätettyjä puita, joiden kuoreen oli raaoin vedoin kaiverrettu ilkeitä riimuja tai Silmän kauhea merkki.

Sam kiipeili järven laskuväylän alla kosketellen ja haistellen tuntemattomia kasveja ja puita, hän oli hetkeksi kokonaan unohtanut Mordorin, mutta äkkiä hän sai muistutuksen vaarasta, joka heitä jatkuvasti uhkasi. Hän huomasi maassa pyöreän alueen, joka oli vieläkin musta noesta, ja sen keskeltä hän löysi kärventyneitä ja rikkonaisia luita ja kalloja. Nopeasti leviävä aluskasvillisuus, piikkipensaat, orjanruusut ja luikertavat metsäköynnökset kutoivat jo verhoa tämän kammottavan juhlan ja teurastuksen tapahtumapaikan ylle, mutta se ei ollut perua muinaisilta ajoilta. Sam kiiruhti takaisin matkatoveriensa luokse, mutta ei sanonut mitään: olisi parempi antaa luiden levätä rauhassa eikä päästää Klonkkua kaivelemaan ja tonkimaan niitä.

»Etsitään nukkumapaikka», hän sanoi. »Ei tuolta alhaalta. Mieluummin ylempää.»

Noustuaan vähän matkaa lammikolta takaisinpäin he löysivät upottavan ruskean pehkon edelliskesäistä sananjalkaa. Sen takana peitti jyrkkää rinnettä tummalehtinen laakeripuutiheikkö, ylhäällä kasvoi setrejä. Tässä he päättivät levätä ja kuluttaa päivän, joka jo näytti kirkkaalta ja kauniilta. Mainio päivä vaeltaa Ithilienin lehdoissa ja niityillä, mutta vaikka örkit ehkä kaihtoivatkin auringon valoa, täällä oli niille liikaakin erinomaisia piilo- ja väijyntäpaikkoja, ja muutkin pahat silmät olivat liikkeellä, sillä Sauronilla oli monia palvelijoita. Klonkku ei sitä paitsi suostunut missään nimessä liikkumaan Keltaisen kasvon alla. Aurinko kurkistaisi pian Ephel Dúathin tummien harjanteiden takaa ja silloin Klonkku käpertyisi surkeana kokoon valoa ja kuumuutta peläten.

Sam oli heidän kävellessään ajatellut hartaasti ruokaa. Nyt kun läpipääsemättömän portin aiheuttama epätoivo oli takana, hän ei ollut yhtä taipuvainen kuin isäntänsä laiminlyömään ravinnon turvaamista pitemmälle kuin Tehtävän suorittaminen vaati, joka tapauksessa hänestä tuntui viisaammalta säästää haltioiden matkaleipää pahan päivän varalle. Vähintään kuusi päivää oli kulunut siitä kun hän arvioi, että heillä oli niukasti kolmen viikon varasto.

»Jos me päästään siinä ajassa Tulelle, niin hyvä on, tätä vauhtia kun mennään!» hän ajatteli. »Ja saattaa käydä niin, että meidän tekee mieli tulla takaisinkin. Saattaa käydä niin!»

Sitä paitsi hän tunsi itsensä tavallista nälkäisemmäksi pitkän yömarssin sekä kylvyn ja juomisen jälkeen. Oikeastaan hän kaipasi illallista tai aamiaista tulisijan ääressä Repunreunan vanhassa keittiössä. Hän sai ajatuksen ja kääntyi Klonkun puoleen. Klonkku oli juuri livahtamaisillaan omille retkilleen, se ryömi nelinkontin sananjalkojen läpi poispäin.

»Hei Klonkku!» Sam sanoi. »Mihin matka? Metsälle? Kuules nyt, vanha nuuskija, sinä kun et pidä meidän sapuskoista, enkä minäkään panisi pahakseni vaihtelua. Sinun uusi tunnuksesi tuntuu olevan *aina valmis auttamaan*. Voisitko löytää mitään sopivaa nälkäiselle hobitille?»

»Saattaisi, saattaisi löytää», Klonkku vastasi. »Sméagol auttaa aina, jos ne pyytää, jos ne pyytää kauniisti.»

»Hyvä!» Sam sanoi. »Sam pyytää. Ja jos tämä ei ole tarpeeksi kauniisti pyydetty, niin Sam anelee.»

Klonkku katosi. Se oli poissa aika kauan. Syötyään pari suupalaa *lembasia* Frodo paneutui syvälle kuiviin sananjalkoihin ja nukahti. Sam katseli häntä. Aamuvalo alkoi vasta tunkeutua puiden alla viipyviin varjoihin, mutta Sam näki selvästi isäntänsä kasvot sekä kädet, jotka lepäsivät maahan vaipuneina hänen kupeillaan. Äkkiä hän muisti, miten Frodo oli nukkunut Elrondin talossa saatuaan vaarallisen haavansa. Istuessaan hänen vuoteensa vieressä Sam oli huomannut, että hänestä säteili toisinaan heikkoa valoa; nyt tuo valo oli vielä kirkkaampi ja selvempi. Frodon kasvot olivat rauhalliset, pelon ja huolen jäljet olivat hävinneet, mutta ne näyttivät vanhoilta, vanhoilta ja kauniilta, ikään kuin kuluttavien vuosien jättämät hienot näkymättömät uurteet olisivat nyt paljastuneet, vaikka kasvot eivät olleet muuttuneet. Vaikka ei Sam Gamgi sitä näin itselleen kuvannut. Hän pudisti päätään kuin pitäen sanoja turhina ja mutisi: »Minä rakastan häntä. Tuollainen hän on, ja joskus se paistaa jotenkin kuin läpi. Mutta minä rakastan häntä, oli miten oli.»

Klonkku palasi äänettömästi ja kurkisti Samin olan yli. Se katsoi Frodoa, sulki silmänsä ja hiipi tiehensä mitään sanomatta. Sam tuli hetken päästä sen luo ja huomasi sen pureskelevan jotakin ja mutisevan itsekseen. Maassa sen vieressä oli kaksi pientä kaniinia ja se silmäili niitä ahneesti.

»Sméagol auttaa aina», se sanoi. »Hän toi kaneja, hyviä kaneja. Mutta isäntä on nukahtanut, ehkä Sam myös tahtoo nukkua. Ehkä hän ei enää tahdokaan kania? Sméagol yrittää auttaa, mutta ei hän saa metsästettyä ihan ykskaks.»

Samilla ei kuitenkaan ollut mitään kaniinia vastaan ja sen hän myös sanoi. Ei ainakaan keitettyä kaniinia vastaan. Kaikki hobitit osaavat tietenkin ruoan valmistuksen jalon taidon, sillä he alkavat opetella sitä jo ennen kuin osaavat lukea (mihin asti monet eivät koskaan pääse), mutta Sam oli hyvä kokki jopa hobittienkin mittapuulla ja hän oli monet kerrat laittanut ruokaa heidän retkillään, milloin se oli ollut mahdollista. Hän kantoi pakkauksessaan yhä toiveikkaasti osaa keittovälineistään: pientä tulusrasiaa, kahta pientä matalaa kattilaa, joista pienempi mahtui isomman sisään; sinne sopi myös puulusikka, lyhyt kaksipiikkinen haarukka ja pari paistivarrasta; ja pakkauksen pohjalla hän säilytti litteässä puurasiassa hupenevaa aarretta – suolaa. Mutta hän tarvitsi nuotion ja yhtä ja toista muutakin. Hän tuumiskeli hetken ja otti samalla esiin veitsensä, puhdisti ja hioi sen ja alkoi nylkeä kaniineja. Hän ei tahtonut jättää Frodoa yksin nukkumaan edes muutamaksi minuutiksi.

»Kuule Klonkku», hän sanoi, »minulla on sinulle uusi homma. Mene ja täytä nämä kattilat vedellä ja tuo minulle!»

»Sméagol hakee vettä, Sméagol hakee», Klonkku sanoi. »Mutta mihin hobitti tahtoo niin paljon vettä? Hän on juonut, hän on pessyt.»

»Mitä sinä sillä tiedolla!» Sam sanoi. »Jollet arvaa, saat sen pian muutenkin selville. Ja mitä sukkelammin haet sen veden, sitä pikemmin saat tietää. Ja uskallapas kolhia minun kattiloitani, niin minä teen sinusta hakkelusta!»

Klonkun ollessa poissa Sam katsoi Frodoa uudestaan. Tämä nukkui yhä hiljaa, mutta nyt Sam järkyttyi hänen kasvojensa ja käsiensä laihuudesta. »Ihan liian laiha ja kurja», hän mutisi. »Se ei sovi hobitille ollenkaan. Jos saan nämä kanipuput keitetyksi, niin minä herätän hänet.»

Sam kokosi kaikkein kuivimpia sananjalkoja, kompuroi rinnettä ylös ja keräsi sylyksen risuja ja puunpaloja; yksi katkennut setrinoksa mäen päällä antoi hänelle hyvän varaston. Hän viilsi maasta irti pari mätästä mäen alta aivan sananjalkapöheikön vierestä, kaivoi matalan kuopan ja latoi sinne polttopuut. Näppäränä tuluksien käyttelijänä hän sai pian pienen valkean syttymään. Savua siitä nousi tuskin lainkaan, mutta ilmaan levisi voimakas tuoksu. Hän oli kumartunut suojaamaan nuotiota ja lisäämään siihen isompia puita, kun Klonkku palasi kantaen varovasti kattiloita ja muristen itsekseen.

Se laski padat maahan ja tajusi äkkiä mitä Sam puuhaili. Se päästi sihisevän huudon ja näytti sekä kauhistuneelta että vihaiselta. »Ahh! Sss – ei!» se kiljahti. »Ei, ei, hupsut hobitit, tyhmät hobitit, seis! Ei saa!»

»Mitä ei saa?» kysyi Sam hämmästyneenä.

»Ei ssaa ssytyttää inhottavia punaisia kieliä», Klonkku sihisi. »Tuli, tuli on vaarallinen, kyllä. Polttaa, tappaa. Ja tuli tuo viholliset tänne, kyllä, tietysti.»

»Enpä usko», Sam sanoi. »En minä ymmärrä, miten se niitä toisi, jollei siihen pane märkiä puita jotka savuttaa. Mutta jos tuo niin tuo. Minä aion ottaa sen riskin. Minä keitän nämä pupuset.»

»Keität kanit!» parkaisi Klonkku. »Pilaat hienon lihan minkä Sméagol säästi sinulle, nälkäinen Sméagol-rukka! Miksi? Miksi, hullu hobitti? Ne on nuoria, ne on mureita, ne on hyviä. Syö, syö!» Se tarttui lähimpään kaniiniin, joka odotti jo nyljettynä nuotion vierellä.

»So, so!» Sam sanoi. »Kukin taaplaa tyylillään. Meidän leipä saa sinut kakistelemaan, raaka kani minut. Jos sinä annat minulle kaniinin niin silloin se kaniini on minun, ja minä saan sen vaikka keittää, jos mieleni tekee. Ja mieli tekee. Sinun ei tarvitse katsella. Mene pyydystämään vielä yksi ja syö niin kuin lystäät – jossakin omissa oloissasi etten minä näe. Silloin tuli ei häiritse sinua etkä sinä minua ja me molemmat ollaan tyytyväisempiä. Pidän huolta siitä ettei nuotio savuta, jos se sinua lohduttaa.»

Klonkku lähti nuristen ja ryömi sanajalkojen sekaan. Sam puuhaili kattiloidensa kimpussa. »Kanin kanssa», hän sanoi itsekseen, »kanin kanssa hobitti kaipaa yrttejä ja juurikasveja, ennen muuta pottuja – leivästä puhumattakaan. Yrttejä nähtävästi saadaankin.»

»Klonkku!» hän kutsui hiljaa. »Kolmas kerta toden sanoo. Minä tarvitsen vähän yrttejä.» Klonkun pää kurkisti sananjalkojen keskeltä mutta se ei näyttänyt sen paremmin ystävälliseltä kuin avuliaaltakaan. »Pari laakerinlehteä, vähän ajuruohoa ja salviaa, se riittääkin – kunhan tuot ennen kuin vesi kiehuu», Sam sanoi.

»Ei!» sanoi Klonkku. »Tästä Sméagol ei pidä. Haisevat lehdet on inhottavia. Sméagol ei syö ruohoa eikä juuria, ei aarre, ei, ennen kuin on hirmu nälissään tai sairas, Sméagol-rukka.»

»Sméagol joutuu kohta tosikuumaan kattilaan, kunhan vesi kiehuu, jollei se tee mitä pyydetään», urahti Sam. »Sam panee Sméagolin pään kattilaan, sen Sam tekee, niin just, aarre. Ja panisin sen etsimään nauriita ja porkkanoita – ja pottujakin, jos olisi se aika vuodesta. Tässä maassa kasvaa takuulla villinä vaikka mitä hyvää. Antaisin kyllä yhtä ja toista, jos saisin muutaman potun.»

»Sméagol ei mene, ei mene, aarre, ei tällä kertaa menekään», Klonkku sähisi. »Hän pelkää, ja hän on hirmu väsynyt, eikä tämä hobitti ole kiltti, ei olleskaan kiltti. Sméagol ei pengo juuria ja porkkania ja – pottuja. Mitä on potut, häh aarre, mitä potut on?»

»Potaatteja, perunoita», Sam sanoi. »Ukon herkkua, harvinaisen hyvää täytettä tyhjään mahaan. Mutta niitä sinä et kyllä löydä, niin ettei sinun tarvitse etsiäkään. Mutta ole kiltti, Sméagol, ja hae minulle ne yrtit, niin minä muutan käsitystäni sinusta. Eikä siinä kaikki: jos aloitat uuden lehden elämässäsi ja pidät sen auki, niin minä laitan sinulle vielä joku päivä pottuja. Sen teen: S. Gamgin paistettua kalaa ja käristettyjä perunoita. Siitä sinä et pystyisi kieltäytymään.»

»Vai en muka. Pilaisit sen kalan, kärventäisit. Anna kalaa nyt heti ja pidä hyvänäs ne pottupaistokset!»

»Ah, sinä olet toivoton», Sam sanoi. »Mene maata!»

Lopulta hänen oli itse etsittävä tarvitsemansa, mutta hänen ei tarvinnut mennä kauas, hän näki koko ajan paikkaan, missä hänen isäntänsä makasi ja nukkui yhä. Jonkin aikaa Sam kykki keskittyneesti nuotion ääressä ja kohenteli sitä kunnes vesi kiehui. Tuli yhä valoisampaa ja ilma lämpeni, kaste katosi ruoholta ja lehdiltä. Pian muhivat paloitellut kaniinit kattiloissaan yrttikimppujen joukossa. Vähitellen Sam melkein nukahti. Hän antoi ruoan hautua lähes tunnin ja koetteli lihapaloja silloin tällöin haarukallaan ja maisteli lientä.

Kun hän arveli, että ruoka oli valmista, hän otti kattilat tulelta ja hiipi Frodon luo. Frodo avasi puoliksi silmänsä, kun Sam seisahtui hänen viereensä, ja heräsi sitten unestaan: hän oli nähnyt taas hyvän rauhallisen unen, jota ei pystynyt palauttamaan mieleensä.

»Hei Sam!» hän sanoi. »Etkö lepääkään? Onko jokin vinossa? Mitä kello on?»

»Aamunkoitosta on kulunut pari tuntia», Sam sanoi, »niin että se on kai puoli yhdeksän Konnun kellojen mukaan. Mutta mikään ei ole vinossa. Vaikka ei tämä nyt ole minun makuuni ihan niin kuin pitäisi: ei ole lihalientä, ei sipulia, ei pottuja. Minulla on teille vähän lihaa ja vähän keitinlientä, Frodo-herra. Se tekee teille hyvää. Se pitää ryystää mukista tai sitten suoraan padasta kun se on vähän jäähtynyt. Minulla ei ole kulhoja mukana eikä mitään kunnon vehkeitä.»

Frodo haukotteli ja venytteli. »Sinun olisi pitänyt levätä, Sam», hän sanoi. »Ja tulen sytyttäminen oli vaarallinen temppu näillä seuduilla. Mutta nälkä minun on. Mmmm! Tuoksuuko se tänne asti? Mitä sinä olet keittänyt?»

»Sméagolin tuoman lahjan», Sam sanoi, »pari nuorta kanipupua, vaikka Klonkkua taitaa jo kaduttaa. Mutta höysteenä ei ole muuta kuin vähän yrttejä.»

Sam ja hänen isäntänsä istuivat sananjalkatiheikön suojassa ja söivät kanipatansa suoraan keittoastioista ja käyttäen vuorotellen samaa vanhaa haarukkaa ja lusikkaa. He sallivat kumpikin itselleen palan haltioiden matkaleipää. Ateria oli kuin juhla.

»Klonkku!» huusi Sam ja vihelsi hiljaa. »Tule tänne! Voit vielä muuttaa mielesi. Täällä on vähän jäljellä, jos haluat maistaa kanipataa.» Vastausta ei kuulunut.

»No, se on kai mennyt etsimään jotakin itselleen. Syödään pois loputkin», Sam sanoi.

»Ja sitten sinun täytyy vähän nukkua», Frodo sanoi.

»Älkää sitten sammuko sillä aikaa kun minä otan torkut, Frodo-herra. Minä en ole siitä otuksesta yhtään varma. Siinä on vielä koko lailla Luihua jäljellä – siis entistä Klonkkua, käsitättekö – ja se vahvistuu taas. En minä muuten, mutta se varmaan yrittää kuristaa minut ensin. Me ei katsota toisiamme silmiin eikä se ole tyytyväinen Samiin, ei aarre, ei olleskaan.»

He söivät ruoan loppuun, ja Sam meni purolle pesemään keittokalujaan. Noustessaan palatakseen hän katsahti takaisin rinteelle. Ensin hän näki auringon nousevan huurusta tai usvasta tai tummasta varjosta – tai mikä tuo jatkuvasti idässä viipyvä ilmiö sitten olikin – ja se valaisi kultaisilla säteillään puita ja aukioita. Sitten hän huomasi ohuen siniharmaan savukiehkuran, joka erottui selvästi auringon valossa noustessaan ylhäällä kasvavasta tiheiköstä. Kauhukseen hän tajusi, että se oli hänen pienen keittonuotionsa savu, hän oli jättänyt sen sammuttamatta.

»Tuo ei vetele! En olisi ikinä uskonut, että se näkyy noin!» hän mutisi ja lähti kiiruhtamaan takaisin. Äkkiä hän pysähtyi kuuntelemaan. Oliko hän kuullut vihellyksen vai ei? Vai oliko se jonkun oudon linnun ääni? Mikäli se oli vihellys, se ei tullut sieltäpäin missä Frodo oli. Nyt se taas kuului toisesta suunnasta! Sam alkoi juosta niin nopeasti kuin ylämäkeä pääsi.

Hän löysi pienen kekäleen, joka vielä paloi toisesta päästä ja oli sytyttänyt nuotion vieressä kasvavan sananjalan; liekkiin leimahtaneet lehdet olivat saaneet turpeen kytemään. Hän tallasi hätäisesti tulen sammuksiin, levitti tuhkat ja latoi turpeita kuopan päälle. Sitten hän hiipi takaisin Frodon luo.

»Kuulitteko vihellyksen ja sitten niin kuin vastauksen siihen?» hän kysyi.

»Muutama minuutti sitten. Toivotaan että se oli vaan lintu, mutta ei se kyllä oikein linnulta kuulostanut: enemmänkin siltä kuin joku olisi matkinut linnun ääntä. Ja taitaa vielä olla niin ikävästi, että minun nuotioni on savuttanut. Jos minä nyt olen saanut aikaan ikävyyksiä, en ikinä anna sitä itselleni anteeksi. Enkä ehkä saa siihen mahdollisuuttakaan!»

»Shhh!» Frodo suhahti. »Olin kuulevinani puhetta.»

Hobitit sitoivat pienet pakkauksensa ja panivat ne lähtökuntoon, sitten he ryömivät syvemmälle sananjalkojen sekaan. Siellä he kyyhöttivät kuunnellen.

Äänistä ei ollut epäilystäkään. Ne puhuivat hiljaa ja hätäisesti, mutta ne olivat lähellä ja tulivat yhä lähemmäksi. Sitten äkkiä yksi puhui aivan heidän vieressään.

»Tässä se on! Täältä se savu tuli!» sanoi ääni. »Se on lähellä. Varmaankin sananjalkojen sisässä. Saamme sen ansaan kuin kaniinin. Sitten saamme selville, mikä otus se oikein on.»

»Niin, ja mitä se tietää!» sanoi toinen ääni.

Neljä miestä lähti saman tien kahlaamaan sananjalkojen läpi eri suunnilta. Koska pako ja piileskely kävivät mahdottomiksi, Frodo ja Sam ponkaisivat pystyyn selkä selkää vasten ja tempaisivat esiin pienet miekkansa.

Jos kohta he hämmästyivät sitä mitä näkivät, heidän vangitsijansa hämmästyivät vieläkin enemmän. Tiheikössä seisoi neljä pitkää ihmismiestä. Kahdella oli kiiltävä- ja leveäkärkinen keihäs. Kahdella oli suuri jousi, melkein miehen itsensä mittainen, ja suuri viini täynnä pitkiä vihreäsulkaisia nuolia. Kaikilla oli miekka kupeella, ja heidän vaatteensa olivat vihreän ja ruskean sävyisiä ja sulautuivat Ithilienin kasvustoon, joten heidän oli helppo kulkea huomaamattomina. Miehillä oli vihreät käsisuojukset ja silmiä lukuun ottamatta kasvoja peitti vihreä huppu ja naamio, ja nuo silmät olivat tarkkaavaiset ja kirkkaat. Frodo tuli heti ajatelleeksi Boromiria, sillä nämä ihmiset olivat olemukseltaan ja ryhdiltään hänen kaltaisiaan ja heidän puheenpartensa muistutti hänen puhettaan.

»Emme löytäneet etsimäämme», yksi sanoi. »Mutta mitä me olemme löytäneet?»

»Emme örkkejä», sanoi toinen ja päästi otteen miekkansa kahvasta, johon hän oli tarttunut nähdessään Piikin kimaltavan Frodon kädessä.

»Haltioita kukaties?» sanoi kolmas epäilevästi.

»Ei! Ei haltioita», sanoi neljäs, kookkain ja nähtävästi heidän päällikkönsä. »Haltiat eivät näinä aikoina kulje Ithilienissä. Ja haltiat ovat ihanan kauniita katsella, niin sanotaan.»

»Mikä meinaa että me ei olla, niinkö?» Sam sanoi. »Kiitos vaan. Ja kun olette lopettaneet jutustelun meistä, voitte varmaan kertoa keitä *te* olette, ja miksi ette voi antaa väsyneitten matkalaisten levätä.»

Kookas vihreäpukuinen mies naurahti synkästi. »Minä olen Faramir, Gondorin päällikkö», hän sanoi. »Mutta tässä maassa ei ole matkustavaisia: vain Mustan tornin palvelijoita, tai Valkoisen.»

»Mutta me emme ole kumpaakaan», Frodo sanoi. »Ja matkustavaisia me olemme, sanoo päällikkö Faramir mitä tahansa.»

»Ilmaiskaa siis kiireimmiten itsenne ja asianne», Faramir sanoi. »Meillä on tehtäviä eikä nyt ole sopiva aika eikä paikka arvoitusleikkeihin tai rupatteluun. Antaa tulla! Missä on kolmas teidän joukostanne?»

»Kolmas?»

»Niin, hiiviskelevä olento, jonka näimme nenä vedessä tuolla alhaalla. Sillä oli ikäväntuntuinen katse. Kuuluu kai johonkin vakoilevaan örkkilajiin tai on niiden palvelija. Mutta se livahti meiltä pakoon jonkin konnankoukun avulla.»

»En tiedä missä se on», Frodo sanoi. »Se on vain satunnainen matkakumppani, jonka tapasimme tiellä, enkä minä vastaa siitä. Jos tapaatte sen, säästäkää sen henki. Tuokaa tai lähettäkää se meidän luoksemme. Se on vain kurja raukka, mutta se on minun suojeluksessani jonkin aikaa. Me taas puolestamme olemme Konnun hobitteja, kaukaa pohjoisesta ja lännestä, monen virran takaa. Minä olen Frodo Drogon poika ja mukanani on Samvais Hamfastin poika, palveluksessani oleva kunnon hobitti. Me olemme kulkeneet pitkän tien – Rivendellistä, eli Imladrisista kuten jotkut sanovat.» Tässä kohden Faramir hätkähti ja kävi tarkkaavaiseksi. »Meillä oli seitsemän toveria: yhden menetimme Moriassa, muista erosimme Parth Galenissa Raurosin yläpuolella: kaksi kuului omaan kansaani; mukanamme oli myös yksi kääpiö, ja yksi haltia ja kaksi ihmistä. He olivat Aragorn ja Boromir, joka sanoi tulevansa Minas Tirithistä, etelän kaupungista.»

»Boromir!» huudahtivat kaikki neljä miestä.

»Boromir, ruhtinas Denethorin poika?» Faramir sanoi ja hänen kasvoilleen kohosi outo ankara ilme. »Tulitteko hänen kanssaan? Siinä on uutisia kerrakseen, jos pitävät paikkansa. Tietäkää, pikku muukalaiset, että Boromir Denethorin poika oli Valkoisen tornin suurvartija ja meidän ylipäällikkömme, katkerasti me häntä kaipaamme. Keitä te siis olette, ja mitä tekemistä teillä oli hänen kanssaan? Joutuin, sillä aurinko nousee yhä korkeammalle!»

»Tunnetteko arvoituksen sanat, jotka Boromir toi Rivendelliin?» Frodo vastasi.

Käy Murtunut miekka noutamaan,
se on kätkössä Imladrisin.

»Tunnemme sanat todellakin», Faramir sanoi hämmästyneenä. »Se että myös te tunnette ne, on ehkä merkki siitä, että puhutte totta.»

»Aragorn, jonka mainitsin, on Murtuneen miekan omistaja», Frodo sanoi. »Ja me olemme puolituisia, joista runo puhui.»

»Sen käsitän», Faramir sanoi mietteliäästi. »Tai käsitän, että niin voi olla. Ja mikä on Isildurin turma?»

»Salattu», vastasi Frodo. »Aikanaan se epäilemättä selvitetään.»

»Tästä kaikesta meidän on kuultava lisää», Faramir sanoi, »ja saatava tietää, mikä tuo teidät näin kauas itään tuon varjon alle» – hän viittasi kädellään eikä maininnut nimeä. »Mutta ei nyt. Meillä on tekemistä. Olette vaarassa, ettekä olisi päässeet pitkälle tietä taikka aukeaa myöten tänä päivänä. Ennen päivän päättymistä iskemme lujasti. Sitten kuolema tai äkkipako Anduinille. Jätän kaksi

miestä teitä vartioimaan, teidän etunne ja omani tähden. Viisas mies ei luota satunnaiseen kulkijaan tässä maassa. Jos palaan, puhun pitempään kanssanne.»
»Näkemiin!» Frodo sanoi ja kumarsi syvään. »Ajatelkaa mitä tahdotte, mutta minä olen kaikkien Yhden vihollisen vihollisten ystävä. Me tulisimme kanssanne, jos asiani sallisi ja jos puolituiset saattaisivat toivoa olevansa hyödyksi, mutta te näytätte kovin uljailta ja voimakkailta miehiltä. Lisäksi tehtäväni estää sen. Välkkykööt miekkanne taistelussa!»
»Puolituiset ovat kohteliasta kansaa, mitä sitten muuta lienevätkin», Faramir sanoi. »Näkemiin!»

Hobitit istuutuivat jälleen, mutta eivät sanoneet toisilleen mitään ajatuksistaan ja epäilyksistään. Kaksi miestä jäi vartioon aivan lähelle laakeripuiden läikikkääseen varjoon. He ottivat silloin tällöin kasvosuojukset pois vilvoitellakseen päivän lämmetessä, ja Frodo näki, että he olivat komeita miehiä, kalpeaihoisia ja tummatukkaisia ja heillä oli harmaat silmät ja surulliset ja ylpeät kasvot. He puhuivat keskenään hiljaisella äänellä, aluksi käyttäen yhteiskieltä, mutta entisaikojen tapaan, ja vaihtoivat sitten omaan kieleensä. Ihmeekseen Frodo havaitsi kuunnellessaan, että he puhuivat haltiakieltä tai kieltä, joka erosi siitä vain hyvin vähän, ja hän katsoi heitä ihmeissään, sillä silloin hän tiesi, että heidän täytyi kuulua etelän *dúnedainiin*, Westernessen ruhtinaitten jälkeläisiin.
Jonkin ajan kuluttua hän puhui heille, mutta he vastailivat hitaasti ja vältellen. He kertoivat nimikseen Mablung ja Damrod, ja että he olivat Gondorin sotilaita ja Ithilienin samoojia, sillä he polveutuivat heimosta, joka oli aikoinaan asunut Ithilienissä ennen kuin se vallattiin. Näistä miehistä Denethor valitsi partioitten osanottajat, kun oli ylitettävä salaa Anduin (he eivät kertoneet mistä ja miten) ja käyvä örkkien ja muiden Ephel Dúathin ja Virran välillä vaeltelevien vihollisten kimppuun.
»Anduinin itärannalle on täältä lähimain viisi peninkulmaa», Mablung sanoi, »ja harvoin me tulemme näin syvälle tähän maahan. Mutta meillä on uusi tehtävä tällä retkellä: me järjestämme väijytyksen Haradin miehille. Olkoot he kirotut!»
»Niin, olkoot eteläiset kirotut!» Damrod sanoi. »Sanotaan että vanhaan aikaan oli Gondorin ja kaukaisen etelän Haradin kuningaskuntien välillä joitakin siteitä, vaikka ei ystävyyttä milloinkaan. Noihin aikoihin rajamme ulottuivat etelään Anduinin suiston taa, ja Umbar, joka heidän valtakunnistaan on lähinnä meitä, tunnusti meidän ylivaltamme. Mutta siitä on jo kauan. Monen miehen elinikä on kulunut siitä, kun välillämme oli kanssakäymistä. Viime aikoina olemme saaneet kuulla, että Vihollinen on ollut heidän keskuudessaan ja he ovat menneet Hänen puolelleen, tai palanneet – aina he ovat olleet taipuvaisia Hänen tahtoonsa – ja niin ovat tehneet monet idässäkin. En epäile etteivätkö Gondorin päivät ole luetut ja Minas Tirithin muurit tuomitut, niin suuri on Hänen voimansa ja pahuutensa.»
»Mutta siltikään me emme istu joutilaina ja anna Hänen toimia mielensä mukaan», Mablung sanoi. »Nämä kirotut eteläiset marssivat nyt muinaisia teitä myöten paisuttamaan Mustan tornin sotajoukkoja. Totisesti, samoja teitä, jotka Gondorin taito kerran rakensi. Ja he kuulemma kulkevat yhä röyhkeämmin välittämättä mistään, sillä he arvelevat uuden isäntänsä voiman niin mahtavaksi, että Hänen kukkuloittensa varjokin suojelee heitä. Pari päivää sitten meille ilmoitettiin suuren joukon marssivan pohjoiseen. Yhden rykmentin on laskelmiemme

mukaan kuljettava tästä ohi ennen keskipäivää – tuolta ylhäältä leikkauksen kautta kulkevaa tietä pitkin. Tie saa kulkea, mutta he eivät! Eivät niin kauan kuin Faramir on päällikkö. Hän johtaa meitä nyt kaikissa vaarallisissa yrityksissämme. Mutta hän on kuin lumouksen suojaama, tai sitten kohtalo säästää häntä muihin tarkoituksiin.»

Puhe tyrehtyi ja he kuulostelivat. Kaikki tuntui olevan varuillaan ja paikoillaan. Sam kyyhötti sananjalkatiheikön reunalla ja tähyili ympärilleen. Tarkoilla hobitinsilmillään hän havaitsi, että liikkeellä oli enemmänkin ihmisiä. Hän näki heidän hiipivän rinteitä ylös yksittäin tai pitkissä jonoissa pysytellen tiheikköjen tai lehtojen varjossa tai ryömivän maastonmukaisissa ruskeissa ja vihreissä vaatteissaan ruohon ja sananjalkojen keskellä. Kaikilla oli huppu ja kasvosuojus ja käsisuojukset ja kaikki olivat aseistautuneet kuten Faramir ja hänen toverinsa. Kohta he olivat menneet ohi ja kadonneet. Aurinko kohosi kunnes se alkoi lähestyä etelää. Varjot lyhenivät.

»Missähän se kurjalainen Klonkku on?» Sam tuumi ryömiessään syvempään varjoon. »Se on melkoisessa vaarassa tulla pistetyksi kuoliaaksi örkkinä, tai sitten Keltainen kasvo kärventää sen. Mutta kai se pitää huolen itsestään.» Hän paneutui pitkäkseen Frodon viereen ja alkoi nukkua.

Hän heräsi ja kuvitteli kuulleensa torvien soivan. Hän nousi istumaan. Oli keskipäivä. Vartijat seisoivat valmiina ja valppaina puiden varjossa. Äkkiä kajahtivat torvet kovempaa; erehtyä ei voinut: ne kuuluivat ylhäältä mäen päältä. Sam oli erottavinaan hälinää ja huutoja, mutta ääni oli hyvin heikko, ikään kuin se olisi lähtenyt kaukaisesta luolasta. Sitten taistelun melskettä alkoi kuulua aivan läheltä, heti piilopaikan yläpuolelta. Hän kuuli selvästi teräksen raapiutuvan terästä vasten, miekan kalahtavan rautakypärään, kilven kumean paukkeen; miehet karjuivat ja ärjyivät ja kirkas ääni huusi *Gondor! Gondor!*

»Kuulostaa siltä kuin sata seppää takoisi kimpassa», Sam sanoi Frodolle. »Yhtään lähemmäksi ei tarvitse tulla, kiitos vaan.»

Mutta melske läheni yhä. »Ne tulevat!» huusi Damrod. »Katsokaa! Jotkut eteläiset ovat murtautuneet ansasta ja pakenevat tieltä. Tuolla ne menevät! Meidän miehemme ovat kannoilla, päällikkö etunenässä.»

Sam oli innokas näkemään lisää ja meni vartijoiden luo. Hän kiipesi vähän matkaa suureen laakeripuuhun. Hän näki vilaukselta mustanpuhuvia punapukuisia miehiä, jotka juoksivat rinnettä alas vähän matkan päässä, ja niiden takana ryntäsi vihreäpukuisia, jotka hakkasivat niitä maahan minkä ennättivät. Nuolet lensivät sakeana pilvenä. Sitten äkkiä putosi hobitteja suojaavan törmän yli mies ja rysähti hentojen puiden läpi melkein heidän päälleen. Hän jäi makaamaan kasvoilleen sananjalkojen keskelle parin kyynärän päähän, ja kultaisen kauluksen alta niskasta törrötti vihreitä nuolisulkia. Purppuranpunaiset vaatteet olivat repaleina, limittäisistä vaskilevyistä tehty panssaripaita vääntynyt ja murtunut, kullalla palmikoidut hiukset olivat veressä. Ruskea käsi puristi yhä katkenneen miekan kahvaa.

Sam näki ensi kerran ihmisten taistelevan ihmisiä vastaan, eikä hän erityisemmin pitänyt näkemästään. Hän oli iloinen, ettei ollut nähnyt kuolleen kasvoja. Hän mietti, mikähän miehen nimi oli ja mistä hän oli kotoisin, ja oliko hänen sydämensä todella paha, vai millaisin valhein ja uhkauksin hänet oli saatu lähtemään kotoaan tälle pitkälle marssille; eikö hän sittenkin olisi mieluummin jäänyt sinne rauhaan – kaiken tämän hän kävi läpi hetkessä ja sitten hän sai muuta ajateltavaa. Sillä juuri kun Mablung otti askelen ruumista kohti, kuului uusi ääni. Ilman täytti suuri kiljunta ja huuto. Sen keskeltä Sam kuuli kimeää mylvimistä tai toitotusta. Ja sitten töminää ja pauketta, kuin jättimäiset muurin-murtajat olisivat jyskyttäneet maata.

»Varo! Varokaa!» huusi Damrod tovereilleen. »Kääntäkööt *valar* sen toisaalle! Mûmak! Mûmak!»

Hämmästyksekseen, kauhukseen ja ikuiseksi riemukseen Sam näki valtavan hahmon rymistävän metsän läpi ja ryntäävän rinnettä alas. Iso se toden totta oli Samin silmissä, taloakin korkeampi, kuin harmaa liikkuva kumpu. Pelko ja ihme-tys saattoivat suurentaa sitä hobitin mielessä, mutta Haradin mûmakit olivat toisaan suunnattoman suuria eikä senkaltaisia enää liiku Keski-Maassa; niiden myöhempinä aikoina elävät sukulaiset ovat vain muisto niiden koosta ja majes-teettisuudesta. Se rynnisti eteenpäin suoraan katsojia kohti, kaarsi sitten sivuun viime tingassa ja ohitti heidät vain parin sylen päästä saaden maan keinumaan: jalat olivat kuin puunrungot, korvat kuin pullistuneet purjeet, pitkä kärsä hei-lui pystyssä kuin iskemään valmistautuva jättimäinen käärme, pienet punaiset silmät paloivat raivoa. Ylös kaartuviin torahampaisiin oli kiedottu kultanauhoja ja niistä tippui verta. Repaleiset kultaiset ja purppuraiset loimivaatteet liehuivat hurjasti sen ympärillä. Sen selässä keinui kokonaisen sotatornin raunioilta näyt-tävä rakennelma, joka oli murskautunut eläimen rynnätessä vauhkona metsän läpi, ja korkealla eläimen kaulalla keikkui yhä epätoivoisesti pikkuruinen hahmo – mahtava sotaurho, joka tummajaisten joukossa oli jättiläinen.

Valtava peto jyrisi eteenpäin sokean vihan vallassa lätäköiden ja tiheikköjen läpi. Nuolia kilpistyi ja kirposi vahinkoa tuottamatta sen kylkien kolminkertai-sesta nahasta. Molempien osapuolien miehiä pakeni sen edellä, mutta monet se saavutti ja murskasi maahan. Pian se katosi näkyvistä, mutta kaukaakin sen toitotus ja tömistys kuului. Sam ei koskaan saanut tietää, miten sen kävi: pääsikö se pakoon ja harhaili aikansa eräseuduilla kunnes menehtyi kaukana kotoa tai joutui ansaan johonkin suureen kuoppaan, vai jatkoiko se raivoamistaan aina Suureen virtaan saakka ja hukkui siihen.

Sam vetäisi syvään henkeä. »Se oli olifantti!» hän sanoi. »Olifantteja on siis ole-massa, ja minä olen nähnyt sellaisen. Että on elämää! Mutta kukaan ei kyllä kotona ikinä usko minua. Jaa-a, jos siinä oli kaikki, minä voisin vähän nukkua.»

»Nukkukaa kun vielä voitte», Mablung sanoi. »Mutta päällikkö tulee takaisin, jos ei ole pahasti haavoittunut, ja kun hän tulee, me lähdemme täältä nopeasti. Meitä aletaan ajaa takaa niin pian kuin uutinen töistämme on saavuttanut Vihol-lisen, eikä se vie kauan.»

»Menkää sitten ääneti, jos teidän kerta täytyy mennä!» Sam sanoi. »Ei tarvitse häiritä toisten unta. Minä olen kävellyt koko yön.»

Mablung nauroi. »Ei taida päällikkö jättää teitä tänne, mestari Samvais», hän sanoi. »Mutta kohta nähdään.»

5

LÄNNEN IKKUNA

SAMISTA TUNTUI HERÄTESSÄ, että hän oli torkkunut vain muutaman minuu-
tin, mutta iltapäivä oli jo pitkällä ja Faramir oli palannut. Tämä oli tuonut
mukanaan paljon miehiä, itse asiassa kaikki hyökkäysretken eloonjääneet olivat
kerääntyneet läheiselle rinteelle; heidän vahvuutensa oli kaksi tai kolme sataa. He
istuivat laajassa puoliympyrässä, jonka keskellä maassa istui Faramir, ja Frodo sei-
soi hänen edessään. Tilanne näytti muistuttavan merkillisesti vangin kuulustelua.

Sam hiipi ulos sananjalkatiheiköstä, mutta kukaan ei kiinnittänyt häneen
mitään huomiota, ja hän asettui miesten rivistön laidalle paikkaan, josta hän
näki ja kuuli kaiken mitä tapahtui. Hän katseli ja kuunteli tarkkaavaisesti val-
miina säntäämään isäntänsä avuksi jos tarvittaisiin. Hän saattoi nähdä Faramirin
kasvot, joilla ei nyt ollut suojusta: ne olivat lujat ja kunnioitusta herättävät ja tut-
kivasta katseesta loisti terävä äly. Epäily viipyi harmaissa silmissä, jotka katsoivat
kiinteästi Frodoon.

Sam tajusi pian, että päällikkö oli useissa kohdin tyytymätön siihen, mitä
Frodo oli sanonut itsestään: mikä oli hänen asemansa Rivendellistä lähteneessä
Saattueessa, miksi hän oli jättänyt Boromirin ja mihin hän nyt oli matkalla. Eri-
tyisesti Isildurin turmaan Faramir palasi tavan takaa. Ilmeisesti hän ymmärsi,
että Frodo salasi häneltä jonkin erittäin tärkeän asianhaaran.

»Mutta juuri puolituisen tulon myötä piti Isildurin turman ilmaantua, tai niin
sanat täytyy tulkita», hän väitti edelleen.»Jos sinä siis olet mainittu puolituinen,
toit sinä epäilemättä tämän esineen, mikä lieneekin, tuohon Neuvonpitoon josta
puhuit, ja Boromir näki sen siellä. Kiellätkö?»

Frodo ei vastannut.»Kas niin!» Faramir sanoi.»Nyt minä tahdon kuulla siitä
lisää, sillä mikä koskee Boromiria, koskee myös minua. Isildur sai surmansa
örkin nuolesta, niin vanhoissa taruissa kerrotaan. Mutta örkinnuolia on määrät-
tömästi, eikä Gondorin Boromir olisi tulkinnut yhtä örkinnuolta tuhon tunnuk-
seksi. Oliko tämä esine sinun hallussasi? Se on salattu, sanot sinä, mutta eikö se
ole salattu sen tähden että sinä salaat sen omasta halustasi?»

»Ei, en omasta halustani», Frodo vastasi.»Se ei ole minun. Se ei kuulu yhdelle-
kään kuolevaiselle, suurelle eikä pienelle; vaikka jos joku sitä voisi vaatia itselleen,

se olisi Aragorn Arathornin poika, jonka mainitsin, se joka johti Saattuettamme Moriasta Raurosille.»

»Miksi niin, miksi ei Boromir, Elendilin poikien perustaman kaupungin ruhtinas?»

»Koska Aragorn polveutuu suoraan alenevassa polvessa isästä poikaan Isildurista Elendilin pojasta itsestään. Ja miekka, jota hän kantaa, oli kerran Elendilin miekka.»

Ihmetyksen humina kävi miesten piirin läpi. Jotkut huudahtivat ääneen: »Elendilin miekka! Elendilin miekka tulee Minas Tirithiin! Suuria uutisia!» Mutta Faramirin kasvot pysyivät ilmeettöminä.

»Voi olla», hän sanoi. »Mutta näin suuri vaade olisi varmistettava ja selvät todisteet tuotava, jos tämä Aragorn joskus saapuu Minas Tirithiin. Hän ei ollut saapunut, eikä kukaan Saattueesi jäsen, kun minä lähdin kuusi päivää sitten.»

»Boromir hyväksyi tuon vaateen», sanoi Frodo. »Totisesti, jos Boromir olisi täällä, hän vastaisi kaikkiin kysymyksiisi. Ja koska hän oli Raurosilla monta päivää sitten ja oli silloin aikeissa mennä suoraan kaupunkiinne, saat kuulla vastaukset piankin jos palaat sinne. Minun tehtäväni Saattueessa hän tiesi, kuten kaikki muutkin, sillä sen osoitti minulle Imladrisin Elrond itse koko Neuvonpidon edessä. Se tehtävä toi minut tähän maahan, mutta minulla ei ole oikeutta paljastaa sitä kenellekään Saattueen ulkopuoliselle. Silti ne, jotka sanovat taistelevansa Vihollista vastaan, tekisivät oikein, jos eivät vaikeuttaisi Tehtävää.»

Frodon äänensävy oli ylpeä, olivatpa hänen tunteensa mitkä tahansa, ja Samin mielestä se oli oikein, mutta Faramiria se ei tyydyttänyt.

»Vai niin!» hän sanoi. »Sinä kehotat minua huolehtimaan omista asioistani ja menemään kotiin ja jättämään sinut rauhaan. Boromir kertoo kaiken kun tulee. Kun hän tulee, sinä sanot! Olitko sinä Boromirin ystävä?»

Frodon mieleen palautui elävästi, miten Boromir oli hyökännyt hänen kimppuunsa, ja hetken hän epäröi. Faramirin Frodoon kohdistunut katse koveni. »Boromir oli Saattuemme urhoollinen jäsen», sanoi Frodo viimein. »Olin, omasta puolestani olin hänen ystävänsä.»

Faramir hymyili synkästi. »Silloin surisit, jos kuulisit Boromirin kuolleen?»

»Surisin todellakin», Frodo sanoi. Sitten hän näki Faramirin ilmeen ja hätkähti. »Kuolleen?» hän sanoi. »Tarkoitatko, että hän *on* kuollut ja että sinä tiesit sen? Oletko yrittänyt virittää minulle ansan sanoilla, tehnyt minusta pilkkaa? Vai yritätkö nyt harhauttaa minua valheella?»

»En yrittäisi harhauttaa valheella edes örkkiä», Faramir sanoi.

»Kuinka hän siis kuoli, ja miten sinä tiedät sen? Sinähän sanoit, ettei yksikään Saattueemme jäsen ollut ehtinyt kaupunkiin, kun sinä lähdit.»

»Mitä hänen kuolintapaansa tulee, olin toivonut, että hänen ystävänsä ja matkatoverinsa kertoisi minulle sen.»

»Mutta hän oli elossa ja voimissaan, kun erosimme. Ja elää yhä sikäli kuin minä tiedän. Vaikka on totta, että maailmassa on paljon vaaroja.»

»Paljon on», Faramir sanoi, »eikä petos ole niistä vähäisin.»

Sam oli käynyt yhä kärsimättömämmäksi ja vihaisemmaksi tästä keskustelusta. Viimeiset sanat olivat hänelle liikaa ja hän pöllähti piirin keskelle ja asteli isäntänsä rinnalle.

»Jos saan sanoa, Frodo-herra», hän sanoi, »niin tätä on jo jatkunut ihan tarpeeksi kauan. Hänellä ei ole mitään oikeutta puhua teille noin. Kaiken sen jälkeen, mitä te olette kestänyt, niin hänen takiaan ja kaikkien näitten arvokkaiden ihmisten takia kuin kenen tahansa muunkin.

Kuulkaas nyt päällikkö!» Hän asettui aivan Faramirin eteen kädet lanteilla ja sellainen ilme naamalla kuin olisi puhutellut nuorta hobittia, joka oli syöttänyt hänelle pajunköyttä oltuaan omenavarkaissa ja jouduttuaan siitä tilille.Ympärillä istuvien miesten piiristä kuului murinaa, mutta heidän kasvoillaan näkyi myös virnistyksiä, sillä tapaus oli ennenkokematon: heidän päällikkönsä kyyröttämässä maassa silmätyksin kiukkua uhoovan, jalat harallaan seisovan nuoren hobitin kanssa. »Kuulkaas nyt!» hän sanoi. »Mihin te pyritte? Mennään asiaan ennen kuin kaikki Mordorin örkit ehtii meidän kimppuun! Jos te luulette että minun isäntäni murhasi tämän Boromirin ja painui sitten käpälämäkeen, teillä ei ole järjen hippua päässä, mutta sopii kakistaa se ulos! Ja sitten voitte kertoa, mitä te meinaatte tehdä. Mutta on se vaan sääli, ettei ne jotka sanoo taistelevansa Vihollista vastaan voi antaa toisten tehdä häiritsemättä omaa osuuttaan. Hän olisi kyllä erinomaisen tyytyväinen jos näkisi teidät nyt. Luulisi tottavie saaneensa uuden ystävän.»

»Kärsivällisyyttä!» Faramir sanoi, mutta vailla vihaa. »Älä puhu ennen isäntääsi, joka on viisaampi kuin sinä. Enkä minä tarvitse ketään kertomaan, missä vaarassa olemme. Siitä huolimatta uhraan lyhyen tuokion tehdäkseni oikeudenmukaisen päätöksen vaikeassa asiassa. Jos olisin yhtä hätäinen kuin sinä, olisin saattanut surmata teidät jo aikaa sitten. Sillä minulla on käsky tappaa kaikki, jotka tapaan tästä maasta ilman Gondorin herran lupaa. Mutta minä en surmaa ihmistä enkä petoa suotta, enkä mielelläni silloinkaan kun on pakko. En myöskään puhu huvikseni. Ole siis rauhassa. Istu isäntäsi vieressä ja ole hiljaa!»

Sam pyllähti maahan punaisena. Faramir kääntyi jälleen Frodon puoleen. »Kysyit, miten tiedän että Denethorin poika on kuollut. Kuolinviesteillä on monet siivet. *Yö voi viedä viestin omaisille*, sanotaan. Boromir oli veljeni.»

Surun varjo käväisi hänen kasvoillaan. »Muistatko mitään erityistä esinettä ruhtinas Boromirin varusteiden joukossa?»

Frodo mietti hetken peläten uutta ansaa ja pohtien, miten tämä sananvaihto päättyisi. Hän oli juuri ja juuri saanut Sormuksen pelastetuksi Boromirin julkeasta otteesta – miten hän selviytyisi näin monien vahvojen ja sotaisten miesten keskellä, hänellä ei ollut aavistustakaan. Mutta sydämessään hän tunsi, että Faramir, vaikka muistuttikin ulkomuodoltaan paljon veljeään, ei pitänyt omaa itseään yhtä tärkeässä arvossa ja oli sekä lujempi että viisaampi. »Muistan että Boromirilla oli torvi», hän viimein sanoi.

»Hyvin muistat, kuten se, joka on todella hänet nähnyt», Faramir sanoi. »Voit siis ehkä sielusi silmin nähdä sen: se oli suuri idän villihärän sarvi, hopealla vyötetty ja täynnä entisaikojen kirjaimia. Huoneemme vanhin poika on sukupolvien ajan kantanut tuota torvea, ja sanotaan, että missä tahansa Gondorin vanhojen rajojen sisäpuolella sitä hädän hetkellä puhallettaisiin, sen kutsu ei jäisi kuulematta.

Viisi päivää ennen lähtöäni tälle sotaretkelle, yksitoista päivää sitten, likimain tähän aikaan päivästä kuulin tuon torven äänen; oli kuin se olisi kuulunut pohjoisesta mutta heikkona, kuin se olisi ollut vain mielessä soiva kaiku. Pahaa me isäni kanssa arvelimme sen tietävän, sillä emme olleet saaneet Boromirista

mitään tietoja sen jälkeen kun hän lähti pois, eikä yksikään rajojemme vartija
ollut nähnyt hänen palaavan. Ja kolmantena yönä sen jälkeen minulle sattui toinen ja vielä merkillisempi tapaus.

Tuona iltana istuin Anduinin vesien rannalla uuden kalvaan kuun alla harmaassa hämärässä ja katselin alati liikkuvaa jokea, ja murheelliset ruo'ot kahisivat. Siten me vartioimme aina rantoja Osgiliathin tienoolla, koska vihollinen
pitää sitä nykyisin osittain hallussaan ja tekee sieltä ryöstöretkiä maahamme.
Mutta tuona yönä keskiyön hetkellä nukkui koko maailma. Silloin näin tai olin
näkevinäni veneen ajelehtivan virrassa, pienen himertävän harmaan, korkeakokkaisen, merkillisen veneen, vailla soutajaa tai peränpitäjää.

Pelko täytti sydämeni, sillä venettä ympäröi kalpea valo. Mutta minä nousin ja
menin rantaan ja astuin Virtaan, sillä jokin veti minua sinne. Sitten vene kääntyi
minua kohti ja pysäytti vauhtinsa ja liukui hitaasti käteni ulottuville, mutta minä
en rohjennut kajota siihen. Se ui syvässä, kuin raskaassa lastissa, ja kun se kulki
katseeni ohi minusta näytti kuin se olisi ollut täynnä kirkasta vettä, josta valo oli
lähtöisin, ja veden syleilyssä nukkui soturi.

Murtunut miekka lepäsi hänen polvillaan. Näin hänessä monia haavoja. Hän
oli Boromir, veljeni, kuolleena. Tunsin hänen varusteensa, hänen miekkansa,
hänen rakkaat kasvonsa. Vain yhtä kaipasin: hänen torveaan. Vain yhtä en tuntenut: kaunista vyötä, kuin kultaisista lehdistä koottua, joka oli hänen vyötäisillään.
Boromir! minä huudahdin. *Missä on torvesi? Minne sinä menet? Oi Boromir!* Mutta
hän oli poissa. Vene kääntyi ja katosi himertäen yöhön. Se oli kuin unta, eikä
kuitenkaan uni, sillä en herännyt sen jälkeen. Ja olen varma, että hän on kuollut
ja kulkenut Virran viemänä Mereen.»

»Voi!» sanoi Frodo. »Se oli todellakin Boromir sellaisena kuin hänet tunsin. Sillä
kultaisen vyön hänelle antoi Lothlórienissa valtiatar Galadriel. Hän vaatetti
meidät näihin kaapuihin, jotka näette, haltiaharmaaseen. Tämä solki on samaa
työtä.» Hän kosketti vihreää ja hopeista lehteä, joka kiinnitti kaavun kaulalta.

Faramir tutki sitä tarkkaan. »Onpa kaunis», hän sanoi. »Ja se on samojen kätten työtä. Silloin olette siis kulkeneet Lórienin maan kautta? Laurelindórenan
oli ennen sen nimi, mutta kauan se on jo ollut ihmistiedon ulkopuolella», hän
lisäsi hiljaa ja katseli Frodoa uusi ihmetys silmissään. »Paljon siitä, mikä sinussa
oudostuttaa, alkaa nyt minulle selvitä. Etkö kertoisi minulle lisää? Sillä katkeraa
on ajatella, että Boromir kuoli, kun hänen oma maansa oli jo näkyvissä.»

»Enempää en voi sanoa kuin jo sanoin», Frodo vastasi. »Vaikka tarinasi täyttää
minut pahoin aavistuksin. Sinä näit näyn, niin uskon, et muuta, kovan kohtalon
varjon menneestä tai tulevasta. Ellei se sitten ole jokin Vihollisen valheellinen
juoni. Olen nähnyt muinaisaikojen uljaiden soturien kasvot Kalmansoiden lampien pinnan alla, missä ne lepäävät unessa, tai näyttävät lepäävän, hänen kauheiden taitojensa ansiosta.»

»Ei, niin ei ollut», Faramir sanoi. »Sillä Hänen tekonsa täyttävät sydämen
inholla; mutta minun sydämeeni virtasi suru ja sääli.»

»Mutta kuinka sellaista olisi voinut tapahtua todellisuudessa?» Frodo kysyi.
»Sillä kukaan ei voisi kantaa venettä Tol Brandirin luota kivisten kukkuloiden
yli; ja Boromir aikoi kotiin Entinojan yli ja Rohanin tasankojen poikki. Ja kuinka
voisi mikään alus selviytyä suurten putousten kuohuista uppoamatta pyörteisiin,
jos se olisi täynnä vettä?»

»En tiedä», Faramir sanoi. »Mutta mistä tuli tuo vene?»

»Lórienista», Frodo sanoi. »Kolmessa tuollaisessa veneessä me meloimme Anduinia alas putouksille saakka. Nekin olivat haltioitten tekoa.»

»Kuljit Salatun maan halki», Faramir sanoi, »mutta näyttää siltä, että ymmärsit tuskin lainkaan sen voimaa. Jos ihmiset joutuvat tekemisiin Taiantekijättären kanssa, joka asuu Kultaisessa metsässä, heidän sopii odottaa outoja asioita. Sillä kuolevaisen on vaarallista kulkea pois tämän auringon piiristä, ja harva muinoin tuli sieltä muuttumatta, niin sanotaan.

Boromir, oi Boromir!» hän valitti. »*Mitä sanoi sinulle valtiatar, joka ei koskaan kuole? Mitä hän näki? Mitä silloin syttyi sydämessäsi? Miksi menit Laurelindórenaniin etkä tullut omaa tietäsi aamulla kotiin Rohanin hevosilla ratsastaen?*»

Sitten hän kääntyi taas Frodoon päin ja puhui vielä kerran hiljaisella äänellä. »Noihin kysymyksiin osaisit kenties sinä, Frodo Drogon poika, jotenkin vastata. Mutta ehkä ei tässä eikä nyt. Mutta jos yhäti pidät tarinaani näkynä, kerron sinulle tämän. Boromirin torvi ainakin palasi todella eikä vain näyssä. Torvi palasi, mutta se oli haljennut kahtia kuin kirveen tai miekan jäljiltä. Palaset ajautuivat rantaan erikseen: toinen löytyi ruokojen seasta sieltä missä Gondorin vartijat valvovat pohjoisessa Entinojan suiston alapuolella, toisen löysi virrasta pyörimästä mies, jolla oli asiaa vesille. Outoja sattumia, mutta murha huutaa julki, sanotaan.

Ja nyt lepää vanhemman pojan torvi kahtena kappaleena Denethorin sylissä ja hän istuu korkealla istuimellaan ja odottaa uutisia. Sinä et siis pysty kertomaan minulle mitään siitä, miten torvi halkesi?»

»En, minä en tiennyt siitä», Frodo sanoi. »Mutta päivä, jolloin kuulit sen soivan, mikäli laskusi pitävät paikkansa, oli se päivä jolloin erosimme, ja minä ja palvelijani jätimme Saattueen. Ja nyt tarinasi täyttää minut kauhulla. Sillä jos Boromir oli silloin vaarassa ja sai surmansa, on syytä pelätä, että muutkin toverini ovat kohdanneet loppunsa. Ja he olivat sukuani ja ystäviäni.

Etkö heittäisi pois epäilyksiäsi ja päästäisi minua menemään? Olen väsynyt, ja surua täynnä, ja peloissani. Mutta minulla on työ, jonka loppuun saattamista minun on yritettävä aina siihen asti kunnes minutkin surmataan. Ja sitä suurempi syy on kiiruhtaa, jos me kaksi puolituista olemme Saattueestamme ainoat jäljelle jääneet.

Mene takaisin Faramir, Gondorin urhoollinen päällikkö, ja puolusta kaupunkiasi niin kauan kuin voit, ja anna minun mennä minne kohtalo minut vie.»

»En saa mitään lohtua keskustelustamme», Faramir sanoi, »mutta sinä kauhistut toki enemmän kuin on syytä. Ellei itse Lórienin väki tullut Boromirin luo, kuka valmisti hänet hautausta varten? Eivät örkit taikka Nimettömän palvelijat. Jotkut Saattueenne jäsenet, luulen, elävät yhä.

Mutta mitä pohjoisella rajalla tapahtuikin, sinua, Frodo, en enää epäile. Jos kovat ajat ovat opettaneet minua ollenkaan arvioimaan ihmisten sanoja ja kasvoja, voin puolituisistakin arvata! Vaikka», ja nyt hän hymyili, »sinussa Frodo on jotakin omituista, haltiamaista kukaties. Mutta enemmän merkitystä on kanssapuheellamme kuin aluksi arvelin. Minun pitäisi nyt viedä sinut Minas Tirithiin vastaamaan Denethorille, ja syystä on henkeni panttina, jos teen nyt päätöksen, joka osoittautuu vahingoksi kaupungilleni. En siis päätä hätiköiden, mitä on tehtävä. Silti meidän on poistuttava täältä viipymättä.»

Hän hypähti pystyyn ja jakeli joitakin käskyjä. Heti hänen ympärilleen kerääntyneet miehet ryhmittyivät pieniin joukkoihin ja menivät kuka minnekin kadoten nopeasti kallioiden ja puiden varjoihin. Pian olivat jäljellä vain Mablung ja Damrod.

»Nyt tulette te Frodo ja Samvais minun ja näiden miesten mukaan», Faramir sanoi. »Ette voi kulkea tietä etelään päin, jos se oli aikeenne. Se on nyt vaarallinen päiväkausia, ja sitä vartioidaan entistä tarkemmin kahakan jälkeen. Ettekä te kaiketi voi tänään kuitenkaan kulkea kauas, sillä te olette uuvuksissa. Ja niin olemme mekin. Menemme nyt salaiseen paikkaan vajaan kymmenen virstan päähän täältä. Eivät örkit eivätkä Vihollisen vakoojat ole vielä löytäneet sitä, ja jos ne löytäisivät, pystyisimme puolustamaan sitä kauan suurtakin joukkoa vastaan. Siellä me voimme panna maata ja levätä jonkin aikaa ja te meidän kanssamme. Aamulla päätän, mitä minun on parasta tehdä, ja mitä teidän.»

Frodo ei voinut tehdä muuta kuin suostua tähän pyyntöön – tai käskyyn. Se näytti joka tapauksessa toistaiseksi viisaalta ratkaisulta, sillä Gondorin miesten hyökkäys oli tehnyt Ithilienissä liikkumisen entistäkin vaarallisemmaksi.

He lähtivät liikkeelle saman tien: Mablung ja Damrod vähän edellä ja Faramir Frodon ja Samin kanssa jäljempänä. He kiersivät sen lammen, jossa hobitit olivat peseytyneet, ylittivät puron, kiipesivät pitkää törmää ylös ja katosivat vihreävarjoisiin metsiin, jotka jatkuivat jatkumistaan viettäen läntä kohti. Kävellessään niin nopeasti kuin hobitit kykenivät he keskustelivat vaimein äänin.

»Katkaisin keskustelumme», Faramir sanoi, »enkä vain siksi, ettei ollut aikaa, mistä mestari Samvais minua muistutti, vaan myös siksi, että me lähestyimme sen laatuisia seikkoja, joista on parempi olla keskustelematta avoimesti monien miesten läsnäollessa. Sen tähden käänsin puheen siihen, mikä koski veljeäni ja jätin sikseen *Isildurin turman*. Et ollut aivan suora minulle, Frodo.»

»En valehdellut, ja totuudesta kerroin kaiken minkä saatoin», Frodo sanoi.

»En moiti sinua», Faramir sanoi. »Puhuit taidolla tukalassa tilanteessa ja viisaasti, niin minusta näytti. Mutta minä käsitin tai arvasin enemmän kuin sanoistasi kävi ilmi. Välisi Boromirin kanssa eivät olleet hyvät, ettekä te eronneet ystävyydessä. Sinulla ja mestari Samvaisillakin lienee jotakin häntä vastaan. Huomatkaa, että minä rakastin häntä syvästi ja ilomielin kostaisin hänen kuolemansa, mutta minä tunsin hänet hyvin. *Isildurin turma* – rohkenen olettaa että *Isildurin turma* oli välillänne ja aiheutti eripuraisuutta Saattueessanne. Selvästikin se on jonkinlainen mahtava perintökalleus, eivätkä senkaltaiset esineet rakenna rauhaa liittolaisten keskuuteen, jos vanhoista taruista on mitään oppimista. Enkö osu maalitauluun?»

»Lähelle», Frodo sanoi, »mutta ette ihan keskelle. Saattueessamme ei ollut eripuraisuutta, vaikka epävarmuutta oli, epävarmuutta siitä minnepäin meidän tulisi lähteä Emyn Muililta. Mutta olkoon miten on, muinaiset tarut kertovat kuinka vaarallista on puhua varomattomasti tuollaisista – perintökalleuksista.»

»Ah, siis on kuten arvelin: jouduit vaikeuksiin yksin Boromirin kanssa. Hän toivoi tämän esineen tuotavaksi Minas Tirithiin. Voi! kiero kohtalo sinetöi sinun huulesi, joka näit hänet viimeisenä, ja estää minua kuulemasta sitä, mitä halajan tietää: mitä liikkui hänen sydämessään ja mielessään hänen viimeisinä hetkinään. Lankesi hän eli ei, tästä olen varma: hän kuoli hyvän kuoleman ja teki jotakin arvokasta. Hänen kasvonsa olivat vielä kauniimmat kuolemassa kuin elossa.

Mutta Frodo, minä painostin sinua aluksi ankarasti *Isildurin turman* takia. Suo se minulle anteeksi! Se oli epäviisasta sillä hetkellä siinä paikassa. En ollut ehtinyt ajatella: olimme olleet kovassa taistelussa ja minulla oli enemmän kuin tarpeeksi huolta. Mutta puhuessani sinun kanssasi aloin lähestyä maalia ja sen tähden rupesin tahallani ampumaan sivuun. Sillä tiedä, että kaupungin hallitsijoitten keskuudessa on säilynyt paljon muinaistaruja, jotka eivät ole levinneet laajemmalle. Huoneeni ei ole Elendilin sukua, vaikka meissä virtaa Númenorin veri. Sillä me laskemme sukumme alkavan Mardilista, hyvästä käskynhaltijasta, joka hallitsi kuninkaan sijasta, kun tämä meni sotaan. Ja tuo kuningas oli Eärnur, Anárionin suvun viimeinen ja lapseton, eikä hän milloinkaan palannut. Ja käskynhaltijat ovat hallinneet kaupunkia siitä päivästä lähtien, vaikka siitä on jo monta miespolvea.

Ja tämän muistan Boromirista, kun hän oli vielä poikanen ja me yhdessä opimme esi-isiemme tarinan ja kaupunkimme historian, että häntä ei koskaan miellyttänyt se, ettei hänen isänsä ollut kuningas. 'Kuinka monta sataa vuotta tarvitaan, että käskynhaltijasta tulee kuningas, jos kuningas ei palaa?' hän kysyi. 'Ehkä hyvinkin vähän aikaa muualla, valtakunnissa joiden kuninkuus on vähäarvoisempi', vastasi isäni. 'Gondorissa ei kymmenentuhatta vuottakaan riittäisi.' Voi! Boromir-raukka. Kertooko tämä sinulle jotakin hänestä?»

»Kertoo», Frodo sanoi. »Silti hän kohteli Aragornia aina kunnioittavasti.»

»Sitä en epäile», Faramir sanoi. »Jos hän hyväksyi Aragornin vaateen, kuten sanoit, hän kunnioitti häntä suuresti. Mutta tiukka paikka oli vielä tulematta. He eivät olleet vielä ehtineet Minas Tirithiin tai joutuneet sen sodissa kilpailijoiksi.

Mutta minä eksyn aiheesta. Me Denethorin huoneessa tunnemme paljon muinaista tarustoa perimätiedon kautta, ja aarrekammioissamme on lisäksi säilynyt paljon: kirjoja ja kauhtuneita pergamentteja, niin, ja kivitauluja ja hopea- ja kultalevyjä, joihin on kaiverrettu erilaisia kirjoitusmerkkejä. Joitakin ei kukaan osaa enää lukea eikä niitä muita moni ota esiin. Minä osaan niitä vähän lukea, sillä olen saanut opetusta. Nämä asiakirjat toivat Harmaan vaeltajan luoksemme. Näin hänet ensi kerran kun olin lapsi, ja hän on käynyt kahdesti tai kolmesti sen jälkeen.»

»Harmaa vaeltaja?» Frodo sanoi. »Oliko hänellä nimeä?»

»Me kutsuimme häntä haltioiden tapaan Mithrandiriksi», Faramir sanoi, »ja hän oli siihen tyytyväinen. *Monet ovat nimeni maailmalla*, hän sanoi. *Mithrandir haltioiden keskuudessa, kääpiöille Tharkûn; Olórin olin nuoruudessani Lännessä, joka on unohdettu, etelässä Incánus, pohjoisessa Gandalf; ja itään en mene.*»

»Gandalf!» Frodo sanoi. »Ajattelinkin, että hän se oli. Gandalf Harmaa, neuvonantajista rakkain. Saattueemme johtaja. Menetimme hänet Moriassa.»

»Mithrandir poissa!» Faramir sanoi. »Kova kohtalo näyttää seuranneen Saattuettanne. Vaikea on uskoa, että joku niin viisas ja niin voimakas – sillä hän teki ihmeellisiä tekoja luonamme – voisi tuhoutua, ja maailma menettää niin paljon tietoa. Oletko tästä varma, ja siitä ettei hän vain jättänyt teitä lähteäkseen omille teilleen?»

»Voi että olenkin!» Frodo sanoi. »Näin miten hän vajosi kuiluun.»

»Tähän liittyy suuri ja kauhea tarina, sen huomaan nyt», Faramir sanoi. »Ja ehkä kerrot sen minulle illan tultua. Arvaan että tämä Mithrandir oli enemmän kuin tarujen tuntija: aikamme suurien tekojen matkaansaattaja. Jos hän olisi ollut luonamme ja olisimme voineet kysyä häneltä neuvoa unen vaikeiden sanojen tulkitsemisessa, olisi hän voinut selvittää ne meille, emmekä olisi tarvinneet lähettiä. Mutta ehkä hän ei olisi sitä tehnytkään, ja Boromirin matka oli kohtalon säätämä.

Mithrandir ei milloinkaan puhunut meille tulevasta, eikä hän paljastanut tarkoi-tusperiään. Hän sai luvan Denethorilta, miten, en tiedä, tutkia aarrekammion salaisuuksia, ja minäkin opin häneltä vähän, milloin hän suostui opettamaan (ja se tapahtui harvoin). Aina hän tutki ja kyseli meiltä etenkin kaikkea mikä koski Suurta taistelua, joka käytiin Dagorladissa, kun Gondor sai alkunsa, ja jossa Hän, jonka nimeä emme mainitse, kukistettiin. Ja Mithrandir oli innokas kuulemaan tarinoita myös Isildurista, vaikka hänestä meillä oli vähemmän kerrottavaa, sillä kansamme ei koskaan saanut tietää mitään varmaa hänen lopustaan.»

Nyt Faramirin ääni hiljeni kuiskaukseksi.»Mutta tämän verran sain tietää tahi arvasin, ja olen pitänyt sitä kätkettynä sydämeeni siitä lähtien: että Isildur otti jotakin Nimettömän kädestä ennen kuin lähti pois Gondorista, eikä häntä kos-kaan enää nähty kuolevaisten joukossa. Tämä luullakseni oli vastaus Mithran-dirin kyselyihin. Mutta silloin se tuntui seikalta, joka kiinnosti vain muinaistiedon etsijöitä. Enkä silloinkaan, kun unemme arvoituksellisista sanoista keskusteltiin, tullut ajatelleeksi, että *Isildurin turma* olisi tuo samainen esine. Sillä Isildur joutui väijytykseen ja örkinnuolet surmasivat hänet, sen ainoan tarun mukaan, jonka me tunsimme, eikä Mithrandir milloinkaan kertonut minulle enempää.

Mikä tämä Esine todellisuudessa on, sitä en kykene vielä arvaamaan, mutta jonkinlainen perintökalleus se on, väkevä ja vaarallinen. Kukaties hirveä ase, jonka Musta ruhtinas on keksinyt. Jos se tuottaisi etua taistelussa, voisin hyvin käsittää, että ylpeä ja peloton Boromir saattaisi halata moista esinettä ja joutua sen pauloihin, olihan hän usein äkkipikainen ja toivoi kiihkeästi Minas Tirithin voittoa (ja itselleen kunniaa siinä). Voi, että hän milloinkaan lähti tuolle matkalle! Minut olisi isäni ja vanhinten pitänyt valita, mutta hän piti kiinni oikeuksistaan, koska oli vanhempi ja kestävämpi (ja olihan hän), eikä häntä voitu pidätellä.

Mutta enää älä pelkää! Minä en tätä esinettä ottaisi, vaikka se makaisi maan-tien laidassa. En vaikka Minas Tirith olisi tuhon partaalla ja minä yksin voisin sen pelastaa tuolla tavoin, käyttäen Mustan ruhtinaan asetta maani eduksi ja omaksi kunniakseni. Ei, sen kaltaisia voittoja minä en halaja, Frodo Drogon poika.»

»Ei haluttu myöskään Neuvonpidossa», Frodo sanoi.»Enkä halua minä. En tahtoisi olla missään tekemisissä senlaatuisten asioiden kanssa.»

»Minä puolestani», Faramir sanoi, »tahtoisin nähdä Valkoisen puun taas kukassa kuninkaitten pihoilla ja Hopeakruunun paluun ja rauhan Minas Tirithissä, Minas Anorin niin kuin se ennen oli, tulvillaan valoa, korkeana ja kauniina, kuin kunin-gatar kuningatarten joukossa, ei monien orjien valtiattarena, ei edes lempeänä valtiattarena auliiden orjien keskellä. Soditettava on niin kauan kuin puolustamme henkeämme tuhoojaa vastaan, joka tahtoo meidät niellä, mutta minä en rakasta välkkyvää miekkaa sen terävyyden tähden, en nuolta sen nopeuden vuoksi, en soturia hänen kunniansa takia. Rakastan vain sitä, mitä ne puolustavat: Núme-norin ihmisten kaupunkeja; ja sitä tahtoisin rakastettavan sen muiston vuoksi, sen iän, sen kauneuden, sen tämänpäiväisen viisauden vuoksi. En soisi sitä pelättä-vän, paitsi niin kuin ihminen pelkää toisen ihmisen arvokkuuden, iän ja viisauden edessä.

Siis minua älä pelkää! En vaadi sinua kertomaan enempää. En pyydä edes sano-maan, osunko nyt lähemmäksi maalia. Mutta jos tahdot luottaa minuun, voin ehkä neuvoa sinua tehtävässäsi, mikä se lieneekin – ja todellakin jopa auttaa sinua.»

Frodo ei vastannut. Hän oli antamaisillaan periksi neuvon ja avun tarpeelle, ker-tomaisillaan tälle vakavalle nuorelle miehelle, jonka sanat tuntuivat niin viisailta ja kauniilta, kaiken mikä hänen mieltään painoi. Mutta jokin pidätteli häntä. Hänen sydämensä oli raskas pelosta ja surusta: jos hän ja Sam olivat todellakin, kuten näytti, ainoat eloon jääneet Yhdeksästä kulkijasta, silloin hän yksin hallitsi heidän tehtävänsä salaisuutta. Parempi ansaitsematon epäluottamus kuin harkitsemattomat sanat. Ja sitten hänen mieleensä palasi kirkkaana Boromirin muisto ja se kauhea muutos, jonka Sormuksen houkutus oli hänessä aiheuttanut. Hän katseli Faramiria ja kuunteli tämän ääntä: he olivat erilaiset ja kuitenkin niin samankaltaiset.

He kävelivät vaiteliaina eteenpäin ja liikkuivat kuin harmaa ja vihreä varjo vanhojen puiden alla, eivätkä heidän jalkansa saaneet aikaan risaustakaan; linnut lauloivat heidän päänsä päällä ja aurinko kimalteli Ithilienin ikivihreiden metsien tumman kiiltävässä lehväkatossa.

Sam ei ollut ottanut osaa heidän keskusteluunsa, vaikka olikin kuunnellut, ja samalla hänen tarkat hobitinkorvansa olivat seuranneet lempeän metsämaan ääniä heidän ympärillään. Yhden seikan hän oli pannut merkille: missään keskustelun vaiheessa ei Klonkun nimi ollut tullut esille. Hän oli siitä iloinen, vaikka hänestä tuntuikin turhalta toivoa, ettei hän enää koskaan kuulisi sitä. Hän tajusi myös pian että vaikka he kulkivat yksin, lähistöllä oli paljon miehiä; heidän edellään varjosta toiseen hiipivien Mablungin ja Damrodin lisäksi siellä oli muitakin heidän kummallakin puolellaan, ja kaikki etenivät nopeasti salaisia teitään johonkin määränpäähän.

Kerran, vilkaistuaan äkkiä taakseen kuin jonkinlainen ihon kutina olisi kertonut hänelle, että häntä katseltiin takaapäin, hän oli näkevinään vilaukselta pienen tumman hahmon, joka puikahti puunrungon taakse. Hän avasi suunsa puhuakseen ja sulki sen. »Minä en ole yhtään varma näkemästäni», hän sanoi itselleen, »miksi minun pitäisi muistuttaa heitä siitä vanhasta konnasta, jos he tahtovat sen unohtaa. Voisinpa minäkin!»

Niin he jatkoivat kunnes metsä alkoi harveta ja maa viettää jyrkemmin alas. Silloin he kääntyivät taas, tällä kertaa oikealle, ja tulivat pian pienelle kapeassa rotkossa virtaavalle joelle: se oli sama puro, joka lirisi pyöreästä altaasta kaukaa ylhäältä, nyt se oli kasvanut vuolaaksi virraksi ja syöksyi kivien yli syvään uurtuneessa uomassa, jonka yllä riippui piikkipaatsamia ja puksipensaita. Länteen katsoessaan he saattoivat nähdä alapuolellaan valousvassa alavia maita ja laajoja niittyjä, ja kaukana laskevan auringon kilossa kimaltelivat leveän Anduinin vedet.

»Tässä minun on ikävä kyllä hylättävä hyvät tavat», Faramir sanoi. »Toivon että suotte anteeksi miehelle, joka on antanut kohteliaisuuden siinä määrin pehmentää käskyjään, että on jättänyt teidät tappamatta tai sitomatta. Mutta määräys on, että yksikään muukalainen, ei edes Rohanista tullut, joka taistelee rinnallamme, ei saa nähdä avoimin silmin polkua, jota me nyt kuljemme. Minun on sidottava silmänne.»

»Kuten tahdotte», Frodo sanoi. »Haltiatkin tekevät niin tarpeen tullen, ja sokkoina me ylitimme kauniin Lothlórienin rajat. Kääpiö Gimli loukkaantui, mutta hobitit sietivät sen.»

»Yhtä kauniiseen paikkaan minä en teitä vie», Faramir sanoi. »Mutta olen iloinen, että suostutte tähän vapaaehtoisesti ettekä väkipakolla.»

Hän huikkasi hiljaa, ja heti astuivat Mablung ja Damrod esiin puiden välistä ja tulivat hänen luokseen. »Sitokaa näiden vieraiden silmät», Faramir sanoi.

»Huolellisesti, mutta ei epämukavasti heille. Älkää sitoko heidän käsiään. He antavat sanansa, etteivät yritä katsoa. Voisin luottaa siihen, että he pitävät itse silmiään kiinni, mutta silmät aukeavat jos jalat kompastuvat. Johdattakaa heitä niin että he eivät horjahda.»

Vartijat sitoivat hobittien silmät vihreillä huiveilla ja vetivät heidän huppunsa melkein suuhun asti, sitten he ottivat nopeasti kumpaakin kädestä ja jatkoivat matkaansa. Koko käsityksensä tästä matkan viimeisestä virstasta Frodo ja Sam saivat arvailemalla pimeydessä. Kohta he havaitsivat olevansa jyrkästi laskeutuvalla polulla; pian se kävi niin kapeaksi, että oli kuljettava jonossa, ja kummallakin puolella oli kivinen seinämä; vartijat ohjasivat heitä takaapäin pidellen käsiä lujasti heidän olkapäillään. Silloin tällöin he tulivat kivikkoihin ja heidät nostettiin vähäksi aikaa ilmaan ja laskettiin sitten taas maahan. Juoksevan veden ääntä kuului kaiken aikaa lähempää ja kovempana oikealta puolelta. Viimein heidät pysäytettiin. Nopeasti Mablung ja Damrod pyöräyttivät heitä ympäri useita kertoja ja he menettivät tykkänään suunnantajun. Nyt kiivettiin vähän ylöspäin; tuntui kylmältä ja joen ääni oli käynyt vaimeaksi. Sitten heidät nostettiin ilmaan ja sitten heitä kannettiin alas, alas lukemattomia portaita ja kulman ympäri. Äkkiä he kuulivat taas veden äänen, nyt se oli voimakas, kohisi ja loiskui. Vettä tuntui olevan joka puolella ja he tunsivat hienoa sadetta käsillään ja poskillaan. Viimein heidät laskettiin taas jaloilleen. Hetken he seisoivat siinä puolipeloissaan, sokkoina, tietämättä missä olivat; eikä kukaan puhunut.

Sitten kuului Faramirin ääni aivan takaa. »Irrottakaa siteet!» hän sanoi. Huivit otettiin pois ja huput sysättiin niskaan ja he räpyttelivät silmiään ja haukkoivat henkeään.

He seisoivat kostealla kiiltävällä kivilattialla, jonka takana avautui kiveen karkeasti hakattu portti. Heidän edessään riippui ohut vesiverho niin lähellä, että Frodo olisi ylettynyt siihen kädellään. Se oli lännen puolella. Laskevan auringon vaakasuorat valokeilat osuivat verhoon, punainen valo rikkoutui lukemattomiksi väreiltään yhtä mittaa vaihtuviksi väikkyviksi säteiksi. Oli kuin olisi katsonut ulos haltiatornin ikkunasta, jonka verhoksi oli naruihin pujotettu leimuavia kulta- ja hopeapalasia, rubiineja, safiireja ja ametisteja.

»Ainakin onni toi meidät juuri oikealla hetkellä – saitte palkinnon kärsivällisyydestänne», Faramir sanoi. »Tämä on Iltaruskon ikkuna, Henneth Annûn, kaunein kaikista Ithilienin vesiputouksista, ja Ithilien on suihkuavien vesien maa. Harva muukalainen on Iltaruskon ikkunaa milloinkaan nähnyt. Mutta sen takana ei ole kuninkaansalia, joka olisi sen veroinen. Astukaa sisään niin näette!»

Hänen puhuessaan aurinko laski ja tuli sammui virtaavasta vedestä. He kääntyivät ja kulkivat matalan uhkaavan oviaukon läpi. He tulivat kivikammioon, suureen ja karkeasti hakattuun, jossa oli epätasainen vino katto. Muutamia soihtuja oli sytytetty ja ne heittivät hämärää valoa kiiltäviltä seiniltä. Kammiossa oli jo paljon miehiä. Heitä tuli yhä lisää kaksittain ja kolmittain kammion sivulta tummasta kapeasta oviaukosta. Kun hobittien silmät tottuivat pimeään, he näkivät, että luola oli suurempi kuin he olivat kuvitelleet ja siellä oli suuri varasto aseita ja muonaa.

»Kas, tässä turvapaikkamme», Faramir sanoi. »Se ei ole suurenmoisen mukava, mutta yön te voitte viettää täällä rauhassa. Ainakin täällä on kuivaa, ja ruokaa on tarjolla, vaikka tulta ei olekaan. Aikoinaan vesi virtasi tämän luolan läpi ja kaariovesta ulos, mutta entisaikojen työmiehet muuttivat yläjuoksulla sen kulun ja ohjasivat sen syöksymään putouksena alas kallioiden yli, kaksi kertaa korkeammalta kuin ennen; sitten kaikki luolaan johtavat tiet yhtä lukuun ottamatta tukittiin, ettei vesi eikä mikään muukaan pääsisi sisään. Nykyään on ulos vain kaksi tietä: toista myöten te tulitte sokkoina, ja toinen vie Ikkunaverhon läpi syvään altaaseen, joka on täynnä veitsenteräviä kiviä. Levätkää nyt hetki, kunnes ilta-ateria valmistuu.»

Hobitit vietiin luolannurkkaan ja heille osoitettiin matala vuode, johon paneutua jos mieli teki. Sillä aikaa miehet puuhasivat luolan eri puolilla ääneti, järjestelmällisesti ja nopeasti. Seiniltä nostettiin kevyet pöydät ja asetettiin irtojaloille ja katettiin. Ruokailuvälineet olivat enimmäkseen yksinkertaisia ja koruttomia, mutta kaikki oli hyvää ja kaunista: lasitetusta ruskeasta savesta tehtyjä tai puksipuusta sorvattuja pyöreitä lautasia, maljoja ja vateja, sileitä ja puhtaita. Siellä täällä näkyi kiiltävä pronssivati tai kuppi; puhtaasta hopeasta tehty pikari pantiin päällikön istuimen eteen sisimmän pöydän keskikohdalle.

Faramir kulki miestensä keskuudessa ja puhui hiljaisella äänellä kunkin kanssa tämän tullessa sisään. Jotkut tulivat suoraan eteläisten takaa-ajosta; tien lähelle tarkkailijoiksi jätetyt tulivat viimeisinä. Kaikista eteläisistä oli tehty selvää suurta mûmakia lukuun ottamatta; kukaan ei osannut sanoa, mitä sille oli tapahtunut. Vihollisen liikkeitä ei ollut havaittu; lähistöllä ei hiiviskellyt ainuttakaan örkkivakoojaa.

»Etkö kuullut etkä nähnyt mitään, Anborn?» Faramir kysyi eräältä vastatulleelta.

»Tuota, en, päällikkö», mies sanoi. »En ainakaan örkkejä. Mutta näin, tai kuvittelin näkeväni jotakin hiukan oudonlaista. Hämärä oli jo tihenemässä ja silloin näyttää kaikki suuremmalta kuin onkaan. Ehkä se ei ollut oravaa kummempi.» Sam höristi korviaan tämän kuullessaan. »Mutta jos oli, se oli musta orava, enkä nähnyt sillä häntää. Se oli kuin varjo maassa ja vilahti puunrungon taakse, kun lähestyin sitä, ja pinkaisi ylös yhtä vikkelästi kuin orava. Te ette toivo meidän surmaavan villejä eläimiä suotta, eikä se näyttänyt muuta olevan, en siis yrittänyt ampua sitä jousellani. Oli joka tapauksessa liian pimeää, että olisi varmasti osunut, ja otus oli kadonnut lehvistön pimentoon yhdessä vilauksessa. Mutta minä odotin paikallani hetkisen, sillä se näytti niin oudolta, ja sitten kiiruhdin takaisin. Olin kuulevinani että se sihisi minulle ylhäältäpäin kun käännyin. Saattoi olla iso orava. Kukaties Nimettömän varjon suojassa Synkmetsän petoja hiipii tänne meidän lehtoihimme. Kerrotaan että siellä on mustia oravia.»

»Voi olla», Faramir sanoi. »Mutta se olisi paha enne, jos se olisi totta. Me emme tahdo Synkmetsän karkulaisia Ithilieniin.» Sam kuvitteli hänen vilkaisevan puhuessaan nopeasti hobitteihin päin, mutta Sam ei sanonut mitään. Jonkin aikaa hän ja Frodo makasivat katsellen soihtujen valoa ja edestakaisin liikkuvia miehiä, jotka puhuivat vaimein äänin. Sitten äkkiä Frodo nukahti.

Sam taisteli itsensä kanssa ja todisteli suuntaan ja toiseen. »Hän saattaa olla kunnon mies», Sam ajatteli, »mutta toisaalta saattaa olla ihan muutakin. Mesi kielellä, piru mielessä.» Hän haukotteli. »Voisin nukkua viikon ja se tekisi tottavie hyvää. Ja mitä minä voisin tehdä, vaikka pysyttelisin valveillakin, yksin kaikkien näitten suurten ihmisten keskellä? Et mitään, Sam Gamgi, mutta hereillä sinun on pysyttävä yhtä kaikki.» Ja jotenkin se onnistui. Valo himmeni luolan ovella ja putoavan veden harmaa verho kävi hämäräksi ja häipyi tihentyvään pimeyteen. Veden ääni kohisi taukoamatta, se ei vaihtanut säveltään aamulla, illalla eikä yöllä. Se mumisi ja kuiski unisia sointuja. Sam painoi rystysillä silmiään.

Uusia soihtuja sytytettiin. Viinitynnyrin tappi irrotettiin. Varastotynnyreitä avattiin. Jotkut hakivat vettä putouksesta. Muutamat pesivät käsiään vadeissa. Faramirille tuotiin suuri kupariastia ja valkoinen vaate, ja hän peseytyi.

»Herättäkää vieraamme», hän sanoi, »ja viekää heille vettä. On aika aterioida.»

Frodo nousi istumaan, haukotteli ja kiskotteli. Sam, joka ei ollut tottunut siihen että häntä palveltiin, katsoi hämmentyneenä isoa miestä, joka kumarsi pidellen vesivatia hänen edessään.

»Pankaa se maahan, herra, jos sopii!» hän sanoi. »Niin on helpompi sekä teille että minulle.» Sitten miesten hämmästykseksi ja huviksi hän painoi päänsä kylmään veteen ja läiskytti niskaan ja korville vettä.

»Onko teidän maassanne tapana pestä pää ennen illallista?» sanoi mies joka palveli hobitteja.

»Ei, vaan ennen aamiaista», Sam sanoi. »Mutta jos on univelassa, kylmää vettä niskaan on kuin sadetta nahistuneelle salaatille. No niin! Nyt pysyn hereillä sen aikaa että saan jotakin syödyksi.»

Heidät ohjattiin Faramirin viereen ja he saivat istua taljoilla peitetyillä tynnyreillä, jotka olivat heitä varten korkeammalla kuin miesten penkit. Ennen kuin aloittivat syömisen, Faramir ja kaikki hänen miehensä kääntyivät kohti länttä ja olivat hetken hiljaa. Faramir teki merkin Frodolle ja Samille, että heidän tulisi tehdä samoin.

»Näin teemme aina», hän sanoi kun he istuutuivat, »katsomme kohti ollutta Númenoria ja ohi olevan Haltiakodon ja sitä mikä Haltiakodon takana on ja on aina oleva. Eikö teillä ole sellaista ruokailutapaa?»

»Ei ole», Frodo sanoi tuntien itsensä oudon kömpelöksi ja oppimattomaksi. »Mutta jos olemme vieraisilla, kumarramme isännälle ja syötyämme nousemme häntä kiittämään.»

»Niin mekin teemme», Faramir sanoi.

Pitkän matkan ja leirielämän jälkeen, yksinäisten erämaapäivien jälkeen iltaateria oli hobiteille juhla: he joivat vaaleankeltaista viiniä, viileää ja tuoksuvaa, ja söivät leipää ja voita ja suolattua lihaa ja kuivattuja hedelmiä ja hyvää punaista juustoa; puhtain käsin, puhtailla veitsillä ja puhtailta lautasilta. Frodo sen paremmin kuin Samkaan ei kieltäytynyt mistään, mitä heille tarjottiin, ei toisella eikä edes kolmannella kerralla. Viini sousi heidän suonissaan ja väsyneissä jäsenissään, ja he tunsivat itsensä iloisiksi ja huolettomiksi tavalla, jota he eivät olleet kokeneet sen jälkeen kun lähtivät Lórienin maasta.

Kun he olivat syöneet, Faramir vei heidät verhojen osittain eristämään syvennykseen luolan takaosassa, ja sinne tuotiin tuoli ja kaksi jakkaraa. Seinäkomerossa paloi pieni savilamppu.

»Pian tahtonette nukkua», hän sanoi, »etenkin kelpo Samvais, joka ei ummistanut silmiään ennen ateriaa – en tiedä pelkäsikö hän, että taittaisi kärjen mahtavalta nälältään vai pelkäsikö hän minua. Mutta ei ole hyvä nukkua liian pian aterian jälkeen, varsinkaan kun on ensin paastonnut. Puhelkaamme hetki. Matkaltanne Rivendellistä on varmasti paljon kerrottavaa. Ja tekin kukaties tahtoisitte kuulla jotakin meistä ja seudusta, jolla nyt olette. Kertokaa minulle Boromirista, veljestäni, ja vanhasta Mithrandirista, ja Lothlórienin kauniista asukkaista.»

Frodo ei tuntenut itseään enää väsyneeksi ja oli halukas keskustelemaan. Mutta vaikka ruoka ja juoma olivat rauhoittaneet häntä, hän ei ollut kadottanut kaikkea varovaisuuttaan. Samin naama loisti ja hän hyrisi itsekseen, mutta kun Frodo puhui, hän tyytyi aluksi kuuntelemaan ja uskaltautui vain silloin tällöin huudahtamaan hyväksyvästi.

Frodo kertoi paljon tarinoita, mutta aina hän ohjasi puheen pois Saattueen tehtävästä ja Sormuksesta, suurenteli uljaan Boromirin osuutta heidän seikkailuissaan erämaan susien ja Caradhrasin lumien keskellä ja Moriassa, jossa Gandalf sortui. Faramiriin vaikutti voimakkaimmin kertomus sillalla käydystä taistelusta.

»Boromiria varmasti suututti juosta noin örkkejä pakoon», hän sanoi, »ja pakoon jopa sitä hirvittävää olentoakin josta puhuit, balrogia – vaikka hän olikin viimeinen joka pakeni.»

»Viimeinen hän oli», Frodo sanoi, »mutta Aragornin oli pakko johtaa meitä. Hän yksin tunsi tien, kun Gandalf oli poissa. Mutta jollei mukana olisi ollut meitä vähäisempiä huolehdittavana, tuskin kumpikaan, hän tai Boromir, olisi paennut.»

»Olisi ehkä ollut parempi, jos Boromir olisi kaatunut siellä Mithrandirin myötä», Faramir sanoi, »eikä olisi suistunut kohtaloon, joka häntä odotti Raurosin putouksilla.»

»Ehkä. Mutta kerro nyt minulle omista kohtaloistasi», Frodo sanoi ja sivuutti taas asian. »Sillä tahtoisin saada tietää enemmän Minas Ithilistä ja Osgiliathista ja ikikestävästä Minas Tirithistä. Paljonko on kaupungillanne toivoa pitkässä sodassanne?»

»Paljonko toivoa?» Faramir sanoi. »Siitä on kauan kun toivoa enää oli. Elendilin miekka, jos se todellakin palaa, voi jälleen sytyttää toivon, mutta tuskin se voi muuta kuin lykätä tuomion päivää, ellei myös muuta odottamatonta apua tule haltioilta tahi ihmisiltä. Sillä vihollinen kasvaa ja me vähenemme. Me olemme katoava kansa ja keväätön syksy.

Númenorin ihmiset asuttivat laajalti Suurten maiden rannat ja merelliset seudut, mutta suurin osa heistä lankesi paheisiin ja haihatuksiin. Monet ihastuivat suuresti Pimeyteen ja taikuuteen, jotkut antautuivat kokonaan joutilaisuuteen ja mukavuuteen, ja jotkut taistelivat keskenään kunnes villi-ihmiset kukistivat heidät heidän heikkoutensa tähden.

Ei ole väitetty, että pahuuden taitoja olisi milloinkaan harjoitettu Gondorissa tai että Nimetön olisi milloinkaan mainittu siellä kunnioittaen; ja lännestä tuotu viisaus ja kauneus säilyivät kauan Elendil Kauniin poikien valtakunnassa ja asuvat vieläkin siellä. Ja kuitenkin tuotti Gondor itse oman rappionsa, vajosi vähitellen höperyyteen ja kuvitteli Vihollisen nukkuvan, vaikka se oli vain karkotettu, ei tuhottu.

Kuolema oli alati läsnä, sillä yhä númenorilaiset janosivat loppumatonta ja muuttumatonta elämää, kuten he olivat tehneet omassa kuningaskunnassaan ja siten menettäneet sen. Kuninkaat rakensivat hautakammioita, upeampia kuin olivat elävien asunnot, ja tutkivat sukukirjojensa vanhoja nimiä, ja ne olivat heille rakkaammat kuin heidän omien poikiensa nimet. Lapsettomat ruhtinaat istuivat vanhoissa saleissa pohtien heraldiikkaa, salaisissa kammioissa sekoittivat kuihtuneet miehet väkeviä eliksiirejä tai kyselivät tähdiltä vastauksia korkeissa kylmissä torneissa. Eikä Anárionin suvun viimeisellä kuninkaalla ollut perijää. Mutta käskynhaltijat olivat viisaampia ja onnekkaampia. Viisaampia, sillä he vahvistivat kansamme sotajoukkoja rannikon vankalla kansalla ja Ered Nimraisin sitkeillä vuoristolaisilla. Ja he tekivät aselevon pohjoisen ylpeitten kansojen kanssa, jotka usein olivat käyneet kimppuumme; nämä ovat julmanrohkeita miehiä, mutta kaukaista sukua meille, toisin kuin villit itäläiset tai julmat *haradrim*.

Niin tapahtui Cirionin, kahdennentoista käskynhaltijan aikaan (ja isäni on kuudeskolmatta), että he ratsastivat meidän avuksemme ja Celebrantin suurella kentällä he tuhosivat vihollisemme, jotka olivat valloittaneet pohjoiset maakuntamme. Nämä ovat *rohirrim*, jonka nimen me annoimme heille, hevosten herrat. Ja me lahjoitimme heille Calenardhonin laitumet, joita sen jälkeen on kutsuttu Rohaniksi, sillä tuo maakunta oli kauan ollut harvaan asuttu. Ja heistä tuli meidän liittolaisiamme, ja he ovat aina olleet meille uskollisia, auttaneet tarpeen tullen ja suojanneet pohjoisia rajojamme ja Rohanin aukkoa.

Tarustostamme ja tavoistamme he ovat omaksuneet sen, mikä miellytti heitä, ja heidän ruhtinaansa puhuvat tarpeen tullen meidän kieltämme, mutta enimmäkseen he pitävät kiinni omien isiensä tavoista ja omista muistoistaan, ja keskenään he käyttävät omaa pohjoista puheenparttaan. Ja me rakastamme heitä: kookkaita miehiä ja kauniita naisia, kummatkin yhtä urhoollisia, kultatukkaisia, kirkassilmäisiä ja voimakkaita; he muistuttavat meitä ihmiskunnan nuoruudesta, siitä millaisia ihmiset olivat esiaikoina. Taruntuntijamme sanovatkin, että tämä tuttuus välillämme on vanhaa perua, että he polveutuvat samoista ihmisten kolmesta huoneesta kuin númenorilaiset alkuaan, eivät ehkä Hador Kultatukasta, haltiamielestä, mutta kukaties niistä hänen kansansa jäsenistä, jotka eivät menneet Meren yli länteen vaan torjuivat kutsun.

Sillä näin me luokittelemme ihmiset tarustomme mukaisesti ja kutsumme heitä suurihmisiksi tai lännen ihmisiksi, joita númenorilaiset olivat; ja keskiihmisiksi, hämäränihmisiksi, ja näitä ovat *rohirrim* ja heidän heimolaisensa, joita asuu yhä kaukana pohjoisessa; ja villi-ihmisiksi, pimeänihmisiksi.

Nyt on niin, että jos *rohirrim* ovat jotenkin käyneet enemmän meidän kaltaisiksemme, muuttuneet taidoissa ja tiedoissa, niin olemme myös me käyneet enemmän heidän tapaisikseen ja saatamme tuskin enää vaatia itsellemme suurihmisten nimeä. Meistä on tullut keski-ihmisiä, hämärän väkeä, mutta meillä on muisto entisestä. Sillä niin kuin *rohirrim* me rakastamme nyt sotaa ja uljuutta sellaisenaan, urheiluna ja päämääränä; ja vaikka me yhä katsomme, että soturin tulee hallita muitakin tietoja ja taitoja kuin aseitten käyttö ja tappamisen tavat, me arvostamme sotilaan kuitenkin muiden ammattikuntien yläpuolelle. Niin vaatii meidän aikamme. Sellainen oli veljenikin, Boromir: urhoollinen mies, ja sen vuoksi Gondorin parhaana pidetty. Ja uljas hän todella olikin: yksikään Minas Tirithin perijä ei ole moniin pitkiin vuosiin ollut niin sitkeä työssä, niin tuima taistelussa, eikä kukaan ole puhaltanut Suuresta torvesta niin mahtavaa säveltä.» Faramir huokasi ja vaikeni hetkeksi.

»Ette kerro paljon mitään haltioista tarinoissanne, herra», sanoi Sam yhtäkkiä rohkaistuen. Hän oli huomannut. että Faramir tuntui puhuvan haltioista kunnioittavasti, ja tämä vielä enemmän kuin miehen kohteliaisuus tai ruoka ja viini oli voittanut Samin arvonannon ja vaimentanut hänen epäilyksensä.

»En todellakaan, mestari Samvais», Faramir sanoi, »sillä en tunne haltiatietoa. Mutta tässä sinä sivusit toista seikkaa, jossa me olemme muuttuneet, alenneet Númenorista Keski-Maahan. Jos Mithrandir oli matkatoverinne ja olette puhuneet Elrondin kanssa, silloin tiedätte ehkä, että *edain*, númenorilaisten isät, taistelivat haltioiden kanssa ensimmäisissä sodissa ja saivat palkinnoksi valtakunnan Meren keskellä, Haltiakodon näköpiirissä. Mutta pimeyden aikana Keski-Maassa vieraantuivat ihmiset ja haltiat toisistaan Vihollisen töiden ja ajan hitaiden muutosten tähden, jotka kuljettivat kunkin heimon omaa tietään eroon toisistaan. Ihmiset pelkäävät nyt haltioita eivätkä luota heihin, vaikka eivät tiedä heistä paljonkaan. Ja me Gondorissa muutumme samanlaisiksi kuin muut ihmiset, kuin Rohanin ihmiset, sillä nekin, jotka ovat Mustan ruhtinaan vihollisia, karttavat haltioita ja puhuvat Kultaisesta metsästä kauhulla.

Jotkut meistä ovat silti vielä tekemisissä haltioiden kanssa milloin voivat, ja aina toisinaan lähtee joku salaa Lórieniin, mutta harvoin kukaan palaa. Sitä en minä ole tehnyt. Sillä vaarallista on nykyisin kuolevaisen ehdoin tahdoin etsiä ensikansaa. Mutta minä kadehdin teitä, jotka olette puhuneet Valkean valtiattaren kanssa.»

»Lórienin valtiatar! Galadriel!» Sam huudahti. »Teidän pitäisi nähdä hänet, kyllä teidän pitäisi, herra. Minä en ole muuta kuin hobitti, ja puutarhurin hommia teen tuolla kotopuolessa, sano, enkä ole mikään haka runoilussa – runonteossa, paitsi mitä nyt joskus syntyy joku huvittava viisu, kyllä te tiedätte, mutta ei mitään oikeaa runoa – niin että minä en osaa kertoa teille mitä tarkoitan. Se pitäisi laulaa. Teidän pitäisi tavata Konkari, meinaan Aragorn, tai vanha Bilboherra, heiltä se kävisi. Mutta voi että osaisin tehdä laulun valtiattaresta! Hän on sitten kaunis! Ihana! Välillä niin kuin suuri kukkiva puu, välillä niin kuin valkoinen narsissi, samalla lailla pieni ja hento. Kova kuin timantti, pehmeä kuin kuunvalo. Lämmin kuin auringonpaiste, kylmä kuin tähtiyön pakkanen. Ylpeä ja kaukainen kuin lumivuori, ja yhtä iloinen kuin kuka tahansa tyttönen, jonka näkee kulkevan tuhatkaunoja hiuksissaan kevätaikaan. Mutta tämä nyt on ihan hölynpölyä eikä osu ollenkaan oikeaan.»

»Silloin hän lienee todella ihana», Faramir sanoi. »Sille kauneudelle voi olla vaarallista altistua.»

»Onko se nyt ihan noinkaan», Sam sanoi. »Minusta näyttää, että kulkija vie Lórieniin omat alttiutensa mukanaan ja kohtaa ne siellä siksi, kun on sen sinne tuonutkin. Mutta on hän ehkä itsekin vaarallinen, kun hänessä on niin suuri voima. Häneen voi paiskautua sirpaleiksi, niin kuin laiva kariin, tai hukkua niin kuin hobitti jokeen. Mutta silloin ei voi syyttää karia eikä jokea. Niin kuin nyt Boro–» hän vaikeni ja lehahti punaiseksi kasvoiltaan.

»Niin kuin nyt *Boromir* sinun piti sanoa, vai mitä?» Faramir sanoi. »Mitä sinun piti sanoa? Että hän toi alttiuden mukanaan?»

»Niin juuri, anteeksi vaan, ja hieno mies kerrassaan se teidän veljenne oli, jos saan sanoa. Mutta teidän arvaukset eivät ole menneet kovin vikaan. Minä tarkkailin Boromiria ja kuuntelin hänen puheitaan Rivendellistä lähtien koko matkan – huolehdin isännästäni nääs, kyllä te sen käsitätte, en minä tarkoittanut mitään pahaa Boromirille ja minä olen sitä mieltä, että Lórienissa hän tajusi ensimmäisen kerran sen, minkä minä olin arvannut jo aikaisemmin: mitä hän halusi. Siitä hetkestä kun hän sen näki, hän halusi itselleen Vihollisen Sormuksen!»

»Sam!» huudahti Frodo kauhuissaan. Hän oli vajonnut hetkeksi syvälle omiin ajatuksiinsa ja palasi niistä äkkiä ja liian myöhään.

»Siunatkoon!» Sam sanoi, kalpeni ensin ja karahti sitten tummanpunaiseksi. »Sam taas vauhdissa! *Kun vaan avaat ison suusi niin heti sieltä hyppää sammakko,* sanoi Ukko aina minulle ja syystä. Oi voi, oi oi!»

»Kuulkaa nyt, herra!» Hän kääntyi ja katsoi Faramiriin niin tiukasti kuin pystyi. »Älkää te käyttäkö isäntääni vastaan sitä, että hänen palvelijansa on pölkkypää. Olette puhunut kaiken aikaa hyvin kauniisti, saanut minut varomattomaksi puhumalla haltioista ja sillä lailla. *Mutta hyvä hyvin tekee,* sanotaan meilläpäin. Nyt teillä on tilaisuus osoittaa mikä te olette.»

»Siltä näyttää», Faramir sanoi verkkaisesti ja hiljaa, oudosti hymyillen. »Siinä siis vastaus kaikkiin arvoituksiin! Sormusten sormus, jonka luultiin kadonneen maailmasta. Ja Boromir yritti ottaa sen väkivalloin, niinkö? Ja sinä pääsit pakoon. Ja te juoksitte pitkän matkan – suoraan minun syliini! Ja täällä erämaan keskellä te olette käsissäni: kaksi puolituista, ja minun sotajoukkoni valmiina toimimaan käskystäni, ja Sormusten sormus. Mikä onnenpotku! Mikä tilaisuus Faramirille, Gondorin päällikölle, osoittaa mikä hän on! Haa!» Hän nousi seisomaan kookkaana ja ankarana ja hänen harmaat silmänsä kiiluivat.

Frodo ja Sam ponkaisivat pystyyn tuoleiltaan ja asettuivat rinta rinnan selkä seinää vasten ja hamuilivat miekankahvaa. Tuli hiljaisuus. Luolassa olevat miehet lakkasivat puhelemasta ja katsoivat heitä ihmeissään. Mutta Faramir istuutui takaisin tuoliinsa ja alkoi nauraa hiljaista naurua ja kävi sitten äkkiä taas vakavaksi.

»Voi Boromiria! Koetus oli liian kova!» hän sanoi. »Miten te olettekaan lisänneet suruani, te kaksi outoa kulkijaa kaukaisesta maasta, jotka kannatte mukananne ihmisten turmion tuottajaa! Mutta vähemmän silmää on teillä ihmisten suhteen kuin minulla puolituisten. Me olemme totuudenpuhujia, me Gondorin miehet. Harvoin me kerskumme, ja silloin teemme sen, mitä tuli luvattua, tai tuhoudumme yrityksessämme. *Vaikka se makaisi maantien laidassa, en sitä ottaisi,* minä sanoin. Jos olisinkin mies, joka himoitsee sellaista esinettä, ja vaikka en puhuessani tarkoin tiennyt, mikä tämä esine oli, tulisi minun silti pitää noita sanoja lupauksena ja se sitoisi minua.

Mutta sellainen mies en ole. Tai olen kyllin viisas tietääkseni, että on vaaroja, joita miehen tulee paeta. Istukaa rauhassa! Ja Samvais, älä sinä huoli. Jos tuntuu, että olet tehnyt erehdyksen, ajattele että kohtalo määräsi niin. Sydämesi on uskollinen ja viisaskin, ja näki paremmin kuin silmäsi. Sillä vaikka se ehkä tuntuu oudolta, ei ollut vaarallista paljastaa salaisuutta minulle. Lipsahduksesi saattaa jopa auttaa isäntääsi, jota niin rakastat. Se kääntyy hänen hyväkseen, jos minä voin asiaa auttaa. Ole siis rauhassa. Mutta älä enää milloinkaan ääneen mainitse tätä esinettä. Kerta riittää.»

Hobitit palasivat paikoilleen ja istuivat hyvin hiljaa. Miehet palasivat juomiensa ja juttujensa pariin tajuttuaan, että heidän päällikkönsä oli pilaillut jotenkin pienten vieraiden kanssa ja että se oli ohi.

»No niin, Frodo, nyt me viimein ymmärrämme toisiamme», Faramir sanoi. »Jos otit tämän esineen kuljettaaksesi vastoin tahtoasi, toisten pyynnöstä, silloin saat säälini ja kunnioitukseni. Ja minä ihmettelen sinua: pidät sitä piilossa etkä käytä. Te olette minulle uusi kansa ja uusi maailma. Ovatko kaikki heimolaisenne samaa maata? Valtakuntanne on varmasti rauhan ja tyytyväisyyden tyyssija ja siellä ovat puutarhurit varmasti suuressa arvossa.»

»Kaikki ei ole siellä hyvin», Frodo sanoi, »mutta puutarhureita kyllä arvostetaan.»

»Mutta sielläkin varmasti tunnetaan väsymys, puutarhoissakin, ja uuvutaan niin kuin kaikkialla auringon alla. Ja te olette kaukana kotoa ja matkan rasittamia. Riittää tältä illalta. Nukkukaa kumpainenkin – rauhassa, jos voitte. Älkää pelätkö! En tahdo nähdä sitä, en siihen koske, en tietää siitä enempää kuin tiedän (mikä riittää), etten joudu vaaraan ja osoittaudu kokeessa Frodoa Drogon poikaa huonommaksi. Menkää nyt lepäämään – mutta ensin kertokaa minulle, jos voitte, minne aiotte mennä ja mitä tehdä. Sillä minun täytyy vartioida, ja odottaa, ja ajatella. Aika kuluu. Aamulla on meidän kunkin lähdettävä niille teille, jotka meille on määrätty.»

Frodo oli vapissut pelon aiheuttaman ensijärkytyksen laantuessa. Nyt hänen päälleen laskeutui suuri uupumus kuin pilvi. Hän ei enää kyennyt salaamaan aikeitaan eikä panemaan vastaan.

»Aikomukseni oli löytää tie Mordoriin», hän sanoi heikosti. »Olin menossa Gorgorothiin. Minun pitää löytää Tulinen vuori ja heittää tuo esine Tuomion nieluun. Gandalf sanoi niin. En taida koskaan päästä sinne.»

Faramir katsoi häntä hetken vakavan hämmästyksen vallassa. Sitten hän tarttui Frodoon, joka oli alkanut horjua, nosti hänet hellästi syliinsä, kantoi vuoteelle ja laski sille ja peitteli lämpimästi. Frodo vaipui heti syvään uneen.

Vierelle sijattiin toinen vuode hänen palvelijaansa varten. Sam epäröi hetken ja kumarsi sitten hyvin syvään:»Hyvää yötä, herra päällikkö», hän sanoi. »Käytitte tilaisuutta hyväksenne.»

»Niinkö», Faramir sanoi.

»Sen teitte, ja osoititte mikä olette: mies parasta lajia.»

Faramir hymyili. »Olet suulas palvelija, mestari Samvais. Mutta ei: ylistettävän ylistys on paras palkinto. Kuitenkaan ei tässä ollut mitään ylistettävää. Minulla ei ollut mitään houkutusta eikä tarvetta tehdä toisin kuin tein.»

»Tuota, herra», Sam sanoi, »te sanoitte että isännässäni on jotakin haltiamaista; ja se oli totta ja oikein. Mutta minä voin sanoa tämän: teissäkin on jotakin, herra, jotakin joka muistuttaa minua – niin, siis Gandalfista, velhoista.»

»Kukaties», Faramir sanoi. »Ehkä erotat kaukaisen Númenorin hengen. Hyvää yötä!»

6

KIELLETTY LAMPI

FRODO HERÄSI JA huomasi, että Faramir oli kumartunut hänen ylitseen.
Hetkeksi vanha pelko sai hänet valtaansa ja hän nousi istumaan ja kavahti
kauemmaksi.

»Ei ole mitään syytä pelkoon», Faramir sanoi.

»Onko jo aamu?» Frodo sanoi ja haukotteli.

»Ei vielä, mutta yö lähenee loppuaan ja täysikuu laskee pian. Tuletko kanssani
katsomaan kuuta? On myös asia, jossa haluan kysyä neuvoasi. Olen pahoillani
kun herätän sinut unestasi, mutta tuletko?»

»Tulen», sanoi Frodo, nousi ja värisi vähän heitettyään syrjään lämpimät huo-
vat ja turkikset. Luolassa ei ollut tulta ja se tuntui kylmältä. Hiljaisuudessa kuu-
lui veden pauhu voimakkaana. Hän kietoi kaavun ylleen ja seurasi Faramiria.

Jokin vaistomainen valppaus herätti äkkiä Samin; ensimmäiseksi hän näki
isäntänsä tyhjän vuoteen ja poukkasi pystyyn. Sitten hän huomasi kaksi tummaa
hahmoa, Frodon ja ihmisen ääriviivat, oviaukon haalean valkoista valoa vasten.
Hän kiiruhti näiden perään, ohi miesten, joita nukkui patjoilla seinän vierellä.
Luolan suun sivuuttaessaan hän näki, että Verho oli nyt kuin häikäisevä huntu,
kuin silkkiä, helmiä ja hopealankaa, kuutamon sulavia jääpuikkoja. Mutta hän
ei pysähtynyt ihailemaan sitä vaan kääntyi ja seurasi isäntäänsä luolan seinässä
olevasta kapeasta oviaukosta.

Ensin he kävelivät mustaa käytävää myöten, sitten ylös märkiä portaita, ja
tulivat pienelle laakealle kallioon hakatulle tasanteelle, jota pitkän kuilun kautta
valaisi yläinen kalpea taivas. Kahdet portaat johtivat ylös tältä tasanteelta: toiset
näyttivät jatkuvan joen korkealle äyräälle, toiset kääntyivät vasemmalle. Näitä he
seurasivat. Ne kiersivät ylöspäin kuin torniportaat.

Viimein he astuivat ulos kivisestä pimeydestä ja katselivat ympärilleen. He
seisoivat laajalla laakealla kalliolla, jossa ei ollut kaidetta eikä rintavarustusta.
Heidän oikealla puolellaan, idässä, virtasi koski pärskyen tasanteelta toiselle,
syöksyi sitten jyrkkään uomaan ja täytti sileäksi kuluneen kuilun vaahtotäp-
läisen veden synkällä voimalla, ja viimein, lainehtien ja ryöpyten miltei heidän

jalkojensa juuressa, se sukelsi kohtisuoraan alas yli partaan, joka ammotti heidän vasemmalla puolellaan. Siellä seisoi putouksen äyräällä mies, hiljaa, syvyyteen tuijottaen. Frodo kääntyi katsomaan, miten veden sileä niska taittui ja virta syöksyi alas. Sitten hän nosti silmänsä ja katsoi kaukaisuuteen. Maailma oli hiljainen ja kylmä, kuin sarastuksen edellä. Täysikuu näkyi kaukana lännessä laskemaisillaan, pyöreänä ja valkoisena. Alhaalla avarassa laaksossa hohti vaaleaa usvaa: leveä hopeanhohtoinen huuruvyö, jonka alla vyöryivät Anduinin viileät öiset vedet. Sen takana häämötti musta pimeys, ja siellä pilkahtelivat kylminä, terävinä, kaukaisina, valkeina kuin haamujen hampaat Ered Nimraisin huiput, Gondorin valtakunnan Valkoisten vuorien ikilumiset harjanteet.

Frodo seisoi tuolla korkealla kalliolla ja väristys kävi hänen lävitseen, kun hän ajatteli, kulkivatko tai nukkuivatko hänen vanhat toverinsa jossakin tuolla mittaamattomassa yössä, vai lepäsivätkö he kuolleina sumun käärinliinoissa. Miksi hänet oli tuotu tänne unohdusta suovan unen sylistä?

Sam oli utelias samasta syystä eikä voinut pidättäytyä mutisemasta vain isäntänsä korvaan, kuten hän luuli: »Upea maisema, ei siinä mitään, Frodo-herra, mutta sydäntä se kylmää, luista puhumattakaan! Mitä täällä tapahtuu?»

Faramir kuuli ja vastasi. »Kuu laskee Gondorin yllä. Ihana Ithil pyyhkii katseellaan vanhan Mindolluinin valkeita hiuksia Keski-Maasta lähteissään. Sen takia voi vähän hytistäkin. Mutta sitä minä en ole tuonut teitä katsomaan – vaikka sinua, Samvais ei tuotu, ja sinä kärsitkin vain rangaistusta valppaudestasi. Tilkka viiniä parantaa olon. Tulkaa, katsokaapa!»

Hän nousi ylemmäksi hiljaisen vartiomiehen luo tummalle jyrkänteelle ja Frodo tuli hänen perässään. Sam pysytteli kauempana. Olo oli ihan tarpeeksi turvaton korkealla märällä tasanteella. Faramir ja Frodo katsoivat alas. He näkivät, miten siellä syvällä alhaalla valkoiset vedet syöksyivät vaahtoavaan altaaseen, kieppuivat sitten tummassa soikeassa kiveen kovertuneessa altaassa, kunnes löysivät tien ulos kapeasta aukosta ja virtasivat höyryten ja solisten pois rauhallisemmille ja tasaisemmille taipaleille. Kuun valo osui yhä viistosti putouksen alaosaan ja kiilsi altaan pinnan väreissä. Äkkiä Frodo tajusi, että lähirannalla oli jokin pieni ja tumma hahmo, mutta kun hän katsoi sitä, se sukelsi ja katosi aivan putouksen kiehunnan ja kuohunnan taakse halkoen tummaa vettä tasaisesti kuin nuoli tai syrjittäin heitetty kivi.

Faramir kääntyi vieressään seisovan miehen puoleen. »Miksi sinä sitä sanoisit, Anborn? Oravaksiko, vai kuningaskalastajaksi? Onko Synkmetsän öisissä lammissa mustia kuningaskalastajia?»

»Lintu se ei ole, mikä sitten lieneekin», Anborn vastasi. »Sillä on neljä raajaa ja se sukeltaa ihmisen tapaan; ja se näyttääkin olevan melkoinen mestari siinä taidossa. Mitä se aikoo? Etsiikö se tietä Verhon taakse piilopaikkaamme? Näyttää siltä kuin meidät olisi viimein löydetty. Minulla on jouseni, ja olen sijoittanut kumpaisellekin rannalle muita jousimiehiä, melkein yhtä hyviä tarkka-ampujia kuin minä. Odotamme vain teidän ampumiskäskyänne, päällikkö.»

»Ammummeko?» Faramir sanoi kääntyen äkkiä Frodoon päin.

Hetkeen Frodo ei vastannut. Sitten hän sanoi: »Ei! Ei! Älkää!» Jos Sam olisi uskaltanut, hän olisi sanonut »Ampukaa», nopeammin ja kovemmalla äänellä. Hän ei nähnyt, mutta pystyi kyllä arvaamaan heidän sanoistaan, mitä he katselivat.

»Sinä siis tiedät, mikä tämä olento on?» Faramir sanoi. »Nyt kun olet nähnyt sen, kerrohan minulle miksi se tulisi säästää. Keskusteluissamme et ole puhunut kertaakaan tassuttavasta seuralaisestasi, ja minä annoin otuksen olla toistaiseksi. Se saattoi odottaa, kunnes saataisiin kiinni ja tuotaisiin eteeni. Lähetin tarkka-silmäisimmät metsämieheni sitä pyytämään, mutta se pääsi livahtamaan eivätkä he nähneet sitä ennen kuin nyt, paitsi tämä Anborn, joka näki sen eilen ilta-hämärässä. Mutta nyt se on rikkonut raskaammin kuin pyydystämällä ylämailla, se on julennut tulla Henneth Annûniin ja siitä se saa maksaa hengellään. Minä ihmettelen, että noin salavihkainen ja ovela otus tulee pulikoimaan lampeen aivan ikkunamme alle. Kuvitteleeko se miesten nukkuvan vartioitta kaiken yötä? Miksi se tekee niin?»

»Siihen on luullakseni kaksi vastausta», Frodo sanoi. »Ensinnäkään se ei tiedä paljon ihmisistä, ja vaikka se on ovela, piilopaikkanne on niin hyvin kätketty, että se ei kukaties tiedä täällä piileskelevän ihmisiä. Toisekseen luulen, että sen on houkuttanut tänne ylivoimainen halu, joka ylittää kaiken varovaisuuden.»

»Sanotko että jokin houkuttelee sitä tänne?» Faramir sanoi hiljaa. »Voiko se siis, tietääkö se siis taakastasi?»

»Totisesti tietää. Se kantoi sitä itse monta vuotta.»

»*Tuo?*» Faramir sanoi ja hengähti hämmästyksestä. »Aina uusiin arvoituksiin kietoutuu tämä tapaus. Se siis ajaa sitä takaa?»

»Ehkä. Se on sille aarre. Mutta siitä en puhunut.»

»Mitä tuo otus sitten etsii?»

»Kalaa», sanoi Frodo. »Katso!»

He katsoivat alas tummaan lampeen. Pieni musta pää ilmaantui altaan etäiseen päähän juuri ja juuri kallion varjon eteen. Hopea välähti ja pieniä väreitä levisi veteen. Olento ui reunaa kohti, ja hämmästyttävän ketterästi kiipesi sammak-komainen hahmo vedestä rannalle. Se istuutui saman tien ja alkoi kalvaa pientä hopeanhohtoista saalistaan, jonka kylki välähti kun kuun viime säteet katosivat lammen päässä kohoavan kivisen muurin taakse.

Faramir nauroi hiljaa. »Kalaa!» hän sanoi. »Tämä nälkä on vaarattomampaa. Tai kenties ei: kala Henneth Annûnin lammesta voi maksaa sille kaiken, mitä sillä on.»

»Se on minulla nyt tähtäyksessä», Anborn sanoi. »Ammunko, päällikkö? Lakimme määrää kuoleman sille, joka tulee kutsumatta tälle lammelle.»

»Malta, Anborn», Faramir sanoi. »Tämä on vaikeampi asia kuin miltä näyttää. Mitä sinulla on nyt sanottavana, Frodo? Miksi säästäisimme sen?»

»Otus on kurja ja nälkäinen», Frodo sanoi, »eikä tiedä vaarasta. Ja Gandalf, jota kutsutte nimellä Mithrandir, olisi pyytänyt, että ette surmaisi sitä, ette tuosta syystä, ettekä muistakaan. Hän kielsi haltioita tappamasta sitä. En varmasti tiedä miksi, enkä voi tässä avoimesti puhua arveluistani. Mutta tämä olento liittyy jotenkin minun tehtävääni. Ennen kuin te löysitte ja otitte meidät huostaanne, se oli oppaamme.»

»Oppaanne!» Faramir sanoi. »Yhä oudommaksi asia käy. Paljon tekisin puo-lestasi Frodo, mutta tätä en voi taata: antaa tämän kavalan kulkijan lähteä täältä omasta vapaasta tahdostaan – liittyäkseen teihin jos se sitä miellyttää, tai jou-tuakseen örkkien vangiksi ja kertoakseen kaiken tietonsa kidutuksen uhan alla. Se on surmattava tai vangittava. Surmattava, ellei sitä vangita mitä pikimmin.

Mutta voiko tämän monihahmoisen liukkaan olennon pyytää muuten kuin sulitetulla nuolella?»

»Anna minä menen hiljaa sen luo», Frodo sanoi. »Voitte pitää jousenne jännitettyinä ja ampua sitten ainakin minut jos epäonnistun. En karkaa.»

»Mene sitten, ja pidä kiirettä», Faramir sanoi. »Jos se selviää elossa, pitäisi sen hyvästä syystä palvella sinua uskollisesti onnettomien päiviensä loppuun saakka. Opasta Frodo alas rannalle, Anborn, ja liiku hiljaa. Tuolla olennolla on nenä ja korvat. Anna minulle jousesi.»

Anborn murahti ja laskeutui edellä ensin kiertoportaita tasanteelle, sitten ylös toisia portaita, kunnes he viimein tulivat tiheiden pensaiden peittämälle kapealle aukolle. Frodo sujahti ääneti sen läpi ja havaitsi olevansa eteläisellä törmällä lammikon yläpuolella. Nyt oli pimeää, ja putous oli haalea ja harmaa, se heijasti vain viipyvän kuun kajoa läntiseltä taivaalta. Hän ei nähnyt Klonkkua. Hän käveli eteenpäin vähän matkaa ja Anborn tuli hiljaa hänen perässään.

»Menkää», hän henkäisi Frodon korvaan. »Varokaa oikeaa puolta. Jos putoatte lammikkoon, ei kukaan muu kuin kalasteleva ystävänne voi teitä auttaa. Älkääkä unohtako, että lähistöllä on jousimiehiä, vaikka ette ehkä näe heitä.»

Frodo hiipi eteenpäin käyttäen käsiään aivan kuin Klonkku tietä tunnustellakseen ja pitääkseen itsensä tasapainossa. Kivet olivat enimmäkseen tasaisia ja sileitä mutta liukkaita. Hän pysähtyi ja kuunteli. Ensin hän ei kuullut muuta ääntä kuin putouksen loputtoman kohinan takaansa. Sitten hän kuuli edestä, melko läheltä, sihisevää sopotusta.

»Fisuja, fisussia. Valkoinen naama on poissa, aarre, poissa vihdoin viimein. Nyt me saadaan syödä fisuja rauhassa. Ei, ei rauhassa, aarre. Ssillä Aarre on poissa, poissa. Ilkeät hobitit, inhottavat hobitit. Meni ja jätti meidät, *klunk*; ja Aarre on poissa. Vain Sméagol-rukka aivan yksin. Ei Aarretta. Ilkeät ihmismiehet ne ottaa sen, varastaa minun Aarteen. Varkaat. Me vihataan niitä. Fisuja, hyviä fisuja. Ne vahvistaa meitä. Silmät kirkkaaksi, sormet tiukaksi, sen tekee. Me kuristetaan ne, aarre. Kuristetaan ne kaikki, se tehdään jos päästään kiinni. Fisuja, ahh. Hyviä fissusssia!»

Niin se jatkoi ja jatkoi loputtomasti melkein kuin vesiputous, ja sen keskeytti vain heikko kurlutuksen ja kuolaamisen ääni. Frodo värisi ja kuunteli säälin ja inhon vallassa. Hän toivoi, että mutina loppuisi ja ettei hänen enää koskaan tarvitsisi kuulla tuota ääntä. Anborn oli hänen takanaan melko lähellä. Hän voisi hiipiä takaisin ja pyytää jousimiehiä ampumaan. He pääsisivät luultavasti tarpeeksi lähelle, kun Klonkku ahmi kalaansa eikä ollut varuillaan. Vain yksi paikalleen osunut nuoli, ja Frodo pääsisi eroon tuosta kurjasta äänestä ainiaaksi. Mutta ei, Klonkulla oli nyt tiettyjä oikeuksia. Palvelijalla on tietyt oikeudet isäntäänsä nähden, vaikka palvelisikin pelosta. He olisivat uponneet Kalmansoihin ilman Klonkkua. Frodo tajusi myös hyvin selvästi, että Gandalf ei olisi toivonut Klonkun kuolemaa.

»Sméagol!» hän sanoi hiljaa.

»Fisuja, fisssuja», sanoi ääni.

»Sméagol!» hän sanoi vähän kovempaa. Ääni lakkasi kuulumasta.

»Sméagol, isäntä on tullut sinua etsimään. Isäntä on tässä. Tule, Sméagol!» Vastausta ei kuulunut, vain pehmeää sihinää, kuin sisäänhengitystä.

»Tule Sméagol!» Frodo sanoi. »Olemme vaarassa. Ihmiset tappavat sinut, jos löytävät sinut täältä. Tule nopeasti, jos tahdot välttää kuoleman. Tule isännän luo!»

»Ei!» sanoi ääni. »Isäntä ei kiltti. Jättää Sméagolin, menee uusien ystävien kanssa. Isäntä voi odottaa. Sméagol ei ole syönyt loppuun.»

»Ei ole aikaa», Frodo sanoi. »Ota kala mukaasi. Tule!»

»Ei! Pitää syödä loppuun.»

»Sméagol!» sanoi Frodo epätoivoisesti. »Aarre on vihainen. Minä otan Aarteen ja sanon: pane Klonkku nielemään ruodot että se tukehtuu. Klonkku ei koskaan enää maista kalaa. Tule, Aarre odottaa!»

Kuului terävä sihaus. Sitten Klonkku ryömi pimeydestä nelinkontin, kuin tottelematon koira, jota käsketään seuraamaan. Sillä oli puoliksi syöty kala suussa ja toinen kädessä. Se tuli aivan Frodon lähelle ja seisoi siinä melkein nenä nenää vasten ja haisteli häntä. Sen haileat silmät hehkuivat. Sitten se otti kalan suustaan ja nousi seisomaan.

»Kiltti isäntä!» se kuiskasi. »Kiltti hobitti, tuli takaisin kurjan Sméagolin luo. Hyvä Sméagol tulee. Nyt lähdetään, pian, pian lähdetään, pian. Metsän läpi kun Naama ja Kasvo on pimeinä. Tule, lähdetään!»

»Totta, me lähdemme pian», Frodo sanoi. »Mutta ei heti. Minä lähden sinun kanssasi niin kuin lupasin. Lupaan uudestaan. Mutta ei nyt. Et ole vielä turvassa. Minä pelastan sinut, mutta sinun pitää luottaa minuun.»

»Meidän pitää vai luottaa isäntään?» sanoi Klonkku epäilevästi. »Miksi? Miksi ei heti mennä? Missä on toinen, vihainen ilkeä hobitti? Missä se on?»

»Tuolla ylhäällä», Frodo sanoi ja osoitti vesiputousta. »Minä en lähde ilman häntä. Meidän pitää mennä takaisin hänen luokseen.» Häntä hirvitti. Tämä muistutti liikaa juonta. Hän ei tosissaan pelännyt, että Faramir antaisi tappaa Klonkun, mutta luultavasti hän vangitsisi sen ja sitoisi sen, ja varmasti se, mitä Frodo teki, tuntuisi kurjasta petollisesta otuksesta petokselta. Olisi varmaan mahdotonta saada sitä milloinkaan ymmärtämään tai uskomaan, että Frodo oli pelastanut sen hengen ainoalla mahdollisella tavalla. Mitä muuta hän voisi tehdä säilyttääkseen niin hyvin kuin mahdollista molempien puolien luottamuksen. »Tule!» hän sanoi. »Tai Aarre on vihainen. Me menemme nyt takaisin, ylävirtaan. Mene mene, saat kulkea edellä!»

Klonkku ryömi eteenpäin lähellä vesirajaa vähän matkaa, tuhisten ja epäluuloisena. Sitten se pysähtyi ja nosti päätään. »Siellä on jotaskin!» se sanoi. »Ei hobitti.» Äkkiä se kääntyi. Sen pullistuneissa silmissä välkähteli vihreä valo. »Isäntä, isssäntä!» se sihisi. »Paha! Petoss! Valhe!» Se sylki ja levitti pitkät käsivartensa ja valkoiset naksuvat sormensa.

Sillä hetkellä kohottautui Anbornin mahtava musta hahmo sen takaa ja iski siihen kiinni. Suuri vahva käsi otti sitä niskasta ja puristi. Klonkku kääntyi ympäri salamana; se oli märkä ja niljainen ja kiemurteli kuin ankerias, puri ja raapi kuin kissa. Mutta varjoista tuli esiin kaksi muuta miestä.

»Paikalla!» sanoi yksi. »Tai me pistelemme sinut siiliksi, piikkejä täyteen. Paikalla!»

Klonkku heittäytyi veltoksi ja alkoi uikuttaa ja itkeskellä. He sitoivat sen, eivätkä turhan hellästi.

»Varovasti, varovasti!» Frodo sanoi. »Ei sillä ole teidän veroisianne voimia. Älkää satuttako sitä, jos voitte sen välttää. Se on hiljaisempi, jos ette satuta. Sméagol! He eivät tee sinulle pahaa. Minä tulen kanssasi eikä sinulle tapahdu mitään pahaa. Elleivät he tapa minuakin. Luota isäntään!»

Klonkku kääntyi ja sylki häntä kohti. Miehet nostivat sen maasta, panivat hupun sen silmille ja kantoivat pois.

Frodo seurasi heitä ja tunsi itsensä hyvin kurjaksi. He menivät pensaiden takana olevasta aukosta sisään ja portaita ja käytäviä myöten takaisin luolaan. Kaksi kolme soihtua oli sytytetty. Miehet olivat liikkeellä. Sam oli siellä ja hän katsoi kummasti miesten kantamaa hervotonta möykkyä. »Saitte siis sen, Frodoherra?» hän sanoi.

»Sain. Tai ei, en minä. Ikäväkseni minun täytyy sanoa, että se tuli minun luokseni koska se ensin luotti minuun. En olisi halunnut, että se sidotaan näin. Kyllä kai se pärjää, mutta koko juttu on inhottava.»

»Niin minustakin», Sam sanoi. »Eikä mikään ole ikinä kohdallaan siellä, missä tuo kovan onnen otus on.»

Eräs mies tuli ja viittasi hobiteille ja vei heidät syvennykseen luolan perälle. Faramir istui siellä tuolissaan ja lamppu oli sytytetty seinäkomeroon hänen yläpuolelleen. »Tuokaa vieraille viiniä», hän sanoi. »Ja tuokaa vanki eteeni.»

Viini tuotiin ja sitten tuli Anborn kantaen Klonkkua. Hän poisti peitteen Klonkun päästä ja asetti sen jaloilleen ja jäi seisomaan sen taakse tukien sitä. Klonkku räpytteli ja kätki silmiensä ilkeyden raskaitten vaaleiden luomien alle. Se näytti kerta kaikkiaan kurjalta, siitä tippui vettä ja huokui kylmää, ja se haisi kalalta (se puristi yhä yhtä kalaa kädessään); sen harvat suortuvat roikkuivat kuin veltto rikkaruoho luisevilla silmäkulmilla, ja sen nenä vuoti.

»Päästäkää meidät irti! Päästäkää irti!» se sanoi. »Naru satuttaa meitä, niin satuttaa, eikä me ole tehty mitään.»

»Eikö mitään?» Faramir sanoi ja loi kurjaan otukseen tutkivan katseen, mutta hänen kasvojensa ilme ei paljastanut vihaa, ei sääliä, ei ihmetystä. »Etkö mitään? Etkö milloinkaan ole tehnyt mitään mistä ansaitsisit tulla sidotuksi tai pahempaakin? Sitä minun ei kuitenkaan onneksi tarvitse ratkaista. Mutta tänä yönä olet tullut paikkaan, johon tulo on kuolemaksi. Tämän lammen kalat ovat kalliisti ostetut.»

Klonkku pudotti kalan kädestään. »Me ei tahdota kalaa», se sanoi.

»Hintaa ei peritä kalasta», Faramir sanoi. »Jo se, että tulee tänne ja katsoo lampeen, tuo kuolemantuomion. Olen tähän saakka säästänyt sinut tämän Frodon rukousten tähden, joka sanoo että ainakin häneltä sinä olet ansainnut kiitosta. Mutta sinun on myös vastattava minulle. Mikä on nimesi? Mistä tulet? Ja minne menet? Mikä on asiasi?»

»Me on eksytty, eksytty», Klonkku sanoi. »Ei nimeä, ei asiaa, ei Aarretta, ei mitään. Tyhjää vaan. Vain nälkä, meillä on nälkä. Pari pientä fisua, surkeaa ruotoista pikku fisua kurjalle, ja sitten sanotaan että kuolema. Viisaita ollaan; ja oikeudenmukaisia, reiluja niin, kyllä kai.»

»Emme erityisen viisaita», Faramir sanoi, »mutta kenties oikeudenmukaisia, sen mukaan kuin vähäinen viisautemme meitä ohjaa. Päästä se irti, Frodo!» Faramir otti pienen kynsiveitsen vyöstään ja ojensi sen Frodolle. Klonkku ymmärsi eleen väärin, vingahti ja heittäytyi maahan.

»No, Sméagol!» Frodo sanoi. »Sinun täytyy luottaa minuun. Minä en hylkää sinua. Vastaa totuudenmukaisesti, jos osaat. Se on sinulle hyväksi, ei pahaksi.» Hän katkaisi nyörit Klonkun ranteista ja nilkoista ja nosti sen pystyyn.

»Tule tänne!» Faramir sanoi. »Katso minuun! Tiedätkö tämän paikan nimeä? Oletko ollut täällä ennen?»

Hitaasti Klonkku kohotti katseensa ja katsoi vastahakoisesti Faramiriin. Kaikki valo katosi sen silmistä ja ne tuijottivat hetken valjuina ja kalpeina Gondorin miehen vakaisiin kirkkaisiin silmiin. Vallitsi hiljaisuus. Sitten Klonkku painoi päänsä ja kutistui kokoon, kunnes se kyyhötti lopulta täristen lattialla. »Me ei tiedetä eikä tahdota tietää», se vikisi. »Ei ole käyty ennen, ei tulla enää koskaan.» »Sinussa on lukittuja ovia ja suljettuja ikkunoita ja niiden takana pimeitä huoneita», Faramir sanoi. »Mutta tässä katson sinun puhuvan totta. Hyvä on. Minkä valan vannot, että että et palaa milloinkaan etkä koskaan ohjaa yhtäkään elävää olentoa tänne sanoin tai merkein?»

»Isäntä tietää», Klonkku sanoi ja vilkaisi syrjäsilmällä Frodoa. »Niin on, hän tietää. Me luvataan isännälle, jos hän pelastaa meidät. Me luvataan Sille, niin luvataan.» Se ryömi Frodon jalkoihin. »Pelasta meidät, kiltti isäntä», se uikutti. »Sméagol lupaa Aarteelle, lupaa varmasti. Ei tule koskaan, ei puhu, ei mitään ei koskaan! Ei, aarre, ei!»

»Oletko tyytyväinen?» Faramir kysyi.

»Olen», Frodo sanoi. »Joka tapauksessa sinun täytyy hyväksyä tämä lupaus tai panna lakinne täytäntöön. Enempää et saa. Mutta minä lupasin sille, että jos se tulee luokseni, sille ei tapahtuisi pahaa. En tahtoisi osoittautua petolliseksi.»

Faramir istui hetken ajatuksiin vaipuneena. »Hyvä on», hän viimein sanoi. »Luovutan sinut isännällesi, Frodolle Drogon pojalle. Ilmoittakoon hän mitä aikoo sinun suhteesi!»

»Mutta herra Faramir», Frodo sanoi ja kumarsi, »et ole vielä ilmaissut omaa tahtoasi koskien sanottua Frodoa, ja ennen kuin se on annettu tiedoksi, hänen ei ole mahdollista laatia suunnitelmia omasta tai matkatoveriensa puolesta. Päätöksesi lykättiin aamuun, mutta aamu on nyt käsillä.»

»Sitten julistan tuomioni», Faramir sanoi. »Mitä sinuun tulee, Frodo, sillä oikeudella mikä minulla korkeamman vallan alaisena on, minä julistan sinut vapaaksi liikkumaan Gondorissa sen äärimmäisiä muinaisaikaisia rajoja myöten, mutta sillä ehdolla, että sinulla tahi kenelläkään, joka kulkee kanssasi, ei ole lupaa tulla tähän paikkaan kutsumatta. Tämä päätös pitää vuoden ja päivän ja kumoutuu sen jälkeen, ellet sitä ennen tule Minas Tirithiin ja ilmoita itseäsi Kaupungin valtiaalle ja käskynhaltijalle. Silloin minä pyydän häntä vahvistamaan päätökseni ja pidentämään sen elinikäiseksi. Siihen asti on se, kenet sinä otat suojelukseesi, myös minun suojeluksessani ja Gondorin varjeluksessa. Oletko saanut vastauksen?»

Frodo kumarsi syvään. »Olen saanut vastauksen», hän sanoi, »ja antaudun sinun palvelukseesi, jos se on noin korkeasta ja kunnianarvoisasta miehestä minkään arvoista.»

»Minä arvostan sitä suuresti», Faramir sanoi. »Ja otatko sinä nyt tämän olennon, tämän Sméagolin suojelukseesi?»

»Minä otan Sméagolin suojelukseeni», Frodo sanoi. Sam huokasi kuuluvasti, eikä suinkaan kohteliaille muodoille, jotka hän kuten kuka tahansa hobitti hyväksyi täydellisesti. Itse asiassa Konnussa vastaava toimitus olisi edellyttänyt paljon enemmän sanoja ja kumarruksia.

»Sitten minä sanon sinulle», Faramir sanoi kääntyen Klonkun puoleen, »että sinä olet kuolemantuomion alainen, mutta niin kauan kuin kuljet Frodon kanssa, olet meidän puolestamme turvassa. Mutta jos milloinkaan joku Gondorin mies löytää sinut harhailemasta ilman Frodoa, tuomio pannaan täytäntöön. Ja tavoittakoon kuolema sinut nopeasti, Gondorissa taikka sen ulkopuolella, jos et palvele häntä hyvin. Vastaa nyt minulle: mihin on matkasi? Olit hänen oppaansa, sanoo hän. Mihin sinä häntä johdatit?» Klonkku ei vastannut.

»Tätä en salli pitää salassa», Faramir sanoi. »Vastaa, tai pyörrän päätökseni!» Vieläkään Klonkku ei vastannut.

»Minä vastaan hänen puolestaan», Frodo sanoi. »Hän toi minut Mustalle portille kuten pyysin, mutta se oli lävitsekäymätön.»

»Nimettömään maahan ei johda avonaista porttia», Faramir sanoi.

»Tämän huomatessamme me käännyimme sivuun ja tulimme Eteläntietä», Frodo jatkoi, »sillä Sméagol sanoi, että lähellä Minas Ithiliä on tai saattaa olla polku.»

»Siis Minas Morgulia», Faramir sanoi.

»Minulla ei ole tarkkaa käsitystä», Frodo sanoi, »mutta polku kai nousee vuorille sen laakson pohjoislaitaa, jossa muinainen kaupunki sijaitsee. Se vie korkeaan halkeamaan ja sitten alas – sinne mitä sen takana on.»

»Tiedätkö korkean solan nimeä?» Faramir sanoi.

»En», Frodo sanoi.

»Sitä kutsutaan nimellä Cirith Ungol.» Klonkku sihahti ja alkoi mutista omiaan. »Eikö tämä ole sen nimi?» Faramir kysyi ja kääntyi siihen päin.

»Ei!» Klonkku sanoi ja sitten se uikutti kuin sitä olisi pistetty. »Kuultiin, kyllä kerta kuultiin se nimi. Mutta mitäs nimi meille on? Isäntä sanoo, että täytyy päästä sisään. Pitää silloin yrittää jotain kautta. Ei ole toista tietä mistä yrittää, ei ole.»

»Eikö ole toista tietä?» Faramir sanoi. »Miten sinä sen tiedät? Ja kuka on tutkinut kaikki tuon pimeän maan ääret?» Hän katsoi Klonkkua pitkään ja mietteliäänä. Sitten hän taas puhui. »Anborn, vie pois tämä olento. Kohtele sitä lempeästi, mutta tarkkaile sitä. Äläkä sinä, Sméagol, yritä sukeltaa putoukseen. Kallioilla on sellaiset hampaat, että ne surmaavat sinut ennen aikaasi. Jätä meidät nyt ja vie kalasi!»

Anborn meni ulos ja Klonkku kulki kyyryssä hänen edellään. Syvennyksen eteen vedettiin verho.

»Frodo, minusta sinä teet tässä hyvin epäviisaasti», Faramir sanoi. »Sinun ei pitäisi kulkea tämän olennon kanssa. Se on paha.»

»Ei, ei kokonaan paha», Frodo sanoi.

»Ei ehkä läpikotaisin», Faramir sanoi, »mutta pahuus kalvaa sitä kuin syöpä ja paha kasvaa. Se ei johda sinua mihinkään hyvään. Jos tahdot erota siitä, annan sille turvakirjan ja oppaan mihin tahansa Gondorin rajan kohtaan, minne se vain haluaa.»

»Se ei ottaisi tarjousta vastaan», Frodo sanoi. »Se seuraisi minun kannoillani niin kuin se on tehnyt jo kauan. Ja minä olen monasti luvannut ottaa sen suojelukseeni ja mennä minne se vie. Et kai pyydä minua pettämään sen luottamusta?»

»En», Faramir sanoi. »Mutta sydämeni pyytäisi. Sillä ei tunnu yhtä pahalta neuvoa toista rikkomaan kunniasananansa kuin rikkoa omansa, etenkin kun näkee ystävän tietämättään toimivan omaksi vahingokseen. Mutta ei – jos se tahtoo tulla kanssasi, sinun on siedettävä sitä nyt. Mutta minusta sinun ei ole pakko mennä Cirith Ungoliin, josta se on kertonut sinulle vähemmän kuin tietää. Sen verran käsitin selvästi sen tuumista. Älä mene Cirith Ungoliin!»

»Mihin sitten menen?» Frodo sanoi. »Takaisin Mustalle portille antautuakseni sen vartijoille? Mitä sellaista sinä tiedät tästä paikasta, joka tekee sen nimen noin kammotuksi?»

»En mitään varmaa», Faramir sanoi. »Me gondorilaiset emme näinä aikoina koskaan mene Tien itäpuolelle, eikä kukaan meistä nuoremmista ole sillä puolen käynyt eikä kukaan meistä ole myöskään astunut jalallaan Varjovuorille. Niistä me tunnemme vain vanhoja kuvauksia ja menneiden päivien kuulopuheita. Mutta jokin musta hirmu asuu Minas Morgulin yläpuolisissa solissa. Milloin Cirith Ungol mainitaan, vanhukset ja taruntietäjät kalpenevat ja vaikenevat.

Minas Morgulin laakso joutui pahan valtaan hyvin kauan sitten, ja siellä asui uhka ja kauhu, silloinkin kun karkotettu Vihollinen oli vielä kaukana, ja Ithilien oli vielä suurelta osalta meidän hallussamme. Kuten tiedät, oli tuo kaupunki ennen vahva varustus, ylpeä ja kaunis: Minas Ithil, oman kaupunkimme kaksoissisar. Sen saivat haltuunsa julmat miehet, jotka Vihollinen ensi voimassaan oli alistanut ja jotka vaelsivat hänen kukistumisensa jälkeen koditta ja valtiaatta. Sanotaan, että heidän ruhtinaansa olivat mustaan pahuuteen vajonneita Númenorin miehiä; Vihollinen oli antanut heille mahtisormukset ja kuluttanut heidät tyhjiin ja heistä oli tullut eläviä haamuja, pelottavia ja pahoja. Hänen mentyään he valtasivat Minas Ithilin ja asuivat siellä ja turmelivat sen ja koko ympäröivän laakson: se näytti tyhjältä eikä kuitenkaan ollut tyhjä, sillä muodoton pelko asui raunioituneiden muurien sisäpuolella. Ruhtinaita oli yhdeksän, ja kun heidän Herransa oli palannut – ja tätä paluuta he olivat avustaneet ja valmistelleet salassa – he voimistuivat jälleen. Sitten hyökkäsivät ne Yhdeksän ratsastajaa ulos kauhujen porteista, emmekä me pystyneet niitä vastustamaan. Älä lähesty heidän torniaan. Sinut havaitaan. Se on ikuisesti valvovan pahuuden tyyssija, täynnä tähyäviä silmiä. Älä mene sitä tietä!»

»Mutta mihin muualle sinä ohjaisit minut?» Frodo sanoi. »Sanoit jo, että et voi itse opastaa minua vuorille etkä niiden yli. Mutta yli vuorten minun on mentävä, sillä annoin Neuvonpidossa juhlallisen lupauksen, että löytäisin tien tai tuhoutuisin sitä etsiessäni. Ja jos käännyn takaisin ja kieltäydyn kulkemasta tietä sen katkeraan loppuun asti, minne voin silloin mennä ihmisten ja haltioiden joukossa? Toivoisitko minua tulevaksi Gondoriin mukanani tämä esine – esine, joka sai veljesi Boromirin järjiltään himosta? Mitä noituutta se saisi aikaan Minas Tirithissä? Onko oleva kaksi Minas Morgulin kaupunkia, jotka irvistävät toisilleen yli kuolleen saastutetun maan?»

»Sitä en soisi», Faramir sanoi.

»Mitä siis toivoisit minun tekevän?»

»En tiedä. En vain tahtoisi sinun kulkevan kohti kuolemaa tai kidutusta. Enkä usko, että Mithrandir olisi valinnut tätä tietä.»

»Mutta koska hän on poissa, minun on kuljettava niitä teitä, jotka löydän. Eikä ole aikaa etsiä kauan», Frodo sanoi.

»Kohtalosi on kova ja tehtäväsi vailla toivoa», Faramir sanoi. »Mutta muista ainakin varoitukseni: varo tätä opasta, Sméagolia. Se on murhannut ennenkin. Luen sen noista kasvoista.» Hän huokasi.

»Näin me siis tapaamme ja eroamme, Frodo Drogon poika. Sinä et kaipaa lempeitä sanoja: en kuvittele näkeväni sinua enää koskaan tämän auringon alla. Mutta kun menet, mene minun siunaukseni mukanasi, ja kaikkien omiesi mukana. Lepää hetki sillä aikaa, kun sinulle valmistetaan ruokaa.

Mielelläni kuulisin, miten tämä hiiviskelevä Sméagol sai haltuunsa sen esineen josta me puhumme, ja miten se menetti sen, mutta en vaivaa sinua nyt. Jos joskus, toivottomuutta uhmaten palaat elävien maille ja me saamme kertoa tarinamme uudestaan istuskellen auringossa jollakin seinustalla ja nauraen menneelle ahdistukselle, kerro minulle silloin. Siihen asti, tai johonkin muuhun aikaan asti, johon eivät Númenorin näkykivet yllä, hyvästi!»

Hän nousi ja kumarsi syvään Frodolle, veti verhon tieltään ja poistui luolasta.

7

MATKA TIENRISTEYKSEEN

Frodo ja Sam menivät takaisin vuoteeseen ja lepäsivät vähän, samaan aikaan kun miehet liikehtivät ja päivän toimet alkoivat. Jonkin ajan kuluttua hobiteille tuotiin vettä, ja sitten heidät vietiin pöytään, joka oli katettu kolmelle. Faramir aterioi heidän kanssaan. Hän ei ollut nukkunut edellispäiväisen taistelun jälkeen, mutta ei kuitenkaan näyttänyt väsyneeltä.

Syötyään he nousivat pöydästä. »Älköön nälkä vaivatko teitä tiellä», Faramir sanoi. »Teillä oli pienet varastot, mutta olen käskenyt panna jonkin verran matkustavaisille sopivaa muonaa pakkauksiinne. Niin kauan kun kuljette Ithilienissä, teillä ei ole puutetta vedestä, mutta älkää juoko yhdestäkään virrasta, joka virtaa Imlad Morgulista, Elävän kuoleman laaksosta. Ja sitten minun on sanottava teille tämä. Tiedustelijani ja vartijani ovat kaikki palanneet, nekin jotka olivat hiipineet Morannonin näköpiiriin saakka. Kaikki ovat panneet merkille saman oudon seikan. Maa on tyhjä. Tiellä ei liiku mitään, eikä mistään kuulu jalkojen tai torvien tai jousenjänteiden ääniä. Odottava hiljaisuus hautuu Nimettömän maan yllä. En tiedä, mitä tämä enteilee. Mutta aika kiitää nopeasti kohti suurta ratkaisua. Myrsky on tulossa. Kiiruhtakaa kun vielä voitte! Jos olette valmiit, lähtekäämme. Aurinko nousee pian varjon yläpuolelle.»

Hobiteille tuotiin heidän pakkauksensa (vähän entistä painavampina), ja niiden lisäksi kaksi vankkaa sileää ja rautakärkistä puusauvaa, joiden koristellun kahvan läpi juoksi palmikoitu nahkahihna.

»Minulla ei ole sopivia lahjoja annettavaksi teille erotessamme», Faramir sanoi, »mutta ottakaa nämä sauvat. Ne saattavat palvella erämaassa kulkevaa ja kiipeilevää. Valkoisten vuorten ihmiset käyttävät tällaisia; nämä on tosin katkaistu ja raudoitettu uudestaan teidän kokoonne sopiviksi. Ne on tehty kauniista *lebethron*-puusta, jota Gondorin puunleikkaajat rakastavat, ja niihin on pantu tienlöytämisen ja kotiinpaluun lahja. Älköön tuo lahja kokonaan kadotko sen Varjon alla, johon te menette!»

Hobitit kumarsivat syvään. »Armollinen isäntämme», Frodo sanoi, »Elrond Puolhaltia sanoi minulle, että löytäisin ystävyyttä tiellä, salassa ja odottamatta.

En todellakaan odottanut sellaista ystävyyttä kuin sinä olet minulle osoittanut. Se että olen sen kohdannut muuttaa pahankin hyväksi.»

He valmistautuivat lähtöön. Klonkku tuotiin esiin jostakin nurkasta tai piilokolosta ja se näytti tyytyväisemmältä oloonsa kuin aikaisemmin, vaikka se pysyttelikin Frodon lähettyvillä ja kartteli Faramirin katsetta.

»Meidän on sidottava oppaanne silmät», Faramir sanoi, »mutta sinä ja palvelijasi Samvais saatte vapautuksen siitä jos tahdotte.»

Klonkku vikisi ja kiemurteli ja tarrautui Frodoon, kun miehet tulivat sitomaan sen silmiä, ja Frodo sanoi: »Sitokaa kaikkien kolmen silmät, ja peittäkää ne ensin minulta, kukaties se sitten käsittää, että mitään pahaa ei ole tekeillä.» Näin tehtiin, ja heidät johdettiin ulos Henneth Annûnin luolasta. Kun he olivat kulkeneet käytävät ja portaat, he tunsivat viileän aamuilman raikkaan ja suloisen kosketuksen. He kävelivät vielä vähän matkaa sokkoina, ylös ja loivasti alas. Viimein Faramirin ääni määräsi siteet poistettaviksi.

He seisoivat jälleen metsän puiden alla. Vesiputouksen ääntä ei erottunut, sillä pitkä eteläinen rinne kohosi nyt heidän ja virran rotkon välissä. Lännessä pilkotti puiden välistä valoa, ikään kuin maailma olisi siellä äkkiä loppunut jyrkänteeseen, jonka takana näkyi vain taivasta.

»Tässä eroavat tiemme viimeisen kerran», Faramir sanoi. »Jos noudatatte neuvoani, ette vielä käänny itään. Jatkakaa suoraan eteenpäin, niin pysytte metsämaiden suojassa monen virstan matkan. Lännessä on harjanne, jonka tuolla puolen maa viettää suuriin laaksoihin, toisinaan äkkiä ja jyrkästi, toisinaan pitkinä rinteinä. Pysytelkää tämän harjanteen lähellä ja metsän reunan tuntumassa. Matkanne alkupuolella voitte varmaan kulkea päivänvalossa. Maa uneksii valheellista rauhan unta ja joksikin aikaa on kaikki paha vetäytynyt pois. Jääkää hyvästi, hyvin kulkekaa!»

Sitten hän syleili hobitteja kansansa tapaan, kumartui, laski kätensä heidän olkapäilleen ja suuteli heitä otsalle. »Menkää kaikkien hyvien ihmisten hyvien ajatusten saattamina!» hän sanoi.

He kumarsivat maahan saakka. Sitten hän kääntyi ja katsomatta taakseen hän jätti heidät ja käveli kahden henkivartijansa luo, jotka seisoivat vähän matkan päässä. Hobitit katsoivat ihmeissään, miten nopeasti nämä vihreäpukuiset miehet liikkuivat ja katosivat melkein silmänräpäyksessä. Metsä, jossa Faramir oli seissyt, näytti tyhjältä ja ikävältä, ikään kuin kauniista unesta herätessä.

Frodo huokasi ja kääntyi taas etelään. Kuin korostaakseen, miten vähän arvosti moista kohteliaisuutta, Klonkku tonki multaa erään puun alla. »Joko sillä taas on nälkä?» tuumi Sam. »Nyt se taas alkaa!»

»Onko ne lopulta menneet?» Klonkku sanoi. »Inhottavia pahoja miehiä! Sméagolin nisskaan sattuu vieläkin, sattuu niin. Mennään!»

»Menkäämme», Frodo sanoi. »Mutta jos sinulla ei ole muuta kuin pahaa sanottavaa niistä, jotka olivat sinulle armeliaita, voit olla hiljaa!»

»Kiltti isäntä!» Klonkku sanoi. »Sméagol vain laski leikkiä. Aina antaa anteeksi, antaa anteeksi, aina, kiltin isännän pikku juonetkin. Sen tekee Sméagol, kiltti isäntä, kiltti Sméagol!»

Frodo ja Sam eivät vastanneet. He nostivat pakkaukset selkäänsä, tarttuivat sauvoihinsa ja lähtivät astelemaan Ithilienin metsiin.

Kahdesti he lepäsivät sinä päivänä ja söivät vähän Faramirin antamaa ruokaa: kuivattuja hedelmiä ja suolattua lihaa, jota oli moneksi päiväksi, ja leipää niin pitkäksi aikaa kuin se olisi tuoretta. Klonkku ei syönyt mitään.

Aurinko nousi ja ylitti heidät näkymättömissä ja kääntyi laskuun, lännestä puiden läpi loistava valo muuttui kullanväriseksi, ja yhä he kävelivät viileässä vihreässä varjossa ja kaikkialla vallitsi hiljaisuus. Linnut tuntuivat kaikki lentäneen tiehensä tai mykistyneen.

Pimeys tuli varhain hiljaisiin metsiin, ja ennen kuin yö saapui he pysähtyivät uupuneina käveltyään ainakin neljä peninkulmaa Henneth Annûnista. Frodo pani maata ja nukkui yön pehmeässä maassa ikivanhan puun alla. Hänen vierellään loikova Sam oli levottomampi; hän heräsi monta kertaa, mutta Klonkusta ei koskaan näkynyt jälkeäkään; se oli puikahtanut tiehensä heti kun toiset olivat asettuneet lepäämään. Se ei kertonut, oliko se itse nukkunut jossakin läheisessä kolossa vai vaellellut rauhattomasti pyyntiretkillä läpi yön, mutta se palasi aamun ensi sarastuksessa ja herätti matkatoverinsa.

»Ylös, ylös, pitää nousta!» se sanoi. »Pitkä matka vielä käveltävä, etelään, itään. Hobittien täytyy pitää kiirettä!»

Päivä kului kuten edellinenkin, mutta hiljaisuus tuntui yhä syvemmältä; ilma kävi raskaaksi, puiden alla alkoi olla tukahduttavaa. Tuntui kuin ukkonen olisi tehnyt tuloaan. Klonkku pysähtyi usein ja haisteli ilmaa, ja sitten se mutisi itsekseen ja vaati heitä kävelemään nopeammin.

Päivämarssin kolmannen jakson aikana iltapäivän hämärtyessä metsä avautui, puut kävivät suuremmiksi ja niitä kasvoi harvemmassa. Suuria valtavan paksuja rautatammia seisoi tummina ja juhlallisina laajoilla aukeilla, ja niiden joukossa kasvoi siellä täällä ikivanhoja saarnia ja jättimäisiä tammia, joiden ruskeanvihreät silmut olivat puhkeamaisillaan. Niiden ympärillä levittäytyi ruohikkoa, jota täplittivät keltamot ja valkoiset ja siniset vuokot joiden kukat olivat painaneet päänsä alas yöksi, ja laajalla alalla tunkivat lehtien lomasta jo sinililjojen siloiset kukkavanat mullan läpi. Näkyvissä ei ollut yhtäkään metsäelävää, ei lintua eikä nelijalkaista, mutta näillä aukeilla paikoilla Klonkku alkoi käydä pelokkaaksi, ja he etenivät varovasti livahtaen pitkästä varjosta toiseen.

Valo himmeni nopeasti heidän saapuessaan metsän reunaan. Siellä he istuivat vanhan kyhmyisen tammen alle, jonka juuret kiemurtelivat käärmeinä alas murenevaa rinnettä. Heidän edessään levittäytyi syvä hämärä laakso. Sen vastakkaisella puolella tiheni metsä jälleen siniharmaana synkässä illassa etelää kohti. Oikealla kaukana lännessä hohtivat Gondorin vuoret loimottavan taivaan alla. Vasemmalla lepäsi pimeys, Mordorin uhkaavat muurit, ja tuosta pimeydestä laskeutui pitkä laakso levenevänä kouruna jyrkästi Anduinia kohti. Sen pohjalla virtasi vuolas puro, Frodo kuuli sen kivisen solinan hiljaisuuden läpi; ja sen rinnalla kiemurteli vaaleaa nauhaa muistuttava tie alas hyiseen harmaaseen usvaan, johon auringonlaskun valo ei osunut. Siellä kaukana Frodo oli erottavinaan kuin varjoisesta merestä kohoavia vanhojen hylättyjen tornien korkeita hämäriä huippuja ja katkenneita pinaakkeleita.

Hän kääntyi Klonkkuun päin. »Tiedätkö missä me olemme?» hän kysyi.

»Tietysti isäntä. Pahoja paikkoja. Tämä on tie Kuun tornista rauniokaupunkiin Virran rannalle. Rauniokaupunkiin, niin, se on hyvin inhottava paikka, täynnä vihollista. Ei olisi pitänyt uskoa ihmisten neuvoja. Hobitit on tulleet kauas pois tieltään. Nyt pitää mennä itään, ylös tuonne.» Se huitoi luista käsivarttaan tummenevia vuoria kohti. »Ei voi käyttää tätä tietä. Ehei! Julmia ihmisiä kulkee tätä tietä, ovat Tornista tulossa.»

Frodo katsoi tielle. Ei sillä ainakaan nyt liikkunut mitään. Se näytti yksinäiseltä ja hyljätyltä ja jatkui sumuun ja tyhjiin raunioihin. Mutta ilmassa oli paha tuntu, ikään kuin tiellä olisi tosiaan kulkenut jotakin sellaista, mitä silmillä ei voinut nähdä. Frodo värähti katsoessaan uudestaan kaukaisia pinaakkeleita, jotka jo sulautuivat yöhön, ja veden ääni kuulosti kylmältä ja julmalta: se oli Morgulduinin ääni, Aaveiden laaksosta virtaavan saastuneen veden ääni.

»Mitä teemme?» hän kysyi. »Olemme kulkeneet kauan ja kauas. Etsimmekö taakse jäävästä metsästä jonkin paikan, jossa voisimme levätä piilossa?»

»Ei hyvä mennä piiloon pimeässä», Klonkku sanoi. »Päivällä se on kun hobittien pitää nyt mennä piiloon, niin, päivällä.»

»Kuule nyt!» Sam sanoi. »Meidän täytyy nyt vähän levätä, vaikka sitten noustaisiinkin taas keskellä yötä. Sittenkin on vielä tuntikaupalla pimeää, ja tarpeeksi aikaa kävellä pitkään, jos vain tiedät tien.»

Klonkku suostui vastahakoisesti ja kääntyi takaisin puita kohti ja eteni vähän matkaa itään metsän repaleista reunaa. Se ei suostunut lepäämään maassa niin lähellä pahaa tietä, ja pienen kiistelyn jälkeen he kaikki kiipesivät erään suuren rautatammen haarukkaan; puun paksut, yhdestä kohtaa erkanevat oksat tarjosivat hyvän ja kutakuinkin mukavan piilopaikan. Yö laskeutui ja lehväkatoksen alla tuli täysin pimeää. Frodo ja Sam joivat hiukan vettä ja söivät vähän leipää ja kuivattuja hedelmiä, mutta Klonkku käpertyi heti kokoon ja nukahti. Hobitit eivät ummistaneet silmiään.

Varmaan puolenyön aikoihin Klonkku heräsi; äkkiä he tajusivat sen haileiden avonaisten silmien tuijottavan heihin päin. Se kuunteli ja nuuhki, mikä tuntui – niin kuin he olivat ennenkin panneet merkille – olevan sen tapa päätellä ajankohtaa yöllä.

»Onko me levätty? Onko nukuttu hyvästi?» se sanoi. »Lähdetään.»

»Ei olla levätty eikä nukuttu», murisi Sam. »Mutta lähdetään jos on pakko.»

Klonkku pudottautui heti oksalta neljälle jalalle, hobitit tulivat perässä hitaammin.

Päästyään alas he lähtivät heti liikkeelle Klonkku etunenässä itää kohti, ylämäkeen. He näkivät hyvin vähän, sillä yö oli nyt niin pimeä, että he ehtivät tuskin tajuta puunrungot ennen niihin törmäämistä. Maasto kävi epätasaisemmaksi ja kävely oli hankalampaa, mutta Klonkku ei näyttänyt olevan millänsäkään. Se johti heitä tiheikköjen ja piikkipensaikkojen poikki, toisinaan se kiersi syvän halkeaman tai mustan kuopan, mutta aina milloin he tulivat kulkeneeksi vähän alaspäin, oli seuraava ylämäki pitempi ja jyrkempi. He nousivat koko ajan ylemmäksi. Ensimmäisessä pysähdyspaikassa he katsoivat taakseen ja näkivät hämärästi metsän, josta olivat tulleet: se levittäytyi kuin valtava tiivis katto, kuin tummempi yö tyhjän tumman taivaan alla. Idästä tuntui kurottuvan hitaasti suuri pimeys, joka vähitellen nieli heikot sumeat tähdet. Myöhemmin erkani laskeva kuu pilvien syleilystä, mutta sitä reunusti sairas keltainen hohde.

Viimein Klonkku puhui. »Päivä tulee», se sanoi. »Hobittien täytyy pitää kiirettä. Ei hyvä jäädä aukealle täällä. Vauhtia!»

Se nopeutti tahtia ja he seurasivat sitä uupuneina. Pian he alkoivat kiivetä kohti pitkää harjannetta. Enimmäkseen rinnettä peitti tiheä piikkiherne ja mustikka ja matalat sitkeät orjantappurat, siellä täällä oli aukkopaikkoja, vastapoltettujen nuotioiden arpia. Pensaikko tiheni huippua kohti, piikkiherneet olivat hyvin vanhoja ja korkeita, alhaalta kitukasvuisia ja harvoja mutta ylhäältä tuuheita, ja niihin oli jo puhkeamassa keltaisia kukkia, jotka hohtivat pimeydessä ja tuoksuivat heikosti makealta. Niin korkeita olivat tiheiköt, että hobitit saattoivat kävellä suorana niiden alla, pitkiä kuivia käytäviä myöten, joiden mattona oli pistelevä multa.

Leveän kukkulanharjan toisella reunalla he pysähtyivät ja ryömivät piiloon takkuisen piikkiherneryteikön alle. Pensaiden maahan asti roikkuvia vääntyneitä oksia peitti rönsyilevä orjantappurasokkelo. Syvällä tiheikön sisällä oli ontto tila, jonka kattoristikkona olivat kuolleet oksat ja piikkiset vitsat ja kattona kevään ensimmäiset lehdet ja versot. Siellä he makasivat hetken liian väsyneinä edes syödäkseen; he vain katselivat ulos piilopaikkansa aukoista ja odottivat päivän hidasta nousua.

Mutta päivä ei koskaan tullut, vain eloton ruskea hämärä. Idässä näkyi uhkaavan pilven alla tunkkainen punainen hohde, joka ei ollut aamuruskon punaa. Väliin jäävien muhkuraisten maiden yli tuijottivat heitä Ephel Dúathin vuoret. Alhaalta, missä yö lepäsi paksuna ja väistymättä, ne olivat mustat ja muodottomat, mutta ylhäällä piirtyivät rosoiset ääriviivat terävinä ja kammottavina tulista hehkua vasten. Oikealla työntyi länteen valtava vuorenharjanne mustana ja tummana varjojen keskellä.

»Mihin suuntaan menemme nyt?» Frodo kysyi. »Onko tuo – Morgulin laakson aukko, tuo tuolla mustan varjon takana?»

»Tarvitseeko sitä vielä ajatella?» Sam sanoi. »Ei kai me enää tänä päivänä liikauteta eväämmekään, jos tämä mikään päivä on.»

»Ehkä ei, ehkä ei», Klonkku sanoi. »Mutta pitää lähteä pian, Tienristeykseen. Sinne sinne, Tienristeykseen. Tuohon suuntaan, niin niin isäntä.»

Punainen hehku Mordorin yllä sammui. Hämärä syveni, idästä kohosi huurupilviä ja ne leijailivat heidän ylitseen. Frodo ja Sam söivät vähän ja paneutuivat sitten makuulle, mutta Klonkku oli rauhaton. Se ei suostunut maistamaankaan heidän ruokiaan, joi vain vähän vettä ja ryömiskeli sitten ympäriinsä pensaiden alla nuuhkien ja mutisten. Sitten se äkkiä häipyi.

»Meni kai metsästämään», Sam sanoi ja haukotteli. Oli hänen vuoronsa nukkua ensin, ja pian hän olikin syvässä unessa. Hän oli olevinaan taas Repunpään puutarhassa ja etsi kiivaasti jotakin, mutta hänellä oli raskas pakkaus selässä ja se painoi hänet kumaraan. Puutarha oli jotenkin rehottava ja villiintynyt, ja piikkiherneet ja sananjalat valtasivat jo kukkaryhmiä alhaalla lähellä pensasaitaa.

»Jaahas, tietää töitä minulle; mutta väsyttää niin vietävästi», hän toisteli. Äkkiä hän muisti, mitä oli etsimässä. »Piippu!» hän sanoi ja siihen hän heräsi.

»Hölmö!» hän sanoi itselleen avatessaan silmänsä ja ihmetellessään, mitä tekemistä hänellä oli pensasaidan alla. »Se on ollut pakkauksessa koko ajan!» Sitten hän tajusi, ensinnäkin että piippu saattaisi kyllä olla pakkauksessa mutta että hänellä ei ollut kessua, ja toiseksi että hän oli satojen virstojen päässä Repunpäästä. Hän nousi istumaan. Tuntui olevan melkein pimeää. Miksi isäntä oli antanut hänen nukkua vuoronsa yli, iltaan asti?

»Ettekö te ole nukkunut ollenkaan», Frodo-herra?» hän sanoi. »Mitä kello on? Eikö ala jo olla myöhä?»

»Ei», sanoi Frodo. »Mutta päivä pimenee sen sijaan että valkenisi, pimenee pimenemistään. Mikäli minä mitään ymmärrän, ei ole vielä puolipäivä ja sinä olet nukkunut vain kolmisen tuntia.»

»Mitähän nyt on tekeillä», Sam sanoi. »Onkohan nousemassa myrsky? Jos on, niin siitä tuleekin kaikkien aikojen rajuilma. Me toivotaan vielä että oltaisiin syvällä kunnon kolossa eikä jossain pusikossa.» Hän kuulosteli. »Mitä tuo on? Ukkosta, rumpuja, vai mitä?»

»En tiedä», Frodo sanoi. »Sitä on kestänyt jo jonkin aikaa. Välillä tuntuu kuin maa järisisi, välillä taas kuin raskas ilma jyskyttäisi korvissa.»

Sam katseli ympärilleen. »Missä Klonkku on?» hän kysyi. »Eikö se ole tullut vielä takaisin?»

»Ei ole», Frodo sanoi. »Ei sitä ole näkynyt eikä kuulunut.»

»No, en minä sitä kaipaa», Sam sanoi »Totta puhuen en ole ikinä ottanut reissulle mukaan mitään, minkä hukkaamista vähemmän surisin. Mutta se nyt olisi ihan sen tapaista, kaikkien näiden virstojen jälkeen, mennä ja eksyä juuri nyt, kun me tarvitaan sitä eniten – mikäli siitä ikinä on mitään hyötyä, mitä minä kyllä epäilen.»

»Sinä unohdat suot», Frodo sanoi. »Minä toivon, että sille ei ole sattunut mitään.»

»Minä puolestani toivon, ettei sillä ole taas konnankoukkuja mielessä. Ja joka tapauksessa olisi mukavaa, jos se ei joutuisi vieraisiin käsiin, tai miten sitä sanoisi. Sillä jos joutuu, niin me saadaan kohta hankaluuksia.»

Samalla hetkellä kuului taas jylisevä ja kumajava ääni, joka nyt oli kovempi ja syvempi. Maa tuntui tärisevän heidän jalkojensa alla. »Me taidamme saada hankaluuksia joka tapauksessa», Frodo sanoi. »Matkamme lähestynee loppuaan.»

»Ehkäpä», Sam sanoi, »mutta *niin kauan kuin on elämää on toivoa*, niin kuin meidän Ukko aina sanoi, *ja muonaa tarvitaan*, niin kuin hän useimmiten aina lisäsi. Haukatkaa jotakin, Frodo-herra, ja nukkukaa sitten vähän.»

Iltapäivä kului – iltapäiväksi sitä kai piti kutsua, arveli Sam. Katsoessaan ulos piilosta hän näki vain harmaanruskean varjottoman maailman, joka vähitellen vaihtui muodottomaksi värittömäksi hämäräksi. Tuntui tukahduttavalta mutta ei lämpimältä. Frodo nukkui rauhattomasti, kääntyili ja vääntelehti ja mutisi silloin tällöin jotakin. Kaksi kertaa Sam oli kuulevinaan hänen lausuvan nimen Gandalf. Aika tuntui laahautuvan päämäärättömästi eteenpäin. Äkkiä Sam kuuli sihinää takaansa, siinä seisoi Klonkku nelinkontin ja tuijotti heitä kiiltävin silmin.

»Herätys! Herätys unikeot!» se kuiskasi. »Herätys! Ei ole aikaa hukata. Pitää mennä, niin niin, heti pitää mennä. Ei ole aikaa hukata!»

Sam tuijotti sitä epäluuloisesti: se näytti pelästyneeltä tai kiihtyneeltä. »Vai pitäisi mennä? Mikähän kuje sinulla on mielessä? Ei vielä ole aika lähteä. Ei voi olla vielä edes teeaika, ei ainakaan säädyllisissä paikoissa, missä teetä ylipäänsä juodaan.»

»Typerys!» sihisi Klonkku. »Ei olla säädyllisissä paikoissa. Aika rientää, niin niin, aika loppuu. Ei aikaa hukata. Pitää mennä. Herää, isäntä, herää!» Se käpälöi Frodoa, ja unesta hereille hätkähtänyt Frodo nousi nopeasti istumaan ja tarttui sen käsivarteen. Klonkku riistäytyi irti ja pääntyi kauemmaksi.

»Hobitit ei saa olla tyhmiä», se sihisi. »Pitää lähteä. Ei aikaa hukata!» Eivätkä he saaneet siitä mitään muuta irti. Se ei suostunut sanomaan, missä se oli ollut ja mikä sen käsityksen mukaan vaati niin suurta kiirettä. Sam oli syvän epäilyksen vallassa ja näytti sen myös, mutta Frodo ei osoittanut mitenkään, mitä hänen mielessään liikkui. Hän huokasi, nosti pakkauksen selkäänsä ja valmistautui lähtemään yhä tihenevään pimeyteen.

Äärimmäisen varovasti Klonkku vei heitä mäkeä alas ja pysytteli suojassa milloin vain mahdollista ja juoksi nenä maata viistäen jokaisen aukean poikki, mutta valo oli jo niin himmeää, että tarkkasilmäinen petokaan olisi tuskin erottanut harmaakaapuisia ja huppupäisiä hobitteja tai kuullut kun he astelivat niin varoen kuin pikkuväki vain osaa. Oksan rasahtamatta, lehden kahahtamatta he lähtivät ja katosivat hämyyn.

He jatkoivat kulkuaan tunnin verran ääneti jonossa kävellen, ahdistuneina seudun synkkyydestä ja täydellisestä hiljaisuudesta; vain silloin tällöin äänettömyyden rikkoi heikko jyrinä, joka muistutti kaukaisen ukkosen ääntä tai rummutusta jossakin vuorten luolassa. He laskeutuivat piilopaikastaan, kääntyivät etelään ja suuntasivat niin suoraan kuin Klonkku pystyi heitä viemään pitkän epätasaisen rinteen poikki, joka vietti ylös vuorille päin. Sitten he näkivät edessään, varsin lähellä, mustana muurina häämöttävän puuvyön. Lähestyessään he tajusivat, että puut olivat valtavan suuria; ne näyttivät hyvin vanhoilta, mutta kohosivat yhä korkeuksiin vaikka latvat olivatkin harvat ja murjotut, ikään kuin myrsky ja ukonilma olisi pyyhkäissyt niiden yli saamatta niitä nurin ja järkyttämättä syviä juuria.

»Tienristeykseen, sinne niin», Klonkku kuiskasi, ja ne olivat ensimmäiset sanat sen jälkeen kun he olivat lähteneet piilopaikastaan. »Pitää mennä sitä tietä.» Se kääntyi nyt itään ja johti heitä rinnettä ylös, ja yhtäkkiä oli tie heidän edessään: Eteläntie, joka mutkitteli eteenpäin vuorten juuria myötäillen ja sukelsi viimein suureen puukehään.

»Tämä on ainoa tie», Klonkku kuiskasi. »Ei ole polkuja, tie vain. Ei mitään polkuja. Pitää mennä Tienristeykseen. Mutta kiireesti! Hiljaa!»

Vaivihkaa kuin tiedustelijat vihollisen leirissä he hiipivät alas tielle ja astelivat varovasti sen länsilaitaa eteenpäin kivipenkereen varjossa, harmaina kuin kivet itse, pehmein askelin kuin saalistavat kissaeläimet. Viimein he pääsivät puiden luo ja huomasivat, että ne muodostivat laajan katottoman kehän, jonka keskellä avautui tummanpuhuva taivas; valtavien runkojen väliin jäävät aukot olivat kuin raunioituneen salin suuria tummia holveja. Aivan puiden keskellä kohtasi neljä tietä. Heidän taakseen jäi Morannonin tie, joka edessäpäin jatkoi pitkää matkaansa etelää kohti, oikealta kiemurteli ylös vanhan Osgiliathin tie, joka ylitettyään toisen tien etääntyi itään ja pimeyteen: se oli neljäs tie, heidän tiensä.

Frodo seisoi paikoillaan pelon vallassa ja tajusi vasta vähitellen, että jostakin loisti valoa; hän näki sen heijastuvan vieressään seisovan Samin kasvoista. Hän kääntyi valoa kohti ja näki, miten Osgiliathin tie jatkui suorana kuin kiristynyt nauha yhden oksistoholvin alitse länttä kohti. Siellä kaukana, varjoon kietoutuneen suruisan Gondorin takana laski aurinko, se oli vihdoin löytänyt suuren hitaasti vyöryvän pilven liepeen ja vajosi nyt kohti vielä varjeltunutta Merta. Hetken kestävä hehku osui valtavaan istuvaan patsaaseen, yhtä tyyneen ja juhlalliseen kuin Argonathin suuret kivikuninkaat. Vuodet olivat nakertaneet sitä ja raa'at kädet pahoinpidelleet. Sen pää puuttui, ja tilalle oli pahanilkisesti pantu pyöreä karkeasti hakattu kivi, jonka raakalaisten kädet olivat töhrineet irvistävän naaman näköiseksi. Otsasta tuijotti yksi ainoa suuri punainen silmä. Veistoksen polvissa ja mahtavassa istuimessa ja kaikkialla jalustassa oli monenmoisia riipustuksia ja niiden seassa Mordorin matojen käyttämiä iljettäviä merkkejä.

Äkkiä Frodo näki vanhan kuninkaan pään vaakasuorien valonsäteiden sattuessa siihen: se lojui pois heitettynä tien vieressä. »Katso Sam!» hän hätkähti huudahtamaan. »Katso! Kuninkaalla on taas kruunu!»

Silmät olivat ontot ja kivinen parta säröillä, mutta korkean vakavan otsan ympärillä oli kullan ja hopean hohtoinen seppele. Suikertava kasvi, jonka kukat olivat kuin pieniä valkeita tähtiä, oli kietoutunut sen kulmille kuin kuolleen kuninkaan kunniaksi, ja kivisten hiusten halkeamissa loistivat keltaiset maksaruohot.

»Ne eivät voi hallita ikuisesti!» sanoi Frodo. Ja sitten äkkiä oli lyhyt välähdys ohi. Aurinko valahti alas ja katosi, ja musta yö laskeutui kuin lamppu olisi peitetty.

Minas Morgulin portti

8

CIRITH UNGOLIN PORTAAT

KLONKKU NYKI FRODON kaavunhelmaa ja sihisi pelosta ja kärsimättömyydestä. »Pitää mennä», se sanoi. »Ei saa seistä tässä. Pitää kiiruhtaa!»
Vastahakoisesti Frodo käänsi selkänsä länteen ja lähti oppaan osoittamaan suuntaan, idän pimeyttä kohden. He jättivät puukehän taakseen ja hiipivät tietä myöten vuorille päin. Tämäkin tie kulki jonkin matkaa suoraan, mutta pian se alkoi kaartua etelään, kunnes saapui aivan sen suuren kallioharjanteen alle, jonka he olivat nähneet kaukaa. Mustana ja vihamielisenä se häämötti heidän yläpuolellaan, tummempana kuin tumma taivas sen takana. Sen varjossa ryömi tie eteenpäin, kiersi sen ja puski taas itään jyrkästi nousten.

Frodo ja Sam puursivat eteenpäin raskain sydämin eivätkä he enää osanneet oikein välittää uhkaavasta vaarasta. Frodon kulki pää kumarassa, hänen taakkansa alkoi taas vaivata. Kun suuri Tienristeys oli ohitettu, alkoi sen paino, joka oli Ithilienissä melkein unohtunut, taas kasvaa. Tuntiessaan nyt tien jyrkkenevän jalkojensa alla Frodo katsahti väsyneesti ylös; ja silloin hän näki, aivan niin kuin Klonkku oli tiennyt kertoa, sormusaaveiden kaupungin. Hän kyyristyi kivisen penkereen suojaan.

Pitkä kalteva laakso, syvä varjojen kuilu, jatkui pitkälle vuorten väliin. Vastakkaisella puolella jonkin matkan päässä kohosivat korkealla Ephel Dúathin mustilla kalliopolvilla Minas Morgulin muurit ja torni. Kaikki oli tummaa sen ympärillä, maa ja taivas, mutta se itse oli valaistu. Ei sillä vangitulla kuunvalolla, joka muinoin oli hohkannut marmoriseinien lävitse siihen aikaan kun Minas Ithil, Kuun torni, vielä loisti vuorten syleilyssä. Kalvaampi kuin kuunpimennyksen sumea hohde oli sen valo nyt, se lepatti ja värisi kuin jokin mätänemisen myrkyllinen huuru, kalman valo, valo joka ei valaise mitään. Muureissa ja tornissa näkyi ikkunoita, kuin lukemattomia mustia reikiä, jotka katsoivat sisäänpäin, tyhjyyteen; mutta tornin ylin osa pyöri hitaasti, ensin yhteen ja sitten toiseen suuntaan, kuin valtava ja kammottava yössä mulkoileva pää. Matkalaiset seisahtuivat kavahtaen ja tuijottivat ylös vastahakoisin silmin. Klonkku toipui ensimmäisenä. Taas se nyki heitä kiihkeästi kaavunliepeestä, mutta ei puhunut mitään. Se melkein raahasi heitä eteenpäin. Jokainen askel oli vaikea, ja aika tuntui hidastaneen kulkuaan, niin että jalan noston ja laskemisen välillä ehti kulua monta vastentahtoista minuuttia.

Hitaasti kulkien he saapuivat valkoiselle sillalle. Heikosti hohtava tie ylitti tässä laakson keskivaiheilla virtaavan joen ja jatkui sitten mutkitellen kaupungin portille, joka oli kuin musta suu pohjoismuurin ulkokehässä. Virran kummallakin puolella levittäytyi laajoja tasamaita, varjoisia niittyjä, joita haalean valkoiset kukat peittivät. Kukat hohtivat, ne olivat kauniita ja kuitenkin kauheita muodoltaan, kuin painajaisunen vääristyneet hahmot, niistä lähti heikko ällöttävä kalman tuoksu ja mätänemisen haju täytti ilman. Silta vei niityltä toiselle. Sen päässä seisoi taitavasti tehtyjä ihmis- ja eläinhahmoisia veistoksia, mutta ne olivat kaikki turmeltuja ja kuvottavia. Alhaalla ääneti virtaava vesi höyrysi, mutta sillan kietova huuru oli jäätävän kylmää. Frodo tunsi aistiensa sumenevan ja hänen päässään pimeni. Äkkiä, kuin jokin voima hänen oman tahtonsa ulkopuolelta olisi tehnyt työtä hänessä, hän alkoi hoiperrella nopeasti eteenpäin kädet ojossa, haparoiden ilmaa ja pää veltosti huojahdellen. Sekä Sam että Klonkku juoksivat hänen peräänsä. Sam kaappasi kompastelevan ja kaatumaisillaan olevan isännän syliinsä aivan sillan kynnyksellä.

»Ei sinne päin! Ei ei sinne päin!» kuiskasi Klonkku, mutta sen hampaitten välistä kuuluva henkäys tuntui repivän raskasta hiljaisuutta kuin vihellys, ja se käpertyi maahan kauhun vallassa.

»Voimat kokoon, Frodo-herra!» mutisi Sam Frodon korvaan. »Takaisin! »Ei sinne päin! Klonkku kieltää, ja kerrankin minä olen samaa mieltä sen kanssa.»

Frodo pyyhkäisi kädellä otsaansa ja irrotti väkisin katseensa vuorella kohoavasta kaupungista. Valaistu torni kiehtoi häntä ja hän taisteli halua vastaan, joka vaati häntä juoksemaan kuultavaa tietä porttia kohti. Viimein hän ponnistautui kääntymään takaisin ja silloin hän tunsi, miten sormus pani vastaan ja kiskoi kaulassa riippuvaa ketjua; ja hänen silmänsäkin tuntuivat hetkeksi sokaistuneen kun hän katsoi muualle. Pimeys edessä oli läpipääsemätön.

Klonkku ryömi maassa kuin säikähtänyt elukka ja alkoi jo kadota pimeään. Sam tuki ja opasti kompuroivaa isäntäänsä ja seurasi Klonkkua niin nopeasti kuin pystyi. Lähellä virran tämänpuoleista rantaa oli tietä reunustavassa kivimuurissa aukko. Siitä he puikahtivat läpi ja Sam totesi heidän olevan kapealla polulla, joka aluksi hohti heikosti kuten päätiekin, mutta kiivettyään niittyjen ja kalmankukkien yläpuolelle se sammui ja tummui, ja lähti mutkittelemaan ylös laakson pohjoisrinteitä.

Tätä polkua myöten hobitit ponnistelivat rinta rinnan eteenpäin näkemättä edellä kulkevaa Klonkkua, paitsi milloin se kääntyi takaisin kehottaakseen heitä jatkamaan. Silloin sen silmät loistivat vihreänvalkoista valoa; kukaties ne heijastivat Morgulin sairasta hohdetta tai ehkä niitä hehkutti sisältäpäin jokin vastaava mielenliike. Tuosta kammottavasta hohteesta ja muurin mustista silmäkuopista Frodo ja Sam olivat kaiken aikaa tietoisia; he vilkuilivat yhtä mittaa olkansa yli ja käänsivät taas katseensa eteenpäin nähdäkseen tummenevan polun. Hitaasti he raahautuivat eteenpäin. Heidän noustessaan myrkyllisen virran lemun ja huurujen yläpuolelle kävi hengitys helpommaksi ja pää selvemmäksi; mutta nyt painoi raajoja kuolettava väsymys, ikään kuin he olisivat kävelleet koko yön raskas taakka selässä tai uineet pitkään voimakasta virtaa vasten. Viimein he eivät enää kyenneet jatkamaan pysähtymättä.

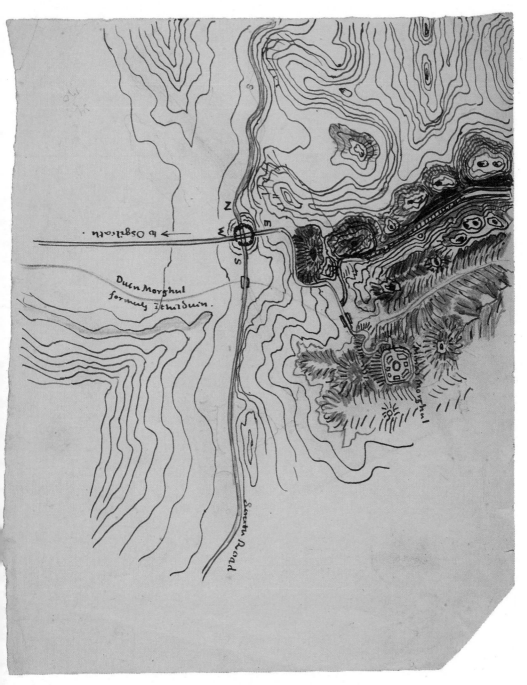

Minas Morgul & Tienristeys

Frodo seisahtui ja istuutui kivelle. He olivat nousseet suuren paljaan kallion niskalle. Heidän edessään oli laakson haarake ja sen reunaa kiersi polku, pelkkä leveähkö kieleke, jonka oikealla puolella ammotti jyrkkä pudotus; se nousi hiljalleen pitkin vuoren jyrkkää eteläseinämää, kunnes katosi yllä olevaan pimeyteen. »Minun täytyy vähän levätä, Sam», Frodo kuiskasi. »Se painaa, Sam poikaseni, painaa raskaasti. Kuinkahan kauas minä jaksan sitä kantaa? Joka tapauksessa minun on levättävä, ennen kuin uskaltaudumme tuonne.» Hän viittasi kädellään kapeaa ylös vievää polkua.

»Shh! Shh!» sihisi Klonkku joka kiiruhti takaisinpäin heitä kohti. »Ssshh!» Sillä oli sormi suulla ja se ravisteli päätään vaativasti. Se nyki Frodon hihaa ja osoitti polkua, mutta Frodo ei suostunut liikkumaan.

»Ei vielä», hän sanoi, »ei vielä.» Väsymys ja jokin väsymystä raskaampi painoi häntä, tuntui kuin hänen ruumiinsa ja henkensä olisivat olleet voimallisen lumouksen vallassa. »Minun täytyy levätä», hän mutisi.

Tämän kuullessaan Klonkku pelästyi ja kiihtyi niin, että se puhui taas, sihisi käden takaa kuin estääkseen ilmassa olevia näkymättömiä kuuntelijoita kuulemasta. »Ei tässä, ei. Ei levätä tässä. Hullut! Silmät näkee. Kun ne tulee sillalle ne näkee. Pois täältä! Kiivetkää, kiivetkää. Tulkaa.»

»Tulkaa, Frodo-herra», Sam sanoi. »Se on jälleen oikeassa. Me ei voida jäädä tähän.»

»Hyvä on», Frodo sanoi etäisellä äänellä kuin puoliunessa. »Minä yritän.» Raskaasti hän nousi jaloilleen.

Mutta liian myöhään. Samalla hetkellä kallio tärähti ja järisi heidän allaan. Mahtava jyrinä vyöryi maassa ja kaikui vuorilla kovempana kuin kertaakaan ennen. Sähähtävän äkkiä välähti punainen leimahdus. Se purkautui taivaalle kaukaa itäisten vuorten takaa ja väritti synkät pilvet purppuraisiksi. Tuossa varjon ja kylmän valon laaksossa sen raju raakus oli sietämätön. Kivisiä huippuja ja sahanteräharjanteita välähti näkyviin sysimustina Gorgorothin leimahtavaa liekkiä vasten. Sitten kuului kova ukkosenjyrähdys.

Ja Minas Morgul vastasi. Salamat leimahtivat: kaksihaaraisia sinisiä liekkejä syöksyi tornista ja ympäröiviltä vuorilta kohti raskaita pilviä. Maa valitti, ja kaupungista kuului huuto. Se oli vihlova ujellus, johon sekaantui ikään kuin petolintujen teräviä rääkäisyjä ja raivosta ja pelosta villiintyneiden hevosten kimeää hirnuntaa, se värisi ja kohosi nopeasti läpitunkevan korkeaksi ja viimein yli kuulokynnyksen. Hobitit pyörähtivät sitä kohti ja heittäytyivät maahan pidellen korviaan.

Kun hirveä huuto vaimeni pitkäksi karmivaksi valitukseksi, hiljeni ja päättyi, Frodo nosti hitaasti päänsä. Kapean laakson toisella puolella kohosivat kauhean kaupungin muurit melkein hänen silmiensä tasalla, ja sen kiiltävähampaista suuta muistuttava luolamainen portti ammotti auki. Ja portista marssi ulos armeija.

Koko tuo sotajoukko oli puettu mustaan, mustaan kuin ympäröivä yö. Valjuja muureja ja tien hohtavaa kiveystä vasten Frodo erotti sotureita, pieniä mustia hahmoja, joita marssi esiin rivi rivin perästä, nopeasti, ääneti, niitä tulvi ulos loputtomana virtana. Jalkaväen edellä kulki suuri joukko ratsumiehiä, kuin rivistönä liikkuvia varjoja, ja näitä johti yksi muita kookkaampi: Ratsastaja, kokonaan mustissa paitsi hupun päälle painettua kruununkaltaista kypärää, joka lepatti kauheaa valoa. Ratsastaja lähestyi jo alhaalla olevaa siltaa ja Frodon silmät seurasivat sitä herkeämättä – hän ei kyennyt kääntämään katsettaan, ei sulkemaan silmiään. Tämän täytyi olla Yhdeksän ratsastajan päällikkö, joka oli palannut maan päälle johtamaan kaameaa armeijaansa taisteluun. Tässä, tässä ratsasti kalpea kuningas, jonka kylmä käsi oli lamauttanut Sormuksen viejän kuolettavalla veitsellään. Vanha haava tykytti tuskasta ja kylmyys levisi Frodon sydäntä kohti.

Näiden ajatusten kuristaessa Frodoa pelolla ja pitäessä häntä kuin lumouksessa Ratsastaja pysähtyi äkkiä aivan sillan päähän ja koko sotajoukko seisahtui sen taakse. Tuli tauko, kuolemanhiljaisuus. Kukaties Sormus kutsui Aaveruhtinasta ja levottomuus valtasi sen hetkeksi ja se vaistosi jonkin toisen voiman laaksossaan. Eestaas kääntyili tumma pelon kypäröimä ja kruunaama pää ja näkymättömät silmät lakaisivat varjoja. Frodo odotti kuin lintu käärmeen lähestymistä, liikkumattomana. Ja odottaessaan hän tunsi voimakkaampana kuin koskaan käskyn, että hänen oli pantava Sormus sormeensa. Mutta vaikka paine oli musertava, hän ei nyt tuntenut halua antaa sille periksi. Hän tiesi, että Sormus vain pettäisi hänet; vaikka se olisikin hänen sormessaan, hänellä ei olisi voimaa kohdata Morgulin kuningasta – ei vielä. Tuo käsky ei saanut enää mitään vastakaikua hänen omasta tahdostaan, vaikka se olikin kauhun lamaannuttama; hän tunsi vain väkevän ulkopuolisen voiman painostuksen. Se voima tarttui hänen käteensä ja sielunsa silmin hän seurasi – vastoin tahtoaan mutta henkeään pidättäen (kuin jotakin vanhaa tarinaa) – miten voima hivutti kättä tuuma tuumalta kaulassa riippuvaa ketjua kohti. Sitten hänen oma tahtonsa liikahti, hitaasti se pakotti käden takaisin ja pani sen etsimään toista esinettä, joka oli piilossa hänen povessaan. Se tuntui kovalta ja kylmältä kun hänen kätensä puristi sitä: se oli Galadrielin kristallipullo, jota hän oli niin kauan tallettanut ja jonka hän oli melkein unohtanut tähän hetkeen saakka. Kun Frodo kosketti sitä, katosi hänen mielestään hetkeksi koko Sormus. Hän huokasi ja taivutti päänsä.

Samalla hetkellä Aavekuningas kääntyi ja kannusti hevostaan ja ratsasti sillan yli, ja koko sen musta sotajoukko seurasi sitä. Ehkä sen kätketyt silmät eivät nähneet haltiaakaapuja ja pienen vastustajan henki käänsi voimistuessaan sen ajatuksen toisaalle. Mutta sillä olikin kiire. Hetki oli jo lyönyt ja suuren Herransa käskystä sen oli marssittava sotimaan länteen.

Pian se oli mennyt, kuin varjo varjoon, alas kiemurtelevaa tietä, ja yhä sen perässä ylittivät mustat rivistöt siltaa. Niin suurta armeijaa ei ollut koskaan marssinut tuosta laaksosta sitten Isildurin voiman päivien, ei mikään yhtä kauhea ja vahvasti aseistettu sotajoukko ollut hyökännyt Anduinin kahlaamoille; eikä se kuitenkaan ollut kuin yksi ainoa eikä edes suurin niistä sotajoukoista, jotka Mordor nyt lähetti taisteluun.

Frodo liikahti. Ja äkkiä hänen ajatuksensa kiiti Faramirin luo. »Myrsky on viimein puhjennut», hän ajatteli. »Tämä suuri keihäs- ja miekkamiesjoukko on matkalla Osgiliathiin. Ehtiikö Faramir Virran yli ajoissa? Hän osasi odottaa tätä, mutta tiesikö hän hetkeä? Ja kuka pystyy nyt puolustamaan kahlaamoita, kun Yhdeksän ratsastajan kuningas tulee? Ja muitakin sotajoukkoja tulee. Olen myöhässä. Kaikki on mennyttä. Viivyttelin matkallani. Kaikki on mennyttä. Vaikka tehtäväni tulisi tehdyksi, kukaan ei saa sitä tietää. Ei ole ketään kelle kertoa. Työni on turha.» Heikkous valtasi hänet ja hän itki. Ja yhä ylitti Mordorin armeija siltaa.

Sitten hyvin kaukaa, kuin Konnun muistoista, jostakin aurinkoisesta varhaisaamusta kun päivä teki tuloaan ja ovia avattiin, hän kuuli Samin äänen puhuvan. »Herätkää Frodo-herra! Herätkää!» Jos ääni olisi lisännyt: »Aamiaisenne on valmis», hän olisi tuskin hämmästynyt. Samin ääni oli vaativa. »Herätkää, Frodo-herra! Ne on menneet», hän sanoi.

Kuului kumea kolahdus. Minas Morgulin portit olivat sulkeutuneet. Viimeinen keihäsrivistö oli kadonnut tietä alas. Torni irvisti yhä laakson poikki, mutta valo himmeni. Koko kaupunki vajosi takaisin pimeään hautuvaan varjoon ja hiljaisuuteen. Mutta yhä se oli täysin valpas.

»Herätkää, Frodo-herra! Ne on menneet ja meidänkin pitäisi lähteä. Tuossa loukossa on vielä jotakin, jotakin millä on silmät tai muu kyky nähdä, jos tajuatte, ja mitä kauemmin me pysytään samassa paikassa, sitä pikemmin se tajuaa meidät. Tulkaa nyt, Frodo-herra!»

Frodo kohotti päänsä ja nousi sitten seisomaan. Epätoivo ei ollut hellittänyt otettaan, mutta heikkous oli poissa. Hän jopa hymyili tuimasti ja tunsi nyt yhtä selvästi kuin hetki sitten oli tuntenut päinvastoin: mitä hänen oli tehtävä, sen hän tekisi jos voisi, ja saiko Faramir tai Aragorn tai Elrond tai Galadriel tai Gandalf tai kukaan tietää siitä, oli sivuseikka. Hän otti sauvan toiseen ja kristallipullon toiseen käteensä. Nähdessään että kirkasta valoa loisti jo hänen sormiensa välitse hän työnsi pullon poveensa, sydämelleen. Sitten hän kääntyi pois Morgulin kaupungista, josta ei enää erottunut muuta kuin harmaa kajo mustan kuilun ylitse, ja valmistautui lähtemään ylös.

Klonkku oli nähtävästi jo ryöminyt pois kielekettä pitkin pimeyteen, kun Minas Morgulin portit olivat avautuneet, ja jättänyt hobitit siihen paikkaan. Nyt se hiipi takaisin hampaat kalisten ja sormet naksuen. »Typerykset! Hullut!» se sihisi. »Vauhtia! Ei pidä luulla, että vaara on ohi. Ei ole. Vauhtia!»

He eivät vastanneet, mutta seurasivat sitä ylös vievälle kielekkeelle. Tie ei miellyttänyt yhtään vaikka he olivat kokeneet niin monia muitakin vaaroja, mutta sitä ei ollut pitkälti. Pian he tulivat pyöreään kulmaukseen, missä vuoren kylki taas pullistui esiin, ja siinä polku äkkiä kääntyi sisään kapeasta kallioaukosta. He olivat saapuneet ensimmäiselle Klonkun mainitsemista portaikosta. Pimeys oli lähes täydellinen eivätkä he nähneet juuri mitään kädenmittaa kauempana, mutta Klonkun silmät loistivat haileina noin sylen päässä heidän yläpuolellaan, kun se kääntyi taas heitä kohti.

»Varovasti!» se kuiskasi. »Rappuja. Paljon rappuja. Pitää varoa!»

Varovaisuus oli tosiaan tarpeen. Frodosta ja Samista tuntui ensin mukavammalta kun molemmilla puolilla oli seinää, mutta portaikko oli melkein yhtä jyrkkä kuin tikapuut, ja kiivetessään yhä ylemmäksi he tulivat yhä tietoisemmiksi taakse jäävästä pitkästä mustasta pudotuksesta. Lisäksi askelmat olivat kapeita ja erikorkuisia ja usein petollisia: ne olivat kulmista kuluneita ja sileitä ja jotkut olivat rikki ja jotkut rasahtivat, kun niille laski jalkansa. Hobitit ponnistelivat eteenpäin, kunnes he viimein tarrautuivat epätoivoisin käsin seuraaviin askelmiin ja pakottivat särkevät polvensa taipumaan ja oikenemaan; ja mitä syvemmälle vuoreen portaikko leikkasi itselleen väylän, sitä korkeammiksi kohosivat jyrkät seinämät pään päällä.

Viimein, kun he olivat jo varmoja etteivät jaksaisi enää, he näkivät Klonkun silmät taas heihin päin kääntyneinä. »Ylhäällä ollaan», se kuiskasi. »Ensimmäiset raput loppu. Viisaat hobitit kun kiipee niin ylös, hyvin viisaat hobitit. Pari rappua vaan, siinä kaikki, niin.»

Hyvin väsynyt Sam kömpi huterasti viimeiselle portaalle, ja Frodo hänen perässään, ja he istuutuivat hieromaan sääriään ja polviaan. He olivat syvässä pimeässä käytävässä, joka tuntui yhä jatkuvan ylöspäin vaikkakin loivemmin ja vailla portaita. Klonkku ei antanut heidän levätä kauan.

»Vielä toiset raput», se sanoi. »Paljosti pitemmät raput. Levätkää kun päästään toisten rappujen päähän. Ei vielä.»

Sam voihkaisi. »Pitemmät vai?» hän kysyi.

»Pitemmät, tietysti pitemmät», Klonkku sanoi. »Mutta ei yhtä vaikeat. Hobitit kiipesi Suorat portaat. Sitten tulee Käyrät portaat.»

»Ja entä niiden jälkeen?» Sam kysyi.

»Sitten nähdään», sanoi Klonkku maanitellen. »Tietysti, sitten nähdään, sitten, niin!»

»Muistaakseni sinä sanoit, että siellä oli tunneli», Sam sanoi. »Onko siellä tunneli tai jotain mistä pääsee läpi?»

»On siellä, on tunneli», Klonkku sanoi. »Mutta hobitit voi levätä ennen kuin yrittää sinne. Jos ne pääsee sen läpi, ne on melkein huipulla. Oikein melkein ihan huipulla, jos pääsee läpi. Tietysti!»

Frodo värisi. Kiipeäminen oli nostanut hien pintaan, mutta nyt hän tunsi olonsa kylmäksi ja nihkeäksi, ja pimeässä käytävässä kävi hyinen veto, joka puhalsi alas näkymättömistä korkeuksista. Hän nousi ja pudisteli itseään. »No, jatketaan!» hän sanoi. »Ei tässä auta istuksia.»

Käytävä tuntui jatkuvan virstakaupalla, ja kaiken aikaa puhalsi heitä vastaan kylmä veto, joka heidän edetessään yltyi purevaksi viimaksi. Ikään kuin vuoret olisivat yrittäneet lannistaa heidät kuolettavalla hengityksellään, karkottaa heidät korkeuksiensa salaisuuksien luota tai pyyhkäistä heidät takana olevaan pimeyteen. He tiesivät tulleensa tien päähän vain siitä, että oikealla ei äkkiä enää tuntunutkaan seinämää. He näkivät tuskin mitään. Heidän yläpuolellaan ja ympärillään häämötti suuria mustia muodottomia möhkäleitä ja syviä harmaita varjoja, mutta silloin tällöin lepatti uhkaavien pilvien alta himmeä punainen valo, ja hetkeksi heidän tajuntaansa piirtyi korkeita huippuja edessä ja kummallakin puolen; ne olivat kuin pylväitä, jotka kannattivat suunnatonta riippuvaa kattoa. He olivat nähtävästi kiivenneet laajalle tasanteelle satoja kyynäriä ylemmäksi. Vasemmalla oli kallio ja oikealla kuilu.

Klonkku vei heitä aivan kallion viertä. He eivät enää nousseet ylöspäin, mutta maasto oli epätasaisempaa ja pimeässä vaarallista, ja tiellä oli kivikasoja ja järkäleitä. Kulku sujui hitaasti ja varovaisesti. Ei Frodo eikä Sam pystynyt enää arvaamaan, montako tuntia oli kulunut siitä kun he astuivat Morgulin laaksoon. Yö tuntui loputtomalta.

Viimein he tajusivat taas seinämän häämöttävän edessä, ja jälleen siitä avautui portaikko. Taas he seisahtuivat ja taas he alkoivat kiivetä. Nousu oli pitkä ja vaivalloinen, mutta tämä portaikko ei kaivautunut vuoren sisään. Valtava kallioseinämä oli suhteellisen loiva ja tie kiemurteli siinä eestaas kuin käärme. Yhdessä kohdassa se jatkui rinteen poikki aina mustan jyrkänteen reunalle saakka, ja vilkaistessaan alas Frodo näki Morgulin laakson pohjukassa ammottavan valtavan rotkon. Sen syvyyksissä hohti kuolleesta kaupungista Nimettömään solaan vievä aaveiden tie kuin jonona kiiltomatoja. Hän kääntyi kiireesti pois.

Yhä eteenpäin ja ylemmäksi kääntyili ja kiemurteli portaikko, kunnes viimeinen lyhyt ja suora jakso toi heidät uudelle tasanteelle. Tie oli kääntynyt pois rotkossa kulkevasta pääsolasta ja seurasi nyt omaa vaarallista reittiään pienemmässä solassa Ephel Dúathin ylärinteillä. Hämärästi hobitit erottivat molemmin puolin kookkaita kiviulkonemia ja teräväreunaisia kivitorneja ja niiden välissä yötäkin mustempia halkeamia ja kuiluja, joita unohdetut talvet olivat syöneet ja kovertaneet pimeään vangittuun kiveen. Ja nyt vaikutti punainen valo taivaalla voimakkaammalta, vaikka oli mahdoton sanoa, oliko kammottava aamu todella tulossa tähän varjon maahan vai näkivätkö he vain Sauronin vuortentakaisen Gorgorothin piinasta väkivalloin lietsomia liekkejä. Katsoessaan ylös Frodo arveli näkevänsä vielä kaukana edessä ja korkealla yläpuolellaan tämän katkeran tien korkeimman kohdan. Itäisen taivaan tympeää punaa vasten piirtyi ylimmässä harjanteessa kapea ja syvä halkeama kahden mustan ulkoneman välissä; ja kummallakin ulkonemalla seisoi kivinen sarvi.

Hän pysähtyi ja katsoi tarkemmin. Vasemmanpuoleinen sarvi oli korkea ja kapea ja siinä paloi punainen valo, ellei sen takana avautuvan maan punainen hehku sitten paistanut jostakin aukosta läpi. Hän näki nyt, että uloimman solan yllä kohosi musta torni. Hän kosketti Samin käsivartta ja osoitti tornia.

»Tuosta minä en pidä ollenkaan!» Sam sanoi. »Tätä sinun salatietäsi vartioidaan sittenkin», hän murisi Klonkulle. »Minkä sinä tietysti tiesit kaiken aikaa!»

»Kaikki tiet vartioidaan, tietysti», Klonkku sanoi. »Mites muuteskaan. Mutta hobittien pitää yrittää jostakin. Tätä ehkä vartioidaan vähiten. Ehkä kaikki on menneet pois suureen taisteluun, ehkä on!»

»Ehkä on», Sam murahti. »No, se näyttää olevan vielä kaukana ja sinne on pitkä matka kuljettavana. Ja sitten on se tunnelikin. Teidän pitäisi varmaan nyt levätä, Frodo-herra. En tiedä mitä kello on, mutta me on rämmitty tuntikausia.»

»Totta, levättävä on», Frodo sanoi. »Yritetään löytää joku kolo tuulensuojasta ja kootaan siellä voimia – viimeistä taivalta varten.» Sillä siltä hänestä tuntui. Vuorten takana olevan maan kauhut, ja teko joka siellä oli tehtävä, tuntuivat etäisiltä, liian kaukaisilta vaivatakseen häntä vielä. Kaikki hänen ajatuksensa olivat keskittyneet siihen, miten hän pääsisi läpi tai yli tai ohi tämän läpipääsemättömän seinämän ja vartion. Jos hän selviäisi tästä mahdottomasta, silloin Tehtäväkin tulisi jotenkin täytetyksi, siltä hänestä ainakin tuntui tuona synkkänä väsymyksen hetkenä, kun hän yhä ponnisteli Cirith Ungolin kivisissä varjoissa.

He istuutuivat pimeään rakoon kahden suuren kivijärkäleen väliin: Frodo ja Sam hiukan sisemmäksi, ja Klonkku kyyryksiin maahan lähelle raon suuta. Siellä hobitit nauttivat – niin he olettivat – viimeisen ateriansa ennen kuin laskeutuisivat Nimettömään maahan, kukaties viimeisen yhteisen aterian mitä he koskaan söisivät. Vähän Gondorin ruokaa he söivät ja joitakin haltioiden matkaleivän levyjä, ja joivat vähän. Mutta vettä he käyttivät säästeliäästi ja ottivat sitä vain sen verran että kuiva suu kostui.

»Koskahan me taas löydetään vettä?» Sam sanoi. »Mutta kai ne juo tuollakin. Juohan örkitkin, eikö juo?»

»Juovat kyllä», Frodo sanoi. »Mutta ei puhuta siitä. Ne juomat eivät ole meitä varten.»

»Sitä suuremmalla syyllä pitäisi päästä täyttämään leilit», Sam sanoi. »Mutta täällä ylhäällä ei ole vettä: en ole kuullut tipan liraustakaan. Ja Faramir sitä paitsi sanoi, ettei me saataisi juoda mitään Morgulin vettä.»

»Ei mitään vettä mikä virtaa Imlad Morgulista, olivat hänen sanansa», Frodo sanoi. »Me emme ole nyt tuossa laaksossa ja jos löytäisimme lähteen, se virtaisi sinne eikä sieltä.»

»Minä en siihen luottaisi», Sam sanoi, »en ennen kuin olisin kuolemaisillani janoon. Näillä tienoilla tuntuu jotenkin pahalta.» Hän haisteli ilmaa. »Ja tuoksuukin, vai mitä. Huomaatteko? Outo haju, tunkkainen. Minä en pidä siitä.»

»Minä en pidä täällä mistään», Frodo sanoi, »en kivestä enkä kalliosta, ilmasta enkä ilmeestä. Maa, ilma ja vesi tuntuvat kaikki kirotuilta. Mutta sellainen on tiemme.»

»Totta, niin on», Sam sanoi. »Eikä me oltaisi täällä ollenkaan, jos olisi tiedetty vähän enempi ennen kuin lähdettiin. Mutta niin kai se usein on. Ne uljaat jutut mitä vanhoissa taruissa ja lauluissa on, seikkailut meinaan, niin kuin minä ennen muinoin niitä kutsuin – minä aina kuvittelin, että ne olisi jotakin semmoista mitä tarinoiden ihmemiehet lähti oikein etsimään, koska ne tahtoi niitä, koska ne oli jännittäviä, noin niin kuin jotain huvia, ja elämä oli vähän tylsää. Mutta niissä tarinoissa, jotka oli todella tärkeitä, niissä mitkä jää mieleen, ei ole ollenkaan niin. Kaverit vain jotenkin joutui niihin – heidän tiensä oli sellainen, niin kuin te sanoitte. Mutta kai heillä oli vaikka millä mitalla tilaisuuksia kääntyä takaisin, niin kuin meilläkin on ollut, mutta he eivät kääntyneet. Ja jos olisivat kääntyneet, niin me ei tiedettäisi siitä mitään, koska heidät olisi silloin unohdettu. Me kuullaan niistä jotka jatkoivat vaan – eikä muuten kaikkien käynyt hyvin, ei ainakaan niiden mielestä joille se tapahtui. Meinaan sillä lailla hyvin että tulee kotiin ja kaikki on kunnossa vaikka vähän muuttunutta – niin kuin Bilbo-herralle kävi. Mutta ne tarinat, joissa on onnellinen loppu, ei aina ole niitä parhaita tarinoita kuunnella, vaikka olisivatkin niitä, mihin on mukavinta itse joutua! Minkähänlaiseen tarinaan me on jouduttu?»

»Sitä sopii miettiä», Frodo sanoi. »Minä en tiedä. Ja niin on aina oikeissa tarinoissa. Ajattele mitä tahansa tarinaa, josta pidät. Saatat kyllä arvata minkälainen tarina se on, onko siinä onnellinen vai surullinen loppu, mutta ne jotka ovat tarinassa eivät sitä tiedä. Etkä sinä tahdokaan heidän tietävän.»

»En tietenkään. Esimerkiksi Beren, ei hän ikinä kuvitellut lähtevänsä noutamaan sitä Silmarilia rautakruunusta Thangorodrimista, ja kuitenkin hän lähti, ja joutuikin kamalampaan tilanteeseen ja pahempaan vaaraan kuin me. Mutta se on tietenkin pitkä tarina ja jatkuu ja ensin on onnea ja sitten surua ja mitä kaikkea vielä – ja Silmaril jatkoi kulkuaan ja joutui Eärendilille. Kuulkaa, herra, tätä minä en ole ennen tullut ajatelleeksi! Meillä on – teillä on Silmarilin valoa siinä tähtilasissa minkä Valtiatar antoi teille! Ajatelkaa nyt, me ollaan yhä siinä samassa tarinassa! Se jatkuu. Eikö suuret tarut koskaan lopu?»

»Eivät, ne eivät koskaan lopu tarinoina», Frodo sanoi. »Mutta henkilöt tulevat ja menevät, kun heidän osansa on päättynyt. Meidän osamme loppuu myöhemmin – tai ennemmin.»

»Ja sitten me voidaan levätä ja nukkua», Sam sanoi. Hän naurahti synkästi. »Ja minä tarkoitan mitä sanon, Frodo-herra, en sen kummempaa. Rehellistä lepoa ja unta ja heräämistä päivän työhön puutarhassa. Sitä minä taidan tässä vaan toivoakin koko ajan. Suuret ja tärkeät suunnitelmat ei ole minun alaani. Mutta minä vaan tuumin, että päästäänköhän me koskaan lauluihin tai tarinoihin. Me

ollaan jo tarinassa, totta kai, mutta tarkoitan että paneeko joku sen sanoiksi ja
kertoo takkavalkealla, käsitättehän, tai lukee isosta kirjasta, missä on punaisia ja
mustia kirjaimia, vuosia, monia vuosia myöhemmin. Ja sitten sanotaan: 'Miten
olisi jos joku kertoisi Frodosta ja Sormuksesta!' Ja toiset sanovat: 'Hyvä, se onkin
parhaita tarinoita mitä tiedän. Frodo oli hurjan rohkea, eikö ollut, isi?' 'Oli poi-
kaseni, kuuluisin kaikista hobiteista, ja se onkin aika paljon se!'»

»Se on rutkasti liikaa», Frodo sanoi ja nauroi pitkään, heleästi, sydämestään.
Moista ääntä ei ollut kuultu tuossa paikassa sen jälkeen, kun Sauron tuli Keski-
Maahan. Samista tuntui äkkiä kuin joka kivi olisi kuunnellut ja korkeat kalliot
kumartuneet heidän puoleensa. Mutta Frodo ei niistä piitannut, hän nauroi
uudestaan. »Voi Sam», hän sanoi, »kun kuuntelen sinua, tuntuu melkein yhtä
iloiselta kuin jos tarina olisi jo kirjoitettu. Mutta sinä jätit pois yhden päähen-
kilön: Samvais Sankarimielen. 'Isi, kerro enemmän Samista. Miksi siihen ei ole
pantu enemmän hänen puheitaan? Niistä minä pidän, ne naurattaa. Eikä Frodo
olisi päässyt kovinkaan pitkälle ilman Samia, eihän isi?'»

»Frodo-herra», Sam sanoi, »älkää laskeko leikkiä. Minä olin tosissani.»

»Niin olin minäkin», Frodo sanoi, »ja olen vieläkin. Me laukkaamme asioiden
edelle. Sinä ja minä, Sam, olemme nyt yhdessä tarinan pahimmista paikoista, ja
on jokseenkin varmaa, että joku sanoo tällä kohdalla: 'Pane kirja kiinni, isi, en
tahdo kuulla enää mitään.'»

»Voi olla», Sam sanoi, »mutta minä en sanoisi niin. Kun teot on tehty ja ohi ja
osa jotakin suurta tarinaa, se on toista. Kuulkaa, Klonkkukin voisi olla tarinassa
hyvä, parempi ainakin kuin täällä todellisuudessa, ihan nenän alla. Ja se piti itse-
kin ennen tarinoista, omien sanojensa mukaan. Pitääköhän se itseään sankarina
vai roistona? Klonkku!» hän huusi. »Tahtoisitko olla sankari – no mihin se nyt
taas on joutunut?»

Siitä ei näkynyt vilaustakaan suojan suulla eikä lähivarjoissa. Se oli kieltäyty-
nyt syömästä heidän ruokaan, vaikka olikin kuten tavallisesti huolinut kulauksen
vettä, ja sitten se oli näyttänyt käpertyvän maahan nukkumaan. He olivat oletta-
neet, että ainakin yksi sen pitkän edellispäiväisen poissaolon syy oli ollut sellaisen
ruoan hankinta, joka miellytti sitä itseään; ja nyt se oli ilmeisesti taas livahtanut
tiehensä sillä aikaa kun he puhuivat. Mutta mitä tarkoitusta varten?

»Minä en pidä tästä, että se hiipii tiehensä sanomatta mitään», Sam sanoi. »Ja
vähiten juuri nyt. Se ei voi etsiä syötävää tuolta ylhäältä, ellei siellä ole jotakin
kivilajia, joka on sen erikoisherkkua. Eihän täällä kasva edes sammalta!»

»Ei sen takia kannata nyt hermostua», Frodo sanoi. »Me emme olisi päässeet
näin pitkälle, emme edes näköetäisyydelle solasta ilman Klonkkua ja siksi mei-
dän täytyy sopeutua sen tapoihin. Jos se on petollinen, niin se on.»

»Oli miten oli, pitäisin sen mieluummin silmissäni», Sam sanoi. »Sitä suurem-
malla syyllä, jos se on petollinen. Muistatteko kun se ei suostunut sanomaan,
oliko tämä sola vartioitu vai ei? Ja nyt me on nähty, että täällä on torni – ja se
saattaa olla autio tai siellä saattaa olla väkeä. Mitä jos Klonkku on mennyt hake-
maan niitä sieltä, örkkejä tai mitä lienevät?»

»En minä sitä usko», Frodo sanoi. »Vaikka sillä olisikin jokin konnuus mie-
lessä, mitä en pitäisi yllätyksenä. En usko, että on kysymys siitä että se olisi
mennyt hakemaan örkkejä tai mitään Vihollisen palvelijoita. Miksi se olisi odot-
tanut tähän asti ja nähnyt kiipeämisen vaivan ja tullut niin lähelle maata, jota se

kammoaa? Se olisi varmasti voinut kavaltaa meidät örkeille vaikka kuinka monta kertaa sen jälkeen kun tapasimme sen. Ei, jos se suunnittelee jotakin, niin se on jokin ihan yksityinen pieni juoni ja ihan sen oma salaisuus.»

»Niin kai se on Frodo-herra», Sam sanoi. »Vaikka ei se minua varsin lohduta. Minä en kuvittele mitään: tiedän kyllä että se toimittaisi minut örkeille niin kuin tyhjää vaan. Mutta olin ihan unohtaa – sen Aarre. Siitä kai on koko ajan ollut kysymys: *Aarre Sméagol-rukalle*. Se ajatus hallitsee sen jokaista aikomusta, jos sillä semmoisia on. Mutta miten sitä hyödyttää raahata meidät tänne ylös, sitä minä en käsitä ollenkaan.»

»On paljon mahdollista, ettei se käsitä itsekään», Frodo sanoi. »Enkä usko, että sen sekavassa päässä olisi vain yksi selkeä suunnitelma. Se yrittää minun käsittääkseni omasta puolestaan pelastaa Aarteen joutumasta Viholliselle, niin pitkään kuin vain voi. Sillä sille itselleenkin merkitsisi perikatoa, jos Sormus joutuisi Viholliselle. Ja toisaalta se saattaa vain pelata aikaa ja odottaa tilaisuutta.»

»Ne Liehu ja Luihu, sitä minä olen aina sanonut», Sam sanoi. »Mutta mitä lähemmäksi Vihollisen maata ne tulee, sitä enemmän Liehu alkaa muistuttaa Luihua. Sanokaa minun sanoneen: jos me joskus päästään siihen solaan, se ei kyllä anna meidän mennä Aarteen kanssa rajan yli järjestämättä hankaluuksia.»

»Me emme ole vielä päässeet sinne», Frodo sanoi.

»Ei, mutta kannattaa pitää silmät auki kunnes päästään. Jos me torkahdetaan, Luihu perii äkkiä voiton. Mutta te voisitte nyt turvallisesti ummistaa vähän silmiänne, herra. Turvallisesti siis jos makaatte minun lähelläni. Minusta olisi totisesti mukava nähdä teidän nukkuvan vähän. Minä pidän vartiota, eikä kukaan voi tulla käpälöimään teitä Samin huomaamatta, jos nukutte ihan vieressä ja minun käteni on teidän ympärillä.»

»Nukkua!» Frodo sanoi ja huokasi kuin olisi nähnyt autiomaassa viileänvihreän kangastuksen. »Täälläkin, täälläkin minä voisin nukkua.»

»Nukkukaa, herra! Pankaa pää tähän syliin.»

Ja niin Klonkku heidät löysi palatessaan tunteja myöhemmin. Se hiipi ja hipsutti polkua alas pimeydestä. Sam istui kiveen nojaten pää kallellaan ja hengitti raskaasti. Pää Samin sylissä Frodo nukkui syvässä unessa; Frodon valkoisella otsalla oli Samin ruskea käsi ja toinen lepäsi hellästi isännän rinnalla. Kummankin kasvoilla oli rauha.

Klonkku katseli heitä. Sen laihoilla nälkäisillä kasvoilla käväisi outo ilme. Kiilto sammui sen silmistä, ja äkkiä ne olivat sameat, harmaat, vanhat ja väsyneet. Näytti kuin tuska olisi kouristanut sitä, ja se kääntyi pois, katsoi taakseen solaa kohti, ravisteli päätään, ikään kuin olisi käynyt sisäistä keskustelua. Sitten se palasi ja ojensi hitaasti vapisevan kätensä ja kosketti hyvin varovasti Frodon polvea – mutta kosketus oli melkein kuin hyväily. Jos nukkujat olisivat nähneet Klonkun, he olisivat sen katoavan hetken ajan luulleet näkevänsä vanhan väsyneen hobitin, jonka loputtomat vuodet olivat köyristäneet ja kuljettaneet pois ystävien ja sukulaisten, nuoruuden niittyjen ja virtojen luota, vanhan nälkiintyneen säälittävän olennon.

Mutta kosketuksesta Frodo liikahti ja äännähti unissaan, ja siinä silmänräpäyksessä Sam oli täysin hereillä. Ensimmäiseksi hän näki Klonkun – »käpälöimässä herraa», niin kuin hän arveli.

»Hei kuules!» hän sanoi karkeasti. »Mitä sinä oikein meinaat?»

Lukitarin luola

»Ei mitään, ei mitään», sanoi Klonkku hiljaa. »Kiltti isäntä!»

»Niin on», Sam sanoi. »Mutta missä sinä olet ollut – hiiviskelemässäkö taas, vanha lurjus?»

Klonkku vetäytyi kauemmaksi ja sen raskaiden luomien alla lepatti vihreä kiilto. Se näytti nyt miltei hämähäkkimäiseltä, kun se taas oli kyyristynyt nelinkontin ja silmät pullottivat päässä. Katoava hetki oli mennyt, lopullisesti. »Hiiviskelemässä, hiiviskelemässä!» se sähisi. »Hobitit on aina niin kohteliaat, tietysti. Kiltit hobitit! Sméagol tuo salateita, joita kukaan muu ei löydä. Hän on väsynyt, janoinen hän on, janoinen, niin, ja hän opastaa heitä, hän etsii polkuja, he sanovat: hän *hiiviskelee*. Oikein kilttejä ystäviä, tietysti aarteeni, oikein kilttejä.»

Samia vähän kadutti, mutta hänen luottamuksensa ei vahvistunut. »Anteeksi», hän sanoi. »Olen pahoillani, mutta sinä säikäytit minut hereille. Eikä minun olisi pitänyt nukkua ollenkaan, ja sen takia olin vähän äreä. Mutta Frodo-herra on niin väsynyt, että minä pyysin häntä ottamaan nokoset, ja niin siinä sitten kävi. Anteeksi. Mutta sano, *missä* sinä olet ollut?»

»Hiiviskelemässä», Klonkku sanoi eikä vihreä kiilto väistynyt sen silmistä.

»Olkoon», Sam sanoi, »pidä hyvänäsi. Ei kai se niin kaukana totuudesta olekaan. Ja nyt meidän pitäisi kaikkien lähteä yhdessä hiiviskelemään. Mitä kello on? Onko nyt tänään vai huomenna?»

»Huomenna», Klonkku sanoi, »tai oli huomenna, kun hobitit alkoi nukkua. Hyvin tyhmää, hyvin vaarallista – ellei Sméagol-rukka olisi lähistöllä hiiviskelemässä ja vahtimassa.»

»Taidetaan pian kyllästyä tuohon sanaan», Sam sanoi. »Mutta mitä siitä. Minä herätän herran.» Hellästi hän silitti tukan Frodon otsalta, kumartui ja puhui hänelle hiljaa.

»Herätkää, Frodo-herra! Herätkää!»

Frodo liikahti ja avasi silmänsä ja hymyili nähdessään Samin kasvot lähellä omiaan. »Aikainen herätys, niinkö, Sam? On vielä pimeää!»

»Täällä on aina pimeää», Sam sanoi. »Mutta Klonkku on tullut takaisin, Frodo-herra, ja se sanoo että nyt on huomenna. Täytyy jatkaa matkaa. Viimeinen taival.»

Frodo veti syvään henkeä ja nousi istumaan. »Viimeinen taival!» hän sanoi. »Hoi Sméagol! Löysitkö mitään syötävää? Oletko saanut yhtään levätä?»

»Ei ruokaa, ei lepoa, ei mitään Sméagolille», Klonkku sanoi. »Hän on hiiviskelijä.»

Sam naksautti kieltään mutta hillitsi itsensä.

»Älä ota itsellesi nimiä, Sméagol», Frodo sanoi. »Se on epäviisasta, olivatpa ne sitten tosia tai valheellisia.»

»Sméagol ottaa mitä annetaan», Klonkku vastasi. »Ystävällinen mestari Samvais antoi sen nimen hänelle, se hobitti tietää niin paljon.»

Frodo katsoi Samiin. »Totta se on», Sam sanoi. »Minä käytin sitä sanaa kun kavahdin yhtäkkiä hereille unestani ja Klonkku oli siinä. Sanoin että olin pahoillani, mutta kohta en enää ole.»

»No niin, antaa asian olla», Frodo sanoi. »Mutta nyt sinulla ja minulla on valinnan hetki, Sméagol. Sano, voimmeko selvitä loppumatkasta yksin? Me olemme näköetäisyydellä solasta, sen sisäänkäynnistä, ja jos me nyt voimme löytää sen omin voimin, sopimuksemme pitäisi olla täytetty. Olet tehnyt sen mitä lupasit ja olet vapaa: vapaa menemään takaisin sinne missä voi syödä ja levätä, minne ikinä tahdotkin – paitsi Vihollisen palvelijoiden luo. Ja jonakin päivänä minä palkitsen sinut, minä tai ne jotka minua muistavat.»

»Eiei, ei vielä», Klonkku vikisi. »Eiei! Ei he voi löytää tietä omin voimin, ei millään! Ei alkuunkaan. Siellä on tunneli tulossa. Sméagolin täytyy jatkaa. Ei levätä. Ei syödä. Ei vielä.»

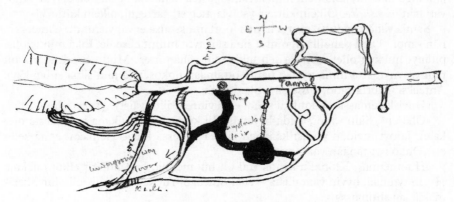

Lukitarin luolan pohjapiirros

9

LUKITARIN LUOLA

SAATTOI HYVINKIN OLLA päivä niin kuin Klonkku väitti, mutta hobitit huomasivat tuskin mitään eroa, ellei raskas taivas sittenkin ollut vähän vähemmän pikimusta, niin että se muistutti nyt valtavaa savukattoa; ja raoissa ja koloissa viipyvän syvän yöpimeyden sijaan peitti ympäröivän kivisen maailman nyt harmaa kaiken sumentava varjo. He jatkoivat matkaa, Klonkku edellä ja hobitit sen perässä rinnatusten ylös pitkää halkeamaa rikkoutuneiden ja rapautuneiden kalliönjärkäleiden ja pylväiden välissä, joita seisoi halkeaman kummallakin puolen kuin valtavia muovaamattomia patsaita. Ääntäkään ei kuulunut. Jonkin matkan päässä, kun he olivat kävelleet virstan verran, levittäytyi eteen suuri harmaa seinämä, valtava ylöstyöntyvä kivimassa. Se häämötti yhä tummempana ja kohosi kohoamistaan heidän lähestyessään, kunnes nousi korkealle heidän yläpuolelleen ja peitti kaiken taakse jäävän näkyvistä. Sen juurella varjo oli syvääkin syvempi. Sam haisteli ilmaa.

»Yäk! Mikä haju!» hän sanoi. »Se käy aina vaan voimakkaammaksi.»

Pian he tulivat seinämän varjoon, ja sen keskellä he näkivät luolan aukon. »Tästä mennään sisään», Klonkku sanoi hiljaa. »Tämä on tunnelin sisäänkäytävä.» Se ei lausunut tunnelin nimeä: Torech Ungol, Lukitarin luola. Haju tuli sieltä, eikä se ollut Morgulin niittyjen pilaantumisen lemua vaan iljettävä löyhkä, kuin aukon takaiseen pimeyteen olisi koottu ja kasattu sanoinkuvaamatonta saastaa.

»Onko tämä ainoa tie, Sméagol?» Frodo sanoi.

»On on», se vastasi. »Tästä pitää nyt mennä, niin.»

»Yritätkö sinä väittää, että olet kulkenut tästä sisään?» Sam sanoi. »Hyh! Mutta ehkä sinä et piittaa hajuista.»

Klonkun silmät kiiluivat. »Ei hän tiedä mistä me piitataan, eihän aarteeni? Ei tiedä ei. Mutta Sméagol kestää kaikenlaista. Tietysti. Hän on mennyt sisään, sisään ja läpi, on mennyt. Se on ainoa tie.»

»Ja mikä saa aikaan tuon hajun, mietin vaan», Sam sanoi. »Se on niin kuin – no, ei tee mieli sanoa. Joku ällöttävä örkkien kolo, veikkaan minä, ja sadan vuoden varastot saastaa.»

»Örkkejä tai ei», Frodo sanoi, »jos tämä on ainoa tie, meidän on käytettävä sitä.»

He vetivät syvään henkeä ja astuivat sisään. Muutaman askelen kuljettuaan he olivat täydellisessä ja läpinäkymättömässä pimeydessä. Morian valottomien käytävien jälkeen ei Frodo eikä Sam ollut kokenut moista pimeyttä, ja jos mahdollista se oli täällä vieläkin syvempi ja tiheämpi. Moriassa, siellä sentään liikkui ilma, siellä kaikui ja siellä oli tilan tuntua. Täällä ilma seisoi paikallaan, tunkkaisena, raskaana, ja ääni tukahtui. He kävelivät kuin mustassa, itsestään pimeydestä siinneessä huurussa, joka hengitettäessä ei pimentänyt ainoastaan silmiä vaan myös mielen, niin että värien ja muotojen ja kaiken valon muistokin katosi ajatuksista. Yö oli aina ollut, yö olisi aina, yö oli kaikki.

Mutta hetken he vielä pystyivät tuntemaan, ja aluksi tunto jaloissa ja käsissä päinvastoin ikään kuin terästyi tuskallisesti. Seinämät tuntuivat heidän yllätyksekseen sileiltä, ja lattia oli muutamaa porrasta lukuun ottamatta suora ja tasainen ja vietti kaiken aikaa ylös samaa jyrkkää rinnettä. Tunneli oli korkea ja avara, niin avara että hobitit, jotka kävelivät rinnan toinen suoraksi ojennettu käsi seinää tunnustellen, jäivät erilleen toisistaan, yksin pimeyteen.

Klonkku oli mennyt ensin sisään ja tuntui olevan vain muutaman askelen heidän edellään. Niin kauan kuin he vielä kykenivät kiinnittämään huomiota tuontapaisiin asioihin, he kuulivat miten sen hengitys sihisi ja läähätti aivan lähellä. Mutta jonkin ajan kuluttua heidän aistinsa alkoivat sumeta, niin tunto kuin kuulo turtuivat; he kävelivät eteenpäin ja haparoivat yhä pitemmälle etupäässä sen tahdonvoiman avulla, joka oli saanut heidät astumaan sisään: halu päästä tunnelin läpi ja tarve saapua viimein sen päässä odottavalle korkealle portille.

He eivät ehkä olleet edenneet kovinkaan pitkälle – ajan ja etäisyyden taju hämärtyi heiltä piankin – kun Sam koetellessaan seinämää oikealla puolellaan havaitsi siinä aukon; hetken hän tunsi vähän puhtaamman ilman henkäyksen, ja sitten he ohittivat sen.

»Täällä on useampia kuin yksi käytävä», hän sai kuiskatuksi – oli vaikeaa tuottaa mitään ääntä. »Tämä on kyllä niin örkkimäinen paikka kuin olla voi!»

Sen jälkeen sivuutti Sam ensin oikealla puolella ja sitten Frodo vasemmalla kolme neljä samanlaista aukkoa, toiset isompia ja toiset pienempiä, mutta vielä ei ollut minkäänlaista epäilystä päätiestä, sillä se oli suora eikä kääntyillyt ja vei yhä tasaisesti ylöspäin. Mutta kuinka pitkä se oli, kuinka paljon kauemmin heidän pitäisi kestää tätä, kuinka kauan he kestäisivät? Ilma kävi sitä tukahduttavammaksi mitä ylemmäksi he pääsivät, ja nyt he olivat pimeässä tuntevinaan jonkin huonoa ilmaa paksumman vastuksen. Työntyessään eteenpäin he tunsivat, että jokin pyyhki päätä tai käsiä, kuin pitkät lonkerot, tai ehkä riippuvat kasvit: he eivät tienneet mitä ne olivat. Ja yhä sakeni löyhkä. Se voimistui kunnes heistä tuntui, että ainoa jäljelle jäänyt selkeä aisti oli hajuaisti ja se oli jätetty kidutustarkoituksessa. Tunti, kaksi, kolme – kuinka monta niitä oli kulunut tässä valottomassa luolassa? Tunteja – päiviä, viikkoja pikemminkin. Sam erkani tunnelin seinästä ja painautui lähemmäksi Frodoa, ja heidän kätensä kohtasivat ja puristuivat yhteen, ja niin he jatkoivat yhdessä kulkuaan.

Viimein vasenta seinustaa käsillään haparoiva Frodo tapasi äkkiä tyhjää. Hän oli kaatua sivuttain tyhjyyteen. Kalliossa oli tällä kohden aukko, joka oli paljon suurempi kuin mikään niistä, jotka he olivat tähän mennessä ohittaneet, ja siitä tulvahti niin iljettävä lemu ja niin voimakas vaanivan pahuuden tuntu, että Frodon päässä heitti. Samalla hetkellä Samkin horjahti eteenpäin.

Frodo karisti pois pahoinvoinnin ja pelon ja tarrasi Samin käteen. »Ylös!» hän henkäisi karkeasti ilman ääntä. »Täältä se kaikki tulee, löyhkä ja vaara. Pakoon! Pian!»

Hän kokosi jäljelle jääneet voiman ja päättäväisyyden rippeet, veti Samin jaloilleen ja pakotti omat jäsenensä liikkumaan. Sam kompasteli hänen rinnallaan. Askel, kaksi, kolme – lopulta kuusi askelta. Kammottava näkymätön aukko oli kukaties nyt sivuutettu, mutta oli miten oli, äkkiä oli helpompi liikkua, ikään kuin jokin vihamielinen tahto olisi hetkeksi helpottanut otettaan heistä. He ponnistelivat eteenpäin, yhä käsi kädessä.

Mutta melkein heti tuli eteen uusi vastus. Tunneli haarautui, tai siltä tuntui, eivätkä he pimeässä pystyneet erottamaan, kumpi tie oli leveämpi tai kumpi johti suoremmin eteenpäin. Kumpi heidän pitäisi valita, vasen vai oikea? Mikään ei opastanut heitä, ja silti väärä valinta olisi melko varmasti kohtalokas.

»Kummasta Klonkku on mennyt?» huohotti Sam. »Ja miksi se ei odottanut?»

»Sméagol!» Frodo ähkäisi huutoa tavoitellen. »Sméagol!» Mutta hänen äänensä oli käheä ja nimi tukehtui tuskin huulilta päästyään. Vastausta ei kuulunut, ei kaikua, ei edes ilman värähdystä tuntunut.

»Tällä kertaa se on tainnut kadota ihan tosissaan», Sam mutisi. »Tänne se tietysti nimenomaan tahtoi meidät tuoda. Klonkku mokoma! Jos enää ikinä pääsen sinuun käsiksi, saat katua!»

Haparoidessaan ja kopeloidessaan pimeydessä he huomasivat äkkiä, että vasemmanpuoleinen aukko oli tukossa: joko se oli umpikuja tai sitten käytävään oli pudonnut suuri kivi. »Tämä ei voi olla oikea tie», Frodo kuiskasi. »Syteen tai saveen, meidän on lähdettävä toista myöten.»

»Ja sukkelaan!» huohotti Sam. »Täällä on jotakin, joka on pahempaa kuin Klonkku. Tunnen, että jokin tarkkailee meitä.»

He olivat kulkeneet vain parin sylen verran, kun alkoi kuulua ääntä, ja raskaassa tiivistyneessä hiljaisuudessa se oli hätkähdyttävä ja kauhea: kurlutusta, pulputusta ja pitkä myrkyllinen sihinä. He pyörähtivät ympäri, mutta mitään ei näkynyt. He seisoivat hiljaa kuin kivet tuijottaen ja odottaen tietämättä mitä.

»Tämä on ansa!» Sam sanoi ja laski kätensä miekan kahvalle, ja muisti niin tehdessään hautakummun pimeyden, josta miekka oli peräisin. »Olisipa vanha Tom lähellämme täällä!» hän ajatteli. Silloin, seistessään siinä pimeys ympärillään, epätoivon ja vihan mustuus sydämessään, hän oli näkevinään valoa: sisäisen valon, joka aluksi oli lähes sietämättömän kirkas kuin auringonsäde kauan ikkunattomassa kuopassa piileskelleen silmille. Sitten valo sai värejä: vihreää, kultaa, hopeaa, valkoista. Kaukana, kuin pienessä haltiakäsien piirtämässä kuvassa, hän näki valtiatar Galadrielin, joka seisoi Lórienin ruohikolla ja hänen käsissään oli lahjoja. *Ja sinä, Sormuksen viejä,* Sam kuuli hänen sanovan kaukana mutta selvästi, *sinulle olen valmistanut tämän.*

Pulputtava sihinä lähestyi, ja kuului natinaa ikään kuin jokin suuri nivelikäs olento olisi hitaasti ja määrätietoisesti liikehtinyt pimeydessä. Sen edellä kulki lemu. »Herra! Herra!» Sam huudahti ja elämä ja hätä palasivat hänen ääneensä. »Valtiattaren lahja! Tähtilasi! Valoksi teille pimeissä paikoissa, niin hän sanoi. Tähtilasi!»

»Tähtilasi?» mutisi Frodo kuin unesta oikein tajuamatta, mistä oli kysymys. »Niin tietysti! Miksi olin unohtanut sen? *Valona, kun kaikki muu valo on kaikonnut!* Ja nyt voi tosiaan vain valo meitä auttaa.»

Hitaasti hän työnsi käden poveensa ja hitaasti hän veti esiin Galadrielin kristal-
lipullon. Hetken se hehkui himmeänä kuin nouseva tähti, joka ponnistelee ras-
kaassa maasta kohoavassa usvassa, mutta sitä mukaa kuin sen voima vahvistui ja
toivo syttyi Frodon sydämessä, se alkoi palaa ja leimahti hopeiseen liekkiin; se
valaisi kuin pienenpieni häikäisevä valosydän – oli kuin itse Eärendil olisi laskeu-
tunut korkeilta auringonlaskun poluilta viimeinen Silmaril kulmillaan. Pimeys
väistyi sen tieltä, kunnes se tuntui loistavan ilmavan kristallipallon keskellä, ja
käsi, joka sitä piteli, kipinöi valkoista valoa.

Frodo tuijotti kummissaan tätä ihmeellistä lahjaa, jota hän oli säilyttänyt niin
kauan arvaamatta sen täyttä arvoa ja mahdollisuuksia. Harvoin hän oli matkal-
laan muistanut sitä ennen kuin he tulivat Morgulin laaksoon, eikä hän ollut kos-
kaan käyttänyt sitä, koska kavahti sen paljastavaa valoa. *Aiya Eärendil Elenion
Ancalima!* hän huudahti eikä tiennyt, mitä oli sanonut, sillä tuntui kuin toinen
ääni olisi puhunut hänen äänensä kautta, kirkas ääni, jota ei luolan saastainen
ilma vaivannut.

Mutta Keski-Maassa on muita voimia, yön voimia, ja ne ovat vanhoja ja vahvoja.
Ja Se joka kulki pimeydessä oli kuullut niiden haltioiden huudot, jotka huutavat
kaukana menneisyyden syvyyksissä, eikä Se ollut haltiahuudosta piitannut, eikä
se Sitä lannistanut nytkään. Jo huudahtaessaan Frodo tunsi pahatahtoisen ja lep-
pymättömän läsnäolon, joka tarkasteli häntä. Tunnelissa, varsin lähellä sen aukon
tällä puolen, jonka luona he olivat horjuneet ja kompastelleet, alkoi vähitellen näkyä
kaksi silmää, kaksi suurta moni-ikkunaista verkkosilmää – uhkaava vaara paljastui
vihdoin. Tähtilasin säteet hajosivat ja taittuivat silmien tuhansista pinnoista, mutta
kimaltelun takana alkoi hitaasti hehkua kalpea inha tuli, jonkin pahantahtoisen
mielen syvässä kuilussa syttynyt liekki. Hirviömäiset ja kaameat olivat nuo silmät,
eläimelliset, ja kuitenkin täynnä määrätietoisuutta ja iljettävää iloa, ja ne tuijottivat
saalistaan, joka oli joutunut ansaan täysin vailla pakenemisen toivoa.

Kauhun vallassa alkoivat Frodo ja Sam perääntyä, ja noiden uhkaavien silmien
kammottava katse piti heidän katsettaan vankinaan, mutta heidän perääntyessään
myös silmät etenivät. Frodon käsi horjui, ja hitaasti kristallipullo vajosi. Sitten
äkkiä heitä pitelevä ote heikkeni: omaksi nautinnokseen silmät halusivat juoksut-
taa heitä hetken aikaa hyödyttömän kauhun vallassa, ja he kääntyivät ja pakenivat,
mutta juostessaan Frodo vilkaisi olkansa yli ja näki kauhukseen, että silmät loik-
kivat perässä. Kuoleman lemu oli hänen ympärillään kuin pilvi.

»Seis! Seis!» hän huusi epätoivoissaan. »Ei kannata juosta.»

Hitaasti silmät lähestyivät.

»Galadriel!» hän huudahti, kokosi rohkeutensa ja nosti kristallipullon vielä ker-
ran ilmaan. Silmät pysähtyivät. Hetkeksi niiden huomio herpaantui, ikään kuin
niitä olisi vaivannut jokin varjomainen epäilys. Silloin Frodon sydän leimahti,
ja ajattelematta mitä teki, oliko se epätoivoista hulluutta vai rohkeutta, hän otti
pullon vasempaan käteensä ja oikealla hän veti esiin miekkansa. Piikki leimahti,
pureva haltiaterä kimmelsi hopeisessa valossa, mutta sen reunoilla lepatti siner-
tävä tuli. Hän piteli tähteä ylhäällä ja miekkaa ojossa ja niin hän, Frodo, Konnun
hobitti, asteli määrätietoisesti kohti noita silmiä.

Ne huojahtivat. Niiden epäilys vahvistui sitä mukaa kun valo läheni. Yksitellen
ne himmenivät ja vetäytyivät hitaasti taaksepäin. Mikään näin kuolettava kirkkaus
ei ollut milloinkaan ahdistanut niitä. Auringolta ja kuulta ja tähdiltä ne olivat

olleet suojassa maan alla, mutta nyt oli tähti laskeutunut maan sisään. Yhä se lähestyi, ja silmät alkoivat väistyä. Yksitellen ne kaikki pimenivät, ne kääntyivät pois, ja valopiirin ulkopuolella suuri möhkäle vääntäytyi varjona heidän ja silmien väliin. Ne olivat poissa.

»Herra, herra!» Sam huusi. Hän seisoi Frodon takana miekka esillä ja valmiina. »Kiitos ja kunnia! Tuosta voisivat haltiat tehdä laulun, jos kuulisivat siitä joskus! Että minä eläisin ja saisin kertoa heille ja kuulla heidän laulavan! Mutta älkää enää menkö edemmäksi, herra! Älkää menkö sinne alas, luolaan! Nyt on meidän ainoa tilaisuutemme. Painutaan ulos tästä ällöttävästä kolosta!»

Ja niin he kääntyivät taas kerran, ensin kävelivät ja sitten panivat juoksuksi; heidän edetessään tunnelin lattia nousi jyrkästi, ja joka harppaus vei heitä korkeammalle näkymättömästä pesästä leviävän löyhkän yläpuolelle, ja voima palasi jäseniin ja sydämeen. Mutta yhä vaani Vartijan viha heidän takanaan, kenties se oli sokaistunut hetkeksi, mutta lyöty se ei ollut, yhä se janosi kuolemaa. Ja sitten heitä vastaan tulvahti kylmä ja ohut ilmavirta. Aukko, tunnelin pää oli viimein heidän edessään. He huohottivat, ja sydän täynnä katottoman tilan kaipausta he syöksyivät eteenpäin – mutta hämmästyksekseen he horjahtivat ja lennähtivät takaisin. Aukkoa tukki jonkinlainen este, mutta se ei ollut kivestä tehty. Se tuntui pehmeältä ja hiukan taipuisalta, mutta samalla vahvalta ja läpäisemättömältä, ilmaa tihkui läpi mutta ei minkäänlaista valon kajoa. He ryntäsivät eteenpäin vielä kerran ja paiskautuivat takaisin.

Frodo kohotti kristallipulloa ja näki edessään harmauden, jota tähtilasin säteily ei läpäissyt eikä valaissut, ikään kuin se olisi ollut varjo, jota mikään valo ei ollut heittänyt ja jota niin ollen mikään valo ei myöskään voinut häivyttää. Tunnelin poikki oli koko sen korkeudelta ja leveydeltä kudottu verkko, säännöllinen kuin jättiläishämähäkin seitti, mutta tiheämpi ja paljon suurempi, ja sen jokainen säie oli paksu kuin köysi.

Sam nauroi kolkosti. »Hämähäkinseittejä!» hän sanoi. »Eikö muuta? Mutta melkoinen hämähäkki! Kimppuun vaan, esteet alas!»

Raivoisasti hän hakkasi verkkoa miekallaan, mutta säie, jota hän löi, ei katkennut. Se jousti vähän ja ponnahti sitten takaisin kuin pingotettu jousenjänne, käänsi miekanterän ja heitti ilmaan niin miekan kuin kädenkin. Kolmasti Sam iski kaikin voimin, ja viimein yksi ainoa lukemattomista köysistä katkesi, kiertyi, käpertyi ja viuhahti ilman halki. Toinen pää sivalsi Samin kättä ja hän huudahti kivusta, kavahti taaksepäin ja veti käden suulleen.

»Tämän tien raivaamiseen kuluisi päiväkausia», hän sanoi. »Mitä tehdään? Ovatko ne silmät tulleet takaisin?»

»Ei, niitä ei näy», Frodo sanoi. »Mutta minusta tuntuu yhä, että ne tuijottavat minua tai ajattelevat minua: laativat ehkä toista suunnitelmaa. Jos tämä valo heikkenisi tai sammuisi, ne tulisivat tuota pikaa takaisin.»

»Jouduttiin ansaan viimeinkin!» Sam sanoi katkerasti ja hänen vihansa voitti taas uupumuksen ja epätoivon. »Ollaan kuin hyttyset verkossa. Osukoon Faramirin kirous Klonkkuun ja osukoonkin pian!»

»Se ei meitä nyt auttaisi», Frodo sanoi. »Mutta katsotaan, mitä Piikillä voi saada aikaan. Se on haltiamiekka. Myös Beleriandin pimeissä rotkoissa, missä se taottiin, oli kauhun verkkoja. Mutta sinun täytyy ruveta vahdiksi ja pitää silmät loitolla. Tässä, ota tähtilasi. Älä pelkää. Pidä sitä korkealla ja tähyile!»

Sitten Frodo astui suuren harmaan verkon eteen ja heilautti miekkansa laajassa kaaressa, ja ahnas terä puraisi tiukkaan kiristettyä köysiverkkoa ja hobitti hyppäsi taaksepäin. Sinihehkuinen terä leikkautui säikeiden läpi kuin viikate heinissä ja ne kimposivat, kiemurtelivat ja jäivät roikkumaan irralleen. Syntyi suuri repeämä.

Iskun toisensa perään löi Frodo, kunnes lopulta koko verkko hänen ulottuviltaan oli repaleina ja sen yläosa huojui ja heilui kuin irtonainen verho sisään puhaltavassa tuulessa. Ansa oli murrettu.

»Tule!» Frodo huudahti. »Eteenpäin, eteenpäin!» Villi ilo siitä, että he olivat päässeet pakoon epätoivon kidasta, täytti hänet äkkiä kokonaan. Hänen päässään pyöri, kuin hän olisi juonut väkevää viiniä. Hän juoksi ulos huutaen mennessään.

Tuo pimeä maa tuntui valoisalta nyt kun hänen silmänsä olivat kulkeneet yön luolan lävitse. Suuret savut olivat kohonneet ja ohenneet, ja synkeän päivän viimeiset tunnit olivat menossa; Mordorin punainen hehku oli sammunut pimeyteen. Mutta Frodosta tuntui, että hän katseli uuden toivon aamunsarastusta. Hän oli jo melkein ylhäällä. Vain vähän nousua vielä. Halkeama, Cirith Ungol, oli hänen edessään hämäränä pykälänä mustassa harjanteessa ja kalliosarvet tummenivat taivasta vasten sen kummallakin puolella. Enää lyhyt pätkä, pikamatka, ja hän olisi päässyt sen läpi!

»Sam, Sam, sola!» hän huusi välittämättä äänensä kimakasta soinnista, kun se tunnelin tukahduttavasta ilmasta päästyään soi korkeana ja hurjana. »Sola! Juokse, juokse, me pääsemme läpi – pääsemme läpi ennen kuin kukaan ehtii estää!»

Sam juoksi hänen perässään niin nopeasti kuin jaloistaan pääsi, mutta vaikka hän iloitsikin vapaudesta, häntä jotenkin hirvitti, ja juostessaan hän vilkuili taakseen tunnelin mustaan aukkoon peläten näkevänsä silmät jälleen tai jonkin tuskin kuviteltavissa olevan olennon ryntäävän ulos heidän jälkeensä. Liian vähän tiesi hän tai hänen isäntänsä Lukitarin kyvyistä. Sen luolasta oli monta uloskäytävää.

Ikiajat se oli siellä asunut, tuo kauhea hämähäkkimäinen olento, samankaltainen kuin se joka kerran oli asunut haltioiden läntisillä mailla (jotka nyt ovat veden alla), samankaltainen kuin se, jonka kanssa Beren taisteli Doriathissa Kammonvuorilla tavatakseen sen jälkeen vihreällä niityllä kuutamossa Lúthienin hemlokkien keskellä, kauan sitten. Miten Lukitari oli paennut tuhoa ja tullut tänne, eivät tiedä tarut kertoa, sillä Mustista vuosista ei kerro moni taru. Mutta siellä se yhä oli, se joka oli ollut ennen Sauronia ja ennen Barad-dûrin peruskiveä, eikä se palvellut muita kuin itseään ja joi haltioiden ja ihmisten verta. Se oli paisunut ja lihonnut loputtomista mässäilyistään ja kutonut varjoverkkojaan; sillä kaikki elävät olennot olivat sen ruokaa ja pimeys sen oksennusta. Kurjiksi puolisoikseen, jotka se surmasi, se oli ottanut omia jälkeläisiään, ja näiden epäsikiöt, Lukitaria vähäisemmät, olivat levinneet rotkosta rotkoon, Ephel Dúathilta itäisille vuorille, Dol Gulduriin ja Synkmetsän linnoituksiin saakka. Mutta yksikään ei vetänyt vertoja Lukitari Suurelle, viimeiselle Ungoliantin vesalle, joka oli jäänyt onnettoman maailman vaivoiksi.

Jo vuosia sitten oli Klonkku kohdannut sen, Klonkku, joka työnsi nenänsä jokaiseen mustaan koloon, ja menneinä päivinä se oli kumartanut ja palvonut Lukitaria, ja Lukitarin pahan tahdon pimeys oli kulkenut sen rinnalla pitkät väsymyksen matkat ja pitänyt sen erossa valosta ja katumuksesta. Ja se oli luvannut tuoda Lukitarille ruokaa. Mutta Lukitari ei himoinnut samaa kuin Klonkku. Vähät se tiesi tai välitti torneista tai sormuksista tai mistään, mikä on tehty, se janosi vain kuolemaa kaikille, sielun ja ruumiin kuolemaa, ja itselleen elämän yltäkylläisyyttä; yksinäisyydessä se paisuisi ja paisuisi, kunnes vuoret kävisivät sille liian ahtaiksi eikä pimeys voisi pitää sitä enää sisällään.

Mutta tuo päämäärä oli yhä etäällä, ja se oli jo kauan ollut nälissään ja vaaninut luolassaan, kun Sauronin valta kasvoi ja karkotti valon ja kaiken elollisen rajoiltaan, ja laakson kaupunki oli kuollut eikä yksikään haltia eikä ihminen tullut lähellekään luolaa, vain kurjia örkkejä. Huonoa ruokaa ja varovaista väkeä. Sen oli kuitenkin pakko syödä, ja miten ahkerasti örkit kaivoivatkin uusia mutkikkaita käytäviä solasta ja tornistaan, aina se keksi jonkin keinon saada ne lankaan. Mutta se himoitsi makeampaa lihaa. Ja sitä Klonkku oli sille tuonut.

»Nähdään, vielä nähdään», oli Klonkku usein sanonut itselleen ollessaan alamaissa vaarallisella matkalla Emyn Muililta Morgulin laaksoon. »Nähdään. Voi olla, hohoo, voi olla että kun Lukitari heittää pois luut ja tyhjät vaatteet, että me löydetään se, me saadaan se, Aarre, palkka Sméagol-rukalle, kun tuo hyvää ruokaa. Ja me pelastetaan Aarre niin kuin luvattiin. Tietysti. Ja kun se on meillä, Lukitari saa tuta, tietysti, me maksetaan sille sitten, aarteeni. Sitten me maksetaan kaikille!»

Niin Klonkku tuumi oveluutensa pohjukoissa, jotka se edelleen tahtoi pitää Lukitarilta salassa, vaikka oli tullut takaisin sen luo ja kumartanut syvään sen edessä sillä aikaa kun matkatoverit nukkuivat.

Ja mitä Sauroniin tulee: hän tiesi kyllä, missä Lukitari vaaniskeli. Sauronia miellytti se, että Lukitari asusti siellä hänen rajallaan nälkäisenä mutta kyltymättömänä pahassa, varmempana vartijana kuin mikään, mitä hän itse taidoillaan pystyisi keksimään. Örkit olivat toki hyödyllisiä orjia, mutta Sauronilla oli niitä paljon. Jos Lukitari silloin tällöin pyydysti niitä tyydyttääkseen ruokahaluaan, se sai sen tehdä, Sauronilla oli siihen varaa. Ja joskus, kuten mies heittää kissalleen herkkupalan (*kissakseen* hän sitä kutsuu, mutta ei hän sitä omista), Sauron lähetti sille vankeja, joille ei ollut parempaa käyttöä: hän kuljetutti ne sen luolaan ja sai selonteon Lukitarin leikeistä.

Niin eli kumpikin omilla avuillaan eikä pelännyt mitään hyökkäystä eikä mitään vihaa, ei mitään loppua pahuudelleen. Koskaan aiemmin ei ollut kärpänen paennut Lukitarin verkoista, ja sitä suurempi oli nyt sen raivo ja nälkä.

Mutta Sam-parka ei tiennyt mitään tästä pahuudesta jonka he olivat saaneet kimppuunsa, hän tajusi vain että hänen pelkonsa kasvoi, näkymätön uhka, ja niin painavaksi kävi sen taakka, että hänen oli raskas juosta ja jalat olivat kuin lyijyä.

Kauhu piteli Samia otteessaan, ja edessä solassa oli vihollisia, ja isäntä juoksi järjettömän riemun vallassa, mistään piittaamatta niitä kohti. Hän kääntyi pois taakse jäävästä varjosta ja vasemmalla kallion alla ammottavasta pimeydestä ja katsoi eteenpäin, ja silloin kaksi havaintoa sai hänet kauhistumaan entistä enemmän. Hän näki että miekka, jota Frodo yhä piteli kädessään, loimusi sinisellä liekillä, ja hän näki että vaikka taivas oli nyt tumma, tornin ikkuna hehkui yhä punaisena.

»Örkkejä!» hän mutisi. »Me ei ikinä selvitä, jos me ryntäillään näin. Täällä on örkkejä liikkeellä ja pahempiakin.» Sitten hänet valtasi taas tavaksi tullut tarve pysyä piilossa, ja hän kätki kouraansa kallisarvoisen kristallipullon, joka hänellä oli yhä mukanaan. Hänen oma elävä verensä sai kämmenen hehkumaan hetken punaisena, sitten hän sysäsi paljastavan valon syvälle taskuun lähelle sydäntään ja kääri haltiakaavun ympärilleen. Hän yritti kiiruhtaa. Hänen isäntänsä oli saamassa etumatkaa; Frodo oli jo parinkymmenen askelen päässä ja liikkui etäämmäksi kuin lepattava varjo; pian olisi tuo harmaa maailma nielaissut hänet.

Tuskin oli Sam kätkenyt tähtilasin, kun se jo tuli. Hän tajusi äkkiä, että vähän matkan päässä vasemmalla avautuvasta mustasta aukosta, varjosta kallion alta, hyökkäsi esiin inhottavin hahmo, mitä hän oli koskaan nähnyt, painajaisten kauhua kammottavampi. Eniten se muistutti hämähäkkiä, mutta se oli suuria saalistajapetoja paljon valtavampi ja silmistä loistavan pohjattoman pahuuden vuoksi myös pelottavampi. Silmät, jotka Sam oli luullut lannistetun ja kukistetun, säihkyivät jälleen murhaavaa valoa ulkonevan pään verkkosilmistä. Olennolla oli pitkät sarvet, ja lyhyt korsimainen kaula kiinnitti pään paisuneeseen vartaloon, joka oli kuin jalkojen välissä huojuva ja hyllyvä paisunut säkki; väriltään se oli musta ja siinä oli lyijynharmaita täpliä, mutta maha oli vaalea ja loistava ja levitti kauheaa löyhkää. Sen jalat olivat koukussa, suuret myhkyiset nivelet kohosivat korkealle selän yläpuolelle; jaloista sojotti teräspiikkejä muistuttavia karvoja, ja jokainen jalka päättyi pihteihin.

Niin pian kuin se oli ahtanut löysän lotisevan ruhonsa ja kaksin kerroin taipuvat raajansa luolansa ylemmästä aukosta ulos, se alkoi liikkua hirveää vauhtia: välillä se juoksi natisevilla jaloillaan, välillä hypähti äkkiä ilmaan. Se oli Samin ja hänen isäntänsä välissä. Joko se ei nähnyt Samia tai karttoi häntä, koska valolasi oli hänellä; se kiinnitti kaiken mielenkiintonsa yhteen riistaan, Frodoon, joka mistään välittämättä ja ilman kristallipulloaan juoksi polulla, tajuamatta vaaraa joka häntä uhkasi. Frodo juoksi nopeasti, mutta Lukitari juoksi nopeammin, muutamalla loikalla se tavoittaisi hänet.

Sam veti henkeä ja ponnisti kaikki keuhkojensa voimat huutoon. »Varokaa, katsokaa taakse!» hän karjui. »Varokaa, herra! Minä –» mutta äkkiä hänen huutonsa tukahtui.

Pitkä nihkeä käsi painui hänen suulleen ja toinen tarttui häntä kaulasta, ja samalla hänen jalkansa ympärille kietoutui jotakin. Yllätettynä hän horjahti taaksepäin suoraan hyökkääjän syliin.

»Saatiin se!» sihisi hänen korvaansa Klonkku. »Vihdoin, aarre, me saatiin se, inhottava hobitti. Me otetaan tämä. Se saa toisen. Tietysti, Lukitari hänet saa, ei Sméagol: Sméagol lupasi; hän ei tee pahaa isännälle olleskaan. Mutta sinut Sméagol sai, inhottava saastainen pikku hiiviskelijä!» Se sylki Samin niskaan.

Petoksen synnyttämä raivo ja epätoivo viivytyksestä, juuri kun isäntä oli kuolemanvaarassa, antoi Samille äkkiä vallan ja voiman jollaista Klonkku ei lainkaan osannut odottaa tältä hitaana ja tyhmänä pitämältään hobitilta. Klonkkukaan ei olisi pystynyt kääntymään nopeammin ja rajummin. Sen ote luiskahti Samin suulta, ja silloin Sam sukelsi ja hyökkäsi eteenpäin yrittäen riuhtaista itsensä irti Klonkun kaulaotteesta. Hänellä oli yhä miekka kädessään ja vasemmassa käsivarressa roikkui lenkkinsä varassa Faramirin sauva. Epätoivoisesti hän yritti kääntyä ja pistää vihollistaan miekalla. Mutta Klonkku oli liian nopea. Sen pitkä oikea käsi viuhahti esiin ja tarttui Samin ranteeseen: sen sormet olivat kuin ruuvipihti, hitaasti ja heltymättömästi se taivutti kättä alas ja eteen, kunnes Sam tuskasta huudahtaen päästi miekan ja se putosi maahan; ja kaiken aikaa kiristyi Klonkun toisen käden ote Samin kurkusta.

Silloin Sam yritti viimeistä temppua. Kaikin voimin ponnistaen hän onnistui vetäytymään kauemmaksi ja sai jalkansa tukevaan asentoon; sitten äkkiä hän koukisti polvensa ja heittäytyi koko voimallaan taaksepäin.

Klonkku ei osannut odottaa Samin käyttävän edes tätä yksinkertaista kikkaa ja se kaatui, Sam jäi päällimmäiseksi ja tukevan hobitin paino rysähti Klonkun vatsalle. Se päästi terävän sihauksen ja hetkeksi sen ote Samin kurkusta hellitti, mutta sormet puristivat yhä miekkakättä. Sam riuhtautui eteenpäin ja irti, pääsi jaloilleen ja kiepsahti oikealle Klonkun pitelemän ranteen taitse. Vasemmalla kädellään hän sai kiinni sauvasta, heilautti sen ilmaan, se viuhahti ja rasahti osuessaan Klonkun ojentuneeseen käteen juuri kyynärpään alapuolelle.

Ulvaisten Klonkku päästi irti. Silloin Sam pani töpinäksi; hän ei jäänyt siirtelemään sauvaa vasemmasta kädestä oikeaan vaan löi uudestaan ja rajusti. Nopsasti kuin käärme Klonkku luikahti syrjään, ja päähän suunnattu isku läjähti selkään. Sauva risahti ja katkesi. Se riitti Klonkulle. Takaa hyökkääminen oli sen ominta omaa peliä, ja harvoin se oli epäonnistunut siinä. Mutta tällä kertaa se oli ilkeytensä innossa erehtynyt puhumaan ja riemuitsemaan ennen kuin molemmat kädet olivat tukevasti vihollisen kurkussa. Sen soma suunnitelma oli joka suhteessa mennyt vikaan, sen jälkeen kun tuo kauhea valo oli niin odottamatta ilmestynyt pimeyden keskelle. Ja nyt se oli vastakkain raivopäisen vihollisen kanssa, joka oli tuskin sitä itseään pienempi. Tämä tappelu ei ollut Klonkkua varten. Sam sieppasi miekkansa maasta ja kohotti sen. Klonkku vinkaisi, loikkasi sivuun neljälle jalalle ja poukkasi tiehensä yhdellä isolla hypyllä kuin mikäkin sammakko. Ennen kuin Sam sai sitä kiinni, se oli jo lähtenyt juosta vilistämään tunnelia kohti hämmästyttävää vauhtia.

Miekka kädessä Sam säntäsi sen perään. Hetkeksi hän oli unohtanut kaiken muun paitsi aivoissa sykkivän punaisen raivon ja halun tehdä selvää Klonkusta. Mutta ennen kuin hän pääsi lähellekään Klonkkua, se oli tiessään. Mustan luolansuun auetessa Samin eteen ja tutun löyhkän tulvahtaessa häntä vastaan hänen mieleensä palasi yhdessä jysäyksessä Frodo ja hirviö. Hän pyörähti ympäri, ryntäsi sokeasti polkua pitkin huutaen yhä uudestaan herransa nimeä. Hän tuli liian myöhään. Tähän asti Klonkun suunnitelma oli onnistunut.

MESTARI SAMVAISIN VALINNAT

FRODO MAKASI SELÄLLÄÄN maassa, ja hirviö oli kumartunut alas niin kiin-nostuneena uhristaan, ettei se huomannut Samia ja hänen huutojaan ennen kuin Sam oli aivan lähellä. Rynnätessään paikalle hän näki, että Frodo oli jo sidottu, hirviö oli kietonut hänet köysiin päästä jalkoihin, ja suurilla etujaloillaan se alkoi juuri puoliksi kantaa ja puoliksi raahata hänen ruumistaan pois.

Frodon vieressä makasi hänen kimaltava haltiamiekkansa maassa, mihin se oli kirvonnut hyödyttömänä hänen kädestään. Sam ei jäänyt ihmettelemään, mitä pitäisi tehdä, ei miettimään oliko hän rohkea, uskollinen vai vihaa täynnä. Hän rynnisti eteenpäin karjuen ja sieppasi isäntänsä miekan vasempaan käteensä. Sitten hän hyökkäsi. Milloinkaan ei petojen julmassa maailmassa ollut nähty hurjempaa päällekarkausta: pieni epätoivoinen otus aseenaan vain pienet ham-paat käy kohti mahtavaa sarvi- ja nahkavarustusta, joka kumartuu sen kaatuneen kumppanin ruumiin ylle.

Ikään kuin Samin pieni huuto olisi herättänyt Lukitarin hekumoivasta unesta, se käänsi hitaasti katseensa kammottavan pahuuden häntä kohti. Mutta melkein ennen kuin se ehti tajuta, että sen kimpussa oli hurjempi raivo kuin mikään, mitä se oli lukemattomien vuosien saatossa kokenut, leiskuva miekka oli jo iskeytynyt sen jalkaan ja leikannut irti yhdet pihdit. Sam syöksähti sen jalkojen kaarikäytä-vän alle ja tuikkasi toisella kädellä nopeasti alas kurottuvaa päätä ja verkkosilmiä kohti. Yksi suuri silmä pimeni.

Nyt se kurja otus oli aivan Lukitarin alla, toistaiseksi piikin ja pihtien ulottu-mattomissa. Lukitarin iljettävää valoa hohtava maha roikkui aivan Samin päällä ja löyhkä melkein nujersi hänet. Hänen raivonsa riitti vielä yhteen iskuun, ja ennen kuin Lukitari ehtisi vajota hänen päälleen ja litistää hänet ja koko hänen röyhkeän pikku rohkeutensa, hän sivalsi kirkkaan haltiamiekan terän epätoivoi-sella voimalla sen vatsaan.

Mutta Lukitari ei ollut niin kuin ovat lohikäärmeet, siinä ei ollut muuta arkaa paikkaa kuin silmät. Täynnä kyhmyjä ja kuoppia oli sen ikivanha mätivä nahka, mutta sitäkin paksumpi sisältä, minne oli kääntynyt kerroksittain sairasta kudosta. Terä veti nahkaan hirveän viillon, mutta mikään tavallinen voima ei olisi voinut lävistää noita poimuja, ei vaikka teräs olisi ollut haltioitten ja kääpiöitten takoma tai sitä olisi käytellyt itse Berenin tai Túrinin käsi. Lukitari pääntyi iskusta ja nosti sitten suuren vatsapussinsa korkealle Samin pään päälle. Haavasta vaahtosi ja pulppusi myrkkyä. Sitten se levitti jalkansa ja laski valtavan ruhonsa taas hänen päälleen. Liian pian. Sillä Sam seisoi yhä jaloillaan; hän oli pudottanut oman miekkansa ja piteli haltiamiekkaa kaksin käsin kärki ylöspäin torjumaan tuota kammottavaa kattoa; ja niin oman julmuutensa voimalla, suuremmalla voimalla kuin on yhdenkään soturin kädessä, syöksi Lukitari itsensä terävään piikkiin. Syvään, syvään miekka pisti ja samalla Sam puristui hitaasti maahan.

Sellaista kipua ei Lukitari ollut milloinkaan kokenut eikä ollut kuvitellut koskaan kokevansa pitkässä pahassa elämässään. Ei vanhan Gondorin uljain soturi, ei villeinkään ansaan joutunut örkki ollut milloinkaan näin vastustanut sitä, ei tunkenut terää sen rakkaaseen lihaan. Väristys kävi sen lävitse. Se nousi taas pystyyn, ja vääntäytyen poispäin kivusta se taivutti tärisevät jalkansa alleen ja ponkaisi kouristuksenomaisesti taaksepäin.

Sam oli vajonnut polvilleen Frodon pääpuoleen aistit sumenneina ilkeästä hajusta, ja hän piteli yhä molemmin käsin kiinni miekan kahvasta. Silmiensä edessä leijuvan sumun läpi hän oli näkevinään Frodon kasvot, ja hän taisteli päättäväisesti päästäkseen itsensä herraksi ja häivyttääkseen pois pyörrytyksen tunteen. Hitaasti hän nosti päänsä ja näki, että Lukitari oli vain muutaman askelen päässä, se katseli häntä, sen suusta valui myrkyllistä sylkeä ja haavoittuneen silmän alta vuoti vihreää nestettä. Siinä se kyyhötti vapiseva vatsa maata viistäen, suurten jalkojen kaaret nytkähdellen, ikään kuin se olisi koonnut voimiaan uuteen hyppyyn – tällä kertaa murskatakseen ja pistääkseen kuoliaaksi vihollisensa: ei enää purakseen pikkuisen myrkkyä lihaan vastarinnan vaimentamiseksi, tällä kertaa se tekisi sen tappaakseen ja sitten raastaakseen kappaleiksi.

Myös Sam kyyhötti maassa ja katseli sitä ja sen silmissä hän näki oman kuolemansa. Silloin, ikään kuin olisi kuullut etäisen äänen, hän sai ajatuksen; hän koetteli poveaan vasemmalla kädellä ja löysi etsimänsä: se tuntui käteen kylmältä ja kovalta ja kiinteältä tässä kauhunäkyjen maailmassa, se oli Galadrielin kristallipullo.

»Galadriel!» hän sanoi heikosti, ja sitten hän kuuli ääniä, kaukaisia mutta selviä: haltioiden huutoja kun he astelivat tähtien alla Konnun rakkaissa varjoissa, ja haltioiden soitantoa sellaisena kuin se oli tunkeutunut hänen uneensa Elrondin talon Tulisalissa.

Gilthoniel A Elbereth!

Ja silloin hänen kielenkantimensa irtosivat ja hänen äänensä huusi kielellä, jota hän ei tuntenut:

A Elbereth Gilthoniel
o menel palan-diriel,
le nallon sí di'nguruthos!
A tiro nin, Fanuilos!

Ja siinä samassa hän kompuroi jaloilleen ja oli taas hobitti Samvais Hamfastin poika.

»Tule vaan tänne, saasta!» hän huusi. »Olet satuttanut minun herraani, senkin hirviö, ja saat maksaa siitä. Me jatketaan matkaa, mutta ensin selvitetään välit sinun kanssasi. Antaa tulla, niin saat taas maistaa miekkaa!»

Ikään kuin hänen lannistumaton henkensä olisi pannut liikkeelle lasin voimat, se leimahti äkkiä hänen kädessään kuin valkoinen soihtu. Se loimusi kuin tähti, joka taivaan vahvuudesta sinkoutuen repäisee pimeyttä sietämättömällä valolla. Lukitarin silmien edessä ei ollut milloinkaan palanut niin kauhistava taivaallinen valo. Valon säteet tunkeutuivat haavoitettuun päähän ja polttivat sitä raastavalla kivulla, joka tarttui vähitellen silmästä toiseen. Se rojahti taaksepäin ja huitoi ilmaa etujaloillaan, kun näön sokaisivat sisäiset salamat ja tajunnan täytti tuska. Sitten se käänsi runnellun päänsä pois, kierähti kyljelleen ja alkoi ryömiä siirrellen pihtijalkojaan yksitellen kohti takana odottavaa mustan kallion aukkoa.

Sam tuli perässä. Hän huojui kuin humalassa mutta hän tuli. Ja viimein Lukitari alistui, tappionsa nujertamana se hytkyi ja tutisi kiiruhtaessaan Samia pakoon. Se saavutti aukon, puristautui matalaksi ja luikahti sisään jättäen jälkeensä juovan vihreänkeltaista limaa, juuri samalla hetkellä kun Sam iski viimeisen kerran sen laahaavia jalkoja. Sitten Sam vajosi maahan.

Lukitari oli poissa; eikä tämä tarina kerro, makasiko se kauan pesässään ilkeyttään ja kurjuuttaan hautoen ja paraniko se lopulta, kasvattiko se pimeiden verkkaisten vuosien mittaan uudestaan silmärykelmänsä ja kutoiko viimein kuolemannälässä uudestaan kammottavat lankansa Varjovuorten soliin.

Sam jäi yksin. Nimettömän maan illan laskeutuessa taistelupaikalle hän raahautui uuvuksissaan isäntänsä luo.

»Herra, rakas herra», hän sanoi, mutta Frodo ei vastannut. Innoissaan ja vapaudesta riemuiten Frodo oli juossut rinnettä ylös samalla kun Lukitari oli vilistänyt hirvittävää vauhtia hänen taakseen ja pistänyt häntä yhdellä nopealla iskulla niskaan. Hän makasi kalpeana, liikkumatta, mitään kuulematta.

»Herra, rakas herra!» sanoi Sam ja pitkään hän odotti hiljaa, turhaan.

Sitten hän katkoi niin nopeasti kuin pystyi köydet, joilla Frodo oli sidottu, ja painoi pään hänen rinnalleen ja suulleen, mutta ei havainnut mitään elon henkäystä, ei heikkoakaan sydämen läpätystä. Hän hieroi moneen kertaan isäntänsä käsiä ja jalkoja ja koetti hänen otsaansa, mutta kaikki oli kylmää.

»Frodo, Frodo-herra!» hän huusi. »Älkää jättäkö minua yksin! Sam tässä. Älkää menkö minnekään, minne minä en voi tulla perässä! Herätkää, Frodoherra! Voi herää, Frodo, rakas ystävä, herää!»

Sitten vihan aalto löi hänen ylitseen ja hän ryntäili isäntänsä ruumiin ympärillä huitoen ilmaa, iskien kiviä ja huutaen uhkauksia. Sitten hän palasi takaisin, kumartui ja katsoi Frodon kalpeita kasvoja hämärässä. Ja äkkiä hän tajusi että näky oli kuvasta, jonka Galadrielin peili oli paljastanut hänelle Lórienissa: kalpeakasvoinen Frodo makaa syvässä unessa suuren mustan kallion alla. Tai silloin hän oli ajatellut, että Frodo oli syvässä unessa. »Hän on kuollut!» hän sanoi. »Ei unessa vaan kuollut!» Ja kun hän sanoi sen, tuntui kuin sanat olisivat saattaneet myrkyn taas toimimaan ja Frodon kasvot muuttuneet väriltään kelmeän vihertäviksi.

Ja silloin musta epätoivo valtasi hänet ja hän vajosi maahan ja veti harmaan hupun päänsä yli, ja yö tuli hänen sydämeensä, eikä hän enää tiennyt maailmasta mitään.

Kun musta pimeys viimein hellitti otteensa, Sam katsoi ylös ja hänen ympärillään oli varjoja, mutta hänellä ei ollut mitään käsitystä siitä, miten monta minuuttia tai tuntia maailman aika oli raahautunut eteenpäin sillä välin. Hän oli yhä samassa paikassa ja hänen isäntänsä makasi yhä hänen vieressään kuolleena. Vuoret eivät olleet murentuneet eikä maa raunioitunut.

»Mitä minä teen, mitä minä teen?» hän sanoi. »Olenko minä kulkenut koko tämän matkan hänen kanssaan turhan päiten?» Ja sitten hän muisti, miten hänen oma äänensä oli puhunut sanoja, joita hän ei itse ollut käsittänyt tuolloin, matkan alussa: *Minun täytyy tehdä jotakin ennen loppua. Minun pitää hoitaa asia, ymmärtääkö herra?*

»Mutta mitä minä voin tehdä? En kai minä voi jättää Frodoa kuolleena ja hautaamatta vuorten huipulle ja lähteä kotiin. Tai jatkaa? Jatkaa?» hän toisti ja epäilys ja pelko vavisuttivat häntä. »Jatkaa? Sekö on minun tehtäväni? Ja jättää hänet tänne?»

Silloin hän viimein alkoi itkeä, ja hän meni ja asetteli Frodon ruumiin ja taivutti kädet rinnalle ja kietoi kaavun hänen ympärilleen, ja oman miekkansa hän laski Frodon toiselle puolelle ja Faramirin antaman sauvan toiselle.

»Jos minun pitää jatkaa», hän sanoi, »niin minun pitää ottaa teidän miekka, teidän luvalla, Frodo-herra, mutta minä panen tämän toisen teidän viereen niin kuin se lepäsi hautakummussa vanhan kuninkaan vieressä, ja teillä on kaunis mithrilpaitanne, jonka vanha Bilbo-herra antoi. Ja sitten tähtilasi, Frodo-herra, te lainasitte sen minulle ja minä tarvitsen sitä, sillä tästä lähin kuljen pimeässä. Se on minulle liian hieno, ja valtiatar antoi sen teille, mutta ehkä hän ymmärtää. Ymmärrättekö *te*, Frodo-herra? Minun täytyy jatkaa.»

Mutta hän ei kyennyt jatkamaan, ei vielä. Hän polvistui ja piteli Frodon kättä omassaan eikä pystynyt päästämään sitä irti. Ja aika kului, ja yhä hän istui siinä polvillaan isäntänsä käsi omassaan ja kävi sydämessään kiivasta väittelyä.

Hän yritti kerätä voimia repäistäkseen itsensä irti ja lähteäkseen yksinäiselle retkelle – kostaakseen. Kunhan hän vain pääsisi lähtemään, hänen vihansa kuljettaisi hänet maailman ääriin, kunnes viimein hän saisi kiinni etsimänsä: Klonkun. Silloin kuolema saavuttaisi nurkkaan ajetun Klonkun. Mutta sitä tarkoitusta varten hän ei ollut lähtenyt matkaan. Ei isäntää sen tähden voisi jättää. Se ei toisi isäntää takaisin. Mikään ei toisi. Parempi oli kuolla yhdessä. Ja sekin olisi yksinäinen matka.

Hän katsoi miekan kiiltävää kärkeä. Hän ajatteli takana olevia mustia jyrkänteitä ja tyhjää putoamista olemattomaan. Ei se ollut ratkaisu. Se olisi ollut sama kuin olla tekemättä mitään, edes surematta. Sitä varten hän ei ollut lähtenyt matkaan. »Mitä minun siis on tehtävä?» hän huudahti taas, ja nyt hän oli kirkkaasti käsittävinään vaikean vastauksen: *hoidettava asia loppuun.* Vielä yksi yksinäinen matka, pahin kaikista.

»Mitä? Minäkö lähtisin yksin Tuomiorotkolle?» Hän epäröi yhä, mutta päätös vahvistui. »Mitä? Minäkö ottaisin Sormuksen *häneltä*? Neuvonpito antoi sen hänelle.»

Mutta vastaus tuli heti: »Ja Neuvonpito antoi hänelle tovereita, jotta tehtävä ei jäisi tekemättä. Ja sinä olet Saattueen viimeinen. Tehtävä ei saa jäädä tekemättä.» »Voi kun en olisi viimeinen», hän valitti. »Olisi vanha Gandalf täällä tai joku muu. Miksi minut on jätetty tänne aivan yksin päättämään? Minä teen varmasti jotain hullua. Eikä minun asiani ole ottaa Sormusta ja tekeytyä sillä lailla tärkeäksi.»

»Mutta et sinä tekeydy tärkeäksi, sinut on tehty tärkeäksi. Ja mitä siihen tulee, ettet sinä olisi oikea ja sopiva henkilö, niin ei Frodo-herrakaan oikeastaan ollut, eikä Bilbo-herra. Eivät he itse itseään valinneet.»

»Niin kai, minun täytyy itse päättää. Minä päätän. Mutta takuulla teen jotakin hullusti: se olisi ihan Sam Gamgin tapaista.

Katsotaan: jos meidät löydetään täältä, tai Frodo-herra löydetään ja hänellä on Se, no, silloin Vihollinen saa sen. Ja se on meidän kaikkien loppu, Lórienin ja Rivendellin ja Konnun ja kaiken. Eikä nyt ole aikaa hukattavana, tai loppu tulee joka tapauksessa. Sota on alkanut ja on enempi kuin todennäköistä, että Vihollisella menee jo nyt hyvin. En minä voi ottaa Sitä ja mennä takaisin hakemaan neuvoja ja lupaa. Ei, joko minä istun täällä, kunnes ne tulevat ja tappavat minut herran ruumiin päälle ja saavat Sen, tai sitten minä otan Sen ja lähden.» Hän veti syvään henkeä. »Silloin Se on otettava!»

Hän kumartui. Hyvin hellästi hän avasi kaulalla olevan soljen ja sujautti kätensä Frodon mekon sisään, toisella kädellä hän sitten nosti Frodon päätä ja suudeltuaan kylmää otsaa hän veti hitaasti ketjun sen yli. Ja sitten hän laski pään varovasti takaisin lepoon. Liikkumattomilla kasvoilla ei mikään muuttunut, ja muita merkkejä tehokkaammin se sai Samin varmasti uskomaan, että hänen isäntänsä oli kuollut ja luopunut Tehtävästä.

»Hyvästi herra, hyvästi rakas!» hän mutisi. »Antakaa Samillenne anteeksi. Hän tulee takaisin tälle paikalle kun työ on tehty – jos hän onnistuu. Ja sen jälkeen hän ei enää teitä jätä. Levätkää rauhassa kunnes tulen, älköön mikään paha otus tulko teitä lähelle! Ja jos valtiatar kuulisi minua ja antaisi minun toivoa vielä kerran, toivoisin, että pääsen takaisin ja löydän teidät taas. Hyvästi!»

Ja sitten hän taivutti omaa päätään ja pujotti ketjun sen yli ja heti pää painui maahan Sormuksen painosta, ikään kuin suuri kivi olisi ripustettu hänen kaulaansa. Mutta hitaasti, ikään kuin paino olisi vähentynyt, hänessä kasvoi uusi voima, hän kohotti päänsä ja sitten hän suurin ponnistuksin nousi jaloilleen ja huomasi pystyvänsä kävelemään ja kantamaan taakkaansa. Ja hetkeksi hän nosti kristallipullon ylös ja katseli isäntäänsä. Pullosta hehkui nyt kesäisen iltatähden vienoja säteitä, ja tuossa valossa Frodon kasvot olivat väriltään taas kauniit, kalpeat mutta haltiamaisen ihanat ja ikään kuin aikaa varjoista vapautuneet. Ja tuon viimeisen näyn katkera lohdutus sydämessään Sam kääntyi ja kätki valon ja kompuroi synkkenevään pimeyteen.

Hänellä ei ollut pitkää matkaa edessään. Tunneli oli takana jonkin matkan päässä, solan halkeama edessä sadan sylen päässä tai ehkä lähempänä. Polku erottui hämärässä, se oli aikojen käytössä kulunut syvä ura, joka nousi loivasti kallioiden välisessä kurussa. Kuru kapeni nopeasti. Pian Sam tuli pitkälle matalaaskelmaiselle ja leveälle portaikolle. Örkkitorni oli nyt aivan yläpuolella ja kohosi uhkaavana ja mustana, ja sen punainen silmä kiilui. Hän oli näkymättömissä syvässä varjossa tornin alla. Hän lähestyi portaitten yläpäätä, hän oli viimeinkin halkeamassa.

»Olen tehnyt päätökseni», hän sanoi itselleen useaan kertaan. Mutta ei se ollut totta. Vaikka hän oli miettinyt asian parhaan kykynsä mukaan, se mitä hän teki soti kerta kaikkiaan hänen luontoaan vastaan. »Menikö tämä vikaan?» hän mutisi. »Mitä minun olisi pitänyt tehdä?»

Halkeaman jyrkät seinämät tulivat hyvin lähelle, ja ennen kuin hän pääsi varsinaiselle huipulle, ennen kuin hän viimein näki polun, joka laskeutui Nimettömään maahan, hän kääntyi. Hetken hän tuijotti liikkumatta taakseen sietämättömien epäilysten vallassa. Hän näki yhä tunnelin suun pienenä läikkänä tihenevässä pimeydessä, ja hän oletti näkevänsä tai arvaavansa, missä Frodo makasi. Hän oli näkevinään maassa hohdetta sillä kohdin, tai ehkä se olikin vain hänen kyyneltensä aiheuttama harha, kun hän katsoi tuota kivistä paikkaa, jossa koko hänen elämänsä oli mennyt pirstaleiksi.

»Voi kunpa toteutuisi, kunpa toteutuisi ainoa toiveeni», hän huokasi, »että pääsen takaisin ja löydän hänet!» Sitten hän viimein kääntyi edessä aukeavalle tielle ja otti muutaman askelen: elämänsä raskaimmat ja vastentahtoisimmat.

Vain muutama askel, ja sitten vielä muutama, niin hän olisi jo menossa alas, pois, eikä enää milloinkaan näkisi tuota korkeata paikkaa. Ja silloin hän kuuli yhtäkkiä huutoja ja ääniä. Hän seisoi hiljaa kuin kivi. Örkinääniä. Niitä oli edessä ja takana. Ravaavien jalkojen kopinaa ja karkeita huutoja edestä: örkkejä oli tulossa ylös solaan toiselta puolen, ehkä jostakin tornin ovesta. Ravaavia jalkoja ja huutoja takaapäin. Hän käännähti ympäri. Hän näki pieniä punaisia valoja, soihtuja, jotka alkoivat tuikkia alhaalla sitä mukaa kuin örkit tulivat ulos tunnelista. Heitä oli viimein lähdetty etsimään. Tornin punainen silmä ei ollut sokea. Hän oli kiipelissä.

Lähestyvien soihtujen lepatus ja teräksen kalina olivat jo aivan lähellä. Hetkessä ne saavuttaisivat huipun ja olisivat hänen kimpussaan. Hän oli tehnyt ratkaisua liian kauan, ja nyt siitä ei ollut mitään hyötyä. Miten hän pääsisi pakoon, miten pelastaisi itsensä, miten pelastaisi Sormuksen. Sormus. Mikään ajatus tai päätös ei ohjannut häntä. Hän vain huomasi vetävänsä ketjun esiin ja ottavansa Sormuksen käteensä. Örkkiosaston kärki ilmestyi halkeamaan aivan hänen eteensä. Hän pani Sormuksen sormeensa.

Maailma muuttui ja yhden hetken täytti kokonainen tunti ajatuksia. Hän tajusi heti, että kuulo oli terästynyt samalla kun näkö oli hämärtynyt, mutta toisella tavalla kuin Lukitarin luolassa. Maailma hänen ympärillään ei ollut pimeä vaan epämääräinen; hän itse oli yksin harmaassa utuisessa maisemassa kuin kiinteä musta kivi, ja vasenta kättä alas painava Sormus oli kuin rengas kuumaa kultaa. Hän ei tuntenut itseään lainkaan näkymättömäksi vaan ainutlaatuisen ja kauhean näkyväksi, ja hän tiesi, että jossakin Silmä etsi häntä.

Hän kuuli kallion paukahtelun, ja veden huminan kaukana Morgulin laaksossa; ja syvällä alhaalla vuoren sisällä jossakin umpikäytävässä eksyneenä harhailevan Lukitarin korisevan kurjuuden; ja äänet tornin tyrmistä; ja tunnelista purkautuvien örkkien huudot; ja korvia raastoi edestäpäin tulevien örkkien askelten jytinä ja niiden ruma elämöinti. Hän vajosi kalliota vasten. Mutta ne marssivat esiin kuin haamuarmeija, harmaina vääristyneinä hahmoina sumussa, kuin pelkät pelon kuvitelmat kalpeita liekkejä kantaen. Ne sivuuttivat hänet. Hän kyyristyi ja yritti ryömiä johonkin rakoon, piiloon.

Hän kuunteli. Tunnelista tulevat ja vastaan marssivat örkit olivat nähneet toisensa, ja molemmat joukot kiiruhtivat huutaen eteenpäin. Hän kuuli selvästi molempien äänet ja ymmärsi, mitä ne sanoivat. Kukaties Sormus antoi hänelle kielten ymmärtämisen lahjan tai kukaties vain kyvyn käsittää erityisesti sen tekijän Sauronin palvelijoita, niin että jos hän oli tarkkana, hän saattoi ymmärtää, mitä puhuttiin ja kääntää ajatuksen itselleen. Sormus oli selvästi saanut paljon lisää voimaa lähestyessään niitä seutuja, joilla se oli taottu, mutta yhtä se ei antanut: rohkeutta. Vieläkin Sam ajatteli vain miten olisi piiloutunut, miten olisi painautunut matalaksi, kunnes kaikki olisi taas hiljaista, ja hän kuunteli levottomana. Hän ei osannut sanoa, miten lähellä äänet olivat, sanat tuntuivat kuuluvan aivan korvanjuuresta.

»Hohoi! Gorbag! Mitäs sinä täällä ylhäällä teet? Saitko sotimisesta tarpeeksi?»

»Käsky kävi, senkin torvi. Ja mitä sinä teet, Shagrat? Kyllästynyt roikkumaan täällä ylhäällä vai? Meinaat tulla alas tappelemaan, mitä?»

»Käsky sinulle. Minä määrään tästä solasta. Niin että puhu örkeiksi. Mitä ilmoitettavaa?»

»Ei mitään.»

»Hohoo! Juh!» Johtajien sananvaihdon keskeytti huuto. Alhaalla marssivat örkit olivat äkkiä nähneet jotakin. Ne alkoivat juosta. Toiset seurasivat esimerkkiä.

»Hoo! Haa! Täällä on jotakin! Rötköttää tiellä! Vakooja, vakooja!» Kuului törähtävien torvien ja mylvivien äänien sekamelskaa.

Kauhea järkytys herätti Samin säikystä mielentilastaan. Ne olivat nähneet hänen isäntänsä. Mitä ne tekisivät? Hän oli kuullut örkeistä vertahyytäviä juttuja. Tätä ei voinut kestää. Hän säntäsi pystyyn. Hän heitti syrjään Tehtävän ja kaikki päätöksensä, ja pelon ja epäilyksen saman tien. Nyt hän tiesi missä hänen paikkansa oli ja oli ollut: isäntänsä rinnalla, vaikka hän ei käsittänytkään mitä hän siinä voisi tehdä. Hän juoksi alas portaita, ja polkua alas kohti Frodoa.

»Montakohan niitä on?» hän mietti. »Tornista tuli vähintään kolme- tai neljäkymmentä ja alhaalta varmasti paljon enemmän. Montako minä saan tapetuksi, ennen kuin ne saa minut? Ne näkee miekan loimotuksen heti kun minä vedän sen esiin, ja ennemmin tai myöhemmin ne minut saa. Mahtaakohan mikään laulu koskaan mainita sitä: miten Samvais kaatui Korkeassa solassa ja rakensi örkkien ruumiista muurin herransa ympärille. Ei siitä laulua tule. Ei tietenkään, sillä Sormus löytyy, eikä lauluja enää ole. Minä en voi sille mitään. Minun paikkani on Frodo-herran rinnalla. Heidän täytyy ymmärtää, Elrondin ja Neuvonpidon ja kaikkien ruhtinaitten ja valtiattarien, joilla niin paljon viisautta on. Suunnitelmat ovat menneet myttyyn. Minä en voi olla Sormuksen viejä. En ilman Frodo-herraa.»

Mutta örkit olivat nyt hänen hämärän näköpiirinsä ulkopuolella. Hänellä ei ollut aikaa tutkia omaa tilaansa, mutta nyt hän tajusi olevansa väsynyt, aivan äärirajoilla: jalat eivät totelleet niin kuin olisi pitänyt. Hän oli liian hidas. Polkua tuntui jatkuvan virstakaupalla. Minne kaikki olivat joutuneet tässä sumussa?

Siinä ne taas olivat! Vielä hyvän matkan päässä. Rykelmä hahmoja jonkin maassa makaavan ympärillä; muutamat tuntuivat syöksähtelevän sinne tänne kuin koirat jäljillä. Hän yritti pinkaista kiriin.

»Antaa mennä, Sam!» hän sanoi. »Muuten tulet taas liian myöhään.» Hän höllensi miekkaa tupesta. Hetken perästä hän vetäisi sen ja –

Kuului hurjaa meteliä, törähdyksiä ja naurua samalla kun maasta nostettiin jotakin. »Jihuu! Vahoo! Hop, hop!»

Sitten joku ääni huusi: »Nyt lipettiin! Nopeaa tietä. Takaisin Alaportille! Lukitari ei tee temppujaan tänään, merkeistä päätellen.» Koko örkkihahmojen joukko alkoi liikkua. Neljä keskimmäistä kantoi olkapäillään ruumista. »Juhuu!»

Ne olivat ottaneet Frodon ruumiin. Ne menivät pois. Hän ei tavoittanut niitä. Yhä hän ponnisteli eteenpäin. Örkit pääsivät tunnelin suulle ja menivät sisään. Kantajat menivät ensin ja niiden takana tönittiin ja nahisteltiin. Sam tuli perässä. Hän veti miekan esiin ja se välkkyi sinisenä hänen huojuvassa kädessään, mutta örkit eivät sitä nähneet. Samalla kun Sam huohotti paikalle, katosi viimeinen mustaan aukkoon.

Hetken hän seisoi läähättäen ja rintaansa pidellen. Sitten hän vetäisi hihalla kasvojaan ja pyyhkäisi pois lian, hien ja kyyneleet. »Kirotut saastat!» hän sanoi ja juoksi niiden perään pimeyteen.

Tunneli ei enää vaikuttanut hänestä kovin pimeältä, pikemminkin tuntui kuin olisi astunut ohuesta usvasta sankempaan sumuun. Hänen väsymyksensä vain kasvoi, mutta hänen tahtonsa lujittui samalla. Hän oli näkevinään vähän matkan päässä soihtujen valoja, mutta vaikka hän kuinka yritti, hän ei saanut niitä kiinni. Örkit liikkuvat tunneleissa nopeasti ja tämän tunnelin ne tunsivat hyvin; Lukitarista huolimatta niiden oli pakko käyttää sitä usein, sillä se oli nopein tie Kuolleesta kaupungista vuorten yli. Ne eivät tienneet milloin iät ajat sitten oli tehty päätunneli ja pyöreä suuri luola, johon Lukitari oli muinoin pesiytynyt; mutta ne olivat itse kaivaneet monia sivukäytäviä sen kummankin puolen välttääkseen sen pesän kulkiessaan edestakaisin isäntiensä asioilla. Tänä yönä ne eivät aikoneet mennä pitkälle alas, vaan kiiruhtivat askeleitaan kohti sivukäytävää, joka vei takaisin kalliolla olevaan vartiotorniin. Useimmat olivat riemumielellä, iloissaan näkemästään ja löytämästään, ja juostessaan ne pälpättivät ja räpättivät örkkien tapaan. Sam kuuli karkeiden äänien kaiun soinnittomana ja kovana kuolleessa ilmassa, ja muiden joukosta hän erotti kaksi ääntä, jotka olivat kovemmat ja lähempänä. Kahden joukkueen päälliköt olivat nähtävästi jääneet jälkeen ja väittelivät mennessään.

»Shagrat, etkö voi estää roikkaasi möykkäämästä tuolla lailla?» toinen murisi. »Me ei tahdota Lukitaria kimppuumme.»

»Antaa olla, Gorbag. Omasi siellä metelöi vähintään samalla lailla», vastasi toinen. »Mutta antaa poikien leikkiä! Ei taida olla tarvis pelätä Lukitaria, minä vähän luulen. Se on kaiketi istunut naulan päälle, eikä me sitä surra. Etkö nähnyt, mikä kamala siivo siellä oli koko matkan sen pirulliseen koloon asti? Jos sen voi pysäyttää kerran, se pysäytetään toistekin. Niin että antaa niiden nauraa. Ja meitä potkaisi onnikin lopulta, löydettiin semmoista mitä Lugbúrz tahtoo.»

»Vai tahtoo Lugbúrz sen? Mikähän se oikein on, mitäs luulet? Minusta se näytti vähän kuin haltialta, mutta alamittaiselta. Mitä vaaraa tuommoisesta ötökästä on?»

»Ei tiedä ennen kuin katsoo.»

»Hoo! Ne ei ole kertoneet sinulle mitä etsiä, niinkö? Ne ei kerro meille kaikkea mitä ne tietää. Ehei. Mutta ne voi tehdä erehdyksiä, huipullakin voidaan tehdä erehdyksiä.»

»Pää pienemmälle, Gorbag!» Shagrat alensi ääntään, niin että Samin oli oudon terästyneellä kuulollaankin vaikea erottaa, mitä se sanoi. »Voi kyllä, mutta niillä on silmiä ja korvia joka paikassa; voi olla omissa joukoissakin, hyvinkin. Mutta ei siitä ole epäilystä, että ne on jostakin huolissaan. *Nazgûl* tuolla alhaalla on sinun kertomasi mukaan, ja Lugbúrz kanssa. Jotain on niiltä melkein livahtanut.»

»Sanot melkein!» sanoi Gorbag.

»Taisin sanoa», Shagrat vastasi, »mutta puhutaan siitä myöhemmin. Odota kun päästään Alatielle. Siellä on semmoinen mesta, missä voidaan puhella kun pojat jatkaa eteenpäin.»

Pian tämän jälkeen Sam näki soihtujen katoavan. Sitten kuului ryminää, ja juuri kun hän kiiruhti paikalle kuului tömähdys. Mikäli hän mitään käsitti, örkit olivat kääntyneet ja menneet juuri siihen käytävään, jonka Frodo ja hän olivat havainneet tukituksi. Se oli yhä tukossa.

Tiellä tuntui olevan suuri kivi, mutta jotenkin örkit olivat päässeet siitä läpi, sillä hän kuuli niiden äänet toiselta puolen. Ne juoksivat yhä eteenpäin, yhä syvemmälle vuoren uumeniin, takaisin tornia kohti. Sam oli epätoivoinen. Ne kantoivat pois hänen isäntänsä ruumista johonkin kamalaan tarkoitukseen, eikä hän voinut seurata niitä. Hän työnsi ja painoi estettä ja heittäytyi sitä vasten, mutta se ei antanut periksi. Sitten hän luuli taas kuulevansa aivan läheltä sen sisäpuolelta kahden päällikön äänet. Hän seisoi paikallaan ja kuunteli vähän aikaa siinä toivossa, että kuulisi jotakin hyödyllistä. Ehkä Gorbag, joka tuntui olevan Minas Morgulin väkeä, tulisi ulos, ja hän voisi silloin livahtaa sisään.

»Ei, en minä tiedä», sanoi Gorbagin ääni. »Viesti kulkee yleensä nopeammin kuin mikään vois lentää. Mutta minä en kysele, miten se tapahtuu. Parempi kun ei kysele. Huh! Minä saan kylmiä väreitä niskaani niistä *nazgûlista*. Ne päästää ilmat pois toisesta yhdessä vilauksessa ja niin sitä jää kylmänä raatona pimeään. Mutta Hän tykkää niistä, ne on sen lellikkejä nykyjään, niin että ei kantsi ärhennellä. Sanon vaan, että ei se ole mikään hupi palvella alhaalla kaupungissa.»

»Yrittäisit täällä Lukitarin kaverina niin kun me», Shagrat sanoi.

»Olis kyllä hienoa olla jossakin, missä ei olisi niitä eikä näitä. Mutta nyt on sota käynnissä, ja kun se on ohi, elämä voi käydä helpommaksi.»

»Ne sanoo, että sota menee hyvin.»

»Mitäs muutakaan ne sanois», murahti Gorbag. »Se nähdään. Mutta jos se menee hyvin, niin pitäis tulla rajusti lisää tilaa. Mitäs sanot? – jos saadaan tilaisuus, painutaan sinä ja minä lipettiin ja aletaan hommat ihan omin päin jossakin parin kunnon kaverin kanssa, jossakin missä olis helppoa ja kätevää sotasaalista eikä isoja äijiä mailla halmeilla.»

»Ah!» Shagrat sanoi. »Niin kuin ennen vanhaan.»

»Niin juuri», Gorbag sanoi. »Mutta älä perusta siihen. Mieli ei ole rauhallisimpia tällä pojalla. Niin kuin minä sanoin, Isot äijät, joo, joo», sen ääni aleni lähes kuiskaukseksi. »Isoimmatkin ne tekee virheitä. Jotain niiltä melkein livahti, sinä sanoit. Minä sanon että livahti. Ja meidän pitää olla tarkkana. Uruk-parat saa aina korjata sotkut, mutta kiitoksia ei tule. Mutta älä unohda, viholliset ei rakasta meitä yhtään sen enempää kuin Häntä, ja jos ne saa Hänet nitistettyä, niin se on meidän meno kanssa. Mutta kuule nyt, milloin sinä sait komennuksen ulos?»

»Jotakin tunti sitten, juuri ennen kuin te näitte meidät. Tuli viesti: *Nazgûl levoton. Vakoojia pelätään Portailla. Kaksinkertaistakaa vartiot. Partio Portaitten päähän.* Tulin heti.»

»Paha homma», Gorbag sanoi. »Kuule – meidän Äänettömät vartijat oli levottomia jo yli kaksi päivää sitten, näin on. Mutta minun partio sai odottaa komennusta liikkeelle vielä kokonaisen päivän eikä Lugbúrziin lähetetty mitään viestiä; sen takia kun Suuri merkki annettiin ja Korkea nazgûl lähti sotaan ja kaiken sen takia. Eikä ne saaneet Lugbúrzin huomiota pitkään aikaan, niin minä olen kuullut.»

»Silmällä oli kai muualla tekemistä», Shagrat sanoi. »Kaukana lännessä on tekeillä isoja juttuja kuulemma.»

»Kyllä kai», Gorbag murisi. »Mutta sillä välillä vihollisia on päässyt Portaita ylös. Ja mitä te sitten teitte? Teidän pitäis vahtia, vai mitä, riippumatta siitä onko erikoisohjeita vai ei! Mitä muuta tekemistä teillä muka on?»

»Jo riittää! Älä sinä yritä opettaa mulle mun hommiani! Me oltiin hereillä koko yö. Me tiedettiin, että oli kummia juttuja tekeillä.»

»Kummia tosiaan!»

»Niin, kummia: valoja ja huutoja ja vaikka mitä. Mutta Lukitari oli liikkeellä. Pojat näki sen ja sen pikku Hiiviskelijän.»

»Mikä se on, sen Hiiviskelijä?»

»Kyllä sinä sen olet nähnyt: pieni laiha musta otus, itsekin niin kuin hämähäkki tai ehkä enempi niin kuin nälkiintynyt sammakko. Se on ollut täällä ennenkin. Se tuli Lugbúrzista ekalla kerralla monta vuotta sitten, ja me saatiin Yliylhäältä käsky, että se pitää päästää läpi. Se on tullut Portaita ylös kerran kaksi sen jälkeen, mutta me on annettu sen olla, sillä on joku yhteisymmärrys Lukkien kuningattaren kanssa. Siinä ei kai ole paljon mitään syömistä, tuskin kuningatar Yliylhäisistä käskyistä välittää. Mutta tepä pidätte hyvää vahtia laaksossa: se oli täällä päivää ennen kuin kaikki tämä mekkala alkoi. Me nähtiin se aikaisin eilen illalla. Joka tapauksessa pojat ilmoitti, että kuningatar pitää lystiä ja mulle se oli ihan yks ja sama, mutta sitten tuli se viesti. Minä luulin, että sen Hiiviskelijä oli tuonut sille jonkun lelun tai että te olisitte ehkä lähettäneet sille lahjan, sotavangin tai jotakin. Minä en sekaannu asiaan kun se huvittelee. Mikään ei pääse Lukitarin ohi, kun se on sillä päällä.»

»Vai ei mikään! Etkö käyttänyt silmiäs tuolla? Ei ole rauhallista mieltä tällä pojalla niikus sanoin. Mikä sitten tulikin Portaita ylös, se *pääsi* ohi. Se rikkoi verkon ja pääsi ehjänä luolasta. Siinä onkin miettimistä!»

»Jaa jaa, mutta se sai sen lopulta, eikö vaan?»

»*Sai!* Sai *kenet?* Tämän pikku kaverin. Mutta jos se oli ainoa, niin Lukitari olis jo aikaa sitten saanut sen ruokakomeroonsa ja siellä se nyt olisi. Ja jos Lugbúrz tahtoisi sen, *sinun* pitäis mennä hakemaan se. Mukava homma sinulle. Mutta niitäpä olikin enemmän kuin yksi.»

Tällä kohden Sam alkoi kuunnella tarkkaavaisemmin ja painoi korvansa kiveä vasten.

»Kuka katkasi ne köydet, jotka Lukitari oli kietonut sen ympärille, Shagrat? Etkö sinä huomannut? Ja kuka puhkasi kuningattaren mahan? Sama naama luulen minä. Ja missä se on? Missä se on, Shagrat?»

Shagrat ei vastannut.

»Voisit käyttää älynystyröitäs, jos sinulla olisi mokomat. Tämä ei ole mikään naurun asia. Kukaan, *kukaan* ei ole ikinä laskenut verta Lukitarista tätä ennen, mikä sinun pitäisi oikein hyvin tietää. Sitä ei surra kannata, mutta ajattele tätä – täällä jossakin lähistöllä liikuksii vapaalla jalalla joku, joka on vaarallisempi kuin kukaan kirottu kapinallinen pahojen vanhojen aikojen jälkeen, Suuren piirityksen jälkeen. Jotain on kun onkin livahtanut niiltä.»

»Ja mikä se sitten on?» murisi Shagrat.

»Kaikista merkeistä päätellen, päällikkö Shagrat, minä sanoisin että täällä liikkuu suuri soturi, luultavasti haltia, ainakin sillä on haltiamiekka, ja ehkä kirveskin, ja se on vapaana sinun alueellas etkä sinä ole sitä huomannut. Kummia juttuja, tosiaan!» Gorbag sylkäisi. Sam hymyili synkästi kuullessaan tämän kuvauksen itsestään.

»No, sinä nyt aina katsot asioita synkästä päästä», Shagrat sanoi. »Saat lukea merkit niinkus lystäät, mutta ehkä ne voidaan selittää toisellakin tavalla. Minulla ainakin on vartijoita joka paikassa ja minä aion hoidella yhden asian kerrallaan. Kun minä olen vilkaissut sitä kaveria, joka me *on* saatu kiinni, sitten alan huolehtia muista asioista.»

»Minä vähän luulen, ettet sinä saa paljon irti tuosta pikku kaverista», Gorbag sanoi. »Sillä ei ehkä ole ollut mitään osaa varsinaiseen kepposeen. Iso kaveri, jolla on se terävä miekka, ei ainakaan ole pitänyt sitä paljon arvoisena, on jättänyt vaan makaamaan tuolla tavalla: niin haltiat aina tekee.»

»Sittenpähän nähdään. Aletaan vetää. Me on puhuttu tarpeeksi. Mennään katsomaan sitä vankia!»

»Mitä sinä meinaat tehdä sen kanssa? Älä unohda, että minä sen ensiksi huomasin. Jos siitä tulee jotakin hupia, minun ja poikien pitää päästä mukaan.»

»So so», Shagrat murahti. »Minulla on määräykset. Ja niitä ei turhan päiten rikota, en minä etkä sinä. *Mikä tahansa* tulija, jonka vartio löytää, on vietävä torniin. Vanki on riisuttava. Täydellinen kuvaus joka esineestä, vaatteesta, aseesta, kirjeestä, sormuksesta tai helystä on lähetettävä heti Lugbúrziin ja *vain* Lugbúrziin. Ja vanki on pidettävä turvassa ja koskematta tai kuolema uhkaa kaikkia vartion jäseniä, kunnes Hän lähettää hakemaan tai tulee Itse. Ihan selvä juttu, ja niin minä meinaan toimia.»

»Riisuttava, vai?» Gorbag sanoi. »Hampaat, kynnet, tukka ja kaikki, niinkö?»

»Ei, ei sinne päinkään. Se on Lugbúrzia varten. Se tahdotaan elävänä ja kokonaisena.»

»Se onkin helpommin sanottu kuin tehty», Gorbag nauroi. »Sehän on enää pelkkä raato. Vaikea arvata, mitä Lugbúrz tekee semmoisella kamalla. Sen voisi yhtä hyvin panna paistiksi.»

»Senkin törppö», ärähti Shagrat. »Puhut muka viisaita, mutta on paljon mitä sinä et tiedä mitä muut tietää. Joudut kohta itse paistiksi tai Lukitarin saaliiksi, jollet pidä varaasi. Raato, kaikkea kanssa! Etkö sinä tiedä sen enempää kuningattaresta? Kun se sitoo köysillä se aikoo syödä. Eikä se syö kuollutta lihaa, eikä ime kylmää verta. Tämä kaveri ei ole kuollut!»

Sam horjahti ja tarttui kiveen. Hänestä tuntui, että koko musta maailma kääntyi ylösalaisin. Järkytys oli niin suuri, että hän oli vähällä pyörtyä, mutta taistellessaan päästäkseen aistiensa herraksi hän kuuli syvältä sisimmästään äänen: »Hölmö! ei hän ole kuollut, ja sydämesi tiesi sen. Älä sinä luota päähäsi Samvais, se ei ole sinun paras paikkasi. Vika oli siinä, että sinä menetit toivosi. Mitä nyt on tehtävä?» Sillä hetkellä ei voinut tehdä mitään, hän saattoi vain painautua liikkumatonta kiveä vasten ja kuunnella, kuunnella viheliäisiä örkinääniä.

»Että silleen!» Shagrat sanoi. »Sillä on useampaa kuin yhtä sorttia myrkkyä. Kun se saalistaa, se tuikkaa vaan uhreja niskaan ja ne menee veltoiksi kuin ruodittu kala ja sitten se tekee niiden kanssa mitä tahtoo. Muistatko vanhan Ufthakin? Hän katosi meiltä moneksi päiväksi. Sitten me löydettiin hänet yhdestä nurkasta; hän roikkui köysissä, mutta oli ihan hereillä ja tuijotti meitä. Kyllä me naurettiin! Lukitari oli ehkä unohtanut hänet, mutta me ei koskettu häneen – ei pidä sotkeentua sen asioihin. Eihei, tämä pikku nilviäinen herää kyllä muutamassa tunnissa, voi ehkä vähän pahoin, mutta muuten se on ihan kunnossa. Tai olisi, jos Lugbúrz jättäs sen rauhaan. Ja tietysti se ihmettelee, missä se on ja mitä sille on tapahtunut.»

»Ja mitä sille tapahtuu», Gorbag nauroi. »Me voidaan ainakin kertoa sille pari juttua, jos me ei voida tehdä muuta. Se ei varmaan ikinä ole ollut ihanassa Lugbúrzissa, niin että se ehkä mielellään kuulee mikä sitä odottaa. Tästä tulee lystimpää kuin mitä luulinkaan. Aletaan painua!»

»Ei tule lystiä ollenkaan, sanon minä», Shagrat sanoi. »Ja se on pidettävä turvassa, tai muuten me ei kauan kukuta elävien kirjoissa.»

»Olkoon! Mutta jos minä olisin sinä, niin nappaisin sen ison otuksen, joka on vapaalla jalalla, ennen kuin lähetän mitään selontekoa Lugbúrziin. Ei kuulosta kamalan somalta, jos me sanotaan, että me on pyydystetty kissanpentu ja päästetty emokissa karkuun.»

Äänet alkoivat etääntyä. Sam kuuli miten askelet häipyivät. Hän oli toipumassa järkytyksestään, ja nyt hänet valtasi sokea raivo. »Minä tein kaiken hullusti», hän itki. »Minä tiesin sen. Nyt ne ovat saaneet hänet, pahathenget! Saastat! Älä milloinkaan jätä isäntää, milloinkaan, milloinkaan – se se oli minun sääntöni. Ja minä tiesin sen sydämessäni. Kunpa saisin sen anteeksi! Nyt minun täytyy päästä takaisin hänen luokseen. Täytyy, on pakko!»

Hän veti taas miekkansa esiin ja hakkasi kiveä sen kahvalla, mutta kivi vain kaikui kumeasti. Miekka loisti nyt niin kirkkaasti, että hän näki hiukan sen valossa. Yllätyksekseen hän havaitsi, että suuri kivimöhkäle oli raskaan oven muotoinen ja vajaat kaksi kertaa hänen mittansa korkuinen. Sen yläpuolella oli pimeä tyhjä tila aukon ja yläreunan välissä. Ovi oli ilmeisesti tarkoitettu vain pysäyttämään Lukitarin yritykset tunkeutua käytävään, ja se oli salvattu sisäpuolelta jonkinlaisella säpillä tai haalla, jota Lukitari ei kyennyt käsittämään. Viimeisillä voimillaan Sam hyppäsi ylös ja sai oven yläreunasta otteen, kömpi ylös ja pudottautui toiselle puolelle; sitten hän juoksi kuin hullu leimuava miekka kädessä kulman ympäri ja pitkin mutkittelevaa tunnelia.

Tieto siitä, että hänen isäntänsä eli, nostatti hänet viimeiseen, väsymyksen yli yltävään ponnistukseen. Hän ei nähnyt mitään edessäpäin, sillä tämä uusi käytävä kääntyili ja kiemurteli kaiken aikaa, mutta hänestä tuntui, että hän tavoitti kahta örkkiä: niiden äänet kuuluivat aina vain lähempää. Nyt ne tuntuivat olevan aivan lähellä.

»Niin minä meinaan tehdä», Shagrat sanoi vihaiseen sävyyn. »Pistän sen suoraan ylös yläkammioon.»

»Mitävasten?» Gorbag murisi. »Eikö sinulla ole koppeja alhaalla?»

»Sille ei saa tapahtua mitään», Shagrat vastasi. »Käsitätkö? Se on arvokas. Minä en luota kaikkiin omiin poikiini enkä yhteenkään sinun lurjukseesi, enkä sinuunkaan silloin kun haluat vaan huvitella. Se menee sinne minne minä määrään ja minne sinä et tule, ellet käyttäydy örkeiksi. Yläkertaan sanon minä. Siellä se on turvassa.»

»Onkohan?» Sam sanoi. »Unohdat suuren valtavan haltiasoturin, joka kulkee vapaalla jalalla!» Ja samalla hän ryntäsi viimeisen kulman ympäri vain havaitakseen, että jokin tunnelin kepponen tai Sormuksen terästämä kuulo oli saanut hänet arvioimaan etäisyyden väärin.

Molemmat örkit olivat yhä jonkin matkan päässä. Hän näki ne nyt mustina ja tanakoina punaista hehkua vasten. Käytävä kulki viimein suorana ja kaltevana ylös ja toisessa päässä ammottivat suuret pariovet levällään, todennäköisesti ne johtivat syviin kammioihin korkean torninsarven alle. Taakkaa kantavat örkit olivat jo menneet sisälle. Gorbag ja Shagrat lähestyivät porttia.

Sam kuuli, miten jossakin puhjettiin karkeaan lauluun, torvia toitotettiin ja kumistimia lyötiin ja kuului hurjaa meteliä. Gorbag ja Shagrat olivat jo kynnyksellä.

Sam kiljaisi ja heilutti Piikkiä, mutta hänen pieni äänensä hukkui meteliin. Kukaan ei huomannut häntä.

Suuret ovet paukahtivat kiinni. Pum. Rautasalvat loksahtivat paikoilleen niiden sisäpuolella. Klang. Portti oli kiinni. Sam heittäytyi vasten lukittuja vaskilevyjä ja vajosi tunnottomana maahan. Hän oli ulkona pimeydessä. Frodo oli elossa mutta Vihollisen käsissä.

Cirith Ungol toisilta portailta

KUNINKAAN PALUU

TARU SORMUSTEN HERRASTA

Kolmas osa

VIIDES KIRJA

I

MINAS TIRITH

P IPPIN KURKISTI GANDALFIN viitan suojasta. Hän ei tiennyt, oliko hän hereillä vai yhä unessa, siinä pitkässä vilisevässä unessa, jota hän oli nähnyt ratsastuksen yhä jatkuessa. Tumma maailma kohisi ohi ja tuuli lauloi hurjasti hänen korvissaan. Hän ei nähnyt muuta kuin pyörivät tähdet ja valtavia tummia varjoja kaukana oikealla puolellaan siellä missä etelän vuoret kiitivät ohi. Hän yritti unen ja valveen välillä arvioida ajan kulkua ja matkan vaiheita, mutta muisti hapuili unenpöpperössä.

Ensin he olivat ratsastaneet hurjaa vauhtia pysähtymättä, ja aamunkoitteessa oli välkkynyt vaalea kullankajo ja he olivat saapuneet hiljaiseen kaupunkiin ja kukkulan huipulla olevaan suureen tyhjään rakennukseen. Ja tuskin he olivat päässeet sinne, kun siivekäs varjo oli taas kerran lentänyt heidän ylitseen ja ihmiset olivat lymynneet peloissaan. Mutta Gandalf oli lausunut hänelle lempeitä sanoja ja hän oli nukkunut nurkassa, väsymyksestä huolimatta levottomasti, tajuten hämärästi miten ihmisiä kulki edestakaisin ja Gandalf antoi määräyksiä. Ja sitten taas ratsastettiin, laukattiin yössä. Oli menossa toinen, ei vaan kolmas yö sen jälkeen kun hän oli katsonut Kiveen. Ja tuo kaamea muistikuva herätti hänet kokonaan ja hän värisi ja tuulen suhina täyttyi uhkaavista äänistä.

Taivaalla hehkui valoa, keltaista tulta loimotti tummien rinteiden takaa. Hetken kauhun vallassa Pippin painautui taaksepäin miettien, mihin kauheaan maahan Gandalf häntä kuljetti. Hän hieroi silmiään ja näki, että kuu oli nousemassa idän varjojen yläpuolelle, nyt se oli jo lähes täysi. Yö ei siis ollutkaan vielä vanha, pimeä matka jatkuisi vielä tuntikausia. Hän liikahti ja alkoi puhua.

»Missä me olemme, Gandalf?» hän kysyi.

»Gondorin valtakunnassa», vastasi velho. »Anórienin maa kiitää ohitsemme.»

He olivat taas hetken hiljaa. »Mitä tuo on?» huudahti Pippin äkkiä ja tarrautui Gandalfin kaapuun. »Katso! Punainen tulenlieska! Onko tässä maassa lohikäärmeitä? Katso, toinenkin!»

Vastaukseksi Gandalf huusi ääneen hevoselleen. »Eteenpäin, Hallavaharja! Täytyy kiiruhtaa. Aikaa on vähän. Katso: Gondorin kokot palavat ja kutsuvat apua. Sota on syttynyt. Katso, Amon Dînillä on tuli, ja Eilenachilla palaa liekki;

siinä ne ovat idästä länteen: Nardol, Erelas, Min-Rimmon, Calenhad, ja Halifi-
rien Rohanin rajalla.»

Mutta Hallavaharja jarrutti askeliaan, hiljensi käyntiin ja nosti sitten päänsä
ja hirnui. Ja pimeydestä kuului hirnunta vastaukseksi, sitten kuului kavioiden
töminää ja kolme ratsastajaa pyyhälsi esiin, ja kuin aaveet kuun valossa ne kato-
sivat länteen. Sitten Hallavaharja jännittyi ja hyökkäsi pimeyteen, ja yö tulvi sen
ylitse kuin ulvova tuuli.

Pippiniä alkoi taas nukuttaa eikä hän kiinnittänyt paljon huomiota Gandalfin
kertomukseen Gondorin tavoista ja siitä, miten Kaupungin valtias oli antanut
koota kokot suuren vuorijonon alakukkuloille sen molemmille puolille ja piti
näissä asemapaikoissa levänneitä hevosia alati valmiina kantamaan valtiaan
sanansaattajia pohjoiseen Rohaniin tai etelään Belfalasiin. »Siitä on kauan kun
pohjoiskokot sytytettiin», hän sanoi, »eikä niitä tarvittu Gondorin muinaisaikoina,
sillä Seitsemän kiveä olivat olemassa.» Pippin vaihtoi asentoa.

»Nuku taas, äläkä pelkää!» Gandalf sanoi. »Sillä sinä et ole Frodon tavoin
matkalla Mordoriin vaan Minas Tirithiin, ja siellä olet niin turvassa kuin vain
kukaan voi näinä aikoina. Jos Gondor kaatuu, tai Sormus kaapataan, silloin ei
Kontu käy turvapaikasta.»

»Etpä paljon lohduta», Pippin sanoi, mutta joka tapauksessa uni alkoi saada
hänessä vallan. Viimeinen muistikuva ennen vajoamista syvään uneen oli väläh-
dys korkeista valkeista huipuista, jotka hohtivat kuin kelluvat saaret pilvien
yläpuolella länttä kohti etenevän kuun valon osuessa niihin. Hän pohti missä
Frodo oli, ja oliko hän jo Mordorissa vai oliko kuollut; eikä hän tiennyt että
kaukaa Frodo katseli samaa kuuta, kun se laski Gondorin taakse ennen päivän
koittoa.

Pippin heräsi puheen ääniin. Vielä yksi piileskelyn päivä ja matkayö oli mennyt.
Oli aamuhämärä: kylmä sarastus teki taas tuloaan ja heidän ympärillään leijui
kylmää harmaata usvaa. Hallavaharja seisoi hiestä höyryten, mutta kannatteli
kaulaansa ylpeästi eikä osoittanut väsymisen merkkejä. Sen ympärillä seisoi
monia lämpimiin kaapuihin kietoutuneita miehiä ja heidän takanaan häämötti
usvassa kivimuuri. Muuri näytti olevan osaksi raunioina, mutta jo ennen kuin yö
oli mennyt, saattoi kuulla kiireisen työn ääniä: vasaroiden pauketta, laastilastojen
kilinää ja pyörien kitinää. Sumussa siellä täällä hohti himmeästi soihtuja ja tulia.
Gandalf puhui miehille, jotka seisoivat hänen tiellään, ja ryhtyessään kuuntele-
maan Pippin tajusi olevansa keskustelun kohteena.

»Totisesti, teidät me tunnemme, Mithrandir», sanoi miesten johtaja, »ja te
tiedätte Seitsemän portin tunnussanat ja saatte vapaasti mennä. Mutta seura-
laistanne emme tunne. Mikä hän on? Pohjoisten vuorten kääpiökö? Me emme
tahdo maahamme muukalaisia näinä aikoina, elleivät he ole mahtavia asemiehiä,
joiden uskollisuuteen ja apuun me voimme luottaa.»

»Minä menen hänestä takuuseen Denethorin istuimen edessä», Gandalf sanoi.
»Ja mitä uljuuteen tulee, sitä ei voi päätellä pituudesta. Hän on kokenut enem-
män taisteluja ja vaaroja kuin sinä, Ingold, vaikka oletkin kahdesti hänen mit-
taisensa, ja nyt hän tulee Rautapihan valtauksesta, josta me tuomme uutisia. Hän
on suuren uupumuksen vallassa, muuten herättäisin hänet. Hänen nimensä on
Peregrin, ja hän on hyvin urhoollinen mies.»

»Oikeinko ihmismies?» sanoi Ingold epäillen, ja muut nauroivat.

»Vai ihmismies!» huudahti Pippin täysin hereillä. »Ihminenkö! Takuulla en! Minä olen hobitti enkä ole sen paremmin urhoollinen kuin ihmismieskään, paitsi mitä nyt joskus vähän on pakko uskaltaa. Älkää antako Gandalfin pettää itseänne!»

»Enemmällä voi tuskin kerskua moni suurten töiden tekijäkään», sanoi Ingold. »Mutta mikä on hobitti?»

»Puolituinen», Gandalf vastasi. »Ei, ei se josta oli puhe», hän lisäsi nähdessään ihmetyksen miesten kasvoilla. »Ei hän, mutta hänen sukuaan.»

»Niin, ja hänen kanssaan kulkenut», Pippin sanoi. »Ja Boromir teidän kaupungistanne oli kanssamme ja pohjoisessa hän pelasti minut lumen keskeltä ja sai viimein surmansa puolustaessaan minua vihollislaumaa vastaan.»

»Seis!» Gandalf sanoi. »Suruviesti olisi pitänyt kertoa ensimmäiseksi hänen isälleen.»

»Se on jo arvattu», Ingold sanoi, »sillä täällä on nähty viime aikoina outoja merkkejä. Mutta menkää nyt nopeasti sisään! Sillä Minas Tirithin valtias odottaa kiihkeästi nähdäkseen sellaisen, joka tuo viimeiset uutiset hänen poikansa kuolemasta, oli tämä sitten ihminen tai –»

»Hobitti», sanoi Pippin. »Vain vähän apua voi minusta olla valtiaallenne, mutta minkä voin, sen teen, muistaen Boromir urheaa.»

»Hyvästi!» Ingold sanoi, ja miehet tekivät tietä Hallavaharjalle ja se meni sisään muurissa olevasta kapeasta portista. »Toivottavasti tuotte hyvät neuvot Denethorille hänen hädässään, ja meille kaikille, Mithrandir!» huusi Ingold. »Mutta arvatenkin tuotte tullessanne surun ja vaaran viestejä, kuten sanovat tapanne olevan.»

»Se johtuu siitä että tulen harvoin, mutta kun tulen, on apuni tarpeen», Gandalf vastasi. »Ja mitä tulee neuvoihin, sanon teille tämän: myöhään korjaatte Pelennorin muuria. Rohkeus on nyt paras puolustuksenne tulevaa myrskyä vastaan – se, ja se toivo jonka tuon. Sillä kaikki uutiseni eivät tiedä pahaa. Mutta jättäkää laastilastanne ja teroittakaa miekkanne!»

»Työ on tehty ennen iltaa», Ingold sanoi. »Tämä on viimeinen muurin osa, jonka korjaamme puolustuskuntoon: vähiten altis hyökkäykselle, onhan se Rohanin, ystäviemme puolella. Tiedättekö heistä mitään? Vastannevatko he kutsuumme?»

»He tulevat. Mutta he ovat taistelleet selustassanne monia taisteluita. Tämä tie ei enää vie turvaa kohti, eikä mikään tie. Olkaa valppaat! Jollei Gandalf Pahanilmanlintua olisi, Anórienista päin olisi tulossa vihollisarmeija, ei Rohanin ratsastajia. Ja niin voi vieläkin käydä. Hyvästi, älkää nukkuko!»

Muurin takana aukesivat laajat maat. Nimellä Rammas Echor kutsuivat gondorilaiset tätä ulkomuuria, jonka he olivat rakentaneet suurella työllä sen jälkeen kun Ithilien joutui Vihollisen varjon alle. Sitä riitti yli viiden peninkulman matkan vuorten juurelta ja takaisin niin että sen sisään jäivät Pelennorin pellot, Anduinin syviin laaksoihin laskeutuvilla rinteillä ja penkereillä levittäytyvät hedelmälliset ja kauniit asutut maat. Muurin kaukaisin kohta oli koillisessa kahden peninkulman päässä Kaupungin Suuresta portista ja siellä se kohosi jyrkältä äyräältä joen vieressä leviävien pitkien tasamaan kaistaleiden yläpuolelle. Se oli rakennettu korkeaksi ja vahvaksi, sillä Osgiliathin kahlaamoilta ja silloilta nousi tuossa kohdin kiviaidan reunustamaa pengertä muurille tie, joka kulki kahden linnoitetun tornin välisestä vartioidusta portista. Lähimmillään, kaakossa, muuri oli vähän yli puolen peninkulman päässä Kaupungista. Siellä, Etelä-Ithilienissä, Emyn Arnenin kukkuloiden liepeitä myötäilevä Anduin kääntyi jyrkästi länteen niin että ulkomuuri kohosi sen partaalla; sen alapuolella olivat Harlondin laiturit ja maihinnousupaikat, joihin eteläisistä maakunnista ylävirtaan purjehtivat alukset laskivat.

Asutut maat olivat vauraita, siellä oli paljon viljelysmaata ja hedelmätarhoja, maataloja, riihiä, aittoja, lampoloita ja navettoja, ja vihreyttä halkoivat lukemattomat Anduiniin laskevat solisevat purot. Silti oli siellä asuvien paimenien ja talonpoikien luku vähäinen, ja enimmäkseen gondorilaiset asuivat Kaupungin seitsemän piirin sisässä tai rajavuoristojen ylälaaksoissa Lossarnachissa tai paljon etelämpänä viiden vuolaan virran kauniissa Lebenninissä. Siellä vuorten ja meren välillä asui sitkeää väkeä. Heitä pidettiin gondorilaisina, mutta heidän verensä oli sekoittunutta, ja heidän joukossaan oli lyhyitä ja tummapintaisia ihmisiä, joiden esi-isät polveutuivat ehkä niistä ihmisistä, jotka asustivat vuorten varjoissa Mustina vuosina ennen kuninkaitten tuloa. Mutta vielä kauempana, Belfalasin suuressa maakunnassa asui suuriruhtinas Imrahil linnassaan Dol Amrothissa meren rannalla, ja hän ja hänen kansansa olivat korkeaa sukua, pitkiä ja ylpeitä ihmisiä, joilla oli merenharmaat silmät.

Kun Gandalf oli ratsastanut jonkin matkaa, alkoi taivas vaaleta ja Pippin kohottautui ja katsoi ylös. Vasemmalla levittäytyi usvameri kohti idän kylmää varjoa, mutta oikealla kohosivat korkeuksiin suuret vuoret, jotka alkoivat lännestä ja loppuivat äkkiä ikään kuin Virta olisi maan muodostuessa pureutunut suuren varustuksen läpi ja kovertanut valtavan laakson taistelujen ja kiistojen aiheeksi tuleville ajoille. Ja siinä missä Ered Nimraisin Valkoiset vuoret loppuivat, Pippin näki, niin kuin Gandalf oli luvannut, Mindolluinin vuoren tumman hahmon, korkeiden solien syvän sinipunan, nousevan päivän kilossa vaalenevat rinteet. Ja vuoren ulos työntyneellä penkereellä kohosi Vartioitu kaupunki ja sen seitsemän kivimuuria, jotka olivat niin vahvat ja vanhat, että näytti kuin Kaupunkia ei olisi rakennettu vaan sen olisivat jättiläiset muotoilleet itse maan ytimestä.

Pippinin tuijottaessa ihmeissään muuttuivat häämöttävän harmaat muurit valkoisiksi ja punertuivat aamussa aavistuksen verran, ja äkkiä aurinko kiipesi yli idän varjon ja paiskasi valokeilan Kaupungin kasvoihin. Silloin Pippin huudahti ääneen: korkeimman muurin keskeltä kohoava Ecthelionin torni loisti taivasta vasten ja kimmelsi kuin helmi- ja hopeapiikki, pitkänä, kauniina ja sulavana, ja sen pinaakkeli kimalteli kuin kristalli; ja varustusten valkeat viirit aukenivat ja liehuivat aamupuhurissa ja kaukaa hän kuuli kirkkaan äänen, kuin hopeatorvien toitotuksen.

Niin ratsastivat auringon noustessa Gandalf ja Peregrin Gondorin ihmisten Suurelle portille ja sen rautaovet kääntyivät sivuun heidän edessään.

»Mithrandir! Mithrandir!» huusivat miehet. »Nyt tiedämme, että myrsky on tosiaan lähellä!»

»Se on yllänne», Gandalf sanoi. »Olen ratsastanut sen siivillä. Päästäkää minut sisään! Minun on tavattava valtiaanne Denethor, kun hän vielä on käskynhaltijanne. Miten ikinä käykin, sitä Gondoria, jonka te tunsitte, ei teillä pian enää ole. Päästäkää minut.»

Miehet vetäytyivät hänen äänensä käskyvoiman edessä eivätkä he enää kyselleet mitään, mutta he katselivat ihmeissään hobittia, joka istui hänen edessään,

Stanburg (Minas Tirith)

ja hevosta, joka häntä kantoi. Sillä Kaupungin asukkaat käyttivät hevosia hyvin vähän, eikä kaduilla näkynyt yleensä muita kuin ne, joilla valtiaan sanansaattajat ratsastivat. Ja miehet sanoivat: »Eikö tuo ole yksi Rohanin kuninkaan hienoista ratsuista? Kukaties *rohirrim* tulevat pian vahvistamaan voimaamme.» Mutta Hallavaharja käveli ylpeästi ylös pitkää kiemurtelevaa tietä.

Sillä sellainen oli Minas Tirith, että se oli rakennettu seitsemään, vuoreen louhittuun tasoon ja jokaisen ympärille oli pystytetty muuri ja joka muurissa oli portti. Mutta portit eivät olleet peräkkäin: kaupunginmuurin Suuri portti oli kehän itäreunalla, mutta seuraava antoi puolittain etelään, ja kolmas puolittain pohjoiseen ja niin edelleen edestakaisin yhä ylemmäksi, ja kivetty tie kaarteli puolelta toiselle kukkulan rinteessä Linnaa kohti. Aina milloin tie osui Suuren portin linjalle, se puhkaisi holvatun käytävän valtavan poikittaisen kiviseinämän läpi, joka jakoi kahtia kaikki piirit ensimmäistä lukuun ottamatta. Osittain vuoren alkuperäinen muoto, osittain vanhan ajan mahtava työ ja taito olivat luoneet Porttia vastapäätä ensimmäisen avaran aukion perältä yhä ylemmäksi kohoavan kalliokiilan, jonka kulma oli terävä kuin itää kohti kyntävän laivan emäpuu. Se kohosi aina korkeimman piirin tasalle saakka ja sen huipulla oli varustus; näin saattoi tähystäjä ylhäältä Linnasta katsoa alas kuin merenkävijä vuorenkokoisen laivan kannelta neljättäsataa kyynärää alempana olevalle Portille. Myös Linnan sisäänkäynti oli idän puolella, mutta se oli louhittu kallioon, ja sieltä johti pitkä lamppujen valaisema rinne seitsemännelle portille. Tämän tien kuljettuaan saapui tulija viimein Yläpihalle ja Lähteenaukiolle Valkoisen tornin juurelle. Torni oli viisikymmentä syltä korkea kivijalasta pinaakkeliin ja viisisataa kyynärää tasankoa ylempänä liehui Käskynhaltijoiden lippu.

Totisesti oli vahva tuo linna, jota ei vihollisarmeija pystyisi valtaamaan, mikäli siellä vain oli asekuntoisia miehiä, ellei tuo vihulainen hyökkäisi takaapäin, kiipeäisi Mindolluinin alarinteiden kautta kapealle harjanteelle, joka yhdisti Vartiokukkulan ja itse vuoren toisiinsa. Mutta tuo harjanne, joka kohosi viidennen muurin tasalle, oli reunustettu korkeilla rintavarustuksilla aina sen länsipäätä varjostavaan jyrkänteeseen saakka, ja tuolla paikalla kohosivat edesmenneiden kuninkaitten ja ruhtinaitten asumukset ja holvihaudat ikuisessa hiljaisuudessa vuoren ja tornin välissä.

Pippin tuijotti kasvavan ihmetyksen vallassa suurta kivikaupunkia, joka oli valtavampi ja upeampi kuin hänen mitkään kuvitelmansa, suurempi ja vahvempi kuin Rautapiha ja tuhannesti kauniimpi. Kuitenkin se itse asiassa rappeutui vuosi vuodelta, ja jo nyt siellä asui vain puolet siitä määrästä, joka sinne olisi hyvin mahtunut. Joka kadulla he sivuuttivat jonkin suuren talon tai pihan, jonka oven tai kaariportin päälle oli kaiverrettu monia kauniita outoja ja ikivanhoja kirjaimia; Pippin arveli niitä aikoja sitten taloissa eläneiden ihmisten ja sukujen nimiksi, mutta nyt olivat talot äänettömiä eikä niiden avarilta kiveyksiltä kuulunut askelten kopinaa, ei kaikunut ihmisen ääni saleissa, eivät katsoneet kasvot ovelta tai tyhjistä ikkunoista.

Viimein he saapuivat varjosta seitsemännelle portille. Sama lämmin aurinko, joka paistoi virran tuolla puolen, missä Frodo vaelsi Ithilienin viidoissa, loisti näillä sileillä muureilla ja vankoissa pylväissä ja suuressa holvissa, jonka lakikivi oli hakattu kuninkaallisen kruunupään hahmoon. Gandalf laskeutui Hallavaharjan selästä, sillä Linnan alueelle ei päästetty hevosia, ja uljas ratsu antoi isäntänsä sanasta taluttaa itsensä pois.

Portin vartijoiden asu oli musta ja heillä oli oudonmuotoinen korkea kypärä, jossa oli pitkät ihonmyötäiset poskisuojukset ja näiden yläpuolella merilintujen valkeat siivet. Kypärät loistivat hopeanhohtoisina, sillä ne oli kuin olikin taottu *mithrilistä*; ne olivat menneiden kunnian aikojen perintöä. Mustaan asetakkiin oli kirjailtu lumivalkeana kukkiva puu ja sen yläpuolelle hopeakruunu ja monisakaraisia tähtiä. Tämä oli Elendilin perikunnan asepuku eivätkä sitä pitäneet koko Gondorissa ketkään muut kuin Linnan vartijat Lähteenpihan edustalla, missä Valkoinen puu oli aikanaan kasvanut.

Tuntui siltä kuin tieto heidän tulostaan olisi ehtinyt jo ennen heitä, ja heidät päästettiin heti sisään, sanaa sanomatta, ilman kysymyksiä. Gandalf asteli nopeasti valkokivisen pihan poikki. Ihana suihkulähde helmeili auringon valossa ja sen ympärillä levittäytyi vihreä nurmikko, mutta nurmikon keskellä nuokkui kuollut puu lammikon yllä, ja putoavat pisarat tipahtelivat surullisesti sen kuivilta ja katkenneilta oksilta takaisin kirkkaaseen veteen.

Pippin vilkaisi puuta kiiruhtaessaan Gandalfin jäljessä. Se näytti hänestä murheelliselta, ja hän ihmetteli, miksi kuollut puu oli jätetty paikoilleen, kun kaikki muu oli niin hyvin hoidettua.

Seitsemän tähteä, seitsemän kiveä, puun yhden valkean vaan.

Gandalfin mutisemat sanat palasivat hänen mieleensä. Sitten hän olikin jo loistavan tornin alla suureen saliin johtavalla ovella, ja hän sivuutti velhon kannoilla pitkät äänettömät ovenvartijat ja astui kivisen rakennuksen viileisiin kaikuviin varjoihin.

He kävelivät kivettyä käytävää, joka oli pitkä ja tyhjä, ja samalla Gandalf puheli hiljaa Pippinille. »Varo sanojasi, mestari Peregrin! Tämä ei ole oikea paikka hobittinokkeluudelle. Théoden on hyväsydäminen vanhus. Denethor on toista maata, ylpeä ja herkkä, mies jolla on paljon suuremmat sukujuuret ja enemmän valtaa vaikka häntä ei kutsutakaan kuninkaaksi. Hän puhuu enimmäkseen sinulle, ja kyselee paljon, sillä sinä pystyt kertomaan hänen pojastaan Boromirista. Hän rakasti poikaansa suuresti, kukaties liikaakin, rakasti juuri siksi että he ovat erilaiset. Mutta tämän rakkauden varjolla hän arvelee saavansa selville haluamansa sinulta helpommin kuin minulta. Älä kerro hänelle enempää kuin on tarpeen, ja jätä mainitsematta Frodon matkan aihe. Minä teen sen ajallaan. Äläkä sano mitään Aragornista, ellei sinun ole pakko.»

»Miksei? Mitä vikaa Konkarissa on?» kuiskasi Pippin. »Hänenhän piti tulla tänne – hänhän saapuu joka tapauksessa kohta itse.»

»Saattaa olla», Gandalf sanoi. »Mutta jos hän tulee, hän tulee luultavasti tavalla, jota kukaan ei odota, ei edes Denethor. Niin on parempi. Ainakaan me emme saisi kertoa etukäteen hänen tulostaan.»

Gandalf pysähtyi korkean kiiltävän metallioven eteen. »Mestari Pippin, nyt ei ole aikaa opettaa sinulle Gondorin historiaa, vaikka olisi ehkä parempi, jos olisit oppinut jotakin niihin aikoihin, kun vielä etsiskelit linnunpesiä ja lorvailit Konnun metsissä. Tee niin kuin pyydän! Tuskin on viisasta tuodessaan uutisia mahtavan ruhtinaan perillisen kuolemasta puhua vuolaasti jostakusta joka, mikäli saapuu, vaatii itselleen kuninkuutta. Riittääkö?»

»Kuninkuutta?» kysyi Pippin äimistyneenä.

»Sitä juuri», Gandalf sanoi. »Jos olet kulkenut kaiket päivät korvat tukossa ja älli unten mailla, on aika herätä!» Hän koputti oveen.

Ovi avautui, vaikka kukaan ei näyttänyt avanneen sitä. Pippin katseli suurta salia. Sitä valaisivat syvät ikkunat leveiden laivojen reunoilta, joita keskisalista erottivat kattoa kannattelevat korkeat pylväät. Näiden yhdestä kappaleesta hakattujen mustien marmoripylväiden kapiteelit oli veistetty täyteen outoja eläinhahmoja ja lehtikuvioita; korkealla varjoissa kiilui himmeää kultaa laaja holvi. Lattia oli valkoisena hohtavaa kiillotettua kiveä ja siihen oli upotettu monivärisiä virtaavia kuvioita. Koko tuossa pitkässä juhlavassa salissa ei näkynyt minkäänlaisia verhoja, ei historiallisia tapahtumia kuvaavia kudottuja seinävaatteita, ei ylipäänsä mitään kangasta tai edes puuta, mutta pylväiden välissä seisoi kylmään kiveen veistetty äänetön rivistö pitkiä hahmoja.

Äkkiä Pippinin mieleen palasivat Argonathin hakatut kalliot ja ihmetys valtasi hänet, kun hän katseli aikaa kuolleiden kuninkaitten kujaa. Salin päässä moniaskelmaisella korokkeella oli korkea valtaistuin ja sen yläpuolella kruunatun kypärän muotoinen marmorikatos; valtaistuimen takana oli seinään veistetty kukkivan puun kuva, joka oli koristeltu kalliilla kivillä. Mutta valtaistuin oli tyhjä. Korokkeen juurella, sen leveällä ja syvällä alimmalla askelmalla oli kivinen tuoli, musta ja vailla koristeita, ja sillä istui vanha mies tuijottaen syliinsä. Hänellä oli kädessään kultanuppinen valkoinen sauva. Hän ei katsonut heihin. He astelivat juhlallisesti pitkää lattiaa häntä kohti, kunnes seisoivat kolmen askelen päässä hänen tuolistaan. Silloin Gandalf puhui.

»Terve, Minas Tirithin valtias ja käskynhaltija, Denethor Ecthelionin poika! Olen tullut tuomaan neuvoja ja uutisia tällä synkällä hetkellä.»

Silloin vanha mies nosti katseensa. Pippin näki veistokselliset kasvot, ylpeät luut ja norsunluihon, ja pitkän kyömynenän tummien syvien silmien välissä, eikä hänelle tullut niinkään mieleen Boromir kuin Aragorn. »Synkkä totisesti on tämä hetki», sanoi vanhus, »ja sellaisina hetkinä on tapasi tulla, Mithrandir. Mutta vaikka kaikki merkit ennustavat, että Gondorin kohtalonhetki lähestyy, vähäisempi on minulle tuo pimeys kuin on oma pimeyteni. Minulle on kerrottu, että tuot mukanasi jonkun, joka näki poikani kuolevan. Tämäkö se on?»

»Tämä», Gandalf sanoi. »Toinen kahdesta. Toinen on Rohanin Théodenin luona ja tulee kukaties myöhemmin. He ovat puolituisia, kuten näette, mutta tämä ei kuitenkaan ole se, josta enteet puhuivat.»

»Puolituinen kuitenkin», sanoi Denethor synkästi, »eikä rakkauteni heidän nimeään kohtaan ole suuri, sillä nuo onnettomat sanat tulivat neuvonpitojemme kiusaksi ja veivät poikani pois huimapäiselle matkalle, joka koitui hänen kuolemakseen. Voi Boromiriani! Nyt sinua tarvitaan. Faramir olisi saanut mennä hänen sijastaan.»

»Hän oli valmis menemään», Gandalf sanoi. »Älkää olko surussanne epäoikeudenmukainen! Boromir vaati tehtävän itselleen eikä suvainnut kenenkään muun sitä ottavan. Hän oli korskea mies, joka otti sen mitä tahtoi. Kuljin kauan hänen kanssaan ja opin paljon hänen mielensä laadusta. Mutta puhutte hänen kuolemastaan. Oletteko saanut siitä tietoja ennen meidän tuloamme?»

»Olen saanut tämän», Denethor sanoi, asetti maahan sauvansa ja nosti sylistään esineen, jota oli tuijottanut. Kummassakin kädessään hän piteli keskeltä haljenneen suuren torven puolikasta, joista näki, että se oli ollut hopeakoristeinen villihärän sarvi.

»Tuo on se torvi, joka Boromirilla oli aina mukanaan!» huudahti Pippin.

»Niin totisesti on», Denethor sanoi. »Ja minä kannoin sitä aikanani ja niin on kantanut huoneemme vanhin poika kauas kadonneisiin aikoihin saakka, kun meillä vielä oli kuningas, aina siitä lähtien, kun Vorondil Mardilin isä metsästi Arawin villikarjaa Rhûnin kaukaisilla laitumilla. Kolmetoista päivää sitten kuulin sen heikosti soivan pohjoisilla rajoilla, ja Virta toi sen minulle, haljenneena: se ei enää soi.» Hän vaikeni ja syntyi painostava hiljaisuus. Äkkiä hän käänsi tummanpuhuvan katseensa Pippiniin. »Mitä sinä sanot siihen, puolituinen?»

»Kolmetoista, kolmetoista päivää», änkytti Pippin. »Kyllä, kyllä kai se niin on. Minä tosiaan seisoin hänen rinnallaan, kun hän puhalsi torveen. Mutta apua ei tullut. Vain lisää örkkejä.»

»Sinä siis», Denethor sanoi ja katsoi tutkivasti Pippinin kasvoja. »Sinä olit siis siellä? Kerro enemmän! Miksi apua ei tullut? Ja miten sinä pääsit pakoon, mutta hän ei, vaikka oli voimallinen mies, jos vastassa oli pelkkiä örkkejä?»

Pippin punehtui ja unohti pelkonsa. »Voimallisimmankin miehen voi yksi nuoli surmata», hän sanoi, »ja Boromiriin sattui monta. Kun viimeksi näin hänet, hän vajosi puun juureen ja nykäisi mustasulkaisen nuolen kyljestään. Sitten pyörryin ja minut otettiin vangiksi. En nähnyt häntä enää, enkä tiedä enempää. Mutta pidän hänen muistoaan kunniassa, sillä hän oli hyvin urhoollinen. Hän kuoli pelastaakseen meidät, sukulaiseni Meriadocin ja minut, kun Mustan ruhtinaan sotajoukko oli yllättänyt meidät metsässä, ja vaikka hän kaatui ja epäonnistui, kiitollisuuteni ei siitä laannu.»

Sitten Pippin katsoi vanhusta silmiin, sillä ylpeys kiehui kummasti hänessä tuon kylmän äänen ylenkatseen ja epäilyksen takia. »Varmaan teidänlaisenne ihmisten valtias näkee pieneksi tarjouksen, jonka tekee hobitti, pohjoisen Konnun asukas, mutta olen palveluksessanne sellaisena kuin olen, maksuksi velastani.» Pippin sysäsi sivuun harmaan kaapunsa, veti pienen miekkansa esiin ja laski sen Denethorin jalkojen juureen.

Vanhuksen kasvoilla karehti hienoinen hymy, kuin talvi-illan kylmä aurinko, mutta hän taivutti päänsä, pani syrjään torvensirpaleet ja ojensi kätensä. »Anna ase minulle!» hän sanoi.

Pippin kohotti miekkaa ja ojensi kahvan käskynhaltijaa kohti. »Mistä tämä on kotoisin?» Denethor kysyi. »Se on nähnyt monia, monia vuosia. Onko tämän terän oma pohjoinen kansasi takonut hamassa menneisyydessä?»

»Se on kotoisin hautakummuista, joita on maani rajoilla», Pippin sanoi. »Mutta nyt siellä asuu vain kauheita haamuja, enkä mielelläni kerro niistä enempää.»

»Huomaan että sinuun liittyy outoja tarinoita», Denethor sanoi, »ja jälleen kerran kävi todeksi, että miehen – tai puolituisen – ulkonäkö saattaa pettää. Otan vastaan tarjouksesi. Sillä sinua eivät sanat lannista, ja puheesi on kohteliasta, joskin sen parsi saattaa kuulostaa meidän eteläiseen korvaamme oudolta. Ja tulevina aikoina tarvitsemme kaiken kohteliaan väen, suuret ja pienet. Vanno nyt minulle vala!»

»Ota kahvasta kiinni», Gandalf sanoi, »ja lausu valtiaan perässä, mikäli pysyt päätöksessäsi.» »Pysyn», sanoi Pippin.

Vanhus laski miekan syliinsä ja Pippin pani kätensä sen kahvalle ja lausui hitaasti Denethorin jäljessä:

»Täten vannon uskollisesti palvelevani Gondoria ja valtakunnan herraa ja käskynhaltijaa, lupaan puhua ja olla vaiti, tehdä ja tekemättä jättää, tulla ja mennä, puutteen ja yltäkylläisyyden, sodan ja rauhan aikana, eläissä ja kuollessa, tästä hetkestä alkaen kunnes herrani minut vapauttaa, tai kuolema korjaa, tai maailma loppuu. Tämän sanon minä Peregrin Paladinin poika, puolituisten Konnusta.»

»Ja minä kuulen tämän, minä Denethor Ecthelionin poika, Gondorin valtias, korkean kuninkaan käskynhaltija, enkä sitä unhoita, enkä jätä palkitsematta sitä mikä annettu on: uskollisuutta rakkaudella, uljuutta kunnialla, valapattoutta kostolla.» Sitten Pippin sai miekkansa takaisin ja pani sen huotraan.

»Ja nyt», Denethor sanoi, »saat ensimmäisen käskyni: puhu, älä ole vaiti! Kerro tarinasi kokonaan, ja pidä huoli, että palautat mieleesi kaiken mikä koskee poikaani Boromiria. Istu ja aloita kertomuksesi!» Puhuessaan hän löi pientä hopeakumistinta, joka oli hänen tuolinsa lähellä, ja heti tuli paikalle palvelijoita. Pippin huomasi, että nämä olivat seisseet syvennyksissä oven kummallakin puolen, niin että Gandalf ja hän eivät olleet heitä nähneet.

»Tuokaa viiniä ja ruokaa ja istuimet vieraille», Denethor sanoi, »ja katsokaa, ettei kukaan tuntiin häiritse meitä.»

»Enempää minulla ei ole aikaa antaa teille, sillä monet muut tehtävät vartovat», hän sanoi Gandalfille. »Monet tärkeämmät tehtävät, arvatenkin, mutta eivät minulle yhtä tähdelliset kuin tämä. Kukaties voimme puhua uudestaan päivän lopulla.»

»Ja aikaisemminkin, toivon ma», Gandalf sanoi. »Sillä en ole ratsastanut tänne Rautapihasta tuulen nopeudella seitsemääkymmentäviittä peninkulmaa vain tuodakseni teille yhden pienen soturin, vaikka kuinkakin kohteliaan. Eikö teille ole mitään merkitystä sillä, että Théoden on käynyt suuren taistelun ja että Rautapiha on kukistettu ja että olen katkaissut Sarumanin sauvan?»

»Sillä on suuri merkitys. Mutta näistä teoista tiedän jo tarpeeksi, jotta osaan suunnitella toimeni idän uhkaa vastaan.» Hän käänsi tummat silmänsä Gandalfiin, ja silloin Pippin näki, että heissä oli jotakin samaa, ja hän tunsi jännityksen noiden kahden välillä, ikään kuin heidän silmiensä välillä olisi kytenyt hehkuva lanka valmiina milloin tahansa leimahtamaan liekkiin.

Denethor näytti totisesti paljon enemmän suurelta velholta kuin Gandalf, kuninkaallisemmalta, kauniimmalta, mahtavammalta ja vanhemmalta. Kuitenkin Pippin vaistosi, että Gandalfilla oli enemmän voimaa ja syvempää viisautta ja mahtia, kätkettynä. Ja vanhempi hän oli, paljon vanhempi. »Kuinka paljon vanhempi?» mietti Pippin ja huomasi sitten, ettei hän ollut ennen tullut sitä ajatelleeksi. Puuparta oli sanonut jotakin velhoista, mutta silloinkaan Pippin ei ollut pitänyt Gandalfia yhtenä heistä. Mikä Gandalf oli? Milloin ja missä, aikoja sitten, hän oli tullut maailmaan, ja milloin hän sen jättäisi? Sitten hänen pohdintansa katkesi ja hän näki, että Denethor ja Gandalf yhä tuijottivat toisiaan silmiin kuin lukien toistensa ajatuksia. Mutta Denethor käänsi katseensa syrjään ensin.

»Niin on», hän sanoi, »että vaikka Kivet ovat kertoman mukaan kadonneet, yhä on Gondorin valtiailla tarkempi näkö kuin vähäisemmillä ihmisillä, ja monet viestit he saavat. Mutta istukaa!»

Silloin tuli miehiä kantaen tuolia ja matalaa jakkaraa, ja yksi toi tarjottimella hopeakannun ja pikareita ja valkoisia kakkusia. Pippin istuutui, mutta hän ei saanut katsettaan irti vanhasta ylimyksestä. Oliko Denethor puhuessaan Kivistä syrjäsilmällä vilkaissut nopeasti Pippiniä, vai oliko se hobitin kuvittelua? »Kerro nyt tarinasi, vasallini», Denethor sanoi, puoliksi ystävällisesti, puoliksi pilanpäiten. »Sillä totisesti kaipaamme sanoja sellaisen matkustavaisen suusta, johon poikani noin lujasti kiintyi.»

Pippin ei milloinkaan unohtanut tuota tuntia, jonka hän vietti Gondorin herran lävistävän katseen kohteena, tämän painaessa hänet tuon tuostakin seinää vasten terävillä kysymyksillään, samalla kun hän koko ajan tajusi Gandalfin istuvan rinnallaan katsellen ja kuunnellen ja (kuten Pippinistä tuntui) pidätellen kasvavaa suuttumusta ja kärsimättömyyttä. Kun tunti oli kulunut ja Denethor löi kumistinta uudestaan, Pippin tunsi itsensä aivan uupuneeksi. »Kello ei voi olla yli yhdeksän», hän ajatteli. »Silti voisin syödä kolme aamiaista yhtä perää.»

»Viekää ruhtinas Mithrandir hänelle valmistettuun asuntoon», Denethor sanoi, »ja hänen seuralaisensa voi asua toistaiseksi hänen kanssaan, jos tahtoo. Mutta tietäkää että hän on vannonut minulle uskollisuutta, ja hänet tunnettakoon nimellä Peregrin Paladinin poika, ja hänelle opetettakoon vähäisemmät tunnussanat. Lähettäkää sana päälliköille, että tapaan heidät täällä heti kolmannen tunnin lyönnin jälkeen.»

»Ja myös sinä, ruhtinas Mithrandir, saat tulla, miten ja milloin tahdot. Kukaan älköön estäkö sinua tulemasta luokseni aikana kuin aikana, paitsi niinä lyhyinä hetkinä jolloin nukun. Laantukoon vihasi vanhan miehen heikkoutta kohtaan, ja palaa sitten lohdukseni!»

»Heikkouttako?» Gandalf sanoi. »Ei, herra, kun teissä höperyys alkaa, te olette jo kuoleman oma. Te osaatte käyttää suruannekin verhona. Luuletteko, että minä en ymmärrä tarkoitustanne, kun kuulustelette tunnin sitä, joka vähiten tietää, vaikka minä istun hänen rinnallaan?»

»Jos sen ymmärrät, tyydy siihen», heitti Denethor vastaan. »Ylpeys joka hädässään ylenkatsoisi avun ja neuvot olisi heikkoutta, mutta sinun tuomisesi nojaavat omiin suunnitelmiisi. Gondorin valtias ei kuitenkaan alistu muiden käsikassaraksi, miten ylevät muiden aikomukset lienevätkin. Eikä hänelle ole siinä maailmassa, joka nyt on, korkeampaa päämäärää kuin Gondorin etu – ja Gondorin hallitseminen, hyvä herra, on minun ja yksin minun käsissäni, ellei kuningas palaa.»

»Ellei kuningas palaa, niinkö?» Gandalf sanoi. »Valtias ja käskynhaltija, teidän tehtävänne on katsoa, että tuon hetken varalle, jota harvat nykyään odottavat, on olemassa kuningaskunta. Siinä tehtävässä saatte kaiken avun, jota tahdotte pyytää. Mutta sanon tämän: Minkään valtakunnan hallitseminen ei ole minun käsissäni, ei Gondorin eikä minkään muunkaan, ei pienen eikä suuren. Mutta siinä maailmassa, joka nyt on, on kaikki arvokas vaarassa, ja kaikki arvokas on minun huolenani. Omalta osaltani en ole kokonaan epäonnistunut, vaikka Gondor tuhoutuisi, jos sen yön jälkeen jää jotakin, mikä voi vielä kasvaa kauniiksi, tai kantaa hedelmää ja kukkia tulevina aikoina. Sillä minäkin olen käskynhaltija. Etteko sitä tiennyt?» Ja tämän sanottuaan hän kääntyi ja asteli salista Pippinin kipittäessä rinnalla.

Gandalf ei katsonut Pippiniin eikä puhunut halaistua sanaa heidän kävellessään. Heidän oppaansa vei heidät salin ovilta Lähteenpihan poikki kahden korkean kivisen rakennuksen väliseen kujaan. Käännyttyään useita kertoja he tulivat linnanmuuria lähellä sijaitsevalle rakennukselle itse linnan pohjoispuolelle, vähän matkan päähän vuorta ja kukkulaa yhdistävältä harjanteelta. Rakennuksen sisällä opas osoitti heille toisesta kerroksesta kadun puolelta leveiden kiveen hakattujen portaitten päästä kauniin, valoisan ja ilmavan huoneen, jonka seinillä oli kuviottomia himmeää kultaa hehkuvia vaatteita. Huoneessa oli niukalti kalustusta, siellä oli vain pieni pöytä, kaksi tuolia ja penkki, mutta kummallakin seinustalla oli syvennys, jossa oli sijattu vuode sekä pesukannu ja vati. Huoneessa oli kolme korkeaa ja kapeaa ikkunaa ja näköala pohjoiseen Anduinin usvaiseen suureen mutkaan ja kohti Emyn Muilia ja kaukaista Raurosta. Pippinin oli kiivettävä penkille nähdäkseen ulos syvän kivisen ikkunalaudan yli.

»Oletko minulle vihainen, Gandalf?» hän sanoi kun opas oli mennyt ja sulkenut oven. »Minä tein parhaani.»

»Niin totisesti teit!» Gandalf sanoi ja yhtäkkiä hän nauroi, ja hän tuli seisomaan Pippinin viereen, pani kätensä hobitin harteille ja tuijotti ulos ikkunasta. Pippin katsoi vähän ihmeissään kasvoja, jotka nyt olivat hänen omiaan lähellä, sillä nauru oli kuulostanut iloiselta ja huvittuneelta. Mutta ensin hän ei nähnyt velhon kasvoilla kuin surun ja huolen juonteita; katsoessaan tarkemmin hän kuitenkin näki tuon kaiken alla suuren ilon: sellaisen riemun lähteen, joka saisi kokonaisen kuningaskunnan purskahtamaan nauruun, jos se purkautuisi esille.

»Parhaasi tosiaan teit», velho sanoi, »ja toivon että kestää kauan ennen kuin joudut uudestaan yhtä tukalaan paikkaan kahden kauhean vanhan miehen väliin. Gondorin valtias sai sinulta kuitenkin selville enemmän kuin ehkä luuletkaan. Et kyennyt salaamaan sitä, että Boromir ei johtanut Saattuetta Moriasta eteenpäin ja että joukossanne oli joku korkea-arvoinen henkilö, joka oli matkalla Minas Tirithiin, ja että hänellä oli kuuluisa miekka. Gondorissa pannaan paljon painoa entisaikojen tarinoille, ja Denethor on pohtinut pitkään sanoja *Isildurin turma* sen jälkeen kun Boromir lähti.

Pippin, hän ei ole kuten muut aikalaisensa, ja kuinka lieneekään, virtaa hänessä jonkin sattuman kautta Westernessen veri lähes puhtaana, niin kuin se virtaa hänen toisessa pojassaan Faramirissa vaan ei Boromirissa, jota hän eniten rakasti. Hänen näkönsä on tarkka. Tahtonsa voimalla hän voi käsittää paljon siitä, mitä itse kunkin mielessä liikkuu, niidenkin jotka asuvat matkojen päässä. Häntä on vaikea pettää, ja vaarallista hämätä.

Muista se! Sillä nyt olet vannonut hänelle uskollisuutta. En tiedä mikä tuon ajatuksen pani päähäsi, tai sydämeesi. Mutta se oli hyvin tehty. Minä en estänyt sitä, sillä jaloa tekoa ei sovi kylmän neuvon katkaista. Se liikutti häntä ja myös (jos saan sanoa) kutkutti. Ainakin voit nyt liikkua vapaasti Minas Tirithissä – milloin sinulla ei ole palvelusta. Sillä tekoon liittyy toinenkin puoli. Olet hänen käskyvallassaan, eikä hän unohda sitä. Ole jatkuvasti varuillasi!»

Hän vaikeni ja huokasi. »Ei kannata hautoa huomisen huolia. Olletikin kun huominen tuo varmasti tullessaan tämänpäiväisiä suurempia huolia, ja sitä seuraava päivä ja sitä seuraava. Enkä minä voi tehdä enää enempää asian auttamiseksi. Pelilauta on pystytetty ja nappulat liikkuvat. Yhden nappulan haluaisin mieliisti löytää: Faramirin, joka nyt on Denethorin perillinen. Hän tuskin on Kaupungissa, mutta minulla ei ole ollut aikaa koota tietoja. Pippin, minun täytyy mennä. Minun täytyy mennä ruhtinaitten neuvonpitoon kuulemaan, mitä siellä sanotaan. Mutta vuoro on Vihollisella, ja hän aikoo avata pelinsä. Ja sotilaat joutuvat tuolle laudalle siinä missä tornit ja kuninkaat, Peregrin Paladinin poika, Gondorin sotilas. Teroita miekkasi!»

Gandalf meni ovelle ja kääntyi vielä. »Minulla on kiire», hän sanoi. »Tee minulle palvelus kun menet ulos. Jo ennen kuin lepäätkään, mikäli et ole aivan uuvuksissa. Etsi Hallavaharja ja katso miten sitä hoidetaan. Nämä ihmiset ovat ystävällisiä eläimille, sillä tämä on hyvä ja viisas kansa, mutta hevosiin he eivät ole tottuneet.»

Näin sanottuaan Gandalf meni, ja hänen mennessään kuului linnan tornista kirkas ja suloinen kellonsoitto. Kolmasti löi kello kuin hopeana ilmassa ja hiljeni sitten, oli kolmas tunti auringonnousun jälkeen.

Hetken kuluttua Pippin meni ovelle, käveli portaat alas ja katseli kadulle. Aurinko paistoi nyt lämpimänä ja kirkkaana, ja tornien ja korkeiden talojen varjot lankesivat pitkinä ja terävinä lännen puolelle. Korkealle ilman sineen kohotti Mindolluinin vuori valkean kypäränsä ja lumisen kaapunsa. Kaupungin teillä kulki aseistettuja miehiä suuntaan ja toiseen, nähtävästi palvelus- ja vartiopaikoissa olisi vahdinvaihto kellon lyönnillä.

»Konnussa sanoisimme että kello on yhdeksän», Pippin sanoi ääneen itsekseen. »Se aika, jolloin istutaan ikkuna auki kevätaurinkoon ja syödään kotoista aamiaista. Että tekeekin mieli aamiaista! Syövätköhän nämä ihmiset aamulla ollenkaan, vai onko aterian aika ohi? Ja milloinkahan he syövät päivällistä – ja missä?»

Sitten hän huomasi mustavalkoisiin pukeutuneen miehen, joka tuli kapeaa katua sisempää linnasta häntä kohti. Pippin tunsi itsensä yksinäiseksi ja päätti puhutella miestä kun tämä menisi ohi, mutta hänen ei tarvinnutkaan. Mies tuli suoraan hänen luokseen.

»Oletteko Peregrin Puolituinen?» hän sanoi. »Minulle on kerrottu, että olette vannonut uskollisuutta valtiaalle ja Kaupungille. Tervetuloa!» Hän ojensi kätensä ja Pippin tarttui siihen.

»Minun nimeni on Beregond Baranorin poika. Minulla ei ole tänä aamuna palvelusta, ja minut on lähetetty teidän luoksenne opettamaan teille tunnussanat ja kertomaan osa niistä monista asioista, jotka varmaan tahdotte tietää. Ja omalta osaltani tahtoisin myös kuulla teiltä yhtä ja toista. Sillä milloinkaan aikaisemmin emme ole nähneet puolituista tässä maassa, ja vaikka olemme kuulleet heistä, kerrotaan heistä vain vähän niissä taruissa, jotka me tunnemme. Sen lisäksi olette vielä Mithrandirin ystävä. Tunnetteko hänet hyvin?»

»No jaa», Pippin sanoi, »olen *tiennyt* hänestä koko pienen ikäni, voisi sanoa, ja viime aikoina olen kulkenut paljon hänen kanssaan. Mutta siinä kirjassa riittää lukemista, enkä voi väittää että olisin tutustunut kuin korkeintaan pariin sivuun. Ehkä kuitenkin tunnen hänet yhtä hyvin kuin kuka tahansa, muutamaa harvaa lukuun ottamatta. Minä luulen, että Aragorn oli Saattueessamme ainoa, joka todella tuntee hänet.»

»Aragorn?» Beregond sanoi. »Kuka on Aragorn?»

»Tuota», kakisteli Pippin, »hän oli ihminen ja kulki kanssamme. Hän taitaa olla nyt Rohanissa.»

»Kerrotaan että olette ollut Rohanissa. Siitäkin maasta minulla olisi paljon kysyttävää, sillä suuri osa siitä vähäisestä toivosta, mitä meillä on, nojaa Rohanin kansaan. Mutta olen unohtaa tehtäväni, joka oli vastata teidän kysymyksiinne. Mitä tahtoisitte tietää, herra Peregrin?»

»Uskaltaisiko tuota sanoa: tällä hetkellä mieltäni polttaa kysymys, miten sen nyt sanoisi, kysymys aamiaisesta ja niin edelleen. Toisin sanoen, mitkä ovat ruoka-ajat, jos ymmärrätte mitä tarkoitan, ja missä on ruokasali vai onko sellaista? Ja miten on krouvien laita?Yritin tähyillä ratsastaessamme ylös, mutta en nähnyt yhtä ainutta, vaikka olin elätellyt toivoa oluttuopillisesta siitä lähtien, kun saavuimme viisaiden ja kohteliaitten ihmisten ilmoille.»

Beregond katsoi häntä vakavasti. »Olette näemmä tottunut sotaretkien kävijä», hän sanoi. »Väitetään, että sotakenttien miehet tähtäävät aina seuraavaan ruoan ja juoman saamisen hetkeen. Minä itse en ole paljonkaan maita matkannut. Ette siis ole syönyt tänään?»

»No, totta puhuen, kohteliaisuuden nimissä on myönnettävä että olen», Pippin sanoi. »Mutta se jäi viinipikariin ja pariin valkoiseen kakkuseen, jotka teidän valtiaanne jalomielisyydessään meille tarjosi, mutta hän höykytti minua sen edestä tekemällä tunnin ajan kysymyksiä, ja niihin vastaaminen oli rasittavaa työtä.»

Beregond nauroi. »Pöydässä voivat pienet miehet tehdä suuria tekoja, sanotaan meillä. Mutta olette aloittanut päivänne kuten kuka tahansa Linnan miehistä, kunniakkaammin vain. Olette nyt linnoituksessa, vartiotornissa, joka on sotatilassa. Me nousemme ennen aurinkoa ja syömme aamupalan hämärän aikaan ja astumme palvelukseen ensimmäisellä tunnilla. Mutta älkää vajotko toivottomuuteen!» Hän nauroi uudestaan nähdessään Pippinin järkyttyneet kasvot. »Ne joilla on *raskas* palvelus, syövät jotakin voimiaan verestääkseen aamun puolivälissä. Sitten on puolinen puoleltapäivin tai sen jälkeen, miten velvollisuudet suovat, ja auringon laskun aikaan kokoontuvat miehet päivälliselle ja sellaiseen ilonpitoon kuin vielä on mahdollista.

Tulkaa! Kävelemme vähän ja etsimme sitten itsellemme jotakin suuhunpantavaa ja aterioimme varustuksilla ihaillen kaunista aamua.»

»Yksi asia ennen sitä!» sanoi Pippin punastuen. »Ahneus, tai nälkä kuten te kohteliaasti sanotte, sai sen mielestäni. Gandalf, eli Mithrandir niin kuin te häntä kutsutte, pyysi minua huolehtimaan hevosestaan Hallavaharjasta – se on hieno Rohanin ratsu ja kertoman mukaan kuninkaan silmäterä, mutta hän on silti antanut sen Mithrandirille lahjaksi palveluksista, joita tämä on tehnyt. Hevosen uusi omistaja taitaa rakastaa sitä enemmän kuin monia ihmisiä, ja jos hänen myötämielellään on mitään merkitystä tälle kaupungille, kohdellaan Hallavaharjaa kaikella kunnialla – vieläkin suuremmalla ystävyydellä kuin olette kohdellut tätä hobittia, mikäli mahdollista.»

»Hobittia?» ihmetteli Beregond.

»Me kutsumme sillä nimellä itseämme», Pippin sanoi.

»Se on hyvä tietää», Beregond sanoi, »sillä nyt voin sanoa, että outo korostus ei hyvää puhetta pilaa ja että hobitit ovat kaunopuheista kansaa. Tulkaa kanssani. Tutustuttakaa minut tähän hienoon hevoseen. Minä rakastan eläimiä, ja me näemme niitä harvoin tässä kivisessä kaupungissa. Sukuni on kotoisin vuorten laaksoista ja sitä ennen Ithilienistä. Mutta ei syytä huoleen! Vierailusta tulee lyhyt, pelkkä kohteliaisuuskäynti, ja sitten menemme muonavarastolle.»

Pippin sai huomata, että Hallavaharja oli kunnon tallissa ja hyvässä hoidossa. Linnanmuurien ulkopuolella kuudennessa piirissä nimittäin oli kelpo talleja, joissa pidettiin nopeita hevosia lähellä valtiaan sanansaattajien asumuksia – nämä olivat aina valmiita lähtöön Denethorin tai hänen ylipäällikköjensä käskystä. Mutta nyt olivat kaikki hevoset ja ratsastajat poissa.

Kun Pippin astui talliin, Hallavaharja ynisi ja käänsi päätään. »Hyvää huomenta!» Pippin sanoi. »Gandalf tulee niin pian kuin voi. Hänellä on kiire, mutta hän lähettää terveisiä, ja minun tehtäväni on katsoa, että kaikki on hyvin ja että saat toivoman mukaan levätä pitkän uurastuksesi päälle.»

Hallavaharja nyökki ja polki jalkaa. Mutta se antoi Beregondin koskettaa hellästi päätään ja silittää mahtavia lautasiaan.

»Se näyttää siltä kuin sitä olisi pidetty hyvänä ennen kilpailuja eikä lainkaan siltä kuin olisi vasta tullut pitkältä matkalta», Beregond sanoi. »Miten voimakas ja ylväs se on! Missä ovat sen valjaat? Ne lienevät valtavan kauniit ja koristeelliset.»

»Mikään ei ole sille tarpeeksi kaunista», Pippin sanoi. »Se ei suostu valjaisiin. Jos se tahtoo jotakuta kantaa, silloin se myös kantaa, jollei – no, silloin eivät kuolaimet, suitset, piiskat tai raipat sitä saa asettumaan. Näkemiin, Hallavaharja! Kärsivällisyyttä. Taistelu odottaa.»

Hallavaharja nosti suuren päänsä ja hirnui niin että talli tärisi ja he peittivät korvansa. Sitten he lähtivät katsottuaan, että kaukalo oli täynnä.

»Ja nyt omalle kaukalolle», Beregond sanoi ja vei Pippinin takaisin linnaan ja suuren tornin pohjoispuolella avautuvalle ovelle. He laskeutuivat pitkiä viileitä portaita avaralle lamppujen valaisemalle kujalle. Kummallakin seinustalla oli ovia, joista yksi oli auki.

»Tämä on vartiokomppaniani varasto ja muonasäiliö», Beregond sanoi. »Terve, Targon!» hän huusi ovesta. »On vielä aikaista, mutta täällä on uusi tulokas, joka on vannonut uskollisuutta valtiaalle. Hän on ratsastanut pitkään ja kaukaa vyö kireällä, ja hän on tänä aamuna tehnyt raskaan työn ja hänellä on nälkä. Anna meille mitä sinulla on!»

He saivat leipää, voita, juustoa ja omenia – talvivaraston viimeisiä, kurttuisia mutta hyviä ja makeita – ja nahkaleilin vastalaskettua olutta sekä puiset lautaset ja tuopit. He panivat kaiken punottuun koriin ja nousivat takaisin auringonpaisteeseen. Beregond vei sitten Pippinin suuren ulostyöntyvän varustuksen itäpäähän, jossa oli muurinsyvennyksessä kivinen penkki. Sieltä he saattoivat katsella aamua maailman yllä.

He söivät ja joivat ja puhuivat välillä Gondorista, sen menoista ja tavoista, ja välillä Konnusta ja niistä oudoista maista, joita Pippin oli nähnyt. Ja kaiken aikaa heidän puhuessaan Beregond hämmentyi yhä enemmän ja katsoi yhä suuremman ihmetyksen vallassa hobittia, joka istui penkillä heilutellen lyhyitä jalkojaan tai seisoi varpaillaan ja katseli reunan yli alla avautuvia maita.

»En salaa teiltä, herra Peregrin, että meistä näytätte kuin lapselta, suunnilleen yhdeksänkesäiseltä poikaselta, ja kuitenkin olette kestänyt vaaroja ja nähnyt senkaltaisia ihmeitä, että harva harmaaparta voi täällä kehua moisella. Luulin että valtiaamme oli oikusta ottanut itselleen ylhäisen hovipojan entisaikojen kuninkaiden tapaan. Mutta nyt näen, että niin ei ole asia, ja suokaa tyhmyyteni minulle anteeksi.»

»Suon toki», Pippin sanoi. »Vaikka ette ole kovasti erehtynyt. Olen silti melkein poikanen oman kansani silmissä, ja vasta neljän vuoden päästä tulen 'täysiikäiseksi', niin kuin me Konnussa sanomme. Mutta älkää minusta huoliko. Tulkaa tänne katsomaan ja kertomaan, mitä täältä näkyy.»

Aurinko kohosi yhä korkeammalle ja laakson usva oli noussut. Viimeiset haituvat leijailivat pois aivan heidän päänsä päällä voimistuvan itätuulen kuljettamina kuin valkoiset pilvensuikaleet; sama viima tempoi ja liehutti linnan lippuja ja valkoisia viirejä. Kaukana alhaalla laakson pohjalla, silmämäärällä kolmen

peninkulman päässä, näkyi luoteesta tuleva Suuri virta harmaana ja kimmeltä-
vänä; se teki laajan mutkan etelään ja kääntyi sitten taas länteen ja katosi viimein
utuun ja hohteeseen, jonka takana kaukana kahdenkymmenenviiden peninkul-
man päässä avautui Meri.

Pippin näki edessään koko Pelennorin, jota täplittivät etäällä maatalot, mata-
lat muurit, ladot ja navetat, mutta missään ei näkynyt lehmiä eikä muita eläimiä.
Monet tiet ja kujat halkoivat vihreitä peltoja ja kaikkialla näkyi liikettä: Suurelle
portille eteni vankkurijonoja, toiset olivat matkalla vastakkaiseen suuntaan. Aina
silloin tällöin pyyhälsi Kaupunkia kohti ratsumies, loikkasi satulasta ja kiiruhti
portista sisään. Mutta suurin osa liikenteestä kulki ulospäin päätietä myöten, joka
kääntyi etelään, teki Virtaa jyrkemmän mutkan ja häipyi kukkuloiden tuntumassa
pois näköpiiristä. Tie oli leveä ja hyvin kivetty ja sen itäpuolta kulki leveä vihreä
ratsutie, jota reunusti muuri. Miehiä ratsasti polulla suuntaan ja toiseen, mutta tie
itse tuntui olevan tungokseen asti täynnä etelään matkaavia isoja katettuja vank-
kureita. Pian Pippin kuitenkin havaitsi, että kaikki sujui itse asiassa hyvässä jär-
jestyksessä: vankkurit kulkivat kolmessa jonossa, joista nopeinta vetivät hevoset;
keskimmäisen, sitä hitaammin kulkevan jonon suuria monivärisiä kauniisti katet-
tuja vaunuja vetivät härät, ja reunimmaisen jonon kärryjä raahasivat ponnistelevat
miehet.

»Tuo tie vie Tumladenin ja Lossarnachin laaksoihin, vuorikyliin ja viimein
Lebenniniin», Beregond sanoi. »Siinä menevät viimeiset vankkurit viemään suo-
jaan vanhuksia ja lapsia ja naisia, joiden on mentävä näiden mukaan. Vankkurien
tulee kaikkien olla poissa Portilta ja tien vapaa puolen peninkulman matkalta
ennen puoltapäivää, niin kävi käsky. Se on surullista mutta välttämätöntä.» Hän
huokasi. »Kukaties vain harvat nyt toisistaan erotetut saavat enää kohdata. Ja
tässä kaupungissa on aina ollut liian vähän lapsia eikä nyt ole yhtään – paitsi joi-
takin nuorukaisia, jotka eivät suostu lähtemään ja joille ehkä löytyy toimitettavaa;
minun poikani on yksi heistä.»

He olivat jonkin aikaa vaiti. Pippin tähyili odottavasti itään ikään kuin peltojen
yli olisi milloin tahansa saattanut tulvia tuhansia örkkejä. »Mitä tuolla näkyy?» hän
kysyi ja osoitti alas Anduinin suureen mutkaan. »Mikä se on, toinen kaupunkiko?»

»Se oli kaupunki», Beregond sanoi, »Gondorin tärkein kaupunki, ja tämä oli
vain sen linnake. Sillä tuolla ovat Anduinin molempain rantain Osgiliathin rau-
niot, jonka vihollisemme valtasivat ja polttivat aikoja sitten. Mutta me otimme
sen takaisin Denethorin nuoruuden päivinä: emme asunnoksemme vaan etuvarti-
oksi ja rakentaaksemme sillan uudestaan asekuljetuksia varten. Ja sitten tulivat
Riivatut ratsastajat Minas Morgulista.»

»Mustat ratsastajat?» Pippin sanoi ja hänen silmänsä aukesivat selälleen ja
tummuivat uudesti heränneestä vanhasta pelosta.

»Ne olivat mustia», Beregond sanoi, »ja minä näen että te tiedätte niistä jota-
kin, vaikka ette ole puhunut niistä kertomuksissanne.»

»Tiedän», Pippin sanoi hiljaa, »mutta en puhu niistä nyt, näin lähellä, näin lä-
hellä.» Hänen puheensa katkesi ja hän nosti katseensa Virran yli ja hänestä tuntui,
ettei hän nähnyt muuta kuin valtavan uhkaavan varjon. Kukaties se oli näköpiirin
rajalla häämöttävä vuoristo, jonka terävät huiput reilut kymmenen peninkulmaa
utuista ilmaa häivytti, kenties se oli vain pilvimuuri, jonka takana oli sitäkin syvempi
synkeys. Mutta hänen katsoessaan tuohon suuntaan hänestä tuntui, että synkkyys
tiheni ja kasvoi hyvin hitaasti, ja kohosi vääjäämättä aurinkoa sumentamaan.

»Näin lähellä – Mordoria?» Beregond sanoi hiljaa. »Tuolla se on. Harvoin lausumme sen nimeä, mutta me olemme aina asuneet tuo varjo näköpiirissämme, joskus se tuntuu heikommalta ja kaukaisemmalta, joskus lähemmältä ja tummemmalta. Se kasvaa ja tummuu näinä aikoina, ja sen tähden kasvaa myös pelkomme ja levottomuutemme. Ja Riivatut ratsastajat saivat ylimenopaikat vallatuksi vajaa vuosi sitten ja moni parhaista miehistämme sai surmansa. Boromir viimein ajoi vihollisen tältä läntiseltä rannalta, ja tämänpuoleinen Osgiliath on yhä meidän hallussamme. Vielä vähän aikaa. Mutta me odotamme siellä uutta hyökkäystä. Kukaties se on tulevan sodan päähyökkäys.»

»Milloin?» Pippin kysyi. »Tiedättekö yhtään? Kaksi yötä sitten nimittäin näin kokot ja sanansaattajat ja Gandalf sanoi, että se oli merkki sodan alkamisesta. Hänellä näytti olevan tulenpalava kiire. Mutta nyt näyttää kaikki taas hidastuneen.»

»Vain siksi että kaikki on nyt valmista», Beregond sanoi. »Tämä on vain viimeinen hengenveto ennen ratkaisevaa askelta.»

»Mutta miksi kokot sytytettiin kaksi yötä sitten?»

»On myöhäistä pyytää apua, kun on jo saarroksissa», Beregond vastasi. »Mutta minä en tunne valtiaan ja hänen päällikköjensä suunnitelmia. Heillä on monta keinoa hankkia uutisia. Eikä valtiaamme Denethor ole samanlainen kuin muut ihmiset: hän näkee kauas. Sanotaan että kun hän istuu Tornissa yksin yöllä korkealla kammiossaan ja kääntää ajatustaan puoleen ja toiseen, hän pystyy näkemään vähän myös tulevaisuuteen, ja että joskus hän tutkii jopa Vihollisen ajatuksia ja kamppailee hänen kanssaan. Ja niin hän on vanhentunut ja väsynyt ennen aikaansa. Mutta oli miten oli, herrani Faramir on poissa, Virran tuolla puolen jollakin vaarallisella retkellä, ja hän on saattanut lähettää tietoja.

Mutta jos tahdotte tietää arveluni siitä, miksi kokot sytytettiin, voin sanoa että Lebenninistä tuli sinä iltana uutisia. Anduinin suistoa lähenee suuri laivasto, joka kuljettaa etelän Umbarin merirosvoja. He ovat aikaa sitten lakanneet pelkäämästä Gondorin mahtia ja ovat liittyneet yhteen Vihollisen kanssa ja iskevät nyt voimalla hänen edestään. Sillä tämä hyökkäys sitoo suuren osan siitä avusta, jota kuvittelimme saavamme Lebenninistä ja Belfalasista, missä asuu paljon sitkeää väkeä. Yhä suuremmalla syyllä kääntyvät ajatuksemme pohjoiseen Rohaniin ja sitä iloisempia olemme tuomistanne voitonuutisista.

Siitä huolimatta» – hän vaikeni hetkeksi, nousi seisomaan ja katseli pohjoiseen ja itään ja etelään – »Rautapihan tapahtumien tulisi varoittaa meitä siitä, että olemme joutuneet suurten suunnitelmien verkkoon. Vihollinen ei enää tyydy kahakoimaan kahlaamoilla, käymään rosvoretkillä Ithilienistä ja Anórienista, väijymään ja ryöstelemään. Nyt on tulossa sota, hyvin suunniteltu sota, josta me olemme vain osa, sanoo ylpeys mitä tahansa. Kaukaisessa idässä Suuren järven takana kertovat viestinviejämme olevan liikettä, ja samoin pohjoisessa Synkmetsässä, ja etelässä Haradissa. Ja nyt joutuvat kaikki valtakunnat kokeeseen: seistäkö vai vaipua – Varjon alle.

Tämä kunnia meillä kuitenkin on, herra Peregrin: meihin osuu aina Mustan ruhtinaan vihan pääisku, sillä tuo viha juontaa kaukaa aikojen takaa ja Meren syvyyksien tuolta puolen. Tänne iskee leka suurimmalla voimalla. Ja sen tähden Mithrandir tuli tänne niin kiireesti. Sillä jos me kukistumme, kuka silloin seisoo? Ja mestari Peregrin, näettekö mitään toivoa, että me kestäisimme?»

Pippin ei vastannut. Hän katsoi suuria muureja, torneja ja uljaita lippuja ja aurinkoa taivaalla ja sitten itään kerääntyvää synkeyttä, ja hän ajatteli tuon Varjon pitkiä sormia, metsien ja vuorten örkkejä, Rautapihan petosta, pahan silmän lintuja, ja Mustia ratsastajia, jotka liikkuivat Konnun kujilla asti – ja siivekkäitä kauhunkylväjiä, *nazgûlia*. Hän värähti, ja toivo tuntui kuihtuvan. Ja juuri silloin aurinko himmeni ja peittyi hetkeksi ikään kuin musta siipi olisi pyyhkäissyt sen editse. Melkein kuulon kuulemattomissa hän oli erottavinaan korkealta ja kaukaa taivaalta huudon, heikon mutta sydäntäjähmettävän, julman ja kylmän. Hän kalpeni ja painautui muuria vasten.

»Mitä se oli?» Beregond kysyi. »Tunsitko sinäkin sen?»

»Tunsin», mutisi Pippin. »Se on kukistumisemme merkki, tuomion varjo, Riivattu ratsastaja, joka lentää ilmassa.»

»Tuomion varjo, se se on», Beregond sanoi. »Pelkoni on, että Minas Tirith kukistuu. Yö tulee. Tuntuu kuin vereni lämpö olisi kaikonnut.»

Hetken he istuivat yhdessä pää painuksissa mitään puhumatta. Sitten Pippin katsahti äkkiä ylös ja huomasi, että aurinko yhä paistoi ja liput yhä liehuivat tuulessa. Hän ravisteli itseään. »Se meni ohi», hän sanoi. »Ei, sydämeni ei vielä vaivu epätoivoon. Gandalf kaatui kerran ja palasi ja on nyt luonamme. Me saatamme kestää pystyssä, yhdellä jalalla ehkä, tai ainakin polvien varassa.»

»Oikein sanottu!» huudahti Beregond ja nousi ja käveli edestakaisin. »Niin on, vaikka aikanaan kaikki kohtaa loppunsa, Gondor ei vielä tuhoudu. Ei vaikka hurjapäinen vihollinen valtaisi muurit ja kasvattaisi niiden edustalle raatoröykkiön. On muita linnakkeita, ja salaisia pakoteitä vuorille. Toivo ja muisto jäävät elämään johonkin kätkettyyn laaksoon, jossa ruoho viheriöi.»

»Oli miten oli, toivoisin että kaikki olisi ohitse – päättyipä se niin tai näin», Pippin sanoi. »Minä en ole mikään soturi enkä pidä taistelun ajatuksestakaan, mutta kaikkein kauheinta on odotella väistämättömän taistelun alkamista. Nyt jo päivä tuntuu pitkältä! Tuntuisi paremmalta jos meidän ei tarvitsisi seistä katsomassa tekemättä mitään, jos voisimme iskeä jossakin ensimmäisinä. Rohanissa ei olisi luultavasti isketty lainkaan, jollei Gandalfia olisi ollut.»

»Siinä satutit monelle arkaa paikkaa», Beregond sanoi. »Mutta tilanne saattaa kääntyä toiseksi, kun Faramir tulee. Hän on rohkea, rohkeampi kuin monet uskovat, sillä näinä aikoina ihmisten on vaikea uskoa, että päällikkö voi olla yhtaikaa oppinut mies, joka tuntee taru- ja laulukääröt kuten hän, ja samalla luja soturi, joka kykenee nopeisiin päätöksiin sotatantereella. Mutta Faramir on sellainen mies. Ei yhtä huimapäinen ja intomielinen kuin Boromir, mutta ainakin yhtä peräänantamaton. Mutta mitä voi hänkään tehdä? Me emme pysty hyökkäämään tuon – tuon maan rajavuorille. Emme yletty enää yhtä pitkälle kuin ennen, emmekä pysty iskemään ennen kuin vihollinen tulee ulottuvillemme. Olkoon kätemme silloin raskas!» Hän läimäytti miekkansa kahvaa.

Pippin katsoi häntä: hän oli pitkä, ylpeä ja uljas, niin kuin jokainen mies, jonka hän oli tässä maassa nähnyt, ja loistavin silmin hän ajatteli taistelua. »Ah ja voi! minun oma käteni tuntuu höyhenenkevyeltä», Pippin ajatteli, mutta ei sanonut mitään. »Gandalf sanoi minua sotilaaksi. Saatan ollakin, mutta väärällä pelilaudalla.»

Näin he puhelivat siihen asti kunnes aurinko kohosi korkeimmilleen ja puoliskellot alkoivat äkkiä soida, ja linnassa alkoi vilske, sillä kaikki vartiomiehiä lukuun ottamatta menivät syömään.

»Tuletteko mukaan?» Beregond sanoi. »Voitte syödä minun kanssani tänään. En tiedä mihin komppaniaan teidät sijoitetaan, vai pitääkö valtiaamme teidät ehkä henkilökohtaisesti alaisenaan. Mutta olette tervetullut mukaan. Ja teidän on hyvä tavata mahdollisimman monta miestä kun vielä on aikaa.»

»Tulen mielelläni», Pippin sanoi. »Olen yksinäinen, jos totta puhutaan. Jätin parhaan ystäväni Rohaniin eikä minulla ole ollut ketään kenen kanssa puhua tai laskea leikkiä. Ehkäpä voisin liittyä teidän komppaniaanne. Oletteko te sen päällikkö? Jos olette, voisitteko ottaa minut, tai puhua puolestani?»

»Ei, ei», nauroi Beregond. »En minä ole mikään päällikkö. Minulla ei ole virkaa eikä arvoa eikä arvonimeä, olen vain Linnan kolmannen komppanian tavallinen asemies. Kuitenkin, mestari Peregrin, Kaupungissa pidetään suuressa arvossa sitä, että on Gondorin tornin kaartissa vaikka vain asemiehenä, ja nämä miehet ovat kunniassa tässä maassa.»

»Ei se sitten minulle sovi», Pippin sanoi. »Veisittekö minut takaisin huoneeseeni. Ellei Gandalf ole siellä, tulen minne tahansa kanssanne – vieraana vain.»

Gandalf ei ollut majapaikassa eikä ollut lähettänyt sanaa, niin Pippin siis meni Beregondin mukaan ja hänet esiteltiin kolmannen komppanian miehille. Ja näytti siltä, että Beregond sai osakseen kunnioitusta vieraansa ansiosta, sillä Pippin oli kovasti tervetullut. Mithrandirin seuralaisesta oli jo puhuttu paljon linnassa ja siitä, miten hän oli istunut pitkään valtiaan kanssa, ja huhu tiesi kertoa, että pohjoisesta oli saapunut puolituisten ruhtinas tarjoamaan liittoa Gondorille ja viittätuhatta miekkaa. Ja jotkut väittivät, että Rohanin ratsastajat toisivat tullessaan kukin puolituissoturin, pienen ehkä, mutta tuikean.

Vaikka Pippin joutuikin valittaen kumoamaan tämän toiveikkaan huhun, hän ei päässyt eroon uudesta arvostaan, joka miesten mielestä kerta kaikkiaan kuului Beregondin ystävälle ja valtias Denethorin kunniavieraalle, ja he kiittivät häntä siitä, että hän oli saapunut heidän luokseen, ja kuuntelivat kiihkeästi hänen puheitaan ulkomaista ja antoivat hänelle niin paljon ruokaa ja olutta kuin toivoa saattoi. Hänen ainoa huolensa kaiken kaikkiaan oli varoa, kuten Gandalf oli kehottanut, ettei päästäisi kielenkantimiaan irti aivan samalla tavalla kuin hobitti ystävien parissa yleensä päästää.

Viimein Beregond nousi. »Hyvästi tällä kertaa!» hän sanoi. »Minulla on palvelusta tästä lähtien auringonlaskuun, kuten luullakseni kaikilla muillakin täällä olijoilla. Mutta jos tunnette itsenne yksinäiseksi, kuten sanoitte, huolisitte ehkä iloisen oppaan näyttämään teille Kaupunkia. Poikani kulkisi mielellään kanssanne. Kunnon poika, jos saan sanoa. Jos ajatus miellyttää, menkää alas aina alimpaan piiriin ja kysykää Vanhaa kievaria, joka on Rath Celerdainilla, Lampuntekijöiden kadulla. Löydätte hänet sieltä muiden Kaupunkiin jääneiden poikien seurasta. Suuren portin tienoilla saattaa olla yhtä ja toista näkemisen arvoista ennen kuin se suljetaan.»

Hän meni ulos, ja muut lähtivät pian hänen peräänsä. Ilma oli edelleen kaunis, vaikka usvaa oli vähän nousemassa ja oli kuuma ollakseen maaliskuu, näinkin etelässä. Pippiniä nukutti, mutta majapaikka tuntui ilottomalta ja hän päätti lähteä alas tutkimaan Kaupunkia. Hän vei pari säästämäänsä suupalaa Hallavaharjalle, joka otti ne iloisesti vastaan, vaikka ei näyttänytkään olevan puutteessa. Sitten hän lähti kävelemään mutkikkaita teitä alaspäin.

Ihmiset tuijottivat häntä hänen kulkiessaan. Edessäpäin hänelle oltiin juhlallisen kohteliaita, häntä tervehdittiin Gondorin tapaan kumartaen kädet rinnalla, mutta takanapäin hän kuuli huudeltavan, ulkonaolijat kutsuivat ihmisiä sisältä ulos katsomaan puolituisten ruhtinasta, Mithrandirin seuralaista. Monet käyttivät jotakin muuta kieltä kuin yhteiskieltä, mutta ei kestänyt kauan kun hän ymmärsi ainakin mitä tarkoitti *Ernil i Pheriannath*. Hän käsitti, että tämä arvonimi oli ehtinyt hänen edellään Kaupunkiin.

Hän saapui viimein monien holvattujen katujen ja kauniiden kujien ja kivettyjen teiden kautta alimpaan, laajimpaan piiriin, ja siellä hänet ohjattiin Lampuntekijöiden kadulle, joka oli leveä Suurelle portille johtava väylä. Sen varrelta hän löysi Vanhan kievarin; se oli suuri, harmaa ja ikivanha kaksisiipinen kivitalo. Siipien väliin jäi kapea nurmikko ja sen perällä kohosi moni-ikkunainen rakennus, jonka julkisivua koristi pylväsrivi ja nurmikolle asti laskeutuvat portaat. Pylväiden välissä leikki poikia, ainoat lapset mitä Pippin oli nähnyt Minas Tirithissä, ja hän pysähtyi katselemaan heitä. Yksi huomasi hänet, huudahti ja lähti juoksemaan ruohikon yli kadulle ja monet pojista seurasivat häntä. Pian hän seisoi Pippinin edessä silmäillen häntä päästä jalkoihin.

»Tervehdys!» poika sanoi. »Mistä sinä tulet? Olet muukalainen Kaupungissa.»

»Olin», Pippin sanoi, »mutta sanovat, että minusta on tullut Gondorin mies.»

»Kyllä kai!» sanoi poika. »Siinä tapauksessa me kaikki olemme miehiä. Mutta kerro kuinka vanha sinä olet, ja mikä on sinun nimesi. Minä olen jo kymmenen ja kolmatta kyynärää pitkä. Olen sinua pitempi. Mutta minun isäni onkin kaartilainen ja yksi pisimmistä. Mikäs sinun isäsi on?»

»Mihin kysymykseen vastaan ensiksi?» Pippin sanoi. »Isäni viljelee Valkkaivoa ympäröiviä maita Konnussa lähellä Tukinturkua. Olen melkein kaksikymmentäyhdeksänvuotias, niin että siinä minä ohitan sinut, vaikka olenkin vain kahden kyynärän pituinen ja tuskin kasvankaan enää muuten kuin leveyssuunnassa.»

»Kaksikymmentäyhdeksän!» sanoi poika ja vihelsi. »Kas vaan, sinähän olet aika vanha! Yhtä vanha kuin minun enoni Iorlas. Siitä huolimatta», hän lisäsi toiveikkaasti, »veikkaan että pystyisin kääntämään jalkasi taivasta kohti tai selättämään sinut.»

»Saattaisit pystyäkin, jos minulla ei olisi mitään sitä vastaan», Pippin sanoi nauraen. »Ja minä saattaisin kukaties tehdä saman tempun sinulle – minun pikku maassani taidetaan painitemppujakin. Usko tai älä: minua pidetään poikkeuksellisen isona ja vahvana, enkä ole koskaan antanut kenenkään kääntää jalkojani taivasta kohti. Niin että jos joutuisimme taisteluun eikä mikään muu auttaisi, minun täytyisi ehkä tappaa sinut. Sitten kun vähän vanhenet, saat oppia etteivät kaikki ole sitä miltä näyttävät, ja vaikka kuvittelit minua ehkä heppoiseksi muukalaispojaksi ja helpoksi palaksi, minä varoitan sinua: sellainen en ole, olen puolituinen, kova, rohkea ja hirmuinen!» Pippin veti naamalleen niin kamalan ilmeen, että poika perääntyi askelen verran, mutta astui heti takaisin kädet nyrkissä ja tappelun palo silmissä.

»Ei, ei», nauroi Pippin. »Älä myöskään usko, mitä muukalaiset sanovat itsestään! En ole mikään tappelupukari. Mutta olisi kuitenkin kohteliaampaa, jos haastaja ilmoittaisi nimensä.»

Poika ryhdistäytyi ylpeänä. »Minä olen Bergil Beregond kaartilaisen poika», hän sanoi.

»Sitä arvelinkin», Pippin sanoi, »sillä olet isäsi näköinen. Minä tunnen hänet ja hän lähetti minut sinua etsimään.»

»Mikset sanonut sitä heti?» Bergil kysyi ja äkkiä hänen kasvoilleen kohosi säi-kähtynyt ilme. »Älä vaan sano, että hän on muuttanut mielensä ja lähettää minut vaimojen mukaan! Mutta eihän se onnistu, viimeiset vankkurit ovat jo menneet.»

»Hänen viestinsä ei ole niin ikävä, joskaan ei ehkä mukava», Pippin sanoi. »Hän sanoi että ennemmin kuin heität minut nurin, voisit näytellä minulle Kau-punkia vähän aikaa ja ilahduttaa minua yksinäisyydessäni. Vastineeksi voin ker-toa sinulle tarinoita kaukaisista maista.»

Bergil taputti käsiään ja nauroi helpottuneena. »Kaikki hyvin», hän huudahti. »Tule! Me olimme menossa katselemaan Portille. Voimme mennä heti.»

»Mitä siellä tapahtuu?»

»Ulkoläänien päälliköitä odotetaan tuleviksi Eteläntietä ennen auringonlas-kua. Tule meidän kanssamme niin näet.»

Bergil osoittautui mukavaksi toveriksi, parempaa seuraa Pippinillä ei ollut ollut sen jälkeen kun hän erosi Merristä. Pian he jo nauroivat ja juttelivat iloisesti katuja kävellessään välittämättä katseista, joita heihin suunnattiin tuon tuosta-kin. Varsin pian he joutuivat keskelle Suurta porttia kohti pyrkivää väenpaljoutta. Perillä Pippinin arvo kohosi Bergilin silmissä, sillä kun hän oli sanonut nimensä ja tunnussanan, vartija tervehti häntä ja päästi Portista, eikä siinä kaikki: hän salli Pippinin ottaa toverinsa mukaan.

»Loistavaa!» Bergil sanoi. »Meitä poikia ei enää päästetä Portista ilman van-hempaa seuraa. Nyt näemme paremmin.»

Portin ulkopuolelle oli kerääntynyt suuri joukko seisomaan tien ja sen kive-tyn alan reunalla, johon kaikki Minas Tirithiin johtavat väylät päättyivät. Kaikki silmät olivat kääntyneet etelään ja pian kohosi muminaa: »Pölyä! Ne tulevat!»

Pippin ja Bergil ujuttautuivat joukon eteen ja odottivat. Kaukana kajahtivat torvet ja suuri huuto kiiri heitä kohti tuulen lailla. Sitten kuului luja torven toi-totus ja kaikki ihmiset alkoivat huutaa heidän ympärillään.

»Forlong! Forlong!» kuuli Pippin ihmisten huutavan. »Mitä he sanovat?» hän kysyi.

»Forlong on tullut», vastasi Bergil, »vanha Forlong Mahava, Lossarnachin ruhtinas. Siellä asuu minun isoisäni. Eläköön! Siinä hän on. Vanha kunnon Forlong!»

Rivistön kärjessä kulki käyntiä suuri pulska hevonen ja sen selässä istui mies, jolla oli leveät hartiat ja valtava vatsa. Hän oli vanha ja harmaapartainen, mutta sonnustautunut silti haarniskaan ja mustaan kypärään ja kantoi pitkää raskasta keihästä. Hänen perässään marssi ylväästi pölyinen rivistö hyvin aseistautuneita miehiä, joilla oli suuret sotakirveet; he olivat kasvoiltaan synkkiä, lyhyempiä var-reltaan ja tummempia hipiältään kuin ketkään Pippinin Gondorissa näkemät miehet.

»Forlong!» huusivat miehet. »Vankka sydän vankalla ystävällä! Forlong!» Mutta kun Lossarnachin miehet olivat menneet sisään, he mutisivat: »Näin vähän! Kak-sisataa, mihin se riittää? Me odotimme kymmenkertaista joukkoa. Sinne on tul-lut tieto mustasta laivastosta. Heiltä liikenee vain kymmenys vahvuudestaan. Silti vähän on parempi kuin ei mitään.»

Niin tulivat sotajoukot Kaupunkiin, niitä tervehdittiin eläköönhuudoin ja ne marssivat Portista sisään, Ulkoläänien miehet tulossa puolustamaan Gondorin kaupunkia pahan päivän tullen, mutta aina oli miehiä liian vähän, aina vähemmän kuin sydän toivoi tai tarve vaati. Ringlón laakson miehet jalkaisin herransa pojan Dervorinin johdolla: kolmesataa. Morthondin ylängöiltä, suuresta Mustanalan laaksosta – pitkä Duinhir poikiensa Duilinin ja Derufinin kanssa sekä viisisataa jousimiestä. Anfalasista, kaukaisesta Aavarannasta pitkä rivistö monenlaisia miehiä: metsästäjiä ja paimenia ja pienten kylien asukkaita, kaikki heikosti varustettuja herransa Golasgilin talonväkeä lukuun ottamatta. Lamedonista muutama hurja vuoristolainen ilman päällikköä. Ethirin kalastajia jokunen sata, joita laivoilta oli pystytty irrottamaan. Vihervuorten Hirluin Kaunis Pinnath Gelinistä, mukanaan kolmesataa uljasta vihreäpukuista miestä. Ja viimeisenä ylväin: Imrahil, Dol Amrothin suuriruhtinas, Kaupungin valtiaan sukua, kullatuissa viireissään tunnuksensa laiva ja hopeajoutsen, perässään harmailla hevosilla ritariosasto täydessä varustuksessa ja näiden jäljessä seitsemänsataa asemiestä, pitkiä kuin ruhtinaat ja tummatukkaisia; ja he lauloivat tullessaan.

Ja siinä ne olivat, vajaat kolmetuhatta kaiken kaikkiaan. Enempää ei tulisi. Miesten huudot ja jalkojen töminä siirtyivät Kaupunkiin ja vaimenivat. Katselijat seisoivat vaiti jonkin aikaa. Ilmassa leijui pölyä, sillä tuuli oli laantunut ja ilta oli painostava. Sulkemisen aika lähestyi jo, punainen aurinko oli kadonnut Mindolluinin taa. Varjo peitti Kaupungin.

Pippin katsoi ylös ja hänestä näytti, että taivas oli muuttunut tuhkanharmaaksi, ikään kuin heidän päällään olisi riippunut suuri pöly- ja savupilvi, jonka lävitse valo suodattui sameana. Mutta lännessä oli katoava aurinko sytyttänyt pilven tuleen ja mustana kohosi nyt Mindolluin ikään kuin vasten savuavaa hiillosta, jossa hehkui kekäleitä. »Näin päättyy kaunis päivä vihaan!» hän sanoi unohtaen vierellään seisovan pojan.

»Niin päättyykin, jollen ole kotona ennen auringonlaskun kelloja», Bergil sanoi. »Tule! Portin sulkemisesta ilmoittava torvi soi jo.»

Käsi kädessä he palasivat Kaupunkiin, he olivat viimeiset sisääntulijat ennen kuin Portti suljettiin. Heidän saapuessaan Lampuntekijöiden kadulle kaikkien tornien kellot soivat juhlallisesti. Valoa pilkotti monesta ikkunasta ja talosta, ja muurien seinustoilta, missä aseistetut miehet pitivät vartiota, kaikui laulua.

»Hyvästi tällä kertaa», Bergil sanoi. »Vie terveiseni isälle, ja kiitä häntä seurasta, jonka hän lähetti. Tule pian taas, tulethan? Nyt melkein toivon että sotaa ei olisi, sillä meillä olisi voinut olla hauskaa. Me olisimme voineet matkustaa Lossarnachiin isoisäni taloon; kevätaikaan siellä on hyvä olla kun metsät ja niityt ovat täynnä kukkia. Mutta ehkä me voimme mennä sinne vielä yhdessä. Meidän valtiaamme on voittamaton ja minun isäni on hyvin urhoollinen. Hyvästi ja palaa taas!»

He erosivat ja Pippin kiiruhti takaisin linnaa kohti. Matka tuntui pitkältä ja nälkä alkoi vaivata häntä ja hänen tuli kuuma. Yö laskeutui nopeasti ja pimeänä. Yksikään tähti ei puhkaissut taivaan verhoa. Hän tuli ruokalan aterialle myöhässä, ja Beregond tervehti häntä iloisesti ja istuutui hänen viereensä kuulemaan uutisia pojastaan. Aterian jälkeen Pippin viipyi hetken ja lähti sitten, sillä häntä vaivasi outo synkkyys ja hän toivoi kovasti taas tapaavansa Gandalfin.

»Osaatko perille?» Beregond kysyi pienen salin ovella, linnan pohjoispuolella, missä he olivat syöneet. »Yö on musta, ja sitäkin mustempi sen tähden, että on käsketty himmentää kaikki valot Kaupungin alueella eikä muurien yli saa pilkahtaa sädettäkään. Ja voin kertoa toisestakin käskystä: aikaisin huomenaamulla sinut kutsutaan valtias Denethorin eteen. Ikäväksemme taitaa käydä niin, ettei sinua panna kolmanteen komppaniaan. Toivokaamme kuitenkin, että tapaamme vielä. Hyvästi ja nuku rauhassa!»

Asumus oli pimeä lukuun ottamatta pöydällä seisovaa pientä lyhtyä. Gandalf ei ollut siellä. Synkeys ahdisti Pippiniä yhä pahemmin. Hän kipusi penkille ja yritti katsoa ikkunasta, mutta se oli kuin olisi katsonut mustejärveen. Hän astui alas, pani luukun kiinni ja meni vuoteeseen. Hetken hän makasi kuulostellen Gandalfia tulevaksi ja vajosi sitten levottomaan uneen.

Yöllä hän heräsi valoon ja näki, että Gandalf oli tullut ja käveli huoneessa edestakaisin vuodesyvennyksen verhon takana. Pöydällä oli kynttilöitä ja pergamenttirullia. Hän kuuli velhon huokaavan ja mutisevan:»Milloin Faramir palaa?»

»Hei!» sanoi Pippin työntäen päänsä verhon takaa.»Minä luulin, että olit tykkänään unohtanut minut. Mukava nähdä sinut täällä. Päivä on ollut pitkä.»

»Mutta yöstä tulee liian lyhyt», Gandalf sanoi.»Olen tullut tänne takaisin, sillä minun on saatava olla vähän rauhassa, yksin. Sinun pitäisi nukkua, kun sinulla vielä on vuode. Aamunkoitteessa vien sinut jälleen ruhtinas Denethorin luo. Ei vaan kutsun tullessa, ei aamunkoitteessa. On alkanut Pimeys. Aurinko ei nouse.»

2

HARMAA KOMPPANIA

GANDALF OLI POISSA, ja Hallavaharjan kavioiden kumina oli kadonnut yöhön kun Merri palasi Aragornin luo. Tavaraa hänellä oli vain kevyt käärö, sillä hänen pakkauksensa oli jäänyt Parth Galeniin eikä hänellä ollut muuta kuin joitakin Rautapihan raunioista löytyneitä hyödyllisiä tarvikkeita. Hasufel oli jo satuloitu. Legolas ja Gimli seisoivat hevosineen lähistöllä.

»Saattueesta on neljä vielä jäljellä», sanoi Aragorn. »Me ratsastamme yhdessä eteenpäin. Mutta emme yksinämme kuten luulin. Kuningas on päättänyt lähteä heti. Nyt kun siivekäs varjo on nähty, hän tahtoo palata kukkuloille yön pimeydessä.»

»Ja minne sitten?» Legolas kysyi.

»Sitä en vielä osaa sanoa», vastasi Aragorn. »Kuningas menee Edorasiin, jonne hän on määrännyt kutsunnan neljän yön kuluttua. Ja siellä hän saanee kuulla sotatilanteesta, ja Rohanin ratsastajat lähtevät Minas Tirithiin. Mutta minä, ja ne kutka mahdollisesti tulevat kanssani –»

»Esimerkiksi minä!» huudahti Legolas. »Ja Gimli myös!» sanoi kääpiö.

»Minun tieni on yhä tuntematon», Aragorn sanoi. »Minunkin on mentävä Minas Tirithiin, mutta tietäni en vielä näe. Kauan valmisteltu hetki lähestyy.»

»Älkää jättäkö minua!» Merri sanoi. »Minusta ei vielä ole ollut varsin hyötyä, mutta en tahdo, että minut sysätään syrjään kuin tavarakäärö, joka voidaan kaivaa esille sitten kun kaikki on ohi. Ratsastajat eivät varmaankaan huoli minua harmikseen. Vaikka kuningashan pyysi, että minä istuisin hänen vierellään, kun hän palaa kartanoonsa, ja kertoisin hänelle kaiken Konnusta.»

»Niin pyysi», Aragorn vastasi, »ja sinun tiesi, Merri, kulkee luullakseni hänen matkassaan. Mutta älä varro iloa matkan päässä. Kauan kestänee ennen kuin Théoden istuu taas kaikessa rauhassa Meduseldissa. Tämä on katkera kevät ja monet toiveet se kuihduttaa.»

Pian olivat kaikki valmiita lähtöön: kaksikymmentäneljä hevosta, Gimli Legolasin takana ja Merri Aragornin edessä. Kohta he kiitivät ratsuillaan yön pimeydessä.

He olivat vasta ohittaneet Rautkymin kahlaamojen kummut, kun rivistön hänniltä laukkasi Ratsastaja alkupään luo.

»Herrani», hän sanoi kuninkaalle, »takanamme on ratsumiehiä. Ylittäessämme kahlaamoja olin kuulevinani ne. Nyt olemme varmat. Ne saavuttavat meitä, sillä ne ratsastavat vinhaa vauhtia.»

Théoden antoi heti pysähtymiskäskyn. Ratsastajat kääntyivät ja laskivat keihäänsä tanaan. Aragorn astui alas satulasta ja pani Merrin maahan; hän paljasti miekkansa ja seisoi kuninkaan jalustimen vieressä. Éomer ratsasti aseenkantajansa kanssa jälkijoukon luo. Merri tunsi itsensä enemmän kuin koskaan tarpeettomaksi tavarakääröksi ja pohti, mitä hän tekisi, jos taistelu syttyisi. Entä jos tapahtuisi niin, että kuninkaan pieni saattue piiritettäisiin ja lyötäisiin, mutta hän pääsisi pakenemaan pimeyteen – yksin Rohanin villeille maille vailla aavistusta olinpaikastaan loppumattomien virstojen keskellä? »Hullusti kävisi», hän ajatteli. Hän veti esiin miekkansa ja kiristi vyötään.

Laskeva kuu oli sumentunut jouduttuaan suuren ajelehtivan pilven taakse, mutta äkkiä se liukui taas kirkkaana esiin. Silloin he kaikki kuulivat kavioiden kapseen ja samalla hetkellä he näkivät tummien hahmojen kiitävän kahlaamoilta tuovaa tietä. Kuunvalo kimalsi siellä täällä keihään kärjessä. Takaa-ajajien lukumäärää ei erottanut, mutta ainakaan joukko ei vaikuttanut kuninkaan saattuetta vähäisemmältä.

Kun tulijat olivat noin viidenkymmenen askelen päässä, Éomer huusi kovalla äänellä: »Seis! Seis! Ken ratsastaa Rohaniin?»

Takaa-ajajat pysäyttivät siinä samassa hevosensa. Seurasi hiljaisuus, sitten saattoi nähdä yhden miehen laskeutuvan satulasta ja kävelevän hitaasti eteenpäin. Hänen kätensä näytti valkealta hänen kohottaessaan sen kämmen ulospäin rauhan merkiksi, mutta kuninkaan miehet tarttuivat aseisiinsa. Kymmenen askelen päässä mies pysähtyi, hänestä näkyi vain pitkä tumma seisova varjo. Sitten kajahti hänen kirkas äänensä.

»Rohan? Sanoitteko Rohan? Sana ilahduttaa. Tuota maata etsimme me, kiireen kaupalla kaukaa tulleet.»

»Olette löytäneet sen», Éomer sanoi. »Ylittäessänne takananne olevat kahlaamot saavuitte tuohon maahan. Mutta se on Théoden-kuninkaan valtakunta. Kukaan ei saa ratsastaa täällä ilman hänen lupaansa. Keitä olette? Ja miksi kiiruhdatte?»

»Olen Halbarad Dúnadan, pohjoisen samooja», huusi mies. »Me etsimme erästä Aragornia Arathornin poikaa ja olemme kuulleet, että hän on Rohanissa.»

»Ja olette myös löytäneet hänet!» huusi Aragorn. Hän antoi ohjat Merrin käteen, juoksi eteenpäin ja syleili vastatullutta. »Halbarad!» hän sanoi. »Kaikista ilonaiheista tätä osasin vähiten odottaa!»

Merri huoahti helpotuksesta. Hän oli kuvitellut tapausta joksikin Sarumanin vihoviimeiseksi tempaukseksi, jonka tarkoituksena olisi käydä kuninkaan kimppuun, kun tällä oli vain muutamia miehiä turvanaan, mutta nyt näytti ilmeiseltä, ettei hänen tarvitsisi kuolla Théodenia puolustaen, ainakaan vielä. Hän työnsi miekan tuppeen.

»Kaikki hyvin», Aragorn sanoi käännyttyään taas. »Nämä ovat omaa heimoani kaukaisesta maasta, jossa asuin ennen. Mutta miksi he ovat tulleet ja montako heitä on, sen kertokoon Halbarad.»

»Minulla on muassani kolmekymmentä», Halbarad sanoi. »Siinä kaikki, jotka heimostamme saatiin kiireessä kokoon, mutta veljekset Elladan ja Elrohir ovat ratsastaneet kanssamme, sillä he mielivät sotaan. Me lähdimme mitä pikimmin saatuamme kutsusi.»

»Mutta en minä ole teitä kutsunut», Aragorn sanoi, »paitsi toiveissani. Ajatukseni ovat usein kääntyneet teihin, ja harvoin enemmän kuin tänä yönä, mutta sanaa en ole lähettänyt. Vaan ei! Kaikki tämä jääköön nyt. Tapasitte meidät kesken kiireisen ratsastuksen ja vaaran hetkellä. Ratsastakaa nyt kanssamme, mikäli kuningas antaa luvan.»

Théodenia uutiset ilahduttivat todella. »Hyvä niin!» hän sanoi. »Jos nämä heimolaiset mitenkään ovat sinun kaltaisiasi, Aragorn, kolmenkymmenen moisen ritarin voimaa ei pääluvulla mitata.»

Sitten Ratsastajat lähtivät taas matkaan, ja jonkin aikaa Aragorn ratsasti *dúnedainin* kanssa; ja kun he olivat vaihtaneet pohjoisen kuulumiset ja etelän uutiset, Elrohir sanoi hänelle:

»Tuon sinulle sanan isältäni: Päivien mitta on lyhyt. *Jos kiire yllättää, muista Kuolleiden kulkuteitä.*»

»Aina ovat päiväni tuntuneet liian lyhyiltä sen saavuttamiseen, mitä olen halunnut», Aragorn sanoi. »Mutta suuri on kiireeni oltava, ennen kuin tuon tien valitsen.»

»Pian saamme sen nähdä», Elrohir sanoi. »Mutta älkäämme puhuko näistä asioista keskellä tietä!»

Ja Aragorn sanoi Halbaradille: »Mitä kannat mukanasi, heimoveli?» Sillä hän näki, että keihään sijaan Halbaradilla oli pitkä salko, joka oli kiedottu tiukasti mustaan kankaaseen ja sidottu nahkahihnoilla.

»Se on lahja, jonka tuon sinulle Rivendellin neidolta», vastasi Halbarad. »Hän valmisti sen salassa ja kauan hän sitä teki. Mutta myös hän lähettää sanan sinulle: *Nyt on päivien mitta lyhyt. Joko toivomme täyttyy tai kaikki toivo kaikkoaa. Sen tähden lähetän sinulle sen, minkä olen sinua varten tehnyt. Matkaa hyvästi, Haltiakivi!*»

Ja Aragorn sanoi: »Nyt tiedän, mitä kannat. Pidä sitä vielä jonkin aikaa puolestani!» Ja hän kääntyi ja katsoi kauas pohjoiseen suurten tähtien alle ja sitten hän vaikeni eikä puhunut enää yöllisen ratsastuksen aikana.

Yö oli vanha, itä harmaa, kun he viimein ratsastivat ylös Syvänteensolasta ja saapuivat jälleen Ämyrilinnaan. Siellä heidän oli määrä maata hetki ja levätä ja pitää neuvottelu.

Merri nukkui siihen asti kunnes Legolas ja Gimli herättivät hänet. »Aurinko on korkealla», Legolas sanoi. »Kaikki muut ovat pystyssä ja työn touhussa. Ylös siitä, unikeko, katsele paikkoja niin kauan kuin voit!»

»Täällä käytiin taistelu kolme yötä sitten», Gimli sanoi, »ja täällä Legolasilla ja minulla oli pikku kilpailu, jonka minä voitin yhdellä ainoalla örkillä. Tule katsomaan, miten kaikki kävi! Ja Merri, täällä on luolia, ihmeellisiä luolia! Menemmekö katsomaan niitä, Legolas?»

»Emme! Ei ole aikaa», haltia sanoi. »Älä pilaa niiden ihanuutta kiireellä! Olen antanut sanani, että palaan tänne kanssasi, jos rauhan ja vapauden päivä vielä koittaa. Mutta keskipäivä lähestyy, ja se on aterian aika, ja sen jälkeen me kuulemma taas lähdemme.»

Merri nousi ja haukotteli. Muutaman tunnin uni ei riittänyt alkuunkaan, hän oli väsynyt ja allapäin. Hänen oli ikävä Pippiniä ja hän tunsi olevansa taakka, kun kaikki muut laativat kiireisiä suunnitelmia jostakin, jota hän ei oikein käsittänyt. »Missä Aragorn on?» hän kysyi.

»Linnan ylisessä huoneessa», Legolas sanoi. »Hän ei ole minun tietääkseni levännyt eikä nukkunut. Hän meni sinne muutama tunti sitten ja sanoi, että hänen täytyy ajatella, ja vain hänen heimoveljensä Halbarad meni hänen kanssaan. Häntä vaivaa jokin synkkä huoli tai epäilys.»

»Outoja nämä vastatulleet», Gimli sanoi. »Vankkoja ja ylväitä miehiä – Rohanin ratsastajat näyttävät heidän rinnallaan melkein poikasilta; heillä on ankarat piirteet, kuin rosoista kalliota, kuten Aragornillakin. Ja vaiteliaita he ovat.»

»Mutta kuten Aragorn he ovat kohteliaita, milloin rikkovat äänettömyyden», Legolas sanoi. »Entä oletko pannut merkille veljekset Elladanin ja Elrohirin? Heidän asepukunsa ei ole yhtä tumma kuin muiden ja he ovat kauniita ja uljaita kuin haltiaruhtinaat, vaikka siinä on tuskin ihmettelemistä, ovathan he Rivendellin Elrondin poikia.»

»Miksi he ovat tulleet? Tiedätkö sinä?» Merri kysyi. Hän oli nyt pukeutunut ja heitti harmaan kaavun harteilleen. Kolme toverusta kävelivät yhdessä Ämyrilinnan raunioituneelle portille.

»He tulivat kun kutsuttiin, kuten kuulit», Gimli sanoi. »Rivendelliin tuli sana: *Aragorn kaipaa heimoaan. Ratsastakoot* dúnedain *Rohaniin hänen avukseen!* Mutta mistä tämä viesti tuli, sitä he nyt miettivät. Gandalf lienee lähettänyt sen.»

»Ei vaan Galadriel», Legolas sanoi. »Eikö hän puhunut Gandalfin kautta Pohjoisen Harmaasta komppaniasta?»

»Totta, sinä sen tajusit», Gimli sanoi. »Metsän valtiatar! Hän lukee itse kunkin sydämen ja mielihalut. Legolas, olisimmepa me toivoneet omaa heimoamme avuksi!»

Legolas seisoi portin edessä ja käänsi kirkkaat silmänsä kauas pohjoiseen ja itään ja hänen kauniit kasvonsa synkkenivät. »Tuskin kukaan vastaisi kutsuun», hän sanoi. »Heidän ei tarvitse lähteä sotaan, sodan saappaat marssivat jo heidän omilla maillaan.»

Jonkin aikaa toverukset kävelivät yhdessä kerraten niitä ja näitä taistelun vaiheita, he menivät rikkoutuneesta portista ulos ja sivuuttivat tien vierellä nurmikolla kohoavat kaatuneiden kummut ja pysähtyivät viimein seisomaan Helmin vallille katselemaan Solaan. Kuollut kumpu kohosi jo siellä ja se oli musta ja korkea ja kivinen. Huornien jälkeensä jättämä myllerrys ja taittunut ruoho näkyi vielä selvästi. Mustainmaalaiset ja osa Ämyrilinnan varuskunnan miehistä ahersivat Vallilla ja niityillä ja runnelluilla muureilla heidän takanaan, siitä huolimatta seutu tuntui oudon hiljaiselta: väsynyt laakso lepäsi myrskyn jälkeen. He kääntyivät pian takaisin ja menivät puoliselle linnan saliin.

Kuningas oli jo siellä ja heti, kun he tulivat, hän pyysi Merriä luokseen ja hankki hänelle tuolin omansa viereen. »Saa välttää», Théoden sanoi, »vaikka vähänpä tämä paikka muistuttaa kaunista Edorasin-kartanoani. Ja ystäväsi, jonka myös pitäisi olla täällä, on poissa. Mutta saattaa kestää kauan ennen kuin sinä ja minä saamme istua Meduseldin salin pääpöydässä, kun sinne palaan, ei ole aikaa juhliin. Syökäämme ja juokaamme nyt, ja puhelkaamme kun aikaa on. Ja sitten saat ratsastaa kanssani.»

»Saanko?» kysyi Merri ilahtuneena ja yllättyneenä. »Se olisi hienoa!» Hän ei milloinkaan ollut tuntenut moista kiitollisuutta sanotuista sanoista. »Minua vaivaa ikävä tunne, että olen vain kaikkien tiellä», hän änkytti, »mutta tekisin mielelläni mitä voin, ihan totta.»

»En epäile sitä», kuningas sanoi. »Olen käskenyt valmistaa hyvän vuoristoponin sinua varten. Niillä teillä, joita aiomme ratsastaa, se kantaa sinua yhtä nopeasti kuin hevonen. Sillä me kuljemme Ämyrilinnasta lähdettyämme vuoristopolkuja emmekä tasankoja myöten ja tulemme niin ollen Edorasiin Dunhargin kautta, jossa Éowyn-neito odottaa minua. Sinä saat olla minun aseenkantajani, jos tahdot. Éomer, onko täällä sotavarusteita, joita asepoikani voisi käyttää?»

»Herra, täällä ei ole suuria asevarastoja», Éomer vastasi. »Kukaties löytäisimme hänelle sopivan kevyen kypärän, mutta rautapaitaa tai miekkaa meillä ei ole hänen kokoiselleen.»

»Miekka minulla on», Merri sanoi, laskeutui tuoliltaan ja veti mustasta huotrasta pienen kirkkaan aseensa. Äkkiä hänet täytti rakkaus vanhaa miestä kohtaan ja hän polvistui toisen polvensa varaan ja otti kuninkaan käden ja suuteli sitä. »Saanko laskea Meriadoc Kontulaisen miekan helmaanne, kuningas Théoden?» hän huudahti. »Pyydän, ottakaa vastaan uskollisuuteni!»

»Ilomielin minä sen otan», kuningas sanoi ja hän asetti pitkät vanhat kätensä hobitin ruskeitten hiusten päälle ja siunasi hänet. »Nouse, nyt, Meriadoc, Rohanin asemies, Meduseldin väkeä!» hän sanoi. »Ota miekkasi ja kanna se menestykseen!»

»Kuin isä tulee teistä minulle», Merri sanoi.

»Joksikin aikaa», vastasi Théoden.

He puhuivat keskenään samalla kun söivät, ja sitten Éomer avasi suunsa. »Hetki, jonka määräsitte lähdön ajaksi, lähestyy, herra», hän sanoi. »Käskenkö miehiä soittamaan torvia? Mutta missä on Aragorn? Hänen paikkansa on tyhjä eikä hän ole syönyt.»

»Me valmistaudumme lähtöön», Théoden sanoi. »Vietäköön ruhtinas Aragornille sana, että hetki lähestyy.»

Kuningas asteli vartionsa ja Merrin saattamana linnan portista ulos nurmikolle, johon Ratsastajat kokoontuivat. Monet olivat jo satulassa. Sotajoukosta tulisi suuri, sillä kuningas jätti linnaan vain pienen varuskunnan; kaikki, jotka voitiin irrottaa, ratsastaisivat kutsuntaan Edorasiin. Yöllä oli jo lähtenyt tuhat keihästä, silti riittäisi kuninkaan mukaan vielä viitisensataa, enimmäkseen Länsimannun laaksojen ja vainioiden väkeä.

Samoojat istuivat vähän erillään hevostensa selässä, ääneti, järjestäytyneinä, aseinaan keihäs, jousi ja miekka. Kaikilla oli tummanharmaa kaapu, jonka huppu peitti pään ja kypärän. Heidän hevosensa olivat vahvoja ja korskeita mutta karkeakarvaisia, ja yksi niistä oli vailla ratsastajaa. Se oli Aragornin oma hevonen, jonka he olivat tuoneet mukanaan pohjoisesta, ja Roheryn oli sen nimi. Hevosten valjaissa eikä varusteissa ei kulta kimaltanut eivätkä jalot kivet, niissä ei ollut koristeen koristetta, eikä niiden ratsastajilla ollut muuta tunnusta tai vaakunaa kuin monisakaraisen tähden muotoinen hopeaneula, joka kiinnitti viitan vasemmalla olkapäällä.

Kuningas nousi hevosensa Lumiharjan satulaan, ja Merri hänen vierelleen poninsa selkään – Stybba oli ponin nimi. Éomer tuli silloin portista ja Aragorn oli hänen kanssaan ja Halbarad, joka kantoi mustaan kankaaseen tiukasti kiedottua salkoa, ja kaksi pitkää miestä, jotka eivät olleet vanhoja, eivät nuoria. Niin samannäköiset olivat Elrondin pojat, että harva erotti heidät toisistaan: tumma tukka, harmaat silmät ja haltiankauniit kasvot heillä oli, ja kumpaisellakin samanlainen loistava sotisopa hopeanharmaan kaavun alla. Heidän jäljessään kävelivät Legolas ja Gimli. Mutta Merri ei nähnyt muita kuin Aragornin, niin hätkähdyttävä oli hänessä tapahtunut muutos, kuin hänen päälleen olisivat yhdessä yössä laskeutuneet vuosien vaivat. Synkät olivat hänen kasvonsa, väsyneet ja harmaat.

»Mieltäni painaa huoli, korkea herra», hän sanoi seisahtuen kuninkaan hevosen viereen. »Olen saanut kuulla merkillisen viestin, ja näen kaukana uusia vaaroja. Olen pitkään ponnistellut aivoitusteni parissa ja pelkään, että minun on muutettava aikeitani. Kertokaa minulle Théoden, kun nyt ratsastatte Dunhargiin, milloin olette perillä?»

»Nyt on keskipäivästä kulunut täysi tunti», Éomer sanoi. »Ennen kolmannen päivän iltaa tästä lukien meidän tulisi päästä Linnakkeeseen. Silloin on kuu yhden yön täydestä ohi ja kuninkaan kutsunta pidetään sitä seuraavana päivänä. Nopeammin emme voi matkata, mikäli Rohanin kaikki vahvuus on koottava.»

Aragorn oli hetken hiljaa. »Kolme päivää», hän mutisi, »ja silloin Rohanin kutsunta vasta alkaa. Mutta käsitän, ettei sitä voi nopeuttaa.» Hän katsoi ylös ja näytti kuin hän olisi tehnyt jonkin päätöksen, hänen kasvonsa silisivät hiukan. »Siinä tapauksessa, luvallanne korkea herra, minun on pohdittava tilannetta uudestaan heimolaisteni kanssa. Meidän on ratsastettava omaa tietämme, eikä enää salassa. Piileksimisen aika on nyt minulta lopussa. Ratsastan itään nopeinta reittiä ja käytän Kuolleiden kulkuteitä.»

»Kuolleiden kulkuteitä!» Théoden sanoi ja värähti. »Miksi otat ne puheeksi?» Éomer kääntyi ja tuijotti Aragornia, ja Merristä tuntui, että kuulonkantamalla istuvien Ratsastajien kasvot kalpenivat, kun he kuulivat nuo sanat. »Jos on perää, että moiset tiet ovat olemassa», Théoden sanoi, »portti niihin on Dunhargissa, mutta yksikään elävä ei sisälle pääse.»

»Voi! Aragorn, ystäväni!» Éomer sanoi. »Olin toivonut, että me ratsastaisimme yhdessä sotaan, mutta jos etsit Kuolleiden kulkuteitä, on eromme hetki koittanut, eikä siltä näytä, että enää tapaisimme tämän auringon alla.»

»Tuota tietä minä siltikin kuljen», Aragorn sanoi. »Mutta sinulle, Éomer, sanon, että me tapaamme vielä taistelussa, vaikka välillämme riehuisivat koko Mordorin armeijat.»

»Arvollinen Aragorn, sinä teet miten tahdot», Théoden sanoi. »Kukaties kohtalosi on kulkea outoja teitä, joille muut eivät uskalla. Tämä ero surettaa minua ja verottaa vahvuuttani, mutta nyt minun on lähdettävä vuoripoluille enää viivyttelemättä. Hyvästi!»

»Hyvästi, korkea herra!» Aragorn sanoi. »Suurta mainetta tuokoon tienne! Hyvästi Merri! Jätän sinut hyviin käsiin, parempiin kuin osasimme toivoa ajaessamme takaa örkkejä Fangornia kohti. Legolas ja Gimli kulkevat toivoakseni yhä rinnallani, mutta emme unohda sinua.»

»Näkemiin!» Merri sanoi. Siinä kaikki, mitä hän pystyi sanomaan. Hän tunsi itsensä hyvin pieneksi ja synkät sanat hämmensivät ja masensivat häntä. Enemmän kuin koskaan hän kaipasi Pippinin horjumatonta iloisuutta. Ratsastajat olivat valmiit ja heidän hevosensa nykivät, hän toivoi, että he vihdoinkin saisivat lähdetyksi.

Théoden puhui nyt Éomerille ja tämä nosti kätensä ja huusi kovalla äänellä, ja silloin Ratsastajat lähtivät liikkeelle. He ratsastivat Vallin yli, alas solaan ja kääntyivät pian itään kulkeakseen polkua, joka kiersi kukkuloiden juuria muutaman virstan matkan kunnes kaarsi kohti etelää, takaisin kukkuloiden väliin ja pois näkyvistä. Aragorn ratsasti Vallille ja katseli, kunnes kuninkaan miehet olivat kaukana alhaalla solassa. Sitten hän kääntyi Halbaradin puoleen.

»Siinä menee kolme minulle rakasta ystävää, eikä vähiten rakas ole heistä pienin», hän sanoi. »Hän ei tiedä mihin on matkalla, mutta jos hän tietäisi, hän lähtisi silti.»

»Konnun kansa on pienikokoista, mutta suurta arvoltaan», Halbarad sanoi. »Vähänpä he tietävät vaivoistamme heidän rajojensa turvaamiseksi, mutta en silti valita.»

»Ja nyt ovat kohtalomme kietoutuneet yhteen», Aragorn sanoi. »Ja kuitenkin – voi murhetta – tässä tiemme eroavat. Oli miten oli, nyt minun on syötävä hiukan ja sen jälkeen saamme mekin kiiruhtaa. Tulkaa, Legolas ja Gimli! Voimme puhua samalla kun syön.»

He menivät yhdessä linnaan, mutta Aragorn istui jonkin aikaa hiljaa salin pöydän ääressä ja muut odottivat, että hän puhuisi. »Puhu nyt!» sanoi Legolas viimein. »Puhu ja rauhoitu, karista varjo yltäsi! Mitä on tapahtunut sen jälkeen kun harmaassa aamussa palasimme tähän synkkään paikkaan?»

»Olen käynyt kamppailun, joka minulle oli kovempi kuin Ämyrilinnan taistelu», Aragorn sanoi. »Ystävät, olen katsonut Orthancin kiveen.»

»Oletko sinä katsonut siihen kirottuun velhonkiveen!» huudahti Gimli kasvoillaan pelkoa ja hämmästystä. »Sanoitko jotakin – hänelle? Jopa Gandalf pelkäsi sitä kohtaamista.»

»Unohdat kenelle puhut», Aragorn sanoi tuimasti ja hänen silmänsä leiskuivat. »Mitä pelkäät minun sanovan hänelle? Enkö ilmoittanut arvoani avoimesti Edorasin portilla? Ei, Gimli», hän sanoi sovittelevammin ja synkkyys katosi hänen kasvoiltaan ja hän näytti siltä kuin olisi saanut valvoa tuskissaan monta unetonta yötä. »Ei, ystäväni, minä olen Kiven laillinen valtias, ja minulla oli sekä oikeus että voimaa käyttää sitä, näin minä arvioin. Oikeutta ei käy epäileminen. Voima riitti – juuri ja juuri.»

Hän veti syvään henkeä. »Taistelu oli katkera ja sen jättämä väsymys hellittää hitaasti. En sanonut hänelle sanaakaan ja lopuksi riuhtaisin Kiven tahtoni alle. Jo sitä hänen on vaikea kestää. Ja hän näki minut. Niin, mestari Gimli, hän näki minut, mutta toisessa asussa kuin te näette minut täällä. Jos se auttaa häntä, olen tehnyt väärin. Mutta tuskin auttaa. Tieto siitä, että minä elän ja kävelen maan päällä, oli kuin isku hänen sydänalaansa, niin luulen, sillä ennen tätä hän ei sitä tiennyt. Orthancin silmät eivät nähneet Théodenin antamien varusteiden läpi, mutta Sauron ei ole unohtanut Isiluria eikä Elendilin miekkaa. Hänen suurien suunnitelmiensa toteutumisen hetkellä paljastuu Isildurin perijä ja miekka, sillä minä näytin hänelle uudeksi taotun terän. Hän ei vielä ole niin mahtava, ettei pelko häneen ulottuisi, ei, alati häntä kaivertaa epäilys.»

»Mutta hänen valtansa on suuri siitä huolimatta», Gimli sanoi, »ja nyt hän iskee entistä pikemmin.»

»Hätiköitsevä sohii», Aragorn sanoi. »Meidän tulee painostaa Vihollista, ei enää odottaa hänen siirtoaan. Ystävät, kun olin pakottanut Kiven hallintaani, sain selville monta seikkaa. Näin suuren odottamattoman vaaran uhkaavan Gondoria etelästä ja se sitoo suuren osan Minas Tirithin puolustuksesta. Jos sitä vastaan ei nopeasti asetuta, uskon että Kaupunki on menetetty ennen kuin kymmenen päivää on kulunut.»

»Menetetty siis», Gimli sanoi. »Sillä mitä apua meillä on sinne lähettää, ja miten se voisi saapua ajoissa?»

»Minulla ei ole apua lähettää, siksi menen itse», Aragorn sanoi. »Mutta vuorten läpi vie vain yksi tie, joka voi viedä minut rannikolle, ennen kuin kaikki on hukassa. Se on Kuolleiden kulkutiet.»

»Kuolleiden kulkutiet!» Gimli sanoi. »Nimi on kauhea, eivätkä Rohanin miehet siitä varsin pitäneet, kuten saimme nähdä. Voivatko elävät tuhoutumatta käyttää tuota tietä? Ja vaikka kulkisitkin tuon tien, mitä auttaa näin pienen joukon asettua Mordorin iskua vastaan?»

»Elävät eivät ole kertaakaan käyttäneet tuota tietä sen jälkeen, kun *rohirrim* tulivat näille main», Aragorn sanoi, »sillä se on heiltä suljettu. Mutta tällä synkällä hetkellä voi Isildurin perijä astua sille, mikäli uskaltaa. Kuulkaa! Tämän sanan toivat minulle Elrondin pojat Rivendellistä isältään, joka tarut parhaiten tuntee: *Sanokaa Aragornille, että muistaa ennustajan sanat ja Kuolleiden kulkutiet.*»

»Ja mitkä lienevät ennustajan sanat?» Legolas kysyi.

»Näin puhui Malbeth Ennustaja, Fornostin viimeisen kuninkaan Arveduin hallitessa», Aragorn sanoi.

> *Maan yllä lepää varjo niin pitkä,*
> *länteen kurottuvat pimeyden siivet.*
> *Vapisee Torni; kuninkaiden hautoja*
> *tuomio lähestyy. Heräävät kuolleet,*
> *on näet lyönyt valapattojen hetki;*
> *Erechin kivellä he seisovat jälleen*
> *ja kuulevat torven, se soi kukkuloilla.*
> *Kenen torvi se on? Kuka heitä kutsuu*
> *hämyn harmaudesta, unohdettua kansaa?*
> *Sen perijä, jolle he vannoivat valan.*
> *Hän pohjoisesta saapuu kun ajaa hätä:*
> *hän Ovesta käy kohti Kuolleiden teitä.*

»Hämäriä teitä taitavat olla», sanoi Gimli. »Mutta yhtä hämäriä ovat minulle nämä säkeet.»

»Jos tahdot ymmärtää ne paremmin, pyydän sinua tulemaan kanssani», Aragorn sanoi, »sillä minä lähden nyt tuolle tielle. Ilomielin en lähde, mutta hätä vaatii. Sen tähden suon teidän tulevan kanssani vain oman vapaan tahtonne mukaan, sillä meitä odottavat sekä vaiva että kauhu ja kukaties pahempikin.»

»Minä tulen kanssasi vaikka Kuolleiden kulkuteille, ja mihin ne sitten vievätkin», Gimli sanoi.

»Minä tulen myös», Legolas sanoi, »sillä kuolleita en pelkää.»

»Sopii toivoa, että unohdettu kansa ei ole unohtanut, miten taistellaan», Gimli sanoi, »sillä muutoin en käsitä, miksi heitä pitää vaivata.»

»Sen saamme selville, mikäli milloinkaan pääsemme Erechin kukkulalle», Aragorn sanoi. »Mutta vala, jonka he rikkoivat, oli lupaus taistella Sauronia vastaan, ja sen tähden heidän on taisteltava, jos tahtovat sen täyttää. Sillä Erechin kukkulalla seisoo vieläkin musta kivi, jonka Isildurin kerrotaan tuoneen Númenorista ja asettaneen sinne, ja sen kautta vannoi Vuorten kuningas liittoa hänen kanssaan, kun Gondor oli nuori. Mutta kun Sauron palasi ja hänen mahtinsa taas kasvoi, Isildur kutsui vuoristolaisia täyttämään valansa eivätkä he tulleet, sillä he olivat palvoneet Sauronia Mustina vuosina.

Silloin Isildur sanoi kuninkaalle: 'Sinä olet oleva viimeinen kuningas. Ja jos länsi on mahtavampi kuin musta herrasi, panen minä teidän päällenne tämän kirouksen: että ette lepää ennen kuin vala on täytetty. Sillä tämä sota kestää luvuttomat vuodet ja kerran vielä teitä kutsutaan ennen loppua.' Ja he pakenivat Isildurin vihaa eivätkä uskaltaneet käydä sotaan itse Sauronia vastaan ja piiloutuivat salaisiin paikkoihin vuorille, eivätkä olleet tekemisissä muiden ihmisten kanssa, ja hitaasti heidän määränsä hupeni karuilla kukkuloilla. Ja Valvovien vainajien kammotus asustaa Erechin kukkulan ympärillä ja kaikkialla, missä tuota kansaa eli. Mutta tuolle tielle minun on mentävä, sillä ei ole eläviä, jotka minua auttaisivat.»

Hän nousi. »Matkaan!» hän huusi ja veti esiin miekkansa ja se leiskahti linnan hämärässä salissa. »Erechin kivelle! Kuolleiden kulkutiet odottavat. Tulkoon kanssani ken tahtoo.»

Legolas ja Gimli eivät vastanneet, mutta he nousivat ja seurasivat Aragornia ulos salista. Nurmikolla odottivat liikkumatta ja ääneti huppupäiset samoojat. Legolas ja Gimli nousivat hevosen selkään. Aragorn hypähti Roherynin satulaan. Sitten Halbarad kohotti suuren torven. Sen toitotus kaikui Helmin syvänteessä ja he karauttivat alas Solaan myrskytuulen lailla, ja kaikki linnaan ja Vallille jääneet miehet tuijottivat ihmeissään.

Ja samaan aikaan kun Théoden kulki hitaita vuoripolkuja, ratsasti Harmaa komppania nopeasti tasankoa myöten ja saapui seuraavan päivän iltapäivällä Edorasiin, ja siellä he pysähtyivät vain hetkeksi ennen kuin lähtivät laaksoa ylös, ja tulivat viimein illan pimetessä Dunhargiin.

Éowyn-neito tervehti heitä ja iloitsi heidän tulostaan, sillä koskaan hän ei ollut nähnyt uljaampia urhoja kuin *dúnedain* ja Elrondin kauniit pojat, mutta pisimpään hänen silmänsä viipyivät Aragornissa. Ja syödessään iltasta hänen kanssaan Aragorn puhui hänelle ja hän sai kuulla kaikesta, mitä oli tapahtunut sen jälkeen kun Théoden ratsasti pois; tästä kaikesta hänen korviinsa oli kantautunut vain hätäisesti kerrottuja uutisia. Ja kun Éowyn kuuli Helmin syvänteen taistelusta ja miten paljon vihollisia he olivat surmanneet ja miten Théoden ja hänen ritarinsa olivat hyökänneet, hänen silmänsä loistivat.

Mutta lopulta hän sanoi: »Ylimykset, olette väsyneitä ja saatte panna maata sellaisiin vuoteisiin kuin olemme kiireessä voineet valmistaa. Mutta huomenna tarjoamme teille mukavammat asunnot.»

Mutta Aragorn sanoi: »Ei, neito, älkää meidän tähtemme nähkö vaivaa! Jos saamme nukkua täällä tämän yön ja aterioida aamulla, se riittää. Sillä tehtäväni on mitä kiireisin, ja meidän on mentävä heti aamun ensi sarastuksen aikaan.»

Neito hymyili hänelle ja sanoi: »Sitten oli kaunis teko ratsastaa niin monta virstaa sivuun vain kertomaan uutiset Éowynille ja puhumaan hänen kanssaan hänen eristyneisyydessään.»

»Yksikään mies ei voisi pitää tuota matkaa hukkaan heitettynä», Aragorn sanoi, »mutta minä en olisi tullut tänne, kallis neito, jollei tieni jota minun on kuljettava toisi minua Dunhargiin.»

Ja neito vastasi niin kuin vastaa se joka ei pidä kuulemastaan: »Siinä tapauksessa olette kulkenut harhaan, sillä Hargin laaksosta ei vie yksikään tie itään eikä etelään, ja teidän on paras palata takaisin samaa tietä, jota tulitte.»

»Ei, neito», mies sanoi, »en ole kulkenut harhaan, sillä olen matkannut tässä maassa ennen kuin te olitte syntynyt sitä kaunistamaan. Tästä laaksosta vie tie ja tuota tietä aion käyttää. Huomenna minä ratsastan Kuolleiden kulkuteille.»

Silloin neito katsoi miestä järkytettynä ja kalpeni, eikä hän pitkään aikaan sanonut mitään ja kaikki istuivat hiljaa. »Mutta Aragorn», hän viimein sanoi, »onko tehtävänne siis etsiä kuolemaa? Sillä muuta ette tuolta tieltä löydä. Ne eivät suvaitse elävien siellä kulkea.»

»Ne saattavat suvaita minua», Aragorn sanoi. »Joka tapauksessa minä aion uskaltaa. Toista tietä ei ole.»

»Tämähän on hulluutta», sanoi neito. »Sillä mukananne on maineikkaita ja urhoollisia miehiä, joita teidän ei pidä viedä varjoihin vaan johtaa sotaan, jossa miehiä kaivataan. Pyydän teitä jäämään ja ratsastamaan veljeni kanssa, sillä silloin kevenee kaikkien sydän ja toivomme on taas kirkkaampi.»

»Hulluutta tämä ei ole», mies vastasi, »sillä menen tietä, joka on minulle osoitettu. Mutta ne, jotka seuraavat minua, seuraavat omasta vapaasta tahdostaan, ja jos he nyt tahtovat jäädä ja ratsastaa *rohirrimin* kanssa, heillä on siihen lupa. Mutta minä menen Kuolleiden kulkuteille, vaikka yksin, jos tarve vaatii.»

Sitten he eivät enää puhuneet vaan söivät ääneti, mutta neidon silmät olivat alati kiinnittyneet Aragorniin ja muut näkivät, että neito oli suurissa sielun tuskissa. Lopulta he nousivat ja jättivät neidon, kiittivät häntä huolenpidosta ja menivät levolle.

Mutta kun Aragorn tuli teltalle, johon hänen oli määrä majoittua Gimlin ja Legolasin kanssa ja hänen toverinsa olivat jo sisällä, tuli Éowyn-neito hänen jäljessään ja kutsui häntä. Aragorn kääntyi ja näki neidon ja tämä ikään kuin loisti pimeydessä, sillä hänen vaatteensa olivat valkoiset, ja silmät paloivat.

»Aragorn», hän sanoi, »miksi lähdet tälle kuoleman tielle?»

»Koska minun täytyy», Aragorn sanoi. »Vain siten voin tehdä oman osuuteni sodassa Sauronia vastaan. En etsi vaaroja, Éowyn. Jos voisin mennä sinne missä sydämeni asustaa, matkaisin kauas pohjoiseen Rivendellin ihanaan laaksoon.»

Hetken neito oli vaiti kuin pohdiskellen, mitä mies mahtoi tarkoittaa. Sitten hän laski äkkiä kätensä miehen käsivarrelle. »Sinä olet tuima ja päättäväinen ylimys», hän sanoi, »ja sellaiset miehet niittävät mainetta.» Hän vaikeni hetkeksi. »Aragorn», hän sanoi, »jos sinun on mentävä, anna minun ratsastaa seurassasi. Sillä olen väsynyt kyyhöttämään vuorilla ja kaipaan nähdä vaaran ja taistelun silmästä silmään.»

»Velvollisuutenne on olla kansanne kanssa», vastasi mies.

»Olen kuullut liian usein sanan velvollisuus», huudahti neito. »Enkö minä ole Eorlin huonetta, kilpineito, en lapsenpiika. Olen aikani hoivannut tutisevia jalkoja. Koska ne eivät enää vapise, kuten näyttää, enkö saa käyttää elämääni kuten tahdon?»

»Harva saa sen kunnialla tehdä», mies vastasi. »Mutta mitä tulee teihin, neito, ettekö ottanut vastaan tehtävää hallita kansaa kunnes sen hallitsija palaa? Jollei teitä olisi valittu, olisi joku marsalkka tai päällikkö asetettu tuolle paikalle, eikä hän voisi ratsastaa tiehensä ja hyljätä annettua tehtävää, olipa hän väsynyt siihen eli ei.»

»Valitaanko minut aina?» sanoi neito katkerana. »Onko minun osani aina jäädä silloin kun Ratsastajat lähtevät, jäädä pitämään huolta kartanosta sillä aikaa kun he hankkivat mainetta, ja valmistamaan heille ruokaa ja vuoteet siksi kun he palaavat?»

»Pian voi tulla aika», sanoi mies, »jolloin kukaan ei palaa. Silloin tarvitaan maineetonta uljuutta, sillä ketään ei jää muistamaan tekoja, joilla kotejanne lopuksi puolustetaan. Eivätkä nuo teot silti ole vähemmän uljaita, vaikka jäävät ylistyksettä.»

Ja neito vastasi: »Kaikki sanasi tarkoittavat vain yhtä: Sinä olet nainen ja osasi on kotona. Mutta kun miehet ovat kuolleet kunnialla taistelussa, saat palaa kotiisi, sillä miehet eivät sitä enää tarvitse. Mutta minä olen Eorlin huonetta enkä mikään palvelusvaimo. Minä osaan ratsastaa ja käytellä miekkaa, enkä pelkää kipua, en kuolemaa.»

»Neito, mitä te pelkäätte?» mies kysyi.

»Häkkiä», vastasi neito. »Että on seistävä kalterien takana kunnes tottumus ja ikä hyväksyvät ne, ja kaikki mahdollisuudet tehdä suuria tekoja ajautuvat ulottumattomiin, eikä niitä enää edes halaja.»

»Ja kuitenkin neuvoitte minua, etten uskaltautuisi tielle, jonka olin valinnut, siksi että se on vaarallinen.»

»Niin neuvoo ihminen toista», sanoi neito. »En kuitenkaan pyytänyt sinua pakenemaan vaaraa, vaan ratsastamaan taisteluun, jossa miekkasi voi tuottaa mainetta ja voiton. En tahtoisi nähdä jonkin kalliin ja arvokkaan menevän hukkaan.»

»En minäkään», mies sanoi. »Sen tähden minä sanon teille neito: pysykää täällä! Sillä teillä ei ole asiaa etelään.»

»Ei ole muillakaan, jotka sinun kanssasi ratsastavat. He menevät vain koska eivät tahdo erota sinusta – koska rakastavat sinua.» Hän kääntyi ja katosi yöhön.

Kun päivänvalo oli jo taivaalla, mutta aurinko ei ollut vielä noussut idän korkeiden kukkuloiden yli, Aragorn valmistautui lähtöön. Hänen komppaniansa oli jo hevosen selässä ja hän itse oli juuri hyppäämäisillään satulaan, kun Éowyn-neito tuli jättämään heille hyvästit. Hän oli pukeutunut Ratsastajan tapaan ja vyöttänyt miekan kupeelleen. Kädessään hänellä oli malja, ja hän nosti sen huulilleen ja joi vähän ja toivotti heille siunausta matkalle, ja sitten hän antoi maljan Aragornille ja Aragorn joi siitä ja sanoi: »Hyvästi, Rohanin neito! Juon huoneenne onneksi ja teille ja koko kansallenne. Sanokaa veljellenne: varjojen takana me tapaamme taas!»

Sitten Gimlistä ja Legolasista, jotka olivat siinä lähellä, näytti kuin neito olisi itkenyt, ja se tuntui sitäkin murheellisemmalta kun itkijä oli niin luja ja ylpeä. Mutta hän sanoi: »Aragorn, sinä siis lähdet?»

»Lähden», sanoi mies.

»Annatko siis minun ratsastaa tämän komppanian mukana niin kuin olen pyytänyt?»

»Sitä en salli, neito», sanoi mies. »Sillä en voi sitä luvata ilman kuninkaan lupaa ja veljenne suostumusta, eivätkä he palaa ennen huomista. Mutta minulle on kallis jokainen tunti, jokainen minuuttikin. Hyvästi!»

Silloin neito vajosi polvilleen ja sanoi: »Minä rukoilen sinua!»

»Ei, neito, ei», mies sanoi ja otti häntä kädestä ja nosti hänet pystyyn. Sitten hän suuteli neidon kättä ja hypähti satulaan ja ratsasti pois eikä enää katsonut taakseen, ja vain ne, jotka tunsivat hänet hyvin ja olivat hänen lähellään, näkivät kuinka häneen sattui.

Mutta Éowyn seisoi paikallaan kuin kivettyneenä, kädet sivuilla nyrkkiin puristettuina ja katseli heitä kunnes he katosivat tumman Dwimorbergin,

Kammonvuoren, mustaan varjoon, jossa oli Vainaiden ovi. Kun heitä ei enää näkynyt, hän kääntyi ja kompuroi kuin sokea ja meni huoneisiinsa. Mutta kukaan hänen kansastaan ei nähnyt tätä eron hetkeä, sillä kaikki olivat peloissaan kätkeytyneet eivätkä tulleet esiin, ennen kuin aurinko oli noussut ja hurjapäiset muukalaiset menneet.

Ja jotkut sanoivat: »Ne ovat haltiahaamuja. Menkööt sinne minne kuuluvatkin, synkkiin soliin, älköötkä koskaan palatko. Ajat ovat tarpeeksi pahat.»

Valo oli yhä harmaa ratsastajien ympärillä, sillä aurinko ei ollut vielä kiivennyt edessä piirtyvän Kammonvuoren mustien ääriviivojen yli. Kauhu hiipi heihin, kun he ohittivat muinaiset kivijonot ja saapuivat Dimholtiin. Siellä, mustien puiden varjossa, joka oli liikaa Legolasillekin, he osuivat aukealle aivan vuoren juurelle, ja heidän polullaan seisoi yksinäinen valtava kivi kuin tuomion sormi.

»Vereni hyytyy», sanoi Gimli, mutta muut pysyivät vaiti ja hänen sanansa tukahtuivat maan kylmänkosteisiin neulasiin. Hevoset eivät suostuneet ohittamaan uhkaavaa kiveä ennen kuin ratsastajat laskeutuivat maahan ja taluttivat niitä. Niin he viimein pääsivät syvälle kuruun, jossa odotti jyrkkä kiviseinämä ja heidän edessään ammotti Pimeä portti kuin yön kita. Sen suureen kamanankaareen oli kaiverrettu merkkejä ja kuvioita, jotka olivat liian epäselviä luettaviksi, ja pelko tulvi siitä ulos kuin harmaa huuru.

Komppania pysähtyi eikä ollut sitä sydäntä, joka ei olisi horjunut, ellei ehkä Legolasin sydän, sillä hän oli haltia, eivätkä haltiat kammoa ihmisten haamuja.

»Tämä ovi on kauhea», Halbarad sanoi, »ja oma kuolemani odottaa sen toisella puolen. Siitä huolimatta minä aion uskaltaa, mutta yksikään hevonen ei tästä kulje.»

»Mutta pakko meidän on mennä sisään ja siksi on hevostenkin tultava», Aragorn sanoi. »Sillä mikäli milloinkaan saavumme tämän pimeyden tuolle puolen, on edessämme monta peninkulmaa ja jokainen menetetty tunti tuo Sauronin voiton lähemmäksi. Seuratkaa minua!»

Aragorn näytti tietä ja sellainen oli hänen tahtonsa voima tuolla hetkellä, että kaikki *dúnedain* ja heidän hevosensa seurasivat häntä. Ja niin suuri oli samoojien hevosten rakkaus ratsastajiaan kohtaan, että ne olivat valmiit kohtaamaan Oven kauhut, kun isännän sydän oli luja ja hän käveli rinnalla. Mutta Arod, Rohanin ratsu, kieltäytyi ja seisoi hikoillen ja vavisten pelosta, jota oli surkea katsella. Silloin Legolas pani kätensä sen silmille ja laulaa hymisi hiljaa hämärässä, kunnes hevonen viimein antoi taluttaa itseään ja Legolaskin meni sisään. Ja niin seisoi Gimli kääpiö aivan yksin.

Hänen polvensa löivät loukkua ja julmistuneena hän mutisi: »Ennenkuulumatonta! Haltia menee maan alle, minne kääpiö ei uskaltaudu!» Sen sanottuaan hän asteli sisään. Mutta hänestä tuntui kuin olisi raahannut lyijyjalkoja kynnyksen yli, ja sokeus valtasi Gimlin Glóinin pojan, joka oli vaeltanut pelkäämättä monissa maailman pimennoissa.

Aragorn oli ottanut Dunhargista soihtuja ja kulki nyt edellä pidellen yhtä ylhäällä, Elladan kulki viimeisenä kantaen toista ja Gimli kompasteli hänen perässään ja yritti saavuttaa hänet. Gimli ei nähnyt mitään muuta kuin soihtujen himmeän valon, mutta aina milloin joukko pysähtyi, hän vaistosi, että ympäriltä kuiskailtiin ja mumistiin kielellä, jota hän ei ollut milloinkaan kuullut.

Komppania ei kohdannut vastarintaa eikä esteitä, mutta silti kääpiön pelko kasvoi kaiken aikaa hänen edetessään, ennen muuta koska hän tiesi nyt, ettei takaisin ollut paluuta; kaikki taakse jäävät käytävät täytti näkymätön armeija, joka seurasi heitä pimeydessä.

Niin kului mittaamaton aika, kunnes Gimli näki näyn, jota hän ei koskaan mielellään muistellut. Niin pitkälle kuin tietä erotti se oli leveä, mutta nyt joukko tuli äkkiä suureen tyhjään tilaan, jonka kummallakaan puolella ei ollut enää seiniä. Kauhu painoi häntä niin raskaana, että hän pystyi töin tuskin liikkumaan. Kaukana vasemmalla välkkyi jotakin Aragornin soihdun valossa. Aragorn pysähtyi ja meni sitten katsomaan mitä se voisi olla.

»Eikö hän pelkää mitään?» mutisi kääpiö. »Kaikissa muissa luolissa olisi Gimli Glóinin poika juossut ensimmäisenä kullan kimallusta kohti. Mutta ei täällä! Maatkoon missä makaa!»

Hän meni kuitenkin lähemmäksi ja näki Aragornin polvistuvan Elladanin pidellessä kumpaakin soihtua. Aragornin edessä oli isokokoisen ihmismiehen luut. Miehellä oli ollut sotisopa ja yhä hänen haarniskansa lojui ehjänä, sillä luolan ilma oli kuivaa kuin pöly ja rautapaita oli kullattu. Miehen vyö oli kullalla ja granaateilla koristettu, ja kultaa kukkuroillaan oli myös kypärä, joka yhä oli paikoillaan suullaan makaavassa luisessa päässä. Mies oli kaatunut lähelle luolan takaseinää, kuten nyt nähtiin, ja hänen edessään oli tiukasti lukittu ovi: sormien luut olivat yhä kaivautuneina sen rakoihin. Tylsistynyt ja murtunut miekka lojui hänen vierellään ikään kuin hän olisi lopullisen toivottomuuden yllyttämänä iskenyt kiveä.

Aragorn ei koskenut häneen, mutta katseltuaan aikansa hän nousi ja huokasi. »Täällä ei kuki *simbelmynë* ennen maailman loppua», hän mutisi. »Yhdeksän kumpua ja seitsemän on nyt vihreä nurmi peittänyt, ja kaikki nuo vuodet hän on maannut sen oven edessä, jota hän ei auki saanut. Minne se johtaa? Miksi hän halusi sinne? Sitä ei kukaan saa milloinkaan tietää!

Sillä se ei ole tehtäväni!» hän huusi ja kääntyi puhuen takana kuiskivalle pimeydelle. »Pitäkää aarteenne ja salaisuutenne Kirottujen vuosien kätköissä! Vain vauhtia pyydämme. Päästäkää meidät läpi, ja tulkaa! Minä kutsun teidät Erechin kivelle!»

Vastausta ei kuulunut, ellei täydellinen hiljaisuus, joka oli vielä kuiskauksiakin kaameampi, ollut vastaus; ja sitten kävi kylmä viima, joka sai soihdut lepattamaan, ja ne sammuivat eikä niitä enää saatu syttymään. Ajasta, joka sitten seurasi, Gimli ei paljon muistanut eikä tiennyt, kuluiko yksi tunti vai monia. Muut kulkivat kulkemistaan, mutta hän oli aina takimmainen, ja kaiken aikaa häntä ajoi kurottuva kauhu, joka tuntui ulottuvan häneen milloin tahansa, ja hänen takaansa kuului ikään kuin monien jalkojen varjoaskelten kahina. Hän kompuroi eteenpäin kunnes hän lopulta ryömi eläimen lailla maassa ja hänestä tuntui, ettei hän enää kestäisi: tästä oli tultava loppu heti ja nyt, tai hän juoksisi mielipuolena taaksepäin kohtaamaan kauhua, joka häntä seurasi.

Äkkiä hän kuuli veden tipahtelua, ja ääni oli kirkas ja selvä kuin mustaan varjoisaan uneen putoavan kiven kilahdus. Valo kasvoi ja katso! Komppania kulki toisesta portista, korkeakamanaisesta ja leveästä, ja heidän rinnalleen virtasi ulos pimennosta puro; ja oven takana laskeutui jyrkästi tie kaareutuvaa taivasta vasten terävinä piirtyvien kallioseinämien väliin. Niin syvä ja kapea oli rotko, että taivas näytti tummalta ja siinä loisti pieniä tähtiä. Kuitenkin, kuten Gimli myöhemmin sai tietää, heidän lähtönsä päivän iltaan oli vielä kaksi tuntia, eikä aurinko ollut laskenut, vaikka näkemänsä perusteella hän olisi voinut olettaa saapuneensa illan hämärään jonakin myöhäisempänä vuonna tai johonkin toiseen maailmaan.

Komppania nousi taas ratsaille ja Gimli palasi Legolasin luo. He ratsastivat jonona syvän sinisenä laskeutuvassa illassa, mutta yhä pelko ajoi heitä takaa. Legolas katsoi taakseen puhuessaan Gimlille, ja Gimli näki edessään haltian kirkkaiden silmien hohteen. Heidän takanaan ratsasti Elladan, komppanian viimeinen, mutta ei viimeinen niistä, jotka kulkivat alas tuota tietä.

»Vainajat seuraavat meitä», Legolas sanoi. »Näen ihmisten ja hevosten hahmoja ja pilvenrepaleiden kaltaisia valjuja viirejä ja keihäitä, jotka ovat kuin talviset tiheiköt sumuisessa yössä. Vainajat seuraavat meitä.»

»Niin on, Vainajat ratsastavat jäljessämme. Ne on kutsuttu», Elladan sanoi.

Komppania tuli viimein ulos kuilusta äkkiä kuin muurin halkeamasta, ja heidän edessään levittäytyivät suuren laakson ylängöt ja koleasti soliseva joki valui vierellä putouksesta toiseen.

»Missä ihmeessä me olemme?» Gimli kysyi, ja Elladan vastasi: »Me olemme laskeutuneet Morthondin lähteiltä, ja tuo pitkä kylmä virta vie viimein mereen, joka huuhtoo Dol Amrothin muureja. Tämän jälkeen teidän ei tarvitse kysyä mistä se saa nimensä: Mustanalaksi sitä kutsuvat ihmiset.»

Morthondin laakso taipui suuressa kaaressa vuorten äkkijyrkille eteläisille seinämille saakka. Jyrkkiä rinteitä peitti ruoho, mutta nyt oli kaikki harmaata, sillä aurinko oli mennyt mailleen ja kaukana alhaalla tuikkivat ihmisasumusten valot. Laakso oli vauras ja siellä asui paljon kansaa.

Kääntymättä huusi silloin Aragorn, niin että kaikki kuulivat: »Ystävät, pois väsymys! Eteenpäin, eteenpäin! Meidän on ehdittävä Erechin kivelle ennen kuin tämä päivä on yössä, ja matka on vielä pitkä.» Niin he ratsastivat vuoriniittyjä pitkin katsomatta taakseen, kunnes saapuivat kasvavan kymen ylitse vievälle sillalle ja yhtyivät alamaille vievän tien.

Valot sammuivat taloissa ja kylissä heidän tullessaan ja ovet suljettiin ja ulkosalla olevat kiljuivat kauhusta ja säntäilivät kuin takaa-ajetut peurat. Yhä uudestaan nousi tummenevassa yössä sama huuto: »Kuolleiden kuningas! Kuolleiden kuningas käy kimppuumme!»

Kaukana alhaalla moikasivat kellot ja kaikki pakenivat Aragornin edeltä, mutta kiireensä kannustama Harmaa komppania ratsasti ajomiesten lailla kunnes hevoset alkoivat väsymystään kompastella. Ja niin, juuri ennen keskiyötä, pimeydessä, joka oli yhtä musta kuin luolat vuorten sisässä, he viimein saapuivat Erechin kukkulalle.

Kauan oli Vainajien kammotus leijunut tuon kukkulan yllä ja sitä ympäröivillä autioilla niityillä. Sillä kukkulan huipulla seisoi musta kivi, pyöreä kuin suuri pallo ja miehen korkuinen siitäkin huolimatta, että puolet siitä oli hautautunut maahan. Se näytti ylimaalliselta, ikään kuin olisi pudonnut taivaasta niin kuin jotkut uskoivat, mutta ne, jotka yhä muistivat Westernessen taruja, tiesivät kertoa, että sen toi Númenorin raunioista Isildur ja pystytti tähän maihin noustessaan. Kukaan laakson asukkaista ei uskaltanut lähestyä sitä, eivätkä he tahtoneet asua sen läheisyydessä, sillä he sanoivat, että se oli Varjoihmisten kohtauspaikka ja että pelontäyteisinä aikoina ne kokoontuivat sinne ja tungeksivat kuiskien Kiven ympärillä.

Tuolle kivelle Komppania saapui ja pysähtyi sysiyön hetkellä. Silloin Elrohir antoi Aragornille hopeatorven ja hän puhalsi siihen, ja niistä, jotka seisoivat lähellä, kuulosti kuin toiset torvet olisivat vastanneet siihen, kuin kaikuna syvistä kaukaisista luolista. Mitään muuta he eivät kuulleet ja silti he vaistosivat kaikkialle kukkulan ympärille kerääntyneen suuren armeijan läsnäolon, ja vuorilta puhalsi kylmä viima kuin aaveiden hengitys. Mutta Aragorn laskeutui hevosen selästä ja Kiven vierellä seisten hän huusi suurella äänellä:

»Valapatot, miksi olette tulleet?»

Ja yöstä kuului ääni, joka vastasi hänelle kuin jostakin kaukaa:

»Täyttääksemme valamme ja saadaksemme rauhan.»

Sitten Aragorn sanoi: »Hetki on viimein tullut. Minä menen nyt Pelargiriin Anduinille ja te tulette jäljessäni. Ja kun kaikki tämä maa on puhdistettu Sauronin palvelijoista, minä katson valan täytetyksi ja te saatte rauhan ja saatte mennä ikuisiksi ajoiksi. Sillä minä olen Gondorin Elessar, Isildurin perijä.»

Ja sen sanottuaan hän kehotti Halbaradia levittämään tuomansa suuren lipun; ja katso! se oli musta, ja jos siinä oli jokin kuvio, pimeys kätki sen. Oli aivan hiljaista eikä koko pitkänä yönä kuulunut enää yhtään kuiskausta tai huokausta. Komppania leiriytyi Kiven viereen, mutta he nukkuivat vain vähän heitä saartavan Varjojen kauhun tähden.

Mutta kun aamu koitti kylmänä ja kalvakkaana, Aragorn nousi heti ja johti Komppanian matkalle, jota nopeampaa ja uuvuttavampaa yksikään heistä Aragornia lukuun ottamatta ei ollut kokenut, ja vain hänen tahtonsa pakotti heidät jatkamaan. Ketkään muut kuolevaiset ihmiset eivät olisi sitä voineet kestää, eivät ketkään paitsi pohjoisen *dúnedain* ja heidän kanssaan kääpiö Gimli ja haltia Legolas.

He ohittivat Tarlangin niskan ja saapuivat Lamedoniin, ja Varjoarmeija kulki heidän kintereillään ja pelko ratsasti heidän edellään, kunnes he saapuivat Cirilin Calembeliin ja aurinko vajosi verenkarvaisena Pinnath Gelinin taakse kaukana lännessä. He havaitsivat kaupungin ja Cirilin kahlaamot autioiksi, sillä moni mies oli lähtenyt sotaan ja kaikki jäljelle jääneet olivat paenneet kukkuloille kuullessaan huhun Kuolleiden kuninkaan tulosta. Mutta seuraavana päivänä ei aamu koittanut lainkaan ja Harmaa komppania katosi Mordorin myrskyn pimeyteen ja hävisi kuolevaisten silmistä, mutta Vainajat seurasivat sitä.

3

ROHANIN KUTSUNTA

K AIKKI TIET VEIVÄT nyt yhteen kohti itää, tulevaa sotaa ja Varjon hyökkäystä. Samaan aikaan kun Pippin seisoi Kaupungin Suurella portilla ja näki Dol Amrothin suuriruhtinaan viireineen ratsastavan sisään, laskeutui Rohanin kuningas alas kukkuloilta. Ilta hämärtyi. Auringon viime säteet heittivät pitkät suipot varjot Ratsastajien edelle. Pimeys oli jo hiipinyt suhiseviin havumetsiin, jotka peittivät jyrkkiä vuorenrinteitä. Kuningas ratsasti hitaasti ja päivä teki laskuaan. Polku kääntyi kiertämään valtavaa paljasta kallionharjannetta ja sukelsi huokaavien puiden varjoon. He ratsastivat yhä alemmaksi pitkässä kiemurtelevassa jonossa. Kun he viimein saapuivat kurun pohjalle, he huomasivat illan jo laskeutuneen syvänteisiin. Aurinko oli mennyt mailleen. Hämärä leijui vesiputousten yllä.

Koko päivän oli taakse jääneestä korkeasta solasta virrannut poukkoileva joki mäntymetsien väliin uurtuneessa kapeassa uomassa heidän alapuolellaan ja nyt se purkautui ulos kivisestä kourusta avarampaan laaksoon. Ratsastajat seurasivat sitä ja äkkiä levittäytyi Hargin laakso heidän edessään täynnä vesien kohinaa illan suussa. Siellä kuohui valkoinen Lumivuo, johon yhtyi vähäisempiä puroja, vaahtosi kivikossa ja virtasi kohti Edorasia, vihreitä kukkuloita ja tasamaita. Kaukana oikealla suuren laakson päässä häämötti uhkea Väkisarvi. Pilvien ylle kohoava ikilumen peittämä rosoinen huippu hohti sinivarjoisena kaukana idässä maailman yllä, ja länteen laskeva aurinko heitti siihen punaiset laikut.

Merri katseli ihmeissään tätä outoa maata, josta hän oli kuullut monia tarinoita pitkällä matkallaan. Tässä maailmassa vailla taivasta hänen silmänsä erottivat hämärässä utuisessa ilmassa vain yhä ylemmäksi kohoavia rinteitä, kiviseinämiä toistensa perään ja sumun seppelöimiä uhkaavia jyrkänteitä. Hetken hän istui puoliksi unessa kuunnellen veden ääntä, tummien puiden kuisketta, kivien halkeilua ja kaikkien äänten takana hautuvaa odottavaa hiljaisuutta. Hän rakasti vuoria, tai oli aina rakastanut ajatusta kaukaa tulleiden tarinoiden reunoilla kohoavista vuorijonoista, mutta nyt hänet tyrmäsi Keski-Maan sietämätön paino. Hän toivoi että olisi voinut sulkeutua kaiken valtavuuden ulottuvilta hiljaiseen huoneeseen takkatulen ääreen.

Hän oli hyvin väsynyt, sillä vaikka he olivat ratsastaneet hitaasti, he olivat levänneet vain vähän. Tunnin toisensa perään melkein kolme kokonaista uuvuttavaa päivää hän oli poukkoillut ylös ja alas, solien yli, pitkien laaksojen halki ja monien jokien poikki. Joskus, missä tie oli leveämpi, hän oli ratsastanut kuninkaan rinnalla huomaamatta että monia Ratsastajia hymyilytti nähdä nuo kaksi yhdessä: hobitti pienellä takkuisella harmaalla ponilla ja Rohanin herra suurella valkoisella hevosellaan. Noina hetkinä hän oli puhunut Théodenin kanssa ja kertonut hänelle kodistaan ja kontulaisten toimista tai kuunnellut vuorostaan tarinoita Markista ja sen muinaisista mahtimiehistä. Mutta suurimman osan ajastaan, etenkin tänä viimeisenä päivänä, Merri oli ratsastanut omissa oloissaan aivan kuninkaan perässä sanomatta mitään ja yrittäen ymmärtää Rohanin verkkaista sointuvaa kieltä, jota hän kuuli takanaan ratsastavien miesten puhuvan. Tuossa kielessä tuntui olevan paljon tuttuja sanoja, jotka lausuttiin voimakkaammin ja täyteläisemmin kuin Konnussa, mutta hän ei kuitenkaan pystynyt liittämään sanoja yhteen. Silloin tällöin kohotti joku Ratsastaja kirkkaan äänensä ja lauloi innostavan laulun ja Merrin sydän hypähti, vaikka hän ei käsittänytkään mistä siinä kerrottiin.

Kuitenkin hän oli ollut yksinäinen ja yhä yksinäisemmäksi hän tuli nyt päivän lähetessä loppuaan. Hän ihmetteli, mihinkähän Pippin oli joutunut tässä oudossa maailmassa; ja miten oli käynyt Aragornin ja Legolasin ja Gimlin. Sitten kouraisi kylmä hänen sydäntään kun hän muisti äkkiä Frodon ja Samin. »Olin melkein unohtanut heidät!» soimasi hän itseään. »Vaikka hehän ovat tärkeämpiä kuin kaikki me muut. Ja minä tulin heitä auttamaan; mutta nyt he ovat varmasti satojen virstojen päässä, jos he vielä ovat elossa.» Hän värisi.

»Viimeinkin olemme Hargin laaksossa!» Éomer sanoi. »Matkamme on melkein lopussa.» He seisahtuivat. Kapeasta kurusta johtavat polut laskeutuivat jyrkästi alaspäin. Alla levittäytyvässä hämärässä näkyi suuresta laaksosta vain kaistale kuin korkeasta ikkunasta. Yksinäinen pieni valo tuikki joen rannalla.

»Tämä matka voi olla lopussa», Théoden sanoi, »mutta minulla on vielä pitkä matka kuljettavana. Toissayönä oli kuu täysi, ja aamulla ratsastan Edorasiin Markin kutsuntaan.»

»Mutta jos otatte neuvoni vastaan», Éomer sanoi hiljaisella äänellä, »palaatte sitten tänne siksi kunnes sota on ohitse, voitettu tahi hävitty.»

Théoden hymyili. »Ei, poikani, sillä pojaksi minä sinua tästä lähin kutsun, älä kuiskuttele Kärmekielen pehmeitä sanoja vanhoihin korviini!» Hän ryhdistäytyi ja katsoi taakse miestensä pitkää hämärään häviävää jonoa. »Näiden päivien aikana tuntuu vierähtäneen pitkiä vuosia siitä kun ratsastin länteen, mutta milloinkaan en enää sauvaan nojaa. Jos sota hävitään, mitä hyötyä on siitä, että piileksin kukkuloilla? Ja jos voitetaan, mitä surua voi olla vaikka minä kaatuisinkin viimeiset voimani käyttäen? Mutta hylkäämme tämän aiheen nyt. Tänä yönä makaan Dunhargin linnakkeessa. Yksi rauhan ilta meillä ainakin vielä on. Ratsastakaamme eteenpäin!»

Illan pimetessä he saapuivat alas laaksoon. Lumivuo virtasi täällä laakson länsilaidalla ja pian polku vei heidät kahlaamolle, jossa matalat vedet kohisivat kivien yli. Kahlaamolla oli vartio. Kuninkaan lähetessä hypähti kallioiden varjosta miehiä, ja kuninkaan nähdessään he huusivat riemullisesti: »Kuningas Théoden! Kuningas Théoden! Markin kuningas palaa takaisin!»

Sitten yksi heistä puhalsi pitkään torvea. Soitto kaikui laaksossa. Torvet vastasivat siihen, ja joen toiselle puolelle syttyi valoja.

Ja äkkiä kajahti torvien kuoro ylhäältä, kuin jostakin onkalosta, joka keräsi soinnut yhteen ja kimposi ne jylisemään kivisissä seinämissä.

Niin palasi kuningas Théoden voittajana lännestä Dunhargiin Valkoisten vuorten juurelle. Sieltä hän löysi kansansa jäljellejääneet voimat jo koottuina; sillä niin pian kuin tieto hänen paluustaan saatiin, päälliköt ratsastivat häntä vastaan kahlaamolle tuoden viestin Gandalfilta. Hargin laakson asukkaiden päämies Dúnhere johti heitä.

»Aamunkoitteessa kolme päivää sitten, korkea herra», hän sanoi, »tuli Hallavaharja tuulen lailla lännestä Edorasiin ja Gandalf toi sydämiemme iloksi tiedon voitostanne. Mutta hän toi myös teiltä sanan kiirehtiä Ratsastajien kokoontumista. Ja sitten tuli siivekäs varjo.»

»Siivekäs varjo?» Théoden sanoi. »Me näimme sen myös, mutta jo Gandalfin lähtöä edeltäneen yön sydännä.»

»Ehkä niin, korkea herra», Dúnhere sanoi. »Kuitenkin se sama tai toinen sen kaltainen, hirviölinnun muotoinen lentävä varjo, kiiti Edorasin ylitse tuona aamuna ja kaikkia miehiä vavisutti pelko. Sillä se aleni Meduseldin yllä ja kun se tuli lähelle ja melkein hipoi päätyä, siitä lähti huuto, joka sai sydämemme pysähtymään. Silloin Gandalf antoi meille neuvon, että emme kokoontuisi niitylle vaan kohtaisimme teidät täällä laaksossa vuorten alla. Ja hän kielsi meitä enää sytyttämästä tulia tai valoja enempää kuin pakottava tarve vaatii. Niin on tehty. Gandalfin käskyt olivat painokkaat. Me luotamme siihen, että tämä on niin kuin te sen toivotte. Hargin laaksossa ei ole näistä kauheuksista nähty jälkeäkään.»

»Oikein teitte», Théoden sanoi. »Minä ratsastan nyt Linnakkeeseen, ja ennen kuin lepään tapaan siellä marsalkat ja päälliköt. Tulkoot luokseni niin pian kuin mahdollista!»

Tie vei nyt itää kohti suoraan poikki laakson, joka sillä kohden oli vain vähän yli puolen virstan levyinen. Heidän ympärillään levisivät illan tullen harmaina villiä ruohoa kasvavat niityt ja tasamaat, mutta edessä laakson reunalla Merri näki uhkaavan seinämän, Väkisarven jalustan uloimman osan, jota joki oli kovertanut ajasta aikaan.

Kaikki tasaiset alat olivat täynnä miehiä. Osa tungeksi tien vierustalla ja tervehti kuningasta ja lännestä tulevia iloisin huudoin, ja heidän takanaan levittäytyi teltta- ja majariviä hyvässä järjestyksessä, siellä oli paaluihin sidottuja hevosia ja suuri asevarasto ja maahan työnnettyjä keihäitä, jotka harittivat kuin vasta istutettu puutiheikkö. Nyt oli koko väenpaljous peittymässä varjoon, mutta siitä huolimatta, vaikka yöviima puhalsi kylmänä korkeuksista, yksikään lamppu ei loistanut, yhtäkään nuotiota ei sytytetty. Lämpimästi pukeutuneet vartiomiehet kävelivät edestakaisin.

Merri mietti, paljonkohan Ratsastajia oli. Hän ei pystynyt arvioimaan heidän määräänsä tihenevässä pimeydessä, mutta hänestä näytti, että koolla oli kokonainen monituhantinen armeija. Hänen katsellessaan puoleen ja toiseen kuninkaan seurue tuli häämöttävän kallion alle laakson itälaidalle; äkkiä alkoi polku nousta ja Merri katsoi ylös ihmeissään. Hän oli nyt tiellä, jonkalaista hän ei ollut milloinkaan nähnyt, sen olivat rakentaneet ihmisten kädet aikoina, joista eivät edes laulut kertoneet. Se kaarteli ylös kiemuraisena kuin käärme ja porautui jyrkkään kallioseinämään. Se kääntyili eteen ja taakse jyrkkänä kuin portaikko. Hevonen saattoi kävellä sitä myöten ja vaunuja saattoi hitaasti vetää sitä ylös, mutta vihollinen ei pystyisi tunkeutumaan ylös, mikäli sitä puolustettaisiin ylhäältäpäin, ellei sitten ilmassa lentäen. Joka mutkassa oli suuri kivi, joka esitti valtavaa kömpelöjäsenistä ihmistä. Patsaat istua kyyhöttivät jalat ristissä, lyhyet kädet paksulla vatsalla. Jotkut olivat ankarien vuosien aikana kadottaneet kasvonpiirteensä ja vain silmien tummat kuopat yhä katselivat surumielisesti ohikulkevia. Ratsastajat tuskin vilkaisivat niitä. Púkelmiehiksi he niitä kutsuivat eivätkä paljon niistä perustaneet, mutta Merri tuijotti ihmetyksen ja sääliä lähentelevän tunteen vallassa illan hämärässä murheellisena häämöttäviä hahmoja.

Jonkin ajan kuluttua hän katsoi taakse: he olivat nousseet jo parin sadan kyynärän korkeudelle laaksosta, mutta yhä saattoi nähdä hämärästi, miten Ratsastajien jono ylitti kahlaamoa ja liikkui tietä pitkin heitä varten valmistettuun leiriin. Vain kuningas ja hänen vartionsa kiipesivät Linnakkeeseen.

Viimein kuninkaan seurue tuli jyrkkäreunaiselle tasanteelle, ylös nouseva tie sukelsi lyhyeen kaltevaan leikkaukseen kallioiden väliin ja tuli ulos laajalle ylängölle. Firienin niitty oli sen nimi ihmisten kielellä: vihreä vuoriniitty ja nummi korkealla Lumivuon syväänuurtuneen uoman yläpuolella suurten vuorten sylissä. Eteläpuolella kohosi Väkisarvi, pohjoisessa valtava sahahuippuinen Írensaga, ja niiden välissä Ratsastajien edessä kurottui korkeuksiin jyrkkinä tummina mäntyrinteinä Dwimorbergin, Kammonvuoren musta kylki. Ylängön jakoi kahtia kaksinkertainen jono luonnonkiviä, jotka pienenivät hämärään ja katosivat puiden alle. Se joka uskalsi seurata tietä joutui pian Dwimorbergin juurelle mustaan Dimholtiin, kivipylvään uhkan alle ja kielletyn oven ammottavaan varjoon.

Sellainen oli tumma Dunharg, aikaa unohdettujen ihmisten kätten työ. Ihmisten nimi oli kadonnut eikä yksikään laulu tai taru sitä muistanut. Kukaan ei Rohanissa tiennyt kertoa, mihin tarkoitukseen he olivat tämän paikan rakentaneet, kaupungiksi vaiko salaiseksi temppeliksi, vai kuninkaitten hautakammioksi. Täällä he raatoivat Mustien vuosien aikana, ennen kuin yksikään laiva oli lipunut läntisille rannoille, ennen kuin *dúnedainin* Gondor oli rakennettu, ja nyt he olivat poissa ja vain púkelmiehet istuivat tien kaarteissa.

Merri tuijotti kivijonoa: kivet olivat mustia ja kuluneita, toiset kallellaan, toiset kaatuneet, toiset halkeilleet tai hajonneet: kuin rikkoutunut rivi ikäkuluja nälkäisiä hampaita. Hän mietti, mitä ne mahtoivat olla, ja toivoi, että kuningas ei lähtisi seuraamaan niitä toisessa päässä odottavaan pimeyteen. Sitten hän näki, että kivisen tien kummallakin puolella oli teltta- ja majaryhmiä; mutta nämä eivät olleet puiden lähellä vaan pikemminkin kerääntyneet yhteen kauas niistä kallion partaan lähelle. Suurin osa niistä oli oikealla puolella, jolla Firienin niitty oli leveämpi; ja vasemmalla oli pienempi leiri, jonka keskellä seisoi suuri teltta. Tältä puolelta tuli Ratsastaja heitä vastaan ja he erkanivat tieltä.

Heidän ratsastaessaan lähemmäksi Merri huomasi, että Ratsastaja oli nainen, jonka pitkät palmikoidut hiukset loistivat hämyssä, mutta kuitenkin hänellä oli kypärä ja hän oli uumaa myöten pukeutunut soturin tavoin – vyöllään hänellä oli miekka.

»Terve, Markin herra!» huudahti nainen. »Sydämeni iloitsee paluustanne.»

»Entä sinä, Éowyn», Théoden sanoi, »onko laitasi kaikki hyvin?»

»Kaikki on hyvin», hän vastasi; kuitenkin Merristä näytti, että hänen äänensä sanoi toista, ja hän olisi kuvitellut naisen itkeneen, jos moista olisi voinut luulla noin lujista kasvoista. »Kaikki on hyvin. Matka oli kansalle raskas, kun heidät näin äkkiä reväistiin kodeistaan. Kovia sanoja tuli lausutuksi, sillä siitä on kauan kun sota on karkottanut meidät vihreiltä niityiltämme, mutta pahat teot on vältetty. Kaikki on nyt järjestyksessä, kuten näette. Ja asumus on valmistettu teille, sillä olen saanut kaikki uutiset ja tiedon tulonne hetkestä.»

»Aragorn on siis tullut», Éomer sanoi. »Onko hän täällä yhä?»

»Ei ole, hän meni», Éowyn sanoi ja kääntyi pois ja katseli vuoria, jotka piirtyivät tummina itää ja etelää vasten.

»Minne hän meni?» Éomer kysyi.

»En tiedä», vastasi neito. »Hän tuli yöllä ja ratsasti pois mennäaamuna ennen kuin aurinko oli kiivennyt vuorten huippujen yli. Hän on mennyt.»

»Tyttäreni, murhe painaa sinua», Théoden sanoi. »Mitä on tapahtunut? Sano tyttäreni, puhuiko hän tuosta tiestä?» Hän osoitti kädellään kivien mustenevaa jonoa ja Dwimorbergiä. »Kuolleiden kulkuteistä?»

»Puhui, herra», Éowyn sanoi. »Ja nyt hän on mennyt varjoihin, joista kukaan ei ole palannut. En voinut häntä siitä estää. Hän on mennyt.»

»Silloin ovat meidän tiemme eronneet», Éomer sanoi. »Hän on hukassa. Meidän on ratsastettava ilman häntä, ja toivomme hupenee.»

He kulkivat hitaasti matalassa kanervikossa ja ylängön ruohossa eivätkä enää puhuneet ennen tuloaan kuninkaan teltalle. Siellä Merri sai huomata, että kaikki oli valmista ja että häntä itseään ei ollut unohdettu. Kuninkaan asunnon viereen oli pystytetty hänelle pieni teltta; ja siellä hän istui yksin miesten kulkiessa ohi molempiin suuntiin, tulossa neuvottelusta tai menossa neuvotteluun kuninkaan kanssa. Yö laskeutui, ja töin tuskin erottuvat läntiset vuoret saivat tähtikruunun, mutta itä oli musta ja tähdetön. Kivet hämärtyivät vähitellen näkymättömiin, mutta niiden takana kyhjötti yhä yötäkin mustempana Dwimorbergin kumara varjo.

»Kuolleiden kulkutiet», hän mutisi itsekseen. »Kuolleiden kulkutiet? Mitä tämä kaikki tarkoittaa? Kaikki ovat nyt hylänneet minut. Kaikki ovat menneet kohtaloaan kohti: Gandalf ja Pippin sotaan itään, ja Sam ja Frodo Mordoriin ja Konkari ja Legolas ja Gimli Kuolleiden kulkuteille. Mutta minunkin vuoroni ehtii kai vielä tulla. Mitähän he oikein puhuvat ja mitä kuningas aikoo? Sillä minun on nyt mentävä sinne, minne hän menee.»

Näiden synkkien ajatusten keskellä hän äkkiä muisti olevansa hyvin nälkäinen, ja hän nousi nähdäkseen, tuntisiko kukaan muu tässä oudossa leirissä samaa tarvetta. Mutta juuri silloin kajahti torvi ja häntä, kuninkaan aseenkantajaa, tultiin kutsumaan palvelukseen kuninkaan pöytään.

Teltan sisäosissa oli kirjailluin vaattein erotettu pieni tila, jonka lattialla oli taljoja, ja siellä Théoden istui pienen pöydän ääressä Éomerin ja Éowynin ja Dúnheren, Hargin laakson päämiehen kanssa. Merri seisoi kuninkaan tuolin vieressä ja tarjoili hänelle, kunnes vanhus havahtui syvistä ajatuksistaan, kääntyi häneen päin ja hymyili.

»Tule, mestari Meriadoc!» hän sanoi. »Turhaan seisot. Sinun pitää istua minun vierelläni niin kauan kuin vielä olen omilla maillani, ja keventää sydäntäni tarinoin.»

Dunharg

Kuninkaan vasemmalle puolelle tehtiin tilaa hobitille, mutta kukaan ei pyytänyt tarinaa. Keskustelu oli perin niukkaa, ja enimmäkseen seurue söi vaiti, kunnes Merri viimein kokosi rohkeutta ja kysyi asiaa, joka häntä poltti.

»Korkea herra, olen nyt kuullut kahdesti Kuolleiden kulkuteistä», hän sanoi. »Mitä ne ovat? Ja minne Konkari, ei vaan ruhtinas Aragorn, minne hän on mennyt?»

Kuningas huokasi, mutta kukaan ei vastannut, ennen kuin Éomer viimein puhui. »Me emme tiedä ja sydämemme on raskas», hän sanoi. »Kuolleiden kulkutiet – olet itse astunut niiden ensimmäisille askelmille. Ei, en lausu pahoja enteitä! Tie, jota nousimme tänne, johtaa Ovelle, tuonne Dimholtiin. Mutta mitä sen takana on, sitä ei kukaan tiedä.»

»Sitä ei kukaan tiedä», Théoden sanoi, »mutta muinaiset tarut, joita harvoin enää mainitaan, tietävät kertoa jotakin. Jos puhuvat totta nämä tarut, jotka ovat periytyneet isältä pojalle Eorlin huoneessa, silloin Dwimorbergin alainen ovi vie salaiselle tielle, joka johtaa vuoren alitse johonkin tuntemattomaan paikkaan. Mutta kukaan ei ole milloinkaan uskaltautunut tutkimaan sen saloja sen jälkeen kun Baldor Bregon poika astui ovesta sisään, eikä hänestä sen koommin kuultu. Baldor heitti uhmapäisen lupauksen tyhjentäessään sarvimaljan juhlissa, jotka Brego oli järjestänyt pyhittääkseen vasta valmistuneen Meduseldin, eikä hän milloinkaan seurannut isäänsä korkealle istuimelle.

Kansa sanoo, että Mustien vuosien vainajat vartioivat tuota tietä eivätkä salli yhdenkään elävän ihmisen tulla salaisiin saleihinsa, mutta heidät itsensä me voimme joskus nähdä, kun he kulkevat varjoina ovesta ja astuvat alas kivistä tietä. Silloin Hargin laakson asukkaat sulkevat tiukasti ovensa, peittävät ikkunansa ja pelkäävät. Mutta harvoin Vainajat tulevat esiin ja vain suurten levottomuuksien aikana ja kuolemaa enteillen.»

»Mutta Hargin laaksossa kerrotaan», sanoi Éowyn hiljaisella äänellä, »että kuuttomina öinä vain vähän aikaa sitten kulki tästä suuri armeija oudossa asussa. Kukaan ei tiennyt mistä he tulivat, mutta he menivät ylös kivisen tien ja katosivat vuoren sisään kuin matkalla sovittuun kohtaukseen.»

»Miksi Aragorn sitten on mennyt tuolle tielle?» Merri kysyi. »Ettekö osaa mitenkään selittää sitä?»

»Ellei hän ole puhunut sellaista, mitä me emme ole kuulleet, teille, jotka olette hänen ystäviään», Éomer sanoi, »ei kukaan elävien joukosta tunne hänen tarkoitustaan.»

»Hän näytti minusta suuresti muuttuneen siitä, kun hänet ensi kerran näin kuninkaan kartanossa», Éowyn sanoi, »synkemmältä ja vanhemmalta. Kuoleman tuntu hänessä oli, kuin Vainajat olisivat häntä kutsuneet.»

»Kenties hänet kutsuttiin», Théoden sanoi. »Sydämeni sanoo, että en enää häntä näe. Kuitenkin hän on kuninkaankaltainen mies, jota suuri kohtalo odottaa. Ja lohduksi sinulle tyttäreni tämä, sillä lohdutusta sinä kaipaat tämän vieraan virittämään murheeseen. Kerrotaan, että kun Eorlin pojat tulivat pohjoisesta ja kulkivat Lumivuon yläjuoksulla etsien turvapaikkoja pahan päivän varalle, Brego ja hänen poikansa Baldor nousivat Linnakkeen portaat ylös ja tulivat näin Oven eteen. Kynnyksellä istui vanha mies, vanhempi kuin voi vuosina arvioida; joskus hän oli ollut pitkä ja uljas, mutta nyt hän oli kulunut kuin vanha kivi. Kiveksi he häntä ensin luulivatkin, sillä hän ei liikkunut eikä sanonut sanaakaan ennen kuin he yrittivät ohittaa hänet ja mennä sisään. Ja silloin hänestä lähti ääni kuin maan alta ja heidän ihmeekseen se puhui lännen kieltä: *Tie on suljettu.*

Silloin he pysähtyivät ja katsoivat häntä ja näkivät, että hän eli yhä, mutta hän ei katsonut heihin. *Tie on suljettu,* sanoi hänen äänensä taas. *Sen rakensivat kuolleet ja se kuuluu vainajille, kunnes aika tulee. Tie on suljettu. Ja milloin tulee tuo aika?* kysyi Baldor. Mutta vastausta hän ei koskaan saanut. Sillä vanha mies kuoli tuolla hetkellä ja kaatui kasvoilleen, eikä kansamme ole koskaan kuullut enempää vuoriston muinaisista asukkaista. Nyt on ehkä kuitenkin tullut aika, jota on ennustettu, ja Aragorn saa kulkea tuota tietä.»

»Mutta miten voi ihminen tietää, onko tuo aika tullut vai ei, muuten kuin uskaltautumalla tuolle Ovelle?» Éomer sanoi. »Enkä minä menisi tuolle tielle, vaikka kaikki Mordorin sotajoukot seisoisivat edessäni ja olisin yksin eikä minulla olisi muuta pakopaikkaa. Voi että niin suurisydämisen miehen valtaa tällä hädän hetkellä kuoleman tunto! Eikö maan päällä ole pahaa riittävästi, ettei sitä tarvitse etsiä maan alta! Sota on käsillä.»

Hän vaikeni sillä ulkoa kuului ääntä, miehen ääni huusi Théodenia ja vartija pysäytti hänet.

Vartioston päällikkö työnsi verhon syrjään. »Korkea herra, täällä on mies», hän sanoi, »Gondorin sanansaattaja. Hän tahtoo päästä puheillenne heti.»

»Tulkoon!» sanoi Théoden.

Sisään astui pitkä mies ja Merri tukahdutti huudon, hetken hänestä oli näyttänyt kuin Boromir olisi ollut elossa ja palannut. Sitten hän käsitti, että niin ei ollut; mies oli vieras, mutta niin Boromirin näköinen, että olisi voinut olla tälle sukua, pitkä, harmaasilmäinen, ylpeä. Hänellä oli ratsastuspuku: tummanvihreä kaapu hienon rautapaidan päällä ja kypärän otsassa oli pieni taottu hopeatähti. Kädessään hänellä oli yksi nuoli, siinä oli mustat sulat ja teräsväkäset, ja sen kärki oli maalattu punaiseksi.

Hän laskeutui yhden polven varaan ja ojensi nuolen Théodenille. »Terve, *rohirrimin* herra, Gondorin ystävä!» hän sanoi. »Minä olen Hirgon, Denethorin sanansaattaja, ja tuon teille sodan merkin. Gondor on suuressa hädässä. Usein ovat *rohirrim* meitä auttaneet, mutta nyt pyytää valtias Denethor kaikkea voimaanne ja suurinta nopeutta, tahi viimein Gondor kukistuu.»

»Punainen nuoli!» Théoden sanoi ja piteli sitä niin kuin olisi saanut kauan odotetun kutsun, joka saapuessaan kuitenkin kauhistuttaa. Hänen kätensä vapisi. »Punaista nuolta ei ole nähty Markissa minun pitkien elinvuosieni aikana! Onko nyt tultu tähän? Ja miten suureksi arvelee ruhtinas Denethor kaiken voimani ja suurimman nopeuden?»

»Sen tiedätte itse parhaiten, korkea herra», Hirgon sanoi. »Mutta ennen pitkää voi käydä niin, että Minas Tirith joutuu saarroksiin, ja ellei teillä ole voimaa murtaa monen vallan piiritystä, valtias Denethor pyytää minua sanomaan, että *rohirrimin* vahvat aseet olisivat paremmassa asemassa hänen muuriensa sisäkuin ulkopuolella.»

»Mutta hän tietää, että kansani taistelee mieluummin ratsain ja avoimella paikalla, ja että me myös asumme hajallamme ja tarvitaan aikaa ennen kuin Ratsastajat on koottu. Eikö ole niin, Hirgon, että Minas Tirithin valtias tietää enemmän kuin viestissään sanoo? Sillä me olemme jo sodassa, etkä tapaa meitä valmistumatta. Gandalf Harmaa on ollut luonamme, ja paraillaan me kokoonnumme taisteluun itää vastaan.»

»En voi sanoa, mitä valtias Denethor näistä asioista tietää tai arvaa», Hirgon vastasi. »Mutta asemamme on totisesti epätoivoinen. Herrani ei esitä teille minkäänlaista käskyä, hän pyytää teitä vain muistamaan vanhan ystävyyden ja aikaa vannotut valat ja tekemään kaikkenne oman etunne tähden. Meille on kerrottu, että moni kuningas on ratsastanut idästä Mordorin palvelukseen. Pohjoisesta Dagorladin kentältä kantautuu tietoja sodasta ja kahakoista. Etelässä liikkuvat *haradrim*, ja pelko on levittäytynyt kaikille rannoillemme niin että sieltä emme juuri saa apua. Kiiruhtakaa! Sillä Minas Tirithin muurien edustalla kamppaillaan aikamme kohtalosta, ja jollei hyökyä siellä lyödä takaisin, se virtaa yli kaikkien Rohanin kauniiden niittyjen, eikä edes täällä Linnakkeessa vuorien keskellä ole turvaa.»

»Synkkiä uutisia tuot», Théoden sanoi, »mutta et kuitenkaan yllättäviä. Sano Denethorille, että vaikka Rohan ei itse olisi vaarassa, silti me tulisimme hänen avukseen. Mutta me olemme kärsineet suuria tappioita taisteluissamme luopion Sarumanin kanssa, ja meidän on yhä ajateltava pohjoista ja itäistä rajaamme, kuten valtiaasi uutiset osoittivat. Mustan ruhtinaan mahtivoima näyttää nyt niin suurelta, että hän saattaa yhtä aikaa sotia meitä vastaan Kaupungin edustalla ja samaan aikaan iskeä ankarasti Virran takaa kaukaa Kuninkaitten portin tuolta puolen.

Mutta arkailu sikseen. Me tulemme. Järjestäytyminen oli suunniteltu huomiseksi. Kun kaikki on kunnossa, me lähdemme. Kymmenentuhatta keihästä olisin saattanut lähettää tasankojen yli vihollistenne kauhuksi. Pahoin pelkään, että luku nyt on pienempi, sillä en jätä kaikkia varustuksiani vartiotta. Ainakin kuusituhatta ratsastaa kuitenkin jäljessäni. Sillä sano Denethorille, että on tullut hetki, jolloin Markin kuningas ratsastaa itse Gondorin maahan, vaikka kukaties hän ei ratsasta takaisin. Mutta tie on pitkä ja ihmisten ja eläinten on saavuttava perille hyvissä voimissa ja taistelukelpoisina. Viikko kulunee huomisaamusta ennen kuin kuulette Eorlin poikien saapuvan pohjoisesta.»

»Viikko!» sanoi Hirgon. »Jos niin on oltava, olkoon. Mutta löytänette seitsemän päivän kuluttua vain raunioituneita muureja, ellei jotakin odottamatonta apua saada. Voitte sitten yrittää estää tummajaisia ja örkkejä pitämästä pitojaan Valkoisessa tornissa.»

»Sen teemme, jollemme muuta», Théoden sanoi. »Mutta olen itse vasta tullut taistelusta ja pitkältä matkalta, ja menen nyt levolle. Viivy täällä tämä yö. Sitten voit katsella Rohanin kutsuntaa ja ratsastaa pois nähtyäsi tuon rohkaisevan näyn ja levosta virkistyneenä. Aamun neuvot ovat parhaat, ja yö muuttaa monet tuumat.»

Sen sanottuaan kuningas nousi ja samalla muutkin. »Menkää nyt kukin lepäämään», hän sanoi, »ja nukkukaa hyvin. Ja sinua, mestari Meriadoc, en enää tarvitse tänä yönä. Mutta valmistaudu kutsuuni heti auringon noustua.»

»Olen valmis», Merri sanoi, »vaikka pyytäisitte minua ratsastamaan kanssanne Kuolleiden kulkuteille.»

»Älä puhu ennussanoin!» kuningas sanoi. »Sillä saattaa olla muitakin teitä, joille tuo nimi on omiaan. Mutta en sanonut, että pyytäisin sinua ratsastamaan kanssani mitään tietä. Hyvää yötä!»

»Minua ei jätetä tänne ja tulla sitten tervehtimään paluumatkalla!» Merri mutisi. »Minua ei jätetä, ei jätetä.» Tätä hän toisti itsekseen teltassaan yhä uudestaan kunnes nukahti viimein.

Hänet herätti mies ravistellen häntä. »Herätkää, herätkää herra Holbytla!» hän huusi ja viimein Merri palasi syvistä unista ja nousi napakasti istumaan. Hänen mielestään oli yhä hyvin pimeää.

»Mitä nyt?» hän kysyi.

»Kuningas kutsuu teitä.»

»Mutta aurinko ei ole vielä noussut», Merri sanoi.

»Ei, eikä nousekaan tänään, herra Holbytla. Tämän pilven alla voisi kuvitella, ettei se nouse enää koskaan. Mutta aika ei seiso paikallaan, vaikka aurinko katoaisikin. Kiirehtikää!»

Merri kiskaisi joitakin vaatteita päälleen ja katsoi ulos. Maailma tummeni. Itse ilma tuntui rusehtavalta ja kaikki esineet näyttivät mustilta, harmailta ja varjottomilta, mikään ei liikkunut. Pilven hahmoa ei voinut erottaa kuin kaukana lännessä, jossa suuren synkeyden kahmivat kourat kurkottivat yhä edemmäksi ja vähän valoa vuoti niiden läpi. Pään päällä riippui painava katto, tummanpuhuva ja vailla ääriviivoja, ja valo pikemminkin väheni kuin lisääntyi.

Merri näki paljon ihmisiä seisoskelemassa, katselemassa mutisten ylös; kaikkien kasvot olivat harmaat ja surulliset ja jotkut olivat peloissaan. Synkkenevin sydämin hän käveli kuninkaan luo. Hirgon Gondorin ratsastaja oli siellä hänen edessään ja hänen vierellään seisoi toinen mies, Hirgonin kaltainen ja samoin pukeutunut, mutta lyhyempi ja tanakampi. Merrin astuessa sisään hän puhui juuri kuninkaalle.

»Tuo tulee Mordorista, korkea herra», hän sanoi. »Se ilmaantui eilen illalla auringonlaskun aikaan. Näin sen nousevan maanne Itämannun kukkuloilta ja ryömivän yli taivaan, ja koko yön ratsastaessani se tuli perässä tähtiä niellen. Nyt riippuu valtava pilvi kaiken maan yllä joka jää tämän paikan ja Varjovuorten väliin; ja se syvene. Sota on jo alkanut.»

Jonkin aikaa kuningas istui vaiti. Lopulta hän puhui. »Viimein tulee kohdallemme aikamme suuri taistelu jossa paljon, mitä nyt on, katoaa. Mutta ainakaan ei enää ole syytä piileksiä. Me ratsastamme suoraa ja avointa tietä niin nopeasti kuin pääsemme. Kutsunta alkaa heti eikä odota niitä, jotka viipyvät. Onko teillä hyvät varastot Minas Tirithissä? Sillä jos meidän on nyt kaikessa kiireessä lähdettävä, jää varustuksemme kevyeksi emmekä ota muuta kuin muonan ja juomaa taisteluun asti.»

»Meillä on hyvin suuri varasto, jota olemme kauan keränneet», Hirgon vastasi. »Ratsastakaa nyt niin kevyin varustein ja niin nopeasti kuin vain voitte!»

»Siinä tapauksessa – Éomer, kutsu airuet», Théoden sanoi. »Järjestäytykööt Ratsastajat!»

Éomer meni ulos ja pian kajahtivat torvet Linnakkeessa ja niihin vastasivat alhaalta toiset, mutta niiden äänet eivät enää kuulostaneet kirkkailta ja rohkeilta niin kuin Merri oli ajatellut edellisenä iltana. Ääni tuntui tukkoiselta ja kovalta raskaassa ilmassa ja rämisi pahaenteisesti.

Kuningas kääntyi Merrin puoleen. »Minä menen sotaan, mestari Meriadoc», hän sanoi. »Pian lähden tuolle tielle. Vapautan sinut palveluksestani, mutta en ystävyydestäni. Sinä jäät tänne ja jos tahdot, saat palvella Éowyn-neitoa, joka hallitsee kansaa minun sijastani.»

»Mutta mutta, korkea herra», takelteli Merri. »Minä annoin teille miekkani.

En tahdo tulla näin teistä erotetuksi, kuningas Théoden. Ja kun kaikki ystäväni ovat menneet taisteluun, minua hävettäisi jäädä pois.»

»Mutta me ratsastamme isoilla ja nopeilla hevosilla», Théoden sanoi, »ja vaikka sydämesi olisi suuri, sellaisilla hevosilla et voi ratsastaa.»

»Sitokaa minut sitten yhden selkään, tai antakaa minun roikkua jalustimessa tai mitä tahansa», Merri sanoi. »Matka on pitkä juostavaksi, mutta jollen voi ratsastaa minä juoksen, vaikka jalkani kuluisivat tyngiksi ja saapuisin perille viikkoja liian myöhään.»

Théoden hymyili. »Toki mieluummin ottaisin sinut kanssani Lumiharjan selkään», hän sanoi. »Mutta ainakin saat ratsastaa kanssani Edorasiin ja katsoa Meduseldia, sillä minä menen sitä kautta. Sinne saakka voi Stybba kantaa sinut: suuri vauhtikilpa ei ala ennen kuin pääsemme tasangoille.»

Silloin Éowyn nousi. »Tulkaa, Meriadoc!» hän sanoi. »Näytän teille varusteet, jotka olen varannut teille.» He menivät yhdessä ulos. »Vain tämän pyynnön esitti Aragorn minulle: että varustaisin teidät taistelua varten. Olen täyttänyt pyynnön kykyni mukaan. Sillä sydämeni sanoo, että tarvitsette näitä varusteita ennen kuin kaikki on ohi.»

Hän vei Merrin erään vajan luo kuninkaan vartioston majapaikalle, ja siellä aseseppä toi hänelle pienen kypärän ja pyöreän kilven ja muita varusteita.

»Meillä ei ole teille sopivaa rautapaitaa», Éowyn sanoi, »eikä ole aikaa takoa rintapanssaria, mutta tässä on myös nahkanuttu, vyö ja puukko. Miekka teillä on.»

Merri kumarsi ja neito näytti hänelle kilpeä, joka oli samanlainen kuin se, joka oli annettu Gimlille, ja siinä oli valkean hevosen kuva. »Ottakaa nämä esineet», nainen sanoi, »ja kantakaa niitä kohti menestystä! Hyvästi nyt, mestari Meriadoc! Mutta ehkä me vielä tapaamme, te ja minä.»

Niin tapahtui että tihentyvässä tummuudessa Markin kuningas valmistautui johtamaan kaikki Ratsastajansa itään vievälle tielle. Raskaat olivat sydämet ja monen rohkeus horjui hämärässä. Mutta he olivat lujaa ja kuninkaalleen uskollista kansaa, ja vähän kuultiin itkua tai mutinaa, ei edes Linnakkeen leiristä mihin Edorasin pakolaiset, naiset ja lapset ja vanhukset oli majoitettu. Tuomio lepäsi heidän yllään, mutta he kantoivat sen vaiti.

Kaksi tuntia kului nopeasti ja kuningas ratsasti nyt valkealla hevosellaan, joka hohti puolivalossa. Ylpeältä ja pitkältä näytti kuningas, vaikka kypärän alta valuvat hiukset olivat lumivalkoiset; ja monet valtasi ihmetys ja pelottoman ja taipumattoman kuninkaan näkeminen rohkaisi heitä.

Kuohuvaa virtaa ympäröiville tasamaille oli kokoontunut moniin ryhmiin likimain viisituhattaviisisataa Ratsastajaa täysissä aseissa ja monta sataa muuta miestä kevyesti varustettu varahevonen mukanaan. Yksi torvi soi. Kuningas nosti kätensä ja Markin sotajoukko alkoi ääneti liikkua. Ensimmäisinä ratsasti kaksitoista miestä kuninkaan väestä, kaikki maineikkaita Ratsastajia. Sitten kulki kuningas, Éomer oikealla puolellaan. Hän oli sanonut hyvästi Éowynille Linnakkeen yläpuolella ja tuo muisto oli murheellinen, mutta nyt hän käänsi ajatuksensa tielle joka odotti. Hänen jäljessään ratsasti Merri Stybballa Gondorin sanansaattajien kanssa ja heidän perässään taas kaksitoista miestä kuninkaan omasta väestä. He ohittivat pitkät rivistöt miehiä, joiden kasvot olivat lujat ja liikkumattomat. Mutta kun he olivat päässeet melkein jonon päähän, katsoi yksi ylös ja tarkasteli hobittia kiinteästi. Nuoreksi mieheksi Merri hänet näki vastatessaan katseeseen, muita lyhyemmäksi ja hennommaksi. Merri tavoitti harmaiden silmien hohteen ja hän värähti, sillä äkkiä hänestä tuntui, että tuollaisten kasvojen omistaja on vailla toivoa ja etsii kuolemaa.

He jatkoivat alas harmaata tietä kivikossa kohisevan Lumivuon viertä, Alahargin ja Ylävuon pienten kylien läpi missä monet surulliset naisenkasvot katselivat tummista oviaukoista; ja niin, torven soimatta, harpun helähtämättä, miesten laulamatta, alkoi pitkä ratsastus itään, jota Rohanin laulut kuvasivat monet pitkät mieheniät sen jälkeen.

> *Pimeästä Dunhargista hämyssä aamun*
> *päälliköineen ratsasti Thengelin poika:*
> *Edorasiin hän saapui, missä ikisaleja*
> *Markin vartijoitten nyt verhosi usva;*
> *kultaiset palkit siellä hämärä kietoi.*
> *Kansalleen vapaalle hyvästit hän heitti,*
> *kodin hyvästeli ja ne pyhät paikat*
> *joissa juhli ennen valon haipumista.*
> *Näin ratsasti kuningas, jäljessään pelko*
> *ja edessään kohtalo. Valan hän piti;*
> *kaiken hän täytti mitä vannonut oli.*
> *Näin ratsasti Théoden. Viisi yötä ja päivää*
> *itään ratsastivat Eorlin pojat*
> *läpi Mannun, Rajanevan, Firienin metsän,*
> *kuusituhatta keihästä Sunlendingiin,*
> *Turvalinnaan, varjoon Mindolluinin*
> *missä Etelä-Valtakunnan merikuninkaiden*
> *kaupunkia saarsi viha, uhkasi tuli.*
> *Ajoi heitä kohtalo. Pimeys heidät otti,*
> *niin ratsun kuin miehen; kavioiden kumu*
> *suli hiljaisuuteen: niin laulu sen kertoo.*

Syvenevässä synkkyydessä kuningas saapui Edorasiin vaikka oli vasta keskipäivän hetki. Siellä hän pysähtyi vain tuokioksi ja vahvisti armeijaansa noin kuudellakymmenellä Ratsastajalla, jotka olivat myöhässä kutsunnasta. Syötyään hän valmistautui taas lähtöön ja hyvästeli aseenkantajansa lämpimästi. Mutta Merri pyysi viimeisen kerran, että häntä ei erotettaisi kuninkaasta.

»Tämä matka ei ole sovelias Stybban kaltaisille ratsuille, niin kuin olen sinulle sanonut», Théoden sanoi. »Ja mitä tekisit, mestari Meriadoc, vaikka olisitkin miekkamies ja sydämeltäsi suurempi kuin varreltasi, sellaisessa taistelussa, joka meitä odottaa Gondorin kentillä?»

»Kuka sen tietää?» Merri vastasi. »Mutta miksi otitte minut asemieheksenne, jos ette pitääksenne minut rinnallanne? Enkä anna laulaa itsestäni jälkeenpäin, että minä sain aina jäädä!»

»Otin sinut oman turvallisuutesi vuoksi», Théoden sanoi, »ja myös tekemään kuten pyydän. Kukaan Ratsastajani ei voi ottaa sinua taakakseen. Jos taistelu odottaisi omilla porteillani, muistaisivat laulajat kukaties sinun tekosi, mutta Turvalinnaan, jossa Denethor asuu, on viidenkymmenenyhden peninkulman matka. Muuta en enää sano.»

Merri kumarsi ja meni pois onnettomana ja tuijotti hevosmiesten rivejä. Komppaniat valmistautuivat jo lähtöön: miehet kiristivät satulavyötä, tarkastivat satulaa, taputtelivat hevostaan, jotkut pälysivät levottomina raskasta taivasta. Hobitin huomaamatta hänen luokseen tuli yksi Ratsastaja ja puhui hiljaa hänen korvaansa.

»*Tahto tiensä raivaa,* me sanomme täällä», kuiskasi hän, »ja sen olen itse oppinut.» Merri katsoi ja näki saman nuoren Ratsastajan, jonka hän oli huomannut aamulla. »Tahdotte mennä sinne, minne Markin herra menee: näen sen kasvoistanne.»

»Niin tahdon», Merri sanoi.

»Tulkaa siis minun kanssani», sanoi Ratsastaja. »Minä otan teidät eteeni hevosen selkään viittani alle ja pidän siellä kunnes tämä pimeys on vieläkin pimeämpi ja me jo kaukana. Tuonkaltaista hyvää tahtoa ei sovi torjua. Älkää hiiskuko kenellekään, tulkaa mukaani!»

»Kiitos, kiitos kerrassaan!» Merri sanoi. »Kiitos herra, vaikka nimeänne en tiedä.»

»Ettekö?» sanoi Ratsastaja pehmeästi. »Kutsukaa minua siis Dernhelmiksi.»

Niin kävi että kun kuningas lähti, istui Dernhelmin edessä hobitti Meriadoc eikä suuri ratsu Windfola välittänyt taakasta, sillä Dernhelm oli kevyempi kuin useimmat miehet vaikka notkea ja sopusuhtainen varreltaan.

He ratsastivat syvemmälle varjoon. Kuuden peninkulman päässä itään Edorasista, pajukossa jossa Lumivuo virtasi Entinojaan, he yöpyivät. Ja sitten yhä eteenpäin, Mannun läpi ja Rajanevan jossa heidän oikealla puolellaan peittivät valtavat tammimetsät Gondorin rajalla kohoavan tumman Halifirienin varjoisia alakukkuloita; mutta heidän vasemmalla puolellaan kohosivat kaukana Entinojan suiston ruokkimien soiden huurut. Ja ratsastaessaan he saivat tietoja sodasta pohjoisessa. Villisti ratsastavat yksittäiset miehet toivat sanan, että itärajoilla hyökkäsi vihollisia, että Rohanin ylängöllä marssi örkkijoukkoja.

»Eteenpäin! Eteenpäin!» huusi Éomer. »Nyt on liian myöhäistä kääntyä. Entinojan letot suojatkoot sivustaamme. Nyt tarvitaan nopeutta. Eteenpäin!»

Ja niin lähti kuningas Théoden omasta maastaan ja virsta virstan perään matka taittui, ja Kokkovaarat jäivät taakse: Calenhad, Min-Rimmon, Erelas, Nardol. Mutta niiden tulet oli sammutettu. Kaikki maa oli harmaa ja hiljainen, ja yhä syveni varjo heidän edessään ja toivo jokikisessä sydämessä järkkyi.

4

GONDORIN PIIRITYS

G ANDALF HERÄTTI PIPPININ. Heidän huoneessaan paloi kynttilöitä, sillä ikkunoista tuli vain hiukan hämärää valoa; ilma oli raskas kuin ukonilman alla.

»Mitä kello on?» Pippin kysyi haukotellen.

»Toinen tunti on lyönyt», Gandalf sanoi. »On aika herätä ja laittautua edustuskuntoon. Sinut on kutsuttu Kaupungin valtiaan luo kuulemaan, mitkä ovat uudet velvollisuutesi.»

»Antaako hän aamiaista?»

»Ei. Minä annan: siinä kaikki mitä saat puoleenpäivään asti. Ruokaa jaetaan käskyn mukaan niukasti.»

Pippin katseli onnettomana pientä leipää ja (hänen mielestään) surkean pientä voinokaretta, jotka hänelle oli katettu lasin viereen, lasissa oli laihaa maitoa. »Miksi toit minut tänne?» hän kysyi.

»Sinä tiedät sen vallan mainiosti», Gandalf sanoi. »Pitääkseni sinut poissa vahingonteosta; ja jos sinusta ei ole mukava olla täällä, sopii muistaa, että olet itse siihen syypää.» Pippin lopetti puheet siihen.

Jonkin ajan päästä hän käveli Gandalfin kanssa jälleen kerran kylmää käytävää myöten Tornisalin ovelle. Siellä istui Denethor harmaassa hämyssä, kuin vanha kärsivällinen hämähäkki, välähti Pippinin mielessä; hän ei näyttänyt liikkuneen ollenkaan eilisen jälkeen. Hän viittasi Gandalfin istumaan, mutta Pippin jätettiin seisomaan vähäksi aikaa eikä häneen kiinnitetty mitään huomiota. Sitten vanha mies kääntyi hänen puoleensa:

»No, mestari Peregrin, olet varmaan käyttänyt eilisen päivän rakennukseksesi ja iloksesi. Vaikka valitettavasti kaupunkimme antimet lienevät niukemmat kuin mitä toivoisit.»

Pippiniä vaivasi epämiellyttävä tunne, että suuri osa siitä, mitä hän teki tai sanoi kantautui jotenkin Kaupungin valtiaan tietoon, ja paljon siitäkin, mitä hän ajatteli, arvasi tuo mies. Hän ei vastannut.

»Miten aiot palvella minua?»

»Herra, luulin että te kertoisitte minulle velvollisuuteni.»

»Sen teenkin, kun saan selville mihin sinä sovit», Denethor sanoi. »Mutta pikimmin saan sen selville, kukaties, jos pidän sinut rinnallani. Palveluspoikani on pyytänyt päästä ulkovaruskuntaan, ja sinä saat joksikin aikaa hänen paikkansa. Tarjoilet minulle, välität viestejä, ja puhelet kanssani, mikäli sota ja neuvottelut antavat minulle vapaa-aikaa. Osaatko laulaa?»

»Osaan», Pippin sanoi. »Tai siis, osaan oman kansani mittapuulla. Mutta meidän laulumme eivät oikein sovi suuriin saleihin ja synkkiin aikoihin. Harvoin me laulamme sen kamalammista aiheista kuin sade ja tuuli. Ja useimmat lauluni pyrkivät huvittamaan; ja syömisestä ja juomisesta me myös laulamme.»

»Ja minkä tähden olisivat moiset laulut sopimattomia saleihini tai sellaisiin aikoihin kuin on tämä? Me jotka olemme eläneet kauan Varjon alla saamme kai kuunnella kaikuja maasta, jota se ei ahdista. Silloin me saamme ehkä tuntea, ettei valppautemme ole ollut turhaa, vaikka emme liene siitä kiitosta saaneet.»

Pippin synkistyi. Häntä ei miellyttänyt ajatus ruveta laulamaan mitään kontulaisia lauluja Minas Tirithin valtiaalle, eikä varsinkaan niitä hupaisia ralleja, jotka hän parhaiten osasi; ne olivat liian, no, moukkamaisia sellaiseen tilanteeseen. Tällä kertaa hän kuitenkin pääsi kuin koira veräjästä. Häntä ei kehotettu laulamaan. Denethor kääntyi Gandalfin puoleen ja kyseli *rohirrimista* ja heidän aikeistaan ja Éomerin, kuninkaan sisarenpojan, asemasta. Pippin hämmästeli sitä tietojen määrää, mikä valtiaalla oli kaukana asuvasta kansasta, vaikka oli varmasti kulunut vuosia siitä kun Denethor itse oli matkustanut minnekään.

Sitten Denethor viittasi Pippinille ja lähetti hänet pois joksikin aikaa. »Mene Linnan asevarastoihin», hän sanoi, »ja hanki sieltä itsellesi Tornin palveluspuku ja varustus. Se odottaa sinua. Se tilattiin eilen. Palaa kun olet pukeutunut.»

Asia oli niin kuin valtias oli sanonut, ja Pippin oli pian pukeutunut outoon, kauttaaltaan mustaan ja hopeiseen asuun. Hänellä oli pieni panssaripaita, jonka renkaat oli kenties taottu teräksestä, vaikka se oli musta kuin gagaatti; hän sai korkeakupuisen kypärän, jonka molemmilla sivuilla oli pienet korpinsiivet ja jonka silmikon keskellä komeili hopeatähti. Rengaspaidan päällä pidettiin lyhyttä mustaa asetakkia, jonka rintaan oli kirjailtu hopealla Puun merkki. Hänen vanhat vaatteensa laskostettiin ja pantiin pois, mutta hänen sallittiin pitää Lórienin harmaa viitta, jota hän ei kuitenkaan saisi käyttää palveluksessa ollessaan. Nyt hän tietämättään todella näytti *Ernil i Pheriannathilta*, puolituisten ruhtinaalta, joksi ihmiset häntä kutsuivat, mutta hän tunsi olonsa vaivaantuneeksi. Ja valon puute alkoi koetella mielialaa.

Koko päivä oli synkkä ja hämärä. Auringottomasta aamusta iltaan asti oli raskas varjo syventynyt, ja jokikinen sydän tuossa kaupungissa tunsi sen painon. Kaukana heidän yläpuolellaan liukui Mustasta maasta hitaasti länttä kohti sodan viiman kiidättämä suuri pilvi, joka nieli valon, mutta sen alla oli ilma yhä paikallaan ja painostava ikään kuin koko Anduinin laakso olisi odottanut tuhoisan myrskyn puhkeamista.

Yhdennentoista tunnin tienoilla, kun Pippin viimein hetkeksi vapautettiin velvollisuuksistaan, hän meni ulos ja alkoi etsiä syötävää ja juotavaa ilahduttaakseen raskasta sydäntään ja helpottaakseen odotusta. Ruokalassa hän tapasi taas Beregondin, joka oli juuri palannut suorittamasta tehtävää Pengertien vartiotorneilta Pelennorin toiselta puolen. He käveleskelivät yhdessä muureille, sillä

Pippin tunsi itsensä vangiksi neljän seinän sisällä ja korkeassa linnassakin hänen oli vaikea hengittää. Nyt he istuivat rinnatusten syvennyksessä katsellen itään, samassa paikassa, missä he olivat syöneet ja puhelleet edellisenä päivänä.

Oli auringonlaskun aika, mutta valtava vaippa oli nyt levittäytynyt pitkälle länteen, ja vasta kun aurinko viimein vajosi Mereen, se karkasi vaatteen takaa ja heitti lyhyen jäähyväissäteen ennen yön tuloa. Ja Frodo näki sen Tienristeyksessä, kun se osui särkyneen kuninkaan päähän. Mutta Pelennorin pelloille, Mindolluinin varjoon ei säteitä osunut; maa oli ruskea ja ikävä.

Pippinistä tuntui jo nyt siltä kuin olisi kulunut vuosia siitä, kun hän edellisen kerran oli istunut tällä paikalla, jonakin puoliksi unohtuneena aikana, kun hän vielä oli ollut hobitti ja kepeäsydäminen vaeltaja, jota koetut vaarat olivat tuskin hipaisseet. Nyt hän oli yksi pikku sotilas kaupungissa, joka valmistautui ottamaan vastaan hyökkäyksen, ja hänellä oli yllään Vahtitornin ylväs mutta musta asu.

Joskus toiste, jossakin muualla, Pippin olisi saattanut iloita uudesta asustaan, mutta nyt hän tiesi, ettei kyseessä ollut leikki; tämä oli kuolemanvakavaa, hän oli ankaran isännän palvelija suurella vaaran hetkellä. Panssaripaita painoi ja kypärä oli raskas kantaa. Hän oli heittänyt viittansa istuimelle. Hän käänsi väsyneen katseensa pois alhaalla tummuvista pelloista ja haukotteli ja sitten hän huokasi.

»Onko päivä ollut sinulle raskas?» Beregond sanoi.

»On», sanoi Pippin, »hyvin raskas: olen väsynyt toimettomuuteen ja odottamiseen. Olen seisoskellut tyhjän panttina herrani kammion ovella monet pitkät tunnit, kun hän on väitellyt Gandalfin ja suuriruhtinaan ja muiden tärkeiden ihmisten kanssa. Herra Beregond, en ole tottunut tarjoilemaan ruokaa muille, kun itse olen nälkäinen. Se on katkera koetus hobitille, se. Epäilemättä minun pitäisi sinun mielestäsi kokea kunnia paljon syvemmin. Mutta mitä hyötyä sellaisesta kunniasta on? Mitä hyötyä on edes ruoasta ja juomasta tämän hiipivän varjon alla? Mitä se merkitsee? Itse ilma tuntuu paksulta ja ruskealta! Vallitseeko täällä usein tällainen synkkyys, kun tuuli käy idästä?»

»Ei», Beregond sanoi, »tämä ei ole tämän maailman sää. Tämä on jokin hänen pahuutensa tuote, jokin Tulisesta vuoresta purkautuva savunkatku, jonka hän lähettää pimentämään sydämet ja suunnitelmat. Ja sen se myös tekee. Voi, että ruhtinas Faramir palaisi. Hänen rohkeutensa ei pettäisi. Mutta kuka nyt tietää, palaako hän milloinkaan Virran poikki takaisin Pimeydestä?»

»Totta», Pippin sanoi, »Gandalfkin on huolissaan. Hän taisi olla pettynyt, kun ei tavannut Faramiria täältä. Ja mihin hänkin on joutunut? Hän lähti valtiaan neuvonpidosta ennen puolista eikä erityisen hyvällä tuulella, mitä siihen tulee. Ehkä hänellä on joku aavistus huonoista uutisista.»

Äkkiä kesken puheensa he mykistyivät, jähmettyivät kuin kuunteleviksi kiviksi. Pippin painautui maahan kädet korvilla, mutta Beregond, joka oli katsellut varustuksen yli puhuessaan Faramirista, ei liikkunut vaan jäykistyi paikoilleen ja tuijotti lakeudelle silmät selällään.

Pippin tunsi kuulemansa vavahduttavan huudon: saman hän oli kerran kuullut Konnun Nevassa, mutta nyt sen voima ja viha oli kasvanut ja se lävisti sydämen myrkyllisellä epätoivolla.

Viimein Beregond sai vaivoin puhutuksi. »Ne ovat tulleet!» hän sanoi. »Kerää rohkeutta: katso! Alhaalla on kauheita olentoja.»

Vastahakoisesti Pippin kiipesi penkille ja katsoi muurin yli. Pelennor levittäytyi utuisena hänen eteensä ja häipyi kohti tuskin näkyvää Suuren virran uomaa. Mutta sen yli kiisi nyt keski-ilmassa Pippinin alapuolella kuin ennenaikaisen yön varjoina viisi linnunkaltaista hahmoa, jotka olivat kauheita kuin raadonsyöjälinnut mutta kotkiakin suurempia ja julmia kuin kuolema. Ne kaarsivat lähelle uskaltautuen melkein jousenkantaman päähän muurista, sitten ne taas pyörtelivät poispäin.

»Mustat ratsastajat!» mutisi Pippin. »Lentävät Mustat ratsastajat! Mutta katso, Beregond!» hän huudahti. »Nehän etsivät jotakin! Katso miten ne kiertelevät ja syöksähtelevät koko ajan tuohon samaan paikkaan! Ja näetkö että maassa on jotakin? Pieniä mustia pisteitä. Sitä minäkin: ne ovat miehiä hevosen selässä, niitä on neljä tai viisi. Voi! Minä en kestä. Gandalf! Pelasta meidät, Gandalf!»

Uusi pitkä kiljunta nousi ja laski, ja hän heittäytyi taas pois muurilta huohottaen kuin takaa-ajettu eläin. Heikkona ja ikään kuin etäältä hän kuuli tuon vavahduttavan huudon läpi, että alhaalta kohosi torven soitto, joka päättyi pitkään korkeaan säveleen.

»Faramir! Ruhtinas Faramir! Tuo on hänen torvensa!» huusi Beregond. »Urhea mies! Mutta miten hän voi raivata tiensä Portille, jos näillä kauheilla helvetinhaukoilla on muitakin aseita kuin pelko? Mutta katso! He jatkavat. He pääsevät Portille. Ei! hevoset ovat vauhkoontuneet. Katso! ne heittävät miehet satulasta, nyt he juoksevat jalan. Mutta yksi on yhä hevosen selässä, hän ratsastaa takaisin muiden luo. Se on varmasti päällikkö: hän hallitsee eläimet ja ihmiset. Voi! nyt yksi hirmu syöksyy häntä kohti. Apua! Apua! Eikö kukaan mene hänen avukseen? Voi Faramir!»

Sitten Beregond harppoi tiehensä ja juoksi varjoon. Pippin, jota hävetti kauhunsa, kun kaartin Beregond oli ensimmäisenä ajatellut rakastamaansa päällikköä, nousi ja kurkisti ulos. Sillä hetkellä hänen silmiinsä osui valkoisen ja hopean välähdys pohjoisesta kuin pienen tähden loiste alhaalla hämärillä vainioilla. Se liikkui nuolen nopeudella ja suureni lähetessään ja saavutti pian neljä Portille pakenevaa miestä. Pippinistä näytti kuin se olisi säteillyt kalpeaa valoa, kuin raskaat varjot olisivat väistyneet sen edeltä; ja sen yhä lähetessä hän oli kuulevinaan kuin kaikuna muureilla väkevän huudon.

»Gandalf!» Pippin huusi. »Gandalf! Hän tulee aina kun pimeys on synkin. Eteenpäin! Eteenpäin, Valkoinen ratsastaja! Gandalf, Gandalf!» hän huusi hurjasti niin kuin kilpailujen katselija kannustaa juoksijaa, jota kannustus ei enää tavoita.

Nyt mustat syöksähtelevät hahmot huomasivat tulijan. Yksi kaarsi häntä kohti, mutta Pippinistä näytti, että Gandalf nosti kätensä ja siitä lennähti ylöspäin valkea valokiila. Nazgûl päästi pitkän valittavan huudon ja kaarsi pois ja sen huomatessaan neljä muuta epäröivät ja nousivat sitten vinhassa kierteessä ylös ja lensivät itään ja katosivat yllä riippuvaan pilveen, eikä se enää peittänyt Pelennoria yhtä pimeänä.

Pippin katseli ja näki hevosmiehen ja Valkoisen ratsastajan kohtaavan ja pysähtyvän odottamaan jalkamiehiä. Kaupungista kiiruhti ihmisiä heitä vastaan, ja pian kaikki katosivat näkyvistä ulkomuurien alle ja Pippin arvasi heidän kulkevan paraikaa Portista. Hän oletti, että he tulisivat suoraan Torniin ja käskynhaltijan luo, ja kiiruhti linnan sisäänkäynnille. Siellä hän kohtasi muitakin, jotka olivat katselleet korkeilta muureilta kilpa-ajoa ja pakoa.

Ei kestänyt kauan kun ulommilta piireiltä johtavilta teiltä alkoi kuulua meteliä
ja eläköön-huutoja, ja Faramirin ja Mithrandirin nimiä huudeltiin. Nyt Pippin
erotti soihtuja, ja ihmispaljouden etunenässä ratsasti hitaasti kaksi miestä: toinen
oli valkoisissa mutta ei enää loistanut, hän näytti hämärässä valjulta ikään kuin
hänessä asuva tuli olisi palanut loppuun tai kätketty, toinen oli tumma ja ratsasti
pää kumarassa. He laskeutuivat hevosen selästä, tallirengit ottivat Hallavaharjan
ja toisen hevosen ja he kävelivät eteenpäin portin luona seisovaa vartiota kohti.
Gandalfin askel oli vakaa ja hän oli viskannut harmaan kaapunsa selkään ja tuli
paloi yhä hänen silmissään, toinen, vihreäpukuinen, käveli hitaasti ja huojui hiu-
kan niin kuin uupunut tai haavoittunut.

Pippin tunki eteenpäin kun tulijat siirtyivät portinkaaressa olevan lampun
alle, ja kun hän näki Faramirin kalpeat kasvot, hän henkäisi järkyttyneenä. Ne
olivat sellaisen miehen kasvot, jonka päälle on käynyt suuri pelko tai ahdistus,
mutta joka on voittanut sen ja rauhoittunut. Ylpeänä ja vakavana hän seisoi
hetken puhutellen vartijaa, katsellessaan häntä Pippin näki, miten paljon hän
muistutti veljeään Boromiria – josta Pippin oli alun alkaen pitänyt, ja ihaillut
suuren miehen ylhäistä mutta ystävällistä esiintymistä. Kuitenkin Faramir herätti
hänen sydämessään oudon tunteen, jota hän ei ollut ennen kokenut. Tässä oli
mies, joka olemukseltaan oli yhtä ylhäinen kuin Aragorn silloin kun tämä paljasti
luontonsa, ei ehkä yhtä korkea-arvoinen, mutta ei myöskään yhtä arvaamaton ja
etäinen: myöhäisempinä aikoina syntynyt mies, joka oli ihmisten kuninkaiden
sukua, mutta jossa oli ensikansan viisautta ja surullisuutta. Pippin ymmärsi nyt,
miksi Beregond lausui hänen nimensä rakkaudella. Hän oli päällikkö, jota mie-
het seuraisivat, jota Pippin seuraisi, mustien siipien varjossakin.

»Faramir!» hän huudahti ääneen muiden mukana. »Faramir!» Ja Faramir,
jonka korva tavoitti hänen poikkeavan äänensä Kaupungin miesten metelöinnin
keskellä, kääntyi ja katsoi alas häneen ja hämmästyi.

»Mistä ihmeestä te tulette?» hän sanoi. »Puolituinen, ja vielä Tornin asepu-
vussa. Mistä…?»

Mutta silloin Gandalf astui hänen rinnalleen ja puhui. »Hän tuli minun kans-
sani puolituisten maasta», hän sanoi. »Hän tuli minun kanssani. Mutta älkäämme
viipykö tässä. On paljon tehtävää ja paljon puhuttavaa, ja sinä olet väsynyt. Hän
tulee mukanamme. Hänen on tultava, sillä ellei hän ole unohtanut uusia vel-
vollisuuksiaan nopeammin kuin minä, hänen on tähän aikaan taas palveltava
herraansa. Tule Pippin, seuraa meitä!»

Niin he sitten tulivat viimein Kaupungin valtiaan yksityiseen kammioon. Hiili-
pannun ympärille oli aseteltu istuimia, ja viiniä tuotiin, ja Pippin, jota kukaan
tuskin huomasi, seisoi Denethorin tuolin takana muistamatta väsymystään ja
kuunnellen innokkaasti, mitä puhuttiin.

Kun Faramir oli ottanut valkoista leipää ja juonut kulauksen viiniä, hän
istuutui matalalle tuolille isänsä vasemmalle puolelle. Vähän etäämmällä toisella
puolella istui Gandalf leikkauksin koristetulla puutuolilla, ja ensin näytti kuin
hän olisi ollut unessa. Sillä aluksi Faramir puhui vain tehtävästä, jolle hänet
oli lähetetty kymmenen päivää aiemmin, ja hän toi uutisia Ithilienistä ja tietoja
Vihollisesta ja sen liittolaisten liikkeistä, ja hän kertoi taistelusta, joka oli käyty
tiellä, ja miten Haradin miehet ja heidän suuri petonsa oli voitettu; kuten pääl-
likkö raportoi ylipäällikölle asioita, jonkalaisia oli usein ennenkin kuultu, kertoi

rajasodan pikku kahakoista, jotka nyt tuntuivat merkityksettömiltä ja mitättömiltä, eivätkä kovin maineikkailta.

Sitten äkkiä Faramir katsoi Pippiniä. »Mutta nyt tulemme outoihin tapahtumiin», hän sanoi. »Sillä tämä ei ole ensimmäinen puolituinen, jonka olen nähnyt saapuvan pohjoisen taruista etelän maille».

Sen kuullessaan Gandalf nousi suoraksi tuolissaan ja puristi sen käsinojia ja vaiensi katseellaan Pippinin huulille kohoavan äännähdyksen. Denethor katsoi heidän kasvojaan ja nyökkäsi ikään kuin merkiksi siitä, että hän oli lukenut niiltä paljon ennen kuin mitään oli sanottu. Hitaasti, muiden istuessa ääneti ja liikkumatta Faramir kertoi tarinaansa katse kiinnittyneenä enimmäkseen Gandalfiin, vaikka silloin tällöin hän vilkaisi myös Pippinin kasvoja kuin muistaakseen paremmin toiset samanlaiset, jotka oli nähnyt.

Faramirin kerrottua tapaamisestaan Frodon ja tämän palvelijan kanssa ja Henneth Annûnin tapahtumista Pippin tajusi, että Gandalfin kädet vapisivat puristaessaan leikattua puuta. Nuo kädet näyttivät valkoisilta ja hyvin vanhoilta ja Pippinin katsoessa niitä hänen lävitseen kävi pelon väristys ja hän tiesi, että Gandalf, itse Gandalf oli huolissaan, jopa peloissaan. Huoneen ilmapiiri oli tiivis ja liikkumaton. Kun Faramir oli kertonut, miten hän oli eronnut matkalaisista, ja näiden päätöksestä lähteä Cirith Ungoliin, hänen äänensä viimein vaimeni ja hän pudisti päätään ja huokasi. Silloin Gandalf ponkaisi pystyyn.

»Cirith Ungoliin? Morgulin laaksoon?» hän sanoi. »Aika, Faramir, aika? Milloin erosit heistä? Milloin heidän oli määrä päästä tuohon kirottuun laaksoon?»

»Erosin heistä aamulla kaksi päivää sitten», Faramir sanoi. »Sieltä on seitsemän peninkulmaa Morgulduinin laaksoon, mikäli he matkasivat suoraan etelään, ja siellä he ovat yhä vajaan kolmen peninkulman päässä lännessä kirotusta Tornista. Nopeimmillaankaan he eivät olisi ehtineet sinne ennen tätä päivää, ja voi olla että he eivät vielä siellä ole. Totisesti näen pelkosi aiheen. Mutta heidän yrityksestään ei pimeys johdu. Se alkoi eilenehtoolla ja koko Ithilien oli varjon alla viime yönä. Selvää on, että Vihollinen on kauan aikonut hyökätä kimppuumme ja tuon hyökkäyksen hetki oli määrätty jo ennen kuin matkalaiset lähtivät minun huostastani.»

Gandalf mittaili lattiaa. »Aamulla kaksi päivää sitten – melkein kolme matkapäivää! Miten kaukana on paikka, jossa erositte?»

»Kolmisentoista peninkulmaa linnuntietä», Faramir vastasi. »Mutta nopeammin en päässyt. Eilenehtoolla lepäsin pohjoisessa Cair Androsissa, Virran pitkällä saarella, jossa meillä on tukikohta ja pidämme hevosia tämänpuoleisella rannalla. Pimeyden levitessä käsitin, että oli syytä kiiruhtaa, ja niin ratsastin tänne kolmen muun kanssa, joille myös riitti hevonen. Loput sotaväestäni lähetin etelään vahvistamaan Osgiliathin kahlaamojen varuskuntaa. Toivottavasti en ole menetellyt väärin?» Hän katsoi isäänsä.

»Väärin?» huudahti Denethor ja hänen silmänsä alkoivat äkkiä leimuta. »Miksi sitä kysyt? Miehet olivat käskyvaltasi alaisia. Kysytkö sinä mielipidettäni kaikista teoistasi? Käytöksesi on seurassani alamaista, mutta siitä on jo kauan kun sinä olet kääntynyt omalta tieltäsi, koska minä pyydän. Poikani, olet puhunut taitavasti, kuten aina, mutta minä, enkö minä ole nähnyt, miten silmäsi ovat kiinnittyneet Mithrandiriin ja kysyvät, puhutko oikein vaiko liikaa? Hänellä on kauan ollut sydämesi hallussaan.

Poikani, isäsi on vanha mutta ei vielä höperö. Minä näen ja kuulen kuten ennenkin, ja vain vähän siitä, mitä olet sanonut vain puoliksi tai jättänyt sanomatta, on minulta salassa. Minä tiedän vastaukset moniin arvoituksiin. Voi, voi Boromiria!»

»Jos se, mitä olen tehnyt, ei miellytä teitä, isä», Faramir sanoi hiljaa, »olisin toivonut tietäväni ohjeenne ennen kuin niin raskaan päätöksen paino sälytettiin minulle.»

»Olisiko se saanut sinut muuttamaan päätöstäsi?» Denethor sanoi. »Olisit tehnyt samoin joka tapauksessa, niin uskon. Tunnen sinut hyvin. Aina sinä haluat antaa ylhäisen ja jalomielisen vaikutelman niin kuin entisaikojen kuninkaat, olla armollinen ja lempeä. Se ehkä sopii hyvin jalon suvun edustajalle, jos hänellä on valtaa ja rauha. Mutta epätoivon hetkellä voi jalouden palkka olla kuolema.»

»Olkoon niin», Faramir sanoi.

»Olkoon!» huusi Denethor. »Mutta ei vain sinun kuolemasi, ruhtinas Faramir, vaan myöskin isäsi kuolema ja koko kansasi kuolema, jota sinun osasi on suojata nyt kun veljesi Boromir on poissa.»

»Toivotteko siis», Faramir sanoi, »että osamme olisivat vaihtuneet?»

»Kyllä, sitä juuri toivon», Denethor sanoi. »Sillä Boromir oli uskollinen minulle eikä velhon oppipoika. Hän olisi muistanut isänsä tarpeet eikä olisi heittänyt hukkaan onnen tuomaa. Hän olisi tuonut minulle mahtavan lahjan.»

Hetkeksi Faramirin hillintä petti. »Pyytäisin teitä, isä, muistamaan miksi minä, eikä hän, olin Ithilienissä. Ainakin kerran teidän päätöstänne noudatettiin, eikä siitä ole kauan. Kaupungin valtias antoi tuon tehtävän Boromirille itse.»

»Älä hämmennä sen maljan katkeruutta, jonka itse itselleni sekoitin», sanoi Denethor. »Enkö ole monena yönä saanut siitä maistaa aavistaen, että sakka toisi pohjalta vielä pahempaa. Ja niin toi. Että olisi toisin! Että tämä esine olisi tullut minulle!»

»Rauhoittukaa!» sanoi Gandalf. »Missään tapauksessa ei Boromir olisi tuonut sitä teille. Hän on kuollut ja kuollut kunnialla, levätköön rauhassa! Mutta petätte itseänne. Hän olisi tahtonut ojentaa kätensä tätä esinettä ottamaan, ja ottaessaan olisi hän tuhoutunut. Hän olisi pitänyt sen itse, ja kun hän olisi palannut, ette olisi tuntenut poikaanne.»

Denethorin kasvot kävivät koviksi ja kylmiksi. »Havaitsit Boromirin huonommin taipuvan tahtoosi, niinkö?» hän sanoi hiljaa. »Mutta minä, joka olin hänen isänsä, sanon että hän olisi tuonut sen minulle. Olet ehkä viisas, Mithrandir, mutta kaikkine taitoinesikaan ei sinulla ole viisauden koko määrää hallussasi. On mahdollista löytää neuvot, jotka eivät ole velhojen verkkoja eivätkä hullujen hätäilyä. Minulla on tässä asiassa enemmän tietoa ja viisautta kuin arvaat.»

»Minkä kaltainen on viisautenne?» Gandalf sanoi.

»Tarpeeksi laaja että käsitän vältettäviä ansoja olevan kaksi. Turmioksi koituu käyttää tätä esinettä. Tällä hetkellä sen lähettäminen järjettömän puolituisen matkassa itse Vihollisen maahan, kuten olet tehnyt sinä ja tämä poikani tässä, se on hulluutta.»

»Ja mitä olisi tehnyt valtias Denethor?»

»En kumpaakaan. Mutta varmaa on, ettei mikään todistelu olisi saanut Denethoria päästämään tätä esinettä niin kauas, että vain houkan toivo sinne enää ulottuu, lopullisen tuhon uhalla – jos kävisi niin, että Vihollinen löytää kadottamansa. Ei, se olisi täytynyt säilyttää, pitää piilossa, piilossa pimeässä ja syvällä. Käyttämättä sitä, kuten sanoin, ellei ehkä äärimmäisessä hädässä, taatusti hänen käsiensä ulottumattomissa, paitsi jos hänen voittonsa olisi niin lopullinen, etteivät sen jälkeiset tapahtumat meitä liikuttaisi koska makaisimme haudassa.»

»Ajattelette kuten tapanne on, valtias, vain Gondoria», Gandalf sanoi. »Kuitenkin on olemassa muita ihmisiä, ja elämää muuallakin, ja aika joka tulee. Ja minä, minä säälin hänen orjiaankin.»

»Ja mistä etsivät muut ihmiset apua, jos Gondor kukistuu?» vastasi Denethor. »Jos minulla olisi nyt tämä esine linnani syvissä holveissa, emme me vapisisi kauhusta hänen uhkansa alla peläten pahinta, ja neuvottelumme voitaisiin käydä kaikessa rauhassa. Jos et luota minuun, jos et usko että kestäisin kokeen, et vielä tunne minua.»

»Siltikään en teihin luota», Gandalf sanoi. »Jos olisin luottanut, olisin voinut lähettää tämän esineen tänne säilytettäväksenne ja säästänyt itseltäni ja muilta paljon huolta. Ja kuullessani nyt teidän puhuvan luotan teihin yhä vähemmän, en enempää kuin Boromiriin. Ei, hillitkää vihanne! En luota tässä asiassa edes itseeni, ja minä kieltäydyin ottamasta tätä esinettä vaikka sitä tarjottiin vapaaehtoisesti lahjana. Te olette voimakas, ja joissakin suhteissa hallitsette yhä itsenne, Denethor; mutta silti, jos te olisitte saanut tämän esineen, se olisi ollut teitä voimakkaampi. Vaikka se olisi haudattu Mindolluinin juurien alle, silti se polttaisi mieltänne, kun pimeys kasvaa ja kaikki se vielä kauheampi, mikä meitä odottaa, tulee päällemme.»

Hetken Denethorin silmät taas loimusivat kun hän katsoi Gandalfiin, ja Pippin tunsi taas kerran jännitteen heidän tahtojensa välillä, mutta nyt tuntui kuin heidän katseensa olisivat välkkyneet kuin kaksi terää miekkailun tiimellyksessä. Pippin vapisi ja pelkäsi jotakin kauheaa iskua. Mutta äkkiä Denethor rentoutui ja kävi taas jäätäväksi. Hän kohautti olkapäitään.

»Jos minä olisin! Jos sinä olisit!» hän sanoi. »Moiset sanat ja jossit ovat turhia. Se on mennyt Varjon alle, ja vain aika osoittaa mikä kohtalo sitä odottaa, ja meitä. Se aika ei ole oleva pitkä. Sinä aikana joka vielä on jäljellä, pitäkööt yhtä ne, jotka kukin omalla tavallaan taistelevat Vihollista vastaan ja toivokoot niin kauan kuin toivoa on, ja sitten kun ei enää ole, olkoot kyllin uljaita kuolemaan vapaina.» Hän kääntyi Faramirin puoleen. »Mitä olet mieltä Osgiliathin varuskunnasta?»

»Vahva se ei ole», Faramir sanoi. »Olen lähettänyt Ithilienin sotaväen sitä vahvistamaan, kuten sanoin.»

»Tuskin se riittää», Denethor sanoi. »Sinne osuu ensimmäinen isku. Siellä tarvitaan tuimaa päällikköä.»

»Siellä ja monessa muussa paikassa», Faramir sanoi ja huokasi. »Voi veljeäni, jota minäkin rakastin!» Hän nousi. »Saanko mennä, isä?» Ja hän horjahti ja nojasi isänsä tuoliin.

»Näen että olet uuvuksissa», Denethor sanoi. »Olet ratsastanut pitkään ja vauhdilla ja myös pahan varjojen alla, niin kerrottiin.»

»Älkäämme puhuko siitä!» Faramir sanoi.

»Emme siis puhu», sanoi Denethor. »Mene ja lepää, kun vielä voit. Huomisen haaste on ankarampi.»

Kaikki poistuivat Kaupungin valtiaan luota ja menivät levolle, kun se vielä oli mahdollista. Gandalf ja pientä soihtua kantava Pippin kävelivät majapaikkaansa tähdettömässä pimeydessä. He eivät puhuneet ennen kuin olivat lukittujen ovien takana. Sitten Pippin viimein tarttui Gandalfin käteen.

»Kerro», hän sanoi, »kerro onko mitään toivoa? Nimittäin Frodolla, ennen muuta tietysti Frodolla.»

Gandalf laski kätensä Pippinin pään päälle. »Toivoa ei koskaan ole ollut paljon», hän vastasi. »Vain houkan toivo, kuten olen saanut kuulla. Ja kun Cirith Ungol mainittiin –» Hän vaikeni ja asteli ikkunan ääreen sen näköisenä kuin hänen silmänsä pystyisivät lävistämään idän yön. »Cirith Ungol!» hän mutisi. »Miksi sinne, miksi?» Hän kääntyi. »Äsken kun kuulin tuon nimen, rohkeuteni oli pettää. Ja toden puhuen uskon kuitenkin, että Faramirin tuomiin uutisiin kätkeytyy oma toivonsa. Sillä näyttää ilmeiseltä, että Vihollinen on vihdoin ja viimein ryhtynyt sotaansa, ja tehnyt ensimmäisen siirron, kun Frodo vielä oli vapaalla jalalla. Niin ovat vihollisen silmät nyt monta päivää kiinnittyneet sinne ja tänne, pois omasta maastaan. Kuitenkin, Pippin, tunnen kaukaa hänen kiireensä ja pelkonsa. Hän on aloittanut ennen kuin oli aikonut. Jokin on saanut hänet liikkeelle.»

Gandalf seisoi hetken ajatuksissaan. »Ehkä», hän mutisi, »ehkä jopa sinun typeryytesi on ollut avuksi, poikaseni. Mietitään: Viitisen päivää sitten hän sai huomata, että me olimme kukistaneet Sarumanin ja vieneet Kiven. Mutta mitä siitä? Me emme Kivestä paljonkaan hyötyisi emmekä voisi käyttää sitä hänen tietämättään. Kuinkahan? Entä Aragorn? Hänen aikansa lähenee. Ja hän on pohjimmiltaan vahva ja kova, Pippin; rohkea, määrätietoinen ja kykenee päätöksiin ja panemaan paljon alttiiksi milloin on tarvis. Siitä voi olla kysymys. Hän on ehkä käyttänyt Kiveä ja näyttäytynyt Viholliselle ja uhmannut häntä aivan vasiten. Olisikohan? Me emme saa tietää vastausta ennen kuin Rohanin ratsastajat ovat tulleet, mikäli he eivät tule liian myöhään. Pahat päivät odottavat. Nukkumaan, kun vielä on aikaa!»

»Mutta», sanoi Pippin.

»Mutta mitä?» Gandalf sanoi. »Suostun tänä iltana enää yhteen *muttaan.*»

»Klonkku», Pippin sanoi. »Miten he voivat liikkua sen *kanssa*, jopa seurata sitä? Ja minä huomasin, ettei Faramir pitänyt yhtään enempää kuin sinä siitä paikasta, johon se heitä vei. Mikä nyt on vinossa?»

»Siihen en osaa vastata vielä», Gandalf sanoi. »Mutta sydämeni arvasi, että Frodo ja Klonkku tapaisivat ennen loppua. Oli se sitten hyväksi tai pahaksi. Mutta Cirith Ungolista en puhu tänä yönä. Petosta, petosta pelkään, että tuo kurja otus pettää. Mutta niin on oltava. Muistakaamme, että petturi voi joutua omaan lankaansa ja saada aikaan hyvää, jota ei ollut tarkoittanut. Niin käy joskus. Hyvää yötä!»

Seuraava päivä toi aamun, joka oli kuin ruskea iltahämärä, ja miesten mieli, joka oli kohonnut Faramirin paluun ansiosta, painui taas. Siivekkäitä varjoja ei enää nähty tuona päivänä, mutta silloin tällöin kantautui korkealta kaupungin yläpuolelta etäinen huuto, ja monet jotka sen kuulivat seisahtuivat paikoilleen kauhun lyöminä, ja heikommat vapisivat ja itkivät.

Ja Faramir oli taas lähtenyt. »Hänelle ei suoda lepoa», mutisivat monet. »Valtias pitelee poikaansa liian ankarasti, ja nyt hänen on tehtävä kahden velvollisuudet, omansa ja sen, joka ei enää palaa.» Ja kaiken aikaa katselivat miehet pohjoiseen kysellen: »Missä ovat Rohanin ratsastajat?»

Totta oli että Faramir ei lähtenyt omasta tahdostaan. Mutta Kaupungin valtias oli Neuvostonsa päämies, eikä hän ollut tuona päivänä valmis kumartelemaan muita. Aikaisin aamulla oli Neuvosto kutsuttu koolle. Siellä kaikki päälliköt olivat sitä mieltä, että etelän uhkan tähden heidän voimansa ei ollut niin suuri, että he olisivat voineet ryhtyä itse iskemään, elleivät sitten Rohanin ratsastajat kuitenkin tulisi. Sillä välin heidän tulisi miehittää muurit ja odottaa.

»Mutta», Denethor sanoi, »meidän ei pidä kevyesti hyljätä ulompia varustuksia, Rammasia, joka rakennettiin niin suurella vaivalla. Ja Vihollisen on maksettava kalliisti, kun hän uskaltaa ylittää Virran. Soiden vuoksi hän ei voi käydä voimalla Kaupungin kimppuun Cair Androsin pohjoispuolelta, eikä etelämpää Lebenninin läheltä Virran leveyden tähden, sillä silloin hän tarvitsisi valtavasti veneitä. Osgiliath on se paikka, jota vasten hän alkaa painaa, niin kuin kerran ennenkin, jolloin Boromir asettui hänen tielleen.»

»Se oli pelkkä harjoitus», Faramir sanoi. »Vaikka tänään maksattaisimme Vihollisella kymmenkertaisina tappiomme, saattaisimme silti katua kauppaa. Sillä hänellä on varaa menettää armeija siinä, missä meillä ei ole varaa menettää edes komppaniaa. Ja niiden, jotka lähetämme kauas etuvartioihin, on hyvin vaarallista vetäytyä, jos hän pääsee Virran yli.»

»Ja entä Cair Andros?» sanoi suuriruhtinas Imrahil. »Sekin meidän on pidettävä hallussamme, jos tahdomme puolustaa Osgiliathia. Älkäämme unohtako vaaraa, joka uhkaa vasemmalta. *Rohirrim* tulevat ehkä, voi olla että eivät tule. Mutta Faramir on kertonut suuresta vahvuudesta, joka kerääntyy kaiken aikaa Mustalle portille. Sieltä voi hyökätä useampi kuin yksi sotajoukko ja iskeä useampaan eri kohteeseen.»

»Sodassa on paljon pantava alttiiksi», Denethor sanoi. »Cair Androsissa on miehiä, eikä niin kauas voi lähettää enempää. Mutta minä en taistelutta anna Virtaa ja Pelennoria – en jos täällä vain on päällikkö, jolla yhä on rohkeutta noudattaa valtiaansa tahtoa.»

Silloin kaikki olivat vaiti. Mutta viimein Faramir sanoi: »En asetu tahtoanne vastaan, herra. Koska Boromir on teiltä riistetty, minä menen ja teen mitä voin hänen sijastaan – jos niin käskette.»

»Minä käsken», Denethor sanoi.

»Hyvästi siis», sanoi Faramir. »Mutta jos palaan, antakaa minulle enemmän arvoa.»

»Se riippuu siitä miten palaat», Denethor sanoi.

Gandalf oli viimeinen, joka puhui Faramirin kanssa ennen kuin tämä ratsasti itään. »Älä heitä elämääsi menemään uhmakkaasti tai katkeruudesta», hän sanoi. »Sinua tarvitaan täällä, muuhun kuin sodan työhön. Isäsi rakastaa sinua, Faramir, ja muistaa sen vielä ennen loppua. Hyvästi!»

Niin oli ruhtinas Faramir taas lähtenyt ja ottanut mukaansa niin suuren miesvahvuuden kuin halukkaita löytyi tai voitiin irrottaa. Muureilta katseli moni synkässä hämärässä kohti rauniokaupunkia ja mietti, mitä siellä tapahtui, sillä mitään ei voinut nähdä. Ja toiset katselivat yhä pohjoiseen ja laskivat mielessään peninkulmia Théodenin luo Rohaniin. »Tuleeko hän? Muistaako hän vanhan liittomme?» he sanoivat.

»Hän tulee», sanoi Gandalf, »vaikka tulisi liian myöhään. Mutta muistakaa! Parhaassa tapauksessakaan Punainen nuoli ei ole ehtinyt hänelle kuin kaksi päivää sitten, ja Edorasista tänne on monta pitkää virstaa.»

Oli yö, kun uutisia saatiin. Kahlaamoilta ratsasti vinhasti mies ja kertoi, että Minas Morgulista oli lähtenyt sotajoukko, joka jo läheni Osgiliathia, ja siihen oli liittynyt *haradrim*-rykmenttejä, etelästä tulleita julmia ja pitkiä miehiä.»Ja olemme kuulleet», sanansaattaja sanoi, »että Musta johtaja on taas joukkojen kärjessä ja pelko on kiirinyt hänen edellään Virran poikki.»

Nämä pahaenteiset sanat saatiin kuulla Pippinin kolmannen Minas Tirithin -päivän päätteeksi. Harva enää meni levolle, sillä vähäiset olivat nyt toiveet, että Faramirkaan pystyisi pitkään puolustamaan kahlaamoita.

Seuraavana päivänä, vaikka pimeys olikin saavuttanut täyden mittansa eikä enää syventynyt, painoi se silti raskaammin miesten sydäntä ja suuri pelko oli heidän päällään. Pian saatiin taas huonoja uutisia. Vihollinen oli vallannut Anduinin ylimenopaikan. Faramir vetäytyi kohti Pelennorin muuria ja johti miehiään Pengertien linnakkeisiin, mutta hänen kimpussaan oli kymmenkertainen voima.

»Vaikka hän saisikin raivatuksi tien Pelennorin poikki, hänen vihollisensa ovat hänen kannoillaan», sanoi sanansaattaja.»He ovat maksaneet kalliisti Virran ylityksestä, mutta vähemmän kuin me olimme toivoneet. Suunnitelmat oli tehty taiten. Nyt saimme nähdä, että he olivat kauan rakentaneet suuria määriä lauttoja ja laivoja Itä-Osgiliathissa. Niitä kuhisi joen yli kuin koppakuoriaisia. Mutta vasta Musta johtaja oli meille liikaa. Kun tietokin hänestä tulee, harva silloin kestää ja pysyy. Hänen omansa kammoavat häntä ja surmaisivat itsensä hänen käskystään.»

»Silloin minua tarvitaan enemmän siellä kuin täällä», Gandalf sanoi ja ratsasti pois saman tien, ja hohde, joka hänestä lähti, häipyi pian näkyvistä. Ja kaiken yötä Pippin seisoi yksin ja unettomana muurilla ja tuijotti itään.

Aamun kellot olivat tuskin soineet valkenemattomassa pimeydessä kuin pilkan päiten, kun Pippin näki tulien syttyvän kaukana hämärien maiden tuolla puolen siellä, missä Pelennorin muurit kohosivat. Vartiomiehet huusivat ja kaikki Kaupungin miehet tarttuivat aseisiin. Kerran toisensa jälkeen välähti punainen lieska, ja hitaasti kiiri raskaan ilman halki onttoa ryminää.

»Ne ovat vallanneet muurin!» huusivat miehet.»Ne räjäyttävät siihen aukkoja. Ne tulevat!»

»Missä on Faramir?» huusi Beregond kauhuissaan.»Älkää sanoko, että hän on kaatunut!»

Ensimmäiset tiedot toi Gandalf. Aamun puolivälissä hän saapui mukanaan kourallinen ratsumiehiä saattueena vankkurijonolle. Vankkurit olivat täynnä haavoittuneita, siinä olivat kaikki, jotka olivat säästyneet Pengertien linnakkeiden tuhosta. Hän meni suoraan Denethorin puheille. Kaupungin valtias istui korkealla huoneessaan Valkoisen tornin salin yläpuolella Pippin vierellään, ja hämärien ikkunoiden läpi hän katseli tummilla silmillään pohjoiseen, etelään ja itään kuin puhkaistakseen tuomion varjot, jotka häntä saarsivat. Enimmäkseen hän katseli pohjoiseen ja pysähtyi väliin kuuntelemaan ikään kuin jokin muinainen kuulon keino saisi hänen korvansa kuulemaan kavioiden töminän kaukaisilla tasangoilla.

»Onko Faramir tullut?» hän kysyi.

»Ei ole», Gandalf sanoi.»Mutta hän oli yhä elossa kun lähdin. Hän on päättänyt jäädä jälkijoukkoon, jotta vetäytyminen Pelennorin poikki varmasti sujuisi järjestyksessä. Hän onnistuu ehkä pitämään miehensä koossa tarpeeksi kauan, mutta epäilen sitä. Hänellä on liian voimakas vihollinen vastassaan. Sillä on tullut se, jota pelkäsin.»

»Ei – ei kai Musta ruhtinas?» huudahti Pippin unohtaen kauhussaan asemansa. Denethor nauroi kuivasti. »Ei, ei vielä, mestari Peregrin! Hän tulee pröystäilemään minulle vasta kun kaikki on voitettu. Hän käyttää muita aseinaan. Niin tekevät kaikki suuret ruhtinaat, jos ovat viisaita, mestari puolituinen. Miksi muuten istuisin täällä tornissani ja ajattelisin, katselisin, odottaisin, uhraten poikanikin? Sillä minäkin osaan yhä käytellä kalpaa.»

Hän nousi seisomaan ja avasi pitkän mustan kaapunsa ja katso! sen alla hänellä oli haarniska ja miekka vyöllä, pitkä suurikahvainen miekka mustahopeisessa huotrassa. »Näin olen kulkenut ja näin olen nukkunut jo monta vuotta», hän sanoi, »jottei ruumis iän myötä kävisi pehmeäksi ja pelokkaaksi.»

»Nyt kuitenkin on Barad-dûrin valtiaan alaisista päälliköistä hirvein uloimpien muuriemme valtias», Gandalf sanoi. »Se joka kerran oli Angmarin kuningas, noita, sormusaave, *nazgûlin* herra, kauhun keihäs Sauronin kädessä, epätoivon varjo.»

»Siinä sinulle, Mithrandir, veroisesi vastustaja», Denethor sanoi. »Minä taas, minä olen kauan tiennyt, kuka on Mustan tornin joukkojen ylipäällikkö. Siinäkö kaikki mitä palasit kertomaan? Vai lienetkö kukaties vetäytynyt koska sinut on voitettu?»

Pippin vapisi, sillä hän pelkäsi, että Gandalf joutuisi äkkiä raivon valtaan, mutta pelko oli turha. »Niin voisi olla», vastasi Gandalf pehmeästi. »Mutta voimiemme mittelön aika ei ole vielä tullut. Ja jos entisajoilta perityt sanat pitävät paikkansa, ei hän kaadu miehen käden kautta, ja kohtalo, joka häntä odottaa, on viisailta salattu. Miten sen laita lieneekin, Epätoivon päällikkö ei pyri nyt esiin, ei vielä. Hän hallitsee pikemminkin sen viisauden mukaan jollaista te äsken kuvailitte, selustasta, ja ajaa orjiansa hullun lailla edelleen.

Ei, minä tulin pikemminkin suojellakseni vahingoittuneita miehiä, jotka vielä voidaan parantaa, sillä Rammas on hajalla pitkin ja poikin ja pian saattavat Morgulin armeijat hyökätä useasta kohdin. Ja ennen muuta tulin sanomaan tämän. Kentillä käydään pian taistelu. On valmistauduttava hyökkäämään ulos Kaupungista. Koostukoon tuo joukko ratsumiehistä. Heissä on lyhyt toivomme, sillä vain yhtä viholliselta puuttuu: sillä on vähänlaisesti ratsumiehiä.»

»Ja vähän on meilläkin. Nyt olisi Rohanin ratsastajien viimeinen hetki saapua», Denethor sanoi.

»Ensin saamme kai kuitenkin vastaanottaa muita tulijoita», Gandalf sanoi. »Pakolaisia Cair Androsista on jo ehtinyt tänne. Saari on kukistunut. Mustalta portilta on tullut toinen armeija ja ylittänyt Virran koillisessa.»

»Jotkut ovat syyttäneet sinua, Mithrandir, siitä että iloitset kun saat tuoda huonoja uutisia», Denethor sanoi, »mutta minulle tämä tieto ei ole uutinen: tiesin sen jo ennen eilisyötä. Ja mitä tulee uloshyökkäykseen, sitä olen jo ajatellut. Menkäämme alas.»

Aika kului. Lopulta muureilla seisovat saattoivat nähdä kuinka ulkovarustusten joukot vetäytyivät. Ensin tuli epäjärjestyksessä pienissä ryhmissä väsyneitä ja haavoittuneita miehiä; jotkut juoksivat vauhkoina kuin heitä olisi ajettu takaa. Kaukana idässä leimahtelivat tulet, ja nyt näytti siltä, että siellä täällä tuli eteni tasankoa pitkin. Talot ja aitat paloivat. Sitten alkoi monesta kohdin valua pieniä punaisia tulipuroja, jotka kiemurtelivat nopeasti hämärässä ja lähestyivät Kaupunginportilta Osgiliathiin vievää leveää tietä.

»Vihollinen», mutisivat miehet. »Valli on murrettu. Ne tulevat nyt tulvimalla aukoista! Ja näyttää että niillä on soihtuja. Missä ovat omat miehemme?»

Ilta alkoi lähestyä, valoa oli niin vähän, että linnanmuurilla seisovat tarkkanäköiset miehetkään eivät nähneet pelloilla selvästi juuri mitään, he erottivat vain yhä enenevät palot ja yhä pitenevät ja kiihkeämmin etenevät tulijonot. Viimein tuli näkyviin vajaan virstan päässä Kaupungista järjestyneempi miesjoukko, joka marssi eikä juossut ja pysytteli yhä koossa.

Katselijat pidättelivät hengitystään. »Faramir on varmasti tuolla», he sanoivat. »Hän hallitsee eläimet ja ihmiset. Hän selviää.»

Vetäytyjien pääjoukko oli tuskin kahden vakomitan päässä. Joukon takaa hämärästä laukkasi pieni joukko ratsumiehiä, kaikki mitä jälkijoukosta oli jäljellä. He kääntyivät taas kerran taisteluun kohti läheneviä tulijonoja. Sitten äkkiä kuului hurjien huutojen kuoro. Esiin pyyhälsi vihollisen ratsumiehiä. Tulijonot paisuivat vyöryviksi virroiksi, esiin purkautui rivi toisensa perään soihtuja kantavia örkkejä ja villejä etelänihmisiä, joilla oli punaiset liput ja jotka huusivat karkeilla kielillä. Ne tulivat eteenpäin saavuttaen vetäytyjiä koko ajan. Ja läpitunkevan huudon myötä vajosivat taivaalta siivekkäät varjot, ja *nazgûl* syöksyivät teurastuspaikalle.

Vetäytyjät joutuivat kaaoksen valtaan. Miehiä irtosi jo joukosta ja pakeni vauhkona ja päättömästi sinne tänne heittäen maahan aseensa, huutaen pelosta, kaatuillen.

Ja Linnan torvi soi, ja viimein Denethor lähetti ulos hyökkäyksen. Portin varjossa ja muurien hämärässä sen ulkopuolella oli joukko odottanut merkkiä; siinä olivat kaikki Kaupungista löytyvät ratsumiehet. Nyt he asettuivat muodostelmaan, kiihdyttivät laukkaan ja kävivät hyökkäykseen huikeasti huutaen. Ja muureilta kohosi huuto vastaukseksi, sillä ensimmäisenä ratsastivat kentällä Dol Amrothin joutsenritarit ja heidän suuriruhtinaansa, ja hänen sininen lippunsa liehui etumaisena.

»Amroth Gondorin puolesta!» he huusivat. »Amroth Faramirin avuksi!»

Ukkosen lailla he kävivät vihollisen kimppuun vetäytyjien kummallakin sivustalla, mutta yksi ratsastaja oli kaikkia muita nopeampi ja kiisi kuin tuuli ruohikossa: Hallavaharja kantoi häntä kun hän loisti taas kaikessa komeudessaan ja valo leiskui hänen kohotetusta kädestään.

Nazgûl kiljaisivat ja liitivät tiehensä, sillä Johtaja ei vielä ollut tullut mittelemään voimiaan vihollisensa valkean tulen kanssa. Saaliinsa sokaisemat Morgulin joukot yllätettiin täydessä vauhdissa ja ne hajosivat kuin kipinät myrskyssä. Ulkovarustusten joukot kääntyivät hurjasti huutaen ja iskivät kiinni takaa-ajajiinsa. Metsästäjistä tuli riistaa. Vetäytyjät kävivät hyökkäykseen. Pelto peittyi kaatuneisiin örkkeihin ja ihmisiin, ja maahan heitetyistä käryävistä soihduista kiemursi ilmaan lemuava katku. Ratsuväki laukkasi eteenpäin.

Mutta Denethor ei päästänyt joukkoa kauas. Vaikka vihollinen pysäytettiin ja käännettiin hetkeksi pakoon, idästä virtasi uusia joukkoja. Taas soivat torvet, nyt vetäytymisen merkiksi. Gondorin ratsuväki pysähtyi. Ratsuväen suojassa ulkovarustusten joukot järjestäytyivät uudestaan. Ne palasivat Kaupunkiin tasaista marssia. Ne tulivat Portille, astuivat sisään ylväin askelin, ja ylpeinä katsoivat heitä Kaupungin asukkaat ja huusivat heille ylistystä, mutta heidän sydäntään painoi huoli. Sillä joukot olivat järkyttävästi huvenneet. Faramir oli menettänyt kolmanneksen miehistään. Ja missä oli hän itse? Kaikkein viimeisenä tuli hän. Hänen miehensä astuivat portista. Ratsuritarit palasivat, viimeisenä Dol Amrothin lippu ja suuriruhtinas. Ja käsivarsillaan hevosen selässä hän kantoi miestä, sukulaistaan Faramiria Denethorin poikaa, joka oli löytynyt taistelukentältä.

»Faramir! Faramir!» huusivat miehet itkien kaduilla. Mutta hän ei vastannut, ja he kantoivat hänet pois mutkittelevaa tietä pitkin Linnaan ja isänsä tykö. Samalla kun *nazgûl* olivat Valkoisen ratsastajan hyökätessä kaartaneet tiehensä, oli ilman läpi suhahtanut kuolettava nuoli ja Faramir, joka kamppaili Haradin ratsu-urhon kanssa, oli vajonnut maahan. Vain Dol Amrothin hyökkäys oli pelastanut hänet punaisilta etelän miekoilta, jotka muuten olisivat hakanneet hengiltä maassa makaavan miehen.

Suuriruhtinas Imrahil toi Faramirin Valkoiseen torniin ja sanoi: »Poikanne on palannut, valtias, tehtyään suuria tekoja», ja hän kertoi kaiken mitä oli nähnyt. Mutta Denethor nousi ja katsoi poikansa kasvoja ja oli vaiti. Sitten hän käski heitä valmistamaan kammioon vuoteen ja laskemaan Faramirin sille ja poistumaan. Mutta itse hän meni yksin ylös salaiseen huoneeseen Tornin huippuun, ja monet, jotka katsoivat ylös tuolloin, näkivät kalvaan valon, joka hehkui ja lepatti hetken kapeista ikkunoista ja välähti sitten ja sammui. Ja kun Denethor taas palasi alas, hän meni Faramirin luo ja istui hänen vierellään puhumatta mitään, mutta valtiaan kasvot olivat harmaat, kuolleemmat kuin hänen poikansa kasvot.

Niin joutui Kaupunki viimein saarroksiin ja vihollisten joukot ympäröivät sen. Rammas oli rikkoutunut ja kaikki Pelennor jäänyt viholliselle. Viimeiset tiedot muurin ulkopuolelta toivat miehet, jotka pakenivat kaupunkiin pohjoisen tietä ennen Portin sulkemista. He olivat eloonjääneet siitä vartiopaikasta, jonka luona Anórienin ja Rohanin tie saavutti asutut maat. Heitä johti Ingold, sama mies joka oli päästänyt Pippinin ja Gandalfin sisään vajaat viisi päivää aikaisemmin, kun aurinko vielä nousi ja aamu toi toivon tullessaan.

»*Rohirrimista* ei ole tietoa», hän sanoi. »Nyt ei Rohan tule. Tai jos tulee, se ei meitä auta. Kerrotaan että uusi armeija, josta saimme kuulla, on ehtinyt Androsin kautta Virran yli ennen ratsumiehiä. Ja se on vahva armeija: pataljoonittain Silmän örkkejä ja komppaniakaupalla miehiä, jonka kaltaisia emme ole ennen nähneet. He eivät ole pitkiä, mutta tanakoita ja hurjia, parrakkaita niin kuin kääpiöt, ja käyttelevät suuria kirveitä. Lienevät tulleet jostakin laajan idän villistä maasta. Niillä on pohjoisen tie hallussaan ja moni on jo Anórienissa. *Rohirrim* eivät pääse tänne.»

Portti suljettiin. Kaiken yötä kuulivat muurien vartiomiehet ulkopuolella liikkuvien vihollisten kohinan, kun ne polttivat peltoja ja puita ja hakkasivat kappaleiksi jokaisen muurien ulkopuolelta löytämänsä miehen, oli tämä elävä eli kuollut. Virran yli jo saapuneiden lukumäärää ei voinut arvata pimeydessä, mutta kun aamu tai sen hailea varjo levittäytyi tasangon yli, nähtiin, ettei yöllinen pelkokaan juuri ollut liioiteltu vihollisen lukua. Tasanko oli mustanaan marssivia komppanioita, ja niin kauas kuin silmä kantoi hämärässä kohosi kaikkialla saarretun Kaupungin ympärillä suuria mustia ja tummanpunaisia telttaleirejä kuin iljettäviä sienirykelmiä.

Muurahaisten lailla ahkeroiden kaivoivat örkit kaivamistaan syviä juoksuhautoja suureen kehään juuri nuolenkantaman ulkopuolelle muureista; ja kun haudat olivat valmiit, täyttivät ne ne tulella, mutta kukaan ei nähnyt miten se sytytettiin ja miten sitä pidettiin yllä, taidon vaiko taian kautta. Koko päivän jatkui työ ja Minas Tirithin miehet katselivat sitä voimatta sitä estää. Ja kun kaivannot olivat valmiit, näkivät he suurien vankkurien lähestyvän, ja pian vihollisosastot pystyttivät tiuhaan tahtiin suuria heittokoneita, kunkin aina yhden juoksuhaudan suojaan. Kaupungin muurien sisäpuolella ei ollut yhtään asetta, joka olisi kantanut niin kauas tai pystynyt pysäyttämään työt.

Ensin miehet nauroivat pelkäämättä kovinkaan moisia vehkeitä. Sillä Kaupungin päämuuri oli korkea ja valtavan paksu, rakennettu ennen kuin Númenorin voima ja taito maanpaossa himmenivät, ja sen ulkoseinämä oli kuin Orthancin torni, kova ja tumma ja sileä, eikä sitä voinut valloittaa tulella eikä teräksellä, vain maanjäristys, joka vavisuttaisi sen perustuksia, voisi sen särkeä.

»Ei», sanoivat he, »ei vaikka itse Nimetön tulisi, ei hänkään voisi päästä sisään niin kauan kuin me vielä elämme.» Mutta toiset vastasivat: »Kun me vielä elämme! Kauanko me elämme? Hänellä on ase, joka on painanut maahan monta mahtavaa varustusta maailman alun jälkeen. Se on nälkä. Tiet ovat poikki. Rohan ei pääse tänne.»

Mutta koneet eivät tuhlanneet ammuksia voittamattomaan muuriin. Hyökkäystä Mordorin valtiaan suurinta vihollista vastaan ei johtanut mikään maantierosvo tai örkkipäällikkö. Sitä ohjasi pahuutta uhkuva voima ja mieli. Kun katapultit oli huutojen, köysien natinan ja vinssien kitinän säestyksellä pantu paikoilleen, alkoivat koneet heittää ammuksia uskomattoman korkealle, niin että ne ylittivät reilusti varustuksen ja pudota pamahtivat Kaupungin ensimmäiseen piiriin, ja monet syttyivät jonkin tuntemattoman taidon ansiosta tuleen kopsahtaessaan maahan.

Pian vallitsi muurin takana suuri palovaara ja kaikki liikenevät miehet saivat työtä siellä täällä leimahtavien liekkien sammuttamisessa. Sitten putosi Kaupunkiin suurempien ammusten joukossa pienempiä, jotka tekivät vähemmän tuhoa, mutta olivat monin verroin kauheampia. Kaikkialle Portin takana oleville kaduille ja kujille lensi pieniä pyöreitä ammuksia, jotka eivät syttyneet tuleen. Mutta kun miehet juoksivat katsomaan, mitä ne mahtaisivat olla, he ratkesivat huutoon ja itkivät katkerasti. Sillä Vihollinen sinkosi Kaupunkiin kaikkien niiden miesten päät, jotka olivat kaatuneet taistelussa Osgiliathissa tai Rammasissa tai pelloilla. Niitä oli kauhea katsoa, sillä vaikka jotkut olivat murskattuja ja muodottomia ja julmasti runneltuja, monien piirteet olivat kuitenkin tunnistettavissa, ja kuolema oli ollut tuskallinen, ja kaikkiin oli poltettu Luomettoman silmän hirveä merkki. Mutta vaikka ne oli ruhjottu ja häpäisty, kävi usein niin, että mies näki näin jälleen kasvot jotka hän oli tuntenut, sellaisen miehen kasvot, joka kerran oli ylväästi astellut aseissa tai viljellyt peltoja tai ratsastanut vapaapäivää viettämään kukkuloiden vihreistä laaksoista.

Turhaan puivat miehet nyrkkiä säälimättömille vihollisille, joita kuhisi Portin edustalla. Kirouksista ne eivät välittäneet eivätkä ne ymmärtäneet läntisten ihmisten kieltä, ne huusivat karkein äänin kuin pedot ja haaskalinnut. Mutta pian ei ollut monta miestä Minas Tirithissä, jonka sydän olisi kestänyt nousta ja uhmata Mordorin sotajoukkoja. Sillä Mustan tornin ruhtinaalla oli toinenkin ase, nälkää nopeampi: pelko ja epätoivo.

Nazgûl palasivat taas, ja nyt kun niiden Musta ruhtinas vahvistui ja kävi käyttelemään voimaansa, niiden äänet, jotka ilmaisivat vain hänen tahtoaan ja pahuuttaan, täyttyivät ilkeydellä ja hirveydellä. Ne kiersivät kiertämistään Kaupungin yllä kuin korppikotkat, jotka odottavat saavansa mahansa täyteen tuomittujen miesten lihaa. Ne lensivät katseen ja nuolen kantamattomissa, ja kuitenkin ne olivat kaiken aikaa läsnä ja niiden karmivat huudot repivät ilmaa. Jokainen uusi huuto teki niiden kestämisen yhä vaikeammaksi, ei helpommaksi. Viimein lujasydämisetkin heittäytyivät maahan, kun näkymätön uhka lensi yli, tai jäivät seisomaan antaen aseiden pudota hervottomista käsistä, ja heidän mielensä täytti pimeys eivätkä he enää ajatelleet sotaa. Mielessä oli vain kätkeytyminen, ryömiminen, kuolema.

Koko tämän mustan päivän Faramir makasi vuoteellaan Valkoisen tornin kammiossa vaellellen toivottomilla kuumeen mailla. »Hän tekee kuolemaa», sanoi joku, ja pian toistivat muureilla ja kaduilla kaikki miehet: »Tekee kuolemaa.» Ja hänen vierellään istui hänen isänsä eikä sanonut mitään, katseli vain eikä välittänyt enää puolustuksesta.

Niin synkkiä hetkiä ei Pippin ollut ennen kokenut, ei edes *uruk-hain* kourissa. Hänen velvollisuutensa oli palvella valtiasta ja hän palveli; tuntien itsensä unohdetuksi hän seisoi valaisemattoman kammion ovella ja taisteli omia pelkojaan vastaan parhaansa mukaan. Ja hänen katsellessaan hänestä tuntui, että Denethor vanheni hänen silmiensä edessä ikään kuin jokin olisi katkennut tässä ylpeässä miehessä ja hänen luja tahtonsa olisi murtunut. Ehkä sen oli saanut aikaan suru ja katumus. Hän näki kyyneliä noilla kerran kyyneleettömillä kasvoilla ja ne olivat kauheammat katsella kuin hänen vihansa.

»Valtias, älkää itkekö», hän änkytti. »Ehkä hän paranee. Oletteko kysynyt Gandalfilta?»

»Lohdutuksekseni älä mainitse velhoja!» Denethor sanoi. »Houkan toivo on pettänyt. Vihollinen on löytänyt etsimänsä, ja nyt hänen voimansa kasvaa, hän näkee meidän ajatuksemmekin ja kaikki mitä teemme koituu tuhoksi.

Minä lähetin poikani sotaan, kiittämättä, siunaamatta, lähetin suotta vaaraan, ja tässä hän makaa myrkkyä suonissaan. Ei, ei, mitä sodassa nyt tapahtuukin, myös minun sukuni sammuu, kuihtuu käskynhaltijoidenkin huone. Ilkiöt saavat hallita ihmisten kuninkaitten viimeisiä jälkeläisiä, jotka piileksivät kukkuloilla kunnes viimeisetkin ajetaan ulos.»

Ovelle tuli miehiä, jotka huusivat Kaupungin valtiasta. »Ei, minä en tule alas», hän sanoi. »Minun tulee pysytellä poikani vierellä. Hän saattaa vielä puhua ennen loppua. Mutta se lähestyy. Seuratkaa ketä mielitte, vaikka Harmaata houkkaa, mutta hänen toivonsa on pettänyt. Minä pysyn täällä.»

Niin otti Gandalf johdon Gondorin kaupungin viimeisessä puolustuksessa. Minne hän tulikin, siellä miesten sydän taas lujittui ja siivekkäät varjot pyyhkiytyivät mielestä. Väsymättä hän kulki Linnasta Portille, pohjoisesta etelään, ja hänen kanssaan kulki Dol Amrothin suuriruhtinas loistavassa sotisovassaan. Sillä hän ja hänen ritarinsa näyttivät yhä ryhdiltään ylimyksiltä, joissa Númenorin veri virtaa puhtaana. Miehet, jotka heidät näkivät, kuiskivat keskenään ja sanoivat: »Kukaties vanhat tarut puhuvat totta ja hänen väkensä suonissa virtaa haltiaverta, sillä Nimrodelin kansa asui tuossa maassa ammoisina aikoina.» Ja sitten joku lauloi hämärässä muutamia säkeistöjä Nimrodelin laulusta tai muista Anduinin laakson runoista, jotka periytyivät aikojen takaa.

Mutta silti – kun he olivat menneet, sai varjo taas otteen miehistä ja heidän sydämensä kylmeni ja Gondorin rohkeus sammui tuhkaksi. Ja niin siirryttiin hitaasti pelkojen päivän hämärästä epätoivon yön pimeyteen. Kaupungin ensimmäisessä piirissä oli tuli valloillaan monin paikoin ja uloimman muurin varuskunnan pakotie useasta kohdin katkennut. Vain harva uskollinen pysyikään siellä asemapaikallaan, suurin osa oli paennut Toisen portin taakse.

Kaukana taistelun selustassa oli Virran yli nopeasti rakennettu silta, ja kaiken päivää tulvi sen yli lisää joukkoja ja kalustoa. Nyt viimein keskellä yötä alkoi hyökkäys. Etujoukko ylitti tulikaivannot niiden väliin jätettyjä mutkikkaita polkuja myöten. Viholliset etenivät rykelmänä ja laumassa muurilla seisovien miesten nuolenkantamalle piittaamatta tappioistaan. Mutta niin oli, että liian vähän oli jousimiehiä, jotta he olisivat pystyneet tuottamaan mainittavaa vahinkoa, vaikka tulien valossa näkyi monta maalia senkaltaisille jousimiehille, joilla Gondor kerran oli kerskunut. Silloin piilossa oleva Johtaja tajusi, että Gondorin kaupungin urheus oli jo maassa, ja hän heitti hyökkäykseen koko voimansa. Hitaasti vyöryivät Osgiliathissa rakennetut suuret piiritystornit halki pimeyden.

Valkoisen tornin kammioon tuli taas viestintuojia ja Pippin päästi heidät sisään, sillä he vaativat sitä. Denethor käänsi katseensa hitaasti Faramirin kasvoista ja katsoi heitä ääneti.

»Valtias, Kaupungin ensimmäinen piiri palaa», he sanoivat. »Mitkä ovat käskynne? Olette yhä valtias ja käskynhaltija. Kaikki eivät tahdo seurata Mithrandiria. Miehiä pakenee muureilta ja jättää ne vartiotta.»

»Miksi? Miksi nuo höynät pakenevat?» Denethor sanoi. »Parempi on palaa ennemmin kuin myöhemmin, sillä me palamme kaikki. Menkää takaisin sinne missä kokko palaa! Ja minä? Minä menen nyt omalle roviolleni. Omalle roviolleni! Denethorille ja Faramirille ei hautaholvia. Ei hautaholvia! Ei balsamoidun kuoleman pitkää hidasta unta. Me palamme kuin pakanakuninkaat ennen kuin yksikään laiva purjehti tänne lännestä. Länsi on hukassa. Menkää ja palakaa!»

Viestintuojat kääntyivät kumartamatta, vastaamatta, ja pakenivat.

Denethor nousi ja päästi Faramirin kuumeisen käden, jota hän oli pitänyt omassaan. »Hän palaa, palaa jo», hän sanoi surullisesti. »Hänen henkensä huone murenee.» Sitten hän astui pehmeästi Pippiniä kohti ja katsoi häneen.

»Hyvästi!» hän sanoi. »Hyvästi, Peregrin Paladinin poika! Palveluksesi on ollut lyhyt, ja nyt se lähenee loppuaan. Vapautan sinut siitä vähästä, mitä on jäljellä. Mene nyt, ja kuole niin kuin parhaaksi näet. Ja kenen kanssa tahdot, vaikka sen ystävän kanssa, jonka hulluus toi sinut tähän kuolemaan. Haeta palvelijani ja mene sitten. Hyvästi!»

»En sano hyvästi, valtias», Pippin sanoi ja polvistui. Äkkiä hän oli taas reipas hobitti ja nousi ja katsoi vanhaa miestä silmiin. »Poistun luvallanne, valtias», hän sanoi, »sillä minä tahdon todella kovasti tavata Gandalfin. Mutta hän ei ole houkka, enkä minä aio ajatella kuolemaa ennen kuin hän menettää uskonsa elämään. Mutta valastani ja palveluksestanne en tahtoisi vapautua niin kauan kuin te elätte. Ja jos ne tulevat viimein Linnaan, toivon olevani täällä teidän rinnallanne ansaitakseni kukaties varusteet, jotka minulle annoitte.»

»Tee miten tahdot, mestari puolituinen», Denethor sanoi. »Minun elämäni on murskana. Haeta palvelijani!» Hän kääntyi taas Faramirin puoleen.

Pippin lähti ja kutsui palvelijoita ja nämä tulivat: kuusi talonväkeen kuuluvaa miestä, vahvaa ja komeaa, ja kuitenkin he vapisivat kutsun kuullessaan. Hiljaisella äänellä Denethor käski heidän panna lämpimiä peittoja Faramirin vuoteelle ja nostaa sen maasta. Ja he tekivät niin, ja nostivat vuoteen ylös ja kantoivat sen ulos kammiosta. He astelivat hyvin hitaasti jotteivät olisi rasittaneet turhaan kuumeista miestä, ja Denethor seurasi heitä nojaten sauvaan, viimeisenä kulki Pippin.

He astelivat Valkoisesta tornista ulos pimeään kuin hautajaisiin. Taivaalla riippuvaa pilveä valaisi alhaalta himmeänpunainen lepatus. Hiljaa he kävelivät suurta pihaa ja pysähtyivät, kun Denethor käski, Kuihtuneen puun luo.

Oli hiljaista, sodan kumina kantautui vaimeana alhaalta Kaupungista, ja he kuulivat miten vesi tipahteli surullisesti kuolleilta oksilta tummaan altaaseen. Sitten he kulkivat Linnan portin läpi ja vartiomies tuijotti heitä ihmeissään ja kauhuissaan. He kääntyivät länteen ja saapuivat viimein kuudennen piirin muurin takaosassa olevalle ovelle. Fen Hollen oli sen nimi, sillä se oli aina suljettu paitsi hautajaisten aikaan, ja vain Kaupungin valtiaalla oli oikeus kulkea siitä, sekä niillä joilla oli hautojen merkki ja jotka hoitivat kuolleiden taloja. Ovelta lähti mutkitteleva tie. Kääntyillen se johti kapealle alalle Mindolluinin jyrkänteen varjoon, jossa kohosivat kuolleiden kuninkaiden ja heidän käskynhaltijoittensa asuinsijat.

Tien vieressä oli pieni talo, jossa istui portinvartija, ja hänen silmissään oli pelkoa kun hän tuli ulos lyhty kädessään. Valtiaan käskystä hän avasi oven, joka hitaasti kääntyi auki, ja he kulkivat aukosta ja ottivat lyhdyn vartijan kädestä. Alenevalla tiellä huojuvassa lyhdyn valossa häämöttävien muurien ja pyläskaiteiden välissä oli pimeää. Hitaat askelet kaikuivat kun he kulkivat alas, alas, kunnes he viimein saapuivat Hiljaiselle kadulle, Rath Dínenille, vaaleiden kupoleiden, tyhjien salien ja aikaa kuolleiden miesten kuvien keskelle, ja he astuivat Käskynhaltijoiden taloon ja laskivat taakkansa maahan.

Levottomana ympärilleen vilkuileva Pippin havaitsi olevansa avarassa holvisalissa, jonka seiniä ikään kuin verhosivat pienen lyhdyn heittämät valtavat varjot. Ja hämärästi hän erotti monta riviä marmorista hakattuja pöytiä, ja kunkin pöydän päällä lepäsi nukkuva hahmo kädet ristissä ja pää kivityynyllä. Mutta yksi lähellä oleva leveä pöytä oli tyhjä. Denethorin kehotuksesta he laskivat sille rinnakkain Faramirin ja hänen isänsä, ja peittivät heidät samalla peitteellä ja jäivät seisomaan pää kumarassa kuin surevat kuolinvuoteen ääreen. Sitten Denethor puhui hiljaa:

»Me odotamme täällä», hän sanoi. »Mutta älkää haettako balsamoitsijoita. Tuokaa meille hyvin syttyvää puuta ja kasatkaa puut ympärillemme ja allemme ja kaatakaa öljyä niiden päälle. Ja kun minä käsken, heittäkää rovioon soihtu. Tämä tehkää, älkääkä enää puhuko minulle. Jääkää hyvästi!»

»Luvallanne, valtias!» Pippin sanoi ja kääntyi ja pakeni kauhun vallassa kuoleman talosta. »Voi Faramir!» hän ajatteli. »Minun on löydettävä Gandalf. Voi Faramir! Luulisi että hän tarvitsee lääkettä pikemmin kuin kyyneleitä. Mistähän minä löydän Gandalfin? Tapahtumien pyörteistä kai, eikä hänellä ole aikaa hulluille ja kuoleville.»

Ovella hän kääntyi yhden palvelijan puoleen, joka oli jäänyt vartioon. »Valtiaanne ei ole oma itsensä», hän sanoi. »Toimikaa hitaasti! Älkää tuoko tulta tähän paikkaan niin kauan kuin Faramir yhä elää! Älkääkä tehkö mitään ennen kuin Gandalf tulee!»

»Kuka on Minas Tirithin herra?» vastasi mies. »Valtias Denethor vai Harmaa vaeltaja?»

»Harmaa vaeltaja tai ei kukaan, siltä näyttää», Pippin sanoi ja kiiruhti sitten mutkittelevaa tietä takaisin niin nopeasti kuin jalat kantoivat, ohi hämmästyneen portinvartijan, oviaukon läpi ja yhä eteenpäin kunnes alkoi lähestyä Linnan porttia. Vartija tervehti häntä kun hän meni ohi, ja hän tunsi Beregondin äänen.

»Minne juokset, mestari Peregrin?» hän huusi.

»Etsin Mithrandiria», Pippin vastasi.

»Valtiaan asiat ovat kiireiset enkä minä tahdo niitä estää», Beregond sanoi, »mutta kerro nopeasti jos voit: Mitä on tekeillä? Minne on valtiaani mennyt? Olen vasta tullut palvelukseen, mutta kuulin että hän meni Suljetulle ovelle ja että miehet kantoivat Faramiria hänen edellään.»

»Niin meni», Pippin sanoi, »hän meni Hiljaiselle kadulle.»

Beregond painoi päänsä peittääkseen kyyneleensä. »Sanottiin, että hän on kuolemaisillaan», hän huokasi, »ja nyt hän on kuollut.»

»Ei ole», sanoi Pippin, »ei vielä. Ja vielä nytkin voidaan hänen kuolemansa ehkä estää. Mutta Beregond, Kaupungin valtias on kukistunut ennen kuin kaupunki on vallattu. Hän on kuolemaa täynnä ja vaarallinen.» Nopeasti hän kertoi Denethorin oudoista sanoista ja teoista. »Minun on heti löydettävä Gandalf.»

»Silloin sinun on mentävä alas taistelun keskelle.»

»Tiedän sen. Valtias on antanut minulle luvan. Mutta jos vain voit, Beregond, tee jotakin estääksesi tätä kamaluutta tapahtumasta.»

»Valtias ei salli kenenkään, joka kantaa mustaa ja hopeaa, poistua paikaltaan mistään syystä, paitsi hänen omasta käskystään.»

»Sinun on nyt valittava määräykset tai Faramirin elämä», Pippin sanoi. »Ja mitä määräyksiin tulee, minusta tuntuu että on kysymys hullusta, ei valtiaasta. Minun täytyy kiiruhtaa. Palaan jos voin.»

Hän juoksi eteenpäin, alas, alas, uloointa kaupunkia kohti. Tulipaloa pakenevia miehiä juoksi hänen ohitseen ja jotkut huusivat hänelle nähdessään hänen pukunsa, mutta hän ei välittänyt siitä. Lopulta hän pääsi Toisen portin läpi, ja sen alapuolella riehuivat suuret lieskat muurien välissä. Kuitenkin piiri tuntui oudon hiljaiselta. Huutoja, taistelun melskettä tai aseiden kalsketta ei kuulunut. Sitten äkkiä kuului kauhea huuto, jota seurasi valtava tärähdys ja syvä kaikuva kumu. Pippin pakottautui jatkamaan vastoin polvia myöten puistattavaa pelon ja kauhun aaltoa, kääntyi eräästä kulmasta ja saapui aukiolle Kaupungin portin taakse. Hän pysähtyi kuin naulittuna. Hän oli löytänyt Gandalfin, mutta vetäytyi saman tien takaisin ja käpertyi varjoon.

Keskiyöstä lähtien oli hyökkäys jatkunut. Rummut kumisivat. Pohjoisessa ja etelässä tunki komppania toisensa perään muureja kohti. Siellä oli valtavia petoja, jotka näyttivät liikkuvilta taloilta välähtelevässä punaisessa valossa: ne olivat Haradin *mûmakil*, jotka vetivät valtavia torneja ja koneita tulien välissä olevia väyliä pitkin. Niiden Johtaja ei kuitenkaan paljon piitannut siitä mitä ne tekivät ja montako sai surmansa: niiden tarkoitus oli vain kokeilla puolustuksen voimaa ja pitää Gondorin miehet liikkeessä monessa paikassa. Porttia vastaan se heittäisi suurimman voimansa. Sillä vaikka portti oli vahva, terästä ja rautaa, ja sitä vartioivat murtumattomasta kivestä rakennetut tornit ja bastionit, se oli kuitenkin avain, heikoin kohta korkeassa ja voittamattomassa muurissa.

Rummut alkoivat jylistä kovempaa. Liekit loimusivat. Suuria koneita eteni peltojen poikki ja niiden keskellä heilui valtavien ketjujen varassa jättiläismäinen muurinmurtaja, viisikymmenkyynäräisen puunrungon kokoinen. Kauan sitä oli taottu Mordorin mustissa pajoissa, sen kauhea kärki oli mustaa terästä ja saalistavan suden muotoinen ja tuhon taiat oli luettu siihen. Sen nimeksi oli annettu Grond, entisaikojen Alamaailman vasaran mukaan. Suuret pedot vetivät sitä, örkkejä kuhisi sen ympärillä ja sen takana asteli vuorenpeikkoja valmiina sitä käyttelemään.

Mutta Portilla oli vastarinta yhä luja ja siellä taistelivat Dol Amrothin ritarit ja varuskunnan uljaimmat miehet. Ilma oli paksuna ammuksia ja nuolia, piiritystorneja murskaantui tai syttyi äkkiä soihtuna tuleen. Portin molemmin puolin oli maa muurien alla täynnä rikkoutuneita varusteita ja kaatuneitten ruumiita; yhä vain hullun lailla ryntäsi lisää vihollisia muuria päin.

Grond eteni. Sen rakenteisiin ei tuli tarttunut, ja vaikka silloin tällöin joku sitä vetävistä jättimäisistä otuksista vauhkoontui ja teki kamalaa jälkeä tallaten maahan lukemattomia sitä vartioivia örkkejä, niiden ruumiit vain viskattiin sivuun ja toiset astuivat niiden sijaan.

Grond eteni. Rummut jyrisivät vimmatusti. Ruumisröykkiöitten takaa tuli esiin hirveä hahmo: pitkä, huppupäinen, mustaan pukeutunut ratsumies. Hitaasti kuolleita talloen se ratsasti eteenpäin välittämättä enää nuolista. Se pysähtyi ja veti esiin pitkän vaalean miekan. Ja kun se sen teki, suuri pelko kouristi kaikkia, niin puolustajia kuin hyökkääjiä, ja miesten kädet riippuivat sivulla eikä yksikään jousi laulanut. Hetken oli kaikki hiljaista.

Rummut pärisivät ja jylisivät. Valtavat kädet vetivät Grondia eteenpäin. Se saavutti Portin. Se heilahti. Syvä kumaus vavistutti koko Kaupunkia kuin ukkosen jyräys pilvissä. Mutta rautaovet ja terästolpat kestivät iskun.

Silloin Musta johtaja kohottautui jalustimissaan ja huusi hirveällä äänellä ja lausui kauheita voimallisia sanoja kielellä, jota kukaan ei enää tuntenut. Kivimuuri vapisi, itse kunkin sydäntä raastoi.

Kolmasti se huusi. Kolmasti jysähti iso muurinmurtaja. Ja äkkiä viimeisellä iskulla murtui Gondorin portti. Kuin murskaavan taian voimasta se särkyi: salaman välähdys repi ilmaa ja portin puoliskot paiskautuivat pirstaleina maahan.

Sisään ratsasti *Nazgûlin* herra. Valtavana mustana hahmona se erottui tulia vasten uhoten mittaamatonta epätoivoa. Sisään ratsasti *Nazgûlin* herra, alitse portinkaaren, josta yksikään vihollinen ei vielä ollut kulkenut, ja kaikki pakenivat sen kasvojen edessä.

Kaikki paitsi yksi. Portin takaisella aukiolla odotti vaiti ja liikkumatta Hallavaharjan selässä Gandalf, Hallavaharjan, joka yksin maailman vapaista hevosista kesti tuon kauhun kavahtamatta, lujana kuin Rath Dínenin kivinen kuva.

»Tänne et pääse», Gandalf sanoi ja valtava varjo seisahtui. »Mene takaisin syvyyteen, joka sinulle on valmistettu! Mene takaisin! Vajoa olemattomuuteen, joka odottaa sinua ja Herraasi. Mene!»

Musta ratsastaja sysäsi syrjään huppunsa, ja katso! sillä oli kuninkaan kruunu, mutta näkyvä pää ei sitä kannatellut. Punaiset tulet loistivat kruunun ja valtavien tummien hartioiden välissä joita kaapu verhosi. Näkymättömästä suusta kuului kolkko nauru.

»Vanha houkka!» se sanoi. »Vanha houkka. Minun hetkeni on tullut. Etkö tunne Kuolemaa kun sen näet? Kuole nyt! Turhaan kiroat!» Ja näin sanottuaan se nosti korkealle aseensa ja lieskat nuolivat miekan terää.

Gandalf ei liikkunut. Ja juuri sillä hetkellä jollakin kaukaisella Kaupungin pihalla kiekui kukko. Läpitunkeva ja kirkas oli tuo kiekaisu, joka ei piitannut sodasta, ei noituudesta, tervehti vain aamua, joka teki tuloaan kaukana taivaalla kuoleman varjojen yläpuolella, missä aurinko nousi.

Ja kuin vastauksena kaikui kaukaa toinen sävel. Torvet, torvet, torvet. Ne kaikuivat vaimeasti tumman Mindolluinin rinteistä. Villisti soivat suuret pohjoisen torvet. Rohan oli viimein tullut.

5

ROHIRRIMIN RATSASTUS

OLI PIMEÄÄ, EIKÄ Merri nähnyt mitään maatessaan maassa huopaan kääriytyneenä, mutta vaikka yö oli tyyni eikä henkäyskään käynyt, kaikkialla hänen ympärillään näkymättömät puut huokailivat hiljaa. Hän kohotti päätään. Sitten ääni kuului taas, kuin etäällä metsäisillä kukkuloilla ja vuorten rinteillä olisi lyöty rumpua. Kumina saattoi äkkiä loppua ja alkaa taas jossakin toisella suunnalla, väliin lähempänä väliin kauempana. Hän mietti, olivatkohan vartiomiehet myös kuulleet.

Hän tiesi että kaikkialla hänen ympärillään oli *rohirrimin* joukko-osastoja, vaikka hän ei niitä nähnytkään. Hän haistoi hevoset pimeässä ja kuuli, miten ne vaihtoivat jalkaa ja rahistuttivat neulasten peittämää maata. Sotajoukko oli leiriytynyt Eilenachin kokkovaaraa kiertävään mäntymetsään, tuo kukkula kohosi korkeana Itä-Anórienissa Drúadanin metsän pitkien harjanteiden keskellä suuren tien vieressä.

Väsymyksestään huolimatta Merri ei saanut unta. Hän oli nyt ratsastanut yhtä mittaa neljä päivää. Alati syvenevä hämärä oli vähitellen painanut hänen mielensä maahan. Hän alkoi ihmetellä, miksi hän oli ollut niin innokas tulemaan mukaan, kun hänelle oli annettu kaikki mahdollisuudet jäädä, kun hänen herransa oli jopa käskenyt häntä jäämään. Hän mietti myös, tiesikö vanha kuningas, että häntä ei ollut toteltu ja oliko hän vihainen. Ehkä ei. Dernhelmin ja heidän *éorediaan* komentavan marsalkan Elfhelmin välillä vallitsi jonkinlainen yhteisymmärrys. Hän ja hänen miehensä eivät olleet huomaavinaan Merriä ja tai kuulevinaan kun hän puhui. Hän olisi yhtä hyvin voinut olla yksi Dernhelmin laukuista. Dernhelmistä ei ollut lohtua: hän ei puhunut kenellekään. Merri tunsi itsensä pieneksi, epätoivotuksi ja yksinäiseksi. Oli tulenpalava kiire ja sotajoukko oli suuressa vaarassa. He olivat vajaan päivän ratsastuksen päässä Minas Tirithin ulkomuurilta, joka ympäröi asuttuja maita. Tiedustelijoita oli lähetetty edelle. Osa ei ollut palannut. Takaisin kiiruhtaneet olivat kertoneet, että tie oli miehitetty. Vihollisen armeija oli leiriytynyt tielle kolmen virstan päähän Amon Dînistä ja sitä myöten marssi jo melkoinen miesjoukko, joka ei ollut puoltatoista peninkulmaa kauempana. Örkkejä vaelsi kukkuloilla ja metsissä tien lähettyvillä. Kuningas ja Éomer neuvottelivat yön hetkinä.

Merri kaipasi puhekumppania ja ajatteli Pippiniä. Mutta siitä levottomuus vain paheni. Pippin parka, joka oli suljettu kiviseen kaupunkiin yksin ja peloissaan. Merri toivoi olevansa pitkä Ratsastaja niin kuin Éomer niin että hän voisi esimerkiksi puhaltaa torveen ja ratsastaa täyttä laukkaa Pippiniä pelastamaan. Hän nousi istumaan kuunnellen rumpuja, ne kumisivat taas, tällä kertaa lähempänä. Sitten hän kuuli hiljaisia ääniä ja näki puoliksi peitettyjen lyhtyjen liikkuvan puiden lomassa. Lähistöllä majailevat miehet alkoivat liikehtiä epävarmasti pimeydessä.

Hänen edessään kohosi äkkiä pitkä hahmo, joka kompastui häneen ja manasi puiden juuria. Hän tunnisti marsalkka Elfhelmin äänen.

»Herra, minä en ole puunjuuri», hän sanoi, »enkä laukku, vaan ruhjottu hobitti. Vähintä mitä voitte tehdä korvaukseksi on kertoa, mitä on tekeillä.»

»Mitä tässä hitonmoisessa pimeydessä muka näkee tehdä!» vastasi Elfhelm. »Mutta herrani lähettää sanan, että meidän on oltava valmiina: voi tulla käsky lähteä äkkiä.»

»Onko vihollinen siis tulossa?» kysyi Merri levottomana. »Ovatko nuo niiden rumpuja? Minusta rupesi tuntumaan, että minä kuvittelin koko rummut, kun kukaan muu ei näyttänyt kiinnittävän niihin mitään huomiota.»

»Ei ei», sanoi Elfhelm, »vihollinen on tiellä, ei kukkuloilla. Kuulette metsäläisten äänet, metsien villi-ihmisten äänet: näin he puhuvat keskenään välimatkojen päästä. Heitä on kuulemma yhä Drúadanin metsässä. He lienevät aikaisemman ajan jäänteitä, heitä on vähän ja he elävät salassa, villeinä ja varuillaan kuin eläimet. He eivät sodi Gondorin tai Markin mukana, mutta nyt pimeys ja örkkien tulo hermostuttavat heitä: he pelkäävät, että Mustat vuodet palaavat, ja siltähän se näyttääkin. Olkaamme kiitollisia siitä, että he eivät metsästä meitä, sillä he käyttävät myrkytettyjä nuolia ja kerrotaan, että erätaidoissa ei heille löydy vertaa. Nyt he ovat tarjonneet palveluksiaan Théodenille. Paraikaa on yksi heidän päämiehistään menossa kuninkaan luo. Nuo valot ovat matkalla sinne. Tämän verran olen kuullut, en enempää. Pakatkaa itsenne kuntoon, herra laukku!» Hän katosi varjoihin.

Merri ei pitänyt näistä puheista villi-ihmisistä ja myrkkynuolista, ja muutenkin hän oli peloissaan. Odottaminen oli kestämätöntä. Hän halusi kiihkeästi tietää, mitä tulisi tapahtumaan. Hän nousi ja käveli varovasti viimeisen lyhdyn perään saadakseen sen kiinni ennen kuin se katosi puiden sekaan.

Hän saapui aukealle paikalle, johon oli pystytetty suuren puun alle pieni teltta kuningasta varten. Ylhäältä peitetty suuri lyhty riippui oksasta ja heitti alapuolelleen kalvaan valoympyrän. Siellä istuivat Théoden ja Éomer, ja heidän edessään maassa istui kyykyssä outo ihmisen hahmo, kuin vanha kivi. Hänen harvan partansa karvatkin harottivat kuoppaisissa poskissa kuin kuiva sammal. Hänellä oli lyhyet jalat ja paksut kädet, hän oli tanakka ja lyhyenläntä eikä hänellä ollut muuta verhoa kuin vyötärölle kietaistu ruohomekko. Merristä tuntui, että hän oli nähnyt miehen joskus aikaisemmin, ja äkkiä hän muisti Dunhargin púkelmiehet. Tässä istui eloon heränneenä yksi noista vanhoista kuvista, tai ehkä olento, joka polveutui suoraan loputtomien vuosien kautta niistä malleista, joita unohdetut veistäjät aikaa sitten olivat käyttäneet.

Merrin ryömiessä lähemmäksi oli hiljaista, sitten metsäläinen alkoi puhua. Kuulosti kuin hän olisi vastannut johonkin kysymykseen. Hänellä oli syvä kurkkuääni, mutta Merrin ihmetykseksi hän puhui yhteiskieltä vaikkakin ontuvasti ja sekoittaen joukkoon eriskummallisia sanoja.

»Ei, hevosmiehien isä», hän sanoi. »Me ei taistele. Me metsästää. Tappaa *gorgûn* metsässä, vihaa örkkiläisiä. Te vihaa myös *gorgûn*. Me autta minkä osaa. Metsän miehillä pitkä korva ja pitkä silmä, tietää kaikki polut. Metsän miehet asuu täällä ennen Kivitaloja, ennen kuin Pitkät miehet tulee Vedestä.»

»Mutta me kaipaamme apua taisteluun», Éomer sanoi. »Miten te ja kansanne autatte meitä?»

»Metsäläiset tuo tietoja», vastasi villi-ihminen. »Katsoo ulos metsästä. Nousee suurelle vuorelle ja katsoo alas. Kivikaupunki kiinni. Ulkopuoli palaa ja sisäpuoli nyt myös palaa. Te tahtoo sinne? Te sitten nopeat. *Gorgûn* ja kaukalaiset» – hän heilautti lyhyellä kädenkäppyrällä itään – »on hevostiellä. Monta, monta, enemmät kuin hevosmiehet.»

»Mistä te tiedätte sen?» Éomer sanoi.

Vanhan miehen litteistä kasvoista ja tummista silmistä ei voinut lukea mitään, mutta hänen äänensä kuulosti loukkaantuneelta. »Metsän miehet – villit, vapaat, mutta ei lapset», hän vastasi. »Minä suuri johtomies, Ghân-buri-Ghân. Monet minä lasken: tähdet taivaalla, lehdet puissa, pimeässä miehet. Teitä tiu tiuta kymmenesti ja vielä viidesti. Niillä enemmän. Suuri tappelus, ja kuka sen voittaa? Ja enemmän vielä kiertää Kivitalojen muureja.»

»Voi! Hän puhuu aivan liian totta», sanoi Théoden. »Ja tiedustelijamme sanovat, että ne ovat katkaisseet tien kaivannoin ja seipäin. Me emme voi pyyhkäistä niitä kumoon äkki-iskulla.»

»Ja kuitenkin on nopeus meille nyt välttämätön», sanoi Éomer. »Turvalinna on tulessa!»

»Ghân-buri-Ghân puhuu loppuun!» sanoi metsän mies. »Hän tuntee tiet enemmän kuin yksi. Hän johtaa teidät tietä, ei kuoppia, ei *gorgûn* kävele, vain metsän miehet ja eläimet. Paljon polkuja teki silloin kun kivitalolaiset voimakkaampia ja leikkasi kalliota kuin metsästäjä leikkaa lihaa. Metsän miehet luulee: kivi heille ruoka. Kulki Drúadanin halki Rimmoniin suurilla vaunuilla. Ei enää kulje. Tie unohtunut, mutta metsäläiset muistaa. Tästä kukkuloiden yli ja taakse, siellä vielä tie puiden alla ja ruohon alla, Rimmonin takana, se vie Dîniin ja takaisin lopuksi hevosmiesten tielle. Metsän miehet näyttää teille tien. Sitten te tappaa *gorgûn* ja ajaa pois pimeän kirkkaalla raudalla, ja metsän miehet voi mennä takaisin nukkumaan omaan korpeen.»

Éomer ja kuningas puhuivat keskenään omalla kielellään. Viimein Théoden kääntyi villi-ihmisen puoleen. »Otamme vastaan tarjouksenne», hän sanoi. »Sillä vaikka näin jätämme selustaamme vihollisarmeijan, mitä sillä on väliä? Jos Kivikaupunki kukistuu, ei meillä ole paluuta. Jos se pelastuu, joutuu örkkiarmeija puolestaan eristyksiin. Jos olette luotettava, Ghân-buri-Ghân, saatte meiltä ruhtinaalliset lahjat, ja Markin ikuisen ystävyyden saatte.»

»Kuollut ei elävän ystävä, ei anna lahjoja», sanoi metsän mies. »Mutta jos te elää Pimeyden jälkeen, jättää rauhaan metsän miehet, ei metsästä enää kuin petoja. Ghân-buri-Ghân ei vie ansaan. Hän itse tulee Hevosmiehien isän kanssa, ja jos hän vie teitä harhaan, te tappaa hänet.»

»Olkoon niin!» sanoi Théoden.

»Kauanko kestää kiertää vihollinen ja palata takaisin tielle?» Éomer kysyi. »Meidän on mentävä kävelyvauhtia, jos te opastatte meitä, ja epäilemättä tie on kapea.» »Metsän miehillä nopsat jalat», Ghân sanoi. »Tie leveä riittää neljä hevosta rinnan Paasilaaksossa tuolla» – hän heilautti kädellään etelään – »mutta alussa ja lopussa kapea. Metsän mies voi kävellä tästä Dîniin aamunkoiton ja keskipäivän välissä.»

»Silloin on annettava johtajille ainakin seitsemän tuntia», Éomer sanoi, »mutta kaiken kaikkiaan on laskettava matkaan kymmenisen tuntia. Voimme kohdata arvaamattomia esteitä, ja jos joukkomme on venytetty pitkäksi ketjuksi, kestää kauan ennen kuin saamme sen taas järjestykseen hyökätäksemme kukkuloilta. Mikä aika nyt on?»

»Kuka tietää?» Théoden sanoi. »On ainainen yö.»

»Pimeä on, ei ole ainainen yö», Ghân sanoi. »Kun aurinko tulee, metsän mies tuntee hänet, vaikka hän piilossa. Hän nousee jo Itävuorten yli. Taivaan niityllä alkaa päivä.»

»Siinä tapauksessa on meidän lähdettävä hetimmiten», Éomer sanoi. »Silti emme voi toivoa pääsevämme Gondorille avuksi tänään.»

Merri ei jäänyt kuuntelemaan enempää, hän puikahti tiehensä ollakseen valmiina kun marssikäsky tulisi. Tämä oli viimeinen vaihe ennen taistelua. Hänestä tuntui, että monikaan ei ehkä selviäisi elossa. Mutta hän ajatteli Pippiniä ja Minas Tirithin tulipaloja ja heitti oman pelon mielestään.

Kaikki sujui hyvin tuona päivänä, eivätkä he nähneet tai kuulleet merkkiäkään väijyvästä vihollisesta. Metsän miehet olivat levittäneet ketjun valppaita metsästäjiä niin että yksikään örkki tai harhaileva vakooja ei saisi tietoa kukkuloilla liikehtivistä joukoista. Valo oli entistäkin hämärämpi Ratsastajien taivaltaessa kohti piiritettyä kaupunkia, ja he etenivät pitkinä jonoina kuin miesten ja hevosten mustat varjot. Kutakin komppaniaa opasti villi metsämies, ja vanha Ghân kulki kuninkaan rinnalla. Alku oli sujunut toivottua hitaammin, sillä hevosiaan taluttavilta Ratsastajilta oli kulunut melkoisesti aikaa heidän etsiessään kulkukelpoista tietä kätkettyyn Paasilaaksoon leirin takana kohoavilta tiheää metsää kasvavilta rinteiltä. Myöhään iltapäivällä saapuivat ensimmäiset miehet suuriin harmaisiin tiheikköihin, jotka kasvoivat Amon Dînin itäpuolella Nardolin ja Dînin väliseen itä–länsisuuntaiseen kukkulajonoon jäävässä aukossa. Tämän aukon kautta oli unohdettu kärrytie aikoinaan laskeutunut takaisin ratsutielle, Kaupungista Anórieniin johtavalle päätielle, mutta nyt olivat puut jo monen ihmisiän ajan rehottaneet vapaasti ja tie oli kadonnut, rikkoutunut ja hautautunut lukemattomien lehtivuosikertojen alle. Mutta tiheiköt tarjosivat Ratsastajille viimeisen toivon suojasta ennen avointa taistelua, sillä heidän edessään odotti tie ja Anduinin tasanko, kun taas idässä ja etelässä olivat rinteet paljaat ja kallioiset, siellä missä kukkulat kohosivat harjanne harjanteelta kohti Mindolluinin harteita ja huikaisevaa huippua.

Etujoukko sai pysähtymiskäskyn ja jäljessä tulevat virtasivat Paasilaakson kourusta, levittäytyivät ja siirtyivät leiripaikkoihin harmaiden puiden alle. Kuningas kutsui päälliköt neuvonpitoon. Éomer lähetti tiedustelijoita vakoilemaan tietä, mutta Ghân pudisti päätään.

»Turha lähettää hevosmiehiä», hän sanoi. »Metsän miehet jo näki kaiken mitä voi pahassa ilmassa. Metsäläiset tulee kohta, puhuu minulle tässä.»

Päälliköt tulivat, ja sitten puiden keskeltä hiipi varovasti púkelhahmoja, jotka olivat niin vanhan Ghânin näköisiä, että Merri kykeni hädin tuskin erottamaan heidät toisistaan. He puhuivat Ghânille outoa kurkkukieltä.

Sitten Ghân kääntyi kuninkaan puoleen. »Metsän miehet sanoo paljon», hän sanoi. »Ensin, varokaa! Dînin takana yhä leirissä monta miehet, tuntikävelyn päässä täältä tuonnepäin» – hän osoitti kädellään länteen kohti mustaa kokkokukkulaa. »Tämä paikka ja kiviläisten uusi muuri – välissä ei ketään. Siellä paljon puuhaa. Muurit ei enää pystyssä: *gorgûn* hakkaa ne maahan maanukkosella ja mustilla rautakalikoilla. Ne varomattomat, ei katso ympärille. Luulee että ystävät vartioi kaikki tiet!» Sen sanottuaan vanha Ghân päästi oudon kurlausäänen, ja näytti kuin hän olisi nauranut.

»Hyviä uutisia!» huudahti Éomer. »Tässä synkkyydessäkin pilkottaa toivo jälleen. Vihollisen toimet palvelevat usein meitä vastoin tarkoitustaan. Itse kirottu pimeys on suojannut meitä. Ja nyt, halussaan tuhota Gondor ja hävittää se kivi kiveltä, ovat örkit poistaneet suurimman pelkoni aiheen. Ulkomuuria olisi voitu puolustaa pitkään meitä vastaan. Nyt voimme pyyhältää siitä läpi – kunhan vain pääsemme sinne asti.»

»Taas kiitän sinua, metsien Ghân-buri-Ghân», Théoden sanoi. »Onni myötä kiitoksena tiedoista ja opastuksesta!»

»Tappakaa *gorgûn*! Tappakaa örkkiläiset! Muut sanat ei metsän miehiä miellytä», Ghân vastasi. »Ajakaa pois paha ilma ja pimeys kirkkaalla raudalla!»

»Nämä tehdäksemme olemme ratsastaneet pitkään», kuningas sanoi, »ja yritämme aikeemme täyttää. Mutta menestyksemme tietää vasta huominen päivä.»

Ghân-buri-Ghân kyykistyi ja kosketti maata muhkuraisella otsallaan hyvästien merkiksi. Sitten hän nousi ylös kuin lähteäkseen. Mutta äkkiä hän seisahtui katsellen ylös kuin joku hätkähtänyt metsäneläin, joka haistelee outoa ilmaa. Hänen silmänsä alkoivat tuikkia.

»Tuuli kääntyy!» hän huudahti ja sen sanottuaan hävisivät hän ja hänen toverinsa yhdessä hujauksessa varjoihin, eikä yksikään Rohanin ratsastaja enää heitä nähnyt. Ei kestänyt kauankaan, kun idässä alkoivat taas vaimeat rummut kumista. Mutta yhdenkään miehen sydämessä koko sotajoukossa ei käynyt epäilys, että metsän miehet olisivat olleet epäluotettavia, vaikka he näyttivätkin oudoilta ja kaikkea muuta kuin kauniilta.

»Emme enää tarvitse opastusta», sanoi Elfhelm, »sillä sotajoukossa on miehiä, jotka ovat ratsastaneet Turvalinnaan rauhan aikana. Kuten minä. Kun tulemme tielle, se tekee mutkan etelään ja sen jälkeen on edessämme nelisen peninkulmaa ennen kuin pääsemme asuttuja maita ympäröivälle muurille. Suurimman osan matkaa kohoaa tien kummallakin puolella korkeaa ruohoa. Tuolla matkalla Gondorin sanansaattajat kertovat saavuttaneensa suurimman nopeuden. Voimme ratsastaa vauhdilla ja tuottamatta suurta ääntä.»

»Koska meitä siis odottavat kauheat työt ja kaikki voimamme tarvitaan, ehdotan että lepäämme nyt», sanoi Éomer, »ja lähdemme täältä liikkeelle yöaikaan ja ajoitamme matkamme niin että saavumme pelloille kun huominen on valoisimmillaan, tai kun herramme antaa merkin.»

Kuningas suostui tähän ja päälliköt poistuivat. Mutta Elfhelm palasi pian. »Tiedustelijat eivät ole havainneet muuta ilmoitettavaa Harmaan metsän tuolla puolen kuin kaksi miestä: kaksi kuollutta miestä ja kaksi kuollutta hevosta.»

»Mitä niistä on kerrottavaa?» sanoi Éomer.

»Tämä, herra: he olivat Gondorin sanansaattajia, Hirgon saattoi olla heistä toinen. Toisen käsi ainakin puristi yhä Punaista nuolta, mutta hänen päänsä oli hakattu irti. Ja tämän voimme kertoa: merkeistä päätellen he pakenivat kuollessaan länttä kohti. Minä ymmärrän sen niin, että vihollinen oli jo ulkomuurilla heidän sinne palatessaan, tai hyökkäsi paraikaa sitä vastaan – ja siitä lienee kaksi yötä, mikäli he saivat levänneet hevoset vaihtopaikoilta niin kuin yleensä on laita. He eivät olisi ehtineet käydä Kaupungissa ja lähteä takaisin.»

»Ah ja voi!» sanoi Théoden. »Silloin Denethor ei ole saanut tietoa ratsastuksestamme ja on menettänyt toivonsa mitä meihin tulee.»

»*Hätä ei viivytystä salli, mutta parempi myöhään kuin ei milloinkaan*», Éomer sanoi. »Ja saattaa olla, että tällä kertaa vanha sanonta käy toteen paremmin kuin milloinkaan sen jälkeen kun ihminen sai puheen lahjan.»

Oli yö. Rohanin sotajoukko eteni äänettömästi tien kumpaakin puolta. Mindolluinin liepeitä myötäilevä tie kääntyi nyt etelään. Kaukana melkein suoraan edessä erottui punainen hehku tumman taivaan alla, ja suuren vuoren rinteet häämöttivät mustina sitä vasten. He lähestyivät Pelennorin Rammasia, mutta päivä ei ollut vielä koittanut.

Kuningas ratsasti etumaisen komppanian keskellä, ympärillään oman väkensä miehet. Elfhelmin *éored* tuli seuraavana, ja nyt Merri huomasi että Dernhelm oli jättänyt paikkansa ja siirtyi pimeässä koko ajan edemmäksi kunnes ratsasti aivan kuninkaan vartion kintereillä. Tuli pysähdys. Merri kuuli edestäpäin hiljaista puhetta. Tiedustelijat, jotka olivat uskaltautuneet melkein ulkomuurille asti, olivat palanneet. He tulivat kuninkaan luo.

»Korkea herra, siellä on suuria tulipaloja», sanoi yksi. »Lieskat ympäröivät koko kaupungin ja pellot ovat täynnään vihollisia. Mutta näyttää siltä, että kaikki ovat lähteneet hyökkäykseen. Mikäli käsitimme oikein, joukkoja on jätetty ulkomuurille vain vähän, eivätkä nämä välitä mistään, tuhoavat vain minkä kerkiävät.»

»Korkea herra, muistatteko metsän miehen sanat?» sanoi toinen. »Rauhanaikana asun aukealla Rohanin ylängöllä; nimeni on Wídfara, ja minullekin kertoo ilma jotain. Tuuli kääntyy jo. Etelästä käy henkäys; siinä tuntuu meren tuoksu, vaikka onkin heikko. Aamu tuo uutta tullessaan. Tuon pilven päällä on päivä ennen kun käytte muurin läpi.»

»Jos sanasi ovat totta, Wídfara, suotakoon sinun elää yli tämän päivän monta siunattua vuotta!» Théoden sanoi. Hän kääntyi lähellä istuvien talonväkensä miesten puoleen ja puhui nyt niin selvällä äänellä, että monet ensimmäisen *éoredin* Ratsastajat kuulivat hänen sanansa.

»Hetki on koittanut, Markin ratsastajat, Eorlin pojat! Tuli ja taistelu odottavat teitä, koti on jäänyt taakse. Mutta siitä huolimatta, vaikka taistelette vieraalla maalla, kunnia jonka siellä korjaatte on oleva teidän omanne ainaisesti. Valat olette vannoneet, nyt ne kaikki täyttäkää, valat herralle, maalle ja ystävyyden liitolle!»

Miehet kalisuttivat keihäitä kilpiin.

»Éomer, poikani! Sinä saat johtaa ensimmäistä *éoredia*», Théoden sanoi, »ja se ratsastakoon kuninkaan lipun takana. Elfhelm, vie sinä komppaniasi oikealle, kun pääsemme muurin läpi. Ja Grimbold johtakoon omansa vasemmalle. Seuratkoot muut komppaniat näitä kolmea johtavaa miten parhaiten sopii. Iskekää aina milloin vihollinen kerääntyy yhteen. Muita suunnitelmia emme voi tehdä, sillä emme vielä tiedä, miten asiat ovat taistelukentällä. Eteenpäin, pois pimeänpelko!»

Johtokomppania karautti matkaan niin nopeasti kuin pääsi, sillä pimeys oli yhä syvä, huolimatta Wídfaran ennustamasta muutoksesta. Merri ratsasti Dernhelmin selän takana, piteli kiinni vasemmalla kädellä ja yritti oikealla höllätä miekkaa tupessa. Hän tunsi nyt katkerasti vanhan kuninkaan sanat: *Mitä tekisit sellaisessa taistelussa, Meriadoc?* »Keikkuisin yhden Ratsastajan riesana ainoana ajatuksena pysyä satulassa etten ruhjoutuisi kuoliaaksi laukkaavien kavioiden alle», hän nyt ajatteli.

Paikalle, jossa ulkomuuri oli kohonnut, oli vain puoli peninkulmaa. He pääsivät sinne pian, Merrin mielestä liian pian. Kuului hurjia huutoja ja aseiden kalinaa, mutta sitä kesti vain hetken. Muurien kimpussa hyöriviä örkkejä oli vähän ja ne olivat ällikällä lyötyjä – ne surmattiin tai ajettiin pakoon tuota pikaa. Rammasin pohjoisportin raunioiden edessä kuningas pysähtyi jälleen. Ensimmäinen *éored* ratsasti hänen peräänsä ja ympäröi hänet. Dernhelm pysytteli kuninkaan lähettyvillä siitä huolimatta, että Elfhelmin komppania oli kauempana oikealla. Grimboldin miehet kääntyivät ja kiersivät idempänä ammottavalle muurinaukolle.

Merri tähyili Dernhelmin selän takaa. Kaukana, olisiko ollut kymmenen virstan päässä, loimotti suuri palo, mutta sen ja Ratsastajien rivistöjen välissä roihusi suuressa kaaressa tulia, jotka lähimmillään olivat puolen peninkulman päässä. Tämän parempaa selkoa hän ei saanut pimeästä tasangosta, eikä hän nähnyt mitään aamun merkkiä, eikä tuntenut tuulta laisinkaan, ei entisen eikä uuden suuntaista.

Hiljaa eteni Rohanin sotajoukko Gondorin pelloille, hitaasti mutta tasaisesti heitä tulvi sisään, kuin vuorovesi pitäväksi kuvitellun padon raoista. Mutta Mustan johtajan tahto oli kokonaan kääntynyt kohti kukistuvaa Kaupunkia, eivätkä sitä vielä tavoittaneet tiedot että sen suunnitelmissa jokin säröili.

Kohta kuningas johti miehensä hiukan itään, päästäkseen uloimpien peltojen ja piiritystulien väliin. Edelleenkään ei kukaan käynyt heidän kimppuunsa, vieläkään Théoden ei antanut merkkiä. Viimein hän taas seisahtui. Kaupunki oli nyt lähempänä. Tulipalon käry leijui ilmassa ja itse kuoleman varjo. Hevoset olivat rauhattomia. Mutta kuningas istui Lumiharjan selässä liikkumatta tuijottaen Minas Tirithin kamppailua, ikään kuin ahdistus tai pelko olisi äkkiä saanut hänestä otteen. Näytti kuin hän olisi kutistunut, köyristynyt ikänsä painon alle. Merriä kouraisi suuri kauhu ja epäilys. Hänen sydämensä löi hitaasti. Tuntui kuin epävarmuus olisi saanut ajan seisahtamaan. He olivat myöhässä! Myöhään oli pahempi kuin ei milloinkaan! Ehkä Théoden nyt luopuu, taivuttaa vanhan päänsä ja hiipii piileskelemään vuorille.

Sitten Merri viimein tunsi muutoksen, siitä ei ollut epäilystäkään. Hän tunsi tuulen kasvoillaan! Valo pilkahti. Kaukana, kaukana etelässä pilvet erottuivat etäisinä harmaina muodostelmina ja ne kohosivat, liikkuivat, ja aamu oli niiden takana.

Samalla hetkellä leimahti kuin salama olisi purkautunut maasta Kaupungin alta. Repivän hetken Kaupunki näkyi ja hohti mustana ja valkoisena, ylin torni kuin kimaltava neula, ja kun pimeys taas valtasi maiseman, kiiri peltojen yli syvä kumahdus.

Tuon äänen kuultuaan kuningas suoristi yhtäkkiä kumaran hahmonsa. Taas hän näytti pitkältä ja ylpeältä, ja hän kohottautui jalustimissaan ja huusi kovalla äänellä, kaikuvammalla äänellä kuin kukaan paikalla olijoista oli koskaan kuullut kuolevaisen huutavan:

> *Te ratsaille nouskaa, Théodenin miehet!*
> *Nyt hirmutyöt heräävät: tuli ja surma!*
> *Käy tanaan peitsi ja pirstoutuu kilpi,*
> *päivä miekan punainen on kajossa aamun!*
> *Nyt ratsaille! Gondoriin ratsastakaa!*

Sitten hän otti suuren torven Guthláfilta, lipunkantajaltaan, ja hän puhalsi siitä sellaisen toitotuksen että se halkesi kappaleiksi. Ja heti nousivat sotajoukon torvet soimaan, ja Rohanin torvien ääni kaikui tuolla hetkellä kuin myrsky tasangolla ja ukkonen vuorilla.

> *Nyt ratsaille! Gondoriin ratsastakaa!*

Äkkiä kuningas huudahti Lumiharjalle, ja hevonen karautti laukkaan. Hänen lippunsa kiisi ilmassa hänen jäljessään, valkoinen hevonen vihreällä pohjalla, mutta hän oli nopeampi. Hänen perässään jylisivät hänen väkensä ritarit, mutta yhä hän oli kaikkien edellä. Siellä ratsasti Éomer, kypärän valkea hevosenhäntä ilmassa hulmuten, ja ensimmäisen *éoredin* kärki vyöryi kuin taittuva aalto rantaan, mutta Théodenia ei kukaan saanut kiinni. Kuolemaa enteili hänen ratsastuksensa, tai kukaties hänen isiensä taisteluvimma poltti hänen suonissaan uutena tulena, ja Lumiharja kantoi häntä kuin entisaikojen jumalaa, kuin Oromë Suurta *valarin* taisteluun kun maailma oli nuori. Hänen kultainen kilpensä oli paljaana, ja katso! se loisti kuin auringon kuva, ja ruoho leimahti vihreäksi hänen ratsunsa valkeiden jalkojen alla. Sillä aamu saapui, aamu ja meren tuuli, pimeys väistyi, ja Mordorin joukot vaikeroivat ja joutuivat kauhun valtaan, pakenivat ja kuolivat, ja vihan kaviot talloivat ne alleen. Ja silloin puhkesi Rohanin sotajoukko lauluun, ja he lauloivat surmatessaan vihollisia, sillä taistelun riemu oli heidän päällään, ja tuon kauniin ja kauhean laulun ääni kantautui aina Kaupunkiin asti.

6

TAISTELU PELENNORIN PELLOILLA

MUTTA HYÖKKÄYSTÄ GONDORIIN ei johtanut maantierosvo eikä örkkipäällikkö. Pimeys hellitti ennen aikojaan, ennen hetkeä jonka ylin päällikkö oli määrännyt: onni oli hetkeksi hyljännyt Mustan johtajan ja maailma oli kääntynyt sitä vastaan; voitto liukui sen käsistä juuri kun se kurotti kätensä sitä kahmaisemaan. Mutta sen käsi oli pitkä. Tilanne oli yhä sen hallinnassa, ja suuria voimia oli sen hallussa. Se oli kuningas, sormusaave, *Nazgûlin* herra, monien aseiden käyttäjä. Se kääntyi Portilta ja katosi.

Théoden Markin kuningas oli saavuttanut Portilta Virralle vievän tien ja kääntyi kohti Kaupunkia, joka ei ollut enää virstankaan päässä. Hän hidasti vähän vauhtia tähyten uusia vihollisia, ja hänen ritarinsa ratsastivat hänen ympärilleen, ja Dernhelm oli heidän kanssaan. Edessäpäin, lähempänä muureja, näkyivät Elfhelmin miehet piirityskoneiden keskellä, missä he hakkasivat miekoilla, surmasivat, ajoivat vihollisia tulipätseihin. Reilusti koko Pelennorin pohjoinen puolisko oli vallattu, leirit paloivat, örkit pakenivat kohti Virtaa kuin eläinlaumat metsämiesten edellä ja *rohirrim* ratsastelivat sinne tänne mielensä mukaan. Mutta piiritystä he eivät olleet murtaneet, eivätkä vallanneet Porttia. Sen edessä vartoi satapäin vihollisia, ja tasangon toisella puoliskolla oli yhä koskemattomia joukkoja. Etelässä tien takana oli *haradrimin* päävoima ja heidän ratsumiehensä olivat kerääntyneet päällikkönsä lipun ympärille. Ja päällikkö katseli kenttää ja näki kasvavassa valossa kuninkaan lipun ja että se oli taistelussa pitkällä muiden edellä ympärillään vain muutamia miehiä. Silloin hänet täytti punankarvainen viha ja hän huusi ja nosti esiin lippunsa, mustan käärmeen purppurapohjalla, ja hyökkäsi vihreällä pohjalla laukkaavaa valkeaa hevosta vastaan suurella miesvahvuudella, ja eteläisten käyräsapelit lähenivät kimaltaen kuin tähtiparvi.

Silloin Théoden tajusi hänet, eikä hän jäänyt odottamaan hyökkäystä vaan huudahtaen Lumiharjalle hyökkäsi suin päin vihollista vastaan. Hurja oli ryske joukkojen kohdatessa. Mutta sitä kuumempana hehkui pohjoisen miesten valkea raivo, ja pitkine ahnaine keihäineen he olivat parempia taistelijoita. Harvempi oli heidän joukkonsa, mutta he läpäisivät eteläiset kuin tulinen ammus metsikön. Läpi tungoksen ratsasti Théoden Thengelin poika ja hänen keihäänsä pirstoutui hänen syöstessään maahan eteläisten päällikön. Esiin lennähti miekka ja hän kannusti lippua kohti ja löi sen salkoa ja kantajaa, ja musta käärme vajosi maahan. Silloin kaikki vastustajan ratsuväestä eloon jääneet kääntyivät ja pakenivat kauas pois.

Mutta katso! äkkiä, Théodenin kunnian kukkuloilla hänen kultainen kilpensä himmeni. Uusi aamu oli taivaalla peittynyt. Pimeys laskeutui hänen ympärilleen. Hevoset nousivat takajaloilleen ja korskuivat. Satulasta pudonneet miehet jäivät maahan ryömimään.

»Tänne! Tänne!» huusi Théoden. »Ylös, Eorlin pojat! Pois pimeän pelko!» Mutta sokean kauhun vallassa Lumiharja karahti pystyyn sohien ilmaa etujaloillaan ja korskaisten se kaatui kyljelleen – siihen oli osunut musta nuoli. Kuningas jäi sen alle.

Suuri varjo aleni kuin putoava pilvi. Ja katso! se oli siivekäs olento; jos se oli lintu, oli se suurin kaikista linnuista, ja paljas se oli eikä sillä ollut sulkia eikä höyheniä, sen siivet olivat kuin nahkaverkot käyrien sormien välissä, ja se löyhkäsi. Kukaties se oli varhemmasta maailmasta kotoisin, lajia joka oli asustanut kuun alla kylmillä vuorilla ja elänyt yli oman aikansa ja kasvattanut ällöttävässä pesässään tämän viimeisen jälkijättöisen pahuuden alttiin vesan. Ja Musta ruhtinas oli ottanut sen ja hoivannut sitä sitä ja antanut sille iljettävää ruokaa kunnes se oli kasvanut kaikkia lentäviä paljon suuremmaksi, ja sitten hän antoi sen palvelijalleen ratsuksi. Yhä alemmaksi se painui ja laskostaen monisormiset verkkonsa se rääkäisi karkeasti ja asettui Lumiharjan ruumiille, työnsi kyntensä syvälle lihaan ja taivutti pitkää kaljua kaulaansa.

Sen selässä istui valtava mustakaapuinen uhkaava hahmo. Päässään sillä oli teräskruunu, mutta kruunun reunan ja kaavunkauluksen välissä ei näkynyt mitään muuta kuin kuolettava silmien palo. Se oli *Nazgûlin* herra. Se oli ilmassa taas, se oli kutsunut ratsunsa ennen kuin pimeys petti ja nyt se oli palannut tuhoa tuomaan ja kääntämään toivon epätoivoksi ja voiton kuolemaksi. Kädessään se kantoi kauheaa mustaa nuijaa.

Mutta Théoden ei ollut jäänyt kokonaan yksin. Hänen huoneensa ritarit makasivat surmattuina hänen ympärillään tai kiisivät pois vauhkoontuneiden hevostensa selässä. Mutta yksi oli vielä siellä: nuori Dernhelm, jonka uskollisuus voitti pelon, ja hän itki, sillä hän oli rakastanut herraansa kuin isää. Merri oli pysynyt hänen takanaan vahingoittumatta koko hyökkäyksen ajan aina Varjon tuloon saakka, jolloin Windfola oli paiskannut heidät kauhuissaan maahan, ja nyt se laukkasi villinä kentällä. Merri ryömi nelinkontin kuin huumattu eläin ja hän oli kauhusta sokea ja sairas.

»Kuninkaan mies! Kuninkaan mies!» huusi hänen sydämensä hänen sisässään. »Sinun on pysyttävä hänen rinnallaan. Sinä sanoit: kuin isä olette minulle.» Mutta hänen tahtonsa ei vastannut ja hänen ruumiinsa tärisi. Hän ei uskaltanut avata silmiään eikä katsoa ylös.

Sitten hän oli mielensä mustuuden läpi kuulevinaan että Dernhelm puhui, mutta nyt ääni kuulosti oudolta ja muistutti jostakin toisesta äänestä jonka hän oli tuntenut.

»Tiehesi, hirviö, haaskojen herra! Jätä kuolleet rauhaan!»

Kylmä ääni vastasi: »Älä tule nazgûlin ja hänen riistansa väliin! Tai hän ei surmaakaan sinua vuorollasi. Hän vie sinut valitusten taloihin kaiken pimeän tuolle puolen, jossa lihasi riivitään ja käpertynyt sielusi viedään alastomana Luomettoman silmän eteen.»

Miekka helähti kun se vedettiin tupesta. »Tee mitä tahdot, mutta minä estän sen jos voin.»

»Estät minut, niinkö? Voi hullua! Elävä mies ei minua estä!»

Silloin Merri kuuli kaikista äänistä tuohon hetkeen vähiten sopivan. Kuulosti siltä että Dernhelm nauroi ja hänen äänensä helisi kuin teräs. »Mutta minä en ole elävä mies! Edessäsi seisoo nainen. Olen Éowyn Éomundin tytär. Seisot minun ja herrani ja sukulaiseni välissä. Tiehesi, jollet ole kuolematon! Oletpa elävä tai epäkuollut, minä isken sinua, jos häneen kosket!»

Siivekäs otus kiljui hänelle, mutta sormusaave ei vastannut ja oli vaiti, kuin äkkiä epäillen. Pelkkä hämmästys ylitti hetkeksi Merrin pelon. Hän avasi silmänsä ja mustuus kaikkosi. Muutaman askelen päässä hänestä istui suuri peto ja kaikki sen ympärillä näytti pimeältä ja sen yläpuolella häämötti nazgûl-ruhtinas kuin epätoivon varjo. Vähän matkan päässä sen vasemmalla puolella katse vastustajiinsa päin seisoi se, jota hän oli kutsunut Dernhelmiksi. Mutta hänen salaisuutensa kypärä oli pudonnut ja hänen palmikoistaan auennut loistava tukkansa hohti vaaleana kultana hänen harteillaan. Hänen silmänsä, harmaat kuin meri, olivat kovat ja julmat, ja kuitenkin oli hänen poskillaan kyyneleitä, ja hänellä oli miekka kädessään ja hän nosti kilven vihollisensa silmien kauhistusta vastaan.

Siinä oli Éowyn ja siinä oli myös Dernhelm. Sillä Merrin mielessä välähti muisto kasvoista, jotka hän oli nähnyt kun he ratsastivat Dunhargista, kasvoista jotka etsivät kuolemaa ja joilla ei enää ole toivoa. Sääli täytti hänen sydämensä ja suuri ihmetys, ja äkkiä heräsi hänen heimonsa hitaasti syttyvä rohkeus. Hän puristi kätensä nyrkkiin. Éowyn ei saisi kuolla, hän oli niin kaunis, niin epätoivoinen! Ainakaan hän ei saisi kuolla yksin, kenenkään tulematta avuksi.

Heidän vihollisensa katse ei osunut Merriin, siitä huolimatta hän uskalsi tuskin liikkua peläten että nuo tappavat silmät katsoisivat häneen. Hitaasti, hitaasti hän alkoi ryömiä sivuun, mutta Musta johtaja, täynnä epäilyksiä ja pahoja aikeita edessään seisovan naisen tähden, ei kiinnittänyt häneen enempää huomiota kuin maan matoseen.

Äkkiä valtava peto läiskytti hirveitä siipiään. Niiden aiheuttama ilmavirta oli tunkkainen. Se hypähti takaisin ilmaan ja syöksyi sitten nopeasti Éowynia kohti rääkyen ja iskien nokalla ja kynsillä.

Eikä Éowyn siltikään sävähtänyt, *rohirrimin* neito, kuninkaitten lapsi, sorja mutta miekanterän sukua, kaunis mutta kauhea. Hän löi nopeasti miekallaan, taitavasti, tappavasti. Hän katkaisi pedon ulostyöntyneen kaulan ja irronnut pää putosi kuin kivi. Hän hypähti taaksepäin valtavan hahmon vajotessa: jättimäiset siivet levällään olento rojahti maahan; ja sen pudotessa häipyi varjo. Häneen lankesi valo ja hänen hiuksensa hohtivat nousevan auringon säteissä.

Tuhon keskeltä nousi Musta ratsastaja pitkänä ja uhkaavana. Sen vihanhuuto kiehui kuin myrkky korvassa kun se antoi nuijansa pudota. Éowynin kilpi halkesi säleiksi ja hänen kätensä murtui, hän lysähti polvilleen. Musta ratsastaja kumartui hänen ylitseen kuin pilvi ja sen silmät kiilsivät ja se kohotti nuijansa tappaakseen.

Mutta äkkiä sekin horjahti eteenpäin kiljaisten tuskasta ja sen isku harhautui ja osui maahan. Merrin miekka oli pistänyt sitä takaapäin, läpi mustan kaavun, pureutunut haarniskan alle ja lävistänyt sen voimakkaasta polvesta takajänteen.

»Éowyn, Éowyn!» huusi Merri. Horjahdellen neito kompuroi ylös, viimeisillä voimillaan hän sysäsi miekan kruunun ja kaavun väliin suurten hartioiden kumartuessa hänen ylleen. Kipinöitä sinkoillen miekka hajosi kappaleiksi. Kruunu putosi kolahtaen. Éowyn kaatui kuolleen vihollisensa päälle. Mutta katso! kaapu ja haarniska olivat tyhjät. Ne lojuivat maassa vailla muotoa, repaleina, runneltuina, ja värisevää ilmaa viilsi huuto, joka oheni ja kimeni ja katosi tuulen mukana, ohut ruumiiton ääni joka kuoli eikä sitä enää kuultu tuossa maailman ajassa.

Ja niin seisoi hobitti Meriadoc kaatuneiden keskellä räpytellen silmiään kuin pöllö päivänvalossa, sillä kyyneleet sumensivat hänen näkönsä, ja usvan läpi hän katsoi Éowynin kaunista päätä neidon maatessa siinä hiljaa ja liikkumatta, ja hän katsoi kunniansa huipulla kaatuneen kuninkaan kasvoja. Sillä tuskissaan Lumiharja oli taas kierähtänyt pois hänen päältään, mutta se oli ollut isäntänsä turma.

Sitten Merri kumartui ja kohotti kuninkaan kättä suudellakseen sitä ja katso! Théoden avasi silmänsä ja ne olivat kirkkaat ja hän puhui hiljaisella äänellä vaikkakin vaivoin.

»Hyvästi, mestari Holbytla!» hän sanoi. »Ruumiini on rikkoutunut. Minä menen isieni luo. Enkä minä nyt heidän mahtavassa seurassaan joudu häpeään. Kaadoin mustan käärmeen. Synkkä aamu, onnen päivä, kultainen iltarusko!»

Merri ei saanut sanaa suustaan, hän itki jälleen. »Antakaa anteeksi, korkea herra», hän viimein sanoi, »kun rikoin käskynne enkä kuitenkaan ole osannut muuta kuin itkeä eron hetkellä.»

Vanha kuningas hymyili. »Älä sure! Olet saanut anteeksi. Suurta sydäntä ei torjuta. Olkoon siunaus myötä elämässäsi, ja kun istut rauhassa piippuinesi, muista minua! Sillä milloinkaan en istu kanssasi Meduseldissa niin kuin lupasin, enkä saa kuulla kasvitiedostasi.» Hän sulki silmänsä ja Merri kumartui hänen viereensä. Sitten kuningas puhui taas. »Missä on Éomer? Sillä silmäni mustenevat ja tahtoisin nähdä hänet ennen kuin lähden täältä. Hän olkoon kuningas minun jälkeeni. Ja minä lähettäisin sanan Éowynille. Hän, hän ei olisi antanut minun jättää häntä, ja nyt en häntä enää koskaan näe, tytärtäkin rakkaampaa.»

»Herra, herra», aloitti Merri katkonaisesti, »hän on –» mutta sillä hetkellä kuului kova meteli ja torvet ja trumpetit soivat kaikkialla. Merri katsoi ympärilleen: hän oli unohtanut sodan ja koko ulkopuolisen maailman, ja tuntui kuin monta tuntia olisi kulunut siitä kun kuningas ratsasti kohtaloonsa, vaikka todellisuudessa aikaa oli kulunut vain vähän. Mutta nyt hän näki, että he olivat vaarassa jäädä keskelle taistelevia joukkoja, jotka kohta rysähtäisivät yhteen.

Virralta kiiruhti tietä pitkin vereksiä vihollisvoimia, ja muurien alta tulivat Morgulin legioonat, ja etelän pelloilta marssivat Haradin jalkamiehet: niiden edellä ratsasti ratsuväkeä ja niiden takana kohosivat *mûmakilin* valtavat selät, joihin oli sidottu sotatorneja. Mutta pohjoisessa johti Éomerin valkea töyhtö *rohirrimin* suurta rintamaa, jonka hän oli taas koonnut ja järjestänyt, ja Kaupungista purkautui kaikki miesvoima mitä siellä oli, ja joukkojen kärjessä kannettiin Dol Amrothin hopeajoutsenta ja Vihollinen ajettiin Portilta.

Hetken Merrin päässä kävi ajatus: »Missä Gandalf on? Eikö hän ole täällä? Eikö hän olisi voinut pelastaa kuningasta ja Éowynia?» Mutta silloin ratsasti Éomer kiiruusti paikalle ja hänen kanssaan tulivat ne miehet kuninkaan talonväestä, jotka vielä olivat elossa ja olivat saaneet hevosensa talttumaan. He katsoivat ihmeissään maassa makaavaa kauhean pedon raatoa, eivätkä hevoset suostuneet menemään sen lähelle. Mutta Éomer hyppäsi satulasta ja suru ja järkytys valtasivat hänet kun hän astui kuninkaan viereen, ja hän seisoi siinä vaiti.

Sitten yksi kuninkaan ritareista otti kuninkaan lipun kuolleena makaavan lipunkantajan Guthláfin kädestä ja nosti sen ilmaan. Hitaasti Théoden avasi silmänsä. Nähdessään lipun hän antoi merkin, että se annettaisiin Éomerille.

»Terve, Markin kuningas!» hän sanoi. »Ratsasta nyt voittoon! Sano hyvästini Éowynille!» Ja niin hän kuoli, eikä hän tiennyt että Éowyn makasi hänen vieressään. Ja ne jotka seisoivat hänen luonaan itkivät ja sanoivat: »Théoden-kuningas! Théoden-kuningas!»

Mutta Éomer sanoi heille:

> Pois liika murhe! Mies mahtava kaatui,
> sopi hyvin se loppu. Kun kumpunsa nousee,
> niin itkekööt naiset. Sota kutsuu nyt meitä!

Kuitenkin hän itse itki puhuessaan. »Jääkööt hänen ritarinsa tänne», hän sanoi, »ja kantakoot hänen ruumiinsa kunniassa kentältä, ettei taistelu käy hänen ylitseen! Hänet ja kaikki tässä makaavat kuninkaan miehet.» Ja hän katsoi kaatuneita ja tapaili heidän nimiään. Sitten äkkiä hän näki sisarensa Éowynin maassa makaamassa ja tunsi hänet. Hän seisoi hetken niin kuin kesken huudon olisi nuoli lävistänyt hänen sydämensä, ja sitten hänen kasvonsa valahtivat kuolemankalpeiksi ja hänessä nousi kylmä raivo niin että hän ei hetkeen kyennyt puhumaan. Kuolemankiihko sai hänessä vallan.

»Éowyn, Éowyn!» hän viimein huusi. »Éowyn, miten tulit tänne? Mitä hulluutta, mitä noituutta tämä on? Kuolema, kuolema! Kuolema vieköön meidät kaikki!»

Sitten, neuvottelematta, odottamatta Kaupungin miesten tuloa, hän kannusti hevosensa suin päin takaisin suuren sotajoukon rintamaan ja puhalsi torveen ja huusi miehet hyökkäykseen. Yli kentän kaikui hänen kantava äänensä kun se huusi: »Kuolema! Eteenpäin, eteenpäin, tuhoon, maailman loppuun!»

Ja silloin alkoi armeija liikkua. Mutta enää *rohirrim* eivät laulaneet. *Kuolema!* huusivat he yhdellä kovalla ja kauhealla äänellä, ja kiihtyvällä nopeudella kuin hyökyaalto taistelu pyyhkäisi kaatuneen kuninkaan luota ja kiiti jylisten kohti etelää.

Ja yhä seisoi Meriadoc räpytellen kyyneliä silmistään eikä kukaan puhunut hänelle, eikä kukaan tuntunut edes huomaavan häntä. Hän pyyhki pois kyyneleet ja kumartui ottamaan maasta vihreän kilven, jonka Éowyn oli antanut hänelle ja heilautti sen selkäänsä. Sitten hän katsoi miekkaansa, jonka oli pudottanut, hänen kätensä oli turtunut iskusta ja hän kykeni käyttämään vain vasenta kättään. Ja katso! hänen aseensa lojui maassa, mutta sen terä savusi kuin tuleen heitetty kuiva oksa ja hänen katsellessaan sitä se hupeni ja kului kunnes katosi.

Niin hävisi Hautakumpujen miekka, joka oli Westernessen työtä. Mutta kuullessaan sen kohtalon olisi iloinnut se, joka hitaasti takoi sen kauan sitten Pohjois-Valtakunnassa aikana, jolloin *dúnedain* olivat nuoria ja vaarallisin heidän vihollisistaan oli kauhun valtakunta Angmar ja sen noitakuningas. Mikään muu miekka, mahtavampienkaan käsien käyttelemänä, ei olisi voinut antaa tuolle viholliselle niin ilkeää haavaa, kyennyt yhtälailla pureutumaan epäkuolleeseen lihaan, katkaisemaan sitä taikaa, joka sitoi näkymättömät jänteet tahtoon.

Miehet kohottivat kuningasta ja asettivat kaapuja keihäänvarsille ja ryhtyivät kantamaan häntä pois Kaupunkia kohti, ja toiset nostivat Éowynin hellästi ilmaan ja kantoivat häntä kuninkaan jäljessä. Mutta kuninkaan väen miehiä he eivät vielä kyenneet kantamaan kentältä pois, sillä seitsemän kuninkaan ritaria oli saanut surmansa tuolla paikalla, ja heidän päällikkönsä Déorwine oli heidän joukossaan. Niin he siirsivät heidät erilleen vihollisistaan ja kauheasta pedosta ja pystyttivät keihäitä heidän ympärilleen. Ja myöhemmin, kun kaikki oli ohi, miehet palasivat ja sytyttivät paikalle rovion ja polttivat siinä pedon raadon, mutta Lumiharjalle he kaivoivat haudan ja pystyttivät kiven, johon oli kirjoitettu Gondorin ja Markin kielillä:

> *Uskollinen palvelija, isäntänsä turma*
> *oli Kevytjalan varsa, nopsa Lumiharja.*

Vihreäksi ja pitkäksi kasvoi ruoho Lumiharjan kummulle, mutta siinä missä peto oli poltettu, oli maa aina musta ja paljas.

Hitaasti ja murheissaan käveli Merri kantajien vierellä eikä hän enää välittänyt taistelusta. Hän oli uuvuksissa ja täynnä tuskaa ja hänen jäsenensä tärisivät kuin kylmästä. Mereltä tuli suuri sade ja tuntui kuin kaikki maailma olisi itkenyt Théodenia ja Éowynia. Harmain kyynelin sammutti sade Kaupungin palot. Usvan läpi Merri näki Gondorin miesten kärkijoukon lähestyvän. Imrahil, Amrothin suuriruhtinas ratsasti esiin ja pysäytti heidän eteensä.

»Mitä kannatte, Rohanin miehet?» hän huusi.

»Kuningas Théodenia», he vastasivat. »Hän on kuollut. Mutta kuningas Éomer ratsastaa nyt taisteluun valkea töyhtö hulmuten.»

Silloin suuriruhtinas tuli alas hevosen selästä ja polvistui paarien ääreen kunnioittamaan kuningasta ja hänen ankaraa ratsastustaan, ja hän itki. Ja noustuaan hän katsoi Éowynia ja hämmästyi. »Eikö tämä ole nainen?» hän sanoi. »Ovatko *rohirrimin* naisetkin tulleet sotaan avuksemme?»

»Eivät. Vain tämä yksi», he vastasivat. »Hän on Éowyn-neito, Éomerin sisar, emmekä me tienneet hänen tulostaan ennen tätä hetkeä ja suuri on surumme.»

Silloin suuriruhtinas, joka näki hänen kauneutensa vaikka hänen kasvonsa olivat kalpeat ja kylmät, kosketti hänen kättään kumartuessaan katsomaan häntä tarkemmin. »Rohanin miehet!» hän huudahti. »Eikö joukossanne ole lääkäreitä? Hän on haavoittunut, kuolettavastikin kukaties, mutta kuulkaa minua: hän elää yhä.» Ja hän piti kättään suojaavaa kiillotettua haarniskanlevyä neidon kylmien huulien edessä ja katso! siihen hikosi tuskin huomattava huuru.

»Nyt on tarvis kiiruhtaa», hän sanoi ja hän lähetti yhden miehen ratsastamaan nopeasti kaupunkiin apua hakemaan. Mutta itse hän hyvästeli heidät kumarrettuaan syvään kaatuneille ja nousi satulaan ja ratsasti taisteluun.

Ja taistelu Pelennorin pelloilla kiihtyi; ja aseitten kalske kohosi korkealle ja miesten huudot ja hevosten korske. Torvet soivat ja trumpetit toitottivat ja *mûmakil* mylvivät kun niitä piikkisauvoin usutettiin sotaan. Kaupungin etelämuurien alla ryntäsivät Gondorin jalkamiehet nyt Morgulin legioonia vastaan, jotka pitivät yhä puoliaan. Mutta ratsumiehet kiitivät itään Éomerin avuksi: Húrin Pitkä, avaintenhaltija, ja Lossarnachin herra sekä Vihervuorten Hirluin ja suuriruhtinas Imrahil Kaunis ja kaikki hänen ritarinsa.

Liian aikaisin ei heidän apunsa *rohirrimille* tullut, sillä onni oli kääntynyt Éomeria vastaan ja hänen hurjuutensa oli kääntynyt hänelle tappioksi. Hänen hyökkäyksensä raivo oli hajottanut vihollisen rintaman ja monta kiilaa Ratsastajia oli päässyt vaikeuksitta eteläisten rivistöjen läpi, ne olivat saattaneet ratsumiehet epäjärjestykseen ja ratsastaneet jalkamiehet kumoon. Mutta minne *mûmakil* tulivat, sinne eivät hevoset suostuneet menemään, niiden rohkeus petti ja ne kääntyivät pois; suuria hirviöitä vastaan ei rohjettu käydä, ja ne seisoivat kuin puolustustornit ja *haradrim* kerääntyivät niiden ympärille. Jos oli *rohirrimin* hyökätessä yksin *haradrimin* lukumäärä ollut kolminkertainen, pian tilanne paheni, sillä Osgiliathista tulvi nyt kentälle uusia joukkoja. Ne olivat kerääntyneet sinne odottamaan Kaupungin ryöstäjäisiä ja Gondorin turmelemisen hetkeä, vartoen vain Johtajansa kutsua. Johtaja oli nyt tuhottu, mutta Morgulin varapäällikkö Gothmog heitti ne taisteluun. Sieltä tuli kirvein varustettuja itäläisiä, Khandin varjaageja, purppuraan pukeutuneita eteläisiä, ja Taka-Haradista tulivat puolipeikkojen kaltaiset mustat miehet, joilla oli valkeat silmät ja punainen kieli. Osa kiiruhti takaapäin *rohirrimin* kimppuun, osa suuntasi länteen pitääkseen poissa Gondorin joukot ja estääkseen niitä yhtymästä Rohanin armeijaan.

Kun päivä näin alkoi kääntyä Gondoria vastaan ja heidän toivonsa horjui, kuultiin ylhäältä Kaupungista uusi huuto, ja aamu oli puolessa ja suuri tuuli puhalsi ja sade pakeni pohjoiseen ja aurinko paistoi. Kirkkaassa ilmassa muurien vartiomiehet näkivät kaukana uuden pelottavan näyn, ja viimeinen toivo hylkäsi heidät.

Sillä Anduin virtasi Harlondin luona olevasta mutkasta niin että ihmiset saattoivat Kaupungista seurata sitä pituussuuntaan katseellaan peninkulman ja vähän toista, ja tarkkanäköisimmät pystyivät erottamaan jokaisen lähestyvän laivan. Ja katsoessaan sinne he huusivat kauhusta, sillä kimmeltävää vettä vasten he näkivät tumman laivaston, jota puhuri toi jokea ylös: moniairoisia syvässä uivia laivoja, joiden mustat purjeet pullistelivat tuulessa.

»Umbarin merirosvot!» huusivat ihmiset. »Umbarin merirosvot! Katsokaa! Umbarin merirosvot tulevat! Belfalas on siis vallattu ja Ethir ja Lebennin ovat mennyttä. Merirosvot ovat kimpussamme! Kohtalo lyö viimeisen iskunsa!»

Ja käskyttä ryntäsivät jotkut soittamaan hätäkelloja, sillä Kaupungista ei löytynyt ketään heitä komentamaan, ja osa soitti torvella peräntymiskäskyn. »Takaisin muureille!» he huusivat. »Takaisin muureille! Palatkaa Kaupunkiin ennen kuin kaikki on pyyhkäisty maahan!» Mutta laivoja kiidättävä tuuli vei kuulumattomiin kaiken heidän metelöintinsä.

Mutta *rohirrim* eivät tarvinneet hälytystä tai viestiä. Liiankin selvästi he näkivät itse mustat purjeet. Sillä Éomer oli nyt tuskin virstan päässä Harlondista, ja sataman ja hänen joukkojensa välissä oli suuri joukko vanhoja vihollisia, uudet puolestaan kiisivät vinhasti perässä ja erottivat hänet näin suuriruhtinaasta. Hän katsoi Virralle ja toivo kuoli hänen sydämessään ja tuulta, jota hän oli siunannut, hän kirosi nyt. Mutta Mordorin sotajoukot riemastuivat ja uusi hurjuus ja voima täytti ne ja ne kävivät kiljuen heitä kohti.

Éomerin mieli oli luja ja järki taas kirkas. Hän antoi puhaltaa torviin kootakseen miehet lippunsa luo, sillä hän aikoi lopuksi laatia suuren kilpimuurin ja kestää ja taistella jalan kunnes kaikki olisivat kaatuneet. Hän halusi tehdä laulujen arvoisia tekoja Pelennorin pelloilla, vaikka yhtäkään ihmistä ei jäisi länteen muistamaan Markin viimeistä kuningasta. Niin hän ratsasti vihreälle kumpareelle ja pystytti sinne lippunsa ja Valkea hepo laukkasi hulmuten ilmassa.

> Epäilystä, pimeästä auringon nousuun
> laulaen astuin minä, miekkani vedin.
> Toivon ääriin ratsastin ja sydämeni särkyi;
> nyt on vihan, tuhon aika, illan punahehkun!

Nämä säkeet hän lausui, mutta hän nauroi. Sillä taas kuohui hänessä taistelutahto, ja hän oli yhä vahingoittumaton, ja hän oli nuori, ja hän oli kuningas: hurjan kansan valtias. Ja hän pilkkasi epätoivoa ja katsoi taas mustia laivoja ja nosti miekkaansa niitä uhmaamaan.

Ja silloin ihmetys valtasi hänet, ja suuri ilo, ja hän heitti miekkansa ylös aurinkoon ja puhkesi lauluun ottaessaan sen kiinni. Ja kaikki silmät seurasivat hänen katsettaan, ja katso! etumaisessa laivassa hulmahti suuri lippu ja tuuli avasi sen laivan kääntyessä kohti Harlondia. Siinä kukki Valkoinen puu, ja se oli Gondorin tunnus, mutta sen ympärillä oli seitsemän tähteä ja sen yläpuolella korkea kruunu: Elendilin tunnukset, joita yksikään ylimys ei ollut kantanut ikiaikoihin. Ja tähdet säihkyivät auringossa sillä Arwen Elrondin tytär oli ne jalokivin kirjaillut; ja kruunu loisti aamun valossa, sillä se oli kultaa ja *mithriliä.*

Niin tuli merituulen siivillä Aragorn Arathornin poika, Elessar, Isildurin perijä, Kuolleiden kulkuteiltä Gondorin valtakuntaan, ja *rohirrimin* ilo ryöppysi nauruna ja säihkyi miekoilla ja Kaupungin riemu ja ihmetys puhkesi torvien soitoksi ja kellojen kalkatukseksi. Mutta sekaannus valtasi Mordorin joukot ja ne pitivät suurena noidantyönä sitä, että niiden omat laivat olivat vihollisia täynnä, ja musta kauhu iski niihin ja ne tiesivät, että onnen vuorovesi oli kääntynyt niitä vastaan ja tuho oli edessä.

Dol Amrothin ritarit karauttivat itään ja ajoivat vihollista edellään: peikkomiehiä ja varjaageja ja örkkejä, jotka vihasivat auringon valoa. Etelään asteli Éomer, ja miehet pakenivat hänen kasvojensa edessä ja jäivät vasaran ja alasimen väliin. Sillä laivoista loikkasi miehiä Harlondin laitureille ja lähti ryntäämään pohjoiseen rajuilman lailla. Sieltä tulivat Legolas ja kirvestään käyttelevä Gimli ja Halbarad lippua kantaen ja Elladan ja Elrohir tähti kulmillaan ja pohjoisen samoojat, *dúnedain,* joiden käsi ei petä, ja heidän jäljessään suuri uljas joukko Lebenninin ja Lamedonin ja etelän maakunnista. Mutta kaikkien edellä kulki Aragorn kädessään Lännen lieska Andúril, joka oli kuin uudestisyttynyt tuli, jälleentaottu Narsil, joka kylvi kuolemaa kuin ennen, ja hänen otsallaan oli Elendilin tähti.

Ja niin tapasivat viimein Éomer ja Aragorn taistelun keskellä, ja he nojasivat miekkaansa ja katsoivat toinen toistaan ja ilo täytti heidät.

»Näin tapaamme jälleen, vaikka kaikki Mordorin sotajoukot riehuvat välillämme», Aragorn sanoi. »Enkö sitä sanonut Ämyrilinnan luona?»

»Ne olivat sanasi», Éomer sanoi, »mutta usein toivo pettää, enkä silloin tiennyt, että sinulla on ennustamisen lahja. Kahdesti kiitetty on odottamaton apu, eikä ystävien kohtaaminen ole koskaan ollut yhtä iloinen.» Ja he löivät käden käteen. »Eikä totisesti sattuvampi ajaltaan», Éomer sanoi. »Tulet viime hetkellä, ystäväni. Olemme saaneet kohdata paljon murheita.»

»Kostakaamme ne, ennen kuin niistä puhumme!» Aragorn sanoi, ja he ratsastivat yhdessä takaisin taisteluun.

Heillä oli yhä tuima taistelu ja raskas työ edessä, sillä eteläiset olivat rohkeita ja synkeitä miehiä, ja epätoivossaan hurjia, ja itäläiset olivat vahvoja ja sodan kovettamia eivätkä pyytäneet armoa. Siellä täällä, jonkun palaneen maatalon tai ladon luona, kumpareella tai kukkulalla, muurin vierustalla tai avokentällä heitä yhä aina iltaan saakka kerääntyi yhteen, järjestäytyi ja kävi taisteluun.

Silloin aurinko viimein laskeutui Mindolluinin taakse ja täytti kaiken taivaan suurella palolla, joka sai vuoret ja kukkulat ikään kuin värjäytymään vereen, tuli läikkyi Virrassa ja Pelennorin nurmi levittäytyi punaisena auringonlaskussa. Silloin oli Gondorin kentän suuri taistelu lopussa, eikä Rammasin piirin sisään jäänyt yhtäkään elävää vihollista. Kaikki surmattiin paitsi ne, jotka pakenivat vain kuollakseen tai hukkuakseen Virran punaiseen vaahtoon. Monta ei heistä päässyt itään Morguliin tai Mordoriin, ja *haradrimin* maahan saapui vain kaukainen viesti: huhu Gondorin vihasta ja kauhistavuudesta.

Aragorn ja Éomer ja Imrahil ratsastivat takaisin Kaupungin porttia kohti, ja heidän väsymyksensä oli niin suuri, etteivät he tunteneet iloa eivätkä surua. Kaikki kolme olivat vahingoittumattomia, sillä noiden onnettaren suosikkien asekunto oli niin ylivoimainen, ettei monikaan kestänyt heitä eikä rohjennut katsoa heitä kasvoihin vihan hetkellä. Mutta monet muut olivat haavoittuneet ja ruhjoutuneet tai kuolleet ja makasivat nyt kentällä. Kirveet kaatoivat Forlongin kun hän taisteli yksin ja hevosetta, sekä Morthondin Duilin että hänen veljensä tallautuivat kuoliaaksi hyökättyään *mûmakilia* vastaan ja johtaessaan jousimiehiä niin lähelle, että saattoivat osua hirmujen silmiin. Eikä myöskään Hirluin Kaunis palaisi Pinnath Geliniin, ei Grimbold Grimsladeen, ei pohjoisille maille Halbarad, tuima samooja. Pieni ei ollut kaatuneitten luku, joukossa oli maineikkaita ja nimettömiä, päälliköitä ja rivimiehiä, sillä taistelu oli suuri eikä yksikään tarina ole kertonut sitä kokonaan. Ja paljon myöhemmin sanoi rohanilainen runontekijä laulussaan Turvalinnan kummuista:

> *Kuulimme torvien kukkuloilla soivan,*
> *Eteläisen valtakunnan miekat me näimme.*
> *Sotaratsut kiitivät Kivimaata kohti*
> *aamutuulen lailla. Sota syttyi.*
> *Théoden siellä kaatui, Thengelin poika,*
> *palaamatta jäi hän kultasaleihinsa,*
> *vihreille kedoilleen, Pohjoisen niityille,*
> *hän, sotapäällikkö. Harding ja Guthláf,*
> *Dúnhere ja Déorwine, uljas Grimbold,*
> *Herefara ja Herubrand, Horn ja Fastred,*
> *taistellen kaatuivat kaukaisessa maassa:*
> *Turvalinnan kumpujen turve heidät peittää*
> *niin kuin liittolaisensakin, Gondorin herrat.*

Eikä Hirluin Kaunis enää rantakukkuloilleen
eikä vanha Forlong kukkalaaksoihinsa
Arnachin maahan, kotikonnuillensa,
voittajana palannut, eivät jousimiehet
Derufin ja Duilin tummille vesilleen
Morthondin järville vuorien varjoon.
Kuolema aamulla ja päivän päättyessä
niitti niin ylhäiset kuin alhaisetkin.
Nyt he kauan nukkuvat nurmen alla
Gondorin maassa liki Suurta virtaa.
Sen kyynelharmaa, hopeainen vesi
punaisena hyrskysi hetkinä noina;
vaahto verenkarvaisena hämyn tullen hehkui,
vuorenhuiput loimottivat merkkitulten lailla;
kaste peitti punaisena Rammas Echorin.

7

DENETHORIN ROVIO

KUN MUSTA VARJO vetäytyi portilta, Gandalf jäi istumaan liikkumatta. Mutta Pippin nousi jaloilleen ikään kuin suuri taakka olisi otettu hänen harteiltaan; ja hän seisoi kuunnellen torvia ja hänestä tuntui, että hänen sydämensä pakahtuisi niiden tuomaan iloon. Eikä hän enää koskaan tulevina vuosina voinut kuunnella etäisten torvien toitotusta kyyneleen kihoamatta silmään. Mutta nyt hänen mieleensä palasi äkkiä asia, joka hänellä oli hoidettavana, ja hän juoksi eteenpäin. Samalla hetkellä Gandalf liikahti ja sanoi jotakin Hallavaharjalle ja aikoi juuri ratsastaa Portista ulos.

»Gandalf, Gandalf!» huusi Pippin, ja Hallavaharja pysähtyi.

»Mitä sinä täällä teet?» Gandalf sanoi. »Eikö Kaupungissa ole sellainen laki, että mustaan ja hopeaan puetun miehen on pysyttävä Linnassa, ellei hänen herransa anna hänelle lupaa poistua?»

»Hän antoi luvan», Pippin sanoi. »Hän lähetti minut pois. Mutta minä pelkään. Siellä voi tapahtua jotakin kamalaa. Minusta tuntuu, että valtias on jotenkin sekaisin. Minä pelkään, että hän tappaa itsensä ja tappaa Faramirin saman tien. Etkö sinä voisi tehdä jotakin?»

Gandalf katsoi ulos auki ammottavasta Portista ja kuuli jo taistelun melskeen alkavan. Hän puristi kätensä nyrkkiin. »Minun on mentävä», hän sanoi. »Musta ratsastaja on liikkeellä, ja se tuo tuhon tullessaan. Minulla ei ole aikaa.»

»Entä Faramir!» Pippin huusi. »Hän ei ole kuollut, ja hänet poltetaan elävältä jollei joku estä sitä.»

»Poltetaan elävältä!» Gandalf sanoi. »Mitä ihmettä tämä on? Kerro lyhyesti!»

»Denethor on mennyt Hautaholveille», Pippin sanoi, »ja hän on vienyt Faramirin sinne ja hän sanoo, että me kaikki palamme ja että hän ei aio odottaa, ja he aikovat rakentaa rovion ja polttaa hänet siinä, ja Faramirin myös. Ja hän on lähettänyt miehiä hakemaan puita ja öljyä. Ja minä kerroin Beregondille, mutta hän ei varmaan uskalla jättää paikkaansa – hän on vartiossa. Ja mitä hän sitä paitsi voi tehdä?» Pippinin puhe ryöppysi ja hän nosti kätensä ja kosketti Gandalfin polvea vapisevin käsin. »Etkö sinä voisi pelastaa Faramiria?»

»Kukaties», Gandalf sanoi, »mutta jos teen sen, silloin kuolee joku muu, pahoin pelkään. Minun on kai tultava, kun mikään muu ei näy auttavan. Mutta surua ja murhetta tästä tulee. Jopa varustuksemme sydämessä pystyy Vihollinen iskemään, sillä tämä on hänen työtään.»

Päätöksen tehtyään Gandalf toimi nopeasti. Hän koppasi Pippinin ylös ja istutti eteensä ja käänsi Hallavaharjan yhdellä sanalla. Kaviot kopisivat ylös Minas Tirithin katuja, ja samaan aikaan sodan ryske koveni takana. Kaikkialla nousivat miehet kauhun ja epätoivon pimennosta ja tarttuivat aseisiin ja huusivat toinen toisilleen: »Rohan on tullut!» Päälliköt huusivat, yksiköt järjestäytyivät, monet marssivat jo alas Porttia kohti.

He tapasivat suuriruhtinas Imrahilin ja hän sanoi heille: »Minne matka, Mithrandir? *Rohirrim* taistelevat Gondorin kentillä! Meidän on koottava kaikki löytyvä voima.»

»Tarvitsette joka miehen eivätkä nekään riitä», Gandalf sanoi. »Menkää niin nopeasti kuin pystytte. Tulen kun voin. Mutta minulla on valtias Denethorille asia, joka ei voi odottaa. Ottakaa komento valtiaan poissaollessa!»

He jatkoivat matkaa, ja lähemmäksi Linnaa noustessa alkoi tuuli tuntua kasvoilla ja he näkivät kaukana aamun kajastavan, enenevää valoa etelän taivaalla. Mutta se ei heille toivoa tuonut, sillä he miettivät kuumeisesti, mikä kauheus heitä odottaisi, ja he pelkäsivät tulevansa liian myöhään.

»Pimeys väistyy», Gandalf sanoi, »mutta tämän kaupungin yllä se lepää yhä raskaana.»

Linnan portilla ei näkynyt vartijaa. »Beregond on siis mennyt», Pippin sanoi vähän toiveikkaampana. He kääntyivät ja kiiruhtivat Suljetulle ovelle vievää tietä. Ovi ammotti selällään ja portinvartija makasi sen edessä. Hänet oli surmattu ja hänen avaimensa oli viety.

»Vihollisen työtä!» Gandalf sanoi. »Näitä töitä hän rakastaa: ystävä sotii ystävää vastaan, uskollisuus eksyy sydänten järkkyessä.» Hän laskeutui hevosen selästä ja käski Hallavaharjan palata talliinsa. »Sillä sinun ja minun, ystäväni, olisi pitänyt laukata kentälle jo aikaa sitten, mutta muut puuhat viivyttävät minua. Tule kuitenkin vauhdilla kun kutsun!»

He astuivat ovesta ja kävelivät jyrkkää ja mutkittelevaa tietä. Tuli valoisampaa ja pitkät pylväät ja veistoshahmot liukuivat ohi kuin harmaat haamut.

Äkkiä hiljaisuus rikkoutui ja he kuulivat alhaalta huutoja ja miekankalsketta, moisia ääniä ei ollut kuultu näissä kammioissa sitten Kaupungin rakentamisen. Viimein he tulivat Rath Dínenille ja kiiruhtivat Käskynhaltijoiden taloon, joka häämötti hämärässä suuren kupolinsa alla.

»Seis! Seis!» huusi Gandalf hypähtäessään oven edessä olevalle kiviaskelmalle. »Hulluus seis!»

Sillä siellä oli Denethorin palvelijoita miekka ja soihtu kädessä, mutta ylimmällä askelmalla seisoi yksin Beregond kaartin mustahopeassa ja hän puolusti ovea heitä vastaan. Kaksi oli jo kaatunut hänen miekastaan tahraten pyhän paikan verellään, ja muut kirosivat häntä ja nimittivät lainsuojattomaksi ja herransa pettäjäksi.

Gandalfin ja Pippinin juostessa lähemmäksi he kuulivat kuolleiden talosta Denethorin äänen huutavan: »Kiiruhtakaa! Kiiruhtakaa! Tehkää kuten käskin! Tappakaa tähteni tämä luopio! Vai pitääkö minun tehdä se itse?» Sitten ovi, jota Beregond vasemmalla kädellään piti kiinni, väännettiin auki ja siellä seisoi hänen takanaan pitkä ja hurja Kaupungin valtias ja hänen silmissään leiskui tuli ja hänellä oli paljastettu miekka kädessään.

Mutta Gandalf juoksi portaat ylös ja miehet heittäytyivät sivuun hänen tieltään ja peittivät silmänsä, sillä hän tuli kuin valkea valo pimeyteen ja suuri oli hänen vihansa. Hän kohotti kätensä ja kesken iskun Denethorin miekka lensi ilmaan ja irtosi hänen kädestään ja putosi varjoon hänen taakseen, ja Denethor astui mykistyneenä taaksepäin Gandalfin edessä.

»Mitä tämä on, valtias?» sanoi velho. »Kuolleiden talot eivät ole eläviä varten. Ja minkä tähden taistelevat miehet täällä Pyhätössä kun Portin edustalla on sotimista tarpeeksi asti? Vai onko vihollisemme tullut Rath Díneniin saakka?»

»Mistä lähtien on Gondorin valtias ollut sinulle selityksen velassa?» Denethor sanoi. »Enkö minä saa omia palvelijoitani käskeä?»

»Saatte», Gandalf sanoi, »mutta muilla on lupa epäillä tahtoanne, kun se kääntyy hulluuteen ja pahuuteen. Missä on poikanne Faramir?»

»Hän makaa sisällä», Denethor sanoi, »hän palaa, palaa jo. Ovat sytyttäneet tulen hänen lihaansa. Mutta pian palaa kaikki. Länsi on lopussa. Kaikki palaa poroksi suuressa kokossa ja kaikki loppuu. Tuhkaa! Tuhkaa ja savua jonka tuuli vie mennessään!»

Silloin Gandalf, joka näki että hulluus oli hänessä, pelkäsi että hän oli jo tehnyt jotakin kauheaa ja tunkeutui eteenpäin Beregond ja Pippin kannoillaan, ja Denethor vetäytyi kunnes seisoi sisällä olevan pöydän vieressä. Mutta siinä makasi Faramir yhä kuumeensa houreessa. Pöydän alle oli asetettu puita, jotka kohosivat sivuilla korkealle sen yläpuolelle, ja kaikki oli kasteltu öljyllä, jopa Faramirin vaatteet ja peite, mutta vielä ei tulta ollut sytytetty. Silloin Gandalf paljasti voiman, joka hänessä oli kätkettynä niin kuin hänen mahtinsa valkeus oli piilossa hänen harmaan kaapunsa alla. Hän hypähti risukimppujen päälle, nosti sairaan miehen kevyesti käsivarsilleen ja loikkasi alas ja alkoi kantaa häntä ovea kohti. Mutta hänen niin tehdessään Faramir valitti ja kutsui unessa isäänsä.

Denethor hätkähti kuin hurmoksesta heräten ja palo sammui hänen silmissään ja hän itki ja sanoi: »Älkää viekö minulta poikaani! Hän kutsuu minua.»

»Kutsuu kyllä», Gandalf sanoi, »mutta vielä ette voi tulla hänen luokseen. Sillä kuoleman kynnyksellä hänen on etsittävä parannusta, vaikka ei ehkä löydä. Teidän osanne taas on käydä taisteluun Kaupunkinne puolesta, ja siellä odottaa teitä kukaties kuolema. Tämän te sydämessänne tiedätte.»

»Hän ei enää herää», Denethor sanoi, »taistelu on turha. Mitä halua meillä on enää elää? Miksi emme saisi mennä kuolemaan yhdessä?»

»Teille, Gondorin valtias, ei ole annettu oikeutta säätää oman kuolemanne hetkeä», Gandalf vastasi, »ja vain Mustan mahdin alaiset pakanakuninkaat tekivät näin, tappoivat itsensä ylpeydessään ja epätoivossaan ja murhasivat oman sukunsa vesan helpottaakseen omaa kuolemaansa.» Sitten hän astui ulos ovesta ja vei Faramirin pois kuolemantalosta ja laski hänet paareille, joilla hänet oli tuotu ja jotka oli jätetty ovelle. Denethor seurasi häntä ja seisahtui vapisten ja haikeasti katselemaan poikansa kasvoja. Kului hetki, kaikki katselivat hiljaa ja vaiti valtiaan tuskaa, ja hän horjui.

»Tulkaa!» Gandalf sanoi. »Meitä tarvitaan. Teillä on vielä paljon tehtävänä.»

Silloin Denethor äkkiä nauroi. Hän ryhdistäytyi täyteen mittaansa kaikessa ylpeydessään, astui nopeasti takaisin pöydän luo ja nosti siitä tyynyn jolla hänen päänsä oli levännyt. Hän tuli ovelle ja poisti päällisen ja katso! hänellä oli käsissään *palantír*. Ja kun hän kohotti sen, tuntui niistä, jotka sen näkivät, kuin pallo olisi alkanut hehkua sisäistä valoa, ja punainen tuli valaisi valtiaan laihat kasvot, mustien varjojen terävöittäminä ne olivat kuin kovaan kiveen veistetyt, ylhäiset, ylpeät, kauheat kasvot. Hänen silmänsä kiiluivat.

»Ylpeydessään ja epätoivossaan!» hän huusi. »Sokeiksiko luulit sinä Valkean tornin silmiä? Ei, enempi olen nähnyt kuin tiedät, Harmaa houkka! Sinun toivosi on sulaa tietämättömyyttä. Mene ja aherra parannuksen töissä! Käy taisteluun! Turhuutta. Sillä hetken saatatte juhlia voittoa kentällä, ehkä päivän verran. Mutta siitä voimasta kuin nyt nousee, ei voittoa tule. Tätä kaupunkia kohti on kurottunut vasta yksi sen sormista. Kaikki itä on liikkeessä. Ja nytkin toivosi tuulahdus sinut pettää ja kuljettaa Anduinia ylös mustapurjeista laivastoa. Länsi on hävinnyt. On aika niiden lähteä, jotka eivät tahdo elää orjina.»

»Tämänkaltaisin neuvoin varmistetaan Vihollisen voitto», Gandalf sanoi.

»Elä sitten toivossasi!» Denethor nauroi. »Enkö sinua tunne, Mithrandir? Toiveesi on hallita minun sijassani, seistä joka valtaistuimen takana, pohjoisessa, etelässä, lännessä. Olen lukenut ajatuksesi ja aikomuksesi. Enkö tiedä, että komensit tämän puolituisen olemaan vaiti? Että toit hänet tänne vakoilijaksi omaan kammiooni? Kuitenkin olen keskusteluissamme saanut selville kaikkien seuralaistesi nimet ja aikeet. Minä tiedän! Vasemmalla kädelläsi tahdoit käyttää minua kilpenä Mordoria vastaan ja oikealla tuoda tänne pohjoisesta samoojan ottamaan minun paikkani.

Mutta minä sanon sinulle Gandalf Mithrandir, minä en rupea sinulle rukkaseksi! Olen Anárionin huoneen käskynhaltija. En minä astu alas joutuakseni nousukkaan kamaripalvelijaksi. Vaikka hänen vaateensa minulle todistettaisiin, ei hän silti ole Isilduria suurempaa sukua. Moiselle en kumarra, aikaa kaiken ylhäisyytensä ja arvokkuutensa menettäneen kurjan huoneen viime vesalle.»

»Miten siis olisivat asiat», Gandalf kysyi, »jos teidän tahtonne saisi vallan?»

»Niin olisivat asiat kuin ne ovat olleet koko elämäni ajan», Denethor vastasi, »ja esi-isieni aikana ennen minua: että saisin rauhassa hallita tätä Kaupunkia ja jättää istuimeni pojalle, joka olisi oma herransa eikä velhon oppipoika. Mutta jos kohtalo tämän minulta kieltää, en huoli *mitään*, en pientä elämää, en vajaata kunniaa, en jaettua rakkautta.»

»Minun käsittääkseni ei rakkaus ja kunnioitus uskollista käskynhaltijaa kohtaan silloin vähene, kun hän luovuttaa takaisin käskyvallan», Gandalf sanoi. »Ainakaan ette saa riistää pojaltanne hänen tulevaisuuttaan, kun hänen kuolemansa on yhä epävarma.»

Kun Denethor oli kuullut nämä sanat, alkoivat hänen silmänsä taas palaa ja hän pani Kiven kainaloonsa, paljasti veitsen ja asteli kohti paareja. Mutta Beregond hyppäsi esiin ja asettui Faramirin eteen.

»Katsokaa!» huusi Denethor. »Puolet pojani rakkaudesta olet jo vienyt. Nyt viet vielä ritareitteni sydämet ja lopulta he ryöstävät minulta pojani kokonaan. Mutta yhdessä asiassa et tahtoani uhmaa: oman loppuni itse määrään.»

»Tulkaa tänne!» hän huusi palvelijoilleen. »Tulkaa, ellette kaikki ole valapattoja!» Silloin kaksi heistä juoksi portaat ylös hänen luokseen. Nopeasti hän koukkasi soihdun toisen kädestä ja syöksyi takaisin taloon. Ennen kuin Gandalf pystyi häntä estämään, hän tuikkasi soihdun sytykkeisiin ja hetkessä ne humahtivat rätisevään liekkiin.

Silloin Denethor hyppäsi pöydälle ja seisoi siinä savukiemuroiden keskellä ja otti jalkojensa juuresta käskynhaltijansauvansa ja taittoi sen polveaan vasten. Hän heitti kappaleet tuleen, kumartui, asettui selälleen pöydälle puristaen *palantíria* molemmin käsin rintaansa vasten. Ja kerrotaan, että jos joku myöhemmin tuohon Kiveen katsoi vailla suurta voimaa, jolla kääntää se toisaalle, näki hän vain vanhan miehen kädet nälkäisten liekkien nielussa.

Gandalf käänsi katseensa surun ja kauhun vallassa ja sulki oven. Hetken hän seisoi ajatuksissaan ääneti kynnyksellä ja muut kuulivat liekkien ahnaan pauhun sisältä. Ja sitten Denethor huusi suurella äänellä eikä enää sen jälkeen puhunut, eikä kukaan kuolevainen häntä sen jälkeen nähnyt.

»Niin menee Denethor Ecthelionin poika», Gandalf sanoi. Sitten hän kääntyi Beregondin ja valtiaan palvelijoiden puoleen, jotka seisoivat siinä tyrmistyneinä. »Ja niin menevät ne Gondorin päivät, jotka olette tunteneet. Hyväksi eli pahaksi, ne päivät ovat lopussa. Pahoja tekoja on täällä tehty, mutta pantakoon nyt syrjään kaikki viha mitä välillänne on, sillä sen aiheutti Vihollinen ja se palvelee hänen tahtoaan. Jouduitte ristiriitaisten velvollisuuksien verkkoon, jota ette itse kutoneet. Mutta muistakaa, valtiaan palvelijat, kuuliaisuudessanne sokeat, että ilman Beregondin petosta Faramir, Valkoisen tornin päällikkö, olisi myös palanut.

Kantakaa pois tältä onnettomalta paikalta kaatuneet toverinne. Ja me kannamme Faramirin, Gondorin käskynhaltijan, paikkaan jossa hän saa rauhassa nukkua tahi kuolla, jos se on hänen kohtalonsa.»

Sitten Gandalf ja Beregond nostivat paarit ja kantoivat niitä kohti Parannuksen tarhaa, ja Pippin käveli heidän jäljessään silmät maahan luotuna. Mutta valtiaan palvelijat jäivät tuijottamaan järkyttyneinä kuolleiden taloa, ja kun Gandalf pääsi Rath Dínenin päähän, kuului suuri ryske. Katsoessaan taakseen he näkivät talon kupolin halkeavan ja savun tupruavan ulos, sitten se vajosi jylisten ja jyristen tulen lieskoihin. Mutta heikkenemättä tanssivat liekit yhä raunioissa lepattaen. Silloin palvelijat pakenivat kauhun vallassa ja seurasivat Gandalfia.

Jonkin ajan kuluttua olivat taas he olivat taas Käskynhaltijan ovella ja Beregond katsoi portinvartijaa suru sydämessä. »Tätä tekoa kadun kaiken ikäni», hän sanoi, »mutta hätäinen hulluus valtasi minut, eikä hän suostunut kuuntelemaan minua vaan kohotti miekkansa minua vastaan.» Sitten hän otti avaimen, jonka oli vääntänyt surmatun kädestä, sulki ja lukitsi oven. »Tämä olisi nyt annettava valtias Faramirille», hän sanoi.

»Dol Amrothin suuriruhtinaalla on päällikkyys valtiaan poissaollessa», Gandalf sanoi, »mutta koska hän ei ole täällä, minun on otettava asia vastuulleni. Pyydän että pidät avaimen ja vartioit sitä, kunnes Kaupunki on taas saatu järjestykseen.»

He pääsivät viimein Kaupungin yläpiireihin ja aamun valossa he kulkivat kohti Parannuksen tarhaa. Siihen kuului joukko kauniita taloja, joissa hoidettiin vakavasti sairaita. Nyt huoneita pantiin kuntoon taistelussa haavoittuneiden ja kuolevien miesten varalle. Tarha sijaitsi kuudennessa piirissä varsin lähellä Linnanporttia etelämuurin tuntumassa ja siihen liittyi puutarha ja puita kasvava ruohokenttä, ainoa koko kaupungissa. Siellä asuivat ne muutamat naiset, joiden oli sallittu jäädä Minas Tirithiin, koska he olivat perehtyneet parantamisen taitoihin tai olivat parantajien apulaisia.

Mutta kun Gandalf seuralaisineen saapui paareja kantaen Tarhan pääovelle, he kuulivat kauhean huudon; se kohosi kentältä Portin edustalta, paisui raastavaksi, läpitunkevaksi ja vaimeni sitten ja katosi tuuleen. Niin hirveä oli huuto, että hetken seisoivat kaikki paikallaan, mutta kun se oli mennyt, täytti heidän sydämensä äkkiä toivo, jonkalaista he eivät olleet kokeneet sen jälkeen kun pimeys tuli idästä, ja heistä näytti että ilma kirkastui ja valkeni ja aurinko alkoi pilkottaa pilvien takaa.

Mutta Gandalfin kasvot olivat vakavat ja surulliset. Kehotettuaan Beregondia ja Pippiniä viemään Faramirin Parannuksen tarhaan hän kiipesi läheiselle muurille; ja siellä hän seisoi uudessa auringonvalossa kuin valkea veistos ja katsoi ulos Kaupungista. Ja sillä näöllä mikä hänelle oli annettu hän näki kaiken, mitä oli tapahtunut, ja kun Éomer erkani taistelun eturintamasta ja pysähtyi hetkeksi niiden luo, jotka makasivat kentällä, Gandalf huokasi ja kietoi kaavun ympärilleen ja laskeutui muurilta. Ja ulos tullessaan Beregond ja Pippin tapasivat hänet seisomasta ajatuksissaan Tarhan portilla.

He katsoivat häneen ja hetken hän oli vaiti. Viimein hän puhui. »Ystäväni», hän sanoi, »ja kaikki tämän Kaupungin ja läntisten maiden asukkaat! Syvästi surulliset, maan maineikkaat ovat tämän päivän teot. Itkeäkö vai iloita? On tapahtunut sellaista, mitä emme uskaltaneet edes toivoa: vihollistemme sotapäällikkö on tavannut kohtalonsa, ja se mitä kuulitte oli sen viimeisen epätoivon kaiku. Mutta se ei mennyt tuottamatta suurta murhetta ja menetystä. Ja sen olisin minä saattanut estää, ellei Denethor olisi joutunut hulluuden valtaan. Niin pitkälle yltää tänään vihollisemme! Mutta nyt käsitän, miten hänen tahtonsa pääsi itse Kaupungin sydämeen.

Vaikka käskynhaltijat luulivat tietoa omaksi salaisuudekseen, arvasin minä aikaa sitten, että täällä Valkoisessa tornissa oli ainakin yksi Seitsemästä näkykivestä. Viisautensa päivinä Denethor ei olisi julennut sitä käyttää, eikä uhmata Sauronia, tuntien oman voimansa rajat. Mutta hänen viisautensa petti, ja kun hänen valtakuntaansa uhkaava vaara kasvoi, hän lienee katsonut Kiveen ja mennyt ansaan. Vaarallisen tiheään hän varmaan katsoi sitä sen jälkeen kun Boromir oli lähtenyt. Hän oli liian suuri taipumaan Mustan mahdin alle, mutta silti hän näki vain sen, mitä tuo Mahti antoi hänen nähdä. Tietämys, jonka hän saavutti, oli epäilemättä usein hänelle hyödyksi, mutta loppujen lopuksi Mordorin suuren voiman näkeminen, niin kuin se hänelle näytettiin, ruokki epätoivoa hänen sydämessään, kunnes se sai vallan hänen ajatuksistaan.»

»Nyt ymmärrän sen, mikä minusta oli niin omituista!» Pippin sanoi, ja muistot saivat hänet värisemään. »Valtias poistui siitä huoneesta, jossa Faramir makasi, ja minusta tuntui että vasta palattuaan hän oli muuttunut vanhaksi ja ikään kuin murtunut.»

»Ja juuri samaan aikaan kun Faramir tuotiin Torniin, moni meistä näki oudon valon yläkammion ikkunassa», Beregond sanoi. »Mutta me olemme nähneet tuon valon ennenkin, ja kauan on Kaupungissa huhuttu, että valtias aika ajoin kamppailee ajatuksissaan Vihollisensa kanssa.»

»Voi! silloin olen arvannut oikein», Gandalf sanoi. »Niin pääsi Sauronin tahto Minas Tirithiin, ja niin minua on viivytetty täällä. Ja täällä minun on yhä viivyttävä, sillä on muita tehtäviä, jotka eivät koske yksin Faramiria.

Nyt minun on mentävä alas tapaamaan tulijoita. Olen nähnyt kentällä näyn, joka murehduttaa suuresti sydäntäni, ja suurempi suru voi vielä meitä kohdata.

Tule mukaan Pippin! Mutta sinun, Beregond, tulisi palata Linnaan ja kertoa kaartin päällikölle, mitä on tapahtunut. Hänen velvollisuutensa lienee poistaa sinut kaartista, mutta sano hänelle, jos saan antaa hänelle neuvon, että lähettää sinut Parannuksen tarhaan päällikkösi vartijaksi ja palvelijaksi, olemaan hänen rinnallaan kun hän herää – jos ikinä herää. Sillä sinun ansiostasi hän vältti liekit. Mene! Palaan pian.»

Sen sanottuaan hän kääntyi Pippinin kanssa mennäkseen alakaupunkiin. Ja heidän kiiruhtaessaan toi tuuli harmaan sateen, ja kaikki tulet tukehtuivat ja suuri savu kohosi heidän edessään.

8

PARANNUKSEN TARHA

M ERRIN SILMIÄ VERHOSI väsymyksen ja kyynelten sumu hänen lähestyessään Minas Tirithin raunioitunutta Porttia. Hän tuskin näki tuhoa ja hävitystä ympärillään. Tulta, savua ja katkua oli ilmassa, sillä sotakoneita oli poltettu ja paiskattu rovioihin, jonne olivat joutuneet myös monet kaatuneet, siellä täällä lojui suurten etelänhirmujen raatoja, jotka olivat puoliksi palaneet tai kivisateen murskaamia, osalta olivat Morthondin uljaat jousimiehet ampuneet silmät. Piiskaava sade oli toistaiseksi lakannut ja aurinko loisti korkealla, mutta koko alakaupunkia peitti yhä savunkäry.

Miehet raivasivat jo sivuun taistelun jälkiä, Portista käveli miehiä kantaen paareja. Hellästi he laskivat Éowynin pehmeille tyynyille, mutta kuninkaan ruumiin he peittivät suurella kultakankaalla ja kantoivat paarien kummankin puolen soihtuja, joiden näin auringossa valjut liekit lepattivat tuulessa.

Niin tulivat Théoden ja Éowyn Gondorin kaupunkiin, ja kaikki jotka heidät näkivät paljastivat päänsä ja kumarsivat, ja heidät vietiin läpi palaneen piirin tuhkan ja höyryn ja eteenpäin pitkin kivisiä katuja. Merristä nousu tuntui kestävän iäisyyden, se oli kuin tarkoitukseton matka vastenmielisessä unessa, joka jatkuu jatkumistaan kohti jotain hämärää päämäärää muistin tavoittamattomiin.

Hänen edellään alkoivat soihdut lepattaa ja sammua, hän käveli pimeydessä ja ajatteli: »Tämä käytävä vie hautaholviin, sinne jäämme ainaiseksi.» Mutta äkkiä hänen uneensa lennähti elävä ääni.

»No Merri! Löysinpä sinut!»

Hän katsoi ylös ja sumu hänen silmiensä edessä hellitti hiukan. Siinä oli Pippin! He seisoivat vastatusten kapealla kujalla, joka heitä lukuun ottamatta oli tyhjä. Hän hieroi silmiään.

»Missä kuningas on?» hän sanoi. »Ja Éowyn?» Sitten hän horjahti ja istuutui portaalle ja alkoi taas itkeä.

»He ovat menneet ylös Linnaan», Pippin sanoi. »Sinä olet varmaan nukahtanut jaloillesi ja kääntynyt väärästä kulmasta. Kun huomasimme, että et ollut heidän kanssaan, Gandalf lähetti minut etsimään sinua. Voi vanhaa kunnon Merriä!

Onpa mukava taas nähdä sinua! Mutta sinä olet ihan uuvuksissa, en väsytä sinua puheilla. Mutta kerro, oletko satuttanut itsesi tai haavoittunut.»

»En», Merri sanoi. »Tai en kai. Mutta Pippin, oikea käsi ei ole toiminut sen jälkeen kun pistin sitä miekalla. Ja miekka paloi poroksi kuin puukalikka.»

Pippinin kasvoille levisi huoli. »Siinä tapauksessa sinun on parasta tulla minun kanssani heti paikalla», hän sanoi. »Voisinpa kantaa sinua. Sinä et ole enää kävelykunnossa. He eivät olisi saaneet antaa sinun kävellä, mutta anna anteeksi heille. Merri, Kaupungissa on tapahtunut niin paljon kauheita, että pieni kurja taistelusta palaava hobitti jää helposti huomaamatta.»

»Ei aina ole pahaksi että jää huomaamatta», Merri sanoi. »Ihan vastikään minua ei huomannut – ei ei, ei siitä voi puhua. Auta Pippin! Kaikki pimenee taas, ja käsi on niin kylmä.»

»Nojaa minuun, Merriseni!» Pippin sanoi. »Tule! Askel kerrallaan. Matka ei ole pitkä.»

»Vietkö minut hautaan?» Merri sanoi.

»En toki!» Pippin sanoi yrittäen kuulostaa iloiselta, vaikka hänen sydäntään kouristi pelko ja myötätunto. »Ei, me menemme Parannuksen tarhaan.»

He kääntyivät ulos kujasta, joka jäi korkeiden talojen ja neljännen piirin ulkomuurin väliin, ja palasivat Linnaan vievälle päätielle. He etenivät askelen kerrallaan ja Merri huojui ja mutisi kuin unessa.

»En saa häntä ikinä perille», ajatteli Pippin. »Eikö joku voisi tulla auttamaan minua? En minä voi häntä tähänkään jättää.» Juuri silloin juoksi hänen ohitseen poikanen, jonka hän tunnisti Bergiliksi Beregondin pojaksi.

»Hei Bergil!» hän huusi. »Minne matka? Mukava nähdä sinua ehjänä ja elossa!»

»Olen Parantajien asioilla», Bergil sanoi. »En voi jäädä.»

»Älä jääkään!» Pippin sanoi. »Mutta kerro niille siellä ylhäällä, että minulla on täällä sairas hobitti, siis *perian*, ettäs tiedät, joka on tullut taistelukentältä. En usko että hän jaksaa kävellä sinne asti. Jos Mithrandir on siellä, hän ilahtuu tiedosta.» Bergil jatkoi juoksuaan.

»Minun on parasta odottaa tässä», ajatteli Pippin. Hän päästi Merrin vajoamaan kiveykselle auringon läiskään, istuutui hänen viereensä ja laski Merrin pään syliinsä. Hän koetteli hellästi ystävänsä vartaloa ja raajoja ja otti hänen kätensä omiinsa. Merrin oikea käsi tuntui kosketteassa aivan kylmältä.

Ei kestänyt kauankaan kun itse Gandalf tuli heitä etsimään. Hän kumartui Merrin puoleen ja hipaisi hänen otsaansa, sitten hän nosti hobitin varoen maasta. »Hänet olisi pitänyt kantaa kunniasaatossa tähän kaupunkiin», Gandalf sanoi. »Hän on totisesti osoittautunut luottamukseni arvoiseksi, sillä jos Elrond ei olisi antanut minulle periksi, kumpikaan teistä ei olisi päässyt lähtemään, ja paljon kauheampi olisi silloin ollut tämän päivän kauheus.» Hän huokasi. »Mutta minä saan taas uuden tehtävän, ja taistelu on yhä vaakalaudalla.»

Niin viimein pantiin Parannuksen tarhan vuoteisiin Faramir ja Éowyn ja Meriadoc, ja heitä hoidettiin hyvin. Sillä huolimatta siitä, että perimätieto oli näinä myöhäisinä aikoina rappeutunut menneestä, Gondorissa osattiin yhä hoitaa sairaita, ja parantaa taidolla haavoja ja vammoja, ja kaikkia niitä tauteja, jotka ovat Meren itäpuolella asuvien kuolevaisten ihmisten vitsauksena. Vain ikä teki poikkeuksen. Sillä siihen he eivät olleet löytäneet parannusta, ja heidän elämänsä kaari olikin entisestä huvennut vain vähän muiden ihmisten elinikää pitemmäksi, ja terveiden satavuotiaiden määrä väheni kaikissa muissa suvuissa paitsi niissä, joissa veri virtasi puhtaampana. Mutta nyt heidän tietonsa ja taitonsa olivat voimattomia, sillä moni oli sairastunut tautiin, jota ei pystytty parantamaan, ja he kutsuivat sitä nimellä musta varjo, sillä se oli lähtöisin *nazgûlista*. Ja ne, joihin tuo tauti iski, vajosivat hitaasti syvenevään uneen, ja heidät valtasi mykkyys ja kalmankylmyys kunnes kuolema heidät korjasi. Ja sairaiden hoitajista näytti, että Rohanin neitoa ja puolituista koetteli ankarana tämä tauti. Aamupäivällä he vielä puhuivat ja mutisivat unissaan, ja läsnäolijat kuuntelivat tarkkaan kaiken, mitä he sanoivat, toivoen saavansa selville jotakin, joka auttaisi ymmärtämään heidän vaivaansa. Mutta pian he alkoivat vajota pimeyteen ja auringon lähetessä länttä levittäytyi harmaa varjo heidän kasvoilleen. Mutta Faramiria poltti kuume, joka ei hellittänyt.

Gandalf kulki itsekunkin luona täynnä huolta, ja paikalla olleet kertoivat hänelle kaiken kuulemansa. Ja niin kului päivä, ja taistelu Kaupungin ulkopuolella jatkui, toivo ailahteli ja outoja viestejä saapui, ja yhä Gandalf odotti ja katseli eikä lähtenyt mukaan, kunnes auringonlasku viimein kultasi taivaan ja valo lankesi ikkunasta sairaiden kasvoille. Silloin tuntui lähellä olijoista, että kasvoja punasi heikko tervehtymisen hehku, mutta se oli vain valheellinen toivekuva.

Silloin eräs vanha vaimo, Ioreth, talossa palvelevista naisista vanhin, katsoi Faramirin kauniita kasvoja ja itki, sillä kaikki kansa rakasti Faramiria. Ja hän sanoi: »Voi murhetta, jos hän kuolee. Olisipa Gondorissa kuninkaita niin kuin kerran oli kertoman mukaan! Sillä vanhassa tarussa sanotaan: *Kuninkaan kädet ovat parantajan kädet*. Ja siitä tunnettiin aina oikea kuningas.»

Ja Gandalf, joka seisoi lähistöllä, sanoi: »Kauan saattavat ihmiset muistaa sananne, Ioreth! Sillä niissä asuu toivo. Kukaties Gondoriin on todella palannut kuningas, vai ettekö ole kuullut outoja viestejä, joita Kaupunkiin on tullut?»

»Toimeni ovat olleet niin monet, että en ole kiinnittänyt mitään huomiota huutoon ja hälinään», hän vastasi. »Muuta en toivo kuin että ne murhamiehet eivät tule tähän taloon sairaita kiusaamaan.»

Gandalf lähti kiireesti ulos. Taivaan palo oli jo sammumassa ja hehkuvat kukkulat hämärtyivät tuhkanharmaan illan levittäytyessä yli peltojen.

Auringon laskiessa Aragorn ja Éomer ja Imrahil kulkivat kohti Kaupunkia päälliköittensä ja ritareittensa kanssa, ja kun he tulivat Portin eteen, Aragorn sanoi:

»Katsokaa miten aurinko laskee suureen tuleen! Se on merkki siitä, että moni kohtaa loppunsa ja vuorovedet vaihtuvat maailmassa. Mutta tämä Kaupunki ja valtakunta on ollut käskynhaltijoiden hoivissa monet pitkät vuodet, ja uumoilen ikäväkseni, että jos saavun kutsumatta, syntyy epäilyksiä ja eripuraisuutta, mitä ei saisi tapahtua niin kauan kun tätä sotaa käydään. En astu sisään enkä esitä mitään vaatimusta, ennen kuin on nähty kumpi jää voitolle, mekö vai Mordor. Miehet pystyttäkööt telttani kentälle, täällä odotan Kaupungin valtiaan kutsua.»

Mutta Éomer sanoi: »Olet jo nostanut kuninkaitten lipun ja paljastanut Elendilin huoneen tunnukset. Siedätkö että niitä uhmataan?»

»En toki», Aragorn sanoi. »Mutta aika ei vielä liene kypsä, eikä mieleni tee kamppailla muiden kuin Vihollisemme ja hänen palvelijoittensa kanssa.»

Ja suuriruhtinas Imrahil sanoi: »Sananne ovat viisaat, korkea herra, jos minun, joka olen valtias Denethorin sukua, sallitaan neuvoa teitä tässä asiassa. Hän on lujatahtoinen mies ja ylpeä, mutta vanha, ja hänen mielensä on ollut kummallinen sen jälkeen kun hänen poikansa surmattiin. Mutta en tahtoisi teidän jäävän kerjäläisen lailla oven suuhun.»

»Kerjäläisen lailla en jääkään», Aragorn sanoi. »Sanokaa että jään samoojien päällikkönä, tottumattomana kaupunkeihin ja kivisiin taloihin.» Ja hän antoi käskyn kääriä lippunsa kokoon, ja hän riisui Pohjois-Valtakunnan tähden ja antoi sen Elrondin poikien huostaan.

Sitten suuriruhtinas Imrahil ja Rohanin Éomer jättivät hänet ja kulkivat Kaupungin läpi ja ihmisten hälinän keskitse ja nousivat Linnaan, ja he menivät Tornisaliin etsimään käskynhaltijaa. Mutta hänen tuolinsa oli tyhjä, ja korokkeen edessä lepäsi kunniassa Markin kuningas Théoden, ja kaksitoista soihtua oli vuoteen ympärillä ja kaksitoista vartijaa, sekä Rohanin että Gondorin miehiä. Ja vuodevaatteet olivat vihreät ja valkoiset, mutta kuninkaan ylle oli rinnalle asti levitetty suuri kultainen kangas ja sen päälle oli asetettu hänen paljastettu miekkansa ja kilpi jalkojen juureen. Soihtujen valo leikki hänen valkeissa hiuksissaan kuin aurinko suihkulähteessä, hänen kasvonsa olivat kauniit ja nuoret, mutta niillä lepäsi senkaltainen rauha, joka on nuoruudelle vieras, ja näytti kuin hän olisi nukkunut.

Kun he olivat seisseet hetken hiljaa kuninkaan vierellä, Imrahil sanoi: »Missä on käskynhaltija? Ja missä Mithrandir?»

Ja yksi vartijoista vastasi: »Gondorin käskynhaltija on Parannuksen tarhassa.»

Mutta Éomer sanoi: »Missä on Éowyn-neito, sisareni, sillä tokihan hänen tulisi maata kuninkaan rinnalla, ja yhtä kunniakkaasti? Minne hänet on viety?»

Ja Imrahil sanoi: »Mutta Éowyn-neito eli vielä kun hänet kannettiin tänne. Ettekö sitä tiennyt?»

Silloin tulvahti Éomerin sydämeen odottamatta toivo ja sen myötä myös huolen ja pelon ote palasi, eikä hän puhunut enää mitään, vaan kääntyi ja poistui nopeasti salista, ja suuriruhtinas seurasi häntä. Ja kun he tulivat ulos, ilta oli laskeutunut ja taivaalla loistivat tähdet. Ja Gandalf tuli heitä vastaan jalan ja hänen mukanaan harmaaseen kaapuun kääriytynyt mies, ja he tapasivat Parannuksen tarhan ovien edessä. Ja he tervehtivät Gandalfia ja sanoivat: »Me etsimme käskynhaltijaa, ja sanotaan hänen olevan tässä talossa. Onko hänelle tapahtunut jotakin? Ja Éowyn-neito, missä hän on?»

Ja Gandalf vastasi: »Hän makaa sisällä eikä ole kuollut, mutta lähellä kuolemaa hän on. Ruhtinas Faramiria haavoitti paha nuoli, kuten olette kuulleet, ja nyt hän on käskynhaltija, sillä Denethor on poissa ja hänen huoneensa tuhkana.» Ja suru ja ihmetys valtasi heidät, kun he kuulivat mitä hänellä oli kerrottavana.

Mutta Imrahil sanoi: »Niin riistettiin voitostamme ilo, ja kalliilla saimme sen lunastaa, kun sekä Gondor että Rohan samana päivänä menettävät valtiaansa. Éomer hallitsee *rohirrimia*. Kuka sillä aikaa hallitsee Kaupunkia? Emmekö lähettäisi hakemaan ruhtinas Aragornia?»

Ja kaapuun kääriytynyt mies puhui ja sanoi: »Hän on tullut.» Ja kun hän astui ovensuun lyhdyn valoon, he näkivät että hän oli Aragorn, joka oli kietonut Lórienin viitan sotisopansa päälle, ja ottanut vain yhden merkin mukaansa: Galadrielin vihreän kiven. »Olen tullut, koska Gandalf pyytää minua tulemaan», hän sanoi. »Mutta toistaiseksi olen vain Arnorin *dúnedain* päällikkö, ja Dol Amrothin suuriruhtinas hallitkoon Kaupunkia kunnes Faramir herää. Mutta neuvoni on, että Gandalf hallitsisi meitä kaikkia tulevina päivinä ja toimissamme Vihollisen kanssa.» Ja he päättivät niin.

Sitten Gandalf sanoi: »Älkäämme seisoskelko ovella, sillä aika on kallista. Menkäämme sisään! Vain Aragornin saapuminen voi enää tuoda toivoa sairaille, jotka talossa makaavat. Näin puhui Ioreth, Gondorin tietävä nainen: *Kuninkaan kädet ovat parantajan kädet, ja niin tunnetaan oikea kuningas.*»

Aragorn astui sisään ensin ja muut hänen jäljessään. Ja ovella oli kaksi Linnan asepukuun sonnustautunutta vartijaa, toinen oli pitkä mutta toinen tuskin pojan mittainen, joka nähdessään heidät huudahti hämmästyneenä ja riemuissaan: »Konkari! Loistojuttu! Minä muuten arvasin, että sinä niissä mustissa laivoissa olit. Mutta kaikki vain huusivat *merirosvot tulevat* eivätkä kuunnelleet minua. Miten sinä sinne jouduit?»

Aragorn nauroi ja otti hobittia kädestä. »Terve tavattuamme, tottavie!» hän sanoi. »Mutta nyt ei ole aikaa matkakertomuksille.»

Mutta Imrahil sanoi Éomerille: »Näinkö me puhuttelemme kuningastamme? Hän kantanee kuitenkin kruunua jollakin toisella nimellä!»

Ja Aragorn, joka kuuli hänen sanansa, kääntyi ja sanoi: »Oikein, sillä entisajan korkealla kielellä on nimeni *Elessar*, Haltiakivi, ja *Envinyatar*, Uudeksitekevä», ja hän irrotti rinnastaan vihreän kiven. »Mutta Konkari olkoon huoneeni nimi, jos se koskaan perustetaan. Jalolla kielellä se ei kuulosta niin pahalta: *Telcontar* minusta tulee ja kaikista jälkeläisistäni.»

Ja sen jälkeen he menivät taloon, ja heidän kulkiessaan kohti huoneita, joissa sairaita hoidettiin, Gandalf kertoi heille Éowynin ja Meriadocin teoista. »Kauan olen seissyt heidän vierellään ja he puhuivat paljon unissaan aluksi ennen kuin vajosivat kuolettavaan pimeyteen. Ja minulla on myös lahja nähdä sellaista, mikä on kaukana.»

Aragorn meni ensin Faramirin luo ja sitten Éowyn-neidon luo ja viimeksi Merrin vuoteen viereen. Kun hän oli katsonut sairaiden kasvoja ja nähnyt heidän vammansa, hän huokasi. »Nyt minun on käytettävä kaikkea sitä voimaa ja kykyä mitä minulle on annettu», hän sanoi. »Olisipa Elrond täällä, sillä hän on heimomme vanhin ja hänellä on suurin voima.»

Ja Éomer, joka näki, että hän oli sekä murheellinen että väsynyt, sanoi: »Ensin sinun on toki levättävä, tai ainakin syötävä jotakin.»

Mutta Aragorn vastasi: »Ei, näiltä kolmelta, ennen muuta Faramirilta, aika rientää. On kiire.»

Sitten hän kutsutti Iorethin ja sanoi: »Onko teillä tässä talossa parannusyrttien varastoa?»

»On, herra», vastasi nainen, »mutta tuskin tarpeeksi suurta kaikille niille, jotka niitä tarvitsevat. Mutta enpä tiedä mistä saisimme lisää, sillä kaikki on mullin mallin näinä kauheina aikoina, kun on tulta ja tulipaloja ja liian vähän poikia juoksemaan asioilla, ja tietkin tukossa. Laskemattomia aikoja on siitä, kun Lossarnachista tuli torille kärryjä! Mutta teemme tässä talossa parhaamme niine avuinemme kuin meillä on, kuten korkea ruhtinas varmaan tietääkin.»

»Sen päättelen näkemästäni», Aragorn sanoi. »Yhtä myös on vähänlaisesti: aikaa puheille. Onko teillä *athelasia*?»

»En tiedä, enpä tiedä», vastasi nainen, »ei ainakaan tuolla nimellä. Menen kysymään yrttimestarilta, hän tuntee kaikki vanhat nimet.»

»Sitä kutsutaan myös nimellä kuninkaanlehti», Aragorn sanoi, »ja kukaties tunnette sen tällä nimellä, jolla rahvas sitä kutsuu näinä myöhempinä aikoina.»

»Sekö!» Ioreth sanoi. »Jos korkea herra olisi heti sanonut tuon nimen, niin olisin voinut kertoa. Ei, sitä meillä ei ole, ei. Hyvänen aika, en ole koskaan kuullut, että se sisältäisi mitään voimaa, ja olen totta tosiaan sanonutkin usein sisarilleni, kun olemme nähneet niitä metsässä kasvamassa: 'Kuninkaanlehti', minä sanoin, 'siinäpä outo nimi, minkähän tähden sitä niin kutsutaan, sillä jos minä olisin kuningas, istuttaisin puutarhaani paljon värikkäämpiä kukkia.' Se tuoksuu kyllä makealta kun sitä musertaa, eikö totta? Jos makea nyt on oikea sana, virkistävä olisi ehkä parempi.»

»Virkistävä, se on oikein», Aragorn sanoi. »Ja nyt, arvon vaimo, mikäli rakastatte valtias Faramiria, kipitätte yhtä vikkelästi kuin kielenne hankkimaan minulle kuninkaanlehteä, jos sitä löytyy yhtään lehteä koko kaupungista.»

»Ja ellei löydy», Gandalf sanoi, »minä ratsastan Lossarnachiin Ioreth takanani ja hän saa viedä minut metsään, mutta ei sisartensa luo. Ja Hallavaharja saa opettaa hänelle, mitä tarkoittaa kiire.»

Kun Ioreth oli mennyt, Aragorn kehotti muita vaimoja lämmittämään vettä. Sitten hän otti Faramirin käden omaansa ja laski toisen kätensä sairaan miehen otsalle. Se oli aivan hiessä, mutta Faramir ei liikahtanut eikä värähtänyt ja näytti tuskin hengittävän.

»Hän on melkein lopussa», Aragorn sanoi kääntyen Gandalfin puoleen. »Mutta tauti ei ole kotoisin haavasta. Katso! haava paranee jo. Jos häneen olisi osunut jokin *nazgûlin* nuoli, kuten oletitte, hän olisi heittänyt henkensä samana yönä. Tämä haava on lähtöisin jostakin eteläisten nuolesta, luulen minä. Kuka nuolen irrotti? Säilytettiinkö sitä?»

»Minä irrotin sen», sanoi Imrahil, »ja tyrehdytin verenvuodon. Mutta en säilyttänyt nuolta, sillä meillä oli paljon tekemistä. Muistan että se oli juuri sellainen, joita eteläiset käyttävät. Kuitenkin kuvittelin sen tulleen yllä lennelleistä Varjoista, sillä muuten ei voisi ymmärtää kuumetta ja sairautta, haava kun ei ollut syvä eikä vakava. Miten te siis asian ymmärrätte?»

»Uupumus, suru isän tunteista, haava, ja ennen muuta Musta hengitys», Aragorn sanoi. »Hänen tahtonsa on totisesti luja, sillä hän oli joutunut Varjon alle jo ennen kuin edes ratsasti taisteluun ulkomuureille. Hitaasti oli pimeys edennyt hänessä jo silloin kun hän taisteli ja puolusti ulkolinnaketta. Voi että olisin päässyt tulemaan aiemmin!»

Silloin tuli sisään yrttimestari. »Korkea herra pyysi *kuninkaanlehteä*, kuten maalaiset sitä kutsuvat», hän sanoi, »eli *athelasia* jalon kielen taitajille, ja niille jotka tietävät jotakin Valinorin kielestä…»

»Minä tiedän», Aragorn sanoi, »enkä välitä sanotteko *asëa aranion* vai *kuninkaanlehti*, mikäli teillä vain on sitä.»

»Suokaa anteeksi, korkea herra», sanoi mies. »Huomaan että olette taruntuntija ettekä pelkkä sotapäällikkö. Mutta voi! me emme säilö tätä kasvia Parannuksen tarhassa, jossa vakavasti vahingoittuneita tai sairaita hoidetaan. Sillä me emme tiedä siinä olevan mitään voimaa, paitsi ehkä sitä että se sulostuttaa tunkkaisen ilman tai karkottaa ohimenevän mielenraskauden. Ellei pane painoa

entisaikojen runoille, joita naiset sellaiset kuin hyvä Iorethimme yhä toistelevat
mitään ymmärtämättä.

> *Kun musta henkäys uhoaa*
> *ja kaikki valo katoaa,*
> *kun kuoleman varjo on voitokas,*
> *tule athelas! tule athelas!*
> *On elämä kuolevain*
> *kuninkaan kädessä vain!*

Pelkkä ontuva hokema, jota vanhojen vaimojen muisti on muutellut. Jätän sen
merkityksen teidän harkittavaksenne, jos siinä nyt merkitystä on. Mutta vanha
kansa kyllä käyttää siitä tehtyä uutetta päänsärkyyn.»

»Kuninkaan nimeen, menkää etsimään joku vanha mies, jolla on vähemmän
perimätietoa ja enemmän viisautta ja jolla on kasvia kodissaan!» Gandalf ärähti.

Aragorn polvistui nyt Faramirin viereen ja piti kättä hänen otsallaan. Ja ne jotka
katselivat heitä, tunsivat että siinä käytiin kovaa kamppailua. Sillä Aragornin kas-
vot kävivät yhä harmaammiksi väsymyksestä, ja vähän väliä hän toisti Faramirin
nimeä, kerta kerralta hiljaisempana, ikään kuin Aragorn itse olisi siirtynyt heistä
etäämmäksi ja kävellyt jossakin mustassa laaksossa kutsuen eksynyttä.

Ja viimein tuli juosten Bergil ja hänellä oli kankaaseen käärittynä kuusi lehteä.
»Herra, tässä on kuninkaanlehtiä», hän sanoi, »mutta ne eivät ole tuoreita, pahoin
pelkään. Ne on poimittu varmaan vähintään kaksi viikkoa sitten. Toivottavasti ne
kelpaavat.» Hän katsoi sitten Faramiria ja puhkesi kyyneliin.

Mutta Aragorn hymyili. »Ne kelpaavat», hän sanoi. »Pahin on nyt ohi. Jää
tänne ja ole rauhassa!» Sitten hän otti käsiinsä kaksi lehteä ja henkäisi niihin ja
murensi ne sitten, ja heti täytti elävä tuoreus huoneen, ikään kuin itse ilma olisi
herännyt, kihelmöinyt ja kipunoinut iloa. Ja sitten hän sujautti lehdet höyryäviin
vesiastioihin, jotka hänelle tuotiin, ja kaikkien sydän keventyi. Sillä tuoksu, jonka
he tunsivat, oli kuin kasteisten aamujen ja esteettömän auringon muisto maasta,
josta tämän maailman koko keväinen kauneus on vain hailea muisto. Mutta Ara-
gorn nousi seisomaan kuin virkistyneenä ja hänen silmänsä hymyilivät kun hän
piteli astiaa Faramirin nukkuvien kasvojen edessä.

»No mutta! Kukapa olisi uskonut!» sanoi Ioreth naiselle, joka seisoi hänen vie-
ressään. »Eihän tuo kasvi ole ollenkaan mitätön. Se tuo mieleeni Imloth Meluin
ruusut niiltä ajoilta, kun vielä olin tyttönen, ja ne kyllä kelpaisivat kuninkaalle
kuin kuninkaalle.»

Äkkiä Faramir liikahti ja avasi silmänsä ja katsoi Aragornia, joka kumartui
hänen ylleen, ja jälleennäkemisen ja rakkauden valo syttyi hänen silmiinsä ja
hän puhui hiljaa. »Herrani, kutsuitte minua. Minä tulen. Mitä käskee kuningas?»

»Tule pois varjojen mailta, herää!» sanoi Aragorn. »Olet väsynyt. Lepää hetki
ja ravitse itseäsi ja ole valmis kun palaan.»

»Minä olen», Faramir sanoi. »Sillä kuka makaisi toimetonna kun kuningas on
palannut?»

»Hyvästi siis joksikin aikaa!» Aragorn sanoi. »Minun on mentävä muiden
minua tarvitsevien luo.» Ja hän lähti huoneesta Gandalfin ja Imrahilin kanssa,
mutta Beregond ja hänen poikansa jäivät eivätkä he pystyneet salaamaan iloaan.

Gandalfin perässä kävelevä Pippin kuuli ovea sulkiessaan Iorethin huudahtavan:
»Kuningas! Kuulitteko? Mitä minä sanoin! Parantajan kädet, minähän sanoin.»
Ja pian oli Tarhasta levinnyt sana, että heidän keskuuteensa oli tullut kuningas, joka toi parannuksen sodan haavoihin, ja uutiset kiirivät halki Kaupungin.

Mutta Aragorn tuli Éowynin luo ja sanoi: »Hänen vammansa on vaikea, ja voimallinen on ollut isku. Katkennutta kättä on hoidettu asiaankuuluvasti ja se paranee ajallaan, jos hänellä on voimaa elää. Kilpeä pitelevä käsi sai vamman, mutta miekkakädestä leviää pahin vaara. Siinä ei näy elonmerkkiä, vaikka se on aivan ehjä.
Ah ja voi! Sillä hän joutui vastakkain vihollisen kanssa, joka oli liikaa hänen sielunsa ja ruumiinsa voimille. Ja niiden, jotka asein käyvät moista vihollista vastaan, pitää olla terästäkin lujempia, ellei itse järkytys jo muserra heitä. Katala kohtalo saattoi hänet tälle tielle. Sillä hän on kaunis neito, kaunotar kuningatarten huoneesta. Enkä kuitenkaan tiedä miten hänestä puhuisin. Kun ensi kerran häntä katsoin ja näin että hän oli onneton, olin näkevinäni valkean kukan, suoran ja ylpeän, kaunismuotoisen kuin lilja, ja kuitenkin tiesin että hän oli kova, kuin haltiaseppojen teräksestä taottu. Vai oliko kukaties pakkanen muuttanut mahlan jääksi, niin että suloisenkatkera kukka oli kaunis katsella, mutta sairas, valmis kohta kaatumaan ja kuolemaan? Hänen sairautensa alkoi kauan ennen tätä päivää, eikö näin ole, Éomer?»
»Ihmettelen että kysyt sitä minulta, herra», hän vastasi. »Sillä pidän sinua tässä asiassa syyttömänä kuten kaikessa muussakin: mutta en tiedä, että sisareni Éowyn olisi joutunut pakkaselle alttiiksi ennen kuin hän ensi kerran katsoi sinuun. Häntä vaivasi huoli ja pelko ja hän jakoi ne kanssani aikoina, jolloin Kärmekieli loihti kuninkaamme, ja hän hoivasi kuningasta kasvavan pelon vallassa. Mutta se ei ajanut häntä tähän kohtaloon!»
»Ystäväni», sanoi Gandalf, »sinulla oli hevoset, aseleikit, vapaat laitumet, mutta hänellä, neidon ruumiiseen syntyneellä, oli vähintään sinun veroisesi rohkeus ja henki. Mutta hänet oli tuomittu palvelemaan vanhusta, jota hän rakasti isänään, ja katselemaan, miten tämä vajosi surkeaan kunniattomaan houreeseen, ja hänen osansa näytti hänestä vähäisemmältä kuin jopa sauva, johon vanhus nojasi.
Luuletteko että Kärmekieli syyti myrkkyä vain Théodenin korviin? *Vanha hölmö! Mitä muuta on Eorlin huone kuin olkikattoinen lato, jossa rosvot juopottelevat löyhkän keskellä ja heidän kakaransa pyörivät lattioilla koirien joukossa?* Lienet kuullut sanat aikaisemmin. Ne lausui Saruman, Kärmekielen opettaja. Vaikka en epäile, etteikö Kärmekieli kietonut niiden merkitystä taitavampiin sanakäänteisiin. Arvon ruhtinas, elleivät rakkaus sinua kohtaan ja velvollisuudentunto olisi sinetöineet sisaresi huulia, olisit voinut kuulla tämänkin tapaisten sanojen niiltä erkanevan. Mutta kuka tietää, mitä hän puhui pimeyteen, yksin, valveilla ja ahdistuksessa, jolloin kaikki elämä kuin liukui pois ja kammion seinät tuntuivat puristuvan yhä lähemmäksi ja muuttuvan häkiksi, joka vangitsee villin eläimen?»
Silloin Éomer oli vaiti ja hän katsoi sisartaan kuin punniten uudestaan kaikkia heidän yhteisen elämänsä menneitä päiviä. Mutta Aragorn sanoi: »Minäkin näin sen, mitä sinä näit, Éomer. Harvoin maailman vastoinkäymisissä valtaa miehen sydämen yhtä katkera ja häpeällinen suru kuin tämä: nähdä noin kauniin ja

uljaan naisen rakkaus pystymättä siihen vastaamaan. Suru ja sääli on kulkenut kanssani aina siitä lähtien kun jätin hänet epätoivoisena Dunhargiin ja ratsastin Kuolleiden kulkuteille, eikä yksikään pelko kouraissut niin kuin pelko siitä mitä hänelle sattuisi. Ja kuitenkin, Éomer, sanon sinulle, että hän rakastaa sinua vilpittömämmin kuin minua, sillä hän tuntee sinut ja siksi rakastaa; mutta minussa hän rakastaa vain varjoa ja mielikuvaa: kunnian ja suurten töiden toivoa, ja unelmaa maista, jotka ovat kaukana Rohanista.

Minulla on ehkä valta parantaa hänen ruumiinsa ja tuoda hänet takaisin pimeästä laaksosta. Mutta mihin hän herää: toivoon, unohduksen hämärään, vaiko epätoivoon, sitä en tiedä. Ja jos hän herää epätoivoon, silloin hän kuolee, ellei löydy muuta parannusta, sellaista jota minä en voi antaa. Että on niin! Sillä hänen tekonsa ovat nostaneet hänet mainehikkaitten kuningatarten joukkoon.»

Sitten Aragorn kumartui ja katsoi neidon kasvoja ja ne olivat liljankalpeat, hallankylmät, kivenkovat. Mutta Aragorn kumartui ja suuteli häntä otsalle ja puhui hänelle hiljaa ja sanoi:

»Éowyn Éomundin tytär, herätkää! Sillä vihollisenne on poissa!»

Neito ei liikahtanut, mutta alkoi jälleen hengittää syvään, niin että hänen rintansa kohoili valkean liinalakanan alla. Jälleen Aragorn musersi kaksi *athelasin* lehteä ja heitti ne höyryävään veteen, ja hän valeli vedellä neidon otsaa ja peitolla kylmänä ja hervottomana lepäävää oikeaa kättä.

Lieneekö Aragornilla tosiaan ollut hallussaan Westernessen unohdettuja voimia, vai vaikuttivatko vain hänen Éowyn-neidolle lausumansa sanat huoneessa seisojiin? Yrtin makean tuoksun levitessä huoneeseen heistä tuntui kuin ikkunasta olisi puhaltanut tuuli, läpikotaisin raikas ja puhdas ja nuori, ikään kuin kukaan ei olisi sitä ehtinyt hengittää, kuin se olisi tullut tuoreena lumisilta vuorilta korkean tähtikupolin alta tai kaukaisilta hopearannoilta, joita vaahtopäälaineet huuhtovat.

»Herätkää, Éowyn, Rohanin neito!» Aragorn toisti ja hän otti neidon käden omaansa ja tunsi palaavan elämän lämmön. »Herätkää! Varjo on mennyt ja kaikki pimeys on pesty pois!» Sitten hän asetti neidon käden Éomerin käteen ja astui kauemmaksi. »Kutsu häntä!» hän sanoi ja poistui ääneti huoneesta.

»Éowyn, Éowyn!» huudahti Éomer kyynelten valuessa poskille. Mutta neito avasi silmänsä ja sanoi: »Éomer! Mikä on tämä ilo? Sinunhan sanottiin kuolleen. Ei, ne olivat vain uneni kauheat äänet. Kuinka kauan olen ollut unessa?»

»Et kauan, sisareni», Éomer sanoi. »Mutta älä ajattele enää sitä!»

»Outo väsymys painaa minua», sanoi neito. »Minun täytyy vähän levätä. Mutta kerro, miten on Markin herran laita. Ah ja voi! Turha sanoa että se oli unta, tiedän että se ei ollut. Hän on kuollut kuten hän itse edeltä näki.»

»Hän on kuollut», Éomer sanoi, »mutta hän pyysi, että sanoisin hyvästit Éowynille, tytärtä rakkaammalle. Hän lepää nyt suuressa kunniassa Gondorin linnassa.»

»Murhe on suuri», neito sanoi. »Ja kuitenkin kävi paremmin kuin uskalsin toivoakaan niinä synkkinä päivinä, jolloin Eorlin huoneen kunnia oli vajonnut alemmaksi kuin halvimman paimenkodan. Ja entä kuninkaan aseenkantaja, puolituinen? Éomer, sinun on tehtävä hänestä Riddermarkin ritari, sillä hän on verrattoman urhoollinen!»

»Hän makaa lähellä tässä talossa ja minä olen menossa hänen luokseen», Gandalf sanoi. »Éomer jää tänne vähäksi aikaa. Mutta älkää vielä puhuko sodasta ja

surusta, ennen kuin olette taas kunnossa. On suuri ilo nähdä teidän heräävän taas terveyteen ja toivoon, oi urhea neito!»
»Terveyteenkö?» Éowyn sanoi. »Ehkä niin. Ainakin siksi aikaa, kun on olemassa jonkun kaatuneen Ratsastajan satula, jonka voin täyttää, ja tekoja, jotka voin tehdä. Mutta toivoon? Tuskin.»

Gandalf ja Pippin tulivat Merrin huoneeseen ja tapasivat Aragornin seisomasta hänen vuoteensa ääressä. »Voi Merri!» huudahti Pippin ja juoksi vuoteen luo, ja hänestä näytti että hänen ystävänsä tila oli huonontunut, sillä kasvoilla oli kuin vuosien surun painama harmaus, ja äkkiä Pippiniä kouraisi pelko että Merri kuolisi.
»Älä pelkää», Aragorn sanoi. »Minä tulin ajoissa, ja olen kutsunut hänet takaisin. Hän on nyt uupunut ja murheen murtama, ja hänellä on sama vamma kuin Éowyn-neidolla: hän rohkeni iskeä tuota kuolettavaa olentoa. Mutta nämä vaivat voidaan parantaa, kun on niinkin vahva ja iloinen mieli kuin hänellä. Murhettaan hän ei unohda, mutta se ei varjosta hänen sydäntään, se opettaa hänelle viisautta.»
Sitten Aragorn laski kätensä Merrin pään päälle, vei sormensa hellästi ruskeiden kiharoiden läpi ja kosketti hänen silmäluomiaan ja kutsui häntä nimeltä. Ja *athelasin* tuoksu täytti huoneen kuin tuuli hedelmäpuutarhassa tai mehiläisiä parveilevassa auringon paahtamassa kanervikossa, ja Merri heräsi äkkiä ja sanoi:
»Minulla on nälkä. Mitä kello on?»
»Päivällisaika on jo ohi», Pippin sanoi, »mutta kyllä minä varmaan pystyisin tuomaan sinulle jotakin, jos saan luvan.»
»Saat varmasti», Gandalf sanoi. »Ja saat tuoda mitä tahansa, mitä tämä Rohanin ratsastaja mahdollisesti toivoo, mikäli hänen toivomaansa on saatavissa Minas Tirithistä, jossa hänen nimeään pidetään suuressa kunniassa.»
»Hyvä!» Merri sanoi. »Minä haluan ensin päivällisen ja sitten piipullisen.» Samassa hänen kasvonsa synkistyivät. »Ei, ei sittenkään piippua. Minä en taida tästä lähtien enää polttaa.»
»Miksi et?» kysyi Pippin.
»Näes», aloitti Merri hitaasti. »Hän on kuollut. Se kaikki palasi mieleen. Hän sanoi olevansa pahoillaan, kun ei koskaan päässyt puhumaan kasvitiedosta minun kanssani. Se oli melkein viimeinen, mitä hän ylipäänsä sanoi. Pippin, minä en voi ikinä enää polttaa muistamatta häntä ja sitä päivää, kun hän ratsasti Rautapihaan ja oli niin kohtelias.»
»Polta siis, ja muista häntä!» Aragorn sanoi. »Sillä hän oli lempeä ihminen ja suuri kuningas ja valansa hän piti; ja varjoista hän nousi viimeiseen kauniiseen aamuun. Vaikka palvelit häntä vain lyhyen ajan, sen ajan muiston pitäisi olla iloinen ja kunniakas päiviesi loppuun saakka.»
Merri hymyili. »Hyvä on», hän sanoi, »jos Konkari hankkii tykötarpeet, minä poltan ja minä muistan. Minulla oli pakkauksessani Sarumanin parasta, mutta minulla ei ole mitään käsitystä, mihin pakkaus joutui taistelussa.»
»Mestari Meriadoc», Aragorn sanoi, »jos luulet minun kulkeneen vuorten läpi Gondorin valtakuntaan tulella ja miekalla vain kanniskellakseni yrttejä sotilaanhutilukselle, joka kadottaa varusteensa, olet erehtynyt. Jollei pakkaustasi ole löydetty, sinun tulee haettaa tämän talon yrttimestari. Hän kertoo sinulle, ettei hänellä ollut aavistustakaan siitä että mainitsemallasi kasvilla olisi jotakin avuja,

mutta että sen nimi on *lännenmiehenruoho* rahvaan kielellä, *galenas* ylhäisten suussa, ja mainitsee vielä muita nimiä vielä oppineemmilla kielillä, ja lausuttuaan vielä pari puoliksi unohtunutta runonpätkää, joita hän ei ymmärrä, hän ilmoittaa sinulle syvästi valittaen, että talossa ei kasvia ole ja jättää sinut niine hyvinesi pohtimaan kielten historiaa. Ja minä jätän sinut myös. Sillä minä en ole nukkunut tuonkaltaisessa vuoteessa sen jälkeen kun ratsastin Dunhargista, enkä syönyt aamunkoittoa edeltäneen pimeän jälkeen.»

Merri tarttui hänen käteensä ja suuteli sitä. »Olen kauhean pahoillani», hän sanoi. »Mene heti! Siitä Briin yöstä lähtien meistä on ollut sinulle vain riesaa. Mutta minun kansani tapoihin kuuluu puhua kepeitä sanoja tällaisella hetkellä ja sanoa vähemmän kuin tarkoittaa. Me pelkäämme, että tulemme sanoneeksi liikaa. Kun hassuttelu ei ole paikallaan jäämme vallan sanattomiksi.»

»Minä tiedän sen kyllä, muuten en vastaisi samalla mitalla», Aragorn sanoi. »Kukoistakoon Kontu iäti!» Ja hän suuteli Merriä ja meni ulos ja Gandalf meni hänen kanssaan.

Pippin jäi huoneeseen. »Onkohan toista samanlaista kuin Aragorn?» hän sanoi. »Paitsi tietysti Gandalf. He ovat varmasti jotenkin sukua. Vanha aasi, sinun pakkauksesi lojuu sängyn vieressä ja sinulla oli se selässäsi kun tapasin sinut. Hän näki sen koko ajan, tottakai. Ja sitä paitsi minulla on omaakin kessua. Siitä vaan! Pitkänpohjan pehkua ja kaikki. Täytä piippusi niin minä kipaisen etsimässä ruokaa. Ja ollaan sitten vähän aikaa aivan rauhassa. Voi että! Me Tukit ja Rankkibukit emme pärjää pitkään korkeuksissa.»

»Ei», sanoi Merri. »Minä en ainakaan. En vielä. Mutta me voimme kuitenkin nyt nähdä sinne ylös, ja kunnioittaa. On kai parasta rakastaa ensin semmoista, mitä osaa rakastaa: pitää aloittaa jostakin, pitää olla juuret, ja Konnun multa on syvää. Mutta on olemassa jotakin syvempää ja korkeampaa. Eikä vähäisinkään puutarhuri voisi hoitaa puutarhaansa rauhassa, niin kuin hän asian ilmaisisi, jollei olisi, tiesi hän sen tai ei. Minusta on hyvä tietää tästä edes jotakin. Mutta miksi minä tämmöisiä puhun? Missä sitä pehkua on? Ja ota piippuni esiin sieltä pakkauksesta, jollei se ole mennyt poikki.»

Aragorn ja Gandalf menivät Tarhan hoitajan luo ja neuvoivat häntä, että Faramirin ja Éowynin tulisi jäädä taloon ja heitä tulisi hoitaa huolella vielä monta päivää.

»Éowyn-neito pyrkii pian nousemaan ylös ja lähtemään», Aragorn sanoi. »Mutta häntä ei saisi päästää, jos mitenkään voitte häntä pidätellä, ennen kuin kymmenen päivän päästä.»

»Ja mitä tulee Faramiriin», Gandalf sanoi, »hänen on kohta saatava tietää, että hänen isänsä on kuollut. Mutta koko tarinaa Denethorin hulluudesta ei saa kertoa hänelle ennen kuin hän on aivan terve ja hänellä on jotakin tekemistä. Pitäkää huoli siitä, että Beregond ja *perian*, jotka olivat paikalla, eivät puhu hänelle vielä näistä seikoista!»

»Entä toinen *perian*, Meriadoc, joka on huostassani, mitä hänelle tehdään?» kysyi hoitaja.

»Luultavasti hän on huomenna sellaisessa kunnossa, että voi nousta vähäksi aikaa pystyyn», Aragorn sanoi. »Tehköön niin, jos tahtoo. Hän voi vähän kävellä ystäviensä hoivissa.»

»He ovat melkoista kansaa», sanoi hoitaja ja nyökäytti päätään. »Sitkeäsyisiä, sanoisin.»

Talon ovelle oli jo kokoontunut ihmisiä, jotka halusivat nähdä Aragornin, ja he seurasivat häntä, ja kun hän lopulta oli aterioinut, ihmiset pyysivät että hän parantaisi heidän sukulaisensa tai ystävänsä, joiden elämää uhkasi haava tai vamma tai jotka makasivat Mustan varjon alla. Ja Aragorn nousi ja meni ulos ja kutsutti luokseen Elrondin pojat ja yhdessä he ahkeroivat myöhään yöhön. Ja kautta Kaupungin kiiri tieto: »Kuningas on totisesti palannut.» Ja he antoivat hänelle nimeksi Haltiakivi hänen rintaansa kiinnitetyn vihreän kiven mukaan, ja niin sen nimen, joka hänelle oli syntymässä ennustettu, antoi hänelle hänen oma kansansa.

Ja kun hän ei enää jaksanut tehdä työtä, hän heitti viitan ympärilleen ja pujahti Kaupungista ja meni telttaansa juuri ennen aamunkoittoa ja nukkui vähän. Ja aamulla liehui tornissa Dol Amrothin lippu, joutsenenkaltainen valkea laiva sinisessä vedessä, ja ihmiset katsoivat sitä ja ihmettelivät, oliko kuninkaan paluu ollut pelkkää unta.

9

VIIMEINEN NEUVOTTELU

AAMU KOITTI KAUNIINA taistelupäivän jälkeen, taivaalla leijui ohuita pilviä ja tuuli kääntyi länteen. Legolas ja Gimli olivat varhain jalkeilla ja he pyysivät lupaa päästä Kaupunkiin, sillä he tahtoivat kovasti tavata Merrin ja Pippinin.

»On hyvä kuulla, että he ovat yhä elossa», Gimli sanoi, »sillä saimme kärsiä melkoisia vaivoja marssillamme Rohanin poikki, ja olisi sääli jos sellaiset tuskat olisivat menneet hukkaan.»

Haltia ja kääpiö astuivat yhdessä Minas Tirithiin ja ihmiset, jotka näkivät heidän kulkevan ohi, ihmettelivät nähdessään moiset toverukset, sillä aamussa astellessaan oli Legolas kasvoiltaan käsittämättömän kaunis ja lauloi haltialaulua kirkkaalla äänellä, kun taas Gimli marssi hänen rinnallaan partaansa sukien ja ympärilleen mulkoillen.

»Hyvää kivityötä täällä näkee», sanoi Gimli katsellessaan muureja, »mutta näkee huonompaakin, ja kadut olisi voitu järjestää paremmin. Kun Aragorn perii sen, mikä hänelle kuuluu, minä tarjoan hänelle Vuoren kiviseppien palveluksia, ja me teemme tästä sellaisen kaupungin, josta hänen kelpaa olla ylpeä.»

»Tänne tarvitaan enemmän puutarhoja», Legolas sanoi. »Talot ovat hengettömiä ja täällä on liian vähän mitään iloista ja kasvavaa. Jos Aragorn perii sen, mikä hänelle kuuluu, Metsän kansa tuo hänelle laulavia lintuja ja puita, jotka eivät kuole.»

Viimein he tulivat suuriruhtinas Imrahilin luo, ja Legolas katsoi häneen ja kumarsi syvään, sillä hän näki, että tämän miehen suonissa tosiaan virtasi haltiaverta. »Terve, ylimys!» hän sanoi. »On kauan siitä kun Nimrodelin kansa jätti Lórienin metsämaat, mutta näyttää, että kaikki eivät kuitenkaan purjehtineet Amrothin satamasta länteen meren yli.»

»Niin kerrotaan maani tarustossa», sanoi suuriruhtinas, »mutta kertaakaan ei laskemattomiin vuosiin ole siellä nähty yhtäkään jalon kansan jäsentä. Ja ihmettelen, kun näen yhden täällä surun ja sodan keskessä. Mitä etsitte?»

»Olen yksi Yhdeksästä saattajasta, jotka lähtivät Imladrisista Mithrandirin kanssa», Legolas sanoi, »ja tämän kääpiöystäväni kanssa tulin tänne ruhtinas

Aragornin seurassa. Mutta nyt tekee mielemme tavata ystäviämme Meriadocia ja Peregriniä, jotka kertoman mukaan ovat teidän huostassanne.»

»Löydätte heidät Parannuksen tarhasta, minä vien teidät sinne», Imrahil sanoi. »Riittää jos saamme jonkun opastamaan meitä», sanoi Legolas. »Sillä Aragorn lähettää tämän viestin. Hän ei tahdo vielä palata Kaupunkiin. Mutta päälliköiden tulisi heti neuvotella, ja hän pyytää, että sinä ja Rohanin Éomer tulisitte alas hänen teltalleen niin pian kuin mahdollista. Mithrandir on jo siellä.»

»Me tulemme», Imrahil sanoi; ja he erosivat kohteliain sanoin.

»Siinä on salskea ylimys ja suuri ihmisten päällikkö», Legolas sanoi. »Jos Gondorilla on yhä tuonkaltaisia miehiä näinä haipumisen aikoina, sen kunnia lienee alkuaikoina ollut mahtava.»

»Ja epäilemättä kaikki kunnollinen kivityö on vanhempaa perua ja tehty ensimmäisessä rakennusvaiheessa», Gimli sanoi. »Niin on aina kaikki mihin ihmiset ryhtyvät: keväällä käy halla tai kesällä tauti, ja lupaus jää lunastamatta.»

»Harvoin kuitenkaan jää siemen kypsymättä», Legolas sanoi. »Se makaa tomussa ja lahoaa vain versoakseen jälleen esiin odottamattomaan aikaan odottamattomassa paikassa. Gimli, ihmisten teot jäävät elämään meidän jälkeemme.»

»Eikä niistä silti taida silti lopultakaan tulla lupausta kummempaa», sanoi kääpiö.

»Tuohon eivät haltiat tiedä sanoa sitä tai tätä», Legolas sanoi.

Sitten tuli suuriruhtinaan palvelija ja johti heidät Parannuksen tarhaan, ja he tapasivat puutarhasta ystävänsä ja jälleennäkemisen ilo oli suuri. Jonkin aikaa he kävelivät ja puhelivat, nauttivat lyhyestä rauhan hetkestä korkealla tuulisten piirien Kaupungissa. Kun Merri sitten väsyi, he menivät istumaan muurille, niin että Tarhan nurmikko jäi selän taakse, ja kaukana etelässä heidän edessään kimalteli auringossa Anduin, joka etääntyi Legolasinkin silmän kantamattomiin, Lebenninin ja Etelä-Ithilienin laajoille tasangoille ja vihreään usvaan.

Ja Legolas hiljeni, vaikka muut yhä puhelivat, ja katseli aurinkoon, ja tuijottaessaan hän näki valkoisten merilintujen lentävän jokea ylös.

»Katsokaa!» hän huudahti. »Lokkeja! Ne lentävät sisämaahan. Ihmetys valtaa minut ja sydämeni käy levottomaksi. En ollut eläissäni niitä tavannut ennen kuin tulimme Pelargiriin. Siellä kuulin niiden huutavan ilmassa, kun karautimme valtaamaan laivoja. Silloin seisahduin ja unohdin Keski-Maan sodan, sillä niiden valittavat äänet kertoivat minulle Merestä. Merestä! En ole vielä nähnyt sitä. Mutta syvällä heimoni sydämessä asuu kaipuu merelle, eikä sitä pitäisi herättää. Oi lokit! En jalavan tai pyökin alla enää rauhaa saa.»

»Älä sano noin!» Gimli sanoi. »Keski-Maassa on lukemattomia nähtävyyksiä ja suuret teot odottavat tekijäänsä. Mutta jos kaikki jalo kansa suuntaa Satamiin, siitä tulee huonompi maailma niille, jotka ovat tuomitut jäämään.»

»Totisesti tylsä ja ikävä paikka!» Merri sanoi. »Legolas, sinä et saa lähteä Satamiin. Aina on sellaisia, suuria tai pieniä, ja jopa Gimlin kaltaisia viisaita kääpiöitä, jotka tarvitsevat sinua. Minä ainakin toivon niin. Vaikka minusta jotenkin tuntuu, että pahin on tässä sodassa vielä edessä. Voi, miten toivon, että se olisi ohi, onnellisesti ohi!»

»Älä viitsi olla noin synkkä!» Pippin huudahti. »Aurinko paistaa ja me olemme täällä yhdessä ainakin päivän pari. Tahdon kuulla lisää itse kustakin. Antaa tulla, Gimli! Sinä ja Legolas olette maininneet oudosta matkastanne Konkarin kanssa jo ainakin kymmenen kertaa tänä aamuna. Mutta ette ole kertoneet minulle siitä mitään.»

»Täällä saattaa aurinko paistaa», Gimli sanoi, »mutta sillä tiellä on muistoja, joita en mielelläni kutsu pois pimeydestä. Jos olisin tiennyt mitä edessäni oli, en olisi minkään ystävyyden nimessä lähtenyt Kuolleiden kulkuteille.»

»Kuolleiden kulkuteille?» Pippin sanoi. »Kuulin, että Aragorn sanoi noin ja ihmettelin, mitä hän tarkoitti. Etkö kerro meille enempää?»

»En mielelläni», Gimli sanoi. »Sillä tuolla tiellä jouduin häpeään: Gimli Glóinin poika, joka oli pitänyt itseään ihmisiä tuimempana ja maan alla kaikkia haltioita lujempana. Mutta kumpaakaan en ollut, ja vain Aragornin tahto piti minut tiellä.»

»Ja rakkaus häntä kohtaan», Legolas sanoi. »Sillä kaikki, jotka tulevat hänet tuntemaan, rakastavat häntä omalla tavallaan, jopa *rohirrimin* kylmä impi. Aikaisin aamulla sitä päivää ennen, jolloin sinä, Merri, tulit Dunhargiin, me lähdimme sieltä, ja kaikki kansa oli niin suuren pelon vallassa, ettei kukaan muu rohjennut katsella lähtöämme kuin Éowyn-neito, joka nyt makaa haavoittuneena tuolla talossa. Eron hetki oli murheellinen, ja surullista sitä oli minusta katsella.»

»Oi! Minulla riitti myötätuntoa vain itselleni», Gimli sanoi. »Ei, tuosta matkasta en puhu.»

Hän vaikeni, mutta Pippin ja Merri halusivat välttämättä kuulla kaiken, ja lopulta Legolas sanoi: »Minä kerron teille sen verran että rauhoitutte, sillä minä en tuntenut sitä kauhua, enkä pelännyt ihmisten varjoja, kun näin ne heikoiksi ja voimattomiksi.»

Hän kertoi sitten nopeasti aavetiestä vuorten alla ja Erechin tummasta kohtauspaikasta ja pitkästä ratsastuksesta sen jälkeen, seitsemästäviidettä peninkulmasta Pelargiriin Anduinille. »Neljä päivää ja yötä ja vähän viidettä me ratsastimme eteenpäin Mustalta kiveltä», hän sanoi. »Ja katso! siinä Mordorin pimeydessä toivoni kasvoi, sillä valon puutteessa tuntui Varjoarmeija vahvistuvan ja käyvän yhä kauheammaksi katsella. Näin miten osa niistä ratsasti, osa käveli, ja kuitenkin kaikki etenivät samaa hurjaa vauhtia. Ne olivat äänettömiä, mutta niiden silmissä kiilui valo. Lamedonin ylämailla ne saavuttivat hevosemme ja pyyhkäisivät sivuillemme ja olisivat ohittaneet meidät, ellei Aragorn olisi kieltänyt.

Hänen käskystään ne jäivät jälkeen. 'Jopa ihmisten varjot tottelevat hänen tahtoaan', minä ajattelin. 'Vielä ne ovat hänelle avuksi!'

Yhden valoisan päivän me ratsastimme ja sitten tuli sarastukseton aamu, ja yhä me ratsastimme eteenpäin, ja me ylitimme Cirilin ja Ringlón, ja kolmantena päivänä tulimme Linhiriin Gilrainin suun yläpuolelle. Ja siellä taistelivat Lamedonin miehet kahlaamoista Umbarin ja Haradin julman väen kanssa, jota oli purjehtinut jokea ylös. Mutta niin puolustajat kuin hyökkääjätkin luopuivat taistelusta ja pakenivat kun me tulimme, ja he huusivat, että Kuolleiden kuningas oli heidän kimpussaan. Vain Angborin, Lamedonin ruhtinaan sydän kesti, ja Aragorn pyysi häntä keräämään kansansa ja tulemaan jäljessä, kun Harmaa armeija oli mennyt, mikäli uskaltaisivat.

'Pelargirissa Isildurin perijä tarvitsee teitä', hän sanoi. Niin me ylitimme Gilrainin ja ajoimme Mordorin liittolaisia epäjärjestyksessä edellämme, ja sitten lepäsimme vähän. Mutta pian Aragorn nousi ja sanoi: 'Katsokaa! Minas Tirithin kimppuun on jo käyty. Pelkään, että se kukistuu ennen kuin ehdimme sen avuksi.' Niin me nousimme taas satulaan ennen kuin yö oli kulunut ja ylitimme Lebenninin tasangot niin nopeasti kuin hevostemme voimat kestivät.»

Legolas lopetti hetkeksi ja käänsi silmänsä etelään ja lauloi hiljaa:

Hopeana virtaavat Celos, Sirith, Erui
vihreillä niityillä Lebenninin!
Ruoho on siellä korkeaa. Tuuli kun käy mereltä,
valkoliljat huojuvat
ja mallosin ja alfirinin kultakellot soivat
vihreillä niityillä Lebenninin,
tuuli kun käy mereltä!

»Vihreät ovat nuo niityt kansani lauluissa, mutta tuolloin ne olivat tummat ja harmaat, kuin aavikot edessä ammottavassa pimeydessä. Välittämättä nurmesta ja kukista me talloimme maata ja ratsastimme poikki tuon laajan maan, ja ajoimme takaa vihollisiamme päivän ja yön aina katkeraan loppuun Suurelle virralle.

Silloin luulin sydämessäni, että lähenimme Merta, sillä pimeydessä vesi näytti aavalta ja lukemattomat merilinnut kirkuivat sen rannoilla. Oi lokkien valitusta! Eikö valtiatar kehottanut minua varomaan niitä? Nyt en saata niitä unohtaa.»

»Minä en niistä piitannut», Gimli sanoi, »sillä me jouduimme viimein tositaisteluun. Pelargirissa odotti Umbarin päälaivasto: viisikymmentä isoa laivaa ja lukematon määrä pienempiä aluksia. Monet takaa-ajamistamme vihollisista olivat päässeet satamaan ennen meitä ja tuoneet pelon tullessaan, ja jotkut laivat olivat lähteneet ja yrittivät päästä pakoon myötävirtaan tai Virran toiselle rannalle, ja moni pienemmistä laivoista oli tulessa. Mutta pinteeseen joutuneet *haradrim* kääntyivät taisteluun, ja he olivat epätoivosta hurjia, ja he nauroivat katsoessaan meihin, sillä heitä oli yhä suuri armeija.

Mutta Aragorn pysähtyi ja huusi suurella äänellä: 'Astukaa esiin nyt! Mustan kiven kautta minä kutsun teitä!' Ja äkkiä taka-alalla pysytellyt Varjoarmeija vyöryi viimein esiin harmaana tulvana ja pyyhkäisi kaiken edeltään. Kuulin vaimeita huutoja ja heikkoa torventoitotusta ja lukemattomien kaukaisten ihmisäänten huminaa: se oli kuin aikoja sitten Mustina vuosina käydyn taistelun kaiku. Kalvaat miekat vetäistiin esiin, mutta josko niiden terä puree, sitä en tiedä, sillä Vainaat eivät enää tarvinneet muuta asetta pelon lisäksi. Kukaan ei voinut asettua niitä vastaan.

Ne tunkeutuivat jokaiseen rannalle vedettyyn laivaan ja kulkivat veden ylitse ankkurissa oleviin, ja kaikki merenkävijät joutuivat hulluuden valtaan ja hyppäsivät yli laidan, lukuun ottamatta airoihin kahlehdittuja orjia. Raivoisasti me ratsastimme pakoon ryntäävien vihollisten keskellä ja ajoimme niitä edellämme kuin puunlehtiä kunnes saavuimme rannalle. Ja silloin Aragorn lähetti kullekin jäljelle jääneelle laivalle yhden *dúnedainista*, ja he rauhoittivat laivoilla olevia vankeja ja kehottivat heitä hylkäämään pelon, sillä he olivat nyt vapaita.

Ennen kuin päivä oli kulunut, ei yhtäkään vihollista ollut enää meitä vastassa, kaikki olivat hukkuneet tai paenneet etelään toivoen löytävänsä jalkaisin omaan maahansa. Oudolta ja ihmeelliseltä tuntui minusta se, että Mordorin aikeet estettiin moisten pelon ja pimeyden aaveiden kautta. Mordor lyötiin omilla aseillaan!»

»Outoa se on», Legolas sanoi. »Tuolla hetkellä minä katsoin Aragorniin ja ajattelin, miten suuri ja kauhea ruhtinas hänestä olisi tahtonsa voimassa voinut

tulla, jos hän olisi ottanut Sormuksen itselleen. Turhan tähden ei Mordor häntä
pelkää. Mutta hänen henkensä on jalompi kuin Sauronin ymmärrys, sillä eikö
hän ole Lúthienin lapsia? Koskaan ei katkea tuo suku, vaikka vuodet jatkuisivat
laskemattomiin.»

»Moiset ennustukset ovat kääpiöiden silmiltä salassa», sanoi Gimli. »Mutta
mahtava oli Aragorn tuona päivänä. Katso! koko musta laivasto oli hänen hallus-
saan, ja hän valitsi itselleen suurimman aluksen ja nousi siihen. Sitten hän antoi
soittaa kokoonkutsun viholliselta anastetuilla torvilla, ja Varjoarmeija vetäytyi
rannalle. Siellä se seisoi vaiti, tuskin näkyvänä, erottui vain punaisen kajastus sil-
missä, joista palavien laivojen hohde heijastui. Ja Aragorn puhui Vainajille kovalla
äänellä ja huusi:

'Kuulkaa nyt Isildurin perijän sanat: Valanne on täytetty! Menkää takaisin
älkääkä enää vaivatko laaksoja! Menkää – rauha teille!'

Ja sitten Kuolleiden kuningas nousi sotajoukon eteen ja katkaisi keihäänsä
ja viskasi sen maahan, ja nopeasti koko harmaa armeija vetäytyi ja katosi kuin
sumu, jonka tuulenpuuska puhaltaa pois; ja minusta tuntui kuin olisin herännyt
unesta.

Tuona yönä me lepäsimme ja muut ahkeroivat. Sillä siellä oli paljon vapau-
tettuja vankeja ja monia orjia, jotka olivat olleet Gondorin väkeä ja joutuneet
ryöstösaaliiksi, ja pian kokoontui suuri joukko miehiä Lebenninistä ja Ethiristä,
ja Lamedonin Angbor tuli mukanaan kaikki ratsumiehet, jotka hän oli saanut
kootuksi. Nyt kun Vainaiden pelko oli poissa, he tulivat auttamaan meitä ja kat-
somaan Isildurin perijää, sillä nimen maine oli kiitänyt kuin öinen kulo.

Tarinamme lähestyy loppuaan. Sillä tuon illan ja yön aikana valmistettiin
monta laivaa matkakuntoon ja miehitettiin, ja aamulla laivasto nosti ankkurit.
Nyt siitä tuntuu olevan kauan, kuitenkin se oli vasta toissapäivän aamuna, kuu-
dentena Dunhargista lähtömme jälkeen. Mutta yhä riivasi Aragornia pelko, että
aikaa oli liian vähän.

'Pelargirista Harlondin maihinlaskupaikkaan on yksikolmatta peninkulmaa',
hän sanoi. 'Kuitenkin meidän on päästävä huomenna Harlondiin, muuten on
kaikki hukassa.'

Airoja käyttelivät nyt vapaat miehet ja miehuullisesti he raatoivat, mutta
hitaasti me nousimme Suurta virtaa, sillä me ponnistelimme jokea ylös, ja vaikka
virtaus ei etelässä olekaan voimakas, meillä ei ollut tuulta apunamme. Raskas
olisi sydämeni ollut huolimatta kaikista voitoistamme satamassa, ellei Legolas
olisi äkkiä nauranut.

'Parta pystyyn, Durinin poika!' hän sanoi. 'Sillä sanottu on: *Toivo syttyy kun
kaikki pettää.*' Mutta hän ei suostunut kertomaan, mikä oli se toivo, jonka hän
kaukaa näki. Yön tullen pimeys vain syveni, ja sydäntämme poltti, sillä kaukana
pohjoisessa näimme pilven alla punaisen loimun ja Aragorn sanoi: 'Minas Tirith
on liekeissä.'

Mutta keskiyöllä toivo tosiaan syttyi. Etelään tähyävät Ethirin merenkävijä-
miehet tiesivät kertoa sään muutoksesta, joka toisi Mereltä raikkaan tuulen.
Varhain ennen aamua nostettiin purjeet, ja vauhtimme kasvoi kunnes sarastus
valkaisi vaahdon keulassamme. Ja niin kävi, kuten tiedätte, että me saavuimme
aamun kolmannella tunnilla myötäisessä tuulessa auringon paistaessa ja nos-
timme taistelussa suuren lipun. Se oli suuri päivä ja suuri hetki, mitä sitten
tapahtuneekin sen jälkeen.»

»Tulkoon mitä tulee, suurten tekojen arvo ei vähene», sanoi Legolas. »Kuolleiden kulkuteiden ratsastus oli uroteko, ja sellaisena pysyy, vaikka Gondoriin ei jäisi ketään, joka voisi siitä laulaa tulevina aikoina.»

»Ja niin voi kyllä käydä», Gimli sanoi. »Sillä Aragornin ja Gandalfin kasvot ovat vakavat. Mitähän päättänevät neuvotteluissaan tuolla teltoissa? Minä puolestani tahtoisin Merrin tavoin, että sota olisi ohi ja voitto meidän. Mutta mitä sitten jäljellä onkin, toivon että minulla on siinä oma osani Yksinäisen vuoren kansan kunniaksi.»

»Ja minä Suuren metsän kansan kunniaksi», Legolas sanoi, »ja rakkaudesta Valkoisen puun valtiasta kohtaan.»

Sitten kumppanukset vaikenivat, mutta jäivät istumaan korkealle paikalle kukin omissa ajatuksissaan, samaan aikaan kun päälliköt jatkoivat neuvotteluaan.

Kun suuriruhtinas Imrahil oli eronnut Legolasista ja Gimlistä, hän lähetti heti hakemaan Éomeria, ja yhdessä he poistuivat Kaupungista ja tulivat Aragornin teltoille, jotka oli pystytetty kentälle lähelle paikkaa, jossa kuningas Théoden oli kaatunut. Ja siellä he neuvottelivat Gandalfin ja Aragornin ja Elrondin poikien kanssa.

»Arvon ylimykset», Gandalf sanoi, »kuulkaa mitä Gondorin käskynhaltija sanoi ennen kuolemaansa: *Hetken saatatte juhlia voittoa Pelennorin kentällä, ehkä päivän, mutta siitä voimasta kuin nyt on noussut, ei voittoa tule.* En kehota epätoivoon kuten hän, vaan pohtimaan sitä totuutta, joka näissä sanoissa asuu.

Näkykivet eivät valehtele, eikä edes Barad-dûrin ruhtinas voi saada niitä poikkeamaan totuudesta. Hän saattaa kukaties tahdollaan valikoida sen, mitä heikompi henki näkee, tai viedä hänen ajatuksensa harhaan näkemästään. Kuitenkaan ei voida epäillä, etteikö Denethor, nähdessään suurten voimien järjestyvän häntä vastaan Mordorissa, olisi nähnyt sitä mikä todella on.

Voimamme riitti hädin tuskin ensi hyökkäyksen lyömiseen. Toinen on kovempi. Tässä sodassa ei siis lopulta toivoa ole, kuten Denethor oivalsi. Voittoa ei voi saavuttaa asein, istuittepa täällä kestäen piirityksen toisensa perään tai marssitte voitettaviksi Virran tuolle puolen. Valittavana on vain huonoja vaihtoehtoja, ja maltti kehottaa vahvistamaan vahvoja paikkoja ja odottamaan sitten hyökkäystä, sillä niin saatetaan pidentää aikaa ennen loppua.»

»Tahtoisitte siis että vetäytyisimme Minas Tirithiin tai Dol Amrothiin tai Dunhargiin ja istuisimme siellä kuin lapset hiekkalinnoillaan odottaen nousuvettä?» sanoi Imrahil.

»Neuvo ei olisi uusi», Gandalf sanoi. »Ettekö ole tehnyt juuri niin ja tuskin muuta kaikki Denethorin päivät? Mutta ei! minä sanoin neuvoa maltilliseksi. En kannata malttia. Sanoin, että voittoa ei saavuteta asein. Toivon yhä voittoa, mutta en asein. Sillä kaiken tämän vehkeilyn keskellä on olemassa Mahtisormus, Barad-dûrin perusta ja Sauronin toivo.

Tästä esineestä tiedätte tarpeeksi, jotta ymmärrätte meidän asemamme ja Sauronin. Jos hän saa sen takaisin, urheutenne on suotta, ja hänen voittonsa on nopea ja täydellinen: niin täydellinen, ettei sen loppua ole ennalta nähtävissä niin kauan kuin maailma seisoo. Jos se tuhotaan, hän sortuu, ja hänen sortumisensa vie niin syvälle, ettei ole ennalta nähtävissä että hän nousisi enää koskaan. Sillä silloin hän kadottaa enimmän osan alkuperäisestä voimastaan, ja kaikki, mikä on tehty tai aloitettu tuolla voimalla, murenee, ja hänet murskataan ikiajoiksi, ja hänestä tulee pelkkä pahuuden henki, joka jäytää itseään varjoissa eikä voi enää kasvaa eikä ottaa muotoa. Ja niin häviää tästä maailmasta paljon pahaa.

Jokin muu paha saattaa palata, sillä Sauronkaan ei ole kuin palvelija tai lähettiläs. Mutta meidän osamme ei ole hallita maailman vuorovesiä, tehtävämme on tehdä voitavamme niiden aikojen hyväksi, joihin meidät on pantu, kitkeä pois pelloista tuntemamme paha, niin että jälkeemme tulevilla olisi puhdas pelto viljellä. Meidän säädettävissämme eivät ole tulevat säät.

Sauron tietää kaiken tämän, ja hän tietää, että tämä kallisarvoinen aarre, jonka hän on kadottanut, on jälleen löytynyt, mutta hän ei tiedä missä se on, tai toivomme, ettei tiedä. Ja sen tähden häntä kalvaa suuri epäilys. Sillä jos me olemme löytäneet tämän aarteen, joukossamme on sellaisia, joilla on tarpeeksi voimaa käyttää sitä. Senkin hän tietää. Sillä enkö arvaa oikein, Aragorn, että olet paljastanut itsesi hänelle Orthancin kivessä?»

»Tein sen ennen kuin ratsastin Ämyrilinnasta», Aragorn vastasi. »Arvioin ajan kypsäksi ja että Kivi oli tullut käsiini tuota tarkoitusta varten. Silloin oli kulunut kymmenen päivää siitä, kun Sormuksen viejä lähti itään Raurosilta, ja arvelin että Sauronin silmä tulisi vetää pois hänen omasta maastaan. Liian harvoin häntä on uhmattu sen jälkeen kun hän palasi Torniinsa. Vaikka jos olisin tiennyt etukäteen, kuinka nopeasti hän hyökkää takaisin, en ehkä olisi uskaltanut näyttää itseäni. Minulle jäi tuskin aikaa tulla avuksenne.»

»Mutta miten on?» Éomer kysyi. »Kaikki on siis sinun mukaasi hyödytöntä, jos hänellä on Sormus. Miksei hän pitäisi hyödyttömänä hyökätä meidän kimppuumme, jos se on meillä?»

»Hän ei ole vielä varma», Gandalf sanoi, »eikä hän ole pystyttänyt valtaansa odottamalla, että viholliset ovat valmiina, kuten me olemme tehneet. Emmekä me oppisi käyttämään Sormuksen koko voimaa yhdessä päivässä. Totisesti, vain yksi valtias voi sitä käyttää, eivät monet yhdessä, ja hän odottaa keskinäisen kamppailun hetkeä ennen kuin yksi suuri joukostamme julistautuu herraksi ja kukistaa muut. Tuolla hetkellä Sormus voisi hyödyttää nimenomaan häntä, jos hän pääsisi iskemään nopeasti.

Hän tarkkailee. Hän kuulee paljon ja näkee paljon. Hänen *nazgûlinsa* ovat yhä liikkeellä. Ne ylittivät tämän kentän ennen auringonnousua, vaikka vain harva väsyneistä ja nukkuvista niitä huomasi. Hän tutkii merkkejä: Miekka, joka ryösti häneltä hänen aarteensa, on taottu uudeksi, kohtalon tuulet kääntyvät meidän eduksemme, ensimmäinen hyökkäys päättyi hänelle odottamattomaan häviöön, hänen suuri sotapäällikkönsä on kaatunut.

Hänessä kasvaa epäilys jopa meidän tässä puhuessamme. Hänen etsivä Silmänsä on kääntynyt meitä kohti ja on melkein sokea kaikelle muulle, mitä mailla liikkuu. Niin onkin oltava. Siinä on kaikki toivomme. Neuvoni on siis tämä. Meillä ei ole Sormusta. Viisaudesta taikka suuresta hulluudesta se on lähetetty pois, tuhottavaksi ettei se tuhoaisi meitä. Ilman sitä me emme voi voimalla murtaa hänen mahtiaan. Mutta meidän on hinnalla millä hyvänsä pidettävä hänen Silmänsä poissa todellisesta vaarasta, joka häntä uhkaa. Me emme voi saavuttaa voittoa asein, mutta asein voimme antaa Sormuksen viejälle ainoan mahdollisuuden, vaikka se onkin hentoinen.

Kuten Aragorn aloitti, niin meidän on jatkettava. Meidän on pakotettava Sauron viimeiseen iskuunsa. Meidän on kutsuttava esiin hänen kätketty voimansa, niin että hän tyhjentää oman maansa. Meidän on heti marssittava häntä vastaan. Meidän on ryhdyttävä syötiksi siitäkin huolimatta, että hän saattaa nielaista meidät. Hän tarttuu tähän syöttiin, toivossaan ja ahneudessaan, sillä hän ajattelee moisessa röyhkeydessä näkevänsä uuden Sormusherran, ja hän sanoo: 'No niin! Tuo työntää kaulansa esiin liian pian ja liian pitkälle. Tulkoon, minä valmistan hänelle ansan, josta hän ei pääse pakoon. Siellä minä muserran hänet, ja se minkä hän on julennut ottaa, on minun taas ikuisesti.'

Meidän on marssittava tuohon ansaan avoimin silmin, rohkeina mutta tietäen, että meillä ei itsellemme paljon toivoa ole. Sillä, arvon ylimykset, niin voi hyvin käydä, että me tuhoudumme täysin mustassa taistelussa kaukana elollisilta mailta; niin että vaikka Barad-dûr kukistettaisiin, me emme elä uutta aikaa näkemään. Mutta näen että tämä on velvollisuutemme. Ja parempi niin kuin tuhoutua kaikesta huolimatta – kuten varmasti käy, jos jäämme tänne – ja tietää kuollessaan, että uutta aikaa ei tule.»

He olivat hetken vaiti. Viimein Aragorn puhui.»Minä jatkan niin kuin olen aloittanut. Me tulemme nyt äärimmäiselle partaalle, missä toivo ja epätoivo lyövät kättä. Horjuva kaatuu. Älköön kukaan hyljätkö Gandalfin neuvoja, jonka pitkä uurastus Sauronia vastaan joutuu nyt koetteelle. Hänettä olisi kaikki kadotettu jo aikaa sitten. Mutta minä en kuitenkaan vielä vaadi yhtäkään miestä käskyvaltaani. Valitkoot tahtonsa mukaan.»

Silloin sanoi Elrohir: »Tulimme pohjoisesta tätä tarkoitusta varten, ja isältämme Elrondilta toimme juuri tämän neuvon. Me emme käänny takaisin.»

»Mitä minuun tulee», Éomer sanoi, »minulla on vain vähän tietoa näistä syvällisistä seikoista, mutta en sitä tarvitsekaan. Tämän tiedän ja se riittää, että ystäväni Aragorn kutsui apuun minut ja kansani, ja minä autan häntä kun hän kutsuu. Minä menen.»

»Ja minä», Imrahil sanoi, »minä katson olevani ruhtinas Aragornin vasalli, vaatii hän sitä eli ei. Hänen toivomuksensa on minulle käsky. Minä menen myös. Mutta koska viivyn hetken Gondorin käskynhaltijan paikalla, minun on ensin ajateltava sen kansaa. Maltti on vielä muistettava. Sillä meidän on varustauduttava kaikkiin käänteisiin, niin hyviin kuin pahoihin. Voi käydä niin että voitamme, ja niin kauan kuin siihen on toivoa, on Gondoria suojeltava. En soisi meidän saapuvan voittokulkueessa raunioituneeseen Kaupunkiin raiskatun maan keskelle. Ja rohirrimilta olemme saaneet kuulla, että pohjoisella sivustallamme on armeija, jonka kanssa ei ole taisteltu.»

»Totta», sanoi Gandalf. »En kehota jättämään Kaupunkia tyystin miehittä. Totisesti sen armeijan, jonka johdamme itään, ei tarvitse riittää vakavaan hyökkäykseen Mordoria vastaan, kunhan se vain on niin suuri, että se vaatii taistelun. Ja sen on lähdettävä pian. Sen tähden kysyn Päälliköiltä: minkä vahvuuden saamme lähtövalmiiksi enintään kahdessa päivässä? Miesten on oltava väkeviä ja lähdettävä vapaaehtoisesti, vaaran tuntien.»

»Kaikki ovat väsyneitä ja hyvin monilla on vakavia tai lieviä vammoja», Éomer sanoi, »ja olemme menettäneet paljon hevosia ja se on raskas isku. Jos meidän on ratsastettava pian, en voi toivoa johtavani edes kahtatuhatta, jos jätän saman verran Kaupungin puolustukseen.»

»Meidän ei tarvitse lukea mukaan vain niitä, jotka taistelivat tällä kentällä», Aragorn sanoi. »Eteläisistä läänityksistä on matkalla uusia joukkoja nyt, kun rannikot on vapautettu. Pelargirista lähetin neljätuhatta jalkamiestä Lossarnachin läpi kaksi päivää sitten, ja peloton Angbor ratsastaa heidän edellään. Jos lähdemme kahden päivän päästä, he ehtivät näille tienoille ennen lähtöämme. Lisäksi monia kehotettiin seuraamaan minua Virtaa ylös, jos mitä veneitä löytyisi, ja tällä tuulella he ovat pian paikalla – totta puhuen Harlondiin on jo saapunut useita laivoja. Arvioin että voisimme johtaa matkaan seitsemäntuhatta ratsu- ja jalkamiestä, ja jättää silti Kaupunkiin paremman puolustuksen kuin siellä oli hyökkäyksen alkaessa.»

»Portti on tuhottu», sanoi Imrahil, »missä on nyt taitaja, joka sen rakentaa ja pystyttää uudestaan?»

»Ereborissa Dáinin kuningaskunnassa tuota taitoa on», Aragorn sanoi, »ja elleivät kaikki toiveemme valu hiekkaan, lähetän aikanaan Gimlin Glóinin pojan noutamaan Vuoren takojia tänne. Mutta miehet ovat portteja parempia, eikä mikään portti kestä vihollista vastaan, jos miehet sen jättävät.»

Näin päättyi ylimysten neuvottelu: että he siitä päivästä lukien toisena aamuna lähtisivät seitsemäntuhannen kanssa, mikäli näin paljon liikenisi; ja suurin osa tästä vahvuudesta olisi jalan, koska maat, joihin he olivat matkalla, olivat vaikeakulkuisia. Aragorn valitsisi noin kaksituhatta niistä, jotka hän oli kerännyt etelästä; Imrahil kokoaisi kolme ja puoli tuhatta; ja Éomerin *rohirrimista* lähtisi viisisataa hevosetonta, mutta sinällään sotakelpoista, ja hän itse johtaisi viittäsataa parasta Ratsastajaansa; lisäksi olisi vielä toinen viidensadan ratsuosasto, johon kuuluisivat Elrondin pojat sekä *dúnedain* ja Dol Amrothin ritarit: kaiken kaikkiaan kuusituhatta jalkamiestä ja tuhat ratsain. Mutta *rohirrimin* päävoima, kolmisentuhatta miestä, joilla vielä oli hevoset ja kunto tallella, miehittäisivät Lännentien Elfhelmin johdolla Anórienissa väijyvää vihollista vastaan. Nopeita ratsastajia lähetettiin heti hankkimaan tietoja pohjoisesta sekä etelästä Osgiliathista ja Minas Morgulin tieltä.

Ja kun he olivat laskeneet yhteen kaiken voimansa ja suunnitelleet matkaa, jonka he taittaisivat, ja teitä, joita he kulkisivat, Imrahil nauroi äkkiä ääneen.

»Totisesti», hän huudahti, »tämä on Gondorin koko historian huikein pila: että me ratsastamme mukanamme seitsemäntuhatta – voiman päivien pahainen kärkijoukko – hyökätäksemme Mustan maan vuoria ja voittamatonta porttia vastaan! Lapsi uhkailee rautapaitaista ritaria jousella ja vihreällä pajunoksalla! Jos Musta ruhtinas tietää sen verran kuin sanoitte, Mithrandir, eikö hän pikemminkin hymyile kuin pelkää, ja rutista meitä pikkusormellaan kuin hyttysen, joka yrittää pistää häntä?»

»Ei, hän yrittää pyydystää hyttysen ja ottaa itselleen piikin», Gandalf sanoi. »Ja joukossamme on nimiä, jotka ovat yksin yli tuhannen rautapaitaisen ritarin veroisia. Ei, ei hän hymyile.»

»Emmekä hymyile mekään», Aragorn sanoi. »Jos tämä on pila, se on liian katkera, jotta sille voisi nauraa. Ei, tämä on suuren uhkayrityksen viimeinen siirto, ja jommallekummalle puolelle se merkitsee pelin loppua.» Sitten hän veti Andúrilin huotrasta ja piteli sitä ilmassa ja se kimalsi auringossa. »Sinua ei enää panna tuppeen ennen kuin viimeinen taistelu on taisteltu», hän sanoi.

10

MUSTA PORTTI AUKEAA

Kaksi päivää myöhemmin oli lännen armeija kokoontunut Pelennorille. Örkkien ja itäläisten sotajoukko oli kääntynyt Anórienista takaisin, mutta *rohirrim* olivat lyöneet ne ja ajaneet hajalle ja nyt ne pakenivat tuskin taistellen Cair Androsia kohti. Kun tämä uhka oli torjuttu ja uusia voimia oli saapunut etelästä, oli Kaupunki miesvahvuudeltaan niin luja kuin toivoa sopi. Tiedustelijat kertoivat, että itäisillä teillä ei ollut vihollisia Särkyneen kuninkaan tienristeyksen tällä puolen. Kaikki oli valmista viimeiseen iskuun.

Legolasin ja Gimlin oli määrä ratsastaa yhdessä Aragornin ja Gandalfin seurassa, nämä olivat asettuneet kärkeen *dúnedain* ja Elrondin poikien kanssa. Mutta Merrin häpeäksi häntä ei otettu mukaan.

»Olet liian heikko tälle matkalle», Aragorn sanoi. »Mutta pois häpeäntunne! Vaikka et tekisi enempää tässä sodassa, olet jo niittänyt suurta kunniaa. Peregrin tulee mukaan edustamaan Konnun kansaa, äläkä valita sitä että hän pääsee vaarasta osalliseksi, sillä vaikka hän on tehnyt sen, minkä kohtalo on sallinut hänen tehdä, hän ei ole yltänyt samaan kuin sinä. Mutta toden totta, kaikkia uhkaa nyt yhtäläinen vaara. Meidän tiemme saattaa viedä meidät katkeraan kuolemaan Mordorin portin edustalle, mutta jos niin käy, joudutte tekin viimeiseen koitokseen täällä taikka missä musta vuoksi teidät tavoittaneekin. Hyvästi!»

Ja niin Merri katseli lohduttomin mielin armeijan kokoontumista. Bergil oli hänen seurassaan, ja tämäkin oli masentunut, sillä hänen isänsä oli määrä marssia Kaupungin jalkakomppanian johdossa: Beregond ei saanut palata kaartiin ennen kuin hänen tapauksensa oli tutkittu. Pippinin oli määrä kuulua samaan komppaniaan Gondorin sotilaana. Merri näki jonkin matkan päässä hänen pienen mutta ryhdikkään hahmonsa Minas Tirithin pitkien miesten keskellä.

Viimein alkoivat torvet soida ja sotajoukko lähti liikkeelle. Osasto osastolta, komppania komppanialta ne kaarsivat itään. Ja kauan sen jälkeen kun ne olivat etääntyneet näkyvistä Pengertielle johtavalle tielle, Merri seisoi yhä paikallaan. Aamuauringon viimeinen leimahdus keihäänkärjessä ja kypärässä välähti ja sammui, ja yhä hän seisoi pää painuksissa, sydän raskaana, tuntien olevansa yksin ja vailla ystävää. Kaikki ne, joista hän välitti, olivat menneet tuohon synkeyteen, joka riippui kaukaisella itätaivaalla, eikä hänen sydämessään ollut nimeksikään toivoa siitä, että hän koskaan enää näkisi heistä ketään.

Kuin epätoivontunteen kutsumana palasi kipu käsivarteen, ja hän tunsi itsensä heikoksi ja vanhaksi ja auringon valokin näytti kelmeältä. Bergilin käden kosketus havahdutti hänet.

»Tule, Perian-herra!» sanoi poika. »Näen, että sinulla on yhä tuskia. Autan sinut takaisin Parannuksen tarhaan. Mutta älä pelkää! He palaavat. Minas Tirithin miehiä ei kukaan voita. Ja nyt heillä on itse Haltiakivi, ja myös kaartin Beregond.»

Ennen puoltapäivää armeija saapui Osgiliathiin. Siellä ahersivat kaikki miehet, jotka oli ollut mahdollista irrottaa työhön. Osa vahvisti vihollisen tekemiä lauttoja ja siltoja, jotka se paetessaan oli osittain tuhonnut, osa kokosi varastoja ja sotasaalista, osa pystytti Virran itäpuolella pikaisia suojavarustuksia.

Kärkijoukko kulki Vanhan Gondorin raunioiden lävitse ja leveän Virran yli ja ylös pitkää suoraa tietä, joka kukoistuksen päivinä oli tehty kauniin Auringon tornin ja korkean Kuun tornin välille; nykyään oli kirotussa laaksossaan kohoavan tornin nimi Minas Morgul. Viiden virstan päässä Osgiliathista he pysähtyivät ja päättivät ensimmäisen päivämarssinsa.

Mutta ratsumiehet kiiruhtivat eteenpäin ja ennen iltaa he tulivat Tienristeykseen ja suureen puukehään. Kaikki oli hiljaista. He eivät olleet nähneet vilaustakaan vihollisesta, eivät kuulleet huutoa tai huhuilua, tienvierustiheiköistä tai kivien takaa ei ollut lennähtänyt keihäitä, ja kuitenkin he tunsivat tarkkaavaisuuden tiivistyvän, kun he etenivät tässä maassa. Puut ja kivet, ruohot ja lehdet kuuntelivat. Pimeys oli kaikonnut, kaukana lännessä laski aurinko Anduinin laaksoon ja värjäsi punaisiksi siniseen ilmaan kohoavat valkeat huiput, mutta Ephel Dúathin yllä hautui varjo ja valottomuus.

Sitten Aragorn asetti torvensoittajan kullekin puukehään tulevalle tielle, ja nämä puhalsivat mahtavan fanfaarin ja airuet huusivat kovalla äänellä: »Gondorin ruhtinaat ovat palanneet, ja kaiken tämän maan, joka heidän on, he ottavat takaisin.» Kivipatsaan kaulalle nostetun hirveän örkinnaaman he paiskasivat maahan ja hakkasivat sirpaleiksi, ja sitten he nostivat maasta ja panivat uudestaan paikoilleen kuninkaan pään, jota yhä kruunasivat valkeat ja kultaiset kukat, ja miehet hankasivat ja pesivät kiveä saadakseen pois kaikki örkkien siihen raapimat iljettävät jäljet.

Neuvottelussa olivat eräät olleet sitä mieltä, että ensin olisi hyökättävä Minas Morguliin, ja jos se vallattaisiin, tuhottava se tykkänään. »Ja kukaties», oli Imrahil sanonut, »tie, joka sieltä vie solaan, osoittautuu helpommaksi väyläksi käydä Mustan ruhtinaan kimppuun kuin hänen pohjoinen porttinsa.»

Mutta Gandalf oli ankarasti vastustanut tätä näkemystä laaksossa asustavan pahuuden takia, sillä elävät ihmiset voisivat siellä joutua hulluuden ja kauhun valtaan, sekä myös Faramirin tuomien uutisten tähden. Sillä jos Sormuksen viejä oli todella lähtenyt yrittämään tuolle tielle, heidän pitäisi ennen kaikkea välttää vetämästä Mordorin silmää sinne. Niinpä, kun pääarmeija seuraavana päivänä saavutti heidät, he asettivat Tienristeykseen voimakkaan vartion jonkinlaiseksi puolustukseksi siltä varalta, että Mordor lähettäisi sotajoukon Morgulin solasta tai tuottaisi lisää miehiä etelästä. Tuohon vartioon valittiin enimmäkseen jousimiehiä, jotka tunsivat Ithilienin tiet ja voisivat väijyä piilossa viidoissa ja rinteillä tienristeyksen ympäristössä. Mutta Gandalf ja Aragorn ratsastivat kärkijoukon kanssa Morgulin laakson suulle ja katsoivat kauheaa kaupunkia.

Se oli tumma ja eloton, sillä ne Mordorin örkit ja vähäisemmät olennot, jotka siellä olivat asuneet, olivat tuhoutuneet taistelussa, ja *nazgûl* olivat liikkeellä. Siitä huolimatta oli laakson ilma pelosta ja vihasta raskas. Sitten he rikkoivat kauhean sillan, sytyttivät tuleen kalmanhajuiset niityt ja lähtivät pois.

Seuraavana päivänä, joka oli kolmas sen jälkeen kun he olivat lähteneet Minas Tirithistä, armeija aloitti marssin pohjoiseen tietä myöten. Tienristeyksestä oli Morannoniin matkaa noin sata virstaa, eikä kukaan tiennyt, mikä heitä odottaisi tuolla matkalla. He liikkuivat avoimesti mutta valppaina; edessäpäin tiellä ratsasti tiedustelijoita, ja sivuilla partioitiin jalan, erityisesti idän puolella, sillä siellä oli tummia tiheikköjä ja rosoista ja rikkonaista kivikkoa, jonka takaa kohosivat Ephel Dúathin pitkät synkät rinteet. Ilma pysyi kauniina ja tuuli läntisenä, mutta mikään ilmavirta ei pystynyt puhaltamaan pois Varjovuorten ympärille kiertyneitä varjoja ja murheellisia sumupilviä, ja vähän väliä niiden takaa nousi suuria savupatsaita yläilmojen tuulten huojuteltaviksi.

Aina silloin tällöin Gandalf soitatti torvia ja airuet huusivat:»Gondorin ruhtinaat ovat tulleet! Jättäkööt kaikki nämä maat taikka luopukoot niistä!» Mutta Imrahil sanoi:»Älkää sanoko *Gondorin ruhtinaat.* Sanokaa *kuningas Elessar.* Sillä niin on, vaikka hän ei ole vielä istunut valtaistuimelleen, ja vihollinen saa enemmän ajattelemisen aihetta, jos airuemme käyttävät tätä nimeä.» Ja sen jälkeen kolmasti airuet julistivat kuningas Elessarin tuloa. Mutta kukaan ei vastannut haasteeseen.

Silti, vaikka he marssivat näennäisesti rauhassa, oli korkeimmasta alhaisimpaan kaikkien mieli maassa ja jokainen virsta kohti pohjoista lisäsi pahaenteistä painoa. Toisen Tienristeyksestä lähdön jälkeisen päivän kallistuessa lopulleen he kohtasivat ensimmäisen kerran vastarintaa. Suuri joukko itäläisiä ja örkkejä nimittäin yritti väijytyksellä nitistää ensimmäiset komppaniat; paikka oli sama, jossa Faramir oli käynyt Haradin miesten kimppuun – se jossa tie sukelsi itäisten vuorten ulokkeeseen puhkaistuun syvään leikkaukseen. Mutta Lännen päälliköt saivat selvät varoitukset tiedustelijoilta, Mablungin johtamilta Henneth Annûnin taitavilta miehiltä, ja niin joutui väijytys itse ansaan. Sillä joukosta ratsasti leveälle länteen ratsumiehiä, jotka hyökkäsivät vihollisen kimppuun sivusta ja takaa, ja osa vihollisesta tuhottiin ja osa ajettiin itään kukkuloille.

Mutta voitto ei erityisemmin rohkaissut päälliköitä.»Tämä on vain hämäystä», Aragorn sanoi,»ja päätarkoitus lienee ollut pikemminkin uskotella meille, että vihollinen muka olisi heikko, kuin tuottaa vielä varsinaista vahinkoa.» Samana iltana tulivat *nazgûl* ja siitä lähtien ne seurasivat armeijan jokaista liikettä. Ne lensivät yhä korkealla, niin että vain Legolas erotti ne silmillään, mutta kuitenkin niiden läsnäolo tuntui – kuin varjot olisivat syvenneet ja aurinko himmennyt, ja vaikka sormusaaveet eivät vielä sukeltaneet matalalle vihollistensa ylle ja pysyttelivät hiljaa eivätkä huutaneet, niiden aiheuttamaa kauhua ei voinut karistaa pois.

Niin kului aika ja eteni toivoton matka. Tienristeyksestä lähdön jälkeen neljäntenä päivänä, kuudentena Minas Tirithistä, he saapuivat viimein elollisten maiden rajalle ja alkoivat taivaltaa autiomaata, joka levittäytyi Cirith Gorgorin solan portin edustalla, ja he näkivät pohjoiseen ja länteen levittäytyvät autiomaat ja suot, jotka jatkuivat Emyn Muilille saakka. Niin autiot olivat nuo seudut ja niin syvä niissä hautuva kauhu, että osan rohkeus petti kerrassaan eivätkä he enää kyenneet kävelemään tai ratsastamaan edemmäksi pohjoiseen.

Aragorn katsoi heitä ja hänen silmissään oli sääliä ennemmin kuin vihaa, sillä nämä olivat Rohanin nuoria miehiä, kotoisin kaukaisesta Länsimannusta, tai Lossarnachin talonpoikia, ja heille oli Mordor lapsuudesta asti toki ollut paha nimi mutta kuitenkin epätodellinen, taru jolla ei ollut osaa heidän yksinkertaisessa elämässään, ja nyt he kävelivät todeksi tulleessa kauhu-unessa, eivätkä he ymmärtäneet tätä sotaa eivätkä sitä, miksi elämä oli heittänyt heidät moiseen kohtaloon.

»Menkää!» sanoi Aragorn. »Mutta säilyttäkää kunniastanne minkä voitte, älkää juosko! Ja on tehtävä, jota voitte yrittää, ettette joudu kerta kaikkiaan häpeään. Menkää lounaaseen kunnes saavutte Cair Androsiin, ja jos se on yhä vihollisten vallassa, kuten luulen, ottakaa se takaisin jos voitte, ja pitäkää se Gondorin ja Rohanin viimeiseen puolustukseen saakka!»

Silloin jotkut, joita hänen armonsa hävetti, voittivat pelkonsa ja jatkoivat matkaa, ja muissa syttyi uusi toivo kun he kuulivat miehuullisesta työstä, johon heidän voimansa yltäisivät, ja he erosivat muista. Ja näin, kun Tienristeykseenkin oli jätetty monia miehiä, oli Lännen päälliköillä mukanaan vajaat kuusituhatta miestä, kun he saapuivat uhmaamaan Mustaa porttia ja Mordorin mahtia.

He etenivät nyt hitaasti odottaen joka hetki vastausta haasteeseensa, ja vetäytyivät yhteen, sillä olisi ollut miesten tuhlausta lähettää tiedustelijoita tai pieniä partioita erilleen pääjoukosta. Viidennen päivän illan suussa Morgulin laaksosta lähdön jälkeen he laativat viimeisen leirinsä ja sytyttivät sen ympärille nuotioita niistä kuivista karahkoista ja kanervanvarvuista, joita sattuivat löytämään. He viettivät valveilla yön tunnit ja heistä tuntui, että ympärillä liikkui puolinäkyvissä ties mitä, ja he kuulivat susien ulvovan. Tuuli oli laannut ja ilma ikään kuin seisoi. He näkivät tuskin mitään huolimatta pilvettömästä taivaasta ja neljättä yötä kasvavasta kuusta, sillä maasta nousi savua ja huurua ja Mordorin sumut peittivät sen valkean sirpin.

Ilma kylmeni. Aamu toi tullessaan tuulahduksen, mutta nyt se tuli pohjoisesta, ja pian se paisui kylmäksi viimaksi. Kaikki öiset kulkijat olivat tiessään ja seutu näytti tyhjältä. Pohjoisessa kohosivat myllerretyn maan ja haisevien kuoppien keskellä ensimmäiset suuret sorakasat ja kuonakummut, Mordorin matokansan oksennus, mutta etelässä ja nyt jo lähellä häämötti Cirith Gorgorin varustus, keskellä Musta portti ja sivuilla kaksi korkeaa ja mustaa Hammastornia. Viimeinen marssi oli näet vienyt Päälliköt pois vanhalta tieltä sen kääntyessä itään, näin he karttoivat uhkaavien kukkuloiden luomaa vaaraa ja nyt he lähestyivät Morannonia luoteesta kuten Frodo aikanaan.

Mustan portin valtavat rautaiset puoliskot olivat tiukasti kiinni uhkaavan kaaren alla. Varustuksilla ei näkynyt mitään. Kaikki oli hiljaista mutta tarkkaavaista. He olivat päässeet hulluutensa ääripäähän ja seisoivat nyt hylättyinä ja hytisten varhaisen aamun harmaassa valossa vastassaan sellaiset tornit ja muurit, että tämän armeijan hyökkäys oli vailla toivoa, vaikka se olisi tuonut mukanaan voimallisia koneita, eikä vihollisella olisi enempää väkeä kuin pelkkä portin ja muurin miehistö. Mutta he tiesivät, että kaikki Morannonia reunustavat kukkulat ja kalliot olivat täynnä kätkeytyneitä vihollisia ja että sen takana olevan kapeikon olivat kuhisevat iljetykset poranneet ja kaivaneet täyteen käytäviä. Ja siinä seistessään he näkivät, miten kaikki *nazgûl* kerääntyivät yhteen ja kaartelivat Hammastornien ympärillä kuin korppikotkat, ja he tiesivät että heitä tarkkailtiin. Mutta edelleenkään ei vihollinen tehnyt mitään.

Heillä ei ollut muuta mahdollisuutta kuin jatkaa niin kuin olivat aloittaneet. Sen tähden Aragorn järjesti nyt armeijan niin kuin parhaaksi näki, ja he kokoontuivat kahdelle sora- ja maakumpareelle, jotka örkit olivat vuosien työllä kasanneet. Mordoriin päin katsoen heidän edessään aukesi vallihaudan lailla suuri alue haisevaa liejua ja löyhkääviä lammikoita. Kun kaikki oli järjestyksessä, Päälliköt ratsastivat kohti Mustaa porttia mukanaan suuri ratsuvartio ja lippu ja airuet ja torvensoittajat. Gandalf oli mukana pääairuena ja Aragorn ja Elrondin pojat ja Rohanin Éomer ja Imrahil, ja Legolas ja Gimli ja Peregrin pyydettiin myös mukaan, niin että kaikki Mordorin viholliset saisivat edustajan.

He tulivat huutoetäisyydelle Morannonista ja avasivat lipun ja puhalsivat torviin, ja airuet astuivat esiin ja kohottivat äänensä yli Mordorin varustuksen.

»Tulkaa esiin!» he huusivat. »Tulkoon Mustan maan ruhtinas esiin! Häntä kohtaa oikeus. Sillä vääryydellä hän on sytyttänyt sodan Gondoria vastaan ja kuristanut sen maita. Sen tähden Gondorin kuningas vaatii, että hänen on hyvitettävä tekemänsä paha ja lähdettävä sitten ikuisiksi ajoiksi. Tulkaa esiin!»

Kului pitkä hiljaisuus, ei Portilta eikä muurilta kuulunut huutoa tai muuta ääntä vastaukseksi. Mutta Sauron oli jo laatinut suunnitelmansa ja häntä huvitti julma leikki näiden hiirien kanssa ennen kuin hän löisi tappaakseen. Niin tapahtui, että juuri kun Päälliköt olivat kääntymäisillään takaisin, hiljaisuus äkkiä särkyi. Kuului suurten rumpujen pitkä kumina, kuin vuorten ukkonen, ja torvet rämähtivät soimaan, niin että kivetkin järkkyivät ja miesten korvat menivät lukkoon. Ja sen jälkeen avautui Mustan portin keskiovi kovalla kalahduksella ja sieltä saapui Mustan tornin lähetystö.

Lähetystön kärjessä ratsasti pitkä ja kauhea hahmo mustalla hevosella, jos se oli hevonen, sillä se oli valtava ja pelottava ja sen päässä oli kammottava naamio, niin että pää muistutti kalloa enemmän kuin elävää päätä, ja sen silmien ja sierainten kuopista leimusi liekki. Ratsastajan vaatteet olivat kokonaan mustat ja musta oli sen korkea kypärä, mutta tämä ei ollut sormusaave vaan elävä mies. Hän oli Barad-dûrin tornin komentaja eikä hänen nimeään yksikään taru muista, sillä hän oli itse unohtanut sen ja sanonut: »Minä olen Sauronin suu.» Mutta kerrotaan, että hän oli luopio, niiden suvusta lähtöisin, joita kutsutaan mustiksi númenorilaisiksi; he pystyttivät asuntonsa Keski-Maahan Sauronin ylivallan aikana ja palvoivat häntä pahan tiedon pauloissa. Ja hän astui Mustan tornin palvelukseen, kun se uudestaan nousi, ja oveluutensa ansiosta hän kohosi yhä korkeammalle Ruhtinaan suosiossa, ja hän oppi suurta noituutta ja tiesi paljon Sauronin ajatuksista eivätkä örkitkään vetäneet hänelle vertoja julmuudessa.

Tämä mies ratsasti nyt ulos Portista ja hänen mukanaan oli pieni joukko mustavarusteisia sotilaita ja yksi ainoa lippu, kokomusta paitsi punaista Pahaa silmää. Hän pysähtyi muutaman askeleen päähän Lännen päälliköistä ja hän katsoi heitä päästä jalkoihin, ja hän nauroi.

»Onko tässä laumassa ketään, jolla olisi valtuudet neuvotella kanssani?» hän kysyi. »Tai edes älyä ymmärtää puhettani? Ainakaan ei sinulla!» hän ilkkui kääntyen ylenkatseellisesti Aragornin puoleen. »Kuninkaaksi ei vielä tee pala haltialasia tai moinen roskajoukko. Hah! Maantierosvoillakin on komeampi saattue!»

Aragorn ei sanonut mitään, mutta hän vangitsi puhujan katseen eikä päästänyt sitä ja hetken he kamppailivat katsein, mutta pian, huolimatta siitä että Aragorn ei liikahtanut eikä vienyt kättä asetta kohti, vastustaja hellitti ja kavahti kuin häntä olisi uhattu iskeä. »Olen airut ja lähettiläs, jonka kimppuun ei saa käydä!» hän huusi.

»Siellä, missä näitä lakeja noudatetaan», Gandalf sanoi, »siellä on myös tapana, että lähettiläät käyttäytyvät siivommin. Mutta kukaan ei ole uhannut teitä. Teillä ei ole mitään pelättävää meidän puoleltamme kunnes olette tehnyt tehtävänne. Mutta ellei herranne ole omaksunut uutta viisautta, kaikkien hänen palvelijoittensa tavoin te olette suuressa vaarassa!»

»Vai niin!» sanoi lähettiläs. »Sinä siis olet puhemies, vanha harmaaparta! Emmekö liene sinusta kuulleet silloin tällöin, ja matkoistasi, ainaisista juonista ja ilkipuuhista turvallisen välimatkan päästä? Mutta nyt olet työntänyt nenäsi liian pitkälle, herra Gandalf, ja saat nähdä miten käy sen, joka asettaa naurettavia verkkojaan Sauron Suuren jalkojen eteen. Minulla on todistuskappaleita, jotka minun käskettiin näyttää sinulle – erittäin juuri sinulle, jos uskaltautuisit tulemaan.» Hän antoi merkin yhdelle vartijoistaan ja tämä tuli esiin kantaen mustiin vaatteisiin käärittyä nyyttiä.

Lähettiläs avasi nyytin ja kaikkien Päälliköiden ihmeeksi ja kauhuksi hän nosti esiin Samin varusteisiin kuuluneen lyhyen miekan, sitten harmaan viitan, jossa oli haltiasolki, ja viimeksi *mithril*-paidan, jota Frodo oli pitänyt kuluneiden vaatteittensa alla. Mustuus sokaisi heidän silmänsä ja heistä tuntui hetken hiljaisuudessa, että maailma pysähtyi, että sydän rinnassa oli kuollut ja viimeinen toivo mennyt. Suuriruhtinas Imrahilin takana seisova Pippin astui askelen ja huudahti kauhusta.

»Vaiti!» sanoi Gandalf ankarasti ja sysäsi hänet takaisin, mutta lähettiläs nauroi ääneen.

»Vai niin! Teillä on mukananne toinenkin vintiö!» hän huudahti. »En käsitä mitä käyttöä teillä niille on, mutta teidän totutun typeryytennekin ylittää se, että lähetätte niitä vakoojiksi Mordoriin. Kiitos kaunis hänelle, kaikesta huolimatta, sillä selvää on, että tämä ipana ainakin on nähnyt nämä esineet aikaisemmin, ja nyt teidän on turha niitä enää kieltää.»

»En tahdo niitä kieltää», Gandalf sanoi. »Totisesti tunnen ne kaikki ja niiden tarinat ja huolimatta ylenkatseestanne, Sauronin inha suu, samaa ette te voi sanoa. Mutta miksi tuotte ne tänne?»

»Kääpiöpaita, haltiaviitta, kadotetun lännen miekka ja vakooja Konnun pienestä rottamaasta – niinpä niin! Me tunnemme tarinan hyvin – nämä ovat salaliiton merkkejä. Nyt voi olla niin, että näiden esineiden kantajan menetystä te ette surisi, mutta kukaties sittenkin surisitte: lieneekö rakaskin? Jos niin on, käyttäkää nopeasti sitä vähäistä älyä, mitä teillä on jäljellä. Sillä Sauron ei rakasta vakoojia ja hänen kohtalonsa riippuu nyt teidän valinnastanne.»

Kukaan ei vastannut hänelle, mutta hän näki, että heidän kasvonsa olivat harmaat pelosta ja silmät kauhua täynnä, ja hän nauroi taas, sillä hänestä näytti, että hänen leikkinsä sujui erinomaisesti. »Hyvä, hyvä!» hän sanoi. »Hän oli teille rakas, huomaan ma. Vai lieneekö hänen tehtävänsä ollut sellainen, että ette toivoisi sen epäonnistuvan? Niin on käynyt. Ja nyt saa hän kestää vuosien kidutuksen, niin hitaan ja pitkän kuin Suuren tornin kyvyillä taidetaan, eikä häntä milloinkaan päästetä vapaaksi, jollei kukaties sitten kun hän on muuttunut ja murtunut niin, että hän voi tulla luoksenne ja voitte nähdä mitä olette tehneet. Näin totisesti tapahtuu – jos ette hyväksy Herrani ehtoja.»

»Sanokaa ehdot», sanoi Gandalf järkkymättä, mutta ne, jotka olivat hänen lähellään, näkivät ahdistuksen hänen kasvoillaan, ja hän näytti vanhalta kutistuneelta mieheltä, murskatulta, lopultakin lyödyltä. He eivät epäilleet, etteikö hän suostuisi.

»Ehdot ovat nämä», sanoi lähettiläs ja hymyili silmäillessään kutakin vuoron perään. »Gondorin roskajoukon ja harhautettujen liittolaisten on viipymättä vetäydyttävä Anduinin taa, vannottuaan ensin valat, että eivät koskaan hyökkää Sauron Suurta vastaan asein, ei avoimesti eikä salaa. Kaikki Anduinin itäpuoliset maat ovat Sauronin iäti, ja vain hänen. Anduinin länsipuoli Sumuvuorille ja Rohanin aukkoon asti on Mordorin veron alainen, miehet eivät siellä saa kantaa asetta, mutta heidän on lupa itse hallita omia asioitaan. Mutta heidän tulee auttaa Rautapihan jälleenrakentamisessa, kun he sen aiheetta hävittivät, ja se on oleva Sauronin oma ja hänen sotapäällikkönsä asuu siellä: ei Saruman vaan toinen, luottamuksen arvoinen.»

Katsoessaan lähettilään silmiin he lukivat hänen ajatuksensa. Hänestä tulisi tuo sotapäällikkö ja hän kokoaisi kaiken jäljelle jäävän lännen valtansa alle; hän olisi heidän tyranninsa ja he hänen orjiaan.

Mutta Gandalf sanoi: »Paljon pyydetään yhden vangin luovuttamisesta: että herranne saisi vastineeksi sen, minkä saavuttamiseksi hänen olisi muutoin sodittava monta sotaa! Vai onko Gondorin taistelutanner vienyt hänen uskonsa sotaonneen, niin että hänen on alennuttava tinkimään? Ja jos me tosiaan pitäisimme tätä vankia näin suuressa arvossa, mitä varmuutta meillä on siitä, että Petoksen arkkimestari Sauron pitää kiinni omasta osuudestaan? Missä on tämä vanki? Tuotakoon hänet esiin ja luovutettakoon meille, niin me harkitsemme näitä vaatimuksia.»

Silloin Gandalfista, joka tuijotti lähettilästä värähtämättä niin kuin miekkailija kuolettavaa vastustajaa, näytti että silmänräpäyksen ajan tämä oli pulassa, mutta pian lähettiläs nauroi taas.

»Älä röyhkeydessäsi lähde kinastelemaan Sauronin suun kanssa!» hän huusi. »Varmuutta vaadit! Sauron ei sitä suo. Jos anotte häneltä armoa, on teidän ensin tehtävä kuten hän käskee. Nämä ovat hänen ehtonsa. Ottakaa tai jättäkää!»

»Me otamme nämä!» sanoi Gandalf äkkiä. Hän heitti sivuun kaapunsa ja valkoinen valo hohti kuin miekka tuolla mustalla paikalla. Lähettiläs kavahti hänen kohonneen kätensä edessä ja Gandalf tuli ja tempaisi häneltä esineet: paidan, viitan ja miekan. »Nämä otamme muistoksi ystävästämme», hän huusi. »Mutta mitä ehtoihinne tulee, ne me hylkäämme kerta kaikkiaan. Menkää matkoihinne, sillä tehtävänne on tehty eikä kuolema ole kaukana. Me emme tulleet tänne hukkaamaan sanoja neuvotteluihin Sauronin kanssa, joka on uskoton ja kirottu, vielä vähemmän kenenkään hänen orjansa kanssa. Pois!»

Silloin ei Mordorin lähettiläs enää nauranut. Hänen kasvonsa vääntyivät hämmästyksestä ja vihasta kuin villipedon naama, kun se vaaniessaan saalistaan saa kuonolleen kepistä. Raivo täytti hänet ja hänen suustaan valui kuolaa ja hänen kurkustaan korahteli tunnistamattomia raivon ääniä. Mutta hän katsoi

Päälliköiden kauheita kasvoja ja leppymättömiä silmiä ja pelko sai hänessä vallan vihan yli. Hän huusi hurjasti ja kääntyi, loikkasi ratsunsa selkään ja karautti täyttä laukkaa saattueensa kanssa takaisin Cirith Gorgoriin. Mutta hänen mennessään hänen sotilaansa puhalsivat torveen kauan sitten sovittuna merkkinä, ja jo ennen kuin he ehtivät portille, Sauron laukaisi ansansa.

Rummut jylisivät ja tulet räiskyivät. Mustan portin isot ovet lennähtivät ammolleen. Niistä virtasi ulos suuri armeija kuin pyörteilevät vedet avatusta sulkuportista.

Päälliköt nousivat hevosen selkään ja ratsastivat takaisin ja Mordorin sotajoukko kiljui ilkkuen. Pöly sumensi ilman: lähistöltä marssi esiin armeija itäläisiä, jotka olivat odottaneet merkkiä Ered Lithuin varjossa kaukaisemman tornin takana. Morannonin kumpaiseltakin puolelta kukkuloita alas tulvi lukematon määrä örkkejä. Lännen miehet olivat ansassa, he seisoivat harmailla kummuilla ja joka puolelta saartaisi heidät kohta kymmenkertainen ja suurempikin ylivoima, ja he jäisivät vihollisten meren keskelle. Sauron oli napannut tarjotun syötin teräsleukojen väliin.

Aragornille jäi vain hetki taistelunsa järjestämiseen. Hän seisoi Gandalfin kanssa yhdellä kukkulalla ja kauniina ja vailla toivoa kohosi sinne Puun ja tähtien lippu. Likeisellä toisella kukkulalla liehuivat Rohanin ja Dol Amrothin liput, Valkea hepo ja Hopeajoutsen. Kummankin kukkulan ympärille muodostettiin umpikehä, josta miekat ja keihäät pistivät ulos. Ja rintamassa Mordoriin päin, josta ensimmäinen katkera hyökkäys tulisi, seisoivat Elrondin pojat vasemmalla *dúnedainin* keskellä ja oikealla suuriruhtinas Imrahil Dol Amrothin komeiden ja pitkien miesten kanssa, joiden joukossa oli myös valikoituja miehiä Vahtitornista.

Tuuli puhalsi ja torvet soivat ja nuolet viuhuivat, mutta etelää kohti kipuava aurinko peittyi Mordorin huuruihin ja hohti uhkaavan sumun läpi etäisenä, tunkkaisen punaisena, ikään kuin päivä olisi ollut lopullaan, tai jopa koko valon maailman loppu olisi lähestynyt. Ja tihenevästä synkkyydestä tulivat *nazgûl*, ja niiden äänet huusivat kuoleman sanoja, ja silloin hupeni kaikki toivo.

Pippin oli painanut päänsä kauhun musertamana kuullessaan, että Gandalf hylkäsi ehdot ja tuomitsi Frodon Tornin kidutuksiin, mutta hän oli voittanut itsensä ja seisoi nyt Beregondin rinnalla Gondorin eturivissä Imrahilin miesten keskellä. Sillä mieluiten hän kuolisi nopeasti ja päättäisi elämänsä katkeran tarinan, nyt kun kaikki oli murskana.

»Olisipa Merri täällä», hän kuuli sanovansa ja ajatukset vilisivät päässä hänen katsellessaan kuinka vihollinen kävi hyökkäykseen. »Nyt ainakin ymmärrän vähän paremmin Denethor-parkaa. Me olisimme voineet kuolla yhdessä, Merri ja minä, ja kun meidän kerran täytyy, miksi ei? No, kun hän ei täällä ole, toivotaan että hänen loppunsa on helpompi. Mutta nyt minun on tehtävä parhaani.»

Hän veti esiin miekkansa ja katsoi sitä ja sen punaisia ja kultaisia yhteen kietoutuneita kuvioita, ja Númenorin sulavat kirjaimet loistivat terässä tulen lailla. »Tällaista hetkeä varten tämä on tehty», hän ajatteli. »Jos pääsisin iskemään kauheaa lähettilästä, yltäisin ehkä tasoihin kunnon Merrin kanssa. Teen kuitenkin selvää muutamasta inhottavasta pukarista ennen loppua. Voi, jos saisin vielä nähdä kirkkaan auringon ja vihreän nurmen!»

Hänen näitä tuumiessaan ensimmäinen hyökkäys paiskautui heitä vastaan. Örkit pysähtyivät kumpujen edessä olevien mutalammikoiden taakse ja syytivät nuolia puolustusrivistöihin. Mutta niiden takaa asteli esiin petojen lailla karjuen suuri joukko Gorgorothin mäkipeikkoja. Ne olivat pitempiä ja tukevampia kuin ihmiset ja niillä oli yllään vain tiukka suomuverkko, joka ehkä olikin niiden iljettävä iho, mutta niillä oli valtavat mustat pyöreät kilvet ja ne käyttelivät raskaita vasaroita kyhmyisillä käsillään. Mistään piittaamatta ne astuivat lammikoihin ja kahlasivat niiden yli ärjyen tullessaan. Myrskynä ne puhkaisivat Gondorin miesten rintaman hakaten kypärää, päätä, kättä ja kilpeä niin kuin sepät takovat kuumaa taipuvaa rautaa. Pippinin vierestä iskettiin Beregond tainnuksiin ja hän kaatui, ja suuri peikkojohtaja, joka häntä oli iskenyt, kumartui ja ojensi kouransa tarttuakseen häneen, sillä niillä oli tapana purra uhreiltaan kurkku auki.

Silloin Pippin tuikkasi ylöspäin ja koristeltu Westernessen terä läpäisi peikon ihon ja upposi syvälle sisäelimiin, ja sen musta veri purskahti ulos. Se kompuroi jonkin askelen ja romahti maahan kuin putoava järkäle ja hautasi alleen monta taistelijaa. Mustuus, löyhkä ja musertava kipu löivät Pippinin yli ja hän kaikkosi kauas suureen pimeyteen.

»Kaikki loppuu niin kuin odotinkin», sanoi hänen ajatuksensa viimeinen lepatus, ja hetken se nauroi hänessä ennen pakenemistaan ja oli melkein iloinen saadessaan heittää vihdoin kaiken epäilyksen ja huolen ja pelon. Ja silloin liukuessaan kohti unohdusta se kuulikin ääniä ja ne tuntuivat huutavan korkealla jossakin kaukaisessa unohdetussa maailmassa:

»Kotkat tulevat! Kotkat tulevat!»

Vielä hetken huojui Pippinin ajatus. »Bilbo!» se sanoi. »Mutta ei! Se oli hänen tarinassaan, kauan, kauan sitten. Tämä tarina on minun ja se loppuu nyt. Hyvästi!» Ja hänen ajatuksensa pakeni kauas pois eivätkä hänen silmänsä enää nähneet.

KUUDES KIRJA

I

CIRITH UNGOLIN TORNI

Tuskallisesti Sam kohottautui maasta. Hetken hän mietti missä oli, sitten koko epätoivo ja kurjuus palasi. Hän oli örkkien linnoituksen alaportin edessä sysipimeässä ja vaskiovet olivat kiinni. Hän oli ilmeisesti pökertynyt heittäydyttyään ovea vasten, eikä hän tiennyt kuinka kauan hän oli siinä maannut. Silloin hän oli ollut kuin tulessa, raivonnut epätoivoaan – nyt hän värisi kylmissään. Hän ryömi ovelle ja painoi korvansa sitä vasten.

Kaukaa oven takaa hän kuuli örkkien metelöintiä, mutta pian ne lopettivat tai sitten ne häipyivät kuulomatkan ulkopuolelle ja kaikki hiljeni. Hänen päätään särki ja hän näki pimeydessä aavevaloja, mutta hän yritti rauhoittua ja ajatella. Joka tapauksessa oli selvää, että ei ollut toivoa päästä örkkivarustukseen tämän portin kautta, hän joutuisi hyvässä lykyssä odottamaan päiväkausia ennen kuin se avautuisi eikä odottaminen käynyt laatuun: aika oli enemmän kuin kallista. Hän ei enää epäillyt velvollisuuttaan: hänen pitäisi pelastaa isäntänsä taikka menehtyä.

»Menehtyminen on paljon todennäköisempää, ja ainakin se on paljon helpompi juttu», hän sanoi synkästi itselleen työntäessään Piikin huotraan ja kääntyi pois vaskiportilta. Hitaasti hän haparoi takaisin tunnelia pitkin pimeässä uskaltamatta käyttää haltiavaloa, ja kulkiessaan hän yritti sovitella yhteen Tienristeyksen jälkeisiä tapahtumia. Hän mietti mitä kello oli. Yksi päivä oli varmaan vaihtumassa toiseksi, mutta mikä, siitä hänellä ei ollut mitään käsitystä. Hän kulki pimeyden maassa, jossa maailman päivät tuntuivat unohtuneen ja kaikki ne, jotka tänne tulivat, unohtuivat itse.

»Mahtavatkohan ajatella meitä laisinkaan», hän sanoi, »ja mitä heillekin tapahtuu tuolla jossakin kaukana?» Hän heilautti kädellään eteenpäin, mutta itse asiassa paluumatkalla Lukitarin tunneliin hän katsoi nyt etelään eikä suinkaan länteen. Ulkomaailman läntisillä mailla konnunlaskun mukaan maaliskuun neljästoista päivä läheni puolta ja Aragorn johti paraikaa mustaa laivastoa Pelargirista, Merri ratsasti *rohirrimin* matkassa Paasilaaksossa, Minas Tirithissä loimusivat lieskat yhä korkeammalle ja Pippin seurasi, miten hulluus kasvoi Denethorin silmissä. Mutta kaikkien huoltensa ja pelkojensa keskellä Frodon ja Samin ystävien ajatukset palasivat heihin alinomaa. Heitä ei ollut unohdettu. Mutta he olivat avun saavuttamattomissa, eikä mikään ajatus voinut tulla Samvaisin Hamfastin pojan avuksi, hän oli täysin yksin.

Hän palasi viimein örkkikäytävän kiviselle portille, eikä edelleenkään onnistunut selvittämään, minkälainen haka tai salpa sen sulki. Hän kompuroi portin yli kuten mennessään ja pudottautui pehmeästi maahan. Sitten hän hiipi varovasti Lukitarin tunnelin suuaukolle, jossa suuren verkon repaleet yhä heiluivat ja liehuivat kylmän ilman henkäilyssä. Sillä ilma tuntui Samista tosiaan kylmältä taakse jääneen ällöttävän pimeyden jälkeen, mutta viima virvoitti. Hän hiipi varovasti ulos.

Kaikki oli pahaenteisen hiljaista. Valoa oli tuskin pimeän päivän iltahämärän verran. Mordorista kohoavat paksut huurut lipuivat länteen matalalla pään päällä, suunnaton pilven ja savun myllerrys, jota alta valaisi tympeä punainen hehku.

Sam katsoi ylös örkkitorniin, ja äkkiä sen kapeisiin ikkunoihin syttyivät valot kuin pienet punaiset silmät. Hän mietti, olikohan kyseessä jokin merkki. Nyt palasi hänen örkkejä kohtaan tuntemansa pelko, joka oli hetkeksi kaikonnut vihan ja epätoivon tieltä. Hänen käsittääksensä oli olemassa vain yksi mahdollinen tie: hänen täytyi jatkaa eteenpäin ja pyrkiä löytämään kammottavan tornin pääsisäänkäynti, mutta häntä heikotti polvista ja hän huomasi vapisevansa. Hän siirsi katseensa pois tornista ja Halkeaman kivisarvista ja pakotti vastahakoiset jalkansa tottelemaan. Hitaasti, korvat hörössä, tuijottaen tienvieren kivien syviin varjoihin hän astui takaisin jo kulkemaansa tietä, ohi paikan, johon Frodo oli kaatunut, ja yhä leijui ilmassa Lukitarin löyhkä. Yhä edemmäksi hän käveli, kunnes hän viimein seisoi samassa solassa, jossa hän oli pannut Sormuksen sormeensa ja nähnyt Shagratin komppanian marssivan ohi.

Siinä hän seisahtui ja istuutui. Hetkeen hän ei saanut raahatuksi itseään edemmäksi. Hänestä tuntui että jos hän kerran sivuuttaisi solan huipun ja astuisi itse Mordorin maahan, tuo askel olisi peruuttamaton. Hän ei ikinä palaisi. Vailla mitään selvää tarkoitusta hän veti Sormuksen esiin ja pujotti sen taas sormeensa. Hän tunsi heti valtavan taakan painon ja vaistosi jälleen entistäkin voimakkaampana ja vaativampana Mordorin silmän pahuuden, kun se etsi ja etsi ja yritti läpäistä varjot, jotka se oli omaksi puolustuksekseen tehnyt, mutta jotka nyt näinä levottomuuden ja epäilyksen hetkinä asettuivat sille itselleen esteeksi.

Kuten edellisellä kerralla Sam tunsi kuulonsa terästyneen samalla kun tämän maailman näkökuva sumeni ohueksi ja epäselväksi. Polun kiviset seinät olivat valjut kuin sumun takana, mutta hän kuuli kaukaa Lukitarin kurjan pulputuksen, ja räikeänä ja kovana, aivan läheltä, hän oli kuulevinaan huutoa ja metallin kalketta. Hän hypähti jaloilleen ja painautui tietä reunustavaa kalliota vasten. Sormus oli tarpeen, sillä solassa marssi nyt uusi örkkikomppania. Tai niin hän aluksi luuli. Äkkiä hän tajusi, että niin ei ollut laita, hänen kuulonsa oli pettänyt hänet: örkinhuudot tulivat tornista, jonka sarvi oli nyt suoraan hänen yläpuolellaan Halkeaman vasemmalla puolella.

Sam värisi ja yritti pakottaa itsensä liikkeelle. Jotakin kauheaa oli selvästi tekeillä. Ehkäpä kaikista määräyksistä huolimatta örkkien julmuus oli saanut niissä vallan ja ne kiduttivat parhaillaan Frodoa tai hakkasivat häntä raa'asti kappaleiksi. Sam kuunteli, ja samassa hänessä pilkahti toivo. Asiasta oli tuskin

Cirith Ungolin torni

epäilystä: tornissa tapeltiin, örkit olivat toistensa kimpussa, Shagrat ja Gorbag olivat riitaantuneet. Heikkohan hänen arvelunsa tuoma toivo oli, mutta se riitti. Mahdollisuus oli juuri ja juuri olemassa. Hänen rakkautensa Frodoa kohtaan ylitti kaiken muun ja unohtaen vaaran hän huusi ääneen: »Minä tulen, Frodo-herra!»

Hän juoksi eteenpäin ylämäkeen ja huipulle asti. Siinä samassa tie kääntyi vasempaan ja painui jyrkästi alaspäin. Sam oli astunut Mordoriin.

Hän otti Sormuksen pois, kenties hän aavisti ennakolta jonkin vaaran, vaikka itse arvelikin syyksi pelkän halun nähdä selvemmin. »Paras katsoa vaan totuutta silmiin», hän mutisi. »Ei kannata kompuroida sumussa!»

Kova ja julma ja katkera oli maa, jota hän nyt katseli. Hänen jalkojensa edessä laskeutui Ephel Dúathin korkein harjanne jyrkästi suurina kalliomuodostelmina pitkään tummaan kouruun, jonka toisella puolella kohosi uusi harjanne, paljon matalampi, torahampaita muistuttavien kallioiden rikkoma – mustana se sojotti takana hehkuvaa punaa vasten. Siinä oli synkkä Morgai, tämän maan muurin sisempi kehä. Kaukana sen takana, suoraan edessä, pienten tulien täplittämän pimeyden järven toisella puolen loimotti suuri hehku, ja hehkusta kohosi jättimäisiä pyörteileviä savupylväitä, jotka juuresta punersivat mutta mustuivat kerääntyessään aaltoilevaksi katokseksi peittämään koko kirottua maata.

Sam katseli Orodruinia, Tulista vuorta. Silloin tällöin tuhkakartion syvyyksissä pätsit kuumenivat ja sen kyljissä olevista halkeamista pursui sykkiviä ja hyökyviä sulia kivivirtoja. Osa valui hehkuen suuria käytäviä myöten kohti Barad-dûria, osa tunkeutui kivisille tasangoille kunnes jäähtyi vääntyneiksi lohikäärmeenhahmoiksi, jotka kidutettu maa oli oksentanut. Tuollaisella raivoavalla hetkellä tuijotti Sam Tuomiovuorta. Sen hehku, jonka Ephel Dúath esti näkymästä lännestä kipuavalle, paistoi nyt kolkkoihin kiviseinämiin niin että ne näyttivät vereen kastetuilta.

Tuossa hirvittävässä valossa seisoi Sam kauhun vallassa, sillä vasemmalle katsoessaan hän näki nyt Cirith Ungolin tornin kaikessa mahtavuudessaan. Sarvi, jonka hän oli nähnyt toiselta puolelta, oli vain sen ylin huipputornike. Rakennelman itäpuoli kohosi kolmena valtavana tasona alhaalta vuoren tasanteelta, sen takaseinänä oli kallio, ja siitä työntyi toistensa yläpuolelle sarja pieneneviä kiilamaisia bastioneja, joiden äkkijyrkät ja taidokkaasti muuratut seinät antoivat koilliseen ja kaakkoon. Sadan kyynärän päässä paikasta, jossa Sam nyt seisoi, kohosi alinta tasoa ympäröivä muuri, joka suojasi kapeaa pihaa. Siitä avautui kaakkoon portti leveälle tielle, jonka vieressä ammotti syvä jyrkänne. Tien ja jyrkänteen välissä kohosi matala muuri. Tie kääntyi etelään ja kiemurteli alas pimeyteen yhtyäkseen Morgulin solan tiehen ja jatkoi matkaansa Morgain rosoisen harjanteen yli Gorgorothin laaksoon kohti Barad-dûria. Sam seisoi kapealla ylätiellä, joka laskeutui jyrkkänä ja väliin porrastettuna päätielle ja yhtyi siihen muurien alla lähellä tornin porttia.

Näkyä katsellessaan Sam äkkiä hätkähti tajutessaan, että tätä varustusta ei ollut rakennettu pitämään vihollisia poissa Mordorista, vaan telkeämään ne sinne sisään. Se oli kuin olikin Gondorin työtä, aikaa sitten rakennettu, Ithilienin puolustuksen itäisin ulkovartio, tehty silloin kun Westernessen ihmiset Viimeisen liiton jälkeen vartioivat Sauronin maata, jossa hänen otuksiaan yhä piileskeli. Mutta niin kuin Hammastornien, Narchostin ja Carchostin luona oli valppaus herpaantunut, oli se herpaantunut täälläkin ja petoksen kautta torni oli joutunut sormusaaveiden herralle, ja monta pitkää vuotta olivat pahuuden palvelijat pitäneet sitä hallussaan. Palattuaan Mordoriin Sauron oli havainnut sen hyödylliseksi, sillä palvelijoita hänellä oli vähän, mutta sitäkin enemmän pelon täyttämiä orjia, ja yhä oli varustuksen tärkein tehtävä estää pako Mordorista. Mutta jos joku vihollinen tyhmyyksissään yrittäisi tunkeutua salaa maahan, odotti tornissa viimeinen vireä vartija niitä, jotka välttäisivät Morgulin ja Lukitarin valppauden.

Liiankin selvästi Sam tajusi, kuinka toivotonta hänen olisi yrittää hiipiä alas noiden monisilmäisten muurien alle ja päästä valvovan portin ohi. Ja vaikka hän onnistuisikin, hän ei pitkälle pötkisi vartioitua tietä, eivät edes mustat varjot, jotka syvinä levittäytyivät sinne mihin punainen hehku ei yltänyt, voisi kauan suojata häntä yösilmäisiltä örkeiltä. Mutta oli tuo tie toivoton eli ei, hänen tehtävänsä oli kahta kauheampi: hänen ei ollut määrä karttaa porttia paetakseen vaan astua siitä sisään – yksin.

Hän muisti taas Sormuksen, mutta se ei suonut lohtua, lisäsi vain pelkoa ja vaaraa. Heti kun hän oli saanut näköpiiriinsä kaukana loimottavan Tuomiovuoren, hän tajusi, että taakka muuttui. Lähestyttäessä pätsejä, joissa se aikojen syvyydessä oli muovattu ja taottu, sen voima kasvoi ja se kävi kauheammaksi, ja vain rautainen tahto pystyi sitä hallitsemaan. Vaikka Sormus ei edes ollut Samin kädessä vaan riippui ketjussa hänen kaulassaan, hän tunsi siinä seistessään itsensä suuremmaksi, ikään kuin olisi kietoutunut omaan valtavaan vääristyneeseen varjoonsa, ikään kuin hänessä olisi joku suuri ja pahaenteinen uhka pysähtynyt Mordorin muureille. Hänestä tuntui, että tästä eteenpäin oli vain kaksi mahdollisuutta: vastustaa Sormusta vaikka se piinasi häntä, tai ottaa se omakseen ja uhmata Voimaa, joka istui mustassa varustuksessaan varjojen laakson takana. Sormus houkutti häntä jo, nakersi hänen tahtoaan ja järkeään. Villejä kuvia kohosi mieleen; hän näki Samvais Vahvan, Ajan sankarin, astelevan leiskuvin miekoin poikki pimentyneen maan, ja armeijoiden kokoontuvan hänen kutsustaan hänen marssiessaan kukistamaan Barad-dûria. Ja sitten väistyivät pilvet ja valkea aurinko paistoi ja hänen komennostaan Gorgorothin laakso muuttui kukkien ja puiden tarhaksi ja kypsytti hedelmiä. Hänen ei tarvitsisi muuta kuin ottaa Sormus ja julistaa se omakseen, niin kaikki tämä voisi toteutua.

Tuolla koetuksen hetkellä hänet piti lujana ennen muuta rakkaus isäntään, mutta syvällä hänen sisimmässään eli myös yhä hänen yksinkertainen hobitinjärkensä: sydämensä sokkeloissa hän tiesi, ettei hänessä ollut mittaa kantaa moista taakkaa, vaikka nämä näyt eivät olisikaan pelkkää petosta. Itsellisen puutarhurin pikku puutarhaa enempää hän ei tarvinnut, enempään hän ei pyrkinyt, hän ei kaivannut valtakunnaksi paisunutta puistoa. Hän tahtoi käyttää omia käsiään, ei komentaa muita.

»Ja oli miten oli, nämä kuvitelmat nyt ovat pelkkä ansa», hän sanoi itselleen. »Hän huomaa minut ja runttaa meikäpojan ennen kuin ehdin edes kiljaista. Hän huomaa minut yhdessä hujauksessa, jos minä panen Sormuksen sormeen täällä Mordorissa. Muuta en osaa sanoa kuin että pahalta näyttää kuin halla heinäkuussa. Nyt kun olisi tosi hyödyllistä olla näkymätön, Sormusta ei voi käyttää! Ja jos minä pääsen tästä vielä pitemmälle, siitä tulee pelkkä riesa ja taakka joka askelella. Että mitä tässä nyt tekisi?»

Tosiasiassa hän ei epäillyt hetkeäkään. Hän tiesi, että hänen oli mentävä alas portille ja lopetettava viivyttely. Hän kohautti harteitaan kuin karistaakseen varjot ja aaveet ja alkoi hitaasti laskeutua. Hän tunsi pienenevänsä joka askelella. Hän ei ollut kulkenut kovinkaan pitkälle kun hän oli jo kutistunut hyvin pieneksi ja hyvin pelästyneeksi hobitiksi. Hän kulki jo tornin muurien alla ja kuuli jo omin korvin tappelun äänet. Paraikaa kuulosti kuin ääni olisi kantautunut ulkomuurin takaiselta pihalta.

Sam oli noin puolivälissä alasvievällä polulla kun mustasta portinaukosta juoksi punaiseen hehkuun kaksi örkkiä. Ne eivät kääntyneet häntä kohti. Ne pyrkivät päätielle, mutta juostessaan ne kompastuivat ja kaatuivat maahan ja jäivät niille sijoilleen. Sam ei ollut nähnyt nuolia, mutta hän arvasi, että toiset örkit olivat ampuneet varustuksen päältä tai varjojen suojasta. Hän jatkoi matkaansa painautuen vasemmalla kohoavaa muuria vasten. Yhdellä vilkaisulla hän oli havainnut, ettei sitä käynyt kiipeäminen. Kivimuuri kohosi viisi syltä ilman rakoa tai ulkonemaa ja ylhäällä työntyi muurista uloke, joka muistutti ylösalaisin käännettyjä portaita. Portti oli ainoa tie.

Hän hiipi eteenpäin ja mietti, montako örkkiä tornissa asusti Shagratin kanssa ja montako Gorbagilla oli, ja mistä ne riitelivät, mikäli siitä oli kyse. Shagratin joukkiota näytti olleen nelisenkymmentä ja Gorbagilla oli ollut ainakin kaksi kertaa enemmän, mutta Shagratin partio oli tietenkin ollut vain osa sen koko varuskunnasta. Melko varmasti ne riitelivät Frodosta ja ryöstösaaliista. Hetkeksi Sam pysähtyi, sillä äkkiä hänellä välähti, melkein kuin olisi nähnyt omin silmin. *Mithril*-paita! Niin, niin, Frodolla oli se päällään ja ne löytäisivät sen. Ja kuulemastaan Sam päätteli, että Gorbagin teki sitä hurjasti mieli. Mutta Mustan tornin ohjeet olivat tällä hetkellä Frodon ainoa suoja, ja jos niistä luovuttaisiin, Frodo saatettaisiin muitta mutkitta tappaa koska hyvänsä.

»Mars matkaan, kurja räähkä!» ärisi Sam itselleen. »Siitä vaan!» Hän veti Piikin esiin ja juoksi kohti avointa porttia. Mutta juuri kun hän oli pääsemäisillään sen suuren kaaren alle, hän sai kovan iskun: ikään kuin hän olisi juossut jonkinlaiseen Lukitarin verkon tapaiseen seinään, joskin näkymättömään. Hän ei nähnyt mitään estettä, mutta jokin jota hänen tahtonsa ei pystynyt voittamaan, sulki häneltä tien. Hän katsoi ympärilleen ja silloin hän näki portin varjossa Kaksi vartijaa.

Ne olivat kuin valtaistuimille asetetut suuret hahmot. Kummallakin oli kolme yhteenliitettyä vartaloa ja kolme päätä, yksi katsoi sisään, yksi ulos ja yksi muurin suuntaan. Päissä oli korppikotkan kasvot ja suurilla polvilla lepäsivät käpälämäiset kädet. Näytti kuin ne olisi hakattu valtavista kivilohkareista, sillä ne olivat liikkumattomat, mutta kuitenkin ne olivat hereillä: jokin kammottava valppauden henki asusti niissä. Ne tunnistivat vihollisen. Kukaan ei voinut sivuuttaa niitä huomaamatta, ei näkyvänä eikä näkymättömänä. Ne estivät niin sisäänpääsyn kuin pakenemisen.

Tahtonsa jännittäen Sam paiskautui vielä kerran eteenpäin ja lennähti taaksepäin ja horjui kuin olisi saanut iskun rintaan ja päähän. Sitten, keksimättä mitään muutakaan, hän veti uhkarohkeasti hetken mielijohteesta Galadrielin kristallipullon hitaasti esiin ja piteli sitä ilmassa. Sen valkoinen valo voimistui nopeasti ja varjot pakenivat tumman holvin alta. Hirviömäiset Vartijat istuivat paikoillaan kylminä ja liikkumattomina ja niiden koko kammottava muoto paljastui. Hetkeksi Sam tavoitti kiillon niiden silmien mustissa kivissä, joista henkivä pahuus sai hänet kavahtamaan, mutta hitaasti hän tunsi, että niiden tahto alkoi vapista ja murtua peloksi.

Hän ryntäsi niiden ohi, mutta kun hän juostessaan sysäsi kristallipullon poveensa hän tajusi, että niiden valppaus oli palautunut yhtä selvästi kuin jos terästanko olisi napsahtanut salpaan hänen takanaan. Ja noista kauheista päistä pääsi kimakka huuto, joka kaikui hänen edessään kohoavissa muureissa. Kaukana ylhäällä kuin vastaukseksi kalahti kerran rämeä kello.

»Siinä sitä oltiin!» sanoi Sam. »Nyt minä soitin ovikelloa! No niin, antaa tulla!» hän huusi. »Kertokaa johtaja Shagratille, että se mahtava haltiasoturi on tulossa kylään ja että hänellä on haltiamiekka mukanaan!»

Vastausta ei tullut. Sam asteli eteenpäin. Piikki kimalsi sinisenä hänen kädessään. Pihaa peittivät syvät varjot, mutta hän näki että kiveys oli täynnä ruumiita. Aivan hänen jaloissaan lojui kaksi jousiörkkiä, joiden selässä sojotti veitsi. Kauempana makasi lisää örkkejä, osa erillään nuolella ammuttuna tai pää katkaistuna, osa parittain yhä toisissaan kiinni puukotettuaan, kuristettuaan, purtuaan toisensa kuoliaiksi. Kivet olivat tummasta verestä liukkaat.

Sam näki kahdenlaisia asepukuja, toisissa oli Punaisen silmän tunnukset, toisissa kuun kuva, jonka kammottavat kuolleen kasvot vääristivät. Hän ei kuitenkaan jäänyt tutkimaan niitä tarkemmin. Pihan toisella puolella oli tornin ovi puoliksi auki, siitä pilkotti punaista valoa ja kynnyksellä makasi suuri kuollut örkki. Sam hyppäsi ruumiin yli ja meni sisään ja jäi vilkuilemaan ympärilleen tietämättä mitä tehdä.

Ovelta johti leveä kaikuva käytävä kohti vuorenseinämää. Sitä valaisivat heikosti seinäpidikkeissä loimuavat soihdut mutta edempänä käytävä katosi pimeyteen. Kummallakin puolella näkyi monia ovia ja aukkoja, mutta itse käytävällä ei ollut muuta kuin kaksi kolme örkinraatoa rähmällään lattialla. Päälliköiden puheista Sam tiesi, että Frodo luultavimmin löytyisi, elävänä tai kuolleena, jostakin kammiosta korkealta tornikkeen huipusta, mutta kammion löytämiseen saattaisi häneltä kulua päiväkin.

»Kai se jossakin perällä on», Sam mutisi. »Koko torni tuntuu kallistuvan taaksepäin. Ja taitaa olla viisainta joka tapauksessa seurata näitä valoja.»

Hän käveli käytävää pitkin, mutta hitaasti, ja joka askel kävi edellistä vaikeammin. Kauhu alkoi taas saada hänestä otetta. Muuta ääntä ei kuulunut kuin hänen jalkojensa askellus, joka tuntui kasvavan valtavaksi meluksi, kuin läimisi kiveä isoin kämmenin. Ruumiit, hiljaisuus, kylmää uhoavat kosteat seinät, jotka soihtujen valossa tuntuivat tihkuvan verta, pelko siitä että jossakin ovensuussa tai varjossa odotti kuolema, ja kaiken takana muistikuva porttien luona vaanivasta pahasta – siinä oli enemmän kuin hän oikeastaan pystyi kestämään. Taistelukin olisi ollut mukavampi – kunhan vastustajia ei olisi kerralla liikaa – kuin tämä kammottava painostava epävarmuus. Hän pakottautui ajattelemaan Frodoa, joka makasi sidottuna, tuskissaan tai kuolleena jossakin tämän kamalan paikan loukossa. Hän jatkoi matkaansa.

Hän oli kulkenut soihtujen valopiirin ohi eräälle suurelle kaariovelle käytävän päähän, alaportin toiselle puolelle kuten hän aivan oikein arvasi, kun ylhäältä kuului kauhea rääkäisy. Hän pysähtyi siihen paikkaan. Sitten hän kuuli askeleita. Joku juoksi hänen yläpuolellaan kaikuvia rappuja alas hurjaa vauhtia.

Tahto oli liian heikko vastustamaan kättä. Käsi veti esiin ketjun ja tarttui Sormukseen. Mutta Sam ei pannut sitä sormeensa, sillä kun hän vielä puristi sitä rintaansa vasten, törmäsi esiin örkki. Se hypähti oikealla avautuvasta pimeästä oviaukosta ja juoksi häntä kohti. Se oli tuskin kuuden askelen päässä, kun se kohotti päätään ja huomasi Samin. Sam kuuli sen läähätyksen ja näki kiillon sen verestävissä silmissä. Se pysähtyi kauhuissaan kuin naulittuna. Sillä se ei suinkaan nähnyt pientä pelästynyttä hobittia, joka yritti pidellä miekkaansa vakaana, se näki suuren hiljaisen harmaaseen varjoon verhoutuneen hahmon joka häämötti takaa tulevaa lepattavaa valoa vasten; toisessa kädessä sillä oli miekka, josta loistava valo sinänsä tuotti viiltävää kipua, toinen käsi oli puristunut rinnalle mutta piti sisässään jotakin nimetöntä voiman ja tuomion uhkaa.

Hetken örkki luimisteli, sitten se ulvahti kammottavasti kauhusta, kääntyi ja pakeni takaisin samaa tietä. Koirakaan ei olisi enempää innostunut käpälämäkeen pötkivän vihollisen vuoksi kuin nyt Sam tämän odottamattoman paon edessä. Kiljaisten hän lähti takaa-ajoon.

»Niinpä niin! Haltiasoturi on vapaalla jalalla!» hän huusi. »Minä tulen. Näytäpä minulle tie ylös tai nyljen sinut!»

Mutta örkki oli omalla maallaan, notkea ja hyvinsyönyt. Sam oli muukalainen, nälkäinen ja väsynyt. Portaat olivat korkeat, jyrkät ja mutkikkaat. Sam alkoi huohottaa. Örkki oli kohta kadonnut näkyvistä, nyt kuului enää sen jalkojen läpsytys kun se juoksi yhä ylemmäksi. Vähän väliä se päästi kiljaisun, jonka kaiku kiiri pitkin seiniä. Mutta vähitellen äänet hukkuivat.

Sam tarpoi eteenpäin. Hänestä tuntui, että hän oli oikealla tiellä ja hänen mielialansa oli huomattavasti parantunut. Hän sysäsi Sormuksen sivuun ja kiristi vyötään. »Kas kas!» hän sanoi. »Jos ne kaikki vain suhtautuisivat yhtä torjuvasti minuun ja Piikkiini, tässä saattaa vielä käydä vaikka kuinka hyvin. Ja joka tapauksessa näyttää siltä, että Shagrat, Gorbag ja kumppanit ovat tehneet melkein koko työn puolestani. Alanpa uskoa, ettei tuon säikyn rotan lisäksi koko paikassa ole yhtään elävää sielua!»

Hän jähmettyi paikoilleen. Hän tajusi sanomansa täyden merkityksen kuin olisi lyönyt päänsä kiviseinään. Ei yhtään elävää sielua! Kenen oli ollut se kauhea rääkäisy? »Frodo, Frodo! Isäntä!» hän huusi nikotellen. »Jos ne ovat tappaneet teidät, mitä minä teen? No, täältä tullaan, huipulle saakka, sitten nähdään mitä nähdään.»

Hän kulki yhä ylemmäksi. Siellä täällä paloi soihtu jossakin kulmassa tai Tornin yläkerroksiin vievän oven vieressä, mutta enimmäkseen oli pimeää. Sam yritti laskea portaita, mutta kahdensadan jälkeen hän sekaantui laskuissaan. Nyt hän eteni äänettömästi, sillä hän oli kuulevinaan hiljaista puhetta jonkin matkan päästä ylhäältä. Elossa taisi sentään olla enemmän kuin yksi rotta.

Aivan yhtäkkiä, juuri kun hänestä tuntui, ettei hän enää saisi henkeä, etteivät polvet enää taipuisi, portaat päättyivät. Hän seisoi paikallaan. Äänet kuuluivat nyt läheltä ja kovaa. Sam tähyili ympärilleen. Hän oli kiivennyt suoraan Tornin kolmannen ja ylimmän tason katolle: se oli laakea kymmenen sylen levyinen alue, jota reunusti matala suojamuuri. Portaita suojasi pieni kupolihuone aivan katon keskellä ja siitä avautui matala ovi itään ja länteen. Idässä Sam näki Mordorin tasangon alhaalla mustana ja suurena, ja kaukaisen palavan vuoren. Sen syvistä kaivoista kiehui uusi mullerrus ja tulivirrat hehkuivat

niin voimakkaasti että täälläkin, monien virstojen päässä, ne värjäsivät tornin-
huipun punaiseksi. Yläpihan takaosassa kohosi suuri tornike, joka esti näköalan
länteen, ja sen ylin sarvi nousi korkealle ympäröivien kallioiden yläpuolelle.
Yhdestä ikkunanraosta loisti valoa. Tornikkeen ovi ei ollut kuin parinkymme-
nen sylen päässä siitä missä Sam seisoi. Ovi aukesi pimeään, ja juuri tuosta
varjosta kuuluivat äänet.

Aluksi Sam ei kuunnellut, hän astui ulos itäovesta ja katseli ympärilleen. Hän
huomasi heti, että täällä taistelu oli ollut kiivain. Koko piha oli tulvillaan örkin-
raatoja ja niiden ympäriinsä lennelleitä irtonaisia raajoja ja päitä. Koko paikka
haisi kalmalta. Murahdus, jota seurasi isku ja huuto, saivat hänet säntäämään
suin päin takaisin suojaan. Vihainen örkinääni alkoi puhua ja hän tunsi heti tuon
karkean, raa'an, kylmän äänen. Se oli Shagrat, Tornin päällikkö.

»Vai et enää mene? Kirottu Snaga, senkin pikku mato! Jos kuvittelet, että minä
olen niin kurjassa kunnossa että minua voi kaikessa rauhassa pilkata, niin olet
kyllä erehtynyt. Tule tänne vaan, niin minä puristan silmäs ulos, niin kuin tuli
äsken tehtyä Radbugille. Ja kunhan tulee uusia poikia, joudut pinteeseen: minä
lähetän sinut Lukitarille.»

»Ei niitä tule, ei ainakaan ennen kuin sinä olet kuollut», vastasi Snaga äreästi.
»Minä olen jo kaks kertaa sanonut, että Gorbagin siat ne ehti portille ensteks
eikä meistä ykskään päässyt ulos. Lagduf ja Muzgash painoi läpi mutta heidät
ammuttiin. Minä näin sen ikkunasta, usko jo. Ja he oli viimeiset.»

»Sitten täytyy sinun mennä. Minun on pakko kuitenkin jäädä. Mutta minuun
sattui. Mustat tyrmät nielköön sen saastan kapinoitsija-Gorbagin!» Shagratin
ääni intoutui kokonaiseen haukkumanimien ja kirousten ketjuun. »Vastasin
hänelle samalla mitalla, mutta ehti se saasta puukolla sohaista ennen kuin sain
sen kuristettua. Mene siitä tai minä syön sinut. Uutiset pitää viedä Lugbúrziin
tai me joudutaan molemmat Mustiin tyrmiin. Niin niin, sinä kanssa. Et sinä sillä
selviä että piileskelet täällä.»

»Minä en kyllä enää lähde noita rappuja alas», murisi Snaga, »riippumatta
siitä, oletko sinä päällikkö vai et. Ehei! Pidä vaan näppis erossa puukosta tai
minä vedän nuolen sisuksiis. Et kyllä ole kauan päällikkö kun Ne kuulee kaikesta
tästä. Minä olen tapellut Tornin puolesta noita haisevia Morgulin rottia vastaan,
mutta te armaat päälliköt olette onnistuneet sotkemaan asiat aika mukavasti kun
rupesitte sillä lailla riitelemään saaliista.»

»Turpa kiinni, jo riittää», ärisi Shagrat. »Minulla oli omat ohjeeni. Gorbag sen
aloitti, yritti pihistää sen soman paidan.»

»Sait kaverin takajaloilleen kun isottelit sillä lailla. Ja enempi hänellä oli järkeä
kuin sinulla. Hän sanoi sinulle useammin kuin kerran, että vaarallisempi vakooja
on vielä irrallaan, mutta sinäpä et kuunnellut. Etkä kuuntele nytkään. Gorbag oli
kuule oikeassa. Täällä liikuksii hirmu soturi, yksi semmoinen verikätinen haltia
tai joku iljettävä *tarkki*.* Se on rappusissa. Se on päässyt Vartijoiden ohi, ja sel-
lainen on *tarkkien* työtä. Se on rappusissa. Enkä minä mene alas ennen kuin se
on tullut sieltä pois. En vaikka sinä olisit nazgûl, en sittenkään.»

»Ai siitäkö kenkä puristaa?» Shagrat ärjyi. »Yhtä teet mutta toista et. Ja kun se
tulee, sinä säntäät tiehesi ja jätät minut? Ei vetele semmoinen peli! Sitä ennen
minä kaivan pari punaista toukanreikää mahaas!»

---

* Ks. liite F, s. 963.

Pienempi örkki juoksi viivana ulos matalasta torninovesta. Sen perässä pinkoi kyyryssä Shagrat, iso örkki jonka pitkät kädet viistivät maata. Mutta toinen käsi roikkui jäykkänä ja näytti vuotavan verta, toinen puristi suurta mustaa myttyä. Sam, joka kyhjötti rapunoven takana, näki punaisessa hehkussa välähdyksen sen ilkeästä naamasta kun se viiletti ohi: naama oli täynnä ikään kuin kynsien raatelemia naarmuja ja veren peitossa, kuola valui sen esiintyöntyvistä kulmahampaista, suu ärjyi kuin eläimellä.

Samista näytti, että Shagrat ajoi Snagaa takaa pitkin kattoa kunnes pienempi örkki sukelsi ja väisti ja livahti kiljaisten takaisin tornikkeeseen ja katosi. Silloin Shagrat pysähtyi. Itäovesta Sam näki, miten se seisoi muurin luona henkeään haukkoen vasen nyrkki voimattomasti aukeutuen ja sulkeutuen. Se laski mytyn maahan ja veti oikealla kourallaan esiin pitkän punaisen puukon ja sylkäisi siihen. Se meni muurille ja kumartui sen yli katselemaan kaukana alhaalla leviävää ulompaa pihaa. Kahdesti se huusi, mutta mitään vastausta ei kuulunut.

Shagrat oli yhä kumarruksissa selkä kattoon päin, kun Sam ihmeekseen huomasi, että yksi maassa lojuvista ruumiista liikkui. Se ryömi. Siitä kohosi käsi, joka tarttui myttyyn. Se hoiperteli jaloilleen. Toisessa kädessä sillä oli leveäteräinen keihäs, jonka varsi oli katkennut. Örkki asetti sen valmiiksi työntöön. Mutta juuri sillä hetkellä sen hampaiden raosta pääsi sihaus, tuskan tai vihan henkäys. Käärmeen nopeudella Shagrat puikahti sivuun, kääntyi ympäri ja työnsi veitsensä vihollisen kurkkuun.

»Sainpa sinut, Gorbag!» se huusi. »Vai et ole vielä ihan kuollut? No, viimeistellään työ nyt.» Se hyppäsi kaatuneen ruumiin päälle, pomppi siinä ja sotki sitä jaloillaan raivon vallassa kumartuen välillä pistelemään ja sivaltelemaan puukollaan. Kun se viimein oli tyytyväinen työhönsä, se heitti päänsä takaviistoon ja päästi kauhean korisevan voitonhuudon. Sitten se nuoli puukkonsa, pani sen hampaittensa väliin, nosti mytyn ja harppoi kohti lähintä portaisiin vievää ovea.

Samilla ei ollut aikaa ajatella. Hän olisi voinut puikahtaa ulos toisesta ovesta mutta tuskin niin ettei häntä olisi nähty; hän ei olisi voinut ryhtyä piilosille pitkiksi ajoiksi tämän karmivan örkin kanssa. Hän teki sen, mikä varmaan oli mahdollisuuksista paras. Hän loikkasi kiljaisten Shagratia päin. Hän ei enää pitänyt kiinni Sormuksesta, mutta se oli mukana, kätketty voima, pelottava uhka Mordorin orjille, ja Piikki oli hänen kädessään ja sen valo raastoi örkin silmiä kuin julmankirkkaiden tähtien loiste kauheissa haltiamaissa, joiden kuvitteleminenkin sai aikaan kylmät väreet koko örkkien sukukunnassa. Sitä paitsi Shagrat ei voinut yhtaikaa taistella ja pitää kiinni aarteestaan. Se seisahtui muristen ja paljasti kulmahampaansa. Sitten se ponkaisi vielä kerran sivuun örkkien tapaan, ja kun Sam hyökkäsi sitä kohti se käytti painavaa myttyä sekä kilpenä että aseena ja tyrkkäsi sen voimalla vihollisensa kasvoille. Sam horjahti, ja ennen kuin hän ehti tointua, Shagrat oli jo ampaissut alas portaita.

Sam säntäsi kiroten sen perään mutta ei jatkanut pitkälle. Pian hän muisti taas Frodon ja sen, että toinen örkki oli mennyt takaisin tornikkeeseen. Hänellä oli taas edessään pelottava valinta, eikä hänellä ollut aikaa jäädä pohtimaan. Jos Shagrat pääsisi pakoon, se hankkisi apua ja palaisi tuota pikaa. Mutta jos Sam lähtisi ajamaan sitä takaa, toinen örkki voisi saada aikaan ties mitä kauheaa. Ja sitä paitsi Shagrat pääsisi ehkä Samilta pakoon tai tappaisi hänet. Hän kääntyi kannoillaan ja juoksi takaisin ylös. »Väärin taas, arvaahan sen», hän huokasi. »Mutta minun tehtäväni on kivuta ensin huipulle, mitä sitten tapahtuukin sen jälkeen.»

Alhaalla Shagrat loikki portaat alas ja pihan poikki ja portin läpi kantaen kallista taakkaansa. Jos Sam olisi nähnyt sen ja tiennyt, mitä kauheaa sen paosta seuraisi, hän olisi kukaties epäröinyt. Mutta nyt hän ajatteli vain etsintänsä loppuun saattamista. Hän hiipi varovasti tornikkeen ovelle ja astui sisään. Ovi avautui pimeään. Mutta pian hänen keskittyneet silmänsä erottivat oikealla valon aavistuksen. Se tuli uuteen portaikkoon johtavasta aukosta. Portaikko oli pimeä ja kapea ja näytti johtavan ylös tornikkeen huippuun kaarrellen sen pyöreän ulkoseinän sisäpuolta. Jossakin korkealla loisti soihtu.

Sam alkoi hissuksiin kiivetä. Hän näki lepattavan soihdun, joka oli kiinnitetty vasempaan vievän oven yläpuolelle. Oikealla oli ikkunarako, joka antoi länteen – yksi niistä punaisista silmistä, jotka hän ja Frodo olivat nähneet tunnelin suulta. Nopeasti Sam astui ovesta sisään ja kiiruhti seuraavaan kerrokseen, koko ajan hän pelkäsi kuollakseen että hänen kimppuunsa hyökättäisiin, että koska tahansa hän saisi tuntea kuristavien käsien otteen kaulallaan. Sitten hän tuli uudelle ikkunalle, joka antoi itään. Sen vieressä paloi toinen soihtu tornin sisäosiin vievän käytävänsuun yläpuolella. Käytävän ovi oli auki, käytävää valaisivat ainoastaan soihtu ja ulkoa kapean ikkunan kautta suodattuva punainen hehku. Mutta tähän loppuivat portaat. Sam hiipi käytävään. Kummallakin puolella oli matala ovi, molemmat olivat kiinni ja lukossa. Hiiskaustakaan ei kuulunut.

»Umpikuja», mutisi Sam. »Kaiken tämän kipuamisen päälle! Ei tämä voi olla tornin huippu. Mutta mitä minä voin tehdä?»

Hän juoksi takaisin alempaan kerrokseen ja yritti, aukeaisiko ovi. Se ei liikahtanutkaan. Hän juoksi taas ylös ja hiki alkoi helmeillä hänen kasvoillaan. Hänellä oli sellainen tunne, että minuutitkin olivat kalliita, mutta yksi kerrallaan ne kuluivat eikä hän voinut tehdä mitään. Hän ei enää piitannut Shagratista tai Snagasta tai yhdestäkään örkistä mitä maailmaan oli siinnyt. Hän kaipasi vain isäntäänsä, halusi nähdä vielä kerran hänen kasvonsa, koskea kerran hänen kättään.

Viimein hän istuutui uupuneena portaalle vähän käytävän alapuolelle tuntien itsensä lopullisesti lyödyksi ja painoi pään käsiinsä. Oli hiljaista, kammottavan hiljaista. Soihtu, joka paloi kituliaasti jo hänen tullessaan, pihahti ja sammui, ja pimeys peitti hänet kuin aalto. Ja silloin, pitkän turhan matkansa ja surunsa päässä, jokin tuntematon Samin sydämessä liikahti ja hän alkoi omaksi ihmeekseen laulaa.

Hänen äänensä kuulosti ohuelta ja vapisevalta kylmässä pimeässä tornissa: hyljätyn ja uupuneen hobitin ääni, jota yksikään örkki ei erehtyisi luulemaan haltiaruhtinaan kirkkaaksi lauluksi. Hän hyräili vanhoja lapsellisia kontulaisia sävelmiä ja katkelmia Bilbo-herran runoista, jotka tulivat hänen mieleensä liukuvina kuvina hänen kotinsa maasta. Ja silloin äkkiä hänessä terästyi uusi voima ja hänen äänensä kajahti lujana laulamaan itsestään kumpuavia sanoja koruttomalla sävelellä.

> *Lännessä, alla auringon*
> *kukat nousevat keväiset,*
> *soi puro ja puissa kai silmut on*
> *ja laulavat peipposet.*
> *Tai kenties pilvetön on yö*
> *ja pyökeillä huojuessaan*

on haltiatähtien kirkas vyö
tuulessa hiuksillaan.

Vaikka on täällä matkani pää,
jään kätköön pimeyden,
niin korkeimmat tornitkin ylittää,
yli vuorten käy jyrkimpien,
yli varjojen vaeltaa aurinko,
kuten tähdetkin, taivaan teitä;
en sano että työ tehty on jo,
hyvästejä en tähdille heitä.

»Niin korkeimmat tornitkin ylittää», hän aloitti vielä, mutta lopetti äkkiä. Hän luuli kuulleensa heikon äänen vastaavan. Mutta nyt ei kuulunut mitään. Eipäs, nyt kuului, mutta ei puhetta. Askelet lähestyivät. Ylhäällä olevassa käytävässä avattiin hiljaa ovi, saranat vinkuivat. Sam käpertyi maahan kuunnellen. Ovi sulkeutui vaimeasti tömähtäen, sitten ärähti örkin ääni.

»Hohoo! Senkin tunkiorotta siellä ylhäällä! Lopeta ininä tai minä puutun asiaan. Kuulitko, mitä?»

Vastausta ei kuulunut.

»Olkoon», Snaga murisi. »Mutta minä tulen joka tapauksessa vilkaisemaan, mitä sinulla on siellä tekeillä.»

Saranat vinkuivat taas ja käytävän kulmassa kurkkiva Sam näki avoimesta ovesta lepattavan valon ja örkin epäselvän hahmon tulevan siitä ulos. Sillä näytti olevan tikkaat kainalossaan. Äkkiä vastaus valkeni Samille: ylimpään kammioon päästiin luukusta käytävän katosta. Snaga työnsi tikkaat pystyyn, asetti ne vakaasti ja kipusi pois näkyvistä. Sam kuuli miten salpaa vedettiin. Sitten hän kuuli iljettävän äänen puhuvan taas.

»Makaat täällä hiljaa, tai saat maksaa! Tuskinpa sinä kauan rauhassa elät, mutta jollet halua että me aloitetaan hauskuus nyt eikä kohta niin pidät läpes kiinni, onko selvä? Tuosta saat vähän muistin vahvikkeeksi.» Kuului ääni, joka muistutti piiskan läiskähdystä.

Kun Sam sen kuuli, hänen sydämensä raivo leimahti äkkiä täyteen liekkiin. Hän ponkaisi pystyyn ja kipusi tikkaat ylös kuin kissa. Hänen päänsä putkahti keskelle suuren pyöreän huoneen lattiaa. Katosta riippui punainen lamppu, läntinen ikkunarako oli korkea ja musta. Lattialla seinän vieressä ikkunan alla makasi jotakin, mutta sen yllä seisoi kahareisin musta örkinhahmo. Se kohotti ruoskaa toisen kerran, mutta lyömään se ei koskaan ehtinyt.

Kiljaisten Sam juoksi lattian poikki Piikki kädessään. Örkki pyörsi ympäri, mutta ennen kuin se ehti mitään, Sam sivalsi ruoskaa pitelevän käden ranteesta poikki. Pelosta ja tuskasta ulvoen mutta epätoivon vimmalla örkki kävi häntä kohti pää matalalla. Samin seuraava isku meni harhaan ja hän menetti tasapainonsa ja kaatui taaksepäin. Hän yritti tarrautua örkkiin, joka kompastui hänen päälleen. Ennen kuin hän ehti vääntäytyä pystyyn hän kuuli huudon ja tömäyksen. Villissä kiihkossaan örkki oli kompastunut tikkaisiin ja pudonnut avoimesta salaluukusta. Sam ei enää vaivannut sillä päätään. Hän juoksi lattialla lojuvan hahmon luo. Se oli Frodo.

Frodo oli alaston ja makasi kuin tainnoksissa saastaisen vaatekasan päällä, hänen kätensä oli ilmassa suojaamassa päätä ja kyljessä näkyi ilkeä piiskan jälki.

»Frodo! Frodo-herra, rakas!» huudahti Sam ja kyyneleet melkein sokaisivat hänet. »Tässä on Sam. Minä tulin!» Hän kohotti isäntäänsä ja painoi hänet rintaansa vasten. Frodo avasi silmänsä.

»Näenkö minä yhä unta?» hän mutisi. »Mutta ne toiset unet, ne olivat kauheita.»

»Ei, ette te näe mitään unta, herra», Sam sanoi. »Tämä on totta. Minä se olen. Minä tulin.»

»Onko tämä totta?» Frodo sanoi puristaen häntä. »Oli örkki ja sillä oli ruoska ja sitten se muuttuu Samiksi! En minä siis nähnytkään unta silloin kun kuulin sinun laulavan alhaalla ja yritin vastata. Olitko se sinä?»

»Olin, olin, Frodo-herra. Olin melkein menettänyt toivoni. En löytänyt teitä mistään.»

»No, nyt olet löytänyt, Sam, rakas Sam», Frodo sanoi ja nojasi Samin käsivarsiin, sulki silmänsä kuin rauhoittunut lapsi, jonka luota rakas ääni tai hellä käsi on karkottanut painajaiset.

Samista tuntui että hän voisi istua siinä loputtomassa onnessa, mutta se ei käynyt päinsä. Ei hänelle riittänyt se että hän löysi isäntänsä, hänen piti yhä yrittää pelastaa Frodo. Hän suuteli Frodon otsaa. »Hei, herätkää, Frodo-herra!» hän sanoi ja yritti kuulostaa samalla tavalla iloiselta kuin vetäessään sivuun Repunpään verhoja kesäaamusella.

Frodo huokasi ja nousi istumaan. »Missä me olemme? Miten minä olen tänne joutunut?» hän kysyi.

»Ei ole aikaa kertoa mitään tarinoita ennen kuin päästään jonnekin muualle, Frodo-herra», Sam sanoi. »Mutta te olette sen tornin huippukammiossa, minkä me näimme kaukaa alhaalta tunnelin luota, ennen kuin örkit saivat teidät kiinni. Sitä minä en tiedä miten kauan siitä on. Kai siitä on yli vuorokausi kulunut.»

»Ei sen enempää?» Frodo sanoi. »Tuntuu kuin siitä olisi viikkoja. Sinun pitää kertoa minulle koko juttu, jos saamme siihen tilaisuuden. Joku löi minua, niin kai se oli. Ja minä vajosin pimeyteen ja mustiin uniin, ja kun heräsin sain huomata, että valve oli vielä kauheampi. Joka puolella oli örkkejä. Ne olivat kai kaataneet juuri jotakin kamalaa polttavaa litkua kurkkuuni. Pää selvisi, mutta joka paikkaa särki ja väsymys painoi. Ne veivät minulta kaiken, ja kaksi suurta julmuria tuli kuulustelemaan minua ja ne kuulustelivat kunnes luulin tulevani hulluksi, seisoivat siinä, mulkoilivat, sormeilivat puukkojaan. En ikinä unohda niiden kouria ja silmiä.»

»Ette unohdakaan, jos puhutte niistä, Frodo-herra», Sam sanoi. »Ja jos me ei tahdota enää tavata niitä, sitä parempi mitä pikemmin me häivytään täältä. Pystyttekö kävelemään?»

»Pystyn kyllä», Frodo sanoi ja nousi hitaasti pystyyn. »Olen ihan ehjä, Sam. Tunnen vain itseni hyvin väsyneeksi, ja tänne koskee.» Hän kosketti kädellä niskaan vasemman olan yläpuolelle. Hän nousi seisomaan ja Samista näytti kuin hän olisi liekehtinyt: hänen paljas ihonsa oli lampun valossa kirkkaan punainen. Kaksi kertaa hän asteli huoneen poikki.

»Nyt tuntuu jo paremmalta!» hän sanoi vähän rohkaistuen. »En uskaltanut liikkua yksikseni, sillä silloin tuli heti joku vartija. Ne kaksi isoa korstoa joutuivat näemmä riitaan. Minusta ja tavaroistani. Minä makasin täällä kauhuissani. Ja sitten kaikki oli kuolemanhiljaista ja se oli vielä kauheampaa.»

»Niin joutuivat, siltä näyttää», Sam vastasi. »Täällä on saattanut olla pari kolmekin sataa noita iljettäviä otuksia. Vähän isonsorttisia Sam Gamgille, voisi sanoa. Mutta ne on itse hoitaneet tappohommat. Se on hyvä juttu, mutta liian pitkä lauluksi ennen kuin me päästään täältä pois. Mitäs nyt siis pitäisi tehdä? Ette te voi kuljeksia Mustassa maassa nakupellenä, herra Frodo.»

»Sam, ne ovat vieneet kaiken», Frodo sanoi. »Kaiken mitä minulla oli. Käsitätkö? *Kaiken!*» Hän lysähti taas lattiaan ja hänen päänsä painui, kun hänen omat sanansa paljastivat hänelle tilanteen koko toivottomuuden, ja hän vaipui epätoivoon. »Tehtävä on epäonnistunut, Sam. Vaikka pääsisimmekin täältä ulos, pakoon emme pääse. Pakoon pääsevät vain haltiat. Pois, pois Keski-Maasta, kauas Meren taa. Jos sekään on niin laaja, ettei Varjo yllä sen ylitse.»

»Ei, *ei* kaikkea, Frodo-herra. Eikä tehtävä ole vielä epäonnistunut. Minä otin sen, Frodo-herra, anteeksi, mutta minä otin. Ja olen pitänyt sen tallessa. Se on tällä hetkellä minun kaulassani ja melkoinen taakka onkin.» Hän haparoi Sormusta ja ketjua. »Mutta nyt kai teidän pitää ottaa se takaisin.» Nyt kun sen aika tuli, Sam oli vastahakoinen luopumaan Sormuksesta ja panemaan sitä taas isäntänsä taakaksi.

»Onko se sinulla?» henkäisi Frodo. »Onko se täällä? Sam, sinä olet uskomaton!» Sitten hänen äänensä äkkiä oudosti muuttui. »Anna se tänne!» hän huudahti, nousi seisomaan ja ojensi vapisevan kätensä. »Anna se tänne ja heti! Et saa pitää sitä!»

»Juu juu, Frodo-herra», Sam sanoi ja hätkähti aika lailla. »Olkaa hyvä!» Hitaasti hän veti Sormuksen esiin ja pujotti ketjun päänsä yli. »Mutta te olette nyt Mordorin maassa, herra, ja kun pääsette ulos, näette Tulisen vuoren ja kaikki. Saatte huomata, että Sormus on nyt kamalan vaarallinen ja sitä on hurjan raskas kantaa. Jos se on liian kova homma, minä ehkä voisin jakaa sen teidän kanssa.»

»Ei ei!» huusi Frodo ja nappasi Sormuksen ketjuineen Samin kädistä. »Varmana et, senkin varas!» Hän huohotti ja tuijotti Samia vihan- ja pelonsokein silmin. Sitten hän äkkiä pysähtyi tyrmistyneenä. Hän puristi Sormusta nyrkissään. Tuntui kuin sumu olisi hälvennyt hänen silmistään ja hän pyyhkäisi särkevää otsaansa. Hän oli yhä puoliksi huumaantunut haavojen ja pelon tähden ja kauhukuva oli näyttänyt aivan todelliselta. Sam oli hänen silmiensä edessä muuttunut taas mulkoilevaksi örkiksi, joka kopeloi hänen aarrettaan, iljettäväksi ahnesilmäiseksi ja kuolasuiseksi pikku otukseksi. Mutta nyt näky oli haihtunut. Siinä oli Sam polvillaan hänen edessään kasvot tuskan vääristäminä ikään kuin häntä olisi pistetty sydämeen, kyyneleet putoilivat hänen poskilleen.

»Oi Sam!» Frodo huudahti. »Mitä minä sanoin? Mitä minä olen tehnyt? Anna anteeksi! Kaiken sen jälkeen, mitä sinä olet tehnyt! Se johtuu Sormuksen kauheasta voimasta. Voi, kun sitä ei olisi milloinkaan, milloinkaan löydetty. Mutta älä minusta huoli, Sam. Minun täytyy kantaa taakka loppuun asti. Sille ei voi mitään. Sinä et voi tulla minun ja tämän kohtalon väliin.»

»Ei haittaa, Frodo-herra», Sam sanoi hieroen hihalla silmiään. »Minä ymmärrän kyllä. Mutta voinhan minä yhä olla avuksi, voinhan? Minun pitää saada teidät ulos täältä. Ja heti. Mutta ensin te tarvitsette vaatteita ja varusteita ja sitten ruokaa. Vaatteet ovat helpoin juttu. Kun kerta olemme Mordorissa, paras pukeutua Mordorin kuosiin, eikä meillä ole muuta mahdollisuuttakaan. Ei kai siinä mikään auta: teidän täytyy pukeutua örkinasuun. Ja kai minunkin. Jos kuljemme yhdessä, on parempi että meillä on samanlaiset vaatteet. Pankaa tämä nyt päällenne!»

Sam aukaisi harmaan kaapunsa ja heitti sen Frodon harteille. Sitten hän otti pakkauksen selästään ja laski sen maahan. Hän veti Piikin huotrastaan. Sen terällä välkkyi tuskin kipunaakaan.»Tämän olin unohtaa, Frodo-herra», hän sanoi.»Eivät ne saaneet kaikkea! Lainasitte minulle Piikkiä, muistatteko, ja valtiattaren lasia. Minulla on molemmat tallessa. Mutta lainatkaa niitä vielä vähäksi aikaa. Menen katsomaan löytyisikö mitään. Pysykää te täällä. Kävelkää vähän ja verrytelkää jalkojanne. En viivy kauan. Minun ei tarvitse mennä kovin kauas.»

»Ole varovainen, Sam!» Frodo sanoi.»Ja toimi nopeasti! Siellä voi olla vielä örkkejä elossa, odottamassa ja vaanimassa.»

»Se riski on otettava», Sam sanoi. Hän laskeutui luukusta ja puikahti tikkaita alas. Hetken kuluttua hänen päänsä nousi taas esiin. Hän viskasi lattialle pitkän puukon.

»Siinä yksi käyttökelpoinen kapine», hän sanoi.»Tyyppi on kuollut, se nimittäin joka piiskasi teitä. Taisi taittaa niskansa hätäpäissään. Vetäkää nyt tikkaat ylös jos vaan saatte, älkääkä laskeko niitä alas ennen kuin kuulette tunnussanan. Minä huudan *Elbereth*. Niin kuin haltiat sanoo. Kukaan örkki ei sanoisi niin.»

Vähän aikaa Frodo istui lattialla väristen ja kauhukuvat seurasivat toistaan hänen mielessään. Sitten hän nousi, kietoi haltiaviitan ympärilleen ja saadakseen jotakin ajattelemista hän alkoi kävellä edestakaisin ja tutkia vankilansa nurkkia.

Ei ehtinyt kulua kauankaan, vaikka pelko venytti ajan tuntumaan vähintään tunnilta, kun hän kuuli Samin äänen huutavan hiljaa alhaalta: *Elbereth, Elbereth*. Frodo laski kevyet tikkaat alas. Sam kömpi puhkuen ylös. Hänellä oli päänsä päällä suuri nyytti. Hän tömäytti sen maahan.

»Nopeasti nyt, Frodo-herra!» hän sanoi.»Minulla oli etsimistä ennen kuin löysin tarpeeksi pieniä vaatteita meidänlaisille. Näiden on pakko kelvata. Mutta kiire on. En löytänyt yhtään elävää sielua enkä nähnyt mitään erikoista, mutta olen silti rauhaton. Minusta tuntuu, että tätä paikkaa tarkkaillaan. En minä osaa sitä selittää, mutta, mutta on semmoinen olo kuin yksi niistä kauheista lentävistä Ratsastajista olisi lähettyvillä ylhäällä pimeydessä, missä sitä ei voi nähdä.»

Hän avasi nyytin. Frodo katsoi sen sisältöä inhoten, mutta ei siinä mikään auttanut: pakko ne oli päälle panna, jollei halunnut olla alasti. Siinä oli pitkät jostakin ällöttävästä vuodasta ommellut karheat housut ja saastainen nahkamekko. Hän puki ne päälleen. Mekon päälle kuului tukeva rengaspanssari, joka oli liian lyhyt täysikokoiselle örkille, mutta liian pitkä ja painava Frodolle. Hän vyötti itsensä vyöllä, josta roikkui lyhyessä tupessa leveäteräinen pistomiekka. Sam oli tuonut useita örkinkypäröitä. Yksi niistä sopi jotenkuten Frodolle, musta lakki, jota reunusti rautavanne ja peitti nahalla päällystetty rengasverkko, nokkaa muistuttavaan nenäsuojukseen oli maalattu Paha silmä.

»Morgulin roina ja Gorbagin varusteet olisivat sopineet paremmin ja olivat paremmin tehtyjäkin», Sam sanoi,»mutta ei taida käydä laatuun lähteä kanniskelemaan niitä tunnuksia Mordorissa, varsinkaan näiden tapausten jälkeen. Kas vaan, Frodo-herra. Ihan kuin pikkuinen örkki, jos saan sanoa – tai ainakin jos teidän kasvonne voitaisiin peittää, ja teillä olisi pitemmät kädet ja väärät sääret. Tämä peittää ainakin osan juorukelloista.» Hän pani Frodon harteille suuren mustan kaavun.»Valmista on! Kun mennään alas voitte poimia itsellenne kilven.»

»Entä sinä, Sam?» Frodo sanoi. »Emmekö pukeudukaan samalla tavalla?» »Tuota, minä olen tuumaillut asiaa», Sam sanoi. »Minun ei auta jättää omaisuuttani tänne, eikä me päästä siitä mitenkään eroon. Enkä minä oikein voi vetää örkkivarusteita kaikkien vaatteitteni päälle. Täytyy vain vähän naamioitua.» Hän kumartui ja laskosti huolellisesti haltiaviittansa. Se mahtui yllättävän pieneen kääröön. Sen hän pani lattialla olevaan pakkaukseensa. Sitten hän oikaisi itsensä, heitti pakkauksen selkään, pani örkkikypärän päähänsä ja toisen mustan kaavun harteilleen. »No niin!» hän sanoi. »Nyt ollaan melkein samannäköisiä. Ja nyt on häivyttävä täältä!»

»Sam, koko matkaa ei voi kulkea yhtä menoa», Frodo sanoi kuivasti hymähtäen. »Kai sinä olet tiedustellut tienvieren majataloja? Vai oletko unohtanut ruoka- ja juomapuolen?»

»Siunatkoon, olen kuin olenkin!» Sam sanoi. Hän päästi tyrmistyneen vihellyksen. »Totta vieköön, Frodo-herra, saitte minut yhdellä iskulla nälkäiseksi ja janoiseksi. Minulla ei ole aavistustakaan, koska sain viimeksi murua kupuun. Unohdin koko syömisen kun etsin teitä. Katsotaan. Kun viimeksi vilkaisin, minulla oli matkaleipää ja päällikkö Faramirin antimia sen verran, että pihdaten pysyisin jaloillani pari viikkoa. Mutta jos leilin pohjalla joku tippa oli, niin ei ole enää. Ei siitä kuitenkaan kahdelle riitä millään pelillä. Eikö örkit muka syö ja juo? Vai elääkö ne vaan huonolla ilmalla ja myrkyllä?»

»Ei, kyllä ne syövät ja juovat. Varjo joka ne kasvatti osaa vain jäljitellä, ei tehdä mitään omaa ja todellista. Tuskin se antoi örkeille elämän, se vain turmeli ne ja kieroutti, ja jos ne tahtovat elää, niiden on elettävä niin kuin muidenkin elollisten. Ne tosin syövät pahentunutta ruokaa ja juovat pilaantunutta vettä, elleivät muuta saa, mutta eivät myrkkyä. Ne ovat ruokkineet minua ja siksi olen paremmassa kunnossa kuin sinä. Täällä on jossakin oltava syötävää ja juotavaa.»

»Mutta ei ole aikaa etsiä», Sam sanoi.

»Tilanne on kuitenkin vähän parempi kuin luulit», Frodo sanoi. »Minua onnisti sillä aikaa kun olit poissa. Eivät ne tosiaankaan vieneet kaikkea. Minä löysin ruokapussini lattialta resujen keskeltä. Tietenkin ne ovat penkoneet sen läpikotaisin. Mutta ne taisivat inhota *lembasin* näköä ja hajuakin vielä enemmän kuin Klonkku. Sitä on täällä pitkin ja osa on tallottu ja muruina, mutta olen kerännyt kaiken talteen. Ei sitä ole paljonkaan vähempää kuin sinulla. Mutta Faramirin ruoat ne ovat ottaneet ja viiltäneet auki vesileilini.»

»Mitä siihen sitten enää», Sam sanoi. »Meillä on sen verran, että alkuun päästään. Vesi tosin on vakava juttu. Mutta se siitä! Nyt mentiin, tai meillä ei ole mitään hyötyä järvellisestäkään!»

»Eipä mennä, ennen kuin sinä olet ottanut kulauksen ja syönyt vähän», Frodo sanoi. »Sitä ennen en liikahdakaan. Ole hyvä, tässä on haltiakakkua, ja juo se viimeinen tippa leilistäsi! Työmme on toivoton, ei kannata huolehtia huomisesta. Tuskin sitä tulee.»

Viimein he lähtivät. He kiipesivät tikkaita alas, minkä jälkeen Sam otti ne ja pani käytävään pudonneen örkin ruumismytyn viereen. Portaat olivat pimeät, mutta katolla näkyi yhä Vuoren hehku, vaikka se himmeni jo sameaksi punaksi. He ottivat maasta kaksi kilpeä valepuvun täydennykseksi ja jatkoivat eteenpäin.

He tarpoivat alas suurta porraskäytävää. Taakse jäänyt tornikkeen kammio, jossa he olivat taas kohdanneet toisensa, tuntui melkein kodikkaalta: nyt he olivat taas näkyvillä ja kauhu hiipi seinillä. Vaikka kaikki Cirith Ungolin tornissa olivatkin kukaties kuolleet, siitä tihkui yhä pelkoa ja pahuutta. Viimein he tulivat ulkopihalle vievälle ovelle. Siinä he pysähtyivät. Jo tässä saattoi tuntea Vartijoiden pahuuden iskevän heitä vastaan: kummankin puolen porttia, jonka läpi Mordorin hehku loisti himmeästi, häämöttivät mustat äänettömät hahmot. He kävelivät eteenpäin örkkien kammottavien ruumiiden keskellä ja joka askel oli edellistä vaikeampi. Ennen kuin he pääsivät edes portille, heidän oli pakko pysähtyä. Tuumakin eteenpäin aiheutti tuskaa ja uuvutti sekä tahdon että jalat.

Frodolla ei ollut voimaa tähän taisteluun. Hän vajosi maahan. »Sam, minä en jaksa», hän mutisi. »Minä pyörryn. En ymmärrä mikä minun on.»

»Minä ymmärrän, Frodo-herra. Pää pystyyn! Se on se portti. Siinä piilee joku juoni. Mutta minä pääsin siitä sisään ja aion päästä uloskin. Ei se voi olla nyt sen vaarallisempi. Siitä vaan!»

Sam otti jälleen esiin Galadrielin haltialasin. Kuin kunnioittaakseen hänen uljuuttaan ja siunatakseen loistolla hänen uskollista ruskeaa hobitinkättään, joka oli tehnyt suuria tekoja, lasipullo leimahti äkkiä niin että koko varjoisen pihan valaisi häikäisevä salamantapainen leimaus, mutta se jäi pysyväksi eikä sammunut.

»*Gilthoniel, A Elbereth!*» huusi Sam. Sillä tietämättä miksi, hän kiisi ajatuksissaan takaisin Konnun haltioiden luo ja muisti laulun, joka oli karkottanut puiden takaa Mustan ratsastajan.

»*Aiya elenion ancalima!*» huusi Frodo jälleen kerran hänen takanaan.

Vartijoiden tahto murtui kuin köysi olisi katkaistu, ja Frodo ja Sam tuuskahtivat eteenpäin. Sitten alkoi juoksu. Läpi portin ja ohi kiiluvasilmäisten istuvien hahmojen. Kuului rusahdus. Kaaren keskikivi rysähti melkein heidän kantapäilleen, ja sen yläpuolelta seinämä mureni ja putosi pöllyten maahan. Pelastuminen oli hiuskarvan varassa. Jossakin kilkatti kello, Vartijoista pääsi kimeä ja kauhea valitus. Kaukaa korkealta pimeydestä siihen vastattiin. Mustalta taivaalta viiletti nuolen nopeudella siivekäs hahmo, jonka karmiva kiljaisu raastoi pilviä.

2

VARJOJEN MAA

SAMILLA OLI SEN verran järkeä tallella, että hän tajusi sysätä kristallipullon poveensa. »Juoskaa, Frodo-herra!» hän huusi. »Ei sinne! Siinä muurin takana on jyrkkä pudotus. Seuratkaa minua!»

He pakenivat portilta johtavaa polkua alas. Viidelläkymmenellä askeleella he olivat kiertäneet kallion ulostyöntyvän ulokkeen ja päässeet tornin näköpiiristä. Toistaiseksi he olivat turvassa. He painautuivat kalliota vasten ja vetivät henkeä käsi sydänalassa. Nazgûl laskeutui sortuneen portin viereen muurille ja päästeli karmeita kiljaisujaan. Kalliot kaikuivat.

He kompuroivat eteenpäin kauhun vallassa. Tie kääntyi kohta taas jyrkästi itään ja pakotti heidät hirvittäväksi hetkeksi tornin näköpiiriin. Juostessaan henkensä edestä tuota pätkää he vilkaisivat taakse ja näkivät varustuksella suuren mustan hahmon, sitten he sukelsivat korkeiden kiviseinämien väliin halkeamaan, joka johti jyrkkänä alas Morgulin tielle. He saapuivat tienristeykseen. Örkeistä ei edelleenkään näkynyt merkkiäkään, eikä kukaan vastannut nazgûlin huutoon, mutta he tiesivät ettei hiljaisuutta kestäisi kauan. Metsästys alkaisi koska tahansa.

»Tämä ei vetele, Sam», Frodo sanoi. »Jos me olisimme oikeita örkkejä, meidän pitäisi kipittää kohti tornia eikä siitä poispäin. Ensimmäinen vihollinen, joka meidät näkee, tuntee meidät heti. Meidän on jotenkin päästävä pois tältä tieltä.»

»Mutta me ei päästä», Sam sanoi, »paitsi jos meillä olisi siivet.»

Ephel Dúathin itäiset rinteet olivat jyrkät, ne putosivat rosoisina jyrkänteinä heidän ja sisemmän harjanteen väliseen kuiluun. Vähän matkan päässä tienristeyksestä uuden jyrkän rinteen jälkeen kaartui rotkon yli korkea kivinen silta, jota myöten tie ylitti Morgain rakkaiset rinteet ja kurut. Epätoivoisella kirillä Frodo ja Sam lähtivät juoksemaan sillan yli, mutta he eivät olleet vielä päässeet sen toiseen päähän kun huuto ja takaa-ajon melske alkoi. Kaukana takana, korkealla vuoren kupeessa häämötti Cirith Ungolin torni, jonka kivet hehkuivat himmeästi. Äkkiä kalahti sen rämisevä kello ja alkoi sitten kilkattaa vimmatusti. Torvet soivat. Ja nyt kuului sillankorvan takaa vastaushuutoja. Alhaalla Morgain pimeässä kourussa, jonne Orodruinin hiipuva kajo ei osunut, eivät Frodo ja Sam nähneet eteensä, mutta he kuulivat jo raudoitettujen kenkien kopinan, ja tiellä kaikui nopea kavionkapse.

»Sam, nopeasti! Yli vaan!» Frodo huudahti. He kompuroivat sillan matalalle suojamuurille. Onneksi syvänteeseen ei enää ollut hurjaa pudotusta – Morgain rinteet olivat jo kohonneet melkein tien tasalle – mutta oli niin pimeää, etteivät he pystyneet arvioimaan etäisyyttä.

»Tässä mennään, Frodo-herra», Sam sanoi. »Hyvästi!»

Hän päästi otteensa. Samoin Frodo. Ja jo pudotessaan he kuulivat ratsujen pyyhkäisevän sillan yli ja örkinjalkojen ryminän niiden perässä. Mutta Sam olisi purskahtanut nauruun, jos olisi uskaltanut. Hobitit, jotka puoliksi pelkäsivät putoavansa näkymättömiin kiviin, tupsahtivat vajaat kaksi syltä pudottuaan ritinällä ja rysähtäen – piikkipensasryteikköön. Sam retkotti pensaassa hiljaa ja imeskeli naarmuuntunutta kättään.

Kun kavioiden ja askelten ääni oli mennyt, hän uskaltautui kuiskaamaan. »Siunatkoon, Frodo-herra, minulla ei ollut aavistustakaan, että Mordorissa kasvaisi jotakin! Mutta jos olisin tiennyt, tämmöiseksi olisin sen kuvitellut. Näillä piikeillä on tuntumasta päätellen mittaa toistakymmentä tuumaa, ne on menneet kaikkien vaatteitten läpi. Olisinpa pannut päälleni sen rautapaidan!»

»Örkkisopa ei pitäisi loitolla näitä piikkejä», Frodo sanoi. »Nahkanutustakaan ei ole mitään hyötyä.»

Heillä oli aika työ päästä ulos pusikosta. Piikit ja okaat olivat kuin rautalankaa ja tarttuivat vaatteisiin kuin kourat. Heidän kaapunsa olivat repeytyneet ja ruttaantuneet perusteellisesti ennen kuin he vihdoin pääsivät pensaikosta.

»Ja nyt alas, Sam», Frodo kuiskasi. »Nopeasti alas laaksoon ja sitten käännös pohjoiseen niin pian kuin mahdollista.»

Aamu teki taas tuloaan ulkopuolisessa maailmassa, ja kaukana Mordorin syvänteiden takana aurinko kohosi Keski-Maan itälaidalle, mutta täällä oli kaikki yhtä pimeää kuin yöllä. Vuori savutti ja sen tuli sammui. Hehku katosi kallion pinnasta. Itätuuli, joka oli puhaltanut siitä lähtien kun he poistuivat Ithilienistä, tuntui nyt laantuneen. Hitaasti ja vaivalloisesti he rämpivät eteenpäin, haparoivat, kompastelivat, ryömivät kivien, orjantappuroiden ja risujen keskellä yhä alemmaksi, kunnes eivät enää päässeet eteenpäin.

Lopulta he pysähtyivät ja istuutuivat vieri viereen selkä suurta paatta vasten. Hiki virtasi. »Vaikka itse Shagrat tarjoaisi minulle lasin vettä, minä kättelisin sitä sydämellisesti», Sam sanoi.

»Älä puhu vedestä!» Frodo sanoi. »Se vain pahentaa asiaa.» Sitten hän ojentautui pitkäkseen pää sumuisena väsymyksestä eikä puhunut vähään aikaan. Viimein hän ponnistautui taas ylös. Hämmästyksekseen hän huomasi Samin nukahtaneen. »Herää, Sam!» hän sanoi. »Hei! Meidän täytyy taas yrittää!»

Sam kompuroi jaloilleen. »Että sattuikin!» hän sanoi. »Minä taisin sammua. Siitä on kauan kun olen kunnolla nukkunut, ja silmät vaan painuivat kiinni ihan omia aikojaan.»

Frodo kulki nyt etumaisena niin suoraan pohjoiseen kuin osasi suuren rotkon pohjalla tiuhassa lepäävien kivien ja järkäleiden keskellä. Mutta sitten hän taas pysähtyi.

»Ei tästä mitään tule, Sam», hän sanoi. »En minä pärjää tämän kanssa. Nimittäin rautapaidan. En tässä kunnossa. *Mithril*-paitakin tuntui painavalta kun olin väsynyt. Tämä on paljon painavampi. Ja mitä hyötyä siitä on? Emme me pääse perille taistelemalla.»

»Mutta voidaan me silti joutua taistelemaan», Sam sanoi. »Ja kivet voi lennellä ja harhanuolet. Eikä se Klonkkukaan muuten ole kuollut. Minua ei kyllä miellytä ajatus, että teitä ei erota pimeyden suojassa isketystä tikarista kuin joku nahkarätti.»

»Sam kulta, kuule nyt», Frodo sanoi. »Minä olen hyvin väsynyt ja uuvuksissa, eikä toivoa enää ole. Mutta minun on yritettävä Vuorelle niin kauan kuin jaloillani pysyn. Sormus riittää. Tämä lisäpaino tappaa minut. Se täytyy jättää. Mutta älä luule, että minä olen kiittämätön. Hirvittää ajatellakin miten inhottavaa oli hankkia se minulle ruumiiden joukosta.»

»Turha siitä on puhua, Frodo-herra. Siunatkoon teitä! Minä kantaisin teitä vaikka selässäni, jos voisin. Jätetään se, sillä hyvä!»

Frodo otti kaavun yltään ja riisui pois örkkihaarniskan ja viskasi sen menemään. Hän värisi vähän. »Oikeastaan tarvitsisin jotakin lämmintä», hän sanoi. »Ilma on kylmennyt tai sitten minä olen vilustunut.»

»Frodo-herra, ottakaa minun kaapuni», Sam sanoi. Hän otti pakkauksen selästään ja veti esiin haltiakaapunsa. »Kävisikö tämä?» hän sanoi. »Kietokaa se örkkirääsy tiukkaan ja pankaa vyö sen päälle. Tämän voi heittää päällimmäiseksi. Ei se nyt ihan örkkikuosilta näytä, mutta pitää teidät lämpimänä, ja takuulla se pitää teidät paremmassa turvassa kuin mikään muu varustus. Valtiatar on sen tehnyt.»

Frodo otti viitan ja kiinnitti soljen. »Oikein hyvä!» hän sanoi. »Tunnen oloni jo paljon kevyemmäksi. Nyt voin lähteä. Mutta tämä sysipimeys tuntuu tunkevan sydämeen. Sam, kun makasin vankina, yritin muistella Rankkivuota ja Korvenperää ja Virtaa kun se lipuu myllylle Hobittilassa. Mutta nyt en näe niitä.»

»So so, Frodo-herra, nyt te puhutte itse vedestä!» Sam sanoi. »Jos valtiatar voisi nähdä meidät tai kuulla, mitä me puhutaan, niin minä sanoisin hänelle: 'Oi valtiatar, muuta me ei tahdota kuin valoa ja vettä, puhdasta vettä ja tavallista päivänvaloa, mieluummin kuin mitään jalokiviä, jos saan sanoa.' Mutta Lórieniin on pitkä matka.» Sam huokasi ja viittasi kädellään Ephel Dúathin harjanteita kohti, jotka saattoi vain arvata syvempänä mustuutena mustaa taivasta vasten.

He jatkoivat taas matkaa. He eivät olleet päässeet pitkällekään kun Frodo pysähtyi. »Meidän päällämme on Musta ratsastaja», hän sanoi. »Minä tunnen sen. Olisi parasta pysytellä vähän aikaa paikallaan.»

He kyyristyivät suuren lohkareen taakse kasvot länteen tulosuuntaan ja olivat jonkin aikaa puhumatta. Sitten Frodo päästi helpottuneen huokauksen. »Se on mennyt», hän sanoi. He nousivat pystyyn ja jäivät tuijottamaan ihmeissään. Vasemmalla, etelässä, harmaaksi muuttuvaa taivasta vasten alkoivat suuren vuorijonon huiput ja harjanteet erottua mustina ja tummina ja saada muotoa. Niiden takana valkeni. Hitaasti valo valui pohjoista kohti. Korkealla kaukaisissa ilmakerroksissa käytiin taistelua. Mordorin pyörtelevät pilvet peräntyivät ja niiden liepeet repeilivät, kun elollisen maailman tuulet työnsivät huuruja ja sauhuja takaisin mustaan kotimaahansa. Kolkon katoksen reunojen alta pilkahti Mordoriin himmeä valo kuin valju aamu tuhruisesta vankilanikkunasta.

»Katsokaa, Frodo-herra!» Sam sanoi. »Katsokaa! Tuuli on kääntynyt. Jotakin on tekeillä. Kaikki ei käykään nyt hänen pilliensä mukaan. Hänen pimeytensä pettää tuolla ulkopuolisessa maailmassa. Voi kun saisi nähdä, mitä siellä oikein tapahtuu!»

Oli maaliskuun viidennentoista päivän aamu, ja Anduinin laaksossa aurinko kohosi itäisen varjon ylle ja kaakkoinen tuuli puhalsi. Théoden teki kuolemaa Pelennorin pelloilla.

Frodo ja Sam katselivat liikahtamatta, miten valoviiru venyi koko Ephel Dúathin pituudelle, ja he näkivät hahmon, joka suurella nopeudella kiiti lännestä; ensin se oli vain musta pilkku vuortenharjanteiden yllä hohtavaa kaistaletta vasten, mutta se suureni kunnes sukelsi nuolena tummaan katokseen ja ylitti heidät korkealta. Mennessään se päästi pitkän kimeän huudon, nazgûlin äänen, mutta tämä huuto ei enää herättänyt heissä kauhua, se oli tuskan ja pelon ääni, ja se toi huonoja uutisia Mustaan torniin. Sormusaaveiden johtaja oli tavannut kohtalonsa.

»Mitä minä sanoin! Jotakin on tekeillä», huudahti Sam. »'Sota menee hyvin', sanoi Shagrat, mutta Gorbag ei ollut siitä niinkään varma. Ja oli oikeassa siinäkin. Asiat valkenee, Frodo-herra. Eikö teillä jo ole vähän toivoa?»

»No ei paljonkaan», Frodo huokasi. »Tuo on kaukana vuorten takana. Me olemme menossa itään, emme länteen. Ja minä olen hirveän väsynyt. Ja Sormus on niin painava, Sam. Ja nykyään näen sen kaiken aikaa silmissäni kuin suuren tulipyörän.»

Samin ailahteleva mieli painui taas. Hän katsoi isäntäänsä huolissaan ja otti tämän käden omaansa. »Frodo-herra!» hän sanoi. »Minä sain yhden niistä, mitä kaipasin: vähän valoa. Se riittää auttamaan meitä, mutta kai se on vaarallistakin. Kuljetaan vielä vähän matkaa ja asetutaan siihen lähekkäin lepäämään. Mutta nyt teidän pitäisi ottaa suupala ja syödä vähän haltiaruokaa. Ehkä se rohkaisee.»

He jakoivat yhden *lembas*-levyn ja mutustelivat sitä miten taisivat kuivalla suulla. Sitten he jatkoivat tarpomistaan. Vaikka valoa ei ollut kuin harmaan aamunkoiton verran, se riitti paljastamaan, että he olivat syvässä vuorienvälisessä laaksossa. Laakso nousi ylös pohjoiseen ja sen pohjalla oli kuiva joennuoma. Kivisen uoman vieressä he näkivät läntisten kallioiden juurella käytössä kuluneen polun. Jos olisivat tienneet, he olisivat päässeet tuolle väylälle nopeamminkin, sillä se erosi Morgulin päätiestä sillan länsipäässä, josta vei pitkät kallioon hakatut portaat laakson pohjalle. Sitä käyttivät nopeat partiot ja sanansaattajat matkalla vähäisille vartioasemille ja varustuksille pohjoiseen, Cirith Ungolin ja Rautakidan, Carach Angrenin, rautaisten leukojen välille.

Hobittien oli hyvin vaarallista käyttää tätä polkua, mutta aika oli heille kallista, ja Frodosta tuntui, ettei hän jaksaisi rämpiä siirtolohkareitten keskellä tai Morgain poluttomissa kuruissa. Ja hän arveli, että kaikkein viimeksi heidän takaa-ajajansa olettaisivat heidän lähteneen pohjoiseen. Tarkimmin ne tutkisivat aluksi itään, tasangolle, vievän tien ja länteen, takaisin, vievän solan. Vasta päästyään reilusti Tornin pohjoispuolelle hän aikoi kääntyä ja lähteä etsimään tietä, joka veisi hänet itään, itään, jonne matkan viimeinen epätoivoinen vaihe häntä vaati. He ylittivät siis kivisen uoman ja lähtivät kulkemaan örkkien polkua. Jonkin aikaa he astelivat sitä pitkin. Vasemmalla kohosivat kalliot niin ettei heitä voinut nähdä sieltäpäin, mutta polku mutkitteli ja joka mutkassa he tarttuivat miekankahvaan ja hidastivat askeleitaan.

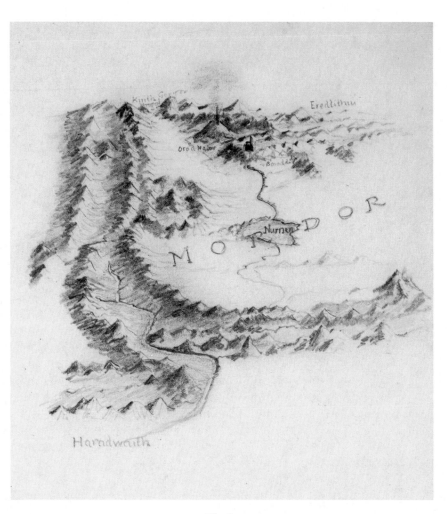

Mordor

Valo ei vahvistunut, sillä Orodruin syöksi yhä ilmaan valtavasti sauhua, jota eri suunnalta tulevat ilmavirrat nostivat yhä korkeammalle kunnes se lopulta tuulen yläpuolella levisi mittaamattomaksi katoksi, jonka keskuspilari kohosi varjoista Frodon ja Samin näkymättömissä. He olivat vaeltaneet toista tuntia, kun yllättävä ääni sai heidät pysähtymään. Uskomatonta mutta totta. Veden tipahtelua. Vasemmalla avautui rako, joka oli niin terävä ja kapea, että näytti kuin jättimäinen kirves olisi halkaissut mustan kallion, ja tästä raosta tipahteli vettä; kenties aurinkoisilta meriltä kerääntyneen suloisen sateen viime pisarat, jotka onneton kohtalo oli heittänyt Mustaan maahan vajoamaan hedelmättöminä tomuun. Tässä ne valuivat kalliosta pikku purona, virtasivat polun poikki, kääntyivät etelään ja vilistivät jonnekin elottomien kivien loukkoihin.

Sam hypähti puroa kohti. »Jos joskus vielä saan tavata valtiattaren, niin minä kyllä kerron hänelle!» hän huudahti. »Ensin valoa ja nyt vettä!» Sitten hän pysähtyi. »Antakaa minä juon ensin, Frodo-herra», hän sanoi.

»Sopiihan se, mutta on tässä tilaa kahdellekin.»

»En minä sen takia», Sam sanoi. »Sitä minä vaan, että jos tämä on myrkyllistä, niin, no, parempi että minä kuin te, herra, kyllähän te käsitätte.»

»Käsitän. Mutta Sam, luottakaamme yhdessä onneemme, tai siunaukseen. Ole kuitenkin varovainen jos se on hirveän kylmää!»

Vesi oli viileää mutta ei jääkylmää, ja siinä oli ikävä maku, ja se tuntui suussa kitkerältä ja öljyiseltä – niin he olisivat kotona sanoneet. Täällä ei mikään ylistys olisi riittänyt, eikä maltti tai pelko tullut kuuloonkaan. He joivat kyllikseen ja Sam täytti vesileilinsä. Nyt Frodo tunsi olonsa paremmaksi ja he kävelivät useita virstoja kunnes tie leveni, sitä alkoi reunustaa karkea muuri, ja he saattoivat päätellä lähestyvänsä örkkien vartiopaikkaa.

»Tässä me käännymme», Frodo sanoi. »Ja meidän on käännyttävä itään.» Hän huokasi katsellessaan synkkiä harjanteita laakson toisella puolella. »Minulla on juuri sen verran voimia, että jaksan etsiä jonkin kolon täältä ylhäältä. Sitten minun täytyy levätä.»

Puronuoma oli nyt jonkin matkaa polun alapuolella. He kompastelivat purolle ja lähtivät ylittämään sitä. Yllätyksekseen he löysivät tummia lammikoita, joita jostakin korkeammalta laaksosta alkunsa saaneet ohuet vesivirrat ruokkivat. Läntisten vuoriensa juurella, ulkorajoillaan, Mordor oli kuolevaa maata, mutta ei vielä kuollut. Ja täällä kasvoi vielä yhtä ja toista: surkeita, karkeita, käppyräisiä, elämästä kamppailevia kasveja. Laakson toisessa päässä kyyhötti maahan tarrautuneita puita, karkeat harmaat ruohotuppaat taistelivat kivien kanssa, kivien päällä kasvoi kuivaa sammalta, kaikkialla levittäytyi vääntelehtiviä takkuisia piikkipensaita. Joissakin pensaissa oli pitkät pistävät piikit, joissakin koukkuisia okaita, jotka repivät veitsen lailla. Edellisvuotisia murheellisia lehdenkäppyröitä roikkui yhä oksissa, mutta toukansyömät nuput olivat vasta aukeamassa. Epämääräisen ruskeita, harmaita tai mustia hyönteisiä, joissa oli punainen silmännäköinen läiskä niin kuin örkkien vormussa, inisi ympärillä ja pisti heitä, ja pensastiheikköjen yläpuolella tanssi ja kaarteli nälkäisiä mäkäräisiä.

»Örkkivarusteista ei ole mihinkään», sanoi Sam huitoen käsillään. »Olisipa minulla örkin nahka!»

Lopulta Frodo ei enää pystynyt jatkamaan. He olivat kiivenneet kapeaa tasanteittain kohoavaa kurua, mutta heillä oli vielä pitkä matka ennen kuin he saivat viimeisen rosoisen harjanteen edes näköpiiriin. »Sam, nyt minun täytyy levätä, ja nukkua jos saan unta», Frodo sanoi. Hän katseli ympärilleen, mutta tässä synkeässä maassa ei näyttänyt olevan edes eläimelle sopivaa paikkaa, johon ryömiä. Viimein he livahtivat kuolemanväsyneinä erään matalan kallion reunalta roikkuvan pensasverhon taakse.

Sen suojassa istuen he laativat aterian niistä tarpeista mitä heillä oli. He säästivät kallista *lembasia* tulevia pahoja päiviä varten ja söivät mitä Samin pakkauksessa oli jäljellä Faramirin antimista: pari kuivattua hedelmää ja palan suolattua lihaa, sitten he ottivat kulaukset vettä. He olivat juoneet uudestaan laakson lammikoista, mutta jano vaivasi taas. Mordorin ilmassa oli katkera maku, joka kuivasi suun. Veden ajatteleminen sai toiveikkaan Saminkin mielialan järkkymään. Morgain takana alkoi Gorgorothin kauhea tasanko, joka heidän olisi ylitettävä.

»Frodo-herra, nukkukaa te ensin», hän sanoi. »Alkaa taas pimetä. Tämä päivä taitaa olla loppumaan päin.»

Frodo huokasi ja nukahti melkein ennen kun Sam oli päässyt lauseensa loppuun. Sam taisteli omaa uupumustaan vastaan ja tarttui Frodon käteen, siinä hän istui hiljaa kunnes syvä yö ympäröi heidät. Sitten hän viimein ryömi ulos piilopaikasta pitääkseen itsensä hereillä ja katseli ulos. Maa tuntui olevan täynnä ritinää ja ratinaa ja salamyhkäisiä ääniä, mutta askeleita tai puhetta ei kuulunut. Korkealla Ephel Dúathin yläpuolella oli yötaivas yhä himmeä ja hailea. Tumman vuoristosta kohoavan huipun yläpuolella levittäytyvien pilviriekaleiden raosta Sam näki valkean tähden loistavan katoavan hetken ajan. Sen kauneus sattui häntä sydämeen, ja hän katsoi ylös tästä hyljätystä maasta ja toivo tulvahti häneen takaisin. Kuin kirkas ja viileä säde kävi hänen lävitseen ajatus, että loppujen lopuksi Varjo oli vain pieni ja väistyvä: ikuisesti jäi valoa ja jaloa kauneutta sen ulottumattomiin. Hänen laulunsa Tornissa oli ollut uhmaa ennemmin kuin toivoa, sillä hän oli ajatellut itseään. Nyt hänen oma kohtalonsa, jopa hänen isäntänsä kohtalo lakkasi hetkeksi vaivaamasta häntä. Hän hiipi takaisin pensaaseen ja painautui Frodon viereen ja heitti pois kaiken pelon ja vaipui syvään levolliseen uneen.

He heräsivät yhtaikaa, käsi kädessä. Sam oli melkein pirteä, valmis uuteen päivään, mutta Frodo huokasi. Hän oli nukkunut rauhattomasti, nähnyt loputtomia unia tulesta, eikä valve tuonut hänelle lohdutusta. Ei uni kuitenkaan ollut mennyt täysin hukkaan: hän oli vahvempi, valmiimpi kantamaan taakkansa yhden askelen edemmäksi. He eivät tienneet mitä kello oli, tai kuinka kauan he olivat nukkuneet, mutta syötyään ruoanmurun ja kulautettuaan vettä he lähtivät tallomaan kurua ylöspäin. Se päättyi jyrkkään lohkareiden ja irtokivien peittämään rinteeseen. Viimeinenkin kasvi luopui täällä taistelusta, Morgain huiput olivat ruohottomat, paljaat, rosoiset, ankeat.

Pitkään harhailtuaan ja etsiskeltyään he löysivät väylän, jota pitkin kivuta, ja kompuroituaan nelinkontin viimeiset parikymmentä syltä he pääsivät huipulle. He olivat solassa kahden tumman seinämän välissä. Tässä loppui viimeinenkin Mordorin muuri. Heidän alapuolellaan noin seitsemänsadan kyynärän pudotuksen päässä levittäytyi sisätasanko muodottomaan pimeyteen, jonne silmä ei kantanut. Maailman tuuli puhalsi nyt lännestä ja suuret pilvet olivat kohonneet korkealle ja ajautuivat itää kohti, mutta edelleenkin Gorgorothin kolkkoja kenttiä valaisi vain harmaa valo. Savuvanat kiemursivat maata myöten ja viipyivät painanteissa, ja maan raoista purkautui huuruja.

Vielä kaukana, vähintään neljänkymmenen virstan päässä he näkivät Tuomio-vuoren ja sen tuhkaraunioista kohoavat juuret, sen valtavan massan, joka nousi ja nousi yhä korkeammalle; mutta sen savuava huippu oli kietoutunut pilveen. Sen tulet olivat nyt hiipuneet, se kyti enää uneliaasti, mutta yhtä uhkaavana ja vaarallisena kuin nukkuva peto. Sen takana riippui valtava varjo, pahaenteinen kuin ukkospilvi; se verhosi Tuhkavuorista kauas etelään erkanevan pitkän ulok-keen päähän pystytetyn Barad-dûrin. Musta mahti oli ajatuksissaan ja Silmä kääntynyt sisäänpäin pohtimaan uutisia, jotka toivat epäilyksiä ja vaaroja, se näki kirkkaan miekan ja lujat kuninkaalliset kasvot eikä sillä hetkeen ollut sijaa muulle; ja koko suuri varustus, portti portilta, torni tornilta, oli kietoutunut hau-tuvaan varjoon.

Frodo ja Sam katselivat tätä vihattavaa maata inhon ja ihmetyksen sekaisin tuntein. Kaikki tienoo heidän ja savuavan vuoren välissä ja pohjoisessa ja ete-lässä sen ympärillä näytti tuhotulta ja kuolleelta, palaneelta ja tukahtuneelta autiomaalta. He miettivät, miten valtias pystyi tässä maassa pitämään yllä ja ruokkimaan orjiaan ja armeijoitaan. Sillä armeijoita hänellä oli. Niin pitkälle kuin silmä kantoi he näkivät Morgain liepeillä ja etelämpänä leirejä, joista toi-sissa oli telttoja, toiset olivat kaupunkimaisia. Yksi suurimmista oli aivan heidän alapuolellaan. Tasangolla tuskin virstan päässä se kuhisi kuin jättiläismäinen hyönteispesä, täynnä ikäviä viivasuoria majariveja ja pitkiä yksitoikkoisia mata-lia rakennuksia. Leirin ympäristössä liikehti väkeä sinne ja tänne ja sieltä vei kaakkoon kulkuväylä, joka yhtyi Morgulin tiehen, ja tuota tietä kiiruhti mustia hahmoja monina jonoina.

»Minusta tämä ei näytä ollenkaan mukavalta», Sam sanoi. »Aika toivottoman tuntuista, sano – paitsi että missä on kansaa, siellä on myös kaivoja tai vettä, ruoasta puhumattakaan. Ja nämä ovat ihmisiä eivätkä örkkejä, elleivät silmäni sitten petä.»

Ei Sam eikä Frodokaan tiennyt mitään suurista pelloista, joilla orjat uurastivat kaukana tämän laajan valtakunnan eteläosissa, Vuoren huurujen takana, Núrnen-järven tummien murheellisten vesien rannalla, eivätkä he tienneet suurista teistä, jotka veivät itään ja etelään veronalaisiin maihin, joista Tornin sotilaat toivat pitkiä vaunukaravaaneja täynnä ruokaa ja sotasaalista ja uusia orjia. Täällä pohjoisilla seuduilla sijaitsivat kaivokset ja pajat ja kauan valmistellun sodan kokoontumis-paikat, ja tänne Musta mahti, joka liikuttelee armeijoita kuin pelinappuloita, niitä kokosi. Hänen ensimmäinen iskunsa oli lännessä lyöty, ensimmäiset voimainkoet-telijat ajettu etelään ja pohjoiseen. Tällä hetkellä hän veti joukkoja takaisin ja nosti uusia voimia ja keskitti niitä Cirith Gorgorin lähistölle kostoiskua varten. Ja mikäli hänen tarkoituksenaan olisi myös ollut puolustaa Vuorta kaikkia lähestymisyrityk-siä vastaan, hän olisi tuskin voinut tehdä enempää.

»No niin», Sam jatkoi. »Mitä sitten syövät taikka juovat, me ei sitä saada. Minä en ainakaan näe tästä mitään tietä alas. Eikä meillä ole asiaa tuon vihollisia kuhi-sevan tasangon poikki vaikka me sinne päästäisiinkin.»

»Silti meidän on yritettävä», Frodo sanoi. »Ei tämä ole yhtään pahempaa kuin kuvittelin. En minä ole koskaan toivonutkaan pääseväni tämän tasangon poikki. Kaikki toivo on nyt mennyt. Mutta minun täytyy silti tehdä parhaani. Tällä het-kellä se tarkoittaa sitä, että pitää välttää mahdollisimman kauan kiinnijoutu-mista. Joten meidän kannattaa varmaan jatkaa yhä pohjoiseen ja katsoa, miltä tilanne näyttää kun tasanko vähän kapenee.»

»Kyllä minä sen arvaan», Sam sanoi. »Kun laakso kapenee niin ihmiset ja örkit tihenee. Saatte sen vielä nähdä, Frodo-herra!»

»Varmaan näenkin, jos niin pitkälle pääsen», Frodo sanoi ja kääntyi pois.

He saivat pian huomata, että Morgain harjannetta ei voinut kävellä, eikä sen ylärinteitäkään; polkuja ei ollut ja vähän väliä aukeni eteen syvä rotko. Lopulta he joutuivat palaamaan takaisin kuruun, jota myöten he olivat kiivenneet ylös, ja etsimään tietä laaksosta. Meno oli rasittavaa, sillä he eivät uskaltaneet kävellä laakson poikki sen länsilaitaa kulkevalle polulle. Toista virstaa taivallettuaan he näkivät painanteessa kallion juuressa örkkilinnakkeen, jonka he olivat arvanneetkin olevan lähellä. Siinä oli muuri ja mustan luolansuun ympärille pystytettyjä majoja. Liikettä ei näkynyt, mutta hobitit kulkivat vartiopaikan ohi varovasti pysytellen mahdollisimman lähellä orjantappurapensaita, joita tällä kohdin kasvoi tiheässä vanhan joenuoman kummankin puolen.

He kulkivat taas kolmisen virstaa ja örkkivarustus katosi takana näkyvistä, mutta tuskin he olivat alkaneet taas hengittää vapaammin, kun he kuulivat kovia ja karkeita örkinääniä. He sujahtivat nopeasti piiloon ruskean ja kitukasvuisen pensaan taakse. Äänet lähenivät. Kaksi örkkiä tuli näkyviin. Toisella oli repaleiset ruskeat vaatteet ja sarvesta tehty jousi; se oli pienikokoista rotua, mustaihoinen, ja sillä oli suuret tuhisevat sieraimet – varmaan se oli jonkinlainen vainuaja. Toinen oli iso tappeluörkki, samanlainen kuin Shagratin komppanian kaverit, ja sillä oli Silmän merkki. Silläkin oli jousi selässään ja kädessä lyhyt leveäteräinen keihäs. Örkit riitelivät kuten aina, ja koska ne olivat eri rotua, ne puhuivat yhteiskieltä, joskin omaan tyyliinsä.

Pieni örkki pysähtyi tuskin kahdenkymmenen askelen päähän hobittien piilopaikasta. »Ehei!» se sanoi. »Minä painun kotiin.» Se osoitti kädellään laakson toiselle puolelle örkkivarustukseen. »Turha minun nenääni on enää käytellä kiviin. Ei täällä ole jäljen jälkeä, usko jo. Minä menetin vainun kun annoin sinulle periks. Se on painanut vuorille, ei laaksoa pitkin, sano minun sanoneen.»

»Eipä teistä nuuskijoista taida olla varsinaisesti hyötyä», sanoi iso örkki. »Silmät ne taitaa olla paremmat kuin teidän vuotavat kuonot.»

»No mitäs olet niillä silmillä nähnyt, kysyn vaan», ärisi toinen. »Hitto! Ettehän te edes tiedä mitä te etsitte.»

»Kenenkäs syy se sitten on?» sotilas sanoi. »Ei minun ainakaan. Yliylhäällä se vika on. Ensin ne sanoo, että se on suuri kiiltävähaarniskainen haltia, sitten se onkin jonkinlainen pieni kääpiömies, sitten joukko kapinallisia *uruk-haita*, tai ehkä se on koko konkkaronkka samalla kertaa.»

»Arg!» sanoi vainuaja. »Ne on mennyt päästään vialle, usko pois. Ja jotkut pomotkin menettää vielä nahkansa, jos se mitä kuultiin pitää paikkansa: Torni ryöstetty, satamäärin teidän kavereita raatona ja vanki karannut. Jos te soturit jatkatte sitä rataa, ei kyllä yhtään ihmetytä, että taisteluista tulee huonoja uutisia.»

»Kuka on väittänyt, että tulee huonoja uutisia?» huudahti sotilas.

»Ai-ai! Kuka on väittänyt, että ei?»

»Tuo on kirottua kiihotusta, ja minä pistän sinut kuoliaaksi, jollet lopeta sitä tykkänään, onko selvä?»

»On, on!» sanoi vainuaja. »En sano enää mitään, mietin vaan. Mutta mitä sillä mustalla hiiviskelijällä on kaiken kanssa tekemistä? Meinaan sillä hotkijalla, jolla on läpsyvät kädet.»

»Mistä minä tiedän. Ei kai mitään. Mutta minä veikkaan, ettei sillä ole hyvät aikeet, nuuskii joka paikassa. Kirottu otus! Tuskin se oli päässyt meiltä karkuun, kun tuli sana että se halutaan elävänä ja pian.»

»Toivotaan että ne saa sen kiinni ja se saa mitä kuuluu», murisi vainuaja. »Se sotki jäljet tuolla alkupäässä, pihisti sen pois heitetyn rautapaidan, jonka se löysi, ja lampsi ympäriinsä ennen kuin minä pääsin paikalle.»

»No se pelasti sen hengen», sotilas sanoi. »Ennen kun minä tiesin, että se haluttiin elossa, minä ammuin sitä oikein siististi viidenkymmenen askelen päästä suoraan selkään, mutta se vaan jatkoi juoksemistaan.»

»Hitto! Ohi sinä ammuit», vainuaja sanoi. »Ensin ammut harhaan, sitten juokset liian hitaasti ja sitten tilaat paikalle onnettomat vainuajat. Minä olen saanut sinusta tarpeekseni.» Se lähti harppomaan poispäin.

»Takaisin ja heti», huusi sotilas, »tai minä teen sinusta ilmoituksen!»

»Jaa kenelle? Et ainakaan rakkaalle Shagratilles. Hän ei ole pian enää päällikkö.»

»Minä annan sinun nimen ja numeron *nazgûlille*», sotilas sanoi hiljentäen äänensä sihinäksi. »Yksi *niistä* vastaa nyt Tornista.»

Toinen pysähtyi ja sen ääni uhosi pelkoa ja raivoa. »Sinä senkin kantelupukki, varkaanrutale!» se karjui. »Hommias et osaa hoitaa, etkä edes pitää yhtä omies kanssa. Painu iljettävien Kiljukaulojesi luo! Toivottavasti ne hyytää sinut hengiltä! Jollei vihollinen saa niitä ensteks. Viholliset on kuulemma tehneet selvää Ykkösestä, ja toivotaan että se on totta!»

Iso örkki säntäsi sen perään keihäs kädessä. Mutta vainuaja loikkasi kiven taakse, tuikkasi nuolen sen silmään kun se juoksi kohti, ja se kaatua rysähti maahan. Toinen juoksi laakson poikki ja katosi.

Hetken hobitit istuivat vaiti. Viimein Sam liikahti. »Oikein siistiä, sano», sanoi Sam. »Jos tämä mukava ystävällinen ilmapiiri leviäisi laajemmalle Mordorissa, puolet meidän vaivoista olisi ohitse.»

»Hiljaa, Sam», kuiskasi Frodo. »Niitä voi olla liikkeellä enemmänkin. Me olemme nähtävästi pelastuneet aivan tipalla, takaa-ajo oli tiukemmin kannoillamme kuin olimme olettaneet. Mutta Mordorin ilmapiiri *on* tämmöinen, Sam, ja se on levinnyt maan jokaiseen kolkkaan. Örkit ovat aina käyttäytyneet tuolla tavalla keskenään, tai ainakin niin väitetään kaikissa tarinoissa. Mutta siitä ei kannata toivoa liikoja. Ne vihaavat meitä vielä paljon enemmän, kerta kaikkiaan ja koko ajan. Jos nuo olisivat nähneet meidät, olisi riita loppunut siihen paikkaan kunnes me olisimme maanneet hengettöminä.»

Uusi pitkä hiljaisuus. Sam rikkoi sen, mutta tällä kertaa hän kuiskasi. »Kuulitteko mitä ne sanoivat siitä *hotkijasta*? Minähän sanoin, ettei Klonkku ole vielä kuollut.»

»Muistan kyllä. Ja ihmettelin mistä sinä sen tiesit», Frodo sanoi. »No, se siitä! Meidän ei varmaan kannata lähteä liikkeelle ennen kuin on taas ihan pimeää. Saatkin kertoa minulle, miten sinä sen tiesit ja kaiken mitä tapahtui. Jos osaat puhua hiljaa.»

»Yritän», sanoi Sam, »mutta kun ajattelenkin sitä Luihua, kuumenen niin että tekee mieli huutaa.»

Hobitit istuivat piikikkään pensaan suojassa, ja Mordorin murheellinen valo himmeni vähitellen syväksi tähdettömäksi yöksi; ja Sam puhui Frodon korvaan kaikesta, mihin löysi sanat: Klonkun petollisesta hyökkäyksestä, Lukitarin kauheudesta ja omista seikkailuistaan örkkien kanssa. Kun hän oli päässyt loppuun, Frodo pysyi vaiti mutta tarttui Samin käteen ja puristi sitä. Viimein hän liikahti.

»Meidän täytyy kai lähteä taas», hän sanoi. »Kauankohan kestää ennen kuin meidät todella saadaan kiinni ja kaikki rämpiminen ja hiipiminen loppuu ja kaikki vaiva valuu hukkaan.» Hän nousi. »On pimeää, emmekä voi käyttää valtiattaren lasia. Pidä sinä se huostassasi. Minulla ei ole taskuja eikä laukkua, ja tässä sysiyössä tarvitsen molempia käsiä. Mutta Piikin minä annan sinulle omaksi. Minulla on örkkipuukko, mutta en usko, että osani on enää käyttää asetta.»

Poluttoman maan yössä oli vaikeaa ja vaarallista liikkua, mutta hitaasti ja vaivalloisesti hobitit etenivät tunti tunnilta pohjoisemmaksi kivisen laakson itäpuolisella reunalla. Kun harmaa valo taas alkoi kajastaa läntisten rinteiden takaa kauan sen jälkeen, kun päivä oli sarastanut niiden takana aukeavilla mailla, he menivät taas piiloon ja nukkuivat vähän kumpikin vuorollaan. Ollessaan hereillä Sam pohdiskeli ankarasti ruokakysymystä. Viimein, kun Frodo oli herännyt ja puhunut syömisestä ja uusien ponnistusten aloittamisesta, hän kysyi asiaa, joka häntä eniten vaivasi.

»Anteeksi vaan, Frodo-herra», hän sanoi, »mutta onko teillä mitään käsitystä siitä, kuinka pitkä matka meillä on jäljellä?»

»Ei mitään selvää käsitystä», vastasi Frodo. »Ennen kuin lähdin Rivendellistä sain nähdä Mordorin kartan, joka oli piirretty ennen kuin Vihollinen tuli tänne takaisin, mutta muistan sen vain suurin piirtein. Selvimmin muistan sen, että jossakin pohjoisessa läntisestä ja pohjoisesta vuorijonosta erkanee kummastakin uloke, ja nämä melkein kohtaavat. Sinne on varmaan ainakin kymmenen peninkulmaa Tornin kohdalla olevalta sillalta. Se saattaisi olla hyvä paikka tasangon ylittämiseen. Mutta jos menemme sinne, joudumme tietysti kauemmaksi Vuoresta, arviolta kuudenkymmenen virstan päähän. Olemme kai nyt taivaltaneet kuutisen peninkulmaa sillalta pohjoiseen. Vaikka kaikki menisi hyvin, en voi toivoa pääseväni Vuorelle viikossa. Sam, voi olla että taakka käy hyvin raskaaksi, ja minä joudun kulkemaan tätäkin hitaammin, kun rupeamme lähestymään Vuorta.»

Sam huokasi. »Sitä minä pelkäsinkin», hän sanoi. »Meidän pitää syödä vähemmän – juomisesta en edes puhu – tai sitten liikkua vähän ripeämmin, ainakin sen aikaa kun me ollaan tässä laaksossa. Ruoka loppuu ensi kerralla, sitten on jäljellä enää haltioiden matkaleipää.»

»Minä yritän liikkua ripeämmin», Frodo sanoi ja veti syvään henkeä. »Lähdetään! Taas yksi marssi edessä!»

Pimeys ei ollut vielä täydellinen. He tarpoivat eteenpäin yhä syvemmälle yöhön. Tunnista toiseen he taivalsivat kompuroiden ja pysähtyivät vain muutamaksi lyhyeksi hetkeksi. Kun harmaan valon ensi aavistus hiipi varjokatoksen alle, he kätkeytyivät taas pimeään suojaavaan kivenkoloon.

Hitaasti valo kasvoi kunnes se kävi kirkkaammaksi kuin kertaakaan aikaisemmin. Vahva läntinen tuuli puhalsi Mordorin huuruja yläilmoista. Jonkin ajan kuluttua hobitit pystyivät muodostamaan käsityksen maastosta muutaman virstan päähän. Vuorten ja Morgain väliin jäävä kouru oli vähitellen kohotessaan kutistunut, niin että sisempi harjanne oli enää pelkkä kieleke Ephel Dúathin kyljessä, mutta itäiset rinteet laskeutuivat Gorgorothiin yhtä jyrkkänä kuin ennenkin. Edessäpäin joenuoma päättyi rikkonaisiin kiviportaisiin. Vuorten pääjonosta erkani näet korkea paljas harjanne, joka työntyi itään kuin muuri. Harmaasta ja sumuisesta Ered Lithuin pohjoisesta vuorijonosta kurottui sitä kohti pitkä esiintyöntyvä haara, ja näiden väliin jäi kapea aukko: Carach Angren, Rautakita, ja sen takana avautui Udûnin syvä laakso. Tuossa Morannonin takaisessa laaksossa olivat tunnelit ja maanalaiset asevarastot, jotka Mordorin palvelijat olivat rakentaneet maansa Mustan portin puolustamiseksi, ja sinne keräsi nyt heidän herransa kiireesti suuria sotajoukkoja Lännen päälliköiden hyökkäystä vastaan. Ulostyöntyville harjanteille oli rakennettu linnakkeita ja torneja ja siellä paloi vartiotulia, ja aukon poikki oli koko leveydeltä kasattu maavalli ja kaivettu syvä hauta, jonka ylitse pääsi vain yhtä ainoaa siltaa myöten.

Muutaman virstan päässä pohjoiseen, paikassa jossa länsihaara erosi päävuoristosta, kohosi Durthangin vanha linna, joka nykyään oli yksi monista Udûnin laakson ympärille perustetuista örkkien linnakkeista. Durthangista kiemurteli alas enenevässä valossa erottuva polku, joka kääntyi itään virstan kahden päässä hobittien olinpaikasta, jatkoi kulkuaan vuorenhaaran kylkeen hakattua pengertä ja laskeutui sitä myöten tasangolle ja Rautakitaan.

Tätä katsellessaan hobitit käsittivät, että koko matka pohjoiseen oli ollut turha. Oikealla avautuva tasanko oli hämärä ja savuinen, he eivät nähneet siellä leirejä eivätkä joukkoja, mutta koko aluetta saattoi pitää silmällä Carach Angrenin linnoituksista.

»Sam, olemme joutuneet umpikujaan», Frodo sanoi. »Jos jatkamme, joudumme örkkien tornin pihalle, ja ainoa mahdollinen tie on se, joka lähtee alas juuri sieltä – ellemme sitten käänny takaisin. Länteen emme pysty kiipeämään emmekä laskeutumaan itään.»

»Siinä tapauksessa meidän pitää lähteä tuolle tielle, Frodo-herra», Sam sanoi. »Sille meidän on mentävä ja pantava onnemme alttiiksi, jos nyt Mordorissa onnea on. Jos me lähdetään harhailemaan vielä ympäri tai painutaan takaisin, niin se on ihan sama kuin jos me antauduttaisiin. Ruoka ei riitä. Sinne vaan rivakasti!»

»Olkoon», Frodo sanoi. »Mene edellä! Niin kauan kuin sinulla toivoa riittää. Minulla sitä ei enää ole. Mutta Sam, rivakasti me emme voi edetä. Minun tarpomiseni on hidasta.»

»Ennen kuin alatte tarpoa yhtään minnekään, te tarvitsette unta ja ruokaa. Vähäkin on hyväksi!»

Hän antoi Frodolle vettä ja ylimääräisen levyn matkaleipää ja taitteli kaavustaan tyynyn isäntänsä pään alle. Frodo oli liian väsynyt väittelemään asiasta, eikä Sam kertonut, että Frodo oli juonut viimeisen vesitipan ja syönyt oman osuutensa lisäksi Saminkin osuuden. Kun Frodo oli nukahtanut, Sam kumartui hänen ylleen, kuunteli hänen hengitystään ja katseli hänen kasvojaan. Ne olivat uurteiset ja laihat, mutta unessa ne näyttivät tyytyväisiltä ja levollisilta. »Nyt sitä mentiin, herra!» Sam mutisi itsekseen. »Minun pitää nyt jättää teidät vähäksi aikaa ja luottaa onneeni. Vettä on saatava, muuten me jäädään tähän.»

Sam ryömi esiin, hiipi kiveltä toiselle vielä varovammin kuin hobitit yleensä, laskeutui joennuomalle ja seurasi sitä jonkin matkaa pohjoiseen kunnes pääsi kiviportaille, missä sen lähteet olivat kauan sitten pulpunneet pieneen vesiputoukseen. Kaikki näytti nyt kuivalta ja äänettömältä, mutta Sam ei suostunut luopumaan, vaan kumartui kuuntelemaan ja kuulikin ilokseen pientä lirinää.

Hän kompuroi pari askelta ylemmäksi ja löysi pienen rinteestä virtaavan noron tummaa vettä, joka täytti pienen lätäkön, valui sen reunan yli ja katosi sitten kolkkojen kivien alle.

Sam maistoi vettä, ja se vaikutti kelvolliselta. Sitten hän joi pitkään, täytti pullon ja kääntyi lähteäkseen. Samalla hetkellä hän näki vilauksen mustasta hahmosta, varjosta joka liukui kivien välissä lähellä Frodon piilopaikkaa. Sam puraisi huultaan ettei huutaisi, loikkasi alas lähteeltä ja juoksi hyppien kiveltä toiselle. Otus oli varuillaan ja sitä oli vaikea nähdä, mutta Samilla oli varma vakaumus kuka se oli: hänen mielensä paloi saada puristaa sormet sen kurkkuun. Mutta se kuuli hänen tulonsa ja livahti nopeasti tiehensä. Sam oli näkevinään siitä viimeisen vilauksen kun se kurkisti itäisen jyrkänteen takaa ennen kuin kyykistyi ja katosi.

»No, onni ei pettänyt», mutisi Sam, »mutta läheltä piti! Eikö se nyt riitä, että örkkejä on tuhansittain – pitääkö tuon haisevan konnan vielä tulla tänne nuuskimaan? Olisipa ammuttu aikanaan!» Hän istuutui Frodon viereen, mutta ei herättänyt häntä, itse hän ei kuitenkaan uskaltanut ruveta nukkumaan. Kun hän viimein tunsi silmiensä painuvan kiinni ja tiesi, ettei unta vastaan auttaisi enää taistella kovin kauan, hän herätti Frodon hellästi.

»Pahoin pelkään, että se Klonkku luikkii taas lähimailla», hän sanoi. »Tai jos se ei ollut se, niin niitä on kaksi. Minä kävin hakemassa vettä ja yllätin sen nuuskimasta juuri kun käännyin takaisin. Meidän ei taida olla turvallista nukkua yhtaikaa, ja anteeksi vaan, mutta minä en enää saa silmiä pysymään auki.»

»Siunattu Sam!» Frodo sanoi. »Paneudu pitkäksesi ja nuku kunnolla! Minä kyllä kestän Klonkkua paremmin kuin örkkejä. Ei se ainakaan anna meitä ilmi niille – ellei sitä itseään saada kiinni.»

»Mutta se saattaa ryhtyä yksityisiin ryöstöpuuhiin ja murhatöihin», murisi Sam. »Pitäkää silmät auki, Frodo-herra! Tässä on täysi vesileili. Juokaa kaikki. Me voidaan täyttää se uudestaan kun me lähdetään jatkamaan matkaa.» Sen sanottuaan Sam vajosi uneen.

Valo himmeni jo kun hän heräsi. Frodo istui kallioon nojaten, mutta oli vaipunut uneen. Leili oli tyhjä. Klonkusta ei näkynyt merkkiäkään.

Mordorin pimeys oli palannut ja harjanteiden vartiotulet paloivat villin punaisina, kun hobitit lähtivät koko matkansa vaarallisimmalle taipaleelle. Ensin he menivät pikku lähteelle, kiipesivät sitten varovaisesti ylös tielle paikkaan, jossa se kaarsi itään kohti kahdenkymmenen virstan päässä odottavaa Rautakitaa. Tie ei ollut kovin leveä, eikä sen reunalla ollut muuria; mitä pitemmälle päästiin, sitä syvemmäksi kävi putous tien vieressä. Hobitit eivät kuulleet minkään liikkuvan, ja hetken kuulosteltuaan he lähtivät astelemaan tasaista tahtia itää kohti.

Noin kaksitoista virstaa taivallettuaan he pysähtyivät. Vähän aikaisemmin oli tie kääntynyt hiukan pohjoiseen, niin että vasta kuljettu tien pätkä jäi näkyvistä. Se koitui kohtalokkaaksi. He lepäsivät hetken ja jatkoivat matkaansa, mutta he eivät ehtineet monta askelta ottaa, kun he äkkiä kuulivat yön hiljaisuudessa äänen, jota he olivat kaiken aikaa salaa pelänneet: marssivien askelten kumun. Se oli vielä jonkin matkan päässä takanapäin, mutta kääntyessään he näkivät, että kaarteessa vajaan virstan päässä lepatti jo soihtuja, ja ne etenivät nopeasti, niin nopeasti ettei Frodo pystyisi juoksemaan tietä pitkin pakoon.

»Tätä minä pelkäsin, Sam», Frodo sanoi. »Me luotimme onneen ja onni petti meidät. Olemme kiikissä.» Hänen säikähtynyt katseensa mittaili uhkaavaa kallioseinämää, jonka tientekijät olivat hakanneet jyrkäksi monen sylen matkalta. Hän juoksi tien poikki ja katsoi reunan yli mustaan pimeyden kattilaan. »Me olemme viimein kiikissä!» hän sanoi. Hän vajosi maahan kiviseinämän viereen ja hänen päänsä painui.

»Siltä näyttää», sanoi Sam. »Ei kai auta muu kuin katsoa, mitä tuleman pitää.» Sitten hän istuutui Frodon viereen kallion varjoon.

Kauan heidän ei tarvinnut odottaa. Örkit etenivät vauhdilla. Ensimmäisissä riveissä marssivat kantoivat soihtuja. Punaiset liekit tulivat kohti heitä pimeydessä ja suurenivat nopeasti. Myös Sam antoi päänsä painua ja toivoi, etteivät hänen kasvonsa näkyisi kun soihdut saavuttaisivat heidät, ja hän asetti kilvet heidän jalkojensa peitoksi.

»Jospa niillä olisi kiire ja ne jättäisivät kaksi väsynyttä sotilasta rauhaan ja menisivät ohi!» ajatteli hän.

Ja niin näyttikin tapahtuvan. Ensimmäiset örkit harppoivat eteenpäin huohottaen ja pää matalana. Ne olivat pikkurotua ja niitä ajettiin väkisin Mustan ruhtinaan sotiin, muusta ne eivät piitanneet kuin että marssi loppuisi ja ne pääsisivät piiskaa pakoon. Niiden rinnalla juoksenteli rivistön sivustaa kaksi suurta hurjaa *urukia* kiljuen ja piiskoja viuhuttaen. Örkit ohittivat hobitit rivi riviltä. Paljastavat soihdut olivat jo jonkin matkan päässä. Sam pidätti hengitystään. Yli puolet oli jo mennyt. Silloin yksi orjapiiskuri huomasi kaksi hahmoa tien reunassa. Se napsautti piiskaa heitä kohti ja pysäytti huudolla koko komppanian.

»Mukaan vaan, etanat!» se huusi. »Eipäs munita.» Se astui lähemmäksi ja tunnisti pimeästä huolimatta kilpien tunnukset. »Vai karkumatkalla?» se ärisi. »Tai aikeissa ehkä? Teidän kaikkien olisi pitänyt olla Udûnissa ennen eilisiltaa. Sen te tiedätte. Ylös vaan ja rivistöön, tai minä otan numerot ylös ja teen ilmotuksen.»

He ponnistautuivat jaloilleen ja linkkasivat pää kumarassa kuin uupuneet kipeäjalkaiset sotilaat ja laahustivat kohti jonon päätä. »Ei ei, ei hännille!» huusi orjapiiskuri. »Kolme riviä tännepäin. Ja pysytte siinä kanssa, tai saatte vielä ansionne mukaan kun tulen jonon päähän!» Se heilautti paukkuvaa piiskaansa heidän yläpuolellaan, ja kiljaisten se huitaisi vielä kerran ja lähetti komppanian taas ravaamaan reippaasti.

Vauhti oli tarpeeksi kova väsyneelle Sam-raukallekin, mutta Frodolle matka oli kidutusta, joka pian muuttui painajaiseksi. Hän puri hampaitaan ja yritti olla ajattelematta ja ponnisteli eteenpäin. Hikoilevista örkeistä nouseva löyhkä oli tukehduttava ja hän alkoi läähättää janosta. Yhä eteenpäin he juoksivat ja hän pinnisti kaikki voimansa hengittämiseen ja jalkojen liikuttamiseen, eikä hän uskaltanut edes ajatella, mikä oli se kauhea päämäärä, jota kohti hän ponnisteli ja jonka tähden hän kärsi. Ei ollut toivoakaan jättäytymisestä rivistöstä huomaamatta. Vähän väliä örkkipiiskuri jäi jälkeen ja pilkkasi heitä.

»Siitä saatte!» se nauroi ja huitaisi heitä jaloille. »Kun on piiska, tahtoa piisaa, pikku etanat! Pysykää tahdissa! Antaisin vähän piristystä nyt, mutta taidatte saada ruoskasta niin paljon kuin nahka sietää, kun tulette liika myöhään leiriin. Se tekee teille hyvää. Etteks te tiedä, että me ollaan sodassa?»

He olivat kulkeneet jo muutamia virstoja. Tie vei lopulta alas pitkää rinnettä tasankoa kohti. Frodon voimat alkoivat pettää ja tahto horjua. Hän huojui ja kompasteli. Epätoivoisesti Sam yritti auttaa häntä ja pitää häntä pystyssä, vaikka hänestä tuntui, että hän itse pysyisi tuskin kauan jaloillaan. Hän tiesi että loppu tulisi nyt millä hetkellä hyvänsä: hänen isäntänsä pyörtyisi tai kaatuisi ja kaikki paljastuisi ja heidän katkerat ponnistuksensa olisivat kaikki olleet turhia. »Siitä suuresta orjapiiskurin paholaisesta minä ainakin teen selvää!» hän ajatteli.

Juuri kun hän aikoi panna käden miekan kahvalle, tuli apu odottamatta. He olivat nyt tasangolla ja lähestyivät Udûnin sisäänkäyntiä. Jonkin matkaa portin ja sillan pään tällä puolen yhtyi lännestä tulevaan tiehen muita, jotka tulivat etelästä ja Barad-dûrista. Kaikilla näillä teillä liikehti sotajoukkoja, sillä Lännen päälliköt lähestyivät ja Musta ruhtinas siirsi kiireellä joukkojaan pohjoiseen. Niinpä sattui, että useita komppanioita saapui samanaikaisesti pimeään tienristeykseen, jota vallin vartiotulet eivät valaisseet. Syntyi melkoinen hässäkkä, kun kukin joukko yritti kiroillen päästä ensimmäisenä portille ja päättämään mitä pikimmin marssinsa. Vaikka piiskurit kuinka huusivat ja huiskivat piiskoillaan, siellä täällä tapella nahisteltiin ja miekkoja vedettiin esiin. Joukko raskaasti aseistettuja Barad-dûrista tulleita *urukeja* hyökkäsi Durthangin rivistöön ja saattoi sen sekasortoon.

Sam, joka oli pökerryksissä tuskasta ja uupumuksesta, havahtui ja tajusi salamannopeasti tilaisuutensa, heittäytyi maahan ja veti Frodon mukanaan. Örkkejä kaatui heidän päälleen sadatellen ja muristen. Hitaasti hobitit konttasivat pois metakan keskeltä, kunnes he viimein huomaamatta pudottautuivat tienreunan taakse. Tietä reunusti kiveys, jonka avulla joukkojen johtajat saattoivat löytää sen sumussa tai pimeydessä, ja sen toisella puolen kohosi parin kyynärän korkuinen penger.

Hobitit makasivat hetken hiljaa. Oli liian pimeää etsiä suojaa, jos sellaista olisi löydettävissäkään, mutta Samista tuntui että heidän pitäisi päästä ainakin vähän kauemmaksi pääteistä soihdunvaloa pakoon.

»Tulkaa, Frodo-herra!» hän kuiskasi. »Ryömitään vielä vähän matkaa, niin sitten voitte levätä.»

Viimeiset voimansa ponnistaen Frodo nousi käsiensä varaan ja raahautui eteenpäin kymmenisen syltä. Sitten hän heittäytyi matalaan painanteeseen, joka yllättäen avautui heidän edessään, ja jäi siihen makaamaan kuin kuollut.

3
TUOMIOVUORI

SAM PANI REPALEISEN örkinkaapunsa isäntänsä pään alle ja peitti heidät kummatkin Lórienin harmaalla viitalla, ja samassa hänen ajatuksensa kiisivät tuohon kauniiseen maahan, ja haltioihin, ja hän toivoi, että noiden käsien kutoma kangas pystyisi kätkemään heidät tässä toivottomassa pelon erämaassa. Hän kuuli nahistelun ja huutelun etääntyvän sitä mukaa kuin joukot marssivat sisään Rautakidasta. Näytti siltä, että useiden erilaisten komppanioiden sekoittuessa toisiinsa heitä ei ainakaan vielä osattu kaivata.

Sam joi kulauksen vettä ja pakotti Frodon ottamaan aimo siemauksen, ja kun hänen isäntänsä oli vähän toipunut, hän antoi tälle kokonaisen levyn kallista matkaleipää ja pani hänet syömään sen. Sitten he oikaisivat pitkäkseen niin väsyneinä, ettei edes pelko paljon tuntunut. He nukkuivat muutaman levottoman rupeaman, hiki pani heidät palelemaan, kivet painoivat selkää ja he hytisivät. Pohjoisesta Mustalta portilta ja Cirith Gorgorin läpi puhalsi maata myöten ohut kylmä viima.

Aamulla palasi harmaa valo, sillä korkealla ilmassa puhalsi yhä länsituuli, mutta alhaalla kivikossa Mustan maan muurien takana ilma tuntui seisovalta, viileältä mutta tukahduttavalta. Sam kurkisti ulos painanteesta. Maailma oli kolkko, laakea, likaisenharmaa. Läheisillä teillä ei nyt liikkunut mitään, mutta Sam pelkäsi vajaan vakomitan päässä kohoavan Rautakidan vallin valppaita silmiä. Kaakossa häämötti Vuori kaukaisena varjona. Siitä purkautui savua, josta osa kohosi ilmaan ja ajautui itään ja osa vyöryi suurina pilvinä alas rinteitä levittäytyäkseen kaikkialle maahan. Muutaman virstan päässä koillisessa erottuivat Tuhkavuorten alemmat kukkulat kuin synkät harmaat aaveet, ja niiden takana piirtyivät sumuiset pohjoiset vuoret töin tuskin uhkaavaa taivasta tummempana, etäistä pilveä muistuttavana massana.

Sam yritti arvioida etäisyyksiä ja päätellä, mille tielle heidän pitäisi lähteä. »Vaikka miten katsoo, viisikymmentä virstaa siinä on», hän mutisi synkkänä tuijottaen uhkaavaa vuorta, »ja päivän matkaan menee viikko, kun Frodo-herra on tuossa kunnossa.» Hän pudisti päätään ja hänen punnitessaan asioita alkoi uusi synkeä ajatus kehkeytyä hänen mielessään. Koskaan ei ollut toivo pitkäksi aikaa pettänyt hänen uljaassa sydämessään, ja aina tähän päivään saakka hän oli uhrannut jonkin ajatuksen myös paluulle. Mutta viimein hän tajusi katkeran totuuden: parhaassa tapauksessa heidän varastonsa riittäisivät viemään heidät perille, ja kun tehtävä olisi tehty, he kohtaisivat vuorella loppunsa, yksin, vailla suojaa tai ruokaa, keskellä kauheaa autiomaata. Paluusta ei ollut puhettakaan.

»Tämäkö se sitten oli se tehtävä, joka minusta tuntui että minun pitäisi tehdä kun lähdettiin?» Sam ajatteli. »Että auttaisin Frodo-herran matkan päähän ja kuolisin hänen kanssaan? No, jos niin on, tehdään sitten niin. Mutta voi, miten tekisi mieli vielä nähdä Virranvarsi ja Ruusa Tölli ja hänen veljensä ja Ukko ja Kaunokki ja kaikki muut. Minun päähäni ei mahdu, että Gandalf olisi lähettänyt Frodo-herran tälle matkalle, jollei olisi ollut mitään toivoa siitä että hän koskaan pääsee takaisin. Kaikki meni ihan pieleen kun hän vajosi sinne Moriaan. Voi, kun sitä ei olisi tapahtunut! Hän olisi voinut tehdä jotakin.»

Mutta vaikka Samin toivo näin kuoli tai näytti kuolevan, se muuttui uudeksi voimaksi. Samin yksinkertaiset hobitinkasvot saivat tiukan, miltei ankaran ilmeen, kun tahto hänessä lujittui, ja hän tunsi väristyksen käyvän lävitseen, ikään kuin hän olisi jähmettynyt kiviseksi, teräksiseksi olennoksi, jota eivät pystyisi lannistamaan epätoivo, ei uupumus, eivät loputtomat kolkot virstat.

Uuden vastuuntunnon vallassa hän katseli taas lähimaastoa ja pohti seuraavaa askelta. Valon kasvaessa hän yllätyksekseen havaitsi, että maa, joka etäältä oli näyttänyt laajalta yksitoikkoiselta tasangolta, olikin todellisuudessa rikkonaista ja kivikkoista. Itse asiassa koko Gorgorothin tasanko oli täynnä jonkinlaisia rokonarpia, ikään kuin siihen olisi singottu kokonainen kuuro kiviä ja ammuksia aikana, jolloin se vielä oli pelkkää pehmeää mutaa. Suurimpia näistä montuista reunustivat rikkonaiset kivet, ja niistä avautui leveitä halkeamia kaikkiin suuntiin. Tässä maassa olisi mahdollista ryömiä piilosta toiseen niin että vain kaikkein valppaimmat silmät näkisivät vaeltajan, ainakin se olisi mahdollista hyväkuntoiselle kulkijalle, jolla ei olisi kiirettä. Nälkäisestä ja väsyneestä matkamiehestä, jolla oli pitkä matka edessään ennen viimeistä lepoa, maa näytti kolkolta ja kauhealta.

Tätä kaikkea mietiskellen Sam palasi isäntänsä luo. Hänen ei tarvinnut herättää Frodoa. Tämä makasi selällään silmät auki ja tuijotti pilvistä taivasta. »Frodo-herra», sanoi Sam, »minä olen katsastellut ympärille ja tuumaillut vähän. Missään ei näy kulkijoita. Meidän pitää häipyä, kun se vielä on mahdollista. Pääsettekö liikkeelle?»

»Pääsen», Frodo sanoi. »On pakko.»

He alkoivat taas kerran taivaltaa. He ryömivät kuopasta kuoppaan pysytellen mahdollisuuksien mukaan suojassa, mutta edeten kaiken aikaa vinosti pohjoisen vuoriston liepeitä kohti. Idänpuoleisin tie kulki heidän rinnallaan kunnes erkani myötäilemään vuorten reunamia ja katosi kauas mustaan varjoon. Tasaisella harmaalla tiellä ei nyt kulkenut ihminen eikä örkki, sillä Musta ruhtinas oli saanut joukkojensa siirron melkein päätökseen, ja jopa oman valtakuntansa suojassa hän käytti mielellään hyväkseen yön pimeyttä, sillä hän pelkäsi tuulia, jotka olivat kääntyneet häntä vastaan ja repineet syrjään hänen verhonsa, ja häntä huolestuttivat tiedot uhkarohkeista vakoojista, jotka olivat tunkeutuneet hänen muuriensa sisäpuolelle.

Hobitit pysähtyivät muutaman uuvuttavan virstan kuljettuaan. Frodo näytti olevan melkein lopussa. Sam näki, ettei hän pystyisi jatkamaan kovin kauas tällä tavalla ryömien ja kyyristellen, välillä hiljaa ja epävarmasti hiipien, välillä rynnäten kompuroivaan juoksuun.

»Frodo-herra, minä tahdon mennä takaisin tielle niin kauan kun valoa riittää», hän sanoi. »Luottaa taas onneen! Viimeksi se oli tipalla pettää, mutta eipäs pettänytkään. Tasaista kävelyä muutama virsta ja sitten lepo.»

Hänen aikeensa oli paljon uhkarohkeampi kuin hän aavistikaan, mutta Frodoa painoi taakka ja mielenponnistus niin ettei hän jaksanut väitellä, sitä paitsi hän oli jo niin toivoton, että tuskin piittasi mistään. He kiipesivät tielle ja alkoivat tarpoa pitkin kovaa kauheaa väylää, joka vei itse Mustaan torniin. Mutta onni suosi heitä yhä, eivätkä he koko päivänä tavanneet yhtään elollista olentoa, ja kun yö saapui, he katosivat Mordorin pimeyteen. Koko maa oli painostava kuin myrskyn alla, sillä Lännen päälliköt olivat ohittaneet Tienristeyksen ja sytyttivät nuotioita Imlad Morgulin kalmanniityillä.

Niin jatkui epätoivoinen matka, Sormus taivalsi etelään ja kuninkaiden liput ratsastivat pohjoiseen. Hobiteille oli jokainen päivä, jokainen virsta katkerampi kuin edellinen, heidän voimansa vähenivät ja maa kävi kauheammaksi. Joskus yöllä torkkuessaan tai johonkin tien viereen käpertyneinä he kuulivat huutoja, askelten kuminaa tai rääkätyn hevosen nopeaa kavionkopsetta. Mutta kaikkia näitä vaaroja kauheampi oli alati lähenevä paine, joka löi heitä vastaan yhä rajumpana: odottavan Mahdin kammottava uhka. Tumman verhon takana, joka ympäröi sen valtaistuinta, se hautoi ajatuksiaan ja valvoi pahuudessaan. Se tuli yhä lähemmäksi, häämötti yhä mustempana, kuin yön seinä maailman äärimmäisellä rajalla.

Kammottava yö laskeutui viimein, ja samaan aikaan kun Lännen päälliköt lähestyivät elollisten maiden rajaa, joutuivat kaksi vaeltajaa sokean epätoivon valtaan. Neljä päivää oli kulunut siitä, kun he olivat paenneet örkkien kynsistä, mutta eletty aika tuntui alati pimenevältä unelta. Frodo ei ollut sanonut sanaakaan tänä viimeisenä päivänä, hän oli kävellyt kumarassa ja kompastunut usein, sillä hänen silmänsä eivät enää nähneet maata jalkojen edessä. Sam käsitti, että kaikista vaivoista Frodolle lankesi raskain, Sormuksen kasvava paino, taakka ruumiille ja kidutus sielulle. Syvän huolen vallassa Sam oli pannut merkille, että Frodo kohotti usein vasemman kätensä kuin torjuakseen iskua tai suojatakseen silmiään kammottavalta Silmältä, joka yritti katsoa heihin. Ja toisinaan hänen oikea kätensä etsiytyi poveen ja puristui nyrkkiin ja vetäytyi sitten hitaasti sitä mukaa kuin tahdonvoima voitti.

Yön pimeyden palatessa Frodo istui maassa pää polvien välissä, käsivarret väsyneesti riippuen ja sormet heikosti nykien. Sam katseli häntä, kunnes yö peitti kummankin ja kätki heidät toinen toisiltaan. Hän ei osannut enää sanoa mitään, ja hän vaipui omiin synkkiin ajatuksiinsa. Hänellä oli väsymyksestä ja pelon varjosta huolimatta vielä jonkin verran puhtia jäljellä. *Lembasissa* oli voimaa, jota ilman he olisivat aikaa sitten paneutuneet maahan kuolemaan. Näläntunnetta se ei tyydyttänyt, ja ajoittain Samin mieleen tulvivat muistikuvat ruoasta, kotoisen leivän ja yksinkertaisen aterian kaipaus. Mutta haltioiden matkaleivän vaikutus kasvoi sitä mukaa kuin vaeltajat siirtyivät pelkästään sen varaan sekoittamatta siihen muuta ravintoa. Se ruokki tahtoa ja antoi kestävyyttä ja voimaa hallita jänteitä ja raajoja yli kuolevaisten kykyjen. Mutta nyt oli uuden päätöksen aika. He eivät enää voineet seurata tätä tietä, sillä se vei itään suureen Varjoon ja Vuori häämötti nyt heidän oikealla puolellaan, melkein suoraan etelässä, ja sitä kohti heidän oli kuljettava. Mutta sen edessä levittäytyi laaja höyryävä, tuhkapeitteinen ja autio alue.

»Vettä, vettä!» mutisi Sam. Hän oli pitänyt itseään vähällä vedellä ja hänen kuivunut suunsa ja kielensä tuntuivat paksuilta ja turvonneilta, mutta kaikesta säästäväisyydestä huolimatta heillä oli jäljellä hyvin vähän juotavaa, kenties puoli leilillistä, ja matkaa saattoi olla vielä useita päiviä. Vesi olisi loppunut jo aikaa sitten, jos he eivät olisi uskaltautuneet örkkien tielle. Sillä pitkien välimatkojen päähän toisistaan tuon tien varteen oli rakennettu vesisäiliöitä vedettömillä seuduilla nopeasti liikkuvia joukkoja varten. Yhdestä Sam oli löytänyt vettä, tosin seisonutta ja örkkien likaamaa, mutta kelvollista tässä epätoivoisessa tilanteessa. Mutta siitä oli jo vuorokausi. Ei ollut toivoakaan löytää lisää.

Viimein huolten uuvuttama Sam torkahti jättäen huomisen huomisen varaan, muutakaan ei voinut tehdä. Rauhaton uni ja valve sekoittuivat. Hän näki valoja, jotka olivat kuin mulkoilevia silmiä, sekä tummia hiipiviä hahmoja, ja kuuli villipetojen ulvontaa tai kidutettujen olentojen voihkinaa muistuttavia ääniä, ja hän hyppäsi pystyyn vain havaitakseen, että maailma oli pikimusta ja hänen ympärillään oli pelkkää pimeyttä. Vain kerran seistessään ympärilleen vilkuillen hän oli heräämisestään huolimatta yhä näkevinään silmien kaltaiset valjut valopisteet, mutta pian ne sammuivat ja katosivat.

Ikävä yö kului vitkaan ja kituuttaen. Seuraava aamunsarastus oli heikko, sillä täällä Vuoren lähellä ilma oli aina samea, Mustasta tornista levittäytyi Sauronin ympärilleen kutomia varjoverhoja. Frodo makasi selällään liikkumatta. Sam seisoi hänen vierellään tahtomatta puhua ja tietäen, että se oli nyt hänen tehtävänsä: hänen täytyisi panna isäntänsä tahto liikkeelle uutta ponnistusta varten. Viimein hän kumartui, hyväili Frodon otsaa ja kuiskasi hänen korvaansa:

»Herätkää, herra! On taas aika lähteä.»

Kuin äkkiä kalahtaneen kellon herättämänä Frodo nousi nopeasti pystyyn ja katseli etelään, mutta kun hänen silmänsä näkivät Vuoren ja autiomaan, hänen rohkeutensa petti jälleen.

»Sam, minä en pysty», hän sanoi. »Se on niin raskas kantaa, niin raskas.»

Sam tiesi jo ennen kuin avasi suunsa puhuvansa turhaan, ja että moiset puheet saattoivat olla pikemmin pahaksi kuin hyväksi, mutta säälinsä vallassa hän ei kyennyt vaikenemaan. »Antakaa minun sitten kantaa sitä vähän aikaa teidän puolestanne, herra», hän sanoi. »Kyllähän te tiedätte, että minä tekisin sen, ihan mielelläni, niin kauan kuin minulla on yhtään voimaa jäljellä.»

Frodon silmiin syttyi hurja tuli. »Pois siitä! Älä koske minuun!» hän huusi. »Se on minun, minun. Pois pois!» Hänen kätensä hapuili miekan kahvaa. Mutta äkkiä hänen äänensä muuttui. »Ei ei, Sam», hän sanoi surullisesti. »Mutta sinun täytyy ymmärtää. Se on minun taakkani eikä sitä voi kukaan muu kantaa. Samkulta, nyt on liian myöhäistä. Sillä tavalla et voi enää minua auttaa. Minä olen melkein kokonaan sen vallassa. En voisi luopua siitä, ja jos yrittäisit ottaa sen, tulisin hulluksi.»

Sam nyökkäsi. »Minä ymmärrän kyllä», hän sanoi. »Mutta minä olen ajatellut, että meillä on muita tavaroita, joita ilman me pärjätään. Mitä jos vähän kevennettäisiin taakkaa? Me ollaan nyt menossa tuohon suuntaan niin suoraan kuin vaan päästään.» Hän osoitti Vuorta. »Ei kannata ottaa mitään, mitä me ei ihan varmasti tarvita.»

Frodo katsoi taas Vuorta kohti. »Ei», hän sanoi, »me emme tarvitse paljon mitään tuolla tiellä. Ja sen lopussa me emme tarvitse mitään.» Hän otti maasta örkkikilpensä ja heitti sen menemään ja viskasi vielä kypärän sen perään. Sitten hän otti harteiltaan harmaan viitan. Hän aukaisi vyön ja antoi sen pudota maahan miekkoineen. Mustan kaavunrievun hän repi yltään ja heitti pois.

»No niin, örkiksi en enää rupea», hän huudahti, »enkä kanna asetta, en kaunista enkä kamalaa. Ottakoot minut jos tahtovat.»

Sam teki samoin, ja laski maahan örkkivarusteensa ja otti pakkauksestaan kaikki tavaransa. Jotenkin ne kaikki olivat käyneet hänelle rakkaiksi, jollei muuten niin jo senkin takia, että hän oli tuonut ne niin suurella vaivalla näin pitkälle. Kaikkein vaikeinta hänen oli luopua keittovarusteistaan. Kyyneleet tulvahtivat silmiin pelkästä ajatuksesta, että ne pitäisi heittää pois.

»Muistatteko sen kaniinin, Frodo-herra?» hän sanoi. »Ja sen paikan lämpimässä rinteessä päällikkö Faramirin maassa, sinä päivänä kun minä näin olifantin?»

»Enpä taida muistaa, Sam», Frodo sanoi. »Tai tiedän kyllä, että sellaista on tapahtunut, mutta en osaa nähdä sitä. En tunne ruoan makua, en veden kosteutta, en tuulen ääntä; en muista puita, ruohoa, en kukkia; en käsitä kuun muotoa enkä tähtien kuvioita, mitään ei ole jäljellä. Sam, olen pimeydessä alastomana, eikä minun ja tulisen pyörän välissä ole verhoa. Nykyään näen sen jo hereilläkin, ja kaikki muu hämärtyy.»

Sam meni hänen luokseen ja suuteli hänen kättään. »Mitä pikemmin me päästään siitä eroon, sitä pikemmin päästään lepoon», hän sanoi takellellen, kun ei keksinyt parempaakaan sanottavaa. »Puhuminen ei auta yhtikäs mitään», hän mutisi itsekseen kerätessään kasaan kaiken, minkä he olivat heittäneet pois. Häntä ei haluttanut jättää niitä kaikkien näkyville keskelle autiomaata. »Luihu ilmeisesti omi sen örkkipaidan, miekkaa sille ei enää anneta. Sen kädet on tarpeeksi kamalat paljaaltaan. Eikä sitä myöskään päästetä minun pannujeni kimppuun!» Tämän sanottuaan hän kantoi kaikki varusteet yhden maassa ammottavan halkeaman luo ja heitti ne sinne. Rakkaiden patojen kalina niiden pudotessa pimeyteen kuulosti hänen sydämessään kuolinkelloilta.

Hän palasi Frodon luo ja leikkasi haltiaköydestään lyhyen pätkän Frodolle vyöksi ja sitoi harmaan viitan tiukasti hänen vyötäisilleen. Köyden lopun hän kietoi huolellisesti ja pani takaisin pakkaukseensa. Sen lisäksi hän säilytti vain jäljellä olevat matkaleivät ja vesileilin ja Piikin, joka yhä riippui hänen vyössään, ja povessaan mekon taskussa hänellä oli yhä Galadrielin kristallipullo ja pieni rasia, jonka valtiatar oli antanut hänelle.

He käänsivät viimein kasvonsa Vuorta kohti ja lähtivät matkaan, eivätkä he enää yrittäneet pysyä piilossa. He ponnistivat uupuneet voimansa ja hupenevan tahtonsa ainoaan tehtäväänsä, etenemiseen. Synkän päivän hämärässä valossa ei moni olisi voinut heitä huomata edes tuossa alati valppaassa maassa paitsi aivan vierestä. Kaikista Mustan ruhtinaan orjista vain *nazgûl* olisivat voineet varoittaa häntä vaarasta, joka ryömi pienenä mutta lannistumatta hänen tarkkaan vartioidun valtakuntansa sydämeen. Mutta *nazgûl* ja niiden mustat siivet olivat muilla mailla toisissa tehtävissä: ne olivat kerääntyneet kauas varjostamaan Lännen päälliköiden marssia, ja sinne oli kääntynyt Mustan tornin aatos.

Samista tuntui tuona päivänä, että hänen isäntänsä oli saanut uutta voimaa, enemmän kuin taakan keventäminen olisi edellyttänyt. Ensimmäiset taipaleet sujuivat nopeammin ja veivät pitemmälle kuin hän oli osannut toivoa. Maasto oli epätasaista ja vaikeakulkuista, mutta he etenivät hyvin, ja Vuori läheni kaiken aikaa. Mutta päivän kuluessa alkoi himmeä valo haipua ennen aikojaan ja Frodon pää painui taas ja hän alkoi horjahdella, ikään kuin uusi ponnistus olisi verottanut hänen jäljellä olevia voimiaan.

Viimeisellä tauolla Frodo vajosi maahan ja sanoi: »Sam, minun on jano», eikä enää puhunut. Sam antoi hänelle suun täyteen vettä, jäljellä oli enää saman verran. Hän jäi itse ilman, ja nyt kun Mordorin yö taas kerran puristui heidän ympärilleen, tunkeutui kaikkien hänen ajatustensa läpi muistikuva vedestä, ja jokainen puro tai joki tai lähde, jonka hän eläissään oli nähnyt, vihreiden pajujen varjossa tai auringon kilossa, tanssi ja solisi kiduttaen sokeiden silmien takana. Hän muisti, miltä viileä muta tuntui varpaiden välissä, kun hän kahlasi Lammessa Virranvarren luona Vilkas Töllin ja Tomin ja Kallen ja heidän siskonsa Ruusan kanssa. »Mutta se oli vuosia sitten», hän huokasi, »ja kaukana täältä. Takaisin vie tie, jos vie, vain Vuoren kautta.»

Hän ei saanut unta ja väitteli mielessään. »Usko pois, tässähän on pärjätty paremmin kuin osattiin toivoa», hän sanoi topakasti. »Alku ainakin on mennyt mainiosti. Taidettiin taittaa puoli matkaa ennen kuin pysähdyttiin. Enää yksi päivä, niin työ on tehty.» Sitten hän vaikeni hetkeksi.

»Älä ole typerä, Sam Gamgi», vastasi hänen oma äänensä. »Ei hän kulje toista päivää samalla lailla, hyvä kun liikkuu ollenkaan. Etkä sinäkään pitkälle pötki, jos annat hänelle kaiken veden ja suurimman osan ruoasta.»

»Hyvän matkaa kumminkin voin pötkiä, ja pötkin myös.»

»Jaa minne?»

»Vuorelle tietysti.»

»Mutta entä sitten, Sam Gamgi, entä sitten? Kun pääset sinne, mitä sitten teet? Hän ei pysty mihinkään itse.»

Kauhukseen Sam huomasi, ettei hänellä ollut vastausta tähän kysymykseen. Hänellä ei ollut mitään selvää kuvaa asiasta. Frodo ei ollut puhunut hänelle paljonkaan tehtävästään, ja Sam tiesi vain hämärästi, että Sormus olisi jotenkin pantava tuleen. »Tuomiorotkoon», hän mutisi kun tuttu nimi palasi mieleen. »Jollei isäntä tiedä miten se löytyy, niin en tiedä minäkään.»

»Siinä sitä ollaan!» kuului vastaus. »Turha koko homma. Hän sanoi itsekin niin. Sinä olet typerys, kun jatkat ja toivot ja raadat. Te olisitte voineet paneutua maahan nukkumaan jo aikapäiviä, jos sinä et olisi niin jääräpäinen. Mutta kuolette te kumminkin, ja ehkä vielä ikävämmällä tavalla. Niin että sinä voit ihan hyvin asettua pitkäksesi nyt ja luopua koko puuhasta. Ette te ikinä kumminkaan pääse huipulle.»

»Kyllä minä pääsen, vaikka sitten saisin heittää menemään kaiken paitsi luuni», Sam sanoi. »Ja minä kannan itse Frodo-herran ylös, vaikka selkä katkeaisi ja sydän pysähtyisi. Niin että antaa olla inttämättä!»

Samassa Sam tunsi maan järisevän jalkojensa alla ja kuuli tai vaistosi kaukaisen syvän ryminän, kuin maan alle vangitun ukkosen äänen. Pilvien alla lepatti hetken punainen lieska ja sammui sitten. Vuorikin nukkui levottomasti.

Alkoi viimeinen taival kohti Orodruinia, ja se oli kauheampaa kidutusta kuin Sam oli koskaan kuvitellut voivansa kestää. Tuska jäyti häntä, ja suu oli niin kuiva, ettei hän kyennyt enää nielaisemaan palaakaan. Oli yhä pimeää, eikä siihen ollut syynä ainoastaan Vuoren savu: myrsky teki tuloaan, ja kaukana kaakossa välähtelivät salamat mustan taivaan alla. Pahinta oli se, että ilma oli täynnä huurua; hengitys oli tuskallista ja vaikeaa, ja heitä alkoi pyörryttää ja he kompastelivat ja kaatuilivat. Mutta heidän tahtonsa ei antanut periksi, ja he ponnistelivat eteenpäin.

Vuori kohosi yhä lähempänä, kunnes se täytti koko näköpiirin ja häämötti valtavana heidän edessään: suunnaton kasa tuhkaa, kuonaa ja palanutta kiveä, josta jyrkkäreunainen huippu yleni pilviin. Ennen kuin päivän mittaiseksi venynyt aamuhämärä oli kallistunut oikeaksi yöksi, he olivat kompuroiden raahautuneet sen juurelle saakka.

Huoaten Frodo heittäytyi maahan. Sam istuutui hänen viereensä. Yllätyksekseen hän tunsi olonsa väsymyksestä huolimatta kevyemmäksi, ja päänsä jälleen kirkkaaksi. Ristiriitaiset ajatukset eivät enää vaivanneet häntä. Hän tunsi kaikki epätoivon väitteet eikä suostunut kuuntelemaan niitä. Hänen tahtonsa oli nyt jännitetty, ja vain kuolema saisi sen katkeamaan. Hän ei enää tuntenut halua eikä tarvetta nukkua vaan pikemminkin valvoa. Hän tiesi, että kaikki uhka ja vaara tiivistyi nyt: huominen olisi kohtalon päivä, viimeisen ponnistuksen tai täydellisen tappion päivä, viimeinen hengenveto.

Mutta milloin se koittaisi? Yö tuntui loputtomalta, ajattomalta, minuutti minuutin jälkeen valui hiekkaan täyttymättä tunneiksi, tuomatta muutosta. Sam alkoi pohtia, olisiko uusi pimeys alkanut, jäisikö seuraava päivä koittamatta. Viimein hän tarttui Frodon käteen. Se oli kylmä ja värisi. Hänen isäntänsä hytisi.

»Ei olisi pitänyt jättää sitä huopaa», Sam mutisi, ja hän paneutui maahan ja yritti tyynnyttää Frodoa käsillään ja ruumiillaan. Sitten uni sai hänet valtaansa, ja vieri vierestä heidän tehtävänsä viimeisen päivän sarastus löysi heidät. Tuuli oli edellisenä päivänä käännyttyään laantunut, nyt se alkoi taas nousta pohjoisesta, ja hitaasti suodattui näkymättömän auringon valo varjoon, jossa hobitit lepäsivät.

»Nyt toimeen! Viimeinen ponnistus!» Sam sanoi kompuroidessaan jaloilleen. Hän kumartui Frodon puoleen ja herätti hänet lempeästi. Frodo valitti, mutta suurin tahdon ponnistuksin hän kompuroi pystyyn, sitten hän vajosi taas polvilleen. Hän nosti vaivalloisesti silmänsä kohti Tuomiovuoren tummia rinteitä, jotka täyttivät näköpiirin, ja alkoi sitten säälittävällä tavalla ryömiä eteenpäin käsiensä avulla.

Sam katsoi häntä ja itki sydämessään, mutta hänen kuiviin kirveleviin silmiinsä ei kihonnut yhtäkään kyyneltä. »Minä sanoin, että minä kannan hänet vaikka selkä katkeaisi», hän sanoi, »ja sen myös teen!»

»Frodo-herra!» hän huudahti. »Minä en voi kantaa sitä teidän puolestanne, mutta minä voin kantaa teitä ja sitä yhtaikaa. Nouskaa nyt ylös! Rakas Frodoherra! Sam antaa kyydin. Sanokaa vain minne mennään, niin hän menee.»

Frodo nousi hänen selkäänsä, kietoi kädet löysästi hänen kaulalleen ja koukisti polvet tiukasti hänen käsikoukkuunsa ja hän hoippui jaloilleen, ja totesi yllätyksekseen, että taakka oli kevyt. Hän oli pelännyt, että hän jaksaisi tuskin nostaa itse isännän, ja tämän lisäksi hän oli olettanut joutuvansa jakamaan kirotun Sormuksen piinaavan painon. Mutta ei. Ehkä pitkä kärsimys, veitsenhaava, myrkyllinen purema, suru, pelkoja vaellus vailla kotia oli kuluttanut Frodoa, tai kukaties Sam sai jostakin viimeiset uudet voimat, joka tapauksessa hän nosti

Frodon ylös yhtä helposti kuin olisi nostanut reppuselkään jonkun hobittilapsen peuhatessaan Konnun nurmilla tai heinäpelloilla. Hän veti syvään henkeä ja lähti liikkeelle.

He olivat tulleet Vuoren juurelle luoteen ja pohjoisen puolelta, täällä sen pitkät harmaat rinteet eivät rikkonaisuudestaan huolimatta olleet jyrkät. Frodo ei puhunut mitään, ja Sam taisteli eteenpäin parhaan kykynsä mukaan vailla muuta ohjetta kuin kiivetä niin ylös kuin voimat sallivat ja tahto. Hän raahautui yhä ylemmäksi kääntyillen sinne tänne rinnettä loiventaakseen, horjahti usein eteenpäin ja ryömi lopulta kuin etana, jolla on painava taakka selässään. Kun hänen tahtonsa ei enää saanut häntä jatkamaan ja raajat pettivät, hän pysähtyi ja laski isäntänsä hellästi maahan.

Frodo avasi silmänsä ja veti henkeä. Täällä alamaita verhoavan leijuvan katkun yläpuolella oli helpompi hengittää. »Kiitos, Sam», hän kuiskasi karheasti. »Miten pitkä matka meillä on?»

»Minä en tiedä», Sam sanoi, »sillä en tiedä, minne me ollaan menossa.»

Hän katsoi taakse ja hän katsoi ylös, ja hän hämmästyi sitä miten pitkälle hänen viimeinen ponnistuksensa oli hänet tuonut. Yksin ja muista erillään oli pahaenteinen Vuori näyttänyt suuremmalta kuin olikaan. Sam näki nyt, ettei se ollut yhtä korkea kuin Ephel Dúathin solat, jotka hän ja Frodo olivat ylittäneet. Vuoren alaosan järkkyneet kivikkoiset harjanteet kohosivat tuhannenviidensadan kyynärän korkeuteen tasangon yläpuolelle. Kuin suuri uuni tai savupiippu, jota reunusti rosoreunainen kraatteri, kohosi huippu vielä seitsemänsataa kyynärää ylemmäksi. Mutta Sam oli jo yli puolessavälissä alarinteessä ja Gorgorothin laakso häämötti hänen alapuolellaan hämäränä varjon ja huurujen alla. Ylös katsoessaan hän oli vähällä huudahtaa, mutta kuivuneesta kurkusta ei lähtenyt ääntä, sillä kuoppaisten kumpujen ja harjanteiden välissä hän näki aivan selvästi jonkinlaisen tien. Se vei ylöspäin kuin lännestä nouseva vyö ja kiemurteli käärmeen lailla Vuoren rinteessä kunnes katosi näköpiiristä viimeisen huipun juurella Vuoren itäpuolella.

Samin edessä kohosi jyrkkä harjanne, joka peitti näkyvistä polun alimman kaarteen, mutta hän arveli että vain pieni ponnistus veisi heidät tälle polulle. Hänessä syttyi taas toivon kipinä. He saattaisivat vielä valloittaa Vuoren. »Ja ehkä se on siinä tarkoituksella!» hän sanoi itsekseen. »Jollei sitä olisi, minun olisi ollut pakko alistua lopulta tappioon.»

Polku ei ollut siinä Samin tarkoituksia varten. Hän ei tiennyt katselevansa Sauronin tietä, joka vei Barad-dûrista Sammath Nauriin, Tulen kammioihin. Se alkoi Mustan tornin valtavalta länsiportilta, ylitti syvän kuilun jättiläismäistä rautasiltaa myöten, kulki kahden savuavan syvyyden välissä tasangolla puolisen peninkulmaa kunnes pitkä kalteva penger toi sen viimein Vuoren juureen idän puolelle. Sieltä se kiersi koko kierroksen etelästä pohjoiseen ja kohosi korkealle ylimmän huipun kylkeen, missä se hyvän matkan päässä savuavasta kuilusta johti mustaan oviaukkoon, joka tuijotti itään suoraan kohti Silmän ikkunaa varjon verhoamassa Sauronin varustuksessa. Vuoren syvyyksien purkaukset tuhosivat ja tukkivat tuon tien alinomaa, mutta se korjattiin ja raivattiin yhä uudestaan lukemattomien örkkien orjavoimalla.

Sam vetäisi henkeä. Polku odotti, mutta miten hän pääsisi rinnettä ylös, oli hänelle arvoitus. Ensin hänen oli pakko lepuuttaa särkevää selkäänsä. Hän makasi jonkin aikaa selällään Frodon vieressä. Kumpikaan ei puhunut. Päivä valkeni hitaasti. Äkkiä Samin valtasi hätä, jota hän ei kyennyt ymmärtämään. Tuntui melkein siltä kuin joku olisi huutanut:»Nyt, nyt, tai on liian myöhäistä.» Hän vyötti itsensä ja nousi. Frodokin näytti vaistonneen kehotuksen. Hän kompuroi jaloilleen.

»Sam, minä ryömin», hän hengähti.

Niin he kipusivat rinnettä ylös askel askelelta kuin pienet harmaat hyönteiset. He pääsivät polulle ja havaitsivat, että se oli leveä, päällystetty soralla ja tallatulla tuhkalla. Frodo kompuroi tielle ja kääntyi ikään kuin jonkin pakon voimasta katsomaan itään. Kaukana leijuivat Sauronin varjot, mutta maailman tuulen puuska tai suuri sisäinen rauhattomuus sai läpinäkymättömät pilvet pyörimään; hetkeksi ne väistyivät ja silloin hän näki mustan mustana, varjojakin tummempana, Baraddûrin ylimmän tornin rautakruunun ja julmat pinaakkelit. Vain hetken se tuijotti ulos verhostaan, mutta kuin suuresta ikkunasta jostakin mittaamattoman korkealta sinkoutui pohjoiseen punainen lieska, läpitunkevan Silmän räpäys; ja sitten vetäytyi varjo taas umpeen ja kauhea näky haihtui. Silmä ei ollut heihin suunnattu: se tuijotti pohjoiseen, jossa Lännen päälliköt valmistautuivat hyökkäykseen, sinne oli hänen pahuutensa nyt kääntynyt, minne hänen mahtinsa marssi iskeäkseen viimeisen iskun, mutta tuon kammottavan välähdyksen voimasta Frodo kaatui kuin kuolettavasti haavoittuneena. Hänen kätensä etsi kaulassa roikkuvaa ketjua.

Sam polvistui hänen viereensä. Hän kuuli Frodon kuiskaavan heikosti, tuskin kuuluvasti:»Auta, Sam! Auta, Sam! Pitele kättäni! En voi sille mitään.» Sam tarttui isäntänsä käsiin ja pani ne yhteen ja piteli niitä hellästi omiensa välissä. Äkkiä hänen mielessään välähti:»Hän on huomannut meidät! Kaikki on nyt hukassa tai aivan kohta! No niin, Sam Gamgi, tämä on sitten loppu.»

Hän nosti Frodon taas ylös, kietoi tämän kädet omalle rinnalleen ja jätti tämän jalat heilumaan. Sitten hän painoi päänsä ja lähti ponnistelemaan polkua ylös. Tie ei ollut niin helppokulkuinen kuin miltä se oli aluksi näyttänyt. Kaikeksi onneksi ne tuliryöpyt, joiden Sam oli nähnyt purkautuvan Vuoren uumenista seistessään Cirith Ungolin solassa, olivat valuneet enimmäkseen eteläisiä ja läntisiä rinteitä, eikä tie tällä puolella ollut tukossa. Mutta monin paikoin se oli kuitenkin murentunut olemattomiin ja siinä ammotti halkeamia. Kuljettuaan jonkin aikaa itään tie teki täyskäännöksen ja vei vähän matkaa länteen. Mutkassa tie puhkaisi syvän leikkauksen vanhaan kuluneeseen kivenjärkäleeseen, jonka Vuoren uumenet olivat oksentaneet aikoja sitten. Taakkansa alla huohottava Sam kääntyi mutkassa ja tajusi samalla silmänurkassaan, että järkäleen päältä putosi jotakin, ehkä pieni musta kivi, joka oli lähtenyt vierimään hänen askelistaan.

Ja äkkiä hänen päällään oli suuri paino ja hän kaatui maahan ja repi kätensä, jotka yhä pitelivät kiinni isännän käsistä. Sitten hän tajusi, mitä oli tapahtunut. Hän kuuli maatessaan vihaamansa äänen.

»Ilkeä issäntä!» se sähisi. »Ilkeä isssäntä juksssaa, jukssaa Sméagolia, klunk. Ei sssaa mennä sinne! Ei ssaa tehdä pahaa Aarteelle. Anna se Sméagolille, anna sse, anna sse meille! Anna meille sse!»

Sam ponnisti voimallisesti ja nousi. Hän veti heti esiin miekkansa, mutta mitään ei ollut tehtävissä. Klonkku ja Frodo pyörivät yhtenä väkkäränä. Klonkku kynsi isäntäänsä yrittäen saada käsiinsä ketjun ja Sormuksen. Tuskin mikään muu olisi pystynyt sytyttämään Frodon sydämen ja sammuvan tahdon kuin hyökkäys, yritys riistää häneltä väkisin hänen kalleutensa. Hän tappeli vastaan äkillisellä raivolla, joka yllätti Samin ja yllätti Klonkunkin. Mutta siitäkin huolimatta olisi taistelu saattanut päättyä toisin, jos Klonkku itse olisi säilynyt entisellään, mutta kauheat, yksinäiset, tuntemattomat nälän ja janon polut, joille kaikkinielevä himo ja kauhea pelko olivat sen ajaneet, olivat jättäneet siihen ankarat jälkensä. Se oli laiha, nälkiintynyt ja riutunut, pelkkää luuta ja nahkaa. Vauhko tuli leimusi sen silmissä, mutta sen tuttu kuristava voima ei enää vetänyt vertoja sen pahuudelle. Frodo heitti sen maahan ja nousi vavisten pystyyn.

»Maahan, maahan!» hän huohotti ja puristi kätensä nahkanutun sisällä nyrkkiin Sormuksen ympärille. »Maahan, senkin matava otus, ja pois tieltä! Sinun hetkesi on mennyt. Et voi enää pettää tai tappaa minua.»

Silloin, kuten kerran Emyn Muilin laitamilla, Sam äkkiä näki nämä kaksi kilpailijaa toisin silmin. Kyyristynyt otus, tuskin enempää kuin elävän varjo, lopullisesti murtunut ja murskattu olento, joka kuitenkin oli yhä täynnä himoa ja raivoa; ja sen edessä lujana, sääliä enää tuntematta, valkoiseen verhoutunut hahmo, jonka rinnalla hehkui tulinen pyörä. Tulesta puhui käskevä ääni.

»Mene, äläkä enää vaivaa minua! Jos minuun kosket, heitetään sinut itsesi Tuomion tuleen.»

Kyyristynyt hahmo pelkintyi räpyttelevissä silmissään sekä kauhua että sammumaton himo.

Näky väistyi ja Sam näki Frodon seisovan käsi rinnalla, kiivaasti huohottaen, jalkojensa juuressa Klonkku polvet ja lätyskäkädet maassa.

»Varokaa!» Sam huusi. »Se hyppää!» Hän astui askelen miekkaa heiluttaen. »Nopeasti, herra!» hän älähti. »Eteenpäin! Eteenpäin! Ei ole aikaa hukattavana. Minä hoitelen sen. Eteenpäin!»

Frodo katsoi häneen kuin hän olisi ollut matkojen päässä. »Totta, minun on mentävä eteenpäin», hän sanoi. »Hyvästi, Sam! Tämä on nyt viimein loppu. Tuomiovuorella tuomio lankeaa. Hyvästi!» Hän kääntyi ja lähti jatkamaan matkaa kävellen hitaasti mutta suorana polkua ylös.

»No nyt!» Sam sanoi. »Päästiinpäs vihdoin selvittämään välejä!» hän harppasi eteenpäin paljas miekka taisteluvalmiina. Mutta Klonkku ei hypännyt. Se heittäytyi mahalleen maahan ja alkoi vikistä.

»Älä tapa meitä», se uikutti. »Älä ssatuta inhottavalla julmalla veitsellä! Anna meidän elää, anna elää, vielä vähän aikaa. Hukassa, hukassa. Me ollaan hukassa. Ja kun Aarre menee, me kuollaan, kuollaan, tomuksi tullaan.» Se kouri pitkillä lihattomilla sormillaan polun tuhkaa. »Tomukssssi!» se sihisi.

Samin käsi huojui. Hän oli tulvillaan vihaa ja kaunaa. Olisi oikea teko surmata petollinen, murhanhimoinen otus, oikea ja moneen kertaan ansaittu, ja se tuntui myös ainoalta turvalliselta teolta. Mutta syvällä sydämessään hän tunsi esteen: hän ei voisi lyödä tätä tomussa makaavaa hylättyä loppuun kulunutta rauniota. Hän oli itse, vaikkakin vain hetken, kantanut Sormusta, ja hän aavisti nyt hämärästi Klonkun näivettyneen ruumiin ja sielun tuskat tuon Sormuksen orjuudessa, että se ei enää elämänsä aikana löytäisi rauhaa eikä lohdutusta. Mutta mitään sanoja Samilla ei ollut kuvaamaan tunteitaan.

»Olekin kirottu, senkin luihu haisuli!» hän sanoi. »Ala vetää! Paina matkoihisi! Minä en luota sinuun niin kauan kuin vielä voin sinua potkaista, mutta mene matkoihisi. Tai muuten minä tosissaan satutan sinua, inhottavalla julmalla veitsellä, tietysti.»

Barad-dûr

Klonkku nousi nelinkontin ja perääntyi useita askelia ja kääntyi sitten, ja kun Sam suuntasi potkun sitä kohti, se pakeni polkua alas. Sam ei enää kiinnittänyt siihen huomiota. Hän muisti äkkiä isäntänsä. Hän tähyili ylös polkua, mutta ei nähnyt Frodoa. Hän lähti astelemaan tietä niin nopeasti kuin pääsi. Jos hän olisi katsonut taakseen, hän olisi saattanut nähdä, että vähän matkan päässä Klonkku kääntyi uudestaan ja lähti nopeasti mutta varovaisesti hiipimään heidän peräänsä kuin liukuva varjo kivien lomassa, ja hulluuden vauhko kiilto paloi sen silmissä.

Polku nousi yhä. Pian tuli uusi mutka vastaan ja viimeisen itään vievän pätkän jälkeen tie kulki rinteen suuntaiseen leikkaukseen ja päättyi mustaan oveen Vuoren kylkeen, Sammath Naurin oveen. Kaukana kohosi aurinko etelää kohti, läpäisi savun ja udun ja erottui sameantuhruisena punaisena kiekkona, mutta Mordor levittäytyi Vuoren ympärillä kuin kuollut maa, hiljaisena, varjojen peitossa, odottaen jotakin kauheaa iskua.

Sam tuli ammottavalle aukolle ja kurkisti sisään. Siellä oli pimeää ja kuumaa ja ilmaa järisytti syvä jylinä. »Frodo! Herra!» hän huusi. Vastausta ei kuulunut. Hän seisoi hetken paikallaan ja mieletön pelko kouristi sydäntä. Sitten hän astui sisään. Hänen kintereillään seurasi varjo.

Aluksi hän ei nähnyt mitään. Suuressa hädässään hän otti taas kerran esiin Galadrielin kristallipullon, mutta se loisti kylmänä ja himmeänä hänen vapisevassa kädessään eikä luonut valoa tukahduttavaan pimeyteen. Sam oli saapunut Sauronin valtakunnan sydämeen ja hänen muinaisen mahtinsa ahjoihin, Keski-Maan mahdeista se oli suurin ja täällä lannistuivat kaikki muut voimat. Sam otti pelokkaasti muutaman haparoivan askelen pimeässä ja yhtäkkiä leimahti punainen lieska nuolemaan mustaa kattoa. Silloin Sam näki että hän oli pitkässä luolassa tai käytävässä, joka porautui vuoren savuavaan huippuun. Mutta vain vähän matkan päässä katkaisi sen lattian ja seinät suuri kuilu, josta punainen hehku oli kotoisin; välillä se leimahti ylös, välillä sammui pimeyteen, ja kaiken aikaa kuului syvältä alhaalta jylinä ja ryminä ikään kuin suuret koneet olisivat jyskyneet ja kolisseet siellä.

Taas kattoon leimahti valo, ja kuilun reunalla, itse Tuomiorotkon reunalla seisoi Frodo mustana hehkua vasten, jännittyneenä, suorana, mutta liikkumatta, kuin kivettyneenä.

»Herra!» huusi Sam.

Silloin Frodo liikahti ja puhui selvällä äänellä, selvemmällä ja voimallisemalla kuin Sam oli ikinä kuullut hänen puhuvan, ja ääni kohosi yli Tuomiovuoren jyskeen ja jyrinän ja kaikui katossa ja seinissä.

»Olen tullut», hän sanoi. »Mutta nyt en tee sitä, minkä tulin tekemään. Tätä tekoa en tee. Sormus on minun!» Ja äkkiä hän katosi Samin silmistä – hän oli pannut Sen sormeensa. Sam vetäisi henkeä, mutta ei ehtinyt huutaa, sillä samalla hetkellä tapahtumat alkoivat vyöryä.

Jokin iski Samia rajusti takaapäin, häneltä lyötiin jalat alta ja hänet töytäistiin sivuun, hän löi päänsä kiviseen lattiaan ja tumma hahmo säntäsi hänen ylitseen. Hän makasi maassa ja kaikki musteni.

Ja samaan aikaan kun Frodo pani Sormuksen sormeensa ja julisti sen omakseen itse Sammath Naurissa, pimeyden valtakunnan sydämessä, vavahti Mahti Barad-dûrissa, ja Torni tärisi perustuksista aina ylpeään ja katkeraan kruunuun saakka. Musta ruhtinas tajusi äkkiä hänet, ja hänen silmänsä, joka läpäisee kaikki varjot katsoi tasangon yli ovelle, jonka hän itse oli tehnyt, ja hänen oman houkkamaisuutensa koko määrä paljastui hänelle sokaisevana salamana, ja viimein hän näki kaikki vihollisensa juonet vailla verhoa. Silloin hänen vihansa leimahti kuluttavaksi tuleksi, mutta hänen pelkonsa kohosi kuin suuri musta savu häntä tukehduttamaan. Sillä hän tiesi missä kuolemanvaarassa hän itse oli ja hän tiesi langan, jonka varassa hänen kohtalonsa riippui.

Hänen mielestään valahtivat kaikki suunnitelmat, pelon ja petoksen verkot, kaikki juonet ja sodat, ja läpi koko hänen valtakuntansa kävi vavistus, ja hänen orjansa tutisivat, armeijansa pysähtyivät; äkkiä ohjaajatta jääneet päälliköt, joilta tahto oli riistetty, vapisivat ja vaipuivat epätoivoon. Sillä heidät oli unohdettu. Heitä liikuttavan Mahdin kaikki tuumat ja aatokset olivat nyt kääntyneet ylitsevuotavalla voimalla Vuorta kohti. Hänen kutsustaan kääntyivät *nazgûl*, sormusaaveet, ja niiden huuto repi ilmaa, kun ne tuulta nopeammin syöksyivät viimeiseen epätoivoiseen ajoon, ja myrskyn siivin ne kiisivät Tuomiovuorelle.

Sam nousi. Häntä pyörrytti ja hänen päästään valui verta silmille. Hän haparoi eteenpäin ja näki oudon ja kauhean näyn. Klonkku taisteli raivokkaasti kuilun reunalla näkymättömän vihollisen kanssa. Se heilui puolelta toiselle, välillä se oli niin lähellä reunaa, että melkein luiskahti syvyyteen, välillä se raahautui tännemmäksi, kaatui, nousi ja kaatui taas. Ja kaiken aikaa se sähisi, mutta sanoja sen suusta ei tullut.

Alhaalla asuva tuli leimahti vihaan, punainen valo liekehti ja koko luolan täytti kuuma loimotus. Äkkiä Sam näki Klonkun pitkien sormien vetävän jotakin suuta kohti, sen valkoiset kulmahampaat kiilsivät ja sitten leuat loksahtivat yhteen. Frodo parkaisi, ja siinä hän oli polvillaan kuilun reunalla. Mutta Klonkku tanssi hullun lailla pidellen ilmassa Sormusta, jossa sormi yhä roikkui. Sormus hehkui nyt ikään kuin se todella olisi ollut elävästä tulesta taottu.

»Aarre, Aarre, Aarre!» Klonkku huusi. »Minun Aarre! Oi Aarre!» Ja samassa, silmien ahmiessa palkintoa se astui liian pitkälle, horjahti, huojui hetken kuilun partaalla ja putosi kiljaisten. Syvyydestä kohosi viimeinen valittava *Aaarre*, sitten se oli poissa.

Kuului jyrähdys ja kauhea pauhu. Ilmaan lennähti lieskoja, jotka nuolivat kattoa. Jyske paisui valtavaksi meteliksi, Vuori järisi. Sam juoksi Frodon luo, nosti hänet pystyyn ja kantoi hänet ovelle. Ja silloin, Sammath Naurin mustalla kynnyksellä, avautui hänen eteensä kauhea ja ihmeellinen näky, joka sai hänet unohtamaan kaiken muun ja tuijottamaan eteensä kuin kivettyneenä.

Hän näki väläyksenä pyörteisen pilven ja sen keskellä torneja ja valtavia varustuksia mahtavalla kivijalustalla pohjattomien kuilujen päällä, hän näki suuria pihoja, tyrmiä, ikkunattomia sileäseinäisiä vankiloita, ammottavia timanttiteräksisiä portteja; ja sitten kaikki katosi. Tornit kaatuivat ja vuoret liikkuivat; muurit murenivat ja vajosivat ryskyen maahan; ilmaan hyökyi valtavia savupatsaita ja höyrypurkauksia, jotka kohosivat kohoamistaan ja taittuivat viimein maan ylle aallon vaahtoavan harjan lailla. Ja virstojen takaa kuului jyrinä, joka paisui korvia huumaavaksi ryskeeksi ja ryminäksi; maa järisi, tasanko kohoili ja halkeili, ja Orodruin huojui. Tulta purkautui sen repeytyneestä kärjestä. Taivas puhkesi ukkoseksi, jota salamat repivät. Musta sade piiskasi maata. Ja myrskyn sydämeen kiisivät *nazgûl*. Vihlova huuto lävisti kaiken metelin ja repi pilvet hajalle, ja vuorten ja taivaan tulisen riehunnan keskellä ne leimahtivat kuin salamat, rätisivät, hiiltyivät ja katosivat.

»No niin, Sam Gamgi, loppu tuli», sanoi ääni Samin vieressä. Ja siinä oli Frodo kalpeana ja uupuneena, mutta omana itsenään; ja hänen silmissään lepäsi nyt rauha, ei tahdon ponnistus, ei hulluus, ei pelko. Taakka oli otettu häneltä pois. Siinä oli hänen rakas isäntänsä Konnun suloisilta ajoilta.

»Herra!» huudahti Sam ja vaipui polvilleen. Kaiken maailman tuhon keskellä hän tunsi sillä hetkellä vain iloa, suurta iloa. Taakka oli poissa. Hänen isäntänsä oli pelastunut, Frodo oli taas oma itsensä, vapaa. Ja silloin Sam huomasi raadellun ja verisen käden.

»Voi teidän kättä!» hän sanoi. »Eikä minulla ole mitään millä sen sitoisin tai hoitaisin sitä. Olisin mieluummin antanut Klonkulle oman käteni vaikka kokonaan. Mutta nyt on Klonkku poissa, mennyt ikuisiksi ajoiksi.»

»Niin on», Frodo sanoi. »Mutta muistatko Gandalfin sanat: *Klonkulla on vielä tehtävänsä ennen loppua.* Jos sitä ei olisi ollut, en olisi pystynyt tuhoamaan Sormusta. Työ olisi mennyt hukkaan viimeisessä katkerassa ponnistuksessa. Antakaamme sille siis anteeksi! Sillä Tehtävä on täytetty, ja kaikki on ohi. Tuntuu hyvältä, että sinä olet siinä. Tässä nyt kun kaikki loppuu.»

4

CORMALLENIN KENTTÄ

K AIKKIALLA KUKKULOILLA TULVI Mordorin joukkoja. Lännen päälliköt olivat uppoamassa vihollismereen. Aurinko hehkui punaisena ja *nazgûlin* siipien alla levisivät kuoleman tummat varjot maan ylle. Aragorn seisoi lippunsa alla vaiti ja vakaana kuin ajatellen jotakin ajat sitten elettyä tai muuten kaukaista, mutta hänen silmänsä loistivat kuin tähdet, sitä kirkkaammin mitä mustemmaksi yö syveni. Kukkulan harjalla seisoi Gandalf ja hän oli valkea ja hurja eikä hänen päälleen langennut varjoa. Mordorin hyökkäys löi kuin aalto piiritettyihin kukkuloihin, nousuveden lailla pauhasivat huudot hävityksen ja aseiden kalskeen keskellä.

Gandalf liikahti ikään kuin hänen silmänsä olisivat äkkiä nähneet näyn, ja hän kääntyi ja katsoi pohjoisen kalvaankirkasta taivasta. Sitten hän kohotti kätensä ja huusi suurella äänellä ylitse metelin: *Kotkat tulevat!* Ja monet äänet vastasivat ja huusivat: *Kotkat tulevat! Kotkat tulevat!* Mordorin joukot katsoivat ylös kummissaan.

Halki ilman saapui Gwaihir Tuulenruhtinas ja sen veli Landroval, suurimmat pohjoisen kotkista, mahtavimmat vanhan Thorondorin jälkeläisistä, joka oli kotoisin Ympärysvuorten luoksepääsemättömistä pesistä ajalta, jolloin Keski-Maa oli nuori. Niiden jäljessä lensivät pitkissä ripeissä jonoissa nousevan tuulen kiidättäminä niiden vasallit pohjoisilta vuorilta. Ne liitivät suoraan kohti *nazgûlia*, syöksyivät äkkiä yläilmoista, ja niiden valtavat siivet havisivat kuin myrskytuuli.

Mutta *nazgûl* kääntyivät pakoon ja katosivat Mordorin varjoihin, sillä ne kuulivat Mustasta tornista äkkiä kauhean kutsun, ja tuolla hetkellä vapisivat kaikki Mordorin sotajoukot, epäilys kouristi sydäntä ja nauru tukahtui, kädet tärisivät ja raajoista hupeni voima. Voima, joka niitä ajoi ja täytti ne vihalla ja vimmalla, huojui nyt, ja sen tahto vetäytyi niistä; ja katsoessaan nyt vihollisen silmiin ne näkivät niissä tappavan tulen ja pelkäsivät.

Silloin huusivat kaikki Lännen päälliköt suurella äänellä, sillä heidän sydämensä täytti uusi toivo pimeyden keskellä. Piiritetyiltä kukkuloilta vyöryivät vapisevia vihollisiaan vastaan Gondorin ritarit, Rohanin ratsastajat, pohjoisen *dúnedain*, tiukantiheässä muodostelmassa marssivat komppaniat ja mursivat vastustajan rajuin keihääniskuin. Mutta Gandalf nosti kätensä ylös ja huusi vielä kerran.

»Seis, lännen miehet! Seis. Vartokaa. Kohtalon hetki on koittanut.»

Ja hänen puhuessaan järähti maa heidän jalkojensa alla. Ja taivaalle purkautui suuri tulta syöksevä pimeys ja kohosi nopeasti kauas Mustan portin tornien yläpuolelle, vuorten yläpuolelle. Maa valitti ja järkkyi. Hammastornit huojuivat, heilahtivat ja sortuivat, mahtava suojamuuri romahti, ja Musta portti lysähti kasaan, ja kaukaa kuului väliin heikkona, väliin voimakkaampana ja lopulta pilviin kohoten rummuttava jylinä ja ryminä, murtumisen pitkä kaikuva kumu.

»Sauronin valtakunta on lopussa!» sanoi Gandalf. »Sormuksen viejä on täyttänyt tehtävänsä.» Ja kun Päälliköt katsoivat etelään Mordorin maahan, näytti heistä kuin valtava varjon hahmo, läpitunkematon ja salamoiden seppelöimä, olisi kohonnut mustana pilviverhon lievettä vasten ja täyttänyt koko taivaan. Se kohosi suunnattoman suurena maailman ylle ja kurotti heitä kohti pitkän uhkaavan käden, hirveän mutta voimattoman; sillä kun se kurottui heitä kohti, tuli suuri tuuli ja käänsi sen ja vei sen mennessään, ja tuli aivan hiljaista.

Päälliköt painoivat päänsä, ja kun he jälleen nostivat silmänsä niin katso! heidän vihollisensa pakenivat ja Mordorin mahti hupeni kuin tomu tuuleen. Niin kuin muurahaiset vaeltavat päämäärättä ja vähitellen kuolevat, kun niiden keossa asuva kauhea paisunut olento, joka niitä kaikkia hallitsee, joutuu kuoleman omaksi, samoin ryntäilivät päättömästi Sauronin olennot, taioin kiedotut örkit, peikot ja pedot; ja jotkut surmasivat itsensä tai heittäytyivät kuiluihin tai pakenivat valittaen piiloutuakseen mustiin valottomiin paikkoihin ja koloihin, minne toivo ei yllä. Mutta Rhûnin ja Haradin miehet, itäläiset ja eteläiset näkivät että heidän sotansa oli hävitty ja käsittivät Lännen päälliköiden suuren kuninkaallisuuden ja kunnian. Ja ne, jotka kauimmin olivat pahaa palvelleet täynnä vihaa länttä kohtaan, mutta olivat silti ylpeitä ja uljaita miehiä, kokosivat nyt joukkonsa viimeiseen epätoivoiseen taisteluun. Mutta suurin osa pakeni itään miten parhaiten pääsi, ja jotkut heittivät aseensa maahan ja anoivat armoa.

Silloin Gandalf jätti taistelun johtamisen Aragornille ja muille ruhtinaille ja nousi kukkulan laelle ja huusi kutsun, ja hänen luokseen kaartoi suuri kotka, Gwaihir Tuulenruhtinas, ja laskeutui hänen eteensä.

»Kahdesti olet kantanut minua, ystäväni Gwaihir», Gandalf sanoi. »Kolmas kerta vielä tarvitaan, jos siihen suostut. Saat huomata, että en ole paljonkaan painavampi kuin silloin, kun kannoit minut Zirakzigililtä, missä entinen elämäni paloi poroksi.»

»Minä kannan sinut», Gwaihir vastasi, »minne ikinä tahdot, vaikka olisit kivestä tehty.»

»Tule, ja ota mukaan veljesi ja muutama nopeimmista heimosi jäsenistä! Sillä nyt on kaikkia tuulia huimempi nopeus tarpeen että voitamme *nazgûlin* siivet.»

»Pohjoistuuli puhaltaa, mutta me kiidämme sitä nopeammin», Gwaihir sanoi. Ja hän nosti Gandalfin ilmaan ja kiiruhti etelää kohti ja hänen mukanaan lensivät Landroval ja nuori ja nopea Meneldor. Ja ne lensivät yli Udûnin ja Gorgorothin ja näkivät maan hävityksen ja tuhon allaan, ja niiden edessä loimusi Tuomiovuori ja syöksi ilmaan tultaan.

»Tuntuu hyvältä että sinä olet siinä», Frodo sanoi. »Tässä nyt kun kaikki loppuu.» »Herra, minä olen tässä», Sam sanoi ja painoi Frodon haavoittuneen käden hellästi rinnalleen. »Ja te olette tässä. Ja matka on lopussa. Mutta kun me on kerran kuljettu koko tämä matka, minä en tahdo vielä luopua. Semmoinen ei oikein sovi minulle, tiedättehän te sen.»

»Ehkä ei», Frodo sanoi, »mutta sellainen maailma on. Toiveet tuhoutuvat. Loppu tulee. Meidän ei tarvitse odottaa enää kauan. Me olemme keskellä hävitystä ja tuhoa, eikä meillä ole mitään tietä pois.»

»Mutta herra, me voitaisiin kai kuitenkin mennä vähän kauemmaksi tästä vaarallisesta paikasta, tästä Tuomiorotkosta tai mikä tämän nimi on. Eikö voitaisi? Tulkaa nyt, mennään ainakin vähän alemmaksi tuota polkua!»

»Hyvä on, Sam. Jos niin tahdot, minä tulen kyllä», Frodo sanoi, ja he nousivat ja astelivat kiemurtelevaa tietä varovasti alemmaksi, ja kun he kulkivat kohti Vuoren järisevää juurta, purkautui Sammath Naurista suuri savu ja höyry, ja huipun kylki repeytyi ja itäpuolta lähti vyörymään valtava hidas virta tulista oksennusta.

Frodo ja Sam eivät enää päässeet edemmäksi. Sielun ja ruumiin viimeiset voimat ehtyivät nopeasti. He olivat päässeet matalalle tuhkakummulle Vuoren juurelle, mutta edemmäksi ei ollut menemistä. Kumpare oli nyt saari, joka ei kauan säilyisi Orodruinin piinan keskellä. Maassa ammotti kaikkialla suuria aukkoja, ja syvistä repeämistä ja kuiluista syöksyi savua ja huurua. Heidän takanaan Vuori tärisi. Sen kylkiin ilmestyi suuria rakoja. Heitä kohti valui pitkiä rinteitä myöten hitaita tulivirtoja. Pian he olisivat saarroksissa. Ilma oli täynnä kuumana putoilevaa tuhkaa.

He seisoivat vierekkäin ja Sam piti yhä isäntänsä kättä hellästi omassaan. Hän huokasi. »Onpa oltu mukana aika tarinassa, vai mitä, Frodo-herra?» hän sanoi. »Saisinpa kuulla sen! Mahtavatkohan ne sanoa: *Ja nyt kertomus Yhdeksänsormi-Frodosta ja Tuomion sormuksesta?* Ja sitten kaikki ovat ihan hiljaa niin kuin me, kun meille kerrottiin Rivendellissä Beren Yksikätisestä ja Suuresta jalokivestä. Voi, kun saisi kuulla sen! Ja mitenkähän se jatkuu meidän osuutemme jälkeen?»

Mutta kun hän siinä puhui pitääkseen pelon viimeiseen asti loitolla, hänen silmänsä tarkkailivat kaiken aikaa pohjoista, josta tuuli puhalsi, jossa taivas oli kirkas, ja silloin kylmä myrskyksi nouseva puhuri hajotti pimeyden ja pilvien riekaleet.

Ja Gwaihir tuli hurjan tuulen mukana ja näki heidät tarkoilla pitkälle näkevillä silmillään, ja suurta vaaraa uhmaten se kaarteli ilmassa: se näki kaksi pientä hyljättyä hahmoa; käsi kädessä he seisoivat pienellä kumpareella, jonka ympärillä maailma järkkyi ja repeili ja jota tulivirrat lähenivät. Ja syöksyessään alas se näki heidän kaatuvan, uupumuksesta tai kuumuuden ja huurujen tukehduttamina, tai kukaties epätoivon viimeisestä iskusta kätkeäkseen silmänsä kuolemalta.

Rinnakkain he makasivat, ja Gwaihir pyyhälsi alas ja sen mukana Landroval ja huima Meneldor, ja unen vallassa, tietämättä omasta kohtalostaan matkalaiset nostettiin ilmaan ja kannettiin kauas pois tulesta ja pimeydestä.

Herätessään Sam huomasi makaavansa pehmeässä vuoteessa, mutta hänen yllään keinuivat leppeästi suuret pyökinoksat ja niiden vastapuhjenneiden lehtien läpi loisti aurinko kullanvärisenä ja vihreänä. Ja ilma oli täynnä suloisia tuoksuja.

Sauronin käsivarsi

Hän muisti nämä tuoksut: ne kuuluivat Ithilieniin. »Siunatkoon!» hän tuumi. »Kuinkahan kauan minä olen nukkunut?» Sillä tuoksu oli palauttanut hänet siihen päivään, jolloin hän oli sytyttänyt pikku nuotion aurinkoiseen rinteeseen, ja hetkeksi kaikki muu unohtui. Hän kiskotteli ja veti syvään henkeä. »Huh, näinpä aikamoista unta!» hän muisti. »Mukava olla taas hereillä!» Hän nousi istumaan ja näki, että Frodo makasi hänen vieressään nukkuen levollisesti toinen käsi pään alla, toinen peitolla. Peitolla lepäsi oikea käsi ja siitä puuttui nimetön sormi.

Samin muisti palasi äkkiä ja hän huudahti: »Ei se ollutkaan unta! Missä me oikein ollaan?»

Ja hän kuuli takaansa lempeän äänen: »Ithilienin maassa, kuninkaan hoivissa, ja hän odottaa teitä.» Ja Gandalf seisoi hänen edessään valkeissa vaatteissa ja hänen partansa hohti kuin puhdas lumi lehtien lomitse vilkkuvassa valossa. »No, mestari Samvais, miten on voinnin laita?» hän sanoi.

Mutta Sam laskeutui takaisin maata ja tuijotti häntä suu auki, eikä hän hetkeen pystynyt vastaamaan järkytyksen ja suuren riemun taistellessa hänessä. Viimein häneltä pääsi: »Gandalf! Minä luulin että te olitte kuollut! Mutta luulin että itsekin kuolin. Muuttuuko se murhe, mikä oli, olemattomaksi? Mitä maailmalle on tapahtunut?»

»Suuri varjo on väistynyt», Gandalf sanoi ja sitten hän nauroi ja tuo nauru oli kuin musiikkia tai kuin veden solina kuivassa maassa, ja sitä kuunnellessaan Sam tuli ajatelleeksi, ettei hän ollut kuullut naurua, ilon aitoa ääntä, ties kuinka pitkään aikaan. Se soi hänen korvissaan kuin kaikkien koskaan koettujen ilon hetkien kaiku. Mutta itse hän purskahti kyyneliin. Sitten, niin kuin lämmin sade väistyy kevättuulen myötä ja aurinko paistaa taas entistä kirkkaammin, hänen kyyneleensä kuivuivat ja nauru täytti hänet ja hän hypähti nauraen vuoteestaan.

»Mitenkö on voinnin laita?» hän huudahti. »En osaa oikein sanoa. Tuntuu, tuntuu» – hän heilautti käsiään ilmassa – »tulee mieleen kevät talven jälkeen, aurinko ja lehdet, ja torvet ja harput ja kaikki laulut, mitä ikinä olen kuullut!» Hän vaikeni ja katsoi isäntäänsä. »Mutta miten Frodo voi?» hän sanoi. »Kamala juttu, se mitä kädelle tapahtui. Mutta onhan hän muuten kunnossa? Hänellä on ollut kovat oltavat.»

»Kyllä minä muuten voin hyvin», sanoi Frodo ja nousi istumaan ja nauroi nyt vuorostaan. »Minä nukahdin uudestaan, kun odottelin sinun heräävän, senkin unikeko! Minä olin hereillä jo aikaisin tänä aamuna ja nyt on varmaan päivä jo puolessa.»

»Puolessa», sanoi Sam ja yritti laskea. »Mikä päivä?»

»Uuden vuoden neljästoista», Gandalf sanoi, »tai, mikäli tahdot, huhtikuun kahdeksas päivä konnunlaskun mukaan.* Mutta Gondorissa alkaa tästä lähin uusi vuosi aina maaliskuun kahdennestakymmenennestäviidennestä, jolloin Sauron kukistui ja teidät tuotiin tulen keskeltä kuninkaan luo. Hän on hoitanut teitä ja nyt hän odottaa. Saatte syödä ja juoda hänen kanssaan. Kun olette valmiit, minä vien teidät hänen luokseen.»

»Kuninkaan?» Sam sanoi. »Minkä kuninkaan, ja kuka hän on?»

»Gondorin kuninkaan ja läntisten maiden herran», sanoi Gandalf, »ja hän on ottanut itselleen kaikki entiset valtakuntansa. Hän ratsastaa pian kruunajaisiinsa, mutta hän odottaa teitä.»

---

* Maaliskuussa (*rethessä*) oli Konnun kalenterissa kolmekymmentä päivää.

»Mitä minä panen päälleni?» sanoi Sam, sillä hän ei nähnyt muita vaatteita kuin ne vanhat ja repaleiset rääsyt, joissa he olivat vaeltaneet – ne oli laskostettu maahan vuoteitten viereen.

»Samat vaatteet kuin teillä oli matkallanne Mordoriin», Gandalf sanoi. »Nekin örkkirääsyt on säilytetty, jotka sinulla, Frodo, oli päälläsi mustassa maassa. Mitkään silkit tai sametit eivät voisi olla arvokkaammat. Mutta myöhemmin saatte ehkä toiset vaatteet.»

Sitten hän ojensi heille kätensä ja he näkivät, että kämmenellä kimalsi jotakin. »Mitä sinulla on kädessäsi?» huudahti Frodo. »Ei kai –?»

»Onpa hyvinkin, tässä ovat kaksi kalleuttanne. Ne löydettiin Samilta kun teidät pelastettiin. Valtiatar Galadrielin lahjat: Frodon pullo ja Samin rasia. Te varmaan otatte ne mielellänne takaisin.»

Kun hobitit olivat peseytyneet ja pukeutuneet ja syöneet kevyesti, he lähtivät Gandalfin perässä. He astuivat ulos pyökkilehdosta, jossa he olivat nukkuneet, ja kävelivät pitkää vihreää nurmikenttää, joka hehkui auringon valossa ja jonka reunoilla kasvoi uljaita tummalehtisiä punakukkaisia puita. Takaa kuului vesiputouksen ääni ja heidän edellään virtasi joki kukkivien äyräiden välissä kunnes se sukelsi metsikköön nurmikentän päässä, vielä kaukanakin lehväkaton alta erottui sen kimallus.

He tulivat metsäaukealle ja näkivät yllätyksekseen, että siellä seisoi ritareita kirkkaassa sotisovassa ja vartiomiehiä mustissa ja hopeanvärisissä varusteissa ja nämä tervehtivät heitä kunnioittaen ja kumarsivat heille. Ja sitten yksi heistä puhalsi torveen ja he kulkivat puurivien välissä solisevan virran viertä. Niin he saapuivat avaralle viheriöivälle paikalle, jonka takana kimmelsi hopeausvassa leveä virta. Virran keskellä kohosi metsäinen saari ja sen rannoilla oli monia laivoja. Mutta niitylle oli kerääntynyt suuri sotajoukko, jonka rivistöt hohtivat auringossa. Ja hobittien lähestyessä miehet paljastivat miekkansa ja heilauttivat keihäitään ja torvet ja trumpetit soivat ja monin äänin ja monin kielin miehet huusivat:

> »Kauan eläkööt puolituiset! Ylistäkää suuresti heitä!
> Cuio i Pheriain anann! Aglar'ni Pheriannath!
> Ylistäkää suuresti heitä, Frodoa ja Samvaisia!
> Daur a Berhael, Conin en Annûn! Eglerio!
> Ylistäkää heitä!
> Eglerio!
> A laita te, laita te! Andave laituvalmet!
> Ylistäkää heitä!
> Cormacolindor, a laita tárienna!
> Ylistäkää heitä, Sormuksen viejiä, ylistäkää suuresti heitä!»

Ja punainen veri kohosi Frodon ja Samin kasvoille ja heidän silmänsä loistivat ihmetystä, ja he kävelivät eteenpäin ja näkivät, että meluisan sotajoukon keskelle oli vihreistä turpeista rakennettu kolme korkeaa istuinta. Oikeanpuoleisen istuimen selkänojan yllä liehui vihreällä pohjalla laukkaava valkea hevonen, vasemmanpuoleisen yllä lepatti lippu, jossa hopeinen joutsenlaiva kynti merta sinisellä pohjalla, mutta keskellä, korkeimman istuimen takana, hulmusi tuulessa suuri lippu, jossa valkea puu kukki mustalla pohjalla hohtavan kruunun ja seitsemän loistavan tähden alla. Valtaistuimella istui mies sotisovassa ja hänen polvillaan lepäsi suuri miekka, mutta kypärää hänellä ei ollut. Heidän lähestyessään hän nousi. Ja silloin he tunsivat hänet, vaikka hän oli muuttunut kovin ylhäiseksi ja kasvoiltaan iloiseksi, kuninkaalliseksi, ihmisten hallitsijaksi, ja hänen tukkansa oli tumma ja silmät harmaat.

Frodo juoksi häntä kohti ja Sam seurasi hänen kannoillaan. »Kaikkea sitä sattuukin!» hän sanoi. »Konkari se on, ellen minä ole yhä unessa!»

»Oikeassa olet, Sam, Konkari se on», sanoi Aragorn. »Kieltämättä tänne on pitkä matka Briistä, missä ulkomuotoni ei sinua miellyttänyt. Matka on ollut pitkä meille kaikille, mutta teidän tienne on ollut synkin.»

Ja silloin hän notkisti polveaan heidän edessään saattaen Samin lopullisesti häkellyksiin, ja hän otti heitä kädestä, Frodon oikealle ja Samin vasemmalle puolelleen, ja vei heidät valtaistuimelle ja pani heidät istumaan sille ja kääntyi lähellä seisovien miesten ja päälliköiden puoleen ja puhui niin että hänen äänensä kaikui yli koko sotajoukon ja huusi:

»Ylistäkää suuresti heitä!»

Ja kun riemullinen huuto oli paisunut ja vaimennut taas kerran, astui Samin iki-iloksi ja autuudeksi esiin Gondorin lauluniekka, joka polvistui ja pyysi saada laulaa. Ja katso! hän sanoi:

»Kuulkaa! ruhtinaat ja ritarit, joiden uljuus on tahraton, niin kuninkaat ja prinssit ja Gondorin kaunis kansa ja Rohanin ratsastajat ja te Elrondin pojat ja pohjoisen *dúnedain* kuin haltia ja kääpiö ja Konnun suurisydämet ja kaikki lännen vapaa kansa, kuulkaa nyt minua. Sillä minä laulan teille Frodo Yhdeksänsänsormisesta ja Tuomion sormuksesta.»

Ja kun Sam sen kuuli, nauroi hän ääneen silkkaa onneaan ja nousi seisomaan ja huusi: »Oi iloa ja suurta kunniaa! Kaikki toiveeni ovat toteutuneet!» Ja sitten hän itki.

Ja koko sotajoukko itki ja nauroi ja kaiken ilon ja kyynelien keskellä nousi laulajan ääni hopeana ja kultana ja kaikki miehet hiljenivät. Ja hän lauloi heille, väliin haltiakielellä, väliin lännen kielellä, kunnes kauniit sanat saivat heidän pakahtuvan sydämensä vuotamaan yli ja ilo viilsi heitä miekan lailla ja heidän ajatuksensa liitivät maille, joilla tuska ja ilo virtaavat yksiin ja kyyneleet ovat siunauksen viini.

Ja viimein, kun aurinko alkoi laskeutua keskipäivän korkeudesta ja puiden varjot pidetä, hän lopetti. »Ylistäkää suuresti heitä!» sanoi hän ja polvistui. Ja silloin Aragorn nousi ja koko sotajoukko kohottautui pystyyn ja he kävelivät heille valmistettujen telttojen luo syömään ja juomaan ja iloitsemaan auringon laskuun saakka.

Frodo ja Sam vietiin erilleen ja johdateltiin erääseen telttaan, ja siellä heiltä otettiin heidän vanhat vaatteensa, mutta ne laskostettiin ja pantiin sivuun hyvin kunnioittavasti, ja heille annettiin puhtaat liinavaatteet. Sitten tuli Gandalf, ja Frodon suureksi ihmetykseksi hän kantoi käsissään miekkaa ja haltiaviittaa ja *mithril*-paitaa, jotka Frodolta oli viety Mordorissa. Samille hän toi kullatun rautapaidan ja hänen haltiaviittansa, jonka kaikki reiät ja repeämät oli korjattu, ja hän laski heidän eteensä kaksi miekkaa.

»Miekkaa en tahdo», sanoi Frodo.

»Tänään se olisi kuitenkin paikallaan», Gandalf sanoi.

Silloin Frodo otti Samin pienen miekan, jonka tämä oli jättänyt hänen vierelleen Cirith Ungolissa. »Piikin annan sinulle, Sam», hän sanoi.

»Ei, herra! Bilbo-herra antoi sen teille ja se kuuluu yhteen hopeapaidan kanssa, hän ei varmaan soisi kenenkään muun käyttävän sitä.»

Frodo antoi periksi, ja Gandalf polvistui ja vyötti miekkavyöt heille ikään kuin olisi ollut heidän asepalvelijansa, sitten hän nousi ja asetti hopeapannan kummankin päähän. Ja kun he olivat valmiit, menivät he suureen juhlaan, ja he istuivat Gandalfin kanssa kuninkaan pöydässä ja siellä oli myös Rohanin kuningas Éomer ja suuriruhtinas Imrahil ja kaikki suuret päälliköt ja Gimli ja Legolas olivat myös siellä.

Mutta kun Hiljaisen hetken jälkeen tuotiin viiniä, tuli kuninkaita palvelemaan kaksi aseenkantajaa, tai siltä näytti, toisella oli yllään Minas Tirithin kaartin hopeamusta asu, toisella valkovihreä. Mutta Sam ihmetteli, mitä niin nuorilla pojilla oli tekemistä suurten miesten armeijassa. Kun he tulivat lähemmäksi ja hän saattoi selvästi nähdä heidät, hän huudahti:

»No mutta! Katsokaa, Frodo-herra! Katsokaa tuonne! Jo on kumma, jollei tuo ole Pippin. Kerta kaikkiaan, minä väittäisin että siinä on herra Peregrin Tuk ja Merri-herra! Ovatpa kasvaneet! Siunatkoon! Muillakin taitaa olla tarina kerrottavana kuin meillä.»

»Niin onkin», sanoi Pippin kääntyen häntä kohti. »Ja te saatte kuulla ne niin pian kuin tämä juhla on ohi. Sillä välin voitte koettaa Gandalfia. Hän ei ole ihan yhtä vaitelias kuin ennen, vaikka nykyään hän nauraa enemmän kuin puhuu. Tällä hetkellä Merrillä ja minulla on muuta tekemistä. Me olemme Kaupungin ja Markin ritareita, toivottavasti se näkyy päältä.»

Viimein päättyi iloinen päivä, ja kun aurinko oli mennyt mailleen ja pyöreä kuu liukunut hitaasti Anduinin usvan ylle ja vilkkui vipajavien lehtien lomitse, Frodo ja Sam istuivat kuiskivien puiden alla kauniin Ithlienin ihanassa tuoksussa, ja he puhuivat myöhään yöhön Merrin ja Pippinin ja Gandalfin kanssa, ja pian myös Legolas ja Gimli liittyivät heidän seuraansa. Frodo ja Sam saivat tuolloin tietää paljon siitä, mitä Saattueelle oli tapahtunut sen jälkeen, kun se oli hajonnut kauheana päivänä Parth Galenissa Raurosin putousten luona, mutta aina riitti kysyttävää ja kerrottavaa.

Örkit, puhuvat puut, ruohopeninkulmat, laukkaavat ratsumiehet, kimaltelevat luolat ja valkoiset tornit ja kultaiset salit ja taistelut ja suuret laivat vilisivät Samin päässä kunnes hän oli aivan sekaisin. Mutta kaikkien näiden ihmeiden keskellä hän palasi tavan takaa ihmettelemään Merrin ja Pippinin kokoa, ja hän seisotti heitä itseään ja Frodoa vasten. Hän raapi päätään. »En ymmärrä – tuossa iässä!» hän sanoi. »Mutta niin se vaan on: te olette kolme tuumaa pitempiä kuin teidän pitäisi olla, tai minä olen kääpiö.»

»Etkä sinä takuulla ole», sanoi Gimli. »Mutta mitä minä sanoin! Kuolevaiset eivät voi juoda enttien vesiä kuvitellen, ettei se vaikuta enempää kuin tuoppi olutta.»

»Enttien vesiä?» Sam sanoi. »Taas te puhutte enteistä. Ne käyvät yli minun ymmärrykseni – millaisia ne oikein ovat? Kestää kuulkaa viikkoja ennen kuin me saadaan tästä kaikesta tolkku!»

»Varmasti», Pippin sanoi. »Ja sitten meidän täytyy lukita Frodo johonkin torniin Minas Tirithiin ja panna hänet kirjoittamaan kaikki muistiin. Muuten hän unohtaa puolet, ja vanha Bilbo-rukka pettyy pahan kerran.»

Viimein Gandalf nousi. »Kuninkaan kädet ovat parantajan kädet, hyvät ystävät», hän sanoi. »Mutta te olette käyneet kuoleman partaalla ennen kuin hän kutsui teidät takaisin käyttäen siihen kaiken voimansa ja lähetti teidät suloisen unen unholaan. Vaikka olettekin nukkuneet kauan ja hyvin, on jälleen aika mennä levolle.»

»Eikä se koske ainoastaan Samia ja Frodoa», Gimli sanoi, »vaan sinua myös, Pippin. Minä rakastan sinua, jollen muuten niin niiden tuskien vuoksi, mitä olen takiasi kestänyt, joita en koskaan unohda. Enkä myöskään unohda sitä, miten löysin sinut viimeisen taistelun kukkulalta. Ilman kääpiö Gimliä sinä olisit silloin joutunut tuhon omaksi. Mutta minä kyllä tiedän miltä hobitin jalka näyttää vaikka ruumiskasan seasta ei muuta näkyisi. Ja kun vedin sen valtavan ruhon päältäsi, olin varma että olit kuollut. Olisin voinut repiä partani irti. Eikä siitä ole kahta päivää, kun sinä ensimmäisen kerran nousit pystyyn. Nukkumaan vaan. Ja taidan mennä minäkin.»

»Ja minä», sanoi Legolas, »minä aion vaeltaa tämän kauniin maan metsissä, sillä se käy levosta. Tulevina aikoina, jos herrani sen sallii, osa kansastani muuttaa tänne, ja kun me tulemme, on maa siunattu jonkin aikaa. Jonkin aikaa: kuukauden, elämän, sata ihmisten vuotta. Mutta Anduin on lähellä, ja Anduin vie Merelle. Merelle!

> *Merelle! Merelle! Siellä tuuli kantaa*
> *huudot valkolokkien, vaahto saartaa rantaa.*
> *Länteen päin, länteen päin on päivä laskussansa.*
> *Harmaa laiva, harmaa laiva, kuuletko kun kansa*
> *kutsuu näin, kansani, edeltäni mennyt?*
> *Jätän synnyinmetsäni, niissä viivy en nyt,*
> *kun päiväin loppu lähestyy ja vuodet vähentyvät.*
> *Pian ulapoita purjehdin allani vedet syvät.*
> *Rannalle viimeiselle meri maininkeja ajaa,*
> *ja Kadonneeseen saareen kutsuu laulu vaeltajaa,*
> *ihmisiltä salattuun, rantaan Eressëan,*
> *Haltiakodon ikuisen ja iäti kukkivan.*

Ja laulaen Legolas meni mäkeä alas.

Silloin lähtivät myös toiset, ja Frodo ja Sam menivät vuoteisiinsa ja nukkuivat. Ja aamulla he heräsivät taas täynnä toivoa ja rauhaa, ja he viettivät Ithilienissä monta päivää. Sillä Cormallenin kenttä, johon sotajoukko oli leiriytynyt, oli lähellä Henneth Annûnia, ja öisin kuului sen putouksesta pauhu kun vesi vyöryi kallioportin läpi ja solisi kukkakunnaiden kautta Anduinin aaltoihin Cair Androsin saaren luona. Hobitit kuljeksivat siellä täällä ja kävivät niillä paikoilla, joilla he olivat aikaisemmin olleet, ja Sam toivoi kaiken aikaa, että hän jossakin metsien varjossa tai viitojen kätkössä näkisi vilauksen suuresta olifantista. Ja kun hän sai kuulla, että Gondorin taistelussa oli ollut mukana monta tällaista petoa mutta että ne oli kaikki tuhottu, hän piti sitä suurena menetyksenä.

»No, kaikkialla ei voi olla yhtä aikaa, niin kai se on», hän sanoi. »Mutta taisin menettää yhtä ja toista.»

Samaan aikaan sotajoukko valmistautui palaamaan Minas Tirithiin. Uupuneet lepäsivät ja haavoittuneita hoidettiin. Sillä heillä oli ollut tekemistä ja taistelemista yllin kyllin itäläisten ja eteläisten rippeiden kanssa ennen kuin kaikki oli kukistettu. Viimeisinä palasivat ne, jotka olivat marssineet Mordoriin ja tuhonneet kaikki maan pohjoisosan linnoitukset.

Mutta viimein toukokuun lähetessä Lännen päälliköt lähtivät taas liikkeelle, ja he menivät laivoihin kaikkine miehineen ja purjehtivat Cair Androsista Anduinia alas Osgiliathiin, ja siellä he viipyivät yhden päivän, ja seuraavana päivänä he saapuivat Pelennorin vihreille pelloille ja näkivät taas korkean Mindolluinin juurella kohoavat valkeat tornit, Gondorin ihmisten Kaupungin, Westernessen viimeisen muiston, joka oli käynyt läpi pimeyden ja tulen uuteen päivään.

Ja sinne peltojen keskelle he pystyttivät telttansa ja odottivat aamua, sillä oli toukokuun aatto ja kuningas astuisi porteista sisään auringon noustessa.

5

KÄSKYNHALTIJA JA KUNINGAS

GONDORIN KAUPUNGIN YLLÄ lepäsi epäilys ja suuri pelko. Kaunis ilma ja kirkas aurinko olivat tuntuneet pelkältä pilkalta miehistä, joilla ei toivoa ollut, jotka joka aamu vartoivat kohtalon viestiä. Valtias oli kuollut ja palanut, kuolleena lepäsi Rohanin kuningas heidän tornissaan, ja uusi kuningas, joka oli tullut yöllä heidän luokseen, oli lähtenyt sotaan niin mustia ja kauheita voimia vastaan, ettei niitä kukista mikään maailman mahti tai uljuus. Uutisia ei tullut. Sen jälkeen kun sotajoukko oli lähtenyt Morgulin laaksosta pohjoisen tielle, ei yksikään sanansaattaja ollut palannut eikä mitään tietoa ollut saatu siitä, mitä uhkaavassa idässä tapahtui.

Kun Päälliköiden lähdöstä oli kulunut vasta kaksi päivää, Éowyn-neito pyysi naisia, jotka häntä hoitivat, tuomaan hänelle hänen vaatteensa, eikä kuunnellut vastalauseita vaan nousi vuoteesta, ja kun hänet oli puettu ja hänen kätensä oli pantu liinaiseen kantositeeseen, hän meni Parannuksen tarhan hoitajan luo.

»Suuri levottomuus vaivaa minua», hän sanoi, »enkä voi enää maata joutilaana.»

»Arvon neito», vastasi mies, »ette vielä ole parantunut, ja minun käskettiin hoitaa teitä erityisellä huolella. Teidän ei olisi pitänyt nousta vuoteestanne vielä seitsemään päivään, niin kuului määräys. Kehotan teitä palaamaan vuoteeseen.»

»Olen parantunut», sanoi neito, »ainakin ruumiin puolesta lukuun ottamatta vasenta käsivartta, joka on hyvin näin. Mutta minä sairastun uudestaan, jos minulla ei ole mitään tekemistä. Eikö sodasta ole uutisia? Naiset eivät tiedä kertoa minulle mitään.»

»Uutisia ei ole», vastasi hoitaja, »vain se tiedetään, että ruhtinaat ovat ratsastaneet Morgulin laaksoon, ja kerrotaan että pohjoisesta tullut uusi päällikkö johtaa heitä. Siinä on suuri ruhtinas ja suuri parantaja, ja suuresti minua hämmästyttää se, että parantava käsi käyttelee myös miekkaa. Nykyään ei Gondorissa niin ole asia, vaikka aikanaan oli, mikäli vanhat tarut ovat totta. Vuosien ajan ovat parantajat yrittäneet ainoastaan paikata miekkamiesten tekemiä haavoja. Vaikka ilmankin olisi meillä yllin kyllin tekemistä: maailmassa on tarpeeksi asti kipua ja onnettomuutta emmekä me tarvitse sotia niitä lisäämään.»

»Sodan synnyttämiseen tarvitaan vain yksi vihollinen, ei kahta, arvollinen hoitaja», vastasi Éowyn. »Ja ne, joilla ei ole miekkaa, voivat silti miekkaan kuolla. Panisitteko Gondorin kansan keräämään vain yrttejä, kun Musta ruhtinas kokoaa armeijoita? Eikä aina ole hyväksi, että ruumis paranee. Eikä aina ole paha kuolla taistelussa vihloviinkaan kipuihin. Jos se sallittaisiin, valitsisin minä tällä synkällä hetkellä jälkimmäisen.»

Hoitaja katsoi häntä. Neito seisoi miehen edessä pitkänä, silmät palaen valkeissa kasvoissa, oikea käsi puristui nyrkkiin, kun hän kääntyi katsomaan ulos ikkunasta, joka avautui itään. Mies huokasi ja pudisti päätään. Hetken kuluttua neito kääntyi taas miehen puoleen.

»Eikö minulle ole tehtävää?» hän sanoi. »Kenellä on käskyvalta tässä Kaupungissa?»

»En tarkkaan tiedä», vastasi mies. »Nämä asiat eivät ole minun huolenani. Täällä on Rohanin ratsastajien marsalkka, ja ruhtinas Húrin komentaa tietojeni mukaan Gondorin miehiä. Mutta ruhtinas Faramir on laillisesti Kaupungin käskynhaltija.»

»Mistä minä hänet löydän?»

»Tästä talosta, arvon neito. Hän oli vakavasti haavoittunut, mutta kulkee jo terveyttä kohti. Mutta en oikein tiedä –»

»Veisittekö minut hänen luokseen? Sittenhän tiedätte.»

Valtias Faramir käveli yksikseen Parannuksen tarhan puistossa ja aurinko lämmitti häntä ja hän tunsi elämän virtaavan uutena suonissaan, mutta hänen sydämensä oli raskas ja hän katseli muurien yli itää kohti. Hoitaja tuli ja kutsui häntä nimeltä ja hän kääntyi ja näki Rohanin neidon Éowynin, ja sääli kosketti häntä, sillä hän näki, että nainen oli haavoittunut, ja hänen tarkka silmänsä käsitti hänen surunsa ja levottomuutensa.

»Herrani», sanoi hoitaja, »tässä on Éowyn-neito Rohanista. Hän ratsasti tänne kuninkaan mukana ja haavoittui pahasti ja on nyt minun hoivissani. Mutta hän ei ole tyytyväinen ja hän tahtoo puhua Kaupungin käskynhaltijan kanssa.»

»Älkää käsittäkö väärin, valtias», Éowyn sanoi. »Huolenpidon puutteesta en kärsi. Parempaa paikkaa ei voi kuvitella parantamista kaipaaville. Mutta minä en kykene makaamaan jouten, toimetta, häkissä. Olen etsinyt kuolemaa taistelussa. Mutta en kuollut, ja taistelu jatkuu.»

Saatuaan Faramirilta merkin hoitaja kumarsi ja poistui. »Mitä toivoisitte minun tekevän, neito?» Faramir sanoi. »Minäkin olen parantajien vanki.» Hän katsoi neitoon ja koska hän oli mies, jota sääli suuresti satutti, hänestä tuntui, että neidon ihanuus ja suru lävistivät hänen sydämensä. Ja neito katsoi miestä ja näki vakavan hellyyden hänen silmissään ja kuitenkin hän tiesi – sillä hänet oli kasvatettu sodan miesten keskellä – että taistelussa tätä miestä uljaampaa ei ollut Markin ratsastajien joukossa.

»Mikä on toivomuksenne?» kysyi mies uudestaan. »Jos vallassani on se täyttää, teen sen.»

»Toivoisin että käskisitte tätä hoitajaa ja pyytäisitte, että hän antaisi minun mennä», sanoi neito, mutta vaikka hänen sanansa yhä olivat ylpeät, hänen sydämensä horjui ja ensi kertaa hän epäili omia aikeitaan. Hän arvasi, että tämä pitkä mies, joka oli sekä luja että hellä, saattaisi kuvitella, että hän oikutteli kuin lapsi, jolta puuttuu mielen lujuutta jatkaa ikävää tehtävää loppuun asti.

»Olen itse hänen hoivissaan», vastasi Faramir. »Enkä myöskään ole vielä ottanut valtaa Kaupungissa. Mutta vaikka olisinkin, kuuntelisin silti hänen neuvojaan, enkä asettuisi hänen tahtoaan vastaan hänen alaansa kuuluvissa asioissa, ellei tarve olisi suuri.»

»Mutta minä en tahdo parantua», neito sanoi. »Tahdon ratsastaa sotaan niin kuin veljeni Éomer tai kuin kuningas Théoden. Hän sai surmansa ja nyt hänellä on rauha ja kunnia.»

»Vaikka teillä olisikin tarpeeksi voimaa, on jo myöhäistä lähteä Päälliköiden perään», Faramir sanoi. »Mutta me itse kukin saamme kukaties vielä kuolla taistelussa, tahtoen tai tahtomattamme. Paremmin kykenette sen omalla tavallanne kohtaamaan, jos noudatatte Parantajan käskyjä. Teidän ja minun tulee kestää kärsivällisesti odotuksen hetket.»

Neito ei vastannut, mutta kun Faramir katsoi häneen, hänestä tuntui, että jokin oli neidossa pehmennyt, ikään kuin ankara pakkanen olisi hellittänyt kevään ensi tuulahdusten tullen. Neidon silmään kihosi kyynel, joka valui poskelle kuin kimaltava sadepisara. Hänen ylpeä päänsä kumartui hiukan. Sitten hän sanoi hiljaa, puhuen pikemminkin itsekseen kuin miehelle: »Mutta parantajat tahtovat, että makaisin vielä seitsemän päivää», hän sanoi. »Eikä minun ikkunani anna itään.» Nyt puhui nuori ja surullinen impi.

Faramir hymyili, vaikka sääli täyttikin hänen sydämensä. »Eikö ikkunanne anna itään?» hän sanoi. »Sen voimme korjata. Tästä asiasta annan määräyksen hoitajalle. Jos pysytte tässä talossa, neito, ja lepäätte aikanne, saatte kävellä tässä puutarhassa auringonpaisteessa mielin määrin, ja saatte katsella itään, jonne kaikki toivomme on mennyt. Ja täältä löydätte minut kävelemästä ja odottamasta, ja minäkin katselen itään. Huoltani helpottaisi, jos puhuisitte kanssani ja kävelisitte seurassani silloin tällöin.»

Silloin neito nosti katseensa ja katsoi miestä jälleen silmiin, ja hänen kalpeille kasvoilleen palasi väriä. »Miten minä voisin helpottaa huoltanne, valtias?» hän sanoi. »Enkä minä kaipaa elävien puhetta.»

»Tahdotteko suoran vastauksen?» sanoi mies.

»Tahdon.»

»Sanon siis teille Éowyn Rohanin neito: te olette kaunis. Kukkuloittemme laaksoissa kasvaa kauniita ja heleitä kukkia ja niitäkin kauniimpia neitoja, mutta en ole koko Gondorissa nähnyt näin ihanaa kukkaa enkä neitoa, näin ihanaa ja näin surullista. Saattaa olla, että jäljellä on vain muutamia päiviä ennen kuin pimeys vajoaa maailmamme ylle, ja kun se tulee, toivon että vakaasti sen vastaanottaisin, mutta sydäntäni rauhoittaisi, jos saisin vielä nähdä teidät, kun aurinko yhä paistaa. Sillä te ja minä olemme molemmat käyneet Varjon siipien alla, ja sama käsi veti meidät pois.»

»Voi ei, ei minua, valtias!» neito sanoi. »Varjo asuu minussa yhä. Älkää etsikö minusta parannusta! Olen aseneito ja käteni on kova. Mutta kiitän teitä ainakin siitä, että minun ei tarvitse pysytellä huoneessani. Saan siis kulkea vapaasti Kaupungin käskynhaltijan armosta.» Ja hän kumarsi ja käveli takaisin taloon. Mutta Faramir käveli kauan yksin puutarhassa ja hänen katseensa pälysi useammin taloa kuin itäisiä muureja.

Palattuaan huoneeseensa Faramir kutsui luokseen hoitajan ja kyseli häneltä kaiken, mitä hän tiesi Rohanin neidosta.

»Mutta epäilemättä saisitte selville enemmän puolituiselta, joka on täällä luonamme», sanoi hoitaja, »sillä hän oli mukana kuninkaan ratsastuksessa ja loppuun asti neidon rinnalla, niin kerrotaan.»

Ja niin Merri lähetettiin Faramirin luo ja koko sen päivän he puhelivat keskenään, ja Faramir sai tietää paljon, enemmänkin kuin Merri sai sanoiksi asti, ja Faramir arveli nyt ymmärtävänsä vähän Rohanin Éowynin surua ja levottomuutta. Ja kauniiseen iltaan asti Faramir ja Merri kävelivät puutarhassa, mutta neito ei tullut.

Mutta aamulla, kun Faramir tuli ulos, näki hän neidon seisovan muurilla, ja hänellä oli valkeat vaatteet, jotka hohtivat auringossa. Ja Faramir kutsui neitoa ja tämä tuli alas ja he kävelivät nurmella ja istuivat yhdessä vihreän puun alla välillä vaieten välillä puhellen. Ja niin he tekivät joka päivä sen jälkeen. Ja katsoessaan ikkunastaan hoitaja oli iloinen sydämessään, sillä hän oli parantaja ja hänen huolensa helpottuivat, ja hän näki selvästi, että huolimatta noiden päivien raskaasta pelosta ja enteistä, jotka varjostivat sydämiä, nämä kaksi hänen hoiviinsa uskottua voimistuivat päivä päivältä.

Ja niin tuli viides päivä sen jälkeen kun Éowyn-neito ensi kerran meni Faramirin luo, ja he seisoivat jälleen kerran yhdessä Kaupungin muurilla ja katselivat kauas. Viestejä ei ollut vieläkään tullut ja sydämiä painoi huoli. Ilmakaan ei enää ollut kirkas. Oli kylmä. Yön aikana noussut tuuli puhalsi nyt purevana pohjoisesta ja se voimistui koko ajan, mutta Kaupunkia ympäröivät maat näyttivät harmailta ja ikäviltä.

Heillä oli yllään lämpimät vaatteet ja painavat kaavut ja päällimmäisenä Éowyn-neidolla oli suuri sininen takki, jonka väri oli kuin kesäyön sini, ja sen helmaan ja kaulukseen oli kirjailtu hopeatähtiä. Faramir oli haettanut tämän kaavun ja kietonut sen neidon ylle, ja miehen mielestä neito näytti hänen rinnallaan kauniilta ja kuninkaalliselta. Takki oli tehty hänen äidilleen, Amrothin Finduilasille, joka oli kuollut ennen aikaansa, ja josta Faramirille oli säilynyt vain muisto kaukaisesta ihanuudesta ja ensimmäisestä surusta, ja Faramirista tuntui, että hänen äitinsä takki sopi Éowynin kauneuteen ja suruun.

Mutta neito värisi tähtiviittansa sisässä ja katsoi pohjoiseen yli harmaiden lähimaiden suoraan kylmää tuulta päin, sinne missä taivas kaukana oli kirkas ja sees.

»Éowyn, mitä katselette?» sanoi Faramir.

»Eikö Musta portti ole tuollapäin?» neito sanoi. »Ja eikö nyt ole aika, jolloin hän on tullut sen luo? Seitsemän päivää on kulunut siitä kun hän ratsasti pois.»

»Seitsemän päivää», sanoi Faramir. »Mutta älkää ajatelko minusta pahaa kun sanon teille: Nuo päivät ovat tuoneet minulle sellaista iloa ja sellaista tuskaa, jota en aavistanut koskaan kokevani. Iloa siitä että saan nähdä teidät, mutta tuskaa siitä että tämän kauhean ajan pelko ja epäilys entisestään pimenee. Éowyn, en tahtoisi tämän maailman nyt päättyvän, en tahtoisi menettää näin pian sitä, minkä olen löytänyt.»

»Menettää sitä, minkä olette löytänyt, mitä tarkoitatte, valtias?» vastasi neito, mutta hän katsoi miestä vakavasti ja hänen silmissään loisti lämpö. »En käsitä, mitä sellaista olisitte näinä päivinä löytänyt, jonka voisitte menettää. Mutta ystäväni, älkäämme puhuko siitä! Älkäämme puhuko ollenkaan! Minä seison kauhean kuilun partaalla, ja jalkojeni alla avautuvassa kuilussa on täysin pimeää, mutta en tiedä onko takanani kukaties valoa. Sillä vielä en voi kääntyä. Odotan kohtalon iskua.»

»Me odotamme kohtalon iskua», Faramir sanoi. Eivätkä he enää puhuneet, ja muurilla seistessä heistä tuntui, että tuuli laantui ja valo tummeni ja aurinko hämärtyi ja kaikki Kaupungin äänet ja lähiseutujen häly vaimeni: ei kuulunut tuulta, ääntä, linnunhuutoa, lehden kahahdusta, heidän oma hengityksensä ei kuulunut, sydän oli lakannut lyömästä kummankin rinnassa. Aika pysähtyi.

Heidän siinä seistessään heidän kätensä kohtasivat ja puristuivat yhteen, vaikka he itse eivät sitä huomanneet. Ja yhä he odottivat tietämättä mitä. Ja silloin näytti kuin kaukaisten vuorten harjanteiden takaa olisi kohonnut ikään kuin uusi pimeyden vuori. Ja se nousi yhä ylemmäksi kuin aalto, joka kohta nielaisee maailman, ja sen ympärillä leimahteli salamoita, ja sitten kävi järistys läpi maan ja he tunsivat miten Kaupungin muurit vavahtivat. Ja kaiken maan yli kävi ääni kuin huokaus, ja äkkiä heidän sydämensä löi taas.

»Minulle tulee mieleen Númenor», Faramir sanoi ja ihmetteli omaa puhettaan.

»Númenor?» sanoi Éowyn.

»Tulee mieleen Westernessen maa, joka vaipui syvyyteen, ja suuri tumma aalto, joka levittäytyi vihreiden seutujen ja kukkuloiden ylle vääjäämättä, pimeys, jota ei pakoon päässyt. Näen usein siitä unta.»

»Luulette siis, että pimeys tulee», Éowyn sanoi. »Pimeys, jota ei pakoon pääse.» Ja äkkiä hän vetäytyi lähemmäksi Faramiria.

»En», sanoi Faramir. »Se oli vain mielen kuva. En tiedä, mitä nyt tapahtuu. Valvejärkeni sanoo, että suuria kauheuksia on tapahtunut, että nyt olemme päiviemme päässä. Mutta sydän on toista mieltä, ja jäsenet ovat keveät, ja minuun palaa toivo ja ilo, jota mikään järkipuhe ei pysty kumoamaan. Éowyn, Éowyn, Rohanin valkea neito, tällä hetkellä en usko, että mikään pimeys kestää!» Ja hän suuteli häntä otsalle.

Ja niin seisoivat he Gondorin kaupungin muurilla ja suuri tuuli nousi ja puhalsi heihin, ja heidän hiuksensa, kullankeltaiset ja korpinmustat, liehuivat tuulessa ja sekoittuivat toisiinsa. Ja Varjo erkani, ja aurinko tuli esiin, ja valo täytti maailman, ja Anduinin vedet hohtivat hopean lailla ja kaikissa Kaupungin taloissa ihmiset lauloivat ilosta, joka sydämeen oli tulvahtanut, vaikka he eivät tienneet ilonsa syytä.

Eikä aurinko ollut vajonnut kauaskaan korkeimmalta kohdaltaan, kun lentäen tuli suuri kotka ja toi tullessaan Lännen valtiailta viestin, jota toivo tuskin todeksi uskoi.

Laulakaa nyt, te Anorin tornin väki,
kun Sauronin valtakunta iäksi sortui,
ja kaadettu on Musta torni.

Laulakaa, riemuitkaa, te Vahtitornin väki,
valppautenne ei ole ollut turhaa,
ja Musta portti on murtunut,
ja kuninkaanne on siitä käynyt
ja hän on voitokas.

Laulakaa, iloitkaa, te kaikki Lännen lapset,
sillä kuninkaanne palaa

ja hän asuu parissanne
kaikki ikänne päivät.

Ja Puu joka kuihtui uusiutuu jälleen,
ja hän istuttaa sen kukkuloille,
ja Kaupunki on siunattu.

Laulakaa, kaikki väki!

Ja laulu helisi kaikilla Kaupungin kujilla.

Kultaiset olivat seuraavat päivät, ja kevät ja kesä pitivät yhdessä iloa Gondorin pelloilla. Ja nopeat ratsut toivat Cair Androsista tiedot kaikesta mitä tehty oli, ja Kaupunki valmistautui vastaanottamaan kuningasta. Merri kutsuttiin pois ja hän matkusti vaunuilla, jotka kuljettivat tarvikkeita Osgiliathiin ja sitten laivalla Cair Androsiin, mutta Faramir ei mennyt; nyt kun hän oli parantunut hän otti vastaan käskynhaltijan aseman vaikka vain vähäksi aikaa, ja hänen tehtävänsä oli valmistaa kaikki miestä varten, joka tulisi hänen sijalleen.

Eikä Éowyn myöskään mennyt, vaikka hänen veljensä lähetti sanan ja pyysi häntä tulemaan Cormallenin kentälle. Ja Faramir ihmetteli tätä, mutta hän näki neitoa harvoin, koska hänellä oli muita kiireitä, ja neito asui yhä Parannuksen tarhassa ja käveli puutarhassa yksin, ja hänen kasvonsa kävivät jälleen kalpeiksi ja näytti siltä, että koko kaupungissa yksin hän oli sairas ja surullinen. Ja hoitaja huolestui ja puhui Faramirille.

Silloin Faramir tuli ja etsi hänet ja he seisoivat taas kerran muurilla ja Faramir sanoi hänelle:»Éowyn, miksi viivyttelette täällä, ettekä mene mukaan iloitsemaan Cormalleniin Cair Androsin taa, missä veljenne odottaa teitä?»

Ja neito vastasi:»Ettekö tiedä?»

Mutta mies vastasi:»Kaksi syytä voi siihen olla, mutta sitä en tiedä, kumpi on oikea.»

Ja neito sanoi:»Arvoitukset eivät minua miellytä. Puhukaa suoremmin!»

»Jos niin tahdotte, neito», sanoi mies.»Te ette mene, koska ainoastaan veljenne kutsui teitä, eikä teille tuota iloa nähdä ruhtinas Aragornia, Elendilin perillistä, kaikessa kunniassaan. Tai siksi, että minä en lähde, ja te tahdotte yhä olla minun lähelläni. Ja kukaties näistä molemmista syistä, niin että ette itsekään osaa valita niiden väliltä. Éowyn, onko niin, että ette rakasta minua vai ettekö tahdo rakastaa?»

»Toivoin toisen rakastavan minua», hän vastasi.»Mutta yhdenkään miehen sääliä en kaipaa.»

»Sen tiedän», vastasi Faramir.»Toivoitte ruhtinas Aragornin rakkautta. Koska hän oli ylhäinen ja mahtava ja te tahdoitte mainetta ja kunniaa ja tulla kohotetuksi kauas kaiken sen alhaisen yläpuolelle mikä maassa mataa. Niin kuin suuri päällikkö saattaa nuoren sotilaan silmissä herättää ihailua, niin ihailitte te häntä. Sillä hän on ylimys ihmisten joukossa, suurin mitä aikamme tuntee. Mutta kun hän antoi teille vain ymmärtämystä ja sääliä, silloin kielsitte te kaiken paitsi uljaan kuoleman taistelussa. Katso minuun, Éowyn!»

Ja Éowyn katsoi Faramiria pitkään ja värähtämättä, ja Faramir sanoi:»Éowyn, älä halveksi sääliä, joka on lämpimän sydämen lahja. Mutta minä en tarjoa sinulle sääliä. Sillä sinä olet ylväs ja urhoollinen nainen ja olet itse niittänyt mainetta, joka ei unohdu, ja olet kaunis nainen, jonka kauneutta eivät edes haltiakielen sanat riitä kuvaamaan. Ja minä rakastan sinua. Oli aika, jolloin surusi herätti minussa sääliä. Mutta nyt, vaikka olisit surua vailla, vailla pelkoa ja puutetta, vaikka olisit Gondorin autuas kuningatar, yhä rakastaisin minä sinua. Éowyn, etkö rakasta minua?»

Silloin kääntyi Éowynin sydän, tai hän viimein ymmärsi omaa sydäntään. Ja äkkiä oli talvi ohi ja aurinko alkoi hänessä paistaa.

»Minä seison Minas Anorissa, Auringon tornissa», hän sanoi, »ja katso! varjo on väistynyt. Enää en ole aseneito, enää en kilpaile suurten Ratsastajien kanssa, enää en iloitse yksin surmanlauluista. Nyt tulee minusta parantaja ja minä rakastan kaikkea, mikä kasvaa eikä ole hedelmätön.» Ja hän katsoi jälleen Faramiriin. »Enää en tahdo olla kuningatar», hän sanoi.

Silloin Faramir nauroi iloisesti. »Se on hyvä», sanoi hän, »sillä minä en ole kuningas. Mutta minä otan omakseni Rohanin valkean neidon, jos se on hänen tahtonsa. Ja jos hän niin tahtoo, menkäämme Virran tuolle puolen, ja kun onnellisemmat ajat koittavat, eläkäämme kauniissa Ithilienissä ja tehkäämme sinne puutarha. Kaikki kasvaa siellä ilomielin, jos Valkea neito tulee sinne.»

»Pitääkö minun siis jättää oma kansani, oi Gondorin mies?» sanoi neito. »Ja tahdotko ylpeän kansasi sanovan: 'Tuossa menee ruhtinas, joka kesytti pohjoisen villin asetytön! Eikö Númenorin heimossa ollut valinnanvaraa?'»

»Tahdon», sanoi Faramir. Ja hän otti neidon syliinsä ja suuteli häntä kirkkaan taivaan alla eikä välittänyt siitä, että he seisoivat korkealla muurilla monien näkyvissä. Ja monet heidät näkivätkin ja valon, joka hehkui heissä, kun he tulivat muureilta ja kävelivät käsi kädessä.

Ja Faramir sanoi hoitajalle: »Tässä on Rohanin neito Éowyn ja nyt hän on terve.»

Ja hoitaja sanoi: »Siinä tapauksessa päästän hänet ja hyvästelen hänet, ja toivon ettei haava tai sairaus enää häneen koske. Minä uskon hänet Kaupungin käskynhaltijan huostaan kunnes hänen veljensä palaa.»

Mutta Éowyn sanoi: »Vaikka minulla nyt on lupa mennä, tahtoisin jäädä. Sillä tämä talo on nyt minulle siunatuin kaikista asumuksista.» Ja hän viipyi siellä siihen asti, kunnes kuningas Éomer tuli.

Kaikki oli nyt valmista Kaupungissa, ja sinne oli kerääntynyt valtava väenpaljous, sillä kaikkialle Gondoriin, Min-Rimmonista Pinnath Geliniin ja kaukaisille meren rannikoille oli kiirinyt sana, ja kaikki, jotka kynnelle kykenivät, kiiruhtivat Kaupunkiin. Ja Kaupunki oli taas täynnä naisia ja lapsukaisia, jotka palasivat kotiin kuormat kukkia tulvillaan; ja Dol Amrothista tulivat maan parhaat harpunsoittajat, ja siellä oli viulujen ja huilujen ja hopeatorvien soittajia ja Lebenninin laaksoista saapuneita kirkasäänisiä laulajia.

Ja viimein tuli ilta, jolloin teltat nähtiin Pelennorilla, ja kaiken yötä paloivat tulet ihmisten vartoessa aamua. Ja kun aurinko nousi ja kirkas aamu koitti idän vuorten yllä, jossa ei enää ollut varjoa, kaikki kellot soivat ja kaikki liput hulmusivat tuulessa, ja linnan Valkoiseen torniin kohosi viimeisen kerran käskynhaltijoiden lippu, hohtava kirkas hopea loisti lumena auringossa vailla mitään tunnusta tai kuviota.

Lännen päälliköt johtivat joukkonsa Kaupunkia kohti ja ihmiset näkivät niiden etenevän rivi riviltä kimallellen ja hohdellen auringon nousussa ja välkkyen hopean lailla. Ja ne saapuivat Portille ja pysähtyivät vakomitan päähän muureista. Uusia portteja ei ollut vielä pystytetty, mutta Kaupungin sisäänkäynnin poikki oli pantu puomi ja sen luona seisoi aseistettuja miehiä hopeassa ja mustassa pitkät miekat paljastettuna. Puomin edessä seisoivat käskynhaltija Faramir ja avaintenhaltija Húrin ja muita Gondorin päälliköitä ja Rohanin neito Éowyn ja marsalkka Elfhelm ja monia Markin ritareita, ja Portin kummallakin puolella oli suuri väkijoukko, kauniita ihmisiä koreissa vaatteissa, monilla kukkaseppele päässä.

Minas Tirithin muurien edessä oli nyt avara tila, jota joka puolella reunustivat Gondorin ja Rohanin ritarit ja sotilaat ja Kaupungin ja kaikkien maan osien asukkaat. Kaikki hiljenivät, kun sotajoukosta astuivat esiin hopeaan ja harmaaseen pukeutuneet *dúnedain*, ja heidän edellään asteli hitaasti ruhtinas Aragorn. Hänellä oli musta sotisopa ja hopeinen vyö ja puhtaanvalkoinen viitta, jonka kiinnitti kaulalla kauas loistava vihreä kivi; hänen päänsä oli paljas, vain otsalla loisti ohueen hopeapantaan kiinnitetty tähti. Hänen rinnallaan astelivat Rohanin Éomer ja suuriruhtinas Imrahil ja valkoisiin pukeutunut Gandalf ja neljä pientä olentoa, joiden näkeminen ihmetytti monia.

»Ei, serkku, eivät ne ole poikia», sanoi Ioreth Imloth Meluista tulleelle sukulaisvaimolle, joka seisoi hänen vieressään. »Nuo ovat *periain*, puolituisten kauniista maasta, jossa he ovat kuulemma maineikkaita ruhtinaita. Minun pitäisi tietää tämä asia, sillä minulla oli yksi hoidettavana Parannuksen tarhassa. Pieniä he ovat, mutta urheita. Serkku hyvä, yksi heistä meni Mustaan maahan mukanaan ainoastaan palvelijansa ja taisteli Mustan ruhtinaan kanssa aivan yksin ja sytytti tuleen hänen Torninsa, usko tai älä. Ainakin niin Kaupungissa kerrotaan. Se on tuo, joka kävelee Haltiakiven kanssa. Olen kuullut, että he ovat ylimpiä ystäviä. Tämä se on ihme tämä Haltiakivi: ei säästä sanojaan, sen sanon, mutta kultainen sydän hänellä on, kuten sanonta kuuluu, ja hänellä on parantavat kädet. 'Kuninkaan kädet ovat parantajan kädet', minä sanoin, ja niin se kaikki selvisi. Ja Mithrandir sanoi minulle: 'Ioreth, kauan muistavat ihmiset sinun sanasi', ja –»

Mutta Iorethin ei sallittu jatkaa maalta tulleen sukulaisvaimon opastamista, sillä yksinäinen torvi kajahti soimaan ja täysi hiljaisuus laskeutui väkijoukkoon. Faramir astui Portilta avaintenhaltija Húrinin kanssa, mutta muut jäivät paikoilleen lukuun ottamatta neljää miestä, joilla oli Linnan korkea kypärä päässä, ja he kävelivät heidän perässään ja heillä oli suuri mustasta *lebethronista* tehty ja kullalla helattu lipas.

Faramir kohtasi Aragornin ihmisjoukon keskellä ja hän polvistui ja sanoi: »Gondorin viimeinen käskynhaltija pyytää saada luopua virastaan.» Ja hän ojensi valkoisen sauvan, mutta Aragorn otti sauvan ja antoi sen hänelle takaisin ja sanoi: »Virkaa ei ole poistettu, ja se kuuluu sinulle ja jälkeläisillesi niin kauan kuin sukuni jatkuu. Tee tehtäväsi!»

Silloin Faramir nousi ja puhui kaikuvalla äänellä: »Gondorilaiset, kuulkaa nyt tämän valtakunnan käskynhaltijaa! Katsokaa! On viimein saapunut mies, joka vaatii kuninkuutta. Tässä on Aragorn Arathornin poika, Arnorin *dúnedainin* johtaja, Lännen armeijan päällikkö, Pohjoisen tähden kantaja, Uudeksitaotun miekan käyttäjä, taistelussa voittaja, mies jonka käsissä on parannus, Haltiakivi, Elessar, Valandilin Isildurin pojan, númenorilaisen Elendilin pojan sukua. Onko hän kuningas, astuuko Kaupunkiin, asuuko siellä?»

Ja kaikki sotajoukko ja kansa huusi yhteen ääneen: Hän *on*.

Ja Ioreth sanoi sukulaiselleen: »Tällaiset juhlamenot meillä on täällä Kaupungissa, sillä hänhän on jo ollut täällä niin kuin minä kerroin, ja hän sanoi minulle –» Ja taas hänen oli pakko vaieta, sillä Faramir puhui jälleen.

»Gondorilaiset, taruntietäjät sanovat, että entisten aikojen tapa oli että kuningas vastaanotti kruunun isältään ennen kuin tämä kuoli tai jos niin ei käynyt, hän meni yksin ottamaan sen isänsä hautakammiosta, jossa hän makasi. Mutta koska nyt on tehtävä toisin, olen minä käyttäen käskynhaltijan valtaa tuonut tänne Rath Dínenistä kruunun, jota kantoi viimeinen kuningas Eärnur, jonka elinvuodet päättyivät esi-isiemme aikana kauan sitten.»

Silloin vartijat astuivat esiin ja Faramir avasi lippaan ja nosti ilmaan muinaisen kruunun. Se oli samanlainen kuin Linnan kaartin kypärä, mutta uljaampi ja kokonaan valkoinen, ja sivujen siivet oli helmistä ja hopeasta tehty merilinnun siipien kaltaisiksi, sillä se oli Mereltä tulleiden kuninkaiden vertauskuva; ja sen silmikossa oli seitsemän timanttia ja ylimpänä oli yksinäinen jalokivi, josta valo leiskui liekin lailla.

Silloin Aragorn otti kruunun ja piti sitä ilmassa ja sanoi:

Et Eärello Endorenna utúlien. Sinome maruvan ar Hildinyar tenn'Ambar-metta!

Ja nämä olivat sanat, jotka Elendil lausui, kun hän tuli Mereltä tuulen siivin: »Olen tullut Suurelta mereltä Keski-Maahan. Tässä paikassa minä asun ja minun jälkeläiseni kunnes maailma loppuu.»

Monien ihmetykseksi Aragorn ei pannut kruunua päähänsä vaan antoi sen takaisin Faramirille ja sanoi: »Monien uljuuden ja työn kautta olen tullut ottamaan perintöni vastaan. Tämän merkiksi tahtoisin, että Sormuksen viejä toisi kruunun minulle ja Mithrandir panisi sen päähäni, jos hän suostuu, sillä hän on saattanut matkaan kaiken mitä saavutettu on, ja tämä on hänen voittonsa.»

Silloin Frodo astui esiin ja otti kruunun Faramirilta ja kantoi sen Gandalfille, ja Aragorn polvistui ja Gandalf laski Valkean kruunun hänen päähänsä ja sanoi:

»Nyt alkavat kuninkaan päivät ja olkoot ne siunatut niin kauan kuin *valarin* valtaistuimet kestävät!»

Mutta kun Aragorn nousi, kaikki katselijat tuijottivat häntä vaiti, sillä heistä tuntui, että nyt vasta he ensi kerran näkivät hänet sellaisena kuin hän oli. Hän oli kuin entisaikojen merikuninkaat kaikkia muita pitempi; hän näytti olevan vuosissa vanha ja kuitenkin miehuutensa voimassa; ja viisaus asui hänen otsallaan ja voima ja parannus hänen käsissään ja häntä ympäröi valo. Ja Faramir huusi: »Katsokaa, kuningas!»

Sillä hetkellä kajahtivat kaikki torvet ja kuningas Elessar astui eteenpäin ja tuli puomille ja avaintenhaltija Húrin sysäsi sen sivuun; ja harppujen ja viulujen ja huilujen soidessa ja kirkkaiden äänten laulaessa kuningas kulki halki kukitettujen katujen ja saapui Linnaan ja astui sisään; ja Puun ja tähtien lippu kohotettiin ylimpään torniin ja kuningas Elessarin valtakausi alkoi, se josta monet laulut kertovat.

Hänen aikanaan tehtiin Kaupungista kauniimpi kuin se oli milloinkaan ollut, kauniimpi kuin ensimmäisen kukoistuksensa aikana, ja se istutettiin täyteen puita ja suihkulähteitä rakennettiin, ja sen portit taottiin *mithrilistä* ja teräksestä ja sen kadut kivettiin valkealla marmorilla; ja Vuoren kansa ahersi siellä ja Metsän kansa tuli sinne iloisin mielin; ja kaikki korjattiin ja tehtiin hyväksi ja talot täyttyivät miehistä ja naisista ja lasten naurusta eikä yksikään ikkuna ollut pimeä eikä yksikään piha autio; ja se säilytti maailman kolmannen ajan loputtua muiston ja maineen menneistä päivistä.

Kruunausta seuraavina päivinä kuningas istui valtaistuimellaan Kuninkaitten salissa ja jakoi tuomioita. Ja monista maista ja monien kansojen keskuudesta tuli lähetystöjä, idästä ja etelästä ja Synkmetsän rajoilta ja lännestä Mustainmaasta. Ja kuningas armahti antautuneet itäläiset ja antoi heidän mennä vapaasti, ja hän teki rauhan Haradin kansojen kanssa, ja Mordorin orjat hän vapautti ja antoi heille omaksi kaikki maat Núrnenjärven ympäriltä. Ja hänen eteensä tuotiin monia saamaan häneltä kiitosta ja palkkion uljaudestaan, ja viimeisenä Kaartin päällikkö toi hänen eteensä tuomittavaksi Beregondin.

Ja kuningas sanoi Beregondille:»Beregond, miekkasi kautta vuosi veri Pyhätössä, jossa verenvuodatus on kielletty. Sinä jätit myös vartiopaikkasi ilman valtiaan tai päällikön lupaa. Näistä teoista oli ennen kuolema palkkana. Sen tähden minun on nyt julistettava sinulle tuomio.

Sinut vapautetaan kaikesta rangaistuksesta taistelussa osoittamasi uljuuden tähden, ja vielä enemmän sen tähden, että sen minkä teit, teit rakkaudesta ruhtinas Faramiriin. Mutta yhtä kaikki on sinun lähdettävä Linnan kaartista ja poistuttava Minas Tirithin kaupungista.»

Silloin veri pakeni Beregondin kasvoilta ja hänen sydämeensä koski ja hän painoi päänsä. Mutta kuningas sanoi:

»Niin on oltava, sillä sinut nimitetään Valkoiseen komppaniaan, Faramirin, Ithilienin suuriruhtinaan kaartiin, ja sinusta tulee sen päällikkö ja saat asua Emyn Arnenilla kunniassa ja rauhassa ja palvellen miestä, jonka tähden panit kaiken alttiiksi pelastaaksesi hänet kuolemasta.»

Ja silloin Beregond käsitti armon ja oikeuden kuninkaan sanoissa ja iloitsi, ja hän polvistui ja suuteli kuninkaan kättä ja meni pois riemun ja tyytyväisyyden vallassa. Ja Aragorn antoi Faramirille Ithilienin hänen ruhtinaskunnakseen, ja kehotti häntä asettumaan asumaan Kaupungin näköpiiriin Emyn Arnenin kukkuloille.

»Minas Ithil Morgulin laaksossa tuhottakoon, niin ettei siitä jää kiveä kiven päälle, ja vaikka aikanaan se kukaties puhdistetaan, ihminen ei voi siellä asua moniin pitkiin vuosiin», sanoi kuningas.

Ja viimeksi Aragorn tervehti Rohanin Éomeria ja he syleilivät toisiaan ja Aragorn sanoi:»Meidän välillämme ei voi olla puhetta antamisesta tai ottamisesta, eikä palkkioista, sillä me olemme veljiä. Oikealla hetkellä ratsasti Eorl pohjoisesta, eikä siunatumpaa liittoa ole kansojen välillä ollut, jossa toinen ei ole toista ikänä pettänyt eikä petä. Kuten tiedät, olemme vieneet Théoden Mainehikkaan Pyhättömme hautaholviin ja siellä hän saa levätä Gondorin kuninkaiden joukossa, jos niin tahdot. Tai jos toivot, voimme tuoda hänet takaisin Rohaniin, missä hän saa levätä oman kansansa luona.»

Ja Éomer vastasi:»Siitä päivästä lähtien, jolloin kohosit eteeni kukkuloiden vihreästä ruohosta, olen minä sinua rakastanut, eikä tuo rakkaus kuihdu. Mutta nyt minun on mentävä joksikin aikaa omaan valtakuntaani, jossa paljon on korjattava ja pantava järjestykseen. Mutta kun kaikki on valmista tulemme me noutamaan Kaatuneen, siihen asti nukkukoon hän täällä.»

Ja Éowyn sanoi Faramirille:»Nyt minun on mentävä takaisin omaan maahani nähdäkseni sen vielä kerran ja auttaakseni veljeäni hänen töissään, mutta kun mies, jota kauan isänäni rakastin, on saatettu viimein lepoon, silloin minä palaan.»

Niin kuluivat iloiset päivät, ja toukokuun kahdeksantena valmistautuivat Rohanin ratsastajat lähtöön ja ratsastivat Pohjoistietä, ja heidän mukanaan menivät Elrondin pojat. Tietä reunustivat koko sen pituudelta Kaupungin portilta Pelennorin muurille ihmisjoukot, jotka ylistivät heitä ja osoittivat heille kunnioitustaan. Sitten kaikki muut kaukaa tulleet palasivat iloiten koteihinsa, mutta Kaupungisssa ahkeroivat monet halukkaat kädet sen jälleenrakentamiseksi ja uudistamiseksi ja poistaakseen kaikki sodan arvet ja pimeyden muistot.

Hobitit viipyivät yhä Minas Tirithissä Legolasin ja Gimlin kanssa, sillä Aragorn ei tahtonut Saattueen ritareiden erkanevan omille teilleen. »Aikanaan päättyvät tämänlaiset liitot», sanoi hän, »mutta toivoisin, että te odottaisitte vielä vähän aikaa: sillä ne teot, joita olette olleet mukana tekemässä, eivät ole vielä lopussa. Lähestyy päivä, jota olen odottanut kaikki miehuuteni vuodet, ja kun se päivä tulee, tahtoisin että ystäväni olisivat silloin rinnallani.» Mutta hän ei suostunut sanomaan tuosta päivästä enempää.

Noina päivinä Sormuksen ritarit asuivat yhdessä Gandalfin kanssa kauniissa talossa ja kuljeskelivat ympäristössä vapaasti. Ja Frodo sanoi Gandalfille: »Tiedätkö sinä, mikä se päivä on, josta Aragorn puhuu? Sillä meidän on hyvä täällä enkä tahtoisi lähteä, mutta päivät kiitävät ja Bilbo odottaa, ja minun kotini on Konnussa.»

»Bilbo odottaa samaa päivää», sanoi Gandalf, »ja tietää, mikä sinua pidättelee. Ja nythän on vasta toukokuu eikä kesäkään ole vielä tullut, ja vaikka saattaa tuntua siltä, että kaikki on muuttunut ikään kuin kokonainen maailman aika olisi vierähtänyt, metsän puut ovat varistaneet lehtensä vasta kerran lähtösi jälkeen.»

»Pippin», sanoi Frodo, »sinähän olit väittävinäsi, ettei Gandalf olisi yhtä vaitelias kuin ennen vanhaan? Hän oli silloin varmaan ylirasittunut. Hän toipuu minkä kerkiää.»

Ja Gandalf sanoi: »Monet tahtovat tietää etukäteen, mitä pöydälle katetaan, mutta ne, jotka ovat ahertaneet juhlan valmisteluissa, pitävät mieluiten salaisuutensa, sillä ihmetys saa ylistyksen sanat kaikumaan kauniimmin. Ja Aragorn itse odottaa merkkiä.»

Tuli sitten päivä, jolloin Gandalfia ei löytynyt mistään ja ritarit ihmettelivät, mitä oli tekeillä. Mutta Gandalf johdatti Aragornin yöllä ulos Kaupungista ja vei hänet Mindolluinin juurelle sen eteläpuolelle, ja sieltä he löysivät aikaa sitten tehdyn polun, jolle harva enää uskaltautui. Sillä se vei vuorelle korkeaan pyhättöön, jonne vain kuninkailla oli asiaa. Ja he kulkivat jyrkkää tietä, kunnes saapuivat korkealle niitylle uljaita huippuja peittävän lumen tuntumaan, missä niityn reunalta laskeutui jyrkänne Kaupungin laitaan. Ja he seisoivat rotkon partaalla ja katselivat maita, sillä aamu oli tullut, ja alhaalla hohtivat Kaupungin tornit auringossa kuin valkoiset kynät ja Anduinin laakso oli kuin puutarha, ja Varjovuoria kietoi kultainen utu. Toisella puolen näköpiirin rajalla he erottivat harmaan Emyn Muilin, ja Raurosin kimallus oli kuin kaukaisen tähden pilke; toisella puolella he näkivät Virran nauhan Pelargiriin asti ja sen takana hohti taivaan laidalla Meren läheisyydestä kielivä valo.

Ja Gandalf sanoi: »Tämä on sinun valtakuntasi, ja se on oleva suuremman valtakunnan sydän. Maailman kolmas aika on päättynyt ja uusi aika alkanut, ja sinun tehtäväsi on järjestää sen alku ja säilyttää, mitä säilytettävissä on. Sillä vaikka paljon on pelastettu, paljon on sellaista, jonka täytyy kadota, ja Kolmen sormuksen mahti on myös mennyt. Ja kaikki maat, jotka näet, ja ne mitä niiden ympärillä on, ovat oleva ihmisten asuinsijoja. Sillä ihmisten vallan aika tulee, ja ensikansa haipuu tai lähtee pois.»

»Tiedän sen hyvin, ystävä rakas», Aragorn sanoi, »mutta tahtoisin silti saada sinulta neuvoa.»

»Et enää kauan saa», Gandalf sanoi. »Kolmas aika oli minun aikani. Minä olin Sauronin vihollinen, työni on tehty. Pian minä menen. Taakka jää nyt sinulle ja heimollesi.»

»Mutta minä kuolen», Aragorn sanoi. »Sillä minä olen kuolevainen ihminen ja vaikka olen puhdasta lännen kansaa ja elän paljon kauemmin kuin muut ihmiset, ei elämäni kuitenkaan kestä hetkeä kauempaa, ja kun ne, jotka nyt ovat naisten kohdussa, syntyvät ja vanhenevat, vanhenen silloin minäkin. Ja kuka silloin hallitsee Gondoria ja niitä, jotka pitävät tätä kaupunkia kuningattarenaan, jos toiveeni ei täyty? Lähteenpihan Puu on yhä kuiva ja hedelmätön. Milloin saan merkin siitä, että toisin on oleva?»

»Käännä katseesi maailman vihreydestä ja katso sinne, missä kaikki on karua ja kylmää!» sanoi Gandalf.

Silloin Aragorn kääntyi ja näki takanaan kivisen rinteen, joka vei lumirajaan, ja katsoessaan sinne hän tajusi, että kaiken karun maan keskellä siellä kasvoi jotakin. Ja hän kiipesi ylemmäksi ja näki, että aivan lumen rajassa kohosi vajaan puolentoista kyynärän korkuinen puunvesa. Siihen oli jo puhjennut nuoret solakat lehdet, jotka olivat tummia päältä ja hopeanvärisiä alta, ja hennossa latvassa hohtivat aurinkoisen lumen lailla pienen kukkatertun terälehdet.

Silloin Aragorn huudahti: »*Yé! utúvienyes!* Olen löytänyt sen! Katso! tässä on Puista vanhimman vesa! Mutta mistä se on tänne tullut? Sillä se ei ole itse seitsemää vuotta vanhempi.»

Ja Gandalf tuli ja katsoi ja sanoi: »Totisesti tämä on kauniin Nimlothin suvun vesa, sen, joka oli Galathilionin siemen, joka oli moninimisen Telperionin hedelmä, Puista vanhimman. Kuka tietää kertoa, mistä se tuli tänne säädetyllä hetkellä? Mutta tämä on vanha pyhättö, ja ennen kuin kuninkaat kuolivat ja Puu kuihtui, on joku istuttanut tänne sen hedelmän. Sillä sanotaan että vaikka Puun hedelmä harvoin kasvaa kypsyyteen, voi elämä sen sisässä sitten nukkua monet monituiset pitkät vuodet, eikä kukaan saata ennustaa aikaa, jolloin se herää. Muista tämä. Sillä jos hedelmä milloinkaan kypsyy, tulee se istuttaa, ettei sen suku sammu maailmasta. Täällä se on maannut vuorella kätkössä niin kuin Elendilin suku oli kätkössä pohjoisen erämaissa. Mutta Nimlothin suku on paljon vanhempi sinun sukuasi, kuningas Elessar.»

Silloin Aragorn pani kätensä hellästi vesan ympärille, ja katso! se näytti olevan maassa vain höllästi ja irtosi vahingoittumatta, ja Aragorn toi sen mukanaan Linnaan. Sitten kaivettiin kuivunut puu juurineen ylös suurella hartaudella, eikä sitä poltettu, vaan se laskettiin lepoon Rath Dínenin hiljaisuuteen. Ja Aragorn istutti uuden puun pihalle suihkulähteen viereen ja se alkoi kasvaa nopeasti ja riemukkaasti, ja kun kesäkuu saapui, se oli kukkia tulvillaan.

»Merkki on annettu», Aragorn sanoi, »eikä päivä ole kaukana.» Ja hän asetti muureille vartiomiehet.

Keskikesää edeltävänä päivänä tuli Amon Dînistä Kaupunkiin sanansaattajia, ja he kertoivat, että pohjoisesta ratsasti saattue jaloa kansaa ja että se läheni

Pelennorin muureja. Ja kuningas sanoi:»He ovat viimein tulleet. Koko Kaupunki valmistettakoon juhlakuntoon!»

Keskikesän aattopäivänä taivas oli sininen kuin safiiri ja valkeat tähdet loistivat idässä, mutta länsi kimalsi yhä kullanhohtoisena ja ilma oli viileä ja tuoksuva. Silloin saapuivat ratsastajat Pohjoistietä Minas Tirithin porteille. Ensimmäisinä ratsastivat Elrohir ja Elladan hopeisen lipun kanssa, sitten tulivat Glorfindel ja Erestor ja koko Rivendellin väki, ja heidän jäljessään valtiatar Galadriel ja Lothlórienin valtias Celeborn valkeilla hevosilla, ja heidän mukanaan tuli paljon jaloa kansaa heidän maastaan ja heillä oli harmaat kaavut ja valkeita jalokiviä hiuksissaan, ja viimeisenä tuli arvon Elrond, mahtimies haltiain ja ihmisten joukossa, ja hänellä oli kädessään Annúminasin valtikka ja hänen rinnallaan ratsasti harmaalla ratsulla hänen tyttärensä Arwen, kansansa iltatähti.

Ja kun Frodo näki Arwenin illan hohteessa tähtiä otsallaan ja suloinen tuoksu ympärillään, hänet valtasi suuri ihmetys ja hän sanoi Gandalfille:»Nyt viimeinkin ymmärrän, miksi olemme odottaneet! Tähän päättyy tarina. Tästä lähin ei ainoastaan päivä ole meille kallis, vaan yöstäkin tulee kaunis ja siunattu ja kaikki pelko kaikkoaa!»

Silloin kuningas toivotti vieraansa tervetulleeksi ja nämä laskeutuivat satulasta, ja Elrond luovutti valtikan ja antoi tyttärensä käden kuninkaan käteen ja yhdessä he astelivat Yläkaupunkiin ja kaikki tähdet kukkivat taivaalla. Ja Aragorn kuningas Elessar vietti häitä Arwen Undómielin kanssa Kuninkaitten kaupungissa keskikesän päivänä, ja pitkän odotuksen ja vaivan tarina sai täyttymyksensä.

6

JÄÄHYVÄISIÄ

K UN ILON PÄIVÄT vihdoin olivat ohi, alkoivat Saattueen jäsenet miettiä kotiinpaluuta. Ja Frodo meni kuninkaan luo, joka istui suihkulähteen luona kuningatar Arwenin kanssa, ja Arwen lauloi laulua Valinorista ja Puu kasvoi ja kukki. He tervehtivät Frodoa ja nousivat seisomaan, ja Aragorn sanoi:

»Frodo, tiedän mikä on asiasi: tahdot palata omaan kotiisi. Rakas ystävä, totta on, että puu kasvaa parhaiten esi-isiensä maassa, mutta kaikissa läntisissä maissa sinut toivotetaan aina tervetulleeksi. Ja vaikka kansallasi ei ole ollut mainetta suurten taruissa, tästä lähin se on kuuluisampi kuin moni suuri valtakunta, jota ei enää ole.»

»Tahdon todellakin palata Kontuun», Frodo sanoi. »Mutta ensin minun on mentävä Rivendelliin. Sillä jos jotakin voi kaivata näin siunattuna aikana, olen kaivannut Bilboa, ja olin surullinen huomatessani, ettei hän tullut kaiken Elrondin väen mukana.»

»Ihmetteletkö sitä, Sormuksen viejä?» Arwen sanoi. »Sillä sinä tunnet mahdin, joka asui siinä mikä on nyt tuhottu, ja kaikki minkä tuo voima oli tehnyt, katoaa nyt. Sukulaisellasi oli tämä esine kauemmin kuin sinulla. Nyt hän on vuosissa ikivanha oman heimonsa mittapuulla, ja hän vartoo sinua, sillä hän tekee elämässään enää yhden pitkän matkan.»

»Pyydän siis, että saisin lähteä pian», Frodo sanoi.

»Seitsemän päivän päästä lähdemme», Aragorn sanoi. »Sillä me ratsastamme kanssasi pitkälle, aina Rohanin maahan asti. Kolmen päivän kuluttua Éomer palaa tänne viedäkseen Théodenin viimeiseen lepoon takaisin Markiin, ja me ratsastamme hänen kanssaan kunnioittaaksemme kaatunutta. Mutta ennen kuin menet, vahvistan Faramirin lupauksen: olet ikuisesti vapaa liikkumaan Gondorin valtakunnassa, sinä ja kaikki toverisi. Ja jos voisin antaa sinulle lahjoja, jotka vastaisivat tekojasi, antaisin, mutta näin ollen saat viedä mukanasi, mitä ikinä tahdot, ja ratsastaa suuressa kunniassa ja maan ruhtinaalle kuuluvin varustein.»

Mutta kuningatar Arwen sanoi: »Minä annan sinulle lahjan. Sillä minä olen Elrondin tytär. Minä en mene isäni mukaan, kun hän lähtee Satamiin, sillä minun osani on Lúthienin osa ja minä teen saman katkeransuloisen valinnan. Mutta mene sinä minun sijaani, Sormuksen viejä, kun aika tulee, jos silloin niin tahdot. Jos haavasi vaivaavat sinua yhä ja taakkasi muisto on raskas, voit mennä Länteen, niin että kaikki vaivat ja väsymys viimein pyyhkiytyvät pois. Mutta ota tämä muistoksi Haltiakivestä ja Iltatähdestä, joiden elämään oma elämäsi on kiedottu.»

Ja hän otti rinnaltaan hopeaketjussa riippuvan valkean kiven, joka oli kuin tähti, ja ripusti ketjun Frodon kaulaan. »Kun pelon ja pimeyden muistot vaivaavat sinua», hän sanoi, »silloin tämä auttaa.»

Kolmen päivän kuluttua ratsasti Rohanin Éomer Kaupunkiin aivan kuten kuningas oli sanonut, ja hänen kanssaan tuli *éored* Markin uljaimpia ritareita. Hänet otettiin hyvin vastaan, ja kun kaikki istuivat pöydässä Merethrondissa, Suuressa juhlasalissa, hän katseli naisten kauneutta ja suuri ihmetys täytti hänet. Ja ennen maatamenoaan hän kutsutti kääpiö Gimlin luokseen ja sanoi hänelle: »Gimli Glóinin poika, onko kirveenne valmiina?»

»Ei ole, korkea herra», sanoi Gimli, »mutta voin nopeasti hakea sen, jos tarvetta on.»

»Päättäkää itse», Éomer sanoi. »Sillä välillämme ovat yhä varomattomat sanani Kultaisen metsän valtiattaresta. Ja nyt olen nähnyt hänet omin silmin.»

»Entä nyt, korkea herra», sanoi Gimli, »mitä sanotte nyt?»

»Ah!» Éomer sanoi. »En sano että hän on elävistä naisista kaunein.»

»Siinä tapauksessa minun on haettava kirveeni», Gimli sanoi.

»Mutta ensin esitän tämän selityksen», Éomer sanoi. »Jos olisin nähnyt hänet muussa seurassa, olisin sanonut kaiken mitä halusitte. Mutta nyt asetan ensi sijalle kuningatar Arwen Iltatähden, ja olen valmis omalta osaltani taistelemaan jokaista vastaan, joka sen kieltää. Menenkö noutamaan miekkani?»

Silloin Gimli kumarsi syvään. »Älkää, minun puoleltani olette saanut anteeksi, korkea herra», hän sanoi. »Olette valinnut illan, minun rakkauteni kuuluu aamulle. Ja sydämeni ennustaa, että pian se on iäksi mennyt.»

Viimein koitti lähtöhetki, ja suuri korea seurue valmistautui ratsastamaan Kaupungista pohjoiseen. Silloin Gondorin kuningas ja Rohanin kuningas menivät Pyhättöön ja Rath Dínenin hautaholveihin, ja kantoivat kuningas Théodenin kultaisilla paareilla ulos ja astelivat hiljaisuudessa Kaupungin halki. Sitten he laskivat paarit suuriin vaunuihin, joiden ympärillä oli Rohanin ratsastajia ja joiden edellä kannettiin hänen lippuaan, ja Merri, Théodenin aseenkantaja, ajoi vaunuissa ja vartioi kuninkaan aseita.

Muille Saattueen jäsenille oli annettu sopivat ratsut, ja Frodo ja Samvais ratsastivat kuninkaan rinnalla, ja Gandalf ratsasti Hallavaharjalla ja Pippin Gondorin ritarien kanssa, ja Legolas ja Gimli ratsastivat yhdessä Arodin selässä.

Ja mukana olivat myös kuningatar Arwen ja Celeborn ja Galadriel ja heidän väkensä, ja Elrond poikineen, ja Dol Amrothin ja Ithilienin suuriruhtinaat ja paljon päälliköitä ja ritareita. Koskaan ei ole Markin kuninkaalla ollut sellaista saattuetta kuin oli Théodenilla hänen palatessaan kotimaahansa.

He matkasivat kaikessa rauhassa vailla kiirettä Anórieniin ja tulivat Amon Dînin juurelle Harmaaseen metsään, ja siellä he kuulivat kuin rummutusta kukkuloilta, vaikka yhtäkään elävää olentoa ei näkynyt. Silloin Aragorn antoi soittaa torvia, ja airuet huusivat:

»Katsokaa, kuningas Haltiakivi on tullut. Drúadanin metsän hän antaa Ghân-buri-Ghânille ja hänen kansalleen heidän omakseen ikuisiksi ajoiksi, älköönkä tästä lähin kukaan astuko niihin vastoin heidän tahtoaan!» Silloin rummut kumisivat kovaa, ja vaikenivat.

Viimein kun matkaa oli tehty viisitoista päivää, vierivät kuningas Théodenin vaunut Rohanin vihreiden niittyjen halki ja saapuivat Edorasiin, ja kaikki jäivät sinne lepäämään. Kultainen kartano oli koristeltu kauniilla seinävaatteilla ja tulvi valoa ja siellä vietettiin komein juhla sen rakentamisen jälkeen. Sillä kolmen päivän päästä Markin miehet valmistivat Théodenille hautajaiset, ja hänet laskettiin kiviseen taloon, jossa olivat hänen aseensa ja monia hänelle kuuluneita kauniita esineitä, ja hänen päälleen kasattiin korkea kumpu, joka peitettiin vihreillä ruohoturpeilla ja valkealla ikimuistolla. Hautakentän itäosassa kohosi nyt kahdeksan kumpua.

Sitten kaikki Kuninkaan kartanon Ratsastajat ratsastivat valkeilla hevosilla kummun ympäri ja lauloivat kuorossa laulua Théodenista Thengelin pojasta, ja laulun oli tehnyt hänen soittoniekkansa Gléowine, eikä hän sen jälkeen tehnyt enää yhtäkään laulua. Ratsastajien verkkainen laulanta liikutti niidenkin sydäntä, jotka eivät ymmärtäneet tuon kansan puhetta, mutta Markin kansan silmät laulun sanat saivat loistamaan ja he kuulivat niissä taas pohjoisen kavioitten jylyn ja Eorlin äänen huutavan ylinnä Celebrantin kentällä, ja kuninkaitten taru vyöryi eteenpäin, Helmin torvi kaikui vuorilla, ja Pimeys tuli, ja kuningas Théoden nousi ja ratsasti Varjon halki tulta päin, ja uljas oli hänen kuolemansa, ja niin kävi toivoton todeksi auringon kehrän kohotessa Mindolluinin ylle, ja oli aamu.

> Epäilystä, pimeästä auringon nousuun
> laulaen ratsasti hän, miekkansa veti.
> Toivon sytytti hän taas ja toivossa sai lopun;
> nousi yli kuoleman ja yli pelon, tuhon,
> tappiosta, elämästä kunniaan suureen.

Mutta Merri seisoi vihreän kummun juurella ja itki ja kun laulu oli loppunut, hän nousi ja huusi:

»Théoden-kuningas! Théoden-kuningas! Hyvästi! Kuin isä olitte te minulle, jonkin aikaa. Hyvästi!»

Kun hautajaiset olivat ohi ja naisten nyyhkytys vaimennut ja Théoden jätetty yksin hautaansa, kokoontui kansa Kultaiseen kartanoon suureen juhlaan heittääkseen syrjään surun, sillä Théoden oli elänyt täyteen ikään ja kuollut kunniassa, joka veti vertoja hänen suurimpien esi-isiensä urotöille. Ja kun tuli aika Markin tavan mukaan juoda kuninkaitten muistoksi, tuli Éowyn Rohanin neito kultaisena kuin aurinko, valkeana kuin lumi, ja hän toi Éomerille täyden pikarin.

Silloin nousi soittoniekka ja taruntietäjä ja lausui kaikkien Markin kuninkaitten nimet järjestyksessä: Eorl Nuori, Brego kartanonrakentaja, Aldor Baldor Onnettoman veli, Fréa, Fréawine, Goldwine, Déor, Gram, Helm joka piileksi Helmin syvänteessä kun vihollinen vyöryi yli Markin, ja niin loppuivat lännenpuoleiset kummut sillä perimyslinja katkesi, ja sen jälkeen tulivat idän puolen kummut: Fréaláf Helmin sisarenpoika, Léofa, Walda, Folca, Folcwine, Fengel,

Thengel ja viimeisenä Théoden. Ja kun Théodenin nimi lausuttiin, Éomer tyhjensi pikarin. Silloin Éowyn kehotti edeskäypiä täyttämään pikarit ja kaikki, jotka olivat yhteen kokoontuneet nousivat ja joivat uudelle kuninkaalle ja huusivat: »Terve Éomer, Markin kuningas!»

Kun juhla viimein lähestyi loppuaan, nousi Éomer ja sanoi: »Nämä ovat kuningas Théodenin hautajaisjuhlat, mutta ennen kuin menemme kerron teille iloisen uutisen, eikä hän panisi pahakseen, että sen teen, sillä hän oli aina kuin isä sisarelleni Éowynille. Kuulkaa siis kaikki vieraani ja monien maiden kansalaiset, jotka eivät koskaan ennen ole olleet koossa tässä salissa! Faramir, Gondorin käskynhaltija ja Ithilienin suuriruhtinas, pyytää Éowynia Rohanin neitoa vaimokseen, ja hän suostuu siihen omasta tahdostaan. Sen tähden kihlaavat he toisensa kaikkien teidän edessä.»

Ja Faramir ja Éowyn astuivat esiin ja ottivat toisiaan kädestä, ja kaikki läsnäolevat joivat heidän maljansa ja iloitsivat. »Niin vahvistuu Markin ja Gondorin ystävyys uudella siteellä», sanoi Éomer, »ja sitä suurempi on iloni.»

»Etpä ole kitsas mies, Éomer», sanoi Aragorn, »kun annat kauneimman, mitä maassasi on!»

Silloin Éowyn katsoi Aragornia silmiin ja sanoi: »Valtiaani ja parantajani, toivottakaa minulle onnea!»

Ja Aragorn vastasi: »Olen toivonut sinulle onnea siitä lähtien kun ensi kerran sinut näin. Sydämeni lepää nähdessäni nyt ilosi.»

Kun juhla oli ohi, hyvästelivät kuningas Éomerin ne, joiden oli määrä lähteä. Aragorn ja hänen ritarinsa sekä Lórienin ja Rivendellin väki valmistautuivat lähtöön, mutta Faramir ja Imrahil jäivät Edorasiin, ja Arwen Iltatähti jäi myös, ja hyvästeli veljensä. Kukaan ei todistanut hänen viimeistä tapaamistaan isänsä Elrondin kanssa, sillä he menivät ylös kukkuloille ja puhuivat siellä pitkään toinen toisilleen, ja katkera oli tuo ero, joka tulisi kestämään yli maailman äärien.

Juuri ennen kuin vieraat lähtivät, tulivat Éomer ja Éowyn viimein Merrin luo ja sanoivat: »Hyvästi nyt, Konnun Meriadoc, Markin Holdwine! Onni myötä! Palaa pian takaisin meitä tervehtimään!»

Éomer sanoi: »Entisaikojen kuninkaat olisivat kantaneet sinulle niistä töistä, joita Turvalinnan kentillä teit, niin paljon lahjoja etteivät yhdet vaunut niitä riittäisi kuljettamaan, mutta sinä et suostu ottamaan mitään muuta kuin aseet, jotka sinulle kerran annettiin. Tämä painaa minua, sillä minulla ei todellakaan ole arvollista lahjaa antaa, mutta sisareni pyytää sinua vastaanottamaan tämän pikku esineen, että muistaisit Dernhelmin ja Markin torvien toitotuksen aamunkoitteessa.»

Ja Éowyn antoi Merrille ikivanhan torven, joka oli pieni mutta taidokkaasti taottu kirkkaasta hopeasta. Siinä oli vihreä kantohihna ja takojat olivat kaivertaneet sen kylkeen laukkaavia ratsumiehiä pitkään jonoon, joka kiersi torven päästä päähän, ja siihen oli piirretty voimalliset riimut.

»Tämä on huoneemme perintökalleus», Éowyn sanoi. »Kääpiöt ovat sen tehneet ja se on peräisin Käärme Scathan aarteesta. Eorl Nuori toi sen pohjoisesta. Joka siihen puhaltaa hädässään, panee vihollistensa sydämeen pelon ja ilon ystäviensä sydämeen, ja ystävät kuulevat sen ja tulevat hänen tykönsä.»

Ja Merri otti torven, sillä hän ei voinut siitä kieltäytyä, ja hän suuteli Éowynin kättä, ja he syleilivät häntä, ja niin he erosivat sillä kertaa.

Vieraat olivat valmiit ja he joivat jalustinmaljan ja ilossa ja ystävyydessä he erosivat, ja saapuivat jonkin ajan kuluttua Helmin syvänteelle, ja siellä he lepäsivät kaksi päivää. Sitten Legolas lunasti Gimlille antamansa lupauksen ja meni hänen kanssaan Kimalteleviin luoliin, ja kun he palasivat hän oli vaiti eikä sanonut muuta kuin että yksin Gimli saattoi löytää sopivat sanat niiden kuvaamiseen. »Eikä ole ennen sattunut, että kääpiö voittaa haltian sanakilvassa», hän sanoi. »Menkäämme siis Fangorniin ja tasatkaamme tilit!»

Syvänteensolasta he ratsastivat Rautapihaan ja näkivät, miten entit olivat käyttäneet aikansa. Koko kivikehä oli kaadettu maan tasalle ja siirretty pois, ja sen sisäpuolella maa oli muutettu puutarhaksi, joka oli täynnä hedelmäpuita ja lehtipuita, ja sen läpi virtasi joki, mutta kaiken keskellä oli kirkasvetinen järvi, josta kohosi yhä Orthancin torni korkeana ja valloittamattomana ja sen musta kivi kuvastui veteen.

Hetken matkalaiset istuivat paikalla, jolla ennen oli ollut yksi Rautapihan porteista; nyt siinä kasvoi kaksi puuta, jotka olivat kuin vartijat Orthancia kohti vievän kujan päässä; ja he katsoivat ihmeissään kaikkea, mitä siellä oli tehty, mutta eivät nähneet missään lähellä eikä kaukana yhtäkään elävää olentoa. Mutta sitten he kuulivat äänen: *huum-hum, huum-hum,* ja polkua pitkin asteli heitä kohti Puuparta, ja Äkkipää oli hänen kanssaan.

»Tervetuloa Orthancin Puupihaan!» hän sanoi. »Tiesin teidän tulevan, mutta olin työn touhussa laaksossa – paljon on vielä tehtävää. Mutta ette tekään ole maanneet vallan joutilaina tuolla etelässä ja idässä, niin olen antanut kertoa itselleni, ja kaikki mitä olen kuullut kertoo hyvää, oikein hyvää.» Sitten Puuparta kiitti kaikkia heidän tekojaan, joista hän näytti olevan täysin perillä, ja viimein hän lopetti ja katsoi Gandalfiin pitkään.

»No niin, mitä nyt?» hän sanoi. »Olet osoittautunut mahtavimmaksi ja kaikki aherruksesi on tuottanut hyvän sadon. Mihin oletkaan nyt menossa? Ja miksi tulet tänne?»

»Tulen katsomaan, miten työsi sujuu, hyvä ystävä», sanoi Gandalf, »ja kiittämään sinua avustasi kaikessa siinä, mitä on saatu aikaan.»

»*Huum,* hmm, se on ihan oikein», Puuparta sanoi, »sillä ovathan entit hoitaneet oman osuutensa. Ja muutenkin kuin selvittämällä välinsä sen, *huum,* sen vietävän puuntappajan kanssa, joka asui täällä. Sillä tänne tulvi niitä *burárum,* niitä ilkeäsilmä-mustakäsi-vääräsääri-kivisydän-koukkusormi-pahamaha-verenhimo-, *morimaite-sincahonda, huum,* no, koska te olette hätäistä joukkoa ja niiden koko nimi on pitkä kuin nälkävuosi: niitä örkintuholaisia, niitä tuli Virran yli ja pohjoisesta ja kiertäen Laurelindórenanin metsän, jonne ne eivät päässeet, kiitos Suurten, jotka ovat täällä.» Hän kumarsi Lórienin valtiaalle ja valtiattarelle.

»Ja samaiset iljettävät olennot hämmästyivät pahan kerran, kun tapasivat meidät Rohanin ylängöllä, sillä ne eivät olleet ennen kuulleet meistä, vaikka tiedetään että niin on monen paremmankin kansan laita. Eikä moni meitä tule muistamaankaan, sillä harva selvisi hengissä, ja Virta vei heistäkin useimmat. Mutta se oli teidän onnenne, sillä jos ne eivät olisi tavanneet meitä, ei ruohomaan kuningas olisi päässyt pitkälle, ja jos olisikin päässyt, takaisin ei olisi ollut tulemista.»

»Me tiedämme tämän hyvin», Aragorn sanoi, »eikä sitä milloinkaan unohdeta Minas Tirithissä tai Edorasissa.»

»*Ei milloinkaan* on minullekin liian pitkä sanonta», sanoi Puuparta. »Tahdoit sanoa: niin kauan kuin teidän kuningaskuntanne kestävät, mutta niiden onkin kestettävä aika kauan, että se tuntuisi enteistä pitkältä ajalta.»

»Uusi aika alkaa», sanoi Gandalf, »ja tällä ajalla saattaa käydä niin, että ihmisten kuningaskunnat elävät kauemmin kuin sinä, ystäväni Fangorn. Mutta kerro nyt, miten on sen tehtävän laita, jonka sinulle annoin? Miten voi Saruman? Eikö hän ole vieläkään kyllästynyt Orthanciin? Sillä tuskin voimme olettaa, että hän katsoo sinun parantaneen hänen ikkunoistaan avautuvaa näköalaa.»

Puuparta loi Gandalfiin pitkän katseen, melkein ovelan katseen, tuumasi Merri. »Jaa jaa!» hän sanoi. »Arvelin että tulisit siihen. Kyllästynytkö Orthanciin? Viimein hän oli perin pohjin kyllästynyt, mutta ei niinkään torniinsa kuin minun ääneeni. Huum! Minä viihdytin häntä muutamalla pitkällä tarinalla, ainakin teidän puheessanne niitä pidettäisiin pitkinä.»

»Miksi hän sitten suostui kuuntelemaan niitä? Menitkö sinä Orthanciin?» kysyi Gandalf.

»*Huum*, en toki mennyt!» sanoi Puuparta. »Mutta hän tuli ikkunaan ja kuunteli, koska hän ei saanut tietoja mitään muuta kautta, ja vaikka tiedot raivostuttivat häntä, hän oli ahne niitä kuulemaan, ja minä pidin huolen että hän sai kuulla aivan kaiken. Mutta minä lisäsin uutisiin yhtä ja toista, mitä ajattelin että hänen olisi hyvä miettiä. Hän kyllästyi juurta jaksain. Hän onkin aina ollut hätäinen. Se koitui hänelle turmioksi.»

»Hyvä Fangorn, olen huomaavinani, että sanot huolellisesti *oli, kyllästyi, koitui*. Miten kävisi *on*? Ei kai hän ole kuollut?» kysyi Gandalf.

»Ei, ei hän minun tietääkseni ole kuollut», Puuparta sanoi. »Mutta hän on poissa. Aivan niin, hän on ollut poissa seitsemän päivää. Minä päästin hänet. Ei hänestä ollut paljonkaan jäljellä, kun hän ryömi ulos, ja se käärmeotus, joka siellä myös oli, oli pelkkä kalpea varjo. Älä nyt sano minulle, että minä lupasin pitää hänet täällä, sillä minä tiedän sen. Mutta tilanne on muuttunut sen jälkeen. Ja minä pidin hänet täällä kunnes hän oli vaaraton eikä enää pystynyt tekemään mitään pahaa. Sinun pitäisi tietää, että enemmän kuin mitään inhoan pitää häkissä eläviä olentoja, enkä minä voi pitää häkissä edes tämän kaltaisia olentoja, jollei ole ihan pakko. Hampaaton käärme luikerrelkoon rauhassa minne tahtoo.»

»Saatat olla oikeassa», Gandalf sanoi, »mutta tällä käärmeellä taisi olla vielä yksi hammas jäljellä. Hänellä oli myrkyllinen äänensä, ja minä luulen että hän sai taivutelluksi sinut, sinutkin Puuparta, kun tiesi heikon kohtasi. No, hän on poissa eikä siitä sitten enempää. Mutta Orthancin torni palautuu nyt kuninkaalle, sillä hänelle se kuuluu. Vaikka hän ei ehkä sitä tarvitse.»

»Sen näyttää aika», sanoi Aragorn. »Mutta minä annan enteille koko tämän laakson ja he saavat tehdä sille mitä mielivät, kunhan pitävät silmällä Orthancia ja katsovat, ettei sinne astu jalallaan kukaan ilman minun lupaani.»

»Se on lukossa», sanoi Puuparta. »Minä panin Sarumanin lukitsemaan sen ja antamaan minulle avaimet. Ne ovat Äkkipäällä.»

Äkkipää kumartui kuin tuulessa taipuva puu ja ojensi Aragornille kaksi isoa taidokaasti tehtyä mustaa avainta, joita yhdisti teräsrengas. »Kiitän sinua vielä kerran», sanoi Aragorn, »ja lausun sinulle hyvästit. Kasvakoon metsänne taas rauhassa. Kun tämä maa täyttyy, on vuorten länsipuolella lisää tilaa, siellä missä kerran aikoja sitten kuljitte.»

Puuparran kasvot kävivät surullisiksi. »Metsät kasvavat», hän sanoi. »Lehdot leviävät. Mutta eivät entit. Enttisiä ei ole.»

»Kukaties etsinnällänne on nyt enemmän toivoa», Aragorn sanoi. »Itäiset maat, jotka kauan ovat olleet suljettuna, ovat nyt avoimet.»

Mutta Puuparta pudisti päätään ja sanoi: »Matka on pitkä. Ja nämä ajat ovat liian täynnä ihmisiä. Mutta minähän käyttäydyn miten sattuu! Viivyttekö täällä sen verran, että ehditte levätä? Ja kukaties joukossanne on joku, joka haluaa kulkea Fangornin metsän läpi ja lyhentää siten kotimatkaansa.» Hän katsoi Celeborniin ja Galadrieliin.

Mutta kaikki paitsi Legolas sanoivat, että heidän oli nyt lähdettävä ja mentävä länteen tai etelään. »Tule, Gimli!» sanoi Legolas. »Fangornin luvalla minä käyn nyt Entsalon uumenissa nähdäkseni puita, jonkalaisia ei kasva missään muualla Keski-Maassa. Sinä saat tulla kanssani ja pitää sanasi, ja me matkaamme yhdessä omille maillemme Synkmetsään ja sen taa.» Gimli suostui, vaikka nähtävästi vastahakoisesti.

»Nyt hajoaa viimein Sormuksen saattue», Aragorn sanoi. »Mutta toivon, että vielä palaatte maahani tuomaan lupaamaanne apua.»

»Me tulemme, jos omat ruhtinaamme suovat», Gimli sanoi. »Hyvästi siis, rakkaat hobitit! Pääsette varmaan nyt turvallisesti kotiin, enkä minä aio valvoa öitä kuvitellen kaikkia vaaroja, joita voitte kohdata. Lähetämme viestejä kun voimme, ja jotkut meistä tapaavat vielä silloin tällöin, mutta tuskin me enää koskaan kaikki kokoonnumme yhteen.»

Puuparta hyvästeli itsekunkin vuorollaan ja hän kumarsi kolmasti hitaasti ja hyvin juhlallisesti Celebornille ja Galadrielille. »On kauan, kauan on siitä kun kohtasimme metsässä tai vuorilla. *A vanimar, vanimálion nostari!*» hän sanoi. »On sanottu, että näin me kohtaisimme vasta lopun tullen. Sillä maailma muuttuu: tunnen sen vedessä, tunnen sen maassa ja haistan sen ilmassa. Tuskin enää tapaamme.»

Ja Celeborn sanoi: »Vanhin, en tiedä.» Mutta Galadriel sanoi: »Emme enää Keski-Maassa, emme ennen kuin maat, joita aallot peittävät, nousevat taas esiin. Silloin tapaamme kukaties pajukedoilla Tasarinanin kevätaikaan. Hyvästi!»

Merri ja Pippin hyvästelivät viimeisinä vanhan entin ja hän ilahtui heitä katsoessaan. »Kas, hilpeät veikot», hän sanoi, »juotteko vielä kerran kanssani ennen lähtöänne?»

»Juommepa hyvinkin», he sanoivat, ja hän vei heidät sivuun puiden varjoon ja he näkivät, että sinne oli asetettu suuri kiviruukku. Ja Puuparta täytti kolme maljaa ja he joivat, ja hänen kummalliset silmänsä katsoivat heitä maljan reunan yli. »Varovasti, varovasti!» hän sanoi. »Sillä te olette jo kasvaneet siitä kun teidät viimeksi näin.» Ja he nauroivat ja tyhjensivät maljat.

»Hyvästi sitten!» hän sanoi. »Älkääkä unohtako: jos kuulette entvaimoista jotakin omassa maassanne, lähetätte minulle sanan.» Hän heilutti suuria käsiään koko seurueelle ja asteli puiden lomaan.

Matkalaiset ratsastivat nyt nopeammin ja suuntasivat kulkunsa Rohanin aukkoon, ja Aragorn erosi heistä viimein lähellä sitä paikkaa, missä Pippin oli katsonut Orthancin kiveen. Hobitteja tämä ero suretti, sillä Aragorn ei ollut milloinkaan jättänyt heitä pulaan ja oli johtanut heidät monen vaaran läpi.

»Olisipa meillä Kivi, jossa voisimme nähdä kaikki ystävämme», sanoi Pippin, »ja jonka avulla voisimme puhua kaukaa toisillemme!»

»Jäljellä on enää yksi, jota sinä voisit käyttää», vastasi Aragorn, »sillä tuskin haluat nähdä sitä, mitä Minas Tirithin kivessä näkyy. Mutta Orthancin *palantírin* kuningas pitää nähdäkseen, mitä hänen valtakunnassaan tapahtuu ja mitä hänen palvelijansa tekevät. Sillä älä unohda, Peregrin Tuk, että sinä olet Gondorin ritari, enkä minä vapauta sinua palveluksesta. Sinulla on nyt lupa mennä, mutta minä saatan kutsua sinua. Ja muistakaa, rakkaat kontulaiset ystävät, että minun valtakuntani ulottuu myös pohjoiseen ja minä tulen sinne kerran.»

Sitten Aragorn hyvästeli Celebornin ja Galadrielin, ja valtiatar sanoi hänelle: »Haltiakivi, pimeyden läpi olet päässyt toivosi perille, ja nyt sinulla on mitä itsellesi toivoit. Käytä hyvin päiväsi!»

Mutta Celeborn sanoi: »Hyvästi, sukulainen! Olkoon kohtalosi toinen kuin minun, ja pysyköön aarteesi luonasi loppuun saakka!»

Niin he erosivat auringonlaskun aikaan, ja kun he vähän ajan kuluttua katsoivat taakseen, he näkivät Lännen kuninkaan hevosensa selässä ritareittensa keskellä, ja laskevan auringon säteet osuivat heihin ja se sai kaikki heidän varusteensa punertamaan kullakarvaisina, ja Aragornin valkoinen viitta liekehti. Ja Aragorn otti käteensä vihreän kiven ja kohotti sen ilmaan ja siitä loisti vihreä valo.

Pian sen jälkeen kääntyi hupeneva seurue Rautkymiä seuraten länteen ja ratsasti Aukon läpi sen takana avautuville autioille maille ja kääntyi sitten pohjoiseen ja ylitti Mustainmaan rajat. Mustainmaalaiset pakenivat ja piiloutuivat, he pelkäsivät haltiakansaa, sillä perin harvoin heitä saapui heidän maahansa, mutta matkalaiset eivät välittäneet heistä – olihan seurue yhä suuri ja hyvin varustettu, ja he jatkoivat matkaa kaikessa rauhassa ja pystyttivät telttansa milloin miellytti.

Kuudentena päivänä sen jälkeen kun he olivat eronneet kuninkaasta, he kulkivat oikealla kohoavien Sumuvuorten alakukkuloita peittävän metsän halki. Tullessaan taas auringon laskiessa aukealle maalle he ohittivat vanhan sauvaan nojaavan miehen, jolla oli yllään harmaat tai likaisenvalkoiset rääsyt ja hänen kannoillaan löntysti toinen kerjäläinen, joka uikutti kulkiessaan.

»No mutta Saruman!» sanoi Gandalf. »Minne matka?»

»Mitä se sinuun kuuluu?» vastasi Saruman. »Vieläkö komentelet minua, etkö ole tyytyväinen tuhooni?»

»Vastaukset sinä tiedät», Gandalf sanoi. »En ja en. Mutta oli miten oli, minun työni lähenee päätöstään. Kuningas on ottanut taakan kantaakseen. Jos olisit odottanut Orthancissa, olisit tavannut hänet ja hän olisi jakanut sinulle viisautta ja armoa.»

»Sitä suuremmalla syyllä lähdin silloin kun lähdin», sanoi Saruman, »sillä häneltä minä en kaipaa kumpaakaan. Jos tahdot tietää vastauksen omaan kysymykseesi, niin minä pyrinkin juuri pois hänen valtakunnastaan.»

»Siinä tapauksessa kuljet taas kerran väärää tietä», Gandalf sanoi, »ja matkasi on toivoton. Mutta ylenkatsotko meidän apumme? Sillä me tarjoamme sitä sinulle.»

»Minulleko?» sanoi Saruman. »Ei, pyydän, älä hymyile! Enemmän pidän uhkaavista ilmeistä. Ja mitä tulee valtiattareen, joka sinulla on mukanasi, häneen en luota: hän on aina vihannut minua ja juonitellut sinun hyväksesi. Epäilemättä hän on tuonut sinut tätä kautta, että saisitte irvailla köyhyyttäni. Jos minua olisi varoitettu ja kerrottu, että ajatte minua takaa, olisin evännyt teiltä tämän ilon.»

»Saruman», sanoi Galadriel, »meillä on muita tehtäviä ja muita huolia, jotka ovat meille tärkeämpiä kuin etsiä sinua. Sano pikemminkin, että hyvä onni yhytti sinut, sillä nyt sinulla on viimeinen mahdollisuus.»

»Jos se varmasti on viimeinen, olen siitä iloinen», Saruman sanoi. »Sitten ei tarvitse kieltäytyä toistamiseen. Kaikki toiveeni ovat murskana, mutta teidän toiveitanne en ryhdy jakamaan. Jos teillä niitä onkaan.»

Hetken hänen silmänsä paloivat: »Pois!» hän sanoi. »En turhaan tutkinut näitä asioita kauan. Olette tuominneet itsenne tuhoon ja tiedätte sen. Ja minulle suo hiukan lohtua vaelluksillani ajatus, että te kaadoitte oman talonne samalla kun tuhositte minulta kodin. Entä nyt, mikä laiva teidät meren taa tulisi noutamaan?» hän ivasi. »Harmaa on se laiva ja haamuja täynnä.» Hän nauroi, mutta hänen äänensä oli kuiva ja kauhea.

»Nouse siitä, ääliö!» hän sanoi toiselle kerjäläiselle, joka oli istuutunut maahan, ja iski tätä kepillä. »Käänny! Jos tämä hieno seurue menee samaa tietä kuin me, meidän on syytä lähteä toisaalle. Mars matkaan, tai en anna sinulle illalliseksi kannikkaakaan!»

Kerjäläinen kääntyi ja köpitti heidän ohitseen ruikuttaen: »Vanha Grímarukka! Vanha Gríma-rukka! Aina häntä lyödään ja kirotaan. Minä vihaan tuota miestä, miten vihaankaan! Voisinpa jättää hänet!»

»Jätä sitten», sanoi Gandalf.

Mutta Kärmekieli loi Gandalfiin vain kauhunsekaisen katseen tihruisilla silmillään, ja kipitti sitten Sarumanin perään. Sivuuttaessaan seuruetta kurja pari tuli viimein hobittien kohdalle ja Saruman pysähtyi tuijottamaan heitä, mutta he katsoivat häntä säälien.

»Kas vain, tekin vintiöt olette tulleet irvailemaan», hän sanoi. »Teitä ei kiinnosta kerjäläisen puute. Sillä teillä on kaikki mitä tarvitsette, ruokaa ja hienot vaatteet ja parasta kessua piipuissa. Niin, niin, kyllä minä tiedän! Minä tiedän, mistä se on kotoisin. Ette taida antaa kerjäläiselle piipullista, vai annatteko?»

»Antaisin, jos minulla olisi», sanoi Frodo.

»Voitte saada mitä minulla on jäljellä», Merri sanoi. »Hetki vaan.» Hän laskeutui satulasta ja kaiveli satulalaukkuaan. Sitten hän ojensi Sarumanille nahkakukkaron. »Ottakaa mitä siinä on», hän sanoi. »Ihan vapaasti vaan – se löytyi Rautapihan raunioista.»

»Minun on, minun, ja kalliilla ostettu!» huusi Saruman ja tarttui kukkaroon. »Tämä on vain nimellinen takaisinmaksu, sillä sinä otit takuulla enemmän. No, kerjäläisen tulee olla kiitollinen, jos varas antaa hänelle murunkin siitä, mikä hänelle kuuluu. Teille olisi oikein, jos palatessanne kotiin huomaisitte, etteivät asiat olekaan Eteläneljännyksessä niin hyvin kuin toivoisitte. Kauan vaivatkoon maatanne pehkun puute!»

»Kiitos vaan!» Merri sanoi. »Siinä tapauksessa otankin kukkaroni takaisin. Se ei ole teidän ja se on kulkenut mukanani pitkän matkan. Käärikää kessu johonkin omaan rättiinne.»

»Varkaalle varkaan mitalla», sanoi Saruman, käänsi selkänsä Merrille, potkaisi Kärmekieltä ja lähti kulkemaan metsää kohti.

»Niin sitä pitää!» Pippin sanoi. »Vai varas! Entä meidän syytteemme vapaudenriistosta, pahoinpitelystä ja örkkiretkestä Rohanin poikki?»

»Sanokaas muuta», sanoi Sam. »Ja hän sanoi *ostettu*. Miten, kysyn vaan. Enkä minä pitänyt ollenkaan siitä sävystä, millä hän puhui Eteläneljännyksestä. On korkea aika mennä takaisin kotiin.»

»Siitä olen varma», Frodo sanoi. »Mutta tämän nopeammin emme pääse, jos tahdomme tavata Bilbon. Minä aion ensin mennä Rivendelliin, oli miten oli.»

»Se lienee parasta», sanoi Gandalf. »Mutta voi Sarumania! Enempää hänen hyväkseen tuskin voidaan tehdä. Mutta kuitenkaan en ole aivan varma, että Puuparta on oikeassa, Saruman saattaa hyvinkin saada aikaan vielä jotakin pientä ilkeää pahuutta.»

Seuraavana päivänä he ratsastivat Mustainmaan pohjoisosaan, jossa ei asunut enää lainkaan ihmisiä, vaikka se oli kaunista ja vihreää seutua. Syyskuu alkoi ja toi tullessaan kultaiset päivät ja hopeiset yöt, ja he ratsastivat kaikessa rauhassa kunnes saapuivat Joutsenjoelle ja löysivät vanhan kahlaamon vähän itään putouksista, joiden jälkeen joki kaarteli alavammille maille. Kaukana lännen usvassa häämöttivät suvannot ja saaret, joiden kautta joki etääntyi kohti Harmaavirtaa; sen ruovikoissa oli lukemattomilla joutsenilla koti.

Niin matkalaiset saapuivat Eregioniin, ja eräänä kauniina kimmeltävän usvaisena aamuna he näkivät leiristään matalalta kukkulalta, miten aurinko tavoitti kaukana idässä kolme huippua. Taivaalle työntyen ne puhkaisivat ajelehtivat pilvet: Caradhras, Celebdil ja Fanuidhol. He olivat lähellä Morian portteja.

Täällä he viipyivät seitsemän päivää, sillä oli tullut uuden eron hetki, jota he tahtoivat viivyttää. Pian kääntyisivät Celeborn ja Galadriel ja heidän väkensä itään, kulkisivat Punasarven portin kautta Hämypuron portaalle ja Hopeajuovalle ja omaan maahansa. Celeborn ja Galadriel olivat matkanneet näin kauas läntisiä teitä siksi, että heillä oli paljon puhuttavaa Elrondin ja Gandalfin kanssa, ja he viipyivät vielä keskustellakseen ystäviensä kanssa. Sattui usein niin, että pitkään sen jälkeen, kun hobitit olivat vaipuneet uneen, he istuivat yhdessä tähtien alla muistellen menneitä aikoja ja kaikkia maailmassa kokemiaan iloja ja tekemiään tekoja, tai neuvotellen ja pohtien tulevia aikoja. Jos joku matkamies olisi kulkenut siitä ohi, ei hän olisi nähnyt tai kuullut juuri mitään, hän olisi ollut näkevinään vain kiveen hakattuja harmaita hahmoja, unohdettuja muistomerkkejä asumattomilla mailla. Sillä he eivät liikkuneet eivätkä puhuneet suulla, he katsoivat toinen toistensa ajatuksiin, ja liikettä oli vain loistavissa silmissä, jotka syttyivät ajatusten kulkiessa sinne tänne.

Mutta viimein oli kaikki sanottu ja he erosivat taas joksikin aikaa, kunnes tulisi aika Kolmen sormuksen lähteä kokonaan. Lórienin väki ratsasti kohti vuoria, ja nopeasti katosivat harmaapukuiset hahmot kivien ja varjojen joukkoon, ja Rivendelliin menevät istuivat kukkulalla ja katselivat heitä; tihenevässä sumussa välkähti valo, sitten he eivät enää nähneet mitään. Frodo tiesi, että Galadriel oli kohottanut sormuksensa hyvästin merkiksi.

Sam kääntyi ja huokasi: »Olisinpa matkalla takaisin Lórieniin!»

He kulkivat jonkin aikaa ylänummilla ja saapuivat eräänä iltana, yhtäkkiä, niin kuin matkalaisista aina tuntui, Rivendellin syvän laakson reunalle, ja näkivät alhaalla lamppujen loistavan Elrondin talossa. Ja he laskeutuivat laaksoon, ylittivät sillan ja tulivat ovelle, ja koko talo tulvi valoa ja ilolaulua Elrondin palatessa kotiin. Aivan ensiksi, ennen kuin hobitit olivat peseytyneet tai edes ottaneet viittaa päältään, he menivät etsimään Bilboa. He löysivät hänet omasta pikku huoneestaan. Huone lainehti papereita ja kyniä, mutta Bilbo istui tuolissa pienen iloisen tulen ääressä. Hän näytti hyvin vanhalta ja uniselta, mutta hänen kasvoillaan oli rauha.

Hän avasi silmänsä ja katsoi ylös kun he tulivat sisään. »Terve, terve!» hän sanoi. »Te olette siis palanneet. Ja huomenna onkin minun syntymäpäiväni. Olipa näppärää! Tiedättekö, että minä täytän satakaksikymmentäyhdeksän? Vuosi enää, jos saan elää, niin pääsen tasoihin Vanhan Tukin kanssa. Olisipa mukava lyödä hänet laudalta, mutta aika näyttää.»

Kun Bilbon syntymäpäivää oli juhlittu, hobitit viipyivät Rivendellissä muutamia päiviä, ja he istuivat paljon vanhan ystävänsä seurassa, joka nykyään vietti omassa huoneessaan suurimman osan ajasta lukuun ottamatta ruoka-aikoja. Niiden suhteen hän oli edelleen hyvin täsmällinen ja nukkui harvoin niiden yli. He istuivat takan ääressä ja kertoivat hänelle kaiken minkä muistivat retkistään ja seikkailuistaan. Aluksi hän oli tekevinään muistiinpanoja, mutta hän nukahti tavan takaa, ja herätessään hän sanoi: »Loistavaa! Ihmeellistä! Missäs me olimmekaan?» Ja he jatkoivat tarinaa siitä, mihin se oli jäänyt, kun hän alkoi nuokkua.

Ainoa kohta, joka näytti todella innostavan häntä ja piti hänen mielenkiintonsa vireillä, oli kuvaus Aragornin kruunauksesta ja häistä. »Minut kutsuttiin tietysti häihin», hän sanoi. »Ja olen minä niitä odottanutkin! Mutta jotenkin kun se aika sitten tuli, minulla olikin täällä niin paljon tekemistä, ja pakkaamisessa on kamalasti vaivaa.»

Kun oli kulunut melkein kaksi viikkoa, Frodo katsoi eräänä päivänä ikkunasta ja näki, että yöllä oli käynyt halla – hämähäkinseitit olivat kuin valkeita verkkoja. Silloin hän äkkiä tiesi, että hänen oli lähdettävä ja jätettävä hyvästit Bilbolle. Ilma oli yhä tyyni ja kaunis – kesä oli ollut ihanin miesmuistiin – mutta oli jo lokakuu, ja pian alkaisivat taas sateet ja myrskyt. Ja edessä oli yhä pitkä matka. Mutta oikeastaan sää ei ollut syy. Hänellä oli sellainen tunne, että oli aika palata Kontuun. Samista tuntui samalta. Juuri edellisenä iltana Sam oli sanonut:

»No niin, Frodo-herra, on oltu kaukana ja nähty yhtä ja toista, mutta tämän parempaa paikkaa me ei ole löydetty. Täällä on vähän kaikkea, jos käsitätte: Kontua ja Kultaista metsää ja Gondoria, kuninkaitten linnoja ja majataloja ja niittyjä ja vuoria, kaikkia sekaisin. Ja kuitenkin tuntuu, että pian meidän pitää lähteä. Minä olen huolissani Ukosta, jos totta puhutaan.»

»Vähän kaikkea, Sam, se on totta, paitsi ei Merta», oli Frodo vastannut ja toisti itsekseen: »Paitsi ei Merta.»

Tuona päivänä Frodo puhui Elrondille ja he sopivat, että hobitit lähtisivät seuraavana aamuna. Heidän ilokseen Gandalf sanoi: »Minäkin taidan tulla. Ainakin Briihin asti. Tahdon tavata Voivalvatin.»

Illalla hobitit menivät hyvästelemään Bilboa. »No, jos teidän täytyy mennä, niin minkä sille voi», hän sanoi. »Se on surullista. Minun tulee teitä ikävä. On ollut mukava tietää, että te olette täällä. Mutta minua nukuttaa yhä enemmän.» Sitten hän lahjoitti Frodolle *mithril*-paitansa ja Piikin unohtaen että hän oli jo kerran ne lahjoittanut, ja hän antoi Frodolle myös kolme tarukirjaa, jotka hän oli tehnyt eri aikoina; ne oli kirjoitettu hänen ohuella kiemuraisella käsialallaan ja punaisiin selkämyksiin oli leimattu: *Käännöksiä haltiakielestä, laatinut B. R.*

Samille hän antoi pienen pussillisen kultaa. »Lähestulkoon viimeinen pisara Smaugin vuosikertaa», hän sanoi. »Siitä voi olla hyötyä, jos suunnittelet avioliittoa, Sam.» Sam punastui.

»Teille, nuoret ystävät, minulla ei ole oikein mitään annettavaa», hän sanoi Merrille ja Pippinille, »paitsi hyviä neuvoja.» Ja kun hän oli jakanut niitä aimo annoksen, hän lisäsi vielä yhden aitoon kontulaiseen tapaan: »Älkääkä kasvako liian isoiksi omiin hattuihinne! Jos ette kohta lakkaa kasvamasta, tulevat pukimet pian kalliiksi.»

»Mutta jos sinä haluat päihittää Vanhan Tukin», Pippin sanoi, »en käsitä, miksi me emme saisi lyödä laudalta Härkäräikkää.»

Bilbo nauroi ja kaivoi taskustaan kaksi kaunista piippua, joissa oli helmiäissuukappaleet ja joiden koppa ja varsi oli koristeltu hopeataoksin. »Muistakaa minua kun poltatte näitä!» hän sanoi. »Haltiat tekivät ne minulle, mutta minä en nykyään polta.» Ja sitten hän äkkiä nuokahti ja vaipui uneen hetkeksi ja herätessään hän sanoi: »Missä olimmekaan? Niin niin, antamassa lahjoja. Siitä tulikin mieleeni: miten minun sormukseni on käynyt, Frodo, sen jonka veit mennessäsi?»

»Bilbo-kulta, minulla ei ole sitä enää», Frodo sanoi. »Laittauduin siitä eroon, kuten muistat.»

»Sääli!» Bilbo sanoi. »Olisin mielelläni vielä nähnyt sen. Mutta olenpa minä tyhmä! Sen tähdenhän sinä lähdit, niinhän se oli: jotta laittautuisit siitä eroon. Mutta tämä on kaikki niin sekavaa, niin monet asiat näyttävät kietoutuneen yhteen: Aragornin asiat ja Valkoinen neuvosto ja Gondor ja Ratsumiehet ja eteläiset ja olifantit – Sam, näitkö sinä todella olifantin? – ja luolat ja tornit ja kultaiset puut ja ties mitkä muut.

Minä tulin ilmeisesti ihan liian suoraa tietä takaisin omalta retkeltäni. Gandalf olisi voinut vähän näyttää minulle paikkoja. Mutta siinä tapauksessa huutokauppa olisi ollut ohi, kun minä palasin, ja minulla olisi ollut vielä paljon enemmän hankaluuksia kuin oli. Joka tapauksessa nyt on liian myöhäistä, ja totta puhuen on paljon mukavampaa istua täällä kuulemassa siitä kaikesta. Takka on oikein kodikas, ruoka on *erinomaista* ja haltioita tapaa kun tahtoo. Mitä sitä muuta voisi toivoa?

> *Tie vain jatkuu jatkumistaan*
> *ovelta mistä sen alkavan näin.*
> *Nyt se on kaukana edessäpäin,*
> *muut seuratkoot sitä jos jaksavat vaan!*
> *He saavat aloittaa matkan uuden;*
> *minä jaloin uupunein vaeltaen*
> *majatalon valaistun vihdoin haen*
> *ja lepoon, uneen saan tilaisuuden.»*

Ja kun Bilbo oli mutissut viimeiset sanat, hänen päänsä painui rinnalle ja hän vaipui sikeään uneen.

Ilta tummeni huoneessa ja takkatuli loisti kirkkaammin, ja he katsoivat nukkuvaa Bilboa ja näkivät, että hän hymyili. He istuivat jonkin aikaa ääneti, ja sitten Sam katseli huonetta ja varjojen leikkiä seinällä ja sanoi hiljaa:

»Frodo-herra, minusta tuntuu, ettei hän ole kirjoittanut paljoakaan sillä aikaa kun me olemme olleet poissa. Ei hän koskaan kirjoita meidän tarinaamme.»

Ja silloin Bilbon toinen silmä avautui ikään kuin hän olisi kuullut. Sitten hän pakottautui hereille. »Minua nukuttaa koko ajan», hän sanoi. »Ja kun minulla on aikaa kirjoittaa, niin minun tekee oikeastaan mieli kirjoittaa vain runoja. Joutaisitko Frodoseni panemaan asioita vähän järjestykseen ennen kuin lähdet? Mitä jos korjaat talteen minun muistiinpanoni ja paperini ja päiväkirjani ja otat ne mukaan? Ei minulla ole aikaa valita ja järjestellä niitä. Pyydä Samia auttamaan, ja kun olet saanut ne järkevään malliin, tule takaisin niin minä käyn ne läpi. En minä ole turhantarkka.»

»Tottahan minä sen teen!» Frodo sanoi. »Ja tulen tietysti takaisin pian, se ei enää ole vaarallista. Nyt meillä on oikea kuningas ja hän panee pian tiet kuntoon.»

»Kiitos, rakas ystävä!» Bilbo sanoi. »Tämä helpotti aika lailla.» Ja sitten hän nukahti taas.

Seuraavana päivänä Gandalf ja hobitit hyvästelivät Bilbon hänen huoneessaan, sillä ulkona oli liian kylmä, ja he jättivät jäähyväiset Elrondille ja hänen talonsa väelle.

Frodo seisoi kynnyksellä ja Elrond toivotti hänelle hyvää matkaa ja siunasi hänet ja sanoi:

»Sinun tuskin kannattaa tulla takaisin, Frodo, ellet tule hyvin pian. Sillä näihin aikoihin vuotta, kun kultaiset lehdet ovat vielä puissa, voit etsiä Bilboa Konnun metsistä. Minä olen silloin hänen kanssaan.»

Kukaan muu ei kuullut näitä sanoja, ja Frodo piti ne omana tietonaan.

7

KOTIINPÄIN

VIIMEIN OLIVAT HOBITIT matkalla kotiin. Heillä oli kiihkeä halu nähdä taas
Kontu, mutta aluksi he olivat ratsastaneet hyvin hitaasti, sillä Frodo oli ollut
rauhaton. Bruinenin kahlaamolla hän oli pysähtynyt eikä olisi millään ratsastanut virtaan, ja he huomasivat, että väliin hän ei näyttänyt näkevän heitä eikä
ympäristöä. Hän oli vaiti koko sen päivän. Oli lokakuun kuudes.

»Frodo, onko sinulla tuskia?» kysyi Gandalf hiljaa ratsastaessaan Frodon
rinnalla.

»Totta puhuen on», vastasi Frodo. »Olkapää vaivaa. Haavaa särkee ja pimeyden muisto on raskas. Siitä on tänään vuosi.»

»Niin! On olemassa haavoja, joita ei voida kokonaan parantaa», sanoi Gandalf.

»Minun haavani taitaa olla niitä», Frodo sanoi. »Todellista paluuta ei ole. Minä
voin kyllä palata Kontuun, mutta se ei enää tule tuntumaan samalta, sillä minä
en enää ole sama. Minua ovat haavoittaneet veitsi, piikki ja hampaat, ja kauan
kannettu taakka painaa. Mistä löydän levon?»

Gandalf ei vastannut.

Seuraavan päivän iltaan mennessä tuska ja levottomuus olivat poissa ja Frodo
oli taas hilpeä, ikään kuin olisi unohtanut edellisen päivän pimeyden. Sen jälkeen matka sujui mainiosti ja päivät kuluivat sukkelaan; he ratsastivat rauhallista tahtia ja viipyivät kauniilla metsäseuduilla, missä puiden lehdet hohtivat
syysauringossa punaisina ja keltaisina. Viimein he tulivat Viimapäälle, ilta läheni
ja kukkulan varjo heittyi tummana tielle. Silloin Frodo pyysi heitä kiiruhtamaan
eikä katsonut kukkulaan päin, pää painuksissa ja kaapu tiukasti ympärillään hän
ratsasti sen heittämän varjon läpi. Sinä yönä sää muuttui ja lännestä tuli sadetta
kantava tuuli, joka puhalsi kovana ja kylmänä ja sai keltaiset lehdet kieppumaan
ilmassa kuin linnut. Heidän saapuessaan Aarnimetsään olivat puut jo melkein
paljaat ja paksu sadeverho peitti Briivuoren näkyvistä.

Niin ratsasti myrskyisenä ja vetisenä iltana lokakuun lopulla viisi matkalaista
ylös kiemurtelevaa tietä ja saapui Briin eteläportille. Se oli tiukasti lukossa. Sade
pieksi heitä kasvoihin ja tummuvalla taivaalla kiitivät matalat pilvet, ja heidän

mielialansa painui hiukan, sillä he olivat odottaneet parempaa vastaanottoa.

Kun he olivat huudelleet aikansa, tuli portinvartija viimein ulos ja he näkivät, että hänellä oli kädessään suuri nuija. Hän katsoi heitä peloissaan ja hyvin epäluuloisesti, mutta kun hän näki Gandalfin olevan mukana ja että he olivat hobitteja huolimatta oudoista varusteista, hänen ilmeensä kirkastui ja hän toivotti heidät tervetulleiksi.

»Sisään, sisään!» hän sanoi ja avasi portin. »Tässä koiranilmassa me emme vaihda uutisia. Mutta kunnon Viljami ottaa teidät takuulla vastaan *Ponissa* ja siellä saatte kuulla, mitä kuultavissa on.»

»Ja siellä sinä saat myöhemmin kuulla kaiken, mitä me kerromme ja enemmänkin», nauroi Gandalf. »Miten Harri voi?»

Portinvartija kurtisti kulmiaan. »Poissa», sanoi hän. »Mutta kysykää Viljamilta. Näkemiin!»

»Näkemiin», sanoivat he ja ratsastivat portin läpi, ja silloin he näkivät, että pensasaidan taakse oli tien viereen rakennettu pitkä matala maja, ja siitä oli tullut ulos liuta miehiä, jotka tuijottivat heitä aidan yli. Kun he tulivat Bil Imarteen talon kohdalle, he huomasivat, että pensasaita oli epätasainen ja hoitamaton ja ikkunat laudoitettu.

»Sam, luuletko että hän kuoli kun viskasit häntä omenalla?» sanoi Pippin.

»En olisi noin toiveikas, Pippin-herra», sanoi Sam. »Mutta olisi mukava tietää, miten sen poniparan kävi. Se on ollut minulla mielessä monta kertaa, kun ne sudetkin ulvoivat niin kamalalla tavalla.»

Viimein he tulivat *Pomppivan ponin* luo, ja se ainakin näytti ulkoapäin muuttumattomalta, ja alaikkunoissa punaisten verhojen takana paloivat valot. He soittivat kelloa, ja Nob tuli ovelle ja avasi sen raolleen ja kurkisti ulos, ja kun hän näki heidät lampun alla, hän huudahti hämmästyneenä.

»Herra Voivalvatti! Isäntä!» hän kiljaisi. »He ovat tulleet takaisin!»

»Vai ovat! Minäpä näytän niille», kuului Voivalvatin ääni, ja isäntä pyyhälsi ulos nuija kädessään. Mutta kun hän näki, keitä he olivat, hän pysähtyi siihen paikkaan ja kasvojen hurja ilme vaihtui iloksi ja ihmetykseksi.

»Nob, karvatassu pöllöpää!» hän huusi. »Etkö osaa mainita vanhoja ystäviä nimeltä! Et saisi pelotella minua tuolla tavalla, kun ajat ovat semmoiset kuin ovat. Jaa, jaa! Ja mistäs sitä tullaan? En uskonut enää ikinä näkeväni teitä, niin se on, kun lähditte erämaahan sen Konkarin kanssa ja niitä Mustia miehiä oli joka puolella. Mutta onpa hauska nähdä teitä, eikä vähiten Gandalfia. Sisään, sisään vaan! Samat huoneet kuin viimeksi, niinkö? Ne ovat vapaina. Useimmat huoneet ovat nykyään vapaina, jos totta puhutaan, enkä minä sitä teiltä salaa, kun saatte sen kuitenkin pian selville. Ja minä katson mitä illallisen suhteen on tehtävissä niin pian kuin voin, mutta minulla on pulaa apulaisista. Hei Nob, kuhnuri! Käske Bobin... Ai, mutta minähän unohdin, Bob on poissa, lähti kotolaistensa luo tänään illansuussa. No, Nob, vie vieraiden ponit talliin. Ja sinä Gandalf viet varmaan itse oman hevosesi pilttuuseen. Hieno elikko, sanoin minä, kun näin sen ensimmäisen kerran. No, sisään siitä! Olkaa kuin kotonanne!»

Herra Voivalvatti ei ainakaan ollut muuttanut puhetapaansa ja näytti yhä touhuavan vanhaan tyyliin. Mutta majatalossa oli tuskin ketään ja kaikki oli hiljaista, salin puolelta kuului vain kahden kolmen äänen mutinaa. Ja kun he katsoivat tarkemmin isäntänsä kasvoja kahden kynttilän valossa, jotka hän sytytti ja kantoi heidän eteensä, ne näyttivät ryppyisiltä ja huolten uuvuttamilta.

Hän vei heidät käytävää pitkin kamariin, jossa he olivat olleet sinä kummallisena iltana yli vuosi sitten, ja he kävelivät hänen perässään vähän levottomina, sillä selvää oli, että kunnon Viljami yritti kätkeä huoliaan. Asiat eivät olleet niin kuin ennen. Mutta he eivät sanoneet mitään, odottivat vain.

Kuten he olivat olettaneet, herra Voivalvatti tuli heidän kamariinsa illallisen jälkeen katsomaan, että he olivat tyytyväisiä. Ja olivathan he: *Ponin* olut ja sapuska eivät olleet vielä kärsineet millään lailla. »Tällä kertaa en rohkene ehdottaa, että tulisitte salin puolelle», sanoi Voivalvatti. »Lienette väsyneitä, eikä täällä sitä paitsi ole tänään paljon ketään. Mutta jos teillä on aikaa puolisen tuntia ennen maatamenoa, juttelisin kovin mielelläni kanssanne, näin vain meidän kesken.»

»Sitä samaa toivon minäkin», sanoi Gandalf. »Me emme ole väsyneitä. Me olemme matkanneet löysänlaisesti. Me olimme märkiä ja nälkäisiä ja kylmissämme, mutta kaiken sen sinä olet korjannut. Istupa! Ja jos sinulla on piippukessua, olet totisesti siunattu!»

»Olisittepa pyytänyt mitä muuta tahansa», Voivalvatti sanoi. »Sillä juuri sitä meiltä puuttuu, meillä on vain sen verran kuin itse kasvatamme, eikä se riitä. Konnusta sitä ei nykyään saa ollenkaan. Mutta katsotaan, mitä voin tehdä.»

Takaisin tullessaan hän toi heille sen verran, että siitä riittäisi päiväksi pariksi, tupon leikkaamatonta pehkua. »Etelätörmää», hän sanoi, »ja parasta mitä talosta löytyy, mutta ei se vedä vertoja Eteläneljännykselle, niin kuin minä olen aina sanonut, vaikka pidänkin melkein aina Briin puolta, anteeksi vaan.»

He istuttivat hänet suureen tuoliin tulen ääreen ja Gandalf istuutui takan toiselle puolelle ja hobitit matalille tuoleille heidän väliinsä, ja he puhuivat monta puolituntista ja vaihtoivat uutisia, kertoivat mitä Voivalvatti tahtoi tietää ja kuuntelivat mitä hän tahtoi kertoa. Suurin osa heidän kertomuksestaan pani heidän isäntänsä pään ihmetyksestä pyörälle, ja enimmäkseen tarina ylitti hänen käsityskykynsä ja kirvoitti senkaltaisia huudahduksia kuin: »No jopa on! Kaikkea sitä kuulee!» ynnä muuta sellaista. »No jopa on, herra Reppuli, vai pitäisikö sanoa Alismäki? Minä menen aivan sekaisin. Ei kai, mestari Gandalf! Totisesti! Kukapa olisi uskonut että meidän aikanamme?»

Mutta omasta puolestaan hän tiesi kertoa paljon. Asiat olivat kaikkea muuta kuin hyvin, hän sanoi. Majatalolla ei mennyt edes kohtuullisesti, sillä meni kertakaikkiaan huonosti. »Kukaan ei nykyään tule Briihin Ulkoa», hän sanoi. »Ja oma väki pysyttelee enimmäkseen kotosalla ja pitää ovet salvassa. Kaikki on niiden kulkijoiden ja koirankuonolaisten syytä, joita rupesi tulemaan Vihertietä viime vuonna, niin kuin ehkä muistatte; niitä tuli myöhemmin lisää. Jotkut olivat vain kurjia pakolaisraukkoja, mutta suurin osa oli ilkeää porukkaa, varkaita ja konnia. Ja täällä Briissä, oikein kylässä, oli hankaluuksia ja pahoja olikin. Meillä oli tappelu ja kaikki, ja siinä tapettiin, tapettiin kuoliaaksi meidän kyläläisiä! Uskokaa tai älkää.»

»Kyllä minä uskon», Gandalf sanoi. »Montako?»

»Kolme ja kaksi», sanoi Voivalvatti laskien ison ja pienen väen erikseen. »Siinä meni onneton Mat Vaiverovarvas ja Rouli Omppu ja pikku Tom Piikkiäinen Vuoren takaa, ja Vili Törmä ylämäestä ja yksi Sokkelin Alismäki, kaikki kunnon kavereita, joita kaivaten muistetaan. Ja Seljan Harri, joka vartioi länsiporttia, ja se Imarteen Bil menivät muukalaisten puolelle ja lähtivät niiden mukaan, ja minä olen varma, että he päästivät ne sisään. Silloin taisteluyönä nimittäin. Se oli sen jälkeen kun me näytimme niille porttia ja ajoimme ne pois juuri ennen vuoden loppua, ja taistelu käytiin uuden vuoden alussa, sen jälkeen kun oli satanut valtavasti lunta.

Ja nyt ne ovat ryhtyneet rosvoiksi ja asettuneet kylän ulkopuolelle Aarnilan metsiin ja pohjoisen takamaille. Tämä on vähän samanlaista kuin vanhoissa taruissa vanhat pahat ajat. Teillä ei voi turvallisesti liikkua eikä kukaan lähde kovin kauas, ja ovet lukitaan varhain. Meidän täytyy pitää vartijoita joka paikassa aidan luona, ja porteilla täytyy olla iso joukko miehiä aina öisin.»

»Ei kukaan käynyt meidän kimppuumme», Pippin sanoi, »ja me ratsastelimme kaikessa rauhassa, eikä meillä ollut vartijoita. Me luulimme, että kaikki ikävyydet olivat jääneet taakse.»

»Eihei, eivät ole, herra, ikävä kyllä», sanoi Voivalvatti. »Mutta ei se ole mikään ihme, että jättivät teidät rauhaan. Eivät ne käy aseistettujen joukkojen kimppuun, joilla on kypärät ja kilvet ja kaikki. Semmoinen saa ne tuumailemaan toisenkin kerran. Ja minun täytyy tunnustaa, että kyllä minäkin vähän säikähdin kun näin teidät.»

Silloin hobitit äkkiä tajusivat, että heitä oli tuijotettu silmät suurina heidän varustuksensa takia eikä niinkään heidän paluunsa vuoksi. He olivat itse tottuneet sodankäyntiin ja järjestäytyneisiin ratsusaattueisiin, ja olivat aivan unohtaneet, että kaapujen alta pilkottavat kirkkaat haarniskat ja Gondorin ja Markin kypärät ja kilpien kauniit kuviot näyttäisivät kummallisilta heidän omassa maassaan. Ja Gandalfkin ratsasti suurella harmaalla hevosellaan kokovalkoisissa vaatteissa, joita peitti sinihopeinen kaapu, ja kupeella hänellä riippui Glamdring.

Gandalf nauroi. »Vai niin», hän sanoi. »Jos ne pelkäävät meitä viittä, niin olemme tavanneet vaarallisempiakin vihollisia matkamme varrella. Mutta ainakin ne antavat teille yörauhan siksi aikaa, kun me olemme täällä.»

»Ja kuinka kauan te viivytte?» kysyi Voivalvatti. »En kiellä että meistä olisi mukava, jos pysyttelisitte luonamme jonkin aikaa. Me kun emme ole oikein tottuneet tämmöisiin ikävyyksiin, ja kerrotaan että samoojat ovat kaikki lähteneet. Me emme ole tainneet tähän mennessä oikein käsittää, mitä kaikkea ne tekivät meidän hyväksemme. Sillä täällä on liikuksinut rosvojakin pahempia olentoja. Sudet ulvoivat aitojen takana viime talvena. Ja metsissä hiipii mustia hahmoja, hirveitä olentoja, jotka saavat veren hyytymään kun vaan ajatteleekin. Erinomaisen ikävää kaiken kaikkiaan, jos käsitätte mitä tarkoitan.»

»Niinpä kai», sanoi Gandalf. »Melkein kaikissa maissa on ollut ikävyyksiä näinä aikoina, pahoja ikävyyksiä. Mutta Viljami, pää pystyyn! Olette olleet hyvin suurten vaikeuksien partaalla, ja olen iloinen, etteivät ne ole ulottuneet tänne tämän pahemmin. Mutta paremmat ajat ovat tulossa. Ehkä paremmat kuin koskaan sinun elinaikanasi. Samoojat ovat palanneet. Me tulimme takaisin heidän kanssaan. Ja Viljami, maassa on taas kuningas. Hän kääntää pian katseensa tänne.

Silloin Vihertie avataan taas ja hänen lähettinsä tulevat pohjoiseen ja monenmoista kulkijaa liikkuu teillä ja kaikki pahuus ajetaan takamailta. Ja tulee aika, jolloin takamaat eivät enää ole takamaita ja sinne, missä nyt on asumatonta aarniota, tulee ihmisiä ja peltoja.»

Herra Voivalvatti pudisti päätään. »Jos teillä kulkisi jokunen kunnon matkustavainen, se ei olisi pahitteeksi», hän sanoi. »Mutta tänne ei kaivata enää roskaväkeä ja roistoja. Emmekä me halua ketään ulkopuolisia Briihin eikä Briin lähellekään. Me tahdomme elää rauhassa. Minä en halua, että tänne leiriytyy ja asettuu asumaan joku muukalaissakki ja turmelee erämaat.»

»Viljami hyvä, teidät jätetään rauhaan», Gandalf sanoi. »Rautkymin ja Harmaa-virran väliin tai Rankkivuon eteläpuolelle rannikolle mahtuu kokonaisia valtakun-tia niin ettei kukaan asu paria päivämatkaa Briitä lähempänä. Ja pohjoisessa, yli sadan virstan päässä asui ennen paljon väkeä, Vihertien toisessa päässä, Pohjan ylängöllä ja Hämyveden rannalla.»

»Kuolleiden kaivannon luona, vai?» sanoi Voivalvatti ja näytti entistä epäile-vämmältä. »Siellä kuulemma kummittelee. Ei sinne lähtisi muu kuin roisto.»

»Samoojat käyvät siellä», Gandalf sanoi. »Kuolleiden kaivannoksi paikkaa on kutsuttu monet vuodet, mutta sen oikea nimi on Fornost Erain, Kuninkaitten pohjanlinna. Ja kuningas palaa sinne vielä jonakin päivänä, ja silloin tästä kulkee jaloa väkeä, Viljami.»

»No, se kuulostaa paremmalta, myönnetään», sanoi Voivalvatti. »Ja silloin käy kauppa, epäilemättä. Kun vain jättää Briin rauhaan.»

»Jättää toki», sanoi Gandalf. »Hän tuntee Briin ja rakastaa sitä.»

»Vai tuntee?» sanoi Voivalvatti hyvin häkeltyneen näköisenä. »Vaikka minä en kyllä ymmärrä, miten se olisi mahdollista, hän kun istuu korkealla istuimellaan suuressa linnassaan satojen virstojen päässä. Eikä minua ihmetyttäisi vaikka joisi vain viiniä kultamaljasta. Mitä *Poni* hänelle merkitsee, tai tuoppi olutta? Ei niin, ettei minun olueni olisi hyvää, Gandalf. Se on ollut poikkeuksellisen hyvää sen jälkeen, kun kävit täällä viime syksynä ja lausuit hyviä sanoja sen päälle. Ja se on kyllä lohduttanut, kun on ollut vaikeuksia.»

»Mutta hän sanoo, että teidän olut on aina hyvää», sanoi Sam.

»Miten niin sanoo?»

»Sanoo, sanoo. Hän on Konkari. Samoojien päällikkö. Ettekö ole saanut sitä vielä päähänne?»

Lopulta se saatiin Voivalvatin päähän, ja hänen leveät kasvonsa olivat yhtä mykistystä. Sitten hänen silmänsä suurenivat ja suu aukesi ammolleen ja hen-gitys salpautui. »Konkari!» hän huudahti, kun henki taas alkoi kulkea. »Vai on hänellä kruunu ja kaikki ja kultainen malja! Mihin tässä vielä joudutaan?»

»Parempiin aikoihin, ainakin Briissä», sanoi Gandalf.

»Toivotaan, toivotaan, kaiken aikaa», Voivalvatti sanoi. »Tämä on ollut totisesti mukavin juttuhetki, mitä minulla on ollut moneen aikaan. Enkä kiellä sitä, että tänä yönä nukun paremmin ja sydän keventyneenä. Olette antaneet minulle melko lailla mietittävää, mutta jääköön huomiseen. Nyt minä menen nukkumaan, ja var-maan uni maittaa teillekin. Hei Nob!» hän huikkasi ovelta. »Nob, senkin kuhnuri!»

»Nob!» hän sanoi ja läimäytti kädellä otsaansa. »Mitä ihmettä minulle tuli siitä mieleen?»

»Ei kai vaan toinen kirje, jonka olette unohtanut, herra Voivalvatti?» sanoi Merri.

»Ai ai, herra Rankkibuk, älkää muistuttako minua siitä! Mutta te katkaisitte ajatukseni. Missä minä olin? Nob, talli – siinä se oli! Minulla on teille kuuluvaa omaisuutta. Jos muistatte vielä Bil Imarteen ja hevosvarkauden – se poni, jonka ostitte häneltä, se on täällä. Tuli takaisin ihan itsekseen, tulipa hyvinkin. Mutta te taidatte tietää paremmin kuin minä, missä se on ollut. Se oli takkuinen kuin vanha rakki ja laiha kuin henkari, mutta elossa se oli. Nob on pitänyt siitä huolta.»

»Ihanko totta! Bil!» huudahti Sam. »Minä olen onnenpoika, sanoi Ukko mitä sanoi. Taas yksi toive toteutunut! Missä se on?» Sam ei suostunut menemään yöpuulle ennen kuin hän oli käynyt tallissa katsomassa Biliä.

Matkalaiset viipyivät Briissä koko seuraavan päivän eikä herra Voivalvatilla ollut ainakaan sinä iltana valittamista kaupan suhteen. Uteliaisuus voitti pelon ja hänen krouvinsa oli tupaten täynnä. Hobitit menivät illalla kohteliaasti joksikin aikaa salin puolelle ja vastasivat moniin kysymyksiin. Briiläisillä kun oli pettämätön muisti, he kyselivät Frodolta oliko hän kirjoittanut kirjansa.

»En vielä», vastasi hän. »Olen matkalla kotiin panemaan muistiinpanoja järjestykseen.» Hän lupasi käsitellä kirjassaan Briin uskomattomia tapahtumia ja siten lisätä vähän kirjansa mielenkiintoa, joka ilmeisesti muuten tulisi käsittelemään »tuolla etelänpuolessa» sattuneita kaukaisia ja vähemmän tärkeitä tapahtumia.

Sitten nuoren väen keskuudesta ehdotettiin laulua. Mutta silloin täytti huoneen äkkiä hiljaisuus ja pyytäjä vaiennettiin uhkaavin katsein, eikä ehdotus toistunut. Selvästikään salissa ei haluttu viimekertaisten salaperäisten tapahtumien toistuvan.

Briin rauhaa ei rikkonut mikään häiriö päivällä eikä häly yöllä sinä aikana, kun matkalaiset viipyivät siellä. Seuraavana päivänä he heräsivät varhain, sillä he halusivat päästä Kontuun ennen iltaa – ilma oli yhä sateinen ja matka oli pitkä. Koko Brii oli raitilla heitä saattamassa ja iloisemmalla mielellä kuin vuoteen, ja ne, jotka eivät olleet nähneet muukalaisia vielä kaikissa varusteissaan, tuijottivat heitä ihmeissään: valkopartaista Gandalfia, josta tuntui uhoavan valoa – hänen sininen kaapunsa hohti kuin pilvi auringon edessä, ja neljää hobittia, jotka näyttivät unohtuneiden tarujen ratsumiehiltä. Nekin, jotka olivat nauraneet jutuille kuninkaasta, alkoivat tuumailla, että siinä kukaties sittenkin saattaisi olla perää.

»Hyvää matkaa teille, ja onnea kotiinpaluulle!» sanoi herra Voivalvatti. »Minun olisi pitänyt varoittaa teitä aikaisemmin, että kaikki ei ole kunnossa Konnussakaan, jos puheet eivät ole huhua. Sanovat että siellä on tekeillä ties mitä. Mutta kun yhden asian muistaa, toisen unohtaa, ja minulla oli pää täynnä omia huolia. Mutta jos sallitte minun sanoa: te olette palanneet matkoiltanne muuttuneina, ja näytätte siltä, että osaatte kyllä selvitä vaikeuksista. Varmaan te panette pian asiat kuntoon. Onnea vaan! Ja mitä useammin tulette takaisin, sitä mukavampi minusta!»

He hyvästelivät hänet ja ratsastivat pois, kulkivat länsiportin läpi ja jatkoivat kohti Kontua. Bil-poni oli heidän mukanaan ja sillä oli paljon kannettavaa niin kuin ennenkin, mutta se ravasi Samin rinnalla ja näytti aivan tyytyväiseltä.

»Mitähän kunnon Viljami vihjaili?» sanoi Frodo.

»Osan siitä osaan kyllä arvata», sanoi Sam synkästi. »Sen mitä minä näin Peilissä: puita kaadettu ja Ukko ajettu Reunasta. Olisi pitänyt kiiruhtaa pikemmin kotiin.»

»Eikä Eteläneljännyksessä ole kaikki niin kuin pitää», sanoi Merri. »Piippukessusta on pulaa.»

»Oli mitä oli», sanoi Pippin, »Lotho siinä on takana, siitä voitte olla varmoja.»

»Taustalla varmasti, mutta ei takimmaisena», sanoi Gandalf. »Olette unohtaneet Sarumanin. Hän kiinnostui Konnusta jo ennen kuin Mordor.»

»No, sinä olet meidän mukanamme», Merri sanoi, »niin että asiat kyllä järjestyvät hetimmiten.»

»Olen mukananne nyt», sanoi Gandalf, »mutta kohta en enää ole. Minä en tule Kontuun. Teidän täytyy itse selvittää asiat, siihen teidät on koulutettu. Ettekö te vieläkään ymmärrä? Minun aikani on ohi, eikä minun tehtäväni ole enää panna asioita kuntoon, eikä auttaa muita niiden selvittämisessä. Ettekä te, rakkaat ystävät, enää tarvitse apua. Te olette nyt kasvaneet täyteen mittaan. Kasvaneet totisesti korkealle, suurten joukkoon, eikä minun tarvitse enää pelätä teistä yhdenkään puolesta.

Minä käännyn tästä kohta sivuun. Aion pitää Bombadilin kanssa pitkän juttutuokion, jollaiseen minulla ei ole koskaan ollut tilaisuutta. Hän kerää sammalta ja minä puolestani olen tuomittu vierinkiveksi. Mutta pitkät vaellusvuoteni käyvät kohti loppuaan, ja meillä on paljon sanottavaa toisillemme.»

He tulivat pian sille paikalle Idäntiellä, jossa he olivat heittäneet Bombadilille hyvästit, ja he toivoivat ja puoliksi odottivat näkevänsä hänet siinä tervehtimässä heitä kun he ratsastivat ohi. Mutta hänestä ei näkynyt merkkiäkään, etelässä Hautakeroilla lepäsi raskas sumu ja kaukana Vanhan metsän yllä oli syvä verho.

He pysähtyivät ja Frodo katsoi haikeasti etelään. »Voi miten mielelläni tapaisin vielä tuon vanhan veikon», hän sanoi. »Mitenkähän hän pärjäilee?»

»Niin kuin aina, siitä voi olla varma», Gandalf sanoi. »Hän on vailla huolia, eikä häntä taida paljon kiinnostaa mikään, mitä me olemme nähneet tai tehneet, paitsi ehkä tapaamisemme enttien kanssa. Ehkä sinä voit myöhemmin mennä häntä katsomaan. Mutta sinuna minä kiiruhtaisin nyt kotiin, tai ette ehdi Rankkivuon sillalle ennen kuin portit lukitaan.»

»Mutta ei Tiellä ole portteja», Merri sanoi. »Kyllä sinä sen tiedät. Bukinmaan portti tietysti, mutta minut ne päästävät sisään mihin aikaan tahansa.»

»Tahdot sanoa, että siellä ei ollut portteja», Gandalf sanoi. »Nyt voi olla. Ja Bukinmaan portilla saattaa ilmetä yllättäviä hankaluuksia. Mutta kyllä te selviätte. Hyvästi, hyvät ystävät! Ei vielä viimeistä kertaa, ei vielä. Hyvästi!»

Gandalf käänsi Hallavaharjan Tieltä syrjään ja suuri ratsu hyppäsi sitä reunustavan vihreän vallin yli, sitten velho huudahti kerran ja ratsu oli poissa ja kiisi pohjatuulen lailla kohti Hautakeroja.

»Tässä sitä taas ollaan, samat neljä kuin kotoa lähtiessä», Merri sanoi. »Muut ovat yksi toisensa jälkeen jääneet matkasta. Kaikki on niin kuin unta, joka hitaasti katoaa.»

»Ei minusta», Frodo sanoi. »Minusta taas tuntuu kuin vajoaisin jälleen uneen.»

8

KONNUN PUHDISTUS

Auringonlaskun jälkeen saapuivat matkalaiset viimein märkinä ja väsyneinä Rankkivuolle ja huomasivat tien suljetuksi. Sillan kummassakin päässä oli suuri piikikäs portti, ja joen toiselle puolelle näytti rakennetun uusia taloja; ne olivat kaksikerroksisia, kolkkoja, himmeästi valaistuja, niissä oli kulmikkaat ikkunanpuitteet ja ne olivat hyvin synkän ja epäkontulaisen oloisia.

He paukuttivat ulompaa porttia ja huutelivat, mutta aluksi ei kuulunut mitään vastausta, ja sitten joku heidän suureksi ihmetyksekseen puhalsi torveen, ja valot sammuivat ikkunoista. Pimeydestä huusi ääni:

»Kuka siellä? Antaa vetää! Ei nyt pääse sisään. Ettekö osaa lukea, mitä taulussa sanotaan: *Sisäänpääsy kielletty auringonlaskun ja aamun välillä?*»

»Emme tietenkään voi lukea pimeässä mitään», huusi Sam takaisin. »Ja jos Konnun hobitteja yritetään pitää poissa tällaisena kurjana märkänä yönä, minä revin mokoman taulun kunhan löydän sen!»

Silloin pamahti jossakin ikkuna kiinni ja vasemmanpuoleisesta talosta tulvi ulos hobitteja lyhdyt kädessä. He avasivat sisemmän portin ja muutamat tulivat sillan yli. Nähdessään matkalaiset he näyttivät säikähtävän.

»Tulepa tänne!» sanoi Merri, joka tunsi yhden hobiteista. »Jollet tunne minua, Hob Aitovahti, niin sinun kyllä pitäisi. Minä olen Merri Rankkibuk ja tahtoisin tietää, mitä tämä on olevinaan ja mitä sinunlaisellasi bukinmaalaisella on täällä tekemistä. Sinä olit ennen Aitaportilla.»

»Siunatkoon! Sehän on Merri-herra, totta vieköön, ja täydessä tappeluvarustuksessa!» sanoi kunnon Hob. »Ja väitettiin, että te olitte kuollut! Luultiin teidän kadonneen Vanhaan metsään. Oikein mukava nähdä teidät kuitenkin hengissä!»

»Älä sitten toljota tankojen takaa, vaan avaa se portti!» Merri sanoi.

»Olen pahoillani, Merri-herra, mutta meillä on määräyksemme.»

»Kenen määräykset?»

»Repunpään Johtajan.»

»Johtajan? Vai Johtajan? Tarkoitatko Lotho-herraa?» Frodo kysyi.

»Häntä kai, herra Reppuli. Mutta nykyään meidän täytyy sanoa vain 'Johtaja'.»

»Vai että täytyy!» Frodo sanoi. »No, hauska kuulla, että hän on kuitenkin luopunut Reppuli-nimestä. Mutta näyttää olevan korkea aika suvun puuttua hänen puuhiinsa ja panna hänet aisoihin.»

Portin takana seisovat hobitit hiljenivät. »Ei paljon parane puhua tuolla tavalla», sanoi yksi. »Hän saa kyllä kuulla siitä. Ja jos metelöitte noin, herätätte vielä Johtajan Ison miehen.»

»Me herätämme hänet tavalla, joka saa hänet hämmästymään», sanoi Merri. »Jos tarkoitat, että kallis Johtajanne on palkannut erämaasta roistoja avukseen, emme totisesti ole tulleet kotiin ennen aikojamme.» Hän hyppäsi poninsa selästä ja huomattuaan taulun lyhtyjen valossa hän repi sen irti ja viskasi portin yli. Hobitit perääntyivät eivätkä tehneet elettäkään portin avaamiseksi. »Mukaan Pippin!» Merri sanoi. »Kaksi riittää.»

Merri ja Pippin kiipesivät portin yli ja hobitit pakenivat. Uusi torvi soi. Oikeanpuoleisesta suuremmasta talosta ilmestyi valoisaan oviaukkoon suuri romuluinen hahmo.

»Mitä täällä on tekeillä?» hän murisi ja käveli lähemmäksi. »Yritetäänkös täällä murtautua portista? Painukaa tiehenne, tai minä katkaisen kurjat pikku kaulanne!» Sitten hän pysähtyi, sillä hänen silmiinsä sattui miekkojen välähdys.

»Bil Imarre», sanoi Merri, »jollet avaa tätä porttia ja vähän äkkiä, saat vielä katua. Minä tungen terästä nahkaasi, jollet tottele. Ja kun olet avannut portit, painut niiden ulkopuolelle, etkä palaa enää. Sinä olet konna ja maantierosvo.»

Bil Imarre antoi periksi ja laahusti portille ja avasi sen. »Anna avain minulle!» sanoi Merri. Mutta roisto heitti sen hänelle päin naamaa ja syöksyi pimeyteen. Kun hän juoksi ohi, yksi poni heilautti kaviotaan ja osui häneen. Hän jatkoi ulvaisten juoksuaan yöhön eikä hänestä sen koommin kuultu.

»Hyvin tehty, Bil», sanoi Sam tarkoittaen ponia.

»Siinä oli teidän Iso miehenne», sanoi Merri. »Myöhemmin selvitellään välejä Johtajan kanssa. Sillä välin me tahdomme majapaikan yöksi, ja koska olette näemmä repineet Sillan kievarin ja rakentaneet sen tilalle tämän synkeän ilmestyksen, saatte luvan majoittaa meidät.»

»Olen pahoillani, Merri-herra», sanoi Hob, »mutta se on kielletty.»

»Mikä on kielletty?»

»Majoittaa tulijoita noin vaan, ja syödä yli annosten ja niin edelleen», Hob sanoi.

»Mikä täällä oikein on hätänä?» Merri sanoi. »Onko täällä ollut huono vuosi, vai mistä on kysymys? Minä kuvittelin, että kesä ja sato ovat olleet mainiot.»

»Tuota noin, vuosi on ollut kelvollinen», Hob sanoi. »Ruokaa kyllä tuotetaan, mutta meillä ei oikein ole käsitystä, mitä sille tapahtuu. Kun on niitä 'kerääjiä' ja 'jakajia', tai mitä ne nyt ovat, jotka kulkevat kaikkialla laskemassa ja mittaamassa ja vievät varastoon. Ne keräävät enemmän kuin jakavat, emmekä me enää näe kuin pienen osan siitä, mitä ne vievät.»

»Olkoon!» sanoi Pippin haukotellen. »Tämä on liian väsyttävää tänä iltana. Meillä on ruokaa pusseissamme. Antakaa meille vain huone, jossa voimme maata. Parempi se on kuitenkin kuin moni paikka, jossa olen yöpynyt.»

Portilla seisoskelevat hobitit vaikuttivat yhä levottomilta, selvästikin jotakin sääntöä rikottiin, mutta ei neljää tuommoista määräilevää matkalaista voinut vastustaakaan, heillä kun oli aseet ja kaikki, ja kaksi oli vielä erityisen suurikokoista ja vahvannäköistä. Frodo käski taas lukita portit. Vartioinnissa oli kuitenkin järkeä niin kauan kuin näillä tienoilla liikuskeli roistoja. Sitten neljä toverusta menivät hobittien vartiotupaan ja tekivät olonsa mahdollisimman mukavaksi. Talo oli ankea ja ruma ja siellä oli kurja mitätön tulisija, johon ei edes saanut kunnon valkeaa. Yläkerran huoneissa oli riveissä pieniä kovia vuoteita, ja jokaisella seinällä oli ilmoitustaulu ja luettelo Säännöistä. Pippin repi ne pois. Olutta ei ollut laisinkaan ja ruokaa hyvin vähän, mutta kun matkalaiset jakoivat omiaan, saatiin aikaan kelpo ateria, ja Pippin rikkoi Sääntöä nro 4 työntämällä suurimman osan seuraavan päivän halkokiintiöstä tuleen.

»No niin, miten olisi pienet piipulliset, joiden aikana te kerrotte mitä Konnussa tapahtuu?»

»Ei ole piippukessua enää», Hob sanoi, »tai sitä on vain Johtajan miehille. Kaikki varastot näyttävät kadonneen. Kerrotaan, että Eteläneljännyksestä vietiin vaunulasteittain pehkua vanhaa tietä Sarnin kahlaamolle päin viime vuoden lopulla, kun te olitte lähteneet. Mutta sitä ennenkin sitä oli hissun kissun viety, noin pikkuhiljaa. Se Lotho –»

»Nyt turpa kiinni, Hob Aitovahti!» huusivat useat. »Sinä tiedät, että tuon sortin puhe ei vetele. Johtaja saa kuulla siitä, ja me joudutaan kaikki vaikeuksiin.»

»Ei hän mitään kuulisi, jollei osa teistä olisi kyttiä», letkautti Hob vihaisesti.

»No no, antaa olla!» sanoi Sam. »Jo riittääkin. En minä haluakaan kuulla enempää. Ei tervetuliaistoivotuksia, ei kessua, ja roppakaupalla sääntöjä ja örkkimäisyyksiä sen sijaan. Minä luulin pääseväni lepäämään, mutta huomaan että meitä odottaa työ ja ikävyydet. Nukutaan ja unohdetaan se huomiseen asti!»

Uudella »Johtajalla» oli tosiaan keinonsa uutisten hankkimiseksi. Sillalta Repunpäähän oli matkaa reilut neljäkymmentä virstaa, mutta joku taittoi tuon matkan kiireesti. Sen saivat Frodo ja hänen toverinsa pian huomata.

He eivät olleet laatineet mitään tarkkoja suunnitelmia, mutta olivat kautta rantain tuumailleet menevänsä ensin yhdessä Krikkoloon levätäkseen siellä jonkin aikaa. Mutta kun he nyt näkivät miten asiat olivat, he päättivät lähteä suoraan Hobittilaan. Seuraavana päivänä he lähtivät Tielle ja antoivat ponien hölkätä tasaista tahtia. Tuuli oli laantunut, mutta taivas oli harmaa. Maa vaikutti surulliselta ja hylätyltä, mutta syksy olikin jo lopuillaan – oli marraskuun ensimmäinen päivä. Tuntui kuitenkin kuin tulia olisi poltettu poikkeuksellisen paljon, ja savua nousi joka puolelta eri kohdista. Kaukana Korvenperän suunnassa nousi ilmaan kokonainen savupilvi.

Illan tullen he lähestyivät Sammakkosuon kylää, joka sijaitsi Tien molemmin puolin noin kahdenkymmenenkahden virstan päässä Sillalta. Heillä oli aikomus yöpyä siellä, Sammakkosuon *Ajopuu* oli erinomainen majatalo. Mutta saapuessaan kylän itäreunalle he törmäsivät puomiin, jossa oli suuri taulu: TIE POIKKI, ja sen takana seisoi suuri joukko konnavahteja, joilla oli seiväs kädessä ja sulka lakissa, ja he näyttivät sekä varsin tärkeiltä että jokseenkin pelästyneiltä.

»Mistä on kysymys?» sanoi Frodo jonka oli vaikea pidätellä naurua.

»Tästä on kysymys, herra Reppuli», sanoi konnavahtien johtaja, kahden sulan hobitti, »teidät on pidätetty porttimurrosta, sääntöjen repimisestä, portinvartijoiden päälle karkaamisesta, luvattomasta läpikulusta, Konnuntalossa nukkumisesta ilman lupaa ja vartijoiden lahjomisesta ruoalla.»

»Ja mistä vielä?» sanoi Frodo.

»Tämä riittää aluksi», sanoi konnavahtien johtaja.

»Minä voin lisätä vielä muutamia, jos sopii», sanoi Sam. »Kuinka olisi Johtajan nimittely, halu motata hänen näppynaamaansa, ajatus että te konnavahdit näytätte älykääpiöiltä.»

»No niin, hyvä herra, jo riittää. Johtaja on määrännyt, että teidän on tultava meidän mukaamme vastustelematta. Me viemme teidät Virranvarteen ja luovutamme teidät Johtajan miehille, ja voitte sanoa sanottavanne, kun hän tutkii tapauksenne. Mutta jos ette tahdo joutua Umpikoloihin pitemmäksi ajaksi kuin on pakko, minä teinä lopettaisin puheet lyhyeen.»

Konnavahtien harmiksi Frodo ja hänen toverinsa mylvivät naurusta. »Älkää puhuko päättömiä!» Frodo sanoi. »Minä menen minne tahdon, ja milloin tahdon. Minulla sattuu olemaan asiaa Repunpäähän, mutta jos te välttämättä tahdotte tulla mukaan, se on oma asianne.»

»Hyvä on, herra Reppuli», sanoi johtaja ja työnsi puomin sivuun. »Mutta älkää unohtako, että minä olen pidättänyt teidät.»

»En en», Frodo sanoi. »En ikinä. Anteeksi saatan antaa. Mutta tänään en enää aio matkustaa pitemmälle, joten voinette ystävällisesti saattaa minut *Ajopuuhun*, jos sopii.»

»Se ei käy, herra Reppuli. Majatalo on suljettu. Kylän toisessa päässä on Vahtitupa. Minä vien teidät sinne.»

»Olkoon», sanoi Frodo. »Menkää edellä niin me tulemme perässä.»

Sam oli katsellut konnavahtirivistöä pitkin ja poikin ja löytänyt yhden, jonka hän tunsi. »Hei, tulepa tänne Tikli Kolonala!» hän huusi. »Minulla on sinulle asiaa.»

Konnavahti Kolonala katsahti nolona johtajaansa, joka näytti vihaiselta mutta ei uskaltanut puuttua asiaan, ja jättäytyi joukosta kävelemään Samin rinnalle. Sam laskeutui ponin selästä.

»Kuules nyt, Tiklinpoika!» Sam sanoi. »Sinä olet Hobittilasta kotoisin ja sinulla pitäisi olla vähän enemmän järkeä päässä. Ruveta nyt tällä tavalla viivyttämään Frodo-herraa! Ja mitäs ne puheet majatalon sulkemisesta oli?»

»Ne on kaikki suljettu», sanoi Tikli. »Johtaja ei hyväksy olutta. Tai niin se ainakin alkoi. Mutta nyt näyttää siltä, että hänen miehensä saavat kaiken kaljan. Eikä hän hyväksy sitä, että paikasta toiseen liikutaan, niin että jos liikkuu asioilla tai muuten vaan on aina mentävä Vahtitupaan ja selitettävä asiansa.»

»Häpeäisit vähän, kun olet tekemisissäkään moisen typeryyden kanssa», Sam sanoi. »Itse sinä ennen viihdyit paljon paremmin kievarin sisä- kuin ulkopuolella. Aina sinut siellä näki, palveluksessa ja vapaa-aikana.»

»Ja niin nähtäisiin vieläkin, Sam, jos se kävisi päinsä. Mutta älä tuomitse minua. Mitä minä voin tehdä? Sinä tiedät, että minä menin konnavahdiksi seitsemän vuotta sitten, ennen kuin kaikki tämä alkoi. Sain sillä lailla tilaisuuden kuljeskella pitkin maata, tavata hobitteja, kuulla uutisia, maistella mistä saisi parasta olutta. Mutta nyt on kaikki toisin.»

»Mutta voithan sinä jättää koko vahtimisen, jos se ei enää ole kunniallinen homma», Sam sanoi.

»Se on kielletty.»

»Jos kuulen *se on kielletty* vielä muutaman kerran, niin minä takuulla suutun», sanoi Sam.

»En minä sitä surisi ollenkaan», sanoi Tikli ääntään alentaen. »Jos me kaikki suututtaisiin yhdessä, me saataisiin ehkä jotain aikaseksi. Mutta Sam, kun on ne ihmiset, Johtajan miehet. Hän lähettää niitä joka paikkaan, ja jos joku pikkuväestä rupeaa puolustamaan oikeuksiaan, he raastavat hänet Umpikoloihin. He veivät ensin Jauhomykyn, pormestari Vili Valkojalan, ja sittemmin he ovat vieneet vaikka ketä. Viime aikoina se on vaan pahentunut. Ne hakkaavatkin heitä usein nykyään.»

»Minkä takia sinä sitten teet niille töitä?» sanoi Sam vihaisesti. »Kuka teidät lähetti Sammakkosuohon?»

»Ei kukaan. Meidät on sijoitettu tänne suureen Vahtitupaan. Me ollaan Itäneljännyksen ensimmäinen plutoona. Kaiken kaikkiaan konnavahteja on sadoittain, ja niitä tarvitaan lisää kun on kaikki nämä säännöt. Useimmat ovat mukana vastoin tahtoaan, mutta eivät kaikki. On Konnussakin niitä, joista on mukava sotkeentua toisten asioihin ja isotella. Ja pahempiakin on: jotkut vakoilevat Johtajan ja hänen miestensä laskuun.»

»Ahaa. Sitä kautta te saitte meistä tiedon.»

»Aivan oikein. Meidän ei ole enää lupa käyttää vanhaa pikapostipalvelua, mutta ne käyttävät sitä kyllä ja niillä on määrätyissä paikoissa erityisiä juoksijoita. Valkovakolasta tuli eilen yksi jolla oli 'salainen viesti' ja toinen otti sen täällä häneltä. Ja tänään iltapäivällä tuli takaisin viesti, jossa sanottiin että teidät piti pidättää ja viedä Virranvarteen, ei suoraan Umpikoloille. Johtaja tahtoo näemmä mitä pikimmin tavata teidät.»

»Hänen intonsa kyllä laantuu, kun Frodo-herra on sanonut sanottavansa», sanoi Sam.

Sammakkosuon Vahtitupa oli yhtä kamala kuin Sillantupa. Siinä oli vain yksi kerros, mutta samanlaiset kapeat ikkunat, ja se oli rakennettu kehnonlaisesti rumista vaaleista tiilistä. Sisäpuolelta se oli kostea ja iloton, ja illallinen syötiin pitkän ankean pöydän ääressä, jota ei ollut viikkokausiin jynssätty. Eikä ruoka ansainnutkaan parempaa kattausta. Matkalaiset olivat iloisia päästessään lähtemään. Virranvarteen oli matkaa noin kahdeksantoista virstaa, ja he lähtivät aamukymmeneltä. He olisivat lähteneet aikaisemminkin, mutta viivytys näytti ärsyttävän konnavahtien johtajaa. Tuuli oli kääntynyt lännestä pohjoiseen ja kylmeni, mutta sade oli lakannut.

Kylästä lähti jokseenkin huvittava saattue, vaikka ne muutamat, jotka saapuivat katselemaan matkalaisten lähtöä, näyttivät epätietoisilta siitä, oliko nauraminen kielletty. Kymmenisen konnavahtia oli määrätty saattamaan »vankeja», mutta Merri pani heidät marssimaan edellä, ja Frodo ystävineen ratsasti perässä. Merri, Pippin ja Sam ratsastivat kaikessa rauhassa nauraen, laulaen ja jutellen, ja konnavahdit talloivat eteenpäin yrittäen näyttää tuimilta ja tärkeiltä. Mutta Frodo oli vaiti ja näytti vähän surulliselta ja miettiväiseltä.

Viimeiseksi he sivuuttivat tomeran vanhan ukon, joka leikkasi pensasaitaa. »Kas kas!» hän pilkkasi. »Kuka on pidättänyt kenet?»

Kaksi konnavahtia erosi joukosta ja käveli häntä kohti. »Päällikkö!» huusi Merri. »Komenna pojat heti paikoilleen, jollet tahdo, että minä käyn heihin käsiksi!»

Päävahti päästi äkäisen käskyn ja hobitit palasivat nyreinä. »Mars matkaan!» sanoi Merri, ja sen jälkeen matkalaiset panivat ponit astelemaan sellaista vauhtia että konnavahtien oli kipitettävä edellä niin nopeasti kuin jaloista lähti. Aurinko alkoi paistaa, ja kylmästä tuulesta huolimatta he rupesivat pian hikoilemaan ja läähättämään.

Kolmen neljännyksen kivellä he luovuttivat. He olivat taivaltaneet melkein neljätoista virstaa ja levänneet vain kerran keskipäivällä. Kello oli kolme. Heillä oli nälkä ja jalkoja särki ja vauhti oli kestämätön.

»No, tulkaa perässä omia aikojanne!» sanoi Merri. »Me jatkamme matkaa.»

»Näkemiin, Tikli!» sanoi Sam. »Minä odotan sinua *Vihreän lohikäärmeen* ovella, mikäli et ole unohtanut, missä se on. Älä kuhni matkalla!»

»Te uhmaatte pidätystä, sen minä vaan tahdon sanoa», sanoi päävahti katkerana, »enkä minä voi olla siitä vastuussa.»

»Me uhmaamme vielä yhtä ja toista, emmekä pyydä sinua siitä vastaamaan», sanoi Pippin. »Onnea vaan!»

Matkalaiset ravasivat eteenpäin ja auringon vaipuessa kohti etäisiä Valkovaaroja he saapuivat lammen rannalle Virranvarteen, ja silloin he kokivat ensimmäisen tuskallisen järkytyksen. Tämä oli Frodon ja Samin kotiseutua, ja he käsittivät nyt, että se oli heille kaikista maailman paikoista rakkain. Monet tutut talot olivat poissa. Osa oli nähtävästi poltettu maan tasalle. Lammen pohjoisrannalla ollut kodikas rivi hobitinkoloja oli autio, ja iloiset pikku puutarhat, jotka ennen olivat jatkuneet vesirajaan saakka, rehottivat valtoimenaan. Ja mikä pahempaa, siinä missä Hobittilan tie tuli lähelle rantaa, reunusti Lampea rivi uusia talorumiluksia. Siinä oli ennen ollut pitkä puukuja. Kaikki puut olivat poissa. Ja katsoessaan kauhuissaan tietä pitkin Repunpäätä kohti he näkivät etäällä korkean tiilisavupiipun. Siitä tulvi mustaa savua illan kuulauteen.

Sam joutui pois tolaltaan. »Frodo-herra, nyt minä menen!» hän huusi. »Minä menen tutkimaan, mitä on tekeillä. Lähden katsomaan missä Ukko on.»

»Ensin meidän täytyy katsoa, mihin me olemme joutuneet», sanoi Merri. »Sillä 'Johtajalla' on varmaan ympärillään roistojoukkio. Meidän pitäisi löytää joku, joka voisi kertoa, miten asiat täällä ovat.»

Mutta kaikki Virranvarren kylän talojen ja kolojen ovet olivat kiinni, eikä kukaan tullut heitä tervehtimään. Ensin he hämmästelivät tätä, mutta keksivät kohta syyn. Jatkettuaan matkaa viimeiselle talolle Hobittilan puolella, *Vihreälle lohikäärmeelle*, joka seisoi entisellä paikallaan mutta elottomana ja ikkunat rikki, he hätkähtivät nähdessään seinää vasten nojailemassa puolen tusinaa rumia ihmismiehiä, rumia ja kierosilmäisiä ja kellervän värisiä naamaltaan.

»Niin kuin se Bil Imarteen kaveri Briissä», sanoi Sam.

»Niin kuin moni niistä, joita näin Rautapihassa», mutisi Merri.

Roistoilla oli nuijat kädessä ja torvet vyöllä, mutta heillä ei ollut muita aseita ainakaan näkyvillä. Matkalaisten lähestyessä he erkanivat seinästä ja kävelivät tielle ja sulkivat sen.

»Mihinkä sitä ollaan niin kuin menossa?» sanoi yksi, suurin ja ilkeimmän näköinen koko porukasta. »Teiltä loppuu tie tähän. Ja missä ovat uljaat konnavahdit?»

»Sieltä ne tulla tarpovat», Merri sanoi. »Ehkä jalat vähän kipeinä. Me lupasimme odottaa heitä täällä.»

»Hitto, mitä minä sanoin?» sanoi roisto kavereilleen. »Minä sanoin Sarkulle, ettei niihin pikku pölvästeihin kannata luottaa. Hänen olisi pitänyt lähettää joku meistä.»

»Ja mitä eroa siinä olisi ollut, jos saan kysyä?» sanoi Merri. »Tässä maassa ei ole totuttu maantierosvoihin, mutta me tiedämme kyllä mitä niille tehdä.»

»Maantierosvoihin, kas kas», mies sanoi. »Vai siihen sävyyn? Vaihdapa ääntä kellossa ennen kuin on pakko. Te pikkuiset olette tulossa liian röyhkeiksi. Älkää te luottako liikaa Pomon hyvään sydämeen. Sarkku on nyt tullut, ja Pomo tekee niin kuin Sarkku käskee.»

»Eli mitä?» kysyi Frodo hiljaa.

»Tässä maassa kaivataan kuria ja järjestystä», sanoi roisto, »ja Sarkku pitää siitä huolen, ja tekee sen kovalla kädellä jos on pakko. Te tarvitsette isomman Pomon. Ja ennen kuin vuosi on loppunut niin te saatte sen myös, jos vielä tulee ikävyyksiä. Silloin opitte kyllä yhtä ja toista, senkin pikku rotat.»

»Vai niin. Hauska kuulla suunnitelmistanne», sanoi Frodo. »Minä olen matkalla tapaamaan herra Lothoa, ja hänkin varmaan kuulisi niistä mielellään.»

Roisto nauroi. »Jaa Lotho! Kyllä hän tietää. Älkää sitä murehtiko. Hän tekee mitä Sarkku käskee. Sillä jos Pomo käy hankalaksi, hänet voidaan vaihtaa. Onko selvä? Ja jos pikkuväki yrittää tunkea paikkoihin, jotka ei sille kuulu, me voimme pitää ne poissa pahanteosta. Onko selvä?»

»Selvä on», Frodo sanoi. »Ensinnäkin on selvää, että te olette täällä ajasta ja uutisista jäljessä. Sen jälkeen kun te lähditte etelästä, on tapahtunut paljon. Teidän aikanne on ohi, ja kaikkien roistojen aika. Musta torni on murtunut ja Gondorissa on kuningas. Ja Rautapiha on tuhottu, ja teidän kallis isäntänne on erämaan kerjäläinen. Minä tapasin hänet tiellä. Vihertietä ratsastavat tänne nyt kuninkaan lähetit, eivät Rautapihan öykkärit.»

Mies tuijotti häntä ja hymyili. »Jaa että erämaan kerjäläinen!» hän matki. »Vai on tosiaan? Rehvastele siinä vaan, pikku kukonpoika. Mutta se ei estä meitä elämästä tässä makoisassa maassa, jossa te olette jo aikanne laiskotelleet. Ja» – hän napsautti puhuessaan sormiaan Frodon nenän edessä – »kuninkaan lähetit. Se niistä! Kunhan tapaan sellaisen, niin sitten ehkä otan sen huomioon.»

Tämä oli Pippinille liikaa. Hän palasi ajatuksissaan Cormallenin kentälle, ja tässä yksi kierosilmäinen konna nimitteli Sormuksen viejää »pikku kukonpojaksi». Hän sysäsi syrjään kaapunsa, tempaisi esiin miekkansa, ja Gondorin hopea ja musta hohtivat, kun hän ratsasti eteenpäin.

»Minä olen kuninkaan lähetti», hän sanoi. »Sinä puhut kuninkaan ystävälle, yhdelle koko lännen maineikkaimmista sankareista. Sinä olet roisto ja typerys. Polvillesi, ja pyydä anteeksi, tai minä käytän sinuun tätä peikonturmaa!»

Miekka kimalsi laskevan auringon säteissä. Myös Merri ja Sam vetivät esiin miekkansa ja ratsastivat Pippinin tueksi, mutta Frodo ei liikahtanut. Roistot antoivat periksi. Heidän työnään oli ollut pelotella Briimaan talonpoikia ja komennella säikähtyneitä hobitteja. Pelottomat säihkymiekkaiset ja tuimailmeiset hobitit olivat aikamoinen yllätys. Ja näiden tulijoiden puheissa oli sävy, jonkalaista he eivät olleet ennen kuulleet. Se sai heissä aikaan pelonväristyksiä.

»Menkää!» sanoi Merri. »Jos vielä ilmestytte tämän kylän kiusoiksi, saatte sitä katua.» Hobitit alkoivat lähestyä, ja silloin roistot kääntyivät ja pakenivat ylös Hobittilan tietä, mutta juostessaan he puhalsivat torviin.

»Emme tainneet tulla liian aikaisin», sanoi Merri.

»Emme päivääkään liian aikaisin. Ehkä liian myöhään, ainakin Lothon pelastamiseksi», Frodo sanoi. »Kurja houkka, minun käy häntä sääliksi.»

»Lothon pelastamiseksi? Mitä ihmettä sinä tarkoitat?» Pippin sanoi. »Minä puhuisin nitistämisestä.»

»Sinä et taida oikein ymmärtää tilannetta, Pippin», sanoi Frodo. »Lotho ei ikinä tarkoittanut, että kävisi näin. Hän on ollut ilkeä houkka, mutta nyt hän on joutunut kiikkiin. Roistot täällä komentavat, he keräävät, ryöstävät ja määräilevät, hoitavat tai turmelevat asioita mielensä mukaan hänen nimissään. Eivätkä enää kauan edes hänen nimissään. Hän on varmaan Repunpäässä vankina ja pelkää kuollakseen. Meidän pitäisi yrittää vapauttaa hänet.»

»Kaikkea sitä kuulee!» Pippin sanoi. »Miten minä kuvittelinkin matkamme päättyvän, niin en ainakaan näin: että joutuisin tappelemaan puoliörkkien ja roistojen kanssa itse Konnussa ja pelastaakseni Lotho Näpyn!»

»Tappelemaan?» Frodo sanoi. »Niin, saatamme me päätyä vielä tappelemaankin. Mutta muistakaa: hobitteja ei saa surmata, ei vaikka he olisivat menneet vastapuolelle. Niitäkään, jotka ovat menneet oikein todella eivätkä vain pelosta tottele roistojen määräyksiä. Konnussa ei ole hobitti koskaan tarkoituksella tappanut hobittia, eikä se saa alkaa nyt. Eikä ketään pidä tappaa, jos se vain voidaan välttää. Pää kylmänä ja kädet aloillaan viime hetkeen saakka!»

»Mutta jos noita roistoja on paljon», Merri sanoi, »taistelu siitä tulee. Rakas Frodo, vaikka olisit kuinka onneton ja kauhuissasi, ei se paljon Lothoa tai Kontua auta.»

»Ei niin», Pippin sanoi. »Ei heitä ole yhtä helppo säikyttää toista kertaa. Tällä kertaa he yllättyivät. Kuulittehan te miten he puhalsivat torviin. Varmaan jossakin lähellä on lisää roistoja. He ovat paljon röyhkeämpiä, kun heitä on isompi joukko. Meidän kannattaa harkita suojautumista jonnekin yöksi. Meitä on kuitenkin vain neljä, vaikka meillä onkin aseet.»

»Minä keksin», sanoi Sam. »Mennään vanhan Tom Töllin luo Eteläkujalle! Hän on aina ollut tomera äijä. Ja hänellä on monta poikaa, jotka ovat kaikki olleet minun kavereitani.»

»Ei!» sanoi Merri. »Suojautuminen ei hyödytä mitään. Niin täällä on juuri tehty, ja siitä nämä roistot pitävät. Ne käyvät silloin meidän kimppuumme, saartavat ja savustavat sitten ulos tai polttavat sisään. Ei, meidän on tehtävä jotakin ja heti.»

»Tehtävä mitä?» sanoi Pippin.

»Nostatettava Kontu!» Merri sanoi. »Nyt! Herätettävä koko kansa! He eivät siedä tätä menoa, näkeehän sen; ei kukaan lukuun ottamatta paria konnaa ja joitakuita tärkeänkipeitä hölmöjä, jotka eivät käsitä mitä on tekeillä. Mutta kontulaisilla on ollut niin mukavat oltavat niin kauan, etteivät he tiedä mitä tehdä. Muuta ei tarvita kuin kipinä, niin he syttyvät. Johtajan miehet tietävät sen varmasti. He yrittävät päästä meistä eroon mitä pikimmin. Meillä on hyvin vähän aikaa.

Sam, sinä voit kipaista Töllin tilalle, jos tahdot. Hän on täällä johtava hahmo ja vankkaa tekoa. No niin! Minä aion puhaltaa Rohanin torveen ja soittaa semmoista musiikkia, mitä ne eivät ole ennen kuulleetkaan.»

He ratsastivat takaisin kylän keskelle. Siellä Sam erosi joukosta ja laukkasi kujalle, joka vei etelään Tölleille. Hän ei ollut päässyt pitkälle, kun hän kuuli äkkiä raikuvan torventoitotuksen. Se kiiri kauas mäkien ja peltojen yli, ja sen kutsu oli niin pakottava, että Sam itse oli vähällä kääntyä ja sännätä takaisin. Hänen poninsa kavahti pystyyn ja korskui.

»Eteenpäin, poju! Eteenpäin!» hän huusi. »Me mennään kohta takaisin.»
Sitten hän kuuli Merrin vaihtavan sävelmää ja ilmoille kajahti raikuen Bukin-
maan torvimerkki.

> *Herätys! Herätys! Hälytys, hyökkäys! Herätys!*
> *Hyökkäys, hälytys! Herätys!*

Sam kuuli takaa äänten sorinaa, hälinää ja ovien pauketta. Iltahämärään syttyi
edessä valoja, koirat haukkuivat, jalat tömisivät. Ennen kuin hän pääsi kujan pää-
hän, kiiruhtivat häntä vastaan jo isäntä Tölli ja kolme hänen poikaansa, Tom nuo-
rempi, Vilkas ja Nikki. Heillä oli kirveet kädessä ja he asettuivat tielle esteeksi.

»Ei tuo ole niitä roistoja», kuuli Sam isännän sanovan. »Kooltaan se näyttää
hobitilta, mutta sillä on kummat vaatteet. Hei!» hän huusi. »Kuka olette ja mitä
tämä kaikki merkitsee?»

»Minä olen Sam, Sam Gamgi. Olen tullut takaisin.»

Isäntä Tölli katseli häntä hämärässä. »Tottavie!» hän huudahti. »Ääni on oikea,
eikä naama ole entistä hassumpi. Mutta kun olet tuossa asussa, olisin ilman
muuta kulkenut tuntematta ohi. Olet näemmä ollut ulkomaissa. Me pelkä-
simme, että olit kuollut.»

»Enpä olekaan!» sanoi Sam. »Eikä Frodo-herrakaan. Hän on täällä ja hänen
ystävänsä myös. Me aiotaan ajaa hiiteen ne roistot ja niiden Johtaja kanssa. Me
aloitetaan nyt.»

»Hyvä, hyvä!» huudahti isäntä. »No nyt se viimein alkaa! Koko tämän vuoden
ovat näpit syyhynneet kiusantekoon, mutta hobitit eivät ole tulleet mukaan. Ja on
pitänyt ajatella vaimoa ja Ruusaa. Ne roistot eivät häikäile. Mutta nyt mentiin,
pojat! Virranvarsi liikkeellä! Siinä meidän täytyy olla mukana!»

»Entä rouva Tölli ja Ruusa?» Sam sanoi. »Ei heitä voi vielä huoletta jättää
yksin.»

»Meidän Kalle on heidän kanssaan. Mutta sinä voit mennä hänen avukseen,
jos mieli tekee», sanoi isäntä hymyillen tietäväisesti. Sitten hän lähti poikineen
juoksemaan kylää kohti.

Sam kiiruhti talolle. Isolta pihalta nousevien portaitten yläpäässä pyöreän
oven suulla seisoivat rouva Tölli ja Ruusa ja heidän edessään seisoi Kalle heinä-
hanko kädessä.

»Minä se olen!» huusi Sam ravatessaan lähemmäksi. »Sam Gamgi! Niin että
älä sinä Kalle yritä pistää minua. Sitä paitsi minulla on rautapaita.»

Hän hyppäsi alas ponin selästä ja käveli portaat ylös. He tuijottivat häntä vaiti.
»Iltaa, rouva Tölli», hän sanoi. »Hei Ruusa.»

»Hei Sam!» sanoi Ruusa. »Missä sinä olet ollut? Väittivät, että sinä olit kuollut,
mutta minä olen odottanut sinua keväästä asti. Et ole tainnut pitää kiirettä.»

»En kai niin», sanoi Sam hämillään. »Mutta nyt pidän senkin edestä. Me näy-
tetään niille roistoille ja minun täytyy rientää takaisin Frodo-herran luo. Mutta
ajattelin käydä katsomassa, miten rouva Tölli voi ja sinä Ruusa.»

»Hyvin täällä voidaan, kiitos vaan», sanoi rouva Tölli. »Tai voitaisiin, jollei olisi
noita varkaita ja roistoja.»

»No, ala jo painua!» sanoi Ruusa. »Jos olet pitänyt huolta Frodo-herrasta koko
tämän ajan, niin älä sitten jätä häntä heti tiukan paikan tullen!»

Tämä oli liikaa Samille. Se vaati viikon kestävän vastauksen tai ei vastausta ollenkaan. Hän kääntyi ja nousi poninsa selkään. Mutta kun hän aikoi lähteä, Ruusa juoksi portaat alas.

»Minusta sinä näytät kyllä upealta», hän sanoi. »Mene nyt! Mutta pidä huoli itsestäsi ja tule suoraa päätä takaisin, kun olette selvittäneet välinne niiden roistojen kanssa.»

Samin palatessa oli koko kylä noussut. Nuoria poikia laskematta oli jo yli sata vantteraa hobittia kokoontunut yhteen aseistautuneina kirvein, vasaroin, puukoin ja kurikoin, ja joillakin oli metsästysjousi. Läheisiltä tiloilta tuli vielä lisää.

Kylänväki oli sytyttänyt suuren kokon ihan huvin vuoksi ja siksi, että muun muassa sen oli Johtaja kieltänyt. Pimeyden tullen se paloi kirkkaana. Merrin ohjeiden mukaan rakennettiin tien poikki esteet kylän kumpaankin päähän. Saapuessaan alemmalle esteelle konnavahdit olivat ällikällä lyötyjä, mutta havaittuaan, kuinka asiat olivat, suurin osa otti sulan lakista ja liittyi kapinaan. Loput luikkivat tiehensä.

Sam tapasi Frodon ystävineen kokon luota, missä he puhuivat vanhan Tom Töllin kanssa ihailevan ryhmän virranvartelaisia seistessä ympärillä tuijottamassa.

»No, mikä on seuraava siirto?» kysyi isäntä Tölli.

»En osaa sanoa ennen kuin tiedämme enemmän», sanoi Frodo. »Paljonko näitä roistoja on kaiken kaikkiaan?»

»Vaikea sanoa», sanoi Tölli. »Ne kuljeksivat ja vetelehtivät siellä ja täällä. Joskus niitä on viisikymmentä Hobittilan tien hökkeleissä, mutta sieltä niitä lähtee joka puolelle varastamaan tai 'keräämään' niin kuin ne itse sanovat. Ja Pomon turvana – niin kuin ne häntä kutsuvat – on yleensä ainakin kaksikymmentä. Hän on Repunpäässä, tai oli, mutta hän ei tule enää pois mailtaan. Kukaan ei totta puhuen ole nähnyt häntä viikkoon tai kahteen, mutta ihmismiehet eivät kyllä päästä ketään lähellekään.»

»Kai heitä on muuallakin kuin Hobittilassa?» sanoi Pippin.

»On maar, ikävä kyllä», Tölli sanoi. »Etelässä Pitkänpohjassa niitä kuulemma on aika lailla ja Sarnin kahlaamolla, ja jokunen piileksii Korvenperässä, ja Tienristissä niillä on hökkeleitä. Ja sitten on Umpikolot, niin kuin ne niitä kutsuvat. Ne ovat muuttaneet Järin Möyremän vanhat varastokäytävät vankiloiksi niitä varten, jotka nousevat niitä vastaan. Mutta en minä silti usko, että niitä on yli kolmeasataa koko Konnussa, ja voi olla vähemmänkin. Me voidaan voittaa ne jos pidetään yhtä.»

»Onko heillä aseita?» kysyi Merri.

»Piiskoja, puukkoja, nuijia – sen verran, että saavat likaiset hommansa tehdyksi – muuta ei ole toistaiseksi näkynyt», sanoi Tölli. »Mutta enpä ihmettelisi vaikka niiltä löytyisi muitakin vehkeitä, kun taistelusta tulee puhe. Jousia niillä ainakin on. Ne ovat ampuneet yhden tai kaksi hobittia.»

»Siinä sitä ollaan, Frodo!» Merri sanoi. »Minä tiesin, että taistelu siitä tulee. Ne ovat aloittaneet tappamisen.»

»Ei nyt ihan niinkään», sanoi Tölli. »Eivät ainakaan ampumista. Sen aloittivat Tukit. Teidän isänne nimittäin, herra Peregrin, ei halunnut olla missään tekemisissä sen Lothon kanssa, ei alun alkaenkaan; hän sanoi että jos joku tahtoi ruveta Konnun päälliköksi, niin sen pitäisi sitten olla oikea Konnun thain eikä kukaan nousukas. Ja kun Lotho lähetti ihmismiehensä hänen luokseen, ne eivät saaneet häntä muuttamaan mieltään. Tukeilla on onnea, heillä on Vihervaaroilla syvät kolonsa, Suuret smialit, eivätkä roistot pääse heidän kimppuunsa, eivätkä he päästä roistoja maahansa. Jos ne menevät sinne, Tukit alkavat ampua. He ampuivat kolme ihmismiestä, jotka olivat nuuskimassa ja ryöstämässä. Sen jälkeen roistot rupesivat inhottavammiksi. Ja ne vartioivat Tukinmaata vietävän tarkkaan. Kukaan ei pääse sieltä ulos eikä sinne sisään.»

»Niin sitä pitää, Tukit!» huudahti Pippin. »Nyt sinne aikoo päästä sisään yksi hobitti. Minä lähden Smialeihin. Tuleeko kukaan kanssani Tukinturkuun?»

Pippin lähti mukanaan parikymmentä ponilla ratsastavaa nuorukaista. »Kohta tavataan taas!» hän huusi. »Niittyjen yli on matkaa vain nelisentoista virstaa. Aamulla tuon teille avuksi kokonaisen Tuk-armeijan.» Merri toitotti torvea heidän peräänsä kun he häipyivät tummenevaan iltaan. Hobitit hurrasivat.

»Oli miten oli», sanoi Frodo lähellä seisoville, »tappamista pitää välttää, roistojenkin tappamista, ellei ole pakko surmata, etteivät he pääse tekemään pahaa hobiteille.»

»Hyvä on!» sanoi Merri. »Mutta Hobittilan joukkio on koska tahansa odotettavissa vieraisille. He eivät tule pelkästään puhumaan asioita selviksi. Meidän on yritettävä hoidella heidät siististi, mutta on varustauduttava pahimpaan. Minulla on suunnitelma.»

»Hyvä», sanoi Frodo. »Hoida järjestelyt.»

Samalla hetkellä ryntäsivät paikalle hobitit, jotka oli lähetetty Hobittilaa kohti. »Ne tulevat!» he sanoivat. »Niitä on kaksikymmentä ja ylikin. Mutta kaksi lähti länteen maiden poikki.»

»Toisin sanoen Tienristiin», sanoi Tölli, »hakemaan lisäjoukkoja. Matkaa on viisitoista virstaa suuntaansa. Niistä ei tarvitse juuri nyt piitata.»

Merri kiiruhti antamaan ohjeita. Isäntä Tölli tyhjensi raitin ja lähetti kaikki sisään lukuun ottamatta niitä vanhempia hobitteja, joilla oli jonkinmoiset aseet. Heidän ei tarvinnut odottaa kauan. Pian he jo kuulivat kovaäänistä puhetta ja sitten raskaiden askelten töminää. Kokonainen osasto roistoja asteli tietä pitkin. He näkivät esteen ja remahtivat nauruun. Heidän päähänsä ei pälkähtänyt, että tässä pikku maassa mikään tai kukaan asettuisi vastustamaan kaksikymmenpäistä joukkoa heikäläisiä.

Hobitit avasivat puomin ja astuivat syrjään. »Kiitos!» ilkkuivat miehet. »Ja kipittäkää nyt kotiin vällyjen alle ennen kuin piiskat alkavat viuhua!» Sitten he marssivat raittia pitkin ja huusivat: »Ja valot sammuksiin! Sisään joka sorkka! Tai me viemme viisikymmentä vuodeksi Umpikoloihin. Sisään vaan! Pomolta palaa kohta pinna!»

Kukaan ei ollut moksiskaan heidän käskyistään, mutta kun roistot olivat menneet ohi, hobitit sulkivat tien hiljaa heidän takanaan ja lähtivät seuraamaan heitä. Kun miehet tulivat kokon luo, seisoi isäntä Tölli yksin lämmittelemässä käsiään.

»Kuka sinä olet ja mitä tuo on olevinaan?» sanoi pääroisto.

Isäntä Tölli käänsi hitaasti katseensa. »Samaa piti kysymäni teiltä», hän sanoi. »Tämä ei ole teidän maanne, eikä teitä tarvita täällä.»

»No, sinulle kuitenkin löytyy käyttöä», sanoi roisto. »Me tahdomme sinut. Ottakaa äijä kiinni! Umpikoloihin vaan, ja suu tukkoon!»

Miehet astuivat askelen lähemmäksi, mutta pysähtyivät siihen paikkaan. Heidän ympäriltään kohosi murinan myrsky, ja äkkiä he tajusivat, ettei isäntä Tölli ollutkaan yksin. Heidät oli saarrettu. Pimeästä oli nuotion valopiirin reunalle hiipinyt hobittien piiri. Niitä oli lähemmä kaksisataa ja kaikilla oli jonkinmoinen ase.

Merri astui esiin. »Me olemme tavanneet ennenkin», hän sanoi roistolle, »ja minä varoitin sinua tulemasta takaisin. Minä varoitan toistamiseen: sinä seisot valossa ja nuolet osoittavat sinuun. Jos kajoat tähän isäntään tai kehenkään muuhun, sinut ammutaan heti. Laske kaikki aseet mitä sinulla on!»

Pääroisto pälyili ympärilleen. Hän oli ansassa. Mutta hän ei pelännyt, olihan hänellä liuta kavereita turvanaan. Hän ei tiennyt tarpeeksi hobiteista että olisi ymmärtänyt vaaran. Hän teki typerän päätöksen: hän päätti taistella. Olisi lastenleikkiä murtautua ulos.

»Kimppuun pojat!» hän huusi. »Annetaan niille turpiin!»

Pitkä puukko vasemmassa ja nuija oikeassa kädessä hän syöksähti piiriä kohti ja yritti murtautua takaisin Hobittilaan päin. Hän suuntasi raa'an iskun kohti Merriä, joka seisoi hänen tiellään. Hän kaatui kuolleena maahan neljän nuolen lävistämänä.

Tämä riitti muille. He antautuivat. Heiltä otettiin aseet pois ja heidät köytettiin yhteen ja marssitettiin tyhjään vajaan, jonka he olivat itse rakentaneet, ja siellä heidän kätensä ja jalkansa sidottiin ja heidät jätettiin vartioituna lukkojen taakse. Kuollut päällikkö raahattiin pois ja haudattiin.

»Loppujen lopuksi tämä ei näytä turhan vaikealta», sanoi Tölli. »Minähän sanoin, että me pärjätään niille. Mutta tarvittiin kipinä. Merri-herra, te tulitte takaisin juuri oikealla hetkellä.»

»Työ ei vielä ole tehty», Merri sanoi. »Mikäli laskunne pitävät paikkansa, emme ole selvittäneet kymmenystäkään. Mutta nyt on pimeä. Seuraavan iskun on kai odotettava aamuun. Sitten me käväisemme Johtajan luona.»

»Miksei heti?» kysyi Sam. »Kello ei ole paljon yli kuuden. Ja minä tahdon tavata Ukon. Herra Tölli, tiedättekö yhtään, miten hänen laitansa on?»

»Eipä kovin hyvin, jos ei huonostikaan», sanoi isäntä. »Repunreuna myllättiin kokonaan, ja se oli hänelle kova isku. Hän asuu yhdessä niistä taloista, joita ihmiset rakensivat silloin kun ne vielä tekivät jotain työtäkin, eivätkä vain ryövänneet ja polttaneet. Sinne ei ole virstaakaan Virranvarren reunasta. Mutta hänellä on tapana tulla käymään meillä kun pääsee, ja minä pidän huolta siitä, että hän syö paremmin kuin muutamat onnettomat. Kaikki on tietysti *Sääntöjen* vastaista. Minä olisin ottanut hänet meille asumaan, mutta sitä ei sallittu.»

»Kiitos teille, herra Tölli, minä en ikinä unohda sitä», sanoi Sam. »Mutta minä tahdon tavata hänet. Se Pomo ja se Sarkku, josta ne puhuivat, voivat tehdä jotakin pahaa tuolla ylhäällä ennen aamua.»

»Hyvä on, Sam», sanoi Tölli. »Ota mukaasi pari nuortamiestä ja nouda hänet ja tuo meille. Sinun ei tarvitse mennä Virran yli vanhan Hobittilan kylän kautta. Meidän Vilkas voi näyttää sinulle tietä.»

Sam lähti. Merri järjesti kylän ympäristöön tähystyspaikkoja ja asetti esteille vartijat yöksi. Sitten hän ja Frodo lähtivät isäntä Töllin kanssa. He istuivat jonkin aikaa perheen kanssa lämpimässä tuvassa, ja Töllit kyselivät heidän matkoistaan, mutta tuskin kuuntelivat vastauksia, Konnun tapahtumat kiinnostivat paljon enemmän.

»Näpystä, niin kuin me häntä kutsutaan, Näpystä se meno alkoi», sanoi isäntä Tölli. »Se alkoi pian sen jälkeen kun te, herra Frodo, olitte lähtenyt. Näpyllä oli omituisia päähänpinttymiä. Hän tahtoi kai omistaa itse kaiken ja sitten komennella muita. Pian kävi ilmi, että hän omisti melko lailla enemmän kuin hänelle oli hyväksi, ja aina vaan hän kahmi lisää. Mistä hän sai rahaa, oli arvoitus. Myllyjä ja panimoita ja kievareita ja maatiloja ja kessuviljelmiä. Hän oli kaikesta päätellen ostanut Hiesulin myllyn jo ennen kuin tuli Repunpäähän.

Hänellä oli tietysti alun alkaen ne isot Eteläneljännyksen tilukset, jotka hän oli perinyt isältään, ja hän taisi myydä aika lailla parasta pehkua ja lähettää sitä pois kaikessa hiljaisuudessa jo pari vuotta sitten. Mutta viime vuoden lopulla hän alkoi rahdata maasta vaunulastikaupalla tavaraa, eikä pelkästään pehkua. Rupesi tekemään tiukkaa, ja talvikin teki tuloaan. Hobitit alkoivat suuttua, mutta hänellä oli keinot keksittynä. Tänne tuli suurilla vaunuilla paljon ihmismiehiä, enimmäkseen täysiä roistoja; osa tuli viemään tavaraa etelään ja osa jäädäkseen. Ja lisää tuli. Ja ennen kuin huomasimmekaan, oli niitä asettunut eri puolille Kontua ja ne kaatoivat puita ja kaivoivat ja rakensivat itselleen tönöjä ja taloja miten lystäsivät. Aluksi Näppy korvasi tarvikkeet ja vahingot, mutta pian ne alkoivat määräillä mielensä mukaan ja ottaa mitä halusivat.

Sitten oli vähän levottomuuksia, mutta ei riittävästi. Vanha pormestari Vili meni Repunpäähän esittämään vastalauseensa, mutta hän ei koskaan päässyt perille asti. Roistot pysäyttivät hänet ja veivät hänet ja lukitsivat yhteen koloon Järin Möyremään, ja siellä hän on vieläkin. Eikä meillä sen koommin, se oli kohta uuden vuoden jälkeen, ole ollut enää pormestaria, ja Näppy alkoi kutsua itseään Kaikkien konnavahtien johtajaksi tai vain Johtajaksi ja teki mitä lystäsi, ja jos joku rupesi 'röyhkeäksi', niin kuin ne sanoivat, niin saivat mennä Vilin seuraksi. Jouduttiin ojasta allikkoon. Kessua ei ollut enää muille kuin ihmismiehille, eikä Johtaja hyväksynyt, että muut kuin hänen omat miehensä joivat olutta, ja hän sulki kaikki majatalot. Kaikesta alkoi olla pulaa – paitsi säännöistä – ellei pystynyt piilottamaan omaansa vähän itselleenkin, kun roistot kuljeksivat keräämässä tavaraa 'oikeudenmukaista jakoa' varten, mikä tarkoitti sitä, että ne saivat ja me jäimme ilman. Joitakin jätteitä tosin jaeltiin konnavahtien vahtituvissa, mutta niitä ei kenen tahansa vatsa kestä. Asiat olivat jo silloin huonolla tolalla. Mutta sen jälkeen kun Sarkku tuli, on täällä aloitettu varsinaiset tihutyöt.»

»Kuka se Sarkku on?» Merri kysyi. »Kuulin yhden roiston puhuvan hänestä.»

»Näyttää olevan isoin roisto koko joukosta», vastasi Tölli. »Viime elonkorjuun aikaan, joskus syyskuun lopulla, me kuulimme hänestä ensimmäisen kerran. Me emme ole nähneet häntä kertaakaan, mutta Repunpäässä hän on, ja taitaa olla nykyään todellinen Johtaja. Kaikki roistot tekevät mitä hän käskee, ja enimmäkseen hän käskee: hakatkaa, polttakaa, tuhotkaa; ja nyt on jo tapettu. Pahantekonakaan koko touhussa ei ole enää mitään järkeä. Puita kaadetaan ja jätetään lojumaan ja taloja poltetaan eikä uusia rakenneta.

Esimerkiksi Hiesulin mylly. Näppy purki sen melkein heti muutettuaan Repunpäähän. Sitten hän tuotti tänne liudan likaisennäköisiä ihmismiehiä rakentamaan isompaa, joka pantiin täyteen rattaita ja kummallisia vehkeitä. Vain se tylsä Ted oli innoissaan, ja hän putsaa nykyään rattaita ihmismiehille paikassa, jossa hänen isänsä oli mylläri ja oman itsensä herra. Näppy tahtoi jauhaa enemmän ja nopeammin, niin hän väitti. Hänellä on toisia samanlaisia myllyjä. Mutta rouheetta ei voi jauhaa, eikä uudella myllyllä ollut yhtään enempää jauhettavaa kuin vanhalla. Mutta sen jälkeen kun Sarkku tuli, siellä ei ole jauhettu enää

ollenkaan viljaa. Siellä nakutetaan ja levitetään savua ja hajua niin ettei Hobitti-
lassa ole enää edes yörauhaa. Ja ne valuttavat saastaa ulos ihan tarkoituksella. Ne
ovat pilanneet Virran alajuoksun kokonaan ja lika leviää jo Rankkivuohon. Jos
niiden aikomus on tehdä Konnusta autiomaa, niin suunta on pojilla oikea. Minä
en usko, että se tyhmä Näppy olisi kaiken takana. Sarkku se on, uskokaa pois.»

»Niin on!» lisäsi nuorempi Tom. »Nehän on vieneet Näpyn vanhan äidinkin,
sen Lobelian, ja Näppy tykkäsi siitä, vaikkei kukaan muu tykännytkään. Hobitti-
lassa jotkut näki. Lobelia tuli kujaa pitkin iänikuinen sateenvarjo kainalossa. Pari
roistoa oli matkalla ylös isojen kärryjen kanssa.

'Mihinkä te olette matkalla?' hän kysyi.

'Repunpäähän', ne vastasivat.

'Minkä vuoksi?'

'Rakennetaan pari vajaa Sarkulle.'

'Kuka teille antoi luvan?'

'Sarkku', ne vastasivat. 'Niin että pois tieltä, vanha kurppa!'

'Saatte maistaa Sarkkua, senkin varkaat ja roistot!' hän sanoi ja kohotti
sateenvarjonsa ja asteli kohti roistojen johtajaa, joka on melkein kaksi kertaa niin
pitkä kuin hän. Niin ne veivät hänet. Raahasivat Umpikoloihin, ja siinä iässä. Ne
ovat vieneet sellaisia, joita on enemmän ikävä, mutta ei käy kieltäminen, etteikö
tädissä olisi ollut puhtia enemmän kuin monissa muissa.»

Sam tupsahti Ukon kanssa tämän keskustelun keskelle. Vanha Gamgi ei näyttä-
nyt paljonkaan vanhemmalta, mutta vähän kuurompi hän oli.

»Hyvää iltaa, herra Reppuli!» hän sanoi. »Onpa mukava taas nähdä teidät
kotona. Mutta minulla on tavallaan kana kynimättä teidän kanssanne, jos saan
sanoa. Teidän ei olisi ikinä pitänyt mennä myymään Repunpäätä, sitä minä aina
sanoin. Siitä se kaikki pahanteko sai alkunsa. Ja sillä aikaa kun te olette juok-
sennellut ulkomaissa ja ajanut takaa Mustia miehiä kaiken maailman vuorilla,
päätellen meidän Samin jutuista, vaikka sitä hän ei osaa selittää että miksi, niin
sillä aikaa ne ovat myllertäneet koko Repunreunan ja turmelleet minun pottuni!»

»Olen hyvin pahoillani, herra Gamgi», Frodo sanoi. »Mutta kun me nyt
olemme tulleet takaisin, minä teen parhaani korvatakseni teille kaiken.»

»Se on kauniisti sanottu», sanoi Ukko. »Herra *Frodo* Reppuli on oikea her-
rashobitti, niin kuin minä olen aina sanonut, ajateltiinpa mitä tahansa eräistä
muista samannimisistä, anteeksi vaan. Ja toivottavasti Sam on käyttäytynyt hobi-
teiksi ja täyttänyt paikkansa.»

»Erinomaisesti, herra Gamgi», Frodo sanoi. »Uskokaa tai älkää, mutta totta
puhuen hänet tunnetaan kaikissa maissa ja hänen urotöistään sepitetään lauluja
täältä Merelle ja Suuren virran tuolle puolen.» Sam punastui, mutta hän katsoi
Frodoon kiitollisena, sillä Ruusan silmät loistivat ja tyttö hymyili hänelle.

»On siinä uskomista, niin», sanoi Ukko, »vaikka sen näkee, että hän on ollut
tekemisissä oudon sakin kanssa. Missä hänen nuttunsa on? Minä en kannata
raudassa kuljeksimista, oli se sitten vaikka kuinka pukevan näköistä.»

Isäntä Töllin talonväki ja kaikki vieraat olivat aikaisin jalkeilla seuraavana päi-
vänä. Yöllä ei ollut kuulunut mitään, mutta hankaluuksia oli varmasti tiedossa
ennen päivän päättymistä. »Näyttää siltä, että Repunpäässä ei ole enää roistoja»,
sanoi Tölli, »mutta Tienristin joukkio on täällä koska tahansa.»

Aamiaisen jälkeen saapui viestintuoja Tukinmaasta. Hän oli rohkealla mielellä. »Thain on nostattanut koko maamme», hän sanoi, »ja uutiset leviävät kulovalkean tavoin kaikkiin suuntiin. Roistot, jotka vartioivat meidän maitamme, ovat paenneet etelään, ne jotka jäivät henkiin. Thain on lähtenyt niiden perään pitääkseen pääjoukon poissa pelistä, mutta hän lähetti Peregrin-herran takaisin mukanaan kaikki loput hobitit.»

Seuraavat uutiset eivät olleet yhtä hyviä. Merri, joka oli ollut liikkeellä koko yön, ratsasti paikalle kymmenen tienoilla. »Noin neljän virstan päässä on iso joukko», hän sanoi. »Se tulee Tienristin tietä pitkin, ja siihen on liittynyt paljon harhailevia roistoja. Niitä on lähemmä sata, ja ne polttavat kaiken tullessaan. Että kehtaavat!»

»Oijoi! Se joukko ei jää juttelemaan, ne tappavat jos voivat», sanoi isäntä Tölli. »Jolleivät Tukit tule ennen niitä, meidän on viisainta suojautua ja ampua pitemmittä puheitta. Taistelu tästä tulee, Frodo-herra, ennen kuin kaikki on ohi.»

Tukit tulivat ennen roistoja. Pian marssi paikalle satapäinen joukko Tukinturusta ja Vihervaaroilta Pippin etunenässä. Merrillä oli nyt tarpeeksi tuhtia hobittiväkeä roistojen selvittämiseksi. Tiedustelijat kertoivat, että roistot pysyttelivät tiiviisti yhdessä. Nämä tiesivät, että koko maaseutu oli noussut heitä vastaan ja heillä oli selvästi aikomus tehdä kapinasta armotta loppu sen keskuksessa Virranvarressa. Mutta näyttivätpä he miten hurjilta tahansa, heidän joukossaan ei ollut yhtäkään päällikköä, joka olisi ymmärtänyt sotataitoa. He tulla tömistivät kohti Virranvartta varmistamatta tietä mitenkään. Merri teki nopeasti suunnitelmansa.

Roistot marssivat Idäntietä ja kääntyivät pysähtymättä Virranvarren tielle, joka jonkin matkaa vietti ylös korkeiden pensaita kasvavien törmien välissä. Vajaan vakomitan päässä päätieltä he erään mutkan jälkeen kohtasivat kumotuista kärryistä rakennetun esteen. Se pysäytti heidät. Samalla hetkellä he tajusivat, että kummallakin sivulla juuri pään korkeudella kasvavien pensaitten takana seisoi pitkä hobittirivistö. Roistojen takana työnsivät toiset hobitit juuri esiin pellolle piilotettuja kärryjä ja tukkivat paluutien. Ylhäältä kuului ääni.

»No niin, olette astelleet ansaan», sanoi Merri. »Hobittilasta tulleille ystävillenne kävi samalla lailla, ja yksi on kuollut ja loput ovat vankeina. Laskekaa aseenne! Menkää sitten kaksikymmentä askelta taaksepäin ja istuutukaa. Jokainen joka yrittää pakoon, ammutaan.»

Mutta roistoja ei lannistettu noin vain. Muutamat tottelivat, mutta kaverit palauttivat heidät heti ruotuun. Parikymmentä ryntäsi taaksepäin ja hyökkäsi vaunuja vastaan. Kuusi ammuttiin, mutta loput pääsivät läpi ja tappoivat kaksi hobittia. Sitten he juoksivat hajallaan Korvenperän suuntaan. Vielä kaksi sai surmansa juostessaan. Merri toitotti rajusti torvellaan, ja kaukaa kuului vastauksia.

»He eivät pääse pitkälle», Merri sanoi. »Koko seutu kuhisee meidän miehiämme.»

Tielle jääneet miehet, joita yhä oli noin kahdeksankymmentä, yrittivät kiivetä törmien ja esteen yli, ja hobittien oli pakko ampua monta tai tappaa kirveellä. Mutta moni vahva ja epätoivoinen mies pääsi ylös länsitörmälle ja kävi raivokkaasti vihollistensa kimppuun. Heidän mielensä paloi pikemminkin tappamaan kuin pakoon. Useat hobitit olivat saaneet surmansa ja loput olivat luopumassa vastarinnasta, kun itäpuolella taistelleet Merri ja Pippin ylittivät tien ja kävivät roistojen kimppuun. Merri tappoi itse heidän johtajansa, suuren kierosilmäisen raakimuksen, joka muistutti jättiläismäistä örkkiä. Sitten Merri veti joukkonsa takaisin ja saartoi jäljelle jääneet miehet jousilla.

Viimein oli taistelu ohi. Lähes seitsemänkymmentä roistoa makasi kuolleena kentällä, vankeja oli tusinan verran. Yhdeksäntoista hobittia oli saanut surmansa ja kolmisenkymmentä oli haavoittunut. Kuolleet roistot pinottiin kärryihin ja hilattiin lähistöllä olevaan vanhaan hiekkakuoppaan ja haudattiin sinne. Myöhemmin sitä alettiin kutsua Sotamontuksi. Kaatuneet hobitit haudattiin yhteiseen hautaan mäenrinteeseen, johon myöhemmin pystytettiin suuri kivi ja istutettiin puisto. Niin päättyi Virranvarren taistelu (1419), viimeinen Konnussa käyty taistelu, ja ainoa kaukana Pohjoisneljännyksessä vuonna 1147 käydyn Viherkenttien taistelun jälkeen. Vaikka se kaikeksi onneksi maksoi vain vähän hobitinhenkiä, sille on omistettu oma luku Punaisessa kirjassa, ja siihen osallistuneiden nimet merkittiin kunniakirjaan, jonka Konnun historioitsijat opettelivat ulkoa. Töllin suvun huomattava arvonnousu alkaa näihin aikoihin, mutta kaikkien tietojen mukaan luettelon alussa komeilevat päälliköiden Meriadocin ja Peregrinin nimet.

Frodo oli ollut taistelussa mukana, mutta hän ei ollut tarttunut miekkaan ja hänen osansa oli ennen muuta ollut estää menetyksistään vimmastuneita hobitteja tappamasta niitä vihollisia, jotka olivat laskeneet aseensa. Kun taistelu oli ohi ja jälkitoimista annettu määräykset, Merri, Pippin ja Sam liittyivät hänen seuraansa ja he ratsastivat takaisin Töllien luo. He söivät myöhäisen puolisen ja sitten Frodo sanoi huoaten: »No, nyt on kai aika käydä käsiksi 'Johtajaan'.»

»Niin on tottavie, ja mitä pikemmin, sen parempi», sanoi Merri. »Äläkä heittäydy liian helläkätiseksi! Hän on vastuussa noiden roistojen tuomisesta tänne, ja kaikesta pahasta mitä ne ovat saaneet aikaan.»

Isäntä Tölli keräsi saattojoukoksi kymmenisen vankkaa hobittia. »Me vain arvaamme, ettei Repunpäässä enää ole roistoja», hän sanoi. »Me emme tiedä sitä.» He lähtivät jalan. Frodo, Sam, Merri ja Pippin johtivat joukkoa.

Tuo matka oli heidän elämänsä surullisimpia. Heidän edessään kohosi valtava savupiippu, ja lähestyessään Virran toisella puolella olevaa vanhaa kylää uusien ikävien talojen reunustamaa kujaa myöten he näkivät uuden myllyn koko kamaluuden. Suuri tiilirakennus kohosi keskeltä jokea, jota se saastutti höyryävällä ja löyhkäävällä jätevirralla. Virranvarren tien reunalta oli kaadettu jokikinen puu.

Ylittäessään siltaa he katsoivat Kukkulalle ja heidän henkensä salpautui. Ei edes näky, jonka Sam oli nähnyt Peilissä, ollut valmistanut tähän. Lännen puolella ollut Vanha moisio oli purettu ja sen tilalla oli rivi tervattuja tönöjä. Kaikki kastanjapuut olivat poissa. Törmät ja pensasaidat oli myllätty. Kentällä, josta oli ruoho tallattu kuoliaaksi, lojui epäjärjestyksessä suuria kärryjä. Repunreunan paikalla oli ammottava hiekka- ja soramonttu. Sen takana olevan Repunpään esti näkymästä rykelmä suuria hökkeleitä.

»Se on kaadettu!» huusi Sam. »Ne ovat kaataneet Juhlapuun!» Hän osoitti kädellään paikalle, jossa Bilbo oli pitänyt Jäähyväispuheensa puun alla. Puu lojui pellolla karsittuna ja kuolleena. Ikään kuin tämä olisi ollut viimeinen pisara, Sam purskahti kyyneliin.

Naurunrämäkkä lopetti itkun. Myllyn matalan piha-aidan yli hyppäsi ynseä hobitti. Hänellä oli nokinen naama ja mustat kädet. »Vai et tykkää, Sam?» hän ilkkui. »Mutta sinä oletkin aina ollut lepsu. Minä luulin, että sinä olit häipynyt niillä laivoilla, mistä sinä aina sössötit, niillä jotka vie, vie, vie. Mitä sinä tänne takaisin tulit. Meillä onkin nyt töitä täällä Konnussa.»

»Niinpä näkyy olevan», sanoi Sam. »Ei ole aikaa peseytyä, mutta on aikaa pidellä seiniä pystyssä. Mutta kuule, herra Hiesuli, minulla on tässä kylässä vähän velkoja, ja jollet sinä kohta lopeta ilkkumistasi, tulee siitä semmoinen lasku, jota ei sinun kukkarollasi makseta.»

Ted Hiesuli sylkäisi aidan yli. »Ähäkutti!» hän sanoi. »Et sinä voi tehdä minulle mitään. Minä olen Pomon ystävä. Mutta hän tekee kyllä jotakin sinulle, jos minä joudun vielä kauan tuommoista kuuntelemaan.»

»Sam, älä tuhlaa sanojasi typerykseen!» Frodo sanoi. »Toivottavasti kovin monet hobitit eivät ole tulleet tuollaisiksi. Se olisi suurempi vahinko kuin kaikki ihmisten aiheuttama harmi.»

»Hiesuli, sinä olet likainen ja loukkaava», Merri sanoi. »Ja arvioit tilanteen aivan väärin. Me olemme juuri menossa Kukkulalle raahataksemme ulos kalliin Pomosi. Me olemme tehneet selvää hänen miehistään.»

Ted tuijotti suu auki, sillä vasta nyt hän näki saattueen, joka Merrin viittauksesta marssi sillan yli. Hän säntäsi myllyyn takaisin, tuli ulos ja töräytti tuomaansa torvea.

»Älä rasita keuhkojasi!» nauroi Merri. »Minulla on parempi.» Sitten hän nosti hopeatorven huulilleen ja puhalsi siihen pitkään ja sen kirkas sointi kaikui yli Kukkulan, ja koloista ja majoista ja Hobittilan kurjista taloista vastasivat hobitit. Heitä tulvi ulos ja hurraten ja huutaen he seurasivat joukkoa Repunpäähän johtavaa tietä.

Kujan päässä seurue pysähtyi ja Frodo jatkoi matkaa ystävineen, ja viimein he tulivat paikkaan, jota kerran olivat niin rakastaneet. Puutarha oli täynnä vajoja ja hökkeleitä, joista osa oli niin lähellä läntisiä ikkunoita, että ne pimensivät kaiken valon. Kaikkialla oli jätekasoja. Ovi oli naarmuilla, kellonnyöri heilui tyhjän panttina. Koputus ei tuottanut tulosta. Viimein he työnsivät ovea ja se antoi myöten. He astuivat sisään. Kolo haisi, se oli mullin mallin ja täynnä saastaa: näytti siltä ettei sitä ollut käytetty muutamaan aikaan.

»Missä se kurja Lotho piileksii?» Merri sanoi. He olivat etsineet kaikista huoneista eivätkä olleet löytäneet muuta elollista kuin rottia ja hiiriä. »Panemmeko muut etsimään vajoista?»

»Tämä on pahempaa kuin Mordor!» sanoi Sam. »Tavallaan paljon pahempaa. Sen niin kuin tajuaa toisella tavalla kun se tapahtuu kotona, kun muistaa millaista kaikki oli ennen turmelusta.»

»Tämä on Mordor», sanoi Frodo. »Mordorin työtä tämäkin on. Saruman palveli Mordoria kaiken aikaa silloinkin, kun luuli toimivansa omaksi edukseen. Ja sama koskee niitä, jotka Saruman sai ansaan, kuten Lothoa.»

Merri katseli ympärilleen kauhun ja inhon vallassa. »Mennään ulos», hän sanoi. »Jos olisin tiennyt kaiken pahan, mitä Saruman oli aiheuttanut, olisin tunkenut tupakkakukkaroni hänen kurkustaan alas.»

»Epäilemättä, epäilemättä! Mutta sitä et tehnyt, joten saatan toivottaa teidät tervetulleiksi kotiin.» Ovella seisoi Saruman itse, ja hän näytti hyvin syöneeltä ja tyytyväiseltä ja hänen silmissään loisti ilkeys ja huvittuneisuus.

Frodolla välähti äkkiä. »Sarkku!» hän huudahti.

Saruman nauroi. »Tekin olette siis kuulleet jo nimen? Väkeni taisi kutsua minua sillä nimellä Rautapihassa.* Ehkä se on merkki kiintymyksestä. Mutta ilmeisesti ette odottaneet tapaavanne minua täällä.»

»En odottanut», Frodo sanoi. »Mutta olisin saattanut arvata. Jotain pientä ilkeää pahuutta – Gandalf varoitti, että sellaista voitte vielä tehdä.»

»Vallan mainiosti», Saruman sanoi, »ja isompaakin. Minua nauratti katsella teitä, oikeat pikku hobittiruhtinaat, kun ratsastitte kaiken hienon väen joukossa turvassa ja omaan pikku itseenne tyytyväisinä. Te kuvittelitte päässeenne kaikesta, että voisitte kaikessa rauhassa käyskellä kotiin, jossa mukava rauhallinen maalaiselämä odottaisi teitä. Sarumanin koti voidaan kyllä tuhota ja hänet lähettää mieron tielle, mutta teidän kotiinne ei kukaan voisi koskea. Ehei! kyllä Gandalf teistä huolta pitäisi.»

Saruman nauroi taas. »Sitä ei tee Gandalf! Kun hänen käsikassaransa ovat täyttäneet tehtävänsä, hän hylkää ne. Mutta te vain roikutte hänen liepeissään, lorvailette ja juttelette ja kierrätte kaksinkertaisen matkan. 'Vai niin', ajattelin minä, 'jos ovat noin typeriä, niin minäpä ehätän edelle ja annan pikku läksytyksen. Kova kohtalo huutaa kostoa.' Läksytys olisi ollut ankarampi, jos minulle olisi liiennyt vähän enemmän aikaa ja ihmismiehiä. Mutta jo nyt olen tehnyt paljon sellaista, minkä parantaminen tai purkaminen ei ehkä onnistu teidän elinaikananne. Ja sitä on sitten hauska ajatella ja verrata vääryyksiin, joita minä olen kärsinyt.»

»Jos saatte siitä hauskuutenne», Frodo sanoi, »minä säälin teitä. Ilonne jää muistin varaan, pahoin pelkään. Menkää heti, älkääkä enää palatko!»

Kylien hobitit olivat nähneet Sarumanin tulevan ulos yhdestä tönöstä ja he tungeksivat nyt Repunpään ovella. Kun he kuulivat Frodon käskyn, he mutisivat vihaisesti:

»Älkää päästäkö häntä! Tappakaa! Hän on konna ja murhamies. Tappakaa!»

Saruman katsoi heidän vihamielisiä kasvojaan ja hymyili. »Tappakaa!» hän matki. »Tappakaa, jos uskotte siihen pystyvänne, urheat hobitit!» Hän ojentautui ja tuijotti heitä synkästi mustilla silmillään. »Mutta älkää kuvitelko, että menetin voimani silloin kun menetin omaisuuteni! Se joka minuun koskee on kirottu. Ja jos vereni saa saastuttaa Konnun, kuihtuu maa eikä ikinä parane.»

Hobitit vetäytyivät. Mutta Frodo sanoi: »Älkää uskoko häntä! Hän on menettänyt kaiken voimansa lukuun ottamatta ääntään, jolla hän yhä voi teitä pelotella ja pettää, jos antaudutte sille. Mutta en tahdo että hänet surmataan. On turha kostaa kostoa: se ei mitään auta. Mene Saruman, nopeinta tietä!»

»Kärme! Kärme!» huusi Saruman ja eräästä läheisestä hökkelistä tuli ulos Kärmekieli ryömien kuin koira. »Tie kutsuu taas, Kärme!» sanoi Saruman. »Nämä mukavat miehet ja ruhtinaanpoikaset jättävät meidät taas oman onnemme nojaan. Tule!»

Saruman kääntyi lähteäkseen, ja Kärmekieli laahautui hänen peräänsä. Mutta juuri kun Saruman sivuutti Frodon, välähti hänen kädessään veitsi ja hän sohaisi sillä Frodoa. Terä kilpistyi näkymättömään panssaripaitaan ja katkesi. Kymmenisen hobittia hyökkäsi kiljaisten eteenpäin Sam etunenässä ja kaatoi konnan maahan. Sam paljasti miekkansa.

»Älä, Sam!» sanoi Frodo. »Älä tapa häntä nytkään. Sillä hän ei vahingoittanut minua. Enkä minä tahdo, että hänet surmataan tuossa tilassa. Hän oli kerran

---

* Nimi lienee alun perin örkkikieltä, jossa *sharkû* merkitsee vanhaa miestä.

suuri, ja kuluu jaloon sukukuntaan, jota vastaan meidän ei sovi kättämme nostaa. Hän on langennut, emmekä me kykene häntä auttamaan, mutta siltikin tahtoisin hänet säästää, siinä toivossa että hän löytää avun.»

Saruman nousi seisomaan ja tuijotti Frodoa. Hänen silmissään oli outo ihmetyksen, ihailun ja vihan sekainen katse. »Puolituinen, olet kasvanut», hän sanoi. »Olet kasvanut aimo lailla. Olet viisas ja olet julma. Olet ryöstänyt kostoltani suloisuuden, ja katkera on lähtöni täältä, sillä jään kiitollisuudenvelkaan armosi vuoksi. Vihaan sitä ja sinua vihaan! Minä menen enkä enää vaivaa sinua. Mutta älä odota, että toivottaisin sinulle terveyttä ja pitkää ikää. Kumpaakaan ei osallesi tule. Mutta se ei ole minun työtäni. Minä vain sanon sen minkä tiedän.»

Hän asteli pois, ja hobitit avasivat kujan keskelleen, mutta rystyset vaalenivat aseiden kahvoissa. Kärmekieli epäröi ja seurasi sitten isäntäänsä.

»Kärmekieli!» huusi Frodo. »Sinun ei ole pakko seurata häntä. En tiedä sinun tehneen minulle mitään pahaa. Voit saada täällä joksikin aikaa lepopaikan ja ruokaa, kunnes olet vahvistunut ja voit lähteä omille teillesi.»

Kärmekieli pysähtyi ja katsoi häneen puoliksi valmiina jäämään. Saruman kääntyi. »Vai ei pahaa?» hän käkätti. »Eihän toki! Silloinkin kun hän hiipii yöllä ulos hän menee vain katselemaan tähtiä. Mutta kuulinko oikein, kysyikö joku, missä kurja Lotho piileksii? Kärme, sinähän tiedät sen, vai mitä? Kertoisitko heille?»

Kärmekieli käpertyi maahan ja uikutti: »En en!»

»Sitten minä kerron», sanoi Saruman. »Kärme tappoi teidän Johtajanne, miesparan, kiltin pikku Pomonne. Etkö tappanut? Taisit iskeä tikarilla kun hän nukkui. Toivottavasti hautasitkin, vaikka Kärme on viime aikoina ollut hyvin nälkäinen. Ei Kärme ole erityisen kiltti. Parasta jättää hänet minulle.»

Kärmekielen punaisissa silmissä välähti villi viha. »Sinä käskit, sinä pakotit», hän sähisi.

Saruman nauroi. »Sinä teet mitä Sarkku käskee, niinhän se on, Kärme. No, nyt hän käskee: seuraa!» Hän potkaisi maassa kiemurtelevaa Kärmekieltä kasvoihin, kääntyi ja lähti. Mutta silloin ratkesi jotakin: Äkkiä Kärmekieli nousi pystyyn ja sieppasi vaatteistaan veitsen, ja muristen kuin koira hän hyppäsi Sarumanin niskaan, tempaisi hänen päänsä takakenoon, katkaisi hänen kurkkunsa ja pinkaisi kiljaisten kujaa alas. Ennen kuin Frodo oli tointunut tai saanut sanaa suustaan, kolme hobittijousta lauloi ja Kärmekieli kaatui kuolleena maahan.

Paikalla seisovien kauhuksi kääntyi Sarumanin ruumiin ympärille harmaa sumu. Kuin savu nuotiosta se nousi hitaasti korkeuteen. Kukkulan ylle muodostui vaalea pilvi, joka muistutti käärinliinoihin kiedottua hahmoa. Hetken se leijui paikallaan ikään kuin länteen tähyten, mutta lännestä puhaltava viileä tuuli hajotti sen; kuului kuin huokaus kun se hävisi tyhjyyteen.

Frodo katsoi maassa makaavaa ruumista säälin ja kauhun vallassa, sillä tuntui kuin hänen katsellessaan sitä olisi äkkiä paljastunut kuoleman monivuotinen työ. Sarumanin näivettyneet kasvot muuttuivat kammottavaa kalloa peittäviksi ihonriekaleiksi. Frodo nosti ruumiin vierelle valahtaneen likaisen kaavun helmaa ja peitti sen ja kääntyi pois.

»Se loppui siihen», sanoi Sam. »Inhottava loppu, jonka olisin kyllä mieluummin jättänyt näkemättä, mutta hyvä oli hänestä päästä.»

»Ja tähän toivottavasti päättyi viimein sotakin», sanoi Merri.

»Toivottavasti», sanoi Frodo ja huokasi. »Tämä oli viimeinen isku. Mutta että se lyötiin täällä, Repunpään ovella! Mitä ikinä toivoinkin ja mitä pelkäsin, tätä en osannut odottaa!»

»Minusta tämä sota on lopussa vasta, kun kaikki sen jäljet on poistettu», sanoi Sam. »Ja siihen kuluu vielä aikaa ja vaivaa.»

9

HARMAAT SATAMAT

A IKAA JA VAIVAA meni ennen kuin sodan jäljet oli poistettu, mutta vähemmän aikaa kuin Sam oli pelännyt. Taistelun jälkeisenä päivänä Frodo ratsasti Järin Möyremään ja vapautti Umpikolojen vangit. Ensimmäisten joukossa oli Fredegar Bolger, jota ei enää käynyt kutsuminen Pullaksi. Hänet oli vangittu sen jälkeen kun roistot olivat savustaneet esiin hänen johtamansa kapinallisjoukon Mäyrämöyrystä Kivikon kukkuloilta, jossa he olivat piileskelleet.

»Paremmin olisit sittenkin pärjännyt, jos olisit tullut meidän mukaamme, vanha kunnon Fredegar!» sanoi Pippin, kun he kantoivat hänet ulos – hän oli liian heikko kävelemään.

Hän avasi silmänsä ja yritti urheasti hymyillä. »Kuka on tämä nuori kovaääninen jätti?» hän kuiskasi. »Ei kai vaan pikku Pippin! Mikä on nykyään hattusi numero?»

Sitten he löysivät Lobelian. Naisrukka näytti hyvin vanhalta ja laihalta, kun he vetivät hänet esiin pimeästä ja kapeasta sellistä. Hän yritti itsepintaisesti seistä horjuvilla jaloillaan, ja astuessaan esiin hän sai sellaisen vastaanoton – huutoja ja kättentaputuksia – että vallan liikuttui. Hän nojasi Frodon käsivarteen mutta puristi yhä sateenvarjoa kädessään ja kyyneleet valuivat hänen poskilleen. Hän ei koskaan aiemmin elämässään ollut ollut suosittu. Mutta kuultuaan Lothon murhasta hän murtui eikä enää tahtonut palata Repunpäähän. Hän antoi sen takaisin Frodolle ja muutti omien sukulaistensa Paasilan Piukkapaulojen luo.

Kun tuo onneton olento seuraavana keväänä kuoli – hän oli sentään jo yli satavuotias – Frodo yllättyi ja liikuttui: Lobelia oli jättänyt koko oman ja Lothon omaisuuden Frodolle käytettäväksi ikävyyksien kodittomiksi tekemien hobittien auttamiseen. Niin päättyi tuo vanha viha.

Vanha Vili Valkojalka oli ollut Umpikoloissa kauemmin kuin kukaan toinen, ja vaikka häntä olikin kukaties kohdeltu siivommin kuin eräitä muita, hän tarvitsi paljon ruokaa ennen kuin hän alkoi taas näyttää pormestarin tehtävien mittaiselta, niinpä Frodo lupasi toimia hänen sijaisenaan kunnes hän olisi taas kunnossa. Sijaispormestarina Frodo antoi vain yhden määräyksen: hän vähensi konnavahtien määrän entiselleen ja antoi heille heidän vanhat tehtävänsä. Merri ja Pippin saivat tehtäväkseen pyydystää jäljelle jääneet roistot, ja se olikin pian tehty. Eteläiset joukkiot pakenivat maasta kuultuaan uutiset Virranvarren taistelusta eikä heistä ollut vastusta thainille. Ennen vuoden loppua oli jäljelle jääneet saarrettu metsiin ja antautuneet saatettu rajalle.

Samaan aikaan edistyivät korjaustyöt joutuisasti ja Samilla riitti puuhaa. Hobitit pystyvät ahertamaan mehiläisten lailla, kun heillä on siihen halu ja tarve. Tuhansia kaikenikäisiä vapaaehtoisia oli tarjolla, pieniä ja ketteriä hobittipoikia ja -neitokaisia yhtä hyvin kuin kuluneita känsäkouria ukkoja ja akkoja. Julen alla ei uusistaVahtituvista eikä muistakaan »Sarkun miesten» rakentamista taloista ollut kiveä kiven päällä, mutta tiilet käytettiin monen vanhan kolon tilkitsemiseen entistä lämpimämmäksi ja vedenpitävämmäksi. Hobitit löysivät suuret varastot tavaraa ja ruokaa ja olutta, joita roistot olivat kätkeneet latoihin ja liitereihin ja autiokoloihin, ennen muuta niitä löytyi Järin Möyremän tunneleista ja Kivikon louhoksista. Niinpä tuona julena riitti iloa yli monien odotusten.

Ennen kuin edes uutta myllyä lähdettiin Hobittilassa purkamaan, perattiin Kukkula ja Repunpää ja rakennettiin Repunreuna uudestaan. Uuden hiekkakuopan edusta tasoitettiin ja siitä tehtiin suuri suojaisa puutarha, ja Kukkulan etelärinteeseen kaivettiin uudet kolot, jotka vuorattiin tiilillä. Ukko pääsi taas asumaan numero kolmeen, ja usein hän sanoi, välittämättä siitä kuka oli kuulemassa:

»Ei niin pahaa, ettei jotain hyvääkin. Kun loppu on paremmin, on kaikki hyvin!»

Uuden kujan nimestä käytiin keskustelua. *Sotapuisto* oli yksi ehdotus, samoin *Paremmat smialit*. Mutta jonkin ajan kuluttua sen nimeksi tuli järkevään hobittityyliin *Uusi reuna*. Vain Virranvarressa sitä saatettiin pilanpäiten kutsua Sarkunpääksi.

Puiden laita oli huonosti, sillä Sarkun käskystä niitä oli häikäilemättä kaadettu laajalta alalta, ja tätä Sam suri enemmän kuin mitään muuta. Kestäisi kauan ennen kuin vahinko olisi korjattu, ja vasta hänen lapsenlapsenlapsensa saisivat nähdä Konnun sellaisena kuin sen kuului olla, hän ajatteli.

Sitten hän eräänä päivänä muisti äkkiä Galadrielin lahjan. Hän oli ollut viikkokaupalla niin touhuissaan, ettei ollut joutanut ajattelemaan seikkailujaan. Hän etsi rasian, näytti sitä muille Maanmatkaajille (niin heitä kaikki kutsuivat) ja kysyi neuvoa.

»Mietinkin, koska muistaisit sen», sanoi Frodo. »Avaa rasia!»

Rasiassa oli harmaata tomua, pehmeää ja hienoa, ja tomun keskellä siemen, kuin pieni hopeakuorinen pähkinä. »Mitä minä tällä teen?» kysyi Sam.

»Sirottele ilmaan tuulisena päivänä ja anna sen tehdä tehtävänsä!» sanoi Pippin.

»Missä?» kysyi Sam.

»Valitse joku paikka koekentäksi ja katso, mitä kasveille tapahtuu», sanoi Merri.

»Mutta olen varma, että valtiatar ei olisi hyvillään, jos pitäisin kaiken omassa puutarhassani, kun niin monet ovat saaneet kärsiä», sanoi Sam.

»Käytä sitä järkeä ja tietoa mitä sinulla on, Sam», sanoi Frodo, »ja käytä lahjaa avuksi työssäsi ja parantamaan työn tulosta. Ja käytä säästeliäästi. Sitä ei ole paljon, ja joka hippu lienee arvokas.»

Niin Sam istutti puunvesoja paikkoihin, joista erityisen kauniita tai rakastettuja puita oli kaadettu, ja hän pani hiukkasen kallista tomua maahan kunkin juureen. Hän kulki Kontua pitkin ja poikin tässä työssä, eikä kukaan moittinut häntä siitä, että hän taisi tulla kiinnittäneeksi erityistä huomiota Hobittilaan ja Virranvarteen. Työnsä tehtyään hän totesi, että hänellä oli vielä vähän tomua jäljellä, ja hän meni Kolmen neljännyksen kivelle, joka sijaitsi käytännöllisesti katsoen Konnun keskipisteessä, ja sirotti tomun ilmaan siunausten saattelemana. Pienen hopeapähkinän hän istutti Juhlaniitylle, jossa tärkeä puu oli kerran kasvanut, ja mietti, mitä siitä mahtaisi tulla. Koko talven hän yritti pysytellä kärsivällisenä, ja taisteli itsensä kanssa, ettei hyppäisi yhtä mittaa katsomassa, näkyisikö jotakin.

Kevät ylitti hurjimmatkin toiveet. Hänen puunsa alkoivat versoa ja kasvaa ikään kuin ajalla olisi ollut kiire ja kaksikymmentä vuotta olisi pitänyt mahduttaa yhteen. Juhlaniityllä työntyi ilmoille kaunis nuori vesa: siinä oli hopeinen kaarna ja pitkät lehdet ja se puhkesi huhtikuussa täyteen kultakukkia. Se oli toden totta *mallorn* ja siitä tuli koko naapuruston ihmetyksen aihe. Myöhempinä vuosina, kun se kasvoi yhä uhkeammaksi ja kauniimmaksi, se tunnettiin laajalti ja sitä tultiin katsomaan matkojen takaa: se oli ainoa *mallorn* Vuorten länsipuolella ja Meren itäpuolella, ja yksi maailman upeimmista.

Kaiken kaikkiaan vuosi 1420 oli Konnussa ihana vuosi. Suloinen auringonpaiste ja vilvoittava sade vuorottelivat oikeassa suhteessa, mutta ei siinä kaikki: ilmassa oli kasvun ja yltäkylläisyyden tuntu ja kauneuden pilkahdus, joka ei ollut kotoisin katoavaisista ja häilyvistä, hetken kestävistä Keski-Maan kesistä. Kaikki tuona vuonna syntyneet tai siinneet lapset, ja niitä oli paljon, olivat kauniita katsella, vahvoja ja voimakkaita, ja useimmilla oli tuuhea kullankeltainen tukka, joka sitä ennen oli ollut harvinainen hobittien keskuudessa. Sato oli niin runsas, että nuoret hobitit melkein kylpivät maidossa ja mansikoissa, ja myöhemmin syksyllä he istuivat nurmikolla luumupuiden alla ja söivät kunnes heillä oli pieni pyramidi tai valloittajan kallopino luumunkiviä edessään ja sitten he siirtyivät seuraavan puun alle. Eikä kukaan ollut sairas ja kaikilla oli mukavaa paitsi niillä joiden piti leikata nurmikoita.

Etelänneljännyksessä viiniköynnökset taipuivat rypäleitten painosta ja pehkusato oli kerta kaikkiaan uskomaton, ja viljaa oli kaikkialla niin paljon, että elonkorjuun aikaan joka lato oli tupaten täynnä. Pohjoisneljännyksen ohra oli niin hyvää, että vuoden 1420 maltaista pantu olut muistettiin kauan ja siitä tuli lentävän lauseen aihe. Vielä sukupolvea myöhemmin saattoi kuulla vanhan ukon laskiessaan tuopin pöydälle hyvin ansaitun olutryypyn jälkeen huokaisevan: »Ah! Taisi olla aitoa neljätoistakakskymppistä!»

Sam asui aluksi Frodon kanssa Töllien luona, mutta kun Uusi reuna valmistui, hän muutti Ukon kanssa sinne. Muiden töittensä lisäksi hänellä riitti puuhaa Repunpään siivoamisen ja kunnostamisen ohjaamisessa, mutta usein hän oli myös etäällä Konnussa metsänhoitotöissä. Niin ollen hän ei ollut kotona maaliskuun alussa eikä tiennyt, että Frodo oli ollut sairas. Kolmantenatoista maaliskuuta isäntä Tölli tapasi Frodon vuoteesta ikään kuin puoliksi unessa puristamassa valkoista kiveä, joka riippui ketjussa hänen kaulassaan

»Se on poissa ainaiseksi», hän sanoi, »ja kaikki on nyt mustaa ja tyhjää.»

Mutta kohtaus meni ohi, ja kun Sam kahdentenakymmenentenäviidentenä palasi, Frodo oli toipunut eikä kertonut mitään itsestään. Sillä välin oli Repunpää saatu kuntoon, ja Merri ja Pippin toivat Krikkolosta kaikki vanhat huonekalut ja tavarat, niin että vanha kolo näytti jokseenkin samalta kuin aina ennenkin.

Kun kaikki viimein oli valmista, Frodo sanoi: »Koska muutat koloon minun kanssani, Sam?»

Sam näytti vaivautuneelta.

»Ei sinun mitenkään tarvitse heti tulla, jollet tahdo», sanoi Frodo. »Mutta Ukko on aivan lähellä ja leskirouva Rambli pitää hänestä hyvää huolta.»

»En minä sitä varten», sanoi Sam ja punastui korvannipukoita myöten.

»No mikä nyt?»

»Ruusaa minä vaan, Ruusa Tölliä», Sam sanoi. »Hän ei ilmeisesti ollenkaan pitänyt siitä, että minä lähdin ulkomaihin, tyttöressu, mutta kun minä en ollut puhunut mitään, hän ei voinut sanoa sitä. Enkä minä ollut voinut puhua, kun minun piti ensin hoitaa tehtäväni. Mutta nyt on tullut puhuttua, ja hän sanoo: 'No, sinä olet hukannut jo vuoden, mitä tässä odotellaan?' 'Vai hukannut!' sanoin minä. 'En minä ihan noin sanoisi.' Mutta kyllä minä käsitän, mitä hän tarkoittaa. Minusta tuntuu, että minä repeän kahtaalle, jos niin voi sanoa.»

»Vai niin», sanoi Frodo, »sinä tahdot siis mennä avioon, mutta tahtoisit kuitenkin asua minun kanssani Repunpäässä. Se on helppo järjestää, Sam-kulta! Vietä häitä mitä pikimmin ja muuta Repunpäähän Ruusan kanssa. Repunpäässä on tilaa vaikka kuinka isolle perheelle.»

Niin asia sovittiin. Sam Gamgi nai Ruusa Töllin keväällä 1420 (joka oli kuuluisa myös häistään) ja he muuttivat asumaan Repunpäähän. Ja joskin Sam piti itseään onnenpoikana, Frodo tiesi, että häntä oli onnestanut vielä enemmän, sillä koko Konnussa ei ollut hobittia, josta olisi pidetty yhtä hyvää huolta. Kun korjaussuunnitelmat oli tehty ja työt saatu alkuun, hän alkoi viettää hiljaista elämää, kirjoitteli paljon ja kävi läpi muistiinpanojaan. Hän erosi sijaispormestarin virasta keskikesän vapaamarkkinoilla, ja vanha kunnon Vili Valkojalka isännöi juhlapäivällisillä vielä seitsemän vuotta.

Merri ja Pippin asuivat jonkin aikaa yhdessä Krikkolossa, ja Bukinmaan ja Repunpään välillä kävi vilkas liikenne. Kaksi nuorta Maanmatkaajaa tekivät Konnussa valtavan vaikutuksen lauluillaan ja tarinoillaan ja koreilla vaatteillaan ja loistavilla kutsuillaan. »Ylhäisiksi» heitä kutsuttiin ja pelkästään hyvässä mielessä, sillä sydäntä lämmitti nähdä heidän ratsastavan kirkkaine rautapaitoineen, loistavine kilpineen, nauraen, laulaen kaukaisista maista, ja vaikka he olivat suuria ja mahtavia, muuten he olivat aivan entisellään, elleivät entistäkin kaunopuheisempia, mukavampia ja iloisempia.

Frodo ja Sam alkoivat puolestaan käyttää tavallisia vaatteita, mutta tarpeen tullen he ottivat kumpikin esiin pitkän harmaan kauniisti kudotun kaavun joka kaulalta kiinnitettiin hienolla soljella, ja herra Frodolla oli aina kaulassaan ketjun varassa valkea kivi, jota hän usein sormeili.

Kaikki sujui hyvin ja toivo lupasi parempaa tulevaksi, ja Samilla oli kädet niin täynnä työtä ja sydän niin täynnä iloa kuin toivoa saattoi. Elämän ihanuutta ei koko vuonna himmentänyt muu kuin epämääräinen huoli isännästä. Frodo vetäytyi pikkuhiljaa syrjään kaikista Konnun puuhista, ja Samin teki pahaa nähdä, miten vähän arvonantoa hän sai omassa maassaan. Harvat tiesivät tai tahtoivat tietää hänen seikkailuistaan, ihailu ja kunnioitus kohdistui enimmäkseen herra Meriadociin ja herra Peregriniin ja (mitä Sam ei tiennyt) Samiin. Syksyllä ilmaantui vielä vanhojen vaivojen varjo.

Eräänä iltana Samin tullessa työhuoneeseen hän huomasi isäntänsä näyttävän kovin oudolta. Hän oli aivan kalpea ja silmät tuntuivat katsovan jonnekin kauas.

»Mikä hätänä, Frodo-herra?» kysyi Sam.

»Olen saanut haavoja», vastasi Frodo, »eivätkä ne haavat koskaan kunnolla parane.»

Mutta sitten hän nousi ja kohtaus tuntui menevän ohi, ja seuraavana päivänä hän oli taas oma itsensä. Vasta myöhemmin Sam muisti, että päivä oli ollut lokakuun kuudes. Kaksi vuotta oli kulunut notkossa Viimapään kupeessa vietetystä synkästä yöstä.

Aika kului, tuli vuosi 1421. Frodo oli taas sairas maaliskuussa, mutta suurin ponnistuksin hän peitti vaivansa, sillä Samilla oli muuta ajattelemista. Samin ja Ruusan ensimmäinen lapsi syntyi maaliskuun kahdentenakymmenentenäviidentenä, jota Sam piti merkillisenä sattumana.

»Frodo-herra», hän sanoi. »Minä olen vähän pulassa. Ruusa ja minä olimme päättäneet antaa sille nimeksi Frodo, jos sopii, mutta se onkin tyttö. Ja onkin niin soma tyttölapsi kuin toivoa saattaa, tulee onneksi enemmän Ruusaan kuin minuun. Ja nyt me ei tiedetä mitä tehdä.»

»Hyvä Sam», sanoi Frodo, »mitä vikaa on vanhoissa tavoissa? Kukan nimestä Ruusakin alun perin tulee. Puolella Konnun tyttölapsista on jonkin kukan nimi, ja mikä sen mukavampaa.»

»Niin kai se on, Frodo-herra», Sam sanoi. »Minä olen matkoillani kuullut hurjan kauniita nimiä, mutta ne taitavat olla vähän liian hienoja arkikäyttöön. Ukko sanoo: 'Antakaa lyhyt nimi, niin ettei sitä tarvitse sitten käytössä lyhentää.' Mutta jos se on kukan nimi, niin en minä pituudesta piittaa, koska sen täytyy olla kaunis kukka, kun minusta se nimittäin on kaunis lapsi ja siitä tulee vielä kauniimpi.»

Frodo tuumi hetken. »Miten olisi *elanor*, auringontähti, muistathan sen pienen kultaisen kukan, jota kasvoi Lothlórienin nurmikossa?»

»Taas te olette oikeassa, Frodo-herra!» sanoi Sam ilahtuneena. »Sopii kuin nakutettu.»

Pikku Elanor oli vajaan puolen vuoden ikäinen, ja vuosi 1421 oli kääntynyt syksyyn, kun Frodo kutsui Samin työhuoneeseen.

»Torstaina on Bilbon syntymäpäivä», hän sanoi. »Hän ohittaa Vanhan Tukin. Hän täyttää satakolmekymmentäyksi!»

»Niin täyttää!» sanoi Sam. »Hän on uskomaton.»

»Voisitko käydä Ruusalta kysymässä, päästäisikö hän sinut väheksi aikaa, niin että me voisimme lähteä yhdessä. Sinä et tietenkään nykyään voi lähteä kauas etkä pitkäksi aikaa», hän sanoi hiukan haikeasti.

»En oikein, Frodo-herra.»

»Et tietenkään. Mutta vähät siitä. Sinä voit saattaa minua. Sano Ruusalle, että et viivy kauan, korkeintaan kaksi viikkoa, ja että tulet kyllä turvallisesti kotiin.»

»Voi kun voisin tulla koko matkan Rivendelliin ja tavata Bilbo-herran!» Sam sanoi. »Enkä minä kuitenkaan tahdo tosissani olla missään muualla kuin täällä. Minua vetää kahtaalle.»

»Voi Sam! Siltä se taitaa tuntua», Frodo sanoi. »Mutta sinä paranet. Sinun kuuluu olla ehjä ja kokonainen, ja pian oletkin.»

Seuraavina päivinä Frodo kävi paperinsa ja kirjoituksensa läpi Samin kanssa ja antoi hänelle avaimensa. Hänellä oli iso kirja, jossa oli sileät punaiset nahkakannet, suuret sivut olivat nyt täynnä kirjoitusta. Alussa monia sivuja peitti Bilbon ohut kiemurteleva käsiala, mutta suurin osa oli Frodon vakaata sujuvaa kynänjälkeä. Kirja oli jaettu lukuihin, mutta kahdeksaskymmenes luku oli kesken ja sen jälkeen jäi muutamia valkoisia lehtiä. Nimiösivulla oli useita otsikoita, jotka oli vedetty yli yksi toisensa perään. Tähän tapaan:

Päiväkirjani. Odottamaton matkani. Sinne ja takaisin. Ja mitä sitten tapahtui.

Viiden hobitin seikkailut. Suursormuksen tarina, laatinut Bilbo Reppuli omien huomioittensa ja ystäviensä kertomusten pohjalta. Mitä me teimme Sormuksen sodassa.

Tähän päättyi Bilbon käsiala ja Frodo oli kirjoittanut:

SORMUSTEN HERRAN TUHO
JA
KUNINKAAN PALUU

(Pikkuväen silmin; kontulaisten Bilbon ja Frodon muistelmat, täydennetty heidän ystäviensä kertomuksilla ja Viisaiden opetuksilla.)

Lisäksi otteita tarujen kirjoista, kääntänyt Bilbo Rivendellissä.

»Mutta tehän olette saanut sen melkein valmiiksi!» huudahti Sam. »Olette te siihen paneutunutkin, se täytyy myöntää.»

»Olen saanut oman osuuteni kokonaan valmiiksi, Sam», sanoi Frodo. »Viimeiset sivut ovat sinua varten.»

Syyskuun kahdentenakymmenentenäensimmäisenä he lähtivät. Frodo ratsasti ponilla, joka oli kantanut häntä koko matkan Minas Tirithistä saakka ja jonka nimi nykyään oli Konkari, Samilla oli rakas Bilinsä.

Aamu oli kaunis ja kullanhohteinen, eikä Sam kysynyt, mihin he olivat matkalla; hän arveli tietävänsä.

He lähtivät Rungon tietä kukkuloiden yli kohti Korvenperää ja antoivat ponien kävellä kaikessa rauhassa. He leiriytyivät Vihervaaroilla, ja syyskuun kahdentenakymmenentenätoisena he ratsastivat illan suussa puiden alle.

»Eikö tuo ole sama puu, jonka alla te piileksitte kun Musta ratsastaja ensimmäisen kerran näyttäytyi, Frodo-herra?» sanoi Sam osoittaen vasemmalle. »Ihan kuin se olisi ollut unta.»

Oli ilta, tähdet tuikkivat itäisellä taivaalla. He sivuuttivat lahon tammen ja kääntyivät mäkeä alas pähkinäpensaitten väliin. Sam oli vaiti, syvällä muistoissaan.

Sitten hän tajusi, että Frodo lauloi hiljaa itsekseen vanhaa patikkalaulua, mutta sanat eivät olleet aivan samat.

> *Yhä nurkan takana jossain lie*
> *jokin salainen portti tai uusi tie;*
> *usein vaikka ohitse kuljin vain,*
> *tulee viimein aika kun matkallain*
> *käyn piilopoluille samoten näin*
> *kuusta länteen, päivästä itään päin.*

Ja kuin vastaukseksi lauloivat äänet alhaalta, laaksossa kulkevalta tieltä:

> *A! Elbereth Gilthoniel!*
> *silivren penna míriel*
> *o menel aglar elenath,*
> *Gilthoniel, A! Elbereth!*
> *Me metsien katveissa muistamme,*
> *me asukkaat maan tämän kaukaisen,*
> *sinun tähtivalosi, kuinka se*
> *yli hohti läntisten merien.*

Frodo ja Sam pysähtyivät ja istuivat hiljaa lempeiden varjojen keskellä kunnes he näkivät matkalaisia ympäröivän hohteen.

Siinä oli Gildor ja paljon kaunista haltiakansaa, ja Samin ihmeeksi ratsastivat joukossa myös Elrond ja Galadriel. Elrondilla oli harmaa kaapu ja tähti otsalla ja hänen kädessään oli hopeaharppu ja sormessa kultainen sormus, jossa oli suuri sininen kivi – Vilya, mahtavin kaikista Kolmesta. Mutta Galadriel istui valkean ratsun selässä hohtavan valkeissa vaatteissa, jotka olivat kuin pilvet kuun ympärillä, sillä näytti kuin hänestä itsestään olisi hehkunut hempeää valoa. Hänen sormessaan oli Nenya, *mithrilistä* taottu sormus, jossa oli yksi hyisen tähden lailla välkkyvä kivi. Joukon loppupäässä ratsasti Bilbo pienellä harmaalla ponilla ja näytti nuokkuvan täydessä unessa.

Elrond tervehti heitä vakavasti ja juhlallisesti ja Galadriel hymyili heille. »No niin, mestari Samvais», hän sanoi. »Olen kuullut ja nähnyt, että olet käyttänyt lahjasi hyvin. Kontu on oleva nyt entistäkin siunatumpi ja rakkaampi.» Sam kumarsi, mutta ei osannut sanoa mitään. Hän oli unohtanut, miten kaunis valtiatar oli.

Silloin Bilbo heräsi ja avasi silmänsä. »Hei Frodo!» hän sanoi. »Minäpä olen tänään ohittanut Vanhan Tukin! Se asia on siis järjestyksessä. Ja nyt taidan olla valmis lähtemään uudelle matkalle. Tuletko mukaan?»

»Tulen, minä tulen», sanoi Frodo. »Sormuksen viejien tulee mennä yhdessä.»

»Minne te olette menossa?» huudahti Sam, vaikka nyt hän jo tajusi, mitä oli tapahtumassa.

»Satamiin, Sam», sanoi Frodo.

»Enkä minä voi tulla.»

»Et, Sam. Et ainakaan vielä, et Satamia edemmäksi. Mutta sinäkin olit Sormuksen viejä, vaikka vain hetken. Sinun aikasi saattaa vielä tulla. Älä sure liiaksi, Sam. Loputtomiin ei voi jakautua kahtaalle. Sinusta pitää tulla yksi ja kokonainen, moniksi vuosiksi. Sinulla on paljon nautittavaa ja elettävää ja tehtävää.»

»Mutta minä luulin», sanoi Sam ja kyyneleet kohosivat hänen silmiinsä, »minä luulin, että tekin nauttisitte Konnusta vuosikausia, kaiken sen jälkeen, mitä te olette tehnyt.»

»Niin luulin kerran minäkin. Mutta haavat ovat liian syvät. Minä yritin pelastaa Konnun, ja Kontu on pelastettu, mutta ei minua varten. Niin käy usein, Sam, kun vaara uhkaa: jonkun on luovuttava, menetettävä, että muut saisivat pitää. Mutta sinä olet minun perilliseni: kaiken mitä minulla on ollut tai olisi voinut olla, minä annan sinulle. Ja sinulla on myös Ruusa ja Elanor, ja Frodo-poika tulee aikanaan, ja Ruusa-tyttö, ja Merri ja Kultakutri ja Pippin ja ehkä enemmänkin kuin minä näen. Sinun käsiäsi ja järkeäsi tarvitaan kaikkialla. Sinusta tulee tietysti pormestari niin pitkäksi aikaa kun tahdot ja historian kuuluisin puutarhuri, ja sinä luet Punaisesta kirjasta tarinoita ja pidät elossa sen ajan muistoja, joka on mennyt, niin että hobitit muistavat Suuren vaaran ja rakastavat kallista maataan entistä enemmän. Ja siinä sinulla on tekemistä ja onnea tarpeeksi asti, niin pitkäksi aikaa kuin oma osasi Tarinassa jatkuu.

Tule, ratsasta kanssani!»

Silloin Elrond ja Galadriel karauttivat matkaan; sillä kolmas aika oli ohitse ja Sormusten päivät olivat menneet, ja noiden aikojen tarina ja laulu oli päättynyt. Heidän kanssaan oli suuri joukko Suuren suvun haltioita, jotka eivät enää tahtoneet jäädä Keski-Maahan, ja heidän mukanaan ratsastivat Sam ja Frodo ja Bilbo, täynnä surua, joka kuitenkin oli siunattu ja vailla katkeruutta, ja iloiten haltiat osoittivat heille kunnioitusta.

Vaikka he ratsastivat koko illan ja kaiken yötä Konnun läpi, kukaan muu ei nähnyt heidän kulkuaan kuin villit luontokappaleet, vain jokunen vaeltaja näki pimeässä kuun liikkuessa länttä kohti puiden alla vilahtavan hohteen, tai valon ja varjon liukuvan ruohikossa. Ja kun he olivat lähteneet Konnusta ja kulkeneet Valkovaarojen eteläpuolta, he saapuivat Kaukavaaroille ja Tornien luo ja näkivät kaukaisen Meren, ja niin he ratsastivat viimein alas Mithlondiin, Harmaisiin satamiin Lunin pitkään vuonoon.

Kun he pääsivät portille, tuli Círdan Laivanrakentaja heitä vastaan. Hän oli hyvin pitkä ja hänen partansa oli tuuhea ja hän oli vanha ja harmaa, mutta hänen silmänsä olivat kirkkaat kuin tähdet, ja hän katsoi heihin ja kumarsi ja sanoi: »Kaikki on nyt valmista.»

Sitten Círdan vei heidät satamaan ja siellä odotti valkea laiva, ja laiturilla heitä vartoi kokonaan valkoisiin pukeutunut hahmo suuren harmaan hevosen vierellä. Kun Gandalf kääntyi ja tuli heitä kohti, Frodo näki että hänellä oli nyt avoimesti sormessaan Kolmas sormus, Suuri Narya, ja sen kivi oli punainen kuin tuli. Silloin ne, joiden piti lähteä, iloitsivat, sillä he tiesivät, että Gandalf tulisi laivaan heidän kanssaan.

Mutta Samin sydän oli murheellinen ja hänestä tuntui, että katkeran eron jälkeen olisi yksinäinen kotimatka vielä sitäkin surullisempi. Mutta heidän siinä seistessään, kun haltiat jo siirtyivät laivaan, ratsastivat paikalle Merri ja Pippin kovalla kiireellä. Ja kyyneltensä lävitse Pippin nauroi.

»Frodo, sinä olet kerran ennenkin yrittänyt livahtaa ja epäonnistunut», hän sanoi. »Nyt sinä olit vähällä onnistua, mutta et sentään. Tällä kertaa ei Sam paljastanut sinua, vaan itse Gandalf!»

»Totta», sanoi Gandalf, »sillä on parempi kolmen ratsastaa yhdessä kotiin kuin yhden yksin. Tässä viimein, hyvät ystävät, Meren rannalla, päättyy liittomme Keski-Maassa. Menkää rauhaan! En sano: älkää itkekö, sillä kaikki kyyneleet eivät ole pahasta.»

Sitten Frodo suuteli Merriä ja Pippiniä ja kaikkein viimeksi Samia ja meni laivaan; ja purjeet nostettiin ja tuuli puhalsi ja hitaasti laiva liukui ulos pitkästä harmaasta vuonosta; ja Galadrielin lasi, joka Frodolla oli mukanaan, välähti ja katosi. Ja laiva purjehti Suurelle merelle ja Länteen kunnes eräänä sateisena yönä Frodo tunsi viimein ilmassa suloisen tuoksun ja kuuli veden yli kantautuvaa laulua. Ja silloin oli kuin hänen unessaan Bombadilin talossa: harmaa sadeverho muuttui hopeaksi ja lasiksi ja vetäytyi pois, ja auringon ponnahtaessa taivaalle hän näki valkeat rannat ja niiden takana kaukaisen vihreän maan.

Mutta satamassa seisovan Samin ilta pimeni pimenemistään, ja katsoessaan harmaalle merelle hän näki vesien päällä varjon, joka pian katosi länteen. Hän seisoi siinä myöhään yöhön kuullen vain aaltojen kuiskeen ja huokailun Keski-Maan rannoilla ja tuo ääni painui syvälle hänen sydämeensä. Hänen rinnallaan seisoivat Merri ja Pippin, vaiti.

Viimein kolme kumppanusta kääntyivät pois ja katsomatta taakseen he ratsastivat hitaasti kotia kohti; eivätkä he puhuneet mitään toinen toisilleen ennen kuin he tulivat Kontuun, mutta kullakin oli suurta lohtua ystävistään pitkällä harmaalla matkalla.

Viimein he ratsastivat vaarojen yli ja saapuivat Idäntielle, ja Merri ja Pippin ratsastivat Bukinmaahan, ja he lauloivat jo mennessään. Mutta Sam kääntyi Virranvarteen ja palasi Kukkulalle illan taas kerran hämärtyessä. Ja hän jatkoi kulkuaan ja näki keltaisen valon ja takkatulen, ja ilta-ateria oli katettu ja häntä odotettiin. Ja Ruusa veti hänet sisään ja istutti hänet tuoliin ja pani pikku Elanorin hänen syliinsä.

Sam henkäisi syvään. »Kotona ollaan», hän sanoi.

Valkoinen puu ja tähdet

LIITE A

ANNAALIT KUNINKAISTA JA HALLITSIJOISTA

Seuraavien liitteiden lähteistä – erityisesti A:sta D:hen – kerrotaan prologin lopussa olevassa huomautuksessa. Osa A III, *Durinin kansa*, perustunee kääpiö Gimlin antamiin tietoihin; hänen ystävyytensä Peregriniin ja Meriadociin säilyi ja hän tapasi heidät monta kertaa Gondorissa ja Rohanissa.

Lähteissä olevat legendat, tarinat ja tarut ovat hyvin laajoja. Tässä esitetään niistä vain valikoima, ja monin paikoin huomattavasti lyhennettynä. Niiden pääasiallisena tarkoituksena on valaista ennen muuta Sormuksen sotaa ja sen taustaa, sekä täyttää muutama tarinaan jäänyt aukko. Bilbon kiinnostuksen pääkohteet, ensiajan muinaiset legendat, jäävät lyhyelle maininnalle, sillä ne käsittelevät enimmäkseen Elrondin esiisiä, númenorilaisia kuninkaita ja sotapäälliköitä. Suorat sitaatit pitemmistä annaaleista ja tarinoista on pantu lainausmerkkeihin. Myöhempinä aikoina tehdyt lisäykset ovat hakasuluissa. Lainausmerkeissä olevia jaksoja koskevat viitteet löytyvät lähteistä, muut ovat alkuperäislaitoksen toimittajan.[1]

Päiväykset viittaavat kolmanteen aikaan, milloin niissä ei ole merkintää ta. (toinen aika) tai na. (neljäs aika). Kolmannen ajan katsottiin päättyneen Kolmen sormuksen lähtöön syyskuussa 3021, mutta ajanlaskun yksinkertaistamiseksi vuosi 1 na. alkoi Gondorissa maaliskuun kahdentenakymmenentenäviidentenä vuonna 3021.[2] Gondorin ja Konnun ajanlaskun vertailusta katso osa I 8 sekä III 946. Milloin luettelossa mainitaan vain yksi vuosiluku kuninkaan tai hallitsijan nimen jäljessä, vuosi on kuolinvuosi. Merkki † ilmoittaa, että kuolema on ollut ennenaikainen, taistelussa tai vastaavissa olosuhteissa sattunut, vaikka kyseisten tapahtumien annaalia ei aina ole liitetty mukaan.

I

NÚMENORILAISET KUNINKAAT

I

NÚMENOR

Eldarista suurin tiedoissa ja taidoissa oli Fëanor, mutta myös ylpein ja omapäisin. Hän laati Kolme jalokiveä, *Silmarilli*, ja täytti ne Kahden puun säteilyllä, Telperionin ja Laurelinin,[3] jotka antoivat valon *valarin* maalle. Morgoth Vihollinen himoitsi Kiviä ja varasti ne, ja tuhottuaan Puut hän vei ne Keski-Maahan ja vartioi niitä suuressa linnoituksessaan Thangorodrimissa.[4] Vastoin *valarin* tahtoa Fëanor hylkäsi Siunatun valtakunnan ja lähti maanpakoon Keski-Maahan ja vei mukanaan suuren osan kansastaan; sillä ylpeydessään hän aikoi riistää Kivet Morgothilta väkivalloin. Sen jälkeen seurasi

---

1 Viittauksissa *Taruun Sormusten herrasta* on ilmoitettu tämän laitoksen osan ja sivun numero, viittauksissa *Hobittiin* vuoden 2020 laitoksen sivun numero.
2 III 811.
3 I 209–210, II 510, III 828. Mitään Laurelin Kultaisen tapaista puuta ei Keski-Maassa kasvanut.
4 I 208, II 606.

eldarin ja *edainin* toivoton taistelu Thangorodrimin linnoitusta vastaan, ja heidät lyötiin viimein perin pohjin. *Edain (atani)* olivat kolme ihmisten kansaa, jotka ensimmäisinä olivat tulleet läntiseen Keski-Maahan ja Suuren meren rannoille, ja heistä tuli *eldarin* liittolaisia taistelussa Vihollista vastaan.

Eldarin ja *edainin* välille solmittiin kolme liittoa: Lúthien ja Beren; Idril ja Tuor; Arwen ja Aragorn. Viimeisen kautta kauan erossa olleet puolhaltioiden haarat yhdistyivät jälleen ja suku vahvistui.

Lúthien Tinúviel oli ensiajalla eläneen Doriathin kuninkaan Thingol Harmaatakin tytär, mutta hänen äitinsä oli Melian, *valarin* kansaa. Beren oli Barahirin poika *edainin* ensimmäistä huonetta. Yhdessä he väänsivät irti yhden *silmarilin* Morgothin rautakruunusta.[1] Lúthienista tuli kuolevainen ja haltiakansa menetti hänet. Hänen poikansa oli Dior. Tämän tytär oli Elwing ja hänellä oli *silmaril* hallussaan.

Idril Celebrindal oli Gondolinin[2] salatun kaupungin kuninkaan Turgonin tytär. Tuor oli Huorin poika Hadorin huonetta, joka oli *edainin* kolmas huone, ja niitti eniten mainetta sodissa Morgothia vastaan. Eärendil Merenkävijä oli heidän poikansa.

Eärendil otti puolisokseen Elwingin ja *silmarilin* voimalla hän kulki Varjojen[3] lävitse ja saapui Lännen ääreen ja puhuttuaan sekä ihmisten että haltioiden lähettiläänä hän sai avun, jolla Morgoth kukistettiin. Eärendilin ei sallittu palata kuolevaisten maille, ja hänen laivansa, joka kantoi *silmarilia*, asetettiin taivaisiin tähdeksi purjehtimaan, toivon merkiksi Suuren vihollisen tai hänen palvelijoittensa ikeen alla huokaaville Keski-Maan asukkaille.[4] Yksin *silmarilli* säilyttivät Valinorin Kahden puun muinaisen valon ajalta ennen kuin Morgoth myrkytti ne; mutta muut kaksi katosivat ensiajan lopussa. Näistä seikoista ja paljosta muustakin ihmisiä ja haltioita koskevasta sisältyy *Silmarillioniin* tarkka kuvaus.

Eärendilin pojat olivat Elros ja Elrond, ja he olivat puolhaltioita, *peredhil*. Heissä yksin säilyi ensiajan *edainin* suurten sotapäälliköiden suku; ja Gil-galadin[5] kukistumisen jälkeen suurhaltioiden kuninkaitten sukua edustivat Keski-Maassakin vain heidän jälkeläisensä.

Ensiajan lopussa *valar* vaativat puolhaltioilta peruuttamatonta päätöstä siitä kumpaan sukukuntaan he tahtoivat kuulua. Elrond valitsi haltiat ja hänestä tuli tiedon mestari. Sen tähden hänelle oli taattu sama armo kuin muille yhä Keski-Maassa asustaville suurhaltioille: kun he viimein väsyisivät kuolevaisiin maihin, he saattaisivat purjehtia laivalla Harmaista satamista Lännen ääreen; ja tämä armo oli yhä voimassa maailman muuttumisen jälkeen. Mutta Elrondin lapsilta vaadittiin myös valintaa: lähteä hänen kanssaan maan piiristä, tai, jos jäivät, muuttua kuolevaisiksi ja kuolla Keski-Maassa. Sen tähden, kävi Sormuksen sodassa niin tai näin, se tiesi surua Elrondille.[6]

Elros valitsi ihmisen osan ja jäi *edainin* luo, mutta hän sai moninkertaisesti pitemmän elämän kuin vähäisemmät miehet.

Palkinnoksi *edainille* heidän kärsimyksistään Morgothia vastaan käydyssä taistelussa antoivat *valar*, Maailman vartijat, heille asuttavaksi maan, jonne Keski-Maan vaarat eivät ulottuneet. Sen tähden heistä suurin osa purjehti Meren yli ja saapui Eärendilin tähden johdolla Elennan suurelle saarelle, joka on läntisin kaikista Kuolevaisista maista. Sinne he perustivat Númenorin valtakunnan.

---

1 I 167, II 606.
2 *Hobitti* 62, *Taru* I 270.
3 I 199–202.
4 I 309–312, II 606, 614, III 780, 786.
5 I 49, 208.
6 III 830–831, 833.

Saaren keskellä kohosi suuri vuori, Meneltarma, ja sen huipulta saattoivat kauas näkevät erottaa *eldarin* sataman valkoisen tornin itse Eressëassa. Sieltä *eldaria* saapui *edainin* luo ja jakoi heille paljon viisautta ja lahjoja; mutta yksi käsky oli númenorilaisille asetettu, *Valarin* panna: heitä oli kielletty purjehtimasta länteen omien rajojensa näköpiiristä tai astumasta jalallaan Kuolemattomille maille. Sillä vaikka heille oli annettu pitkä elämänkaari, joka alkuaan oli kolmasti vähäisempien ihmisten elinaikaa pitempi, pysyivät he yhä kuolevaisina, sillä *valarilla* ei ollut lupaa ottaa heiltä pois Ihmisten lahjaa (eli Ihmisten kohtaloa, kuten sitä myöhemmin alettiin kutsua).

Elros oli Númenorin ensimmäinen kuningas ja jälkeenpäin hänet tunnettiin suurhaltianimellä Tar-Minyatur. Hänen jälkeläisensä olivat pitkäikäisiä mutta kuolevaisia. Kun he myöhemmin kasvoivat mahtaviksi, harmittelivat he esi-isäinsä valintaa ja himoitsivat kuolemattomuutta maailmassa, *eldarin* osaa, ja nurisivat pannaa vastaan. Näin alkoi heidän kapinansa, joka Sauronin pahojen opetusten vaikutuksesta matkaan saattoi Númenorin tuhon ja muinaisen maailman katoamisen niin kuin *Akallabêthissa* kerrotaan.

Númenorin kuninkaitten ja kuningattarien nimet olivat: Elros Tar-Minyatur, Vardamir, Tar-Amandil, Tar-Elendil, Tar-Meneldur, Tar-Aldarion, Tar-Ancalimë (ensimmäinen hallitseva kuningatar), Tar-Anárion, Tar-Súrion, Tar-Telperiën (toinen kuningatar), Tar-Minastir, Tar-Ciryatan, Tar-Atanamir Suuri, Tar-Ancalimon, Tar-Telemmaitë, Tar-Vanimeldë (kolmas kuningatar), Tar-Alcarin, Tar-Calmacil, Tar-Ardamin.

Ardaminin jälkeen vastaanottivat kuninkaat valtikan númenorilaisella (eli adûnaicinkielisellä) nimellä: Ar-Adûnakhôr, Ar-Zimrathôn, Ar-Sakalthôr, Ar-Gimilzôr, Ar-Inziladûn. Inziladûn katui kuninkaitten tapaa ja otti nimekseen Tar-Palantir, »Kauasnäkevä». Hänen tyttärensä olisi pitänyt olla neljäs kuningatar, Tar-Míriel, mutta kuninkaan veljenpoika anasti valtikan ja hänestä tuli Ar-Pharazôn Kultainen, númenorilaisten viimeinen kuningas.

Tar-Elendilin aikaan palasivat ensimmäiset númenorilaisten laivat Keski-Maahan. Hänen vanhempi lapsensa oli tytär, Silmariën. Tämän poika oli Valandil, ensimmäinen lännen Andúniën ruhtinaista, jotka tunnetaan ystävyydestään *eldarin* kanssa. Hänestä polveutui Amandil, ruhtinaista viimeinen, ja hänen poikansa oli Elendil Pitkä.

Kuudennella kuninkaalla oli vain yksi lapsi, tytär. Hänestä tuli ensimmäinen kuningatar; sillä silloin säädettiin kuningashuoneeseen laki että kuninkaan vanhin lapsi, mies eli nainen, vastaanottaisi valtikan.

Númenorin valtakunta kesti toisen ajan loppuun ja kaiken aikaa kasvoi sen mahti ja loisto; ja tuon ajan puolenvälin taitteeseen saakka lisääntyi myös viisaus ja ilo. Ensimmäinen merkki varjosta, joka heidän päälleen oli tuleva, ilmestyi Tar-Minastirin, yhdennentoista kuninkaan aikana. Juuri hän lähetti suuren sotajoukon Gil-galadin avuksi. Hän rakasti *eldaria* mutta kadehti heitä. Númenorilaisista oli tullut mahtavia merenkävijöitä, ja he tutkivat kaikki itäiset meret; ja he alkoivat haikailla Länteen ja kielletyille vesille, ja mitä enemmän iloa heidän elämässään oli, sitä enemmän he alkoivat toivoa itselleen *eldarin* kuolemattomuutta.

Ja Minastirin jälkeiset kuninkaat alkoivat ahnehtia valtaa ja rikkautta. Alun alkaen númenorilaiset olivat tulleet Keski-Maahan opettajiksi ja ystäviksi vähäisemmille ihmisille, jotka elivät Sauronin vallan alla; mutta nyt muuttuivat heidän satamansa linnoituksiksi ja laajat rannikkoseudut joutuivat niiden alamaisuuteen. Atanamir ja hänen seuraajansa kantoivat raskasta veroa ja laivat palasivat Númenoriin saalista kukkuroillaan.

Tar-Atanamir ensimmäisenä puhui avoimesti Pannaa vastaan ja julisti, että hänelle oikeuden mukaan olisi kuulunut *eldarin* elämä. Näin syveni varjo, ja kuoleman ajatus synkensi ihmisten sydämen. Silloin númenorilaiset jakaantuivat kahtia: olivat kuninkaat sekä ne, jotka seurasivat heitä ja vieraantuivat *eldarista* ja *valarista*; ja olivat ne harvat, jotka kutsuivat itseään nimellä Uskolliset. Nämä asuivat enimmäkseen maan länsiosassa.

Kuninkaat ja heidän seuraajansa hylkäsivät vähitellen eldarilaisten kielten käytön ja viimein otti kahdeskymmenes kuningas númenorilaisen nimen ja kutsui itseään Ar-Adûnakhôriksi, »Lännen valtiaaksi». Uskollisten silmissä tämä oli huono enne, sillä tähän saakka tuo nimi oli kuulunut vain *valarille* tai itselleen Esikuninkaalle.[1] Ja niin tapahtui että Ar-Adûnakhôr alkoi vainota Uskollisia ja rankaisi niitä, jotka avoimesti käyttivät haltiakieltä; eivätkä *eldar* enää tulleet Númenoriin.

Ja númenorilaisten mahti ja rikkaus kasvoi kasvamistaan; mutta heidän elinvuotensa lyhenivät ja kuolemanpelkonsa kasvoi ja ilo kaikkosi. Tar-Palantir yritti korjata sen mitä oli tehty; mutta oli liian myöhäistä, ja Númenorissa syttyi kapina ja riita. Kun hän kuoli, hänen veljenpoikansa, kapinan johtaja, anasti valtikan ja hänestä tuli kuningas Ar-Pharazôn. Ar-Pharazôn Kultainen oli ylpein ja mahtavin kaikista kuninkaista eikä hän vähempää himoinnut kuin maailman kuninkuutta.

Hän päätti käydä Sauron Suuren kanssa taisteluun Keski-Maan yliherruudesta, ja viimein hän lähti itse purjehtimaan suurella laivastolla ja ankkuroi Umbariin. Niin suuri oli númenorilaisten mahti ja loisto, että Sauronin omat palvelijat hylkäsivät hänet; ja Sauron nöyryytti itsensä, osoitti kunnioitusta ja anoi anteeksiantoa. Silloin Ar-Pharazôn ylpeytensä sokaisemana vei hänet vangiksi Númenoriin. Ei kestänyt kauan kun Sauron oli saanut kuninkaan pauloihinsa ja hänestä oli tullut kuninkaan neuvonantaja; ja kohta hän käänsi koko Númenorin sydämen takaisin pimeyteen paitsi niiden joita Uskollisista oli jäänyt jäljelle.

Ja Sauron valehteli kuninkaalle ja väitti, että se, jolla oli hallussaan Kuolemattomat maat, saisi ikuisen elämän, ja että Panna oli asetettu vain, jotta ihmisten kuninkaat eivät kävisi *valarin* ylitse. »Mutta suuret kuninkaat ottavat sen, mikä heille kuuluu», hän sanoi.

Viimein Ar-Pharazôn kallisti korvansa hänen puheilleen, sillä hän tunsi elinpäiviensä hupenevan ja kuolemanpelko tylsisti hänen mielensä. Silloin hän varusti mahtavammat sotavoimat kuin maailma oli milloinkaan nähnyt, ja kun kaikki oli valmista, hän soitatti torvia ja nosti purjeet; ja hän rikkoi *Valarin* pannan ja lähti sotaan riistääkseen iankaikkisen elämän Lännen valtiailta. Mutta kun Ar-Pharazôn astui jalallaan Siunatun Amanin rannalle, hylkäsivät *valar* vartiotehtävänsä ja kutsuivat Yhtä, ja maailma muuttui. Númenor tuhoutui ja Meri nielaisi sen ja Kuolemattomat maat vedettiin ikuisiksi ajoiksi pois maailman piireistä. Niin päättyi Númenorin kukoistus.

Uskollisten viimeiset johtajat, Elendil ja hänen poikansa, pakenivat tuhoa yhdeksällä laivalla ja heillä oli mukanaan Nimlothin vesa ja Seitsemän näkykiveä (jotka *eldar* olivat heidät huoneelleen lahjoittaneet);[2] ja suuren myrskyn siivin he kiitivät itään ja paiskautuivat Keski-Maan rannoille. Ja sen luoteisosaan he perustivat Númenorin maanpakolaisvaltakunnat, Arnorin ja Gondorin.[3] Elendilistä tuli korkea kuningas ja hän asui pohjoisessa Annúminasissa; ja etelän hallitsemisen hän antoi pojilleen Isildurille ja Anárionille. Sinne Minas Ithilin ja Minas Anorin väliin he perustivat Osgiliathin[4] lähelle Mordorin rajoja. Sillä sen hyvän he uskoivat pahasta tulleen, että Sauron oli myös tuhoutunut.

Mutta niin ei ollut. Sauron oli tosiaan Númenorissa kun se tuhoutui, ja hänen ruumiillinen hahmonsa, jossa hän oli jo kauan asunut, tuhoutui; mutta hän pakeni takaisin Keski-Maahan, vihan henkenä, jota synkkä tuuli kantoi. Hän ei enää sen jälkeen voinut ottaa muotoa, joka olisi ollut kaunis ihmisten silmissä, vaan hänestä tuli musta ja kauhea ja sen jälkeen oli hänen voimansa yksin julmuudessa. Hän palasi takaisin Mor-

---

1 I 201.
2 II 509, III 828.
3 I 208.
4 I 209.

doriin ja piileksi siellä aikansa kaikessa hiljaisuudessa. Mutta hänen vihansa oli suuri, kun hänelle valkeni että Elendil, jota hän eniten vihasi, oli päässyt häneltä pakoon ja hallitsi valtakuntaa hänen rajoillaan.

Sen tähden hän joidenkin aikojen kuluttua kävi sotaan maanpakolaisia vastaan ennen kuin he ehtisivät juurtua. Taas kerran puhkesi Orodruin palamaan ja Gondorissa se sai uuden nimen Amon Amarth, Tuomiovuori. Mutta Sauron iski ennen aikojaan, ennen kuin hänen voimansa oli uudesti rakentunut, ja Gil-galadin voima oli kasvanut hänen poissaollessaan; ja Viimeinen liitto solmittiin häntä vastaan ja hänet lyötiin ja Sormusten sormus otettiin häneltä.[1] Niin päättyi toinen aika.

2
MAANPAON VALTAKUNNAT
Pohjoinen haara
Isildurin perijät

Arnor: Elendil † ta. 3441, Isildur † 2, Valandil 249,[2] Eldacar 339, Arantar 435, Tarcil 515, Tarondor 602, Valandur † 652, Elendur 777, Eärendur 861.

Arthedain: Fornostin Amlaith[3] (Eärendurin vanhin poika) 946, Beleg 1029, Mallor 1110, Celepharn 1191, Celebrindor 1272, Malvegil 1349,[4] Argeleb I † 1356, Arveleg I 1409, Araphor 1589, Argeleb II 1670, Arvegil 1743, Arveleg II 1813, Araval 1891, Araphant 1964, Arvedui Viimekuningas † 1975. Pohjois-Valtakunnan loppu.

Päämiehet: Aranarth (Arveduin vanhin poika) 2106, Arahael 2177, Aranuir 2247, Aravir 2319, Aragorn I † 2327, Araglas 2455, Arahad I 2523, Aragost 2588, Aravorn 2654, Arahad II 2719, Arassuil 2784, Arathorn I † 2848, Argonui 2912, Arador † 2930, Arathorn II † 2933, Aragorn II na. 120.

Eteläinen haara
Anárionin perijät

Gondorin kuninkaat: Elendil, (Isildur ja) Anárion † ta. 3440, Meneldil Anárionin poika 158, Cemendur 238, Eärendil 324, Anardil 411, Ostoher 492, Rómendacil I (Tarostar) † 541, Turambar 667, Atanatar I 748, Siriondil 830. Sitten neljä »laivakuningasta»:

Tarannon Falastur 913. Tarannon oli ensimmäinen lapseton kuningas ja häntä seurasi valtaistuimelle hänen veljensä Tarciryanin poika. Eärnil I † 936, Ciryandil † 1015, Hyarmendacil I (Ciryaher) 1149. Gondor saavutti nyt mahtinsa huipun.

Atanatar II Alcarin »Loistava» 1226, Narmacil I 1294. Narmacil oli toinen lapseton kuningas ja häntä seurasi valtaistuimelle hänen nuorempi veljensä. Calmacil 1304, Minalcar (sijaishallitsija 1240–1304), kruunattu nimellä Rómendacil II 1304, kuoli 1366, Valacar 1432. Valacarin aikana alkoi Gondorin ensimmäinen vitsaus, Sukuriita.

Eldacar Valacarin poika (aluksi nimeltään Vinitharya) syöstiin valtaistuimelta 1437. Castamir Anastaja † 1447. Eldacar palasi valtaan, kuoli 1490.

Aldamir (Eldacarin toinen poika) † 1540, Hyarmendacil II (Vinyarion) 1621, Minardil † 1634, Telemnar † 1636. Telemnar ja kaikki hänen lapsensa kuolivat rut-

---

1 I 208.
2 Valandil oli Isildurin neljäs poika, syntynyt Imladrisissa. Hänen veljensä saivat surmansa Kurjen-miekkakentillä.
3 Eärendurin jälkeen eivät kuninkaat enää ottaneet suurhaltiakielistä nimeä.
4 Malvegilin jälkeen Fornostin kuninkaat julistautuivat jälleen koko Arnorin valtiaiksi ja liittivät nimeensä etuliitteen *ar(a)-* tämän merkiksi.

toon; häntä seurasi valtaistuimelle hänen veljenpoikansa, Minastanin, Minardilin toisen pojan poika. Tarondor 1798, Telumehtar Umbardacil 1850, Narmacil II † 1856, Calimehtar 1936, Ondoher † 1944. Ondoher ja hänen kaksi poikaansa kaatuivat taistelussa. Vuoden kuluttua, vuonna 1945 kruunu annettiin voittoisalle sotapäällikölle Eärnilille Telumehtar Umbardacilin jälkeläiselle. Eärnil II 2043, Eärnur † 2050. Tähän päättyy kuninkaitten suku kunnes sen palautti valtaistuimelle Elessar Telcontar vuonna 3019. Tänä aikana valtakuntaa hallitsivat käskynhaltijat.

Gondorin käskynhaltijat: Húrinin huone: Pelendur 1998. Pelendur hallitsi vuoden Ondoherin tuhon jälkeen ja kehotti Gondoria hylkäämään Arveduin vaateen. Vorondil Metsästäjä 2029.[1] Mardil Voronwë »Luja», ensimmäinen hallitseva käskynhaltija. Hänen seuraajansa eivät enää käyttäneet suurhaltianimiä.

Hallitsevat käskynhaltijat: Mardil 2080, Eradan 2116, Herion 2148, Belegorn 2204, Húrin I 2244, Túrin I 2278, Hador 2395, Barahir 2412, Dior 2435, Denethor I 2477, Boromir 2489, Cirion 2567. Cirionin aikana tulivat *rohirrim* Calenardhoniin.

Hallas 2605, Húrin II 2628, Belecthor I 2655, Orodreth 2685, Ecthelion I 2698, Egalmoth 2743, Beren 2763, Beregond 2811, Belecthor II 2872, Thorondir 2882, Túrin II 2914, Turgon 2953, Ecthelion II 2984, Denethor II. Denethor oli viimeinen hallitseva käskynhaltija ja hänen jälkeensä vastaanotti viran hänen toinen poikansa Faramir, Emyn Arnenin ruhtinas, kuningas Elessarin käskynhaltija, 82 na.

3
ERIADOR, ARNOR JA ISILDURIN PERIJÄT

»Eriador oli ennen kaikkien Sumuvuorten ja Sinivuorten välisten maiden nimenä; etelässä sitä rajoittivat Harmaavirta ja Glanduin, joka siihen yhtyy Tharbadin yläpuolella.

Suurimmillaan Arnoriin kuului kaikki Eriador lukuun ottamatta Lunin takaisia alueita ja Harmaavirran ja Kohuveden itäpuolisia maita, joissa olivat Rivendell ja Paatsamala. Lunin takana oli haltiamaata, vihreää ja hiljaista, jonne ihmiset eivät menneet; mutta Sinivuorten itäpuolella asui ja asuu yhä kääpiöitä, ennen muuta Lunin lahden eteläpuolella olevilla alueilla, joissa heillä yhä on toimivia kaivoksia. Tästä syystä olivat kääpiöt tottuneet kulkemaan Suurta tietä itään, mitä he olivat tehneet pitkät vuodet jo ennen kuin me tulimme Kontuun. Harmaissa satamissa asui Círdan Laivanrakentaja ja jotkut sanovat, että hän asuu siellä yhä, aina siihen asti kunnes Viimeinen laiva purjehtii Länteen. Kuninkaitten aikana suurin osa haltioista, joita vielä viipyi Keski-Maassa, asui Círdanin kanssa tai Lindonin merellisillä mailla. Jos heitä enää on, on heitä hyvin vähän.»

Pohjois-Valtakunta ja dúnedain

Arnorissa oli kahdeksan korkeaa kuningasta Elendilin ja Isildurin jälkeen. Eärendurin jälkeen hänen poikiensa keskinäisten erimielisyyksien vuoksi valtakunta jaettiin kolmeen osaan. jotka olivat Arthedain, Rhudaur ja Cardolan. Arthedain sijaitsi luoteessa ja siihen kuuluivat Rankkivuon ja Lunin väliset maat sekä Suuren tien pohjoispuoliset seudut aina Viimavaaroille saakka. Rhudaur sijaitsi koillisessa Jättijänkien, Viimavaarojen ja Sumuvuorten välillä, mutta siihen kuului myös Nokka Maitokymin ja Kohuveden välissä Cardolan sijaitsi etelässä ja sen rajoina olivat Rankkivuo, Harmaavirta ja Suuri tie.

---

1   III 644. Rhûnin järven lähellä yhä elävän valkoisen villikarjan sanottiin legendan mukaan polveutuvan Arawin karjasta; Araw oli *valarin* metsämies, joka heistä ainoana saapui usein Keski-Maahan esiajoilla. *Oromë* on hänen nimensä suurhaltioiden kielellä (III 714).

Arthedainissa Isildurin suku jatkui ja se säilyi, mutta Cardolanissa ja Rhudaurissa suku pian sammui. Näiden kuningaskuntien välillä oli usein riitaisuuksia ja se edisti *dúnedainin* hupenemista. Tärkein riidanaihe oli kysymys Viimavaarojen ja lännessä Briin suunnalla olevien alueiden omistusoikeudesta. Niin Rhudaur kuin Cardolan himoitsivat itselleen Amon Sûlia (Viimapäätä), joka kohosi heidän valtakuntiensa rajalla; sillä Amon Sûlin tornissa oli pohjoisen tärkein *palantír*, ja molemmat muut olivat Arthedainin hallussa.

»Arthedainin Malvegilin hallituskauden alussa tuli paha Arnoriin. Sillä tuohon aikaan nousi Angmarin valtakunta pohjoisessa Jättijänkien takana. Se levittäytyi Vuorten kummallekin puolelle ja sinne kokoontui pahoja ihmisiä ja örkkejä ja muita ilkeitä olentoja. [Tuon maan valtias tunnettiin Noitakuninkaan nimellä, mutta vasta myöhemmin tuli tiedoksi, että hän oli sormusaaveiden johtaja, joka oli tullut pohjoiseen tuhotakseen Arnorin *dúnedainin*, perustaen toivonsa heidän hajaannukseensa, kun taas Gondor oli vahva.]«

Argelebin Malvegilin pojan aikana vaativat Arthedainin kuninkaat jälleen koko Arnorin herruutta, sillä muissa kuningaskunnissa ei enää ollut Isildurin jälkeläisiä. Rhudaur torjui vaateen. Siellä olivat *dúnedain* vähälukuiset ja vallan oli kaapannut vuorilaisten paha johtaja, joka oli salaa liitossa Angmarin kanssa. Sen tähden Argeleb linnoitti Viimavaarat;[1] mutta hän kaatui taistelussa Rhudauria ja Angmaria vastaan.

Arveleg Argelebin poika ajoi Cardolanin ja Lindonin avulla vihollisen pois Vaaroilta; ja monen vuoden ajan Arthedainilla ja Lindonilla oli rintama Viimavaaroilla, Suurella tiellä ja Maitokymin alajuoksulla. Kerrotaan että tänä aikana Rivendell oli saarroksissa.

Vuonna 1409 lähti Angmarista suuri sotajoukko, joka ylitti joen, tunkeutui Cardolaniin ja saartoi Viimapään. *Dúnedain* lyötiin ja Arveleg sai surmansa. Amon Sûlin torni poltettiin ja hävitettiin maan tasalle; mutta *palantír* onnistuttiin pelastamaan ja vetäytyjät veivät sen Fornostiin; Angmarille[2] alamaiset pahat ihmiset miehittivät Rhudaurin, ja sinne jääneet *dúnedain* joko surmattiin ja tai he pakenivat länteen. Cardolan hävitettiin. Araphor Arvelegin poika ei ollut vielä täysikasvuinen, mutta hän oli uljas nuorukainen ja Círdanin avulla hän torjui vihollisen niin että se ei päässyt Fornostiin eikä Pohjan ylängölle. Ne, joita uskollisista *dúnedainista* oli jäljellä Cardolanissa, taistelivat myös urhoollisesti Tyrn Gorthadissa (Hautakeroilla) ja osa etsi turvaa läheisestä metsästä.

Kerrotaan että joksikin aikaa Lindonista tulleet haltiat nujersivat Angmarin; ja että heitä oli tullut myös Rivendellistä, sillä Elrond oli tuottanut apua Vuorten takaa Lórienista. Tähän aikaan ne väkevät, jotka olivat asuneet Nokassa (Maitokymin ja Kohuveden välissä), pakenivat etelään ja länteen sotien vuoksi ja koska he pelkäsivät Angmaria ja koska Eriadorin maasto ja ilmasto huononivat ja kävivät epäystävällisiksi etenkin idässä. Osa palasi Erämaahan ja asui Kurjenmiekkajoen tuntumassa ja heistä tuli kalasteleva jokikansa.

Argeleb II:n aikaan tuli kaakosta rutto Eriadoriin ja suurin osa Cardolanin asukkaista tuhoutui, ennen muuta Minhiriathissa. Hobitit ja kaikki kansat kärsivät suuresti, mutta rutto heikkeni matkalla pohjoiseen, niin että Arthedainin pohjoisosissa sillä ei ollut paljon vaikutusta. Tällöin loppuivat Cardolanista *dúnedain* ja Angmarista ja Rhudaurista saapui pahoja henkiä hylättyihin kumpuihin asumaan.

»Kerrotaan että Tyrn Gorthadin kummut, millä nimellä Hautakeroja ennen vanhaan kutsuttiin, ovat hyvin vanhat, ja että maailmamme ensiajalla *edainin* esi-isät ovat rakentaneet niistä monet ennen kuin he ylittivät Sinivuoret ja menivät Beleriandiin, josta enää on jäljellä vain Lindon. Sen tähden *dúnedain* kunnioittivat noita keroja palattuaan; ja sinne haudattiin monet heidän kuninkaistaan. [On väitetty että hautakum-

---

1 I 159.
2 I 173.

puun, jossa Sormuksen viejä oli vankina, oli haudattu Cardolanin viimeinen prinssi, joka kaatui sodassa vuonna 1409.]»

»Vuonna 1974 nousi Angmarin valta taas, ja Noitakuningas kävi Arthedainin kimppuun ennen talven päättymistä. Hän sai haltuunsa Fornostin ja ajoi suurimman osan jäljelle jääneistä *dúnedainista* Lunin taa; näiden joukossa olivat kuninkaan pojat. Mutta kuningas Arvedui taisteli Pohjan ylängöllä viimeiseen saakka ja pakeni sitten pohjoiseen muutaman kaartilaisen kanssa; ja nopeilla hevosillaan he onnistuivat pääsemään pakoon.

Jonkin aikaa Arvedui piileskeli vanhojen kääpiökaivosten käytävissä lähellä Vuorten pohjoispäätä, mutta viimein nälkä ajoi hänet etsimään apua *lossothilta*, Forochelin lumi-ihmisiltä.[1] Hän tapasi näitä leiriytyneenä meren rantaan, mutta he eivät auttaneet kuningasta mielellään, sillä hänellä ei ollut, mitä antaa heille, paitsi jalokiviä, joita he eivät arvostaneet; ja he pelkäsivät Noitakuningasta, jonka he sanoivat pystyvän säätämään suojan ja pakkasen tahtonsa mukaan. Mutta osittain säälistä riutunutta kuningasta ja hänen miehiään kohtaan ja osittain pelosta heidän aseitaan kohtaan he antoivat heille vähän ruokaa ja rakensivat heille lumimajat. Siellä oli Arveduin pakko odottaa ja toivoa apua etelästä; sillä hänen hevosensa olivat tuhoutuneet.

Kun Círdan sai Aranarthilta Arveduin pojalta kuulla kuninkaan paosta pohjoiseen, hän lähetti heti laivan Forocheliin häntä hakemaan. Laiva saapui viimein perille purjehdittuaan päiväkausia, sillä vastaiset tuulet viivyttivät sitä, ja merenkävijät näkivät kaukaa pienen ajopuista tehdyn nuotion, jonka eksyneet olivat onnistuneet sytyttämään. Mutta talven ote heltisi tuona vuonna myöhään; ja vaikka oli jo maaliskuu, jäät olivat vasta lähdössä ja avovesi alkoi vasta kaukana selällä.

Kun lumi-ihmiset näkivät laivan, he hämmästyivät ja pelästyivät, sillä miesmuistiin ei ollut sellaista laivaa merellä nähty; mutta he olivat käyneet ystävällisemmiksi ja he vetivät kuninkaan ja muut eloonjääneet jään yli liukuvilla kulkuneuvoillaan niin pitkälle kuin uskalsivat. Näin saattoi laivasta laskettu vene tavoittaa heidät.

Mutta lumi-ihmisiä vaivasi levottomuus, sillä he sanoivat haistavansa tuulessa vaaran. Ja *lossothin* päällikkö sanoi Arveduille: 'Älä astu tähän merihirviöön! Jos merimiehillä on ruokaa, käske heidän tuoda sitä meille ja muuta mitä tarvitsemme, niin sinä voit olla täällä kunnes Noitakuningas lähtee kotiin. Sillä kesällä hänen voimansa vähenee; mutta nyt hänen hengityksensä on tappava ja hänen kylmä kätensä kurkottaa kauas.'

Mutta Arvedui ei ottanut neuvosta vaarin. Hän kiitti miestä ja heidän erotessaan hän antoi tälle sormuksensa ja sanoi: 'Tämä esine on arvokkaampi kuin sinä voit ymmärtää. Yksin ikänsä tähden. Mitään voimaa siinä ei ole, vain se arvo, jonka sille antavat ne, jotka rakastavat huonettani. Se ei auta sinua, mutta jos milloinkaan olet pulassa, heimoni lunastaa sen sinulta ja antaa kaikkea sitä mitä tarvitset!'[2]

Mutta sattumalta tai enteen ohjaamana olivat *lossoth* olleet oikeassa, sillä tuskin oli laiva päässyt avomeren tuntumaan, kun nousi suuri myrsky ja puhalsi pohjoisesta sokaisevan lumipyryn; ja se paiskasi laivan takaisin jään reunaan ja heitti jäätä sen kylkeen. Jopa Círdanin merenkävijät olivat avuttomia, ja yöllä jää mursi laivan rungon ja se upposi. Niin tuhoutui Arvedui Viimekuningas ja hänen mukanaan vajosivat mereen

---

1 »Nämä olivat outo, epäystävällinen kansa, muinaisaikojen *forodwaithin* jäännöksiä, jotka olivat tottuneet purevaan pakkaseen Morgothin valtakunnassa. Tuo kylmyys viipyykin yhä noilla seuduilla, vaikka ne ovat tuskin viidenkymmenen peninkulman päässä Konnusta pohjoiseen. *Lossoth* asuvat lumen keskellä, ja kerrotaan että he osaavat juosta jäällä luut jaloissa ja että heillä on pyörättömiä rattaita. Enimmäkseen he asuvat vihollisen pääsemättömissä Forochelin suurella niemellä, joka suojaa samannimistä suurta lahtea luoteessa; mutta usein he leiriytyvät lahden etelärannalle Vuorten juurelle.»

2 »Näin pelastui Isildurin huoneen sormus; sillä myöhemmin *dúnedain* lunastivat sen. Väitetään että tuo sormus ei ollut sen vähempi kuin se jonka Nargothrondin Felagund antoi Barahirille ja jonka Beren suurten vaarojen kautta hankki takaisin.»

palantíri.[1] Vasta paljon myöhemmin saatiin lumi-ihmisiltä kuulla Forochelin haaksirikosta.»

Kontulaiset selvisivät hengissä vaikka sota kävi heidän ylitseen ja suurin osa pakeni piilopirtteihin. He lähettivät kuninkaan avuksi joitakin jousihobitteja, jotka eivät koskaan palanneet; ja joitakin lähti myös taisteluun, jossa Angmar kukistettiin (josta kerrotaan enemmän Etelän annaaleissa). Myöhemmin, rauhanaikana, joka sitten seurasi, kontulaiset hallitsivat itse itseään ja vaurastuivat. He valitsivat *thainin* kuninkaan paikalle ja tyytyivät siihen; vaikka monet odottivat vielä kauan kuninkaan paluuta. Mutta viimein tuo toivo unohtui ja säilyi vain sanonnassa *Kun kuningas palaa*, jota käytettiin tarkoitettaessa jotain saavuttamatonta hyvää tai korjaamatonta pahaa. Konnun ensimmäinen *thain* oli eräs Bucca Nevalainen, josta Ikäbukit katsoivat polveutuvansa. Hänestä tuli *thain* vuonna 379 meidän ajanlaskumme mukaan (1979).

Arveduin jälkeen ei Pohjois-Valtakuntaa enää ollut, sillä *dúnedain* olivat vähälukuiset ja kaikki Eriadorin kansat heikentyivät. Mutta kuninkaitten suku jatkui *dúnedainin* päämiehissä, joista ensimmäinen oli Aranarth Arveduin poika. Hänen poikansa Arahael kasvoi Rivendellissä ja niin kasvoivat kaikkien päälliköiden pojat hänen jälkeensä; ja siellä myös säilytettiin heidän huoneensa perintökalleuksia: Barahirin sormusta, Narsilin kappaleita, Elendilin tähteä ja Annúminasin valtikkaa.[2]

»Kun kuningaskunta oli kukistunut, muuttivat *dúnedain* varjoihin ja heistä tuli salainen vaeltava kansa, ja harvoin heidän teoistaan ja urotöistään laulettiin tai tiedettiin. Heitä tuskin muistetaan nyt kun Elrond on lähtenyt. Vaikka jo ennen Valppaan rauhan päättymistä alkoivat kaikenlaiset pahat olennot hyökkäillä Eriadoriin ja tunkeutua sinne salaa, sai suurin osa päämiehistä elää täydet elinvuodet. Kerrotaan että Aragorn I joutui susien saaliiksi, ja ne olivat sen jälkeen jatkuvana vaarana Eriadorissa, eivätkä ne ole vieläkään kuolleet sukupuuttoon. Arahad I:n aikana örkit, jotka olivat jo pitkään vaivihkaa vallanneet Sumuvuorten varustuksia sulkeakseen kaikki Eriadoriin vievät solat, kuten sittemmin kävi ilmi, paljastivat yllättäen itsensä. Vuonna 2509 Elrondin vaimo Celebrían joutui matkallaan Lórieniin väijytykseen Punasarven solassa, ja hänen saattueensa hajaantui örkkien äkkirynnäkössä ja hänet vangittiin ja vietiin pois. Elladan ja Elrohir etsivät häntä ja pelastivat hänet, mutta vasta kun hän oli saanut kärsiä kidutusta ja saanut myrkyllisen haavan.[3] Hänet tuotiin takaisin Imladrisiin ja vaikka Elrond paransi hänen ruumiinsa, ei hänellä enää ollut iloa Keski-Maassa ja seuraavana vuonna hän matkusti Satamiin ja meni Meren yli. Ja myöhemmin, Arassuilin aikana, Sumuvuorilla siinneet örkit alkoivat ryöstää maita ja *dúnedain* ja Elrondin pojat taistelivat niitä

---

1   »Mereen vajosivat Annúminasin ja Amon Sûlin kivet. Pohjoiseen jäi vain yksi Kivi, se joka oli Emyn Beraidin tornissa ja katsoi kohti Lunin lahtea. Tätä Kiveä vartioivat haltiat ja vaikka siitä ei ollut mitään tietoa, se säilyi siellä kunnes Círdan pani sen Elrondin laivaan kun tämä lähti (I 42, 95). Mutta väitetään, että se oli erilainen kuin muut eikä yhteydessä niiden kanssa; se katsoi vain Merelle. Elendil oli sen asettanut paikalleen katsellakseen takaisin esteettä ja nähdäkseen Lännen kadonneen Eressëan; mutta taipuneen Meren aallot peittivät Númenorin ikuisiksi ajoiksi.»

2   »Valtikka oli Númenorin kuninkuuden tärkein merkki, näin kertoo kuningas; ja niin oli laita myös Arnorissa, missä kuninkailla ei ollut kruunua vaan yksi ainoa valkea jalokivi, Elendilmir, Elendilin tähti, joka sijoitettiin otsalle hopeapantaan» (I 126, III 722, 734, 824). Kun Bilbo puhui kruunusta (I 147, 212) hän epäilemättä viittasi Gondoriin; hän näyttää tunteneen varsin tarkoin Aragornin sukuun liittyvät seikat. »Númenorin valtikan kerrotaan tuhoutuneen Ar-Pharazônin mukana. Annúminasin valtikka oli Andúniën ruhtinaiden hopeinen sauva ja lienee vanhin ihmiskätten tekemä esine mitä Keski-Maassa on säilynyt. Se oli jo yli viisituhatta vuotta vanha kun Elrond luovutti sen Aragornille (III 829). Gondorin kruunu oli laadittu númenorilaisen sotakypärän mallin mukaan. Alkuaan se olikin ollut tavallinen kypärä; ja väitetään että Isildur käytti tuota kypärää Dagorladin taistelussa (sillä Anárionin kypärä murskautui Barad-dûrin kivisateessa, jossa hän sai surmansa). Mutta Atanatar Alcarinin aikoina sen tilalle tehtiin jalokivikoristeinen kypärä, jota Aragornin kruunajaisissa käytettiin.»

3   I 194.

vastaan. Näihin aikoihin niitä tuli iso joukko länteen aina Kontuun asti, ja Bandobras Tuk löi ne takaisin.»[1]

Päämiehiä oli viisitoista ennen kuin syntyi kuudestoista ja viimeinen, Aragorn II, josta jälleen tuli sekä Gondorin että Arnorin kuningas. »Me kutsumme häntä kuninkaaksemme; ja kun hän tulee pohjoiseen entiseksi rakennettuun Annúminasin kartanoonsa ja viipyy jonkin aikaa Hämyveden rannalla, silloin iloitsevat kaikki Konnussa. Mutta tähän maahan hän ei astu sillä hän noudattaa lakia, jonka hän on itse säätänyt, ettei yksikään iso ihminen saa ylittää Konnun rajoja. Mutta hän ratsastaa usein kauniin seurueen kanssa Suurelle sillalle, ja tervehtii siellä ystäviään ja kaikkia, jotka tahtovat häntä tavata; ja jotkut ratsastavat hänen mukaansa ja asuvat hänen talossaan niin kauan kuin mielivät. *Thain* Peregrin on ollut siellä monasti, samoin herra pormestari Samvais. Hänen tyttärensä Elanor Kaunis on yksi kuningatar Iltatähden hovineidoista.»

Pohjoisen haaran ylpeys ja ihmetyksen aihe oli se, että huolimatta heidän voimansa vähenemisestä ja kansansa hupenemisesta suku jatkui läpi sukupolvien katkeamattomana isästä poikaan. Ja vaikka *dúnedainin* elinvuodet lyhenemistään lyhenivät Keski-Maassa, kuninkuuden loppumisen jälkeen tuo lyheneminen oli Gondorissa nopeampaa; ja monet pohjoisen päämiehet saavuttivat kaksi kertaa korkeamman iän kuin ihmiset yleensä, ja elivät vanhemmiksi kuin meistä vanhinkaan. Aragorn eli kahdensadankymmenen vuoden ikään, vanhemmaksi kuin kukaan esi-isistään kuningas Arvegilin jälkeen; mutta Aragorn Elessarissa uusiutui kuninkaitten uljuus.

4
GONDOR JA ANÁRIONIN PERIJÄT

Gondorissa oli kolmekymmentäyksi kuningasta Anárionin jälkeen, joka sai surmansa Barad-dûrin edustalla. Vaikka sota ei koskaan laannut heidän rajoillaan, kasvoivat etelän *dúnedain* vauraudessa ja voimassa maalla ja merellä aina Atanatar II:n hallitusaikaan saakka ja häntä kutsuttiin nimellä Alcarin, »Loistava». Mutta rappion merkit olivat jo ilmaantuneet; sillä etelän ylhäiset miehet lykkäsivät häitään ja heillä oli vähän lapsia. Ensimmäinen lapseton kuningas oli Falastur ja toinen Narmacil I, Atanatar Alcarinin poika.

Ostoher, seitsemäs kuningas, rakensi uudestaan Minas Anorin, jossa kuninkaat sitten mieluummin viettivät kesiään kuin Osgiliathissa. Tähän aikaan hyökkäsivät idän villit ihmiset ensi kerran Gondoria vastaan. Mutta Tarostar, hänen poikansa, voitti heidät ja löi heidät takaisin ja otti itselleen nimen Rómendacil, »Idänvoittaja». Mutta myöhemmin hän sai surmansa taistelussa uusia itäläislaumoja vastaan. Hänen poikansa Turambar kosti hänen puolestaan ja valtasi paljon maata idästä.

Kahdennestatoista kuninkaasta Tarannonista alkavat laivakuninkaat, jotka rakensivat laivastoja ja laajensivat Gondorin valtaa Anduinin suistosta etelään ja länteen rannikoita myöten. Sotajoukkojen komentajana saavuttamiensa voittojen kunniaksi Tarannon otti itselleen kruunauksessa nimen Falastur »Rannikon ruhtinas».

Hänen veljenpoikansa Eärnil I, joka seurasi häntä valtaistuimelle, korjasi Pelargirin vanhan sataman ja rakensi suuren laivaston. Hän saartoi Umbarin maalta ja mereltä ja valloitti sen ja siitä tuli Gondorin mahdille suuri satama ja linnoitus.[2] Mutta Eärnil ei saanut elää kauan voittonsa jälkeen. Monet hänen laivansa joutuivat suureen myrskyyn Umbarin edustalla ja hän menehtyi. Hänen poikansa Ciryandil jatkoi laivojen rakenta-

---

1   I 9, III 865.
2   Umbarin suuri niemi ja suojainen vuono olivat kuuluneet Númenorille hamasta muinaisuudesta; mutta siellä pitivät linnoitustaan kuninkaan miehet, joita myöhemmin kutsuttiin nimellä mustat númenorilaiset, sillä Sauron opetti heidät pahaan ja eniten maailmassa he vihasivat Elendilin seuraajia. Sauronin tuhon jälkeen heidän sukunsa nopeasti väheni ja sekoittui Keski-Maan ihmisten sukuihin, mutta vähentymättä periytyi viha Gondoria kohtaan. Sen tähden saatiin Umbar vallatuksi vain suurin menetyksin.

mista; mutta Haradin miehet, joita johtivat Umbarista ajetut ruhtinaat, tulivat suurella voimalla linnoitusta vastaan, ja Ciryandil sai surmansa taistelussa Haradwaithissa.

Umbar oli saarroksissa monet vuodet, mutta Gondorin merimahti esti sen valtaamisen. Ciryaher Ciryandilin poika odotti oikeaa hetkeä ja viimein koottuaan voimansa hän tuli etelään maata ja merta myöten, ylitti Harnenjoen ja löi viimeiseen mieheen Haradin armeijat, ja heidän kuninkaittensa oli pakko tunnustaa Gondorin yliherruus (1050). Ciryaher otti sitten nimen Hyarmendacil »Etelänvoittaja».

Yksikään vihollinen ei uskaltanut uhmata Hyarmendacilin mahtia hänen pitkänä hallitusaikanaan. Hän oli kuninkaana satakolmekymmentäneljä vuotta, joka on toiseksi pisin hallituskausi koko Anárionin haarassa. Hänen aikanaan Gondor saavutti mahtinsa huipun. Valtakunta ulottui silloin pohjoiseen Celebrantin kentälle ja Synkmetsän etelälaidoille, lännessä Harmaavirralle, idässä Rhûnin järvelle, etelässä Harnenjoelle ja sieltä rannikkoa pitkin Umbarin niemimaalle ja satamaan. Anduinin laaksojen ihmiset tunnustivat Gondorin ylivallan ja Haradin kuninkaat vannoivat uskollisuutta Gondorille ja heidän poikansa olivat pantteina Gondorin kuninkaan hovissa. Mordor oli autio, mutta sitä tarkkailtiin solia vartioivista suurista linnoituksista.

Näin loppui laivakuninkaiden suku. Atanatar Alcarin Hyarmendacilin poika eli suuressa loistossa ja ihmiset sanoivat *lapset leikkivät Gondorissa jalokivillä kuin lasihelmillä*. Mutta Atanatar rakasti mukavuutta eikä tehnyt mitään sen vallan säilyttämiseksi, jonka hän oli perinyt ja hänen kaksi poikaansa olivat samaa maata. Gondorin rappeutuminen oli jo alkanut ennen kuin hän kuoli, ja ilman epäilystä sen huomasivat Gondorin viholliset. Mordorin vartiointi laiminlyötiin. Mutta vasta Valacarin aikana tuli Gondoriin ensimmäinen suuri vitsaus: Sukuriidan aiheuttama sisällissota, josta seurasi paljon tuhoa ja turmiota, eikä sitä milloinkaan kokonaan korjattu.

Minalcar Calmacilin poika oli aikaansaava mies, ja vuonna 1240 Narmacil nimitti hänet valtakunnan sijaishallitsijaksi päästäkseen kaikista huolista. Siitä lähtien hän hallitsi Gondoria kuninkaitten nimessä, kunnes hänen poikansa seurasi häntä. Päähuolena olivat hänellä pohjalaiset.

Nämä olivat suuresti lisääntyneet Gondorin mahdin luoman rauhan aikana. Kuninkaat osoittivat heille suosiota, sillä vähäisemmistä ihmisistä he olivat läheisintä sukua *dúnedainille* (he olivat enimmäkseen niiden kansojen jälkeläisiä, joista muinaiset *edain* olivat polveutuneet); ja kuninkaat antoivat heille suuria maa-alueita Suuren vihermetsän eteläpuolelta Anduinin takaa, jotta he puolustaisivat Gondoria idän ihmisten hyökkäyksiltä. Sillä ennen vanhaan olivat itäläisten hyökkäykset yleensä tulleet Suuren järven ja Tuhkavuorten välisen tasangon kautta.

Narmacil I:n aikana alkoivat hyökkäykset taas, vaikka aluksi ne olivat pieniä; mutta sijaishallitsija sai kuulla että pohjalaiset eivät aina pysyneet uskollisina Gondorille ja jotkut yhdistivät voimansa itäläisten kanssa, joko ryöstötuumissa tai eri ruhtinaiden keskinäisten riitojen vuoksi. Sen tähden Minalcar johdatti vuonna 1248 suuren sotajoukon Gondorista, ja Rhovanionin ja Suuren järven välillä hän löi suuren itäläisarmeijan ja tuhosi kaikki heidän leirinsä ja siirtokuntansa Järven itäpuolelta. Sen jälkeen hän otti itselleen nimen Rómendacil.

Paluumatkalla Rómendacil linnoitti Anduinin länsirannan Liminvuon suulle saakka ja kielsi ketään muukalaista purjehtimasta Virtaa alas Emyn Muilista etelään. Hän se rakensi pylväät Argonathiin Nen Hithoelin suulle. Mutta koska hän tarvitsi miehiä ja tahtoi lujittaa sidettä Gondorin ja pohjalaisten välillä, hän otti monia heistä palvelukseensa ja antoi joillekin armeijassaan korkeita arvoja.

Rómendacil osoitti erityistä suosiota Vidugavialle, joka oli auttanut häntä sodassa. Tämä kutsui itseään Rhovanionin kuninkaaksi ja olikin pohjalaisten ruhtinaista mahtavin, vaikka hänen oma valtakuntansa sijaitsi Vihermetsän ja Celduinjoen[1] välillä.

---

1 Vuolas virta.

Vuonna 1250 Rómendacil toimitti poikansa Valacarin viettämään lähettiläänä jonkin aikaa Vidugavian luona, jotta hän oppisi pohjalaisten kielen, tavat ja elämänmuodon. Mutta Valacar ylitti isänsä suunnitelmat. Hän alkoi rakastaa pohjoisen maata ja kansaa ja otti puolisokseen Vidumavin, Vidugavian tyttären. Tämä tapahtui muutamia vuosia ennen hänen paluutaan. Tästä avioliitosta sai sittemmin alkunsa Sukuriita.

»Sillä Gondorin ylhäiset ihmiset katsoivat karsaasti jo niitä pohjalaisia, joita heidän keskuudessaan oli; ja oli ennenkuulumatonta että kruununperillinen tai kukaan kuninkaan poika ottaisi puolisokseen naisen, joka kuului vähäisempään ja vieraaseen heimoon. Eteläisissä maakunnissa kapinoitiin jo kuningas Valacarin vanhoilla päivillä. Hänen kuningattarensa oli ollut kaunis ja ylhäinen nainen, mutta ei elänyt kauan, niin kuin eivät elä vähäisempien heimojen jäsenet, ja *dúnedain* pelkäsivät, että hänen jälkeläisensä olisivat yhtä lyhytikäisiä ja kadottaisivat ihmisten kuninkaitten kuninkaallisuuden. Eivätkä he mielellään tunnustaneet hänen poikaansa herrakseen, sillä vaikka hänen nimensä oli nyt Eldacar, hän oli syntynyt vieraassa maassa ja ollut nuorena nimeltään äitinsä kansan kielellä Vinitharya.

Sen tähden, kun Eldacar nousi isänsä jälkeen valtaistuimelle, oli Gondorissa täysi sota. Mutta Eldacarilta ei ollut helppo riistää hänen perintöoikeuttaan. Gondorin sukuun hän lisäsi pohjalaisten pelottomuuden. Hän oli komea ja uljas eikä osoittanut mitään merkkejä siitä, että olisi ikääntynyt isäänsä nopeammin. Kun salaliittolaiset, joita johtivat kuninkaitten jälkeläiset, nousivat häntä vastaan, hän taisteli viimeiseen saakka. Lopulta hän joutui saarroksiin Osgiliathiin ja hän puolusti sitä kauan kunnes nälkä ja vihollisen ylivoima ajoivat hänet ulos liekehtivästä kaupungista. Tuossa piirityksessä ja tulipalossa tuhoutui Osgiliathin Kupolin torni ja *palantír* hukkui aaltoihin.

Mutta Eldacar pääsi pakoon vihollisiaan ja meni pohjoiseen Rhovanioniin sukulaistensa luo. Monet kokoontuivat siellä hänen luokseen – niin Gondoria palvelevat pohjalaiset kuin valtakunnan pohjoisosien *dúnedain*. Sillä näistä monet olivat oppineet arvostamaan häntä ja vielä useammat vihaamaan vallananastajaa. Tämä oli Castamir Calimehtarin pojanpoika, joka oli Rómendacil II:n nuorempi veli. Hän oli kruununperimyksessä suvultaan lähin, ja häntä seurasivat suurimmat kapinallisten joukot, sillä hän oli laivaston komentaja ja rannikoiden ja suurten satamien Pelargirin ja Umbarin asukkaat tukivat häntä.

Kohtikään Castamirin asetuttua valtaistuimelle kävi ilmi että hän oli kopea ja halpamainen. Hän oli julma mies ja hänen julmuutensa oli paljastunut Osgiliathin valtauksessa. Hänen ansiostaan surmattiin vangiksi saatu Ornendil Eldacarin poika; eikä sellaista murhaamista ja hävitystä ollut ennen sodassakaan nähty. Tämä muistettiin Minas Anorissa ja Ithilienissä; ja rakkaus Castamiria kohtaan hupeni siellä entisestään kun kävi ilmi, että hän ei piitannut maastaan ja ajatteli vain laivastoja ja suunnitteli kuninkaan istuimen siirtämistä Pelargiriin.

Kun hän näin oli hallinnut kuninkaana kymmenen vuotta, näki Eldacar aikansa koittaneen ja tuli pohjoisesta mukanaan suuri armeija ja Calenardhonista ja Anórienista ja Ithilienistä kertyi kansaa hänen ympärilleen. Lebenninissä Eruin ylimenopaikalla käytiin suuri taistelu, jossa paljon Gondorin parasta verta vuoti. Eldacar surmasi itse Castamirin kaksintaistelussa ja kosti näin Ornendilin puolesta; mutta Castamirin pojat pakenivat ja he pitivät pitkään puoliaan Pelargirissa sukulaistensa ja laivamiesten kanssa.

Kun he olivat koonneet sinne kaikki mahdolliset voimat (sillä Eldacarilla ei ollut laivoja käydä heidän kimppuunsa meritse) he purjehtivat pois ja asettuivat asumaan Umbariin. Sinne he perustivat turvapaikan kaikille kuninkaan vihollisille ja pystyttivät ruhtinaskunnan, joka ei tunnustanut kruunua. Umbar oli sodassa Gondorin kanssa monta miehenikää, ja uhka rannikoille ja kaikelle merenkululle. Sitä ei saatu kokonaan alistetuksi ennen Elessarin aikaa; ja Etelä-Gondorista tuli kiistanaihe merirosvoille ja kuninkaille.»

»Umbarin menetys oli Gondorille raskas, ei vain sen tähden, että valtakunta näin pieneni etelässä ja ote Haradin ihmisistä hellitti, vaan myös siksi, että juuri sinne oli laskenut maihin Ar-Pharazôn Kultainen, Númenorin viimeinen kuningas, ja kukistanut Sauronin mahdin. Vaikka sen jälkeen oli seurannut paljon pahaa, jopa Elendilin seuraajat muistivat ylpeydellä, miten Ar-Pharazônin suuri sotajoukko oli saapunut Mereltä; ja satamaa suojaavan niemen korkeimmalle mäelle he olivat pystyttäneet suuren valkoisen pylvään muistomerkiksi. Sen huipussa oli kristallipallo, joka kokosi auringon ja kuun säteet ja loisti kuin kirkas tähti ja näkyi pilvettöminä päivinä aina Gondorin rannoille saakka ja kauas läntiselle merelle. Siinä se seisoi aina Sauronin toiseen nousuun saakka, joka teki tuloaan; silloin Umbar vajosi hänen palvelijoittensa vallan alle ja hänen nöyryytyksensä muistomerkki kaadettiin.»

Eldacarin palattua sekoittui kuningashuoneen ja muiden *dúnedainin* huoneiden veri yhä enemmän vähäisempään vereen. Sillä moni suuri oli saanut surmansa Sukuriidassa; ja Eldacar suosi pohjalaisia, joiden avulla hän oli saanut takaisin kruununsa ja Gondoriin virtasi Rhovanionista paljon väkeä.

Aluksi tämä sekoittuminen ei kiihdyttänyt *dúnedainin* heikentymistä vaikka niin oli pelätty; mutta vähä vähältä he heikentyivät kuten siihenkin saakka. Sillä ennen muuta se epäilemättä johtui itsestään Keski-Maasta ja siitä, että númenorilaisten lahjat vähitellen vedettiin pois Tähden maan tuhon jälkeen. Eldacar saavutti kahdensadankolmenkymmenenviiden vuoden iän ja oli kuninkaana viisikymmentäkahdeksan vuotta, joista kymmenen maanpaossa.

Toinen ja suurin vitsaus kohtasi Gondoria kahdennenkymmenennenkuudennen kuninkaan Telemnarin hallituskaudella. Hänen isänsä Minardil Eldacarin pojanpojanpoika sai surmansa Pelargirissa Umbarin merirosvojen kädestä. (Näitä johtivat Angamaitë ja Sangahyando, Castamirin pojanpojanpojat.) Pian tämän jälkeen saapui idästä kauhea rutto mustan tuulen mukana. Kuningas ja kaikki hänen lapsensa kuolivat ja suuret joukot Gondorin kansaa, ennen muuta Osgiliathin asukkaita. Silloin aiheutti ihmisten uupumus ja vähäinen luku sen, että vartio Mordorin rajoilla herpaantui ja solia vartioivat linnoitukset jäivät tyhjiksi.

Myöhemmin huomattiin, että tämä tapahtui samaan aikaan kun Varjo syveni Vihermetsässä ja monet pahat olennot palasivat, ja nämä olivat merkkejä Sauronin noususta. Totta on että myös Gondorin viholliset saivat kärsiä, muuten se ehkä olisi voitu voittaa sen heikkouden aikana; mutta Sauronilla oli aikaa odottaa, ja saattaa olla että ennen muuta hän vartosi Mordorin avautumista.

Kun kuningas Telemnar kuoli, kuivui ja kuoli myös Minas Anorin Valkoinen puu. Mutta hänen veljenpoikansa Tarondor, joka seurasi häntä valtaistuimelle, istutti linnaan uuden vesan. Hän siirsi kuninkaan asunnon vakituisesti Minas Anoriin, sillä Osgiliath oli puoliksi autio ja alkoi rappeutua. Vain harvat niistä, jotka olivat paenneet ruttoa Ithilieniin tai läntisiin laaksoihin, olivat halukkaita palaamaan.

Tarondor sai kruunun varhaisella iällä ja hallitsi kauemmin kuin yksikään Gondorin kuningas; mutta hän pystyi tuskin muuhun kuin saattamaan maansa taas sisäiseen järjestykseen ja hitaasti kartuttamaan sen voimia. Mutta hänen poikansa Telumehtar, joka muisti Minardilin kuoleman ja jota merirosvot röyhkeästi vainosivat ryöstämällä hänen rannikoitaan aina Anfalasia myöten, kokosi voimansa ja valtasi Umbarin rynnäköllä vuonna 1810. Tässä sodassa saivat surmansa Castamirin viimeiset jälkeläiset, ja Umbar oli taas jonkin aikaa kuninkaitten hallussa. Telumehtar liitti nimeensä arvon Umbardacil. Mutta pian alkoivat uudet vastoinkäymiset koetella Gondoria, ja Umbar menetettiin jälleen ja se joutui Haradin ihmisten käsiin.

Kolmas vastoinkäyminen oli vaunumiesten tunkeutuminen maahan. He vuodattivat Gondorin hupenevaa verta lähes sata vuotta kestäneissä sodissa. Vaunumiehet olivat kansa tai kansojen salaliitto. He tulivat idästä ja olivat vahvempia ja paremmin aseistautuneita kuin aikaisemmat hyökkääjät. He liikkuivat suurilla vankkureilla ja heidän päällikkönsä taistelivat sotavaunuissa. Myöhemmin saatiin selville, että Sauronin lähettiläät olivat hätyyttäneet heidät liikkeelle, ja yllättäen he hyökkäsivät Gondorin kimppuun ja kuningas Narmacil II sai surmansa taistelussa heitä vastaan Anduinin tuolla puolen vuonna 1856. Itäisen ja eteläisen Rhovanionin asukkaat joutuivat orjuuteen ja Gondorin rajat työnnettiin Anduinille ja Emyn Muilille. [Tähän aikaan arvellaan sormusaaveiden palanneen Mordoriin.]

Calimehtar Narmacil II:n poika kosti isänsä puolesta apunaan Rhovanionissa puhjennut kansannousu ja sai suuren voiton itäläisistä Dagorladin kentällä vuonna 1899, ja vaara torjuttiin joksikin aikaa. Pohjoisen Araphantin ja etelän Ondoherin Calimehtarin pojan aikana kaksi kuningaskuntaa neuvottelivat ensi kerran pitkän vaikenemisen ja vieraantumisen ajan jälkeen. Sillä viimein he käsittivät, että joku yksi mahti ja voima johti hyökkäystä useilla suunnilla Númenorin eloonjääneitä vastaan. Noihin aikoihin Arvedui Araphantin poika otti puolisokseen Fírielin Ondoherin tyttären (1940). Mutta kumpikaan kuningaskunta ei pystynyt lähettämään toiselle apua; sillä Angmar hyökkäsi uudestaan Arthedainia vastaan samaan aikaan kun vaunumiehet jälleen ilmaantuivat sankoin joukoin.

Monet vaunumiehistä matkasivat tällä kertaa Mordorin eteläpuolelle ja tekivät liiton Khandin ja Etu-Haradin ihmisten kanssa; ja tässä suuressa hyökkäyksessä etelästä ja pohjoisesta oli Gondor vähällä tuhoutua. Vuonna 1944 kuningas Ondoher kaatui taistelussa Morannonin pohjoispuolella molempain poikainsa kanssa, Artamirin ja Faramirin, ja vihollinen tulvi Ithilieniin. Mutta Eärnil, Eteläarmeijan päällikkö, sai suuren voiton Etelä-Ithilienissä ja tuhosi Haradin armeijan, joka oli ylittänyt Porosjoen. Hän kiiruhti pohjoiseen ja kokosi ympärilleen kaikki Pohjoisarmeijan vetäytyvät rippeet ja kävi vaunumiesten pääleirin kimppuun kesken juhlien ja mässäilyn, nämä kun luulivat, että Gondor oli tuhottu eikä heillä enää olisi muuta työtä kuin ryöstää ja raiskata. Eärnil kävi rynnäköllä leiriin ja sytytti vaunut tuleen ja ajoi vihollisen täydessä epäjärjestyksessä ulos Ithilienistä. Suuri osa pakenijoista tapasi kohtalonsa Kalmansoilla.

»Kun Ondoher ja hänen poikansa olivat kuolleet, vaati Pohjois-Valtakunnan Arvedui Gondorin kruunua itselleen, sillä hän oli Isildurin jälkeläinen alenevassa polvessa ja Fírielin, Ondoherin lapsista ainoan eloonjääneen aviopuoliso. Vaadetta ei hyväksytty. Tähän vaikutti ennen muuta Pelendur, kuningas Ondoherin käskynhaltija.

Gondorin neuvosto vastasi: 'Gondorin kruunu ja kuninkuus kuuluu yksin Meneldilin Anárionin pojan perillisille, jolle Isildur jätti tämän valtakunnan. Gondorissa perimys tunnustetaan vain poikien kautta; emmekä ole kuulleet että Arnorissa olisi laki toisenlainen.'

Tähän vastasi Arvedui: 'Elendilillä oli kaksi poikaa, joista Isildur oli vanhempi ja isänsä perijä. Me olemme kuulleet, että Elendilin nimi on tänäkin päivänä kirjoitettuna Gondorin kuninkaista ensimmäiseksi, sillä häntä pidettiin kaikkien *dúnedainin* maiden korkeana kuninkaana. Niin kauan kuin Elendil eli, hallitsivat hänen poikansa etelässä yhdessä, mutta kun Elendil kaatui, lähti Isildur ottaakseen itselleen isänsä korkean kuninkuuden ja antoi Gondorin veljensä pojan hallittavaksi entiseen tapaan. Hän ei luopunut kuninkuudestaan Gondorissa eikä hänen aikomuksensa ollut, että Elendilin valtakunta jakaantuisi ikuisiksi ajoiksi.

Lisäksi Númenorissa valtikka periytyi ammoin kuninkaan vanhimmalle lapselle, miehelle tai naiselle. On totta että tätä lakia ei ole otettu huomioon maanpaon valtakunnissa, joita sodat ovat yhtenään vaivanneet; mutta tällainen oli kansamme laki, johon nyt vetoamme, koska Ondoherin pojat ovat kuolleet lapsettomina.'[1]

---

1 »Laki laadittiin Númenorissa (näin kertoi meille kuningas) kun kuudes kuningas Tar-Aldarion jätti jälkeensä vain yhden lapsen joka oli tytär. Hänestä tuli ensimmäinen hallitseva kuningatar,

Tähän Gondor ei vastannut. Voittoisa päällikkö Eärnil otti kruunun itselleen; ja kaikki Gondorin *dúnedain* hyväksyivät hänet, sillä hän oli kuninkaan huonetta. Narmacil II:n veljellä Arciryasilla oli ollut poika Calimmacil, jonka pojan Siriondilin poika Eärnil oli. Arvedui ei pitänyt kiinni vaateestaan, sillä hänellä ei ollut voimaa eikä halua asettua vastustamaan Gondorin *dúnedainin* valintaa; mutta hänen jälkeläisensä eivät milloinkaan unohtaneet tätä vaadetta senkään jälkeen kun kuninkuus oli menetetty. Sillä lähestyi se aika jolloin Pohjois-Valtakunta kohtasi loppunsa.

Arvedui olikin viimeinen kuningas, kuten hänen nimensä osoittaa. Kerrotaan että tuon nimen antoi hänelle hänen syntyessään Malbeth Ennustaja, joka sanoi hänen isälleen: 'Kutsukaa häntä nimellä *Arvedui*, sillä hän on oleva Arthedainin viimeinen. Mutta *dúnedainin* eteen pannaan valinta ja jos he silloin valitsevat toivottomalta näyttävän tien, saa poikanne muuttaa nimensä ja hänestä tulee suuren valtakunnan kuningas. Jos eivät, silloin saavat ihmiset kokea paljon murhetta, ja monta miehenikää menee, ennen kuin *dúnedain* jälleen nousevat ja yhdistyvät uudestaan.'

Gondorissakin seurasi Eärnilia vain yksi kuningas. Kukaties jos kruunu ja valtikka olisi yhdistetty, olisi kuninkuus voinut säilyä ja paljolta pahalta olisi vältytty. Mutta Eärnil oli viisas mies ja vailla pöyhkeyttä, vaikka Arthedainissa sijaitseva valtakunta saattoikin hänestä, kuten useimmista gondorilaisista, tuntua vähäpätöiseltä huolimatta sen valtiaitten uljaasta sukupuusta.

Hän lähetti viestinviejiä Arveduin luo ilmoittamaan, että hän otti vastaan Gondorin kruunun Etelä-Valtakunnan tarpeita vastaten ja lakien mukaan 'mutta en unohda Arnorin kuninkuutta enkä kiellä sukusidettämme, enkä toivo että Elendilin valtakunnat vieraantuisivat. Minä lähetän teille apua kun te sitä tarvitsette, mikäli siihen pystyn.'

Kesti kuitenkin kauan ennen kuin Eärnil tunsi olonsa niin turvalliseksi, että pystyi täyttämään lupauksensa. Kuningas Araphant pidätteli yhä hupenevin voimin Angmarin hyökkäystä ja samoin teki Arvedui, joka seurasi häntä valtaistuimelle; mutta lopulta saapui vuoden 1973 syksyllä Gondoriin viestejä, että Arthedain oli suuressa hädässä ja että Noitakuningas valmisteli viimeistä iskua sitä vastaan. Silloin Eärnil lähetti poikansa Eärnurin johdolla laivaston pohjoiseen niin pian ja niin suurella joukolla kuin mahdollista. Mutta liian myöhään. Ennen kuin Eärnur ehti Lindonin satamiin, Noitakuningas oli valloittanut Arthedainin ja Arvedui oli saanut surmansa.

Mutta kun Eärnur saapui Harmaisiin satamiin, joutuivat niin haltiat kuin ihmisetkin ilon ja ihmetyksen valtaan. Niin suuri oli hänen laivojensa uppoama ja niin paljon niitä oli, että ne saatiin töin tuskin satamaan, vaikka niin Harlond kuin Forlondkin tulivat täyteen; ja laivoista nousi maihin mahtava armeija, jolla oli aseita ja varastoja kuin suurten kuninkaitten sotaretkellä. Näin ainakin ajatteli pohjoisen väki, vaikka tämä oli vain pieni Gondorin koko mahdista irrotettu apujoukko. Ennen muuta ylistettiin hevosia, sillä monet niistä olivat kotoisin Anduinin laaksoista ja niillä ratsastivat pitkät ja komeat miehet ja Rhovanionin ylpeät ruhtinaat.

Silloin Círdan kutsui Lindonista ja Arnorista kaikki, jotka tahtoivat hänen kanssaan lähteä, ja kun kaikki oli valmista, ylitti armeija Lunin ja marssi pohjoiseen uhmatakseen Angmarin Noitakuningasta. Tämä asui tuolloin kertoman mukaan Fornostissa, jonka hän oli tuottanut täyteen kaikenlaista pahaa joukkoa; näin hän oli anastanut itselleen kuninkaitten asunnon ja vallan. Ylpeydessään hän ei jäänyt linnoitukseensa odottamaan vihollistensa hyökkäystä, vaan lähti heitä vastaan luullen voivansa pyyhkäistä heidät Luniin kuten muut ennen heitä.

Mutta Lännen armeija kävi hänen kimppuunsa Hämyvaaroilta, ja Nenuialin ja Pohjan ylängön välillä käytiin suuri taistelu. Angmarin joukot olivat jo antamassa periksi ja perääntymässä kohti Fornostia, kun ratsumiesten pääjoukko, joka oli kier-

---

Tar-Ancalimë. Mutta ennen hänen aikaansa oli laki toinen. Tar-Elendiliä, neljättä kuningasta, seurasi valtaistuimelle hänen poikansa Tar-Meneldur, vaikka hänen tyttärensä Silmariën oli vanhempi. Elendil polveutui kuitenkin Silmariënista.»

tänyt kukkulat, kävi pohjoisesta vielä heidän päälleen ja hajotti sotajoukon perinpoh-
jin. Silloin Noitakuningas kokosi sen, mitä hävityksen keskellä kokoon sai, ja pakeni
pohjoiseen pyrkien omaan maahansa Angmariin. Ennen kuin hän onnistui pääsemään
Carn Dûmin suojaan, saavutti Eärnurin johdolla laukkaava Gondorin ratsuväki hänet.
Samaan aikaan saapui Rivendellistä haltiaruhtinas Glorfindelin johdolla toinen sota-
joukko. Silloin lyötiin Angmar niin perusteellisesti, ettei Vuorten länsipuolelle jäänyt
yhtäkään ihmistä tai örkkiä tuosta valtakunnasta.

Mutta kerrotaan että kun kaikki oli menetetty, ilmestyi itse Noitakuningas mustassa
puvussa ja musta naamio kasvoilla ratsastaen mustalla hevosella. Kauhu valtasi kaikki,
jotka häntä katsoivat; mutta vihaa kuohuen hän valikoi joukosta Gondorin päällikön
ja ratsasti suoraan häntä kohti kiljuen kuin peto. Eärnur olisi ottanut hyökkäyksen vas-
taan, mutta hänen hevosensa ei sitä kestänyt vaan kääntyi ja kantoi hänet kauas ennen
kuin hän sai sen hallintaansa.

Silloin Noitakuningas nauroi eikä kukaan, joka sen naurun kuuli, unohtanut äänen
kaameutta. Mutta Glorfindel ratsasti silloin esiin valkealla hevosellaan ja kesken nau-
runsa kääntyi Noitakuningas pakoon ja katosi varjoihin. Yö laskeutui taistelukentän ylle
ja hän katosi, eikä kukaan nähnyt kunne hän meni.

Silloin Eärnur ratsasti takaisin, mutta Glorfindel katsoi tihentyvää pimeyttä ja sanoi:
'Älä lähde takaa-ajoon! Hän ei palaa omaan maahansa. Hänen kohtalonsa hetki on
vielä kaukana, eikä hän kaadu miehen käden kautta.' Monet painoivat mieleensä nämä
sanat; mutta Eärnur oli vihainen, sillä hän olisi tahtonut kostaa häpeänsä.

Niin sai loppunsa Angmarin paha valtakunta; ja niin sai Eärnur Gondorin pääl-
likkö päälleen Noitakuninkaan vihat; mutta vielä monta vuotta kului ennen kuin se
tuli ilmi.»

Näin siis kuningas Eärnilin hallituskauden aikana, kuten myöhemmin käsitettiin, saa-
pui pohjoisesta paennut Noitakuningas Mordoriin, ja sinne kerääntyivät myös muut
sormusaaveet, joiden johtaja hän oli. Mutta vasta vuonna 2000 ne hyökkäsivät Mor-
dorista Cirith Ungolin solan kautta ja alkoivat piirittää Minas Ithiliä. Ne valtasivat sen
vuonna 2002 ja kaappasivat tornin *palantírin*. Koko kolmannen ajan aikana ei niitä
sieltä karkotettu; ja Minas Ithil muuttui pelon tyyssijaksi ja sai uuden nimen Minas
Morgul. Monet Ithilieniin jääneet ihmiset lähtivät sieltä pois.

»Eärnur oli rohkeudessa isänsä veroinen mutta ei viisaudessa. Hän oli voimakas var-
reltaan ja kuuma mieleltään; mutta vaimoa hän ei ottanut sillä hänen ilonsa oli tais-
telussa ja aseharjoituksissa. Niin suuri oli hänen miehuullisuutensa, ettei kukaan mies
Gondorissa vetänyt hänelle vertoja niissä aselajeissa, joita hän harrasti, ja hän vaikutti
pikemminkin urheilijalta kuin sotapäälliköltä tai kuninkaalta, ja säilytti elinvoimansa ja
kuntonsa myöhemmälle iälle kuin ihmiset yleensä.»

Kun Eärnur otti vastaan kruunun vuonna 2043, haastoi Minas Morgulin kuningas
hänet kaksintaisteluun pilkaten että hän ei ollut uskaltanut vastustaa häntä pohjoisen
taistelussa. Sillä kertaa käskynhaltija Mardil onnistui hillitsemään kuninkaan vihan.
Minas Anorille, josta oli tullut valtakunnan tärkein kaupunki ja kuninkaitten asuin-
paikka kuningas Telemnarin jälkeen, annettiin uusi nimi Minas Tirith, koska kaupunki
sai alinomaa vartioida Morgulin pahuutta.

Eärnur oli kantanut kruunua vasta seitsemän vuotta, kun Morgulin herra toisti
haasteensa ja pilkkasi että nuoruuden pelkuruuteen yhdistyi jo vanhuuden heikkous.
Silloin ei Mardil enää pystynyt pidättelemään Eärnuria ja hän ratsasti pienen ritarisaat-
tueen kanssa Minas Morgulin portille. Yhdestäkään noista ratsastajista ei sen koommin
kuultu. Gondorissa uskottiin, että petollinen vihollinen oli valmistanut ansan kunin-
kaalle ja että hän oli kuollut kidutettuna Minas Morgulissa; mutta koska hänen kuole-
mastaan ei ollut todistajaa, Mardil Hyvä käskynhaltija hallitsi Gondoria monet vuodet
hänen nimissään.

Kuninkaitten jälkeläiset olivat Gondorissa huvenneet. Sukuriidan aikana heidän lukumääränsä oli huomattavasti vähentynyt; siitä ajasta lähtien olivat kuninkaat nimittäin käyneet kateellisiksi ja kyräileviksi lähisukulaistensa suhteen. Usein ne, joihin epäilys kohdistui, olivat paenneet Umbariin ja liittyneet kapinallisiin; toiset taas olivat luopuneet suvustaan ja ottaneet vaimon, jossa ei virrannut Númenorin veri.

Niin tapahtui että kruunua vaatimaan ei löytynyt puhdasveristä miestä tai miestä, jonka vaateen kaikki hyväksyivät; ja kaikkia pelotti Sukuriidan muisto, sillä he tiesivät että jos jokin senkaltainen erimielisyys taas nousisi, olisi Gondor tuhon oma. Sen tähden vaikka vuodet vierivät, hallitsi käskynhaltija yhä Gondoria, ja Elendilin kruunu lepäsi kuningas Eärnilin helmassa Kuolleiden taloissa, jonne Eärnur oli sen jättänyt.

Käskynhaltijat

Käskynhaltijoiden huonetta kutsuttiin Húrinin huoneeksi, sillä he olivat kuningas Minardilin (1621–1634) käskynhaltijan, Emyn Arnenin Húrinin jälkeläisiä, joka oli suurta númenorilaista sukua. Hänen jälkeensä olivat kuninkaat aina valinneet käskynhaltijansa hänen jälkeläistensä joukosta; ja Pelendurin ajan jälkeen tuli käskynhaltijuudesta kuninkuuden tapaan perinnöllinen, ja se kulki isältä pojalle tai lähimmälle sukulaiselle.

Kukin uusi käskynhaltija ottikin viran vastaan lupaamalla »pitää sauvaa ja hallitusta kuninkaan nimeen kunnes hän palaa». Mutta näistä sanoista tuli pian pelkkä muotoseikka, johon ei paljon huomiota kiinnitetty, sillä käskynhaltijat käyttivät kaikkea kuninkaitten valtaa. Monet silti uskoivat Gondorissa yhä, että jonakin tulevana aikana kuningas vielä palaisi; ja jotkut muistivat pohjoisen muinaisen suvun, jonka huhuttiin yhä elävän pimennossa. Mutta hallitsevat käskynhaltijat kovettivat sydämensä näitä ajatuksia vastaan.

Kuitenkaan eivät käskynhaltijat milloinkaan istuneet vanhalla valtaistuimella; eivätkä he käyttäneet kruunua eikä heillä ollut valtikkaa. Heillä oli vain valkea sauva virkansa merkkinä; ja heidän lippunsa oli kokovalkea ja vailla tunnusta; kuninkaallinen lippu oli ollut musta ja siihen oli kuvattu kukkiva valkoinen puu seitsemän tähden alla.

Mardil Voronwën jälkeen, joka katsottiin suvun ensimmäiseksi, seurasi kaksikymmentäneljä Gondorin hallitsevaa käskynhaltijaa aina Denethor II:n aikaan saakka, joka oli kahdeskymmeneskuudes ja viimeinen. Aluksi oli heidän aikansa tyven, sillä elettiin Valppaan rauhan aikaa, jolloin Sauron vetäytyi Valkoisen neuvoston vallan edessä ja sormusaaveet pysyivät piilossa Morgulin laaksossa. Mutta Denethor I:n aikojen jälkeen ei täyttä rauhaa saatu enää nähdä, ja vaikka Gondor ei joutunutkaan suureen eikä avoimeen sotaan, sen rajoja uhkasi jatkuva vaara.

Denethor I:n viimeisten vuosien aikana ilmaantui Mordorista ensi kerran mustaan ja voimakkaaseen örkkirotuun kuuluvia urukeja, ja vuonna 2475 ne vyöryivät läpi Ithilienin ja valtasivat Osgiliathin. Denethorin poika Boromir (jonka mukaan yksi Yhdeksästä kulkijasta myöhemmin sai nimensä) löi ne ja valtasi takaisin Ithilienin; mutta Osgiliath tuhoutui lopullisesti ja sen suuri kivisilta rikkoutui. Sen jälkeen ei siellä enää asunut ihmisiä. Boromir oli suuri päällikkö ja itse Noitakuningas pelkäsi häntä. Hän oli jalo ja kaunis kasvoiltaan, mies jonka tahto ja varsi olivat vahvat, mutta hän sai Morgulin haavan tuossa sodassa ja hänen elämänsä jäi lyhyeksi ja tuska varjosti hänen päiviään ja hän kuoli kaksitoista vuotta isänsä jälkeen.

Hänen jälkeensä alkoi Cirionin pitkä hallituskausi. Hän oli valpas ja varovainen, mutta Gondorin vaikutusala oli käynyt pieneksi eikä hän voinut paljon muuta tehdä kuin puolustaa rajojaan samaan aikaan kun hänen vihollisensa (tai voima, joka niitä liikutti) valmisteli häntä vastaan iskuja, joita hän ei kyennyt estämään. Merirosvot ryöstelivät hänen rannikoitaan, mutta suurin vaara häntä uhkasi pohjoisesta. Rhovanionin laajoilla mailla Synkmetsän ja Vuolaan virran välillä asui nyt hurja kansa, joka oli kokonaan Dol Guldurin varjon alla. He tekivät usein hyökkäysretkiä metsän läpi, kunnes Anduinin laakso Kurjenmiekkajoen eteläpuolelta autioitui suureksi osaksi. *Balchoth* oli heidän nimensä ja heitä oli kaiken aikaa enemmän, kun heihin yhtyi samanlaista väkeä idästä, ja Calenardhonin kansa väheni. Cirionilla oli täysi työ pitää Anduinin ranta hallussaan.

»Nähdessään myrskyn lähestyvän lähetti Cirion pyytämään apua pohjoisesta, mutta liian myöhään; sillä tuona vuonna (2510) *balchoth*, jotka olivat rakentaneet suuria veneitä ja lauttoja Anduinin itärannalla, tunkeutuivat Virran yli ja pyyhkäisivät puolustajat tieltään. Etelästä apuun marssinut armeija pysäytettiin ja ajettiin pohjoiseen Liminvuon toiselle puolen, ja sieltä sen kimppuun hyökkäsi yllättäen lauma Vuorilta tulleita örkkejä, jotka ajoivat armeijan takaisin Anduinille. Silloin saapui pohjoisesta apu toivottomille ja *rohirrimin* torvet kuultiin Gondorissa ensi kerran. Eorl Nuori saapui ratsastajineen ja pyyhkäisi tieltään vihollisen ja ajoi *balchothia* takaa aina kuolemaan saakka Calenardhonin niittyjen halki. Cirion antoi tuon maan Eorlille asuttavaksi ja Eorl vannoi Cirionille valan, Eorlin valan, ystävyydestä hädän hetkellä ja milloin Gondorin valtiaat kutsuisivat.»

Berenin, yhdeksännentoista käskynhaltijan aikana joutui Gondor vieläkin suurempaan vaaraan. Umbarista ja Haradista saapui kolme suurta laivastoa, joita oli kauan valmistettu, ja ne hyökkäsivät Gondorin rannikolle suurella voimalla; ja vihollinen nousi monessa kohden maihin aina Rautkymin suulle asti. Samaan aikaan joutuivat *rohirrim* lännestä ja idästä hyökkäyksen kohteeksi ja vihollinen kävi yli heidän maansa ja heidät ajettiin Valkoisten vuorten laaksoihin. Vuoden 2758 talvella kesti pakkasia ja lumentuloa melkein viisi kuukautta ja se sai nimen Ikitalvi. Rohanin Helm ja molemmat hänen poikansa saivat surmansa tuossa sodassa; ja Eriadorissa ja Rohanissa oli kurjuutta ja kuolemaa. Mutta Gondorissa vuorten eteläpuolella eivät asiat olleet yhtä hullusti, ja ennen kevättä Beregond Berenin poika oli voittanut maahantunkeutujat. Hän lähetti heti apua Rohaniin. Hän oli suurin Gondorin kasvattamista sotapäälliköistä Boromirin jälkeen; ja kun hän seurasi isäänsä virkaan (2763) alkoi Gondor taas voimistua. Mutta kesti kauemmin ennen kuin Rohan toipui saamistaan haavoista. Tästä syystä Beren otti vastaan Sarumanin ja antoi hänelle Orthancin avaimet; ja siitä vuodesta (2759) lähtien asui Saruman Rautapihassa.

Beregondin aikana käytiin Sumuvuorilla Kääpiöiden ja örkkien sota (2793–2799), josta etelään saatiin kuulla vain huhuja, kunnes Nanduhirionista pakenevat örkit yrittivät kulkea Rohanin poikki ja asettua Valkoisille vuorille. Monen vuoden ajan taisteltiin laaksoissa ennen kuin tästä vaarasta oli tullut loppu.

Kun kahdeskymmenensimmäinen käskynhaltija Belecthor II kuoli, kuihtui myös Minas Tirithin Valkoinen puu; mutta se jätettiin paikoilleen »kunnes kuningas palaa», sillä uutta vesaa ei löydetty.

Túrin II:n aikana alkoivat Gondorin viholliset taas liikehtiä; sillä Sauronin mahti oli kasvanut ja hänen nousunsa hetki lähestyi. Kaikkein sitkeintä väkeä lukuun ottamatta muuttivat ihmiset Ithilienistä länteen Anduinin toiselle puolelle, sillä Mordorin örkeistä oli jatkuvasti harmia. Túrin rakensi Ithilieniin sotilailleen salaisia pakopaikkoja, joista Henneth Annûnissa oli vartio ja miehiä kaikkein kauimmin. Hän myös linnoitti uudestaan Cair Androsin[1] saaren Anórienin puolustukseksi. Mutta etelästä uhkasi häntä suurin vaara, sillä *haradrim* olivat miehittäneet Etelä-Gondorin ja Porosin rannoilla taisteltiin yhtenään. Kun suuri sotajoukko hyökkäsi Ithilieniin, täytti Rohanin

---

1 Nimi tarkoittaa 'pitkän tyrskyn laiva', sillä saari muistutti muodoltaan valtavaa laivaa jonka keula kohosi pohjoiseen, ja Anduinin valkea vaahto tyrskysi sen teräviä kiviä vasten.

kuningas Folcwine Eorlin valan ja maksoi velan Beregondin tuomasta avusta ja lähetti suuren joukon miehiä Gondoriin. Näiden avulla Túrin sai voiton Porosin ylimenopaikalla; mutta Folcwinen molemmat pojat kaatuivat taistelussa. Ratsastajat hautasivat heidät kansansa tapaan ja heidät pantiin yhteiseen kumpuun sillä he olivat kaksosveljet. Kauan kohosi *Haudh in Gwanûr* korkeana joen rannalla, ja Gondorin viholliset pelkäsivät kulkea sen sivuitse.

Túrinin jälkeen tuli Turgon, mutta hänen aikansa muistetaan pääasiassa siksi, että kaksi vuotta ennen hänen kuolemaansa Sauron nousi jälleen ja ilmoitti itsensä avoimesti; ja hän palasi takaisin Mordoriin, jota oli kauan valmistettu häntä varten. Silloin kohosi Barad-dûr taas kerran ja Tuomiovuori puhkesi liekkiin ja Ithilienin viimeiset asukkaat pakenivat kauas. Kun Turgon kuoli, otti Saruman Rautapihan omakseen ja linnoitti sen.

»Ecthelion II Turgonin poika oli viisas mies. Sillä voimalla kuin hän oli perinyt hän alkoi vahvistaa valtakuntaansa Mordorin hyökkäystä vastaan. Hän kehotti hyviä miehiä kaukaa ja läheltä astumaan hänen palvelukseensa ja niille, jotka osoittautuivat luotettaviksi, hän antoi aseman ja palkkion. Paljossa, mitä hän teki, oli hänellä apuna suuri sotapäällikkö, jota hän kaikkein eniten rakasti. Gondorissa kutsuttiin häntä Thorongiliksi, Tähden kotkaksi, sillä hän oli nopea ja tarkkasilmäinen ja hänellä oli hopeatähti kaavussaan; mutta kukaan ei tiennyt hänen oikeaa nimeään eikä missä maassa hän oli syntynyt. Hän tuli Ecthelionin luo Rohanista, jossa hän oli palvellut kuningas Thengeliä, mutta *rohirrimiin* hän ei kuulunut. Hän oli suuri miesten johtaja niin maalla kuin merellä, mutta hän palasi pimentoon, josta hän oli tullut ennen Ecthelionin päivien päättymistä.

Thorongil neuvoi usein Ecthelionia, että Umbarin kapinallisten mahti oli suureksi vaaraksi Gondorille ja uhka etelän lääneille ja koituisi turmioksi, jos Sauron aloittaisi avoimen sodan. Viimein hän sai luvan käskynhaltijalta ja kokosi pienen laivaston ja saapui yllättäen yöllä Umbariin ja poltti suuren osan merirosvojen laivoista. Hän surmasi taistelussa laitureilla itse Sataman päällikön ja vetäytyi sitten laivoineen kärsien vain vähäisiä tappioita. Mutta kun he palasivat Pelargiriin, hän ei enää miesten suruksi ja ihmetykseksi tahtonut palata Minas Tirithiin, jossa suuret kunnianosoitukset odottivat häntä.

Hän lähetti Ecthelionille jäähyväisviestin ja sanoi: 'Valtias, muut tehtävät kutsuvat nyt minua, ja vasta monen ajan kuluttua ja monien vaarojen jälkeen minä palaan takaisin Gondoriin, jos se on kohtaloni.' Vaikka kukaan ei osannut arvata, mitä nuo tehtävät olisivat, eikä minkälaisen kutsun hän oli saanut, tiedettiin kuitenkin minne hän meni. Sillä hän otti veneen ja ylitti Anduinin ja toisella puolen hän hyvästeli toverinsa ja viimeisen kerran hänet nähtiin kasvot Varjovuoria kohti.

Thorongilin lähtö järkytti mieliä Kaupungissa, ja kaikki pitivät sitä suurena menetyksenä paitsi ehkä Denethor Ecthelionin poika, joka oli kypsä ottamaan vastaan käskynhaltijan viran ja seurasi isäänsä neljän vuoden kuluttua tämän kuoltua.

Denethor II oli ylpeä mies, pitkä, urhoollinen ja kuninkaallisempi kuin yksikään Gondorin mies monen miehen muistiin; ja hän oli viisas ja kaukonäköinen ja taruihin perehtynyt. Totisesti hän muistutti Thorongilia kuin lähisukulainen, ja kuitenkin ihmisten sydämissä ja isän arvonannossa hänen paikkansa oli vasta toisena muukalaisen jälkeen. Noihin aikoihin ajattelivat monet, että Thorongil oli lähtenyt ennen kuin hänen kilpailijastaan tuli hänen valtiaansa; vaikka Thorongil ei totisesti ollut itse milloinkaan kilpaillut Denethorin kanssa ja oli aina pitänyt itseään pelkästään tämän isän palvelijana. Ja vain yhdessä seikassa erosivat käskynhaltijan saamat neuvot: Thorongil varoitti usein, ettei Ecthelion luottaisi Rautapihan Saruman Valkoiseen vaan toivottaisi ennemmin tervetulleeksi Gandalf Harmaan. Mutta Denethorin ja Gandalfin välillä ei varsin paljon rakkautta ollut; ja Ecthelionin päivien jälkeen ei Harmaa vaeltaja enää ollut yhtä tervetullut Minas Tirithiin. Sen tähden myöhemmin, kun kaikki oli paljastunut, monet uskoivat että Denethor, jolla oli herkkä mieli ja joka näki pitemmälle ja syvemmälle kuin muut aikalaisensa, oli saanut selville, kuka tämä muukalainen Thorongil itse asiassa oli, ja epäillyt että Mithrandir ja hän suunnittelivat Denethorin syrjäyttämistä.

Kun Denethorista tuli käskynhaltija (2984), osoittautui hän tiukaksi valtiaaksi, joka piti kaikkien asioiden hoidon omissa käsissään. Paljon hän ei puhunut. Hän kuunteli neuvoja ja teki sitten oman mielensä mukaan. Hän oli avioitunut myöhään (2976) ja ottanut vaimokseen Finduilasin, Dol Amrothin Adrahilin tyttären. Nainen oli hyvin kaunis ja hänellä oli lempeä sydän, mutta ennen kuin kaksitoista vuotta oli kulunut, hän kuoli. Denethor rakasti häntä omalla tavallaan enemmän kuin ketään toista, ellei sitten rakastanut vieläkin enemmän vanhempaa kahdesta pojasta, jotka hän hänelle synnytti. Mutta ihmisistä näytti, että Finduilas kuihtui vartioidussa kaupungissa niin kuin merellisten laaksojen kukka paljaalla kalliolla. Idän varjo täytti hänet kauhulla ja hän käänsi katseensa etelään merelle, jota hän kaipasi.

Hänen kuolemansa jälkeen Denethor kävi entistäkin synkemmäksi ja umpimielisemmäksi, ja hän saattoi istua yksin tornissaan syvissä ajatuksissa, sillä hän näki, että Mordorin hyökkäys tulisi hänen aikanaan. Myöhemmin uskottiin, että tiedonjanonsa sokaisemana tämä ylpeä ja itsetietoinen mies julkesi katsoa Valkoisen tornin *palantíriin.* Yksikään käskynhaltija ei ollut rohjennut siihen katsoa sen jälkeen kun Minas Ithil oli kukistettu ja Isildurin *palantír* oli joutunut Vihollisen käsiin, eivät edes kuninkaat Eärnil ja Eärnur; sillä Minas Tirithin kivi oli Anárionin *palantír* ja kaikkein lähinnä sitä, joka oli Sauronin hallussa.

Näin Denethor hankki valtakuntansa asioista ja rajojentakaisista tapahtumista suuret tietonsa, joita ihmiset ihmettelivät; mutta hän osti tiedot kalliisti ja vanheni ennen aikaansa mitellessään voimiaan Sauronin tahdon kanssa. Denethorissa kasvoi ylpeys ja kasvoi epätoivo, kunnes hän näki kaikki aikansa teot vain kaksintaisteluna Valkoisen tornin valtiaan ja Barad-dûrin herran välillä, eikä hän luottanut kehenkään toiseen Sauronin vastustajaan, ellei tämä palvellut yksin häntä.

Niin läheni Sormuksen sodan aika ja Denethorin pojat saavuttivat miehen iän. Boromir, joka oli veljeän viisi vuotta vanhempi ja jota hänen isänsä rakasti, muistutti isää kasvoiltaan ja ylpeydessä mutta ei muuten. Enemmänkin hän muistutti entisaikojen kuningas Eärnuria eikä ottanut vaimoa ja iloitsi ennen muuta aseista; vahva ja peloton hän oli mutta ei paljon piitannut muista kuin taisteluista kertovista tarinoista. Nuorempi Faramir oli hänen kaltaisensa ulkonäöltään, mutta mielenlaatu oli hänellä toisenlainen. Hän luki ihmisten sydämiä yhtä terävästi kuin isänsä, mutta se mitä hän luki synnytti pikemminkin sääliä kuin ylenkatsetta. Hänen käytöksensä oli lempeää ja hän rakasti taruntietoa ja musiikkia, ja sen tähden monet arvioivat noina aikoina hänen rohkeutensa veljen rohkeutta vähäisemmäksi. Mutta niin ei ollut, paitsi että hän ei pelkän kunnian tähden hakeutunut vaaroihin. Hän iloitsi Gandalfin tulosta, milloin tämä saapui, ja opetteli kaiken mahdollisen hänen viisaudestaan; ja tässä ja monissa muissa toimissaan hän ei isäänsä miellyttänyt.

Mutta veljesten välillä vallitsi kuitenkin suuri rakkaus, joka oli lähtöisin aina lapsuudesta saakka, jolloin Boromir oli ollut Faramirin auttaja ja suojelija. Siitä lähtien ei heidän välilleen ollut virinnyt kateutta eikä kilpailua, ei isän suosiosta eikä ihmisten kiitoksesta. Faramirista ei näyttänyt mahdolliselta että kukaan olisi Gondorissa voinut kilpailla Boromirin kanssa, Denethorin perillisen, Valkoisen tornin päällikön kanssa; ja Boromir oli yhtä mieltä. Kuitenkin koetuksessa kävi toisin. Mutta siitä mitä kaikille näille kolmelle tapahtui Sormuksen sodassa on kerrottu muualla. Ja sodan jälkeen hallitsevien käskynhaltijoiden aika päättyi ja kuninkuus palautettiin ja Valkoisen puun lippu liehui taas Ecthelionin tornissa.»

5
TÄSSÄ ON KATKELMA ARAGORNIN JA ARWENIN TARUSTA

»Arador oli kuninkaan isoisä. Hänen poikansa Arathorn tahtoi puolisokseen Gilraen Kaunista, Dírhaelin tytärtä; Dírhael itse oli Aranarthin jälkeläinen. Dírhael vastusti tätä liittoa; sillä Gilraen oli nuori eikä ollut vielä saavuttanut ikää, jolloin *dúnedainin* naisilla oli tapana astua avioon.

'Sitä paitsi', sanoi Dírhael, 'Arathorn on kyllä täysi-ikäinen ja vahva mies ja hänestä tulee päämies odotettua aikaisemmin; mutta sydämeni ennustaa että hänen elinpäivänsä jäävät lyhyiksi.'

Mutta hänen vaimonsa Ivorwen näki myös ennalta ja vastasi: 'Sitä suurempi on kiire! Päivät pimenevät myrskyn alla, ja suuret tapahtumat tekevät tuloaan. Jos nämä kaksi solmivat nyt liiton, saattaa siitä syttyä toivo kansallemme; mutta jos he viivyttelevät, ei toivoa tämän ajan aikana tule.'

Ja tapahtui että kun Arathornin ja Gilraenin häistä oli kulunut vasta vuosi, saivat mäkipeikot Aradorin kiinni Hallatuntureilla Rivendellin pohjoispuolella ja hänet surmattiin; ja Arathornista tuli *dúnedainin* päämies. Seuraavana vuonna synnytti Gilraen hänelle pojan ja hänelle annettiin nimeksi Aragorn. Mutta Aragorn oli vasta kahden vanha, kun Arathorn ratsasti örkkejä vastaan Elrondin poikien kanssa ja sai surmansa örkinnuolesta, joka puhkaisi hänen silmänsä; ja heimonsa jäseneksi hän näin tosiaan eli vain vähän aikaa, sillä hän oli kaatuessaan vasta kuusikymmenvuotias.

Silloin vei Aragornin äiti hänet Elrondin taloon asumaan, sillä hän oli nyt Isildurin perillinen; ja Elrond otti hänen isänsä paikan ja oppi rakastamaan häntä kuin omaa poikaa. Mutta häntä kutsuttiin nimellä Estel, se on 'Toivo', ja Elrondin pyynnöstä hänen oikea nimensä ja sukunsa pidettiin salassa; sillä Viisaat tiesivät, että Vihollinen halusi löytää Isildurin perillisen, jos sellainen yhä maan päällä asustaisi.

Mutta kun Estel oli vasta kaksikymmenvuotias, tapahtui että hän palasi Rivendelliin tehtyään suuria urotöitä Elrondin poikien kanssa; ja Elrond katsoi häntä ja oli iloinen, sillä hän näki että hän oli komea ja jalo ja varhain miehuuteen kasvanut, vaikka hän ei vielä ollutkaan varreltaan ja mieleltään täysmittainen. Tuona päivänä Elrond kutsui häntä hänen omalla nimellään ja kertoi hänelle, kuka hän oli ja kenen poika; ja hän luovutti hänelle hänen huoneensa perintökalleudet.

'Tässä on Barahirin sormus', hän sanoi, 'kaukaisen sukulaisuutemme merkki; ja tässä ovat myös Narsilin kappaleet. Näiden avulla saatat vielä tehdä suuria tekoja; sillä ennustan että elämäsi kaari on ihmisten mittaa pitempi, ellei pahuus voita tai ellet sinä murru koetuksessa. Mutta koetus on kova ja pitkä. Annúminasin valtikan pidän itse, sillä se sinun on ansaittava.'

Seuraavana päivänä käveli Aragorn yksin auringonlaskun aikaan metsässä ja hänen sydämensä riemuitsi; ja hän lauloi, sillä hän oli toivoa täynnä ja maailma oli kaunis. Ja äkkiä hän laulaessaan näki nurmikolla neidon kävelemässä koivujen valkeiden varsien välissä; ja hän pysähtyi mykistyneenä, ja luuli joutuneensa uneen tai saaneensa haltialaulajien lahjan loihtia kuulijoiden eteen laulun tapahtumat.

Sillä Aragorn oli laulanut sitä osaa Lúthienin laulusta, joka kertoo Lúthienin ja Berenin kohtaamisesta Neldorethin metsässä. Ja katso! siinä käveli hänen silmäinsä edessä Rivendellissä Lúthien yllään hopeasininen takki, kauniina kuin iltahämärä Haltiakodossa; hänen tummat hiuksensa liehuivat tuulenpuuskassa ja hänen kulmillaan hohtivat jalokivet kuin tähdet.

Hetken Aragorn tuijotti mykistyneenä, mutta peläten, että neito katoaisi eikä hän enää koskaan näkisi häntä, hän kutsui häntä ja sanoi: *Tinúviel, Tinúviel!* niin kuin Beren esiajalla kauan sitten.

Silloin neito kääntyi hänen puoleensa ja hymyili ja sanoi: 'Kuka olette? Ja miksi kutsutte minua tuolla nimellä?'

Ja mies vastasi: 'Koska uskoin, että todella olette Lúthien Tinúviel, josta lauloin. Mutta jos ette ole hän, on muotonne samankaltainen.'

'Niin ovat monet sanoneet', vastasi neito vakavasti. 'Mutta hänen nimeään ei minulla ole. Vaikka saattaa olla, ettei kohtaloni ole kovin toisenlainen. Mutta kuka olette te?'

'Minua kutsuttiin nimellä Estel', sanoi mies, 'mutta minä olen Aragorn Arathornin poika, Isildurin perillinen, *dúnedainin* päämies.' Mutta jo puhuessaan hän tunsi, että tämä suuri suku, josta hänen sydämensä oli iloinnut, ei paljon painanut eikä vetänyt vertoja neidon arvokkuudelle ja ihanuudelle.

Mutta neito nauroi iloisesti ja sanoi: 'Siinä tapauksessa olemme kaukaista sukua. Sillä minä olen Arwen Elrondin tytär ja toinen nimeni on Undómiel.'

'Usein sattuu että vaaran aikoina aarteet kätketään', sanoi Aragorn. 'Mutta silti ihmettelen Elrondia ja veljiänne; sillä minä olen asunut tässä talossa lapsesta asti, enkä ole koskaan kuullut teistä. Miten on niin että emme ole milloinkaan tavanneet? Tuskin isänne on pitänyt teitä lukittuna aarrekammioonsa.'

'Ei ole', sanoi neito ja katsoi idässä nousevia vuoria. 'Olen asunut jonkin aikaa äitini heimon maassa, Lothlórienissa. Olen vastikään palannut tapaamaan taas isääni. Monta vuotta on kulunut siitä kun käyskentelin Imladrisissa.'

Silloin Aragorn ihmetteli suuresti, sillä neito ei ollut näyttänyt häntä itseään vanhemmalta, eikä hän ollut elänyt Keski-Maassa kuin kaksikymmentä kesää. Mutta Arwen katsoi häntä silmiin ja sanoi: 'Älkää ihmetelkö! Sillä Elrondin lapsilla on *eldarin* elämä.'

Silloin Aragorn joutui hämilleen, sillä hän näki haltiavalon neidon silmissä ja monien päivien viisauden; mutta tuosta hetkestä lähtien hän rakasti Arwen Undómielia Elrondin tytärtä.

Seuraavina päivinä Aragorn kävi hiljaiseksi ja hänen äitinsä näki, että jotakin outoa oli hänelle sattunut; ja viimein poika taipui äidin kysymysten edessä ja kertoi hänelle tapaamisesta puiden hämärässä.

'Poikani', sanoi Gilraen, 'päämääräsi on korkealla kuninkaitten jälkeläisellekin. Sillä tämä nainen on ylhäisin ja kaunein maan päällä. Eikä sovi että kuolevainen ottaa puolison haltiasuvusta.'

'Mutta meillä on osuus tuosta suvusta', Aragorn sanoi, 'jos esi-isieni taru, jonka olen oppinut, pitää paikkansa.'

'Se pitää paikkansa', sanoi Gilraen, 'mutta siitä on kauan ja se tapahtui toisella maailman ajalla, ennen kuin heimomme alkoi huveta. Sen tähden minä pelkään; sillä ilman mestari Elrondin hyvää tahtoa Isildurin perilliset joutuvat pian perikatoon. Mutta tuskin Elrondin hyvä tahto seuraa sinua tässä asiassa.'

'Katkerat ovat silloin päiväni, ja yksin vaellan erämaissa', sanoi Aragorn.

'Se onkin kohtalosi', sanoi Gilraen; mutta vaikka hänellä oli kansansa ennustamisen kyky, ei hän sanonut pojalleen enempää siitä, mitä hän näki, eikä kertonut kenellekään, mitä hänen poikansa oli hänelle kertonut.

Mutta Elrond näki paljon ja taisi lukea sydämiä. Sen tähden hän eräänä päivänä ennen syksyä kutsui Aragornin kammioonsa ja sanoi: 'Aragorn Arathornin poika, *dúnedainin* päämies, kuule mitä sanon! Suuri kohtalo odottaa sinua, joko että nouset ylitse kaikkien isiesi Elendilin jälkeen tai vajoat pimeyteen kaiken sen kanssa, mitä suvustasi on jäljellä. Monia koetuksen vuosia on edessäsi. Sinun ei tule ottaa vaimoa eikä sitoa lupauksella ketään naista itseesi ennen kuin aikasi tulee ja sinut havaitaan sen arvoiseksi.'

Silloin Aragorn kävi huolestuneeksi ja hän sanoi: 'Onko niin että äitini on puhunut tästä?'

'Ei todellakaan', sanoi Elrond. 'Omat silmäsi ovat sinut paljastaneet. Mutta en puhu yksin omasta tyttärestäni. Sinun ei ole lupa kihlata yhtäkään neitoa vielä. Mutta mitä tulee Arwen Kauniiseen, Imladrisin ja Lórienin neitoon, kansansa Iltatähteen – hän on sinua suurempaa sukua ja elänyt jo nyt maailmassa niin kauan, että sinä olet hänelle edellisen vuoden vesa monta kesää nähneen nuoren koivun rinnalla. Hän on liian paljon sinua ylhäisempi. Ja niin saattaa hänestä itsestäänkin tuntua. Mutta vaikka niin ei olisi ja hänen sydämensä taipuisi sinun puoleesi, olisi suruni silti suuri, sen kohtalon tähden, joka meille on annettu.'

'Mikä on tuo kohtalo?' kysyi Aragorn.

'Että niin kauan kuin minä asustan täällä, on hänellä *eldarin* nuoruus', vastasi Elrond. 'Ja kun minä lähden, lähtee hän kanssani, jos se on hänen valintansa.'

'Huomaan että aarre, johon olen silmäni kiinnittänyt, ei ole vähemmän kallis kuin Thingolin aarre, jota Beren aikoinaan halasi', sanoi Aragorn. 'Sellainen on kohtaloni.' Silloin äkkiä, sukunsa ennaltanäkemisen lahjan kautta hän sai näyn ja sanoi: 'Mutta katso! Mestari Elrond, se aika jonka täällä asustatte lähenee viimein loppuaan, ja lapsenne joutuvat pian valinnan eteen, joko lähteä kanssanne tai jäädä Keski-Maahan.'

'Näin on', sanoi Elrond. 'Se tapahtuu pian, meidän mittapuullamme, vaikka monet ihmisten vuodet ehtivät vielä vieriä. Mutta Arwenin, minun rakkaani, eteen ei valintaa tule ellet sinä Aragorn Arathornin poika astu meidän väliimme ja tuota meistä toiselle, sinulle tai minulle, ylitse maailman äärien ulottuvaa katkeraa eroa. Et vielä tiedä, mitä minulta tahdot.' Hän huokasi ja katsottuaan vakavasti nuorta miestä hän sanoi hetken kuluttua: 'Vuodet tuovat mitä tuleman pitää. Tästä asiasta me vaikenemme monta pitkää vuotta. Päivät pimenevät ja paljon pahaa vielä tapahtuu.'

Silloin Aragorn hyvästeli rakkaudella Elrondin; ja seuraavana päivänä hän jätti hyvästit äidilleen ja Elrondin talolle ja Arwenille ja lähti erämaihin. Lähes kolmekymmentä vuotta hän ponnisteli Sauronin vastaisessa työssä; ja hänestä tuli Gandalf Viisaan ystävä, ja häneltä hän oppi paljon. Hänen kanssaan hän teki monta vaarallista matkaa mutta vuosien vieriessä hän alkoi yhä enemmän kulkea yksikseen. Hänen tiensä olivat vaikeat ja pitkät, ja hän muuttui synkän näköiseksi paitsi milloin hän hymyili; mutta ihmiset pitivät häntä silti kunnian arvoisena niin kuin kuningasta maanpaossa, milloin hän ei kätkenyt todellista muotoaan. Sillä hän käytti monia pukuja ja saavutti mainetta monella nimellä. Hän ratsasti *rohirrimin* sotajoukossa ja taisteli maalla ja merellä Gondorin valtiaan puolesta, ja voiton hetkellä hän hävisi lännen ihmisten näköpiiristä ja meni yksinään kauas itään ja etelään, tutki ihmisten sydämiä, hyvien ja pahojen, ja otti selville Sauronin palvelijoitten juonet ja suunnitelmat.

Näin hänestä viimein tuli elävistä miehistä sitkein, taidollinen töissä ja tiedoissa, ja kuitenkin hän oli enemmän; sillä hänessä oli haltiaviisautta, ja hänen silmissään oli, kun ne syttyivät, sellainen valo jota harvat kestivät. Hänen kasvonsa olivat surulliset ja vakavat sen kohtalon tähden, joka hänelle kuului, mutta aina asui toivo hänen sydämensä syvyydessä, josta joskus kumpusi ilo kuin lähde kalliosta.

Tapahtui että kun Aragorn oli yhdeksänviidettä ikäinen, hän palasi vaaroista Mordorin mustilta rajoilta, joiden takana Sauron asui taas ja ahersi pahoissa töissä. Aragorn oli väsynyt ja hän pyrki takaisin Rivendelliin levätäkseen siellä jonkin aikaa ennen kuin lähtisi kaukaisiin maihin; ja matkallaan hän saapui Lórienin laidoille ja valtiatar Galadriel päästi hänet salattuun maahan.

Aragornin siitä tietämättä oli myös Arwen Undómiel siellä ja vietti taas aikaansa äitinsä sukulaisten luona. Hän ei ollut muuttunut, sillä kuolevaisten vuodet olivat kulkeneet hänestä sivu; mutta hänen kasvonsa olivat käyneet vakaviksi ja harvoin enää kuultiin hänen nauravan. Mutta Aragorn oli kasvanut täyteen mittaansa niin ruumiin kuin mielen puolesta, ja Galadriel käski hänen heittää päältään säänpieksemät vaatteensa ja puki hänet hopeaan ja valkoiseen ja antoi hänelle haltiaharmaan viitan ja kirkkaan tähden otsalle. Silloin näytti hän suuremmalta kuin kukaan ihmisten kuningas, Lännen saarten haltiaruhtinaalta. Ja näin Arwen näki hänet ensi kertaa heidän pitkän eronsa jälkeen; ja kun mies asteli häntä kohti Caras Galadhonin kultakukkaisten puiden alla, teki hän päätöksensä ja valitsi kohtalonsa.

Yhden kevään he vaelsivat yhdessä Lothlórienin viidoissa kunnes tuli aika miehen lähteä. Ja keskikesän iltana menivät Aragorn Arathornin poika ja Arwen Elrondin tytär Cerin Amrothin kauniille kukkulalle maan keskelle ja he kävelivät paljasjaloin ikivihreässä ruohossa, jossa *elanor* ja *niphredil* kukkivat. Ja tuolta kukkulalta he katsoivat itään Varjoon ja länteen Hämärään, ja he antoivat toisilleen lupauksen ja iloitsivat suuresti.

Ja Arwen sanoi: 'Tumma on Varjo, mutta silti iloitsee sydämeni; sillä sinä Estel olet niiden suurten joukossa, jotka sen karkottavat.'

Mutta Aragorn vastasi: 'Ah ja voi! En osaa nähdä sitä ennalta, ja miten se tapahtuu on minulta salattu. Mutta sinun toivosi on minun toivoni. Ja Varjon minä hylkään kerta kaikkiaan. Mutta Hämäräkään ei ole minua varten, oi neito; sillä minä olen kuolevainen, ja jos pidät minusta kiinni, Iltatähti, silloin on sinunkin Hämärästä luovuttava.'

Ja neito seisoi kuin valkea puu paikallaan ja katsoi länttä kohti ja viimein hän sanoi: 'Dúnadan, sinusta pidän minä kiinni ja käännyn pois Hämärästä. Ja siellä kuitenkin on kansani maa ja koko sukuni koti.' Hän rakasti syvästi isäänsä.

Kun Elrond sai tietää tyttärensä valinnasta, oli hän vaiti, vaikka hän sai sydämeensä surun, eikä kohtalo, jota hän pitkään oli pelännyt, ollut helppo kantaa. Mutta kun Aragorn jälleen saapui Rivendelliin, kutsui Elrond hänet luokseen ja sanoi:

'Poikani, tulevat vuodet, jolloin toivo horjuu, ja mitä niiden takana on, ei minulle näy. Ja välillämme lepää nyt varjo. Kukaties niin on säädetty, että minun menetykseni kautta säilyy ihmisten kuninkuus. Sen tähden, vaikka sinua rakastan, sanon minä sinulle: Arwen Undómiel ei vähennä elämänsä armon aikaa tätä pienemmän asian tähden. Hänestä ei tule ihmisen morsianta, ellei mies ole Gondorin ja Arnorin kuningas. Silloinkaan ei voittomme voi tuoda minulle kuin surun ja eron – mutta sinä saat ilon ja toivon joksikin aikaa. Voi poikani! Kukaties Ihmisten kohtalo käy lopulta vaikeaksi Arwenille.'

Niilleen asia jäi Aragornin ja Elrondin välillä, eivätkä he toiste puhuneet siitä; mutta Aragorn meni taas töihinsä vaarojen ja vaivojen keskelle. Ja maailman pimetessä ja pelon laskeutuessa Keski-Maan ylle sitä mukaa kuin Sauronin mahti kasvoi ja Barad-dûr kohoamistaan kohosi, Arwen pysytteli Rivendellissä, ja milloin Aragorn oli poissa oli hän hänen ajatuksissaan; ja toivossaan hän teki hänelle suuren ja kuninkaallisen lipun jonkalaisen saattaisi nostaa vain se, joka vaati númenorilaisten herruutta ja Elendilin perintöä.

Muutaman vuoden kuluttua lähti Gilraen Elrondin talosta ja palasi oman kansansa luo Eriadoriin ja asui yksin; ja harvoin hän enää näki poikaansa, sillä tämä vietti useita vuosia kaukomailla. Mutta kun Aragorn jälleen kerran oli palannut pohjoiseen, meni hän äitinsä luo ja äiti sanoi hänelle ennen kuin hän lähti:

'Estel poikani, tämä on viimeinen ero meille. Huoli vanhentaa minut kuten vähäisemmän ihmisen; ja nyt kun lähestyy aikamme pimeys ja kerääntyy Keski-Maan ylle, en minä sitä kestä. Minä jätän Keski-Maan pian.'

Aragorn yritti lohduttaa häntä ja sanoi: 'Kukaties pimeyden takana on vielä valo; ja jos niin on, tahtoisin sinun näkevän sen ja iloitsevan siitä.'

Mutta hänen äitinsä vastasi lausuen tämän *linnodin*:

Ónen i-Estel Edain, ú-chebin estel anim,[1]

ja Aragorn lähti raskain sydämin. Gilraen kuoli ennen seuraavaa kevättä.

Näin vierivät vuodet kohti Sormuksen sotaa, josta muualla kerrotaan enemmän: kuinka ennalta arvaamattomat keinot keksittiin ja Sauron kukistettiin ja kuinka toivo vailla toivoa täyttyi. Ja niin tapahtui, että tappion hetkellä tuli Aragorn mereltä ja nosti Pelennorin peltojen taistelussa Arwenin lipun, ja tuona päivänä häntä ensi kerran tervehdittiin kuninkaana. Ja kun kaikki viimein oli tehty, otti hän vastaan isiensä perinnön ja sai Gondorin kruunun ja Arnorin valtikan; ja keskikesällä Sauronin kukistumisen

---

1 »Annoin Toivon *dúnedainille*, itse jäin toivoa paitsi.»

vuonna hän otti Arwen Undómielin käden ja kuninkaitten kaupungissa vietettiin heidän häitään.

Näin päättyi kolmas aika voittoon ja toivoon; mutta murheellistakin murheellisempi oli Elrondin ja Arwenin ero, sillä Meri erotti heidät ja eri kohtalo ylitse maailman äärien. Kun Suursormus tuhottiin ja Kolme sormusta menettivät voimansa, silloin väsyi viimein Elrond ja hylkäsi Keski-Maan eikä enää palannut. Ja Arwenista tuli kuolevainen nainen, mutta ei hänen osansa ollut kuolla ennen kuin hän oli menettänyt kaiken mitä oli saanut.

Haltioitten ja ihmisten kuningattarena hän asui Aragornin kanssa satakaksikymmentä vuotta suuressa loistossa ja autuudessa; mutta viimein Aragorn tunsi vanhuuden lähestyvän ja tiesi, että hänen pitkät elinpäivänsä lähenivät loppuaan. Silloin Aragorn sanoi Arwenille:

'Viimein, oi Iltatähti, kaunein maailmassa, ja kaikkein rakkain, viimein haipuu maailmani. Katso! olemme kylväneet ja olemme niittäneet ja nyt lähestyy maksun aika.'

Arwen tiesi hyvin, mitä hänellä oli mielessä, ja oli jo aikoja nähnyt sen ennalta; mutta suru oli silti musertava. 'Tahdotko siis, valtias, ennen aikojasi jättää kansasi, jolle sinun sanasi ovat elämä?' sanoi hän.

'En ennen aikojani', vastasi kuningas. 'Sillä jos en lähde nyt, on minun pian lähdettävä pakon kautta. Ja poikamme Eldarion on mies ja kuninkaaksi kypsä. '

Sitten Aragorn meni Kuninkaitten taloon Hiljaiselle kadulle ja asettui pitkälle vuoteelle, joka hänelle oli aikaa sitten valmistettu. Siellä hän jätti hyvästit Eldarionille ja antoi hänen käsiinsä Gondorin siipikruunun ja Arnorin valtikan; ja sitten lähtivät kaikki Arwenia lukuun ottamatta ja hän seisoi yksin hänen vuoteensa vierellä. Ja huolimatta kaikesta viisaudestaan ja suuresta suvustaan ei hän kyennyt pidättämään pyyntöä, että Aragorn viipyisi vielä hetken. Arwen ei vielä ollut päiviinsä uupunut ja näin hän sai maistaa kuolevaisuuden katkeruutta, jonka hän oli ottanut päälleen.

'Oi Undómiel', sanoi Aragorn, 'raskas on tämä hetki, mutta se lankesi meille sinä päivänä, jolloin kohtasimme valkeiden koivujen alla Elrondin puutarhassa, jossa kukaan ei enää kulje. Ja Cerin Amrothin kukkulalla, kun me hylkäsimme niin Varjon kuin Hämärän, hyväksimme me tämän kohtalon. Rakastettuni, mene itseesi ja kysy: tahtoisitko todella että odottaisin kunnes kuihdun ja suistun korkealta istuimeltani miehuutta ja järkeä vailla. Ei, Arwen, minä olen viimeinen númenorilaisista ja esiaikojen viimeinen kuningas; eikä minulle ole annettu ainoastaan kolminkertaisesti Keski-Maan ihmisten elinikää vaan myöskin se armo, että saan lähteä oman tahtoni mukaan ja antaa lahjan takaisin. Sen tähden nukun minä nyt.

En minä sinua lohduta; sillä ei ole lohtua tähän tuskaan maailman piirien sisällä. Viimeisistä viimeinen valinta on edessäsi: voit katua ja mennä Satamiin ja viedä kauas Länteen muiston yhteisistä päivistä, jotka ikuisesti säilyvät tuoreina mutta pelkkänä muistona; tai alistua Ihmisten kohtaloon.'

'Ei, valtias, tuo valinta on aikaa mennyt', sanoi Arwen. 'Ei ole enää laivaa joka minut täältä veisi, ja minun on alistuttava Ihmisten kohtaloon, haluan eli en: menetykseen ja hiljaisuuteen. Mutta sanon sinulle númenorilaisten kuningas, että vasta nyt käsitän minä kansasi tarinan ja heidän lankeemuksensa. Halveksuin heitä kieroina houkkina, mutta vihdoin säälin minä heitä. Sillä jos tämä tosiaan on, kuten *eldar* sanovat, Yhden lahja ihmisille, on se katkera ottaa vastaan.'

'Katkeralta se tuntuu', vastasi kuningas. 'Mutta älkäämme antako kukistaa itseämme viimeisessä koitoksessa, me jotka kerran hylkäsimme Varjon ja hylkäsimme Sormuksen. Surua on lähtö täynnä, mutta ei epätoivoa. Katso! emme ole ikuisiksi ajoiksi sidotut maailman piireihin, ja sen tuolla puolen on enemmän kuin muisto. Hyvästi!'

'Estel, Estel!' huusi Arwen ja mies tarttui hänen käteensä ja suuteli sitä ja vaipui uneen. Silloin paljastui kuninkaassa suuri kauneus, niin että kaikki, jotka jälkeenpäin tulivat sinne, katsoivat häntä ihmeissään; sillä he näkivät että hänen nuoruutensa sulo, miehuuden uljuus ja iän viisaus ja kuninkaallisuus olivat sekoittuneet toisiinsa. Ja siinä hän makasi kauan ja heijasti ihmisten kuninkaitten himmentymätöntä loistoa ajalta ennen maailmaan särkymistä.

Mutta Arwen lähti Talosta ja valo hänen silmistään sammui, ja hänen kansastaan näytti että hänestä oli tullut harmaa ja kylmä kuin talvinen tähdetön ilta. Silloin hän hän heitti hyvästit Eldarionille ja tyttärilleen ja kaikille rakkailleen; ja hän lähti pois Minas Tirithin kaupungista ja tuli Lórienin maahan ja asui siellä yksin kuihtuvien puiden alla aina talven tuloon saakka. Galadriel oli mennyt ja Celeborn oli poissa, ja maa oli äänetön.

Siellä hän viimein *mallornin* lehtien varistessa kevään aattona[1] asettui levolle Cerin Amrothille; ja siellä kohoaa hänen vihreä hautansa aina maailman muuttumiseen saakka, kun kaikki hänen elämänsä päivät ovat kokonaan unohtuneet tulevien mielestä, eivätkä *elanor* ja *niphredil* enää kuki Meren itäpuolella.

Tähän loppuu taru sellaisena kuin se on meille tullut etelästä; eikä Iltatähden poismenosta sanota enempää tässä vanhoista ajoista kertovassa kirjassa.»

II
EORLIN HUONE

»Eorl Nuori oli Éothéodin ihmisten herra. Tuo maa sijaitsi lähellä Anduinin lähteitä Sumuvuorten etäisimpien jonojen ja Synkmetsän pohjoisosien välillä. He olivat muuttaneet noille seuduille kuningas Eärnil II:n aikana Anduinin laaksoseuduilta Kivikallion ja Kurjenmiekkajoen väliltä ja he olivat alkuperältään läheistä sukua beorningeille ja metsän länsilaidan asukkaille. Eorlin esi-isät katsoivat polveutuvansa Rhovanionin kuninkaista, joiden valtakunta ennen vaunumiesten hyökkäystä sijaitsi Synkmetsän tuolla puolen, ja näin he katsoivat olevansa sukua Gondorin kuninkaille, jotka polveutuivat Eldacarista. Eniten he rakastivat tasankoja ja hevoset ja ratsastuskilvat olivat heidän ilonsa. Mutta Anduinin keskilaaksoissa asui noihin aikoihin paljon ihmisiä, ja Dol Guldurin varjo piteni; ja kun he siis kuulivat Noitakuninkaan kukistumisesta, lähtivät he etsimään lisää tilaa pohjoisesta ja ajoivat tiehensä Angmarin asukkaista Vuorten itäpuolelta loputkin. Mutta Léodin Eorlin isän aikoina heistä oli tullut suuri kansa ja olo kotimaassa kävi jälleen ahtaaksi.

Kolmannen ajan vuonna 2509 uhkasi uusi vaara Gondoria. Koillisesta vyöryi Rhovanionin yli suuri villi-ihmisten sotajoukko, joka kulki Ruskeiden maiden halki ja ylitti Anduinin lauttojen avulla. Samaan aikaan, sattumalta taikka tarkoituksella, tuli Vuorilta alas örkkejä, jotka noihin aikoihin, ennen sotaansa kääpiöiden kanssa, olivat hyvin voimakkaita. Maahantunkeutujat valtasivat Calenardhonin, ja Cirion Gondorin käskynhaltija lähetti hakemaan apua pohjoisesta; sillä Anduinin laakson ihmisten ja Gondorin kansan välillä oli pitkään vallinnut ystävyys. Mutta Virran laaksossa oli ihmisiä enää vähän ja he asuivat hajallaan ja pystyivät vain hitaasti kokoamaan apua. Viimein sai Eorl kuulla Gondorin hädästä, ja vaikka näytti jo myöhäiseltä, lähti hän matkaan suuren ratsastajajoukon kanssa.

Niin hän saapui Celebrantin kentän taisteluun, sillä se oli Hopeajuovan ja Liminvuon välisen vihreän maan nimi. Gondorin pohjoinen armeija taisteli siellä tuhon partaalla. Se oli lyöty Rohanin ylängöllä, ja tie etelään oli siltä katkaistu, ja se oli ajettu Liminvuon toiselle puolelle. Siellä sen kimppuun oli yllättäen käynyt örkkiarmeija ja alkanut painaa sitä Anduinia kohti. Kaikki toivo oli mennyt, kun odottamatta laukkasivat Ratsastajat pohjoisesta ja kävivät vihollisen selustaan. Silloin kääntyi sotaonni ja vihollinen ajettiin verisesti Liminvuon yli. Eorl johti miehensä takaa-ajoon, ja niin suuri

---

1 I 287.

oli pelko pohjoisen ratsumiesten edellä, että myös Rohanin ylängön miehittäjät joutuivat pakokauhun valtaan ja Ratsastajat ajoivat heitä takaa Calenardhonin tasankojen poikki.»

Tuon seudun asukkaat olivat käyneet vähiin Ruton jälkeen, ja suurimman osan jäljelle jääneistä olivat raa'at itäläiset surmanneet. Sen tähden antoi Cirion Eorlille ja hänen kansalleen palkkioksi hänen avustaan Anduinin ja Rautkymin välisen Calenardhonin; ja he lähettivät hakemaan vaimonsa ja lapsensa ja tavaransa pohjoisesta ja asettuivat asumaan tuohon maahan. He antoivat sille uuden nimen Ratsastajain Mark, ja itseään he kutsuivat Eorlin pojiksi; mutta Gondorissa tuota maata kutsuttiin nimellä Rohan ja sen kansaa *rohirrimiksi* (se on: ratsuruhtinaiksi). Näin tuli Eorlista Markin ensimmäinen kuningas ja hän valitsi asuinpaikakseen vihreän kukkulan Valkoisten vuorten juurelta, jotka olivat hänen maansa eteläinen suojamuuri. Siellä asuivat *rohirrim* sen jälkeen vapaina ja heillä oli oma kuningas ja omat lait; mutta heillä oli jatkuva liitto Gondorin kanssa.

»Rohanin lauluissa, jotka yhä muistavat pohjoisen maan, kerrotaan monesta ruhtinaasta ja sotaurhosta ja monesta kauniista ja uljaasta naisesta. Ne kertovat että Frumgar oli sen päällikön nimi, joka johti kansansa Éothéodiin. Hänen pojastaan Framista ne kertovat, että hän surmasi Scathan, Ered Mithrinin suuren lohikäärmeen, ja maa sai pitkään olla rauhassa hirmukäärmeiltä sen jälkeen. Näin Fram sai itselleen paljon rikkautta, mutta joutui vihaan kääpiöiden kanssa, jotka vaativat Scathan aarretta itselleen. Fram ei luovuttanut heille killinkiäkään ja lähetti sen sijaan Scathan hampaista tehdyn kaulanauhan ja sanoi: 'Tämän veroisia jalokiviä ette aarrekammioistanne löydä, sillä niitä on vaikea hankkia.' Väitetään että kääpiöt surmasivat Framin tämän loukkauksen tähden. Éothéodin kansan ja kääpiöiden välillä ei rakkautta haaskattu.

Léod oli Eorlin isän nimi. Hän oli villihevosten kesyttäjä; sillä tuossa maassa oli niitä paljon noihin aikoihin. Hän otti kiinni valkean varsan, joka kasvoi pian vahvaksi ja kauniiksi ja ylpeäksi hevoseksi. Yksikään ihminen ei pystynyt sitä kesyttämään. Kun Léod rohkeni nousta sen selkään, kantoi se hänet kauas ja heitti lopulta maahan ja Léodin pää sattui kiveen ja hän sai surmansa. Hän oli silloin vasta kahdenviidettä ikäinen, ja hänen poikansa oli kuusitoistavuotias nuorukainen.

Eorl vannoi kostavansa isänsä puolesta. Kauan hän metsästi hevosta ja sai sen viimein näköpiiriinsä; ja hänen toverinsa olettivat, että hän pyrkisi nuolenkantaman päähän ampuakseen sen. Mutta kun he pääsivät lähelle, Eorl nousi ja huusi suurella äänellä: 'Tule tänne Miehensurma, niin saat uuden nimen!' Heidän ihmeekseen hevonen katsoi Eorliin ja tuli ja pysähtyi hänen viereensä ja Eorl sanoi: 'Annan sinulle nimeksi Felaróf. Rakastit vapauttasi, enkä sinua siitä moiti. Mutta nyt olet minulle velkaa kalliit verirahat, ja saat antaa vapautesi minulle elämäsi loppuun saakka.'

Sitten Eorl nousi sen selkään ja Felaróf alistui; ja Eorl ratsasti sillä kotiin ilman suitsia tai kuolaimia; ja niin hän ratsasti sillä aina siitä lähtien. Hevonen ymmärsi kaiken mitä ihmiset sanoivat, mutta ei sallinut kenenkään muun kuin Eorlin nousta selkäänsä. Felarófilla ratsasti Eorl Celebrantin kentälle; sillä tuo hevonen eli yhtä kauan kuin ihminen ja niin elivät myös sen jälkeläiset. Nämä olivat *mearas*, jotka eivät suostuneet kantamaan ketään muuta kuin Markin kuningasta ja hänen poikiaan aina Hallavaharjan päiviin saakka. Niistä sanottiin että Béma (jota *eldar* kutsuivat nimellä Oromë) oli tuonut niiden esi-isän Lännestä Meren takaa.

Markin kuninkaista Eorlin jälkeen ennen Théodenia on eniten kerrottu Helm Vasarakourasta. Hän oli synkkä ja voimakas mies. Noihin aikoihin eli mies nimeltä Freca, joka väitti periytyvänsä kuningas Fréawinesta, vaikka kerrottiin hänessä olevan paljon mustainmaalaista verta ja hänellä oli tumma tukka. Hänestä tuli rikas ja mahtava ja hänellä oli laajoja maita Adornin[1] kummankin puolen. Lähelle sen lähteitä hän pystytti

---

1 Adorn virtaa Ered Nimraisin länsipuolelta Rautkymiin.

linnoituksen eikä varsin välittänyt kuninkaasta. Helm ei luottanut häneen, mutta kutsui hänet neuvostoonsa; ja hän tuli milloin häntä huvitti.

Yhteen näistä kokouksista tuli Freca suuren miesjoukon kanssa ja hän pyysi Helmin tyttären kättä pojalleen Wulfille. Mutta Helm sanoi: 'Olet paisunut sen jälkeen kun viimeksi kävit täällä; mutta arvatenkin suurin osa siitä on ihraa', ja ihmiset nauroivat, sillä Frecan vyö oli pitkä.

Silloin Freca joutui raivon valtaan ja hän solvasi kuningasta ja sanoi lopuksi näin: 'Jos iäkäs kuningas hylkää tarjotun sauvan, voivat polvet pettää.' Helm vastasi: 'Älähän nyt! Poikasi liitto on pikkuseikka. Helm ja Freca voivat keskustella siitä myöhemmin. Ennen sitä on kuninkaalla ja hänen neuvostollaan tämän hetken asioita ratkaistavana.'

Kun neuvoston kokous oli päättynyt, nousi Helm ja laski suuren kätensä Frecan olalle ja sanoi: 'Kuningas ei suvaitse hälinöintiä talossaan, mutta sen ulkopuolella on vapaammat oltavat', ja hän pakotti Frecan kävelemään edellään ulos Edorasista kentälle. Frecan miehille, jotka tulivat heidän luokseen hän sanoi: 'Tiehenne! Emme tarvitse kuulijoita. Me keskustelemme yksityisistä asioista kahden kesken. Menkää puhumaan minun miesteni kanssa!' Ja he katsoivat ympärilleen ja näkivät että kuninkaan miehiä ja ystäviä oli paljon enemmän ja he vetäytyivät.

'No, pikipää', sanoi kuningas, 'nyt sinulla on edessäsi yksin Helm, vailla asetta ja apureita. Mutta olet jo sanonut yhtä ja toista, ja nyt on minun vuoroni puhua. Freca, tyhmyytesi on kasvanut vatsasi myötä. Sinä puhut sauvasta! Jos Helm ei pidä kierosta sauvasta, jota hänelle työnnetään, katkaisee hän sen. Tuosta!' Ja hän iski Frecaa nyrkillään niin että tämä kaatui pökertyneenä maahan ja kuoli pian sen jälkeen.

Helm julisti silloin Frecan pojan ja lähisukulaiset kuninkaan vihollisiksi; ja he pakenivat, sillä Helm lähetti heti paljon miehiä läntisille rajoille.»

Neljä vuotta myöhemmin (2758) joutui Rohan suuriin vaikeuksiin, eikä Gondorista voitu lähettää apua, sillä kolme merirosvolaivastoa hyökkäsi sen kimppuun ja kaikilla rannikoilla oli sota. Samaan aikaan Rohaniin tunkeuduttiin taas idästä ja mustainmaalaiset näkivät tilaisuutensa tulleen ja hyökkäsivät Rautkymin yli ja alas Rautapihasta. Pian kävi ilmi, että heitä johti Wulf. Heitä oli suuri joukko sillä heihin liittyi Gondorin vihollisia, jotka olivat laskeneet maihin Lefnuin ja Rautkymin suulle.

Rohirrim lyötiin ja sota vyöryi heidän maansa ylitse; ja ne joita ei surmattu eikä saatu orjiksi pakenivat vuorten laaksoihin. Helm pakotettiin suurten menetysten jälkeen peräntymään Rautkymin ylimenopaikalta ja hän otti turvapaikakseen Ämyrilinnan ja sen takaisen kurun (joka sittemmin tunnettiin nimellä Helmin syvänne). Sinne hänet piiritettiin. Wulf valtasi Edorasin ja istui Meduseldissa ja kutsui itseään kuninkaaksi. Siellä kaatui Haleth Helmin poika viimeisenä ovea puolustaessaan.

»Pian alkoi Ikitalvi ja Rohan oli lumen peitossa lähes viisi kuukautta (marraskuusta maaliskuuhun 2758–2759). Niin *rohirrim* kuin heidän vihollisensakin kärsivät kylmyydestä suuresti ja nälänhädästä, joka jatkui sitäkin kauemmin. Julen jälkeen nähtiin Helmin syvänteessä nälkää; ja epätoivoissaan vei Háma, Helmin nuorempi poika, vastoin Helmin neuvoa miehiä uloshyökkäykseen ja ryöstöretkelle, mutta he tuhoutuivat lumeen. Helm muuttui nälästä ja surusta hurjaksi ja synkäksi; ja pelko, jonka hän vihollisessa herätti, vastasi monen miehen voimaa Linnan puolustuksessa. Hän lähti joskus yksin ulos valkeissa vaatteissa ja asteli kuin lumipeikko vihollistensa leireihin ja surmasi monia paljain käsin. Uskottiin että aseettomana häneen ei ase pystynyt. Mustainmaalaiset sanoivat, että milloin hän ei löytänyt muuta syötävää, hän söi ihmisiä. Se taru eli pitkään Mustainmaassa. Helmillä oli suuri torvi ja pian huomattiin, että ennen matkaan lähtöään hän puhalsi siihen kerran niin että Syvänne raikui; ja silloin valtasi niin suuri pelko hänen vihollisensa, että he pakenivat solaa alas sen sijaan että olisivat kääntyneet yhteen ottaakseen hänet kiinni tai tappaakseen.

Eräänä yönä miehet kuulivat torven soivan, mutta Helm ei tullut takaisin. Aamulla valaisi maan ensimmäinen auringonsäde päiväkausiin ja he näkivät valkoisen hahmon, joka seisoi Vallilla liikkumatta, yksin, sillä mustainmaalaisista kukaan ei uskaltanut lähestyä sitä. Siinä seisoi Helm kuolleena kuin kivi eivätkä hänen polvensa kuolemassakaan pettäneet. Mutta kerrottiin, että silloin tällöin saattoi yhä kuulla torven soivan Syvänteessä ja Helmin haamu kulki Rohanin vihollisten keskellä ja tappoi kauhulla.

Pian tämän jälkeen taittui talven selkä. Silloin Fréaláf, joka oli Hildin, Helmin sisaren poika, tuli ulos Dunhargista, jonne monet olivat paenneet hänen kanssaan; ja pienen epätoivoisen joukon avulla hän yllätti Wulfin Meduseldissa ja surmasi hänet ja sai vallatuksi Edorasin takaisin. Lumisen talven jälkeen puhkesi suuria tulvia ja Entinojan laakso muuttui suoksi. Idästä tulleet maahantunkeutujat tuhoutuivat vetäytyessään; ja viimein saapui apu Gondorista vuorten itä- ja länsipuolisia teitä. Ennen vuoden 2759 loppua oli mustainmaalaiset ajettu pois Rautapihastakin; ja Fréaláfista tuli kuningas.

Helm tuotiin Ämyrilinnasta ja pantiin yhdeksänteen kumpuun. Sen jälkeen kasvoi valkea *simbelmynë* tiheimmin tuon kummun päällä, niin että näytti kuin se olisi ollut lumen peitossa. Kun Fréaláf kuoli aloitettiin uusi kumpurivi.»

Sota ja nälänhätä ja karjan ja hevosten menetykset heikensivät vakavasti *rohirrimia*; ja oli onni ettei heitä moneen vuoteen uhannut mikään suuri vaara, sillä vasta kuningas Folcwinen aikana he saavuttivat entisen voimansa.

Fréaláfin kruunaamisen aikoihin ilmestyi Saruman, toi lahjoja ja ylisti suuresti *rohirrimin* uljuutta. Kaikki pitivät häntä tervetulleena vieraana. Pian hän asettui asumaan Rautapihaan. Tähän antoi hänelle luvan Beren, Gondorin käskynhaltija, sillä Gondor katsoi yhä että Rautapiha oli Gondorin linnoitus eikä kuulunut Rohanille. Beren antoi myös Sarumanin huostaan Orthancin avaimet. Yksikään vihollinen ei ollut pystynyt tuota tornia vahingoittamaan saatikka sinne tunkeutumaan.

Näin Saruman omaksui ihmisten ruhtinaan elkeet; sillä aluksi hän hallitsi Rautapihaa kuten käskynhaltijan komentaja ja tornin vouti. Mutta Fréaláf oli tästä yhtä iloinen kuin Beren, että Rautapiha oli vahvan ystävän käsissä. Ystävältä hän pitkään näytti, ja kukaties hän aluksi ystävä todella olikin. Vaikka jälkeenpäin ihmiset eivät epäilleet, etteikö Saruman olisi muuttanut Rautapihaan nimenomaan löytääkseen sieltä Kiven ja pystyttääkseen oman mahdin. Varmaa on että viimeisen Valkoisen neuvoston (2953) jälkeen hänen aikeensa Rohania kohtaan, vaikka hän ne salasi, olivat pahat. Silloin hän otti Rautapihan omakseen ja alkoi muuttaa sitä vartioidun voiman ja pelon tyyssijaksi, kuin Barad-dûrin kilpailijaksi. Ystävänsä ja palvelijansa hän hankki niiden keskuudesta, jotka vihasivat Gondoria ja Rohania, olivatpa he ihmisiä tai ilkeämpiä olentoja.

MARKIN KUNINKAAT
Ensimmäinen haara

Vuosi[1]

2485–2545   1. *Eorl Nuori.* Hän sai nimensä siitä että hän seurasi isäänsä valtaistuimelle nuorella iällä ja oli päiviensä loppuun saakka keltatukkainen ja rusoposkinen. Päivät jäivät lyhyiksi, sillä itäläiset hyökkäsivät toistamiseen. Eorl kaatui taistelussa Rohanin ylängöllä, ja ensimmäinen kumpu tehtiin. Sinne pantiin myös Felaróf.

2512–2570   2. *Brego.* Hän ajoi vihollisen Rohanin ylängöltä eikä Rohanin kimppuun hyökätty moneen vuoteen. Vuonna 2569 hän sai valmiiksi Meduseldin suuren kartanon. Juhlassa vannoi hänen poikansa Baldor lähtevänsä »Kuolleiden kulkuteille», eikä hän palannut.[2] Brego kuoli suruun seuraavana vuonna.

---

1   Vuodet Gondorin laskutavan mukaan kolmatta aikaa. Vuosiluvut viittaavat syntymä- ja kuolinvuoteen.

2   III 671, 679.

2544–2645   3. *Aldor Vanha.* Hän oli Bregon toinen poika. Hän tuli tunnetuksi nimellä Vanha, sillä hän saavutti korkean iän ja hallitsi kuninkaana 75 vuotta. Hänen aikanaan *rohirrim* lisääntyivät ja he ajoivat pois tai alistivat valtansa alle ne mustainmaalaiset, joita vielä asusti Rautkymin itäpuolella. Hargin laakso ja muut vuorten laaksot asutettiin. Seuraavista kolmesta kuninkaasta on kerrottu vain vähän, sillä Rohanissa oli rauha ja maa kukoisti heidän aikanaan.

2570–2659   4. *Fréa.* Vanhin poika, mutta Aldorin neljäs lapsi; hän oli jo iäkäs tullessaan kuninkaaksi.

2594–2680   5. *Fréawine.*

2619–2699   6. *Goldwine.*

2644–2718   7. *Déor.* Hänen aikanaan mustainmaalaiset tekivät usein ryöstöretkiä Rautkymin yli. Vuonna 2710 he valtasivat Rautapihan aution kehän eikä heitä saatu sieltä pois.

2668–2741   8. *Gram.*

2691–2759   9. *Helm Vasarakoura.* Hänen hallituskautensa loppupuolella kärsi Rohan suuria tappioita, jotka aiheuttivat vihollisen maahantunkeutuminen ja Ikitalvi. Helm sekä hänen poikansa Haleth ja Háma saivat surmansa. Fréaláfista, Helmin sisarenpojasta tuli kuningas.

Toinen haara

2726–2798   10. *Fréaláf Hildinpoika.* Hänen aikanaan Saruman tuli Rautapihaan, josta mustainmaalaiset oli karkotettu. *Rohirrim* hyötyivät aluksi hänen ystävyydestään nälänhädän ja heikkouden vuosina.

2752–2842   11. *Brytta.* Hänen kansansa kutsui häntä nimellä *Léofa*, sillä kaikki rakastivat häntä; ja hän oli avokätinen ja auttoi kaikkia tarvitsevia. Hänen aikanaan käytiin sotaa örkkejä vastaan, jotka hakivat turvaa Valkoisilta vuorilta, kun ne oli ajettu pohjoisesta pakosalle.[1] Hänen kuolemansa aikoihin luultiin, että ne kaikki oli saatu kiinni; mutta niin ei ollut.

2780–2851   12. *Walda.* Hän oli kuninkaana vain yhdeksän vuotta. Hän ja kaikki hänen seuralaisensa joutuivat örkkien ansaan Dunhargin vuoristopolulla ja heidät surmattiin.

2804–2864   13. *Folca.* Hän oli suuri metsämies, mutta hän vannoi ettei metsästäisi yhtäkään villipetoa niin kauan kuin Rohanissa oli yksikin örkki. Kun viimeinen örkkitukikohta oli löydetty ja tuhottu, lähti hän metsästämään Firienin metsään Everholtin suurta villisikaa. Hän surmasi sian, mutta kuoli sen torahampaiden raatelemiin haavoihin.

2830–2903   14. *Folcwine.* Kun hän nousi valtaistuimelle, olivat *rohirrim* saaneet voimansa takaisin. Hän valloitti takaisin länsilaidat (Adornin ja Rautkymin väliltä) jotka mustainmaalaiset olivat miehittäneet. Rohan oli saanut paljon apua Gondorista pahoina päivinä. Kun siis saatiin kuulla, että *haradrim* hyökkäilivät Gondorin kimppuun sankoin joukoin, lähetti hän paljon miehiä käskynhaltijan avuksi. Hän olisi tahtonut johtaa miehiä itse, mutta hänet saatiin luopumaan aikeestaan ja hänen kaksospoikansa Folcred ja Fastred (synt. 2858) menivät hänen asemestaan. He kaatuivat rinta rinnan taistelussa Ithilienissä (2885). Gondorin Túrin II lähetti Folcwinelle runsaat verirahat kullassa.

2870–2953   15. *Fengel.* Hän oli Folcwinen kolmas poika ja neljäs lapsi. Häntä ei kiitoksella muisteta. Hän ahnehti ruokaa ja kultaa ja haastoi riitaa marsalkoittensa ja omien lastensa kanssa. Thengel, hänen kolmas lapsensa

---

1   Liitteet 898

ja ainoa poikansa, lähti Rohanista miehen ikään päästyään ja eli pitkään Gondorissa ja niitti mainetta Turgonin palveluksessa.

2905–2980   16. *Thengel.* Hän otti vasta myöhään itselleen vaimon, ja vuonna 2943 hän vietti Gondorissa häitä Lossarnachin Morwenin kanssa, vaikka tämä oli häntä seitsemäntoista vuotta nuorempi. Tämä synnytti hänelle Gondorissa kolme lasta, joista toinen, Théoden, oli hänen ainoa poikansa. Kun Fengel kuoli, kutsuivat *rohirrim* hänet takaisin ja hän palasi vastahakoisesti. Mutta hänestä tuli hyvä ja viisas kuningas, vaikka hänen talossaan puhuttiin Gondorin tapaan, eivätkä kaikki pitäneet sitä hyvänä. Morwen synnytti hänelle Rohanissa vielä kaksi tytärtä; ja viimeinen, myöhään syntynyt (2963), kuninkaan vanhuudenpäivien lapsi, Théodwyn, oli heistä kaunein. Hänen veljensä rakasti häntä syvästi.

Pian Thengelin paluun jälkeen julisti Saruman itsensä Rautapihan valtiaaksi ja alkoi aiheuttaa ikävyyksiä Rohanille, loukaten sen rajoja ja tukien sen vihollisia.

2948–3019   17. *Théoden.* Rohanin tarut kutsuvat häntä nimellä Théoden Ednew, sillä hän lankesi rappioon Sarumanin taikojen takia, mutta parani Gandalfin ansiosta ja nousi viimeisenä elinvuotenaan ja johti miehensä Ämyrilinnan voittoon ja pian sen jälkeen Pelennorin pelloille, ajan suurimpaan taisteluun. Hän kaatui Turvalinnan porttien edustalla. Jonkin aikaa hän makasi syntymämaassaan Gondorin kuolleiden kuninkaitten joukossa, mutta hänet tuotiin takaisin ja asetettiin oman haaransa kahdeksanteen kumpuun Edorasiin. Silloin alkoi uusi haara.

Kolmas haara

Vuonna 2989 solmi Théodwyn avioliiton Itämannun Éomundin kanssa, joka oli Markin suurmarsalkka. Hänen poikansa Éomer syntyi vuonna 2991 ja tyttärensä Éowyn 2995. Tuolloin oli Sauron jälleen noussut ja Mordorin varjo ulottui Rohaniin asti. Örkit alkoivat ryöstellä itäisiä seutuja sekä tappaa ja varastaa hevosia. Sumuvuorilta niitä tuli myös, ja näistä suuri osa oli isoja *urukeja,* jotka olivat Sarumanin palveluksessa, vaikka kesti kauan ennen kuin sitä osattiin epäillä. Éomund vastasi itäisistä rajamaista; ja hän vihasi suuresti örkkejä ja rakasti hevosia. Jos hän sai tiedon ryöstöretkestä, hän saattoi lähteä örkkien kimppuun kuuman vihan vallassa, varomatta ja pienellä joukolla. Niin sattui että hän sai surmansa 3002; sillä hän ajoi takaa pientä örkkiryhmää Emyn Muilin laidoille ja siellä hänet yllätti vahva sotajoukko, joka oli väijynyt kallioilla.

Pian tämän jälkeen sairastui Théodwyn ja kuoli kuninkaan suureksi suruksi. Kuningas otti hänen lapsensa taloonsa asumaan ja kutsui heitä pojaksi ja tyttäreksi. Hänellä oli vain yksi oma lapsi, poikansa Théodred, joka silloin oli kaksikymmentäneljävuotias; sillä kuningatar Elfhild oli kuollut lapsivuoteeseen eikä Théoden ottanut toista puolisoa. Éomer ja Éowyn kasvoivat Edorasissa ja näkivät mustan varjon lankeavan Théodenin salien ylle. Éomer oli kuten isänsä ennen häntä; mutta Éowyn oli hoikka ja pitkä ja hänessä oli suloa ja ylpeyttä, jonka hän oli perinyt etelästä Lossarnachin Morwenilta, jota *rohirrim* olivat kutsuneet nimellä Terässäde.

2991–63 na.   (3084) *Éomer Éadig.* Kun hän oli vielä nuori tuli hänestä Markin marsalkka (3017) ja hänelle annettiin hänen isänsä vastuu itäisistä rajamaista. Sormuksen sodassa kaatui Théodred taistelussa Sarumania vastaan Rautkymin ylimenopaikalla. Sen tähden ennen kuolemaansa Pelennorin kentällä nimesi Théoden Éomerin perijäkseen ja uudeksi kuninkaaksi. Tuona päivänä niitti mainetta myös Éowyn, sillä hän taisteli valepuvussa; ja sen jälkeen kutsuttiin häntä Markissa Kilpikäden neidoksi.[1]

Éomerista tuli suuri kuningas ja koska hän oli nuori noustessaan valtaistuimelle Théodenin jälkeen, hallitsi hän kuusikymmentäviisi vuotta, kauemmin kuin kukaan häntä edeltäneistä kuninkaista Aldor Vanhaa lukuun ottamatta. Sormuksen sodassa hän ystävystyi kuningas Elessarin kanssa ja Dol Amrothin Imrahilin kanssa; ja hän ratsasti usein Gondoriin. Kolmannen ajan viimeisenä vuonna hän otti puolisokseen Lothírielin, Imrahilin tyttären. Heidän poikansa Elfwine Kaunis hallitsi hänen jälkeensä.

Éomerin aikana oli Markissa rauha kaikilla rauhaa halajavilla, ja ihmiset lisääntyivät niin laaksoissa kuin tasangoilla ja hevosten määrä kasvoi. Gondorissa hallitsi nyt kuningas Elessar ja Arnorissa myös. Hän oli kaikkien näiden vanhojen valtakuntien maiden kuningas paitsi Rohanin; sillä hän uudisti Éomerille Cirionin lahjan ja Éomer vannoi uudelleen Eorlin valan. Usein hän sen täytti. Sillä vaikka Sauron oli poissa, vihat ja pahat, jotka hän oli kasvattanut eivät olleet hävinneet, ja lännen kuninkaalla oli monia vihollisia alistettavana ennen kuin Valkoinen puu saattoi rauhassa kukoistaa. Ja minne lähti sotimaan kuningas Elessar, sinne meni hänen kanssaan kuningas Éomer; ja Rhûnin järven takana ja etelän kaukaisilla kentillä saatiin kuulla Markin kavioiden jyly, ja vihreällä pohjalla hulmusi Valkea hepo monissa tuulissa ennen kuin Éomer ehti vanhaksi asti.

III

DURININ KANSA

Niin *eldar* kuin kääpiöt itse kertovat outoja tarinoita kääpiöiden alusta; mutta koska nämä seikat jäävät kauas omien aikojemme taa, ei niistä sanota sen enempää tässä. Durin-nimeä kääpiöt käyttivät heimonsa Seitsemästä isästä vanhimmasta ja kaikkien pitkäpartojen kuninkaiden esi-isästä.[2] Hän nukkui yksin kunnes aikojen uumenissa tuon kansan herätessä hän saapui Azanulbizariin ja asettui asumaan kaivoksiin Kheledzâramin ylle Sumuvuorten itäpuolelle, sinne missä myöhemmin sijaitsivat laulujen ylistämät Morian kaivokset.

Siellä hän asui niin kauan, että hänet tunnettiin kautta maan Durin Kuolemattomana. Lopulta hän kuitenkin kuoli ennen esiaikojen loppua ja hänen hautansa sijaitsi Khazad-dûmissa; mutta hänen sukunsa ei sammunut milloinkaan. Viidesti syntyi tuohon huoneeseen perillinen, joka muistutti esi-isäänsä niin että sai Durinin nimen. Kääpiöt uskoivat, että hän oli alati palaava Durin Kuolematon; sillä heillä on itsestään ja kohtalostaan maailmassa monia outoja taruja ja uskomuksia.

Ensiajan päätyttyä kasvoi Khazad-dûmin mahti ja rikkaus suuresti; sillä sitä rikastuttivat monet kansat ja suuri tieto ja taito sen jälkeen kun Nogrodin ja Belegostin muinaiset kaupungit Sinivuorilla olivat tuhoutuneet Thangorodrimin murtumisen myötä. Morian mahti säilyi läpi Mustien vuosien ja Sauronin ylivallan, sillä vaikka Eregion

---

1 »Nimi johtuu siitä, että Noitakuninkaan nuija katkaisi hänen kilpikätensä; mutta itse Noitakuningas hajosi olemattomuuteen, ja näin toteutuivat Glorfindelin kuningas Eärnurille aikaa sitten lausumat sanat, että Noitakuningas ei kaatuisi miehen käden kautta. Sillä Markin lauluissa kerrotaan, että tässä työssä oli Éowynilla apunaan Théodenin aseenkantaja, eikä hänkään ollut ihminen vaan kaukaa tullut puolituinen, vaikka hän sai suuria kunnianosoituksia Éomerilta Markissa ja nimen Holdwine.

[Tämä Holdwine oli Meriadoc Mahtava, Bukinmaan herra.]»

2 *Hobitti* 64.

tuhottiin ja Morian portit suljettiin, Khazad-dûmin salit olivat liian syvällä ja niissä asui kansa, joka oli liian suuri ja urhoollinen että Sauron olisi voinut ne vallata ulkoapäin. Näin sen rikkaus säilyi kauan koskemattomana, vaikka sen kansa alkoi vähetä.

Tapahtui, että kolmannen ajan puolimaissa oli heidän kuninkaansa taas Durin, kuudes tuon niminen. Sauronin Morgothin palvelijan mahti oli maailmassa jälleen nousussa, vaikka vielä ei tiedetty, mikä oli Varjo joka Metsästä lankesi Moriaa kohti. Kaikki paha liikehti. Kääpiöt kaivautuivat tuona aikana syvälle etsien Barazinbarin alta *mithriliä*, sanomattoman kallista metallia, jota oli vuosi vuodelta vaikeampi hankkia.[1] Niin he tulivat herättäneeksi[2] unestaan kauheuden, joka Thangorodrimista paettuaan oli maannut piilossa maan perustusten sisällä aina Lännen armeijan saapumisesta saakka: Morgothin balrogin. Se surmasi Durinin ja vuoden kuluttua myös Náin I:n, hänen poikansa; ja silloin haipui Morian loisto ja sen kansa tuhoutui tai pakeni kauas.

Suurin osa paenneista pyrki pohjoiseen ja Thráin I Náinin poika saapui Ereborille, Yksinäiselle vuorelle, lähelle Synkmetsän itälaitaa, ja alkoi uudet työt ja hänestä tuli vuorenalainen kuningas. Ereborista hän löysi suuren jalokiven, Arkkikiven, Vuoren sydämen.[3] Mutta hänen poikansa Thorin I vei sen pois ja matkusti kauas pohjoiseen Harmaavuorille, minne Durinin kansasta suurin osa alkoi kerääntyä, sillä ne olivat rikkaat vuoret ja vähän tutkitut. Mutta vuorten takana autiomailla asui lohikäärmeitä; ja muutaman vuoden kuluttua ne vahvistuivat jälleen ja lisääntyivät ja aloittivat sodan kääpiöitten kanssa ja ryöstelivät heidän kaivoksiaan. Viimein surmasi suuri hyykäärme Dáin I:n ja hänen toisen poikansa Frórin kääpiöiden salin ovella.

Pian sen jälkeen lähti suurin osa Durinin kansasta Harmaavuorilta. Grór Dáinin poika meni Rautavuorille mukanaan paljon kääpiöitä; mutta Thrór Dáinin perijä palasi isänsä veljen Borinin ja jäljelle jääneiden kääpiöiden kanssa Ereborille. Thrór toi Arkkikiven takaisin Thráinin Suureen saliin, ja hän ja hänen kansansa menestyivät ja vaurastuivat ja he pitivät ystävyyttä kaikkien lähiseudun ihmisten kanssa. Sillä he eivät valmistaneet ainoastaan ihmeellisiä ja kauniita esineitä vaan myös arvokkaita aseita ja varusteita; ja malmia liikkui heidän ja Rautavuorilla asuvien sukulaisten välillä. Näin vahvistuivat Celduinin (Vuolaan virran) ja Carnenin (Punavuon) välillä asuvat pohjalaiset ja he ajoivat pois kaikki idästä tulevat viholliset; ja kääpiöt elivät yltäkylläisyydessä ja Ereborin saleissa laulettiin ja vietettiin juhlia.[4]

Niin kiiri maissa huhu Ereborin rikkaudesta ja kantautui lohikäärmeiden korviin, ja viimein lähti Smaug Kultainen, suurin aikansa lohikäärmeistä, ja kävi varoittamatta kuningas Thrória vastaan ja laskeutui liekehtien Vuorelle. Kohta oli koko valtakunta tuhottu, ja läheinen Laakson kaupunki raunioitui ja autioitui; mutta Smaug meni Suureen saliin ja paneutui kultavuoteelle.

Hävityksen ja palon keskeltä pääsivät monet Thrórin heimon jäsenet pakoon; ja kaikkein viimeisenä tuli saleista salaoven kautta itse Thrór ja hänen poikansa Thráin II. He lähtivät perheineen[5] pitkälle kodittomalle vaellukselle etelään. Heidän mukanaan lähti myös pieni joukko sukulaisia ja uskollisia.

Vuosien kuluttua vanhaksi, köyhäksi, toivottomaksi käynyt Thrór antoi pojalleen Thráinille ainoan suuren aarteen, joka hänellä vielä oli, viimeisen Seitsemästä sormuk-

---

1 I 271.
2 Saattaa tosin olla, että balrogin oli jo herättänyt Sauronin pahuus ja että kääpiöt vain päästivät sen vankilastaan.
3 *Hobitti* 251.
4 *Hobitti* 30–31.
5 Näiden joukossa olivat Thráin II:n lapset: Thorin (Tammikilpi), Frerin ja Dís. Thorin oli tuohon aikaan kääpiöiden mittapuulla vasta nuorukainen. Myöhemmin saatiin tietää, että Vuoren alta oli paennut enemmän kääpiökansaa kuin aluksi oli luultu; mutta näistä suurin osa lähti Rautavuorille.

sesta, ja sitten hän lähti matkaan mukanaan vain yksi toveri, Nár nimeltään. Lähtiessään hän sanoi Thráinille Sormuksesta:

»Vielä tämä saattaa olla perustana uudelle onnelle, vaikka ei siltä näytä. Mutta kullan kasvattamiseen tarvitaan kultaa.»

»Et kai suunnittele paluuta Ereboriin?» sanoi Thráin.

»En tällä iällä», Thrór sanoi. »Kostomme Smaugille testamenttaan minä sinulle ja pojillesi. Mutta olen saanut tarpeekseni köyhyydestä ja ihmisten pilkasta. Menen etsimään mitä löytyy.» Hän ei sanonut mistä.

Kukaties ikä ja epäonni ja pitkät mietteet esi-isien menneestä Morian-loistosta olivat sekoittaneet hänen päänsä; tai kukaties Sormus oli käymässä pahaksi nyt, kun sen isäntä oli valveilla, ja ajoi häntä hulluuteen ja tuhoon. Mustainmaasta, jossa hän silloin asui, hän kulki Nárin kanssa pohjoiseen, ja he ylittivät Punasarven solan ja saapuivat alas Azanulbizariin.

Kun Thrór tuli Moriaan, oli Portti auki. Nár kehotti häntä varomaan, mutta hän ei välittänyt neuvoista vaan asteli palaavan perijän tavoin ylpeästi sisään. Mutta hän ei tullut takaisin. Nár pysytteli piilossa lähistöllä monta päivää. Eräänä päivänä hän kuuli kovan huudon ja torventöräyksen ja portaille heitettiin ruumis. Peläten että se oli Thrórin ruumis hän alkoi hiipiä lähemmäksi, ja silloin kuului portin takaa ääni:

»Tule vaan, partaniekka! Me nähdään sinut. Mutta tänään ei tartte pelätä. Me tarvitaan sinut viestinviejäksi.»

Silloin Nár tuli portaille ja näki, että ruumis tosiaan oli Thrórin, mutta pää oli katkaistu ja se lojui maassa suullaan. Polvistuessaan ruumiin viereen Nár kuuli varjoista örkkien naurua ja ääni sanoi:

»Jos kerjurit ei odota ovella vaan hiipii sisään varastamaan, me tehdään niille näin. Jos yksikään kansasi jäsen tunkee iljettävän partansa tänne toistamiseen, saa saman kohtalon. Mene ja sano se heille! Mutta jos hänen perheensä tahtoo tietää kuka täällä on kuninkaana, nimi on kirjoitettu hänen naamaansa. Minä sen kirjoitin! Minä hänet tapoin! Minä olen herra!»

Silloin Nár käänsi pään ja näki että otsaan oli poltettu kääpiöriimuja ja hän luki nimen AZOG. Tuo nimi piirtyi tulikirjaimin hänen sydämeensä ja kaikkien kääpiöiden sydämeen sen jälkeen. Nár kumartui ottamaan pään, mutta Azogin[1] ääni sanoi:

»Antaa olla! Ala painua! Tässä palkkasi, kerjuriparta!» Pieni pussi tupsahti hänen kylkeensä. Siinä oli jokunen mitätön lantti.

Nár pakeni itkien Hopeajuopaa alas; mutta hän katsoi kerran taakseen ja näki että örkit hakkasivat ruumiin kappaleiksi ja viskasivat kappaleet mustille variksille.

Tällaisen tarinan toi tullessaan Thráinille Nár; ja kun Thráin oli itkenyt ja raastanut partaansa, vaikeni hän. Seitsemän päivää hän istui sanaa sanomatta. Sitten hän nousi ja sanoi: »Tätä ei voi sietää!» Niin alkoi Kääpiöiden ja örkkien sota, joka oli pitkä ja verinen, ja sen taistelut käytiin enimmäkseen maan syvyyksissä.

Thráin lähetti heti viestinviejiä kertomaan tarinan pohjoiseen, itään ja länteen; mutta kesti kolme vuotta ennen kuin kääpiöt olivat koonneet voimansa. Durinin kansa keräsi koko sotajoukkonsa ja heihin liittyi monien muiden Isien huoneita; sillä heidän kansansa Vanhimman perijän häpäiseminen täytti heidät vihalla. Kun kaikki oli valmista, he hyökkäsivät jokikiseen örkkitukikohtaan, jonka he löysivät Gundabadin ja Kurjenmiekkajoen väliltä. Molemmat puolet taistelivat säälittä, ja julmuuksia tehtiin ja kuolemaa kylvettiin päivin ja öin. Mutta kääpiöt saavuttivat voiton sillä he olivat vahvempia, heidän aseensa verrattomia ja vihansa palava, ja he jahtasivat Azogia jokaisesta vuorenalaisesta kolosta.

Viimein kerääntyivät Moriaan kaikki örkit, jotka olivat paenneet heidän edellään, ja takaa-ajossaan kääpiöarmeija saapui Azanulbizariin. Se oli suuri laakso Kheled-zâramin

---

1 Azog oli Bolgin isä, ks. *Hobitti* 31.

järven ympärillä vuorenhaarojen välissä ja oli aikanaan kuulunut Khazad-dûmin kuningaskuntaan. Kun kääpiöt näkivät muinaisen asuntonsa portin vuoren kyljessä, pääsi heistä huuto kuin ukkosen jyly. Mutta yläpuolisille rinteille oli kerääntynyt suuri joukko vihollisia, ja portista tulvi valtava örkkilauma, jota Azog oli säästänyt viimeistä hetkeä varten.

Aluksi oli sotaonni kääpiöitä vastaan; sillä oli pimeä auringoton talvipäivä, eivätkä örkit pelänneet; lisäksi niitä oli enemmän kuin kääpiöitä ja ne taistelivat alamäkeen. Niin alkoi Azanulbizarin taistelu (eli haltiakielellä Nanduhirionin taistelu), jota muistaessaan örkit yhä vapisevat ja kääpiöt itkevät. Thráinin johtaman etujoukon ensimmäinen hyökkäys perääntyi suurin menetyksin, ja Thráin joutui suureen metsään, joka silloin vielä kasvoi Kheled-zâramin lähellä. Siellä kaatui hänen poikansa Frerin ja hänen sukulaisensa Fundin ja monet muut, ja sekä Thráin että Thorin haavoittuivat.[1] Taistelu aaltoili suuntaan ja toiseen ja veri virtasi, kunnes Rautavuorten kääpiöt muuttivat päivän kulun. Náinin Grórin pojan rautapaitaiset sotilaat tulivat myöhään taistelukentälle täydessä taisteluvireessä ja tunkeutuivat örkkilauman läpi aina Morian kynnykselle saakka huutaen »Azog! Azog!» samalla kun he hakkasivat kirveillään kaikki vastustajat maahan.

Náin seisoi Portin edessä ja huusi suurella äänellä: »Azog! Jos olet siellä sisällä, tule ulos! Vai onko meno laaksossa liian rajua?»

Silloin tuli Azog esiin. Se oli jättiläismäinen örkki, jonka valtavaa päätä peitti rautakypärä, mutta se oli vikkelä ja vahva. Sen kanssa tuli muita samanlaisia, sen vartioston örkkejä, ja näiden käytyä Náinin tovereiden kimppuun se sanoi:

»Vai on ovellani taas kerjäläinen! Pitääkös sinuunkin panna polttomerkki?» Sen sanottuaan se ryntäsi Náinin kimppuun ja he alkoivat tapella. Mutta Náin oli raivosta puolisokea ja taistelun uuvuttama, kun Azog puolestaan oli teräkunnossa, julma ja täynnä juonia. Náin iski kaikilla jäljellä olevilla voimilla Azogia, mutta tämä väisti ja potkaisi Náinia jalkaan niin että hakku särkyi kiveen, jolla örkki oli seissyt, ja Náin horjahti eteenpäin. Silloin Azog iski häntä nopeasti niskaan. Náinin rautakaulus pysäytti terän, mutta isku oli niin voimakas että Náinin niska katkesi ja hän kaatui.

Silloin Azog nauroi ja nosti päänsä päästääkseen ilmoille suuren voitonkiljaisun; mutta huuto tukehtui sen kurkkuun. Sillä se näki että laaksossa sen sotajoukko oli epäjärjestyksen vallassa ja kääpiöt liikkuivat eri puolilla surmaten minkä kerkisivät, ja pakoon päässeet örkit painelivat etelää kohti kiljuen mennessään. Ja sen vieressä makasi kuolleena koko vartiosto. Se kääntyi ja juoksi kohti porttia.

Sen perässä loikki portaita ylös kääpiö kädessään punainen kirves. Se oli Dáin Rautajalka Náinin poika. Aivan oven edustalla hän sai Azogin kiinni ja tappoi sen siihen ja hakkasi sen pään irti. Tätä pidettiin suurena urotekona, sillä Dáin oli kääpiöiden silmissä pelkkä pojankoltiainen. Mutta häntä odotti pitkä elämä ja monet taistelut kunnes hän vanhana mutta suoraselkäisenä kaatui Sormuksen sodassa. Mutta vaikka hän oli tuima luonnoltaan ja täynnä vihaa, kerrotaan että tullessaan alas Portilta hän oli harmaa kasvoiltaan ikään kuin olisi kokenut suurta pelkoa.

Kun taistelu viimein oli voitettu, kerääntyivät jäljelle jääneet kääpiöt Azanulbizariin. He ottivat Azogin pään ja työnsivät sen suuhun sen oman lanttipussin ja asettivat pään seipään nenään. Mutta tuona iltana ei laulettu eikä juhlittu; sillä kuolleiden luku ylitti murheen mitat. Tuskin puolet pysyi jaloillaan tai saattoi toivoa paranevansa.

Aamulla seisoi Thráin kuitenkin heidän edessään. Hänen toinen silmänsä oli parantumattomasti sokeutunut ja jalassa oleva haava sai hänet ontumaan; mutta hän sanoi: »Hyvä! Voitto on meidän. Khazad-dûm on meidän!»

---

1 »Kerrotaan että Thorinin kilpi oli haljennut ja hän katkaisi läheisestä tammesta oksan ja käytteli sitä vasemmalla kädellä torjumaan vihollisten iskuja tai hakatakseen niitä sillä. Näin hän sai nimensä.»

Mutta he vastasivat:»Voit olla Durinin perijä, mutta yhdelläkin silmällä pitäisi sinun nähdä paremmin. Me lähdimme tähän sotaan kostaaksemme ja me olemme kostaneet. Mutta suloinen ei tämä kosto ole. Jos tämä on voitto, ovat kätemme liian pienet sitä pitelemään.»

Ja ne jotka eivät olleet Durinin kansaa sanoivat vielä:»Khazad-dûm ei ollut meidän Isiemme koti. Mitä se meille merkitsee paitsi aarteen toivoa? Mutta jos meidän on nyt mentävä palkkiotta, vailla verirahaa joka meille kuuluu, on sitä parempi mitä pikemmin palaamme omaan maahamme.» Silloin Thráin kääntyi Dáinin puoleen ja sanoi:»Mutta ei kai oma sukuni hylkää minua?» »Ei», sanoi Dáin. »Sinä olet kansamme isä, ja me olemme vuodattaneet verta sinun tähtesi ja vuodatamme vastakin. Mutta Khazad-dúmiin emme mene. Etkä sinä mene Khazad-dûmiin. Yksin minä olen katsonut läpi Portin varjon. Varjon takana odottaa yhä Durinin turma. Maailman on muututtava, toisen voiman astuttava esiin ennen kuin Durinin kansa menee taas Moriaan.»

Niin tapahtui että Azanulbizarin jälkeen kääpiöt hajaantuivat jälleen. Mutta ensin he tekivät suuren työn ja riisuivat kuolleet, jotta örkit eivät saisi kerätyksi itselleen aseita ja varusteita. Kerrotaan että jokainen kääpiö lähti tuolta taistelukentältä kumarassa kantaen raskasta taakkaa selässään. Sitten he rakensivat useita rovioita ja polttivat kaikki heimolaistensa ruumiit. Laaksossa kaadettiin paljon puita, niin että se tämän jälkeen oli aina paljas, ja Lórienissa nähtiin palon savu.[1]

Kun kauheat kokot olivat palaneet tuhkaksi, menivät liittolaiset takaisin omiin maihinsa, ja Dáin Rautajalka johti isänsä kansan takaisin Rautavuorille. Suuren seipään vierellä sanoi Thráin Thorin Tammikilvelle:»Joku voisi sanoa että tämä on kalliilla ostettu! Ainakin annoimme siitä kuningaskuntamme. Tuletko kanssani alasimen ääreen? Vai kerjäätkö leipäsi kopeilta ovilta?»

»Alasimen ääreen», sanoi Thorin. »Vasara pitää ainakin käsivarret vahvoina, siihen asti kunnes ne voivat taas käytellä terävämpiä kaluja.»

Niin palasivat Thráin ja Thorin ja heidän joukoistaan eloonjääneet (joukossa Balin ja Glóin) Mustainmaahan, ja pian sen jälkeen muuttivat he sieltä ja vaelsivat Eriadorissa kunnes viimein perustivat maanpaonaikaisen kodin Ered Luinin itäpuolelle, Lunin tuolle puolen. Suurin osa tavaroista, joita he noina aikoina takoivat, olivat rautaa, mutta tavallaan he vaurastuivat ja heidän lukunsa lisääntyi hitaasti.[2] Mutta niin kuin Thrór oli sanonut, kullan kasvattamiseen tarvittiin kultaa, ja sitä heillä oli tuskin lainkaan, eikä muitakaan jaloja metalleja.

Sormuksesta sietää sanoa tässä jotakin. Durinin kansan kääpiöt uskoivat, että se oli ensimmäinen niistä Seitsemästä, jotka aikanaan taottiin; ja he sanovat, että sen antoivat Khazad-dûmin kuninkaalle Durin III:lle haltiasepot itse eikä Sauron, vaikka epäilemättä hänen paha mahtinsa asui siinä, sillä hän oli auttanut kaikkien Seitsemän takomisessa. Mutta Sormuksen omistajat eivät puhuneet siitä eivätkä paljastaneet sitä, eivätkä he luopuneet siitä yleensä ennen kuin aivan kuoleman kynnyksellä, niin että muut eivät varmasti tienneet missä sitä säilytettiin. Jotkut olettivat että se oli säilynyt Khazad-dûmissa kuninkaitten salaisissa haudoissa, mikäli niitä ei ollut löydetty ja ryöstetty; mutta Durinin perijän suvussa uskottiin (väärin), että Thrórilla oli ollut se

---

1 »Kääpiöistä oli murheellista haudata näin kuolleensa, sillä se ei ollut heidän tapojensa mukaista; mutta olisi kestänyt vuosia laatia sellaiset haudat, joihin he olivat tottuneet (he eivät tahdo haudata kääpiöitä maahan, vaan kiven sisään). Sen tähden käyttivät he tulta, sillä he eivät tahtoneet jättää heimolaisiaan petojen ja haaskaörkkien saaliiksi. Mutta muistoissa kunnioitettiin suuresti niitä, jotka kaatuivat Azanulbizarissa, ja tähän päivään saakka ovat kääpiöt sanoneet joistakin esi-isistään: 'hän oli poltettu kääpiö', ja se riittää.

2 Naisväkeä heillä oli hyvin vähän. Dís Thráinin tytär, Fílin ja Kílin äiti, asui Ered Luinilla ja he syntyivät siellä. Thorinilla ei ollut vaimoa.

kädessään kun hän yltiöpäisesti palasi sinne. Mitä sille sitten oli tapahtunut, oli heille tietymätöntä. Azogin ruumiilta sitä ei löydetty.[1]

Saattaa kuitenkin olla niin kuin kääpiöt nykyään uskovat, että Sauron keksi keinon selvittää kenellä viimeinen vapaa Sormus oli, ja että Durinin perijöiden poikkeukselliset onnettomuudet johtuivat ennen muuta hänen pahasta tahdostaan. Sillä hänellä ei ollut keinoja kesyttää kääpiöitä. Sormuksen ainoa vaikutus heihin oli kullan ja kalliiden esineiden ahneuden liekki, jonka se sytytti heidän sydämeensä, niin että milloin heiltä näitä puuttui, tuntui kaikki muu hyödyttömältä ja he täyttyivät vihasta ja kostonhimosta kaikkia niitä kohtaan, jotka heitä ryöstivät. Mutta alun alkaen heidät oli tehty sellaisiksi, että he kaikkein vakaimmin vastustivat kaikkea alistamista. Heidät saattoi tappaa, ja murtaa, mutta heitä ei voinut puristaa toisen tahdon alaisiksi varjoiksi; eikä mikään sormus sen tähden vaikuttanut heidän elämänsä pituuteen niin että se olisi sen tähden ollut pitempi tai lyhyempi. Sitä enemmän vihasi Sauron Sormuksen omistajia ja paloi halusta viedä sen heiltä.

Sen tähden saattaa olla, että osittain Sormuksen pahuuden tähden alkoi Thráin muutaman vuoden päästä käydä levottomaksi ja tyytymättömäksi. Kullanhimo kalvoi alati hänen mieltään. Kun hän viimein ei enää kestänyt, kääntyi hänen ajatuksensa Ereboriin ja hän päätti palata sinne. Thorinille hän ei kertonut, mitä hänen sydämessään liikkui; mutta Balinin, Dwalinin ja eräiden muiden kanssa hän nousi ja sanoi hyvästit ja lähti.

Vain vähän on tietoa siitä, mitä hänelle sitten tapahtui. Nyt näyttää siltä, että Sauronin lähettiläät alkoivat ahdistella häntä heti kun hän oli lähtenyt matkaan pienen joukon kanssa. Sudet ajoivat häntä takaa, örkit asettuivat hänen tielleen, pahat linnut varjostivat hänen matkaansa ja mitä pitemmälle pohjoiseen hän ponnisteli, sitä enemmän vastoinkäymisiä hän sai kokea. Tuli tumma yö, jolloin hän vaelsi tovereineen Anduinin takaisessa maassa, ja musta sade ajoi heidät etsimään suojaa Synkmetsän laidoilta. Aamulla häntä ei enää leirissä ollut, ja turhaan hänen toverinsa huutelivat häntä. He etsivät häntä monta päivää, kunnes he viimein luopuivat toivosta ja lähtivät ja palasivat viimein Thorinin luo. Vasta paljon myöhemmin saatiin tietää, että Thráin oli otettu elävältä vangiksi ja viety Dol Guldurin loukkoihin. Siellä häntä kidutettiin ja Sormus vietiin häneltä, ja sinne hän lopulta kuoli.

Niin tuli Thorin Tammikilvestä Durinin perijä, mutta perijä vailla toivoa. Kun Thráin katosi, oli Thorin yhdeksänkymmenenviiden ikäinen suurikokoinen ylväsryhtinen kääpiö; mutta Eriador näytti riittävän hänelle. Siellä hän ahersi pitkään ja saavutti melkoista rikkauttakin ja hänen kansansa kasvoi, kun monet Durinin kansan vaeltavat jäsenet saivat kuulla hänen asumuksestaan lännessä ja tulivat sinne. Heillä oli vuorissa kauniit salit ja varastot tavaraa eivätkä ajat tuntuneet enää kovilta, vaikka lauluissaan he aina puhuivat kaukaisesta Yksinäisestä vuoresta.

Vuodet vierivät. Hiillos kuumeni taas Thorinin sydämessä hänen hautoessaan huoneensa kokemia vääryyksiä ja perimäänsä kostoa lohikäärmeelle. Hän ajatteli aseita ja armeijoita ja liittoja ja hänen suuri vasaransa paukkui hänen takoessaan; mutta armeijat olivat hajalla ja liitot murtuneet ja hänen kansansa kirveet vähäiset; ja suuri toivoton viha korvensi häntä kun hän iski punaista alasimella hehkuvaa rautaa.

Mutta viimein sattui niin että Thorin ja Gandalf tapasivat, ja tuo tapaaminen käänsi Durinin huoneen kohtalot ja johti sen lisäksi toisiin ja suurempiin tekoihin. Kerran[2] palatessaan eräältä retkeltään länteen Thorin vietti yön Briissä. Gandalf oli myös siellä. Hän oli matkalla Kontuun, jossa hän ei ollut käynyt kohta kahteenkymmeneen vuoteen. Hän oli väsynyt ja hän aikoi levätä jonkin aikaa.

---

1 I 230.
2 15. maaliskuuta vuonna 2941.

Monien muiden huoltensa ohella Gandalfia vaivasi pohjoisen vaarallinen tila, sillä hän tiesi jo, että Sauron suunnitteli sotaa ja aikoi niin pian kuin tuntisi itsensä kyllin vahvaksi hyökätä Rivendelliin. Mutta Rautavuorten kääpiöt olivat ainoat, jotka vastustaisivat kaikkia idän aikeita vallata takaisin Angmarin maat ja vuorten pohjoiset solat. Ja heidän takanaan oli Lohikäärmeen autiomaa. Sauron saattaisi käyttää lohikäärmettä ja sillä olisi hirveät seuraukset. Miten voitaisiin Smaugin päivät päättää?

Gandalfin tätä miettiessä pysähtyi Thorin hänen viereensä ja sanoi: »Mestari Gandalf, tunnen teidät vain näöltä, mutta tahtoisin mielelläni puhua kanssanne. Sillä te olette usein viime aikoina käynyt ajatuksissani, ikään kuin minun olisi käsketty etsiä teitä. Niin olisin tehnytkin, jos olisin tiennyt mistä teidät löytäisin.»

Gandalf katsoi häntä ihmeissään. »Sepä kummallista, Thorin Tammikilpi», hän sanoi. »Sillä minä olen myös ajatellut sinua; ja vaikka olen matkalla Kontuun, kävi mielessäni että tämä tie vie myös sinun saleihisi.»

»Kutsukaa niitä saleiksi, jos tahdotte», Thorin sanoi. »Ne ovat vain kurjia maanpaonajan asumuksia. Mutta olisitte sinne tervetullut jos tulisitte. Sillä sanotaan että te olette viisas ja tiedätte enemmän kuin kukaan muu maailman kulkija; ja minulla on mielessäni paljon sellaista, mistä haluaisin kysyä teiltä neuvoa.»

»Minä tulen», sanoi Gandalf, »sillä arvaan että meillä on ainakin yksi yhteinen huolenaihe. Ereborin lohikäärme on minun mielessäni, enkä usko että Thrórin pojanpoika on sen unohtanut.»

Toisaalla kerrotaan tarina siitä, mitä tästä tapaamisesta seurasi: oudosta suunnitelmasta, jonka Gandalf laati Thorinin auttamiseksi, ja miten Thorin tovereineen lähti Konnusta Yksinäisen vuoren matkalle, jolla oli suuria ennalta arvaamattomia seuraamuksia. Tässä palautetaan mieliin vain Durinin kansaa suoranaisesti koskevat seikat.

Esgarothin Bard surmasi lohikäärmeen, mutta Laaksossa käytiin taistelu. Sillä Ereborille saapui örkkejä heti kun ne saivat kuulla kääpiöiden paluusta; ja niitä johti Bolg, sen Azogin poika, jonka Dáin oli nuoruudessaan surmannut. Tuossa ensimmäisessä Laakson taistelussa haavoittui Thorin Tammikilpi kuolettavasti; ja hän kuoli ja hänet laskettiin hautaan Vuoren sisään Arkkikivi rinnallaan. Siellä kaatuivat myös Fíli ja Kíli, hänen sisarenpoikansa. Mutta hänen serkustaan Dáin Rautajalasta, joka tuli Rautavuorilta hänen avukseen ja oli hänen laillinen perijänsä, tuli kuningas Dáin II ja Vuorenlainen kuningaskunta perustettiin uudestaan niin kuin Gandalf oli toivonut. Dáinista tuli hyvä ja viisas kuningas ja kääpiöt menestyivät ja vahvistuivat hänen aikanaan.

Myöhään saman vuoden kesällä (2941) oli Gandalf viimein saanut suostutelluksi Sarumanin ja Valkoisen neuvoston hyökkäämään Dol Gulduriin, ja Sauron vetäytyi ja meni Mordoriin, jossa hän voisi olla turvassa kaikilta vihollisiltaan kuten hän luuli. Niin tapahtui, että kun Sota viimein syttyi, oli päähyökkäyksen kohteena etelä; mutta pitkällä oikealla kädellään olisi Sauron silti saattanut tehdä paljon pahaa pohjoisessa, jolleivät kuningas Dáin ja kuningas Brand olisi asettuneet hänen tielleen. Tämän Gandalf sanoikin jälkeenpäin Frodolle ja Gimlille siihen aikaan kun he olivat yhdessä Minas Tirithissä. Vastikään olivat Gondoriin saapuneet tiedot kaukaisista tapahtumista.

»Minä murehdin Thorinin kuolemaa», sanoi Gandalf, »ja nyt saamme kuulla, että myös Dáin on kaatunut taistellessaan jälleen Laaksossa samaan aikaan kun me taistelimme täällä. Pitäisin menetystä hyvin raskaana, jollei olisi pikemminkin ihme se, että hän niin korkealla iällä pystyi vielä käyttelemään kirvestä sillä voimalla kuin kerrotaan seistessään kuningas Brandin ruumiin vierellä Ereborin portilla siihen asti kunnes pimeys tuli.

Mutta aivan toisin ja paljon pahemmin olisi voinut käydä. Kun ajattelette Pelennorin suurta taistelua, älkää unohtako Laakson taisteluita ja Durinin kansan uljautta. Entä jos olisi käynyt toisin? Lohikäärmeentulia Eriadorissa, viiltäviä miekkoja ja yö Rivendellin yllä. Gondorissa ei ehkä olisi kuningatarta. Voisimme palata voiton kentiltä

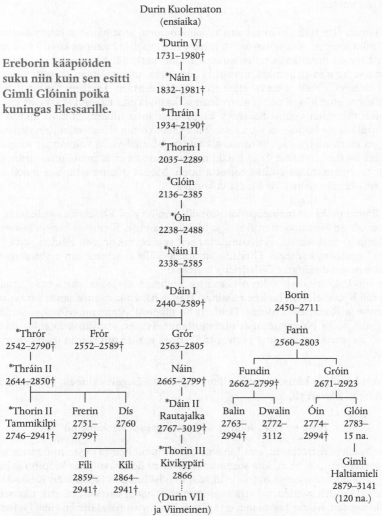

Durin Kuolematon
(ensiaika)
|
*Durin VI
1731–1980†
|
*Náin I
1832–1981†
|
*Thráin I
1934–2190†
|
*Thorin I
2035–2289
|
*Glóin
2136–2385
|
*Óin
2238–2488
|
*Náin II
2338–2585
|
*Dáin I   Borin
2440–2589†   2450–2711

*Thrór   Frór   Grór   Farin
2542–2790†   2552–2589†   2563–2805   2560–2803
| |
*Thráin II   Náin   Fundin   Gróin
2644–2850†   2665–2799†   2662–2799†   2671–2923

*Thorin II   Frerin   Dís   *Dáin II   Balin   Dwalin   Óin   Glóin
Tammikilpi   2751–   2760 Rautajalka   2763–   2772–   2774–   2783–
2746–2941†   2799†   2767–3019†   2994†   3112   2994†   15 na.
                                |
                Fíli   Kíli   *Thorin III   Gimli
                2859–   2864–   Kivikypäri   Haltiamieli
                2941†   2941†   2866   2879–3141
                                ⋮   (120 na.)
                                (Durin VII
                                ja Viimeinen)

Ereborin kääpiöiden
suku niin kuin sen esitti
Gimli Glóinin poika
kuningas Elessarille.

Ereborin perustaminen 1999.   Nanduhirionin taistelu 2799.
Lohikäärme surmaa Dáin I:n 2589.   Thráin lähtee vaeltamaan 2841.
Paluu Ereborille 2590.   Thráinin kuolema; hänen Sormuksensa
Ereborin ryöstö 2770.   katoaa 2850.
Thrórin murha 2790.   Viiden armeijan taistelu ja
Kääpiöt kokoontuvat 2790–2793.   Thorin II:n kuolema 2941.
Kääpiöiden ja örkkien sota 2793–2799.   Balin menee Moriaan 2989.

* Tähdellä on merkitty ne, joita pidettiin Durinin kansan kuninkaina, riippumatta
siitä elivätkö he maanpaossa. Thorin Tammikilven tovereista matkalla Ereborille
olivat Ori, Nori ja Dori myös Durinin huonetta ja Thorinin etäisiä sukulaisia. Bifur,
Bofur ja Bombur polveutuivat Morian kääpiöistä, mutta eivät olleet Durinin sukua.
Merkistä † ks. s. 881.

vain tuhkan ja tuhon keskelle. Mutta se on vältetty – koska tapasin Thorin Tammikilven Briissä eräänä iltana kevään puhjetessa. Sattumalta tavattiin, niin kuin me Keski-Maassa sanomme.»

Dís oli Thráin II:n tytär. Hän on ainoa kääpiönainen, joka näissä aikakirjoissa mainitaan. Gimlin mukaan kääpiönaisia on vähän, ehkä vain kolmannes koko kansasta. He lähtevät harvoin mihinkään paitsi suuren hädän hetkellä. Milloin lähtevät matkaan muistuttavat he niin paljon kääpiömiehiä ääneltään, ulkonäöltään ja vaatteiltaan että muiden kansojen silmät ja korvat eivät erota näitä toisistaan. Tästä on saanut alkunsa se typerä käsitys, ettei kääpiönaisia olisi olemassakaan, ja että kääpiöt »kasvavat kivestä».

Naisten vähyyden vuoksi lisääntyy kääpiöiden suku hitaasti ja heitä uhkaa tuho, milloin heillä ei ole vakinaista asuinsijaa. Sillä kääpiö ottaa elämässään vain yhden puolison ja on oikeuksistaan hyvin mustasukkainen. Yleensä vajaa kolmannes kääpiömiehistä ottaa itselleen vaimon. Sillä kaikki naiset suinkaan eivät mene miehelään; jotkut haluavat tavoittamatonta eivätkä toisesta huoli. Monet miehet eivät sitä paitsi kaipaa vaimoa sillä heidän työnsä vie heidät kokonaan.

Gimli Glóinin poika on maineikas kääpiö, sillä hän oli yksi Yhdeksästä kulkijasta, jotka lähtivät matkaan Sormuksen mukana; ja hän oli kuningas Elessarin kanssa koko sodan ajan. Häntä alettiin kutsua Haltiamieleksi sen suuren rakkauden tähden, joka kasvoi hänen ja Legolasin, kuningas Thranduilin pojan välille ja sen suuren arvonannon tähden, jota hän tunsi valtiatar Galadrielia kohtaan.

Sauronin kukistumisen jälkeen Gimli toi Ereborin kääpiökansasta osan etelään ja hänestä tuli Kimaltelevien luolien ruhtinas. Hän ja hänen kansansa saivat suuria aikaan Gondorissa ja Rohanissa. Minas Tirithiin he takoivat portit *mithrilistä* ja teräksestä niiden tilalle, jotka Noitakuningas oli hajottanut. Hänen ystävänsä Legolas toi myös haltioita Vihermetsästä ja nämä asuivat Ithilienissä ja siitä tuli jälleen läntisten maiden ihanin seutu.

Mutta kun kuningas Elessar luopui elämästä, seurasi Legolas viimein sydämensä kutsua ja purjehti Meren yli.

Tässä on yksi Punaisen kirjan viimeisistä merkinnöistä

Olemme kuulleet kerrottavan, että Legolas otti Gimlin Glóinin pojan mukaansa heidän suuren ystävyytensä tähden, jota suurempaa ei ole milloinkaan ollut kääpiön ja haltian välillä. Jos se on totta, on se outoa: että kääpiö olisi halukas lähtemään Keski-Maasta minkään rakkauden tähden, tai että *eldar* ottaisivat hänet vastaan, tai että Lännen valtiaat sallisivat sen. Mutta kerrotaan, että Gimli lähti myös nähdäkseen vielä Galadrielin kauneuden; ja kukaties Galadriel, joka on mahtava *eldarin* joukossa, hankki tämän armon hänelle. Enempää ei tästä asiasta voi sanoa.

LIITE B

VUOSIEN KIRJA

(LÄNTISTEN MAIDEN AIKAKIRJAT)

Ensiaika päättyi Suureen taisteluun, jossa Valinorin sotajoukko voitti Thangorodrimin[1] ja kukisti Morgothin. Silloin suurin osa *noldorista* palasi Lännen ääreen[2] ja he asuivat Eressëassa Valinorin näköpiirissä; ja monet *sindarista* siirtyivät myös Meren yli.

Toinen aika päättyi Sauronin Morgothin palvelijan ensimmäiseen kukistumiseen ja Sormusten sormus otettiin häneltä pois.

Kolmas aika loppui Sormuksen sotaan; mutta *neljännen ajan* ei katsota alkaneen ennen kuin mestari Elrond lähti ja tuli ihmisten vallan aika ja kaikkien Keski-Maan muiden »puhuvien kansojen» heikentymisen aika.[3]

Neljännellä ajalla aikaisempia kausia kutsuttiin usein esiajoiksi; mutta oikeastaan tuo nimi kuului vain Morgothin kaatamista edeltäville ajoille. Noiden aikojen historiaa ei ole kirjattu tähän.

Toinen aika

Nämä ajat olivat Keski-Maan ihmisille synkät ja Númenorille loiston vuodet. Keski-Maata koskevat tiedot ovat vähäiset ja lyhyet, ja ajoitukset ovat usein epävarmoja.

Tämän ajan alussa oli jäljellä vielä paljon suurhaltioita. Suurin osa heistä asui Lindonissa Ered Luinin länsipuolella; mutta ennen Barad-dûrin rakentamista siirtyi suuri joukko *sindaria* itään, ja jotkut perustivat valtakuntia kaukaisiin metsiin, joissa asui enimmäkseen salohaltioita. Thranduil, pohjoisen Vihermetsän kuningas oli yksi heistä. Lunin pohjoispuolella Lindonissa asui Gil-galad, *noldorin* maanpaonajan kuninkaitten viimeinen perijä. Hänet tunnustettiin lännen haltioiden korkeaksi kuninkaaksi. Lunin eteläpuolella Lindonissa asui jonkin aikaa Celeborn, Thingolin sukua; hänen puolisonsa oli Galadriel, suurin haltianaisista. Galadriel oli Finrod Felagundin, Ihmisten ystävän, sisar; tämä oli aikanaan ollut Nargothrondin kuningas ja antanut henkensä pelastaakseen Berenin Barahirin pojan.

Myöhemmin lähti joukko *noldor*-haltioita Eregioniin, Sumuvuorten länsipuolelle lähelle Morian länsiporttia. He muuttivat sinne koska olivat kuulleet, että Moriasta oli löytynyt *mithriliä*.[4] *Noldor* olivat taitavia käden töissä eivätkä yhtä huonoissa väleissä kääpiöiden kanssa kuin *sindar*; mutta ystävyys, joka Durinin kansan ja Eregionin haltiaseppojen välille versoi, oli läheisempi kuin noiden kahden kansan välinen ystävyys milloinkaan ennen tai jälkeen. Celebrimbor oli Eregionin valtias ja heistä taitavin; hän polveutui Fëanorista.

---

1 I 208.
2 II 509, *Hobitti* 184.
3 III 828.
4 I 271.

Vuosi

I Harmaat satamat ja Lindon perustetaan.

32 *Edain* saapuvat Númenoriin.

n. 40 Kääpiöt lähtevät suurin joukoin vanhoista kaupungeistaan Ered Luinilta ja menevät Moriaan, jonka väkiluku kasvaa.

442 Elros Tar-Minyatur kuolee.

n. 500 Sauron alkaa taas liikehtiä Keski-Maassa.

521 Silmariën syntyy Númenorissa.

600 Númenorilaisten ensimmäiset laivat laskevat maihin rannikoilla.

750 *Noldor* perustavat Eregionin.

n. 1000 Númenorilaisten kasvavan mahdin hätyyttämä Sauron valitsee Mordorin varustuksensa paikaksi. Hän alkaa rakentaa Barad-dûria.

1075 Tar-Ancalimësta tulee Númenorin ensimmäinen hallitseva kuningatar.

1200 Sauron ponnistelee saadakseen *eldarin* pauloihinsa. Gil-galad kieltäytyy neuvottelemasta hänen kanssaan; mutta Eregionin sepot hän saa mukaansa. Númenorilaiset ryhtyvät rakentamaan vakituisia satamia.

n. 1500 Sauronin avulla saavuttavat Eregionin haltiasepot taitonsa huipun. He alkavat takoa Mahtisormuksia.

n. 1590 Kolme sormusta valmistuu Eregionissa.

n. 1600 Sauron takoo Orodruinissa Sormusten sormuksen. Hän saa Barad-dûrin valmiiksi. Celebrimbor käsittää Sauronin aikeet.

1693 Haltioiden ja Sauronin sota alkaa. Kolme sormusta kätketään.

1695 Sauronin joukot miehittävät Eriadorin. Gil-galad lähettää Elrondin Eregioniin.

1697 Eregion hävitetään. Celebrimbor kuolee. Morian portit suljetaan. Elrond vetäytyy *noldorista* jäljelle jääneiden kanssa ja perustaa turvapaikan Imladrisiin.

1699 Sauronin joukot valtaavat Eriadorin.

1700 Tar-Minastir lähettää Númenorista Lindoniin suuren laivaston. Sauron lyödään.

1701 Sauron ajetaan Eriadorista. Läntisissä maissa vallitsee pitkään rauha.

n. 1800 Näistä ajoista lähtien alkavat númenorilaiset perustaa siirtokuntia rannikoille. Sauron laajentaa mahtiaan itään. Varjo lankeaa Númenorin ylle.

2251 Tar-Atanamirin kuolema. Tar-Ancalimon saa valtikan. Númenorilaisten kapina ja jakaantuminen alkavat. Näihin aikoihin ilmaantuvat ensi kerran *nazgûl* eli sormusaaveet, Yhdeksän sormuksen orjat.

2280 Umbarista tehdään Númenorin suuri linnoitus.

2350 Pelargir rakennetaan. Siitä tulee Númenorin Uskollisten tärkein satama.

2899 Ar-Adûnakhôr saa valtikan.

3175 Tar-Palantir palaa entiseen. Númenorin sisällissota.

3255 Ar-Pharazôn Kultainen anastaa valtikan.

3261 Ar-Pharazôn laskee maihin Umbarissa.

3262 Sauron viedään vangiksi Númenoriin; 3262–3310 Sauron lumoaa kuninkaan ja turmelee númenorilaisten mielen.

3310 Ar-Pharazôn alkaa rakentaa Suurta merivoimaa.

3319 Ar-Pharazôn hyökkää Valinoriin. Númenorin tuho. Elendil ja hänen poikansa pakenevat.

3320 Maanpaon valtakunnat perustetaan: Arnor ja Gondor. Kivet jaetaan (II 509). Sauron palaa Mordoriin.

3429 Sauron hyökkää Gondoriin, valtaa Minas Ithilin ja polttaa Valkoisen puun. Isildur pakenee Anduinia alas ja menee pohjoiseen Elendilin luo. Anárion puolustaa Minas Anoria ja Osgiliathia.

3430 Haltioiden ja ihmisten viimeinen liitto muodostetaan.

3431 Gil-galad ja Elendil marssivat itään Imladrisiin.

3434 Liiton armeija ylittää Sumuvuoret. Dagorladin taistelu ja Sauronin häviö. Barad-dûrin piiritys alkaa.

3440 Anárion kaatuu.

3441 Elendil ja Gil-galad kukistavat Sauronin ja kaatuvat. Isildur ottaa Sormusten sormuksen. Sauron katoaa ja sormusaaveet siirtyvät pimentoon. Toinen aika päättyy.

Kolmas aika

Nämä olivat *eldarin* haipumisen vuosia. He elivät kauan rauhassa ja käyttivät Kolmea sormusta, sillä Sauron nukkui ja Sormusten sormus oli kateissa; mutta he eivät ryhtyneet mihinkään uuteen vaan elivät menneisyyden muistoissa. Kääpiöt kätkeytyivät vuorten sisään ja vartioivat aarteitaan; mutta kun pahuus alkoi taas liikehtiä ja lohikäärmeet palasivat takaisin, ryöstettiin vähä vähältä heidän vanhat kalleutensa ja heistä tuli vaeltava kansa. Moria säilyi kauan turvassa mutta sen asujainten määrä hupeni kunnes monet sen valtavista asunnoista muuttuivat mustiksi ja tyhjiksi. Ja númenorilaistenkin viisaus ja elinikä hupeni kun he sekoittuivat vähäisempiinsä.

Kun oli kulunut noin tuhat vuotta ja ensimmäinen varjo oli langennut Suuren vihermetsän ylle, ilmaantuivat Keski-Maahan *istari*, velhot. Myöhemmin väitettiin että he tulivat Lännen äärestä ja että heidät oli lähetetty Sauronin vallan vastapainoksi ja liittämään yhteen kaikki ne, jotka tahtoivat häntä vastustaa; mutta heitä oli kielletty vastaamasta voimaan voimalla taikka pyrkimästä hallitsemaan haltioita tai ihmisiä pakolla tai pelolla.

Sen tähden he saapuivat ihmisen hahmossa vaikka nuoria he eivät koskaan olleet ja he ikääntyivät hitaasti, ja he hallitsivat monet taidot ja voimat. Harvoille he paljastivat oikeat nimensä[1] vaan käyttivät niitä nimiä jotka heille annettiin. Tämän veljeskunnan kaksi korkeinta (sanottiin että heitä olisi kaikkiaan viisi) olivat *eldarin* suussa Curunír, »Taidon mestari», ja Mithrandir, »Harmaa vaeltaja», mutta pohjoisen ihmiset kutsuivat heitä Sarumaniksi ja Gandalfiksi. Curunír matkasi usein itään mutta asettui lopulta Rautapihaan. Mithrandir oli läheisimmissä väleissä *eldarin* kanssa ja vaelsi enimmäkseen lännessä, eikä koskaan ottanut mitään paikkaa vakituiseksi asuinsijakseen.

Läpi kolmannen ajan tiesivät Kolmen sormuksen olinpaikan vain niiden haltijat. Mutta lopulta kävi ilmi, että aluksi ne olivat olleet *eldarin* kolmella suurimmalla: Gilgaladilla, Galadrielilla ja Círdanilla. Gil-galad antoi sormuksensa ennen kuolemaansa Elrondille; myöhemmin Círdan luovutti omansa Mithrandirille. Sillä Círdan näki pitemmälle, syvemmälle kuin Keski-Maassa kukaan, ja hän otti Mithrandirin vastaan Harmaissa satamissa ja tiesi mistä hän tuli ja kunne hän palaisi.

»Ota tämä sormus, oi mestari», hän sanoi, »sillä työsi on raskas; se auttaa sinua voittamaan sen uupumuksen, jonka olet ottanut kantaaksesi. Sillä tämä on Tulen sormus, ja sen avulla voit sytyttää uudestaan sydämet kylmenevässä maailmassa. Mutta minun sydämeni kaipaa Merelle, ja minä asun näillä harmailla rannoilla kunnes viimeinen laiva lähtee. Odotan sinua.»

Vuosi

2 Isildur istuttaa Valkoisen puun vesan Minas Anoriin. Hän luovuttaa Etelä-Valtakunnan Meneldilille. Kurjenmiekkakenttien tappio; Isildur ja hänen kolme vanhinta poikaansa saavat surmansa.

3 Ohtar tuo Narsilin sirpaleet Imladrisiin.

10 Valandilista tulee Arnorin kuningas.

109 Elrond ottaa puolisokseen Celebornin tyttären Celebríanin.

---

1 II 570.

130 Elladanin ja Elrohirin, Elrondin poikien syntymä.
241 Arwen Undómielin syntymä.
420 Kuningas Ostoher jälleenrakentaa Minas Anorin.
490 Itäläisten ensimmäinen maahanhyökkäys.
500 Rómendacil I lyö itäläiset.
541 Rómendacil kaatuu taistelussa.
830 Falasturista alkavat Gondorin laivakuninkaat.
861 Eärendurin kuolema ja Arnorin jako.
933 Kuningas Eärnil I valloittaa Umbarin, josta tulee Gondorin linnoitus.
936 Eärnil hukkuu laivoineen.
1015 Kuningas Ciryandil kaatuu Umbarin piirityksessä.
1050 Hyarmendacil valloittaa Haradin. Gondor saavuttaa valtansa huipun.
Näihin aikoihin lankeaa varjo Vihermetsään ja ihmiset alkavat kutsua sitä
Synkmetsäksi. *Periannath* mainitaan aikakirjoissa ensimmäisen kerran,
kun karvajalat tulevat Eriadoriin.
n. 1100 Viisaat (*istari* ja *eldarin* suurimmat) saavat selville, että paha voima on
tehnyt itselleen tukikohdan Dol Gulduriin. Arvellaan että se on yksi
nazgûlista.
1149 Atanatar Alcarinin hallituskausi alkaa.
n. 1150 Helokesit tulevat Eriadoriin. Väkevät ylittävät Punasarven solan ja asettu-
vat Nokkaan ja Mustainmaahan.
n. 1300 Pahuus alkaa taas vallata alaa. Sumuvuorilla örkit lisääntyvät ja hyökkää-
vät kääpiöitten kimppuun. *Nazgûl* palaavat. Näiden johtaja saapuu poh-
joiseen Angmariin. *Periannath* siirtyvät länteen; monet asettuvat Briihin.
1356 Kuningas Argeleb I kaatuu taistelussa Rhudauria vastaan. Näihin aikoihin
väkevät jättävät Nokan ja osa palaa Erämaahan.
1409 Angmarin Noitakuningas tunkeutuu Arnoriin. Kuningas Arveleg I kaatuu.
Fornostia ja Tyrn Gorthadia puolustetaan. Amon Sûlin torni tuhotaan.
1432 Gondorin kuningas Valacar kuolee ja Sukuriidan sisällissota alkaa.
1437 Osgiliathin palo; *palantír* katoaa. Eldacar pakenee Rhovanioniin; hänen
poikansa Ornendil murhataan.
1447 Eldacar palaa ja ajaa pois vallananastaja Castamirin. Eruin ylimenopaikan
taistelu. Pelargirin saarto.
1448 Kapinalliset pakenevat ja kaappaavat Umbarin.
1540 Kuningas Aldamir kaatuu sodassa Haradia ja Umbarin merirosvoja vas-
taan.
1551 Hyarmendacil II lyö Haradin ihmiset.
1601 Monet *periannath* muuttavat Briistä ja Argeleb II antaa heille maata
Baranduinin takaa.
n. 1630 Mustainmaasta tulevat väkevät liittyvät heihin.
1634 Merirosvot ryöstävät Pelargirin ja tappavat kuningas Minardilin.
1636 Suuri rutto raivoaa Gondorissa. Kuningas Telemnarin ja hänen lastensa
kuolema. Valkoinen puu kuolee Minas Anorissa. Rutto leviää pohjoiseen
ja länteen ja Eriador autioituu monin paikoin. Baranduinin toisella puo-
lella *periannath* selviytyvät, mutta kärsivät vakavia menetyksiä.
1640 Kuningas Tarondor siirtää kuninkaan huoneen Minas Anoriin ja istuttaa
Valkoisen puun vesan. Osgiliathin raunioituminen alkaa. Mordor jätetään
vartiotta.
1810 Kuningas Telumehtar Umbardacil valtaa Umbarin takaisin ja ajaa pois
merirosvot.
1851 Vaunumiesten hyökkäykset Gondoriin alkavat.
1856 Gondor menettää itäiset alueensa ja Narmacil II kaatuu taistelussa.
1899 Kuningas Calimehtar lyö vaunumiehet Dagorladilla.

1900 Calimehtar rakentaa Minas Anorin Valkean tornin.

1940 Gondor ja Arnor uusivat kanssakäymisensä ja solmivat liiton. Arvedui ottaa puolisokseen Fírielin, Gondorin Ondoherin tyttären.

1944 Ondoher kaatuu taistelussa. Eärnil lyö vihollisen Etelä-Ithilienissä. Sitten hän voittaa Leirin taistelun ja ajaa vaunumiehet Kalmansoille. Arvedui vaatii Gondorin kruunua.

1945 Eärnil II saa kruunun.

1974 Pohjois-Valtakunnan loppu. Noitakuningas valtaa Arthedainin ja valloittaa Fornostin.

1975 Arvedui hukkuu Forochelin lahteen. Annúminasin ja Amon Sûlin *palantíri* katoavat. Eärnur tuo laivaston Lindoniin. Noitakuningas lyödään Fornostin taistelussa ja hänet ajetaan Jättijängille. Hän katoaa pohjoisesta.

1976 Aranarth ottaa arvonimen *dúnedainin* päämies. Arnorin perintökalleudet annetaan Elrondin huostaan.

1977 Frumgar johtaa *éothéodin* pohjoiseen.

1979 Bucca Nevalaisesta tulee Konnun ensimmäinen *thain*.

1980 Noitakuningas tulee Mordoriin ja *nazgûl* kerääntyvät sinne. Moriassa nousee esiin balrog ja surmaa Durin VI:n.

1981 Náin I saa surmansa. Kääpiöt pakenevat Moriasta. Monet Lórienin salohaltioista pakenevat etelään. Amroth ja Nimrodel katoavat.

1999 Thráin I tulee Ereborille ja perustaa »vuorenalaisen» kuningaskunnan.

2000 *Nazgûl* lähtevät Mordorista ja piirittävät Minas Ithilin.

2002 Minas Ithil kukistuu, myöhemmin se tunnetaan nimellä Minas Morgul. *Palantír* kaapataan.

2043 Eärnurista tulee Gondorin kuningas. Noitakuningas lähettää hänelle haasteen.

2050 Uusi haaste. Eärnur ratsastaa Minas Morguliin ja katoaa. Mardilista tulee ensimmäinen hallitseva käskynhaltija.

2060 Dol Guldurin mahti kasvaa. Viisaat pelkäävät Sauronin ottavan siellä taas hahmon.

2063 Gandalf menee Dol Gulduriin. Sauron vetäytyy ja piileksii idässä. Valpas rauha alkaa. *Nazgûl* pysyttelevät hiljaa Minas Morgulissa.

2210 Thorin I lähtee Ereborilta ja menee pohjoiseen Harmaavuorille, jonne kerääntyvät jäljelle jääneet Durinin kansasta.

2340 Isumbras I:stä tulee kolmastoista *thain*, ensimmäinen Tukin sukua. Iäbukit asettuvat Bukinmaahan.

2460 Valpas rauha päättyy. Sauron palaa vahvistunein voimin Dol Gulduriin.

2463 Valkoinen neuvosto muodostetaan. Näihin aikoihin väkevä Déagol löytää Sormusten sormuksen ja Sméagol murhaa hänet.

2470 Näihin aikoihin Sméagol-Klonkku piiloutuu Sumuvuoriin.

2475 Uusi hyökkäys Gondoria vastaan. Osgiliath tuhoutuu lopullisesti ja sen kivisilta rikkoutuu.

n. 2480 Örkit alkavat rakentaa salaisia tukikohtia Sumuvuorille tukkiakseen kaikki Eriadoriin vievät solat. Sauron alkaa asuttaa Moriaa omilla olennoillaan.

2509 Celebrían joutuu matkalla Lórieniin väijytykseen Punasarven solassa ja saa myrkyllisen haavan.

2510 Celebrían lähtee Meren yli. Örkit ja itäläiset valtaavat Calenardhonin. Eorl Nuori saa voiton Celebrantin kentällä. *Rohirrim* asettuvat Calenardhoniin.

2545 Eorl kaatuu taistelussa Rohanin ylängöllä.

2569 Brego Eorlin poika saa valmiiksi Kultaisen kartanon.

2570 Baldor Bregon poika astuu sisään Kielletystä ovesta ja katoaa. Näihin aikoihin palaavat lohikäärmeet kaukaiseen pohjolaan ja alkavat kiusata kääpiöitä.

2589 Lohikäärme surmaa Dáin I:n.

2590 Thrór palaa Ereborille. Hänen veljensä Grór menee Rautavuorille.

n. 2670 Tobold alkaa kasvattaa »piippukessua» Eteläneljännyksessä.

2683 Isengrim II:sta tulee kymmenes *thain* ja hän aloittaa Suurten smialien kaivaustyöt.

2698 Ecthelion I jälleenrakentaa Minas Tirithin Valkean tornin.

2740 Örkit tunkeutuvat jälleen Eriadoriin.

2747 Bandobras Tuk lyö Pohjoisneljännyksessä örkkien lauman.

2758 Rohaniin hyökätään lännestä ja idästä ja vihollinen käy sen ylitse. Merirosvojen laivastot hyökkäävät Gondoriin. Rohanin Helm ottaa turvapaikakseen Helmin syvänteen. Wulf kaappaa Edorasin. 2758–2759: Ikitalvi. Eriadorissa ja Rohanissa suuria kärsimyksiä ja paljon kuolemaa. Gandalf tulee Konnun kansan avuksi.

2759 Helmin kuolema. Fréaláf ajaa pois Wulfin ja hänestä alkaa Markin kuninkaitten toinen haara. Saruman asettuu asumaan Rautapihaan.

2770 Smaug-lohikäärme laskeutuu Ereborille. Laakso tuhoutuu. Thrór pakenee Thráin II:n ja Thorin II:n kanssa.

2790 Örkki tappaa Moriassa Thrórin. Kääpiöt kokoavat joukkonsa kostosotaa varten. Gerontius, joka myöhemmin tunnetaan nimellä Vanha Tuk, syntyy.

2793 Kääpiöiden ja örkkien sota alkaa.

2799 Nanduhirionin taistelu Morian itäportin edustalla. Dáin Rautajalka palaa Rautavuorille. Thráin II ja hänen poikansa Thorin vaeltavat länteen. He asettuvat Ered Luinin eteläpuolelle Konnun tuolle puolen (2802).

2800–2864 Pohjoisen örkit vaivaavat Rohania. Ne surmaavat kuningas Waldan (2851).

2841 Thráin II lähtee käydäkseen taas Ereborilla, mutta Sauronin palvelijat vainoavat häntä.

2845 Kääpiö Thráin joutuu vangiksi Dol Gulduriin; häneltä viedään viimeinen Seitsemästä sormuksesta.

2850 Gandalf menee jälleen Dol Gulduriin ja saa selville, että sen valtias on todella Sauron, joka kerää itselleen kaikkia Sormuksia ja hankkii tietoja Sormusten sormuksesta ja Isildurin perijästä. Hän löytää Thráinin ja saa Ereborin avaimen. Thráin kuolee Dol Guldurissa.

2851 Valkoinen neuvosto kokoontuu. Gandalf vaatii hyökkäystä Dol Gulduriin. Saruman hylkää ehdotuksen.[1] Saruman aloittaa etsinnät Kurjenmiekkakenttien lähistöltä.

2872 Gondorin Belecthor II kuolee. Valkoinen puu kuolee eikä uutta vesaa löydy. Kuollut puu jätetään paikalleen.

2885 Sauronin salaisten lähettiläiden kiihottamat *haradrim* ylittävät Porosin ja hyökkäävät Gondoriin. Rohanin Folcwinen pojat kaatuvat palvellessaan Gondoria.

2890 Konnussa syntyy Bilbo.

2901 Suurin osa Ithilieniin jääneistä asukkaista hylkää sen Mordorin urukien hyökkäilyjen tähden. Henneth Annúnin salainen turvapaikka rakennetaan.

2907 Gilraenin Aragorn II:n äidin syntymä.

2911 Tuima talvi. Baranduin ja muut joet jäätyvät. Valkoiset sudet tunkeutuvat pohjoisesta Eriadoriin.

2912 Enedwaithia ja Minhiriathia koettelevat suuret tulvat. Tharbad tuhoutuu ja autioituu.

2920 Vanha Tuk kuolee.

---

1 Myöhemmin kävi selväksi, että Saruman oli jo alkanut himoita Sormusten sormusta omakseen, ja hän toivoi sen paljastavan itsensä ja etsiytyvän herransa tietoon, jos Sauron vähäksi aikaa jätettäisiin rauhaan.

2929 Arathorn Aradorin poika *dúnedainista* ottaa puolisokseen Gilraenin.

2930 Arador saa surmansa peikkojen kädestä. Denethor II Ecthelion II:n poika syntyy Minas Tirithissä.

2931 Aragorn Arathorn II:n poika syntyy maaliskuun 1. päivänä.

2933 Arathorn II saa surmansa. Gilraen vie Aragornin Imladrisiin. Elrond ottaa hänet ottopojakseen ja antaa hänelle nimen Estel (»Toivo»); hänen syntyperänsä salataan.

2939 Saruman saa selville, että Sauronin palvelijat tutkivat Anduinia Kurjenmiekkakenttien lähistöllä ja että Sauron näin ollen tietää miten Isildur kohtasi loppunsa. Hän huolestuu mutta ei sano mitään Neuvostolle.

2941 Thorin Tammikilpi ja Gandalf vierailevat Bilbon luona Konnussa. Bilbo tapaa Sméagol-Klonkun ja löytää Sormuksen. Valkoinen neuvosto kokoontuu; Saruman suostuu hyökkäämään Dol Gulduriin, sillä nyt hän toivoo voivansa estää Sauronia tutkimasta jokea. Suunnitelmansa laadittuaan Sauron hylkää Dol Guldurin. Viiden armeijan taistelu Laaksossa. Thorin II:n kuolema. Esgarothin Bard surmaa Smaugin. Rautavuorten Dáinista tulee vuorenalainen kuningas (Dáin II).

2942 Bilbo palaa Kontuun Sormus mukanaan. Sauron palaa salassa Mordoriin.

2944 Bard jälleenrakentaa Laakson ja hänestä tulee kuningas. Klonkku lähtee Vuorilta ja aloittaa »sormusvarkaan» etsinnät.

2948 Théoden Thengelin poika, Rohanin kuningas syntyy.

2949 Gandalf ja Balin käyvät tapaamassa Bilboa Konnussa.

2950 Finduilas Dol Amrothin Adrahilin tytär syntyy.

2951 Sauron ilmoittaa itsensä ja kerää voimia Mordoriin. Hän aloittaa Baraddûrin jälleenrakentamisen. Klonkku lähtee Mordoria kohti. Sauron lähettää kolme nazgûlia ottamaan jälleen haltuun Dol Guldurin.

2952 Elrond paljastaa »Estelille» hänen oikean nimensä ja sukupuunsa ja antaa hänelle Narsilin kappaleet. Arwen, joka on vasta palannut Lórienista, tapaa Aragornin Imladrisin metsissä. Aragorn lähtee Erämaihin.

2953 Valkoisen neuvoston viimeinen kokous. Väittelyä Sormuksista. Saruman väittää saaneensa selville, että Suurin sormus on kulkeutunut Anduinia pitkin Mereen. Saruman vetäytyy Rautapihaan ja ottaa sen omakseen ja linnoittaa sen. Hän on kateellinen Gandalfille ja pelkää häntä ja lähettää vakoojia tarkkailemaan kaikkia hänen liikkeitään; ja hän huomaa hänen mielenkiintonsa Kontua kohtaan. Hänellä on pian asiamiehiä Briissä ja Eteläneljännyksessä.

2954 Tuomiovuori puhkeaa jälleen palamaan. Ithilienin viimeiset asukkaat pakenevat Anduinin toiselle puolen.

2956 Aragorn tapaa Gandalfin ja heidän ystävyytensä alkaa.

2957–2980 Aragornin pitkät matkat ja retket. Thorongilina hän palvelee valepuvussa sekä Rohanin Thengeliä että Gondorin Ecthelion II:ta.

2968 Frodon syntymä.

2976 Denethor ottaa puolisokseen Dol Amrothin Finduilasin.

2977 Bainista Bardin pojasta tulee Laakson kuningas.

2978 Boromir Denethor II:n poika syntyy.

2980 Aragorn astuu Lórieniin ja tapaa uudelleen Arwen Undómielin. Aragorn antaa hänelle Barahirin sormuksen ja he kihlaavat toisensa Cerin Amrothin kukkulalla. Näihin aikoihin Klonkku saapuu Mordorin rajoille ja tutustuu Lukitariin. Théodenista tulee Rohanin kuningas.
Samvaisin syntymä.

2983 Faramir Denethorin poika syntyy.

2984 Ecthelion II:n kuolema. Denethor II:sta tulee Gondorin käskynhaltija.

2988 Finduilas kuolee nuorella iällä.

2989 Balin lähtee Ereborilta ja menee Moriaan.

2991 Éomer Éomundin poika syntyy Rohanissa.

2994 Balin kohtaa loppunsa ja kääpiösiirtokunta hävitetään.

2995 Éowyn Éomerin sisar syntyy.

n. 3000 Mordorin varjo pitenee. Saruman rohkenee käyttää Orthancin *palantíria*, mutta Sauronilla on Ithilin kivi ja Saruman joutuu Sauronin pauloihin. Hänestä tulee Neuvoston petturi. Hänen vakoojansa ilmoittavat hänelle, että samoojat vartioivat Kontua tarkoin.

3001 Bilbon jäähyväisjuhla. Gandalf epäilee hänen sormuksensa olevan Sormusten sormus. Konnun vartio kaksinkertaistetaan. Gandalf hankkii tietoja Klonkusta ja pyytää Aragornin apua.

3002 Bilbo tulee Elrondin vieraaksi ja asettuu Rivendelliin.

3004 Gandalf käy tapaamassa Frodoa Konnussa ja jatkaa käyntejään neljän seuraavan vuoden ajan.

3007 Brandista Bainin pojasta tulee Laakson kuningas. Gilraenin kuolema.

3008 Syksyllä Gandalf käy viimeisen kerran tapaamassa Frodoa.

3009 Gandalf ja Aragorn etsivät Klonkkua vähän väliä seuraavan kahdeksan vuoden aikana Anduinin laaksoista, Synkmetsästä ja Rhovanionista aina Mordorin rajoille saakka. Jossakin vaiheessa näiden vuosien aikana Klonkku uskaltautui itse Mordoriin ja joutui Sauronin vangiksi.

3016 Elrond lähettää hakemaan Arwenia ja tämä palaa Imladrisiin; Vuoret ja kaikki itäiset seudut ovat käymässä vaarallisiksi.

3017 Klonkku päästetään vapaaksi Mordorista. Aragorn saa hänet kiinni Kalmansoilla ja tuo hänet Thranduilille Synkmetsään. Gandalf käy Minas Tirithissä ja lukee Isildurin käärön.

SUURET VUODET

3018
Huhtikuu

12. Gandalf saapuu Hobittilaan.

Kesäkuu

20. Sauron hyökkää Osgiliathiin. Samoihin aikoihin hyökätään myös Thranduilin kimppuun, ja Klonkku pääsee pakoon.

Keskivuoden päivä Gandalf tapaa Radagastin

Heinäkuu

4. Boromir lähtee matkaan Minas Tirithistä.

10. Gandalf joutuu vangiksi Orthancissa.

Elokuu

Klonkku katoaa jäljettömiin. Se lienee etsinyt turvaa Moriasta näihin aikoihin, kun sitä metsästivät niin haltiat kuin Sauronin palvelijat; mutta kun se viimein pääsi Länsiportille, se ei enää päässyt ulos.

Syyskuu

18. Gandalf pakenee Orthancista aamuyöllä. Mustat ratsastajat ylittävät Rautkymin kahlaamot.

19. Gandalf tulee kerjäläisenä Edorasiin ja häneltä evätään sisäänpääsy.

20. Gandalf päästetään Edorasiin. Théoden käskee hänen lähteä: »Ota hevonen mikä tahansa, kunhan olet poissa ennen huomista iltaa!»

21. Gandalf tapaa Hallavaharjan, mutta hevonen ei päästä häntä lähelleen. Hän seuraa Hallavaharjaa pitkän matkan laitumilla.
22. Mustat ratsastajat saapuvat Sarnin kahlaamolle illansuussa; ne häätävät samoojien vartion. Gandalf saa Hallavaharjan kiinni.
23. Neljä Ratsastajaa saapuu Kontuun ennen auringonnousua. Muut ajavat samoojia itää kohti ja palaavat sitten vartioimaan Vihertietä. Musta ratsastaja saapuu illan pimetessä Hobittilaan. Frodo lähtee Repunpäästä. Kesytettyään Hallavaharjan Gandalf ratsastaa pois Rohanista.
24. Gandalf ylittää Rautkymin.
26. Vanha metsä. Frodo saapuu Bombadilin luo.
27. Gandalf ylittää Harmaavirran. Toinen yö Bombadilin luona.
28. Haudanhaamu vangitsee hobitit. Gandalf Sarnin kahlaamolla.
29. Frodo saapuu yöllä Briihin. Gandalf tapaa Ukon.
30. Varhain aamulla hyökätään Krikkoloon ja Briin majataloon. Frodo lähtee Briistä. Gandalf tulee Krikkoloon ja saapuu yöllä Briihin.

Lokakuu

1. Gandalf lähtee Briistä.
3. Hänen kimppuunsa hyökätään yöllä Viimapäällä.
6. Viimapään rinteellä olevaan leiriin hyökätään yöllä. Frodo haavoittuu.
9. Glorfindel lähtee Rivendellistä.
11. Hän ajaa Ratsastajat Mitheithelin sillalta.
13. Frodo ylittää Sillan.
18. Glorfindel tapaa Frodon illan pimetessä. Gandalf tulee Rivendelliin.
20. Pako Bruinenin kahlaamon poikki.
24. Frodo toipuu ja herää. Boromir saapuu yöllä Rivendelliin.
25. Elrondin neuvonpito.

Joulukuu

25. Sormuksen saattue lähtee illansuussa Rivendellistä.

3019
Tammikuu

8. Saattue tulee Paatsamalaan.
11., 12. Lunta Caradhrasilla.
13. Aamuvarhain susien hyökkäys. Saattue tulee Morian länsiportille illan pimetessä. Klonkku alkaa seurata Sormuksen viejää.
14. Yö Kahdennessakymmenennessäensimmäisessä salissa.
15. Khazad-dûmin silta, Gandalf vajoaa syvyyteen. Saattue tulee iltamyöhällä Nimrodelille.
17. Saattue tulee illalla Caras Galadhoniin.
23. Gandalf ajaa balrogia takaa Zirakzigilin huippuun.
25. Hän heittää balrogin alas ja menettää tajuntansa. Hänen ruumiinsa makaa huipulla.

Helmikuu

15. Galadrielin peili. Gandalf palaa elämään ja makaa houreessa.
16. Jäähyväiset Lórienille. Klonkku piileksii länsirannalla ja tarkkailee lähtöä.
17. Gwaihir kantaa Gandalfin Lórieniin.
23. Lähellä Sarn Gebiriä veneet joutuvat yöllä hyökkäyksen kohteeksi.
25. Saattue sivuuttaa Argonathin ja leiriytyy Parth Galeniin. Rautkymin kahlaamojen ensimmäinen taistelu; Théodred Théodenin poika kaatuu.
26. Saattue hajoaa. Boromirin kuolema; hänen torvensa kuullaan Minas Tirithissä. Meriadoc ja Peregrin joutuvat vangeiksi. Frodo ja Samvais saapuvat itäiselle

Emyn Muilille. Aragorn lähtee illansuussa ajamaan takaa örkkejä. Éomer saa kuulla, että Emyn Muililta on laskeutunut örkkijoukko.

27. Aragorn tulee aamunkoitteessa länsijyrkänteelle. Éomer lähtee keskiyön aikaan vastoin Théodenin määräyksiä Itämannusta örkkijahtiin.

28. Éomer saavuttaa örkit Fangornin metsän rajalla.

29. Meriadoc ja Pippin pääsevät pakoon ja tapaavat Puuparran. *Rohirrim* hyökkäävät auringon noustessa ja tuhoavat örkit. Frodo laskeutuu Emyn Muililta ja tapaa Klonkun. Faramir näkee Boromirin hautaveneen.

30. Entkäräjät alkavat. Éomer kohtaa Aragornin paluumatkallaan.

Maaliskuu

1. Frodo lähtee aamunkoitteessa ylittämään Kalmansoita. Entkäräjät jatkuvat. Aragorn tapaa Gandalf Valkoisen. He lähtevät Edorasiin. Faramir lähtee Minas Tirithistä suorittamaan tehtävää Ithilieniin.

2. Frodo pääsee soiden yli. Gandalf saapuu Edorasiin ja parantaa Théodenin. *Rohirrim* ratsastavat länteen Sarumania vastaan. Rautkymin kahlaamojen toinen taistelu. Erkenbrand lyödään. Entkäräjät päättyvät iltapäivällä. Entit marssivat Rautapihaa kohti ja saapuvat yöllä perille.

3. Théoden vetäytyy Helmin syvänteeseen. Ämyrilinnan taistelu alkaa. Entit saattavat päätökseen Rautapihan hävityksen.

4. Théoden ja Gandalf lähtevät Helmin syvänteestä Rautapihaan. Frodo saapuu Morannonin aution reunalla oleville kuonakasoille.

5. Théoden saapuu keskipäivällä Rautapihaan. Keskustelu Orthancin luona Sarumanin kanssa. Siivekäs nazgûl ylittää Dol Baranin leirin. Gandalf lähtee Peregrinin kanssa kohti Minas Tirithiä. Frodo piileskelee Morannonin näköpiirissä ja lähtee illansuussa.

6. *Dúnedain* saavuttavat Aragornin aamuyöstä. Théoden lähtee Ämyrilinnasta Hargin laaksoon. Aragorn lähtee myöhemmin.

7. Faramir vie Frodon Henneth Annûniin. Aragorn tulee illan pimetessä Dunhargiin.

8. Aragorn lähtee »Kuolleiden kulkuteille» päivän koittaessa; hän saapuu Erechiin keskiyöllä. Frodo lähtee Henneth Annûnista.

9. Gandalf saapuu Minas Tirithiin. Faramir lähtee Henneth Annûnista. Aragorn lähtee matkaan Erechistä ja saapuu Calembeliin. Illan hämärtyessä Frodo pääsee Morgulin tielle. Théoden tulee Dunhargiin. Pimeys alkaa tulvia Mordorista.

10. Aamuton aamu. Rohanin kutsunta: *rohirrim* ratsastavat Hargin laaksosta. Gandalf pelastaa Faramirin Kaupunginporttien edessä. Aragorn ylittää Ringlón. Morannonista tullut armeija valtaa Cair Androsin ja jatkaa matkaa Anórieniin. Frodo kulkee Tienristeyksen poikki ja näkee Morgulin armeijan lähdön.

11. Klonkku käy Lukitarin luona, mutta on vähällä katua nähdessään nukkuvan Frodon. Denethor lähettää Faramirin Osgiliathiin. Aragorn tulee Linhirille ja ylittää sen ja saapuu Lebenniniin. Pohjoisesta tunkeutuu vihollinen itäiseen Rohaniin. Ensimmäinen hyökkäys Lórienia vastaan.

12. Klonkku vie Frodon Lukitarin luolaan. Faramir vetäytyy Pengertien linnakkeisiin. Théoden leirissä Min-Rimmonin juurella. Aragorn ajaa edellään vihollista kohti Pelargiria. Entit lyövät Rohaniin-tunkeutujat.

13. Cirith Ungolin örkit vangitsevat Frodon. Vihollinen marssii Pelennorin yli. Faramir haavoittuu. Aragorn saapuu Pelargiriin ja kaappaa laivaston. Théoden Drúadanin metsässä.

14. Samvais löytää Frodon tornista. Minas Tirith joutuu piirityksiin. Villi-ihmisten opastamina *rohirrim* saapuvat Harmaaseen metsään.

15. Aamuvarhain Noitakuningas murskaa Kaupungin portit. Denethor polttaa itsensä roviolla. Kukonlaulun aikaan kuullaan *rohirrimin* torvet. Pelennorin

taistelu. Théoden kaatuu. Aragorn kohottaa Arwenin lipun. Frodo ja Samvais pääsevät pakoon ja alkavat matkansa pohjoiseen Morgaita myöten. Synkmetsän siimeksessä käydään taistelu; Thranduil torjuu Dol Guldurin joukot. Toinen hyökkäys Lórieniin.

16. Päälliköiden neuvottelu. Frodo katsoo Morgailta leirin yli Tuomiovuorta.

17. Laakson taistelu. Kuningas Brand ja kuningas Dáin Rautajalka kaatuvat. Monet kääpiöt ja ihmiset pakenevat Ereborille ja joutuvat saarroksiin. Shagrat tuo Frodon kaavun, panssaripaidan ja miekan Barad-dûriin.

18. Lännen armeija marssii Minas Tirithistä. Frodo saapuu Rautakidan näköpiiriin; Durthangista Udûniin vievällä tiellä örkit saavuttavat hänet.

19. Armeija saapuu Morgulin laaksoon. Frodo ja Samvais pakenevat ja aloittavat matkansa Barad-dûrin tiellä.

22. Kauhun ilta. Frodo ja Samvais kääntyvät tieltä kohti etelää ja Tuomiovuorta. Kolmas hyökkäys Lórieniin.

23. Armeija jättää taakseen Ithilienin. Aragorn päästää arkasydämiset. Frodo ja Samvais heittävät pois aseensa ja varusteensa.

24. Frodo ja Samvais taittavat viimeisen taipaleen Tuomiovuoren juurelle. Armeija leiriytyy Morannonin autiolle.

25. Armeija joutuu saarroksiin kuonakumpujen keskellä. Frodo ja Samvais pääsevät Sammath Nauriin. Klonkku kaappaa Sormuksen ja putoaa Tuomiorotkoon. Barad-dûrin tuho ja Sauronin loppu.

Mustan tornin murtumisen jälkeen, kun Sauron oli poissa, väistyi Varjo kaikkien niiden sydämestä, jotka olivat vastustaneet häntä, mutta pelko ja epätoivo valtasi hänen palvelijansa ja liittolaisensa. Kolme kertaa oli Lórieniin hyökätty Dol Guldurista, mutta tuota maata asuvan haltiakansan uljuuden lisäksi eli siellä voima, jolle ei ole voittajaa, ellei itse Sauron tulisi. Vaikka kauniit metsät kärsivät suurta tuhoa maan rajoilla, torjuttiin hyökkäykset kuitenkin kerta kerralta; ja kun Varjo väistyi, lähti Celeborn liikkeelle ja johti Lórienin sotajoukon veneillä Anduinin yli. He valtasivat Dol Guldurin ja Galadriel hajotti sen muurit ja paljasti kuilut ja tyrmät ja metsä puhdistettiin.

Myös pohjoisessa oli sota ja hävitys riehunut. Thranduilin valtakuntaan tunkeutui vihollinen, ja puiden siimeksessä taisteltiin pitkään ja tuli teki siellä kauheaa tuhoa; mutta jo ennen lopullista ratkaisua oli Thranduil saavuttanut voiton. Ja haltioiden uuden vuoden päivänä tapasivat Celeborn ja Thranduil metsän keskellä; ja he antoivat Synkmetsälle uuden nimen *Eryn Lasgalen,* Viherlehtien metsä. Thranduil otti valtakunnakseen kaikki pohjoiset seudut aina metsästä kohoaville vuorille saakka; ja Celeborn otti Kapeikon eteläpuoliset salot ja antoi niille nimeksi Itä-Lórien; kaikki välille jäävä metsä annettiin beorningeille ja metsänihmisille. Mutta muutaman vuoden kuluttua, kun Galadriel oli lähtenyt, väsyi Celeborn valtakuntaansa ja meni asumaan Imladrisiin Elrondin poikien luo. Vihermetsässä asuivat salohaltiat kaikessa rauhassa, mutta Lórienissa viipyi murhemielellä vain pieni osa sen aikaisemmasta asujaimistosta, eikä Caras Galadhonista enää valo loistanut eikä soitto kaikunut.

Samaan aikaan kun suuret armeijat piirittivät Minas Tirithiä, ylitti kuningas Brandin rajoja kauan uhannut Sauronin liittolaisten sotajoukko Carnenjoen, ja Brand ajettiin takaisin Laaksoon. Siellä hän sai apua Ereborin kääpiöiltä; ja Vuoren juurella käytiin taistelu. Se kesti kolme päivää, mutta lopulta olivat kaatuneet niin kuningas Brand kuin kuningas Dáin Rautajalka, ja itäläiset saivat voiton. Mutta Porttia he eivät pystyneet valtaamaan, ja monet ihmiset ja kääpiöt pakenivat Ereborille ja puolustautuivat piiritystä vastaan.

Kun uutiset etelän suurista voitoista saapuivat, täytti Sauronin pohjoisen armeijan kauhu; ja piiritetyt ryntäsivät esiin ja saattoivat heidät epäjärjestykseen ja eloonjääneet pakenivat itään eivätkä enää vaivanneet Laaksoa. Silloin tuli Bard II:sta Brandin pojasta Laakson kuningas ja Thorin III Kivikypäristä Dáinin pojasta Vuorenalainen kuningas. He lähettivät lähettiläänsä kuningas Elessarin kruunajaisiin ja heidän valtakuntansa pysyivät kaiken ikänsä ystävinä Gondorin kanssa; ja he olivat Lännen kuninkaan kruunun alamaisia ja hänen suojeluksessaan.

TÄRKEIMMÄT PÄIVÄT BARAD-DÛRIN TUHOSTA
KOLMANNEN AJAN LOPPUUN[1]

3019
1419 kl.

Maaliskuun 27. Bard II ja Thorin III Kivikypäri ajavat vihollisen Laaksosta.
 28. Celeborn ylittää Anduinin; Dol Guldurin hävitys alkaa.
Huhtikuun 6. Celebornin ja Thranduilin kohtaaminen.
 8. Sormuksen viejiä juhlitaan Cormallenin kentällä.
Toukokuun 1. Kuningas Elessarin kruunaus; Elrond ja Arwen lähtevät Rivendellistä.
 8. Éomer ja Éowyn lähtevät Rohaniin Elrondin poikien kanssa.
 20. Elrond ja Arwen saapuvat Lórieniin.
 27. Arwenin saattue lähtee Lórienista.
Kesäkuun 14. Elrondin pojat tapaavat saattueen ja tuovat Arwenin Edorasiin.
 16. Saattue lähtee Gondoriin.
 25. Kuningas Elessar löytää Valkoisen puun vesan.
Ykköslith. Arwen saapuu Kaupunkiin.
Keskivuoden päivä. Elessarin ja Arwenin häät.
Heinäkuun 18. Éomer palaa Minas Tirithiin.
 22. Kuningas Théodenin hautaussaattue lähtee matkaan.
Elokuun 7. Saattue saapuu Edorasiin.
 10. Kuningas Théodenin hautajaiset.
 14. Vieraat hyvästelevät kuningas Éomerin.
 15. Puuparta päästää Sarumanin menemään.
 18. He saapuvat Helmin syvänteelle.
 22. He saapuvat Rautapihaan; he hyvästelevät Lännen kuninkaan auringon laskiessa.
 28. He kohtaavat tiellä Sarumanin; Saruman kääntyy Kontua kohti.
Syyskuun 6. He pysähtyvät Morian vuorten näköpiiriin.
 13. Celeborn ja Galadriel eroavat heistä, muut jatkavat Rivendelliin.
 21. He palaavat Rivendelliin.
 22. Bilbon sadaskahdeskymmenesyhdeksäs syntymäpäivä. Saruman saapuu Kontuun.
Lokakuun 5. Gandalf ja hobitit lähtevät Rivendellistä.
 6. He ylittävät Bruinenin kahlaamon; Frodo tuntee ensimmäisen kerran tuskan palaavan.
 28. He saapuvat Briihin illan pimetessä.
 30. He lähtevät Briistä.»Maanmatkaajat» saapuvat pimeän aikaan Rankkivuon sillalle.
Marraskuun 1. Heidät pidätetään Sammakkosuossa.
 2. He tulevat Virranvarteen ja nostattavat konnunkansan.
 3. Virranvarren taistelu, Sarumanin loppu. Sormuksen sota päättyy.

3020
1420 kl.:Yltäkylläisyyden vuosi

Maaliskuun 13. Frodo sairastuu (Lukitarin myrkyn vuosipäivänä).

---

1   Kuukaudet ja päivät on ilmoitettu Konnun kalenterin mukaan.

Huhtikuun 6. Mallorn kukkii Juhlaniityllä.

Toukokuun 1. Samvais ottaa Ruusan vaimokseen.

Keskivuoden päivä. Frodo vetäytyy pormestarin virasta ja Vili Valkojalka ottaa taas tehtävän vastaan.

Syyskuun 22. Bilbon sadaskolmaskymmenes syntymäpäivä.

Lokakuun 6. Frodo on jälleen sairaana.

3021

1421 kl.: Kolmannen ajan viimeinen vuosi

Maaliskuun 13. Frodo on jälleen sairaana.

    25. Elanor Kauniin, Samvaisin tyttären syntymä.[1] Tästä päivästä alkaa Gondorin neljännen ajan lasku.

Syyskuun 21. Frodo ja Samvais lähtevät Hobittilasta.

    22. He tapaavat Korvenperässä Sormusten haltijoiden viimeisen retken osanottajat.

    29. He saapuvat Harmaisiin satamiin. Frodo ja Bilbo lähtevät Meren yli Kolmen sormuksen haltijan kanssa. Kolmas aika päättyy.

Lokakuun 6. Samvais palaa Repunpäähän.

SORMUKSEN RITAREIDEN MYÖHEMMÄT VAIHEET

kl.

1422 Tämän vuoden alusta alkaa neljäs aika Konnussa; mutta konnunlaskun vuosiluvut jatkuvat.

1427 Vili Valkojalka jää eläkkeelle. Samvais valitaan Konnun pormestariksi. Peregrin Tuk ottaa vaimokseen Suuralhon Timantin. Kuningas Elessar antaa käskykirjeen, ettei ihmisten ole lupa astua Kontuun, ja hän tekee siitä Pohjoisen valtikan suojeluksessa olevan Vapaan maan.

1430 Faramir Peregrinin poika syntyy.

1431 Kultakutri Samvaisin tytär syntyy.

1432 Meriadocista, jota kutsutaan nimellä Mahtava, tulee Bukinmaan herra. Kuningas Éomer ja Ithilienin Éowyn lähettävät hänelle upeita lahjoja.

1434 Peregrinistä tulee *tuk* ja *thain.* Kuningas Elessar tekee *thainista,* Hovin herrasta ja Konnun pormestarista Pohjois-Valtakunnan neuvonantajia. Mestari Samvais valitaan toisen kerran pormestariksi.

1436 Kuningas Elessar ratsastaa pohjoiseen ja viettää jonkin aikaa Hämyveden rannalla. Hän tulee Rankkivuon sillalle ja tapaa siellä ystävänsä. Hän antaa mestari Samvaisille *dúnedainin* tähden ja Elanorista tulee kuningatar Arwenin hovineito.

1441 Mestari Samvaisista tulee kolmannen kerran pormestari.

1442 Mestari Samvais ja hänen vaimonsa ja Elanor ratsastavat Gondoriin ja viipyvät siellä vuoden. Mestari Tolman Tölli toimii pormestarin sijaisena.

1448 Mestari Samvaisista tulee neljännen kerran pormestari.

1451 Elanor Kaunis ottaa miehekseen Kaukavaarojen Viherluodosta kotoisin olevan Fastredin.

1452 Länsikaira Kaukavaaroilta Tornikukkuloille (Emyn Beraidille)[2] liitetään Kontuun lahjana kuninkaalta. Monet hobitit muuttavat sinne.

1454 Elfstan Mesikersa, Fastredin ja Elanorin poika, syntyy.

---

1 Hän sai nimen »Kaunis» suloisen ulkomuotonsa tähden; ja monet olivat sitä mieltä että hän näytti pikemminkin haltianeidolta kuin hobitilta. Hänellä oli kultaiset hiukset, mikä oli ollut Konnussa hyvin harvinaista; mutta hänen lisäkseen kahdella Samvaisin tyttärellä oli kullanvärinen tukka, ja monella muullakin noihin aikoihin syntyneellä lapsella.

2 I 9, III 889, viite 1.

1455 Mestari Samvaisista tulee viidennen kerran pormestari.

1462 Mestari Samvaisista tulee kuudennen kerran pormestari. Hänen pyynnöstään tekee *thain* Fastredista Länsikairan vartijan. Fastred ja Elanor asettuvat asumaan Alistorniaisiin Tornikukkuloille, jossa heidän jälkeläisensä Tornien Mesikersat asuvat monen sukupolven ajan.

1463 Faramir Tuk ottaa vaimokseen Kultakutrin Samvaisin tyttären.

1469 Mestari Samvaisista tulee pormestari seitsemännen ja viimeisen kerran, ja virka-ajan päättyessä vuonna 1476 hän on yhdeksänkymmenenkuuden vuoden ikäinen.

1482 Rouva Ruusa, mestari Samvaisin vaimo, kuolee keskivuoden päivänä. Syyskuun 22. päivänä mestari Samvais lähtee Repunpäästä. Hän tulee Tornikukkuloille ja viimeisenä hänet näkee Elanor, jolle hän antaa Punaisen kirjan, jota Mesikersat sittemmin pitävät hallussaan. Heidän keskuudessaan elää Elanorilta alkanut perimätieto, että Samvais matkasi Tornien ohi ja meni Harmaisiin satamiin ja purjehti meren yli, Sormuksen viejistä viimeisenä.

1484 Tämän vuoden keväällä tuli Rohanista Bukinmaahan viesti, että kuningas Éomer toivoi vielä näkevänsä mestari Holdwinen. Meriadoc oli jo vanha (102 vuotta) mutta yhä terve. Hän kysyi neuvoa ystävältään *thainilta* ja pian tämän jälkeen he luovuttivat omaisuutensa ja virkansa pojilleen ja ratsastivat Sarnin kahlaamolle, eikä heitä enää nähty Konnussa. Myöhemmin kuultiin että mestari Meriadoc saapui Edorasiin ja asui kuningas Éomerin luona tämän kuolemaan asti, joka tapahtui samana syksynä. Sitten hän ja *thain* Peregrin ratsastivat Gondoriin ja viettivät vähäiset jäljellä olevat elinvuotensa tuossa valtakunnassa kunnes he kuolivat ja heidät laskettiin Rath Díneniin Gondorin suurmiesten joukkoon.

1541 Tänä vuonna[1] maaliskuun 1. päivänä poistui tästä elämästä viimein kuningas Elessar. Kerrotaan että Peregrinin ja Meriadocin leposijat sijoitettiin suuren kuninkaan leposijan kummankin puolen. Sitten Legolas rakensi Ithilienissä harmaan laivan ja purjehti Anduinia alas ja Meren yli; ja hänen mukanaan, niin kerrotaan, lähti kääpiö Gimli. Ja kun tuo laiva oli mennyt, oli viimeinenkin Sormuksen ritari lähtenyt Keski-Maasta.

1 Gondorin vuosi 120 na.

LIITE C

SUKUPUITA

Näissä sukupuissa esiintyy vain osa monista nimistä. Enimmäkseen henkilöt ovat joko Bilbon jäähyväisjuhlan vieraita tai heidän esivanhempiaan suoraan ylenevässä polvessa. Juhlan osanottajien nimet on alleviivattu. Joitakin muita tapahtumien kulkuun liittyviä henkilöitä on myös mainittu. Lisäksi on annettu sukutietoja Samvaisista, myöhemmin tunnetun ja vaikutusvaltaisen *Tarhuri*-suvun perustajasta.

Vuosiluvut nimien jäljessä viittaavat syntymävuoteen (ja kuolinvuoteen milloin se on tiedossa). Kaikki vuodet on ilmoitettu konnunlaskun mukaan, laskettuna siitä kun veljekset Marcho ja Blanco ylittivät Rankkivuon Konnun vuonna 1 (1601 ka.).

HOBITTILAN REPPULIT

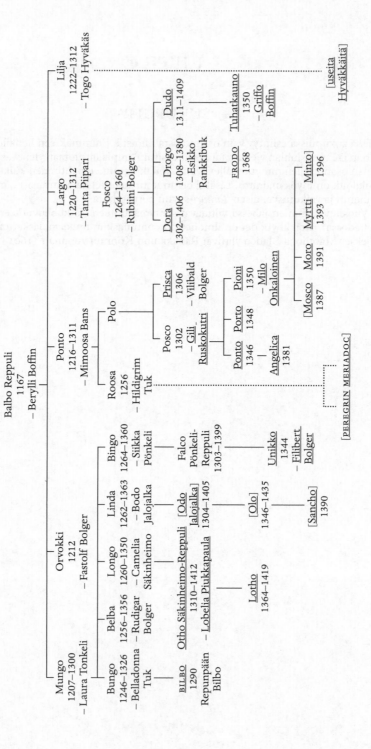

BOLGIN KAHLAAMON BOLGERIT

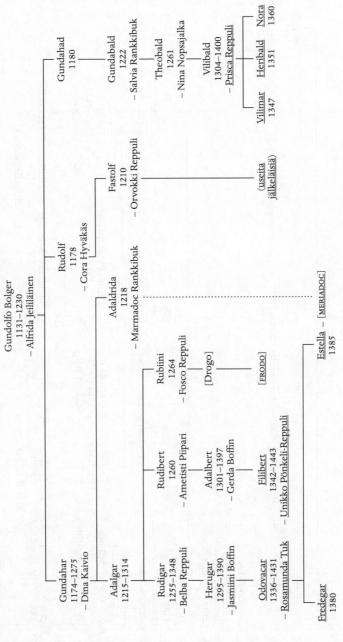

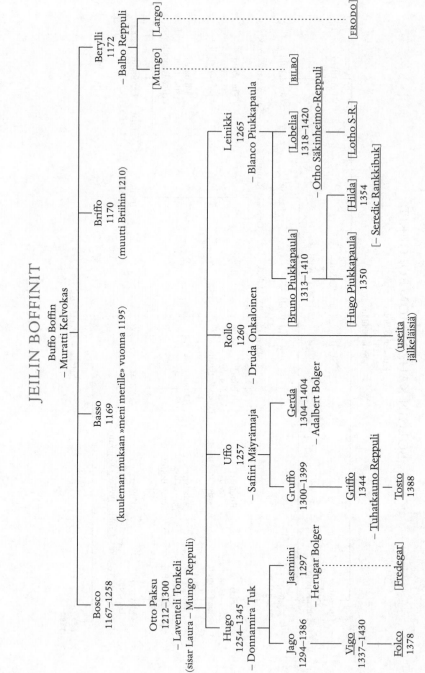

JEILIN BOFFINIT

Buffo Boffin
– Muratti Kelvokas

Bosco
1167–1258

Otto Paksu
1212–1300
– Laventeli Tonkeli
(sisar Laura – Mungo Reppuli)

Basso
1169
(kuuleman mukaan »meni merille» vuonna 1195)

Briffo
1170
(muutti Briihin 1210)

Berylli
1172
– Balbo Reppuli

[Mungo]   [Largo]

[BILBO]   [FRODO]

Hugo
1254–1345
– Donnamira Tuk

Uffo
1257
– Safiiri Mäyrämaja

Rollo
1260
– Druda Onkaloinen

Leinikki
1265
– Blanco Piukkapaula

Jago
1294–1386

Jasmiini
1297
– Herugar Bolger

Gruffo
1300–1399

Gerda
1304–1404
– Adalbert Bolger

Bruno Piukkapaula]
1313–1410

[Lobelia]
1318–1420
– Otho Säkinheimo-Reppuli

Vigo
1337–1430

Griffo
1344
– Tuhatkauno Reppuli

[Hugo Piukkapaula]
1350

[Hilda]
1354
[– Seredic Rankkibuk]

[Lotho S.-R.]

Folco
1378

Tosto
1388

[Fredegar]

(useita
jälkeläisiä)

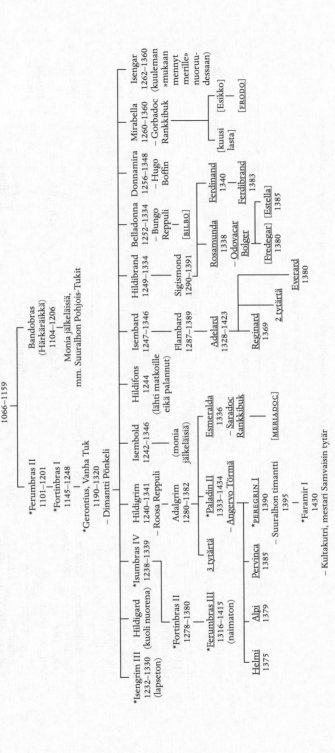

SUURTEN SMIALIEN TUKIT

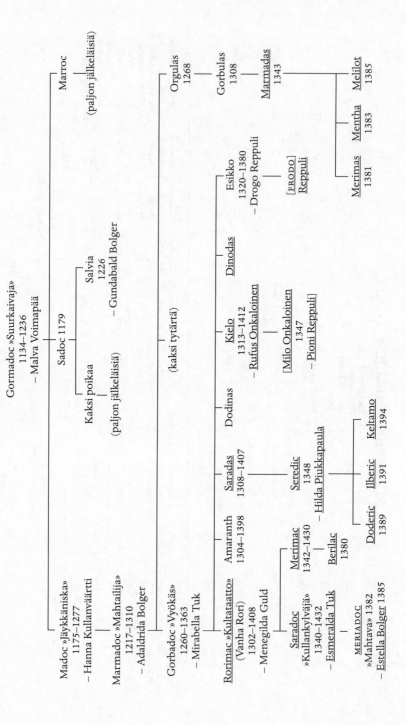

BUKINMAAN RANKKIBUKIT

Gorhendad Ikábuk Nevalainen alkoi rakentaa Rankkihovia noin v. 740 ja muutti nimensä *Rankkibukeiksi*.

MESTARI SAMVAISIN SUKUPUU

(josta ilmenee myös Kukkulan Tarhurien ja Tornien Mesikersojen sukuperä)

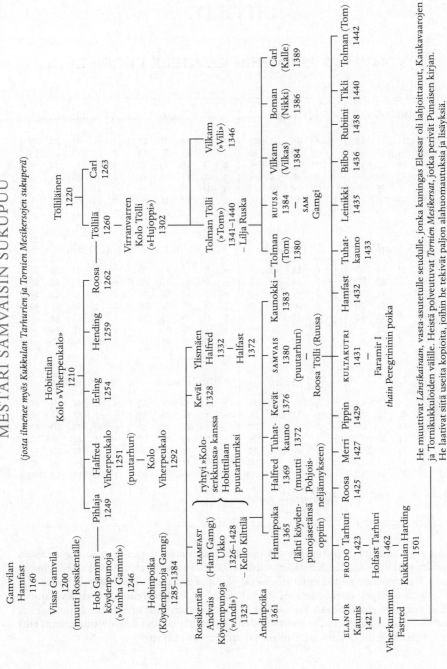

He muuttivat *Länsikairaan*, vasta-asutetulle seudulle, jonka kuningas Elessar oli lahjoittanut, Kaukavaarojen ja Tornikukkuloiden välille. Heistä polveutuvat *Tornien Mesikersat*, jotka perivät Punaisen kirjan. He laativat siitä useita kopioita, joihin he tekivät paljon alahuomautuksia ja lisäyksiä.

LIITE D

KONNUN KALENTERI KAIKILLE VUOSILLE

(1) Jälkijule

JULE 7	14	21	28
1 8	15	22	29
2 9	16	23	30
3 10	17	24	–
4 11	18	25	–
5 12	19	26	–
6 13	20	27	–

(4) Astron

1 8	15	22	29
2 9	16	23	30
3 10	17	24	–
4 11	18	25	–
5 12	19	26	–
6 13	20	27	–
7 14	21	28	–

(7) Takalith

LITH 7	14	21	28
1 8	15	22	29
2 9	16	23	30
3 10	17	24	–
4 11	18	25	–
5 12	19	26	–
6 13	20	27	–

(10) Talvenfilth

1 8	15	22	29
2 9	16	23	30
3 10	17	24	–
4 11	18	25	–
5 12	19	26	–
6 13	20	27	–
7 14	21	28	–

(2) Solmath

– 5	12	19	26
– 6	13	20	27
– 7	14	21	28
1 8	15	22	29
2 9	16	23	30
3 10	17	24	–
4 11	18	25	–

(5) Thrimidz

– 6	13	20	27
– 7	14	21	28
1 8	15	22	29
2 9	16	23	30
3 10	17	24	–
4 11	18	25	–
5 12	19	26	–

(8) Wedmath

– 5	12	19	26
– 6	13	20	27
– 7	14	21	28
1 8	15	22	29
2 9	16	23	30
3 10	17	24	–
4 11	18	25	–

(11) Blotmath

– 6	13	20	27
– 7	14	21	28
1 8	15	22	29
2 9	16	23	30
3 10	17	24	–
4 11	18	25	–
5 12	19	26	–

(3) Rethe

– 3	10	17	24
– 4	11	18	25
– 5	12	19	26
– 6	13	20	27
– 7	14	21	28
1 8	15	22	29
2 9	16	23	30

(6) Etulith

– 4	11	18	25
– 5	12	19	26
– 6	13	20	27
– 7	14	21	28
1 8	15	22	29
2 9	16	23	30
3 10	17	24	LITH

Keskivuoden päivä
(ylilith)

(9) Halimath

– 3	10	17	24
– 4	11	18	25
– 5	12	19	26
– 6	13	20	27
– 7	14	21	28
1 8	15	22	29
2 9	16	23	30

(12) Julenala

– 4	11	18	25
– 5	12	19	26
– 6	13	20	27
– 7	14	21	28
1 8	15	22	29
2 9	16	23	30
3 10	17	24	JULE

Vuosi alkoi aina viikon ensimmäisellä päivällä, lauantailla, ja päättyi viikon viimeiseen päivään, perjantaihin. Keskivuoden päivä ja karkausvuosien *ylilith* eivät olleet viikonpäiviä. Keskivuoden päivää edeltävä *lith* oli *ykköslith* ja sen jälkeinen *kakkoslith*. Vuoden lopussa oli *ykkösjule* ja vuoden alussa *kakkosjule*. *Ylilith* oli erityinen vapaapäivä, mutta sitä ei sattunut yhdeksikään Suursormuksen historiaan liittyväksi suureksi vuodeksi. Vuonna 1420 sellainen oli, ja tuon vuoden sato ja ihana kesä muistettiin kauan, eikä sen ilonpidon veroista liene muistoissa tai asiakirjoissa säilynyt.

KALENTERIT

Konnun kalenteri erosi meidän kalenteristamme monessa suhteessa. Vuosi oli epäilemättä yhtä pitkä,[1] sillä vaikka nuo ajat ovat vuosissa ja ihmisten elinpäivissä mitattuna kaukana, eivät ne Maan muistissa ole niin etäiset. Hobiteilla on säilynyt tieto, että heillä ei ollut minkäänlaista viikkoa, kun he vielä olivat vaeltava kansa, ja vaikka heillä oli kuukausia, joita kuu sääteli, oli heidän tuonaikainen ajanlaskunsa ja ajoituksensa hämärää ja epätarkkaa. Alettuaan asettua Eriadorin läntisille seuduille hobitit omaksuivat *dúnedainin* käyttämän kuninkaan laskutavan, joka oli eldarilaista alkuperää; mutta Konnun hobitit tekivät siihen useita pieniä lisäyksiä. Tämä kalenteri eli konnunlasku omaksuttiin vähitellen myös Briissä, lukuun ottamatta kontulaisten tapaa aloittaa ajanlaskunsa Konnun asuttamisesta.

Vanhoista tarinoista ja perimätiedosta on usein vaikea saada täsmällistä tietoa sellaisista asioista, jotka olivat yleisesti tiedossa ja joita omana aikanaan pidettiin itsestään selvinä (kuten kirjainten nimet tai viikonpäivien ja kuukausien nimet ja pituudet). Mutta Konnun hobitit ovat aina olleet hyvin kiinnostuneita sukututkimuksesta, ja Sormuksen sodan jälkeen virisi Konnun oppineiden keskuudessa kiinnostus muinaiseen historiaan. Näin jouduttiin tekemisiin tarkkojen aikojen kanssa; ja hobitit laativat jopa monimutkaisia taulukoita, joista erot heidän oman järjestelmänsä ja muiden järjestelmien välillä kävivät ilmi. En ole perehtynyt näihin asioihin, ja olen saattanut tehdä virheitä, mutta ratkaisevien vuosien 1418 ja 1419 kl. aikamäärät on ilmoitettu Punaisessa kirjassa niin tarkkaan, ettei niiden suhteen ole ollut paljon erehtymisen varaa.

Näyttää siltä että Keski-Maan *eldar*, joilla oli (kuten Samvais huomautti) käytössään enemmän aikaa, laskivat aikaa pidemmissä jaksoissa, ja quenyan sana *yén*, joka usein käännetään sanalla 'vuosi' (ks. I 322–323) tarkoittaa itse asiassa 144:ää meidän vuottamme. *Eldar* laskivat yleensä kuusittain ja tusinoittain niin pitkälle kuin mahdollista. Päivää he kutsuivat nimellä *ré* ja laskivat sen auringon laskusta laskuun. *Yénissä* oli 52 596 päivää. Perinteet pikemmin kuin käytännölliset syyt saivat *eldarin* noudattamaan kuuden päivän viikkoa, jota he kutsuivat nimellä *enquië*; perä perään laskien *yénissä* oli 8 766 tällaista *enquiëta*.

Keski-Maassa *eldar* noudattivat myös lyhyttä ajanjaksoa eli aurinkovuotta, jota he kutsuivat nimellä *coranar*, 'auringonkierto', milloin se käsitettiin astronomisesti; mutta useimmiten käytettiin sanaa *loa*, 'kasvu' (erityisesti luoteisilla seuduilla), kun oli kysymys ennen muuta kasvuston muutoksista vuodenaikojen vaihtelussa, kuten haltiat yleensä asiaa tarkastelivat. *Loa* jaettiin jaksoihin, joita voisi kutsua pitkiksi kuukausiksi tai lyhyiksi vuodenajoiksi. Nämä näyttävät vaihdelleen eri seuduilla, mutta hobitit tunsivat vain Imladrisin kalenterin. Tässä kalenterissa oli näitä vuodenaikoja kuusi, ja niiden nimet quenyaksi olivat *tuilë, lairë, yávië, quellë, hrívë, coirë*, jotka voidaan kääntää 'kevät, kesä, syksy, marras, talvi, koitto'. Sindariksi niiden nimet olivat *ethuil, laer, iavas, firith, rhîw, echuir*. 'Marrasta' kutsuttiin myös nimellä *lasselanta*, 'lehtien putoaminen' tai sindariksi *narbeleth*, 'auringon haipuminen'.

Lairëssa ja *hrívëssä* oli kummassakin 72 päivää ja muissa 54. *Loa* alkoi *yestarella*, päivällä joka edelsi *tuilëa*, ja päättyi *mettarëen*, päivään joka seurasi *coirën* jälkeen. *Yávien* ja *quellën* väliin oli sijoitettu *enderi* eli 'välipäivät'. Näin saatiin 365 päivän vuosi, jota täydennettiin kaksinkertaistamalla *enderi* (3 lisää) joka kahdestoista vuosi.

Ei ole varmaa selvyyttä siitä, miten järjestelmästä seuraaviin epätarkkuuksiin suhtauduttiin. Jos vuosi oli tuolloin yhtä pitkä kuin se on nyt, *yén* oli yli päivän liian pitkä. Epätäsmällisyyden olemassaolosta kertoo Punaisen kirjan kalentereissa oleva viite, jossa sanotaan että Rivendellin ajanlaskussa lyhennettiin joka kolmannen *yénin* viimeistä vuotta kolmella päivällä: tuolloin vuoteen lisättiin vain kolme välipäivää eikä

---

1 365 päivää, 5 tuntia, 48 minuuttia, 46 sekuntia.

kaksinkertaista määrää; »mutta näin ei ole tehty meidän aikanamme». Jäljelle jääneen epätarkkuuden korjaamisesta ei ole mitään tietoja.

Númenorilaiset muuttivat tätä järjestelyä. He jakoivat *loan* lyhyempiin, pituudeltaan säännöllisempiin jaksoihin, ja he säilyttivät tapansa alkaa vuosi keskitalvella, joka oli ollut käytössä niillä luoteessa asuvilla ihmisillä, joista he ensiajalla polveutuivat. Myöhemmin he myös muuttivat viikkonsa seitsenpäiväiseksi ja laskivat päivän auringon noususta nousuun (itäiseltä mereltä).

Sitä númenorilaista järjestelmää, joka oli käytössä Númenorissa, Arnorissa ja Gondorissa niin kauan kuin kuninkaat hallitsivat, kutsuttiin kuninkaanlaskuksi. Tavallisessa vuodessa oli 365 päivää. Se oli jaettu kahteentoista *astariin* eli kuukauteen, joista kymmenessä oli 30 päivää ja kahdessa 31. Pitkät *astar* sijoittuivat keskivuoden päivän kummallekin puolen, kutakuinkin meidän kesä- ja heinäkuullemme. Vuoden ensimmäisen päivän nimi oli *yestarë*, välipäivän (183.) nimi oli *loëndë* ja viimeisen *mettarë*; nämä kolme päivää eivät kuuluneet mihinkään kuuhun. Joka neljäs vuosi lukuun ottamatta vuosisadan viimeistä (*haranyëta*) *loëndën* sijaan pantiin kaksi välipäivää.

Númenorin ajanlasku alkoi vuodesta 1 ta. Vasta vuosituhannen viimeisenä vuotena korjattiin vajaus, jonka yhden päivän vähentäminen vuosisadoittain aiheutti, tämä tuhannen vuoden vajaus oli 4 tuntia, 46 minuuttia ja 40 sekuntia. Tämä lisäys tehtiin Númenorissa vuosina 1000, 2000 ja 3000 ta. Tuhon tapahduttua 3319 ta. säilyttivät maanpaossa elävät tämän järjestelmän, mutta se häiriintyi kun kolmas aika aloitettiin uudella ajanlaskulla niin että 3442:sta ta. tuli 1 ka. Kun vuodesta 4 ka. tehtiin karkausvuosi vuoden 3 ka. asemesta (3444 ta.), tunkeutui joukkoon yksi ylimääräinen 365 päivän vuosi, joka aiheutti 5 tunnin, 48 minuutin ja 46 sekunnin vajauksen. Tuhannen vuoden lisäykset tehtiin 441 vuotta myöhässä: vuosina 1000 ka. (4441 ta.) ja 2000 (5441 ta.). Näin aiheutettujen erehdysten ja vuosituhansittain kasaantuvan vajauksen poistamiseksi antoi Mardil Käskynhaltija uudistetun kalenterin, joka astuisi voimaan 2060 ka. – sen jälkeen kun vuoteen 2059 (5500 ta.) oli lisätty ylimääräiset 2 päivää, ja 5 1/2 vuosituhatta tuli kuluneeksi Númenorin alusta. Mutta tämänkin jälkeen jäi jäljelle noin 8 tunnin vajaus. Hador lisäsi vuoteen 2360 yhden päivän siitä huolimatta, että vajaus ei vielä ollut niin pitkä. Sen jälkeen ei korjauksia tehty. (Vuonna 3000 ka. uhkaavan sodanvaaran alla laiminlyötiin tällaiset asiat.) Kolmannen ajan loppuun mennessä, 660 vuoden päästä, vajaus ei vielä ollut yltänyt yhteen päivään.

Mardilin uusittu kalenteri sai nimekseen käskynhaltijain lasku ja sen omaksui vähitellen suurin osa westronia puhuvista kansoista hobitteja lukuun ottamatta. Kussakin kuussa oli 30 päivää, ja vuoteen lisättiin kaksi kuukausien ulkopuolelle jäävää päivää edellisten lisäksi: yksi kolmannen ja neljännen kuun väliin (maalis- ja huhtikuun) ja toinen yhdeksännen ja kymmenennen väliin (syys- ja lokakuun). Nämä viisi kuukausien ulkopuolelle jäävää päivää olivat vapaapäiviä: *yestarë, tuilérë, loëndë, yáviérë* ja *mettarë*.

Hobitit olivat vanhoillisia, he käyttivät edelleen erästä kuninkaanlaskun muotoa, joka oli sovitettu heidän omiin tapoihinsa. Heidän kuukautensa olivat yhtäläisiä ja niissä oli kussakin 30 päivää, mutta kesä- ja heinäkuun välissä heillä oli 3 kesäpäivää, joita Konnussa kutsuttiin *lithiksi* tai *lithepäiviksi.* Vuoden ensimmäistä ja viimeistä päivää kutsuttiin *julepäiviksi. Julepäivät* ja lithepäivät jäivät kuukausien ulkopuolelle, siten että tammikuun ensimmäinen oli vuoden toinen eikä ensimmäinen päivä. Joka neljäntenä vuonna lukuun ottamatta vuosisadan viimeistä vuotta[1] oli neljä lithepäivää. Lithepäivät ja julepäivät olivat tärkeimmät vapaapäivät ja juhlapäivät. Keskivuoden päivän jälkeen karkausvuosittain lisättävä ylimääräinen lithepäivä oli nimeltään *ylilith* ja se oli erityi-

---

1 Konnussa lithepäivät jätettiin lisäämättä joka vuosisadan viimeiseen vuoteen, sillä heidän vuotensa 1 vastasi vuotta 1601 ka. Briin vuosi 1 vastasi vuotta 1300 ka., ja lithepäivät jätettiin lisäämättä vuosisadan ensimmäiseen vuoteen.

nen ilonpidon päivä. Kokonaisuudessaan juleaikaa kesti kuusi päivää, kunkin vuoden kolme viimeistä ja kolme ensimmäistä päivää.

Kontulaiset lisäsivät kalenteriin yhden oman pikku keksintönsä (joka vähitellen omaksuttiin myös Briissä), jota he kutsuivat konnunuudistukseksi. Heistä viikonpäivien siirtyminen vuodesta toiseen eri päivämäärälle tuntui epätäsmälliseltä ja hankalalta. Niinpä he siirtyivät Isengrim II:n aikana järjestelyyn, jonka mukaan ylimääräisellä päivällä, joka sekoitti järjestyksen, ei ollut minkään viikonpäivän nimeä. Sen jälkeen keskivuoden päivällä ei ollut muuta nimeä (eikä myöskään *ylilithillä*), eikä se kuulunut mihinkään viikkoon (s. 147). Tämän uudistuksen seurauksena vuosi alkoi aina viikon ensimmäisellä päivällä ja päättyi viimeiseen ja sama päivämäärä sattui joka vuosi samalle viikonpäivälle, niin etteivät kontulaiset enää vaivautuneet merkitsemään viikonpäivää kirjeisiinsä tai päiväkirjoihinsa.[1] Kotona tämä tapa osoittautui varsin käytännölliseksi, mutta ei vieraissa Briitä pidemmällä.

Tätä edeltävässä aineistossa ja itse kertomuksessa olen käyttänyt nykyaikaisia nimiä niin kuukausista kuin viikonpäivistäkin, vaikka eivät *eldar* eivätkä *dúnedain* eivätkä hobititkaan tietenkään todellisuudessa käyttäneet niitä. Westroninkielisten nimien kääntäminen tuntui tarpeelliselta sekaannuksen välttämiseksi, ja sitä paitsi viittaukset vuodenaikoihin, jotka meidän kuukaudennimiimme sisältyvät, käyvät yksiin westronilaisten kanssa, ainakin mitä Kontuun tulee. Näyttää kuitenkin ilmeiseltä että keskivuoden päivän oli määrä vastata kesäpäivänseisausta mahdollisimman tarkoin. Jos näin on, olivat Konnun päivämäärät meitä edellä kymmenisen päivää, niin että meidän uudenvuodenpäivämme vastasi kutakuinkin Konnun tammikuun 9:ttä.

Westronissa olivat quenyankieliset kuukausien nimet yleensä säilyneet samalla tavalla kuin latinalaiset nimet ovat nykyään levinneet laajalle muihin kieliin. Nämä olivat *narvinyë, nénimë, súlimë, víressë, lótessë, nárië, cermië, úrimë, yavannië, narquelië, hísimë, ringarë*. Sindarilaiset nimet (joita vain *dúnedain* käyttivät) olivat: *narwain, nínui, gwaeron, gwirith, lothron, nórui, cerveth, úrui, ivanneth, narbeleth, hithui, girithron*.

Hobitit eivät kuitenkaan käyttäneet tätä nimistöä, vaan poiketen normaalista westronin käytännöstä niin Konnun kuin Briinkin hobitit käyttivät omia vanhakantaisia nimiä, jotka he lienevät ammoin omaksuneet Anduinin laaksojen ihmisiltä; samantapaisia nimiä tavattiin nimittäin myös Laaksossa ja Rohanissa (vrt. kieliä koskevat huomautukset s. 962, 967–968). Näiden ihmisten keksimien nimien merkitykset olivat enimmäkseen aikaa sitten hobiteilta unohtuneet, niissäkin tapauksissa jolloin he olivat alkuaan tienneet mitä ne merkitsivät; ja tämän johdosta nimien muoto myös hämärtyi: esimerkiksi *math* joidenkin lopussa on väännös sanasta *month*.

Konnun kuukausien nimet käyvät ilmi kalenterista.[2] Sopii huomata, että *solmath* lausuttiin ja usein kirjoitettiinkin *somath*, *thrimidz* kirjoitettiin usein *thrimich* (arkainen muoto *thrimilch*) ja *blotmath* lausuttiin *blodmath* tai *blommath*. Briissä käytettiin eri nimiä: *frery, solmath, rethe, chithing, thrimidz, lithe, kesäpäivät, mede, wedmath, satomath, talving, blooting* ja *julemath*. Nimiä *frery, chithing* ja *julemath* käytettiin myös Itäneljännyksessä.[3]

---

1 Konnun kalenteria silmäillessään voi panna merkille, että yksikään kuukausi ei ala perjantailla. Konnussa olikin tapana kutsua nimellä »perjantai enimmäinen päivä» sellaista päivää, jota ei ollut olemassakaan, tai jolloin saattaisi tapahtua kaikenlaista mahdotonta kuten että lehmät lentäisivät tai puut kävelisivät Konnussa. Kokonaisuudessaan sanonta kuului »perjantaina ensimmäinen kesänfilthiä».

2 Kalenterissa on kuukausien nimien tunnistettavat englanninkieliset osat suomennettu, alkukirjaimet muutettu pieniksi ja kirjoitusasua parissa kohtaa hiukan suomalaistettu. Tämä kappale on nyt mukana ensimmäisen kerran, se jätettiin aikanaan pois, koska se kietoutuu niin vahvasti englannin kieleen. (Suomentajan huomautus.)

3 Briissä oli tapana sanoa pilanpäiten 'talvenfilth (mutaisessa) Konnussa' [*filth* = 'rapa' englanniksi] mutta kontulaisten mukaan *talving* oli briiläinen muunnos vanhemmasta nimestä, joka oli alun

Hobittien viikko oli kotoisin *dúnedainilta* ja viikonpäivien nimet olivat käännöksiä vanhan Pohjois-Valtakunnan aikuisista nimistä, jotka puolestaan palautuivat *eldarin* nimiin. *Eldarin* kuusipäiväisessä viikossa oli tähtien, auringon, kuun, kahden puun, taivaan ja *valarin* eli Mahtien mukaan nimetyt päivät, tässä järjestyksessä; viimeinen oli viikon tärkein päivä. Quenyaksi niiden nimet olivat *elenya, anarya, isilya, aldúya, mene-lya, valanya* (eli *tárion*); sindariksi *orgilion, oranor, orithil, orgaladhad, ormenel, orbelain* (eli *rodyn*).

Númenorilaiset omistivat päivät samoin ja säilyttivät järjestyksen, mutta he antoi-vat neljännen päivän nimeksi *aldëa* (*orgaladh*), joka viittaa ainoastaan Valkoiseen puu-hun, jonka jälkeläinen uskottiin Númenorissa kuninkaan pihassa kasvavan Nimlothin olevan. Koska he kaipasivat viikkoon seitsemättä päivää, ja olivat sitä paitsi suuria merenkävijöitä, lisäsivät he Taivaan päivän jälkeen 'Meren päivän', nimeltään *eärenya* (*oraearon*).

Hobitit omaksuivat tämän järjestelmän, mutta käännettyjen nimien merkitykset unohtuivat pian tai niihin lakattiin kiinnittämästä huomiota, ja muodot redusoituivat erityisesti jokapäiväisessä puheessa. Ensimmäisen kerran númenorilaiset nimet arvat-tavasti westroninnettiin vähintään kaksituhatta vuotta ennen kolmannen ajan loppua. Tuolloin pohjoisen ihmiset omaksuivat *dúnedainin* viikon (ensimmäinen piirre jonka vieraat kansat omaksuivat heidän ajanlaskustaan). Samoin kuin kuukausien nimissä hobitit pitäytyivät näihin käännöksiin vaikka muualla westronia puhuvalla alueella käy-tettiin quenyalaisia nimiä.

Konnussa oli säilynyt tuskin lainkaan vanhoja dokumentteja. Kolmannen ajan lop-puessa oli huomattavin säilynyt asiakirja Keltanahkainen eli Tukinturun vuosikirja.[1] Aikaisimmat merkinnät lienee tehty vähintään yhdeksänsataa vuotta ennen Frodon aikaa; ja niitä siteerataan monasti Punaisen kirjan annaaleissa ja sukupuissa. Tällöin viikonpäivät esiintyvät arkaaisissa muodoissaan.

Olen kääntänyt nämä nimet omalle kielellemme ja aloittanut tietysti sunnuntaista ja maanantaista, auringon ja kuun päivistä, jotka Konnun viikossa ovat samaa alkuperää kuin omamme, ja nimennyt loput tässä järjestyksessä. On kuitenkin syytä muistaa, että Konnussa nimiin liittyvät assosiaatiot olivat aivan toiset. Viikon viimeinen päivä, perjantai, oli päivistä tärkein, vapaa keskipäivästä lähtien, päivä jolloin vietettiin iltajuh-lia. Näin ollen lauantai vastaa kutakuinkin meidän maanantaitamme ja torstai meidän lauantaitamme.[2]

Sopii mainita myös eräitä muita aikaan viittaavia sanoja, vaikka niitä ei käytetty täs-mällisessä ajanmäärityksessä. Vuodenaikoja kutsuttiin yleensä nimillä *tuilë* 'kevät', *lairë* 'kesä', *yávië* 'syksy' ('elonkorjuu'), *hrívë* 'talvi'; mutta näitä ei määritelty tarkasti, ja nimeä *quellë* (eli *lasselanta*) käytettiin myös syksyn jälkiosasta ja talven alusta.

Eldar kiinnittivät erityistä huomiota hämärän hetkiin (pohjoisilla seuduilla) ja kat-soivat niitä ennen muuta tähtien syttymisen ja sammumisen kannalta. Heillä oli monia nimiä noille hetkille, yleisimmät olivat *tindómë* ja *undómë*, joista edellinen yleensä viit-tasi auringon nousua edeltävään aikaan ja *undómë* iltaan. Sindarissa sana oli *uial*, jota voitiin tarkentaa sanomalla *minuial* tai *aduial*. Konnussa näitä usein kutsuttiin nimillä *huomenkoi* ja *ehtoohämy*. Vrt. Nenuial, joka on käännetty Hämyvesi.

---

perin viitannut vuoden päättymiseen ennen talven tuloa ja oli peräisin ajoilta ennen kuninkaan-laskun omaksumista, jolloin uusi vuosi alkoi elonkorjuun jälkeen.

1 Tukinturun vuosikirjaan merkittiin Tuk-perheiden jäsenten syntymät, avioliitot ja kuolemat ynnä muita seikkoja kuten maakauppoja ja erilaisia Konnun tapahtumia.

2 Tästä syystä olen käyttänyt Bilbon laulussa (I 136–138) lauantaita ja sunnuntaita torstain ja per-jantain asemesta.

Vain konnunlasku ja sen mukaiset päiväykset ovat tarpeen Sormuksen sodan tarinan seuraamiseksi. Punaisessa kirjassa on kaikki päivät, kuukaudet ja päiväykset muunnettu Konnun käytännön mukaisiksi tai ilmoitettu vastaavat aikamäärät viitteissä. Näin ollen kaikki *Tarun Somusten herrasta* kuukaudet ja päivät viittaavat Konnun kalenteriin. Ainoat tapaukset, joissa meidän kalenterimme ja Konnun kalenterin erot vaikuttavat ratkaisevaan ajanjaksoon vuoden 3018 loppuun ja 3019 alkuun (1418, 1419 kl.), ovat seuraavat: lokakuussa 1418 on vain 30 päivää; tammikuun 1. on vuoden 1419 toinen päivä, helmikuussa on 30 päivää; tästä seuraa että maaliskuun 25. – Barad-dûrin tuhon päivä – vastaisi meidän maaliskuumme 27:ttä, jos vuotemme alkaisivat samaan aikaan. Tapahtuma päivättiin kuitenkin maaliskuun 25:nneksi niin käskynhaltijain kuin kuninkaidenkin laskutavan mukaan.

Uusi lasku alkoi palautetussa Valtakunnassa 3019 ka. Se edusti paluuta kuninkaanlaskuun, joka kuitenkin alkoi vuoden keväästä kuten eldarilaisessa *loassa*.[1]

Uuden laskun mukaan vuosi alkoi maaliskuun 25:ntenä vanhaa laskua Sauronin kukistumisen ja Sormuksen viejien tekojen muistoksi. Kuukausien nimet säilyivät, ja ensimmäinen oli nyt *viressë* (huhtikuu), mutta se kattoi ajan, joka alkoi noin viisi päivää entistä aikaisemmin. Kaikissa kuukausissa oli 30 päivää. *Yavanniën* (syyskuun) ja *narqueliën* (lokakuun) välissä oli kolme välipäivää (keskimmäinen oli nimeltään *loënde*) ja nämä vastasivat syyskuun 23:tta, 24:ttä, 25:ttä vanhaa laskua. Mutta Frodon kunniaksi 30:nnestä *yavanniëta*, joka vastasi aikaisempaa syyskuun 22:tta, hänen syntymäpäiväänsä, tehtiin juhlapäivä ja karkausvuotta täydennettiin kaksinkertaistamalla tämä juhla, jonka nimi oli *cormarë* eli sormuspäivä.

Neljännen ajan katsottiin alkaneen mestari Elrondin lähdöstä, joka tapahtui syyskuussa 3021, mutta kirjaamisen helpottamiseksi oli neljännen ajan vuosi 1 Valtakunnassa se vuosi, joka alkoi uuden laskun mukaan maaliskuun 25. päivänä vanhan laskun vuonna 3021.

Tämä laskutapa omaksuttiin kuningas Elessarin hallituskaudella hänen kaikilla maillaan lukuun ottamatta Kontua, jossa vanha kalenteri säilyi ja konnunlasku jatkui. Neljännen ajan vuosi 1 oli siis vuosi 1422; ja siinä määrin kuin hobitit ylipäänsä piittasivat ajan vaihtumisesta, he katsoivat sen tapahtuneen *kakkosjulena* 1422, eikä edellisessä maaliskuussa.

Ei ole olemassa mitään tietoja siitä että Konnussa olisi juhlittu maaliskuun 25:ttä tai syyskuun 22:tta; mutta Länsineljännyksessä, etenkin Hobittilan Kukkulaa ympäröivillä seuduilla, syntyi tapa pitää vapaata ja tanssia Juhlakentällä huhtikuun 6:ntena milloin sää salli. Jotkut väittivät että se oli vanhan Sam Tarhurin syntymäpäivä, toiset että kyseessä oli haltioiden uusivuosi, toiset että se oli päivä, jolloin Kultainen puu ensi kerran kukki vuonna 1420. Bukinmaassa puhallettiin Markin torveen joka vuosi marraskuun 2. päivänä auringon laskiessa ja sen jälkeen juhlittiin ja poltettiin kokkoja.[2]

---

1 Itse asiassa uuden laskun mukaan *yestarë* sattui aikaisemmaksi kuin Imladrisin kalenterin mukaan, jossa se vastasi suunnilleen Konnun huhtikuun 6:tta.

2 Ensimmäisen torvensoiton (3019) vuosipäivä.

LIITE E

Lukeminen ja kirjoittaminen

I
SANOJEN JA NIMIEN ÄÄNTÄMINEN[1]

Westron eli yhteiskieli on käännetty kokonaisuudessaan englannista suomen kielelle. Kaikkien hobittinimien ja erikoissanojen ääntämisen tulisi seurata tätä periaatetta. (Poikkeuksena on *th:lla* merkitty äänne, joka esiintyy sellaisissa sanoissa kuin *lith, mathom, thain.* Tämä voidaan ääntää kuten haltiakielisissä nimissä esiintyvä samoin merkittävä äänne [eli kuten englannin *th* sanassa *thin*].)

Vanhojen kirjoitusten transkriboinnissa olen pyrkinyt esittämään alkuperäiset äänteet (sikäli mikäli ne voidaan määritellä) melkoisen tarkasti samalla kun olen koettanut tuottaa sellaisia sanoja ja nimiä, jotka eivät näytä rumilta nykyaikaisilla kirjaimilla kirjoitettuna. Suurhaltioiden quenya on kirjoitettu latinan mukaan siinä määrin kuin sen äänteet sallivat. Tästä syystä on *c:tä* käytetty *k:n* asemesta molemmissa eldarilaisissa kielissä.

Se, jota tämäntapaiset yksityiskohdat kiinnostavat, voi ottaa huomioon seuraavaa:

KONSONANTIT

C on aina arvoltaan *k*: *celeb* 'hopea' ääntyy *keleb.*

CH merkitsee äännettä, joka esiintyy saksan sanassa *ich.* Äänne heikentyi *h:ksi* Gondorin puheenparressa paitsi sanan lopussa ja ennen *t:tä*; joissakin nimissä tämä on otettu huomioon: *Rohan, rohirrim.* (*Imrahil* on númenorilainen nimi.)

DH merkitsee soinnillista äännettä, joka esiintyy englannin sanoissa *these clothes.* Yleensä se palautuu *d:hen* kuten s. *galadh* 'puu' – vrt. q. *alda*; mutta toisinaan se palautuu myös yhdistelmään *n + r* kuten *Caradhras* 'Punasarvi', joka tulee muodosta *caran-rass.*

F merkitsee *f:ää* paitsi sananloppuisena, jolloin sitä käytetään merkitsemään *v:tä*: *Nindalf, Fladrif.*

G merkitsee aina *g:tä.*

H on yksinään, jos siihen ei liity muita konsonantteja, arvoltaan *h.* Quenyassa yhdistelmä *ht* ääntyy kuten saksan *echt, acht: Telumehtar* 'Orion'.[2] Katso myös kohtia CH, DH, L, R, TH, W, Y.

I merkitsee sanan alussa ennen vokaalia konsonanttia *j*, mutta vain sindarissa: *Ioreth, Iarwain.* Ks. Y.

K esiintyy nimissä, jotka eivät ole haltiakielistä alkuperää, ja merkitsee samaa äännettä kuin *c*; täten örkkikielen *kh* nimessä *Grishnákh* tai adûnaicin (númenorin) *Adûnakhôr* äännetään samoin kuin *ch.* Kääpiökielestä (khuzdul) ks. jäljempänä.

L merkitsee *l:ää.* Äänne oli jonkin verran palatalisoitunut *e:n* tai *i:n* sekä konsonantin välissä, ja sanan lopussa *e:n* tai *i:n* jälkeen. Kun tämä äänne on soinniton, sitä

---

1 Lukua on sovitettu suomen kielen vaatimusten mukaan. (Suomentajan huomautus.)
2 Orion oli sindariksi *Menelvagor* (I 72), quenyaksi *Menelmacar.*

merkitään LH:lla (tällöin se palautuu yleensä sananalkuiseen *sl*-yhdistelmään). (Muinais)quenyassa tämä kirjoitetaan *hl*, mutta kolmannella ajalla se yleensä ääntyi *l:nä*.

NG edustaa sananloppuisena *ng*-äännettä, joka esiintyy sanoissa *kengät, sangen*. Quenyassa äänne esiintyy myös sanan alussa, mutta tällöin se on transkriboitu *n:ksi* (sanassa *noldo*) kolmannen ajan ääntämyksen mukaisesti. Sanan sisässä ääntyy myös *g*.

PH merkitsee samaa äännettä kuin *f*. Sitä on käytetty (a) milloin *f*-äänne esiintyy sanan lopussa: *alph* 'joutsen'; (b) milloin *f*-äänne liittyy tai palautuu *p:hen*: *i-Pheriannath* 'puolituiset' (*perian*); (c) eräiden sanojen sisässä merkitsemässä kaksois-*f:ää* (joka palautuu *pp:hen*): *Ephel* 'ulompi aita'; ja (d) adûnaicissa ja westronissa: *Ar-Pharazôn* (*pharaz* 'kulta').

QU edustaa yhdistelmää *k* + puolivokaali *w* ja ääntyy kuten englannin sanassa *queen*. Yhdistelmä oli erittäin yleinen quenyassa, vaikka se ei esiintynyt lainkaan sindarissa.

R on sama kuin suomen *r*. Örkeillä ja joillakin kääpiöillä kerrotaan olleen taka- eli uvulaarinen *r*, jota *eldar* pitivät mauttomana. RH merkitsee soinnitonta *r:ää* (joka yleensä palautui aikaisempaan sananalkuiseen *sr:ään*). Quenyassa se kirjoitettiin *hr:llä*. Vrt. L.

S on aina soinniton kuten suomessakin. SH esiintyi westronissa, kääpiökielessä ja örkkikielessä ja oli arvoltaan sama kuin suomen *š* sanoissa *šakki, šekki*.

TH merkitsee soinnitonta äännettä, jota merkitään *th:lla* englannin sanoissa *thin, cloth*. Quenyassa tämä oli puheessa muuttunut *s:ksi*, vaikka se yhä kirjoitettiin toisin: q. *Isil*, s. *Ithil* 'kuu'.

TY merkitsee yhdistelmää, joka todennäköisesti ääntyi kuten *tj* suomen sanassa *tjaa*. Se palautui yleensä *c:hen* tai yhdistelmään *t* + *y*. Westroninpuhujat korvasivat tämän yleensä omassa kielessään yleisellä *tš*-äänteellä (englannin *church*). Ks. kohdasta Y: HY.

V merkitsee suomen *v:tä*, mutta kirjainta ei käytetä sanan lopussa. Ks. F.

W merkitsee puolivokaalia *w*, joka esiintyy englannin sanoissa *we, well*. HW on soinniton puolivokaali *w*. Pohjois-Englannissa sen voi kuulla sanan *white* alussa. Tämä äänne ei ollut quenyassa harvinainen sananalkuisena, vaikka tässä kirjassa ei näytä olevan yhtäkään esimerkkiä. Quenyan transkriboinnissa on käytetty sekä *v:tä* että *w:tä* huolimatta latinalaistetusta kirjoitustavasta, koska nämä molemmat äänteet esiintyvät tässä kielessä.

Y esiintyy quenyassa konsonantin merkkinä merkitsemässä *j:tä*. Sindarissa *y* on vokaali. HY suhtautuu *y:hyn* kuten HW *w:hen* ja merkitsee yhdistelmää *hj*; *h* ääntyy samoin kuin quenyan yhdistelmissä *eht*, *iht* eli kuten saksan *echt*, *acht*. Westronin puhujat korvasivat sen usein omassa kielessään yleisellä *š*-äänteellä. Vrt. TY edellä. HY palautui yleensä yhdistelmiin *sy*- ja *khy*-; samansukuisissa sanoissa sindarissa esiintyy sananalkuinen *h*: q. *Hyarmen* 'etelä', s. *Harad*.

Huomattakoon että kahdesti kirjoitettu konsonantti merkitsee kaksoiskonsonanttia kuten suomessa. Monitavuisten sanojen lopussa jätettiin yleensä toinen konsonantti pois: *Rohan* palautuu muotoon *Rochann* (muinaismuoto *Rochand*).

Yhdistelmät *ng*, *nd*, *mb*, jotka olivat erityisen suosittuja eldarilaisten kielten varhaisemmassa vaiheessa, kävivät sindarissa läpi eräitä muutoksia. *mb* muuttui *m:ksi* kaikissa tapauksissa, mutta katsottiin kuitenkin yhä pitkäksi konsonantiksi painon kannalta (ks. jäljempänä) ja kirjoitettiin siis *mm*, milloin paino muutoin olisi vaikea määrätä.[1] *ng* säilyi muuttumattomana paitsi sanan alussa ja lopussa, jolloin siitä tuli yksinkertainen

---

1 Esim. *galadhremmin ennorath* (I 203), 'Keski-Maan metsinkudotut seudut'. *Remmirath* (I 72) muodostuu sanoista *rem* 'verkonsilmä', q. *rembe*, ja *mîr* 'jalokivi'.

nasaali (kuten suomen sanassa *kengät*). *nd* muuttui yleensä *nn:ksi* kuten nimessä *Ennor* 'Keski-Maa', q. *Endóre*, mutta painollisten yksitavuisten lopussa se säilyi *nd:nä: thond* 'juuri' (vrt. *Morthond* 'Mustanala') sekä myös *r:n* edellä: *Andros* 'pitkävaahto'. Joissakin muinaisissa nimissä esiintyy myös tämä samainen *nd: Nargothrond, Gondolin, Beleriand*. Kolmannella ajalla oli *nd* pitkissä sanoissa muuttunut *nn:n* kautta *n:ksi: Ithilien, Rohan, Anórien*.

VOKAALIT

Vokaaleja on merkitty kirjaimilla *i, e, a, o, u* ja (pelkästään sindarissa) *y*. Sikäli mikäli näiden arvoa pystytään määrittelemään, olivat ne aivan normaalit, vaikka ilmeistä on että paikallisista eroavuuksista ei ole tietoa.[1]

Sindarissa olivat pitkät *e, a* ja *o* äännearvoltaan samanlaiset kuin lyhyetkin, joista ne olivat suhteellisen vähän aikaa aiemmin syntyneet (vanhemmat *é, á, ó* olivat kadonneet). Quenyassa olivat pitkät *é* ja *ó*, milloin ne lausuttiin korrektisti, lyhyitä voimakkaampia ja suppeampia.

Tuonaikaisista kielistä vain sindarissa esiintyi *y*. Osittain se oli *o:n* tai *u:n* muunnos, osittain se palautui vanhempiin diftongeihin *eu, iu*. Esimerkkejä: *lýg* 'käärme', q. *leuca*; ja *emyn*, monikko sanasta *amon* 'kukkula'. Gondorissa tämä *y* lausuttiin yleensä *i:nä*.

Pitkät vokaalit on yleensä merkitty akuutilla aksentilla, kuten eräissä fëanorilaisissa kirjoitustavoissa. Sindarin painollisten yksitavuisten sanojen pitkä vokaali on merkitty sirkumfleksilla, sillä ne olivat usein erityisen pitkiä;[2] *dûn* vrt. *Dúnadan*. Sirkumfleksin käyttö muissa kielissä kuten adûnaicissa tai kääpiökielessä on vailla erityistä merkitystä ja sitä käytetään vain osoittamaan, että nämä kielet ovat vieraita (samoin kuin *k:ta*).

Loppu-*e* ääntyy aina. Tämän osoittamiseksi se on usein (joskaan ei johdonmukaisesti) kirjoitettu *ë:llä*.

Quenyassa ovat *ui, oi, ai*, ja *iu, eu, au* diftongeja (so. ääntyvät samassa tavussa). Kaikki muut vokaaliyhdistelmät kuuluvat eri tavuihin. Tämä on usein merkitty erokepistein: *ëa* (*Eä*), *ëo, oë*. Erokepistein varustettua *a:ta* ei pidä sekoittaa suomen äänteeseen *ä*, joka ei esiinny haltiakielissä.

Sindarissa diftongit kirjoitetaan *ae, ai, ei, oe, ui* ja *au*. Muut yhdistelmät eivät ole diftongeja. Loppu-*au* on usein kirjoitettu *aw*, joka ei ollut harvinaista fëanorilaisissa kirjoitustavoissa.

Kaikki nämä diftongit olivat laskevia,[3] ts. paino sijoittuu ensimmäiselle elementille, kuten suomessa. Ne ääntyivät siten että kyseiset yksinäisvokaalit lausuttiin peräjälkeen.

PAINO

Painon paikkaa sanassa ei ole merkitty, sillä eldarilaisissa kielissä paino sijoittui sanan muodon mukaan. Kaksitavuisissa sanoissa se on käytännöllisesti katsoen aina ensimmäisellä tavulla. Pitemmissä sanoissa se sijoittuu viimeistä edelliselle tavulle, milloin siinä on pitkä vokaali, diftongi tai vokaali, jota seuraa kaksi konsonanttia (tai useampia). Milloin viimeistä edellisessä tavussa on (kuten usein on laita) lyhyt vokaali ja yksinäiskonsonantti (tai ei lainkaan konsonanttia), paino sijoittuu sitä edeltävälle tavulle

---

1 Pitkä *é* ja *ó* lausuttiin usein *ei* ja *ou* sekä quenyassa että westroninkielisessä puheessa quenyankielisissä nimissä; ja usein ne myös kirjoitettiin *ei, ou*. Mutta tätä ääntämystä pidettiin virheellisenä ja murteellisena. Konnussa se tietenkin oli hyvin yleinen. Frodon tosin kerrotaan osoittaneen »erityistä lahjakkuutta vieraiden äänteiden lausumisessa».

2 Samaten sanoissa *Annûn* 'auringonlasku' ja *Amrûn* 'auringonnousu' niihin liittyvien sanojen *dûn* 'länsi' ja *rhûn* 'itä' vaikutuksesta.

3 Alun perin kaikki diftongit olivat laskevia, mutta kolmannella ajalla quenyan *iu* ääntyi yleensä nousevana.

eli kolmanneksi viimeiselle tavulle. Viimeinen tyyppi oli hyvin tavallinen eldarilaisissa kielissä, erityisesti quenyassa.

Seuraavissa esimerkeissä painotettu vokaali on merkitty isolla kirjaimella: isIldur, Oromë, erEssëa, fËanor, ancAlima, elentÁri; dEnethor, periAnnath, ecthElion, pelArgir, silIvren. Sen tyyppiset sanat kuin elentÁri 'tähtikuningatar', joissa painokas vokaali on é, á, ó, ovat harvinaisia quenyassa, paitsi milloin kyseessä on (kuten tässä tapauksessa) yhdyssana; yleisempiä ovat í, ú kuten sanassa andUne 'auringonlasku', 'länsi'. Sindarissa niille asettui paino vain yhdyssanoissa. Huomaa, että sindarin dh, th, ch ovat yksinäiskonsonantteja ja vastaavat alkuperäistekstien yksittäisiä kirjaimia.

HUOMAUTUS

Muista kuin eldarilaisista kielistä peräisin olevissa sanoissa on pyrkimys ollut, että kirjaimien arvot olisivat samat, ellei edellä ole toisin sanottu. Poikkeuksena on kuitenkin kääpiökieli. Tässä kielessä ei ollut äänteitä joita edellä merkittiin th:lla ja ch:lla (kh:lla), jolloin th ja kh merkitsevät aspiroituneita äänteitä, toisin sanoen t:n tai k:n jälkeen ääntyy h.

z:lla merkitään soinnillista s:ää, joka ääntyy kuten englannin sanassa is. Mustan kielen ja örkkikielen gh merkitsee palataalispiranttia (rinnastuu g:hen samalla tavalla kuin dh d:hen): ghâsh, agh.

Kääpiöiden vierasmaalaiset eli ihmiskieliset nimet on annettu pohjoisessa muodossa, mutta kirjainten arvot ovat edellä kuvatut. Sama pitää paikkansa Rohanin paikannimien suhteen (milloin niitä ei ole suomennettu), paitsi että éa ja éo ovat diftongeja, y on aina vokaali y.

2

KIRJOITTAMINEN

Kolmannella ajalla käytetyt kirjoitustavat ja kirjaimet olivat kaikki eldarilaista alkuperää ja olivat jo tuohon aikaan hyvin vanhoja. Ne olivat saavuttaneet täydellisten aakkosten asteen, mutta vanhempia muotoja, joissa vain konsonantit merkittiin, oli yhä käytössä.

Aakkosia oli kaksi pääsarjaa, jotka olivat syntyneet toisistaan riippumatta: tengwar eli tîw, joista tässä käytetään nimitystä 'kirjaimet', sekä certar eli cirth, 'riimut'. Tengwar kehitettiin kynällä tai siveltimellä kirjoittamista varten, ja kulmikkaat kaiverruksissa käytetyt muodot olivat kirjoitusmuodoista johdettuja. Certar oli kehitetty raaputtamista tai kaivertamista varten ja siten sitä yleensä käytettiinkin.

Tengwar oli vanhempi, sillä noldor olivat ne kehittäneet; nämä olivat eldarin heimoista taitavin tämäntapaisissa asioissa. Tämä tapahtui kauan ennen heidän siirtymistään maanpakoon. Vanhimmat eldarilaiset kirjaimet, Rúmilin tengwar, eivät olleet käytössä Keski-Maassa. Myöhemmät kirjaimet, Fëanorin tengwar, olivat suurimmalta osalta uusi keksintö, vaikka ne joissakin kohdissa palautuvat Rúmilin kirjaimistoon. Maanpakolaisena Keski-Maahan tulleet noldor toivat ne tullessaan ja niin edain ja númenorilaiset oppivat tuntemaan ne. Kolmannella ajalla niiden käyttö oli levinnyt suunnilleen samalle alueelle kuin yhteiskielen tuntemus.

Sindar kehittivät cirthin Beleriandissa, ja pitkään sitä käytettiin nimien ja lyhyiden muistosanojen kaivertamiseen puuhun tai kiveen. Tästä syystä sen kirjaimet olivat muodoltaan kulmikkaita ja muistuttivat hyvin paljon omien aikojemme riimuja, mutta erosivat näistä yksityiskohdissa ja niiden järjestelmä oli aivan toinen. Vanhemmassa ja yksinkertaisemmassa muodossaan cirth levisi itään toisella ajalla ja monet kansat oppivat tuntemaan sen, ihmiset ja kääpiöt ja jopa örkit, ja kaikki muuttelivat sitä omia tarkoituksiaan vastaavasti ja taitojensa taikka niiden puutteen mukaisesti. Erästä näistä yksinkertaisista muodoista käyttivät Laakson ihmiset edelleen, ja rohirrim käyttivät toista samantapaista.

Mutta ennen ensiajan loppua laadittiin *cirth* Beleriandissa uuteen uskoon ja sitä kehitettiin edelleen osittain *noldorin tengwarin* vaikutuksesta. Sen rikkain ja järjestelmällisin muoto tunnettiin nimellä Daeronin aakkoset, sillä haltiaperimätiedon mukaan sen keksi Daeron, Doriathin kuninkaan Thingolin lauluniekka ja taruntietäjä. *Eldarin* keskuudessa Daeronin aakkosista ei kehittynyt kirjoituskirjaimia, sillä haltiat käyttivät fëanorilaisia kirjaimia. Lännen haltiat hylkäsivätkin lähes kokonaan riimujen käytön. Mutta Eregionin maassa Daeronin aakkosia käytettiin ja sieltä ne kulkeutuivat Moriaan, ja niistä tuli kääpiöiden yleisin aakkosto. Siitä lähtien käytettiin niitä heidän keskuudessaan ja he veivät ne mennessään pohjoiseen. Tästä syystä niitä kutsuttiin usein myöhemmin nimellä *angerthas Moria* eli Morian riimurivit. Kääpiöt, jotka puhuvat joustavasti sitä kieltä, joka kulloinkin on tarpeen, osasivat käyttää muitakin kirjaimistoja, ja moni taisi hyvin fëanorilaiset aakkoset, mutta omaa kieltään kirjoittaessaan he pitäytyivät *cirthiin* ja kehittivät siitä kynälle sopivat kirjoituskirjaimet.

I
FËANORILAINEN KIRJAIMISTO

Taulukkoon on piirretty muodollisella kirjakäsialalla kaikki kirjaimet, joita käytettiin yleisesti lännen mailla kolmannella ajalla. Kirjaimet on merkitty tuohon aikaan yleisimmässä järjestyksessä, samassa jossa ne tavallisesti lueteltiin.

Tämä kirjaimisto ei ollut alkuaan aakkosto, se on mielivaltainen sarja kirjaimia, kullakin on oma itsenäinen arvonsa, ja ne luetellaan perinteellisessä järjestyksessä, jolla ei ole mitään tekemistä niiden muodon tai käytön kanssa.[1] Pikemminkin se oli muodoltaan ja tyyliltään samantapaisten konsonanttimerkkien järjestelmä, jota saattoi käyttää joko oman mielen tai tradition mukaan merkitsemään *eldarin* käyttämien (tai kehittämien) kielten konsonantteja. Millään kirjaimella ei ollut määrättyä arvoa itsessään, mutta vähitellen niiden välille syntyi tiettyjä suhteita.

Järjestelmään kuului kaksikymmentäneljä peruskirjainmerkkiä (1–24), jotka järjestettiin neljään sarjaan (*témar*), joista kussakin oli kuusi astetta (*tyeller*). Oli myös olemassa lisäkirjaimia, joista nro:t 25–36 ovat esimerkkejä. Näistä 27 ja 29 ovat ainoat itsenäiset kirjaimet, loput ovat muiden kirjainten muunnelmia. Oli myös olemassa joukko *tehtoja* (merkkejä) erilaisiin tarkoituksiin. Nämä eivät näy taulusta.[2]

Peruskirjaimet muodostuivat kukin *telcosta* (kannasta) ja *lúvasta* (kaaresta). Muodot 1–4 olivat lähtökohtana. Kanta saattoi olla korkea kuten kirjaimissa 9–16 tai vajaa kuten kirjaimissa 17–24. Kaari saattoi olla avoin kuten I ja III sarjassa tai suljettu kuten II ja IV sarjassa; ja kummassakin tapauksessa se saattoi olla kaksinkertainen kuten esim. kirjaimissa 5–8.

Soveltamisen teoreettista vapautta rajoitti kolmannella ajalla käytäntö, jonka mukaan I sarjaa tavallisesti käytettiin dentaali- eli *t*-sarjaan (*tincotéma*) ja II sarjaa labiaaleihin eli *p*-sarjaan (*parmatéma*). III ja IV sarjan käyttö vaihteli kulloisenkin kielen vaatimusten mukaan.

Westronin tapaisessa kielessä, jossa oli paljon sellaisia konsonantteja[3] kuin *ch*, *j*, *sh*, käytettiin III sarjaa yleensä näiden merkitsemiseen; tällöin IV sarjalla merkittiin yksinkertaista *k*-sarjaa (*calmatéma*). Quenyassa, jossa *calmatéman* lisäksi oli sekä palataalinen (*tyelpetéma*) että labiaalistunut (*quessetéma*) sarja, merkittiin palataalit fëanorilaisella

---

1 Ainoa piirre meidän aakkosissamme, jonka *eldar* olisivat ymmärtäneet, on P:n ja B:n suhde. Mutta niiden välinen ero ja F:n, M:n ja V:n poikkeaminen niistä olisi heistä ollut käsittämätön.

2 Monia *tehta*-merkkejä esiintyy sivulla I 47, transkriboituna I 218. Pääasiassa niitä käytettiin merkitsemään vokaaleja, joita quenyassa pidettiin niihin liittyvän konsonantin lisäpiirteenä; mutta niitä käytettiin myös eräiden yleisten konsonanttiyhtymien lyhentämiseen.

3 Äänteet on tässä merkitty tavalla, joka on kuvattu edellä. Poikkeuksena kuitenkin *ch*, jolla merkitään äännettä *tš* (esiintyy englannin sanassa *church*), *j*, jolla merkitään äännettä *dž* (esiintyy englannin sanassa *Jim*), sekä *zh*, jolla merkitään äännettä *ž* (esiintyy englannin sanassa *pleasure*).

TENGWAR

	I	II	III	IV
1	1	2	3	4
2	5	6	7	8
3	9	10	11	12
4	13	14	15	16
5	17	18	19	20
6	21	22	23	24
	25	26	27	28
	29	30	31	32
	33	34	35	36

tarkemerkillä »*y* seuraa» (tavallisesti kaksi pistettä kirjaimen alla) ja IV sarjaa käytettiin merkitsemään *kw*-sarjaa.

Näiden yleisten merkitsemissääntöjen lisäksi noudatettiin tavallisesti myös seuraavia suhteita. Pohjakirjaimet, 1. aste, merkitsivät soinnittomia klusiileja *t*, *p*, *k* jne. Kaaren kahdennus tarkoitti soinnillisuutta, täten jos 1, 2, 3, 4 = *t*, *p*, *ch*, *k* (tai *t*, *p*, *k*, *kw*) niin 5, 6, 7, 8 = *d*, *b*, *j*, *g* (tai *d*, *b*, *g*, *gw*). Korotettu kanta osoitti konsonantin olevan spirantti; jos oletetaan 1. asteelle edellä annetut arvot, 3. aste (9–12) = *th*, *f*, *sh*, *ch* (tai *th*, *f*, *kh*, *khw/hw*) ja 4. aste (13–16) = *dh*, *v*, *zh*, *gh* (tai *dh*, *v*, *gh*, *ghw/w*).

Alkuperäisessä Fëanorin kirjaimistossa oli myös sellainen aste, jossa kanta oli pidentynyt niin ylös kuin alaskin päin. Näillä merkittiin yleensä aspiroituneita konsonantteja (esim. *t + h, p + h, k + h*), mutta niillä saatettiin merkitä muitakin tarvittavia konsonanttivariaatioita. Niitä ei tarvittu niissä kolmannen ajan kielissä, jotka käyttivät tätä kirjaimistoa; pidennettyjä kirjaimia käytettiin usein 3. ja 4. asteen variantteina, koska ne erottuivat paremmin 1. asteesta.

5. astetta (17–20) käytettiin yleensä nasaalikonsonanttien merkitsemiseen; täten 17 ja 18 olivat tavallisimmat *n:n* ja *m:n* merkit. Edellä noudatetun periaatteen mukaisesti tulisi 6. asteen merkitä soinnittomia nasaaleja, mutta nämä äänteet (esimerkiksi kymrinkielen *nh:lla* merkitty äänne) olivat erittäin harvinaisia kyseisissä kielissä ja niinpä 6. asteen kirjaimia (21–24) käytettiin yleensä merkitsemään kunkin sarjan heikointa, puolivokaalista konsonanttia. Tähän asteeseen kuuluivat peruskirjaimiston pienimmät ja yksinkertaisimmat kirjaimet. 21:tä käytettiin usein merkitsemään heikkoa (tärytöntä) *r:ää*, joka alun perin esiintyi quenyassa. Se luokiteltiin kielen järjestelmässä *tincotéman* heikoimmaksi konsonantiksi. 22:ta käytettiin laajalti merkitsemään puolivokaali *w:tä*. Milloin III sarjalla merkittiin palataalista sarjaa, merkittiin 23:lla yleensä *j:tä*.[1]

Eräillä 4. asteen konsonanteilla oli taipumus heikentyä ääntämykseltään niin että ne lähenivät edellä kuvattuja 6. asteen äänteitä ja jopa sulautuivat niihin, josta seurasi että 6. asteella ei enää ollut selkeää tehtävää eldarilaisissa kielissä. Tästä johtuen kehittyivät vokaaleja merkitsevät kirjaimet enimmäkseen 6. asteen kirjainmerkeistä.

HUOMAUTUS

Quenyan kirjoitustapa erosi edellä esitetystä kirjainten sijoittamistavasta. 2. astetta käytettiin merkitsemään taajaan esiintyviä *nd:tä, mb:tä, ng:tä, ngw:tä*, sillä *b, g, gw* esiintyivät vain näissä yhdistelmissä; *rd:tä* ja *ld:tä* merkittiin erityiskirjaimilla 26 ja 28. (Monet puhujat, erityisesti haltiat, käyttivät *lv:n* sijasta *lb:tä* – mutta ei *lw:n* sijasta – ja tämän merkitsemiseen käytettiin kirjaimia 27 + 6, koska *lmb* oli mahdoton yhdistelmä.) Samoin käytettiin 4. astetta erittäin yleisten yhdistelmien *nt, mp, nk, nqu* merkitsemiseen, sillä quenyassa *dh, gh, ghw* eivät esiintyneet ja *v:tä* merkittiin kirjaimella 22. Ks. quenyankieliset nimitykset seuraavilla sivuilla.

Lisäkirjaimet. Kirjainta 27 käytettiin kaikkialla *l:n* merkitsemiseen. 25:tä (alkuaan muunnos 21:stä) käytettiin täyden täry-*r:n* merkitsemiseen. 26 ja 28 olivat näiden muunnoksia. Niitä käytettiin usein merkitsemään soinnitonta *r:ää* (*rh*) ja *l:ää* (*lh*). Mutta quenyassa niitä käytettiin *rd:n* ja *ld:n* merkitsemiseen. 29 merkitsi *s:ää* ja 31 (kaksoiskoukero) *z:ää* niissä kielissä, joissa sitä tarvittiin. Ylösalaisin käännetyt muodot 30 ja 32, joita saatettiin käyttää myös erillisinä merkkeinä, esiintyivät yleensä pelkkinä 29:n ja 31:n variantteina, kirjaimen päälle merkittävien *tehtojen* kanssa ne olivat kätevämpiä.

Kirjain 33 oli alkuaan muunnos, jolla merkittiin jotakin 11:n heikkoa varianttia; kolmannella ajalla sitä käytettiin yleisimmin *h:n* merkitsemiseen. 34:ää käytettiin – milloin käytettiin – soinnittoman *w:n* (*hw:n*) merkitsemiseen. Milloin 35:tä ja 36:ta käytettiin konsonanttien merkitsemiseen, olivat nämä konsonantit *j* ja *w*.

Vokaalit merkittiin monessa kirjoitustavassa *tehtojen* avulla, jotka tavallisesti sijoitettiin konsonanttimerkin yläpuolelle. Quenyan tapaisissa kielissä *tehta* merkittiin edeltävän konsonantin yläpuolelle; sindarin tapaisissa, joissa useimmat sanat päättyivät konsonanttiin, seuraavan konsonantin yläpuolelle. Kun kyseisessä paikassa ei ollut konsonanttia, merkittiin *tehta* »lyhyen kantajan» yläpuolelle; tämä oli yleisimmin pisteettömän

---

1 Morian Länsiporttiin tehty kaiverrus on esimerkki sindarin kirjoitustavasta, jossa 6. asteella merkitään yksinkertaisia nasaaleja; mutta 5. asteella merkitään kaksinkertaisia tai pitkiä nasaaleja, joita sindarissa esiintyy usein: 17 = *nn*, mutta 21 = *n*.

i:n kaltainen. Eri kielten vokaalien merkitsemiseen käytetyt *tehtat* olivat lukuisat. Tavallisimmat, joilla useimmiten merkittiin *e*, *i*, *a*, *o* ja *u* -äänteitä variantteineen, löytyvät esimerkkiteksteistä. *a:n* merkitsemiseen tavallisesti käytetyt kolme pistettä sutaistiin yleensä sirkumfleksiksi.[1] Yhtä pistettä ja akuuttia aksenttia käytettiin usein *i:n* ja *e:n* merkitsemiseen (mutta toisinaan päinvastaisessa järjestyksessä). Kaaria käytettiin *o:n* ja *u:n* merkitsemiseen. Sormuksen kaiverruksessa oikealle avoin kaari merkitsee *u:ta*, mutta se saattoi myös merkitä *o:ta* (jolloin vasemmalle avoin merkitsi *u:ta*). Oikealle avautuvaa kaarta käytettiin mieluummin ja sen äännearvo riippui kulloisestakin kielestä: mustassa kielessä *o* oli harvinainen.

Pitkät vokaalit merkittiin sijoittamalla *tehta* »pitkän kantajan» yläpuolelle, joista yhden yleinen muoto muistutti pisteetöntä *j:tä*. Mutta oli myös mahdollista merkitä sama *tehta* kahteen kertaan, etenkin kaari ja joskus myös aksentti. Kahta pistettä käytettiin useimmiten seuraavan *y:n* merkkinä.

Länsiporttiin kaiverrettu kirjoitus edustaa täydellistä kirjoitustapaa: vokaalit on merkitty erillisin kirjaimin. Kaikki sindarissa esiintyvät vokaalit näkyvät siinä. Kannattaa huomata kirjaimen 30 käyttö merkitsemään vokaali-*y:tä*, samoin tapa merkitä diftongi sijoittamalla *tehta* »*y* seuraa» vokaalin merkin yläpuolelle. Seuraavan *w:n* (jota tarvittiin *au:n* ja *aw:n* ilmaisemiseen) merkki oli tässä kirjoitustavassa *u*-kaari tai muunnos merkistä ~. Mutta usein diftongit kirjoitettiin kokonaan kuten transkriptiossa. Tässä kirjoitustavassa merkittiin vokaalin pituus yleensä akuutilla aksentilla, jota kutsuttiin nimellä *andaith*, »pituusmerkki».

Jo mainittujen *tehtojen* lisäksi oli olemassa muitakin, joita käytettiin enimmäkseen kirjoituksen lyhentämiseen: niillä ilmaistiin taajaan esiintyviä konsonanttiyhdistelmiä, joita ei siten tarvinnut kirjoittaa kokonaisuudessaan. Näistä käyrää vaakaviivaa (samanlaista kuin espanjan tilde) käytettiin konsonantin yläpuolella ilmaisemassa, että sitä edelsi saman sarjan nasaali (esim. *nt*, *mp*, *nk*). Kirjaimen alla sama merkki tarkoitti yleensä sitä, että konsonantti oli pitkä tai kaksinkertainen. Kirjaimen kaaren alle lisätty koukku ilmoitti *s:n* seuraavan, ja sitä käytettiin ennen muuta yhdistelmissä *ts*, *ps*, *ks* (*x*), jotka esiintyivät usein quenyassa.

Kirjoitustapaa, jolla tätä kirjaimistoa sovellettaisiin englantiin, ei tietenkään ollut olemassa. Fëanorilaisesta kirjaimistosta olisi kyllä mahdollista laatia foneettisesti toimiva systeemi, mutta alkuteoksen nimiösivun haltiakirjoitus ei pyri edustamaan sellaista. Pikemminkin se on esimerkki tekstistä, jonka olisi kirjoittanut oman kirjoitustapansa ja perinteisen englantilaisen oikeinkirjoituksen välillä haparoiva gondorilainen kirjuri. Huomattakoon, että piste kirjaimen alla (jolla merkittiin muun muassa heikkoja, redusoituneita vokaaleja) ilmaisee tässä painottoman *and*-sanan alkuvokaalia, mutta sitä käytetään myös sanan *here* ääntymättömälle loppu-*e:lle*; lyhenteinä on kirjoitettu *the* (*dh* pidennetyllä kannalla), *of* (*v* pidennetyllä kannalla) ja *of the* (kuten *of* mutta alla vaakaviiva).[2]

Kirjainten nimet. Kussakin kirjoitustavassa oli joka kirjaimella nimi, mutta näillä nimillä ilmaistiin kirjaimen foneettinen käyttö kyseisen kirjoitustavan mukaan. Usein koettiin kuitenkin tarpeelliseksi nimetä kirjaimet sinänsä, kuvioina – ennen muuta tämä oli tarpeen kuvailtaessa kirjainten käyttöä eri kirjoitustavoissa. Tähän tarkoitukseen käytettiin usein quenyankielisiä nimiä, niissäkin tapauksissa, jolloin ne viittasivat quenyalle

---

1   Quenyassa, jossa *a* oli hyvin yleinen, sen vokaalimerkki jätettiin usein kokonaan pois. Täten saatettiin sana *calma*, 'lamppu', kirjoittaa *clm*. Tämä luettiin tietysti *calma*, sillä *cl* oli mahdoton sanan alussa, eikä *m* milloinkaan esiintynyt sananloppuisena. Se olisi voitu lukea myös *calama*, mutta tällaista sanaa ei ollut olemassa.

2   Suomi soveltuu huomattavasti englantia helpommin *tengwarilla* kirjoitettavaksi, kuten tämän suomennoksen nimiösivun haltiakirjoitusta tutkimalla voi todeta. (Toimituksen huomautus.)

ominaiseen käyttöön. Kukin näistä nimistä oli quenyassa esiintyvä kokonainen sana, jossa kyseinen kirjain esiintyi. Milloin mahdollista, se oli sanan ensimmäinen kirjain; niissä tapauksissa, jolloin kyseinen äänne tai äänteiden yhdistelmä ei esiintynyt sananalkuisena, se seurasi heti sananalkuisen vokaalin jäljessä. Taulussa esiintyvien kirjainten nimet olivat: (1) *tinco* metalli, *parma* kirja, *calma* lamppu, *quesse* höyhen; (2) *ando* portti, *umbar* kohtalo, *anga* rauta, *ungwe* hämähäkinverkko; (3) *thúle* (*súle*) henki, *formen* pohjoinen, *harma* aarre (tai *aha* raivo), *hwesta* tuuli; (4) *anto* suu, *ampa* koukku, *anca* leuat, *unque* kuoppa; (5) *númen* länsi, *malta* kulta, *noldo* (vanh. *ngoldo*) *noldorin* heimoon kuuluva, *nwalme* (vanh. *ngwalme*) kidutus; (6) *óre* sydän (mieli), *vala* ylimaallinen voima, *anna* lahja, *vilya* ilma, taivas (vanh. *wilya*); *rómen* itä, *arda* seutu, *lambe* kieli, *alda* puu, *silme* tähtien valo, *silme nuquerna* (käännetty *s*), *áre* auringonpaiste (tai *esse* nimi), *áre nuquerna*; *hyarmen* etelä, *hwesta sindarinwa*, *yanta* silta, *úre* kuumuus. Nimillä on variantteja tapauksissa, jolloin Maanpakolaisten puhuma quenya on läpikäynyt muutoksia nimien antamisen jälkeen. Täten kirjaimen 11 nimi oli *harma*, kun sillä merkittiin kaikissa asemissa spiranttia *ch*, mutta kun tämä äänne muuttui sanan alussa *h:ksi*[1] (mutta säilyi sanan sisässä), keksittiin nimi *aha*. *áre* oli alunperin *áze* mutta kun tämä *z* sulautui 21:een, alettiin kirjainta käyttää quenyassa hyvin yleisen *ss:n* merkitsemiseen ja sille annettiin nimi *esse*. *hwesta sindarinwa* eli harmaahaltioiden *hw* oli saanut nimensä siitä että quenyassa 12 merkitsi *hw:tä* eikä *chw:lle* ja *hw:lle* tarvittu erillisiä merkkejä. Laajimmin tunnettuja ja käytettyjä olivat kirjaimet 17 *n*, 33 *hy*, 25 *r*, 10 *f*: *númen*, *hyarmen*, *rómen*, *formen* = länsi, etelä, itä, pohjoinen (vrt. sindarin *dûn* tai *annûn*, *harad*, *rhûn* tai *amrûn*, *forod*). Näillä kirjaimilla merkittiin suunnat L, E, I ja P niissäkin kielissä jotka käyttivät aivan eri sanoja. Läntisillä mailla ne lueteltiin tässä järjestyksessä, kasvot länteen lännestä alkaen; *hyarmen* ja *formen* tarkoittivatkin vasenta puolta ja oikeaa puolta (päinvastoin kuin monissa ihmisten kielissä).

II
CIRTH

Certhas Daeron keksittiin alun perin merkitsemään yksin sindarin äänteitä. Vanhimmat *cirth* olivat 1, 2, 5, 6; 8, 9, 12; 18, 19, 22; 29, 31; 35, 36; 39, 42, 46, 50; sekä 13:n ja 15:n välillä vaihteleva *certh*. Arvojen sijoittaminen oli epäjohdonmukaista. 39, 42, 46, 50 olivat vokaaleja ja säilyivät vokaaleina koko myöhemmän kehityksen ajan. 13:a ja 15:tä käytettiin *h:n* tai *s:n* merkitsemiseen riippuen siitä, käytettiinkö 35:tä *s:n* vai *h:n* merkitsemiseen. Myöhemmissäkin järjestelmissä taipumus horjuntaan *s:n* ja *h:n* merkitsemisessä säilyi. Niissä kirjaimissa joissa oli kanta ja haara vain toisella puolella (1–31), se vedettiin tavallisesti oikealle. Mutta se saatettiin merkitä vasemmallekin eikä tällä ollut merkitystä foneettisen arvon kannalta.

Tämän *certhasin* laajempaa ja monimutkaisempaa muotoa kutsuttiin vanhemmassa asussaan nimellä *angerthas Daeron*, sillä lisäykset vanhoihin *cirthiin* kirjattiin Daeronin tekemiksi. Mutta tärkeimmät lisäykset, kaksi uutta sarjaa: 13–17 ja 23–28 olivat todennäköisimmin Eregionin *noldorin* työtä, sillä niitä käytettiin sellaisten äänteiden merkitsemiseen jotka eivät esiinny sindarissa.

Angerthasin uudelleenjärjestelyssä voidaan havaita seuraavat periaatteet (jotka lienevät syntyneet fëanorilaisen järjestelmän ansiosta): (1) lisäämällä haaraan viiva muutettiin äänne soinnilliseksi; (2) kääntämällä *certh* muutettiin äänne spirantiksi; (3) lisää-

---

1 *h:ta* merkittiin quenyassa alkuaan yksinkertaisella korkealla kannalla ilman kaarta; tämän kirjaimen nimi oli *halla* 'korkea'. Kirjain saatettiin sijoittaa konsonantin eteen ilmoittamaan, että se oli soinniton ja aspiroitunut; soinnittomat *r* ja *l* merkittiin yleensä *hr*, *hl*, ja on myös transkriboitu näin. Myöhemmin käytettiin 33:a merkitsemään yksinäis-*h:ta*, ja *hy:tä* (joka oli kirjaimen aikaisempi arvo) merkittiin lisäämällä *tehta* »*y*» seuraa».

mällä haara kannan kummallekin puolelle muutettiin äänne sekä soinnilliseksi että nasaaliseksi. Nämä periaatteet toteutettiin säännönmukaisesti yhtä poikkeusta lukuun ottamatta. Muinaisessa sindarissa tarvittiin kirjainta spiranttiselle *m:lle* (eli nasaaliselle *v:lle*), ja koska se muodostettiin näppärimmin kääntämällä *m:n* merkki, annettiin arvo *m* 6:lle joka oli käännettävissä, ja 5:lle annettiin arvo *hw.*

36:ta, jonka teoreettinen arvo oli *z*, käytettiin sindaria ja quenyaa kirjoitettaessa merkitsemään *ss:ää*, vrt. fëanorilainen 31. 39:ää käytettiin *i:n* tai *j:n* merkkinä; 34:ää ja 35:tä käytettiin erotuksetta *s:n* merkkinä; 38:aa käytettiin yleisen *nd*-yhdistelmän merkkinä, vaikka se ei muodoltaan muistuta dentaaleja.

Äännearvotaulukon (s. 959) vasemmanpuoleiset arvot, milloin ne on erotettu ajatusviivalla, ovat vanhemman *angerthasin* arvoja. Oikeanpuoleiset ovat kääpiöiden *angerthas Morian* arvot.[1] Morian kääpiöiden voidaan huomata tehneen eräitä epäsystemaattisia arvonmuutoksia sekä muutaman uuden *certhin*: 37, 40, 41, 53, 55, 56. Arvojen siirtyminen johtuu lähinnä kahdesta syystä: (1) 34:n, 35:n, 54:n arvon muutos *h:ksi*, ':ksi (vokaalilla alkavan sanan alussa esiintyvä glottaalinen aluke, joka esiintyi khuzdulissa), *s:ksi*; (2) 14:n ja 16:n poistaminen – kääpiöt korvasivat nämä 29:llä ja 30:llä. Näistä seurasi, että 12:ta alettiin käyttää merkitsemään *r:ää*, uusi 53 keksittiin *n:ää* merkitsemään (jolloin se sekaantui 22:n kanssa). 17:ää alettiin käyttää *z:aa* merkitsemään, jotta se sopisi yhteen 54:n *s*-arvon kanssa. Tästä taas seurasi että 36:ta alettiin käyttää merkitsemään *ŋ:ää* (velaarista nasaalia). Uusi *certh* 37 *ng:n* merkitsemistä varten kannattaa myös huomata. Uudet 55, 56 olivat alkuaan puolitettuja muotoja 46:sta ja niitä käytettiin *a-* ja *ö*-tyyppisten vokaalien merkitsemiseen, jotka olivat yleisiä niin kääpiökielessä kuin westronissakin. Milloin ne olivat heikkoja ja tuskin kuuluvia, merkittiin ne pelkällä viivalla ilman kantaa. Tätä *angerthas Moriaa* on käytetty Balinin hautakirjoituksessa.

Ereborin kääpiöillä oli tästä järjestelmästä vielä oma muunnelmansa, joka tunnetaan Ereborin kirjoitustavan nimellä ja esiintyy Mazarbulin kirjassa. Sen tärkeimmät tunnusmerkit olivat: 43:n käyttö *z:n* merkkinä; 17:n käyttö *ks:n* (*x:n*) merkkinä; kahden uuden *certhin* käyttöönotto: 57:n, 58:n käyttö *ps:n* ja *ts:n* merkkinä. He ottivat myös käyttöön 14:n ja 16:n merkitsemään *j:tä* ja *zh:ta*; mutta käyttivät 29:ää, 30:tä *g:n*, *gh:n* merkkinä tai pelkkinä 19:n ja 21:n variantteina. Näitä erikoisuuksia ei ole merkitty tauluun lukuun ottamatta kahta ereborilaista *certhiä*: 57, 58.

---

[1] Suluissa olevat arvot esiintyvät vain haltioilla, tähdellä merkityt vain kääpiöillä.

ANGERTHAS

1	ᛈ	16	ᛁ	31	ᚷ	46	ᚺ
2	ᚱ	17	ᛏ	32	ᚴ	47	ᚻ
3	ᚫ	18	ᛘ	33	ᛉ	48	ᚿ
4	ᛉ	19	ᛘ	34	ᚵ	49	ᚾ
5	ᛃ	20	ᛘ	35	ᚲ	50	ᚬ
6	ᛒ	21	ᛠ	36	ᚷ	51	ᛘᛉ
7	ᛔ	22	ᛦ	37	ᛷ	52	ᛉᛉ
8	ᛁ	23	ᛘ	38	ᛖᛘ	53	ᚤ
9	ᚠ	24	ᛂ	39	ᛁ	54	ᛃ
10	ᛄ	25	ᛉ	40	ᚺ	55	ᚺ
11	ᚼ	26	ᛉ	41	ᚾ	56	ᚨ
12	ᚠ	27	ᛉ	42	ᛜ	57	ᚦ
13	ᛁ	28	ᚴ	43	ᛝ	58	ᛃ
14	ᚼ	29	ᚴ	44	ᚦ		
15	ᛚ	30	ᚴ	45	ᛝ	&	ᛉ

ANGERTHAS

Äännearvot

1 p	16 zh	31 l	46 e
2 b	17 nj—z	32 lh	47 ĕ
3 f	18 k	33 ng—nd	48 a
4 v	19 g	34 s—h	49 ā
5 hw	20 kh	35 s—'	50 o
6 m	21 gh	36 z—ŋ	51 ð
7 (mh) mb	22 ŋ—n	37 ng*	52 ö
8 t	23 kw	38 nd—nj	53 n*
9 d	24 gw	39 i (y)	54 h—s
10 th	25 khw	40 y*	55 *
11 dh	26 ghw,w	41 hy*	56 *
12 n—r	27 ngw	42 u	57 ps*
13 ch	28 nw	43 ū	58 ts*
14 j	29 r—j	44 w	+h
15 sh	30 rh—zh	45 ü	&

LIITE F

I
KOLMANNEN AJAN KIELET JA KANSAT

Kieli, jota tässä kirjassa vastaa suomi, oli *westron* eli Keski-Maan kolmannella ajalla sen läntisillä mailla puhuttu yhteiskieli. Tuon ajan kuluessa siitä oli tullut melkein kaikkien Arnorin ja Gondorin vanhojen kuningaskuntien alueella asuvien puhuvien kansojen äidinkieli – haltioita lukuun ottamatta. Aluetta rajasi rannikko Umbarista Forochelin lahdelle, sisämaahan se ulottui aina Sumuvuorille ja Ephel Dúathille. Se oli laajentunut pohjoiseen Anduinin vartta ja ulottui Virran länsipuolella ja Vuorten itäpuolella aina Kurjenmiekkakentille saakka.

Sormuksen sodan aikoihin tuon ajan lopulla nämä olivat yhä sen alueen rajat, jossa sitä puhuttiin äidinkielenä, mutta Eriador oli suurelta osin autio ja Anduinin rannoilla Kurjenmiekkajoen ja Raurosin välillä ihmisiä asui vain vähän.

Anórienissa Drúadanin metsässä asui yhä villi-ihmisiä; ja Mustainmaan kukkuloilla eli yhä pieni jäänne vanhasta kansasta joka aikoinaan oli asuttanut suuren osan Gondorista. Nämä pitivät kiinni vanhoista kielistään. Rohanin tasangoilla eli pohjoinen kansa, *rohirrim*, joka oli saapunut seudulle viitisensataa vuotta aikaisemmin. Mutta kaikki ne, joilla vielä oli oma kieli, käyttivät kanssakäymisissään toisena kielenä westronia, jopa haltiat, niin Arnorissa ja Gondorissa kuin myös kaikkialla Anduinin laaksoissa ja idässä aina Synkmetsän itälaidoille saakka. Jopa muuta väkeä kaihtavien villi-ihmisten ja mustainmaalaisten keskuudessa oli westronintaitoisia vaikka nämä puhuivatkin sitä murtaen.

HALTIOISTA

Aikoja sitten esiajoilla jakaantuivat haltiat kahteen päähaaraan: länsihaltioihin (*eldar*) ja itähaltioihin. Synkmetsän ja Lórienin kansa oli enimmäkseen itähaltioita, mutta heidän kielensä eivät esiinny tässä tarinassa, jossa kaikki haltiakieliset nimet ja sanat ovat eldarilaisessa muodossa.[1]

Tässä kirjassa esiintyy eldarilaisista kielistä kaksi: suurhaltiakieli eli *quenya* ja harmaahaltiakieli eli *sindar*. Suurhaltiakieli oli merentakaisen Eldamarin muinainen kieli, ensimmäinen kirjoitettu kieli. Se ei enää ollut kenenkään kotikieli, vaan siitä oli tullut jonkinlainen »haltialatina», jota Keski-Maahan ensiajan lopussa maanpakolaisina palanneet suurhaltiat käyttivät yhä juhlavissa menoissa ja ylevissä taruissa ja lauluissa kolmannen ajan lopulla.

Harmaahaltiakieli oli alun alkaen sukua quenyalle, sillä se oli niiden *eldarin* kieli, jotka saavuttuaan Keski-Maan rannoille eivät olleet purjehtineet Meren yli vaan olivat jääneet Beleriandin maahan. Doriathin Thingol Harmaatakki oli siellä heidän kuninkaansa ja pitkän hämärän kuluessa kuolevaisten maiden muuttuvaisuudessa heidän kielensä oli muuttunut ja vieraantunut merentakaisten *eldarin* kielestä.

---

1 Lórienissa puhuttiin näihin aikoihin sindaria, mutta »murtaen», sillä suurin osa sen asukkaista oli salohaltia-alkuperää. Tämä poikkeaminen yleissindarista ja Frodon vähäinen sindarintuntemus johtivat hänet harhaan (kuten eräs gondorilainen kommentaattori huomauttaa *Thainin kirjassa*). Kaikki I osan toisen kirjan luvuissa 6, 7 ja 8 mainitut haltiakieliset sanat ovat itse asiassa sindaria, samoin suurin osa henkilön- ja paikannimistä. Mutta *Lórien, Caras Galadhon, Amroth, Nimrodel* ovat todennäköisesti salohaltiakieltä alkuperältään ja sieltä ne on omaksuttu sindariin.

Maanpakolaiset asuivat monilukuisempien harmaahaltioiden keskuudessa ja olivat omaksuneet sindarin jokapäiväiseen käyttöön, ja sen tähden se oli kaikkien tässä tarussa esiintyvien haltioiden ja haltiaruhtinaiden kieli. Sillä he olivat kaikki eldarilaista alkuperää vaikka ne, joita he hallitsivat, saattoivat olla vähäisempää sukua. Kaikkein ylhäisin oli valtiatar Galadriel Finarfinin kuninkaallista huonetta, Finrod Felagundin, Nargothrondin kuninkaan sisar. Kaikkien maanpakolaisten sydämessä oli sammumaton kaipuu Merelle; harmaahaltioiden sydämessä se uinui, mutta kerran herättyään se ei vaimennut.

IHMISISTÄ

Westron oli ihmisten kieli, vaikka haltioiden vaikutus oli sitä rikastuttanut ja pehmentänyt. Alkuaan se oli niiden kieli joita *eldar* kutsuivat nimellä *atani* eli *edain*, 'Ihmisten isät', ja he kuuluivat kolmeen haltiamielten huoneeseen, jotka saapuivat länteen Beleriandiin ensiajalla ja auttoivat *eldaria* Suurten jalokivien sodassa pohjolan Mustaa mahtia vastaan.

Kun Musta mahti oli kukistettu ja Beleriand oli lähes kokonaan joutunut veden valtaan tai pahoin vaurioitunut, annettiin haltiamielille palkkio, että he saisivat *eldarin* tapaan purjehtia Meren yli. Mutta koska Kuolematon valtakunta oli heiltä kielletty, erotettiin heille suuri saari, kuolevaisista maista läntisin. Tuon saaren nimi oli *Númenor* (Westernesse). Sen tähden suurin osa haltiamielistä lähti ja asettui asumaan Númenoriin, ja heistä tuli suuri ja mahtava kansa, maineikkaita merenkävijöitä ja laivanrakentajia. He olivat kauniita kasvoiltaan ja pitkiä varreltaan ja heidän elonsa kaari oli kolmasti Keski-Maan ihmisten elämän mittainen. Nämä olivat númenorilaiset, ihmisten kuninkaat, joita haltiat kutsuivat nimellä *dúnedain.*

Kaikista ihmisten heimoista vain *dúnedain* puhuivat haltiakieltä, sillä heidän esiisänsä olivat oppineet sindarin kielen ja tämän he antoivat lapsilleen perinnöksi kuin tarun, ja se muuttui tuskin lainkaan vuosien saatossa. Kun nämä ihmiset kasvoivat viisaudessa, oppivat he myös suurhaltioiden quenyaa ja arvostivat sitä ylitse kaikkien muiden kielien, ja sillä kielellä he nimesivät monet maineikkaat ja arvokkaat paikat ja monet kuninkaalliset ja kuuluisat miehet.[1]

Mutta númenorilaisten äidinkielenä pysyi suurimmaksi osaksi heidän esi-isiensä ihmiskieli, adûnaic, ja myöhempinä ylpeyden aikoina heidän kuninkaansa ja ylimyksensä palasivat tähän kieleen ja hylkäsivät haltiakielen. Vain pieni joukko piti yhä ikiaikaisen ystävyytensä *eldariin* ja säilytti heidän kielensä. Mahtavuutensa päivinä númenorilaisilla oli ollut Keski-Maan länsirannikoilla useita linnoituksia ja satamia laivojen huoltamista varten; yksi tärkeimmistä oli Pelargir Anduinin suiston lähellä. Siellä puhuttiin adûnaica, ja kun siihen oli sekoittunut monia sanoja vähäisempien ihmisten kielistä, kehittyi siitä vähitellen yhteiskieli, joka levisi Pelargirista rannikoita myöten kaikkien niiden keskuuteen, jotka olivat tekemisissä Westernessen kanssa.

Númenorin tuhon jälkeen johti Elendil haltiamielistä eloonjääneet takaisin Keski-Maan luoteisrannoille. Siellä asui jo silloin paljon ihmisiä, jotka olivat osittain tai kokonaan númenorilaista sukua, mutta tuskin kukaan muisti haltioiden kieltä. Kaiken kaikkiaan *dúnedain* olivat näin huomattavasti vähälukuisemmat kuin vähäisemmät ihmiset, joiden keskuudessa he elivät ja joita he hallitsivat. Nämä ylimykset olivat pitkäikäisiä, mahtavia ja viisaita. He käyttivät muun väen kanssa seurustellessaan yhteiskieltä ja laajojen valtakuntiensa hallinnossa samoin, mutta he rikastuttivat kieltä ja toivat siihen paljon haltiakielistä kotoisin olevia sanoja.

---

1 Esim. nimet *Númenor* (koko muoto *Númenóre*), *Elendil*, *Isildur*, *Anárion* ja kaikki Gondorin kuninkaitten nimet, *Elessar*, 'Haltiakivi', mukaan lukien, ovat quenyankielisiä. Useimmat muut *dúnedainin* ihmisten nimet ovat sindarinkielisessä muodossa, esim. *Aragorn*, *Denethor*, *Gilraen*. Usein nämä ovat ensiajasta kertovissa lauluissa ja taruissa säilyneitä nimiä (kuten *Beren*, *Húrin*). Joukossa on jokunen sekamuoto kuten *Boromir*.

Númenorilaisten kuninkaitten aikana tämä jalostunut westronin kieli levisi kauas ja laajalle, vihollistenkin keskuuteen, ja *dúnedain* alkoivat itsekin käyttää sitä yhä enemmän, niin että Sormuksen sodan aikoihin vain pieni osa Gondorin kansoista taisi haltiakieltä ja vielä pienempi osa puhui sitä päivittäin. Nämä asuivat enimmäkseen Minas Tirithissä ja läheisissä kylissä ja Dol Amrothin ylimysten mailla. Mutta lähes kaikki henkilön- ja paikannimet olivat Gondorissa muodoltaan ja merkitykseltään haltiakielisiä. Joidenkin alkuperä oli hämärtynyt – todennäköisesti ne olivat peräisin muinaisilta ajoilta ennen kuin númenorilaisten laivat vielä kyntivät meriä. Näitä olivat sellaiset kuin *Umbar, Arnach* ja *Erech* sekä vuorten nimet *Eilenach* ja *Rimmon. Forlong* kuului myös näihin nimiin.

Suurin osa läntisten maiden pohjoisosissa elävistä ihmisistä polveutui ensiajan *edainista* tai heidän lähisukulaisistaan. Sen tähden heidän kielensä olivat sukua adûnaicille, ja jotkut muistuttivat vielä yhteiskieltä. Näitä olivat Anduinin ylempien laaksojen asukkaat: beorningit, läntisen Synkmetsän metsänihmiset, ja idempänä ja pohjoisempana Pitkäjärven ja Laakson ihmiset. Kurjenmiekkajoen ja Kivikallion väliltä oli kotoisin kansa, jota Gondorissa kutsuttiin nimellä *rohirrim*, ratsuruhtinaat. He puhuivat yhä esi-isiensä kieltä; ja he kutsuivat itseään Eorlin pojiksi tai Riddermarkin kansaksi. Mutta tuon kansan ylimykset käyttivät yhteiskieltä sujuvasti ja puhuivat sitä kauniisti gondorilaisten liittolaistensa tapaan, sillä Gondorissa, josta westron oli lähtöisin, säilyi se sulavampana ja vanhakantaisena.

Drúadanin metsän villi-ihmisten kieli oli westronille täysin vieras. Vieras, tai vain etäistä sukua, oli myös mustainmaalaisten kieli. Nämä olivat jäänteitä kansoista, jotka olivat eläneet Valkoisten vuorten laaksoissa ammoisina aikoina. Dunhargin vainajat olivat heille sukua. Mutta Mustina vuosina osa oli muuttanut Sumuvuorten eteläisiin laaksoihin, mistä jotkut olivat kulkeutuneet autioiden maiden poikki aina Hautakeroille saakka. Briihin olivat ihmiset saapuneet tätä kautta, mutta jo paljon aikaisemmin oli heistä tullut Pohjois-Valtakunnan alamaisia ja he olivat omaksuneet westronin kielekseen. Vain Mustainmaassa pitäytyivät tähän heimoon kuuluvat ihmiset kieleensä ja tapoihinsa; he olivat salamyhkäinen kansa, joka ei tullut toimeen *dúnedainin* kanssa ja vihasi *rohirrimia*.

Heidän kielestään esiintyy tässä kirjassa vain yksi sana: *forgoil*, jolla he kutsuivat *rohirrimia* (sanotaan että se tarkoittaa olkipäitä). *Mustainmaa* on *rohirrimin* heidän maalleen antama nimi, sillä he olivat tummaihoisia ja mustatukkaisia.

HOBITEISTA

Briin ja Konnun hobitit olivat todennäköisesti jo tuhat vuotta aikaisemmin omaksuneet yhteiskielen. He käyttivät sitä omalla tavallaan sujuvasti ja huoletta, vaikka oppineet hallitsivat yhä myös muodollisempaa kieltä ja käyttivät sitä milloin tarve vaati.

Ei ole olemassa mitään jälkiä hobittien omasta kielestä. Entisinä aikoina he näyttävät aina käyttäneen niiden ihmisten kieltä, joiden lähettyvillä tai keskuudessa he asuivat. Täten saavuttuaan Eriadoriin he omaksuivat nopeasti westronin, ja Briin asuttamisen aikoihin oli heidän aikaisempi kielensä jo unohtumassa. Se oli epäilemättä ollut ihmiskieli, jota oli puhuttu Anduinin yläjuoksulla ja oli sukua *rohirrimin* kielelle; mutta eteläväkevät näyttävät omaksuneen mustainmaalaisten kielelle sukua olevan kielen ennen saapumistaan pohjoiseen ja Kontuun.[1]

Frodon aikana oli paikallisissa sanoissa ja nimissä vielä jäännöksiä tästä kehityksestä. Näistä monet muistuttivat Laaksossa ja Rohanissa tavattavia nimityksiä. Selvimmin tämä näkyi päivien, kuukausien ja vuodenaikojen nimistä sekä muutamasta muusta yhä käytössä olleesta sanasta (kuten *mathom* ja *smial*); kaikkein eniten näitä jäänteitä löytyi Briin ja Konnun paikannimistöstä. Hobittien etunimet olivat myös varsin omalaatuisia ja palautuivat muinaisaikoihin.

---

1 Nokan väkevät olivat Erämaahan palatessaan omaksuneet jo yhteiskielen; mutta nimet *Déagol* ja *Sméagol* ovat Kurjenmiekkajoen lähistöllä asuvien ihmisten kieltä.

Kontulaiset kutsuivat itseään *hobiteiksi.* Ihmiset kutsuivat heitä *puolituisiksi* ja haltiat nimellä *periannath.* Useimmat olivat unohtaneet sanan *hobitti* alkuperän. Se lienee helokesien ja väkevien karvajaloille antama nimi, kulunut muoto sanasta, joka Rohanissa on säilynyt paremmin: *holbytla* 'kolonrakentaja'.

MUISTA KANSOISTA

Entit. Kolmannella ajalla oli vanhin elossa oleva kansa *onodrim* eli *enyd.* Rohanin kielellä heitä kutsuttiin *enteiksi.* Entisinä aikoina *eldar* tunsivat heidät, ja entit kiittävätkin *eldaria,* eivät kielestään mutta halustaan puhua. Kieli, jonka he laativat, oli erilainen kuin kaikki muut: hidas, soinnikas, toistava, oikea »kauttarantainkieli»; se muodostui niin monista vokaalivivahteista ja sävyvaihteluista etteivät edes *eldarin* taruntietäjät olleet yrittäneet panna sitä kirjalliseen muotoon. Entit käyttivät kieltään vain keskenään, mutta ei heillä ollut mitään tarvetta pitää sitä salassa, sillä kukaan muu ei pystynyt sitä oppimaan.

Entit itse olivat kielissä taitavia, oppivat nopeasti eivätkä koskaan unohtaneet. Eniten he pitivät *eldarin* kielistä ja rakastivat muinaista suurhaltiakieltä. Niinpä oudot sanat ja nimet, joita hobitit kertovat Puuparran ja muiden enttien käyttäneen, ovat haltiakieltä, tai haltiakielen pätkiä, jotka on liitetty enttien tapaan yhteen.[1] Osa on quenyaa: *Taurelilómëa-tumbalemorna Tumbaletaurëa Lómëanor,* joka voitaisiin kääntää »Metsämonivarjoinen-syvälaaksomusta Syvälaaksometsäinen Synkkämaa» ja jolla Puuparta tarkoitti suunnilleen: »Metsän syvissä laaksoissa on musta varjo.» Osa on sindaria kuten *Fangorn* 'puun parta' tai *Fimbrethil* 'hoikka pyökki'.

Örkit ja musta kieli. Sana örkki tulee sen nimen rohaninkielisestä asusta, jolla muut kansat kutsuivat tätä iljettävää rotua. Sindarin muoto oli *orch.* Mustan kielen sana *uruk* oli varmasti sukua tälle sanalle, vaikka sitä käytettiinkin yleensä vain isoista sotaörkeistä, joita näihin aikoihin lähti liikkeelle Mordorista ja Rautapihasta. Vähäisempiä örkkejä kutsuivat varsinkin *uruk-hai* nimellä *snaga,* 'orja'.[2]

Musta mahti kasvatti örkit esiaikoina pohjoisessa. Sanotaan, että niillä ei ollut omaa kieltä, vaan että ne ottivat muista kielistä mitä osasivat ja väänsivät sen mielensä mukaan, mutta saivat aikaan vain karkeita jargoneita, jotka tuskin riittivät niiden omiinkaan tarpeisiin paitsi sadatteluun ja solvaamiseen. Ja nämä vihan täyttämät otukset, jotka inhosivat jopa omaa kansaansa, kehittivät nopeasti yhtä monta barbaarista murretta kuin niillä oli ryhmiä tai siirtokuntia, niin että niiden örkkikielestä ei ollut paljonkaan hyötyä, kun piti seurustella toisten heimojen kanssa.

Niinpä örkit kolmannella ajalla käyttivät heimojenvälisessä kanssakäymisessä westronia; ja monet vanhat heimot, muun muassa ne, joita yhä piileskeli pohjoisessa ja Sumuvuorilla, olivat jo kauan käyttäneet westronia äidinkielenään, vaikkakin sellaisessa muodossa, ettei se paljon örkkikieltä kauniimmalta kuulostanut. Tässä jargonissa käytettiin sanaa *tarkki,* joka oli väännös quenyankielisestä sanasta *tarkil* ('númenorilaista syntyperää oleva') merkityksessä 'Gondorin ihminen'; ks. III 772.

Kerrotaan, että Sauron laati mustan kielen Mustina vuosina ja että hän tahtoi tehdä siitä kielen, jota kaikki hänen palvelijansa käyttäisivät, mutta epäonnistui. Mustasta kielestä olivat kuitenkin kotoisin monet kolmannella ajalla örkkien keskuuteen laajalle levinneet sanat kuten *ghâsh,* 'tuli', mutta Sauronin ensimmäisen kukistumisen jälkeen tätä kieltä taisivat sen muinaisessa muodossa vain *nazgûl.* Kun Sauron jälleen

---

1 Hobitit näyttävät joskus yrittäneen kirjoittaa enttien lyhyitä huutoja ja mutinoita; *a-lalla-lalla-rumba-kamanda-lindor-burúme* ei ole haltiakieltä, ja on ainoa säilynyt yritys (todennäköisesti erinomaisen epätarkka) kirjoittaa itse enttikieltä.

2 Sana *orc* esiintyi jo ennen Tolkienin teosta englannissa harvinaisena hirviön merkityksessä, mutta suomentaja ei aikoinaan löytänyt sitä mistään sanakirjasta. Looginen väännös olisi ollut *orkki,* mutta *o* muutettiin takavokaaliseksi *ö:ksi* siitä yksinkertaisesta syystä, että se kuulostaa – örkkimäisemmältä. Näin tultiin luoneeksi uusi sana suomen kieleen. (Suomentajan huomautus.)

nousi, tuli siitä taas Barad-dûrin ja Mordorin päälliköiden kieli. Sormuksen kaiverrus oli muinaista mustaa kieltä, mutta Mordorin örkin sadattelu (II 381) oli Grishnákhin johtamien Mustan tornin sotilaitten käyttämää väännöstä. Tuolla kielellä *sharkû* merkitsee vanhaa miestä.

Peikot. Peikko-sanaa on käytetty vastaamaan sindarin sanaa *torog.* Esiaikojen hämärässä nämä olivat tyhmiä ja kömpelöitä olentoja, joilla ei ollut sen enempää kieltä kuin on metsän eläimillä. Mutta Sauron oli käyttänyt niitä hyväkseen, opettanut niille sen verran kuin ne pystyivät oppimaan ja kartuttanut vielä älynlahjoja ilkeydellä. Niinpä peikot omaksuivat örkeiltä kielen miten parhaiten taisivat, ja läntisten maiden kivipeikot puhuivat vääristynyttä yhteiskieltä.

Mutta kolmannen ajan lopulla ilmaantui eteläiseen Synkmetsään ja Mordorin rajavuorille aikaisemmin tuntematon peikkorotu. Mustalla kielellä niitä kutsuttiin nimellä *olog-hai.* Kukaan ei epäillyt, etteikö Sauron olisi niitä kasvattanut, mutta niiden alkuperästä ei ollut tietoa. Jotkut olivat sitä mieltä, etteivät ne olleet peikkoja alkuunkaan vaan jättiläismäisiä örkkejä, mutta ruumiin ja mielen laadulta *olog-hai* olivat aivan toisenlaisia kuin suurimmatkaan örkit ja olivat niitä paljon vahvempia ja suurempia. Peikkoja ne olivat, mutta täynnä isäntänsä vihaa; kauhea rotu, vahva, ketterä, julma ja ovela, kiveä kovempi. Toisin kuin toinen hämärän rotu, joka ei sietänyt aurinkoa, nämä sietivät niin kauan kuin Sauronin tahto piti niitä vallassaan. Ne eivät paljoa puhuneet, ja ainoa kieli, jota ne osasivat, oli Barad-dûrin musta kieli.

Kääpiöt. Kääpiöt ovat oma erikoinen kansansa. *Silmarillionissa* kerrotaan heidän oudosta alkuperästään ja siitä, miksi he ovat erilaisia kuin ihmiset ja haltiat ja kuitenkin samanlaisia; tästä tarinasta ei Keski-Maan vähäisemmillä haltioilla ollut mitään tietoa, ja myöhempien aikojen ihmisten tarinoihin on sekoittunut muiden kansojen perimätietoa.

Kääpiöt olivat enimmältään sitkeää ja sisukasta kansaa, omiinsa pitäytyvää, työteliästä joukkoa, joka muisti kauan osakseen tulleet vääryydet (ja palvelukset), rakasti kiveä, jalokiviä, kaikkea, mikä taitajan kädessä saa muodon, pikemmin kuin itsessään elävää. Mutta luonnoltaan he eivät ole pahoja ja harvat heistä ovat palvelleet Vihollista vapaaehtoisesti, mitä ihmisten tarinat tästä asiasta uskottelevatkin. Sillä vanhastaan ihmiset himoitsivat heidän rikkauksiaan ja heidän kättensä töitä, ja näiden kansojen välillä on vallinnut vihamielisyys.

Mutta kolmannella ajalla oli vielä paljon ystävyyttäkin ihmisten ja kääpiöiden välillä; ja kääpiöiden luontoon kuului käyttää niiden ihmisten kieltä, joiden keskuudessa he elivät, ja näin he tekivät sen jälkeen, kun heidän muinaiset asumuksensa olivat tuhoutuneet, ja he tekivät työtä ja matkustelivat ja kävivät kauppaa eri puolilla. Mutta salaa he yhä käyttivät omaa outoa kieltään, joka ei ollut paljon muuttunut vuosien varrella, eivätkä he paljastaneet tätä salaisuutta avomielisten haltioiden tapaan mielellään edes ystävilleen. Siitä oli tullut tarujen kieli kotikielen sijaan, ja he hoitivat sitä ja vartioivat sitä kuin menneisyyden aarretta. Harvat muihin kansoihin kuuluvat ovat onnistuneet oppimaan sitä. Tässä tarussa se esiintyy vain niissä paikannimissä, jotka Gimli paljastaa tovereilleen, sekä taisteluhuudossa, jonka hän päästi Ämyrilinnan piirityksessä. Se ei ainakaan ollut salaisuus, ja se oli kuultu monilla kentillä sen jälkeen kun maailma oli nuori. *Baruk Khazâd! Khazâd ai-mênu!* 'Kääpiöitten kirveet! Kääpiöt ovat kimpussanne!'

Mutta Gimlin oma nimi ja hänen kaikkien heimolaistensa nimet olivat pohjoista (ihmis)alkuperää. Omia salaisia nimiään, »sisäisiä» nimiään, todellisia nimiään, kääpiöt eivät ole koskaan paljastaneet vieraalle kansalle. He eivät kirjoita niitä edes hautakiviinsä.

2

KÄÄNNÖKSESTÄ[1]

Punaisen kirjan sisältö on saatettu nykyihmisen luettavaksi sovittamalla koko sen kielellinen maailma niin pitkälle kuin mahdollista meidän ajallemme ymmärrettäväksi. Vain yhteiskielelle vieraat kielet on jätetty alkuperäiseen muotoonsa ja niitä esiintyy pääasiassa vain henkilöiden ja paikkojen nimissä.

Yhteiskieli, hobittien ja heidän tarinoidensa kieli, on käännetty englanniksi. Tässä prosessissa ovat westronin käytössä havaittavat keskinäiset erot vähentyneet. Käännös on jossakin määrin tavoitellut kielen eri muotoja käyttämällä erilaisia englannin kielen variaatioita, mutta Konnun puheenparsi ja haltioiden sekä Gondorin ylhäisten ihmisten westron poikkesivat toisistaan enemmän kuin tässä kirjassa on mahdollista tuoda esiin. Hobitit puhuivat itse asiassa enimmäkseen maalaismurretta, kun taas Rohanissa ja Gondorissa käytettävä kieli oli vanhahtavaa, muodollista ja ytimekästä.

Eräs yksityiskohta kannattaa tässä mainita, sillä tärkeydestään huolimatta sen välittäminen englanniksi osoittautui mahdottomaksi. Westronin kielessä tehtiin toisen persoonan (ja usein kolmannenkin) pronomineissa luvusta riippumatta ero tuttavallisen ja muodollisen puhuttelun välillä. Yksi Konnun kielenkäytön erikoisuus oli, että muodolliset puhuttelumuodot olivat poistuneet käytöstä. Niitä käytettiin lähinnä Länsineljännyksessä ja ennen muuta hellittelymielessä. Tämä oli yksi niistä seikoista, joita muut puhujat tarkoittivat ihmetellessään hobittien puheen outoutta. Peregrin Tuk esimerkiksi käytti enimmäisinä päivinä Minas Tirithissä tuttavallista muotoa kaikenarvoisista ihmisistä, mukaan lukien itse käskynhaltija Denethorista. Vanhaa käskynhaltijaa se ehkä huvitti, mutta hänen palvelijoitaan se varmasti ällistytti. Epäilemättä tuttavallisen puhuttelun vapaa käyttö edesauttoi huhua, jonka mukaan Peregrin oli erittäin korkea-arvoinen henkilö omassa maassaan.[2]

Aikoinaan tämä hobittien puheen erikoisuus jätettiin suomennoksesta pois. Tässä laitoksessa olisi ollut mahdollista korjata tämä puute, mutta ei tuntunut mielekkäältä ryhtyä muuttamaan jo vakiintuneita puhuttelun käytäntöjä. Tulos ei välttämättä olisi ollut onnistuneempi.

Lukija havainnee, että sellaiset hobitit kuin Frodo sekä eräät muut henkilöt kuten Gandalf ja Aragorn eivät aina puhu samalla tavalla. Tämä on tarkoituksellista. Hobiteista oppineimmilla ja kyvykkäimmillä oli jonkin verran »kirjakielen» tuntemusta, niin kuin sitä Konnussa kutsuttiin, ja he panivat merkille ja jopa omaksuivat nopeasti tapaamiensa henkilöiden puhetyylin. Oli aivan luonnollista, että maailmaa nähneet henkilöt mukauttivat puheensa keskustelukumppaninsa mukaan, ennen muuta ne, jotka (kuten Aragorn) näkivät paljonkin vaivaa salatakseen alkuperänsä ja asiansa. Mutta noina aikoina pitivät kaikki Vihollisen viholliset arvossa kaikkea vanhaa, oli se sitten kieli, esine tai suku. *Eldar* olivat sanankäytössä muita taitavampia ja hallitsivat useita tyylilajeja, vaikka puhuivatkin luontevimmin tavalla, joka eniten muistutti heidän omaa kieltään, jopa Gondorin puheenpartta vanhakantaisemmin. Myös kääpiöt olivat hyviä puhujia ja nopeita sopeutumaan seuraan, vaikka joidenkin korvissa heidän ulosantinsa saattoi tuntua karkealta ja kurkkuvoittoiselta. Mutta örkit ja peikot puhuivat miten taisivat, rakastamatta sanoja tai asioita, ja todellisuudessa niiden kieli oli paljon alhaisem-

---

1 Luku *Käännöksestä* on kokonaan uusittu tähän laitokseen. Tolkienin alkuteksti on mukana kokonaisuudessaan. Suomentajan lisäykset ovat kappaleiden väleissä kursivoituina. Lukua seuraavissa suomentajan jälkisanoissa kerrotaan myös suomennoksen tähän laitokseen tehdyistä muutoksista. (Suomentajan huomautus.)

2 Muutamassa kohdin on yritetty vihjata tähän eroon käyttämällä varsin epäjohdonmukaisesti englannin pronominia *thou*. Koska tämä pronomini on nykyään harvinainen ja arkaainen, se on käytössä enimmäkseen vain seremoniallisessa kielessä; mutta muutoksella muodosta *you* muotoihin *thou*, *thee* on toisinaan tarkoitus osoittaa, muiden keinojen puutteessa, merkittävää muutosta muodollisesta tai miesten ja naisten välisessä kanssakäymisessä normaalista muodosta tuttavalliseen.

paa ja iljettävämpää kuin millaiseksi olen sen esittänyt. Tuskin kukaan kaipaa tarkempaa käännöstä, vaikka esikuvien löytäminen ei olekaan vaikeata. Samalla lailla puhuvat örkkimieliset nykyäänkin: tylsästi ja jankuttavasti, inhoten ja vihaten, niin kuin puhuvat ne, jotka ovat eläneet hyvästä niin erillään, ettei kielikään enää luonnistu – puhumattakaan niistä, joiden korvissa vain likainen on kyllin voimakasta.

Tällaiset käännösratkaisut ovat toki tavallisia menneisyyteen sijoittuvissa kertomuksissa. Harvoin mennään pitemmälle. Toisin on tässä teoksessa. Olen nimittäin kääntänyt myös kaikki westroninkieliset nimet merkityksen mukaan. Milloin tässä kirjassa esiintyy englanninkielisiä nimiä tai arvonimiä, se viittaa siihen, että tuohon aikaan yhteiskieliset nimet olivat käytössä vieraskielisten (yleensä haltiakielisten) nimien asemasta tai rinnalla.

Westroninkieliset nimet olivat yleensä käännöksiä vanhemmista nimistä, kuten Rivendell, Hoarwell [Maitokymi], Silverlode [Hopeajuopa], Langstrand [Aavaranta], The Enemy [Vihollinen], the Dark Tower [Musta torni]. Joskus käännöksellä oli eri merkitys: Mount Doom [Tuomiovuori] on *Orodruin* 'palava vuori' tai Mirkwood [Synkmetsä] *Taur e-Ndaedelos* 'suuren pelon metsä'. Muutamat olivat muunnelmia haltiakielisistä nimistä: Lune [Luni] ja Brandywine [Rankkivuo] palautuvat nimiin *Lhûn* ja *Baranduin*.

Menettely kaipaa kukaties puolustusta. Minusta tuntui, että eräs oleellinen puoli siitä, miten hobitit tuon ajan näkivät, olisi hämärtynyt – ja tarkoitukseni oli katsella tapahtumia enimmäkseen hobittien näkökulmasta – jos olisin esittänyt kaikki nimet alkuperäisessä muodossaan. Näin olisi kadonnut se ero, joka Keski-Maassa vallitsi laajalle levinneen yhteiskielen (joka oli hobiteille yhtä tavallinen ja jokapäiväinen kuin englanti meille) ja paljon vanhempien ja arvokkaampien kielten jäännösten välillä. Jos olisin tyytynyt vain transkriboimaan nimet, olisivat ne nykyaikaisesta lukijasta tuntuneet kaikki yhtä etäisiltä. Kuten olisi käynyt jos esimerkiksi haltiakielinen nimi *Imladris* ja sen westroninkielinen käännös *Karningul* olisi molemmat jätetty tähän muotoon. Rivendellistä puhuminen nimellä Imladris olisi ollut sama asia kuin nykyään kutsua Winchesterin kaupunkia nimellä Camelot, sillä erotuksella, että paikka oli kaikin tavoin sama, Rivendellissä näet asui yhä suuri hallitsija, joka oli paljon vanhempi kuin kuningas Arthur olisi, jos pitäisi yhä hovia Winchesterissä.

Suomentajan tehtävä oli periaatteessa yksinkertainen: kääntää nuo nimet englannista suomeksi. Käytäntö ei ole ollut aivan yhtä yksinkertainen. Jotakuinkin kaikki nimet, joissa on englantilaiselle lukijalle tunnistettavia aineksia, on käännetty suomeksi. Kaksi poikkeusta on syytä mainita. Nimen Rivendell *molemmat osat merkitsevät laaksoa, mutta mikään* Alhonsola, Kurualho, Rotkonpohja *tai* Syväkuru *ei kuulostanut yhtä kauniilta kuin alkuperäinen nimi. Oma erikoinen tapauksensa ovat* Westernesse *(Númenorin englantilainen nimi) ja* westron *(Keski-Maan yhteiskieli). Sanoihin sisältyy selvä viittaus Númenorin läntiseen sijaintiin, mutta 1970-luvun ilmapiirissä katsottiin viisaimmaksi olla korostamatta sitä, että kaikki hyvä ja kaunis tulee lännestä.*

Nimiä suomennettaessa käytettiin apuna Tolkienin laatimia ohjeita, joissa on selvitetty lähes kaikkien nimien merkitys. Ne on julkaistu sittemmin mm. teoksessa Hammond & Scull, The Lord of the Rings: A Reader's Companion *(HarperCollins 2005). Vastaavuuden lisäksi kiinnitettiin tietenkin huomiota myös siihen, muistuttaako lopputulos mitenkään nimeä. Vuosien varrella on eri laitoksiin joitakin nimiä muutettu noudattamaan paremmin Tolkienin ohjeita, esimerkiksi* Otavankalle *on tässä laitoksessa paremmin alkutekstiä vastaava* Kivikallio. *Teoksessa Kersti Juva,* Tolkienin tulkkina *(SKS 2021) on varsin kattava luettelo nimien suomentamisen taustoista.*

Lisäksi on mainittava eräät erisnimiin verrattavien sanojen monikkomuodot, jotka ovat vailla suomen kielen monikon tunnuksia. Ne olivat suoraa lainaa muista kielistä. Näihin ei ole koskettu, mutta ne on kirjoitettu pienellä alkukirjaimella: rohirrim, uruk-hai. *Jokseenkin poikkeuksetta ne ovat kansojen nimiä, mutta liitteissä esiintyy muitakin:* tengwar, 'feanorilaiset kirjaimet', cirth, *monikko sanasta* certh, 'riimu'.

Nimi Shire (*Sûza*) [Kontu] ja kaikki muut hobitten paikannimet on tätä periaatetta noudattaen englantilaistettu. Se ei useinkaan ollut vaikeaa, sillä nuo nimet koostuivat usein elementeistä, joita tavataan yksinkertaisssa englantilaisissa paikannimissä, yhä käytössä olevista sanoista kuten *hill* [kukkula, mäki] ja *field* [kenttä, pelto, laidun] tai hiukan kuluneina kuten *ton*, joka palautuu sanaan *town*. Mutta osa oli johdettu kuten edellä on jo mainittu sanoista, jotka eivät enää ole käytössä, ja ne on korvattu samantapaisilla englannin sanoilla kuten *wich* tai *bottle* 'asumus' ja *michel* 'suuri'.

Konnun ja Briin hobittien henkilönnimissä oli eräs erikoisuus, joka johtui siitä, että joitakin vuosisatoja ennen tätä aikaa oli kehittynyt tapa, jonka mukaan perheiden nimet periytyivät. Useimmilla näistä sukunimistä oli ilmeinen merkitys (olihan ne johdettu pilailevista lempinimistä, paikannimistä tai – erityisesti Briissä – kasvien ja puiden nimistä) Näiden kääntäminen ei tuottanut vaikeuksia, mutta joukossa oli muutama nimi, joiden merkitys oli unohtunut, ja nämä on muutettu englantilaista oikeinkirjoitusta myötäilevään muotoon kuten Took [Tuk] nimestä *Tûk* ja Boffin nimestä *Bophîn*.

Hobittien etunimien suhteen olen menetellyt samoin siinä määrin kuin mahdollista. Tyttölapset hobitit usein nimesivät kukkien tai jalokivien mukaan. Poikalapsille he antoivat tavallisesti nimiä, joilla ei ollut arkikielessä minkäänlaista merkitystä, ja jotkin naistenkin nimet olivat samanlaisia. Tällaisia ovat Bilbo, Bungo, Polo, Lotho, Tanta, Nina ja niin edelleen. Joukossa on väistämättä nimiä, jotka muistuttavat sattumalta nykyään käytössä olevia nimiä, kuten Otho, Odo, Drogo, Dora, Cora ja sen sellaiset. Olen säilyttänyt nämä nimet, vaikka usein olen englantilaistanut ne muuttamalla loppuvokaalin, hobiteilla näet *a* oli maskuliininen ja *o* ja *e* feminiinisiä loppuvokaaleja.

Joissakin vanhoissa suvuissa, erityisesti niissä, joissa virtasi helokesiverta kuten Tukit ja Bolgerit, oli tapana antaa komealta kalskahtavia etunimiä. Suurin osa näistä näyttää palautuvan vanhoihin ihmisten ja hobittien taruihin, eikä niillä ollut merkitystä tuon ajan hobiteille. Sen sijaan ne muistuttavat Anduinin laaksossa, Markissa ja Laaksossa asuvien ihmisten nimiä. Tämän vuoksi olen ottanut niiden tilalle sellaisia frankkilaista tai goottilaista alkuperää olevia nimiä, joita edelleen käytetään tai joita esiintyy Euroopan historiassa. Näin olen ainakin säilyttänyt koomisen vastakohtaisuuden etu- ja sukunimien välillä, josta hobititkin olivat vallan hyvin tietoisia. Klassista alkuperää olevia nimiä en ole useinkaan käyttänyt, sillä latinan ja kreikan lähimmät vastineet konnuntietämyksessä olivat haltiakielet, eikä niitä esiintynyt juuri lainkaan heidän nimistössään. Harvat heistä olivat oppineet »kuninkaitten kieliä», niin kuin he niitä kutsuivat.

Bukinmaalaiset nimet erosivat muun Konnun nimistöstä. Nevan asukkaat ja heidän Rankkivuon toisella puolella asuvat jälkeläisensä olivat monessa suhteessa erikoislaatuisia, kuten on todettu. He lienevät perineet kummalliset nimensä eteläisten väkevien aikaisemmasta kielestä. Nämä nimet olen yleensä jättänyt silleen, sillä jos ne ovat meistä omituisia niin olivatpa heistäkin. Me englantilaiset varmaan kokisimme tuon eron jonkinlaiseksi »kelttiläiseksi» piirteeksi.

Koska väkevien ja Briin ihmisten vanhan kielen jäännökset ovatkin todella säilyneet hieman samalla tavalla kuin kelttiläiset elementit brittiläisessä nimistössä, olen silloin tällöin käyttänyt tätä vastaavuutta hyväkseni. Bree [Brii], Combe [Notko], Archet [Aarnila] ja Chetwood [Aarnimetsä] on muodostettu brittiläisessä nimistössä esiintyvien muinaisjäänteiden pohjalta: *bree* tarkoittaa 'kukkulaa', *chet* 'metsää'. Vain yksi henkilönnimi on muutettu tällä tavalla. Nimen Meriadoc takana on yhteensopivuus kutsumanimen kanssa, joka hobittikielellä oli Kali 'iloinen, hilpeä'. Se oli lyhennetty bukinmaalaisesta nimestä Kalimac, jonka merkitys oli unohtunut.

En ole sijoittanut nimistöön heprealaisperäisiä tms. nimiä. Hobittien nimissä ei ole elementtiä, joka vastaisi tätä nimistömme lähdettä. Sellaiset lyhyet nimet kuten Sam, Tom, Tim, Mat olivat yleisiä lyhennyksiä sentapaisista hobittinimistä kuin Tomba, Tolma, Matta ja niin edelleen. Sam ja hänen isänsä Ham olivat oikeastaan nimeltään Ban ja Ran. Nämä oli lyhennetty nimistä *Banazîr* ja *Ranugad*, jotka alun perin olivat lempinimiä ja tarkoittivat 'yksinkertaista, tyhmänpuoleista' ja 'kotikissaa', mutta näitä sanoja ei enää käytetty jokapäiväisessä puheessa vaan ne säilyivät etuniminä eräissä suvuissa. Olen yrittänyt säilyttää tämän piirteen käyttämällä nimiä Samwise [Samvais] ja Hamfast. Ne on nykyaikaistettu muinaisenglantilaisista sanoista *samwís* ja *hámfæst*, joilla on suunnilleen sama merkitys.

Päästyäni näin pitkälle hobittien nimien nykyaikaistamisessa ja ymmärrettäväksi muuttamisessa sain eteeni uuden tehtävän. Westronille sukua olevien ihmiskielten sanat tulisi vaihtaa englannille sukua oleviksi sanoiksi. Niinpä olen muuttanut Rohanin kielen muistuttamaan muinaisenglantia, sillä se oli etäistä sukua yhteiskielelle ja hyvin läheistä sukua pohjoishobittien vanhalle kielelle, ja oli westroniin verrattuna arkaaista. Punaisessa kirjassa todetaan useaan otteeseen, että kuullessaan Rohanin kieltä hobitit tunnistivat monia sanoja ja heistä tuntui, että kieli oli sukua heidän omalle kielelleen. Minusta tuntui typerältä jättää Kirjaan merkityt *rohirrimin* nimet täysin vieraiksi.

Olen jonkin kerran nykyaikaistanut rohanilaisen nimen muodon ja kirjoitusasun: *Dunharrow* ja *Snowbourne* [Dunharg, Lumivuo]. Tätä en ole tehnyt johdonmukaisesti, vaan seuraten hobittien käytäntöä. He muuttivat kuulemansa nimet samalla tavalla, jos ne koostuivat heille tutuista elementeistä tai muistuttivat Konnun paikannimiä, mutta monet he jättivät sikseen, kuten minä olen tehnyt, esimerkiksi nimen *Edoras* ['hovi'] kohdalla. Samoista syistä muutama muukin nimi on modernisoitu, sellaiset kuin Shadowfax [Hallavaharja] ja Wormtongue [Kärmekieli].[1]

Rohanilaisissa nimissä esiintyy siis jo englantilaisessa laitoksessa kahta käytäntöä: muinaisenglantilaisia ja nykyaikaistettuja muotoja. Suomenkielisessä laitoksessa osa nimistä esiintyy muinaisenglantilaisessa asussa, osa suomenkielisenä. Käytäntö on ollut hieman epäjohdonmukainen: suurin osa muinaismuodoista on jätetty silleen, poikkeuksena kuitenkin Isengard *ja* Isen, *jotka on käännetty muotoon* Rautapiha *ja* Rautkymi. *Suurin osa nykyenglantilaisista muodoista on käännetty: esim. yllä mainitut* Hallavaharja, Kärmekieli *(engl.* Shadowfax, Wormtongue). *Jokunen on kuitenkin käännösvaikeuksien vuoksi palautettu muinaisenglantilaiseen muotoon, kuten edellä mainittu* Dunharrow, *josta tuli suomennoksessa Tolkienin selostusten pohjalta* Dunharg.

Tämä sopeuttaminen osoittautui käytännölliseksi myös hobittien käyttämien erityisten paikallisten, pohjoista alkuperää olevien sanojen kohdalla. Ne on esitetty muodossa, joka englantilaisilla sanoilla olisi voinut olla, jos ne olisivat periytyneet omaan aikaamme. Näin siis sanan *mathom* on määrä palautua muinaisen englannin sanaan *máthm* ja näin toistaa suhde, joka vallitsee varsinaisen hobittisanan *kast* ja Rohanin *kastu* välillä. Samaan tapaan *smial* (tai *smile*) 'kaivettu kolo' voisi olla nykymuoto sanasta *smygel* ja kuvaa hyvin hobittisanan *trân* suhdetta Rohanin sanaan *trahan*. *Sméagol* ja *Déagol* on muodostettu samaan tapaan pohjoisen kielen nimistä *Trahald* 'kaivautuva' ja *Nahald* 'salainen'.

Laakson vielä pohjoisempaa kieltä esiintyy tässä kirjassa vain tuolta seudulta kotoisin olevien kääpiöiden nimissä, sillä he käyttivät naapureinaan asuvien ihmisten kieltä ja antoivat lapsilleen 'julkiset' nimet sillä kielellä. Sopii panna merkille, että tässä kirjassa samoin kuin teoksessa *The Hobbit* [Hobitin alkuteos] käytetään muotoa *dwarves* vaikka sanakirjat antavat sanan *dwarf* monikkomuodoksi *dwarfs*. Muodon pitäisi olla *dwarrows* (tai *dwerrows*) jos yksikkö ja monikko olisivat kulkeneet omaa tietään kuten nykyenglannin muodot *men* sanasta *man* [mies] ja *geese* sanasta *goose* [hanhi]. Mutta nykyään emme enää käytä sanaa *dwarf* yhtä usein kuin sanaa *man* tai edes *goose*, eivätkä muistot ihmisten keskuudessa ole enää niin tuoreita, että olisi säilytetty erityinen

---

1 Tämä kielellinen menettely ei mitenkään merkitse sitä että *rohirrim* olisivat muistuttaneet läheisesti muinaisia englantilaisia muissa suhteissa, esim. taiteessa tai kulttuuriltaan, aseistukseltaan tai sodankäyntitavoiltaan, paitsi aivan yleisesti. Niin *rohirrim* kuin muinaiset englantilaiset olivat yksinkertaisemmin elävä ja jokseenkin alkukantainen kansa joka eli kunniakkaamman ja korkeamman kulttuurin vaikutuspiirissä ja asui mailla, jotka olivat aiemmin kuuluneet tuolle korkeammalle kulttuurille.

monikkomuoto tuolle kansalle, joka on hylätty kansantarinoihin (joissa sentään on säilynyt totuuden häivähdys) tahi hupsuihin satuihin (joissa heistä on tullut pelkästään hassunkurisia). Kolmannella ajalla oli heissä vielä vanhaa luonnetta ja voimaa jäljellä, vaikkakin se oli jo hiukan himmennyt: nämä olivat esiaikojen *naugrimin* jälkeläisiä, joiden sydämessä yhä paloi seppä Aulën muinainen tuli ja joiden käsissä yhä eli taito kivityöhön, jolle ei ole vertaa.

Tämän painottamiseksi olen rohjennut käyttää muotoa *dwarves* ja irrottaa heidät ainakin osittain näiden myöhempien aikojen höpsöistä tarinoista. *Dwarrows* olisi ollut parempi, mutta sitä olen käyttänyt vain nimessä *Dwarrowdelf* [Kääpiökaivanto] yhteiskielisenä nimenä Morialle, jota kääpiöt kutsuvat nimellä *Phurunargian*. Nimen merkitys oli Dwarf-delving 'Kääpiökaivanto' ja sana oli itsessään jo muinaismuoto. Mutta *Moria* on haltioiden kieltä ja ilman rakkautta annettu nimi, sillä vaikka *eldar* saattoivat hädässään katkerissa sodissaan Mustaa mahtia ja sen palvelijoita vastaan rakentaa maanalaisia linnoituksia, he eivät vapaaehtoisesti asustaneet maan alla. He rakastivat maan vihreyttä ja taivaan valoja, ja Moria merkitsee heidän kielessään Mustaa kuilua. Mutta kääpiöt kutsuivat sitä itse nimellä *Khazad-dûm*, 'khazadin asuinsija', ja tätä nimeä he eivät pitäneet salassa. Itse he kutsuvat itseään nimellä *khazad* ja ovat kutsuneet siitä asti kun Aulë iät sitten antoi heille tuon nimen.

Sanalla *Elves* [haltiat] on käännetty sekä suurhaltioiden sanaa *quendi*, 'puhujat', jolla tarkoitettiin heitä kaikkia, että sanaa *eldar*, jolla tarkoitettiin Kolmea sukukuntaa, jotka etsivät Kuolematonta valtakuntaa ja pääsivät sinne aikojen alussa (*sindaria* lukuun ottamatta). Tämä vanha englannin sana oli ainoa mahdollinen, ja kerran se sopi kuvaamaan tätä kansaa sellaisena kuin ihmiset heidät muistivat. Mutta sana on laskenut arvossa ja tuo nyt mieleen hahmoja, jotka ovat söpöjä tai hupsuja, ja muinaisaikojen *quendi* muistuttivat näitä yhtä vähän kuin haukka perhosta. Tästä ei pidä erehtyä kuvittelemaan, että heillä olisi jonkinlaiset siivet. Siivet olisivat heille yhtä luonnottomat kuin ihmisille. He olivat ylevä ja kaunis kansa, maailman Esikoiset, ja *eldar* olivat heidän kuninkaitaan. Nyt he ovat poissa, Suuren matkan kansa, Tähtien kansa. He olivat pitkiä, hienohipiäisiä, harmaasilmäisiä, ja heillä oli tummat hiukset kaikilla muilla paitsi kultaisella Finarfinin[1] huoneella, ja heidän äänensä oli soinnukkaampi kuin on yksikään kuolevainen ääni. He olivat uljaita, mutta niiden historia, jotka palasivat Keski-Maahan, on surullinen, ja vaikka heidän tiensä kerran leikkasi Isien tien, ei heidän kohtalonsa ole sama kuin ihmisten. Heidän valtansa on aikaa kadonnut ja nyt he elävät maailman piirien ulkopuolella eivätkä enää palaa.

Vaihtoehdot sanan elf *suomentamiselle olivat* halti(j)a *ja* keiju. *Keiju ei todellakaan istunut Tolkienin kuvaukseen, mutta miksi valittiin kirjoitusasu* haltia? *Suomentajat olivat täysin tietämättömiä siitä, että kielilautakunta oli tuominnut kirjoitusasun virheellisenä. Kielilautakunta ei ollut nähnyt perusteita sanan erityttämiseksi toisaalta kuvaamaan jonkin haltijaa ja toisaalta myyttisen olennon nimityksenä. Aiheesta oli kuitenkin käyty polemiikkia 1900-luvun alkuvuosista lähtien, ja 40 vuotta* Tarun Sormusten herrasta *ilmestymisen jälkeen muoto* haltia *viimein hyväksyttiin.*

Huomautus kolmesta nimestä:
Hobbit [hobitti], *Gamgee* [Gamgi], *Brandywine* [Rankkivuo].

Hobbit on keksitty sana. Westronin kielessä käytettiin sanaa *banakil* 'puolituinen' milloin tästä kansasta ylipäätään puhuttiin. Mutta näihin aikoihin Konnun ja Briin hobitit käyttivät sanaa *kuduk*, jota ei tavattu muualla. Tosin Meriadoc mainitsee, että Rohanin kuningas käytti sanaa *kûd-dûkan* 'koloasuja'. Koska, kuten edellä on huomautettu, hobitit olivat kerran puhuneet kieltä, joka oli läheisesti sukua *rohirrimin* kielelle, on todennäköistä, että *kuduk* oli kulunut

---

1 [Nämä kasvonpiirteitä ja hiuksia luonnehtivat sanat sopivat itse asiassa vain *noldoriin*, ks. *The Book of Lost Tales, Part One*, s. 44.]

muodosta *kûd-dûkan*. Jälkimmäisen olen kääntänyt sanalla *holbytla* syistä, jotka olen selostanut, ja *hobbit* on sana, joka voisi vallan hyvin olla kulunut muoto sanasta *holbytla*, mikäli sellainen sana olisi ollut olemassa omassa muinaiskielessämme.

Gamgee [Gamgi]. Punaisessa kirjassa kerrotun suvun perimätiedon mukaan sukunimi *Galbasi*, tai lyhentyneenä *Galpsi*, tuli *Galabas*-kylästä, jonka nimi uskottiin johdetuksi sanoista *galab* 'leikki, peli' ja vanhasta elementistä *-bas*, joka vastaa suunnilleen englannin lopuketta *wick*, *wich*. Niinpä tuntui luontevalta kehitellä näistä nimi *Gamwich* (ääntyy *Gammidge*). Mutta kun *Gammidgy* muuttui muotoon *Gamgee* edustamaan muotoa *Galpsi*, tarkoitus ei ollut mitenkään viitata Samvaisin suhteeseen Cottonin [Töllin] perheeseen, vaikka sellainen kokkapuhe olisi toki ollut aivan hobiteille tyypillistä, jos kieli olisi tarjonnut siihen mahdollisuuden.

Nimi *Cotton* [Tölli] vastaa nimeä *Hlothran*, joka oli varsin tavallinen sukunimi Konnussa ja johdettu sanasta *hloth* 'kahden huoneen asumus tai kolo' ja *ran(u)*, pieni ryhmä sellaisia asumuksia mäenrinteessä. Sukunimenä se voi olla muunnos sanasta *hlothram(a)* 'mökkiläinen'. *Hlothram*, jonka olen muuttanut nimeksi *Cotman* [Töllilä] oli isäntä *Cottonin* [Töllin] isoisän nimi.

Brandywine [Rankkivuo]. Tämän joen hobittinimet olivat muunnelmia haltiakielisestä nimestä *Baranduin* (paino tavulla *and*), joka palautuu sanoihin *baran* 'kullanruskea' ja *duin* '(suuri) joki'. *Brandywine* tuntui luontevalta nykyaikaiselta turmeltuneelta muodolta nimestä *Baranduin*. Itse asiassa vanhempi hobittien nimi oli *Branda-nîn* 'rajavesi', jolle likeisempi vastine olisi ollut *Marchbourn*, mutta yhteen aikaan oli tullut tavaksi pilanpäiten viitata joen ruskeaan väriin kutsumalla sitä nimellä *Bralda-hîm* 'vaahtoava olut'.

Sopii kuitenkin huomata, että kun suku *Oldbuck* (*Zaragamba*) [Ikäbuk] muutti nimensä *Brandybuckiksi* (*Brandagamba*) [Rankkibuk], nimen alkuosan merkitys oli 'rajamaa' ja *March-buck* olisi ollut osuvampi. Vain hyvin royhkeä hobitti olisi uskaltautunut kutsumaan Bukinmaan herraa *Braldagambaksi* hänen kuultensa.

Englannin mittajärjestelmä tuottaa aina suomentajalle vaikeuksia. Yleisenä käytäntönä on ollut muuntaa mitat metrisiksi. Koska englannissa käytetyt mitat päinvastoin kuin metriset on johdettu luonnollisista mitoista, on tässä käännöksessä käytetty vanhoja suomalaisia mittoja, joskin vapaasti soveltaen. Tuuma vastaa n. 2,5 cm:ä, kyynärä n. 60 cm:ä, syli n. 180 cm:ä, vakomitta n. 200 m:ä, virsta n. 1,6 km:ä ja peninkulma n. 10 km:ä.

SUOMENTAJAN JÄLKISANAT

Kersti Juva

J. R. R. Tolkienin teos *The Lord of the Rings* ilmestyi kolmessa osassa vuosina 1954–1955. Kirjailija ja suomentaja Eila Pennanen luki teoksen jokseenkin heti sen ilmestyttyä ruotsiksi ja kirjoitti siitä pitkän esittelyn *Helsingin Sanomiin* (4.11.1961) otsikolla »Satu maailman ahdistuksesta». Oletan hänen ehdottaneen kustantajalleen WSOY:lle Tolkienin teoksen julkaisemista suomeksi, mutta vasta 1972 asia oli edennyt niin pitkälle, että Pennanen oli saanut sen käännettäväkseen. *The Lord of the Rings* oli noussut maailmanmaineeseen vähitellen, eikä suomenkielinen käännös *Taru Sormusten herrasta* suinkaan ollut viimeisten joukossa. Tähän mennessä ilmestyneistä ainakin 57 erikielisestä käännöksestä suomennos oli järjestyksessä yhdeksäs.

Eila Pennanen opetti tuohon aikaan suomentamista Helsingin yliopiston suomen kielen laitoksella, ja koska hän halusi keskittyä omaan kirjoittamiseensa, sovittiin että minä, hänen oppilaansa, kääntäisin teoksen ja hän lukisi sen läpi ja tekisi siihen tarpeelliseksi katsomiaan korjauksia.

Ensimmäinen osa *Sormuksen ritarit* ilmestyi syksyllä 1973. J. R. R. Tolkien oli kuollut 2. syyskuuta samana vuonna, eli molemmista tulee vuonna 2023 kuluneeksi 50 vuotta. Kustantajan kanssa heräsi ajatus juhlapainoksesta, ja minä tarjouduin käymään suomennoksen läpi. Syy ei ollut se, että käännös olisi mielestämme varsinaisesti vanhentunut. Pikemminkin ongelmat liittyivät suomennoksiin useinkin pesiytyvään vieraan kieleen vaikutukseen tai ihan puhtaasti epätäsmällisyyteen. Uskoin, että viidenkymmenen vuoden ura on tehnyt minusta paremman suomentajan, ja mieli paloi päästä korjaamaan nuoruuden hairahduksia.

Vuosien saatossa on lähinnä Tolkienin poika Christopher muokannut alkutekstiä sieltä täältä. Ennen muuta on poistettu sisäisiä ristiriitoja tapahtumien aikajärjestyksessä ja sisäisessä logiikassa. Nämä korjaukset on otettu huomioon tässä laitoksessa. Myös suomennosta on korjailtu WSOY:llä useaan otteeseen. Enimmäkseen on ollut kyse ilmiselvistä paino- ynnä muista virheistä, mutta vuoden 1985 yhteisnidettä valmistellessa Alice Martin teki muutoksia myös kieliasuun. Sitä mukaa kun tarkkasilmäiset lukijat ovat huomanneet puutteita, ennen muuta nimien käännöksissä, niitä on korjailtu pitkin matkaa. Tätäkin laitosta varten olen saanut paljon arvokasta apua Pekka Tuomistolta sekä Kontuwiki-yhteisöltä.

Tällä kertaa en tyytynyt paikkailuun. Olen käynyt tekstin huolellisesti läpi alkutekstiin verraten vähintään kahteen kertaan. Siinä määrin käännöstä on kiitetty, että hämmästyin itsekin, kuinka paljon korjattavaa löysin. Muutoksia on runsaasti käytännöllisesti katsoen joka sivulla. Lisäksi Alice Martin on käynyt läpi Panu Pekkasen runosuomennokset, korjannut muutamia väärinluettuja kohtia sekä paikoin täsmentänyt sanamuotoja, loppusointuja ja runomittaa.

Tarun Sormusten herrasta alkuperäinen käännös ei ole niinkään huono kuin epätasainen. Kaikkein eniten lukijat ovat kehuneet nimien suomalaisia muotoja, ja olen edelleen sitä mieltä, että ne ovat useimmiten varsin onnistuneita. Eri henkilöiden puhetapaan tai ylipäätään dialogiin en myöskään ole joutunut puuttumaan juuri lainkaan. Kaiken kaikkiaan tyyliseikat ovat kohdallaan. Tolkienin jännitys, huumori ja paatos välittyivät kyllä.

Teoksen suomentamisen edellytykset eivät viisikymmentä vuotta sitten olleet samat kuin nyt. Englanti ei ollut Eila Pennasen vahvin vieras kieli, ja itse olin pitkän kouluenglannin jälkeen aloittanut englannin opinnot yliopistolla vasta vuotta aikaisemmin. Siihen nähden räikeitä käännösvirheitä on varsin vähän. Pikemminkin täsmällisyys ja tarkkuus jättävät toivomisen varaa. En tunnistanut englannin kiteytyneitä sanontoja enkä ymmärtänyt kielen sävyjä ja vivahteita. Suomen kieli ilmaisuni instrumenttina on myös kehittynyt ja notkistunut.

Tietokoneista ei ollut kuultukaan. Työn välineinä olivat sanakirjat ja mekaaninen kirjoituskone, joka ei sallinut tekstin korjaamista. Oli joko pyöritettävä telalle puhdas liuska tai vedettävä hylättävät sanat yli ja tekstattava uusi muotoilu lyijykynällä rivien väliin. Kerran kirjoitetun tekstin hiominen oli työlästä.

Käytössäni oli kaksi sanakirjaa: Hurmeen ja Pesosen *Englantilais-suomalainen suursanakirja* sekä jättimäinen *Webster's New Twentieth Century Dictionary*. Unelmoin *Oxford English Dictionarysta*, mutta se oli liian kallis ja lisäksi äärimmäisen hankala käyttää. Yritin keskittyä käyttämään yksikielistä sanakirjaa välttääkseni kaksikielisen sanakirjan kapeat tulkinnat, mutta jos olisin selannut Hurme–Pesosta vähän tiheämmin, olisin kyllä välttänyt monet kommähdykset. Sanan hakeminen kirjoista ei käynyt hujauksessa, eikä niitä siksi tullut tutkittua lainkaan niin usein kuin nykyään. Pienen printterin kokoisen *Websterin* käsittely oli jo fyysisestikin vaativaa. Sitä, mitä ei löytynyt sanakirjoista, piti etsiä muista lähteistä, tietosanakirjoista ja eri alojen asiantuntijoilta. Internetin hakukoneet mullistivat suomentamisen.

Tolkienin maailman erikoisuus on se, että sitä ei ole olemassa muualla kuin Tolkienin teoksissa. Rakennusten ja maisemien kuvausten taustalla häämöttivät toki kirjailijan omat kokemukset, mutta kokonaisuus on peräisin hänen mielikuvituksestaan. Kuvauksen siirtäminen toiselle kielelle on jotakuinkin mahdotonta ilman jonkinlaista visuaalista mielikuvaa kohteesta. Viisikymmentä vuotta sitten Keski-Maan paikat ja rakennukset eivät tulleet käännetyksi tavalla, jonka ne ansaitsevat. Suomennoksen suurimmat puutteet ovat sekavissa, vaikeaselkoisissa ja välillä täysin käsittämättömissä kuvaavissa jaksoissa. Nykyään on mahdollista loihtia hakukoneilla esiin monenmoisia olemassaolevia maisemia kuvittelun pohjaksi, ja kaiken kukkuraksi eri taiteilijat ovat Tolkienin sanallisia kuvauksia pikkutarkasti seuraten luoneet kuvia lähes kaikesta, mitä kirjasta löytyy. Uuden korjatun laitoksen suurin anti saattaakin olla Tolkienin tunnelmallisten luonnonkuvausten tarjoaminen lukijalle muodossa, joka tekee niille oikeutta, ja rakennusten ja niiden sisätilojen kuvaaminen siten, että niistä voi luoda mielikuvan yhdellä lukemisella.

Toinen keskeinen parannus on tarkkuuden, täsmällisyyden ja sujuvuuden lisääntyminen. Lukemattomia kertoja olen löytänyt osuvamman sanan, joka paremmin vastaa Tolkienin tarkoitusta. Hutiloiden luettuja kohtia on oiottu. Epäselvää ilmaisua on tarkennettu. Lauseiden ja kappaleiden painopisteet ovat nyt paremmin kohdallaan. Kaiken kaikkiaan lukukokemuksen pitäisi olla kautta linjan miellyttävämpi ja tekstin hahmottua vaivattomammin. Onhan suomentajan tehtävä tuoda teksti niin lähelle lukijaa, että hän voi kokea samoja tunteita ja nähdä samoja näkyjä kuin alkutekstin lukija.

Seuraavassa esittelen ja perustelen joitakin tyypillisiä tähän laitokseen tehtyjä korjauksia – tuhansien isojen ja pienten muutosten joukosta. Kerron ensin, mihin muutos perustuu ja annan sitten yhden tai kaksi esimerkkiä. Luotan siihen, että konkreettisista esimerkeistä saa parhaan kuvan tekemästäni työstä. Lainauksissa on aina ensin alkuteksti, sitten vanha versio ja lopuksi korjattu käännös. Muutoskohdat on kursivoitu. Kaikkiin näihin ryhmiin kuuluvia korjauksia olen tehnyt sadoittain. Korjattavan erheen vakavuus toki vaihtelee suuresti, osa muutoksista on aivan välttämättömiä, osa kovin tarpeellisia ja osa hienosäätöä.

Viisikymmentä vuotta sitten opiskelijan sen paremmin kuin hänen opettajansa englannin kielen taito ei ole aina riittänyt tulkitsemaan lauseen sisältöä.

'Well, *you put his back up,* being so high and mighty.
»*Pistä hänet sitten kuriin ja järjestykseen* kun olet niin iso ja mahtava.
»*Sait kaverin takajaloilleen* kun isottelit sillä lailla.

Oxford English Dictionary (OED) tietää että *to put up the back* merkitsee suututtamista. Samasta lähteestä löytyi merkitys myös sanonnalle *ride the storm.*

He lives now in terror of the shadow of Mordor, and yet he still dreams of
riding the storm.
Hän elää nyt peläten Mordorin varjoa, ja silti hän yhä uneksii
käyttävänsä myrskyä hyväkseen.
Hän elää nyt peläten Mordorin varjoa, ja silti hän yhä uneksii
selviävänsä myrskystä.

Englannin sanoilla on jokseenkin aina kaksikielisessä sanakirjassakin useampi kuin yksi vastine, eikä ensimmäiseen mieleen tulevaan tarttuminen aina tuo toivottua tulosta. Ihan tilannetta kuvittelemallakin seuraavat erehdykset olisi vältetty.

Suddenly a great horse came striding up, *like a flash of silver.*
Äkkiä asteli näkyviin suuri hevonen kuin *hopeinen salama.*
Äkkiä asteli näkyviin suuri hevonen *välkähtäen kuin hopea.*

Some went to and fro bearing *cups* and pouring drink; [– –]
Jotkut kulkivat edestakaisin kantaen *kuppeja* ja kaataen juomia, [– –]
Jotkut kulkivat edestakaisin kantaen *maljoja* ja kaataen juomia, [– –]

Seuraavassa esimerkissä sanamukainen käännös ei kerro, mitä Frodo oikeastaan tarkoittaa. Konteksti paljastaa, että kyse ei ole tyytyväisyydestä vaan suostumisesta, jonka kääntyykin luontevasti *minulle sopii.*

But I understand that Gandalf chose me a good companion.
I am content. We will go together.'
Mutta käsitän että Gandalf valitsi minulle hyvän matkatoverin.
Olen tyytyväinen. Mennään yhdessä.»
Mutta käsitän, että Gandalf valitsi minulle hyvän matkatoverin.
Minulle sopii. Mennään yhdessä.»

Joskus alkutekstiä on luettu niin huolimattomasti, että merkitys on kääntynyt päälaelleen.

It *was not yet* quite dark again.
Oli taas jokseenkin pimeää.
Pimeys *ei ollut vielä* täydellinen.

So Frodo and his friends soon *discovered.*
Frodo ja hänen toverinsa *keksittiin* pian.
Sen *saivat* Frodo ja hänen toverinsa *pian huomata.*

Sieltä täältä on sanoja ja kokonaisia lauseitakin jäänyt vahingossa pois.

Very well. *It is no good saying any more.* Stick to your plan [– –]
Hyvä on. Seuraa suunnitelmaasi [– –]
Hyvä on. *Turha siihen on mitään sanoa.* Seuraa suunnitelmaasi [– –]

Sam was about half way down the path when out of the dark gateway into the red glow there came two orcs running. *They did not turn towards him.* They were making for the main road; [– –]
Sam oli noin puolivälissä alasvievällä polulla kun mustasta portinaukosta juoksi punaiseen hehkuun kaksi örkkiä. Ne pyrkivät päätielle, [– –]
Sam oli noin puolivälissä alasvievällä polulla kun mustasta portinaukosta juoksi punaiseen hehkuun kaksi örkkiä. *Ne eivät kääntyneet häntä kohti.* Ne pyrkivät päätielle, [– –]

Tarkkuuden puutteesta kertoo seuraavakin esimerkki. *Voice* on aina puhetta (tai laulua), ei mitä tahansa ääntä.

Pippin woke to the sound of *voices*
Pippin heräsi *ääniin.*
Pippin heräsi *puheen ääniin.*

Käännöksen suurimmat ongelmat löytyvät erilaisista kuvauksista. Seuraavan esimerkin vanha käännös ei ole suorastaan virheellinen, mutta lukija saa tavata sitä useammankin kerran, ennen kuin hahmottaa, jos ylipäätään hahmottaa, Lórienin Caras Galadhonia lähestyvää matkalaista kohtaavan näyn. Toivon mukaan uusi käännös on ymmärrettävämpi.

There was a wide treeless *space* before them, running *in a great circle and bending away on either hand. Beyond it was* a deep *fosse lost in soft shadow, but the grass upon its brink was green, as if it glowed still in memory of the sun that had gone. Upon the further side* there rose to a great height a green wall *encircling* a green hill *thronged* with mallorn-trees taller than any they had yet seen in all the land.
Heidän edessään aukeni leveä puuton *kaistale,* joka kaartui *kehänä poispäin kummallakin sivulla. Sen takana oli* syvä *kaivanto, joka hukkui pehmeään varjoon, mutta sen reunalla ruoho oli niin vihreää kuin se olisi hehkunut jo laskeneen auringon muistoksi. Toisella puolella* kohosi korkeuksiin vihreä muuri, joka *ympäröi* mallornpuita *vieri vieressä* kasvavaa kukkulaa.
Heidän edessään aukeni leveä *ja* puuton *kehä,* joka kaartui *ulos molemmin puolin. Sitä reunusti* syvä *varjoon jäävä vallihauta, jonka reunoilla ruoho hohti silti vihreänä kuin muistaen jo kadonneen auringon hehkun. Heitä vastapäätä* kohosi korkeuksiin vihreä muuri, joka *kiersi* mallornpuita *tiheässä* kasvavaa kukkulaa.

Seuraavaa kuvausta on todella vaikea hahmottaa ilman kartan tarkkaa tutkistelua. Uudesta versiosta jätin lopulta kokonaan pois tiedon, että vuoret olivat osa Mordorin tasankoja ympäröivää »muuria», kun en mitenkään osannut sanoa sitä ymmärrettävästi muutamalla sanalla.

> *But as these ranges approached one another, being indeed but parts of one great*
> *wall about the mournful plains of Lithlad and of Gorgoroth, and the bitter*
> *inland sea of Núrnen amidmost,* they swung out *long arms* northward;
> and *between these arms there was* a deep *defile.*
>
> *Nämä jonot olivat itse asiassa osia siitä muurista joka ympäröi Lithladia ja*
> *Gorgorothin ankeita tasankoja ja niiden keskelle jäävää Núrnenjärveä,*
> *ja paikassa jossa ne lähenivät toisiaan niistä* erkani pohjoiseen *pitkät*
> *haarakkeet; ja haarakkeiden välissä oli* syvä *sola.*
>
> *Mutta siinä, missä nämä vuorijonot, jotka sulkivat sisäänsä Lithladin ja*
> *Gorgorothin ankeat tasangot sekä Núrnenin murheellisen järven, lähenivät*
> *toisiaan,* erkani *niistä* pohjoiseen *kaksi pitkää haaraketta, joiden kärkien*
> *väliin jäi* syvä *kapeikko.*

Tällaisia jotakuinkin kokonaan uudestaan käännettyjä kuvauksia uudessa laitoksessa on pilvin pimein.

Toisinaan on tekstin sisäinen logiikka päässyt vinksahtamaan. Päällisin puolin seuraavan esimerkin vanha käännös vaikuttaa aivan pätevältä. Mutta kuinka ollakaaan, vähän myöhemmin kerrotaan, että *Varhain ennen aamua nostettiin purjeet ja vauhtimme kasvoi.*

> For during that evening and night many ships were made ready and manned;
> and in the morning the fleet set forth.
> Sillä tuon illan ja yön aikana valmistettiin monta laivaa matkakuntoon
> ja miehitettiin; ja aamulla laivasto nosti *purjeet.*
> Sillä tuon illan ja yön aikana valmistettiin monta laivaa matkakuntoon
> ja miehitettiin, ja aamulla laivasto nosti *ankkurit.*

Laskeva kuu ei voi *ponkaista.*

> The sinking moon was obscured by a great sailing cloud, but suddenly
> it *rode out* clear again.
> Laskeva kuu oli sumentunut jouduttuaan suuren ajelehtivan pilven taakse,
> mutta äkkiä se *ponkaisi* taas kirkkaana esiin.
> Laskeva kuu oli sumentunut jouduttuaan suuren ajelehtivan pilven taakse,
> mutta äkkiä se *liukui* taas kirkkaana esiin.

Logiikkaa tarvitaan siinäkin, miten tarinaa kuljetetaan. Pelkillä päälauseilla tarina töksähtelee, tarvitaan lauseenvastikkeita ja konjunktiota liittämään tapahtumat toisiinsa. Kappaleen loppu kertoo, mikä oli syy siihen, että ovet olivat kiinni, ja siksi on mielekästä, että virkkeen keskiössä on päälause *he hätkähtivät.*

But in the village of Bywater all the *houses and holes were shut*, and no one greeted them. They wondered at this, but they soon discovered the reason of it. *When* they reached *The Green Dragon, the last house* on the Hobbiton side, *now lifeless and with broken windows, they* were disturbed to see half a dozen large ill-favoured Men lounging *against the inn-wall; they were squint-*eyed and sallow-faced.

Mutta kaikki Virranvarren kylän *talot ja kolot olivat lukossa*, eikä kukaan tullut heitä tervehtimään. Ensin he hämmästelivät tätä, mutta keksivät kohta syyn. *He jatkoivat* matkaa *Vihreän lohikäärmeen luo, joka oli viimeinen talo* Hobittilan puolella; *se oli vailla elämää ja sen ikkunat olivat rikki. He* hätkähtivät nähdessään *sen seinää vasten* nojailemassa puolen tusinaa rumia ihmismiehiä, *he olivat viiru*silmäisiä ja kellervän värisiä naamaltaan.

Mutta kaikki Virranvarren kylän *talojen ja kolojen ovet olivat kiinni*, eikä kukaan tullut heitä tervehtimään. Ensin he hämmästelivät tätä, mutta keksivät kohta syyn. *Jatkettuaan* matkaa *viimeiselle talolle* Hobittilan puolella, *Vihreälle lohikäärmeelle, joka seisoi entisellä paikallaan mutta elottomana ja ikkunat rikki, he* hätkähtivät nähdessään *seinää vasten* nojailemassa puolen tusinaa rumia ihmismiehiä, *rumia ja kiero*silmäisiä ja kellervän värisiä naamaltaan.

Usein tapahtumia kuvataan jostakin näkökulmasta. Vanhassa suomennoksessa näkökulma on joskus päässyt katoamaan. Seuraavassa esimerkissä tilanne nähdään Samin kannalta.

And anyway *Sam might miss Shagrat or be killed by him.*
Ja sitä paitsi *Sam ei ehkä saisi kiinni koko Shagratia tai tämä voisi tappaa hänet.*
Ja sitä paitsi *Shagrat pääsisi ehkä Samilta pakoon tai tappaisi hänet.*

Kerronnassa pronomini *hän* on, mikäli mahdollista, varattu henkilölle, jonka näkökulmasta tilannetta tarkastellaan. Yleisenä ohjeena pronominia *tämä* kehotetaan käyttämään silloin kun viitataan henkilöön, joka ei ole edellisen jakson subjekti, mutta tähän (ja harvoin muutenkaan) se ei minusta lainkaan sovi viittaamaan henkilöön, jonka kannalta tilanne nähdään. Olen myös laittautunut eroon sanasta *hän* Frodoon viittamassa.

Frodo was lying face upward on the ground and the monster was bending *over him,* so intent upon her victim that she took no heed of Sam and his cries, until *he* was close at hand. As *he* rushed up he saw that Frodo was already bound in cords, [– –]

Frodo makasi selällään maassa, ja hirviö oli kumartunut *hänen ylleen* niin kiinnostuneena uhristaan, ettei se huomannut Samia ja hänen huutojaan ennen kuin *tämä* oli aivan lähellä. Rynnätessään paikalle *Sam* näki että Frodo oli jo sidottu, [– –]

Frodo makasi selällään maassa, ja hirviö oli kumartunut *alas* niin kiinnostuneena uhristaan, ettei se huomannut Samia ja hänen huutojaan ennen kuin *Sam* oli aivan lähellä. Rynnätessään paikalle *hän* näki, että Frodo oli jo sidottu, [– –]

Kun suomentaja on ymmärtänyt, mitä alkutekstissä sanotaan, työ on vasta puoliksi tehty. On löydettävä suomen kielen sanat ja lauseet tulkitsemaan alkutekstin sisältöä, tyyliä ja tunnelmaa.

Näkökulmaan liittyy myös kysymys suunnasta. Suomi on varsin tarkka siitä, ollaanko menossa vai tulossa, liikkeellä vai paikoillaan. 'Alas juokseva' tie on toki tulossa siihen, mistä katsotaan.

There was an ancient highway that *ran down* from Isengard to the crossings.
Rautapihasta ylityspaikalle *vei* muinainen valtatie.
Rautapihasta ylityspaikalle *toi* muinainen valtatie.

Minas Tirithissä kootaan armeijaa, jonka on määrä hyökätä Mordoriin. Ei ole puhe joukkojen marssivauhdista vaan lähdön hetkestä.

And it must *move soon.*
Ja sen on *liikuttava nopeasti.*
Ja sen on *lähdettävä pian.*

Joskus tekstistä ei millään saa ymmärrettävää lisäämättä muutamaa selityksen sanaa, jolle ei tarkkaan ottaen ole vastinetta alkutekstissä, kuten seuraavissa esimerkeissä. Ilman lisäyksiä lukija voi jäädä ihmettelemään, mistä on kysymys.

'I am not warning you against leaving *an address* at the post-office! But you
are *leaving the Shire* – and that should not be known, [– –]
»Enhän minä varoita sinua jättämästä *osoitetta* postiin! Mutta sinä *lähdet
Konnusta* – ja sen tulee pysyä salassa [– –]
»Enhän minä varoita sinua jättämästä *uutta osoitetta* postiin! Mutta sinä *lähdet
pois Konnusta* – ja sen tulee pysyä salassa [– –]

Yet we had told the old Ent *all about Moria.*
Ja me olimme kuitenkin kertoneet vanhalle entille *kaiken Moriasta.*
Ja me olimme kuitenkin kertoneet vanhalle entille, *mitä Moriassa oli
tapahtunut.*

Suomennoksen tehtävä on tuoda vieraalla kielellä kirjoitettu tarina lähelle suomalaista lukijaa. Yksi keino on sovittaa supisuomalaisia sanontoja neutraalin ja vähän vieraammanoloisen vanhan käännöksen sijaan. Molemmissa esimerkeissä on alkutekstissäkin fraasi.

'*Things* began to *go all wrong for him from the moment* his Orcs *set foot* in
Rohan.
»Kaikki hänen *puuhansa* alkoivat *epäonnistua, siitä lähtien* kun hänen örkkinsä
menivät Rohaniin.
»Kaikki hänen *aikeensa* alkoivat *mennä myttyyn siitä hetkestä,* kun hänen
örkkinsä *astuivat* Rohaniin.

'And when we come there, what shall we see?' asked Gimli. 'You may know, but *I cannot guess.*'

»Ja kun me saavumme sinne, mitä me kohtaamme?» Gimli kysyi. »Sinä ehkä tiedät, minä *en kykene arvaamaan.*»

»Ja kun me saavumme sinne, mitä me kohtaamme?» Gimli kysyi. »Sinä ehkä tiedät, *minulla ei ole aavistustakaan.*»

Yksittäisillä sanoillakin on taipumus esiintyä yhdessä tiettyjen sanojen kanssa. Tässä muutama esimerkki.

The courtyard lay in *deep* shadow, but he could see that the pavement was strewn with bodies.

Pihaa peittivät *pimeät* varjot, mutta hän näki että kiveys oli täynnä ruumiita.

Pihaa peittivät *syvät* varjot, mutta hän näki että kiveys oli täynnä ruumiita.

Few went to rest, for *small* hope had any now that even Faramir could hold the fords for long.

Harva enää meni levolle, sillä *pienet* olivat nyt toiveet että Faramirkaan pystyisi pitkään puolustamaan kahlaamoita.

Harva enää meni levolle, sillä *vähäiset* olivat nyt toiveet, että Faramirkaan pystyisi pitkään puolustamaan kahlaamoita.

Suomessa ei ole kieliopillista muotoa, jolla ilmaistaisiin futuuria. Useimmiten preesens riittää kertomaan, että kyse on tulevista tapahtumista, mutta joskus olen lisännyt selvyyden vuoksi ajan määritteen.

[- -] and we bid you, therefore, to a parting feast, here between the flowing waters that *will bear you* far from Lórien.'

[- -] ja me pyydämme teitä sen tähden jäähyväisjuhlaan tänne niiden virtaavien vesien väliin, jotka *kiidättävät teidät* pois Lórienista.»

[- -] ja me pyydämme teitä sen tähden jäähyväisjuhlaan tänne niiden virtaavien vesien väliin, jotka *pian kiidättävät teidät* pois Lórienista.»

We will make such a chase as *shall be accounted* a marvel among the Three Kindreds: [- -]

Ryhdymme takaa-ajoon, josta *kerrotaan* ihmeenä Kolmen sukukunnan keskuudessa: [- -]

Ryhdymme takaa-ajoon, josta *vielä kerrotaan* ihmeenä Kolmen sukukunnan keskuudessa: [- -]

Suomen kielen sanajärjestyksestä voisi kirjoittaa kokonaisen kirjan. Koska kielemme sanat taipuvat, sanajärjestyksen ei tarvitse ilmaista niiden asemaa lauseessa. Englannin sanajärjestys on käytännöllisesti katsoen aina subjekti-verbi-objekti. Se on suomalaisenkin väitelauseen neutraali järjestys, mutta poikkeavalla sanajärjestyksellä on eräitä tehtäviä, joista tärkein on tutun ja uuden aineksen erottaminen. Suomessa ei ole artikkelia, sen sijaan kielemme sijoittaa tutun, jo mainitun puheenaiheen lauseen alkuun ja uuden asian, informaation, ennalta tuntemattoman, loppuun.

Jokainen pätevä suomenpuhuja hallitsee tämän säännön, mutta vieraasta kielessä käännettäessä kielitaju helposti turtuu. Käydessäni läpi *Tarun Sormusten herrasta* vanhaa käännöstä ällistyin, kuinka usein asiat on sijoitettu lauseeseen väärinpäin. Esimerkit puhukoot jälleen puolestaan.

A shadow followed him.
Varjo seurasi hänen kintereillään.
Hänen kintereillään *seurasi varjo.*

Then suddenly straight over the rim of their sheltering bank, *a man fell*,
   crashing through the slender trees, nearly on top of them.
Sitten äkkiä *lennähti mies* heitä suojaavan törmän yli ja rysähti hentojen
   puiden läpi melkein heidän päälleen.
Sitten äkkiä *putosi* hobitteja suojaavan törmän yli *mies* ja rysähti hentojen
   puiden läpi melkein heidän päälleen.

He could smell the *horses* in the dark, and could hear their shiftings
   and their soft stamping on the needle-covered ground.
Hän haistoi pimeässä *hevoset* ja kuuli miten ne vaihtoivat jalkaa ja
   rahistuttivat neulasten peittämää maata.
Hän haistoi *hevoset* pimeässä ja kuuli, miten ne vaihtoivat jalkaa ja
   rahistuttivat neulasten peittämää maata.

Koska paikan tai ajan määritteellä alkavassa lauseessa verbi tulee suomen kielessä ennen subjektia, olen voinut lisätä lauseen alkuun neutraalin määritteen saadakseni asiat oikeaan järjestykseen.

A bell clanged; and from the Watchers there went up a high and dreadful wail.
Kello kilkatti; Vartijoista pääsi kimeä ja kauhea valitus.
Jossakin kilkatti *kello,* Vartijoista pääsi kimeä ja kauhea valitus.

Sama tutun ja uuden aineksen järjestys koskee toki myös määritteitä, ei vain päälauseenjäseniä subjektia ja objektia.

They had climbed up a narrow shelving ravine, but they still had a long way
   to go before they could *even* come *in sight* of the last craggy ridge.
He olivat kiivenneet kapeaa tasanteittain kohoavaa kurua, mutta heillä oli
   vielä pitkä matka ennen kuin he saivat *edes näköpiiriin* viimeisen rosoisen
   harjanteen.
He olivat kiivenneet kapeaa tasanteittain kohoavaa kurua, mutta heillä oli
   vielä pitkä matka ennen kuin he saivat viimeisen rosoisen harjanteen *edes
   näköpiiriin.*

Pronominien viittaussuhteet ovat suomessa paljon tarkemmat kuin englannissa. Suomen pronomini viittaa aina taaksepäin. Seuraavassa ongelmia tuottaa lisäksi se, että alkutekstissä hevosesta käytetään pronomina *he*.

He turned Shadowfax off the *Road*, and the great horse leaped the green dike
that here ran beside *it*; and *then* at a cry from *Gandalf he* was gone, *racing*
towards the Barrow-downs like a wind from the North.

Hän käänsi Hallavaharjan *Tieltä* syrjään ja suuri ratsu hyppäsi *tietä*
reunustavan vihreän vallin yli; *Gandalf* huudahti kerran ja ratsu oli poissa,
pohjatuulen lailla *se kiisi* kohti Hautakeroja.

Gandalf käänsi Hallavaharjan *Tieltä* syrjään ja suuri ratsu hyppäsi *sitä*
reunustavan vihreän vallin yli, *sitten velho* huudahti kerran ja ratsu oli
poissa ja *kiisi* pohjatuulen lailla kohti Hautakeroja.

Seuraavassa esimerkissä vanhan käännöksen *se* viittaa virheellisesti kapineeseen, ei örkkiin.

'There's something that might be useful,' he said. '*He*'s dead: the one that
whipped you.

»Siinä yksi käyttökelpoinen kapine», hän sanoi. »*Se* on kuollut, se nimittäin
joka piiskasi teitä.

»Siinä yksi käyttökelpoinen kapine», hän sanoi. »*Tyyppi* on kuollut, se
nimittäin joka piiskasi teitä.

Kyläläiset eivät ole seuraavan esimerkin hyvästelijät.

[– –] half the inhabitants would follow them, [– –] *They* said farewell to Nob
and Bob, and took leave of Mr. Butterbur with many thanks.

[– –] puolet asukkaista seuraisi heitä [– –] *He* sanoivat näkemiin Nobille ja
Bobille ja hyvästelivät herra Voivalvatin ja kiittivät häntä kovasti.

[– –] puolet asukkaista seuraisi heitä [– –] *Lähtijät* sanoivat näkemiin Nobille
ja Bobille ja hyvästelivät herra Voivalvatin ja kiittivät häntä kovasti.

Englannin pronominien mekaaninen toistaminen käännöksessä voi synnyttää hiukan
harhaanjohtavia lauseita. Lukija ei voi olla varma keneen ylimääräinen pronomini viittaa.

Frodo felt something seize him by the ankle, *and he fell* with a cry.

Frodo tunsi jonkin tarttuvan nilkkaansa *ja hän kaatui* parkaisten.

Frodo tunsi jonkin tarttuvan nilkkaansa *ja kaatui* parkaisten.

But as they came to the east end of the village they met a barrier [– –]

Mutta heidän saapuessaan kylän itäreunalle he törmäsivät puomiin [– –]

Mutta saapuessaan kylän itäreunalle he törmäsivät puomiin, [– –]

Urani varrella olen pannut merkille, että myös omistussuhteita ilmaistaan englannissa
pronominilla paljon tiuhemmin kuin suomessa, sillä substantiivin edessä on aina oltava
jotakin: artikkeli, genetiivi, possessiivi- tai demonstratiivipronomini. Itsestäänselvää
omistajaa ei suomessa useinkaan mainita. Erityisesti tämä koskee ruumiinosia ja vaatekappaleita.

[– –] indeed the senses of *their feet and fingers* at first seemed sharpened
almost painfully.

[– –] tunto *heidän jaloissaan ja käsissään* päinvastoin aluksi ikään kuin terästyi
tuskallisesti.

[– –] aluksi tunto *jaloissa ja käsissä* päinvastoin ikään kuin terästyi tuskallisesti.

[– –] horse; and on it sat a large man, who seemed to crouch in the saddle, wrapped in a great black cloak and hood, so that only *his boots in the high stirrups* showed below; [– –]

[– –] hevonen; ja sen selässä istui iso mies joka kyyrötti satulassa kääriytyneenä suureen mustaan viittaan ja huppuun niin että vain *hänen saappaansa ja korkeat jalustimensa* näkyivät; [– –]

[– –] hevonen; ja sen selässä istui iso mies, joka kyyrötti satulassa kääriytyneenä suureen mustaan viittaan ja huppuun, niin että vain *saappaat ja korkealle vedetyt jalustimet* näkyivät; [– –]

Hyvään kirjoittamiseen kuuluu toiston välttäminen. Seuraavaan lyhyeen vuoropuheluun oli jäänyt jopa kaksi toistoa.

'They shall ride with me at early day. The rest may go *with* Aragorn and ride as soon as *they have a mind*.'
'As *you will*,' said Gandalf.
»He lähtevät kanssani varhain aamulla. Muut menkööt Aragornin *kanssa* ja ratsastakoot niin pian kuin *tahtovat*.»
»Kuten *tahdotte*», Gandalf sanoi.
»He lähtevät kanssani varhain aamulla. Muut menkööt Aragornin *mukaan* ja ratsastakoot niin pian kuin *heille sopii*.»
»Kuten *tahdotte*», Gandalf sanoi.

Kaunokirjallisessa teoksessa kielellä on myös esteettisiä ulottuvuuksia. Sointuva kieli miellyttää lukijaa, hakkavat rytmit ja särähtävät soinnit häiritsevät.
Turha toisto voi olla myös äänteellistä.

[– –] save by a victory so final that what then befell would not *trouble* us, being dead.'
[– –] paitsi jos hänen voittonsa olisi niin lopullinen, etteivät sen jälkeiset tapahtumat meitä *koskisi* koska makaisimme haudassa.»
[– –] paitsi jos hänen voittonsa olisi niin lopullinen, etteivät sen jälkeiset tapahtumat meitä *liikuttaisi* koska makaisimme haudassa.»

Seuraavan esimerkin turhat possessiivipronominit ovat tuottaneet kovin kömpelön lauseen. Kun alkuun saadaan vähän lyhyempiä sanoja, lopun monitavuinen -*mme*-rypäs ei enää häiritse.

'*Why, your hair* is twice as thick and curly as when we parted; [– –]
»*Teidän hiuksennehan* ovat kaksi kertaa paksummat ja kiharammat kuin erotessamme; [– –]
»*Hiukset ovat* kaksi kertaa paksummat ja kiharammat kuin erotessamme, [– –]

Sointia voi toki myös käyttää hyödyksi. Etenkin alkusointu on suomessa hyvä keino lisätä tekstin soljuvuutta. Tähän sananlaskun tapaiseen ilmaukseen se istuu hyvin.

No, the *burned* hand teaches best.
Palanut käsi on paras opettaja.
Kärähtänyt käsi on paras opettaja.

Ilokseni sain huomata, että tyylilajit ovat minusta vanhassa käännöksessä varsin kohdallaan. Hobittien puhe on maanläheistä ja hienoimman väen kielenkäyttö juhlavaa. Valitut ratkaisut toimivat. Jokunen lipsahdus kyllä löytyi.

Parannuksen tarhan Ioreth on toki maalaisvaimo. Mutta ei hän nimitä arvokasta työtään puuhaksi.

> 'I have been too busy *with this and that* to heed all the crying and shouting,'
> she answered.
> »*Puuhani* ovat olleet niin monet että en ole kiinnittänyt mitään huomiota
> huutoon ja hälinään», hän vastasi.
> »*Toimeni* ovat olleet niin monet, että en ole kiinnittänyt mitään huomiota
> huutoon ja hälinään», hän vastasi.

Sijaita on kovin paperinen sana.

> And the air is wholesome there because of the outlets through fissures in the
> rock *far above.*
> Sanotaan että siellä on hyvät varastot. Ja ilma on raikasta *korkealla sijaitsevien*
> kallionhalkeamien ansiosta.
> Sanotaan, että siellä on hyvät varastot. Ja ilma on raikasta *ylhäältä aukeavien*
> kallionhalkeamien ansiosta.

Hobitit käyttävät kyllä rakkaista koloistaan sanaa *hole*, mutta seuraavassa Gimlin repliikissä sanan sävy on halventava.

> Here they have one of the marvels of the Northern World, and what do they
> say of it? Caves, they say! Caves! *Holes* to fly to in time of war, to store
> fodder in!
> Heillä on täällä yksi pohjoisen maailman ihmeistä – ja miksi he sitä
> nimittävät? Luoliksi! Luoliksi! Pitävät niitä *koloina* joihin sopii paeta sota-
> aikana, joihin voi varastoida rehua!
> Heillä on täällä yksi pohjoisen maailman ihmeistä – ja miksi he sitä
> nimittävät? Luoliksi! Luoliksi! Pitävät niitä *loukkoina*, joihin sopii paeta
> sota-aikana, joihin voi varastoida rehua!

Kun tilaisuus tarjoutuu, on ilo käyttää romanttista ylätyyliä.

> Presently they *were riding swiftly* through the night.
> Kohta he *ratsastivat nopeasti* yön pimeydessä.
> Kohta he *kiitivät ratsuillaan* yön pimeydessä.

Monenlaisia muitakin muutoksia tuhansiin korjauksiin sisältyy, mutta lopputulos puhukoon puolestaan.

HAKEMISTOT

Koonneet Christina Scull & Wayne G. Hammond

J. R. R. Tolkien ryhtyi valmistelemaan *Tarun Sormusten herrasta* hakemistoa vuonna 1954, mutta työ jäi kesken seuraavana vuonna, kun hän oli ehtinyt käsitellä vasta paikannimiä. Hänen aikomuksenaan oli ollut tuottaa, kuten hän sanoi teoksen alkuperäisessä esipuheessa vuonna 1954, »hakemisto nimistä ja vieraista sanoista joidenkin selitysten kera», mutta työ osoittautui tuota pikaa laajuudeltaan ja kustannuksiltaan liian suureksi: siitä olisi tullut hyvinkin erillisen lyhyen niteen pituinen. (Christopher Tolkien käytti isänsä käsikirjoitusta paikannimien luettelosta laatiessaan *Silmarillionin* ja *Keskeneräisten tarujen kirjan* hakemistoja.)

Allen & Unwinin indeksoija Nancy Smith kokosi vuonna 1958 ensimmäisen julkaistuksi päätyneen suppean hakemiston. Vuonna 1965 Yhdysvalloissa julkaistuun toiseen laitokseen liitettiin korjattu versio Smithin kokoamasta hakemistosta sekä Tolkienin sihteerin (sittemmin miniän) Baillie Klassin kokoama luettelo runoista ja lauluista. Seuraavana vuonna Britanniassa julkaistua toista laitosta varten Tolkien lisäksi itse korjasi ja laajensi varsinaista nimihakemistoa.

Vuonna 2005 julkaistiin ensimmäisen kerran Christina Scullin ja Wayne G. Hammondin kokoama uusi laajennettu hakemisto, jossa kuitenkin säilytettiin [hakasulkeilla erotettuina] Tolkienin itsensä lisäämät selitykset ja »käännökset».

Nyt ensimmäisen kerran *Tarun Sormusten herrasta* suomennokseen liitetty hakemisto perustuu Scullin ja Hammondin entisestään laajentamaan hakemistoon, joka julkaistiin alkuteoksen kuvitetussa laitoksessa vuonna 2021. Ennen varsinaista henkilöiden, paikkojen ja asioiden nimet sisältävää hakemistoa ovat luettelo runoista ja lauluista ensimmäisen säkeen mukaan aakkostettuina sekä luettelo runoista ja lauseista muilla kielillä kuin (suomeksi käännetyllä) yhteiskielellä.

Hakemiston laatijat huomauttavat vielä, että estääkseen hakemistoa paisumasta liikaa he eivät huomattavista laajennuksista huolimatta ole voineet lisätä hakusanoiksi ja ristiviitteiksi kaikkia muunnelmia kaikista nimistä (joita on tuhansia). Alahakusanoja on käytetty säästeliäästi ja etenkin liitteistä D, E ja F on hakusanoja otettu mukaan valikoivasti keskittyen varsinaisessa tekstissä esiintyviin nimiin ja käsitteisiin.

Päähakusanat on valittu useimmiten sen mukaan, miten yleisiä ne ovat tekstissä, mutta toisinaan myös niiden tuttuuden mukaan: täten (esimerkiksi) päähakusanaksi on valittu yleinen *nazgûl* eikä *sormusaaveet* tai vielä harvinaisempi *Mustat ratsastajat*, samoin sekä yleinen että tuttu *Puuparta* eikä *Fangorn*. Hakemistoon on kuitenkin liitetty ristiviittaukset (laatijoiden käsityksen mukaan) tärkeimmistä vaihtoehtoisista nimistä.

Yhtä poikkeusta (Roosa Tölli) lukuun ottamatta avioituneet naispuoliset hobitit esiintyvät hakemistossa puolisonsa sukunimellä. Ristiviittauksia tyttönimistä on otettu mukaan valikoivasti.

I
Runot ja laulut

II
Runot ja lauseet muilla kielillä kuin yhteiskielellä

III
Henkilöt, paikat ja muut asiat